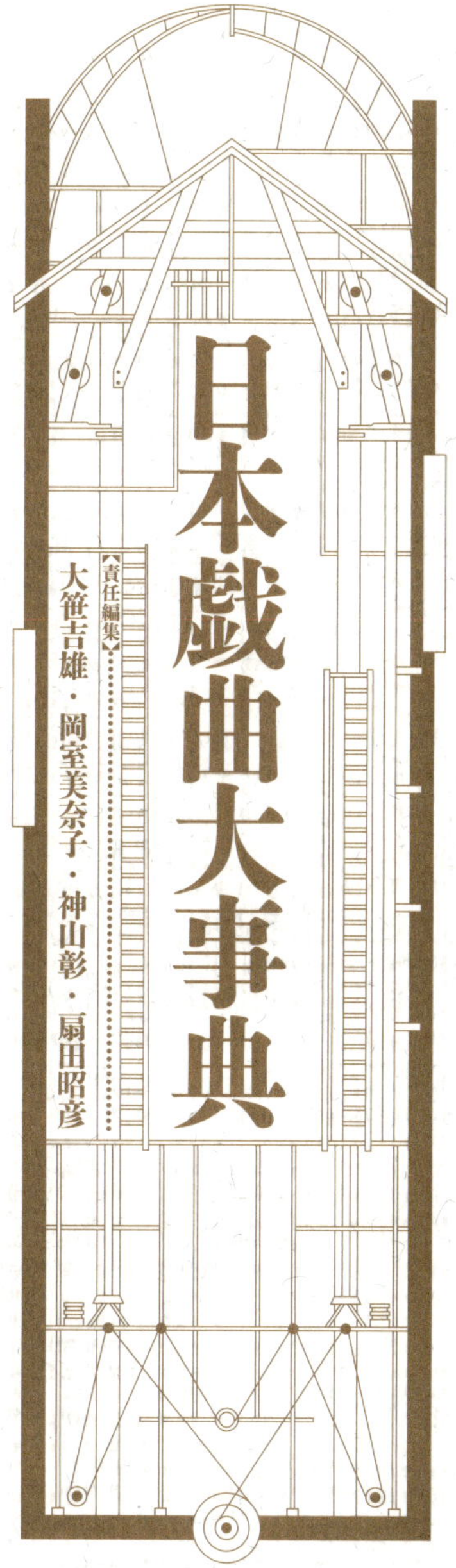

日本戯曲大事典

【責任編集】大笹吉雄・岡室美奈子・神山彰・扇田昭彦

白水社

日本戯曲大事典

【責任編集】――大笹吉雄・岡室美奈子・神山彰・扇田昭彦

白水社

刊行のことば

大笹吉雄
岡室美奈子
神山彰
扇田昭彦

白水社の創立百周年を記念して、わたしたちの責任編集で『日本戯曲大事典』を刊行することになった。

そもそもは、井上ひさし氏との、「明治期以降現在までの、あらゆるジャンルの新作戯曲を紹介する事典があれば便利だ、有意義だ、ぜひ欲しい」という雑談に由来する。幸いにも刊行が順調に決まり、井上氏を監修者にしていよいよ具体的な細部を詰めようという段階になって、同氏が泉下の人となられた。二〇一〇年四月のことで、もちろん、わたしたちには激甚とも言うべきショックだった。

この時には刊行の方針が固まっていた。ただし、発案者であるとともに監修者としてこれ以上の人選は考えにくい適任者を失ったために事典の重しともなる代わりの監修者を置くことがむずかしくなった。そこで監修者を立てず、井上氏の遺志を受け継ぐ形で、わたしたちの責任編集で事典を編むことになったのである。

すでに文学事典や人物事典はいろいろと出回っているが、戯曲に焦点を絞った事典はそう多くはない。最も流布していると思われるのは、一九六四年に河竹繁俊編で平凡社から初版が出た『総合日本戯曲事典』であろうが、刊行から半世紀以上も経過している。井上ひさし氏が意図したのは、まず第一義的に、近代以降のありとあらゆる新作戯曲を取り上げること――「戯曲の網羅主義」である。

とはいえ、これが大変な作業であるのは、こと改めて言うまでもあるまい。いわゆる大衆演劇の世界では戯曲は消耗品であり、台本が残されていたり、活字化されていたりすることはまずない。「口立て」という即興の芝居作りが常套であり、表題が分かっても、どういう物語なのかが把握できないのが普通である。さらには、作者自身の履歴さえもが不明だというのがざらにある。というよりも、これが常態だと考えるしかない。さて、こういう問題をどうクリアーするか。

まず最初に率直に打ち明けておけば、可能な限りの手を尽くした上でなお不明・不詳があれば、そのままにしておいたことである。したがって、なかにはキャリアがほとんど分からない劇作家もいるし、戯曲の内容も不明のままという例がある。名前を一度はピックアップしながらも、追跡不能で、割愛せざるえなかった劇作家もいないではない。それでもキャッチコピー風に言わせていただくと、「日本近現代の約百五十年における、一千人の劇作家、一万本の新作戯曲を収載」というのが本事典の最も大きな特色である。

次にお断りしなければならないのは、劇作家の仕事や影響力などに応じて、記述のスペースが異なることだ。あるいはこれは物議をかもすかもしれないし、反発を招く場合もあろう。しかし常識的に考えて平等主義は採りにくく、責任編集者が総合的に判断した。ご寛恕をお願いする。また、この場合、あくまでも劇作家としての活躍を重視している。それゆえ、小説その他の分野で名声を博し、確たる地位を得ているとしても、劇作家としての扱いが大きくないケースがある。さらには当該人物のような例を含めて、他の人物事典や文学事典で十分補えると考えられれば、主としてキャリアを省略して戯曲の紹介に重きを置いた。趣旨がここにあるからである。

なお、本事典作成にあたっては、早稲田大学演劇博物館グローバルCOEプログラム「演劇・映像の国際的教育研究拠点」(二〇〇七-二〇一一年度)事業の一環として、元になる劇作家データベースを作成していただいた。同拠点ならびに、作業に関わった大学院生の皆さんにお礼を申し上げる。

ともかくも、類のない事典になったと自負している。こういう仕上がりになったのも、八十人にもおよぶ評論家や研究者、演劇ジャーナリストや演劇ライターの方々のご協力があったればこそであり、改めて厚くお礼を申し上げたい。

•

残念なのは井上ひさし氏にご覧いただけなかったことだが、もしお目を通されたら果たして何とおっしゃったろうか。加えてもう一つ、発刊に向けて精力的に関わってくれた扇田昭彦氏が、わたしたちにとっても思いもよらぬうちに人生の幕を閉じられたことで、早すぎるとも残念とも、言葉がない。

最後の、そして切なる願いは、ひとりでも多くの読者のお手に届くことである。

◉凡例

I——構成

一 本事典は、明治初期より現在に至るおよそ百五十年間に発表・上演された新作戯曲約一万作品について、約千名の劇作家別に紹介した。

二 「新作文楽」「新作能・狂言」「レビュー」「人形劇」「高校演劇」などについては別項目を立て、ジャンル別に解説した。

三 特別付録として、岸田國士戯曲賞をはじめ戯曲賞と銘打たれた賞で代表的なものについて「戯曲賞受賞作品一覧」を収載した。

四 索引は「人名」「作品名」について立項した。

II——配列

一 劇作家名は、五十音順に配列した。

二 見出しとなる劇作家名は太字(ゴシック体)で記した。見出しの下に、現代かなづかいによる読みがなを小文字で、続けて生没年を西暦と元号で併記した。

三 本文記述で作品の立項・解説を行なうと同時に主要作品を小見出しで立項し、解説した。

四 主要作品名は本文に続き太字(ゴシック体)で記した。見出しの下に、原則として、場・幕数、登場人物数、初演年月、劇場名、上演主体等を記した。年号の表記は本文見出しに準じた。

III——記述

一　漢字の字体は、常用漢字については新字体を用い、人名などの固有名詞についてもこれを原則とした。常用漢字以外は正字体を用いた。

二　かなづかいは現代表記を用い、引用文、書名、雑誌名は原文のままとした。難読と思われるものについては、現代かなづかいによるふりがなを振った。

三　見出しを除く年号の表記は西暦を使用した。

四　地名は原則的に現在の地名を用い、市町村合併等で変更があった場合は必要に応じて適宜併記した。

五　作品名・単行本名は『　』、新聞・雑誌・論文等それ以外は「　」で示した。単行本名の後に出版社名を明記したが、刊行年度は省略した。雑誌名の後には月号数、新聞名の後には発行日付を加えた。また、テレビ番組名や楽曲名も『　』で示した。

例＝『組曲虐殺』(集英社)、『日本人のへそ』(「新劇」一九七〇・2)、
「笑いと諧謔」(「朝日新聞」一九八〇・3・24)、
『日曜娯楽版』、『上を向いて歩こう』

六　名跡の祖は初代、二代目以後は世で継承を記すことを原則とした。ただし、作品名・単行本名についてはその限りではない。

例＝初代中村吉右衛門、六世尾上菊五郎、九世市川團十郎

七　東京の主要劇場については地名を省略し、それ以外の劇場には地名を併記した。地名は市町村名のほか、旧町名等も適宜使用した。

日本戯曲大事典◉目次

巻末コラム

◉文楽の新作——710
◉宝塚レビューの表現者たち——717
◉松竹歌劇とその周辺——723
◉高校演劇——729
◉新作能・狂言——713
◉東宝傘下の徒花「日劇レビュー」の盛衰——721
◉人形劇——727

【特別付録】——戯曲賞受賞作品(作家)一覧

◉岸田國士戯曲賞——735
◉劇作家協会新人戯曲賞——755
◉OMS戯曲賞——766
◉せんだい短編戯曲賞——777
◉九州戯曲賞——779
◉小野宮吉戯曲平和賞——783
◉鶴屋南北戯曲賞——751
◉テアトロ新人戯曲賞——760
◉AAF戯曲賞——773
◉北海道戯曲賞——778
◉「日本の劇」戯曲賞——781
◉斎田喬戯曲賞——785

[索引]

❖人名索引——(001 - 064)
❖作品索引——(065 - 221)

◉執筆者——五十音順・敬称略

安住恭子
阿部由香子
安藤善隆
石井啓夫
石澤秀二
石橋健一郎
伊藤真紀
井上理恵
今村修
岩佐壮四郎
内田洋一
梅原宏司
梅山いつき
エグリントンみか
大笹吉雄
太田耕人

大橋裕美
岡野宏文
岡室美奈子
岡本光代
小原龍彦
柿谷浩一
鍛治明彦
桂真
金田明子
神山彰
菊地浩平
北川登園
木村陽子
九鬼葉子
熊谷知子
久米宗隆

小堀純
七字英輔
嶋津与志
島貫葉子
杉山弘
鈴木哲平
鈴木美穂
瀬川昌久
高橋宏幸
高橋豊
田村景子
津野海太郎
出口逸平
中里友豪
中野正昭
中村義裕

西堂行人
萩尾瞳
畑律江
馬場広信
林廣親
原健太郎
日置貴之
日比野啓
平野恵美子
藤崎周平
藤原麻優子
古井戸秀夫
星野高
堀切克洋
正木喜勝
松田智穂子

松本修一
水落潔
みなもとごろう
宮本啓子
村島彩加
望月旬々
森山直人
八角聡仁
矢内賢二
柳本博
矢野誠一
山口宏子
山﨑健太
山本健一
山本律
吉田昌志

日本戯曲大事典

あ

あい植男《あいうえお》 一九四四〈昭和十九〉・八〜。劇作家。愛知県出身。舞台芸術学院を卒業。「新劇」一九七一年九月号に街頭演劇『岩見重太郎　またの名を赤い花』を発表。代表作に『何の誰兵衛は何の誰兵衛だ』『泣きたい奴も笑いたい奴もこの手に止ってあした来い』『私考新劇史伝又の名を習性流産あるいは埋葬の唄』。篠塚祥司という本名で舞台俳優として活動し、主な出演作品に『上野動物園再々襲撃』『東京ノート』。（望月旬々）

相澤嘉久治《あいざわかくじ》 一九三四〈昭和九〉・四〜。劇作家。山形県生まれ。放送作家名は山形三吉。劇団中央芸術劇場を経て、東京芸術座結成に参加。「テアトロ」編集部員、「新劇人」編集長なども務める。一九七六年、山形に帰郷し、故郷の言論を支配するマスメディアの排除運動に携わる。二〇〇九年、劇作活動を再開。『月山が見ている』で作・演出を担当。一〇年、『沖縄県伊江島を思う』を出版。（平野恵美子）

饗庭篁村《あえばこうそん》 一八五五〈安政二〉・八〜一九二二〈大正十一〉・六。作家・劇評家。本名與三郎。別号・竹の屋。江戸生まれ。作家として人気を得て、劇評家として辛辣な批評で著名となる。戯曲には、演劇改良期の史劇『太田道灌』（「東京朝日新聞」一八九〇）、喜劇『つり的』（「太陽」一八九六）があり、翌年博文館から刊行。著書に『竹の家劇評集』（東京堂）。（神山彰）

青井陽治《あおいようじ》 一九四八〈昭和二十三〉・三〜。翻訳家・演出家。神奈川県生まれ。国際基督教大学中退。劇団四季の演劇研究所を経て、主にアメリカの現代劇やミュージカルの翻訳・演出を手掛ける。一九七五年に『雪ん子』が浅利慶太演出で劇団四季により上演。七九年には『ザ・バースデイ・ゲーム』が曽我部和行演出で文芸坐ル・ピリエにて上演。九四年『結婚披露宴』を東京・全日空ホテル鳳の間、九五年『ハッピー・ライド』を六本木のアトリエ・フォンテーヌにて作・演出。新派の演出も行なう。（中村義裕）

青江舜二郎《あおえしゅんじろう》 一九〇四〈明治三十七〉・十一〜一九八三〈昭和五十八〉・四。作家・演劇評論家。秋田市生まれ。本名大嶋長三郎。東京帝国大学印度哲学科卒業。雑誌「新思潮」の『火』『水のほとり』『見物教育』などで小山内薫《おさないかおる》に認められ、第三次「劇と評論」同人となる。一九三八年応召され、四六年まで中国に留まる間に『一葉舟』『河口』などを書く。戦後は『実験室』『孔子の秋』などがあり、五八年岸田演劇賞受賞の『法隆寺』が代表作。『西太后』『干拓』のほか、新派に『一葉舟』『燕』、大阪の第一劇場に『人気投票』、戦後のコマ歌舞伎に『風雲島原戦記』など多数。劇評にも長じ、小説、映画、テレビ脚本も執筆。特に評伝に優れた作品多い。『青江舜二郎一幕物集』（未來社）のほか、独自の演劇観による著書に『演劇の世界史』『日本芸能の源流』『引っ越し魔の調書』等がある。

❖**『法隆寺』**《ほうりゅうじ》 五幕。一九五八年五月「悲劇喜劇」に発表。民藝により、産経ホールで同月初演。滝沢修、細川ちか子らが出演。政府の役人が美術顧問の異人を連れて法隆寺を訪れる。異人は、聖徳太子の死因追求のため、夢殿や金堂に秘密を探る。そこから、恋愛にいそしむ聖徳太子、権力を奪うソガノウマコや反抗する学生たちが描かれ、古代と現代を絡みあわせた事件が展開する。青江ならではの独自の発想と構成を持った作品。（神山彰）

青木豪《あおきごう》　劇作家・演出家。一九六七〈昭和四十二〉・四〜。私立男子高校演劇部の出身でありながらも、演劇の名門に入るべく大学受験をして進学、明治大学文学部文学科演劇学専攻を卒業。先輩に誘われて映画研究部に入り、文学座の演出家になる松本祐子らと出会う。大学三年時に、ニナガワスタジオと演劇集団円の入団試験を受けて後者に合格。その演劇研究所を卒業後の一九九七年に、塾の先生たちが合格祝賀会の余興の稽古を「塾の隣の空き地」でいそしむ『アフタースクール』で劇団グリングを旗揚げ（二〇〇九年に活動休止、一四年に解散）。全十八公演の作・演出を務め、市井の人々のリアルな会話劇で評判を呼ぶ。二〇〇五年、重松清の小説を戯曲化した『流星ワゴン』を皮切りとして、劇団外に提供した作品も注目を集めるようになり、『東風』（〇五、第九回鶴屋南北戯曲賞最終候補）、『獏のゆりかご』（〇六、第五十一回岸田國士戯曲賞最終候補）、『エスペラント―教師たちの修学旅行の夜―』（〇六、第十回鶴屋南北戯曲賞最終候補）と、ノミネート作品が相次ぐ。〇八年には劇団本公演『Ｇｅｔ Ｂａｃｋ！』で第五十二回岸田國士戯曲賞最終候補となる。また、〇九年には、脚本を手がけたＨＴＢスペシャルドラマ『ミエルヒ』により第四十七回ギャラクシー賞テレビ部門優秀賞など多くの賞を受賞した。その活動の幅は新劇や小劇場から商業演劇にまで及び、美内すずえの漫画を原作に蜷川幸雄が演出を手がけた音楽劇『ガラスの仮面』（一〇）の脚本をはじめ、劇団☆新感線とタッグを組んだ『ＩＺＯ』（〇八）や『鉈《なた》切《ぎ》り丸』（一三）、文学座に書き下ろした『近未来能　天鼓《てんこ》』（一四）など、じつに多岐にわたる。一二〜一三年、文化庁新進芸術家派遣制度を通じて英国ロンドンに留学。代表作としては『ストリップ』『ヒトガタ』『ｊａｍ』『ゆすり』『空の定義』『渇いた人々は、とりあえず死を叫び』『おどくみ』『断食』など。

❖『エスペラント《えすぺらんと》―教師たちの修学旅行の夜《きょうしたちのしゅうがくりょこうのよる》―』　一幕・登場人物十二人。青森県の十和田湖近くにある古びた旅館に、東京から私立高校生たちが修学旅行でやってきている。消灯時間も過ぎ、教師たちは明日のためのミーティングを開こうとしている。同じ高校の卒業生でもある数学教師の星が、松下先生と将棋を指しながら生徒の夜間脱出を見張っている。星は貴子先生と恋人同士であるにもかかわらず、今ひとつ煮え切らない態度。泊まり客の野口が「男湯で人が溺れている」と騒ぐが、それは女湯との境に立てられていた高村光太郎の乙女の像のレプリカだった（女湯を覗こうとした誰かが壊したらしい）。星は、高校時代の自分の家庭教師でもあり就職の世話もしてくれた恩師の笹木先生から、修学旅行中に貴子先生にプロポーズするよう助言される。そしてその一方で、アメリカで9・11を経験してしまったがため不眠に悩まされ、英語を喋る自分にも嫌気がさしているという帰国子女の狩場七恵に対して、野口は、どこの国の言葉でもないエスペラントを教えてあげようともちかけるのだった――宿のカウンターに貼られた、宮沢賢治がエスペラントで書いた「企てと無」という詩を講釈する。星は貴子にプロポーズをする。まもなく定年を迎える笹木先生は、自らの高校時代の同級生でもあり旅館の女将である明世に、退職後は旅館を手伝いにきてもいいかと申し出るのだが、断られる。女風呂覗きの犯人が添乗員の黒川であることを見抜いた野口は、笹木先生に、定年後は添乗員の仕事なんかどうですかと提案する。

（望月旬々）

青木秀樹《あおきひでき》 一九六三〈昭和三十八〉・七〜。劇作家・演出家。奈良県出身。大阪芸術大学映像学科卒業。一九八九年に劇団クロムモリブデンを旗揚げし、主宰・作・演出。代表作に『インピーの咆哮』『キレレレのイエロー』『ユカイ号』『空耳タワー』『節電ボーダートルネード』『進化とみなしていいでしょう』など。（望月旬々）

青柳信雄《あおやぎのぶお》 一九〇三〈明治三十六〉・三〜一九七六〈昭和五十一〉・五。演出家・映画監督・プロデューサー。神奈川県横浜市出身。一九二六年頃より「少年倶楽部」や同人誌「梨」に小説・一幕劇を発表。その後、河原崎長十郎や村山知義が起こした「心座」に中途から参加し、同座第九回公演（一九三三年十一月）にて自作『心の声』を演出した。三〇〜三一年にかけてプロレタリア演劇雑誌「劇場街」と後継誌「劇場」の同人となり、続けて第三次「劇と評論」にも加わって、戯曲『第二十三蝙蝠』『恋愛正方形』のほか「歌舞伎の再吟味 その1・2」などの歌舞伎論を寄稿した。三二年夏、異腹弟の坂東簑助（後の八世坂東三津五郎）、八住利雄、番匠谷英一等と「新劇場」を結成。『ポーギイ』『人間万事金世中』の演出を機に、伊藤熹朔の「美術座」や左翼系諸劇団合同の「新協劇団」などで本格的に演出家として活動を開始した。三五年、東宝が有楽座を開場し「東宝劇団」を始動させると、簑助と共に移籍。『新版太閤記』『国性爺合戦』などの演出を手がけ、翌年には文芸部主任に就くなど、創設期の同劇団を主導した。また同じ頃、前進座が上演した長谷川伸作品の多くでも演出家を務めた。三七年頃、東宝の映画部門に異動。プロデューサー・監督業をこなし、第二次大戦中から戦後にかけて、江利チエミの『サザエさん』シリーズや『雲の上団五郎一座』など、多くの娯楽作品を手がけた。晩年はテレビ映画の製作者としても活躍した。

❖**『第二十三蝙蝠**《だいにじゅうさんこうもり》**―童話風のアレゴリイ**《どうわふうのあれごりい》**―』** 一幕八場。「劇場」（一九三一・1）掲載。田舎の小学校を舞台に、地主と小作人の対立の狭間で苦悶する教師（智識階級）の姿を、鳥でもなく獣でもない、その中間の存在である蝙蝠《こうもり》になぞらえて描いた寓話劇。青柳のプロレタリア演劇への傾倒ぶりが窺える作品。同一舞台上に組まれた三つの装置が照明によって転換し、資本家と地主の対話が狂言の形式で演じられるなどの趣向が凝らされていた。（星野高）

青山圭男《あおやまよしお》 一九〇三〈明治三十六〉・一〜一九七六〈昭和五十一〉・八。舞踊家・振付師・演出家。京都府生まれ。本名小次郎。一九一九年、宝塚歌劇団男子養成会に男子専科生として入所。二二年、宝塚に喜歌劇『鼻の詩人』を書くが、松竹楽劇部発足時に舞踊担当講師となり、以後松竹歌劇団を中心に活躍。三四年渡欧、演出家としても活動を始める。舞踊家として著名で、藤原歌劇団を始め『蝶々夫人』などで国際的に演出の手腕を発揮。戯曲としては、六〇年に『花咲く下田』（歌舞伎座）、『唐船物語』（東横ホール）がある。（神山彰）

赤川次郎《あかがわじろう》 一九四八〈昭和二十三〉・二〜。小説家。福岡県出身。桐朋高等学校卒業。一九七六年、後にベストセラーシリーズとなる『幽霊列車』が「オール讀物」推理小説新人賞を受賞し、作家デビュー。ライトノベルを思わせる軽く明るい文体で、OLや女子高生を中心にした読者層に圧倒的な人気で迎えられた。八〇年『上役のいない月曜日』が直木賞候補。二〇一二年に著作数が五五〇冊に達している。戯曲集に『吸血鬼』（新潮社）があり、『モノクロオム』『コードレス・ナイト』と三作が収載。（岡野宏文）

赤澤ムック《あかざわむっく》 一九七八〈昭和五十三〉・十二〜。劇作家・演出家・女優。北海道出身。本名大谷真由。桐朋学園芸術短期大学中退。劇団唐組を経て、二〇〇三年に劇団「黒色綺譚カナリア派」を旗揚げ。美しく蠱惑的な作・演出を手がけ、劇団活動停止後は「二・五次元作品」やAKB48グループの舞台にも脚本提供。代表作に『少女灯―トドメ懐古趣味―』『葦ノ籠』『万華鏡三景』『マジすか学園―京都・血風修学旅行―』『晦日明治座納め・る祭―将の器―』など。(望月旬々)

赤堀雅秋《あかほりまさあき》 一九七一〈昭和四十六〉・八〜。劇作家・演出家・俳優。千葉県生まれ。明治学院大学中退。一九九四年にパフォーマンス集団STAGE14°に入団。九六年『くつ』で野中隆光らとSHAMPOO HATを旗揚げ(一九九九年にTHE SHAMPOO HATと改名)。二〇〇二年に、深夜テレビ「演技者。」で初期代表作『アメリカ』(二〇〇一)が大根仁の演出により映像化され注目を集める。『津田沼』(〇六)で第五十一回、『その夜の侍』(〇七)で第五十二回、『砂町の王』(一〇)で第五十五回の最終候補作品となり、一三年に『一丁目ぞめき』(一二)で第五十七回の岸田國士戯曲賞を受賞。一二年には自ら脚本・監督を手がけた『その夜の侍』により新藤兼人賞金賞と第三十四回ヨコハマ映画祭森田芳光メモリアル新人監督賞を受賞。俳優としてはケラリーノ・サンドロヴィッチの舞台作品に数多く出演し、テレビや映画などでも活躍。代表作に『雨が来る』『恋の片道切符』『葛城事件』『殺風景』『大逆走』『同じ夢』。

❖**『一丁目ぞめき』**《いっちょうめぞめき》 一幕二場・登場人物六人。二〇一二年、三月。東日本大震災から一年の時が経つ。千葉県郊外の寂れた町にある、築四〇年ほどの一軒家の「お勝手」が舞台。雨漏りの雫《しずく》をバケツで受けているため、そこには絶えず〈ペタ……ペタ…〉と音が響く。その家の次男である大場健二は、親の代からの「スーパーおおば」を継いでいるが、いつ潰れてもおかしくない店を残し、父親が死んでしまった。通夜の準備に皆が集まってきた雨降る昼下がり、何者かによって、大場家の飼い犬のジョンが毒殺された。父親の訃報にさいし二十年ぶりに帰郷した、長男の大場稔に疑惑のまなざしが注がれている。かつて、稔は、出刃包丁を片手に自転車を蹴り倒して歩きまわったりするような、その町で一番のモンスターだったのだ。いとこの三宅薫は、「雑なんだよ、ここの家族は」と言い放つ。そしてまた、近所の電器屋の丸山隼人には、健二の妻との浮気現場を目撃したと告げる。稔と薫と丸山がセックスがらみの下世話な話をするうち、通夜振る舞いの夜を迎えるが、寿司の出前が届かず、健二は苛々している。喪主としてのストレスもあって、稔に当たり散らす。母親は、夫が死んでから廃人同前になってしまい、部屋に閉じこもったきりだ。薫は、妻の信子から別れ話を切り出される。稔は、昔の自分のお気に入りだったカセットテープを見つけて再生し、それゆえか、父親がどれだけ町に貢献してきたかを語り出す。またも下世話な話に興じる稔と薫と丸山に、葬儀屋は、健二には口止めされたが、父親は自殺だったと告げる。稔は聞かなかったことにすると言う――「あんたの正義なんてどうでもいい」と。ややあって丸山が泣き始める。犬を殺したのは丸山の妻だったのだ。丸山が浮気のことも告白しようとすると、健二は、もう限界でパンク寸前だから、それ以上何も言わないでくれと言う。すると、そのとき、母親の部屋から例のカセットテープの曲――松田聖子の『白いパラソル』が流れてくる。

四人の男たちは一緒に歌うことでパニックを免れる。薫と信子が暇乞いをして去り、健二は、葬儀屋と稔に「揺れてる?」と確認をする。二人から「ちょっと揺れてる」という同意が得られて安心をする健二。長らくトヨタ自動車の期間工として働いてきたらしい稔は、雨漏り用バケツの傍らで煙草に火をつけながら、今度バスの運転手になると健二に伝える。そして、母親がついに食事をしたらしく、母親の部屋の襖が徐々に開いていき……暗転。（望月旬々）

阿木翁助《あぎおうすけ》 一九一二〈明治四十五〉・七〜二〇〇二〈平成十四〉・九。劇作家。長野県下諏訪郡下諏訪町生まれ。本名安達鉄翁。諏訪中学校（現・諏訪青陵高校）卒業。一九三〇年、上京。新聞販売店を転々としながら、プロレタリア小説家として立つ機会をうかがう。三一年、築地小劇場のプロレタリア演劇研究所に入所。卒業後、東京左翼劇場の劇団員となるが、重い脚気《かっけ》を患い、やむなく帰郷。療養中、岡谷地方の製糸工場に材を取った長編戯曲『峠』（未完）を執筆。三四年、再び上京。島村龍三、伊馬鵜平（のち春部）、水守三郎ら、「新喜劇」同人による公演『新喜劇の夕』（築地小劇場）に、効果係兼舞台監督として参加。一晩で書きあげた戯曲『裏町の百貨店』が、伊馬の目に留まり、依頼を受けて書いた戯曲『十手返還記』が、同年十月、新宿ムーラン・ルージュで上演される。翌年三月、同劇団の文芸部員となる。三六年、吉本興業から引き抜かれ、九月、浅草花月劇場に新喜劇座を旗揚げする。三七年十二月、吉本興業に嘱託として籍を残しながら、松竹新生新派の文芸部に転じる。脚色ものに手腕を発揮し、文芸部長として活躍。四四年、戦時下の商業演劇に疑問をいだき、下諏訪の国民学校で代用教員になるが、まもなく召集。埼玉県の高射砲中隊で敗戦を迎える。復員後、いったん教職に戻るが、再び劇作の筆を執り、劇団東芸、新国劇、松竹新喜劇、新派のほか、新宿コマ劇場の喜劇公演等に脚本を提供。五八年、日本テレビ放送網に芸能局長（のち常務取締役）として迎えられる。九〇年、日本放送作家協会会長に就任。晩年も、大島安紀斗企画、東京コメディー倶楽部いこい座などの若いグループの喜劇制作を支援。また、木俣堯喬《きまたあきたか》、淀橋太郎らと、軽演劇を語り継ぐ会である「暗転の会」を結成し、後進を指導した。代表作に、『十年の御愛顧』『女中あい史』（以上ムーラン・ルージュ時代）、『秋の煙』（新喜劇座時代）、『うぐいす笛』（新生新派時代）、ラジオドラマ『花くれないに』（NHK）、テレビドラマ『徳川家康』（NET＝現・テレビ朝日）などがある。

［参考］阿木翁助『演劇の青春』（早川書房）

❖**『女中あい史』**《じょちゅうあいし》 四景。一九三六年一月。ムーラン・ルージュ新宿座初演。阿木演出。女学校に通う娘とともに、住み込み女中として、ブルジョア家庭で働くおうめ（原秀子）。彼女の目を通して、この家を拠り所とする者たち――主人夫婦と年頃の子どもたち、休職中の居候青年（藤尾純）、同僚の若い女中（古川綾子）、恋に目覚める娘（関志保子）――それぞれがかかえる、小さくとも大切な事件の顛末を描く。端役として扱われることの多い女中を、主役に据えたことが目新しくもあり、評判を呼ぶ。題名は細井和喜蔵のルポルタージュ『女工哀史』のもじり。公演プログラムには、〈とある飽食暖衣の家にて〉という副題が添えられた。初演から四か月後の五月、テアトル・コメディが上演（築地小劇場）。演出にあたった金杉惇郎は、ムーラン調のドタバタ喜劇とオーソドックスな喜劇の違いを示したかったらしい、と、このとき、おうめを演じた長岡輝子は証言する。（原健太郎）

秋田雨雀《あきたうじゃく》　一八八三〈明治十六〉・一〜一九六二〈昭和三十七〉・五。青森県生まれ。劇作家・詩人・童話作家。早稲田大学文学部英文科卒業。在学中に新体詩集『黎明』を出版したが、一九一一年に『第一の暁』が自由劇場により有楽座で、『海峡の午前』が東京俳優学校内の試演劇場で、一三年に『埋れた春』が美術劇場により有楽座で上演され、劇作家としての地位を確立した。一七年から一八年にかけて『土地』三部作を発表、徐々に社会主義思想への傾倒を強くしてゆく。一九年には東京の演劇界における小劇場演劇の提唱者の中心人物の一人となり、後の新劇運動に大きな影響を与えた。二一年『国境の夜』が新劇座により明治座で上演、二三年『手投弾』が新劇協会により築地同志会館で上演された。二四年『骸骨の舞跳』などでプロレタリア演劇的傾向を強めた。『骸骨の舞跳』は日本での表現主義戯曲の代表作とも言われ、その思想的な内容により、掲載誌の「演劇新潮」が発禁処分を受けた。二七年、革命十周年のソ連に招かれ、三四年には新協劇団の結成に参画、同年、演劇誌「テアトロ」の創刊に携わるなど、新劇運動の発展に寄与した。その一方で、童話作家としての活躍も見せ、北欧の多くの童話を訳し、日本児童文学者協会の第二代会長を務めた。一九一五年から六二年までの長きにわたり、演劇界の動向を詳細に記した『秋田雨雀日記』全五巻を遺している。

❖**『第一の暁』**《だいいちのあかつき》　一幕。一八〇〇年代のある秋、ある島の北部にある城下の郊外。暗闇の中で、切支丹の教えを受けた者たちが弾圧を受けている。主人公・三津丸の妹・八重野は、乳母と共に、弾圧に乱心した兄の行方を案じている。かつては、この城下でもキリストの教えが受け入れられたが、今や弾圧の対象となっている。そこへ、三津丸の友人の三五郎、行雄が通りかかり、三津丸を斬った時の様子を語りながら歩いている。それを聴いた二人の女は、幽霊のように二人を追い、闇の中に姿を消す。切支丹の弾圧というテーマをファンタジックな手法を用いて描いた作品。

❖**『骸骨の舞跳』**《がいこつのぶちょう》　一幕。関東大震災後の、東北のある駅にある救護班のテントの中が舞台。震災の被害を受けた人々が故郷や知り合いを求めて東北へ向かっている。主人公の青年は青森に住む兄妹のもとへ行く途中である。駅には、町の特権階級である市長夫人が慰問に訪れ、愛想を振りまいている。そこへ、朝鮮人が師団本部へ大挙して押し寄せ、暴動を起こしている、というデマが入り、テント内の空気は一変する。警察官の手により、救護されている人の身元調査がなされるが、青年は断固として朝鮮人の立場を守ろうと、根拠のない虐殺に反対する。周囲の「危険人物だ」という声に反対の演説をして反論を振り切った瞬間、そこにいる人物は骸骨と化し、ワルツを踊り始める。やがて、骸骨は倒れ、避難民のすすり泣く声が聞こえる。根拠のないデマに踊らされる無知な暴力を骸骨に託し、それを幕切れで死なせることで、多くの犠牲者に対する鎮魂を表現した作品。（中村義裕）

秋田實《あきたみのる》　一九〇五〈明治三十八〉・七〜一九七七〈昭和五十二〉・十。漫才作家・劇作家。大阪市生まれ。本名林廣次。一九二八年東京帝国大学文学部に入学するも左翼運動に走り雑誌「戦旗」の編集に関わる。三一年、横山エンタツと会う。以来漫才に傾倒する。三四年、吉本興業文芸部に入社。エンタツ・アチャコの映画に参画するも三六年二月『あきれた連中』が浪花座で上演。四十一年新興キネマ演芸部へ移り総合企画部長の職に就く。五一年、東宝の小林一三《こばやしいちぞう》の助力と平井房人《ひらいふさんど》の協力を得て宝塚新芸座を創立。漫才師蝶々・雄二等の喜劇を創作・演出する。五四年三月、第一回東京公演を帝劇で開催。朝日放送のラジオ『漫才学校』の作・構成を担当する。『漫才学校』は劇化され帝劇公演、翌年に東京宝塚劇場でも上演される。五六年新芸座を出て「上方演芸」を創立。七月松竹と提携し京都南座にて『新婚お化け騒動』『漫才学校―お笑い野球試合の巻―』を興行す。六十年から松竹新喜劇にも『花嫁の父親』『男同志・女同志』他を提供する。大阪芸術大学や大阪シナリオ学校で大衆芸能論の講義をするほか、若手漫才師の指導に当たった。大阪府なにわ賞、大阪市民文化賞、紫綬褒章など受賞多数。著書に『笑いの創造』『秋田實漫才選集』(日本実業出版社)、『私は漫才作者』(文藝春秋)等がある。

❖**『漫才学校《まんざいがっこう》―お笑い忠臣蔵《おわらいちゅうしんぐら》―』** 全十景。一九五六年十月、神戸新聞会館と京都南座で上演。山田次郎演出、岡本哲男振付。ミヤコ蝶々が校長、南都雄二が小使、生徒に漫才師のワカサ・ひろし、いとし・こいし、Aスケ・Bスケの配役。生徒を正直な人間にしようと、校長が嘘発見機を持ち込む。これで生徒の行状が手に取るようにわかるが、反対に校長がギャフンな目に合う。そして学芸会に『忠臣蔵』を出すことになり、配役も収まり、山崎街道から討入りまで、景と景のつなぎに歌と踊りが入る。芝居の流れもテンポよく、レビュー形式のファルスになっている。(鍛治明彦)

秋月桂太《あきつきけいた》　一九〇六〈明治三十九〉・三〜一九七九〈昭和五十四〉・十一。劇作家。新潟県生まれ。本名浩霊《こうれい》。法政大学中退。戦時の農村一家と周囲との葛藤や心情を描いた『耕す人』(一九四二)は第一回情報局公募国民演劇脚本で首席となり、田島淳演出で上演。戦中には移動演劇連盟で活動。『花簪』(一九四三、前進座)がある。『小国民演劇脚本集・雲雀と少年勤労隊』を出版。戦後は、新派に『母の上京』『路地のあけくれ』などのほか、『春の突風』『鳩笛』『もう一人の女』『馬泥棒』『若い芽』『山の月夜』などがある。児童演劇、映画のほかNHK専属の放送作家として活躍。『東京親不知』が『新撰一幕劇集』(未來社)所収。総体に庶民の人間的な温かさを重視し、描く手法で、大衆的な平明な作風が特徴。

❖**『耕す人《たがやすひと》』** 三幕七場。一九四二年四月「演劇」掲載、同年六月前進座が新橋演舞場で初演。元村長の庄右衛門は自適の生活を送る。長男東太郎は農林省勤め、次男洋次郎は国民学校教師、三男平三郎は病身。他に、二人の娘がいる。一方、元校長の禎助は百姓仕事に精を出し、その長男研吉は飛行隊に、長女刀志子は国民学校に勤めている。平三郎の死により帰郷した東太郎は、傾く家を処分し親を東京に引き取る気でいる。研吉も事故で死に、洋次郎は同僚の刀志子の婿になり、ともに中国済南の教育塾に赴く。庄右衛門は故郷に留まり、妻と百姓仕事で生きる決意を固める。戦時下の時局劇だが、戦時の農村に生きる人々の心情を描き、共感を得させる構成となっている。特に、老人たちの描き方や台詞に切々たる思いが込められているのが特筆される。(神山彰)

秋之桜子《あきのさくらこ》　一九六三〈昭和三十八〉・二〜。劇作家・演出家・俳優・声優。文学座所属。大阪府出身。本名山像《やまがた》かおり。二〇〇五年、青二プロダクションの渡辺美佐と「羽衣《はごろも》1011《いちまるいちいち》」を立ち上げ、脚本を担当するに際しペンネームとして名のる。一二年に演劇集団西瓜糖《すいかとう》を結成。一三年『暗いところで待ち合わせ』(乙一原作)の脚色でシアターグリーンBIG TREE THEATER賞受賞。声優としても幅広く活躍し、『Go!プリンセスプリキュア』では脚本も手がける。代表作に『猿』『すみれの花、サカセテ』『夢邪《ゆめや》想《そう》』『星の塵屑《ごみくず》ペラゴロリ』など。

(望月旬々)

秋浜悟史《あきはまさとし》　一九三四〈昭和九〉・三～二〇〇五〈平成十七〉・七。劇作家・演出家・演劇教育者。岩手県岩手郡渋民村(現・盛岡市)生まれ。一九五四年早稲田大学第一文学部演劇科入学、学生劇団自由舞台に所属する。在学中の五六年『英雄たち』を「新劇」に発表(初演一九六三年)。五八年に卒業して岩波映画製作所に入社、助監督を経てシナリオライターとなる。五九年『リンゴの秋』(初演六六年)、六〇年『ほらんばか』や六五年『冬眠まんざい』を発表する。従来のリアリズム演劇の枠に収まらない、「演劇言語としての方言劇」の可能性を追求する姿勢が、新鮮な魅力を放った。六六年退社し、劇団三十人会の代表となる。六七年『しらけおばけ』『アンティゴネーごっこ』、六九年『おもて切り』などを発表・上演する。『幼児たちの後の祭り』にいたる作品成果に対し六九年、第十四回「新劇」岸田戯曲賞が与えられる。六〇年代後半のアングラ小劇場の台頭のなかで、次第に劇作は混迷の度を深めていく。七三年劇団解散ののち関西に居を移す。

関西では創作・演出活動とともに、演劇教育にも力を注いだ。七九年より大阪芸術大学舞台芸術学科で教鞭を執り、八五年には兵庫県立宝塚北高校演劇科科長となり、九四年創立の日本初の県立劇団兵庫県立ピッコロ劇団代表を二〇〇三年まで務める。その間、南河内万歳一座の内藤裕敬《ないとうひろのり》や劇団☆新感線のいのうえひでのりを育て、OMS戯曲賞審査員等を引き受けて、八〇年代以降の関西演劇の隆盛に大いに寄与した。また障害者演劇や阪神淡路大震災直後の巡演活動にも積極的に取り組んだ。九一年兵庫県文化賞、二〇〇〇年文部科学省地域文化功労者表彰を受ける。

❖**『ほらんばか』**　一幕。初出は「新劇」(一九六〇・4)。劇団三十人会によって六六年十月に俳優座劇場、十一月に矢来能楽堂で初演された。和泉保之・秋浜悟史演出、湯浅実《ゆあさまこと》・芳川和子・青柳ひで子出演。集団農場建設を目指しながら、伝染病ですべての牛を失った青年工藤充年(苦闘十年のもじり)は、毎年春の訪れとともに狂い出す。ほらんばかと呼ばれるその男を愛しながら、今年は嫁にいくといって娘は、青年の口にレンゲの花を押し込む。苦しまぎれに青年は女の首を絞めるが、娘は〈殺す気だら、殺してもええよ！お前が、荒神様のごとくにたけだけしく、本気の力振りみせてくれるのが、おら待ちどおしかったんだよ！〉と叫ぶ。戦後岩手の農村の窮状を背景に、男女の恋愛の深淵を幻想的に描いている。本作の作・演出で、秋浜は第一回紀伊國屋演劇賞を受賞する。『英雄たち』(レクラム社)所収。

❖**『冬眠まんざい』**《とうみんまんざい》　一幕三場。初出は「新劇」(一九六五・10)。一九六六年一月演劇集団変身によって、代々木小劇場で初演された。竹内敏晴演出、坂本長利・塩原悠紀子等の出演。雪に埋もれた一軒家。ユキ(女)がトト(男)を踏み台に首を吊ろうとして、思いとどまる。女は恋人の太郎が海に連れ出してくれることを、男は逃げた女勝子が戻ってくることを夢見ているが、誰もやっては来ない。二人は滑稽かつ悲惨で、ナンセンスな「まんざい」を繰り広げるが、突然の雪崩でこの小世界はあっけなく消える。待ち続ける間の「ごっこ遊び」と不条理な結末は、『ゴドーを待ちながら』を彷彿とさせるが、その象徴的な閉塞状況が粘りつくような南部弁で語られる点に本作の特徴がある。『英雄たち』(レクラム社)所収。

❖**『しらけおばけ』**一幕。初出は「新劇」(一九六七・5)。一九六七年十月劇団三十人会によって、アートシアター新宿文化で初演された。秋浜悟史演出、田中一光美術、三木稔音楽、植田譲・大橋芳枝・みきさちこ・久富惟晴等の出演。自衛隊演習地の買収計画をめぐって、東北の寒村姫神村は旧村人と開拓民との対立に揺れる。開拓民のリーダー工藤真実《まさみ》(苦闘真実のもじり)は悩みつつ、村の有力者と交渉してなんとか妥協の途をさぐる。そこに突如白装束の「白痴《おこ》」の男女が乱入して、真実は恋人の美枝ともども奉納剣で突き殺される。戦後農村の分裂・崩壊状況をリアルに描きつつ、そこに神楽舞をヒントに〈夜の終わりの戸惑い、まだ来ないしらけた朝のおばけ〉の詩的世界をぶつけるという野心的試み。『しらけおばけ 秋浜悟史作品集』(晶文社)所収。

❖**『幼児たちの後の祭り』**《ようじたちのあとのまつり》二部構成。初出は「新劇」(一九六八・11)。一九六八年九月劇団三十人会によって、紀伊國屋ホールで初演された。秋浜悟史演出、田中一光美術、三木稔音楽、青柳ひで子・植田譲・伊藤牧子・湯浅実等の出演。六〇年安保の挫折を引きずった幼児教育研究会。そこでは幼児教育ごっこやチェーホフ劇ごっこが延々と繰り返され、研究会の解散動議さえいつの間にか解散ごっこになってしまう。最後はみんなが嚙みつきつながる、不毛な〈カミカミごっこ〉の狂乱で終わる。六〇年代学生運動の停滞に、所属劇団のそれを重ね合わせ、ト書きにある通り〈重なり折れた共有体験が醸す、迷彩化した原情景の喜劇〉を、秋浜は自虐的なタッチで描き出した。題材から後の幼児教育、障害者教育への作者の関心がうかがえると同時に、全編共通語が用いられている点も注目される。『しらけおばけ 秋浜悟史作品集』(晶文社)所収。

❖**『おもて切り』**《おもてぎり》二部構成・全一七景。初出は「新劇」(一九七〇・1)。一九六九年十二月劇団三十人会によって、俳優座劇場で初演された。岡村春彦演出、植田譲・伊藤牧子・二瓶鮫一・内山森彦等の出演。舞田正義は開拓農場で集団経営の指導者だったが、国有林盗伐で逮捕される。出所後勝子と夫婦になり、二人の子が生まれる。東京に出稼ぎに出て地下鉄工事で働くうちに、女と知り合い、一緒に故郷姫神村に戻る。勝子は怒って実家に戻り、まもなく女も姿を消す。舞田は子供を置いて都会に出てゆき、二人の子供は餓死する。舞田は逮捕され、勝子の耳には〈七代めくらにならばなれ、ならばなれ、罪とがなんど恐れねえ〉の唄が聞こえる。表題は主人公が恐れることなく罪を行なう、すなわち裏切りならぬ「おもて切り」という意味であろう。高度成長に翻弄される農民の悲惨さとともに、人間の宿業の深さを感じさせる問題作である。『しらけおばけ 秋浜悟史作品集』(晶文社)所収。

(出口逸平)

秋元松代《あきもとまつよ》 一九一一〈明治四十四〉・一〜二〇〇一〈平成十三〉・四。劇作家・脚本家。横浜生まれ。残した戯曲は初期の一幕劇と未発表作を含めても約二十本と寡作だが、いずれも堅牢な骨格を持ち、密度が高く、社会的、歴史的な広がりが大きい。人物や状況は常に相対化され、知的で喜劇性のある作品も多い。社会や家庭の中で抑圧されている女性を描いたフェミニズム演劇の先駆けといえる戯曲でも、根底にあるのは、情緒的な「恨み」ではなく、理不尽さの原因を冷静に見据えた「怒り」である。劇団からの根拠のない戯曲改稿要求を拒否して上演を中止したり、自作と類似した作品に強く抗議したりと、厳しい姿勢を貫いたことでも知られる。

父と三歳で死別。家計を支えた母は長兄（俳人の秋元不死男）を溺愛し、〈母と長兄の君主制〉（本人の回想）の家庭で、姉と兄三人の末子として育つ。幼い頃、母に連れられて劇場へ行き、歌舞伎や新派で〈女がみんな惨めで、不幸せなのが嫌で嫌で仕方がない〉と思う一方、松井須磨子演じる『復活』のカチューシャが牢獄の場面で〈声高らかに笑ってネフリュードフを沈黙させた〉のを〈素晴らしい〉と感じたという。小学五年でドストエフスキーを読む知的な少女だったが、肋膜炎を患ったこともあり、小学校卒業後は進学せず、独学。十六歳で手に取ったイプセンの『野鴨』を皮切りに、自宅にあった『近代劇全集』四十余巻を読破した。一九三九年に急性肺炎で母が死去。東京の保険会社にタイピストとして就職し、一人暮らしを始めたが、戦争中は思想犯として投獄されたり、結核で療養所に入ったりしていた兄三人の見舞いや差し入れに明け暮れ、自身の肋膜炎も再発した。

職を失っていた四六年、NHK放送劇団の声優だった友人、加藤幸子の誘いで劇作家、三好十郎を訪ね、戯曲研究会に誘われる。初めての戯曲『軽塵』は、敗戦直前の海辺の町で暮らす家庭を見つめた一幕劇で、秋元と兄との関係が投影されていた。これを三好が絶賛。習作を重ねながら、『芦の花』『礼服』『婚期』などを続けて書く。

初期の代表作となる『礼服』（一九四七）を三好は高く評価する一方で、すぐ発表することには反対した。しかし、すでに三十代半ばだった秋元は発表を望んで師のもとを離れ、戯曲と、脚色も含めたラジオ（後にテレビ）ドラマ脚本を精力的に執筆し始める。いったん書いたドラマ脚本を、時間をかけて練り直した戯曲も少なくない。

この時期の戯曲には、若い女性が暴行された事件を報じた新聞記事に触発された『日々の敵』（五二）、初代水谷八重子主演で新派が五二年に初演した『他人の手』、NHKの依頼で手掛けた売春防止法に関するラジオのドキュメンタリー番組の取材を踏まえた『もの云わぬ女たち』（五四）などがある。『もの云わぬ女たち』の上演で「新劇界の現実に絶望」し、一時、戯曲から遠ざかったが、六〇年には戯曲『村岡伊平次伝』とラジオドラマ『常陸坊海尊』で両部門の芸術祭奨励賞を獲得。六二年、初の戯曲集を自費出版し、六四年、『マニラ瑞穂記』が初演された。

六〇年代以降は、柳田民俗学の影響を受け、各地で伝承されている民衆の精神史を踏まえた『常陸坊海尊』（六四年発表）、『かさぶた式部考』（六九年初演）、『七人みさき』（七五年発表）といった秀作戯曲を次々と生み出す。いずれも、舞台となる土地の方言で書かれている。七〇年代には民俗学の先駆とされる江戸後期の学者、菅江真澄の足跡を旅し、評伝を著した。七五年には九州天草が舞台の『アディオス号の歌』で紀伊國屋演劇賞個人賞を受けた。

東宝の依頼で書いた『近松心中物語』が七九年、東京・帝国劇場で初演。緻密な作劇と蜷川幸雄のダイナミックな演出で公演は大成功。「私の頭の中にある立派な劇場に比べて、現実の上演はいつも貧しくて不満」と考えていた秋元が、「この舞台は想像以上」と手放しで喜んだ。これを受けて、蜷川とのコンビ、同じ平幹二朗主演で『元禄港歌』（八〇）、『南北恋物語』（八二）も製作された。七九年に紫綬褒章。八〇年代以降、秋元戯曲の力が見直され、商業演劇、新劇の双方で旧作上演が相次いだ。

八九年、神奈川県茅ケ崎市のケア付き老人ホームに転居。二〇〇一年四月三日、『近松心中物語』（東京・明治座）の通算一千回公演記念のカーテンコールには車いすで登場したが、同月二十四日、肺がんのため死去。葬儀は東京・信濃町の千日谷会堂で営まれた。遺志によって、この年始まった朝日舞台芸術賞（朝日新聞社主催）の中に、芸術性と大衆性を兼ね備えた作品・人に贈る秋元松代賞が創設された（賞は〇九年から休止）。〇二年、『秋元松代全集』五巻（筑摩書房）が刊行された。

❖**『礼服』**《れいふく》一幕二場。一九四九年「劇作」六月号に発表。同年八月に俳優座の創作劇研究会公演として岡倉士朗演出で初演。時は執筆時の「現代」、ところはある地方都市。旧家の六十一歳の母親が肺炎で急死した早朝から、翌日の葬儀までの家族の姿を見つめる。若くして夫と死別した母親は、家を守って二男二女を育てた。母の愛情と期待を一身に受けた県庁課長の長男は、家の中では居丈高だが、世間体を気にし、上司に対しては卑屈。長女は母の指図で金持ちの息子だが覇気のない男と結婚している。次男は復員後、様々な商売に手を出す落ち着かない暮らしで、兄妹でただ一人、母の臨終に立ち会えなかった。タイピストの次女は縁談を拒み、長兄と対立している。そこに、認知症気味の祖母、居候の伯父、離婚したが復縁を望んでいる長男の前妻らがからみ、それぞれが抱く母親への愛憎と、兄妹間の葛藤が描かれる。設定やエピソードに秋元の実体験と重なる部分も多いが、すべての登場人物から距離を置いた、冷静な目で書かれている。戦後、法律上の家制度がなくなっても人々の意識は変わらず、長男は長男として、末娘は末娘として「家」に縛られる。「家」にかかる社会の圧力も相変わらずだ。そうした複雑な構図を、生き生きした人間ドラマにした初期の代表作である。

❖**『村岡伊平治伝』**《むらおかいへいじでん》四幕十場。一九六〇年十月、劇団仲間が中村俊一演出で初演。長崎県島原に生まれ、明治大正期に東南アジアで手広く日本人娼婦を売買した実在人物、村岡伊平治がモデル。村岡の虚実入り交じった「自伝」に秋元は〈言い知れぬ面白味〉（一九七六年の自註）を覚え、それを踏まえて創作した。一八八七年、清国天津の理髪店で働いていた青年・伊平治は、女郎に売られて来たかつての恋人と再会。軍人の下男として満州に赴いた時にも、辛い境遇の日本の女たちに会い、心を痛めた。アモイに出た伊平治は、前科者の男たちを率いて、売られた娘を誘拐して助ける事業を始める。しかし、ほどなく行き詰まり、〈南洋開発の人柱になる〉〈少々の罪を作っても、日の丸の旗が許してくれる〉と、女を売る商売に転身。シンガポールで〈村岡南洋開発公司〉を興す。だが、視察に訪れた伊藤博文伯爵に〈お国のため、陛下のおんためになっているのでしょうか〉と問うても答えてもらえず、熱烈に信奉する天皇の写真に〈陛下。なんぞおっしゃって下さい〉と空しく呼びかける。主人公は活力にあふれ、非論理的だが、強い魅力を放つ。売られてきた娘たちに〈私はあんたたちの心の夫だ。心さえ清く守れば、体は売ってもいい。夫である私が許すのだから〉と大まじめに語る場面は出色のおかしさだ。南の国で、日本の役にたちたいと奮闘する伊平治もまた、女たちと同様、国から棄てられた存在である。秋元はこの陽気な悪漢を通して、天皇制国家の酷薄な現実をあぶり出した。

❖**『常陸坊海尊』**《ひたちぼうかいそん》三幕七場。源義経の従者として奥州に下ったが、衣川の合戦直前に逃げた常陸坊海尊が何百年も生き続け、琵琶法師として義経の武勇と自分が主を裏切った卑怯者であるという懺悔を人々に語り聞かせたという伝説を踏まえている。一九六〇年に朝日放送東京支社のラジオドラマとして執筆され、芸術祭奨励賞(脚本賞)。後に戯曲に書き改めて六四年に私家版で刊行、翌年の田村俊子賞を受けた。六七年九月に劇団演劇座が高山図南雄《たかやまとなお》演出で初演した。六八年の再演で秋元が芸術祭賞を受けた。物語は、敗戦直前の東北の村で始まる。疎開児童の豊と啓太は美しい娘、雪乃と出会い、苦しい時には〈海尊さま〉を呼べと教えらえる。雪乃に会いたくて家を訪ねた二人は、かつて常陸坊海尊の妻だったというイタコの〈おばば〉から、海尊のミイラを見せられる。東京の空襲で家族を亡くした二人は終戦後、近くの農家などに引き取られることになったが、おばばの話と雪乃に強くひかれた啓太は行方をくらましてしまう。十六年後、東京で会社員となった豊が、啓太が北東北の岬の神社にいると知り、訪ねてくる。そこで啓太は雪乃に〈下男〉として仕えていた。再会した雪乃の魔性に魅入られる豊。啓太は雪乃のむごい仕打ちと、おばばをミイラにした罪の意識に苦しみ、〈海尊さま〉と叫ぶ。すると初老の男が現われ、啓太の胸に琵琶があることを教える。啓太もまた、自らの罪を語る〈海尊〉となって旅立ってゆく。

❖**『山ほととぎすほしいまま』**《やまほととぎすほしいまま》 序章と終章 三幕五場。実在の俳人、杉田久女(一八九〇～一九四六)をモデルに、ひたむきに自我を貫こうとした女性を描く。題名は久女の代表句〈谺《こだま》して山ほととぎすほしいまま〉(一九三二)から。一九六四年に書いたRKB毎日放送テレビドラマ(渡辺美佐子主演)の脚本を改稿し、六六年「悲劇喜劇」五月号に発表した。時は大正半ば、竹岡朝子は東京から北九州にやってきた。夫が、この地で中学の画学教師の職を得たからだ。朝子は芸術への夢を捨てた夫に強い不満を抱く。十三年後、朝子は、俳句誌「清流」を主宰する上原岳堂に才能を見出され、俳人〈あさ女〉となる。だが、句作にも師の岳堂にも全身全霊で向き合い、妥協しない激しさが周囲と軋轢を起こす。次第に岳堂からも疎まれ、ついには「清流」から除名される。安定を志向する男性中心の社会で疎外され、傷つく女性を鋭く描いた秋元は、自己を偽らず、俳句結社でうまく身を処すことを拒む主人公について〈日本のどの地域にも集団の中にもみられる共通の運命と言えるかも知れない〉(七六年の自註)と記している。この戯曲には完成直後、上演予定の俳優座から内容に注文がついた。劇団内で、岳堂のモデルとされる俳人、高浜虚子に配慮する声が上がったためとされる。秋元は書き直しを拒否して、公演は中止に。このため初演は八〇年五月と大きく遅れた(俳優座、増見利清演出、大塚道子主演)。

❖**『かさぶた式部考』**《かさぶたしきぶこう》 三幕六場。一九六九年「文藝」六月号に発表。同年六月、劇団演劇座が初演(高山図南雄演出)。この戯曲で秋元は毎日芸術賞を受賞。この作品もまずテレビドラマとして書かれた。平安の歌人、和泉式部が九州を流浪したという伝説に関心を寄せていた秋元は、福岡のRKB毎日放送からの脚本依頼を機にゆかりの地を訪ね、炭鉱の閉山と事故被災者の厳しい現実を見た。それを踏まえてドラマ『海より深き――かさぶた式部考』(一九六五年十一月放送)を書き、芸術祭賞を受賞。その後、戯曲に書き直した。熊井啓監督・脚本の映画『式部物語』(一九九〇)の原作にもなった。舞台は高度経済成長期の九州。娘を亡くしたことを機に諸国を巡る旅に出た和泉式部が、数々の病を身に引き受けながら人々を救済したという〈かさぶた式部〉の伝承を奉ずる〈和泉教会〉の巡礼が、水を求めて小さな農家に立ち寄る。その家には、炭鉱事故で脳に障害を負った三十歳の豊市と、母の伊佐、妻てるえが暮らしていた。その夜、母と妻が言い争う中、家を飛び出した豊市は、〈六十八代目和泉式部〉を名乗る智修尼と会う。豊市は美貌の智修尼を〈仏〉とあがめ、伊佐とともに巡礼の一行に加わる。教会の拠点である山中の薬師堂で、智修尼の欲情の相手をしていた豊市は、怒った信徒の男によって谷に落とされ、正気にかえる。しかし、すぐ元に戻って幼児のようになり、迎えに来た妻に連れられて帰宅する。一年後、信仰によって病が治った〈豊市とその母〉の奇跡を描いた大絵馬が掲げられた教会の参籠所に、下働きをする伊佐の姿があった。

❖**『七人みさき《しちにんみさき》』** 四幕六場。初出は一九七五年「文藝」四月号。同年九月に単行本が出て、七六年二月読売文学賞（戯曲部門）を受賞。初演は七六年三月、劇団民藝（渡辺浩子演出）。「七人みさき」とは、死んだ女の魂が親しかった女七人を連れに来るという言い伝えのある土地で、女たちが酒盛りをして霊魂《みさき》を慰める行事。舞台は、平家の落人伝説の残る現代の村。桐、藤、ろく、あおい、うき、ゆう等、『源氏物語』にちなんだ名の女たちが登場し、山深い村に濃密な愛と官能が渦巻く。村に君臨する大地主の光永建二は何人もの女と関係を持ち、その妹で赤ん坊の時にどこかからもらわれてきた藤は、〈安徳さま〉を祀る神社の斎女を務めている。夏の午後、村の辻で女たちが「七人みさき」をしているところに香納大助が通りかかる。彼は、村人が所有する山林を買い集め、村ごと移住させる計画をたてている建二が呼んだ測量技師だった。祭りの前夜、出稼ぎから戻った男たちは建二の計画に不信を募らせて騒ぎだし、大助は藤に求婚。かねて思い合っていた建二と藤は男と女として結ばれる。翌日、祭りの最中に建二は村の女あおいに宝剣で刺される。大けがをした建二は、藤とは実の兄妹だったと知らされて刀を首に刺し、自らを罰する。返り血を浴びた藤は祭りの続行を宣言する。

❖**『近松心中物語《ちかまつしんじゅうものがたり》』** 四幕八場。鮮烈な演出で注目されていた蜷川幸雄のために書下ろし、一九七九年二月に東京・帝国劇場で初演。大成功をおさめ、秋元、蜷川それぞれの代表作となった。近松門左衛門の『冥途の飛脚』『緋縮緬卯月の紅葉』『卯月の潤色《いろあげ》』から人物を抜き出し、金と義理に縛られた過酷な現実を生きる男女の愛と死を描く。舞台は元禄の大坂。飛脚宿の養子・忠兵衛は偶然見そめた遊女・梅川に心奪われ、身請けのために御用金に手をつけてしまう。もはや死ぬしかない二人は、降りしきる雪の中で果てる。一方、古道具屋の婿、与兵衛は、幼なじみの忠兵衛に店の金を勝手に貸して、勘当される。追ってきた妻のお亀と心中を図るが、お亀だけを死なせ、後追いにも失敗。乞食坊主となって生きのびる。美しく心中を遂げる悲劇の恋人たちと、無残で滑稽な結末を迎える喜劇的な夫婦。二組の鮮やかな対比によって物語は現代性を帯びる。特に、甘美な恋の伝説に憧れながらも、決してその主役にはなれない無数の民衆が投影された与兵衛の造形に、秋元の独創が冴えている。この脚本で秋元は七九年の菊田一夫演劇賞大賞を受賞。八一年再演は芸術祭大賞。八九年にはアントワープ、ロンドンでも公演された。上演一〇三五回を数える（二〇〇一年四月まで）。

❖**『元禄港歌《げんろくみなとうた》』** 三幕六場。初出は一九八〇年「世界」九月号。『近松心中物語』の成功を受けて、蜷川幸雄演出のために書かれ、八〇年八月、東京・帝国劇場で初演。民衆の心を表す詠唱念仏、謡曲などが数多く盛り込まれ、秋元作詞、猪俣公章作曲の劇中歌を美空ひばりが歌った。播州の港町に盲目の旅芸人、瞽女《ごぜ》たちがやってきて、廻船問屋、筑前屋の座敷で芸を披露する。幼い頃、〈白狐の赤児〉とからかわれた店の長男・信助は、年配の座元、糸栄が語る「葛の葉の子別れ」に強く心を動かされる。糸栄もまた、信助に並々ならぬ思いを示す。信助は、若い瞽女の初音と恋に落ちる。瞽女たちを手引きする歌春は、筑前屋の次男、万次郎と恋仲だったがそれをあきらめ、職人の和吉の妻となる。だが、歌春と万次郎との仲を知った和吉は、旦那衆の能会に暴れこみ、面を着けたシテに毒を浴びせる。この日、万次郎に代わってシテを務めていた信助は目を焼かれ、視力を失う。信助は、糸栄が実の母であることを知り、初音と三人で葛の葉が棲むという〈千年の森〉へと去る。和吉に刺された歌春は万次郎に見守られて息絶え、和吉は自害。二人の遺骸は悲田院法師と信徒たちによって運ばれてゆく。（山口宏子）

阿久悠《あくゆう》　一九三七〈昭和十二〉・二～二〇〇七〈平成十九〉・八。作家・作詞家。兵庫県生まれ。明治大学文学部卒業。一九七七年初演のミュージカル『わが青春の北壁』の脚本・作詞を手がけた。浅利慶太と宮島春彦の共同演出で、作曲・編曲は三木たかし。金森馨の美術、沢田祐二の照明、山田卓の振付に、渋谷森久が音楽監督を務めた。主演に西城秀樹を迎えた劇団四季公演で、滝田栄、久野綾希子、三田和代らが出演。主人公の義姉への恋と葛藤を描いた物語である。（萩尾瞳）

芥正彦《あくたまさひこ》　一九四六〈昭和二十一年〉・一～。演出家。東京生まれ。東京大学入学後、劇団駒場で活動し、『太平洋戦争なんて知らないよ』が話題となる。一九六九年の全共闘と三島由紀夫との対話にも参加。寺山修司と雑誌「地下演劇」を共同編集し、「ホモフィクタス宣言」を発表。女優の中島葵らと七七年に「ホモ・フィクタス」を創設。七八年、天皇劇『20c悲劇天皇〈祐仁〉』を上演したさい、劇場に右翼が乱入し、公演中止を余儀なくされたこともある。横断的なメディアを駆使した舞踏オペラなど、前衛的な実験劇に邁進する。ロルカ、アルトー、デリダなどのリーディング公演もある。（西堂行人）

芥川龍之介《あくたがわりゅうのすけ》　一八九二〈明治二十五〉・三～一九二七〈昭和二〉・七。小説家。東京生まれ。東京帝国大学卒業。一九一六年、『鼻』が夏目漱石に認められて文壇に登場。戯曲には『青年と死』（一九一四）、『三つの宝』（二二）、「二人小町」（二三）等があるが、戯曲に限らず『羅生門』『地獄変』『藪の中』等、代表作の多くが舞台化、映画化されている。演出家・俳優の芥川比呂志は長男。（岩佐壮四郎）

阿坂卯一郎《あさかういちろう》　一九一〇〈明治四十三〉・二～二〇〇〇〈平成十二〉・七。高校教諭。本名は野辺《のべ》行十郎《こうじゅうろう》。鹿児島県出身。國學院大學文学部卒業。一九五五年、高校演劇の全国組織を結成するために奔走する。長く都立高校教諭として児童劇および高校生のための戯曲を書く。『風変わりな景色』で第十三回芸術祭・芸術祭脚本奨励賞を受賞。「季刊高校演劇」の編集責任者を創刊以来長く務める。主な戯曲に『高原野菜』『送虫譜』『絹と軍艦』、主な著書に『阿坂卯一郎一幕劇集』（未來社）、小説『新宿駅が二つあった頃』（第三文明社）など。（柳本博）

浅野武男《あさのたけお》 劇作家・小説家。昭和初期に松竹株式会社文芸部に籍を置き、戯曲を執筆した。主に岡本綺堂・額田六福《ぬかだろっぷく》の「舞台」に戯曲を掲載し、一九三八年九月に掲載された『本所狸』は同年東京劇場の青年歌舞伎で上演された。その他、「劇と評論」にも『めっかち生薑と女』（一九三四・1）などの戯曲が発表されている。第二次世界大戦中、戦後は主に小説家として活躍し、『点字日記』〈泰光堂〉などを出版した。（岡本光代）

朝比奈尚行《あさひななおゆき》 一九四八〈昭和二十三〉・八〜。音楽家・脚本家・演出家・舞台美術家。「あさひ7おゆき」の芸名で俳優としても活動。神奈川県出身。桐朋学園演劇科卒業。演劇センター68／71に参加したのち、一九七〇年代は、劇団自動座で『楽劇・大晴天』（一九七三）等の劇作・演出を担当。八五年、今井次郎等と劇団時々自動を結成。「ミュージシャンによる演劇集団」「演劇バンド」等のコンセプトを掲げ、『キネン』『イエオタテル』など演劇と音楽の境界的な作品を多数発表する。劇団活動のほかに、蜷川幸雄、串田和美、ケラリーノ・サンドロヴィッチ等の舞台音楽も多数手掛けている。（森山直人）

浅利慶太《あさりけいた》 一九三三〈昭和八〉・三〜。演出家。東京都生まれ。父は、小山内薫らとともに築地小劇場設立に参画した浅利鶴雄。大叔父に二世市川左團次。慶應義塾大学文学部在学中の一九五三〈昭和二十八〉年、同大学の日下武史や東京大学の米村晰らと劇団四季を設立。以降、同劇団の上演作のほとんどを演出。同劇団は当初ジャン・アヌイ、ジャン・ジロドゥなど主にフランス戯曲を上演するかたわら、武田泰淳、寺山修司、石原慎太郎、福田恆存らの戯曲も手がけ、一九六〇年代には寺山修司脚本のオリジナル・ミュージカル『はだかの王様』『王様の耳はロバの耳』を初演。一九七二年ブロードウェイ・ミュージカル『アプローズ』を日本初演後は翻訳ミュージカルにも進出、八三年の『キャッツ』日本初ロングラン公演後はミュージカル劇団として存在感を増した。六三年に設立された日生劇場には立ち上げから関わり、プロデューサーとして活躍。また、同劇場と劇団民藝との提携公演『ヴェニスの商人』（一九六八）、「越路吹雪ドラマティック・リサイタル」（六六〜七五）なども演出。「日生名作劇場」と銘打った劇団四季によるファミリー・ミュージカル上演は六八年以来続いている。六九年に日本ゼネラルアーツを設立。

❖**『ミュージカル李香蘭』**《みゅーじかるりこうらん》 二幕。一九九一年初演。山口淑子、藤原作弥共著『李香蘭私の半生』が原作の、史実にフィクションも織り込んだミュージカル。浅利慶太の台本・構成・演出。三木たかし作曲、山田卓振付。野村玲子主演。第二次大戦前夜、中国侵略を進める日本が建国した満州帝国に生まれた女優・山口淑子の半生を軸にした物語。李香蘭という中国名を持つ淑子は、幼い頃から歌が上手で、歌手からやがて満映のスター女優になる。第二次大戦のさなか、抗日運動に身を投じた幼なじみの愛蓮との別れ。愛蓮との再会と終戦。戦後、李香蘭は日本の国策映画に主演し敵国の宣伝工作に協力した裏切り者として裁判にかけられる。が、愛蓮の証言もあり実は日本国籍であることが証明され、辛くも無罪を勝ち得る。時代に翻弄された一人の女性を通して、戦争そして昭和を見直した作品だ。二〇〇一年初演の『ミュージカル異国の丘』、二〇〇四年初演の『ミュージカル南十字星』とともに、昭和三部作と呼ばれる。『異国の丘』では共同台本と構成・作詞、『南十字星』では構成・作詞を、三作全ての演出を手がけた。（萩尾瞳）

足立欽一《あだちきんいち》 一八九三〈明治二十六〉・七～一九五三〈昭和二十八〉・十二。出版社主。東京生まれ。徳田秋声に師事し小説や戯曲を発表。一九二四年に出版社「聚芳閣」を創業し、文芸書や雑誌「文學界」を刊行した。発表された戯曲のうち、古代インドの頻婆娑羅王と阿闍世太子の物語を劇化した『天竺物語』は、二五年四月、本郷座で伊井蓉峰一座により上演された。戯曲集に『愛闘』『女人供養』がある。（星野高）

足立直郎《あだちなおろう》 一八九六〈明治二十九〉・十二～一九八〇〈昭和五十五〉・十。小説家・劇作家。別名・高梨直郎。千葉県生まれ。早稲田大学文学部卒業。歌人として出発し、大正末ころから、小説、戯曲を発表し始める。雑誌「脚本」を刊行するなどして、演劇に意欲を持った。戯曲に『異母兄弟』『無官義経』『春色和泉式部』『マダムの公休日』『雷雨』などがあり、それらを収録した戯曲集に『芭蕉終焉記』（協和書院）がある。近世風俗研究でも知られ、演劇評論集に『歌舞伎への情熱』（高風館）、『歌舞伎劇場女形風俗細見』（展望社）など。（神山彰）

足立万里《あだちばんり》 劇作家。大正から昭和戦前期の志賀廼家淡海一座に、毎回の短編作品を書く。『恥ずかしいわ』『旧喜劇　臆病風』『お互ひ様』『心の綻び』『聟になる人』『山鳩』など新聞の社会種を題材に、世態人情を風刺する喜劇。『あの時の眼』『モダン・ワイフ』『ダイヤの光』など当時の世相を巧みに生かした情愛を描き、好評を博した。『遺言状』『春告鳥』『按摩の駆落』『南国の花』『ぼけの花』『野鴨』『子守唄』『熟柿』『道中記』『或る夜の出来事』『花吹雪』など多数。（神山彰）

安達靖人《あだちやすひと》 一九三八〈昭和十三〉・三～。劇作家・演出家。本名靖利。岐阜県生まれ。同志社大学商学部卒業。一九七〇年代に梅田コマ劇場を中心に、村田英雄に『夫婦春秋』『人生峠』、三波春夫に『赤い椿と三度笠』など人気歌手公演の作品を手掛ける。一九八二年以後は原譲二（北島三郎）作品の演出を共同で行なう。（神山彰）

渥美清太郎《あつみせいたろう》 一八九二〈明治二十五〉・九～一九五九〈昭和三十四〉・八。演劇研究家・劇作家。東京下谷生まれ。青山学院高等部に通いつつ、上野の国立図書館に勤務。「演芸画報」入社後は、博覧強記で知られ、多くの歌舞伎脚本集を編纂。大正・昭和初期の歌舞伎理解の一面を形成した。劇作家としては、関西新派に一九三六年に『江戸の女』を、剣劇の金井修一座に『斬奸風雲城』『剣雲千代田城』（一九三九）を提供。後者は、昭和戦前期まで小芝居のレパートリーだった松平外記の刃傷事件を扱い、義太夫入りの剣劇として上演。女剣劇にも、上方歌舞伎の書替演目『怪談宇和島騒動』を提供している。（神山彰）

安部公房《あべこうぼう》 一九二四〈大正十三〉・三～一九九三〈平成五〉・一。作家・劇作家・演出家・発明家。本名公房《きみふさ》。東京・滝野川生まれ。大正モダニズムの進歩的知識人の家庭に生まれた彼は医学者の父の任地奉天（現・中国瀋陽市）で幼少年期を過ごし、上京して東京・成城高校を経て東京帝国大学医学部に進学した翌一九四四年暮れ、徴兵を避けて密かに親友と東京を脱出、奉天に帰る。途中、立ち寄った北朝鮮の街の印象が戯曲『制服』の素材となった。そして敗戦は父と住居を奪い、彼（二十一歳時）に一家の生活費を稼ぐ苛酷な責任を負わせ、病院船に乗り満州を脱出するが、上陸目前の佐世保港外で船内のコレラ発生のため約一か月以上も繋留された(この時の異常体験が長編小説『けものたちは故郷をめざす』の背景となる。船内執筆の未発表短編『天使』は「新潮」二〇一二・12に掲載)。こうして四六年一月、北海道旭川の祖父母の家に辿り着くが、すぐさま単身上京して東大医学部に復学。翌年三月に女子美術専門学校(現・女子美術大学)を卒業し、シュール・レアリスム絵画に傾倒する山田真知子(後の安部真知)と知り合い、同棲(婚姻届は三年後)。しかし生活は困窮をきわめ、売血などもしたどん底時代にガリ版刷りの『無名詩集』を自費出版(一九四七)。またノートに書き溜めた初の長編小説が『終りし道の標べに』(四八)であり、埴谷雄高・岡本太郎ら当時の前衛芸術家グループの《夜の会》に参加、戦後の若手前衛作家として精力的な活動を開始。当時を〈憎悪の牙をむき出している、飢えた狼のような自分自身の姿を、ありありと思い出す〉〈私の戦後は、まず死のイメージから出発〉(作品集『夢の逃亡』徳間書店六八年刊の後記より)と回想する。以下、ノーベル賞候補とも言われた世界的前衛作家になった彼の演劇活動のみを記す。先ず彼の初戯曲『少女と魚』(「群像」一九五三・7初出)は幻想的な童話劇だが、やはり「死のイメージ」があり、初上演作品『制服』(五五年三月)は死人の登場から始まる。五五年は『どれい狩り』(六月)、『快速船』(九月、倉橋健演出・劇団青俳)も初演され、また三作収録の初戯曲集出版(青木書店九月刊)も重なり、まさに劇作家デビューの年でもあった。しかし彼は自作を詩・小説・ドラマとのジャンル分けを好まず、事実、五〇年代の詩・小説等には後年、安部スタジオで舞台化された作品も多い。『デンドロカカリヤ』(「表現」一九四九・8)、『赤い繭』(「人間」一九五〇・12)、『壁――S・カルマ氏の犯罪』(「近代文学」一九五一・2)、『詩人の生涯』(「文藝」一九五一・10)、『水中都市』(「文學界」一九五二・6)等である。『どれい狩り』に続き千田是也と組んだ劇作活動(ブレヒトの影響をいちばん強く感じられた頃)は『幽霊はここにいる』、ミュージカル『可愛い女』、『巨人伝説』『石の語る日』『城塞』『おまえにも罪がある』『未必の故意』と続く。真知夫人も千田の勧めで美術家として装置を担当した。他に海外訳も多い『友達』や芥川比呂志と組んだ『榎本武揚』もある。そして俳優座の俳優養成所を引き継ぐ桐朋学園短大芸術科演劇専攻創設(一九六六年。現・桐朋学園芸術短大)は彼の先導的努力によるものであり、彼自身も俳優教育に携わり、やがて六九年の『棒になった男』では演出も初めて担当した。台本なしで俳優たちの即興を取捨選択して安部の新しい演劇空間を構築した『ガイドブック』を経て、彼独自の「安部システム」という演技訓練を受けた桐朋卒業生らを中心に、俳優座の仲代達矢らも参加した『愛の眼鏡は色ガラス』で安部公房スタジオを創設(七三)。『緑色のストッキング』『水中都市』(七七)など、ユニークで本格的な演劇活動を展開。そして当時では珍しいシンセサイザーを購入して自分で音楽も作曲し、「音+映像+言葉+肉体=イメージの詩」とする『イメージの展覧会』を創造するにいたった。『制服』以来、「同化」ではなくブレヒト的な「異化」の演劇を目指しながら、近代的演劇の枠組みに拘束されがちな安部公房はついに彼の前衛的文学作品同様、安部スタジオ(筆者はこれを安部工房と名付けたい)のなかから独自な新しい前衛的な演劇作品を創造したのだ。その代表作が演劇的遺作となった『仔象は死んだ』である。彼の死後、未完の長編小説『飛ぶ男』のフロッピーディスクを発見し、公表した真知夫人は彼の後を追うように急死した(一九九三年九月二十二日)。

❖『制服《せいふく》』三幕七景。一九五五年三月。倉橋健演出、劇団青俳初演、飛行館ホール。本作は「群像」(一九五四・12)初出の『制服』五景を上演用に改稿した作品。舞台は敗戦の年の二月、北朝鮮のある港町。巡査の制服を着た男が自分は死人と気づくシーンから、自分を殺した犯人捜しが始まる。二景は制服を着てない生前の「制服の男」がひげと重病人のちんばの家に現われる。彼らは日本人の密造酒造りの仲間。酒を勧めるひげに男は、貯めた二千円と共に女房と内地で新生活を送るため、乗船券二枚を買いに行くからと一旦は断るが、深酒を重ねる。三景は一景と同じ死人の制服の男の前に、裁判もなく拷問され巡査殺しの犯人に仕立てられて殺された朝鮮人青年が現われ、犯人は学生だという。二幕四景では、ひげの家に刑事が学生を連れて事情聴取にくる。学生は新潟からこの港町に夜遅く着き、男の家に泊まる条件で制服をいいことに酒屋を始め、商店から商品を強奪した男の荷物持ちとなる。そして朝鮮部落に入り込み、毛布をかっぱらってきた男と、ハンマーを持った朝鮮の青年も出てきたと学生は証言する。しかし学生とひげにも殺人容疑がかかる事態となる。幕切れで青年が〈人間は死人が喋るのが、一番恐いんだ。やつらはおれを殺しやがった。でも死人は喋るぞ〉と叫ぶ。三幕五景は女房が一緒に乗船しようとひげを誘い、ひげも決心する。するとちんばが〈待て、人殺し、俺は全部見たぞ〉と叫ぶ。慌てたひげは彼を殺してしまう。六景は死人のちんばが犯人は厳寒で、二人が凍死寸前の男を放置したからだという。終景は女房がひげを訴えるとわめくと、ひげはピストルで女房を撃つ。女房を含めて死人たちに囲まれたひげは〈おれのせいじゃねえ……〉と駆け去る。汽笛が鳴る。制服の男が内地での夢を託した乗船券は紙切れとなる。男は必死に制服を脱ごうとするが脱げない。朝鮮人の青年は〈ぬげるもんか!〉という。制服の男は〈私の二千円〉と狂ったように叫んで劇は終わる。この上演台本よりも、ひげの殺人シーンがなく、簡潔な一幕劇である雑誌初出の『制服』五景も一九六〇年十一月に劇団青俳により俳優座劇場で初演され、制服の男を木村功、青年を蜷川幸雄が演じた。

❖『ウエー《うえー》(新どれい狩り《しんどれいがり》)』十二景。一九七五年五月、作者演出により安部公房スタジオ公演として西武劇場(現・パルコ劇場)初演。作者と千田是也が出会った最初の戯曲が本作の前身『どれい狩り』(一九五五年六月、俳優座劇場で俳優座初演)であり、その改訂版『どれい狩り』(七景。六七年十一月)も千田演出で俳優座で再演された。従って時代状況や作者の演劇観も内包するそれぞれ独自な三種の内、作者の演劇的変遷を端的に示す作品として、ここでは最終版を採用する。先ず登場人物は初演・改訂本ともに十四名であるが、最終版は九名に整理され、探検家は姿を消し、その主要部分は探検家の肩書きも持つ資産家の主人に集約され、その息子と息子の妻に、前作の運転手と女中の人物像が反映する。要は前作のワキ筋が大幅にカットされてウエーの男女が強調され、作者にとって愛着ある藤野の固有名を持つ飼育係と前作の娘が女子学生として存在感を増す。劇は主人と飼育係のアフリカの野生の王国イメージを喚起する会話から始まり、アニマル・スピリット(動物磁気)普及協会常任理事でもある主人の大邸宅に〈今世紀の未発見珍獣ウエー〉の送り状で雌雄二体が送り込まれ、その効用が列記され四十八時間の試用期間中に八千六百二十万円で買い取るか、返却するかの書状が届く。もともと旺盛な繁殖力で有名なハムスターから安部が想をえたウエーは、前身の『どれい狩り』

では人間そっくりではあるが人間ではないウエーの大量飼育による労働力提供能力が評価されて、娘のボーイフレンドが主人(初演上演時は閣下と命名)から二億円を巻き上げるストーリーがあり、探検家をはじめウエーも含めて主人から金を詐取する暗躍ぶりが目立ち、探検家のぼやきと主人が絶望的にウエー化するシーンで終わった。新『ウエー』でもドラマの核として息子夫婦がウエー購入代金を主人から詐取する計画にウエー役の夫婦が加担する仕掛けはあるが、もっぱらナンセンスなせりふでドラマが展開する。結末は飼育係により檻から解放された猛獣たちが押し寄せる中、主人がスピリット療法のテスト患者として連れてきた女子学生の先導で、全員がウエーとなって遊び戯れ、ウエーの男女だけが正気で檻の中に逃げ込みサンドイッチを頬張るシーンで終わる。ウエー役をはじめ、随所に笑いを呼ぶシーンが前作より多くなっただけに、結末は苦く黒い笑いが氾濫する。なお本作は前身の『どれい狩り』のように戯曲が前提にあるのではなく、作者が演出者として教え子の若い俳優たちに安部システムと呼ばれる独自な訓練を積み重ねる稽古過程のなかで上演台本が練り上げられたことに作劇上の特徴がある。

❖**『幽霊はここにいる』**《ゆうれいはここにいる》 三幕十八景。一九五八年六月、千田是也演出、俳優座初演、俳優座劇場。主要人物は深川啓介と、深川のみと対話出来る幽霊と、幽霊で金儲けを計る大庭三吉の三者。幽霊は復員兵深川の死んだ戦友で、遺族の許に帰したいと願う深川による幽霊の身許探しが劇展開の原動力となる。幽霊は、戦死者のほか無数の仲間たちが自分の背後にいて、彼らも近親者を探したがっているという。そこで幽霊の身許探しのため、死者の写真を〈高価買い入れ〉るというビラが貼られ、幽霊たちの集会で深川は身元調査の済んだ死者たちの写真を展示し、該当者がいたら申し出て欲しいと幽霊たちに呼びかける。一方、大庭は新聞社に圧力をかけ〈家なき幽霊に、愛の手を〉の記事を書かせ、社会的話題作りをする。戦死者のアルバムを盗んで売る者、その写真を買い取って供養する団体など、街は幽霊騒ぎの大騒動となる。大庭は写真を安く買い上げ、高く売りつけて大儲けしていく。やがて幽霊事業が大庭や街の有力者によって次々と開発され、市長を会長とする〈幽霊後援会〉の設立式典が開かれるが、深川が突然、戦友の幽霊が会長職につき、大庭の娘と結婚したい、と言っているとしゃべりだし、会場は大混乱となる。記者のつぶやく通り〈奴ら(市長や有力者たち)が幽霊を喰って太っているんだか、幽霊が奴らを喰って太っているんだか〉わからない状況となる。〈幽霊〉は事業主を支配しかねない完全な流行「商品」となったのだ。結末は〈深川の母〉を名乗る吉田という老婆が男に伴われて登場する。その男こそ本物の深川啓介だった。実は戦場で二人の生死を賭けた限界状況下で生き残った吉田は贖罪のためか、精神異常となり、自分が殺したと思い込んだ深川に成り代わって生きてきたのだ。本物の深川が言う。〈幽霊は、ここにいるよ……吉田君〉。こうして深川は我れ(吉田)に帰り、戦友の幽霊は消え去った。幽霊と金儲けを結びつける発想は鋭い社会風刺となると同時に戦争の生々しい傷痕が隠され、また幽霊にまつわる日本人の極めて特殊な心性に潜む深い闇とも照応する傑作喜劇となった。なおブレヒトソングのような市民たちの合唱が随所に挿入されたこともユニークである。

❖**『友達』**《ともだち》 十三景。一九六七年三月、成瀬昌彦演出、青年座初演。紀伊國屋ホール。『友達(改訂版)』は七四年五月、作者演出で安部スタジオ初演、西武劇場(現・パルコ劇場)。

小説『闖入者』（「新潮」一九五一・11初出）を原作に戯曲化。大都会のアパート住まいの独身サラリーマン男の許に突然、友達を自称する八人家族が訪れ、言葉巧みに入り込む。不法侵入と警官を呼んでも、無抵抗で笑顔で対応する家族の前では男の訴えも無視され、逆に男は家族との共同生活を強いられ、婚約者の信頼も奪われて、破談となる。ついにはリビングに造られた檻に閉じ込められ、自由を求める男に、完全な自由は死ぬしかないと思い詰めた次女の盛る毒を飲まされて死ぬ。家族長の父は上演日当日の新聞記事を拾い読みし、男の知りたがった世間の出来事を弔辞代わりに伝え、家族は別の孤独な男を求めてアパートを去る。ドラマは喜劇仕立てで、随所に笑いの渦が巻き起こる。「黒い喜劇」と副題されたように、世間にはびこる疑似共同体に対する強烈な風刺は同時に男に見られる「内なる弱さ」に跳ね返ってくる。改訂本は初演本の祖母が配役の都合で祖父に換えられ、元週刊誌のトップ屋が消え、友達グループ家族に三男及び男の婚約者の兄が追加された。安部戯曲のなかで最も上演頻度が高く、海外での上演も多い国際的傑作である。アメリカ上演もあり（一九七二、七八）、ルノー＝バロー劇団のパリ初演（八一）もあり、日本スウェーデン合作映画として、スウェーデンのシェル・オーケ・アンデションの脚本・監督で映画化もされた（八九年十二月公開）。

❖**『棒になった男』**《ぼうになったおとこ》 三景。一九六九年十一月、紀伊國屋演劇公演、作者初演出作品。紀伊國屋ホール。一景「鞄」、二景「時の崖」、三景「棒になった男」に分かれ、三作はラジオドラマとして個別に発表された作品であるが、作者は一人の男の「誕生」「過程」「死」になぞらえ、各景の主演者を同一俳優と指定する。初演時は井川比佐志が好演し、「時の崖」のボクサーは特に優れ、『時の崖』として映画化もされた（安部公房監督。七一年七月）。

❖**『仔象は死んだ』**《こぞうはしんだ》**（イメージの展覧会III）** 十八景。一九七九年五月、作者演出・音楽。安部真知装置・衣装・小道具、安部公房スタジオ公演。セントルイス、エジソン・シアター初演。以後ワシントン・ニューヨーク・シカゴ・デンバー巡演を経て、六月、東京初演、西武劇場（現・パルコ劇場）。テキストは「新潮」（一九七九・3初出）。通常の「戯曲」概念を遥かに超えた詩的言語と幻想的イメージに満ちたト書きと台詞の織りなす詳細な上演設計書が本作である。冒頭部分を要約すると「いちめんに白い布のような地面」、「布――人生の投影装置」、「布が夢みる」、「布の中で夢みられたさまざまな夢の夢を見る」。こうしてさまざまな人生を生きたあるいは生きる白い夢たちが人体化されて、安部作曲のシンセサイザーにのり、また多様に変化する照明効果により、最後は〈弱者への愛には、いつも殺意がこめられている〉と合唱する布たちの肉声で終わる。実際の舞台では〈気球のようにふくらみきった布の地面〉にくるまれたささやかな夢の映像（人間）たちは〈弱者へ～〉の合唱後、そのフレーズがスライド投影された背後に消え、巨大な白布（夢）がしぼんで死んでいく、清澄感あふれるシンセサイザーの音楽が流れるなかで。本作は「音＋映像＋言葉＋肉体＝イメージの詩」という「イメージの展覧会」の最高傑作であり、同時に安部が追求してきた演劇思想の完結作である。彼が文学的思想をキーボードに打ち込むように、演劇的詩想を彼の手足となった安部スタジオの俳優たちが舞台空間に描きあげた最終作品である。なお安部公房原作・脚本・音楽・監督により渋谷ビデオスタジオでビデオ化した映像作品『仔象は死んだ』は七九年九月に公開された。（石澤秀二）

阿部照義《あべてるよし》 一九四五〈昭和二十〉・五～。劇作家。神奈川県横浜市生まれ。立教大学卒業。東宝演劇部に入り、小幡欣治に師事。商業演劇を中心に活躍。松平健版『暴れん坊将軍』(梅田コマ劇場)、『年上の女』(新歌舞伎座)、『ぎっちょんちょん』(名鉄ホール)、向田邦子原作『家族熱』(芸術座)、『源氏物語－夢と知りせば－』(新歌舞伎座)、『夢ごころ』(名鉄ホール)、水木洋子原作『もず』(芸術座)、東宝現代劇75人の会『返り花』『赤樫降りて』『冬支度』など。民藝には『晴れのちくもり時々涙…』(三越劇場)を書いている。 (神山彰)

阿部知二《あべともじ》 一九〇三〈明治三十六年〉～一九七三〈昭和四十八年〉。岡山県生まれ。小説家、評論家、英文学者。東京帝国大学卒業。知識人の内面を照射した『冬の宿』『黒い影』等の小説のほか、シェイクスピアなどの翻訳でも知られる。全寮制の女子大寄宿舎を舞台にした『人工庭園』(一九五四)は、連載完結と同時に「女の園」(脚本・監督木下恵介、主演高峰秀子、松竹)として映画化された。 (岩佐壮四郎)

尼子成夫《あまこなりお》 脚本家・劇作家。東映京都撮影所企画脚本部から松竹に入る。一九六〇年代に関西松竹の「笑の王国」に『嘘は申しません』のほか、朝日座、中座などで上演の劇団喜劇座に『ちんぴらの唄』『まな板の恋』『とんでもない話』など多くの脚色作品を提供。テレビ番組の脚本多数。 (神山彰)

天野天街《あまのてんがい》 一九六〇〈昭和三十五〉・五～。劇作家・演出家。愛知県一宮市生まれ。愛知学院大学文学部史学科中退。一九八二年に少年王者舘(発足当初は少年王者)を旗揚げし、名古屋を拠点として活動を行なう。名古屋弁をベースにした独特のセリフ回しと、場面を断片的にコラージュすることで因果の捻じれや逆転を生み出す作風が特徴。代表作には第四十四回岸田國士戯曲賞候補になった『くだんの件』(一九九五)の他、『御姉妹』(八八)、『星ノ天狗』(九〇)などがある。演出作品としては澁澤龍彦原作の『高丘親王航海記』(九二)や、漫画家・しりあがり寿の代表作である同名作をベースに脚色し、百人以上のキャストを出演させた『百人芝居◎真夜中の弥次さん喜多さん』(二〇〇五)などがある。映画監督としても活動をしており、初監督作品の『トワイライツ』ではオーバーハウゼン国際短編映画祭グランプリ、メルボルン国際映画祭グランプリを受賞している。主な出版物に『それいゆ』(ENBU研究所)、『くだんの件－天野天街作品集－』、コラージュアートをまとめた『天野天街萬華鏡』(以上、北冬書房)などがある。

❖『**くだんの件**』《くだんのけん》 一九九五年、タイニイアリスにて初演。男二人。ある夏の日、ヒトシの家に浦島太郎と名乗る男が現われる。タロウは集団疎開をしていた子供の頃に、その辺りの家の二階で〈くだん〉と呼ばれる半牛半人の生物を飼っており、そのくだんが最近、夢に現われたので再び訪れたという。二人は会話を交わす。すると、突如タロウが布団から目覚めるシーンが挿入される。タロウはヒトシから、三十五年間にもわたり眠っており、その間に世界は終局を迎えたと教えられる。信じられないタロウだが、ヒトシは夢ではないと告げる。白幕が降りると無数の〈ゆめ〉という文字が投影され、白幕がなくなると、がらんどうの舞台に二人はたたずんでいる。 (菊地浩平)

天久聖一《あまひさまさかず》 一九六八〈昭和四十三〉・八～。漫画家・小説家。香川県出身。香川県立善通寺第一高校卒業後、神戸拘置所の刑務官を経て、一九八九年に漫画家デビュー。タナカカツキとの『バカドリル』シリーズや電気グルーヴのＭＴＶなどでも人気を博す。二〇一一年にシティボーイズの『動かない蟻』、一二年には松尾スズキの一人芝居『生きちゃってどうすんだ』の作・演出を担当。一三年「文學界」に小説『少し不思議。』を発表して話題を呼ぶ。代表作に『オスウーマン』『不倫探偵―最期の過ち―』など。　（望月旬々）

飴屋法水《あめやのりみず》　一九六一〈昭和三十六〉・三〜。演劇作家・演出家・俳優・現代美術家。山梨県生まれ。本名雨宮陽一。神奈川県立小田原高校卒業。高校演劇部在籍中は安部公房や唐十郎の戯曲を演出。一九七八年、唐十郎の状況劇場に音響として参加。八三年に東京グランギニョルを結成し、『マーキュロ』（一九八四）、『ガラチア／帝都物語』（八五、荒俣宏原作）、『ライチ・光クラブ』（八五、八六）、『ワルプルギス』（八六）の四作品演出後の八六年解散。フランスの猟奇的芝居やアントナン・アルトーの「残酷演劇」を想起させる劇団名のとおり、暴力的なノイズ音楽とともに血腥《ちなまぐさ》くも頽廃的かつ耽美的に恐怖を描き出し、カルトな人気を得る。三上晴子とのコラボレーションによる『バリカーデ』（八七）を経て八八年にＭ.Ｍ.Ｍ.を結成し、翌年までに『ＳＫＩＮ』シリーズの四作品を上演する。機械と肉体の融合を図るサイバーパンク的で特異な演劇活動を展開。九〇年代は活動領域を美術へと移行し、テクノクラート名義にて輸血・人工授精・粘菌・化学食品・性差別などをテーマにしつつ身体表現を追究するが、九五年のヴェネツィア・ビエンナーレ参加後に作家活動を停止。同年に動物堂を開店し、珍獣の飼育・販売を始める。二〇〇五年には二四日間箱の中に自身が入り続ける『バ　ング　ント』展で美術活動を、〇七年には宮城聰の要望により平田オリザ作『転校生』の演出で演劇活動を再開。一二年の藤田貴大や朝吹真理子とのコラボレーションを経て、東日本大震災に見舞われた福島県立いわき総合高等学校の生徒たちと創作した『ブルーシート』（二〇一三）で一四年に第五十八回岸田國士戯曲賞受賞。俳優として、川島透監督の映画『江戸川乱歩劇場　押繪と旅する男』（九四）にも出演。パフォーマーとしては、大友良英、テニスコーツ、七尾旅人、小山田圭吾、ＥＣＤ、ＭＡＲＫ、青葉市子ら多くのミュージシャンと共演し、フィッシュマンズのサウンドエンジニアであったzAk《ザク》との交流も深い。代表作に自らの子どもと生きものの「繁殖」（受精＝交尾）について親子三人で語る『「教室」』があり、ポストドラマ時代のドキュメンタリー児童劇と称される。主な演出作品に、多田淳之介作『3人いる!』、サラ・ケイン作『4・48サイコシス』、『わたしのすがた』、野外劇『じ　め　ん』など。

❖**『ブルーシート』**《ぶるーしーと》　十一場・登場人物十人。高校の校庭。地面の上には、教室の椅子が一列に並んでいる。誰も座っていない。その脇には、がれきの山のように積まれた生徒の私物や部活の道具。そこに、ユカが登場し、携帯電話で相手に「全部、忘れてください」といって別れを告げる〇《ゼロ》場から劇が始まる。九人の生徒が現われ、全員で人数確認の点呼をするが、ヒッチーが理科室の人体模型を数に加えてしまうためひとり多く、十一人いる。ヒッチーはかつて学校の帰り道の原っぱで、人のような、動物のような、それ以前のもののようなもの（レイナが演じる）を見た影響を受けていた。ヒッチーが「君は人間か」と呼びかけると、もうそれ以前のものなので、「私のことは忘れてください」と応答する。

ヒッチーが立ち去ると、今度は、シガタツがそのものに近づいて、言うのだった――「人は、見たものを、覚えていることが、できると思う。人は、見たものを、忘れることが、できると思う」。またもレイナが、セイタカアワダチソウに隠れるようにして寝転がり、地震の後、街のいたるところがブルーシートに覆われたことを思い出す。ブルーシートの青は空や海の青でもある。ブルーシートを、ユウカが、住んでいる家の大きさ(横五・二×縦三・一メートル)に広げ、母親との生活を思い出しながら、ギターを弾く。するとユウカは、ほかの生徒たちによって、ブルーシートに包まれ、人間ではない物体に見えるようになる。フミヤが、東日本大震災の年に入学した自分たちは一九九五年生まれで、母親のお腹のなかにいたときに阪神淡路大震災を経験したと語り、地震でたくさんの人が死んだけれども、「俺たちは死んでいません」と言う。アイリがシガタツに好きだと告白する一方、モモはナツキに自分は毎日「眠る練習」(死ぬことの予習)をしているのだと語る。生徒全員で人間はお互いに殺し合う動物だと議論するなか、仲の悪い両親のそれぞれの「成分」が混ざって自分たちの中にあるとしたら迷惑なことじゃね？ と問うと、フミヤは「そんなの受け入れるしかねーじゃん」と言う。モモの父親の会社は人殺しと言われており、ナツキの父親はモモの父親の会社の下請けとしてモニタリングポストを計測しているらしい。そして全員で椅子取りゲームに興じるなか、フミヤがダンスの練習を始める――「逃げて！」と連呼しながら、走っているようで体は前に進んでいない踊り(ランニングマン)を続ける。そのあいだにシガタツは、がれきの山のように椅子を積み上げる。そこで生存確認の点呼が開始され、全員でそこにいない十一人目を数え上げる。レイナは「あの時、もちろん、私は、死んでいたわけではないし、死んでしまいたかったわけでもない。ただ、誰もが時に、そうするように、自分が、もう居ない世界のことを考えていた」と言い、みんなの後を追って校庭の奥に向かう。校庭の奥で全員が振り返り、「おーい！ おーい！ お前は人間か？」と呼びかける。 (望月旬々)

綾田俊樹《あやたとしき》 一九五〇〈昭和二十五〉・六～。俳優・演出家。奈良県生まれ。明治大学文学部卒業。自由劇場を経て、一九七六年に劇団東京乾電池を柄本明やベンガルらと結成。『埃臭《あいしゅう》の街角』(一九七七)をはじめ、『おどろき桃の木漂流記』(七八)、『パラダイスホテル あいつと俺の日々』(八〇)、『Drunker』(八二)などの作・演出を手がける。また、『AとBの俳優修業「ま」』(九七)、『三ねん坂の裏の坂』(九九)、『質屋の女』(二〇〇二)をベンガルと共に作・演出。翻訳劇にも積極的に取り組んでいる。 (中村義裕)

荒戸源次郎《あらとげんじろう》 一九四六〈昭和二十一〉・十～。演出家・映画プロデューサー・映画監督。長崎県長崎市生まれ。九州大学建築科を中退して劇団状況劇場に入団するがまもなく退団。一九七一年、自ら主宰する「暗黒劇場」で『白菊丸一 愛の十字路劇』を作・演出。独自の仮設劇場「銀色ドーム」が話題を呼ぶ。翌年、劇作家上杉清文らと立ち上げた「天象儀館」では演劇公演と並行して、映画『朝日のようにさわやかに(公開題名「愛欲の罠」)』を製作。その後は日活を解雇された鈴木清順の再帰作『ツィゴイネルワイゼン』(一九八〇)等を「銀色ドーム」でロングラン上映するなど映画製作者として、また『ゲルマニウムの夜』(二〇〇五)等の映画監督としても活躍している。 (森山直人)

荒畑寒村《あらはたかんそん》 一八八七〈明治二十〉・八〜一九八一〈昭和五十六〉・三。社会運動家・評論家。本名勝三。横浜市生まれ。高等小学校卒業後職を転々、「万朝報」を読むうち幸徳秋水らの日露戦争への非戦論に感動、一九〇四年に社会主義協会に入会、社会主義者として歩みはじめる。一二年に大杉栄と雑誌「近代思想」を創刊、小説や評論を書きはじめた中に戯曲『停電』(「新社会」一九一七・8に『手術』との題で発表)がある。 (大笹吉雄)

有崎勉《ありさきつとむ》 [=**柳家金語楼**《やなぎやきんごろう》] 一九〇一〈明治三十四〉・二〜一九七二〈昭和四十七〉・十。東京・芝生まれ。本名山下敬太郎。ペンネーム有崎勉。芸事好きの祖母や父の影響で、二世三遊亭金馬に入門し、六歳のとき初高座。「天才少年三遊亭金登喜《きんとき》」として売り出す。三遊亭小金馬(十四歳で真打昇進)、三遊亭金三《きんざ》、禽語楼《きんごろう》小さんをへて、二十六歳のとき、柳家金語楼を襲名。金三時代の一九二〇年、朝鮮羅南の十九師団に入隊。この時の体験をもとにつくった「兵隊落語」(原題『噺家の兵隊』)が、人気を博す。軍隊時代、紫斑病が原因で頭髪を失うが、このハゲ頭が、芸人としてのトレードマークとなる。「兵隊落語」は、やがて、金語楼が自ら結成した一座、金語楼劇団(一九四〇年旗揚げ)で、自作自演の喜劇「兵隊劇」として演じられることになるが、そのさきがけは、二八年、曾我廼家五九郎《そがのやごくろう》一座による、山下敬太郎原作、川村花菱脚色『二等兵』(浅草昭和座)で、金語楼自身が主人公の歩兵二等卒を演じた。師匠の二世三遊亭金馬は、落語家仲間と、寄席の大喜利で喜劇を演じるほど、芝居好きだったという。その影響もあったのか、早くから、落語と音楽と演劇を融合させた高座を試み、二九年には、金語楼とその一党を結成している。映画出演も多く、俳優としての活動が旺盛になった四二年、警視庁より落語家の鑑札を取り上げられ、俳優に書き換えさせられることになる。戦後は、テレビ開局とともに放送がはじまった『ジェスチャー』(NHKテレビ)を企画し、自ら出演したほか、コメディ『おトラさん』(KRT=現・TBSテレビ、のち、NET=現・テレビ朝日)、徳川夢声とのトーク番組『こんにゃく問答』(NHKテレビ)などに出演し、お茶の間の人気者になる。有崎勉の名で二千本にもおよぶ新作落語を発表。五四年、榎本健一、古川緑波《ロッパ》とともに、日本喜劇人協会を設立。六八年には、榎本健一のあとを受け、二代目会長に就任した。

[**参考**]柳家金語楼『泣き笑い五十年』(東都書房)、山下武『父・柳家金語楼』(実業之日本社)

❖**『金語楼の二等兵』**《きんごろうのにとうへい》 十景。一九五八年五月。有崎勉作、川村花菱脚色、野口善春演出。日本劇場。初演は、一九二八年、曾我廼家五九郎一座(『二等兵』として)。兵隊検査から出征、朝鮮の営庭、除隊まで、理不尽な軍隊生活にとまどう若き落語家の青春を描く。落語家時代に、「兵隊落語」として演じていた自伝的作品の劇化で、作者自らが主人公の山下敬太郎を演じた。〈もとーい、陸軍二等卒、山下ケッタロー〉と、上官に何度も名を名乗らされる場面や、〈かわい、新兵さんにゃヒマがない、ナッチョランナッチョラン……もうひとついかがで〉と、鼻歌を歌いながら靴を磨く場面などがウケたという。丹波哲郎、丘寵児、神楽坂浮子らが共演。喜劇俳優・柳家金語楼の最盛期の舞台で、テレビでも中継された。柳家金語楼名義の同工戯曲、『金語楼の兵隊』(九景)も残されている。 (原健太郎)

有島武郎《ありしまたけお》 一八七八〈明治十一〉・三～一九二三〈大正十二〉・六。小説家。筆名・由比ヶ浜兵六。父武、母幸の長男として東京小石川水道町生。父は大蔵省関税局・租税局兼務の官吏。四歳の年、父が横浜税関長に赴任、一家は横浜へ転居。山手居留地のアメリカ人宣教師に妹愛と英会話を学ぶ。一八八七年九月、学習院予備科第三年級に編入学、翌年皇太子明宮《はるのみや》嘉仁《よしひと》殿下の学友に。母方の叔父山内英郎が死去、弟英夫（後の里見弴）が家を継ぐ。九三年父が大蔵大臣と衝突し依願免本官となり、鎌倉に隠棲。武郎と愛は麹町で祖母山内静と同居、一向宗の信者静は武郎に影響を与えた。父が第十五国立銀行世話役に就任、麹町下六番町に転居、約千二百坪の広大な屋敷に住む。武郎は学習院中等科を卒業し、札幌農学校予科第五年級に編入。新渡戸稲造教授宅に寄宿し日曜日のバイブルクラスへ参加。九七年「観想録」を書き始める。祖母の勧めで中央寺に参禅、他方内村鑑三を増田英一と共に訪問、感銘を受ける。九九年、友人森本厚吉と共に定山渓で死ぬつもりであったが「神は万物にlifeを与ふるものなり」の啓示を得て、キリスト教入信を決意。祖母静死去。一九〇一年、札幌独立基督教会の入会式に参加、札幌農学校卒業。〇三年、社会主義演説会で木下尚江の演説に感動。山本直良（妹愛の夫）軽井沢三笠地域を購入し三笠ホテル・浄月庵を建てる。森本厚吉と共に伊予丸で渡米。ハヴァフォード大学大学院に入学。翌年M・A習得、フレンド派の精神病院で看護夫として二か月間働く。ハーバード大学大学院で聴講、金子喜一を知る。〇五年、金子と社会主義者の集会に参加。ホイットマンの詩『草の葉』を知る。ニューヨークからイタリアへ行き、ヨーロッパを旅行。〇七年ロンドンでクロポトキンを訪問し幸徳秋水宛ての手紙を託され、二月帰国の途に。この年、札幌農学校が東北帝国大学農科大学（現・北海道大）になり、年末英語講師に任命される。樺太の農場が武郎名義に。「イプセン雑感」「ブランド」発表。陸軍中尉神尾光臣の次女安子と結婚。一〇年、武者小路実篤・志賀直哉・里見弴・柳宗悦・郡虎彦・有島生馬（壬生馬）等と同人雑誌「白樺」創刊（『西方古伝』寄稿）。札幌独立基督教会を退会（離教）。初の創作『老船長の幻覚』（「白樺」四号）発表。一九一一年、長男行光（のち俳優森雅之）誕生。一四年島村抱月の芸術座『復活』（松井須磨子主演）観劇。妻安子発病、鎌倉へ転地。翌年農科大学休職し帰京（のち退職）。安子の病状急変し死去（八月二日キリスト教で葬儀）。父武胃癌で死去（十二月四日神式で葬儀）。一七年、安子の死を戯曲『死と其前後』（「新公論」）に、評論「惜しみなく愛は奪う」（「新潮」）、『カインの末裔』（「新小説」）、『平凡人の手紙』（「新潮」）等々、堰を切ったように多くの作品を発表。有島武郎著作集第一輯『死』新潮社から刊行（のち叢文閣）。能楽の師命尾《めいお》寿六《じゅろく》翁祝賀会で『船弁慶』判官を謡う。一九一八年、『小さき者へ』『生まれ出づる悩み』。秋田雨雀に『死と其前後』芸術座試演を勧められる。島村抱月・松井須磨子に会い、上演決定、稽古に参加。一九一九年、『或る女』（叢文閣）。同志社講演会で「イプセンを中心とせる北欧文学」話す。『ホイットマン詩集』出版。『御柱』初代中村吉右衛門により初演（新富座）。二二年『宣言一つ』『星座』『一房の葡萄』。有島農場の解放を宣言し財産処分する。二三年、六世尾上菊五郎と十三世守田《もりた》勘彌《かんや》が『断橋』初演（帝劇）。波多野秋子と共に軽井沢浄月庵で縊死（六月）。遺骨は青山墓地に埋葬（のち多磨霊園）。有島作品は小説が中心だが、戯曲については、井上理恵

「〈境界のドラマ〉のドラマトゥルギー」(『有島武郎の作品(下)』『有島武郎研究叢書』第三集右文書院)に詳しい。全作品は『有島武郎全集』全十五巻付別巻(筑摩書房)で読める。『研究叢書』と『有島武郎事典』(有島武郎研究会編、勉誠出版)は必携。

❖『**老船長の幻覚**』《ろうせんちょうのげんかく》 一幕。初演、一九二一年十一月、飯塚友一郎室内劇。初出「白樺」(一九一〇・7)。三十過ぎて文学的出発をする有島の不安と期待を描出した戯曲第一作。海図のない地へ船出しようとする老船長と迷い続ける彼の幻想に現われる医師の娘(船出を促す存在)との対話で、揺れ続ける心の在りようを表現した斬新な作品。日本初の表現主義戯曲といえる。

❖『**死と其前後**』《しとそのぜんご》 プロローグとエピローグを持つ五場の戯曲。初演、芸術座一九一七年十月牛込芸術倶楽部(島村抱月演出、松井須磨子・高山晃・田辺若男出演)。初出、「新公論」(一九一七)。時は夜十時から翌朝七時の妻の死まで。場所は妻の病室。登場人物は若い妻と夫、医師と看護婦そして〈死〉。死を前にした若い妻が熱に浮かされ過去(二人の結婚生活)と現実の間を彷徨し、現在時間と過去の時間(夢の場)が交互に登場。〈死〉の持つ蠟燭の炎が大きな役割を演じ、炎が消えた時妻は死ぬ。過去(二場、四場)の場では夫の過去——特高に訊問され拘引されたこと、キリスト教会を退会したこと、結婚前の夫の恋愛と有夫の女性との恋愛……等々が、ある時は形而上的に、ある時は形而下に再現され、妻はその一つ一つに悩む。夫は自力でそれを克服したと妻に語るとき、夢(過去)と現実が重なる。妻は夫の「愛の力」を信じて逝く。夫は有島、妻は安子で、妻の死後起筆された。『老船長の幻覚』と異なり、現在も過去も写実的に表現されるが、愛の実像とは如何なるものかが問われた〈象徴的・哲学的〉な作品。

❖『**ドモ又の死**』《どもまたのし》 喜劇一幕。場所は無名の画家たちの共同画室。時は現代(二時間ぐらい)。登場人物は若い画家五人、モデルとも子。マーク・トウェインの『小話』から題材を得ているが、有島の創作とみていい。初演、一九二二年一二月新劇座(報知新聞社講堂)。初出、「泉」(一九二二・10)。若者たちが生活の糧を得るため夭折した天才画家をしたて、画商に彼の画を高額で売りつける。誰が天才画家になるか、それを選ぶのは皆が愛しているモデルのとも子。選ばれた人はとも子と結婚することができるが、夭折したからその後の人生は彼の弟になって生きなければならない。とも子はドモ又(戸部)を選ぶ。ありえないような話で有島は「喜劇」としたが、実はドモ又は、以後の人生をドモ又として生きることができないという〈不条理〉を抱える。まさに〈生と死〉の境界のドラマで、その意味では悲劇といっていい。有島の戯曲の中で何百回も若者たちにより上演されている意味はここにあると言えよう。

(井上理恵)

有高扶桑《ありたかふそう》 一九二九〈昭和四〉・十〜。劇作家。東京生まれ。日本大学藝術学部卒業。本名藤井扶桑。雑誌「悲劇喜劇」を母体にした戯曲研究会に入る。同誌に『真夏の倦怠』(一九五一・7)、『灯影』(一九五三・2)、『手術室』(一九五六・5)、『闇の中の眼』(一九六四・4)を発表。他に『ルルの死』など。後に多くのラジオ・テレビの脚本を書く。新国劇に『秘剣みだれ笛』(一九七〇・2)、御園座に『鼠小僧初姿』(一九七一・2)などがあり、商業演劇でも活躍。

(神山彰)

有富三南《ありとみさんなん》 劇作家。明治末から大正初期に、京都大虎座の座付作者として、関西の喜劇団「桃李会《とうり》」に多くの作品を書く。『所有権』『士族の娘』『許婚』『門松』『三十分』『甲子待ち』など。（神山彰）

有松暁衣《ありまつきょうい》 劇作家・詩人。岡山県生まれ。岡山・閑谷黌《しずたにこう》で三木露風らと交友。詩人として岡山の文芸誌「白虹」に寄稿。大正期に、新国劇で澤田正二郎に『嵐光物語』『浅草祭』『乱菊情話』『兄弟』などを提供。剣劇の「新声座」に『人形の死』『幕末余情 斬奸の血汐』を書くほか、大阪の剣劇団「新進座」文芸顧問として『桜田の壮挙』『あはれ人妻』などを書く。映画でも天活〈天然色活動写真〉で『色のみだれ』の脚本、『あを嵐』の原作を担当。（神山彰）

有吉佐和子《ありよしさわこ》 一九三一〈昭和六〉・一～一九八四〈昭和五十九〉・八。小説家・劇作家。和歌山市生まれ。六歳から十歳までインドネシアで育つ。東京女子大短期大学部在学中に歌舞伎研究会に所属し、雑誌「演劇界」の懸賞論文に二度入選し、卒業後同誌の嘱託となり劇界との関係が始まる。一九五六年『地唄』が芥川賞候補となり、翌年『白い扇』が直木賞候補となる。また、同年、舞踊劇『綾の鼓』、『雪狐々姿湖《ゆきはこんこんすがたのみずうみ》』が上演される。五七年戯曲『笑う赤猪子』〈同年七月東横ホールで新派初演〉、新作浄瑠璃『ほむら』を発表、五九年にアメリカ留学。帰国後、発表した小説、テレビドラマなどで数種の賞を受け、『紀ノ川』『香華』『三婆』など後に、劇化、映画化された著名作を三十歳までに発表。戯曲では、六二年『光明皇后』を「文藝」に発表、同年五月文学座が戌井市郎演出で上演。三十歳代で、『華岡青洲の妻』『出雲の阿国』といずれも舞台化されて好評だった小説を書き、七〇年に戯曲『ふるあめりかに袖はぬらさじ』を「婦人公論」に発表。その後も、小説では『恍惚の人』『複合汚染』などの話題作を提供。戯曲では、『日本人万歳！』を七七年に「中央公論」に発表し、自らの演出で帝国劇場で上演した。小説では八二年の『開幕ベルは華やかに』が最後の作品となった。『有田川』『芝桜』『真砂屋お峰』『一の糸』『不信のとき』など、劇化上演された小説は数多く、七〇年代から現在まで、商業演劇のレパートリーを豊かにし、多くの人気を集めた功績は大であるが、元来の芝居好きで、歌舞伎・浄瑠璃に詳しいことから、小説も劇化しやすい構成を取っていることも、その大きい要素である。敵対する人物構成、女性同士の複雑な心理、家族内部の葛藤など、多くの観客の心性に訴えかけやすい劇的要因をふんだんに含んでおり、視覚的にも十分楽しめる場面が多い。六〇－七〇年代に、小説と戯曲の架け橋を果たした存在として、また、同一作品が、新劇、歌舞伎、新派とジャンルを超えて上演されるという横断的な役割を担った演劇人として、魅力的で、重要な存在だった。他の戯曲に、『笛』〈五八年三月新橋演舞場〉、『石の庭』〈五九年六月歌舞伎座〉などがある。

❖**『光明皇后』**《こうみょうこうごう》 三幕八景。一九六二年五月「文藝」に発表し、同月文学座が戌井市郎演出で都市センターホールで初演。七一八年から七五七年の間の宮廷内での政権争奪の歴史を、藤原不比等の娘光明子〈後の光明皇后〉を主人公に描く。政略と陰謀が入り乱れ、欲望と猜疑と殺人と不義とが錯綜する抗争のなかで、皇后として力を貯えていく女性の姿を、多彩な人物像のなかで展開する。ようやく周囲が望んだ男子を出産したものの、その子を失った光明子が、次第に、彼女の本心とは異なる運命の力によって権力の座につかざるを得なくなり、政事をとり、やがて一切の権力を握ることになる。制度や政治が人間性を奪い、権力を持つことが人間を無惨に変貌させる。権力闘争に絡む女性の姿を通して、様々な心情や哀切感を語らせる。歴史的な人物像が複雑で、叙事的な説明の部分が耳から入る台詞では解りにくいが、有吉のこの後の作品に通底するモチーフが実感される初期力作史劇。

❖**『華岡青洲の妻』**《はなおかせいしゅうのつま》 四幕九景。一九六七年九月芸術座で有吉演出で初演、「東宝」十月号に発表。麻酔薬の研究に没頭している、紀州の外科医華岡青洲だが、母の於継と妻の加恵とが青洲の愛情を独占しようと争う。於継の娘の於勝はガンで没し、妹の小陸は弟子の米次郎と恋仲となるが、やがて別れる。そういう葛藤の中で、青洲の名声は高まり、門下も増える。やがて完璧な麻酔薬の実験を試みるにあたり、母と妻が争って身を投じるが、加恵は副作用で盲目となり、於継も没するが、青洲は紀伊侯の侍医に出世する。自己犠牲と人物の敵対、愛情の相克、嫉妬と虚栄、出世と使命等々、「芸道物」のあらゆる要素を「科学者の妻」という特異な存在を主役に描いた傑作。医学上のシリアスな事情と芸道物の心情とを交互に展開する観客を飽きさせない劇作術が見事で、新劇でも、新派、東宝演劇といずれでも通用する秘訣がそこにある。紀州の旧家の描写も素晴らしい。初演配役は、山田五十鈴の於継、司葉子の加恵、田村高廣の青洲。七〇年には改訂され、文学座で上演、同座のレパートリーとなり、以後、多くの劇場で復演されている。

❖**『香華』**《こうげ》 三幕六場。一九六三年九月芸術座で中野實脚色・演出で初演。五時間を超す上演だったため、後に大藪郁子脚本で有吉自身も演出。近年も大藪版上演が多い。昭和十三年から、戦中、戦後の時代背景の中で、有吉自身が言う「母性を持たぬ母と、母性を持つ娘との相克。女の性をめぐる母娘の確執」を生動感ある人物像を通して描く。性格の相反する母娘を、二人の女性として、男性と時代と風俗の関係の中で興味深く展開する劇作。和歌山の旧家の娘朋子は、夫を次々と替える母郁代に、静岡の遊郭に売られるが、そこに母が花魁として現われるのに驚く。やがて一人立ちした朋子の許に、郁代も引き取られ、生家の下男・八郎と暮らすことになる。郁代の享楽的生活と気質は変らない。朋子は陸軍士官との結婚話が起こるが、母の前歴を理由に断られる。戦後、道楽を続ける郁代は八郎と結婚することになるが、新婚旅行から帰宅後に事故で死ぬ。香華を手向ける朋子は、奔放に欲望のままに生きた郁代の位牌にようやく「お母さん」と呼びかける。郁代を演じた山田五十鈴の名演が評判を呼んで当り役として再三演じ、「五十鈴十種」の一つとなる。山田歿後も、女優の演技欲をそそり、観客の共感を呼ぶ作品として上演されている。

❖**『ふるあめりかに袖はぬらさじ』**《ふるあめりかにそではぬらさじ》 四幕。一九七〇年七月「婦人公論」に発表。七二年十二月、文学座が戌井市郎演出で、中日劇場で初演。以前より知られていた、幕末の横浜遊郭・岩亀楼で、富貴な西洋人相手をしていた娼妓の逸話を、有吉が、歌舞伎の趣向や手法を踏まえて主人公のお園という芸者を創作して展開する傑作で、周囲の人物も鮮やかに描かれている。

　幕末の横浜。江戸の吉原芸者だったお園は、花魁の亀遊と再会する。亀遊は病に臥せり、通訳の藤吉の看病を受けている。岩亀楼の得意先、薬種問屋大種屋が接待する取引先の米国人が、亀遊に執着する。岩亀楼主人は法外な値段で亀遊を売ろうとするが、亀遊は自殺する。主人は、西洋人に花魁を売ろうとしたと解れば「反開国」の攘夷派に襲撃されかねないので、この件を固く口止めするが、数か月後、「本邦烈女伝の一」として、辞世まで添えられた、その噂を伝える瓦版が出版される。そのお蔭で岩亀楼は賑い、お園は亀遊の旧知で生き証人として売れ始め、次第に「亀遊自決」の作り話をするようになる。五年後、攘夷党の大橋訥庵門下生の前で亀遊物語を始めたお園は、その作話の矛盾を指摘され、あやふやになる。門下生たちは訥庵とお園が交友があったのを知ると、これを攘夷派の仕組んだ事件と思い、口止め料をお園に与えて去る。安堵したお園は、亀遊を想いながら一人、酒をあおる。

作られた真相、メディアに踊らされ、それで一儲けする人々――と悲話を徐々に喜劇に変えていく構成の妙、多くの役にしどころのある運び、衣裳により人物の意味合いが変化する視覚性など、観客にも演者にも興味深く、意欲をそそる演目で、元来、初演の杉村春子にあてた作品だが、初演の文学座での多くの上演のあと、新派、歌舞伎、商業演劇とジャンルを横断して、上演され続け、特に坂東玉三郎が再三演じ、演出も行なっている。（神山彰）

有吉光也《ありよしみつや》　劇作家。群馬県生まれ。早稲田大学在学中、プロレタリア演劇研究所に入所。新築地劇団をへて、プペ・ダンサント（浅草玉木座）に入団、脚本家デビュー。一九三九年、楽天地ショウ（浅草観音劇場）に参加し、高見順原作『如何なる星の下で』を脚色上演し、話題となる。四二年、森川信らとともにピエル・ボーイズ（大阪弥生座）を結成。のち、ヤパン・モカル（浅草オペラ館）に参加。四二年、清水金一（シミキン）が新生喜劇座（浅草花月劇場）を旗揚げすると、淀橋太郎らとともに作家陣を構成するが、翌年、脱退。このときの仲間、堺駿二、田崎潤とともに、銀座の全線座を根城に、現代劇の上演を模索するが、まもなく、水の江瀧子の劇団たんぽぽに参加。戦後は、桜むつ子らの劇団新風俗などに所属し、軽演劇の新しい展開である、バーレスクの時代を支える。ニッポン放送のプロデューサーとしても活躍した。主な作品に『中山畜産病院』『麦と戦争』など。オペラ歌手の毛利幸尚は実兄。（原健太郎）

粟津潔《あわづきよし》　一九二九〈昭和四〉・二～二〇〇九〈平成二十一〉・四。美術家。東京都目黒区生まれ。グラフィックデザイナーとしてデザインの第一線で活躍する他、建築・音楽・文学・映像・演劇などのアーティストとジャンルを超えて共同作業を行ない、国内外から高い評価を得た。映画『心中天網島』の美術で伊藤熹朔賞を受賞（一九六九）。演劇では文化座、文学座等のポスターを手がける他、演劇実験室・天井桟敷館のデザイン（六九）、『東京三文おぺれった』（七六、芸能座、小沢昭一演出）では劇作と美術を担当した。ジャズ・ピアニスト山下洋輔とともに実際にピアノを燃やすパフォーマンス『ピアノ炎上』を発表（七三）。紫綬褒章受章（九〇）。（梅山いつき）

安西徹雄《あんざいてつお》　一九三三〈昭和八〉・四～二〇〇八〈平成二十〉・五。愛媛県生まれ。上智大学名誉教授・英文学者・翻訳家・演出家。

『リア王』『マクベス』などシェイクスピア戯曲の翻訳・研究をはじめ、演劇集団円を中心に、演出活動も行なった。自身で書いた戯曲には、最初に南海放送劇団でラジオドラマとして放送された『母子梅』がある。この作品は後に舞台用として書かれ、一九七八年四月に、当時新橋にあった円の稽古場にて本人の演出により上演された。

（高橋宏幸）

安藤鶴夫《あんどうつるお》 一九〇八〈明治四十一〉・十一～一九六九〈昭和四十四〉・九。劇作家・随筆家・芸能評論家。東京浅草生まれ。八世竹本都太夫の長男。法政大学文学部仏文科卒業。一九三九年に都新聞（後の東京新聞）に入り、文化部記者として活躍したが、四七年にスクリーンステージ新聞社に移った（三年後に退社）。久保田万太郎を師と仰ぎ、四六年に雑誌「東宝」に『小さん（四世）聞書』、雑誌「苦楽」に『落語鑑賞（八世文楽）』を連載、テープのない時代に二人の高座を活字で見事に再現し、演芸評論家としての声価を確立した。『落語鑑賞』は後に六世円生、三世三木助、七世可楽の高座を加えて『わが落語鑑賞』（筑摩書房）の書名で刊行した。五〇年に「三越名人会」、五三年に「三越落語会」をプロデュース。演劇、芸能評論家、随筆家として活躍、六三年に『巷談本牧亭』（津上忠脚色で前進座が上演）で直木賞を受賞した。評論家としては「かんどうするお」と呼ばれたほど、演者、俳優の好き嫌いが激しく、そのため反感を持つ人も多かった。戯曲には『芸阿呆』（一九六〇）、『雪の日の円朝』（六二）、『桂三木助』（六四）などがある。著書は『落語界紳士録』、『寄席紳士録』（平凡社）、『雪まろげ』（桃源社）など多数。死後『安藤鶴夫作品集　六巻』（朝日新聞社）が刊行された。

❖**『芸阿呆』**《げいあほう》 初演・一九六〇年十一月に文化放送制作、作者の演出、八世竹本綱大夫、十世竹澤彌七作曲、演奏の義太夫節の音楽ドラマとして放送、文化庁芸術祭賞（音楽部門）を受賞した。後に十七世中村勘三郎が藤間勘十郎（二世勘祖）振付で舞踊劇にし、八一年九月に歌舞伎座で『義太夫　芸阿呆』と題して上演した。明治時代に名人と謳われた義太夫節の三世竹本大隅太夫の一代記で、鍛冶屋に生まれた重こは好きが嵩じて、五世竹本春太夫の弟子になり、名人豊沢団平《とよざわだんぺい》の血を吐くような厳しい稽古に耐えながら修業する。その姿を数々の浄瑠璃を挟みながら綴っていく。とくに『傾城反魂香』《けいせいはんごんこう》で〈ここに土佐の末弟〉の一句の語りに苦しむところは前半の聞きどころ。その甲斐あって大隅太夫の名を許され、團平が作った『壺坂』で人気を集める。團平の死後は、三世鶴澤清六を相三味線にして舞台を勤めるが、勤めていた彦六座、堀江座、近松座が次々に潰れたうえ、中風になり人気は急落し最期は台湾で死ぬ。歌舞伎では綱大夫、弥七の演奏テープを使い、勘三郎が大隅太夫、團平をはじめ、出てくる人々を一人で着流し姿の素踊りで演じ、大隅太夫が中風で倒れてからは、五世中村富十郎が清六の役で登場して演じた。仕方噺のような形式の舞踊だが、綱大夫、弥七の演奏の見事さ、それに惚れ込んだ勘三郎の芸魂が一つになって優れた舞台を作り出した。

❖**『雪の日の円朝』**《ゆきのひのえんちょう》 一幕。一九六二年一月明治座で自身の演出により新国劇が初演。明治の名人と呼ばれていた三遊亭円朝は、ある雪の日、徳川慶喜の側近く仕えていた山岡鉄舟、高橋泥舟らに招かれ、向島の料亭八百松に来た。その席で鉄舟から桃太郎の噺を望まれるが、円朝は誰でも知っているこの噺が喋れない。出来ないと泣き伏す円朝に、鉄舟は〈舌で喋るなかれ〉と言う禅の公案を出す。円朝は芸の神髄は芸の巧拙ではなく、芸に向かう姿勢にあると悟る。初演では島田正吾が円朝、辰巳柳太郎が鉄舟を演じた。六五年一月に歌舞伎座で、十七世勘三郎の円朝、八世坂東三津五郎の鉄舟で再演された。古典の規格を大事にした作者の演劇観が出た作品である。

❖**『桂《かつら》三木助《みきすけ》』** 二幕。一九六四年五月明治座で、程島武夫演出で新国劇が初演。死を前にした三世三木助の枕元で、妻や弟子たちが彼の人生を語り回顧するという構成で、多彩な才能を持った三木助についての作者のエッセイを素材に、回想シーンを織り込みながら劇が展開していく構成に工夫があった。島田正吾が三木助、緒形拳が作者自身に当たる四谷の先生を演じて好評を得た。（水落潔）

安保《あんぼ》廣信《ひろのぶ》 一九三一〈昭和六〉・四～二〇〇七〈平成十九〉・三。劇作家。北海道大学教養部文類中退。長年にわたり喫茶店のマスターを務めながら戯曲を執筆。代表作としては『月賦』（「新劇」一九六五・6）、『ブラインドの視界』（「新劇」一九六七・11）、『風に狂う馬』（「新劇」一九六九・7）、『五人のセールスマン』（一九七一、劇団世代）などがあり、劇団世代〈演出・河路博〉で上演。

❖**『月賦《げっぷ》』** 一幕。一九六七年初演。現代の電車の沿線にある安普請のアパートの一室。夕方、銭湯から帰った住人の若い女のもとへ、月賦の集金人の若い男が現われる。今日は十回の月賦の最終日で、このアパートで二年一緒に暮らしていた男に買い与えた背広と靴の代金である。しかし、男はとうにこのアパートから姿を消しており、好感の持てる集金人にインスタント・コーヒーを振る舞いながら身の上を語る女。しかし、その日の昼過ぎにトラックに跳ねられ、真面目にコツコツ働いても報われないことに気付いた集金人は、今まで集めた月賦の集金を持ち逃げして、不幸な境遇で事故死した職場の同僚の家族に渡そうとする。必死で止める女の声も聞かず、飛び出して行く集金人。何事もなかったかのように、出かけるために化粧を直し始める女。当時の流行の月賦や、インスタント・コーヒー、スクーターなどを織り交ぜ、庶民の生活の日常の一コマの僅かな波立ちを描いた作品。（中村義裕）

い

伊井《いい》蓉峰《ようほう》 一八七一・九〈明治四・八〉～一九三二〈昭和七〉・八。俳優。本名申三郎。東京日本橋生まれ。父は写真師北庭筑波《きたにわつくば》。草創期から昭和初期に立役として新派を牽引。歌舞伎に造詣深く〈都人派〉の芸風と優れた容貌で人気を集めた。男女合同改良演劇済美館《せいびかん》の設立（一八九一）、純写実演出を試みた近松研究劇上演（一九〇二）など、近代演劇史に重要な功績を残す。一九〇二年初演の人気作『人情』『華厳瀧』ほかを収めた『伊井蓉峰脚本集』（金港堂）がある。（桂真）

飯沢《いいざわ》匡《ただす》 一九〇九〈明治四十二〉・七～一九九四〈平成六〉・十。劇作家・演出家・小説家。県知事だった父伊澤多喜男の任地先の和歌山県和歌山市生まれ。本名は伊澤紀《いざわただす》。一九三〇年、文化学院美術科に入学。在学中、テアトル・コメディの公演を観て劇作を志し、『画家への志望』（初出同人誌「午前午后」一九三一・7）、『藤原閣下の燕尾服』（「劇作」一九三一・9）を発表。

三三年、東京朝日新聞社入社。代表作は、戦時中に文学座に提供した『北京の幽霊』(「演劇」一九四三・2)、『鳥獣合戦』(「舞台」一九四七・12)、戦後は、文学座上演の『崑崙山の人々』(「悲劇喜劇」一九五〇・7)、『二号』(「新劇」一九五五・1)、『ヤシと女』(「新劇」一九五六・8)、『塔』(「新劇」一九六一・2)、『五人のモヨノ』(「悲劇喜劇」一九六七・8)、民藝の『もう一人のヒト』(「文藝」一九七〇・3)、青年劇場の『多すぎた札束』(「世界」一九七六・12～一九七七・1)、『夜の笑い』(「テアトロ」一九七八・7)などがある。また新作狂言、ミュージカル、児童劇なども手掛け、バラエティ番組「日曜娯楽版」(「NHKラジオ」一九四七～五二)、『ヤン坊ニン坊トン坊』(「NHKラジオ」一九五四～五七)、人形劇『ブーフーウー』(「NHKテレビ」一九六〇～六七)の執筆者としても活躍した。

その創作は多岐にわたるが、特定の思想、宗教に束縛されずジャーナリスティックな視線でその時代の社会・政治・文化を風刺する点、視覚性に富み、観客を楽しませ、笑わせる仕掛けが随所に施されている点で一貫性がある。それは、笑いは時代と社会に対する風刺的な視点を持たせうる点で庶民の有効な武器である、という信念に支えられている。

出版物は、『飯沢匡ラジオ・ドラマ選集』(宝文館)、『飯沢匡新狂言集』(平凡社)、『飯沢匡喜劇全集』(未來社)、『青春手帳』(河出書房)、『武器としての笑い』(岩波新書)、『権力と笑のはざ間で』(青土社)など。『二号』で第一回岸田演劇賞、『五人のモヨノ』で第十九回読売文学賞戯曲賞、『みんなのカーリ』で第五回斎田喬戯曲賞、『もう一人のヒト』で第六回小野宮吉戯曲平和賞、『夜の笑い』で第二十回毎日芸術賞を受賞。日本芸術院会員。

❖**『北京の幽霊』**《ぺきんのゆうれい》 四幕。一九四三年二月、長岡輝子演出、文学座初演。舞台は日中戦争時代の北京、荒れはてた清朝期の大邸宅。邸には売国奴の汚名で処刑された西太后の老宦官、曽仲英・曽燔敬の兄弟と、結婚当日に無理矢理入隊させられ脱走犯として銃殺された重慶軍兵士の春二が幽霊となって住んでいる。そこに平田一家が引っ越してくる。夫人と娘の初子はこの邸で貧しい中国の子女のための学校を開くが、幽霊がでるという噂で生徒は集まらない。名誉回復のために立派な葬式を望んでいた曽兄弟は、国に尽くすことが成仏する道であり、下層民への教育が国のためになると気付く。生徒募集に協力した曽兄弟は満足して春二と共に邸を去る。その翌日、三人にそっくりの門番が雇われたところで、幕となる。荒唐無稽の喜劇である本作には、夫の平田博士が妻に中国人生徒を日本人にしようとしてはいないかと質す場面や、明治節に日章旗を持った初子が、三人の中国人の門番にも日章旗を持たせようとして、思いなおして中国の国旗である青天白日旗を渡す場面が描かれている。厳しい言論統制下、飯沢はさりげなく日本人の宣撫工作の行きすぎを警告し、中国に対する日本人のあるべき姿を示唆しているのである。

❖**『崑崙山の人々』**《こんろんさんのひとびと》 一幕。一九五〇年十一月、九段高校演劇部が初演。その後、文学座が長岡輝子演出で五一年六月にアトリエ公演、十一月に本公演を行なった。舞台は崑崙山山中。不老不死の仙薬を飲んだ仙人のホー、ミン、チンは倦怠の日々に飽きて、ここ何千年もの間さまざまな方法で死のうとしている。今もホーとミンが首を斬りあうが、首はたちまち胴体につながってしまう。そこに薬物学者の土井博士を乗せた飛行機が通りかかる。仙人は飛行機を墜落させて博士の発明した猛毒を服用するが死ねない。仙人は今後も終わらぬ時を永遠に耐え忍ぶしかない。本作は、占領軍指導下の新劇に翼賛体制下と同様の胡散臭さを感じて筆を絶っていた飯沢の戦後初の戯曲である。

❖**『濯ぎ川』**《すすぎがわ》 新作狂言。一九五二年二月、長岡輝子演出、文学座アトリエで初演。同時上演は三島由紀夫の『卒塔婆小町』。婿養子の男は嫁と姑に朝から晩まで使われている。今日も川で洗濯をしていると、二人は用事を次々といいつける。夫は一日の仕事を全て紙に書いてもらい、それ以外はしないでいいと約束をとりつける。夫は小袖を川に落とし、取ろうとした妻がおぼれる。助けを求める姑に夫は紙に書かれていない仕事だと拒み、二人に自分がこの家の主人であると認めさせる。だが引き上げられた途端に妻は夫をなじりはじめ、姑は書きつけを破ってしまう。原作は、十六世紀のフランスの小咄『ル・キュヴィユ（洗濯桶）』。現在本作は茂山千五郎家の書き上げになっている。

❖**『二号』**《にごう》 四幕。一九五四年十一、十二月、飯沢の演出で文学座が初演。舞台は老政治家稲葉大三郎の通夜。多くの弔問客が訪れるなか親族会議がおこなわれる。大三郎の義理の弟で秘書の富田から、故人には御園とくという二号がいること、大きな旅館の経営者であるとくは稲葉家を支えるために仕送りをしていたこと、今回の葬式費用の支払いも申し出ていることが明かされる。それを聞いた親族は、とくと娘の光子、娘の婚約者細川を親族として告別式に迎えざるを得ない。その後、地盤を継いだ富田はとくの資金援助を受けて立候補するが落選。金に糸目をつけず稲葉一族に尽くすとくが望むのは、娘を社会的地位のある細川に嫁がせることである。だが光子は、旅館の電機工夫の子供を妊娠していると告白して幕となる。朝日新聞社を辞した飯沢のはじめての劇作。それまでの非現実な題材を捨てて写実な手法で政治家の裏側を描いたのは、岩田豊雄のすすめであった。

❖**『もう一人のヒト』**《もうひとりのひと》 三幕。一九七〇年二月、飯沢演出、劇団民藝の創立二十周年公演として初演。太平洋戦争末期、軍事参議官香椎宮為永王のもとに退役陸軍中将の小沢が訪れる。小沢は、南北朝の歴史を持ち出して、戦況の悪化の原因は現天皇が偽朝である北朝の系統だからであり皇統を正して人心を統一すべきだと主張するが、為永は相手にしない。小沢は南朝の末裔である靴職人の杉本純一郎を捜しだし皇位を継ぐように説得し、杉本は従軍している息子の身の安全のために天皇になる決意をする。その後、敗戦が必至と悟った為永は、敗戦後も天皇制を保持するために杉本を利用しようとするが、時すでに遅く広島に原爆が落とされる。為永は小沢に、今は国体や皇統にこだわっている場合ではなく、人々の幸福を第一に考えるべきだと説く。思いつめた小沢は為永を殺し、自刃する。政治の思惑で翻弄された杉本は、終戦後、長靴製作の仕事に戻る決心をし、これまでにない解放感を味わう。本作は、熊沢事件に材を取り、それまでタブー視されてきた天皇制の問題を通して戦争の狂気を描いた喜劇である。

❖**『夜の笑い』**《よるのわらい》 全二部。一九七八年五月、飯沢演出、青年劇場初演。第一部『春の軍隊』の原作は小松左京のSF小説。息子の喘息治療のために東京の郊外に新居を建てた広告会社のサラリーマンが、自慢のリビングルームでくつろいでいる。そこに軍隊が突然押し寄せ、戦闘をはじめたため、家は一瞬のうちに破壊される。壊された屋根から月光が射し込み、ラジオから自衛隊の緊急出動の命令が流され、幕となる。第二部『接触』の原作は島尾敏雄の同名小説。舞台は明治期の九州にある尋常高等小学校。五人の男子生徒は校則に違反して授業中にアンパンを食べたためにまもなく自決させられる。唯々諾々と死を受け入れる生徒たちと、奇妙な校則に疑問を抱かない教師たち、家名を傷つけたとして子供の処罰に抗議をしない親たち。規則にとらわれた人たちのなかで一人の生徒の妻だけが校則の矛盾を衝いて生徒たちを救い出す。本作は、時代の異なる二つの不条理な事件を通して、平穏な日常にひそむ危機を描いたブラックユーモアである。（宮本啓子）

飯島耕一《いいじまこういち》 一九三〇〈昭和五〉・二～二〇一三〈平成二十五〉・十。詩人。東京大学仏文科卒業。一九五三年、自費出版の詩集『他人の空』でデビューして後、大学で教鞭を執りながら、五六年東野芳明らとシュールレアリスム研究会を作り、その思想に傾注しつつ多くの詩、評論、小説、翻訳、映画評を発表。四九年欝からの回復を描いた詩集『ゴヤのファースト・ネームは』で第五回高見順賞を受賞。戯曲に『人々』（「現代芸術」一九六一・4）がある。（林廣親）

飯島早苗《いいじまさなえ》 一九六三年〈昭和三十八〉・十～。劇作家・女優。東京都出身。日本女子大学文学部国文学科卒業。一九八二年、大学在学中に池田貴美子、歌川椎子、鈴木裕美、柳橋りん、吉利治美らと劇団自転車キンクリートを結成。劇団は「ひいきに引き倒されたい 躍進するお嬢さん芸」をキャッチコピーに人気を獲得し、八〇年代後半には久松信美など男性俳優も参加し作品の幅を広げていった。劇団結成初期には集団創作を行なっていたが、四作目以降の作品の多くは飯島と鈴木共同で発案と構成が行なわれ、飯島が脚本を担当、鈴木が演出するという方法で制作されている（「鈴木裕美」の項を参照）。例えば『ソープオペラ』は、あるアメリカ人作家による家庭劇を観た鈴木が、舞台上のリアルなアメリカの家庭のセットを用いてアメリカ在住の日本人たちの芝居ができないかと思いつき、鈴木と飯島によるアメリカ取材を経て飯島が脚本化した。一方『法王庁の避妊法』は、原作となる小説を読んだ飯島が発案し、鈴木との議論を通して作られた作品である。飯島の脚本はリアリスティックな設定を持ったせりふ劇として構成されているものが多い。ウェルメイドな作風は一貫しているものの、笑いのなかに飯島と鈴木の鋭い洞察が隠されている。劇団は九二年に「自転車キンクリートSTORE」という名前でプロデュース公演を始め、さまざまなジャンルの公演を行なっている。二〇〇〇年には飯島脚本、鈴木演出で桐野夏生の小説『OUT』を劇化し評判となった。代表作に『ソープオペラ』、『ピロートーク』（第三十八回岸田國士戯曲賞最終候補）、『法王庁の避妊法』（第四十回同賞最終候補）、『絢爛とか爛漫とか――モダンボーイ版・モダンガール版』（論創社）など。

❖**『法王庁の避妊法』**《ほうおうちょうのひにんほう》 原作は篠田達明の小説『法王庁の避妊法』（文藝春秋）。一九九四年十二月、全労済ホールにて初演。飯島・鈴木作、飯島脚本、鈴木演出。二幕。男性四人、女性四人。時は大正。新潟の産婦人科医、荻野久作は、当時未解明だった女性の排卵メカニズムを明らかにすべく研究に取り組んでいた。妻とめとの夫婦生活を通して排卵に関する仮説を実証しようとする久作。多産なキヨ、不妊のハナ、クリスチャンの助手古井とフェミニストの看護師より子が登場し、出産や中絶に対するそれぞれの思いが描かれる。久作の仮説を証明するため、「授かりもの」であるはずの子どもを作ろうとすることにとまどう妻とめ。そのとめに対し、軟派な医師の高見は「自分なりの、自分を偽らない答えを見つけることです。荻野の発見した新しい事実にあなたなりの納得を見つけることです」と語りかける。科学の進歩を福音にしていくためには、その進歩で幸せになれるのかを考えなくてはいけないという高見の言葉は、生殖医療が発達した現代に生きる私たちへ訴えかけるものだとも受け取れるだろう。制作過程で飯島と鈴木は出産や中絶について、また研究をめぐるさまざまな問題について議論を重ねたという。コミカルに展開する物語のなかに、彼女らの問題意識が内包された作品である。戯曲は『法王庁の避妊法』(論創社)収録。 (鈴木美穂)

飯島正《いいじまただし》 一九〇二〈明治三十五〉・三～一九九六〈平成八〉・一。詩人・映画評論家。東京都生まれ。東京帝国大学仏文科卒業。在学中に「新思潮」にSF戯曲『地球の冷却』を発表。「新喜劇座」の旗揚げ公演に参加。一九二九年「詩と評論」に『楽器』などのモダンな映像を展開する作品を発表。一方、モルナールの『リリオム』『お人好しの仙女』などの翻訳も手掛ける。四六年、早稲田大学文学部の教員となる。五七年から『闇の中の光』など、十篇のラジオドラマを執筆。七一年『前衛映画理論と前衛芸術』(白水社)で芸術選奨文部大臣賞を受賞。九三年、川喜多賞受賞。 (中村義裕)

飯田旗軒《いいだきけん》 一八六六〈慶応二〉・五～一九三八〈昭和十三〉・四。翻訳家・仏文学者。江戸生まれ。本名旗郎。東京商業学校在学中にベルギーへ留学。日本銀行勤務のかたわらフランス文学の翻訳に従事。一九〇七年、喜劇『吃驚箱《びっくりばこ》』(アレクサンドル・ビッソン作『離婚の驚き』の翻案)を伊井河合一座が明治座で初演。一一年、「読売新聞」所載の『哀々記』(コルネイユ作『ル・シッド』の翻案)が榎本虎彦脚色により『鎌倉武鑑』として歌舞伎座で初演。ほか歌劇の翻案『まぼろし日記』を加え、二一年『仏蘭西名劇三種』(耕文堂)を刊行。ピエール・ロチ、ゾラなどの翻訳も多数。 (大橋裕美)

家城巳代治《いえきみよじ》 一九一一〈明治四十四〉・九～一九七六〈昭和五十一〉・二。映画監督。東京・新宿生まれ。東京帝国大学文学部卒業。松竹で映画監督としてデビューし、『悲しき口笛』(一九四九)でヒットを飛ばすが、組合活動が原因で一九五〇年に解雇される。以後独立プロで『雲流るる果てに』(五三)などの問題作を手がけた。日本各地の劇団で上演された『ひとりっ子』(六八)は家城が執筆したテレビドラマの脚本を上演台本としたものだ。 (馬場広信)

伊賀山昌三《いがやましょうぞう》 一九〇〇〈明治三十三〉・三～一九五六〈昭和三十一〉・五。劇作家。秋田県能代市万町に生まれる。筆名・精三。一九一九年に母親と共に上京。二三年専修大学付属商業を卒業後、三省堂に入社。昭和初年より戯曲執筆を志し、岸田國士に師事。三二年の「劇作」創刊時より同人として加わる。『足が痛いから』(「劇作」一九三二・5)、『唯ひとりの人』(「劇作」一九三二・12)につづいて三三年に発表した『騒音』が翌年築地座で上演され、評判となる。また、長野の民有林伐採現場を舞台にした『むささび』(「劇作」一九三九・3)では山奥で木材の伐採に従事する男たちの力強さと奔放さを描き、新境地を拓いた。四一年には菅原寛、卓兄弟の支援もあって青山出版社を経営。岸田國士著『生活と文化』を出版する。しかし出版統制により白水社に吸収。同年チェーホフ作『プロポーズ』を秋田の農村を舞台にした『結婚の申込』に翻案。秋田方言と狂言の様式性を用いて主人公が燕尾服ではなく羽織袴で登場する喜劇へ作り変えることに成功した。文学座が国民新劇場（旧・築地小劇場）だけではなく移動演劇でも数多く上演した作品であり、戦後には農村演劇でも人気の演目となった。四五年四月、秋田市に疎開し、帝国石油に入社。戦後は五〇年に新派で上演された『通り魔』のような敗戦後の社会世相を辛辣に描いた作品を発表しながら、狂言様式の『林檎畑』のような大らかな滑稽味を持ち味とする一幕物も書き続けた。晩年は「檜の会」の相談役として若手作家の指導にもあたった。

❖**『騒音』**《そうおん》 二幕。一九三四年四月、築地座によって飛行館で初演。演出・岸田國士、舞台装置・伊藤壽一。落ち目になって女を追い回すしかなくなってしまっている映画俳優、瑛一のことを旧友であり彼の秘書もつとめる良介はあらゆる面で支えようとしてきたが、互いの複雑な気持ちがこじれた挙句に決裂してしまう。現代的な職業につき、安定とは程遠い生き方をする男女の生活やシニカルな心理を活写した戯曲。（阿部由香子）

生田葵《いくたあおい》 一八七六〈明治九〉・四～一九四五〈昭和二十〉・十二。小説家・劇作家。別号・葵山《きざん》。本名盈五郎《えいごろう》。京都生まれ。一八九七年巖谷小波《いわやさざなみ》門下の木曜会に入る。同会の永井荷風らと「活文壇」を創刊。自然主義全盛の折、『団扇太鼓』『和蘭皿』などで小説家として認められた。大正に入り洋行を経験した後は劇作に転向。春秋座が初演し話題となった新作舞踊劇『虫』や『焼津の日本武尊』などがある。有楽座や川上児童楽劇園のお伽劇も手がけた。（桂真）

生田長江《いくたちょうこう》 一八八二〈明治十五〉・四～一九三六〈昭和十一〉・一。評論家・小説家・劇作家・翻訳家。東京帝国大学哲学科卒業後、文壇批評家やニーチェ研究者として活躍。「青鞜」の命名者でもある。社会問題に関心を向けた頃から戯曲に手を染め、一九一七年八月処女作『円光』（三幕）を「中外」に発表（後に新文芸協会などで上演）、その後『告白の後』（文芸座）、『長澤兼子』（創作劇場）などの上演作など十篇余を書いた。愛欲の悩みを扱う作が多い。戯曲集に『円光以後』（緑葉社）がある。

（林廣親）

［**参考**］荒波力『知の巨人 評伝生田長江』（白水社）

生田萬《いくたよろず》 一九四九〈昭和二十四〉・八～。東京都生まれ。劇作家・演出家。早稲田大学政経学部卒業。唐十郎や佐藤信にインスパイアされ、在学中の一九七〇年、劇団摩訶摩訶《まかまか》を結成し、劇作・演出を担当。劇団天井桟敷公演『人力飛行機ソロモン』に出演した経験も持つ。七八年の劇団解散後、八一年に、女優で妻の銀粉蝶《ぎんぷんちょう》と劇団「ブリキの自発団」を結成。アメリカのSF作家フィリップ・K・ディックに影響を受けた旗揚げ公演『ユービック・いとしの半生命』をはじめとして、「世界の終り」を主題にしたSF的作風が人気を集め、「八〇年代小劇場演劇ブーム」を代表する劇団のひとつとして活躍した（当時の劇団員は山下千景、片桐はいり等）。九〇年代には、『KAN－KAN』（一九九六）で読売演劇大賞最優秀演出家賞を受賞したが、次第に劇団活動からは遠ざかる。二〇〇七年より一〇年まで、埼玉県の富士見市民文化会館「キラリふじみ」の芸術監督を務めた。戯曲集に『夜の子供』（而立書房）、『夜の子供2』（白水社）、『かくも長き快楽』（沖積舎）等。

❖**『夜の子供』**《よるのこども》 八景にプロローグとエピローグ。初版の戯曲集には、扉タイトルに「Catch me in the midnight」のサブタイトルが付されている。三十二歳の少女マンガ家ヤスベーが、病弱な妹カスミと暮らしている。彼女の夢らしき場面に、父(和正)と母(ヨキコ)が現われる。男子の出産を心待ちにしていた父にとってカスミはいわば望まれない子供だった。出生と自己同一性を主題としながら、ギャグやユーモアも交えつつ、奇想天外なファンタジーが展開していく。漫画家鈴木翁二の『銀のハーモニカ』『透明通信』に触発されたことを作者自身は明かしている。「夜の子供」は後にシリーズ化された。Scene3でヤスベーが発する台詞〈過去はいつも新しく、未来は不思議になつかしい〉を、批評家扇田昭彦は、近未来を舞台にした作品が多く発表された一九八〇年代の小劇場演劇を象徴するフレーズと評している。(森山直人)

池田一臣《いけだいっしん》 一九三二〈昭和七〉・三〜。東京生まれ。劇作家・演出家・俳優。現代劇センター真夏座代表。早稲田大学文学部国文科中退。一九六二年『真田風雲録』(作:福田善之、演出:千田是也)の猿飛佐助役でデビュー。『三人吉三の夢を見た』(一九七三)を皮切りに、『夏の夜話』(七四)、『お仙泣かすな仕立屋銀次』(七五)、『東京狂詩曲一八八九』(九九)、『花見の茶ばしら』(二〇一五)などを作・演出。また、脚色・演出も手掛け、手塚治虫原作の『人間ども集まれ!』(〇二)、チェーホフ『プラトーノフ』の翻案劇『風太郎月夜詩』(〇五)などがある。(中村義裕)

池田大伍《いけだだいご》 一八八五〈明治十八〉・九〜一九四二〈昭和十七〉・一。劇作家・中国戯曲研究家。東京銀座の老舗「天金」の次男として生まれた。本名銀次郎。恵まれた環境で育ち、幼時から芝居に親しんだ。若い時から学才を発揮し、早稲田大学英文科在学中に東京毎日新聞に劇評を書いた。恩師坪内逍遙の信任が厚く、卒業後、後期文藝協会の演芸主任になった。一九一三年に協会が解散したため、東儀鉄笛、土肥春曙《どいしゅんしょ》らと新劇団無名会を結成、一四年帝劇の『オセロー』(池田訳、監督)で旗揚げした。その後、同劇団の中心になって劇作、演出の両面で活躍。劇作としては『滝口時頼』(一九一四)、『茨木屋幸斎』(一五)、『一時の賭』(同)、『慧春尼行状』(一六)、『西郷とお玉』(後に『西郷と豚姫』と改題、一七)などを書いた。一七年に無名会は解散。その後中国文学をはじめとする海外の文学の翻訳、研究をしたが、関東大震災で蔵書の多くを失った。一方で二世市川左團次のブレインになり、彼のために『名月八幡祭』(一八)、『佐倉新絵巻』(二一)、『根岸の一夜』(二二、この作は十三世守田勘彌主演)、『男達ばやり』(二六)などを書き、二七年の左團次一座の訪ソ公演には舞台監督として参加、その後のヨーロッパ旅行にも同行した。その後は『古柏延根元助六』(三六)を書いただけで、中国戯曲の研究を続け、三二年、三四年に翻訳した『元曲五種』は、後に甥の池田弥三郎によって翻刻され高く評価された。四〇年から早稲田大学が刊行した『演劇百科大事典』の編纂に加わったが、四二年に肺炎で急逝した。著作に『池田大伍戯曲選集』(四二、武蔵書房)、『元曲五種』(七五、平凡社東洋文庫)ほかがある。

❖**『茨木屋幸斎』**《いばらきやこうさい》 三幕。一九一五年五月有楽座で無名会が初演。近松門左衛門の『傾城酒呑童子』《けいせいしゅてんどうじ》を脚色した作。茨木屋幸斎は大坂新町で遊女百人を抱える置屋を営み、豪勢な暮らしをしている。抱えの遊女の白妙には深見吉三という恋人があるが、病弱のうえ吉三には身請けをする金がない。幸斎は非情にも白妙に客を取らせ、悲観した二人は心中し、逢引の手助けをした禿横笛も折檻された末に自害した。横笛の父与左衛門は政道の不備を訴えた上書きを残して切腹した。周囲の人々の悲劇を見ながら、幸斎はさらに自宅に豪華な能舞台を作り、お上を無視した贅沢を続けたため、訴人あって召し取られる。世間から非道無惨と指弾されながら、奔放に生きる幸斎の自我を描き、そこに逆に近代性が見られる。

❖『西郷と豚姫』《さいごうとぶたひめ》 一幕。一九一七年五月、有楽座で無名会が初演。初演の題名は『西郷とお玉』。後に二世實川延若がお玉を演じて好評を得て、『西郷と豚姫』と改題した。京三本木揚屋の仲居お玉は、色白のうえ肥っているので、周囲の人から豚姫と呼ばれていた。貧しい環境に生まれ育ったが、生来心優しい人柄のため、客や朋輩から慕われ、何かと相談を受ける女になっていた。そのお玉が初めて恋をした。相手は薩摩の西郷吉之助で、茫洋とした大きな人柄への尊敬がいつしか恋になった。西郷も孤独だった。主君に嫌われ、幕府からは生命を狙われる。久し振りに揚屋を訪れた西郷は、お玉の心の内を聞いて、お玉が同志たちに尽くしてくれたことに感謝し「お前のために死のう」と互いに手を取った。その時、大久保市助が飛び込んできて、主君の勘当が解け江戸へ出立する命令が出たと告げた。西郷は「情死は変更じゃ」と、市助から貰った金をお玉に与えて江戸へ向かった。お玉は黙って見送る。肥満したお玉と大兵の西郷という取り合わせ、まったく違う世界に生きる二人の間に通い合う共感を描き、そこはかとした哀歓が漂う好短編である。

❖『名月八幡祭』《めいげつはちまんまつり》 三幕四場。一九一八年八月歌舞伎座で二世市川左團次一座が初演。河竹黙阿弥作『八幡祭小望月賑《はちまんまつりよみやのにぎわい》』を素材にした作品だが、作者は美代吉に刹那的な感情に任せて奔放に生きたアベ・プレヴォー作『マノン・レスコー』の性格を投影している。二世左團次が新助、四世澤村源之助が美代吉を演じた。深川仲町の芸者美代吉は旗本の藤岡慶十郎という捌けた旦那がいるのに船頭三次と深い仲。三次の無心で髪飾りまで質草に手渡してしまう。役付きになったため暫く来られぬと言いにきた慶十郎は、美代吉の気風の良さを愛しながらも「三次だけはよせ」と忠告した。世話になった魚惣のところに、帰郷の挨拶に来た越後の縮商人新助は、富岡の八幡祭を見ていけという魚惣の言葉で、暫時滞在を伸ばすことにしたが、三次の船で逢引に行く美代吉を見て心乱れる。魚惣は、美代吉は悪い女ではないが近寄ってはいけないと忠告した。美代吉は祭を前に金が無くていらいらしている。そこへ新助が別れの挨拶に来た。美代吉は苛立ちのあまり、いっそ田舎暮らしをしたいものと口走り、無心に来た三次を啖呵を切って追い返した。その様子を見た新助は、祭に必要な百両の金を作れば、自分の女房になってくれるかと迫る。美代吉は目先のことで心が一杯で、つい承諾してしまう。新助が金を作るため飛び出していった直後に慶十郎から金が届き、血相を変えて飛び込んできた三次も事情を知って収まり、二人は酒を飲み始める。故郷の田畑を叩き売って金を整えて戻って来た新助はその様子を見て驚き怒るが、美代吉は「もういいんだ」と平然としている。魚惣が心配して訪ねてきて、無理矢理新助を連れ帰った。八幡祭の祭礼の夜、心乱れてしまった新助は美代吉を殺し、大勢の祭の衆に担ぎあげられながら狂ったように哄笑する。誰もいなくなった河岸に名月だけが輝いている。刹那の感情のまま行動する美代吉に何ものにも縛られず自由に生きる女性像が見られる。

❖『根岸の一夜』《ねぎしのいちや》　一幕。一九二二年一一月、帝劇で十三世守田勘彌主宰の文芸座で初演。姫路酒井家の次男に生まれながら、町絵師になり琳派の画家として有名になった酒井抱一のある一日を描いた作品。抱一はお家騒動に巻き込まれるのを嫌って僧体になり、町絵師として大成した。晩年は根岸の雨華庵で、元吉原の遊女加賀川を妾にして、酒井家から援助を受けながら自儘に暮らしている。加賀川は今の暮らしに感謝しながら、尼になる決心をしていた。この日も抱一は吉原で散財した後、八十丸という美少年を連れ帰った。彼を加賀川の養子にして将来を託したいと語る。抱一はさらに心中を仕損ない非人に落とされた茶人宗輿に、金は用意するから上方へ行って出直せと勧める。その一方で、抱一はたまたま訪れた別の女に心魅かれていく。人生の無常を知りながら、なお俗世間や欲望から離れられない抱一の姿を描いた作で、楠山正雄は「抱一は大伍である」と解説している。

❖『男達ばやり』《おとこだてばやり》　一幕三場。一九二六年五月歌舞伎座で二世市川左團次、七世松本幸四郎が初演した。男達の名声を得るため先陣争いする町奴の朝比奈三郎兵衛と旗本奴三浦小次郎の姿を喜劇的タッチで描いた作である。吉屋組の頭領三浦は不忍池に身投げした老人を見かけたが水練の心得がない。そこへ船頭風の男が現われ、苦もなく老人を助け上げた。老人は山下に茶屋を出していたが、義理の息子夫婦に邪険にされ死を選んだと語る。男は明日の朝までに三十両の金を作り老人の身が立つようにすると約束、三浦が証人に立った。老人の婿又兵衛の営む茶屋へ三浦、次いで先刻の男、実は町奴の朝比奈がやってきた。朝比奈は夜になって、この茶屋へ忍び込み三十両の金を奪う気でいた。それを察知した三浦は手裏剣で朝比奈を追い払い、その礼に又兵衛から三十両の金を取って悠然として出て行った。翌朝、老人の前に現われた朝比奈は金が出来なかった申し訳に切腹しようとした。その手に三浦が三十両の金包みを投げつけた。男の面子を潰された朝比奈は、三浦に斬ってかかり互いに争うが、最後に仲直りして、人助けを競いあうことにする。男達という美学に生きる男たちの滑稽さを描いた作。（水落潔）

池田政之《いけだまさゆき》　一九五八〈昭和三十三〉・十一〜。劇作家・演出家。筆名・橋間嘉作、M（マルティーヌ）・ガヴリエル。兵庫県西脇市生まれ。県立西脇高等学校・京都産業大学法学部卒業。会社経営の裕福な家庭に生まれ、幼少の頃より歌舞伎・宝塚・新派などに親しむ。八三年、劇団NLT入団。八九年にNLTを退団、フリーとなり、三越劇場で商業演劇デビュー。以降、松竹・明治座などの大劇場から小劇場・新劇まで幅広く脚本を提供し、演出家としても活躍。二〇〇六年にNLTに復帰。喜劇だけではなく『瞬と翔一』『ツタンカーメン』のような悲劇（いずれも未上演、戯曲集はテアトロ）も書き、時代劇や現代劇もこなす。創作意欲旺盛で、多忙を極めるなか未上演の戯曲を書きためている。

❖『花の元禄後始末』《はなのげんろくあとしまつ》　二幕五場。一九九四年四月、三越劇場初演。戌井市郎演出。『花の夫人の謀《はかりごと》』（テアトロ）。一七一八年、江戸深川八幡宮鳥居近くの、紀文大尽と言われた材木商・紀伊國屋文左衛門（長門裕之）の住居。紀文の通夜が終わり、後妻で吉原の遊女あがりの几帳（淡島千景）と、死んだはずの紀文が会話する。楽隠居後も贅沢三昧で、ついに金を使い果たした紀文のために、几帳は生前葬をして集まった香典を元手に商売を再開することを提案していた。初七日に事情を打ち明け、一年後倍にして返すと言えば、奇抜な趣向で世間を喜ばせてきた紀文だから、みな許すだろうという算段。だが贈賄容疑で紀文を逮捕しにきた江戸町奉行・大岡忠相が、死んだと聞いて罪を免じ、香典を置いていったから事情は一変する。計画通り生き返れば、贈賄に加え詐欺までも罪に問われる。しかも紀文が死んだと聞いて、いい仲だった吉原の遊女・初音や、外で生ませていた子供・文吉たち三人も現われて大混乱。ほとぼりが冷めるまで文左衛門は京都に行き、かわりに几帳が商売をすることになる（一幕）。同所。紀文の留守中、几帳は木場を倉庫代わりにし、自分たちは無店舗で木材を売買する商法で儲けるばかりか、文吉とよい仲になった初音に愛想尽かしをさせ、自分と養子縁組をして文吉を正式な跡取りにするなど家長として立派な働きをしている。大岡が訪ねてきて、他の材木商も無店舗商法を見習い、土地を処分するので、幕府が火除け地として買い上げることができた、感謝すると言う。几帳は褒美に紀文の赦免状がほしいと言い、大岡が渡すと紀文が現われる。紀文は文吉と父子の対面をする（二幕）。（日比野啓）

池谷信三郎《いけたにしんざぶろう》　一九〇〇〈明治三十三〉・一～一九三三〈昭和八〉・十二。小説家・劇作家。別名「いけのや」。東京・京橋生まれ。東京帝国大学在学中ベルリンに留学。一九二五年、河原崎長十郎、村山知義と心座結成。自身の留学体験に基づく戯曲『三月卅二日《さんがつさんじゅうににち》』を上演し好評を博した。二九年、中村正常、舟橋聖一と蝙蝠座旗揚げ。同人合作による『ルル子』を上演した。劇におけるコスモポリタニズムを標榜。新興芸術派との関わりも注目される。（星野高）

池波正太郎《いけなみしょうたろう》　一九二三年〈大正十二〉・一～一九九〇年〈平成二〉・五。作家・劇作家。東京生まれ。昭和戦後期に新国劇を中心に活躍。少年時から芝居を好む。読売演劇文化賞に一九四六年に『雪晴れ』を応募し入選、新協劇団で上演。翌年も同賞応募の『南風の吹く窓』が佳作入選。四九年長谷川伸門下となる。『手』『牡丹軒』などを書く。新国劇で『鈍牛』が上演されて認められ、以後『檻の中』『渡辺崋山』『名寄岩』『黒雲谷』『夫婦』などを発表し、座付作者扱いとなる。『牧野富太郎』（一九五七）は、著名な立志伝中の植物学者を描いた伝記劇として成功。『風林火山』（井上靖原作）の脚色も好評だった。新国劇離脱後も島田正吾に『雨の首ふり坂』を書き、渡世人の末路を主人公が半時間も無言のまま通す、独自の作劇が評判で再演された。新作歌舞伎にも『出刃打お玉』『市松小僧の女』『あいびきの女』などを提供。小説のベストセラー『鬼平犯科帳』も数本が劇化上演されている。『市松小僧の女』は、『昭和大衆劇集』（演劇出版社）所収。初期戯曲集に『銀座並木通り』（幻戯書房）がある。

❖**『牧野富太郎』**《まきのとみたろう》　三幕七場。著名な植物学者牧野富太郎の生涯を描く伝記劇。自著『日本植物志』の出版に喜ぶ牧野のもとに東大教授が訪れ、小学二年までしか学歴のない牧野が独力で出版したのは大学の権威に関わると出入禁止を言い渡す。折から育ての親である故郷の祖母の経済的援助も途絶えてしまうが、牧野は独力で新婚の妻と活路を開く。二十年後、学歴なく万年助手で薄給暮らしの牧野が台湾へ採集旅行中、高利貸が家財を差し押さえてしまうが、妻は家計の為、待合を開業し、大家も意気に感じて援助する。東大では人気のある牧野は教授たちの反感、嫉妬を買い、追放されそうになるが、学生や農大教授の支持が総長を動かし、牧野は東大に留まる。

戦後九十二歳の牧野は妻に先立たれ、子供たちと暮らしている。病にも負けず研究する牧野は植物同好会の人々に、草木を愛する意味や心を訴え、会員と合唱しながら、妻の形見を抱きしめる。森本薫の『怒濤』や久保栄の『火山灰地』などに通じる、新劇から、商業演劇まで人気のある科学者伝記劇の典型。権威ある敵役、犠牲になる家族とその愛、苦難に打ち克つ意志の継続という芸道物と同じ構成で、飽きさせず、観客の情動を刺激する佳作。（神山彰）

石井源一郎《いしいげんいちろう》　劇作家・劇評家。岡本綺堂の門下生が組織した嫩会《ふたばかい》の同人。一九三〇〜三九年「舞台」に戯曲や歌舞伎、新国劇の劇評などを執筆する。戯曲に『粧《よそお》った挨拶』『滝井山三郎がこと』、喜劇『表裏』、『カフェーの花嫁　発声映画のやうな二十五景』『百万石の墨附』、一幕劇『賭けられた女』『割れても末に』『天国さして』がある。三八年八月、飯塚友一郎や長谷川伸らとともに国民演劇連盟結成準備会に参加した。（桂真）

石川耕士《いしかわこうじ》　一九五二〈昭和二十七〉・八〜。脚本家・演出家。香川県生まれ。一九七五年早稲田大学第一文学部卒業。七九年、文学座演劇研究所に入所、九七年に退座、フリーの脚本家・演出家として活動。歌舞伎の補綴に定評がある。二〇〇三年七月歌舞伎座『四谷怪談忠臣蔵』、同年十月国立劇場『競伊勢物語』の成果で二〇〇三年度第五十四回芸術選奨文部科学大臣賞新人賞（演劇部門）を受賞。他に『西太后』『華果西遊記』など。（中村義裕）

石川淳《いしかわじゅん》　一八九九〈明治三十二〉・三〜一九八七〈昭和六十二〉・一二。小説家。東京都生まれ。東京外国語学校（現・東京外国語大学）卒業。フランス文学に興味を持ち、一九二三年の『赤い百合』をはじめ、『背徳者』『法王庁の抜穴』などの作品を翻訳する。数年間の放浪生活を経たのち、三五年より創作活動を再開。三七年『普賢』で第四回芥川賞受賞。三八年に発表した『マルスの歌』が発禁処分を受けたが、戦後、活動を再開、『焼跡のイエス』『処女懐胎』などの話題作を次々に発表、「無頼派」と称された。六七年に発表した『至福千年』、八〇年の『狂風記』などは、多くの読者の支持を集めた。舞台劇は六一年の処女戯曲『おまへの敵はおまへだ』、六八年『一目見て憎め』が、ともに千田是也の演出で劇団俳優座により六本木・俳優座劇場にて上演。

[参考]『おまへの敵はおまへだ』（現代日本戯曲大系　第三巻、三一書房）、『石川淳選集　第十巻』（岩波書店）

❖『おまへの敵はおまへだ』《おまえのてきはおまえだ》　三幕。時間と場所は特定されておらず、演出家に委ねられている。

海岸に近いホテルのバーとおぼしき場所で、渡・佐原・元村の三人が、海の中に「島」を出現させ、そこで温泉を掘り、一大レジャーランドにしようと計画を立てている。そこへ、元代議士で、現在は土建屋の井戸組を経営している井戸がやって来て、三人の計画を知り、自分がそれを乗っ取ってしまおう、と考える。

ホテルのそばの海岸を、チンピラ風の梶原梶太郎とその女・梶原梶子が散策している。そこへ、渡・佐原・元村が来て、「島」の事を話し始めたのを井戸に盗み聞きされる。梶太郎は三人が何かを企んでいることに薄々気づき、二人でホテルへ去る。ホテルでは手癖の悪いボーイとちぐはぐな支配人が会話をしているが、ホテルは雷が落ちて火事になる。

三人の思惑通り、「島」は出現し、一年が経った。島には連絡船で多くの観光客が訪れ、火事で死んだ井戸の代わりに渡がボスになり、元村はその秘書を務めている。記念行事などで忙しい渡は、かつての仲間と今の状態が以前と何一つ変わっていない、虚構に過ぎない、と話をする。一人になった渡に梶太郎が勝負を挑みに来て、渡は殺される。どこまでが真実で、どこが虚構だったのか……。

❖『一目見て憎め《ひとめみてにくめ》 ― 千田《せんだ》是也演出のために《これやえんしゅつのために》 ―』 三幕。ある巨大な都市。「赤おやぢ」と名乗る男が経営する、人形がずらりと並んだ射的の店がある。そこへ、主人公の男・牧餘一が現われ、ひかりという女と出会う。牧が抱えているカバンには、多くの病気を治す「新薬」が入っているが、この注射は想像を絶するほどに痛く、まだその効果を試せずにいると言う。

牧とひかりは深夜営業のレストランへ出かけるが、そこでは貴人と淑女、伊達男とおどり子らの空疎な会話が交わされているばかり。牧がレストランへ落として行った新薬の箱を、麻薬中毒の売笑婦が開け、自らの腕に打つ。

病院に運ばれた売笑婦は、予想されていた恐ろしい副作用はなく、すべてが浄化され、名前も「イヴ」となり、白衣に身を包んで今までとは違った言動を取るようになる。牧はイヴを追いかけて歩き、その間に新薬が入ったカバンを落としてしまう。それを拾った乞食が、アンプルごとすべて食べてしまうが、彼の身体には何も変化が起きないばかりか、やがて命を落とす。多くの人々が、聖女のようになったイヴの後を付いて歩く。

赤おやぢは、町の状況が一変した原因が牧とそのカバンにある、と薄々気づき、落ちていた牧の名札を自らの胸に付けると、それが取れなくなってしまう。やがて、イヴが佇む公園の木から一匹の白蛇が落ちて来る。混乱した人々は、すべての原因がイヴと牧にある、と判断し、イヴを撃つが、その弾はすべて牧に当たり、牧は命を落とす。（中村義裕）

石坂浩二《いしざかこうじ》 一九四一〈昭和十六〉・六〜。俳優・劇作家。東京出身。本名武藤兵吉。慶應義塾大学卒業後、劇団四季演出部に入団。浅利慶太のサポートをしながら書いた脚本『王子とこじき』は今もなお上演されている。一九八三年に設立した「石坂ミュージカル・エンタープライズ」を、八八年に「劇団急旋回」と改名し、多くの作品を作・演出したが、九六年より活動は停止している。横溝正史原作のシリーズ映画での金田一耕助役は代表作。また、特撮テレビドラマ『ウルトラマン』のナレーションはファンの記憶に深く刻まれている。戯曲に『TOKYO235』『ザ・龍——たひこの夢』など。（岡野宏文）

石崎一正《いしざきかずまさ》 一九二三〈大正十二〉・十一〜一九九七〈平成九〉・一。劇作家。東京都生まれ。蔵前工業学校卒業。三好十郎に師事して劇作を学び、戯曲座、炎座で活動。その後、青山杉作記念俳優養成所に所属。岳父が右翼団体「大東塾」の歌道参与を務めていたため、その影響を受け、雑誌「新劇」一九六一年十二月号に発表した『草むす屍』（第八回「新劇」岸田戯曲賞候補作品）が注目を浴び、六二年、左近允洋《さこんじょうひろし》の演出で劇団新演により新宿・厚生年金会館小ホールにて上演される。以後、六六年『亜細亜の東日出ずるところ』が谷畑美雪の演出で劇団潮により八月十五日の終戦記念日に上演。六九年『歌え汝が泰平の歌を ― 北村透谷伝 ―』が兼八善兼の演出により青俳研究生により上演（上演場所不明）。七二年『明日の教師たち』が増見利清の演出で劇団新人会により砂防会館ホール、七六年『このように私は聞いた——死のう団』が鈴木完一郎の演出で青年座により新宿・紀伊國屋ホール、『天明みちのくのアリア』が中村俊一の演出で劇団仲間により俳優座劇場にて上演。八二年『蝶々乱舞』が稲岡正順の演出で劇団仲間により三百人劇場、八六年『野辺山恋し』が生井健夫の演出で劇団仲間・俳優座ワークショップの合同により俳優座劇場にて上演。八七年『トスキナア　一九二〇年代大正挽歌』が劇団仲間により吉祥寺・前進座劇場、八九年『流転―画家上野山清貢―』が野の会により三百人劇場にてそれぞれ稲岡正順演出で上演。九四年『私の上に降る雪は』が久保田猛の演出で演奏舞台により池袋の文芸坐ル・ピリエにて上演。

[参考]『石崎一正戯曲集　トスキナア』（テアトロ）

❖**『トスキナア《とすきなあ》　一九二〇《せんきゅうひゃくにじゅう》年代大正挽歌《ねんだいたいしょうばんか》』**　十六景。大正時代の浅草を舞台に、道化が主人公となり、その時代の浅草の活気や人間模様を切り取って描いた作品。タイトルの「トスキナア」は「アナキスト」を逆から読んだもので、無政府主義者の大杉栄、伊藤野枝、文学者の辻潤や詩人の佐藤惣之助など、実在の人物も登場する群像劇に近い構成となっている。

カフェ「パウリスタ」や凌雲閣、瓢箪池、私娼窟「梅の家」などを舞台に、新しい演劇を創ろうと夢見る与多平、浅草を根城にスリを働く三日月の健、パウリスタに集う浅草オペラの関係者のペラゴロ、ピアノたちが、感情を交錯させながら生きる姿を描き、大正十二年九月一日の関東大震災で、すべてが灰燼と帰してしまうまでを時代風俗に忠実に、「オトコ」という名の役名を持つ道化が進行役となって進めてゆく。　（中村義裕）

石崎勝久《いしざきかつひさ》　一九三〇〈昭和五〉・十〜一九九四〈平成六〉・三。演劇評論家・劇作家。愛知県生まれ。明治大学文学部、早稲田大学文学部卒業。新聞記者を経てフリーに。一九七六年『うら版・三国妖婦伝』、七七年『幽霊神・シャルロット号』が、三原四郎の演出で、演劇集団日本により高田馬場・東芸劇場にて上演。八一年『妖麗お伝地獄』が新宿・紀伊國屋ホール、八三年『幽霊船ネプチューン』が新宿・シアターアプルにて、いずれも三原四郎の演出で演劇集団日本により上演。九一年『じゃがたらお春』が三原四郎の演出でオフィス・サエにより池袋スタジオ・パリエで上演される。　（中村義裕）

石澤秀二《いしざわしゅうじ》　一九三〇〈昭和五〉・四〜。本名は秀男。東京生まれ。演劇評論家・演出家。早稲田大学大学院演劇専攻修士課程卒業。雑誌「新劇」の編集兼発行人を務める一方演劇評論家として活躍。また青年座文芸部に属して一九六八年にイヨネスコの『禿の女歌手』で演出家デビュー。翌年の青年座公演、鶴屋南北の『盟《かみかけて》三五大切』の改作・演出でこの戯曲を再発掘した。著書に『祈りの懸け橋・評伝田中千禾夫』（白水社）など。　（大笹吉雄）

石澤富子《いしざわとみこ》　一九三一〈昭和六〉・三〜二〇〇九〈平成二十一〉・六。劇作家・画家。北海道函館市生まれ。一九三七年に青森県弘前市に移住。五八年に日本大学藝術学部美術科卒業。七〇年に演出家石澤秀二と劇団青年座公演『どらまないと』を共同構成。以後、あふれんばかりの奔放なイメージを、音楽的な言語感覚と鮮やかな視覚性によって舞台化し、抽象性の高い詩劇を作り上げた。代表作は、『木蓮沼』(初出「三田文学」一九七四・11)、『琵琶伝』(「新劇」一九七六・3)、『やよいの空は－杖物語－』(「新劇」一九七六・11)、『浅茅が宿』(「新劇」一九七八・8)、『鏡よ鏡』(「新劇」一九八〇・6)など。戯曲は、『琵琶伝』(七九・而立書房)、『宿魂劇・一九八〇』(八〇・而立書房)、『二十世紀 病める人の館』(二〇〇四・而立書房)に所収。七五年に『木蓮沼』で第十九回岸田戯曲賞の佳作、翌七六年に『琵琶伝』で第二十回岸田戯曲賞受賞。

❖『**琵琶伝**《びわでん》』八場。未上演。山峡の秋。道端には石塔、首の欠けた小さな地蔵尊、道に沿って疎林がある。下手に琵琶法師と巡礼のおんながいる。法師の『平家物語』灌頂巻六道之沙汰の語りで夢幻の時間があらわれる。けものが山賊に、法師が信太妻伝説の葛の葉の霊になる。そこに後南朝の末裔である自天王が登場し、供の若武者が主君の身代わりになって討たれ切り首が闇に浮かぶ。平家の落人の血を引く巡礼の老婆、はるとあきがやってきて、先の戦争で子どもを亡くし、二百三高地で夫を失ったと嘆く。子供を亡くした建礼門院の物語をきっかけにして、戦争をめぐる歴史と物語の断片が交錯する。生き延び、老いてしまった女たちと、若くして逝った男たち、民衆の言葉にならない怨念が超時間的な空間のなかで紡ぎ出される。夢幻の時間が終わると元の疎林に戻り、法師とおんなが並んで座っている。女の子が抱えてきた地蔵の首を「おうちにつきました。また遊びにおいで」と言って胴体にのせたところで幕となる。

(宮本啓子)

石田昌也《いしだまさや》 一九五六〈昭和三十一〉～。宝塚歌劇団作家・演出家。兵庫県宝塚市出身。玉川大学を卒業後、一九七九年に宝塚歌劇団に演出助手として入団。八六年にバウホール公演『恋のチェッカー・フラッグ』(雪組)で初の作・演出。宝塚大劇場公演の初の作演出は九一年『ブレイク・ザ・ボーダー』(月組)。代表作はつかこうへい『蒲田行進曲』に拠る『銀ちゃんの恋』、谷崎潤一郎『春琴抄』に拠る『殉情』など。コミカルな作風を特徴とする。

(藤原麻優子)

石塚克彦《いしづかかつひこ》 一九三七〈昭和十二〉・八～二〇一五〈平成二十七〉・十。劇作家・演出家。栃木県鳥山生まれ。武蔵野美術学校洋画科で棟方志功に師事、画家活動のかたわら舞台美術を手がけ演劇界に入る。一九八三年仲間と劇団ふるさときゃらばんを結成、「日本の風土暮らしに根ざした日本人のための大衆的ミュージカルの創造」をモットーに、農村や都市の実態を徹底調査して実在のトピックを抽出し、自らの脚本・作詞・演出による作品を制作、音楽担当の寺本建雄と振付・主演女優の天城美枝とのトリオで数多の賞を得ている。主要作品は『親父と嫁さん』(一九八五)―文化庁芸術祭賞。『裸になったサラリーマン』(九六)―スポニチ文化芸術大賞。『パパは家族の用心棒』(九六)―水産ジャーナリストの会賞。『地震カミナリ火事オヤジ』(二〇〇八)―日本消防協会賞。海外とも交流し、一九九一年文化使節団として中国訪問、九一年バルセロナ・オリンピック芸術祭に参加。二〇〇九年「新生ふるさときゃらばん」に改団、代表に就任。

❖『**ドリーム工場**《どりーむこうば》**――東北のプレタポルテ**《とうほくのぷれたぽるて》』二幕。東日本大震災のあと、震災からの復興に取り組む人々の姿を題材にしたミュージカルを制作したいと考え、石塚が現地取材して脚本を書き演出して二〇一二年十二月仙台市で初演、以降二年間全国多数か所公演を実施。演出助手・天城美枝、音楽・寺本建雄、振付・小澤薫世《おざわゆきよ》、主演俳優・小山田錦司、木村雅彦、佐藤水香。あらすじは、東北地域にある縫製工場が津波で大損害を受けたが、社長が残ったミシンを修理し、被災した女性縫製工たちを集めて工場再開に努力する話を歌と踊りを交えて面白く描く。復興予算が復旧と関係ない事項に支出されて工場には廻ってこないことを皮肉るコメディ・ソングや女工たちの手作り衣装によるファッションショーなど見どころが多い。この田舎の小工場が、日本の全販売衣料の五パーセントしかない日本製品(高級プレタポルテ)を荷《にな》っていることなど教えられる作品である。(瀬川昌久)

石堂淑朗《いしどうとしろう》　一九三二〈昭和七〉・七〜二〇一一〈平成二十三〉・十一。脚本家・評論家・シナリオライター。広島県生まれ。東京大学文学部独文科卒業後、松竹大船撮影所に入社、一九六〇年に『太陽の墓場』で脚本家デビュー。脚本家として時代劇からSFまで、幅広いジャンルに作品を提供した。六七年に『血塗られし胎内列車に乗りあわせる三人半』が江田和雄の演出で劇団人間座によりアートシアター新宿文化、六九年に『悩める神々はされど出発したまわず』が岩淵達治の演出で現代人劇場により一ツ橋講堂にて上演。(中村義裕)

石原慎太郎《いしはらしんたろう》　一九三二〈昭和七〉・九〜。政治家・小説家。兵庫県神戸市生まれ。一橋大学卒業。在学中の一九五四年、「一橋文芸」を復刊し、小説第一作の『灰色の教室』を発表。五五年、「文學界」に応募した『太陽の季節』で第一回文學界新人賞を、翌五六年に第三十四回芥川賞を受賞。その作風、描写が社会的議論を巻き起こした。古川卓巳監督による同作の映画に出演、「太陽族」「慎太郎刈り」はムーブメントとなる。同年入社した東宝株式会社を一日で辞め、作家活動に専念。五八年、『若い獣』を自ら映画化、初監督作品となった。小説は元より映画の脚本、作詞も手がける一方で、同年江藤淳らと「若い日本の会」を結成。その政治的動向が注目を集める。六〇年に戯曲『狼生きろ豚は死ね』(「中央公論」)、翌年に『幻影の城』が、いずれも浅利慶太の演出により劇団四季で初演される。六一年より、東急グループの五島昇らと日生劇場開場(六三)に参与。浅利と共に取締役に就任した。六二年、『名前を刻まぬ墓場』(「文學界」)を劇団四季と青年座が提携し初演(成瀬昌彦演出)。六四年、『若きハイデルベルヒ皇太子の恋』(原作マイヤー＝フェルスター)を潤色、日生劇場で初演(松浦竹夫演出)。六五年には〈「ウエストサイドストーリー」のように、存在感のあるミュージカルプレイを〉との思いからミュージカル『炎のカーブ』を創作、日生劇場にて初演出した。六七年『若き獅子たちの伝説』(「文藝」)、七一年『信長記　殺意と憧憬』(「文藝」)を浅利演出で劇団四季が初演。六八年、参議院議員選挙に出馬、史上最高となる三百万票余りを得票し当選。以降は政治家として活動しながら執筆を継続する。七六年環境庁長官、八七年運輸大臣。九九年から二〇一二年まで東京都知事。同一二年より国政に復帰。一四年に政界引退。戯曲集に『狼生きろ豚は死ね』(新潮社)、『信長記』(河出書房新社)。演劇に関する論考は『文士の肖像』(『石原慎太郎の思想と行為6』、産経新聞出版)に所収。

[参考]石原慎太郎『わが人生の時の人々』(文藝春秋)、浅利慶太『時の光の中で』(文藝春秋)、「石原慎太郎年譜」(『昭和文学全集第二十九巻』、小学館)

❖『狼生きろ豚は死ね』《おおかみいきろぶたはしね》 三幕。坂本龍馬は、幕府老中松平帯刀の依頼で薩長の武力倒幕阻止に動いていたが、後藤象二郎の計略で情勢が変わる。このままでは新政権に参与できないと悟った龍馬や中岡慎太郎は、政治の理想のため倒幕を決意。さらに龍馬の護衛、久の宮清二郎には後藤討伐を命じる。清二郎は後藤に謀られて実兄を殺《あや》めた過去があり、龍馬はそれを利用する算段だった。一方、兄に恋人を奪われて以来、世を拗ねる清二郎を帯刀が見込む。龍馬に仕えて自らを理想に賭けよと諭す帯刀は、政治のために兄を斬り恋人を捨てた男で、清二郎は影響され身を立てなおす。ところがその矢先、帯刀の水面下での裏切りが発覚。清二郎は龍馬に強いられ帯刀を殺すが、居合わせた帯刀のかつての恋人、お藤に真相を知らされる。全ては、権力欲と私情に絡めとられ、帯刀に臆した龍馬らの差し金だった。清二郎は、我欲に走った龍馬らを豚と罵り、政治のためではなく、自分と帯刀のために全員を斬殺する。一九六〇年、劇団四季初演。第六回新劇戯曲賞候補。

❖『信長記』《しんちょうき》 二幕。天下統一をはかる織田信長は今や暴虐を極め、明智光秀、羽柴秀吉、荒木村重らは戦慄を覚えつつ付き従っている。一方森蘭丸は、父を殺されながら小姓となり、誰も立ち入れない信長の孤独を感じとっていた。光秀や宣教師オルガンチノらが折に触れ人の道を説くが、信長は一笑し、神仏も人も頼まず新たな道理を自らで決めると断言。天下統一の暁にはギヤマンの城を築くと蘭丸に語る。しかし忠臣を犠牲にし続けた信長の前途は、もはや行き詰まっていた。恋人香代を斬り、全てなげうって示した愛も信長に届かず、蘭丸は最後の勝負に出る。信長が予想もしなかった光秀の謀反は、実は蘭丸が仕向けたもので、憧れや嫉妬、弱みや愛など、人の心を拒んだ信長に一矢報いるためだった。信長はしかし、これが自らの道理の行く末と潔く受け入れ、燃えさかる炎の中にギヤマンの城が見えると笑って運命に殉じる。一九七一年、劇団四季初演。 （大橋裕美）

石丸梧平《いしまるごへい》 一八八六〈明治十九〉・四～一九六九〈昭和四十四〉・四。宗教思想家・小説家。大阪府生まれ。早稲田大学卒業。小説『船場のぼんち』が認められ、文壇デビュー。『人間親鸞』などベストセラーとなり、大正期に流行した、聖者の苦悩を描く宗教的人生観を描き評判となる。当時の青年に与えた宗教的な通俗人生論を考えるうえで重要な存在。戯曲に『釈迦牟尼仏』『山の親鸞』『妻の死』『幸福を売る店』『極楽経』など。『人生創造思想体系』第五巻に『梧平戯曲集』（人生創造社）がある。 （神山彰）

石森史郎《いしもりふみお》 一九三一〈昭和六〉・七～。脚本家。北海道羽幌町生まれ。日本大学藝術学部在学中にテレビドラマ脚本家としてデビュー。以後時代劇、刑事物、特撮物、ミステリーと、多彩なジャンルのドラマで脚本を手がける。映画でも『約束』（一九七二）など評価の高い脚本を執筆した。舞台では一九九〇年代に『矢切の助六風流譚』（九二）をはじめとするミュージカル創作台本で知られる。 （馬場広信）

石山浩一郎《いしやまこういちろう》 一九三九〈昭和十四〉・九～。高校教諭。福岡県生まれ。本名古庄健一。福岡学芸大学（現・福岡教育大学）卒業。福田薫、藤田傳に師事し、高校演劇のほか劇団テアトル・ハカタを経て劇団PROJECTぴあを主宰。

地元福岡出身の古賀政男、井上伝、青木繁らを取り上げて公演する。『さすらい狂騒曲』（一九七二）、『しらみとり少女』（八〇）で全国高校演劇大会出場。主な著書に『まなつ幻生』『神露淵村夜叉伝』（ともに青雲書房）など。

（柳本博）

泉鏡花《いずみきょうか》　一八七三〈明治六〉・十一～一九三九〈昭和十四〉・九。小説家・劇作家。本名鏡太郎。石川県金沢生まれ。父清次は加賀象嵌の彫金師。母鈴は加賀藩江戸詰の鼓打ちの娘、幕末江戸から金沢に下って清次に嫁したが、この母を九歳で喪った体験は彼の文学の源泉となった。上京し尾崎紅葉に入門。日清戦争後、『夜行巡査』（一八九五）、『外科室』（同）等の観念小説の新進作家として登場、『高野聖《こうやひじり》』（一九〇〇）発表の明治三十年代には天才の名をほしいままにして文壇の最前線に立った。自然主義最盛期にも、自己の世界をよく護って『歌行燈』（一〇）を発表。大正期には『夜叉ケ池』（一三）、『天守物語』（一七）等の幻想劇を創出するとともに、『芍薬の歌』（一八）、『由縁の女』（一九～二一）の長篇に技法・主題を集大成して円熟を増し、昭和期に入ってもなお創作力は衰えなかった。生涯の作品数は長短三百余篇に及ぶ。

泉鏡花の名が演劇史に現われるのは、一八九五年川上音二郎一座が『義血侠血』（一八九四）と『予備兵』（同）を綯交ぜにし『瀧の白糸』の外題で無断上演（浅草座）したことに対し、師の紅葉が抗議した一件である。のちに新派と呼ばれることになる新演劇の小説脚色の早い例であるが、以後鏡花は原作小説の重要な提供者としてこの演劇様式《スタイル》の演目をうるおしてゆく。『辰巳巷談』（初演一八九九年）、『通夜物語』（同一九〇二年）、『湯島詣』（同〇六年）等の遊女芸妓の意気地や哀切を謳う人情悲劇は、明治四十年代以降、『婦系図《おんなけいず》』（同〇八年）、『白鷺』（同一〇年）等を加え、やがて新派劇の主流を形成するに至った。一八九八年（明治三十一）には全国に新演劇の一座が〈三百八十余〉あったというが（司馬意士「新俳優の内幕」雑誌「新小説」一九〇〇・4掲載）、これらの劇団で「鏡花もの」は多様に演じられ享受されていった。

明治大正期で最も上演の多いのは『通夜物語』であり、『瀧の白糸』『辰巳巷談』がこれに次ぐ。しかし「花柳《かりゅう》もの」「世話もの」の悲劇ばかりでなく、『黒百合』の改題『妖星』（〇三年国華座）、『高野聖』（〇四年本郷座）、『風流線』（〇七年同）等、鏡花世界の本領たる伝奇幻想の物語もまた「花柳もの」ほど頻繁ではないが、小説好きの新派俳優の演ずるところとなった。『高野聖』は当初の『深沙大王』より急遽差し替えられた演目だったが、観劇後の鏡花の劇評中、小説発表（一九〇〇）の数年後すでに〈脚本体のもの〉を用意していたとの発言からして、演劇への意欲は本公演に先立ってよほど早く起動していた。新派全盛のいわゆる「本郷座時代」はこの後から始まるのである。

一九〇六年二月の文芸協会発足に際しては、森鷗外、夏目漱石、島崎藤村らよりも先に賛助員となっており、同会が演劇志向を鮮明にする前の段階ながら、時流への敏い反応が認められるとともに、同年末書き下ろし単行本『愛火』（春陽堂）の自筆広告文には劇作への意気込みが力強く表明されている。自作上演に当っての積極的な関与もこの時期以降に本格化し、『婦系図』（〇八年新富座）、『白鷺』（一〇年本郷座）、『稽古扇』（一二年明治座）等、大阪から東京へ戻った喜多村緑郎の一座する演目に原作者として相当な注文を出すにいたる。

一九一三年（大正二）に入り、小山内薫の指導を仰ぐ土曜劇場、北村季晴の演芸同志会に藤澤浅二郎を加えて、鏡花・登張竹風共訳『沈鐘』（一九〇八）を台本とする音楽劇上演が企てられ、鏡花は訳の使用を許諾、帝国劇場での日割も告知された。結局藤澤の都合がつかず予報のみに終ったものの、この企画がおそらく『夜叉ケ池』発表の契機になったかと思われる。本作を皮切りとする大正期の旺盛な創作戯曲の産出には、付合いの深い新派とは別の、新劇系からの刺戟が想定できる。

翌年七月には、当時劇界を統一する新会社の社長になると噂された代議士長島隆二に面会し、今後〈劇作に当りたいと云ふ希望〉を述べたというが（長島『政界秘話』平凡社・二八年）、凋落停滞していた新派は、鏡花のこの〈希望〉を舞台で実現することができぬまま昭和期を迎えた。この間の新しい演目に一九一五年（大正四）本郷座初演の『日本橋』があるが、鏡花存命中は初演も含めて三回しか上演されていない。当代にあって〈独り新派は依然として新聞小説の劇化、その他は往年人気を取つたものの蒸し返へしに余念がなかつた〉（花柳章太郎『女難花火』雲井書店）のであり、作者に親炙した久保田万太郎が『婦系図』再演（二一年市村座）以降の改補演出によって「鏡花もの」の命脈をつないでいた。

一九二六年二月に築地小劇場が創作劇研究上演の希望を募ったところ、鏡花の『山吹』（一九二三）に投じられた一票があったが、沈滞の新派に替って、新劇の側に鏡花の創作戯曲を上演できるほどの力が備わっていたわけではなく、鏡花戯曲のとりわけ幻想的な戯曲群の先進性、批評性が新劇において再認識され、芥川比呂志の演出（『海神別荘』七四年、『夜叉ケ池』七八年）を得て上演される一九七〇年代以降を待たねばならなかった。

［参考］『鏡花全集』全二十九巻（岩波書店）、柳永二郎『絵番附・新派劇談』（青蛙房）、波木井皓三『新派の芸』（東京書籍）、『新編泉鏡花集』別巻二（岩波書店）、吉田昌志『泉鏡花素描』（和泉書院）、松村友視「鏡花戯曲における『沈鐘』の影響」（『藝文研究』三十八号、一九七九）

❖**『稽古扇《けいこおうぎ》』** 二場。上〈札所長屋〉。深川扇橋の踊の師匠の内弟子お藤は、家の不始末から芸妓に出なければならなくなる。勘当の身で下宿住いの恋人柏木信夫《しのぶ》（子爵家の世子）と、札所長屋の女髪結お綱の家で逢引するが、同家の居候川辺《かわなべ》旬作（区役所の雇員）の厭がらせを受ける。地廻りの船虫の紋次もまたお藤に執心を持つ。下〈雁々松〉。ここで喧嘩があったと聞き、お綱の家を出た信夫の身を案じるお藤が途中で旬作にまとわりつかれたのを必死で振り払うが、水に落ちてもなお女の裾をつかんで離さない。ところへもやい船の中から出た紋次が徳利を投げつけて旬作を水に沈める。さらに自分が殺したと思い込むお藤に自首を強いるが、彼女が肯わぬのに対して、紋次が最期にお藤への恋を告白、いつも持ち歩く毒虫を呑んで自ら果てんとした死際に、お藤の踊りを所望して息絶える。稽古の扇を開いたお藤の〈魂は何処においでだらうねえ〉で幕。

一九一二年発表。初演同年明治座。お藤＝喜多村緑郎、お綱＝河合武雄、川辺＝井上正夫、紋次＝村田正雄他。小説『うしろ髪』（一九〇〇年）を改作した「深川もの」の戯曲。初演時には、正宗白鳥、与謝野晶子、志賀直哉、木下利玄、水上瀧太郎らが観劇している。三五年にはこれを現代に直した新興キネマ製作（勝浦仙太郎監督、伏見信子主演）の映画が封切られた。与謝野晶子の劇評（「東京日日新聞」一九一三・2・23）に

〈お藤役者だけで外は端役〉とあるごとく、お藤役の喜多村に当てた作ながら、上段はいかにも優柔で、下段に至って川辺の粘着、紋次の執心によりはじめて引き立つ存在。毒虫を呑む紋次が最も強烈な個性を放つ。

❖**『夜叉ケ池』**《やしゃがいけ》 一幕。時〈現代。――盛夏〉。場所〈越前国大野郡鹿見村琴弾谷〉。三《み》国嶽《くにだけ》の麓の里に暮六つの鐘が響いて幕が開く。谷を訪れた旅人の山沢学円(文学士・学僧)は、白髪の鐘楼守が、伝説を探して諸国を廻るうち行方不明になった親友萩原晃の変装だと知って驚く。晃は夜叉ケ池の龍神との約束(鐘を撞くうちは、龍神が池を出られない)を村で唯一人守って日に三度鐘を撞く老人の遺言を信じ、美しい村娘百合を守るため村に残った経緯を学円に語り、百合を残して二人で山に上ろうと家を出る。村人を驚かして池の眷属が登場。白山千蛇ケ池からの使者を迎えて、池の主白雪姫に千蛇ケ池の公達《きんだち》(若殿)の書状を渡す。書状を読んだ白雪が若殿への恋を募らせ、池を出ようとするのを、村人との約束があるとて、姥はじめ眷属一同が押し止める。旱《ひでり》の続く鹿見村の村長・神官・代議士らが池の龍神の犠牲《いけにえ》に、村一番の美女百合を引致せんと押しかけたところへ晃と学円がもどり、村人と争ううち、耐えきれず百合が自刃、晃も鐘の撞木を切り落として後を逐う。とたんに洪水が村を襲い、解き放たれた白雪姫は鐘を水中に沈め、村人は死んで水を泳ぐ魚に変じ、晃と百合は新しく出来た「鐘ケ淵」の主となる。取り残された学円は月光の中に独り佇み、合掌して、幕となる。

一九一三年発表。麓の村の俗界と山上の夜叉ケ池の異界との臨界点に琴弾谷の鐘楼を位置づけ、晃百合夫婦の情愛と白雪姫の恋愛とが、池の龍神の伝説を軸に逆接する劇的な構造は緊密。登張竹風と共訳したハウプトマン原作『沈鐘』の本格的な影響を初めて認めうる作。前述『沈鐘』上演企画からの刺戟とともに、前年(一二年)四月の自由劇場第六回公演『道成寺』(郡虎彦作)の影響も考えられる。伝説を求めて諸国を歩く萩原晃には柳田國男の、浄土真宗の学僧山沢学円には吉田賢龍《けんりょう》の、それぞれ鏡花と親しい友人の投影が認められる。

従来は一六年七月本郷座(伊井蓉峰、河合武雄ら)が初演とされてきたが、前年(一五年)二月京都・朝日倶楽部での上演(晃＝荒井信夫、百合＝神谷玉尾、白雪姫＝伊東梅香)が確認できる。

❖**『海神別荘』**《かいじんべっそう》 一幕。時〈現代〉。場所〈海底の琅玕殿〉。人間界からの輿入れを待つ龍宮の公子《こうし》のもとに、心無い父親によって莫大な財宝と引換えに海へ沈められた美女が到着する。人間界とはことごとく異なる海底の魔界のさまざまにとまどう美女は、いったん故郷に帰りたいと望んでようやく公子の許しを得るが、現世の醜悪と我が身の蛇身に変じたことを思い知って、再び海底に戻り、悲しみのあまり公子に自分を殺すよう迫る。しかし剣を抜いて身構えた公子の気高い美しさに打たれ、故郷を忘れることを約し、公子と海底での終生を誓う。ここは極楽ですか、との美女の問いに、公子は〈女の行く極楽に男は居らん〉〈男の行く極楽に女は居ない〉と答える。

一九一三年発表だが、初演は遅く、五五年八月歌舞伎座。久保田万太郎改補演出、公子＝花柳章太郎、美女＝初代水谷八重子他。浦島伝説をふまえ、さらに近松門左衛門『大経師昔暦』や井原西鶴『好色五人女』の一節を引きつつ、恋のために命を賭けた女の讃美が貫かれ、山上の『夜叉ケ池』の龍神に対し、海底の龍宮の公子が地上の人間界の俗悪を搏《う》つ。

❖『湯島の境内』《ゆしまのけいだい》〈婦系図―戯曲―一齣〉の副題。清元『忍逢春雪解』《しのびあうはるのゆきどけ》を唄う声色使いと行逢いながら、春の夜の月の中を湯島天神の境内に早瀬主税《ちから》とお蔦が登場、ベンチに掛ける。掏賊《すり》の手伝いをしたと騒がれ役所を罷《や》めた早瀬を慰めるお蔦は、天神様に手を合わせたあと、不忍の弁天様を拝みに階段下へ。戻ってきたお蔦に早瀬は〈俺とこれッきり別れるんだ〉〈思ひ切つて別れてくれ〉と言う。〈切れるの別れるのッて、そんな事は芸者の時に云ふものよ。……私にや死ねと云つて下さい。蔦には枯れろ、とおつしやいましな〉と答えるお蔦。早瀬は待合柏家で真砂町の酒井先生から〈俺を棄てるか、婦を棄てるか〉と迫られたことを語る。手切金を渡され、静岡に行くと告げられて、お蔦は〈遠いわねえ。静岡ツて箱根のもッと先ですか〉と訊ね、馴染の魚屋の女房の世話で髪結の梳手になって暮すつもり、と云う。互いに思いを残し、二人は境内を右と左に別れ行く。

本作は小説『婦系図』(一九〇七)には無い場面。新富座初演(〇八)以来、喜多村緑郎、脚色の柳川春葉が作者と相談づくで調えていた一場を、六年を経て明治座(一四)で河合武雄がお蔦を演ずるのに際し書き下ろしたもの。清元(三千歳)を余所事《よそごと》浄瑠璃に使いながら、後年久保田万太郎が〈いまはもう通し狂言の一部としてゞなく、独立した一ト幕ものとして立派に通用するやうになつた〉(『雨後』大岡山書店)と述べる通り、『婦系図』の舞台の最も有名な場として普及し、ひとり『婦系図』のみならず「鏡花もの」新派劇の名場面となって世に伝わる。

別れを言われたお蔦の科白の先蹤として『起誓文』(〇二)中に、もと芸妓のお静が〈此処で死ねとおつしやるんなら、訳はないのにね〉と恋人月岡数夫に答える言葉がある。

❖『天守物語』《てんしゅものがたり》一幕。時〈不詳。ただし封建時代――晩秋。日没前より深更にいたる〉。所〈播州姫路。白鷺城の天守、第五重〉。百年来、生あるものの上らぬ天守の第五重に棲む富姫が、越前夜叉ヶ池への散歩から戻ったところへ、妹分である猪苗代亀ヶ城の亀姫が眷属を従え、手鞠を撞きにやって来る。亀姫の土産が亀ヶ城城主の生首だった。その返礼に富姫は播磨守愛玩の白鷹を捕えて与える。亀姫が去った後、鷹匠の若侍姫川図書之助が主命により鷹を捜しに上って来る。すずしい応対に感じ入った富姫は再来を禁じてそのまま帰すが、図書之助は途中で燈火を消され戻ってくる。怒ったものの若侍に恋心を抱き〈帰したくなく成つた〉と云ふ富姫に、図書之助は惹かれつつも暇を告げ、重宝の兜を授かり帰る。これがために兜を盗んだ謀反人とされ、討手に追われて再び逃げ戻る。二人は獅子頭に隠れるが、獅子の両眼を突かれ、ともに失明してしまう。討手を退散させた二人が悲歎し覚悟して果てんとするところへ老彫工近江丞桃六が現われ、獅子の眼に鑿を当てるや両人の眼が開く。

一九一七年発表。作者は生前に本作の上演を強く望んでいたと伝えられるが、存命中は実現せず、戦後の五一年十月新橋演舞場が初演。伊藤道郎演出、伊藤熹朔装置、富姫＝花柳章太郎、亀姫＝初代水谷八重子、図書之助＝伊志井寛他。

冒頭富姫の棲む世界が夜叉ヶ池とつながっていることを示す本作は、近世の奇談集『老《ろう》媼茶《おうさ》話《わ》』(一七四二年序)を典拠とするが、素材を凌いで、魔界と現実界との対立関係を天守の上下に設定し、図書之助の往復を通して富姫への恋情と主従関係との葛藤を具体化しつつ、凄絶にして絢爛たる舞台面を実現、鏡花の幻想的戯曲の頂上とされる。亀姫の生首進上の場面に、芸術座による『サロメ』上演（一三年十一月・帝国劇場）の影響をみる説がある。

❖『山吹《やまぶき》』一幕二場。時〈現代〉。第一場〈修善寺温泉の裏路〉。万屋《よろずや》で門附の人形使いの老人辺《へ》栗《ぐり》藤次が酒を飲むところへ現われた小糸川伯爵夫人縫子が、逗留中の画家島津正に、婚家から逃れてきた自分と仮の夫婦になってくれと懇願するも、画家は〈迷惑です〉と断って去る。絶望した夫人は老人に何でも望みを叶えると約し、老人は夫人を樹立の奥に引込む。第二場・同所〈下田街道へ捷径《ちかみち》の山中〉。山吹の咲く窪地に、縛められて登場した老人を夫人は雨傘で激しく打擲する。見かねた画家は制するが、老人は過去になした女への罪障から逃れるには美しい女の折檻を受ける他なく、今後も夫人の仕置を受け続けると語る。これを承諾した縫子は、画家が自分の初恋の人であることを告白したのち、老人と婚礼の式を挙げ、〈世間へ、よろしく……然やうなら〉と告げて老人とともに山中に消える。一人取残された画家が〈魔界かな、此は、はてな、夢か、いや現実だ〉〈おれの身も、おれの名も棄てようか。いや、仕事がある〉とつぶやくところで幕となる。

一九二九年発表。三島由紀夫の高評によって知られる本作は、三島の没後七年目の七七年十月俳優座劇場での初演（中村哮夫演出、高田一郎装置、夫人＝新橋耐子、老人＝天本英世、島津＝児玉利和）以後、一定の上演が持続している。美女の責め、老人の被虐が交錯する残酷美を上場するには時間を要した。

先行する他の戯曲群に比して対立関係は弱いものの、絶望した夫人が現世と訣別し、老人の罪障滅却のために赴く先が魔界にほかならぬことは、取残された画家のつぶやきの象徴するところであり、鏡花戯曲の本質を示して遺憾ない。（吉田昌志）

出雲隆《いずもたかし》 一八九三（明治二十六）・五～一九七〇（昭和四十五）・十一。劇作家。本名北村修一郎。東京・日本橋生まれ。慶應義塾大学商学部卒業。一九六〇年「オール讀物」募集脚本に『石の壺』が入選。『村井長庵』（一九六二、新宿コマ）、『熱原の三烈士』（六三、新国劇）、『勢揃清水港』（同・東映歌舞伎）、『世直し喜十郎』（六五、東宝）などが上演された。時代考証家でもあり、『鎌倉武家事典』（青蛙房）がある。（神山彰）

井関義久《いぜきよしひさ》 一九三〇（昭和五）・八～。大連市出身。東京教育大学文学部卒業。田中千禾夫《たなかちかお》・野村萬《のむらまん》に師事し、狂言師として国内外の舞台に立つ。都立高校教諭として『学校』が全国高校演劇大会最優秀賞、『授業』が優秀賞。他に『歯』『東天紅』『ぬけがら』。のち、玉川大学、横浜国立大学教授、桜美林大学名誉教授。主な著書に『学校：井関義久戯曲集』（青雲書房）など。（柳本博）

磯萍水《いそへいすい》 一八八〇（明治十三）～不詳。作家。群馬県高崎市生まれ。本名清。中学中退後、横浜三井銀行に勤務。そのかたわら、江見水蔭《えみすいいん》門下となり小説を書く。戯曲は『袖頭巾』（「文芸倶楽部」）、『大佐の罪』（「新古文林」）、『石水寺物語』（「新小説」）、『後の悪源太』（「白百合」）などを明治末から大正初期に発表。硯友社系の数少ない戯曲である。（神山彰）

井田秀明《いだひであき》 一八八六（明治十九）～不詳。作家・劇作家。東京生まれ。東京府立一中卒業。巖谷小波門下となり、井田絃声の筆名で、雑誌「歌舞伎」に『墨田川』（一九〇七）、「三田文学」に『盲目』『最後の小町』などの戯曲を発表。

他に『姉と妹』など。また、大正・昭和期に労働運動と民族運動の間で揺れ動き、本名の秀明の名で、「日本時代」に『暗礁』『スクナビコナ』『郷土に帰る』を発表。（神山彰）

板垣守正《いたがきもりまさ》 一九〇〇〈明治三十三〉・三～一九五一〈昭和二十六〉・七。劇作家。東京出身。板垣退助の孫。一九二五年、祖父を侮辱するかのような『自由党異変』（「新小説」に発表）が上演中止に追い込まれるものの、翌二六年改作し、「戯曲時代」と「創造文芸」誌上に発表した『海暗し』『生者と死者』他の作品とともに、戯曲集『自由党異変』として出版。その他に『板垣退助全集』（一九三一）編纂。（平野恵美子）

市川森一《いちかわしんいち》 一九四一〈昭和十六〉・四～二〇一一〈平成二十三〉・十二。脚本家・劇作家。長崎県生まれ。日本大学藝術学部映画学科卒業。一九六六年『怪獣ブースカ』で脚本家デビュー。『ウルトラセブン』をはじめテレビや映画でヒット作を連発し、『港町純情シネマ』（芸術選奨新人賞受賞）、『淋しいのはお前だけじゃない』（第一回向田邦子賞・第二十回ギャラクシー選奨・第十五回テレビ大賞受賞）、『異人たちとの夏』（原作・山田太一、日本アカデミー賞最優秀脚本賞受賞）など多くの傑作を残す。戯曲としては、七九年に『黄金の日日』（原作・城山三郎、演出・増見利清）が市川染五郎（現・九世松本幸四郎）主演で歌舞伎座にて上演され、大谷竹次郎賞を受賞している。その他の舞台作品としては、八七年『楽劇Azuchi　麗しき魔王の帝国』（演出・加藤直、銀座セゾン劇場プロデュース）、九三年『水に溺れる魚の夢』（東京ヴォードヴィルショー、演出・高橋一郎）、九八年『ヴェリズモ・オペラをどうぞ！』（シアターナインス、演出・遠藤吉博）、九九年『リセット』（青年座、演出・西田敏行）、二〇〇〇年『乳房』（同前、演出・宮田慶子）などがある。

[**参考**]市川森一『楽劇Azuchi』（白水社）、市川森一『リセット』（シングルカット社）

❖**『リセット』** 一幕八景。丘の上に教会がある、どことも判らない場所で、牧歌的な光景が広がっている。そこには、神父、童話作家、助教授、画家、りんご売りの女、マラソンマン、乳搾りの娘、シスター、シャーロキアンなどが暮らしている。一見、何でもない平和な暮らしが営まれているようにも見えるが、この場所はすべて現実世界とはかけ離れたバーチャルな空間で、それぞれの人物の実体は、現実世界で深刻な事情を抱えていることが、ドラマが進むに従って徐々に明らかになってゆく。やがて、この場所のリアリティのなさがより鮮明に浮き彫りにされ、それぞれの人物は、バーチャルの空間での生活を放棄し、この壮大なシステムを離れて、自分をリセットし、「死」や「苦しみ」しか待っていない現実の世界へ戻ってゆく。（中村義裕）

市堂令《いちどうれい》 「市堂令」とは、劇団青い鳥のメンバーたちが作・演出を共同で行なう際に用いるペンネームである。劇団青い鳥は芹川藍《せりかわあい》、天光眞弓《てんこうまゆみ》、葛西佐紀《かさいさき》、木野花《きのはな》などの女性六人により一九七四年に設立された。七八年に天衣織女《あまぎおりめ》、八五年に伊沢磨紀《いざわまき》が入団。メンバーは時期によって異なるが、青い鳥は特定のリーダーや座長を置かず劇作・演出を役者全員で行ない、作品に対し全員が責任を負うという形で創作を行なってきた。これは劇団旗揚げ当初、全員が役者志望であったため自然に生まれた方法であるが、芹川藍は、劇作家・演出家・役者というヒエラルキーのなかで役者が一番下であり、役者である自分たちも作家や演出家と同じ自由のなかで表現したいという思いがあったと述べている。「市堂令」という名前は舞台の最後に「一同礼！」と全員で礼をすることに由来し、この「青い鳥方式」と呼ばれる集団創作の方法は、八〇年代の演劇界において大きな影響力を持った。彼らの方法の中心はミーティングと即興である。徹底的に議論を重ね、そこから全員がそのとき問題としていることを「自然に」見つけテーマを決めてゆく。そこに全員が気に入ったエピソードやシーンを組み立てプロットを作るが、この時点でせりふはない。実際には舞台に登場しないシーンも含め設定のみを手掛かりに即興を繰り返し、それを元にせりふを選ぶという作業を重ね台本を作っていく。また台本は固定されず、稽古や上演の過程でも変更が加えられる。『いつか見た夏の思い出』（八六、シアター・トップスにて初演。「新劇」一九八六・9所収）は、俳優たちが先生と生徒、PTAの親などを交互に演じながら、誰もが懐かしさを覚えるような夏休み明けの学校の一日を劇にしたものだが、作品の多くを占める休み時間、授業のシーンはほとんど即興で演じられた。「青い鳥」という劇団名が象徴的に示すように、多くの市堂令の作品では失われたものを探すということが劇の中心テーマとなっている。一人が二役、三役を兼ね、場面転換も直線的な時間性にとらわれず縦横無尽に展開されるなど、メタシアトリカルな要素を含んだ作品が多い。青い鳥は九三年頃まで集団創作により作品を上演してきたが、以降はこの形式に限らず、公演ごとに創作スタイルを変えながら個人で脚本、演出を担当することが多くなっている。

❖**『コンセント・メモリー』**一九八一年、高円寺明石スタジオで初演。すべての人物が「何か」を探求していく物語。山口百恵の引退が全体のモチーフになっている。登場人物は一人二役（三役）で演じられ、マリ／北原ひろみ（アイドル）、ゆり子／宍戸（ディクレター）、るみ子／タミー・石原（ベテラン歌手）、あけみ／赤木みちる（インタビュアー）、みちよ／浜田（北原のマネージャー）、吉永みっちゃん（タミーの付き人）の十一人。スターである北原ひろみは〈何かが足りない〉と感じその〈何か〉を追い求めている。ひろみのファンであるマリはひろみを追いかけていくが、マリとひろみは同じ役者が演じる。つまりマリは決して捕まえることのできない自分の姿を追うことになり、全体が閉じることのない自分探しの物語となっている。役者たちはマリやゆり子たちの茶の間の世界と、ひろみやタミー・石原がいる芸能界という二つの世界を行き来する。一人二役の技法、キャラクターたちが操り人形で表されるシーン、劇中劇など自己言及的な要素が多く、「演じる」ことへの批評的な目線が感じられる作品である。『物語　威風堂々』（白水社）所収。

❖**『青い実をたべた』**《あおいみをたべた》 一九八六年、青山円形劇場で初演。同年に紀伊國屋演劇賞を受賞。人物は八十歳のとよ子、ヘルパーの春子、のぶ子、章子、としえの五人。ヘルパーたちはとよ子の母、女中、映画監督なども演じる。自分を十歳の少女だと思い込んでいたとよ子が老いを受け入れ、更なる人生の旅へと出発する物語。冒頭、とよ子とヘルパーたちは船で出かけようとするがとよ子は逃げ出してしまう。ヘルパーたちがとよ子の母や女中たちを演じ、とよ子の人生が再現されていく。ラストは映画の撮影シーンになり、監督に〈何か足りない〉と言われたとよ子は、自分の手で髪を白髪に染め、老いを受け入れたことが示される。とよ子はしっかりした足取りで船に乗り込み、八十歳の航海へと出かけていく。『なかよし読本――劇団青い鳥の世界』（白水社）所収。（鈴木美穂）

市原佐都子《いちはらさとこ》　一九八八〈昭和六十三〉・九～。劇作家・演出家。大阪府生まれ、福岡県北九州市育ち。Q主宰。桜美林大学総合文化学群演劇専修卒業。二〇一一年にQを創設し、同年に大学の卒業制作『虫虫Q』をもとにした『虫』により第十一回AAF戯曲賞受賞。天皇制と犬の血統をリンクさせて描いた、TPAM 2013ショーケース参加作品の『いのちのちQ』が反響を呼ぶ。代表作に『油脂越し』『最新の私は最強の私』『玉子物語』など。（望月旬々）

イッセー尾形《いっせーおがた》　＋　**森田雄三**《もりたゆうぞう》　イッセー尾形は一九五二〈昭和二十七〉・二～。俳優・小説家。本名尾《お》形《がた》一《かず》成《しげ》。福岡県福岡市生まれ。東京都立豊多摩高等学校卒業。森田雄三は一九四六〈昭和二十一〉・七～。演出家。石川県白山市生まれ。一九七〇年、新宿の演劇学校アクターズ・スタジオでイッセーと森田が出会う。七三年、オンシアター自由劇場連続公演で森田が作・演出の『ボクシング悲歌《エレジー》』にイッセーが出演、これが二人の初仕事となる。七四年十月から森田を中心に「森田塾」と名付けて演劇活動を行なう。七五年、イッセーが初の戯曲『虹のかなたに』を書き、演出も務める。八〇年、以降の一人芝居の原形となる『バーテンによる12の素描』をイッセーが上演する。同年年末には日本テレビ『お笑いスター誕生!!』に出演。キャバレーの呼び込みや酒場のマスターなど様々な職業の人物を演じて翌年にかけて八週連続で勝ち抜き、金賞を獲得する。直後にフジテレビ『意地悪ばあさん』（一九八一～八九）に出演して以降、テレビドラマや映画、CMなどにも数多く出演。八二年三月、『お笑いスター誕生!!』を見ていた視聴者からの提案を受け、大阪オレンジルームで「バーテン」「ストリップ芸人」など十一演目を演じる『イッセー尾形独演会』を上演。四月には池袋スタジオ200で「モデルスカウト」「シナリオ講座」などを含む『イッセー尾形の都市生活カタログ』を、十一月には渋谷ジァン・ジァンで「アトムおじさん」「前座」を含む『イッセー尾形のとまらない生活』を上演。これらのシリーズの台本はイッセーと森田との共同創作によるもので、上演された舞台のすべてで森田が構成・演出を務めた。一人芝居は一ネタあたり十分から二十分ほどで、一回の公演で五、六演目が上演された。イッセーは八五年に文化庁芸術選奨文部大臣新人賞大衆芸術部門を、八六年には山藤米子企画、森田オフィス公演『イッセー尾形の都市生活カタログ、パート3』の成果として第二十一回紀伊國屋演劇賞個人賞を受賞。八八年、森田がセゾン劇場で山崎努主演『マクベス』の演出を務める。九〇年にはイッセーが第二十七回ゴールデン・アロー賞演劇賞を受賞。九三年にはアメリカやヨーロッパでの海外公演も行なう。イッセーはエドワード・ヤン監督『ヤンヤン　夏の思い出』（二〇〇〇）、アレクサンドル・ソクーロフ監督『太陽』（〇五）と海外映画へも出演。二〇一二年、イッセーは活動を休止、一三年の活動再開後は森田オフィス／イッセー尾形・ら㈱を離れフリーで活動している。イッセーの公演と並行し、全国でワークショップを開催してきた森田は、現在も一般の人々と演劇を作る活動を続けている。

❖『**バーテン**』 一九八二年、『イッセー尾形独演会』でパート1・パート2が上演され、以降、いくつかのバージョンが上演される。以下では『イッセー尾形の都市生活カタログ』(一九九二)に収録されたバージョンについて記述する。舞台は閉店後のバー。イッセー演じるバーテンによる一人芝居。バーテンとボーイが残る深夜四時の店に面接希望の女が訪れる。バーテンはマスター不在のため女の相手をするが、〈ウマが合いそうにない〉と女を追い返してしまう。泣きながら去る女。バーテンは今さらながら女の事情に思いを馳せ自らの態度を反省するがすでに遅く、店には沈黙が訪れる。

❖『**郵便簡易保険**《ゆうびんかんいほけん》』 一九九〇年、『イッセー尾形のとまらない生活、パート14』の一本として上演。以降、繰り返し上演される。イッセー演じる郵便簡易保険の集金係がマンションの一室を訪れるところから舞台は始まる。集金係は不登校の息子、病に伏せる母に対し押しつけがましい親切さで家に上がり込み、様々に世話を焼く。やがて夕飯や風呂の準備まで始め、息子とともに風呂に入ろうと服を脱いだところで風呂がまだ沸いていないというオチ。『イッセー尾形の都市生活カタログ』所収。(山﨑健太)

井出蕉雨《いでしょうう》 一八七七〈明治十〉・十〜一九三九〈昭和十四〉・四。劇作家。東京生まれ。本名通《とおる》。閨秀画家奥原晴湖に師事。一九〇四年「京都日出新聞」の従軍記者として満州に渡る。〇五年大阪・角座で山田桂華と文士劇を演じる。〇八年六月、新富座で新派の伊井蓉峰一座により喜劇『黄金大王』が初演される。一〇年四月、中村吉蔵主宰による新社会劇団の東京座旗あげ公演で一幕劇『親』が初演される。市村座で『関白秀次』が初演された一一年より「演芸画報」に執筆し、笑迂、森の舎主人などと名乗った。翌年帝国女優劇により喜劇『女主人』が初演されると、一四年まで『ボートレース』『断れ雲』『小桜縅』『天邪鬼』などの喜劇を帝劇のため創作した。「新愛知」の社員となり、退社後は「衣道楽」(松坂屋)の編集や西川流舞踊の歌詞などを手がけた。この他に『高山彦九郎』『離れもの合せ鏡』、歌舞伎の脚色に『生玉心中』などがある。編著に『松の齢』(松坂屋)。

❖『**関白秀次**《かんぱくひでつぐ》』 三幕。秀次事件の劇化。一九一一年十月、市村座で初演。六世尾上菊五郎が秀次を演じた。太閤秀吉の養子秀次は、淀君に子が生まれてから秀吉の寵愛を奪われて自棄になり、関白の権威を笠に着て側室や小姓をはべらせ意のままに斬り捨てる非道な殺生関白と噂されている。老臣木村常陸介は太閤が秀次を謀反の罪に陥れようと謀る石田三成の讒言を信じて激怒し、秀次を手討ちにするとの上意を伏見城より伝え聞く。秀次らは、秀吉に身の潔白を言い解いて奸臣たちを攻め討つため伏見へ赴く途中、増田長盛の軍勢に破れて高野山へ追いやられる。秀次は道意と名を改めて出家し、太閤に二心なき印とする。伏見から帰山した木食《もくじき》上人は驚き、秀吉に赦免の考えがないことを告げると、秀次の覚悟を汲み自刃を勧める。伏見より助命の使者が到着するが、秀次は下山させたうえ殺そうという三成の策略を見破り、嫡子仙千代の自害を見届けてから心静かに切腹する。(桂真)

糸井幸之介《いといゆきのすけ》 一九七七〈昭和五十二〉・六〜。作家・演出家。東京都生まれ。「FUKAIPRODUCE羽衣」座付作家。日本大学鶴ヶ丘高校演劇部同期生の深井順子と唐十郎の紅テントに影響されて、ともに日本大学藝術学部に進む。二〇〇四年に深井が創立した劇団にて全作品の作・演出・音楽・美術を担当し、「妙ージカル」を謳い文句に、大らかに性愛を描く。代表作に『愛死に』『耳のトンネル』『女装、男装、冬支度』『浴槽船』『橙色の中古車』など。(望月旬々)

伊藤永之介《いとうえいのすけ》　一九〇三〈明治三十六〉・十一～一九五九〈昭和三十四〉・七。小説家。秋田県生まれ。高等小学校卒業後、銀行勤務の後上京。金子洋文の紹介で「文芸戦線」に執筆。プロレタリア文学の作家として着目され、多くの評論、小説を残す。久松静児監督の『警察日記』はじめ、数作が映画化されている。戯曲には『熊裁判』(「レフト」一九三三・1)、『熊』『鉱山の学校』があり、作品集『熊』(東亜公論社)に収録。『熊』は鳥海山山麓の寒村で、猟師が狩猟してきた熊を巡り、地主、金貸し、役人がいがみ合う話だが、一九三一年の東北凶作を背景に、農村の生活と様々な欲望と人間像を描く。(神山彰)

伊東桜洲《いとうおうしゅう》　劇作家。明治末から大正初期に、関西の喜劇団、初代渋谷天外、中島楽翁らの「楽天会」に、中西羊髯《なかにしようぜん》とともに多くの作品を書く。『瓢軽者』『一粒万倍』『義理争い』『極端の和合』『お家の吉兆』『親の慈悲』『親の罪』『偽せ病』など多数。(神山彰)

井東憲《いとうけん》　一八九五〈明治二十八〉・八～一九四五〈昭和二十〉。小説家。東京牛込生まれ。本名伊藤健。多くの仕事に就き、社会主義文学に近づく。明治大学卒業。大杉栄を知り、アナーキズムに関心を持つ。大正末から昭和初期に「種蒔く人」「文芸戦線」「解放」などに戯曲を発表。七幕二十四場の長編戯曲『渋沢栄一』(共盟閣・一九三七)のほか、『退屈主義者』『取り残された道化師』『春夢ビリヤード』『船は踊る』『貞操を』『天気晴朗』『監獄の庭』がある。(神山彰)

伊藤貞助《いとうさだすけ》　一九〇一〈明治三十四〉・九～一九四七〈昭和二十二〉・三。劇作家。茨城県笠間市生まれ。本名貞《ただし》。長塚節の従弟。東洋大学在学中に小説や戯曲『山寺の子』を書く。博文館に勤務後、農村に根ざしたプロレタリア作家として「労農芸術家連盟」に参加、「文芸戦線」編集に携わり『今こそ俺達たちを恐れるがいい』を発表。無産者劇場を結成。長塚の小説を脚色した『土』(四幕九場)を、一九三七年新築地劇団が岡倉士朗演出により築地小劇場で上演。三八年前進座で『蜂の巣長屋』、新築地劇団で『金銭』上演。他の戯曲に『氾濫する堤を切る』『売られる田地』『バルチック艦隊』『耕地』『常磐炭田』など。三〇年代の久保栄らとの「社会主義リアリズム論争」でも著名。移動演劇連盟理事。戦後、日本共産党に復党。俳優座文芸部員となる。『日本の河童』『村の保守党』『消えたバークシャ』が『伊藤貞助一幕劇集』(未來社)収録。豊田四郎監督『わが愛は山の彼方に』(一九四九)も伊藤の原案。小説もある。

❖**『日本の河童』**《にほんのかっぱ》　一幕。一九四四年八月俳優座第一回試演会で、青山杉作演出で初演。ある田舎の村の池に棲み悪業を重ねた河童を、村の青年男女や村長が懲らしめる。河童は改心して、翻然と覚醒し、敵国の潜水艦退治に出発する。「笑劇」と銘打たれ、単純な構成の中に、寓意と諷刺が溢れ、機知と感情がよく描かれ、伊藤作品の中で最もよく上演される人気作品。移動演劇用に書かれたが、幕切れの諷刺に時局への反戦的意図ありとされたため、警視庁が地方巡演は許可しなかった。(神山彰)

伊藤忞《いとうしのぶ》　一八九六〈明治二十九〉・十～不詳。劇作家。千葉県生まれ。一九二二年から雑誌「新興文学」を山田清三郎らと刊行し、プロレタリア文学の新人を発掘する。関東大震災後、昭和初期の新興芸術勃興期に劇作を始める。戯曲に『安房義民伝』『生きる力』『恋の大詰』

『刃を向けられた時宗』『狼藉者』『一茶と百万石』『反逆者光秀』『この一戦』『その姉』『晦日の角力』など。戯曲集に『生血の壺 表現派戯曲集』（紅玉堂書店・一九二四）、『佐倉義民事件』（内外社・一九三二）がある。（神山彰）

いとうせいこう 一九六一〈昭和三十六〉・三〜。本名は伊藤正幸。作家・クリエイター。東京都葛飾区出身。父は元参議院議員の伊藤郁男。早稲田大学法学部卒業。一九八四年、講談社に入社し「ホットドッグ・プレス」編集部などを経て、八六年に退社。八八年に処女小説『ノーライフキング』が第二回三島由紀夫賞、第十回野間文芸新人賞の候補となった。九二年に一人芝居『ゴドーは待たれながら』を自身の演出とシティボーイズのきたろう主演により上演。同作は、二〇一三年にケラリーノ・サンドロヴィッチ演出、大倉孝二主演により再演された。一九九九年に『ボタニカル・ライフ——植物生活』で第十五回講談社エッセイ賞受賞。二〇一三年には東日本大震災を描いた小説『想像ラジオ』が第三十五回野間文芸新人賞を受賞したほか、第二十六回三島由紀夫賞、第一四九回芥川龍之介賞の候補にもなった。翌一四年「二代目後藤明生」を襲名して発表した小説『鼻に挟み撃ち』も第百五十回芥川賞候補となる。一九八〇年代からラッパーとしても活躍し、ヒップホップを日本に根づかせることに貢献した。二〇〇九年から□□□《クチロロ》に加入。大学では郡司正勝の薫陶を受け、日本の伝統芸能にも造詣が深い。二世野村萬斎に新作狂言『鏡冠者《かがみかじゃ》』などを執筆提供するほか、山東京伝や近松門左衛門の現代語訳も手掛ける。

❖**『ゴドーは待たれながら』**《ごどーはまたれながら》 二幕。サミュエル・ベケットの『ゴドーを待ちながら』を裏返した一人芝居。『ゴドーを待ちながら』では、ウラジミールとエストラゴンがやって来ないゴドーをひたすら待ちわびる。本作では、ゴドーが自分を待つ者たちに会いに出かけようとするのだが、いつ、どこで、誰が、何のために自分を待っているのかが思い出せない。それどころか自分の名前も、今がいつなのかも、ここがどこなのかもわからない。待ち合わせの約束を果たせないまま待たせている状況に苦悩しながら、ゴドーは室内に留まり自分の状況について独り言をしゃべり続ける。子供がアルベールさんからの〈わたしに会ったと伝えてくれ〉という伝言をドア越しに伝える。ゴドーは〈明日必ず行く〉という伝言を持たせて帰す。同様のことが第二幕でも行なわれるが、最後にゴドーは立つこともできなくなって幕となる。

［参考］『ゴドーは待たれながら』（太田出版、一九九二年。二〇一〇年に復刊。一三年、ナイロン100℃による公演パンフレットに再録）。（岡室美奈子）

伊藤大輔《いとうだいすけ》 一八九八〈明治三十一〉・十〜一九八一〈昭和五十六〉・七。映画監督・脚本家。愛媛県宇和島市生まれ。宮地嘉六の劇団に関わり、小山内薫を頼り上京。一九二〇年松竹キネマ付属俳優学校で小山内の指導を受け、その推薦で松竹や帝国シネマの多くの脚本を執筆。二四年より、監督。映画史に残る時代劇映画の多くの傑作を作る。六四年七月中村錦之助（萬屋錦之介）公演の『反逆児』（大佛次郎原作）で初めて舞台に進出、脚本・演出を手掛ける。以後、錦之助公演の山岡荘八『織田信長』、吉川英治『宮本武蔵』、司馬遼太郎『竜馬がゆく』などの脚色・演出を続ける。創作脚本には、『新撰組余聞 花かんざし』『大江戸物語』『新説南部坂』などがあり、六〇－八〇年代の大劇場で繰り返し上演された。（神山彰）

伊藤隆弘《いとうたかひろ》 一九三八〈昭和十三〉・十〜。高校教諭。岡山市出身。広島大学教育学部卒業。一九六三年、広島市立舟入高校勤務以来、演劇部を指導し、「ノーモア・ヒロシマ」をテーマに創作劇活動を続ける。広島県大会で三十年連続金賞。中国地区代表として全国大会に十一回出場し、八八年の熊本大会で『とうさんのチンチン電車』で最優秀賞を受賞するほか、優秀賞五回受賞。主な著書に『文の林にわけ入りし（伊藤隆弘戯曲集）』（門土社）など。（柳本博）

伊藤松雄《いとうまつお》 一八九五〈明治二十八〉・一〜一九四七〈昭和二十二〉・八。劇作家・演出家・小説家。長野県松本市生まれ。早稲田大学英文科卒業。有楽座に入り、のち新文芸協会や舞台協会で演出を担当。療養のために故郷に戻り、一九二六年上諏訪で郷土劇運動「町の劇場・村の劇場」を起こす。新民謡、流行歌の作詞も多数手がけた。郷土戯曲集『危急』（緑葉社）、童話劇集『くしゃみ太郎』（総文館）、シナリオ集『忘れな草』（黒潮社）など。（正木喜勝）

伊東由美子《いとうゆみこ》 一九五九〈昭和三十四〉・十一〜。女優・劇作家・演出家。東京都出身。武蔵工業大学・実践女子大学合同演劇部に所属。一九八三年、大橋泰彦と共に劇団離風霊船《りぶれせん》を旗揚げ、劇団のほぼ全ての作品に出演。劇団にて大橋と共に自身の書き下ろし作品を上演、演出も担当する。代表作に『Long Long Time Ago』『黄金の国』『お母さんの選択』など。女優としての活動が主だが、椿組など外部の劇団で作品が上演されることも多い。（鈴木美穂）

稲垣真美《いながきまさみ》 一九二六〈大正十五〉・二〜。小説家・劇作家・ノンフィクション作家・随筆家。二〇一二年、筆名を稲垣太瑚に変更。京都府出身。東京大学修士課程修了。美学、プラトンを専攻。一九七六年、戯曲『花粉になった女』（劇団芸協、梓欣造演出、一九七四年初演、「悲劇喜劇」一九七五・5）で第二十回岸田戯曲賞候補、六五年、小説『苦を紡ぐ女』で直木賞候補となる。そのほかの著作に、沖縄演劇の中で女性だけの劇団として異彩を放つ乙姫劇団の魅力をまとめたノンフィクション『女だけの「乙姫」奮闘記』などがある。尾崎翠の全集編纂者、愛酒家としても知られる。反戦平和運動や酒に関する随筆が多い。（木村陽子）

稲田真理《いなだまり》 一九七六〈昭和五十一〉・十〜。劇作家・演出家・俳優。愛媛県生まれ。一九九九年から二〇〇五年まで遊気舎で俳優として活動。〇六年、演劇ユニット・伏兵コードを結成、作・演出・出演を務める。『幸福論』（二〇一〇）で第十八回OMS戯曲賞佳作、『留鳥の根』（一一）で第十九回同戯曲賞大賞。自らの複雑な生い立ちと向き合いながら、人間の暗部に寄り添い、業や宿命を描く。時として乾いたユーモアも漂う作風。（九鬼葉子）

戌井昭人《いぬいあきと》 一九七一〈昭和四十六〉・十〜。作家・演出家・俳優。東京都生まれ。鉄割アルバトロスケット主宰。祖父は文学座代表を務めた演出家の戌井市郎。玉川大学文学部演劇専攻卒業。一九九五年、文学座附属演劇研究所入所。九七年、東京・根津の宮永会館にて『四畳半オアシスロケット』で旗揚げ公演（劇団名は、実在した足芸人の「鉄割一座」と阿呆鳥を意味するアルバトロスに因む）。小沢昭一が採取した日本の放浪芸を継承するが如く「サイケデリシャス幇間芸」を謳い、4コマ漫画をロックな演劇にしたような「超短篇コント」を連射する作風が特長である。「ネギで殴り合う」「問題のある家族対抗歌合戦」「鮒ふりかけ」など、演目数は二〇〇以上。俳優として、映画やTVやCMのほかにも、『ダークマスター』（二〇〇三、作・演出：タニノクロウ）や、『西瓜割の棒、あなたたちの春に、桜の下ではじめる準備を』（一三、作・演出：宮沢章夫）などに出演。戯曲書き下ろしに『どんぶりの底』（「悲劇喜劇」二〇一四・9）。また小説も執筆し、『まずいスープ』、『すっぽん心中』（第四十回川端康成文学賞受賞）、『俳優・亀岡拓次』などを刊行。代表作に『高みからボラをのぞいてる』『馬とマウスの阿房トラベル』『鉄割×東陽片岡』。（望月旬々）

乾一雄《いぬいかずお》 一九三三〈昭和八〉〜。劇作家。本名は山室啓爾。劇団岡山新劇場の座付き作者として出発。一九六三年、戯曲『人間裁判』（劇団岡山新劇場、一九六二年初演）で第九回「新劇」岸田戯曲賞候補となる。『人間裁判』（「テアトロ」一九六二・10）は東京芸術座でも上演されたが、以後は鑑賞運動の方へ傾斜。岡山演劇観客団体協議会（演鑑協、五五〜六三）に発足時から貢献した。また、自立劇団員として六〇年安保闘争、三池闘争にも参加した。そのほかの戯曲に『作北の火』、『私は貝になりたい』（作者は橋本忍）の脚色、著書に『舞台によせて――演劇鑑賞運動の三十年』がある。（木村陽子）

犬養健《いぬかいたける》 一八九六〈明治二十九〉・七〜一九六〇〈昭和三十五〉・八。小説家・政治家。東京生まれ。東京帝国大学中退。父は政治家犬養毅、長女は評論家犬養道子。学習院在学中、倉田百三の影響下に戯曲『二つの愛』を発表。『一つの時代』（一九二三）収録の作品などで、白樺派系の作家として認められた。童話劇『家鴨の出世』（二六）や『南京六月祭』（二九）等の著書がある。戦後は法務大臣もつとめた。（岩佐壮四郎）

犬塚稔《いぬづかみのる》 一九〇一〈明治三十四〉・二〜二〇〇七〈平成十九〉・九。映画監督・脚本家。東京市台東区花川戸生まれ。父は新派成美団の作家・大須賀豊（本名犬塚福太郎）。関東大震災後、白井信太郎の知遇を得、松竹入り。賀古残夢、野村芳亭、衣笠貞之助などの脚本を執筆。『狂った一頁』『座頭市物語』など。後に長谷川一夫『稚児の剣法』などの監督。舞台でも明治座での東映歌舞伎に『江戸の陽炎』『春色けんか鳶』『浮巣の半次郎』、東宝歌舞伎に『月の三度笠』など脚本多数。著書に『映画は陽炎の如く』（草思社）、『地誌・文政江戸町細見』（雄山閣）。（神山彰）

伊野万太《いのまんた》 一九五二〈昭和二十七〉年・二〜。劇作家・演出家。埼玉県出身。東洋大学を本拠として活動していた劇団陰華、劇団おいてけぼりを経て、一九七六年に時任顕示、長島槇子らとともに劇団インカ帝国を旗揚げ。劇団解散後は、八二年に月光工場を旗揚げ。八四年に解散。代表作に『姿三四郎』（一九七三〜七六）、『矢車草―ピンクシティ―』、『春の館』（七七）、『電気の敵』（八二）がある。（堀切克洋）

井上和男《いのうえかずお》 一九二四〈大正十三〉〜二〇一一〈平成二十三〉・六。脚本家。早稲田大学卒業。劇団「こゆるぎ座」結成。北條秀司の勧めで、一九四八年に松竹大船入り。小津安二郎作品をはじめ、多数の脚本を書く。舞台では、東宝、明治座等の脚本を、六〇年代から手掛ける。森繁劇団に提供した『最後の汽笛』（一九六八年五月明治座）は汽車の釜たきの仕事への思いを描いた出色の作。他に『船頭小唄』『質屋イソップ』などがある。（神山彰）

井上ひさし《いのうえひさし》　一九三四〈昭和九〉・十一〜二〇一〇〈平成二十二〉・四。劇作家・小説家・評論家。本名廈《ひさし》。山形県東置賜郡小松町（現・川西町）生まれ。五歳の時に青年共産同盟の活動家で、薬局を営みながら農地解放運動をしていた父が病死、母が働きに出たために、中学生の時にカトリックの修道会が経営する仙台市郊外の児童養護施設に引き取られた。五〇年四月に仙台第一高校に入学、カトリックの洗礼を受けた。五三年に上智大学ドイツ文学科に入学するも講義に失望して母のいた釜石市に戻り、十一月から約二年半、国立釜石療養所の事務員に採用されて公務員生活を送った。五六年四月に上智大のフランス語学科に復学、十月にアルバイトで浅草のストリップ劇場フランス座の文芸部員兼進行係になった。五七年一月にフランス座で井上の脚本『看護婦の部屋』を緑川士郎脚色・演出、渥美清らの出演で上演。その後フランス座から身を引いて、各地の放送局の懸賞脚本の執筆に勤しむ。十一月、戯曲『うかうか三十、ちょろちょろ四十』が文部省（現・文科省）の第十三回芸術祭脚本奨励賞を受賞、早川書房の雑誌「悲劇喜劇」（一九五八・12）に掲載された。この縁で五九年「悲劇喜劇」が主宰する「戯曲・研究会」のメンバーになり、同時に戯曲や小説に手を染める。六〇年三月に上智大を卒業し、放送作家の仕事を続ける。六一年十二月に内山好子と結婚。六二年、NHKラジオ第一放送の子供向け連続ミュージカル『モグッチョチビッチョこんにちは』の台本を担当、俳優の熊倉一雄や作曲家の宇野誠一郎と出会う。六四年四月からNHKテレビの連続人形劇『ひょっこりひょうたん島』の台本を山元護久と共作、六九年三月まで続くヒット番組となった。井上は売れっ子の放送作家になる。六八年九月、三波伸介や伊東四朗らの「てんぷくトリオ」の座付き作者になり、テレビ用のコントを多作。六九年二月に熊倉一雄の所属する劇団テアトル・エコーが井上の浅草体験を踏まえた『日本人のへそ』（熊倉演出）を劇団の屋根裏劇場で初演、喜劇作家の新人として一躍注目を浴びた。七〇年一月に初の長編小説『ブンとフン』を刊行、七月、テアトル・エコーが新築の小劇場「テアトル・エコー」のこけら落としで言葉遊びを駆使した『表裏源内蛙合戦』（熊倉演出）を初演。七一年九月、テアトル・エコーが『道元の冒険』（熊倉演出）を初演。この戯曲で第十七回岸田戯曲賞と第二十二回芸術選奨文部大臣新人賞を受賞した。七二年七月、小説『手鎖心中』で第六十七回直木賞を受け、翌月受賞後第一作の『江戸の夕立ち』を発表して人気作家になる。以後、戯曲と小説の二本立ての道を歩むが、ここでは戯曲に絞る。

七三年八月、制作者の本田延三郎《ほんだえんざぶろう》と演出家の木村光一が立ち上げた演劇制作体、五月舎と西武劇場（現・パルコ劇場）の提携公演として『藪原検校』（木村演出）初演、主人公の一代記という新形式を確立し、『雨』（七六、木村演出）、『しみじみ日本・乃木大将』（七九、木村演出）、『小林一茶』（同、木村演出）と同型の秀作を連発。『しみじみ日本・乃木大将』と『小林一茶』で第十四回紀伊國屋演劇賞個人賞を、『しみじみ日本・乃木大将』で第三十一回読売文学賞（戯曲部門）を受けた。この間の七四年十月に五木寛之らと日本ペンクラブに集団入会、また、七六年三月にキャンベラのオーストラリア国立大学の助教授だった作家のロジャー・パルバースの勧誘で同大の日本語学科に客員教授として招かれ、家族とともに七月までオーストラリアに滞在、この間に『雨』を書いた。七七年七月に日本ペンクラブの常務理事に選任される。

八〇年一月から八一年十二月まで朝日新聞文化面の「文芸時評」を担当。十月、五月舎が宮沢賢治の評伝劇『イーハトーボの劇列車』(木村演出)を初演。八一年六月、中国作家協会の招待で日本作家代表団(山本健吉団長)のメンバーとして作家の丸谷才一らと北京、西安、上海を訪問。このころ『しみじみ日本・乃木大将』の成果で井上への信頼感を強めた俳優の小沢昭一と提携して、しゃぼん玉座という劇団を立ち上げる話が浮上したものの不発に終わった。八二年六月、小沢昭一の一人劇団しゃぼん玉座が『国語事件殺人辞典』(木村演出)で旗揚げ、七月、木村光一主宰の地人会が、捨てたわが子と再会するという設定の大衆演劇の女座長を描いた渡辺美佐子独演の『化粧』(木村演出)を初演、好評で二幕に書き足した渡辺独演の『化粧』を十二月に初演。八三年一月、五月舎が西武劇場で上演予定だった『パズル』が戯曲の未完成で上演中止に。八四年四月、夫人の好子の代表、井上の座付き作者という演劇制作体「こまつ座」の旗揚げ公演として『頭痛肩こり樋口一葉』(木村演出)が初演される。八五年一月下旬から二月上旬までニューヨークに滞在し、ブロードウェイで上演予定だったミュージカル『ムサシ』の打ち合わせをした。九月、こまつ座が「昭和庶民伝」の第一作『きらめく星座——昭和オデオン堂物語』を井上の演出で初演。八六年六月、こまつ座公演『泣き虫なまいき石川啄木』の終演直後に好子との離婚を発表、井上がこまつ座の代表になった。八七年四月、料理研究家の米原ユリと再婚、長女の都がこまつ座の新代表に。八月、雑誌を含む蔵書約十三万冊を郷里の川西町に寄贈して作られた町立の図書館「遅筆堂」が開館。十一月、こまつ座が「昭和庶民伝」の第三作『雪やこんこん』(鵜山仁演出)を初演したものの遅筆のため、開幕が十八日遅れた。八八年八月、川西町の遅筆堂文庫で第一回生活者大学校「農業講座」を開催して校長を務める。以後、年一回のペースで開催。八九年六月、鎌倉市佐助に転居。十二月、こまつ座が太宰治の評伝劇『人間合格』(鵜山仁演出)を初演するも、執筆遅れで開演が一週間延期。九一年一月、こまつ座が魯迅の評伝劇『シャンハイムーン』(木村演出)を福島県いわき市で開演、前年十二月に東京で開幕の予定だったが、執筆遅れで東京と九州公演は中止。同戯曲で第二十七回谷崎潤一郎賞を受賞。九三年四月に日本劇作家協会が発足し、六月から九八年三月まで初代会長に就任。七月、こまつ座が太平洋戦争の勃発で強制収容された日系人を描いた『マンザナ、わが町』(鵜山仁演出)を初演。が、執筆遅れで開幕が十三日間延期。九四年二月、こまつ座が上演予定だった『オセロゲーム』が脱稿せず、上演中止。八月、川西町に遅筆堂文庫と劇場(定員約七〇〇)を一体化した文化施設「川西町フレンドリープラザ」が開場した。九月、こまつ座が二人芝居『父と暮せば』(鵜山仁演出)を初演。九七年十月、東京・初台に新国立劇場が開場、演劇部門の開場記念に広島で被爆死した俳優の丸山定夫を隊長とする桜隊をモチーフにした『紙屋町さくらホテル』(渡辺浩子演出)初演。九九年、多岐にわたる文学活動の成果で第四十七回菊池寛賞を受賞。二〇〇一年一月、第七十一回朝日賞を受賞。五月、「東京裁判」三部作の第一作『夢の裂け目』(栗山民也演出)初演。二〇〇二年七月、林芙美子の評伝劇『太鼓たたいて笛ふいて』(栗山民也演出)初演。同戯曲で第六回鶴屋南北戯曲賞を、同戯曲を含む劇作の功績で第四十四回毎日芸術賞を受賞。二〇〇三年四月、第十四代日本ペンクラブ会長に就任(二〇〇七年三月まで)。

二〇〇四年六月、大江健三郎、加藤周一ら八人と日本国憲法の改訂に反対する「九条の会」を結成。十一月、文化功労者に選ばれる。二〇〇九年三月、ホリプロの企画・制作で『ムサシ』(蜷川幸雄演出)を彩の国さいたま芸術劇場で初演。六月、第六十五回日本芸術院賞恩賜賞を受賞。七月、三女の井上麻矢がこまつ座の代表に。十月、こまつ座とホリプロ提携の小林多喜二の評伝劇『組曲虐殺』(栗山民也演出)初演。観劇後に湘南鎌倉総合病院で診断を受け、重度の肺ガンと告知される。この年に日本芸術院会員に。二〇一〇年四月九日、肺ガンで鎌倉の自宅で死去、七十五歳。演劇評論家扇田昭彦の調査によれば井上の戯曲数は六十九本で、こまつ座での上演が二十四本。こまつ座という演劇制作体が井上にとっていかに大きく、大事な存在だったかよく分かる。その戯曲群の特色の一つは評伝劇の比重が高いこと、第二の特色は多くが音楽劇という形式を採っていること、第三には原爆を含めて庶民と戦争の関係にこだわったことである。中でも音楽劇という形式に注目したいのは、新劇の流れの一方に岸田國士流の純せりふ劇があるのに対して、古来、日本の演劇は歌舞の要素を伴っているのに着目して、それを生かした国劇の創造を意図した坪内逍遙のヒソミに習い、井上もまたそれを目指していたと考えられることだ。新劇の中の国劇派の代表者、それが井上ひさしだった。戯曲執筆のモットーは「むずかしいことをやさしく、やさしいことをふかく、ふかいことをゆかいに、ゆかいなことをまじめに書くこと」。

[**参考**]『井上ひさし全芝居一～七』(新潮社)、『笑劇全集井上ひさし・完全版』(河出書房新社)、「國文学解釈と鑑賞」別冊、今村忠純編集『井上ひさしの宇宙』(至文堂)、扇田昭彦『井上ひさしの劇世界』(国書刊行会)、扇田昭彦責任編集『日本の演劇人　井上ひさし』(白水社)

❖**『日本人のへそ』**《にほんじんのへそ》　二幕。時は上演時の現代。七人の患者が教授の治療を受けに集まる。教授は治療のために浅草のストリッパー、ヘレン天津の半生を芝居に仕組み、患者にそれを演じさせる。ヘレンは岩手の貧農の娘で、集団就職で上京し、職を転々とした揚げ句にストリッパーになったという設定。その劇中劇のさなか、教授への暗殺未遂事件が起こる。そこで犯人捜しに急展開した果てに、教授が死んだという報告が入る。全員のアリバイが問題になるうち、劇中劇で会社員に扮した国立大学の助教授と、ヘレンにはそれがないことが分かる。追い詰められた二人は、昨夜同室したと打ち明ける。途端に教授に扮していたヘレンのパトロンの代議士が、姦婦と叫んで飛び込んで来る。すべてはヘレンの浮気をあぶり出すための代議士の罠だったのだ。が、ヘレンの本当の相手は劇中劇の伴奏をしていたピアニストだった。と、思いきや、すべては助教授の吃音治療劇だった……。熊倉一雄の依頼で書き、表題も熊倉が決めた。この舞台の成果を見て井上ひさしは本格的に劇作家を目指したという意味では、記念すべき戯曲である。音楽の多用、一代記の片鱗、過剰な笑い、連続のどんでん返しと、井上の「趣向」の原型がここにある。男八人、女四人。

❖**『藪原検校』**《やぶはらけんぎょう》　形式的には一幕二十場。時は江戸中期。ギター奏者の奏でるギターの楽の音に乗って、盲太夫の語りと解説によって物語が進行する。先行の講談種にヒントを得たグロテスクな、ダークな喜劇。東北・塩釜の貧しい魚屋の父親が女房のお産の費用に窮し、按摩を殺して金を奪う。その祟りで生まれた子は全盲、やがて杉の市と名付けられる。目の見えない逆境をいかに生きるか。杉の市が選んだのは徹底的な悪の道で、江戸に出る途中も江戸に着いても、殺しに殺しを重ねて金を手にし、遂には師匠をも手に掛けて検校の地位に登り詰める。が、二代目藪原検校襲名の日に意外なところから悪が露見し、三段斬りの極刑に処せられる。痛快なまでに悪の道を走る主人公の一代記。一種の祝祭劇の観を呈し、奔放なエネルギーを発散する。また、「差別語」の観念が浸透しない時代に書かれた戯曲だから、それが頻出するのも大きな特色。一貫してその役を演じるのは男二人、女一人。他は男女とも多くの役を兼ねる。

❖**『雨』**《あめ》 形式的には一幕十一場。江戸時代。江戸のその日暮らしの金物拾いの徳は、東北・平畠藩の紅花問屋の当主喜左衛門と瓜二つで、しかも失踪中だとの話を聞いて、平畠藩に旅してまんまと喜左衛門になりすまし、その美しい妻のおたかと衣食住を手に入れる。昼夜を問わず平畠言葉の習得に励み、正体がばれそうになるたびに殺人をも重ねる。が、必死に自分を殺して他人になりおおせようとしていた最後に待っていたのは、幕府の追及をかわすために喜左衛門の身代わりを仕立てて死に追い込む、藩を挙げての謀略だった。言葉を介して人間のアイデンティティを問うブラック・コメディで、英語暮らしを強要されたオーストラリアでの体験が下地にある。

❖**『きらめく星座**《きらめくせいざ》**——昭和オデオン堂物語**《しょうわおでおんどうものがたり》**』** 二幕五場。時は四〇年の晩秋から四一年の初冬まで。所は浅草のレコード店。『闇に咲く花——愛嬌稲荷神社物語』(八七年初演)『雪やこんこん——湯の花劇場物語』(八七年初演)とつづく「昭和庶民伝」の第一作。オデオン堂の主人信吉は元歌手のふじを後妻に迎え、長女みさを、部屋貸しをしている広告文案家の竹山、店のピアノ係の森本とともに暮らしている。みさをは傷痍軍人に慰問の手紙を書きつづけていて、信吉もふじもこれを家の名誉としている。が、これが一挙に崩れたのは砲兵の長男正一が軍隊から脱走したためで、正一を追って憲兵の権藤がオデオン堂を訪ねて来る。脱走兵として日本中を逃げ回る正一が見たのは神国日本の建前とは異なる現実だが、みさをと結婚した傷痍軍人の源次郎にも、ある変化が起きる。源次郎は戦場で右手を失ったが、幻肢痛であるはずのない右手が痛みはじめる。回復のためには右手のない現実を受け入れることだと医者に言われた源次郎は、必死でこれを認める。が、逃亡の途中に立ち寄った正一から大義にもとる日本人の生き方を聞かされた源次郎は、突如治癒したはずの幻肢痛に襲われる……。このメインストーリーを柔らかく包むのが竹山の案出した宇宙に誕生した「人間」という奇跡への賛歌で、人間が自らの手で人間を滅ぼす戦争の愚かしさが浮上する。男六人、女二人ほか。

❖**『國語元年』**《こくごがんねん》 二幕。時は一八七四年の夏から秋にかけて。所は東京の南郷清之輔邸。南郷邸には長州弁の清之輔、鹿児島弁の妻、鹿児島弁の義父を中心に、江戸山ノ手言葉の、江戸下町方言の、大阪河内弁の、南部遠野弁の、名古屋弁の、羽州米沢弁の、京言葉の、そして会津弁の奉公人や訪問客が入り交じり、お互いの意志の疎通がとうてい出来ない。清之輔は文部省学務局の官吏。ある日、上司から「全国統一話言葉制定調」を命じられた清之輔は、各地の方言とは別に、日本という国に住む日本人なら、お互いのコミュニケーションが取れる言葉、共通語を誕生させるべく必死の努力をする。が、やっと滑稽で怪奇な「文明開化語」を案出するものの、気を狂わせる……。共通語、標準語の誕生が日本という近代国家、民族国家の成立のための絶対条件だったが、本作はその問題に真正面から取り組んだ。各地の方言のせりふに共通語のルビを振るという凝りようで、まさに「言葉の魔術師」ならではの、井上ひさしならではの戯曲。男七人、女五人。こまつ座が八六年に栗山民也の演出で初演。

❖**『父と暮せば』**《ちちとくらせば》 一幕。時は四八年七月。所は広島市の福吉美津江の家。広島市の図書館に勤める美津江が、急な雷に〈おとったん、こわーい!〉と家に駆け込む。と、押し入れの襖が開いて上の段から白い開襟シャツに国民服の父の竹造が、美津江に座布団を投げて押し入れの下の段に入れと促す……とドラマは進んで行く。が、竹造は三年前に被爆死している。それが娘の前に姿を現わすようになったのは、美津江が図書館に来る木下という青年を恋しいと思うようになって以来だ。それまで美津江は多くの人が突然命を奪われた中で自分だけ生き残ったのを後ろめたく思っていた。美津江は友達のみか、竹造をも燃え盛る火の中に置き去りにしていた。竹造はそういう娘を「うしろめとうて申し訳ない病」と命名している。が、死者と会話を交わすうちに、美津江はいつしか木下と生きて行きたいと思うようになる。被爆した広島の惨禍を克明に描いた上に、一人の女性の再生の物語を展開させる。生者と死者の交流は日本文学の伝統だったが、こういう形で蘇ったのはある意味で画期的だ。広島弁を駆使した井上戯曲の中では最も短いものの一つ。男女一人ずつ。

❖**『夢の裂け目』**《ゆめのさけめ》 二幕。時は敗戦の翌年の六月から七月にかけて。所は東京の街頭、そして焼け残った根津その他。新国立劇場の「東京裁判」三部作の第一作で、『夢の泪《なみだ》』(二〇〇三)、『夢の痂《かさぶた》』(〇六)とつづいた。演出はすべて栗山民也。戦争中は軍国紙芝居で稼いでいた紙芝居屋の親方天声に、連合国総司令部の国際検事局から東京裁判の検事側の証人として、証言せよとの呼び出しがかかる。出廷することにした天声はその予行演習として、家族たちに役割を振って家庭法廷を開く。その結果、フツー人には戦争責任はないという確信を得る。法廷で証言してからというもの、新聞が大きく取り上げたこともあって天声の評判が高くなり、商売は大いに流行る。のみならず、自分が新聞に出て以来、それを毎日読むのが無上の楽しみになる。そういう天声の気掛かりが、天声と同じく検察側の証人として出廷し、軍隊や東条英機を激しく非難・攻撃してやまない元将軍の田中隆吉のことである。東条の懐刀とまで言われた男がなぜそうするのか。それを考えているうちに天声は以前の自作の紙芝居の趣向と、東京裁判の仕組みが相似だということを発見する。東京裁判は裁判官も検察もグルになって、テンノーを免責しようとしているのではないか……。音楽劇として展開されるが、作者が強く意識しているのはブレヒトの『三文オペラ』で、その作曲者であるクルト・ヴァイルの旋律に自作の歌詞をはめ込んで多用する。井上ひさしの本領が発揮された戯曲。男五人、女四人。

(大笹吉雄)

いのうえひでのり　一九六〇〈昭和三十五〉・一〜。演出家・劇作家。本名猪上秀徳。福岡県生まれ。高校時代、ジューダス・プリーストに衝撃を受け、バンド活動。並行して演劇部に所属。県大会の舞台を見た他校の中島かずきが声を掛け、「ももカン」を結成。大学進学後も（いのうえは大阪芸術大学、中島は立教大学）博多で五回公演を行なう。大学一年の時、つかこうへい事務所の舞台に衝撃を受ける。一九八〇年、二年の時、先輩の枯暮修から、独自の卒業公演を行ないたいと誘われ、一回きりの劇団として新感線を結成、『熱海殺人事件』（つかこうへい作、枯暮修演出）上演。本名で出演。観劇したオレンジルームのプロデューサーの中島陸郎から上演依頼を受け、三か月後に同劇場で再演。反響は大きく、活動を継続。いのうえの演出によるつか事務所のコピー劇団として、関西での人気が定着。八三年、初オリジナル『スター・ボーズ――ジェダイ屋の女房』（いのうえひでのり作・演出）上演。星のお坊さんが活躍する傑作活劇。翌年、オリジナル作品を上演する体制に移行。ヘヴィ・メタル音楽を効果的に使い、いのうえの演出・主演による『宇宙防衛軍ヒデマロ』シリーズなど、笑いにこだわった「ネタもの」路線とともに、中島かずきが座付作家として参加後は、ドラマ性に富んだ時代活劇「いのうえ歌舞伎」シリーズ（中島かずきの項参照）や、生バンドが入る音楽性重視の新感線R路線が大ヒット。東京に進出し、十三万人を動員する当代一の大人気劇団に発展。大阪の小劇場出身の劇団が、若者向けの独自の商業演劇路線を定着させたのは、演劇史上稀な快挙。古田新太、橋本じゅん、高田聖子ら個性派俳優を輩出。

❖**『直撃！ドラゴンロック―轟天―』**《ちょくげきどらごんろっくごうてん》　一九九七年初演。女泥棒・不二ミネンコは、世界最強の格闘団体・ドラゴンロックに潜入、得意のモノマネを駆使して極秘文書を盗み出す。その文書こそ、風魔忍群に伝わる究極の書〈轟天の書〉。これをインターポール捜査官デューク西郷に渡せば、過去の犯歴を消してもらえる手はずだった。ドラゴンロックは、実はサイボーグ化された殺人マシンを研究するプロの殺し屋軍団。風魔の奥義をコンピュータにインプットし、最強最悪の超人サイボーグを作ろうとしていた。ドラゴンロックの刺客がミネンコを狙い、轟天の書はドラゴンロックの手に戻る。しかし、実は風魔の抜け忍者の剣轟天がニセモノとすり替えていた。コギャル女子高生姿の隠密のお色気作戦に骨抜きにされかけた轟天だが、見事、必殺技・轟天式鋼鉄髪型拳、アイスラッガーで勝利を収めるのだった。アニメ風キャラクターが笑いを誘う、伝説のネタもの『轟天』シリーズ第一弾。（九鬼葉子）

井上光晴《いのうえみつはる》　一九二六〈大正十五〉・五〜一九九二〈平成四〉・五。福岡県久留米市生まれ。自筆年譜では中国（旧満州）旅順生まれ。十代の思春期の大半を崎戸炭鉱で過ごす。終戦後すぐに日本共産党に入党、地区常任を担当。一九五〇年、党内部の問題を描いた処女小説『書かれざる一章』が反響を呼ぶ。民主主義文学運動の亀裂の発端になると共に、党の所感派から反党的と批判され除名処分を受けるが拒否した。五三年、日本共産党を離党。その後、戦時下の青春を扱った長篇『ガダルカナル戦詩集』や『虚構のクレーン』等が注目を浴びる。六三年、被爆者と被差別部落を重層的に主題とした『地の群れ』が第五十回芥川賞候補となる。六一年頃からは『飢える故郷』等の廃鉱を題材にした作品群のほか、『眼の皮膚』等の都市小説も積極的に執筆。七〇年、個人編集による季刊誌「辺境」を創刊（一九八九年に第三次終刊）。七七年からは、佐世保を中心に全国十数か所に「文学伝習所」を開き創作の育成を続けた。戯曲としては『ガダルカナル戦詩集』『雪と背嚢（八甲田山の歌）』等、ラジオドラマ用の脚本を多く残した。公演作品には『スクラップ』（劇団演劇座、六二）、『八月の狩』（劇団青俳、六五）等。小説原作の演劇に『死者の時』（劇団演劇座、六一）、『地の群れ』（劇団青俳、六六／劇団演劇座、六七）、『丸山蘭水楼の遊女たち』（文学座、七九）等。戯曲集に『蜘蛛たち』（七八、潮出版）がある。原一男監督のドキュメンタリー『全身小説家』（九四年、疾走プロダクション）は、年譜的真実を解明し、作者とその文学における「嘘」という文学的課題を浮かび上がらせた。

❖**『八月の狩』**《はちがつのかり》　三幕もの。舞台は朝鮮戦争下。主人公の家道常良と石上伸一は、米軍の「免疫部隊」として特別な作業に従事した。それは、撤退する米軍を守るため、隊の後方で消毒をするというもの。実際、散布したものが何だったか、はっきり知らされなかったが、彼らはそれが「化学・生物兵器」だったと認識している。帰国後、彼ら労働者は佐世保基地に軟禁され、事実を隠蔽しようとする米軍から厳しい訊問を受ける。その後、彼らが入院した精神病院では、長岡理事が、家道を戦地で犯した罪から逃れようと患者を装っているとし、厄介事を避けようと早期退院を企てる。沖浦という医師が、道家に真実を訊ねると、朝鮮（「北海道」という隠語で語られる）に行った仲間は皆、多くの死者を出した作戦内部を知るため、米軍に命を狙われていると脅え話す……。米軍に従事し戦地で人間を殺めた日本人労働者の罪障感と、それによる精神の頽廃を軸に、朝鮮戦争における「化学・生物兵器」の使用と、それをめぐる国内での陰謀を描く。初出は「新日本文学」（一九六五・7）。

❖**『プルトニウムの秋』**《ぷるとにうむのあき》　一幕もの。舞台は一九八〇年代。九州西域の原子力発電所に勤務する技師（エンジニア）が主人公。原発を取りまく環境・汚染問題を扱う「玄海調査」に転出する夫と、原発そのものと推進派の論理に対し欺瞞を覚える妻との間で、かみ合わない口喧嘩が繰り広げられる。そこに、過去に原発で除染作業をした経歴を持つ谷本常次が訪問してくる。作業時の放射線の影響で病気が進行していると訴える男は、「被爆者手帳」を取得するために、原発で労働していた証明をしてほしいという。が、原因不明の症状を原発に結びつける不合理等を理由に、技師は取り合わない。これをきっかけに、原発の危険性等をめぐり、口論はさらに激化する……。そこに「事故」を知らせる電話が入る。それは原子炉ではなく、原発周辺地域では知られた、不気味な行商人の死の知らせだった。〈原発の危険性について正面から小説のテーマとした最初の作家〉（黒古一夫）の手がけた原発関連の第一作。戦後文学史の中でも、原発労働者や原発周辺地域、放射能被曝といった問題を、いち早く取り上げた文学作品として、福島第一原発の事故以来、再評価されている。後年、同作は小説『西海原子力発電所』の中で挿話としてそのまま再録された。初出は「潮」（一九七八・11）。

（柿谷浩一）

伊庭孝《いばたかし》　一八八七〈明治二十〉・一二～一九三七〈昭和十二〉・十二。音楽評論家。東京府士族伊庭眞の次男として東京・神田に生まれる。四歳の時に教育家の伊庭想太郎の養子となり（後に想太郎が星亨を暗殺して無期徒刑となったため、十四歳の時に復籍）、東京府立第一中学、天王寺中学を経て同志社神学校（現・同志社大学神学部）に進学するも社会主義に傾倒して中退、警醒社の洋書係となる。一九一二年に「演劇評論」を創刊、また上山草人らと近代劇協会を創設して俳優、作・演出家として参加する。近代劇協会解散後も新劇社、PM公社（PMはplayとmusicの頭文字）を主宰するなど初期の新劇運動に貢献した。一六年、舞踊家の高木徳子と共に歌舞劇協会を創設、喜歌劇『女軍出征』を成功させ浅草オペラ人気を牽引した。徳子急逝後も新星歌舞劇団、生駒歌劇団などを組織し、翻訳、脚色、和製オペラの作・演出で歌劇運動の指導者として活躍した。二〇年代になると舞台から音楽評論へと主な活動の場を移し音楽理論・歴史に関する書物を著すと共に社団法人日本音楽協会常務理事、楽器研究会幹事、オークラウロ協会総務などを歴任した。二五年にラジオ放送事業が開始されると放送オペラの仕事にも携わり一貫して歌劇運動の開拓者的立場に立った。腸チフスのため四十九歳で亡くなった折、堀内敬三を葬儀委員長に新交響楽団、ヴォーカルフォア合唱団、原信子ほかによる音楽葬が執り行なわれた。日本での本格的な音楽葬はこの時が最初とされている。その功績を記念して「伊庭孝歌劇賞」（一九四八〜四九）が設けられた。妻は声楽家の小野喜美子。主な作品に喜歌劇『海浜の女王』、歌舞劇『女軍出征』、楽劇『スエンガリ』、史劇『為朝の最後』など、著作に『白眉音楽事典』（白眉出版社）、『日本音楽劇概論』（厚生閣書店）、『シューマン』（アルス）、『音楽美学』（音楽之友社）、『レコードに依る日本音楽史』（コロムビア・レコード）、遺稿集『雨安居荘雑筆』（信正社）などがある。

❖**喜歌劇《きかげき》『海浜の女王《かいひんのじょおう》』** 一場。伊庭孝作・演出。一九一六年十月、川上貞奴一座の信州巡業に参加した高木徳子一座が甲府・桜座で初演。後に伊庭により「喜歌劇」から「歌舞劇」（伊庭が用いた「ミュージカル・プレー」の訳語）と改められた。夏の避暑地の海浜、若い未亡人ファンニー（高木徳子）とその赤ん坊、彼女に恋する紳士カスパート（伊庭孝）らを中心とする恋愛模様が繰り広げられる。単純な物語の中に歌やダンスが複数盛り込まれており、日本製ミュージカルの最初とされる。

❖**歌舞劇《かぶげき》『女軍出征《じょぐんしゅっせい》』** 一幕。公演によって作者の表記が異なり、「伊庭孝作」のほかに「高木徳子作」「高木徳子立案、伊庭孝脚本」とするものもある。一九一七年一月、高木徳子一座、浅草・常盤座で初演。第一次世界大戦を背景に連合軍は女軍の出征を決定する。フランス士官（高木徳子）、スコットランド士官（沢モリノ）ら八か国から成る女軍がドイツ軍を手玉に取る。しかし最初は意気軒昂だった女軍も、海が荒れ始めると一転して大慌て、敵艦の砲声に驚き気絶する始末。助けに現われた日本軍から、早く田舎へ帰って女らしく台所仕事をするのが良いと諭されると、彼女たちも望郷の念にかられるのだった。最後は全員が軽快な『チッペラリーの歌』を合唱、賑やかなダンスと共に幕。全体の構成は歌ありダンスありのアメリカ式ミュージカル・コメディで、『チッペラリーの歌』の大流行と合わせ浅草オペラの開幕を告げる記念碑的作品とされる。

（中野正昭）

伊原青々園《いはらせいせいえん》 一八七〇〈明治三〉・四〜一九四一〈昭和十六〉・七。劇評家・演劇史家・作家。本名敏郎。島根県松江市生まれ。第一高等学校本科中退。一八九三年関根《せきね》黙庵《もくあん》の紹介で二六新報社に入社し、はじめて劇評を寄せる。「時論日報」「都新聞」社員を経て、一九〇〇年三木竹二と「歌舞伎」を創刊。〇三年都新聞社に再入社、同紙や「演芸画報」「新演芸」などで生涯を通じて劇評を執筆し、演劇の趣味の向上をはかるため尽力した。〇五年竹二が死去し、一五年まで「歌舞伎」の主宰・編集を務める。一方で、坪内逍遥の勧めで一八九五年から国劇研究に励み『日本演劇史』『近世日本演劇史』『明治演劇史』(早稲田大学出版部)を上梓した功績により、三四年朝日文化賞を受賞、三六年文学博士号を取得。小説や戯曲などの創作にも才能を発揮する。島村抱月・小杉天外らと創刊した「新著月刊」に、一八九七年十月はじめて喜劇『取かへ心中』を発表。九八年二月には、「都新聞」で最初に手がけた連載小説『娘心』が宮戸座で新派の佐藤歳三一座により『都新聞娘心』に改題されて初の劇化に及ぶ。『海賊房次郎』『吉原心中新比翼塚』、『三升格子』(『俳優気質』に改題のうえ初演)、『影法師』『新野崎村』『縁《えにし》の糸』『大将の家』『子煩悩』『仮名屋小梅』などの小説が次々と舞台化され、大正期にわたり主に新派の原作者として活躍する。一九〇二年～翌年にかけて「歌舞伎」で提唱した「近松の復活」が新派の伊井蓉峰により近松研究劇連続上演として実践された。その他の自作脚本に、六世市川門之助のため書き下ろした『出雲の阿国』『春日山』がある。「都新聞」調査部長、理事などを歴任。喉頭癌のため死去。主著に『團菊以後』(相模書房。新装版は青蛙房)、『歌舞伎年表』(岩波書店)など。

［**参考**］「劇評家としての三十年」(「新演芸」一九一九・3～12)、利倉幸一『青々園・伊原敏郎』(伊原榮)

❖**『出雲の阿国《いずものおくに》』** 慶長元年の端午の節句。淀君は寵愛する蒲生家浪人の名古屋山三が都で人気の芸人出雲の阿国と互いに愛し合う仲との噂が気がかりで、城へ山三を招き阿国の歌舞伎踊りの見物を催す。淀は太閤秀吉の不興を買った主君蒲生氏郷没後の家を案じる山三のため秀吉に執り成して出世を約束したから、山三が自分を裏切る筈はないと高をくくって、阿国に山三と深い仲なら祝言をあげるようわざと命じて盃を手渡す。山三は阿国の盃を受け取ると、武士をやめた自分に後ろ盾は無用、太閤殿下の命を奪うような浅ましい真似をする代わりに淀君の心を奪うことで既に主君の敵は取ったので、今後は阿国と歌舞伎ものとして生きると宣言する。淀はうろたえて我が子捨丸を抱きながら、恋に負けても私は天下の母じゃと独りごちる。一九一〇年六月、歌舞伎座にて初演、同文館より刊行。三場。名古屋山三を退廃的な人物に仕立て、同時代に主君秀次を失い山三と並ぶ美男と謳われた不破万作との邂逅を挿入する。

❖**『春日山《かすがやま》』** 一九一一年一月、歌舞伎座にて初演。二場。青年時代の上杉謙信(長尾景虎)の悲恋を描く。メーテルリンク作『モンナ・ワンナ』の筋を一部借用している。天文十六年。春日山城城主長尾晴景は三条城の敵方との合戦に明け暮れて弟二人を失い、残る末の弟景虎に家督を譲った。景虎は戦の勝利の恩賞に晴景の許嫁刈羽姫をもらう約束を取り付けて出陣し、めでたく勝利して城へ帰る。刈羽は恩賞の件を知ると驚き、たとえ景虎に嫁いでも決して女の操は捨てぬと宣言する。兄弟は自分たちのいずれかが刈羽と幸せになることは忍び難く、いっそ二人で手にかけて刈羽を亡き者にしようと悪霊の棲む伝説がある古池に沈めて殺してしまう。晴景は溺れる刈羽を見て我に返り、後を追い池に飛び込む。景虎は罪の意識に駆られ、一生不犯で暮らすことを誓って出陣のため立ち上がる。恋に死ぬものは軍《いくさ》に死ぬよりも幸せじゃ、という景虎の台詞にて幕。『現代戯曲大観』(新潮社)所収。 (桂真)

指宿大城《いぶすきだいじょう》 一九二〇〈大正九〉～二〇〇五〈平成十三〉。劇作家。鹿児島県大口市生まれ。鹿児島師範学校卒業。同県内や東京の小・中学校の教員を勤める。一九六八年、毎日新聞主催松竹後援で募集した「明治百年記念懸賞演劇脚本」に『磯異人館《いそいじんかん》』が当選。幕末維新期の薩摩藩の下級武士の生き方に焦点をあてた作品。十九年後に歌舞伎座で十八世中村勘三郎（当時・勘九郎）が初演し好評。さらに、十九年後に、同座で再演され話題となる。（神山彰）

伊馬春部《いまはるべ》 一九〇八〈明治四十一〉・五～一九八四〈昭和五十九〉・三。本名高崎英雄。戦前の筆名・伊馬鵜平。劇作家。福岡県北九州市・木屋瀬に江戸時代からつづく商家の五代目として生まれる。母方の高祖母に歌人・阿部峯子、伯父に俳人・阿部基吉（王樹）が、父方の叔父に「博多なぞなぞ」で知られる粋人の高崎鋭郎（面白斎利久）がいる。旧制鞍手中学校から國学院大学に進学、短歌結社「鳥船」と「文芸部」に入り折口信夫、金田一京助の指導を受ける。大学三年の時に文芸部機関誌「渋谷文学」（一九二九・1）に筆名・久丸叟助で処女戯曲『降りかけた幕』一幕を発表、折口に激賞され演劇の道に進むことを決意。一九三二年井伏鱒二の紹介でムーラン・ルージュ新宿座の文芸部員となり、筆名・伊馬鵜平で書いた『ガソリン・ガールと学生』で商業デビュー。『溝呂木一家十六人』『桐の木横町』『かげろふは春のけむりです』などの小市民喜劇がヒットし、新しい喜劇作家の代表として広く知られるようになる。この前後に井伏鱒二を介して太宰治、檀一雄、小山祐士らと知り合い親交を深める。三五年ムーラン・ルージュを退団してPCL映画（現・東宝映画）文芸部嘱託、また島村龍三らと雑誌「新喜劇」を創刊し商業演劇主体の現代劇運動を興す。三九年JOAK（現・NHK）文芸部嘱託、ラジオドラマのほかにテレビの実験放送用にホームドラマ『夕餉前』（四〇年）の脚本を執筆。戦後は筆名を「春部」と改め、主な活動の場をラジオとテレビに移し、『向う三軒両隣り』『日曜娯楽版』『本日は晴天なり』などを執筆する。伊馬の作風はユーモアやリリシズム溢れる小市民喜劇とナンセンス豊かな諷刺喜劇の二つに分けられるが、興行的にも作家的にも前者の方が評価は高い。劇作としては岸田國士に傾倒した。伊馬の戯曲は「モダン日本」「新青年」などの娯楽雑誌から「劇作」「日本浪漫派」などの非商業的な演劇・文学雑誌まで幅広く掲載され、上演も軽演劇団だけでなく美術座、新協劇団、文化座など新劇団でも行なわれた。その意味で伊馬は岸田流の都市中間層のドラマを大衆化させることに成功したと同時に後のホームドラマへつながる〈現代劇〉の一つのタイプを築いたと言うことができる。脚本以外にユーモア小説、古典の現代語訳、地元九州の学校歌の作詞も多数手掛け、生涯にわたって旺盛な創作をつづけた。主な作品集に『募金女学校・かげろふは春のけむりです』（現代ユーモア小説全集第十一巻、アトリエ社）、『桐の木横町』（新喜劇叢書2、西東社）、『伊馬春部ラジオ・ドラマ選集』（宝文館）など。受賞にラジオドラマの功績を認められ一九五六年・第七回NHK放送文化賞、六一年『国の東』で芸術祭奨励賞、六五年『鉄砲祭前夜』ほかで第六回・毎日芸術賞、七三年紫綬褒章、七六年勲四等旭日小綬章がある。現在、伊馬の生家は北九州市指定文化財「旧高崎家住宅」として伊馬の遺品と共に一般公開されている。

❖『桐の木横町』《きりのきよこちょう》三景。一九三三年九月、ムーラン・ルージュ新宿座で初演。伊馬の小市民スケッチの代表作。舞台は当時伊馬が暮らした杉並区荻窪の天沼界隈をモデルとした横町で、桐の木を境に五軒の家が並ぶ。各家の住人は貸家の大家、医師一家、大学教員一家、同じ会社に勤める男女の共同生活、ダンサーなど職業も家族構成も様々だ。子どもが遊び、会社帰りの勤め人が表を通り、主婦達が世間話を楽しむ。同作で伊馬は特に劇筋らしいものを設けず、日常の小さな出来事を積み重ねることで東京西郊外の小市民コミュニティを描いた。

❖『屏風の女』《びょうぶのおんな》伊馬のラジオドラマの代表作。一九五二年一月四日、NHKにて放送。山間の宿屋の屏風に貼り付けられた雑誌の口絵の女が、旅行者に語りかける幻想的な内容。聴覚だけの芸術というラジオドラマの特性を巧みに活かした作品として国内外で高い評価を得、後に再制作・放送を重ねた。西ドイツでも放送され、さらにドイツ語訳され“Der dreieckige Traum: sieben japan-ische Hörspiele”(Hoffmann und Campe, c1964)に収載された。（中野正昭）

今井達夫《いまいたつお》 一九〇四〈明治三十七〉・三～一九七八〈昭和五十三〉・五。小説家。神奈川県生まれ。大学在学中、同人雑誌「橡」に戯曲を発表する。ダダイズムに接近、『蝙蝠の如く、劇場幻想』(「文藝通信」一九二五)、『青い鳥を探す法』(一九四〇、第二回三田文学賞受賞作品)、『荒れ狂ふ剣戟王』(二七)、『明日天気になあれ』(「映画教育」一九二九)など児童映画の原作も手がける。（平野恵美子）

今村昌平《いまむらしょうへい》 一九二六〈大正十五〉・九～二〇〇六〈平成十八〉・五。映画監督・脚本家。東京・大塚生まれ。早稲田大学第一文学部西洋史学科に在学中、小沢昭一、北村和夫、加藤武らと学生劇団で活動。卒業とともに松竹大船撮影所に入社。一九五四年に日活に移籍し、川島雄三監督『幕末太陽傳』(一九五七)のチーフ助監督・脚本などを経て、『盗まれた欲情』(五八)で監督デビュー。『にっぽん昆虫記』(六三)、『赤い殺意』(六四)などで、自ら「重喜劇」と呼ぶ作風を確立して評価を得る。六五年に退社し、今村プロダクションを設立。代表作の一つ『神々の深き欲望』(六八)は、小沢昭一の求めに応じて書き下ろした戯曲『パラジ――神々と豚々』(第九回「新劇」岸田戯曲賞候補)に基づく。七一年には三遊亭圓朝の落語を脚色したテレビオペラ『死神』(池辺晋一郎作曲)の台本を手がけた(舞台初演七七年)。七五年、横浜放送映画専門学院(現在の日本映画大学)を開設。『楢山節考』(八三)、『うなぎ』(九七)で二度のカンヌ国際映画祭パルム・ドール受賞。舞台作品として他に、松竹現代劇『わが町』(八四)の脚色・演出など。

❖『パラジ《ぱらじ》――神々と豚々《かみがみとぶたぶた》』二幕十五場。脚本家・長谷部慶次との共作。一九六二年十一月、俳優小劇場が、今村昌平演出、小山田宗徳、北村和夫らの出演により俳優座劇場で初演。初出「新日本文学」(一九六三・2)。パラジとは沖縄・奄美の古い方言で血族(血縁共同体)を意味する。舞台は架空の南の島(クラゲ島)と、その出身者が経営する東京の町工場。それぞれに十余名の人物が登場して交互に進行し、日本社会の二重構造が照射される。血縁を頼りに上京して永田プレス工場で働く太亀太郎は、祖父の近親相姦のために島で差別を受ける一族の出身。父の根吉は、相互扶助を礎とした島の共同体に反抗し、太家の水田復興のために大きな穴を掘り続けていた。

近代化と土着信仰、個人と共同体の相剋を枠組みとしながら、工場の労使交渉や観光事業をめぐる対立が複雑な人間関係と絡み合っていく。

（八角聡仁）

岩井秀人《いわいひでと》 一九七四〈昭和四十九〉・六〜。劇作家・演出家。東京都生まれ。劇団ハイバイ主宰。十五歳から二十歳くらいまで「ひきこもり」として過ごす。二〇〇一年、桐朋学園大学演劇科卒業。〇二年、竹中直人の会の『月光のつゝしみ』（作・演出＝岩松了）に代役として関わったことから、静かな演劇＝現代口語演劇に目覚める（二〇〇七年から青年団の演出部に所属）。〇三年、プロレスラーに憧れるひきこもり青年を描いた『ヒッキー・カンクーントルネード』で旗揚げ公演。その続篇『ヒッキー・ソトニデテミターノ』や、祖母の痴呆と家族の再生にまつわる『て』、医師だった両親との確執を描いた『夫婦』など、自らの個人的体験や家庭環境をモチーフにした、切実なのに笑えるコメディを本領とする。一二年、NHK BSプレミアムドラマ『生むと生まれるそれからのこと』で第三十回向田邦子賞受賞。一三年、取材をもとにして書いた『ある女』（二〇一二）で第五十七回岸田國士戯曲賞受賞。代表作に『霊感少女ヒドミ』『おねがい放課後』『リサイクルショップ「KOBITO」』『投げられやすい石』『おとこたち』など。

［**参考**］戯曲『ある女』（白水社）、小説『ヒッキー・カンクーントルネード』（河出書房新社）

❖**『ある女』**《あるおんな》 一九場・登場人物一二人。二十八歳のOL・タカコは、職場の上司・森と「男女の仲」になる。いわゆる不倫なのだが、森は妻と別れずに、タカコに金を払うことで肉体関係を続ける。そんな森を性的に満足させるべく、タカコは「セックス教室」に通い始める。性技の講習を受けてマスターするうちに、彼女は「フリーダ・カロ子」という源氏名で売春まがいの「勉強」までするようになる。それを知った森は、タカコに、妻と別れてきたので始めからやり直したいと伝える。その思いに応じるため、タカコは、他の男との「実践」は止める旨を言い出したところ、許さないとばかりに教室の小林先生にレイプされる羽目に。だがタカコは機転をきかせ、先生のペニスを噛んで脱出。命からがら逃げのびたタカコは箱根の温泉旅館へ。そこには、タカコが懇意にしている定食屋の等々力《とどろき》父娘が宿泊していた（定食屋の親父は『ある女』のナレーター役を担っているが、タカコとの会話のさなかで滝壺に落ちて意識不明になる）。そして、等々力が搬送された病院に妊娠中の妻を連れた森が現われる！ タカコは呆然自失となり帰路につくのだが、東京音頭が聞こえる老人ホームの前で小林とその一味に捕まる。タカコは、廃墟的な場所に連れ去られて集団リンチを受ける。彼女を救出するかのごとく、そこにはなぜか等々力の声が聞こえてくるが……。

（望月旬々）

岩崎舜花《いわさきしゅんか》 一八六四〈元治元年〉〜一九二三〈大正十二〉。劇作家。江戸深川生まれ。本名信輝。新聞記者、教師、官吏、壮士などを経て、一八八八年三世河竹新七に弟子入りし、竹紫信三と名乗る。市村座、中村座、歌舞伎座などの作者部屋で過ごす。九二年三月、書生芝居（次第に旧劇・旧派＝歌舞伎に対する新演劇・新派と呼称を改める）の川上音二郎一座が市村座へ出演する際『鎖港攘夷後日譚』を書き、座付作者となる。副将藤澤浅二郎と共に一座で作劇の中核を担い、川上を補佐した。熊本神風連の乱の講談を脚色した『ダンナハイケナイワタシハテキズ』や『書生の犯罪』などを執筆する。九四年『意外』『又意外』『又々意外』の連作で一座の人気を決定づける。なお、当時は複数の作者制を採っており、川上が立案した粗筋をもとに〈一座のものがいろいろ工夫してでっち上げた口立て狂言〉を〈手空きの者が書き取るという方法にて、やっと脚本に纏め上げ〉ていたので「意外」の連作は〈岩崎の作とはいいきれない〉とする説もある（柳永二郎『絵番附・新派劇談』青蛙房）。『日清戦争』（藤沢との共作か？）や『威海衛陥落』で旧派の戦争劇を上回る好評を博した後、九六年には川上一座を退いた高田実が大阪で結成した「成美団」の作者となる。高田に『二人狂』や『汝《おのれ》』（尾崎紅葉作『金色夜叉』の劇化）などを執筆する。一九〇〇年代には宮戸座の新派「愛嬌会」のため花房柳外と共同脚色した菊池幽芳の『己が罪』や、泉鏡花の『高野聖《こうやひじり》』など小説脚色を多数手がけ、若者の熱烈な支持を集めて新派黄金期を牽引した真砂座や本郷座でも活躍する。一九〇三年川上が妻貞奴と尽力した日本初のお伽芝居『狐の裁判』『浮かれ胡弓』の脚色を原作者巖谷小波と共に行なう。〇四～〇八年頃は間無声《はざまむせい》、小島孤舟と大阪・朝日座の作者を務め『波のよるべ』や『妖霊星』などを提供した。晩年は日活向島撮影所で脚本家を務めた。

❖**『又意外《またいがい》』**　一八九四年二月、浅草座で川上音二郎一座により初演。九三年新聞で上演予告のあった『三人兄弟』なる作に相馬事件の趣向を織り交ぜ改作し、蕣花作の探偵劇『意外』の好評を踏まえたうえ改題した。川上がパリに滞在中見聞した戯曲〈Mère et Martyre〉の翻案劇との指摘がある（松本伸子「『又意外』の種本」）。八幕。久世子爵の妹田鶴子は兄の財産を奪い恋人の法学生秋本と結婚するため家令と共謀して子爵を毒殺し、子爵夫人美佐子に罪を着せて告訴する。子爵の臨終の際、田鶴子の陰謀を告白された神父は真実を口外できずに苦しむ。田鶴子は子爵の息子清の殺害まで計画するが、清は屑屋に救われ、死刑宣告を受けた美佐子も屑屋の活躍で無罪となる。田鶴子は判事となった秋本に裁かれる。法廷で秋本と自分が実の兄妹であると判明し、田鶴子は卒倒する。秋本は涙を忍んで有罪を言い渡す。新派の名作『瀧の白糸』に先駆けて裁判を扱った作品である。

❖**『威海衛陥落《いかいえいかんらく》』**　一八九五年五月、歌舞伎座で川上音二郎一座により初演。三幕。清国人顔美慶は横浜の裏長屋で日本人の妻あさと暮らして二十余年になる。日清戦争の最中、美慶は威海衛守衛牛将軍に祖国へ帰国を命じられる。二人の息子慶三も清国へ出兵して家族は戦争に引き裂かれる。冬枯れの鳳林集で慶三は捕虜となった美慶と再会する。少将のはからいで慶三は美慶の縄を解くが、賢明に情を断ち切り、自分には清国人の親などいないと言い放つ。清軍との激闘が始まる。慶三は連隊旗を山頂に立てようとして敵の銃弾に倒れ、日本帝国万歳と叫び崩れ落ちる。提督丁汝昌は降伏に応じて名誉の服毒自殺を遂げる。日本側の民族優位性に裏打ちされた作意が貫かれており、日清戦争開戦下の初演時、二度の雪中戦の場面が喝采を浴びて大当たりを取った。「都新聞」所載の梗概には岩崎蕣花著作とあり、通例本作を統括した作者は蕣花とされているが、作者川上音二郎と記された稿本も存在する。（桂真）

岩崎正裕《いわさきまさひろ》　一九六三〈昭和三十八〉・十一～。劇作家・演出家。三重県鈴鹿市生まれ。高校演劇を経て一九八二年、大阪芸術大学舞台芸術学科入学。劇作家・演出家の秋浜悟史に

師事。大学の先輩に内藤裕敬、いのうえひでのりがいる。一回生の時に劇団大阪太陽族を旗揚げ(命名者はいのうえ)。北村想、如月小春らの影響を受け、作・演出を始める。九〇年、劇団名を199Q太陽族に改名。二〇〇一年、劇団名を劇団⊕太陽族に改名。⊕(コーダ)は音楽記号で「終結部に向かう」の意。初期の頃は標準語で劇作をしていたが、転機になったのは九一年に大阪・新世界の通天閣で上演した『ぼちぼちいこか』。蝙蝠を拳で殴り落とそうとする盲目のボクサーを主人公に、通天閣界隈を舞台にした庶民の群像劇を展開。台詞はリアルな生活言語である大阪弁を使った。以後、岩崎の書く劇は関西の地方都市を舞台にしたものが主流となり、どこにでもいそうな人間くさい庶民の吐く大阪弁のリアリティが物語に迫力ある説得力を生んだ。同時にボケとツッコミ、漫才のような大阪弁のやりとりはシリアスな状況をユーモラスにみせ、相対化する力を持つ。東京の地下鉄サリン事件などオウム真理教を素材にした代表作『ここからは遠い国』(一九九六年二月初演)では、教団から逃げ帰った主人公が妹の演劇仲間の意見にあきれて言う「〜何か言うたはるでこの人」や公安刑事が言う「〜よう寝てたなあ、キミ。もう起きひんか思たで」に対し「全然寝とらんわ、ボケ」と応える。松竹新喜劇や吉本新喜劇にある、大阪で言うところの〝コテコテ〟のオーバーな大阪弁ではない、等身大の大阪弁が岩崎戯曲の特長である。そうして、いつしか見慣れた日常の風景が反転し、過去と現在が交錯する幻想的な時間をつくり出す。人間の暗部をみつめ、時代との関わりの中で人と人との関係性を執拗に描いている。199Q太陽族の最終公演となった『街踏劇ぼちぼちいこか』(二〇〇〇)では大阪市内の野外二か所と屋内一か所を移動して行なう三幕に構成。観客は午後三時開演の一幕からほぼ一日がかりで観劇となった(大阪演劇祭参加作品。大阪府舞台芸術奨励賞受賞)。九四年『レ・ボリューション』で第一回OMS戯曲賞佳作、九七年『ここからは遠い国』で第四回OMS戯曲賞大賞を受賞。九四年から深津篤史と共に伊丹市立演劇ホール(アイホール)主宰の伊丹想流私塾(塾長・北村想)の師範を五年間務めた。

❖**『ここからは遠い国』**《ここからはとおいくに》 一幕。舞台は関西の地方都市。零細工務店の長男・ヨシマサ(信徒B)は兼光(信徒A)と共に実家に逃げ帰ってきた。工務店の倉庫に停めた軽トラックにひきこもったヨシマサはそこから出ようとしない。ヨシマサのことが心配でガンで死んだ母は亡霊となり、さまよう。老いた父もヨシマサのことが不安でならない。ヨシマサには三人姉妹がおり、姉で長女の信子は工務店を切り盛りし、次女の礼子は悩むヨシマサをやさしく包む。三女の真理は大学の演劇サークルに入っており、友人たちと工務店で芝居の稽古がしたいという。友人が持ちこんだ『ハムレット』と『三人姉妹』が劇中で引用され、登場人物たちの葛藤が古典の名作に重なる巧みな仕掛けになっている。ヨシマサと兼光に公安刑事がしつこく接触し、兼光は教団に戻ろうとするが、ヨシマサは『三人姉妹』のアンドレイよろしく市会議員に立候補することに——。戯曲は『OMS戯曲賞Vol.④』(扇町ミュージアムスクエア/大阪ガスビジネスクリエイト)に収録されている。初演から十六年後の二〇一二年には『ここからは遠い国』の〝その後〟を描いた『それからの遠い国』を発表。この二つの通底する物語は人間の変わらぬ業《ごう》を描き、現代を照射する作品となった。

❖『JAPANESE IDIOT』《じゃぱにーずいでぃおっと》 二幕。舞台は病院の中庭。祖母の臨終を前に孫のタミオが駆けこんでくる。タミオは三十二歳のニート。彼はいつしか祖母の記憶に入り込み、戦前〜戦中〜戦後の時間が大阪の折り折りの事件と共に描かれる。タミオは自分の知らない昭和史を追体験することになるのだが——。オリジナルの劇中歌で綴った音楽劇。二〇〇五年六月、大阪現代演劇祭の〈仮設劇場〉WA（設計・五十嵐淳）で上演された。 （小堀純）

岩下俊作《いわしたしゅんさく》 一九〇六〈明治三十九〉・十一〜一九八〇〈昭和五十五〉・一。作家。福岡県小倉生まれ。本名八田秀吉。八幡製鉄所に勤務しつつ詩を書き、一九三九年発表の最初の小説『富島松五郎伝』が評判となる。これを『無法松の一生』と改題して稲垣浩監督・阪東妻三郎主演で映画化され話題となり、以後も数回リメイクされる。さらに、文学座が森本薫の脚色で、新国劇が中江良夫脚色（題名を『無法一代』とした上演もある）で舞台化し、好評だった。一代記物として興味深く、また、報われない自己犠牲を貫く主人公の生き方に庶民の情動を強く刺激するところあるため、商業演劇で様々な俳優・歌手が、多様な脚色で何度も上演する人気演目となっている。

❖『無法松の一生』《むほうまつのいっしょう》 一九〇四年の春、無法松と呼ばれる暴れ者の車夫・富島松五郎は小倉の木賃宿で軍人吉岡大尉の良子夫人に息子敏雄を病院に運ぶのを頼まれたのをきっかけに吉岡家へ出入りするようになる。松五郎の損得抜きの生一本の性分を愛した大尉が急死した後に、松五郎は未亡人良子と敏雄に尽くす内に良子に思慕の情が募っていく。七年が経ち、中学生となった敏雄は、母と松五郎が変な噂になっているのに耐えきれず、松五郎に絶縁を言い渡す。〈住む世界が違う〉といわれ、哀しみに耐える松五郎は、妻子を連れたかつての車夫仲間と再会しても〈子供は大きうせんことじゃ〉と呟き、折から開催されている祇園神社の祭の太鼓を一途に打ち続ける。さらに十年、生きる意欲を失った松五郎は病に倒れる。知らせを受け駆け付けた良子は、松五郎の懐中に敏雄名義の貯金通帳があるのを知り、泣き伏すのだった。 （神山彰）

岩田豊雄《いわたとよお》 一八九三〈明治二十六〉・七〜一九六九〈昭和四十四〉・十二。劇作家・演出家。小説は獅子文六で執筆。神奈川県横浜市弁天通に生まれる。父、茂穂は豊前中津藩（大分県）の藩士であったが、福澤諭吉に傾倒し、横浜で絹物貿易商を営んでいた。また無類の謡曲好きでもあった。一八九九年、横浜市立老松尋常高等小学校に入学するが、九歳の時に茂穂が他界し、翌年から慶應義塾の幼稚舎へ転校。寄宿舎に入る。一九〇九年には実家の商店も廃業し、一家は大田区大森へ転居。このころから歌舞伎に親しみ始め、市村座の尾上芙雀（後の尾上菊次郎）に感銘する。一一年に慶應義塾理財科（経済科）に進学し、能楽にも関心を抱く。一九年に志賀直哉の短編小説の脚色、能『弱法師』を現代化した詩劇を執筆。二三年に渡仏。パリでジャック・コポー、ピトエフ、ルイ・ジュヴェらの演劇に刺激を受ける。さらにベルギー、ドイツ、イタリアも巡って演劇の研究を続けるが、パリで恋におちたマリイ・ショウミイが妊《みごも》ったために二五年に帰国。長女、巴絵が生まれてからはフランス近代劇の翻訳に没頭する。二七年、岸田國士と出会い、新劇協会の公演で演出を担当する。その後翻訳と舞台装置挿絵の仕事を順調に進めるが、マリイの心臓病が悪化したため故郷のフランスへ連れ帰り、岩田のみ帰国する。マリイは三二年に死去。翌年、依頼されて初めての戯曲『東は東』を「改造」に発表。三四年には二作目の戯曲『朝日屋絹物店』が新劇座で上演される。築地座の演出にも深くかかわるようになり、その後三七年に結成した文学座にも幹事として加わる。獅子文六の筆名でユーモア小説、家庭小説も書く一方、太平洋戦争が勃発した後には本名で『海軍』を執筆。そのため戦後は公職追放の仮指定をうけるが解除される。私生活では二度目の妻、富永シヅ子が五〇年に急死し、その後再婚した松方幸子との間に長男敦夫が生まれた。長編小説では、疎開先の伊予の戦後を描いた『てんやわんや』(四八～四九年「毎日新聞」に連載)、東京の罹災者に目をむけた『自由学校』(五〇～五一年「朝日新聞」)が評判となる。岸田、久保田万太郎亡き後は文学座の支柱として六四年まで幹事を務める。六九年に脳出血で死去。演劇関係の著作として『岩田豊雄演劇評論集』『岩田豊雄創作翻訳戯曲集』(新潮社)がある。

❖**『東は東』**《ひがしはひがし》　一幕。一九五二年十一月、新橋演舞場における「能・狂言様式による創作劇の夕」で初演。武智鉄二演出。数世紀ほど前の筑紫あたり。唐人の夫、伍運拙と妻のふくなが暮らす簡素な住まい。ふくなは共に暮らしはじめたものの、日本の暮らしになじもうとしない夫を責めたて、伍運拙は、「日本人無情、唐国妻恋」と言って逃げまわる。ふくなの伯父である平六は、ちょうど唐から平戸へ船が到着しているので、伍運拙がこのままでは故国へ帰ってしまうかもしれないと忠告する。するとふくなは急に夫と別れがたくなり、平六の助言に従って家の暮らしを可能な限り唐風に改めて酒席を用意する。伍運拙はいったんは喜んで上機嫌となるが、ますます故郷を恋しがってしまう。それをみてふくなは再び怒って〈やることではないぞ〉と追いかけて幕。狂言の表現形式を意図的に取り入れた滑稽味あふれる一幕物。

❖**『朝日屋絹物店』**《あさひやきぬものてん》　一幕。一九三四年六月、新劇座によって帝国ホテル演芸場において初演。演出は岩田。主人公の巳之介を柳永二郎が岩田に似せて演じた。フランス人の妻、シュザンヌを村瀬幸子。港町でシルクストア「ASAHIYA」を営む巳之介は、若い頃パリで過ごした時分にシュザンヌと出会って結婚し、共に帰国して六年が経つ。二人の間には路易《ルイ》という五歳の息子もいるものの、店の経営不振もあって夫婦の仲は冷え切っている。巳之吉は妻を故郷へ帰すことを考えるが、実は彼女は別の男と共にフランスへ帰ることをすでに決めていた。別れに際して妻からはお金の援助の申し出があるが、巳之介は日本男子としてのプライドを理由に断り、二人は潔く別れの時を迎えるのだった。岩田と最初の妻マリイとの結婚生活を彷彿とさせる部分が多い作品。フランス語の台詞はそのままでは観客が理解できないため日本語に直して上演した。

(阿部由香子)

岩田直二《いわたなおじ》　一九一四〈大正三〉・三～二〇〇六〈平成十八〉・一二。演出家・俳優。大阪府大阪市生まれ。本名木下正三。一九三三年大阪商科大学(現・大阪市立大学)に入学し、演劇活動を始める。戦後は大阪放送劇団・劇団京芸を経て、五七年関西芸術座を結成する。長年関西新劇界をリードするとともに、在日韓国人青年のスパイ容疑事件を扱った『朝まで』(一九八一)や被爆証言を基にした『広島第二県女二年西組』(関千枝子原作、九二)などの戯曲を残した。

(出口逸平)

岩田宏《いわたひろし》 一九三二〈昭和七〉・三〜二〇一四〈平成二十六〉・十二。詩人・翻訳家。本名小笠原豊樹。北海道京極町生まれ。東京外国語大学ロシア語科中退。一九五六年に詩集『独裁』発表後、詩作のほか、小説、評論、翻訳など幅広く手がける。六六年藤村記念歴程賞、二〇〇六年日仏翻訳文学賞、一四年読売文学賞受賞。劇作では、『脳味噌』（「現代芸術」一九六一・12）、『おいらん物語』『地獄のバター』が六〇年代に上演された。（熊谷知子）

岩名雪子《いわなゆきこ》 一九〇七〈明治四十〉〜不詳。劇作家。小林多喜二の恋人・田口タキとは小学校の同級で、親交が深かった。可児松栄、中村孝子、辻山春子、細井久栄とともに女流劇作家五人の会を結成し、一九六四年から七四年まで毎年一冊ずつ『戯曲集』（第一〜十輯）を出版した。五人とも岡本綺堂の戯曲雑誌「舞台」の影響を受け、その高弟である額田六福に師事した。一九六四年に「舞台」に掲載された『若き住職』は額田から好評価を受けた。市井の女性の生を扱う『女の一面』『鶯子の義憤』のほか、歴史上の女性たちに光を当てた『北条政子』『女王クレオパトラ』『トロイア戦争』『日野富子』などの作品がある。一九八七年に『鶴――岩名雪子戯曲集』を自費出版した。（松田智穂子）

岩野泡鳴《いわのほうめい》 一八七三〈明治六〉・一〜一九二〇〈大正九〉・五。詩人・小説家・劇作家・評論家。本名美衛《よしえ》。兵庫県生まれ。明治学院、東北学院中退。泰西学館在学中に受洗、東北学院在学中の一八九四年、戯曲『魂迷《たままよふ》月《つき》中《の》刃《やいば》』を書き、劇作家を志望して歌舞伎新報社の編集補助等に携わる。新体詩も試み、竹腰幸《たけのこしこう》と結婚後は、泡鳴の筆名で『露じも』（一九〇一）等の詩集を刊行、新体詩人として知られる。一九〇六年に処女小説『芸者小竹』を発表して以降は小説の創作に意欲を燃やし、『耽溺』（〇九）で作家として認められ、『神秘的半獣主義』（〇六）等の評論集も刊行する。一方、家業の下宿屋の下宿人増田しも江と深い関係になり、心中未遂事件を惹起。この経験は『悲痛の哲理』（一〇）に示される「刹那主義」「実行即藝術」の人生・芸術認識に結晶、『放浪』（一〇）、『断橋』（一九一一）、『発展』（一一〜一二）、『毒薬を飲む女』（一四、一五）、『憑き物』（一八）と続く泡鳴五部作を産み出す契機になった。また、これらに用いたいわゆる一元描写の方法は、『現代将来の小説的発想を一新すべき僕の描写論』（一八）に理論化されてもいる。離婚後の一三年には第二の妻を入籍するものの、翌年には別の女性と同棲するというような「霊肉合致」の「実行生活」は社会的に指弾されたが、それを代償に『猫八』（一九）等の「有情滑稽物」の佳作が書かれることにもなった。もともと、劇作家を志し、『海堡技師』の類の詩劇の創出を試み、愛人の芸者を女優に仕立てようとする男を主人公とした『耽溺』も示すように演劇に執着し続けた泡鳴は、小説家としての活動を開始してからも、それぞれ自然悲劇、社会悲劇と銘打った『焰の舌』（三幕・〇六）、『魔の夢』（一二）などの戯曲で、性欲や社会的環境によって破滅に追い詰められる人間達の姿を捉えることに挑んだ。観念に憑かれた科学者の運命に眼を向けた『解剖学者』（一四）や藝術座が進級試験劇に選んだ『三角畑』（一五）、被差別部落に取材した『斧の福松』（〇七）および『部落の娘』（一八）、あるいは『労働会議』（一九）等の戯曲を通して、破滅を賭けて人間的自由と生の充実を求める人間の姿に照明が当てられることになるのである。しかし、これらには破綻も多く、劇作家としての本領は「実行即藝術」の信念のもとに「人の世の悲惨なる滑稽」（正宗白鳥）を実生活で生きた彼にふさわしく、『神楽坂下』（〇九）や『停電』（一四）等のコメディーにおいて発揮されたといっていい。

❖**『冥想／詩劇海堡技師』**《めいそうしげきかいほうぎし》　三幕九場。一九〇五年一月に金尾文淵堂より刊行。処女作『魂迷月中刃　悲劇　一名・桂吾良』に次ぐ長編詩劇。『ファウスト』や『ハムレット』の影響のもとに、青年の苦悩を描いた処女作と同様、この作品でも、生の充足を求める若者の煩悶が東京湾の人工要塞の造成に情熱を傾ける技師に託される。口語体と文語体の混合の試みなどは注目されるものの、近代的自我の辿る悲劇を、五幕二十一場からなる仇討ものの歌舞伎仕立てのスタイルのうちに、浄瑠璃の義太夫の語りであるチョボを駆使して盛り込もうとして破綻、未上演のままの処女作と同じく、劇としての完成度は不十分といわねばならない。

❖**『閻魔の目玉』**《えんまのめだま》　一幕。一九二二年五月、新劇座第一回公演として初演。芸者上がりの女を妻（大黒）として寺に入れ、閻魔の目玉も金儲けの手段としか考えない破戒住職の、お盆の十七日の振る舞いにスポットをあてたファルス。二四年一二月には畑中蓼坡《はたなかりょうは》らの新劇協会も、第八回公演に取り上げたほか、戦後もぶどうの会（一九五八）、劇団風（六四）等が上演した。　（岩佐壮四郎）

岩淵達治《いわぶちたつじ》　一九二七〈昭和二〉・七～二〇一三〈平成二十五〉・二。ドイツ文学者・翻訳家・演出家。東京麻布の開業医に生まれる。東京大学独文科を卒業。学習院大学教授として一九九七年まで勤務した。劇作家B・ブレヒトの研究、翻訳に従事し、全戯曲の翻訳や演劇理論を紹介するかたわら、自らも演出を手掛け、ブレヒトの教育劇をはじめ、多くの舞台を発表した。他方で、『雪のベルリンタカラヅカ　宝塚についての宝塚では上演できない歴史喜劇』や、ナチスの暴虐を描いた『水晶の夜、タカラヅカ』などの創作劇がある。晩年までつねに現場の人であり続けた。ブレヒト翻訳でレッシング賞を受賞する。　（西堂行人）

岩間芳樹《いわまよしき》　一九二九〈昭和四〉・十～一九九九〈平成十一〉・六。脚本家、ドキュメンタリー作家。静岡県生まれ。早稲田大学第一文学部仏文科在学中にラジオドラマの脚本家としてデビューし、中退。『岩間芳樹ラジオドラマ選集』で福島県文学賞を受賞し、以後専業作家となる。一九六九年のドラマ『黒部の太陽』の脚本の共同執筆、七九年に松坂慶子主演の『水中花』の脚本、九九年の高倉健主演の映画『鉄道員』《ぽっぽや》の脚本の共同執筆など、映像を中心のフィールドとして手掛けた。八六年公開の映画『植村直己物語』では日本アカデミー賞優秀賞を受賞。遺作となった『鉄道員』で第十七回ゴールデングロス賞優秀銀賞・全興連会長特別賞、八三年の日仏合作ドラマ『ビゴーを知っていますか』でエミー賞国際優秀賞を受賞。舞台作品に、六二年九月『スパイがしぬとき』（劇団人間座、東京・厚生年金ホール）、六六年三月『おれたちのマーチ』（家庭の劇場、日本青年館ホール）、六七年十月に伴淳三郎主演で上演された『おいは誰な？』（東宝喜劇特別公演、名古屋・名鉄ホール）、七〇年十一月『浮世人情落花新演劇』（第十六回岸田戯曲賞最終候補、民衆舞台、一ッ橋講堂）など。

［**参考**］『岩間芳樹ドラマ特選集』（近代文藝社）

❖**『おいは誰な？』**《おいはだれな》　六場。昭和四十二年の九州の炭鉱を舞台にした作品。あちこちの炭鉱を渡り歩く徳やんと、炭鉱の人々の暮らし、戦争で離れ離れになった親子の再会を描いた人情喜劇。ある炭鉱に瀬川良一と名乗る、炭鉱夫には不似合いな華奢な青年が訪れ、仲間に加わるが、なかなか打ち解けようとしない。班長である徳やんは子供の頃からの付き合いながら犬猿の中のハッパ屋・坂崎らと心を砕き、良一が戦争の折に韓国人の父に捨てられた戦災孤児だと分かる。炭鉱で落盤事故が起き、徳やんは仲間をかばったために記憶喪失となり、身体もほとんど動かない状態で家に帰って来る。同じような貧しい暮らしながら、仲間たちが助けようと努力するなか、雷鳴をきっかけに徳やんが少しずつ回復を見せる。また、良一は炭鉱夫仲間で韓国人の木村（朴）の子供だったことが分かる。二か月後、松葉杖で歩けるようになった徳やん。夕陽の丘で、母を呼んで一緒に暮らすことを決めた、と言う良一に、木村に親子の名乗りをさせようとすることろで幕が降りる。（中村義裕）

岩松《いわまつ》了《りょう》 一九五二〈昭和二七〉・三〜。劇作家・演出家・俳優。長崎県波佐見町生まれ。東京外国語大学ロシア語学科中退。大学在学中に学生劇団で演劇を始め、オンシアター自由劇場の第一期研究生になる（一九七三年退団）。一九七六年に同じく自由劇場を退団した柄本明らによる劇団東京乾電池の旗揚げ公演に演出家として参加。以降、数多くの即興劇を手掛ける。八六年に自分が面白いと思えるものを好きに書いて演劇を辞めようと書き上げた処女戯曲『お茶と説教――無関心の道徳的価値をめぐって』が評判になり、続く八七年の『台所の灯――人とその一般性の徴候に寄せて』『恋愛御法度――無駄と正直の劇的発作をめぐって』が「町内劇シリーズ」としてシリーズ化される。八八年に始まる「お父さんシリーズ」の第一弾作品『蒲団と達磨』が翌年に第三十三回岸田國士戯曲賞を受賞。日常的な会話を写し取ったような台詞は、のちに平田オリザ、宮沢章夫らに代表される「静かな演劇」の嚆矢とされる。九〇年に俳優の竹中直人と竹中直人の会を発足。『隣りの男』以降、二〇〇二年の活動休止まで全作品の作・演出を担当する。桃井かおりを主演に迎えた『月光のつゝしみ』（一九九四）などの名作を生みだし、九七年に『テレビ・デイズ』により第四十九回読売文学賞戯曲・シナリオ賞を受賞。九一年の『スターマン――2チャンネルのすべて』から、主に若手俳優を起用して群像劇を上演するプロデュース公演を始め、『アイスクリームマン――中産階級の劇的休息』（九二）、『センター街――未だ見ぬ渋谷への旅』（九五）、『傘とサンダル』（九六）などを上演。九二年に東京乾電池を退団してからは、さまざまな劇団、劇場、プロデュース公演のために戯曲を書き下ろす。九四年に『鳩を飼う姉妹』（演出・国峰真）と『こわれゆく男――中産階級の然るべき頽廃』で第二十八回紀伊國屋演劇賞個人賞を受賞。チェーホフを敬愛していて、『水の戯れ』（九八）は『ワーニャ伯父さん』を粉本としており、『夏ホテル』（二〇〇二）はチェーホフが最期を迎えたホテルが舞台である。また、『三人姉妹』『かもめ』の翻訳と演出を行ない、パロディ作品『「三人姉妹」を追放されしトゥーゼンバフの物語』（〇二）を上演している。二〇〇八年の『羊と兵隊』以降、『国民傘』（一一）、『泡――流れつくガレキに語りかけたこと』（一三）では、戦争などの危機的状況をたびたび描いている。その他の戯曲に、演出家の蜷川幸雄とタッグを組んだ『シブヤから遠く離れて』（〇四）、任侠の世界を描いた『シダの群れ』シリーズなどがある。映画、テレビドラマにおいても、俳優、脚本家、監督として活躍しており、九八年に映画『東京日和』の脚本で第二十一回日本アカデミー賞優秀脚本賞を受賞。多数の戯曲が出版されている。その他にエッセイ集『食卓で会いましょう』『溜息に似た言葉――セリフで読み解く名作』（ともにポット出版）などがある。

❖『蒲団と達磨《ふとんとだるま》』 一幕。一九八八年十一月に本多劇場で初演。娘の結婚式を終えた夫婦の真夜中から夜明けまでを描く。蒲団が並べて敷かれている夫婦の寝室が舞台。家の二階に泊まっている妻の弟夫婦、夫の妹の久子、家政婦などが次から次へとこの寝室にやってくる。一癖ありげな人間ばかりで、妻の弟の和也は自分の妻が精神を病んでおり、奇行に手を焼いていると言うが、病的な嘘つきで真偽のほどはわからない。久子の兄に対する態度は兄妹の仲を越えた愛情を感じさせる。夫は蒲団の下にポルノ雑誌を隠しており、妻に対して欲求不満である。妻は夫と別居するためにアパートを借りる準備をしている。夫の飲み仲間や妻の前夫の小松が押しかけてきて一悶着があるうちに朝になる。夫が小松に性的不満を打ち明け、蒲団の下から取りだしたポラロイドカメラで妻を撮影する。そこに激情にかられた久子が飛び込んできて兄に抱きつき幕。

❖『アイスクリームマン――中産階級の劇的休息《あいすくりーむまん ちゅうさんかいきゅうのげきてききゅうそく》』 四場。一九九二年五月にシアタートップスで初演。山村の自動車教習所で合宿生活を送る若者たちを描いた群像劇。ソファとテーブルが並ぶ合宿所のロビーが舞台。一時的に社会生活から切り離された隙間のような時を過ごす若者たちは、チェーホフ劇の登場人物のように退屈しながら誰かに恋をしている。色男の水野は仲間と共同事業を計画しているが、恋愛感情のもつれから喧嘩になり事業の計画も頓挫しそうである。小説家志望の佐藤は、近所のラーメン屋で働く家出少女に夜這いして教習所を辞めさせられる。向井は事務員の早苗に恋をして合宿所に留まり続けている。早苗は家庭に問題を抱えており、婚約破棄された姉が訪ねてくる。姉はだしぬけに水野と結ばれて一緒に東京へ帰ってゆくがその途中で事故に遭う。二十二人の登場人物が織りなす場面の積み重ねは、一つの主題に収斂することなく、人物や出来事の断片を示すのみである。淡々とした会話の裏には秘めた感情が渦巻いており、時折それが激情的な掛け合いとして表面化する。

❖『テレビ・デイズ』 四場。一九九六年十二月に本多劇場で初演。岸田國士『紙風船』の世界観をモチーフに書かれた本作は、夫婦が二人で暮らす日本家屋が舞台。年の瀬から正月にかけて、夫婦、妻の弟の清彦とその恋人のフランス人留学生エレーナの二組のカップルを描く。テレビが故障し、庭にどこからか紙風船が迷い込んできた日曜日の午後、妻は夫に結婚十年目にして妊娠したことを告げる。数日後、妊娠がわかってから夫婦はぎくしゃくしている。沈黙を埋めてくれるテレビが故障していてどこか所在ない。清彦は姉の妊娠を知って妙にはしゃぐ。妻は清彦が数か月前に居候を始めてから妊娠したことの偶然について気持ちの整理がつかず、泣きだしてこの家から引っ越したいと言う。クリスマスの昼前、妻が清彦の前妻ヨリコに対するだらしない態度について叱り口論になる。清彦はエレーナがいつもメモをとっているノートを破り捨てて、つねに観察者の立場にいることをなじる。元日の午後、ヨリコから電話があり、新年の挨拶に来るという。夫はこれまで抑えていた感情を爆発させて、清彦が妊娠を異常に喜んでいることに憤怒する。妻は子どもを堕ろすと言いだし、実家に住み続けることの苦しさを述べる。直っていたテレビがまた壊れる。ヨリコが子どもを連れてやってきて、床の間の掛け軸を懐かしがる。妻はそれを聞いて掛け軸を外してしまう。

❖『「三人姉妹」を追放されしトゥーゼンバフの物語』《さんにんしまいをついほうされしとぅーぜんばふのものがたり》 九場。二〇〇二年四月に新国立劇場ザ・ピットで初演。チェーホフの『三人姉妹』ではイリーナとの結婚式の前日に決闘で死んだトゥーゼンバフが、一九四六年のアメリカの劇場で『三人姉妹』を見ている。本作では決闘の立会人をしたチェブトゥイキンがトゥーゼンバフを密かに逃がしたことになっている。トゥーゼンバフはイリーナ役の女優（女優イリーナ）に恋をして付きまとっている。向かいの劇場では、テネシー・ウィリアムズ（トム）の『ガラスの動物園』が大ヒットしており、女優イリーナはトムの劇に出たくて必死に近づこうとしている。トムはチェーホフを批判するが、それは才能に対する嫉妬に他ならない。トゥーゼンバフは、『三人姉妹』の終盤で婚約者が決闘で死んだことを知ったイリーナが〈私、わかってた〉と言うことを不思議に思っている。やがてチェーホフが望んだ台詞であり、自分はドラマツルギーという〈企み〉の犠牲者だと気づく。他にも娼婦イリーナ、トゥーゼンバフに恋する売り子イリーナが登場する。三人のイリーナも原作の三姉妹のように生き方を模索している。女優イリーナがトゥーゼンバフを受け入れ、二人で〈別の企み〉に移行しようとする時、売り子イリーナの撃った銃弾がトゥーゼンバフに命中する。倒れ込んだトゥーゼンバフが、〈ボクはわかってた〉とイリーナの台詞を口にして幕。

（久米宗隆）

巖谷小波《いわやさざなみ》

一八七〇〈明治三年〉・六～一九三三〈昭和八〉・九。児童文学者・小説家。東京府麹町平河町出身。本名は季雄。別号は楽天居。漣山人、大江小波を名乗る。はじめ父は書家としても知られた元老院議官・巖谷《いわや》一六《いちろく》。生後四か月で母が病没したために里子に出されるが、父の再婚により一八七四年に実家に戻る。一六は小波を医者にすべく八歳からドイツ語を学ばせ、医学校予備を経て十六歳の時に獨逸学協会学校へと進ませたが、祖母利子の影響で文学を志すようになり、学業を放棄。八七年一月、硯友社同人。同九月に杉浦重剛の称好塾に入り、大町桂月や江見水蔭と交友を持った。はじめは硯友社の「我楽多文庫」に小説を発表していたが、その当時から少年少女の純愛を描いたものが多く、八九年五月隔恋坊の名で発表した『鬼車』、九一年一月『こがね丸』を機に児童文学に着手。一九〇〇年九月～〇二年十一月までベルリン大学東洋語学校講師としてドイツへ赴任、帰朝後は日本で最初のお伽脚本と言われる『春若丸』（一九〇三年二月）をはじめ多くの児童劇を発表した。〇三年十月、本郷座における川上お伽芝居第一回公演に『狐の裁判』『浮かれ胡弓』を岩崎舜花と共同脚色し、上演前講話を行なう。また、童話口演の先駆者でもあり、〇八年三月に久留島武彦が創始したお伽噺の会には必ず小波が出席した。〇八年には有楽座顧問となり「有楽座子供日《デー》」を開始。日曜・祝日のマチネーにお伽芝居を上演した。近代日本児童文学最大の功労者と言われ、児童劇の印象が強いが、一幕物の軽い喜劇も執筆しており、そのうち代表作七篇は『小波喜劇七草』（金尾文淵堂）に収録されている。

❖『誕生日《たんじょうび》』三場。喜劇。一九〇六年二月、芝紅葉館における文芸協会発会式で初演。青年画工・大庭梅園のアトリエに、老いた窃盗・古曾平が忍び込む。古曾平がモデル用の衣装などを盗んで逃げようとするところへ、ほろ酔いの大庭と友人の画工ふたりが戻る。今日は大庭の誕生日を祝ったので、皆正装している。酔った三人は仮装してばか騒ぎをするうち、古曾平を発見。巡査を呼び立てるが、酔っているので相手にされない。そこで古曾平に猿ぐつわをはめ処置を考えるが、彼が意識を失ったので死んだのかと動転する。古曾平が気付くと、三人は気付けにと酒を飲ませるうち、自分たちもさらに盃を重ねてしたたかに酔い、ついには自分たちの着ていた燕尾服の上着やシルクハットまで与えて古曾平を送り出してしまうのだった。

❖『ほほえみ』一幕。喜劇。初演年月不明。二九年三月明治座「お子様方のお芝居」で上演記録あり。愛嬌女学園の生徒・小窪エミ子はいつも笑みを絶やさず、校長や教師たちからの評判も良い。それを妬んだ横路ヒガ子・中出イヤ子・日陰スネ子はエミ子の泣き顔・怒り顔を見ようとさんざん嫌がらせをするが、エミ子は泣きも怒りもせず微笑んでばかり。見かねて三人を叱りつけた舎監の大東ゲン子は、逆に日頃の仏頂面を責められるが、自分は舎監という立場上、皆の不機嫌を一身に引き受けるつもりで厳しい顔をしているのだと話す。皆が機嫌よく笑顔でいれば私も笑顔を見せましょう、と微笑んでみせたゲン子にエミ子は嬉しさのあまり泣き出し、念願叶ってエミ子の泣き顔を見た三人の少女たちは大笑いする。

❖『馬盗人《うまぬすびと》』舞踊劇。小波の作品を息子の槇一が脚色したもの。一九五六年七月大阪歌舞伎座で初演。振付は七世坂東三津五郎、美術は林悌三が担当した。ならず者の悪太とすね三は共謀してほろ酔いの百姓六兵衛から馬を盗もうとする。六兵衛が馬の側を離れた隙に、悪太は馬にかけられていた縄を自分の首にかけ、すね三に先に馬を連れて麓に下りているよう命じる。戻って来た六兵衛は馬が人間に変わっていることに驚く。悪太は自分こそ最前の馬で、若い頃の不品行の天罰で馬に変身させられていたのだが、正直な六兵衛に買われたために人間に戻れたのだと話す。人の良い六兵衛はころりとだまされ、弁当や金まで悪太にやってしまって別れるが、すぐに麓で馬を連れたすね三・悪太に鉢合わせ、三人は馬を中心に追いかけあいとなる。

（村島彩加）

巖谷槇一《いわやしんいち》　一九〇〇〈明治三十三〉・九〜一九七五〈昭和五十〉・十。劇作家・演出家。本名三一《さんいち》。東京生まれ。巖谷小波の長男。東京帝国大学中退。一九二四年松竹入社。川尻清潭と共に監事室に勤務。二五年の『大地は微笑む』に始まり、『残菊物語』『男の花道』など、多くの作品の脚色・演出を手掛ける。「劇と評論」同人。三二年に洋行。真山青果に師事し、晩年までその演出を行なう。劇作では、戦前の関西新派に『二十六号とんねる道』『松菊抄』、歌舞伎に『三升格子』『新雪』のほか、戦後は、古川緑波《ロッパ》一座に『晴れたり君よ』、長谷川一夫に『白浪狂想曲』、新作歌舞伎に『権八小紫比翼傘』『実説浮名の横櫛』、『黄金《ゴールド》の丘《ヒル》』など商業演劇の世界に幅広い娯楽作品を提供。五四年より歌舞伎座監事室長となり、国立劇場でも古典歌舞伎の監修・演出も務めた。著書『僕の演劇遍路』（青蛙房）は貴重な回想とともに、『残菊物語』の脚色本所収。

（神山彰）

う

上杉祥三《うえすぎしょうぞう》 一九五五〈昭和三十〉・十二〜。俳優・劇作家・演出家。兵庫県出身。一九八一年に劇団夢の遊眠社に入団し『野獣降臨《のけものきたりて》』（一九八二）など野田秀樹作・演出の舞台に主演し、『赤穂浪士』（八八）を演出。古典を大胆に改作し、がむしゃらに生きる主人公を暴君のイメージで描く『ＢＲＯＫＥＮ（暴君）四谷怪談』（八九、本多劇場）、『ＢＲＯＫＥＮ（暴君）ハムレット』（九〇、同劇場）、『ＢＲＯＫＥＮ（暴君）西遊記』（九一、パルテノン多摩）シリーズ戯曲がある。（山本健一）

上杉清文《うえすぎせいぶん》 一九四六〈昭和二十一〉・四〜。僧侶・劇作家。静岡県生まれ。立正大学仏教学部に在学中の一九六七年「発見の会」に入団以来、『此処か彼方処か、はたまた何処か？』（一九六八、内山富三郎と共作）、『不純異星交遊』（七八）、『獨々逸《どどいつ》イデオロギー』（二〇〇三）、『新版 二重瞼の母』（一四）等多くの戯曲を執筆。また「天象儀館」の『世界は日の出を待っている』（七三）等、他劇団への執筆も多い。（小原龍彦）

上田久美子《うえだくみこ》 一九七九〈昭和五十四〉・四〜。劇作家・演出家。奈良県天理市生まれ。京都大学文学部卒業。宝塚歌劇団所属。二〇一三年、宝塚バウホールでのデビュー作『月雲の皇子《みこ》――衣通姫伝説より』が好評を博す。一四年の『翼ある人々――ブラームスとクララ・シューマン』は第十八回鶴屋南北戯曲賞の最終候補作。一五年の『星逢一夜《ほしあいひとよ》』で評価が高まる。一六年も『金色《こんじき》の砂漠』が続き、期待されている。（神山彰）

植田譲《うえだじょう》 一九四〇〈昭和十五〉・四〜二〇〇〇〈平成十二〉・十二。俳優・劇作家・演出家。静岡県生まれ、満州育ち。一九五九年早稲田大学文学部に入学、翌年ＮＨＫ俳優養成所に入所。六一年、養成所を卒業、同期と劇団新鋭を創立、大学を中退。六三年秋浜悟史らと劇団三十人会に入団。秋浜作・演出『英雄たち』（一九六三）、ふじたあさや作・秋浜演出『日本の教育１９６０』などに出演。『昭和燦残節』（七四、高田一郎演出）などを書く。劇団三十人会の解散二年後の七五年、劇集団劇派を創立し、『白き狼』（九〇）、『卑弥呼見果てぬ夢』（九五）などの作・演出を担当。（日比野啓）

植田紳爾《うえだしんじ》 一九三三〈昭和八〉・一〜。宝塚歌劇団作家・演出家。本名山村紳爾《やまむらしんじ》。大阪市出身。幼少時に父と死別、母とも生き別れ、神戸の親戚に引き取られる。戦時中は福井に疎開。終戦後に観劇した宝塚歌劇の美しさに強い感銘を受ける。中学時代から演劇青年であり、早稲田大学第一文学部演劇科卒業後、一九五七年に演出助手として宝塚歌劇団に入団。初の作・演出作品は五七年『舞い込んだ神様』（宝塚新芸劇場、月組）。初期には日本舞踊の経験を活かした作品も多い。山田長政を春日野八千代が演じる『メナムに赤い花が散る』（一九六八年九月、花組）、十世紀の高麗を舞台とする『我が愛は山の彼方に』（七一年八月、星組）、源義経＝ジンギスカン説に着想を得た『この恋は雲の涯まで』（七三年七月、花組）などの大劇場作品を経て七四年八月に『ベルサイユのばら』（月組）。同作の大ヒットは社会現象となり、「宝塚歌劇といえば『ベルばら』」という現在のイメージを作り上げ一時代を築く。様式美を重んじる作風は植田歌舞伎とも称される。『風と共に去りぬ』（七七年三月、宝塚大劇場、月組）、『紫禁城の落日』（九一年十一月、宝塚大劇場、星組）、『国境のない地図』（九五年三月、宝塚大劇場、星組）など、スケールの大きな時代劇を得意とし、戦争経験を反映し敗北する側の視点から描かれる物語も多い。九四〜九六年まで宝塚クリエイティブアーツの社長として宝塚歌劇団の映像ソフトの販売開始、九六〜二〇〇四年まで宝塚歌劇団理事長として宙《そら》組の新設や東京宝塚劇場の建て替えなどにも尽力。菊田一夫演劇賞、芸術祭賞大賞、松尾芸能賞優秀賞などのほか、一九九六年に紫綬褒章、二〇〇四年に旭日小綬章。脚本は『植田紳爾脚本選』三巻(宝塚歌劇団)のほか同劇団公演プログラム、脚本集に所収。

❖**『我が愛は山の彼方に』**《わがあいはやまのかなたに》 一幕。伊藤桂一の小説『落日の悲歌』を原作とする。高麗と女真の対立する十世紀の朝鮮半島を舞台に、高麗の武将朴秀民、婚約者万姫、高麗を襲撃し万姫を連れ去る女真国の武将チャムガの運命と愛の葛藤を描く悲劇。初演時には長谷川一夫が初めて宝塚歌劇作品の演出を手がけた。変更を加えながら八四年、九九年、二〇一一年にも再演。

❖**『ベルサイユのばら』** 初演のみ一幕、ほか再演は全て二幕。池田理代子の同名漫画を原作とし、初演の演出は長谷川一夫、音楽は寺田瀧雄。初演時は「漫画は宝塚歌劇の原作に相応しくない」「漫画のイメージが壊れる」などの批判のなかで幕を開けた。女性が男役として男性を演じる宝塚歌劇で、男として育てられ男装して生きる女性オスカルを描く異色作。物語はフランス革命の時代に運命に翻弄される男装の麗人オスカル、彼女の幼馴染アンドレ、オスカルの仕えるフランス王妃アントワネット、アントワネットが密かに恋するスウェーデンの貴族フェルゼンを中心に描く。長谷川の振付の美しい「今宵一夜」の場面、体力的な厳しさとダンスの迫力で知られるバスティーユ襲撃場面などを核に、「オスカル編」「フェルゼン編」「オスカルとアンドレ編」「フェルゼンとマリー・アントワネット編」など、多くの再演に伴いさまざまなバージョンが存在する。

❖**『風と共に去りぬ』**《かぜとともにさりぬ》 二幕。マーガレット・ミッチェルの同名小説を原作とする。音楽など映画からの影響も認められる。南北戦争前後のアメリカ南部を舞台に、周囲の青年たちを虜にする女性スカーレット・オハラ、スカーレットの愛する青年アシュレ、スカーレットを愛する男性レット・バトラー、アシュレの妻メラニーを巡る物語を描く。南部淑女としての建前に対し、奔放な女性としてのスカーレットの本音を表すため「スカーレットII」という役が作られた。『ベルサイユのばら』と同じく「バトラー編」「スカーレット編」双方を再構成したものなど様々なバージョンが存在する。粗野でありながらスカーレットに一途な愛情を注ぐレットを演じるために初演時には宝塚歌劇の男役スターの慣習にはなかった付け髭も用いられ、男役像の射程を大きく広げる作品となった。再演の機会も多く、『ベルサイユのばら』に次ぐ宝塚歌劇の代表作のひとつ。

(藤原麻優子)

上田誠《うえだまこと》

一九七九〈昭和五十四〉・十一〜。劇作家・演出家。京都府生まれ。同志社大学工学部知識工学科中退。一九九八年に学内劇団・同志社小劇場に参加して、劇団内に「ヨーロッパ企画」を結成。二年後に独立。二〇〇〇年の『冬のユリゲラー』(二〇〇九年に『曲がれ!スプーン』の題で早川書房刊)、翌年の『サマータイムマシン・ブルース』は、若者特有のゆるい会話でSF的な題材を喜劇に仕立てて、映画化もされた。脚本を手がけた『四畳半神話大系』が一〇年、文化庁メディア芸術祭アニメーション部門大賞受賞。

(太田耕人)

うしろけんじ 劇作家・演出家。中国・旧奉天生まれ。転形劇場を経て仮面劇場を旗揚げし、作・演出を手がける。一九七二年、「新劇」に処女作『権助と桜姫』〈「新劇」一九七二・2〉を発表。代表作に『東海道四谷怪談』〈同前七二・6〉、『まなつのよのゆめ』〈同前七二・11〉、『おふくろ—ブレヒトへ愛を込めて—』〈同前七三・12〉など。（小原龍彦）

臼杵吉春《うすきよしはる》 一九三九〈昭和十四〉～。演劇制作者。東京生まれ。國學院大學卒業。東宝演劇部に所属。制作、演出を担当し、一九八〇年代からは多くの脚本も書く。橋幸夫に『伏姫八犬伝説』、新宿・梅田コマ劇場の水前寺清子公演が多く『涙を抱いた渡り鳥』『恋花火娘剣法』『花吹雪振袖吉三』『花のお江戸の伊達男』『チータの弁天小僧』など。（神山彰）

内田栄一《うちだえいいち》 一九三〇〈昭和五〉・三～一九九四〈平成六〉・三。岡山県生まれ。劇作家・小説家・脚本家・演出家・映画監督。鎌倉アカデミア中退後、横須賀米軍基地のガードマン、巡回貸本屋などさまざまな職業に就く一方、安部公房に師事し、「記録芸術の会」にも関係し、新日本文学会に入会するなど、前記のごとく多彩なジャンルで活躍した。戯曲の第一作は一九六二年に舞芸座が俳優座劇場で瓜生良介の演出で上演した『表具師幸吉』で、装置は安部公房夫人の真知が担当した。六六年に発見の会が瓜生良介の演出で千日谷会堂で上演した『ゴキブリの作り方』〈「映画評論」一九六七・11掲載〉は、一八九六年に初演されスキャンダラスな話題になったアルフレッド・ジャリの『ユビュ王』さながら、〈でたらめばかりのくそったれ〉というせりふをゴキブリ博士が乱発するキッチュなナンセンス劇として評判になった。戯曲集に『吠え王オホーツク』〈三一書房〉があり、表題作のほか『ハマナス少女戦争』『流れ者の美学』『遠いはるかなオホーツク』『表具師幸吉』が収載されている。映画脚本の代表作に角川春樹事務所・東映の『スローなブギにしてくれ』〈藤田敏八監督、八一〉。

❖**『吠え王オホーツク』**《ほえおうおほーつく》 二幕。〈でたらめばかりのくそったれ〉という絶叫を繰り返す吠え王なるキャラクターを中心に置き、吠え王が「オホーツクを撃つ」という命題を始終口にする。が、これはある破壊的なエネルギーとそのはけ口を探求するドラマとでも言うべきもので、追認すべき物語はない。一九七一年に演劇集団日本が池袋アートシアター〈現・シアターグリーン〉ですまけいの主演、三原四郎の演出で上演したが、そもそもは六六年に俳優座の新左翼の影響を受けたグループからの依頼で書かれ、準劇団員を含む全劇団員の上演可否の投票の結果、見送りになったいわくがある。ある時代の産物。（大笹吉雄）

内田春菊《うちだしゅんぎく》 一九五九〈昭和三十四〉・八～。漫画家・劇作家・小説家・俳優。県立長崎南高等学校中退。本名は内田滋子。大胆かつストレートに性を描き、中尊寺ゆつこ、岡崎京子、原律子、桜沢エリカらと「女の子エッチ漫画家」として喧伝されるが、小説『ファザーファッカー』〈一九九三〉は第百十回直木賞候補作となり、第四回Bunkamuraドゥマゴ文学賞受賞。『キオミ』〈九五〉で第百十二回芥川賞候補。女優としても数多くの舞台に立ち、戯曲作品に『ぼくにやさしい四人の女』『やっぱりあなたが一番いいわ』『水物語』『林檎とパパイヤ』『長靴をはいた猫』など。二〇一五年、『20年後の やっぱりあなたが一番いいわ』〈演出：EMI〉、『優子の夢はいつ開く』〈演出：ペーター・ゲスナー〉を書き下ろす。（望月旬々）

内村直也《うちむらなおや》 一九〇九〈明治四十二〉・八～一九八九〈平成元〉・七。劇作家。東京生まれ。本名菅原実。菅原電気社長、稠の三男。兄に演出家の菅原卓。慶應義塾幼稚舎、普通部を経て慶應義塾大学経済学部を卒業。父親の会社に勤めながら岸田國士に師事し、「劇作」派同人となる。友田恭助も参加していた「劇作」派と岸田の勉強会で認められ、一九三五年に処女作『秋水嶺』が築地座で上演される。以後、五〇年まで会社勤めと創作活動を並行して続けた。戦前は『白い歴史』(「三田文学」一九三五・10)、『青春』(「劇作」一九三六・7)、『歯車』(「劇作」一九四〇・5)など五幕構成の戯曲の発表が続く。三七年には欧米へ観劇旅行。海外の演劇に対する関心も強く、J・B・プリーストリー『夜の来訪者』の翻案をはじめとして翻訳の仕事も多数手がけた。戯曲の作風は、作者自身の体験や見聞した題材を客観的に捉え直し、写実性に富んだ点が特徴的であったが、戦後は俳優座、青年座、民藝などから依頼を受けながらより社会や時代に対する批判的な視点を持ち、時には実験的な方法を試みた作品が増えていく。五三年『残響』、五六年『遠い凱歌』は戯曲の時間構造に趣向を凝らし、過去から現在までの日本の経緯に批判的なまなざしを向けている。また、六〇年『沖縄』では沖縄出身でありながら少年期にハワイへ移民として渡り、第二次世界大戦には米兵として参加した経歴をもつ米軍将校〈与那国文夫〉らを登場させ、沖縄の混乱と苦悩を描いた。また、戦後は放送ドラマの仕事にも深くかかわり、NHK連続ラジオドラマ『えり子と共に』(四九年～五二年放送)はヒットソング『雪の降るまちを』(作詞:内村、作曲:中田喜直)と共に評判となる。テレビドラマには『私は約束を守った』(五三年日本テレビ放送)、『追跡』(五五年NHK放送)などがある。八九年に没。戯曲集に『秋の記録』(能楽書林)、『内村直也戯曲集』(白水社)があり、『ドラマトゥルギー研究』(白水社)、『築地座 演劇美の本質を求めて』(田村秋子共著、丸ノ内出版)、『内村直也随想集』(参青山)によって劇作家としての足跡をたどることができる。

❖**『秋水嶺』**《しゅうすいれい》 五幕。一九三五年十一月、蚕糸会館(日比谷)において築地座が上演。演出は岸田國士と阿部正雄(久生十蘭)。舞台装置のプランは洋画家の中川紀元に内村が依頼した。一九三〇年代の朝鮮、咸北地方の〈秋水嶺〉に東京から篤と三郎が到着した。二人が勤める会社が現地の鉱山を買い取り、事業拡大の計画を進めるためである。そこにいたのは九州から連れてこられたものの給料が未払いのまま借金がかさみ続けている山口という採鉱技師、日本語を学び通訳をしながら働く貧しい青年・黄、料亭で日本語を話して働く妓生《キーセン》など時勢に翻弄されながらもたくましく生きている人々であった。会社の後継者である篤は計画の目途がつくと東京へ戻っていく。対して東京で失恋した三郎は、異国の地に根を下ろして第二の山口のようになってしまう不安と新しい幸福を探すことができるかもしれないかすかな希望との間で揺れ動くのだった。築地座最後の公演となった初演では友田恭助の山口と杉村春子の朝鮮人妻が好評で、朝鮮からの留学生たちが鉱夫の役で出演した。

❖**『遠い凱歌』**《とおいがいか》 四幕。一九五六年三月、俳優座劇場において劇団民藝が上演。演出、岡倉士朗。昭和三十年、七十五歳の木越周策は海運業を成功させ、家族と国家のために生きてきたものの孤独を感じている。そこへ亡くなった妻・かなめが現われ、二人は五十年の時間を少しずつ遡り始める。七人のA級戦犯の死刑が執行された昭和二十三年、三男の尚三の戦死が告げられた昭和二十年。その尚三とレビューガール・啓子の結婚を許さないまま出征させたのは昭和十八年のことだった。次男の周次郎は昭和十六年に二・二六事件へのかかわりによって国賊となり、かなめの前から姿を消す。さらに八年前の昭和八年は周策の事業が好調で浮かれ騒いでいた時期で、子ども達も大きく成長していたが夫婦関係の溝が深まっていたころでもある。周策とかなめの人生の遡行はついに結婚したばかりの明治三十八年へと至る。日露戦争の勝利を祝う提灯行列の歓声を聞きながら、二人は幸せそうに未来について語り、最後の日までいっしょにいようと約束をする。五十年という夫婦の時間を逆回転の構成でたどることで、終幕が最も希望に満ちた幸せな場面となるが、同時に失ったものの大きさが伝わるシニカルな作品といえよう。（阿部由香子）

内山惣十郎《うちやまそうじゅうろう》　一八九七〈明治三十〉・十二～一九七三〈昭和四十八〉・二。劇作家。本名竹内壮治。東京・京橋生まれ。国民歌劇協会、新時代劇協会を経て一九一六年に歌舞劇協会の旗揚げに参加。以後、生駒歌劇団、根岸大歌劇団など浅草オペラの主要劇団に創設から関わり、俳優、舞台装置、演出、脚本、作詞などを担当する。関東大震災後の一時期を関西で過ごし帝国キネマ芦屋撮影所で映画脚本を執筆。二九年電気館レヴュー、三〇年プペ・ダンサントなど浅草レヴューの文芸部長を務めた後、三四年日本劇場の演出部長となる。戦後はラジオ、テレビの脚本、演出、他に浪曲研究などで活躍した。主な作品に喜劇『サロメはジャズる』、新派剣劇『親分廃業』、映画脚本に『恋慕地獄』『或る兄弟』、著作に『浅草オペラの生活』（雄山閣出版）、『明治はいから物語』（人物往来社）などがある。（中野正昭）

内海重典《うつみしげのり》　一九一五〈大正四〉・十一～一九九九〈平成十一〉・三。宝塚歌劇団作家・演出家。大阪市生まれ。白井鐵造、高木史朗とともに宝塚歌劇団の三巨匠と称されることもある。二十歳で大阪少女歌劇に脚本を投稿、採用をきっかけにレビューの世界へ。宝塚歌劇団には一九三九年に入団。当初は編集部に配属されるが白井の声掛けで制作へ。戦中は移動演劇隊の一員として慰問公演に参加する。戦後、五一年に小林一三の指示でニューヨークに一か月滞在。様々な回想において、当時全盛期だったロジャース&ハマースタインのミュージカル・プレイを観劇し、ダンスや歌の実力には差があるものの宝塚も負けていないと感じたと繰り返し述べている。ミュージカルの手法を活かした作品を多く発表。四一年に『高原の秋』（宝塚大劇場、月組）で作家デビュー。『宝塚かぐや姫』（一九四一年十二月、北野劇場、各組合同）の劇中の挿入歌『さよなら皆様』は、現在でも宝塚歌劇団の退団公演などで歌われ、終演後の劇場にも流れる劇団の愛唱歌。主な作品に『新かぐや姫』（四三年十一月、宝塚中劇場、花組）、『南の哀愁』（四七年六月、宝塚大劇場、雪組）、『高校三年生』（五七年十月、宝塚大劇場、月組）、『嵐が丘』（六九年十月、宝塚大劇場、月組）など。宝塚歌劇団において百以上の作品を発表。ドライアイスを水に入れたときにできる白い煙に着想を得て舞台効果としてのスモークの使用を実現、演者の動きを制限するとしてマイクをマイク・スタンドから離す、コードが目障りであるとしてコードレス・マイクを採用するなど、舞台装置の発展にも貢献した。七〇年日本万国博覧会、八一年神戸ポートアイランド博覧会など式典やイベントの構成・演出も担当。戯曲は宝塚歌劇団の各劇場脚本集に所収。

❖**『南の哀愁』**《みなみのあいしゅう》 一幕。タヒチを舞台にした恋愛物語。イギリス軍高官の息子で画家のジョンは目を痛め、タヒチに保養に訪れる。ジョンは友人ヘンリーの知人の家に滞在し、現地の娘ナイアと知り合い、愛し合うようになる。一度はイギリスに戻ろうとしたジョンだが、ナイアへの想いから島に戻り、二人は結婚する。ジョンの父親は人種差別のために結婚に反対するも、実はナイアはイギリス人の娘だと判明する。その頃、ナイアはジョンの目を治す薬となる花を取りに行き、崖から落ちて死んでしまう。宝塚歌劇団の戦後初の大当たり作品となり、六四年、八八年に再演。ミュージカル『南太平洋』を思わせる悲劇。

❖**『高校三年生』**《こうこうさんねんせい》 一幕。カリフォルニアの高校三年生たちの青春と恋を描く。責任感が強く女子に人気の学級委員長トミイは、父親の病気で苦しい家計を助けるためにアルバイトをしている。裕福な家の娘ペギイはトミイに恋しているが、トミイのアルバイト先のレストランでサラがラブレターを渡しているところを見るとジョウのドライブの誘いに乗ってしまう。トミイの父親の病状が悪化し大金が必要になると、サラはペギイの家の金を盗んだ上で同級生キャブに疑いをかける。ジョウたちがキャブをリンチすると知ったトミイは助けに行き、重なる誤解から放校処分となる。トミイとペギイは想いを告白し合い、トミイが学校を去るというところで誤解が解け放校処分が取り消される。登場人物の心理を表現する音楽、トミイとジョンへの混乱する気持ちを表現するペギイの夢の中のダンス場面など、渡米で学んだミュージカル・プレイの手法が認められる。 （藤原麻優子）

宇野イサム《うのいさむ》 一九六四〈昭和三十九〉〜。脚本家。一九八〇年代に自主制作映画を発表して注目を集め、以後その活動と並行して、脚本を執筆する。映画脚本での主な作品は『てなもんやコネクション』（一九九〇、山本政志監督と共同脚本）、『顔』（二〇〇〇、阪本順治監督と共同脚本）。戯曲では一九八七年に演劇集団GEKI-SYA NINAGAWA STUDIOで上演した『虹のバクテリア』が翌八八年の第三十二回岸田國士戯曲賞の候補となった。 （小原龍彦）

宇野四郎《うのしろう》 一八九三〈明治二十六〉・四〜一九三一〈昭和六〉・二。舞台制作者・演出家。慶應義塾文科在学中に演劇雑誌「とりで」に参加。大学卒業後、帝国劇場入社。帝劇経営の有楽座で演出・制作を担当するかたわら「三田文学」に小説を発表。関東大震災後、帝劇文芸部長に就任。帝劇解散後は松竹に移籍した。一九二一年、戯曲『間宮一家』が久保田万太郎演出、喜多村緑郎等の新派劇一座出演により市村座で上演された。 （星野高）

宇野千代《うのちよ》 一八九七〈明治三十〉・十一〜一九九六〈平成八〉・六。作家。山口県生まれ。若き日から多才で知られ、小説家として著名。戯曲は、一九二八年、二九年に集中的に執筆。二八年は『公園裏』『忙しき喜劇』、二九年は『母親』『明日は天気』『遁走』『廻り灯籠』『形影問はず』がある。『人魚』（『新潮』一九二八・12）は五幕八場の長編で、この作家に珍しい時代劇である。また、小説の代表作の一つ『おはん』は久保田万太郎が脚色し劇化上演されている。 （神山彰）

宇野信夫《うののぶお》 一九〇四〈明治三十七〉・七〜一九九一〈平成三〉・十。劇作家。埼玉県本庄市生まれ。本名信男。慶應義塾大学卒業後、「劇と評論」の同人となる。『ひと夜』が一九三三年、築地座で上演。六世尾上菊五郎に書いた『巷談宵宮雨《こうだんよみやのあめ》』で認められ、『人情噺小判一両』『髑髏妻』『江戸の夢』などを菊五郎、初代中村吉右衛門が上演の作品を続けて書く。戦中は、『堀部弥兵衛』『春の霜』などが上演され、後者は情報局総裁賞を得た。また、日本放送協会嘱託として、ラジオドラマも多く書く。戦後はさらに、数多くの戯曲を書き、歌舞伎では『盲目物語』『吹雪峠』など繰り返し上演される作品のほか、『春の泡雪』『神田ばやし』『浮世の常』『難波の葦』『笹四郎とその妻』『人待つ女』『沖津浪闇不知火《おきつなみやみのしらぬい》』『笑う俊寛』などがある。新派には、『菊屋橋』『下町』『川のそばの家』、新国劇には『のれん』『からっかぜ無頼』『次郎長とドモ安』『幡随院長兵衛と水野次郎左衛門』などを提供した。このほか、前進座、東宝を始め大劇場の商業演劇には欠かせない作者として、一九七〇年代までに、ほとんどの作品を書き上げ、上演している。これらの作品は、それぞれの劇団の顔触れや性格、特徴を十分に生かし、また観客の好みの違いを考慮にいれ、劇場の機構や土地柄さえも前提にした上で、豊かで上質な娯楽性を備えている。そのため、何気ない作品からも、昭和戦後期の商業演劇の黄金時代の、各劇団の特質や観客の好み、時代の気分などを読み取ることもできる。

　また、古典作品の脚色にも手腕を発揮し、近松門左衛門『曽根崎心中』は、その後現在まで度々復演される上方歌舞伎の演目となった。その他にも近松を中心に『生玉心中』『心中万年草』『心中重井筒』『井筒業平河内通』など、多くの義太夫狂言や河竹黙阿弥ばかりでなく、上演回数の多い森鷗外『ぢいさんばあさん』の劇化も行なっている。

　宇野の真骨頂は、様々な市井の風俗、何気ない人物描写や叙景を通して描く、生活感の見事さにある。まったく注目されない作品でも、新国劇で上演された『三階建の理髪店』(一九五三、明治座)のような、さりげない作品で、東京下町の親父の将来の夢と過去の二十年の歳月を、世相や一家の消長を通して描く手腕などは、無類といえる。しかも、それをテレビや映像の世界の台詞と異なる、はっきりと舞台空間を生かした台詞で運んでいく手腕などは、水際立った職人芸である。同時に、台詞だけでなく、何気ない物売りの姿や声、叙景によって、説明的でなく、時間を経過させる手法、劇作法にも優れている。

国立劇場理事も務め、『柳影澤蛍火《やなぎかげさわのほたるび》』のような新作歌舞伎の佳作も提供した。随筆家としてもすぐれ、大正期から昭和戦前期までの東京の生活や菊五郎の芝居作り、歌舞伎の小芝居や寄席芸人の思い出を印象的に描いた『むかし下町に住みて』『昭和の名人名優』などは、貴重な資料。一九六五年から七七年まで、戯曲振興のため雑誌「戯曲」を私費で刊行。『宇野信夫戯曲選集』全五巻(青蛙房)、『自選世話物集』(青蛙房)がある。

　特に、すでにあげた作品以外にも『怪談蚊喰鳥』『浮世の常』など世話物の台詞に優れた特徴があり、自ら、若き日に「歌舞伎や新劇よりも講釈や噺を好みました」と「私の世話物の出来るまで」という随筆で語っているように、話芸から耳に入った生きた言葉を役者の肉声を通して、低く響かせるような台詞の妙と実感がある。しかし、時代物にも優れ、本稿で取り上げる作品のほか、帝劇の『花の御所始末』などは佳作。

❖**『ひと夜』**一幕。「劇と評論」(一九三三・8)に掲載、同年十月築地座により、久保田万太郎演出で東京・飛行館で初演。宇野の出世作。浅草馬道に住む日蓮宗の行者田口義道の家に、活動写真の三味線弾き松太郎が、夫婦喧嘩をして出ていった女房のとよを探しに来る。とよに押し掛けられた活動写真の下足番健吉は、仕方なく、義道の家にとよを伴って来る。とよは嫉妬深い松太郎に殺されるかもしれないからどこかへ一緒に行こうと色気たっぷりに持ちかけ、義道は承知する。ところが、そこへ再び松太郎が現われると二人はよりを戻して、手を携えて帰宅、義道はひとり残される。初期の作品と思えぬほどの、巧みな構成と、微妙な台詞の呼吸が生きており、作者好みの東京の下町の路地裏というさびれた叙景の妙も合わせて、見事な短編戯曲となっている。歌舞伎でも、初代中村吉右衛門をはじめ、数度上演されている。活動写真の三味線弾きの妻というある時代を髣髴させる風俗描写も、作者得意の領域である。『宇野信夫戯曲選集』第三巻所収。

❖**『巷談宵宮雨』**《こうだんよみやのあめ》 二幕八場。一九三五年九月東京歌舞伎座で、六世尾上菊五郎一座により初演。菊五郎の元住職竜達《りゅうたつ》が好評を博し、戦後も十七世中村勘三郎が何度も演じた。江戸深川の遊び人虎鰒《とらふぐ》の太十《たじゅう》宅に居付いている、伯父の元住職竜達は生臭坊主の悪党である。竜達は自分の居た寺に埋めてある百両の金を、太十にとって来させるが、その礼金を二両しか渡さない。怒った太十は、ネズミ捕りの劇薬で竜達を殺す。竜達の娘おとらは、太十に売られそうになるのを苦に自殺する。竜達は亡霊となり、太十とおいちの夫婦に取りつく。怪談仕立ての筋立てのなかに、竜達、太十と女房おいちの三人の強欲と打算をユーモラスな会話や趣向で展開していく。また、深川八幡宮の宵宮という情趣ある時空を背景に、凄味と苦味とを感じさせながら終幕まで運んで行く手順も、作者自家薬籠中の劇作法とはいえ、見事な達成を示しており、物売りや通行人にいたるまでの脇役の出入りから、小道具の効果などにも細心の注意が行き届いている傑作といえる。『宇野信夫戯曲選集』第一巻所収。

❖**『怪談蚊喰鳥』**《かいだんかくいどり》 三幕五場。一九四九年七月東京劇場の歌舞伎公演で初演。先行作『巷談宵宮雨』の系譜を継ぐ怪談物。「蚊喰鳥」は蝙蝠の別名。根津に住む常磐津の師匠菊次は、按摩の辰の市に肩を揉ませているうちに眠りに落ちる。目が醒めると辰の市の代りに、弟の徳の市がいて、菊次に恋した辰の市が焦がれ死にしたと語る。先の辰の市は幽霊だったのかと、菊次はぞっとする。しかし、徳の市が金持ちと知ると、菊次は愛人・孝次郎に貢ぐ金を欲しさに徳の市を雇いいれる。徳の市は孝次郎を追いだそうと企み、逆に惨殺されてしまう。翌日、孝次郎が、菊次の落とした簪《かんざし》を取ろうとして井戸に滑りおちてしまい、菊次が井戸を覗くとそこに徳の市の顔が見え、菊次も驚きのあまり、井戸に転落してしまう。

菊次の家を墓地裏に設定し、卒塔婆や白張提灯、墓石という不気味な小道具に、按摩の笛、蝙蝠を追う子供の唄声という効果をさりげなく加えて、怪談物の気配に加え、作者得意の下町の生活感や詩情を描くところが、宇野の独壇場といえる作品。初演の按摩の兄弟二役を二世市川猿之助が演じて、好評を博し、何度も再演された。『宇野信夫戯曲選集』第一巻所収。

❖**『盲目物語』**《もうもくものがたり》 三幕四場。一九五五年七月、東京宝塚劇場の東宝歌舞伎公演で初演。谷崎潤一郎の小説を脚色。戦国時代を背景に、お市の方の生涯を軸にして彼女を巡る、木下藤吉郎、浅井長政、柴田勝家らの武将の愛情と葛藤を描き、盲目の法師弥市の隠れた恋情と充たされぬ思いを劇化した作品。原作は法師の懺悔体の小説だが、その後半に的を絞り劇化して成功を収めた。盲目の法師弥市は、浅井長政が織田信長に滅ぼされ、兄の信長に引き取られたお市の方に、同情と恋慕の思いを寄せていた。一方、お市には木下藤吉郎が言いよっていたが、お市は柴田勝家と再婚し、結局、戦に敗れた勝家と共に自刃して果てる。その後弥市はお市の面影を残す遺児お茶々に思いを寄せるが、藤吉郎が側室として迎え淀君と呼ぶようになってしまう。生涯のいずれの希望も消えた弥市は、やがて近江の路上で狂う姿を見せる境涯となっていった。

弥市と藤吉郎の二役を十七世中村勘三郎が演じ、好評で、何度も再演された。四場構成が手際良く運ばれ、よく知られた歴史背景と人物とともに、無名の法師の恋慕の哀れを詩情豊かに描いた佳作といえよう。『宇野信夫戯曲選集』第五巻所収。

❖**『おちくぼ物語』**三幕六場。一九五九年九月東京歌舞伎座で、中村吉右衛門劇団により初演。戦後の歌舞伎で『源氏物語』以来流行した、一連の王朝物の新作。継子いじめを扱った日本最古の物語とされる『落窪物語』を劇化した作品。容姿も気持ちも美しい、源中納言の先妻の娘は、継母と腹違いの妹たちからいじめられ、家のなかで落ちくぼんだ部屋をあてがわれて、おちくぼの君と呼ばれている。同情した侍女たちが、都一番の美男子左近の少将との仲を取り持ち、二人は恋仲となる。しかし、継母は自分の娘三の君と左近を添わせようとするが、左近は従兄弟を身替りに立て三の君の寝所に忍び入らせたので、継母は怒り、弟の典薬助をおちくぼの部屋に送り込む。典薬助は酒でおちくぼを落とそうとするが、酒が入ったおちくぼは人が替ったように強くなり、継母一味をやっつけてしまう。驚く人々を尻目に、おちくぼと左近は手を取り合い去っていく。一連の王朝物には珍しい喜劇仕立てになっており、主演の六世中村歌右衛門の芸風にあい、好評だった。周囲の人物も、手際良く、それぞれの人格を描き分けられている佳作であり、以後も再演されている。『宇野信夫戯曲選集』第五巻所収。

❖**『柳影澤蛍火《やなぎかげさわのほたるび》』**六幕十一場。初演・一九七〇年五月国立劇場・歌舞伎公演。歌舞伎、講談や映画で観客の共有記憶となっていた「お家騒動物」のなかから、「柳澤騒動」の世界を借りた新作歌舞伎。元禄時代に生きた柳澤吉保という人物が、浪人の境遇から幕府の中枢に位置する老中にまで出世していくプロセスを描く。権力を得るために裏切りや策謀を用いて生きてきた柳澤弥太郎(後の吉保)が、最後には、栄誉も財産も虚しいという境地となって、おさめという女性と最後を迎えるという、運命に翻弄される人間の欲望と怨念を、新作歌舞伎という枠組みのなかで観客の目と耳を楽しませながら展開する、作者の真骨頂ともいえる作品。歌舞伎での初演であり、場数多く、上演時間の関係から、上演の機会は乏しいが、三島由紀夫も、新作歌舞伎としては自作よりもいいと賞賛したという佳作である。将軍綱吉の世、生類憐みの令により父を殺された柳澤弥太郎は、世を呪い、出世のみに生きる人間となる。将軍の生母桂昌院の知人であり、父の親友である曽根権太夫の縁で将軍に近づき、許嫁のおさめを将軍に接近させる。弥太郎は桂昌院の寵愛を受け、老中と昇格し吉保と改める。しかし、そこに隆光という美貌の怪僧がおり、出世を争うに至る。やがて、おさめは懐妊するがそれは実は吉保の子であり、吉保は我が子を将軍の世継ぎとすべく画策する。しかし、不義の子であることを知った桂昌院を、吉保は殺害してしまう。一方、甲府宰相徳川綱豊を後継にしようという幕府の閣僚の手で、吉保の野望は葬られる。吉保は権太夫も殺害し、おさめとともに、死を選ぶに至る。

物語や筋立てだけ読むと単調であるが、

実際の舞台面では、色彩感豊かで、台詞の語感に優れ、人物像も実に生動感ある存在に表現される。それこそが、この演目にかぎらず、宇野信夫の戯曲の特質であり、宇野が活字を超えた舞台空間での視覚的、聴覚的効果を熟知し、観客の情動性のありかを十分に踏まえた、舞台人、劇場人だったことの証しであると思える。『柳影澤蛍火』(青蛙房)所収。

[**参考**]中村哲郎『歌舞伎の近代』(岩波書店)(神山彰)

東川宗彦《うのかわむねひこ》 一九二九〈昭和四〉・六〜。劇作家。奈良市出身。関西大学中退。劇作を小田和生、阪中正夫に師事。一九五四年ラジオ神戸に『米と麦』が佳作入選し、放送される。以後、多くの作品がＮＨＫ、朝日放送等でラジオドラマとして放送された。五七年全国新聞週間懸賞ラジオドラマ入選、六〇年大阪府芸術祭脚本募集佳作。舞台化は関西芸術座が多く手掛けている。西日本劇作家の会所属。代表作『牛』(第七回「新劇」岸田戯曲賞候補)は『大阪の劇作――三人の戯曲集』(テアトロ)に収録。『はたらき蜂』で第八回「新劇」岸田戯曲賞候補。『栗盗人《くりぬすっと》』が『西日本戯曲選集 第五集 ドラマの森二〇〇九』(西日本劇作家の会)に収録。(村島彩加)

梅田晴夫《うめだはるお》 一九二〇〈大正九〉・八〜一九八〇〈昭和五十五〉・十二。劇作家・随筆家。東京・四谷生まれ。本名梅田晃。慶應義塾大学在学時よりフランスの喜劇作家ウージェーヌ・ラビッシュに傾倒する。一九四八年長編小説『五月の花』を「群像」に連載し、第二回水上龍太郎賞受賞。四九年処女戯曲『風のない夜』を発表、またラジオドラマ『結婚の前夜』(のち市川崑監督『恋人』として映画化)で注目を集め本格的に劇作の道へ進む。創作戯曲の他にブールヴァール戯曲の翻訳紹介、市川三郎らと共作のラジオドラマ『チャッカリ夫人とウッカリ夫人』など舞台・ラジオ・映画・テレビで幅広く活躍し、六〇年代半ばからは随筆家としても多くの著作を発表した。主な戯曲に『未知なるもの』『乞食の歌』、ラジオドラマに『颱風の日』『母の肖像』がある。(中野正昭)

梅原猛《うめはらたけし》 一九二五〈大正十四〉・三〜。哲学者・評論家。愛知県生まれ。京都大学文学部哲学科卒業。文化勲章受章。独自の古代史観、解釈・研究により、一九七〇年に『神々の流竄《るざん》』、七二年『隠された十字架 法隆寺論』、七三年『水底の歌 柿本人麻呂論』『黄泉の王 私見・高松塚』などの作品群を発表、一般にもブームを巻き起こす。こうした古代史研究の延長で、後に「スーパー歌舞伎」と呼ばれるようになる新感覚の新作歌舞伎を、三世市川猿之助(現・二世市川猿翁)のために書下ろし、大きな話題となる。猿之助の古典歌舞伎のリニューアルやこうした新しい歌舞伎創りへの意思や行動が、歌舞伎界の後に続く俳優たちに大きな影響を与えた。『古事記』に着想を得て、八六年『ヤマトタケル』が市川猿之助の演出・主演で新橋演舞場にて上演され、この成果により第十五回大谷竹次郎賞を受賞。以後、九一年『オグリ』、九七年『オオクニヌシ』が、いずれも猿之助の演出・主演で新橋演舞場にて上演。

[**参考**]梅原猛『ヤマトタケル』(講談社)、梅原猛『オオクニヌシ』(文藝春秋)

❖**『ヤマトタケル』** 三幕十五場。日本がまだ国家として成立する以前のこと。謀反をたくらむ双子の兄大碓命《おおうすのみこと》と口論の末、兄を誤って手にかけた小碓命《おうすのみこと》は、父である帝の怒りを買い、未だ大和に従わない熊襲の征伐に行かされることになった。踊り女に変装した小碓命は熊襲の首領タケル兄弟を征伐。熊襲タケルは敵ながらその勇気を称え、ヤマトタケルの名を与える。見事熊襲征服を果たし大和に帰ったタケルだが、帝の許しは得られず、さらに蝦夷征伐を命ぜられる。蝦夷征伐は苦難の連続で、走水では愛する弟橘姫《おとたちばなひめ》も犠牲になってしまう。ついに蝦夷を平定したタケルは、凱旋の途中で立ち寄った尾張国で国造の娘みやず姫に出会い、傷心を慰められる。しかし、帝から伊吹山の山神を退治することを命じられ、敵を軽視したタケルは、みやず姫の元に宝剣草薙剣《くさなぎのつるぎ》を置き伊吹山に向かう。何とか伊吹山の山神を倒したタケルだったが、自身も深手を負う。懐かしい故郷を夢に見ながら、道半ばでタケルの命は尽き、魂は真っ白な大きな鳥となって昇天してゆく。（中村義裕）

梅本重信《うめもとしげのぶ》　一九〇八〈明治四十一〉～一九八九〈平成元〉。劇作家。昭和戦前期の劇団創作座出身。一九三八年に新築地劇団で『温室村』『武蔵野』、四二年劇団文化座の旗揚げ公演でも『武蔵野』が上演される。同作は、武蔵野の一角に住む退職官吏と子供の世代の相克と生活を描き好評だった。四三年には文学座で『部屋の中』が上演。戦後渡米し、ラジオ・テレビドラマ演出も多く手掛けた。『降誕祭と女』（一九四二）のほか、『蓋』が『新撰一幕劇集』（未來社）に所収。（神山彰）

楳本捨三《うめもとすてぞう》　一九〇三〈明治三十六〉・四～一九八八〈昭和六十三〉・一。作家。東京生まれ。日本大学法学部中退。同大学在学中より戯曲を書く。一九三九年満州へ渡る。在満中チンギス・ハーンの研究や新聞雑誌に連載小説を書くなどした。四六年の帰国後は東洋を舞台にした小説や戦史の研究に尽力。川島芳子の評伝ほか近現代の事件を扱ったセミドキュメンタリー風の作品を多数手がける。〈現代篇〉と〈時代篇〉から成る『港：戯曲集』（尖端社）がある。（桂真）

楳茂都陸平《うめもとりくへい》　一八九七〈明治三十〉・八～一九八五〈昭和六十〉・二。舞踊家。本名鷲谷陸平。大阪府大阪市出身。今西中学校卒業。一九一〇年、四歳で大阪市南区難波御多福茶屋における舞踊会に上方舞『乗ったか』で初舞台。一七年宝塚少女歌劇の日本舞踊教授に招聘され、歌劇舞踊の創作を開始。一九年東京駿河台東洋音楽学校にてピアノ、ヴァイオリン、笙、篳篥《ひちりき》等の講習を受けた。二〇年宝塚を辞して大阪松竹楽劇部の創立に参加するが、翌年宝塚に復帰。その年宝塚少女歌劇春期公演で発表された『春から秋へ』は伴奏のみの斬新な舞踊で強い衝撃を与えた。二四年新舞踊研究発表機関として「楳茂都舞踊協会」を興し、機関誌「舞踊」を発行。ダルクローズのユーリズミックス（リトミック）とクラシックバレエ、そして楳茂都流の基本をもとに新たな日本舞踊の創作、欧米の名曲の日本舞踊化に没頭する。二八年、父・扇性の死に伴い楳茂都流三代目家元を継承。三一年、文部省の嘱託を受け渡欧、日本舞踊を紹介するかたわら各国の音楽・舞踊研究に尽力。その間ドイツでベルリン国立劇場の舞踊主任ルドルフ・フォン・ラバーンに師事、舞踊学理論、空間論、舞踊譜等を学ぶ。ベルリンのメダウ体操学校ではリトミックを、ロンドンのチェケッティ本部でクラシックバレエを学んだ。三三年にはロンドンのボーモン書店より、英文で初の日本舞踊紹介書『イントロダクション・トゥ・ザ・クラシック・オブ・ジャパン』を出版。三四年に帰朝、洋行後第一作として同八月宝塚で「ノンストップレビュウ」と銘打った温泉をテーマとしたレヴュー『ジャブジャブコント』を発表。宝塚に新生ジャズバンドを編成し、初めてマイクロフォンを使って話題となった。六〇年義太夫『関寺小町』の演技で文部省芸術祭賞受賞、以降受賞多数。京都宮川町の『京おどり』振付者としても知られる。紫綬褒章、勲四等旭日小綬章受章。

［参考］楳茂都陸平『舞踊への招待』（全音楽譜出版社）

❖**『春から秋へ』**《はるからあきへ》（全四段）二一年、宝塚少女歌劇春期公演・第一部（花組）公会堂劇場にて初演。楳茂都は作及び振付を担当。作曲は原田潤。音もなく幕が上がる。静かな音楽が奏でられ始めると、木の枝からふたつの蛹が落ち、それぞれから白い蝶、黄色い蝶が生まれ出、たわむれ舞う。夏の日差しの中、急速なテンポの曲につれ、無数の白い蝶、黄色い蝶が舞い遊ぶ。前段の二匹も加わる。いつしか秋が訪れ、木の葉が舞い始める。蝶は一匹一匹と消え、冒頭で生まれた二匹だけが残るが、その翅は色あせ、嵐に翻弄される。二匹は固く抱き合うが、やがて木枯らしに凍え、息絶える。嵐と激しい葉擦れの音の内に幕。国民図書株式会社編『現代戯曲全集　第十八巻』（国民図書）に収録。（村島彩加）

瓜生正美《うりゅうまさみ》　一九二四〈大正十三〉・四〜。劇作家・演出家。福岡県生まれ。火野葦平らと劇団かもめ座を旗揚げ、演劇活動を開始。東京喜劇座を経て、一九六四年に「秋田雨雀・土方与志記念　青年劇場」を創立。代表作『青春の砦』は青少年向け戯曲の名作。他に『海をみていたジョニー』『カムサハムニダ』など。（大笹吉雄）

え

永六輔《えいろくすけ》　一九三三〈昭和八〉・四〜二〇一六〈平成二十八〉・七。本名永孝雄。作詞家・放送作家・タレント・エッセイスト・俳人。東京浅草生まれ。早稲田大学中退。三木鶏郎《みきとりろう》の冗談工房にあって『日曜娯楽版』のコント、テレビ放送開始とともに『夢であいましょう』『光子の窓』『しゃぼん玉ホリデー』などの構成に携わり放送作家として名をなす一方で、作曲に中村八大、いずみたくを得た『こんにちは赤ちゃん』『黒い花びら』『上を向いて歩こう』『見上げてごらん夜の星を』『いい湯だな』等の作詞で、歌謡曲のヒットメーカーとなる。寺の子（浄土真宗最尊寺）に生まれ、国民学校時代の集団疎開体験が、その多彩な仕事に見えかくれしている。尺貫法、食管法、国鉄の民営分割など、世のなかの動きに「釈然としない」ものを感じたとき、俄然ラジカルな姿勢をとり「投げ銭説法」で全国行脚する行動力は、小沢昭一、野坂昭如《のさかあきゆき》と武道館を満員にした「中年御三家の会」に結実した。高度経済成長のひずみが、テレビ番組製作面に影響を及ぼすと、ラジオに肩入れする反骨精神が、TBS『永六輔の土曜ワイド』などの長寿番組を生んでいる。あえて差別されていた時代の芸人の持つ不死身の放埒さに焦点をあてたゴシップ集『芸人その世界』をはじめ、著書の数は莫大にのぼるが、一九九四年岩波新書に書き下した『大往生』は記録的ベストセラーとなった。その地方都市でのサイン会では、大型書店を避け、個人営業の小規模書店に限定した。唯一の戯曲は『清水次郎長伝・伝』（演出：小沢昭一）。七五年に小沢昭一が五年と活動期間を定めて結成した芸能座の旗揚げ公演（初日広島市公会堂）で、自身も次郎長の養子となった詩人の天田愚庵役で出演。新劇運動ではなく、新劇運動会をという主宰者の意図に応えた作品で、出演は加藤武、木の実ナナ、薗田憲一とデキシーキングスら。六九年結成の東京やなぎ句会同人、俳号六丁目。専門俳人の添削を許さぬ独自の句風で知られ、「未来とは硯を洗ふ幼い手」などがある。（矢野誠一）

恵川重《えがわしげる》　志賀廼家淡海一座で大正年間に活躍。『待宵』『十六夜』『御国の為め』『インテリの悲哀』『インフレの波』『寒月』『人形の魂』

『野分』『ある方面委員の話』など、多くの作品を作った。昭和十年代には、曾我廼家五郎一座の脚本主任も勤める。（神山彰）

江連卓《えづれたかし》　一九四一〈昭和十六〉・六〜。脚本家・劇作家・演出家。別名、龍達彦、海野朗、海野洋彦、水沢又三郎。栃木県出身。早稲田大学卒業後、東宝の演劇部に所属、舞台の脚本・演出を手掛け、その後、フリーの脚本家となり、数多くの人気テレビドラマを手掛けた。一九七〇年代にはアングラ劇団・幻想劇場を主宰した。戯曲に『祭の下の祭　切り裂きジャック論』『化病男』『狼少女』『犯罪少年病院』『青年の死にゆく道』『昭和零年無頼派　嵐の龍・東京流民』などがある。七五年初演の『仮病男』（劇団俳小、早野寿郎演出、「新劇」一九七五・1）で第十九回「新劇」岸田戯曲賞候補となる。テレビドラマ『噂の刑事トミーとマツ』『不良少女とよばれて』『ヤヌスの鏡』などの脚本を執筆し、東映では仮面ライダー・シリーズを手掛けた。（木村陽子）

江戸川乱歩《えどがわらんぽ》　一八九四〈明治二十七〉・十〜一九六五〈昭和四十〉・七。作家。三重県生まれ。本名平井太郎。早稲田大学政治経済学部卒業。探偵小説家。著名な人気作品が、昭和戦前期から劇化され、上演されている。昭和初期に、推理小説ファンの歌舞伎俳優の市川小太夫が、コナン・ドイルをもじった小納戸《こなんど》蓉《いるる》の筆名で『黒手組』（一九三一年帝劇）、『陰獣』（三二年新橋演舞場）を上演。『陰獣』は大阪で関西新派での岸井良衛脚色版もある。戦後は、三島由紀夫が六一年に戯曲化した『黒蜥蜴』を初代水谷八重子の緑川夫人、芥川比呂志の明智小五郎で、一九六二年三月サンケイホールで初演。以後、人気作品となり、多くの俳優が上演している。

［**参考**］江戸川乱歩『探偵小説四十年』（光文社文庫・二〇〇六）（神山彰）

榎本滋民《えのもとしげたみ》　一九三〇〈昭和五〉・三〜二〇〇三〈平成十五〉・一。劇作家・演出家。東京生まれ。國學院大學中退。雑誌編集者をしていたが、「オール讀物」懸賞戯曲の『孤塁』が入選して劇作家になり、内田吐夢監督の同名の映画を舞台化した『花の吉原百人斬り』（一九六二）で大劇場デビューを果たし、以後小説の脚色を含めて新派、新国劇、東宝、松竹などの公演に様々な作品を書き演出した。一方、落語通としても知られ、一九七〇年から始まったTBSテレビの「落語特選会」の解説を、九九年まで三十年間にわたって続けた。戯曲の代表作には、他に『松影屋しずく』（六三）、『八州遊侠伝』（六五）、『寺田屋お登勢』（六八）、『ああ、同期の桜』（六七）などがあり、七二年から八〇年まで帝劇で山田五十鈴主演の「日本美女絵巻」シリーズを書いた。その作品には『淀どの日記』（初演は六八年六月明治座）、『浮かれ式部』（七二）、『静御前』（七四）、『お市の方』（七五）、『愛染め高尾』（七六）など九作品がある。得意の寄席の世界では、明治の女芸人立花家橘之助を主人公にした『たぬき』（七四）、『後編たぬき』（八一）があり、美女絵巻シリーズと並ぶ山田五十鈴の代表作になった。著書には『古典落語の世界』（講談社）、『古典落語の力』（ちくま書房）などがある。自宅の火事で急逝した。

❖**『松影屋しずく』**《まつかげやしずく》　三幕五場。一九六三年三月新橋演舞場で自身の演出で新派が初演。三遊亭圓朝の人情噺『鰍沢』を踏まえた作で、花柳章太郎のために書いた作。嘉永三年、吉原松影屋では新川の酒問屋の主人弥吉が贔屓にしている花魁雫《しずく》を身請けする宴を開いていた。そこへ雫に岡惚れして店の金を使い込んだ薬種商の手代伝三郎が忍んで来て、いきなり剃刀で雫を刺したうえ自殺を図った。二人は心中の仕損ないとして日本橋に晒された。松影屋の亭主は雫に、被害者だと主張しろと勧めるが、雫は「この人はわたしの可愛い人だ」と言い切る。四年後、商用のため甲府に来て道に迷った弥吉は、山中の一つ家に辿りついた。その家には変わり果てたしずくが住んでいた。身を恥じるしずくに向い、弥吉は彼女を忘れられず未だに独身でいると語る。しずくは弥吉に酒を勧めるが、中には毒が入っていた。しずくが酒を買いに出た後、今は猟師になった伝三郎が帰ってきて、残っていた毒酒を飲んでしまう。しびれを堪えて逃げ出した弥吉を、鉄砲を抱えたしずくが追ってきた。弥吉は崖から落ちるが奇跡的に助かった。数年後、身延参りの弥吉の前に、夫婦の乞食が通りかかる。しずくと伝三郎であった。しずくは「伝三郎は命がけで私を愛してくれた。山で殺そうとしたのは、満身創痍の自分たちに比べて、のうのうと暮らしているお前が憎かったからだ」と語る。弥吉はきれいごとで生きてきた自分の人生の限界に気付く。三人三様の愛憎を描いた作品で、弥吉は伊志井寛、伝三郎は森雅之が演じた。

❖**『たぬき』前篇**　三幕十場。一九七四年十一月芸術座で自身の演出で東宝現代劇が初演。明治十七年、女芸人立花家《たちばなや》橘之助《きつのすけ》は美貌と男優りの芸で人気を集めていた。落語家の全亭《ぜんてい》武生《ぶしょう》から「あなたは芸が男だ」と言われたことに心打たれ、二人は愛し合うようになるが、師匠の圓橘《えんきょう》は人気が落ちると心配し、武生の師匠の圓生《えんしょう》は女芸人を嫌っていて破門する。二人は駆落ちし四年後に東京に戻るが、橘之助は売れるものの、武生には場がない。橘之助は女義太夫の人気者竹本綾之助と高座で鞘当てをし、芸人仲間から反発をくいながら、将来を期待される噺家むらくを育て、芸に精進して天下の人気者になる。山田五十鈴があらゆる音曲を弾きこなした橘之助を演じ、舞台で義太夫、清元、小唄、新内をないまぜにした浮世節を弾き語りし、落語を教え寄席太鼓を叩いて評判になった。作者は芸があってこその役者で、この役は山田以外にはないと言い、山田は半年かかって浮世節を習得した。圓橘に金原亭馬の助、むらくに古今亭志ん朝、圓生に初代江戸家猫八ら寄席芸人が出演し、山田は文化庁芸術祭大賞と毎日芸術賞を受賞した。

❖**『たぬき』後篇**　三幕十二場。一九八七年十一月芸術座で東宝現代劇が初演。橘之助の後半生を描いた作品で、大正五年から昭和十年に死ぬまでの歩みを綴っている。人気絶頂の橘之助だが、寄席仲間の義理から手塩にかけていたむらくを破門する羽目になる。世間は活動写真、浅草オペラと新しい娯楽に人気が移り、関東大震災で東京の寄席は大打撃を受けた。橘之助も子宮ガンになるが「やり手と聞き手がいれば芸は滅びない」と言い切る。橘家圓《まどか》と結婚して、余生を京都で送るが昭和十年の水害の犠牲になって死ぬ。最後は亡者姿になった橘之助と圓の道行で終わる。

❖**『大江山鬼神草子《おおえやまきじんぞうし》』**　四幕十一場。一九七五年十月国立劇場で芸術祭主催公演として初演。源頼光の鬼退治の物語を新視点から描いた作。一幕の『春噺鬼退治』で従来の鬼退治物語を舞踊劇で見せ、二幕目から物語が始まる構成であった。一条帝の御代、関白兼家を中心に藤原北家が権力を掌握していた。その北家一族の家々が朱天童子と名乗る盗賊団に次々に襲われた。威信失墜を怒った兼家は、源頼光に盗賊討伐を命じるが、頼光は自分は朝廷警護の役であると言って断り、朱天童子に使者を送り、武士の世を作るために協力しようと呼びかけた。童子はこの申し入れを受け、使者に立った頼光の妻の楓に、人質に奪っていた赤染衛門を返した。衛門の口から、朱天童子とは藤原南家の藤原保輔で、二年前に野盗として捕えられ獄死したことになっているが、頼光の計らいで助けられていたことが分かった。激怒した兼家は、衛門を使って保輔と楓が不倫を働いたと告げ、一方で抱えの武士を童子の手下に見せかけて頼光館を襲わせた。怒った頼光は童子征伐の勅命を受け、それを知った童子も頼光に不審の念を抱く。頼光と朱天童子は大江山で戦う。武士が実力を付け始めた時代の流れを背景に、互いに共感を持つ頼光と保輔が、権力者の陰謀に操られて戦う羽目に至る悲劇で、十三世片岡仁左衛門の兼家以外は、頼光を中村扇雀(坂田藤十郎)、保輔を五世中村富十郎ら中堅若手が演じた。

❖**『愛染め高尾』**《あいぞめたかお》 四幕十場。一九七六年三月帝劇で自身の演出で初演。山田五十鈴主演の日本美女絵巻シリーズの第五作。浪花節や講談で知られる「紺屋高尾」の物語を新視点から描いた作品。江戸享保期、新吉原三浦屋の高尾太夫は全盛を極めている。武家の威光を笠に着た留守居役原武太夫から贈られた打掛をけなし、大尽風を吹かせ粋を気取る豪商も気障だと言い切る。怒った豪商たちは高尾の鼻を明かそうと、神田紺屋町藍染め屋の職人九郎兵衛をにわか大尽に仕立てて吉原へ乗り込む。高尾はすぐにその悪ふざけに気づき、九郎兵衛に軽蔑の眼差しを注ぐが、九郎兵衛は染め色の多寡で打掛の品定めをするという高尾に向かって、すべての色を包括している藍こそ最高の色だと説き、高尾は屈辱感を覚えると同時に九郎兵衛の一途な職人気質に心魅かれた。武太夫は益々高尾に執着し、三浦屋の主人も身請話を持ちかけるが高尾は撥ねつけ、紺屋職人の九郎兵衛を間夫にすると言い切り、九郎兵衛に手紙をやる。しかし九郎兵衛からの返事はなく、高尾は初めて恋の切なさを知った。その時、九郎兵衛手染めの華やかな打掛が届き、高尾は九郎兵衛の真心に感涙した。高尾は廓を忍び出て九郎兵衛に逢い礼を言い、九郎兵衛も武太夫の嫌がらせに耐えた。二人は年季が明けるまで辛抱することを誓い、高尾は万一の際には死ぬ覚悟を固めて武太夫の前で胡弓を弾く。向島で三浦屋の花見の宴が開かれた日、九郎兵衛は晴れて高尾を迎えに来て、呆然とする豪商たちを尻目に手を取って去っていく。二人の美意識の対立が、愛に転じる視点が新しく、江守徹が九郎兵衛を演じた。七六年一〇月の再演の舞台は文化庁芸術祭大賞を受賞。（水落潔）

榎本虎彦《えのもととらひこ》 一八六六〈慶応二〉・一一〜一九一六〈大正五〉・十一。狂言作者。和歌山県和歌山市生まれ。師範学校卒業後小学校教員となるも、文学を志して一八八七年に上京。同郷で日報社社長の関直彦に紹介され、福地桜痴に入門。九〇年、歌舞伎座の作者見習となったが、一時「やまと新聞」の記者に転身し、榎本破笠の名前で西洋小説の翻案等を発表、刊行した。三年ほどで劇界に復帰、桜痴の代作のほか、三崎座で活躍していた市川久女八《いちかわくめはち》の付作者も兼ねた。桜痴没後の一九〇六年に歌舞伎座の立作者となる。とりわけ五世中村芝翫、後の五世中村歌右衛門のために、新作を続々書きおろし上場。英語に堪能で、多くが西洋戯曲の翻案物だが、交流のあった二宮行雄(帝国劇場文芸部主任)、太宰施門(仏文学者)らの影響も大きい。代表作に『女歌舞伎』、『名工柿右衛門』、『経島娘生贄』《きょうがしまむすめのいけにえ》(ラシーヌ作『イフィジェニー』の翻案)など。一方で、話題の翻訳劇『ベルス(鈴の音)』)を翻案した『駅鈴』、一幕物の流行時に書いた『鼓の里』(コペ作『クレモナのヴァイオリン作り』の翻案)など、当時の新劇の動向を意識した劇作もある。自らの本領を「メロドラマ式」と称し、波乱や愁嘆のある筋立は観客の好評を得たが、翻案ゆえに、焼直し、バタ臭い、俗受け、との批判もしばしば被った。西洋戯曲の劇作法や作風を取りいれつつ、常に観客の共感を最優先にした翻案物の第一人者。立作者として、俳優各々の見せ場を設けることに長け、俳優陣からの信頼も厚かった。著書に『桜痴居士と市川団十郎』(国光社)がある。映画監督の中村登は息子。浜村米蔵は直弟子。

[参考]榎本虎彦「吁!座附作者」(『演芸画報』一九一二・5)、榎本茂「榎本虎彦略伝」(前出『世話狂言傑作集』)、木村錦花『近世劇壇史』(中央公論社)、中村哲郎『歌舞伎の近代』(岩波書店)

❖**『女歌舞伎《おんなかぶき》』**三幕。一九〇八年九～十月歌舞伎座初演。女役者の桐大内蔵と、勤王の志士烏丸通広は相愛の仲だったが、恋敵の千姫が二人の邪魔立てをする。ある日、通広に贈った香箱を突きかえされた大内蔵は、通広の愛想尽かしと誤解。しかし全ては千姫の策略で、香箱には毒薬が仕込まれていた。毒の回った大内蔵は狂乱、駆けつけた通広と夫婦の約束をするが、命を落とす。ウジェーヌ・スクリーブ作『アドリエンヌ・ルクヴルール』の翻案で、虎彦が参照したのはヘンリー・ハーマンによる同作の英訳脚本。翻案に際し、原作の見所はほぼ踏襲しているが、観客に馴染みにくい恋愛の要素を多少削った。五世芝翫(五世歌右衛門)の大内蔵、八世市川高麗蔵(七世松本幸四郎)の通広、六世尾上梅幸の千姫。三角関係、嫉妬、奸計、毒殺、悲恋といった原作の面白味を存分に生かし、贅を尽くした道具と衣装によって観客の評判を呼んだ。立作者としての地位を確立した作品。初演は五幕だったが、再演以降に序幕を省き、二幕目と三幕目を一幕として定着した。『世話狂言傑作集』第五巻(春陽堂)所収。

❖**『名工柿右衛門《めいこうかきえもん》』**三幕。一九一二年十一月歌舞伎座初演。伊万里の陶工酒井田柿右衛門は、儲けに頓着せず万暦赤絵の完成に命をかけている。一方、柿右衛門の皿を商う有田屋五兵衛は、利益を独占し柿右衛門を蔑ろにしていた。五兵衛の息子平三郎と、柿右衛門の姉娘おつうは相愛だったが、良い縁談話に目のくらんだ五兵衛が二人の仲を裂く。絶望したおつうは自ら命を絶ち、真実を知った柿右衛門は、有田屋の身代を潰して娘の仇を取ろうと誓う。弟子栗作と妹娘おたねに支えられ、志を貫いた末に見事な赤絵が完成。柿右衛門はおつうを思って涙を流す。ウジェーヌ・ブリュー作『ベルナール・パリッシー』の翻案だが、ヘンリー・アーサー・ジョーンズ作『ミドルマン』との類似を、小山内薫と山本修二が指摘している。初演から好評価を受け、十一世片岡仁左衛門が演じた柿右衛門は、生涯の当り役となった。『世話狂言傑作集』(前出)所収。

(大橋裕美)

江馬修《えまなかし》　一八八九〈明治二十二〉・十二～一九七五〈昭和五十〉・一。小説家・劇作家。岐阜県生まれ。斐太《ひだ》中学を中退して上京後、一時田山花袋の書生となり、職業を転々としながら文学修行に励む。一九一二年自然主義的色彩の濃い短編集『誘惑』を刊行。その後白樺派の感化を受け、自己の体験をもとにした長編『受難者』(一九一六)を発表して好評を得るが、しだいに人道主義的思想に限界を感じ、関東大震災を契機に社会主義に接近、その人生・世界認識を長編『追放』(二六)に表現。渡欧後、日本プロレタリア作家同盟に参加、「戦旗」編集委員となり、一九〇五革命に取材した『その日』(二七)、『阿片戦争』などの戯曲や、『甲板船客』(二八)等の短編小説を「戦旗」に発表する。三二年、故郷の飛弾高山に帰り、妻の民俗学者江馬三枝子の協力のもとに、大作『山の民』に取り組んだ(全四巻、四九)。戦後は『本郷村善九郎』(四九)等を刊行、豊田正子らと「人民文学」に拠り、中国の文化大革命を支持する立場を明確にした。戯曲には上記以外に『訪る、女　五幕の悲劇』(二二)のほか、演劇理論書として『郷土演劇運動の理論と実際』(四四)がある。また、ストリンドベリなどの翻訳のほか、自伝に『作家の歩み』(五七)、作品集に『江馬修作品集』(北冥社・全四巻)がある。

❖**『阿片戦争』**《あへんせんそう》　五幕十三場。「戦旗」(一九二九・9)。一八四〇年から四二年にかけて清国と英国が戦った阿片戦争を、開戦前夜の一八三九年から、清国が敗北して五年後の一八四七年までのスパンで描く。英国人外交官、宣教師、商人、軍人らと、植民地化に対抗する広東広西総督林則徐はじめ中国人の対立を史実を踏まえて、一九二九年八月から九月における日本の民衆の側から捉えることを試みた大作だが、劇団築地小劇場による上演にあたっては、演出の村山知義により四幕八場に全面的に改訂された。　（岩佐壮四郎）

江見水蔭《えみすいいん》　一八六九〈明治二〉・八～一九三四〈昭和九〉・十一。小説家、劇作家。岡山県岡山市生まれ。本名忠功《ただかつ》。叔父の勧めで軍人を志し上京。やがて文学に傾倒し、杉浦重剛の称好塾に入った。そこで巌谷小波と出会い意気投合。一八八八年、小波の紹介で硯友社社員となる。九〇年、『澪標佐々木盛綱』(「江戸紫」連載)の発表を皮切りに、九一年『脚本石橋山』(「読売新聞」連載、後『源頼朝』と改題)、九四年『旭将軍』(後『源義仲』と改題)等の史劇を手掛ける。中央、読売など新聞社への入退社を経て一九〇〇年、博文館入社。一時「少年世界」の主筆となり冒険小説を発表。次第に純文学を離れ、軍事小説で新境地を開いた。〇三年、川上音二郎に依頼され執筆した翻案『オセロ』(「文芸倶楽部」)が大当たりを取り、千円という破格の脚本料も話題となった。また小説の劇化が流行していた〇五年、『兜の星影』が竹柴秀葉により脚色され明治座で初演、好評を得た。ほかに〇九年『喜劇無人島』、一三年『史劇名和長年』、一五年『悲劇片瀬の子』など劇作は多数あるが、多くが未上演。『自己中心明治文壇史』(博文館)など、近代文学界を知る上で貴重な回想録を残す。好劇家で声色に優れ、硯友社の文士劇では大活躍した。

[参考]江見水蔭『星』(博文館)、『自己中心明治文壇史』(博文館)、巌谷小波「江見水蔭君」(『我が五十年』、東亜堂)、木村錦花『明治座物語』(歌舞伎出版部)、『硯友社文学集』(筑摩書房)

❖**『オセロ』**　五幕。一九〇三年二月、明治座初演。陸軍中将で台湾総督の室鷲郎《むろわしろう》は、妻鞆音《ともね》を心から愛しているが、部下の中尉、伊屋剛蔵の奸計にはまる。伊屋は副官の陸軍少佐勝芳雄の出世をねたみ、勝と鞆音とが不義の関係にあると室に讒言する。室は嫉妬から妻への不信を募らせ、潔白だと言いつづける鞆音を責めたて挙句に殺す。だが伊屋の妻お宮が、全ては伊屋の陰謀と暴露。絶望の内に室は自滅し、伊屋はその場で銃殺される。初演は川上の室、高田実の伊屋、川上貞奴の鞆音。翻案にして水蔭の代表作。水蔭によると、〈正味五日位で脱稿した〉が、川上は原稿に付箋をつけて様々な修正を依頼してきたという。貞奴の本邦初舞台であり、守住月華（市川久米八）の出演も有名。掲載誌「文芸倶楽部」は『オセロ』人気で異例の再版となった。（大橋裕美）

江本純子《えもとじゅんこ》 一九七八〈昭和五十三〉・十二～。劇作家・演出家・女優。千葉県生まれ。立教大学文学部英米文学科中退。在学中の二〇〇〇年、町田マリーと劇団毛皮族を結成（寺山修司の『毛皮のマリー』に因む）。おっぱい＆ニップレスを武器に女優陣が歌い踊る「テロエロ歌劇」なる猥雑な軽演劇スタイルで人気を博す。裏タカラヅカ的に、レズビアンやバイセクシャルやロリコンなど多様な性癖を俎上にのせる。〇九年にストレートプレイ志向の「劇団、江本純子」を開始し、『セクシードライバー』（二〇〇九）で第五十四回、『小さな恋のエロジー』（一〇）で第五十五回の岸田國士戯曲賞最終候補作品にノミネート。一一年からは「財団、江本純子」と改名して活動。代表作に『社会派すけべい』『常に最高の状態』『暴れて嫌になる夜の連続』『売るものがある性』。（望月旬々）

江守徹《えもりとおる》 一九四四〈昭和十九〉・一～。俳優・演出家・劇作家。東京都生まれ。本名加藤徹夫。北園高校卒業後、一九六二年に文学座研究所に入所、六六年に座員となる。九四年度、第二回読売演劇大賞・優秀演出家賞受賞。文学座に俳優として所属するかたわら、八一年の文学座公演『ハムレット』から演出を始める。以後、主に杉村春子のために作品を提供し、九〇年『似顔絵のひと』を自らの演出で文学座により池袋・サンシャイン劇場で、九二年『その先は知らず』を自らの演出で松竹・文学座によりサンシャイン劇場、九三年『夜のキャンバス』が戌井市郎の演出で文学座により日本橋・三越劇場にて、九五年『絹布の法被』を自らの演出で文学座によりサンシャイン劇場にて上演。杉村没後、九七年『あ?!それが問題だ――シェイクスピア作『ハムレット』より』、二〇〇〇年『デンティスト――愛の隠れんぼ』を、いずれも自らの演出で文学座により三越劇場にて上演。

［**参考**］『夜のキャンバス』（一九九三年、文学座上演台本）

❖**『夜のキャンバス』**《よるのきゃんばす》 二幕四場。東京郊外にある川島家の応接間兼アトリエ。時は現代。

かつて、バーのマダムをしていて、離婚経験があり、今は自宅で好きな絵を描いて悠々自適の暮らしをしている川島すみれ。一人息子の一貫は美術大学の助教授で、間もなく教授への推薦を控えており、慌ただしい日々。そんな中、嫁の菊子と口げんかの絶えない日々を送っている。一貫・菊子の夫婦は広志・悠子の二人の子供に恵まれてはいるが、口うるさいすみれのせいで、家庭はどこかギクシャクとしている。ある日、一貫が悄然として帰宅した。近日中に控えた展覧会用に預かっている大事な大家・海野の絵にペンキをこぼしてしまい、それをすみれに修復してほしい、とのこと。また、学生時代からの親友で、二人で菊子を争った北長に久しぶりに会い、北長が今でも菊子を愛していると言ったのを聴き、酒の上の話で「女房をくれてやる」と約束したとのこと。母のすみれも妻の菊子も、一貫のだらしなさに怒るが、事態を収拾しなくてはならない。翌日、すみれは海野を伴い家に戻る。海野は、すみれがバーをやっていた頃の馴染み客で、すみれに惚れていたのだ。一方、北長もやって来て、菊子に言い寄る。すみれは一貫のミスを詫び、絵をくれないか、と海野に頼む。海野は、昨年妻を亡くしたので、一緒になってくれるなら、と返事をする。しかし、絵にペンキを掛けたのは、菊子に執着をしている北長の仕業だと判り、気丈なすみれは北長を追い返す。嵐のような二日間が過ぎた後、今まで一貫を間に置いていがみ合っていたすみれと菊子は考えを変え、二人で家庭以外の世界を見に、ヨーロッパへ旅立つ。（中村義裕）

円地文子《えんちふみこ》　一九〇五〈明治三十八〉・十〜一九八六〈昭和六十一〉・十一。小説家。東京浅草区向柳原生まれ。本名富美。父は東京帝国大学教授の国語学者上田万年《かずとし》。幼少から文学や演劇に親しみ、一九二六年、第三次「歌舞伎」の一幕物時代喜劇懸賞脚本募集に応募した『ふるさと』が当選。同誌十月号に掲載される（筆名は上田富美子）。翌年から小山内薫の演劇講座の聴講生となり、小山内主宰の同人雑誌「劇と評論」に投稿を始める。二八年、長谷川時雨主宰の「女人芸術」第三号に発表した『晩春騒夜』が十二月の築地小劇場で上演された（この上演の記念に開かれた上田家の招宴の席で小山内薫が心臓麻痺のため急死）。三〇年、新聞記者円地与四松と結婚、円地文子を筆名とする。三五年、処女戯曲集『惜春』を刊行（収録作は新劇系の現代劇が中心）。この頃から小説に軸足を移し、戦時の混乱期や闘病生活を経て、戦後は『ひもじい月日』『女坂』『女面』『朱を奪うもの』など、女を描いた小説で活躍。古典文学にも造詣が深く、とりわけ愛読した『源氏物語』の現代語訳を七二年に刊行し、八五年に文化勲章を受章した。主要業績は小説であったが、出発は劇作であり、もともと祖母から聞いた江戸時代の読本や草双紙の物語、浄瑠璃や歌舞伎のせりふなどが文学的素養の大きな部分を占めていたため、昭和三十年代以後、改めて歌舞伎や商業演劇とも関わりを持った。大劇場で上演されたものに『武州公秘話』（谷崎潤一郎原作）、『舌を噛み切った女』（室生犀星原作）、『赤西蠣太』（志賀直哉原作）、『奉教人の死』（芥川龍之介原作）、『湯島詣』（泉鏡花原作）、自作の『なまみこ物語』『千姫春秋記』など小説からの脚色や、『女詩人』『変化女房』『源氏物語葵の巻』などの創作戯曲がある。

［**参考**］円地文子『惜春』（岩波書店）、『円地文子全集　第十四巻』（新潮社）

❖**『晩春騒夜』**《ばんしゅんそうや》　一幕。一九二八年十二月築地小劇場で上演。演出・北村喜八、出演は山本安英《やまもとやすえ》、村瀬幸子、滝蓮子、友田恭助。日本画で生計を立てる香代子は、重い喘息の兄、譲を抱え、つましく暮らしている。絵の仲間で裕福な家の娘光子が、左傾派の経済学者清水の思想に傾倒し、古臭い日本画など捨てて結婚すると聞き、変われない自分に自己嫌悪を抱く。しかし、清水が検束され、必死に気丈を装う光子を見て「ブルジョワの娘の倦怠から産まれた火あそび」と感じた香代子は、人それぞれの道があると思い至る。当時の新劇の主流だった左翼思想を相対化して描いた作。

❖**『源氏物語　葵の巻』**《げんじものがたりあおいのまき》　五幕七場。「海」一九七六年五月号に掲載。同月歌舞伎座で上演。演出・戌井市郎、振付・藤間勘十郎（六世）、平井澄子・作曲、浜田右二郎・美術。配役は六世中村歌右衛門の六条御息所、十七世中村勘三郎の光源氏、七世中村芝翫の葵の上、十三世片岡仁左衛門の左大臣、二世中村鴈治郎の律師ほか。光源氏は、数ある愛人のなかでも、先の皇太子の未亡人六条御息所に、特別の敬意と愛情を抱いているが、不思議な霊力を漂わせる彼女に、どこか近寄りがたいものも感じている。葵祭の日、源氏の正妻葵の上の家人に屈辱を受けた御息所の煩悶は、生霊となって産褥の葵の上を襲い、死に至らしめる。御息所は北山の律師を訪ね、出家を願うが、まだ執念の鬼は離れていないから、伊勢斎宮に決まった姫宮とともに伊勢へ行けと諭される。今は政敵の攻撃にさらされている源氏は、一年ぶりに嵯峨野の仮御所に御息所を訪れ、二人の愛は再燃するが、姫宮を思い、御息所は伊勢へ出立する。『源氏物語』のなかでも、六条御息所の人間像や「生霊」の設定は、作者がとりわけ興味を抱き、小説『女面』『妖』『なまみこ物語』などでも追求してきたテーマである。本作はさらに「今昔物語や柳亭種彦の田舎源氏の趣きを取り入れて脚色してみた」と作者の言葉にあるように、竹本や舞踊的な動きを入れるなど、歌舞伎の手法を意識的に使って劇化したもの。（石橋健一郎）

遠藤周作《えんどうしゅうさく》 一九二三〈大正十二〉・三〜一九九六〈平成八〉・九。小説家・劇作家。東京生まれ。大連、西宮で育つ。慶應義塾大学卒業。カトリック文学研究、評論で知られ、フランス留学後、小説を書き著名となる。一九四八年兵庫県の小林聖心女学院の依頼で戯曲『サウロ』を書き、同校卒業公演で上演。五七年十二月「文學界」に発表した『女王』を劇団四季が俳優座劇場で上演。五九年劇団同人会に『親和力』を書き、上演された。また、以下の三作の主要戯曲はいずれも芥川比呂志演出で劇団雲により上演されている。『黄金の国』『薔薇の館』、『メナム河の日本人』（書下ろし新潮劇場、七三年九月ヤクルトホール初演）。最後の戯曲は、青年座・栗山昌良演出により西武劇場（現・パルコ劇場）で上演された七四年十月『喜劇　新四谷怪談』（書下ろし新潮劇場）だった。遠藤は、芥川演出に全面的信頼を寄せ、芥川死後戯曲執筆の意欲が喪失したと述べている。『遠藤周作文学全集』（新潮社）第九巻に戯曲六編が収録。なお、没後発見された『サウロ』は同全集第十四巻に収録。また、小説の代表作『沈黙』は、『沈黙――SILENCE』として、スティーヴン・ディーツ脚色、村田元史・ジョセフ・ハンレディ演出で一九九五年に劇団昴が米・日両国で上演、再演されている。同作や『黄金の国』などは、オペラ化作品も著名。六八年には素人劇団樹座《きざ》を結成し、ミュージカル『トニーとマリア』など上演を重ねた。小説『おバカさん』も矢代静一脚色で森繁劇団が明治座で六二年五月に上演。

❖**『黄金の国』**《おうごんのくに》 三幕九場。「文藝」（一九六六・5）に発表。同年同月劇団雲が都市センターホールで初演。島原の乱の二年後の長崎。奉行所勤めの朝長作右衛門は、自分や娘の雪を始め、隠れキリシタンや、密かに匿う宣教師フェレイラを守るため転向を装う。また、井上筑後守は、以前自分も信仰したキリスト教徒摘発に執着を燃やす。一方、奉行所勤めの青年源之介は雪に求婚するが、雪は信仰を理由に受け入れない。やがて朝長の信仰が発覚、囚われたのを知り、フェレイラは自ら名乗り出る。さらに、雪も、源之介も雪から貰った十字架所持のため囚われる。すべてを見たフェレイラは「踏むがいい」というキリストの声を聴いたとして、その顔を踏む。解放されたフェレイラのもとに、転向した百姓の嘉助が訪れ、朝長、雪、源之介の処刑を告げる。フェレイラは踏み絵も許すキリスト像を語るが、そこに井上が現われ、キリスト教は弱さを救うものでなく、闘い抜くものだと否定し、日本という泥沼に負けたお前は、「切支丹を憎む書を書け」という。そこにまた、新たなキリシタン上陸の報が寄せられる。

小説『沈黙』と同じ設定、人物像で、作者が繰り返した生涯のテーマが語られる。遠藤は、戯曲は、外形は俳優が処理してくれるので、直ちに内面から書くことができる、小説で書けることは戯曲では書かない、「いわば純粋戯曲」を考えたという（「小説作法と戯曲作法」）。

❖**『薔薇の館《ばらのやかた》』** 三幕八場。「文學界」（一九六九・10）に発表。同年九月、劇団雲が都市センターホールで初演。一九四二年から四五年にかけての軽井沢。薔薇で美しく彩られていた瀟洒な教会を舞台に、戦争に直面した神父、信者、学生、小説家などの苦悩を描く。この教会の神父ブルーネも抑留され、教会は監視される。信者の若者も戦地へ送られるなか、「汝、殺すなかれ」と教えつつ傍観するだけの「教会」の立場に、残された無力なウッサン神父は苦しむ。終戦の日、ウッサンは毒入り葡萄酒を飲み、禁じられた自死を選ぶ。戻ってきたブルーネは何も語らず、ウッサンの死を受け入れる。そこへ、新しい神父が訪れる。

これも、遠藤が小説で追及してきたテーマの戯曲化。運命を背負いきれない、哀れな目をした無力なウッサンも、たびたび登場する重要な存在。深刻で重いテーマを、美しい背景と詩情豊かな、心情に染み入るような台詞で運び、観客の気持ちを飽きさせずに繋いでゆくところに、遠藤の戯曲の真骨頂がある。ともかく、この二作品は、題材を超えた広範な人間の生に関わるテーマを扱い、宗教的主題の芝居は当らない近代劇の流れでは珍しいほど、興行的にも成功を収める人気作となった。（神山彰）

遠藤啄郎《えんどうたくお》 一九二八（昭和三）・十二〜。劇作家・演出家。神奈川県生まれ。本名琢郎。東京美術学校油絵科卒業後、個展グループ展などで作品を発表。一九五九年頃より、ラジオ、オペラ、ミュージカル、舞踊、人形劇、演劇の脚本・演出を始める。創作影絵人形芝居『極楽金魚』が処女作。七一年、ラジオドラマ『つげかいどう・よしはるむら・あざ…』（原作：つげ義春、出演：蟹江敬三、大塚道子、白石加代子ほか）で芸術祭参加。七六年四月『かけこみ・加入儀礼として』、八月『喪服』、十月に清水邦夫原作『花飾りも帯もない氷山よ』、七七年には太宰治原作『走れメロス』を上演。劇団太陽の手を経て、八一年に「横浜ボートシアター」結成。横浜の運河に浮かぶ木造船内を劇場として使用し、仮面劇を上演。代表作『小栗判官・照手姫』（一九八二）以降、マハーバーラタ三部作として『若きアビマニュの死』『王サルヨの婚礼』『耳の王子』（インドネシア国立大学との共同製作）に取り組む。松谷みよ子の『龍の子太郎』をはじめ、ポール・ボウルズの『ハイエナ』『遠い挿話』、宮沢賢治や樋口一葉らの原作をもとにしつつ舞台化も行なうほか、遠藤啄郎の書き下ろし大作『ＨＯＴＥＬ 水の王宮』や、自伝的作品『アメリカ』などを上演。二〇一四年、代表作のシリーズ第二弾として、『恋に狂ひて』（説経「愛護の若」より）を手掛ける。

［参考］ 遠藤啄郎『仮面の聲 横浜ボートシアター仮面劇集』（新宿書房）

❖**『小栗判官《おぐりはんがん》・照手姫《てるてひめ》』** 一九八二年五月、自らが主宰する横浜ボートシアター第二回公演として横浜・船劇場にて自らの演出にて初演。中世の説経節『をぐり』を題材とし、「序の段」を含めた全十一段構成の仮面劇として、小栗判官・照手姫の物語を、再構成し直した作品。主な出演者は登場の折に仮面を付ける場合が多く、「仮面劇」として日本の古典を再生する試みに、東南アジアの楽器・ガムランなどを加え、原作の味わいを保ちながら、より土俗的な演劇としての見せ方をしている。第十八回紀伊國屋演劇賞受賞作品。（中村義裕）

お

老川比呂志《おいかわひろし》　劇作家・演出家。武智鉄二も関わり、一九六〇年代前半に活動した劇団点の会を中心に活躍。同劇団上演の『作品No.0「快楽」』（都市センターホール、六〇年八月）では、土方巽が振付、池田龍雄が美術を担当。石川淳の小説の脚色『修羅』二幕九場も上演。また、安部公房『人間そっくり』を一幕劇に脚色して、劇団青俳で六四年に上演。六六年には劇団「らくだ座」で中江良夫『恭々しき貪慾者』の演出を担当。（神山彰）

逢坂勉《おうさかべん》　一九三六〈昭和十一〉〜。劇作家・演出家。旧満州生まれ。本名山像信夫。同志社大学卒業。関西テレビ制作部で多くの作品を担当。舞台は、大阪新歌舞伎座での都はるみ、橋幸夫、川中美幸など人気歌手公演での作品多く『夫婦善哉《めおとぜんざい》』『人情噺浪花恋しぐれ』『風の三度笠』『友禅流し恋ながし』『不死鳥ふたたび美空ひばり物語』『艶歌テネシーワルツ』『維新前夜』『あたしの殿様』など。『逢うが別れの始めとは』『あゝ結婚行進曲』など、妻の野川由美子に書いた作品もある。（神山彰）

近江瓢鯰《おうみひょうねん》　一八八三〈明治十六〉・十二〜一九五六〈昭和三十一〉・十。俳優・劇作家・演出家。滋賀県堅田生まれ。本名田辺耕治。俳優名志賀廼家淡海《しがのやたんかい》。義太夫語りの芸人だった父親譲りの美声で十五歳から江州音頭の音頭取りとして活躍。一九〇五年、新派堅国団を組織する。〇八年、喜劇団ブームにあやかろうと八景団として再出発、自らは志賀廼家淡海を名乗り、地方巡業を重ねる。一七年に発表したヨイショコショ節は、淡海節と呼ばれて人気を集める。一九年「教訓的家庭新喜劇」を売り文句に新京極・歌舞伎座に進出。松竹専属となり、二二年、病に倒れた曾我廼家十郎一座の座員を吸収するなど、曾我廼家五郎と喜劇界を二分する存在となる。三三年労働争議に巻き込まれ多数の脱退者を出した後、一座を再結成。レビューを取り入れるなど新機軸を打ち出すも人気は下降し、再び一座を解散、一時期は松竹家庭劇に属した。四九年には東西本願寺の後援を得て蓮如劇で、五六年には親鸞劇で全国巡演。同年九月、巡業先の鹿児島の劇場で倒れ死去。

❖**『友を訪ねて』**《ともをたずねて》　五齣。志賀廼家淡海名義。『喜劇全集　中之巻』（大日本雄弁講談社）。「第一　或るカフェー」慌て者の銀行員板垣誠道は、自分の鞄を間違えて持って帰った友人、平井の家を訪れることにする。「第二　赤い家」間違えて平井の家の隣家にやってきた板垣。留守なので火事だ泥棒だと騒いでいると近所の人々がやってきて袋叩きに遭いそうになる。ラジオの淡海節を聞いているとその家の主人が帰ってくる。板垣は気づかぬまま頓珍漢な会話をする。「第三　青い家」再び家を間違え喧嘩中の夫婦の家に飛び込んだ板垣。夫に間男だと勘違いされ逃げ出す。「第四　黄色い家」元芸者が薄情な旦那を嘆いているところに板垣はやってくる。口説かれてその気になるも旦那が帰宅。気色ばむ旦那を尻目に板垣は出て行く。「第五　平井君の家」大勢の人に追いかけられている板垣を平井夫婦が家に連れ帰る。鞄を取り戻すが、板垣が妻のために買ってきた翡翠の髪飾りが見当たらない。自分の過失だと言い合っているところにカフェーのコックが落とし物だと髪飾りを持って来る。一堂大喜び大笑いの内に幕。（日比野啓）

大池容子《おおいけようこ》 一九八六〈昭和六十一〉・十～。劇作家・演出家。大阪府生まれ。うさぎストライプ主宰。日本大学藝術学部演劇学科劇作コース卒業。二〇一〇年、青年団演出部に所属し、うさぎストライプ結成。一三年、芸劇eyes番外編・第二弾 God save the Queen参加作品『メトロ』で注目される。代表作に『いないかもしれない』『学級崩壊』。（望月旬々）

大石静《おおいししずか》 一九五一年〈昭和二十六〉・九～。脚本家・劇作家。東京都出身。日本女子大学文学部国文学科卒業。青年座研究所を経て、一九八一年に永井愛と女性二人だけの劇団「二兎社」を立ち上げる。当時大石は役者志望であったが仕事がなく、芝居をするために永井と劇団を作ったという。劇団初期では永井と大石が共に劇作、演出、出演を担当した。旗揚げ公演は大石作の『兎たちのバラード』（池袋パモス青芸館にて初演）だったが、当時大石はテレビドラマに端役で出演しており撮影現場で公演の宣伝をしたところ、公演に来てくれたテレビのスタッフから「君は役者より台本を書いたほうがいい」と言われる。そのアドバイスを受け、大石はお金になるならとテレビドラマの脚本家、宮川一郎に弟子入りし、「企画書屋」と呼ばれるテレビドラマのネタ作りの仕事をしながら二兎社の活動を続けた。二兎社は永井と大石の二人芝居が評判になり、八六年に紀伊國屋ホールに進出するが、同じ年、大石はTBSで二時間ドラマを担当し脚本家として独り立ちする。それ以降大石はテレビの仕事に集中し、九一年、永井作『許せない女』での二人芝居を最後に二兎社を退団。以来、テレビドラマの世界で多くのヒット作品を生み出している。二兎社退団以降、演劇には距離を置いていたが、九五年にミュージカル『ガールズ・タイム－女の子よ、大志を抱け－』に作品を書き下ろした。また二〇〇二年、大石は戦時中の宝塚歌劇団を描くテレビドラマ『愛と青春の宝塚』の脚本を担当し、さらにその作品の舞台化（〇八、新宿コマ劇場、鈴木裕美演出）にあたり舞台版台本を担当した。これ以後宝塚に関わることが増え、『美しき生涯－石田三成　永遠の愛と義－』（二〇一一、宝塚歌劇団宙組公演）、『カリスタの海に抱かれて』（一五、宝塚歌劇団花組公演）の二作品を提供している。

❖**『ガールズ・タイム－女の子よ、大志を抱け－』**《がーるずたいむおんなのこよ、たいしをいだけ》 一九九五年十一月、パルコ劇場にて初演。大石作、宮本亜門演出。三幕。主な登場人物は十人の女性。王子様願望を持つOLのぞみ、出産の感動が忘れられず男を見ては子種をせがむズッポン、三十歳過ぎで処女かつ成人病予備軍のしのぶ、彼氏が突然性転換して女性になってしまった月子など、さまざまな問題を抱えた女性たちをコミカルに描いたミュージカル。第一幕はショート・コント、第二幕は歌とダンス、第三幕はクリスマス・イブの夜、エレベーターに十人が閉じ込められるというシチュエーション・コメディ。歌手の広瀬香美が作詞・作曲を担当。二〇〇〇年、初演時の台本に若干の変更を加え再演された。（鈴木美穂）

大石汎《おおいしひろし》 一九三九〈昭和十四〉・七～。作家。石川県生まれ。早稲田大学国文科卒業。俳優を志すうちに劇作を開始。神奈川県立青少年センター主催の脚本コンクール入選作を中心に収めた『大石汎脚本集』（高校演劇叢書第六巻、門土社総合出版）がある。〈極めて狭い私の生活体験から発想を得て〉（同書）執筆したと自ら語る、初期戯曲『うみべ』（一九六九）や『過ぎし戦』（八〇）ほか計五作を収録。著書に『日清戦争中の森鷗外』『客夢』などがある。（桂真）

大江健三郎《おおえけんざぶろう》 一九三五年〈昭和十〉・一〜。小説家。愛媛県生まれ。デビュー以前の東京大学在学中に学生演劇の戯曲として、『天の嘆き』『火山』（一九五四）、『夏の休暇』『死人に口なし』（五五）、『獣たちの声』（五六）を書いたとされる。他にも初期にラジオやテレビでドラマのシナリオを書いた。活字になった戯曲に『動物倉庫』（五七）があり、文学座がアトリエの会の公演として鈴木邦男演出で六〇年十月に上演。また、「へるめす」で連載された『革命女性』（八六）が、戯曲・シナリオ草稿として『「最後の小説」』に収録されている。（高橋宏幸）

大岡昇平《おおおかしょうへい》 一九〇九〈明治四十二〉・三〜一九八八〈昭和六十三〉・十二。作家。東京生まれ。少年期より演劇も好み、築地小劇場の追憶が『少年』にある。戯曲は『遙かなる団地』を劇団雲に福田恆存の要請で執筆。芸術座でのスタンダール『赤と黒』の劇化（一九六六）で脚本を担当したが、菊田一夫と対立し、初日を欠席し話題となる。なお、小説の代表作の一つ『武蔵野夫人』は文学座で福田による劇化・演出で上演された。（神山彰）

大岡信《おおおかまこと》 一九三一〈昭和六〉・二〜。詩人・評論家。静岡県三島市生まれ。東京大学文学部卒業。読売新聞社勤務、明治大学教授を経て東京藝術大学教授。一九五〇年代から現代詩・文芸批評の世界で著名。当初ラジオドラマとして書いた『あだしの』が、同作品で主役を演じた俳優小池朝雄の希望で、設定や主人公の状況などを変えて戯曲化。一九六九年七月劇団雲により上演。『あだしの』（小沢書店）には、ラジオドラマ『写楽はどこへ行った』も収録されている。七四年には早稲田小劇場で上演の『トロイアの女たち』を潤色。歌劇の世界にも『水炎伝説』（一九九〇）、『火の遺言』（九五）、『生田川物語』などを書いている。（神山彰）

大垣肇《おおがきはじめ》 一九一〇〈明治四十三〉・二〜一九七九〈昭和五十四〉・五。劇作家。東京生まれ。本名は真田与四男。父は佐藤紅緑（洽六）で、サトウハチローは異母兄、佐藤愛子は異母妹にあたる。法政大学国文学科中退。少年時代に立川文庫を愛読し、また小林多喜二らの影響を強く受けた。第二次世界大戦で出征し、復員後に共産党に入党する。「赤旗」の編集局の記者となり、その後は、労働運動に従事し組合機関紙の編集などを手がけた。真山青果を師とし、歴史的な事件や人物を題材にした作品がある。劇作家としてのデビューを促したのは村山知義で、労働組合運動に参加するかたわら、創作意欲にうながされて一週間で書き上げた三幕の風刺劇『幸運の黄金の矢』が村山に注目されて、ラジオドラマとしての放送に至り、その後、同作品は明治座で上演された（一九五四年四月、劇団新派）。『大垣肇一幕劇集』（未來社）は、自選の五作品（『幸運の黄金の矢』、『望郷の歌』、『満月』、『村長裁判』、『鎖国』）を収めるが、このほか『水沢の一夜』、『離れ猪』が、それぞれ『昭和大衆劇集』（演劇出版社）や、『戯曲代表選集』第四（白水社）に収載されている。また、長塚節作の『土』や小林多喜二作『蟹工船』などの脚色や舞台その他ラジオ、テレビドラマの脚本も手がけた。劇作についての考えを記したものに『文学入門』（新日本出版社）の「戯曲について」があり、聴覚の重要性などを説いて誰にでも分かりやすい「劇作入門」となっている。歴史に取材したもののほか『満月』などの民話劇風の作品も、独特の詩情をたたえて趣き深い。

❖『水沢の一夜』《みずさわのいちや》　一幕。一九五七年七月に劇団文化座が一ツ橋講堂で初演。蛮社の獄で江戸伝馬町の牢につながれていた高野長英が、火事にまぎれて逃亡し、母に会うために故郷に戻る。その長英を迎える母美也らの愛情や葛藤を緊迫した一夜のうちに示すドラマ。

　舞台は奥州、水沢の里。長英の母美也が孫娘の能恵と暮らしているところに、長英の亡き父の親友、遠藤惣左衛門が訪れ、長英に自首させるべきと説く。美也がこれを拒絶すると、惣左衛門は藩の決定を受け鉄砲隊を組んで山狩を始めるが、そうしたなか、江戸から逃げてきた長英は川人足に扮して美也のもとにたどり着く。長英は追跡を逃れるために薬品で顔を焼いていた。いっぽう惣左衛門の息子で、長英を師と仰ぎ、その娘の能恵に想いを寄せる啓四郎は、長英を助けようとして山に入ったところ、長英と見誤られて撃たれてしまう。瀕死の啓四郎と、そのかたわらで為す術のない惣左衛門の前に、長英が姿を現わして手術により啓四郎の命を救う。息子を助けられた惣左衛門は〈人相書き〉と異なることを理由に長英を見逃し、長英は母と娘とのつかの間の再会を終えて去っていく。静謐な雪の夜を背景として、スケールの大きな長英像と親子・師弟間の深い愛の姿を描く作品。　（伊藤真紀）

大木直太郎《おおきなおたろう》　一九〇〇〈明治三十三〉〜一九八一〈昭和五十六〉。明治大学名誉教授。山梨県出身。山本有三に師事し、戯曲を書く。『みちのくの僧兵』は東劇で二世市川左團次一座が上演。吉野源三郎原作の劇化『君たちはどう生きるか』のほか『生きる』『父と母』など。山本有三『波』の映画化のシナリオ担当。『大木直太郎戯曲選集』（私家版）。　（神山彰）

大隈俊雄《おおくまとしお》　一九〇一〈明治三十四〉・一〜一九七八〈昭和五十三〉。劇作家・小説家。福岡生まれ。早稲田大学露文科卒業後、当初は詩や童話劇を発表していたが、池田大伍の指導下、本格的に劇作家を志す。『近藤勇』（「新興戯曲」一九三二・1）、『西郷隆盛の死』（「舞台」一九三四・6）など史劇を中心に発表した。戯曲集として一九三三年に『黄金街』を出版。また、トレチャコフ作の翻訳『吼えろ支那』を含んだ『メイエルホリド座上演台本集』を一九三〇年に出版している。　（岡本光代）

大倉桃郎《おおくらとうろう》　一八七九〈明治十二〉〜一九四四〈昭和十九〉。香川県生まれ。本名国松。一九〇六年、軍隊での体験に取材した『琵琶歌』が、大阪朝日新聞の懸賞小説に入選。『平和の日まで』（一九一五）等の戦記小説や少年少女ものの小説で知られた。『琵琶歌』は、三二年、川村花菱の脚色・演出により、明治座で上演、翌三三年には、やはり花菱の脚本、野村芳亭の監督で映画化もされた。　（岩佐壮四郎）

大沢駿一《おおさわしゅんいち》　劇作家。一九五六年一月『神の馬』（「新劇」一九五五・11）が俳優座第五期生卒業発表会で初演される。一九五七年『埴輪』、翌五八年『氷』を発表。一九六二年七月、第八回「新劇」岸田戯曲賞で『比古と遠呂智』（「新劇」一九六一・9）が予選候補となる。一九六四年七月、第十回「新劇」岸田戯曲賞で『栄日子と大国主』（「新劇」一九六四・6）が戯曲推奨に選ばれる。古代神話を主な題材として戯曲を執筆した。　（桂真）

大沢直行《おおさわなおゆき》　一九五一〈昭和二十六〉・一〜。武蔵野美術大学造形学部基礎デザイン科卒業。劇団スーパー・エキセントリック・シアター〈略称SET〉旗揚げと共に座付き作家として脚本を担当。「スーパー・エキセントリック・シアター」は、創立以来〝ミュージカル・アクション・コメディー〟を旗印にしつつ、常に今の社会に警鐘を鳴らすメッセージ性の強い作品を上演し続ける。そのため、大沢が書き下ろす作品はSF、笑い、風刺をふんだんに盛り込んだ、エンタテインメントである。『名探偵・丸越万太シリーズ』『剣はペンより三銃士』『コリゴリ博士の華麗なる冒険』『メガ・デス・ポリス』などの戯曲がある。SET以外の主な作品としては『マヤ占い』〈アミューズブックス〉、CD―ROM『テラヤマ・ランド――寺山修司の迷宮大世界』〈マクセル・イーキューブ〉、小説『ドキドキクラブ』〈青い鳥文庫〉など。

❖**『コリゴリ博士の華麗なる冒険』**《こりごりはかせのかれいなるぼうけん》　忍者の末裔で今は産業スパイとして生きる子宝金太郎の元に牛丼チェーンの片玉社長から依頼が来る。〈ライバル企業のヘンタッキー・フライドチキンが突然モモ肉の価格を二分の一に値下げしたが、なんで半額なんて無茶な値下げが可能になったのか秘密を探れ〉と。忍者部隊を率いてヘンタッキー社に潜入した子宝はそこで驚愕の事実を目の当たりにする。なんとヘンタッキーはモモ肉を半額にするために、バイオ技術を駆使して四本足のニワトリ、別名ヨワトリを開発していたのだ。それを知った片玉はこちらも牛丼を値下げすべくバイオ技術を駆使して六本足のウシ、別名ウロ、英名ウシックスの開発に乗り出す。こうしてバイオ技術を駆使した両社の競争は、その裏で暗躍する軍事マッド・サイエンティストのコリゴリ博士に操られるようにエスカレートし、ついには〈三本足のヒーローVS四本手の兵士〉という究極の最強戦士同士の戦いを迎えるのだった……。バイオ・テクノロジーのもたらすディストピア世界の悪夢を予見した一九八一年作のブラック・コメディーである。　（岡野宏文）

大沢幹夫《おおさわみきお》　一九一一〈明治四十四〉・三〜不詳。劇作家。本名杉本重臣。熊本県出身。広島高師英語科中退。左翼劇場に入り、コップ常任、プロット書記長代理などを務めるかたわら、プロレタリア劇作家として活躍。戦後は『武器と自由』〈一九四七年三月新協劇団公演〉を「人民演劇」と名付け、話題を集めたほか、「血のメーデー事件」を劇化した『忘れられぬ五月一日』などがある。代表作『機関庫』は『日本プロレタリア文学集37　プロレタリア戯曲集(三)』〈新日本出版社〉に収録。　（村島彩加）

大島多慶夫《おおしまたけお》　劇作家。昭和戦前期、主に関西新派で活躍。一九二九年七月に帝劇で上演した『夕だち』は好評で、関西新派でも三六年に再演。関西新派に『やどり木』『花柳情話　恋人形』『母性双曲線』『春の雷』など。無声映画時代の脚本もある。　（神山彰）

大島信久《おおしまのぶひさ》　一九三九〈昭和十四〉・十一〜。俳優・劇作家。長野県生まれ。中央大学卒業。一九七一年、劇団独立劇場を経て女優の峰岸綾子と共に東京・神楽坂に劇団吹きだまりを旗揚げ、作・演出を行なう。他に若手演劇人の活動支援を目的に青年芸術家協会を設立するなど新人育成に力を注ぐ。日本劇作家協会理事、青年芸術家協会会長、日本喜劇人協会理事などの要職を歴任する。世相諷刺を交えた喜劇を得意とし、主な作品に『終わりよければ、すべて

よし』『きらめけ！青空』『小島のさえずり』『ハッピーエンド』がある。（中野正昭）

大島万世《おおしま まんせい》　一九四八〈明治二十七〉・十一〜一九七七〈昭和五十二〉・九。劇作家。上州山田郡毛里田《もりた》町（現・群馬県太田市）出身。毛里田小学校卒業後十余年を経て早稲田大学夜間部に学ぶ。中村吉蔵門下。在京中、戯曲発表の場としたのは「演劇研究」「新演劇」「国民演劇」の三誌。自らの出自である農村と故郷・上州の風土への愛に満ちた農民劇が多い。代表作に『田崎早雲』（一九三三）、『高田屋嘉兵衛』（三四）など。一九四五年帰農し、晩年は群馬文学賞（小説・戯曲部門）の選考委員として活動した。著書に『大島万世戯曲集』（演劇研究社）ほか。
［**参考**］神永光規「劇作家大島万世　その芸術と風土」（「芸術学19」日本大学芸術学会）（村島彩加）

大城立裕《おおしろ たつひろ》　一九二五〈大正十四〉・九〜。小説家・劇作家。沖縄県生まれ。県立二中卒業後に中国へ渡り、一九四三年に上海東亜同文書院大学に入学した。終戦による学校閉鎖で帰郷し、高校教師などを経て琉球政府に勤務、七二年の復帰後は沖縄県立博物館々長などを務めて八六年に定年退職、公務員歴は三十九年におよんだ。沖縄民政府の脚本募集に応じて四七年に戯曲を書いたのが処女作で、五五年には沖縄の方言による沖縄芝居の脚本を母校二中の同窓会の募金公演用に執筆した。以後、共通語と沖縄方言による戯曲を書きつづける。かたわら小説にも手を染め、六七年に『カクテル・パーティー』で第五十七回芥川賞を受賞。八二年にＮＨＫ沖縄の企画で復帰十周年記念の沖縄芝居『世替りや世替りや』を書いて幸喜《こうき》良秀《りょうしゅう》の演出で上演し、八七年に幸喜らと沖縄芝居実験劇場を運動体として組織した。第一回公演用に『世替りや世替りや』を改訂して文化庁主催の「地域劇団東京演劇祭」に参加、その舞台成果によって第二十二回紀伊國屋演劇賞の特別賞を受賞。九二年には小説『花の碑』を原作とする琉球歌劇『首里城物語』を東京の国立劇場で上演し、さらには沖縄へのこだわりから、二〇〇一年に伝統的な歌舞劇である組踊《くみおどり》の脚本の第一作『真珠道《まだまみち》』を書き、これは〇四年に国立劇場おきなわの主催公演として上演された。以来、組踊の脚本を精力的に執筆し、『花の幻』（カモミール社）、『真北風《まにし》が吹けば』（Ｋ＆Ｋプレス）という組踊二十番を収載した脚本集を出版した。一三年には坂東玉三郎のために『聞得大君《ちふぃじん》誕生』を書き下ろし、東京と沖縄の国立劇場で上演された。これだけ多くの組踊の新作を書いた作家はいない。戯曲の最新作は小説を劇化した『カクテル・パーティー』で、小説とともに収載している一一年に刊行された同名の岩波現代文庫ではじめて活字化された。戯曲集に『世替りや世替りや』（三一書房）。

❖**『世替りや世替りや』**《よがわりや よがわりや》　二幕。時は琉球処分の真っ最中の一八七九年、所は琉球。明治政府の発足以来、清《しん》と日本の二重支配下にあった琉球王国は、沖縄人がヤマトと呼ぶ日本の支配下に入ろうとしている。そのために国中が大揺れのなか、地頭で侍身分の奥間の次男が、一人暮らしの娘に貢ぐために、公金を横領したことが露見しそうになる。そこで奥間は農民で地頭代の大門《うふじょう》に上納を二倍にして収めれば、侍に取り立ててやると取引する。横領金をこれで埋め、ヤマトの追求をはぐらかすのが狙いである。大門は長男と侍の真栄《まえ》城《ぐすく》の娘を結婚させようとしているが、真栄城は身分が違うと承知しない。しかし、真栄城は食い詰めて都落ちし、大門の世話になった恩義がある……。国難を背景に色と金をめぐるドタバタを核にして、琉球の歴史の転換点をコミカルに描く。男六人、女五人。

❖『カクテル・パーティー』二幕。一九七一年、米軍占領下の沖縄。中国語を話す友人としてミラーが上原や中国人の楊らを集めてパーティーを開く。国際親善を目的とするパーティーらしくさしさわりのない話で盛り上がるが、参加者の一人であるアメリカ人のモーガンの、息子が誘拐されたのではないかというさわぎが起きる。結局は沖縄人のメイドが善意で連れ出したと分かる。パーティーと同じころ、上原の娘の洋子が米軍人に強姦される。が、米軍占領下の沖縄では米兵を裁判に出廷させられない。何か方法はないかと弁護士の楊に相談した時、上原がかつて日本軍人として中国人の捕虜を斬殺していたのを楊は知る。罪の意識にさいなまれた上原は一旦告訴を諦めるが、あのメイドが誘拐罪で訴えられた理不尽さに憤って、負けるのを承知で裁判に踏み切る……。原作の小説と細部で異なり、ことに被害者としてのみ扱われることの多い沖縄人の、加害者としての側面を強調しているのが特色。プロローグとエピローグがある。男九人、女二人。（大笹吉雄）

大関柊郎《おおぜきしゅうろう》 一八九〇〈明治二十三〉・十二～一九四二〈昭和十七〉。演劇研究家・翻訳家。ボストン大学に学び「東京日日新聞」に勤務したが一九一四年から六年間欧米に遊学。帰国後は宝塚にも関係した。二三年戯曲集『あらし』（文泉堂）を出版、レーゼドラマ『高台に夢見つつある独身者』（「演劇新潮」一九二六・12）、『常陸山谷右衛門』（「改造」一九二九・4）が代表作。他に『応接間の女』『下女と主人』『双児の喜び』など一幕喜劇を多く発表した。（林廣親）

太田省吾《おおたしょうご》 一九三九〈昭和十四〉・九～二〇〇七〈平成十九〉・七。演出家・劇作家。中国・済南市生まれ。生後すぐに北京に移り、敗戦により日本に引き揚げる。北海道名寄の父方の実家に一年ほど身を寄せた後、東京に転居し学習院初等科に転入。高校時代に戯曲『美姫』（謡曲『綾の鼓』の改作）などを同人誌「像」に書く。学習院大学政治経済学部を中退後、発見の会などとの関わりを経て、六八年に劇団「転形劇場」の結成に参加。『乗合自動車の上の九つの情景』（一九七〇）の作・演出を契機に、程島武夫に代わって主宰者となり、赤坂に転形劇場工房を構える。初期作品以来の「老い」の主題を反復しつつ、「小町」を主人公とする謡曲に材を求めた『小町風伝』（七七）で第二十二回岸田戯曲賞を受賞。能舞台を想定した作業を通して、「遅いテンポ」と「沈黙」を表現の中心に据える独特の方法を導き出し、一躍評価を高めた。『水の駅』（八一）ではさらにその試みを推し進め、終始きわめて緩やかな動きとともに、言葉をまったく発しないスタイルを確立。『地の駅』（八五）、『風の駅』（八六）、『砂の駅』（九三）、『水の駅－2』（九五）、『水の駅－3』（九八）などの「駅」シリーズとして「沈黙劇」を展開する一方、同時に『裸足のフーガ』（八〇）、『死の薔薇』（八二）、『千年の夏』（八五）、『↑（やじるし）』（八六）、『水の休日』（八七）、『更地』（九二）、『エレメント』（九四）など、台詞を発する側から演劇の言語に向き合う作品も並行して発表。劇団の新しい拠点としてT2スタジオ（練馬区氷川台）を開設した八五年からは、さらに演劇集団「円」のために『棲家』（八五）、『午後の光』（八六）、『夏の場所』（八八）、『木を揺らす』（九〇）などを書き下ろす。八八年に転形劇場が解散した後、九〇年に藤沢市湘南台文化センター市民シアターの芸術監督に就任（～二〇〇〇年）。九四年から近畿大学教授を五年間務めた後、九九年からは京都造形芸術大学教授として、映像・舞台芸術学科や舞台芸術研究センターの創設などに携わり、劇場と大学を結ぶ新たな創造の場の実現にも取り組んだ。二〇〇二年にカイロ国際実験演劇祭名誉賞受賞。戯曲集に『小町風伝』（白水社）、『老花夜想《ノクターン》』（三一書房）、『裸足のフーガ』『夏／光／家』（而立書房）、『太田省吾劇テクスト集（全）』（早月堂書房）など。エッセイ集に『飛翔と懸垂』『裸形の劇場』（而立書房）、『動詞の陰翳』（白水社）、『劇の希望』（筑摩書房）、『舞台の水』『なにもかもなくしてみる』（五柳書院）他。主な文献・資料として、『ドキュメント転形劇場　水の希望』（弓立社）、『舞台芸術』十三号（角川学芸出版）、ＤＶＤ『太田省吾の世界』（カズモ）など。

❖**『乗合自動車の上の九つの情景』**《のりあいじどうしゃのうえのここのつのじょうけい》 一九七〇年三月、太田省吾演出による転形劇場公演として国際芸術家センターで初演。戯曲集『老花夜想』所収。明確なストーリー展開はなく、廃墟のような「乗合自動車＝バス」の内外の「情景」を描く九場とプロローグ、エピローグからなり、末尾に〈はじめとおわりの、もう一つの方法〉を付す。登場人物は葬儀人、歌手、車掌、闖入者、犬番など十人と、語り手の鳥と魚。各情景で〈大型ジェット機が低空を飛ぶ〉というト書きが繰り返される。初期の三部作を構成する『黒アゲハの乳房』（一九七一）、『花物語』（一九七二）とともに、〈沖縄を写した三枚の写真を見ながら書いた〉（『老花夜想』あとがき）とされ、本作では〈米軍基地と森の間にとまっている旧式のバス、その窓から静かな顔をのぞかせている人々の写真〉がモチーフとなっているが、「本土復帰」を前にした沖縄をめぐる政治状況が直接的に言及されることはない。〈政治的なアピールやそれに類するものいいを拒否することで、自己をわずかに保有し主張するという立場〉を貫きつつ、暗喩的な言葉の陰翳から理不尽な暴力と死のイメージが浮かび上がる。

❖**『小町風伝』**《こまちふうでん》 一九七七年一月、太田省吾の演出、佐藤和代、品川徹らの出演により、転形劇場が矢来能楽堂で初演。謡曲『卒都婆小町』などを下敷きに、能舞台での上演を前提として書かれた。襤褸の十二単衣をまとった老婆がひとり風に身を任せるようにして現われ、また去っていくまでの十五の場面からなる。登場人物は十八人ほど。人々の行列が運び込む家財道具によって形成されたアパートの一室で、老婆が朝食にインスタントラーメンを作って食べる日常の時間が進行する一方、その半睡半醒の意識のうちに時制の混乱した断片的な記憶が脈絡なく湧出し、現実と二重うつしになった夢と幻想の時間をつくりだしていく。〈台詞体のト書き〉とともに老婆の語りは多層化し、大半がそのモノローグを中心に物語が進められるが、それが舞台上で声に出して語られることはない（と戯曲の冒頭で指定されている）。台詞を発するのは老婆の部屋の家主夫妻、隣家の父親と姉弟、医者と看護婦らに限られ、全体の約三分の二が〈沈黙のための台詞〉とされる。初出「新劇」（一九七七・10）。作者と転形劇場にとって画期をなす作品であり、劇団解散まで世界各地で再演を重ねた。その後、李潤澤《イユンタク》ほか何人かの演出家によって、沈黙のための台詞やト書きを発声する演出も試みられている。

❖**『水の駅』**《みずのえき》 一九八一年四月、転形劇場が太田省吾の演出、安藤朋子、品川徹、鈴木理江子、大杉漣らの出演により、転形劇場工房で初演。完全な沈黙のうちに演じられることを前提とした連作の第一作。通常の「戯曲」が上演に先行して書かれたのではなく、〈大雑把な行動の指示を資料(1)として記し、資料(2)、資料(3)として、詩の引用や小説、戯曲、絵の引用をして、登場人物の行動や意識を間接的に限定する〉という形で構成された台本が稽古場に提出され、そこで〈複雑に検討を加えた〉作業の結果が、後に〈記録としての台本〉として公刊された(『劇の希望』所収)。把手の壊れた水道の蛇口から一筋の水が細く流れつづけている。その奥には古靴など投棄物の堆積した山。少女、二人の男、夫婦、老婆など様々な人々が水場を通りかかり、水に触れ、水を飲み、遠くを見つめ、やがてどこへともなく去っていく。円環構造を持つ九つのシーンから構成され、登場人物は約二十人。演じられるテンポは〈二メートルを五分で歩くほどのものとなった〉(以上引用は『劇の希望』による)とされる。転形劇場の代表作として八八年までに国内外二十四都市で上演され、公演数は約二百回を数えた。

❖**『更地』**《さらち》 一九九二年一月、太田省吾の演出、内藤礼の美術、岸田今日子、瀬川哲也の出演により、湘南台文化センター市民シアターで初演。登場人物は男と女の二人。プロローグと七場からなる。初出「テアトロ」(一九九二・2)。家の解体を終えた夜の更地に、白い流し台や便器などがぽつんぽつんと残され、舞台両脇には崩されたブロックと廃材。寝衣の上にレインコートを着た男女が現われ、かつてそこで永く営んでいた生活を回想しながら、コミカルなやりとりを繰り広げる。やがて〈なにもかも、なくしてみるんだよ〉という男の台詞とともに舞台一面が白布で覆われ、社会における具体的状況としての「更地」は別の次元へと抽象化される。ありふれた家族の些細な日常と時の移ろいが、広大な宇宙のなかの儚い生命存在として俯瞰され、死後の世界から旅してきた夫婦が人生を演じ直しているようでもある。九七年まで国内外十五都市を巡演したほか、他の演出家にもしばしば取り上げられ、二〇〇〇年には作者自身の演出による「韓国版」も制作された。

❖**『↗ヤジルシ——誘われて』**《やじるしさそわれて》 二〇〇二年十一月、太田省吾の演出、大杉漣、品川徹、小田豊、金《キム》久《ク》美《ミ》子《ジャ》らの出演により新国立劇場小劇場(THE PIT)で初演。登場人物は男1〜5、女1〜5の十人。九場とプロローグ、エピローグからなる。初出「せりふの時代」(二〇〇二・秋)。ゴンブロヴィッチの小説『コスモス』に想を得た「矢印」シリーズ(『↗(やじるし)』『水の休日』など)に連なり、天井の微かなシミとしてあらわれた矢印の方向に誘われて登場人物が行動を起こすという設定が引き継がれている。表面がすべて黒く塗りかためられた様々な日用品の堆積が舞台床面を形成し、その中のテレビモニターがときおり文字や映像をうつしだす。連作の表現上のテーマである「引用」という方法が徹底的に追及され、各場ごとにモニター画面にはその出典が〈盗用テキスト〉として示される。ほぼ全体が「引用」で編まれていると思われるが、それらは多様な文学作品の他、新聞記事や広告、米大統領の演説やCIA資料、過去の自作や見聞体験、記憶の情景などにも及び、もはやどこからどこまでがどの引用かまったく判然としないまでに言葉は砕片化している。

(八角聡仁)

太田哲則《おおたてつのり》 一九四五〈昭和二十〉・十二〜。宝塚歌劇団作家・演出家。兵庫県西宮市出身。関西学院大学を卒業後、一九六八年に宝塚歌劇団に演出助手として入団。白井鐵造のもとで学び、七九年の『カリブの太陽』(宝塚大劇場、月組)が初の作演出作品。米英仏に遊学後、

『二都物語』(一九八五年五月チャールズ・ディケンズの同名小説を翻案、宝塚大劇場、月組)、『嵐が丘』(九七年五月、エミリー・ブロンテの同名小説を翻案、バウホール、雪組)など、文芸作品を原作とする作品を多く発表。宝塚音楽学校等で講師も務める。二〇〇六年退団。（藤原麻優子）

太田《おおた》竜《りゅう》 一九三〇〈昭和五〉・八～二〇〇九〈平成二十一〉・五。革命思想家。樺太生まれ。東京理科大学中退。共産主義革命を目指す思想家としての生涯で、一時期演劇活動に携わる。一九七七年『大手町将門目覚』が高田馬場・東芸劇場にて、七八年『真紅の薔薇(カルメン78)』がアートシアター新宿にて、八〇年『阿倍一族の復讐』(栗原佳子との共同脚本)がパモス青芸館にて、八二年『愛しのマリイ』(栗原佳子との共同脚本)が文芸坐ル・ピリエにて上演。いずれも演出は三原四郎、上演団体は演劇集団日本による。（中村義裕）

大竹野《おおたけの》正典《まさのり》 一九六〇〈昭和三十五〉・九～二〇〇九〈平成二十一〉・七。劇作家・演出家。大阪府大阪市生まれ。大阪府立大東高校入学後、映画研究会に所属。八ミリフィルムで自主映画の制作を行なう。高三の頃、唐十郎率いる状況劇場の舞台にふれ、演劇への傾倒が始まる。高校卒業後、今村昌平が学院長を務めた横浜放送映画専門学院(現・日本映画大学)に進み、シナリオライターの道を志す。今村はじめ第一線の映画人に教えを乞い卒業するが、唐十郎の影響もあり、帰阪後は本格的に演劇を始める。会社勤めをしながら週末に小劇場で公演をするスタイルで、次々と意欲作、問題作を発表。一九八三年、犬の事ム所旗揚げ。八八年の『夜が摑む』で第四回テアトロ・イン・キャビン戯曲賞佳作受賞。九六年に犬の事ム所解散後は公演のごとにスタッフ、キャストを募るユニット形式のくじら企画を立ち上げる。大竹野の作品は実在の事件に材を取った作品が多く、永山則夫の軌跡を描いた『サヨナフ――ピストル連続射殺魔ノリオの青春』(二〇〇二)、看護士たちの保険金殺人事件を描いた『夜、ナク、鳥』(〇三、第十一回OMS戯曲賞佳作、第四十八回岸田國士戯曲賞最終候補)が高い評価を得る。犯罪を犯す人間の心の澱を執拗に描き、人間の本質に迫る作風は凄みすら感じる。四十代になってから山登りにのめり込み、それまでの作風とは一転したふたり芝居『山の声――ある登山者の追想』(二〇〇八)を発表。新境地をみせるが、翌〇九年七月十九日、遊泳中の水難事故により死去する。享年四十九歳。遺作となった『山の声――ある登山者の追想』は同年十二月、第十六回OMS戯曲賞大賞を受賞する。大竹野の作品群は有志によって『大竹野正典劇集成Ⅰ～Ⅲ』(松本工房)にまとめられ出版された。

❖**『山の声――ある登山者の追想』**《やまのこえあるとざんしゃのついそう》 一幕。新田次郎の小説『孤高の人』で知られる昭和初期の伝説の登山家・加藤文太郎の最後の山行を描くふたり芝居。登場人物・登山者1は加藤文太郎、同2はパートナーだった吉田登美久になっている。加藤たちが遭難死した厳冬期の槍ヶ岳北鎌尾根を舞台に、加藤の人となり、その生き方が山行記録『単独行』からの引用を織りまぜながら描かれる。「人は何故、山に登るのか!? 人は何故、生きるのか」という根源的な命題に取り組んだ作品。ラスト、降りしきる雪の中、倒れ込む登山者1。壮絶なその姿に大竹野正典が重なる。（小堀純）

大塚楠緒子《おおつかくすおこ》 一八七五〈明治八〉・八～一九一〇〈明治四十三〉・十一。作家・歌人。本名久寿雄。東京生まれ。佐佐木高綱門下の歌人として出発し、多彩な新体詩、小説を書く。戯曲は、『綿帽子』(「文芸界」一九〇二・3)、『詞林三歌仙』(「読売新聞」一九〇三・4)がある。（神山彰）

大槻如電《おおつきにょでん》 一八四五〈弘化二〉・八～一九三一〈昭和六〉・一。蘭学者。宮城県仙台生まれ。本名清修。蘭学の大槻玄沢の孫。父は漢学の大槻磐渓。弟は国語学の大槻文彦。本業の和漢洋の学問のかたわら、戯作をものした。戯曲としては『妹背山飾姿絵《いもせやまかざるすがたえ》』(「都の花」一八九二)、『教草二葉鏡《おしえぐさふたばかがみ》』(同)などがある。（神山彰）

大坪草二郎《おおつぼそうじろう》 一九〇〇〈明治三十三〉・二～一九五四〈昭和二十九〉・十一。歌人・小説家・劇作家。本名は竹下市助。号は潮声。福岡県出身。一九二一年「アララギ」に入り、島木赤彦に師事。三〇年文芸誌「つばさ」、三六年歌誌「あさひこ」を創刊した。作歌のかたわら小説や戯曲も執筆した。戯曲には古代に生きた人々の愛と死を描いた『曠野の花』(二八年帝国ホテル演芸場で初演)、『大海人皇子』などがある。その他の著作に『短歌初学』『良寛の生涯とその歌』、小説に『雲水良寛』などがある。（木村陽子）

大西利夫《おおにしとしお》 一八八九〈明治二十二〉～一九七七〈昭和五十二〉・四。劇作家・演劇評論家。大阪府生まれ。朝日新聞記者のかたわら、戯曲を書く。文楽・歌舞伎の評論でも知られた。『破れ三味線』(二場)、『厄年』(五幕十場)、『名人豊沢団平』(脚色)などがある。歌舞伎では、『小笠原騒動』の脚色が好評で、何度も復演されている。文楽には、『お蝶夫人』『ハムレット』『夫婦善哉《めおとぜんざい》』『十三夜』『明治天皇』などの新作を提供した。『大西利夫脚本集』(文献書院)、『大西利夫遺稿集』(同刊行会)がある。（神山彰）

大西信行《おおにしのぶゆき》 一九二九〈昭和四〉・五～二〇一六〈平成二十八〉・一。劇作家・放送作家。東京都生まれ。早稲田大学中退。一九六〇年までＮＨＫに勤務、その後、作家として独立。六五年『女殺し油の地獄』を朝日生命ホール、六七年『按舞』を劇団手織座のアトリエにて、いずれも自らの演出で劇団手織座により上演。七四年『怪談牡丹燈籠』(原作：三遊亭圓朝)が戌井市郎の演出で文学座により新潟県・長岡市立劇場、『肝っ玉捕物帖』が藤井謙一の演出で明治座にて上演。七六年『開化草紙・電信お玉』が東横劇場、七七年『女たち－九女八一座の人々－』が神奈川県立青少年センターホール、七九年『玉菊ものがたり』が三越劇場にて、いずれも戌井市郎の演出で文学座により上演。八〇年『遺産のぬくもり』が日向鈴子《ひゅうがすずこ》(ミヤコ蝶々の作家・演出家名)の演出で大阪・中座、『かわいい女』が戌井市郎の演出で文学座により三越劇場、八二年『露地に咲く花――一八六〇年・江戸の夏』が戌井市郎の演出で杉村春子・二世尾上松緑により新橋演舞場にて上演。新劇団の文学座や大劇場演劇にも脚本を提供する。八三年『夫婦漫才』が日向鈴子の演出で大阪・中座、八四年『宝暦相聞歌』が増見利清の演出で新橋演舞場、八九年『億の奥』が江守徹の演出で文学座によりサンシャイン劇場、九五年『浮かれ柳－新橋喜代三と中山晋平－』が戌井市郎の演出で三越劇場にて上演。九九年『みだれ髪－与謝野晶子と鉄幹－』が木村光一の演出により新橋演舞場、二〇〇二年『ありてなければ』が高橋清祐の演出で劇団民藝により紀伊國屋サザンシアター、〇四年『泥棒と若殿』

（原作：山本周五郎）、『夕靄の中』（原作：山本周五郎）が自らの演出で劇団手織座により手織座アトリエにて上演。

[参考]『六月尾上松緑・杉村春子顔合わせ特別公演　プログラム』（昭和五十七年六月、新橋演舞場）、『怪談牡丹燈篭』（一九八六年八月、三越劇場　上演台本）

❖『**露地に咲く花**《ろじにさくはな》**―一八六〇年**《せんはっぴゃくろくじゅうねん》**・江戸の夏**《えどのなつ》**―**』　三幕十四場。一八六〇年、江戸・桜田門外で大老・井伊直弼が襲われ、命を落とす。同じ雪の夜、按摩の道玄は御茶ノ水の土手で一人の百姓を殺し、金を盗む。しかし、うっかり落とした莨入れを、通りかかった加賀鳶の松蔵に拾われる。

道玄は本郷で表向きは按摩をしているが、女房のおかねと組んで若い娘を騙して売り飛ばしてはあくどい稼ぎをしている。今日も、若い女按摩・おせつが来たのを、あろうことか道玄を婿にして、金を取り上げようと算段する。同じ夜、道玄の長屋の裏で、軽業師の松井源水の娘・お俊と六之助が逢引きをしていた。芸ができないのを理由に、六之助と一緒になることを反対されているお俊は海外へ逃げようと考えている。おせつの金を目当てにしていた道玄とおかねだったが、金をさほど持っていないことに気づき、売り飛ばしてしまおうとする。

一方、六之助は、外国人を興行主にして外国で一座を打とうという話を持ち掛け、なし崩しにお俊との仲を認めさせてしまう。

青梅から出て来ていたおせつの姪・おあさが奉公先から旦那から五両もの大金を恵んでもらったとおかねの家にやって来る。これには裏があるに違いないと勘違いし、さらに大金をむしり取ろうと、道玄とおかねはおあさの奉公先・伊勢屋へ乗り込んで行くが……。

歌舞伎の『盲長屋梅加賀鳶』の中に、井伊大老暗殺事件を盛り込んで一本の芝居にし、幕末の動乱をしたたかに生き抜こうとする庶民の姿を描いた作品。

❖『**怪談牡丹燈籠**《かいだんぼたんどうろう》　**二幕**』　二幕。三遊亭圓朝が口演した怪談噺『牡丹燈籠』を劇化したもの。浪人の萩原新三郎の元へ夜ごと訪れる美しい娘が実は幽霊だったと判り、新三郎はどんどん精気を吸い取られてゆく。新三郎は高僧に頼み、幽霊が入れないように家の外に札を貼るが、新三郎に面倒を見てもらって用足しをしている伴蔵・お峰の夫婦は、百両の金のかたにお札をはがすことを請け合い、お札をはがし、高飛びをしてしまう。

幽霊からもらった百両を元手に武州・栗橋宿で荒物屋を始めた夫婦は、最初は商いがうまく行っているものの、伴蔵が茶屋酒を覚え、女を囲う。そのことを責められた伴蔵は、お峰を土手に連れ出し、殺してしまう。やがてその因果が報い……。

圓朝の口演作品であるが、劇中に作者の圓朝自身が「役」として出演し、新しい時代を語るのがこの作品の特徴の一つとなっている。

（中村義裕）

大庭みな子《おおばみなこ》　一九三〇〈昭和五〉・十一～二〇〇七〈平成十九〉・五。小説家。東京都生まれ。日本芸術院会員。津田塾大学英文科卒業。大学在学中から演劇活動を始める。一九六八年、『三匹の蟹』で群像新人文学賞、芥川賞を受賞。七三年『死海のりんご』が荒川哲生の演出で劇団雲により新宿・紀伊國屋ホール、九二年『かもめ』が宮内満也の演出でピストールの会により下北沢・本多劇場にて上演。

（中村義裕）

大場美代子《おおばみよこ》 一九二三〈大正十二〉〜。劇作家。東京順心高女卒業。第一生命、東部軍管区司令部などに勤務。一九六八年、「明治百年記念懸賞演劇脚本」に『成政』が入選し、同年十月歌舞伎座で上演。戦国時代の男色を扱った題材で話題(「季刊歌舞伎」第一号掲載)。一九八九年に「日本演劇興行協会」の脚本募集の歌舞伎部門に『信長とおとら狐と合歓の花』が入選。(神山彰)

大橋喜一《おおはしきいち》 一九一七〈大正六〉・十〜二〇一二〈平成二十四〉・五。劇作家。東京深川生まれ。高等小学校卒業後さまざまな職を経験。復員後は東芝電気小向工場に勤務し、職場演劇をはじめる。四七年に第一作目の『芽生え』(「テアトロ」一九五五・2)が神奈川自主演劇コンクールで優勝。四九年に解雇されるが労組の書記として職場に留まる。劇団青俳を経て六一年に劇団民藝に入団。代表作には『楠三吉の青春』(「新劇」一九五六・8)、『消えた人』(「新劇」一九六四・3)、原爆病に立ち向う医師を描いた『ゼロの記録』(「テアトロ」一九六八・5、小野宮吉戯曲平和賞受賞)、宮沢賢治『銀河鉄道の夜』を下敷きに原爆病で引き裂かれる恋人を物語った『銀河鉄道の恋人たち』(「テアトロ」一九七一・4)など。戦争、労働、松川事件、原爆などをテーマに、弱い者の立場から、さまざまな表現手段によって描いたこれらの作品は作者の生活感覚に裏打ちされて説得力に富む。

❖**『楠三吉の青春』**《くすのきさんきちのせいしゅん》 三幕。一九五六年六月、劇団青俳が倉橋健演出で初演。舞台はレッド・パージ以降の労働運動衰退期、コンベアシステムのもと近代的労務管理下の電機工場。青年工員の楠三吉は率直な言動ゆえに解雇され、労働組合にも見捨てられる。三吉を通して、社会の経済的繁栄が労働者の精神的肉体的抑圧の上に築かれていることが明かされる。〈赤旗も労働歌も出ず、イデオロギーの押しつけもやらず、だれにも楽しく面白い〉劇を目指したという本作は喜劇的ではあるが、その批判は、会社、労組、労働者だけでなく、かつてその渦中にいたという作者自身にも及んでいる。第二回新劇戯曲賞(現・岸田國士戯曲賞)受賞作。

❖**『消えた人』**《きえたひと》 プロローグと十三景。一九六三年十一月、劇団民藝が宇野重吉演出で初演。題材は四九年に福島県で列車が転覆し機関士が死亡した〈典型的ともいうべき謀略犯罪〉の松川事件。犯人として労働組合の活動家が検挙され、その後無罪となった。線路破壊を目撃した近藤金八は無罪判決を待たずに謎の死を遂げるが、本作は松川事件にかかわった金八の死の真相を追った劇である。その結果、被害者とされる〈赤旗アメ〉売りの〈心情的左翼主義者である金八が、実は何も知らずに現場まで犯人を案内し、心ならずも事件の加害者となったこと、犯人の隠蔽のために殺されたことが判明する。この〈占領下の引揚者の悲劇〉の各景にはタイトルがつけられ、歌が挿入されている。この手法と事件の社会的意味を探る姿勢にはブレヒトの影響が認められる。(宮本啓子)

大橋宏《おおはしひろし》 一九五五〈昭和三十〉・七〜。演出家。早稲田大学文学部在学中に演劇研究会に入り、劇団早稲田「新」劇場を結成、『ら・とてちーた〝ドン・キホーテ〟より』などの前衛劇で注目される。一九八六年、劇団DA・Mを結成、『なにぬれて…〝夏の夜の夢〟より』などを発表。言葉の虚飾をはぎとる即興的な創作で異彩を放つ。アジアの演劇人との交流を進めるアジア・ミーツ・アジアの活動でプロデュースにも取り組む。(内田洋一)

大橋泰彦《おおはしやすひこ》　一九五六〈昭和三十一〉・五〜。劇作家・演出家。横浜市出身。武蔵工業大学中退。武蔵工業大学と実践女子大学の合同演劇部に在籍。一九八三年、伊東由美子と劇団離風霊船《りぶれせん》を旗揚げ、以後劇団の主宰を務める。八八年『ゴジラ』で第三十二回岸田國士戯曲賞受賞。実際に起きた社会的な事件をモチーフにすることが多いが、それらをリアリスティックに再現するのではなくフィクションとして描き直す手法をとる。また時空を縦横にまたぐ大胆な場面転換など演劇的な手法を生かした作劇方法が大橋作品の特徴と言える。他の作品に『マインド』(一九八九年初演)、『SUBJECTION』(九四年初演)などがある。

❖**『赤い鳥逃げた…』**《あかいとりにげた》　一九八六年、大橋演出、池袋のシアターグリーンにて初演。登場人物は男性五人、女性四人。八五年の日航機墜落事故をモチーフとし、事故がワイドショー的に繰り返しテレビで流されることで「物語」として人々に消費され、真摯に事故を受け止め犠牲者を悼むということが置き去りにされてしまったことをコミカルな要素を交えつつも辛辣に描きだす。そのため「テレビ」が一つのテーマとなっており、作品も一見平凡な家族が夕飯どきにテレビを見ているシーンから始まる。しかしこの家族は日航機に家族四人で搭乗し、娘慶子のみを残して死んだ川上家の父、母、もう一人の娘なのだった。このシーンではテレビの中でリポーターに追われるもう一人の生存者、女1(由美)が弾みでテレビから出てきてしまう。外に出ていこうとする由美を引き止めテレビの中に帰そうとする川上家の人々。彼らも由美も実はイメージでしかないことを示すかのように、テレビのリモコンの操作によって彼らの動きはコントロールされ巻き戻されたりスローになったりする。次のシーンではコマーシャルの撮影が行なわれている。このコマーシャルは日航イメージ回復のため、生存者である慶子(女2)を起用して企画したものである。ここでは御巣鷹山とは別の日航機事故で有名になった機長、片桐も登場し、舞台は様々なイメージを示しながら錯綜していく。最後は舞台がビデオのように巻き戻され冒頭の川上家の夕飯のシーンに戻る。川上家の人々は自分たちが死んだことが理解できない。ディレクターが再び撮影を始めると父、母、二人の娘たちは機内に引き戻され、由美が当時の状況を独白。ラストでは川上家の人々が折り重なって倒れており、由美の恋人であり慶子の兄でもある男1が慶子だけを救出する。父、母、娘はゆっくりと目覚め再び食卓につくところで劇は終わる。『赤い鳥逃げた…』(白水社)所収。後に『定本　赤い鳥逃げた…』(モーニングデスク)が出版。

❖**『ゴジラ』**　一九八七年、大橋演出、ザ・スズナリにて初演。怪獣ゴジラと純粋な少女やよいとの恋物語。松岡和子は現代版「美女と野獣」と評した。このゴジラは火を吐いたり建物を踏みつぶしたりするが、大橋は着ぐるみなど使わず生身の役者で勝負してほしいと言っている。登場人物は十三人。舞台は伊豆大島。三原山が轟音をあげているがそれは噴火ではなく、やよいが結婚の許可を得るためゴジラを連れてきたせいだった。しかしやよいの父、母、双子の姉妹、祖母はこの結婚に大反対。全員の反対を受けて混乱したゴジラが火を吐き始めると、やよいの祖母が対抗しようとモスラを呼び出す。モスラも人間との結婚に反対するが、二人の熱心さに負けて結婚式の司会を引き受け、場は結婚式に。ここにゴジラの父である円谷が登場して、痛みを感じない怪獣であるゴジラと人間との結婚に反対する。しかしやよいのやさしさに円谷が心を打たれ皆が二人の結婚を認める雰囲気になったところに、長年やよいに思いをよせてきた警官のハヤタが自衛隊を連れてゴジラへの猛攻撃を開始する。ゴジラはどんな攻撃にもひるまないものの心が深く傷つく。そしてゴジラは人間になろうとして一発の銃弾を受け倒れ、やよいを置いて一人去る。私が愛したのは人間ではなくゴジラなのにというやよいの悲痛な独白の後、舞台は冒頭の場面に戻る。しかし今度は三原山が大噴火を起こしたことになっており、ゴジラは登場しない。やよいは島から脱出する船でゴジラと思しき人間の男に出会う。大噴火の轟音が響くなかで幕。コミカルな要素満載のなかに他者を理解しようとしない人間への批判がのぞく。『ゴジラ』(白水社)所収。 (鈴木美穂)

大平野虹《おおひらやこう》 一八九〇〈明治二十三〉～一九五四〈昭和二十九〉・五。劇作家。新派の「後期成美団」から昭和期の関西新派で活躍。大正期の『仇名草』『求むる平和』『運命の子よ』など福井茂兵衛一座の長編社会派戯曲が多い。昭和戦前期に『御用船』『岡田技手』『受難者』『巴里の一夜』など。『大平野虹脚本集』全二巻(同刊行会)がある。著書『演劇戦線』も貴重な回想。
［**参考**］北川鉄夫『大平野虹略伝』 (神山彰)

大町龍夫《おおまちたつお》 一九〇四〈明治三十七〉～一九六〇〈昭和三十五〉・十。本名野崎辰雄。福島県生まれ。東京大学経済学部卒業。一九二九年浅草のカジノ・フォーリーに感激し菊谷栄らと「カジノを観る会」を結成。三一年に東京電力社員から転身して「プペ・ダンサント」のエノケン一派の文芸部に加入、その後エノケン一座「ピエル・ブリヤント」、「東宝榎本健一一座」、「笑の王国」などに参加し、学生物、落語物音楽喜劇で好評を得た。ピエル・ブリヤントでは劇団歌の作詞も手掛けた。戦後は松竹映画製作などでも活躍した。主な作品に榎本健一を主役としたマゲモノ・ナンセンス『らくだの馬さん』、音楽喜劇『学生大福帳』、ミュージカル・コメディ『G線上の恋』など、映画に『黄色い鞄』(井上靖原作。脚色・製作)、『ひばりの陽気な天使』(脚本・製作)などがある。 (中野正昭)

大村嘉代子《おおむらかよこ》 一八八四〈明治十七〉・五～一九五三〈昭和二十八〉・五。劇作家。群馬県高崎市生まれ。日本女子大学国文学部卒業。大村和吉郎との結婚後に劇作をはじめ、一九一一年より岡本綺堂に師事。額田六福とともに最古参の弟子で、師の推薦により一三年五月、『紫蓮譚』が有楽座で栗島狭衣《くりしまさごろも》らによって上演され注目を集める。代表作に、『みだれ金春』(一九二〇年五月、帝劇)、『柳橋夜話』(二一年一月、帝劇)、『白糸と主水』(二三年一月、帝劇)、『春日局』(二五年九月、歌舞伎座)、『本町糸屋の娘』(二七年一月、帝劇)があり、その作風は大正期の帝劇に好まれた。以後、綺堂門下の雑誌「舞台」にも多く戯曲を発表。昭和期にふたたび脚光を浴びることはなかったが、晩年まで旺盛に劇作を続けた。戯曲集に『たそがれ集』(新水社)、『水調集』(文成社)、『大村嘉代子戯曲集』(舞台社)がある。「新演芸」などで劇評も執筆。綺堂の『弟子への手紙』(青蛙房)は嘉代子宛ての書簡をまとめたもので、岡本経一による解題に略歴が詳しい。

❖**『みだれ金春』**《みだれこんぱる》 二幕四場。舞台は徳川期の京都、冬。能役者金春氏清は、芸子繁野に生ませた清之助を妻お房とのあいだに育てている。いっぽう、大丸屋の旦那、彦右衛門も繁野に入れあげ、下屋敷を設けて住まわせようとしていた。舞台開きを間近に控えた氏清は、新調した『葵の上』の装束を携え、繁野のもとを訪ねる。能舞台に足を踏み入れることが許されない繁野は感慨にふける。そこに大丸屋の下屋敷から火が出た報せが入り二人は喜ぶが、次第に炎は金春家の能舞台にも広がる。氏清は家の芸である『葵の上』の装束を遊郭に持ち出し、繁野の肩に掛けたことの罰であると自らを責め、心神喪失の状態になる。後半、正気を取り戻した氏清が、繁野の鼓で清之助に『葵の上』の型を伝授するくだりがみどころ。活字を経ずに一九二〇年五月帝国劇場で初演。初演時の表記は『乱れ金春』。金春氏清に七世澤村宗十郎、大丸屋彦右衛門に初代澤村宗之助、芸子繁野に村田嘉久子、氏清の妻お房に初瀬浪子。（熊谷知子）

大村順一《おおむらじゅんいち》　劇作家。戦後すぐに、関西で活躍。沢村国太郎・貞子らの新伎座に『吉田御殿』、花菱アチャコ劇団に『俺かお前か』、横山エンタツ一座に『御堂筋東側』。藤原釜足の見世物座に『幽霊の接吻』『恋の手ほどき致します』など。（神山彰）

大森寿美男《おおもりすみお》　一九六七〈昭和四十二〉・八～。脚本家・劇作家。神奈川県出身。一九八七年に劇団自家発電を旗揚げ。代表作に『お魚のLIVE』（一九八九）、『調味料の番人3つの女』（九四）など。扉座に書き下ろした『男的女式』（九七）で第三回劇作家協会新人戯曲賞および第四十二回岸田國士戯曲賞最終候補作にノミネート。映画『39　刑法第三十九条』（九九）や大河ドラマ『風林火山』（二〇〇七）など、ドラマ脚本で活躍。映画監督も務める。第十九回向田邦子賞受賞。（堀切克洋）

大森痴雪《おおもりちせつ》　一八七七〈明治十〉・十二～一九三六〈昭和十一〉・五。劇作家。東京生まれ。本名は鶴雄。慶應義塾大学卒業。京都新聞、大阪毎日新聞、大阪朝日新聞の記者を経て、渡邊霞亭《わたなべかてい》とともに大阪脚本研究会を結成して劇作を始め、一九一七年に白井松次郎に請われて松竹に入社し、同社顧問に就任した。主として関西歌舞伎の頭領だった初代中村鴈治郎のために新作を書き、その数は四十作に及んだ。代表作に『あかね染』（一九一七）、『恋の湖』（一九）、『いろは新助』（二〇）、『九十九折《つくもおれ》』（二三）、『秋成の家』（二四）、『おさん茂兵衛』（同）、『室津の唄』（二六）などがあり、また脚色作品には『ハムレット』を翻案した『遮羅船《しゃむろふね》』（一六）、菊池寛の小説を脚色した『藤十郎の恋』（一九）などがある。大正から昭和初期の関西歌舞伎の劇作面での主柱的存在で、和事役者鴈治郎のスター性と艶やかな芸風と魅力を、新作の中で見せた作家であった。

❖**『あかね染』**《あかねぞめ》　二幕四場。一九一七年一月大阪浪花座で初代中村鴈治郎一座が初演。浄瑠璃『艶姿女舞衣』で知られる三勝半七の情話を新視点から描いた作品。染物屋の茜屋の主人半七は、弟の忠六が半七の印を使って、無断で山を購入したうえ家作を担保に借金したため、苦境に陥る。半七は金策のため旅に出るが、貸主の十兵衛は留守を預かる女房のお園を責め、金の出来ぬ時は身を任せるという証文を書かせた。金策に詰まった半七は、馴染みの女役者三勝に事情を告げ、三勝は身を売って金を作る決意を定めた。その金が届き半七は喜ぶが、その時「支払い期限が過ぎたので、身を守るため自害する」というお園の手紙が届く。すべての事情を知った半七は、今はこれまでと三勝と心中する。竹本を入れた義太夫歌舞伎の構成で、上方の世話物に大正の電気を当てた舞台と評された。初演は鴈治郎の半七、中村魁車のお園、三世中村梅玉の三勝という配役だった。玩辞楼十二曲の一つ。

❖**『藤十郎の恋』**《とうじゅうろうのこい》 二幕三場。一九一九年十月大阪浪花座で鴈治郎一座が初演。大阪毎日新聞に発表した菊池寛の小説を脚色した作品。茶屋宗清での万太夫座の顔寄せでは、近松門左衛門が濡れ事の名人の坂田藤十郎に密夫の狂言を書いたことが話題になっている。藤十郎は離れ座敷で、一人で工夫を凝らしていたが、夜が更けて様子を見にきた女将お梶に、祇園会の掛小屋で連舞を舞ったことがあったが「その時からあなたに恋していた」と熱っぽく迫る。その言葉に貞淑なお梶の心は揺れる。その様子を藤十郎はじっと見詰める。意を決して、お梶が行燈の灯を消した時、藤十郎はすり抜けるように座敷を出た。お梶は泣き伏す。藤十郎の舞台は大評判になるが、いつしか藤十郎が人妻に偽りの恋を仕掛けて芸の工夫をしたという噂が広がった。開幕直前に舞台裏で「女が自害した」と叫ぶ声が聞こえ、お梶の遺体が運ばれてくるが、藤十郎は平然として舞台に向かう。『役者論語』の中の逸話を素材にした小説で、藤十郎の芸への執念を描いている。初演は初代鴈治郎の藤十郎、三世中村梅玉のお梶。玩辞楼十二曲の一つ。

❖**『恋の湖』**《こいのみずうみ》 二幕三場。一九一五年一月大阪浪花座で鴈治郎一座が初演。質屋の息子稲野屋半兵衛は武士に取り立てられ、江州愛知川の治水工事をわずか一年でし遂げる。それが朋輩の宅原源左衛門の妬みを買い、はずみで半兵衛は源左衛門を殺してしまった。実家へ戻った半兵衛のもとへ、かねて言い交した芸者の小稲が訪ねてきて、自分のことが原因で事件が起こったと思い込み茶室で自害する。それを知った半兵衛は、許嫁や養家への義理もあって跡を追う。一中節『唐崎心中』で描かれ、歌舞伎や浄瑠璃の題材になった、大津の芸者小稲と稲野屋半兵衛の心中事件（十八世紀初頭）を新視点から描いている。一七六八年に八民平八《やたみへいはち》が書いた浄瑠璃『小《こ》いな半兵衛《はんべえ》廓色上《さとのいろあげ》』を書き換えた構成になっている。玩辞楼十二曲の一つ。

（水落潔）

大森眠歩《おおもりみんぽ》 一八九九〈明治三十二〉・三〜一九九五〈平成七〉・六。画家・劇作家。東京市神田区五軒町出身。幼名・安太郎。後に自ら梵《きよし》と改名。晩年画作に専念するに際し雅号を一生《かずお》とし、通称として用いた。神田錬成小学校卒業。少年時代に井草仙真に師事し日本画を学ぶが、一九二〇年からはカンディンスキーなどに惹かれ独学で油絵を始め、同時期より小説、戯曲の筆を執る。戯曲執筆は大正末期に集中しており、その間は灰野庄平に師事。『今』『酌』（一九二二）、『喜多川歌麿』（二四）の三戯曲は、滝田樗陰の推薦で「中央公論」に掲載された。『大森眠歩集』（大森東亜）に収録。

（村島彩加）

大藪郁子《おおやぶいくこ》 一九二九〈昭和四〉・八〜。劇作家・テレビ脚本家。本名斎藤郁子。旧京城市（現・ソウル）生まれ。東京女子大学卒業。テレビ脚本家として『うわさ島』（一九六二年、NHK）、『おかあさん』（六三年から連続シリーズ）などを執筆、一九六五年十月、俳優小劇場の新劇寄席『ろば』（早野寿郎演出）で劇作家としてデビュー、七〇年二月の新劇合同公演で有吉佐和子原作、宇野重吉演出『海暗《うみくら》』を脚色した。有吉佐和子は東京女子大の同窓生で、その信頼が厚く、七五年五月に芸術座で彼女の原作、演出の『香華』を脚色、母性を失った母郁代と、そんな母に翻弄される娘朋子の人生を浮き彫りにし評価を高め、以後再演を重ねた。一方テレビ作家として『木枯らし紋次郎』(七二年スタート)をはじめとする人気番組の脚本を書いた。劇作家としては東宝、明治座などの要請で、有名作家の原作の脚色を多数手がけた。有吉作品では『可愛い「男」』、『乱舞』(七六)、菊田一夫演劇賞を受賞した『紀の川』(七八)、『出雲の阿国』、『三婆』(二〇一二)などがある。そのほか芝木好子原作『葛飾の女』(七七)、海音寺潮五郎原作『天正女合戦』(同)、渡辺淳一原作『花埋み』(八〇)、宮尾登美子原作『一絃の琴』(八一)、『クレオパトラ』(九七)、『天涯の花』(九九)、吉屋信子原作『徳川の夫人たち』(九四)、川端康成原作『雪国』(二〇〇三)などを脚色している。オリジナル作品には『弁慶と義経』(八〇)、『白蝶記』(七九)、『樋口一葉』(九七)、『空のかあさま』(〇一)などがあり、中でも夭折した詩人金子みすゞとその母を描いた『空のかあさま』(芸術座で上演)は優れた作品であった。一方、市川崑監督の映画『幸福』(八一)、『八つ墓村』(九六)のシナリオも手掛けた。出演者や演出家の希望を入れながら、原作の味わいを生かし、大衆性のある舞台脚本を作る職人的技術が長年にわたって商業演劇で重用される理由になっている。（水落潔）

大山広光《おおやまひろみつ》 一八九八〈明治三十一〉・九～一九七〇〈昭和四十五〉・一。美術評論家・劇作家。大阪府大阪市出身。早稲田大学文学部仏文科卒業。吉江喬松《よしえたかまつ》に師事。大学在籍中より畑中蓼坡《はたなかりょうは》の民衆座に出演。のち中村吉蔵の門下として「演劇研究」同人となり、詩作や新劇活動に身を投じた。最も尽力したのは中村・水谷竹紫の「演劇」(一九三一年創刊)および自ら編集発行者として活動した「新演劇」(三三年創刊)で、戯曲『頼山陽』は「新演劇」創刊号に掲載された。その後着手した『貨物船A号』(三幕)、『光へ踠《もが》く触手』(一幕)は共に雑誌「解放」(二七・3「戯曲特集」、同・11「戦績批判号戯曲特集」)に掲載。また『イブセン全集』(改造社)に『ヘルゲランドの海賊』(第二巻)、『青年同盟』(第五巻)の翻訳が収録されている。（村島彩加）

岡栄一郎《おかえいいちろう》 一八九〇〈明治二十三〉・十二～一九六六〈昭和四十一〉・十二。劇作家。金沢生まれ。一九一五年、東京大学イギリス文学科専修卒業。在学中から演劇に親しみ、昭和十年代まで各誌に戯曲、小説、評論、随筆等を発表。戯曲は、二二年の『意地』(「大観」掲載)以後、史劇を中心に十三篇を数え、新国劇で上演された『意地』(上演時の題は『返り討』)『松永弾正』『槍持定助』が代表作。徳田秋声は縁戚で、芥川龍之介との親交でも知られる。（石橋健一郎）

岡鬼太郎《おかおにたろう》 一八七二〈明治五〉・八～一九四三〈昭和十八〉・九。劇作家・劇評家。東京芝山内生まれ。本名嘉太郎。父嘉知は旧佐賀藩士で、福澤諭吉や福地源一郎(桜痴)とともに文久の渡欧使節の一員だった。一八九二年、慶應義塾を卒業し、翌年福澤の紹介で時事新報社に入社。劇評の筆を執り、杉贋阿弥《すぎがんあみ》、岡本綺堂、松居松葉、伊原青々園らの知遇を得る。その後、読売新聞から報知新聞に転じ、ここで「鬼太郎」の筆名を使用。以後も万朝報、毎日新聞、千代田日報、毎夕新聞、二六新報等に移り、さらに毎日新聞社主宰の文士劇に杉、岡本、栗島狭衣《さごろも》らと参加。日本最初の文士俳優の鑑札を受け実際に舞台に立った。この間の一九〇一年から曲淵《まがりぶち》直之助(曲亭)と『演芸世界』を刊行。〇七年、二世市川左團次による明治座の革新興行の際に招かれて入座、左團次による『毛抜』『鳴神』の復活上演では脚本を担当した。一二年、左團次が松竹の専属になるとともに同社の文芸顧問となる。かたわら劇評の筆も執り続け、辛辣だが公正、的確な批評は最も権威あるものとされた。新聞劇評を集めたものに『歌舞伎眼鏡』『歌舞伎と文楽』の二冊がある。一方、戯曲は〇二年一月歌舞伎座の『金鯱噂高浪《こがねのしゃちのうわさのたかなみ》』(岡本綺堂と合作)が処女作で、外部作家が歌舞伎の作者部屋に関与した嚆矢でもあった。本格的な活躍は大正・昭和期で、『小猿七之助』『御存知東男《ごぞんじあずまおとこ》』『今様薩摩歌』『深与三玉兎横櫛』など、題名からもうかがえるとおり、一見、江戸歌舞伎の筆法を踏襲した擬古典風で、古典作品でおなじみの世界(題材)を使い、竹本や余所事《よそごと》浄瑠璃なども使いながら、同時に近代的思潮を巧みに盛り込む練達の才を示した。戯曲集に『岡鬼太郎脚本集(全二巻)』ほか。花柳小説でも艶筆を揮い、『昼夜帯』『二筋道』などが代表作。そのほか、劇書に『義太夫秘訣』『鬼言冗語』がある。一九四三年、日本演劇社社長就任直後に没。子息に洋画家の岡鹿之助、美術研究家の岡畏三郎がある。

[**参考**]竹下英一『岡鬼太郎伝』(青蛙房)、『岡鬼太郎脚本集』(京文社)

❖**『今様薩摩歌』**《いまようさつまうた》 一九二〇年十月新富座で初演。二幕五場。配役は二世市川左團次の菱川源五兵衛、二世市川猿之助(初代猿翁)の笹野三五兵衛、二世市川松蔦のおまんほか。誕生八幡宮の神主笹野家の養子三五兵衛は、千草屋の娘おまんと人目を忍ぶ仲だが、双方の親に知られる。三五兵衛の従兄で養子縁組の媒介もした薩摩武士の菱川源五兵衛が二人を預かって連れ帰るが、酒の酔いや近所から聞こえる新内の情調に誘われ、無骨一辺倒だった源五兵衛に、おまんへの恋心が芽生える。源五兵衛は三五兵衛を人に預け、千草屋に行っておまんを所望するが、おまんは二階から抜け出して三五兵衛のもとに走る。源五兵衛が現われ、果たし合いの末、三五兵衛は斬られる。おまんは「人の心が刀で斬れるか」と叫んで自害し、その死を見た源五兵衛は、「せめて血汐はひとつに流そう」と、自刃して果てる。

❖**『深与三玉兎横櫛』**《ふけるよさつきのよこぐし》 二幕四場。一九二二年三月新富座で初演。配役は十三世守田勘彌の切られの与三郎、三世坂東秀調の横櫛のおとみ、初代中村吉右衛門の蝙蝠の安蔵ほか。鼈甲問屋伊豆屋の若旦那与三郎は、木更津で土地の親分赤馬源左衛門の妾おとみと恋に落ちるが、源左衛門に知れて身体中に傷を負わされ、やくざ稼業に身を落とした。さらに、ゆすりに行った先で人の囲われ者となったおとみに再会、おとみと組んで騙りや美人局を働き、島送りになったが、二年後に島抜けして江戸に戻ったのも、おとみに逢いたい一心である。伊豆屋に忍んで行って、よそながら父に暇乞いをした与三郎は、昔の仲間の蝙蝠の安蔵から、おとみが観音久次という親分に囲われて品川にいると聞き、身の危険を冒して逢いに行く。おとみは、久次への義理から、与三郎に石見銀山を入れた酒を飲ませるが、おとみへの思いを切々と吐露する与三郎の言葉に動かされ、ともに匕首で死んでいく。『与話情浮名横櫛《よわなさけうきなのよこぐし》』の後日譚の体裁で、青春の彷徨をナイーブに描き出した作。

(石橋健一郎)

丘草太郎《おかくさたろう》 一八九一〈明治二十四〉・十～一九五五〈昭和三十〉・七。作家・冠句研究家。本名太田稠夫《しげお》。兵庫県神戸生まれ。早稲田大学英文科卒業。大正初期に戯曲『黒き帆影の船』(『聖杯』)、『死へまでの階段』(『仮面』)や小説、随筆などを発表。一九二〇年、講談社入社。「講談倶楽部」の冠句欄を担当する。二七年、文芸塔社創立。以後、久佐太郎の筆名で冠句の研究に尽力。二九年、宝塚国民座文芸部長就任。主著に『ゾラ物語』〈河野書店〉ほか。（桂真）

岡田恵吉《おかだけいきち》 演劇プロデューサー・バーレスク作家・演出家。東京府出身。戦前は宝塚歌劇団に十年在職し、劇作およびショーの演出、構成を行なう。在職中の一九三七年には河井清両と共にアメリカ見学に赴いた。戦後は小林一三の公職追放解除と共に日劇ミュージックホールを創設、運営委員を務めるかたわら、日小バァレスクの作家・演出家ジューン河戸として活躍。コマ劇場創立に参画後、東宝を退社し、チェリー・レイン・ショー・プロダクションを創立。レストラン・シアター「ミカド」を舞台に、外国人相手のショーを提供した。宝塚在籍中の代表作は『チョコレート中尉』『プティ・スイツ』『祭礼の夜』など。その内の数編は『宝塚歌劇脚本集』に収録されている。（村島彩加）

岡田三郎《おかださぶろう》 一八九〇〈明治二十三〉・四〜一九五四〈昭和二十九〉・四。作家。北海道松前郡生まれ。早稲田大学卒業。大正期から小説執筆。フランス遊学後、関東大震災後の一九二四年に集中的に九本の戯曲を書く。新興芸術派で四度の結婚をし、私小説を書いた作家らしく『美しき復讐』〈「婦女界」〉、『村の鍛冶屋』〈同〉、『女』〈「新演芸」〉、『敵人の子』〈「婦人世界」〉、『回春秘曲』〈「新小説」〉など、男女関係を描いた戯曲を女性誌へ多く発表した作家は珍しい。（神山彰）

岡田禎子《おかだていこ》 一九〇二〈明治三十五〉・三〜一九九〇〈平成二〉・一。劇作家。愛媛県生まれ。東京女子大学在学中にストリンドベリを読んで演劇にひかれ、秋田雨雀を頼り演劇部を創設した。一九二三年卒業、東京帝国大学心理学科の聴講生となり、岡本綺堂に師事して「舞台」同人となった。二九年一月「改造」に発表した『夢魔』でデビュー。「女人芸術」にも加わった。三二年『田植』、さらに三三年女性更生施設を舞台に経営者母娘の思想対立を描いた『正子とその職業』〈「改造」一九三〇・5〉が築地座で上演された。三七年文学座脚本部に入り、翌年の『クラス會』上演で劇作家としての地位が固まった。女性心理をめぐる劇が本領で、戦時下の時局に応じた作も書いたが、四四年郷里松山に疎開して後、劇作から遠ざかった。戯曲集『正子とその職業』〈改造社〉、『祖国』〈拓南社〉、『白い花』〈全国書房〉。後に『岡田禎子作品集』〈青英社〉がある。

❖**『クラス會』**《くらすかい》 一幕。一九三八年六月、文学座第二回試演として飛行館で初演された。久保田万太郎演出、東山千栄子〈米子〉・毛利菊枝〈治代〉の客演に水口元枝〈クミ〉・杉村春子〈きよ〉・白田トシ〈力枝〉・竹河豊子〈兼子〉・小野松枝〈保子〉。女学校を卒業して二〇年後、帰郷した外交官婦人米子の宅でクラス会が開かれる。会話が進むにつれそれぞれなりに人生の苦労を重ねて来た事情がおのずと見え出して、女ならではのその嘆きが共有されていくというストーリーである。作者は〈舞台の上に出したかったものは、あわただしく生きているうちに、いつか抜きさしならぬ年齢になっているのにおぼろげながら気のついてきた一群の女友達、廃屋のようになった旧家の一室、荒れ放題に棄てられている名園、ひたすらに散りゆく桜花、『蛍の光』の歌、こうしたものが、ひとつになってかもし出す気分であった〉〈『祖国』「後書」〉と述べている。（林廣親）

岡田利規《おかだとしき》 一九七三〈昭和四十八〉・七～。劇作家・演出家・小説家。神奈川県横浜市生まれ。慶應義塾大学商学部卒業。一九九七年に横浜・相鉄本多劇場で『渋谷』を上演して、チェルフィッチュを旗揚げ。横浜・STスポットを拠点に活動する。平田オリザの現代口語演劇に影響を受けて、『彼等の希望に瞠れ』(二〇〇二)以降は冗長で要領を得ない口語を用いた戯曲を意図的に書くようになる。一人芝居『マリファナの害について』(〇三)では俳優が伝聞形式を用いて、舞台上には登場しない人物の言葉を引用して話しているうちに、発話主体である俳優がその人物に変化してゆく手法を発見する。これらの方法を用いて書かれた『三月の5日間』で二〇〇五年に第四十九回岸田國士戯曲賞受賞。岡田演出における俳優の身振りはダンス的とも評され、同年七月には振付家としてトヨタコレオグラフィーアワードの最終選考会にノミネートされた。同年九月、横浜文化賞・文化芸術奨励賞を受賞。〇六年に新国立劇場で若年労働者の雇用問題を扱った『エンジョイ』を発表。〇七年、ブリュッセルで開催されるクンステン・フェスティバル・デザールに『三月の5日間』が招待され成功をおさめる。これを足がかりに『フリータイム』(〇八)以降は、ほとんどの作品がヨーロッパを中心とした劇場、演劇祭で上演されている。『わたしたちは無傷な別人である』(一〇)、『ゾウガメのソニックライフ』(一一)、『現在地』(一二)、『地面と床』(一三)など作品を経るごとにつねに方法論は吟味され、演劇を根源的に思考し、スタイルを変化させる。コンビニエンスストアという日本に独特な「マネジメント空間」を戯画化した一四年初演の『スーパープレミアムソフトW《ダブル》バニラリッチ』は、一五年十一月、パリ同時テロ事件の脅威にさらされつつも三都市(ヘルシンキ、ベイルート、パリ)巡演を成就させた。そしてその直後には初の日韓共同製作『God Bless Baseball』を発表し、日本と韓国の国民的スポーツの野球を通して、「傘としての米国」の存在を浮かび上がらせた。助成金など公共的な資金での製作も増えて、社会における演劇の機能についてより意識的にならざるえないなか、社会的なテーマを作品に内包させるときの着想の冴えに定評がある。また、〇八年に『わたしたちに許された特別な時間の終わり』(新潮社)で第二回大江健三郎賞を受賞するなど小説の分野においても高く評価される。他ジャンルの芸術家との共作に、美術家・塩田千春との『記憶の部屋について』(〇九)、ダンサー・森山開次との『家電のように解り合えない』(一一)などがある。

[参考]岡田利規『ゾウガメのソニックライフ』(「新潮」二〇一一・4)、『スーパープレミアムソフトWバニラリッチ』(「悲劇喜劇」二〇一五・1)、『God Bless Baseball』(「新潮」二〇一五・12)、『現在地』(『わたしたちは無傷な別人である』『地面と床』併録、河出書房新社、二〇一四)、ふらんす特別編集『パリ同時テロ事件を考える』(二〇一五・12、白水社)

❖**『三月の5日間』**《さんがつのいつかかん》 十場。男五人、女二人。二〇〇四年二月にスフィアメックスで初演。イラク戦争開戦時の東京に暮らす若者を描く。六本木のライブハウスで出会った男女が渋谷のラブホテルで五日間セックスばかりして過ごす。外では反戦デモが行なわれており、二人は非日常的な気分を味わう。ホテルから出たらイラク戦争は終結しているかもしれないと楽観的に考え、五日間だけの特別な出来事を楽しむ。ホテルを出た女が早朝の渋谷で浮浪者が排便しているのを目撃し、それを犬だと見間違えたことに衝撃を受けて嘔吐する。するといつもの渋谷に戻ってしまう。

この出来事に平行して、恥をかいた出来事をホームページの日記に記す女や、反戦デモに参加した二人の若者の様が三人称による伝聞と再現を交えて語られる。『三月の5日間』（『マリファナの害について』『労苦の終わり』併録、白水社）に所収。

❖**『ホットペッパー・クーラー・そしてお別れの挨拶』** 三部。男二人、女四人。二〇〇九年十月にベルリン・HAU劇場で初演。〇四年にダンス作品として発表された『クーラー』に二つの短編を書きたしたオムニバス。一部『ホットペッパー』では、三人の派遣社員が今月末で契約を打ちきられるエリカさんの送別会のために、無料情報誌「ホットペッパー」で店探しをしている。取り止めのない話し合いのなかで彼らの不安定な就労状況、正社員との格差が明らかになる。二部『クーラー』は正社員の男女が職場の冷房の設定温度を巡って噛み合わない会話を繰りかえす。三部『お別れの挨拶』ではエリカさんが社員に挨拶をする。長い挨拶からは契約を打ちきられる情けなさ、怒りが滲んでくる。岡田演出では各部で音楽が流され、俳優は台詞を音楽に同期させて演技した。『エンジョイ・アワー・フリータイム』（『エンジョイ』『フリータイム』併録、白水社）に所収。（久米宗隆）

岡田教和《おかだのりかず》 劇作家。東宝で菊田一夫に師事。一九五〇年代から、東宝ミュージカルス文芸部で安永貞利、貴島研二と合作の『盗棒大将』などで頭角を現わし、六〇年代には新宿コマ劇場での作品が数多い。『珍版映画五〇年史』『おとぼけ瓦版』『あの橋の畔で』など。『雲の上団五郎一座』も数本を、松木ひろし、安永貞利らと合作。ロミ山田と結婚し（後に離婚）、テレビでも活躍。『光子の窓』構成なども手掛けた。（神山彰）

岡田八千代《おかだやちよ》 一八八三〈明治十六〉・十二〜一九六二〈昭和三十七〉・二。小説家・劇作家。兄小山内薫の影響で、女学校を出た二十歳頃から劇評や各種創作を「歌舞伎」「明星」などに発表し三木竹二に認められた。長谷川時雨と並び女性劇作家の草分けである。一九〇六年徳冨蘆花の小説『灰燼』を脚色して「芹影」の筆名で発表（「歌舞伎」一一〜一二月）、同年森鷗外の世話で画家の岡田三郎助と結婚した。一一年青鞜社顧問となって、画家とモデルの愛欲の悲劇を描いた『戯曲習作』（一九一二年三月）以後「青鞜」への寄稿も多い。一二年九月には代表作『黄楊の櫛』を「演芸倶楽部」に発表。二二年児童劇団「芽生座」を創立したが、この活動は二五年の機関誌「芽生」刊行を経て三〇年の渡仏まで続いた。また二三年長谷川時雨と女人芸術社を設立、「女人芸術」を創刊した。女性作家育成にかける情熱は以後変わることなく、四八年に日本女流劇作家協会を立ち上げ、五四年『女流戯曲集』、六二年『現代女流脚本集』を監修出版したが、同年二月に肺炎で死去した。

❖**『黄楊の櫛』**《つげのくし》 一幕。「演芸倶楽部」（一九一二・9）。二一年五月喜多村緑郎・松本要次郎らにより横浜劇場で初演。〈おつな〉は喜多村の当たり役となった。夏祭の日に起きた職人夫婦の悲劇的な無理心中の顛末を不吉な櫛の因縁を絡めて描いた劇である。櫛職人豊之助の女房おつなは舅に怪我をさせたために家から出されている。継母にいじめられて育った彼女にとって豊之助との暮らしはまるで天国だったが、夫が兄夫婦から父親を引き取って世話をし出してからその幸せを奪われたように感じた。舅は良い人と思いながら自分でも不思議なほど邪険にしてしまいそれが嵩じて家を追い出されてしまった。人を介して何とか戻して欲しいと頼んでも、孝行一途の豊之助の心は解けない。思い余って押しかけたおつなは、戸の陰で立ち聞き

した話を誤解したために絶望し、豊之助を剃刀で殺め自らも死ぬ。（林廣親）

岡田恵和《おかだよしかず》 一九五九〈昭和三十四〉～・一。脚本家。東京都生まれ。岡田恵和とも。和光大学人文学科中退。『南くんの恋人』『イグアナの娘』『ビーチボーイズ』『君の手がささやいている』『ちゅらさん』『最後から二番目の恋』『泣くな、はらちゃん』『奇跡の人』など人気テレビドラマを手がけ、向田邦子賞や橋田壽賀子賞をはじめ多くの受賞歴がある。戯曲作品に『スタンド・バイ・ユー――家庭内再婚』（二〇一五、シアタークリエ）。（岡室美奈子）

岡野竹時《おかのたけし》 一九六〇〈昭和三十五〉～。劇作家。東京都生まれ。本名は岡野豪。中央大学法学部卒業。日本演劇協会の劇作塾で学び、国立劇場新作脚本募集に一九九〇年に応募した『忠度』が入選し、九二年に上演される。以後、佳作も含め、『冬桜』『実朝』など計五回入選し、両作も上演されている。（神山彰）

岡部耕大《おかべこうだい》 一九四五〈昭和二十〉・四～。劇作家。長崎県松浦市生まれ。漁師町の簡易旅館で祖母に可愛がられた「おばあちゃん子」で、幼いころから祖母の語る物語の世界へ興味を抱いていた。映画少年時代に岡本喜八監督の『独立愚連隊』に熱中し、映画に生きようと東京五輪開催の一九六四年に上京した。東海大学文学部広報学科在学中に岡本監督から劇団三十人会を紹介されたが一年で退団。七〇年に自ら主宰する劇団「空間演技」を結成し、『トンテントン』で旗揚げする。伊万里の裸祭りを題材にした戯曲で、故郷・松浦の方言を駆使しながらエネルギッシュな芝居を書き下ろした。〈生まれ育った松浦の言葉を残す〉〈近代化し豊かになっていく都会とは対照的に風化していく風景を作品として書き綴る〉〈日常の中に眠っている記憶を確認していく作業が物書きの仕事〉などと語り、以後、戦中から戦後の庶民群像を松浦弁とともに骨太に描いていく。石炭を掘るため海底にまでのびた廃坑を舞台にした『倭人伝』（一九七五）をはじめ、『肥前松浦兄妹心中』（第二十三回岸田國士戯曲賞）、二人芝居の『精霊流し』、能『黒塚』を想起させる老女を取り巻くすさまじいばかりの女たちを描いた『肥前松浦女人塚』（一九八二）、佐世保の闇市を舞台に国家に管理される前の自由で活気あふれる男たちを描いた『闇市愚連隊』、『亜也子――母の桜は散らない桜』（第二十三回紀伊國屋演劇賞個人賞）などを次々と発表していく。九〇年には自作の上演を目的とした岡部企画を設立し、男の恨みと嫉妬を描いた『鬼火』（九三）、西国の武士団・松浦党を題材にした『風と牙』（九五）などを発表している。二〇〇七年からは文化庁芸術家等派遣事業で松浦市内の小学生と保護者が出演する舞台を作・演出する「松浦ミュージカル」で故郷での演劇普及公演にも力を入れている。

❖**『肥前松浦兄妹心中』**《ひぜんまつうらきょうだいしんじゅう》 二幕。一九七八年に劇団青年座が五十嵐康治演出、津嘉山正種《つかやままさね》、徳永街子、久世龍之介、湯浅実《ゆあさまこと》、初井言榮《はついことえ》、森塚敏らの出演で初演。ゴーストタウンと化した炭住の解体工事を巡る諍いで、祝賀二郎が美術教師の大徳守、質屋の次男坊・捨吉を前に、抗争相手の神原組への殴り込みの気勢を上げている。そこへ、遊び人の吾一、満州帰りの満鉄らが現われる。一方、心中した姉の和子に比べて不器量な昭子は松浦党の末裔という青年や巡査の保造をたぶらかし、クーデターを起こすと息巻く。町を出ていった二郎の妹・倭子、炭住で出産するため故郷に舞い戻った良子。戦争とエネルギー政策の転換で心が荒廃し、行き場をなくした群像は、「肥前松浦兄妹心中」の歌が流れる中、暗い目で血の匂いを求めていた。

❖**『精霊流し《しょうろうながし》』** 一九八〇年に劇団空間演技がアートシアター新宿で、伊藤千鶴子と福田さゆりの出演で初演。八月十五日の長崎・松浦。精霊流しの祭りで賑わう町の片隅にある古びた宿屋は、年老いた〈おばば〉が一人で切り盛りしていた。そこへ東京から〈女〉がやって来る。故郷で死ぬために。〈おばば〉によって一命をとりとめた〈女〉は、海に浮かぶ精霊流しの灯りを眺めながら〈おばば〉に問わず語りを始めた。

❖**『亜也子——母の桜は散らない桜《あやこははのさくらはちらないさくら》』** 一九八八年に劇団青年座が越光照文演出、森塚敏、今井和子、土田ユミ、山本龍二、増子《ますこ》倭文江《しずえ》らの出演で初演。肥前松浦の旧家・北浦家を舞台に戦時中から終戦直後まで、一家を揺さぶった女たちの姿を綴った大作。亜矢子は祝言後十日で戦地へ赴いた夫清三郎を見送った。子供が生まれた亜也子だが、姑の操とは反りが合わず、小姑の二人も養っていかなければならない。昼は畑仕事、夜は佐世保で酌婦をして北浦家の家計を支える亜也子だったが、匂い立つ美しさに夫の幼なじみや戦死の報せを持ってきた男が群がってくる。銃後もまた戦場である。大みそかに庭で餅つきの準備が始まる中、闇市で迷っていた清三郎が帰還する。二人で餅つきをする亜也子と清三郎。年が明けて正月。亜也子は何も語らずに庭の千年桜を見つめて息を吐くのだった。(杉山弘)

岡村柿紅《おかむらしこう》

一八八一〈明治十四〉・九〜一九二五〈大正十四〉・五。劇作家・劇評家。高知市生まれ。本名岡村久寿治。幼くして両親伯母と共に上京、伯母の女義太夫二世竹本東玉の影響で芸能に興味を持つ。一九〇一年に中央新聞社に入社、その後は二六新報社・読売新聞社を経て一一年四月からは博文社「演芸倶楽部」の編集主任、また一六年春からは玄文社「新演芸」の主幹をつとめた。「新演芸」の花形企画である芝居合評会の司会を担当しているが、若葉会、古劇研究会、句楽会などにおける幅広い交友関係を活かしたものといえる。〇八年、有楽町高等演芸場開場時には顧問を務めた。一四年頃より市村座の田村成義の要請で市村座に関係することとなり後には顧問に、また成義死後は子息寿二郎の市村座経営を支えた。さらに寿二郎没後には市村座の代表となるも、以前より体調を損ねていたため二五年五月、自宅にて死去。劇作家としては『よしや男丹前姿』『秋色桜』『傾城三度笠』『椀久末松山』など、六世尾上菊五郎のために書かれた作品が多い。また鷺流の狂言を学んでいたことを生かし、『身替座禅』や『棒しばり』『太刀盗人』『悪太郎』など多くの舞踊劇を発表している。

❖**『身替座禅《みがわりざぜん》』** 一九一〇年三月市村座初演。六世尾上菊五郎の山蔭右京、七世坂東三津五郎の奥方玉の井、初代中村吉右衛門の太郎冠者。狂言『花子』を常磐津・長唄掛合いの舞踊に書き換えた作品である。右京が恐妻玉の井に愛人花子のもとへ出かけるのが露見しないように太郎冠者を身替わりにするが、その事が明らかになる。玉の井は太郎冠者と入れ替わるが、浮かれて帰宅した右京はまったく気づかず玉の井に愛人との一部始終を聞かせる。しかし最後には右京も玉の井が太郎冠者の身替わりになっていたことに気づき恐れをなして逃げる。初演が好評であったため、菊五郎により新古演劇十種に加えられた。現在もなお繰り返し上演される人気作品となっている。(岡本光代)

岡村昌二郎《おかむらしょうじろう》　一九三三〈昭和八〉～。郷土史研究家・脚本家。愛知県生まれ。福井県小浜市収入役等を歴任。一九七三年より、同市のアマチュア劇団久須夜《くすや》に脚本を提供。二〇〇二年、ハンセン病元患者竹村栄一の手記を元にした『生きて、いま』の脚本演出を担当し、劇化に携わった。若狭の歴史を伝える「若狭の語り部」としても活動。著書に『四季・若狭の詩』(福井新聞社)など。創作劇脚本集に『車椅子の歌』(劇の会久須夜)、『皇子塚幻想』(自費出版)。(大橋裕美)

岡本育子《おかもといくこ》　脚本家・劇作家。映画監督吉村操の娘。従姉が澤島忠の妻のスクリプター高松冨久子。映画・テレビの脚本多数。舞台では、澤島と共作で一九七〇年代の美空ひばり公演を多く手掛け、『島の恋唄』『恋の隅田川』など新宿コマ劇場での公演が多い。また、中村錦之助(萬屋錦之介)公演に『薫風江戸っ子物語』など。歌舞伎座での『志ん生一代』もある。(神山彰)

岡本一平《おかもといっぺい》　一八八六〈明治十九〉・六～一九四八〈昭和二十三〉・十。漫画家。北海道生まれ。妻は小説家岡本かの子、長男は画家岡本太郎。東京美術学校西洋画選科卒業。帝劇の舞台美術担当を経て朝日新聞に入社、近代漫画を確立する。漫画脚本『弥次喜多再興』(一九二九)連作や『呑気放亭』(三〇)の一部は人形座により築地小劇場で上演されたほか、溝口健二、根岸東一郎らにより映画化もされた。(岩佐壮四郎)

岡本薫《おかもとかおる》　劇作家。労働問題に関わり、横浜でプロレタリアに傾倒したアマチュア劇団の経営を行なう。昭和初期の数多くの雑誌に戯曲を発表している。処女作は一九三二年二月に「舞台」に掲載した『木枯』である。その他「劇と評論」(一九三七・5)には『うなぎ問答』などが掲載されている。戦後には、公共演劇に携わっていたこともあり、「公共演劇」(一九五〇・4)に『交番夜話』を発表した。(岡本光代)

岡本かの子《おかもとかのこ》　一八八九〈明治二十二〉・三～一九三九〈昭和十四〉・二。歌人・仏教研究家・小説家。東京生まれ。本名かの、旧姓大貫。夫は漫画家岡本一平、長男は画家岡本太郎。跡見高等女学校卒業。代表作は『母子叙情』『老妓抄』『生々流転』など。『ある日の蓮月尼』『或る秋の紫式部』等、戯曲も十篇以上あるが、このうち『阿南と呪術師の娘』は一九三九年、六世尾上菊五郎の日本俳優学校により東劇で上演された。(岩佐壮四郎)

岡本綺堂《おかもときどう》　一八七二〈明治五〉・十～一九三九〈昭和十四〉・三。劇作家・小説家。東京・高輪生まれ。本名は敬二。他に、狂綺堂、甲字楼主人とも号した。父・敬之助は、旧幕府の御家人で、英国公使館の書記官だった。父や叔父、留学生などから漢詩と英語を学ぶ。同時に、父の関係で歌舞伎に少年時から親しみ、劇場や九世市川團十郎の楽屋へも出入りするような環境で育つ。東京府尋常中学(後の府立一中・都立日比谷高校)に学び、劇作家を志望する。一八九〇年、同校卒業後、東京日日《にちにち》新聞に入社。中央新聞、絵入日報など、大正初期まで、新聞記者として勤める。この間、日清、日露戦争時には、満州に従軍記者として派遣されて得た貴重な経験を、後に随筆に書いている。記者時代には、多くは狂綺堂の名で劇評も書き、九一年に東京日日新聞に小説『高松城』を、九六年には「歌舞伎新報」に戯曲『紫宸殿』を発表する。一方、この時期に、俳優鑑札を取得し、文士劇(後年の文藝春秋主宰のものとは性質が異なる)で、岡鬼太郎らと、自作を上演し、俳優として舞台に立った。このことが、動きと台詞を結びつける綺堂の戯曲の特質に繋がる。

一九〇二年、岡鬼太郎との合作『金鯱《こがねのしゃちの》噂高浪《うわさのたかなみ》』が初代市川左團次により、歌舞伎座で上演される。それをきっかけに、二世左團次とも親しくなり、一九〇八年には、『白虎隊』を提供し、大きな話題となる。左團次との提携は、歌舞伎の復活上演にともなう研究等を通して深まり、一〇年の『修禅寺物語』の成功によって、決定的となった。

大正期以降は、劇作と小説に専念。多作で、生涯に一九六篇の戯曲を残し、本稿で紹介するもの以外にも、歴史劇から維新・開化物など、多彩な戯曲を残した。一九一八年に欧米を訪問。三〇年からは、月刊誌「舞台」を自ら監修して刊行し、自作の発表以上に、後進の劇作家を育成した。三七年に、演劇人として初の芸術院会員となる。三九年に、逝去。没後、元書生の岡本経一が養嗣子となり、出版社「青蛙房《せいあぼう》」を創立、現在は綺堂の孫にあたる修一が継いでいる。

綺堂の戯曲の特徴は、動きとセリフの連関にある。歌舞伎は河竹黙阿弥まではもちろん、坪内逍遙までは、動きながら言うセリフはなかった。綺堂は自らの俳優としての経験に、西洋演劇の知識伝聞も加えて、動きながらいう台詞という画期的なシステムを作った。綺堂のト書きの、実地における正確さを七世市川中車が絶賛しているが、このことも動きと台詞の連動に関係する。

また、綺堂は台詞では「何々なのだ」「何々だ」という、以後はあまりに一般化しすぎて気づかない語尾を、役者が言えないのに苦心したと述べているが、これは正に言文一致の文体を作るのに二葉亭四迷が苦労したのと同じ問題であり、いかに明治期の役者の身体的制度が以後とは異質のものだったかが解る挿話である。現在、綺堂の劇作家としての評価は高いとは言えないが、動きと台詞の問題やセリフの語尾の問題など、以後、直ぐにあまりに自明のこととなってしまったが故に、綺堂やその作品の意義や大きさが理解できないのである。

なお、一九二七年にはフランスではフィルマン・ジェミエが『修禅寺物語』を改作で、ソ連では『増補信長記』がセルゲイ・ラードロフ演出で上演されていることも特記すべきであろう。『岡本綺堂戯曲選集』全八巻(青蛙房)がある。

また、多くの新聞小説も残しており、推理物、怪奇物に特徴があり、特に一六年から書き続けた『半七捕物帳』は風俗描写の魅力が大きく、劇化、映画化され、現在も読み継がれている。『明治劇談　ランプの下にて』をはじめとする随筆集は、明治期歌舞伎や世相風俗の貴重な資料となっている。

[**参考**]『綺堂年代記』『岡本綺堂日記』(青蛙房)

❖『**修禅寺物語**《しゅぜんじものがたり》』　一幕三場。一九一〇年一月「文芸倶楽部」に発表。一一年五月、二世市川左團次一座により東京・明治座で初演。

綺堂が伊豆修善寺町に伝わる、作者も由来も不明の源頼家の木彫の面を見て着想した作品で、地名も一字替えてフィクション化している。

名利を嫌い修禅寺に隠れ住む面作り師夜叉王の次女楓は、父の性格を理解し、弟子の春彦と結婚し、自足した生活を送っているが、長女桂は、気位高く上昇志向がやまず不満を述べる。当地に幽閉されている源頼家は、夜叉王に自らの面作成を依頼したが、遅滞が重なり、自ら督促に来る。夜叉王が満足いく面ができないと述べるが、桂は父が不満の作を差し出してしまうと、頼家はそれを賞賛し持ちかえり、さらに、桂を侍女として召した上、若狭の局という名まで与える。その夜、鎌倉の北条家が夜討ちを掛け、頼家は殺害され、桂は父の作った面を付けて身替りとなり応戦したが、瀕死の体で我が家へ帰る。夜叉王は死相のあの面に現われたのは運命の予見だったと知り、我が才を自讃しつつ、桂の死に動じることなく断末魔の顔を描く。

芸術至上主義的名人気質の老人の描き方は今日では古く感じられるが、当時の本作の上演の意味は、これ以後、大正期には自明のこととなる、以下の点にあった。一つは、夜叉王が歌舞伎の役柄である「老け役」という類型でなく、一人の孤独で特異な「老人」の造型であることである。二つは、桂川の場で、花道から登場する頼家が「おお月が出た」以下の有名な台詞を歩きながらいうことである。従来の歌舞伎の台詞は、静止した姿勢でいうものだったが、歩きながら言うこの手法により、頼家の視点の移動に従って叙景の台詞が語られ、そこに心情が託される。この手法は一九一四年の『佐々木高綱』では高綱が舞台の上手から下手まで怒りの台詞を言いながら、歩き続けるという劇作法に至る特徴となった。三つには、桂川の場で久保田米斎の装置に電気照明が当てられ、水の流れが現前化して観客の目を驚かせたことである。四つ目は、欧州で名優の演技に接した左團次の夜叉王が仕草に西洋風の動きを取り入れたことである。本作は、文楽、映画、講談、放送メディア等々に脚色され、綺堂の戯曲中、最もよく知られたものだった。また、フィルマン・ジェミエがフランスで相当に改作して上演したほか、オペラでも、武智鉄二演出で数度上演されている。『岡本綺堂戯曲選集』第四巻所収。

❖**『鳥辺山心中』**《とりべやましんじゅう》 一幕二場。一九一五年九月、二世市川左團次一座により東京・本郷座で初演。旗本菊池半九郎は将軍の伴で京都に滞在し、友の坂田市之助と祇園で遊ぶうち、お染という芸妓となじむ。江戸へ帰参の日が近づき、半九郎は家宝の刀を売ってもお染を見受けし、親元へ帰してやろうと決意したが、折から市之助の弟源三郎が、遊蕩に耽る半九郎を武士の面汚しと面罵する。半九郎は憤りのあまり、源三郎と四条河原で果たし合いとなり、斬り殺してしまう。半九郎の情愛に感謝するお染と半九郎は、鳥辺山での心中を決意して、道を急ぐ。

設定、人物像は単純で解りやすい半面、人物造型が浅いとされるが、本作の意義はそのようなところにはないので、以下の点に着目すべきである。一つは、左團次が演じた半九郎が河原の場で、お染と並んで見上げる月を、直線的な動きで腕を挙げて指さした点である。従来の歌舞伎では、立役(男役)であっても、こういう場合には、美しい弧を描くような形を付けた動きで見せるのが演技の文法だった。それを左團次は、欧州で実見し、学んだ演技の応用として直線の動きを見せることで、半九郎の武骨な関東武士という造型を類型的な演技でなく見せた。二つ目は、義太夫の使用について。綺堂は『浪華の春雨』(一九一四)でも義太夫を用いており、新歌舞伎として、退行的手法に思えるが、新しさだけに拘り古さを排除した演劇が観客の心性をつかめなかったことを考えると、古い手法と新しい造型との混在が多くの観客の情動を強く刺激した綺堂の劇作法を見逃すべきではない。三つ目は、装置に語らせる手法である。河原の場では、義太夫だけで無人の舞台が数分続く。義太夫で叙景を際立たせ、装置と照明で目を刺激する劇作法は、これも当時は新鮮だったことは雑誌記事からも窺えるのである。『岡本綺堂戯曲選集』第四巻所収。

❖**『尾上伊太八』**《おのえいだはち》 三幕六場。一九一五年六月「新小説」に発表、一八年九月二世市川左團次一座により、東京・明治座初演。津軽藩士原田伊太八は吉原の遊女尾上との放蕩から心中に失敗、追放となる。伊太八はゆすりかたりを働き、今では門付けとなり、おさよと名を替えた尾上に当たりちらす。伊太八は浅草の茶店娘をかどわかそうとして、それを妨げたおさよを殺してしまう。その頃、津軽藩江戸屋敷に入った強盗の嫌疑で伊太八は逮捕される。

大正期に『世話狂言の研究』などを著わした「パンの会」や「三田文学」系の文学者のブレーンにより、二世左團次が復活した四世鶴屋南北の作品に似た人物像と世界を、綺堂得意の独自の情趣と仕組みで描いた傑作。伊太八の最後まで悪への疑念や良心などない現世主義的な虚無的な性格には、大正期の知識人から庶民の欲望にまで通底する心性が感じられる。序幕を夢とした構成も、当時としては斬新であり、二幕目に落ちぶれたおさよが爪弾きに「紺屋高尾」を語る情緒も自家薬籠中の手法とはいえ見事。周囲の人物の描きわけも無類であり、落魄した二人の汚れた姿を、背景の美しさにより一層際立たせ、同時に観客の目を楽しませる工夫もある。綺堂得意の、音楽を巧みに用いて観客の情動を刺激する劇作法は、初演当時は絶賛されている。大正期の「江戸趣味」の一面を表現した典型的な戯曲として重要である。『岡本綺堂戯曲選集』第八巻所収。

❖**『番町皿屋敷』**《ばんちょうさらやしき》 一幕二場。一九一六年二月、二世市川左團次一座により東京・本郷座で初演。旗本青山播磨は山王詣の帰途、幡随院長兵衛一家の町奴と喧嘩をして通りかかった叔母に説教される。その夜、水野十郎左衛門らを迎えるため、播磨は家宝の皿を、かねて愛していた腰元お菊に取り出させる。お菊は、播磨の本心を試そうとわざと皿を割る。播磨は過ちと許そうとするが、お菊の意図を知り、自分の誠心を疑った女は許せないと激怒し、お菊を殺し、自分は、幡随院一家との喧嘩と聞き、槍を携えて走り去る。

近世の浄瑠璃『播州皿屋敷』以来、庶民の記憶にある怪談物としての「皿屋敷」の世界は、明治期に河竹黙阿弥の『新皿屋舗月雨暈』《しんさらやしきつきのあまがさ》として書きかえられている。綺堂は、その題材と観客の演劇的記憶を利用しつつ、江戸以来のお家騒動や怪談物の連想と断ち切り、自立した「事件」として扱っている。旗本と腰元の「身分を超えた恋」という、明治大正期には演劇・映画の世界で流行したテーマや心理を描いたような説明に惑わされてはいけない。この作品の価値は、幕切れに、槍を持った播磨が本舞台から花道へ、思い入れもせず、形も作らず、一気に突走るという動きにこそある。同時期の『佐々木高綱』の眼目は、主人公が舞台の上手から下手まで歩きまわりながら、怒りのをぶちまける台詞をいいつづけるところにこそあった。『修禅寺物語』の頼家の歩きながらいう台詞同様に、綺堂の戯曲の「近代劇」としての大きな価値は、テーマにではなく、動きを台詞と結びつけたことにこそある。序幕の〈叔母様は苦手じゃ〉という台詞の修辞のない一言も、当時の演劇の文脈では、極めて新しく、難しかった。『岡本綺堂戯曲選集』第四巻所収。

❖**『両国の秋』**《りょうごくのあき》 三幕六場。一九二三年四月、帝国劇場で六世尾上梅幸ら帝劇専属俳優により初演。見世物小屋の蛇遣いお絹は、愛人の仁科林之助が茶屋の女中お里の家に入り浸るのを嫉妬するあまり、寝込んでしまう。林之助は見舞いに戻るが、お絹の嫉妬の凄さに再度逃げ出す。お絹は死期が近いといい、可愛がっていた蛇を、見世物の愛弟子・お君に与える。お君は林之助とお里の首に蛇を絡ませて師匠の仇をとって、自らも投身自殺し、それを知ったお絹は、安らかに息を引き取る。

綺堂の著名作品のほとんどは、二世左團次やその一座の俳優が主演であるが、本作は、綺堂には珍しく六世梅幸主演で、しかも、女性が主役という作品。情にもろく、悪人でもないお絹のような人間が、嫉妬と猜疑心から、周囲を不幸に巻きこんでいく過程が、大正期らしい頽廃趣味と下町の風俗を背景に生き生きと描かれる佳作。林之助も決して悪意があるのでなく、お里も同情すべき境遇に描かれている。それにも拘わらず、次々と彼らは破滅して死んでいく。しかも、お絹は毒婦風の女性ではなく、綺堂独自の筆つかいにより、きめ細かく、淡々と描かれている。また、大正期の江戸趣味とは異なるような、不気味で暗い幕末の江戸の町の風俗描写を通して、しっとりと落ち着いた筆致で、市井の人間のあさましさを描いている。『岡本綺堂戯曲選集』第六巻所収。

なお、左團次一座が主演していない作品には、『平七捕物帳』を自ら劇化して六世菊五郎が主演した『勘平の死』、七世松本幸四郎が帝劇で演じた『能印法師』『亜米利加の使』、初代中村吉右衛門一座の『俳諧師』などがあり、梅幸主演で女性を主役としたもので近年でも上演される作品に『平家蟹』『おさだの仇討』がある。

❖**『正雪の二代目』**《しょうせつのにだいめ》　二幕五場。一九二七年五月二世市川左團次一座により、東京・本郷座初演。幕末の江戸田町に剣術と軍学の道場を出している大泉伴左衛門は、攘夷論を唱え、多くの門人から軍資金を調達し、その金で品川や吉原を豪遊して回る。そこへ、浪士山杉甚作が訪ねてきて、高輪の異人館襲撃のため、子弟を貸してくれという。断る伴左衛門を甚作は贋攘夷論者と斬ろうとするが、妹千鳥や門弟雄之助に追われる。その内、伴左衛門の雲行きが怪しくなり、千鳥と雄之助は駆け落ちし、軍資金を出した弟子たちが捕えられる。

甚作が再度現われ、自分も同じ贋者だと素性をあかし、遊興の金を要求する。やがて、正体が暴露され逮捕される伴左衛門は、この上は真実の攘夷論者となって後世に名を残すと言いながら、縄を掛けられて群衆のなかを引かれていく。

昭和期になってからの綺堂の戯曲の佳品であり、珍しい風刺的な喜劇となっている。時代設定は幕末だが、明らかに本作の書かれた時代の「思想詐欺」ともいうべき偽善への怒りとアイロニィが溢れている。伴左衛門だけでなく、彼に騙され、資金を渡す周囲の弟子たち、それを暴く同類の甚作。いずれも正義の名を借りて、自己を正当化する。最後まで、伴左衛門は臆することもなく、却って、群衆を一喝して、自分の正義を言い放つあたりまで、他の作品にはみられない綺堂の同時代の知識人への反発や違和感、嫌悪感が明確に出ている異色作である。晩年の綺堂が、江戸明治風俗研究や回顧に沈潜した理由も感じ取れる。『岡本綺堂戯曲選集』第八巻所収。　（神山彰）

岡本さとる《おかもとさとる》　一九六一〈昭和三十六〉〜。作家・脚本家・劇作家。大阪市生まれ。本名は岡本智。立命館大学産業社会学部卒業。松竹勤務の後、『浪花騒擾記』で第三十五回大谷竹次郎賞受賞。二〇〇二年より関西若手歌舞伎俳優による「平成若衆歌舞伎」の脚本『花競かぶき絵巻』『大坂男伊達流行』『新・油地獄大坂純情伝』などを書く。他に『極付　森の石松』『恋文　星野哲郎物語』など。テレビ脚本を多数手がけ、近年は小説家としても活躍。　（神山彰）

岡本螢《おかもとほたる》　一九五六年〈昭和三十一〉・二〜。劇作家。東京日本橋生まれ。日本大学藝術学部卒業。十九歳の時に書いた戯曲『半変化《はんばけ》　束《おたば》恋《こい》　道中《のみちゆき》』でテアトル・エコー創作戯曲賞に入選。その後、一九八五年より『甚助《じんすけ》無用《む》鰯《よういわし》　烹鍋《にたなべ》』ほか、三年連続で同劇団に江戸物を書きおろす。

同時に、小学館、集英社のコミックス原作を書き、八七年より「週刊明星」で連載された『おもひでぽろぽろ』が、宮崎駿プロデュース・高畑勲監督でアニメ映画化され、九二年度日本アカデミー賞を受賞する。九〇年より、あなただけ今晩はプロデュースと銘打って自作の演劇プロデュース公演を開始（『さくら』『Medicin―薬―』『明日の子供』『烏賊ホテル』『ラ・烏賊ホテル』『かなりや、かなりや』『枝豆のこいびと』）。二〇一一年より、江戸の十三歳の少女を主人公にした七つの物語『十三なゝつ』を、リーディングドラマと小説の同時進行で開始。江戸っ子ならではの気っ風のよさを活かした活動を続けている。

❖**『能いあがり《よいあがり》』**（ラジオドラマ） 江戸の町。両親を失い、髪結いのおまんの養子となった十三のおよしには、十五になる仲良しのおきんがいた。物語は要所要所に挟まれるおよしのナレーションによって進んでいく。口は悪いが根はしっかりもののおまんは、ぐうたらな亭主松蔵にいつも手を焼いている。その松蔵が、こともあろうにおまんの腹違いの妹おきみを孕ませてしまった。大きな喧嘩のあげく松蔵は家を飛び出していく。早く始末しようと提案するおまんに、生ませてやりてえと松蔵。これ以上意地になればもしかしたら亭主はおきみと子供の三人で暮らし始めてしまうかもしれず、ここは子供を引き取ってはどう、という近所のおくめばあさんの持ちかけにより、おまんはおよしに、妹か弟ができたらどうだい、と訊くのだった。 （岡野宏文）

岡安伸治《おかやすしんじ》 一九四八〈昭和二十三〉・一〜。劇作家・演出家。東京都生まれ。トラック運転手などの職を体験しつつ京浜協同劇団を経て、一九七三年に世仁下乃一座《よにげのいちざ》を結成・主宰し、自作を演出した。九六年に解散し、桐朋学園大学短期大学部教授を経て、二〇〇八年からユニット形式で上演活動をする。初期作のビル浄化槽清掃作業を扱った『別れが辻』以来、一貫して過酷な労働現場で働く底辺労働者と、取り巻く社会環境の矛盾を痛烈に描いた。東京理科大学を卒業した経歴を生かし、戯曲には科学知識の裏付けがある。『太平洋ベルトライン』は長距離トラック運転手、『かちかち山のプルートーン』は原子力発電所から盗まれたプルトニウムが紛れ込むごみ清掃車の清掃員、『ネーム・リング』は軍事産業化する造船所の作業員、『洞道《とうどう》のヒカリ虫』は大都会の地下道作業員を主人公にした。『華のまるやま七人みさき』（二〇一三）では、東電OL殺人事件と原子力村の崩壊を背景にして女の怨みを描いた。労働のリアルな動きと、生活感あるペーソスと風刺の笑い、時空間が飛躍するユニークな構成力が特徴。戯曲集に『太平洋ベルトライン』（いかだ社）、『岡安伸治戯曲集』四巻（晩成書房）がある。

❖**『太平洋ベルトライン《たいへいようべるとらいん》』** 一幕。一九八〇年に演劇集団未踏アトリエで世仁下乃一座が初演。岡安の作・演出。積荷のミサイル燃料が爆発する危険を抱えて、東名高速道路をひた走る長距離トラックの運転席で展開される。工事用パイプで組み立てた椅子だけの簡素な舞台で、運転手と同乗した積荷会社の営業マンとの会話と回想で展開する。高度経済成長を果たした日本のひずみを、労働組合にも入れない未組織労働者の過酷な労働環境を背景に描いた。劇中の東名高速道路は、企業の合理化の象徴である一本の太いベルトコンベアに見立てられている。出演は里村孝雄、加藤金治ら。紀伊國屋演劇賞個人賞、東京労演賞、種田賞を受賞した。 （山本健一）

小川煙村《おがわえんそん》　一八七七〈明治十〉～不詳。作家・劇作家。京都生まれ。本名多一郎。教会で語学を学び、やまと新聞記者となる。「新小説」に創作を発表。戯曲では、ユゴー『九十三年』の翻案である『王党民党』（一九〇四）、『旅順』などを発表。（神山彰）

小川未明《おがわみめい》　一八八二〈明治十五〉・四～一九六一〈昭和三十六〉・五。童話作家。新潟県生まれ。本名健作。早稲田大学卒業。坪内逍遥、島村抱月の教えを受け、次第に児童文学に進み、著名となる。早くから戯曲も手掛け、『妖魔島』（「新古文林」一九〇六・11）、『若者』（「創作」一九一〇・7）、『日没の幻影』（「劇と詩」一九一一・4）、『作者』（「新公論」一九一八・5）、『飴チョコの天使』（「赤い鳥」一九二三・3）の五本の戯曲がある。（神山彰）

小川未玲《おがわみれい》　一九六七〈昭和四十二〉・六～。劇作家。神奈川県横須賀市生まれ。女子美術短期大学卒業。井上ひさしの秘書をつとめた。一九九三年『深く眠ろう、死の手前ぐらいまで』がテアトル・エコー創作戯曲募集の佳作に入選し、三年後に上演される（熊倉一雄演出）。同劇団に書き下ろす機会が多い。主な作品に『ちゃんとした道』『もやしの唄』で岸田國士戯曲賞候補。ほかの主要作品に『お勝手の姫』『やっかいな楽園』がある。（内田洋一）

奥山雄太《おくやまゆうた》　一九八七〈昭和六十二〉・五～。劇作家・演出家・俳優。演劇ユニットろりえ主宰。神奈川県出身。早稲田大学第一文学部卒業。二〇〇七年、早稲田大学演劇倶楽部の同期と「おんなのこにやさしい演劇ユニット」を謳い文句に、ろりえを結成して主宰。〇八年に『ヤクザとアリス』で旗揚げ。一五年には『さようなら、どらま館』で早稲田小劇場どらま館の柿落《こけらお》としプレ公演フェスティバルに参加。代表作に『ひばりの大事な布』『女　優《おんなやさしい》』『三鷹の化け物』『㐂《よろこび》』。（望月旬々）

小国正皓《おぐにまさあき》　一九三三〈昭和八〉～。劇作家・演出家。秋田県生まれ。曾我廼家劇や石井均一座などを経て、劇作家となる。『しぶちん』『女の居場所』『天空の夢』『夜桜お七・人生激情』『こころの橋』『沖縄の風そして愛』など、明治座、名鉄ホール、三越劇場などの商業演劇から大衆演劇の世界まで、数多くの脚本を提供。脚色、演出も多く、作詞家としても活躍。（神山彰）

小栗風葉《おぐりふうよう》　一八七五〈明治八〉・二～一九二六〈大正十五〉・一。作家。愛知県半田市生まれ。本名磯夫。尾崎紅葉門下で小説『青春』が著名。紅葉死後、脚本『増補金色夜叉』を刊行。初の戯曲『予備兵』は、日露戦争を題材に因果応報と絡め、新派と歌舞伎で上演され評判となる。他の戯曲に『はきちがへ』『年くひ女房』『落日』など。『予備兵』もズーダーマンに想を得たというが、いずれも、明治期の西洋戯曲の受容、翻案を考える上で重要。（神山彰）
［参考］『明治近代劇集』（『明治文学全集』86巻）、「比較文学」53号

尾崎一保《おざきかずやす》　一九三六〈昭和十一〉～。劇作家。東京都生まれ。戯曲に『夢二修羅』『籠太郎』『怨み節ハムレット』など。「群馬・新しい芸術の会」代表。二〇〇九年、創立三十周年記念公演として『野蛮なる森の伝説』を作、演出。同年ぐんま演劇祭（第三十三回県民芸術祭）で上演。（大橋裕美）
［参考］『劇作百花第一巻』（門土社）

尾崎倉三《おざきくらぞう》　一八九八〈明治三十一〉～不詳。劇作家。昭和戦前期に松竹家庭劇から曾我廼家五九郎一座の文芸部で活躍。新興演芸

演劇課長を勤める。『罪の子』『屋上の愛人』がヒット。他に『島の娘』『宣撫行』『按摩の二階』『観劇中の出来事』『窓から窓へ』など、五九郎一座の呼び物の多くの女優を使い分ける手法が特徴。戦後は、女剣劇に『おり鶴七変化』『世直し善左』、松竹新喜劇に『阿呆のチャルメラ』など。『若獅子大名』など映画のシナリオ、小説も書く。著書に『喜劇王の明暗』(東京文芸社)。 (神山彰)

尾崎紅葉《おざきこうよう》 一八六八・一〈慶応三・十二〉〜一九〇三〈明治三十六〉・十。小説家。江戸芝生まれ。本名徳太郎。父は幇間として知られる牙彫師谷斎《こくさい》。漢学塾綏猷《すいゆう》堂に学ぶ。一八八二年三田英語塾入学。石川鴻斎に漢詩文を学ぶ。八三年東京帝国大学予備門入学。八五年文学結社「硯友社」を結成し、同人誌「我楽多文庫」を創刊。坪内逍遥に刺激されて戯作風の小説や落語などの習作を執筆した。八八年東京帝国大学法科入学。井原西鶴に心酔する。八九年雅俗折衷体の時代小説『二人比丘尼色懺悔《ににんびくにいろざんげ》』を刊行し脚光を浴びる。この頃よりゾラ、モーパッサンをはじめ様々な翻案を手がける。帝大の文科に転科し、日本演芸協会文芸委員となる。同年在学のまま読売新聞社に入社。同紙に次々と長短編を発表し、芋太郎の名で劇評も執筆した。九〇年演劇改良運動の気運に乗じ、硯友社の文士劇を開始する。同年大学を中退。創作に専念し、若き大家として文壇的地位を確立する。九一年結婚。翌年「歌舞伎新報」同人となる。九六年小説『冷熱』(『デカメロン』八日目第七話の翻案)が川上音二郎一座により藤澤浅二郎の脚色で『嘘實心冷熱』に改題のうえ初演される。以後、喜劇『夏小袖』『恋の病』『八重襷』や小説『心の闇』『不言不語《いわずかたらず》』『心中船』など、西欧文学を範とした作品が翻案劇全盛の風潮に調和して、また、一九〇〇年頃より新種の文芸物の上演に活路を見出した新派の要請を受け舞台化された。特に連載中劇化された『金色夜叉』の人気は凄まじく、〇二年二月の宮戸座の上演では紅葉自ら脚色者花房柳外に原作の終局までの腹案を示して後援した。硯友社文学なくして明治・大正期の新派の繁栄はありえず、泉鏡花、小栗風葉、柳川春葉ら優れた作者を輩出した功績は見逃せない。東京座で『金色夜叉』を観劇した数か月後に胃癌のため死去。西鶴調の中編『伽羅枕』や言文一致体の長編『多情多恨』が戦後新派により劇化された。

❖**『夏小袖』**《なつこそで》 灰吹屋兼金貸しの五郎右衛門は吝嗇な親爺で、裏庭に大金を隠し置いている。五郎右衛門の娘のおそめは店の手代和七と、おそめの兄徳之助は近所の娘八重と、それぞれ結婚を誓う間柄だ。そうとは知らずに、五郎右衛門は金の力で無理矢理八重を後妻に迎えようとたくらむ。徳之助はたとえ親でも恋人の横取りは許されないと怒り、裏庭から探し当てた大金を利用して見事兄妹銘々の結婚を五郎右衛門に認めさせる。モリエール『守銭奴』の翻案(当初、森盈流の名で春陽堂より刊行)。一八九七年十月、真砂座の伊井蓉峰一座により『金色欲』の題で初演され、女形児島文衛のおそめが評判となった。新派が喜劇の文字を冠して上演した文芸物の嚆矢で、歌舞伎式の文語体に依らず落語風の口語文体を駆使して作られた台詞劇としても先駆的といえる。金銭の問題を種に引き裂かれる男女のモチーフは『金色夜叉』に引き継がれる。人気の二番目物として大正期に繰り返し上演された。

❖**『金色夜叉』**《こんじきやしゃ》 美貌の鴫沢宮《しぎさわみや》は富豪富山《とみやま》唯継《ただつぐ》のダイヤの指環に誘惑されて、許婚の間《はざま》貫一《かんいち》を捨て唯継と結婚する。貫一は復讐心から冷酷な高利貸に変貌する。金と愛の間に揺れる男女の悲恋を描いた新派の古典。原作はバーサ・M・クレー作『女より弱き者』の翻案で、一八九七年から六年にわたり連載された未完の長編。九八年三月、市村座で川上音二郎一座により藤澤浅二郎脚色（二幕）で初演され、連載状況を踏まえて脚色を重ねた。主題は貫一が執着する金銭の問題から徐々に恋愛へと移り「熱海海岸」が見せ場となった。一九〇五年六月の大阪・朝日座上演で貫一の親友荒尾譲介《あらおじょうすけ》の活躍が挿入され、恋と友情、二つのテーマが核となる。同年六月、東京座の小栗風葉脚色（七幕）により定本化。同時代の特に若い観客の心を捉えて流行する。映画や軽演劇など異なるジャンルに焼き直され伝播し、四〇年代末頃までは頻繁に上演された。他に岩崎舜花、川村花菱らによる脚色や番外編がある。（桂真）

尾崎士郎《おざきしろう》 一八九八〈明治三十一〉・二～一九六四〈昭和三九〉・二。作家。愛知県西尾市吉良生まれ。早稲田大学中退。売文社の堺利彦、高畠素之らと交友、社会主義運動に参画。一九二一年、時事新報懸賞小説に『獄中より』が入選、作家活動に入る。二二年、宇野千代と初対面の日より同棲。千代と離別、古賀清子と再婚後の三三年、都新聞に連載した『人生劇場』が評判となり、映像、劇化が相次ぎ代表作となる。この題材に依り吉良は「義理と人情の町」を呼称。（矢野誠一）

小崎政房《おざきまさふさ》 一九〇七〈明治四十〉・四～一九八二〈昭和五十七〉・六。劇作家。京都市生まれ。京都商業に学ぶ。映画監督志望であったが、一九二五年、帝国キネマのスター、尾上紋十郎に見込まれ、映画俳優の道を歩み出す。マキノプロ、松竹下賀茂をへて、ふたたび帝国キネマへ。このとき、これまで、尾上紋弥から結城三重吉としていた芸名を、結城重三郎に改める。帝国キネマが新興キネマに改組されてからも、数々のチャンバラ映画に主演。三一年、創立まもない富国映画社に転じたところ、すぐに活動休止となったため、心ならずも結城重三郎剣劇団を結成、旅回りをおこなうことに。三三年十二月、旧知の俳優、有馬是馬をたよって、新宿ムーラン・ルージュの文芸部に入る。同劇団は、伊馬鵜平（のち春部）、斎藤豊吉、穂積純太郎らの作家陣が、浅草とは異なる独自の喜劇路線を展開し、人気を集めていた。本名の小崎政房名義で、『愁色未亡人』『いとけなき心をくらふ懐疑かな』『下界』『千日前裏通』などを発表。社会派作家として注目される。この間、大都映画社長、河合徳三郎に懇願され、同社に入社。松山宗三郎の芸名で、美剣士スターとして活躍する一方、『級長』をかわきりに、監督業にも進出。四三年、水の江瀧子が興した劇団たんぽぽに参加。四六年二月まで、演出家として活躍。四六年三月、堺駿二、左卜全、有島一郎らと空気座を結成。四七年八月、新宿帝都座で、田村泰次郎原作のベストセラー小説『肉体の門』を上演（小沢不二夫脚色、小崎政房演出）したところ、評判となり、軽演劇の新たな展開であるバーレスク時代を招来。四八年四月に再建されたムーラン・ルージュには、文芸部長として迎えられた。五〇年代半ば、集体制作座を結成。現代劇の上演に精力的に取り組んだ。

❖**『千日前裏通』**《せんにちまえうらどおり》 三幕。一九三七年五月初演。小崎作・演出。新宿ムーラン・ルージュ。映画撮影所創立の儲け話に失敗し、経営する印刷会社を営業不能に陥らせた社長夫婦と、若い従業員たちの、それぞれの身の処し方を描いた物語。映画製作を夢見る社長と、仲間の出資者たちが、インチキ資本家から金をだまし取られていく様子が、関西弁の特有のユーモラスな会話展開のなかで描かれる。「国民精神総動員」の世相を背景に、映画興行の周辺で働く人々の現実と、労使間の問題をそっと問うたが、諷刺精神が影をひそめたとの、批判も一部にあったという。出演は左卜全、三國周三、笹川恵三、水町庸子ら。このころのムーラン・ルージュの舞台には、上演時間四、五十分の喜劇三本と、バラエティが一本並べられたが、本作は一時間二十分を超える異例の長編であったため、喜劇を一本減らしての特別興行となった。（原健太郎）

尾崎翠《おざきみどり》 一八九六〈明治二十九〉・十二〜一九七一〈昭和四十六〉・七。作家。鳥取県生まれ。一九三一年に小説の代表作『第七官界彷徨』を発表。没後、全集が出版され、以後評価が高い。戯曲は二九年「女人芸術」に発表の『アップルパイの午後』の一作のみ。文学好きの妹とその兄は、友人の兄妹に密かに恋している。その四人の関係をアップルパイという甘美な小道具を通して表現。昭和初期の青春の気配を、見事な台詞と感性で描いた佳品。『尾崎翠集成』（ちくま文庫）所収。（神山彰）

長田育恵《おさだいくえ》 一九七七〈昭和五十二〉・五〜。劇作家。東京都生まれ。早稲田大学第一文学部文芸専修卒業。演劇ユニットてがみ座主宰。本名秋元育恵。早大ミュージカル研究会でのミュージカル脚本の執筆からスタートし、「早稲田文学」や早稲田大学演劇博物館でのスタッフワークを経て、日本劇作家協会戯曲セミナーに参加。井上ひさしに師事し、二〇〇八年、てがみ座を立ち上げる。〇九年『カシオペア』と『鉄屑の空』の二本立てで旗揚げ公演。宮沢賢治を題材にした『青のはて――銀河鉄道前奏曲《プレリュード》』（二〇一二）が第十六回鶴屋南北戯曲賞の最終候補に、宮本常一を題材にした『地を渡る舟―1945／アチック・ミューゼアムと記述者たち―』（一三）が第十七回鶴屋南北戯曲賞と第五十八回岸田國士戯曲賞の最終候補にそれぞれノミネート。てがみ座のほかに、文学座アトリエの会『終《つい》の楽園』、市川海老蔵自主公演「ABKAI 2014」の新作舞踊劇『SOU―創―』など、外部公演の脚本も手がける。一五年『地を渡る舟』（再演）で第七十回文化庁芸術祭賞演劇部門新人賞受賞。一六年『蜜柑とユウウツ―茨木のり子異聞―』（一五）で第十九回鶴屋南北戯曲賞受賞。史実にもとづいた評伝劇に定評があり、代表作に『乱歩の恋文』『空のハモニカ―わたしがみすゞだった頃のこと―』『当世極楽気質《とうせいごくらくかたぎ》』『対岸の永遠』。（望月旬々）

長田秋濤《おさだしゅうとう》 一八七一〈明治四〉・十〜一九一五〈大正四〉・十二。翻訳家・劇作家。静岡県生まれ。本名忠一。ケンブリッジ大やフランスの大学で法律・政治を学ぶ。帰国後、演劇改良に関わり、十九世紀フランスの大劇場で人気が高かった、メロドラマ、ウェルメイドプレイの戯曲の翻案・翻訳で功績を残す。バイロン『三恐悦』、コッペー『王冠』、リシュパン『匕首』、サルドゥ『祖国』、スクリーブ『怨』に加え、デュマ『椿姫』が著名。戯曲では『菊水』、『大那破烈翁』（「文芸倶楽部」一九〇六・2）、『吸血鬼』（同誌一九〇九・12）など。明治期の翻案劇を考えるには重要な存在。

［**参考**］中村光夫『贋の偶像』（筑摩書房）

❖**『菊水』**《きくすい》 二幕五場。金港堂・一八九五年刊。足利尊氏の大軍を迎え撃とうとする楠正成は、桜井の駅に倅・正行を呼び寄せ思いを伝える。正成は敗れ、尊氏の家臣が父の首を持って訪れるのを見て、自刃しようとする正行を母に止められ、父の遺訓を守り生きようと誓う。昭和戦前期までは、国民的記憶として共有されていた、桜井駅での「正成父子の別れ」を中心に描く、忠臣劇。「演劇改良脚本」としては、旧劇調だが、修辞に富む。川尻宝岑の作という説もある。坪内逍遙の序文解説付き。（神山彰）

長田弘《おさだひろし》　一九三九〈昭和十四〉・十一～二〇一五〈平成二十七〉・五。詩人・エッセイスト。福島県生まれ。早稲田大学第一文学部卒業。在学中に詩の雑誌「鳥」を創刊。一九六六年『名づけるな、わたしたちに』（原作：M・フラスコ）、六七年『魂へキックオフ』が津野海太郎の演出で劇団六月劇場により、七〇年『箱舟時代（挑戦者たち）』が秋浜悟史の演出で劇団三十人会により紀伊國屋ホールにて上演。毎日出版文化賞、桑原武夫学芸賞などを受賞。（中村義裕）

小山内薫《おさないかおる》　一八八一〈明治十四〉・七～一九二八〈昭和三〉・十二。演出家・劇作家・小説家。広島県広島市に陸軍軍医の長男として生まれる。五歳で父と死別し、上京。第一高等学校時代に内村鑑三に傾倒。東京帝国大学英文科に学び、森鷗外の知遇を得て、三木竹二の紹介で伊井蓉峰一座に関係し、一九〇四年に『サッフォー』の舞台監督（演出）を行なう。「帝国文学」に最初の戯曲『非戦闘員』を発表。武林無想庵らと同人誌「七人」を出し、詩集「小野のわかれ」を書く。読売新聞に小説『大川端』を書く。この頃、深川の材木商から多大な援助を受け、「新思潮」も創刊。雑俳にも親しみ、鶯亭金升《おうていきんしょう》の元で二世市川左團次を知る。〇九年、左團次と自由劇場を旗揚げ、イプセン『ジョン・ガブリエル・ボルクマン』を上演。一一年から慶大講師。一二年から翌年にかけて欧州へ遊学。帰国後、大正期には、当時の知識人にも浸透していた巣鴨の至誠殿や大本教などの新興宗教に傾倒。そこから得た経験が「霊魂」を重視する演技感、演劇観に反影されているのは、近年の研究で明らかである。一五年に「古劇研究会」に加わり、劇団新劇場を作り、自由劇場も断続的に継続した。一八年には市村座顧問となり、六世尾上菊五郎にダヌンツィオの翻案『緑の朝』を書く。松竹との関係が深まり、映画界に入り、二〇年には映画『路上の霊魂』を作る。一方、左團次とは野外劇『織田信長』を智恩院で上演。「劇と評論」を創刊。二三年、関東大震災で大阪に移り、クラブ化粧品経営のプラトン社で、川口松太郎編集の「女性」「演劇映画」などに直木三十五と共に関わる。二四年ドイツより帰国した土方《ひじかた》与《よ》志《し》の誘いにより、築地小劇場に関わり、表現主義の戯曲を新国劇や先駆座に続いて上演。旗揚げ時の西洋演劇一辺倒の主張により、劇作家と論争となるが、やがて創作劇も含む多くの作品を上演、新機軸を打ち出した。新国劇に『吉利支丹信長』などの戯曲を提供し、演出も行なう。二五年にはラジオドラマも書く。二七年には、国賓としてソビエト連邦を訪問、スタニスラフスキー、メイエルホリド、エイゼンシュテインらの著名な芸術家に会い、彼等の歌舞伎評価やオリエンタリズムに影響を受ける。帰国後、従来の演劇観と相当以上に異なる『国性爺《こくせんや》合戦《かっせん》』や『博多《はかた》小《こ》女郎浪枕《じょろうなみまくら》』のような歌舞伎を題材にしたり、東洋演劇や音楽の要素を採用した演劇を上演。一方、松竹では左團次に『森有礼』『戦艦三笠』『ムッソリーニ』のような、大劇場向きの作品も提供、前者二作はとくに好評だった。二八年末に急逝。執筆した多くの劇評は、現場の演劇人ならではの視覚が反影した卓論であり、『演出者の手記』（原始社）、『演劇論叢』（上巻のみ・宝文館）、『芝居入門』などがある。ほとんどの戯曲、演出等演劇活動の八割近くは、帝劇、新派、松竹という商業演劇の世界で行なわれたが、没後の『小山内薫全集』全八巻（春陽堂）、『小山内薫演劇論全集』全五巻（未來社）は文学と新劇面の業績に限定された編集のため、小山内の宗教に関わる論考や商業演劇、映画での活動という重要な仕事の多くが忌避されており、その魅力的な全体像は摑めない。新たな全集が待たれる。

❖**『第一の世界』**《だいいちのせかい》　一幕。「新演芸」（一九二一・12）発表。同月帝国劇場で、左團次一座が初演。土方与志演出。学者・山中は妻を亡くし、娘敏子と孤児院から連れて来た書生島村と三人で暮らし、ダンテを通して「心霊の世界」の研究をしている。旧友谷村が、妻糸子と訪問する。山中は糸子を恋していたが谷村の忠告で断念したいきさつがあった。谷村は自分の息子とかねて恋仲である敏子の結婚を持ち出す。山中は承諾するが、敏子を思っていた島村は暇を取る。初演は左團次の山中、二世市川猿之助の谷村、中条恵美子の糸子、山本安英《やすえ》の敏子、初代澤村宗之助の島村。「第二の世界（心霊界）」に住む学者が、娘の結婚話という「第一の世界（現実）」に対した時の、動揺と空虚な思いとを描く。大正期に知識人の流行した感性の一端がうかがえ、また、小山内のこの時期の「心霊」経験への傾斜も関わる興味深い作品。

❖**『息子』**《むすこ》　「三田文学」（一九二三・7）発表、一九二三年三月帝国劇場初演。六世尾上菊五郎の金次郎、十三世守田勘彌の捕吏、四世尾上松助の火の番の老爺。ハロルド・チャピンの『父を探すオーガスタス』の翻案。江戸の火の番小屋に、捕吏に追われた若者が来る。火の番の老爺は上方に行った息子が立派な姿で戻ってくると信じていると語るが、実は若者がその息子なのだ。やがて、また捕吏に嗅ぎつけられた若者は一言老爺に別れを告げて去る。状況設定に無理があり、人物像も平凡だが、雪の火の番小屋だけの舞台で、三人だけで三十分内の戯曲なので、歌舞伎では演目立ての上で重宝であり、上演の簡便さから命脈を保つ。一時期はアマチュア演劇でもよく上演された。

❖**『西山物語』**《にしやまものがたり》　三幕六場。「演劇新潮」（一九二四・9）に一部発表。一九二八年四月歌舞伎座で初演。左團次の源太、二世猿之助の団次、二世市川松蔦のかへ。源太と団次は、剣道の師範で従兄弟。いずれかを大名に召し抱えたいという話があり、勝者が敗者の家族の生活を見る約束で試合で決めることとなる。門弟少なく貧しい源太は、裕福な団次に勝ちを譲る。源太の妹かへは、団次の息子と恋仲だが、団次は態度を変え、こうなる上は家柄も格も違うとその仲を認めない。怒った源太はかへと共に、団次の家で談判するが決裂。源太はかへを殺し、自首する。解り易い設定と直情的な感情表現。境遇により、いかに人間の心が変質するかという問題を描く。人間像が単純すぎるという評もあるが、類型的な人物のなかに大正期らしい友情のテーマと重層させて描いた作品。六場構成が、現在では長いのが難。

❖**『吉利支丹信長』**《きりしたんのぶなが》　一幕。「文藝春秋」（一九二六・3）に発表、一九二七年四月市村座で、新国劇が初演。織田信長は室町御所の建築を急ぐが、日蓮宗の僧侶日乗は、信長がキリシタン信仰や布教を認めたことを怒り、キリシタンは亡国の徒であると諫言する。信長は、当然、日乗の言を無視する。折から訪れたキリシタンの神父と日乗が論争になるが、神父に日乗は言い負かされる。暴君信長は、仕事を怠る人夫を怒って斬り捨て、御所の建設をさらに急がせる。信長を徹底的な無神論者として描いたのが本作の眼目。宗教を政治支配の道具として利用する信長の生き方や姿勢に初演時の劇的現実感があり、さまざまな宗教に拘泥して生きた小山内の精神の魅力が隠された佳品。澤田正二郎の信長も適役。台詞の明快な調子、構成の妙等、小山内の戯曲では最高の逸品。

❖『**森有礼**《もりありのり》』五幕九場。一九二六年十二月歌舞伎座初演。二世左團次の有礼、二世猿之助の西野。廃刀令を唱えた青年森金之丞が初代文相森有礼となり、暗殺されるまでを描く大作。当時関係した映画的・表現主義的手法を思わせるスピード感ある多場面構成で描いた伝記劇で、新国劇の中村吉蔵『星亨』、新派の中村吉蔵・大関柊郎合作『原敬』などに影響を与えた。欧州で流行の偉人劇・群衆劇の反映として、また演説場面の見事さ、装置、音響効果など含めて、小山内の最高傑作とする声もある。
［**参考**］笹山敬輔『演技術の日本近代』（森話社）
（神山彰）

小山内美江子《おさないみえこ》　一九三〇〈昭和五年〉・一～。脚本家。神奈川県立鶴見高等女学校卒業。一九五一年、東京スクリプター協会会員として映画制作に参加の後、六二年にＮＨＫテレビ指定席シリーズ『残りの幸福』にてシナリオライターとしてデビューする。テレビ脚本の代表作は、ＴＢＳ『三年Ｂ組金八先生』（一九七九）、ＮＨＫ大河ドラマ『徳川家康』（八三）、『翔ぶが如く』（九〇）など。舞台の脚本には、以下の二作がある（いずれも共作）。『十五歳の出発』（八一・堀口始作・堀口始演出・青年劇場）、『花の吉原雪の旅』（八五・岡本育子作、石井ふく子演出・帝国劇場）。
（松本修一）

長部日出雄《おさべひでお》　一九三四〈昭和九〉・九～。作家・評論家。青森県弘前市生まれ。早稲田大学中退。「週刊読売」記者時代、大衆芸能の世界を取材したルポやエッセイを発表。「映画評論」編集者として映画評論を手がけ活躍後、故郷で小説を執筆、一九七三年『津軽じょんから節』『津軽世去れ節』により第六十九回直木賞受賞。八九年映画『夢の祭り』を原作・脚本・監督で製作。二十一世紀以後、『「君が代」肯定論』などで、天皇崇拝者であることを表明。『天皇の誕生　映画的「古事記」』（集英社）等の読むためのシナリオを発表している。二〇〇二年紫綬褒章。（矢野誠一）

大佛次郎《おさらぎじろう》　一八九七〈明治三十〉・十～一九七三〈昭和四十八〉・四。小説家・劇作家・ノンフィクション作家・演出家。横浜市生まれ。本名野尻清彦《はるひこ》。東京帝国大学法学部卒業。教師を経て外務省嘱託になった。在学中から文学を好み様々な筆名で翻訳や小文を雑誌に寄稿していたが、関東大震災を機に退職して作家になった。雑誌「ポケット」に『隼の源次』（一九二四）を執筆した折、大佛次郎の筆名を使い、以後その名を用いた。当時、長谷の大仏の裏手に住んでいたからだという。小説、劇作、評論、史伝と多彩な分野で多くの著作を残し、第二次大戦後は日本の文化界を代表する知識人として重きをなした。小説では『鞍馬天狗』（二四～六五）、『赤穂浪士』（二九）、『霧笛』（三三）、ノンフィクションでは『パリ燃ゆ』（六四）、『天皇の世紀』（六九～七三）、劇作では『楊貴妃』（五一）、九世市川海老蔵（十一世團十郎）のために書いた『若き日の信長』（五二）、『江戸の夕映』『築山殿始末』（ともに五三）、『海北友松』『魔界の道真』（ともに五七）、『関ヶ原前夜』（五八）、『大仏炎上』（六〇）、国立劇場の委嘱で書いた『戦国の人々』（七一）などが代表作である。日本芸術院会員、菊池寛賞、文化勲章。『大仏次郎作品集』（文藝春秋新社、朝日新聞社ほか）、『大仏次郎戯曲集』（朝日新聞社）がある。

❖『**楊貴妃**《ようきひ》』三幕。一九五一年六月、歌舞伎座の現代演劇大合同公演で初演。里見弴演出。作者の処女戯曲で新派に新劇俳優が加わった公演で、楊貴妃を初代水谷八重子、高力士を滝沢修、玄宗皇帝を柳永二郎が演じた。天真は天性の美貌と才知を持ちながら道教の寺院でひっそりと暮らし、時折訪れる青年高力士に秘かに思いを寄せていた。ある日兄楊国忠が、天真が玄宗皇帝に召されるという知らせを持ってきた。皇帝に彼女を推挙したのは高力士で、彼は男の機能を自ら絶った宦官であった。それを知った天真は、迎えに来た高力士を冷笑しながら宮中に向かう。天真は楊貴妃と呼ばれて玄宗の寵を一身に集め、楊一族は権勢を奮う。高力士も皇帝第一の側近になった。ある夜、酔った貴妃は現われた高力士を挑発し、彼も我を忘れて貴妃の膝にすがるが、その途端に貴妃は「無礼であろう」と一喝した。その時安禄山謀反の報が入った。民衆は楊一族の誅罰と貴妃の死を求めた。懊悩する皇帝に対して高力士は、暴徒に手渡す前に貴妃に死をと進言、自らその役を果たし残忍な笑みを浮かべた。正常な交わりが不可能な男女の屈折した愛憎を描いた作品で、八重子の妖艶な美貌と滝沢の複雑な人間像を描いた巧緻な演技が評判を呼んだ。戦後の新しい大劇場演劇の形を模索する企画であった。

❖**『若き日の信長』**《わかきひののぶなが》　三幕四場。一九五二年十月歌舞伎座で菊五郎劇団が初演。里見弴演出。作者が市川海老蔵（十一世團十郎）のために書いた新作歌舞伎の第一作。織田信秀の法要が営まれている日、今川方の間者と彼に通じている林美作らは織田家反逆の計画を語り、それを立ち聞きした山口左馬助の娘の弥生は、父も謀反の一味であることを知って打ちのめされる。そこへ異様な服装をした信長が、柿を齧りながら子供たちと共にやってくる。信長は今川の間者を一瞥して平然として去っていく。信長の幼年からの守役の平田中務は、父の法要にも出ぬ信長の身を案じて嘆息する。冬の朝、中務は死を以て諫言する以外にないと決意して腹を切った。駆けつけた信長は長年の忠節に感謝しながらも、中務が新しい道を求める自分の心を理解しなかったことを憤る。その時左馬助の謀反の報が届く。人質の弥生を殺せという美作親子の言葉を信長は無視する。殺気立つ城内をよそに信長は能舞台で一人酒を飲み、亡き中務と心で会話をする。現われた弥生に「残った者は生きねばならぬ」と語り、出陣を下知し、幸若の『敦盛』を舞う。青年武将信長の孤独と苦闘、その果てに自己の道を見つけていく姿を描いた清新な作品。中務は二世尾上松緑、弥生は七世尾上梅幸が演じ、この作の信長は市川家の新しい家の芸になった。

❖**『江戸の夕映』**《えどのゆうばえ》　三幕五場。五三年三月歌舞伎座で菊五郎劇団が初演。世は明治になったが、幕府軍の一部は品川から船で函館に向い一戦する計画を立てていた。旗本本田小六は松平掃部《かもん》の娘お登勢という許嫁がありながら、親友堂前大吉の止めるのも聞かずに函館に向かう。大吉も彰義隊に加わったほど性根の据わった旗本だが、生来の遊び好きで堅物の伯父掃部から出入り差し止めを食っている。大吉も薩長の横暴を憎んでいるが、時代の流れには逆らえぬと腹を括り、芸者で情婦のおりきの箱屋になるとうそぶく。一年後、世の中はさらに変わり、掃部は碁会所を開き細々と暮らしている。お登勢の美貌に目を付けた総督府参謀の吉田は、権力を笠にお登勢に近づこうとするが、掃部はきっぱりと断る。大吉は踊りの師匠になったおりきと所帯を持ち、お登勢を励まして小六の帰りを待っていた。秋の夕暮の蕎麦屋、小六は江戸へ帰ってきたが、心は閉ざしたまま。しかし、お登勢が彼を待ち続けていると言う大吉の言葉に次第に心がほぐれていく。そこへおりきとお登勢が駆けこんで来た。二人を残して店を出た大吉とおりきは、雨上がりの夕映えを見上げる。戦後の日本と重ね合わせた作品で、敗戦で様々な傷を負った人々の生き方を、維新の人々に託して描いている。作者は「この小さな人たちが持っている人間の善意があざとくなく舞台に出てくれればと願っています」と書いた。初演の配役は市川海老蔵(十一世團十郎)の小六、二世尾上松緑の大吉、七世尾上梅幸のおりき、三世市川左團次の掃部、中村福助(六世芝翫)のお登勢。

❖**『戦国の人々《せんごくのひとびと》』** 二部、八幕十四場。一九七一年十一月、国立劇場で自身の演出で初演。作者最後の戯曲で、一部は『築山殿始末』(一九五三年初演)に「築山殿捕縛」の場を加筆した四幕八場、二部は新たに書き下した『本能寺前後』四幕五場の構成になっている。大井川を挟んで武田軍と戦った徳川軍は、家康の嫡男で十八歳の信康の働きで劣勢を挽回した。家康はわが子を頼もしく思う一方で激しやすい気性を案じる。信康の母の築山殿は今川家の出で、今川を滅ぼした織田信長を激しく憎み、その娘で信康の妻になった徳姫と折り合いが悪い。さらに信長の味方になった夫家康も憎むようになった。その果てに出入りの医師減敬と通じて、彼の手引きで武田家と和議を結ぶ計画を立てていた。両親の不和、母と妻の対立、さらに小国ゆえの悲哀に苦しむ信康は、侍女小笹と出会い、一時の慰めに心が和らいだ。盆踊りの夜、城内で見物しようとした築山殿と徳姫は顔を合わせ、確執はさらに深まる。築山殿の漏らした言葉で、徳姫は小笹の存在を知って夫に問いただした。信康は激情に駆られた末、徳姫の侍女を手に掛け盆踊りの群集の中に駆け込む。築山殿謀反の証拠をつかんだ徳姫は父信長に知らせた。信長は家康に築山殿と信康を殺すよう命じた。家康は信康を殺すことを躊躇するが、父の苦悩を知った信康は潔く切腹する。その報を聞いた家康は忍従を重ねて来た人生を悔やむ(一部、『築山殿始末』)。徳姫は夫を亡くして、初めて夫を独り占めしたかった自分の心に気付く。織田家に戻った徳姫は、やはり信長によって夫を亡くした叔母のお市の方と、戦国の世を生きる女の悲しみを語り合い、父の意向に逆らい出家した。信長は天下掌握を目前にしているが、自分が世間から孤立した人間になっていることに気付く。本能寺の変の後、浜松へ急ぐ家康は、伊賀の山中で尼姿の徳姫と再会した。二人は徳川の家に光が当たる世を夢見て死んだ信康の思い出を語る(二部、『本能寺前後』)。上演時間四時間の史劇で、初演の配役は家康が八世松本幸四郎(白鸚)、信長が二世中村鴈治郎、信康が十世市川海老蔵(十二世團十郎)、築山殿とお市の方が六世中村歌右衛門、徳姫が七世中村芝翫。戦国を生きた人々の姿を、近代作家の目で俯瞰した作品。 (水落潔)

小沢信男《おざわのぶお》 一九二七〈昭和二〉・六〜。作家。東京新橋生まれ。日本大学藝術学部文芸科卒業。在学中に執筆した小説『新東京感傷散歩』が花田清輝に評価された。小説・詩・俳句・ルポなど、ジャンルを超えた執筆を行なう。『裸の大将一代記』で第四回桑原武夫文学賞。代表的な戯曲に、花田清輝、長谷川四郎、佐々木基一との合作『戯曲故事新編』、長谷川四郎、関根弘との合作『六鬼道地獄』がある。その他、『当世記者気質』(『新日本文学』一九六七・10)等。 (柿谷浩一)

小沢不二夫《おざわふじお》 一九一二〈明治四十五〉・六〜一九六六〈昭和四十一〉・五。劇作家。一九

三〇年代、浅草観音劇場からムーラン・ルージュ新宿座に移り『春日狸山病院』などを書く。戦中の作品に『聯隊旗の町』『運河の青春』など。戦後は、劇団空気座の座付作者として、四七年に田村泰次郎原作『肉体の門』の脚色で著名となる。水の江瀧子の劇団「たんぽぽ」でも活躍。『暗黒街の顔役』など。長谷川町子原作『サザエさん』のラジオドラマと新派での脚本も書く。また、女剣劇にも、原則殺陣禁止の占領期には、剣を捨てるという意味での『剣を越えて』や不二洋子一座に『美しき野獣』『晴舞台男一匹』などを書き、『白い稲妻』は芸術祭奨励賞を得た。多面的な活躍で大衆の記憶に残る多くの作品を残したが、特に、占領下に現代劇に挑み始めた新国劇に書いた『おもかげ』は、親子二代にわたる恋をリリカルに描き、独自の郷愁を感じさせる傑作である。新国劇には佳作『黒い太陽』があり、『石狩の空に』なども含め新国劇の貴重な作家である。歌謡曲『リンゴ追分』の作詞でも知られる。「むさしの演劇ゼミナール」も主宰した。

❖**『おもかげ』** 二幕六場。一九四八年五月有楽座で、新国劇初演。伊豆を舞台に、住職の息子隆澄とわさび問屋の娘キクとは心を寄せながら、別の男女と結婚する。二十八年後、その息子と娘が恋仲になるが、キクはすでに死んだことを隆澄は知る。隆澄へのキクの思いを知りつつ、キクの実家を再興し、幸福な人生を歩ませた夫に対して、隆澄は涙ながらに感謝し、互いの子供同士の結婚を祝う。親子二代に渡る恋愛を、叙情的な回想と美しい背景のなかで描いた作者一代の傑作。辰巳柳太郎、島田正吾、外崎恵美子、香川桂子という戦後新国劇黄金時代に向けての配役も生きたといえる(『昭和大衆劇集』演劇出版社所収)。　(神山彰)

押川昌一《おしかわまさかず》　一九一七〈大正六〉・五～二〇〇二〈平成十四〉・十二。劇作家。祖父は牧師で東北学院創設者のの押川方義《まさよし》。父は日本プロ野球創設者の一人押川清。叔父に冒険小説家の押川春浪。早稲田大学政治経済学部卒業。三好十郎に師事し、戯曲を執筆する。『風の音』(一九五四)、『雨宮ちよの処分』(五五)、『ケルナー先生の胸像』(第三回新劇戯曲賞候補、「悲劇喜劇」五七・7)、『幾春別』(第十回「新劇」岸田戯曲賞候補、六三)、『安政異聞』(六四)、『冬の星』(六五)、『ふりかえる』(六五)、『二葉亭四迷』(六六)、『甘い条件』(六八)、『ある夏の日に』(七〇)、『尾灯－テールランプ－』(七六)、『遠い場所』(九〇)が戯曲座、文化座、劇団世代、劇団炎座、文芸などで上演される。

[**参考**]『押川昌一戯曲集』(信友社)

❖**『雨宮ちよの処分』**《あめみやちよのしょぶん》 一幕。一九五五年、東京国鉄労働会館ホールにて戯曲座第九回公演として初演。演出・勝田豊。出演・関口玄三、中島喜一郎、徳升弘子。時も場所も時間もト書きには記されていないが、内容から、戯曲が執筆された四九年より数年前の、戦後数年後、ある私立高校の職員室を舞台にしていることがわかる。夜の遅い時間に、家出をし、自殺が疑われている生徒・雨宮ちよの問題について、学校の校長をはじめ教師たちが盛んに討論をしている。会議が煮詰まる中で、戦争を挟んで考えが変わった教員たち、戦後の左翼思想に傾倒して雨宮ちよが所属している社会の研究会の顧問をしている吉本、キリスト教の信仰を深め、アメリカ留学を目標にしている落合、問題となっている雨宮と恋仲にある樋口など、教員個人の問題が浮かび上がる。そこへ、雨宮の居所がわかり、生きているとの知らせが入る。同級生に伴われて来たちよに、校長の内村が事情を聞き、

戦後の自由と引き換えに、混乱や絶望する若者の考えを知る。（中村義裕）

雄島浜太郎《おじまはまたろう》　劇作家・作家。明治期には「新小説」「帝国文学」などに小説を多数発表。関西新派・連鎖劇で著名な山崎長之輔一座の座付作者となり、大正期にはほとんどの同一座の脚本を松原金次郎と共に担当。『さすらひ』『時代の影』『二人の幼児』『燈籠ながし』『巳之吉とお妻』『春の憧れ』『名馬』『海の歌』『残る雪』『辰巳八景』『歌恋慕』『旧山河』『梅花録』などいずれも一本立ての長編を多作。新派の成美団には『柳はし』『光子』『男爵の家』を書き、花柳章太郎主演『陽炎』などがある。歌舞伎にも『二人の児』などを書く。関西新派・連鎖劇の劇作を知る上で重要。（神山彰）

小関直人《おぜきなおと》　一九六七〈昭和四十二〉・五〜。劇作家・演劇制作者。東京都生まれ。一九八六年に埼玉県立上尾高校を卒業、二〇一五年人間総合科学大学人間科学部人間科学科卒業。八九年に劇団銅鑼制作部入団、現在に至る。制作者として活躍するかたわら九七年に劇団創立二十五周年記念公演『池袋モンパルナス』の脚本を執筆、劇作家としてデビュー。九九年の再演で池袋演劇祭大賞を受賞。他に『はい、奥田製作所。』（二〇〇八）、『からまる法則』（一三）など。（大笹吉雄）

織田作之助《おださくのすけ》　一九一三〈大正二〉・十〜一九四七〈昭和二十二〉・一。小説家。大阪府大阪市生まれ。一九三三年から三五年にかけて、第三高等学校文芸部編集の「嶽水会雑誌」や同人誌「海風」に評論『戯曲と新劇に就て』や戯曲『朝』『モダンランプ』などを発表する。当初は劇作家を志望していたが、三六年上京後は小説に転じる。四〇年代表作『夫婦善哉《めおとぜんざい》』を発表。戦後は無頼派文学の旗手として活躍する。没後も『夫婦善哉』や『わが町』は繰り返し舞台化されている。（出口逸平）

織田泉三郎《おだせんざぶろう》　劇作家。女剣劇の一座の役者から作者に転じて、主に昭和戦中期に活躍した。不二洋子一座に多く書き、『順風姉妹船』『花嫁行状記』『お題目武士道』など。『旭光銀翼女鳥人《はつひのでそらのはつたび》』は江戸時代の飛行機の発明を扱った珍しい趣向。金井修一座に『国境の暁』、関西新派の梅野井秀男一座に『お市子負旅』など。（神山彰）

越智優《おちまさる》　一九七七〈昭和五十二〉・七〜。高校演劇指導者。愛媛県西条市出身。早稲田大学第一文学部卒業。高校演劇部のコーチとして指導のかたわら、部のための戯曲を数多く執筆。中でも、愛媛県立川之江高校上演の『七人の部長』（二〇〇二）で高校演劇全国大会最優秀賞を受賞。他に『夏芙蓉』『サチとヒカリ』『さよなら小宮くん』など。優しくユーモアあふれる軽妙なセリフから、学園生活のなにげない一コマをかけがえのない劇的空間に変貌させる作品が特徴。（柳本博）

尾辻克彦《おつじかつひこ》　一九三七〈昭和十二〉・三〜二〇一四〈平成二十六〉・十。小説家・劇作家。本名赤瀬川克彦。横浜市生まれ。赤瀬川原平名義では現代美術作家としても活躍し、一九六二年に中西夏之、高松次郎と結成した前衛芸術集団「ハイレッドセンター」の活動は、日本の代表的なハプニング芸術として名高い。七〇年代後半より尾辻克彦名義で小説家としての活動を開始し、八一年、『父が消えた』で第八十四回芥川賞を受賞。その頃から戯曲執筆も始め、『シルバー・ロード』（一九八三）は翌八四年の岸田國士戯曲賞候補となった。（森山直人）

小野金次郎《おのきんじろう》　一八九二〈明治二十五〉・四～一九八一〈昭和五十六〉。小唄作家・小説家。神奈川県横浜市出身。横浜正則英学校卒業。グランドホテル、外国人経営の商会などに勤め、一九二二年読売新聞に入社。学芸部・演芸記者として劇評などを担当。二九年より邦楽研究所講師。三四年の読売退職後はフリーの文筆家となるが、在社中より作詞した小唄がレコード化されていた縁で、ビクター専属の小唄作家となる。戦時中は文部省慰問隊課主任を務め、戦後再びビクター専属。劇作は戦前に集中しており、代表作は三五年十月東劇で市川左團次一座により上演された『大村益次郎』（四場）など。戯曲集『於百明暗道』（伊藤書房）がある。（村島彩加）

小野宮吉《おのみやきち》　一九〇〇〈明治三十三〉・四～一九三六〈昭和十一〉・十一。俳優・演出家・劇作家。東京生まれ。父の小野友次郎は三井銀行や北海道炭鉱汽船株式会社の重役等を歴任し高名だった。高杉光吉、御厨力のペンネームも使用。俳優、劇作、演出の仕事のほか、妻の関鑑子とともに劇音楽の選曲・編曲の分野でも活躍した。北海道帝国大学農科大学（現・北海道大学）に入学したが、病気のため帰京し、その後、慶應義塾大学に進み同大学を卒業。鎌倉で大佛次郎の知遇を得て、演劇の道に進む。一九二四年に、バーネット作『小公子』のハビシャム役で初舞台を踏み、新劇協会の『桜の園』（二四年五月）でもトロフィーモフ役で伊澤蘭奢《いざわらんじゃ》や夏川静江らと共演した。同年六月に築地小劇場が設立されると、千田是也らとともに第一回研究生となり、築地小劇場の第二回公演（ロマン・ロラン作『狼』）に出演。以後、築地小劇場が多く上演した翻訳劇の登場人物などを演じ、その長身で堂々とした舞台姿で俳優として注目された。二六年に築地小劇場を脱退した後、同じ年に築地小劇場を去った千田是也らとともにプロレタリア演劇運動に積極的に関わり、トランク劇場、前衛座、左翼劇場などで活動した。創作戯曲に農民の闘争を描いた『早鐘』があり、また脚色作品として、徳永直《とくながすなお》の『太陽のない街』（藤田満雄との共同脚色）や小林多喜二の『不在地主』がある。演出家としては前進座の旗挙げ公演で『歌舞伎王国』とともに上演された光村進一（三世中村翫右衛門）作『白粉の跡』などを手がけた。新築地劇団と左翼劇場の合同公演のキルション作『風の街』が最後の舞台となり、三二年、プロレタリア運動の弾圧により逮捕され、一年後に病状悪化のため釈放され闘病生活を送ったが、三六年十一月に死亡。没後、小野を記念して小野宮吉戯曲平和賞（戯曲賞）が設けられた。第一回の受賞者は久板栄二郎。

❖**『早鐘』**《はやがね》　一幕。一九二六年、「文芸戦線」に発表され、前衛座などで上演された。背景には、当時、関心をあつめていた新潟県木崎村の小作争議などの農民運動がある。地主側の非人道的な搾取に対して、組合を組織して徹底的に抗戦しようとする小作農の姿を描いた一幕劇。タイトルの『早鐘』は、けたたましく鳴らされた寺の梵鐘の音であり、運動を鼓舞するシンボルともなっている。貧しい小作農の木村仁吉は、農民運動を懐柔しようとする地主側の手先である村田の口車に乗せられて、娘を女工にするが、ある日、その娘が工場から脱走してくる。娘から工場の実態を聞いて、はじめて騙されていたことを知った仁吉は、村田を殺そうとするが、なによりも農民の団結こそが必要であることを悟る。おりから、村人を大規模な示威運動へと集結させるための早鐘が鳴り響き、これを聞いた仁吉は、舅や娘の許嫁と共に駆けだしていく。

（伊藤真紀）

小野田勇《おのだいさむ》　一九二〇〈大正九〉・一〜一九九七〈平成九〉・七。劇作家・放送作家。東京都生まれ。中央大学卒業。会社勤めの期間に召集され、終戦後は一時声優として活動する。その後、ラジオやテレビの放送作家として『おはなはん』などのヒット作を生み出す。舞台劇は一九六一年『私の愛した悪童たち』を星新一の『ペット』を原作としてキノトールと共に脚色、松浦竹夫の演出で梅田コマ劇場で上演したものが最初。以後、六二年『春や春物語・活弁一代』が菊田一夫の演出で明治座、『南十字星の女』が中村俊一の演出で梅田コマ劇場、六五年『恋や恋物語』を明治座で、六七年『俺はお殿様』が三木のり平の演出で名古屋・名鉄ホールにて上演。また、森繁久彌を座長とする森繁劇団にも作品を提供し、六三年『恋文飯店』、六六年『悪女の勲章』が三木のり平の演出でいずれも明治座にて上演。七〇年『女になりたい』が三木のり平の演出で名鉄ホール、七三年『かっぽれ梅坊主』が津上忠の演出で東京宝塚劇場、七八年『おもろい女』が早野寿郎の演出で森光子の主演により芸術座にて上演されるなど、大劇場演劇を中心に多くの作品を残す。七九年『春の炎』が阿部廣次の演出で劇団新派により明治座、八〇年『雪まろげ』、八二年『新 雪まろげ－北海道編－』、八四年『雪まろげⅢ－山陰編－』が、三木のり平の演出で森光子の主演により芸術座で上演。八五年『恋や恋浮かれ死神』が明治座、八七年『恋火華野狐三次』がいずれも三木のり平の演出で新橋演舞場にて上演。九四年『わては浪花の伊達男』が米田亘の演出で新生松竹新喜劇により大阪・中座、九六年『喜劇・化粧花』が石井ふく子の演出で劇団新派により京都・南座、九七年『風流夢大名－花の慶次郎－』（原作：隆慶一郎『一夢庵風流記』）が増見利清の演出で大阪・劇場飛天にて上演。

［**参考**］『おもろい女』パンフレット（平成十六年九月・十月芸術座公演）、『悪女の勲章』（昭和四十一年五月明治座上演台本）

❖**『おもろい女』**《おもろいおんな》　三幕十場。昭和初期から終戦直後まで活躍した実在の漫才師、ミス・ワカナの半生を劇化したもの。出雲から大阪に出て来た漫才師志望の杉子は映画館の楽士、玉松一郎を相方に得て、漫才を始める。女興行師や漫才作家・秋田實の応援もあり、徐々に実力を付けて人気が出る。コンビ名も〈玉松一郎・ワカナ〉とし、昭和八年には中国・青島《チンタオ》での興行、十年には大阪へ戻って本格的な芸の修行に励む。昭和十二年、支那事変が勃発、二人は〈皇軍慰問わらわし隊〉の一員として上海を訪れる。余りの寒さに震えるワカナに、飯塚部隊長は防寒着を与える。帰国後、戦争の影はますます色濃くなり、決められた内容以外のネタはできない状況だった。ある日、ラジオ生放送の直前に、飯塚部隊長戦死の報が入る。呆然としたワカナは、相方の一郎が止めるのを振り切って、上海に慰問に行った時の部隊長の優しい人柄を涙ながらに語るのだった。人気が沸騰し、スケジュールに忙殺されるワカナは一郎の制止を聞かず、ヒロポンの力を借りて舞台に立ち続ける。昭和二十一年、西宮球場で開催された「演芸大会」で、満員の客席を沸かせた後、ダッグアウト裏でヒロポン中毒のため、孤独の中、急死する。

❖『**悪女の勲章**《あくじょのくんしょう》』 五場。「クラブ・レインボー」のホステス・摩矢は十二か月連続で売り上げNO．1の人気ホステス。人気作家の久森、大会社の老会長・服部や挿絵画家の高見など、摩矢を目当てに来る客は多いが、その間を上手に泳ぎ渡っており、馴染みの久森にその姿が「悪女の勲章」だと冗談を言われている。このバーのトイレのサービスマンに三田尻京平という、純朴だがいささか頭の足りない男がいて、彼も摩矢のことを慕っている。ある日、暴漢・花村が摩矢のせいで身上が潰れたと刃物三昧の騒ぎを起こすが、京平の機転で騒ぎを鎮める。それがテレビに取り上げられることになり、生中継のスタジオで、京平は摩矢が大好きだと言い、つられて摩矢も京平の事を好きだと言ってしまう。すっかり勘違いされ、上得意を次々に失って困った摩矢は、京平のアパートへ、テレビでの発言を取り消すように、と乗り込む。そこには、故郷・鹿児島から上京した母・朝子に懸命に尽くす情の篤い京平の姿があり、摩矢は胸を打たれる。京平の心根の温かさを知った摩矢は、NO．1ホステスの座を擲ち、京平と結婚をする決意を固める。 (中村義裕)

小幡欣治《おばたきんじ》 一九二八〈昭和三〉・六～二〇一一〈平成二十三〉・二。劇作家・演出家。東京浅草生まれ。都立京橋化学工業学校卒業。様々な職業を転々としながら「悲劇喜劇戯曲研究会」で劇作の修業を続け、一九五六年『畸型児』で第二回新劇戯曲賞(後の岸田國士戯曲賞)を受賞、炎座、文化座など新劇団に新作を書いた。五八年に五味川純平原作を脚色した『人間の条件』が芸術座で上演されたのを機に、六一年から菊田一夫が主導していた東宝の舞台に作品を書くようになった。その頃の代表作に『あかさたな』(一九六七)、『カリーライス誕生』(六八)、『横浜どんたく』(七〇)、有吉佐和子原作『三婆』(七三)などがある。七三年に菊田が死去してからは、東宝演劇の主柱になって創作、脚色、演出の三部門で活躍した。その頃の代表作に山本周五郎原作『おせん』(七五)、有吉佐和子原作『芝桜』(七六)、『喜劇・隣人戦争』(七八)、有吉佐和子原作『恍惚の人』(八八)などがある。九四年に劇団民藝に『熊楠の家』(上演は九五)に書いたのを機に、民藝のために『根岸庵律女』(九八)、『かの子かんのん』(二〇〇〇)、『明石原人』(〇四)、『浅草物語』(〇五)、『喜劇の殿さん』(〇六)、『坐漁荘の人びと』(〇七)、『神戸北ホテル』(〇九)、『どろんどろん』(一〇)を書いた。菊田一夫演劇大賞、読売演劇大賞芸術栄誉賞ほか受賞。著書に『小幡欣治戯曲集』(大学書房一巻、講談社一巻、早川書房三巻)、『評伝菊田一夫』(岩波書店)など。新劇からスタートして商業演劇で活躍した後、再び新劇に戻るという異色の歩みをした。戯曲数は脚色物も含めて一〇八作になる。創作劇では、世間的には無名に近いが、一風変わった人生を生きた人たちの人間像を生き生きと描き出した。同時に多面的な視点で人間と時代を捉え、時代と環境に翻弄される人間の悲哀を描出した。民藝に書いた一連の作品は庶民の目で見た近代日本史であった。

❖『**あかさたな**』 四幕十場。一九六七年芸術座で、菊田一夫演出で東宝現代劇が初演。東宝に初めて書き下した創作劇。明治三十七年。「あかさたな」という牛鍋屋を経営する大森鉄平は、二十人を越す愛人に五十三人の子を産ませた精力絶倫男。多くの女と子供を幸せにするのが男の生甲斐と信じ、愛人には番号を付けた支店を出させて日々人力車で回っている。第一支店を預かるあさは、本妻きよに代わって愛人たちを仕切っている。火葬場を任された十六支店のひでは、口八丁手八丁のしたたかな女である。本妻の長女は父を恥じて自殺し、次女の由美は板前の敬吉と秘かに愛しあっている。鉄平が一番心休まるのは、番外さんと呼ばれている長屋住まいのくめの家だ。鉄平は火葬場の煙が臭いという苦情を食肉処理場に建替えると脅して収め、若い娘しのを新しい愛人にした。年に一度全員が集まる家族会の席で、跡取りになった由美は全員に店の権利書を無償で与え、怒った父のもとを飛び出して敬吉と駆け落ちした。その後、鉄平はあさと暮らすが、十五年後急死し、ひでが経営する火葬場で焼かれた。参列した敬吉夫婦はレストランを経営して成功していたが、鉄平と同様に愛人たちに支店を出させていると語る。初演は三木のり平の鉄平、山田五十鈴のあさ、森光子のひで、と芸達者をそろえた配役でヒットした。異色の題材だが、それをからっと描いた作者の巧さが光った。東宝での作者の出世作になった。『小幡欣治戯曲集一』(大学書房)に収録。

❖**『三《さん》婆《ばば》』** 三幕十場。一九七三年七、八月芸術座で東宝現代劇が初演。有吉佐和子の同名の小説から劇化し、自身で演出した。原作は戦災ですべてを失った金貸しが急死し、彼に頼って生きてきた本妻、妹、妾が我執を剝き出しにして争うという、男中心社会で生きてきた時代の女性の無惨を描いた作品であった。小幡欣治はこの物語の骨格を踏まえながら、時代を東京オリンピック直前の一九六三年、終幕は七三年にし、三人の老女のほかに、子供に見捨てられた古番頭と計算高い現代娘を加えて構成した。物語の背後に日本が高度成長期を迎え好景気に沸き、平均寿命が大幅に伸びた時代に、老人たちが社会から置き去りにされていく時代の姿を、終幕で批評的に描き出した。劇は同じ家に三人の老女が住むことから起こる様々なトラブルを綴っていく喜劇である。初演は本妻が市川翠扇、妹が北林谷栄《きたばやしたにえ》、妾が一の宮あつ子と、商業演劇としては地味な配役だったが評判を呼び、以後さまざまなキャストで上演を重ねてきた。『小幡欣治戯曲集一』(大学書房)に収録。

❖**『熊楠の家』**《くまぐすのいえ》 二幕十場。一九九四年五月、観世《かんぜ》栄夫《ひでお》演出で劇団民藝が初演。明治の末、和歌山県田辺に住む南方熊楠は海外留学をした著名な植物学者だが、反骨の変人で知られ、身なりにも暮らしにも無頓着。今は粘菌の研究に夢中で、妻の松枝の苦労は並大抵ではない。折しも神仏合祀令が出て、神社が次々に取り壊され、神社の森の木が切られる事態が起こった。熊楠は自然破壊がもたらす危機を訴え反対運動をし、その果てに役人と争い留置所に入れられるが、そこでも珍しい粘菌を見つけて目を輝かす。大正十年、熊楠らの運動が効を奏して合祀令は廃止され、神島をはじめ和歌山の自然林も破壊を免れた。一方、高校生になる息子の熊弥が精神を病み夫婦は対応に苦しんでいた。熊弥は顕微鏡に異常に執着し、買って欲しいと言い続けるが、熊楠には金がなかった。東京から研究者の小畔が訪ねてきて、摂政宮(昭和天皇)が生物学に興味を持ち粘菌の標本を献上して欲しいと頼んできた。その仕事に追われ、顕微鏡を買う熊弥への約束を果たせない熊楠に向い、松枝はかつて政府の命令に身を賭して反対したのと行動が矛盾していると責め、正気を失った熊弥は標本箱を壊してしまった。昭和四年、昭和天皇が関西に行幸、熊楠は神島で粘菌について進講することになった。粘菌の研究に打ち込んだ天才学者の一家の姿を描いた作品で、菊田一夫演劇特別賞を受賞した。初演の配役は米倉斉加年《よねくらまさかね》の熊楠、津田京子の松枝。『小幡欣治戯曲集』(早川書房)に収録。

❖『浅草物語』《あさくさものがたり》 二幕九場。二〇〇四年十二月高橋清祐演出で劇団民藝が三越劇場で初演。作者の生家をモデルにした作品。昭和の初め、苦労の末浅草で酒屋を開き、今は隠居をしている市之進が後添いを貰うと言い出した。子供たちは父の世話をしなくて済むと喜ぶが、相手のりんが元吉原の娼婦だと聞いて大反対する。長女で布団屋の女主人くみは、カフェをしているりんを訪ねるが、父の話と違いりんは市之進に追っかけられて困っていると言う。りんには娼妓時代に生み、無理矢理引き裂かれて、今では新潟に住む二十三歳になった息子浩一がいた。りんは秘かに仕送りを続けていた。事情を知った浩一は結婚式にりんを招きたいと言ってきたが、過去を恥じるりんに行く気はない。市之進は相変わらずりんのもとへ通い、一緒に住もうと提案する長男を逆に叱りつけ興奮の余り倒れた。病院に見舞いに来たりんに向い、市之進は苦労した昔の話をし、りんへの思いを告げた。市之進は吉原へ行きたいとせがむ孫の桂介の願いを叶えてやるが、くみに知れて大騒動になる。その夜、りんの家に、軍隊に召集された浩一が逢いにきた。表から「お母さん」と呼ぶ声を聞きながら、りんは戸を閉じたまま号泣した。翌日の瓢箪池、浩一と会うため新潟へ行く決心をしたりんを、市之進は暖かく見送る。カフェへ出入りする俳優や田舎から出てきた少女などを点景に加えながら、昭和初期の浅草の人情味に溢れた人間模様を描いた作者の望郷の歌である。その中で時代を見つめる作者の視点が貫かれている。初演では奈良岡朋子がりん、大滝秀治が市之進、日色ともゑがくみを演じて好舞台を作った。孫の桂介は作者の分身である。『浅草物語――小幡欣治戯曲集』(早川書房)に所収。 (水落潔)

小里清《おりきよし》 一九七二〈昭和四十七〉・七〜。劇作家。岐阜県出身。広島大学文学部哲学科中退。「円」演劇研究所卒業後、竹内銃一郎に師事。一九九八年に演劇集団フラジャイルを旗揚げ。九八年『余震－揺れ止まぬ水の魂なればこそ－』(早稲田大学演劇博物館七〇周年戯曲賞佳作)を発表。二〇〇〇年『Hip Hop Typhoon――少女には死にたがるクセがある』で第六回劇作家協会新人戯曲賞を受賞。〇二年『アナトミア』にて第三回ＡＡＦ戯曲賞を受賞。「殺人」の思いに囚われた男女が夜の歩道橋で擦れ違う『ＢＲＩＤＧＥ』(二〇〇三、フラジャイル)が第四十八回の岸田國士戯曲賞最終候補となり、〇四年より劇作ワークショップ「フラジャイル・ファクトリー」を開催。アインシュタインの来日で沸きかえる大正末期の理想と現実を描いた『アルバートを探せ』(〇五、文学座)で第五十回岸田國士戯曲賞最終候補。一四年には、日本の植民地だった時代の朝鮮・京城の国民学校の教室が舞台の『国語の時間』(一三、風琴工房)が第五十八回岸田國士戯曲賞にノミネートされ、第二十一回読売演劇大賞優秀作品賞を受賞。 (堀切克洋)

恩田陸《おんだりく》 一九六四〈昭和三十九〉・十〜。小説家。宮城県仙台市生まれ。早稲田大学教育学部卒業。会社勤めをしながら書いた『六番目の小夜子』でデビュー。二〇〇五年、『夜のピクニック』で第二十六回吉川英治文学新人賞、第二回本屋大賞を受賞。〇七年に、演劇集団キャラメルボックスのために初の戯曲『猫と針』を執筆、東京・福岡で公演される。〇九年には、代表作『光の帝国』が、成井豊らの脚本のもと、同劇団によって舞台化された。(柿谷浩一)

か

海賀変哲《かいがへんてつ》 一八七一〈明治四十二〉～一九二三〈大正十二〉・四。作家・劇作家。福岡県生まれ。本名篤麿。一九〇六年、博文館に入社、雑誌「少女世界」「文芸倶楽部」の編集者となり、ユーモア小説を発表。戯曲に『雪しまき』『喜劇求婚』『行脚譚』『落胤』などを、一九一〇年前後に「文芸倶楽部」「歌舞伎」「文芸界」などに発表。著書に『落語の落《さげ》』（平凡社）。（神山彰）

海保進一《かいほしんいち》 一九二九〈昭和四〉・二～。教員・劇作家。千葉県生まれ。國學院大學卒業。帯広農業高等学校で教鞭をとるかたわら、一九六五年より劇作を開始。同校演劇部、農村演劇サークルで演出を担当。代表作に『幻覚巨像』（一九七一、文部大臣賞、高校演劇北海道大会最優秀賞）、『幌鹿峠』（七二、NADA脚本賞）、『夏雲の記憶は消えず』（七二、高文連全道大会優秀賞）、『白蛇の里』（七三、第一回北海道青年祭演劇部門最優秀賞）など。
［**参考**］『夏雲の記憶は消えず』（北書房）
（大橋裕美）

香川登志緒《かがわとしお》 一九二四〈大正十三〉・八～一九九四〈平成六〉・三。喜劇作家。大阪市生まれ。本名加賀敏雄。他ペンネームに香川登枝緒、恵比須住郎も使用。中学の時小児結核にかかり進学を断念。その頃から芝居や寄席に通う。三九年吉本興業文芸部の長沖一《ながおきまこと》が中心となった新作漫才研究会「八起会」に参加し、漫才や軽喜劇を書き始める。戦後、中田ダイマル・ラケットや、かしまし娘の漫才を書いていたが、六一年朝日放送『スチャラカ社員』で人気作家に、翌六二年『てなもんや三度笠』で不動の地位を築く。新歌舞伎座に『大阪のお姐ちゃん』梅田コマ劇場に『てなもんや三度笠』など多数提供する。六九年から松竹新喜劇藤山寛美の要請で外部作者となり『色気噺お伊勢帰り』『寿三代目』などが上演される。秋田實没後は上方お笑い界のご意見番として活躍。著書に『大阪の笑芸人』（晶文社）、『てなもんや交遊録』（有文社）、『私説上方芸能史』（大阪書籍）がある。

❖**『大阪のお姐ちゃん』**《おおさかのおねえちゃん》 六景。一九六〇年三月大阪新歌舞伎座にて上演。出演はかしまし娘（歌江、照江、花江）、島ひろし、ミスワカナ、川上のぼる他。新世界の若竹すしの女将お若姐ちゃんは、天王寺公園のズベ公歌江、照江、花江を妹みたいに可愛がり、時にはただで食事をさせていた。弟ののぼるは画家志望で、いつもケン坊を連れて公園に来るマリ子をモデルにして絵を描いていた。のぼるはマリ子に結婚を申し込むが、マリ子は暴力団浦島組の経営するバーで働いているからとて返事を曇らす。ケン坊は親分浦島亀五郎の子であった。ケン坊がいなくなる。マリ子はのぼるを頼って若竹すしに逃げて来る。ケン坊を迷子にさせた理由でマリ子を追って亀五郎達が若竹すしに来る。お若とのぼる、亀五郎達の立ち回りの最中、ケン坊を連れた歌江達三人が来て、さらなる大騒動が繰り広げられる。歌手三波春夫公演の芝居とショー内の二番目。出演者のキャラクターを前面に出した、肩のこらない軽喜劇である。

❖**『てなもんや三度笠』**《てなもんやさんどがさ》 九景。一九六四年一月梅田コマ劇場にて上演。澤田隆治演出。あんかけの時次郎に藤田まこと、小坊主珍念に白木みのる、取的駒下駄茂兵衛に香山武彦。白根屋善助に堺駿二、その娘おみつに美山ゆり、漁師武太郎に人見きよし。御存じ沓掛時次郎ならぬあんかけの時次郎とその弟分の駒下駄茂兵衛と珍念が気ままな旅を続けて、やって来たのが房州銚子のある漁村。ふとしたことから大網元白根屋善助と娘のお光を知る。善助は三年前の不漁で金に困り土地の顔役黒原屋悪衛門から五十両借りたのがもとで、証文を誤魔化され漁場も取られ今では誰も見向きもしない侘住まい。しかし漁師の武太郎だけは善助が落ちぶれても少しも変わらずに忠義を尽くす。お光や武太郎の願いで悪衛門こらしめに時次郎達は乗り出す。コマ喜劇として序幕に森川信の喜劇、中狂言に榎本健一の喜劇、切狂言に本作の構成。テレビ番組の舞台版である。テレビでは四六九回も続く長寿番組になった。

❖『色気噺お伊勢帰り』《いろけばなしおいせがえり》 三場。一九七七年二月大阪中座にて初演。左官喜六に藤山寛美、大工清八に小島秀哉、喜六女房お松に曾我廼家鶴蝶、清八女房お咲に大津十詩子、遊女お紺に四条栄美、うわばみの権九郎に美山昭次郎、遊女お鹿に月城小夜子、油屋女将おかつに勝浦千浪。左官の喜六と大工の清八は長屋の者と伊勢参りに出掛ける。帰りに泊まった古市の油屋で大散財をしての帰り道、喜六は嬶天下のお松をギャフンと言わせようと清八に自分が油屋の遊女お紺に惚れられて困ったとお松に言ってくれと頼む。本当はお紺の相手は清八だが、清八は友情から作り話をして恐妻お松をケムリに巻く。傍に居た喜六は御満悦。そこへ喜六の相手であった油屋の遊女お鹿が長屋に来る。意外な人物の登場で、喜六苦心のお色気噺は、思わぬ方向へ発展する。八六年藤山寛美二十快笑に選ばれる。（鍛治明彦）

賀古残夢《かこざんむ》 一八六九〈明治二〉・一～一九三八〈昭和十三〉・三。映画監督・劇作家。金沢市生まれ。京都第二京極の三友劇場（後の大正座）で、一九一一年より座付作者となり女優劇の脚本『さざなみ』『操』など。一四年に夷谷座に移り、笑劇の「瓢々会」に『家族合わせ』『同じ思ひ』など、いずれも毎月数本を多作した。二〇年に松竹蒲田撮影所開設と同時に映画界に入り、映画監督として著名となる。（神山彰）

司辻有香《かさつじありか》 一九八一〈昭和五十六〉・十一～。富山県高岡市生まれ。本名同じ。京都造形芸術大学映像・舞台芸術学科舞台芸術コース卒業。二〇〇二年に個人ユニット、辻企画を旗揚げし、『I love you（In the bed）』、『不埒なまぐろ』など、全作の劇作・演出を手がける。性的な言葉を直截に用いて、生身の女性の視点から「愛」と「生」を皮膚感覚で描き、現代人の閉塞感を鮮烈に表現する。二〇〇五年に『愛と悪魔』で第十二回ＯＭＳ戯曲賞佳作。（太田耕人）

風見鶏介《かざみけいすけ》 一九一四〈大正三〉・二～一九八二〈昭和五十七〉・二。劇作家・演出家・高校教諭。朝鮮生まれ。一九四七年に都立荒川商業高校（定時制）の教諭に、四九年に戸板女子専門学校の非常勤講師となり、高校演劇に力を注ぐ。荒川商業高校演劇部（以下：荒川商業）にて『夜学生の四季――冬』（一九四九）、『――春』（五〇）、『――夏』（五一）、『――秋』（五二）を続けて上演。戸板女子専門学校演劇部（以下：戸板女子）により『ガジュマルの樹の陰にて』（五二）、荒川商業により『わたぐも』（五三）、泉座により『人間群落』（五四）、戸板女子により『森の娘たち』（五五）を発表。五六年、自らが旗揚げした仮面劇場により『とびこんだ花嫁』、戸板女子により『薯の煮えるまで』、舞台芸術学院により『深川木場物語』、演伎座により『葛飾哀話（改題：葛飾マンボ）』、江北高校演劇部により『私の胸には涙が一ぱいつまっている』。六三年、群馬中芸により『日はまた断崖の上に昇る』、六四年『われらの街はささやきに充ち』を上演。『風見鶏介戯曲集』がある。（中村義裕）

柏戸比呂子《かしわどひろこ》　一九四一〈昭和十六〉～。劇作家。東京生まれ。東京女子大学卒業。『夢にてや有らん』『忘れ扇』などが明治座、三越劇場で上演。『古都繚乱』は国立劇場新作歌舞伎脚本佳作入選。他に、テレビドラマを多く書く。（神山彰）

上総英郎《かずさひでお》　一九三一〈昭和六〉・一～二〇〇一〈平成十三〉・七。文芸評論家。広島県生まれ。本名中村宏。早稲田大学文学部仏文科大学院修士課程修了。戦後のカトリック作家の評論や歌舞伎評論で活躍。戯曲『光の翳』（一九七六）で第二十一回、『闇のなかの虹　プロローグのある三幕』（七七）で第二十二回「新劇」岸田戯曲賞最終候補。

［参考］「悲劇喜劇」（一九七六・3、七七・11）（中村義裕）

片岡鉄兵《かたおかてっぺい》　一八九四〈明治二十七〉・二～一九四四〈昭和十九〉・一二。作家。岡山県生まれ。慶應義塾大学中退。新感覚派を代表する作家として活躍し、後にプロレタリア文学の陣営に投じた。一九二九年、新築地劇団が、第一回公演に取り上げた『生ける人形』は彼の小説を高田保が脚色、丸山定夫・沢村貞子主演で、土方与志が演出したもの。社会的なテーマを新しい感覚で表現して好評で、映画化（一九三七、松竹大船）もされた。（岩佐壮四郎）

勝諺蔵《かつげんぞう》**（三世）**　一八四四〈弘化元〉～一九〇二〈明治三十五〉・十。歌舞伎狂言作者。本名彦兵衛。二世諺蔵（後に河竹能進）の子として江戸浅草に生まれる。提灯屋に奉公するが狂言作者を志して三世瀬川如皐《せがわじょこう》に入門し、浜彦助と名乗って一八六二年正月中村座へ出勤した。七一年、大阪へ移住していた父のあとを追って大阪へ移り、七二年勝彦助と改姓。若太夫芝居で『桜田雪《はなふぶき》誠忠美《せいちゅうび》談《だん》』『打哉《うつや》太鼓《たいこ》淀川浪《よどのかわなみ》』『西南夢物語《せいなんゆめものがたり》』などを父と合作して認められ、七六年十一月角の芝居の立作者となった。以後父とともに大阪劇壇の第一人者として活躍。七八年三月、父が能進と改名するとその前名諺蔵をつぎ、さらに八四年父が河竹姓を許されると同時に竹柴姓に改めた。八六年の父の死後は、初代市川右團次を座頭とする角座を中心に中座・戎座（浪花座）の立作者を兼ね、大阪の演劇改良会の一員ともなるが、のちに上京。能進の名を継ごうとするが果たせず、九三年勝姓に復して春木座で立作者を務めた。一九〇〇年再び大阪に移り、〇二年十月二十七日没。父との合作も含めて生涯の作は約三〇〇にのぼる。『君臣《きみは》船浪《ふねなみの》宇和島《うわじま》』『護国《ごこく》婦女《おんな》太平記《たいへいき》』『二蓋笠柳生実記』などの講釈種や実録物のほか、『早教訓《おしえぐさ》開化《かいか》節用《せつよう》』『鳥追《とりおい》於《お》松《まつ》海上話《みのうえばなし》』など、新聞掲載の「続き物」の劇化をさかんに行なった。また『牡丹燈籠』『塩原多助』など圓朝作品の劇化も手がけたほか、シェイクスピアの『ベニスの商人』を脚色した『何桜彼桜銭世中《さくらどきぜにのよのなか》』など、劇化の対象は幅広い。坪内逍遥『当世書生気質』、末広鉄腸『雪中梅』、末松謙澄訳『谷間の姫百合』、黒岩涙香『人耶《ひとか》鬼耶《おにか》』などの和洋の小説の劇化は、後の新派の小説劇化運動に影響を与えたとされる。

❖**『二蓋笠柳生実記』**《にかいがさやぎゅうじっき》　八幕。一八八七年中座初演。配役は柳生又十郎＝五世嵐吉三郎、大久保彦左衛門＝四世嵐璃寛ほか。柳生但馬守の三男又十郎は武道を好まぬ柔弱な性質で、父の愛妾お玉と密通して勘当される。一念発起して武者修行の旅に出た又十郎は、木曽山中に隠棲する磯端万蔵に弟子入りして修行を重ねる。娘を連れて又十郎を訪ねてきたお玉は、そのために又十郎が破門されるのを見て、娘を殺し自害。ついに真影流の奥義を極めた又十郎は万蔵から極意の一巻を伝授される。大久保彦左衛門のとりなしで、又十郎は木曽山中の山男と名乗って家光公の前で但馬守と御前試合をする。柳生家の紋である二蓋笠を得物として父を打ち負かした又十郎は、勘当を許され、柳生飛騨守として取り立てられる。（矢内賢二）

勝本清一郎《かつもとせいいちろう》　一八九九〈明治三十二〉・五～一九六七〈昭和四十二〉・三。評論家・劇作家。東京生まれ。一九二五年、慶應義塾大学美術史科大学院修了。「三田文学」編集委員。一九二九年から三三年までドイツ滞在。日本ペンクラブ理事、中央公論社出版研究室主任、戦後は、日本ユネスコ協会連盟理事長などを務めた。著書に『前衛の文学』『日本文学の世界的位置』『近代文学ノート』など。戯曲は『一場』『冬至の日』など十四編。（みなもとごろう）

勝山俊介《かつやましゅんすけ》　一九二八〈昭和三〉・八～二〇〇八〈平成二十〉・十二。劇作家・評論家。本名西澤舜一。東京生まれ。旧制東京高等学校在学中に日本共産党に入党。その後「赤旗」編集局次長、文化局長、幹部会委員などを歴任。政治活動と並行して戯曲、小説、評論を発表し続けた。代表作『回転軸』は東京芸術座によって一九六九年に初演された。戯曲集『回転軸』『風の檻』（共に新日本出版社）のほか、『勝山俊介作品集』全四巻（東銀座出版社）など。（正木喜勝）

加藤一浩《かとうかずひろ》　一九七二〈昭和四十七〉・七～。劇作家・演出家。愛知県出身。早稲田大学第二文学部中退。一九九七年に柄本明主宰の劇団東京乾電池に入団。代表的な長編作品に、『海辺のバカ』（二〇〇〇）、『ＴＶロード』（〇六）、『恐怖・ハト男』（〇七）など。また、代表的な短編作品に『黙読』（第五十三回岸田國士戯曲賞候補作品）、『愛とその他』（〇八）、『イリーニャの兄弟』『門番の秋』（〇九）など。（堀切克洋）

嘉東鴻吉《かとうこうきち》　劇作家。特に、女剣劇の不二洋子一座の作者として、昭和戦中より戦後期に活躍。『花吹雪芸妓やくざ』『恩愛さんざ峠』などが人気をとる。戦時中には、立回りを禁じられた際にも立回りのない女剣劇脚本を書く。戦後は『愛炎二度の旅』など。（神山彰）

加藤周一《かとうしゅういち》　一九一九〈大正八〉・九～二〇〇八〈平成二十〉・十二。東京都生まれ。評論家・上智大学教授。医院を開業するかたわら、学生時代からの関心の深かった小説・文芸評論などの執筆を手掛ける。一九八四年には平凡社『世界大百科事典』の編集長を務めた。九八年、前進座により初の戯曲『消えた版木――富永仲基異聞』が上演された。この作品は、都民芸術フェスティバルに日本劇団協議会主催という珍しい形式による上演となった。（中村義裕）

加藤直《かとうただし》　一九四二〈昭和十七〉・十二～。劇作家・演出家。神奈川県横浜市生まれ。上智大学外国語学部仏語科中退。一九六六年に俳優座養成所を修了後、演劇センター68／71に参加（一九九五年退団）。初の黒色テントによる全国巡業公演となった『翼を燃やす天使たちの舞踏』では、佐藤信《さとうまこと》、斎藤憐、山元清多《やまもときよかず》とともに台本を共同執筆、役者として出演もした。同劇団では『シュールレアリスム宣言』（七三年、村松克己演出）、『馬・阿部定』（七八年、加藤演出）、『アメリカ』（八三年、佐藤信演出）を執筆する他、宮沢賢治作品の演出等を行なった。八〇年代中頃から劇団以外でもオペラやミュージカル、コンサートと多岐にわたる創作活動を始め、オペラ『罪と罰』等を演出。なかでも林光およびオペラシアターこんにゃく座とは長年にわたって共同作業を行なっており、『セロ弾きのゴーシュ』等を演出している。商業演劇の方面でも活動しており、ロングラン作品であるミュージカル『ピーターパン』では九〇年代初頭の数年間演出をつとめた。九七年より沖縄を拠点に、現地のアーティストとのワークショップを行ない、子ども向けの国際演劇フェスティバルである「キジムナーフェスティバル」にも数年に渡って出品。早稲田大学理工学部講師、日本大学藝術学部非常勤講師。まつもと市民芸術館まつもと演劇工場・工場長。著書に『アメリカ』(八三年)、『カリガリ博士の異常な愛情　あるいはベルリン一九三六』(八四年)、『シュールレアリスム宣言』(八五年)、三冊とも而立書房、等がある。

❖**『シュールレアリスム宣言』**《しゅーるれありすむせんげん》　一九七三年、三鷹駅北口黒色テント、村松克己演出。全十四名、三幕二十一場。序幕、東京下町風の景色が描かれた書き割りが置かれた舞台。三人の村松さん・甲・乙・丙は黒いサーカス・テントの〈自由精神の兄弟姉妹会〉を探す旅に出る。劇はこの三人を軸に進み、道中で会う人物たちとのやりとりをドタバタ喜劇風に描く。犯人を追い続けるシャーロック・ホームズとワトソン。パートタイムでドラキュラを演じる片目の運転手。猛獣使いの美少女エルザとその仲間。彼らは皆銀幕の世界の役者たちであり、理想の物語を追及するもうまくいかない。三幕では書き割りが取り払われた黒色テントに一同が会し、あたかも三人の村松さんが探していたサーカスが黒色テントであったかのようにして幕となる。言葉遊びやナンセンスな笑いがふんだんに取り入れられている。津野海太郎の回想によれば、真面目にシュールレアリスムを追及する若者グループが開演前に抗議のビラをまく事件が起きたという。本作は近代を批判する芸術運動の核心を喜劇の力で浮き彫りにしようとする、加藤流シュールレアリスム宣言である。(梅山いつき)

加藤衛《かとうまもる》　一九一四〈大正三〉・十一〜一九九二〈平成四〉・三。演劇学者・劇作家・翻訳家・演出家。神奈川県出身。上智大学卒業。ドイツ文学専攻。一九五二年演劇の日常化をめざし、横浜演劇研究所を設立。六一年日本アマチュア演劇連盟を結成、六四年理事長となり、市民の演劇活動と国際交流に尽力した。戯曲に『コーカサスの消えた城』『トミとマリ』『先ずはめでたし』『秋』『赤門堂繁昌記』などがある。ブレヒト戯曲をはじめるとする海外戯曲の翻訳者としても知られる。その他の著作に『演劇の本質』など。(木村陽子)

加藤道夫《かとうみちお》　一九一八〈大正七〉・十〜一九五四〈昭和二十八〉・十二。劇作家・翻訳家・評論家・演出家。福岡県遠賀郡戸畑町(現・北九州市戸畑区)生まれ。三歳の時に父の東京帝国大学理学部地質学科教授への転任と共に上京した。加藤道夫自筆の年譜によると、一九三七年、慶應義塾大学予科に入学。英語学会に入会し、このころから文学に興味を覚え、「予科会誌」に小説『銀杏の家』を書き、阿部知二に推薦された。担任教授は奥野信太郎。予科時代から演劇に関心を持ち始め、しばしば英語劇の舞台に立つ。同期の芥川比呂志、梅田晴夫、さらに中村真一郎、白井健三郎らと交友関係を深め、友人数人と共に北軽井沢の岸田國士を訪ね知遇を得る。四〇年、同大学英吉利《イギリス》文学科に入学。六月、「慶應ペン」に小説『ある残酷な物語』、A・シモンズの訳詩『思い出』『月の出』を発表。九月、慶應義塾仏蘭西演劇研究会第一回発表会で芥川比呂志の演出により、ヴィルドラックの『商船テナシティ』を原語で試演し、自らはイドゥを演じた。堀田善衛、白井浩司を知る。後の話になるが、五二年五月、文学座の要望で堀田善衛の小説『漢奸』『歯車』などから三越劇場で『祖国喪失』を脚色・演出した。四一年四月、芥川のほか鳴海四郎(弘)、原田善人、鬼頭哲人らを加えて研究劇団「新演劇研究会」を結成する。後に加藤夫人となる滝浪治子(東宝女優・御船京子)も参加した。十一月、加藤訳でP・グリーンの『ろくでなし』を上演。このころから劇作、戯曲翻訳にも取り組んだが、劇作には『十一月の夜』『ばあや』などの試作がある。『十一月の夜』は、自らの構成作品を国民新劇場(築地小劇場)で上演した。学費を稼ぐため、映画出版社に勤め映画の評論数編を映画雑誌に書いた。大学ではエリザベス朝演劇を研究、西脇順三郎教授、ジョン・モリスに研究上の指導を受ける。四二年、卒業するや大学院に進む。主としてベン・ジョンソン、シェイクスピアの研究をする一方で、アテネ・フランセに通う。四三年、高津春繁にギリシア語を学ぶ。この年、最初の長編戯曲『なよたけ』の稿を起こした。ヴァレリイ、リルケ、ジロドゥ、クローデルらに親しむ。能に興味を持ち、中村真一郎らとしばしば観能。陸軍省通訳官の試験を受け任官。四四年、『なよたけ』を脱稿した。通訳官として南方に赴任。マニラ、ハルマヘラ島を経て東部ニューギニアのソロモンにたどり着く。「以後終戦まで、全く無為にして記すべきことなし。人間喪失」と年譜にある。マラリアと栄養失調で死の淵をさまよう。三島由紀夫は「加藤道夫氏のこと」の中で、「加藤氏は戦争で殺された詩人であった」とし、ニューギニアでの栄養失調、そこからもちかえったマラリアの再発、戦後の貧窮、肋膜炎、肺患、これらが戦争と死を底流として死に導いたと書いた。四五年、終戦と共に終戦事務・戦犯通訳の仕事に従事、次第に体力を取り戻す。四六年、二十八歳の夏にニューギニアから帰還すると、『なよたけ』は「三田文学」(五月号~十月号)に連載中だった。帰国早々、芥川比呂志とチェーホフの『熊』を演じた。また、「三田文学」七・八月の合併号に評論『ひとつの経路』を発表。ジロドゥ、能、折口信夫の『死者の書』、自作の『なよたけ』を取り上げ、結びに「芸術の仕事には償いも目的も要らないのだと思います。それを自分の力で拒絶して行こうと思っています」と書き、覚悟の程を披歴した。十月、滝浪治子と結婚(女優の加藤治子)。「思想座」を創立して太宰治の『新ハムレット』を脚色したが、上演されなかった。四七年、マラリアが再発し健康に優れず貧窮に身を置き、新聞・雑誌に書く雑文で糊口をしのぐ。長岡輝子、荒木道子、芥川らと劇団「麦の会」を結成した。四六年十月から奉じていた東京女子専門学校を辞し、慶應義塾大学予科に転じる。このころから欧米演劇文学に関する評論を多数発表するようになった。そして翌年二月、入院中に『なよたけ』が、詩劇風の様式を評価され第一回水上瀧太郎賞(三田文学賞)を受賞して新進劇作家の地歩を固めた。年譜に登場する多くの顔ぶれを見ると、日本の演劇、文学を代表する人たちばかりで、加藤の演劇文学へ傾倒して行く姿が鮮やか。四九年六月、『挿話(エピソオド)』(文学座、三越劇場)を上演後、麦の会は文学座に合流する。文学座では幾つかの演出と幾つかの出演を果たしている。加藤道夫は『ジャン・ジロゥドゥの世界』(早川書房)と題する評論の中で、「我々がジロゥドゥを理解するのではなく、ジロゥドゥに取り憑かれるのである」と書いた。ギリシア悲劇や旧約聖書を下敷きとして、反リアリズムの作風を確立したジロドゥへの傾倒は純粋かつ厳粛。ジロドゥの精神を現代日本の舞台に実現しようとして、取り憑かれたように独特の文体の戯曲を発表したが、志を完遂することなく三十五歳で自殺した。福永武彦は「加藤道夫の自殺に衝撃を受け『夜の三部作』を執筆したと語っている。ほかに『天邪鬼《あまのじゃく》』『襤褸《ぼろ》と宝石』『天国泥棒』（現代狂言）など。

❖『**なよたけ**』五幕。一九五一年六月、東京・新橋演舞場で菊五郎劇団が『なよたけ抄』として三分の一にカットして初演。完全版は五五年九月、文学座が大阪毎日会館で芥川比呂志の演出で上演して日の目を見る。『今昔物語』と同型の「なよ竹のかぐや姫」が登場する説話『竹取物語』の新たな誕生を、一人の詩人の作として新たな想像を凝らして描き、明らかにジロドゥの影響を色濃く受け継ぐ。戦時中の青年の時勢に追い詰められて行く心情を、日本の精神と自然に託して清冽に歌い上げ、戦争中としては稀有な作品の一つとして評価され、作者の代表作の筆頭に挙げられる。時は今は昔、例えば平安朝の中葉。都の東南部の小高い丘の上で、石上ノ綾麻呂は讒訴され東国に落ちて行く夕暮れ、息子の文麻呂に別れの言葉、今の世のありようを語って聞かせる。それに対し、文麻呂は「僕達は此の軟弱な風潮に反抗するんです。そして雄渾な本当の日本の『こころ』を取り戻そうとするんです」と若者らしい決意を語る。その彼の友人の清原は、讃岐ノ造麻呂の娘なよたけに恋焦がれるが、大納言・大伴ノ御行に見染められて側室に請われる。清原の恋は文麻呂に乗り移り、文麻呂は側室問題を阻止するため大納言の嫁取りの噂を都に広める。出世を願う清原は文麻呂の〝狂気〟を恐れて身を引く。三幕三場の幻想場面で、大納言はなよたけと文麻呂を娶合わせるが、彼はなよたけを竹林に逃がす。都を捨てた文麻呂が竹林を訪ねると、竹取翁こと造麻呂は、なよたけ赫映姫伝説を語り、「なよたけは愛している者、信じている者にしか見えない」と言う。文麻呂は、その信じている者にしか見えないなよたけと魂を懸けた恋をする。五幕で東国に下った文麻呂は「みんな前の世の夢」と呟くが、なよたけは大納言の元にいるらしい。作者には遠い前世の記憶、幻想こそが現実なのだ。

❖『**思い出を売る男**《おもいでをうるおとこ》』一幕。初出は「演劇」（一九五一・11）。翌年、ラジオ東京のために放送劇化し、一九五三年十一月に文学座が同座アトリエで初演した。終戦後間もない裏町。思い出を売る男が遠い世界からやって来て、サキソフォンを吹きながら客の幸福な思い出を詩にして売る。乞食とのやり取りの後、客の街の女には戦前に愛したサキソフォン奏者と共に踊る場面を、女連れのG・Iには栗色の髪のアメリカ娘を灰色の壁に映して涙を誘う。そのうち、乞食が話していたこの辺りを仕切る黒マスクのジョオが、博打のいざこざから人を殺して警官に追われて来る。とっさにジョオはサキソフォンを借りてそれを吹く。思い出を売る男は、街の女が話していた男と気付きジョオと服を交換して逃がす。ここでも現実が幻想に、幻想が現実に転換する手法を発揮する。いずれも『加藤道夫全集1』（青土社）所収。

（北川登園）

門脇陽一郎《かどわきよういちろう》　一八八九〈明治二十二〉〜一九三五〈昭和十〉。劇作家。大正・昭和前期に活躍。鳥取県境港市生まれ。本名純。松江中学中退後、一九〇八年上京。「無形劇場」を組織。女優の村田栄子と結婚。『舞扇』『鼓の思い出』などを書く。大阪に移り、松竹家庭劇に多くの脚本を書き、演出。再上京後、浅草凌雲座での剣星劇を主宰した後、浅草・公園劇場で諸口十九《もろぐちつづや》一座の文芸部長として活躍。そのころ入座した菊田一夫に作劇を指導し、影響を与える。晩年は名古屋、大阪に戻り、関西新派や阪東寿三郎の第一劇場で『白粉花』『泣くなつばくろ』『空は青いぞ』『女心は斯くありたし』など、毎月のように多彩な作品を書いた。
[参考]菊田一夫『落穂の籠』(読売新聞社)　(神山彰)

金貝省三《かながいしょうぞう》　一九一四〈大正三〉・二〜一九八一〈昭和五十六〉・四。劇作家。小象とも称した。エノケンこと榎本健一一座から、ムーランルージュ新宿座、ラジオ東京(現・TBS)演芸部を経て、電通に入社。エノケン一座に『エノケンのターザン』『ブンガワンソロ』『皇太子の花嫁』などを残すほか、新生歌劇団の『箱いらず娘』、江川宇礼雄主演『美しい産衣』など。(神山彰)

金杉惇郎《かなすぎじゅんろう》　一九〇九〈明治四十二〉・七〜一九三七〈昭和十二〉・十。演出家・俳優。本名又夫。東京・神田生まれ。旧制府立第五中学時代に「五中劇研究会」を創設し、ダンセニイ『忘れて来たシルクハット』、菊池寛『順番』などを上演する。慶應義塾大学仏文科に入学するも、一九二八年に中退し小山内薫を慕って築地小劇場に入る。小山内没後に復学。三一年長岡輝子らとフランスのブールヴァール劇上演をもっぱらとする「劇団テアトル・コメディ」を創設、俳優と演出を務める。左翼演劇全盛にあって劇壇からは冷ややかな反応を示されるが、演劇の娯楽性を重視する劇団の姿勢と洒落た作品選定により学生など若い知識人層から支持を集める。三二年、長岡輝子と結婚。三六年テアトル・コメディ解散、約五年の間に全二十八回の公演で五十二本の戯曲を上演。解散後は商業演劇のムーラン・ルージュ新宿座の文芸部に入り、十一作品を演出、四つの戯曲を執筆した。他に東宝劇団や六月座の演出、またヴォーカルフォアで『椿姫』、『セビリアの理髪師』、『ホフマン物語』などオペラの演出も行なった。三七年、肺結核のため二十八歳で夭逝。テアトル・コメディ時代の主な演出にマルセル・アシャール『愉しき哉人生』、シャルル・ヴィルドラック『商船テナシティ』、ガートルード・トンコノジイ『三角の月』、モルナール『芝居は誂向き』、阿木翁助『女中あい史』など、創作戯曲はムーラン・ルージュ時代の『おとなの時間』『有閑獣類』『秋について』『母の放送』が、評論集に『四季の劇場』(沙羅書店)ある。

❖**『母の放送』**《ははのほうそう》　三景。初出は「新喜劇」一九三七年十二月号。初演は一九三七年三月、ムーラン・ルージュ新宿座。ラジオの料理講座出演を翌日にひかえ緊張している母親、それを明るく励ます息子と娘、新しく隣家に越してきた未亡人。母は外地に駐留している軍人の夫が放送を聞くかもしれないと張りきる。「支那事変」勃発後の慌ただしい状況を背景に、都市郊外の母子家庭一家の日常をユーモアを交えながら描いた小市民スケッチ。(中野正昭)

金杉忠男《かなすぎただお》　一九四〇〈昭和十五〉・十二〜一九九七〈平成九〉・十一。劇作家・演出家・俳優。東京都向島区(現・墨田区)寺島生まれ。一九六六年に舞台芸術学院を卒業後、同期生たちと俳優集団「その他の人々」を結成。俳優として活動していたが、七〇年七月に初演された『一本刀土俵入――御存知葛飾篇』から本格的に作・演出を始める。七一年に劇団中村座に改名してからは、解散まですべての作品の作・演出を手掛ける。戦中戦後に墨田区・葛飾区周辺の下町で育った原体験を元にした作品で知られ、記憶の中の故郷が『四ツ木橋自転車隊――川端原っぱ物語』(一九七八)、『竹取物語――本田小学校篇』(八〇)など多くの作品の舞台となった。これらの作品ではノスタルジーの象徴としての〈原っぱ〉があり、そこで子どものように遊びつづける大人たちが織りなす猥雑さと叙情性の入りまじる世界を描いた。俳優たちが取っ組み合い、舞台脇の突撃板と呼ばれるベニヤ板に体当たりする肉体の演技、引用の散りばめられたテクストなど他のアングラ第一世代と共通する特徴がある。一貫して吉本隆明に傾倒し、その影響力は作品の構想にまで及んだ。八〇年代中頃から自身の作風と時代の感性の間に大きな隔たりを感じ、肉体を酷使する演技を止めるなどアングラとの訣別を試みるようになる。八四年の『舞踏会の手帖――花の寺III』、八七年の『胸さわぎの放課後』では劇の構成を刷新する。回想形式という枠組みを導入することで、これまでの現在と過去が共存する混沌とした時空間がなくなり、複数の短い場面を積みかさねる手法をとる。九〇年には新たな制作体制を求めて中村座を解散し、九一年に金杉忠男アソシエーツを設立する。九三年に都市生活者の群像を描いた『POOL SIDE』を発表するなど、九七年に病に倒れるまで新たなテーマとスタイルの革新を模索しつづけた。また、八七年からは舞台芸術学院の講師を務め、後進の育成に当たった。出版された戯曲に『説教強盗――金杉忠男戯曲集』『竹取物語――金杉忠男第二戯曲集』『花の寺――金杉忠男第三戯曲集』(すべて両立書房)がある。その他著作に『グッバイ原っぱ』(春秋社)がある。

❖**『説教強盗――玉の井余譚』**《せっきょうごうとう たまのいよたん》 二幕。一九七二年十一月に柏ホールで初演。一幕では本作の舞台となる〈原っぱ〉とそこに現われる人々が描かれる。昼の〈原っぱ〉は餓鬼大将たちの遊び場であるが、夜になると説教強盗が殺人を犯し、浮浪者の男たちが大海原に見立てて、〈モウビィ・ディック〉ごっこに興じる場となる。男たちの目的は気が狂った玉の井の娼婦・光枝のおしっこを覗きみることでもあり、光枝のおしっこは鯨の「汐吹き」に見立てられる。二幕では、光枝の悲話を中心に物語が展開する。光枝は出征で生き別れた男が忘れられず、客の説教強盗と同一視してしまう。そこに刑事たちが踏みこんできて、苦しい現実を突きつけられると混乱した光枝は飛びだしてゆき、隅田公園の桜の樹で首を吊って自殺する。光枝の死を知った男たちが、地獄で光枝を探すかのように必死にボートを漕いでゆく場面で幕。

❖**『POOL SIDE』**《ぷーるさいど》 十九場。一九九三年七月にザ・スズナリで初演。村上春樹の短編小説『プールサイド』の設定を元に書かれた。都会のスポーツクラブのプールに併設されたカフェバーが舞台。そこで知り合った中年の男女が一人ずつ順番に自分の胸の内を語る。例えば、作者本人を思わせる斉藤は、下町で生まれ育った原体験から逃れられず、そのことを小説に書きたいと考えている。高村は仕事を辞めてフロリダでイルカと泳ぎたいと語る。吉沢は素潜りに挑戦したいと語り、そこには幼い頃に川で弟を亡くしたトラウマがあるようだ。各人の話の後には、類するイメージシーン、対話、ダンスが挿入される。打ち明け話が飛びだす〈プールサイド〉は、大人の〈自由時間〉であり、現代の〈原っぱ〉として位置づけられる。エチュードの使用、日常的な会話のような台詞回しなどの新たな試みは、交流のあった平田オリザの現代口語演劇を意識したものであり、これまでの作風や方法を捨てて、新たなスタイルを模索した意欲作である。(久米宗隆)

金山寿甲《かなやますがつ》 一九七五〈昭和五十〉・二～。劇作家・演出家・俳優。東葛スポーツ主宰。

東京都葛飾区出身。在日三世。東洋高等学校卒業。放送作家を目指すも、アルバイト先の森美術館で見たチェルフィッチュに感銘を受け、三十歳にして演劇を始める。サンプリング音楽&映像とともに、DJ&VJスタイルで物語をつむぎ、世の中を批評する「ヒップホップ演劇」の第一人者。二〇一五年には岡田利規のもと日韓共同製作『God Bless Baseball』のドラマトゥルクもつとめた。代表作に『ラッパー・イン・ザ・ダーク』など。（望月旬々）

可児松栄《かにまつえ》 福井県生まれ。戦後劇作をはじめ、昭和三十年代に『魔性菩薩』『鎖』『仮面』など続けて戯曲を発表。『冬浪』が（『現代女流戯曲選集』一九五六年版）、『蜘蛛の巣』が（同五七年版）に収録。同五八年版収録の『紫陽花』（同五八年版）はテレビドラマ化。『花も雪も』（『現代女流脚本集』弥生書房）、『海の蝶』（『女流劇作家五人の会戯曲集』7集）もある。『雪の音』は、新派で上演された。ラジオドラマも多数執筆。故郷の敦賀を背景にした作品に特徴がある。（神山彰）

金子成人《かねこなりと》 一九四九〈昭和二十四〉・一～。脚本家・劇作家。長崎県生まれ。佐世保高校卒業。倉本聰に師事し、テレビ『おはよう』を倉本や向田邦子と担当。テレビの多くのホームドラマで活躍。『浅草パラダイス』は昭和初期の浅草の芸人を軸に、さまざまな人間を描き、久世光彦《てるひこ》演出で新橋演舞場での上演でシリーズ化されたヒット作。『博多ののぼせ者――音二郎と貞奴』『蝉しぐれ』『黒革の手帖』『最後の忠臣蔵』などで脚色の手腕も発揮。一九九八年向田邦子賞受賞。（神山彰）

金子洋文《かねこようぶん》 一八九四〈明治二十七〉・四～一九八五〈昭和六十〉・三。小説家・劇作家。秋田県生まれ。秋田工業学校卒業。代用教員、新聞記者を経て、二一年「種蒔く人」の創刊に参加、同年『老船夫』を発表。二二年『洗濯屋と詩人』を雑誌「解放」に発表。二三年『息子』が新劇協会により同志会館で上演。二六年『牝鶏』が前衛座により上演。プロレタリア文学運動に身を投じ、二七年、青野季吉らと労農芸術家連盟（労芸）を結成。以降、一貫して文芸戦線派の作家としての立場で活動。同年『息子』が前衛座により長野県・松本座にて上演。二八年『蒼ざめた大統領』が上山広光の演出で文戦劇場により東北地方を巡演、『飛ぶ唄』が土方与志の演出で新築地劇団の旗揚げ公演として築地小劇場にて上演。一方、二五年には人気漫画『ノンキナトウサン』を脚色し、曾我廼家五九郎一座で上演。二六年『狐』が田中総一郎の演出で花柳章太郎らの新劇座により朝日講堂、二八年『浪人の群れ』が新国劇により帝国劇場、二九年『日清談判』が浪花座にて上演。三二年『女中奉公』を発表。四二年『午前二時の板木』を自らの演出で芸術座により有楽座にて上演。四四年『笑う村』を自らの演出で移動演劇により四国各地で上演。戦後、第一回参議院選挙に日本社会党より立候補して当選。新国劇に『丸橋忠弥』や『警察日記』（原作：伊藤永之介）などの作品を提供。六二年『銭形平次捕物控・平次女難の巻』（原作：野村胡堂）を自らの演出で三波春夫により歌舞伎座、六三年『守銭奴』（原作：モリエール）が菅原卓の演出で十七世中村勘三郎・三世實川延若により歌舞伎座、六四年『漫画家』が岩村久雄の演出で東宝撮影所演技ゼミナールの試演会として芸術座にて上演。

［**参考**］『金子洋文作品集』（筑摩書房）

❖**『洗濯屋と詩人』**《せんたくやとしじん》 二幕。一九二一年頃の東京。〈みすぼらしい洗濯屋〉の正面に、富豪の浅沼家が堂々とした構えで建っている。折しも、六十歳の誕生日を明日に控え、浅沼家では祝賀の園遊会の準備をしている。浅沼家にしてみれば、家の前にあるみすぼらしい洗濯屋が目障りでならず、弁護士を通して立ち退きを要求しているが、金に物を言わせるやり方に洗濯屋は反発し、頑として動こうとしないでいる。このやり取りを見ていた近所の酒屋の小僧・雄吉が、言葉を操る〈詩人〉の話を聴かせる。この詩人は、実は洗濯屋の娘・たねに惚れており、雄吉はその恋文を届けに来たのだ。そんな事情を知らない洗濯屋は、詩人を呼んでもらう。最初は話が掛け違っていたが、洗濯屋は浅沼家に一泡吹かせる工夫を頼みたい、と詩人を家の中に引き入れる。翌日、浅沼家の高い塀からも見えるように、三十メートルにも及ぶ柱が洗濯屋の物干し台に据え付けられ、貧乏人の味方であることを宣言する。浅沼家からは抗議が来るが、詩人の逆襲に遭い、帰る。次々に、洗濯屋の幟を見た貧乏な人々が訪れ、詩人はそれらの人々の薄汚れた服を高い値で引き取り、高い柱に結び付ける。そこへ、洗濯屋の庭に集まっていた労働者たちの歌が沸き起こり、大空にはためく貧乏な労働者の汚い洗濯物を眺めて、洗濯屋は高らかに勝利を笑う。

❖**『日清談判』**《にっしんだんぱん》 三場。一八九四年から一八九五年にかけての日清戦争にまつわるエピソードをまとめた作品。一場は、戦死した軍人・品村家の〈売り立て〉で、生活のために、所持していた骨董や着物などを買い付けに来た骨董屋と、軍人の遺族の物語。二場は、日清講和談判が調印された翌日、秋田の〈池鯉亭〉でその祝勝会が行なわれている風景。満面の笑みで日本の有利を訴える町長に対し、実感が湧かない町民が反発する。三場は、町はずれの丘で、これから出発しようとする二人の姉妹。この姉妹は、一場の軍人の娘で、全場面を通して登場する。また各場の最後は、必ず〈発狂した軍人〉の戦争に対する絶叫のような台詞で終わる。（中村義裕）

金子良次《かねこりょうじ》 一九四七〈昭和二十二〉・八～。劇作家。新潟県生まれ。明治大学文学部卒業。『天勝物語』（小林幸子版）、『眠狂四郎無頼控』（GACKT版）、『長崎ぶらぶら節』（石川さゆり版）、『大岡越前』などのほか、地人会に『風の如くに』、俳優座に『異聞浪人記』脚色など。（神山彰）

鐘下辰男《かねしたたつお》 一九六四〈昭和三十九〉～。劇作家・演出家。北海道帯広市生まれ。日本電子工学院演劇コース卒業。青年座の研究所を経て、同期生と演劇企画集団「THE・ガジラ」を一九八七年に結成。ガジラは鐘下一人のユニットである。鐘下は劇団の持つ拘束力を好まず、徹底した個人の上に立った表現活動を選んだ。初期のガジラは、千葉哲也、文月遊、壇臣幸《だんともゆき》（故人）ら俳優のメンバーはほぼ固定していた。帯広三条高校で演劇に出会った鐘下は、当初つかこうへいの模倣から出発したが、やがて硬派の道を突き進んでいく。中原中也をモデルにした『汚れちまった悲しみに……Nへの手紙』（一九九〇）で注目された鐘下は、九一年に近松の原作をもとにした『曽根崎心中』で古典と格闘し高い成果をあげた。鐘下の名前を一躍世に知らしめたのは、連続射殺魔・永山則夫を描いた『tatsuya 最愛なる者の側へ』（九二）である。鐘下の作風で特徴的なのは、極限状況下を生きる人間を透徹したまなざしで描くところにある。吉村昭の小説を脚色した『仮釈放』（九七）、軍隊のメカニズムを描いた『PW Prisoners of War』（九七）、『寒花』（九七）もまた戦争や軍隊から逃れられない人間のどうしようもない非情さが浮き彫りにされ、第三十二回紀伊國屋演劇賞個人賞を受賞した。現代社会を扱った秀作も多い。家庭内暴力、少女売春、大手企業の倒産といった今日的問題を題材に、『絶対零度』(九九)や『大人の時間』(二〇〇九)など現代日本に潜む危機的状況を抉り出す秀作も生み出した。演出家としても、三好十郎作『廃墟』、岸田國士作『温室の前』、田中千禾夫作『マリアの首』など戦前・戦後演劇の財産というべき近代古典を舞台に上げている。二〇〇〇年前後では、新国立劇場で『マクベス』や『サド侯爵夫人』の演出も手がけた。二〇〇〇年代には、アジアの現代演劇との共同作業にも意欲的である。一九九八年に鐘下辰男は第六回読売演劇大賞で最優秀演出家賞および大賞を史上最年少で受賞した。現在、桜美林大学で演劇教育に携わっている。

❖**『tatsuya《たつや》 最愛《さいあい》なる者の側へ《なるもののがわへ》』** 一九九二年初演。一幕。時は一九六八年。街は全共闘運動のさなか。そこに土地から切り離され、親兄妹から見放された青年タツヤが青森から上京し、新宿に住む。が、勤めた喫茶店も長続きせず、職を転々とする。仲間たちにも疎まれ、共同生活する女性ともうまくいかない。そんな折、米軍基地から銃を盗み出し、バッグに隠し持つ。だが行き場を失い、深夜、ホテルに紛れ込んでいた時に警備員に見つかり、思わず射殺してしまう。またタクシー運転手も射ち殺すなど連続射殺事件を引き起こす。戦後二十数年経ち、高度経済成長下にあっても、彼らは貧しく希望もない。憎しみばかりが募っていく。誰からも信用されないタツヤには、時折北海道の流氷を幻視し、それが唯一故郷と彼を結び付ける。永山則夫をモデルにしたこの作品には、どこか作者自身を投影した自伝的な要素が見え隠れする。鐘下作品の代表作であるとともに、他の演出家による上演頻度が高い。

❖**『カストリ・エレジー』** 初演は一九九四年、シアタートップス。プロローグとエピローグを含めて全十場。スタインベックの戯曲『二十日鼠と人間』とを下敷きにしたもので、戦後のバラック小屋に生きる熾烈な人間模様を描き出した。頭の弱いゴローと彼を庇護するケンは酷薄な戦争体験者だ。彼らがやって来たバラックにはいわくありげな者たちが住んでいた。極寒の地から引き揚げてきた〈シベリア〉、関東軍仕込みの凄腕〈川上〉、傷痍軍人で片腕の〈戦犯〉、ハーモニカを吹く長老の〈詩人〉。そこに成金のアプレゲール〈黒木〉とその妻が登場する。ケンとゴローは〈新しい家〉を求めて、バラックからの脱出を夢見る。彼らにからんでくるのが黒木の女房だ。事件は突発的に起こる。ゴローが女房を殺してしまったのだ。事態を収拾するために、ケンはゴローを射殺する。いかにも戦時の混乱期を思わせるラストシーンだ。(西堂行人)

狩野《かの》鐘太郎《しょうたろう》 一八九八〈明治三十一〉～不詳。劇作家。神田錦町に生まれる。芝浦製作所の設計部に勤務した後、新興亞社の編集部に入り文筆に従事。戯曲集『市場・工場』(新興亞社、一九四三)があり、労働者の生活を強く意識したアナキズムの戯曲を残している。また、吉田松陰に惹かれその研究にも尽力しており、戯曲『吉田松陰』もある。(村島彩加)

加納《かのう》幸和《ゆきかず》 一九六〇〈昭和三十五〉・一～。劇作家・演出家・俳優。兵庫県生まれ。幼少より歌舞伎に親しみ、日本大学藝術学部に進学後、一九八四年加納幸和事務所を立ち上げ、数本のプロデュース公演を行なう。八七年劇団花組芝居と改名し、以降劇団作品の大半の作・演出を手がける。改名披露公演『ザ・隅田川』は、能や歌舞伎の「隅田川物」を綯い交ぜにした作品で、郡司正勝・堂本正樹ら研究者・評論家から絶賛された。『ザ・隅田川』(一九八七、八九、九六、二〇〇六)、『いろは四谷怪談』(八七、九〇、九三、九四、〇四)、『怪誕身毒丸』(八八、九一、九八、一三)といった繰り返し再演されてきた代表作は、その初期に「ネオかぶき」と名づけられ、「高尚になり、堅苦しく難解なイメージになってしまった歌舞伎を、昔のように誰にも気軽に楽しめる最高の娯楽にするべく「歌舞伎の復権」を目指」すことがうたわれた。歌舞伎以外の作品も手がけ、新派の演出や商業演劇の出演を経験した二〇〇〇年代以降は「近世」と地続きの現代演劇」を目指していっそう多彩な演目を上演するようになる。

❖**『いろは四谷怪談』**《いろはよつやかいだん》　六場。『東海道四谷怪談』が『仮名手本忠臣蔵』の世界に依拠していることをふまえ、二作を綯い交ぜにして音楽劇に仕立てた。場割と以下のあらすじは九〇年(渋谷パルコ・スペースパート3)の上演台本に基づく。DVDが販売されている〇四年の再演時には大きく改訂された。四世鶴屋南北追善の法事に本人が登場し、これから上演される作品をこき下ろす。若い衆たちは南北に向かって野次り、担ぎ上げて引っ込める(極楽のつらね)。同性愛関係にある高師直と仲違いした塩谷判官。思い余って師直に切りつける(刃傷)。民谷伊右衛門の母・お熊が妙薬ソウキセイを盗んだ小仏小平を折檻する。小玉田左衛門が現われ、小平は主人である自分の病気治癒のため盗んだと釈明するが、お熊は聞かない。産後の肥立ちが悪いお岩に薬を献上すると伊藤喜兵衛がやってくる。高家家来である喜兵衛の正体を知って左衛門が飛び掛かるが、皆に押し止められ縛られる。喜兵衛は孫娘・お梅を紹介し、先ほどの薬を飲んだお岩は面体が崩れるので、愛想をつかして孫娘と結婚してもらいたいと企みを明かす。押し切られて承知する伊右衛門。企みを知った按摩・宅悦がお岩と乳繰り合っているとお岩の顔が醜く変わり髪の毛が抜け落ちる。宅悦から話を聞いたお岩は恨みながら息を引き取る。事情を知った小平と宅悦は逃げだそうとするが、喜兵衛と伊右衛門に切られて死ぬ(毒)。縛られている左衛門の前に大星由良之助が現われ、師直の屋敷で討死にしても、暮らしに困っての強盗だと誤解されないためだといって金子を与える。お熊とともに質屋・金子屋が登場、小平が宅配便で送ってきたソウキセイを自分の店から盗んだものだと左衛門を責める。由良之助はその代金を払うが、疑いをかけられた以上、左衛門を一味から外すと言って去る。現われた小平の亡霊を左衛門はお前のせいだと打擲する(薬)。お岩の葬礼と、伊右衛門とお梅の婚礼が同時に行なわれる。伊右衛門の前に現われる二人のお梅。伊右衛門と同じ姿をした小平の亡霊が、その片割れがお岩だと告げる。もう一人は師直で、塩谷浪人討ち入りの場面になる。伊右衛門とお岩は場違いに立ちすくむ(婚葬礼)。クリスマスの趣向で挿入曲のメドレーを歌い踊る(フィナーレ)。　(日比野啓)

可能涼介《かのうりょうすけ》　一九六九〈昭和四十四〉・四～。劇作家・批評家・精神保健福祉士。兵庫県生まれ。本名馬場広典。早稲田大学第一文学部演劇専修卒業。レーゼドラマを得意とするが、結城座や江戸糸あやつり人形座で上演。二〇一一年、山田詠美と結婚。代表作に『反論の熱帯雨林』『不可触高原』。著書に『圧縮文学集成』など。　(望月旬々)

鹿目由紀《かのめゆき》　一九七六〈昭和五十一〉・一～。劇作家・演出家。劇団あおきりみかん主宰。福島県出身。南山大学文学部国語国文学科卒業。二〇一〇年『ここまでがユートピア』で第十六回劇作家協会新人戯曲賞受賞。代表作に『漂流裁判』『パレード旋風が巻き起こる時』『パラドックス・ジャーニー』など。　(望月旬々)

鎌田敏夫《かまたとしお》 一九三七〈昭和十二〉・八〜。日本の統治下にあった朝鮮の京城府(現・大韓民国ソウル特別市)生まれ。徳島県出身。早稲田大学政治経済学部卒業。一九六七年『でっかい青春』でテレビドラマの脚本家としてデビュー。『金曜日の妻たちへ』シリーズや『男女7人夏物語』など、大ヒット作を次々と手掛ける。九四年『29歳のクリスマス』により第四十五回芸術選奨文部大臣賞、第十三回向田邦子賞受賞。舞台作品に九三年初演の『さらば愛しき女《ひと》よ』と九九年初演の『マディソン郡の橋』がある。(岡室美奈子)

鎌田順也《かまたとしや》 一九八四〈昭和五十九〉・十〜。劇作家・演出家。劇団ナカゴー主宰。東京都北区出身。文化学院卒業。代表作に『ダッチプロセス』『黛さん、現る!』『牛泥棒』『堀船の友人』『率いて』『友情』『もはや、もはやさん』など。(望月旬々)

上泉秀信《かみいずみひでのぶ》 一八九七〈明治三十〉・二〜一九五一〈昭和二十六〉・五。山形県出身。劇作家・評論家。大正初期から短歌や戯曲を発表、都新聞の学芸部長としても活躍。戦時中は、岸田國士からの要請で大政翼賛会の文化副部長も務める。一九三五年に東京・芝の飛行館で『村道』、三九年に築地小劇場で『「ふるさと」紀行』、四〇年に日比谷公園音楽堂で『雷雨』が上演された。(中村義裕)

神里雄大《かみさとゆうだい》 一九八二〈昭和五十七〉・七〜。作家・演出家。ペルー共和国リマ市生まれ。神奈川県川崎市育ち。早稲田大学第一文学部卒業。岡崎藝術座主宰。大学の在学中、学生劇団森を経て、二〇〇三年に結成。〇六年に『しっぽをつかまれた欲望』(作:パブロ・ピカソ)で第七回利賀演出家コンクール最優秀演出家賞を受賞。〇八年に『三月の5日間』(作:岡田利規)を岡崎藝術座で独自に構成・演出しなおして上演。移民問題や同時代の「他者」が抱える問題などについて思考を重ね、壮大なスケールで創作。二〇一二年にはソフォクレスとつかこうへいをもとに『アンティゴネ/寝盗られ宗介』を発表。カラオケと理髪という振る舞いにつらぬかれた『ヘアカットさん』で第五十四回の、アガサ・クリスティーの推理劇をもとに日本の暗部をえぐる『(飲めない人のための)ブラックコーヒー』で第五十八回の、沖縄と中南米を佐野碩の演劇がクロスオーバーさせる『+51 アビアシオン,サンボルハ』で第六十回の岸田國士戯曲賞最終候補作品にそれぞれノミネート。代表作に『リズム三兄妹』『古いクーラー』『街などない』『レッドと黒の膨張する半球体』『隣人ジミーの不在』『イスラ!イスラ!イスラ!』。(望月旬々)

神近市子《かみちかいちこ》 一八八八〈明治二十一〉・六〜一九八一〈昭和五十六〉・一。評論家・女性運動家。長崎県生まれ。本名イチ。女子英学塾(現・津田塾大)卒業。在学中「青鞜」に参加。東京日日新聞の記者時代に、恋愛関係の紛糾から、愛人の大杉栄を刺傷して服役。『夜の謎』(一九二〇・4)『古い街の一角』(一九二二・1)などの戯曲や翻訳で、フェミニズムの立場を鮮明にし、戦後は日本社会党衆議院議員として売春防止法制定にも尽力した。(岩佐壮四郎)

上司小剣《かみつかさしょうけん》 一八七四〈明治七〉・十二〜一九四七〈昭和二十二〉・九。小説家。一九〇〇年から二〇年まで読売新聞社に勤め編集局長文藝部長などの要職を歴任しながら、風刺的小品や小説を書き『鱧の皮』(一九一八)で声名を得た。三三年に発表した『U新聞年代記』は、〈全編にユーモアを発散させるつもり〉で戯曲形式を採り、読売新聞時代〈前後二十年間の

見聞を十二景に纏めた〉ユニークなスタイルで代表作と目されている。（林廣親）

神谷量平《かみやりょうへい》　一九一四〈大正三〉～二〇一四〈平成二十六〉・一。劇作家・歌人。東京都生まれ。関東学院高商部卒業。一九三八年、召集され中国戦線に送られる。戦後は新協劇団に参加。五〇年に戯曲『諸盗人』『子おとろ』『めくめ鳥』『村の戦後派』を「テアトロ」に連続して発表。『野中一族』が「新劇」岸田戯曲賞候補。劇団東京芸術座で『橋のない川』〈住井すゑ原作〉の脚色、『地底から』〈黒沢参吉と共作〉、『京浜の虹』などが上演。労働者、庶民の視点から多くの戯曲を執筆。晩年は「京浜文学」を主宰し、『女の戦記　横浜大空襲下の女子開眼』『村雨橋遺文』などを発表。『歴程』が『「戦争と平和」戯曲全集』第七巻に収録。（神山彰）

神山圭介《かみやまけいすけ》　［＝**金子鉄麿**《かねこかねまろ》］　一九二九〈昭和四〉・八～一九八五〈昭和六十〉・一。作家。神奈川県生まれ。東京大学文学部卒業。中央公論社に編集者として勤務しながら、執筆活動を行なう。小説『鴾色の武勲詩』が第七十六回芥川賞候補となる。代表的戯曲に第二回新劇戯曲賞候補作の『墓石の街』がある。（柿谷浩一）

上山雅輔《かみやままさすけ》　一九〇五〈明治三十八〉・二～一九八九〈平成元〉・四。劇作家。山口県長門市生まれ。本名正祐。姉は詩人の金子みすゞ。上京し、「映画時代」編集部に入り、古川緑波と知り合い、「笑の王国」文芸部長となる。エノケン・ロッパ一座時代に『街は春風』『髭のある坊や達』『歌う紙芝居』など。戦後は新宿コマ劇場で『しあわせさんまた明日』など。『お使いは自転車に乗って』『ガラマサどん』など作詞も数多い。戦後は劇団若草を創設し、指導に当たった。（神山彰）

香村菊雄《かむらきくお》　一九〇八〈明治四十一〉～一九九九〈平成十一〉・五。劇作家。宝塚歌劇団文芸部員として、宝塚新芸座に一九五二年頃から『上海帰りの女』『お宮貫一』『お母さん娘』『喜びも悲しみも五十年』『かみくず夫婦』等の創作から、源氏鶏太原作『ホープさん』『春風駘蕩』『ひまわり娘』『新春夫婦双六』等の脚色まで、同座の売り物だった数多くの「ホームコメディ」シリーズを手掛け人気を博す。六一年に同座文芸部長となり、『釜ケ崎のマリア』『ドレスを着た兵隊』『河内しぶうちわ』『悲しや恋の三代記』『河内野郎』『河内かるめん』『大阪の空の何処かで』などの創作のほか、『悪名』をはじめ今東光原作の「河内シリーズ」の脚色も手掛け、同座のもう一つの人気番組だった「河内物」を定着させて、六〇年代には毎月のように活躍した。同座の中心人物だった。宝塚新芸座以外の作品に『赤い屋根青い屋根』『お姉さんっ子』〈笑の王国〉などがある。著書に『愛しのタカラヅカへ』〈神戸新聞出版センター〉、『わが青春のメッカ大阪朝日会館　その舞台での思い出』〈大阪予防医学協会〉。（神山彰）

亀屋原徳《かめやばらとく》　一八九八〈明治三十一〉・六～一九四二〈昭和十七〉・三。劇作家。広島県呉市生まれ。本名本地《ほんち》正輝《まさてる》。一九三二年「サンデー毎日」掲載の懸賞小説を劇化した『生きたのはどっちだ』が、同年九月歌舞伎座で六世尾上菊五郎主演で上演される〈戯曲は「演劇」同年・10掲載〉。江戸の街を背景に、若い世代の野心と純粋志向との葛藤を生動感ある筆致で描き、好評だった。四一年には、『貝殻島にて』が前進座と大阪中座の歌舞伎公演とで競演される。新派にも、井上正夫、初代水谷八重子主演作品を書く。『紙芝居』『他人の幸福』『子別れ』『生ける聖母』『戦地から来た歌』『夫婦訓』『島の人々』など多数を提供。特に『海鳴り』は井上の老女役が珍しく、村山知義演出で井上の「中間演劇」にとって重要な戯曲。他に『アメリカの叔父さん』などがある。長男が演劇評論家・本地盈輝《ほんちえいき》、孫が映画研究者の本地陽彦《ほんちはるひこ》。

❖『**貝殻島にて**』《かいがらじまにて》 二幕五場。一九四一年四月「国民演劇」に掲載。同年六月、新橋演舞場の前進座創立十周年公演で初演。田島淳演出。幼時に火傷を顔に負った貝殻島生まれの神保弥吉は、苦学して中学校の教師となる。生徒たちは、弥吉の顔を見て嘲笑、揶揄していたが、次第に弥吉の熱情と人柄に捕えられていく。貝殻島の住民は海賊の子孫と言われ、特に佐伯家はその頭領分だったが、その娘貞野は教養も高く、美女として評判が高い。弥吉の義母のたねは、親戚のハワイ帰りの甚右衛門の娘高子を弥吉の妻に所望するが、甚右衛門は弥吉を軽視しており、教師がまともに勤まったら考えようといい返事をしない。やがて、生徒たちを伴い帰ってきた弥吉は、貞野と結婚し、弥吉を見直した甚右衛門が仲人を務める。戦時中の日本の島の生活を背景に、実によく、人間の美点、弱点を描き、素朴だが、確信に充ちた心情が生きいきとした台詞から伝わってくる。特に、たねが生徒たちに島の民話を聴かせた後で、弥吉がその民話の持つ深い意味を生徒たちに語りかける台詞は、観客の情動性に訴えるところ大きく、優れた作者の力量を感じさせるものとなっている。戦後も、森繁久彌が自分の劇団を創設して六六年に取り上げ、その後も昭和年間には数度復演されている。（神山彰）

鴨川清作《かもがわせいさく》 一九二五〈大正十三〉・一〜一九七六〈昭和五十一〉・八。宝塚歌劇団作家・演出家。兵庫県出身。大阪音楽短期大学を卒業後、一九五四年に演出助手として宝塚歌劇団に入団、高木史朗に師事。五七年『夏と祭り』（宝塚大劇場、星組）が初の作演出作品。宗教をテーマに持ち込み、肌を褐色に塗る「黒塗り」を用いる意欲作だが、その作風には難解、暗いといった批判も寄せられ、賛否両論がはっきり分かれた。奇想天外のアイディアは宝塚歌劇のショウに革命を起こし、鬼才とも称される。『エスカイヤ・ガールス』（一九六五年三月、宝塚大劇場、花組）ではシャルル・アズナブールの音楽を使用、ヨーロッパ視察の成果を見せ好評を博す。『シャンゴ』（六七年九月、宝塚大劇場、雪組）はジャズのリズムの原点をアフリカのジャングルに求め、世界への伝播を描く異色作。振付にバディ・ストーンを迎え、第二十二回芸術祭奨励賞を受賞。同じくストーン振付の『ポップ・ニュース』（七二年九月、宝塚大劇場、花組）はスポーツや社会問題のニュースをテーマとするショウ。三点倒立など奇抜な振付が話題となった『ビート・オン・タカラヅカ』（七五年九月）は宝塚歌劇団第三回ヨーロッパ公演上演作。戯曲は宝塚歌劇団の各劇場脚本集、もしくは公演プログラムに所収。

❖『**ノバ・ボサ・ノバ―盗まれたカルナバル―**』一幕。初演は一九七一年（宝塚大劇場、星組）。鴨川のリオ・デ・ジャネイロとカーニバル視察から作られたショウ。年に一度のカルナバルの三日間を舞台に、義賊ソールと観光に訪れた令嬢エストレーラの身分違いの恋、ソールと泥棒オーロのライバル関係、オーロ、ブリーザ、マールの三角関係と刃傷沙汰、様々な人の手を転々とするエストレーラのペンダントの行方などが描かれる。台詞は狂言回しの神父ルーアとシスター・マーマにしか与えられず、絡み合うストーリーとさまざまな人間模様、カーニバルの熱気を歌とダンスによって描き出した。初演以来繰り返し再演され、七六年の花組による再演は第三十一回芸術祭優秀賞を受賞。（藤原麻優子）

鴨下信一《かもしたしんいち》 一九三五〈昭和十〉・三〜。脚本家。東京生まれ。東京大学卒業。東京放送（現・TBS）で、数多くのテレビドラマで著名。舞台では、白石加代子の『百物語』シリーズの構成・演出を手掛けている。（神山彰）

かもねぎショット 劇団早稲田小劇場（現・SCOT）所属の多田慶子（一九五八年生）が退団後の一九八六年五月に創設。その後、同じく「早稲小」出身の木内里美（一九五九年生）と高見亮子が加入、三人の共同主宰になる。その第一回公演、共同創作『夢のあるうち今のうち』（一九八九）が評判を呼び、人気劇団となった。だが、木内が九六年に、多田も二〇〇三年に退団したため、同年四月より高見の単独主宰となり、以後は、高見作・演出による「演劇」と伊藤多恵振付による「ダンス」作品を両輪に公演を行なっている。高見亮子は一九六三年十一月、東京都生まれ。東京女子大学卒業。入学と同年に「早稲小」に入団、八九年七月まで在籍した。市井の人々の日常を主題に虚実が混沌とした不条理に味わいがあるのが特徴。代表作に、三人主宰の時代の『東京の道をゆくと』（九一）、『遠くを見る癖』（九二）、単独主宰になってからは『子供と会議』（二〇〇七）や『福袋駅下車徒歩6分』（一三）がある。

❖**『東京の道をゆくと』**《とうきょうのみちをゆくと》 一幕。多田、木内、高見の三人芝居。作は「かもねぎショット」だが、脚本は高見が担った。主のいない屋敷を〝我が家〟だと主張する妙齢の女性・多田と、老婆の木内が対立する。だが、二人の考える〝家〟は、一方はリビングにピアノを持つ二階家だし、他方は間仕切りが多い旧来の平屋日本家屋である。そこへさらに高見扮する少年が自ら製造した首つり機械を伴って登場、自殺をほのめかすが、二人の女性は懸命に楽しかった思い出を少年に甦らせようとする。今井正監督の映画『青い山脈』や黒澤明監督の映画『生きる』の名場面を二人は演じてみせ、少年に翻意させることに成功する。歌やダンスが随時、挿入され、役者の身体性が物語性を凌駕する、いわゆるパフォーマンス系舞台の先駆けとなった。（七字英輔）

唐十郎《からじゅうろう》 一九四〇〈昭和十五〉・二〜。劇作家・演出家・俳優・小説家。東京都台東区下谷万年町生まれ。本名大靏義英《おおつるよしひで》。幼少時に見た光景が唐の原点になる。すなわち、戦争から帰還した兵隊たちが「オカマ」になって町内を闊歩し、坂本小学校時代の先生から漫画『黄金バット』の話を聞き、山川惣治の『少年王者』などを読んだ記憶が自作に繰り返し登場する。父・大靏日出栄は記録映画の監督を務め、その影響もあってか、児童劇団に入り、そこで佐藤信と出会う。

中学・高校は駒込中、東邦大学付属高に通う。高校時代に俳優を志し、滝沢修に手紙を書くが、大学進学を薦められる。明治大学文学部に進学し、演劇学科に進む。ここで劇作家の木下順二、演劇理論家の山田肇、演劇評論家の菅井幸雄らに師事し、ギリシア悲劇やそのドラマトゥルギー、スタニスラフスキーの『俳優修業』（現・『俳優の仕事』）など実践面を学ぶ。学生時代は学内劇団の「実験劇場」に所属し、俳優として活動。イプセンなどを演ずる。卒業後、青年芸術劇場（青芸）に研究生として入団、福田善之、観世栄夫《かんぜひでお》、米倉斉加年《よねくらまさかね》らに出会う。一年後に退団し、笹原茂朱ら明大実験劇場のメンバーと「シチュアシオンの会」を結成。後の劇団状況劇場の母体となった。劇団名の由来は、卒業論文となった実存主義者、J＝P・サルトルのエッセイの題名による。状況の真っただ中でこそ演劇はあるべきことを謳ったもの。

一九六三年にサルトル作『恭しき娼婦』で劇団を旗揚げ。六四年に処女作『24時58分「塔の下」

行は竹早町の駄菓子屋の前で待っている』を書く。その後、数寄屋橋の公園で路頭劇『ミシンとこうもり傘の別離』を上演したが、俳優が逮捕され、唐十郎自身も「自称・演出家」として新聞記事に載る。六六年の戸山ハイツでの野外劇公演『腰巻お仙　百個の子宮』では住民と衝突し、一躍スキャンダラスな存在となる。スティーブンソンの小説『宝島』から想を得た『ジョン・シルバー』の連作を都内の小劇場で、またジャズ喫茶で知られる「ピットイン」で深夜上演するなど試行錯誤を続けた。転機になったのは、六七年に『腰巻お仙　義理人情いろはにほへと篇』を新宿花園神社境内に紅《あか》テントを立てて上演したことである。六角形を象った紅テントは子宮を思わせ、唐十郎の公演活動のシンボルとなった。唐十郎と状況劇場の存在は、アンダーグラウンド演劇の代名詞となり、以後、六〇年代に開始されたアングラ・小劇場演劇を牽引する旗手となった。六九年に早稲田小劇場に書き下ろした『少女仮面』で第十五回岸田戯曲賞を受賞するも、新劇の側から猛反発を喰らい、史上もっとも物議をかもす受賞者となった。

　花園神社での公演は翌六八年の『由比正雪』を最後に長い中断を余儀なくされた。若者の風俗のメッカとなり、反体制文化の象徴となった新宿を浄化するため、体よく追い払われたのである。その時、唐らは〈さらば花園〉というビラを配り、〈今に新宿、原になる〉と捨て台詞を吐いて、去った。だが彼らは翌六九年正月に、機動隊が取り囲む新宿西口公園で強行上演を敢行し、唐を含む三人が逮捕された。いわゆる「新宿西口事件」である。兄貴分だった寺山修司率いる天井桟敷と乱闘事件を起こし、警察沙汰になったこともある。

　七〇年代に入ると、唐と状況劇場の活動はさらにダイナミックな展開をはかった。戒厳令下のソウル・西江大学で金芝河《キムジハ》の支援のもとに上演した『二都物語』(一九七二)は、朝鮮海峡を東京上野不忍の池に見立てて再演され、伝説となった。『ベンガルの虎』(七三)ではバングラディシュを廻り、アジア侵略の現代版として日本の商社マンを描いた。『唐版　風の又三郎』(七四)ではシリアやレバノンの難民キャンプを訪れ、彼らの冒険行は極限にまで飛躍した。演劇の行動は狭義の舞台や劇場を超えて、まさに時代や状況に拮抗したのである。

　状況劇場の動向はつねに個性的な俳優の存在とともにあった。第一期黄金時代が六〇年代末から七〇年代前半にかけて、すなわち麿赤児《まろあかじ》(現・赤兒)、大久保鷹、四谷シモン、不破万作らを擁していた時代だとすれば、七〇年代後半から八〇年代初頭の第二期黄金期は、根津甚八、小林薫という二大スターを輩出し、金守珍《キムスジン》、六平直政《むさかなおまさ》、佐野史郎ら若手が台頭した。この間、一貫してヒロインを演じ続けたのは妻であり女優の李礼仙《りれいせん》(現・麗仙)で、一九八八年の解散まで劇団を疾走させた。八三年には小説『佐川君からの手紙』で芥川賞を受賞し、唐十郎の名声はもはや「アングラ」という代名詞がふさわしくないほど昇りつめた。

　外部に書き下ろした『下谷万年町物語』(八〇、蜷川幸雄演出)や第七病棟の『ビニールの城』(八六)はいずれも評判を呼び、八〇年代を代表する名作となった。

　だが八八年に安藤忠雄設計の「下町唐座」で唐組をスタートさせたものの、その後の唐十郎の航跡は必ずしも順風満帆だったわけではない。演劇界は明らかに次世代に主導権が移り、アングラ・小劇場運動が以前持っていたパワーは確実に減衰していた。唐組もまた時代の中心から外れていったことは否めない。

　だが二〇〇〇年代に入ると、俳優たちがめ

きめきと力をつけ、『泥人魚』(二〇〇三)では、座長・唐が後景に引いて"渋い味"を出し、舞台の前面は若くて魅力的な役者陣が力強く担っていったのだ。端正な二枚目役の稲荷卓央、独特の風味を持つ久保井研、エキセントリックな役が似合う辻孝彦、いずれ劣らぬ個性的な男優陣がかつての黄金期とはまた別のテイストをもって紅テントを背負っていた。退団したが、鳥山昌克や丸山厚人も忘れがたい。そこに眩いばかりの「花」として舞い降りてきたのが藤井由紀だった。肉感美がまぶしい赤松由美もまた紅テントになくてはならない存在となった。その後も気田睦や土屋真衣らが加わり、「七人の侍」の役者陣が並び、魅力的な俳優陣を前面に押し出す作風は、現在の唐組にも流れこんでいる。

かつての状況劇場という伝説は今なお燦然と輝いている。だが時代も変われば状況も違う。そして第三の黄金期とは、まさに二十一世紀に転生した、この時代にふさわしい形なのだ。かつて唐十郎は「バリッとそろった役者体があるべきなのです」と『特権的肉体論』(六八)で語った。このテーゼには、「アングラ・小劇場」が無名性の集団を母体とした表現運動であること、その基底には役者たちの肉体が置かれていたことを示唆している。文化や名声に舞い上がらず、あくまで底辺から現実を見据えること、その眼差しを肉体の中に探した唐十郎の言説こそ、この現代社会を打ち抜いたのである。そこにこそ彼の「革命性」があった。

唐を取り巻く芸術家も多彩である。横尾忠則は初期状況劇場のポスターを手がけ、イラストレイターの嵐山光三郎、画家の合田佐和子は唐芝居のビジュアルを担った。若き日の唐に多大な影響を及ぼした暗黒舞踏の創始者・土方巽《ひじかたたつみ》やフランス文学者の澁澤龍彦や巖谷國士《いわやくにお》なども唐に大きなインスピレーションを与えた。

唐十郎は横浜国大(一九九七〜二〇〇五)、近畿大学(二〇〇五〜一〇)でも大学教授を勤め、後続の若い世代にも強烈な影響を及ぼしている。唐十郎の言語によって育った俳優たち、例えば、唐ゼミ☆(中野敦之主宰)などを生み出し、かつて状況劇場に在籍していた新宿梁山泊の金守珍は、今なお、唐十郎作品を上演し続けている。

一九七八年に『海星。河童』で泉鏡花賞、二〇〇三年に『泥人魚』で鶴屋南北戯曲賞、読売文学賞、〇六年に読売演劇大賞芸術栄誉賞、一三年に朝日賞などを受賞している。

[**参考**]『唐十郎全作品集』6巻、『唐十郎熱風集成』の他、唐十郎論としては、扇田昭彦著『唐十郎の劇世界』、堀切直人著『唐十郎ギャラクシー』、樋口良澄著『唐十郎論』などがあり、『唐十郎KAWADE道の手帖』で特集された。唐に直接間接言及した書籍は枚挙のいとまがない

❖『**腰巻お仙《こしまきおせん》　義理人情いろはにほへと篇《ぎりにんじょういろはにほへとへん》**』　四幕。演出・村尾国士。一九六七年八月〜九月　新宿花園神社。〈面影橋行きの電車に乗ると母さんだけの街がある〉──そんな手紙を受け取った忠太郎はある床屋にたどり着く。そこには常連の禿の客と床屋、そして娘のかおるがいた。かおるはドクター袋小路と称する闇医者から求婚されている。ある夜、笛の音とともに一人の少女が登場する。名は腰巻お仙という。忠太郎はかおるをめぐって袋小路と決闘する破目に陥るが、母の居所を記す手紙と引き替えにわざと負ける。かおるは袋小路と蜜月旅行へ旅立った。母の待つ喫茶ヴェロニカに向かうとそこにいたのは、母とかけ落ちした美少年だった。彼もまた同じ母を探していた。そこに五か月と称する弟が現われ、母は子宮ガンで死にかけていると告げる。二人は袋小路病院へと駆けつけるが母は亡くなる。五か月、四か月、三か月、二か月の堕胎児を連れたかおるも

旅から戻るが、忠太郎が亡母の体を調べると石化した腹から人形の頭が三つ出てくるのみだ。美少年は本当は母なんかいなかったのではないかと言う。そして自分は流されていった堕胎児たちを写す鏡だと。そこには白い背広を脱ぎ、腰巻姿で笛を吹く美少年、腰巻お仙の姿があった。

❖**『少女仮面《しょうじょかめん》』** 一幕三場。初演は早稲田小劇場（演出・鈴木忠志）一九六九年十月。往年の宝塚の大スター春日野八千代が経営する〈喫茶肉体〉では夜な夜な自ら演じた『嵐ヶ丘』の名シーンの稽古が続けられている。そこに老婆に付き添われたスターを夢みる少女貝がやって来る。演出家ボーイ主任は、若さという特権だけでは春日野に会わせるわけにはいかないと突き放すが、少女貝の才能を見出した春日野は貝に稽古をつけている最中、水飲み男に衣服を破られ、女として目覚める。そしてかつて満州への慰問で出会った甘粕大尉とのロマンスを呼び起こす。しかしそれは所詮幻であったことを春日野は思い知る。ファンの熱烈なまなざしに身を晒し、自分（肉体）を喪失してしまった彼女は、もはや荒野をさまよう愛の亡霊だった。幕間劇で腹話術師と人形のエピソードが挿入される。末期の喉頭ガンである彼は惚れた踊り子と所帯を持ったが、女房は自らが操る人形に寝取られる。絶命した彼は人形によって操られ、肉体と物体の逆転が起こる。

唐十郎は同作で第十五回岸田戯曲賞を受賞したが、新劇系から反論が巻き起こった。

❖**『二都物語《にとものがたり》』** 演出・唐十郎、一九七二年三月、ソウル西江大学。海峡を渡ってくる一群がある。戦時中の半島で両親と生き別れ、釜山から密航し戸籍を探し歩いている幽霊民族だ。彼らは万年筆を売りながら、この日本で生きのびる術を探している。少女リーランもまた朝鮮海峡を渡ってきた。兄を憲兵になぶり殺しにされ、痰壺片手に百円をせがんで生きてきた女だ。リーランは殺された兄の面影を巷に探し、内田という男と出会う。彼の妹・光子は勤める工場の火事でひどい火傷を負っていた。光子は炎の中で燃える木馬を幻視し、飛びついたのだ。リーランは内田に兄の姿を重ね近づいていく。リーランの暗い情念にまき込まれていく内田。〈私はジャスミン〉と彼女が叫ぶと幻の赤い木馬が朝鮮海峡の轟きの中に現われる。少女のまま焼身自殺をした幻の光子も真白い造花一杯の赤い木馬に乗って輝くように笑っている。失意の内田はリーランに心ひかれる思いとはうらはらにリーランを刺してしまう。リーランは叫ぶ。〈あたしは死なない女。朝鮮海峡を往来する不滅の女だもの〉。赤い木馬は何度も回り続ける。

東京・不忍の池で上演された際、池を朝鮮海峡に見立て、冒頭池から上がった役者たちの姿が伝説となった。

❖**『唐版《からばん》　風の又三郎《かぜのまたさぶろう》』** 三幕。演出・唐十郎。一九七四年四月〜六月。織部は子どもの頃に読んだ童話『風の又三郎』への思いを払いのけることができずにいた。ある日、偶然出会ったホステス・エリカに〈君はもしかしたら、風の又三郎さんではないですか？〉と声をかけてしまう。一方エリカは亡くなった恋人の面影を追い、巷をさまよっていた。高田三曹は自衛隊機を乗り逃げし、鹿島灘で一片の肉を残し消息を絶っていた。二人は共に満たされぬ思いを抱え行動を共にする。エリカにつきまとう夜の男も現われ、闇の探偵社の四人組は冥府の入り口と称する探偵社から死の風の又三郎として高田三曹を蘇らせる。高田は何故、一人で来なかったのかとエリカをなじり、エリカは失意のうちにその一片の肉を喰う。嫉妬に狂った夜の男は織部の耳を切り裂き、エリカは胸を刺され、二人は別れ別れになってしまう。共に傷つき、再び出会った二人はしがない互いの存在が何よりも必要なことに気づき、風の又三郎とその読者として出会った時に戻っていく。そこには二人を乗せる幻の飛行機が大きなプロペラを回して浮上していた。

この作品でレバノン、シリアの難民キャンプを回り、状況劇場の行動力を示す遠征となった。

❖**『下谷万年町物語《したやまんねんちょうものがたり》』**三幕。演出・蜷川幸雄。一九八一年二〜三月、西武劇場（現・パルコ劇場）。下谷万年町で生まれ育った文彦は、戦後すぐに住みついたオカマ達で賑わう町を懐かしく思い出す。ある日、その町を訪れると、少年時代の文ちゃんが現われ、あの頃に戻っていく。そこは昭和二十三年の浅草瓢箪池。オカマ達は視察中の警視総監の帽子を奪い、すったもんだの騒ぎだ。青年洋一はオカマのお春の世話になりながら劇団軽喜座の小道具係をしている。文ちゃんと洋一は六本指の持ち主という縁でつながる関係だ。そんな二人が瓢箪池の底から引き上げたのは男装の麗人・キティ瓢田という女優の卵。お瓢は洋一にかつて慕った演出家田口の姿を重ね、新劇団サフラン座を結成する。が、ヒロポン中毒だった過去を暴かれたお瓢は、謎の男白井に注射器で空気を打たれてしまう。失意の中、警察に連行されていくお瓢。文ちゃんは何度も水面に倒れ込み、そこに立ち上がったのは大人の文ちゃんだ。少年は大人文ちゃんと決別し池に突き落とす。池の中から洋一を肩にしたお瓢も現われ叫ぶ。〈行こう。文ちゃん！〉差しのべた手は瓢箪池の水にぬれていた。

❖**『ビニールの城《びにーるのしろ》』**二幕。演出・石橋蓮司（第七病棟）。一九八五年十月、浅草常盤座。元腹話術師・朝顔は生身の世界とのかかわりを頑なに拒絶する孤独な青年だ。女性ともつき合わず、ひたすら物質（人形）との世界に没入し続ける。そんな彼に密かな思いを寄せる給仕女モモも心のすき間を埋められずにいる。モモは心ならずも夕一と結婚をしたが形ばかりの夫婦である。モモはかつてビニ本のモデルだった負い目もあり、ひっそりとアパート暮らしをしていた。が、ある日隣室から漏れきこえる声を耳にする。それは封をあけずビニールがかかったままのモモのビニ本だった。夕一は人形夕顔として現われ、何故、自らの殻を破ろうとしないのかと朝顔を非難する。モモもビニールを張った衝立を用意し、これを破ってこちら側へ来て欲しいと訴えかけるが、朝顔はいなくなった夕顔の思いを語るのみ。モモは朝顔の持つデンキブランのグラスを空気銃で打ち、別れを告げる。数日後のバーにはまた酔いつぶれる朝顔。その背後にはビニールの城へと召されるモモが天空高く昇っていく姿があった。

❖**『泥人魚《どろにんぎょ》』**二幕。演出・唐十郎。二〇〇三年四〜六月、大阪・豊田・水戸・新宿花園神社・長野・東京の雑司ヶ谷鬼子母神。長崎県諫早湾の干拓事業。外海と〈ギロチン堤防〉で分断し、調整池を造る。海で働く者達の多くは陸にあがった。螢一《けいいち》もそんな元漁師。今は上京し、しがないブリキ店で見習いをしている。店主は〈まだらボケ〉の老人。午後六時になると正気を取り戻し、詩人・伊藤静雄として詩を詠む。螢一は静雄の詩の中に故郷諫早の風景を思い、残してきた仲間達への負い目を払うことが出来ずにいた。干拓事業による騒動は漁師達をも分断した。調整池は死の海と化し、豊かだった諫早湾は青ミドロの毒水に絶滅寸前である。ある日、幼なじみのやすみも上京し、親方ガンさんの様子を伝える。やすみは以前、海で漂流しているところをガンさんに救われ、養女となった。だがやすみは漁師の敵ともいえるジャリ取り船の船長魚主に育てられた養女であった。二人の養父の裏切りと自らの過ちを悔い、やすみは人魚の心臓ともいえる太モモに短剣を突き立てた。諫早の海を守るために。
同作で唐は読売文学賞、鶴屋南北戯曲賞を受賞した。（西堂行人）

刈馬カオス《かるまかおす》 一九七七〈昭和五十二〉・七〜。劇作家・演出家。刈馬演劇設計社代表。愛知県出身。本名塚田泰一郎。近畿大学文芸学部芸術学科演劇・芸能専攻を卒業。二〇一三年『クラッシュ・ワルツ』で第十九回劇作家協会新人戯曲賞受賞。代表作に『モンスターとしての私』『猫がいない』など。（望月旬々）

河合祥一郎《かわいしょういちろう》 一九六〇〈昭和三十五〉・七〜。福井県生まれ。東京大学教授。東京大学文学部英文科卒業。サミュエル・ベケットの翻訳などで知られる高橋康也の女婿で、坪内逍遥が祖母の大叔父にあたる。シェイクスピア研究の第一人者として、『リチャード三世』を野村萬斎と狂言化した『国盗人』をはじめ、『ヘンリー四世』『ウィンザーの陽気な女房たち』をもとにした文楽『不破留寿之太夫《ふぁるすのたいふ》』、『家康と按針』（マイク・ポウルトンと共同脚本）などを執筆。（望月旬々）

川上音二郎《かわかみおとじろう》 一八六四・二〈文久四・二〉・一〜一九一一〈明治四十四〉・十一。俳優・興行師。女優川上貞奴《さだやっこ》の夫。福岡県博多生まれ。本名音吉。前半生を政治書生（壮士）や寄席芸人として生い立つ。角藤定憲《すどうさだのり》が興した壮士芝居に影響され、一八九一年書生芝居の一座を結成。同年二月、大阪・卯の日座の旗あげ公演で矢野龍渓纂訳『経国美談』より立案した『経国美談　斎武義士自由の旗挙』（藤澤浅二郎筆記）ほかを初演した。同年六月、浅草の中村座へ進出。時事的な活劇で弁舌を振るう。高座で覚えたオッペケペー節を自由民権思想の宣伝歌に改良し（若宮萬次郎作詞）、幕間に座員総出で歌い踊ると大流行した。最初期の一座では川上が口立てによって、あるいは『平野次郎』（福地桜痴作）のように草稿を記し、大略を立案してから藤沢や岩崎蕣花ら立作者に脚本を完成させていた。成稿をみた後、潤色も行なった。九三年の単身渡仏後は西洋種の翻案劇化に励む。日清戦争劇ブームを創出し『威海衛陥落』（岩崎作）で歌舞伎座に初登場を果たし、旧劇の人気を圧倒する新演劇（新派）の旗手と目される。泉鏡花や尾崎紅葉の小説の劇化上演もいち早く手がけた。九七年自営劇場川上座の経営に失敗し、代議士選挙に落選した後、二度の欧米巡業を敢行。帰朝後一九〇三年より御伽芝居の上演を開始する一方で、音楽や舞踊を廃した科白劇の樹立を念頭に「正劇運動」と銘打ち、シェイクスピア、メーテルリンク、サルドゥほか西欧戯曲の翻案上演にも尽力する。色電気や写実的な大道具、洋画の背景を用いて舞台表現の刷新をはかるなど数々の先駆的な試みを通じ、近代に既存の歌舞伎とは異なる「演劇」の概念が浸透する過程で貢献した。他の新派の旗頭や後進たちを常に刺激し、幅広い演目からなる明治期新派の豊穣な土台を築いた先覚者である。晩年は興行師に転向。〇七年パリ視察を行なう。大阪に開場した洋式劇場帝国座へ復帰を遂げた直後に病死した。

❖**『瞽使者』**《めくらししゃ》（ルビは「こししゃ」の表記もあり）。一八九六年九月初演。同年六月、川上が神田三崎町に開場した川上座時代の演目。特定の作者名は不詳だが、座頭として脚本の立案や潤色を手がけた作者的能力を考慮して便宜的に川上の作として挙げておく。森田思軒訳で「報知新聞」に連載されたヴェルヌ作の同名小説（原題『ミシェル・ストロゴフ』）の翻案劇で、ロシア内戦を西南戦争に置き換えた。薩摩の叛徒太田剛三による謀反の企てを島津侯に知らせるべく内務卿から密命を受けた熊本士族須藤五郎は商人を装い東京を発つが、再会した母と剛三の陣営に捕らえられて母を救うため素性を明かし、両目を焼かれる拷問に遭う。剛三は五郎に扮して島津侯に接近し、駆けつけた五郎に誅せられる。五郎の視神経は涙によって守られ、任務遂行のため盲目のふりをしていたのだ。初演時五幕。早稲田大学演劇博物館所蔵台本は七幕。なお、九四年川上一座が初演した『日清戦争』も『ミシェル・ストロゴフ』より筋を借用している。

❖**『藝者と武士』**《げいしゃとぶし》　川上の二度の欧米巡業(一度目は一八九九年四月出発。米英仏を回り一九〇〇年一月帰国。二度目は〇一年五月出発。英仏独露ほか十数ヶ国を回り翌〇二年八月帰国)で、最も多く上演された演目。『川上音二郎欧米漫遊記』(金尾文淵堂)に一八九九年九月シアトル初演と記録がある。一九〇〇年三月ニューヨークで新狂言として上演されたとの報も当時の「中央新聞」に見られる。『鞘当』《さやあて》と『道成寺』から筋を抽出・再構成した二幕の舞踊劇的作品。不破伴左衛門と傾城葛城、名古屋山三の三角関係を描いた後、山三と婚約者織姫の仲に嫉妬した葛城が踊りで僧侶たちを翻弄し、山三と織姫の隠れる寺に押し入り、立廻りの末絶命して幕となる。アール・ヌーヴォー最盛期の一九〇〇年パリ万国博覧会のロイ・フラー劇場公演で大好評を博し、依然女形が主流の本国に先駆けて女優川上貞奴の評判を一躍西欧中に押し広めた。ピカソやクレーら諸芸術家が貞奴の葛城を絶賛した。　(桂真)

川上眉山《かわかみびざん》　一八六九〈明治二〉・三〜一九〇八〈明治四十一〉・六。小説家。一八八六年硯友社同人。東京帝国大学文科中退。八〇年代後半から硯友社を離れ「文學界」に近づき浪漫的な傾向を強める。小説の代表作に観念小説として知られる『書記官』『観音岩前編・後編』がある。戯曲としては『扇巴』《せんば》『三人相続男』『喜劇仙台平』などがある。死因は自殺であった。死後に『眉山全集』全七巻がある。　(みなもとごろう)

川口一郎《かわぐちいちろう》　一九〇〇〈明治三十三〉・九〜一九七一〈昭和四十六〉・七。劇作家・演出家。東京生まれ。一九一八年に明治学院を卒業し、二二年に保険会社に入社、翌年両親の知友の勧めで退社して渡米し、二五年にニューヨークのコロンビア大学演劇科に入学。同科に留学中の菅原卓《たかし》がいて親しむ。二八年十一月に帰国、すでに帰国していた菅原との交遊のうちに三一年に阪中正夫や小山祐士を知り、阪中の紹介で岸田國士を知る。三二年二月に前記の仲間や田中千禾夫《ちかお》や実弟の内村直也らを同人として雑誌「劇作」が創刊され、その第二号(一九三二・4)に初戯曲『二十六番館』を発表、友田恭助・田村秋子夫妻を中心とする築地座が岸田演出で九月にこれを上演した。翌月、文芸部員として築地座に参加、三三年に『おふくろ』(田中千禾夫作)を演出して絶賛される。築地座は三七年五月に解散、その後身として九月に岸田、岩田豊雄、久保田万太郎を擁して文学座が創立されて演出部主任になる。が、中心俳優になるべき友田が十月に中国戦線で戦死、ために田村も引退同然となり、文学座はよちよち歩きの出発になる。三八年『島』を「改造」九月号に発表、十月に新生新派が岩田の演出で明治座で上演した。四八年十二月に俳優座が川口演出で自作の『田宮のイメエジ』を上演、四九年十一月に文学座の名誉座員になった田村秋子主演の『ママの貯金』(フォーブス原作、ヴァン・ドルーテン脚色、川口・倉橋健共訳)を文学座が芸術祭参加公演として川口の演出で上演し、第二回毎日演劇賞の劇団賞を受賞。五三年に文学座が『欲望という名の電車』(テネシー・ウィリアムズ作、田島博・山下修共訳)を川口演出で初演して好評、以後再演を繰り返した。戯曲は他に「劇作」(一九三三・5)発表の『二人の家』など。『川口一郎戯曲集』(白水社)がある。

❖『**二十六番館**』《にじゅうろくばんかん》 三幕。禁酒法下のニューヨーク。一九二七年六月。良一と結婚するために日本から来た俊子が、春子に結婚への不安を語る。その春子は山下夫婦の息子である良一と結婚するはずだったが、安二郎と恋に落ちて妊娠して結婚する。が、生まれた子供は間もなく死に、学者志望の安二郎もセールスマンになっている。ところが春子は良一から安二郎が会社をクビになったと聞かされる。一方、良一は両親の営む雑貨店で働いているが、別に店を借りて独立しようとしている。二十六番館は近く取り壊しになるために、日本人の住人たちが山下夫妻の部屋でお別れパーティーを開く。安二郎は新規に事業をはじめたいとミセス山下に借金を申し出るが、ミセス山下にその気はない。長年山下の店で働いてきたアルコール依存症気味の源八は、未亡人のミセス原に同棲を迫るが、ミセス原にそのつもりはない。山下は山下で始終帰国したいと口にする。二人目の子供を身ごもっている春子は今後のことを心配する。安二郎はいつか酒に頼りはじめている。俊子が結婚を決めた日、絶望した安二郎は自動車に身を投げて自殺する。男四人、女四人。

❖『**島**』《しま》 三幕。一九三七年の春。東京の「島」と呼ばれるある花街の柳《りゅう》が経営する待合。芸者時代に生んだ娘の藤子を、北海道にいる死んだ旦那の姉に預けて育ててもらっていたが、相談があると柳は東京に呼び戻す。藤子には薬剤師の資格がある。柳は将来性のない「島」を見限り、藤子と洋風のサロンをはじめたいと計画している。が、話をするその矢先、心臓発作で倒れる。柳の弟、三次郎らを交えて善後策を検討するが、頼れるのは藤子だけと知れる。秋になる。柳はやや回復している。それを見て柳を待合の仲間に託し、藤子は自立の道を選ぶ。男四人、女九人。藤子は客演の杉村春子が演じ、柳役の花柳章太郎から多くを学んだ。 (大笹吉雄)

川口尚輝《かわぐちなおてる》 一八九九〈明治三十二〉・七〜不詳。演出家・劇作家。神戸生まれ。台湾で田中総一郎と中学の同級。早稲田大学独文科卒業。三島章道、渡平民、菊岡進一郎と雑誌「舞台芸術」の同人となる。戯曲『三角波』『青銅の女』『帰宅前後』『遷座』などのほか、マンチウスの演劇史を、翻訳紹介。豊岡佐一郎と雑誌「劇」を一九二五年に創刊し、『驕帝踊る』などを発表。「喜劇新人座」で『学生喜劇スポーツマン』が上演。関西の劇団「同志座」で演出を行なっている。 (神山彰)

川口松太郎《かわぐちまつたろう》 一八九九〈明治三十二〉・十〜一九八五〈昭和六十〉・六。東京・浅草生まれ。左官職人の養子として育つ。今戸小学校卒後、様々な職業を経て、大正初期に久保田万太郎に師事して、小説を書く一方、講釈師悟道軒円玉の講談本の口述筆記を行なううち、文士の知遇を得る。一九二三年「劇と評論」に戯曲『足袋』を発表。花柳章太郎ら新派の若手と、「新劇座」という研究会的な劇団に関わる。関東大震災後、大阪に移り、「プラトン社」で小山内薫、直木三十五を助け、編集者としても活躍するうち、帝劇の懸賞脚本に『出獄』が当選。二五年、大阪で「第一劇団」という中間演劇的な劇団に『梅宵月』という戯曲を書くのが、商業演劇への第一作となる。帰京後、『秋のスケッチ』を「三田文学」に発表。三四年に新派の人気作者・瀬戸英一が急死したこともあり、井上正夫・初代水谷八重子一座に『不良少年の父』を書く。三五年、小説『風流深川唄』『鶴八鶴次郎』『明治一代女』で第一回直木賞を受賞。三八年には小説『愛染《あいぜん》かつら』が映画化され、空前のヒットとなり、以後小学校の同級生溝口健二のために映画のシナリオも書く。四〇年、新生新派の主事となり、戦後は大映製作担当専務、撮影所長も務め、ベストセラーの小説、その劇化のほか、『雨月物語』等映画の名作の脚本、製作にも手腕を発揮した。本稿で取り上げる代表作のほか、『深川の鈴』『月夜鴉』『築地明石町』『晴小袖』『しぐれ茶屋おりく』『寒菊寒牡丹』『銀座人情』ほかの「銀座シリーズ」等々の佳作、名品で新派を活気づけた。その数多い戯曲作品は新派の枠をこえて、東宝系の演劇、人気歌手の舞台でも上演され、それら「商業演劇」の世界でもおびただしい作品を提供、演出も行なった。歌舞伎にも、戦前の『三味線やくざ』以来十五本ほどの作品がある。晩年には、劇団昴に『業平』『椰子の葉の散る庭』などを書いた。作品の幅は、芸道もの、花柳《かりゅう》もの、母ものと幅広い。その作品は演劇にとどまらず、映画化、歌謡曲化、テレビドラマ化され、多くの大衆文化の水源として、観客の心性に多大な影響を与えた。その特徴である、抑圧された美徳の勝利、苦難の末にやがて訪れる栄光という劇作法は、欧米のメロドラマにも通底する。川口は演出でも場面設定に関わりなく明るい舞台と人物の善人性を好む一方、時代考証等にはラフなところがあり、役者の芸質を生かし、生涯の盟友だった花柳章太郎などの役者の意見を積極的に取り入れた。そのことが、戯曲を自立的な価値観でとらえる近代的な思考からは批判されたが、逆にいえば川口は正統的な「狂言作者」だったのであり、そのことが作品の価値を損なうとは決して言えない。それどころか、そういう作品の性格が、大衆の心性や嗜好に深く浸透した理由でもある。また、いかにも日本的に思える義理人情の世界も、トーキー化した時代の外国映画から採用した題材もあり、経歴からも分かるように映画が先行して戯曲化された作品、小説から映画化され、さらに舞台化した作品など、川口の戯曲は、近代の代表的メディアでもある小説、映画と演劇の世界とを横断している点にも特徴がある。戦後の人気小説の連作『新吾十番勝負』などは、映画でシリーズ化されたうえ商業演劇の世界まで広く浸透した。また、「劇団新派主事」という責任ある立場にもあって、晩年の仕事として、『婦系図《おんなけいず》』『不如帰《ほととぎす》』『金色夜叉《こんじきやしゃ》』『通夜物語』『白鷺』等々の様々な異本のある新派の古典的作品の定本を作る仕事にも取り組んだ。川口は自分の作った戯曲を消耗品として認識していたところがあり、これほどの多作家でありながら、生前には自作の戯曲を出版せず、全集にも収録していない。没後遺族により出版された『追善七回忌川口松太郎戯曲選』(私家版・一九九一)だけがまとまった戯曲集であり、他は早稲田大学演劇博物館、松竹大谷図書館、国立劇場図書室等の専門図書館で上演台本を見ることしかできない。

[参考]川口松太郎『人生悔いばかり』(講談社)、『忘れ得ぬ人忘れ得ぬこと』(講談社)、大笹吉雄『花顔の人』(講談社)、神山彰『近代演劇の水脈』(森話社)

❖**『風流《ふうりゅう》深川唄《ふかがわうた》』** 四幕十場。一九三六年十月東京劇場で新派により初演。『鶴八鶴次郎』とともに直木賞を受賞した小説を自ら戯曲化した。深川の古い料亭を舞台に、愛し合いつつ口に出せない男女の仲、親との葛藤、傾いていく家業との相克など、対立する劇的要素を重層して、観客の関心を引き付け続ける、川口の後年まで継続するメロドラマ的な劇作法が、既に明確に現われている。また、修善寺の場では、幕末の歌舞伎以来、真山青果なども新派で多用した「余所事《よそごと》浄瑠璃」の使用や、祭の一日を背景にした八百善の場での下座音楽の祭囃子の鳴り物を使って、芝居を盛り上げ、観客の情動性を高めていく趣向などは、正に音楽を使った「メロドラマ」の真骨頂といえる。また、文字力住居《もじりきすまい》の場のおせつの衣裳に、歌舞伎の『菅原伝授手習鑑』の「車引」の童子格子のデザインをとりいれるなど、衣裳により人物のその場の気分や状況を表現する劇作法もよく生きている。老舗の料亭深川亭の娘おせつと料理番の長蔵は親も許す恋仲だったが、父利三郎が伯父に借金する条件として、おせつを他に嫁がせることになる。長蔵は利三郎との義理から身を引き、おせつは恨みながらも他家へ嫁ぐ。しかし、挙式当日長蔵はおせつを奪い、常磐津の女師匠文字力宅に身を寄せる。利三郎もさすがに意気に感じ、二人を添わせる。深川の夏に始まり、修善寺の秋を経て、大詰は大塚の裏町での名月で終わる季節の推移も見事。初演は、大矢市次郎の長蔵、花柳章太郎のおせつだが、その他の主要人物も、俳優の見せ場を実によく生かした工夫がされている。新派以外でも、数多く上演され、山村聡監督により、映画化もされた。『追善七回忌川口松太郎戯曲選』(私家版)所収。

❖**『鶴八《つるはち》鶴次郎《つるじろう》』** 四幕七場。一九三八年一月東京・明治座で、新派により初演。芸道物の代表作。一九三五年に第一回直木賞を受賞した自作の同名小説を、自ら戯曲化したもの。新内節の太夫と三味線の芸道物なのでいかにも日本的な心情や情緒に満たされた作品に見えるが、一九三四年に封切られた、ウェズリー・ラグルズ監督のアメリカ映画『ボレロ』にヒントを得て作られた。時は昭和初期。新内の鶴八・鶴次郎の二人は若くして名人芸と称されながら喧嘩が絶えず、互いに好意を持ちつつ口に出せない。やがて鶴八は他に嫁いでしまうが、事情から復帰して久々に鶴次郎と有楽座に出演し好評を得、芸の世界に戻ろうとする。しかし、鶴次郎は、鶴八が芸人というはかない身分に戻るよりもようやく得た鶴八の現在の幸福を思い、心ならずも縁を切る。終幕、居酒屋の場で、鶴次郎が番頭佐五平を相手に本心を語る台詞は、かつての芝居好きなら口をついて出たほどの名セリフとして知られた。川口が小説から東宝系の演劇まで一貫して得意とした、才能ある主人公の一本気な資質から生じる、男女の別れと主人公の零落、流浪、落魄と異郷意識という要素が存分に発揮されている。昭和期の有楽座の楽屋から、高野山での束の間の逢いびき、旅芸人に身をやつした場末の寄席の場の木枯らし、一転して復帰した有楽座の華やかさから、大詰にはしがない居酒屋の店先で終るという流れが、主役の二人の流転に即している構成。季節の推移と新内の哀調による情感が相まって人物に生動感を与え、市井の人間の持つ意地と愛情の相克が観客の共感を呼び、川口の代表的人気演目となった。また、本作まで女方中心だった花柳章太郎が鶴次郎を演じて好評を得たことから、以後立役にも境地を開くきっかけにもなり、初代水谷八重子が好評を得て、これ以後、新派に本腰を入れることになったことでも、画期的な作品といえる。大矢市次郎の番頭も傑作として長く持ち役となった。成瀬巳喜男の映画化作品も、大衆的な筋立てと心性に即しつつ、明暗と光を強調した斬新な映像による屈指の傑作として評価されている。『追善七回忌川口松太郎戯曲選』(私家版)所収。

❖『**浪花女**』《なにわおんな》 三幕七場。一九四一年一月東京・明治座で新派により初演。川口の同名の小説から、一九四〇年に溝口健二と依田義賢がシナリオを書き、溝口の名作『残菊物語』に続く芸道物として映画化され好評を博す。それをさらに川口が戯曲化したもの。明治初期の大阪を舞台に、文楽の世界で有名な豊沢団平と千賀夫婦の愛情と、芸道との相克を描く芸道物の典型作の一つ。前年初演の川口の代表作『鶴八鶴次郎』が昭和初期の東京を舞台に、新内の世界を扱ったのと対をなす作品でもある。〈三つ違いの兄さんと〉以下の義太夫の口説きで、人口に膾炙していた『壺坂霊験記』の作者として知られる団平夫婦を軸に、千賀が三味線弾きの団平の一途な気性に惚れぬき、同作が生まれるまでの経過を、夫婦の愛情や人間関係の相克のなかで描きだす。『壺坂』の盲目の夫とそれを支える妻という設定を文楽の人形遣い夫婦にして取り入れた趣向も生きている。初演では売り出し中の花柳章太郎のお千賀が好評を博し、戦後に至るまで何度も復演される人気演目となる。花柳没後も初代、二世水谷八重子がお千賀を受け継いで上演。関東大震災以後の青春期の数年を大阪で過ごし、最初の伴侶とも大阪で出会った川口は、文楽の世界を敬愛し、長女は四世竹本越路大夫の妻となる縁もあった。単に芸道一筋だけの物語でなく、初演で絶賛され戦前は持ち役だった初代村田正雄の竹本小百合大夫のような、零落した、しがない芸人を体現した存在を、さりげない会話ややり取り、時間の推移のなかで活写するところに、いかにも大衆の心性を刺激する川口好みの筆致が生きている。川口の作品のなかで数種の佳作を生んだ、大阪物ともいうべき作品群の代表作でもある。戦後も、昭和年間までは何度も上演された。『追善七回忌川口松太郎戯曲選』(私家版)所収。

❖『**明治一代女**』《めいじいちだいおんな》 五幕十二場。初演・一九三五年十一月、東京・明治座で新派により初演。明治二十年に実際に起こった殺人事件は、河竹黙阿弥により『月梅薫朧夜』《つきとうめかおるおぼろよ》として、翌年劇化され、五世尾上菊五郎により初演された。この作品は、歌舞伎の悪婆物《あくば》(毒婦物)の系譜を思わせる人物像に「殺し」「別れ」「勧善懲悪」という約束の場面構成で運ぶ劇作法のもので、その後、新派の人気女方だった河合武雄も上演している。一九一九年には、同じ素材を題材にした伊原青々園の小説から、真山青果が戯曲化して発表した『仮名屋小梅』が初演された。この作品は、新派の喜多村緑郎と河合武雄の顔合わせの代表作として何度も復演され、現在も生命を保つ新派の人気狂言となっている。さらにこの題材を、川口が、当時の若手女方で人気のあった花柳章太郎の個性に当て嵌めて書き替えたのが本作である。柳橋の芸者お梅は、歌舞伎役者の沢村仙枝《せんし》を愛し、その襲名の莫大な費用を、箱屋の巳之吉から夫婦になるのを条件に借りる。しかし、約束を守らないお梅に全財産をいれあげた巳之吉は恨み、浜町河岸で殺そうとする内、逆にお梅が殺してしまう。やがて、仙枝襲名の楽屋を訪れたお梅は、その舞台を見届けて自害する。川口は、同じ題材を扱いながら、幾つかの変更を施した。一つは、殺し場の凶器を相手が取りだすようにして、正当防衛の形でお梅が罪を犯す設定にしたこと。二つは、その場の設定を雨から雪に変えたことである。この工夫により、お梅は毒婦型の女性でなくなり、善人性が強調され、初演の花柳章太郎からその後の初代水谷八重子に至るまでの芸風に合致することになった。また、殺し場を雪の浜町河岸にすることで、陰惨さを和らげ、情緒性を高めた。本作は、初演時は必ずしも評判良くなかったが、復演されるたびに好評となり、新派の代表作の一つというだけでなく、歌謡曲化されて人口に膾炙し、多くの俳優が商業演劇や映画で演じる人気作となった。初演時の花柳章太郎のお梅、大矢市次郎の巳之吉のコンビで戦後まで再三演じた。戦前は入江プロで、戦後は伊藤大輔監督により、映画化されている。『追善七回忌川口松太郎戯曲選』(私家版)所収。

❖**『遊女夕霧』**《ゆうじょゆうぎり》 二場。一九五四年四月明治座で、新派により初演。自作の小説集『人情馬鹿物語』の一篇を戯曲化したもの。大正期の吉原の遊女の、横領罪を犯した愛人への献身を描いた作品で、川口自身が本作を「私の愚かな郷愁だ」と述べたように、戦後の価値観からすれば全く相いれない自己犠牲的な題材と設定のなかで「愚かという美徳」ともいうべき心情を描くことで、逆に多くの観客の共感を呼び、戦後の川口の人気作品として、新派以外でもたびたび上演されている。また、主演の花柳章太郎の意見を入れ、主人公の遊女を新潟出身にすることで、単なる懐古的情緒でなく、実に小さな世界を扱いながら、戦後のまだ貧しい時代の東京で働く地方出身者の心性を刺激し、「故郷」という意識を背景に置くことにより、奥行と広がりを持たせることに成功している。また、川口の最も得意とした日常的な何気ない言葉のやりとりを人物の出入りの自然なきっかけとする手法、会話の反復の妙、物売りや明かりの点滅による自然な時間経過などのト書きが、非常に巧みで、短編ながら、歌舞伎の世話物以来の商業演劇の戯曲の手本ともいうべき作品である。大正十年、吉原の遊女夕霧のもとに通う呉服屋の番頭与之助は、店の金を横領してしまう。検事が着服の被害者全員の証書があれば起訴猶予にするというのを聞き、自分の為の金と感じた夕霧は、被害者の一人の講釈師・悟道軒円玉を訪ね、何とか証書を貰う。これで晴れて夫婦になれという円玉に対し、夕霧は与之助の将来を考え自分は身を引くというのを聞き、円玉夫婦は貰い泣きする。後に「花柳十種」に加えられた。『昭和大衆劇集』(演劇出版社所収)。

❖**『皇女和の宮』**《こうじょかずのみや》 三幕五場。一九五五年東京・明治座で新派により初演。朝日新聞連載の川口の同名の小説の好評を受けて、自ら戯曲化。新派としては珍しい、戦前は禁忌でもあった皇室の世界を扱った作品であり、新派の新生面を開くと同時に、これ以降、この題材は多くの舞台、映画、テレビ等で取り上げられるきっかけともなった。川口自身、この題材を取り上げたことについて、自分が生みの親の顔を知らず、その愛情を受けられない孤児だったことに触れ、身分の違いはあっても、父親の顔を知らぬ和の宮に、共感するところあったと書いている。この孤児の運命は、川口の小説『新吾十番勝負』の主人公が将軍家の落胤であるという設定にも反影されている。幕末の世、皇女和の宮は、帥の宮(有栖川親王)と婚約したが、公武合体の為、江戸幕府の徳川家茂と結婚せざるを得なくなるが、家茂は四年半で歿し、落飾してひっそりと暮らす。十七年後、明治の世に帥の宮は、和の宮との結婚を望むが叶えられない。そこへ和の宮の病の重篤が伝えられ、西南戦争に赴く前に帥の宮は和の宮の元を訪れ、その手を取り、肩を寄せて最期を見取る。初演の好評のため、重要な役である、和の宮の幼馴染みの侍女・夕秀を主人公に、『続皇女和の宮夕秀の巻』も作られ、一九五八年に明治座で上演されている。初代水谷八重子の気品ある和の宮役は長く評判となり、初演の花柳章太郎以来、多くの男優と演じ、後に「八重子十種」制定の際には、川口作品からは『風流深川唄』と本作とが選ばれている。『追善七回忌川口松太郎戯曲選』〈私家版〉所収。（神山彰）

川崎長太郎《かわさきちょうたろう》　一九〇一〈明治三十四〉・十一～一九八五〈昭和六十〉・十一。作家。神奈川県生まれ。私小説家として著名。戯曲は二編が確認されている。一九二六年、雑誌「不同調」に対話劇『男・女・五月』を書く。作者の周辺を描いたもの。三六年九月に同人誌「文学生活」に、『夜明け』を発表。「反逆士民」たちの葛藤を描くが、二・二六事件の年であり、伏字が多い。（神山彰）

川崎照代《かわさきてるよ》　一九四六〈昭和二十一〉・六～。劇作家。鹿児島県生まれ。共立女子大学文芸学部芸術学科卒業。一九八〇年『翳』がのぞみ会館、八一年『華』がプーク人形劇場にて、いずれも佐久間崇の演出で日の出興行により上演。八一年、出身地の鹿児島県枕崎の方言によって描いた『塩祝申そう《しおえも》』を鈴木光枝の演出で文化座により三百人劇場で上演。この作品により文化庁の第一回舞台芸術創作奨励特別賞を受賞し、後年の『鰹群《なぐら》――「塩祝申そう《しおえも》」第二部』〈藤原新平演出、ぐるーぷえいと、八七〉と『港の風』〈同、九三〉とともに三部作を成す。八八年『二人で乾杯』が野部靖夫の演出で、八九年『壊船』が荒木真人の演出で、いずれも劇団東演により下北沢・東演パラータにて上演。同年の『盛装』〈藤原新平演出、ぐるーぷえいと〉は、九五年の『野分立つ《のわきた》』〈「悲劇喜劇」一九九五・11〉、二〇〇七年の『初雷《はつらい》』〈「悲劇喜劇」二〇〇七・3〉、一六年の『春疾風《はやて》』〈「悲劇喜劇」二〇一六・3〉など、文学座に書き下ろした、藤原新平による演出作品の嚆矢となる。また、同じく藤原の演出により、〇五年に『油単』が、〇七年には『海港』が、演劇集団ＳＴＡＭＰにより上演。そのほか、九〇年『茶頭・利休居士千宗易』が野部靖夫の演出で劇団東演により、〇一年に『風の季節』〈「悲劇喜劇」二〇〇二・1〉が靏田俊也の演出で、〇四年『名は五徳』がマキノノゾミの演出で俳優座により上演。

[**参考**]『川崎照代戯曲集』〈川崎照代、青磁社〉

❖**『塩祝申そう《しおえもそう》』**　三幕六場。昭和四十年代前半の九州・南端の港町。港を仕切る浜倉謙造の家が舞台。勘当された娘・真紀子が正月を迎える直前に五年ぶりに帰って来るが、活気に満ちていた港町は静まりかえっている。この小さな港町にも近代化の波が押し寄せ、今まで漁獲量の歩合で生計を立てていた漁師たちが、月給制を求めてストライキ中だからである。謙造の三人の娘の一人、巳紀子は、後からこの港にやって来たライバルの本敷の家に嫁いでおり、このストライキも本敷の家が先駆けて給料制が導入されており、そのせいだと家族の間でも揉め始める。謙造は、町の中を駆け回り、ストライキを辞めさせ、考えを変えるように、娘婿の大悟と共に走り回る。その中、正月を迎え、この地方の伝統で〈塩祝申そう〉という、形ばかりの塩を売りに来て、ご祝儀を持ち帰る祝賀行事が始まるが、謙造の家だけは誰も訪れない。大きな力を持つ旧家だけに落胆しているところへ、一番古い組合員の井口が、仲間の目を盗み、お祝いに来る。謙造と大悟の奔走でストライキも回避でき、本敷よりも遅れるが船が出せるところまで漕ぎつけた謙造は、過労のために倒れる。真紀子は、この港に残るつもりで帰って来ていたが、再び東京で自分の居場所を作ることを決意する。

❖**『翳《かげ》』**　一幕。冬の真夜中、姉・令子の部屋に妹の武子が押し掛けて来ている。姉妹ながら、二人の仲は悪く、皮肉と嫌味の応酬である。以前、令子が結婚していた男・野瀬を武子が奪い、今、武子は野瀬と令子がかつて暮らしていた部屋で暮らしている。しかし、ある問題があり、明日の結婚式までに〈決着〉を付けるのだと、武子は息巻いている。その問題とは、野瀬の机の引き出しから、まだ令子の判が捺されていない離婚届が見つかり、このままでは明日、結婚することは事実上不可能だとわかったのだ。子供の頃から何でも自分の物を欲しがっていた妹は、ついに姉の亭主までをも奪おうとした。令子は、今朝、野瀬が来て離婚届に改めて判を捺し、離婚が成立したこと、したがって、明日の野瀬と武子との結婚には何も支障がないことを知らせるが、今までの妹の態度に、今後も姉妹のベタベタした情を持たないことを言い放つ。（中村義裕）

川崎徹《かわさきとおる》　一九四八〈昭和二十三〉・一〜。CMディレクター・コピーライター・小説家。東京都出身。早稲田大学政治経済学部卒業。一九七一年、電通映画社に入社。CMディレクターとして数々のCMを生み出し、糸井重里らと共に広告ブームを牽引。文筆家として小説やエッセイを執筆する一方、演劇の分野でも台本執筆や演出に携わる。九一年にはベケット『ゴドーを待ちながら』を翻案した『〇×式ゴドーを待ちながら』〈東京芸術劇場小ホール、木野花が構成・演出〉の脚本を執筆。九四年にも『ゴドーを待ちながらプラス』〈スパイラルホール、木野花演出〉の台本を書き再びゴドーに取り組んだ。九〇年代からダンス批評も行なっている。（鈴木美穂）

川島順平《かわしまじゅんぺい》　一九〇三〈昭和五〉・六〜一九八五〈昭和六十〉・二。フランス文学者。東京・本郷生まれ。翻訳家川島忠之助の子。早稲田大学卒業後、パリ大学留学。一九三四年東宝文芸部に入り、古川緑波一座ほかの脚本・演出で活躍する。フランス文学の翻訳・研究書も多く、四九年に早稲田大学文学部・講師、のち教授となる。主な作品に『ガラマサどん』〈脚色〉、著作に『モリエール全集』『日本演劇百年のあゆみ』などがある。（中野正昭）

川尻清潭《かわじりせいたん》　一八七六〈明治九〉・八〜一九五四〈昭和二十九〉・十二。劇評家。本名義豊。別号・筆名に忘路庵、大愚堂、との字等。東京生まれ。父は川尻宝岑《ほうきん》。雑誌「歌舞伎」「演芸画報」等に記事を執筆。一九二一年、松竹の嘱託となる。歌舞伎座への監事室設置を提案し、自ら舞台監事を務めた。作品は『夕顔棚』等舞踊が多く、歌舞伎十八番の復活でも台本を担当した。
［参考］戸板康二『演芸画報・人物誌』〈青蛙房〉
（日置貴之）

川尻宝岑《かわじりほうきん》　一八四三・一〈天保十三・十二〉〜一九一〇〈明治四十三〉・八。劇作家・心学者。本名義祐。東京生まれ。代々続く鼈甲問屋の当主として八代目彦兵衛を名乗る。一八六一年より神道禊教に入門、翌年より石門心学を学ぶ。病床の母を慰めるために脚本執筆を開始し、八三年に『神経闇開化怪談《こころのやみかいかのかいだん》』を出版。依田学海との合作『吉野拾遺名歌誉《よしのしゅういめいかのほまれ》』『文覚上人勧進帳《もんがくしょうにんかんじんちょう》』が知られる。
［参考］『明治文学全集八十五　明治史劇集』〈筑摩書房〉
（日置貴之）

河竹繁俊《かわたけしげとし》　一八八九〈明治二十二〉・六〜一九六七〈昭和四十二〉・十一。演劇学者・早稲田大学名誉教授。長野県生まれ。旧姓吉村。河竹黙阿弥の娘いとの養子となる。早大在学中に岡野馬也の筆名で戯曲『渡辺崋山』を発表(「演芸画報」一九一〇・12)。帝劇文芸部在籍時、一九二〇年十一月帝劇上演の『勤王遺聞』を河竹新水の筆名で書く。演劇学者としての著書多数。日本芸術院会員。 (神山彰)

河竹新七《かわたけしんしち》(三世) 一八四二〈天保十三〉～一九〇一〈明治三十四〉・一。歌舞伎狂言役者。幼名菊川金太郎。前名初代竹柴金作。俳名是水。江戸・神田に生まれ、猿若町の小間物屋(芝居茶屋とも)に奉公するうち、一八五四年に二世河竹新七(後の黙阿弥)作『吾嬬下五十三駅《あづまくだりごじゅうさんつぎ》』を見て感銘を受け、石塚豊芥子《いしづかほうかいし》の紹介で新七の内弟子になったという。五七年五月市村座に竹柴金作を名乗って出勤し、七二年一月立作者に昇進した。八一年には新七が引退して黙阿弥と改名。金作はその前名を継ぎ、八四年四月新富座において三世河竹新七となり、市村座・歌舞伎座の立作者をつとめた。機知に富んだ性格で、幼少時より落とし噺や踊りの当て振りが巧みであったという。また非常な速筆であったといわれ、趣向豊かで軽快洒脱な作風をもつ。草双紙・講談・人情噺を翻案・脚色した作品が多く、五世尾上菊五郎と提携して三遊亭圓朝の人情噺・怪談噺を数多く劇化した。とくに『塩原多助一代記』(一八九二・1、歌舞伎座)、『怪異《かい》談牡《だんぼ》丹燈籠《たんどうろう》』(一八九二・7、歌舞伎座)は好評を得て菊五郎の当たり芸となった。黙阿弥の作風をよく継承し、黙阿弥の没後低調であった狂言作者の中で中心的な存在となった。主な作品に『櫓太鼓成田仇討《やぐらだいこなりたのあだうち》』『橋供養梵字文覚《はしくようぼんじのもんがく》』『籠釣瓶花街酔醒《かごつるべさとのえいざめ》』『蔦模様血染御書《つたもようちぞめのごしゅいん》』『復讐談高田馬場《かたきうちたかたのばば》』『安政三組盃《あんせいみつぐみさかづき》』『新門辰巳小金井《あらたのかどたつみのこがねい》』『粟田口鑑定折紙《あわたぐちきわめのおりがみ》』『指物師名人長次《さしものしめいじんちょうじ》』『江戸育御祭佐七《えどそだちおまつりさしち》』などのほか、所作事に『羽衣』『闇梅百物語《やみのうめひゃくものがたり》』『通俗西遊記』などがある。『羽衣』および『闇梅百物語』の小坂部姫のくだりは、尾上菊五郎の家の芸である「新古演劇十種」に数えられる。

❖『**籠釣瓶花街酔醒**』《かごつるべさとのえいざめ》 八幕。一八八八年五月千歳座初演。配役は佐野次郎左衛門＝初代市川左團次、兵庫屋八ッ橋＝四世中村福助(後の五世中村歌右衛門)ほか。講談を翻案した世話物で、享保年間に起きたいわゆる吉原百人斬りを題材とする。父次郎兵衛がかつての妻を惨殺した祟りにより、疱瘡にかかって醜いあばた顔になった次郎左衛門は、上州佐野から商用で上った江戸で吉原見物に訪れ、全盛の花魁八ッ橋の道中姿に心を奪われる。吉原に通いつめた次郎左衛門はついに八ッ橋を身請けしようとするが、八ッ橋は釣鐘権八にそそのかされた情夫繁山栄之丞に責められ、やむなく満座の中で次郎左衛門に愛想づかしをする。一旦帰郷して財産を整理し引き返した次郎左衛門は、妖刀籠釣瓶で八ッ橋ら大勢を斬り殺し捕縛される。初演以降、次郎左衛門は二世市川左團次、初代中村吉右衛門、また八ッ橋は六世中村歌右衛門の当たり役となり、今日もしばしば上演される人気演目となった。愛想づかしの場面での〈花魁、そりゃ、ちと袖なかろうぜ〉に始まる次郎左衛門の台詞が名台詞として知られる。

❖『**江戸育御祭佐七**』《えどそだちおまつりさしち》 三幕。通称「お祭佐七」。一八九八年五月歌舞伎座初演。配役はお祭佐七＝五世尾上菊五郎、芸者小糸＝尾上栄三郎(後の六世尾上梅幸)ほか。加賀家の侍倉田伴平は、鳶の佐七と恋仲の小糸を無理に口説くが拒絶される。佐七の父は加賀侯の供先に突き飛ばされたのがもとで死んだため、佐七が加賀家を恨んでいるのを利用し、伴平と小糸の養母おてつは、小糸に実父が加賀家の家臣であると吹き込み、佐七との縁切りを迫る。仇同士ゆえに佐七とは夫婦になれないと思い込んだ小糸は、心ならずも佐七に愛想づかしをする。佐七は小糸を出刃包丁で斬殺するが、小糸の書置により伴平らの悪計が明らかになり、佐七は伴平を斬って恨みを晴らす。俗謡をもとに浄瑠璃・歌舞伎において形成された「小糸佐七物」の系統に属し、直接には四世鶴屋南北作『心謎解色糸《こころのなぞとけたいろいと》』の影響が強い。佐七の粋な鳶姿をはじめとして江戸情緒の横溢した作品で、菊五郎以後は十五世市村羽左衛門が佐七を当たり役とした。　（矢内賢二）

河竹黙阿弥《かわたけもくあみ》　一八一六〈文化十三〉・二～一八九三〈明治二十六〉・一。歌舞伎の狂言作者。本名芳村新七。江戸・日本橋生まれ。父は町人、母は士分、その長男。五世鶴屋南北に入門、二十歳で初出勤。初名勝諺蔵《かつげんぞう》、柴（斯波）晋輔。天保の改革で芝居町が浅草に移転、そのとき二世河竹新七を襲名して立作者になる。安政の大地震の跡、四世市川小團次と提携して、本格的に新作狂言を書き下ろした。その役どころは、侍・坊主・町人・漁師でありながら身を持ち崩して盗っ人、または侠客になり、「鼠小僧」（『鼠小紋東君新形《ねずみこもんはるのしんがた》』）、「小猿七之助」（『網模様燈籠菊桐《あみもようとうろのきくきり》』）、「鬼薊《おにあざみ》清吉」（『小袖曽我薊《こそでそがあざみの》色縫《いろぬい》』）、「和尚吉三」（『三人吉三廓初買《さんにんきちさくるわのはつがい》』）、「御所の五郎蔵」（『曽我綉《そがもよう》侠御所染《たてしのごしょぞめ》』）、「鋳掛松」（『船打込橋間白浪《ふねへうちこむはしまのしらなみ》』）、と渾名で呼ばれた無頼の若者たちであった。その他、三世岩井粂三郎（後の八世半四郎）の「お嬢吉三」（『三人吉三廓初買』）、十三世市村羽左衛門（後の五世尾上菊五郎）の「弁天小僧」（『青砥稿花紅彩画《あおとぞうしはなのにしきえ》』）、三世澤村田之助の「切られお富」（『処女翫浮名横櫛《むすめごのみうきなのよこぐし》』）、など泥坊や悪党の役で当りを取ったので、「白浪作者」と称されるに至った。五十三歳のときに明治維新を迎え、以後、九世市川團十郎の「活歴」、五世菊五郎の「散切り物」、団菊の「松羽目《まつばめ》物」の舞踊に健筆を振るう。小團次の遺児、初代市川左團次には「丸橋忠弥」（『慶安太平記』）を書き与えて庇護した。一八八一年、六十六歳のとき、一世一代として『島鵆月白浪』を書き納め、以後、黙阿弥または古河黙阿弥と称したものの引退は許されず、七十八歳で息を引き取る直前まで新作の筆を執り続けた。作品数は約三百六十種で、うち時代物は九十種、世話物は百三十種、舞踊が百四十種であった。没後、二十三回忌を期して河竹家の養嗣子となった河竹繁俊の手により詳細な伝記『河竹黙阿弥』（演芸珍書刊行会）が一九一四年に編纂されることになった。これに刺激されて、翌年一九一五年には雑誌「三田文学」で『三人吉三』の特集が編まれ、さらにそれに刺激されるかたちで、十五世市村羽左衛門が一九一六（大正五）年に「黙阿弥翁誕辰百年祭」として『三人吉三』を復活上演することになる。続いて『黙阿弥脚本集』（春陽堂）二十五巻、『黙阿弥全集』（春陽堂）二十八巻も刊行され、埋もれた作品にも光が当てられることになった。このような経過を踏まえて、多くの黙阿弥の作品は現在でも繰り返し上演され続けることになったのである。黙阿弥には、天保の改革、安政の大地震、明治維新、と生涯に三回の転機があった。その都度、黙阿弥は消えてしまった古き良き江戸を振り返って懐古するのである。遠い昔の歴史を再現しようとする團十郎の「活歴」や、目の前の現代を活写しようとする菊五郎の「散切り物」に筆を執りながらも、黙阿弥の眼差しは住み慣れた古き良き江戸に注がれていた。劇作家の岡本綺堂は、黙阿弥の描く悪人は「皆その罪を悔い嘆いて、何とかして善人になりたいと常に焦燥煩悶している徒ばかりである」（『歌舞伎談義』）と指摘した。自分の犯した罪が巡り巡って自分を苦しめる結果となる、因果の道理に苦しみ嘆く人々の姿を温かく見詰め、美しい音楽と美術によって再現しようとした。現在も上演される代表的な作品は、『名作歌舞伎全集』(東京創元新社)の『河竹黙阿弥集』(一〜四)、『歌舞伎オンステージ』(白水社)で読むことができる。また、『歌舞伎名作撰』などDVDで鑑賞することができるようになった。ここでは、明治以降の作品を取り上げて、成立の背景とその特色を述べることにする。

❖**『天衣紛上野初花《くもにまごううえののはつはな》』** 七幕二十二場。通称「河内山と直侍《なおざむらい》」。一八八一年三月、東京新富座初演。原作は二世松林伯圓の講談『天保六花撰』。「河内山」の件は、黙阿弥の『雲上野三衣策前』(一八七四)を改訂したもの。江戸城の御数寄屋坊主の河内山宗俊が上野寛永寺の御使僧北谷道海と偽って松江十八万石の上屋敷に乗り込み、軟禁されていた腰元浪路こと上州屋の娘藤を助け出す、痛快な物語である。白無垢鉄火の河内山宗俊(実説では宗春)は、一八二四年(文政七年)に処罰された実在の人物。御数寄屋坊主だが素行が悪く「小普請組」という閑職にあった。博徒と交わりその魁首となり、幕臣の子弟を手下にして、女犯の僧や影富の幕臣を脅しては多くの金銀を強請《ゆす》り取った。逮捕されたとき、数え上げられたその罪状は六、七十にも及んだという。平生、白縮緬に卒塔婆と髑髏を染めさせた着物を着て、磔の柱を床柱にしてこの柱に掛けられて磔になるのだ、と嘯《うそぶ》いたともいう。松江家の玄関先で正体を見破られても慌てることなく、「善に強きは悪にもと」と騙りの一部始終を語り、逆に「河内山は直参だぜ、高が国主の大名風情に裁許を受ける謂れはねえ」と居直って威《おど》す、胆の太い男であった。初演をした九世市川團十郎の当り役で、歌舞伎はもちろんのこと映画、テレビ、小説にも脚色された。映画では、日活・前進座提携・山中貞雄監督・河原崎長十郎主演『河内山宗俊』(一九三六)、東宝・篠田正浩監督・寺山修司脚本・丹波哲郎主演『無頼漢』(七〇)など。子母澤寛の小説『河内山宗俊・すっ飛び駕』(五二)も映画化され、大映では大河内伝次郎、東映では市川右太衛門が主演した。歌舞伎オンステージ『天衣紛上野初花』(白水社)、DVD『歌舞伎名作撰』に収録。なお、「直侍」だけを上演するときには、別名題『雪暮夜入谷畦道』を用いる。

❖**『雪暮夜入谷畦道《ゆきのゆうべいりやのあぜみち》』** 一幕二場。河内山の弟分で元御家人の浪人、片岡直次郎こと直侍と吉原の大口屋の花魁三千歳《みちとせ》の情話。大雪の降る中を凶状持ちの直侍が入谷村にある大口屋の別荘を尋ねてくる。恋煩いで療養をしている三千歳に暇乞いをするためであった。隣の寮からは、清元浄るり『忍逢春雪解《しのびあうはるのゆきどけ》』が聞こえてくる。顔を見た三千歳は、清元の「一日逢わねば千日の…」という文句に合わせて胸の内をかき口説く。直侍は踏み込んできた捕り手を振り払い、「もうこの世では逢わねえぞ」と、捨てぜりふを残して雪の中を走り去るのである。直侍も実在の男であった。河内山の一件では恩赦で出牢、八年後に旗本を脅して死罪になった。遺骸を三千歳が引き取って、小塚原の回向院に墓を立てて埋葬した、という。直侍は五世尾上菊五郎のはまり役で、甥の十五世市村羽左衛門に引き継がれ、生世話物の二枚目を代表する役になった。DVD『歌舞伎名作撰』に収録。

❖**『梅雨小袖昔八丈《つゆこそでむかしはちじょう》』** 四幕十一場。通称「髪結新三」。一八七三年六月、東京中村座初演。春錦亭柳桜の人情噺『仇娘好八丈《あだむすめこのみのはちじょう》』(白子屋お熊)を脚色したもの。深川富吉町の裏店に住む髪結新三は、「上総無宿の入墨新三」と名乗る前科者であった。出入りの材木商、日本橋の白子屋の手代忠七の髪を撫で付けながら「粋な男になりますぜ」と煽てて、ひとり娘のお熊を勾引したのである。娘を取り戻しに来た大親分、乗物町の弥太五郎源七には盾を付いて「二つ名のある弥太五郎源七、親分風が気に喰わねえ」と持って来た十両の金を叩き返したものの、長屋の大家に丸め込まれて娘を取り返されてしまう。弥太五郎源七の仕返しにあい、深川の閻魔堂橋で殺されてしまうのである。「永代橋」では「傘づくし」のせりふで、忠七を傘で打ち、下駄で蹴って「ざまア見やアがれ」と吐き捨て、佃節の「吹けよ川風、上がれよ簾」とともに颯爽と橋を渡る。二幕目の「新三内」でも時鳥の鳴き声、「薩摩さア」と歌う二上り端唄、「かつお、かつお」の初鰹の売り声、それとともに湯帰りの姿の新三が登場するのである。山口素堂の「目には青葉、山ほととぎす、初鰹」をそのまま視覚化した爽やかさである。髪結新三は初演の五世菊五郎の持ち味を生かした役で、十五世羽左衛門と六世菊五郎、さらに二世尾上松緑と十七世中村勘三郎に受け継がれ、生世話物を代表する作品になった。モデルは、一八一六(文化十三)年に「亭主殺し」で獄門になった「家主武兵衛の女房ひめ」の情人の「上総国の長八」である(『街談文々集要』)。同年、江戸中村座で『褄重噂菊月《つまがさねかねてきくづき》』の「髪結才三」に脚色されたものの上演禁止になり、講談の『大岡政談』や人情噺の『白子屋お熊』に取り込まれて伝わったのであった。台本は『歌舞伎名作全集』第十一巻、DVDは「歌舞伎名作撰」に収められている。

❖『島衛月白浪《しまちどりつきのしらなみ》』五幕九場。一八八一(明治十四年)年十一月東京新富座初演。佃島の懲役場で服役中に兄弟の血盃を交わした明石の島蔵と奥州無籍の松島千太の物語。満期で出所後、浅草の質屋福島屋に押し入り千円を奪う。故郷に帰った島蔵は、足が不自由になった伜の姿を見て「悪いことは出来ぬなア」と因果を覚り、真人間になることを誓う。東京九段の招魂社の鳥居前で島蔵は弟分の千太を命がけ説き伏せ、二人そろって自首することになった。島蔵の「死んで仕舞えば空へ帰り、跡形もねえものならば、朝廷はじめ華族方、先祖の祭りはなされはしめえ」は声色にもなった名ぜりふ。五世菊五郎の島蔵と初代左團次の千太が散切り頭に着流しの姿で争う演技は真に迫り、「長く目先にちらつくほど」(三木竹二『月くさ』)であったという。主な登場人物は皆白浪で悔悛する。二世河竹新七、一世一代の白浪物。台本は『歌舞伎名作全集』第十二巻に収録。

❖『松栄千代田神徳《まつのさかえちよだのしんとく》』八幕十八場。通称「徳川家康」。一八七八年(明治十一年)六月東京新富座初演。『三河後風土記』を脚色したもの。九世團十郎が徳川家康(徳川家康)と築山殿の二役に扮した。家康は鷹狩の雨宿りで庄屋の娘を見初める。愛妾のお万の方である。正室の築山殿は嫉妬して、懐妊しているお万の方を折檻する。築山殿は今川義元の姪であった。政略結婚ゆえ、寝所でじっと我慢をして泣き、ひとりで鼻をかむ。人間徳川家康を描こうと試みた作品であった。團十郎は上演に際し、旧幕臣の市川熊男を顧問に招き、徳川将軍の日常の姿を写そうとした。鷹狩の場では「小紋の半天・脚絆がけ近習の拵えと同一」で、その姿は「在来の芝居の殿様とは全く一変」したものであった(『続々歌舞伎年代記』)。二年前に名古屋から上京してこの芝居を見た坪内逍遙は、團十郎の口吻が「如何にも自然で、真卒で、ひしと心線に触れるところがあったので、覚えずぽろぽろと涙を落した」(『逍遙選集』十二巻)とのちに話している。『春日局』(一八九一)で黙阿弥は「家康もまた團十郎に限る役なれば、寧ろ二役とも同憂に演じさせて方が宜い」

と進言している。そのとき、読売新聞紙上では「徳川家康忽然と彰はれてその人を見が如し」と評されたのである（『続々歌舞伎年代記』）。『松栄千代田神徳』では、有職故実《ゆうそくこじつ》家でのちに皇典講究所講師となる松岡明義の指導も受けていた。大詰の聚楽御殿の場では、黒袍《くろほう》の冠装束姿の大名が太刀拝領のために膝行する、その姿が「芋虫ごろごろ」のようだと揶揄されることになった。書き下ろしは、洋風に改築された新富座の開場公演であった。開場式は陸海軍の軍楽隊の演奏で始まった。團十郎と菊五郎の二人は、フロックコート姿で立ったまま祝辞を朗読した。二百七十数か所にガス灯が灯されたのも、このときであった。台本は、『黙阿弥全集』二十七巻に収録されている。

❖**『人間万事金世中』**《にんげんばんじかねのよのなか》　二幕七場。一八七九（明治十二）年二月東京新富座初演。原作はイギリスのリットン卿の喜劇『マネー』。福地桜痴が筋書きを翻訳。ロンドンの上流階級を横浜の商人に翻案したもの。主人公のエヴリンとクララは、恵府《えふ》林太郎とおくら、という役名になった。輸入向けの陶器商の息子と生糸仲買商の娘で、父が相場に手を出して没落、孤児になった。林太郎の篤実な性格から長崎の伯父から二万円の遺産を譲られ、正直なおくらと結婚する、ハッピーエンドの喜劇。原作では、遺言状を読むのは弁護士のシャープ。日本ではまだ弁護士はなく、その前身の代言人の時代であった。代言人の中には悪徳な者も少なくなく評判が好くなかったので、本作でも代言人は借金を取り立てる敵役として登場している。弁護士の代わりに遺言状を読み上げるのは、横浜の商人の毛織五郎右衛門である。「遺言状は、親類一統寄り集りし列座の上、開封してと仏の遺言」とある通り、親類縁者が集められて、「形見分遺言状の事…」と遺言状が読み上げられる。「一の親類」の五郎右衛門には千円、親切な人には五十円、百円、不親切な人には遺産の相続はない。林太郎、おくらを虐めた吝嗇な家族には三円で、林太郎に二万円が譲られる。遺言状が読み上げられるたびに親類は一喜一憂するのである。五世菊五郎の恵府林太郎、九世團十郎の五郎右衛門ともに、「散髪鬘」に羽織の着流しで駒下駄を履く。額のところに「シケ」（乱れ髪）が四五本下がっているのは「若《じゃ》けらッぽく」見えると悪評であった（『俳優評判記』）。黙阿弥の翻案物は『後三年奥州軍記』《ごさんねんおうしゅうぐんき》『漂流奇談西洋劇』《ひょうりゅうきだんせいようかぶき》と全部で三作、すべてこの年の新富座で上演されたものであった。『ハムレット』は梗概まで手に入れていたものの、作品として完成することはなかった。台本は『黙阿弥全集』十三巻に収録。

❖**『船弁慶』**《ふなべんけい》　一幕。新歌舞伎十八番の長唄の舞踊劇。九世市川團十郎が一八八五（明治十八）年十一月東京新富座で初演。能『船弁慶』を歌舞伎に仕立て直した松羽目物。源義経は、京の都を立ち退き、大物《だいもつ》の浦に辿り着く。跡を慕う静御前は、別れの舞を舞って立ち去る。船が沖に出ると、平知盛の幽霊が現われ、「そもそもこれは、桓武天皇九代の後胤、平の知盛幽霊なり」と名乗り、薙刀で義経を襲う。「そのとき義経、少しも騒がず」と対抗。弁慶は数珠を押し揉んで幽霊を祈り伏せるのである。静御前の別れの舞「春の曙しろじろと…」（都名所）は黙阿弥の創作。船出に踊る「住吉踊り」の舟唄も黙阿弥が増補した。六世尾上菊五郎の当り役で、静御前の能面を模した化粧、知盛の幽霊が薙刀を首の後ろに当てて、くるくると回りながら消えてゆく演出は、菊五郎の工夫。黙阿弥は、團十郎のために新歌舞伎十八番の『紅葉狩』（一八八七）も書き下ろした。台本は『名作歌舞伎全集』第十八巻、DVDは

『歌舞伎座さよなら公演』第四巻に収録。

❖**『茨木』**《いばらき》 一幕。一八八三（明治十六）年四月東京新富座初演。松羽目物の形式を借りて黙阿弥が創作した長唄の舞踊劇。能『羅生門』の後日譚。羅生門で渡辺綱に片腕を切り落とされた茨木童子は、育ての親の叔母真柴に化けて綱の館に乗り込み、切り取られた腕を取り戻して、虚空に飛び去る。門口で笠と杖を持って踊る叔母のクドキ、綱の所望で扇を持って舞う真柴の曲舞《くせまい》、昔のことを忍びつつ、片腕だけで踊るところが見どころ。唐櫃の腕を見て「次第、次第に面色変わり」と鬼の本性を顕わし、切り取られた片腕を持って飛び去るのである。尾上菊五郎の家の芸「新古演劇十種」として五世菊五郎が初演。黙阿弥は菊五郎のために『土蜘《つちぐも》』（一八八一）『戻橋』（九〇）と「新古演劇十種」三曲を書き下ろした。台本は『歌舞伎名作集』第十八巻、DVDは『歌舞伎名作撰』に収録。

（古井戸秀夫）

川俣晃自《かわまたこうじ》 一九一七〈大正六〉・八～一九九九〈平成十一〉・七。劇作家・小説家・フランス文学者。足利市生まれ。東京大学仏文科卒業。東京都立大学で教鞭をとり、一九八二年に退官し名誉教授となる。フランス古典主義文学研究者として多くの文献の翻訳を手がけ、戯曲ではラシーヌの『裁判きちがい』が『ラシーヌ戯曲全集1』（人文書院）に入っている。小説も書き、一九五七年に『般若心経』が中央公論新人賞佳作となる。六六年には太平洋戦争末期の兵営内の生活をリアリスティックに描いた『関東平野』が、第十二回「新劇」岸田戯曲賞を受賞し、文化座の新人公演で上演された。同劇団では『月に嘯く』（一九六八）も取り上げられている。また近松にも興味を持ち、劇団演奏舞台に『難波津に咲くやこの花――近松拾遺』（九〇）、『曼珠沙華――近松拾遺』（九一）、『誰が袖屏風――近松拾遺』（九七）を書いた。主な著作として『文学概論抄』『西遊文学抄』がある。

❖**『関東平野』**《かんとうへいや》 三幕。一九六六年十二月初演。終戦の前の年の夏から秋にかけて。関東平野の中程にある兵営が舞台。プロローグ、女が兵隊に声をかける。自らが慕う緑川二等兵の消息を尋ねるためだ。地元から徴兵された初年兵を待っているのは古参兵からの暴行である。制裁にあった緑川は、心身ともに傷つき生きる希望も失っている。兵隊たちはそんな内務班生活に疑問を感じながらも、故郷の山河や仕事、愛する人へ想いを馳せ、明るさを失わず日常をおくる。いよいよ出動命令が出て、身辺の整理が伝えられ余興会が始まる。浪花節や源太節を唸る者、チャールストンを踊る者などいて、大いに盛り上がるが、彼らは別れの歌詞に自らの境遇を重ねていく。エピローグでは、緑川が木偶人形のように揺れながら登場し、やがて、便所の梁に紐をかけて自死を試みる……。男二十五人、女三人、その他多数。

（藤崎周平）

川村花菱《かわむらかりょう》 一八八四〈明治十七〉・二～一九五四〈昭和二十九〉・九。劇作家・劇評家・演出家。東京牛込生まれ。本名久輔。早稲田大学英文科在学中より「歌舞伎」に『栃の根』『老』などの戯曲を発表し「演芸画報」に評論を執筆する。同大学卒業後、一九一〇年東京俳優学校の教師となる。一一年同校試演会に『女一人』を書き、翌年新時代劇協会旗揚げ公演に、チェーホフの『熊』を翻訳。一二年有楽座の定期興行、土曜劇場の創設に主事兼演出家として参加するが、自作の戯曲を上演できない不満から辞任する。創作試演会を興すも失敗し、芸術座の文芸部に入るが、半年で退座する。一四年新派の脚色を手伝ったのを機に佐藤紅緑に師事。翌年新日本劇の座付き作者となり、紅緑の小説の脚色を手がける。同座解散後、芸術座に再加入、脚本部員兼興行主事を務め『生ける屍』『カルメン』などの翻案物を執筆。二〇年菊池寛の小説『真珠夫人』を脚色して以降、新派の作者兼演出家として活躍する。話題の小説を数多く劇化したほか、自作脚本『母三人』『涙の四つ辻』『三日の客』や『金色夜叉』『不如帰《ほととぎす》』などの新派悲劇の新脚色、歌舞伎の新世話物『鼠小僧心願』や『上州土産百両首』（O・ヘンリ作『二十年後』の翻案）など、夥しい数の台本を残す。〈脚本は上演の度毎に幾度でも修正せらるべきもので、その度に作のねうちが一層あらはれて来る〉ものであり〈上演と云ふことを考へずに脚本を書いた事はこれまでに一度も無い〉と作劇の心得を語る（「跋」、『現代戯曲全集』第一七巻、国民図書）。一方で、上演用とは異なる趣の戯曲を「舞台」に多数発表。日活向島撮影所や松竹蒲田撮影所に所属し、映画の脚本も手がけた。二四年人間座を旗揚げし、二八年浅草・昭和座の金方《きんかた》になるなど、興行にも意欲的だった。戦後も演劇雑誌に寄稿。主著に『川村花菱脚本集』（金星堂）、『随筆・松井須磨子』（青蛙房）などがある。

❖**『母三人』**《ははさんにん》　一九三〇年三月、帝国劇場で新派により初演。四九年北光書房より刊行。五幕。雪の中、時子が赤ん坊を抱えて乳が出ずに困っていると、村人利三郎と女房のお光に助けられる。東京で女優をしていた時子は、かつての情夫で富豪の葛原の息子良太郎を産んだが、一人で育てられなくなった。自分を侮辱した葛原の現在の妻真砂子には絶対に良太郎を渡したくない。気の毒に思った利三郎とお光は良太郎を預かり、長男源吉の弟として育てることにする。八年後、真砂子は謝罪に代える覚悟で利三郎を訪ね、葛原家で良太郎を育てたいと懇願する。利三郎夫婦も時子も良太郎の出世のためを思えばこそ、引き渡すと決めた。別れの日、誰が本当の母なのかと問う良太郎に、三人の「母」は言葉を詰まらせる。半年後、良太郎は源吉と兄の遠足に連れ立って来た利三郎、お光との再会に大喜びし、そばへ駆け寄った。葛原と真砂子は、良太郎の幸福は田舎の家族にあると思い改め、そのまま見送った。

❖**『三日の客』**《みっかのきゃく》　一九三九年一月、東京・明治座で新派により初演。三場。昭和十年頃の歳末。二階家の家人村木義男とおすわ夫婦は働き者。夫は薬問屋の通い番頭で、妻は髪一つ結わず内職に精を出して貯金に励む。子どもはなく、金は溜まる一方だが、生活はつましく憩いがない。ある日、おすわの幼馴染おたねが夫婦喧嘩の末に家出をし、久しぶりに会いに来る。おすわは夫の反対を押し切り、おたねを二階の貸し部屋に泊まらせることにする。別の晩、義男の旧友新造が義男を酔わせて金を借りる算段で訪ねたところ、ちょうどおたねも湯から戻った。慣れた手つきで酌をするおたねの姿は頗る妖艶。おすわとは別の美しさだ。酔った義男は見栄で新造に金まで貸して、おたねの魔性に危うく理性を失いかける。数日後、おたねの夫があっさりおたねを連れて帰った。義男は変らぬおすわの姿を見ると、冷静さを取り戻し、元の生活に帰る気になった。おすわは貸間の札を再び二階にかけた。（桂真）

川村毅《かわむらたけし》　一九五九〈昭和三十四〉・十二～。劇作家・演出家・小説家。東京で生まれ横浜で育つ。明治大学在学中の一九八〇年に劇団第三エロチカを結成。八〇年代に登場した小劇場第三世代でも第三エロチカはひときわ異彩を放った。圧倒的なエネルギーと激しいパッションを叩きつける舞台は、攻撃性、挑発力を秘めていたからだ。『世紀末ラブ』『爆弾横丁の人々』『ラディカル・パーティー』など初期作品に続き、八四年の『ニッポン・ウォーズ』で川村は大きな注目を集めた。同年に上演された『ジェノサイド』では日本社会の未来像をイロニックに描き出し、『ラスト・フランケンシュタイン』(一九八六)では人間以後の人間像を探った。一方、『新宿八犬伝』の連作シリーズを八五年から開始し、演劇の持つ物語の醍醐味を追求した。第一巻『犬の誕生』で第三十回岸田國士戯曲賞を二十六歳で受賞。作風は一作ごとに異なり、『フリークス』、野外劇『ボディ・ウォーズ』やライブハウスを劇場化するなど実験精神はきわめて旺盛。『東京トラウマ』(九五)、『オブセッション・サイト』(九六)では戯曲の解体をとことん図り、ハイナー・ミュラーの『ハムレットマシーン』に触発された『ハムレットクローン』(二〇〇〇)につながった。演出家としては、川村は三島由紀夫の『近代能楽集』(八九)やシェイクスピアを改作した『マクベスという名の男』(八九)で野心的な舞台を発表。九〇年代からはドイツの世界演劇祭に招かれるなど活動領域を海外にも広げた。二〇〇二年に劇団を超えたかたちで自身の戯曲を上演するティーファクトリーを結成、『神なき国の夜』の連作をはじめ、イタリアの映画監督P・P・パゾリーニの異色の戯曲『豚小屋』など、次々と舞台にあげた。一〇年に『新宿八犬伝』シリーズを第五巻『犬町の夜』で完結させ、第三エロチカを正式に解散した。一二年に戯曲『4　four』で鶴屋南北戯曲賞、芸術選奨文部科学大臣賞を受賞する。現在、京都造形芸術大学教授。

❖**『ニッポン・ウォーズ』** 初演は一九八四年三月、ザ・スズナリ。一幕。近未来のニッポンが舞台。日夜、シロナガスクジラの部屋ではレッスンと呼ばれる軍事訓練が行なわれていた。ただしこの訓練は一風変わっていて、感情を鍛え、出征にいたるまでの訓練が施され、最終的には「反乱」までもが組み込まれている。そう、これは近未来の戦争エリートを養成するためのプログラムだったのだ。そこにO'(佐々木英樹)と呼ばれる青年が運び込まれてくる。彼は過激なテロリスト集団に属していたが、戦争の優秀な兵士と見込まれてこの部屋に招かれた。だが訓練の過程でOと記憶が同じだということに気づく。彼は一度死に、別人の記憶を埋め込まれたアンドロイドだったのだ。そこでO'は最後の賭けに出る。銃頭をぶち抜き、「人間なら死ぬけど、アンドロイドなら――」。こうしてO'は自分自身を知るのである。無目的な戦争、SF的な物語の枠組みを借りながら、記憶に蹂躙された人間のアイデンティティを懐疑的に描くこの戯曲は、間違いなく新世代の誕生を知らしめた。

❖**『新宿八犬伝』**《しんじゅくはっけんでん》 この連作シリーズは一九八五年から開始され、第一巻『犬の誕生』で第三十回岸田國士戯曲賞を受賞。大火事に見舞われた新宿カブキ町は不穏な空気に包まれ、夜な夜な八犬士の犬の化身たる若者たちがふらつき、暴れまわる。そこへ失踪した夫を探す奥方がマーロウ探偵を訪ねてやって来る。彼女の周りに様々な人物が暗躍し、作者「滝沢馬琴」が彼らを操る。両性具有のモモコら怪優が登場し、波乱万丈のスペクタクルに発展する。見せ場は登場人物が作者に抵抗するシーンで、一種のメタ物語と化す。ラストは勢揃いした八犬士とともに「世騒ぎだ」という乱痴気騒ぎの予感とともに締めくくられる。この連作は、時代のダイナミズムとともに書き継がれたが、四巻から五巻の間には、実に二十年もの歳月が流れた。完結版の第五巻『犬町の夜』は二〇一二年に書かれ、締めくくられた。初演は一九八五年、劇場は舞台ともなった新宿歌舞伎町のライブスペース「アシベホール」。（西堂行人）

川和孝《かわわたかし》　一九三二〈昭和七〉・二～。演出家・劇作家。東京都生まれ。イェール大学大学院演劇科修士課程修了。一九五〇年に俳優座演出部に入部。五四年、青年座の創立と同時に青年座演出部に移籍。主な演出作品に椎名麟三作『天国への遠征』（一九六〇年十二月俳優座劇場にて初演）など。戯曲には『はれつ』（七〇年四月京都・喫茶店劇場プランタンにて初演）、『カッパのらばい』（八八年九月、テアトル・エコー養成所にて初演）など。また、「箕の会」のために筒井康隆の『農協月へ行く』（八二年九月、池袋パモス青芸館にて初演）、『如菩薩団』、『ヒノマル酒場』（八二年十二月、池袋パモス青芸館にて初演）などの作品を脚色。（中村義裕）

姜魏堂《かんぎだん》　一九〇一〈明治三十四〉～不詳。劇作家。本名は市来義道《いちきぎどう》。鹿児島県出身。慶應義塾大学卒業後、東京毎日新聞、大阪朝日新聞、時事新報などで新聞記者、区役所の臨時雇員など職を転々とし、戦時中は一時渡華していた。一九四六年、『神を畏れぬ人々』で第一回読売演劇文化賞を受賞。薩摩焼の製造を生業とする朝鮮人部落に生まれた自身の境遇を強く意識した作品が多い。代表作に『貸間探し』『生きている虜囚』など。（村島彩加）

菅孝行《かんたかゆき》　一九三九〈昭和十四〉・七～。劇作家・評論家。東京生まれ。学習院高等科を経て、東京大学文学部卒業（一九六二）。在学時にサークルである東京大学演劇研究会に参加。在学中の一九六一年に、前年上映中止となった大島渚《なぎさ》監督『日本の夜と霧』を舞台化し、脚色、演出を担当する。卒業後は東映に入社し映画の演出助手となるかたわら、吉本隆明などを中心とした雑誌「試行」に「死せる「芸術」＝新劇に寄す」（六二）を寄稿し、評論活動でも注目される。労働争議に関わり退社。七二年に演劇集団・不連続線を結成して七八年に解散。アンダーグラウンド演劇を牽引した一人。その後は評論活動が中心となり、天皇制論などを書く。戯曲集に『ヴァカンス／ブルースを歌え』『いえろうあんちごね』。『ブルースを歌え』（六一）は福田善之との共作。また、演劇関係の評論に『解体する演劇』『戦後演劇』など多数。

❖『**はんらん狂騒曲**《はんらんきょうそうきょく》』　二部。初出は「新劇」（一九七一・8）。後に『現代日本戯曲大系』八巻に収録。フランス革命末期に起こった、共産主義の先駆とも言われたバブーフの陰謀をモチーフに革命の困難を問う。舞台は裁判のシーンが中心となる。革命を担う主体である民衆の存在が忘れさられて、独裁的に振る舞う権力者が現われる。その矛盾を扱い、フランス革命後いくつも起きた革命の血塗られた歴史を概括しながら、現代へと自由に話は往還される。当初は俳優座の若手である中村敦夫たちの提案によってレパートリーとして上演を試みられたが、内容をめぐって紛糾。劇団内で投票の結果、否決。そのため有志による「はんらん狂騒曲上演委員会」によって、俳優座劇場で上演された。上演日には、「はんらん狂騒曲粉砕共闘」として流山児祥の演劇団を中心とした全共闘の学生が劇場へデモをかけた。それを防ごうとした上演側と警官で、劇場の外は一時騒然となる。演劇における新左翼運動の中でも、六〇年安保世代と全共闘世代の対立があらわれた。（高橋宏幸）

神吉拓郎《かんきたくろう》　一九二八〈昭和三〉・九～一九九四〈平成六〉・六。作家・エッセイスト。

東京麻布生まれ。父は英文学者神吉三郎。一九四九年三木鶏郎グループで『日曜娯楽版』のコント執筆を機に、放送台本、新聞雑誌のコラム、小説、エッセイ・俳句など多分野に、都会的ダンディズムにあふれた作品を発表。七六年アトリエ・フォンテーヌで『二重唱』（いずみたく作曲）を上演。八三年『私生活』で第九十回直木賞、八四年『たべもの芳名録』でグルメ文学賞受賞。（矢野誠一）

神崎武雄《かんざきたけお》　一九〇六〈明治三十九〉・六～一九四四〈昭和十九〉・九。小説家。福岡県門司生まれ。早稲田大学文科中退。松竹文芸部、都新聞に勤務。一九四〇年、長谷川伸主宰の新鷹会に加入し機関誌「大衆文芸」に小説を発表。四一年『寛容』で第十六回直木賞受賞。小川真吉原作『隻手に生きる』を小川と共同で脚色劇化し、同四一年十二月新国劇で初演された。海軍報道班員として従軍中に戦死。
［参考］『軍事擁護文芸作品集第二輯』（軍事保護院）、大山功『国民演劇論』（新正堂）、松本常彦「神崎武雄主要作品案内」（『文学批評　叙説』III－01号、二〇〇七・8）（大橋裕美）

き

木々高太郎《きぎたかたろう》　一八九七〈明治三十〉・五～一九六九〈昭和四十四〉・十。医師・作家。本名林髞《たかし》。山梨県生まれ。専門は大脳生理学。推理小説家として著名。演劇好きで一九三七年文学座創立時の後援会長を務める。同年、『人生の阿呆』で第四回直木賞受賞。戯曲は三五年発表の『胆嚢』が、神経衰弱の作家と不倫の妻、精神科の医者の登場する作者らしい趣向。五七年十二月、佐和浜次郎名義で、『わが女のイニシアル』を発表。他に『上品下品』二場もある。（神山彰）

菊岡久利《きくおかくり》　一九〇九〈明治四十二〉・三～一九七〇〈昭和四十五〉・四。詩人・小説家。青森県生まれ。一九二七年、詩集『リベルテール』を創刊。三八年、築地小劇場にて『戦争とジヤガイモ』『ビルディング』、ムーラン・ルージュ新宿座にて『國際都市交響樂』『幸兵衛の鶯』『風俗時評』『ヴアラエテイ ユモレスク啄木帖』、三九年築地小劇場にて『おふくろ』『寒驛』『シャツポは風に飛んで轉つていつた』『突棒船』、四一年同じく『青い空』『幻想』『袈裟の位置』『ヴアラエテイ フランス破れたり』、四四年国民新劇場にて『永遠の天』を上演。（中村義裕）

菊岡進一郎《きくおかしんいちろう》　不詳～一九二二〈大正十二〉・七。劇作家・評論家。早稲田大学文学部在学中に演劇研究講座に参加し、演劇研究に目覚める。一九一八年四月に「舞台芸術」という雑誌に関係し、二一年四月に「LIFE」、またヨーロッパ近代演劇の紹介に尽力した。劇作家としては二一年に岡本綺堂門下の劇作家が参加する『ふたば集』（武蔵野書院）の第一集に『疑惑』を、第三集には『寂寥の国』を発表。（岡本光代）

菊島隆三《きくしまりゅうぞう》　一九一四〈大正三〉・一～一九八九〈平成元〉・三。脚本家・劇作家。甲府生まれ。小学生の頃、新国劇の巡業で見た澤田正二郎に強い感銘を受ける。文化学院に学ぶ。八住利雄につき、一九四八年東宝脚本部入り、黒澤明の『野良犬』『蜘蛛巣城』等のシナリオを担当。初の戯曲は、プロ野球を題材にした映画『男ありて』（一九五五、丸山誠治監督）の劇化で、戦後、現代劇路線を目指した新国劇で上演され好評。ボクシングの世界を扱う

『遠い一つの道』(『昭和大衆劇集』演劇出版社に所収)などとともに、新国劇が戦前から得意としたスポーツものに新機軸を開いた。他に、新国劇に『太平洋』、新作歌舞伎として『殺生石』、女剣劇浅香光代一座に『夜風の佐太郎』などがある。

❖**『男ありて』**《おとこありて》 三幕。一九五八年六月明治座で新国劇初演。プロ野球監督の島村は家庭も省みぬ勝負一筋の男。妻の急死でも、ラストゲームに出かけるが、故障続出の捕手に代わり自ら出場し、勝利し辞表を提出。その報告に行く妻の墓前に語りかけ、ひたすら涙を流し感謝する。二階に下宿する新人投手大西と娘の恋や家出の挿話も含め、後楽園球場のロッカールームと島村の家を回り舞台で転換して、現実感と臨場感を出す手法も見事。 (神山彰)

菊田一夫《きくたかずお》 一九〇八〈明治四十一〉・三〜一九七三〈昭和四十八〉・四。劇作家・演出家・演劇制作者・作家・作詞家。神奈川県横浜市生まれ。本名は数男。生後すぐに養子(西郷姓)となり台湾に渡る。その後、他人に売られるなどして養育され、五歳で菊田家の養子となったが、台湾での小学校生活の途中で薬種問屋に奉公する。内地に帰国後、大阪や神戸で丁稚《でっち》奉公をしながら、夜学に通い、詩や文学に親しむ。一九二五年に東京に出て、印刷工として働く間に、萩原朔太郎、サトウハチロー、林芙美子らの詩人、作家と出会う。やがて、サトウの関係で、浅草玉木座のプペダンサント入り、常盤座や公園劇場などのレヴュー、軽演劇の脚本を門脇陽一郎のもとで書くようになる。三三年には、古川緑波が旗揚げした劇団「笑の王国」の文芸部に入る。『忠臣蔵』のパロディの『阿呆疑士迷々伝』『西遊記』『猿飛佐助』など榎本健一主演作品を書く。この浅草での苦い青春時代の作品は、菊田の根底にある観客と共鳴する心性や情動性を刺激する劇作法を作り上げただけでなく、後に『浅草瓢箪池』のような戯曲に結実する題材を提供した記憶と思い出の種子となっており、軽視すべきではない。やがて、小林一三《こばやしいちぞう》に認められて、三六年に東宝の専属となり、古川緑波一座の座付作者となる。数年前と同じ緑波一座とはいえ、ここで、有楽町の東宝の客層を対象とした喜劇を書くことは、菊田の戯曲にシリアスな要素を組み込む大きな転換をもたらした。

その後、四二年には榎本健一にも『マレーの虎』を書くが、その頃の作品に『道修町《どしょうまち》』『花咲く港』などがある。四三年には「第二次東宝劇団」に『都会の船』、井上正夫演劇道場に『今年の歌』のほか、長谷川一夫の新演伎座に『ハワイの晩鐘』のような時局劇を書く。その後、岩手県江刺市に疎開。戦後、東京に戻ると、数多くのラジオドラマの筆を執り、『鐘の鳴る丘』『君の名は』『あの橋の畔で』などの人気作を、続々と送り出した。同時に、作曲の古関裕而と組んだ菊田作詞の主題歌は、戦後の人々の耳に刻み込まれた。作詞家としては、『イヨマンテの夜』なども著名作。この時期の戯曲では、千秋実などの劇団薔薇座に『堕胎医』(黒澤明により『静かなる決闘』として映画化)、『東京哀詩』などがある。

また、秦豊吉が戦後手掛けた「東宝ミュージカルス」では、『モルガンお雪』を手掛け、後の東宝ミュージカル路線に繋げる。同時期、小林一三最後の夢だった、梅田・新宿の両コマ劇場の開場にあたっては、その制作から劇作、演出に至るまで縦横無尽の働きで、小林没後の五五年には、東宝の演劇担当重役にも就任した。

その後は、五七年に日比谷に開場した劇場「芸術座」を拠点に、開場公演の『暖簾』から没年の『道頓堀』まで多くの傑作戯曲を作りだした。特に、『雪国』『千羽鶴』『縮図』『春の雪』などの著名小説の脚色や、『悲しき玩具――石川啄木の生涯』『太宰治の生涯』『夜汽車の人』などの文学者の一代記物でも多くの佳品を残した。一方で、六三年には『マイ・フェア・レディ』の日本初演を成功させ、以後、欧米のミュージカルの日本版上演の普及と継続、定着にも功績を残した。六六年に再開場した第三次帝国劇場では『風と共に去りぬ』の上演に心血を注いだ。帝劇で制作を手掛けた、日本映画の黄金期を築いた女優たちが主役を演じる女優劇は、映画と演劇の最後の幸福な共存の時代を築いたといえる。

また、宝塚歌劇にも、四〇年から六七年までの間に、二十本以上の多彩な作品を提供しており『シャングリラ』『夜霧の城の恋の物語』などは、特に好評だった。

菊田の作品は、オリジナル作品だけでなく、著名な小説の脚色、劇化にまで、彼自身の歯を喰いしばって生きる人生が投影されており、それが、明治から昭和初期までに生まれ、同時代を生きた大多数の観客の記憶と重なり、共感を呼び、夥しい大衆の心性と情動を刺激した。また、多くの作品で、自己犠牲と裏切りがテーマとなっており、様々な欲望のなかで生きる有名無名の人々の喜怒哀楽を、時代背景や風俗のなかで活写する才に優れていた。著名作家の小説の脚色でも『細雪《ささめゆき》』のように、原作にはないような菊田の原体験から生じるエリートへの怨念が前景化され、そこが、菊田ならではの哀感を産んで、観客の共感を増幅した。観客と時代の記憶を共有できた、最後の幸福な劇作家といえるだろう。作品集に、『菊田一夫戯曲選集』全三巻(演劇出版社)がある。

[参考]小幡欣治『評伝菊田一夫』(岩波書店)、井上理恵『菊田一夫の世界』(社会評論社)

❖**『花咲く港《はなさくみなと》』** 三幕六場。一九四三年三月帝国劇場で、古川緑波一座により初演。演出も菊田自身が行なった。野長世修造(緑波)勝又留吉(渡辺篤)ゆき(村瀬幸子)里枝(高杉良子)。一九四一年の秋、九州天草の小島の漁村に二人のペテン師がやってくる。両人は、造船会社の設立を口実に、集めた金を持ち逃げしようと企んでいる。だが、島の人々は、善意に充ちており、その造船会社設立への猛烈な熱意がものすごい勢いで推進されていくうちに、二人のペテン師の悪だくみは、却って挫折してしまう。また、二人の亡父に縁ある女性たちが現われ、その反目が悪計にからんでいくプロセスも、非常に興味深く描かれており、それに戦争勃発という現実の状況も加わり、観客を飽きさせない劇作法となっている。第三幕第三場の進水式の場は、戦後補筆したもの。戦後は一九五一年から数回、新国劇が取り上げ、東宝の芸術座でも上演されている。また、戦時中の四三年に、木下惠介監督の手で映画化された際には、上原謙と小沢栄太郎が主演。また、二〇〇七年には、宝塚歌劇にも脚色されて、『パリの空よりも高く』という題名で上演されている。『菊田一夫戯曲選集』第一巻所収。

❖**『がめつい奴《がめついやつ》』** 四幕六場。一九五九年十月東京・芸術座で初演。演出も菊田自身が行なった。戯曲は「悲劇喜劇」(一九六〇・4)掲載。大好評で、翌年七月まで九か月間、空前のロングランを続け、菊池寛賞を受賞した。大阪の釜ヶ崎界隈の苦しい生活を営む人々の宿泊する簡易旅館釜ヶ崎荘が舞台。その女主人・お鹿婆さんは、三千万の大金を梅干壺に隠しているという噂だった。その土地は、元は地主の娘で今はホルモン料理屋経営の小山田初枝、絹姉妹のものだったが、疎開中に終戦のどさくさまぎれに、小山田家に女中奉公していたお鹿が安宿を建ててしまったのだ。それを知るポンコツ屋の熊は、初枝に目を付け、あの土地を取り返せとけしかける。一方、お鹿の元の情夫の弟を名乗る彦八も現われ、大金に目を付ける。熊は初枝を奪い、土地の権利書を取り上げ、お鹿の兄・健太に売ろうとするが、お鹿は絶対に金を出さない。熊は土地を界隈の土建業者升金に売ってしまい、怒った初枝は熊を刺殺する。お鹿は、結局升金から立退き料をとり、養っていた孤児のテコを連れて商売を始める。彦八は、テコを騙して梅干壺を盗むが、中には何も入っていなかった。人間の欲望と裏切りや嘘をあからさまに、明るく描き、良識や偽善を徹底的に排除したお鹿の「がめつい」生き方や現実的な心情には、戦後の記憶の生々しい、当時の社会の共感を得るところがあったと思える。初演当時は全国巡演する人気で、テレビも、NHK以外にも民放三局が中継する勢いがあり、「がめつい」という菊田の造語は一般にも定着するに至っている。演劇作品や公演が、社会に共有される記憶として浸透するという現象は、これ以後は、極めて稀である。千葉泰樹監督により、舞台と同じく三益愛子主演で映画化。『菊田一夫戯曲選集』第一巻所収。

❖**『がしんたれ』**三幕九場。一九六〇年十一月芸術座で、東宝現代劇特別公演として初演。演出も作者。戯曲は同年十二月「悲劇喜劇」に発表。詩人たらんとして志果たせず浅草玉木座の座付き作者となるまでの苦く辛い青春を大正末から昭和初期までの大阪、神戸と東京を背景に生きいきと描いた自伝小説の戯曲化。孤児で大阪の薬問屋に奉公していた竹村和吉は、七人目の養父に連れられ神戸で丁稚となる。そこで番頭にいじめられるが、詩を好む縁で、尾形美枝子という裕福な娘と将来を約束するまでになる。進学させるという養父の約束を反故にされた和吉は、上京して志を果たすべく「抒情詩社」に入社し、自作の詩集を出し、美枝子に贈る。折しも印刷屋のストライキに紛れて和吉は拘束されるが、その後知り合った香具師・貫野の家に間借りする。そこは、詩人仲間の溜まり場となり、貫野の娘京子は和吉に好意を持つが、貫野は香具師仲間のトラブルで殺され、京子はその仲間の子分と結婚してしまう。一方、詩集を贈られた美枝子も、家の事情で他家に嫁いだことを和吉に詫びる。和吉は恋も詩も諦め、浅草の軽演劇一座の文芸部に入ることとなる。自伝的要素を物語の展開の主軸に置き、大正期の大阪の商人の世界、東京の詩人仲間の世界、そして香具師の世界という三つの世界を、自在に描きわけるところに、多彩な人生を生きた菊田の面目躍如たるところがある。ここでも、裏切りと犠牲が大きなテーマであり、モチーフでもある。菊田は、後に、その続編にあたる『浅草瓢箪池』（三幕十一場・六三年三月東京芸術座初演）も発表、上演している。いずれも、作者の青春の苦く甘い回想に彩られた佳品であり、歯をくいしばる生き方の実感された時代を観客と共有する姿勢が貫かれており、そこに、ある時代の精神の振幅が見事に感じ取れるのである。『菊田一夫戯曲選集』第三巻（演劇出版社）所収。

❖**『放浪記《ほうろうき》』**五幕九場。一九六一年十月東京・芸術座初演。「林芙美子作品集より」と副題風に付されているように、若き日の菊田が知っていた林芙美子の作品をイメージとして用いて、「たくましい人間像」を描いた作品として、長く上演され続けている。〈幼い頃から幸運の女神に突ッ放されて生きてきた人間の人生への処しかたは、時として、そうでない人には理解できないことがあります。幸福に育ってきた人から見れば、その実際の体験すらが、そんな馬鹿気たことは世の中に有り得ないこととして嘲笑されることさえあり勝ちです。その理由に依り、私は林芙美子の人生を肯定した『放浪記』を書きました〉と菊田自身が初演時に書いているように、この作品には、菊田の人間観が如実に表れているという点でも、下積みの生活の長かった林芙美子の姿に菊田自身の人生の投影された代表作といえる。

上昇欲、裏切り、犠牲、名誉、失意、金銭、出世、落魄、怨念、開き直り、コンプレックス等々、菊田とその戯曲を語るキーワードが各幕に含まれている、菊田ならではの典型的なモチーフが散りばめられた作品といえるだろう。終幕の戦後の芙美子宅の場面には、菊田自身を登場させる劇作術の工夫も際立っている。さらに、菊田得意の時代背景や詩情に溢れた風俗描写と生活感を配した、観客を飽きさせない場面展開が、もっともよく配分されており、主演の森光子が持ち役として数十年にわたり演じ続けたこともあり、菊田の戯曲中、上演回数の最も多い人気作品であり代表作となっている。なお、長編戯曲で上演時間が長大であることから、菊田歿後は、三木のり平が見事にアレンジした形で上演されている。成瀬巳喜男監督により、高峰秀子主演で映画化されている。『菊田一夫戯曲選集』第一巻所収。

❖**『丼池《どぶいけ》』** 三幕九場。一九六三年一月、東京・芸術座で初演。菊田が若き日に苦節の日々を過ごした大阪を舞台にした、得意の「大阪もの」の一編。初演時には、山田五十鈴、司葉子、三益愛子、森光子という人気と芸達者な四人の女優の顔合わせで、大ヒット作品となった。大阪船場の地続きである丼池は、繊維問屋が千五百近く、軒を並べ、莫大な金が動く時代だった。店構えは大きく立派でも、実態は倒産寸前という会社から、二間間口の零細企業でも巧く経営している会社までの数多くの問屋街を舞台として、女性の金融業者や料理店主などの欲望と生き方を、時代の流れの中で描いていくという、菊田の掌中の手法を見事に生かした傑作として好評だった。しかも、主役級の四人の女優を競演させるにあたっての役柄の的確さや、各役の比重が、実に巧みに配分されており、「商業演劇」の典型的な作品といえる。また、乾いた欲望と商売上の意地と闘いを、土地の独自の背景と生活感の滲む感性とを通して見せるという、花登筺《はなとこばこ》など他の劇作家も描いた、商人の世界を扱った一連の作品群に通底する、さまざまな要素がこの戯曲には隠されている点でも注目すべき作品といえるだろう。『菊田一夫戯曲選集』第一巻所収。

❖**『夜汽車の人《よぎしゃのひと》』** 三幕十一場。一九七一年十月芸術座で東宝現代劇特別公演として初演。演出は菊田と中村哮夫《たかお》。戯曲は雑誌「東宝」同年十一月号掲載。副題に「萩原朔太郎の愛と詩の生涯」とあるように、菊田が若き日に深く敬愛し、強い影響を受け、実際にも交渉のあった萩原朔太郎を主人公に、その周辺の人物像との関係のなかで、精神遍歴を描いた、菊田晩年の最高傑作として評価される。若き日の朔太郎は故郷前橋で、詩の評価が高まる一方、恋人由加は他家へ嫁ぎ、妹の結婚は、医師の家業も継がず詩作に耽る兄の存在を理由に破談になるなど、失意の日々を送っている。朔太郎は音楽に打ち込み、真砂子という女性と結婚し、詩集の評価は高まり、長女も生まれる。しかし派手好きで詩に理解を示さない真砂子は、ダンスに熱中し、その仲間との関係から破局を迎える。ある日、朔太郎は由加と再会するが、由加は去ってゆく。朔太郎は佐登子と再婚するが、母が二人の仲を裂く。兄の終生の理解者である妹の真理は、由加が離婚したと聞き、孤独な朔太郎と結ばせようとするが、由加はすでに亡くなっていた。明治末から昭和初期の時代背景のなかに、『悲しき玩具』と同様に、実在の室生犀星、北原白秋という詩人を登場させ、男女、親子、兄妹、友人という人間関係の様々な局面を風俗と共に描く、菊田の真骨頂ともいえる作劇術が生きた佳品。特に、終幕の手品を見せる孤独な朔太郎の姿は、心に沁みる名場面となった。（神山彰）

菊池寛《きくちかん》 一八八八〈明治二十一〉・十二～一九四八〈昭和二十三〉・三。小説家・劇作家・評論家。本名寛《ひろし》。香川県生まれ。京都帝国大学卒業。東京高師など幾つかの学校に在籍したのち、一九一〇年に一高文科に入学、同級の芥川龍之介・久米正雄・松岡譲・成瀬正一・佐野文夫らと親交を結ぶ。在学中は劇作を志し、久米・松岡らと劇場に通い、ワイルドやG・B・ショーなどの戯曲に親しむが、卒業直前に親友佐野の窃盗の罪をかぶって退学。一三年九月、京都帝国大学英文科選科に入学、翌年本科に正式に入学する。この間、成瀬の父の援助を受けた。一四年創刊された第三次「新思潮」に芥川・久米らと同人として参加、草田杜太郎の筆名で『下村吉弥の死』『弱虫の夫』など、また一六年、芥川、久米、成瀬らと創刊した第四次「新思潮」には、『暴徒の子』『不良少年の父』等の戯曲を掲載。五月発表の戯曲『屋上の狂人』から本名を用い、九月には『身投げ救助業』、十一月には『三浦右衛門の最後』などの小説も発表した。在学中はシングはじめアイルランド戯曲に親しむ。その影響は『暴徒の子』などの戯曲に顕著だが、研究の成果は仲木貞一が訳して藝術座が研究劇として取り上げたグレゴリー夫人の戯曲の誤訳を徹底的に批判した『ヒアシンス・ハルヴェイ誤訳早見表』に示されている。この年七月に京都帝国大学を卒業して上京、時事新報社に入社し、翌年に結婚。新聞記者のかたわら『父帰る』や『忠直卿行状記』を発表し、一八年には最初の単行本『恩を返す話』と『無名作家の日記』を相次いで刊行して文壇的地位を確立する。一九年には時事新報社を退いて大阪毎日新聞社の客員になり『真珠夫人』を連載して流行作家の地位を不動のものとした。菊池の小説は、いわゆるテーマ小説と、身辺雑事に材を取った啓吉もの、『真珠夫人』に代表される通俗小説の三つに分類できるが、創作と平行して劇作にも精力を傾注した。一九一〇年代末から二〇年代初頭にかけては『心の王国』や『我鬼』『極楽』等の小説戯曲集に収められる戯曲を発表しただけでなく、『藤十郎の恋』はじめ、『恩讐の彼方に』を脚色した『敵討以上』や『父帰る』『屋上の狂人』『順番』『奇蹟』などが初代中村鴈治郎、十三世守田勘彌、二世市川猿之助、六世市川寿美蔵、六世尾上菊五郎らによって続々と上演され、劇作家としても時代の寵児となっていくのである。また、『敵討ち以上』や『入れ札』にみられる、新聞・出版・演劇・映画という領域を横断する、いわゆるメディアミクスの試みも、もともと新聞記者として出発し、創作と劇作の双方にまたがって人気を博するだけでなく、雑誌の経営でも才腕を発揮した菊池のジャーナリストとしてのセンス抜きに語ることはできない。「キング」連載の長編小説を溝口健二の監督、入江たか子の主演で映画化した『東京行進曲』（一九二九、日活）などはその一例。ここでは、佐藤千夜子の歌う主題歌（西條八十作詞・中山晋平作曲）もヒットした。『真珠夫人』『貞操問答』『忠直卿行状記』などでメディアミクスを発展させた菊池は、戦時下の四三年には大映の社長に就任してもいる。とともに、菊池を語るときに見落としてならないのは、昭和初年から戦時下にかけての、文壇という枠組を超えた時代の文化状況のリーダーとしての足跡だろう。関東大震災の起きた二三年に「文藝春秋」を創刊した菊池は、落選したものの第一回普通選挙には社会大衆党から出馬、作家や劇作家の相互扶助の団体として日本文芸家協会を組織し初代会長に就任、戦時下には、大日本映画協会や日本文学報国会を設立して大東亜文学者大会の議長として大戦を文化面から支えていくことになる。しかし一方では横光利一・川端康成らの若手を育成、亡友を記念して芥川賞と直木賞を制定して文学志望の新人のために道を開くだけでなく、休刊していた「演劇新潮」を復刊、畑中蓼坡《はたなかりょうは》の新劇協会を援助してもいる。採算を度外視して正宗白鳥の戯曲を上演した新劇協会には村山知義や岸田國士、横光利一らが加わってもいた。戦後、文藝春秋社を解散、一切の公職を退いた菊池は失意のうちに急逝するが、日本の近代演劇は、こうしたモダニストとしての菊池の営みを無視して語ることはできない。

❖**『父帰る』**《ちちかえる》 一幕。初出は「新思潮」(一九一七・1)。一九一九年八月、赤坂ローヤル館での武田正憲試演公演が初演。しかし、これは二日間の文字通りの試演で、広く知られるようになったのは、翌二〇年十月、新富座での新帰朝の市川猿之助による春秋座旗揚げ公演から。女狂いのため、家族を棄てて音信不通だった父の、十二年ぶりの帰宅が惹き起こす波紋――。ハンキンの『蕩児の帰還』を下敷きにした短篇だが、新富座では、作者はじめ、一緒に観劇した芥川や久米ら「新思潮」の同人たちも涙を流したというエピソードはよく知られている。その後、新国劇など様々な劇団が上演、幾度か映画化されただけでなく、アマチュア劇団で取り上げられることも多い。

❖**『屋上の狂人』**《おくじょうのきょうじん》 一幕。初出は「新思潮」(一九一六・5)、初演は一九二一年二月、帝劇。明治三十年代の瀬戸内の小島。資産家の長男義太郎は、屋上で海の彼方を眺めては、下に降りようとはしない。巫女の託宣を受けた父は、取り憑いたという狐を追い出し、息子を正気に返すために松葉で燻《いぶ》そうとするが――。初演では、父や巫女の行為を迷信として批判、狂人が幸福であれば無理に正気に返す必要はないと主張して、生涯にわたって自分が兄の世話をすると宣言する弟を二世市川猿之助が、狂人の兄は十三世守田勘彌が演じた。『忠直卿行状記』(一九一九・三、有楽座)で、それまで上演されたことのなかった菊池作品をいち早く舞台化した勘彌と『父帰る』を初演した猿之助の組み合わせは迫力があり、世評も高かった。四国瀬戸内の方言を用いながら、狂人の幸福と正気の不幸を説いたこの作品には、澤田正二郎はじめ、近年に至るまで多様な演出が試みられてきている。

❖**『藤十郎の恋』**《とうじゅうろうのこい》 小説の初出は「大阪毎日新聞」夕刊(一九一九・4・3〜13)。のち、戯曲化し、一九二〇年新潮社刊行の戯曲集『藤十郎の恋』に収録。このほか、一九一五年三月に第四次「新思潮」の創刊号に掲載するために書いたものの没になり、その後発見され、「文學界」(一九九九・12)に復刻された『坂田藤十郎の恋』もある。大森痴雪の脚色によって一九年十月に大阪浪花座が初演。京都の人気役者坂田藤十郎が、人妻に偽りの恋をしかけて「姦通」する男女の心理を研究し、自分の演技に活かしたという『役者論語』にあるエピソードに取材。初演では、藤十郎と同じく和事師として定評のあった初代中村鴈治郎が主役を、芝居茶屋宗清女房お梶を中村福助(後の三世梅玉)が演じた。舞台では濡れ場も見せ場のひとつだったようだが、痴雪の台本を参考にしたとされる菊池の戯曲版では、芥川の『地獄変』に通じる芸術家のエゴイズムへの批判が明瞭である。

❖**『敵討以上』**《かたきうちいじょう》　三幕。「人間」（一九二〇・4）。前年一月、「中央公論」に発表した『恩讐の彼方に』を脚色したもの。ただし初演は、掲載雑誌発売と同じ三月に、文芸座第五回公演として帝劇で上演。主人を殺してその愛妾と逐電して悪事を重ねてきた市九郎は、ある日自分の悪業を自覚し、前非を懺悔して出家し、了海と名乗って豊前耶馬渓の難所に洞門を掘って道を作ることを決意する。はじめは嘲っていた里人も一人で岩盤を削り続ける彼を助けるようになり、ついには、父の仇として彼を尋ね当てた主人の息子中川実之助も協力して、二十一年目に開通する――。初演で守田勘彌の扮した主人公役は、その後、二世市川猿之助、澤田正二郎らも挑んだ。耶馬渓にまつわる「青の洞門」伝説に材をとりながら、「恩讐」を超えた人間性の輝きを謳いあげたドラマとして浪曲や映画でも広く知られている。（岩佐壮四郎）

菊池幽芳《きくちゆうほう》　一八七〇〈明治三〉・十～一九四七〈昭和二十二〉・七。小説家・新聞記者。茨城県生まれ。茨城県尋常中学校卒業後、小学校教員を務める。「女学雑誌」を愛読し、ピューリタニズムに心酔する。一八八九年最初の小説『蕾の花』を執筆。九一年大阪毎日新聞社入社。記者として奔走するかたわら「大阪文芸」を組織する。九二年大毎に翻案小説『光子の秘密』を連載し評価される。一八九六年結婚。九九年八～十月、『己が罪』前編、翌年一～五月、同後編の連載で新聞小説として空前の成功を収める。単行本（春陽堂）がベストセラーになり、ただちに劇化された。戦争劇や探偵劇に替わる新たな路線を模索する新派が劇化を試みた文芸物の嚆矢である。一九〇三年、大毎に連載した小説『乳姉妹』の単行本（春陽堂）「はしがき」に〈一家団欒のむしろの中で読れて、誰にも解し易く、また顔を赤らめ合ふといふやうな事もなく、家庭の和楽に資し、趣味を助長し得るやうなもの〉を目指したと趣旨を述べ、夫婦の相愛や親子愛溢れる理想の家庭像や、女性の献身の必要性を説く〈家庭小説〉の執筆に励む。『月魄《つきしろ》』『百合子』『小ゆき』『毒草』『白蓮紅蓮』など、数多くの小説が昭和初期頃まで新派により劇化された。いずれも西洋種の巧みな換骨奪胎で、舞台との相乗効果で評判は津々浦々に波及、映画や流行歌にもなった。『己が罪』『乳姉妹』は特別再演回数が多く、一九〇〇年代初頭の新派全盛の折、五世中村芝翫を筆頭に旧派の役者が演じたことでも知られる。〇五年十一月、大阪・角座の『己が罪』上演時には香川蓬洲と共作で脚色を手がけている。自作の上演には頻繁に劇評を寄せた。〇九年初頭より約二年間渡欧。帰国後「サンデー毎日」を創刊し、大毎編集顧問、取締役等の重職を歴任した後、二六年社友に退く。晩年は筆を絶ち、菊の栽培に専念した。脳溢血のため死去。『幽芳全集』（国民図書出版）がある。

❖**『己が罪』**《おのがつみ》　一九〇〇年十月、大阪・朝日座で新派により初演（花房柳外脚色。七幕）。大阪の富豪箕輪傳蔵の愛娘環は東京で遊学中に医学生塚口虔三と結婚し、妊娠する。実は虔三には許嫁があり、欺かれた環は橋から身を投げしようとして漁師作兵衛に助けられる。産後神経症を患った環は父に言われるまま赤子を作兵衛の家へ里子に出すと、自身の過去を伏せたまま桜戸子爵と再婚して、やがて一子正弘をもうける。数年後療養のため房総を訪れた正弘が、根本海岸の岩場で地元漁師の息子玉太郎と遊ぶうちに一緒に波に飲まれて溺死する。その玉太郎こそ環が捨てた虔三との子どもであった。環と子爵の夫婦関係は危機に陥るが、環が秘密をすべて告白して懺悔すると、子爵は離縁ばかりは踏みとどまる。『日本戯曲全集　現代篇』第6輯・新派脚本集〈春陽堂〉所収〈三幕〉。幽芳は脚色を手がけた際、大詰に夫婦の和解を描いた。原作のお作を初演のように作兵衛に改変しない脚色もある。

❖**『乳姉妹』**《ちきょうだい》　乳母お浜には美しい二人の娘、野心家の姉君江と純真な妹房江がある。お浜は君江に、実は房江がさる高貴な婦人から預かった娘だと明かし、婦人の形見を託して死ぬ。お浜を捜す松平侯爵の使いに尋ね当てられた君江は、自身を侯爵の実子と偽り、婚約者高浜を捨て松平邸に入る。房江も邸に招かれて養子昭信と相愛になるが、姉が昭信を慕うのを知り身を引く。昭信も恩人侯爵のため君江と婚約する。高浜が現われて、君江の聖書にあった幼い房江の写真を証拠に真相を暴露すると脅す。君江は高浜を拒絶し、刺殺される。すべてを告白した君江の手紙を読み、一同涙に咽ぶ。バーサ・M・クレー作『ドラ・ソーン』の翻案。一九〇四年一月一日より大阪・天満座で新派の喜多村緑郎らが初演し、翌日同地朝日座で新派の高田実らも上演開始、前者は原作通り真相を知らぬまま侯爵が臨終する場面を挿入するが、後者では大詰まで侯爵が生き残る。『日本戯曲全集　現代篇』第6輯所収。（桂真）

菊谷栄《きくやさかえ》　一九〇二〈明治三十五〉・二〜一九三七〈昭和十二〉・十一。劇作家。青森県生まれ。一九二五年、日本大学法文学部文学科を卒業。在学中に戯曲を書きはじめ、未発表ながら『昼過ぎのアトリエ』『弾正の謀反』『お嬢吉三』など、多くの戯曲を執筆。二八年、高校時代から描いていた絵画の個展を郷里の松木屋百貨店で開催するが、二科展・帝展などへの入選を果たせず、画家の道に疑問を感じる。三〇年、新カジノ・フォーリーの発足に伴い、榎本健一に請われて舞台装置家として参加。この頃、脚本を提供に来た二十代前半の菊田一夫と出会う。その後も、榎本と行動を共にし、多くのレビューやショー、ミュージカル、オペレッタなど多数の脚本を執筆、榎本健一をスターダムにのし上げた。当時、青森県出身の左翼研究グループ「日曜会」との交流がもとで当局に疑いを持たれ、代表作の『大悲劇　最後の伝令』〈一九三二年六月・浅草玉木座初演〉も「佐藤文雄」のペンネームを使用している。三二年、所属していたピエル・ブリヤント〈P・B、後の「エノケン一座」〉が松竹の専属劇団となり、「菊谷栄」のペンネームが許され、専属披露公演の『リオ・リタ』〈三二年七月・浅草松竹座初演〉で絶賛される。翌年の『研辰の討たれ』〈三三年二月・浅草松竹座初演　原作：木村錦花〉が評判になり、以後、『パリの与太者』、『ピカデリイの与太者』〈三四年十月・浅草松竹座初演〉、『日本の与太者』〈同十二月・浅草松竹座初演〉など、「与太者シリーズ」を発表。三五年三月には大学と各県の民謡を結びつけた『民謡六大学』〈浅草松竹座初演〉が大ヒットし、一か月半に及ぶロングランとなった。三七年九月に応召、十一月九日、中国河北省南和県にて戦死。生涯に遺した戯曲は百本を超える。

❖**『大悲劇　最後の伝令』**《だいひげきさいごのでんれい》　四景。「悲涙血涙戦争哀話」の角書きがついており、榎本健一の原案を菊谷栄が舞台化した作品。南北戦争当時の北部アメリカの片田舎を舞台に、愛し合うメリイとトムのカップルを主人公にし、召集が来て涙の別れをする二人、戦場でのトム、重傷を負って帰還したトムとメリイの姿を描いているが、このストーリーと並行して、舞台は監督、大道具係など、舞台裏の光景が入り混じりながら進行する。科白を覚えていないトムと監督のプロンプターによる科白の二重唱や、重傷で帰ってきたトムが断末魔の中で幕が降りるところを、幕の降り方が悪く、トム自ら立ち上がって幕を降ろして幕の下敷きになるなど、榎本健一の発想を当時としては斬新な手法で活かした作品。本ゼリフがアドリブに聞こえるように書き込まれており、作者の緻密な作品づくりが窺える。

❖**『リオ・リタ』** ブロードウェイのステージ・オペレッタの大作をもとにした作品。三〇年二月に日本で封切られた映画版を舞台にアレンジ。テキサスとメキシコを股にかけて荒らし回っている怪盗・キンカジョーを捕えるため、テキサスの保安官が変装してやって来る。メキシコの名家の娘・リタの兄は行方不明になっており、リタに惚れている悪代官はその兄がキンカジョーだと言いふらす。リタをかばい、悪代官と対立する保安官とリタの間に愛が芽生え、リタの兄は秘密探偵で、悪代官が実はキンカジョーだったことがわかる。フィナーレはリオ・グランデの遊覧船でのリタと保安官の結婚披露パーティの場面。日本初のブロードウェイ作品の模写であると同時に男女混成の座組みによる最初の本格的なレビューとされる。（中村義裕）

木皿泉《きざらいずみ》 脚本家。和泉務《いずみつとむ》（一九五二年兵庫県神戸市生まれ）と妻鹿年季子《めがときこ》（一九五二年兵庫県西宮市生まれ）の夫妻共作によるペンネーム。一九九〇年、三谷幸喜や吉田秀穂らと『やっぱり猫が好き』第二シーズンを執筆するにあたって共作を始める。連続ドラマ『すいか』（第二十二回向田邦子賞受賞）で人気を博す。舞台作品として、初戯曲『君ほほえめば』、薬師丸ひろ子主演の『すうねるところ』『ハルナガニ』がある。（岡室美奈子）

如月小春《きさらぎこはる》 一九五六〈昭和三十一〉・二～二〇〇〇〈平成十二年〉・十二。劇作家・演出家・エッセイスト。本名楫屋《かじや》正子《まさこ》。東京都生まれ。一九七四年に東京女子大学に入学し、劇団綺畸《きき》入団。在学中に処女戯曲『流星陰画館』をはじめ、出世作『ロミオとフリージアのある食卓』（一九七九）を発表。卒業後も劇作家として活躍し、綺畸を退団する八二年までに、『家、世の果ての……』（八〇）、『ANOTHER』（八一）、『工場物語』（八二）など発表した。八〇年代に抬頭した女性演劇人の中で、如月小春は渡辺えり子（現・えり）、木野花、岸田理生《きしだりお》らとともに、中心的役割を果たした。八三年には新たにNOISEを結成。音楽、映像など他ジャンルを取り込んだ実験的な作品を手がける。女子高生の自殺を扱った『DOLL』（八三）、都市を生きる身体を探る『MORAL』（八四）等がある。九〇年代に入ってからは、『A.R――芥川龍之介素描』（九三）など評伝劇を手がけ、従来の劇に回帰した感があるが、これは「前衛」とは必ず「大衆的」なものに通じ、そこに歴史性や政治性を呼びこめることを経験的に知ったためであろう。この頃から、如月の活動の幅は急速に広がっていく。一つは、九一年より開始した姫路の「こどもの館」との関わりで、ワークショップを通じて中学生や高校生と芝居づくりを行ない、教育面に大きな目が開かれた。もう一つは、九二年に自ら実行委員長を務めた「第一回アジア女性演劇会議」である。「アジア」「女性」「演劇」をキーワードとするこの会議は、演劇を「弱者」「マイノリティ」という視点から見直そうとするものだった。テレビで才気煥発な司会を務め、立教大学や桐朋学園でも教鞭をとり、文部省（現・文科省）の国語審議会に関わるなど、演劇を社会に広げていく活動につながった。また如月は卓抜なエッセイストでもあり、『都市民族の芝居小屋』など著書も多い。死後、『如月小春は広場だった』という追悼文集が編まれ、彼女が中村伸郎《なかむらのぶお》から聞き書きした『俳優の領分』も出版された。

❖『**ロミオとフリージアのある食卓**《ろみおとふりーじあのあるしょくたく》』初演は一九七九年、駒場小劇場。プロローグとエピローグを挟む一幕。共同演出は吉見俊哉（現・社会学者）。冒頭、黒子によって人形が持ち込まれ、その人形たちが人間に替わるところから劇は始まる。中野区の奇夜比由列徒《きゃぴれっと》家では区民祭に出品するために『ロミオとジュリエット』劇を日々稽古している。けれどもこの一家に若い男性がいない。そこでたまたま荷物を届けに来た三越の配達人を無理矢理ロミオ役に仕立てあげる。こうしてロミオとジュリエットの悲劇は劇中劇としてどこまでも続いていく。ついに演技が暴力にまで発展し、ロミオ役が死ぬ時、ゲームは終わり、現実の正体が現われる。そこで人間の実像が現われるかと思いきや、その実態は人形だった。どこまでいっても仮面の上に仮面をかぶり続け、演技に演技を重ねるメタシアターの極致のような作品に仕上った。

❖『**MORAL**《もらる》』初演は一九八四年、西友大泉OZスタジオ。二十九の断章から成る一幕劇。ある日、一つの家族が忽然と姿を消す。その家族は、両親と祖母、〈経済学〉〈心理学〉と呼ばれる兄弟で構成されている。父を取り巻く会社の人間関係が描かれるなかで、一家心中という社会問題が浮き上がってくる。だがこの劇で真に重要なのは、上演の方法である。断片化した言葉と場面がランダムに並べられる。俳優、照明、音響、映像、美術など異なるファクターが横断的に組み合わされ、それぞれが独立した表現体として自己を主張する。このパフォーマンスは演劇からの逸脱を意味した。そこには一貫して「都市を生きる身体」を探る意図があった。如月はこの作品で、従来の戯曲言語を捨てた。台詞の文学性は結局、演劇を予定調和的にしか機能させない。そこからの逸脱を図ったのが、この作品と言えるだろう。（西堂行人）

貴司山治《きしやまじ》 一八九九〈明治三十二〉・十二〜一九七三〈昭和四十八〉・十一。作家。徳島県生まれ。編集・出版事業にも携わる。初期は大衆文学の作家として活動し、後にプロレタリア文学作家へと転身する。小説に『ゴー・ストップ』『舞踏会事件』など。『ゴー・ストップ』は脚色されて一九三〇年に新築地劇団で土方与志の演出で上演される。戯曲には『石田三成』『洋学年代記』『坂本龍馬の妻』『雷新田』など。（高橋宏幸）

岸井良衛《きしいよしえ》 一九〇八〈明治四十一〉・三〜一九八三〈昭和五十八〉・十一。劇作家・演出家。東京日本橋生まれ。本名は良雄。一九二六年、岡本綺堂に入門。雑誌「舞台」を編集し、「岸井良緒」の名前で『幽霊の移転』『取越し苦労』などを発表。一九三三年より大阪松竹文芸部に勤務、新歌舞伎、新派、新劇等の脚本、演出を担当。のち東宝に移り、菊田一夫と共にプロデューサーとして芸術座の一時代を築く。著書に『ひとつの劇界放浪記』（青蛙房）、編著に岡本綺堂『江戸に就いての話』（光の友社）など。（大橋裕美）

岸田衿子《きしだえりこ》 一九二九〈昭和四〉・十二〜二〇一一〈平成二三〉・四。詩人・童話作家。東京都生まれ。父は岸田國士《くにお》、妹は女優の岸田今日子。東京藝術大学油絵科卒業。画家を志したが肺疾患のため長期の療養生活を送り、その後詩人となる。一九五五年に詩集『忘れた秋』を発表。五八年、RKB毎日放送（ラジオ九州）のラジオドラマに若いカップルを主人公にした幻想的な作品『白い地図』を提供。同年、『羊を飼う者』（「新劇」一九五八・4）を発表。七四年、絵本『かえってきたきつね』でサンケイ児童出版文化賞大賞受賞。（中村義裕）

岸田國士《きしだくにお》 一八九〇〈明治二十三〉・十一～一九五四〈昭和二十九〉・三。劇作家・演出家・小説家・翻訳家・評論家と活躍の範囲は広かったが、劇作家としての記述に絞る。東京生まれ。一八九九年に軍人の父が名古屋の第三師団に転属、同地へ移住。一九〇七年九月、東京の陸軍中央幼年学校本科に進学、フランス文学に興味を覚えはじめるとともに軍隊生活に反発を感じ、幼年学校退学を申し出たが父に許されなかった。一〇年七月に幼年学校本科卒、士官候補生として久留米歩兵第四十八連隊に配属される。一二年士官学校卒、十二月に少尉に任官。一四年七月に第一次大戦で日独開戦、兵営の雰囲気に嫌悪感抑えがたく軽微な肺尖カタルを口実に上京、父の意に背いて軍隊から身を引く。一六年春、幼年学校の教官内藤濯《ないとうあろう》と今後を相談して東大仏文科選科に入学、豊島《とよしま》与志雄《よしお》、辰野隆《たつのゆたか》らを知る。仏文科の副手が太宰施門《だざいしもん》。フランス演劇への関心を高めると同時に内藤、辰野、太宰らによって設立されたフランス語の講習会の講師兼事務長として報酬を得る。一九年八月、渡仏すべく貨物船で神戸を発って香港に行き、三井物産仏印出張所付き通訳の職を得てハイフォンに赴任。三か月滞在の一夜トランプに大勝し、八百ピアストル余の賭け金を得てマルセイユ行きの船の切符を買って二〇年一月同地着、ただちにパリへ向かう。時に第一次大戦が終わり、ヴェルサイユ講和条約が締結された直後。日本大使館勤務を経て国際連盟事務局に嘱託の職を得る。その間墺伊国境画定委員会の通訳としてイタリア、オーストリアなどの各地を旅行。この時の体験が『チロルの秋』に反映。二一年、ソルボンヌ大学の公開授業に出席、同大学のルボン教授の紹介状を持ってジャック・コポーを訪ね、主宰するヴィユ・コロンビエ座と付属の俳優学校への出入りを許される。またジョルジュ・ピトエフの演劇運動に共感。二二年、初戯曲『黄色い微笑』をフランス語で執筆、ピトエフに読ませるも上演にいたらず。十一月に父の訃報が届き帰国の準備を開始。二三年七月に帰国。豊島の紹介で『黄色い微笑』を改題邦訳した『古い玩具《おもちゃ》』の批評を山本有三《やまもとゆうぞう》に求める。生涯のテーマとなる日本と西洋の衝突、矛盾、調和を文明論的に描いた第一作。九月一日関東大震災。二四年一月創刊の山本有三編集「演劇新潮」三月号に『古い玩具』が掲載され、つづいて清新な文体の『チロルの秋』を発表、新進劇作家として注目される。二五年、「演劇新潮」二月号から「吾等の劇場」と題する演劇評論を連載。が、同誌は六月号で休刊。『ぶらんこ』と『紙風船』を相次いで発表、従来の重くて暗く、社会的なテーマを重視したロシア、ドイツ、北欧系の戯曲とは違い、何かを言うために書くのではなく、戯曲を書くために何かしら言うという姿勢の戯曲の新鮮さが迎えられて、劇作家の地歩を固める。二三年三月、新劇協会の指導を高田保《たかだたもつ》らと一緒に要請され、岩田豊雄《いわたとよお》らに協力を求めた。二年前に小山内薫《おさないかおる》の翻訳劇専一上演を方針として始動した築地小劇場への対抗馬としてこの劇団はあり、岸田もそういう目で見られた。四月に菊池寛《きくちかん》の文藝春秋から「演劇新潮」が復刊されて「吾等の劇場」の連載を再開。岸田のそれは戯曲とは何かをはじめて本格的に論じ、対話による生命の律動を生む劇的文体という概念を確立した。この年から十年ほどが戯曲の多作時代。『葉桜』（一九二六）、『屋上庭園』（同年）、『落葉日記』（二七）、『温室の前』（同年）、『犬は鎖に繋ぐべからず』（三〇）、『ママ先生とその夫』（同年）、『運を主義にまかす男』（三二）、『歳月』（三五）など。二八年十月、演劇雑誌「悲劇喜劇」を第一書房から創刊して編集を担当。翌年七月まで通巻十号。二九年九月から翌年一月まで東京朝日新聞に初の長編小説『由利旗江《ゆりはたえ》』を連載。以後、多数の小説を書いた。三二年二月、友田恭助《ともだきょうすけ》・田村秋子《たむらあきこ》夫妻が結成した築地座の指導を久保田《くぼた》万太《まんた》郎《ろう》らとともに依頼される。三月、岸田を師とする田中千禾夫《たなかちかお》、阪中正夫《さかなかまさお》、川口一郎《かわぐちいちろう》、小山祐士《こやまゆうし》らを同人とする演劇雑誌「劇作」創刊。四月、明治大学に文芸科が創設され、山本有三文芸科長の依頼で岩田らと講義を担当した。三四年、当局の左翼演劇への弾圧が強化され、これに対処すべく村山知義《むらやまともよし》が「改造」九月号に「新劇大同団結の提唱」を発表、これを受けて九月末に新協劇団が結成された。当初この劇団は日本新演劇協会という演劇団体の所属だったが、広範な組織になり得ないとの見通しのもと、十二月に岸田の提唱した新劇の連絡機関、日本新劇倶楽部に発展的に解消され、岸田はその幹事長に就いた。が、これは発会式だけで消滅。三六年二月、築地座解散。三月『風俗時評』を発表。二・二六事件直後に何かを言うために書いた戯曲が大反響。三七年九月、岩田豊雄や久保田万太郎らと文学座を結成。が、友田が十月に中国戦線で戦死、夫人の田村も引退同然となり、旗揚げ公演は翌年に延期。三八年三月、明大に演劇・映画科が新設され、山本有三の後を承けて文芸科長に就任。四〇年八月、新協・新築地劇団が強制解散されるも、政治と一線を画した文学座は戦中を生き延びる。十月に大政翼賛会が発足し、三木清《みききよし》らの要請でその文化部長に就任。明大の文芸科長を辞任。四〇年六月に日本移動演劇連盟が発足して委員長に。四二年七月、大政翼賛会の官僚化を嫌い、改組を機に文化部長を辞任。四三年、社団法人になった日本移動演劇連盟の理事に就く。移動演劇のための『かへらじと』を「中央公論」の六月号に発表、内容が陸軍の怒りを買い、やがての中央公論社解散の一因になったと言われる。四四年十二月に飯田市に疎開。農耕生活中の四五年八月敗戦を迎える。四七年二月帰京。十一月、大政翼賛会に関係したこと、士官学校出を理由に公職追放に。四八年に戦後初の戯曲『速水女塾《はやみじょじゅく》』を発表。五〇年八月、文学の立体化運動を提唱して「雲の会」を結成、新劇を広い文化領野で発展さすべく小説家、美術家、批評家、音楽家、映画人などに協力を要請。五一年五月「雲の会」編集の雑誌「演劇」を白水社から創刊して主宰。七月公職追放解除。五二年三月、高血圧症、脳動脈硬化症状のため東大付属病院に入院、五月退院。五三年、芸術院会員になる。五四年に文学座の三月公演、ゴーリキーの『どん底』を演出する。初日を明日に控えた三月四日、神田の一ッ橋講堂で舞台稽古中に脳動脈硬化症を再発して倒れ、五日に逝去、六十四歳。七九年以来、岸田國士戯曲賞が白水社の主催で設けられている。

[**参考**]『岸田國士全集』全二十八巻(岩波書店)、『ハヤカワ演劇文庫・岸田國士』全三巻(早川書房)、古山高麗雄『岸田國士と私』(新潮社)、渡辺一民『岸田國士論』(岩波書店)、駿河台文学会編『岸田國士の世界』(審美社)、日本近代演劇史研究会編『岸田國士の世界』(翰林書房)、大笹吉雄『最後の岸田國士論』(中央公論新社)

❖『**古い玩具《ふるいおもちゃ》**』 一幕六場。時は一九二〇年。所はパリ。愛した房子と結婚できなかった白川留雄は日本を捨て、パリで画家として暮らしている。外交官手塚の妻になった房子もここにいて、サロン化した手塚家には多くの人が出入りしている。その一人のルイーズを愛しはじめた白川は、ルイーズが帽子を新調したのを承知の上で、その人が自分を愛してくれているなら、手塚家の集いに新しい帽子で来るはずだと言う。手塚家では白川が房子を相手に、完全に西洋人の真似もできず、固有の生活様式からも遠ざかった日本の男の非芸術的な生き方を論じていると、ルイーズから今日は来られないとの伝言が届く。席を立つ白川に、房子は手塚と別れて日本へ帰ろうかと思うと言う。愛を求めていると察した白川はルイーズに夢中だと言い捨てて去る。ほどなくルイーズが新調の帽子をかぶって手塚家に来る。ルイーズと結婚した白川は、二人で地方のホテルに泊まる。自分を見る周囲の目に耐えられず、白川は外に出ようとしない。ルイーズは二人で日本に帰ろうと言うが、白川は聞く耳を持たない。ルイーズは一人で日本へ向かう。それから白川は病に伏し、そのアトリエで房子が看病している。白川は心の中からルイーズが消えたと言い、房子も手塚と別れる気をなくしている。二人は深い孤独を噛みしめる。男二人、女四人、その他。

❖**『チロルの秋《ちろるのあき》』** 一幕。時は一九二〇年の晩秋。所はチロルのあるホテル。日本人のアマノと人種不明のステラを除いて、客はいない。明日はステラが、明後日はアマノが発つという日の夜、二人ははじめて言葉を交わす。人種が不明なこともあって、アマノはステラが気になる。ステラもアマノを無視できない。やがて二人はお互いを恋人に見立てて、恋愛ごっこをはじめる。が、ステラの母が日本人だと知らされたアマノが遊びをやめて、ステラの身の上話を聞きたいと迫る。会わなければ心が騒ぐこともなかったと言うステラにアマノは「死ねと言うのか」と激情を募らせる。ステラはそうしろと命じ、アマノはステラの心を奪うと応える。沈黙。激情が去り、二人は寝る前の挨拶を交わす。男一人、女二人。

❖**『紙風船《かみふうせん》』** 一幕。結婚一年の若夫婦が日曜日の過ごし方を持てあまし、鎌倉へのピクニックを空想して楽しむことにする。が、過剰に調子に乗る夫に妻は興ざめしてゲームをやめる。とはいえ何もすることがない。結婚がよかったのかどうかという話にまでなるのを聞いた妻は、つい泣く。そこへ隣家から庭へ紙風船がころがって来る。拾った夫がつきはじめるのを横取りした妻が、一緒につこうと隣の子供に呼びかけて去る。男女一人ずつ。

❖**『驟雨《しゅうう》』** 一幕。一九二六年発表。時は六月の午後。所は洋風の客間を兼ねた書斎。新婚旅行中のはずの恒子が、突然姉の朋子を訪ねて来る。結婚後一週間ほどにもかかわらず、離婚したいと口を切る。帰宅した朋子の夫、譲を交えてその理由を訊すと、することなすことが鼻について嫌だとのこと。ことに我慢できなかったのは、宿で偶然出会った友人と呑みに出て、一晩帰って来なかったことだと恒子は言う。譲はその時の男の心理を恒子に分析してみせる。朋子にはそれがまるで譲のことのようにも聞こえる。譲も面はゆく感じながらも話をつづけ、離婚後にも言及する。ところが恒子を説得できない。恒子が実家に帰ると席を立ち、譲も朋子も立ちあがった時に沛然と驟雨。長い沈黙……。男一人、女二人。

❖**『動員挿話《どういんそうわ》』** 二幕。一九二七年発表。時は一九〇四年。所は東京。宇治少尉が日露戦争で出征することになる。従卒の太田もついて行く。馬丁の友吉も連れて行くことになるが、これは強制できない。そこで友吉に諾否を問うと、妻の数代次第だと言う。数代は身寄りもない上に二度の結婚に失敗し、いつも友吉と離れては生きていけないと言っている。

聞けば果たして、友吉をやりたくないと言う。怒った宇治は明日は意気地なしの手を借りず、自分で馬の鞍を置くと言う。意気地なしと言われたことに腹を立てた友吉を見て、宇治は一晩考えろと諭す。翌朝、宇治は出征する。世間体をはばかってお供をすると言い出す友吉に数代は調子に乗るな、こちらばかり国のためを思っても、国が目をかけてくれなければ何もならないと言う。が、友吉の気の変わらないのを見て、数代は奥様に知らせると姿を消す。やがて女中が数代が井戸に投身したと駆け込んで来る。男三人、女三人。

❖**『牛山ホテル』**《うしやまほてる》 五場。一九二九年発表。時は一九二〇年代の九月末。所は仏領インドシナの日本人経営のホテル。真壁がロシア大使館で副領事をしていたころ、仏語の教師をしていたユダヤ系のフランス女性ロオラと結婚する。が、大使館を辞してハイフォン(と思しき街)に来てからは愛も冷め、二人は別居する。ロオラは離婚訴訟を起こす。ここで真壁はからゆきさんのさとに出会い、その境遇から救って牛山ホテルで同棲している。真壁は商会出張所主任の任にあったが会社に損害を与えて辞職してこの地を去ることになり、これを機にさとを日本へ帰すことにする。が、さとは出発の前日になってもどうするか迷っていて、真壁もそれを知りつつ決定的なことは言わない。逆上したロオラにピストルで撃たれて怪我をした真壁は、新主任の三谷にその心情を自分のロマンチシズムの発露だと語るが、なぜ結婚しないのかと三谷夫人に聞かれると、自分の道徳ではそういう答えは出てこないと逃げを打つ。その結果、さとは自らの意志で帰国を決める。発つに際してさとは真壁の部屋を訪ねるが、真壁は呼びかけに応じない。さとはホテルを後にする。男十一人、女十人、その他大勢。天草弁つまり地域語使用の唯一の戯曲。

❖**『沢氏の二人娘』**《さわしのふたりむすめ》 三場。一九三五年発表。時は一九三〇年代。所は沢家の応接間兼食堂と沢のアパートの一室。元外交官の沢一寿《かずとし》は長い海外放浪の末に帰国し、今はある療養院の事務長をしている。妻も長男も死に、小学校教師の悦子とＯＬの愛子という二人の娘と暮らしている。姉の悦子が家族間に秘密を作らないことと提案し、それに誘われるように沢は家政婦の奥井らくは家族同然だと告白する。ある日、田所という青年が愛子に会いたいと訪ねて来る。が、愛子は拒否する。そんなはずはないと田所は沢にその根拠を言う。ピクニックに出掛けた日の夜、愛子は田所に犯されていたのだ。そうと知って悦子が愛子を励ますが、人を慰める喜びに酔いしれている悦子の心を見抜いた愛子は、ここに自分の生活はないと家を出る決意を語る。それから二年後。沢は一人アパートで暮らしていて、決まった日に娘たちと会うことにしている。その日、悦子は二人の男性との愛欲の果てに、どうすればいいのか分からなくなったと告白する。それを聞いて愛子は笑い、あの日、姉さんは心でこのように笑っていたのだと言う。怒った悦子は声を荒らげて姉妹の縁を切ると言う。沢はそういう二人を黙って見ている。男三人、女四人。

❖**『かへらじと』**二幕。時は一九三九年の初夏から晩秋にかけて。所は関東地方の小さな町。初夏の払暁の神社の境内。青年学校の若者たちが祭りの準備をしている。その中に志岐行一と大坪参弐もいる。志岐には赤紙が届き、二日後には発つ。ふと昔話になる。小学生のころ竹で弓を作るのが流行し、志岐は一番大きな弓を作った。得意になって薮を目がけて射るや、ワッと叫んで大坪が飛び出して来た。

目に矢が刺さっている。以来、大坪は片目が不自由で、兵隊検査にも落ちた。が、大坪は志岐のしたことなど気にしていない。志岐は改めて大坪に妹のふくと結婚してくれと頼む。大坪はそういうことはまだ考えていないと答える。志岐の家。仏壇に志岐の写真が飾ってある。志岐は戦死し、その当時の部隊長の副官結城少佐が、焼香かたがたその様子を話に来る。結城によれば、丘の敵の陣地に向かって、日の丸を掲げて斜面を駆け上がって行く兵隊がいる。周囲は集中射撃が絶えない。無茶をやるなあと見ているうちに日の丸の旗が敵の陣地に流れ込み、全軍の進出を容易にした。その翌日。第二陣地を突破すべくいっせい攻撃を開始するとまたあの兵隊が飛び出して、やがて日の丸の旗が静かに倒れた。大坪とのことを承知していた結城は、こう言葉を結ぶ。〈個人的な過失を国家的な罪として自らこれを責め、友情をもって大義に結び、戦場に於ては、死にまさる奉公なしと観じた一徹素朴な精神を、涙なくして考えることはできない〉。話を聞いていた大坪の父が、志岐の母にふくを嫁にしたいと申し出る。男十四人、女四人、その他大勢。（大笹吉雄）

岸田辰彌《きしだたつや》 一八九二〈明治二十五〉・九～一九四四〈昭和十九〉・十。宝塚歌劇団作家・演出家。東京都銀座生まれ。一九一四年に帝劇歌劇部に二期生として入部、『天国と地獄』でデビュー。ジョヴァンニ・ローシーにオペラやダンスを学ぶ。浅草オペラで声楽家として活躍。新星歌舞劇団の公演中に小林一三に強く招かれ、一九年に指導者として宝塚歌劇へ。宝塚音楽学校でのバレエ教師、歌劇団の演出家としてオペレッタや歌劇を発表。二六年、大劇場に適した表現や技術を学ぶために欧米視察。パリで当時流行していたレビューを学ぶ。二七年に日本初の本格レビュー『モン・パリ 吾が巴里よ』（宝塚大劇場）を発表。続けて二八年『イタリヤーナ』（一九二八年一月）、『シンデレラ』（二九年八月）などを発表、レビューを宝塚歌劇の代名詞とした立役者の一人。一方、欧米視察前の二五年から『カルメン』（宝塚大劇場）を上演、三二年には中劇場での「寶塚バライエティ公演」でもグランド・オペラの上演を試みるなど、レビューの成功後も国民劇の実現に向けた模索は続いた。父親はジャーナリスト・実業家の岸田吟香、兄は洋画家の岸田劉生。戯曲は宝塚歌劇団の各劇場脚本集に所収。

❖**『モン・パリ』** 一幕。岸田の洋行経験に基づく日本初の本格レビュー。「幕無し十六場」と称されるスピーディーな展開、延べ数百人の登場人物、上演時間一時間半、当時の宝塚歌劇の一年分の予算という前代未聞の規模に反対の声も強いなか、上演できなければ宝塚を辞めるという岸田の覚悟に小林一三の一声で上演が決定。岸田がモデルの串田福太郎の見聞録の体裁を採る。洋行の土産話を上演するという口上ののち、神戸埠頭での宝塚少女歌劇団生徒による見送り、上海、船室での会話、インドの仮面の舞、セイレーンの歌声とエジプトの夢の場面などを経てパリへ到着。一行が観劇に赴くと、舞台にはこれまで巡ってきた旅の登場人物たちが次々と現われる。舞台上の出演者と観客たちによる主題歌『うるわしの思い出モン・パリ』の合唱で幕。大階段、ライン・ダンスを初めて日本に紹介。衣装を汽車の車輪に見立てたライン・ダンスは白井鐵造の振付。脚や腕を大胆に露出する衣装も話題を呼んだほか、主題歌は大ヒットを記録し当時の流行歌となった。宝塚歌劇団では『モン・パリ』初演にちなみ毎年九月一日を「レビュー記念日」とし、八七年から二〇〇七年まで通常の公演の終了後に主題歌歌唱などのイベントを行なっていた。

❖『満州より北支へ』《まんしゅうよりほくしへ》　一幕。前年に勃発した支那事変を背景に上演された一九三八年のレビュー（宝塚大劇場、星組）。『モン・パリ』と同じくプロローグののち埠頭の場面から各地を巡る体裁を採り、大連の埠頭と市場、遼陽、鞍山、ハルビンを巡り、旅順から承徳までは飛行機移動を経て北京へ到着する。船を降りた有馬と別府が軍人たちの上官への敬礼を自分たちに向けられたものと勘違いする場面、匪賊と間違えられ捕えられる場面、現地の女性の詐欺にひっかかる場面、どじょう掬いの体での砂金掘りといったユーモラスな場面、異国の演劇を見物する趣向、ライン・ダンスは『モン・パリ』と通底する。その一方で、幕開きでは日の丸と満州国旗を掲げる前での満州国国歌の合唱、旅順の場面では乃木将軍の肖像と旅順戦績の活人画、北京の場面では支那事変の突撃を描き、フィナーレでは紫禁城での日本陸軍による「皇国つねに栄あれ」という合唱ののち万歳によって幕となるなど『モン・パリ』以降のレビューのフォーマットを踏まえながら、太平洋戦争へと向かう時勢を色濃く反映している。（藤原麻優子）

岸田理生《きしだりお》　一九四六〈昭和二十一〉・一～二〇〇三〈平成十五〉・六。劇作家・演出家。長野県岡谷市生まれ。中央大学法学部卒業。一九七三年に演劇実験室・天井桟敷公演『地球空洞説』に参加、翌年入団。寺山修司のアシスタントとして台本作成を協力するようになる。同時に早稲田大学演劇研究会に台本を書き下ろし、七七年『洪水伝説』をもって同劇団員等と哥《かい》以劇場を旗揚げ、座付作者となる。第三回公演『捨子物語』（一九七八）は初期代表作である。八一年に同劇団解散後、岸田理生事務所を立ち上げる。第一回公演『恋唄くづし　火学お七』（八二）はその後『火學お七』として繰り返し再演された。同作品がきっかけとなって楽天団の演出家和田喜夫と共同作業を始め、八三年に岸田事務所＋楽天団を結成する。活動初期は脆弱な劇団体制の中で四苦八苦することが多かったが、和田との共同作業が始まった頃から岸田の劇世界が存分に舞台化されるようになり、精力的に上演を重ねた。『糸地獄』（八四）は第二十九回岸田國士戯曲賞を受賞し、海外フェスティバルに招聘された。この頃の代表作に『昭和の恋』三部作（八五～八七）、『料理人』（八八）がある。八九年には『終《つい》の栖《すみか》、仮の宿』にて紀伊國屋演劇賞受賞（個人賞）、『一九九九年の夏休み』にて熊本映画祭シナリオ賞を受賞している。また、外部に書き下ろした作品として『桜の森の満開の下』（八三、千賀ゆう子企画＋迦楼羅舎）など。九三年に共同体制が崩れたことから岸田事務所＋楽天団を退団した岸田はプロデュース形式で作品を発表していく。永逝までの約十年間に岸田の文体は大きな変容を遂げる。それまでの岸田作品は大正、昭和日本の風土を感じさせるものであり、古めかしい日本語の言い回しが多用された、日本の固有性に根ざしたものだった。ところが晩年になるとそうした言語の固有性から離れようと試みるようになる。『鳥よ　鳥よ　青い鳥よ』（九四）や、国際交流基金から依頼を受けて創作されたオン・ケンセンとの共同作品『リア』（九七）はその最たる例である。テキスト及び言語を再考するきっかけとなったのは、九一年にＨＭＰ結成に参加し、ドイツの劇作家・演出家ハイナー・ミュラーと出会ったことや、九二年に第一回アジア女性演劇会議で実行委員を務めたこと、そして韓国への関心が高まったことなどだった。こうした新たな出会いを経て岸田の視野が広がり、複数の共同体を越境する言語を求めるようになった。また、実験的な作品を国際規模で手がける一方、この時期には蜷川幸雄演出によって『身毒丸』が再演されている（七八年に『見世物オペラ身毒丸』として初演。作詩台本・寺山、岸田）。本作は岸田亡き後も繰り返し上演されている。戯曲集の他に『幻想遊戯』（而立書房）などの評論集やマザー・グースの翻訳、吸血鬼論などがある。

❖**『糸地獄』**《いとじごく》 一九八四年六本木アトリエ・フォンテーヌで初演。演出・和田喜夫、共同演出・岸田理生。十一場。時は昭和十四年。所は東京モスリン製糸株式会社亀戸工場。登場人物は少女繭、糸屋の主人・縄、十二人の糸女、他多数。海岸で夜警の男たちがずぶ濡れの少女繭を発見する。彼女は海からやって来て〈イエ〉を探していると言う。そんな彼女に男は糸屋へ行くよう告げる。向かった先の糸屋は表向きには糸を売り、裏では女郎屋を営んでいる。繭は当初、家を探す理由を忘れていたが、母親を殺すためだったことに気付くと、糸屋の十二人の糸女に自分の母親ではないかと尋ねまわる。糸女達が紡ぐ糸に母子の絆が重ねられ、繭は糸を断ち切るように母とのしがらみを捨て去り、さらにはその糸を後ろで操る男達の呪縛から逃れようとするが、目的は達成されず、繭も糸車を回す一人の女になる。母殺し、家というモチーフには寺山から受けた影響の跡を感じさせるが、母の背中越しに岸田が刺さんとしたのはむしろ父親、すなわち父権性社会であった。それは寺山にとっても重要なテーマであり、岸田は寺山の血脈を受け継ぎつつ、本作でさらに深化させたのであった。『糸地獄』（出帆新社）所収。

❖**『鳥よ　鳥よ　青い鳥よ』**《とりよとりよあおいとりよ》 一九九四年、彩の国さいたま芸術劇場のプロデュース公演として同劇場で初演。演出・岸田理生。九場。海に近い雨ばかり降る町。登場人物は少女、ダフ、男1〜4、女1〜3。ダフは町から追い出され狭い〈塒《ねぐら》〉に閉じ込められている。町の住人には黒丸が体に刻印されており、言葉＝日本語を使うことを禁じられている。その代わりに〈きぶりご〉、〈きりごぶ〉といった奇妙な挨拶を交わしている。ダフは唯一日本語をしゃべるが話し相手がいない。そんな彼と町人の前に少女が現われる。少女に体を触れられた住人達は言葉を思い出し堰を切ったように昔話をする。だが、言葉を取り戻したのも束の間、鳥の襲撃を受け元に戻ってしまう。本作は母語を禁じられ別の言葉を強要された人々の苦しみを描いた作品であるが、禁じられた言葉を日本語に設定したことに対し、初演時は歴史認識の甘さを指摘する声もあった。だが、本作は岸田の言語に対する関心を一段と高め、後の多国語による共同作業の跳躍台となった。後期作品の出発点に位置する作品である。『鳥よ　鳥よ　青い鳥よ　岸田理生戯曲集III』（而立書房）に所収。　（梅山いつき）

貴島研二《きしまけんじ》 劇作家・演出家。一九三〇年代初頭に商業演劇の世界に入り、三〇〜四〇年代をピエル・ブリヤント、笑の王国など人気軽演劇団の作・演出家として活躍した。読売新聞連載の「新版無用問答」をレヴュー化するなど時事的内容を取り込むのに巧みで一部からは鬼才と高く評された。戦後もストリップの作・演出や東京佼成ウインドオーケストラのコンサート演出、テレビ『ロッテ歌のアルバム』（TBS）など主に音楽ショーの演出で活躍した。主な作品にミュージカル・ファース『混線市場』、コメディ『孔雀』（以上、プペ・ダンサント）、『流行歌無用問答』、戦捷ヴァラエティ『皇紀二五九九年大放送』（以上、笑の王国）、その他に『浅草繁昌記』『夢みるお蝶』がある。　（中野正昭）

木島恭《きじまきょう》 一九四九〈昭和二十四〉・一～。脚本家・演出家。島根県出身。劇団銅羅演出部に所属した後、木山事務所演出部に所属し、一九九六年、中沢啓治の被爆体験を元にした自伝的漫画『はだしのゲン』のミュージカル化にあたって脚本と演出を担当。日本全国はもとよりニューヨークやソウルなど世界各地で上演した。他にも『ララバイ』などミュージカルの脚本が多数。著作に『ゲン in ヒロシマ』〈講談社〉。（小原龍彦）

木島始《きじまはじめ》 一九二八〈昭和三〉・二～二〇〇四〈平成十六〉・八。作家。京都生まれ。本名小島昭三。東京大学文学部卒業。在学中より詩誌「列島」等に参加し、戦後の代表的詩人として活躍。作品には合唱・歌謡曲としてうたわれたものも多い。その他、小説・評論など創作は多岐にわたる。英文学者としての評価も高く、法政大学教授も務めた。土方巽の振付で公演された『喜逸K判事の法廷』の他、オペラ『ニホンザル・スキトオリメ』等、多くの戯曲台本がある。（柿谷浩一）

きだつよし《きだつよし》 一九六九〈昭和四十四〉・八～。劇作家・演出家・俳優。大阪府出身。日本大学藝術学部演劇学科卒業。劇団TEAM発砲・B・ZIN主宰として全公演の作・演出（一九九二～二〇〇七）。『仮面ライダー響鬼』『仮面ライダーウィザード』の脚本家で、スーパーヒーローものの舞台作品を数多く手がける。（望月旬々）

北尾亀男《きたおかめお》 一八九二〈明治二十五〉・八～一九五八〈昭和三十三〉・二。劇作家・小説家。東京都赤坂区生まれ。大倉高等商業学校卒業。一九〇八年「江湖」の懸賞小説募集に当選。水野葉舟に師事。「文章世界」記者、帝国飛行協会主事を経て、一九年に国民新聞懸賞募集で戯曲『集散』が入選後本格的に劇作に手を染め、二三年には山本有三、能島武文らと「演劇新潮」の編集主任。同誌に『あゝ、書けない！』や『女よ、気をつけろ！』など多くの戯曲を発表。（岡本光代）

北川悦吏子《きたがわえりこ》 一九六一〈昭和三十六〉・十二～。脚本家・映画監督・エッセイスト。岐阜県美濃加茂市出身。早稲田大学第一文学部卒業。『愛していると言ってくれ』（一九九五）、『ロングバケーション』（九六）、『ビューティフルライフ』（二〇〇〇）など、豊川悦司、常盤貴子、木村拓哉、山口智子ら人気俳優が主演のテレビドラマの脚本で人気を得る。「恋愛ドラマの神様」と称され、向田邦子賞や橋田壽賀子賞をはじめ数々の受賞歴を誇る。二〇一二年には、パルコ劇場にて真矢みきの主演舞台『彼女の言うことには。』を手がける。（岡室美奈子）

北川大輔《きたがわだいすけ》 一九八五〈昭和六十〉・十二～。劇作家・演出家・俳優。鹿児島県出身。東京大学卒業。二〇〇八年『亡命』で劇団「カムヰヤッセン」を旗揚げし、全公演を作・演出。代表作に『レドモン』『やわらかいヒビ』『バックギャモン・プレイヤード』『未開の議場』など。（望月旬々）

北川陽子《きたがわようこ》 一九七九〈昭和五十四〉・五～。劇作家・演出家。栃木県生まれ。多摩美術大学映像演劇学科卒業。快快《ファイファイ》主宰。二〇〇四年に篠田《しのだ》千明《ちはる》らと小指値《こゆびち》を結成、〇八年より快快と改名（ともに詩人の鈴木志郎康の命名）。観客も参加できる「パーティ型演劇」を提唱。一三年、母親の死をもとにした人間賛歌パフォーマンス『りんご』（二〇一二）で第五十七回岸田國士戯曲賞最終候補作品にノミネート。代表作に『My name is I LOVE YOU』『Y時のはなし』『6畳間ソーキュート社会』。（望月旬々）

木谷茂生《きたにしげお》　一九二三〈大正十二〉・十〜。劇作家。石川県生まれの東京育ち。立教大学経済学部から文学部に移り、在学中の一九四三年に海軍に入隊。予備生徒を経て少尉に任官して終戦を迎える。戦後は出版社に勤め、主に労働関係の書籍の編集に携わり、フリーの編集者になる。劇作のほか、評論、ルポルタージュ、翻訳などを手掛けた。五六年に演劇誌「悲劇喜劇」の戯曲募集に応募、『火』が八月号に掲載され、十二月に横浜小劇場が横浜交通会館で初演した。軍人の体験からか、戦争という異常性の根源を問い直し、広島からアウシュビッツ、中国大陸からビキニ環礁、米軍基地問題までを詩劇に昇華した。戯曲に時、場所の明示はない。作品の人物には名前すら与えず、すべて一幕劇で汎人間性の造形につとめた。高校、大学、職場の演劇部、地域の市民劇団でしか上演されていないが、六四年に『火山島』がアメリカの「Players Magazine」に翻訳・掲載され、全米各地の十数大学で上演された。七七年『日々好日』(「悲劇喜劇」一九七六・11)が第二十一回岸田戯曲賞最終候補。

❖**『太鼓』**《たいこ》　一幕。「悲劇喜劇」一九五七年三月号に発表。五六年十一月、生活舞台が国労会館で初演。志願兵の少年と古参兵の男の役目は、最前線で敵の来襲を照明弾で知らせること。男が持ち場を離れると、少年の前に死んだ父親、郷里の母親、恋人が現われる。戻って来た男は敵軍が迫っていると言う。少年の耳には太鼓の音に聞こえるが、実は砲弾の音が激しくなり響く。

❖**『火山島』**《かざんとう》　一幕。「テアトロ」一九六一年六月号に発表。同年七月、グループ「七日会」が大阪・日立ホールで初演。島の電力源である風車の番人、爺の述懐を軸に、悲惨な体験をした大陸帰りの夫婦と娘、出漁中の息子を案ずる婆と孫の三組の物語。彼らの前に島の戦死者が現われる。爺の命の風車は取り壊されて……。二作とも『木谷茂生劇集Ⅷ』(ヒューマンドキュメント社)所収。　(北川登園)

北野ひろし《きたのひろし》　一九五七〈昭和三十二〉〜。劇作家・演出家。立命館大学社会学部卒業。東京・下北沢の本多劇場の演劇養成スタジオ出身のメンバーと劇団ＯＮＬＹクライマックスを結成し、主宰。軽妙なコメディを通じて現代社会に問題提起する。代表作に『あ・い・ま・い』(一九九〇)、『沈黙の自治会』(九二)、『結婚契約破棄宣言』(九三)。　(小原龍彦)

北林谷栄《きたばやしたにえ》　一九一一〈明治四十四〉・五〜二〇一〇〈平成二十二〉・四。女優。東京都出身。一九三一年に女優としてデビュー、四七年劇団民藝の創立に関わる。老け役を中心に多彩な活躍を見せるかたわら、一九七五年『おたずね者フォッツェンプロッツ』の作・演出、八二年には『六道御前』の脚色・構成・演出、九三年には『粉本楢山節考』、九八年『黄落』、九九年『蕨野行』の脚色・出演など。女優以外にも多くの作品の演出に当たった。
［参考］北林谷栄『九十三齢春秋』(岩波書店)　(中村義裕)

北林透馬《きたばやしとうま》　一九〇四〈明治三十七〉・十二〜一九六八〈昭和四十三〉・十一。作家。横浜市生まれ。本名清水金作。一九三〇年代の風俗を生かした犯罪小説を「新青年」などに書き映画化される。戯曲も『愚連隊の仙太』『薔薇は咲けども』『波止場やくざ』『花ひらく亜細亜』などを発表。妻は劇作家の北林余志子。　(神山彰)

北林余志子《きたばやしよしこ》　一九〇二〈明治三十五〉〜不詳。劇作家。神奈川県横浜市生まれ。岡本綺堂門下。「舞台」に戯曲を発表(旧姓鈴木の筆名もある）。『牛を喰う』、関西新派上演の『開港女気質』など。夫は作家の北林透馬。戦後は「終戦連絡横浜事務所」勤務。（神山彰）

北原武夫《きたはらたけお》 一九〇七〈明治四十〉・二～一九七三〈昭和四十八〉・九。小説家・文芸評論家・劇作家。神奈川県生まれ。慶應義塾大学仏文科を経て、一九三二年国文科卒業。都新聞入社。翌年同人雑誌「桜」の創刊に参画。三七年宇野千代と結婚、翌年の小説「妻」で注目を浴びる。四一年陸軍報道班員としてジャワ島へ。戦後は『マタイ伝』『告白的女性論』『空隙』『情人』など。戯曲に『渇いた部屋』『第百八番控室の人々』『鎮魂歌』がある。（みなもとごろう）

北村喜八《きたむらきはち》 一八九八〈明治三十一〉・十一～一九六〇〈昭和三十五〉・十二。演出家・劇作家・翻訳家。石川県小松市生まれ。東京帝国大学英文科卒業。小山内薫と出会い一九二四年より築地小劇場に文芸部員として参加。二九年の築地小劇場分裂後は青山杉作のもと劇団築地小劇場の副主事となるが、三七年に妻で女優の村瀬幸子と芸術小劇場を結成・主宰。戦後は新劇人協会常任理事、松竹音楽舞踊学校演劇主任教授、国際演劇協会日本センター初代理事長などを歴任。欧米戯曲の翻訳・演出を多く手がけたが、劇作でも「劇と評論」に『狂人を守る三人』『山の喜劇』『海の呼声』『都市覗き絵』『現代は狂気の如く』『北極行――ノビレ少将』『波止場物語』『衣裳哲学』『シーボルト』、「舞台」に『女・オン・パレード（恋愛インチキ会社）』『江南の春』『壮士芝居』など多数発表。戯曲集に『美しき家族』、翻訳戯曲集に『お蝶夫人』など。

［参考］『北村喜八　年譜と著作目録』（井口哲郎編著）

❖**『美しき家族』**《うつくしきかぞく》 四幕。一九四〇年九月、築地小劇場にて北村自身の主宰する芸術小劇場で初演。北村喜八演出、吉田謙吉装置。この作で皇紀二千六百年奉祝芸能祭に参加、劇団賞受賞。翌年四月には大阪・朝日会館で上演。四二年に戯曲集『美しき家族』（文園社）出版。製鉄事業に専心した阿部一家の三世代を中心に、明治大正昭和にわたる日本人の生き方や愛国心を描いた作者唯一の長編戯曲。憲法発布直後の明治二十二年、第一次世界大戦中の大正六年、関東大震災後の大正十二年、満州事変後の昭和十二年と時代を移す作劇法にはチェーホフの影響が見てとれる。劇評では、「東宝」（一九四〇・10）の〈今日の切実な問題をテーマとしてゐるだけに、直接的に私達の心を打ち魂をゆすぶるものがあった〉（大山功「『美しき家族』に就いて」）などと高く評価され、とりわけ阿部家に嫁いだ植木職人の娘・美代を演じた村瀬幸子の評判がよかった。（熊谷知子）

きたむらけんじ 一九七三〈昭和四十八〉・十～。劇作家・演出家・放送作家。劇団「東京フェスティバル」主宰。愛知県出身。本名北村賢治。大阪学院大学卒業。二〇一二年、福島県小名浜にあるソープランド街の震災後を描いた舞台『泡』で注目を浴びる。代表作に『選挙特番』『幸福な職場』『幹事長、出番です！』『テレビが一番つまらなくなる日』『無心』など。（望月旬々）

北村小松《きたむらこまつ》 一九〇一〈明治三十四〉・一～一九六四〈昭和三十九〉・四。脚本家・劇作家・小説家。青森県生まれ。一九一九年東京日日新聞社の児童映画脚本募集に入選する。翌年松竹キネマ研究所脚本部研究生となり、小山内薫に師事。二一年最初の戯曲『古巣』を「三田文学」に発表。翌年帝国劇場創立十周年記念募集脚本に『借りた室』が入選する。二四年慶應義塾大学英文科卒業。松竹蒲田撮影所脚本部入社。

「劇と評論」「演劇新潮」などに戯曲を執筆し、二六年『人物のゐる風景』、翌年『猿から貰つた柿の種』が築地小劇場により初演。歌舞伎や新派に『九条武夫人』『紳士淑女狐踏曲』『上陸第一歩』などを提供。従軍を経験し、軍部の要請で小説『燃ゆる大空』を連載。戦後公職追放処分を受けた。日本初の完全なトーキー映画『マダムと女房』の脚本やSF・ユーモア小説など創作は多岐にわたる。翻訳に『タバコ・ロード』、戯曲集に『猿から貰つた柿の種』(原始社)などがある。

❖**『活動狂時代』**《かつどうきょうじだい》　一九二七年十二月、帝劇附属の女子洋楽部員により初演。「文藝春秋」(一九二七・11)初出。『提琴弾きと喇叭吹き』(原始社)、『日本戯曲全集 現代篇』第18輯(春陽堂)所収。無声映画成熟期の映画界のモダンで享楽的な雰囲気と、スターを志す若き俳優たちの焦燥や小市民的な姿を軽妙な会話で描く。撮影所に公園、都会のアパートに郊外生活と昭和初期の多彩な風景を配し、無声映画も挿入。全七景。今日も活動写真の撮影所には俳優志願の若者が訪ねて来る。大部屋俳優篠田は喜劇映画『玉手箱』の主役に抜擢され、共演者の良子とともに一躍スターとなる。二人の愛人関係が騒がれ、篠田は妻から「営利会社の道化役者」と侮辱されて憤慨し、良子の住居を訪ねるが、良子は監督の久保田に心変わりしたと知って失望する。田舎へ帰した妻から再び落ちぶれた篠田に、じき出産すると手紙が届く。篠田は酒に酔い、妻が綴った謝罪の言葉を何度も読み返す。　(桂真)

北村季晴《きたむらすえはる》　一八七二〈明治五〉・五〜一九三一〈昭和六〉・六。音楽家。東京都出身。東京音楽学校(現・東京芸術大学)卒業。父が宣教師ヘボンと交流があり、幼少期より西洋音楽に親しんだ。一八八七年、明治学院に入学するも八九年に退学、同年九月東京音楽学校師範部に入学。同校ではルドルフ・ディートリッヒに洋楽を、山勢松韻に箏を学んだ。在校中に鹿島清兵衛の知遇を得る。九三年東京音楽学校を卒業。鹿島の紹介で当時歌舞伎座の囃子頭を務めていた十三世杵屋六左衛門と知り合い、長唄を五線紙に採譜、和洋合奏を試みた。鹿島の支援で日本音楽倶楽部を結成、九四年六月の歌舞伎座赤十字慈善興行『二人道成寺』、九六年一月『道成寺』で和洋合奏に出演。また同氏の縁で一時期「歌舞伎新報」発行兼印刷人を務め、九世市川團十郎の門弟たちに洋楽を指南した。青森師範学校、長野県師範学校に奉職した後、一九〇四年三越音楽部主任。〇五年四月歌舞伎座にて、自作の叙事唱歌『露営の夢』を舞台化した同名の歌劇を上演、「我国初の創作オペラ」として名高い。またお伽歌劇の創作も手掛け、代表作『ドンブラコ』は好評を得てレコード化され、一四年四月宝塚少女歌劇第一回公演でも上演された。〇九年、北村音楽協会創立。一七年より東京音楽学校邦楽調査掛。二七年北村児童歌劇協会を創立。七等青色桐葉章受章。

[参考]北村季晴『オトギ歌劇 ドンブラコ』(弘楽社)、中村佐伝治『「信濃の国」物語』(信濃毎日新聞社)、奥中康人「和洋合奏道成寺 北村季晴による日本音楽改良と挫折」(『名古屋芸術大学研究紀要第28巻』)

❖**お伽歌劇『ドンブラコ』**　五場。初演は一二年五月五〜六日、歌舞伎座「東京連合大音楽会」。それに先立つ一月には弘楽社から楽譜が発売されている。当初は某少年誌の「読者の会」での上演を目的に創作していた。歌舞伎座での初演以前、閑院宮邸において第一場〜第三場を演奏している。桃太郎は爺と婆、村人たちに見送られて鬼退治に発つ。途中で雉子山峯蔵、真白野猿之助、犬野腕三郎が家来として従う。鬼が島へ着いた一行は鬼共を討ち取って降伏させ、故郷へと凱旋するのだった。　(村島彩加)

北村《きたむら》想《そう》 一九五二〈昭和二十七〉・七〜。本名北村清司《きよし》。滋賀県大津市生まれ。劇作家・演出家・小説家・俳優。滋賀県立石山高校卒業後、名古屋の中京大学に入学した友人を頼り、名古屋市に移住。フランス留学をめざした。しかしその友人の所属していた同大演劇部に出入りする中で演劇にのめり込み、戯曲も手がけるようになる。同時に、七〇年安保をめぐる学生運動の高揚に巻き込まれ、高校時代から聖書を読み、人間とは何かを考える志向性を持っていた北村は、その状況の中で吉本隆明や三浦つとむをはじめとする思想書、哲学書を熱心に学ぶようになる。その影響で物理学や数学などの理論にも取り組み、人間と社会についても科学的に考察する方法論を身につけていく。この当時身につけた宗教と哲学と科学的思考が、その後の北村戯曲のベースになる。また、たびたび上京して唐十郎の状況劇場を見、影響を受ける。一九七三年、友人と劇団演劇師団(その後T・P・O師★団と改名)を結成。その旗揚げ公演として『哀愁列車』を書き下ろす。以後、八二年から八六年まで劇団彗星'86、八六年から二〇〇三年までプロジェクト・ナビと主宰する劇団を変えてきた。〇三年からはフリーの立場で、精力的に戯曲を書き、演出している。八〇年代から他劇団など外部への戯曲提供も多く、一三年現在その戯曲数は二百本にのぼる。七九年、代表作『寿歌』を初演。翌八〇年に、同作品で初の東京公演(浅草木馬亭)を行ない、第二十五回岸田國士戯曲賞最終候補となって注目された。軽妙で透明な作風の中に人間の生きる悲しみと、それを乗り越えていく生への希求を凝縮したこの作品は、評論家長谷部浩が「北村想の『寿歌』に祝福されて、八〇年代は、はじまった」(『4秒の革命』)と評したように、その後の小劇場演劇に大きな影響を与え、現在に至るまで多くの劇団によって繰り返し上演されている。また当時北村が繰り返し語った「明るい虚無感」という言葉も、時代の空気を言い当てて、一種の流行語のように広まった。その後、『想稿・銀河鉄道の夜』(八六年初演)や『けんじの大じけん』(九五年初演)など、宮沢賢治の童話をもとに人間の存在論をつきつめる戯曲を執筆。哲学、宗教学、物理学などを駆使する方向性は、次第に難解な議論の多い戯曲になっていった。『十一人の少年』(八三年初演)で、第二十八回岸田國士戯曲賞受賞。『雪をわたって……第二稿・月の明るさ』(八九年初演)で、第二十四回紀伊國屋演劇賞受賞。『グッドバイ』(二〇一三)で、第十七回鶴屋南北戯曲賞受賞。戯曲のほかにも、小説、童話、シナリオなども多数執筆。小説『怪人二十面相・伝』(新潮社版と小学館文庫版)が、『K-20 怪人二十面相・伝』(〇八、東宝)として映画化された。戯曲集は、『不・思・議・想・時・記』(プレイガイドジャーナル名古屋版と北宋社版)、『北村想の劇襲』『想稿・銀河鉄道の夜』(而立書房)、『十一人の少年』(白水社)、『けんじのじけん』(北宋社)など二十数冊に及ぶ。九六年から兵庫県伊丹市のアイホールで、戯曲講座「想流私塾」を主宰し、後進を指導している。

❖**『寿歌』**《ほぎうた》 一九七九年、劇団T・P・O師★団が初演。核戦争の終わった荒野をさまよう旅芸人ゲサクとキョウコの前に、ヤスオ(=ヤソ)と名乗る男が現われ、共に旅をする。行く先々の町でゲサクはいいかげんな芸を見せ、ヤスオは物品取り寄せの術なる奇跡を行なう。ゲサクはヤスオを神と思い、欲望から逃れられない自分のような人間は本当の信仰者になれるのかと問い、また、自分をエサにしても一食分にしかならないという、命の価値と生きる悲しみについても語る。当時の激しい精神的葛藤の中で書かれた作品で、全編が三人の軽やかでこっけいな会話で貫かれながら、以後の全作品に通底する北村想の思想を凝縮した代表作だ。それは、人間をただ見ているだけの少年のような神と、無垢な聖少女を心の伴侶としながら、戯作者として人生の荒野を歩いていく決意であり、生きる悲しみと宗教への希求を込めた透徹した世界の中に、ほの明るい希望をたたえた世界を創っている。二〇一二年には、ほとんど同じ構造ながら、その後の三〇年の思想を結実した『寿歌IV』を書いている。

❖**『十一人の少年《じゅういちにんのしょうねん》』** 一九八三年、劇団彗星'86が初演。北村の演出。市の清掃局で働きながら職場演劇を続けている青年が、土手下で盲目の少女に出会い、自分達が上演する予定の芝居を物語る。それは、脚本から自由に羽ばたいた青年の想像の物語だった。一方職場演劇のメンバーが部長の家に集まっていると、良い思いをかなえるという「思う保険」の勧誘者が現われ、入会を勧める。入会したメンバーはたちまち出世するが、彼らは演劇への思いや想像力を失っていく。ミヒャエル・エンデの『モモ』をもとにしながら、長谷川伸の『沓掛時次郎』なども織り交ぜ、弱者を排除し欲望を肥大化させる社会が、想像力や創造力を失わせることを、子供のごっこ遊びのような無邪気さの中で描いた。

❖**『想稿・銀河鉄道の夜《そうこうぎんがてつどうのよる》』** 一九八六年、プロジェクト・ナビが初演。北村の演出。宮沢賢治の同名童話をもとにした戯曲。原作とほぼ同じ流れだが、三つの点で北村独自の世界を創った。一つは、賢治が最終稿ではカットしたブルカニロ博士を登場させ、「信仰も化学と同じようになる」というメッセージを強調したこと。二つは、現代の物理学や生物学を駆使した「午後の授業」のシーンを通して、人間という存在が生まれた奇跡を語ったこと。三つめは、いじめっ子のザネリとタイタニック号で亡くなった青年の一人二役など、いくつかの一人二役を絡ませて、人間の相対性と、身を犠牲にする問題についての深い考察を提示したこと。それらによって賢治の世界を分かり易く押し広げた。

（安住恭子）

北村透谷《きたむらとうこく》 一八六八・十二〈明治元・十二〉～一八九四〈明治二十七〉・五。評論家・詩人。小田原生まれ。児童期に一家で上京し、泰明小学校を卒業。後に東京専門学校〈現在の早稲田大学〉政治科に入学。その頃から以前より影響された自由民権運動に深くかかわり、三多摩地方の左派民権運動に参加。しかし、大井憲太郎などが計画した朝鮮の金玉均《キムオッキュン》を支援して政変を起こそうとする大阪事件に際し、活動資金調達のための強盗を拒否。それをきっかけに運動から離脱。その後、石坂ミナと恋愛の末に結婚。明治期における近代的な恋愛の嚆矢の一つであり、後に書いた評論「厭世詩家と女性」〈一八九二〉は、島崎藤村をはじめ多くの若者に影響を与えた。また、結婚後すぐに『楚囚之詩』〈八九〉を自費出版。民権運動に参加して挫折した経験が色濃く残る青年の苦しみを、自我をめぐる新しい価値として自由律の叙事詩にのせて表現した。そして、バイロンの『マンフレッド』やゲーテの『ファウスト』の影響をうけた劇詩『蓬莱曲』〈九一〉を刊行。巻末には未定稿の別編も収録される。その後、島崎藤村、上田敏などと創刊した雑誌「文學界」によって、浪漫主義文学運動を牽引した。しかし、その一方で貧困にあえぎ躁鬱病となり、五月十六日に自宅の庭で縊死した。没後、「文學界」に遺稿として戯曲の断篇である『悪夢』〈九四〉が掲載された。

❖**『蓬莱曲《ほうらいきょく》』** 三齣八場。上演を目的としない劇詩として書かれる。一齣目は麓で現世を捨てて蓬莱山（富士山）に入った青年に、どこからか語りかける声がある。二齣目は中腹の野原。姫を追うなかで、仙童や道士、樵夫などと出会う。三齣目は山頂が場となる。声の主であった大魔王は青年を従わせようとするが、青年はそれを拒絶して死を選ぶ。殺されることをも厭わぬ強い姿勢と、そこに到達する青年の内面が描かれる。日本の近代詩、および明治浪漫派文学の記念碑的な作品。ただし、劇詩そのものの形態は日本の近代文学史においてその後展開されることなく終わることになる。（高橋宏幸）

北村寿夫《きたむらひさお》　一八九五（明治二十八）・一～一九八二（昭和五十七）・一。脚本家。東京・麹町生まれ。本名北村寿雄。早稲田大学英文科に学ぶ。長州藩士の家に生まれた父は、明治維新後、官職につき、神奈川県南足柄郡の郡長をつとめた人物。五歳まで神戸、その後神奈川県に移るが、十三歳のとき、親戚の養子となり、一時期、大阪・茨木で暮らす。大正期中頃に勃興した童話童謡運動のなかで、「童話」「良友」「金の船」等各誌に童話作品を寄稿。とくに、千葉省三が編集責任者をつとめた「童話」では、作品を発表するかたわら、投稿作品の選者も担当する。一方、在学中より小山内薫宅の脚本研究会に参加し、「劇と評論」に戯曲を発表、新進劇作家として注目されるが、やがて、童話や劇作の手を休め、ラジオドラマに取り組む。一九三六年、JOAK（現在のNHK）に入局。文芸部主事として、ラジオドラマの作・演出に専念する。三五年に放送が開始された『チョビ助物語』は、かつての童話作家ならではの童話劇で、子どもたちの人気番組となった。戦後は、連続ラジオドラマ『向う三軒両隣り』（一九四七年放送開始。八住利雄、伊馬春部、北條誠との共同執筆）が大ヒットし、作者のひとりとして、北村の名前は全国に知れ渡った。また、少年少女から絶大な支持を集めた連続ラジオドラマ『新諸国物語』シリーズ（一九五二年放送開始）は、後に自ら小説化し、『白馬の騎士』『笛吹童子』『紅孔雀』などの題名で出版された。その他の著書に、戯曲集『幻の部屋』、児童文学『おもちゃ箱』『蝶々のお手紙』などがある。五七年、NHKの放送文化賞受賞。

❖**『新諸国物語』**《しんしょこくものがたり》　一九五二年から約十年間にわたりNHKラジオが放送した児童向け連続ドラマ・シリーズ。『白馬の騎士』『笛吹童子』『紅孔雀』『オテナの塔』『七つの誓い』『天の鷲』『黄金孔雀城』の七作で、いずれも、戦国時代を生きる少年たちを主人公とする波乱万丈の活劇物語。とくに『笛吹童子』の人気は高く、尺八奏者の福田蘭童が作曲・演奏したテーマ曲とともに全国の少年少女を魅了した。本シリーズを原作に、映画やテレビドラマ、漫画などが多数つくられ、これもまたヒットした。（原健太郎）

キタモトマサヤ　一九五六（昭和三十一）・五～。劇作家・演出家。本名北本雅也。大阪府熊取町生まれ。立命館大学文学部中退。一九八三年京大演劇部を母体に結成された劇団、遊劇体に加わり、翌年自作の野外劇を演出。九一年より事実上の主宰を務める。野外劇の上演に力を注いでいたが、二〇〇〇年頃から小劇場に能舞台風の方形の舞台を作って、自作を演出・上演し始める。〇一年『闇光る』（第一回仙台劇のまち戯曲賞大賞受賞）のほか、ともにOMS戯曲賞最終選考に残った〇三年『残酷の一夜』、〇四年『エディアカラの楽園』等はいずれも、生まれ育った泉州の山あいにある架空の町ツダを舞台にし、狭い共同体での濃密な人間関係を描く。登場人物の心の暗部が幻想的に立ちあらわれ、夢幻能を思わせるが、せりふの応酬による真実の発見、社会階層への言及、緊密な構成など、リアリズム演劇の伝統を踏まえた要素も多い。泉鏡花全戯曲上演をめざす等、演出家としての活動もめざましい。

❖『闇光る』《やみひかる》 一九七〇年代のとある初秋、だんじり祭りを控えた初秋のツダの町に台風が迫っている。そんな折、取り壊し中の中学校の防空壕に女が佇んでいるのを、建築作業員のヨシキがみつける。同級生のアズミだった。高校時代、ヨシキの恋人ミチヨが行方不明になったとき、アズミはヨシキがミチヨを殴ったと言いふらし、まもなく姿を消した。そのためにヨシキは狭い地域で後ろ指を指されて生きてきた。同級生で大学院生のタクヤが現われ、秀才だが貧乏で進学できなかったヨシキの惨めさが際だつ。最後には、かつてアズミが嫉妬からミチヨを殺し、この壕に埋めたことが判明する。ヨシキを好きだったアズミは、義父に犯された日、ここで睦みあうヨシキとミチヨを見たのだった。（太田耕人）

衣笠貞之助《きぬがさていのすけ》 一八九六〈明治二十九〉・一～一九八二〈昭和五十七〉・二。映画監督・演出家・脚本家。三重県生まれ。本名小亀貞之助。母の影響で幼少の頃より歌舞伎・新派・喜劇に魅せられ、俳優を志して十八歳で家出。静間小次郎一座などの新派や新国劇に女形・小井上春之輔として出演。一九一七年、日活向島撮影所の専属俳優になり芸名を衣笠貞之助とする。二〇年監督デビュー、実験作『狂った一頁』（一九二六）や『十字路』（二八）は国際的評価を得る。松竹で林長二郎（後の長谷川一夫）の売り出しを任され、『雪之丞変化』（三五）や東宝に移籍しての『蛇姫様』（四〇）などで軟派時代劇のスタイルを確立させる。戦後は大映に移り『地獄門』（五三）でカンヌ映画祭グランプリを受賞。舞台は戦前に水谷八重子一座やエノケンこと榎本健一一座にくわえ、キノドラマ『嗤ふ手紙』（三七）の作・演出を手がける。五五年から七七年まで、長谷川一夫の東宝歌舞伎で『帰って来た男』（川口松太郎作）などの演出や『春歓楽の花は咲く』（六一）などの脚本を担当。『小さい逃亡者』（六六）を最後に映画界から離れ、六八年一月には新国劇で『卍一家の跡目』（土橋成男作）を、同年十月には劇団NLT『牛山ホテル』を演出した。

❖『嗤ふ手紙』《わらうてがみ》 三幕。脚本・衣笠貞之助・八木隆一郎、演出・千田是也・衣笠貞之助。初演一九三七年八月、新宿第一劇場。戯曲は『日本映画』第二巻第九号（一九三七年九月）に掲載。ゲオルク・カイザー『平行』（二三）の翻案で、原作同様、三つの筋が平行して進み、交わることなく終わる。三つに分かれた舞台にはそれぞれ映写幕が置かれ、舞台の場面転換の際、人物の移動を映画で示したり、同じ人物が舞台と映画で「会話」したりする。A：銀座裏の薬局店主・大倉久萬吉は無鑑札の質屋を営む。持ち込まれた洋服に紛れ込んだ手紙を読むと、別れた女に自殺を思いとどまるよう諭す内容なので、娘のなみともども驚き、入質した男を探しあてようとする。B：洋服を入質した男・野間は、友人のサンライズ・レコード専務・狩山を説き、その娘・鳩子をレコードデビューさせる。レコードは大ヒットして祝賀会が催され、野間と鳩子は結ばれる。C：別れを告げられた女・鶴子は、姉の嫁ぎ先である東京近郊の牧場で若い獣医・折田と新たな恋を育む。再びA：無許可営業で警察に逮捕された久萬吉を待つなみは、手紙を届けられないと女が死んでしまうと思い詰め、自殺する。（日比野啓）

キノトール 一九二二〈大正十一〉・五〜一九九九〈平成十一〉・十一。本名木下徹。劇作家・脚本家・演出家。東京都千駄谷生まれ。日本大学芸術科卒業。夫人は医事評論家・エッセイストの、ドクトル・チエコ。一九四五年文系学徒出陣で予備学生として海軍航空隊入隊、海軍中尉で敗戦をむかえる。四六年二月、実弟の松宮五郎ら二〇代の若者たちと独立劇場を結成。四七年七月飛行館で本名で書いた『淑女ならびに紳士諸君』を上演、好評を博す。十一月、敗戦の解放感のもと割拠していた若き演劇人が結集した東京青年劇場に加わり、東宝製作により帝国劇場で春日俊二〈章良〉がタイトルロールを演じたシェイクスピア『ハムレット』を、宮田輝明と共同演出。戦後初の大劇場での『ハムレット』とあって話題を呼んだが、不入り不評に終った。その後三木鶏郎《みきとりろう》グループで、永六輔《えいろくすけ》、神吉拓郎《かんきたくろう》、野坂昭如《のさかあきゆき》、前田武彦らとNHKラジオ『日曜娯楽版』に諷刺コントを書きまくる。五三年のテレビ放送開始にともない『夢であいましょう』『光子の窓』『巨泉×前武ゲバゲバ90分』『フランキー講談』など洒落た都会的センスにあふれ、音楽性ゆたかな人気番組を手がける一方、『クリスマス物語』『死神をみた男』『勝利者』などシリアスな作品にも才を発揮。六〇年『午後のおしゃべり』のシナリオでモントレー国際コンクール特別賞受賞。趣味の野球では、森山周一郎、永、神吉、橋本与志夫ら演劇人・放送人に、佐々木信也、南村侑宏など元プロ選手の加わった球団ライターズ（オーナーはドクトル・チエコ）の監督をつとめている。戯曲に「悲劇喜劇」に掲載された『殺人の技術』ほか、自身演出部に所属していた劇団テアトル・エコーで上演された『ドライアイスの海』『ミラノを見て死ね』『イヴとアダム』『青年がみな死ぬ時』『恋愛の技術』等。演出作品にテアトル・エコー上演の戸板康二作『マリリン・モンロー』などがある。（矢野誠一）

木野花《きのはな》 一九四八〈昭和二十三〉・一〜。演出家・女優。青森県出身。弘前大学教育学部美術学科卒業後に青森・七戸町の中学校教師となるが、一年で退職して上京。一九七四年に東京演劇アンサンブル養成所時代の仲間五人と女性だけの劇団「青い鳥」を結成し、八〇年代の小劇場ブームの一翼を担った。八六年に劇団を離れ、九三年から二〇〇三年まで「木野花ドラマスタジオ」を主宰。『青い猫』〈一九九八〉、『櫻の園　最後の楽園』〈二〇〇〇〉などを書き下ろし、若手の育成に努めた。フリーの演出家のほか、映画やテレビドラマ、CMなどで女優としても活躍している。（杉山弘）

木下順二《きのしたじゅんじ》 一九一四〈大正三〉・八〜二〇〇六〈平成六〉・十。劇作家。東京生まれ。第二女子師範附属小学校を経て郷里熊本市に帰り、熊本中学校〈現・熊本県立熊本高校〉、第五高等学校〈現・熊本大学〉から一九三六年に東京帝国大学文学部英文科に入学。中野好夫のもとでエリザベス朝の英国演劇史、特にシェイクスピアを専攻。三九年に「道化——英国演劇におけるその伝統」を卒論にして同大学院修士に進み四一年に修了。大学卒業のころから劇作家を目指しはじめ、三九年の入営前日に『風浪』を脱稿〈入営は翌年に延期〉。四三年に中野の勧めで民話を素材に『鶴女房』や『彦市ばなし』などを書いた。第二次大戦後の四六年に明治大学の講師になり、五二年から六四年まで同大の教授に就任。四六年に『赤い陣羽織』『二十二夜待ち』と『彦市ばなし』を、四七年に『三年寝太郎』『風浪』を発表、『風浪』は第一回岸田演劇賞を受賞した。このころからすでに『風浪』につづく歴史劇ないしは現代劇と、『二十二夜待ち』以下の民話劇という木下戯曲の二路線が明確になる。注意すべきは『赤い陣羽織』の初演で、この年十二月の東京劇場の新派公演のプログラムの一つとして、初代水谷八重子や伊志井《いしい》寛《かん》らによって日の目を見ている。これが木下順二の劇界デビューで、新劇でデビューという従来の説は訂正される必要がある。また、同年『オセロウ』を翻訳、シェイクスピア戯曲の翻訳も断続的につづけられた。四九年に『夕鶴』と『山脈《やまなみ》』を発表した。『夕鶴』は山本安英《やすえ》を中心とするぶどうの会が岡倉士朗の演出で十月に天理市で初演。翌年に戯曲、演出、装置（伊藤熹朔《きさく》）が揃って毎日演劇賞を受賞するとともに全国的な民話ブーム、民話劇ブームのきっかけになった。山本安英は『夕鶴』の鶴の化身を生涯に一〇三七回演じると同時に、木下と芸術的なパートナーとしての絆を強めた。この戯曲はまた英、仏、独、中国など十か国語に翻訳された。五一年に『蛙昇天』を発表。モチーフは前年帰国したシベリア抑留者が、ソ連の将校から「反動は帰国させるな」との要請が日本共産党の徳田球一書記長から届いていると聞かされたと連合国総司令部（ＧＨＱ）や衆参両院に訴えた「徳田要請問題」と、現地通訳としてこの問題の核心部にいた男が鉄道自殺した事件で、翌年六月にぶどうの会が三越劇場で上演した。ここは戦後、東京で唯一の新劇常設劇場だったが、この上演を一つの契機に新劇追放の動きが起き、同年中に三越劇場は新劇公演を中止した。また、木下の戯曲としては珍しく各方面からの非難を浴びたように、図らずも戦後新劇史の一面を象徴するできごとになった。五七年に『おんにょろ盛衰記』を発表、ぶどうの会が上演。五九年『ドラマの世界』（中央公論社）を刊行、毎日出版文化賞を受賞。六〇年の第一次訪中新劇団の出し物の一つとして『夕鶴』が選ばれ、北京その他で上演された。『沖縄』（一九六一）、ゾルゲ事件に拠る『オットーと呼ばれる日本人』（六二）、大正時代の社会主義者の群像を描いた『冬の時代』（六四）と精力的に大作を発表。六四年九月に関係の深いぶどうの会が解散。六五年に「山本安英の会」という一種のプロデュース体が立ち上げられ、木下は六六年五月の第一回公演に『陽気な地獄破り』と『花若』を書きおろして上演、前者は演出に宇野重吉、西川流家元の西川鯉三郎らの出演、後者は山本の朗読に文楽の野沢喜左衛門の三味線という異色の顔合わせが実現した。六七年に「山本安英の会」の「ことばの研究会」が発足してその中心になる。六八年に「『平家物語』による群読――知盛」を「山本安英の会」で発表、十年後の『子午線の祀《まつ》り』の第一歩になる。七〇年に『神と人とのあいだ』の第一部『審判』を発表して上演、いわゆる東京裁判がモチーフ。七三年に『シェイクスピアの世界』を岩波書店から刊行。七八年に『子午線の祀り』を発表、読売文学賞を受賞。七九年に「山本安英の会」が『子午線の祀り』を第一次公演と称して初演。八一年に第二次、八五年に第三次、九〇年に全曲上演の第四次、九二年に第五次と公演を重ねた。八四年に日本芸術院会員に推薦されたが辞退、九八年には東京都名誉都民に選ばれるも辞退、体制に寄り添わない文化人・知識人の信念として、国家的な名誉は受けなかった。八六年に朝日賞を受賞。八七年に『神と人とのあいだ』第二部、ＢＣ級戦犯を素材にした『夏・南方のローマンス』が上演された。九〇年に岩波書店の『木下順二集』全十六巻と講談社の翻訳『シェイクスピア』全八巻の成果で毎日芸術賞を受賞。九一年に『巨匠――ジスワフ・スコヴロンスキ作「巨匠」に拠る』を発表して上演。九九年に新国立劇場が『子午線の祀り』を上演。二〇〇〇年に『子午線の祀り』英文版刊。〇六年十月に肺炎で死去。九十二歳。生涯独身だった。

木下戯曲の特色の一つは、せりふにおける日本語の芸術語としての可能性の追求にあった。『風浪』や『彦市ばなし』の熊本弁の使用にはじまり、昔話を素材にした『夕鶴』では男たちのせりふには全国各地の方言を混ぜ合わせた一種の普遍的方言を当てる一方、鶴の化身である「つう」のせりふでは現在の標準語から夾雑物を除いた純粋な日本語を探求した。この二種の言葉が「つう」を孤絶の状態へと陥れるドラマの根源を形成し、せりふの書き分けが同時にドラマツルギーに通底していた。その象徴的なもう一つの戯曲が『子午線の祀り』で、ここでは『平家物語』の古語から現在の標準語までを使うことで、日本語における真に劇的な言葉、せりふの書き方が追求された。その意味では「山本安英の会」の「ことばの研究会」は、この劇作家の仕事の本質に通じていた。この会の活動が『子午線の祀り』を誕生させたのは間違いない。もう一つ注目すべきは木下のドラマ観である。木下はギリシア悲劇のドラマツルギーを基本的には信じていて、個人とそれを超える運命との衝突にドラマの根源を見ていた。歴史の進行をしばしば個人の行動にからませるのはこのためで、この姿勢は『風浪』から『子午線の祀り』まで、一貫して変わらなかった。そしてこういう言葉やドラマの問題を繰り返し論じることを、創作と並行させたのも木下の大きな特色だった。『ドラマの世界』(中央公論社)、『ドラマとの対話』(講談社)、『〝劇的〟とは』(岩波新書)といった著作がその産物である。

[参考]『木下順二集』全十六巻(岩波書店)、『木下順二評論集』全十一巻(未來社)、嵐圭史『知盛逍遙』(早川書房)、宮岸泰治『木下順二論』(岩波書店)、関きよし・吉田一『木下順二・戦後の出発』(影書房)、井上理恵編著『木下順二の世界』(社会評論社)

❖**『風浪』**《ふうろう》 五幕。時は一八七五年から七七年。所は熊本。明治維新後、肥後藩の旧士族の間では藩校での朱子学教育を中心とする学校党、教育と政治の結びつきを重視する実学党、国学・神道を基本にした教育を重視する勤王党の三つの派閥による覇権争いが激しくなった。勤皇党のうち明治政府への強い不満をいだく構成員が敬神党を結成した。党員は神道の信仰心が非常に強かったので神風連と呼ばれたが、その神風連が一八七六年に熊本市で起こしたのが明治政府に対する士族反乱の一つである神風連の変。『風浪』はこの史実をモチーフにして、変革期を生きる青年たちの群像を描く。中心的な人物は佐山健次。佐山は学校党から敬神党へ移ったものの満足できず、さらにはお雇いのアメリカ人教師が教えるキリスト教に拠る洋学校にも自分の場所を見つけられない。神風連の変の時、佐山はそれを止めようとして友人を斬る。が、まだ進むべき道はつかめず、ついに西南戦争へ身を投じる。男十五人、女六人、その他大勢。

❖**『夕鶴』**《ゆうづる》 一幕。雪の中の一軒のあばら家。子供たちが遊びに誘いに来て、つうは夫の与ひょうと一緒に家を離れる。そこへ向こうの村の惣どと運ずが来る。二人は頭の弱い与ひょうが急にいい女房をもらったこと、女房が織り、運ずが仲介して売っている布が鶴の千羽織りだとの噂があるが本物かどうか、確かめたいという話をする。帰って来たつうに二人は声を掛けるが、つうには言葉が通じない。遅れて帰って来た与ひょうにいつか鶴を助けたことがあったという話を引き出した惣どらは、布をもっと高く売ってやると持ちかける。つぅはお金のために与ひょうが変わっていくと嘆く。惣どたちに入れ知恵された与ひょうは二人だけで楽しく暮らそうと言うつうに対して、都へ行って大儲けして来るから布を織れ、でなければ家を出ると責める。やむなくつぅは布を織るが、決して覗いてはいけないと念を押して機屋に入る。その後に惣ど運ずが現われ、機屋を覗く。と、鶴が布を織っている。本物だと狂喜して二人が帰った後に機屋を覗いた与ひょうは、鶴しかいないのに驚いて、つぅを探しに家を出る。雪の中に倒れていた与ひょうを連れ帰った惣どたちの前に、二枚の布を持ったつぅが現われる。つうは与ひょうに機屋を覗かれたからもう一緒にはいられないと言い、心を込めて織った一枚は手元に置いてくれと頼んで姿を消す。やがて遊びに誘いに来た子供たちが夕焼けの空を指して、鶴が飛んで行くと言う。与ひょうは二枚の布を胸に抱いたまま、呆然と立ちつくしている。男三人、女一人、他に子供たち。

❖**『おんにょろ盛衰記』**《おんにょろせいすいき》 四場。タイトルの「おんにょろ」とは仁王のこと。「虎狼ご退散」との祈念の立て札のある山道で、ひげ面のおんにょろの熊太郎が村人たちを脅し、祭りの酒やお供え物や銭袋などを奪う。その後に山向こうの老婆が来て、おんにょろなど眼中になく、木の枝に帯を掛けて自殺を図る。驚いたおんにょろが引きずり下ろすが老婆はおんにょろを閻魔だと思い込み、死んだ夫と孫息子に会わせてくれと頼む。夫は淵の大うわばみに巻かれて死に、孫息子は山の虎狼《とらおおかみ》に食われたのだ。同情したおんにょろは奪った物品を老婆にやる。村ではとんでもない疫病神が戻って来たと思案投げ首のさいちゅう。虎狼と大うわばみ、それにおんにょろが村にとっての三大難儀。が、だれもおんにょろのことを言い出せず、老人がおんにょろにまず虎狼を殺してくれと申し入れる。一日がかりでおんにょろはそれを退治する。次いで大うわばみを仕留めてくれと頼まれて、おんにょろは淵に向かう。が、三日三晩が過ぎても帰って来ない。相打ちになったと喜んだ村人たちがどんちゃん騒ぎの準備をはじめる。取り残された老婆が老人におんにょろを待っていると言い、老人はもう来ないと答える。そこへふらふらになったおんにょろが現われて、残りの難儀は何だと聞く。脅迫された老人がおんにょろだと答える。おんにょろは混乱し、駆け出す。老婆がどこへ行くのかと声を掛けるも、ひたすらに駆け去る。男二人、女一人、大勢の村人たち。

❖**『オットーと呼ばれる日本人』**《おっとーとよばれるにほんじん》 三幕とエピローグ。時は一九三〇年代の初頭から四〇年代の初頭まで。所は中国の上海と東京。ゾルゲ事件がモチーフだが、劇中ではゾルゲが「ジョンスンと呼ばれるドイツ人」、尾崎秀実《おざきほつみ》が単に「男」と表記されているように、歴史の忠実な再現ではなく、より普遍化が図られている。ゾルゲ事件はドイツ人のコミンテルンに属するコミュニスト、ゾルゲを中心とするソ連のスパイ組織が日本国内で諜報および謀略活動をしていたとして、一九四一年から四二年にかけてそのメンバーが逮捕された事件で、その中には近衛内閣のブレーンだった元朝日新聞記者の尾崎もいた。尾崎とゾルゲは四一年十月に相前後して検挙され、二人は四四年十一月に死刑になった。戯曲の核心は「ジョンスン」と「男」がコミュニストとして歴史を同じ方向に認識しながらも、「ジョンスン」は故国を持たないコスモポリタンであるのに対して、「男」が日本人であることにこだわりつづけ、そのことによって深い信頼関係にありながら、微妙に食い違って行く生き方の描出にある。かつて大学でともに学んだ仲だった検事に調べられているエピローグの、「男」のこういうせりふで幕が下りる。〈ぼくのこれまでの行動について、一つだけぼくにいえることは——ぼくは、オットーという外国の名前を持った、しかし正真正銘の日本人だったということだ。そして、そのようなものとして行動してきたぼくが、決してまちがっていなかったということ、そのことなんだ〉。男十三人、女七人、その他。

❖『神と人とのあいだ《かみとひととのあいだ》』 第一部『審判』三幕。時は一九四六年と翌年。所は東京の極東国際軍事法廷いわゆる東京裁判の法廷。冒頭、次のようなスライドが映し出される。「この作品中の事件や人物で、現実のそれらに似ているものがあったら、それらは総てそのように意図されたものである」。精神異常かどうか調査中の大川周明を除く二十七名のA級戦犯の罪に問われている被告(登場しない)を前にして、オーストラリア人の裁判長が罪状認否の手続きに入ると告げるのに対して、日本人の主席弁護人がこの裁判所の管轄権に関する申し立てを陳述させてほしいと頼む。理由を言えとの裁判長の促しに答えて、主席弁護人は裁かれる三つの罪状、平和に対する罪、殺人の罪、通例の戦争犯罪及び人道に対する罪のうち、平和に対する罪と人道に対する罪の二つは、ポツダム宣言を根拠とする当裁判所は裁く権限はないと言う。が、裁判長は理由は将来述べるとだけ言って、管轄権に関する申し立てを却下する。主席弁護人は大地の上に立ちながら、大地の存在自体を疑わずにはおられないような立場に立っていると口にする。翌年。仏領インドシナ、ランソンにおける日本軍の俘虜虐殺事件について、アメリカ人の弁護人二人がフランス人の検察側証人を尋問する。その過程でその当時、証人がナチスと提携したヴィシー政府の軍人であったこと、これと敵対するド・ゴール派のフランス人がベトナム人と組んでゲリラ活動を展開していて、ランソンで虐殺されたのはこのゲリラだった可能性が高いこと。したがって国際法による戦時俘虜の権限は要求できず、日本軍の残虐行為と言われるものは、法廷記録から削除されるべきだと弁護人は述べる。ケロッグ不戦条約をめぐる議論の延長上で、アメリカの弁護人が米軍による原爆投下の問題に触れ、ソ連の検察官は対日戦争への参加を強調する。日本人の弁護人が口ごもるように被曝者の運命を考えてほしいと述べるうちに、裁判長が休廷を宣する。男十九人。

❖『子午線の祀り《しごせんのまつり》』 四幕。『平家物語』の原文を意識しながら本作を書こうとしたのは、平清盛の四男である新中納言知盛《とももり》への興味と、『平家物語』の文体が群読によってこそその本質をもっともよく表すことができると考えたと、作者は解説している。本作は群読という新しい表現スタイルへの試行でもあった。一一八四年、平家は一谷の戦いに敗れ、屋島に退却する。知盛は後白河院を利用して源平の和平を図ろうと、厳島大明神の巫女だった影身《かげみ》の内侍に院への手紙を託して上京させようとするが、抗戦派の阿波民部は影身を殺して知盛の望みを断ち切る。翌年、義経たちが屋島を急襲して、平家を海上へ追い落とす。義経ははじめての海戦の準備をし、壇の浦の潮流を知り尽くした海賊を味方にする。決戦の前夜、知盛の前に今は亡き影身が現われ、非情に巡る星々を仰ぎつつ、二人は言葉を交わす。知盛は人間が永遠の相と交わる瞬間に思いを馳せる。戦闘がはじまり、阿波民部は裏切って義経方に走る。潮流が反転して源氏に有利になった時、知盛は「見るべき程の事は見つ」と海へ身を投げる。男三十人、女四人、その他大勢。（大笹吉雄）

木下尚江《きのしたなおえ》 一八六九〈明治二〉・十～一九三七〈昭和十二〉・十一。社会運動家・小説家。長野県生まれ。キリスト者の立場から社会主義に共鳴、一九〇一年、社会民主党の結成に参加。「毎日新聞」に拠って、社会変革、非戦論を唱えた。〇四年発表の代表作『火の柱』『良人の自白』の一部は脚色され、素人演劇で上演、社会主義演劇の先駆となった。また、『火の柱』は諸井條次の脚色、八田元夫の演出で上演（一九五七、演出劇場）されている。（岩佐壮四郎）

木下杢太郎《きのしたもくたろう》 一八八五〈明治十八〉・八～一九四五〈昭和二十〉・十。劇作家・詩人。静岡県生まれ。東京帝国大学医学部卒業後、皮膚科の医師として歩む。そのかたわらで小説、詩、短歌、戯曲などの執筆を行なう。医学博士号を取得し、医師としての活動を継続しつつ、創作にも精力的に取り組む。一九〇七年、「明星」に小説『蒸気のにほひ』を発表、本格的な創作活動に入る。一一年『和泉屋染物店』を発表、一四年に新時代劇協会により有楽座で、同年『南蛮寺門前』が狂言座により市村座で上演。同年に『天草四郎』、二八年に『常長』『柳屋』を発表。キリスト教の日本への流入や、明治以降の自由民権運動に関わるものをテーマに据え、「時代の変革期」に主な興味を示し、時代の変わり目を扱った作品を残した。一六年に南満州鉄道会社の南満医学堂教授と奉天病院長を兼任するようになってからは、創作の第一線からは退き、文明批評や文明研究に重きを置くようになった。

〔**参考**〕『南蛮寺門前・和泉屋染物店』（岩波書店）

❖**『南蛮寺門前』**《なんばんじもんぜん》 楽劇。一幕三景。室町時代、永禄末の京都、四条の南蛮寺の門前。盲目の姉と妹の巡礼が、門前を通りかかる。そこへ千代とその子・常丸が来て、話をしているところへ、千代の友人の菊枝が登場し、近況を話し合い、菊枝は去る。常丸が珍しい南蛮寺へ入って行ったのを、千代は人攫いに遭ったのだと勘違いし、南蛮寺が子供を攫ったと騒ぎ出す。南蛮寺から伊留満《いるま》喜三郎が登場し、キリスト教の祈りを唱える。そこへ来合わせた仏教の学僧たちと喜三郎は宗論を始める。学僧の一人が仏教の信仰を捨て、キリスト教に改宗しようとする中、以前恋い焦がれた女・白萩に出会い、白萩との会話の中で、自分にある矛盾を探そうとする。タイトルにあるように、「南蛮」風の風俗を随所に取り入れ、半ばショーのような趣をも併せ持つ作品。

❖**『和泉屋染物店』**《いずみやそめものみせ》 一幕一場。正月の元日の夜。地方の町にある和泉屋染物店の内部。義太夫節で幕が開く。主人・徳兵衛は身体の具合が悪く、臥せっている。妻のおとせと、二人の息子・幸一の以前の恋人・おけん、おとせの妹おさいたちが三味線を弾いたりしているが、正月の夜の風情を楽しんでいる様子ではない。やがて、おけんの兄・清右衛門が激しい雪の中を帰って来る。みんなは、この家の長男・幸一を探しに出掛けた清右衛門の帰りを待っていたのだ。幸一は、鉱山で働く人夫たちに自由や民権を説き、そうした運動が東京では大きな問題になっているのだ。清右衛門は幸一を連れ帰り、徳兵衛も起きて来て幸一を説得し、警察への自首を促すが、聞き入れない幸一は、雪の中をまた外へと出て行く。一見、歌舞伎の作劇法を踏襲しながら、近代の心理・写実的な内容を描いた作品。発表後、一九一〇年に起きた「大逆事件」を意識した内容に幸一の台詞を書き換えている。（中村義裕）

金満里《きむまんり》 一九五三〈昭和二十八〉・十一〜。演出家・俳優・劇作家。本名満里子。在日コリアン二世。大阪府池田市生まれ。母は韓国古典歌舞の大家・金紅珠。三歳でポリオに罹患、全身麻痺の重度障害者となる。障害者運動を経て一九八三年、「身体障害者の障害自体を表現力に転じ、未踏の美を創る」と劇団態変を創立。作・演出・出演をこなし、どこにもない独自の身体表現を創り出す。代表作に舞踏家・大野一雄監修によるソロ公演『ウリ・オモニ』（一九九八年初演）がある。（小堀純）

木村快《きむらかい》 一九三六〈昭和十一〉・二〜。劇作家・演出家。NPO現代座代表。朝鮮・大邱生まれ。幟町中学卒業。新制作座を経て一九六五年に「統一劇場」を創設し、日本全国を巡演。九〇年、劇団名を現代座に改称。戯曲に『出航』『遥かなる島』『虹の立つ海』など。著書に『もくれんのうた 木村快戯曲集』（新水社）がある。（小原龍彦）

木村学司《きむらがくし》 一九一〇〈明治四十三〉〜一九八二〈昭和五十七〉。劇作家。昭和十年代から戦後まで剣劇の世界で活躍。戦中は『鶯の宿』、金井修一座に『下町といふところ』を始め、女剣劇の不二洋子一座に『名月大阪城』『撃ちてし止まむ』、冨士嶺子一座に『剣戟姫君伝法旅』、大内洵子一座に『妻に与える譜』『お銀の一生』など。戦後も『加賀鳶百万石』『伊達風雲録』『黒田騒動』など多作。脚本集『喧嘩紅梅』がある。長谷川伸門下、NHK専属作家ともなり、宗教高僧の浪曲化に励む。著作に『江戸の蝙蝠』（東京文芸社）、『日本名僧浪曲列伝』（二十一世紀会）。（神山彰）

木村毅《きむらき》 一八九四〈明治二十七〉・二〜一九七九〈昭和五十四〉・九。作家・評論家・明治文化研究家。岡山県生まれ。早稲田大学卒業。膨大な創作、翻訳、研究書がある。演劇関係では『座談会　島村抱月研究』（近代文化研究所）が貴重な証言。戦後に戯曲を書き、『ある志士　中野正剛の最後』（東京講演会・一九四六）、『自由民権の使徒　西園寺公望』（同）がある。（神山彰）

木村錦花《きむらきんか》 一八八九〈明治二十二〉・一〜一九六〇〈昭和三十五〉・八。劇作家。本名錦之助。父は東京牛込生まれで新富町に育つ。初代市川左團次の門弟でのちに番頭になった市川左伊助。その関係で、少年期には市川高之助を名乗って舞台に立った。一九〇八年、二世市川左團次の改革興行の折、岡鬼太郎に従って明治座に入座。一二年、左團次が松竹の専属になると同時に松竹に入社し、二五年より歌舞伎座幕内部長と立作者代理を兼任、二八年松竹取締役に就任した。戯曲の作品数は六十余篇といわれるが、すべては幕内の座付き作者的立場で執筆されたものであり、観客の喜ぶツボを心得た喜劇が多い。二五年初演の『研辰の討たれ』は『恋の研辰』などの続編を生み、二八年の『東海道中膝栗毛』の脚色も大好評で、以後、七年にわたって毎年八月歌舞伎座で『膝栗毛』ものの連作が上演された。『赤穂義士快挙録』『蝙蝠の安さん』『寛永の旗本』『石川五右衛門』『森の石松道中記』など、その他の作品も含め、多くは縁戚に当たる二世市川猿之助（初代猿翁）のために書き下ろされたものであり、脚色物、翻案物も多い。一九三六年から四〇年まで、月刊演劇雑誌「中央演劇」を主宰した。脚本以外の著作も多く、『明治座物語』『近世劇壇史－歌舞伎座篇－』、新富座物語としての『守田勘弥』は、近代歌舞伎史の基本文献。また、『灰皿の煙』『三角の雪』『興行師の世界』等は、味わい深いエッセイであるとともに、資料的にも独自の内容を含んでいる。『灰皿の煙』所収の「作者辞典」は、幕内の仕事に関する用語辞典であり、『小道具藤浪與兵衛』(三代目藤浪與兵衛の遺稿集・追悼集)に収められた『小道具辞典抄』(かつて第三次「歌舞伎」に連載したもの)、『三代目藤浪與兵衛』は、この分野に関する最初にして最重要な著述である。

❖**『研辰の討たれ』**《とぎたつのうたれ》　一九二五年十二月歌舞伎座で初演。この時は竹柴兼三(平田兼三郎)が錦花の原作を脚色した形で、敵討の場面のみの一幕三場だった。これは、第三次「歌舞伎」の前年の増刊号「仇討特集号」で十編の読物を掲載し、脚色を募集したものの当選作である。舞台監督＝河竹繁俊、二世市川猿之助の研屋辰次、六世大谷友右衛門の平井九市郎、三世市村亀蔵の平井才次郎ほか。錦花の原作は、文政期の大坂の浜芝居系の作品『敵討高砂松』の翻案で、再演時に錦花自身が脚本を五幕七場に増補改訂し、現行の形にした。野田秀樹作『野田版　研辰の討たれ』(二〇〇一年八月歌舞伎座初演)は、これをさらに改訂したもの。研屋の職人から侍に成り上がった守山辰次は、武士の体面など構わず、本音をまき散らしたり平気で追従を言う性格から、朋輩たちに町人上がりと蔑まれ、それを恨んで頭目格の家老平井市郎右衛門を闇討ちにする。市郎右衛門の弟の九市郎・才次郎は辰次を追い、ついに丸亀で行き会うが、辰次はひたすら生に執着し、勝負しようとしない。兄弟はたばかって辰次を討つが悪い後味を残す。

❖**『恋の百面相』**《こいのひゃくめんそう》　一九二八年十月明治座で上演。四幕八場。「演芸画報」(一九二八・10)に脚本掲載。二世市川猿之助の福松と藤川縫之助、三世中村時蔵の福松女房お秀、三世坂東秀調のお菊ほか。幕末の騒乱で寄席の客足も落ちるなか、百面相の芸人福松は、南京の剣投げを習って挽回をはかるが、思うにまかせない。そんな福松が、攘夷党の志士藤川縫之助の妾お菊の寮に呼ばれる。縫之助と瓜二つの福松で孤閨の慰めとしたのだ。大枚の礼金で、女房お秀の足を直してやろう、などと思っているうち、福松は本気でお菊に惚れてしまい、思いを打明けるが相手にされず、貰った金も返してしまう。さらには、寮で福松と縫之助が出くわす羽目になる。福松は、縫之助とお菊がこれ見よがしに寄席へ来たのを見て、思わず剣を投げ、縫之助を殺す。ゲオルク・カイザーの『二人のオリーフェル』の翻案で、猿之助が二役早替りに「ライフマスク」という新手法を使ったのが話題となった。　(石橋健一郎)

木村光一《きむらこういち》　一九三一〈昭和六〉・十〜。演出家。千葉県生まれ。東京大学文学部を中退、一九五四年に文学座に入り、六三年、A・ウェスカー作『調理場』で演出家デビュー。戯曲への深い共感とともに展開する演出は、劇作家の信頼を得た。八〇年に退団、八一年に演劇制作体の地人会を設立した。宮本研の『美しきものの伝説』、水上勉の『はなれ瞽女《ごぜ》おりん』、井上ひさしの『化粧——二幕』、山田太一『日本の面影』など秀作を演出。朗読劇『この子たちの夏　1945・ヒロシマ　ナガサキ』で構成も担当。イヨネスコやウェスカーの戯曲の翻訳のほか、上演台本も多く手がける。体調の悪化から二〇〇七年、地人会は二十五年の活動に終止符を打った。　(高橋豊)

木村修吉郎《きむらしゅうきちろう》 一八九五〈明治二十八〉・二〜一九七七〈昭和五十二〉・一。劇作家・小説家。東京生まれ。早稲田大学卒業。劇団「踏路社」結成に係わり、舞台に立つ。武者小路実篤と知り、雑誌「心」編集を担当。戯曲は「劇と評論」に『美しき幻の思想』(一九二二・10)、『蝶よ、哀れ!』(同・11)、『花瓶を下げた部屋』(一九二八・3)、『感情は今日のもんで明日のもんじゃない』(一九三三・8)、『ココロ』(一九三四・4)、『三つの舞台を持った小曲』(同・9)を続けて発表。また、晩年に「心」に、『秋深く』『家鴨』『焚火』『春の喜劇』など、「テアトロ」にも『歪びつな構造図型』(一九七一・9)を発表。戯曲集『癰《よう》』(平凡社)、『彼女の言葉』(神無書房)がある。戸板康二編『対談 日本新劇史』(青蛙房)での証言は貴重。 (神山彰)

木村富子《きむらとみこ》 一八九〇〈明治二十三〉・十一〜一九四四〈昭和十九〉・十二。劇作家。東京浅草生まれ。父は吉原の中米楼の一族赤倉鉄之助で、その姉は二世市川段四郎の妻。日本橋高等女学校卒業。少女時代から舞踊、長唄、清元を習得、また文学に親しみ佐佐木信綱に短歌を学んだ。最初の嫁ぎ先を離縁になった後、劇作を志して松居松葉(翁)に入門。一九一九年、木村錦花に再嫁し、鬘屋の「みどり屋」を経営しながら、二六年、戯曲の第一作『玉菊』(早稲田文学)を発表。以後、上演された歌舞伎脚本は二十余に及び、女流作家らしい色彩感や美文調のせりふなどに特色がある。しかし、今日命脈を保っているのは舞踊劇で、総作品数五十余篇のうち、特に従兄の二世市川猿之助(初代猿翁)のために書いた『黒塚』『高野物狂』『独楽《こま》』『小鍛冶』『酔奴』『浮世風呂』『蚤取男』などが今日まで上演されている。戯曲集に『玉菊』『銀扇集』『すみだ川』『草市』、随筆集に『浅草富士』がある。

❖**『玉菊』**《たまぎく》 一九二六年五月歌舞伎座で上演。二幕三場。舞台監督=松居松翁、舞台装置=山村耕花。五世中村歌右衛門の玉菊、二世市川左團次の奈良屋茂左衛門、七世市川中車の伊勢屋与兵衛、六世市川寿美蔵(三世寿海)の与之助ほか。伊勢屋与兵衛の息子与之助は、吉原の名妓玉菊に、一心こめて描いた墨絵の小袖を着てほしいと思い詰める。豪商奈良茂の揚詰めの座敷を抜けて与之助に逢った玉菊は、その真心に謝する。思いを遂げた与之助は前髪を切って奈良茂に詫び、玉菊は秘蔵の茶碗を与之助に渡して短慮を諫めるが、与之助は姿を消す。八朔の日。形見の小袖を着た玉菊は、現世の儚さを思い、来年は自分の名入りの燈籠を仲の町の茶屋に掛けてほしいと願う。狂乱となった与兵衛が預かった茶碗を割り、奈良茂がその破片一つを一両で買うというと、心ない人々はそれに群がる。吉原の年中行事「玉菊燈籠」の由来を描いた作で、玉菊ゆかりの河東節が全幕通して使われた。 (石橋健一郎)

木村雅夫《きむらまさお》 劇作家。戦後直ぐに、大村順一らと共に、関西松竹に脚本を提供。霧立のぼるの「ロマン座」に『フラーダンス ラッキースタート』『ジャズ音頭』などの戦後の解放感に溢れた作を、藤原釜足の見世物座に『三条木屋町』『夜の河原町筋』など京都物を書く。昭和三〇年代には、宝塚新芸座文芸部に所属して、特に一九六一-六三年ころに、多くの作品を同座に提供。『かっぷる製造中』『昼下りの夢』『身代り奥様』『ただいま混戦中』『団地夫人は大騒ぎ』『消えた遺産』など、当時の世相を反映した多くの作品がある。曾我廼家十吾の家庭劇の脚色も手掛けた。 (神山彰)

喜安浩平《きやすこうへい》 一九七五〈昭和五十〉・二～。脚本家・演出家・俳優。ブルドッキングヘッドロック主宰。愛媛県生まれ。広島大学教育学部美術科卒業。一九九八年、ケラリーノ・サンドロヴィッチが主宰をつとめる劇団ナイロン100℃に所属。二〇〇〇年『思考の大回転』でブルドッキングヘッドロック旗揚げ。一三年、脚本参加した映画『桐島、部活やめるってよ』（原作・朝井リョウ、監督・吉田大八）で第三十六回日本アカデミー賞優秀脚本賞受賞。一五年、ももいろクローバーZの主演による高校演劇をテーマにした映画『幕が上がる』（原作・平田オリザ、監督・本広克行）の脚本を担当。代表作に『黒いインクの輝き』『スケベの話』『少し静かに』『1995』。（望月旬々）

京都伸夫《きょうとのぶお》 一九一四〈大正三〉・三～二〇〇四〈平成十六〉・十一。劇作家・作家・映画評論家・放送作家。戦後直ぐに、京都を中心に、杉狂児の劇団そよかぜや元宝塚生徒の劇団ミモザに『花ひらく！婦人警官』『恋愛特急』『スウベニイル一九四六年』など時代性の強い「ミュージカルコメディ」を書く。宝塚文芸部員としても活躍。五〇年代には『お染久松』『蝶々の母物語』『蝶々雄二の裏町人生』など、梅田コマ劇場や南座など、関西の大劇場に多くの作品を提供。六〇年代には宝塚新芸座に『てなもんや人生』『モダンばあさん』『幸福峠』『ここに青春あり』『ハワイの休日』など、同座の人気番組である「ホームコメディ」路線の作品を提供した。六五年までが多作で、小説も多数あり『あの手この手』は市川崑監督が映画化で森雅之、久我美子主演。『青春のお通り』も日活で映画化。映画評論、放送でも活躍した。（神山彰）

清見陸郎《きよみろくろう》 一八八六〈明治十九〉・十～不詳。劇作家・美術評論家。東京神田生まれ。東京美術学校日本画科、早稲田大英文科中退。雑誌記者を経て根岸興行部脚本部員となる。一九〇八年「演芸画報」に処女戯曲『純愛』を発表。一九年『宮古路豊後掾』を中村又五郎一座が上演し好評を博す。次第に劇作から遠ざかり、岡倉天心研究をはじめ美術評論で活躍。翻訳にオルゼシュコ作『寡婦マルタ』、著書に『宮古路豊後掾――清見陸郎戯曲集』（籾山書店）など。（桂真）

桐山襲《きりやまかさね》 一九四九〈昭和二十四〉・七～一九九二〈平成四〉・七。小説家。東京都生まれ。早稲田大学第一文学部哲学科卒業。在学中から新左翼の学生運動に参加、その経験が後の作品に反映されることとなる。一九八二年、昭和天皇へのテロ計画を描いた『パルチザン伝説』が話題になりデビュー。八四年、書簡体小説と戯曲を合体させた『風のクロニクル』を発表、翌八五年、自らが戯曲化し、越光《こしみつ》照文《てるふみ》の演出により、劇団青年座が青年座劇場にて上演。（中村義裕）

記録芸術の会《きろくげいじゅつのかい》 一九五七年から六一年にかけて、文学・美術・映画・演劇など、多様なジャンルの記録芸術を共同で思考し制作することを目指した集団。演劇関連では安部公房、花田清輝、福田善之などが参加し、千田是也の「三々会」、「木六会」とも密接な関係にあった。会名義で共同制作された作品に、安部を中心として作られたシュプレヒコール演劇『武器のない世界へ』（一九六〇）があるが、個々のメンバーの作品にも会の精神の影響が見られる。（梅原宏司）

く

草野柴二《くさのしばじ》 一八七五〈明治八〉・十一～一九三六〈昭和十一〉・九。教員・翻訳家。岡山県生まれ。本名若杉三郎。東京帝国大学英文科卒業。喜劇の移植を志し、一九〇四年より教職のかたわらモリエール作品の翻訳・翻案を発表。〇八年、本邦初の『モリエエル全集』(金尾文淵堂)を刊行(後に発禁)。同年明治座で、小山内薫と二世市川左團次による『結婚療法』初演に尽力。ほかにイプセン、チェーホフなどの訳業がある。後年、NHK名古屋放送局の英語講座を担当。
[参考]『モリエール全集』10(臨川書店) (大橋裕美)

草間輝雄《くさまてるお》 一九三七〈昭和十二〉・四～一九六二〈昭和三十七〉・五。旧満州国鞍山生まれ。都立戸山高校を経て、六〇年安保期の早稲田大学演劇研究会で俳優・作家・演出家として活躍。サルトルやブレヒト劇を演出。堀田善衛『広場の孤独』を脚色上演。卒業後、一九六二年に藤本和子、津野海太郎、村松克己らと劇団独立劇場を結成。初戯曲『惨虐立法』を執筆するも宿痾の腎臓病で倒れる。同年二月、俳優座劇場で初演。三か月後に二十五歳で死去。(津野海太郎)

串田和美《くしだかずよし》 一九四二〈昭和十七〉・八～。俳優・演出家・舞台美術家。東京都生まれ。父は詩人・哲学者・随筆家の串田孫一。一九六五年俳優座養成所卒業。同年劇団文学座に入団するも翌年退団し、佐藤信、吉田日出子らと共に劇団自由劇場を結成。六本木のアンダーグラウンド自由劇場を拠点に数々の作品に出演。七〇年には黒色テントによる全国旅公演『翼を燃やす天使たちの舞踏』に出演するが、その後、佐藤らテント公演派と分かれる。電気亀団、スーパーカムパニイ等名称を変えながら六本木自由劇場を舞台に演出を手がけるようになる。七五年以降はオンシアター自由劇場として『上海バンスキング』(作・斎藤憐)などの名作を発表した。二〇〇三年にまつもと市民芸術館館長兼芸術監督に就任。その後当館を拠点に活動するTCアルプの座長を務める。主な作・演出作品に『A列車』(一九七三)、『幻の水族館』(一九七六)、『もっと泣いてよフラッパー』(七七)等がある。一九九四年からコクーン歌舞伎を手がけ始める。〇五年に演出した『桜姫』(原作・鶴屋南北)、『コーカサスの白墨の輪』(作・ブレヒト)で芸術選奨文部科学大臣賞受賞。〇六年に演出した『東海道四谷怪談・北番』で第十四回読売演劇大賞最優秀演出家賞受賞。〇八年には紫綬褒章を受章。著書に『幕があがる』(筑摩書房)、『串田戯場――歌舞伎を演出する』(ブロンズ社)等がある。

❖**『もっと泣いてよフラッパー』**《もっとないてよふらっぱー》 十九章。登場人物は、リトル・ジャスミンという偽名を名乗って消えてしまった恋人を探す男装の麗人アスピリン、同じくギャング団銀色ファミリーのボス・銀色パパ、新聞記者・ベンジャミンとトランク・ジル、ギャング団黒手首のボス・旦那その許嫁フラポー、踊り子・お天気サラと彼女に恋する皇太子そして劇の狂言回しを務めるバウバウ小僧、他多数。一九七七年に『ファイナル・ギャングスター・ミュージカル・ショウ もっと泣いてよフラッパー』として六本木自由劇場で初演以降繰り返し再演されたオンシアター自由劇場の代表作。一九二〇年代後半の幻想の街・シカゴを舞台に繰り広げられるギャングの抗争や若い男女の恋を描いた音楽劇。バウバウ小僧の進行のもと劇はショウ形式で展開する。劇中の挿入曲を俳優自ら生演奏するなど、串田作品の原点が築かれた舞台である。一九八二年に改訂版が

而立書房より出版されている。（梅山いつき）

九条武子《くじょうたけこ》 一八八七〈明治二十〉・十～一九二八〈昭和三〉・二。歌人。京都生まれ。大谷光尊の次女。九条男爵家に嫁ぐが、不縁となる。佐佐木信綱門下の歌人として知られ、歌集多数。戯曲『洛北の秋』は一九二五年十一月帝劇で初演。舞踊劇『四季』は六世尾上菊五郎などにより上演、現在も一部は稀に上演される。（神山彰）

楠田敏郎《くすだとしろう》 一八九〇〈明治二十三〉・四～一九五一〈昭和二十六〉・一。歌人・劇作家。京都府生まれ。本名楠田敏太郎。多くの新聞雑誌社を転々とした後、一九一二年白日社で前田夕暮に師事し、『流離』など多くの歌集を出版。劇作家としては「猟人」に数多くの戯曲を発表した。また、「猟人」誌に発表した戯曲を含めた作品を、戯曲集『救世主の旗の下に』〈白帝書房〉として三一年に出版している。（岡本光代）

楠本幸男《くすもとさちお》 一九五四〈昭和二十九〉・九～。劇作家・中学教諭。和歌山県生まれ。演劇集団和歌山事務局長。西日本劇作家の会事務局長。日本演出家協会会員。中学校の英語教諭。『幻想列車』が第三十八回岸田國士戯曲賞候補、『操縦不能』『月の砂漠』『海王』（以上『西日本戯曲選集 ドラマの森』〈第一、三、四集〉に収録）。『一番星、だれが見つけた』『かもめが帰る国』『リバーサイド』では脚本の他、演出も手がける。（平野恵美子）

楠山正雄《くすやままさお》 一八八四〈明治十七〉・十一～一九五〇〈昭和二十五〉・十一。演劇評論家・児童文学者。東京・銀座生まれ。早稲田大学入学後、「早稲田文学」（一九一〇・10）に発表した「菊五郎と吉右衛門と」が劇壇に認められて演劇評論家としての地位を得る。長年にわたる演劇評論の一部は『楠山正雄歌舞伎評論』〈冨山房〉におさめられた。早大時代には長谷川時雨ら仲間と演劇雑誌「シバヰ」を創刊し、戯曲『死の前に』（一九一二・2）、『油地獄』（一九一三・3）などを発表した。一方では海外戯曲の翻訳につとめ、井上正夫の新時代劇協会で『検察官』、脚本部員として参加した師島村抱月の芸術座で『沈鐘』などが上演されている。松井須磨子の死後いったん劇壇から離れるが、その間演劇への情熱は断ちがたく『近代劇十二講』〈新潮社〉や『近代劇選集』〈新潮社〉などを出版した。また児童文学者、編集者としても才能を大いに発揮し、先駆的な児童文学集や辞典の刊行に尽力している。

❖**『油地獄』**《あぶらじごく》 「シバヰ」（一九一二・2）に掲載された戯曲。一幕二場。二世市川猿之助によって立ち上げられた吾声会の有楽座における第二回公演（一九一四）で上演された。題名から推測できる通り、近松門左衛門『女殺油地獄』の改作であり、河内屋与兵衛の「利己主義」の一面、大正時代ならではともいえる一面を前面に押し出した作品である。吾声会の上演時、与兵衛を演じたのは浅野長、豊島屋七左衛門・お吉夫婦を稲富寛と立花貞二郎が演じている。また若かりし頃の花柳章太郎が参加しており、与兵衛の義理の母お沢他で出演しているのも大きな特徴であるといえよう。（岡本光代）

久世光彦《くぜてるひこ》 一九三五〈昭和十〉・四～二〇〇六〈平成十八〉・三。脚本家・作家。東京生まれ。東京大学卒業。東京放送で、数多くの著名なテレビドラマを手掛ける。小説家・作詞家としても知られる。舞台では、金子成人の『浅草パラダイス』シリーズで演出を手掛け、自作としては『音楽劇 いつかヴァスコ・ダ・ガマのように』『ロマンティック・コメディ 風狂伝'02』『憎いあんちくしょう』など。（神山彰）

宮藤官九郎《くどうかんくろう》　一九七〇〈昭和四十五〉・七〜。劇作家・演出家・脚本家・映画監督・俳優・ミュージシャン・エッセイスト。本名は宮藤俊一郎。劇団大人計画所属。宮城県栗原市出身。日本大学藝術学部放送学科中退。一九九一年、松尾スズキ主宰の劇団大人計画に入団し、文芸部に所属。バラエティ番組の構成を手がけつつ、大人計画で作・演出を務めるようになり、九六年の『ナオミの夢』から「ウーマンリブ」シリーズを開始。『ウーマンリブ発射！』（一九九九）、『熊沢パンキース〇三』（二〇〇三）、『七人は僕の恋人』（〇八）などを上演している。二〇〇二年には、大人計画本公演『春子ブックセンター』の作・演出を担当。〇四年、俳優の生瀬勝久《なませかつひさ》・池田成志《いけだなるし》・古田新太《ふるたあらた》が結成したユニット「ねずみの三銃士」のために書き下ろした『鈍獣』により、第四十九回岸田國士戯曲賞受賞。同ユニットには、〇九年に『印獣』、一四年には『万獣こわい』を提供している。一〇年には十八世中村勘三郎の依頼により新作歌舞伎『大江戸りびんぐでっど』を書き下ろし、同作は改築前の歌舞伎座さよなら公演として上演された。一二年には河竹黙阿弥の『五十三次天日坊』を改作した『天日坊』を執筆、串田和美の演出でコクーン歌舞伎第十三弾として上演。テレビドラマや映画の脚本家としても活躍し、ドラマ脚本では『木更津キャッツアイ』で第五十三回芸術選奨文部科学大臣新人賞、『タイガー＆ドラゴン』で第四十三回ギャラクシー賞大賞、『うぬぼれ刑事』で第二十九回向田邦子賞を受賞。東日本大震災を描き社会現象ともなったNHK連続テレビ小説『あまちゃん』で第五十一回ギャラクシー賞大賞、東京ドラマアウォード2013脚本賞などを受賞した。映画でも、金城一紀原作『GO』の脚本で第二十五回日本アカデミー賞最優秀脚本賞および第五十三回読売文学賞（戯曲・シナリオ賞）、『真夜中の弥次さん喜多さん』で〇五年度新藤兼人賞金賞、『舞妓Haaaan!!!』で第三十一回日本アカデミー賞優秀脚本賞を受賞。ミュージシャンとしては、九五年に大人計画の俳優・阿部サダヲ、村杉蝉之介らと「グループ魂」を結成し、〇五年には第五十六回NHK紅白歌合戦に出場した。「オールナイトニッポンGOLD」のパーソナリティを務めるなどラジオでも活躍し、『俺だって子供だ！』をはじめエッセイも多数刊行されている。

❖『**鈍獣**』《どんじゅう》　二幕。〇四年、パルコ劇場にて初演。雑誌「週刊太陽」元編集者の静が、以前担当していた作家凸川隆二の失踪事件を取材するため片田舎のホストクラブ〈スーパーヘビー〉を訪れる。静はそこで凸やんこと凸川の同級生である店長の江田、江田の子分の警官岡本、さらに江田の愛人順子とホステスのノラら怪しげな面々の話を聴く。しかし凸やんは二人いるらしいが誰も区別がつかないことや、小説を書いているかどうか定かではないことなどが語られ、謎は深まるばかり。実は数か月前、江田と岡本は凸やんと再会し、彼が自分たちの隠したい過去を小説のネタにしようとしていると知って、口封じのために殺害を企て実行していた。ところが死んだはずの凸やんがスーパーヘビーに現われる。〈……ごめん、覚えてないわ〉という台詞を繰り返す凸やんは、彼らの悪意に気づいている様子もない。彼らはさまざまな方法で凸やんを殺そうとするが、凸やんは殺しても殺しても死なない。最終的に、彼らは凸やんを列車に轢かせるが、凸やんはボロボロになりながらもスーパーヘビーに戻ってきて幕となる。

❖『**天日坊**』《てんにちぼう》　三幕。一二年、Bunkamuraシアターコクーンにて初演。時は鎌倉時代。孤児の主人公・法策は、幼い頃に修験者観音院に拾われ、下男の久助を兄として慕いつつ成長したが、飯炊きのお三婆さんの孫が源頼朝のご落胤であると聞き、お三婆さんを殺してお墨付きを奪う。法策はさらに巡礼の與之助を殺してお三婆殺しの罪を着せ、與之助になりすます。そして頼朝のご落胤として新たな人生を歩もうとするが、盗賊の人丸お六と地雷太郎（実は木曽義仲の余類かけはしと竹川伊賀之介正忠）との騒動の中で、法策のお墨付きとかけはし・伊賀之介の連判状がすり替わってしまう。が、法策が実は木曽義仲の子・義高であることを見抜いたかけはしは、伊賀之介と赤星大八（実は平家の余類である赤星典膳）とともに、謀反のために頼朝のご落胤・天日坊として義高を担ぎ上げ、鎌倉に乗り込む。法策（義高）は鎌倉幕府の要職・大江廣元の前で本物の御落胤か否か詮議を受けるが、伊賀之介の弁舌のおかげで本物のご落胤として認められる。ところがそこに現われた久助（実は庶民に成り済ましていた大江廣元）に正体を喝破される。大勢の敵方に囲まれた法策らは、最後の抵抗で大立ち回りをする。法策の〈俺は誰だぁっ！〉という叫びに集約されているように、「実は……」という歌舞伎の約束事を逆手にとってアイデンティティを問う作品。（岡室美奈子）

工藤隆《くどうたかし》 一九四二〈昭和十七〉・四～。劇作家。栃木県生まれ。東京大学経済学部卒業。早稲田大学大学院博士課程修了。大学院在学中から劇作・演出・評論活動を始める。一九七〇年『鼠』を安田生命ホールで、七一年『にわか雨』を青年座劇場で第二次「劇」により自らの演出で上演。七六年『カメレオーンの今』が成田次穂の演出で劇団現代により池袋・シアターグリーンにて上演。七九年『黄泉帰り』が東邦生命ホール、八二年『白千鳥』が渋谷ジァン・ジァンにて高田一郎の演出で劇団櫂により上演。（中村義裕）

久藤達郎《くどうたつろう》 一九一四〈大正三〉・七～一九九七〈平成九〉・十。劇作家。奥内村（現・青森市）生まれ。一九四二年の『たらちね海』は国民演劇脚本情報局総裁賞受賞。四三年『東風《こち》』を「日本演劇」に発表。四六年千秋実主宰の薔薇座第一回公演に『新樹』を、次いで『東風の歌』（『東風』の改題）を提供。戦後は県立弘前高女をはじめ、青森県下高校の校長職も歴任のかたわら、ラジオドラマも多く手がけ、民話劇『シガマの嫁コ』（一九五五）は特に有名。『久藤達郎戯曲集』（津軽書房）のほか小説集・詩集あり。（石澤秀二）

工藤千夏《くどうちなつ》 一九六二〈昭和三十七〉～。劇作家・演出家。うさぎ庵主宰。渡辺源四郎商店ドラマターグ。青森県出身。ニューヨーク市立大学大学院演劇科修士課程修了。コピーライターを経て、青年団演出部所属。劇団民藝に提供した、谷山浩子の同名曲をモチーフに戦争の悲哀を語る『真夜中の太陽』が評判を呼ぶ。代表作に『D』『星守る犬』など。（望月旬々）

邦枝完二《くにえだかんじ》 一八九二〈明治二十五〉・十二～一九五六〈昭和三十一〉・八。小説家・劇作家。東京麹町平河町生まれ。慶應義塾大学予科、東京外語イタリア語専修科に学ぶ。永井荷風に師事し、「三田文学」「とりで」に小説や戯曲を発表。時事新報記者時代の一九一九年から舞台制作に携わるようになり、舞台芸術座、創作劇場、研究座、文芸座に参加した。また二〇年から三年間、帝国劇場に在籍。自作『篠原一座』『明暗録』の舞台監督や、雑誌「帝劇」の編集、女優学校講師などを務めた。関東大震災後、雑誌「劇壇」、『松助芸談・舞台八十年』を刊行。昭和に入り流行作家になって以降は、小説『歌麿をめぐる女達』『喧嘩鳶』など江戸の芸道物、世話物を描いた作品が次々に劇化・

映画化された。他に四冊の戯曲集『邪劇集』『異教徒の兄弟』『立春大吉』『青春』がある。

❖『明暗録《めいあんろく》』 一幕二場。一九二〇年帝国劇場初演。出演は十三世守田勘彌、四世尾上松助。幕末、江戸赤坂の松平出雲守邸では当主斉貴《なりたか》による酒宴が毎夜催され、馬鹿囃子の音が戸外まで漏れ聞こえていた。斉貴は虚礼と諂《へつら》いに取り囲まれた大名生活に辟易し、今夜も寵臣の寺崎新吾を相手に、新吾が漂流の末に訪れたローマの様子を聞き出しては、異国への憧憬の念を強くするのだった。そこへ城に参内していた家臣が戻り、老中から斉貴の近頃の振舞いを叱責されたことが伝えられると、斉貴は怒って座を立ち、いつものように宴の用意を命じる。別室に移り、斉貴が馬鹿囃子の笛太鼓に合わせて踊りだすところへ古参家老の柳田四郎兵衛が現われ、斉貴に行状を改めるよう諌言する。だがそれが斉貴に受け入れられないと見るや四郎兵衛は隣室で自害してしまう。斉貴は四郎兵衛の遺書を読み終えるとそれを燃やし、あくまでも馬鹿囃子を鳴らし続けるよう命じるのだった。幕末の若き大名の鬱勃とした心情を馬鹿囃子の賑やかな音で示した点が評判になり、のちに澤田正二郎によって再演された。（星野高）

国枝史郎《くにえだしろう》 一八八七〈明治二十〉・十～一九四三〈昭和十八〉・四。小説家・劇作家。現在の長野県茅野市に生まれる。早稲田大学在学中の一九一〇年、処女戯曲集『レモンの花の咲く丘』を出版。メーテルリンクに影響を受けた象徴主義的な作風で注目されると、雑誌「劇と詩」に立て続けに戯曲を発表。試演劇場や土曜劇場に上演台本を書いたほか、雑誌「第三文明と劇場」を刊行するなど精力的に演劇活動を行なった。一四年関西に赴き、「大阪朝日新聞」記者となって劇評を担当。一七年に第二戯曲集『黒い外套の男』を出版すると新聞社を辞め、半年余り大阪松竹脚本部に籍を置いた。在阪中バセドー氏病を患い、以後療養を続けながら生活の資を得るために通俗小説を執筆。『神州纐纈城《しんしゅうこうけつじょう》』などの長編伝奇小説で一躍人気作家となった。没後忘れられた作家となっていたが、三島由紀夫等によって再評価された。

❖『黒い外套の男《くろいがいとうのおとこ》』 一幕。国枝自身が体験した新劇女優東花枝との恋愛を題材に書かれた現代劇。戯曲発表後、当の東が主宰する芸美協会によって大阪弁天座で上演された。北海道の港に面した劇場で背景画家を務める一條弘は東京で活躍する新進芸術家だったが、ある恋愛事件を機に行方をくらまし、この地に流れ着いて四年が経とうとしていた。そこへ今晩この劇場で『マクベス』を上演する宮川蘭子一座が到着する。彼女こそ一條の元恋人であり、パトロンの黒い外套の男と共に彼を殺そうと企てた女だった。一條は蘭子に本心を問い質すも冷たくあしらわれてしまう。実は黒い外套の男から、妻になることを条件に一條を救ったのは蘭子だった。東京に戻る決心をした一條を乗せた船が出航するなか、蘭子は突如劇場に現われた黒い外套の男に、縊り殺されてしまうのだった。黒い外套の男の怪異な容貌や、途中挿入される劇中劇『マクベス』の妖婆の踊り、昔の一條にだぶらせた蘭子に奴隷志願する美少年など、奇怪なイメージに溢れた作品。（星野高）

久保栄《くぼさかえ》 一九〇〇〈明治三十三〉・十二～一九五八〈昭和三十三〉・三。左翼劇場時代のペンネームは東健吉、松永博。俳号青哉、棣棠。北海道札幌生まれ。父兵太郎と母衣の次男。父は野幌で祖父栄太郎や弟たちと煉瓦製造工場久保組を組織、のち日本中に工場を設置し台湾にも進出。札幌商工会議所会頭。兄一人、姉二人、弟三人。中の弟は西洋画家久保守、東京藝術大学美術科教授。三歳の時、兵太郎の末弟熊蔵の養子となり祖母と共に東京へ。六歳の時養父母の離婚で札幌へ戻り、札幌区立創成尋常小学校へ入学、伊志井寛と同級。十歳の時、養父が大垣藩江戸家老の娘酉と再婚し栄も東京に戻され、京橋尋常小学校四年に編入し木挽町に住む。芝居好きの養母と歌舞伎や新派見物が始まる。〈神童〉とよばれ、東京府立第一中学校（現・日比谷高校）に進学。成績はおよそ一五〇名中、度々一〇番以内。一高入試後初めての小説『三人の樵夫《やまご》の話』（「中央文学」12）が佳作に入選。九月第一高等学校入学。ここで村山知義・山本政喜・和達知男《わだちともお》・熊谷宣夫らを知り、和達と劇場通いを始める。東京帝国大学独文選科に入学、翌年本科へ。一九二五年池谷《いけのや》信三郎の紹介で築地小劇場に表現派戯曲『ホオゼ』（シュテルンハイム作）の翻訳を提出、『ホオゼ』の上演が決定し、演出の土方与志《ひじかたよし》に初めて会う。東大卒業後（卒論「ゲオルグ・カイザアの歴史劇」）、築地小劇場文藝部に入る。ドイツ演劇の翻訳・月刊「築地小劇場」編集・土方の演出助手などをし、他方で若手と〈青年築地派〉と称してマルクス主義思想・芸術論の勉強会をする。小山内薫の急死後、築地小劇場を脱退。二九年、土方らと新築地劇団を創立し宣言文作成。演劇雑誌「劇場街」創刊（六月）、左翼劇場公演『全線』の劇評を書く（同誌八月号）。「明治以後の演劇史と土方与志」（同誌十一月号）で、マルクシズムの視点に立った演劇史を発表。翌三〇年、戯曲第一作『新説国姓爺合戦』六幕（同誌一月号、のち『国姓爺新説』に改題）を発表、新築地劇団が土方与志演出で初演（三月）。評論「歴史劇の問題」（都新聞）で、プロレタリア歴史劇の誤謬は「現代的シチュエーションをそのまま歴史的題材に押しつけること」が「現代的意義」と考えたことであったとして、佐々木孝丸『筑波秘録』、藤森成吉『蜂起』等や自身の『国姓爺合戦』など、部分的にそれが見られると指摘。プロレタリア・リアリズムの「正しき理論」は、現実を主観によって「歪めたり粉飾する」ことではなく、「プロレタリアートの階級的主観（現代的意義）」に「相応するものを現実（史実）の中に発見すること」という基本法則を史劇に適用することだと記述。四月、専修大学独文講師となり、同時にプロットに加盟、プロット機関誌「プロレタリア演劇」創刊号を編集、以後ドイツ・プロレタリア演劇の評論・戯曲の翻訳をする。F・ウォルフ『青酸カリ』（初演出作・新興劇協会初演）、ハウプトマン『日の出前』『織工』、カイザー『ユダヤの寡婦』『平行』『二人のオリイフェル』『カレー市民』、ドイツ・プロレタリア戯曲数編、ゲーテ『ファウスト第一部』、シラー『群盗』など。この時期に『生きた新聞』などアジ・プロの小型形式の戯曲を多数執筆し上演。ソヴィエト・ロシアのラップ解散に関する「文学・芸術団体の改造について」を書き、早くも統一戦線的視点を持つ。五作目の戯曲『五稜郭血書』（新大衆劇）にそれが見出される。社会主義リアリズムがソヴィエト・ロシアで提唱され、コップ資料として「社会主義リアリズムの輪郭」を書く。三三年十月新演劇人協会（SEK）発会を計画、SEK創立準備公演『織匠』を訳・演出。『群盗』の日本版『吉野の盗賊』を前進座で演出。この後前進座の演出が続き、三四年プロット解散決議後、演出部に加入。村山知義の出所・新劇大同団結提唱でSEK創立計画は流れ、新協劇団旗挙公演『夜明け前』（第一部）の演出後に劇団演出部に加入する。三五年一月「迷えるリアリズム」（都新聞）を発表、中野重治・森山啓・村山知義らと論争。ソヴィエトでは、「何を書くべきか」の問題は解決済みで「いかに書くべきか」が問題になっているが、日本では、前者が未解決である。社会主義という言説は、生産諸関係としての形態が可能になっていない日本では使用できない。日本的現実をみると「革命的リアリズム」でなければいけない。が、〈革命〉は伏字だからそれを避けていうと、「反資本主義リアリズム」というべきだと主張。それに対し村山知義は、発展的リアリズムと称した。ゲーテ『ファウスト』（第一部）の訳・演出後に、三七年『火山灰地』第一部、翌年第二部発表。「科学理論と詩的形象の統一」（「全体戯曲」）を目指して舞台化。「日本の現代創作劇と、その舞台化の技術」などについて記した『新劇の書』（テアトロ社）を発表、演劇人必携の書と称された。四〇年八月新劇事件で検挙される。出所後は『小山内薫』を執筆。敗戦後すぐに東宝をバックに滝沢修・薄田研二《すすきだけんじ》と東京芸術劇場を結成、演劇活動を再開。生家を題材にして「全体小説」を意図した長編〈ロマン『のぼり窯』〉を「新潮」に連載（未完）。占領解除後に戦争責任を問う『日本の気象』を発表、この頃から遷延性鬱病相が続くが、劇団民藝附属水品演劇研究所で演技論を講義し、没後聴講した劇団員等が『久保栄演技論講義』（三一書房／影書房）にまとめる。これは久保のドラマ観・演技観を知る最良の書。最後の作品は『博徒ざむらい』（作・演出、NHKラジオ）。芸術性と大衆性、大衆性と通俗性を問う作品。入院中の病院で自死。

［参考］『久保栄選集』全七巻（中央公論社）、『久保栄全集』全十二巻（三一書房）、井上理恵著『久保栄の世界』『近代演劇の扉をあける』（社会評論社）、小笠原克著『久保栄』（新宿書房）、吉田一著『久保栄「火山灰地」を読む』（法政大学出版局）、雑誌「久保栄研究」全十一冊（久保栄研究会）

❖**『五稜郭血書』**《ごりょうかくけっしょ》　史劇・五幕。初演、一九三三年六月築地小劇場創立十年・改築基金募集公演として新劇人合同で上演（千田是也・久保栄共同演出、於築地小劇場）。初版『プロレタリア戯曲叢書第四輯』、のち『久保栄選集II』（中央公論社）、『久保栄全集2』（三一書房）所収。場所は北海道函館、時は明治元年八月から翌年五月の榎本降伏（戊辰戦争終結）まで。登場人物は、函館で英吉利と仏蘭西を相手にする貿易商人・小樽一揆の漁民・徳川脱走軍の榎本武揚一派・平山金十郎などの新民兵・英吉利貿易商人とその妾や仏蘭西軍事教官など。日本の植民地化を狙う英仏米の存在に触れながら、一揆が続発し混沌とする明治初年の函館を描き出すことで、死屍累々と続く犠牲の上に近代社会の礎が築かれたことを大衆劇風に展開。「現在の支配体制」が「どういう政治的経済的要因によって打ち樹てられたか」を明らかにし、「現代のプロレタリアートおよび一般被抑圧大衆にとって最も教訓を含んだ一時期」を選んだと初演時に発言。登場人物の多様な階層や歴史の捉え方にのちの『火山灰地』に通じるものがあり、久保の主張する「全体戯曲」の始点に立つ戯曲ともいえる。平山の〈たとえ幾たび、上《カミ》に立つ者がかわろうとも、民百姓がわが手をもっておのれ等の難儀を救わぬかぎりは、決して世の不正不義は跡を絶たぬ〉という自戒、官軍永山の〈臆する心なく、この屍の一つ一つを踏みしめて行かれたい〉と榎本に言うセリフは、本作の神髄だが、歌舞伎風の舞台処理もあって新局面を意図したことがわかる。左翼劇場の演劇運動は新しい観客層を獲得することに成功したがこの時期には行き詰っており、新劇の新境地を拓くべく〈新大衆劇〉が書かれた。初版に付された「明治初年政治絵解」の角書はそれを語る。同種の作品に『吉野の盗賊』『こわれた甕』『博徒ざむらい』がある。これ等は歌舞伎で上演可能。『久保栄全集2』所収の木下順二「解説」は必読。

❖**『火山灰地』**《かざんばいち》　二部七幕。初演、一九三八年六月〜七月新協劇団（久保演出・於築地小劇場）。初出は一、二部とも雑誌「新潮」、八月に初版『火山灰地』（新潮社）出る（全集3巻所収）。

久保が訳した『ファウスト』同様の大作で全幕の上演には七時間を要す。「全体小説」に対する「全体戯曲」という視点を持ち「科学理論と詩的形象の統一」を目論む。つまり〈マルクス経済学に根拠を置く社会の分析と芸術創造との合体〉ということが出来ようか。場所は北海道十勝地方（帯広と音更村）。時は一九三〇年代半ば、ある年の歳末から翌年の収穫期まで。登場人物は農業科学者雨宮聡《あきら》一家と関連の科学者たち・農民庄作と妹しのたち・メッケ地主の駒井ツタ・炭焼き治郎と市橋ら・子供たちなど、総勢七十人超。四季折々に変化する自然を背景に同時代に生きる様々な階層をフォーカスし、雨宮の土壌と肥料問題を軸に自然と農業・公害・地主と小作人・家族崩壊（夫婦・親子）・女性差別・恋愛と結婚・戦争と出征兵士……等々、今も人々を捉えている問題を描出している。野間宏は「社会を機構としてとらえようとする構造を文学がもつにいたった」と絶賛した。これをもって日本におけるリアリズム演劇が完成したと評され〈戦前リアリズム演劇の金字塔〉と称された。が、その典型的形象の表現は、チェーホフ流リアリズムともイプセン式リアリズムとも異なり、リアリズム演劇の枠組を超えて新たな局面をも生み出していた。その一つは、農民が登場する幕に五回入る「朗読」と呼ばれた詩の挿入。久保は日本語によるデクラメーション（朗誦法）を考えていた。農民の一人が語る詩は、幕開きから幕の進展に合わせて変化する。それは日本全土を鳥瞰しながら北海道へ移行し、次に農村の在りようと農民の労働へ、最後に農民の内的心情に行きつく詩であった。今から見るとこれは二十世紀芸術の課題となった「世界」と「意識の流れ」の描出をいかようにするかという表現方法にいずれ到達する、その前触れと見ることも可能である。二つ目は、効果音以外の劇中音楽の導入だ。新劇史に初めて取り入れられた。初演時は、吉田隆子作曲・指揮で楽団創世が生演奏した。吉田は後に久保と事実婚する女性音楽家のパイオニアである。三つめは、練り上げられたセリフに舞台語としての方言を生み出したことだ。そして登場人物たちの語るセリフには無駄な言葉はなく、提出された問題の伏線が細部まで張り巡らされていて、〈散らして書く〉と称された。再演は、敗戦後俳優座が久保演出で一部のみ再演（千田是也・小沢栄太郎等）、久保没後記念で一九六一～六二年に劇団民藝が村山知義演出で全幕上演（滝沢修・細川ちか子・宇野重吉等）、同じく民藝が二〇〇五年に内山鶉《うちやまじゅん》演出で全幕上演した。『久保栄全集6』所収の本多秋五解説は必読。英文翻訳には〈Land of Volcanic Ash〉（D・G・グットマン訳）があり、過去の版種配役などは久保と吉田の関連文章も収録した最新版『火山灰地』（井上理恵編・新宿書房）にある。

❖**『林檎園日記《りんごえんにっき》』** 四幕。初演、一九四七年三月東京芸術劇場（久保演出、於帝国劇場）。初版『林檎園日記』中央公論社一九四七年、『久保栄選集Ⅳ』、『久保栄全集3』所収。復刻版『林檎園日記』新宿書房。札幌近郊の林檎園を舞台にしたこの作の発端は『火山灰地』上演後新派の花柳章太郎に依頼されて花柳・伊藤熹朔・大江良太郎らと北海道を訪ねた時に始まる。戦争中の起筆から戦後の擱筆までの変遷と東京芸術劇場の初演時の混乱などは、「林檎園日記」の戯曲分析と共に井上理恵「『林檎園日記』をめぐって」（『久保栄の世界』所収）に詳しい。場所は北海道札幌近郊の安倍林檎園「園内の古びた家のなか」。時は「中日事変のころ」一九三八年の春から秋へ。登場人物は移住時からの旧家安倍林檎園初代の娘寿々、長男で現当主正義、次男信胤(作家志望)、正義の娘道子、息子継男《つぐお》隣家の新興林檎園の息子幸彦(大学生)、信胤の文学仲間高須の妹志津子、旧家遊佐林檎園主源三郎、安倍林檎園の常雇い人夫川西今朝吉、同桜井トメ。筋は草分けの安倍林檎園が当主の出奔とモリニヤ菌の発生で経営困難に陥り、万策尽きて手放すまで。古典劇やイプセン劇の〈場所の一致〉を持ち、チェーホフの『桜の園』を思わせるような旧家の没落——近代日本が開拓した北国で百年も経ずして迎えた林檎園の没落——をアジアへ触手を伸ばす日本の戦時体制と文学者の戦争責任とを問う中で描出。特徴は各幕開きに道子の日記が映し出され、それを読む道子の声が重なることで自然主義的な舞台創りを壊す。当主の正義はすでに女と出奔。父の帰りが待たれていて、この辺が菊池寛の『父帰る』と似て非なるところ。一幕で林檎園は所有地の部分的売却が決まっていた。売却先は隣家の新興林檎園、そこの幸彦と道子は互いに恋愛感情を持っている。登記のために札幌に戻ってきた正義を待つ家族の期待は裏切られ、金を持って正義は消えた。他方、夜間に原稿執筆をしていた信胤の応募原稿が返却されるという一駒も発端に出て、後に信胤の戦争責任問題の布石になる。ヒットラー・ユーゲントに憧れる継男や、戦時に〈自我〉を貫くことの困難さなどが、林檎園の経営と破綻と共に展開し、最終的に、この一家は離散する。道子と寿々は川西と共に内地へ、信胤は「精神文化連盟の懸賞」に応募した行為を恥じて志津子に告白し原稿——「日本語の純粋度について」を焼却して幕。初演後久保と信胤を同一視する意見も出たが、戦中の久保は〈沈黙〉していた。あくまでもこれは同業者の戦中行為への批判と戦後への期待を書き込んだもので、私小説的読みは当たらない。

❖**『日本の気象』**《にほんのきしょう》 五幕。初演、一九五三年五月劇団民藝(久保演出、於第一生命ホール)。雑誌「新潮」(一九五三・6)初出、初版『日本の気象』(新潮社)、『久保栄全集4』所収、再版『日本の気象』(影書房)。自然主義的タッチで科学者の戦争責任を描出した戯曲で、ある意味唯一の正統的リアリズム戯曲と言える。場所は「東京の西南部を走る郊外電車の沿線(略)海軍気象部の分室」、一幕はその玄関前広場、二幕三幕四幕は東京都内の日本気象台本台構内の室内、五幕は一幕に同じ。モデルとなった建物は現存する東横線大倉山にある大倉山記念館(長野宇平治設計)で、ト書きに「ギリシャふうの破風と柱列と幅のひろい階段をもつ石造建築」と指定されたような白く美しい古代ギリシア以前のプレヘレニック様式。初演時装置の伊藤熹朔はそっくりに作成した。時は敗戦の夏(一九四五・八)、敗戦の初秋、敗戦から二年目の春(四七)、敗戦から五年目の秋(五〇)、同晩秋。時の設定でも分かるが、敗戦直後アメリカ軍の進駐前、アメリカ軍進駐後、二月のマッカーサーによるゼネスト中止後、五〇年秋は、前年に公務員の政治活動が制限されて年が変わるとGHQが沖縄の恒久的基地建設を開始し、共産党の非合法化を示唆。そして朝鮮戦争が勃発して国連軍が朝鮮への派遣を決議し、その最高司令官にマッカーサーが就く。八月に警察予備隊令が公布された後、レッドパージが閣議決定。こうした日本を真ん中に置くアメリカ占領軍とアジアの政治的動きが背景に選ばれている。戦時中に戦闘機や戦艦の運航のために気象予報をした気象科学者が、戦争責任と敗戦後の生き方に懊悩する姿が描出されている。舞台は進駐軍が来る前に戦中の資料を焼却する場に始まり、労働組合運動の高揚と中止に悩み、続くレッドパージと左翼政党の「小児病的戦術との板ばさみにあって、良心的な技術インテリが苦しみながら生き方をさがし求めて行く」（本多秋五）技術者たちが朝鮮に向う飛行機をふり仰ぐ姿で終わる。久保は、実際にあった闘争に取材はしているものの、「観念左翼の書くようなストライキ劇」ではなく、「組合運動にたいする基本方針の間ちがいが、職場に与えた実害」というものを「節度を守りながら描い」たと発言した（「日本の気象」についての対話）。政治運動における正系と異端の問題にも発展する内容を持つ新しい視点がある。二〇〇八年に久保栄没後50年記念で東京演劇アンサンブルが再演（広渡常敏演出、於ブレヒトの芝居小屋／シアターX）。（井上理恵）

久保田和弘《くぼたかずひろ》 一九四五〈昭和二十〉・七～。高校教諭。大分県出身。同志社大学文学部国文学専攻卒業。熊本県立高校の教諭として長年高校演劇に携わる。一九九〇年より九州高校演劇協議会事務局長・全国協議会常任理事を十三年間務めた。多数の高校生向け戯曲のほか『炭坑節で逝った少年兵』『嶺にわかるる横雲の』など、徹底した現地調査に基づく戦争責任追及の戯曲を手がける。『殉空のはてに』は青年劇場創作戯曲賞受賞。（柳本博）

久保田猛《くぼたたけし》 一九三七〈昭和十二〉・一～。長野県生まれ。日本大学藝術学部卒業。在学中に三好十郎主宰戯曲座系列の劇団炎座文芸演出部に入座。一九七三年、劇団演奏舞台を結成。八三年『オフロード』を自らの構成・演出で劇団演奏舞台により演奏舞台げきばで上演。九二年『甘粕大尉——季節はずれの卒論』を、九三年『暗殺風聞』を、九五年『嗤ふ——桐生悠々』を池袋文芸坐ル・ピリエで自らの演出で劇団演奏舞台により上演。九七年、自らの演出で『茫々の時－秋篠－』を演奏舞台により門仲天井ホールで上演。（中村義裕）

久保田万太郎《くぼたまんたろう》 一八八九〈明治二十五〉・十一～一九六三〈昭和三十八〉・五。小説家・劇作家・演出家・俳人と活躍の範囲は広かったが、主として劇作家の仕事に限って記す。東京浅草田原町生まれ。祖父の代から生家は袋物製造業で、兄が早世したために家業を継ぐ立場にあった。一九〇六年、東京府立第三中学（現・両国高校）に進んでの四年への進級試験で落第して中退、慶應義塾普通部の編入試験を受けて転校した。この間に文学に親しみ、祖母が両親を説得してくれて慶應義塾大学の予科へ進学できた。一一年、予科二年を経て文科本科に進み、前年に永井荷風が創刊した「三田文学」に小説『朝顔』を寄稿、これを朝日新聞の時評で小宮豊隆が褒める一方、中村星湖の反論が「早稲田文学」に出て、学生ながらも文名が高くなった。かたわら雑誌「太陽」の懸賞に応募した戯曲『プロローグ』が小山内薫の選に入り、作家として出発した。戯曲的には木下杢太郎の『和泉屋染物店』（一九一一年発表）に多大な影響を受けた。一四年に慶大文学科を卒業。同年家産が傾き駒形に移住したころから一時スランプに陥る。一五年に小山内薫を中心とする歌舞伎の世話狂言研究のグループ、古劇研究会に参加した。一九年から慶大の講師として文学部予科の作文を担当、二六年に慶大を辞して東京中央放送局（後の日本放送協会）の嘱託になり、演劇科長兼音楽科長を経て文芸科長として七年間勤務し、ラジオドラマなどを手掛けた。この間『暮れがた』『雪』（一二）、『水のおもて』（一三）、『宵の空』（一四）、『祭りの出来事』（一九）、『雨空』（二〇）、『心ごころ』（二二）、『冬』（二三）、『あぶらでり』『短夜』『露深く』（二五）といった戯曲を発表、『雪』が二〇年十一月の歌舞伎座で喜多村《きたむら》緑郎や花柳章太郎を中心とする新派が上演したころから新派と親しみはじめ、多くの戯曲を提供する一方、二一年三月、市村座の新派公演『婦系図《おんなけいず》』(泉鏡花原作)を改訂・演出した。はじめての演出。また『雨空』『心ごころ』などがこのころ新派で上演された。生まれた浅草を背景にする戯曲が多く、しかも現在や今後の浅草であるよりも、かつてあった浅草の人々や生活に固執していく。消え行く下町情緒や生活習慣。ここには確固とした生活のしきたりがあり、したがってそれにこだわる万太郎の戯曲は、ある様式性を帯びた。生活の様式が文化だとすれば、万太郎は若くして滅び行く文化の創造者になっていた。だからまた、万太郎の戯曲は必然的に反時代的なものにならざるを得なかった。多くの戯曲に没落する商家のエピソードが描かれるのは、象徴的だと言っていい。二七年に発表され、翌年築地小劇場が青山杉作の演出で上演した『大寺学校』は、その意味で万太郎の生涯の代表作のひとつである。そして限られた世界であっても、そこに根付いて生きる人間と生活を見つめた万太郎の戯曲を、対立を重視する西洋式のドラマの観点から考えて、もっとも戯曲らしいと評価したのが戯曲とは何かを日本ではじめて考究していた洋行帰りの岸田國士だった。三二年二月、友田恭助・田村秋子夫妻の主宰する築地座の第一回公演『冬』を演出、他に『かどで』を演出。三四年九月、築地座から分裂した創作座の顧問になるとともにその旗揚げ公演の『鼬《いたち》』(真船豊作)を演出。この年の前後、新派を含めての演出が多い。三五年、築地座の『釣堀にて』を演出、これは万太郎自身もっともお気に入りの戯曲だった。三七年二月、歌舞伎座の新派創立五十年祭のため『ふりだした雪』を改補して演出。九月に友田・田村夫妻の参加を得て岩田豊雄や岸田國士らと文学座を創立するも、翌月の友田恭助の戦死で第一回公演の企画が頓挫。三八年一月、文学座の第一回試演会で『四月尽《しがつつくし》』を演出。十月、花柳章太郎を中心とする新生新派結成第一回公演のため瀬戸英一作『東京のゆくへ』を脚色・演出。四一年、文学座の『砂の上』の演出をはじめ、本流新派や新生新派などでの演出数が二十を超えた。四二年、日本文学普及会より第四回菊池寛賞を受賞。新生新派の『萩すゝき』、文学座の『町の音』ほか演出多数。四三年十月に岡鬼太郎《おかおにたろう》が没し、その後任として「日本演劇」や「演劇界」などの演劇雑誌を発行していた日本演劇社の社長に就任。十二月に演劇視察のために上海に行って越年。四四年、築地小劇場改め国民新劇場での文学座公演『怒濤』(森本薫作)のほかほとんど演出なし。四五年四月、文学座の『女の一生』(森本薫作)を演出。戦前の新劇最後の劇場公演。五月二十四日、空襲を受けて罹災、家財蔵書の一切を失う。六月に父が逝去、八月十五日の終戦の日に母が逝去。十月に帝国劇場で六世尾上菊五郎一座のために『銀座復興』(水上瀧太郎原作)を脚色・演出。四六年十月、文学座の帝国劇場公演『或る女』(有島武郎原作)を脚色・演出するも劇場のオーナーである東宝の争議が勃発して三日間で公演中止。四七年、日本芸術院会員に。四九年、日本放送協会理事、郵政審議会専門委員、文化勲章及び文化功労者選考委員、文化財保護専門審議会委員などに就任。十二月、三越劇場での還暦祝賀会で白井権八に扮し、久米正雄の幡随院長兵衛と歌舞伎の『鈴ヶ森』を演じる。五一年三月、新装の歌舞伎座での尾上菊五郎劇団の『源氏物語』(舟橋聖一作)を演出。五月、国際演劇協会主催の演劇会議出席のためノルウェーの首都オスロに行き、帰途英、仏、伊を経て六月帰国。NHK放送文化賞を受賞。日本演劇協会の会長に就任。種々の会の要職に就いて文壇や劇壇のボスのごとき存在になり、一部から反発を受けた。五五年十一月、はじめてのテレビドラマ『さて、そのあくる日……』をNHKから文学座のユニットで放送。五六年三月、国立劇場設立準備協議会が発足、小宮豊隆会長のもと河竹繁俊とともに副会長に就任。日中文化交流使節として訪中。東横ホールの新劇合同公演『城への招待』(アヌイ作)を演出。五七年、小説『三の酉』で読売文学賞を受賞。文化勲章を受章。十二月、日本演劇代表として再度の訪中。五八年、文学座の『三人姉妹』(チェーホフ作)を演出。親交のある喜多村緑郎米寿記念並びに初演五十年記念の新派『婦系図《おんなけいず》』の改訂・演出。六二年、病後の花柳章太郎のために『遅ざくら』を書きおろして演出、最後の戯曲。死後著作権一切を慶大に寄贈と発表。六三年五月、画家梅原龍三郎邸での美食会に出席、食餌誤嚥による気管閉塞窒息により急死。七十三歳。なお、オリジナルの戯曲のほかに名脚色の誉れが高く、再演を繰り返している代表作を列記しておく。『歌行燈《うたあんどん》』(泉鏡花原作、四〇)、『葦刈《あしかり》』(谷崎潤一郎原作、同年)、『十三夜』(樋口一葉原作、四七)、『大つごもり』(樋口一葉原作、五〇)、『あぢさゐ』(永井荷風原作、五三)、『夢の女』(永井荷風原作、六〇)。

[参考]『久保田万太郎全集』全十五巻(中央公論社)、戸板康二『久保田万太郎』(文藝春秋)、後藤杜三『わが久保田万太郎』(青蛙房)、川口松太郎『久保田万太郎と私』(講談社)、大笹吉雄『ドラマの精神史』(新水社)、中村哮夫『久保田万太郎——その戯曲、俳句、小説』(慶応義塾大学出版会)

❖**『水のおもて』**《みずのおもて》 二幕。時は一九一〇年代、霜月三十日の午後。所は浅草辺の鼈甲小間物の老舗ふじ屋の店頭。長く不景気がつづいていて、ふじ屋の経営も楽ではない。折しも三好屋という老舗が破綻したとあって、業界新聞の記者が主人由次郎の話を聞きに来る。由次郎は適当に相手をしているが、内心でははらはらしている。晦日だから店の者をあちこち集金に出しているが、払いはどこもはかばかしくない。前から手持ちの金が底を尽きかけている。記者と話をしている時にまとまった金の集金の使いが来て、世間体もあって小切手を切るが、それが落ちる見通しもない。集金に出た仙吉の帰りがあまりに遅いので出先に電話するが、どの返事もとっくに帰ったというばかり。変だと仙吉の葛籠を開けて見ると中に書き置きがあり、二、三年留守をするとある。そんな中でも娘のおこうはいつものように歌舞伎座に芝居見物に出掛ける。その夜。久しぶりにかつて働いていた兼吉が話に来る。が、店の様子がおかしい。聞けば大騒動があったという。今も手分けして仙吉の行くえを探しているが、手掛かりがない。そして昼間に切った小切手に関して銀行から問い合わせがあり、預金が不足しているという。おこうは歌舞伎座から電話をかけてきて迎えを催促する。騒動で忘れていたと母のおきぬは詫びて、いつもの俥を出す。その時半鐘が鳴る。火事は観音様辺りらしい。由次郎はすべては明日のことだと一同に言う。男八人、女三人、その他。

❖**『雨空』**《あめぞら》 一幕。時は一九二〇年代の八月上旬の曇った宵。所は浅草山の宿(元・花川戸)辺りのおせい母子の住まい。結納を控えたお末は体調を崩して床に就いている。おせいは娘の婚儀の相談で出掛け、浅草の芝居に出ているなじみの書生役者の長平が、見舞いかたがた留守番に来ている。お末は長平を相手に三味線をつまびき、長平の身の上話を聞いているが、そこへ姉のおきくが訪ねて来る。大工だった姉妹の父が死んだので、おきくは結婚の約束までした指物職人の幸三を捨てて求められて大店に嫁ぎ、今では「御新造さん」と呼ばれる身分になっている。が、お末はこの結婚が幸せとばかりは言えないのを知っている。三人は西瓜を食べつつとりとめのない話をするうち幸三のことに及び、近く幸三が一人で大阪へ発つのをおきくは知る。幸三は大阪へ、お末は嫁に、寂しくなるなという長平の言葉に話の接ぎ穂がなくなるが、時間が午後の九時過ぎと気づいて慌てておきくは帰って行く。入れ違いに幸三が来るが、長平は芝居の相談があると呼び出され、お末は幸三と二人っ切りになる。その幸三にお末は好きだと打ち明けるが、幸三はお末の結婚話がまとまったのを機に、東京を離れることにしたと告げる。おきくを諦めきれない幸三には、お末のやさしさだけが唯一の立つ瀬だったのである。そこへ長平が飛び込んで来て長い旅回りに出ることになったと報告し、別れにいっぱいやろうと幸三を誘う。行きかける幸三にお末は小さくその名を呼ぶ。男三人、女三人。

❖**『大寺学校』**《おおでらがっこう》 四幕。時は一九一〇年代。所は浅草。十月上旬。大寺三平が経営する代用小学校の二階の教場。高等科受け持ちの峰のところへ校長の三平が上がって来て、昨日の生徒の喧嘩のことを切り出す。峰の判断では「魚吉」という魚屋の野上の娘が悪く、諄々と諭しても反省しないと今も憤懣やるかたない。実は昨夜その子の母親が来て学校へ行きたくないと言っている、何とかして欲しいと訴えられた、野上の家へ一度顔を見せてくれないかと三平は峰に頼む。詫びに行けとのことかと峰は声を荒らげる。これには事情が……と言う三平を振り切って、峰は教場を後にする。そこへ三平の姪で、妻の没後、三平と同棲しているたか子をはじめかつての教え子たちが現われて、学校の創立二十年の祝賀会の趣意書の下書きができたと三平に見せる。その日の夜の教場につづく三平の住まい。裁縫を教えているたか子が弟子と風呂へ行った後、尋常科担当の光長《みつなが》が来る。光長は三平に頼まれて峰の下宿を訪ねたが、峰からは辞職届を渡されたと三平に見せる。三平は野上との古いつき合いを光長に語る。それから十日過ぎの元の教場。峰の代わりの先生も決まり、教え子たちが祝賀会の余興のプログラムを相談している。たか子も興に乗って、ゆきという生徒を活人画に出そうと提案する。それを三平に申し出ると、ゆきの姉が病気で寝ている、バカなことと取りつく島もない。十一月中旬の元の教場。祝賀会当日。賑わいの中、世話人の岩井屋が知らんぷりの「魚吉」にてこずったと愚痴る。なぜだとねじ込むとうちにごたごたがあってのこと、悪気はないと余興の切符を買うには買った。それから話をしていくと、店を新築して移転すると言う。市が「魚吉」の土地を買収して小学校を建てるらしい。そうなればここは……と、だれもの胸に不安がよぎる。その一週間ほど後の三平の住まい。夜。たか子は祝賀会の慰労で出掛けている。ゆきの姉が亡くなり、送り膳が届く。三平が取り分けていると、光長が来る。三平は酒を勧め、野上との関係を話しはじめる。お互い東京に知り合いもないゆえ、先代とは親類同然のつき合いだった。男の子がなく子飼いの奉公人を養子にしたのが当代で、これにも骨を折ったが、それよりも大変なのは読み書きができず、二年の間一晩も欠かさず面倒を見たことで、ようやく人並みになった。先代が死んで当代になると商売がうまくたちまち店を大きくする、しかも人情家であれこれ世話をしてくれる……。これを聞いて光長は首を傾げ、「魚吉」の跡地に小学校が建つ噂があると三平に言う。が、三平は耳を貸さず、酔って上方仕込みの浄瑠璃を語る。男十人、女七人、その他大勢。

❖**『釣堀にて』**《つりぼりにて》 一幕三場。時は一九二〇年代の十二月。還暦を過ぎた直七と二十ほどの顔なじみの信夫が、釣堀で釣糸を垂れている。直七が今日は元気がないと信夫に声を掛ける。

信夫が答えて言うには生みの親はありがたいのだろうか、と。信夫には生みの親、育ての親と現在父と呼んでいる親がいる。母は芸妓《げいしゃ》だ。が、母に言わせるとお嬢さん育ちで十八の時に金持ちの男と結婚、ところが信夫が生まれると、事情があってその子を連れて離婚した。が、育てられずに里子に出し、芸妓になった。小学校を出ると母に引き取られ、帰ると今の父がいた。どんな人かと心配だったが、会うと親とはこういうものかと知らされた。が、母にはそれが分からずただ中学へ、大学へ行けとけしかけるばかり。大学など行きたくなく、父はそれを分かってくれたが、母は自分の気持ちなど斟酌せず、大学へ行かせないのは薄情だ、義理知らずだと父を責める。父は愛想を尽かして顔を見せなくなった。それから一年、つまらないから毎日口実を設けて家を出る。ところが昨日、藪から棒に本当のお父さんに会わせると言われた。ついいたずら心が起こり、今の父は何だと問うと母は泣いて、常々分かると言い聞かせていた時が来た、実父は金持ちだと言う。それを聞いてまた堪らなくなり、何一つ世話になったことのない人に会うことはない、父は一人でいいと母に言った。そうでしょうと信夫は直七に問いかける。よく分かると直七もあいづちを打つ。その時、釣堀の少女がお宅から電話だと直七を呼びに来る。西洋料理店で信夫の母のおけいと、芸妓仲間の春次が人を待っている。親子対面の日。おけいはお嬢さん育ちなどではなく、本当のことを信夫には話していない。だから実父のことも信夫が素直に了解せず、家に帰って来ないのだと春次はおけいに言う。いくら待てども約束の人が来ない。やっと仲介の和中が来るが、案に相違して一人だ。信夫が姿を見せない上に父親も会いたくないとの話に、おけいは悔しいと泣きくずれる。それから四、五日後の釣堀。直七と信夫が釣糸を垂れている。直七が信夫に聞いた話とそっくりなので笑ったと言う。あの時電話で呼び出されて帰宅すると使いの者がいて、馬鹿をしていたころの落ちこぼれ、息子が会いたいと言っているという話を持ち込まれた。信夫の話を聞いた後だし、向こうから会いたいなどと申し出て来るのはどうせろくな男ではないから、きっぱり断ったと言う。人情ははき違えたら大変……。信夫の話でそれを悟ったと直七は言う。遠くから一文獅子の太鼓の音が近づいて来る。二人は親子の名乗りをしないまま……。男三人、女三人。

（大笹吉雄）

久米正雄《くめまさお》　一八九一〈明治二十四〉・十一〜一九五二〈昭和二十七〉・三。小説家・劇作家・俳人。号三汀。長野県生まれ。東京帝国大学卒業。幼時、小学校校長を務めていた父が御真影焼失の責任をとって割腹自殺したため、母の実家のある福島県で育つ。一九一三年に東京帝国大学英文科に入学。翌一四年創刊された第三次「新思潮」第二号に戯曲『牛乳屋の兄弟』を掲載。この年から翌年にかけて、『蝕める青春』『お家騒動の序幕』『三浦製絲場主（四幕・未定稿）』などの戯曲を「新思潮」や「帝国文学」に発表、劇作家として出発する。また一五年暮れには芥川龍之介と共に夏目漱石を訪ね、晩年の門下として木曜会の末席に列することになった。翌年二月、一高の同級生である芥川らとはじめた第四次「新思潮」創刊号に、父の自裁を描いた『父の死』を書いたのを皮切りに『競漕』『銀貨』など小説も発表。一八年には第一創作集『手品師』に続いて、『受験生の手記』（三月）を収めた『学生時代』（五月）をいずれも新潮社より刊行、七月には、漱石令嬢への失恋を題材にした『蛍草』を「時事新報」に連載、好評を得た。漱石の長女を友人の松岡譲と争って敗れた体験は、『破船』（前・後編、一九二二）はじめさまざまの作品の題材になって話題となり、久米を通俗的な流行作家におしあげることにもなった。戯曲では『阿武隈心中』(一六)、『地蔵教由来』(一七)などの佳作を発表、一九年には小山内薫らと国民文芸会を結成して演劇改良運動に関わり、『蝕める果実』(二二)などを書いたものの、関東大震災の年に結婚し、鎌倉に居を構えてからは『邂逅』(二五)などを散発的に発表するのみで、劇作からはしだいに遠ざかった。『金環蝕』『沈丁花』(三三)、『月よりの使者』(三四)などの長編小説が人気を呼んだが、いずれも新聞や婦人雑誌に連載されたものが松竹蒲田などで清水宏・野村芳亭らの監督で映画化され、李香蘭主演の『白蘭の歌』(三九)のように主題歌が流行歌となったものもあった。『蛍草』にみられたメディアミックスの萌芽は、昭和初年から戦中にかけて一挙に開花したといっていい。戦中は日本文学報国会事務局長として、戦後は鎌倉文庫を創設するなど、「文壇の社交家」として知られたが、自伝的小説『風と月と』(四七)のほかは、さしたる作品を残すことはなかった。

❖**『牛乳屋の兄弟《ぎゅうにゅうやのきょうだい》』** 三幕。「新思潮」(一九一四・3)に発表。『阿武隈心中』(二一)収録の際、『牧場の兄弟』と改題、登場人物名も変更。東北の農場を舞台に、炭疽病で牛が死に、経済的に行き詰って牛乳の密売を図る兄と、正義感の強い弟の確執と悲劇的な結末を描く。発表まもない一九一四年九月桝本清演出で新時代劇協会により有楽座で初演された。

❖**『地蔵教由来《じぞうきょうゆらい》』** 一幕。「中央公論」(一九一七・7臨時増刊号)。アイルランドの作家ダンセイニの『山の神々』に想を得たコメディ。東北の農村を舞台に、いきずりの浮浪者が新興宗教の教祖として奉られる過程を皮肉な視線で捉えている。一九一八年五月、久米の演出、額田六福、関根正二、今東光らの出演により国民座が有楽座で初演。その後、井上正夫、澤田正二郎、初代水谷八重子らの劇団が相次いで上演、二六年には、直木三十五の脚色・指揮、稲垣浩らが出演して聯合映画芸術協会により映画化もされた。

❖**『三浦製絲場主《みうらせいしじょうしゅ》』** 四幕。「帝国文学」(一九一五・4)掲載の未定稿部分(第四幕)を増補、「中央公論」(一九一九・7定期増刊労働問題号)に発表。製糸工場の争議に取材し、一人の女工の悲劇を通して、労使双方の理想の欺瞞を、新現実主義の観点から暴いた作品。社会劇と銘うたれているが、女優劇としても優れている。一九二〇年二月、十三世守田勘彌の文藝座が、七世松本幸四郎や村田嘉久子など帝劇女優陣の参加を得て帝劇で初演したが、その後、新文芸協会や舞台協会なども上演している。（岩佐壮四郎）

倉澤周平《くらさわしゅうへい》 演出家・劇作家・料理人。一九七〇年代に早稲田小劇場から演劇群走狗を経て、八三年に、伊深宣、日比野ざざ、紅恍司と劇団ぼっかめろんを結成。旗揚げ公演『毒喰わば夢　まぼろしの』(一九八四)や『非Aの世界』(九〇)など全公演を作・演出する。九二年に劇団を発展的に解消し、以後は同人的演劇集団として、『麗しのキメラ・嘆きのキメラ』(九四)等公演を続ける。（小原龍彦）

倉田淳《くらたじゅん》 劇作家・演出家。東京都出身。法政大学文学部卒業。一九七六年に演劇集団円研究所の第一期生として入所。芥川比呂志に師事。八五年に河内喜一朗と劇団スタジオライフを結成し、作・演出。倉田以外は男優のみで構成される座組で、男性たちが女性を演じることで人気を博し、オリジナル作品のほか少女漫画や耽美的文学などの脚色も手掛ける。代表作に『トーマの心臓』『11人いる！』(萩尾望都原作)、『ヴェニスに死す』(トーマス・マン原作)、『死の泉』(皆川博子原作)など。（大笹吉雄）

倉田百三《くらたひゃくぞう》 一八九一〈明治二十四〉・二～一九四三〈昭和十八〉・二。劇作家・評論家。広島県生まれ。一九一五年に、西田天香主宰の「一燈園」に参加し、宗教的な生活の中で思索にふけり、福岡県の自宅に、武者小路実篤の「新しき村」の支部を開く。創作活動は一七年に発表した『出家とその弟子』がベストセラーとなり、「親鸞」のブームを巻き起こし、一躍文名を得る。この作品は一九年に邦枝完二の演出で創作劇場により初演された。「白樺」の準同人となり、二〇年『歌はぬ人』、二一年『俊寛』が小山内薫・土方与志の「舞台監督」のもとで上演。二二年『桜児《さくらこ》』『処女の死』、二五年には十三世守田勘彌により『布施太子の入山』が帝国劇場、新国劇により『或る警察署長の死』が新橋演舞場で上演。二六年、求道的な文学雑誌「生活者」を主宰、次第にファシズム支持の立場へと移行した。二九年、「生活者」に連載していた『おぎんと琴弾き』『犠牲』を発表。三三年頃より親鸞の研究をきっかけに日本主義に傾倒、日本主義団体の国民協会の結成に携わり、晩年は宗教的思索や研究に重点を置いて活動を行なった。

【**参考**】『出家とその弟子』(岩波文庫)、『倉田百三選集 第11巻』(日本図書センター)、『俊寛』(上演台本)

❖**『出家とその弟子』**《しゅっけとそのでし》 六幕十二場。親鸞上人の六十一歳から九十歳で亡くなるまでの後半生を、「救い」を軸に描いたもの。雪の夜、一夜の宿を乞うた親鸞と弟子の慈円、良寛は、家の主、日野左衛門にすげなく断られ、家の軒下で雪に降られながら野宿をする。それを悔いた左衛門は、親鸞を家の中に招き入れ、自分の傲慢を詫びる。その後、左衛門の子・松若は名を唯円と改め、親鸞の弟子になって仏道修行に励んでいる。一方、親鸞には善鸞という息子がいたが、仏道修行を省みず、放蕩の限りを尽くし、親鸞とは絶縁状態にある。唯円一人が、自分の内面を話し合える相手であり、父との和解を模索したが、親鸞は拒否する。また、唯円も、みずからが遊女・かえでとの恋に陥り、仏道修行に励む者が恋することの是非について苦しみ、親鸞に相談をする。親鸞は自分の経験を省みてその恋を許すが、「恋するなら真面目に恋せよ」と唯円を諭す。しかし、恋にうつつを抜かし、修行が疎かになりがちな唯円は、同朋や先輩の非難を浴びるが、親鸞はそれを許す。やがて、親鸞は九十歳で死の床に就き、もはや余命は明日をも知れぬ状態となった。続々と弟子たちが訪れる中、長い間断絶状態にあった息子・善鸞が臨終の床に駆け付け、親鸞はすべてを許し、瞑目する。

❖**『桜児』**《さくらこ》 二場。古代。下総国、葛飾郡の葛飾明神が舞台。神社の巫女・櫻子は、敬虔に神に仕える巫女であったが、十八になり、大人の女性としての験《しるし》を見たので、神前から退くように宮司に言われ、一生神に仕えて暮らしたいと嘆き哀しんでいる。美しさの誉が高い櫻子に、豪族の息子・池田文持と猟師の息子・犬飼武夫は共に心を寄せており、お互いに一歩も譲らず、櫻子に求婚する。どちらも好きな櫻子は、一人の妻になればもう一人が悲しむ、と決めかねている。やがて、文持と武夫はお互いの嫉妬に狂い、想いを遂げるために言い争いを始めるが、神前の事ゆえ、双方が想いを歌にし、優れていた方が櫻子の夫となるように、との神託がくだる。春祭の前夜、拝殿の前で悩む櫻子に、神の遣いの鹿の角が落ちた、との知らせがある。鹿は、櫻子と同じ日に境内に来た鹿であり、不幸の前兆ではないか、と櫻子は鹿を掻き抱いて嘆く。そこへ、二人の男が現われ、互いの姿を認める。二人とも、巧い歌が詠めるように、神に祈りに来ていたのだと言う。また諍いが始まりそうになったところへ、櫻子が自らの命を絶ったという知らせが届く。嘆き哀しむ二人に、宮司は櫻子は肉体を離れ、魂になったのだから、初めて二人で共有することができるのだと諭し、二人は己の我欲を恥じる。

❖**『俊寛』**《しゅんかん》 三幕五場。平氏全盛時代。平清盛打倒の謀反を企んだとして、薩摩からも遥かに隔たった鬼界が島に流罪になった丹波少将成経、平判官《へいはんがん》康頼は、今日も荒涼とした浜辺で赦免の船が来はせぬかと待ち、清盛への恨みや望郷の想いを語っている。康頼は卒塔婆に歌を書き、毎日海に流しており、それも今日で九九五本になった。そこへ、二人が師と仰ぐ俊寛僧都《そうづ》がやって来る。励ましを求める二人に対し、俊寛はもう神仏を信じることもできない、と言い放つ。その上、かつての自分の正義を支えていたものが、まやかしではなかったのか、とさえ言い、二人は戸惑い、哀しみを隠せない。やがて、俊寛は獲った鳥の争いまでを成経と行なうような浅ましさを見せる。そこへ、待ちに待った船が着く気配がするが、俊寛はまだ何も判らぬ状態のうちに、自分には罪が許される理由はなく、島に一人残るのだ、と言い出す。船が着き、使いの基康により成経、康頼の二人は赦免される旨が告げられるが、そこに俊寛の名はない。前の言葉とは裏腹に、狂ったように基康に懇願し、船に乗せてくれ、と頼む俊寛。基康は同情を示しながらも、自分にその権限はない、と俊寛の要求を突っぱね、別れのために名残を惜しむ猶予の時間を与える。やがて船が出る刻限になった。都へ帰る成経と、俊寛と共に島に残る決意をした康頼。しかし、船が出る間際になり、康頼は、やはり都へ帰ることを選択し、俊寛の懇願も空しく船は出てゆく。七年後。襤褸をまとい、幽鬼のような姿の俊寛の元へ、昔、仕えていた有王が訪ねて来る。有王から、成経、康頼の裏切り、妻が亡くなり、二人の子供も喪ったことを知らされた俊寛は、怒り狂い、すべてを呪った上に、岩角に頭を打ち付け、自ら命を絶つ。その凄絶な最期を見た有王は、主人の遺体を背負い、荒れ狂った海に身を投じる。歌舞伎の『平家女護島』の『俊寛』をもとに、人物の考え方、台詞を近代的解釈に基づいて新たにドラマを構築し直し、歌舞伎とは全く違う結末を設定した。（中村義裕）

倉橋仙太郎《くらはしせんたろう》 一八九〇〈明治二十三〉・三～一九六五〈昭和四十〉・一。俳優。文芸協会・芸術座を経て、澤田正二郎と新国劇を創設。澤田没後の第二新国劇で重要な役割を果たす。後に水平社や武者小路実篤の「新しき村」に共鳴し、大阪府堺市に新文化村の創設にも関わる。一燈園の西田天香（野外劇『不壊の愛』の劇作がある）と出会い、「すわらじ劇園」で演劇活動を始める。一九三〇年代に『満州燈影荘』『鈴木石橋先生』『五庄屋鬼工録』諷刺劇『殺陣』などを書き、「すわらじ劇園」で上演。

［参考］『幕のうちそと』（私家版）、『すわらじ劇園五十年の足跡』（すわらじ劇園） （神山彰）

倉持裕《くらもちゆたか》 一九七二〈昭和四十七〉・十～。劇作家・演出家。神奈川県生まれ。ペンギンプルペイルパイルズ主宰。学習院大学経済学部経済学科卒業。大学在学中の一九九二年、学生劇団に参加すると同時に執筆活動を開始。九四年『アイスクリームマン』に出演し、岩松了に師事。九六年に東京乾電池出身の俳優たちと演劇ユニットのプリマヴェーラ世田谷（後にプリセタと改称）を結成し、第一回公演の『プロペラ』から第六回公演の『サイクロン』まで座付き作家をつとめる。二〇〇〇年『2mの魚』で劇団ペンギンプルペイルパイルズを旗揚げ。

○四年の『ワンマン・ショー』（二〇〇三）により第四十八回岸田國士戯曲賞受賞。その作風はポール・オースターの「エレガントな前衛」にたとえられるほどにポストモダンであり、またクエンティン・タランティーノの『パルプ・フィクション』のように時系列をシャッフルさせる作劇術は（井上ひさしの唱える「劇的プロット三原則」へのアンチテーゼとして）岸田國士戯曲賞における「ポストドラマ演劇」の先駆け。精緻なパズルのように知的でありながらも不穏さが魅力的であるサスペンスフルな会話劇を、シニカルかつユーモアのきいた台詞で牽引。劇団外プロデュース公演への提供も積極的で、宮沢章夫をはじめ岩松了や岡田利規らを自主公演会の作家として選んできた竹中直人からも信頼を寄せられ、『ヴィラ・グランデ青山―返り討ちの日曜日―』（一一）、『夜更かしの女たち』（一三）、『ブロッケンの妖怪』（一六）を執筆。劇団☆新感線とも、いのうえ歌舞伎『乱鶯《みだれうぐいす》』（一六）で初タッグ。舞城王太郎《まいじょうおうたろう》の『バット男』、奥田英朗《おくだひでお》の『空中ブランコ』、いしいしんじの『トリツカレ男』、カズオ・イシグロの『わたしを離さないで』など、ベストセラー小説の戯曲化にも定評がある。代表作に『握手したら指を数えろ』『ドリルの上の兄妹』『仮装敵国』『開放弦』『ゆらめき』『鎌塚氏、放り投げる』。

［参考］「ユリイカ」（二〇一三・1、特集＊この小劇場を観よ！ 2013、青土社）

❖**『ワンマン・ショー』**《わんまん・しょー》 六幕十六場・登場人物八人。青井あゆむは、片っ端から応募をしまくる「懸賞マニア」。必要とはされていない事項（趣味、性格、健康状態、家族構成、過去の思い出……）も書きつらねれば当選の確率が高くなると考え、身のまわりの人物の名前を借りてまで葉書を書き続けている。飛行機に乗って町の航空写真を撮り、変化が見られたら役所に報告するという仕事に就いている。青井の妻の紫《ゆかり》は、なぜか、大量のよだれを垂らしてしまうことに悩んでおり、夫からどしどしと託される葉書を投函せず、それらすべてを箱の中へと溜めこんでいる。紫の兄の白根赤太は、その箱を捨てることで妹から金を無心するしかない無職なのだが、ちかごろ奇妙な仕事の依頼を受けたばかりであった。それは、イェローと名乗る、自治体の公共サービスの「便利屋」として働く女からの紹介だった。緑川緑は、夫の黒雄とともに、青井家の隣の家に暮らしているのだが、彼女こそが依頼主だった――近いうちに一人の男が私についてあれこれ聞きにくると思うけれども、「私のことなんて知らないって答えてほしい」と言うのだった。隣の家を監視している黒雄も、青井家の庭の池がどんどん広がっている気がして不気味であると訴え、イェローの世話になっている。そんななか、赤太が捨てたはずの箱が青井家の玄関先に戻ってきてしまう。青井あゆむは、航空写真を携え、増築された部屋の届け出がされていない佐藤家（運送会社）を訪れる。その家の主人は、いつも不在なのだが、兄嫁である佐藤ひろみと義弟のただしが言うには「懸賞マニア」で、どうやら増築された部屋の中にいるらしい。その部屋のドアをついに青井あゆむが開けると、そこには葉書が山と積まれた机に着いている、青井あゆむの姿。部屋の中央には箱が置かれていて、そばにはイェローが立っている。箱の蓋がやおら開くと、そこからは、黒雄、緑、赤太、紫が這い出てきて……最後に青井も現われる。（望月旬々）

倉本聰《くらもと・そう》 一九三四〈昭和九〉・十二～。シナリオライター・映画監督。東京都生まれ。富良野塾主宰。東京大学文学部美学科卒業。

劇団仲間文芸部を経て一九五九年、ニッポン放送に入社、六三年に退社後はシナリオライターとして活躍。ドラマ『うちのホンカン』『2丁目3番地』『6羽のかもめ』などで人気を博す。八一年『北の国から』が大ヒットし、以後、シリーズ化される。七七年、私財を投じて北海道・富良野に俳優・演出家の養成のために富良野塾を創立、塾生のための劇作も行なう。戯曲は、六三年『地球光りなさい』(中村俊一演出、劇団仲間)、七四年『赤ひげ』(宇野重吉演出、劇団民藝)、七九年『とんちゃん』(野尻敏彦演出、テアトロ・ハカタ)の舞台に提供。自らが執筆したテレビドラマと同じ主演(天宮良、石田えり)で『昨日、悲別《かなしべつ》で』の舞台化(一九八六)の演出も手掛けてからは、八八年『谷は眠っていた－富良野塾の記録－』を名古屋・芸術創造センターにて、九二年『今日、悲別で』と九五年『ニングル』は渋谷・シアターコクーンにて、富良野塾生による公演として作・演出している。

❖**『ニングル』** 北海道・富良野に移住し、若い演劇人を育て始めた筆者(倉本聰)は、富良野に伝わる「ニングル伝説」を知る。「ニングル」とは、体長十五センチほどの小人で、完全に人間の言葉を解し、知識も持っているという。はじめは信じなかった筆者が、友人である電気屋のチャバや井上のじっちゃん、山じいと言われる山のことなら何でも知っている正体不明の老人たちと交遊を深めるうちに、だんだんとニングルの存在を認めるようになる。やがて、ニングルに対する興味が深まり、雑誌にその物語を連載し始めた筆者のところに、多くの情報が寄せられる。富良野の開拓のために膨大な森林が伐採されたが、それは山にひっそり暮らし、山や地下を流れる水の姿を人間が崩してしまったこと、かつてニングルの存在を信じ、開発に反対した一人の青年のおかげで、その一家が村八分に遭い、青年は自殺を遂げたこと……。やがて、東京に住む筆者の娘分であるユミちゃんという二十歳の女の子に、ニングルの中の「チュチュ」が恋をしてしまったことを筆者はチャバに聞かされ、実際にチュチュと電話で話をする。富良野の山の奥深くでチュチュとユミちゃんを引き合わせることにした日、興奮と歓びで感情の抑制が効かなくなったチュチュは、それまでに習い覚え興味を持った人間の暮らし同様ユミちゃんを迎えようと、夜の山を煌々と照らしたため、ニングルたちは天敵のフクロウらに襲われ壊滅的な打撃を受ける。この事件の後、ニングルの噂はぱたりと途絶える。ニングルに人間の文明を見せ、その快楽を味合わせ、ニングルが大事にしてきた「知らない権利」を取り上げてしまったことをチャバは激しく後悔する。十二月の吹雪の夜、筆者は雪に閉ざされた車の中でニングルの長《おさ》と対話した夢のような幻のような体験をする。その後、しばらくしてチュチュから別れの電話が掛かり、最後の会話をする。『ニングル』(理論社)所収。(中村義裕)

栗島狭衣《くりしまさごろも》 一八七六〈明治九〉・四〜一九四五〈昭和二十〉・十一。新聞記者・文筆家。東京府日本橋区蠣殻町出身。本名は山之助。父は大関綾瀬川山左衛門、娘は映画スターの栗島すみ子。一八九八年、國學院大學国文科を卒業し朝日新聞社に入社。九九年より相撲記者として活躍、画家・鰭崎英朋と組んだ相撲観戦記が人気を呼び、一九〇六年の退社後も一九年まで連載を続けた。〇五年五月、文士仲間と「若葉会」という文士劇の会を発足。同人には岡本綺堂、岡鬼太郎、杉贋阿弥らがいた。同会は二回の公演の後、毎日新聞社演劇会となったが、同会が一年に二、三度しか公演を行なわないことが気に入らず、〇八年四月新富座における第五回公演を最後に、阪田秋峰と共に別働隊を作り、静岡、京都、奈良、神戸と旅興行を行なった。〇八年十二月、毎日新聞社演劇会解散。その後は有楽座を根城として、子供向けのお伽芝居、近代劇協会や帝劇女優劇に出演、また上演の補導に尽力した。劇作は昭和期に入るまで多数あるようだが、上演についての詳細が不明で、公益財団法人松竹大谷図書館に上演台本のみ残るようなものもある。雑誌「新小説」に『二つ返事』（一九一一・5）『二人静』（一三・4）、「文芸倶楽部」に『ひとり娘』（〇七・10）が掲載された。

［**参考**］栗島狭衣・阪田秋峰『俳優生活』（隆成堂書店）

❖**『ひとり娘』**《ひとりむすめ》 喜劇。東京毎日新聞社演劇研究会上演のために描き下ろし。骨子はツルゲーネフの小説だが、内容や登場人物は大幅な変更を加えたという。男やもめの百姓・大橋伝五郎は、美しいひとり娘の百合子を豪農・谷利兵衛に嫁がせ、旧家である大橋家の再興をもくろんでいる。百合子には亡き母の決めた相愛の許嫁・安川文男がいるのだが、伝五郎は取り合わない。親類である村長が間に入って縁談をまとめようとするところへ、退役軍人で地主の有木安富が豚と鶏を盗まれたと怒鳴り込んでくる。食い下がる有木を無理やり同席させ、関係者一同が集まって百合子の結婚についての議論が始まるが、伝五郎は百合子や周囲の意見に耳も貸さず、谷と財産分与の相談を続ける。とうとう伝五郎の納得が行く条件が揃い、谷が百合子との結婚を条件に証文を書く。しかしその時には、すでに安川と百合子は手に手を取ってその場を抜け出し、駆け落ちを決め込んでいた。「文芸倶楽部」第十三巻十三号（一九〇七・10）に掲載。同誌に配役も掲載されており、狭衣は欲張り老人の大橋役。百合子に葛城文子、百合子の恋人安川に岡本綺堂、豪農・谷に田村西男、お騒がせな地主有木には岡鬼太郎が配されている。（村島彩加）

栗田勇《くりたいさむ》 一九二九〈昭和四〉・七〜。評論家・小説家。満州生まれ。一九五三年東京大学文学部仏文科卒、五五年同大学院修士課程修了。駒沢女子大学教授や日本文化研究所々長などを務めた。フランス象徴主義の詩人ロートレアモンの作品を日本ではじめて全訳し、『ロートレアモン全集』（書肆ユリイカ）は名訳として定評がある。シュールレアリスムと象徴主義の美意識や存在論から小説や翻訳、美術や寺院建築など多方面の評論で活躍。戯曲に『愛奴』（一九六六）と『詩人トロツキー』（六八）があり、ともに五八年に禅宗の僧侶、江田和雄が創立した劇団人間座によって上演された。ことに六六年に初演された前者はヒットして、七度の再演を繰り返した。戯曲集に『愛奴』（三一書房）がある。

❖**『愛奴』**《あいど》 三幕。一柳慧《いちやなぎとし》音楽、金森馨装置、コシノジュンコ衣裳、宇野亜喜良《うのあきら》宣伝美術という当時としては破格の豪華なスタッフが舞台を支えた。人間座は寺山修司、川崎洋、石堂淑朗《いしどうとしろう》、野坂昭如《のさかあきゆき》といった六〇年代を代表する詩人、作家、シナリオライターらの新作を取り上げていた。なかでも最大のヒット作がこれで、劇中、女性のヌード場面があったように、六〇年代後半から日の目を見始めた演劇における肉体や官能の問題に先鞭をつけた戯曲。学生運動が盛んなころ、大学教授が斉木と名乗る教え子の、日記とも手記ともつかないノートを受け取る。全体が支離滅裂だが、好奇心と義務感にかられた教授がノートを整理して読み上げ、物語は劇中劇の形で進行する。それによると、恋人のいる斉木はある日、街で運転手付きの車に乗る円城寺夫人に声をかけられ、その屋敷に連れて行かれる。そこには愛の奴隷だという愛奴がいて、斉木は官能の限りを尽くす。が、夫人は死者で、愛奴はこの世とあの世の間、幽界にいる霊だった……。男四人、女三人のほかに群衆が登場。（大笹吉雄）

久留島武彦《くるしまたけひこ》 一八七四〈明治七〉・六～一九六〇〈昭和三十五〉・六。口演童話家。大分県生まれ。筆名、尾上新兵衛。関西学院神学部中退。大阪毎日新聞記者等を経て、巖谷小波の影響のもとに一九〇六年、「お伽倶楽部」を創設。口演童話を中心にした児童文化運動を推進。また、話術研究をめざして「回字会」を結成、天野雉彦らの童話作家や口演童話家を育てた。著書に『童話久留島名話集』ほか。（岩佐壮四郎）

くるみざわしん 一九六六〈昭和四十一〉～。本名は胡桃澤伸。長野県生まれ。劇作家・詩人・精神科医。光の領地主宰。名古屋の大学で演劇にふれ、二〇〇三年に北区つかこうへい劇団井上ひさし戯曲作法塾、〇五年の伊丹アイホール・想流私塾入塾を経て、『うどん屋』（「テアトロ」二〇〇七・4）で第十八回テアトロ新人戯曲賞佳作。代表作に『蛇には、蛇を』『ひなの砦』『せせらぎの輝き』など。（望月旬々）

黒井千次《くろいせんじ》 一九三二〈昭和七〉・五～。小説家。東京生まれ。一九五五年に東京大学経済学部卒業後、富士重工に勤務するかたわら小説を書き始める。当初は新日本文学会に所属して、機関誌「新日本文学」に小説を発表する。六八年、「文藝」に『聖産業週間』が掲載された頃より注目をあつめ、同年『穴と空』が芥川賞候補となる。それを皮切りに、数回にわたり連続で芥川賞の候補作になる。代表作の『時間』（芸術選奨新人賞受賞）は候補作の一つ。七〇年に退職して作家を専業とする。「内向の世代」と呼ばれる作家の一人として活躍。他の代表作に『群棲』（谷崎潤一郎賞）、演劇を題材にした『カーテンコール』（読売文学賞）、『一日 夢の柵』（野間文芸賞）など多数。芥川賞、伊藤整文学賞、毎日芸術賞などの選考委員を務めた。日本文芸家協会の理事長をはじめ、日本近代文学館、日中文化交流協会などでも役職を歴任。戯曲には、劇団民藝で上演された『ゼロ工場より』（一九七四）、『家族展覧会』（七九）、『離れのある家』（八七）など。また、エッセイストとしても多作であり、そのなかには演劇に関するエッセイも多い。

❖**『離れのある家』**《はなれのあるいえ》 四幕とエピローグ。ある家族の間で繰り広げられる当たり障りのない普段の会話。家族というものの従来のイメージが変容するさまが、不条理劇として描かれる。登場人物には少しずつどこかずれた奇妙な行動が伴う。あらゆるものの目的なき実存性に軽やかに悩む長男。離れに住む祖父の死と祖母の失踪。そこに住むようになる隣の男は、受験生の次女と同棲する。どこからか届けられる鉢植え。尋ねてきた祖母とも思えない女は祖母であるかのように話しをする。そして、妻はたびたびどこかに電話をして、現在の家庭環境を報告する。それらのちぐはぐな動向が、普通の会話として淡々といくつも並べられる。家族像のイメージを通して、ある一つの過渡期の時代を表象する作品。（高橋宏幸）

黒川鋭一《くろかわえいいち》 不詳～一九六四〈昭和三十九〉。劇作家。戦中に、沢村国太郎、貞子、尾上菊太郎の「新伎座」に『島田左近』などを書く。戦後は松竹新喜劇文芸部に所属し、『只今混線中』『呑気な作品』『サンタの臍くり』『奥さん万歳』『ミスター・ハッタリ』などが昭和三十年代に上演された。（神山彰）

黒川麻衣《くろかわまい》　一九七一〈昭和四十六〉・三〜。劇作家・演出家・振付家。東京都生まれ。熱帯主宰。明治大学文学部文学科演劇学専攻卒業。在学中のスペイン留学を経て、一九九二年『年末低気圧』でオッホを結成（二〇〇八年に劇団名を熱帯と改名）。代表作に『タイポグラフィの異常な愛情』『ブループロパガンダ』など。（望月旬々）

黒川陽子《くろかわようこ》　一九八三〈昭和五十八〉・十〜。劇作家・演出家。劇団劇作家所属。栃木県生まれ。慶應義塾大学文学部卒業後、早稲田大学大学院修士課程修了（アーサー・ミラー研究）。二〇〇七年『ハルメリ』で第十三回日本劇作家協会新人戯曲賞受賞。一三年、坂本鈴、オノマリコ、モスクワカヌと「劇作家女子会。」を結成。代表作に『どっきり地獄』『ロミオ的な人とジュリエット』『相貌』。父親は数学者の黒川信重。（望月旬々）

黒川欣映《くろかわよしてる》　一九三三〈昭和八〉・十二〜。劇作家・演出家・翻訳家・演劇研究者。東京大学文学部英文学科卒業。アメリカ、コロンビア大学大学院で演劇を専攻する。劇作、演出、研究、批評、翻訳の各方面で活躍。法政大学名誉教授。ユージン・オニールをはじめとする海外の劇作家を研究・紹介する一方で、一九五〇年代から劇作を手がけ、六〇年に『愚者の死』が上演された。六八年に初期の戯曲をあつめた戯曲集『愚者の死』（南雲堂）を上梓。七七年から、短編風刺喜劇をレパートリー制で恒常的に上演する試みに挑戦し、佐々木一夫（劇団八起座）、川和孝および自身の演出により継続的に公演を行なった。『自衛隊に入ろう』『不審尋問』『新空港にて』『老人ホーム・ゲーム』といった、同時代の社会事象をあつかう作品を著わして八〇年に『天皇志願』（南雲堂）を出版し、八一年からはアリストパネス・カンパニーを主宰して自作を上演するほか、米英の戯曲作品の翻訳、紹介にもつとめている。「戸塚ヨットスクール事件」（『海の言葉』、一九八五）や「三越事件」（『夢の壁』、八六）などで、時事的題材をとりあげつつ人間の内面に光をあて、また『紐育』（六六、改訂版九四）では、日本人コミュニティを描き、グローバルな視点から社会と個人に内在する問題を追求している。八〇〜九〇年代の戯曲を『女をやめた！』（法政大学出版局）に収載するほか、戯曲集『兎追い鹿の山』（南雲堂）にも作品を収める。八九年三月末から一年間中国に滞在した後、中国を題材にした『中国戯曲集』（法政大学出版局）をまとめた。ほかにマーティン・エスリンの『テレビ時代』（国文社）など翻訳も多数ある。

❖**『愚者の死』**《ぐしゃのし》　三幕。一九六〇年に現代座が梓欣三の演出により上演。大逆事件で逮捕・処刑された和歌山県新宮市の医師大石誠之介（作中では桜井啓之介）の晩年を中心に、その家族や新宮の平民クラブの人々の姿を描く。日本の近代史において重要なエポックである大逆事件を核としながら、ドラマとしては大石（桜井）とその家族の日常的な場面を重ねて合わせて、明治末期という時代の実像を浮かびあがらせる。プロローグは明治三十八年。日露戦争の戦勝ムードにわく新宮で、舞台は桜井啓之介の診療所のある自宅。一方の筋として桜井と幸徳秋水との会談の後、桜井や新宮のグループを含む大逆事件容疑者の逮捕、裁判、判決、処刑に至るまでの国家レベルの事件があり、もう一方で桜井啓之介の姪、雪の縁談が展開し双方が併行して描かれる。親しみやすいダイアローグのなかで、女性の自立から社会主義思想まで近代市民社会における基本的な問題をとりあげ、最終場面では佐藤春夫の大石を悼む詩（『愚者の死』）を引いて、国家権力による愚行に対して、それと対局にある「個人」の良心の尊さを示す。（伊藤真紀）

黒澤明《くろさわあきら》 一九一〇〈明治四十三〉・三〜一九九八〈平成十〉・九。映画監督。東京生まれ。映画監督として国内外で著名。唯一の戯曲『喋る』があり、一九四五年十二月、有楽座で、川口松太郎の演出で劇団新派が上演。二世村田正雄、二世瀬戸英一、森赫子《かくこ》らが出演。軍国主義の男が戦後の変化についていけず、夫婦喧嘩が絶えないという風刺喜劇。九九年に燐光群が上演。（神山彰）

黒沢参吉《くろさわさんきち》 一九一七〈大正三〉・一〜一九八二〈昭和五十七〉。劇作家。東京都出身。一九三六年、（第一次）川崎協同劇団を結成。五九年、現在の京浜協同劇団を結成、座付作者となる。以後、五〇年に川崎建設座により『思郷』、五一年に劇団京都芸術劇場により『雷神長者』、五四年『煤煙の下から』、五四年大阪市衛生局により『深い疵』、五五年に川崎建設座により『日鋼室蘭』、五六年に大阪演劇教室により『光江帰る』、五九年に川崎建設座により『教育を!』、六〇年に川崎協同劇団により『炉あかり』『三池の闘い』が上演され、労働者の劇団に作品を提供し続けた。
[参考]『わが遍歴 − 黒沢参吉自伝 −』（「演劇会議」発行所）（中村義裕）

黒羽英二《くろはえいじ》 一九三一〈昭和六〉・十二〜。詩人・劇作家・小説家。東京都生まれ。早稲田大学第一文学部卒業。十代から詩作を始め、「早稲田詩人クラブ」結成、「新早稲田文学」創刊などに携わる。一九六四年に『題名のない芝居』を初演。六八年には同作品を含む『黒羽英二戯曲集』を出版し、同年『エレベーター』。九六年に『女化《おなばけ》』発表。高校の英語教諭を長年務めた経験から、『閉じ込められて』（一九八一年十月、東海大学附属相模原高校演劇部により神奈川県立青少年センターで初演）、『インザシェルター』（八四年十月、同）など高校演劇に提供した作品が多い。（中村義裕）

桑原裕子《くわばらゆうこ》 一九七六〈昭和五十一〉・七〜。劇作家・演出家・俳優。東京都生まれ。八王子高等学校卒業。劇団KAKUTA主宰。一九九四年、高校三年生のときに平田オリザの作・演出による舞台『転校生』の出演者オーディションに合格して参加。九六年に劇団KAKUTAを結成し、作・演出を手がける。二〇〇七年に上演した『甘い丘』が高い評判を呼ぶ（二〇〇八年に第五十二回岸田國士戯曲賞最終候補、〇九年の再演で第六十四回文化庁芸術祭新人賞受賞）。一二年、高速夜行バスに乗り合わせた三組の男女とその運転手を中心に四つの物語が進行してゆく『往転 − オウテン −』で第五十六回岸田國士戯曲賞および第十五回鶴屋南北戯曲賞の最終候補。一五年に、第五十九回岸田國士戯曲賞最終候補にもなった『痕跡（あとあと）』（一四）で第十八回鶴屋南北戯曲賞を受賞。代表作に『目を見て嘘をつけ』『めぐるめく』。（望月旬々）

郡司正勝《ぐんじまさかつ》 一九一三〈大正二〉・七〜一九九八〈平成十〉・四。早稲田大学名誉教授。北海道札幌市生まれ。両親は美唄炭鉱に赴任。祖父母に育てられ、旅芝居の歌舞伎を見て夢中になる。札幌二中では映画に耽溺、早稲田の高等学院に進学、独文科から国文科に転科、卒業論文は『山東京伝の読本の研究』（指導教授は暉峻康隆《てるおかやすたか》）。卒業後、河竹繁俊に師事、早稲田大学演劇博物館の書記に就く。終戦後、文学部芸術科（演劇科）講師、助教授、教授、一九八四年に定年退職。五四年に『かぶき——様式と伝承』『歌舞伎入門』で芸術選奨、七六年に紫綬褒章、九三年に『郡司正勝刪定集』（全六巻、白水社）で和辻哲郎文化賞を受賞。創作活動の中心は、歌舞伎と日本舞踊。歌舞伎は『桜姫東文章《さくらひめあずまぶんしょう》』『盟《かみかけて》三五大切《さんごたいせつ》』など二十二作品。日本舞踊は

『阿亀降臨』(一九八八)、『沈鐘』(八九)、『銀河抄――サーカスの想い出』(八三)など四十五作品。ラジオドラマ、テレビドラマ、国際劇場「秋の踊り」、モダンダンスなど、多様なジャンルにも作品を提供。晩年は、『遥かなるリボンヌ』(九四)、『青森のキリスト』(九五)など実験劇の連作にも挑んでいる。

[参考]「郡司正勝先生追悼号」(早稲田大学演劇学会紀要『演劇学』特別号、一九九九)

❖**『ワイワイてんのう正統記』**《わいわいてんのうしょうとうき》 傾奇ミュージカル、四幕五場。芸能座第四回公演、一九七六年十月、有楽町・読売ホール。小沢昭一演出。ピーター、加藤武、山口崇、小沢昭一ら出演。戦後の熊沢(自称)天皇をモデルにした熊鹿天王の落とし胤、旅役者でスリの仕立屋銀之助を主人公とする、ミュージカル仕立ての風刺喜劇。楠流のスリの師匠・澤村南枝は「泣き男」杉本九兵衛の三十五代の末裔、銀之助の育ての親「ぽっくり寺」も南朝のスリ川天王の勅願寺という設定。劇中劇の『三人吉三』の「大川端」ではじまり、「火の見櫓」で終わる構成であった。『かぶき夢幻』(名著刊行会所収。 (古井戸秀夫)

け

結束信二《けっそくしんじ》 一九二六〈大正十五〉・八〜一九八七〈昭和六十二〉・五。脚本家。東京都淀橋区生まれ。第二次世界大戦後、映画界を志し、入社した東横映画が東映に合併される頃より脚本を執筆し始める。映画脚本ではほぼ時代劇を担当し、『旗本退屈男』などシリーズものの脚本を多く執筆。後にテレビ界に転身した後も時代劇を多く執筆した。さらに晩年には舞台の脚本にも進出し、映画やテレビドラマでも名を知られた『俺は用心棒』『燃えよ剣―土方歳三と沖田総司―』などを執筆している。 (岡本光代)

食満南北《けまなんぼく》 一八八〇〈明治十三〉・七〜一九五七〈昭和三十二〉・五。歌舞伎狂言作者。本名貞二。大阪府堺市生まれ。早稲田大学で坪内逍遙に師事。中退後、様々な職業に従事する。一九〇五年、同郷の作家村上浪六の紹介で東京・歌舞伎座の作者福地桜痴の弟子となる。〇七年、大阪に戻り、片岡我當(後の十一世片岡仁左衛門)の狂言作者になる。〇九年、渡邊霞亭とのつながりから松竹に所属し、初代中村鴈治郎の座付作者になる。一五年、六世鶴屋南北を名乗る。昭和の始め京都松竹撮影所の脚本部長という肩書も持つ。歌舞伎だけでなく新派、新旧合同劇、新声劇、松竹楽劇部など幅広く脚本を提供する。また、近松門左衛門の作を『天網嶋』『冥途の飛脚』として脚色もする。代表作に『恋の三位』『桜のもと』『御浜御殿』などがある。著書に『上方色町通(通叢書)』(四六書院)、『作者部屋から』(宋栄堂)、『大阪の鴈治郎』(輝文館)等。また、「上方」(上方郷土研究会)や「上方趣味」(上方趣味社)にも随筆を載せる。作家の長谷川幸延は弟子に当たる。

❖**『聚楽物語』**《じゅらくものがたり》 五幕の悲劇。一九一一年十二月京都南座にて初演。配役は初代市川斎入の豊臣秀吉、二世市川右團治の豊臣秀次、六世嵐吉三郎の石田三成、初代嵐巌笑の淀君、初代尾上多見之助の増田左門、四世中村福助の不破伴作、四世中村芝雀の絵島、二世中村梅玉の増田長盛、初代中村鴈治郎の木村常陸介。外国物を桃山時代に翻案した作品。豊臣秀吉の甥関白秀次の乱行を諫めんとした家臣の伴作だが、恋人絵島の兄増田左門の首を討てと命じられる。左門は絵島を伴作に託し喜んで伴作に討たれる。聚楽第に秀吉の名代で来た石田三成は秀次の関白職を罷免する。秀次は家老常陸介の勧めで高野山へ隠退する。一方、兄を討たれた絵島は伴作を敵として討とうとするが恋に苦しみ自害する。伴作も絵島の後を追い自刃して果てる。白井松次郎に史劇風の物はないかと相談され、三日間で書かれたのが本作である。

（鍛治明彦）

ケラリーノ・サンドロヴィッチ《けらりーの さんどろゔぃっち》

一九六三〈昭和三十八〉・一～。劇作家・演出家・脚本家・映画監督・ミュージシャン。本名小林一三《かずみ》。東京都出身。ナイロン100℃主宰。横浜放送映画専門学校（現・日本映画学校）卒業。一九八二年にニューウェーブバンドの有頂天を結成し、そのボーカリストと所属するレコード会社ナゴムのレーベル・オーナーをつとめる。そして八五年に、犬山イヌコ、みのすけ、田口トモロヲらと劇団健康を旗揚げし、『カラフルメリィでオハヨ』（一九八八）、『ウチハソバヤジャナイ』（九一）など、ナンセンスなコメディ作品を数多く発表。九二年に劇団健康を解散すると、翌九三年には演劇ユニットナイロン100℃を立ち上げる。このユニットでは公演を「セッション」と称し、劇団員に加え毎回客演を招き、コメディ、サスペンス、SF、ホラー、西部劇など多様な作品を発表。さらに、劇団メンバーとは異なる俳優をそのつど集め、自らの新作（『砂の上の植物群』『ヤング・マーブル・ジャイアンツ』他）を上演するKERA・MAP、主に別作家の作品（岩松了『西へゆく女』、ウディ・アレン『漂う電球』、新藤兼人『しとやかな獣《けだもの》』、福田恆存『龍を撫でた男』他）を広岡由里子と二人でプロデュースするオリガト・プラスティコなど、複数のユニット活動を行なっている。国内外の喜劇に造詣が深く、いとうせいこう、井上ひさし、別役実らとともに「空飛ぶ雲の上団五郎一座」（モンティ・パイソン＋エノケン一座の意）を立ち上げ、二〇〇二年には『アチャラカ再誕生』の作・演出に参加。また、シアターコクーンで作・演出するために書き下ろした『祈りと怪物――ウィルヴィルの三姉妹』（二〇一二～一三）は、蜷川幸雄が直後に別キャストで上演するという「演出対決」で話題を呼んだ。オールビー『ヴァージニア・ウルフなんかこわくない？』、ゴーリキー『どん底』、チェーホフ『三人姉妹』、レッツ『8月の家族たち』など海外戯曲の演出にも精力的に取り組む。九九年には『フローズン・ビーチ』（九八）で第四十三回岸田國士戯曲賞、〇二年に『室温―夜の音楽―』で第五回鶴屋南北戯曲賞および第九回読売演劇大賞優秀演出家賞、〇七年に『ヴァージニア・ウルフなんかこわくない？』で第十四回読売演劇大賞最優秀作品賞、一六年に太宰治の未完の絶筆『グッド・バイ』をもとにした『グッドバイ』（一五）で第二十三回読売演劇大賞最優秀作品賞・優秀演出家賞および第六十六回芸術選奨文部大臣賞を受賞。舞台作品以外にもテレビドラマの『怪奇恋愛作戦』や映画『1980』『グミ・チョコレート・パイン』『罪とか罰とか』などの脚本・監督もつとめる。代表作に『カラフルメリィでオハヨ―いつもの軽い致命傷の朝―』『ナイス・エイジ』『カフカズ・ディック』『すべての犬は天国へ行く』『室温―夜の音楽―』『消失』『犬は鎖につなぐべからず　岸田國士一幕劇コレクション』『労働者M』『わが闇』『神様とそのほかの変種』『百年の秘密』など。妻は女優の緒川たまき。

❖**『カラフルメリィでオハヨ《からふるめりぃでおはよ》－いつもの軽い致命傷の朝《いつものかるいちめいしょうのあさ》－』** 二幕。一九八八年、ザ・スズナリにて初演。男十一人、女六人。劇団健康時代に発表され、その後幾度も再演されている代表作。家にいる老みのすけと、近未来を彷彿させる病院にいるみのすけ少年の世界が交互に描かれるという作品構造を持つ。老みのすけは認知症が進み、理解しがたい発言や行動を繰り返しており、それに困惑した家族は彼を入院させる。入院した老みのすけは、自分がまだ子供（みのすけ少年）だと錯覚している。つまりこの作品自体が老みのすけの妄想から成り立っているのである。みのすけ少年は海の近くの窓のない病院におり、何とか脱出しようと患者たちと共に計画を練り、遂には実行に移す。医者らの制止を振り切って海岸にたどり着いた彼らは叫ぶ。〈海だ！俺たちは自由だぞ！〉。しかしこの患者たちも、老みのすけにしか見えぬ幻覚に過ぎない。そして、脳梗塞の悪化によって認知症がかなり進み、やがて昏睡状態に陥る老みのすけ。みのすけ少年は、〈おそろしい冗談のような〉人生を、さめない夢の中で再び送ることを誓うのだった。

❖**『フローズン・ビーチ』** 三場。一九九八年、紀伊國屋ホールにて初演。女四人。舞台は南の孤島にある別荘。登場人物は別荘の持ち主である廻《めぐり》梅蔵の双子の娘の愛と萌（一人二役）、二人の義母で盲目の咲恵、愛の幼馴染の千津、その友人の市子。第一場の一九八七年、第二場の九五年、第三場の二〇〇三年と、八年ごとに別荘に集まる女たちの姿が定点観測的に描かれる。咲恵は梅蔵の起こした交通事故によって盲目となったが、愛は自分の母親を自死に追いつめた咲恵を恨んでいる。その一方で愛と萌の間にも微妙な距離があり、幼なじみながらも千津は愛に対し殺意を持つ。そんな千津の感情をかつて聞かされた幼馴染の市子は、愛の殺害を計画している。彼女たちの間には、作中一貫して各人が抱く殺意や怨恨が渦巻いている。だが心臓麻痺で死んでしまう萌や一場から二場の間に破産し自殺してしまう梅蔵を除き、憎しみ合う当事者である四人の女たちが死に至ることは最後までない。むしろ四人の女たちが別荘のベランダから海へ飛び込んでいくラストシーンに象徴されるのは、歳月をかけて復讐心を乗り越えていく人間の姿である。

❖**『ナイス・エイジ』** 二幕。二〇〇〇年、本多劇場にて初演。男十一人、女八人。湯加減で行き先が決まるお風呂（＝タイムマシン）を使った時間旅行SF。昔は裕福であったものの今は没落した廻一家は、長女・想子が事故死した命日に、墓参りに行くかどうかでもめている。そんな折、家の風呂がタイムマシンであることに気付いた彼らは、各々過去や未来に出向き忌まわしい「現在」を変容させようと試みる。だが〈普通、ああいうことがあったら、なんか……変わらない？家族として！〉、〈普通は無いことがあっても、何も、何一つ変えられなかったんじゃないか〉と時次と時雄が嘆くように、廻一家の試みはいずれも頓挫し、現在が変わることはない。最後には、政府の決定により〈生きのびるために必要な最低限の情報〉を残して全国民の記憶が消去されることとなる。この一見突拍子もない結末に滲むのは、自分たちの生きる時代に対する悲観や感傷ではなく、むしろそれを「ナイス・エイジ」と呼ぼうとする強い肯定感であろう。

❖**『室温《しつおん》－夜の音楽《よるのおんがく》－』** 二幕。二〇〇一年、青山円形劇場にて初演。男十三人、女二人。作家の海老沢には双子のキオリとサオリという娘がいるが、サオリは四人の少年に監禁、集団暴行された後、一〇年前に殺されている。ある日、海老沢とキオリが暮らす家に間宮と赤井が訪ねてくる。実は間宮はサオリを殺害した犯人の一人で、赤井はそのグループの一人である藤崎の姉なのだった。それを知ったキオリは頑なに彼らを受け入れようとしないが、海老沢は勇気をもって訪ねてきたことを喜ぶ。しかし赤井は、海老沢が事件の遺族として書いた本を獄中で藤崎が読み、自責の念に駆られ自死したことを恨んでいる。やがて、海老沢家に入り浸っている警官の下平が実は少年三人を殺した連続殺人犯であることが判明、赤井は海老沢を刺殺、タクシー運転手の木村は海老沢家の通帳を盗もうとしたのを目撃した下平を射殺し、キオリ、赤井、間宮はキオリが放ったと思われる火によって焼死するという凄惨な展開をもって、幕。こうした血みどろの結末の予兆は、下平に殺された少年や作品前半で死んでしまう老人といった死者たちの彷徨や独白により、作品冒頭から度々示されている。その一方で彼らのやり取りや作品随所に挿入される死者の楽隊（初演時はたまが担当）の歌はどこかユーモラスであり、こうした亡者たちの表象にホラーとコメディの間を浮遊する本作の独自性が象徴されている。（菊地浩平）

こ

小池修一郎《こいけしゅういちろう》　一九五五〈昭和三十〉・三～。宝塚歌劇団作家・演出家。東京都出身。慶應義塾大学文学部在学中は演劇研究会でアングラ演劇の影響を受け活動。宝塚歌劇を観劇する機会があり、大学卒業後の一九七七年に宝塚歌劇団に演出助手として入団。八六年にバウホール公演『ヴァレンチノ――愛の彷徨』（雪組、宮本亜門振付）で初の作・演出。宝塚大劇場公演の初担当は八九年の『天使の微笑・悪魔の涙』（月組）。九一年、スコット・フィッツジェラルドの同名小説を原作とする『華麗なるギャツビー』で第十七回菊田一夫演劇賞の演劇賞を受賞。なおこの作品をはじめ、小池の書く宝塚歌劇団のための戯曲はアメリカを舞台に男役の衣装はスーツという作品も多い。『PUCK』（九二年七月、宝塚大劇場、月組）はシェイクスピア『夏の夜の夢』を大幅に翻案したコメディ。男役の涼風真世を中性的な妖精の役に配し話題となった。『銀河英雄伝説＠TAKARAZUKA』（一二年八月、宝塚大劇場、宙《そら》組）、『デスノート』（一五年四月、日生劇場）、『るろうに剣心』（一六年二月、宝塚大劇場、雪組）など、漫画や小説を原作とする翻案作品の評価も高く、特に演出家として宝塚歌劇団の枠に留まらない活躍を見せる。一九九六年にはウィーンのミュージカル『エリザベート』を大幅に潤色し上演（宝塚大劇場、雪組）、宝塚歌劇団のみならず東宝でも繰り返し上演される代表作となった（第二十六回菊田一夫演劇賞大賞、第四十一回毎日芸術賞千田是也賞）。二〇〇一年には同じくウィーンのミュージカル『モーツァルト！』の東宝公演の演出を担当（日生劇場、第二十七回菊田一夫演劇賞大賞）、〇六年には『NEVER SAY GOODBYE』でブロードウェイの人気作曲家フランク・ワイルドホーンと協働（宝塚大劇場、宙組、第十四回読売演劇大賞優秀作品賞、平成十八年度文化庁芸術選奨文部科学大臣賞）、〇八年にはワイルドホーンのミュージカル『スカーレット・ピンパーネル』を書きおろしの新曲を含む潤色・演出によって上演（宝塚大劇場、星組、第三十三回菊田一夫演劇賞大賞）。〇九年には『エリザベート』、韓国ドラマ『太王四神記』のミュージカル化、映画『カサブランカ』の世界初ミュージカル化などの功績により第三十五回菊田一夫演劇賞大賞を受賞。戯曲は宝塚歌劇団の各劇場脚本集、もしくは公演プログラムに所収。

❖『**エリザベート**』二幕。脚本・歌詞ミヒャエル・クンツェ、音楽シルヴェスター・リーヴァイ、潤色・演出小池。ウィーン劇場協会。オリジナル・プロダクションはオーストリア皇后エリザベートの生涯を描く。事故で意識を失った少女エリザベートを死神トートが生き返らせる。エリザベートはオーストリア皇帝フランツ・ヨーゼフと結婚し、ゾフィー皇太后との対立、フランツの浮気、息子ルドルフの自殺など、エリザベートが絶望するたびにトートが現われ死に誘う。自由を求め旅を続けるエリザベートをルキーニが暗殺し、エリザベートとトートは天上へと昇って行く。ウィーン版はエリザベートを主役にハプスブルク家崩壊を描くが、小池は死神トートを主役とするエリザベートとの愛の物語へと書き換え、場面や人物の削除と追加のほか新曲『愛と死の輪舞《ル・ロンド》』が書き下ろされた。初演時には、難易度の高い楽曲に挑むという課題に加え、死という役は宝塚歌劇の男役のイメージにあてはまらないのではという批判の中で幕を開けた。

❖『**NEVER SAY GOODBYE**』《ねばー・せい・ぐっどばい》二幕。スペイン内戦を背景に写真家ジョルジュと劇作家キャサリンの恋愛を描く。キャサリンの孫娘ペギーが祖母の日記を片手にスペインを訪ねる回想形式。一九三〇年代中盤、ハリウッド映画の制作発表パーティでキャサリンとジョルジュが出会う。映画の撮影と人民オリンピックの取材のために二人はスペインへ。内戦が勃発するが二人はスペインに留まる。キャサリンを利用しようとする統一社会党のコマロフとアギラール、党の制限の中でスペインの現状を世界に伝えようとするキャサリンらの思惑が絡み合い、義勇軍への参加を決めるジョルジュはキャサリンにフィルムを託してアメリカに帰国させ、激化する内戦の中で命を落とす。ワイルドホーン作曲の歌によって物語が展開する一方、トップ・スターのデュエット・ダンスの場面が用意されるなど、ブロードウェイ・ミュージカルの手法と宝塚歌劇の慣習が融合する作品となった。（藤原麻優子）

小池竹見《こいけたけみ》　一九六九〈昭和四十四〉・四～。劇作家・演出家。双数姉妹主宰。千葉県出身。早稲田大学政治経済学部卒業。一九九〇年、早大劇研を母体に『F人たちの音楽』で旗揚げ。代表作に『コサックTOKИOへ行く』『やや無情…LES PETITS MISERABLES』『サナギネ』『オルフェゴッコ』など。（望月旬々）

小池博史《こいけひろし》　一九五六〈昭和三十一〉・一～。演出家・振付家・作家・美術家・写真家など多数の肩書きを持つ。茨城県日立市生まれ。一橋大学卒業。テレビディレクターを経て、一九八二年タラフマラ劇場を結成。「タラフマラ」はメキシコの秘境の名前であり、アントナン・アルトーの著作『タラフマラ』からとられた。劇団初期には安部公房、寺山修司などアングラ演劇の影響を強く受けた演劇作品を作っていたが、八七年にカンパニー名をパパ・タラフマラと改称、二〇一二年の解散まで演劇、舞踊、美術、音楽などのジャンルにとらわれない舞台芸術を制作。作品は三十か国以上で上演され国際的な評価が高い。パパ・タラフマラと改称して以降、小池は「演劇」から脱却することを意識し、新しい表現形式を目指して独自の空間、身体の言語を作る作業を行なってきた。前衛的なデザイナーやミュージシャンを起用しオブジェや音楽を作品の主要な要素に据える一方、パフォーマーに対しては演劇と舞踊、双方の身体訓練を経験させ、演劇にも舞踊にもとどまらない表現を追求した。作品は『パレード』（一九八九年八月初演、作・演出・振付）、『青』（九四年五月初演、作・演出・振付）、小池の故郷である海辺の町をモチーフとした

『船を見る』（九七年四月初演、作・演出・振付）などのようにイメージから出発し言語を一切排したダンス色の強いものから、文学・戯曲作品を大胆に読み替え、言語とダンスにより再構成したものなど多岐にわたっている。例えば『三人姉妹』（二〇〇五年一月初演、作・演出・振付）は、チェーホフの原作を六〇年代の日本に置き換えたダンス・パフォーマンスとして構成され、明確な物語はなく、欲望をむき出しにした三人の女性がエロス的要素を交えながら踊るという作品である。パパ・タラフマラの代表作『Heart of Gold 百年の孤独』（〇五年十二月初演、小池の作・演出・振付）も、ガルシア＝マルケスの原作を小池が再構成したものである。パパ・タラフマラは『百年の孤独』舞台化を目指して作られたカンパニーであり、小池はガルシア＝マルケスの世界を描くために新たな身体および空間言語が必要だったと語っている。小池は「ドクター・アオ」という架空の人物を置いてテクストを再構成し、百年にわたるマコンドの歴史を三時間という上演時間で描くことを試みた。多様なバックグラウンドを持つパフォーマーによる舞踊と語り、さらに人形や巨大オブジェの使用など、小池がそれまで追求してきた身体と空間の言語が最大限に活かされた作品となった。小池は、パパ・タラフマラ解散後も単独で作品制作を続けている。（鈴木美穂）

小池倫代《こいけみちよ》 一九五八〈昭和三十三〉・四～。劇作家。北海道生まれ。獨協大学法学部卒業。オリジナル作品の他に、大劇場演劇向けの脚色なども行なう。一九九一年に劇団民藝が渾大防一枝《こんだいぼうかずえ》の演出で新橋・ヤクルトホールで上演した『恋歌が聞こえる』で文化庁舞台芸術創作奨励特別賞を受賞。九三年『メイ・スイートホーム－花のもとにて－』が兒玉庸策の演出により三百人劇場で上演。九九年、林真理子原作の『素晴らしき家族旅行』が山田孝行の演出、二〇〇五年『夢追い謎？ 探偵物語』が寺崎秀臣の演出、〇六年『大須純情音楽隊』を自らの演出で名古屋・名鉄ホールで上演。（中村義裕）

小出龍夫《こいでたつお》 一九二八〈昭和三〉～。劇作家。東京生まれ。本名高橋龍夫。上智大学卒業。「季刊レーゼドラマ」を発行。一九七一年六月新橋演舞場上演の福永武彦原作『風のかたみ』の脚色が評判となる。他に『春の海』『折鶴おせん』『情艶染之助』『あるテロリスト伝説』などがある。（神山彰）

小出英男《こいでひでお》 一九〇八〈明治四十一〉～一九四五〈昭和二十〉。劇作家。一九三〇年代に活躍し『ギャング銀座無宿』『暁の門出』『あゝ故郷』『氷雨の夜』など。三七年ごろ、自由劇場再建に関わるが果たせず。「新喜劇」同人。三〇年代には新派に『明路暗路』『氷雨の夜』、新派若手勉強会である裸座に『街の交響楽』など。新国劇に『続々人生劇場吉良常残侠篇』『狂夢』『銀座社会学』を提供。戦中には、清水金一一座主事も勤めた。著書に『南方演芸記』（新紀元社、大空社復刻）。（神山彰）

甲賀三郎《こうがさぶろう》 一八九三〈明治二十六〉・十～一九四五〈昭和二十〉・二。小説家。滋賀県蒲生郡生まれ。本名春田能為。一九一九年東京帝国大学工学部化学科を卒業し、化学関係の会社に勤める。一九二三年より森下雨村の下で小説を書き始め、探偵小説家として数多くの作品を残す。劇作家としては『闇とダイヤモンド』（「講談倶楽部」）などの、探偵小説家らしい探偵劇を執筆した。その他、読売新聞で劇評を担当するなど、演劇に関する造詣も深かった。（岡本光代）

鴻上尚史《こうかみしょうじ》 一九五八〈昭和三十三〉・八〜。劇作家・演出家・エッセイスト・テレビタレント。愛媛県新居浜市生まれ。早稲田大学法学部卒業。テマティックなシーンとギャグじみたシーンをスピーディーな会話と場面転換を駆使して軽やかに描く作風で知られ、野田秀樹らと共に八〇年代小劇場界を代表する劇作家のひとり。一九八〇年、大学在学中に早大演劇研究会へ加入し翌八一年、大高洋夫らと共に第三舞台を旗揚げする。第一作目の『朝日のような夕日をつれて』（一九八一）以降、大隈講堂裏のテントでの上演を重ね人気を得たのち、八五年には紀伊國屋ホールへと進出するなど、八〇年代後半から九〇年代にかけて爆発的な人気を誇った。特に『朝日のような夕日をつれて』、『宇宙で眠るための方法について』（八一）、『プラスチックの白夜に踊れば』（八二）は、鴻上自身により「核戦争三部作」と呼ばれ初期の代表作となった。九一年には初の海外公演を敢行、九五年には『スナフキンの手紙』で第三十九回岸田國士戯曲賞受賞。九七年にはロンドンへ演劇留学するなど、精力的に活動を行なう。そして、第三舞台は『ファントム・ペイン』（二〇〇一）をもって活動を十年間封印することを宣言（二〇一一年の十一月に発表した『深呼吸する惑星』が封印解除&解散公演と銘打たれ、第三舞台は解散）。第三舞台にかわるかたちで九九年に立ち上げたKOKAMI@networkでは、『ものがたり降る夜』（九九）、『プロパガンダ・デイドリーム』（〇〇）、『恋愛戯曲』（〇一）、『ハルシオン・デイズ』（〇四）、『キフシャム国の冒険』（一三）などを発表。また、二〇〇八年には、若手俳優たちとともに新作を発表する場として「虚構の劇団」を旗揚げ。〇九年に『グローブ・ジャングル――「虚構の劇団」旗揚げ3部作』（小学館）で第六十一回読売文学賞（戯曲・シナリオ部門）受賞後も、『エゴ・サーチ』『アンダー・ザ・ローズ』『イントレランスの祭』など、「世相批判」とエンターテインメント性を兼ねそなえた作品を世に問いつづけている。一六年、日本劇作家協会会長就任。舞台作品以外にも、テレビ番組の司会をはじめ、映画『ジュリエット・ゲーム』『青空に近い場所』などの脚本・監督、『ヘルメットをかぶった君に会いたい』『八月の犬は二度吠える』などの小説、『発声と身体のレッスン』『演技と演出のレッスン』などの実用エッセイで人気を博す。その他の代表作に『デジャ・ヴュ』『ハッシャ・バイ』『天使は瞳を閉じて』『ピルグリム』『ビー・ヒア・ナウ』『トランス』『パレード旅団』『リンダリンダ』などがある。

❖**『朝日のような夕日をつれて』**《あさひのようなゆうひをつれて》 一九八一年、早稲田大学大隈講堂裏特設テントにて初演。男五人。「おもちゃ会社立花トーイ」と「サミュエル・ベケット作の『ゴドーを待ちながら』」及び「二十世紀の終わり」という三つの世界が、五人の俳優の一人三役によって演じられる。一九八〇年代初頭に大流行したルービック・キューブの次なる新製品を模索する立花トーイの部長と社長は、『ゴドー』の世界ではウラヤマとエスカワになり、ゴドーを待っている。そこに少年が現われ〈ゴドーさんは来られないって〉と告げるが、そうした会話の最中、突然音楽と共に華々しくゴドーは登場する。ゴドーは、ピンスポットを浴び〈いやあどうもどうも、私がゴドーです〉と言いながらダンスを踊るなど、かなり軽薄な人物で、ウラヤマとエスカワは戸惑いを隠せない。やがてゴドーのもとには二人目の〈元祖ゴドー〉が登場。ゴドー同士でどちらが本物かを巡り対決することとなり、やがてこのゴドー二人は新たなゴドーを待つこととなる。すると舞台は二十世紀の終わりに切り替わる。そこでは、これまで作品を演じてきた彼らが精神病患者で、その治療の一環として劇が演じられていたことが医者により明かされる。しかしその直後には、この劇を仕切っていた医者こそが患者で、その役を演じさせるための劇であったことが明かされ、さらにはそうした設定も含め、すべてが社長の娘であるみよ子という女性の治療に際し彼女の脳内で起きた出来事の再現であったことが判明する。それから彼らはみよ子の到来を待つこととなるが、彼女はやってこない。遂には「最後の手紙」がみよ子から届き、そこで彼女が自死を選択したことが示唆され、幕は下りる。なお、本作は再演を重ねるたびに立花トーイが商材とする玩具が変化していくという特徴がある。八一年版ではルービック・キューブ、八七年版ではテレビ・ゲーム、九一年版ではヴァーチャル・リアリティ、九七年版ではパソコン通信、二〇一四年版ではオキュラス・リフト（液晶パネルを搭載したヘッドマウントディスプレイ）というように、鴻上が時代の移ろいとともに更新可能な存在として本作を位置づけていることがうかがえる。

❖**『スナフキンの手紙』**《すなふきんのてがみ》 一九九四年、大阪・近鉄劇場にて初演。男四人、女三人。七二年の連合赤軍によるあさま山荘事件がきっかけとなり、内戦を経て、種々様々な主義主張を叫ぶ集団が数万存在し対立する九〇年代の架空の日本が舞台。在日外国人同盟、おたく主義者同盟、帰国子女戦線、花嫁戦線平凡派といった個性的な集団同士の抗争が絶えない。その活動を抑制しようとする政府軍の長官・後藤田、他人の精神に入ることのできるサイコ・ダイバーの氷川と山室、自殺願望をもったアイドルのキャンディーを中心に物語は進む。作中で人々が心のよりどころとしている〈スナフキンの手紙〉とは、シルクロードを行きかう旅人達によって受け継がれてきた一冊のノートに綴られた言葉のこと。長年の内戦や流血の絶えない日本では〈語りたくても語られなかった言葉〉が、パソコン通信上に転載され、その名前で広く流通しているのだ。やがて内戦は激化し、後藤田らは窮地に追いやられる。そこで最後の手段として、サイコ・ダイバー達と手を取りあいサイコ・チェーンを作る。すると時空が歪み、戦いのない平成六年にやってきた彼らは、その〈パラレルワールド〉で新たな一歩を踏み出すのだった。（菊地浩平）

幸田露伴《こうだろはん》

一八六七〈慶応三〉・七〜一九四七〈昭和二十二〉・七。小説家・随筆家・考証家。代々幕府の数奇屋坊主をつとめた家に生まれ、中学校を中退して英学校や漢学塾に通った後、電信学校を出て北海道に赴任したが一八八六年勤めを放擲して帰京、露伴と号して文筆家の道を目指した。八九年、小説『露団々』『風流佛』で注目され、尾崎紅葉と共に読売新聞客員となって紅露時代と称された。しかし翌年に入ると文学的煩悶が起こり十一月には読売を退社し国会新聞社の客員となった。九二年からは根岸派の交わりが始まり文人的気風を徐々に加えていくことになった。戯曲は九一年一月に『満寿姫』（国会新聞）、九四年一月に『有福詩人』（同）を書き、元曲に関心を持ったが舞台に向けた創作欲につながることはなかった。九六年には「めさまし草」の「三人冗語」に加わって樋口一葉を世に出し、「新小説」の編集を担当するなど文壇的活動も目立ったが、一九〇三年冨山房の「袖珍名著文庫」のため古典の翻刻・校訂に関わって以後文壇からは次第に遠ざかり、〇八年以降は『頼朝』を初めとする史伝や考証また各種古典の校訂そして死去の年に完成した『芭蕉七部集』評釈に力を注いだ。演劇に向ける熱意を生涯持たずに終り、戯曲は余技的で翻案物が多く舞台効果を考慮しない欠点があったが、成吉思汗を扱って二四、五年の「改造」に集中発表された『不兒罕山《ふじかんざん》』(一九二四・10)、『清系縁起《せいけいえんぎ》』(二五・1)、『憤恨種子《ふんこんのしゅし》』(二五・3)、『怪傑誕生《かいけつたんじょう》』(二五・3~4)に露伴劇の真価を見る意見(秋庭太郎『日本新劇史』)がある。戯曲には以上に挙げた他に『珍《ちん》饌会《せんかい》』(「文芸倶楽部」一九〇四・1)、『術競べ《わざくら》』(「新小説」一九〇五・1)、『其俤今様八犬伝《そのおもかげいまようはっけんでん》』(「読売新聞」一九〇六・3~4)、『名和長年《なわながとし》』(一三・10)が知られている。なお『ひげ男』(初演〇二年竹柴瓢蔵脚色於明治座)、『五重塔』(初演〇四年竹柴晋吉脚色於東京座)、『椀久《わんきゅう》物語』(初演〇六年三崎座)等の小説は明治三十年代から昭和戦後まで度々舞台化され、『風流魔』『雪たゝき』『一口剣《いっこうけん》』の脚色上演もある。

❖『**有福詩人**《ゆうふくしじん》』十場。一八九四年一月「国会新聞」連載、一九六四年二月千田是也演出、松本克平、東山千栄子、平幹二朗、東野英治郎らにより俳優座劇場で初演。元曲『来生債』に拠った翻案だが、作中人物として〈露伴〉が実名で登場する型破りさがある。主人公の仁斎は伊豆伊東の長者だが、詩人肌で人に無利子で金を貸したり、恵んだりすることで近在に知られている。旅中の〈詩人露伴〉が噂を耳に彼を訪ねて感銘を受け新聞記事にしようとする出来事と、金を恵まれたり借金を棒引された人々が、返って不幸になったり苦しんだりする思わぬ事実に出くわした仁斎が〈銭といふ此の魔物めを何様したら好い事やら〉と嘆くという寓話的出来事が二つの軸をなしている劇で、作者内面の思いを感じさせる点に新しさが認められる。

❖『**名和長年**《なわながとし》』二幕。一九一三年十月大倉鶴彦喜寿記念として東京帝国劇場で五世中村歌右衛門・七世松本幸四郎・六世尾上梅幸らにより初演。同名の小説を右田寅彦が脚色、露伴が手を入れてできた脚本だが、一五年十二月の御大典記念に同劇場で再演された後戦前に八度も上演され戦後も再演されて最も一般に馴染み深い作で、四一年九月には大阪文楽座で人形浄瑠璃の上演もある。隠岐島を脱出した後醍醐天皇を迎えて挙兵し建武新政の実現に功のあった名和長年の勤皇事跡に取材。一五年の舞台では上下二幕。上の幕は後醍醐と忠顕卿、医師成田堯心の三人が、伯耆の大阪湊に上陸は果たしたものの進退に窮して土地の地頭である長年に味方するよう使いを出すまでを描き、下の幕でそれが首尾よく成功して挙兵に至る経緯を描いている。使者を命ぜられた堯心が、忠心はあっても重責を果す自信がなくひたすら任を逃れようと哀願する姿から、長年と対面し死物狂いの気迫で任務をなし遂げる姿への変化が見所であり露伴の作意の読みどころでもある。(林廣親)

郷田悳《ごうだとく》 一九〇五〈明治三十八〉・五~一九六六〈昭和四十一〉・七。劇作家・シナリオライター。生家は大阪鰻谷の袋物商。大阪貿易学校在学中に真山青果作品に感動し、中退して劇作の勉強を始めた。一九三六年に関西新派に書いた『愛執』が、関西劇壇を支配していた松竹の白井松次郎の目に留まり、翌年三世中村梅玉、三世阪東寿三郎に『朧夜の夢』(後に『船場の夢』と改題)を執筆した。当時の関西歌舞伎は王者として君臨していた初代中村鴈治郎(三五年没)、彼の座付作者的地位にいた大森痴雪(三六年没)が相次いで亡くなり、一種の空白期の状態にあった。郷田は痴雪の後継者として重用され、梅玉、二世實川延若をはじめ、若い頃二世市川左團次一座にいて新作に意欲を燃やしていた寿三郎のために次々に新作を書いた。梅玉には『歌しぐれ』、延若には『さみだれ』(ともに三八)、寿三郎には『春雷』(三九)、『雨の鞘橋』(三九)、『佐久良東雄』『夢の井戸』(ともに四〇)を書いている。梅玉に書いた世話物では、大阪の風土の中で人間の情感を描いた抒情性、寿三郎に書いた史伝劇では青果ばりの骨太な作風が評価された。そのほか新派にも作品を書いたが、戦争が激しくなるにつれ、時代の要請に沿った国威発揚劇や勤王劇が増えた。『かすみの城』(四〇)、『天野屋利兵衛』(四二)、『大楠公夫人』(四三)などだ。一方で初代鴈治郎が世に出るまでの物語の『芸道一代男』(四二)を書き、戦後も『八代目市川團十郎』(六四)を書き、今では代表作になっている。戦後は映画シナリオや大衆劇の作品も多く手がけ、生涯に書いた作品数は三百本を超す。

❖**『芸道一代男』**《げいどういちだいおとこ》　三幕十場。一九四一年十月、大阪角座の四世中村翫雀襲名公演で作者の演出で初演。サンデー毎日に連載された川口松太郎の小説が原作。歌舞伎役者の嵐珏蔵は役者を辞める約束で新町の置屋扇屋の娘お妙と結ばれたが、芸への思いが捨て切れず妻子を残して家を出た。明治維新の法令で扇屋は廃業、お妙は十八歳になった息子の玉太郎と呉服の行商をしている。一方珏蔵は人気役者の三世中村翫雀になっていた。それを知った玉太郎は母の懇望も聞き入れず、初代實川延若の弟子になり、実川雁二郎と名乗り人気を得るが、家柄がないため役を降ろされ口惜し泣きする。事情を聞いた翫雀は、興業主の三栄の計らいで雁二郎に会い、力になろうと言うが、雁二郎は腕で生きると申し出を断る。意気に感じた三栄は雁二郎に『河庄』を演じさせ、お妙と翫雀も和解、親子三人は寄り添って帰る。四世中村翫雀(二世鴈治郎)の林玉太郎、中村魁車のお妙、二世延若の三栄、三世寿三郎の翫雀。

❖**『八代目市川團十郎』**《はちだいめいちかわだんじゅうろう》　五幕十一場。一九六四年四月歌舞伎座で作者自身の演出で初演。嘉永七年名古屋若宮の芝居は江戸最高の人気役者八世團十郎の『児雷也』が評判を呼び大入りを記録していた。しかし当の團十郎の気持ちは沈んでいた。江戸を追放され上方へ行っている父海老蔵(七世團十郎)の借金を返済するため急に名古屋へ呼ばれたのであった。それだけではない。海老蔵は大阪道頓堀の興行師にも團十郎を連れてくると約束していた。これでは江戸市村座との出演契約は果たせないうえ、長年のご贔屓を裏切ることになる。義弟の猿蔵は憤慨し、團十郎も父の振る舞いに愛想の尽きる思いがするが、親思いの團十郎には父を窮地に追い込むことは出来ない。大阪へ着いた團十郎は、彼の苦悩を聞いて慰めてくれた女按摩のおしほの情に応えて、一夜の契りを結んだ後、初日の櫓太鼓を聞きながら腹を切る。謎と言われている八世團十郎の切腹を作者の独創的視点で描いた作品。十一世團十郎が先祖の役を演じる話題性があり、劇中劇の『児雷也』の「だんまり」「術譲り」に中村歌右衛門、尾上梅幸らが出演、三幕目の「だんじり囃子」の場で、十四世守田勘彌の養子になった五世坂東三津五郎の披露が行なわれた。海老蔵は八世坂東三津五郎、中村富十郎は勘彌、おしほは中村福助(六世芝翫)が演じた。　(水落潔)

幸堂得知《こうどうとくち》　一八四三・二〈天保十四〉〜一九一三〈大正二〉・三。劇評家。本名鈴木利平、別号に東帰坊、劇神仙等。江戸下谷の青物商の子。三井両替店に勤め、上司の養子となる。一八八八年に退職。同年より「東京朝日新聞」客員となり劇評等を執筆。「歌舞伎新報」編集にも携わる。根岸派の一員。劇作家としては『曽我の対面』『無骨娘』等を発表したが、一般には劇通・劇評家、として知られる。

[**参考**]戸板康二『演芸画報・人物誌』(青蛙房)

(日置貴之)

幸徳秋水《こうとくしゅうすい》　一八七一〈明治四〉・九～一九一一〈明治四十四〉・一。思想家・社会運動家。高知県生まれ。本名伝次郎。中江兆民の依頼により、角藤定憲が旗揚げした「大日本壮士改良演劇会」のために、一八八八年十二月、大阪新町座上演の『勤王美談上野の曙』の「国野民平獄舎の場」を執筆とされる。自由党大阪事件に取材して、政府攻撃を内包して、時代を幕末に設定している。

［参考］松本克平『日本社会主義演劇史――明治大正篇』（筑摩書房）　（神山彰）

河野典生《こうのてんせい》　一九三五〈昭和十〉・一～二〇一二〈平成二十二〉・一。小説家。高知県生まれ。明治大学仏文科中退。在学中から戯曲や小説を書き始めた。戯曲に『墜ちた鷹』（「三田文学」一九五六）。一九五九年、日本テレビ『夜のプリズム』脚本公募に『ゴウイング・マイ・ウェイ』が佳作入選。六四年、『殺意という名の家畜』で日本推理作家協会賞を受賞。ハードボイルド小説、SF風幻想小説を手がける。寺山修司と演劇活動を行なったこともある。　（平野恵美子）

河野義博《こうのよしひろ》　一八九〇〈明治二十三〉・九～一九八五〈昭和六十〉。劇作家。山梨県東山梨郡生まれ。早稲田大学英文科卒業後、三省堂編集局に勤務。一年で退職した後は新芸術座の舞台監督をつとめた。その後、農業に従事。一九一七年中央公論に『サラセンの王宮』を発表し本格的に劇作家として出発。他の作品には宝塚国民座で上演された『故郷』などがある。その他、中村吉蔵と共著での『近代演劇史論』やイプセン全集などを刊行している。（岡本光代）

郡虎彦《こおりとらひこ》　一八九〇〈明治二十三〉・六～一九二四〈大正十四〉・十。劇作家・小説家。筆名、萱野《かやの》二十一《はたかず》。東京市京橋区（現在の中央区）において私塾を経営する鈴木耕水の六男として生まれたが、すぐに日本郵船の船長であった郡寛四郎の養子となる。幼少時は神戸や広島に移り住む。神戸尋常小学校高等科の三年時に学習院中等学科一年級に編入。一九〇五年には輔仁会雑誌の編集部委員となり自作の英文を朗読するなど文学に傾倒していく。〇八年に高等学科へ進学後、柳宗悦と回覧雑誌「桃園」を創刊。一〇年に「白樺」が創刊されると萱野二十一の筆名で最年少の同人として参加。文学、演劇、美術への関心がさらに広がる。この年に小説『松山一家』が「太陽」の懸賞小説募集に入選し、注目され始める。一一年、東京帝国大学文科・英文科に入学するが欠席を続け創作活動に没頭する。この年『鉄輪《かなわ》』（「スバル」一九一一・2）、『腐敗すべからざる狂人』（「白樺」一九一一・5）、『清姫　若しくは道成寺』（「スバル」一一・6）、『タマルの死』（「白樺」一一・9）と戯曲を多く発表する。その一つ『道成寺』が翌年、自由劇場第六回試演会で上演される。一三年、大学を中退してヨーロッパへ渡航。パリ、ミュンヘン、ベルリンと移り住み、一四年八月にイギリスへ渡る。一五年六月、W・B・イェイツとエズラ・パウンドの前で伊《い》藤道郎《とうみちお》が仕舞を披露した際に久米民十郎とともに地謡をつとめる。この冬、ヘスター・マーガレット・セインズベリーと出会い、共同生活を始める。自作の英訳、また英語での執筆に積極的に取り組み、『鉄輪』『王争曲』『アブサロム』などが英文で刊行される。二〇年十月に帰国するが翌年再び渡欧。二二年に英文で完成させた『義朝記』がロンドンのリトル・シアターで上演されて評判をよぶ。渡欧前に執筆した作品群が幻想的で神経に訴える特徴があったのに対し、英語での執筆過程を経た後期の作品は歴史的な素材を叙事詩的に書き上げている。肺結核が悪化し、スイスなどで静養につとめるが二四年十月、ヘスターとその父に見まもられながら他界。三六年に『郡虎彦全集』(邦文篇・英文篇・別冊　創元社)が刊行された。

❖『**道成寺**《どうじょうじ》』一幕。一九一二年四月、有楽座において自由劇場が上演。演出、小山内薫。背景画を有島生馬が担当した。紀ノ国日高郡にある道成寺。新しい鐘ができた夜のこと、僧徒妙心が若い僧に二十年前の出来事を話してきかせる。清姫という十四の小娘が生きながら魔性の大蛇になって男のあとを追ってきたのだが、和尚妙念がかくまって追い払った。しかし、それ以来女の執念が妙念を狂わせ、妖しい女鋳鐘師依志子の虜になってしまっているのだという。特に今夜は魔性の化身・悪蛇がふたたび山を登ってくるという恐怖に寺の僧たちは震えあがり、平常心でいられなくなっている。そこへ三人の鬼女に分れた恐ろしい姿の清姫が鐘楼に現われる。もはや法力によって呪いを払いのけることができないと悟った妙念は、自らの中にも邪淫の性が巣くっていることを受け入れ、真っ赤に燃えて滅びてゆく山の姿を観ながらそこに美しさを認めるのだった。目に見えない妖気や神経に訴えるような恐怖を舞台上で表現することを試みた象徴主義的な戯曲。

❖『**鉄輪**《かなわ》』一幕。一九一一年に発表した原作を一三年に「丑の時詣りの小戯曲」と副題をつけて改作し(「白樺」一九一三・3)、さらに英訳した台本によって一七年十二月、ロンドン・クライテリオン劇場でパイオニアプレイヤーズが上演。演出はエディス・クレイグと郡。翌一八年には英訳本が刊行された("Kanawa: The Incantation." Gowans and Gray, London and Glasgow.)。森のくらやみの中に浮かびあがる明神の社殿。子の刻に安倍晴明に助けを求めて橘元清がやってくる。前妻の呪いに苦しめられているため命を助けてほしいという要望だった。しかし清明は欺かれた女の執念だけはどうにもならないと諦めさせる。そこへ丑の刻詣りにやってきた前妻は、頭上に鉄輪をのせ、藁人形に何度も釘を打ち込みながら呪詛の言葉をぶつけるのだった。謡曲『鉄輪』では退散させられる女の生霊が、この戯曲では執念が強いあまりに夫を死に至らせてしまう。男への恨みを呪いで晴らす女特有のパワーの表現は英語版上演でも表現に成功し、謡曲の現代化、作者自身によるアダプテーションという点も含めて先駆的な試みに満ちた作品。(阿部由香子)

古沢良太《こさわりょうた》　一九七三〈昭和四十八〉・八〜。脚本家。神奈川県出身。東海大学文学部日本文学科卒業。グラビアアイドルの一周忌オフ会で五人のオタクがおりなす密室推理劇『キサラギ』を二〇〇三年に発表し、その映画化で〇七年に第三十一回日本アカデミー賞最優秀脚本賞受賞。映画・テレビの脚本で人気を博す。舞台作品に『幻蝶』『趣味の部屋』『悪童』など。(望月旬々)

小島孤舟《こじまこしゅう》　劇作家・小説家。出生地不詳。一八九九年七月「新小説」に小説『菅笠日記』を発表する。一九〇四〜〇五年頃より岩崎舜花、間《はざま》無声と大阪・朝日座の作者を務め、小説の脚色物や翻案物を執筆する。二六年頃まで新派や歌舞伎の作者として東西の劇場で活躍する。特に、新派の役者の秋月桂太郎と小《さ》織《おり》桂一郎《けいいちろう》のため、頻繁に作品を提供した。脚本に『花夜叉』(一九〇六)、『響』(田中書店。小説版は磯部甲陽堂より刊行)、『みじか夜』(〇八)、『湖畔の家』『縁』(一二)ほか多数。山崎長之輔一座の連鎖劇『蘭燈情話』『底なし沼』なども書いた。小説の脚色に川上眉山作『観音岩』、渡邊霞亭作『渦巻』などがある。小山内薫は〈新派劇の小説脚色者の尤なる者〉(「演劇新声」)と、孤舟を評価する。『新橋情話』

『愛と戦ふ人』などの数多くの小説や脚本が映画の原作に用いられた。自作の映画脚本に『生存のために』(牛原虚彦監督)がある。

❖『響《ひびき》』三場。『アテネのタイモン』に想を得た翻案劇。伯爵穂積守雄はしばしば豪華な宴会を催し、友人に気前良く金を貸していたが、妻雪江の父輝国に財産を横領され破産する。穂積を助ける友人は一人もなく、輝国は雪江を法学士都築と再婚させると言い、強引に連れ立って邸を去った。娘の房江と取り残され、穂積は世を呪い、妻と義父に欺かれたと誤解したまま七年が経過する。雪江は靴磨きに落剝した穂積と、花売り娘になった房江と再会する。穂積は房江に母親と名乗る雪江を、鬼と呼び責め立てる。雪江は死をもって二人に詫びる覚悟で、穂積の居る廃寺を訪れる。そこへ追って来た輝国と、穂積の命をねらう現夫都築。雪江は父を刺し殺し、奪った銃で都築を撃つと、懐剣で自害する。穂積は変らぬ雪江の愛を悟る。雪江が末期の力で死者の供養に撞いた鐘の音が八つ、房江の年と同じ数だけ響き渡る。一九〇九年四月、大阪・朝日座にて初演。初代實川延二郎が穂積を演じた。(桂真)

小島勗《こじまつとむ》 一九〇〇〈明治三十三〉・六～一九三三〈昭和八〉・一。劇作家・小説家。長野県松本市生まれ。早稲田大学卒業後、一九二五年九月に「早稲田文学」に掲載した処女小説『地上に現はれるもの』が発禁処分になる。その後、同年十二月に日本プロレタリア文芸連盟、また三一年には日本プロレタリア作家同盟に参加している。劇作家としては反戦をテーマにした『遥かなる眺望』や『ケルンの鐘』が知られ、それぞれ同名の単行本も刊行されている。(岡本光代)

小島信夫《こじまのぶお》 一九一五〈大正四〉・二～二〇〇六〈平成十八〉・十。小説家・評論家・英米文学者。岐阜県稲葉郡加納町(現・岐阜市加納安良)生まれ。一九四一年、東京帝国大学文学部英文科卒業。太平洋戦争に暗号兵として従軍し、北京で敗戦を迎える。五二年に『小銃』でデビューし、五五年に『アメリカン・スクール』で第三十二回芥川賞を受賞。「第三の新人」の一人として注目され、晩年まで独特の文体で虚実が入りまじる前衛的な小説の執筆を続けた。定年まで明治大学で教鞭をとった。代表作に『抱擁家族』(講談社、のちに講談社文芸文庫)、『別れる理由』(講談社)、『私の作家評伝』(新潮選書、のちに水声社)などがある。処女戯曲『どちらでも』(河出書房新社)は俳優座(増見利清演出)によって上演された。七二年十一月に劇団雲によって上演された二作目の戯曲『一寸さきは闇』(河出書房新社)では自ら演出を行なった。どちらの作品もト書きが多く書き込まれ、小説としても読むことができる。姦通など同時期の小説作品に通じるモチーフが見られる。演劇に関する論考として『演劇の一場面』(水声社)がある。

❖『どちらでも』三幕。男女各一人。一九七〇年十一月に俳優座劇場で初演。所は温泉町のホテルの一室。倦怠期の夫婦が十年前に新婚旅行で宿泊したホテルを再訪する。二人は山根夫妻という友人夫妻をありもしない夫婦交換の相手だと空想して、不倫の様子を互いに語って聞かせる。やがて男が山根氏、女が山根夫人を演じ始め、次に女が山根氏に、男が山根夫人に入れかわる。女が泣きだして山根夫妻ごっこは終わる。過去のパーティでの出来事が語られ、山根夫妻との夫婦交換の信憑性が高まる。が、今度は大倉夫妻になりきって演技を始め、夫婦関係を維持するための遊戯だったことがわかる。二人抱き合って幕。(久米宗隆)

小島政二郎《こじままさじろう》　一八九四〈明治二十七〉・一～一九九四〈平成六〉・三。小説家。俳号燕子楼。東京下谷生まれ。永井荷風に傾倒し、慶應義塾大学文学部国文科に入学する。一九一六年、文芸批評『オオソグラフィ』を「三田文学」に発表して森鷗外に認められる。一七年初めての小説『睨み合』を執筆する。翌一八年、同大学卒業。芥川龍之介に兄事する。慶應義塾大学文学部で教鞭を執り（一九三一年まで在職）、「赤い鳥」編集に携わった後、「三田文学」編集委員を担う。二二年、五世神田伯龍をモデルにした小説『一枚看板』で脚光を浴び、新聞、大衆・婦人雑誌と活躍の幅を広げて数々の人気小説や随筆を手がける。一九三〇年代初頭～二〇〇〇年代にかけて、『花咲く樹』『人妻椿』『清水次郎長』『おこま』をはじめ数多くの小説が新派や歌舞伎、新国劇などで舞台化された。歌舞伎の脚本・演出に『桐の雨』『円朝』。『わが古典鑑賞』（中央公論社）、『小説　永井荷風』（鳥影社）ほか著書多数。

❖**『円朝』**《えんちょう》　一九五七年十月、大阪歌舞伎座で初演。「週刊朝日」に連載した同名小説を小島自ら脚色し、高橋博と共に演出した。三幕。若き日の三遊亭圓朝の奮闘を描く。昨夜円朝は真打の看板を上げた高座で、弟子の出世を妬む師匠の円生から書割を盗まれ、話す予定の芝居噺『宮戸川』を先に披露される嫌がらせを受けた。代わりに『芝浜』をやり難を逃れた。偶然再会した幼なじみの娘おやいは愚痴る円朝に、迷いは毒と言って励ます。円朝は高座で再び円生の嫌がらせに遭うが、めげずに昔おやいが褒めてくれた『累』を披露する。一年後、自作の芝居噺で不動の人気をものにした円朝は、素噺を究めるべきか芸の道に迷い、おやいに助言を求め会いに行く道すがら、安政の大地震の折に助けたおさとに声をかけられて彼女の色香に惑わされる。二人は結婚して子までなすが、一年半も経つとおさとが円朝の芸に飽いて夫婦仲は悪くなり離縁する。円朝の心は今もおやいを求めているのだ。（桂真）

古城十忍《こじょうとしのぶ》　一九五九〈昭和三十四〉・五～。宮崎県生まれ。劇作家・演出家。本名古城俊伸。熊本大学法文学部卒業。熊本日日新聞政治経済部記者を経て一九八六年『狂い咲くのもよろしかろ』で劇団一跡二跳を旗揚げ（二〇〇八年に解散）。二〇〇九年、劇団ワンツーワークスを結成。一跡二跳の作品に『赤のソリスト』（一九八八）、『眠れる森の死体』（九五）、『少女と老女のポルカ』（九七）、『アジアン・エイリアン』（九八）、『肉体改造クラブ』（二〇〇一）、『奇妙旅行』（〇二）など。劇団ワンツーワークスの作品に『中也が愛した女』（〇九）、『死ぬのは私ではない』（一〇）、『産まれた理由』（一二）、『恐怖が始まる』（一三）など。一貫して様々な角度から人間の生と死を描き続け、同時代の翻訳劇の演出も手がける。

［参考］『恐怖が始まる』（劇団ワンツーワークス上演台本）

❖**『恐怖が始まる』**《きょうふがはじまる》　二〇一三年五月、劇場HOPEにて自らの演出にて初演。時は現代。場所は限定されていないが、「東日本大震災」で大破した原発により、退去を余儀なくされた町と思しきところ。原発の事故が原因で死を迎えた夫の四十九日を明日に控えた〈中年の女〉の家に、同じ職場で働く夫を持つ〈そう若くはない女〉が訪ねてくる。夫はまだ生きているが、近いうちに死ぬと女は確信している。一点の場所を家族や職場の人々、亡くなった〈中年の女〉の夫や職場の仲間が行き来し、会話が進むうちに、この事故の恐怖が浮き彫りにされてゆく。同時に、得体のしれない〈本当の恐怖〉が、これから始まり、それは止めようのないものであることをそれぞれの視点で見る。（中村義裕）

小杉天外《こすぎてんがい》　一八六五・十一〈慶応元〉～一九五二〈昭和二十七〉・九。小説家。秋田県生まれ。本名為蔵。別号草秀。一八八三年法律を学ぶため上京し、次第に小説家を志す。東京専門学校予科退学。九二年斎藤緑雨の紹介で小説『改良若旦那』を「国会」に発表して作家活動を開始する。九七年伊原青々園、島村抱月らと丁酉文社を興し「新著月刊」を創刊。九六年頃よりゾラに影響を受け『蛇いちご』をはじめ写実的な小説を多数執筆する。一九〇三年二～五月「読売新聞」に『魔風恋風』を連載し、流行作家として名を馳せる。〇四年十二月、小説『ふたりみなしご』が大阪・朝日座で新派により劇化される。翌年『魔風恋風』の初演で五世中村芝翫《しかん》が初野を演じ、大いに話題を集める。『にせ紫』『コブシ』『七色珊瑚』『初すがた』などの小説が歌舞伎や新派により劇化された。自作の戯曲に『腰越状』(一九二五)、『筑前守義興』『ちんば今仏』(二九)などがある。四八年芸術院会員。萎縮腎のため死去。

❖**『魔風恋風』**《まかぜこいかぜ》　一九〇五年三月、東京座にて初演(竹柴晋吉脚色、五幕)。帝国女学院に通う才色兼備の萩原初野と、親友の子爵夏本家令嬢芳江と、芳江の許婚の帝大生東吾の三角関係を軸に、男女の友情と愛情の相克を描く。自転車で転び入院した初野は画家殿井に見初められる。殿井は初野が実家の吝嗇な義兄のため経済的窮状にあると知り、金銭の援助を口実に接近する。援助を断ろうと殿井の自室を訪ねた初音は、周囲から不当に堕落の汚名を着せられる。初野は芳江との交際を禁じられ、実家から逃れてきた妹を救い故郷と断絶して窮地に陥る。東吾は芳江との婚約を解消して初野と再会し、愛を誓い合う。芳江は初野の嘘を信じて東吾を捜しに房州へ旅立つ。跡を追う初野を発作が襲う。初野は芳江に縋りつき謝罪して気絶する。明治期に旧来の家制度を断ち切り躍進する女学生の風俗や、世間が女学生に向け注いだ妬みや蔑みの眼差しを巧みに写しとる。川村花菱による新派の脚色もある。　(桂真)

小寺融吉《こでらゆうきち》　一八九五〈明治二十八〉・十二～一九四五〈昭和二十〉・三。舞踊研究家・民俗学者。東京生まれ。四歳で北海道小樽に転住し、十四歳で上京。早稲田大学文学部英文科卒業。中学時代から歌舞伎や民俗芸能に親しみ、大学卒業後は坪内逍遙に師事し、劇場で歌舞伎舞踊を克明に記録する一方で、各地の民俗芸能の実地調査を精力的に重ね、民俗芸能のなかに観賞用舞踊の原初の姿を探る先駆的視点を示した。一九二二年、中村吉蔵の勧めで『近代舞踊史論』を処女出版。二三年、日本青年館の開館記念として催された「全国郷土舞踊と民謡大会」では、柳田國男・高野辰之とともに審査顧問を依嘱され、同時に企画・演出・解説書の編集等の一切を担当。二七年には「民俗芸術の会」の結成、「民俗芸術」の刊行で中心的な役割を果たした。この間に数篇の戯曲を執筆し、逍遙の児童劇運動に参加するなど、演劇活動もおこなっているが、昭和期には研究に専念。『芸術としての神楽の研究』『舞踊の美学的研究』『日本近世舞踊史』ほか、多くの業績を残した。『演劇百科大事典』の編纂にも参加。れつ夫人は日本舞踊家として清水和歌を名乗り、新劇俳優の中村伸郎《なかむらのぶお》は末弟。

❖**『真間の手古奈』**《ままのてこな》　一幕。一九二二年、雑誌「解放」に発表され、同年七月、帝国劇場で上演。舞台監督は仲木貞一、舞台装置は田中良。森律子の手古奈、十三世守田勘彌の安是彦ほか。里の男たちの思いを一身に集めながら、誰にもなびかぬ美女の手古奈は、任地に赴く都人の誘いにも乗らない。常陸から仕官のために都に向かう途中だった安是彦という青年も、手古奈に魅せられてこの地にとどまっていたが、偶然行き合わせた友人が安是彦の父の死を告げる。手古奈は、自分のためにこれ以上他人を苦しめまいと、海に身を投げて果てる。万葉集にもうたわれた下総国葛飾郡（千葉県市川市）の古伝説を脚色したもの。民謡風の歌や踊りも織り込まれている。

（石橋健一郎）

小寺隆韶《こでらりゅうしょう》　一九三一〈昭和六〉・七〜二〇一三〈平成二十五〉・九。高校教諭。青森市生まれ。弘前大学教育学部卒業。主に八戸北高の顧問教諭として、東北から鋭く若者をとりまく社会をえぐる作品を執筆し続ける。『てのひら雪ひとつぶの消えるまで』（一九七四）と『石の海』（八二）で共に同校で高校演劇全国大会最優秀賞受賞。他の戯曲に『かげの砦』（七二）、『おらたちの川』（八六）など。主な著書に『かげの砦』（津軽書房）、『石の海』（門土社）など。

（柳本博）

後藤ひろひと《ごとうひろひと》　一九六九〈昭和四十四〉・二〜。劇作家・演出家。本名非公開。通称大王。山形県生まれ。大阪外国語大学ヒンディー語学科中退。一九八七年に劇団遊気舎入団、八九年から九六年の退団まで二代目座長をつとめ、ほぼ全公演を作・演出。代表作に『ダブリンの鐘突きカビ人間』（一九九六）、『人間風車』（九七）など。九八年にPiper結成。二〇〇四年初演『MIDSUMMER CAROL ガマ王子VSザリガニ魔人』は中島哲也監督が映画化（『パコと魔法の絵本』・二〇〇八）。俳優・タレント・ワイドショーコメンテイターとしても活動。

（金田明子）

言問三平《こといさんぺい》［＝**大宮敏充**《おおみやとしみつ》］　一九一三〈大正二〉・四〜一九七六〈昭和五十一〉・十二。劇作家。東京・入谷生まれ。本名恒川登志夫。旧制市立二中（現・都立上野高校）に学ぶ。家庭は厳格で、父をはじめ、親類のほとんどが法曹関係の仕事にたずさわっていた。その父と、五歳のとき死別。子どもの頃より浅草を遊び場とし、かつて浅草オペラのトップ・スターだった田谷力三《たやりきぞう》にあこがれ、漠然と芸人を志す。一九三三年、徴兵検査の結果、甲種合格となり、満州事変勃発後の満州に引っ張られる。兵役はその後、二度経験。終戦は、ロシアのカムチャツカ従軍を予告された待機要員として、小樽で迎える。この間、三六年、浅草にタップダンスのスタジオを経営、これを発展させ、音楽とダンスを演じて見せる、楽団ニュー・トーキョーを結成し、地方回りをはじめる。その日の新聞から題材を採った「ニュース演劇」を考案、自作・自演・自演出をおこない、評判となる。「デン助」のキャラクターは、この頃、舞台に登場。少年時代、近所に実在した、ユーモラスな人情家「伝助おじさん」がモデルだった。四二年、二度目の兵役（北支・中支に従軍）終了後、浅草の映画館河合キネマのアトラクションとして、楽団ニュー・トーキョー、大宮登志夫を旗揚げ。このころ、言問三平をペンネームとする（後に言問文星に改める）。四四年、これまで映画館だった浅草の松竹館が、松竹演芸場の名で実演場に模様替えすることになり、ここを劇団の新しい本拠とし、戦後、大宮敏光一座を名のる。五一年、NHKラジオで『デン助劇場』の録音中継が開始。テレビ草創期、テレビ各局が交互に放送した時代をへて、五九年四月より、日本教育テレビ（現・テレビ朝日）が、『デン助劇場』の中継放送を開始。デン助の人気は、浅草から全国区になる。六一年、芸名の表記を大宮敏充に改める。七三年四月、「創立35周年記念デン助劇団　さよなら公演」を迎えるまで、千七百～千八百本のデン助劇を自作（うち、五百～六百本は酒井俊が執筆）し、本名の恒川登志夫名義で演出。浅草における常打ち喜劇の孤塁を守った。

［参考］大宮敏充『デン助浅草泣き笑い人生』（三笠書房）

❖**『デン助の此の道一筋』**《でんすけのこのみちひとすじ》　三景。一九七三年四月。浅草松竹演芸場。言問文星作・恒川登志夫演出。劇団創立三十五周年記念公演並びに劇団解散浅草さよなら公演作品。無学で昔気質の棟梁デン助と、大学出の近代建築家である娘婿との、新旧の対立を描く人情喜劇。満開の桜の下、人々は酒に浮かれてドンチャン騒ぎをしているが、デン助はひとり沈み込んでいる。かつて精魂込めてつくった神社が、火災にあい燃えくずれてしまったからだ。神社再建の建築方式と資金の調達をめぐり、町内は揺れに揺れるが、結局、外枠は鉄筋で、内部は木造で建築することに話はつく。だが、デン助は、当たり前の櫓では気が済まないと、高利貸しから大金を借りることにする……。大宮敏充、織田重夫、千川輝美、宮田圭子、浜田八洲夫ほか、一座を支えた俳優たちが総出演。（原健太郎）

小納戸蓉《こなんどいるる》　［＝**市川小太夫**《いちかわこだゆう》］　一九〇二〈明治三十五〉・一～一九七六〈昭和五十一〉・一。歌舞伎俳優。本名喜熨斗光則《きのしみつのり》。二世市川段四郎の四男。二世猿之助の末弟。文筆をよくし、推理小説ファンで昭和初期に、コナン・ドイルをもじった筆名で、江戸川乱歩の『黒手組』（一九三一年帝劇）、『陰獣』（三二年新橋演舞場）を、自ら主宰の新興座に関西新派の梅野井秀男加入で上演し、話題となる。そのいきさつは、乱歩の回想録『探偵小説四十年』（光文社）に詳しい。他に菊池寛『敵討愛欲行』の脚色、自作『宝石十万円事件』も新興座で上演。著作に『吉原史話』（東京書房）がある。（神山彰）

木庭久美子《こばくみこ》　一九三一〈昭和六〉・一～。劇作家。東京都生まれ。明治大学仏文科卒業。一九五六年に文芸評論家で明大教授だった中村光夫（木庭一郎）と結婚。七九年からシナリオの勉強を始める。八三年にテレビドラマ『旅立ち』で放送作家組合新人賞を受賞。八四年には、神奈川県芸術祭演劇脚本コンクールで『ともだち』が第一位。八五年には『父親の肖像』で文化庁舞台芸術創作奨励特別賞、九一年『カサブランカ』が菊池寛ドラマ賞奨励賞を受賞する。九二年には『さよならパーティ』が現代演劇研究会のプロデュース公演として初演された。劇団民藝との関わりが深く、『わがよたれぞつねならむ』（一九八八）、『夢二の妻』（九八）のほか、終末医療と尊厳死についての女医の葛藤と選択を扱った『選択』（二〇〇八）、高齢化社会における老女たちを描いた『喜劇　ファッションショー』（一一）が上演されている。戯曲集に『さよならパーティ』（牧羊社）などがある。

❖**『さよならパーティ』**　三幕。一九九二・三月初演。一幕はベランダ越しに桜の樹が見える天宮家の応接間。主人の智満を訪ねてくる年配者たち。皆、智満がフィリピンで従軍看護婦時代に手に入れた「幸福の木の実」という安楽死できる薬が目当てらしく、自殺願望を持っている。そんなこととは知らず、妻うめの付添としてやってきた司健太郎は、成り行きから仲間に入るものの、参加者は桜が満開の日に死ぬ約束をする。二幕は司家の庭先から。アルバムの写真を焼く妻に、健太郎は何とか自殺を思いとどまらせようとするが、妻の決意は固い。それは他の人物も同様だ。三幕は再び天宮家の応接間。桜は満開である。パーティの席上、健太郎の説得が続く。そしてついに、「私は来年も、再来年もこの桜を見るんだ」と、桜に魅入られるように一人部屋を出ていく。その直後、健太郎は車に轢かれて亡くなってしまう。この死をきっかけに、自殺願望者たちはもう一度自らの生を見つめ直す。男三人、女五人。（藤崎周平）

小林愛雄《こばやしあいゆう》 一八八一〈明治十四〉・十二～一九四五〈昭和二十〉・十。本名愛雄《よしお》。教育者・音楽研究家。東京市に生まれる。東京帝国大学英文科卒業。一九一三年、帝国劇場楽長竹内平吉らと東京歌劇団を設立。以後一六年まで帝国劇場で、その後はローヤル館で西洋歌劇の翻訳・演出指導を務めた。『ボッカチオ』の挿入歌『恋はやさし野辺の花よ』の訳詩が有名。教育者として学生演劇の普及にも努め、少女唱歌劇『月姫』、少年対話劇『いたづら子』など少年少女のための劇を書いた。戯曲集『余興劇脚本集』（京文社）がある。（村島彩加）

小林一三《こばやしいちぞう》 一八七三〈明治六〉・一～一九五七〈昭和三十二〉・一。実業家・政治家。号は逸翁、別号に靄渓学人、靄渓山人。山梨県北巨摩郡韮崎町（現・韮崎市）に生まれる。一八八八年二月、慶應義塾入学。在学中に寄席や芝居に親しむ。九二年十二月卒業。翌年四月、三井銀行に入行。阪鶴鉄道を経て箕面有馬電気軌道（現・阪急電鉄）専務取締役。一九一〇年三月、箕面有馬電気軌道開業。沿線開発の一環として一二年、宝塚新温泉パラダイスを開業。一三年、その余興として、当時流行していた百貨店の少年音楽隊に想を得た宝塚唱歌隊を結成。唱歌隊は一四年四月、宝塚少女歌劇として第一回公演を果たす。第一回公演は婚礼博覧会の余興であった。少女歌劇は次第に知名度と人気を向上させ、一八年五月には帝国劇場での第一回東上公演を成功させた。一三は初期の少女歌劇に戯曲を多数執筆している。十八年十二月宝塚音楽歌劇学校が創立、校長に就任。以後は宝塚少女歌劇の父としてその発展に尽力すると共に、実業面でも活躍、政界進出も果たす。五一年公職追放解除後は東宝社長に就任。興行界の雄として邁進した。正三位、勲一等瑞宝章。戯曲の多くは『歌劇十曲』（宝塚少女歌劇団）、『続歌劇十曲』（同）、『小林一三全集』第六巻（ダイヤモンド社）に収録されている。

［**参考**］阪田寛夫『わが小林一三　清く正しく美しく』（河出書房新社）、坪内士行『越しかた九十年』（青蛙房）

❖**『日本武尊』**《やまとたけるのみこと》 一幕。歌劇。一九一五年十月二十日～十一月三十日、宝塚少女歌劇終期公演、パラダイス劇場にて初演。音楽は安藤弘。併演は『三人猟師』（久松一声作）、『メリーゴーラウンド』（安藤弘作）。主役の日本武尊には雲井浪子が扮した。舞台は熊襲川上梟帥《たける》兄弟の神殿。熊襲一円を制圧した川上兄弟を祝う酒宴に、舞の乙女たちに紛れて女装した日本童子《やまとおぐな》が忍び込み、兄弟を刺殺。兄梟帥は童子に「武尊」の名を授ける。勝利を祝い、乙女らが歌い舞う内に幕となる。『歌劇十曲』（宝塚少女歌劇団）、『小林一三全集』第六巻（ダイヤモンド社）に収録。

❖**『竹取物語』**《たけとりものがたり》 一幕。歌劇。一九一六年三月十九日～五月二十一日、宝塚少女歌劇春期公演、パラダイス劇場にて初演。併演は『霞の衣』（松居松葉作）、『桜大名』（久松一声作）。日本最古の物語と言われる『竹取翁の物語』を歌劇化したもの。竹取の翁に八十《やそ》島揖子《しまかじこ》、なよ竹のかぐや姫に篠原浅茅《しのはらあさぢ》が扮した。物語そのままに五人の貴公子の求婚と失敗、帝からの求愛、そしてかぐや姫の月への帰還が壮大なオーケストラの伴奏で展開される。『歌劇十曲』（宝塚少女歌劇団）、『小林一三全集』第六巻（ダイヤモンド社）に収録。

❖『恋に破れたるサムライ』《こいにやぶれたるさむらい》 十二場。歌舞伎レヴュウ。一九三七年一月一日～三十一日東京宝塚劇場月組公演にて初演。坪内士行（演出）。併演は『ゴンドリア』（東郷静男作）。宝塚歌劇海外進出公演の第一作にすべく創作された作品。九世市川團十郎贔屓であった小林が、天津乙女に遠藤武者盛遠を演じさせることを念頭において企画した。舞台は『操三番』『（岩戸）だんまり』『黒髪』『槍踊』が次々とオーケストラに乗せて踊られるレヴューに始まる。摂州渡辺橋の袂で、遠藤武者盛遠は叔母衣川に出会う。盛遠は自分が少年時代から愛した袈裟をなぜ渡辺亘に嫁がせたのだと衣川を責める。そこへ袈裟が駆けつけ、それほどまでに自分を思うのなら、亘を殺してくれと持ち掛ける。その夜、亘と思い込み袈裟の首を討った盛遠は月夜の慈眼寺石段で真実に気付き、石段の上にどうとなる。ここで突然舞台は花やかな祇園の夜景となり、華やかな日本物レヴューが挿入される。やがて舞台は那智の滝となり、盛遠は身投げするが、仏の功徳により救われる。演出を担当した坪内の証言では、小林の指示のもと歌詞など大半を自分が手掛けたとしており、実際は坪内作と言えるかもしれぬが、洋楽で歌舞伎をと願った小林の一つの集大成として、同作は看過すべからざる作品と言えるであろう。尚、初演後に海外公演進出作とすることは不向きと断定され、同年三月宝塚大劇場公演の後は長らく上演されなかったが、二〇〇七年一月二十五日、宝塚大劇場、小林一三没後50年追悼スペシャル『清く正しく美しく――この教え護り続けて』において再構成上演された。『小林一三全集』第六巻に収録。（村島彩加）

小林恭二《こばやしきょうじ》 一九五七〈昭和三十二〉・十一～。兵庫県生まれ。小説家・俳人・劇作家。専修大学文学部教授。東京大学文学部美学藝術学科卒業。在学中より「東大学生俳句会」に所属、のちの俳句活動につながる。一九八四年『電話男』で第三回海燕新人文学賞受賞、八八年に『カブキの日』で第十一回三島由紀夫賞を受賞。二〇〇二年十一月から〇三年八月まで読売新聞夕刊に小説『宇田川心中』を連載。〇九年、小説を劇化した『戯曲宇田川心中』が青山公園内特設テントにて金守珍の演出、新宿梁山泊、劇団1980の出演で初演（十一月）、十二月には韓国・ソウルなどで新宿梁山泊により上演される。一一年には文学座アトリエで『麻布怪談』が劇団1980により上演された。数作の歌舞伎作品を合わせて換骨奪胎し、現代へと置き換えるなどの手法で新たなる現代版歌舞伎を生み出している。

❖『宇田川心中』《うたがわしんじゅう》 十四場。近松門左衛門、鶴屋南北、河竹黙阿弥などの歌舞伎作品をモチーフの一部に使い、心中や近親相姦、因果話、輪廻転生、人間の業などを盛り込み、退廃美を横溢させながら、自分の世界を構築した作品。幕開きと幕切れは現代の東京・渋谷駅前のスクランブル交差点に置き、その後過去へ遡り、いとと新介、はつと昭円、葵と道円という男女、桜丸と栄三郎という男性同士など数組のカップルを登場させる。それらの関係が母子、兄妹などの近親相姦で繋がれているなど、江戸中期の歌舞伎の猥雑で刺激的な部分を中心に「愛」を描いた作品。劇中に河竹黙阿弥自身をも登場させるなど、時間枠を超えた作品である一方、タイトルにもあるように渋谷・宇田川・道玄坂など場所は現在の渋谷区を中心に置いている。科白も江戸と現代がミックスされており、歌舞伎が持つ形式を重視することよりも従来の歌舞伎劇の内容が抱える本質をどう現代の観客に訴えるかに重点を置いて書かれている。（中村義裕）

小林賢太郎《こばやしけんたろう》　一九七三〈昭和四十八〉・四〜。お笑い芸人・パフォーミングアーティスト・コント作家・劇作家・演出家・漫画家。神奈川県出身、多摩美術大学卒業。一九九六年、大学の同級生であった片桐仁とコントユニット・ラーメンズを結成。小林はコントの演出、出演をこなし、NHK『爆笑オンエアバトル』などを通じ知名度を上げる。代表的なコント作品として『日本語学校』『現代片桐概論』『タカシと父さん』『読書対決』などがある。彼のコントを端的に説明するのは困難だが、日本語の響きを利用した巧みな押韻や、非現実的で時に不条理ですらあるような設定を取り入れている点はその特徴といえる。また、作・演出・出演を務める演劇プロジェクト「K．K．P」ではコントとは作風を変え、ウェルメイドな群像喜劇に挑んでいる。その他に、小林のソロ公演である『POTSUNEN』シリーズでは、パントマイムや映像を多く取り入れ、海外公演も成功させている。主な出版物として、ラーメンズ名義のコント作品を収録した『小林賢太郎戯曲集』（幻冬舎、のちに文庫でシリーズ化）、漫画『鼻兎』（講談社）などがある。

❖**『斜めになった日』**《ななめになったひ》　二〇〇一年、シアターサンモールにて初演。男二人。『小林賢太郎戯曲集－椿鯨雀－』に収録。片桐の誕生日を祝うためのサプライズパーティの予行演習を、片桐主導で無理やり小林が付き合わされている。冒頭のト書きで〈この世界では年に一度重力が斜めになる日がある。今日はちょうどその日にあたる〉という現実離れした世界観が示され、随所で〈電気の供給が不安定〉、〈火気厳禁〉、〈車も乗れない〉といった〈斜めの日〉に関するディテールと、二人が実際に身体を傾ける場面が描かれる。打ち合わせが完了し、二人の身体が〈普通なら立っていられない角度まで斜め〉になったところで完全に暗転し、幕。（菊地浩平）

小林志郎《こばやししろう》　一九三六〈昭和十一〉・八〜。演出家。別名鬼島志郎。長野県出身。東京学芸大学教育学部卒業。劇団「鷹の会」演出部、国立劇場勤務を経て、ミュージカルや日本舞踊の作・演出を手がけ、母校で演劇教育に従事。代表作に『日神子、吾はもよ女にしあれば』『カモメの少年と長老と巫女』『銚子娘道成寺』など。有明教育芸術短期大学終身名誉学長。（小原龍彦）

小林宗吉《こばやしそうきち》　一八九五〈明治二十八〉・八〜一九五一〈昭和二十六〉・七。劇作家。宮崎県宮崎市生まれ。慶應義塾大学出身。外務省に嘱託として勤務するかたわら、岡本綺堂に師事し劇作を続けた。翻案劇『女優奈々子の審判』『剣客商売』は新国劇で繰り返し上演される人気作品となったほか、『愛の花形株』など松竹家庭劇にも多くの作品を提供した。一時新興キネマの脚本家も務めた。戯曲集に『弥栄村建設』がある。（星野高）

小林多喜二《こばやしたきじ》　一九〇三〈明治三十六〉・十〜三三〈昭和八〉・二。小説家。秋田県北秋田郡下川沿村（現・大館市）生まれ。一家は一九〇七年に伯父を頼って小樽に移住。二一年に伯父の援助で小樽高商入学、二四年に卒業して北海道拓殖銀行小樽支店に勤務、同人誌を創刊主宰した。ゴーリキーの作品などを通じてプロレタリア作家を自覚し、「文芸戦線」（一九二七・2）に戯曲『女囚』を発表した。ゴーリキーの『どん底』の模倣作。（大笹吉雄）

こばやしひろし《こばやしひろし》　一九二七〈昭和二〉・四〜二〇一一〈平成二十三〉・二。劇作家・演出家・

劇団はぐるま主宰。本名小林宏昭。岐阜県生まれ。龍谷大学卒業。五四年、地方文化の拠点作成のために岐阜市に劇団はぐるまを結成、一九五五年四月に岐阜県教育会館で試演会を行なう。五九年、劇団初の創作劇として『風化』を上演。六五年、農民の苦しみを描いた『郡上の立百姓』(『郡上一揆』を改題)が訪中新劇団のレパートリーとなり北京で上演される。『新島の飛騨んじい』(二〇〇一年初演)など地方に根差した作品や、反戦思想を明確にした『カンナの咲き乱れるはて』(一九八七年初演)、『黄土にとけゆく赤い赤い陽は』(九〇年初演)、『長江よ私たちの日々を忘れないでくれ』(九〇年初演)など、故郷と兄を亡くした戦争体験にスポットを当てた作品を書き続けた。岐阜市民栄誉賞受賞。

❖**『郡上の立百姓』**《ぐじょうのたちびゃくしょう》 二幕十三場とプロローグ、エピローグ(一九六五年、第二次訪中新劇団により中国・北京の首都劇場で初演)。「郡上一揆」として知られる、宝暦年間に岐阜県の郡上地域で起きた事件を題材に、農民と庄屋、藩主の力関係の中で、生活に苦しむ農民の姿を描いた作品。厳しい年貢の取り立てに苦しむ農民たちに、さらに厳しい料率が実行されることを知った農民の頭領・定次郎は、仲間を集い、百姓の意地にかけて江戸へ行き、直訴をする。牢へ押し込められ、帰っては来たものの、まだ制度は改まらず、切り崩しに遭って脱落する仲間もいる。そんな中、弟の宇吉に妻のかよ、母親と子供を託し、志を同じくする仲間の四郎左衛門、市蔵とともに再び江戸へ直訴に行くが、願いは果たされず、打ち首になる。藩主は農民を騒がせた罪で改易となり、定次郎の行為は義民として命は落としたが報いられるのであった。二〇〇〇年秋には、緒形直人の主演によって『郡上一揆』として映画化された。（中村義裕）

小林勝《こばやしまさる》 一九二七〈昭和二〉・十一〜一九七一〈昭和四十六〉・三。詩人・小説家。朝鮮慶尚南道生まれ。早稲田大学露文科中退。一九四五年に特攻要員として陸軍航空士官学校に入学するが、敗戦により復員。四八年に日本共産党に入党し、五二年六月の新宿駅前の朝鮮戦争反対の「火炎ビン闘争」に加わり逮捕、投獄される。少年時代を朝鮮、満州という植民地で過ごした体験が後に極左冒険主義へと傾斜し、戦後最初の実刑を受けた作家となった。服役中に『檻』を執筆。五八年、共産党時代の経験をもとに代表作『断層地帯』を発表。六〇年、東京・砂防会館ホールで宇野重吉の演出、信欣三《しんきんぞう》、大森義夫、佐野浅夫らの出演で劇団民藝により上演された『檻』によって、第六回新劇戯曲賞を受賞。六一年、党の規律に背いた共同声明に参加し、日本共産党を除名される。七一年、腸閉塞のため死去。

❖**『檻』**《おり》 一幕十二場。昭和三十年代秋のある刑務所が舞台。泥棒、強盗、ぎっちょ、せむし、元特務機関大尉、同軍曹などの服役者たちと、特別警備官や看守などの役人たちの刑務所での日々を描いた作品。作者が獄中で執筆したものであり、収監されている人々の姿が活写されている。強盗と男娼の泥棒のカップルや、元特務機関の所属者などの受刑者の個性が、戦後十年以上を経た当時の世相を反映している。元特務機関大尉は支那にいた折に大量の阿片を隠し、それを元に出所後は新たな仕事を始めると同房に収容されている仲間に持ちかけるが、当時の記憶を喪失していた軍曹が収監され、刑務所の中で当時の記憶を思い出す。一方、看守の頭の中には、自らの手で死刑に処した三人の戦犯の亡霊が棲みついているなど、格子の内側にも外側にも内面的問題を抱えた人々を描いている。〈自分の人生は自己嫌悪と恥だ〉と語った作者が、登場人物に左翼批判を言わせている台詞に、当時の社会情勢を窺うことができる。（中村義裕）

コビヤマ洋一《こびやまよういち》 一九五九〈昭和三十四〉・八〜。俳優・劇作家・演出家。本名小檜山洋一。東京都生まれ。立教大学経済学部経済学科卒業。状況劇場を経て、一九八七年、新宿梁山泊の旗揚げに参加、スキンヘッドに巨軀という身体的特徴を生かして、常に劇団の中核を担う役者として活躍する。八九年『風枕――帝都篇』では劇作を手掛け、以後、『リュウの歌』(一九九二)、『空の城』(九五)、『夜の一族』『梁山泊版四谷怪談「十六夜の月」』(九六)、『梁山泊版「どん底」桜貝篇』(二〇〇四)、『月光の騎士』(〇七)と立て続けに脚本を執筆、鄭義信《チョンウィシン》が去った後の新宿梁山泊を座付作者として支えた(すべて金守珍演出)。二〇〇八年に退団後は、自分の戯曲を舞台化するためのユニット「路地裏月光堂」を結成、自らの演出・出演で『時の女』(一一)などを発表している。他に、特異なキャラクターを買われてのCM・映画出演も多い。弟は能楽師、観世流シテ方の小檜山浩二。

❖**『リュウの歌』**《りゅうのうた》 序幕と幕間狂言つきの三幕。時は現代。高層ビルに囲まれた〈立ち入り禁止〉のゴミ捨て場に、天高く段ボールを積んで根城にしているホームレスたち。彼らはビルから不法投棄される食物などで生活している。美しい声で歌い、皆に慕われる少女リュウは、こうして赤子のときに空から降ってきて、〈城〉の主リョクサイに育てられたが、原因不明の死病を患っている。そうこうするうち、街の保健所員たちが登場、彼らに消毒剤を撒布、ホームレスの一掃を図り、リョクサイを拉致したため、リュウたちはリョクサイ奪還に保健所に乗り込む。格差社会の底辺で生きる人々へのシンパシーを表明した作者らしい作品。やはりリョクサイに育てられたという保健所所長などには唐十郎初期作品の影響が色濃い。二〇〇六年に韓国・釜山で翻訳上演(イ・ユンジュ、李潤澤《イ・ユンテク》共同演出)され、〇七年には同メンバーで日本公演も行なわれた。また、新宿梁山泊の再演(二〇〇八)でも李潤澤が演出を担った。一四〜一五年にもチョ・スンヒ演出で再び釜山とソウルで上演されるなど、韓国での評価が高い。（七字英輔）

小堀甚二《こぼりじんじ》 一九〇一〈明治三十四〉・八〜一九五九〈昭和三十四〉・十一。鉄道技師・社会運動家・作家。福岡県生まれ。芝浦製作所、門司鉄道局に勤務。一九二六年三月「解放」に『或る貯蓄心』を発表、同年七月「文芸戦線」掲載の『転轍手』が、地方の鉄道の転轍手の心理と反逆心と狂気の間にある不安を描き、評価される。「文芸戦線」には二七年に『塔』、諷刺喜劇『パルチザン』、二八年に『血と花』を発表するなど、プロレタリア文学の劇作家として期待された。荒畑寒村が高く評価していた。（神山彰）

小堀鉄男《こぼりてつお》 不詳〜二〇一〇〈平成二十二〉年。劇作家。京都府出身。山城高校事件を劇化した『渦』三幕六場(「テアトロ」一九六〇・4〜5)が、一九六〇年、関西芸術座により岩田直二の演出で大阪・朝日会館にて上演される。寺山修司『血は立ったまま眠っている』(「文學界」一九六〇・7)や石原慎太郎『狼は生きろ豚は死ね』(「中央公論」同・5)などとともに第六回新劇戯曲賞(現・岸田國士戯曲賞)ノミネート。
【**参考**】『春雁逍遥　小堀鉄男小堀和子遺稿集』（小原龍彦）

小松杏里《こまつあんり》　一九五七〈昭和三十二〉・二～。劇作家・演出家。東京生まれ。明治大学入学後、駿台演劇研究部・劇団螺船を経て、一九七六年に演劇舎蟷螂を結成。美加理、大鷹明良、原幸子〈現・サチ子〉ら人気俳優を擁し、作・演出を手がける。九二年に、演劇プロジェクト月光舎を主宰し、神奈川県を拠点に活動。二〇一五年より、久留米シティプラザにてドラマアーツ・ディレクター。代表作として『銀幕迷宮《キネマ・ラビリンス》』『レプリカ』『眠れぬ夜のアリス』『啼く月に思ふ』など。戯曲集に『小松杏里・劇本』『莫/月の兎』『おとぎげき』〈いずれも而立書房〉がある。　（小原龍彦）

小松幹生《こまつみきお》　一九四一〈昭和十六〉・三～二〇一六〈平成二十八〉・八～。劇作家。高知県安芸市生まれ。検察官になるべく東京大学大法学部進学を志すが叶わず、早稲田大学文学部演劇科へ進む。同級生には長塚京三や逸見《いつみ》政孝《まさたか》らがいて、歌舞伎や能楽、文楽などの観劇や研究にいそしんだ。一九六七年の卒業時に演劇雑誌「テアトロ」就職への推薦があり、面接試験のために福田善之の『袴垂れはどこだ』を観劇したのが現代劇との初めての出会いだった。「テアトロ」編集部では野村喬の下で特集を企画するかたわら東芸劇場のプロデューサーからの依頼で七四年に『デスマッチ連歌』を書き下ろして劇作家デビューした。以降年二～三本のペースで新作を書き下ろしていく。本物のバス車両を使った演出が話題となった『雨のワンマンカー』〈一九七六〉、人生半ばで生きる意味に迷う男たちを不倫関係から見つめた『心猿のごとく騒ぎ』〈八〇〉、二人芝居の『スラブ・ディフェンス』〈八二〉など等身大の男たちを独特の批評眼と歌入り芝居で戯画化していく。その批評眼は社会へも向けられ、桜並木の自然破壊を汚職に絡めて描いた『ブラック・ドッグ』〈八七〉、大型団地の自治会総会を借りて靖国問題の空虚な議論を笑い飛ばした『神前会議』〈八八〉、チェーホフの『桜の園』を下敷きにした『雨降りしきる』〈九三〉、原発誘致運動を題材にした『プロローグは汽車の中』〈九六〉、明治の民権運動を扱った『人形の夢ひとの夢』〈二〇〇六〉などを発表していく。一方、七七年に青年座の依頼で脚色した水上勉の『ブンナよ、木からおりてこい』がヒットしてからは名作の脚色依頼が増え、劇団仲間『モモと時間どろぼう』〈八四〉、劇団文化座『青春デンデケデケデケ』〈九三〉、明治座『風の砦』〈二〇〇二〉、人形劇団プーク『ピノッキオ』〈〇三〉など、独特の切り口から名作に光をあて、分かりやすく楽しい芝居に仕上げる才能も発揮する。九一年に「テアトロ」編集部を離れて劇作家に専念し、二〇一四年に書き上げた金華原作の『兄弟』で、創作劇と脚色台本合わせて百本の偉業を達成している。このほか一九九三年の発足時から日本劇作家協会に参画し、出版部の代表として若手劇作家の戯曲を活字にするため、一九九五年に「新人戯曲賞」を創設。審査員を務めるほか最終候補作の出版化にも尽力。

❖**『雨のワンマンカー』**《あめのわんまんかー》　一幕。劇団レクラム舎が赤石武生の演出で鈴木弘一、臼井正幸、江幡連、南部友美、羽田衣壬子らの出演によって一九七六年に初演。雨が降る夜の路線バス。車窓の風景がいつもと違うことに気付いた乗客が声を上げ、車内がざわつき始めた。停車ランプを押してもバスは止まらず、文句を言うと運転手は急ブレーキと急発進などの操作で対抗してきた。乗客はバスを止めるために運転手にスパナで襲いかかるが、巧みな運転操作でかわされてしまう。乗客は歌を歌ったり色仕掛けをしたりするが、バスは暗闇の中をひたすら突き進むのだった。

❖**『スラブ・ディフェンス』** 一幕。演奏舞台が久保田猛の演出で山下貞夫、野口聡／宮川明（Wキャスト）の出演で一九八一年に初演。警察の取調室。逃走中の爆弾魔について情報を持っていると疑われた男を尋問する一人の刑事。実は高校時代の学園紛争で対峙した因縁の二人でもあった。取り調べはやがて二人の妻と爆弾魔の女の話へとすり替わり、愛の不在に神経をすり減らしている中年男の病んだ姿が浮かび上がっていく。

❖**『人形の夢《にんぎょうのゆめ》ひとの夢《ひとのゆめ》』** 一幕八場。木山事務所が三輪えり花の演出で、平田広明、林次樹、吉野悠我、水野ゆふ、内田龍馬、田中貴子らが出演し、二〇〇六年に初演。明治二十二年の土佐・高知。自由民権運動の活動家が使命を帯びて東京から故郷へ帰ってきた。男を追ってきた人妻、故郷で男の帰りを待っていた女との鞘当てを絡めて物語が進む中、活動家は兄が参加している地元の人形劇団が上演する芝居の最後に出演するチャンスが訪れた。活動家は個人の自由と社会の変革への夢を語りだす。　（杉山弘）

小松原健吉《こまつばらけんきち》 劇作家。大正期末の「新興芸術」時代に活躍。『鞄の悲劇』『愛は滅びず』などが『新興戯曲叢書』1巻（人と芸術社）に所収。戯曲集に『鞄の悲劇』（人と芸術社）がある。

［**参考**］金子光晴『三界交友録』（新評社）（神山彰）

ごまのはえ 一九七七（昭和五十二）・三〜。劇作家・演出家・俳優。大阪府枚方《ひらかた》市生まれ。本名多賀浩治。佛教大学在学中に劇団「紫」で演劇を始める。一九九九年、京都市でニットキャップ・シアターを代表として旗揚げ。二〇〇四年に『愛のテール』で第十一回OMS戯曲賞大賞、〇五年に『ヒラカタ・ノート』で第十二回OMS戯曲賞特別賞受賞。モテない男、事故で大けがを負った女など、鬱々とした若者を主人公に切ない恋模様を、生活感あふれるギャグやユーモア、身体表現や音楽を織り交ぜて描いた。一方で、特定の土地の歴史に焦点をあて、チェーホフの一幕劇を下敷きにサハリン島の日本人住民を三世代にわたって扱った『チェーホフの御座舞』（二〇一〇）、出身地の枚方市の偽史を「古事記」に倣って壮大に物語った『ピラカタ・ノート』（二〇一一）など、社会的・歴史的なモチーフを追求する。

❖**『ヒラカタ・ノート』** 二〇〇四年に京都芸術センター1Fフリースペースで初演、第十二回OMS戯曲賞特別賞受賞作品。ヒラカタの団地に暮す信夫を主人公に、同級生かづえの死と、その後の信夫の十年ほどが描かれる。高校時代、モテない信夫はかづえに広場のベンチで、よく恋の悩みを聞いてもらった。夏の一日、かづえはトラックにはねられる。即死したはずが、砕けた体をひきずり、そのベンチにたどりつく。深く信夫を思っていたにちがいない。女性の朗読で凄惨なようすが語られ、コロスが複数の「かづえ」を身体表現で演じる。その後の信夫の生活は男性の朗読、コロスをまじえた演技で描かれる。大学進学をあきらめた信夫は家出してバイトし、風俗で性病をもらって、実家にもどる。若い男の性が滑稽に描かれる。幕切れで、引きこもっていた信夫はかづえを思い出し、ベンチのかたわらにぼうぜんとたたずむ。かづえの思いをようやく悟っても、もう取り返しはつかない。　（太田耕人）

小山祐士《こやまゆうし》　一九〇六〈明治三十九〉・三～一九八二〈昭和五十七〉・六。劇作家。広島県生まれ。音楽家を目指し中学卒業後に上京するも、慶應義塾大学法学部に進学。在学中よりサークルである演劇研究会に参加。同人誌「舞台新声」にかかわりペンネームで習作を発表。井伏鱒二の紹介で岸田國士の知遇を得る。大学卒業後は、機械会社の営業部に勤務するかたわら、同人たちと共に「劇作」を創刊（一九三二）。その号に小山浩次のペンネームで『翻へるリボン』を発表。翌年、本人が処女作のつもりで書いたという『十二月の街』を本名で「劇作」に発表。改題した『十二月』が築地座にて上演される。この頃からラジオドラマも書き始める。そして、初めて瀬戸内の方言で書いた『瀬戸内海の子供ら』（三四）を発表。翌年、同じく築地座にて上演。この作品によって作家としての地位を築く。岸田國士からは「瀬戸内海が生んだ有数の詩人」と激賞される。また第二回芥川賞の候補となり受賞作として新聞報道もなされるが、戯曲は選考対象からはずれていたため受賞はしなかった。そのため第二回芥川賞は、該当作なしとなる。代わりに『魚族』（三六）を「文藝春秋」に発表。その後、製薬会社の文化事業部に転職。仕事をしながら、ラジオドラマと演劇作品を書く。戦争の拡大によって雑誌統合が行なわれたため「劇作」が廃刊（四〇）となる。四一年からはＮＨＫ嘱託となりラジオドラマの仕事が中心となる。他には移動演劇のための戯曲も執筆する。四五年に郷里の広島の福山に疎開。しかし、戦災に遭い岡山に再疎開をしているときに敗戦を迎える。

戦後最初の仕事としては、大西巨人編集の「文化展望」に『自由の悲しみ』という一幕の短編戯曲を寄稿したのが最初となる。長編戯曲は『海の庭』（四七）を「劇作」復刊号に。その後『小魔家の月』（四七）、『薔薇一族』（四九）を「劇作」に。『光っている女たち』（四七）を「悲劇喜劇」創刊号に。『蟹の町』（四五）を「日本演劇」などに寄せる。戦後も疎開した先に留まり、四年の間に十数本の戯曲と三十本近い放送劇を書く。四九年末に戦後はじめての上京をして、再び東京で活動を始める。上京後の活動は、しばらく商業演劇の台本のための脚色や、民間放送のラジオ局の開局にともない、ＮＨＫをはじめラジオドラマの執筆が主なものとなる。松竹が企画した初代水谷八重子の新派と杉村春子の文学座の合同公演として井伏鱒二原作の『本日休診』、獅子文六原作の『自由学校』の脚本、岸田國士と共作で『椿姫』の脚色などを八重子の現代劇運動の一環として手がける。白水社の「新劇」創刊（五四）のための編集委員となる。経済的な問題もあり、しばらく新劇の作品を書いていなかったため、戦後の処女作のつもりで原爆を背景にした、『二人だけの舞踏会』（五六）を書き俳優座によって上演される。その作品によって、新潮社の第三回岸田演劇賞を受賞。その後は新劇のための長編戯曲も再び手がけるようになる。後期の代表作には原爆文学として名高い『泰山木の木の下で』（六二）。原型はラジオドラマであった『神戸ハナという女の一生』。また、文学座のためにフィリピンへ出稼ぎした漁師たちを書いた『日本の孤島』（六三）は、劇団雲の結成による文学座の分裂事件に巻き込まれる。小山は上演延期を希望したが、決行される。結果としては好評を得る。『日本の幽霊』（六五）は、第二次日本新劇団訪中公演のために書き下ろされ、日本では劇団俳優座が上演する。数多くの作品が瀬戸内海の風景をモチーフとして描かれる。主要著書に『小山祐士戯曲集』（テアトロ社、全五巻）がある。

❖『瀬戸内海の子供ら』《せとないかいのこどもら》　三幕。「劇作」(一九三四・4)に掲載。舞台は瀬戸内海の美しい小島。百貨店の進出を境に斜陽のなかにある地元の商店。ある家族のゆるやかな離散の模様が描かれる。すでに結婚した長女とその夫は口争いが絶えない。長男は妻と離婚して他の女性と関係があるらしい。また父とは埋立地の売却で対立している。その母親は長男と離婚した妻との復縁を目論む。東京の会社で働く次男は出張でしばらく地元に滞在している。彼は女学校の教師と恋をしているが、母親は別のお見合いを進めようとする。実印が見あたらないと母親が騒ぐなか、長男の手によって埋立地は売却される。長男は弟のために東京に家を建てたいと言う。そして、彼自身は友達に誘われた満州へ行こうとする。相思相愛と思われた次男と教師の女性は、次男の友人であり、教師のかつての恋人が間に入りこみこじれる。彼との関係を誤解した次男は彼女をあきらめて、出張の終わりも相まって帰京しようとする。しかし、彼女はその男から暴力をふるわれて、どこかに旅立つことを次男は聞かされる。彼は彼女のもとへ向かう。最後は一家が別れの前に呼んだ写真屋が、玄関で声をかけるシーンで終わる。ゆるやかな人間関係と多面的な人々の群像。小山が影響を受けたチェーホフ作品のように、だれかが主人公というわけではなく、それぞれの情景が浮かぶ。『小山祐士戯曲全集　第一巻』(テアトロ)所収。

❖『泰山木の木の下で』《たいさんぼくのきのしたで》　二幕。当初は三幕として「新劇」(一九六二・1)に掲載。翌年、劇団民藝によって上演。瀬戸内海の小島に住む被爆した一人の老女。彼女はクリスチャンであるが、堕胎を秘密裏に生業とする。そこに刑事が訪れる。堕胎を望む人たちに請われて行ったことに理解を示すも、堕胎幇助の嫌疑で署へ連れていく。取調べのなかで堕胎を望んだものたちの理由が浮かぶ。老女に堕胎をお願いして、用が済めば逃げていったもの。堕胎の薬をもらったが出産を選択した女性。被爆者にとって、妊娠、そして堕胎か出産かを選択することが、世間体や家族関係のなかでいかに深い苦悩のなかにあるのか、原爆が残した爪痕が露わになる。取り調べをする刑事も、かつて広島に住み被爆して孤児となった。牧師の息子でありクリスチャンでもある。彼が別の町で買春している娼婦は、顔半面のケロイドを髪で隠している。刑事は娼婦に、自分も妻も被爆者で、生まれた子供は無脳症の奇形児であることを話す。そして、家族とは離れた町で暮らしていると告白する。娼婦は彼の行ないを戒め、家族とともに生きることを懇願する。その後、刑事は原水協の運動に参加したこと、自分の行ないを偽善と嘲る女性に取調中に手をあげたことがスキャンダルとなり、警察を辞職する。そして、苦悶の果てに家族と向き合い共に暮らすことを決意する。堕胎幇助の罪で裁判にかけられた老女は実刑が下るが、病院で看取られて生涯を終える。瀬戸内海の美しい島々と泰山木の木が繁る牧歌的な風景のなか、原爆の悲惨さを受け入れながら懸命に生きる人々を描く。『小山祐士戯曲全集　第四巻』(テアトロ)所収。

❖『日本の幽霊』《にほんのゆうれい》　三幕。「テアトロ」(一九六五・12)に掲載。戦時期から戦後にかけて、瀬戸内海の小島で、軍の毒ガス製造の工場に徴兵された地元の人々の悲哀を描く。静かな平和な暮らしであった島に軍の工場ができ、厳しい箝口令が敷かれる。地元のものは男性も女性もそこで勤労を強いられる。毒ガスの製造過程で働いているものの体には疾患が現われ、死亡事故も頻繁に起こる。その島に東京で暮らす親族が空襲を逃れて戻る。その娘は、毒ガス工場の事故で皮膚に大きなけがを負い、戦後に恋愛をあきらめて自殺する。戦後毒ガスの後遺症は人々をくるしめ、政府に保障を求めて議員となったものもいる。政府はそこを観光センターとすることを決定して歴史を隠そうとするが、原爆も含めて深い爪痕が残り続ける。静かな怒りが作品のテーマには横たわっている。『小山祐士戯曲全集第四巻』(テアトロ)所収。 (高橋宏幸)

今東光《こんとうこう》 一八九八〈明治三十一〉・三〜一九七七〈昭和五十二〉・九。作家・僧侶。横浜市生まれ。法名・春聴。弟に今日出海。兵庫県豊岡中学中退。一九一四年に上京し、「新思潮」に参加。二〇年代の新興芸術時代に「文芸時代」などで活躍。二九年に「プロレタリア作家同盟」に参加、戯曲『クロンスタットの春』を「戦旗」に発表。心座で『光秀の恋』(村山知義演出・美術)を上演。他に『生ける光秀』など。三〇年出家。戦後に直木賞受賞の小説『お吟さま』が、また、宝塚新芸座では「河内物」シリーズが、脚色され何度も上演された。 (神山彰)

今日出海《こんひでみ》 一九〇三〈明治三十六〉・十一〜一九八四〈昭和五十九〉・七。作家・演出家。北海道函館生まれ。兄に今東光。東大仏文科卒業。築地小劇場で演劇に熱中し、一九二五年に村山知義、河原崎長十郎らの「心座」に、二九年に中村正常、舟橋聖一らと「蝙蝠座」に加わる。三五年には崔承喜《さいしょうき》主演の映画『半島の舞姫』を制作。戦後は文部省の初代芸術課長となり、白洲次郎の仲立ちで吉田茂首相にGHQの検閲の無謀を訴え、芸術祭を創始。初代文化庁長官、国立劇場会長など歴任。演劇政策との関連での演劇文化史で重要な存在。戦中に長編戯曲『十二月八日』(「日本演劇」)。戦後に『本間雅春』(「講談倶楽部」)など。歌舞伎、新派の脚色、演出で活躍。 (神山彰)

近藤経一《こんどうけいいち》 一八九七〈明治三十〉・四〜一九八六〈昭和六十一〉・十。劇作家・小説家。東京生まれ。東京帝国大学文学部国文科卒業。高等学校在学時より武者小路実篤に私淑し倉田百三、千家元麿と「生命の川」を創刊した後、白樺の運動に参加。「白樺」に『ルクレシアー麗はしき人妻の死ー』(一九一七・6)や『明智光秀』(一九一八・3〜6)といった史劇を中心に戯曲を発表。また演劇の実践として長与善郎、小泉鐵とともに白樺演劇社を立ち上げ一九一九年に公演を行なった。一七年に出版した処女創作集『蒔かれたる種』を筆頭に多くの著作があるが、戯曲集としては『近藤経一脚本集』(第一編一九二〇、第二編一九二二)、『七年の後』(一九二二)があり、主に「白樺」で発表した戯曲が中心になっている。また一九年には有島武郎や武者小路らと共に『白樺脚本集』を刊行。二四年に渡米し、帰国後は日活での映画制作など映画関連の仕事に力を入れ始め、文藝春秋社から創刊された「映画時代」の編集者となる。その一方で昭和初期には小説家としても活躍し『愛欲変相図』(新潮社)などを出版した。晩年にはゴルフ評論家としても名を知られ、長き生涯を通じて多彩な分野において活躍を見せたといえる。

❖**『玄宗と楊貴妃』**《げんそうとようきひ》 一九二〇年七月、新潮社より単行本として出版された戯曲。五幕十場。二一年十月、帝国劇場における十三世守田勘彌の文芸座公演で上演された。初演は守田勘彌の玄宗、村田嘉久子の楊貴妃、東儀鉄笛の安禄山。玄宗皇帝の妃楊貴妃はその寵愛がありながら若き楽人と通じており、玄宗はそれを知りつつもどうすることもできない。天下を狙う安禄山は楊貴妃の密会現場を目撃し、楊貴妃を脅迫して自分の意に従わせる。妃の兄楊国忠を味方につけた安禄山は長安に攻め入り、玄宗は楊貴妃と兄を助けようとするも玄宗軍の兵が兄を殺害。楊貴妃は玄宗に罪を謝り自害し、すべてが報われなかった玄宗はその死骸にすがって泣き叫ぶ。（岡本光代）

今野勉《こんのつとむ》　一九三六〈昭和一一〉・四〜。テレビディレクター・脚本家。秋田県生まれ、四歳から高校卒業まで北海道夕張市。一九五九年に東北大学文学部を卒業し、ラジオ東京（現・TBS）に入社。TBSテレビ創成期を支える。六四年、『土曜と月曜の間』でイタリア賞（ドラマ部門最高賞）を受賞。『七人の刑事』など数々の名作ドラマやドキュメンタリーを制作するも、TBS闘争に参加し、七〇年に退社。村木良彦、萩元晴彦とテレビ番組制作会社の先駆となるテレビマンユニオンを設立し、代表取締役、最高顧問などを歴任する。ドキュメンタリーとドラマを融合させる手法で、『天皇の世紀』『欧州から愛をこめて』などを制作。九五年に『こころの王国——童謡詩人金子みすゞの世界』（NHK）で芸術選奨文部大臣賞を受賞するなど、受賞歴多数。九八年、長野オリンピックのプロデューサーとして会場演出・映像監督を担当。九八年から二〇〇五年まで武蔵野美術大学映像学科主任教授。演劇では、一九六四年に瓜生良介らによって設立された「発見の会」のために、『一宿一飯』（一九六六）、『エンツェンスベルガー「政治と犯罪」よりの幻想』（六七）、『千日島のハムレット』（佐々木守との共作、ひとみ座合同公演、六七）、『ソウル・フル・テロモグラ』（構成台本、七一）等、実験的な戯曲を執筆または構成した。

❖**『一宿一飯』**《いっしゅくいっぱん》　一幕。一九六六年九月、発見の会により東京・千日谷会堂にて初演。六七年十月再演、七九年一月再々演。黒、白、グレイの立方体で構成された舞台。中央の白い祭壇のような立方体の上に一台のテレビが置かれ、上演当日の実際のテレビ番組を映し出している。その映像と音声が流れる中、〈解説者〉が登場してプロローグを述べる。ただしこのプロローグは〈可塑的部分〉とされ、再演、再々演ではともに〈解説者〉が初演の台本を引用し、その場で修正を加えるというメタシアター的構成となっている（その修正もそれぞれの台本にあらかじめ書き込まれている）。その場で男A、男B、男Cの間でジャンケンによって配役を決める趣向だが、実はそのジャンケンも仕組まれていたことが後に劇中で明かされる。劇中劇風に演じられる劇は、明治から昭和にかけて実在した全国の炭鉱坑夫の相互扶助組織〈友子〉における失踪事件の真相究明をテーマとする。〈友子〉には、炭鉱事故による障がい者が〈奉願帳〉を持って全国の鉱山を回るといずれの鉱山でも一宿一飯を供されるという制度があった。男A演じる山口の祖父は落盤事故のため左半身付随となり、鉱山から鉱山への移動の際に送り人を必要とする〈送り奉願帳〉保持者となったが、男B演じる田中の父に北海道から秋田の鉱山に送られる途中で消息を絶った。その事件をめぐって、男A、男B、審判である女Aの間で劇中劇中劇風再現ドラマと推理が繰り広げられる。その過程で、田中の父もガス爆発で左半身損壊により死んだこと、少女時代の女Aを犯していた祖父がネズミに顔の左半分を食いちぎられて死んだことなどが語られる。劇中劇の階層と虚実が錯綜するなか、真相が明らかにされないままに幕となる。（岡室美奈子）

西光万吉《さいこう まんきち》 一八九五〈明治二十八〉・四～一九七〇〈昭和四十五〉・三。社会運動家。奈良県生まれ。本名清原一隆。筆名は生家の西光寺という寺院名による。部落解放運動の全国水平社の設立に関わり、共産党に入党。転向後は、国家主義の下で解放を目指す運動を行なう。戯曲は「解放」「プロレアリア芸術」「文芸戦線」などに発表。一九二三年に戯曲集『浄火』（一幕）を刊行、『ビルリ王』（六幕）と二編収録。倉橋仙太郎の「新民衆劇学校」に共鳴し、二四年『天誅組』を書く。他に三四年に親鸞を描いた『愛欲法難』、四一年に『青年冨田久助』（六幕）、『天保改革』（十一場）などがある。これらの作品は第二新国劇での大河内伝次郎や西田天香主宰の「すわらじ劇園」が上演。戦後にも、華岡青洲を題材にした『紀の国の田舎医者』（四幕六場）、『澤村辰之助』（八幕）、『不戦菩薩衆』（二幕）、『選挙と先生』（一幕）など多数の戯曲がある。『西光万吉著作集』第一巻（涛書房）に所収。『戯曲集 澤村辰之助』（解放出版社・一九九四・復刊）。

〔**参考**〕松本克平『日本社会主義演劇史――明治大正篇』（筑摩書房）

❖『**天誅組**』《てんちゅうぐみ》 二幕。『新民衆劇脚本集』（新民衆劇学校出版部）に所収。「新民衆劇団」に旗揚げ公演として、二四年二月に奈良県五条町の小学校で上演。その後、奈良県下を巡演。「討幕の哀話」と副題があるように、幕末の奈良県で起った事件が題材。序幕が代官の居間。二幕目が天誅組の本陣、桜井寺本堂。序幕が天誅組蜂起に際して誅伐された代官の悲話、二幕目が決起した天誅組側の隊士の哀話と作者のヒューマニズムに基き、歴史の両面を描く。主要人物だけでも二十人を超え、群衆の多い力作。（神山彰）

斎田喬《さいだ たかし》 一八九五〈明治二十八〉・七～一九七六〈昭和五十一〉・五。劇作家・画家。香川県丸亀出身。香川県師範学校、京都高等工芸学校卒業。成城小学校の教師を務めた後、児童劇団テアトロ・ピッコロで劇作・演出を務める。一九四八年、児童劇作家協会を設立して委員長（のち日本児童演劇協会会長）に就任。五五年『斎田喬児童劇選集』で芸術選奨文部大臣賞受賞。六一年には、前年度の優れた児童劇を表彰する斎田喬戯曲賞が設定された。（大笹吉雄）

斎藤豊吉《さいとう とよきち》 一九〇三〈明治三十六〉・一～一九七六〈昭和五十一〉・十二。劇作家。東京日本橋の商家に生まれる。十代の頃から文学に関心を持ち、詩人生田春月に師事。同人雑誌「純情」に小説・戯曲を発表した。一九二一年、東京童話劇協会の京都博覧会余興公演に参加。そこで知った石垣弥三郎（筆名山崎俊夫）の紹介で俳優山田隆弥の門を叩き、第二次舞台協会に加入。田川淳吉の芸名で新劇俳優として活動を始めた。同年十一月、倉田百三作『出家とその弟子』（帝劇）で初舞台。以後端役として舞台を勤めるかたわら、同協会と日活向島撮影所提携の映画『髑髏の舞』『血の婚礼』などに出演した。二五年八月、松竹の知人を頼り新派の井上正夫一座に加入し舞台監督を務めた。二七年四月、井上一座から初代水谷八重子が独立するとそれに伴い移籍。さらに二八年、舞台協会時代から親交の深かった岡田嘉子一座に転じ、三〇年にはシーク座を結成。浅草玉木座に拠った榎本健一等のプペ・ダンサントに合流し、作者兼役者として再び舞台に立った。三二年九月、経営の立て直しを図るムーラン・ルージュ新宿座の佐々木千里に呼ばれ文芸部に加入。以後三七年に退座するまで『二人の不幸者』

『にんじん』『煉瓦のかげ』など数多くの脚本を手がけ、文芸部長として同座初期の興行を支えた。三七年、菊田一夫に誘われ東宝入社。古川緑波一座の座付作家・演出家となった。第二次大戦後はラジオ、テレビの脚本家としても活躍。特にラジオドラマ『永遠に答えず』（一九五六）が映画化されたほか、テレビドラマ『日真名氏飛び出す』にも参加した。六一年、再興されたムーラン・ルージュに関わり、六六年には森繁劇団に『幸吉八方ころがし』を書き下ろし明治座で上演された。妻は女優の外崎恵美子《とざきえみこ》。

❖**『煉瓦のかげ』**《れんがのかげ》　一幕三場。一九三五年十二月、ムーラン・ルージュ新宿座初演。明治初めの銀座裏店を舞台に、維新後も庶民の間に根強く残る封建的な心性を諷刺した悲喜劇。

明治十年代の終わり、街路がまだ煉瓦敷きだった頃の銀座。髪結床を営む萩原せきの夫・市五郎は旧幕臣の用人で、いまだに前時代の主従関係を信奉し、毎朝、家康公の肖像画への礼拝を欠かさない。年頃の娘・千代と家族三人、生活を送っていた。そこへ、やはり貧苦にあえぐ旧主より東京の大学に通う息子・平馬の居候を依頼する手紙が届く。市五郎は反対する妻を押し切り喜んで平馬を迎え入れ、自ら働きに出て学費を捻出する。いつしか千代と平馬は結ばれ将来を誓い合う仲になるが、卒業が決まり、官吏として洋行に赴くことになった平馬は華族令嬢と婚約し、萩原家を去ってしまう。千代が平馬の子を身籠っていることを知った市五郎は、激しく泣く千代の横で主人から戴き物を賜ったと大喜びするのだった。

❖**『幸吉八方ころがし』**《こうきちはっぽうころがし》　二幕一一場。一九六六年五月、森繁劇団五周年記念作品として明治座で上演。永井龍男の小説の劇化。主人公の真珠王・御木本幸吉の生涯を森繁久彌が演じた。「第一幕」明治十三年、三重県志摩半島の鳥羽でうどん屋を営む御木本幸吉は働き者として知られ周囲の信頼も厚く町会議員に当選する。だが幸吉が輸出用真珠を産む阿古屋貝の乱獲を憂い、その養殖を企てると次第に村人から疎まれるようになってしまう。十年後、幸吉は赤潮の被害を乗り越えて遂に真珠の養殖に成功する。だが、直後に彼を支え続けた妻を失い、さらに、事業が軌道に乗りかかったところで、協力者だった娘夫婦から私利私欲に走っていると批判され袂を分かってしまう。「第二幕」昭和十五年、いまや銀座に店を構え大企業に成長した御木本真珠だったが、戦況の悪化に伴い真珠の養殖が禁止され、幸吉は息子の莫大な借金も引き受けることになり事業を縮小せざるを得なくなる。しかし幸吉はいつか世の中が変わると信じ、終戦告げる玉音放送を聞き終わると、事業再建に新たな闘志を燃やすのだった。（星野高）

斎藤雅文《さいとうまさふみ》　一九五四〈昭和二十九〉・九～。劇作家・演出家。東京生まれ。早稲田大学卒業。一九七九年より劇団新派文芸部に所属。八九年の『恋暦藤のおもかげ』に始まり、五作目の代表作『恋ぶみ屋一葉』で、九四年読売演劇大賞最優秀作品賞受賞。数多くの大劇場に作品を提供し、現在では商業演劇の貴重な作家の一人。『ある日どこかで』『大阪から来た女』『明治花の写真館』『マリー・アントワネット』『シャネル』『糸桜』など、いずれも劇場や役者の特徴や魅力を十分に引き出す作品として定評がある。脚色にも手腕を発揮。

❖**『恋ぶみ屋一葉』**《こいぶみやいちよう》　三幕十一場。一九九二年六月新橋演舞場初演。明治四十三年夏。樋口一葉の弟子前田奈津は一葉没後、「恋文屋」と称して吉原界隈で恋文の代書をしている。一方、売れっ子作家の加賀美涼月は、昔別れて死んだ芸者小菊を思い続けており、書生の草助にも芸者遊びを禁じているが、草助は桃太郎という芸者と恋仲になる。ところが、死んだ筈の小菊は川越の農家に嫁いでまだ健在、しかも設けた子供が草助だった事が解る。奈津は、小菊を涼月に会わせないようにし、また涼月に別れろと言われている草助と桃太郎を一緒にして川越に帰してしまおうと、桃太郎に頼まれた恋文を策略を練りつつ書く。涼月は結局、草助と桃太郎を許し、涼月と小菊も二一年ぶりで再会する。明治末の東京という時代状況を生かし、そこに息づく人間像を文壇と吉原を主な背景に生き生きと描いた傑作。初演の江守徹演出、杉村春子の奈津が好評で、以後も配役を替えて復演されている。（神山彰）

斎藤憐《さいとうれん》　一九四〇〈昭和十五〉・十二～二〇一一〈平成二十三〉・十。劇作家。本名安彦憐。朝鮮平壌生まれ。早稲田大学第二文学部露文科中退。一九六六年に俳優座養成所を修了。同年、串田和美、佐藤信、吉田日出子らと劇団自由劇場を結成。その後、佐藤らとともに演劇センター68を結成。『赤目』（一九六七）、『トラストDE』（六九）を発表。七一年に同集団を離れたのちは劇団に所属せず、串田和美らのオンシアター自由劇場や結城座、地人会などに書き下ろした。地人会の木村光一や佐藤が多くの斎藤作品の演出を手がけた。また、『6羽のかもめ』（七五、フジテレビ）や『大都会闘いの日々』（七六、日本テレビ・石原プロモーション）、『中学生日記』（七八、NHK）などテレビドラマの脚本や、『襲え！』（七八、監督・澤田幸弘）など映画脚本も手掛けている。井上ひさし、別役実らとともに日本劇作家協会設立に尽力し、役員を歴任。若い劇作家の育成や日本の戯曲集を海外に向けて発信するための出版事業に力を注ぐ一方、杉並区の区立富士見丘小学校で劇作家による「演劇を取り入れた総合学習」を実施するなど演劇普及のために幅広く活動する。地域の文化芸術活動の活性化をめざし、二〇〇五年にNPO法人劇場創造ネットワークを設立、理事長に就任。〇六年、NPO法人劇場創造ネットワークが杉並区立杉並芸術会館「座・高円寺」の指定管理者となったことから、劇場開館（二〇〇九）に館長に就任。芸術監督の佐藤信とともに公立劇場を中心とした地域振興に努める。『上海バンスキング』で八〇年に第二十四回岸田國士戯曲賞、『カナリア』で九七年に第三十二回菊田一夫演劇賞、『春、忍び難きを』で〇五年に第四十回紀伊國屋演劇賞、〇六年に第九回鶴屋南北戯曲賞を受賞。主な戯曲に『クスコ』『グレイクリスマス』『世紀末のカーニバル』。主な著書に『斎藤憐戯曲集』（全三巻、而立書房）、『昭和不良伝』（岩波書店）、『昭和名せりふ伝』（小学館）、『豚と真珠湾』（而立書房）、『星への切符』（三一書房）、『象のいない動物園』（偕成社）、『劇作は愉し』（ブロンズ新社）等がある。

❖**『上海バンスキング』**《しゃんはいばんすきんぐ》　一九七九年、自由劇場、演出・美術・串田和美、音楽・越部信義。二幕十一場。昭和十一年、ジャズマン・波多野四郎は新妻のマドンナこと正岡まどかを連れて上海の地に降り立つ。ジャズはもうやめてパリでホテル経営を学ぶために彼女の父で社長の正岡正治から大金を借りてやってきたが、実は上海で友人のバクマツこと松本亘とともにジャズバンドをやるつもりだったのだ。上海経由でパリへ行くつもりでいたマドンナだったが、上海到着初日にして騙されていたことに気づくものの、波多野とともに上海に残り、バクマツがつくった借金返済のために、彼らとともにクラブでジャズバンドを結成することになる。社長令嬢でジャズについては無知だったマドンナだったが、次第に歌を仕事とすることを誇りに思うまでになる。彼女の思いとは裏腹に、日中戦争が始まり戦況が激しさを増すにつれ、波多野は上海におけるジャズを取り巻く状況の悪化に耐え切れず、一人日本へ帰ってしまう。こうして二人の思いは常にすれ違う。二年後再び上海に戻ってきた波多野だったが、クラブの閉鎖によって演奏ができない喪失感から阿片に手を出し、終戦を迎えた時にはすでに手の施しようのない中毒状態に陥ってしまう。病床の波多野にマドンナはすべてが夢で、たった今上海に着いたばかりだと励ますのだった。主題歌『WELCOME上海』(作詞・串田和美、作曲・越部信義)をはじめ、ジャズの名曲を含む劇中歌が多用され、俳優たちによる生演奏によって初演以来爆発的な人気を博し、繰り返し上演された。給料を前借り(バンス)しては刹那的に日々を生きるジャズメンたちの粋な姿を描いた祝祭的な作品のようであるが、彼らの享楽的な生活の陰で現地民の貧困が無視されていること、さらにそうした主従関係に日中関係を重ね、斎藤は波多野たちを冷ややかに突き放す。当時、ジャズのメッカだった上海とそこに集まってくる人々の野心を退廃的な美しさのなか描くだけではなく、戦争の存在を常に意識させる作品である。八四年に深作欣二、八七年に串田によって二度映画化されている。『黄昏のボードビル　斎藤憐戯曲集三』所収。

❖『**クスコ**』二幕十五場。主要人物は男十四名、女三名。ヤマータ王ヤマベには三人の息子がいる。第一王子アテノは次の王になることが約束されているにもかかわらず、女好きで臆病者。第二王子カミノは知能に遅れがあり、最もしっかりしているのは王座に遠い第三王子イヨノであった。アテノは武将タダヌシとクスコの娘ヨマを見初め、娶ろうと親子共々宮廷に招いたところ、母であるクスコに心を奪われてしまい、周囲の反対を押し切ってクスコを宮廷に引き入れる。王家の陰謀に巻き込まれ、父を失った過去から、当初、抵抗していたクスコだったが、アテノの愛を受け入れ、二人は離れられない仲になる。しかしこの状況を面白く思わない派閥の陰謀によってクスコは追放され、娘のヨマが后の座につく。八年後、ヤマータ王が亡くなり、アテノが王位を継承すると、クスコの罪を解くと自らの元に引き戻してしまう。ヨマは母共々アテノを恨み、殺害しようとしたため追放される。クスコは民衆も含め宮廷中を敵にまわしたため、イヨノを王位につけようと画策する勢力が起こるが、クスコは先手を打ってイヨノとその家族を殺害、精神的に追い詰められたアテノを上皇に据え、カミノを王にした傀儡政権を樹立しようとする。だが、実はカミノは優れた政策者で長年能力を偽っていたのだった。カミノによってアテノ一派は政治の表舞台から一掃される。最後、夫タダヌシにかつてのように田舎で慎ましく暮らそうと誘われるが、クスコは毒を煽って自害する。当初、強く、無償のものとしてあったクスコの愛が権力闘争に巻き込まれる中で利己的で暴力的なものへと変容していく様が描かれる。『クスコ－愛の叛乱－』(而立書房)。

❖『**カナリア**』一九九七年、東京国際フォーラム、演出・木村光一、制作・地人会。二幕九場。男十二人、女六人。詩人・作詞家・仏文学者の西條八十《さいじょうやそ》の生涯について、長女・嫩子《ふたばこ》の幼少期から晩年になって妻・晴子と死別するまでを描く。大正八年、西條八十は妻と生まれたばかりの長女と共に決して豊かとは言えない生活を送っている。大学の後輩で演劇をやっている伴田に大学講師の口を紹介されるが、英文科だったため気乗りせず、詩人会館を建てようと株にのめりこんでいる。八十の母・徳子が目を患ったことから同居を始めるが、相変わらず生活よりもランボー研究を優先する毎日である。そんな折に大正十二年、関東大震災が起き、時を同じくして次女・彗子がわずか三歳で病のためこの世を去る。傷心の八十に対し、晴子は本格的にフランス語を学ぶべくパリへ行くよう勧め、全財産を託す。八十が華やかなパリの文化を満喫している時、晴子は長男・八束を産む。二年半の留学を終え、昭和へと時代が変わった日本に帰国した八十は早稲田の仏文科で教鞭を取る一方で、歌謡曲の作詞家として次々とヒット曲を世に送り出し、なかなかランボー研究に専念できない。そんな中、八十は歌手志望の美少女・千代子と出会い、関係を持つ。その後、母の死、戦争の激化と友の死、等、八十と彼の詩を巡る状況は変化していくが、晴子は一貫して彼を支え続ける。嫩子はそんな母の思いに応えず、他に女をつくり、ランボー研究よりも歌謡曲にばかり専念する父を責める。空襲で焼け出され、家を失った八十一家だったが、終戦後またしても晴子の奮闘によって成城に家を構えると、再び名曲を世に送り出すのだった。ようやくランボー研究に専念し、研究書を完成させたのは、晴子が死んで数年後のことだった。物語の途中、『カナリア』や『蘇州夜曲』など代表曲や詩が挿入される。『カナリア―西條八十物語―』(而立書房)。

❖**『春、忍び難きを』**《はるしのびがたきを》 二〇〇五年、俳優座劇場、演出・美術・佐藤信、劇団俳優座公演。二幕六場。男八人、女五人。長野県松本市近郊の里山にある庄屋・望月多聞の家が舞台。一九四五年の冬から数年間、多聞の家を出入りする人々を描く。多聞には三人の息子がいるが、戦地に赴くなどで戦中田畑は残された女たちが中心となって守ってきた。敗戦を迎え、三男・三郎が満州から戻り、次いで朝鮮で林業を営んでいた長男・太郎が妻と子どもとともに戻ってくる。次男・二郎は戦死したが、妻・よし江は多聞の母・トメ、妻・サヨとともに変わらず陰ながら望月家を支えている。多聞には長女・清子がいるが、彼女は田舎を嫌い東京暮らしをしている。しかし食糧難から夫で大学教授の葛西芳孝を松本にやり、援助を得ている。敗戦の瞬間にGHQによる統制、農地改革が推進され、多聞を取り巻く状況は刻々と変化している。戦中、多聞は朝鮮人の拉致強制労働に関与していた。かろうじて罰せられはしなかったものの、領地は切り崩され、息子たちは自分の思い通りに動かず、最後は寝たきりの状態になってしまう。三郎はよし江と結婚し、家を継ぐよう多聞に説得されるが、断り東京に出る。太郎は家督を継ぐ意思はあったが、多聞の信頼を得られず、やはり上京することになる。望月家の男たちは野心だけはあるがどこか頼りない存在であり、一方で国政の変化に振り回されることなく、地に足をついて淡々と生活を営む女たちが対照的に描かれる。第四十回紀伊國屋演劇賞受賞。『春、忍び難きを』(而立書房)。

(梅山いっき)

佐江衆一《さえしゅういち》 一九三四〈昭和九〉・一～。小説家・劇作家。東京都生まれ。一九五三年、中央労働学院文芸科卒業。六〇年から小説の執筆を始め、社会の暗部や人々の日常生活を描いた作品を次々に発表する。七五年『困った綾とり』、八〇年『わが屍は野に捨てよ』

が吉兼保の演出で文学座により文学座アトリエにて上演。九七年、自らの小説『黄落―こうらく―』が劇団民藝の北林谷栄の脚色で、劇団民藝により池袋・サンシャイン劇場にて上演された。

[**参考**]『江戸職人奇譚』〈新潮社〉　（中村義裕）

三枝和子《さえぐさかずこ》　一九二九〈昭和四〉・三～二〇〇三〈平成十五〉・四。作家。兵庫県神戸市生まれ。関西学院大学大学院修了。文芸評論家森川達也と結婚。小説家として著名で『処刑が行なわれている』など多数。同作は、『処刑―ing』のタイトルで、五十嵐康治脚色で青年座が一九七一年に上演。七〇年代から戯曲を発表し、『喪服を着た九官鳥』は青年座で七四年九月に五十嵐演出で初演、第十九回「新劇」岸田戯曲賞候補となる。戯曲集に『喪服を着た九官鳥』〈テアトロ社〉、『詩人と娼婦と赤ん坊』〈新潮社〉がある。また、狂言の現代語訳も手掛け『馬場あき子の謡曲集・三枝和子の狂言集』〈集英社文庫〉もある。テレビ・ラジオの脚本も書いている。　（神山彰）

三枝希望《さえぐさのぞみ》　一九六〇〈昭和三十五〉・五～。劇作家・演出家。本名西村希望。静岡県生まれ。大阪芸術大学舞台芸術学科で秋浜悟史に師事。一九八四年、劇団狂現舎を結成。『件・KUDAN』〈一九九〇〉で第六回テアトロ・イン・キャビン戯曲賞佳作。九三年、第一回兵庫県芸術奨励賞。車中生活で衰弱死した実在の老夫婦に材を取る『硝子の声』〈九六〉で注目を集める。九八年から劇団活動を停止し、焚火の事務所主宰。　（九鬼葉子）

酒井俊《さかいしゅん》　一九〇七〈明治四十〉～一九八二〈昭和五十七〉・八。脚本家・演出家。横浜生まれ。本名吉田俊男。立教大学中退後、一九二九年よりカジノ・フォーリー一座の脚本を執筆し、その後、笑の王国、ムーラン・ルージュ、デン助劇団、石井均一座などで脚本・演出を手がける。ムーラン・ルージュ時代には「新喜劇」に『古き士』を発表。また、新宿コマ劇場では程島武夫演出により『愛の小島』『うら町人生』などが上演された。　（岡本光代）

堺利彦《さかいとしひこ》　一八七一〈明治三〉・一～一九三三〈昭和八〉・一。思想家。福岡県京都郡生まれ。別名・枯川《こせん》。旧制一高中退後、「万朝報」記者となり、平民社運動、日本社会党結成、日本共産党入党〈後に離党〉などに生涯関わる著名な社会主義者。社会劇に関心を持ち、一時平民劇団とも称した曾我廼家五郎に接近し、戯曲『美しい悪魔』〈一幕〉を堺枯川の名で「ニコニコ」〈一九一五・一〉に発表、一九一五年三月新富座で上演。耳鼻咽喉科の医師の夫婦の三角関係を描く諷刺劇。

[**参考**]松本克平『日本社会主義演劇史――明治大正篇』〈筑摩書房〉　（神山彰）

サカイヒロト《さかいひろと》　一九七二〈昭和四十七〉・三～。劇作家・演出家・舞台美術家・映像作家・俳優。本名酒井宏人。京都府生まれ。大阪市立大学在学中より八ミリ映画製作を始める。一九九三年から九七年は劇団遊気舎に、九六年から九九年には劇団クロムモリブデンに参加。二〇〇〇年よりWI'REの名で活動。〇〇年に『ベジタブルキングダム』〈当時は酒井宏人、クロムモリブデン公演として上演〉で第七回ＯＭＳ戯曲賞佳作を、〇二年に『mju:::zikal』で第九回同賞大賞を受賞。　（金田明子）

榊原政常《さかきばらまさつね》　一九一一〈明治四十三〉・十一～一九九六〈平成八〉・三。劇作家。東京都生まれ。東京大学文学部仏文科卒業。卒業後、都立忍岡高等女学校で教鞭を執る。一九四六年から同校演劇部のために戯曲を執筆。同年『母に捧ぐ』、四七年『次郎案山子』、四九年『しんしゃく源氏物語』『外向一六八』を、いずれも自らの演出で忍岡高女により上演。五四年『花妖』を自らの演出で忍岡高校により一ッ橋講堂で上演。五〇年には『次郎案山子』が佐佐木隆の演出で文化座により、五二年には『しんしゃく源氏物語』が戌井市郎の演出で文学座により三越劇場で、五五年には安藤鶴夫の演出で矢車座により大阪・産経会館で上演されるなど、高校での上演後に商業劇団で上演された作品も多い。五七年『童話』、五九年『廬山夜雨』を自らの演出で忍岡高校により一ッ橋講堂にて上演。また、六二年には『国道の幽霊』を自らの演出で南葛飾高校が一ッ橋講堂にて、六五年には『糸糸心言《いとしいとしこころことのは》』を都立桜町高校が上演するなど、他の高校の演劇部にも作品を提供した。高校演劇作家の第一人者として、高校演劇の発展に尽力し、五五年から七一年にわたって全国高校演劇協議会会長を務めた。高校を退任後は、七八年『かまばら』が山本謙一郎の演出で、『袋の女』が森山周一郎の演出でグループ・スリーインワンにより高田馬場・東芸劇場、八六年には『末摘花の恋』が北原雅子の演出でグループはにわ・グループはずみ《はずみ》の共同公演として名古屋・名演小劇場にて上演されるなど、職業劇団へも作品を提供した。

［参考］『高校演劇戯曲選 X』（晩成書房）

❖『**しんしゃく源氏物語《しんしゃくげんじものがたり》（末摘花の巻《すえつむはなのまき》）**』 一幕四場。『源氏物語』の「末摘花の巻」と「蓬生の巻」を、現代の言葉にアレンジした作品。荒れ果てた館に住む醜女の「姫」は、源氏の君の訪れをひたすらに待っているが、食べることもままならず、右近、左近などの侍女たちも、次々に暇を取っては館を去ってゆく。おっとりとして気が利かない姫は、もはやボロと化した衣装をまとってはいるが、とうとう売る物もなく、仕える少将・侍従の母子は、諸道具ばかりか館までも売ろうと算段している。しかし、当の姫は意に介さず、源氏の訪れを待っている。そこへ、源氏の君が訪れたとの知らせが入る。たった一着残っていた、時代遅れの仕立下ろしの衣装を身にまとい、しずしずと源氏の君を迎えに出ようとする姫君。末摘花の哀れを、あえて喜劇的な側面から描いた作品。

❖『**花妖**』《かよう》 一幕。時代は特定されていないが、中国とおぼしきところ。リョウ老人は、都へ役人登用の試験を受けに行った息子・秋隼《シュウシュン》の知らせを待っているが、身体の具合が悪く、横になって隣家の老婆・サイと話をしている。そこへ、将軍に仕えるキュウがやって来て、リョウが丹精して育てた見事な牡丹を、姫が殊のほかに気に入ったので、金百枚で譲るように言うが、リョウはこの牡丹には特別な想いがあると、首を縦には振らない。それは、牡丹には花の精・香玉が棲んでおり、言葉を交わすのが楽しみだからだと言うが、他の人には見えない。香玉はこの世の者ではなく、やがて息を引き取った老人は、花の園で自由に香玉との会話を楽しむことができるようになる。試験に落ちた秋隼が帰って来た。再度、牡丹を譲れと交渉に来たキュウが、将軍の手下だと知った秋隼は、父の想いなど考えず、自分がこの牡丹を売り渡すことでコネを得て、試験へ合格すれば出世の道が開けると考える。そうした浅はかな考えを持つ秋隼を、リョウは懸命に諫め、その声が届くが、秋隼は目の前の自分にとって都合のよい可能性しか考えず、父の声に耳を傾けず、牡丹を運び出してしまう。（中村義裕）

坂口安吾《さかぐちあんご》 一九〇六〈明治三十九〉・十～一九五五〈昭和三十〉・二。作家・評論家。新潟県生まれ。東洋大学文学部印度哲学倫理学科卒業。小説では、純文学や歴史・推理ものを数多く発表する。エッセイでは、戦後発表した『堕落論』などで、無頼派の一人として脚光をあびる。戯曲は、生涯に『麓［戯曲］』(『新潮』一九三四・9)と『輸血』(『新潮』一九五二・9)という二本を残した。実際に上演される作品は、『桜の森の満開の下』など小説に範をとったものが多い。(高橋宏幸)

阪田寛夫《さかたひろお》 一九二五〈大正十四〉・十～二〇〇五〈平成十七〉・三。詩人・小説家。東京大学国史学科卒業。大阪市に生まれる。一九四四年出征、四六年六月復員すると学籍が東京大学文学部美学科に移っていた。四九年国史学科に転科。五〇年十二月、三浦朱門や荒本孝一らと第十五次「新思潮」を創刊、詩や小説を発表。五一年東京大学を卒業、朝日放送大阪本社に勤務。五八年、「新思潮」終刊。五九年、従兄の大中恩《めぐみ》の依頼で初めての童謡『サッちゃん』他一篇を書く。六二年朝日放送退社後はNHKテレビ『歌のえほん』『みんなのうた』の歌詞を以後十年にわたり手がけ、愛される童謡を数多生み出した。七四年『土の器』で第七十二回芥川賞受賞。また、次女・なつめ(大浦みずき、花組トップスター)が七二年に宝塚音楽学校に入学した縁もあり、少年時代より愛した宝塚歌劇に関する著書も多い。放送劇、ミュージカル台本多数。代表作は、ラジオミュージカル『わたしのキリスト(改題・イシキリ)』(一九六四)、放送劇『狐に穴あり』(同年)、同『さよならアンクル・トム』(六六)、同『花子の旅行』(六七)、ミュージカル『桃次郎の冒険』(七三、日生名作劇場)など。九〇年芸術院会員、その他受賞多数。

❖**『さよならTYO！』**《さよならとーきょー》 二幕。ロック・イン・ミュージカル。七〇年六月、オールスタッフプロダクション、劇団四季提携公演で初演。浅利慶太(演出)、いずみたく(音楽)、山田卓(振付)、阪田寛夫・岩谷時子(作詞)、金森馨(美術)。終電間際の地下鉄の車内。狂言回しの男が、会社員やBG、食堂のおかみ、キックボクサー、ヒッピーの男女や刑事といった様々な人々に話しかける。彼らは口々に自分のいる環境の閉塞感を訴え、まるで「ロックアウト」されているようだと歌う。すると突然巨大地震が起こり、彼らは地下に閉じ込められてしまう。行き場のない状況で人々は互いに本音を吐き出しぶつかり合うが、やがてその心が寄り添い始め、今この瞬間に生きていることに喜びを見出した瞬間、再び大きな余震が起こり、舞台には瓦礫の山と狂言回しだけが残る。早稲田大学坪内博士記念演劇博物館に上演台本所蔵。(村島彩加)

坂手洋二《さかてようじ》 一九六二〈昭和三十七〉・三～。劇作家・演出家。岡山県生まれ。岡山芳泉高校時代から映画製作に関わり、大学生らに混じって地元で自主上映会を開く。慶應義塾大学文学部に入学後、演劇研究会に所属するかたわら、山崎哲主宰の「転位・21」に俳優として参加、二年間在籍した後、慶大劇研のメンバーらと一九八三年に劇団燐光群を創立した。卒業論文は世阿弥を研究テーマとし、死者が生者とともに舞台に立つ設定など、従来のリアリズムに収まりきらない作風に影響を受けた。

坂手洋二は「社会派」と呼ばれることが多い。大韓航空機乗っ取り事件に材をとった『トーキョー裁判』(一九八八)、自民党本部襲撃事件の顛末を扱った『危険な話』(八八)など政治的現実とギリギリのところで想像力を展開した。八九年に上演され評判になった『カムアウト』はレズビアンの共同体の崩壊と再生を描いた問題作で集団の転機となった。それまで男優中心の燐光群が、女性を主人公にすることで、小気味よい台詞によるテンポのいい会話文体に変わったからだ。翌九〇年には『ブレスレス』を発表。街中に捨てられたゴミから人の生態を追求するという都市のドキュメントにオウム真理教による坂本弁護士の失踪事件を重ね合わせた。同作で坂手洋二は第三十五回岸田國士戯曲賞を受賞した。

坂手は時事的な事件にからめて物語を展開していくことが卓抜だ。沖縄を素材にした作品が多く、九七年に地人会に書き下ろした『海の沸点』は、沖縄国体の式典で日の丸焼き討ち事件を起こして上告された知花昌一をモデルにした。他に『沖縄ミルクプラントの最后』(九八)や『ピカドン・キジムナー』(二〇〇一、新国立劇場制作)などがあり、二〇一一年に青年劇場で上演された『普天間』(演出・藤井ごう)では辺野古から米軍基地移転をめぐる時事的な題材を取り上げた。『天皇と接吻』(九九)は「君が代・日の丸法案」が可決されたこともあって時宜を得た企画だった。この作品は平野共余子の同名の評論に触発されたもので、なぜ戦後のGHQが指導した映画には接吻シーンが奨励されたのか、また「天皇」は相変わらずタブーであり続けたのかを高校生の映画部が映画製作する中で描かれた。同作で坂手は読売演劇大賞の最優秀演出家賞を受賞する。

もう一つの傾向として、ドキュメント演劇の系譜があげられる。それがもっとも成功したのは、飛行機墜落のさいのボイスレコーダーに残された「声」をもとに再構成した『CVR』(〇二)である。この方法では、『ララミー・プロジェクト』(〇二)、デイヴィッド・ヘアー作『パーマネント・ウェイ』(〇五)や『スタッフ・ハプンズ』(〇六)等がある。

現実を素材としたものには、原発や地雷など、世界に散乱した問題を取り込む。9・11をドキュメント風に扱った『ワールド・トレード・センター』(〇七)、大滝秀治主演でダム問題の『帰還』(一一)、放射性廃棄物を取り上げた『たった一人の戦争』(一二)などがある。『カウラの班長会議』(一四)では豪州の捕虜収容所を題材にし、あまり知られていない歴史を掘り起こすことに腐心した。

他方で、坂手には「現代能楽集」と呼ばれる連作がある。九三年に書かれた『神々の国の首都』はラフカディオ・ハーン(日本名・小泉八雲)を素材に、現実と薄皮一枚で接する夢幻劇に仕立て上げた。このシリーズには、『アクバルの姫君』(九五)、『現代能楽集イプセン』(〇九)、『現代能楽集チェーホフ』(一〇)、『初めてなのに知っていた』(一四)などが挙げられる。

劇作家・坂手洋二は硬質な文体と理詰めのロジックで独自の境位を獲得しているが、同時に運動家としてもさまざまな領域で活動を広げている。とくに九一年から若手演劇人と「現代演劇連絡会」を開き、これは九三年に設立される「日本劇作家協会」の創設につながった(一五年まで会長)。演出者協会などにも深く関わり、演劇の社会的活動を前進させた。海外での活動も著しく、戯曲の翻訳、ワークショップ、劇団の海外ツアーなど、坂手の世界への雄飛はとどまるところを知らない。

演劇という道具は社会という他者と衝突し、その解決の糸口を探ることが、その時々のドラマとして顕現してくる。政治や社会性が否応なく前面に出るようになった二〇〇〇年代の日本で坂手の評価が高まってきたのは、けだし必然と言うべきだろう。現代日本の演劇界で、坂手洋二ほど多産で良質な舞台を創り続けている劇作家・演出家も珍しい。この間、坂手が獲得した演劇賞は、紀伊國屋演劇賞、読売演劇大賞、同文学賞、朝日舞台芸術賞、鶴屋南北戯曲賞など実に多岐にわたる。もはや日本を代表する「顔」といっても過言ではないだろう。

❖**『だるまさんがころんだ』** 初演は二〇〇四年二月、下北沢ザ・スズナリ。全二十一景から成る。地雷をめぐるいくつかのエピソードが並走するなか、日本の内外の問題が摑みとれる仕掛けになっている。〈二人の自衛官〉の景から始まり、〈組長〉一家、地雷をつくる〈家族〉、〈義足の女〉、アジアの〈村の物語〉の四つを軸に、〈空港〉での不発弾の爆発事故や〈地雷商人〉などが挿入される。各エピソードが絶妙に折り重なることで、次第に〈地雷〉を巡る危機的状況が浮かび上がってくる。とくに強烈な印象を残すのは、地雷によって次々と身体の部位を失なっていく〈女〉と若者の対話だ。頭以外のすべての部位が金属に変わってしまった身体は、想像しただけで、身も凍る質感を呼びさます。地雷を密かに製造しているサラリーマンの父とそれを小説化する娘の葛藤もまた笑いを誘う。この舞台に接すると、このテーマがわれわれの生活と地続きであることを知らされる。

❖**『屋根裏』**《やねうら》 二〇〇二年五月、梅ヶ丘BOXで初演。二十二景から成る。小さなマンションの部屋を改装したアトリエ空間をさらに小さく切り取り、ベニヤ板で小さな「屋根裏」を設えた。演出を兼ねる坂手は小さな空間をさらなる小さな空間を入れ子のようにはめこんだ。そこに多くの人が出入りし、通過する最小限の空間を設定するのだ。彼はここで、いじめで自殺した青年や、「ひきこもり」と言われる現代の病理を批評してみせる。劇中で〈俺たちの国がひきこもった〉というセリフが語られる。二〇〇〇年代の日本は、国家レベルでの目標を失ない、若者たちはケータイの世界に閉じこもり、他者との接触を避け、内側に「ひきこもった」。このセリフほど、今の日本を抉った言葉もないだろう。この極小ゆえに、九年間閉じこめられた「新潟監禁少女」の事件や、二十四年間「拉致」されてきた日本人の問題を想起させる。

❖**『ブラインド・タッチ』** 二〇〇二年、演劇集団円により、ステージ円にて初演。演出は国峰真。塩見三省、岸田今日子による二人芝居。二十八年間の刑期を終えた主人公は、獄中で知り合った年上の女性と獄中結婚する。が、いざ社会に復帰してみると、うまく馴染めない。何より二十八年間で、日本社会そのものがすっかり変わってしまったのだ。この劇では冤罪で逮捕され死刑を宣せられた活動家の生き方や支援者の実態、デッチ上げ裁判の仕組みなどが明るみに出される。他方、彼は活動家であると同時に、バリケードの中では伝説的なミュージシャンだった。だが彼は実は譜面すら読むことができず、いわば急場しのぎでピアノを乱打していたにすぎなかった。それが「盲打ち」つまりブランイド・タッチの所以である。出所後も、牢獄生活から解放されない彼は、ようやくすべてを告白することで自由になろうとする。弾けないピアノを乱打することで、あろうことか愛を告白するのである。政治劇とメロドラマが見事に合体した逸品だ。

❖**『最後の一人までが全体である』**《さいごのひとりまでがぜんたいである》 二〇〇二年、下北沢ザ・スズナリにて、燐光群で作者自身の演出によって初演。ある地方で懲戒免職になった元教官がいた。だが彼は学生の自治会から雇われて今でも職員宿舎に居住している。そこへ東京から演劇集団がやって来る。学園祭での招聘公演を行なうためだ。こうして時間は一九八七年当時と現在（上演時の二〇〇二年）とを往還し、さまざまな問題が叩きこまれる。学生の自殺、留学生への差別と不当な扱い、あげくは日の丸掲揚や君が代斉唱が義務づけられる学校教育。この危機の時代にあって、抑圧や権力は形を変えて持続している。たとえば、自分の教え子に訴えられた高校教師のエピソード。週休二日制になった学校では、今までいちばん活気のあった土曜日がまるで生気にないものになってしまった。生徒たちはまるで羊のように飼われている。〈土曜日の午後を返してくれ〉と悲痛に叫ぶ教師の声は、柔らかい管理体制の本質を抉り出した。（西堂行人）

阪中正夫《さかなかまさお》　一九〇一〈明治三十四〉・十一～一九五八〈昭和三十三〉・七。劇作家・詩人。和歌山県那珂郡安楽川村（現・紀ノ川市）生まれ。長野県蚕業講習所を卒業後、詩作に没頭し、詩集『生まる、映像』（明倫堂書店）、第二詩集『六月は羽搏く』（抒情詩社）を出版するまでになる。保田龍門の紹介で、それらの詩集を携えて岸田國士を訪ねたことがきっかけとなり、一九二六年演劇研究所の演出見習いとなる。二八年雑誌「悲劇喜劇」の創刊にあたって中村正常とともに編集を担当し、処女戯曲『鳥籠を毀す』を発表する。新興芸術派倶楽部同人、「蝙蝠座」への参加などを経て、三二年「劇作」創刊に際して同人として参加する。同年四月に戯曲『馬』が「改造」の懸賞作品として二等に当選し、文壇で注目されることとなる。習作期の戯曲が内省的で病人の空想や幻想が入り混じるモチーフが繰り返し扱われてきたのに対し、『馬』以降ファースの形式を志向するようになるにつれて作品世界も広がりをみせ、三四年の『田舎道』『ルリュ爺さんの遺言』（マルタン・デュ・ガアル作、堀口大學訳を紀州方言に翻案）では故郷の和歌山の農村を舞台にした牧歌的な戯曲を発表する。しかし、次第に表現上のリアリズムにとどまらず三七年『月の夜』では地主と小作の間の現実的な問題にも目が向けられるようになる。戦後はくるみ座など関西在住の演劇人と交流を深め、ラジオドラマも多く手がけた。

❖**『馬』**《うま》　三幕。一九三二年五月前進座により市村座で初演。演出・岸田國士。貧しい百姓の北積吉は年貢の代わりに何よりも大切な馬を校長の根来菊作のところへ預けることにするが、馬のことが気になって仕事に身が入らない。馬のせいで生活をかえりみない父親を見かねた長男の竹一は根来の厩に火をつけてしまう。農村が抱える現実的な問題が描きこまれているものの、どこかしら憎めない人物たちによる大らかな滑稽劇である。（阿部由香子）

坂本晃一《さかもとこういち》　一九〇四〈明治三十七〉～不詳。劇作家。昭和十年代から、初代大江美智子、不二洋子、金井修一座、関西の剣劇に書く。『阿里蘭の唄』『情怨おけさ小唄』『明暗振分旅』『神風』『朧月仇夢譚』、初代美智子最後の舞台『紅唇街』など。戦中は、昭和演劇文芸部、新生国民座に属す。大衆演劇コンクールに参加。戦後は浅香光代に『沖縄娘変化』『千姫行状記』『明暗だんだら染』、二世大江美智子に『ジキルとハイド』の翻案『地獄の顔』。小説に『若君日本晴れ』。初期テレビに『ふり袖剣法』など。（神山彰）

坂本さち子《さかもとさちこ》　一八九八〈明治三十一〉～不詳。詩人・劇作家。学習院大学卒業後、東京帝国大学で聴講生をしていたが、雑誌に投稿した詩が堀口大學の推薦を受け、一九三二年頃より新聞などにおいても女流詩人として頭角を現わすようになる。一方劇作家としては誌友として「舞台」に、ほぼすべての戯曲が掲載されている。戯曲処女作となる『エコー物語』（一九三一・7）から舞踊劇の『思残《おもいのこる》緑《ゆかりの》振《ふり》袖《そで》』（一九三四・9）など幅広い分野の戯曲が掲載された。（岡本光代）

阪本勝《さかもとまさる》 一八九九〈明治三十二〉・十〜一九七五〈昭和五十〉・三。作家・政治家。衆議院議員・兵庫県知事など歴任。兵庫県生まれ。東京帝国大学卒業。新聞記者となり、水平社運動に関わる。日本労農党の議員のかたわら、プロレタリア文学運動に加わり、小説『洛陽飢ゆ』のほか、一九三一年『戯曲　資本論』を日本評論社より刊行。『資本論』を劇化して啓蒙に資すという企ての珍しい作品。『新・プロレタリア文学精選集』（ゆまに書房・二〇〇四）に復刻されている。　（神山彰）

坂元裕二《さかもとゆうじ》 一九六七〈昭和四十二〉・五〜。脚本家。大阪府出身。奈良育英高等学校卒業。一九九一年、柴門ふみのマンガを原作とする『東京ラブストーリー』のシナリオで一躍脚光を浴び、『スタンド・バイ・ミー』舞台版脚本も手がける。つかこうへいに認められ、九二年『恋と革命　学習院大学の校舎裏』で舞台の作・演出。『Mother』『それでも、生きてゆく』『いつかこの恋を思い出してきっと泣いてしまう』など人気ドラマを手がけ、数々の受賞歴がある。戯曲作品に『不帰《かえらず》の初恋、海老名SA』『カラシニコフ不倫海峡』。　（岡室美奈子）

相良準《さがらじゅん》 一九〇五〈明治三十八〉・十一〜一九九二〈平成四〉・三。脚本家。三重県伊勢市生まれ。築地小劇場で俳優として活動した後、松竹下加茂撮影所で衣笠貞之助の助監督を務める。後に東宝へ移籍し数本監督を務めるが、東宝争議で退社。その後、本格的に脚本執筆に専念した。映画脚本は『薔薇いくたびか』、楠田清名義の『箱根風雲録』などがある。六〇年代には舞台の戯曲も手がけ、『恋獄』『中仙道アンタッチャブル・からくり峠』などが上演されている。　（岡本光代）

佐木隆三《さきりゅうぞう》 一九三七〈昭和十二〉・四〜二〇一五〈平成二十七〉・十。小説家・ノンフィクション作家。朝鮮・咸鏡北道《かんきょうほくどう》生まれ。本名小先良三。八幡製鉄の労働者作家として出発、沖縄移住の時期を経て社会派の雄たる地位を占めた。一九七〇年五月「現代演劇」に戯曲『真夜中の太陽』を発表、また第七十四回直木賞受賞作『復讐するは我にあり』を八〇年四月に自ら脚本化（「テアトロ」）、翌月紀伊國屋ホールで文学座により上演された。藤原新平演出、菅野忠彦・高原駿雄・新橋耐子・松下砂稚子らの出演で好評を得た。　（林廣親）

鷺沢萠《さぎさわめぐむ》 一九六八〈昭和四十三〉・六〜二〇〇四〈平成十六〉・四。小説家・劇作家。東京都生まれ。上智大学外国語学部除籍。一九八七年『川べりの道』で第六十四回文學界新人賞を、九二年には『駆ける少年』で第二十回泉鏡花文学賞を受賞。九八年、ラフカラット'98において『バラ色の人生』が高橋いさをの演出で新宿スペース・ゼロにて上演。二〇〇四年、没後に『WELCOME HOME!』が鷺沢萠プロデュース公演として小林英武の演出でウッディシアター中目黒にて上演。　（中村義裕）

佐久間崇《さくまたかし》 一九四九〈昭和二十四〉・六〜。劇作家・演出家。東京都生まれ。桐朋学園短期大学演劇専攻科修了。一九七二年『夢のまた夢撃ちてし止まん』が観世静夫の演出で日の出興行により六本木自由劇場にて上演。七五年『暗闇四重奏——陰にこもった活劇』『眠らぬめの子守唄』を日の出興行により南新宿・プーク人形劇場にて作・演出。七九年『日の出荘床下海流』を新橋・円稽古場、八九年『イエスタデイ』を西新宿ステージ円、九四年『県人会寮榎荘物語』を下北沢・本多劇場にて、いずれも自らの演出で演劇集団円により上演。　（中村義裕）

作間雄二《さくまゆうじ》　一九二九〈昭和四〉・十二～一九七五〈昭和五十〉・八。劇作家・演出家。東京都港区生まれ。明治学院専門学校中退。一九五五年から劇団文化座に在籍、三好十郎作品等に出演し演出家を志す。五九年、巡演先で出会った東北芸協連の活動家に触発され、同年文化座を退座し弘前に移住。六三年、弘前演劇研究会（後の劇団弘演）設立。『津軽謀反人始末』（一九六七、日本共産党創立四十五周年記念文芸作品戯曲部門佳作）、『おりん口伝』（六八、松田解子原作）等、劇作と脚色、演出を手掛けた。
[参考]『作間雄二戯曲集』　（大橋裕美）

桜井大造《さくらいだいぞう》　一九五二〈昭和二十七〉～。演出家・劇作家・俳優。北海道生まれ。早稲田大学在学中の一九七三年に翠羅臼《すいらうす》らと「曲馬舘」結成。以後、野晒しテントに拠りながら全国を旅興行し、主演俳優として活躍する。解散後、「風の旅団」を『東京マルトゥギ』で旗上げ。作・演出・俳優として過激な天皇制批判のテント劇を発表。十年間活動の後、九四年に「野戦の月」を結成。世紀末から新世紀にかけて台湾や北京の演劇人と連動して「海筆子」の活動を展開。著書に『風の旅団　転戦するパラム』『野の劇場』がある。　（西堂行人）

佐々俊之《ささとしゆき》　一九二五〈大正十四〉・一～二〇〇四〈平成十六〉・一。高校教諭。本名佐伯俊介。広島生まれ。広島高等師範学校（後の広島大学）卒業。雑誌「文芸首都」に加わった後、家と若者の考え方の違いを芝居に仕組んだ『若年』などを高校演劇のために書く。一九七〇年から全国高等学校演劇協議会事務局長を十二年間、「季刊高校演劇」の編集責任者を長く務める。主な戯曲に『暗い谷間』『食欲のないおはなし』『フルートを吹く少年』『きもだめし』。戯曲集に『試行錯誤』（青雲書房）など。　（柳本博）

佐々木憲《ささきけん》　一九〇七〈明治四十〉～一九六三〈昭和三十八〉。劇作家。昭和十年代、女剣劇の初代大江美智子一座文芸部に在籍。不二洋子、金井修一座、関西の林長之助一座にも提供。『親恋女道中』『春怨破れ笠』『夕立里恋峠』『姉御道中』など。『ソ満国境の歌』『靖国の家』などの「時局劇」も書く。戦後は、二世大江美智子に『蛇姫様』の脚色『奴の小万』、『白拍子剣の夢』。戦後は浅香光代と不二洋子共演の『巌流島の決闘』『花の素浪人』なども人気を博した。　（神山彰）

佐々木孝丸《ささきたかまる》　一八九八〈明治三十一〉・一～一九八六〈昭和六十一〉・十二。ペンネームは落合三郎および香川晋。僧侶の父・諦薫の任地、北海道川上郡標茶町生まれ。七歳の時に父の郷里・香川県綾歌郡国分町（現・高松市）に移住し、高等小学校を卒業。僧籍を嫌って通信生養成所に入り、一九一三年暮れに神戸本局に勤務した。勤めの合間に図書館で文学書を濫読し、大日本文学会発行の「文章講習録」をも愛読した。神戸で観た島村抱月主宰の芸術座の舞台に刺激を受けて一九一七年に東京・赤坂葵町電信局に転勤、アテネ・フランセに通ってフランス語を学んだ。一方、上京してすぐに大日本文学会の主宰者、島村民蔵を訪ねて詩人の佐藤青衣（誠也）を紹介された。佐藤を通して秋田雨雀の知遇を得たことが、その後の人生を決めた。雨雀らの脚本朗読会「土の会」に参加したのをはじめ、これを発展させての先駆座が結成されて旗揚げしたのが一九二三年、佐々木は俳優として舞台に立った。以後、トランク劇場、前衛座、左翼劇場、新築地劇団などを転々としながら俳優、演出家、劇作家として左翼演劇運動の中心部で活躍した。戦後は娘婿の俳優千秋実主宰の薔薇座に関係しつつ、老練な俳優として映画やテレビにも進出した。『地獄の審判』(千田是也・佐々木孝丸演出。一九二七・二。トランク劇場初演)や『長崎の鐘』(門馬隆演出。一九四九・三。薔薇座初演)など。戯曲集に落合三郎名での『慶安太平記後日譚』(鹽川書房)、自伝に『風雪新劇志』(現代社)がある。

❖『**慶安太平記後日譚**』《けいあんたいへいきごじつたん》 四幕八場。一九三〇年に新築地劇団が土方与志と隆松秋彦の演出、薄田研二《すすきだけんじ》、小沢栄太郎、丸山定夫、山本安英《やまもとやすえ》らの出演で初演。由井正雪らの慶安事件に高松藩を脱藩して参加した安藤兵吾を主人公に幕府側のその後の弾圧を逃れ、圧政に苦しむ農民たちが世直しを求めて立ち上がるまでを描いた大衆性に富む戯曲。(大笹吉雄)

佐々木渚《ささきなぎさ》 劇作家。二〇〇〇年代から、藤山直美主演作で大劇場向き喜劇を書く貴重な存在。『冬のひまわり』『気になる二人』『夢物語　華の道頓堀』『スーパー喜劇かぐや姫』など。(神山彰)

佐佐木武観《ささきぶかん》 一九二三〈大正十二〉・十二〜二〇〇〇〈平成十二〉・七。劇作家・脚本家。本名佐々木武観《たけみ》。岩手県大東町生まれ。札幌鉄道教習所普通科卒業。一九四九年、釧路鉄道局時代に『荒原地』が第一回国鉄文芸年度賞受賞。同年、劇団〈北方芸術座〉結成。後に劇作を志して上京、北條秀司の門下生となる。五七年『牝熊』で初めて大劇場における上演の機会を得る。以後、『脂粉の部屋』(同年十月)、『晩酌』(同年十二月)、『鰤の海』(五八年五月)、『密漁』(同年九月)、『神ッ子台風』(六一年十一月)などが新派で次々に上演。九五年『荻野吟子抄』で菊池寛ドラマ賞受賞、九八年十月新橋演舞場で『命燃えて』として上演。出自を生かし、東北や北海道に生活する人々を方言豊かに描いた。ほかに、『酒と女と槍』『断首の庭』『梅田雲浜とその妻』などの時代物がある。テレビ、ラジオの脚本も多数。自伝に『負けてたまるか——武観かけあしの記』(小松書店)。

❖『**牝熊**』《めすぐま》 三幕。武観自身が北海道阿寒の材木場に取材して書いた作で、原題『原始林』は一九五〇年に脱稿。五七年一月、北條秀司の薦めにより『牝熊』と改題され明治座で初演。おたきに市川紅梅(のち翠扇)、松造に大矢市次郎。演出・程島武夫、装置・河野国夫。東北の山奥、材木場の飯場が舞台。季節は秋。斧の音と人夫たちの山唄が遠くから聞こえるなか、炊事場で女たちが夕食の準備に追われている。四十三歳の炊事頭おたきは、「牝熊」とあだ名されるほどの豪快な女性であるが、暖かく、時には厳しく炊事場を切り盛りしている。そのおたきと五十六歳の飯場長松造の老年の淡い恋と、寛次と春子、高木とゆきの若者二組それぞれの激しい恋を描く。大詰で松造から結婚を申し込まれたおたきの、狼狽し泣き崩れて喜ぶ女性らしい姿が見もの。北の大地に生きる人々のたくましさを、生き生きとした台詞で描き出したところが作者の真骨頂。男七人・女五人。(熊谷知子)

佐々木守《ささきまもる》 一九四六〈昭和二十九〉・九〜二〇〇六〈平成十八〉・二。放送作家・脚本家。石川県能美市(根上町)生まれ。明治大学卒業後、ラジオドラマ作家デビュー。『絞死刑』(一九六八)などの映画脚本、『おくさまは18歳』(七〇)、『赤い迷路』(七四)などテレビドラマ脚本家として幅広く活躍した。戯曲に『千日島のハムレット』(六七)、『鬼道惑衆』(八七)などがある。(馬場広信)

笹原茂朱《ささはらもしゅ》 一九四〇〈昭和十五〉〜。演出家・劇作家。明治大学在学中に唐十郎と出会い、一緒に劇団状況劇場を旗揚げする。その後、唐とは別れ、一九六八年にシアター夜行館(劇団夜行館)を結成し、大八車に芝居の道具一式を詰め込み、阿修舞らと旅興行。各地で小屋掛け芝居を行ないながら、七三年に青森・弘前のねぷたに感動し、弘前に居を構える。以後、弘前に根差しながら、東京公演も続ける。代表作に『種族葬』『紅蓮童女』、著書に『巡礼記／四国から津軽へ』（日本放送出版協会）、『ねぷた祭り——明治・大正・昭和』（少年社）などがある。（西堂行人）

定村忠士《さだむらただし》　一九三二〈昭和七〉・一～二〇〇一〈平成十三〉・十。編集者・劇作家・評論家。福岡県生まれ。編集活動のかたわら「ぶどうの会」の文芸スタッフを務める。一九六五年に演劇集団変身で『退屈についての華麗なる三幕・猿人山田太郎の冒険』、六六年に劇団演劇座で『まぐだらの女』（第十三回岸田戯曲賞最終候補）、九七年には劇団民藝で『グラバーの息子——倉場富三郎の生涯』が上演された。（中村義裕）

佐々紅華《さっさこうか》　一八八六〈明治十九〉・七～一九六一〈昭和三十六〉・一。作曲家。東京・下谷生まれ。本名一郎。東京高等工業学校（現・東京工業大学）工業図案科卒業後、印刷会社や日本蓄音器商会に勤務。図案家として雅号・紅華を名乗る。一九一〇年東京蓄音器株式会社に入社、同社文芸部長としてお伽歌劇のレコード発売に携わる。一七年石井漠、沢モリノらと東京歌劇座を組織、草創期の浅草オペラのプロデューサー兼作詞・作曲家として活躍。浅草オペラ終息後もジャズ・ソングや流行歌を多数手掛け、洋楽に乗せたポピュラー音楽の普及に貢献。浅草オペラ時代の主な作品に『カフェーの夜』、お伽歌劇に『茶目子の一日』（作詞・作曲）、流行歌に『君恋し』『神田小唄』（以上、作曲）がある。（中野正昭）

佐藤紅緑《さとうこうろく》　一八七四〈明治七〉・七～一九四九〈昭和二十四〉・六。小説家・劇作家。青森県弘前生まれ。本名洽六。青森県尋常中学校中退。一八九二年に上京、新聞社を転々とする。当初俳人として知られた。一九〇二年頃より俳書の刊行、メーテルリンク、モーパッサンなどの翻訳に励み、白面子の名で「読売新聞」に劇評も執筆。〇六年『侠艶録』が新派の高田実一座により初演され評判となる。『雲の響』『潮』などの人気作、イプセン風の『廃馬』ほか数々の脚本を手がけ新派の黄金期、いわゆる〈本郷座時代〉を支えた。大正初期に作者を軽視する興行主に腹を立て新派を離れ、自ら新日本劇や日本座を率いて活動。草創期の日本映画にも関わり、吉沢商店顧問、東亜キネマ所長などを務めた。昭和に入り、『あゝ玉杯に花うけて』をはじめとする少年小説で絶大な支持を得る。『佐藤紅緑全集』（アトリエ社）ほか著書多数。その破天荒な生涯を娘佐藤愛子が小説『花はくれない』などに描いている。

❖**『侠艶録』**《きょうえんろく》　一九〇六年十月本郷座で高田実一座により初演。子爵令息瀬尾富士雄と花形女役者坂東力枝。出自の異なる二人はひかれ合い、夫婦となるが、力枝を食い物にする強欲な母おくらは面白くない。芸に精進する身に子は不要と、二人の愛息を里子に出してしまう。やがて瀬尾家から富士雄の父が急病と知らせに使いがやって来る。富士雄を返せとの申し出を強く断る力枝だが、おくらが瀬尾家から礼金として莫大な金を受け取っていた事実が判明し、心ならずも富士雄と離縁する。初演時四幕六場。喜多村緑郎の力枝が絶賛され、再演を重ねた新派の名作。歌舞伎でも上演された。力枝の発狂をみせる四幕目は、実在の女役者沢村紀久八が舞台で卒倒した逸話をもとに描かれた小説（小栗風葉『鬘下地』と広津柳浪『乱菊物語』）に想を得ている。同幕の劇中劇『重の井子別れ』は、我が子を失った力枝の哀しみや母性愛の尊さを象徴し劇性を高める上で効果的な劇作術である。（桂真）

佐藤惣之助《さとうそうのすけ》　一八九〇〈明治二十三〉・十二～一九四二〈昭和十七〉・五。詩人。神奈川県川崎市生まれ。暁星中学に学ぶ。自由劇場の公演に感動し、山本有三、川村花菱、田中栄三らと戯曲の勉強会を開く。佐藤紅緑門下で、俳句を学ぶ。白樺派や民衆詩の影響を受け、一九一六年以降二十二冊の詩集を刊行。萩原朔太郎の妹と再婚。昭和期には、古賀政男作曲で多くの人口に膾炙した歌謡曲の作詞家として活躍。戯曲は、一九一〇年雑誌「歌舞伎」に『家穴《かけつ》』(六月)、『燈火酔語』(九月)、「新潮」に『弾機《ばね》』(十月)と続けて掲載し、明治末から大正初期を主に十六本の戯曲を書く。「歌舞伎」掲載の『忌まれたる人』『サトヤの宝』『自転車』などいずれも一幕物。他には、『悪しき夢』『暴力』『熱狂したる子供等』など。最後の戯曲『喜劇　野人の結婚』(「演芸画報」一九二六・1)まで、人道主義から新興芸術の時代に生きた作家が大衆的心性に吸収されていく、昭和期の一面を考える上で、重要な存在。全集には、戯曲未収録。（神山彰）

佐藤春夫《さとうはるお》　一八九二〈明治三十一〉・四～一九六四〈昭和三十九〉・五。小説家・詩人。和歌山県東牟婁郡新宮町(現・新宮市)生まれ。和歌山県立新宮中学校在学中に校友会誌に『おちば籠』を発表。その後、短歌に傾倒し一九〇九年「スバル」創刊号に短歌を発表する。慶應義塾大学文学部予科に入学、永井荷風に学ぶが一三年に中退。一九年の『田園の憂鬱』、二一年の『殉情詩集』で文筆家としての名声を得る。二二年に童話戯曲『薔薇と真珠』、二四年に戯曲の代表作とも言える処女戯曲『暮春挿話』を発表。その後『日光室の人々』『巣父《そうほ》犢《こうし》に飲《みづか》う』『燕』などを続けて執筆し、戯曲への関心を高める。二六年に歴史に題材を得た詩劇『屈原』や史劇『ソロモン王』などを執筆。二三年には、小説『都会の憂鬱』や、『秋刀魚の歌』を収載した詩文集『我が一九二二年』を発表。その後、童話『ピノチオ』の翻訳、推理小説『維納《ウィーン》の殺人容疑者』など、著作活動の幅を広げる。五四年に与謝野晶子をモデルにした『晶子曼陀羅』を発表し、旺盛で意欲的な創作力のもと膨大な著作を遺した。また、井伏鱒二、太宰治、中村真一郎、遠藤周作、安岡章太郎など、多くの作家に影響を与えた。四八年に日本芸術院会員、六〇年に第二十回文化勲章受章。六四年、自宅の書斎でラジオ番組の収録中に急逝。

❖**『暮春挿話』**《ぼしゅんそうわ》　一幕。海外の避暑地のホテルに滞在している外交官の若い夫婦。他愛ない会話で楽しんでいるところへ一人の老紳士が現われ、外交官の妻が、実は自分の娘であると告白をし、一人で延々とその事情を語る。突然の出来事に驚いている外交官に、後を託して悠然と姿を消す。日常の断面に空想や夢が飛び込んで来たような、夢幻的な味わいを持つ戯曲であり、作者の詩想の世界を戯曲化したとも言うべき作品。（中村義裕）

佐藤信《さとうまこと》　一九四二〈昭和十七〉・八～。劇作家・演出家。東京都生まれ。都立駒場高校卒、早稲田大学第二文学部西洋哲学専修中退。高校進学まで子役としてラジオや舞台に出演し、ラジオドラマの脚本や詩を創作することもあった。高校時代の級友に歌手の加藤登紀子がおり、卒業後、加藤のコンサートの演出を手掛けている。大学入学と同時に俳優座養成所に第十四期生として入り、串田和美、吉田日出子と出会う。串田の紹介で斎藤憐とも知り合う。一九六五年、養成所修了後、青芸に入団し、福田善之の助手として別役実の『象』や福田の『三日月の影』の上演を手伝う。六六年に串田、吉田、斎藤等と劇団自由劇場を結成。六本木のガラス屋の地下にアンダーグラウンド・シアター自由劇場を造り、佐藤の『イスメネ・地下鉄』(演出・観世栄夫)の上演とともに開場した。六七年に『あたしのビートルズ』で初の作・演出をつとめる。自由劇場で活動するのと並行してオペラの演出も手がける。六八年に六月劇場、発見の会とともに演劇センター68を結成。活動計画「コミュニケーション計画・第一番」を発表し、主に自由劇場における連続上演、機関誌の発行、黒色テントによる移動公演を同時並行的に展開。演劇センター68には評論家の津野海太郎、佐伯隆幸、美術家の平野甲賀といった俳優や劇作家以外のメンバーも在籍しており、メディア戦略に長けた集団だった。六九年に『おんなごろしあぶらの地獄』『鼠小僧次郎吉』を発表。同年、自由劇場の活動を推進したことに対して紀伊國屋演劇賞個人賞が与えられる。七〇年に黒色テントによる初の全国移動公演『翼を燃やす天使たちの舞踏』(作・佐藤信、斎藤憐、加藤直、山元清多、演出・佐藤信)を上演。一年後、メンバーは佐藤を中心とするテント派と串田、吉田等の劇場派に分かれる。

七一年に『鼠小僧次郎吉』で第十六回岸田戯曲賞受賞。連作スタイルを取ることが多く、鼠小僧次郎吉もいくつものバージョンがある。

七〇年代の黒色テントは「真冬の商業演劇」と銘打ち、佐藤の「喜劇昭和の世界」三部作『阿部定の犬』『キネマと怪人』『ブランキ殺し上海の春』を全国各地で上演した。『阿部定の犬』は沖縄公演の際に上演地をめぐり裁判となったが、この出来事は佐藤たちに公有地と演劇、市民との関係を考えさせるきっかけとなった。後に佐藤は数々の劇場運営に携わるが、こうした黒色テントでの体験が反映されていると言える。創設、運営に携わった主な劇場に、青山スパイラルホール(初代芸術監督)、東急文化村オーチャードホール(プロデューサー)、世田谷パブリックシアター(ディレクター)、杉並区立杉並芸術会館「座・高円寺」(芸術監督)等がある。

八〇年代からは東南アジアを中心に海外の現代演劇との交流を深め、郭宝崑《クオパオクン》(劇作家、シンガポール)、クリシェン・ジッド(演出家、マレーシア)、プトゥ・ウィジャヤ(演出家、インドネシア)、ダニー・ユン(演出家、香港)、ジョン・ロメリル(劇作家、オーストラリア)をはじめとして、数多くの演劇人たちと共同作業を展開する。また、この時期、アヴィニョン国際演劇祭に出品してもいる。こうした劇団黒テントにおける演劇活動のほかに、オペラ、舞踊、結城座の糸操り人形芝居、ショウやレビューと、さまざまな分野の舞台づくりに参加している。特にオペラの演出は二十代の頃より長年手がけており、二期会やオペラシアターこんにゃく座等と共同制作をしているゲオルグ・ビューヒナー『ヴォイツェック』『ダントンの死』やベルナール＝マリ・コルテス作品などいくつかの作品を繰り返し演出することを好む。個人劇団・鴎座も主宰しており、演劇と社会との境界にある「少数者のための演劇」を模索すべく、年一、二本の作品を発表している。

東京藝術大学大学院オペラ研究部講師、福島大学大学院教育学研究科講師、東京学芸大学教育学部教授。また岸田國士戯曲賞、五島文化財団オペラ新人賞、OMS戯曲賞、ニッセイ文化振興財団バックステージ賞、文化庁舞台芸術創作奨励賞現代演劇部門、等多くの賞の選考委員を務めた。

八六年、結城座『マクベス』でベオグラード国際演劇祭特別賞受賞。八九年、NHK『カルメン』で国際エミー賞脚色賞およびイタリア賞優秀賞受賞。九二年、第十回中島健蔵音楽賞受賞。

主な著作に『あたしのビートルズ　佐藤信作品集』『嗚呼鼠小僧次郎吉』『阿部定の犬――

喜劇昭和の世界1』『キネマと怪人——喜劇昭和の世界2』『ブランキ殺し上海の春——喜劇昭和の世界3』『演劇論集眼球しゃぶり』『夜と夜の夜』(すべて晶文社)、等がある。

❖**『あたしのビートルズ』** アンダーグラウンド・シアター自由劇場、演出・佐藤信。一幕。鄭、桂、日本人、黄昏のレノン、縞のマッカァトニイ、横丁のハリスン、しろたまの星子。真夜中に鄭と桂は芝居の稽古をしている。その芝居とは、朝鮮人である鄭が日本人女学生である桂を殺害し、さらにそこへやってきた日本人によって鄭も殺されるというもの。途中、ビートルズを名乗る四人組によって稽古は妨害され、物語は鄭の思い通りに進まない。最終的に実は鄭が朝鮮人ではなく日本人であることが暴かれ、彼はこの芝居を通して日本人でありながら、「貧しい朝鮮人」という擬態を纏おうとしていたことが明らかになる。本作は小松川女子高生殺害事件(五八年)という朝鮮人の青年・李珍宇による女子高生殺害事件に取材したものだ。この事件を日本社会の差別構造が生んだ犯罪であると仮に規定するところから出発するが、その目的は差別に苦しむ者を描くことでもなければ、差別構造を育んだ社会を糾弾するような単純なものではなく、「日本人」という主体がいかに構築されているかを浮き彫りにすることにある。ここで問題にされているのは、事件の動機を社会に還元することが生み出す二重の搾取であり、罪悪感という加担の仕方で李を理解することが、実は「日本人」という主体の安定性を補完していることである。なお、本作には『あたしのビートルズ或は葬式』と題した原型があり、六七年に鈴木忠志の演出により、劇団早稲田小劇場で上演されている。『あたしのビートルズ 佐藤信作品集』所収。

❖**『鼠小僧次郎吉《ねずみこぞうじろきち》』** 一九六九年、アンダーグラウンド・シアター自由劇場、演出・佐藤信。七章構成。へへ、そそ、ぼぼ、鼠一番~五番、門番、全九名。戯曲において時は明示されていないが、鼠小僧次郎吉が活躍した文政・天保の頃と太平洋戦争末期を思わせる。処についても象徴的な空間が想定されており、入口に〈しと断ち〉(死霊が入り込むのを防ぐ注連縄のこと)が張り渡されただけの〈ありあわせの部屋〉と指定されており、時空を超えて物語は展開する。へへ、そそ、ぼぼという女三人と門番は〈あさぼらけの王〉という正体不明だが超越的な力を持つ存在を崇め奉る一行である。対する五人の鼠たちは貧しい民衆である。鼠一番~三番は爪に火をともすような貧しい生活から救われたいと漠然とだが願っている。鼠五番は毎年私生児を生み続ける女郎であり、いつか男子を産み、その子に殺されることを夢想するも、産まれて来る子はいつも女子であった。そんな彼女は鼠四番と出会い、絶望のうちに心中することを誓う。役者業を営む鼠四番は自身の能力のなさを嘆き、完璧に挫折するべく死を選び、鼠五番は女ばかりを孕む自身の肉体を滅ぼすべく死を決意したのであった。だが二人の心中は何度やっても失敗する。鼠たちはそれぞれの理由から救世主の到来を待つ者たちであるが、彼らの夢はあさぼらけの王の一行によって撹乱されてしまう。時に彼らは英雄・鼠小僧次郎吉に姿を変え、倒すべきあさぼらけの王に立ち向かうが、真の英雄として打ち勝つことはできない。世直しのために抜かれた彼らの刃はいつの間にか矛先を変え、子どもを殺す殺人マシーンに彼らを変えてしまう。鼠たちと彼らを駆動する正体不明のあさぼらけの王の関係には太平洋戦争下、そして終戦後も含めての日本国民と天皇の関係が重ねられている。途中、原爆投下を想起させる爆音が鳴り、最後、ケロイドを負った鼠たちの姿が描かれることなどからも大戦がモチーフになっていることは明らかである。一方で時空を抽象化することによって天皇の戦争責任を追及できない精神構造の本質により迫ろうとする作品と言える。第十六回岸田戯曲賞受賞。『あたしのビートルズ　佐藤信作品集』所収。

❖**『阿部定の犬』**《あべさだのいぬ》　鈴蘭南座（名古屋）、演出・佐藤信。『キネマと怪人』『ブランキ殺し上海の春』と続く「喜劇昭和の世界」の第一夜（一作目）に当たる。「あたし」、街頭写真師、松竹梅、春野晴夫、万歳、等全十六名。五章構成。劇中歌の旋律は大部分、ベルトルト・ブレヒト、クルト・ワイルの『三文オペラ』のものを用いている。時は概ね昭和十一年（一九三六）、二・二六事件と阿部定事件が起こった年である。舞台は架空の町、東京市日本晴れ区安全剃刀町オペラ通り一帯。戒厳令下、衛生施設〈寿妊婦預り所〉で男児・万歳が産まれる。出産時母を亡くし孤児となった万歳は春野晴夫に引き取られる。万歳は生まれた時から言葉を話し、劇中みるみるうちに歳を取り、終幕時には老人になる。一方の母・晴夫は実は男である。寿妊婦預り所には千歳松竹梅という放蕩息子がおり、欧州放浪から実家に戻ってきたところで〈あたし〉と名乗る女と出会う。紫色の風呂敷包に陰茎を包み、持ち歩く〈あたし〉とは阿部定である。一方の松竹梅も同様に紫色の風呂敷包を持っているが、中身は拳銃である。後にふたつの風呂敷包は死体（万歳の死んだ母）を介して交換される。続く第二章は、オペラ通りのすぐそばを流れる角田川のショウボート新嘉坡の甲板が舞台。第三章は娼館〈遊戯ハセカイ〉、第四章は場末の公園の一角にある天幕写真館〈グタイ写真館〉が舞台。こうした都市空間における祝祭空間とも悪場所とも言える場所を、〈あたし〉、松竹梅とともに行き来するのが街頭写真師だ。写真師は〈あたし〉と愛人の先生との情事や、その他の人物たちの生活を盗撮し、本人たちに見せてまわる人物で、時を超越し、超越的な立場から人々を観察している。この写真師には大日本帝国陸軍大元帥だった昭和天皇が重ねられてもおり、最終的に彼は〈あたし〉によって銃殺される。最後、天皇の死と昭和の終わりを告げるラジオが流れ幕となる。佐藤たちは「68／71昭和列島縦断興行」と銘打ち、本作を全国巡業したが、沖縄公演では上演が不許可となる。チラシに当時の天皇裕仁が描かれていたことから危険視されたためだったが、公有地である公園における上演を一旦許可したことを役所が認めなかったことから裁判に発展する。最終的に一度許可したことを役所側が認めたことで和解となったが、那覇市における度重なる裁判は経済的に劇団を苦しめた。この裁判を通して佐藤はじめ劇団員は公有地問題という新たな課題に直面したが、ここでの経験が後の公共劇場の運営に活かされることになる。『阿部定の犬──喜劇昭和の世界1』所収。

❖**『ブランキ殺し上海の春《ぶらんきごろししゃんはいのはる》（上海版《しゃんはいばん》）』**「新劇」（一九七九・6）掲載。一九七九年、東映大泉撮影所黒色テント（東京）、演出・佐藤信、作曲・林光、美術・平野甲賀、衣裳・緒方規矩子。全二十二名、十一場。処は上海、一九四五年八月十五日から翌年春までの架空の革命劇を描く。日本にとって敗戦の年である四五年は冒頭ト書きにおいて、三六年二月に起きた二・二六事件から九年後と説明され、失敗に終わった革命の延長戦に位置付けられる。天皇裕仁（劇中・ヒロヒトと表記）は中国に渡り、毛沢東一派の大東亜人民共和国・人民評議会主席に据えられている。ヒロヒトを崇める皇衛兵たちによって、まさに二・二六のようなクーデターが反復されようとしているのだ。皇衛兵たちは過激さを増し、蒋介石は主要都市に戒厳令を敷いた。劇は春恋酒家《メゾン・ド・プランタン》や上海四季協会のアジト等を舞台に、そこに集う六名の主要人物たちのやりとりを描く。革命組織・上海四季協会を率いる伯爵は夫人とともに正体不明の〈ぷらんたん〉の指示に従いテロを企てる。その部下に朝鮮人青年の瘋狗がおり、彼には妹がいる。この少女は、上海四季協会を出入りしている春日と綳帯と呼ばれる男と関係を持っており、どちらかの子を身ごもっている。伯爵は政府を撹乱しようと、ペスト菌に感染した蚤を街中に放つ計画を皇衛兵たちによって実行するが、菌の感染力が弱く計画は失敗してしまう。一方の皇衛兵たちは、国際派と民族派に分裂し内部抗争を強めている。民族派は狂信的に〈ヒロヒト思想〉実践のために活動するが、実はその思想とは毛沢東一派が作ったもので、ヒロヒトは中国革命のために掲げられた傀儡にすぎない。必要なくなったヒロヒトが暗殺されるよう、延安から上海に送り込もうとする。この思惑と利害が一致したのが上海四季協会である。伯爵らは日本の革命を考えており、革命実現のためには天皇の存在が障害になっていると考える。こうしてヒロヒト暗殺計画が企てられる。だが、日中ふたつの革命の夢は、ヒロヒトが上海入りする寸前に日本に連れ戻されることによって達成されることなく終わる。しかも、先に失敗に終わった細菌テロのペスト菌に協会員が感染したために、子どもを産んだばかりの少女が身代わりとなって、ヒロヒトが乗ったと思われた列車に爆弾を投下し命を落とす。途中、ブランキとその妻シュザンヌの会話や、寒山・拾得という二人の場面が挿入される。直接本編と絡む内容ではないが、ブランキの思想が時空を超えて四五年の上海に憑依したように錯覚させ、革命の失敗を予期させる効果をもたらしている。『ブランキ殺し上海の春――喜劇昭和の世界3』所収。（梅山いつき）

佐藤良和《さとうよしかず》　一九二七〈昭和二〉～二〇一二〈平成二十四〉・三。教育者、劇作家。米パシフィック・ウエスターン大学教育哲学博士。追手門学院中学・高校で教諭を務めたほか、大学などでも教鞭を取った。大阪府中学演劇協会の要職を歴任し、三回にわたり全国中学校演劇指導者講習会開催実行委員長を務めるなど、地域の文化推進、演劇教育の発展に尽力。一九八一年には演劇夏期学校を開校、多年にわたり校長を務めた。二〇〇〇年度日本児童演劇協会賞受賞。日本児童劇協会、日本アマチュア演劇連盟、日本劇作家協会に所属。中学生・高校生やアマチュア向けの戯曲を多数執筆しており、『自撰戯曲集』（全五巻、すべて日本教育新聞社）がある。（村島彩加）

里見弴《さとみとん》　一八八八〈明治二十一〉・七～一九八三〈昭和五十八〉・一。小説家・劇作家・演出家。神奈川県横浜市生まれ。本名山内英夫。泉鏡花に私淑し、観劇に夢中だった学習院高等科時代を経て、一九〇九年東京帝国大学英文科を退学する。翌一〇年「白樺」創刊に参加。二一年六月、最初の脚本『新樹』（「人間」同年同月初出）が新富座で初代中村吉右衛門一座により初演される。以後『小暴君』（同名小説を自ら戯曲化）、『たのむ』『秋晴れ』『生きる』などが築地座や築地小劇場により初演される。歌舞伎や新派に『正体』『仇討心中噺』などの脚本を執筆。文壇の大家として健筆を揮う一方で、新劇や新派の演出も務めた。舞台化された小説に花柳十種の一作『鶴亀』、『今年竹』『父親』（脚色・演出も担当）、小津安二郎監督により映画化もされた『彼岸花』などがある。四七年芸術院会員。五九年文化勲章受章。『里見弴全集』（筑摩書房）ほか著書多数。

❖**『たのむ』**一幕。雨の午後。貧民窟の長屋で四十女のかつは三十男の職人為吉と酒を飲んでいる。男女の仲になったばかりと思しき二人の会話からは、かつには長年連れ添った一回り以上年上の内縁の夫助次郎がいて、かつの浮気相手を刺殺した罪で拘留中であることが明らかになる。助次郎は実地検証のため警部の手で縄に引かれて長屋へ帰って来る。助次郎が取調べに応じ、無我夢中で事件を再現してみせると、為吉は無言で酒と漬物を差し出してやる。泣きながら口をつける夫の姿に、かつも涙を流す。警部が壁の新聞紙を引き剝がすと、事件の生々しい血痕が露になり、取調べは終了する。かつをたのむという助次郎の言葉に為吉は号泣する。助次郎は心安げな表情で再び縄に引かれて長屋を後にした。戯曲集『嫉妬』(新潮社)所収。六世尾上菊五郎の依頼を受けて執筆したが公演は実現せず、一九二八年十一月、築地小劇場により初演された。歌舞伎、新派、新国劇でも上演された。(桂真)

里吉《さとよし》しげみ《しげみ》 一九三五〈昭和十〉・二〜。本名は重實。劇作家・作詞家。東京都新宿区生まれ。立教大学卒業後、麻雀と競輪に明け暮れたが、一九五九年、前年に推理劇の上演を目的に旗揚げした吉武みどり主宰の未来劇場に入団。当初は里吉五郎の名で舞台に立つ。二年後、『ネコが好き』を作・演出して喜劇に目覚める。以後、六作の作・演出に当たるうち、六六年に吉武が退団したため、やむなく劇団を引き継ぐ。その時から小林亜星の参加を得て、ミュージカル風笑劇の推理劇を目指す。世間の倫理や常識を手玉に取るが、いつも「愛」が非常識を救い取る。お色気たっぷりのエンターテインメントに徹し、演劇のほかレビュー、ジャズ・コンサートにも情熱を注ぐ。七七年に『猿』と『サンタマリアの不倫な関係』で紀伊國屋演劇賞団体賞を受賞。登場人物名に特色がある。『蛇の葬宴』(七六年、二幕)では鞭都(ベンツ)、菩留母(ボルボ)、留能(ルノー)など自動車づくし。清酒づくしの戯曲もある。しかも、ほとんどの作品は大邸宅が舞台で、中央の大食卓に大家族らが集う。二〇一三年三月から、里吉の体調不良で休団している。

❖**『猿』**《さる》 二幕。六六年十一月俳優座劇場で初演のミュージカル・コメディ風推理劇。やくざの親分庵虫茂作が、行方不明の妻を恋うる小説『恋文』を書き、芥川賞を受賞する。驚天動地の出来事に一家の者は大慌て。執筆の動機は妻を探すためだが、老女の告白で盗作と分かる。芥川賞受賞作家を実名で痛快にこきおろす。少しエロチックなる風刺劇。

❖**『因縁屋夢六　玉の井徒花心中』**《いんねんやゆめろく たまのいあだばなしんじゅう》 二幕。一九八四年十一月未来劇場アトリエで初演。遊郭玉の井復興を夢見る田村夢六と不思議な因縁話をからめた心中物語。じめつかずに、しっとりした下町風俗を活写した。作者としても異色作。二作とも上演台本しかない。単行本としては『ブラックジャック』(新潮社)がある。(北川登園)

さねとうあきら 一九三五〈昭和十〉・一〜。本名実藤述《さねとうあきら》。劇作家・児童文学者。東京生まれ。早稲田大学在学中に、劇団仲間演出部へ入団。父で中国文学者の実藤恵秀《けいしゅう》訳『シアチウ物語』(黄谷柳作)を、貧困と国家と革命を描く児童劇『ふりむくなペドロ』(一九六一・6。劇団仲間)へと翻案し、厚生大臣賞を受けた。『ゆきと鬼んべ』『おこんじょうるり』『べっかんこ鬼』など『地べたっこさま』(七二・二。理論社)から連なる創作民話劇が全国の児童劇団で再演され続ける一方、差別と戦時体制とを鋭くえぐった連作戯曲『でんでんむしの競馬』『ウメコがふたり』（安藤美紀夫原作。七五・2、七六・9。劇団2月）や天皇制を掘り下げ戦後を問う戯曲『日の丸心中』（七六・12。演劇人集団楽舎）など一般向けの演出や戯曲も手がける。児童演劇においても大人のための演劇においても、暴力と性を避けずありのままの人間を見据え、現在に至るまで運動としての演劇を貫く。児童演劇に対する評論も多数。（田村景子）

佐野天声《さのてんせい》 一八七七〈明治十〉・四〜一九四五〈昭和二十〉・六。小説家・劇作家。静岡県富士宮市生まれ。本名角田喜三郎。中学卒業後上京し、高村光雲のもと彫刻を志したが果たせず小説に転じる。東京専門学校に入学し坪内逍遥に師事したが病気のため一年で中退。同窓の中村吉蔵と親交を深め、吉蔵夫人の妹と結婚。「新小説」や「万朝報」に小説を発表するがのちに劇作に転じ、一九〇六年七月「帝国文学」脚本募集に応募した『不死の誓』が当選。九月にはヴェルヌの『無名氏』（森田思軒訳）の脚色が本郷座で上演。翌〇七年五月「早稲田文学」文学懸賞募集戯曲に『意志』が当選。同月「都新聞」懸賞脚本に『大農』が二等で当選。戯曲にはほかに『賢き人』『日本丸』『由比正雪』『確信』『兵士の亀鑑』『切支丹ころび』『銅山王』『天才』『大二王』『二宮尊徳』『旧世界一周会員』『剛柔』があり、いずれも明治末期に書かれた。大正期以降は時代小説を数点執筆したのみ。

❖**『大農』**《だいのう》 五幕十場。一九〇七年五月「都新聞」懸賞脚本募集に二等で当選（一等は該当作なし）。審査員は森鷗外、上田万年《かずとし》、上田敏、島村抱月、三木竹二。ほかの当選作とともに七月、金尾文淵堂より出版。イプセンの影響を受けた社会劇で、場所は下総国秋根河畔加納村、時は秋。地主の息子である加納務は日露戦争に従軍し捕虜となるが村に戻ってくる。キリスト教徒である務は大農主義を唱えるが、旧道徳を重んじる父・宏蔵や周囲の小作たちと衝突する。その最中、宏蔵が吃の嘉七に誤って殺され、村を大洪水が襲う。〇七年九月に高田実一座により本郷座で初演。主人公・加納務は高田実に当てて書かれたが上演前に急遽佐藤歳三に変更されたほか、脚本に佐藤紅緑らの手が加えられるなどして上演の評判は悪かった。ほかの配役は、農具鍛冶の桜井慶次に高田実、加納宏蔵に水野好美、吃の嘉七に藤澤浅二郎ら。上演の経緯は伊原青々園『團菊以後』（相模書房）に詳しい。（熊谷知子）

佐野美津男《さのみつお》 一九三二〈昭和七〉・十二〜一九八七〈昭和六十二〉・五。児童文学者・詩人・劇作家・脚本家。本名は暠俊《あきとし》。蔵前工高修了。一九六一年自伝的小説『浮浪児の栄光』を発表。六四年阿部進らと現代子どもセンターを設立し、子ども学を提唱した。そのかたわら、『ビッグX』や『御供の大冒険』など手塚治虫原作アニメのシナリオ（一部）や、佐々木守との合作で横山光輝の漫画『少年ロケット部隊』のラジオドラマなど、数々の子ども向け放送脚本を手掛けた。戯曲に『現代劇 宮本武蔵』（演劇集団〈日本〉、一九七一年上演）がある。野球漫画『アパッチ投手』（作画・石川球太）の原作もこなした。著書に『現代にとって児童文化とは何か』、詩集に『宇宙の巨人』など。（木村陽子）

佐野洋子《さのようこ》 一九三八〈昭和十三〉・六〜二〇一〇〈平成二十二〉・十一。絵本作家。中国・北京生まれ。一九七七年発表の絵本『100万回生きたねこ』は、二度舞台ミュージカル化された。八九年OSK上演版は原題のままで、原彰の脚本・演出、中川昌、宮原透、鞍富真一の音楽。九六年ホリプロ版はタイトルを『DORA――100万回生きたねこ』とし、フィリップ・

ドゥクフレの演出・振付、筒井ともみ脚本、照屋林賢音楽、沢田研二が主演。二〇一三年に同じくホリプロ制作で、インバル・ピントとアブシャロム・ポラック演出・振付、森山未來、満島ひかり主演で、原題のまま新作ミュージカルとして上演された。（荻尾瞳）

佐橋富三郎《さばしとみさぶろう》　不詳～一八九三〈明治二十六〉・一。狂言作者。別名五湖《ごきょう》。名古屋生まれという。『西国立志編』中の逸話を脚色した一八七二年の『鞋補童教学《くつなおしわらべのおしえ》』と『其粉色陶器《そのいろどりとうきの》交易《こうえき》』以降、京阪の劇場で活躍。開化風俗を取り入れた作や、講談の脚色が多い。八七年、上京し春木座の立作者となる。春木座では三遊亭圓朝の怪談噺『怪談牡丹灯籠《かいだんぼたんどうろう》』の劇化等を手掛けた。東京で没。

［参考］日置貴之『変貌する時代のなかの歌舞伎』（笠間書院）　（日置貴之）

サリngROCK《さりんぐろっく》　一九八〇〈昭和五十五〉・十～。劇作家・演出家・俳優。本名藤田彩織。大阪府東大阪市生まれ。一九九九年に関西学院大学文学部哲学科に入学、演劇グループSomethingに入部。二〇〇一年西田シャトナー座長のLOVE THE WORLDに役者として所属。退団後〇二年、突劇金魚を結成。劇作を始める。格差が拡がり、より閉鎖的になりつつあったゼロ年代の日本で、生きることの不安や憤り、そしてそこから見えるかすかな希望を女性の視点からリアルに描写。またエキセントリックで不器用な登場人物たちが作り出すドラマは時代を体現している。突劇金魚第六回公演『愛情マニア』（二〇〇七）で第十五回OMS戯曲賞大賞を受賞。第七回公演『金色カノジョに桃の虫』（二〇〇八）で第九回AAF戯曲賞優秀賞受賞。また二〇一二年悪い芝居・山崎彬と組んだユニット・裏ワザに書き下ろした作品『漏れて100年』では百年という長い時間を生き抜いた男の孤独を描き切り、第五十七回岸田國士戯曲賞最終候補に。

❖**『愛情マニア』**《あいじょうまにあ》　一幕。二〇〇七年七月十日～十一日。大阪・シアトリカル應典院。突劇金魚公演。作・演出サリngROCK。八名（男三、女五）。物が溢れるくらいあり、汚れきった部屋に住むOL塔子を中心に物語は展開していく。塔子は会社での仕事や人間関係などには全く興味がなく、いつも、もやもやした何かを抱えて暮らしている。そんな時自宅の窓の下を通りかかった美少年大学生・由利を部屋に軟禁、しかし由利は逃げようともせず、現状を受け入れ紙飛行機を折りながら様々な夢想を繰り返している。もやもやした蠢きの共存。そんな二人の奇妙な日常に、職場の同僚や部屋の管理人、塔子の母、由利の同級生までが、出入りするようになり、塔子の部屋はパラレルワールドの様相を呈していく。そして遂にこの世界から逃げ出す決心をした。しかし彼は舞い戻り塔子の手を取り窓から青空の下へ飛び出していく……。孤独、不安、欲望、希望……。世界を見渡し、現代を生き抜く愛の形が新鮮な文体で描き出されている。（安藤善隆）

澤島忠《さわしまただし》　一九二六〈大正十五〉・五～。映画監督・劇作家・演出家。滋賀県生まれ。一時、忠継《ただし》と名乗る。同志社外事専門学校卒業。京都で新劇の「エラン・ヴィタール」に参加、花登筺《はなとこばこ》と共に野淵昶の指導を受ける。戦後、東横映画撮影所入り。監督として多くの著名な作品を残す。一九六四年の美空ひばり新宿コマ劇場公演より舞台も手掛ける。その後、中村錦之助（萬屋錦之介）、美空の主演作を中心に市川右太衛門、森繁久彌や人気歌手主演の数多くの脚色、演出を担当。大衆の記憶に残る映画のヒット作の巧みな舞台化で人気を博した。舞台のヒット作品に『恋の辰巳橋』『かんざし小判』『春秋忠臣蔵』『赤ひげ診療譚』『島の恋唄』『千姫』など。著書に『沢島忠全仕事――ボン、ゆっくり落ちやいね』（ワイズ出版）。（神山彰）

澤田正二郎《さわだしょうじろう》 一八九二〈明治二十五〉・五～一九二九〈昭和四〉・三。俳優。東京生まれ。早稲田大学卒業。文芸協会、芸術座を経て、劇団新国劇を創立。民衆演劇の理想を大衆の心性に即して上演し、俳優として格別の人気を誇り、功績を残す。劇作としては自らのカリスマ性を生かした『折伏の日蓮』『断腸記』を書く。（神山彰）

三條三輪《さんじょうみわ》 劇作家・演出家・俳優・医師。東京都出身。東京女子医科大学卒業後、新演劇研究所に入所。その後、小林和樹らと創立した劇団芸術劇場を経て、一九八〇年に紅企画／ぐるうぷしゅら創立。『ケラーの幻想』『万の宮病院始末記』『牡丹燈幻想』『化石童話』『歌舞伎町幻想』『女優』『聖都市壊滅幻想』など戯曲は数多い。『三條三輪戯曲集 1～4』（カモミール社）。（小原龍彦）

し

椎名輝雄《しいなてるお》 一九三〇〈昭和五〉～。劇作家。一九六五年、その前年に「ぶどうの会」の竹内敏晴、和泉二郎らが結成した劇団変身に『僕たちはベトナム戦争のことを話しているんだ』を書く。六七年『柩のなかの彼』が上演される。五二年の「血のメーデー事件」を題材にして、戯曲のなかに、別の演劇が入り込む構造が提示された作品で、作家、演出家までが入り込んで、そこで「真実」を究明する討論が行なわれる。六〇年代の海外戯曲に見られた討論劇の構造を利用し、「フィクション」「真実」「真相」とは何なのかが問われる。六九年には『神聖家庭劇・おふくろ殺し／むすこ殺し』を発表。『柩のなかの彼』は『現代日本戯曲大系』（三一書房）第7巻に収録。（神山彰）

椎名竜治《しいなりゅうじ》 一九一六〈大正五〉～不詳。脚本家・劇作家。映画の脚本で著名でラジオドラマでも活躍。昭和戦後期に、森繁久彌の森繁劇団や東宝系を中心に活躍。代表作に、織田作之助原作『わが町』の劇化『佐渡島他吉の生涯』があり、芸術座で上演の『太宰治の生涯』も好評だった。森繁劇団には『われは北斗の星にして』『南の島に雪が降る』（加東大介原作の脚色）など。他に、『大吉御用』『会津の小鉄』『空に真っ赤な雲のいろ』などがある。

❖**『佐渡島他吉の生涯』**《さどがしまたきちのしょうがい》 三幕十場。一九四三年に井上正夫演劇道場が東京劇場で劇化し、初演した織田作之助の『わが町』を、椎名が新たに脚色した作品。日露戦争から第二次大戦後までの時間を通して、佐渡島他吉という一人の無知で無学な人間と三代の家族を中心に、それをとりまく人々の愛憎と葛藤を描く傑作。他吉がフィリピンで道路工事に従事した頃に愛しあったが、互いの幸せを思って別れた静子。大阪に残した妻子。その子の成長と結婚と出産。妻と娘夫婦の死。孫の成長と結婚。その間に、フィリピンの南十字星のブローチが手紙と共に届くが、他吉が文盲で読めないために、静子との再会も果たせなかった挿話もあり、続々と他吉一家に訪れる幸不幸が、テンポよく描かれる。フィリピンへの憧れと回想、現実に生活を送る大阪・天王寺界隈の猥雑な生活感とが印象的で、脇役では落語家の〆吉が巧みに描かれる。幕切れ、人力車夫である他吉が、花嫁姿の孫娘を乗せて走るうち力尽き、生涯を閉じ、天国で、懐かしい人々と再会する終曲が美しい。なお、織田の原作は川島雄三監督が『わが町』として辰巳柳太郎主演で映画化している。（神山彰）

椎名麟三《しいなりんぞう》　一九一一〈明治四十四〉・十～一九七三〈昭和四十八〉・三。小説家・劇作家。兵庫県飾磨郡（現・姫路市）生まれ。本名は大坪昇。大坪熊次・みすの長男。父は当時大阪で警察官をしていた。一九二六年、姫路中学三年の時に、父からの送金が途絶え、家出し、果物屋の店員、見習いコックなど職を転々とするが、その間に専門学校入学試験検定試験に合格。二九年母が須磨海岸で入水未遂事件を起こし、それを契機に宇治川電気鉄道（現・山陽電気鉄道）に入社、車掌になる。このころから労働運動に参加、三一年に共産党に入党するが、間もなく治安維持法違反で検挙起訴される。控訴した為二年近く未決のまま独房にいたが、この間にニーチェを読んで感銘を受ける。三三年転向上申書を書き、懲役三年執行猶予五年の判決を受けて出所。すぐに父を頼って上京。翌三四年祖谷寿美と同棲するも次々と職を変え、三八年に寿美との婚姻届を出し、新潟鉄工に入社する。ドストエフスキーの『悪霊』を読み文学的開眼を体験、ニーチェ、キルケゴールとあわせて彼の文学的土台を築いた。これまでの彼の道程は、彼の小説や戯曲の主要な題材となるが、それは、彼自身の言葉で言えば〈自然主義リアリズム〉の〈平凡で古くさくて退屈〉な日常の描写ではなく、それと対決し克服するための形而上的な戦いの姿として現われることになる。三九年「新創作」の同人になり、数編の習作を発表するが、戦後四七年「展望」に発表した『深夜の酒宴』『重き流れの中で』の連作にみられる実存的な問いかけが注目され、戦後文学の中に特異な新人としての位置を確立した。その後の小説の代表作としては、『永遠なる序章』『自由の彼方で』『美しい女』（芸術選奨文部大臣賞）、『懲役人の告発』などがある。五〇年、思想的な行き詰まりを感じ、転機を求めて日本基督教団上原教会で赤岩栄牧師によって受洗。その教会の、復活祭のために書いた『家主の上京』が筆馴らしとなって、以後、旺盛に戯曲を発表し、劇作家としても確かな地歩を固めた。絶対の生や、あるいは、それゆえの絶対の死を希求する主人公が、日常に潜む無自覚な固定観念と格闘する悲喜劇が、時にシュールな設定の下で描かれ、どこか不条理劇・実存演劇の趣を持つのが特色である。ほかに『タンタロスの踊り』『天国への遠征』『夜の祭典』『われらの同居人』『鳥たちは空をとぶ』など全部で十六篇の戯曲があり、ともに芸術祭奨励賞を獲得した『自由への証言』『約束』などのほか、全部で二十四篇の映画放送台本がある。

[参考]『椎名麟三全集』全二十三巻別巻（冬樹社）、『蠍を飼う女　椎名麟三自選戯曲集』（新潮社）

❖**『第三の証言』**《だいさんのしょうげん》　四幕。『戯曲代表選集3』（白水社）。改稿版は「テアトロ」（一九六〇・12）。一九五四年十二月、劇団青年座により俳優座劇場で初演。演出木村鈴吉。舞台は、千葉県の江戸川べりのビスケット工場。時代は現代。この工場はなぜか他の同種の工場と比べると給料が格段に良い。新人の飯田新三は、工場のあちこちにねずみの死骸を発見して悩んでいる。社長の川又は浮気性、妻のまさ子は悋気性、女工のサヨ子は工員の一郎が好きだが、彼は現実への関心を示さず、にべもない。同じ仲間の孝次と友子は結婚するが、孝次は故郷の家族に問題がある。あやと敏子の母娘も勤めているが、あやは、義父との間に敏子を生んだことへ自虐が強く、敏子には奴隷のように仕え、万引きを常習として罪の意識を覚醒させてもいる。敏子は白痴（作品の表現のまま）で、誰にでも無邪気に身を任す。秀夫はかつてストライキを起こし、正義感から退職したが、理想を失い復職を願っている。結局、新三はねずみの死骸を保健所に持ち込んで、肝臓障害の証拠を得るが、誰も取り合わず、彼をノイローゼと決めつける。それどころか、新三の訴えで、工場は貿易管理法違反で警官に踏み込まれるが、何やらわからぬ上層の指示でその場で警官たちは引き上げる。実は、この会社は、社長の川又が、誰ともわからぬ人物からの指示によって運営しているのだ。こうした状況下で友子は自殺する。現実に絶望した新三も首をくくって死ぬ。

この戯曲の登場人物はそれぞれに生きる上での問題を抱えているが、それに泥み過ぎて、悩むにたる生活を支えている高給をもたらす現実の有様を問おうとはしない。問えば自分の足元が崩れるからである。作者は〈不条理のなかに生き得る人間と生き得ない人間とをそれぞれの主体的な状況から描いた〉と言っているが、悲劇か喜劇かは読者の判断にかかっていよう。

❖**『蠍を飼う女』**《さそりをかうおんな》 三幕。「新日本文学」（一九六〇・2）改稿版は「新劇」（一九七〇・5）。劇団青年座により神田一ツ橋講堂で初演。演出は成瀬昌彦。時代は、ほぼ発表時期の昭和三十五年。高い崖下の平屋。がけ崩れの土砂で家は傾きわずかに居間の八畳だけが残っている。吉沢克己は三十六年間勤めた薬品工場をあと五か月で定年を迎える。妻のしずは病身で新興宗教に凝って、何かというと〈諦めるのよ〉が口癖だが、それでいて、単なる職長で定年を迎える夫には不甲斐なさをガミガミと責め立てる。長女のとき子には、二人の男性が言い寄っている。大学生でおでん屋の大森愛吉と、子沢山の高校教師両角正雄である。とき子は、かつて愛吉と結婚しようと互いにかたく誓い合ったが、その帰り道で正雄と肉体関係を結んだ。今でも関係は続いているが、とき子はその都度金銭を受け取っている。愛吉は今もなお過去を見つめ、純粋な愛の復活を願って、おでん屋で儲けた金をあげるから、危険な家を捨て新しい借家でやり直せとせまる。正雄は、そんな彼を時代遅れの愛の信奉者と嘲り、自分は未来に生きると主張、正義の為に一円でも多く災害扶助を取って見せると息巻く。とき子の弟の健次は〈おれは正義と聞くと、そのたびにじんましんが出来る〉と言い、トランジスター・ラジオのジャズを楽しみ、肉体労働のアルバイトをしている。とき子は〈本当に愛するなら絶望や苦しみや矛盾まで愛せなくては嘘じゃない？〉と言う。この姉弟はある意味では精神的双生児ともいえる。克己は、寂しさのあまり健次の恋人良子に強姦まがいの行為に及び、誤って崖から転落死する。正雄と愛吉は、それぞれ愛のエゴイズムの為に土砂で潰れかかった家を人為的に潰そうとして、結局、互いに殺しあう結果となる。精神病院に入る母を前にして、とき子と健次の二人は潰れかけた家に〈突っかい棒〉をすることにする。〈くだらない世界でも、大切だからな〉と。

〈突っかい棒〉で支えるのは、〈暫定的措置〉にすぎない。が、その中で自分の中の〈サソリ〉を意識して、〈それで自分が殺されたり人を殺したりしているのよ〉と言うとき子の台詞に、この作品の世界観が集約されている。

❖『荷物《にもつ》』一幕。「三田文学」(一九七〇・5)現代演劇協会によって万国博キリスト教館にて初演。演出は大橋也寸《おおはしやす》。日曜日の午後、結婚十五年になる中年夫婦が赤い毛糸の束を解いている。夫の栄治は毛糸の束を輪にして両手に通し、妻の良子は、それを玉の形に巻いている。そこへ運送屋が段ボールの箱を宛先人不明で持ちもどったという。実はこの荷物、初めは、よそから届いたものだのだが、それを夫婦は互いに知らせずにそっと見て、送り返したのだが、それがまた戻って来たのだ。ホルマリン漬けの頭の潰れた三か月ぐらいの胎児が中に入っていたのだ。観念した夫婦は互いに誰の子を孕んだのか誰に孕ませたかの口論になり、結局、互いの不倫の事実が明らかになる。ところが箱を開けてみれば、頭の落ちた日本人形が一つ。唖然とするところに、先の運送屋が、先のは誤りで「これが正当なお宅の荷物」と、別の荷物を届ける。それには微かなホルマリンの匂いが……。

罪は顕在化するか否に関わるものではないということを問い掛けたもの。荷物一つに人の存在意義が象徴されたきりりとしまった短編である。 (みなもとごろう)

ジェームス三木《じぇーむすみき》 一九三五〈昭和十〉・六～。脚本家・作家・劇作家。本名山下清泉《やましたきよもと》。旧満州生まれ。『独眼竜政宗』『八代将軍吉宗』『葵徳川三代』と三作のNHK大河ドラマの脚本を担当した他、『澪つくし』『父の詫び状』『憲法はまだか』『存在の深き眠り』『弟』『神様の女房』など、多数のテレビドラマの脚本を手がける人気脚本家。一九五三年、大阪府立市岡高を中退して上京。競争率十二倍の劇団俳優座演劇研究所付属養成所の試験に合格し、同研究所の五期生となる。同期生には平幹二朗、藤田敏八がいた。しかし一年後、言葉のアクセントの壁や出席日数不足、授業料の滞納もあり中退。五五年、テイチクレコードの新人コンクールに合格して歌手に転進する。ジェームス三木の芸名をもらい歌手としてデビューするが、ヒット曲には恵まれず十三年間クラブの専属歌手として過ごした。六七年、シナリオ研究所の終了時に書いた『アダムの星』が第十八回シナリオコンクールで準入選。これをきっかけに脚本家に転じ、映画監督の野村芳太郎に師事する。六九年、田中康義監督の『夕月』で脚本家デビュー。その後、野村監督とのコンビで『花と喧嘩』『三度笠だよ人生は』『しなの川』などの脚本を担当する。八九年には金権選挙の実相を描いた異色の映画『善人の条件』で初めて原作・脚本・監督の三役をこなした。その他にも『赤い鳥逃げた?』(藤田敏八監督)、『ふりむけば愛』(大林宣彦監督)等を執筆。映画、テレビと活躍の場を広げキャリアを築いた。また、劇作も早くから手がけており、飯沢匡の勧めで書いた『愛さずにはいられない』(一九八二・砂防会館ホール)は青年劇場により上演された。その後も『結婚という冒険』(八五・砂防会館ホール)、『善人の条件』(八八・朝日生命ホール)、『翼をください』(九〇・朝日生命ホール)と同じく青年劇場に脚本を書きおろす他、自身のテレビドラマ作品の舞台化である『澪つくし』(八六・新橋演舞場)や『愛と修羅』(九〇・新橋演舞場)、『さぶ』(二〇〇三・新橋演舞場)など商業演劇にも脚本を提供。舞台演出も行なっている。近年では地域劇場や公共劇場の制作する舞台にも携わり幅広く活躍している。第七回日本文芸大賞脚本賞受賞。第二十三回放送文化基金賞脚本賞受賞。『結婚という冒険ジェームス三木戯曲集』(未來社)、『安楽兵舎VSOPジェームス三木戯曲集』(未來社)。

❖『善人の条件《ぜんにんのじょうけん》』二幕。一九八八年九月、朝日生命ホールにて青年劇場により初演。市長選を舞台に選挙の腐敗を痛烈に風刺した喜劇作品。日暮市長の清川が愛人宅で腹上死したことをきっかけに、娘婿で大学助教授の牧原芳彦は次期市長選挙に立候補することになった。芳彦はクリーンな選挙を行なうことを条件に出馬したが、腐敗した土壌がそれを許さず、彼の与り知らぬところで定石通りの腐敗選挙運動が行なわれていく。政治の裏の現実に直面し、次第に崩壊していく芳彦。精神的、肉体的にボロボロになりながらも、最後には自分を取り戻し、投票日前日の個人演説会で「金がものをいう選挙であってはなりません」と訴え金に弱い有権者らを痛烈に批判する。演出、ジェームス三木。

❖『翼をください《つばさをください》』二幕。一九九〇年二月、朝日生命ホールにて青年劇場により初演。舞台は数年前に暴力事件で全国的に有名になった私立高校。目と鼻の先には進学校で有名な県立高校。その高校との比較や差別に悩む私立高校の生徒たちが、自分たちの文化祭を実現させるべく教員とともに奔走する。生徒たちの悩みを通して教育のゆがみをついた喜劇。作者が仕事先で目にした光景をもとに創作し、八八年正月のＮＨＫドラマとして放送されたものを舞台化。全国各地を巡演し、初演から十一年間で公演回数は一千回を越えた。演出、ジェームス三木。 （松本修一）

塩田誉之弘《しおだよしひろ》 一九一八〈大正七〉～不詳。劇作家。戦後、関西松竹で茂林寺文福の家庭劇の作品の脚色を多く手掛ける。一九六〇年代から八〇年代まで、曾我廼家十吾の家庭劇など関西の大劇場を中心に多くの作品を提供。『人生とんぼ返り』『必殺・女ねずみ小僧』『ふりむくな鶴吉・冬の女』『大文字の火』『浪曲一代』『あんぽんたん物語』『恋みれん』『花いちもんめ』『早春の蕾』『なにわの花道』『淀の淡雪』など。 （神山彰）

志織慶太《しおりけいた》 ［＝**鳳啓助**《おおとりけいすけ》］ 一九二三〈大正十二〉・三～一九九四〈平成六〉・八。漫才師・鳳啓助の脚本家名。本名小田啓三。大阪市生まれ。剣劇俳優・梅林良雄の子として子役から出発、一九五六年に京唄子(本名鵜島ウタ子)と漫才コンビ「唄子・啓助」を組む。六五年に離婚するも七八年までコンビは解消せず、舞台の他にテレビ番組『唄子・啓助のおもろい夫婦』の司会などで人気を得る。七〇年人情喜劇の「唄啓劇団」を旗揚げ、座長として志織慶太名義で脚本を執筆するほか演出・殺陣・舞台装置を一手に手掛け、中座、南座、梅田コマ劇場などに出演した。主な作品に『養子の嫁』(山本周五郎『明暗嫁問答』の脚色)、『ある女将の詩・くちなしの花』など。受賞に唄子・啓助として一九六七年・第二回上方漫才大賞奨励賞、志織として一九八〇年・第九回上方お笑い大賞秋田實賞受賞。 （中野正昭）

志賀直哉《しがなおや》 一八八三〈明治十六〉・十～一九七一〈昭和四十六〉・十。作家。宮城県石巻生まれ。一九四九年一月「心」に『老夫婦』(後に『予定日(会話)』と改題)、同年八月「改造文芸」に『秋風』の二編の戯曲を発表。また、五七年十一月、歌舞伎座で初期の小説『荒絹』を志賀・千《ち》谷《や》道雄脚色・岡倉士朗演出・六世中村歌右衛門主演で劇化上演している。 （神山彰）

品川能正《しながわよしまさ》 一九五六〈昭和三十一〉・十二～。脚本家・演出家。山口県宇部市出身。同志社大学法学部卒業。一九九二年、演劇企画集団東京ギンガ堂を設立、代表となる。二〇〇一年、日韓共同制作『火計り――四百年の肖像』を発表、第四十六回岸田國士戯曲賞候補になる。

主な作品に画家香月泰男を描く『KAZUKI——ここが私の地球』や『サムライ　高峰譲吉』があり、新宿の歌舞伎町のテント劇場で上演する音楽劇でも話題を呼んでいる。（内田洋一）

篠崎隆雄《しのざきたかお》　一九四六〈昭和二十一〉・一～。高校教諭。栃木県出身。横浜市立大学国文科卒業。巌谷槇一に師事。東宝現代劇戯曲科一期生。伝統演劇の要素と現代的テーマを融合させた戯曲が多い。光陵高校での教言シリーズなど高校演劇の戯曲のほか、歌舞伎脚本や大衆芸能脚本等も手がける。戯曲集に『お化けの恋の物語』『ラクーン狂騒曲』（青雲書房）など。（柳本博）

篠崎光正《しのざきみつまさ》　一九四八〈昭和二十三〉・七～。劇作家・演出家。東京都生まれ。劇団青年座を経て「電劇」創設。篠崎光正演技術《シノザキシステム》と呼ばれる身体訓練を基本にした俳優の短期育成のための独自の演技術を開発。一九八二年に東宝四十五周年記念特別公演『ザ・ショー』、八三年『21世紀のあの人達』『ドラム一発！　今宵かぎり』、八四年『銀座ブギウギカンカン娘』（松竹SKD）、八六年『赤黒天使』、二〇〇七年創作ミュージカル『ライオンのおはなし』を上演。（中村義裕）

篠原久美子《しのはらくみこ》　一九六〇〈昭和三十五〉～。劇作家。劇団劇作家代表。茨城県出身。二〇〇五年『ヒトノカケラ』で鶴屋南北戯曲賞最終候補。一三年『空の村号』で斎田喬戯曲賞受賞。代表作に『マクベスの妻と呼ばれた女』、『ケプラー・あこがれの星海航路』（第二十二回文化庁舞台芸術創作奨励賞佳作）など。（望月旬々）

四宮純二《しのみやじゅんじ》　劇作家。西田天香主宰の「すわらじ劇園」で一九四〇年代から劇作を始め、特に五〇年代には毎回のように数多くの作品が上演され、また著名作品の脚色も行なっている。主な作品に『ともしび』『犠牲』『天野屋利兵衛』『無に生きる』『泥濘』など戦後の時代のある気分と同劇園の宗教性を感じさせるものがある。［**参考**］『すわらじ劇園五十年の足跡』（すわらじ劇園）（神山彰）

柴幸男《しばゆきお》　一九八二〈昭和五十七〉・十一～。劇作家・演出家。愛知県生まれ。日本大学藝術学部放送学科卒業。中学でお笑い芸人を、高校演劇では三谷幸喜のシチュエーション・コメディを目指す。大学在学中の二〇〇四年に『ドドミノ』で第二回仙台劇のまち戯曲賞受賞。〇七年に、『反復かつ連続』により日本劇作家協会東海支部の短篇コンペ「劇王IV」で優勝。〇八年には、青年団演出部所属であるという利点を活かし、平田オリザ作の『御前会議』を「静かなミュージカル」として潤色・演出。同年、一人のヒロインの人生を複数の俳優が（リレー形式で「歩み」ながら）演じる演劇的な仕掛けの『あゆみ』により注目される。〇九年に発表した『わが星』により一〇年に第五十四回岸田國士戯曲賞を受賞、現代口語ラップ・ミュージカルと称される。以後も、劇団ままごと主宰として『ファンファーレ』『朝がある』など、音楽的なセンスに長けた作品を得意とする。香川県の小豆島や横浜の象の鼻テラスなどで島民や観光客を巻き込んだアート志向の作品をつくる一方で、一三年には『ガラパコスパコス』（作・演出ノゾエ征爾）に俳優として出演もしている。一四年、〈過去の戯曲が未来の演劇のかてになる〉ための試みとして、自らの過去の作品を劇団ホームページの「戯曲公開プロジェクト」で無料公開。代表作には『四色の色鉛筆があれば』『少年B』『わたしの星』『あたらしい憲法のはなし』など。妻は女優の名児耶《なごや》ゆり。

〔**参考**〕『わが星』(白水社)

❖『**わが星**』《わがほし》 二十九場・登場人物八人。開演前の○《ゼロ》場に制作者が登場して挨拶をし、観客に「4秒」(時報のカウントダウン)を意識づける前説からスタートする。舞台の中央に描かれた白く大きな「○」は星を象《かたど》り、そこをぐるりと取り囲む観客席は宇宙という設定。ちーちゃんというヒロインの人生に重ね合わせるかたちで、地球が生まれてから消滅するまでの一〇〇億年もの時の流れを、せつない情景の連続体として物語る。丸いちゃぶ台を中心にすえて、家族(姉・父・母・祖母)と祝う誕生日や、家族の寿命をめぐる悲喜こもごもが、ちーちゃんの成長につれ、微妙な差異とともに反復的に描かれる――俳優たちは舞台の上をぐるぐる周り、韻律により共振するラップの口調も交えながら、ノスタルジックな日常会話を繰り返してゆく。ちーちゃんは隣に暮らす月ちゃんという少女と友達になり、二人の「ままごと遊び」は、はるか遠く離れたところから、男子生徒とその先生によって望遠鏡ごしに観察されている。そして彼らは「この星にひと目会いたい」という夢を叶えるため、光速を超える旅をする……。

ソーントン・ワイルダーの名作『わが町』を換骨奪胎すべく、ヒップホップの方法論を応用し、現代口語演劇に音楽という切り札を齎《もたら》した第五十四回岸田國士戯曲賞受賞作品。□□□《クチロロ》の『００：００：００』という(時報音を基調とした三浦康嗣の作詞・作曲による)楽曲が、この作品においては、きわめて重要なイメージと役割を担っている。

(望月旬々)

司馬遼太郎《しばりょうたろう》

一九二三〈大正十二〉・八～一九九六〈平成三〉・二。作家・評論家。本名福田定一。大阪市生まれ。大阪外国語学校卒業。産経新聞社記者として在職中の一九五六年、短編小説『ペルシャの幻術師』で第八回講談倶楽部賞を受賞してデビュー。六〇年、『梟の城』で第四十二回直木賞を受賞し、翌年、産経新聞社を退社。以降専業作家となり、歴史小説を中心に、『街道をゆく』シリーズ(一九七一～九六)などエッセイや評論も手がける。六六年、第十四回菊池寛賞を受賞。七〇年、友人である脚本家・山田隆之を通じての依頼に応える形で、戯曲『花の館』を文学座に書き下ろす。同年、『世に倦む日日』で第六回吉川英治文学賞を受賞。九一年、文化功労者に選出。九三年、文化勲章受賞。『竜馬がゆく』(六三～六六)をはじめ、複数の作品が映像化され、NHK大河ドラマの原作になるなど、映像化された作品も多い。他に『坂の上の雲』(六九～七二)、『翔ぶが如く』(七五～七六)など。『花の館』『鬼灯－摂津守の叛乱－』『八十島なるなる』(八二)と司馬の書いた三本の戯曲はすべて『司馬遼太郎全舞台』(二〇〇二)に収録されている。

❖『**鬼灯－摂津守の叛乱－**』《ほおずきせっつのかみのはんらん》 九場。文学座・岩村久雄の演出で一九七五年十一月、伊東市観光会館にて初演。男性十四人、女性十三人。家臣の反対を押し切り織田信長に叛旗を翻した荒木摂津守村重が籠城し、国や城、家臣を捨てて逃げ、そして秀吉に拾われるまでを描く。幕が上がると舞台の闇に鬼灯色の玉が浮かぶ。鬼灯は死人の魂を象徴するものとしてこの後も舞台に度々登場。家臣・竹阿弥とともに城を抜け出した村重が自らの城が焼き討ちにされるのを遠眼鏡で覗く様子が描かれると場面は籠城当時へと遡る。毛利からの援軍が来ると頑に信じて籠城を続ける村重から徐々に離れていく家臣たちの心。全てを捨てて逃げた村重は僅かな供と隠遁生活を送る。やがて秀吉が現われると信長の死を

告げ、村重を自らのもとへと誘い幕。村重を高橋悦史が、その妻・安見野を杉村春子が演じた。（山﨑健太）

柴田侑宏《しばたゆきひろ》　一九三二〈昭和七〉・一～。劇作家・演出家。大阪府出身。関西学院大学文学部美学科卒業。一九五八年宝塚歌劇団のTV作品向け脚本公募に入選、同歌劇団に入団。六一年十一～十二月宝塚新芸劇場花組・月組合同公演『民謡歌劇　河童とあまっこ』で作・演出デビュー。従来の宝塚にない作品を、という意欲から、東西の名作文学を題材とした作品を多数発表。その中には『ちいさな花がひらいた』（山本周五郎『ちいさこべ』）、『赤と黒』（スタンダール同名小説）、『うたかたの恋』（クロード・アネ同名小説）、『黒い瞳』（プーシキン『大尉の娘』）など、名作の呼び声高く、再演を重ねられるものが多い。日本物、西洋物を問わないオールマイティな作風だが、特に日本物では飛鳥～平安時代を舞台とした「王朝物」と呼ばれる作品群があり、『万葉集』より材を得た『あかねさす紫の花』、『伊勢物語』を下敷きとした『花の業平』など日本古典文学の香り高い世界観に定評がある。オリジナル作品には、沖田総司を主人公とした『星影の人』、第一次大戦後のパリを舞台に男女の恋を描いた『琥珀色の雨にぬれて』など人気作多数。『フィレンツェに燃える』で七五年度芸術選奨文部大臣新人賞（大衆芸能部門）、九八年第二十三回菊田一夫演劇賞特別賞。八〇年頃より網膜障害により視力が落ち、次第に創作に専念。八三年宝塚歌劇団理事に就任。現在は同顧問。『柴田侑宏脚本選』が五編あり、主な代表作が収録されている。

❖**『あかねさす紫の花』**《あかねさすむらさきのはな》　万葉ロマン。十二場。一九七六年二月十九日～三月二十三日、宝塚大劇場花組公演にて初演。寺田瀧雄（作曲・編曲）、西川りてふ（振付）、黒田利邦（装置）、今井直次（照明）。併演は『ビューティフル・ピープル』。天智天皇（中大兄皇子）の即位を祝う「薬狩」の場から、中大兄皇子・大海人皇子・額田女王の三人を中心とした十五年間の愛憎の物語が回想の形で展開される。初演は中大兄皇子を榛名由梨、大海人皇子を安奈淳、二人に愛される額田女王を上原まりが演じて好評を得、翌年雪組で改訂再演。以後、数度再演されている。『柴田侑宏脚本選1』（宝塚歌劇団）に収録。（村島彩加）

島栄吉《しまえいきち》　劇作家。昭和戦前期に、剣劇のスター金井修一座の座付作者として、多作。『鰍の鬼太郎』『出世地蔵』『辰巳の売ッ子』『唖の剣法』、女剣劇では、大内洵子一座に『朝映富士』など。（神山彰）

島公靖《しまきみやす》　一九〇九〈明治四十二〉・六～一九九二〈平成四〉・七。劇作家・舞台美術家。香川県生まれ。別名・山村七之助。東京美術学校図案科卒業。一九二八年伊藤熹朔に師事し、舞台美術を学ぶかたわら、プロレタリア演劇運動に参加し、移動劇団用の戯曲『プロ床』（「プロレタリア演劇」一九三〇・7）を発表。同作は、当時人気の安来節をもじった茶番劇的要素が、労働者の多い客層に受けたという。「東京プロレタリア演芸団」の後身である「メザマシ隊」に『戦線は進みつつあり』（「プロット」一九三二・6）『赤いやっとこ』（同）などを発表。移動演劇用の戯曲で大きな成果を挙げた。『青いユニホーム』（「プロット」一九三一・4）はその代表的な成功作で、メザマシ隊が築地小劇場で同年二月初演。第二次春秋座、前進座の文芸・美術にも関わる。プロット解散後は、四〇年代の東宝で、日劇ステージ・ショウ『志願兵』の脚本・

美術、古川ロッパ一座の舞台美術なども担当。また映画の美術でも、東宝、大映、松竹の多くの著名監督の作品に関わった。戦後は、一九五二年NHKに入局し、同美術センターのチーフ・デザイナーとして活躍。七五年に伊藤熹朔賞テレビ部門を受賞。『青いユニホーム』『プロ床』は『アンソロジー・プロレタリア文学』（森話社）5・7巻所収。

[参考]『集団の声・集団の身体』（早稲田大学演劇博物館図録）、井上理恵「島公靖「青いユニホーム」」（『20世紀の戯曲』社会評論社）

（神山彰）

島《しま》源三《げんぞう》 一九三九〈昭和十四〉・一〜。劇作家・演出家。本名鹿嶋勝美。岐阜県岐阜市生まれ。一九五八年、劇団はぐるまに入団。郷土芸能の継承問題を扱った『継ぐ者』が六六年岐阜市岩青年団によって上演され、全国青年演劇大会最優秀賞を受賞。近年は演劇を通じた障がい者の自立支援に取り組み、二〇一三年度岐阜県芸術文化奨励を受賞した。代表作に、合理化問題に揺れ動く国鉄労働者の姿を描いた『小さな駅の物語』（一九七〇）がある。

（正木喜勝）

島崎《しまざき》藤村《とうそん》 一八七二・三〈明治五・二〉〜一九四三〈昭和十八〉・八。小説家・詩人。信州木曽の中山道の宿場町、馬籠宿の庄屋の家系として生まれる（当時、馬籠村は筑摩県であり、後に長野県を経て、現在は岐阜県中津川市）。児童期に上京して、明治学院を卒業。「女学雑誌」に翻訳の寄稿を始める。明治期の浪漫主義文学の雑誌「文學界」に北村透谷、戸川秋骨などとともに参加。一八九七年に日本近代詩史における記念碑的な詩集、『若菜集』を刊行。後に小説として、自然主義文学運動の起点に数えられる『破戒』、他に『春』『家』などを書く。その後、渡仏。帰国後、姪との関係を描く『新生』を発表。そして長編の歴史小説、馬籠宿を舞台とした『夜明け前』を刊行。戯曲は初期の頃に「文學界」に連載。当時、戯曲以外にも、評論、小品、小説など習作を発表しており、戯曲においても新しい形式を模索した。処女戯曲『琵琶法師』の文体は、十七音を基調とした俳諧、ないしは北村透谷の『蓬萊曲』の影響があり、物語には『ハムレット』の影響が見られる。この作品は、一九五八年に俳優座日曜劇場で日本の近代演劇を上演する試みとして、「近代浪漫派三作」の一つとして上演された。他に『ロミオとジュリエット』の影響を受けた未完の『茶のけぶり』、シェイクスピアの諸作品の影がある『朱門のうれひ』、歌舞伎的な作品『藍染川』を「文學界」で発表した。合計四作を残して、それ以後戯曲を書くことはなかった。

❖**『琵琶《びわ》法師《ほうし》』** 六齣十景。一八九三年、「文學界」創刊号から、二、三、五号にわたり連載。琵琶法師一鴻の前に、娘おつゆの亡霊が現われる。彼女は琵琶の奥義を弟子清三郎に教えるよう懇願するも断られる。妻おとよは、貧しい生活に耐えられなくなり、裕福な法師のもとへ去る。しかしその直後、勅使が一鴻を召し抱えるため訪れる。おつゆの亡霊は清三郎の前に再び現われて、勅使の刀を奪い、父のもとへ急ぎ駆けつけるように言う。その時、父は大蛇に襲われていた。清三郎は救おうとするが、大蛇と一緒に一鴻も斬ってしまう。

（高橋宏幸）

島田《しまだ》清次郎《せいじろう》 一八九九〈明治三十二〉・二〜一九三〇〈昭和五〉・四。作家。石川県生まれ。大正期のベストセラー小説『地上』で著名。一九二〇年「日本社会主義同盟」に加入、社会改造への言動多い時期に、戯曲『帝王者』（新潮社・

一九二二）、『革命前夜』（改造社・一九二二）を発表。なお、島田を題材にした戯曲に、松田章一『島清、世に敗れたり』がある。（神山彰）

島田雅彦《しまだまさひこ》　一九六一〈昭和三十六〉・三～。小説家・劇作家。東京都生まれ。東京外国語大学に在学中に『優しいサヨクのための嬉遊曲』が芥川賞候補となる。一九九〇年五月、田町のスタジオ・マグで処女戯曲『ユラリウム』を初演。九二年五月『ルナ　輪廻転生の物語』を銀座セゾン劇場にて作・演出。作曲家の三枝成彰とともに、オペラ『忠臣蔵』（一九九七）の脚本・演出や、カンタータ『天涯』（二〇〇〇）の作詞、『Jr.バタフライ』（〇四）のオペラ台本なども手掛ける。『カオスの娘』で平成十九年度芸術選奨文部科学大臣賞受賞（文学部門）。（中村義裕）

島村民蔵《しまむらたみぞう》　一八八八〈明治二十一〉・七～一九七〇〈昭和四十五〉・十一。劇作家・演劇研究家。東京神田生まれ。早稲田大学英文科で坪内逍遙に師事してヨーロッパ近代劇を学び、一九〇九年卒業。さらに東京大学独文科に進み、美学・芸術学を修めた。一八年から早大でドイツ文学講座を担当。かたわら、演劇評論を執筆していたが、二一年刊行の戯曲集『夜叉丸』（稲門堂）が注目され、表題作が翌年歌舞伎で上演されたのを始め、現代劇『城』や史劇『帯』『たわむれ』等の収録作品は、いずれも歌舞伎、新派で上演された。その一方、『近代文学に現はれたる両性問題の研究』『戯曲の本質』『芸術学汎論』等の研究書を刊行。自身、「私の志す戯曲の道は、研究と創作との二筋道である」と述べているが、創作は理論の実践という姿勢であり、職業作家的な技巧を用いず、美学的、哲学的主題をストレートに描く作風。二五年の『足利尊氏の悩み』（「早稲田文学」）以後、戯曲の創作から遠ざかり、戦後は静岡女子短期大学で教鞭を執っていたが、六一年の退職後に執筆した『修学院物語』が、六三年四月歌舞伎座で、十一世市川團十郎の演出・主演により上演された。

❖**『夜叉丸』**《やしゃまる》　三幕四場。一九二二年十一月、明治座で上演。五世中村歌右衛門の妙、十五世市村羽左衛門の山口太郎秋道、二世市川左團次の金山八郎左衛門邦武ほか。山口秋道は父母の敵である金山邦武を討つため、美しく諸芸に秀でた妻の妙を邦武の妾にして、手引きさせる策を思い立つ。操を破ることを拒み続ける妙も、武士道のためと強要されて夫の言葉に従う。やがて、妙は千種の方と呼ばれて金山の胤の夜叉丸をもうけるが、秋道から手引きを求められ、金山を討たせる。しかし、夜叉丸まで殺そうとする秋道を見て、妙は母性こそ女の道と、その刃を我が胸に受ける。それを見た秋道は心を翻して髪を下ろし、夜叉丸の後見を誓う。（石橋健一郎）

島村抱月《しまむらほうげつ》　一八七一〈明治四〉・一～一九一八〈大正七〉・十一。評論家・演出家。本名滝太郎。旧姓佐々山。島根県生まれ。東京専門学校卒業。父の没落により裁判所で給仕をするなど貧窮の少年期を過ごす。学費の提供を条件に島村家に入籍、一八九〇年、上京して東京専門学校に入学。在学中は美学に関心を抱き、卒業後は、美学理論に基づいた批評を「早稲田文学」や読売新聞などに発表。高山樗牛《たかやまちょぎゅう》ともしばしば議論を戦わせ、早稲田派の批評家として知られた。一九〇二年、数年間にわたる言語表現研究の成果としてまとめた『新美辞学』を置き土産にイギリス・ドイツに留学。文学・思想はもとより、音楽会や美術館、劇場に通い、世紀転換期の芸術の動向にも接し、広く「ヨーロッパ文明の背景」を理解することに努めた。とりわけ劇場には一〇〇回以上通い、シェイクスピアからイプセン、チェーホフ、G・B・ショーに至る西欧演劇に接している。〇五年帰国、文芸協会を結成し、翌年一月「早稲田文学」を復刊。巻頭に掲げた「囚はれたる文芸」で、日露戦後の日本の文学の進むべき針路を象徴主義の方向に求めたが、島崎藤村の『破戒』や、田山花袋の『蒲団』が出現するに及んでこの観点を修正して、自然主義文学運動を推進、「文芸上の自然主義」「美学と生の興味」等の評論で自然主義文学運動を理論的に支える。だが一連の自然主義論をまとめた『近代文芸の研究』(一九〇九)巻頭の「序に代へて文芸上の自然主義を論ず」でそれまでの批評家としての自己の営みへの「懐疑」を「告白」して、自然主義文学運動から撤退、「メーテルリンク論」「『人形の家』とイプセンの作劇術」等を書いて、文芸協会を拠点に近代劇運動に情熱を傾けるようになった。一九一三年、ズーデルマン作『故郷』の演出を契機に主演女優の松井須磨子との恋愛関係が表面化。協会の路線上の対立も関わって師の坪内逍遙との亀裂が深まり、早大教授も辞職、文芸協会を脱会して須磨子と共に芸術座を結成、イプセンなど翻訳劇を中心に近代劇の普及に乗り出す。発足当初は興行不振のため存続を危ぶまれた芸術座だったが、『復活』の興行的成功により経済的地歩を固める。その後は通俗劇の興行で経済的な安定を図りながら、芸術性の高い作品の上演もめざすという、いわゆる「二元の道」の路線のもとに活動、朝鮮・満州にまで巡演して「民衆芸術」としての新劇の普及に貢献した。しかし、一八年十一月、本拠地としていた牛込芸術倶楽部で、折から流行のスペイン風邪のために急逝、翌年一月五日の月命日には須磨子が後追い自殺して芸術座も七年間にわたる活動の幕を閉じた。

❖**『復活』**《ふっかつ》 トルストイ原作。五幕七場。初出は「早稲田文学」(一九一四・3)、初演は一九一四年三月に帝劇で上演。四幕六場からなるアンリ・バタイユの脚本になる「レサレクション」を、自身のロンドンでの観劇体験をもとにヒロイン中心の劇として再構成した作品。主演の須磨子の人気もあずかって舞台は喝采を浴び、中山晋平作曲による主題歌『カチューシャの唄』は 全国の津々浦々で口ずさまれた。

❖**『清盛と仏御前』**《きよもりとほとけごぜん》 二幕。初出は『平清盛』として「早稲田文学」(一九一二・1)に発表。のち加筆訂正、『清盛と仏御前』として「早稲田文学」(一九一四・1)に発表。一九一六年一月、芸術座により大阪、浪花座で初演の後、三月には帝劇でも上演。抱月としては初の史劇。治承四年三月、京都西八条に権勢を誇る平清盛と出会った白拍子仏御前。その魅力の虜になった清盛は、それまで寵愛していた祇王を棄ててしまう。『平家物語』の逸話に取材しながらも、原作とは趣を異にし、栄華のうちにも、滅亡の予感に脅える清盛をめぐる二人の女性の葛藤に焦点をおいた意欲作だが、世評は必ずしも好評ではなかった。仏御前の須磨子、澤田正二郎の清盛のほか、研究生出身の三好栄子が祇王を演じた。

(岩佐壯四郎)

島村龍三《しまむらりゅうぞう》 一九〇五〈明治三十八〉・五～一九八九〈平成元〉・四。劇作家・演出家。本名黒田儀三郎。戸籍上は「儀三郎」が正しいが、本人は「義三郎」と記すのを好み、雑誌等では後者の表記もある。淡路島の属島・沼島の漁師の家に生まれる。東洋大学支那哲学科卒業。大学の先輩に勝承夫《かつよしお》(筆名・宵島俊吉)、岡本潤などの詩人がおり、彼らの影響で在学時より南天堂に出入りし「黒田哲也」の名前でアナキズム詩を「白山文学」「太平洋詩人」などに発表する。一九二九年、第二次「カジノ・フォーリー」の文芸部長として商業演劇の世界に入る。詩人時代の文学青年仲間を文芸部に招くなどしながら、従来の演者の個性に頼った笑いとは異なる脚本主体の喜劇を目指し、関東大震災後の都市尖端風俗を盛り込んだナンセンス劇や軽妙な世相諷刺喜劇、『放浪記』『浅草紅団』など新進作家の作品のレヴュー化で若い知識人層に支持された。三一年「ムーラン・ルージュ新宿座」文芸部長。作・演出した『恋愛都市東京』が菊池寛の賞賛を得て雑誌「モダン日本」に掲載されると共にこの種の作品としては初めてPCLで映画化(『純情の都』と改題)された。三三年東宝文芸部嘱託となり、古川緑波一座の演出、機関誌「東宝」編集、「劇団新喜劇」旗揚げなどを行なう。三五年に商業演劇の脚本家を糾合して雑誌「新喜劇」を創刊、初代の編集兼発行人を務める。戦後は主に東宝、松竹、宝塚歌劇団などで脚本や演出を担当した。島村は創作戯曲の数は少ないものの、その脚本家・演出家としての足跡は〈新喜劇〉〈軽演劇〉など昭和の新しい娯楽演劇のパイオニアをなすものだった。コメディアンのハナ肇の岳父。主な戯曲集にカジノ・フォーリー文芸部編『カジノ・フォーリー脚本集』(内外社)、『恋愛都市東京』(新喜劇叢書、西東書林)がある。

❖**『ルンペン社会学』**《るんぺんしゃかいがく》 三部作。『ルンペン社会学入門篇』六景・一九三一年三月、『太陽のない街』八景・同年四月、『五月のイデオロギー』八景・同年五月、カジノ・フォーリーにて初演。丸の内のサラリーマンとして気ままな日々を送っていたペン吉は、ある日些細な事から会社を解雇されルンペン(失業者)の仲間入りをする。独り身のペン吉は、これも社会勉強だとばかりにネオン輝く夜の銀座や上野を歩き、遂には浅草の木賃宿へとやって来るのだった。モダン都市東京の表と裏、そこに暮らす人々の姿が軽い諷刺を交えつつ面白可笑しく描かれる。 (中野正昭)

清水邦夫《しみずくにお》 一九三六(昭和十一)・十一〜。作家・劇作家・演出家。新潟県新井市(現・上越市)生まれ。早稲田大学文学部美術科入学。画家を志したが、兄の影響もあって演劇へと関心を寄せる。一九五八年、文学部演劇科へ転科。同年、処女戯曲『署名人』を執筆し、テアトロ戯曲賞と早稲田演劇賞を受賞。これをきっかけに倉橋健、安部公房らと知り合う。五九年、倉橋の紹介で劇団青俳に『明日そこに花を挿そうよ』を書き、翌年上演。蜷川幸雄らが出演。六〇年、大学卒業後、岩波映画に入社。先輩に秋浜悟史、羽仁進、黒木和雄らがいた。六五年に退社するまで、羽仁監督『充たされた生活』(一九六二)、『彼女と彼』(六三)のシナリオを書いたり、仕事を通じて秋浜より影響を受けるなどした。秋浜は青俳で清水の『あの日たち』(六六)、『逆光線ゲーム』(六七)を演出。後年、木冬社《もくとうしゃ》においても『楽屋——流れ去るものはやがてなつかしき』(七七)、『火のようにさみしい姉がいて』(七八)等を演出している。退社後フリーになる。六六年、テレビ・ドキュメンタリー等で三池炭じん爆発を取材。大牟田市に長期滞在し、田原総一朗、内田栄一とドキュメンタリー・グループ「ドキュメンタリー5」を結成する。田原とは七一年にATGの協力のもとで、映画『あらかじめ失われた恋人たちよ』を共同でつくっている。

六八年、清水の『真情あふるる軽薄さ』をめぐって劇団と意見が対立したことを理由に、蜷川、岡田英次、石橋蓮司、蟹江敬三、真山知子らが青俳を脱退。同年、彼らとともに劇団現代人劇場を結成、翌年同作をアートシアター新宿文化で上演する。この公演をきっかけに、毎年同劇場で上演することになる。これより蜷川とのコンビが続く。現代人劇場の劇団員、またはその周辺には闘争に積極的に参加する活動家が多かった。七一年に『鴉よ、おれたちは弾丸《たま》をこめる』を上演した数日後に、出演者の一人が爆弾闘争に関与したために逮捕された。その事件の直後、現代人劇場は解散する。七二年、蜷川、石橋、蟹江らと劇結社「櫻社」を結成。旗揚げ公演は『ぼくらが非情の大河をくだる時』(第十八回岸田戯曲賞受賞)。集団名には、同年二月に起きた連合赤軍事件を自分たちの問題として背負おうとする意志が込められていた。清水も全共闘運動や新左翼の活動に共感をもっていた。七三年に『泣かないのか? 泣かないのか一九七三年のために?』を上演するが、この上演を通して、清水をはじめとする劇団員たちは作品と観客との間にズレが生じていることを実感する。当時、つかこうへいをはじめとする新世代が台頭し、新しい感覚の喜劇が観客を魅了するようになっていた。七四年、櫻社解散。これをもって、清水や蜷川たちの新宿時代は終焉を迎える。

清水は七五年に『幻に心もそぞろ狂おしのわれら将門』を書き、山崎努、松本典子、緑魔子、石橋ら俳優たちと風屋敷という新しいグループで上演を試みるも、稽古中の内部の意見対立から中止に追い込まれる。翌年、山崎、松本らと演劇企画グループ〈木冬社《もくとうしゃ》〉を結成。第一回公演『夜よおれを叫びと逆毛で充す青春の夜よ』を上演。第十一回紀伊國屋演劇賞個人賞を受ける。その後も、清水を主宰者兼座付き作者として、『楽屋』(七七)、『火のようにさみしい姉がいて』(七八)、『夢去りて、オルフェ』(八六)等の新作を発表し続け、数々の演劇賞を受賞した。八〇年、『戯曲冒険小説』が芸術選奨新人賞を受賞。九四年には紀伊國屋演劇賞団体賞を受賞。『わが魂は輝く水なり』(八〇、木冬社)で第八回泉鏡花文学賞を受賞。八一年、『あの、愛の一群たち』などの劇作に対し第八回テアトロ演劇賞を受ける。同年、ラジオドラマ「洞爺丸はなぜ沈んだか」(原作・上前淳一郎、TBS)で芸術祭優秀賞を受賞。『エレジー―父の夢は舞う―』(八三、劇団民藝)で読売文学賞受賞。『弟よ――姉、乙女から坂本龍馬への伝言』(九〇、木冬社)で芸術選奨文部大臣賞を受賞している。

著書に、九一年までの全戯曲を収めた『清水邦夫全仕事』全四巻(河出書房)、以降、二〇〇〇年までを収めた『清水邦夫全仕事 一九九二～二〇〇〇』(河出書房新社)、『清水邦夫』一、二(早川書房)、『火のように、水のように』(レクラム社)など多数。

❖『狂人《きょうじん》なおもて往生《おうじょう》をとぐ―昔《むかし》 僕等《ぼくら》は愛《あい》した―』 一九六九年、俳優座劇場、演出・西木一夫、装置・安部真知。俳優座第九十一回公演。三幕。大学教授・善一郎(五十六歳)一家の一室。家族は長男・出《いずる》(三十歳)、次男・敬二(二十歳)、母・はな(五十一歳)、長女・愛子(二十六歳)の五名。だが、出によれば、彼らが暮らすのは売春宿で、善一郎は女主はなの常連客、愛子は売春婦、敬二は客だという。出以外の者は、出が精神を患っているために自分たちを家族であると認識できていないと考えている。彼らは出の妄想の世界に調子を合わせつつも、家族ごっこに出を巻き込むことで、自分たちが家族であることを思い出させようとしている。出の治療を目的とした家族ごっこだったが、子どもたちが一家団欒を演じるよりも、〈パパへの抗議〉という設定を好むせいで、結果的に善一郎への不満が表面化していく。ある晩、敬二が婚約者・西川めぐみ(二十歳)を家に連れてくる。出の狂気に巻き込まれ、彼に二人がこれから築くであろう家庭の未来図を披露するよう挑発されためぐみは、新婚夫婦の一風景を演じてみせる。敬二もしぶしぶそれに付き合うが、愛子によって〈ある夜のひととき〉を演じるよう促される。それは、父が毒入り紅茶を家族に飲ませ、一家心中をはかろうとするものであり、善一郎一家に起きた実話だった。かつて善一郎は仕事で追い詰められたために痴漢をはたらき、その代償として一家を道連れに心中しようとした。辛うじて未遂に終わったものの、それ以来、教育者としての権威を失った代わりに、父親としての権威を振りかざす善一郎を子どもたちは軽蔑している。こうして当初は遊びにすぎなかった家族ごっこが引き金になって、「家族」という秩序がにわかに崩壊していく。子どもたちはもはや親子や兄弟といった枠組みを必要としなくなり、出と愛子は互いに愛し合い、家族を嫌悪する敬二はめぐみを絞殺してしまう。あらゆる秩序を捨て去った彼らは、善一郎とはなのもとを去っていく。残された善一郎はそれでも父親としての習慣や秩序を守り続けようと、朝の習慣である朝刊を読み、幕となる。冒頭のト書きで、部屋の調度品は省略し、三つの〈穴〉が空いた床を設えるよう促されている。劇後半、子どもたちの反乱のシーンではその〈穴〉が壊されることで家の崩壊が示される。枠組みとその崩壊を可視化する趣向といえる。『清水邦夫全仕事　1958~1980上』所収。

❖**『真情あふるる軽薄さ』**《しんじょうあふるるけいはくさ》　一九六九年、アートシアター新宿文化、演出・蜷川幸雄。現代人劇場=新宿文化提携公演No.1。青年、女0、中年男、行列の男女、整理員たち、他。行列の男女には101、102といった風に番号がふられている。開幕前、一人の男(101)が客席の通路からやってきて、幕の前に立つと、続いて同じように男女が並び、小さな行列ができる。その後に、毛糸編機のケースを背負った青年がやってきて割り込み、行列と青年との間に小競り合いがおこる。幕が開くと、彼らの前にもずっと男女が並び、その行列が様々にカーブして、上手の奥までつづいている。これは切符を買うための行列のようだが、正確には何のための行列なのか判然としない。列から離れると整理員が現われ暴力的な粛清を受けるため、人々は整然と列に並び続けている。青年はその状況に不満をおぼえ、人々に怒りをぶつける。すると客席から女0が現われる。青年は彼女に自殺未遂者であることを告白し、心中の真似事を一緒にしてくれるよう懇願する。彼女もまた、心中に失敗していた。そこに中年男が現われる。彼は青年に知り合いのように話しかけるが、青年は初対面だと答える。中年男は慇懃無礼なほど丁寧で親切に青年に接し、自分の全財産を彼に譲ると言ってみたり、行列の人々に青年が攻撃されると身を呈してかばったりする。中年男は青年にもっと広い世間を知るようさとすが、青年は子ども扱いする彼の態度に反抗的な態度を示し続ける。怒りの頂点に達した青年は、毛糸編機のケースからマシンガンを取り出すと、人々を撃つ。だが、それはごっこ遊びであり、人々は死んだふりをしていただけだった。青年も女0に撃たれると、死んだふりをしてみせようとするが、態度を豹変させた中年男と、彼の合図で集まってきた整理員に叩きのめされ、本当に死んでしまう。最後、中年男の〈行列を乱すな!乱す奴は容赦なくたたき殺せ!〉の台詞の後に、整理員が湧き出して終わる。

戯曲では〈あなたの傍から整理員が湧き出し、あなたに無言で迫る〉となっている。『清水邦夫全仕事　1958〜1980上』所収。

❖**『鴉よ、おれたちは弾丸をこめる』**《からすよおれたちはたまをこめる》　一九七一年、アートシアター新宿文化、演出・蜷川幸雄。企画・葛井欣士郎。現代人劇場＝新宿文化提携公演No.3。鴉婆、虎婆、かいせん婆、はげ婆、とむらい婆、いわく婆、ばくだん婆、青年A、青年B、裁判長、検事、弁護人、他二十一名。四場。裁判所。爆破事件で逮捕された青年A、Bの裁判が行なわれている。証人としてAの祖母・鴉婆が呼ばれる。証人尋問がはじまるはずが、彼女の合図とともに白髪をふり乱した老婆の一群が侵入してくると、瞬く間に法廷は老婆たちに占拠され、老婆たちによる裁判がはじまる。彼女たちとの間に話し合いや交渉は成立せず、弁護人が物わかりのよさと誠実さをアピールするものの、取り入る隙がない。老婆たちは次第に過激になっていき、ばくだん婆は手製爆弾で法廷を爆破する。鴉婆が下す判決はつねに死刑であり、自分の孫すら自らの手で処刑してしまう。Aの処刑を目の当たりにしたBは、老婆たちに自分も裁くよう懇願する。しかし、裁かれる前に機動隊に撃たれ死ぬ。催涙弾の白煙のなか、虎婆と鴉婆は、自分たちは孫を喰べてしまった、自分たちが若返り、若者の血を甦らさなければならないと言う。老婆たちは全員、屈強の若者あるいはりりしい美青年に変身すると、前方へ肉薄していくが、一斉に射ち殺される。ひとり弁護人だけが変身しきれず取り残される。初演時の観客のなかには、老婆たちに成田空港建設反対闘争に加わった地元農家の人々の姿を見たものもいた。老婆たちの怒りは最後まで闘い抜けなかった学生たちに向けられたものであり、国家権力を前に無視され続けた民衆たちの怨念でもある。なお、青年Bを演じた梶原譲二は千秋楽から三日後に発生した警察署爆破未遂事件、さらに翌年の米軍国見通信所爆破事件に関与した容疑者として全国に指名手配された。青年Bは〈おれは走る。おれはとぶ。おれは闘う。おれは爆弾をなげる。でも、おれはいつもそのあとにそれらの意味を考える。（中略）そうやって自分の意志を、自分の行動を、自分の虚像と実像を常に推し図ろうとしてきた〉と言っているが、まるでこの台詞通りのことが起こってしまったのだ。『清水邦夫全仕事　1958〜1980上』所収。

❖**『ぼくらが非情の大河をくだる時』**《ぼくらがひじょうのたいがをくだるとき》　一九七二年、アートシアター新宿文化、演出・蜷川幸雄。企画・葛井欣士郎。櫻社＝新宿文化提携公演No.1。詩人、兄、父親、便所に群がる男たち。深夜、都内の公衆便所。男が男を求めて集まる場所。詩人がやってくる。彼を探して、彼の父と兄が白木の棺桶をかついでやってくる。詩人はこの公衆便所の下に無数の死体が埋まっていると思い込んでいる。父と兄はそんな詩人に調子を合わせながら、棺桶に彼を入れて家へ連れ帰ろうとするが、徐々に彼の狂気の世界に引きずり込まれていく。狂気と正常の境界線が曖昧なままに、やりとりは段々と過激に、暴力性を帯びはじめる。便所の個室に籠城した詩人を誘い出すべく、兄はかつてよくやったようにボクシングごっこをしようと持ちかける。すると殺気だった詩人は血まみれになるまで兄を殴り続ける。興奮が冷めた詩人は自分がやったことをおぼえておらず、「奴等」に兄がやられたと憤慨する。この「奴等」という存在のように、詩人は常に無数の男たちの気配におびえている。劇ではその幻の男たちを、出会いを求めて便所に集まってきた男たちが演じる。男たちは詩人に襲いかかったり、下着一枚の少年に変貌すると物陰から詩人を覗き見たりし、彼を追い詰めていく。いつのまにか兄も少年に変貌し、詩人にナイフを突きつける。最後、兄は詩人の死体を背に荒縄でくくりつけ、客席へ降りていき、夜の街に消えていく。第十八回岸田戯曲賞受賞。『清水邦夫全仕事 1958〜1980下』所収。

❖**『わが魂は輝く水なり《わがたましいはかがやくみずなり》―源平北越流誌《げんぺいほくえつるし》―』** 一九八〇年、砂防会館ホール他、劇団民藝公演。演出・宇野重吉。斎藤実盛、斎藤五郎、斎藤六郎、藤原権頭、巴、中原兼光、中原兼平、平維盛、他五名。十四場。一一八三(寿永二)年、倶利伽羅合戦の最中。藤原権頭《ごんず》の屋敷に斎藤実盛が郎党も連れず、一人戦より戻る。彼は死んだ息子・五郎の亡霊が見えると言い、周囲を戸惑わせる。五郎はかつて、敵方である木曽義仲を慕って国を捨てた。義仲は幼少期に実盛に命を救われた恩から、側室で中原一族の巴とともに五郎を暖かく迎え入れたが、五郎は不慮の死を遂げる。弟・六郎もまた義仲軍に心を寄せ、父の制止を振り切って木曽山中へと向かう。山中で六郎は義仲軍が狂気に包まれていることを知る。巴とその弟・兼光、兼平によると義仲は精神を病んでいるため、代わりに巴が軍の指揮をとっているという。だが、彼ら三人もまた互いを疑い、徐々に正気を失っていた。六郎は再び国へ戻ろうと、平維盛を頼って下山する。六郎は維盛に義仲軍がそう長くはもたないだろうと告げる。実盛は、六郎に対し、たとえ敵とはいえ、義仲や巴を狂人とみなすことを非難する。すると、六郎は兄が実は巴に殺されていたことを伝える。実盛はごんずに軍を率い、海へ向かうよう命じ、自分は巴たちが待つ森へと向かう。義仲軍が自分を生け捕りにしようとしていることに気づいた実盛は、顔を変えようと、白髪を染め、五郎の亡霊の手を借りながら平家の公達のように顔面を白く塗る。最後、敵の兵に取り囲まれる中、実盛は目を閉じる。『清水邦夫全仕事 1958〜1980下』所収。

❖**『エレジー《えれじー》―父の夢は舞う《ちちのゆめはまう》―』** 一九八三年、三越劇場、劇団民藝公演。演出・宇野重吉。十三場。吉村平吉(六九歳)は元・工業高校の教師で凧の研究家。一人息子の草平を亡くしたばかり。映画制作をしている右太(六三歳)という弟がいる。晩夏のある日、草平の内縁の妻で、売れない女優・塩子(三二歳)が平吉宅を訪ねてくる。草平は生前、平吉宅の住宅ローンを支払う代わりに、平吉の死後、家を相続することになっていた。塩子も一部負担していたが、彼が亡くなり、滞納していたローンの督促状が届いたため、平吉に渡しに来たのだ。平吉と塩子は会えば口喧嘩が絶えない仲だが、彼はローンを引き継げば、塩子に家を相続させてもいいと彼女に提案する。塩子は提案を受け、同居している叔母・中平敏子(四八歳)とともに支払うことにする。塩子の従兄弟、清二(二九歳)は彼女と結婚し、平吉の死後、家を改築し、ふたりで住もうと考えている。塩子しか身寄りのない敏子もまた、平吉の家に並々ならない執着を示す。そんな敏子へ右太は好意を寄せるようになり、塩子は憎んでいたはずの平吉に惹かれていく。憎しみと愛情が入り混じった複雑な感情を、塩子はラシーヌの『アンドロマック』のエルミオーヌの台詞にぶつける。塩子はかつてアルコール中毒を患って以来、不安定な精神状態だったが、平吉のことがあってさらに情緒不安定になる。そんな彼女を見て、周囲は塩子だけでなく、ふたりとも互いに惹かれあっていることに気づく。だが平吉は塩子の思いにこたえようとはしない。再び酒に手を出してしまった塩子は泥酔して平吉宅を飛び出し、車にひかれて死んでしまう。葬儀の帰り道、平吉は幻のなかに踏切の警報を聞き、電車に乗った塩子の幻影を見る。読売文学賞受賞。『清水邦夫全仕事　1958〜1980上』所収。

❖**『タンゴ・冬の終わりに』**《たんごふゆのおわりに》　一九八四年、パルコ劇場、パルコ制作公演。演出・蜷川幸雄、美術・朝倉摂。登場人物は清村盛《せい》、ぎん、重夫、名和水尾、名和連、清村はな、宮越信子、他七名と幻の観客たち。七場。日本海沿いの町にあるさびれた映画館・北国シネマ。俳優・清村盛の生家であり、弟・重夫が細々と営業しているが、叔母・清村はなの勧めで近々取り壊すことになっている。実力、名声ともに我が物にしていた盛は、三年前、突然引退宣言をすると、故郷へ帰り、今ではこの映画館に引きこもっている。自分以外の人間への激しい拒否反応から、精神が不安定で記憶が混濁した状態にあり、妻・ぎんのことも三十年前に自殺した姉だと思い込んでいる。彼は二度と舞台へ戻らないことを決意しながらも、幻の歓声を聞き、カムバックの甘いささやきを待ち焦がれている。舞台への強い執着が彼を狂気に陥らせ、死の縁へ誘う。盛の妄想には、高校時代に孔雀の剝製を学校から盗んだ思い出や、自殺した姉など様々な死者たちが現われ、死が怪しい美しさを放つ。ある日、映画館に盛のかつての共演者だった若手女優・名和水尾と、彼女を追ってきた夫・連がやってくる。水尾は盛から病状の悪化を告げる手紙を受けてかけつけたのだったが、実はその手紙はぎんが書いたものだった。ぎんはそれまでも盛を騙って手紙を水尾にしたため、彼女を呼び寄せ、盛を正気に戻すための刺激剤にしようとしていたのである。三年前、水尾と盛は恋に落ちた。だが、水尾によれば、それもぎんが盛に若々しい魅力を取り戻させるために仕組んだことだったという。盛と再会した水尾は当時の話を聞かせるが、盛は彼女のことをすっかり忘れている。だが、盛は急速に水尾に魅かれていき、やがてふたりはかつてのようにタンゴを踊る。それでも盛は妄想の世界から脱することなく、幻の孔雀を探し続ける。ボロ切れを孔雀と勘違いしている盛を見て、ぎんは彼の狂気に付き合っていくことを諦め、彼のもとを去る。水尾は盛にボロ切れを捨てるよう迫ると、激昂した盛に首を絞められ息絶える。そして盛もまた連にナイフで刺され死者の世界へと旅立っていく。清水の故郷・新潟を取材して書かれた作品。長岡の駐在所に勤めた清水の父の面影が盛の叔父に重ねられている。厳寒の日本海沿岸の風土が活写され、盛の孤独と狂気を一層引き立てている。『清水邦夫全仕事　1958〜1980上』所収。　（梅山いつき）

清水信臣《しみずしんじん》　一九五六〈昭和三十一〉〜。一九七九年、劇団解体社の創設に俳優として参加。八五年に元の主宰者の退団後、清水が主宰となり、以後すべての作・演出を手がける。八〇年代は「場の演劇」として野外劇や移動演劇を精力的に展開する。八〇年代末、川崎に犬蔵舎という拠点を据え、新メンバーらと徹底した身体訓練の末、『THE DOG』シリーズを開始。以後、舞踏理論などを取り込んだ身体をベースにした表現を追求する。九四年に東京・本郷DOKに拠点を移し、初めて海外公演を行なうなど、精力的に海外活動を開始する。九五年に発表した『Tokyo Ghetto』はなかでも衝撃的で、海外でも賛否が真っ二つに割れた。九九年からは二十世紀に訣別するべく

『バイバイ』シリーズをはじめ、「退化の世紀へ」「未開へ」「幻影」など、テロや性差別、暴力などネガティヴなテーマを取り上げた。二十一世紀に入ると、9・11以後のグローバリゼーションに対抗する「生政治下における身体表現」を探り、『Dream Regime――夢の体制プロジェクト』を開始、世界各地で独自の活動を展開する劇場や集団との共同作業を展開する。ウェールズ、ヨルダン、ブラジル、東ティモール、オーストラリア、デンマーク、ポーランドなど、周縁地域が多いのが特徴である。二〇一一年からは「歴史を忘却し、動物化していく人間」をテーマに、『ポストヒューマン・シアター』と名付け、ポーランドのテアトル・シネマと恒常的な共同作業を進める。活動はもはや日本にとどまらず、ますます国際化していった。一三年には、それまでの湯島の「アートスペース・カンバス」を離れ、佐内坂に新スタジオを開設した。清水信臣は、今では数少なくなった六〇年代の前衛劇を正統に受け継ぎ、政治的直接性とは異なる「身体の演劇」を求めて格闘している。その活動は消費的な小劇場演劇とは一線を画し、世界で高く評価される現代日本の劇団の一つとして認知されている。（西堂行人）

志村治之助《しむらじのすけ》　劇作家。一九三五年頃から、浅草の「ヤパン・モカル」文芸部で、ヴァラエティショウの脚本を書く。島村龍三編集の「新喜劇」同人。『かんばん娘』『ロマンス・ビルジング』『本町二丁目の味噌屋の娘』など、当時の世相を伺わせる作品を書く。後に菊田一夫、小沢不二夫らと同じく「現代劇」同人となる。五〇年代から六〇年代には、宝塚新芸座の人気路線の一つ「まげものコメディ」を多く書く。『お笑い新撰組』『勢揃い新撰組』『弥次喜多竜宮へ行く』『弥次喜多捕物道中』『弥次喜多道中日記』『まげものミュージカル忠臣蔵』『維新とんやれ節』など。（神山彰）

霜川遠志《しもかわえんじ》　一九一六〈大正五〉・四～一九九一〈平成三〉・十二。劇作家。熊本県生まれ。本名下川敏喜。日本大学国文科卒業。一九四二年、伊馬春部《いまはるべ》の紹介で入座した、ムーラン・ルージュ新宿座文芸部で劇作を学び、『銅像のある町』が賞賛される。応召、復員しての戦後、熊本で劇団文芸座を旗揚げし、『弟子丸家の人々』を発表。その後、明治製菓宣伝部に職を得、ラジオ用に新国劇ユニット出演の『子供のための鞍馬天狗』を書く。五四年、新国劇に魯迅原作の『阿Q正伝』を劇化して注目される。魯迅歿後二〇年の五六年発表の『藤野先生』が、芸術祭奨励賞を受賞し、代表作となる。後に『戯曲・魯迅伝五部作』も完成。新国劇には『前原党の最後』も書いている。他に『九郎出陣』など。小説の『八代目團十郎の死』では、歴史文学賞も受賞している。

❖**『藤野先生』**《ふじのせんせい》　三幕。村山知義演出で、一九五六年十月明治座初演。一九三六年、中国で『魯迅選集』出版にあたり、是非、自作『藤野先生』を選集に収めたいという魯迅の意を受けた研究者が北陸の寒村に住む八十二歳の藤野医師を尋ねる。藤野は、魯迅とはかつての教え子の留学生・周樹人だったことを知り、回想シーンとなる。日露戦争の〇四年、仙台医学専門学校で藤野は教鞭をとるうち、熱心に勉学する留学生魯迅に目を掛ける。同期生から勉学を妨害されたり、嫌がらせを受けたりする魯迅を藤野は庇い、援助し、同期生たちを烈しく諌める。やがて帰国する魯迅に、藤野は自分の写真に「惜別」と書いて渡す。再び、三六年の現在、藤野の元に、魯迅死すという電報が届く。藤野はさらに生き続ける決意を固める。国を超えた、人間同士の信頼と敬愛を、印象的

な挿話と昭和史の断片を背景に描く印象深い佳作。『昭和大衆劇集』（演劇出版社）所収。（神山彰）

子母澤寛《しもざわかん》　一八九二〈明治二十五〉・二～一九六八〈昭和四十三〉・七。作家。北海道石狩市生まれ。本名梅谷松太郎。明治大学法学部卒業。新聞記者のかたわら、『新選組始末記』などで認められる。代表作に『勝海舟』、「座頭市」原作の『ふところ手帖』など。戯曲は、三〇年代に関西新派に『丁半暦』『鬼瓦』、新声劇に『投げ節弥之』『人斬り林蔵』、新国劇に『新蔵兄弟』『天保水滸伝』『英五郎二人』『国定忠治』『紋三郎の秀』、前進座に『次郎吉流れ星』など。小説の人気作『父子鷹』も脚色され、歌舞伎で上演。

❖**『紋三郎の秀』**《もんざぶろうのひで》　三幕六場。一九三三年、新国劇により初演。新国劇では、「極付」と題名に冠せられるほどの人気演目として、度々上演された。この作品の特徴は、任侠物だが、主役の秀五郎が渡世人でありながら、常に堅気の仕事への憧れと敬意を持って生き続けるところにある。下総の魚問屋を舞台に、祭りの情景や斬り合いの内に秀五郎の人間像を描く。後半では、呉服商の娘との思いや、やくざの一味に厭がらせを受ける魚問屋に代り身を賭して一味との丁半の勝負を掛け、やがて斬り合いに行かざるを得ない、どうしても堅気になれない方向に向かう博徒の運命を鮮やかに、しかも、詩情豊かに描いた傑作。（神山彰）

下西啓正《しもにしひろまさ》　一九七七〈昭和五十二〉～。劇作家・演出家・俳優。埼玉県出身。慶應義塾大学法学部政治学科卒業。二〇〇〇年に乞局《こつぼね》を旗揚げし、主宰として作・演出。『汚い月』が第十一回劇作家協会新人戯曲賞優秀賞、『耽餌《たぬび》』が第五回かながわ戯曲賞佳作、『廻罠《わたみ》』が第六回同賞最優秀賞。俳優として山縣太一や松村翔子らとチェルフィッチュの初期作に出演。代表作に『雄向葵《オマワリ》』『裂躯《ザックリ》』『邪沈《ヨコチン》』『傘月《サンゲツ》』など。（望月旬々）

下村千秋《しもむらちあき》　一八九三〈明治二十六〉・九～一九五五〈昭和三十〉・一。小説家。茨城県稲敷郡出身。一九一九年に早稲田大学英文科を卒業後、読売新聞に入社するが半年足らずで退社。同年牧野信一らと同人誌「十三人」を発行し本格的に文筆業を開始、昭和期にはルンペン文学を確立。「十三人」誌上で戯曲を多く発表した。代表作の『しかも彼等は行く』をはじめとした多くの作品がルンペン文学の流行した昭和初期に上演された。（岡本光代）

下山省三《しもやましょうぞう》　一九〇七〈明治四十〉・一～一九七一〈昭和四十六〉・六。劇作家・英語教師。岡山県勝田郡生まれ。青山学院卒業。岡本綺堂に師事し、一九三四年より廃刊まで「舞台」の編集を担当。自らも、『垣根を越えて』『物々交換会』『母子草』『ボーナス献金』『女のふるさと』『明日と云う日』（ラジオドラマ）を執筆。戦中に「都新聞」の記者を経て、故郷津山に帰ってからは美作女学校で英語教師を定年まで勤めた。（熊谷知子）

詩森ろば《しもりろば》　一九六四〈昭和三十九〉～。劇作家・演出家。宮城県仙台市生まれ。本名渡辺真理子。一九九三年に風琴工房を旗揚げし、主宰として作・演出。二〇〇三年『紅き深爪』が第九回劇作家協会新人戯曲賞優秀賞。代表作に『透きとおる骨』『ゼロの枢』『記憶、或いは辺境』『無頼茫々』『葬送の教室』『残花－1945さくら隊園井恵子－』など。（望月旬々）

謝名元慶福《じゃなもとけいふく》　一九四二〈昭和十七〉・一～。劇作家。日本劇作家協会沖縄支部長。沖縄県うるま市生まれ。琉球政府立コザ高校卒業後、東京のテレビドラマ研究所で学ぶ。琉球放送、沖縄放送協会を経てＮＨＫに勤務。ＮＨＫ放送文化研究所主任研究員で退職。この間、ＮＨＫ・ＦＭで芸術祭参加作品のラジオドラマなど、沖縄在住の脚本家として主に沖縄を舞台にした演劇、ラジオドラマ、記録映画などの脚本、シナリオ、台本などを多数執筆。一九七九年に発表した一人芝居『島口説』(北島角子主演)は、沖縄社会のさまざまな問題を描き、第二十四回岸田國士戯曲賞候補、文化庁芸術祭優秀賞を受賞するなど大きな反響をよび全国各地で公演された。その後も沖縄の歴史や文化や社会問題などをテーマにした作品に取り組み、パモス青芸館企画で『命口説』『美ら島』、文化座で『海の一座』『花売り』『ハブの子タラー』、劇団東演で『朝未来』『アンマー達のカチャーシー』『風のユンタ』『アンマー達のロックンロール』、劇団銅鑼で『風の一座』、東京演劇アンサンブルでブレヒト原作の『日本版肝っ玉お母』の台本、ＮＨＫプロモーション企画『東京未来派宣言』の台本など、二十本余の舞台作品を公演したほかに、『阿麻和利』『平安座ハッタラー』『ヤカモチ』『出雲の阿国』などのオペラ台本、映画やアニメのシナリオ、ドキュメンタリー映画のシナリオ・監督作品なども多数にのぼり、記録映画『やーさんひーさんしからーさん・沖縄疎開学童の証言』は日本文化映画製作者連盟のコンクールでグランプリを受賞。主な作品を収録した戯曲集『アンマー達のカチャーシー』(新日本出版社)がある。

❖『島口説《しまくどぅち》』 一九七九年発表。作者の出身地の平安座島を舞台に、一人の沖縄女性の半生を通して、戦中から戦後にいたる沖縄社会のさまざまな問題を描いた。沖縄芝居のベテラン女優・北島角子が沖縄方言をまじえた独り語りで演じた。 (嶋津与志)

十一谷義三郎《じゅういちやぎさぶろう》 一八九七〈明治三十〉・十～一九三七〈昭和十二〉・四。小説家。神戸市生まれ。東京大学卒業。「文芸時代」同人となり、新感覚派の小説家として知られる。一九二八年『唐人お吉』が好評で、以後、この題材は真山青果、山本有三ら多くの戯曲にも取り上げられた。戯曲に『遊戯』(『一幕物新選集』現代書房)、『幽霊』(「婦女界」一九二四・6)、『木の芽立ち』(「文芸時代」一九二七・5)、『街に芽ぐむ』(「現代」一九三三・6～12)がある。 (神山彰)

庄野英二《しょうのえいじ》 一九一五〈大正四〉・十一～一九九三〈平成五〉・十一。山口県生まれ。童話作家・画家・劇作家。関西学院専門部文学部哲学科を卒業。在学中に童話作家を志し、創作童話の同人雑誌『こずえ』を創刊。また、佐藤春夫、坪田譲治、藤澤桓夫に師事する。一九三七年に応召され、マレイ半島にて終戦を迎える。帰国後、戦犯容疑で巣鴨プリズンに収監されるが、無罪となる。六一年、『ロッテルダムの灯』で第九回日本エッセイスト・クラブ賞受賞、六四年には代表作となる『星の牧場』で日本児童文学者協会賞など、三つの賞を受賞。六九年に戦争中の体験を織り交ぜた『星の牧場』が小山祐士の脚色で劇団民藝により東京・紀伊國屋ホールにて上演されたのをきっかけに、以前から温めていた戯曲創作への意欲が高まる。以後、劇団民藝との関係を深めながら、七六年『南の島』(七月、砂防会館ホールにて初演)、七七年『アレン中佐のサイン』(八月、同)、七八年『長い航海』(八月、同)、七九年『化かしの祝言』(一月、同)、『いななく高原』(七月、同)、八六年『短い手紙』(二月、同)を、いずれも劇団民藝によって上演。『星の牧場』は七一年に宝塚歌劇でミュージカル化、八六年には映画化されるなど、繰り返し劇化されている。

［参考］庄野英二『鶏冠詩人伝』（創元社）、『星の牧場』（理論社）

❖『南の島《みなみのしま》』 二幕九場。昭和十三年三月から昭和十六年十二月までの間の、ニューギニアとオーストラリアの間にある木曜島およびその周辺を舞台にした作品。真珠貝の名産地であるこの場所には、和歌山県から多くの出稼ぎ人が数年の契約で働きに来ている。そこへコックとして働きに来た佐太郎の視点を中心に、時に穏やかな、時に大自然の恐怖に晒されながら現地の人々と暮らす日本人たちの姿を描いたもの。最終場面で日本が連合国との戦争に突入したことが分かり、オーストラリアの軍隊に乗り込まれたところで幕切れとなる。作者の戦争体験が色濃く反映された作品。 （中村義裕）

条野採菊《じょうのさいぎく》 一八三二〈天保三〉・九～一九〇二〈明治三十五〉・一。戯作者。江戸生まれ。本名伝平。別号・山々亭有人《さんさんていありんど》。鏑木清方《かぶらききよかた》の父。幕末戯作の代表格。三題噺を自作自演する「粋狂連」を仮名垣魯文、河竹黙阿弥らと結成。一八八六年やまと新聞創刊、新聞小説を書く。戯曲では、『茲江戸子』が東京・宮戸座で伊井蓉峰一座で、九七年に上演。他に、『森の小鏡』（「やまと新聞」一八九九）、『依田苗代』（「太陽」一八九七）がある。 （神山彰）

白井鐵造《しらいてつぞう》 一九〇〇〈明治三十三〉・四～一九八三〈昭和五十八〉・十二。演出家・劇作家。静岡県犬居村（現・春野町）出身。犬居小学校卒業。本名は虎太郎。小学校ではつねに首席という秀才だったが、進学は贅沢だとあきらめ、病弱な母を喜ばせるため教師を志す。一九一三年九月、浜松の日本形染に入社。翌年母を病気で失うが、教職への希望捨てがたく、染物会社での四年間の寄宿生活中も懸命に勉強を続けた。文部省の教員検定試験受験に音楽が必須であったことから、浜松で教員たちが結成していた合唱の会へ入会。そこで浅草オペラの歌などに触れ、自分も東京に出てオペラ歌手になりたいと考えるようになった。一七年正社員となるも、高名なヴァイオリニスト高折周一夫妻がアメリカから帰朝したという新聞記事を見た白井は、会社を飛び出して高折に弟子入りする。高折の周旋で音楽家の山本正夫に預けられ、山本家の書生をしながら声楽やピアノを学んだ。高折が病臥したため、山本の紹介で当時新星歌劇団にいた岸田辰彌に弟子入りし、京都での同歌劇団旗揚げ公演に随行。自身も『チョコレート・ソルジャー』（シュトラウス作、伊庭孝訳）で初舞台を踏んだ。この公演中に岸田のもとを宝塚少女歌劇の創始者・小林一三《いちぞう》が訪れて宝塚に招いたことが契機となり、白井は小林が宝塚少女歌劇に男性を加入させることを企画して作った男子養成会へ入る。しかし半年ほどで養成会は解散。演技の基礎を身に着けることが出来たものの、行き場を失った白井は岸田の勧めに従い、奇術の松旭斎天華一座に加入。また、占い師の勧めで「鐵造」と改名した。この一座で帝国劇場歌劇部で振付家・ローシーから舞踊を学んだ石井康行に師事、ダンスに自信を持つ。二年ほど同一座で経験を積んだ後、二一年岸田の振付助手として宝塚へ戻る。岸田作品に振付をするうち、理事長の吉岡重三郎から勧められ、二二年二月、処女作となるお伽歌劇『魔法の人形』を発表。好評を得て、ダンスを中心としたお伽歌劇を次々と発表する。まだこの頃にはダンサーとして立つという意欲があり、二三年一月の愛読者大会に出演、生徒たちと一緒に踊って小林を驚かせているが、作品を書いていくうちに宝塚に落ち着く気になり、舞台に出ることはなくなった。

この頃、少女歌劇のスターであった沖津浪子と結婚。二七年九月、一年の洋行から帰った岸田が日本初のレヴュー『モン・パリ』を発表、白井は振付を担当し大成功を収めた。翌二八年秋、小林一三の命で欧米視察の旅に出る。同僚の演出家・堀正旗、照明技師・井上正雄と共にアメリカ、ロンドン、パリをめぐり、ひとりパリに残ってレヴューの基礎を学ぶ。一年七か月にわたる留学から帰朝後の三〇年八月「パリ土産レビュー」として『パリゼット』を上演。初めてタップダンスを取り入れたほか、パリで買い入れた羽根扇、ダイヤの首飾りや金銀に輝く布などを使用。二〇場からなる本場パリの香り漂う舞台は「岸田辰彌によって紹介されたレビューは白井鐵造によって成就された」と絶賛された。さらにその背景には、『すみれの花咲く頃』に代表される舶来のメロディーをふんだんに利用したことや、師・岸田の作品や帝劇女優劇の益田太郎冠者作品からの影響も強くあったことを、白井自身認めている。その後は傑作と謳われた『花詩集』(三三年八月)をはじめ、『セニョリータ』『ローズ・パリ』『サルタンバンク』『トウランドット姫』等、数々の傑作を発表。しかし三九年に松竹移籍との噂が立ち、小林との会談の結果宝塚歌劇団理事長に就任、戦時下における歌劇団の組織改革に尽力したが排斥運動に遭い、四〇年に東宝へ移籍。秦豊吉社長のもと「東宝国民劇」の育成に力を注ぎ、四一年三月東宝国民劇第一回公演『エノケン竜宮へ行く』、同七月『木蘭従軍』などで高い評価を得た。戦時下で劇場が閉鎖されると、白井は故郷に近い愛知県二川村に疎開、農作業に従事して終戦を迎える。四七年九月『モン・パリ』二十周年記念公演のために再び宝塚に招かれ、「白井鐵造健在」と好評価を受けた。五一年正式に宝塚へ復帰。復帰第一作は同年八月宝塚大劇場星組公演『虞美人』で、同作は「戦後の最高傑作」と謳われる大成功を収める。その他、戦後の代表作は『源氏物語』『ラブ・パレード』『君は僕』『皇帝と魔女』等。また、宝塚の要素を取り入れた歌舞伎作品もあり、総作品数は一八〇本を超える。五四年より宝塚歌劇団理事。六四年紫綬褒章、七〇年に勲四等旭日小綬章を授けられている。八四年一月に宝塚バウホールにおいて宝塚歌劇団葬が行なわれた。

❖**『パリゼット』** 二〇場。欧米留学からの帰朝後第一作。白井は作・演出・振付のすべてを一人で担当した。白井より一足先にパリに留学した野島一郎が舞台装置を、共に洋行した井上正雄が照明を担当。『パリゼット』『OH TAKARAZUKA(原曲はCONSTANTINOPLE)』『モンパルナス』『ラモナ』『すみれの花咲く頃』『君のみ手のみマダム』『恋、あやしきは恋』という七つのパリ流行歌を主題としたレヴュー。一九三〇年八月、宝塚大劇場花組公演で初演。併演は『若き日の時平』(久松一声作)、『鎌腹』(楳茂都陸平作)。舞台は白井の帰朝挨拶口上から始まる。次いで、宝塚讃歌『OH TAKARAZUKA』の合唱。合唱が終わるとパリから帰朝した山中と神原という二人の青年が『パリゼット』を観に宝塚を訪れる。そこから、舞台には二人のパリでの思い出——モデル娘ロロットと神原との恋、山中の友人ジョセフィンの恋愛など——が鮮やかなショー場面を交えて展開する。現在では宝塚歌劇の代名詞ともなった『すみれの花咲く頃』は劇中で花売り婆に扮した天津乙女によって最初に歌われた。同作は大好評につき九月、十月と続演され、十一月には東京歌舞伎座で一週間上演。三一年にも宝塚で六月、七月と再演され、また三三年十月には新橋演舞場でも上演された。白井鐵造『宝塚と私』(中林出版)に収録。

❖『花詩集』《はなししゅう》 十八場。一九三三年八月、宝塚大劇場での宝塚少女歌劇創立二〇周年記念公演（月組）にて初演。この作品でも白井は作・演出・振付を担当。マロニエ、鈴蘭、薔薇、カーネーション、野菊、椿、すみれ、罌粟……といった、花々をモチーフとした場面が次々と展開する。『花詩集』のタイトルは舞台装置の野島一郎の案。『花刺繍』という案も出たが、「詩集」の方がスマートだと白井が決定した。初演は大好評で九月花組、十月星組と続演。翌年一月に東京宝塚劇場開場公演を控えていた時期でもあったが、舞台を観た小林から「『花詩集』は傑作なり、東宝開場作品が出来た、感謝、感謝」という葉書が白井に贈られ、同作は東京宝塚劇場開場公演でも上演された。白井鐵造『宝塚と私』（中林出版）に収録。

❖『虞美人』《ぐびじん》 二幕。一九五一年八月宝塚大劇場星組公演にて初演。原作は長与善郎の戯曲『項羽と劉邦』（新潮社）で、この作品の歌劇化を白井に勧めたのは舞台装置の石浜日出夫だった。その当時白井は東宝に移籍していたので東宝国民劇での上演を想定していたが、五一年に宝塚に復帰した際、春日野八千代、神代錦といった男役スターの成長を見て宝塚での上演を決意した。舞台は春日野の項羽、神代の劉邦が本物の馬に乗って登場するプロローグに始まり、項羽とその寵姫・虞姫との愛を中心に、ライバル劉邦との争いが描かれ、韓信の股くぐり、鴻門の会、四面楚歌といった名場面がレヴュー構成によって展開する。宝塚初の一本立て大作であったが、石浜デザインのスペクタクルな舞台装置、河崎一朗作曲の主題歌「朱いけしの花」の魅力も相俟って「戦後最大の力作」と評された。大劇場を超満員にした初演に続き、翌九月には月組、十月は花組で再演され、戦後初の三か月ロングランとなった。また、アーニー・パイル劇場として米軍に接収されていた東京宝塚劇場の再開公演で上演するため、東京公演は五五年四月まで温存された。

❖『妲己』《だっき》 十二場。一九五七年十月大阪歌舞伎座にて初演。白井は作及び演出。服部良一（音楽）、高根宏浩（美術）、篠木佐夫（照明）、園田芳龍（効果）。金毛九尾狐・妲己に四世中村雀右衛門（当時は七世大谷友右衛門）、紂王（中央）に三世實川延若（当時は二世延二郎）が扮した。女体と化した金毛九尾狐は人間の世を魔界とすべく、宮廷の忠臣蘇護侯の娘・妲己に憑りつき、紂王の後宮へ入る。妲己は蘇美人と呼ばれ紂王の寵愛を一身に受けるが、そのために国は乱れていく。紂王を諌める皇后、後宮の妃らを妲己は策謀により拷問にかけ、殺す。宴の最中、故皇后の兄・西伯侯の軍が城下に迫っていること、味方が全滅したことが伝えられる。紂王は妲己のために建てた摘星楼に火を放って果て、妲己は西伯侯の天下が今後八〇〇年続くことを予感し、ひとまず天竺へ逃れることを決意する。周の軍師・太公望が妲己の正体を妖狐と看破し一太刀浴びせるが、妲己は金毛九尾の狐の本性を顕し、妖術を用いて悠然と立ち去るのだった。早稲田大学坪内逍遙博士記念演劇博物館図書室に上演台本所蔵。

❖『白蛇伝絵巻』《はくじゃでんえまき》 二幕十二場。一九六一年四月歌舞伎座にて初演。白井は作及び演出。藤間勘十郎（按舞）、山口縫春（美術）、高根宏浩（装置）、斎藤一郎（作曲）、篠木佐夫（照明）、園田芳龍（効果）。白羅姫（白蛇の精）に六世中村歌右衛門、三輪二郎に二世市川猿翁（当時は三世団子）が扮した。村の子ども達が白蛇をいじめているのを助けた三輪二郎は心優しい絵を好む青年であった。二郎に恋した白蛇は白羅姫と姿を変えて二郎の前に現われ、刀を贈るが、それは盗まれた権現の宝物であった。盗難の疑いをかけられた二郎は皆を白羅姫の館へ案内するが、そこは荒れ果てた廃屋であり、盗まれた宝に満ちていた。親類の家に預けられた二郎は初瀬の長者・庄司の娘富子との縁談を受入れるが、そこに再び白羅姫が現われる。白羅姫の妄執に引き込まれていく二郎を救うため、活仏・法海上人が法力で白羅姫と侍女呉竹を鉄鉢の中に閉じ込める。畜生の身で道ならぬ恋をした白羅姫は地獄で魔に責められるが、観音菩薩に救われ昇天していく。歌舞伎の手法を活かしながら洋楽や歌を取り入れた構成で、宝塚での白井の経験を活かした豪華絢爛な舞台となった。早稲田大学坪内逍遙博士記念演劇博物館図書室に上演台本所蔵。（村島彩加）

白浜研一郎《しらはまけんいちろう》　一九一八〈大正七〉～不詳。演劇・舞踊評論家。福岡県北九州市生まれ。新聞記者のかたわら大阪の新劇団に俳優として参加、以後上京して瑞穂劇団、初期の俳優座などを経て放送作家、後に演劇評論家となる。台詞劇、舞踊のほかにも人形劇団主宰など幅広い分野で活躍した。主な作品にラジオドラマ『柴窯の壺』（石上玄一郎原作）、映画『ほほ笑みよ今日は』、人形劇『森の兎と狐』、著作に『人形劇場』（郷土書房）、『七里ヶ浜パヴロバ館——日本に亡命したバレリーナ』（文園社）、『わが戦後演劇放浪記』（三一書房）などがある。（中野正昭）

神宮茂十郎《じんぐうもじゅうろう》　一九二八〈昭和三〉・二～。高校教諭。東京都出身。本名伊藤茂雄。横浜国立大学工学部卒業。都立高校とりわけ定時制高校の演劇部で精力的に執筆活動を続ける。主な作品に『海岸線』（都立白鷗高校定時制初演、後に広島市立舟入高校が上演して全国大会出場）、『萩の花』などヒューマニズムを感じさせる戯曲が多い。同人誌「季刊高校演劇」の編集主幹を長く務めたほか、『けいこノート』『演劇・けいこの基本』（いずれも青雲書房）に参画する。（柳本博）

神西清《じんざいきよし》　一九〇三〈明治三十六〉・十一～一九五七〈昭和三十二〉・三。翻訳家・小説家。中学時代に萩原朔太郎の詩に心酔、第一高等学校理科に進んだが、フランスの象徴詩に傾倒して仏語を独習、またそこでの堀辰雄と出会いはやがて共に「虹」、「山繭」同人として始まる文学活動の道につながるものであった。東京外語学校露語科に転じて卒業後、北大図書館、ソ連通商部等に勤めた。一九三二年文筆活動に入り小説・フランスおよびロシア文学の翻訳を発表。戦後は鎌倉アカデミアに名を連ね、五〇年、岸田國士の提唱した雲の会に加わった。五二年『ワーニャ伯父さん』の翻訳で文部大臣賞受賞。五四年文学座に入座し『どん底』台本の翻訳を担当。この時岸田國士の死に遭った。『桜の園』『三人姉妹』『かもめ』などのチェーホフ劇翻訳に力を注いだ。戯曲執筆は雲の会以後で福田恆存の勧めによるという。『月見座頭』（「別冊文藝春秋」一九五〇・10）では活字で読むための戯曲として、台本とは異なった一種の小説仕立ての形式を試みている。他に『人魚』（喜劇三場、「群像」一九五一・12）、『海に鳴る鐘』（「別冊文藝春秋」一九五四・4）、『午後の女』（対話一景、「群像」一九五五・4）、『月が沈むまで』（「文藝」一九五五・8）など。なお『海に鳴る鐘』は五四年一〇月、「戦後派」により渋谷公会堂で上演された（国島友太郎演出）。

❖**『月が沈むまで』**《つきがしずむまで》　一幕三場。一九五五年六月、神西自身による演出により文学座アトリエで上演された。登場人物は一年前、妹に対する殺人未遂事件を起こして〈しばらく休演してゐる女優〉だけ。夜半の海べで台本を手に一人稽古する場面が、突然殺人未遂事件を起こした一年前の回想に移行し、再び元の海辺に返るまでの出来事がモノローグによって展開する。稽古中の台本は彼女のスキャンダルを当てこんだ内容らしい。他人の人生を演じ続ける空虚感から発作的に事件を起こした女優の心に、台本の悪意を気にせず舞台にまた立とうとする意思が生じるまでを描いている。　（林廣親）

新藤《しんどう》兼人《かねと》　一九一二〈明治四十五〉・四～二〇一二〈平成二十四〉・五。映画監督・脚本家。広島県佐伯郡（現・広島市佐伯区）生まれ。本名は新藤兼登。一九三四年に松竹傘下の新興キネマに入社し、出向先の興亜映画で溝口健二に師事する。戦後、吉村公三郎監督『安城家の舞踏會』（一九四七）などのヒットで、脚本家としての評価を確立。五〇年に吉村らと独立プロダクション「近代映画協会」を設立し、『愛妻物語』（五一）で監督デビュー。社会派監督として次第に確固たる地位を築き、遺作『一枚のハガキ』（二〇一一）まで生涯に五十本近い作品を残す。同時に脚本家としても他の監督に多くのシナリオを提供しつづけた。初の戯曲は宇野重吉の勧めで書き下ろした『女の声』。自らのシナリオを舞台用に脚色した作品に『しとやかな獣』（六五年初演）、『午後の遺言状』（九九年初演）など。後者では初めて舞台演出も手がけた。他の舞台作品に、浅田次郎原作『ラブ・レター』（〇四年初演）の脚色・演出など。『小説田中絹代』『女の一生――杉村春子の生涯』他著書多数。二〇〇二年に文化勲章を授与された。

❖**『女の声《おんなのこえ》』**　三幕四場。男十人、女十人。一九五五年六月、劇団民藝が、菅原卓《たかし》の演出、北林谷栄《たにえ》、清水将夫らの出演により一ツ橋講堂で初演。「新劇」（一九五五・8）に掲載。作者自身の家族がモデルとされる。舞台は尾道港に面した売春宿まがいの飲食店。敗戦までは刑事だった谷村政夫が後妻とともに営んでいる。かつて栄華を誇った谷村家は没落し、先祖伝来の土地や屋敷も手放していた。そこへ二〇年代に一家の困窮を救うべく結納金と引き換えにアメリカ移民に嫁いだ姉・秀代が、墓参りのために三十年ぶりに帰ってくる。離散していた家族がそれを迎えに様々な思惑を抱えて集まり、それぞれの人生の軌跡が交錯するなかに、大家族の解体、時流に翻弄される女たち、そして移民、被爆、占領など、戦後日本の諸相が浮かび上がる。五八年に新藤自身の脚本・監督により『悲しみは女だけに』として映画化された。　（八角聡仁）

じんのひろあき　一九六二〈昭和三十七〉・四～。脚本家・劇作家・演出家。福岡県出身。東京経済大学中退。一九九〇年にマントル・プリンシアター旗揚げ。『メイドイン香港』で第三十八回、『俺なら職安にいるぜ』で第三十九回の岸田國士戯曲賞最終候補。二〇〇七年には劇団ガソリーナ旗揚げ。代表作に『進化論ホテル』『自由を我らに』『デビルマン――不動を待ちながら』など。また、『ノーライフキング』（市川準監督、八九）、『櫻の園』（中原俊監督、九〇）、『シャニダールの花』（石井岳龍監督、二〇一三）など映画脚本や、漫画原作も手がける。『櫻の園』の脚本により日本アカデミー脚本賞受賞。　（堀切克洋）

新美《しんみ》正雄《まさお》　一九四六〈昭和二十一〉・一～。脚本家・劇作家。東京生まれ。日本大学藝術学部卒業。新宿コマ劇場を中心に御園座、中日劇場などで、商業演劇の作品を提供。松井誠、山川豊、小林幸子、吉幾三、コロッケ、森進一など人気歌手主演の作品が多い。『我が命、雪に舞え』『空よ、海よ、わが母よ――若き海軍飛行仕官の物語』『野狐三次』『遠山の金さん七変化』『代書屋お幸奮闘記録』『愛果てしなく』など。　（神山彰）

す

翠羅臼《すいらうす》 一九四七〈昭和二十二〉・三〜。演出家・劇作家。岩手県生まれ。一九七二年に『贋作・荒野のダッチワイフ』で曲馬舘を旗揚げ。作品の政治性や野外での過激な上演ゆえ公安当局との摩擦は絶えなかった。八一年に同劇団解散後、夢一族を結成。八八年まで在籍した。代表作は『ルナパーク・ミラージュ三部作』〈一九九五〜二〇〇二〉。二〇〇七年、日本とパレスチナの演劇人による演劇プロジェクト「パレスチナ・キャラバン」を組み、『アザリアのピノッキオ―七つの断章による狂詩曲―』を上演した。（梅山いつき）

末木利文《すえきとしふみ》 一九三九〈昭和十四〉・十〜。翻訳家・演出家。北京生まれ。学習院大学仏文科卒業。別役実『はるなつあきゆふ』、山崎正和『世阿彌』などの演出、イヨネスコ、デュラス、アダモフなどの翻訳多数。一九九五年、読売演劇大賞優秀演出家賞受賞。八二年には『海岸通り一丁目』を五月舎により日本青年館中ホールで作・演出。著書に『私の花伝書』。（中村義裕）

スエヒロケイスケ《すえひろけいすけ》 一九六九〈昭和四十四〉〜。劇作家。愛知県生まれ。本名末廣圭右。大阪芸術大学舞台芸術学科中退。二〇〇一年より劇団tsumazuki no ishiの座付として活動。代表作に『water witch』『無頼キッチン』『ガソリンホットコーラ』『犬目線／握り締めて』など。（望月旬々）

菅感次郎《すがかんじろう》 劇作家。秋田県生まれ。額田六福に師事し、郵便配達の仕事のかたわら劇作を続け、『篝火』『温泉宿』などを書いた。情報局国民演劇参加作品で、歌舞伎検討委員会募集入選脚本となった『恩讐以上』は、一九四一年十二月歌舞伎座において、六世尾上菊五郎主演、金子洋文舞台監督、伊藤熹朔舞台装置で上演された。

［**参考**］「脚光を浴びる郵便集配人の戯曲」（「読売新聞」一九四〇・10・31） （熊谷知子）

菅竜一《すがりゅういち》 一九三三〈昭和八〉・三〜二〇〇五〈平成十七〉・三。劇作家。香川県生まれ。本名増賀光一。定時制高校の教師として学校演劇の指導を行なうかたわら戯曲・小説などの創作を発表。一九六四年『女の勤行』で第十回「新劇」岸田戯曲賞を受賞した。また児童書『善財童子ものがたり』シリーズや『教育の原型を求めて』〈朝日新聞社〉、『若者たちの居場所——創作戯曲にみる現代青年像』〈晩成書房〉など教育をテーマにした著作も多い。主な戯曲に『女の勤行』『日本海流』がある。（中野正昭）

菅沼潤《すがぬまじゅん》 一九三〇〈昭和五〉〜二〇〇四〈平成十六〉・十。宝塚歌劇団作家・演出家。台北市出身。学生歌舞伎で活躍した後、宝塚歌劇団に入団。一九七八年、宝塚バウホールの開場第一作『ホフマン物語』〈花組〉はフランスの作曲家ジャック・オッフェンバックの同名オペラを下敷きとし、詩人ホフマンの幻想的な恋を描く。初演時には朝比奈隆指揮による大阪フィルハーモニー交響楽団による録音演奏が使用された。二〇〇八年に再演。『心中・恋の大和路』〈七九年十一月、宝塚バウホール、星組〉は日本物の傑作。『西海に花散れど―平資盛日記抄―』〈八五年十二月、宝塚大劇場、星組〉は源平合戦の動乱の時代に生きた武将平資盛を描くミュージカル。古今東西の古典に題材を採る劇作を特徴とする。退団後には関西歌劇団などでオペラの演出も手掛ける。戯曲は宝塚歌劇団の各劇場脚本集、もしくは公演プログラムに所収。

❖『心中《しんじゅう》・恋の大和路《こいのやまとじ》』 二幕。近松門左衛門『冥途の飛脚』を原作。飛脚問屋亀屋の主人・亀屋忠兵衛は、惚れた遊女・槌屋の梅川が他の男に身請けされると知り、客の金である五十両に手をつけて身請けの手付金を払う。金を使い込まれた八右衛門は忠兵衛の友人でもあり、なんとか忠兵衛を正しい道に戻そうとするが、忠兵衛は身請けのためにさらに店の金三百両の封印を切る。こうなれば逃げるほかなく、忠兵衛と梅川は新口村を目指して雪山へと入っていく。八右衛門はこの大雪が二人を裁くだろうと追っ手を止める。忠兵衛と梅川が雪の中で息絶えるクライマックスで終幕。初演の好評を受け再演多数。シンプルな舞台装置を用いてテンポ良く物語を展開させ、江戸時代を舞台としながら音楽にはロック・ミュージックを採りいれた。（藤原麻優子）

菅間勇《すがまいさむ》 一九五〇〈昭和二十五〉・十二〜。劇作家・演出家。東京都墨田区寺島生まれ。明治大学文学部文芸学科中退。早稲田小劇場にて、原金太郎、小田豊、稲川実代子らと活躍。一九七七年に劇団卍を主宰し、作・演出を手掛ける。一九九四年より、菅間馬鈴薯堂を結成。代表作に『河をわたる』『春がくれば』『ひとりでは淋しすぎて』『天空への途』『みみずくハザードマップ』など。著書に『中島みゆき――その愛と歌の行方』（春秋社）がある。（小原龍彦）

菅原寛《すがわらかん》 一八九二〈明治二十五〉・五〜不詳。劇作家。山形県寒河江生まれ。「報知新聞」、「都新聞」「万朝報」などの記者を遍歴。一九二八年に松竹文芸部の嘱託になり、新派や曾我廼家五九郎一座に関わる。岡本綺堂に師事し、三一年五月には『研辰祟る』が仁寿講堂で春潮座の旗揚げに上演され、八月にはラジオ放送もされた。戯曲集に『幻の舞踏』（彩雲堂）、自伝に『随筆・演劇風聞記』（世界文庫）がある。（熊谷知子）

菅原卓《すがわらたかし》 一九〇三〈明治三十六〉・一〜一九七〇〈昭和四十五〉・五。演出家・翻訳家。神奈川県横浜市生まれ。慶應義塾大学経済学部卒業後、米国コロンビア大学に留学し演劇を専攻。帰国後の一九三二年、岸田國士、阪中正夫らと第一次「劇作」を創刊、編集兼発行人となり、戯曲『高原にて』『北へ帰る』を発表。戦後は新派や文学座などで幅広く翻訳・演出を手掛けた。五〇年より「現代劇運動」で初代水谷八重子に協力、翌年『逢いびき』を作・演出。五五年劇団民藝に入団、同年『セールスマンの死』演出により第七回毎日演劇賞演出賞受賞。五六年、訳・演出した『アンネの日記』の成果により、民藝が第五回芸術祭文部大臣賞受賞。戦後の劇作に、『歴史は……』『帰郷』『夜の季節』『流れる星』『生贄』『龍崎氏の条件』がある。ピカデリー実験劇場運営委員長、文部省芸術祭執行委員、日本文芸家協会理事、国際演劇協会日本センター理事長などを歴任。三八年より家業である菅原電気会社の社長も務めた。内村直也は実弟。

［参考］『菅原卓の仕事』（早川書房）

❖『北へ帰る《きたへかえる》』 三幕。ルネ・フォーショア原作脚色“Prenez garde à la peinture!”およびシドニー・ハワード“The Late Christopher Bean.”（邦題『かたみの傑作』）を元に翻案。一九三四年八月「劇作」に発表、三七年六月に阪中正夫の『町人』とともに創作座で初演、以後各地で上演。三八年日活多摩川で映画化（監督・倉田文人）、五四年NHKでドラマ化（演出・梅本重信）。生前は日の目を見ず貧乏暮らしをした画家、園城寺李一の作品が死後八年経って突如パリで高く評価されたことから巻き起こる悲喜劇。舞台は長年、園城寺の診察をした田舎医師広田の家。広田家に園城寺の絵画があると知った男たちが現われ、夫妻と娘たちはそれまで見向きもしなかった作品の買い値に驚く。遺作の所有者とその価値をめぐって一家は翻弄されるが、広田家の女中はたが実は園城寺と婚姻関係にあったことがわかり、広田はすべての絵を彼女に譲渡する。はたが遺作を抱えて故郷に帰るところで幕。男五人、女四人。（熊谷知子）

杉浦久幸《すぎうらひさゆき》 一九五九〈昭和三十四〉・三〜。劇作家・演出家。岐阜県下呂市生まれ。一九七八年入学の岐阜大学演劇研究会で演技に目覚める。プロの俳優を目指すため八〇年に大学を中退、上京して東京演劇アンサンブルの俳優教室に学ぶ。同期生との自主公演がきっかけとなり八四年に劇団もっきりやを結成。八六年の『エボリューション セオリー』で旗揚げした。結成当初は俳優で活躍するが、八九年の『飛ぶ橇《そり》』から「五十一二三《ごとうかずみ》」名で自作を発表し始める。九三年には夫人で女優の門岡瞳と二人だけの劇団になる。以降は照明以外を二人で分担して上演する二人芝居を発表していく。同棲する若い男女が内部から崩れていく悲劇を描く『アンダー』を改訂した『水面鏡』（九四年度文化庁舞台芸術創作奨励特別賞、第四十一回岸田國士戯曲賞最終候補作品）、就職の面接試験に臨む女性と人事部員との会話をパワーゲームの視点から描いた『あなたがわかったと言うまで』（九七年度日本劇作家協会最優秀新人戯曲賞）、憧れの役についた女優の妻が心中穏やかでない夫と『ハムレット』のけいこをする『オフィーリアのいるキッチン』（九六）など、男女特に夫婦の日常生活に起こる駆け引きや恋愛模様から人間や社会を照射した作品で、「私小説演劇」とも評された。二〇一一年からは客演を招き、三人姉妹が昭和という時代を見つめる『鏡の中の薔薇』（一二）、オムニバス形式で反原発を訴えた『L7－無色透明のクライシス－』（一三）などで新境地を開いている。このほか、沖縄戦を題材にした『銀の滴降る降るまわりに』や門野晴子原作『わがババわがママ奮斗記』、窪島誠一郎原作『眼のある風景』（〇七）、重松清原作『定年ゴジラ』（〇九）の脚色など、外部の劇団にも作品を提供している。

❖**『銀の滴降る降るまわりに』**《ぎんのしずくふるふるまわりに》 二〇一〇年に劇団文化座が黒岩亮の演出、佐々木愛、阿部勉、梅田崇、春稀貴裕らの出演で上演。沖縄・首里郊外の与那城家は日本軍に徴用され、兵舎兼炊事場として使われていた。炊事兵はアイヌや沖縄の兵士も含めて構成され、それぞれに偏見を抱えていがみ合う。しかし、戦況悪化が進むうちに互いの人柄を分かり合い友情が生まれる。日本人のアイヌと沖縄への差別と偏見を骨太の筆致で描いている。（杉山弘）

杉谷代水《すぎたにだいすい》 一八七四〈明治七〉・八〜一九一五〈大正四〉・四。児童文学者・詩人・劇作家。鳥取県境港市生まれ。本名虎蔵。早稲田大学中退。冨山房入社。新体詩運動に関わり、多くの唱歌を作詞。『クオレ』『母を尋ねて三千里』など児童文学の翻案でも知られる。坪内逍遥の『新楽劇論』に刺激を受け、『胡蝶』『太田道灌』『小督』など歌劇の脚本を書き、一九一一年帝劇で上演された『熊野《ゆや》』は、本邦初の創作オペラとして著名。戯曲では〇七年の文芸協会第二回公演で上演の『大極殿』の他に『大号令』『棟木』『京丸牡丹』があり、狂言『衣大名』などもある。〇七年文芸協会の『ハムレット』上演台本作成にも関わる。『杉谷代水選集』全1巻（冨山房）、芳賀矢一との共著『作文講話及び文範』（講談社学術文庫）がある。（神山彰）

杉本苑子《すぎもとそのこ》 一九二五〈大正十四〉・六〜。作家。東京生まれ。文化学院卒業。吉川英治門下として多数の小説を書く。三世澤村田之助の人生を描いた『女形の歯』が田中喜三により一九六九年に劇化され東横劇場で初演され、好評、再演。それ以上に好評を得たのが、薩摩藩士による治水の苦悩を描いた直木賞受賞作『孤愁の岸』の劇化で、杉山義法の脚色、森繁久彌主演の帝国劇場での舞台の迫力が評判を呼び、同劇場でしばしば復演された。後には堀越真の脚色で御園座など上演、大劇場の人気演目であると同時に、森繁の舞台での代表的演目の一つとなった。（神山彰）

杉山義法《すぎやまぎほう》　一九三二〈昭和七〉・一～二〇〇四〈平成十六〉・八。新潟県生まれ。日本大学藝術学部卒業。一九六〇年代から、主にテレビの時代劇のシナリオを執筆し、多くの話題作を残す。舞台は、大劇場演劇を中心とし、文芸作品の脚色が多い。八八年に舟橋聖一作の『花の生涯』を名古屋・御園座、九五年には村上元三作の『松平長七郎－黄金ぎやまん燈籠－』を新橋演舞場にて、それぞれ脚色して上演。また、歌舞伎にも作品を提供し、八九年『孤松は語らず――大津事件始末記』を福田善之の演出で歌舞伎座にて上演。（中村義裕）

鈴江俊郎《すずえとしろう》　一九六三〈昭和三十八〉・三～。劇作家・演出家・俳優。大阪府大阪市生まれ。京都大学在学中に演劇活動を始める。一九九三年～二〇〇七年まで劇団八時半の主宰者として京都で活動。その間、ほぼ全作品の作・演出を手掛け、俳優としても舞台に立つ。関西劇作家の登竜門であったテアトロ・イン・キャビン戯曲賞を『区切られた四角い直球』で一九八九年に受賞。九五年には『零れる果実』で第二回シアターコクーン戯曲賞受賞、『ともだちが来た』で第二回OMS戯曲賞大賞受賞、九六年『髪をかきあげる』で第四十回岸田國士戯曲賞受賞、二〇〇三年『宇宙の旅、セミが鳴いて』で文化庁芸術祭賞大賞（演劇部門）受賞、〇四年～〇六年まで京都舞台芸術協会理事長。内向する現代人の姿を、繊細なセリフと少しずつ常軌を逸してきながら、世界と対峙する登場人物を通して描く会話劇には定評があり、その戯曲は英語、ドイツ語、ロシア語、インドネシア語などに翻訳されている。

❖**『髪をかきあげる』**《かみをかきあげる》　一幕。初演・一九九五年八月。京都・アートスペース無門館。劇団八時半公演。作・演出鈴江俊郎。七人（男四・女三）。自分ではどうしようもない寂しさ、そしてそれを通り越した時の人生のおかしみ。そんな人の心のうつろいを、都会に暮らす人々の姿を通して描く会話劇。深夜に訪ねてきた恋人・中川を〈一人になりたい時がある〉という自分のルールに従わなかったと追い返した後、寂しさに苦しむトモヨ。そのトモヨをデートに誘うのは、職場の同僚・早川。トモヨは性的誘惑を全く感じられないこのデート中に〈髪をかきあげるくらい長くなったらもっと好きだなぁ〉と早川に言われ、動揺しながらも自分と同じ孤独の匂いを感じ心がざわめく。しかし早川は不仲だった妻の実家で農業をするために会社を退職し、トモヨのもとから去っていく。埋めることのできないこの現実は、何が解決してくれるのか……。物語は恋人が欲しいという願望に取りつかれた中川の友人・村井と、その願望に答えてあげようとする高校生・めぐみ、子供を亡くして悲しみのあまり、夜眠れなくなってしまった夫婦なども交え、様々な現実に直面した人々を通して描かれていく。どうしようもないことを受け入れていくしかない世界の中で、彼らは川べりを散歩しながら、そこにはいない蛍を探し続け永遠の時を過ごしていく。

❖『ともだちが来た』《ともだちがきた》 一幕。初演・一九九四年八月一日、二日。京都・アートスペース無門館。二人の桟敷席公演。作・演出鈴江俊郎。二人(男二)。セミの声が聞こえる部屋で這いつくばって畳の目やほこりを見ている私。そこにアリがやって来る。〈ほこりを食べるアリ〉と〈ほこりを食べないアリ〉を交互に見ている私。そして〈ともだち〉が来た……。登場人物は私と友の二人。大学に入ったばかりの夏休みに里帰りした私は自転車に乗って一週間かけて六〇〇キロをやってきた高校の剣道部の旧友に久しぶりに会う。剣道部の試合の再現、部室での甘酸っぱい出来事、自転車で部屋の中をぐるぐる走り回る〈ともだち〉、その〈ともだち〉が回る中心で友を見ながら身体を一緒に回転させている私。死んでいるのか、死んでいないのかよく分からない柿の木がある庭のそばの部屋で、出されたお茶を飲まなかった〈ともだち〉がお茶を飲んだ……。果たして〈ともだち〉はどこに存在しているのだろうか。そして私の存在は……。二人の会話は近しいようで近くなく、何故か遠さを感じさせる。現実と過去をつなぐ記憶をセリフで紡ぎ、執拗に重ねられたト書きでドラマを成立させるその手法は映像的でもあり、世界をひっかくような青春の孤独が描き出されている。　(安藤善隆)

鈴木勝秀《すずきかつひで》 一九五九(昭和三十四)・十二〜。脚本家・演出家。神奈川県生まれ。一九八〇年、早稲田大学演劇研究会で活動開始。八七年、ZAZOUS THEATER(ザズゥ・シアター)を旗揚げ、当初は年六作品上演を目標に積極的な公演活動を展開し『LYNX』、『ウエアハウス』など、個性的な作品を発表するが、九八年から三年間、経済的状況を打開するため「放送作家」業に専心し、一切の演劇活動から離れる。二〇〇一年、篠井英介主演『欲望という名の電車』の演出で演劇活動を再開、以後は脚本家、演出家としてプロデュース公演を中心に幅広く活躍している。脚本家としての自らの行為を「構成」と呼び、コラージュ、編集、コピー、サンプリング、リライトを駆使して作品を仕立て上げていく。基となる作品を巧妙に換骨奪胎し、硬質な文体で再構成された作品は、確かなオリジナリティーを有している。

❖『ウエアハウス』「最愛の戯曲」と呼ぶ、エドワード・オールビーの『動物園物語』を基にしたシリーズ。一九九三年に第一弾を発表。以後「休息」「Noise」「Error」などのサブタイトルを付け、CDを含む八回の変奏を試みている。最新作は、二〇一一年に演劇集団円が、シアタートラムで上演した『ウエアハウス circle』(演出・鈴木勝秀)。取り壊しが決まった協会の地下室を舞台に、地域の暗唱サークルで、ギンズバーグの長編詩を練習しているエトウ(金田明夫)に、通りかかった初老のオリベ(橋爪功)が執拗に絡む不条理劇。敵が見えない現在の「不干渉社会」で、かつて社会変革に挫折し、今またネットなどのデジタルコミュニケーションからも疎外された世代の、やり場のない怒りを橋爪が好演。金田との息詰まる攻防が話題を呼んだ。若者が大人に絡む『動物園物語』の年齢関係を逆転させたことで、今の日本の切実な写し絵となった。　(今村修)

鈴木完一郎《すずきかんいちろう》 一九四八(昭和二十三)・三〜二〇〇九(平成二十)・七。演出家。静岡県生まれ。掛川西高校を経て立正大学卒業。一九七〇年に青年座文芸部入座。翌年のスタジオ公演『悲喜劇おんな系図』の構成・演出で演出活動を開始。七三年のスタジオ公演『仔猫を抱いたポリスマン』の作・演出で劇作家としても正式にデビューした。他に八八年の『カレーライス物語・野菜とスパイスのセッション』など。

（大笹吉雄）

鈴木聡《すずきさとし》　一九五九〈昭和三十四〉・三〜。劇作家・演出家。東京都生まれ。早稲田大学政治経済学部在学中に「演劇集団てあとろ50'」で脚本・演出を担当。一九八二年、博報堂入社。コピーライターとして活躍、CM制作に関わる。大学時代の仲間との再会をきっかけに八四年、「演劇マニアではない普通の社会人が楽しめる芝居づくり」をめざして劇団「サラリーマン新劇喇叭《らっぱ》屋」（九三年、「ラッパ屋」に改名）を旗揚げ。以後全作品の脚本・演出を手がける。長らくサラリーマンと劇団主宰の〝二足のわらじ〟で活動してきたが、九七年に博報堂を退社。近年は劇団外への書き下ろしや、映画、テレビの脚本、新作落語の執筆など幅広く活躍している。旗揚げ作品『ジャズと拳銃』など、初期は愛好する音楽のリズムや発想を活かした作品を発表したが、八八年に、当時流行していたテレクラを扱った『シャボン玉ビリーホリデー』、昭和の終焉に想を得た八九年の『ショウは終わった』あたりから世相を積極的に取り入れ、都市生活者の等身大のドラマを笑いと共に描くようになる。同世代の心の機微をとらえたエンターテインメントには定評がある。近年は、グローバリゼーションや憲法九条に言及した『妻と社長と九ちゃん』（二〇〇五、青年座）、東日本大震災への思いを託した『ハズバンズ&ワイブズ』（一一、ラッパ屋）など、社会性を強めた作品も発表している。〇六年に、『あしたのニュース』（ラッパ屋、脚本・演出）、『八百屋のお告げ』（グループる・ばる、戯曲）で紀伊國屋演劇賞個人賞、一二年に『をんな善哉』で第十五回鶴屋南北戯曲賞。

❖**『サクラパパオー』**　一九九三年初演、九五年再演（ラッパ屋、シアタートップス）、二〇〇一年三演（パルコプロデュース、パルコ劇場など）、演出はいずれも鈴木聡。ナイトレースの競馬場で繰り広げられる悲喜こもごもの人間模様。使い込んだ公費を埋めるため、一攫千金を夢見る公務員、婚約相手のギャンブル好きに疑念を抱く結婚直前の女、カモを狙う予想屋たち……。様々な男女が出会い、思惑が交錯する中、逃げ馬サクラパパオーがレースに向かう。人間の愚かさ、弱さ、愛しさを共感を込めて見つめるラッパ屋の代表作。

❖**『あしたのニュース』**《あしたのにゅーす》　二〇〇六年（ラッパ屋、シアタートップスなど）。演出・鈴木聡。舞台は、環境保全運動真っ盛りの地方都市。代々豆腐屋を営んできた西島は、妻から「豆腐屋の女将で一生を終えるのはイヤ」と、突然別れ話を切り出される。何とか離婚は免れるが、妻は環境運動に乗り出しリーダーに。その颯爽とした姿を見つめる西島にも妻と同じ人生の疑問が広がる。地方新聞社の面々がこれに絡み、環境運動は意外な方向に動いていく。仕事のできる恋人に張り合える男になろうと、西島と組んで記事捏造に走る記者、志を殺して身過ぎ世過ぎを続けるデスク。颯爽としない男たちの精いっぱいの見栄やプライドを優しくすくい上げながら、メディアの責任を問い、日々の暮らしに「志」を取り戻そうと語りかける。

❖**『をんな善哉』**《をんなぜんざい》　二〇一一年（青年座、紀伊國屋サザンシアターなど）。演出・宮田慶子。主人公は、キャリアウーマンから、親の跡を継いで和菓子屋の女将に収まった諒子。五十路を迎えて〈まだ女を終わりにしたくない〉と内心穏やかでない。そんな折、再就職話や近所の酒屋一家の諍い、商店街の地上げなど厄介事が一時に押し寄せる。主演・高畑淳子の個性を活かし、

「真の幸せとは」という永遠のテーマに、正面から軽やかに取り組んだ戯曲。（今村修）

鈴木泉三郎《すずきせんざぶろう》　一八九三〈明治二十六〉・五～一九二四〈大正十三〉・十。劇作家。東京青山生まれ。四谷小学校高等科二年卒業後、銀行勤務のかたわら、大倉商業学校夜学部に学ぶ。ここで北尾亀男と終生続く交友を結び、ともに歌舞伎の立見に通って知識を深める一方、水野葉舟に入門して短歌、俳句を学んだ。一九一三年、三越の懸賞募集で戯曲『扉の前にて』が入選。選者の松居松葉の紹介で岡村柿紅《おかむらしこう》に入門した。この前後から鈴木いずみ、豊島屋主人、伊豆巳三郎《いずみさぶろう》などの筆名で雑誌「演芸倶楽部」「演芸画報」に「芝居見たまま」などの記事を執筆。一六年、柿紅が主筆を務める「新演芸」の誌友となり、翌年、玄文社に入社して同誌の編集に加わった。当初は以前の筆名で雑記事を執筆、後に実名で評論なども書いている。本格的な戯曲の第一作は一九年の『盈虧《えいき》』（後に『敗れし騎士』と改題）で、第二作『八幡屋の娘』は八月帝国劇場の女優劇で上演された。二十年、処女戯曲集『ラシャメンの父』を玄文社から刊行。引き続き『高橋お伝』『谷底』『火あぶり』『ある時代』（『通夜する二人』と改題）、『二人の未亡人』などを執筆。二三年には江戸世話物のタッチで書いた『次郎吉懺悔』（「劇と評論」一九二三・1）が二月市村座で六世尾上菊五郎によって上演された。この年、関東大震災によって玄文社が解散したため、文筆業に専念するが、すでに前年から肺結核を病んでおり、闘病生活のなかで『心中の始末』『山芋秘譚』『ポルカやむ』『生きてゐる小平次』などの創作を続けた。本格的に文学を学べる環境になく、努力によって地歩を築いた人であり、行き届いたト書き、繊細なニュアンスを含んだ巧みなせりふに特色がある。初期は貧困や難病、社会の因習などを扱った通俗的なメロドラマが多く、異常心理や犯罪への関心も見られるが、後年の作品では、男女の微妙なすれ違いなど、透徹した人間観照を示した。作品の多くは歌舞伎、新派、新劇で上演され、没後の二五年、プラトン社から『鈴木泉三郎戯曲全集』が刊行されている。

［**参考**］『日本戯曲全集　現代篇第十五輯』（春陽堂）、西村博子「鈴木泉三郎研究―鈴木万里子氏所蔵の未発表資料と「生きてゐる小平次」―」（「演劇学」第21号　早稲田大学演劇学会・一九八〇）

❖**『生きてゐる小平次』**《いきているこへいじ》　「演劇新潮」（一九二四・8）に掲載。翌年六月、新橋演舞場で初演。三幕。舞台装置＝田中良、舞台照明＝遠山静雄。配役は十三世守田勘彌の小平次、六世尾上菊五郎の太九郎、五世市川鬼丸（三世尾上多賀之丞）のおちか。太鼓打ちの太九郎は、女房のおちかが四年越し役者の小平次と密通していることを知っていたが、旅興行先の安積沼で、小平次から「おちかをくれ」と正面から切り出され、櫂で打ち殺し、沼に沈めてしまう。十日後、江戸の太九郎の家に小平次が現われ、太九郎を殺したから一緒に逃げてくれとおちかに言う。そこに太九郎が戻り、騙されたと知ったおちかは太九郎をけしかけ、小平次を殺させる。逃亡の旅先で、太九郎は小平次が生きているという確信をつのらせる。おちかは、「生きているなら、また殺せばいい」というが、太九郎はそれを振り切って、一人で行こうとする。跡を追うおちか。その背後から、小平次に似た旅人が現われ、二人の跡をつけて行く。山東京伝の読本や南北、黙阿弥の歌舞伎狂言で扱われた怪談「小幡小平次」の世界を借りており、また、初演以来、歌舞伎で再三上演されたため、怪談劇、あるいは江戸世話物の系譜の上に見られることも多かったが、むしろ、伝統的題材を借りて近代的な人間心理を鋭く描いた作と言えよう。小平次は、生に執着する作者自身の投影でもあり、また、恐怖から心を閉ざしていく太九郎に対し、次第に逞しく変身していくおちかの姿が、一方の主題とも指摘されている。当初の題は『殺し切れぬ小平次』だったが、山本有三の提案で改題。同時に内容も大幅に改めた。 (石橋健一郎)

鈴木善太郎《すずきぜんたろう》 一八八三〈明治十六〉・一〜一九五〇〈昭和二十五〉・五。小説家・劇作家・翻訳家。福島県出身。早稲田大学文学部卒業後、朝日新聞社に勤務のかたわら、作家として活動した。『東京の眠る時』(井上正夫一座、一九二六)など、新派劇に劇作を提供する一方で、欧米への留学の経験を活かしてモルナール・フェレンツ『リリオム』、カレル・チャペック『ロボット』、ユージン・オニール『猿』などの戯曲の翻訳を新劇に提供した。大正期からは童話や児童劇を執筆。編著書に『現代演劇辞典』(金星堂)などがある。 (堀切克洋)

鈴木忠志《すずきただし》 一九三九〈昭和十四〉・六〜。演出家。静岡県静岡市(旧清水市)生まれ。生家は富裕な材木商。中学高校時代に小説を乱読、チェーホフに魅せられて演劇を志した。早稲田大学政治経済学部進学と同時に学生劇団「自由舞台」に入る。集団の左翼色に反発しつつアーサー・ミラー作品などを演出した。別役実に戯曲執筆を促し処女作『貸間あり』を演出。一九六四年に早大を卒業、二年後に別役、俳優の小野碩らと早稲田小劇場を旗揚げ、別役の『門』をアートシアター新宿文化で演出した。同年、喫茶店モンシェリの二階に稽古場と小劇場を兼ねるアトリエを構えた(現・早稲田小劇場どらま館)。盟友の別役は『マッチ売りの少女』(一九六六)などを書き下ろしたが、方法論の隔たりから退団。以降、演出家の作意(批評)を際だたせるため既存作品をコラージュする手法が探究された。この方法は女優白石加代子の怪演を得て『劇的なるものをめぐってII』(七〇)という代表作に結実した。この作を契機に海外公演が実現し、欧米の国際演劇祭で脚光を浴びるようになる。七四年、岩波ホールの芸術監督としてギリシア悲劇『トロイアの女』を演出。七六年に富山県の山間部にある利賀《とが》村に合掌造りを改装した新拠点「利賀山房」を設け、建築家の磯崎新の協力でギリシア風の野外劇場などを次々造る。地方自治体と協同しての演劇振興はライフワークとなる。利賀村の利賀フェスティバルや東京の三井フェスティバルを組織し、海外演劇の紹介にも尽力した。八九年に水戸市の水戸芸術館、九五年に静岡県の静岡県舞台芸術センターで開場時の芸術総監督を務め、専属劇団制など野心的な挑戦で話題を呼ぶ。二〇〇七年に静岡の監督を退任後、再び利賀村を活動の中心拠点とする。早稲田小劇場はSCOT(スズキ・カンパニー・オブ・トガの略)に改組されたのち水戸、静岡の専属劇団となった(その後、SCOTは存続)。他方、能楽師観世《かんぜ》寿夫《ひさお》との交流などから東洋的身体に基づく演技術スズキ・トレーニング・メソッドを創始、米ジュリアード音楽院で教鞭をとったほか、モスクワ芸術座の演出などに生かす。九四年に海外の演劇人と共同してシアターオリンピックス国際委員会、日中韓をつなぐBeSeTo演劇祭を創設し、二〇〇〇年には舞台芸術会議演劇人会議の理事長に就任。著書に『内角の和I・II』『越境する力』『演劇とは何か』などがある。

❖**『劇的なるものをめぐって』**《げきてきなるものをめぐって》　早稲田小劇場で初演されたⅠからⅢまでの連作で、構成・演出を手がけた。言葉の意味と相反する状況下でセリフが語られ、俳優の人間存在や日本人の心性を狂気の相から明らかにしようと試みた。その手法はギリシア悲劇、チェーホフ劇、シェイクスピア劇、『世界の果てからこんにちは』(一九九一)など他のコラージュ作品にも一貫する。一九六九年四月初演のⅠは「ミーコの演劇教室」の副題があり、尾崎紅葉『金色夜叉』、菊池寛『藤十郎の恋』、長谷川伸『瞼の母』、ロスタン『シラノ・ド・ベルジュラック』、ベケット『ゴドーを待ちながら』などが引用された。『藤十郎の恋』は精神障害者の兄(小野)と妹が首輪をはめられ、演じさせられた。七〇年五月初演のⅡの副題は「白石加代子ショウ」であり、女優の狂的な演技を作品化した。ベケットの前掲作、鶴屋南北や泉鏡花の諸作品から構成された。白石扮する狂女が幻想の劇を演じる設定で、都はるみの演歌や軍歌が流された。鏡花の『湯島の境内』では座敷牢に閉じ込められた白石がお蔦の「切れろ、別れろ……」の名セリフを批評的に発語した。「ここでは俳優とは一体なにものなのか、演技とは一体なにか、といういわば演劇の原点ともいうべきものが、具体的に舞台の上で問いかえされ、かつ答えられている」(渡辺保評)。七二年四月、パリで初の海外公演が実現し、翌年のナンシー国際演劇祭で高く評価されて代表作となる。『決定版・台本　劇的なるものをめぐって・Ⅱ』所収。七〇年十一月のⅢの副題は「顔見世最終版」であった。(内田洋一)

鈴木政男《すずきまさお》　一九一七〈大正六〉・十〜。山形県生まれ。米沢中学中退。大日本印刷に就職後、組合員に呼びかけて演劇部を組織し、一九四六年『起ち上がった男たち』を発表。同年『落日』を自らの演出で大日本印刷労組演劇部により下谷公会堂にて上演。四九年には印刷業界の実態を内部告発した『人間製本』を村山知義の演出で新協劇団により神田共立講堂にて上演。これが職業劇団での初の上演作品となる。五〇年、レッドパージで大日本印刷を解雇され、その後、前進座、新演などに所属。五二年『ぶたの歌』(原作:タカクラテル)が土方与志の演出で自主公演により明治製菓ビル講堂、『扇風機』が土方与志の演出で新演劇研究所により芝中労委会館、『美女カンテメ』が土方与志・平田兼三の共同演出で前進座により吉祥寺・前進座大稽古場にて上演。五三年『真空地帯』(原作:野間宏)、五五年『サークルものがたり』が下村正夫の演出で新演劇研究所により飛行館ホールにて上演。五八年『黒龍江』が倉橋健の演出で劇団青俳により一ツ橋講堂にて上演。

❖**『落日』**《らくじつ》　一幕。一九四六年七月、東京上野の森。戦後、ようやく一年が経とうとしているが、焼け出された生活のめど立たない女乞食や売春婦、戦闘帽の男たちが闇の商品を横流ししながら、公園をねぐらにして、その日をどうにか生きている。二十三歳のよし江、二十五歳の君江、二十歳のみどり、十四歳の光子たち、赤旗を持った男も、それぞれに事情を抱え、生きている。貧困にあえぐ人々の、貧しいながらもお互いを支え合おうとする連帯感や人情が、公園でその日を送る生活の「糧」となっている。特にメインとなるストーリーはなく、戦後の混乱期の姿を点景のように切り取り、その中に生きる庶民の逞しさと、新しい時代への希望が込められた作品。(中村義裕)

鈴木元一《すずきもといち》　一九二三〈大正十二〉〜一九五六〈昭和三十一〉・十二。劇作家・国鉄職員。国鉄大井工機部劇研により、一九四七年に『櫛』

（日劇小劇場）、四八年『モハ３００７３』（上野都民文化会館）、五一年『空転』（渋谷公会堂）、五六年『安全塔物語』が上演。五七年には、劇団民藝二月公演『御料車物語』（堀田清美改修、「新劇」一九五七・４）で第三回新劇戯曲賞（現・岸田國士戯曲賞）候補となる。一貫して、鉄道労働者のための演劇作品を提供し続けた。（中村義裕）

鈴木裕美《すずきゆみ》 一九六三年〈昭和三十八〉・十二～、演出家・劇作家。東京都出身。日本女子大学家政学部住居学科卒業。一九八二年、大学在学中に劇作家の飯島早苗、池田貴美子、歌川椎子、柳橋りん、吉利治美らと劇団自転車キンクリートを結成。同劇団で上演された多くの作品が鈴木と飯島共同で発案・構成され、飯島が脚本を担当、鈴木が演出するという方法で制作されている（「飯島早苗」の項を参照）。「自転車キンクリートＳＴＯＲＥ」という名前でプロデュース公演を始めた九二年以降は、飯島の脚本、鈴木の演出という形のみならず翻訳物、ミュージカルやダンスなど幅広いジャンルの公演を行なう。二〇〇五年にテレンス・ラティガンの三作連続上演をプロデュースし、第十三回湯浅芳子賞・団体賞を受賞。九〇年代以降、鈴木は小劇場、翻訳物、エンターテイメントなど幅広い作品の演出で活躍し、読売演劇大賞優秀演出家賞をはじめ多くの賞を受賞している。

❖**『ソープオペラ』** 一九九二年七月、紀伊國屋ホールにて初演。鈴木・飯島作、飯島脚本、鈴木演出。あるアメリカ人作家による家庭劇を観た鈴木が、舞台上のリアルなアメリカの家庭のセットを用いてアメリカ在住の日本人たちの芝居ができないかと思いつき、飯島とのアメリカ取材をもとに共同で構成され、飯島が脚本を担当。二幕。男五人、女五人の五組の夫婦。時は九二年六月。ニューヨークに住む三組の夫婦のもとに日本から二組の夫婦がやってきて騒動を巻き起こす。どちらの幕も五場から成り、ニューヨーク在住の水原、鮎川、杉本いずれかの家で展開される。水原は銀行、鮎川は不動産会社、杉本は日本料理店に勤務しており、専業主婦である彼らの妻はテニス仲間で、家族ぐるみで親交がある。水原と妻たまきのところにはたまきの親友杏子と夫椎名が新婚旅行の帰りに訪れるが、久しぶりの再会で飲み過ぎたたまきは記憶喪失になってしまう。また鮎川夫婦のところには、離婚すると息巻く妹夫婦がやってくる。妊娠中で、英語が話せず日本に帰りたいと思っている杉本の妻恵美子は、夫がアメリカで転職すると言い出しパニックに陥る。それぞれの夫婦に起きる事件がもとで彼らの問題が明らかになり、物語は五組の夫婦をめぐってめまぐるしく展開していくが、最終的に全員がアメリカの独立記念日と七夕を同時に祝う場面に至る。それぞれの人物が、困難にぶつかりながらも前向きに変化したり、相手を受け入れたりしながら共に人生を生きていこうとする姿勢が笑いを交えて描かれた作品。『ソープオペラ』（論創社）収録。（鈴木美穂）

角藤定憲《すどうさだのり》 一八六七・八〈慶応三〉～一九〇七〈明治四十〉・一。壮士芝居・新派〈新演劇〉の役者。岡山県生まれ。巡査の職を経た後、一八八八年大阪で中江兆民の知遇を得て「東雲《しののめ》新聞」記者となる。自由党壮士だった。演説会や講談で自由民権思想の喧伝が行なわれ、演劇改良の機運高まるなか、中村宗十郎の活歴物に刺激を受ける。中江の後援の下、壮士仲間と一座を結成し、八八年十二月〈日本改良演劇〉（初演番付）とうたい『耐忍之書生貞操佳人』

を上演、成功を収める。これをもって新派の祖と称される。以後役者として活躍。大日本壮士改良演劇会、大日本帝国元祖壮士演劇とも名乗った。九四年六月『怪男子』で東京・吾妻座に進出。激しい立廻りや電気使用が話題となるが、川上音二郎一座ほか後発の壮士芝居の人気にかなわず徐々に劇界の中央を離れる。魁偉な風貌が魅力で、岩崎舜花作『二人狂』の牛淵虎雄役に定評があった。神戸・大黒座の楽屋で肺炎のため四十二歳で死去。

❖**『耐忍之書生貞操佳人』**《こらえのしょせいていそうのかじん》 「たいにんのしょせいていそうのかじん」の読みもあり。一八八八年十二月、大阪・新町座で角藤一座により初演。続七冊。自作小説『吉備之夜桜』を『剛胆之書生』（大華堂）に改題、脚色した。情に厚い芸妓に慕われた貧乏書生の立身を描く。明治十年代の岡山。須野憲一郎と親友河村は県立法律学校の貸資生募集に受かるが、賛助人の資本家が破産したため退校となる。芸妓品吉が学資を援助するという善意の働きかけにより、河村は京都の法律学校へ進学する。数年後の再会を予告して行方知れずになった品吉は、実は大阪の廓《くるわ》へ働きに出ていた。須野は上京して、車夫をしながら学業を続ける。岡山を出て柳橋の芸妓となった小竜から、須野も学資の援助を切り出されるが、どんな苦難も自らの剛毅と忍耐で乗り切ると言って断る。数年後、河村は判事の、須野は代言人の試験に合格。品吉と小竜と各々結婚し、故郷に錦を飾る。初演で角藤は須野に扮した。振り付けは宗十郎門下の中村丸升。竹本を使用した歌舞伎風の演出であった。（桂真）

須藤鐘一《すどうしょういち》 一八八六〈明治十九〉・二～一九五六〈昭和三十一〉・三。小説家。島根県生まれ。早大で坪内逍遥、島村抱月の知遇を得る。雑誌編集のかたわら「人と芸術」や自ら創刊した「文芸道」などの雑誌に戯曲を発表、寸劇を標榜した。主な作品に『火事』『火の番』『人間改造』（一九二七年初演、金平軍之助一座、三越ホール）『人命救助』。上演活動にも進出し「新世紀座」や「太陽座」を結成した。（鈴木哲平）

須藤南翠《すどうなんすい》 一八五七〈安政四〉・十一～一九二〇〈大正九〉・二。作家。愛媛県宇和島生まれ。本名光暉。「有喜世新聞」「開花新聞」で記者として活躍。明治前期文学で重要な政治小説を書く。一八八三年「開花新聞」連載の『千代田刃傷』は、十一世片岡仁左衛門、三世中村歌六により中島座で劇化上演され、好評で以後も小芝居でしばしば上演された。脚本としては、助六の後日譚である『江戸自慢　男一疋』（金港堂・一八九一）があり、日本演芸協会で上演予定だったが中止。『家光の初恋』（「文芸倶楽部」一九一四・5）は帝劇で一五年に七世澤村宗十郎により上演。他に、『愚禿親鸞』、モリエールの翻案『滑稽劇　嫉妬女房』（一八九四）、『英一蝶』（九七）があり、劇評も書いている。（神山彰）

砂本量《すなもとはかる》 一九五八〈昭和三十三〉・八～二〇〇五〈平成十七〉・十二。脚本家・映画監督。神奈川県生まれ。本名鈴木良紀。立教大学文学部卒業。一九九四年『レンタルファミリー』が高木達演出で劇団青年座により代々木八幡・青年座劇場、九七年『郵便配達夫の恋』（原作：真柴あずき）が吉川徹演出でホリプロによりシアタートラム、九八年『大いなる相続』が高木達演出で劇団青年座により紀伊國屋サザンシアター、二〇〇二年『ゴースト――ニューヨークの幻』（原作：ブルース・ジョエル・ルービン）が吉川徹演出でルテアトル銀座にて上演。（中村義裕）

すまけい 一九三五〈昭和十〉・九〜二〇一三〈平成二十五〉・十二。俳優。本名は須磨啓《あきら》。国後島生まれ。敗戦二日前に根室市に引き揚げ中標津高校を卒業して富山大学に入学するも中退、俳優を志して上京、文化学院に入学するも中退。一九六六年に『贋作動物園物語』を発表。七二年に解散同年に「すまけいとその仲間」を結成して劇界を去ったが八五年こまつ座『日本人のへそ』(井上ひさし作)で俳優として復帰、八六年に紀伊國屋演劇賞個人賞を受賞した。(大笹吉雄)

角ひろみ《すみひろみ》 一九七四〈昭和四十九〉・九〜。劇作家・演出家。兵庫県生まれ。宝塚北高等学校演劇科卒業。一九九五年、芝居屋坂道ストアを結成(二〇〇五年解散)。九九年『あくびと風の威力』で第四回劇作家協会新人戯曲賞佳作と北海道知事賞を受賞。二〇〇七年『螢の光』で第四回近松門左衛門賞受賞、一四年『狭い家の鴨と蛇』で第二十回劇作家協会新人戯曲賞を受賞。限界集落に暮らす老人たちの「再生」をテーマに演劇集団円に書き下ろした『囁谷シルバー男声合唱団』(二〇一四)が第五十八回岸田國士戯曲賞最終候補。(望月旬々)

せ

生活を記録する会《せいかつをきろくするかい》・劇団三期会《げきだんさんきかい》 「生活を記録する会」は東亜紡績泊労組のサークル。一九五三年に伊那地方出身の女性労働者たちの文集『母の記録』を出版した。これに「劇団三期会」(現・東京演劇アンサンブル)の広渡常敏が感銘を受け、両者の共同制作により、五七年に『明日を紡ぐ娘たち』を上演した。五〇年代に広く模索されていたサークル運動・共同創作の試みの中に位置づけられる。五七年度の第三回新劇戯曲賞(現・岸田國士戯曲賞)佳作・五八年度芸術祭新人賞。(梅原宏司)

瀬川如皐(**四世**)《せがわじょこう》 一八五七〈安政四〉〜一九三八〈昭和十三〉・一。歌舞伎の狂言作者。千葉生まれ。本名川村太一。一八九七年四世を襲名。東京の宮戸座に長く勤め、後には歌舞伎座にも出勤。新声劇に『高山彦九郎』『奴の小万』など。(神山彰)

瀬川如皐(**五世**)《せがわじょこう》 一八八八〈明治二十一〉〜一九五七〈昭和三十二〉・十一。劇作家。本名川村千臣。東京生まれ。四世の長男。子役として川上音二郎欧米公演に同行。大阪松竹文芸部入りし、瀬川春郎の名で、『梅薫菅原後日譚《うめかおるすがわらごじつだん》』を書き作者となる。四三年二月大阪歌舞伎座で舞踊『梅ケ枝』を披露作品として五世を襲名。新興劇に『元禄捕物帳』、近代座に『切支丹お蝶』『連鎖劇高橋お伝』、関西新派に『天一坊』。戦後は高田浩吉一座に『天狗に攫われた男』『たった一人の男』、沢村国太郎らの新伎座に『いで湯の白狐』など。女剣劇では『振袖やくざ』、二世大江美智子早替り版『雪之丞変化』『追分供養』など、松竹新喜劇も含め、多面的な活躍で、千以上の作品を創作、脚色、演出した。(神山彰)

瀬川拓男《せがわたくお》 一九二九〈昭和四〉・四〜一九七五〈昭和五十〉・十二。人形劇作家・絵本作家・民話研究家。東京都板橋区出身。一九四七年から人形劇の上演活動をはじめ、五五年に劇団太郎座を設立し、民話を題材とした人形劇作品を多数発表した。六八年には日本の人形劇団としてはじめてのソ連公演を行なうなど、その活動は海外にも及んだ。国内外の民話に取材し、元妻の絵本作家・松谷みよ子の助力も得つつ人形劇を制作するというスタイルを得意とした。晩年の七四年には民話と文学の会を組織し、季刊「民話」を発行するなど、民話研究の成果をまとめた。著書に『脚本＝龍の子太郎・うぐいす姫ほか』『民話＝変身と抵抗の世界』(共に一声社)、『おばけのトッカビ』(太平出版社)などがある。主要な作品に、六四年の再演の際に厚生大臣賞などを受賞した『竜の子太郎』(一九五六)の他、『うぐいす姫』(六二)、『たべられた山姥』(六三)、『絵にかいた嫁さま』(六七)などがある。

❖『**うぐいす姫**《うぐいすひめ》』　一九六二年初演。正月のある日、貧しい商人の若者が商いの最中に出会った女に一目ぼれをされ、屋敷に招き入れられる。若者は女の豪奢なもてなしを受けるうちに、ついつい一年をそこで過ごしてしまう。翌年の正月、若者は再び商いに出ることを決意し女にそれを告げると、妊娠を打ち明けられる。女は赤ちゃんを産んだらじきに帰るので、それまで留守番をしてほしいが、屋敷に五つある蔵のうち一番奥にある蔵だけは見ないでくれと告げる。しかし若者が約束を破ってその蔵を見てしまうと、そこには卵を抱いたうぐいすがいる。そしてうぐいすが飛び立つや否や、若者の眼前には女が現われ、もう若者とは一緒にいられないといい残し、消えてしまう。気が付くと、若者は元の身なりに戻っており、再び貧しい商人として生きていくこととなるのだった。　(菊地浩平)

関弘子《せきひろこ》　一九二九〈昭和四〉・七～二〇〇八〈平成二十〉・五。女優。本名観世弘子。東京生まれ。一九四七年に自由学園女子高等科を中退して俳優座に入座、研究生として翌年の創作劇研究会で初舞台を踏む。四九年に俳優座養成所が開所され、一期生として編入された。五二年に養成所を卒業して俳優座の準劇団員となるも、五四年に退団して劇団青年座の創立に関わり、旗揚げ公演に参加した。が、五五年に退団してフリーに。劇団を離れて痛感したのは、翻訳劇でスタートした新劇の日本の伝統との隔絶の不自然さと、女優の存在の不確かさだった。そこで日本の俳優のルーツを探求するために邦舞や邦楽や能狂言などを習いはじめ、歌舞伎の女形にも師事して学習を重ねた。そういうなかから生まれたのが俳優を「わざおぎ」という古語でとらえ、日本の芸能の始原からそのあり方を追求しようとする発想で、これは関の企画・原案による『わざおぎのふるさと』と題するシリーズとして結実した。この動きは能楽師の観世寿夫《かんぜひさお》と結婚した翌年の七〇年に、能、狂言、新劇各界の有志と新しい日本の演劇の形を探求するグループ「冥《めい》の会」の結成・参加・出演につながり、さらには近松門左衛門の世話浄瑠璃を義太夫に拠らずに語るという「語りもの」のシリーズにもなって、その成果で八二年に第十六回紀伊國屋演劇賞の個人賞を受賞した。

❖『**わざおぎのふるさと**』　三回シリーズ。それぞれに「関弘子発表会」と銘打たれ、第一回は六二年に、第二回は六四年に、第三回は六九年に開催された。関が企画や原案や構成を担当し、新劇の演出家や能楽師が演出、新劇俳優や能狂言師や日本舞踊家や糸操りの人形遣いなど、分野を超えた有志が出演した。神楽、万歳、祭文、風流《ふりゅう》、隼人舞、田遊びなど、多様な芸能が「わざおぎ」のルーツを探求すべく展開された。　(大笹吉雄)

関口次郎《せきぐちじろう》　一八九三〈明治二十六〉・六〜一九七九〈昭和五十四〉・五。劇作家・演出家。福井県敦賀市生まれ。本名二郎。東京帝国大学卒業。朝日新聞勤務の一方、劇作を始め、『母親』(「人間」一九二一・8)が評価される。二四年創刊の「演劇新潮」編集同人となり、同誌に『青年と強盗』(一九二四・2)、『勝者被勝者』(二五・1)を発表。『越えて行くもの』(「婦女界」一九二四・3)、『次男』(「新潮」同年・5)、『女、男』(「女性」一九二五・4)、『姉』(「女性」同年・10)、『秋の終り』(戯曲集『鴉』)『証拠』(「週刊朝日」一九二五・6夏季増刊)のような、庶民の生活感情に密着して些細だが、身に染み入るような台詞のやりとりの中で、感情の起伏をさりげなく描く一幕物に本領がある。一方、『青年と強盗』『乞食と夢』(「女性」一九二六・10)、『女優宣伝業』(「演劇新潮」同・6)のような喜劇にも力を注いだ。他に『稲妻』(「文藝春秋」一九二七・11)、『近代恋愛戯画』(同三〇・4)、『独身倶楽部』(同三六・12)、『積木あそび』(「令女界」一九二九・9)など。昭和初期には新劇協会に係わり、『鴉』を二六年十一月に帝国ホテル演芸場で上演。二七年には、岸田國士、岩田豊雄らの「新劇研究所」創設に関わる。その後、高田保とともに、新国劇に深く関わり、『斎藤大使』(三九・4)が新橋演舞場、『われら失ふとも』(同年・10)有楽座をはじめ、同劇団での上演も多い(両作品は『現代戯曲』第一巻(河出書房)収録)。「日本移動演劇連盟」理事。戦後は、東京放送でラジオ・テレビにも関係。六三年、紫綬褒章を受ける。戯曲集『鴉』(創元社)と『日本戯曲全集』現代篇16(春陽堂)に多くの作品が収録。演劇論に『一幕物』(岩波書店「講座世界文学」3)、『戯曲作法』(文藝春秋)ほか多くの共著がある。

❖**『母親』**《ははおや》　一九二三年四月市村座で六世尾上菊五郎、喜多村緑郎らにより初演。東京山の手の松本家の座敷。入院中の松本の病状の悪化を知る妻けいは、三人の子に、入院費を理由に退院の話をする。見舞いの松本の姉二人は不人情と非難するうえ、息子は自分が退学して入院費に充てるという。母は、息子が立派になるのが松本の悲願だから、学校を辞めるなと諭す。そこへ病院より、病状急変の電話が入る。家族関係の中で、妻の立場と母の立場との相克に苦しむ女性の思いを描く。初演では、主役二人の低音、小音の台詞が聴こえない写実的会話が評判になった。

❖**『女優宣伝業』**《じょゆうせんでんぎょう》　笑劇一幕。三人の女優が広告代理店を訪れ、互いの利益と欲望、虚栄と偽りで如何に話題となるかを競う。その後に、地味な風体の女優が現われ、その虚偽を非難し、暴れ、警察沙汰になり、新聞記者までやってくる。結果的に何の案もない最後の女優が話題をさらうというアイロニーで終わる。当時の軽薄な世相と流行の二つの職業の欺瞞を暴く風刺劇。　(神山彰)

関口存男《せきぐちつぎお》　一八九四〈明治二十七〉・十一〜一九五八〈昭和三十三〉・七。ドイツ語学者・俳優。兵庫県生まれ。上智大学卒業。法政大学教授としてドイツ語の普及に尽力し、翻訳も多い。俳優としては、一九一七年、村田実らと「踏路社」を結成、青山杉作や帰山教正の監督になるサイレント映画でも活躍した。一九三〇年には劇団新東京の旗揚げ公演『フィガロの結婚』の脚色も手がけている。　(岩佐壮四郎)

関根弘《せきねひろし》　一九二〇〈大正九〉・一〜一九九四〈平成六〉・八。詩人。東京都浅草森下町生まれ。戦時中より花田清輝と交流を持つ。

シュルレアリスムに関心を寄せ、詩における前衛運動を標榜する詩誌「列島」の中心メンバーを務めた。産業通信社や出版社での勤務経験を活かし、『東大に灯をつけろ！』（内田老鶴舗）、『わが新宿！叛乱する町』（財界展望新社）等の優れたルポルタージュも数多く残している。六〇年安保時には安保闘争歌『たちあがれ！』（林光作曲）を作詞。『関根弘詩集』（思潮社）他詩集多数。戯曲集に「ブルース三部作」を収めた『夢の落ちた場所』（土曜美術社）がある。同作は劇団黒テントの作業場公演として上演された。（梅山いつき）

関矢幸雄《せきやゆきお》　一九二六〈大正十五〉・七〜。舞踊家・演出家。新潟県生まれ。立正大学国文科中退。一九六五年、『宴』を自らの演出で劇団俳優小劇場により紀伊國屋ホールにて上演。七三年『宝のつるはし』（多田徹との共同脚本）を、七七年『僕らのロングマーチ』（多田徹・神田成子との共同脚本）を自らの演出で劇団風の子により新宿・厚生年金会館小ホールにて上演。八二年に劇団ひまわり童話の劇場『魔法をかけられた王子たち』、八三年に劇団ひまわり民話の劇場『とんとむかし』をいずれも自らの演出でシアター代官山にて上演。二〇〇三年『白頭鷲と少年－ホープおじさんの旅行記より－』（原作：テンバ・タナ）を自らの構成・演出で演劇集団遊玄社により品川・六行会ホールにて上演。（中村義裕）

迫日出雄《せこひでお》　一八八九〈明治二十二〉〜一九七三〈昭和四十八〉。劇作家。昭和初期から三十年代まで活躍。広島県生まれ。女剣劇の不二洋子（本名迫静子）の養父であり、不二洋子一座結成以来、特に、不二の早替りを生かした『血沫《ちしぶき》浮名ざんげ』『娘小僧吉之助』『親子仁義』など多くの作品を作る。『名月弁天やくざ』は戦後も度々再演の代表作。他に『朝霧天龍磧』『名月深川囃子』、女剣劇合同の『大忠臣蔵』もある。（神山彰）

瀬戸英一（**初代**）《せとえいいち》　一八九二〈明治二十五〉・七〜一九三四〈昭和九〉・四。劇作家・劇評家・作家。大阪曽根崎新地に生まれ東京で育つ。父は「東京朝日新聞」の劇評家で小説家の瀬戸半眠。新派俳優二世瀬戸英一の兄。幼少期は兄弟で片岡少年俳優養成所に所属、瀬戸日出夫の名で新派の子役をしていた。泰明尋常高等小学校在学中、田村西男主宰の「笑」に寄稿。日本中学校高等部へ進学、大倉商業学校へ転校し中退。十八歳で「演芸グラフィック」の記者となる。同誌廃刊後は岡鬼太郎に師事し、閻太郎の筆名で「国民新聞」「東京毎日新聞」「文芸倶楽部」などに劇評や随筆を執筆。一九一二年明治座の伊井蓉峰一座専属となり、『報恩美談』（伊藤痴遊原作）の脚色をもって処女作とするが、伊井と衝突し退座。四年間の放浪生活、山崎長之輔一座で連鎖劇の作者を経験した後、一六年松竹文芸部に入る。『人来鳥』『小猿七之助』『新四谷怪談』など新派のために夥しい数の脚本を提供する。このほか松竹新劇団、松竹家庭劇、花柳章太郎が興した新劇座の作者としても活躍。新派俳優の技芸を知り尽くし、女形の特質をいかした劇作に定評があった。泉鏡花の信頼厚く、鏡花物をはじめ、碧虚郎の筆名で発表した『藤十郎の恋』など脚色も数多く手がける。〈芝居道と花柳界との外、私の知つてゐる世界はないのだ〉（『現代戯曲全集』第一七巻、国民図書）と本人が述べる通り、酒好きな自身の遊蕩生活を材料に花柳界を舞台とする作品で腕を振るった。三一年花柳界物の傑作『二筋道』が新派により初演され大当たりを取り、続篇・番外篇をたて続けに上演し昭和期新派の人気を不動のものにする。「サンデー毎日」「オール讀物」などに花柳小説も執筆した。急性肺炎のため四十三歳で死去。主著に没後刊行された『瀬戸英一脚本選集』『瀬戸英一情話選集』(ともに岡倉書房)など。同人兼責任編集者を務めた「劇と評論」一九三四年五月号は瀬戸の追悼号である。

❖**『二筋道』**《ふたすじみち》 一幕三場。一九三一年十一月、明治座で新派により初演(筋書の表記は『花柳巷談二筋道』)。主な配役は、阿久津：伊井蓉峰、喜代次：喜多村緑郎、おすが：河合武雄。

生糸貿易商阿久津は不況で事業に失敗。夫を顧みず道楽三昧の妻に愛想を尽かし、芳町芸者喜代次の家に身を寄せている。喜代次は芸者屋の旦那に落ちぶれた阿久津が不憫でしかたない。復縁を迫る本妻への意地もあり、阿久津の再挙のために尽くすが、元姉芸者で今は堅気のおすがから愛しているなら妻のもとへ返すのが男のためと説得され、泣く泣く離縁を切り出す。『二筋道』(春陽堂)、『瀬戸英一脚本選集』所収。カフェーやジャズなど昭和初期の新風俗を散りばめながら昔堅気な名妓の意気地を描いた人気作で、初演当時囃かれていた新派不振の声を払拭した。後編、続編のほか花柳章太郎が演じた俠な妹芸者桂子の人気を受け作られた番外編『二筋道余談・桂子の場合』など合計八作のシリーズとなった。

❖**『夜の鳥』**《よるのとり》 二幕。一九二一年八月、有楽座で新劇座により初演。主な配役は、静江：花柳章太郎、お繁：初代英《はなぶさ》太郎。大正十年頃、神明様のお祭りが近づく芝片門前。お繁と静江の姉妹は新橋芸者になって家のために働かされている。売れっ子芸者の妹静江は旦那の丸茂との間にできた赤ん坊敏を産んだばかり。実は静江には若い恋人がいるのだが、姉妹の父母は金の亡者で丸茂以外の男との交際を認めない。恋人と離れられない静江は、敏は貴方の子だと嘘をついていた。姉のお繁は定まった旦那もなく不見転《みずてん》芸者に成りさがっている。静江は姉の弱さを一度は責めるが、丸茂から身請けをする代わりに世間体を考え姉とは縁を切れと言われると激怒し、丸茂と別れる。敏の父は丸茂だと知り恋人は静江を捨てた。惨めな境遇を嘆く姉と妹。だが、どんなに蔑まれようと親子の縁を切ることはできないのだった。『現代戯曲全集』第十七巻、『日本戯曲全集』現代篇、第七輯(春陽堂)所収。　(桂真)

瀬戸内寂聴《せとうちじゃくちょう》 一九二二〈大正十一〉・五〜。徳島県生まれ。小説家・尼僧。本名瀬戸内晴美。東京女子大学国語専攻部卒業。在学中に結婚して満洲に渡る。一九四六年に北京から引揚後、創作活動に専念、小説の分野で活躍する。六三年『夏の終り』で第二回女流文学賞を受賞、『かの子撩乱』『美は乱調にあり』など、女性の活躍を伝記的に描く作品で評価された。七三年、岩手県の中尊寺で得度し、八七年に瀬戸内寂聴と改名。九八年『源氏物語』の全訳を完成させる。二〇〇六年、文化勲章を受章。舞台劇では、七〇年に自らの小説を劇化した『かの子撩乱』が山本隆則の演出で劇団手織座により朝日生命ホールにて上演。〇一年『源氏物語　須磨の巻、明石の巻、京の巻』、〇三年『出雲の阿国』がいずれも戌井市郎・寺崎裕則の演出で歌舞伎座にて上演。〇四年には『源氏物語』の『藤壺の巻・葵・六条御息所の巻・朧月夜の巻』が名古屋・御園座にて上演された。

[**参考**]『團菊祭五月大歌舞伎プログラム』(二〇〇一年、歌舞伎座)

❖『源氏物語《げんじものがたり》　須磨の巻《すまのまき》、明石の巻《あかしのまき》、京の巻《きょうのまき》』　三幕十八場。

「須磨の巻」　二十六歳の光の君は、帝への謀反を企てたと濡れ衣を着せられ、須磨へ流罪になり、過去を想う日々を送っていた。そこへ竹馬の友の三位の中将が訪ねて来て、二人で都の様子を懐かしみ、現在の惨状を嘆く。数日後、光の君の夢枕に父の桐壷の帝が現われ、間もなく迎えが来る、と告げる。夢のお告げ通りに明石の入道が迎えが訪れ、光の君は明石へ向かう。

「明石の巻」　明石の入道と碁を打つ光の耳に、明石の姫君が弾く美しい琴の音が響き、それを褒めると姫は琴を止めてしまう。父・入道譲りの頑固な気質の姫君だったが、ついに光と契りを交わす。光の君も赦免されることになり、明石の君は哀しみにくれるが、姫の懐妊を知って歓び、必ず迎えに来ると約束する。

「京の巻」　三年ぶりに京の都へ帰った光の君。朱雀帝の眼の病も良くなり、二人は対面する。数日後、紫の上と共に参詣に訪れた住吉明神で、光は偶然詣でていた明石の君を眼にするが、紫の上の目があるので、逢うことができない。それから三年が経ち、明石では姫君が生んだ娘が三歳になった。光からは京へ上るようにと再三の遣いが来るが、その気になれずにいる。入道の説得に負け、明石の君は京の嵯峨に移る。光は遠慮勝ちに通ってはいるものの、紫の上の嫉妬が激しく、悩んだ末に、明石の姫君が産んだ光の子のことを考え、受け入れる。（中村義裕）

瀬戸口郁《せとぐちかおる》　一九六四〈昭和三十九〉・七～。俳優。山口県生まれ。慶應義塾大学文学部哲学科卒業後に文学座に入座、俳優として一九九二年に初舞台を踏む。以後、俳優として活躍の一方、二〇〇四年に文学座アトリエの会のジョン・サマヴィル原作『ＴＨＥ ＣＲＩＳＩＳ』の企画と構成を担当、劇作家としての活躍を開始した。二〇〇八年に文化座公演『てけれっつのぱ』〈蜂谷涼原作〉の脚本を担当し、舞台は芸術祭大賞を受賞。一二年に文学座創立七十五周年記念として岡本かの子をモチーフとする『エゲリア』を発表。（大笹吉雄）

瀬戸山美咲《せとやまみさき》　一九七七〈昭和五十二〉・十一～。劇作家・演出家。東京都生まれ。早稲田大学政治経済学部卒業。ミナモザ主宰。二〇〇一年『こころのなか』で旗揚げ公演。一一年、振り込め詐欺集団をジェンダー的な観点から描く『エモーショナルレイバー』と、東日本大震災直後の福島の原発をめぐる私的ドキュメンタリー演劇『ホットパーティクル』で注目を集める。一四年、パキスタンで日本人大学生が誘拐されてマスコミが騒いだ事件を取材した『彼らの敵』〈二〇一三〉で第五十八回岸田國士戯曲賞最終候補作品にノミネート。一六年、同作再演〈一五〉が第二十三回読売演劇大賞優秀作品賞受賞。同年、ラジオドラマ『あいちゃんは幻』で第四十二回放送文化基金賞脚本賞受賞。さらに同年六月には、二〇〇九年に不慮の死を遂げた劇作家・大竹野正典の人生について、その遺作『山の声――ある登山者の追想』を手がかりにドラマ化した『埒もなく汚れなく』〈オフィスコットーネプロデュース〉を発表。その他、向田邦子や伊坂幸太郎を原作とする上演台本も執筆。代表作に『指』『国民の生活』『ＷＩＬＣＯ』『ファミリアー』『地域の物語』『ヒロシマの孫たち』。（望月旬々）

千家元麿《せんげもとまろ》　一八八八〈明治二十一〉・六～一九四八〈昭和二十三〉・三。詩人。一九一八年の処女詩集『自分は見た』で自らの詩風を確立した後は、詩作に生涯をささげて武者小路実篤の小説『馬鹿一』のモデルとも見られた。初期には小説、戯曲も手がけ「白樺」衛星誌「エゴ」の発行人として同誌に『自分の事』(一九一四年二月)、『知らない土地』(同三月)、『戦ひ』(同五月)、『家出の前後』(同七月)、『結婚の敵』(一五年一月)を発表。戯曲集に『家出の前後』(叢文閣)がある。(林廣親)

扇田拓也《せんだたくや》 一九七六〈昭和五十一〉・十二～。演出家・俳優。東京都生まれ。日本大学藝術学部演劇学科中退。在学中の一九九六年に劇団「ヒンドゥー五千回」を旗揚げし、全作品において構成・演出を手がける。代表作に『ハメツノニワ』『渋柿の行方』『モーリタニアの月はふざける』など。(望月旬々)

千田徹夫《せんだてつお》 劇作家・演出家。演劇集団日本により、一九七一年、池袋アートシアターにて『The End』を作・演出。同劇団でデヴィ夫人事件を描いたキワモノ劇『ビデ夫人の恋人』は、七三年『スキャンダル夫人』として(舞台の演出も手掛けた)武智鉄二により映画化された。他に、『悪霊飛行――赤軍派ハイジャック』(「映画評論」一九七〇・9)、『日本人の遺書』(「新劇」一九七二・8)、『25時のいもむし』など。(小原龍彦)

そ

宋英徳《そうひでのり》 一九五九〈昭和三十四〉・十一～。劇作家・演出家・俳優。石川県出身。在日二世。演劇集団円に所属し、『地上の楽園』(一九九五)、『インナーチャイルド－私の中の内なる子ども－』(九八)、『長州幕末青春譜－百年一瞬－』(二〇〇二)、『アフリカの太陽』(〇五)、『実験－ヒポクラテスに叛いた男－』(〇七)、『宙をつかむ－海軍じいさんとロケット戦闘機－』(〇九)を劇団に書き下ろし、演出も手がける。また、二〇〇四年に『革命の林檎』を発表して以後は劇団ナマイキコゾウを主宰。『闇市狂詩曲《ブラックマーケットラプソディー》－国敗れて空きっ腹－』『ゼロの広場から－60年安保の路地裏－』で日本の歴史を描き続け、自伝的作品『ブループリントの岬－新しい千年を君へ－』なども発表。(望月旬々)

曾我廼家五九郎《そがのやごくろう》 一八七六〈明治九〉・四～一九四〇〈昭和十五〉・七。俳優・プロデューサー。徳島県麻植郡(現・吉野川市)生まれ。本名武智《たけち》故《こ》平《へい》。実家は農家で、長男だったが、当時勃興した自由民権運動に傾倒し、十四歳のとき上京。板垣退助の玄関番となり、壮士としての第一歩を踏み出す。板垣のもとを半年ほどで辞すると、より積極的な活動の場として壮士劇に身を投じる。新派の草創期を築いた角藤定憲や福井茂兵衛の一座で俳優修業を始めるが、日清戦争を目前に控えたころ、政治運動に失望し、壮士劇から身を引く。一九〇七年の春、曾我廼家五郎・十郎による曾我廼家一座の東上公演(新富座)に、偶然接し、喜劇の面白さに開眼。妻を残し、単身大阪へ下り、曾我廼家一座に入座。五郎の弟子となり、曾我廼家五九郎を名のる。俳優として芽の出ないまま三年間が過ぎたころ、一座の不平分子を誘い、一〇年九月、東京の有楽座で「曾我廼家」の名を冠した一座を旗揚げ。東京における喜劇専門劇団の嚆矢である。このとき、一堺漁人《いっかいぎょじん》(曾我廼家五郎)の新作『伊達の絹川』を無断上演し、五郎を激憤させる。翌一一年六月、日本橋・真砂座に出演。曾我廼家五九郎一座の披露目公演となった。同年十一月、浅草公園六区の帝国館に出演。映画の客寄せのためのアトラクションだったが、下町の気取りのない観客を沸かせ、これより、浅草を牙城として活動。吾妻倶楽部、世界館、常盤座をへて、金龍館に進出。二〇年、観音劇場に根を下ろす。同劇場では経営にもあたった。台詞覚えの悪さで知られたが、独自のプロデューサー感覚をもち、その時々の先端芸術を舞台に採り入れ、成功をおさめた。すなわち、松井須磨子が『復活』(芸術座)で脚光を浴びれば新進女優にして女性解放運動家の木村駒子に『復活』や『モンナ・ヴァンナ』『サロメ』等を演じさせ、浅草オペラが流行れば浅草オペラの人脈を、エノケン(榎本健一)らのレビュー式喜劇が注目されればレビューの人脈を引き込み、新勢力と対抗した。旗揚げ当初は、師匠五郎の脚本をもとに五九郎の口立てによって演じられることが多かったが、のちに小橋梅夜、中井桜渓、尾崎倉三らを文芸スタッフとして迎え、新作喜劇を活発に上演した。大阪弁を使わず、東京弁に固執したこと、女形を使わず、女優を育成したこと、下座音楽を廃し、洋楽に重点をおいたことなど、形式のうえでも、曾我廼家一座との違いは明瞭だった。「浅草の喜劇王」の名は、関東大震災発生以前に、すでに自他ともに認めるものになっていたようだ。この間、壮士劇時代からの同僚であった、高槻新之助が独立し、曾我廼家五一郎一座を結成。「曾我廼家」を名のるこの二座が、好敵手として、浅草の喜劇をリードする。震災で観音劇場を失った後は、地方公演をへて、ふたたび浅草にもどり、十二階跡につくられた凌雲座に出演。再建なった観音劇場にもどるのは二七年である。震災前後に一座のブレーンとなったのは小生夢坊《こいけむぼう》と金子洋文で、このころから社会性の濃い喜劇が舞台に並びはじめた。二人の発案で、当時人気を集めていた新聞まんが『ノンキナトウサン』(麻生豊作、報知新聞連載)を劇化上演。五九郎自身が主人公に扮したこの舞台が大当たりし、シリーズ化される。まんがの舞台化は、わが国初の試みといわれる。初演は二四年十二月。五九郎が四十八歳のときだった。二五年、五九郎一座総出演の映画『ノンキナトウサン』(マキノ映画)が公開されると、一座の名は全国的に知られるところとなった。この映画も人気を呼び、続編が製作されている。五九郎のもとから、武智豊子(のち武知杜代子)や伴淳三郎らが育った。喜劇俳優、フランキー堺は、五九郎の親戚筋にあたる。

[**参考**]丸川賀世子『浅草喜劇事始』(講談社)

❖『**出世の太鼓**』《しゅっせのたいこ》一九一一年十一月。浅草帝国館。太鼓屋に奉公する小僧(曾我廼家五九郎)が、苦境を乗り越え、健気に成長していく物語。活動写真の曾我廼家五九郎一座の浅草初進出作品。活動写真のアトラクションとして上演されたものだが、連日大入りの評判となり、帝国館は一座の常打ちを願い出た。この公演の最中、かつて福井茂兵衛一座で同僚だった高槻新之助が入座、曾我廼家〆太と名のって一座を支える。後の曾我廼家五一郎である。

❖『**ノンキなトウサン**』《のんきなとうさん》一九二四年十二月。浅草松竹座。麻生豊原作、金子洋文脚色、曾我廼家五九郎演出。「ノンキなトウサン」シリーズの第一作。のろまで人のよい失業中の主人公、ノンキナトウサン(曾我廼家五九郎)と、隣のタイショウ(曾我廼家一奴)が、失敗を繰り返しながらも、たくましく生きる物語。原作は、曾我廼家五九郎一座のブレーンにもなったまんが家、麻生豊が「報知新聞」に連載した四コマまんが『ノンキナトウサン』。五九郎は、オカマ帽子をかぶり、着物に羽織、素足に下駄ばき、付け鼻に丸眼鏡をかけ、原作通りの扮装をした。

❖『ノンキなトウサン 花見の巻』《のんきなとうさん はなみのまき》 一九二五年、浅草凌雲座初演。麻生豊原作、金子洋文脚色。貧しい人々がそろって花見に行く物語で、「ノンキなトウサン」シリーズ中、名編といわれる。ノンキナトウサン(曾我廼家五九郎)が、ひとり阿波踊りを踊りながら丘をのぼるラストシーンでは、観客が総立ちになって「トウサン、がんばれ」と声援を送った。 (原健太郎)

曾我廼家五郎《そがのやごろう》 一八七七〈明治十〉・九～一九四八〈昭和二十三〉・十一。俳優・劇作家・劇団主宰者。本名和田久一《ひさかず》。堺生まれを自称、筆名も一堺漁人《いっかいぎょじん》としたが、現在の岸和田市稲葉村(昔の堺県)に生まれて育ち、父の死後八歳で母方の祖父が住職をしていた堺・浄因寺に預けられたことが近親者や地元の古老の証言などで明らかになっている。一八九二年、中村珊瑚郎の弟子になり珊之助の名をもらう。一九〇〇年、福井座の嵐佳笑一座で、当時は中村時代《ときよ》といった曾我廼家十郎と出会う。鶴屋団十郎による「改良俄《にわか》」の人気を見て、〇三年頃より二人で笑わせる芝居を上演するようになり、〇四年二月、改良大喜劇曾我の家五郎十郎一座を浪花座で旗揚げ。折から日露戦争の勃発を伝える号外にヒントを得た『無筆の号外』が大当りをとったと五郎は書くが、これも自らの神話化のためで、実際に同作品が初演されたのは同年五月神戸朝日座においてだった。旗揚げ間もなくから松竹と提携、その後も人気を集め、翌〇五年四月には上京して新富座で公演を行なう。曾我廼家の成功に刺激され、〇八年から一一年にかけて楽天会・喜楽会・瓢々会などが次々と旗揚げする喜劇団ブームとなり、「ハイカラの二〇加《にわか》」に過ぎなかった喜劇が世間に定着することになった。他方、即興性やナンセンスな笑いを特徴とする大阪俄の流れをくむ十郎と、歌舞伎にひけをとらない、緊密な構成の物語と台詞・仕草の様式美を追求する五郎の対立は深まり、一四年五月～十二月の五郎の欧州外遊をきっかけに二人は袂をわかつ。翌一五年二月、新富座での帰朝公演の際初演された『十六形』は、賃金未払いに憤る木管工たちのストライキの相談ではじまり、職長・本田秀吉の機転で社長から解決金を手に入れて終わるという斬新な内容で、堺利彦が激賞した。同年九月、堺と懇意の社会主義者で平民病院を経営していた贔屓筋・加藤時次郎の影響のもと、曾我廼家五郎劇を平民劇団と改め、自分も含め俳優は本名で出演したが、十一月には旧名に復す。以降二一年四月には野外劇を上演、同年末には未来派の劇の上演を計画、ラジオ本放送開始一年前の二四年には大阪毎日新聞による試験放送に参加するなど、時代に合わせた新機軸を次々と打ち出すが、一五年戦争期頃よりこれまた時流にのって保守化し、俄の復権を説き、「古い頭の私は、やはり我が日本の旧道徳、忠君愛国を骨にして世態人情の張りまぜ障子、芸術の殿堂にたてられぬのは万々承知、お台所の人間に、荒んだ社会の暴風をちよつとでも凌いでいたゞければそれでよい」(『十五年の足跡』)とうそぶくようになる。後年の「古臭い教訓劇」という評価は三〇年代以降の五郎の「転向」によるところが大きい。四八年三月、喉頭ガンの手術で声を失い、同年九月中座での『葉桜』で影の声を用いて舞台に立ったあと、十一月に死去。書いた脚本は千を超えると五郎は誇るが、共作や原作もの(原作者を明示している作品とそうでない作品がある)、落語や講談種の作品も多く、初期はとくに、口立てで作った芝居を文芸部員が文字に起こすこともよくあったので、正確な数は不明。一つの公演で上演時間一時間前後の一幕物を四本から五本並べることが通例だったため、多幕物の作品はほとんどない。二種類の全集のほか脚本集や随筆集に収録された作品もあるが、最初期の『無筆の号外』その他や晩年の作品は活字になっていない。五郎の死後五郎劇座員を吸収して発足した松竹新喜劇で上演された作品も数本あり、一五年十二月京都夷谷座初演『幸助餅』のように、近年歌舞伎でも上演されているものもある。

❖『**滑稽勧進帳**《こっけいかんじんちょう》』 一幕一場。一九〇四年三月浪花座初演。『へその穴』(関西滑稽新聞社)所収。十郎との共作かどうかは不明。初演時の題名は『勧進帳』。義経ならぬ養子の常公ら一行が、女郎を買いに吉原大門を通ろうとすると、富樫左衛門ならぬ時貸のさいそくの家来カン太から、鎌倉屋に借金があるので入ることはまかりならんと止められる。弁慶は、女郎からの手紙すなわち「肝心の状」を読み上げ、時貸と以下のような問答を行なう。「世に女郎買の姿様々あると云へ共、山伏修験者の出立にて女郎買に参る理由や有や如何に」「山伏とは山に伏すと書く…山はお遊女の山にして、伏するとはすなわち寝る事なり」。歌舞伎作品の筋と台詞を地口と語呂合わせでふざけ倒し、義太夫節はそのまま演奏する、大阪俄でよくとられた手法で、喜劇と名乗るほど新味はないこうした作品が初期作品の大半を占めていた。

❖『**出世の鼻**《しゅっせのはな》』 一幕四場。一九一二年十一月新富座初演。『曾我廼家喜劇集』(南人社)所収。一九〇六年五月京都歌舞伎座・初演の『出世鼻息』(脚本未発見)が同じ作品かどうかは意見が分かれる。一七年九月寿座で『鼻の六兵衛』として上演、茂林寺《もりんじ》文福《ぶんぷく》の脚色で同じ題名で松竹新喜劇表十八番および藤山寛美二十快笑に選ばれ、さらに藤山直美『はなのお六』として上演が続けられている。五六年に東映が榎本健一主演で映画を製作。大衆演劇の劇団もよく上演する。芝・増上寺御霊屋御門前の茶店。武家奉公をして出世しようと江戸にやってきた大和国の六兵衛(五郎)は、染物屋伊勢屋の番頭・嘉七(童三)に江戸の怖しさを説かれ、郷里に戻ろうと腰を上げたところに鳩が白旗をくわえて飛んでいくのを見る。帰りがけに出会った侠客・倶利伽羅龍五郎(太郎)に気に入られ、しばらく龍五郎宅に厄介になることにする(一場)。芝・露月町の龍五郎宅。佐賀藩主有馬玄番の家来・田辺右近(四郎)が様子を伺っている。留守をあずかる妻のおゆき(月小夜)が、やってきた六兵衛と噛み合わない問答をしていると龍五郎が帰ってくる。徳川家霊廟収蔵の三つ葵の白旗を洗濯時に紛失した伊勢屋と守護役・玄番(三郎)の苦境を救いたいと話す龍五郎に、得意の鼻で嗅ぎ出してみせると六兵衛は請けおう(二場)。龍五郎宅裏手で六兵衛は捕らえられる(三場)。玄番の屋敷。連れてこられた六兵衛は逃げられないように捕らえたと真相を明かされ、お家存亡の危機を救ってくれと頼まれる。白旗が御霊屋表門の瓦の下にあることを「嗅ぎ出す」六兵衛。褒美として侍に取り立てられ出世を果たす(四場)。

❖『**へちまの花**《へちまのはな》』 一幕二場。一九一七年二月明治座初演。『曾我廼家喜劇集』(南人社)所収。幸堂得知原作と称するが不明。松竹新喜劇特作三十六快笑の一。松竹新喜劇での上演は一度きりだが、大衆演劇の劇団は今でもよく上演している。舞台は現代、紀州熊野の山村。展覧会に美人と醜婦を並べて出品するため、画家・香川松雲(五郎)は、不細工なおかよ(蝶六)をこっそり写生していた。それを見つけて立腹する父親の漁師・藪井宗兵衛(致雄)。

松雲の伯父で人類学者の正哉（四郎）は、嫁にもらうつもりで写生していると嘘をつく（一場）。美人令嬢・星井みよ子（大磯）は、松雲と結婚の約束をしており、展覧会の当選金をその資金にしようと語る。おかよが宗兵衛に連れられ、押しかけ女房になりにくる。松雲は正哉と示し合わせ、肺病のふりをするが、おかよは意に介さない。車夫の勇吉がやってきて博奕の借金の催促をする。おかよは亡き母からもらった小判五枚を差し出し、足らなければ着物も渡すという。一方みよ子は肺病と知って立ち去り、後から絶縁の手紙を送ってくる。松雲はおかよの親切に感じて、結婚を決める（二場）。

❖**『満州楽土の夢』**《まんしゅうらくどのゆめ》 一幕一場。一九三二年四月御園座初演。『曾我廼家五郎全集第十巻』（アルス）所収。三一年十一月中座初演の『日支隣同士』などとともに、五郎の「時局劇」の一つ。満州開拓民の生活を中国語が飛び交う現地風俗を交えてリアルに描き、翌五月新橋演舞場での上演には当時の秦豊助・拓務大臣や鳩山一郎・文部大臣ら政界の大物が観劇した。満州の農場主・大和田久左衛門（五郎）は、息子の久三郎（林蝶）と小作人・上田源三（五楽）の娘・お種の仲を知り、一度は結婚の手筈を整えるが、華奢なお種が病で床についたと聞き、子を生めなさそうだと破談を言い渡す。他方、お種に気があった若い小作人たちは開拓地の苛酷な暮らしに耐える気持ちを失い、内地に帰る相談をする。久三郎もお種と結婚できないのなら内地に戻るという。折よく内地から届いた小作人たちの花嫁候補の写真を手にして、久左衛門は「御国のためにしっかりと働」くはずなのに、お前等は意気地なしだと長広舌をふるい、自分はこの地に留まる、なぜなら「二十万からの日本の兵隊さんの魂が東洋平和を叫んでいるこのなつかしい満州の土になったら本望」だからだと泣き叫ぶ。そこへ開拓植民救済会会長・植村保を連れ農事試験所主任・原口一夫ら一行が現われ、記念写真を撮ろうとするが皆渋面のまま。久左衛門の弟・小西多兵衛（蝶六）がやってきて、お種が寝込んでいたのは久三郎の子を宿していたからだと伝える。途端に機嫌がよくなる久左衛門親子。小作人たちにも花嫁の写真を渡すと、彼らも笑って記念写真に収まり、幕。

（日比野啓）

曾我廼家十吾《そがのやじゅうご》

一八九一〈明治二十四〉・十二～一九七四〈昭和四十九〉・四。俳優・劇作家・演出家。名は「とおご」とも。筆名茂林寺文福《もりんじぶんぷく》、八方園福松。本名西海文吾。兵庫県神戸出身。俄芝居・大門亭大蝶一座の子役として八歳で初舞台。当時の芸名は文蝶。一九〇二年、キリン亭鳳凰（新派俳優・松平竜太郎）の喜劇団に加わる。〇六年、曾我廼家兄弟一座に入座、曾我廼家十郎の弟子として曾我廼家文福を名乗るも、〇八年に退座。翌年大和屋宝楽・曾我廼家青年一派合同劇が結成されると加入。十郎が得意としていたお婆さん役を演じ、以降、生涯の当たり役となる。その後も義士廼家劇、瓢々会、蝶鳥会、曾我廼家娯楽会と渡り歩き「ドロンの文公」と綽名される。一五年、十郎が曾我廼家五郎と決別して一座を旗揚げすると呼び戻されるも、翌年茂林寺文福と改名して文福茶釜一座を結成。九州一円で人気となり、台湾・朝鮮へも巡業する。二七年、十郎三回忌追善興行で五郎劇に一時的に参加する際、十五を名乗る。退団後は五の字を吾に変え、曾我廼家十吾となった。二八年九月、二世渋谷天外（当時は本名の一雄）、新派の小織桂一郎《さおりけいいちろう》らと松竹家庭劇を旗揚げ。

現代風俗を描くホームドラマふうの喜劇を上演した。三一年九月に家庭劇は一旦解散するが翌年六月に再結成し、人気を得た。四八年、同年の曾我廼家五郎の死によって残された五郎劇の座員、前年結成されたばかりの劇団すいと・ほーむを率いていた天外らと合流し、松竹新喜劇を結成。五〇年松竹映画『たぬき』を撮影中「映画監督を夢見て」退団。舞台で俳優が見せる卓越した芸より良質の戯曲の提供に関心があり、ラジオ・テレビに新境地を求めた天外との確執を噂される。第二次松竹家庭劇を結成するが、六五年に解散。以降新喜劇に数度客演し、七四年四月、八十二歳の生涯を終えた。

❖**『まづ健康』**《まづけんこう》　一幕二場。一九二九年四月角座初演。松竹家庭劇最初期の作品で、松竹新喜劇でも何度も上演されている息の長い作品。近年では志村けんも上演した。銭湯・桜湯の脱衣場。経営者の桜井万蔵(富士鳥)は父・松太郎(十吾)の健康を慮り、乱脈経営の結果の借金の取り立てを隠してまで、豪華な食事をさせる。あれこれと干渉し、外出も許さないので松太郎は閉口している。古物商の弟・仙之助(天外)が見かねて父を引き取ろうと申し出ると口論になるが、結局、借用証と引き換えに一年だけ貸し出すことを認める(一場)。仙之助の店。松太郎は店で働かされ、粗食しか与えられない。万蔵が怒って引き取りに来るが、松太郎が体重計に乗ると前より体重が増えて、健康になっている。仙之助は妻・梅子(石河薫)の薦めで万蔵の借金も肩代わりしていた。万蔵は考えを改め、弟に頭を下げる(二場)。

❖**『アットン婆さん』**《あっとんばあさん》　一幕二場。一九三五年九月中座初演。館直志《たてなおし》との共作で、初演時の題名は『ハットン婆さん』。松竹家庭劇から松竹新喜劇にかけて再演を重ねた「お婆さん俳優」十吾の代表作であり、七〇年五月南座の舞台で天外の儀平、寛美の三郎が十五年ぶりに共演した舞台は松竹発売のＤＶＤで見ることができる。長年片桐家で働いてきた女中お初(十吾)。子供たちが幼い頃、口が回らないゆえに「アットン」と呼んでいたのが今でも通り名だ。今や子供たちは成長し、長男・正一郎が家督を相続した。だがその妻・富士子(石河薫)はアットンが気に入らず、夫と次女・満里子をたきつけ暇を出すことにする。身寄りのないアットンが淋しく荷造りをしていると、三男・三郎(天外)が久しぶりに実家を訪れる。事情を知った三郎は、家庭に波風立てたくないと見て見ぬふりをしてきた父・儀平(小織桂一郎)を説得し、アットンとの結婚を承諾させる。父親の後妻となれば追い出せまいという算段だったが、正一郎たちは大反対。怒った儀平はアットンを連れ別宅に移る(一場)。別宅を訪れた三郎は、事業に失敗した正一郎が借金を頼んだが、儀平が断った、という話をアットンから聞く。アットンは自分の貯金を三郎からだといって正一郎に渡すように言う。正一郎たちが再度の懇願のために訪ねてくる。父親が金を貸さないのはアットンの指金だと悪口を言う正一郎に真実を明かす三郎。アットンの変わらぬ愛情を知って正一郎たちは改心する(二場)。

(日比野啓)

曾我廼家十郎《そがのやじゅうろう》　一八六九〈明治二〉・四～一九二五〈大正十四〉・十二。俳優・劇作家・劇団主宰者。本名大松福松。筆名和老亭当郎《わろうていとうろう》または倉三《くらぞう》。伊勢松坂の生まれ。十代半ばで役者を志望、一八九一・二年頃大阪に出て初代中村時蔵《ときよ》(当時は三世歌六)の弟子となり時代の名をもらう。九六年時蔵とともに東京に移住するが、九九年病気で帰郷する。一九〇〇年福井座に出勤、当時中村珊之助を名乗っていた曾我廼家五郎と出会う。〇三年頃より二人で喜劇を上演し、〇四年二月、改良大喜劇曾我の家五郎十郎一座を浪花座で旗揚げ。翌年四月は東京・新富座に出演、喜劇団ブームのきっかけを作る。大阪俄《にわか》の流れをくむ、即興性とナンセンスな笑いを追求し、歌舞伎の正統性に対抗できるような物語性の強い喜劇を上演しようとした五郎と対立が深まる。一一年七月病気と称して故郷で玩具屋を開くが、一三年一月復帰。だが結局、一四年五月〜一二月の五郎の欧州外遊を機に分裂。翌十五年二月、新富座で帰朝公演を行なった五郎に対し、同月曾我廼家十郎大一派を旗揚げした十郎の公演先は福井・加賀屋座であり、二人の処遇の差は明らかだった。二一年病気で引退し、座員は滋賀廼家淡海一座に吸収される。二十五年腎臓病で死去。

❖**『唐木の看板《からきのかんばん》』** 一幕三場。一九一六年一月・大阪堂島座初演。『日本戯曲全集　第39巻　現代篇　第7集』(春陽堂)。すれ違う恋人同士を扱った『生写朝顔話』を下敷きに、地口を織り交ぜ、端唄や御詠歌を挟む、大阪俄を思わせる十郎の一方の作風の代表作。

江戸の商人越後屋源兵衛は、妻を亡くしてから店を閉め、娘お雪を連れて、お雪の許婚者である清三郎を訪ね大阪へ向かう。一方清三郎は、父親の遺言に従い、お雪と一緒になって立派な商人となるため店をたたみ、証拠として示すために先祖伝来の唐木の看板を背中にかついで江戸へ向かう。東海道島田宿の茶店で両者は偶然出会う。目立たぬよう巡礼に扮し、お雪に喋る機会を与えない源兵衛の極端な警戒ぶりに清三郎は腹を立てて喧嘩となり、西と東に別れてしまう。両者は江戸と大坂にそれぞれ到着するが、訪ねる相手はもちろんいない。舞台の上手と下手で東海道の宿場の駅名を書いた引幕が背景に現われ、両者がその場で走る格好をすると、駅名が順々に変わっていく。両者は見附の宿で出会い、「見附た見附た」でサゲて終わる。

SFやナンセンス文学ばりのもう一方の作風の代表作に、泥棒のために切られた主人と下男の手を医者が取り違えてつけてしまうことから生じる混乱を描いた『手』(一七年九月夷谷座初演)がある。

(日比野啓)

曽我部マコト《そがべまこと》　一九六一〈昭和三十六〉・九〜。高校教諭。愛媛県出身。本名横川節《よこがわせつ》。愛媛大学法文学部文学科卒業。愛媛県内の演劇部顧問として県立西条高校から活動を開始する。二〇〇〇年、県立川之江高校上演『ホット・チョコレート』で高校演劇全国大会最優秀賞を受賞。他に『パヴァーヌ』『ふ号作戦』など。青春の戸惑いを繊細に表現しつつ、まっすぐな少女たちの姿を鮮烈に描き出す作品が多い女流作家。

(柳本博)

園池公功《そのいけきんなる》　一八九六〈明治二十九〉・五〜一九七二〈昭和四十七〉・二。演出家・演劇評論家。東京生まれ。兄は白樺派の作家園池公致《きんゆき》。京都帝国大学卒業後、帝国劇場入社。文芸部に籍を置き自作『明暗双眼鏡』や女優劇を中心に演出。帝劇解散後は松竹、東宝で働き、主に新派や松竹少女歌劇、東宝劇団で演出家を務めた。ソ連、アメリカでの演劇視察を経て、第二次大戦中は情報局嘱託となり国策に協力した。戯曲作品に『恋愛即興曲』(「創作月刊」一九二八・12)、『白薔薇の女』(「舞台戯曲」一九三〇・5)、『スポーツ時代』(「舞台」一九三〇・8)。

(星野高)

た

田井洋子《たいようこ》　一九一一〈明治四十四〉・八～二〇〇八〈平成二十〉・三。脚本家・劇作家。東京都生まれ。本名丸茂《まるも》ふぢ子。東京府立第三高女卒業。一九二九年、河井酔茗の主宰する詩社「女性時代」に入門。三二年「舞台社」にて岡本綺堂らに師事。後進育成の目的から綺堂が主宰した戯曲月刊誌「舞台」に作品を発表する。戦後、NHKラジオドラマ『魚紋』が第一位に入選して以後、放送作家として活躍した。五七年「しろかね劇作会」を創立。舞台の脚本には、『女たちの忠臣蔵』〈石井ふく子演出・一九八〇年十二月・帝国劇場〉、『花のこころ』〈石井ふく子演出・八六年二月・帝国劇場〉など、テレビドラマの話題作を劇化したものがある。　（松本修一）

大正まろん《たいしょうまろん》　一九六九〈昭和四十四〉・十～。劇作家・演出家・俳優。本名小栗一紅《おぐりかずえ》。兵庫県生まれ。大阪芸術大学芸術計画学科在籍中に、流星倶楽部に俳優として参加。大阪演劇祭の深津篤史企画『床の新聞』に書き下ろした『太陽の匂い』〈二〇〇〇〉で第十七回名古屋文化振興賞戯曲部門受賞。『昼下がりのミツバチ』〈〇五〉で第十三回OMS戯曲賞佳作。劇団外では佳梯かこプロデュース『ソラノテザワリ』〈〇二〉作・出演など。　（九鬼葉子）

高井浩子《たかいひろこ》　一九六六〈昭和四十一〉・八～。劇作家・演出家。東京タンバリン主宰。東京都生まれ。文化服装学院出身。女優として宮沢章夫プロデュース公演に参加後、青年団を経て、一九九五年『たたみと暖簾』で旗揚げし、作・演出。本広克行の演劇作品シリーズにも脚本提供。代表作に『サンSUNサン』『鉄の纏足』など。　（望月旬々）

高泉淳子《たかいずみあつこ》　一九五八〈昭和三十三〉・七～。女優・劇作家・演出家。早稲田大学社会科学部卒業後の一九八三年、白井晃とともに劇団「遊◎機械／全自動シアター」を結成。家族を主なテーマとして創作し、子供から老人の役まで変幻自在に演じる。八六年初演の『僕の時間の深呼吸』での「山田のぼる」少年役で人気を博す。八九年初演の『ア・ラ・カルト　役者と音楽家のいるレストラン』は演劇と音楽の融合作品として、二〇一三年まで二十五回上演を続けた。伊沢磨紀との共作『モンタージュ―はじまりの記憶―』は第三十七回岸田國士戯曲賞最終候補作品となり、高校演劇の定番演目となった。代表作に『独りの国のアリス』〈第四十回岸田國士戯曲賞候補〉、『こわれた玩具』〈第四十二回岸田國士戯曲賞最終候補〉、『ラ・ヴィータ』『食卓の木の下で』。

【参考】『高泉淳子 仕事録』〈河出書房新社〉　（中村義裕）

高木史朗《たかぎしろう》　一九一五〈大正四〉・八～一九八五〈昭和六十〉・二。劇作家、演出家。兵庫県神戸市出身。関西学院大学文学部卒業。幼少時より宝塚少女歌劇に親しむ。白井鐵造夫人となった沖津浪子が姉たちの友人だった縁で、少年時代より白井とその作品に大きな影響を受ける。中学四年の時、姉の夭折に衝撃を受け、旧制高等学校ではなく関西学院哲学科へ進学、宝塚入りを決心する。一九三六年、白井のアシスタントとして宝塚へ入団。四〇年四月宝塚大劇場雪組公演『太平洋』で作・演出デビュー。戦時中の劇場閉鎖後は移動演劇隊として日本中を巡演。戦後は一時宝塚を離れたがすぐに復帰。五一年六月宝塚大劇場花組公演

『河童まつり』で小林一三に激賞された。洋行を経て五二年六月宝塚大劇場雪組公演で帰朝作品『シャンソン・ド・パリ』を発表、シャンソンブームを起す。レヴュー作家として不動の地位を築いたが、戦前より手掛けてきた童話劇や日本物レヴュー、『河童まつり』『人間万歳』(武者小路実篤原作、五四年)などの諷刺レヴュー、『虹のオルゴール工場』(六三年)、『港に浮いた青いトランク』(六五年)などの日本の現代ミュージカルなど幅広い作品を手掛けている。宝塚歌劇団名誉理事、七二年兵庫県文化賞受賞。

[**参考**]高木史朗『宝塚花物語』(秋田書店)、宝塚歌劇団『宝塚歌劇90年史　すみれ花歳月を重ねて』(宝塚歌劇団)

❖**『華麗なる千拍子』**《かれいなるせんびょうし》　グランド・ショウ。一九六〇年十月宝塚大劇場星組公演にて初演。プロローグ『歌の翼にのって行こう』はL・バーンスタイン作曲『ウエストサイド物語West Side Story』のメロディで始まり、続く『華麗なる千拍子』はJ・ブレルのシャンソン、その他『三文ピアニスト』『リオのリズム』など、明るくテンポの良い曲を次々と歌い踊りついでゆく。メインテーマはシャンソン『幸福を売る人 Le Marchand De Bonheur』で、同曲を全員が歌いながら銀橋をパレードする場面は幸福感溢れる名場面として知られる。六〇年度芸術祭大衆芸能部門芸術祭賞(文部大臣賞)を受賞。翌六一年一月に受賞記念として大劇場で再演、二月は雪組で続演。東京でも星組、雪組が二か月の続演をし、十二月には梅田コマで上演したほか、京都、名古屋でも上演し、通算上演期間は七か月半、観客動員数は八〇万人を突破した。九九年には『華麗なる千拍子'99』として酒井澄夫監修、中村一徳構成・演出、二〇〇二年には『華麗なる千拍子2002』として酒井澄夫監修・演出、中村一徳構成・演出で再演され、通算の観客動員数は一〇〇万人を超えた。　(村島彩加)

高木達《たかぎとおる》　一九五〇〈昭和二十五〉〜。劇作家・演出家。福島県出身。明治大学文芸学部演劇学科卒業。一九七五年に青年座スタジオ公演の作・演出でデビュー以来、ストレートプレイからミュージカルまで幅広く手掛ける。ラジオドラマでは八九年度イタリア放送協会賞受賞。代表作に『風の家』、オペラ『ひかりのゆりかご――熊になった男』、3・11後の家族を描いた『東の風が吹くとき』など。　(小原龍彦)

高木登《たかぎのぼる》　一九六八〈昭和四十三〉・七〜。脚本家・演出家。鵺的主宰。東京都出身。放送大学卒業。一九九九年『ストーカーズ・ア・ゴーゴー』で第十一回フジテレビヤングシナリオ大賞佳作。二〇〇九年『暗黒地帯』で鵺的を旗揚げし、作・演出を手がける。代表作に『この世の楽園』『悪魔を汚せ』など。　(望月旬々)

タカクラテル　一八九一〈明治二十四〉・四〜一九八六〈昭和六十一〉・四。小説家・劇作家・評論家。高知県生まれ。本名高倉輝。高倉テルとも表記。京都帝国大学卒業。「改造」に戯曲『砂丘』(一九一九・10)、『孔雀城』(二〇・12)、『切支丹ころび』(二一・9)を発表。戯曲集に『女人焚殺』(アルス)、『海峡の秋』(同)、『長谷川一家』(同)がある。長野県に移住し、各地の「自由大学」運動、農民運動に奔走。ローマ字協会会員となり、筆名を改める。築地小劇場、新築地劇団文芸部にも関わる。一九三八年四月新築地劇団で『子もり良寛』を、四二年金井修一座で『大原幽学』を上演。戦後は『けやきのちかひ』(世界評論一九四六・8)があり、日本共産党に入党、前進座に関わる。四八年『えんげき集　エンマ大王』(文化評論社)刊行。晩年は民俗芸能に関心つよく、車人形に『佐倉義民伝』『新曲さんしょう太夫』、歌劇『山城・国いっき』『ツルの巣ごもり』などを書く。他の戯曲に『赤い鍵』『寒山拾得』『月の出』などがある。（神山彰）

高桑徳三郎《たかくわとくさぶろう》 一九五一〈昭和二十六〉・三～。劇作家。前橋工業高校卒業。青年座劇場にて鈴木完一郎演出で上演された『七つの岡のクリスマス』（「新劇」一九七六・3）で、第二十回「新劇」岸田戯曲賞（現・岸田国士戯曲賞）最終候補。他に『真夜中のブランコ』、『ドラム一発！ マッドマウス』（「テアトロ」一九八〇・6）など。（小原龍彦）

高須文七《たかすぶんしち》 一九〇六〈明治三十九〉～一九九六〈平成八〉・一。劇作家・舞台美術家。本名は松太郎。一九二八年、第一次松竹家庭劇に参加。のち、松竹新喜劇に移る。『お目出度うさん』『オトボケ綺談』『亭主の階級』などのほか、脚色でも手腕を発揮。舞台美術でも著名で、大阪上方演芸資料館に道具帳が寄贈されている。（神山彰）

高瀬久男《たかせひさお》 一九五七〈昭和三十二〉・七～二〇一五〈平成二十七〉・六。劇作家・演出家。山形県米沢市生まれ。玉川大学文学部芸術学科（演劇）入学。文学座の演出家、加藤新吉の推薦で卒業と同時に文学座附属演劇研究所演出部に入所、一九八五年からは座員。八七年、文学座アトリエの会のアーノルド・ウェスカー作『THE MERCHANT（商人）』で初演出。九一年からは一年間、文化庁派遣芸術家在外研修員としてロンドンに滞在、帰国後のアトリエの会『フエンテ・オベフーナ』演出に当たっては自ら翻訳もした。児童青少年演劇への貢献も高く、劇団らりんこの『あした天気になあれ！』（一九九四）脚本で斎田喬戯曲賞を受賞、文学座ファミリーシアターでは、『若草物語』（二〇〇七）、『トムは真夜中の庭で』（〇八）、『かぐや姫』（〇九、演出は高橋正徳《まさのり》）といった児童読物を自ら脚色。同じく脚色・演出のアレクサンドル・デュマ作『モンテ・クリスト伯』（〇二）で芸術選奨文部科学大臣賞新人賞を受賞した。演出のみでの受賞も多く、読売演劇大賞の優秀演出家賞は、ロングラン公演になった佐藤正隆事務所『リタの教育』（〇〇）で初受賞してから四度を数える。最後の文学座アトリエの会『NASZA KLASA《ナシャクラサ》』（一二）では優秀演出家賞の他に最優秀作品賞を受賞した。他に『アラビアンナイト』と『スカイライト』で〇三年度の毎日芸術賞千田是也賞、『カラムとセフィーの物語』と『冬のライオン』で一〇年度の紀伊國屋演劇賞個人賞を受賞。

❖**『あした天気になあれ！』**《あしたてんきになあれ！》 一幕。数少ない高瀬執筆の創作劇の一つ。父を交通事故で亡くし、母、兄とともに引っ越してきた十歳のみちるは、転校先の学校や友達に馴染めず、看護師として働く留守が多い母親に甘えることもできずに、幻想の中のもう一人の自分、ひろみと会話することで孤独を癒している。そんな彼女が燕の死体に出会ったことから父の死を受け入れ、積極的に友達の輪に入り、新しい環境の下で成長していく姿を描く。児童演劇では避けがちな「死」をテーマに、「いじめ」の問題などにも肉薄している。（七字英輔）

高田宏治《たかだこうじ》 一九三四〈昭和九〉・四～。脚本家・劇作家。東映映画に多数の脚本を書き著名。一九八〇年代になり、新宿コマ劇場で、八代亜紀公演の劇作を続けて手掛ける。『昭和疾風おんな節』『不知火おんな節』『越前おんな節』『越前無情』『うず潮慕情』『関東疾風おんな節』『津軽人情おんな節』など。（神山彰）

高田保《たかだたもつ》　一八九五〈明治二十八〉・三〜一九五二〈昭和二十七〉・二。劇作家。俳号・羊軒。裁判所の代書人や鉱山技師などを務めた高田元重・まさの六男三女の五男として茨城県・土浦に生まれる。母方の従兄に国文学者の山口剛がいる。旧制土浦中学校から早稲田大学英文科へ進学。中学の先輩に版画家・永瀬義郎、英文学者・矢口達、根岸興行主三代目・根岸吉之助がおり、上京後彼らとの交際を通じて演劇に興味を持つ。大学卒業後、雑誌「活動の世界」「活動画報」「演芸」「オペラ評論」などの雑誌編集のかたわら根岸興行・常盤興行の文芸部に入り浅草オペラの翻訳・脚色・演出を行なう。一九二二年帝国劇場の懸賞脚本に応募した舞踊劇『案山子』が入選、二三年「新小説」に発表した戯曲『天の岩戸』で文壇に登場した。二六年編集兼発行人となり十五年社より演劇雑誌「テアトロ」発行(のち「演劇春秋」に吸収合併される)。二九年新築地劇団に参加、『生ける人形』(片岡鉄兵原作)、『北緯五十度以北』(小林多喜二『蟹工船』を改題)、『西部戦線異状なし』(レマルク原作)などの脚色・演出でプロレタリア演劇運動に関わるも、翌年検挙され転向する。三六年からはそれまで何度か作品を提供していた新国劇に脚色家・演出家として参加し、『斬られの仙太』(三好十郎原作)、『人生劇場』(尾崎士郎原作)、『宮本武蔵』(吉川英治原作)、『土と兵隊』(火野葦平原作)、『多甚古村』(井伏鱒二原作)などのヒット作を手掛け、澤田正二郎亡き後の新国劇を支えた。四一年からは松竹に移り、井上正夫演劇道場で『しみぬき人生』など、新生新派で『新日本橋』『瀧の白糸』(泉鏡花原作)、『愛すればこそ』(谷崎潤一郎原作)などの創作戯曲や脚色・演出を行なった。娯楽性と芸術性のバランスのとれた作品で商業演劇の向上に貢献した。ジャーナリスト的才覚に長けていた高田は舞台の他に映画・ラジオの脚本、小説、評論、随筆、雑文も得意とし、文壇・劇壇にパリ通で知られる一方で江戸文学研究や中国文学の翻訳でも評価を得た。晩年の四八年から五一年にかけて「東京日日新聞」に長期連載したコラム「ブラリひょうたん」は、社会・風俗・政治・文化など様々な時事問題を、飄々とした物腰の中にも知的なウィットとユーモア溢れる文章で諷刺して高い人気を誇った。主な戯曲集に『人魂黄表紙』(原始社)、『宣伝』(プロレタリア前衛小説戯曲新選集、鹽川書房)がある。

❖**『人魂黄表紙』**《ひとだまきびょうし》　一幕。初出は「演劇新潮」一九二七年六〜七月号。一九三一年二月、春秋座が市村座にて初演。配役は佐次平(八世市川八百蔵)、黒装束の男(河原崎長十郎)、升六(二世市川猿之助)。山東京伝の『心学早染草』《しんがくはやそめぐさ》をヒントに、高田独特の諷刺性と生活感情が織り込まれた笑劇。お囃子、花道、所作など歌舞伎の俳優と舞台を念頭に書かれた作品で、高田の江戸文学に関する鋭いセンスと遊び心が歌舞伎への造詣の深さと共に功を奏している。

❖**『人生劇場』**《じんせいげきじょう》　三幕五場。尾崎士郎原作、高田保脚色。一九三七年六月、新国劇が有楽座にて初演。配役は吉良常(島田正吾)、飛車角(辰巳柳太郎)、おとよ(長島丸子)、青成瓢吉(秋月正夫)、おそで(二葉早苗)ほか。尾崎士郎の自伝的長編小説『人生劇場』(青春篇・愛欲篇・残侠篇・風雲篇・離愁篇・夢幻篇・望郷篇)のうち「残侠篇」を脚色。古い任侠道が滅び行く姿に人生の波乱と哀切を重ねて描いた原作を、メロドラマ的な構成で脚色し好評を博した。高田の創作戯曲は奇抜なアイデア、豊かな会話、新鮮な構成に定評があり、一幕物ではそうした面が上手く効果を発揮したが、一方、長編多幕物では全体を貫くテーマの弱さが度々指摘された。脚色物は構成によって原作の持ち味を活かす高田の脚本術が巧く発揮された。(中野正昭)

高田文吾《たかだぶんご》［＝**石井均**《いしいきん》］一九二七〈昭和二〉・十一〜一九九八〈平成十〉・十二。喜劇俳優。本名石原仁。大分県高田市生まれ。一九四五年俳優として初舞台。旅回りを経て、五八年新宿で「笑う仲間」を結成。解散後曾我廼家十吾の松竹家庭劇に入座。十吾に師事し文吾の名を貰い、俳優も兼ね『春と風呂敷』『秋晴れ珍道中』等を書く。家庭劇以後はフリーとなり、テレビ、舞台で活躍。八一年大阪角座の「松竹新喜楽座」を七か月率いたこともある。八六年、「新宿笑劇場」を旗揚げ。晩年まで公演を重ね、自作を演じる。（鍜治明彦）

高津一郎《たかついちろう》 劇作家・演出家。戦後まもなくより長年横浜市でアマチュア演劇の指導、劇作、演出に携わる。一九四七年発足の劇団「麦の会」元代表。創立五〇周年まで、同劇団で演劇活動に尽力した。元横浜アマチュア演劇連盟事務局長。麦の会で作・演出を務めた作品に『道化の青春』（一九五九）、『荒地』（六〇）、『笛と獣』（六一）、『青い海の墓標』（六二）ほか多数。（村島彩加）

高津住男《たかつすみお》 一九三六〈昭和十一〉・一〜二〇一〇〈平成二十二〉・七。俳優・劇作家・演出家。徳島県出まれ。劇団樹間舎代表。早稲田大学文学部中退。一九六一年にデビュー後、テレビで人気を博し、八〇年に妻で女優の真屋順子と劇団を設立。以後、座付き作家として作品を提供し、演出。八一年『女優NO．1』、八七年『バースデイパラダイス』、八八年『バースデイパラダイス'88』『もうひとつのパラダイス』などを手掛け、自らの世界観をシリーズ化した。（中村義裕）

高堂要《たかどうかなめ》 一九三二〈昭和七〉・四〜二〇〇一〈平成十三〉・十二。作家・思想家。本名高戸要。岡山県生まれ。一九四九年、洗礼を受け、五五年、東京神学大学卒業。六〇年、プロテスタント文学集団「たねの会」を創立。六五年「〝ベトナムに平和を〟市民文化団体連合」（「べ平連」）の設立に関わる。三期会（現・東京演劇アンサンブル）公演『白い墓』（「新劇」一九六〇・9）、『よいやさのよいやさ』（「新劇」一九六八・12）、『どんま』（「新劇」一九六九・10）、劇団同人会公演『衣装』、『黒と白と赤と青の遊戯』（「テアトロ」一九七〇・11）、『しゅっしゅぽっぽ』（「テアトロ」一九七四・1）などを発表。九〇年に、二つの部屋プロデュース『陰府がえりのお七』、日本基督教団の五十周年記念『陰府からの使者』が上演された。九五年、浪漫亭による『おつむてんてん――ミイラは断頭台《ギロチン》』、国際ドストエフスキー演劇祭でドストエフスキーの『罪と罰』をもとにした『酔っぱらいマルメラードフ』がロシアで上演された。九八年には、『酔っぱらいマルメラードフ』を、劇団同人会と劇団世代の合同により自らの演出で上演（国内初演）。

❖**『どんま』** 一幕。一九六九年五月、渋谷せんとるいすにて「ミニシアタせんとるいす公演」として初演。演出：川和孝、出演：広奥康、安田隆、野島昭生。幕が開くと記号化された三人の男「A」「B」「C」が乳白色タイツ姿で空間を遊泳しながら衣装を着ける。じゃんけんを行ない、「どんま」（馬乗り）と呼ばれる遊びを始める。そのうちに、この遊びに「ルールが不在」であることが三人の間で問題になり、口論となる。最後には「A」が取り出したピストルで三人ともに死んでしまい、しばしの間の後、大きな太鼓の音をきっかけに、幕開きのように再び遊泳を始める。（中村義裕）

高取英《たかとりえい》 一九五二〈昭和二十七〉・一〜。劇作家・編集者・漫画評論家。大阪府出身。京都精華大学マンガ学部マンガプロデュースコース学科教授、劇団「月蝕歌劇団」代表。岸和田高等学校、大阪市立大学商学部卒業。大学時代に、劇団「白夜劇場」を結成し、『白夜月蝕の少女航海紀』を作・演出し、演劇活動を開始。卒業後、寺山修司の取材・出版スタッフとなる一方、『漫画エロジェニカ』三代目編集長となり、三流エロ劇画ブームを起こす。一九八〇年、演劇団公演で『月蝕歌劇団』（演出・流山児祥）を発表。これが代表作で、のち再演に再演を重ねることになる。八六年に劇団「月蝕歌劇団」を旗揚げ、多数の作品の脚本、演出を手がける。寺山修司、澁澤龍彦、埴谷雄高、沼正三などの幻想文学系の作品を多数劇化し上演している。美少女を数多くキャスティングする方法が、根強いファンを生み出し、息の長い劇団活動を維持しているのが特色。

❖**『聖ミカエラ学園漂流記』**《せいみかえらがくえんひょうりゅうき》 人里離れた女子校聖ミカエラ学園では、卒業すれば宝塚に入れるという名目で怪しげな軍事訓練がおこなわれていた。いわく、少女十字軍を結成せよ、と。帝国海軍狩野大介はタイムトンネルを通じて彼女たちを十字軍ならぬ海軍に送り込もうと画策していた。そんなある日転校生美村亜維子がやってくる。彼女はかつて少女十字軍のリーダーとしてエルサレムを目指したことがあった。しかし無残にも彼女らは奴隷商人の手に落ちたのだ。「神などいない」と彼女は宣言する。女生徒たちは反乱を起こし聖ミカエラ学園を壊滅させる。しかしローマ教会を目指したはずの彼女たちがたどり着いたのは、島原の乱だった。亜維子に率いられて江戸幕府は滅び、歴史は変わるのだった。（岡野宏文）

高梨康之《たかなしやすゆき》 劇作家。昭和戦前期から一九六〇年代まで女剣劇に多くの作品を残す。戦前は関西で伏見澄子一座に『女心愛染塔』など。その後、不二洋子一座の文芸部に属し、さらに同一座の支配人となる。『女菩薩峠』『仙太凶状旅』『海の彼方へ』などがあるが、『模範孝女の殺人』は特に人気を博し、戦後も数度再演。『伊勢音頭』『白浪五人女』『女河内山』など、歌舞伎を女剣劇に書き替えた作品も多い。（神山彰）

高羽彩《たかはあや》 一九八三〈昭和五十八〉・五〜。劇作家・演出家。静岡県生まれ。早稲田大学では演劇サークルてあとろ50'で活動し、二〇〇四年にタカハ劇団を旗揚げ。一三年、芸劇eyes番外編・第二弾God save the Queen参加作品『クイズ君、最後の2日間』で注目される。代表作に『ブスサーカス』『帰還の虹』。（望月旬々）

高橋いさを《たかはしいさを》 一九六一〈昭和三十六〉・九〜。劇作家・演出家。東京生まれ。高校生時代に見たつかこうへいの『熱海殺人事件』に刺激を受けて演劇を志し、日本大学藝術学部演劇学科へ進学。在学中の一九八二年、大学に在籍していた加藤忠司、川原和久らと劇団ショーマを結成。『み・ら・あ』で旗揚げし、八四年の『ボクサァ』で池袋シアターグリーン・フェスティバルの特別審査委員賞を受賞。『ある日、ぼくらは夢の中で出会う』（一九八三）、『パズラー』（八四、後年に『バンク・バン・レッスン』と改題）など、登場人物たちが芝居を演じるうちに現実と虚構のパラドックスにはまり込んでいく様を描いたメタフィクション演劇の旗手として注目される。以降、『けれどスクリーンいっぱいの星』（八六）に代表される「豊かな演劇シリーズ」、強大な目的を見失った同世代の閉塞感に光をあてた『極楽トンボの終わらない明日』（八八）などの「ネガティブヒーロー・シリーズ」、そして、『八月のシャハラザード』（九四）に代表される物語の持つ神話的な力を再確認する「プロテアン的物語シリーズ」を書き下ろしていく。二〇〇一年には『I-note——演技と劇作の実践ノート』（論創社）を著わし、母校や専門学校で演技論を軸に若手育成に力を入れている。一〇年の『父との夏』でサンモールスタジオ最優秀脚本賞、一一年の『あなたと見た映画の夜』で神保町演劇フェスティバルの最優秀作品賞に輝いている。

❖『**バンク・バン・レッスン**』一九八四年に劇団ショーマがシアターグリーンで初演。強盗に襲われたという想定で銀行の一支店で防犯訓練が行なわれている。お決まりの手順で無事終了したことに満足出来なかった行員たちは、想像力を膨らませて二回目の訓練を始めてしまう。通行人を巻き込んでの派手な展開に一応満足したものの、さらなる刺激を求め、三回目の訓練は妄想に暴走が重なって内容がどんどんエスカレートしてしまう。（杉山弘）

高橋治《たかはしおさむ》 一九二九〈昭和四〉・五～二〇一五〈平成二十七〉・六。脚本家・作家・劇作家。千葉市生まれ、東京大学国文科卒、松竹大船入り。一九七〇年頃より、戯曲、小説を手がけ、『秘剣』で直木賞。『告発――水俣病事件』で小野宮吉戯曲平和賞受賞。他の戯曲に『白鳥事件』『告発』など。主著に『絢爛たる影絵――小津安二郎』（文春文庫）。（神山彰）

高橋玄洋《たかはしげんよう》 一九二九〈昭和四〉・三～。放送作家・劇作家。島根県生まれ。早稲田大学文学部国文科卒業。大学卒業後、劇団新派に所属し、北條秀司に劇作を師事。一九五九年、NETテレビ（現・テレビ朝日）の嘱託となり、放送作家として活躍。舞台劇では、六七年『いのちある日を』が山本隆則・八田満穂の演出で劇団新人会により上演、『落日の涯－長谷川利行の半生－』を自らの演出で劇団手織座により新宿・朝日生命ホールにて上演。七二年『あの海の果て』が松浦竹夫の演出により明治座、『恋歌』が戌井市郎の演出により松竹・芦田プロにより日生劇場にて上演、以降は大劇場演劇にも作品を提供する。八一年『いのちある日に』が松浦竹夫の演出でテアトロ〈海〉により新宿・紀伊國屋ホール、八二年『人間万事塞翁が丙午』（原作：青島幸男、潤色：津川雅彦）が津川雅彦の演出により三越劇場にて上演。九四年『雲流れて五十年－生ける標あり－』が山本隆則の演出でステージフレンズ海により六本木・俳優座劇場、二〇〇一年『花も枯葉も踏み越えて』（原作：永井龍男）が吉村正人の演出でかしまし娘により名古屋・名鉄ホールにて上演。（中村義裕）

高橋丈雄《たかはしたけお》 一九〇六〈明治三十九〉・十一～一九八六〈昭和六十二〉・七。小説家・劇作家。東京生まれ。本名武雄。早稲田高等学院中退。日活に入り阿部豊監督の下で脚本修行。一九二九年雑誌「改造」に戯曲『死なす』が当選。尾崎士郎、宮本顕治、尾崎翠《みどり》らと「文学党員」を出し、一時尾崎翠と同居。三二年に戯曲『ぽんち絵』を「劇作」に発表。三五年結婚して愛媛に住む。四六年松山で「かもめ座」を主宰、安西徹雄、露口茂らを知る。五三年『明治零年』が第一回芸術祭募集脚本に当選し、十一月歌舞伎座で上演。五四年には『鉄砲記』が新国劇で上演。六〇年代以降は松山に在住し、随筆などを書く。（神山彰）

高橋博《たかはしひろし》 一九一三〈大正二〉～一九八二〈昭和五十七〉・十。日本放送協会アナウンサー・劇作家。ほとんどの大佛次郎原作の小説の劇化・脚色を手掛ける。『鞍馬天狗』シリーズ多数、『霧笛』『帰郷』など。一九五二年には大佛の戯曲『楊貴妃』の演出も手掛けた。他に山本周五郎原作『釣忍』の脚色もある。創作戯曲では、『私だけが知っている　朝顔の寮』（一九五九）で、懸賞付きで犯人を観客に当てさせる趣向が珍しく評判となる。

【**参考**】「銀座百点」三一一号　（神山彰）

高橋睦郎《たかはしむつろう》 一九三七〈昭和十二〉・十二～。詩人。福岡県生まれ。福岡教育大学国語科卒業。一九六二年に上京し、詩作のみならず、俳句、オペラ、新作能など、劇的なるものへの挑戦を試みている。詩集『王国の構造』、句歌集『稽古飲食』などの著作により、受賞多数。二〇〇〇年には紫綬褒章受章。古典文学への造詣が深いことから、ギリシア悲劇を自ら翻訳・再構成した『オイディプス王』（市川染五郎〈現・九世松本幸四郎〉の主演で一九七六年に日生劇場で初演）、『王女メディア』（平幹二朗の主演で七八年二月に日生劇場で初演）などの作品は、詩的感覚が横溢した言語感覚で高い評価を得て、いずれも蜷川幸雄演出の上演台本となった。自作の戯曲は、六六年に発表した『美しかりしわれらがヘレン』が、七四年八月に劇団青年座の高井正明の脚色・演出によって青年座劇場で初演されている。

❖**『美しかりしわれらがヘレン』**《うつくしかりしわれらがへれん》 一幕。四谷の交番の地下にある公衆便所が舞台。そこに、〈男娼〉のもも子、ミケランジェラ、花子、ちどりなどの老いた男娼たちが集まり、舞踏会を開くという幻の中に浸り、それぞれが自分たちの憧れや空想の物語を語っている。その中の最年長・六十歳の老いた男娼は〈トイレのヘレン〉と呼ばれており、性病に侵された頭の中には多くの物語が混在しているが、ヘレンが追い求めてやまない〈パリス〉という美貌の青年がいる。実際、そんな青年は存在せず、用足しに来た若い警官がヘレンにはパリスに見え、まとわりついた挙句、階段から落ちて死ぬ。それを便所の個室で見ていた老警官のメネラーオスは、四十年前にヘレンに同性愛に目覚めさせられ、取り締まりながらもヘレンを見守っている。登場人物にギリシア悲劇の人物の名を借りたり、他の場面では歌舞伎の『三人吉三』を想起させる場面があるなど、作者の芸能に関する該博な知識と挑戦が提示された作品と言えよう。（中村義裕）

高橋恵《たかはしめぐみ》 一九七〇〈昭和四十五〉・七～。劇作家・演出家。大阪市生まれ。一九九二年、甲南女子大学演劇部OGらと劇団逆境VAND結成。二〇〇六年、虚空旅団と改名。OMS戯曲賞最終候補に六回ノミネート。当初のペンネームは高橋あやのすけ。初期作品は『てつ子の部屋』（二〇〇五）など女性の生理感覚で書かれた個性的な文体。その後『フローレンスの庭』（〇七）など徹底した取材による端正な戯曲へと変貌。（九鬼葉子）

高橋康也《たかはしやすなり》 一九三二〈昭和七〉・二～二〇〇二〈平成十四〉・六。英文学者・東京大学名誉教授・昭和女子大教授。東京都江戸川区生まれ。東京大学文学部英文科卒業、博士課程単位取得満期退学。サミュエル・ベケット、ルイス・キャロル、シェイクスピアなどの研究と翻訳、日英演劇の比較研究で知られる。主な著書に『エクスタシーの系譜』『ノンセンス大全』『道化の文学――ルネサンスの栄光』。主な翻訳書に『ベケット戯曲全集』（安堂信也と共訳）、ピーター・ブルック『なにもない空間』（喜志哲雄と共訳）、『ベケット大全』など、監修、編書も多い。日本英文学会会長、国際シェイクスピア協会会長、日本シェイクスピア学会副会長などを歴任。一九九三年、大英勲章CBEを受けた。一般向けの解説や評論も数多く執筆。劇作では、親交の深かった演出家、鈴木忠志の依頼で『不思議の国のアリス』と『ドン・キホーテ』を再構成した『鏡と甘藍《キャベツ》』が七七年初演。シェイクスピア『ウィンザーの陽気な女房たち』を狂言『法螺侍』に翻案、野村万作演出・主演で九一年に初演された。オペラ『光』（日野啓三原作、一柳慧作曲、二〇〇三年新国立劇場で初演）の台本も手掛けた。

❖『まちがいの狂言』《まちがいのきょうげん》　十一場とプロローグ、エピローグ。狂言師、野村萬斎の演出・主演のために書かれ、二〇〇一年、世田谷パブリックシアターで初演。国内外で上演を重ねる。シェイクスピア『間違いの喜劇』をもとに二組の双子が引き起こす混乱と家族の再会を描く。時と場所は「漠然と」の但しつきで、室町時代の瀬戸内海沿岸の小国。物語は原作に沿うが、プロローグとエピローグに「ややこしや、ややこしや」という囃子言葉とともに〈わたしがそなたで、そなたがわたし。そも、わたしとは、なんぢゃいな〉などのせりふがあり、自己の不確かさを考える現代的なテーマも示される。「ややこしや」は、萬斎が出演するNHKのテレビ番組「にほんごであそぼ」を通して子供たちにも広く親しまれた。

(山口宏子)

高浜虚子《たかはまきょし》　一八七四〈明治七〉・二～一九五九〈昭和三十四〉・四。俳人・小説家。本名清。愛媛県松山市生まれ。兄は能楽研究家の池内信嘉《いけのうちのぶよし》。伊予尋常中学校時代に河東碧梧桐《かわひがしへきごとう》を介し正岡子規の門下に入る。一八九八年には前年子規の後援で発刊した「ホトトギス」を引き継ぎ、以降同誌を中心に活動した。長年に渡り俳壇はもちろん、小説をはじめとした他の分野でも活躍した。能楽は父兄の影響で造詣が深く、自ら舞台に立つ以外に『鉄門』(一九一六)、『実朝』(「中央公論」一九一八・1)などを新作能として発表。また、俳句を通じて初代中村吉右衛門と親交があり、吉右衛門のために『髪を結ふ一茶』(「改造」一九三五・11)、『時宗』(「ホトトギス」一九四〇・2)、『嵯峨日記』(同一九四四・4)などを発表した。自作の戯曲、新作能などをおさめた『「奥の細道」「嵯峨日記」など　能・芝居』(甲鳥書林)が出版されている。

❖『髪を結ふ一茶』《かみをゆういっさ》　「改造」(一九三五・11)に発表された戯曲。三幕四場。俳人として知られる小林一茶の人生の各場面、例えば童心とひがみ、継母と義弟への憎しみ、父の終焉の時に見せる悲しみなど一茶ならではの出来事を追いながらその一生を追う。そのように展開される人生の各場面に一茶の俳句を巧みに織り込んだ作で、俳壇の大家虚子、そして一茶を舞台で演じるのが俳句に造詣の深い吉右衛門、その二名が揃ったからこその作品といえる。一九三五年十一月、明治座で初演。また二世市川左團次が夏目成次役で出演し華を添えた。(岡本光代)

高平哲郎《たかひらてつお》　一九四七〈昭和二十二〉・一～。放送作家・評論家・劇作家。東京生まれ。一橋大学卒業。少年時より東宝ミュージカルに親しみ、編集者、放送作家として著名となる。舞台では、東京ヴォードヴィルショーをはじめ、ミュージカルを主に多くの作品を提供。『10――あなただけ今晩は』『流行者《ながれもの》』『上を向いて歩こう』『ダウンタウン・フォーリーズ』『ザッツジャパニーズミュージカル』など。松竹ミュージカル『賢い女の愚かな選択』、岩谷時子原作の『越路吹雪物語』『越路吹雪　ラストダンス』、北野武原案の『海に響く軍靴』も話題を集めた。著書に『アチャラカ』(ビレッジセンター)、『由利徹が行く』(白水社)など。(神山彰)

高見沢文江《たかみさわふみえ》　本名高見澤潤子。東京女子大学卒業。田井洋子らの「しろかね劇作会」で戯曲を学ぶ。学校演劇、サークル演劇で活躍。一九五一年『霊柩車とともに』を「演劇」に発表、言葉座で上演。五四年『二人静』を「新劇」に発表。『若ものたちは幻をみる』(「新劇」一九六三・12)が六四年「新劇」岸田戯曲賞候補。『みんな病気』(『女流作家一幕劇集』第一集・未來社)、『おれたちの苗木』(『一幕物脚本集』4〈青雲書房〉、『讃美歌のきこえる寮』(『学校サークル青年演劇脚本集』2・同)、『夢は消えず』(同6)、『舞台裏』(『劇作十五人集』弥生書房)、『わら人形』(『一幕物戯曲集』同)など。(神山彰)

高村《たかむら》光太郎《こうたろう》 一八八三〈明治十六〉・三〜一九五六〈昭和三十一〉・四。彫刻家・詩人。唯一の戯曲『青年画家』(『明星』一九〇五・4)を「新詩社演劇会」で上演。また、同会では、『放心家《うつけもの》』で主役を演じる。なお、『雨乞』という三幕物戯曲を構想していた。彫刻家として、九世市川團十郎、五世尾上菊五郎の彫像を作り、演劇についての論考・随筆も多く『青年画家』とともに、『高村光太郎全集』第七巻(筑摩書房)収録。他にロマン・ロランの戯曲『リリュリ』の翻訳も行なう。また、妻・智恵子との生涯は、多くの作家により、劇化・映画化されている。(神山彰)

高谷《たかや》伸《しん》 一八九六〈明治二十九〉・五〜一九六六〈昭和四十一〉・八。演劇評論家・劇作家。京都市出身。本名伸吉。京都絵画専門学校卒業。一九一八年より、二世實川延若の後援会誌「やぐら」を編集。新聞に劇評を書く一方、一七年の『北山御所』に始まり、史劇から現代劇にいたる四十本以上の戯曲、舞踊劇、放送劇等を書く。『八幡地獄』は二〇年に本郷座で、『黄金狂幻想』は三三年に京都座で上演された。戯曲集に『狭斜日記』(東枝書店)があり、京都の花柳界を題材にした表題作に加え『五月雨』『大津事変余聞』を収める。『明治演劇史伝・上方篇』(建設社)、『日本舞台装置史』(舞台すがた社)も貴重な労作。(神山彰)

高安《たかやす》月郊《げっこう》 一八六九〈明治二〉・二〜一九四四〈昭和十九〉・二。詩人・劇作家・批評家。大阪府大阪市生まれ。本名三郎。代々医師の家系に育つ。幼少期より芝居好きの母としばしば劇場へ足を運んだ。一八八一年、医学を学ぶため上京、やがて文学者を志すに至った。九一年、小説『天無情』を出版。九三年、傾倒していたイプセンの『社会の敵』と『人形の家』の一部を翻訳発表。後に坪内逍遙の目に留まり、『イブセン作社会劇』(東京専門学校出版部)として出版、本邦初のイプセン完訳となる。医業に就かなかったことで父から廃嫡され、京都を放浪。九六年、戯曲第一作の『重盛』(私家版)を皮切りに、九七年『真田幸村』『公暁』と劇作を続けた。一九〇一年頃より、英文学者の島華水らと銀峰会を組織し、講演を始めて京都の文芸啓蒙運動に着手。〇二年、華水と共に京都演劇改良会に参加。脚本の重視や興行時間の短縮といった理念を掲げ、同年九月、南座で旗揚げする。福井茂兵衛らによる『月照』と『闇と光』(『リア王』翻案)が成功、続く第二回公演(夷谷座)では『大鹽《おおしお》平八郎』を初演。とりわけ『闇と光』はシェイクスピアの翻案物として異例の好評で、神戸、大阪、横浜、東京と再演を重ねた。〇三年、時代物で新境地を開こうとした川上音二郎が、『江戸城明渡』を初演。〇六年、前年の『櫻時雨』における三世片岡我當の成功を受け、初代中村鴈治郎が『嵯峨野の露』を中座で初演。以降、〇七年『吉田寅次郎』、一九年『関ヶ原』、二四年『八代目團十郎』、二六年『あじろ舟』等が、文士劇、歌舞伎、新国劇において上演される。他に、楽劇『後の羽衣』、舞踊劇『盆踊都風流』、宝塚歌劇『余吾の天人』など。戯曲集として『月郊脚本集』(私家版)がある。

[参考]石割松太郎「高安月郊氏」(『芸術殿』一九三二・10)、高安月郊「小伝」「跋」(『現代戯曲全集』第三巻、国民図書)、『明治史劇集』(筑摩書房)、高安月郊『高安乃里』(書物展望社)、後藤隆基「明治三十年代京都劇壇と高安月郊交流圏」(『芸能史研究』二一二号)

❖**『江戸城明渡《えどじょうあけわたし》』** 四段十五場（のち五段十二場）。一九〇三年六月、東京明治座初演。慶応三年、徳川慶喜は大政奉還の意を固めたが、譜代の家臣には不服の者が多くあった。坂本龍馬の暗殺、鳥羽伏見の戦いを経て対立が深まる中、慶喜に全てを一任されている勝安房は憂慮する。官軍との一戦が迫り、血気にはやる日本橋の魚河岸に勝が現われる。勝は信頼する江戸屋清兵衛に、西郷吉之助と談判するので、その間、市中で乱暴な沙汰が起きぬようにと頼んで去る。ひとり薩摩の屋敷を訪ねた勝は、西郷に対し、江戸城を明け渡すのと引き換えに、江戸の民と慶喜の命を助けてほしいと願い出る。江戸と主君とを思う勝の心に打たれた西郷は、願いを聞き入れる。江戸城が無血開城された日、勝はその堀端で涙を流す。初演は川上の勝安房、高田実の西郷吉之助、藤澤浅二郎の徳川慶喜。着こなしや形の拙さを指摘された高田、川上らが、旧劇への挑戦とも取れる発言をし、歌舞伎俳優から激烈な批判を浴びた。これを受けて新俳優側が立会演劇を申し入れる事態となる（再演、再々演を経て、第五段を月郊が加筆、改訂した）。

❖**『櫻時雨《さくらしぐれ》』** 二幕四場。一九〇五年十一月、南座初演。大阪の富豪の息子灰屋三郎兵衛は、六条の廓の花、吉野太夫を此江《このえ》応山《おうざん》と張り合う。太夫は、父紹由から勘当されてもなお身請けしようとする三郎兵衛に惹かれ、女房となる。太夫はおとくと名を変え、器を作る三郎兵衛と暮らす。時雨の中、その侘住いの軒下に、父紹由が雨宿りに来る。互いに嫁と舅とは知らず、おとくは紹由を家に招いていたわり、茶をふるまう。紹由はおとくのやさしさ、奥ゆかしさと、風雅な住居の様子に感じ入る。そこへ応山の家来が来て、三郎兵衛に直すよう申し付けた利休の名器を割った上、それを真似た茶碗を作るとは何事か、と叱責する。しかしそれは、茶の心を会得した三郎兵衛の処置であった。紹由は、全ての真相を知る本阿弥光悦から、おとくがかつての吉野太夫だと明かされ驚く。さらには応山が、利休の一件を賛美し、三郎兵衛を名人と称した。紹由は勘当を許し、おとくを灰屋の嫁に迎えるという。紹由、三郎兵衛、おとくに喜びが広がる。初演は、三世片岡我當（十一世片岡仁左衛門）の灰屋紹由と三郎兵衛、四世中村芝雀（三世中村雀右衛門）のおとく。紹由は十一世仁左衛門の当たり役となる。一幕目に豪奢、二幕目に侘びを見せた新歌舞伎の名作。（大橋裕美）

田口掬汀《たぐちきくてい》 一八七五〈明治八〉・一～一九四三〈昭和十八〉・八。小説家・劇作家・美術批評家。秋田県角館町生まれ。本名鏡次郎。丁稚奉公に出た後、郡役所勤めをしながら「新声」に投稿を開始。一九〇〇年上京。新声社記者となり美術批評を執筆。〇一年金港堂の懸賞に小説『人の罪』が当選し、翌年「大阪毎日新聞」で『新生涯』を連載。〇三年「万朝報」入社。同紙に家庭小説『女夫波』『伯爵夫人』を連載、ともに新派により劇化され、前者は井上正夫の、後者は河合武雄の出世芸となった。以後数多くの小説が新派で脚色上演される。『祖国』（サルドゥの翻案。一九〇六年川上音二郎一座初演）、『熱血』（『トスカ』の翻案。翌年伊井蓉峰一座初演）のほか、帝国女優劇『粋な捌き』、喜劇『嘘の世界』などの脚本を書きおろした。「大阪毎日新聞」に移り一四年同紙を辞め創作の筆を絶ち、中央美術社設立。「中央美術」の刊行、帝国美術館や日本美術学院創設に尽力し画壇で活躍した。

❖**『女夫波《めおとなみ》』**（**『女夫浪』**）六幕。一九〇四年に前篇、〇五年に後篇が金色社より刊行された掬汀の同名小説を、岩崎舜花が脚色。〇五年二月真砂座で伊井蓉峰一座により初演。主な配役は橋見弘光に伊井、俊子に木下吉之助、その弟英夫に井上正夫。新派に加入したばかりの井上が地頭の丸坊主で十七歳の役に挑み絶賛された。東北のある招魂社の神官弘光には、東京で女学校に通う娘俊子がいる。俊子は大学生植村とひかれ合い同棲生活を経た後、父の許しを得て結婚。幸せな新婚生活も束の間、植村は海外留学へ旅立つ。小姑時子や植村の元婚約者による虐待、時子の情夫高嶺の不正事件など様々な困難に立ちむかう俊子の姿を通じ、橋見家父子の家族愛や夫婦間の情愛の深さを描き出す。明治三十年代末の新派黄金期に流行した代表的な家庭小説物であり、映画化もされた。昭和に入り川村花菱の新脚色で再演、初代水谷八重子が俊子に扮し、その新婦人ぶりが好評を博した。(桂真)

田口竹男《たぐちたけお》 一九〇九〈明治四十二〉・七〜一九四八〈昭和二十三〉・六。東京・芝区高輪生まれ。高輪中学校卒業後、一九三三年まで京都府庁に勤めながら大阪や京都の劇場へ通って演劇に親しむが、さらに築地座の舞台を観るために東京中央電話局に勤めを変え、戯曲の執筆を始める。三四年に『酒屋』が初めて「劇と評論」に掲載され、『京都三条通り』が創作座によって上演されたことで注目され、三五年より劇作派同人となる。京都の郷土色を取り入れ、市井の人々の暮らしを描写した「京都もの」と称される作品群が戦前の仕事を特徴づけた。また、曾我廼家劇や人形浄瑠璃にも親しみ、「僕にとつて、文楽はイプセン、チエホフ等とともに、僕の故郷の一つともなつてゐるのだ」(「劇文学」一九三五・8)という言葉をのこしている。三七年には『湖心荘』が井上正夫一座に、四二年には『壽の町』が国劇座によって上演された。四五年二月から九月まで海軍へ応召。解除後の翌年から京都新聞社編集局に勤務。戦後発表した『賢女気質』(「劇作」一九四七・5)、『文化議員』(「劇作」一九四八・4)はともに俳優座で上演され、風刺劇的な新たな作風が評価され始めた矢先に逝去。『田口竹男戯曲集』(世界文学社)に主な作品が収録されている。

❖**『京都三条通り』**《きょうとさんじょうどおり》 三幕。一九三四年十二月に創作座が飛行館において初演。演出・伊藤基彦、舞台装置・伊藤熹朔《きさく》。十年前に京都へ移り住み、メリヤス店を営んできた加地一家が時代の変化に抗えずに閉店せざるをえなくなってしまう事態を哀感とともに描いた戯曲。昭和初頭の商家の生活感をラジオや歌声によって義太夫節を挿入したり、京都方言の台詞を使用することによって表現している。描出した同時代の空気が多くの観客を共感させ、創作座の現代劇の評価を高めた作品ともなった。(阿部由香子)

田久保英夫《たくぼひでお》 一九二八〈昭和三〉・一〜二〇〇一〈平成十三〉・四。小説家。東京生まれ。慶應義塾大学フランス文学科卒業。第三次「三田文学」同人として出発し詩や小説を発表。一九五七年頃から放送台本などを書き早川書房の「悲劇喜劇」研究会に加わった。六九年『深い河』で第六十一回芥川賞を受賞。戯曲に『金婚式』(「三田文学」一九五四・1)『深い河』(「悲劇喜劇」一九五七・1)『118ポンドの神』(「悲劇喜劇」一九五七・5)『一路平安』(「悲劇喜劇」一九五八・8)などがある。(林廣親)

宅間孝行《たくまたかゆき》 一九七〇〈昭和四十五〉・七〜。劇作家・演出家・俳優。タクフェス主宰。東京都出身。早稲田大学中退。東京セレソンデラックス主宰として全公演の作・演出・主演。サタケミキオ名義で『アタックNo.1』『花より男子《だんご》』などのテレビドラマ脚本も手がける。代表作に『WHAT A WONDERFUL LIFE!』『夕』『歌姫』『流れ星』『くちづけ』『笑う巨塔』。(望月旬々)

竹内治《たけうちおさむ》　一九一一〈明治四十四〉～一九四五〈昭和二十〉。劇作家・放送作家。台湾の「日の丸芸術聯盟」「若草新劇場」を経て、ラジオドラマ制作に関わる。一九四二年頃総督府情報部で、台北の移動演劇「台湾演劇挺身隊」設立。「台湾演劇協会」「台湾児童芸術協会」にも関わる。「台湾演劇誌」（濱田秀三郎編『台湾演劇の現状』（丹青書房・一九四三）を書く。戯曲に『歴史の声』『笛』『鶏』『夢の兵舎』『皇民化劇　黎明の家』『新しき出発』『家』など。

［**参考**］中島利郎編『台湾戯曲・脚本集五』（緑陰書房）

（神山彰）

竹内銃一郎《たけうちじゅういちろう》　一九四七〈昭和二十二年〉・十～。劇作家・演出家。愛知県半田市生まれ。一九六九年、早稲田大学文学部中退。ピンク映画のシナリオなどを書いたのち、七五年に俳優の木場勝己らと劇団斜光社を結成する。翌年、処女戯曲『少年巨人』を東京の茗荷谷・林泉寺境内で上演、以降もショッピングセンターやビルの屋上で和田史朗演出により作品を発表する。梶井基次郎の同名小説をもとにした『檸檬』（一九七八）などで政治闘争後の屈折を自虐的なユーモアに仕立て、注目された。七九年に斜光社を解散し、翌年、劇団秘法零番館を木場らと結成。八一年『あの大鴉、さえも』（八〇）で第二十五回岸田國士戯曲賞を受賞。八八年の『ひまわり』まで護国寺アトリエや小劇場で作品を発表し、九〇年代はHIHO2《ヒホーツー》の名で公演を続け、俳優の佐野史郎とのユニットJIS企画の上演作品『月ノ光』（九五）で第四十七回読売文学賞を受賞した。その後も文学座に『事ありげな夏の夕暮れ』（八五）、新国立劇場に『今宵かぎりは…』（九八）、MODEに『満ちる』（二〇一二）を書き下ろしたほか、茂山家の狂言の会にも作品を提供している。映画通で知られ、東西の名画をはじめ文学、美術作品を引用した巧みな手法に定評がある。また空虚な行為に異常な情熱を傾ける人間の滑稽さ、日々の感情に秘められた悪意などを寓意的に描いて、独創的なユーモアのセンスをみせている。近畿大学教授を務めた。

❖**『あの大鴉、さえも』**《あのおおがらすさえも》　一九八〇年十一月、劇団秘法零番館が作者の演出で、下北沢スーパーマーケットで初演。三人の独身男たちが目に見えないガラスを運んでいく寓意劇。タイトルが明示するように前衛美術家マルセル・デュシャンの伝説的作品「大ガラス」（『彼女の独身者たちによって裸にされた花嫁、さえも』）をモチーフとする。むさくるしいアルバイト風の男たちが三条さんの家に見えないガラスを配達にくるが、それが異様に重く、大きく、入るに入れず四苦八苦する。ばかばかしい笑いを引き起こす演劇的趣向から、見えないものの重さをめぐる象徴的な不条理劇が立ち上がる。作者の個性を確立した初期の代表作で、第二十五回岸田國士戯曲賞の選評で、井上ひさしは「俳優の肉体性を生かしつつ、観客の耳の『質』をも開発しようと志している氏の仕事に敬意を捧げる」と記した。

❖**『ひまわり』**　一九八八年十月、ザ・スズナリで劇団秘法零番館が作者の演出により初演。美術・島次郎。アルバイトで三人姉妹に雇われた父親（木場勝己）がすき焼きに肉を入れたりしながら、ありうべき父親像を演じる。しかし男自身、家族を捨てた放浪人間であり、三人姉妹の実の父親は役割を放棄して母親になり、犬になる。チェーホフの『三人姉妹』やシェイクスピアの『リア王』を引用したあからさまな演劇的家族ゲームであり、それらの劇中劇を交えつつ展開する知的な舞台作品。すき焼きの臭いが鼻につくほどリアルな初演だった。引用の手法の頂点をきわめた作といえる。「リアの地獄へとおちこんでいく木場の変身ぶりが見もの」（『日本経済新聞」一九八八・11・4)などと評された。

❖『**月ノ光**』《つきのひかり》 一九九五年二月、ＪＩＳ企画第一回公演として作者の演出により本多劇場で初演された。佐野史郎主演。プラハを舞台にしたミステリーで、無差別の不連続殺人事件のため隣人を犯人と疑う不穏な日々が描かれる。手品師カールのもとへやってきた愛人、スターを夢見る女、独身刑事らのあやしい関係が日常の空気を揺さぶる中、新たな殺人事件が起きる。どこからが現実でどこからが夢なのか、月光のようなあやかしの世界がカフカの引用を交えつつ繊細な会話で切り取られる。知的な趣向とエンタテインメントの面白さが兼ね備わった作者の代表作である。「作者の諦念がより深く、孤独を声に訴えようとしない点で、これはまぎれもなく一九九五年の作品である」(読売文学賞戯曲・シナリオ賞の山崎正和選評)。 (内田洋一)

竹内健《たけうちたけし》 一九三五〈昭和十年〉〜。劇詩人。劇団表現座主宰。アルフレッド・ジャリの戯曲『ユビュ王』の翻訳をはじめ、『ワクワク学説』『埋葬伝説』『青光記』『黒い塔』『消滅の美学への頌歌』などを収録した『竹内健戯曲集』(思潮社)や『ランボーの沈黙』を刊行。 (小原龍彦)

竹内敏晴《たけうちとしはる》 一九二五〈大正十四〉・三〜二〇〇九〈平成二十一〉・九。演出家。東京生まれ。一九五二年に東京大学文学部卒業。「ぶどうの会」で岡倉士朗に師事。小劇場運動のさきがけである「代々木小劇場演劇集団変身」を経て、七二年に「竹内演劇研究所」創設。旧制中学四年生までほぼ全聾で、訓練によって「こえ」と「ことば」を獲得した。その体験から人間関係に気づき自己解放する演劇トレーニング法「からだとことばのレッスン」を開発。戯曲『愛の侵略——マザーテレサとシスターたち』(筑摩書房)のほか、脚色作品は多数。活動は没後『セレクション・竹内敏晴の「からだと思想」』全四巻(藤原書店)にまとめられた。 (宮本啓子)

竹内伸光《たけうちのぶみつ》 一九二八〈昭和三〉〜一九八六〈昭和六十一〉・十。本名弘光。演出家・作家。出身地不明。一九五二年から宝塚歌劇団文芸部で菊田一夫の助手を務める。脚本家としてのデビューは五六年十月の雪組公演ミュージカル『夜霧の女《ひと》』二十場。五七年より前年に開場した梅田コマ劇場での公演で作・演出・構成を担当。コマ・ミュージカル『夏の幻想』(中村八大作曲)の構成・演出を皮切りに、『トップジャズ イン ジャパン』(構成・演出、一九五八年八月)、大江美智子一座公演『江戸より大阪へ』(作・演出、五八年十一月)、第六回コマ歌舞伎『雪月花』(作、五九年一月)、コマ喜劇『踊るコマ！』(演出、五九年十一月)、三橋美智也公演『キング青春歌謡パレード』(構成・演出、六〇年五月)など、ミュージカル、ジャズ・コンサート、剣劇、歌舞伎、喜劇、歌手演劇を手がける。五八年八月に新宿コマ劇場にも進出。以降、七七年独立するまで梅田コマをメインに新宿コマとの掛け持ちで活躍が続く。七八年、藤田まことの新演伎座に加わったあと、八三年以降古巣のコマ劇場に復帰。八六年九月南座初演・若山富三郎主演『炎の中で——蓮如上人ものがたり』が最後の脚本・演出作品となった。

❖『**決定版・雲の上団五郎一座**』《けっていばんくものうえだんごろういちざ》 二部十五景。一九七四年十二月・東京宝塚劇場初演。どさ回りの劇団・雲の上団五郎一座が遭遇するドタバタ騒ぎを外枠に、古今東西の名作をパロディにして劇中劇として上演するという趣向で大当たりをとった、菊田一夫作・演出『雲の上団五郎一座』(六〇年十二月初演)は、六四年まで毎年続篇が作られ、七二年より再開、翌年の菊田の死後も七九年まで続いた。

第二作『続・雲の上団五郎一座』より作者に加わっていた竹内が筆頭作者となったのが本作『決定版』で、第一部では太平洋戦争中、南方特別慰問団団長として南の島に赴いた団五郎（フランキー堺）が演出する『勧進帳』『忠臣蔵』を、第二部では戦後を舞台に『河内山宗俊』『白浪五人男』を、それぞれパロディにし、フィナーレはミュージカル仕立てで『ホワイト・クリスマス』などが歌われた。（日比野啓）

竹内佑《たけうちゆう》 一九七七〈昭和五十二〉・十二〜。劇作家・演出家・小説家・俳優。愛知県生まれ。近畿大学文芸学部芸術学科演劇芸能専攻卒業。高校演劇で活躍し、大学在学中の一九九八年に同級生と劇団デス電所を旗揚げ、全公演の作・演出を手がける。二〇〇〇年、劇団で参加した第二回大阪演劇祭CAMPUS CUP 2000で大賞受賞。〇二年の第九回OMS戯曲賞で最終選考に残った『仔犬、大怪我』が注目され、〇六年の第十三回同賞では『音速漂流歌劇団』が大賞受賞。一一年、『空洞メディアクリエイター』が第五十五回岸田國士戯曲賞最終候補になる。実在の事件や社会状況から想を得て、混沌とした物語をシニカルに描く。歌・ダンス・笑いなどエンタテインメント要素も盛り込み、ドライブ感を生み出すのも特徴のひとつ。劇団外への主な脚本執筆に、パルコ・プロデュース『49日後…』（二〇〇八、池田成志演出、古田新太ほか出演）、『御用牙』（〇九、小池一夫原作、内藤裕敬演出）、『NECK』（一〇、舞城王太郎原作、河原雅彦演出）など。著書にライトノベル『最弱の支配者、とか。』『キルぐみ』『キルぐみ2』（小学館ガガガ文庫）、映画脚本に渡邊貴文監督『ジョーカーゲーム』（一二）、ラジオドラマ脚本にNHK-FM『優雅な食卓』（一二）など。俳優としても活動。お笑いやアニメ、音楽など様々なサブカルチャーにも精通、雑誌連載、イベント構成や出演も行なう。

❖**『音速漂流歌劇団』**《おんそくひょうりゅうかげきだん》 一幕。デス電所第十四回公演として二〇〇五年に発表。父親の虐待により自死した少女や子殺しをした父親など悲惨な過去を持つ人々が、時も場所も飛び越えて交錯し、幸福だった時間を取り戻そうとする物語。中原中也『昏睡』、夢野久作『ドグラ・マグラ』を引用。座付作曲家（当時）・和田俊輔の音楽・演奏による全二十二曲と歌やダンスによって、全編音楽劇のように彩られた。（金田明子）

竹柴其水《たけしばきすい》 一八四七〈弘化四〉・十〜一九二三〈大正十二〉・二。歌舞伎狂言役者。本名岡田新蔵。幼名を駒沢鏡之助といい、大工の子から江戸京橋本材木町六丁目の材木商岡田某の養子になったという。幼少から歌舞伎に親しみ、十二世守田勘彌のもとに寄寓、守田座に作者見習いとして出勤した。立作者の三世桜田治助の弟子となり、一八七二年一月熨斗進上と称したが、二世河竹新七（後の黙阿弥）門下に移り、七三年四月竹柴進三と名を改めた。八四年四月新富座で立作者に昇進し、八七年三月には黙阿弥の俳名其水を譲られて竹柴其水と名乗った。九三年十一月明治座開場とともに同座の立作者となり、初代市川左團次のために数多くの新作を書いたが、一九〇九年に立作者を退いた。進取の気に富み、黙阿弥の没後は兄弟子の三世河竹新七とともに東京の歌舞伎界を牽引する狂言作者となった。篤実で几帳面な性格であったといい、黙阿弥没後の脚本の出版に際しては遺族に協力して校訂や著作権の保護に尽力した。主な作品に『那智《なちの》滝祈誓文覚《たきちかいのもんがく》』『神明恵《かみのめぐみ》和合取組《わごうのとりくみ》』『皐《さ》月晴上野《つきばれうえのの》朝風《あさかぜ》』『一刀流《いっとうりゅう》成田掛額《なりたのかけがく》』『遠山桜天保日記《とおやまざくらてんぽうにっき》』など、また所作事には『三人片輪《さんにんかたわ》』『墨塗女《すみぬりおんな》』などがある。

❖**『神明恵和合取組』**《かみのめぐみわごうのとりくみ》 四幕八場。通称「め組の喧嘩」。一八九〇年三月新富座初演。配役はめ組の辰五郎＝五世尾上菊五郎、焚出しの喜三郎・九竜山浪右衛門＝初代市川左團次、四つ車大八＝四世中村芝翫ほか。一八〇五年に芝神明境内で起きた力士と鳶の者との喧嘩を実名で劇化。辰五郎が夜陰に乗じて四つ車を襲う序幕の世話だんまり、喧嘩の意を決した辰五郎が妻子に別れを告げる三幕目、また四幕目の鳶勢揃いと大立廻り、仲裁に入る喜三郎の貫禄などが見どころ。師の黙阿弥が三幕目を、三世河竹新七が序幕を助筆したとされる。鳶の者の生活が活写され、菊五郎の工夫による洗練された演出が伝えられる。春狂言らしい活気と華やかさに富んだ作品。（矢内賢二）

竹柴秀葉《たけしばしゅうよう》［＝**永谷秀葉**《ながたにしゅうよう》］一八六一〈文久元〉～一九二五〈大正十四〉・十一。狂言作者。別名永谷邦修（くにのぶ、ほうしゅう）。青森県弘前出身。元は警視庁の巡査で、九世市川團十郎に見出されて一時は市川瓢蔵を名乗った。文才があり河竹黙阿弥の門人となる。主に明治座での仕事が多い。尾崎紅葉作『短慮の刃《やいば》』など文芸作品の脚色、実話に基づいた『坂本龍馬』『誠忠義士録』、喜劇『大晦日』などがある。
［参考］木村錦花『明治座物語』（歌舞伎出版部）、『大正過去帳：物故人名事典』（東京美術）（大橋裕美）

武田一度《たけだいちど》 一九五〇〈昭和二十五〉・三～。劇作家・演出家。本名竹田一度《かずのり》。大阪市生まれ。一九七六年、劇団犯罪友の会結成。公演ごとに劇団員の手で丸太数千本を使った野外劇場を建設し、野外劇を上演。時代劇の中に現代を逆照射する確かな視点を込めた、情緒溢れる舞台をつくる。戯曲集『牡丹のゆくへ』（れんが書房新社）、『かしげ傘』（カモミール社）。『いろゆらぎ』（二〇一二）で平成二十三年度文化庁芸術祭優秀賞。（九鬼葉子）

竹田新《たけだしん》 一九六五〈昭和四十〉・九～。劇作家・女優。女優としては山野海を名乗る。東京都生まれ。一九九九年に劇団「ふくふくや」を設立、以後全公演の脚本を書き下ろして全出演。代表作に小泉今日子が客演した『フタゴの女』（二〇一四、東京・駅前劇場）。また、明後日《あさって》プロデュース第一回公演として小泉今日子が初演出を手がけ、お岩も演じた、『東海道四谷怪談』の書き替え狂言といえる『日の本一の大悪党』（一六、東京・本多劇場）。（大笹吉雄）

竹田新太郎《たけだしんたろう》 劇作家。昭和初期の新興演劇時代に活躍。一九三四年、森川信の「ピエル・ボーイズ」文芸部に淀橋太郎と在籍。以後、新興演芸部から「新青年座」の文芸部まで、森川信の一座に淀橋とともに在籍。新興時代は、あきれたぼういずに『電話六千六百番』など。戦時中、森川信一座に『俺の息子は村一番』『若殿御安泰』『出ていったお父さん』『幸福を掴む男』『三日間の冒険』など多数。『夢を信じた青年』は、松竹新喜劇でも上演。女優高尾光子と結婚。戦後は映画脚本も書く。（神山彰）

武田泰淳《たけだたいじゅん》 一九一二〈明治四十五〉・二～一九七六〈昭和五十一〉・十。小説家・中国文学研究家。東京市本郷区（現・文京区）東片町の浄土宗・潮泉寺に生まれる。旧姓・大島、幼名・覚。東京帝国大学支那文学科中退。浦和高校在学中から中国文学に関心を寄せ、大学進学後に竹内好、岡崎俊夫らと中国文学研究会を創設。同時に左翼運動にも参加していたが、度重なる逮捕から転校を余儀なくされ、大学も中退、僧侶の資格を取る。転向と出家によって心に刻まれた「恥じ」の観念は後の武田作品を貫くものとなった。一九三七年に召集され中文戦線で戦う。四三年、評論『司馬遷』により文壇に認められる。上海で敗戦を迎え、帰国後、本格的に小説を書き始め、『審判』『蝮のすゑ』（一九四七）等を発表。他の主な作品に『森と湖のまつり』（五八）、『富士』（七一）等。『ひかりごけ』は繰り返し映画化、舞台化されている。他の演劇作品に『怪しき村の旅人』（五七、俳優座）、『媒酌人は帰らない』（五八、文学座）がある。『快楽』で第五回日本文学大賞、『目まいのする散歩』で第二十九回野間文芸賞を受賞。妻は随筆家の武田百合子、娘は写真家の武田花。『武田泰淳全集』（全十八巻・別巻三巻、筑摩書房）他著書多数。

❖**『ひかりごけ』** 初出「新潮」（一九五四・3）。一九五五年六月に炎座、同年七月に劇団四季・浅利慶太演出により舞台化。太平洋戦争最後の年、厳冬の羅臼沖で起きた人喰事件を小説化しようと、「私」は現地を取材する。後半は、この事件を表現するにふさわしい形式として「読む戯曲」の体裁が取られる。第一幕マッカウス洞窟の場、第二幕法廷の場、登場人物は船長、船員三名、判事、検事、弁護士等。難破船の船長は衰弱死した船員の肉を喰い生き延びる。一時は英雄視されるも、事件が発覚し、死体毀損及び遺棄の罪で刑に服す。仲間の肉を喰うことを恥とする船員に対し、船長は忠義のための愛国的行為として食べるよう主張する。裁判ではこのことが傲慢かつ愛国心の冒瀆にあたるとして非難されるも、船長は全く意に介さず、他人の肉を食べた者か、他人に食べられた者に裁かれたいと述べる。途中幾度か天皇に言及する台詞がある。戦時下、大量の兵士が餓死したが、皇国への忠義として美化され、天皇の戦争責任が不問に付されたことへの批判が伺える。（梅山いつき）

竹田敏彦《たけだとしひこ》　一八九一〈明治二十四年〉・七～一九六一〈昭和三十六年〉・十一。劇作家・作家。香川県多度津町生まれ。本名敏太郎。丸亀中時代生家が没落、重労働に従事し上京。早稲田大学英文科中退。大阪時事新報、大阪毎日新聞記者となり、新民衆劇団（第二新国劇）在籍後、早大同期の澤田正二郎の新国劇の文芸部長となる。一九二九年澤田没に際し、『澤田正二郎舞台の面影』（かがみ社）を出版し退団。同年雑誌「雄弁」発表の『早慶決勝の日』が本郷座で新国劇により上演され好評。『富永遊撃手』『肉弾八勇士』など新国劇のスポーツものから時局ものまで多くの人気作を提供、『警察官』など再演作も多い。関西新派に『母性動員』、松竹家庭劇にも『東洋の母』『日の丸の子』などを書く。小説は極めて多作で時節柄、軍国美談も書くが、社会正義と貧困と重労働に苦しむ庶民の姿を描き、菊池寛とともに雑誌「婦女界」にも戯曲を掲載したように、その読者層である女子工員、女性看護士、女性教員などに人気高かった。戦後は非行少女更生の施設を丸亀に造るなど、社会活動にも邁進した。小説『検事の妹』は、佐藤惣之助作詞の主題歌が親しまれた映画『人生の並木道』の原作。（神山彰）

竹邑類《たけむらるい》　一九四四〈昭和十九〉・一～二〇一三〈平成二十五〉・十二。演出家・振付師。劇団ザ・スーパー・カムパニィ主宰。高知県生まれ。本名正三。明治大学仏文科中退。一九六七年、ミュージカル『屋根の上のヴァイオリン弾き』に初代バイオリン弾き役として出演。七〇年、オリジナルミュージカルの上演を目的に劇団ザ・スーパー・カムパニィを創立。七二～七五年『菜の花飛行機』シリーズを五作にわたり発表し、その後『ロックン・マザー・ララバイ　そして愛のエレクトラ』『スニーカーをはいたペールギュント』『道化時代――トリックスター大通り』などの作・演出を手がける。宝塚やＳＫＤのレヴューにも振付を行ない、

『甲斐京子の夢劇場』は芸術祭大賞を受賞。また、五世坂東玉三郎『椿姫』の演出から中島みゆき『夜会』のステージングまで、商業演劇で幅広く活躍した。三島由紀夫の短編「月」の主人公ピータアのモデルで、著書に『呵呵大将―我が友、三島由紀夫―』（新潮社）がある。（中村義裕）

嶽本あゆみ《だけもとあゆみ》　一九六七〈昭和四十二〉・二〜。小説家・劇作家。演劇集団メメントC主宰。静岡県出身。武蔵野音楽大学卒業。劇団四季を経て、斎藤憐、福田善之、坂手洋二に師事し、フリーランスの作家活動を始める。二〇〇三年『かつて当方に国ありき・堀田善衛『漢奸』より』で文化庁舞台芸術創作奨励賞佳作（現代演劇部門）。〇五年『オリュウノオバ物語――中上健次原作『千年の愉楽』より』（主演・岸田今日子、演出・大橋也寸）で注目を集める。〇六年、熊本県の山奥にある堰堤建設予定地に近い民宿が舞台の『ダム』で第十二回劇作家協会新人戯曲賞受賞。一〇年にメメントCを結成し、『理由《わけ》』『クララ・ジェスフィールド公園で』『南京・Nanjing』『安全区／Nanjing』などを執筆。代表作に、日露戦争開戦の年に和歌山県新宮の医師が開店させた洋食レストランが舞台の『太平洋食堂』。（望月旬々）

田郷虎雄《たごうとらお》　一九〇一〈明治三十四〉・五〜一九五〇〈昭和二十五〉・七。小説家・劇作家。長崎県平戸町生まれ。代用教員や少女小説執筆のかたわら劇作に励み、一九三一年四月、イギリス支配下のインドを描いた戯曲『印度』が「改造」の懸賞創作に当選。満州大陸開拓精神を主題とした作品を多く書き、三二年四月には、『満州国』が東京では明治座で井上正夫ら、大阪では中座で二世市川猿之助らによって上演。戯曲集に『螟蛉子』（洛陽書院）がある。（熊谷知子）

太宰治《だざいおさむ》　一九〇九〈明治四十二〉・六〜一九四八〈昭和二十三〉・六。小説家。青森県北津軽郡金木村生まれ。本名津島修治。生家は大地主で、父は多額納税者として貴族院の勅選議員だった。旧制弘前高校のころから同人誌で小説の試作をはじめた。三年の時にカルモチンを服用し自殺を図って未遂。一九三〇年に東京帝国大学仏文科入学、このころから非合法の左翼運動に関係して脱落し、大きな心の傷を負った。三三年ころから『晩年』（一九三六）としてまとめられる短編を書きはじめ、三八年に文学上の師、井伏鱒二の斡旋で石原美知子と見合いし、翌年結婚。この前後のことは『富岳百景』（三九）に反映している。時局謳歌の文学が隆盛の中で『走れメロス』（四〇）などを執筆、この間心中未遂や自殺未遂を繰り返した。敗戦後、民主主義だ、文化国家だといった声が高くなったが、太宰はこういう風潮に馴染めず戯曲『冬の花火』（「展望」一九四六・6）や『春の枯葉』（「人間」一九四六・9）を書き、さらに『斜陽』（四七）や『人間失格』（四八）を発表した。太宰にとって文学は高尚な文化や正義に関わるものではなかった。四八年六月十三日、山崎富栄と玉川上水に投身。三十九歳。筑摩書房版『太宰治全集』があり、戯曲はその第八巻に収載されている。

❖**『冬の花火』**《ふゆのはなび》　三幕。一九四六年の冬。津軽地方の伝兵衛宅。伝兵衛の娘数枝は幼少のころに母と死別し、継母のあさに育てられた。数枝は女学校を卒業すると東京の専門学校に入り、学校の先生で小説家でもある島田と結婚した。出征した島田は生死が知れず、被災した数枝は娘の睦子を伴って帰郷した。一緒に暮らすうちに伝兵衛らは数枝に男がいると知る。あさが睦子のために季節はずれの線香花火を買って帰宅する。数日後の夜更け。手紙で結婚を申し込んでいた清蔵が、返事を聞きたいと数枝の部屋に忍んで来て、幼少のころの性的交渉をネタに数枝に言い寄る。驚いた数枝が逃げ出そうと襖を開けると、あさが立っていた。帰りかけた清蔵にあさは数枝には男が……と口にする。それから十日後。あの時清蔵を殺そうとしたほど興奮したあさは卒倒し、今は寝付いている。あさは清蔵の様子を数枝に聞く。改心しなければ馬鹿か悪魔だという数枝の言葉にあさはそれはわたしだと答え、あの晩清蔵を殺そうとしたのは、六年前に清蔵が脅迫してわたしを犯したからだと明かす。数枝は書きかけの手紙を裂いて火鉢に投げ込み、冬の花火だと笑う。分量的には一幕もの。男二人、女二人、子役一人。新生新派が四六年十二月の東京劇場での公演の出し物の一つに選んだが、内容が反時代だとのGHQの意向で上演は見送られた。

❖**『春の枯葉《はるのかれは》』** 一幕三場。一九四八年二月に俳優座が千田是也の演出で上演。四六年四月の津軽、海岸の僻村。教師の野中を野中宅に同居している同僚・義雄の妹、菊代が学校に訪ねて来る。二人は津軽の春は一気に来て、枯れ葉が雪の下から現われる。ただ腐っていくだけだが、われわれも同じだと語り合う。菊代は野中の妻の節子を褒め、家付きの立派な奥さんだから養子もまんざらではなかろうと言い、大金の入った封筒を受け取れと差し出す。兄の義雄は別にして、父と二人で上京して戦争で焼け出され、一人帰郷すると改めて田舎では金がすべてだと痛感させられる。復讐のために奥さんに……と菊代は封筒を野中に渡す。義雄と菊代が借りている野中宅の奥の間。野中が義雄に急造の悪い酒を強いる。学童が駆け込んで来て、麻雀賭博を子供たちに教えていた菊代が警察に挙げられたと義雄に告げる。海岸。悪酔いした野中は妻の節子に当てつけを言ったり自己卑下するうち、寝込む。来かかった義雄に節子は菊代のことを聞く。何ごともなかったと義雄が答えると、節子はなぜ菊代にからかわなければならないのか、どう生きればいいのか分からないと嘆く。義雄は菊代を連れて引っ越すと言い残して去る。節子は野中を起こそうとする。が、起きない。野中はいつの間にか死んでいた。男二人、女三人、学童数人。（大笹吉雄）

田坂具隆《たさかともたか》 一九〇二〈明治三十五〉・四〜一九七四〈昭和四十九〉・十。映画監督。広島県忠海町生まれ。六歳のとき一家で京都に移住。京都府立一中に学ぶ。中学時代は大の宝塚ファンだった。一九二四年、京都大将軍撮影所に入所。二六年、喜劇『かぼちゃ騒動記』で監督デビュー。三二年には自身初となるトーキー作品『春と娘』を撮るも、直後の撮影所の大規模な人員整理に抗議し日活を退社。同志の村田実、伊藤大輔、小杉勇、島耕二、女優で妻の瀧花久子らと独立プロダクション新映画社を設立し、第一回作品『昭和新撰組』を監督した。だが資金繰りに行き詰まると、一党は翌年、浅草に新しく結成された喜劇団「笑の王国」に参加。田坂は旗揚げ公演で『昭和新撰組』、次の公演で『春と娘』の脚色をそれぞれ担当したが、この興行限りで同座を離れた。三五年、日活復帰。その後に撮った山本有三原作『真実一路』『路傍の石』は高く評価され、三八年の『五人の斥候兵』はキネマ旬報ベスト一位に輝き、ヴェネチア映画祭でも賞を獲得した。同作は四〇年に舞台劇化され、阿木翁助脚色、八田元夫演出で歌舞伎座、中座などの大劇場興行で上演された。四五年、広島で被爆。四年間療養を続け再起を果たすと、晩年には中村錦之助主演で『ちいさこべ』『冷飯とおさんとちゃん』などの山本周五郎作品を撮った。

❖**『昭和新撰組《しょうわしんせんぐみ》』** 一場。同題映画の舞台版。三三年四月浅草常盤座の「笑の王国」旗揚げ興行で上演。映画と同じく小杉や瀧花が出演したほか、徳川夢声、岸井明が参加し映画版の大詰にあたる場面が演じられた。科学者の佐上平吾は、政界の黒幕伴龍司や実業家たちに兄を殺され、その復讐を果たすため、昭和新撰組を組織した。いま平吾の研究所に、彼が発明した特殊電波装置を買収するため伴が訪れる。平吾と伴の対話はラジオを通じて放送されており、伴一味の悪事は全て世間に暴露されるのだった。（星野高）

田島淳《たじまじゅん》　一八九八〈明治三十一〉・一～一九七五〈昭和五十〉・一。劇作家。横浜生まれ。早稲田大学文学部在籍中に国民文芸会の懸賞脚本に当選した『能祇』が一九二一年に上演されて以降、劇作家として『拾遺太閤記』（「人間」一九二一・10）や『夕立』（「劇と評論」一九二三・4）などの戯曲を発表した。二六年にはそれまでに発表した戯曲を収録した『田島淳戯曲集』が出版されている。一方、同じく在学時より小山内薫に師事しており、二〇年の松竹キネマ株式会社に発足時より入社した。加えて小山内や二世市川左團次の推薦があったために松竹の文芸部に入社し、後に新宿第一劇場の青年歌舞伎に関係する。こうした数多い仕事の中、その代表の一つとして考えられるのが小山内指導の下、二一年六月に玄文社から刊行された「劇と評論」の編集である。幾度かの中断を経て六八年復刊の際には編集代表となる。「劇と評論」には多くの演劇人が携わっており、ここから多くの劇作家が誕生した。晩年は主に「劇と評論」での編集や寄稿を中心にして活動し、亡くなる間際まで寄稿したが一九七五年死去。

❖**『能祇』**《のうぎ》　一九二〇年十二月に「人間」に発表された戯曲。一幕。国民文芸会懸賞脚本に当選し、二一年二月帝国劇場で『能祇と泥棒』と改題し上演、以降上演の際は『能祇と泥棒』となる。初演時は十三世守田勘彌の俳諧師能祇、二世市川猿之助の泥棒。初老の俳諧師能祇が家にいたところ、若き泥棒が侵入してくる。しかし能祇は泥棒と疑わず温かくもてなす。村の名主は泥棒に違いないと能祇につめよるが、決して泥棒ではないと能祇が言い張るので、名主も泥棒ではないと信じるようになる。そんな能祇の様子に心打たれた泥棒は泣き出し、商売しようと思って出てきたが金を盗まれ、悪いとは知りながら泥棒をしようと思ったと正直に白状する。泥棒のために能祇の俳諧を名主が高く買い取り、その金を与えて快く見送る。悪人が登場しない心温まる一幕物である。（岡本光代）

田代倫《たしろひとし》　一八八七〈明治二十〉・十～不詳。小説家。熊本県熊本市出身。明治末年頃、森鷗外に小説・脚本を師事するも数年で義絶。戯曲集『闇の使者　象徴劇十三曲集』（隆文館、一九二二）があるが、同書収録の戯曲はすべてその五年前から八年前の間に書かれたという。その後の劇作は昭和初期に集中しており、『スパルタの花』（二八）、『天王山上の火』『近藤重蔵と高田屋嘉兵衛』『彼等は死せず』（以上、三〇）はすべて「日本及日本人」（政教社）に掲載された。（村島彩加）

多田淳之介《ただじゅんのすけ》　一九七六〈昭和五十一〉・九～。演出家・俳優。東京デスロック主宰。千葉県出身。日本大学藝術学部中退。劇団動物電気を経て、二〇〇一年『土足』で東京デスロックを旗揚げ。〇三年からは青年団演出部に所属。初期は「死にまつわる物語」の創作を続けるが、〇七年以後は演出のみを手がける。一〇年には埼玉県富士見市民文化会館キラリ☆ふじみ芸術監督に就任し、一五年からは香川県高松市アートディレクターの役職も務める。一三年、韓国の劇作家ソン・ギウンが主宰する第12言語演劇スタジオとの共同製作『カルメギ』により第五十回東亜演劇賞の作品賞・演出賞・視聴覚デザイン賞を受賞。代表作に『忍法』『ソラリス』『3人いる！』『再生』など。（望月旬々）

忠の仁《ただのじん》　一九五一〈昭和二十六〉・七〜。演出家・脚本家・訳詞家。東京都生まれ。本名石田仁《いしだひとし》。桐朋学園短期大学演劇専攻科卒業。一九八七年の『ブリランテ』や一九九五年の『ブロードウェイ物語』などオリジナル・ミュージカルの脚本・演出多々。レオ・バスカーリアの絵本を原作にした二〇〇〇年初演のミュージカル『葉っぱのフレディ』の脚本・演出。作曲・編曲は島健、主演は島田歌穂。一一年に同じ島健、島田歌穂と組んだミュージカル『蝶々さん』の脚本・演出も手がけた。（荻尾瞳）

立川雄三《たちかわゆうぞう》　一九三一〈昭和六〉・三〜。俳優・劇作家・演出家。朝鮮生まれ。茨城県立水戸第一高校在学中に演劇部設立。県南の小学校に勤めながら舞台芸術学院に学ぶ。上京後、八田元夫の〈演劇研究所〉（後の〈演出劇場〉）に参加、『土』『火の柱』などで主演。一九六六年に〈演劇集団未踏〉を結成、一貫して主宰。『強盗猫』『戦争』、三部作『わたしのなかのみんな』『又四郎の川』など作・演出多数。こどものための作品『おかあさん』『カムイが来た！』『うそつきテコちゃん』などで全国巡演。（熊谷知子）

辰野隆《たつのゆたか》　一八八八〈明治二十一〉・三〜一九六四〈昭和三十九〉・二。仏文学者・随筆家。東京生まれ。東京帝国大学卒業。フランス文学の翻訳、特にモリエール『孤客（人間嫌い）』、ボーマルシェ『フィガロの結婚』、ロスタン『シラノ・ド・ベルジュラック』（鈴木信太郎と共訳）は著名。昭和初期に書いた戯曲は明治期以来の翻案劇の歴史の上で興味深い。文学座で一九四八年八月に上演された『南の風』二幕（ルナール『ヴェルネ君』の翻案）、『父と子』（ポール・ジェラルディ『成人した子供たち』）、『客』（シャルル・ヴィルドラック『ランディジャン』）『旧友』（エドモンド・セー『青年時代の友』）の四作を収録した『南の風　仏蘭西翻案戯曲集』（白水社・一九三三、五二年に再刊）がある。（神山彰）

館直志《たてなおし》　＝［**渋谷天外**《しぶやてんがい》］　一九〇六〈明治三十九〉・六〜一九八三〈昭和五十八〉・三。俳優・劇作家・演出家。京都・祇園生まれ。本名一雄。劇作家としての名前は館直志。父は初代渋谷天外。一九一四年に父と中島楽翁の喜劇劇団・楽天会の明治座公演で初舞台を踏んだ。一六年に父が急逝し、二二年に楽翁も死去して劇団が解散したため、職を失い放浪していたが、父と旧知の曾我廼家十郎に勧められて劇作を始めた。大阪の喜劇は座頭が台本を書くのが常態で、曾我廼家五郎は一堺漁人、十郎は和老亭当郎の筆名で喜劇を書いていた。天外の処女作『私は時計であります』は、二二年十二月に十郎一座により神戸で上演されたが「私の書いたのは三分の一、あとは全部師匠のアイデアで直されていた」（著書『わが喜劇』）と書いている。その後、志賀廼家淡海一座に入って、作者七分役者三分の暮らしを続けた。当時の筆名は詩賀里人。その頃は義理人情の教訓を含んだ曾我廼家五郎一座の喜劇が全盛だったが、からっとして笑いだけを求めた十郎劇に共感したと言っている。二八年に大阪角座で曾我廼家十吾らと共に松竹家庭劇を旗揚げ、作家兼主演俳優として活躍した。詩賀里人のほかに川竹五十郎の筆名を使ったが、二九年に角座で二世渋谷天外を襲名してからは、主として館直志の筆名を使った。十吾の筆名は茂林寺文福である。しかし一座に不協和音が起こり不景気もあって、三一年に家庭劇は解散したが、翌三二年に浪花千栄子、山田隆弥らを補強して再結成した。その頃の代表作に『愛の小荷物』、『アットン婆さん』(文福との合作)(三五)、『丘の一本杉』(三六)などがある。四六年に新しい喜劇を求めて退座し、妻の浪花千栄子と劇団すいと・ほーむを結成して地方を巡演した。四八年に曾我廼家五郎が死去したため、松竹は五郎劇の座員、十吾たちの家庭劇、すいと・ほーむを合体して松竹新喜劇を結成する計画を立てた。天外はそれに応じて新喜劇創立に参加し、十吾、曾我廼家明蝶、曾我廼家五郎八らと共に劇団の主柱となって活躍した。当初は低迷したが、五一年に民間ラジオが開局、さらにテレビ時代が到来して人気が高まった。五一年に浪花千栄子との離婚と退団、五五年に十吾の退団という非常事態が起こったが、女優では酒井光子、曾我廼家鶴蝶、男優では藤山寛美、小島秀哉、小島慶四郎らが台頭して危機を脱し、やがて新喜劇の全盛時代を築きあげた。とくに五一年に書いた『桂春団治』はラジオでも放送され天外の代表作になった。新喜劇は五二年に初東上して好評を得て、五四年からは毎年七月に新橋演舞場で公演して夏の風物詩になった。五九年から読売テレビで自作の『親バカ子バカ』がスタートし、阿呆息子を演じた藤山寛美が一躍スターになり、寛美主演の阿呆物が人気を集めた。天外は「喜劇に阿呆がつきものなのは、観客に優越感を与えるからだが、阿呆の存在自体が目的になってはいけない」また「喜劇は知性に訴えて成立し笑劇は排泄の愉快さで成立する」(『わが喜劇』)と書いている。その時代のヒット作に、ほかに『お祭り提灯』(四九)、『桂春団治後編』(五二)、『船場の子守唄』(五八)、『親バカ子バカ』(六〇)、『おやじの女』(六一)、『大阪ぎらい物語』(六三)、『銀のかんざし』(同)、『花ざくろ』(六四)、『わてらの年輪』(同)などがある。一方でモリエール、チェーホフ、谷崎潤一郎など内外の文芸作品を新喜劇用の台本に仕立てて上演した。六五年に病気で倒れ、直後に寛美が借金問題で退座する事件が起こったが、間もなく寛美が復帰して新体制になり、天外も六七年に再び舞台に立った。最後の出演舞台は七四年五月京都南座の『親バカ子バカ』だった。毎日演劇賞、NHK放送文化賞、紫綬褒章、勲四等旭日小綬賞など受賞多数。著書に『笑うとくなはれ』(文藝春秋)、『わが喜劇』(三一書房)がある。天外は人間本来の存在が生み出す天性のおかしさを描いた喜劇の確立を目指したが、同時に喜劇は役者と観客の一体感によって成立すると考えていた。したがって『わが喜劇』に長谷川幸延の小説を脚色した『桂春団治』を収録した以外は、脚本集を残していない。作品は松竹所蔵の上演台本しか残っていない。その台本も上演の度に改訂されているので定本は定め難い。

❖**『丘の一本杉』**《おかのいっぽんすぎ》 二場。一九三六年十一月大阪中座で松竹家庭劇が初演。茂林寺文福との合作。鍛冶職人の良助は職人気質にありがちな気難しい老人で、息子の幸太郎の腕を認めながらも、それを正直に言うことができない。幸太郎もそんな父親の気性を承知しているのだが、ある日口論の末に我慢が出来ず、女房おきくが止めるのも聞かずに家出してしまう。峠の一本杉に来た幸太郎は、父と似た年齢で足を引き摺りながら荷車を引いている老人を見て、思わず手助けする。老人と話をするうち、改めて父への思いに駆られる。良助も気持は同じこと。幸太郎を追って峠にやってきた。親子は初めて心を開き抱き合って涙を流すという人情喜劇。初演では曾我廼家十吾が良助、天外が幸太郎を演じた。

❖**『お祭り提灯』**《おまつりちょうちん》 二場。一九四九年十月大阪中座で松竹新喜劇が初演。江戸時代の大阪。

お祭りの寄付金二十五両を入れた財布を世話人が提灯屋の店先で落とした。提灯屋の主人徳兵衛が拾うが、それを見ていたのが強欲で知られた金貸しの幸兵衛、山分けしようと持ちかけるが、正直者の徳兵衛は耳を貸さない。しかしふと欲心が出て店の提灯の中に隠した。その金を女房おすみが発見し、亭主が悪遊びに使うへそくりと思い込み、別の重しとすり替えて金をぼろ布に包み、上総屋の注文で作った提灯に入れた。提灯を取りに来た上総屋は、金が入っているのに気づかず、金の入ったぼろ布を屑入れに捨ててしまう。その後、阿呆な丁稚は屑を捨てるため屑入れを持って川へ出かけていった。それを見ていた幸兵衛は丁稚を追う。提灯に金がないのを知った徳兵衛と世話人、おすみも必死になって後を追う。全員がふらふらになって追いかけるが、金は意外なところにあった。「追っかけ」という大阪俄の定番のおかしさを見せる笑劇で、息を切らしながら金を求めて次々に追っかけていく人々の必死の姿が笑いを呼ぶ。最後に阿呆な丁稚が懐から金を出すのが「落ち」になっている。明治末から同趣向の狂言が幾つも書かれていたようだ。作者も若い頃に川竹五十郎の筆名で、茶碗屋を舞台にした『渦』という同趣向の作を書いている。十吾のとぼけた丁稚は当たり役になった。

❖**『桂春団治《かつらはるだんじ》』前篇** 七場。一九五一年十二月大阪中座で松竹新喜劇が初演。長谷川幸延の小説を脚色した作。大正の末、落語家の桂春団治は型破りの芸と奔放な人柄で人気を得るが、それを嫌う先輩や客もいた。寄席のお茶子をしながら彼を育てた姉のおあきは、しっかり者の仲居のおたまを弟の女房にするが、春団治の放蕩は修まらず、おたまは尻拭いに追われた。ある日自宅に京都の宿屋の娘のおときが訪ねてきた。おときが身重だと聞いたおたまは、生まれてくる子のため身を引き、おときに後を託して家を出た。しかし春団治の放蕩は続き、彼に入れあげた末に家を追われた道修町の薬屋の若後家のおりうとの噂は世間の評判になり、高座に出た春団治に客席から「後家殺し」の声が飛ぶ。やがて春団治は大阪一の人気落語家になったが、暮らしぶりは相変わらず。おときはわが子を人力車に置き去りにするという奇策で、ようやく春団治を家へ連れ戻すが、たちまち夫婦喧嘩になり、おときも実家へ帰る羽目になった。「家もいらん、子供もいらん、女房もいらん、芸の道しかない、芸はひとりぽっちや」と言い切る破天荒な春団治の人生を描いた作である。初演の配役は天外の春団治、酒井光子のおたま、滝見すが子のおときで、酒屋の小僧を演じた藤山寛美と天外のとぼけたやり取りが笑いを呼び、小僧は寛美の出世役になった。

❖**『桂春団治』後篇** 七場。一九五二年三月大阪中座で松竹新喜劇が初演。春団治の人気は沸騰するが、収入以上に浪費するため借金は増えるばかり。レコード会社と二重契約したため訴えられ、家財が差し押さえられるが、口に差し押さえの赤紙を貼った春団治の写真が新聞に出て逆に人気は高まった。最初の女房のおたまは春団治に内緒で金策した。後にそれを知って礼を言う春団治に、おたまは「あんたには芸人の苦しさは分かっても、人間の苦しさは分からん」と言い放つ。その言葉が身に染みた春団治は、京都で一人で娘の春子を育てているおときを訪ねた。おときは留守で、彼をいぶかる近所の人に対して春団治は自分は春団治の弟だと言ってごまかす。帰ってきたおときは、弟には用がないと言い、「春子の父はここにいる」と春団治のレコードを掛け、「世界で一番の噺家になっとくなはれ」と言って、七歳になる春子を抱き、泣きながら春団治を追い返した。やがて春団治は胃がんに侵された。病床にある春団治のところへ、一足先に死んだ人力車引きの力さんが車を引いて迎えに来た。最後の女房になった岩井の後家のおりうや親しい人に見守られながら「これがほんまのイガン免官や」と言って春団治は死んでいく。一端死んで人力車に乗った春団治が、医者がカンフル剤を打ったため息を吹き返して花道から戻ったり、死人になってからも看護婦の尻を撫でたり、寛美とのアドリブで笑わせたりと、演出の多彩なアイデアも評判を呼んだ。

❖**『親バカ子バカ』**《おやばかこばか》　六場。一九六〇年四月大阪中座で松竹新喜劇が初演。五九年十二月から大阪読売テレビで放映され人気を集めた、連続テレビドラマ『親バカ子バカ』を舞台化した作品。テレビと同じく天外が父親天野利平、藤山寛美が息子の貫一を演じた。医療機器会社の社長天野利平の唯一のなやみは息子の貫一のこと。気は優しくて潔癖なのはいいのだが、頭がやや弱い。その貫一が会社のタイピストゆき子に恋をした。ゆき子には同僚の岩井と言う恋人がいる。岩井も岩井の母も世話になっている社長の一人息子の手前、恋を諦めると言うが、ゆき子は聞かない。ある日、得意先の堀内医院の増築記念パーティに父の代理で出席した貫一は、父が友人の天本の会社を乗っとって今の会社を作ったという話を耳にした。天本未亡人は東京で慎ましく暮らしているという。貫一は事実を父にただすが、利平は事情があってのことだと突き放した。貫一は未亡人に会うと言って単身東京へ向かい、驚いた利平は部下に後を追わせた。子を思う親の心と、頭が弱いので逆に世間の常識や因習に囚われないで行動する貫一、そこから起こる親子の対立とささやかな事件を描いた現代版人情喜劇で、後に書かれた『大阪ぎらい物語』と共通する作品である。舞台版の最後は利平が天本未亡人に経済的支援をすることが決まり、貫一が恋を諦めて、ゆき子と岩井が結ばれるハッピーエンドになる。同じストーリーの映画も作られた。

❖**『大阪ぎらい物語』**《おおさかぎらいものがたり》　五場。一九六二年十一月大阪中座で松竹新喜劇が初演。洋画家の鍋井克之のエッセイを素材にした作。大正の末、大阪船場の旧家が舞台。一家はご寮人さんと呼ばれる未亡人のおしづが、弟の忠平を後見人にして万事を仕切っている。長男新太郎は新しい事業をしたいのだが、気が弱く言いだせない。やっと切り出したものの母も叔父も許さない。次男の栄二郎は正義感に溢れた優しい人柄だが少々愚鈍で、それがおしづの悩みの種であった。その栄二郎が店の女中に恋をした。それを知ったおしづと忠平は即刻女中に暇を出した。それを聞いて栄二郎の怒りは爆発し、頭ごなしに叱り付け「出ていけ」という忠六の言葉のままに家出してしまった。心配する母や番頭の前に人力車引きになった栄二郎が現われた。世間への外聞を憚り家に連れ戻そうとする母や叔父に向い、栄二郎は旧家の面子に拘る愚を指摘し、兄の希望を叶えてやることなどいくつかの条件を出す。笑いの果てにしんみりとした母子の情愛を見せる人情喜劇で、初演では寛美の栄二郎が出色だった。酒井光子が母を演じた。一時期『ぼんち子守唄』の題名で上演された。

❖**『銀のかんざし』**《ぎんのかんざし》　三場。一九六三年六月大阪中座で松竹新喜劇が初演。大正時代の京都の長屋。長屋総出の井戸替えがあり、井戸から髪結いのおかつの持っていた銀のかんざしが出てきた。おかつは髪結いをしながら、年下の大工の清之助を溺愛していて、客より亭主が大事、一時も目を離さない。そのため次第に得意客も来なくなってしまった。心配した家主は二人のために一か月別れて暮らすよう説得し、清之助は棟梁の家に住み込むことになった。元々腕のある清之助は棟梁に見込まれ、その娘と祝言する話まで持ち上がる。おかつは男のために一旦は別れる決心をするが、胸の奥から湧き上ってくる激情を抑えることが出来ない。そんなおかつの姿を見た清之助は哀れを感じて一生を共にする決心をする。新喜劇では珍しい男女の情痴を描いた作品で、寛美の清之助、天外の家主、酒井光子のおかつで初演、評判を取った。

❖**『花ざくろ』**《はなざくろ》 三場。一九六四年五月大阪中座で松竹新喜劇が初演。植栽業の緑樹園で働く垣山三次郎は植木職人の腕は抜群だが、職人気質と言おうか、ほかのことには無頓着で、周囲からは万事に煮えきらない男と見られている。社長の高橋は三次郎の人柄と腕を見込み、将来は緑樹園を彼に任せようと思っている。ただ問題は三次郎の女房お加代のことであった。三次郎には勝気な女房がいいと思って、高橋自身が世話をしたのだが、手の付けられない悪妻なのである。公然と家を空け、次々に男を作って三次郎が稼いだ金を浪費してしまう。注意すると「あんな頼りない人のどこに男の魅力がありますねん」と逆襲する始末。高橋はもとより、周囲の人たちは三次郎に「あんな女房と別れてしまえ」と言うのだが、三次郎は煮え切らない。そんなある日、いつものように不貞腐れて帰宅したお加代は、飛んできてまつわりつく一羽の蜜蜂を叩き潰した。それを見た三次郎は初めて激怒した。植木や花にとって何より大切なのは花粉を運び、花や実を成らせる蜜蜂である。それを殺すとは何事か。本気で怒る夫の言葉を聞き職に賭ける命がけの姿を見たお加代は、これまでの自分の言動を心から恥じて号泣する。『銀のかんざし』と同様の辛口の人情喜劇だが、新喜劇の人気狂言になっている。初演は天外の高橋、藤山寛美の三次郎、曾我廼家鶴蝶のお加代で、寛美と鶴蝶の演技が絶賛された。

❖**『わてらの年輪』**《わてらのねんりん》 二幕七場。一九六四年八月、東京日生劇場で作者の演出で初演。昭和三十七年の京都。竹森栄吉は、伝統の技を残しながら新工法を開拓して成功した染物屋である。鈴木八重は東京育ちながら関東大震災を期に大阪へ移り、女手一つで材木商を営んできた女傑である。二人は震災直後に有馬温泉で知り合い、栄吉が八重に結婚を申し込んだが断られてしまった。しかし職人気質の残る栄吉と、江戸っ子で思ったことをずけずけ言う八重とは不思議に気が合い、今では古い友人として親しくしている。その栄吉が四十近い年下の女中すみを後妻に迎えた。栄吉は有頂天になるが、すみには若い染職人三浦と言う恋人がいた。それを知った栄吉は嫉妬と猜疑に苦しむ。一方八重は夫に操を立てて栄吉の求婚を断ったのだが、今になって夫に隠し子がいたことが分かった。花柳章太郎(八重)と二世中村鴈治郎(栄吉)の顔合わせ公演のために、渋谷天外の名前で書きおろし演出した舞台で、物語は栄吉の家と八重の家を交互に見せながら展開していく。二人の芸質を活かした作劇の妙と芝居運びの巧さ、それに応えた二人の名演技で好評を得て、老境を迎えた男女の哀歓と友情をしっとりと描いた佳品になった。三浦は中村扇雀(坂田藤十郎)、おすみは小林千登勢が演じた。後に新喜劇公演でも上演されている。

(水落潔)

立松和平《たてまつわへい》 一九四七〈昭和二十二〉・十二〜二〇一〇〈平成二十二〉・二。小説家。栃木県出身。早稲田大学卒業。本名横松和夫。小説家として著名。戯曲は外波山《とばやま》文明《ぶんめい》の「はみだし劇場」(現・椿組)で『南部義民伝』(一九八五)、『鬼の黄金伝説』(八七)、『贋・四谷怪談』(九四)を上演。後に宗教に関心を強め、『道元の月』(祥伝社・二〇〇二)を二〇〇二年四月歌舞伎座で十世坂東三津五郎主演、福田逸演出で初演。好評で、地方も含めて復演された。同作で第三十一回大谷竹次郎賞受賞。

(神山彰)

田中喜三《たなかきぞう》 不詳～二〇〇九〈平成二十一〉。劇作家・演出家。歌舞伎では『信康』『燈台鬼』(南條範夫原作)『小堀遠州』など。『将軍と俥夫』『野狐三次　喧嘩纏』『序の舞』『柳生二蓋笠』『慶長太平記――石田三成』『螢ばやし』など、新国劇、新作歌舞伎、松竹新喜劇、東宝演劇など、商業演劇の幅広い分野で多くの上質の作品を残す。『振袖御殿』など川口松太郎原作作品の脚色も多い。他に『マダム貞奴』(杉本苑子原作)『男の一生』『笛姫』『慶長忠臣蔵』『黙阿弥草紙――闇の華』。『女形の歯』(杉本苑子原作)の脚色も好評で再演。

❖**『螢ばやし』**《ほたるばやし》 三場。一九八五年七月新橋演舞場で、松竹新喜劇により初演。夫に死に別れた、さだは二十数年前、別の男との間にできた息子を捜しに大阪へ来て、髪結いをしている。ある日、仕事で来た小間物屋の新七と世間話をすると、新七は幼くして別れた母の面影を胸に精一杯生きていると打ち明ける。さだも、新七に我が子の面影を重ねる。そこへ新七の恋人が来て、自分が父の為に身売りさせられそうだと泣きながら訴えるので、新七とともに帰っていく。雨あがりのなか、螢火が、親子のように仲好く飛び交い、祭囃子が聞える晩。さだは、新七との会話を束の間の幸せであるかのように噛みしめる。松竹新喜劇の情感や人情を主にした、文芸路線の演目の一つ。季節感や叙景を背景に、母子のお互いを思う心情を爽やかに描いた佳品。

(神山彰)

田中小太郎《たなかこたろう》 劇作家。国鉄職員であるが、一九四八年国鉄演劇コンクールで入選した『興安桜』が上演され本格的に勤労者作家として活動し始める。『興安桜』は一九四九年十月の「テアトロ」に掲載された。その他、『阿呆鳥』(「テアトロ」一九五一・7)や『爆風』(「新劇場」一九五二)などを発表。汐留局勤務時代の六〇年には『岡蒸気誕生』で第十一回国鉄文芸年度賞の二等を受賞した。その他、映画『ノサップの銃』の原作をつとめた。

(岡本光代)

田中茂《たなかしげる》 一九一九〈大正八〉・二～一九八八〈昭和六十三〉・九。劇作家・演出家。岩手県宮古市生まれ。一九四八年郷里に劇研あしあとを発足、その後劇研麦の会と改称、劇作と演出を務めた。六二年『はんもうど』、六九年『でっかい錨』で全国青年大会最優秀賞を受賞。一貫して海や漁師に関する地域の問題を取り上げつづけた。戯曲集に『田中茂脚本集』(劇研麦の会)など。

【参考】『追想・田中茂』(追想・田中茂刊行会)

(正木喜勝)

田中澄江《たなかすみえ》 一九〇八〈明治四十一〉・四～二〇〇〇〈平成十二〉・三。劇作家・脚本家・小説家・随筆家。東京板橋生まれ。旧姓辻村。東京女高師国文科卒業後(一九三二)、聖心女子学院教師勤務。学生時代から劇作を志し、岡本綺堂主宰同人誌を経て額田六福主宰「夷狄《いてき》」同人となり、多くの一幕劇を発表。「夷狄」掲載『春の退場者』改作の『陽炎』(「劇作」一九三四・5)で本格デビュー。同三四年「劇作」編集の劇作家田中千禾夫《ちかお》と結婚。聖心女子校教師時代を描く『はる・あき』(文学座・一九三九)、森本薫との共同脚色『陳夫人』(文学座・四一)を経て、戦後の旺盛な活動が始まる。私戯曲『悪女と眼と壁』(四九)、夫婦の愛憎をえぐる『ほたるの歌』(四九)、『京都の虹』(五〇)、『天使』(五二)と続く。映画脚本は『少年期』『めし』(共に五一)、『夜の蝶』(五七)ほか。一幕物の『鋏』、近松物の改作『つづみの女』、カトリック教徒的視点で描く『がらしあ・細川夫人』(杉村春子主演、文学座・五九)も秀作。小説には『カキツバタ群落』(七三)、『夫の始末』(九五)があり、山好きな彼女の『花の百名山』(八〇)などの随筆集もある。『田中澄江戯曲全集全二巻』(白水社)。作品解説の括弧内は初演時の俳優。

❖**『悪女と眼と壁』**《あくじょとめとかべ》　二幕七場。一九四九年二月、毎日ホールで文学座勉強会初演、戌井市郎演出。「劇作」(一九四八・12)初出。田中一家が鳥取に疎開し、失明した田中の父の死までを描く完全な私戯曲。表題の「悪女」は劇中の主人公みね、つまり作者本人。東京で気儘に暮らした一家が田舎に疎開し、失明した舅としっかり者の姑と暮らす困惑から始まる。洗練された日常会話からエリート医者だったが金銭に細かいけち老人の舅、医家を継ぐ寛吉(夫の弟)の戦死を絶えず悲しみ、奔放な嫁の行動に絶えず眼を光らせる姑が活写される。「壁」とは妻の嘆きに動じない寡黙で自我意識の強い夫の作家新吉(金子信雄)のこと。二幕二場の舅の葬儀の席上、嫁は舅と姑への憎しみを公言し、夫新吉も父への反抗を口にした。そして三場でみねの友人の新聞記者から京都在住の脳腫瘍専門医の話を聞く。頭痛持ちで視力が弱まる息子俊吉の病状がそれと酷似するのだ。みねは舅の霊前に詫び、姑に励まされ、息子の眼を〈お母ちゃんがきっと治す〉と泣き崩れる。この続編が『京都の虹』。

❖**『鋏』**《はさみ》　一幕。一九五六年六月、俳優座劇場で俳優座試演会初演、阿部廣次演出。「婦人公論」(一九五五・5)初出。早春の土曜日夕刻。大手商社集会室での生け花講習会場に多くの女子社員が集まる。衝立越しの隣室は独身社員大津(仲代達矢)の大阪栄転歓送会場。生け花の稽古より大津の話で賑わう女子社員たちの中に松子(大塚道子)と菊子(加代キミ子)がいる。菊子は学生時代から松子を姉と慕い、二人はレズ的関係。松子は大津を愛して裏切られる。菊子は松子を大津に獲られまいと金や衣服を大津に貢ぎ、彼と一晩を過ごす。大阪支店長令嬢との噂もある大津は平然と二人を捨てて去る。泣き崩れる松子に、菊子は〈あの人を憎む〉と言えと迫る。劇中で松子と菊子の愛憎の起伏に鋭利なハサミの音が効果的に使われる。作品の背後には能『松風』が匂う。

❖**『つづみの女』**《つづみのおんな》　三幕五場。一九五八年二月、俳優座劇場で俳優座初演、田中千禾夫演出。「新劇」(一九五八・3)初出。近松作『堀川波之鼓』を〈自分の死を自分の責任として執る〉という女性の自我の覚醒を、鳥取弁や京言葉を駆使して近代劇化した改作。鳥取藩士小倉彦九郎(東野英治郎)の妻たね(杉山徳子)はふとしたはずみで鼓師宮地と間違いを犯す。帰郷した彦九郎は妻の不義を不問にしようとする。妻は事なかれ主義の夫を面罵して自決する。女にも「自分」があると知って驚く彼は京都で宮地を女敵討で首を取るが、妻を想う心は晴れない。

(石澤秀二)

田中総一郎《たなかそういちろう》　一八九九〈明治三十二〉・十一～不詳。劇作家・演出家。東京生まれ。三高から東京帝国大学美学科卒業。京都の新劇団「エラン・ヴィタール」に参加。小山内薫の知遇を得て、第一次「劇と評論」同人となる。一九二四年京都の東亜キネマに入り、後に関西松竹入り。阪東寿三郎と「第一劇場」を結成、『累物語』など。三〇年には当時の満州に渡り、新聞記者となっている。戯曲には『女優』『戦塵』『再婚』『午前八時』『午前四時』『雨』『青春』『団欒』『崖の上』などがあり、戯曲集に『午前八時』（稲門堂書店）がある。親子の愛情を中心に、恋愛、友情、人間愛というテーマの作品が多く、大正末から昭和初期の思潮を実感させる作品群である。他に、新派でアルセーヌ・ルパン物の翻案『813』、関西歌舞伎で『開花夢見草』『唐人お吉』『左平功名録』、関西剣劇の新声劇で『黒白《こくびゃく》染分草紙』、新国劇で『青春』が上演されている。（神山彰）

田中大助《たなかだいすけ》　一九二五〈大正十四〉・三〜一九九六〈平成八〉・十二。教育者。新潟県佐渡郡（現・佐渡市）生まれ。早稲田大学付属早稲田工業学校中退後、兵役を経て、公務員となり、新潟県新星学園長を最後に退職。長らく知的障害児教育に携わる。アマチュア演劇協議会作品公募に入選した『学園日誌　和彦』（一九八二）は、自らの現場を描いた。他の入選作品に『明日はいずこへ』（八〇）、『土の花嫁』（八一）などがある。いずれも、地方都市のコミュニティが抱える問題を扱っている。（藤崎周平）

田中千禾夫《たなかちかお》　一九〇五〈明治三十八〉・十〜一九九五〈平成七〉・十一。劇作家・演出家。長崎市生まれ。鳥取藩医の家系に生まれ、父は明治期のエリート医学者で長男の彼に医家を継がせようとしたが、彼は父に内緒で慶應義塾大学仏文科に進学。父への反抗が根深かったことは劇作にも反映。初上京した彼は長崎訛りの田舎者の劣等感に悩み、標準語音習得に励み、俳優を志して新劇協会付属演劇研究所二期生となり、言語コンプレックスを克服。特に岸田國士の講義、近代フランスの心理主義的戯曲分析を主とするブレモン著『物言ふ術』に強い影響を受け、後に日本版『物言う術』（世界文学社一九四九年刊。再新訂版『物言う術』白水社七三年刊が最後）を完成させた。また「物言う術」は同時に「物言わせる術」の研究でもあり、劇作活動と共に『劇的文体論序説』上下二巻（白水社七七〜七八年刊）を書き、現代音楽の無調性音楽に倣った「無調演劇」を提唱。戦後の創作活動は習得した近代劇作法からの脱却であり、現代的な「無調演劇」に到る近代的劇構造の破壊と反戯曲的創造の営みでもあった。それは近代日本心理劇の名作といわれた初戯曲『おふくろ』（二十八歳時）からの脱却でもある。彼は一九三四年に自我意識の強い新進女流劇作家辻村澄江と結婚、愛憎激しい男女関係の奥深さを知る。『僕亭先生の鞄持』（一九三五年初演に森本薫出演）など戦前の五作には新婚当初の男女の葛藤が色濃く反映。特に『風塵』（三五）は田中夫妻の家族も含めた私戯曲的色彩が強い。戦中は文学座の移動演劇隊隊長として全国巡演に参加（この体験は広島原爆犠牲の移動演劇桜隊追憶を籠めた『三ちゃんと梨枝』に反映）。私的には医家の家業を継いだ弟が軍医として戦死。長崎原爆の一年前、年老いた両親を故郷鳥取に伴い、田中一家も両親と同居。そして海軍のカッター造舟所の徴用木工として初の肉体労働に従事し、敗戦を迎える。『風塵』から沈黙の十年間、劇作上の迷いと模索に沈潜し、創作意欲をマグマのように溜め込んだ彼の最初の噴火は、敗戦の年十月脱稿の、戦中の自己批判も籠めた『ぽーぶる・きくた』であり、次いで敗戦直後の実存的な人間追求が『雲の涯』に結実。以後「四十手習い」を自戒とした旺盛な戦後創作活動を展開。住居も父の死後、鳥取から京都に移り、来訪した千田是也らの強い要請で俳優座入りを決意（五一）。再び上京して中野に居を構え（五三）、終の棲家とした（住居址に記念碑あり）。五四年には「新しき俳優座劇場のために」と添え書きした『教育』を発表。これは『修羅』『女猿』『女狐S（火の山）』『女豚S（幸運の葉書）』という一連の「女性憎悪劇」（作者命名）の最高傑作である。「女性憎悪」とは生殖能力を持つ女性セックスに対する憎悪であり、裏返せば「女性崇拝」にも通じる。加えてキリシタン弾圧と原爆の血に染まる長崎出身の彼にとってマリア信仰は無縁ではなく、明治期最後のキリシタン弾圧事件を背景に人間の自我を神に対峙させた『肥前風土記』（五六）を経て、長崎原爆に取材した『マリアの首』を発表。これは副題に「幻に長崎を想う曲」とあるように被爆者鎮魂の詩劇（浦上天主堂門前に田中澄江筆の田中千禾夫文学碑がある）。同時に近代的「幕」概念打破を目指す「幕ある如く無き如く」と副題された『千鳥』を発表。翌六〇年の安保闘争期の当時では珍しいメタシアター的劇中劇の『8段』を青年座に提供。六〇年以降は人間内部とともに外部社会にも立ち向かい、また『三ちゃんと梨枝』の三ちゃん（作者の分身）は近代ビル建設の高度成長の時流に呑まれる非劇的な『鈍琢亭の最期』の三吉、『月明らかに星稀に』ではちょんまげの裸姿で徴兵検査を受けて戦死する学徒兵三吉となり（ともに六二）、翌六三年作『大姫島の理髪師』、紙芝居仕立ての『さすらい』（六四）を経て『国語――私の家庭劇』（六六）の望参吉に変遷する。また「とがき」の叙事性を重視する彼は時代を串刺しにした『伐る勿れ樹を』（六二）以来、小沢昭一の一人芝居『とら』（六三）を経て、とがき的語り手の登場となり、とがき自体の擬人化『むしろ・とがき』（「悲劇喜劇」一九六六・1）に到る。とがきが小沢昭一の漫才師登場となる『心理――いざ物語らばや祭りを』（六七）もある。さらに「劇的」であるよりも「非劇的」を目指し、『鈍琢亭の最期』では、とがきが叙事的長文となり、『自由少年』ではせりふ的会話を内包する小説的散文となった。また『冒険・藤堂作右衛門の』や、タイムトンネルで時代を往来する『時間という汽車』（七二）など、時間や時代の自由自在な重層化やとがきの擬人化などの新手法は六〇年代以降の彼独自の反近代的劇作法である。そして彼の「無調演劇」的主要作品は『あらいはくせき』と、長崎原爆による浦上天主堂廃墟、広島原爆の熱と光で焼き付いた人影のある石壁の両模型など敗戦記念物の展示館を持ち、学友の原爆詩人原民喜追悼となった『自由少年――花の幻』（五十九歳時）であろう。その他晩年作にコンピューターによる国民健康管理の『鍵の下』（六十九歳時）や素人俳優集団出演と指定された『右往左往――夢の懸け橋』（七十四歳時）などがある。七十六歳で日本芸術院会員となった彼は、八十歳で地中に眠る不発弾と戦災の死者たちを描く『ばさら』（「新劇」一九八五・11）を書き、劇に遊ぶ境地に達し、彼が創立以来教授を務めた桐朋演劇科を扱う『武州仙川桐朋寺縁起』（「新劇」一九九一・3）が絶筆となった。著書『田中千禾夫戯曲全集』（全七巻、白水社）、『随想集・無駄と真実』（講談社）、『自伝抄・井蛙の弁』（読売新聞社）。

参考 石澤秀二著『祈りの懸け橋・評伝田中千禾夫』（白水社）

❖**『おふくろ』** 一幕。処女作。一九三三年六月、川口一郎演出。築地座初演。芝・飛行館。東京麻布での作者学生時代の下宿先一家がモデル。おふくろ坂は女手一筋で育てた息子栄一郎の就職先を気に病むが、それに辟易した長男栄一郎は外に飛び出す。そこへ商家の宗像夫人（再演では杉村春子）が息子の中学合格謝礼に来る。そこで初めて坂は、彼が商家の家庭教師を永年続け、就職先も名古屋の銀行に決まったことを知って愕然とする。終幕は親子の対立の果てに息子の就職先に同行することを決める。

本作が戦前一幕劇の傑作と言われる理由は会話の妙味にあり、岸田國士の勧めでおふくろのせりふを島原方言にしたことも効果的であった。また未亡人の坂が栄一郎を一人の男性と観る潜在意識も微妙な心理的せりふに活かされ、さらに「丘上に瞑想するキリスト」の絵が英一郎の部屋にあることは、後年の劇作活動を考える上で興味深い。戦後は五一年に三越現代劇第一回公演として初演時と同じ田村秋子主演で上演。俳優座は四九年に青山杉作演出・岸輝子主演で初演。なお本作の後日譚『橘体操女塾裏』は三五年一月、作者演出・田村主演で築地座初演。また両作は久松静児監督・望月優子主演『おふくろ』として五五年に映画化された。

❖『雲の涯』《くものはたて》 一幕。一九四八年、岩田豊雄演出、文学座初演。三越劇場。舞台は山陰地方に根強く残る因習や絆に縛られ「澱んだ古沼の底」と形容された露木医院。主要人物は、後頭部損傷の手術を受けて復員した元軍医順之助。彼を愛し、手術にも立ち会い、戦後も住込み看護婦となった四宮双葉。彼の父で老残の身をさらす好色漢の大先生露木義順。大先生全盛時代の愛人看護婦で、今は麻薬中毒の大野秀子。以上の四人が一種の限界状況下で複雑な愛憎関係を展開する。そのるつぼのなかで、戦後混乱期を必死にもがき生きようとする順之助の雄々しさが実にリアルに描かれる。劇中、時間外の往診を懇願する元上官に、仕返しの蝉(柱にしがみつきミーンミーンと鳴き真似をすること)や靴を咥えた犬の真似をさせ、その加虐が自虐となるシーンもある。題名「雲の涯」は能『斑女』の狂女が謳う詩句から採られ、『斑女』は別れた恋人同士の再会で終わるが、本作では愛し合う順之助と双葉の別離で終わる。フランス文学者の伊吹武彦は〈戦後日本の生んだ実存文学〉と激賞。

❖『教育──新しき俳優座劇場のために』《きょういくあたらしきはいゆうざげきじょうのために》 一幕。一九五四年十二月、同劇場初演。演出は初め千田是也の予定だったが、作者演出に代わる。日本近代劇特有の翻訳劇様式を逆手にとった抽象的観念劇。フランスの田舎に暮らすルオー(東野英治郎)・エレーヌ・ネリー一家のドラマだが、せりふは漢文脈の多い華麗な文体で、人物名も瑠王・絵礼奴・禰莉と漢字表記が特徴。母と暮らす医学生の娘禰莉は別居中の独り暮らしの父瑠王から実の父は自分ではない、親友で事故死の仏蘭西亜《フランソア》だと言う。母絵礼奴に問えば、黒い天使としか語らない。新床に現われた黒い天使は現実の瑠王か、彼女が愛し、夢見た仏蘭西亜か? 結婚初夜後、二人は別居し、それぞれの信じる絶対的孤独を平行線のように生きてきた。実父不明のまま禰莉はボードレールの詩『忘却の河』を絶唱しながら、虚空に向かって〈生きる目的を!〉と必死に叫ぶ。三島由紀夫は〈翻訳劇の演技という日本の新劇の奇妙な財産をこれだけ痛快に逆用して、人間心理の激突する環境を設定しえたものはあるまい〉、〈抽象的な悲劇たりえた理由の一つはセリフそのものが醇乎として醇なる精錬された日本語だからである〉と絶賛。なお作者と東野英治郎のコンビはここから始まる。

❖『マリアの首──幻に長崎を想う曲』《まりあのくびまぼろしにながさきをおもうきょく》 四幕九場。一九五九年三月、作者演出で新人会初演。俳優座劇場。長崎原爆で被爆した浦上天主堂の崩壊したマリア像の焼けただれた首は「ケロイドのマリア」として有名だが、それを題材とした鎮魂の詩劇。自作の詩を売り、夜の宿の見張りに立つ忍、昼は顔のケロイドを隠した病院の看護婦で夜は娼婦の鹿、彼女らの仲間で傷病兵の義足の男、二人の息子を原爆で失い、忍の詩を愛好する万年植字工の老人、ケロイドの鹿を渡米させ原爆反対デモの先頭に立たせたい大学生の矢張、そして十年以上も前に忍を犯し、白鞘の短刀を忍に残して今は歓楽街のボスとなり、ピストル自殺で死ぬ直前、病院で忍と対決する原爆症の次五郎、加えて忍を集団リンチにかける娼婦たち、ヤクザ、巡査、黒人など多くの人物が、妖しいまでに生々しく戦後長崎の現実と抽象化された幻想世界を重層的に生きる。終幕は長崎には珍しい雪の降る夜、廃墟の浦上天主堂のマリアの首を盗もうとする忍と鹿にケロイドのマリアの首が優しく彼女らを励ます。芥川也寸志作曲のギター生演奏とマッチする長崎弁が実に美しく音楽的であり、また鹿と矢張の抽象的で観念的な対話、忍や次五郎の詩的な語り、〈せかい平和は長崎から〉の活字を拾いながら一音一音、明確に発音する植字工のシーンなど文体的にも多様な重層性が籠められ、戦後日本の代表的名作の一つ。

❖**『千鳥《ちどり》——幕ある如く無き如く《まくあるごとくなきごとく》』** 三幕(仮に)。一九五九年十月、千田是也演出、俳優座初演。俳優座劇場。舞台は鳥取地方の旧家佐葦田家。時代は昭和三十一、二年頃。古武士のような元貴族院議員の当主、光之進(東野英治郎)の吹く尺八『千鳥』で始まり、十年前の敗戦直後の「第一の幻想の時間」に移行し、戦死した三男の逆さ釣りに傾いだ遺影との対話が始まる。そして入籍させない孫娘千鳥(市原悦子)が剣舞する現実時間を経て二十六年前の「第二の幻想の時間」、裏山の洞窟に舞台は移る。光之進の娘照美は父の許さぬ結婚相手の御影章に自分と逃げてと訴える。そこへ〈動くな、不義者〉と刀を抜く光之進が現われ、洞窟奥に逃げ込む御影を追う。御影は斬られた左手を抱えて逃げ、照美は猛然と父に斬りかかって幻想の時間は終わり、千鳥の剣舞する現実時間に再び戻る。二幕目は失明する彼としっかり者の妻るいの会話で、洞窟に幽閉された照美が千鳥を産み、母に助け出された上で父を告訴したことが解る。三幕目は実家に集まった子供たち全員に光之進が家督相続の話をするが、没落した家を継ぐ者は誰もいない。暗転して舞台は照美の痕跡が残る洞窟内を訪れた千鳥が母照美の声を聞き、号泣するシーンに変わる。そこへウラン調査の米軍通訳となった御影が登場し、修道院で死んだ照美の遺品のロザリオを千鳥に贈り、家を出て自立しろと勧める。しかし千鳥は孤独にすさんだ祖父の心の世話をすると言う。舞台は再暗転して村の花傘踊りの賑やかなシーンに戻る。千鳥に導かれた御影と光之進の対決を経て、彼は御影に裏山に眠るウラン採掘調査を命じて家の再興を計る。活気に盛り上がる花傘踊りのなか、千鳥の胸のロザリオが光り、千鳥の無償の純愛が光之進の救済を暗示する。なお本作は新劇団初の国立大劇場進出として一九六七年二月に再演。市原悦子の出世作となった。九九年一月には「田中千禾夫・東野英治郎・伊藤熹朔追悼」の俳優座創立五十五周年記念公演として阿部廣次演出で紀伊國屋サザンシアター上演。

❖**『8段《はちだん》——白菊匂う《しろぎくにおう》』** 一九六〇年六月、作者演出、青年座初演。俳優座劇場。本作は「8段」に分けられ、登場人物は青年座全員とあり、稽古場での狂言『文山立《ふみやまだち》』の全員稽古で始まる。劇中劇は吉野の奥深い山中で、関ヶ原合戦後の不安定な混乱期を背景に、南朝方の血筋を引く猟師たちが反権力的山立＝山賊となる決意を固めて行動する。4段は吉野の峰を渡り歩く山伏たちが、傷つき歩行困難な若い山伏光若を「谷行の掟」にかけて谷に突き落とそうとする能『谷行』のシーン。7～8段は、猟師たちとキリシタン一統の物語で、キリシタンを密告して恩賞を得ようとした猟師勘助をやむなく撃ち殺すキリシタンの父甚兵衛の悲嘆で終わる。この劇中劇は安保闘争の喪章デモに参加した劇団員たちの現実的会話や自虐的な黒ベレエの観念的なせりふなどで寸断され、世相風刺の合唱が随所に挿入され、役者の実名も飛び出すメタシアター的スタイルが本作の特徴。せりふや詩句、叙事的語りの地謡は狂言言葉と現代言葉の交錯であり、日本音楽の大家平井澄子の名作曲が素晴らしい劇的効果をあげたことを特記したい。

❖**『あらいはくせき――冑と烏帽子・社会科』**《あらいはくせき かぶととえぼし・しゃかいか》 全三章。一九六八年十月、作者演出、俳優座初演。俳優座劇場。晩年のはくせき(東野英治郎)が娘でんの夕食支度の間に過去の一生を夢幻のうちに観る。夢に現われたのっぺらの男に〈固有の形、色をつけてこそ初めて自分という人間が生まれる〉とはくせきは語る。朝鮮使節団に直訴して故国帰還を計る在日朝鮮人の娘や江戸時代最後の宣教師シドッチ、またはくせき自身も各自ののっぺらの仮面を剥いでその人物となる。社会科教師(ト書きの擬人化)が随時登場して史実の白石の業績を解説し、はくせきとも討論する。二章のはくせきは副題の烏帽子に象徴される天皇の権威よりも冑の徳川将軍の権力誇示を対外的に優先し、朝鮮使節を論破して、在日の婆と娘の帰国を認め、二人を祝う歓喜の合唱で終わる。終章はシドッチことシローテとの対決シーンである。禁教政策を変えない彼はシドッチの本国送還を上層部に進言するが将軍病気の暗示で終わる。能『邯鄲』の「一炊の夢」の手法を借用した本作でも歌や踊りがあり、江戸時代と現代が交錯、共存し、そこに西欧と朝鮮両文化が介入した独創的な多層・多重構造の「無調演劇」であり、諦観とも言うべき思想が色濃く漂う作者晩年の代表作。（石澤秀二）

田中智学《たなかちがく》 一八六一〈文久元〉・十二～一九三九〈昭和十四〉・十一。宗教家。本名巴之助。東京生まれ。「純性日蓮主義」を唱え、「国柱会」設立。五世尾上菊五郎、坪内逍遥、宮沢賢治、食満南北《けまなんぼく》らに影響を与える。一九〇八年喜劇『生抵当』を書き、二一年三月歌舞伎座で、新文芸協会の加藤精一、東儀鉄笛らにより日蓮物の『佐渡』上演。二三年に『黒木御所』を書き、帝劇でも二七年に『社頭諫言』を上演。中里介山『大菩薩峠』(二八)の独特の脚色もある。他に『獅子王』『龍女成仏』など。舞踊作品に『北満の日章旗』『靖国祭』など。新作能、狂言も作る。二二年には、国柱会の組織として「国性文芸会」を組織し、俳優学校(演劇研究所)も設立。「八紘一宇」の造語でも知られる。（神山彰）

田中林輔《たなかりんすけ》 一九三四〈昭和九〉・八～。劇作家・演出家。山口県生まれ。日本大学藝術学部中退。所属した新国劇をはじめ、大劇場に多くの作品を提供。『女優――その恋』『坂本龍馬』『乾いて候』『古都の恋唄』など。近年は「若獅子の会」に『澤田正二郎物語』を提供したほか、脚色・監修も行なう。（神山彰）

棚瀬美幸《たなせみゆき》 一九七五〈昭和五十〉・十二～。劇作家・演出家。名古屋市生まれ。一九九六年、大阪教育大学在学中に、大阪芸術大学生らと南船北馬一団結成。二〇〇七年、劇団活動を終え、ユニット・南船北馬として再スタート。『帰りたいうちに』(二〇〇二)で第七回日本劇作家協会新人戯曲賞大賞、〇六年に平成十七年度大阪舞台芸術新人賞、『ななし』(〇七)で第十五回ＯＭＳ戯曲賞佳作受賞。（九鬼葉子）

田辺茂範《たなべしげのり》 一九七四〈昭和四十九〉・七〜。劇作家・演出家。劇団ロリータ男爵主宰。長野県生まれ。多摩美術大学グラフィックデザイン専攻卒業。一九九五年『犬ストーン』で旗揚げ、以後全公演の作・演出を手がけ、「脱力系ミュージカル」の旗手として活躍。代表作に『昔ケンタウルス』『地底人救済』『プリマ転生』『しのび足のカリン』など。 (望月旬々)

田辺剛《たなべつよし》 一九七五〈昭和五十〉・五〜。劇作家・演出家。福岡市生まれ。京都大学教育学部卒業。京都大学入学時より演劇に関わり、一九九九年結成の劇団t^3heatreを経て、二〇〇四年からはユニット「下鴨車窓」で自作を演出、上演する。〇五年に『その赤い点は血だ』で第十一回日本劇作家協会新人戯曲賞受賞。〇七年に『旅行者』で、第十四回OMS戯曲賞佳作受賞。現代日本から時代も場所も遠く離れた因習的な社会で、登場人物の同一性が脅かされる設定が多い。 (太田耕人)

谷賢一《たにけんいち》 一九八二〈昭和五十七〉・五〜。劇作家・演出家・翻訳家。福島県生まれ、千葉県柏市育ち。明治大学演劇学専攻卒業。在学中に英国留学し、二〇〇五年『東京都第七ゴミ処理施設場 ロンリー・ハーツ・クラブ・バンド』でDULL-COLORED POPを旗揚げして、主宰・脚本・演出。一〇年より青年団演出部に所属、一二年『ヌードマウス』でTheatre des Annalesを立ち上げて代表を務める。『プルーフ／証明』(デヴィッド・オーバーン作)や『モリー・スウィーニー』(ブライアン・フリール作)の翻訳・演出も手がけ、一三年『最後の精神分析―フロイトVSルイス―』(マーク・セント・ジャーメイン作)の翻訳・演出で第六回小田島雄志翻訳戯曲賞ならびに文化庁芸術祭優秀賞を受賞。一五年、シディ・ラルビ・シェルカウイと『PLUTO』の上演台本を共作。一六年、デヴィッド・ルヴォー演出『ETERNAL CHIKAMATSU 近松門左衛門「心中天網島」より』に戯曲提供。代表作に『くろねこちゃんとベージュねこちゃん』『アクアリウム』『トーキョー・スラム・エンジェルス』『演劇』など。 (望月旬々)

谷譲次《たにじょうじ》 一九〇〇〈明治三十三〉・一〜一九三五〈昭和十〉・六。作家。新潟県佐渡郡生まれ。林不忘・牧逸馬の筆名でも著名。本名長谷川海太郎。長谷川四郎の長兄。小説では『丹下左膳』のほか、『テキサス無宿』などメリケンジャップもので知られる。戯曲『安重根――十四の場面』を、満州事変の起った一九三一年に「中央公論」に発表。安重根が伊藤博文を狙う場面を十四場にまとめたもの。伊藤博文を狙った「テロリスト」の心情を描く。なお、『丹下左膳』以外にも林不忘名義の小説『魔像』は新国劇で小堀雄脚色で三〇年に上演され大好評だった。 (神山彰)

谷正純《たにまさずみ》 演出家・劇作家。佐賀県出身。日本大学藝術学部映画学科卒業。学生時代は映画監督を目指していたが募集がなく、宝塚映画に入る希望を抱いて歌劇団演出部に入る。一九八六年宝塚バウホール花組公演『散る花よ、風の囁きを聞け』で作・演出デビュー。九〇年九月、宝塚大劇場花組公演『秋…冬への前奏曲《プレリュード》』が大劇場デビュー作となる。日本物から西洋物まで幅広く手掛けるほか、『白夜伝説』(一九九二)、『JAZZYな妖精たち』(二〇〇五)などのメルヘンタッチの作品、落語を題材とした『なみだ橋　えがお橋』(〇三)、『くらわんか』(〇五)など意欲作もある。また、舟木一夫特別公演など、外部への作品提供も行なっている。 (村島彩加)

谷川俊太郎《たにかわしゅんたろう》　一九三一〈昭和六〉・十二〜。詩人・脚本家・絵本作家・作詞家・翻訳家。哲学者の谷川徹三の長男として東京都杉並区に生まれる。一九五〇年に都立豊多摩高校卒業。四八年から詩作を開始し、五二年に第一作目の詩集『二十億光年の孤独』を刊行。以来、創作分野は多岐にわたる。劇作家としては、文学座アトリエに『大きな栗の木』(一九五五)、『Kの死』(五六)を、劇団四季に『お芝居はおしまい』(「三田文学」一九六〇・11)を提供。『部屋』(五六)はNET(日本教育テレビ)で放映され、その後舞台でも上演される。岸田今日子企画の「三百人こども劇場」の第一作公演、ヤーノシュ原作『おばけリンゴ』では脚色を担当。「円・こどもステージ」になってからも『どんどこどん』(八三)、『アノニム』(八八)、『ひゅーどろろ』(二〇一〇)などを執筆。また市川崑監督映画の脚本も手がけている。脚本集としては、『いつだって今だもん　谷川俊太郎ドラマ集』(〇九、大和書房)がある。

❖**『いつだって今だもん――きのうとあしたのラブストーリー』**　七場。一九八五年十二月、円・こどもステージで初演。舞台は上手と下手でふたつの時代に分かれている。「古代的な時間と空間」には王子と道化それに王が、核戦争後の近未来にはロボットの母親とただ一人生き残った娘マリが住む。王子はマリの歌うコマーシャルソングを耳にして、娘を探しに旅立つ。まもなくエネルギーが切れてしまう母親は、コンピューターに映る王子を見ている娘に王子との結婚を勧める。だがふたりの間には見えない時の壁が立ちはだかっている。母親と道化は二人のために身を賭して壁を壊し、マリと王子のふたりは子供の歌声のする方角に向かって走り去る。最後に母親と思われる老いた奥さまを探しに老人施設の職員になった道化が登場し、王子とマリが未来を変えたことが示される。「おとなだって子どもだもん、どこだってここだもん、いつだって今だもん……」と壁の番人の子どもが歌うよう言うところで幕となる。八六年に斉田喬戯曲賞受賞。　(宮本啓子)

谷口守男《たにぐちもりお》　一九三六〈昭和十一〉・十〜。劇作家・演出家。熊本生まれ。日本大学藝術学部文芸科卒業。一九六〇年代から新宿コマ劇場に作品を提供、『チエミの白狐の恋』『若い王様たち』など。八〇年代からは、森昌子『愛の詩集』、大月みやこ、島倉千代子らの公演に『浮草おんな旅』『夢千代日記』『望郷の歌姫』など。小林幸子公演でも多くの作品を潤色。『お蔦ものがたり』『花の女一代』『鳳仙花』『女は度胸でございます』『女ねずみ小僧シリーズ』などがある。他に『出雲の阿国近松物語』『燃える恋』など。(神山彰)

谷崎潤一郎《たにざきじゅんいちろう》　一八八六〈明治十九〉・七〜一九六五〈昭和四十〉・七。小説家・随筆家・劇作家。芸術院会員、文化勲章受章者。東京市日本橋区生まれ。倉五郎、セキの長男。評判だった美貌の母への憧憬は、生涯にわたる彼の文学の基礎を作った。実家は活版所を営み豊かだったが、父の失敗で家業が傾き、坂本小学校・府立一中・一高英法科を経て、東京帝国大学国文科に進学するも、一九一一年学費滞納で退学。弟に小説家の谷崎精二がいる。文学活動は一高時代から始まったが、一〇年九月、小山内薫が主宰する「新思潮」に発表した戯曲『誕生』が文壇的なデビューであった。この作品は藤原道長の娘で、一条天皇の后彰子のお産を扱ったものだが、絢爛とした平安朝の絵巻の中に、出産に伴う生と死が交錯する神秘的な恐怖を克服する経緯を描いたものである。古典の教養を踏まえた堅実な風俗描写を背景に当時の宮中の権力闘争も描きこまれていて、一幕ながら、すでに完成された筆致を示している。同誌に翌月、江戸時代の風俗を巧みに描いた『象』、翌年一月には、歴史と人生の交錯を象徴的に描いた『信西』を、「スバル」に発表、いずれも一幕物のレーゼドラマの佳作である。この年の小説『刺青』が注目を浴び、以後小説家として認められ、『卍』『蓼食う虫』『春琴抄』『細雪《ささめゆき》』『鍵』『瘋癲《ふうてん》老人日記』などを発表。随筆に『陰影礼讃』などがある。谷崎の出発時に、永井荷風〈肉体的恐怖から生ずる神秘幽玄〉を彼の文学の特色として挙げたが、これは小説のみならずむしろ戯曲が現実の俳優の肉体によって発揮されるとき、より強い吸引力を発揮することになる。彼の戯曲としては他に、『法成寺物語』『春の海辺』『鶯娘』『ある男の半日』『十五夜物語』『仮装会の後』『愛なき人々』『彼女の夫』『本牧夜話』『白狐の湯』『無明と愛染』などと併せてすべてで二十余編があり、映画脚本に『月の囁き』『蛇性の婬』などがある。なお彼の小説の舞台化としては、英国の劇団テアトル・ド・コンプリシテによる『春琴』や、『少将滋幹の母』『盲目物語』『細雪』など数多く、また映画化もおびただしい。

【**参考**】『谷崎潤一郎全集』全三〇巻（中央公論社）

❖**『恋を知る頃《こいをしるころ》』** 三幕。「中央公論」（一九一三・4）。明治二十年代のこと。妾の子で十七歳のおきんは、本家木綿問屋下総屋の手代利三郎と恋仲で、自ら望んで本家の養女となる。下総屋には伸太郎という十四歳の跡取りがいるが、彼女は、本家を乗っ取り利三郎と夫婦になるために、伸太郎の彼女への恋心を利用して、利三郎に伸太郎を殺害させる。事情を知りながらそれに殉ずる伸太郎の純情が惻隠として身に迫る。あくなき欲望と無私の自己犠牲とを対照的に描きながら、思春期（つまり恋を知る頃）の潜在的なエネルギーを描いて、いわゆるサディズム・マゾヒズムのありようを描く、彼の戯曲の原型となっている。

❖**『恐怖時代《きょうふじだい》』** 二幕。「中央公論」（一九一六・3）、一九二一年三月、帝劇女優劇として有楽座で初演。主要な配役は、細井玄沢と太守の二役を七世松本幸四郎、お銀の方を初瀬浪子、梅野を藤間房子、靭負《ゆきえ》を市川団之助、伊織之介を初代澤村宗之助であった。江戸時代。春血を好む残忍な性格の春藤家の太守は、嬖妾お銀の方の言うままである。彼女は芸者時代の馴染みであった、家老の靭負や腹心の女中梅野と結託して、正室を暗殺してお家を乗っ取ろうとする。小姓伊織之助は太守の寵臣（男色が想像される）で、「怜悧にして武術に達し、眉目秀麗な」青年である。彼は、お銀の方とも梅野とも情を交わしていた。お銀は、御殿医の玄沢から色仕掛けで毒薬を手に入れあまつさえ秘密を知る彼をその毒薬で抹殺し、臆病な茶坊主の珍斎を脅して正室に服ませる。一方、忠臣たちは、一命を賭けて太守に諫言するが、激怒した太守は、伊織之介に命じて虐殺させる。血を見て興に乗った太守は、さらに女だてらに武芸自慢の梅野と彼を立ち会わせてなぶり殺しにさせる。そこへ、正室が毒殺された知らせが入る。結局、臆病な珍斎が、密計の始終を告白。事表れたことを知った伊織之介は、太守をも殺し、お銀の方と二人刺し違えて死ぬ。劇的展開の鍵を握るのは、梅野に仕える少女の腰元お由良である。どこまでもお家大事の彼女は、密計の全容をたまたま知ることになりそのことを父の珍斎に相談していたのだ。彼女は、証拠を得ようとして梅野に殺される。つまり、このドラマは、人生の機微を知る前の純真な少女と、爛熟した男女の仲に陶酔を感じる少年の、全くベクトルの違うエネルギーによって支配されていることになる。「恐怖時代」とは、歴史的な時期としての江戸時代と人生の一時期の思春期から青年期をも意味していよう。終幕の、伊織之介とお銀の方との差し違えは、当事者の意図とは別に作品全体の構図からいえば、物語のどぎつさと違っていささか倫理的で、健全ともいえる。戦後、五一年武智鐵二の歌舞伎スタイルの演出が評判を呼び、今日では歌舞伎としてしばしば上演される人気作である。

❖**『愛すればこそ』**《あいすればこそ》 三幕。「改造」(一九二一・12)、「中央公論」(一九二二・1、原題『堕落』)。一九三二年、新劇座により帝国ホテル演芸場で初演。主要な配役は、澄子を花柳章太郎、礼二を柳永二郎、数馬を伊志井寛というものであった。良家の娘橋本澄子は、かつて寄宿していた歌劇俳優山田礼二と家を出て今は同棲している。帝大理科の助教授三好数馬は、かつては彼女と許婚同様だったが、山田の強い懇願を受け入れて澄子を譲ったのであった。しかし、山田は彼女と一緒に生活をするようになると、ほかに女性を作り、何かと暴力をふるい、詐欺や窃盗の尻拭いをさせている。警察沙汰になったのを機に、澄子は三好の愛を受け入れる決心をするが、山田の堕落を逆に自責に感じ、またも山田のもとに奔る。二人はどこまでもともに堕ちてゆく覚悟で愛の確証を得ようとする。三好の観念的な愛の希求と山田の実存的なそれとの間で苦悩する澄子という三角関係を描いて、「愛」に過敏な意識から逃れられない近代人の苦悩を描いたものである。ここには、『誕生』と同時に発表した夏目漱石の小説を論じた「『門』を評す」にすでに見られるように、近代的社会制度の中で、女性を譲るあるいは略奪するということを描いた漱石的三角関係が揺曳している。

❖**『お国と五平』**《おくにとごへい》 一幕。「新小説」(一九二二・6)。一九二二年七月、女優劇として帝国劇場で初演。お国を河村菊枝、五平を三世阪東寿三郎、池田友之丞を十三世守田勘彌が演じた。恋の恨みで夫を闇討ちにした仇の友之丞を尋ねて、下僕五平と旅をするお国は、奥州白川で、仇に出会う。しかし、実は友之丞自身が、恋しさのあまり二人をつけまわっていたのだ。彼は、二人が不義に堕ちているのを暴露する。武芸の拙い自分の行為は卑怯とされ、不義の二人が自分を討って晴れて夫婦になれるのは、不公平ではないかと言いつつ友之丞は討たれる。恋の真実とは何か。封建倫理を尺度として明快に問う、掌編ながらきりりと引き締まった佳作である。五平がお国の親指の肉刺《まめ》を治療する場に、谷崎独特のフェティシズムが窺われる。(みなもとごろう)

タニノクロウ《たにのくろう》 一九七六〈昭和五十一〉・六〜。劇作家・演出家・元精神科医。富山県出身。本名谷野九郎。昭和大学医学部卒業。大学在学中に同大学演劇部のメンバーと庭劇団ペニノを旗揚げ。人間の止むことなき妄想に形を与えることを得意とし、事前に脚本を用意せずに各場面の画コンテを繋ぎ合わせ、作品にまとめていくという独自の方法論で知られる。また『小さなリンボのレストラン』(二〇〇四)、『苛々する大人の絵本』(〇八)、『誰も知らない貴方の部屋』(一二)の三作品は、タニノの「はこぶね」と呼ばれる自宅マンションを改造した専用劇場で上演するなど、劇場空間への強いこだわりもその特徴といえる。外部演出も積極的に手掛け、ヘンリック・イプセンの『野鴨』(〇七)、『ちっちゃなエイヨルフ』(〇八)などで、高い評価を得た。さらに、『笑顔の砦』(〇七)と『星影のJr.』(〇八)が、二年連続で岸田國士戯曲賞の最終候補としてノミネート。その他の作品に『ダークマスター』(〇三)、『アンダーグラウンド』(〇六)、はこぶね公演三作品をベースにまとめた『大きなトランクの中の箱』(一三)などがある。二〇一六年、鄙びた温泉宿を舞台に、北陸新幹線の開業により消失した多くの生命に「圧倒的な惨めさ」が魅力の人形劇を捧げる『地獄谷温泉　無明ノ宿』で第六十回岸田國士戯曲賞を受賞。

❖**『星影のJr.』**《ほしかげのじゅにあ》 二〇〇八年、ザ・スズナリにて初演。男五人、女三人。観客にはあらかじめ「観劇の手引き」が配布される。そこには主人公のフランス人少年が二年前に日本に来たばかりで、彼のための教育プログラムとして役者たちと疑似家族を演じる旨が記されている。しかし実際に舞台上で展開されるのは、父親が母親を犬として飼いはじめる、少年にしか姿が見えない妖精ウィンナーマンとの奇妙なやり取りといった、荒唐無稽で教育にはおよそ似つかわしくない内容である。この妖精ウィンナーマンは、極めてコミカルな人物として描かれるがその反面、本作が少年の単なる妄想に過ぎないという可能性を暗示する不気味な存在である。そんな現実と妄想の境界を揺蕩う「教育プログラム」を一通り終えた少年が、舞台中央に突如現れた巨木をゆっくりと登っていくと、やがて幕となる。(菊地浩平)

谷屋充《たにやみつる》 一九〇三〈明治三十六〉・三〜一九八九〈平成元〉・十一。劇作家・演出家。長谷川伸門下となり、一九二九年新国劇入り。三〇年代に岡本綺堂編集「舞台」に『千代田血刃録』『明治第一歩』などを発表。戦後の『何をなすべきか』(一九四六)は復員兵が強盗となるが、逆にその家の女主人からこれからの日本人は何をなすべきか諭される時代像を描く。新国劇では、『明智光秀』で学者風の光秀像を描き、『丹下左膳』『大菩薩峠』の脚色もある。天理教教祖を描く『おやさま』は新国劇には珍しく女性が主役の戯曲。昭和期の名物・三波春夫公演にも多くの作品を提供した。前進座の俳優・市川岩五郎は弟。著書に『アマチュア演劇読本』。

❖**『おやさま――中山みき伝』**《おやさまなかやまみきでん》 二幕八場。一九七三年二月新橋演舞場の新国劇公演で初演。天理教の教祖・中山みきの半生を、徳川時代の文化・文政期から幕末に至る天災や伝染病が続発し、大塩平八郎の乱などの起る激動期を背景に描いた一代記もの。名家に生まれ、領主同然の名門に嫁いだ女性が、天の啓示を受け、その地位も財産も捨て、宗教の道に入り、世の困窮者のために生き抜く過程を、様々な挿話を重ねて興味深く描く。信念に生きる主人公、敵対する人間との相克、苦難の連続、訪れる栄光という、芸道物と宗教劇の共通する劇作法を見る上でも興味深い佳作。新国劇に珍しい女優主演作で、主演の香川桂子が好評で再演復演された。(神山彰)

田上豊《たのうえゆたか》 一九八三〈昭和五十八〉〜。劇作家・演出家。劇作家・演出家。熊本県生まれ。田上パル主宰。桜美林大学文学部総合文化学科卒業。在学中の二〇〇六年、劇団「田上パル」を結成。熊本弁による「体育会系演劇」で轟かす。代表作に『報われません、勝つまでは』『そうやって云々頷いていろ』『合唱曲第58番』。(望月旬々)

喰始《たべはじめ》 一九四七〈昭和二十二〉・十二〜。放送作家・演出家・WAHAHA本舗主宰。香川県生まれ。本名川田耕作。日本大学藝術学部中退。一九六九年から七一年まで一世を風靡したバラエティ番組『ゲバゲバ90分』をはじめ、『いい加減にします』『たけしの元気が出るテレビ』などの人気番組の制作に長く携わっている。七三年に佐藤B作を中心にして結成した劇団東京ヴォードヴィルショーの座付き作家として、『日本妄想狂時代』『ニューヨーク・ニューヨーク』

など、初期の公演に数多くの作品を提供、笑いの中に現代の世相や風俗を斬る毒を含ませたスラップスティックな作風が人気を集めた。劇団や作品の性質上、台本があっても稽古の段階でどんどん姿を変えてゆく傾向がある。八四年には私財を投じて劇団WAHAHA本舗を結成、喜劇人の育成に努めており、結成以来の全作品の作・演出を手掛けている。

❖**『たった一人の男の為に巨大な精神病院と化していた。その男の名はロードランナー』**一幕七場。東京ヴォードヴィルショー第三十回公演として石崎収の演出により八二年二月、渋谷エピキュラスにて初演。昭和が続いているという仮定の中、一九九九年〈昭和七十四年〉の東京が舞台。皇居、国会議事堂、歌舞伎座など、東京の象徴的な場所・建築を舞台にしたナンセンス・コメディ。サブ・タイトルに「1999年〈昭和暦74年〉東京はたった一人の男のために巨大な精神病院と化していた」とあり、主人公のロードランナーが、マッドサイエンティストの松戸やゴルゴ13世、デーオ東郷など、漫画の主人公を思わせる人物たちと繰り広げるコメディ。放送禁止用語や差別用語などが速射砲のようにギャグの中に応酬されている一方で、その時代の流行を作中に取り入れ、作品上演時の「今」を諧謔的に描く。（中村義裕）

玉井敬友《たまいけいゆう》　一九四四〈昭和十九〉・三〜。演出家・俳優。兵庫県生まれ。立命館大学文学部卒業。一九七二年、劇団シアター・スキャンダル設立、七六年、六本木に同名の劇場を設立し、エロスと暴力をテーマに作品を提供。七七年『お定おまん考』をシアター・スキャンダルで、『姦』を高田馬場・東芸劇場で、七八年『SM実験工房』を、八一年『少女阿部定』を六本木自由劇場で、いずれも作・演出。八七年、同劇団を解散。九七年、近松門左衛門が原作の『元禄純愛物語曽根崎心中』を自らの演出で玉井敬友事務所により下北沢・本多劇場にて上演。（中村義裕）

田槙道子《たまきみちこ》　一九四五〈昭和二十〉・六〜。演出家・脚本家。津田塾大学卒業。串田和美率いるオンシアター自由劇場に一九七五年から参加し、劇作や演出を担当。主な作品にJ・M・シング『西の国の人気者』と『アラン島』の二作を絡めて構成・演出した『プレイボーイ』、『魔術師セブン・ソングス第2歌』の戯曲・演出、『コスモ・コロンブス』など。ラジオドラマの脚本に加え、作詞家としても活動を行ない、『逃亡の河』などの歌を小室等に提供。（エグリントンみか）

田村秋子《たむらあきこ》　一九〇五〈明治三十八〉・十〜一九八三〈昭和五十八〉・二。女優・劇作家。東京生まれ。神田高等女学校卒業。一九二四年、築地小劇場に入り、三二年には夫の友田恭助と共に築地座を結成。三七年文学座の創設に参画、五五年に退座。この間に新劇界屈指の女優の評価を受ける。代表的な舞台に『にんじん』『ヘッダ・ガブラー』など。戯曲『姫岩』『雪ごもり』『積木の灯』のほか、自伝『一人の女優の歩んだ道』〈白水社〉など。（みなもとごろう）

田村孝裕《たむらたかひろ》　一九七六〈昭和五十一〉・四〜。劇作家・演出家。東京都生まれ。舞台芸術学院演劇部本科卒業。一九九七年『まほろばにて、』で劇団ONEOR8〈ワンオアエイト〉を旗揚げ。岸田國士戯曲賞最終候補として、『絶滅のトリ』〈二〇一〇〉が五十五回、『連結の子』〈一一、文学座〉が五十六回、『世界は嘘で出来ている』〈一四〉が五十九回にノミネート。代表作に『ゼブラ』『莫逆の犬』『カーディガン』『父よ！』『そして母はキレイになった』『龍が如く』〈舞台版〉。（望月旬々）

田村俊子《たむらとしこ》　一八八四〈明治十七〉・四〜一九四五〈昭和二十〉・四。小説家。東京生まれ。本名佐藤とし。別名佐藤露英。日本女子大学中退。川上貞奴や市川久米八に師事し、女優として毎日派文士劇や中村吉蔵主宰の新社会劇団の舞台を踏み、好評。その経験を、代表作の『あきらめ』(一九一一)や『木乃伊の口紅』(一三)などに描く。のち、夫の田村松魚を捨て、愛人を追って十八年間カナダに。帰国後は、不遇のうちに上海で生涯を閉じた。（岩佐壮四郎）

田村西男《たむらにしお》　一八七九〈明治十二〉・二〜一九五八〈昭和三十三〉・一。小説家・劇評家・劇作家。東京生まれ。本名喜三郎。東京法学校卒業。滑稽文芸雑誌「笑」に拠って花柳小説を執筆、『芸者』(一九一一)などを刊行。「中央新聞」「東京毎夕新聞」では劇評も担当、劇通として知られ、文士劇でも活躍した。戯曲には『椀久』(一一)、『実説伊勢音頭』(一八・帝劇上演)等がある。女優田村秋子の父。（岩佐壮四郎）

多和田葉子《たわだようこ》　一九六〇〈昭和三十五〉・三〜。小説家・劇作家。東京都中野区生まれ。早稲田大学第一文学部ロシア文学科卒業後に渡独。一九八七年に日独二か国語詩集を刊行してデビュー。九三年に『犬婿入り』で第百八回芥川賞を受賞したほか日独で多数の文学賞を受賞。『夜ヒカル鶴の仮面』(一九九三)以降、『ティル』(九八)、『サンチョ・パンサ』(二〇〇〇)、『動物たちのバベル』(一三)など、多言語の台詞が入りまじる戯曲を発表している。これまで数多くの朗読会を行ない、二〇〇〇年頃からはピアニストの高瀬アキと音と言葉によるパフォーマンスを上演している。（久米宗隆）

俵万智《たわらまち》　一九六二〈昭和三十七〉・十二〜。大阪府生まれ、歌人。早稲田大学第一文学部在学中に、歌人佐佐木幸綱の影響で短歌の創作を開始。一九八六年『八月の朝』で第三十二回角川短歌賞受賞。八七年に平明な日常会話で詠んだ第一歌集『サラダ記念日』を出版。歌集では異例の二七〇万部のベストセラーとなる。九三年、つかこうへいの勧めで戯曲を執筆。九四年一月に『ずばぬけてさびしいあのひまわりのように』が、つかこうへい事務所により、奈良教育大学講堂にて初演。（中村義裕）

ち

近石綏子《ちかいしやすこ》　一九三二〈昭和七〉・十一〜二〇一二〈平成二十四〉・七。劇作家。東京都生まれ。東洋大学文学部中退。一九七三年『橋』が夫の近石真介の演出で東演により東演稽古場にて上演。七九年『楽園終着駅』、八二年『ふたりの他人』、八三年『地下室の子守唄』が、いずれも野部靖夫の演出で東演により下北沢・東演パラータにて上演。九〇年『東京一夜物語』が原田一樹の演出で「方の会」により銀座みゆき館劇場にて上演。九六年『そして、あなたに逢えた』が松川暢生《まつかわのぶお》の演出で東演により東演パラータにて上演。（中村義裕）

近松秋江《ちかまつしゅうこう》　一八七六〈明治九〉・五〜一九四四〈昭和十九〉・四。小説家。岡山県生まれ。本名徳田浩司。東京専門学校卒業。実生活に取材した『別れたる妻に送る手紙』『疑惑』等は私小説の極北とされる。これらのほか『文壇無駄話』のような評論もあるが、戯曲には『初夏の夜の悩み』『井上準之助』などがある。

また代表作『黒髪』は、戦後『京化粧』として映画化（大映京都、監督大庭秀雄）されている。
（岩佐壮四郎）

知切光歳《ちぎりこうさい》 一九〇二〈明治三十五〉・八〜一九八二〈昭和五十七〉・十。劇作家・小説家。広島県呉市出身。久保田万太郎に文学を、友松円諦に宗教を学ぶ。全日本仏教会代表を務め、『宇都宮黙林』『日本の聖まんだら』など、仏教をテーマとした小説・史伝も多く、劇作にもその影響は表れている。代表作に『黙林三部作』『左義長《とんど》まつり』『邪宗門』『千万人の歌声』など。一九五〇〜六〇年代には商業演劇の脚色も多く手掛けているほか、青年演劇や学生演劇の戯曲もある。
（村島彩加）

知念正真《ちねんせいしん》 一九四一〈昭和十六〉・十二〜二〇一三〈平成二十五〉・九。劇作家。沖縄県沖縄市生まれ。コザ高校卒業後、一九五九年上京、二松学舎大学に入学するも中退。六一年劇団青芸に研究生として入団。同期に唐十郎がいる。六三年青芸を退団し帰郷、琉球放送に入社、ディレクターを担当。演劇活動への意欲強く、六一年高校の先輩たちが中心になって結成した演劇集団《創造》の第一回公演『太陽の影』（ふじたあさや作）にスタッフとして参加。六四年第二回公演『アンネの日記』（脚色ハケット夫妻）で初めて舞台に立った。その後多くの作品に出演し演出も手がけた。まだ日本への渡航の自由が制限されパスポートが必要であった時代、研修で持ち帰った新しい作劇法は、手探りで舞台作りをしていた《創造》に大きな刺激を与えた。既成作品ではなく、沖縄で生きている自分たちの言葉で書いた創作劇を生み出さなくてはならない、という機運が高まるなか、日本「復帰」後の七六年『人類館』を書きあげ自ら演出し上演した。これまでの沖縄の文学や演劇には見られない「新鮮な切り口」が話題となって大きな反響を呼んだ。戦後の沖縄の文学は悲劇の悲しみを強調する作品が多い。悲惨な沖縄戦を経験しているので当然と言えば当然と言える。『人類館』は、しかし、悲劇の悲しみ差別の苦しみを強調するのではなく、それを、そこで生きた愚直な沖縄人自身を相対化し、笑いとばすという方法を取った。それは画期的なことであった。『人類館』は七八年、第二十二回岸田戯曲賞を受賞した。以後、基地の街コザ（現・沖縄市）に根をおろした人間の悲喜劇を書きつづけた。今も続く構造的差別、基地問題、天皇制などをテーマに〈ヤマトゥ化された中央志向ではなく、より沖縄的な文化を発展させる〉ことを常に意識していた。他の戯曲に『コザ版どん底』『コザ版ゴドー』『命かんぱ』『幻のX調査隊』などがある。

❖**『人類館』**《じんるいかん》 一幕一場。一九七六年七月沖縄市中頭教育会館で初演。演出ちねんせいしん、演劇集団《創造》。演出は後に幸喜《こうき》良秀。一九〇三（明治三十六）年大阪で開催された第五回勧業博覧会会場近くの見世物小屋で〈学術人類館〉と称し、いろんな国の人といっしょに琉球人も陳列されるという〈人類館事件〉が起きた。それをモチーフにした作品。皇民化教育、沖縄戦での集団自決などを織り込み、近代沖縄が蒙った差別と偏見の歴史を鋭い風刺で描き出している。登場人物は調教師、男、女の三人。調教師は、すべて日本風にしなければならないと男と女を調教する。男と女は沖縄語と標準語をごちゃまぜにした沖縄大和口《ウチナーヤマトゥグチ》で対抗する。この言葉が作品の大きな特徴で、土着の感性にフィットするリアリティーをかもし出している。最も身近にありながら卑下し遠ざけていた言葉を前面に押し出し、歴史を輪切りにする斬新な作劇法は高く評価された。〈この作品における前衛的方法の自覚のあらわれは、沖縄近代史のパロディというすぐれた着想、筋がないこと、黒いユーモア、発作的セリフ、登場人物がごくわずかで自在に変身することなどにはっきりと見てとることができる。イオネスコが示した、芝居の終わりが始めとつながって、ふり出しに戻る円環形式もあざやかに使用されている〉(森次郎)。調教師が実は沖縄人であったということ、芋が爆発するというメタファー、笑っているうちに考えさせられる場面が随所に仕掛けられている。〈人間、生れ島のことを忘れてしまったら、もうおしまいだよ。〉という男のセリフがいつまでも耳に残る作品である。《創造》による公演は八重山、宮古(一九七六)をはじめ東京(七八)、大阪(七九)、学校公演など二〇一四年現在七十二回に及んでいる。なお、本作は平識晶子の演出で八二年十月アメリカ・カンザス州ローレンスで上演された。

[**参考**]「新沖縄文学」第三十三号(沖縄タイムス社・一九七六)　(中里友豪)

知念正文《ちねんまさふみ》 一九五〇〈昭和二十五〉・七〜。劇作家・演出家。東京都出身。早稲田大学教育学部教育学科在学中に劇団暫を結成し、つかこうへいらとともに活動。一九七五年に劇団鳥獣戯画を石丸有里子らと結成した。古典歌舞伎を現代ミュージカルの視点で脚色・演出・振付した『好色五人女』(一九八一、東京都中野区の同劇団アトリエ)や、旅回り一座の悲喜劇を重層して書いた『雲にのった阿国』(八九、本多劇場)、『桜姫恋袖絵《さくらひめらぶそでい》』(八六、ザ・スズナリ)などがある。また『うしろの正面だーれもいない』(九三、ザ・スズナリ)など社会問題を踊りと音楽で表現した。　(山本健一)

千葉雅子《ちばまさこ》 一九六二〈昭和三十七〉・五〜。劇作家・演出家・女優。劇団「猫のホテル」主宰。東京都出身。一九九〇年十一月、国学院大学演劇研究会出身者を中心に、中村まこと、森田ガンツ、市川しんぺーらと劇団「猫のホテル」を旗揚げ(二〇〇四年には池田鉄洋が猫のホテル劇団内コントユニット「表現・さわやか」を立ち上げる)。ほぼ全作の作・演出を手がけ、「人間のバカ哀しさ」を描く。また、村岡希美とは「真心一座身も心も」を旗揚げし、座付き作家兼シリーズ物(『流れ姉妹 たつことかつこ』)の主演を務める。他劇団への客演のほか、テレビや映画にも出演。代表作に『プレシャスロード』『苦労人』『裏日本大きな波に乗るがいい!』『峠越えのチャンピオン』『愛さずにはいられない』『高学歴娼婦と一行のボードレール』など。　(望月旬々)

鄭義信《ちょんういしん》 一九五七〈昭和三十二〉・七〜。劇作家・演出家。姫路市生まれ。在日三世。両親は姫路城の石垣沿いにL字形に広がった国有地を不法占拠した集落で廃品回収業を営んでいて、主として祖母に育てられた鄭は、社会の底辺に暮らす人々との交流の中で成長した。姫路市立飾磨高校を経て同志社大学文学部に入学するものの二十歳の時に中退、映画館通いに熱中した。二十三歳で上京し、川崎の新聞販売店に勤めつつ横浜放送映画専門学校(現・日本映画大学)で学んで美術科を一九八三年に卒業、松竹大船撮影所の美術助手を務めた後に同年劇団黒テントに入団、俳優としてデビューした。八六年にマダン企画公演に『明日、ジェルソミーナと』を書き、つづいて黒テントの公演に『愛しのメディア』を書きおろして劇作家としての第一歩を記した。

八七年に劇団新宿梁山泊の旗揚げに参加、在日韓国人や朝鮮人を中心に結成された劇団で、ここでも俳優としても活躍した。九六年に退団、以後、フリーの劇作家・演出家として現在に至る。この間の二〇〇七年七月、新宿梁山泊が鄭の『それからの夏』を『それからの夏二〇〇七』と題して劇団結成二十周年記念に上演しようとしたのに対して、作者に無断の上演は著作権侵害だと、上演の差し止めを求める仮処分を東京地裁に申請した。結局、上演権の有無について正式な裁判で争うことを裁判所が提案、双方が同意して和解が成立し、上演は中止になった。演出家の金守珍《キムスジン》を代表とする新宿梁山泊は鄭の退団後、「作品は稽古などを通じて劇団員の意見も取り入れた共同著作物だ」と主張してそれまでにも作者に無断で上演していたことがあり、鄭は一九九九年に劇団に上演不許可の通達をしていた。しかし、二〇〇七年八月には新宿梁山泊が鄭を相手取り、『人魚伝説』と『それからの夏』の二作は上演権が劇団側にあることの確認を求める訴訟を東京地裁に起こした。鄭は〇八年二月に反訴したが、四月に劇団側が鄭の主張を認めて請求を放棄して、裁判は終結した。

母国・韓国での人気の高まりを背景に(後述)、〇七年には『人魚伝説』などを収めた『鄭義信戯曲集』(人間と演劇社)が刊行され、〇九年には同国の中央大学で招待教授として、学生に一年間ワークショップ・スタイルで演技の指導に当たった。次に主な戯曲を列記する。

新宿梁山泊への初の書きおろし『カルメン夜想曲』(一九八七)は、旧国鉄汐留駅の跡地に残っていたレールの上にテントを張り、トロッコ上に舞台を作って上演した。『千年の孤独』(八八)は約一年にわたってヴァージョンを変えつつ上演を重ね、八九年には新宿梁山泊初の海外公演として韓国・ソウルで上演された。『人魚伝説』は九〇年五月に江ノ島・片瀬海岸境川河口広場、六月に大阪・中之島公園野外音楽堂前、京都大学西部講堂前、渥美半島・伊良湖のホテル前、横浜・そごうデパート裏、七月に東京・上野不忍池、八月に飛騨・国府、桜野公園と全国を移動しつつの野外公演になり、同年ドイツのエッセン国際演劇祭に参加、九二年には中国の上海で、九三年にはソウルで上演されて好評を博した。映画への情熱を吐露した『映像都市《チネチッタ》』も同年。鄭義信主宰の新演劇ユニット・「海のサーカス」を立ち上げ、第一回公演用に『海のサーカス』(九二)を執筆、流山児★事務所プロデュース公演として書いた『ザ・寺山』(九三)は第三十八回岸田國士戯曲賞を受賞した。「海のサーカス」のための『冬のサボテン』(九五)は登場する四人の野球部員全員がゲイだという異色作で、基本的にマイノリティーへのエールとしてある鄭の戯曲の、ひとつの原点とも言うべき作品。『冬のひまわり』(九九)は文学座のアトリエ公演のためのもの。かこプロデュース公演のための『杏仁豆腐のココロ』(二〇〇〇)は、日本の現代戯曲のドラマ・リーディングの一本として〇五年にソウルで披露され、大好評だった。その結果、この戯曲は〇六年に韓国人スタッフとキャストによるものと、鄭の演出による日本人スタッフとキャストによる舞台がソウルで同時上演され、韓国における鄭の人気を決定づけた。『アジアン・スイーツ』(〇四)は新宿梁山泊で親交を深め、鄭の演劇的な「盟友」とも言うべき女優金久美子《キムクミジャ》のために書かれ、金はこれを最後の舞台として同年に癌で死去した。ギリシア悲劇の『アンドロマケ』を下敷きにした『たとえば野に咲く花のように』(〇七)は新国立劇場の公演のために書かれた。

新国立劇場とソウルの芸術の殿堂との日韓合同公演のための『焼肉ドラゴン』(〇八)は東京とソウルで上演されて絶賛を浴び、鄭は第四十三回紀伊國屋演劇賞個人賞、第十二回鶴屋南北戯曲賞、第八回朝日舞台芸術賞グランプリ、第十六回読売演劇大賞(大賞・最優秀作品賞)、第五十九回芸術選奨文部科学大臣賞を受賞した。『パーマ屋スミレ』(一二)も新国立劇場用に書かれたが、『たとえば野に咲く花のように』以下の三本は「在日コリアン三部作」と総称する。

戯曲執筆の一方で映画のシナリオも数多く手掛け、代表作にキネマ旬報脚本賞、毎日映画コンクール脚本賞、日本アカデミー賞優秀脚本賞を受賞した崔洋一監督『月はどっちに出ている』(九三)や、キネマ旬報脚本賞と日本アカデミー賞優秀脚本賞を受賞した崔洋一監督『血と骨』(〇四)など。

[**参考**]鄭義信『アンドレアスの帽子』(丸善ブックス)、『鄭義信戯曲集　たとえば野に咲く花のように／焼肉ドラゴン／パーマ屋スミレ』(リトルモア)

❖**『人魚伝説』**《にんぎょでんせつ》　三幕。雑誌「しんげき」(一九九〇・六)発表のものと、同名の戯曲集(ペヨトル工房)収載のものとにかなりの異動があり、ここでは上演台本でもある後者に拠る。

老婆を相手に詩人が育ったあの街が嫌いだったと回想していると、海の向こうから人魚たち、すなわち在日コリアンたちが来る。その一家の中には詩人の幼き日の六男のシキ男もいる。やがて彼らは街を作りはじめる。主舞台は一階に廃品回収業を営む金本商店があり、二階にボクシングジムを経営する男爵夫妻や、外国から出稼ぎに来たクラブ歌手やストリッパーたちが住んでいる建物。長男のセツ男は女装してゲイバーに勤め、病身の妻のある次男のハル男は傾いた家業を継ぎ、ジェニーという愛人のいる三男のナツ男はボクサー、四男のアキ男は流れ着いた金魚という女とラーメン屋を開店し、五男のフユ男には言語障害があり、シキ男は街に大きな帆船がやって来るのを夢見ている。時は過ぎ、彼らはそれぞれの思いを胸に、この街に別れを告げなければならなくなる……。作者の自伝的要素を含む『焼肉ドラゴン』へと至るひとつの習作とも見なすべき戯曲。男十人余、女十人余、他に群衆。

❖**『ザ・寺山』**《ざ・てらやま》　二十五の場面から成る一幕物。寺山修司没後十周年を記念して、黒テントの演出家、佐藤信《さとうまこと》に執筆を依頼されて仕上げた戯曲。サーカス小屋の芸人とその周辺の人々を、Jと名乗る寺山を交えて、寺山的なイメージの連鎖として描く。詩や戯曲やエッセイなど多くの寺山作品を引用していて、この戯曲は寺山修司と佐藤信、そして鄭義信の「共作であることを銘記します」と同名の単行本(白水社)に書いている。男女合わせて三十余人。

❖**『焼肉ドラゴン』**《やきにくどらごん》　一幕六場。関西にある空港そばの在日コリアンの集落。大阪万博のために空港を整備することになり、国有地を不法占拠して焼肉店を営む金龍吉一家にも立ち退きの話が起きる。龍吉には先妻との間に二人の娘があり、妻の高英順にも先夫との間に娘があっての連れ子の再婚、そして二人の間に生まれた中学生の一人息子という家族構成。集落に流れ込んで来る韓国人や店に通う日本人らを交えての愛憎の日々、息子の自殺、そして立ち退きに際して韓国へ、北朝鮮へ、日本に残留とばらばらになる家族の姿を時にユーモラスに、骨太なタッチで描く。日韓両国語を使用。男九人、女六人。

(大笹吉雄)

つ

つかこうへい 一九四八〈昭和二十三〉・四〜二〇一〇〈平成二十二〉・七。劇作家・演出家・小説家。福岡県生まれ。本名金原峰雄、韓国名・金峰雄。慶應義塾大学文学部フランス哲学科中退。一九六八年、大学入学した翌年、劇団仮面舞台結成(一九七二年解散)。七一年、『赤いベレー帽をあなたに』『戦争で死ねなかったお父さんのために』を上演(六本木・自由劇場)。七二年夏頃より、鈴木忠志《すずきただし》ら劇団早稲田小劇場の稽古場に出入りするようになり、早稲田大学の劇団暫《しばらく》で活動を始め、『郵便屋さんちょっと』を上演(早稲田大学六号館・劇団暫アトリエ)。七三年、『初級革命講座飛龍伝』(早大劇研アトリエ)、『やさしいゴドーの待ち方──その傾向と対策』(『松ヶ浦ゴドー戒』の原形、六本木・自由劇場)、『熱海殺人事件』(文学座アトリエ、演出・藤原新平)等を上演。七四年、『熱海殺人事件』で第十八回岸田戯曲賞を当時最年少の二十五歳で受賞。同年から劇団つかこうへい事務所として演劇活動を本格的に始める。VAN99ホールで『巷談松ヶ浦ゴドー戒』(一九七四)、『ストリッパー物語』(七五)等を上演。七六年、紀伊國屋ホールで「七〇〇円劇場」と銘打ち、格安入場料での公演を始める。同年、『ヒモのはなし』、七九年『広島に原爆を落とす日』、八〇年『蒲田行進曲』(八二年映画公開)と精力的に公演を重ねる。平田満《ひらたみつる》、三浦洋一《みうらよういち》、長谷川康夫《はせがわやすお》、根岸季衣《ねぎしとしえ》、加藤健一《かとうけんいち》、風間杜夫《かざまもりお》、かとうかずこ、石丸《いしまる》謙二郎《けんじろう》、岡本麗《おかもとれい》、萩原流行《はぎわらながれ》などの人気俳優を輩出し、一九七〇〜八〇年代初頭にかけて一大「つかブーム」を巻き起こした。つかに代表される小劇場第二世代は、六〇年代から七〇年代にかけて全国で起きた大学闘争の頃に学生時代を過ごした全共闘世代にあたる。第二世代は、鈴木忠志、唐十郎《からじゅうろう》、佐藤信《さとうまこと》等の第一世代との付き合いも深く、強烈に影響を受けつつも、六〇年代的な熱狂を突き放すところがあった。つかが登場した七〇年代初頭、社会では浅間山荘事件(七二)によって、陰惨な暴力とともに大学闘争の負の側面が露呈した。演劇界では蜷川幸雄《にながわゆきお》や清水邦夫《しみずくにお》らの櫻社《さくらしゃ》が、演劇を通じてこれを自分たちの問題として背負おうとしたが、旗揚げ後わずか一年で解散を迎えた。それと入れ替わるように登場したつかの芝居は、小劇場演劇を喜劇の方向へ大きく転換し、より幅広い層に受け入れられる分野に拡大するものとして、新しい時代の到来を告げるものだった。しかしながら、その喜劇性は明るく輝かしいものではなく、苦々しいものだった。演劇評論家・扇田昭彦《せんだあきひこ》はそうしたつかの芝居を〈内出血の喜劇〉と呼び、表面的には過剰なまでに滑稽であるが、その裏で強烈な痛みを伴う苦い喜劇であると評した。つかは変革のイデオロギーが後退していく時代にあって、かつて人々を突き動かした理念を喪失感とともに冷めた目で笑うかのような作品を多く残した。また、作風の特徴として、口立てによる作品作りをあげられる。つかは、芝居づくりにおいて作家が書けるのは四割程度で、残りの六割は俳優によってつくられると述べており、同じ演目であっても出演者が変わる度に改編を重ねていった。その結果、『初級革命講座飛龍伝』や『熱海殺人事件』などのようにバージョンが複数存在する作品もある。台詞は毎日のように変わり、幕開き後に結末が変わることもあった。さらに作品の多くが演劇のみならず、小説版、映画版も制作されているのも特徴である。八二年、一旦劇団を解散し、執筆活動に専念したが、八九年に『今日子』(主演・岸田今日子)で演劇活動を再開し、数々の俳優や女優の新境地を開くなど、精力的な活動を続けた。九〇年には、エッセイ『娘に語る祖国』(光文社)で初めて在日韓国人であることを公表すると、同書はベストセラーとなる。九四年、日本初となる行政のバックアップを受けた北区つかこうへい劇団養成所を開校。俳優、劇作家、演出家の発掘と育成に力を注ぐようになる。九五年、大分市つかこうへい劇団を旗揚げ(二〇〇〇年解散)。九九年、当劇団による『売春捜査官』の韓国公演を行なう。韓国史上初となる、韓国政府公式認可の日本語による上演となった。

　主な受賞歴として、七七年、『熱海殺人事件』『ストリッパー物語』で第十四回ゴールデン・アロー賞演劇賞を受賞。八一年、第十五回紀伊國屋演劇賞個人賞を受賞(つかこうへい三部作『いつも心に太陽を』『熱海殺人事件』『蒲田行進曲』に対して)。八二年、小説『蒲田行進曲』で第八十六回直木賞受賞。九〇年、『飛龍伝'90 殺戮の秋』で第四十二回読売文学賞受賞。二〇〇七年、紫綬褒章受章。著書に『つかこうへいによるつかこうへいの世界』(白水社)、『娘に語る祖国』(光文社)、『つかこうへい傑作選』1〜7(メディアファクトリー)、『演劇入門邪馬台国の謎』(白水社)など多数。

❖**『戦争で死ねなかったお父さんのために』**《せんそうでしねなかったおとうさんのために》　初出「新劇」(一九七二・4)。一九七一年、劇団仮面舞台、自由劇場、演出・中野幾夫。太平洋戦争終戦から三十年後の横須賀に軍服姿の岡本八郎がやってくる。三十年前に届くはずだった召集令状がようやく届いたためだ。彼は元少尉で現在警察署長を務める山崎と元上等兵で郵便局長の熊田上等兵から軍隊で有意義な精神生活を送るための手引きを教わっている。署長と局長は、軍隊における上官との対し方や戦地での食料事情等を指南する。彼らが語る戦争体験は事実かどうか胡散臭いものだが、岡本は誰にも後ろ指をさされることなく戦争に行くため熱心に耳をかたむける。召集令状が来ず戦争に行かなかったために、非国民扱いされ三十年間肩身の狭い思いをしてきた岡本の怨念がようやく晴らされようとしているためである。岡本は映画を通して夢想した満州へ出兵できることになって胸を躍らせている。満州国は今や消滅していると知っていながらも、幻の満州が自分を待っていると思わずにはいられない。そこへ岡本の息子・寒太郎が別れの挨拶にやってくる。ようやく世間への言い訳が立つと言う父を息子はなじるが、最後は激励の言葉を告げて去る。やっと父親らしく息子に戦争を語れると言って感慨にふける岡本を見て、署長たちは父権復活の必要性を主張する。ジープに乗った男が岡本を迎えにやってくる。彼は岡本の他に、父親に軍隊へ入団して鍛え直すよう言われた甲と、新宿で戦争に勧誘された乙も連れていく。岡本に満州の消滅を問われた男は、満州へはいずれ行くが、その前にカンボジアや中近東でリハーサルするよう告げる。戦地へ赴く輸送船の汽笛が鳴る。男たちは天皇陛下を讃えて、幕。

❖**『初級革命講座飛龍伝』**《しょきゅうかくめいこうざひりゅうでん》　初出「新劇」(一九七三・8)。一九七三年、早大劇研アトリエで初演。元全学連の闘志で、〈機動隊殺しの熊田〉と恐れられた熊田留吉は、かつての熱情を失い、闘争中体を痛めたために働きもせず、寝たり起きたりの生活を送っている。彼が暮らすのは〈挫折団地〉という公団住宅で、彼のような元革命家たちが暮らしている。生計を支えているのは彼の息子の嫁で、彼女は日々、闘争中投げる石を売っている。熊田は嫁が拾い集めてくる石がひ弱だと言っては彼女をなじる。彼は〈飛龍〉という、どんなに堅牢な機動隊の盾であっても打ち砕くことのできる伝説の石を持っている。だが、かつて闘争中に機動隊の襲撃に倒れた妻を見捨て、同士のアジトを密告した熊田には飛龍を投げるに値する志はもはやない。そんな彼のもとに挫折監査人・山崎が巡回にやってくる。山崎は、熊田が布団を干したり電化製品を揃えたりして健康的な家庭生活を送ることを許さず、〈まじめに挫折する〉ことを強要する。山崎は闘争で機動隊員を半殺しにしておきながら、公務員になったり、あげく地元の名士として権力を握るまでに至った体制好きの元革命家たちを憎んでいる。ゆえに熊田たちが闘争を過去のものとして切り捨て、簡単に〈日和る〉ことを決して許さないのだ。山崎の挑発もむなしく、熊田が再び蜂起することはない。本作は別役実の『象』に影響を受けて書かれた。また、つかの『郵便屋さんちょっと』(七二)の変奏でもある。初演時以降、志を貫き通さなかった元革命家、元機動隊員で元革命家に再び蜂起するよう熱望する男、そして革命という男のロマンの中で永遠に裏切られ続けてゆく女という三つのキャラクターを主軸に改編を重ねられた。とりわけ学生運動の記憶が共有されにくくなった九〇年に『飛龍伝'90 殺戮の秋』として大幅改編された。本作は、学生運動を背景とした悲恋物語だが、つかは機動隊と学生の許されることのない恋の物語にすることで、学生運動が死語となった時代に、失った志の大きさに気づいてもらうべく恋物語にしたと語っている。地方から上京してきた女子大生の神林美智子は、恋人・桂木純一郎の手引きで全共闘を率いる女性委員長に祭り上げられる。神林は彼を学生運動から抜け出させるべく、機動隊隊長・山崎一平に近づくが、ふたりの間には恋愛感情が芽生えていく。本作は富田靖子によってヒロイン・神林が演じられて以降、その時々の人気女優をヒロインに据えて改編されていった。

❖**『熱海殺人事件』**《あたみさつじんじけん》 初出「新劇」(一九七三・12)。一九七三年、文学座アトリエ、演出・藤原新平。東京警視庁・木村伝兵衛部長刑事の捜査室に、富山県警から若い刑事、熊田留吉が赴任してくる。婦警の片桐ハナ子を加えた三人は、熱海の海岸で幼なじみの山口アイ子を腰紐で絞殺した大山金太郎の殺人事件を捜査する。大山はアイ子と新宿で待ち合わせ、店に入った後に、海が見たいという彼女を連れて熱海に向かい、浜辺で絞殺する。取り調べで伝兵衛と熊田は殺人に至るまでの経緯や動機を大山に詰問するが、重要視されているのは真実よりも刑事たちの美学であり、自分好みの事件をつくりあげ、世間を驚かす一流の犯人を生み出そうとしている。伝兵衛たちは国家権力の片棒を担ぐ立場に立って、大山とアイ子の容姿や職業、出自に言及しては、ふたりを容赦なく見下す。大山もまた伝兵衛好みの犯人になり、気に入られようと媚びへつらう。刑事たちが好む理想の犯人になかなかなれない大山は、熊田の監修の下、片桐とともにアイ子殺害直前の場面を再現する。すると大山は取り調べでは判然としなかった殺人動機を語り始める。その様子を見て伝兵衛は納得して大山を捜査室の外へと送り出す。舞台では刑事と犯人、権力を持つものと持たざるものそれぞれの立場をより劇的に生き抜くことが目指されている。『白鳥の湖』など挿入曲が舞台をよりドラマティックに盛り上げる。

一見、それは差別や偏見に屈しているかに見えるが、差別を生み出す社会構造を戯画化することで痛烈に批判しているのである。本作は複数バージョンあり、初演時および『底本熱海殺人事件』で、つかはこうした本作のねらいとも取れる内容の台詞をラストシーンで伝兵衛に言わせている。その他に『ソウル版熱海殺人事件』(八五、韓国・ソウル文芸会館)、『モンテカルロ・イリュージョン』(九三、シアターX)、『売春捜査官』(九六、大分コンパルホール)、『サイコパス』(九八、三鷹市芸術文化センター)等。第十八回岸田戯曲賞受賞。第十五回紀伊國屋演劇賞個人賞受賞。

❖**『蒲田行進曲』**《かまたこうしんきょく》　一九八〇年、紀伊國屋ホールで初演。『新撰組』の撮影が進む東映京都撮影所。主役の土方歳三は東映のスター俳優・倉岡銀四郎(通称・銀ちゃん)。彼は常に大部屋役者を多数従え、大きな顔をしているが、実は新しく台頭してきた若手俳優にその座を奪われそうになっている。そんな銀ちゃんに献身的に尽くしているのが大部屋役者のヤスである。ヤスはどんなに理不尽なことを言われ、殴られ蹴られても、銀ちゃんを慕い続けている。ある日、銀ちゃんは身辺整理のために自分が妊娠させた恋人で売れない女優の小夏をヤスに押し付ける。ヤスは小夏と生まれてくる子どものために危険な仕事を次々と買ってでる。身を呈して尽くす彼に小夏も徐々に惹かれていく。一方の銀ちゃんはスランプに陥っている。ヤスは彼に見せ場をつくり、出産費用を稼ぐために、『新撰組』のクライマックス、池田屋階段落ちで銀ちゃんに切られ、階段を転がり落ちる役に名乗り出る。死をも覚悟しなければならないこの場面で、大部屋役者はリスクと引き換えに主役になれるのだ。命をかけて階段を転げ落ちてもなお、銀ちゃんへ羨望の眼差しを送るヤス。二人は互いに補完しあう関係にある。ヤスは銀ちゃんから痛めつけられる過程の中に自己存在を見出しており、ヤスに求められることによって銀ちゃんもまた存在感を得ているのである。二人に見る支配者と被支配者の関係には、天皇を頂点にいただいた日本の社会構造が投影されているとする指摘もある。第十五回紀伊國屋演劇賞個人賞受賞。八一年、小説出版(角川書店)、第八十六回直木賞受賞。戦後世代では初の受賞となる。八二年に映画化。脚本・つかこうへい、監督・深作欣二。八七年、完結編として小説『銀ちゃんが、ゆく』発表。銀四郎亡き後のヤスと小夏、その娘・小夏の物語。『蒲田行進曲』(角川書店)。

(梅山いつき)

津上忠《つがみただし》　一九二四〈大正十三〉・二〜二〇一四〈平成二十六〉・九。劇作家・演出家。東京生まれ。第二次大戦中から戦後にかけて教職にあったが、そのかたわら鎌倉アカデミヤ演劇科に学び、舞台芸術学院本科を卒業、土方与志に師事し、劇座文芸部を経て一九五二年に前進座に入座した。同座の上演作品の演出をしながら劇作を始めた。初期の創作に『乞食《かんじん》の歌』(一九五〇)『やりくりやり兵衛』(五九)、脚色作品に『春香伝』(五五)、『風と雲の砦』(同年)などがある。六三年六月の新橋演舞場公演に『黒田騒動』を書き下して好評を得て、以後同座文芸部の中心になって創作、脚色、演出を続けた。代表作に『巷談本牧亭』(安藤鶴夫原作、六三)、『阿部一族』(森鷗外原作、六四)、『ずばり東京』(開高健原作、六五)、『五重塔』(幸田露伴原作、六五)、『演歌に生きる人々』(六六)、『出雲の阿国』(有吉佐和子原作、七三)、『炎上秘録』(七三)、『日蓮』(七九)、『同、二部』(八一)、

『おうどかもん茂兵次』(松本清張原作、八五)、外部に書いた作品に『勝海舟』(七五)、『元禄太平記』(南條範夫原作、同年)などがある。脚色作品が多いのは知名度の高い作品を上演する前進座の方針によるところが大きい。一方で長年に亘って日本演劇協会の理事、専務理事を務め、演劇界の発展に寄与した。著作には自作を収めた『歴史劇集』(未來社)、『現代劇選集』(影書房)や『不戦病状禄抄』(本の泉社)ほか。日本演劇協会賞、テアトロン賞を受賞。

❖**『黒田騒動』**《くろだそうどう》 三幕六場。一九六三年六月、新橋演舞場で高瀬精一郎と共同演出で前進座が初演。時は寛永。徳川幕府は外様大名の取潰しを謀っていた。筑前の領主黒田忠之は惰弱な性格で政治に緩みが見え、家老の栗山大膳は諫言書を差出したが、逆に怒りを買い蟄居を命じられた。忠之側近の倉橋重太夫は幕府の禁令を犯して大船建造の計画を進め、策を弄して軍学者有川駿河に絵図面を引かせ建造を始めた。大膳は辣腕でなる九州目付の竹田采女正が漏らした一言で、幕府がそれを察知していることを悟り、独断で建造中の大船を焼き払った。激怒した忠之に向い、大膳は先君の兜を突き付けて諫言した。その帰途大膳は刺客に襲われ、その男の懐から采女正宛の密書を見付けた。忠之は大膳に切腹を命じるが、大膳は逆に忠之謀反の直訴状を幕府に提出した。江戸の老中役宅で大膳と黒田家代表の重太夫らが対決した。黒田家の否は明らかで、お家取潰しが決まるかと思われた時、大膳は以前の密書を取り出し、采女正と重太夫が結託して黒田家取潰しを謀っていたことを明らかにした。背後には幕府の意向があった。自らの非を指摘された老中は対決を終了させ、黒田家は安泰になった。大膳は満足して遠流の刑に服する。世間に広く知られた黒田騒動を幕府の大名取潰しの政策と絡めて、自ら虎穴に入って主家を救った大膳の姿を描いたところに新視点があった。河原崎長十郎の大膳、中村翫右衛門の重太夫をはじめ、河原崎しづ江、中村歌門らが出演した。

❖**『巷談本牧亭』**《こうだんほんもくてい》 三幕五場。一九六三年十二月新橋演舞場で、平田兼三、高瀬精一郎演出で前進座が初演。原作は安藤鶴夫。昭和三十一年、上野広小路の本牧亭は日本で唯一の講談定席だが、講談人気は低下して小屋貸しが主になっている。席主おひではどうしたら席を維持出来るか思案に窮し、寄席鈴本亭を経営している父幸一に、土地を担保に三階建ての貸ビルを建てたいと相談するが、幸一は「俺が倒れたら好きにしろ」と言う。講談師の桃川燕雄は日雇いをしている川崎の家に一家で居候をしている。その貸家に青年プロデューサー湯川が演劇評論家近藤先生の推薦で「三越名人会に出てくれ」と頼みにきた。燕雄は張り切って早速稽古を始めるが、高座着はとっくに質に入っていた。それから半年、幸一は亡くなり、おひでは本牧亭を改築して多角経営を始めることにし、親しい人が集まって「おひでさんを励ます会」を開いた。おひでは改めて講談を守っていくことを誓う。おひでと燕雄を軸に、古典芸能を愛する人たちの姿を綴った実録風の作品で、河原崎しづ江がおひで、中村翫右衛門が燕雄を演じた。

❖**『阿部一族』**《あべいちぞく》 四幕五場とプロローグとエピローグ。一九六四年五月読売ホールで、作者と小沼一郎の共同演出で初演。森鷗外の原作と熊谷久虎監督の同名の映画(前進座が出演)から劇化。寛永十八年、肥後の領主細川忠利が死去し十八人の家臣が殉死した。阿部弥一右衛門は殉死を許されず、昔のまま出仕していたが、癖の強い性格もあって家中の風当たりは強くなった。窮地に立った弥一右衛門は切腹するが、逆に知行は半減された。武士の面目を失った長男権兵衛は先君法要の席で武士を捨てると宣言し、新君光尚の怒りを買いしばり首に処せられた。一連の処置は細川家の財政立て直しの一環として、阿部家取潰しを図る林外記一派の謀略だと知った阿部弥五右衛門は、一族を本家に結集して討手を引き受け全員壮烈な最期を遂げた。武士道が様変わりして、武功より経才が尊ばれるようになった時代相を背景に、主家の恣意に翻弄される一家の悲劇を描いている。阿部家の隣家で弥五右衛門の親友の柄本又十郎が、義と情の狭間で苦悩した末に討手になる話を挟んで、武士道の矛盾と非情を強調している。瀬川菊之丞が弥一右衛門、河原崎長十郎が又十郎、中村翫右衛門が弥五右衛門を演じた。

❖**『五重塔』**《ごじゅうのとう》　四幕八場。一九六五年十二月新橋演舞場で、小沼一郎、高瀬精一郎演出で前進座が初演。幸田露伴の同名の小説を劇化した作品。寛政年間。火事で焼失した谷中感応寺の堂宇の内、書院、本堂は棟梁川越源太の手で再建、残るは五重塔だけとなった。源太の弟子のっそり十兵衛は五重塔建立に一命を賭けていて、秘かに工夫した雛形を持って朗円上人を訪ねて、自分に作らせて欲しいと頼み込んだ。源太は激怒するが、怒りを抑えて十兵衛に共同で建てようと提案するが十兵衛は聞き入れない。十兵衛の新工夫に心打たれた源太は、仕事を彼に譲ることにし、材料の手配をしてやった。十兵衛は感謝し、一人では仕事が出来ないことを悟った。一方源太の弟子の清吉は怒りが収まらず、十兵衛を襲って傷を負わせた。十兵衛は痛みを堪えて作事し五重塔は完成するが、大風が江戸を襲う。しかし五重塔はびくともしなかった。落成式の当日、上人は「江戸の住人十兵衛これを作り、川越源太これをなす」と書いた木札を二人に示す。河原崎長十郎が十兵衛、中村翫右衛門が源太を演じた。職人の自負と葛藤、それを超えた友情と信頼、自然と人間の戦いを描き、上演を重ね座の財産演目になった。

❖**『日蓮』一部**《にちれん》　日蓮聖人七百回御遠忌記念の作品。一、二部ともにプロローグとエピローグのある三幕九場、作者の演出で、一九七九年五月よみうりホールで初演。二部は作者の演出で、八一年六月大阪朝日座で初演。安房の国の漁夫の子として生まれた日蓮は、十二歳で出家し様々な寺で修行を積み、法華経こそ衆生を救う教えであると確信する。しかし世は禅宗、念仏宗が勢いを持っている。法華経を説く日蓮の教えは迫害を受けるが、日蓮は屈せず『立正安国論』を書きあげ幕府に建白した。しかし逆に庵は焼き討ちに合い伊豆に流罪された。しかし日蓮の教えは次第に人々の心を捕える。母の病いを知った日蓮は危険を承知で故郷の小湊に戻ってきた。

❖**『日蓮』二部**　文永五年、蒙古から書状が届き、日蓮が『立正安国論』で憂慮した他国侵入が現実のものになった。日蓮は再度執権北条時宗に諫状を届けるが、逆に捕えられ竜の口で処刑されることになった。しかし処刑の瞬間に轟音とともに光が走り斬り手の太刀が折れた。法難を逃れた日蓮は佐渡へ流罪になるが、なおも一心に修業を重ね、やがて許される。日蓮は次代の僧を育て鍛える場として身延山に入る。嵐圭史が日蓮を演じた。（水落潔）

佃典彦《つくだのりひこ》　一九六四〈昭和三十九〉・三〜。劇作家・演出家・俳優。愛知県名古屋市に生まれ、現在も在住。父親の影響で吉本喜劇、松竹新喜劇などのテレビ番組や、東宝の喜劇映画を見て育ち、喜劇俳優に憧れる。名城大学入学と同時に同大の演劇サークル劇団「獅子」に入り、演じることの面白さに魅入られる。大学二年の時に、医療刑務所の慰問公演のために書いたのが処女戯曲で、同劇団代表になってから三作品を書く。劇団秘宝零番館を主宰する竹内銃一郎の文体と熱のある作風に強く惹かれ、多大な影響を受けた。また、内藤裕敬主宰の劇団南河内万歳一座のエネルギッシュなアクションにも共感。その二つを意識して戯曲を書き、名古屋の学生劇団の中で最も人気を集めた。四年の卒業時には就職が内定していたが、演劇を続けることを決意し、留年。その一九八六年に、劇団B級遊撃隊を旗揚げし、以後毎年二回の公演を続けて、そのほぼ全作品の戯曲を執筆し、主要な役で出演もする。二〇〇〇年までは演出も行なっていたが、〇一年からは、劇団旗揚げからの盟友神谷尚吾が演出を担当するようになる。初期の作品は、「ゲンコツ芝居」をキャッチフレーズに、社会的なテーマをエネルギッシュな男芝居に仕立て注目される。以後、次第に特異な状況設定とコミカルな会話で紡ぐ、「シニカル・ナンセンス不条理劇」の世界を創っていく。とりわけ、人間の異常な情熱に焦点を当てるなど意表を衝く発想力が卓抜で、独自の世界を創った。父親が脱皮を繰り返して若返っていくという趣向の『ぬけがら』（二〇〇五年初演）について、岸田國士戯曲賞選考委員の井上ひさしは「趣向そのものは常に全編に燦然と輝いている。これは一つの偉業ではないか」と評した。一九九三年からは他劇団や集団への戯曲提供も始まり、二〇一二年現在までに、児童劇からミュージカルまで多彩な作品を五〇本以上書き、演出や出演も行なっている。また、テレビドラマや映画のシナリオも多数執筆。俳優としても出演している。『審判――ホロ苦きはキャラメルの味』（一九八八年初演）で第三回名古屋市文化振興賞、『KAN－KAN』（九五年に『KAN－KAN男』として初演、受賞作は九六年の改訂版）で第四回読売演劇大賞優秀作品賞と第二回劇作家協会優秀新人戯曲賞、『ぬけがら』（〇五年初演）で第五十回岸田國士戯曲賞をそれぞれ受賞した。〇二年から一一年まで、劇作家協会東海支部長を務め、短編戯曲を競う「劇王」を毎年開催して、全国的なイベントに広げた。『土管』（論創社）、『KAN－KAN男』（吉夏社）、『ぬけがら』（白水社）の戯曲集がある。

❖**『土管《どかん》』** 一九九五年、劇団B級遊撃隊が初演。佃演出。母親と中学生の息子が暮らすアパートの一室の天井に、ある日突然土管が出現する。それは死後の世界とつながっており、二つの世界が同時進行で進む中、その母子と亡くなった父親の人生が浮かび上がる。意表を衝く設定ととぼけた会話で、死の不条理と生者に与える影響を軽やかに見せた。

❖**『真・似・禁《まねきん》』** 二〇〇四年、劇団B級遊撃隊が初演。神谷尚吾演出。実際にあった幼児虐待死事件に想を得た作品。大学のゼミでその事件の調査発表をする設定で、学生達が事件を再現していく。虐待の実態を探る中で、現代の親子や夫婦の問題から、児童相談所や隣人関係など、行政や社会環境などにも切り込んだ。

❖**『ぬけがら』** 二〇〇五年、文学座が初演。松本祐子演出。愛人との交通事故で失業し、離婚を迫られている中年男と、同居する父親との話。認知症の父親が突然脱皮を繰り返し、どんどん若返っていく。その父親の戦前戦後の思い出に触れる中で、どん底状態の息子が少しずつ立ち直っていく。若返りを脱皮として表現し、そのぬけがらが舞台に散乱する不条理なおかしさの中で、中年の危機を描いた。

（安住恭子）

辻邦生《つじくにお》 一九二五〈大正十四〉・九〜一九九九〈平成十一〉・七。作家・フランス文学者。東京生まれ。東京大学文学部仏文科卒業。代表的な小説に『背教者ユリアヌス』『西行家伝』など多数。戯曲では、一九七三年に『祝典喜劇ポセイドン仮面祭』（新潮社）を出版。七四年一月に、劇団四季により第一生命ホールにて初演。他に八五年に『即興喜劇 天使たちが街をゆく』（中央公論社）を出版。同年五月、文学座によって紀伊國屋ホールにて初演。（高橋宏幸）

辻久一《つじひさかず》 一九一四〈大正三〉・三〜一九八一〈昭和五十六〉・一。映画プロデューサー・脚本家。東京帝国大学文学部独文科卒業。兵庫県生まれ。筆名・野上徹夫。戦前から映画評論に携わり、戦中は中国で映画行政に従事。引揚後は大映に入社し、溝口健二監督作品をはじめ、数多くの映画をプロデュースした。一九七一年の大映退社後は、テレビドラマ『カミさんと私』（土岐雄三作）などのシナリオを執筆。『カミさんと私』新派上演の際には脚色も担当した。著作に『中華電影史話——一兵卒の日中映画回想記 一九三九〜一九四五』（凱風社）などがある。（熊谷知子）

辻仁成《つじひとなり》 一九五九〈昭和三十四〉・十〜。小説家・映画監督・ミュージシャン。東京都生まれ。成城大学経済学部中退。一九八九年に『ピアニシモ』で第十三回すばる文学賞を受賞、九七年に『海峡の光』で第百十六回芥川賞を柳美里《ゆうみり》と同時受賞。九一年に戯曲『フラジャイル こわれもの注意』（徳間書店）を刊行し、翌年の一月にシアターVアカサカにて自ら演出。二〇一一年、音楽劇『醒めながら見る夢』の戯曲を書き下ろし、演出・音楽も手がけて、東京グローブ座にて上演。〇三年に渡仏して以降はパリを活動拠点としている。（中村義裕）

辻山春子《つじやまはるこ》 一九〇三〈明治三十六〉・一〜不詳。劇作家。長崎県生まれ。旧姓井上。福岡女子師範学校卒業。結婚後「女人芸術」や「舞台」「劇作」など雑誌に戯曲を多数発表。第二次世界大戦後はアカンサスの会に参加。また「舞台」に寄稿し、岡本綺堂、額田六福に育てられたと自認する五人の女性劇作家と共に女流劇作家五人の会を結成して意欲的に劇作に取り組んだ。一九七五年に戯曲集『ファーブルハウスの乙女』（テアトロ）を出版している。（岡本光代）

土田新三郎《つちだしんざぶろう》 劇作家。昭和初期に曾我廼家五九郎及び五一郎一座の文芸部に所属し『女給』など、曾我廼家市太郎一座の『花嫁かるた』など。志賀廼家淡海一座には、『夫婦哲学』『ある凱旋兵から聞いた話』など。昭和十年代には、関西剣劇の新同志座で「宮本武蔵もの」の脚色多く、近衛十四郎一座に『幕末婦系図《おんなけいず》』。一九三五年十月松尾国三の冨士興行の新宿歌舞伎座公演に書いた『新世帯夫婦秘帳』は戦後も大衆演劇で上演された人気作。他に『まごころ』（一九四四）など。松竹家庭劇では、茂《も》林寺《りんじ》文福《ぶんぷく》作品の脚色も多い。（神山彰）

土田英生《つちだひでお》 一九六七〈昭和四十二〉・三〜。劇作家・演出家・俳優。愛知県大府市生まれ。幼少の頃から人の物真似や笑わせることが得意だったというが、イジメ体験もあった。一九八五年、立命館大学に入学し、学生劇団立命芸術劇場に参加、演劇を始める。サークルは違うが大学の先輩に松田正隆がいる。八八年、立命芸術劇場のOBたちとB級プラクティスを結成、九〇年以降全作品の作・演出を行なう。九一年の第七回公演『0時から5時まで』から劇団名をMONOに改名。社会から疎外されながら一つのアパートで暮らすゲイたちと彼らに関わる女性たちの心情を巧みに描いた『―初恋』（一九九七年初演）で注目され、翌九八年、富山の利賀山房他で上演された『きゅうりの花』と続く『その鉄塔に男たちはいるという』（第六回ＯＭＳ戯曲賞大賞受賞）が高い評価を得る。『きゅうりの花』は過疎地の田舎町で起こる青年たちの町おこしをリアルなエピソードで展開。『その鉄塔に――』は戦地慰問から逃げ出したコントグループと脱走兵の出会いを描いた。作品に共通するのは、普段人々が思い描く日常の風景から少しはずし、意外性のある展開の中から、「こんなはずじゃなかったのに」と笑うしかない現実を描き出す。俳優としても達者な土田は人間の表と裏を見つめる観察力の鋭い作家であり、誰もがある「思い込み」や「行き違い」から生じる微妙なズレを絶妙な「間」の取り方で笑いのある芝居に転化している。『―初恋』と共に他のプロデュース等でも再演の多い『燕のいる駅』（九七年初演）は、破滅の前、世界の終わりの前日の話。不気味にふくれ続けるモノ言わぬ雲に核の恐怖がイメージされる。『燕の――』と連作になっているのが『橋を渡ったら泣け』（二〇〇一年初演）。こちらは大震災が起きて世界の殆どが水没し、わずかに残った土地で暮らす人々の悲喜劇。軽妙な笑いのある劇で人気の土田作品だが、そこにあるのは理不尽な社会に対する怒りであり、悲惨な状況でも生きていくことをあきらめない人間へのやさしい眼差しである。劇作と並行してテレビドラマ、映画脚本の執筆も行なっている。文学座『崩れた石垣、のぼる鮭たち』（〇一）、ＭＯＮＯ特別企画『チェーホフを待ちながら』（〇九）で第五十六回、第六十四回の文化庁芸術祭優秀賞を受賞。

❖**『―初恋』**《―はつこい》 一幕五場。近所の住民から〝ホモアパート〟と呼ばれているハイツ結城。ホモだった結城が社会から差別されているホモたちのために建てたアパートだ。今は形式結婚で生まれた娘の小百合が大家となっている。アパートのボス的存在の笹川、笹川の高校時代の水球部の先輩の源田、自動車修理工の真田、寿司屋見習いの久野。彼らはリビングにしている台所で「ホモの在り方」などについてにぎやかに話をしている。アパートには通称〝ズボン女〟のジュースメーカーの女性販売員もやってくる。やがて最年少の久野が異性に初めて恋をして、彼らの関係性が崩れてゆく――。近隣からの差別、同性愛者同士の葛藤を描いたヒット作。ラスト、小百合が笹川に恋心を抱いて終わるのが切ない。二〇一〇年には登場人物がひとり増えた改訂版も上演されている。戯曲は『土田英生戯曲集　算段兄弟　―初恋』（深夜叢書社）に収録のほか『日本劇作家協会編　現代日本の劇作Ⅸ』（紀伊國屋書店）に英訳が収録されている。

❖**『その鉄塔に男たちはいるという』**《そのてっとうにおとこたちはいるという》 一幕五場。日本ではない、とある国の紛争地域。日本から戦地慰問に訪れたコントグループ〝コミックメン〟の四人が最前線の恐怖に逃げ出し、森の中に建てられた鉄塔の櫓に潜んでいる。戦時下でコントの稽古に励む彼らの前に脱走兵・城之内が現われる。軍隊に取り囲まれ、死の恐怖の中でコミックメンと城之内は最後のコントを披露する――。第六回ＯＭＳ戯曲賞の選考会で委員の佐藤信に「傑出した戯曲で、完璧と言っていい作品。現代の切り取り方が正確で健康的。（中略）芝居の楽しさにも重点を置いている」と激賞された。戯曲は『ＯＭＳ戯曲賞Vol.⑥』（扇町ミュージアムスクエア／大阪ガスビジネスクリエイト）に収録。

（小堀純）

土橋淳志《つちはしあつし》　一九七七〈昭和五十二〉・十〜。劇作家・演出家。京都府生まれ。二〇〇〇年、近畿大学演劇部出身者らとA級MissingLinkを結成。『小屋ヲ建テル』(二〇〇三)で若手演出家コンクール二〇〇二最優秀賞。『裏山の犬にでも喰われろ!』(〇八)で第十六回OMS戯曲賞佳作、『限定解除、今は何も語れない』(一二)で第十九回OMS戯曲賞佳作受賞。入れ子構造による知的な仕掛けが特徴。(九鬼葉子)

土屋清《つちやきよし》　一九三〇〈昭和五〉・十〜一九八七〈昭和六十二〉・十一。劇作家・演出家。広島県出身。大分県立別府第一高校卒業。一九五九年、劇団月曜会結成。原爆詩人・峠三吉を描いた『河』(一九六三)が反響を呼ぶ。七三年、同作の第四稿で小野宮吉戯曲平和賞を受賞。(大笹吉雄)

土屋理敬《つちやみちひろ》　一九六五〈昭和四十〉〜。劇作家・演出家・俳優。東京都出身。早稲田大学教育学部国語国文学科卒業。演劇集団円の演劇研究所を経て、一九九三年『田村さんはどうもアヤしい』で劇団おばけおばけを旗揚げ。代表作に『森さん、笑っていいんですよ』『石塚さんアップアップ』『そして、飯島君しかいなくなった』『梅津さんの穴を埋める』(第九回鶴屋南北戯曲賞最終候補作品)など。演劇集団円では重松清の小説『カシオペアの丘で』を劇化。(望月旬々)

土屋亮一《つちやりょういち》　一九七六〈昭和五十一〉・八〜。劇作家・演出家・放送作家。東京都生まれ。國學院大学卒業。シベリア少女鉄道を主宰。三谷幸喜の『ショウ・マスト・ゴー・オン』をテレビで見たのを契機として芝居を始める。一九九九年に劇団設立、二〇〇〇年『笑ってもいい、と思う』で旗揚げ。作品の前半ではあえて紋切り型な物語(台詞)を展開させ、後半の枠組み(映像)のなかで意表を突いた仕掛け(パロディー)をもって反復させる、緻密なパズルのようでいて、くだらない笑いが魅力の「メタフィクション演劇」を数多く創作する。テレビのコント番組のほかアイドルグループ私立恵比寿中学の舞台も手がける。代表作に『栄冠は君に輝く』『遙か遠く同じ空の下で君に贈る声援』『VR』『笑顔の行方』『この流れバスター』『君がくれたラブストーリー』など。(望月旬々)

筒井ともみ《つついともみ》　一九四八〈昭和二十三〉・七〜。脚本家・小説家・劇作家。東京都出身。成城大学文芸学部卒業後、脚本家として活動を開始。一九九六年に第十四回向田邦子賞を受賞。映画脚本では、『それから』(一九八五)、『華の乱』(八八)、『失楽園』(九七)、『阿修羅のごとく』(二〇〇三)で日本アカデミー賞最優秀脚本賞を受賞。舞台作品に『庭を持たない女たち』(九四)、『DORA――100万回生きたねこ』(九六)、『三人姉妹』(二〇〇〇)など。(堀切克洋)

筒井広志《つついひろし》　一九三五〈昭和十〉・八〜一九九九〈平成十一〉・二。作曲家。東京都生まれ。慶應義塾大学法学部卒業後、作曲家・編曲家として活躍。一九八一年には小説家デビューした。小説『アルファ・ケンタウリの客』(新潮社)をミュージカル化し、台本・作曲を手がける。完成した作品は『シャボン玉とんだ宇宙《そら》までとんだ』と改題され、八八年に初演。日本創作ミュージカルの傑作として人気を博し続けている。女優のひらたよーこは娘。(馬場広信)

筒井康隆《つついやすたか》　一九三四〈昭和九〉・九〜。作家・俳優。大阪府生まれ。同志社大学文学部卒業。その後、乃村工芸社に入社、一九五七年に「シナリオ新人」創刊号に『会長夫人萬歳』を発表、六一年に退社し、作家活動に専念。ナンセンス、ブラックユーモア、スラップスティックを基調にした作品で多くの人気を集め、『俗物図鑑』『アフリカの爆弾』『大いなる助走』などを次々に発表、精力的に執筆を続ける。九〇年に『文学部唯野教授』、九二年に『朝のガスパール』を発表。九三年『無人警察』の表現が差別だとして抗議を受け、「断筆宣言」をする。阪神・淡路大震災の被災経験を経て九七年に執筆を再開。八一年に友人の山下洋輔とともに「ジャズ大名セッション・ザ・ウチアゲコンサート」に出演したのをきっかけに、八二年「筒井康隆大一座」を結成、『ジーザス・クライスト・トリックスター』で旗揚げ公演を行ない、八九年まで活動を続ける。同年、戯曲集『スイート・ホームズ探偵』を発表。八六年には「筒井歌舞伎」として『影武者騒動』他二篇の歌舞伎を発表、執筆の分野は多岐にわたっている。二〇〇二年には、いとうせいこう、井上ひさし、ケラリーノ・サンドロヴィッチ、別役実らと「空飛ぶ雲の上団五郎一座」を立ち上げた。また、自身が俳優としてチェーホフの『かもめ』、三島由紀夫の『弱法師』、自作『スタア』などにも出演している。泉鏡花文学賞、川端康成文学賞、日本SF大賞、紫綬褒章など、受賞多数。

❖**『12人の浮かれる男』**《じゅうににんのうかれるおとこ》　一九五四年にアメリカで製作され、七二年に映画化された『十二人の怒れる男』を下敷きにし、パロディ化した作品。十二人の陪審員が裁判の評決を討議し、決定するテーマや登場人物の職業など、原作にかなり近い設定の登場人物を配置している。原作ではほぼ有罪と確定しそうな評決が一人の陪審員の意見で無罪と評決されるまでを描いているが、本作は全く逆の設定に置き換え、ほぼ無罪の評決が出そうな審議を、半ば無理矢理のように有罪に持って行く、得意の諧謔的な手法を用いてコメディにしている。のみならず、陪審員が被告の妻を強姦したことを告白したり、審議中に保険の勧誘を始めたり、首つり事件の再現をした挙句、無罪を主張する陪審員を吊し上げるなど、ドタバタ調の展開を取りながら、日本人の考え方や日本の仕組みを示す幕切れに突入する。日本でも二〇〇九年から裁判員制度が開始されたが、こうした時代を予見した作品が、小説『最後の喫煙者』など、他の作品にもみられる。一九七八年九月、二〇〇六年の年末に閉館した東京・文京区の「三百人劇場」で川和孝の演出で初演。

❖**『スタア』**　三幕。戯曲としての処女作品。同じ場所で同じ日のうちに単一の行為で終わるという十七世紀にフランスで確立された「三一致の法則」に基づいて書かれた作品。一九七五年八月、福田恆存・荒川哲生の演出で劇団欅の公演として神戸文化ホールにて初演。マンションのリビングで起きる一日の事件を描く。お互いに不倫をしている俳優の夫と妻の歌手のホーム・パーティ。そこへ妻のかつてのヒモや、夫のかつての愛人、その子どもと思しき赤ん坊が登場する。お互いに悟られぬようにと、夫は赤ん坊を料理して、客に振る舞い、妻はヒモを現在の愛人と共に絞め殺してしまう。東京で大きな地震が起きたが、不思議なことにこのマンションだけは全く揺れていなかった。そこへ、地震研究者が現われ、このマンションが揺れを吸収したために、時間と空間のひずみができている、と言う。隣の部屋でセックスをしていたタレントと歌手が現われ、殺したはずの愛人やヒモが再び登場するなど、マンションのリビングは狂騒に包まれる。作者の権威や俗物に対する批判がドタバタ調の中に込められた作品。劇中歌の『銀色の真昼』の作詞・作曲も本人の手によるものである。

（中村義裕）

堤春恵《つつみはるえ》 一九五〇〈昭和二十五〉・二〜。劇作家。大阪府生まれ。父はサントリー会長だった佐治敬三、夫はチェリストの堤剛。慶應義塾大学文学部仏文科を卒業して大阪大学文学部美学科に学士入学、当時同大教授で劇作家の山崎正和に師事し、修士論文として九世市川團十郎と五世尾上菊五郎の対比論を提出した。同大入学のころから歌舞伎に親しみはじめた結果でもあるが、この体験はやがての戯曲執筆にも生かされる。結婚した後、夫とともにカナダのトロントに渡ってトロント大学に入学。その後アメリカのイリノイ大学やインディアナ大学大学院などで劇作に関する講座を聴講した。アメリカ滞在が長かったが、現在は東京在住。戯曲の第一作は『鹿鳴館異聞』で、これは一九八七年度の文化庁舞台芸術創作奨励特別賞を受賞、九〇年に上演されて劇作家としてデビューした。九二年に初演された『仮名手本ハムレット』で読売文学賞を受賞した。これは三度の再演を繰り返したほか九七年にはニューヨークで、二〇〇一年にはロンドンでも初演の木山事務所が上演した。以後、フリーの劇作家として『築地ホテル館炎上』（一九九三）、『音二郎・イン・ニューヨーク』（二〇〇〇）、『人間万事漱石の自転車』（〇二）、『町・ターミナル』（〇七）などを発表して現在にいたる。戯曲集『仮名手本ハムレット』（文藝春秋）。

❖**『仮名手本ハムレット』**《かなでほんはむれっと》 二幕。舞台は一八九七〈明治三十〉年の東京・新富座。座主だった十二世守田勘彌はすでに全盛期を過ぎて劇場を手放した上に借金に苦しみ、新富座も歌舞伎座に押されてさびれはじめている。そこで劇場と自分自身の起死回生の手段として、『忠臣蔵』で旅回りしていた一座によるシェイクスピアの『ハムレット』の本邦初演に取り組む。が、折角の企画も東京進出を図る関西の興行師堀谷に阻まれて失敗し、勘彌は息絶える。虚実こもごもの物語で、男ばかり十三人が登場。（大笹吉雄）

堤泰之《つつみやすゆき》 一九六〇〈昭和三十五〉・三〜。愛媛県生まれ。東京大学教育学部中退。一九七八〜九〇年、ネヴァーランド・ミュージカル・コミュニティにてオリジナル作品を上演。一九九一年にプラチナ・ペーパーズを設立し、脚本・演出・プロデュースを継続的に手がける。九五年に、多くの役者に力試しの場を提供しようというオーディションプロジェクトの「ラフカット」を始動させる。代表作に『煙が目にしみる』『見果てぬ夢』。（望月旬々）

坪内士行《つぼうちしこう》 一八八七〈明治二十〉・八〜一九八六〈昭和六十一〉・三。英文学者・演出家。愛知県名古屋市出身。早稲田大学英文科卒業。ハーバード大学修了。数え年七歳で、叔父・坪内逍遙の養子となった。逍遙の意向で剣舞、日本舞踊を習う。一九〇四年、早稲田に入ったばかりの頃処女戯曲『満酒』を書く。〇九年、早稲田大学を首席で卒業後、逍遙の命でハーバード大学に留学。一一年英国に渡る。ローレンス・アーヴィングの一座に参加し、一三年四月ヘイマーケット座『タイフーン』に出演、好評を得た。一五年六月帰国。船中では戯曲翻訳や一幕物を書いて過ごす。帰国後には無名会に参加、『ハムレット』のタイトルロールを演じて帝国劇場の舞台にも立った。早稲田大学講師を経て、小林一三《こばやしいちぞう》の招きで一八年宝塚少女歌劇団に参加。一九年一月宝塚少女歌劇正月公演で『啞女房』を上演。同作は一八年公衆劇団に翻訳したアナトール・フランス原作『啞の女房を娶れる男』を宝塚向けに改作したものだった。小林は少女歌劇に男性加入を計画し、男子生徒を士行に指導させる予定であったが頓挫。その間に士行は外国人女性との離婚や少女歌劇のスター雲井浪子との結婚があり、一九年五月末に坪内家から離籍。二六年宝塚国民座の責任者となるも、三〇年十一月に解散。その後は歌劇団客員となり、三三年九月からは第一次東宝劇団の文芸部員として活動。四八年八月、東宝芸能事業株式会社の社長に就任、のち会長。その後は早稲田大学教授となり、五五年四月からは東宝芸能学校でも教鞭を執った。劇作は戦前の宝塚少女歌劇の作品が多いが、宝塚国民座にも『ムッソリーニ』(二八年三月)、『山田長政』(三〇年一月)などがあり、翻案作品には『白野堂兵衛聚楽』(二八年八月)、『天晴れ倉井敦』(二九年一月)など。その他翻訳戯曲多数。

[参考]坪内士行『越しかた九十年』(青蛙房)

❖**『女郎蜘蛛《じょろうぐも》』** 一幕。一九二四年七月、旧宝塚大劇場こけら落とし公演(花・月組合同)にて初演。併演は『カチカチ山』(楳茂都陸平作)、『アミノオの功績』(杉村すえ子作)、『身替音頭』(久松一声作)、『小さき夢』(岸田辰彌作)。深山に迷い疲れた武士は、大勢の侍女を従えた姫が住まう山中の御殿にたどり着く。武士が宴の酒に酔い潰れると姫は魔性の本性を顕し、武士は数多の蜘蛛に襲われ、御殿の床下へと引きずり込まれて行く。麓から現世の不思議を歌う僧の声が響くうちに幕が下りる。オーケストラによる伴奏は場面によって「『タンホイザー』の第一幕を連想させるような、然しもっと繊細で、もっと物うげな曲」などといった指示が見られる。歌舞伎舞踊『紅葉狩』の影響を色濃く感じさせるが、士行の日本舞踊の素養と留学経験によって培われたセンスをうかがわせる一作である。国民図書株式会社編『現代戯曲全集 第十八巻』(国民図書)に収録。 (村島彩加)

坪内逍遙《つぼうちしょうよう》 一八五九〈安政六〉・五～一九三五〈昭和十〉・二。本名は勇蔵のち雄蔵と改名。青年時代は春の屋(春廼屋、春の屋主人、春の屋おぼろ〈朧〉)などを、のち逍遙と名乗った。小説家、劇作家、評論家、翻訳家、教育家と多彩な活動をしたが、主として劇作家としてのそれに的を絞る。美濃国加茂郡太田村(現在の岐阜県美濃加茂市)生まれ。一八六九(明治二)年に一家で名古屋郊外の上笹島村(現在の名古屋市中村区)に移住、残存の寺子屋に入学した。母に連れられて歌舞伎見物をはじめる。七一年、貸本屋に出入りして江戸戯作類を耽読。七二年に洋学校こと名古屋県英語学校に入って英語を学んだ。七四年九月に新設の官立愛知外国語学校(のち愛知英語学校)に入学、米人教師からシェイクスピアの講義を聴き、エロキューションの教授を受けた。歌舞伎、江戸戯作類、シェイクスピアの三点は逍遙の一生を渾然として貫いた。七六年七月に愛知英語学校を卒業、県の選抜生になり八月に東京開成学校受験のために上京、九月に普通科に入学。同期に生涯の友となる高田早苗がいた。足しげく劇場に通い、ことに九世市川團十郎と五世尾上菊五郎の写実的な演技に心引かれた。七七年四月に開成学校は東京大学と改称、九月にその予備門最上級に編入。七八年九月本科(文学部政治学科)に進学。八一年六月、学年試験に落第して給付生の資格を失って発奮し、生活の資を得るために英語を教えた。八三年に東大文学部(政治学理財学科)を卒業、高田早苗の勧めで前年に創立された東京専門学校(のちの早稲田大学)の講師に就任。八四年にシェイクスピアの『ジュリアス・シーザー』の翻訳『自由太刀《じゆうのたち》余波鋭鋒《なごりのきれあじ》』を刊行、シェイクスピアの戯曲の初の完訳、同時に表題や竹本入りの院本《まるほん》仕立ての形式に見られるように、歌舞伎とシェイクスピアの戯曲の、ドラマツルギーの融合体だった。逍遥の戯曲は以後もこの方向を目指す。八五年に小説『当世書生気質』と『小説神髄』を刊行、実作と理論を並行するのも逍遥の大きな特色になる。文学改良の第一歩。八六年に演劇改良会が発足、劇場改良を主とするその動向に批判的で、新作脚本を公募すべく八九年に高田らと日本演芸協会を設立、が、ともに竜頭蛇尾に終わった。とは言え、演芸協会に関係して以来、逍遥は演劇に立ち入って関与しはじめる。九〇年に逍遥の主唱で東京専門学校に文学科が新設されて英文学史やシェイクスピアを講じる一方、有志の学生を集めて朗読会を設け、朗読術の実践を試みる。九一年十月に主宰者となって雑誌「早稲田文学」を発刊(一八九八年に廃刊)、創刊号に発表した『シェークスピア脚本評註緒言』を契機に森鷗外との没理想論争が翌年までつづいた。九三年十月から翌年四月まで「早稲田文学」に「我が邦《くに》の史劇」を連載、今後の史劇は登場人物の個性を基本に自然と人間の関係を一貫した筋にまとめるべきだと唱え、その実践作として團十郎や菊五郎に当てて、豊臣家の滅亡をモチーフとする戯曲『桐一葉《きりひとは》』を九四年十一月から翌年の九月にかけて同誌に連載した。演劇改良の第一歩。九六年一月から翌年三月にかけて「早稲田文学」に『牧《まき》の方《かた》』を連載、後の『名残の星月夜』『義時の最期』とともに史劇三部作を構成。九七年に『桐一葉』の終章に当たる『沓手鳥孤城落月《ほととぎすこじょうのらくげつ》』を発表。東京専門学校が早稲田大学と改称した一九〇二年に弟子の島村抱月を欧州へ留学させた。團十郎や菊五郎没後の〇四年に東京座が『桐一葉』初演。舞台に落胆。舞踊劇振興を唱えて『新楽劇論』と『新曲浦島』を刊行。日露戦争のさなかだったが『新楽劇論』はこれとも関係があり、一般的な民族意識や国家意識の昂揚をバックに、わが国の演劇を現在において代表するという意味と、国民のための演劇という二重の意味を込めて国劇の創造を提唱した。〇五年に東儀鉄笛《とうぎてってき》や土肥春曙《どいしゅんしょ》らと開いていた朗読研究会が易風会《えきふうかい》に発展、九月に帰国した島村抱月を迎えて文芸革新運動を起こす機運が高まった。鹿島清兵衛の次女くに(七歳)を養女にする。〇六年一月に第二次「早稲田文学」を創刊。二月に演劇を含む広範囲の文芸革新運動を起こすべく抱月を中心に文芸協会が設立されて十一月に協会の第一回演芸部大会を歌舞伎座で開催、『桐一葉』二幕や『ヴェニスの商人』一幕(シェイクスピア作、逍遥訳)ほかを上演。〇七年十一月に本郷座で第二回演芸部大会を開いて『ハムレット』(シェイクスピア作、逍遥訳)などを上演、翻訳劇として本邦初演の『ハムレット』は土肥春曙のタイトル・ロールが好評、ただし大きな欠損が出た上に組織や運営方法の検討のため三年間活動を中断、ここまでを前期文芸協会と称する。〇九年、文芸協会演劇研究所が牛込余丁町の宅地内に落成開所、男女共学の俳優養成に着手、中に松井須磨子がいた。『沙翁傑作集』第一編『ハムレット』を刊行し、シェイクスピアの戯曲の翻訳を本格化。一一年に文芸協会の組織を改めて会長に就き、活動の対象を演劇に絞る。以後を後期文芸協会と言う。五月に新築の帝国劇場で『ハムレット』を、十一月に同劇場で『人形の家』(イプセン作、島村抱月訳)を上演、ヒロインを演じた松井須磨子が注目を浴びて新劇女優という仕事が認知された。一二年の十一月ころ抱月と須磨子の恋愛問題を抱月夫人を通じて知る。『役《えん》の行者』を脱稿。一三年四月、抱月は文芸協会幹事を辞任、五月以来、協会内部の抱月・須磨子問題をめぐる内紛が社会的に表面化、同月末に須磨子は協会から諭旨退会を命じられ、逍遥も会長を辞任、六月に帝国劇場で『ジュリアス・シーザー』（シェイクスピア作、逍遙訳）を上演して協会は解散、逍遙は演劇の実際運動から引退した。抱月と須磨子は九月に芸術座を旗揚げ。一五年八月、高田早大総長の文相就任を機に早大教授を辞任。一六年までに土地や建物を売却して旧協会の負債をほぼ完済。協会の内紛と関係づけられるのを避けて発表を控えていた『役の行者』を一七年に刊行。一八年に『名残の星月夜』『義時の最期』を刊行して史劇三部作が完結。十一月抱月病死。一九年一月松井須磨子縊死、芸術座解散。二〇年に養女くにが飯塚友一郎に嫁した。渥美清太郎と協力して『歌舞伎脚本傑作集』全十二巻を編集（翌年刊行）。早大内に文化事業研究会を設立、朗読法を指導。熱海に別宅の双柿舎《そうししゃ》が落成、やがて夫婦で常住した。二一年に民衆的総合芸術としてページェントを提唱し、研究と指導に力を注いで十月に陸軍戸山学校構内広場で『熱海ページェント』を試演。同年後半から児童劇運動に着手し、翌年にかけてその創作や指導に当たった。二四年九月、早大でシェイクスピア講座を担当、以後断続的に二七年十二月までつづいた。二六年、シェイクスピアの戯曲翻訳に専念することを決意。七月に従来の『沙翁傑作集』を『沙翁全集』と改めて全訳を目指して刊行。同じ月から『逍遙選集』の刊行もはじまり、翌年十二月に全十五巻が完結、その印税を宿願の演劇博物館の建設資金に充てる。二八年十月、早大構内に外観をシェイクスピア時代のフォーチュン座を模した坪内博士記念演劇博物館成る。十二月に『沙翁全集』全四十巻が完結。わが国初の個人全訳。三〇年四月にシェイクスピア協会が発足し、その名誉会長に就く。三三年にシェイクスピア全集の改訂を志して九月から『新修シェークスピア全集』四十巻の刊行を開始。三五年一月中旬に風邪から気管支炎を患い、二月に七十五歳で逝去。没後の五月に『新修シェークスピア全集』全四十巻が完結した。

［**参考**］滝田貞治『逍遙書誌』（米山堂・一九三七。修訂版は国書刊行会・一九七六）、河竹繁俊・柳田泉『坪内逍遙』（冨山房）、大村弘毅『坪内逍遙』（吉川弘文館・一九五八。新装版・一九八七）、尾崎宏次『坪内逍遙』（未來社）、河竹繁俊『逍遙、抱月、須磨子の悲劇——新劇秘録』（毎日新聞社）、『近代文化研究叢書第三十八巻』（昭和女子大学近代文化研究所）、稲垣達郎・岡保生編『座談会坪内逍遙』（近代文化研究所）、逍遙協会編『坪内逍遙事典』（平凡社）、飯塚くに『父 逍遙の背中』（中央公論社）、逍遙協会編『坪内逍遙書簡集』全十二巻（早稲田大学出版部）

❖**『桐一葉』**《きりひとは》 六幕十一場。一八九六年刊の読本体《よみほんたい》と一九一七年刊の実演用の二種ある。時は一六一五年ころ。所は大坂城内ほか。大坂夏の陣後、徳川家康は豊臣家の使者、片桐且元《かつもと》に三ケ条の難題のうち、淀君を人質として江戸へ下すという一条を承認させる。このため大坂城内は騒然となり、大野修理一派は石川伊豆守《いずのかみ》を唆して且元を葬ろうとする。淀君は秀次の亡霊に悩まされて気を乱しているが、正栄尼《しょうえいに》は且元を讒訴して淀君の心を一層昂ぶらせる。そのさなかに帰城した且元に大野一派が逆賊として討手をかけようとした時、病をおして登城した木村重成はそれを抑え、上使として且元の許へ赴く。且元は淀君人質の件は御家救済の遠謀だと本心を明かし、物陰でそれを聞いた伊豆守は自分の非を詫びるために片目を抉り、切腹しようとして且元に諭される。一方、人質の且元の娘蜉蝣《かげろう》は、父の危急を知って許婚の重成にその旨の手紙を書くが、かねて蜉蝣に横恋慕していた正栄尼の息子銀之丞にこれを奪われ、正栄尼から息子の恋をかなえてくれれば且元救命に尽力すると迫られて、当惑の果てに自害する。これを知った銀之丞は乱心して泉水に身を投げる。淀君の狂乱が激しくなる。思い余った且元は蟄居の命に背いて登城しようとする。そこへ駆けつけた伊豆守は討手を迎え撃つ用意をするが、且元はこれを退ける。後悔の念にかられて伊豆守は切腹する。討手が迫る。且元は諫めに従って居城の茨木へ退去の決心をする。折しも庭前に落ちる桐の葉を見て豊臣家とわが身の運命を述懐する。翌朝、はるかに城を望む長柄堤で且元は後事を重成に託し、別れて行く。男役二十一、女役六、その他大勢。

❖**『牧の方』**《まきのかた》 一八九七年に第一作を刊行、一九一七年に五幕十三場に改作された。牧の方にマクベス夫人の投影がある。時は十三世紀初頭。所は北条邸ほか。鎌倉幕府と執権北条時政との間に戦端が開かれようとしている。義時の妻呉羽の前が時政の誤解を正しに来るが、時政の後妻牧の方は収まらない。片や稲毛入道から牧の方に贈って将軍を暗殺させようとした毒薬は、義時に奪われる。義時は毒薬を異母弟の政範に渡し、母牧の方を意見するために使えと言う。政範は母の野心は自分ゆえだと毒を飲んで死ぬ。稲毛の娘照子の前は父の陰謀を知って驚き、恋人の畑山重保にすべてを告げる。義時は秘密を知った重保を稲毛父子に殺させ、揚げ句に父子を殺す。牧の方は時政と謀って、幼少の将軍源実朝を自邸で殺す手筈を整える。が、実朝が政範によく似ているので躊躇し、何度も殺害の機会を逃す。ついに義時は時政の屋敷を囲む。時政が頭を丸めるものの、牧の方は自害する。男役十六、女役五、その他大勢。

❖**『沓手鳥孤城落月』**《ほととぎすこじょうのらくげつ》 三幕六場。大坂落城に際し、徳川家康の孫娘で、豊臣秀頼の室である千姫救出に忍び込んだ常磐木の正体があばかれる。淀君は怒りを爆発させる。一方、片桐且元は病をおして家康に会い、淀君と秀頼の命乞いをして自ら迎えの使者に立つ。城内は乱戦になり、その中を家康方に内通した大住与左衛門が千姫を脱出させる。糒《ほしい》庫《くら》では淀君が千姫の脱出を知って乱心の極にあり、秀頼も慰めようがなく、一緒に出城を決意する。が、家康側の本多佐渡は井伊直孝と秀頼親子の自滅を謀る。且元は主家の危機を救おうと息子を城内へ遣わすものの時すでに遅く、糒庫も火に包まれる。且元の臨終に来合わせた家康は、薬湯を与える。男役十一、女役八、その他大勢。前二作の史劇が浄瑠璃調だったり竹本を使ったりして歌舞伎色が濃厚だったのに比べて、純せりふ劇として書かれているのが極めて斬新だった。

❖**『役の行者』**《えんのぎょうじゃ》 三幕六場。時は七世紀。所は大和国吉野郡大峰の麓。大峰山中で修行中の役の行者は、世に害をなす魔神一言主《ひとことぬし》を大きな楠の股に呪縛して旅に出る。行者の弟子の広足《ひろたり》は禁を冒して魔神を見るやその魔力に魅せられて心を乱し、行者の禁欲的な修行に反発を感じる。そこに取り入った一言主の母の女魔は広足を誘惑するのみならず、絶世の美女に変身して旅から帰った行者を堕落させようとする。が、行者はこれを拒む。時しも朝廷の討手が行者捕縛に来ると知るや、老母の命が危険にさらされているにもかかわらず、念力と行力で大岩を打ち砕き、金剛蔵王の憤怒の像を残して行者は姿を消す。夜空には一片の白雲が漂っているのみ。行者を逍遥、広足を抱月、女魔に須磨子を擬していると見られるのを避けるために、脱稿直後の発表を控えたのは前述した。初演は一九二六年三月の築地小劇場で、演出は小山内薫。二年前の発足当時の小山内の宣言通り、それまで築地小劇場は翻訳劇しか上演していなかった。わが国の劇作家の戯曲を取り上げたのはこれが最初で、その意味で同劇場の大きな転換点になった。小山内の最終的な演劇の夢、逍遙流の国劇志向がこれを上演せしめたというのが私見である。男役十一、女役五、その他大勢。

❖**『霊験《れいげん》』**三幕。一九一四年発表。時は十六世紀。所は武蔵。盲目の乞食夫婦が主人公。顔が醜いにもかかわらず、世間の人の言う通り美男美女だと信じている。が、ある日、霊泉と高僧の加持で目が開く。瞬時の喜びの果て、現実を知って盲目の時の方がよかったと嘆き、悲しむ。アイルランドの劇作家であるシングの『聖者の井戸』の自由翻案。男五人、女四人、その他大勢。

❖**『大いに笑ふ淀君《おおいにわらふよどぎみ》』**三場。時は十六世紀。所は淀君の御殿ほか。茶坊主の珍阿弥が局《つぼね》の右近に、このごろ秀吉がとんと淀君の御殿に来なくなったと嘆いている。淀君はさきごろ、後の秀頼を生んだばかりだ。なぜだと聞く右近に、歌舞伎踊りの出雲のお国が気に入って松の丸の御殿に毎日のごとく招き、一緒に踊り狂っていると珍阿弥は答える。一度下がった珍阿弥を追って淀君が現われ、どうして自分の前でお国を誉めそやすのかと珍阿弥を責める。淀君は右近の制止も聞かず、猛り狂う。そこへ曾呂利新左衛門が姿を見せ、淀君に計略を授ける。松の丸の御殿の居間で、秀吉は新左衛門を待っている。跡継ぎを生んでますます増長しかねない淀君を制するために、新左衛門の入れ知恵でわざとよそよそしくしていたのだ。その効果を高めるためにも念仏踊りの総揚げだと、秀吉はお国と踊る。その場に新左衛門が報告に来て、案に相違して淀君は少しもへこたれておらず、それのみかお国の夫の名古屋山三《さんざ》を招じ入れて、毎夜のように連れ舞に興じていると言う。あまりのつけ上がりをわが目で見ようと、秀吉は淀君に会う。と、酔った上に山三と連れ舞いのさいちゅうで、さらに秀吉への面当てだと、淀君は山三にしなだれかかる。容赦はならぬと秀吉が太刀を抜きかけると、淀君は山三の鬘を引き抜く。山三と見えたのは珍阿弥だった。さては……と秀吉が新左衛門の顔を伺う。新左衛門は何ごともお家のためだと笑う。それにつれて淀君も大いに笑う。男六人、女三人、その他大勢。逍遙には珍しい狂言仕立ての一幕物。（大笹吉雄）

坪田譲治《つぼたじょうじ》 一八九〇〈明治二十三年〉・三～一九八二〈昭和五十七年〉・七。小説家・児童文学作家。岡山県生まれ。早稲田大学英文科を卒業。一九二〇年に『正太の馬』で出発、『鶴の恩返し』などの童話も発表した。子供の無垢と大人の醜悪を、リアリズムを基調に幻想を織り交ぜながら描いた『お化けの世界』『風の中の子供』『子供の四季』の三部作は、劇化されて劇団東童により築地小劇場で上演された。

［参考］『坪田譲治全集』（新潮社）（岩佐壮四郎）

津村京村《つむらきょうそん》 一八九三〈明治二十六〉・八～一九三七〈昭和十二〉・四。劇作家・小説家。兵庫生まれ。本名京太郎。小学校卒業後独学で小説や戯曲の創作を開始。大正期に「人と芸術」「演劇改造」などを創刊。一九二五年、一幕劇『死の接吻』が井上正夫と初代水谷八重子により上演され評判に。三〇年代初頭は曾我廼家五九郎劇で活躍した。「笑の王国」にも参加。主著に戯曲集『死の接吻』『二頭馬車』、自伝小説『結婚地獄』がある。（桂真）

て

出口典雄《でぐち のりお》・一九四〇〈昭和十五〉・五〜。演出家。松江市生まれ。東京大学文学部美学科卒業。一九六五年文学座に入座。六八年にシェイクスピアの『ハムレット』で演出家としてデビューした。翌年文学座アトリエの会にて『短剣と墓掘りと亡霊と』を書いて自ら演出。七二年に文学座を退座して劇団四季に移籍、翌年退団して七五年にシェイクスピア・シアターを旗揚げ、現在に至る。他に夏目漱石原作『こころ』の脚色など。
（大笹吉雄）

寺島アキ子《てらしま あきこ》 一九二六〈大正十五〉・六〜二〇一〇〈平成二十二〉・十二。劇作家・脚本家。本名寺嶋秋子。旧関東州大連生まれ。一九四三年文化学院女学部卒業。在学中に東宝演劇研究会で初舞台を踏み、その後練習生として東宝劇団に所属。この頃宮本百合子の知遇を得て戯曲を書き始める。四五年疎開先の満州で新京放送劇団に参加、引き揚げ後は葡萄座で演劇活動を再開した。四八年寓話劇『モルモット』で劇作家としてデビュー、同年サナトリウムで暮らす女性の苦悩を描いた『陽をあびる女たち』が新協劇団で上演され、同文芸部に加入した。民放草創期の五〇年代よりラジオドラマ、テレビドラマも手がけ、『健太と黒帯先生』（ラジオ東京）、『判決』（NET）など多数の脚本を残した。六六年日本放送作家組合（現日本脚本家連盟）を設立、著作権保護などに尽力した。九三年文化庁長官表彰、九六年勲四等瑞宝章受章。戯曲集に『したたかに生きた女たち』（学習の友社）、自伝的エッセイに『わたしの東京地図』（ピープル）がある。

❖**『三人の花嫁』**《さんにんのはなよめ》 六場。「テアトロ」（一九七五・11）に発表。初演は七五年十月、都市センターホール、文化座。鈴木光枝演出・主演による。同演目の企画・演出で鈴木は第三十回芸術祭優秀賞を受賞。舞台は信州のとある町。かつて「大陸の花嫁」として満州へ渡ったハナは、息子夫婦を連れて三十年ぶりに里帰りし、同じ大陸の花嫁だった幼馴染みと再会する。各々の回想から残留邦人、引揚者の過酷な経験が明らかにされる一方、戦後の経済発展の裏で生活のために農地を手放さねばならない山村の現実も描かれる。「弱いところを切っていくという日本のあり方を、二重写しにすることによって、過去の悲惨さだけでなく、現在の姿をも厳しく強く描き出そうとしたもので、すぐれた劇的効果をみることが出来る」（ほんちえいき）と評された。ハナの姪光子とその恋人明という若い世代に、希望を託している点も見逃してはならない。
（正木喜勝）

寺山修司《てらやま しゅうじ》 一九三五〈昭和十〉・十二〜一九八三〈昭和五十八〉・五。劇作家・演出家・詩人・歌人・俳人・映画監督・映画脚本家など。さらに続けると作詞家、写真家、競馬、ボクシング評論など枚挙にいとまがない。青森県弘前市生まれ。早稲田大学文学部国文科中退。中学生のころから俳句や短歌を書き、「東奥日報」などに掲載される。青森県立青森高校に入学し、三年生の時、受験雑誌に俳句を投稿していた全国の高校生に呼びかけ、十代の俳句誌「牧羊神」を創刊した。一九五四年、早稲田大学に進学して上京、北園克衛《きたぞのかつえ》主宰の詩誌「VOU」に参加。「短歌研究」の第二回五十首募集に応募し、『チェホフ祭』（「短歌研究」一九五四・11）で新人賞受賞。原題は「父還せ」で、編集長の中井英夫が改題した。発表後、模倣問題が起こる。一つは自作の俳句をアレンジしたものであり、もう一つは先人の俳句から短歌を作ったという非難である。十八歳の少年は毀誉褒貶の洗礼を受けたが、ネフローゼという病魔も待ち受けていた。翌五五年から東京新宿区の病院に入院、二十二歳の夏に退院する。この間、五六年五月、早稲田大学の「緑の詩祭」で早稲田新人会が寺山の処女戯曲『忘れた領分』を上演した。これを観ていた詩人の谷川俊太郎は、何か得体の知れない才能を感じ、入院中の寺山を訪ねた。その谷川のすすめでラジオドラマを書き始め、RKB毎日放送へ投稿。第一作『ジオノ・飛ばなかった男』が五八年秋に放送され、民放祭を受賞。第二作『中村一郎』は翌五九年二月、同放送局が放送して民放祭連盟会長賞を受賞した。ラジオドラマは分かっているだけで二十五本書いているが、二十二歳から十年間に集中している。NHKラジオ第二で六四年七月に放送された『山姥』は、イタリア賞のグランプリを受賞した。戯曲に関して寺山は『忘れた領分』を習作とみなしたのか、『血は立ったまま眠っている』(「文學界」一九六〇・7)を処女戯曲(『寺山修司の戯曲3』思潮社の後書き)としている。この作品は劇団四季が同年七月、都市センターホールで初演した。この作品の成功で〈いつの間にか演劇の世界に深入り〉する。このほか、劇団四季にはこどものためのミュージカル『はだかの王様』(六四年五月、日生劇場)、同『王様の耳はロバの耳』(六五年五月、同劇場)を提供した。六〇年はまた、篠田正浩監督の映画『乾いた湖』で映画脚本家デビューを果たした年でもある。この作品の執筆中、寺山は篠田監督に松竹女優の九條映子(のち、今日子)を紹介される。六三年、寺山が二十七歳の時、二人は結婚する。彼らの前に早稲田大学の劇団「こだま」で『血は立ったまま眠っている』を演出した東《ひがし》由多加が現われ、劇団創設をすすめた。この結果、六七年一月一日、寺山は「見世物の復権」を旗印として九條映子、横尾忠則、東由多加らと演劇実験室・天井桟敷を結成した。旗揚げ公演は、その年の四月、青山の草月ホールで上演された『青森県のせむし男』。見世物芝居の第一弾は、寺山修司の作で東由多加の演出。舞台美術は横尾忠則だった。シャンソン歌手、丸山明宏(現・美輪明宏)、十八歳の女子高校生の桃中軒花月らの出演で、老いたる花嫁大正マツと彼女を慕うせむし男の情交に秘められた因果話が綴られ、大好評を博して五月まで再々演を重ねた。第二弾は、翌六月の新宿末広亭での『大山デブ子の犯罪』で、第三弾は九月に新宿文化劇場での『毛皮のマリー』と矢継ぎ早に上演した。「見世物の復権」は第一段階で、寺山修司と天井桟敷は実験室の名の通り実験を重ね、第二段階のドキュメンタル・レビュー『書を捨てよ町へ出よう』(六八年八月、新宿の厚生年金会館小ホール)へと変容する。ドキュメントとドラマを結合させる試み――寺山自身は〈ステージ・ヴェリテともいうべきもの〉と書いている。『ハイティーン詩集』(三一書房)を基にして、全国の家出少年少女らを集め、出演者たちは実名で語り、呼びかけ、ロックに乗って絶叫した。これは詩や告白や歌を変え、七〇年四月まで幾度となく再演され、二千人を超える少年少女が出演した。この作品は寺山の脚本・監督で映画化(七一)され、サンレモ映画祭のグランプリを受けた。七〇年に九條映子と離婚するが、彼女は最後まで天井桟敷のプロデューサーをつとめた。寺山の死後も残された仕事のパートナーとして、二〇一四年四月に亡くなるまで寺山とともにあった。寺山の母はつは、九條を養女に迎えたのである。第三段階は「市街劇」「闇の演劇」「肉体と機械の演劇」へと変容した。

一九七〇年七月、竹永茂生の演出で、高田馬場や新宿を舞台として市街劇『人力飛行機ソロモン』を上演。観客は一枚の地図を渡され、同時多発的に行なわれる演劇を求めてさまよい、最後はビルの屋上にたどり着く。街をも劇場と化し、観客もいつの間にか俳優に組み込まれている仕掛け。演劇の革命であり、革命のような演劇である。したがって、七五年四月に阿佐ヶ谷一帯を舞台とする市街劇『ノック』(構成・演出＝幻一馬)は、平凡な日常に疑問のノックをするはずだったが、市民に異物として排除された。全身に包帯を巻いた俳優が銭湯に入ったり、民家を訪ねたりして一一〇番が相次いだ。その後、市街劇は二度と上演されなかった。『盲人書簡――人形篇』(七四年一月、アテネフランセ文化センター)、『盲人書簡――上海篇』(同年七月、法政大学学生会館)は、上演時間の大半は闇が主人公。疫病に名を借りたデマの伝染を描く『疫病流行記』(七五年十月、エピュキュラス)、理性に排除された狂気の連帯を呼びかける『阿呆船』(七六年七月、大映調布第4スタジオ)が、『盲人書簡』と三部作をなしている。あえて第四段階とすると、西武劇場(現・パルコ劇場)プロデュース公演『中国の不思議な役人』(七七年二月)と『青ひげ公の城』(七九年十月)が挙げられる。文化的スキャンダルを巻き起こしていた寺山演劇が、商業演劇をも巻き込んだからである。新宿の紀伊國屋ホール公演『身毒丸』(七八年六月)と『観客席』(同月)も、この系列に入る。天井桟敷は、日本では正当な評価を受けなかったが、海外で高い評価を得た。七一年四月、フランスのナンシー国際演劇祭で『邪宗門』『人力飛行機ソロモン』を上演して絶賛を博し、オランダ、ユーゴスラビアでも上演した。海外公演の先駆者として、十三回の海外公演を行なった。天井桟敷の最後の海外公演は『奴婢訓』で、八二年十月、パリのシャイヨー宮劇場で上演された。寺山は「腹水のある肝硬変」のため、カルテ持参の旅だった。不条理の劇作家、フェルナンド・アラバールは語っている。〈世界の前衛劇を五つ挙げるとするならば、寺山修司を入れないわけにはいかない〉と。六十歳まで生きたい、と望んでいた寺山は四十七歳で逝った。最後の戯曲である、壁の消失で暴かれる内面の神話の虚構性を寓意する『レミング――壁抜け男』(七九年五月、国際貿易センター)が、横浜で再演される二十日前だった。

❖『血は立ったまま眠っている』《ちはたったままねむっている》 三幕三十一場。演出は浅利慶太で、舞台美術は金森馨。一行目に「舞台中央に公衆便所」とあるが、金森は本物の便器やドラム缶、スクラップのオートバイなどを集めて廃品の美学を構成した。劇中、挿入歌としてブルースが歌われるが、松村禎三の音楽も野心的。音楽重視の天井桟敷は、松村の音楽の刺激かもしれない。作者自身の短い詩〈一本の樹の中にも流れている血がある／そこでは血は立ったまま眠っている〉から発想したそうだが、六〇年安保闘争を色濃く反映している。左手の倉庫の住人は、二十三歳のテロリストの灰男と彼を尊敬する十七歳の少年、良。彼らは自衛隊の訓練所に押し入り、銃器を破損したり盗んだり、倉庫の壁に「自由」と落書きしたりして社会変革を夢見ている。だが、犯行は一向に公表されず苛立つばかり。右手は親子の床屋の店。ここには朝鮮人の張や釘らチンピラ、ペギーや葉っぱら娼婦らが出入りし、リンゴの闇商売の計画を練っている。この企みに一枚嚙もうとする床屋……。対話劇でありながら、無関係に進行する二つの話が交互、あるいは同時進行、つまり戦後の若者たちの反抗を感覚的風景としてコラージュする。ある日、倉庫に良の姉、夏美が現われ、灰男は夏美と激しい恋に落ちる。そんな時、男が訪ねてきて二人にダイナマイトで訓練所の爆破を頼むが、灰男は応じない。そんな彼に不信感を覚えた良は、偽物のダイナマイトとは知らず一人で自衛隊に行く。一方、チンピラたちの闇商売は床屋の密告で失敗に終わる。三幕でストーリーは崩壊し、虚構は異化される。寺山は自作について〈新劇の変形〉であって、〈演劇そのものへの根本的疑いをさし出していない〉と書いた。これは戯曲の文学性を指している。第六回新劇戯曲賞候補作品。二十三歳の若書きだが、来るべき天井桟敷の演劇へと引き継がれる要素は十分示している。灰男は日下武史、良は清宮貴夫、夏美は影万理江が演じた。『寺山修司の戯曲3』(思潮社)所収。

❖**『毛皮のマリー』**《けがわのまりー》 五場。稽古の途中で演出の東由多加が降りたため、寺山が演出家デビューした。彼は舞台美術・照明・音楽も兼ねている。衣装はコシノジュンコ。『青森県のせむし男』で演劇初体験の丸山明宏が女装の男娼、毛皮のマリーを演じ、その息子の欣也(美少年)を萩原朔美、下男を山谷初男、紋白(美少女)をジミイ、水夫を西田二丸が演じた。これらの登場人物を記すに当たり、寺山は戒名一覧と書いた。ああ、そは夢か、まぼろしか……時は現代、とある。贅沢な装いの一室で、マリーが入浴している。足をつき出すと毛深い男のもの。彼女は下男を呼び脛毛と脇の下の毛を剃らせる。マリーは美少年に自分を「お母さん」と呼ばせ、外部との接触を厳禁。欣也はマリーが応接間に放つ蝶を捕虫網で採集して標本を作っている。ある日、高窓から美少女が下りて来て欣也を誘惑する。美少女は二度目に現われた時、世界の素晴らしさを話して聞かせる。その時、マリーは水夫との情事の最中で、思わず欣也の生い立ちを明かしてしまう。自分を侮辱した女をニコヨンに頼んで強姦させて孕ませ、死んだ母親に代わって欣也を育てていると言う。欣也は激しく迫る美少女を殺して家出するが、マリーの予言通り呆然として帰って来る。すると、マリーは、欣也にカツラをかぶせ化粧を施し、美少女に仕立ててゆく。美女の亡霊が登場してレビューを繰り広げるが、銀座や浅草、新宿のゲイバーのママたちが出演した。母親に呪縛される欣也は、血の因縁なのか寺山の「私」を覗かせる。母一人子一人で育った寺山の、母への愛憎は他人には計り知れない。母子の愛憎は生涯のテーマの一つでもある。寺山はつの養子になった森崎偏陸《へんりく》は、母には「ノー」と言えない寺山と二人で『毛皮のマリー』の音楽のため、レコード屋でレコードを聞きまくった記憶を持つ。『寺山修司の戯曲1』(思潮社)所収。

❖**『奴婢訓』**《ぬひくん》 十三場とエピローグ。一九七八年一月、晴海の東京国際貿易センターで、公開ワークショップという形で初演された。演出は寺山修司。翌二月、オランダ・アムステルダムのメクリ・シアターで本公演をして、ベルギー、西ドイツ(当時)を巡演、四月にはロンドンでロングランした。帰国後、同年十月にヨーロッパ凱旋公演として、晴海の国際貿易センターで日本初演された。七九年七月にはスポレート・フェスティバルに招かれ、イタリア縦断公演、八〇年六月にはアメリカのチャールストンで開かれた「二つの世界国際演劇祭」に参加した後、ニューヨークのラ・ママ実験劇場で上演した。天井桟敷後期の代表作で、この作品は、イギリスの作家、ジョナサン・スウィフトの『奴婢訓』を基にして、主人不在によって秩序づけられた現代をあぶり出す。

「1――聖主人」から「13――最後の晩餐」まで場面ごとにタイトルが付いている。物語は東北の一寒村、イーハトヴ農場の大地主グスコーブドリ家が舞台。遺産相続人のオッペルやゴーシュなど宮沢賢治の作中人物名が登場する。シーンの積み重ねで、ストーリーらしいストーリーはない。ジャン・ジュネの『女中たち』のように、奴婢たちは主人不在の屋敷で役を交代して〝主人ごっこ〟に耽る。主人を演じるのは一瞬のことで、主人になると他の奴婢たちに引きずり降ろされる。文学としての戯曲の複製を排した作品で、寺山自身〈私がこの演劇で描きたいことは、《主人の不在》という言葉で言い表わされる、今日の世界状況である〉と言っている。舞台上のやぐらで自らギターやドラムを演奏するJ・A・シーザー（現・シィザー）の音楽、小竹信節の拷問や拘束器具などの奇妙な機械の数々、そして俳優たちの肉体の極限まで酷使した所作と舞踏によるシュールな舞台は、〈完璧にリアリズムを超越した〉と、海外で評された。公演のたびに変貌し、本によっては場割も異なる。『寺山修司著作集・第3巻』（クインテッセンス出版）所収。

❖**『身毒丸』**《しんとくまる》 十場。寺山修司の演出。「説教節の主題による見世物オペラ」の副題を持ち、J・A・シーザー作曲の呪術的音楽、それに宮下伸の三十弦、半田綾子の琵琶が彩りを添えた。各場に題名があり、「蛇娘」で始まり「犬印安産帯のはてな?」で終わる。しんとくの父親は、見世物小屋で蛇娘を演じていた女を買う。その女がしんとくの継母、撫子になる。国民学校で、しんとくは女教師が継母ではないかと妄想し、急いで家に帰るが継母はしんとくを迎える。継母がしんとくを盲目にしたのは、連れ子のせんさくを家の跡取りにしたかったため。ライ病になったしんとくは身を隠すが、復讐のために戻ってくる。しんとくは、継母の声色を使って、せんさくに近づき、裸にして抱きしめてライ病をうつそうとする。継母は、しんとくは死んだものと思っていたが、突然、現われたしんとくに愛情を感じる。寺山によれば、日本の伝統芸能の中の根強い〈家〉本思想を解体する試みだという。『身毒丸』（新書館）所収。

❖**『青ひげ公の城』**《あおひげこうのしろ》 十四場。やはり各場に題名があり、「1――ごらん、あれが青ひげ公の城だ」、そして「14――『月より遠い場所』」で幕を閉じる。バルトークの同名のオペラを意識した作品で、演出の寺山はJ・A・シーザーにバルトークに匹敵する音楽を望んだ。西武劇場の舞台には、まだ組み立てられていない城の装置が迷路のように広がっている。一人の少女が、トランクと台本を持って珍しそうに眺めている。舞台監督の根本（豊＝実名）は、「誰、あんた」と聞く。少女は、まだ誰でもなく、これから、なると言う。青ひげ公の七人目の妻にである。まだ物語も始まっていない未完の物語という虚構が施されている。青髭の六人目の妻が殺されない限り、ユディットと名付けられた少女は、七人目の妻にはなれない。少女は、この劇場で照明係をしていた兄の行方を捜すためオーディションを受けたという。第二の妻役の女優は、兵士役を演じた兄を殺したと語る。作者の書いた戦争の場面は、誰にも止められない。舞台での殺人は殺人ではないという理屈。第三段階以降の寺山の戯曲は、戯曲自体に大きな意味は持たない。青ひげ公役は不在の劇場で、青ひげの妻になる女優たちは、衣装係や大道具係らとセリフ以外の勝手な話をする。突然、高島屋の集金人が現われさえも。〈劇場はあるものではなく、なるものだ〉とする寺山は、その生成過程を描いてゆく。青ひげ公の調理人、アリスとテレスの二人の少女が登場するが、二人会わせてアリストテレス。彼の言う悲劇論は、無視され、行為の再現も浄化も拒否する。だから、天井桟敷はカーテンコールを受け付けない。『寺山修司著作集・第3巻』(クインテッセンス出版)所収。
(北川登園)

天童荒太《てんどうあらた》　一九六〇〈昭和三十五〉・五〜。小説家・脚本家。本名栗田《くりた》教行《のりゆき》、別名・天童《てんどう》荒太《こうた》。愛媛県出身。明治大学文学部演劇学科卒業。学生時代から戯曲を執筆していたが、一九八六年に小説『白の家族』で野性時代新人文学賞受賞。『ZIPANG』(一九九〇、原作・脚本)、『アジアン・ビート　アイ・ラブ・ニッポン』(九一、原案)、『陽炎(1991)』(九一、原作)などの映画脚本も手掛けるが、九三年『孤独の歌声』が日本推理サスペンス大賞優秀作となり、以後小説に専念する。九六年『家族狩り』で山本周五郎賞、二〇〇〇年『永遠の仔』で日本推理作家協会賞、〇九年『悼む人』で第百四十回直木賞を受賞。戯曲に、直木賞受賞作を舞台化した『戯曲　悼む人』がある。
(木村陽子)

と

土井逸雄《どいいつお》　一九〇四〈明治三十七〉・十〜一九七六〈昭和五十一〉・二。戯作家・翻訳家・映画プロデューサー。京都府美山町生まれ。東京帝国大学仏文科中退。一九三〇年代に新築地劇団文芸部に所属し、『伸びて行く戦線』『暴風』『新しき女たち』などの戯曲を執筆。千田是也ら新劇人が企画した東京演劇集団公演『乞食芝居』(一九三二)では共同脚色を担当。『昆虫記』『守銭奴』『肉体の悪魔』などの翻訳も手がける。四〇年代後半〜六〇年代は大映のプロデューサーとして活躍した。(桂真)

戸井十月《といじゅうがつ》　一九四八〈昭和二十三〉・十〜二〇一三〈平成二十五〉・七。ルポライター・小説家。東京都生まれ。武蔵野美術大学中退後、フリーライター集団「プレス75」を結成、文化放送「セイヤング」のDJ、バイクでシルクロード一万キロの旅、南米大陸一周の旅などを行なう。一九九五年、宮本亜門の演出により「アジア人によるアジアを舞台にしたミュージカル三部作」の最後の作品として、『熱帯祝祭劇マウイ』をアートスフィアのプロデュース公演で上演。
(中村義裕)

土肥春曙《どいしゅんしょ》　一八六九〈明治二年〉・十〜一九一五〈大正四年〉・三。俳優。熊本県生まれ。本名庸元。東京専門学校卒業。坪内逍遙の朗読会に加わり、文芸協会初演の『ハムレット』では主役を演じる。一九〇一年、川上音二郎一座とともに渡欧、イプセン作『ヘッダ・ガブラー』を『鏑木秀子』として翻案するなど西欧劇の紹介に努めた。一九一四年には盟友の東儀鉄笛と無名会を結成したが、『霊験』の舞台を最後に病気のため引退。
(岩佐壮四郎)

土井行夫《どいゆきお》　一九二六〈大正十五〉〜一九八五〈昭和六十〉。劇作家・脚本家。大阪府生まれ。大阪府立大工学部卒業。高校教諭を経て、劇作、シナリオ作家となる。一九五〇－六〇年代前半に「悲劇喜劇」に一幕物を多く発表。『祝辞』『栴檀』など、大阪の新劇団が上演。『ノーチャプ』は、『未来劇場』(未來社)に収録。六〇年代から商業演劇で活躍し、『表彰』『女座長と大根役者』『こぼれた幸福』等多数を関西の喜劇に、森繁劇団に『新・桂春団治』を提供。脚色物に手腕を発揮し、山崎豊子作で吉本せいを主役にした『花のれん』をはじめ、映画脚本(『喜劇夫婦善哉《めおとぜんざい》』)も担当した織田作之助の同名作の脚色は好評で、何度も復演されている。テレビ脚本も多数。『名なし鳥飛んだ』で第三回サントリーミステリー賞受賞。　（神山彰）

戸板康二《といたやすじ》　一九一五〈大正四〉・十二～一九九三〈平成五〉・一。作家・演劇評論家・エッセイスト・俳人。東京都芝生まれ。慶應義塾大学国文学科卒業。十二月十四日、忠臣蔵討入りの日に山口三郎の長男に生まれ、父は良雄と命名を考えたが康夫に。一九一七年祖母戸板せきの養子となり、二三年康二と改名。大学で級友池田弥三郎の誘いで折口信夫の授業を受けたことが、幼少よりなじんできた歌舞伎研究への糸口となる。卒業後明治製果に勤務するが、四四年久保田万太郎に乞われ「日本演劇」編集長に就任。敗戦後の五〇年、花森安治の依頼で書いた『歌舞伎への招待』が評判となり、演劇評論家としての地位をかためていた折、江戸川乱歩のすすめで筆を執った推理小説の『團十郎切腹事件』が六〇年の直木賞を受賞、小説家としても一家を成すにいたる。訓導中村玉城の手引きで、小学生時代「南蛮の皿や寒さのありどころ」を詠むなど俳句に親しみ、特定結社に属したことはなかったが多くの句会に出席。七九年下咽頭癌で声を失い「寒燈や生きてことしの誕生日」の代表句を得る。『花すこし』他句集三冊。評伝、人物誌の類いを好んで書いたが、その取材過程で得た良質のゴシップをまとめた『ちょっといい話』はベストセラーになり、すぐれたエッセイストの本領を発揮した。天職となった演劇評論の分野では、簡明平易な文体による科学的論考で、従来の好事家や芝居通の手から解放した功績が大である。生前刊行された著作は一七二冊に及ぶ。四六年に習作『前夜』、四七年慶應義塾創立九〇年にちなんだ池田弥三郎との共作『九十年』、六二年「文藝」に掲載された『かげぜん』と戯曲を執筆したが、上演活動の実践に携わった最初は六九年一月の『マリー・アントワネット』(朝日生命ホール)の作・演出で、六三年にソ連、東欧を訪れた日本演劇視察団に加わったのがきっかけで交誼の始まった俳優金子信雄が主宰、戸板も同人になっていた新演劇人クラブ・マールイの依嘱によるものだった。この舞台でタイトルロールを演じた金子夫人の丹阿《たんあ》弥《み》谷津子《やつこ》が、芸術祭奨励賞を受けるなど好評を博したが、なかで「戸板の赤毛歌舞伎」という評価は多分に作者の自負をくすぐり、一年置いた七一年には金子信雄のために『風車宮――ナポレオンその情熱と栄光』(三一書房刊、戸板康二戯曲集『マリリン・モンロー』では「風車宮――エルバ島のナポレオン」)を書き下ろし、天野二郎演出により十月三越劇場で上演された。この芝居の取材のため、ナンシーで開かれた第八回世界演劇祭に参加した作者は、金子信雄とともにナポレオンが流されたエルバ島まで足をのばしている。『風車宮――ナポレオンその情熱と栄光』以後の戸板康二作戯曲の上演を初演のみ列記すれば――七二年一月、テアトル・エコー『マリリン・モンロー』(演出キノトール)。七三年十二月、マールイサロン『肥った女』(演出大木靖)。七四年十～十一月、芸術座・ヤクルトホール『コンシェルジュリ・マリーアントワネットの回想』(作・演出)。七五年五月、三越劇場『聖女伝説・一九七四年のジャンヌ・ダルク』(演出水田晴康)。七五年十二月、ジァン・ジァン『〃アキコ・カンダが踊る四人の女〃クララ』

（作・演出）。七七年五月、三越劇場『モナリザの微笑』（演出観世栄夫）。七八年十月、国立劇場小劇場・大阪毎日ホール『小町』（作・演出）。八四年九月、俳優座劇場『マグダラのマリア』（作・演出）。八七年七月、渋谷ジァン・ジァン『ひとり息子――桜の園・その後のシャルロッタ』（作・共同演出西田昭市）――となる。類いまれなる才能が多彩に発揮された契機に、一流人物との出会いのあったあたりが、この人の柄と徳である。

［参考］戸板当世子編『「ちょっといい話」で綴る戸板康二伝』（戸板康二追悼文集編集委員会）、矢野誠一『戸板康二の歳月』（ちくま文庫）

（矢野誠一）

堂本正樹《どうもとまさき》　一九三三〈昭和八〉・十一〜。劇作家・演出家・演劇評論家。慶應義塾大学文学部に学ぶ。劇作、演出、研究、批評の各分野の著述が多数ある。幼少より能や歌舞伎などの古典劇に親んで造詣深く、一九八三年に観世寿夫記念法政大学能楽賞を受賞。九〇年から能劇の座を代表し、九三年からは鎌倉芸術館の演劇監督をつとめた。十三歳の時に学内誌に小説を書き、十六歳のころから後に私家版『僕の新作能　堂本正樹能楽台本集』に収載する作品を発表し始めた。三島由紀夫の知遇を得て、三島の『三原色』の初演や『憂国』映画化の演出など共に創造した作品も多い。三島関連の著書に『三島由紀夫の演劇　幕切れの思想』（劇書房）、『劇人三島由紀夫』（劇書房）、および『回転扉の三島由紀夫』（文春新書）がある。はじめ詩劇グループ鳥やラシーヌ専門劇団の城、NLTなどで現代演劇に関わり、六八年に浪漫劇場の結成に参加。その後、テアトロ海に所属して自作および翻訳作品などの演出も手がけた。七〇年に初期戯曲七本（『通り過ぎた雨』『時計』『血溜り華よ』『みえがくれの瀧』『日本への白い道』『清正の婿』『菊と刀』）を『菊と刀　堂本正樹戯曲集』（思潮社）にまとめた。戯曲『菊と刀』では著名なルース・ベネディクトの著作に拠りつつ、独自の日本論を展開している。ほかに『能・歌舞伎　僕達の芸術』（陽雲編集部）、『堂本正樹の演劇空間』（九藝出版、劇評と『新作能　水』『歌舞伎舞踊劇　愛護若心猿』『文楽台本　埋もれた春』『モノロオグ　ナイロンの折鶴』『私の可愛いシャワー室』、長尾一雄による「解説」からなる）や『堂本正樹一幕劇集』（出帆新社）に新作能台本や戯曲を収載。また七〇年の『男色演劇史』（薔薇十字社）には「衆道」の伝統に言及した先駆的論文を収めるなど演劇評論家としても活躍。

❖**新作能『戀衣』**《こいごろも》　二場。『僕の新作能　堂本正樹能楽台本集』に収載の作品『解放』『戀衣』『炎』『水』『森』『春』『女鯉屛風《めでいびょうぶ》』『蛙ヶ沼』『南都炎上』『滅亡』『雪鷺』『燈台』『綾の鼓（改作）』狂言台本『頭』『松虫（改作）』のうちのひとつ。ギボンの『ローマ帝国衰亡史』をもとに、エキゾチックな西欧古典の世界を能の形式のなかに移した。ローマ皇帝セヴェルスの末子、少年トアスと、セヴェルスのもとに人質となっていた将軍ニゲルの長子、青年ムウサとの愛の物語を、雅やかな詞章で綴る。「夢幻能」と呼ばれる形をとり、第一場では城址に休む旅人の前に、青年たちが少年を伴って現われ〈戀衣〉と名付けられた美しい衣を商い、ひとりの青年がその名の由来を教える。昔、ローマ皇帝セヴェルスの時代、謀反をおこしたニゲルのために息子のムウサが流刑となった時に、皇帝の子トアスは恋い慕っていたムウサのために、自ら育てた花を駅馬に乗せて毎日送り、ムウサは涙のうちにその花を抱いて寝たので白い衣が美しい花の色に染まったのが〈戀衣〉の始まりなのだと語る。第二場では、一場で衣売りの姿で現われた少年トアスが本来の姿で登場して、討たれたムウサのために勇敢に戦って果てたあり様を再現して見せる。しかし、夜が明けて旅人の夢が覚めるとともに、古代の〈戀衣〉の世界も消えていく。二人が同じ塚に葬られ、その塚からは美しい花が咲いたとされている設定などにも、古典の能(『女郎花』)を思わせるような部分があり、男性どうしの愛と死のドラマを「花衣」の着想に寄せて描いた斬新かつ優美な作品。装束、面、作り物や囃子、型の指定を付す。

[参考]『未刊謡曲集　続四』(田中允編、古典文庫)

(伊藤真紀)

蟷螂襲《とうろうしゅう》　一九五八〈昭和三十三〉・十～。劇作家・演出家・俳優。本名末吉孝寿。兵庫県尼崎市生まれ。立命館大学文学部卒業。劇団犯罪友の会、幻実劇場、満開座、笑殺軍団リリパット・アーミー(現・リリパット・アーミーII)など関西の名だたる劇団を俳優として渡り歩き、一九九四年、PM/飛ぶ教室を自作の『千年の居留守』で旗揚げ。以降、全作品の作・演出を担当する。リリパット・アーミー時代にわかぎゑふから台本を書くことを勧められ、中島らもに書き方の手ほどきを受ける。九五年の第四回公演『嵐のとなりの寝椅子』が第三回OMS戯曲賞佳作を受賞し、劇作家として注目される。大阪弁の台詞で市井の人々のかなしみやおかしみを切々と表現。心情あふれる長台詞を得意とし、過去と現在を往きつ戻りつする時間の中で生者と死者の邂逅を描く。自身も被災した阪神大震災から二年十か月後の九七年十一月、『滝の茶屋のおじちゃん』を発表。震災後の人々の思いの丈を綴った本作は翌年、第五回OMS戯曲賞大賞を受賞する。二〇〇一年『舟唄。霧の中を行くための』、〇三年『前髪に虹がかかった』が岸田國士戯曲賞最終候補作となる。〇三年には大阪現代演劇祭の企画「クラシック・ルネサンス」で昭和七年に夭折した作家・藤澤清造の戯曲『春』『嘘』『恥』三作を演出、好評を博す。藤澤の三作品は本邦初演であった。蟷螂は元々が俳優出身であり、劇作家となってからも渋い貴重なバイプレイヤーとしてテレビドラマ、映画への出演を数多くこなしている。

❖**『滝の茶屋のおじちゃん』**《たきのちゃやのおじちゃん》　一幕。舞台は阪神大震災から三年後、明石海峡大橋の橋脚とコンクリートの擁壁に挟まれた、神戸・舞子の砂浜。砂の上に山陽電鉄の運転士だった〝滝の茶屋のおじちゃん〟の帽子が置かれている。おじちゃんの法要に集まった娘のユミ、家を出て行った息子のノブ(ユミの弟)の恋人だった珠子がいる。やがてユミの従兄妹の清文と牧美、友人のトンボ、慎二がやって来て、おじちゃんの思い出話が始まる。震災後、山陽電鉄の運転手だったおじちゃんは、神戸三宮までの一番電車を運転した。おじちゃんの話がつづく中、砂の中からノブが現われて――。〇三年二月には神戸アートビレッジセンター、閉館目前の扇町ミュージアムスクエアで再演された。戯曲は『OMS戯曲賞Vol.⑤』(扇町ミュージアムスクエア/大阪ガスビジネスクリエイト)に収録されている。

(小堀純)

鴇田英太郎《ときたえいたろう》　一八九九〈明治三十二〉・二～一九二九〈昭和四〉・七。劇作家。東京生まれ。当初は大正活映で俳優として活躍していたが、後に「演劇新潮」に一幕物を掲載するなどして小山内薫に師事。一九二六年八月

「劇と評論」に『彼等の秋』を発表して以降、主に同誌を中心に戯曲を発表し続ける。病気で余命いくばくもない二九年に戯曲集『現代生活考』(ロゴス書院)を出版。代表戯曲の『現代生活考』が収録されており、映画俳優時代の師・谷崎潤一郎らが巻頭言をささげている。 (岡本光代)

徳尾浩司《とくおこうじ》 一九七九〈明治五十四〉・四〜。劇作家・演出家。劇団とくお組主宰。大阪府出身。慶應義塾大学理工学部卒業。二〇〇三年の結成以後、全公演を作・演出。劇団外では大人計画フェスティバル正名僕蔵一人芝居の作・演出をはじめ、ジャニーズ・ミュージカル『PLAYZONE SONG&DANC'N.』や、テレビドラマ『御手洗ゼミの理系な日常』『ハードナッツ!』などの脚本や演出を手がけている。代表作に『マンション男爵』『インドのちから』『宇宙ロケットえんぴつ』など。 (望月旬々)

徳田秋声《とくだしゅうせい》 一八七二〈明治四〉・二〜一九四三〈昭和十八〉・十一。小説家。金沢に生まれ作家を志して上京、硯友社の中堅から自然主義、さらに心境小説の大家として文壇に重きをなした。イプセン会に参加し、自由劇場の顧問ともなったように演劇への関心も高く、「読売新聞」「演芸画報」の劇評も多い。創作戯曲は一九一四年八月の「中央公論」〈臨増新脚本号〉に載せた『立退き』一篇に止まるが、脚色上演された新聞小説がいくつもあり度々好評を博した。その最初は『小華族』(六幕十場)で岩崎蕣花脚色、高田実・河合武雄らにより一九〇五年九月に上演された。その後一七年六月には真山青果脚色の『誘惑』が新派により歌舞伎座で上演され、同作はその翌月小島孤舟の脚色(四幕五場)で大阪浪速座に上がるなど五種以上の舞台化を見たほどの好評を得た。さらに一九年二月青果の脚色で『路傍の花』(全五幕)、二三年には同じく青果脚色『二つの道』(六幕)が新派大合同劇により東西の劇場で上演され、また二五年六月には瀬戸英一脚色『蘇生』(六幕)が上演されている。新聞小説種による新派の舞台が多いが、三六年十二月には寺崎浩脚色の『勲章』(二幕五場)が新国劇の舞台となった。さらに戦後の五三年にも『縮図』が菊田一夫脚色演出により東宝の帝劇現代劇第一回公演として新珠三千代《あらたまみちよ》らで上演されている。

❖**『立退き』**《たちのき》 二幕。下谷の裏町で借家暮らしの老婆〈おみね〉は夫に出奔されて後、苦労して二人の子を育てたが、長男は兵隊に取られ、芸者になった娘は子連れで戻ってきた。一階は雑貨の小店、二階は或る男の情婦をしている女〈お種〉に貸しているが、彼女も男に捨てられ家賃が滞っている。そのうえ家主の代替わりで住み慣れた家の立退きを迫られ、先行きの不安に愚痴をこぼすばかりの日々である。そんなところへ夫がひょっこり舞い戻って来るが、後悔したふうもなく夫婦のよりを戻そうとするでもない。家はやはりつまらないなどと言って、〈おみね〉を悩ますのだった。 (林廣親)

徳田戯二《とくだじょうじ》 一八九八〈明治三十一〉・二〜一九七四〈昭和四十九〉・八。小説家・劇作家。京都市生まれ。本名徳田徳次郎。専修大学卒業後、新演劇研究所で戯曲を研究し、中村吉蔵や秋田雨雀らの知遇を受ける。一九二六年には後の「文芸耽美」を創刊し、二八年に戯曲『海浜夜曲』を発表した。その後は多くの雑誌に参加した。主に小説を発表したが、三〇年出版した処女創作集『一番美しく』(塩川書房)

には『海浜戯曲』『愛さないから』といった戯曲が収録されている。（岡本光代）

徳田純宏《とくだすみひろ》　劇作家。昭和期に活躍。大阪府堺市生まれ。小川隆の「新声劇」に『毒婦懺悔』『父の眼』『忠告した彼』『飾窓人《ショーウインドウマン》』『萬歳師の家』『親分の正体』『百貨店挿話』『争闘』『空閑《こが》少佐の自刃』など現代劇を多く提供。浅草で浅香新八郎・森静子の新生国民座の文芸部にも所属。『権次と龍蔵』など。新国劇にも『女性の叫び』など、特徴ある現代劇を多く書いた。不二洋子一座にも『間諜七変化』『天晴れお福』『天保一夕話』など。戦中には雑誌「日本演劇」に多数の作品を発表。戦後も一九六〇年代前半には大江美智子一座に『やくざ日本刀』『決闘千曲川』など。戦後は新聞雑誌に剣劇に関する随筆・回想をよく書いた。（神山彰）

Dr.エクアドル《どくたーえくあどる》　一九六六〈昭和四十一〉・七〜。劇作家・演出家・俳優。福島県生まれ。本名斎藤寿幸。ゴキブリコンビナートを主宰。東京外国語大学フランス語科卒業。一九九四年の旗揚げ以来、「キツイ・キタナイ・キケン」の3Kミュージカルを標榜し、社会の底辺にて蠢《うごめ》く人々の生きざまをパンキッシュに描く。その作風は「遅れてきたアングラ演劇」とも称され、全裸をも辞さない男優や女優たちが異臭や汚水や血糊にまみれる（観客もまた危険にさらされる）見世物であるがゆえに魅惑的。代表作に『粘膜ひくひくゲルディスコ』『ちょっぴりスパイシー』『何も言えなくて…啞』『いつかギトギトする日』『カウパー忍法きりたんぽ』『毛穴からニュートリノ』などがある。（望月旬々）

徳冨蘆花《とくとみろか》　一八六八〈明治元〉・十二〜一九二七〈昭和二〉・九。小説家。熊本県水俣生まれ。本名徳冨健次郎。少年期にメソディスト教会で受洗。同志社に学ぶ。一八八九年に上京し兄蘇峰が主宰する民友社に入社。紀行文の執筆や翻訳などの下積み仕事を経て、一九〇〇年に小説『不如帰』がベストセラーとなる。家庭生活における女性の立場を擁護した本作は「国民新聞」連載時より幅広い層の読者に支持され、新派の舞台化、映画化などのメディアミックスを通じ人口に膾炙した。同年汎神論的自然観に基づく小品集『自然と人生』も反響を呼び文壇的地位を確立し、『思出の記』『探偵異聞』をはじめ数々の作品を執筆。〇三年兄と決別（後に和解）、民友社を退き、社会小説『黒潮』を自費出版した。日露戦争後はトルストイ訪問の旅を実践。千歳村粕谷に田園生活を始めた。大逆事件の際、『謀叛論』と題する講演で政府を批判。新派により劇化された小説はほかに『灰塵』『寄生木』がある。

❖**『不如帰』**《ほととぎす》　蘆花作の同名小説を並木萍水《なみきひょうすい》が脚色、一九〇四年二月大阪・朝日座で新派により初演。淋しい芝居と酷評されたが、次第に評価を得る。同年五世中村芝翫が浪子を演じ、旧派対新派の競演も話題に。昭和期まで再演を重ねた「新派の独参湯」である。初演は六幕で主な配役は、武男：秋月桂太郎、浪子：喜多村緑郎、片岡中将：高田実。原作では日清戦争を背景に描かれた出兵する武男と妻浪子の別れが、日露戦争後の社会でより一層悲劇的に受けとめられ共感を呼んだ。因果という概念を通じて不治の病結核の恐怖を描き、また、継子もの的な趣向を挿入し家父長制度下の嫁の不利な立場に照射するなど、歌舞伎の定式的な手法を巧みに引用して観客の理解を促しつつ、明治という時代における新しいテーマを扱っている。柳川春葉、真山青果なども脚色を手がけた。名場面として知られる「海岸」の別離と浪子の臨終に武男が駆けつける大詰の設定は原作になく、初演の際、喜多村が蘆花の承諾を得て施した新派独自の脚色である。（桂真）

徳永直《とくながすなお》　一八九九〈明治三十二〉・一〜一九五八〈昭和三十三〉・二。作家。熊本県生まれ。労働者として組合運動にも尽力しつつ、小説を書く。印刷会社の争議を描いた、一九二九年発表の『太陽のない街』が評価され、各国語に翻訳された。プロレタリア文学の代表作のひとつ。

❖**『太陽のない街』**《たいようのないまち》　小野宮吉と藤田満雄が脚色し、左翼劇場が村山知義演出により築地小劇場で、一九三〇年二月に上演。舞台化にあたっては、原作の小説に幾つもの挿話を加えている。上演にあたり、当時の検閲により、五十か所以上のカット、訂正をされた。客席に多数の労働者を動員した点では、画期的な演目といえ、プロレタリア演劇での代表作である。戦後も新協劇団、東京芸術座が上演。（神山彰）

徳丸勝博《とくまるかつひろ》　一九三四〈昭和九〉・三〜。劇作家。早稲田大学第一文学部卒業。関西テレビ放送に従事するかたわら、劇団くるみ座などで活躍。代表作『老人と十姉妹』四幕（「新劇」一九六二・10）、『ピエロの墓』三幕（同一九六五・7）、『傀儡師』二幕（同一九六八・3）、『束の間は薔薇色の煙』四幕五場（同一九七一・1）で、それぞれ、第九、十一、十四、十六回の「新劇」岸田戯曲賞の最終候補となる。大阪芸術大学でも講師を務めた。（小原龍彦）

利倉幸一《とくらこういち》　一九〇五〈明治三十八〉・五〜一九八五〈昭和六十〉・十。演劇評論家・編集者。京都生まれ。同志社大学中退。武者小路実篤に師事し、「新しき村」の運動に関わる。第二次大戦後は、数十年に渡り、雑誌「演劇界」の編集長として、歌舞伎を中心に商業演劇の紹介、普及に努めた。また、国立劇場では、復活狂言等の監修も行なった。劇作としては、岡本綺堂の「舞台」に『莫切自根金成木』《きるなのねからかねのなるき》（一九三六）を発表。戦中には、東宝劇団に坂東簑助（八世三津五郎）の満州視察ルポ劇『明け行く大陸』を書く。水の江瀧子一座に『浅草』もある。また、多くは「蒲原拓三」の筆名で女剣劇にも、戦中に『松阪町雪の朝』『三十三間堂』『遺書ナシ』（利倉名義）など、戦後も不二洋子一座に『瓜生君子』など、数多くの作品を提供している。全国巡業劇団協会選定脚本『桐の木の思い出－海外引揚同胞救済事業の為に－』と『平賀源内』が『残滴集』（演劇出版社）に所収。（神山彰）

土橋成男《どばしなるお》　一九三二〈昭和七〉〜一九九二〈平成四〉・十二。劇作家。日本放送協会を経て、新国劇文芸部へ入る。新国劇には、一九六〇－七〇年代に『卍一家の跡目』『妙義の暴れん坊』『京のわかれ――池田屋騒動異聞』『花の遊侠伝』『磯川兵助功名噺』、山岡荘八原作『徳川家康』など、中村錦之助公演に『さすらいの狼』を書く。また、八〇年代以降は、新宿・梅田のコマ劇場での細川たかし、八代亜紀、森進一ら歌手の主演公演にも、多くの娯楽作を提供して、大衆の心性に訴えるところ大きかった。それらの作品に『長十郎天下御免』『松平右近事件帳』『俵星玄蕃』『木曽節流れ旅』『旅がらす母恋椿』『春姿千両纏』『旅からす母恋椿』『不知火お雪旅暦』など。織田作之助原作『螢』の脚色もある。『土橋成男脚本選集』（私家版）がある。（神山彰）

泊篤志《とまりあつし》　一九六八〈昭和四十三〉・三〜。劇作家・演出家。福岡県生まれ。北九州大学卒業後、東京でテレビゲームの制作に携わり、一九九三年に帰郷して「飛ぶ劇場」(一九八七年結成)の作・演出に復帰、九五年から代表を務める。九七年『生態系カズクン』で第三回日本劇作家協会新人戯曲賞受賞。九九年に『IRON《アイアン》』が第四十四回岸田國士戯曲賞最終候補作ノミネート。代表作に、『ジ エンド オブ エイジア』『機械が見れる夢が欲しい』など。　(望月旬々)

富岡多恵子《とみおかたえこ》　一九三五〈昭和十〉・七〜。詩人・小説家・文芸評論家。大阪市出身。大阪女子大学文学部英文科卒業。詩集『返礼』(一九五七)で第八回H氏賞、『物語の明くる日』(六一)で第二回室生犀星詩人賞を受賞し、詩人としてデビュー。芸能や浄瑠璃にも造詣が深く、篠田正浩監督『心中天網島』(六九)、『鑓の権三《やりのごんざ》』(八六)などのシナリオを担当。評伝にも積極的に取り組み、『中勘助の恋』(九三)で第四十五回読売文学賞、『釈迢空ノート』(二〇〇〇)で、第十一回紫式部文学賞と第五十五回毎日出版文化賞、『西鶴の感情』(〇四)で第十六回伊藤整文学賞、第三十二回大佛次郎賞を受賞した。小説も、『植物祭』(七三)など多数執筆。戯曲は『結婚記念日』が七三年に、『子供の仕事』が七五年に俳優座で上演された。戯曲集に『全戯曲集 間の山殺し』(作品社)。二〇〇四年に日本芸術院賞を受賞。〇八年に芸術院会員となった。

❖**『子供の仕事』**《こどものしごと》　三幕。一九七五年七月初演。一幕は貸マンションを経営する女の家のリビングが舞台。七十歳位の上品そうな和服姿の老女と、六、七歳のオカッパ頭の女の子(スミレちゃん)が現われる。孫が腹痛を起こしたというのだ。トイレを借りても女の子の腹痛は治まらない。そこに二十七、八歳の男がやってくる。女に結婚を迫っている男だ。女が老女とスミレは自分の母と娘だと男に偽ると、侵入者たちは準備していたかのようにその役割を演じ始める。最初は面白がって芝居に合せていた女だが、結局、金を渡す羽目になる。二幕は夕闇の公園。金を山分けする二人。老女は誘われるがまま縫いぐるみと人形にあふれた子供の家を訪ねるが、結局、分け前を巻き上げられてしまう。三幕は女のリビング。再び訪れたスミレちゃんに、女は警戒しつつ接するものの、子供に対する同情を逆手に取られ、次第にその立場を奪われていく。男二人、女五人。　(藤崎周平)

豊岡佐一郎《とよおかさいちろう》　一八九七〈明治三十〉・四〜一九三七〈昭和十二〉・五。劇作家。大阪市北区生まれ。一九一八年早稲田大学英文科を卒業した後、二〇年十一月早稲田大学の同級生と共に雑誌「作と評論」を創刊。二一年十一月同誌に発表した『功名』は二世市川猿之助の春秋座で上演された。その後は主に故郷の大阪の劇界で活躍し、同じく関西で活動した坪内士行や野淵昶などと共に研究会を主催するなどした。三五年三月に戯曲集『郊外生活者の朝』(P・C会)を出版。　(岡本光代)

豊島与志雄《とよしまよしお》　一八九〇〈明治二十三〉・十一〜一九五五〈昭和三十〉・六。小説家・翻訳家・児童文学作家。福岡県生まれ。東京帝国大学文学部仏文科卒業。一九一四年、芥川龍之介、菊池寛らと第三次「新思潮」を創刊。ヴィクトル・ユゴーの『レ・ミゼラブル』、ロマン・ロランの『ジャン・クリストフ』などの翻訳が好評を博す。『豊島与志雄著作集第五巻』(未來社)に所収の『愛児の死』『街路の人々』『窓』『画像』『夫婦』『霧夜』『初夏』『父子』『盗まれた男』などのほか、寓話『囚われ人』(「群像」一九五二・7)。　(中村義裕)

豊田豊《とよだゆたか》 美術評論家・劇作家。京都府生まれ。美術研究のかたわら劇作に励んだ。上演の機会を得たものに、一九三〇年二月『綾衣絵巻』（市村座、新国劇）、三三年十一月『国芳の出世』（東京劇場）、三五年二月『仇討輪廻』（歌舞伎座）など。戯曲集に『伴大納言絵詞』（出版タイムス社）、『仇討輪廻』（全線社書房）、『荒野の獅子・狩野芳崖』（資生堂出版部）、『恩』（古今堂）がある。（熊谷知子）

登米裕一《とよねゆういち》 一九八〇〈昭和五十五〉・十一〜。劇作家・演出家。島根県生まれ。大阪府立大学卒業。二〇〇二年、キリンバズウカ結成。代表作に、自分の痛みを他人に飛ばすことができる終末医療施設で自分の死と向き合わない人々を描く『飛ぶ痛み』（二〇〇八）や、勤労と納税の義務を果たさねば故郷に帰らねばならない法律が施行された近未来の若者の日常を描く『スメル』（〇九）、シェアハウスの群像劇『ヒトヒトヒト』（一四）など。（望月旬々）

鳥居与三《とりいよぞう》 劇作家。一九二四年十二月「演劇新潮」に処女作『或る夜の出来事』が掲載されるも、翌月号で金子洋文から「大阪人らしい面白味がない」と酷評される。菅原明朗、小松太郎の紹介を経て水上滝太郎の知遇を得る。苦節の末、二八年五月、『わかれ』が「三田文学」に載る。以後、『ひとつの気持』『最初の一幕』『男の値打』『孫の出奔した女地主』『馬鹿』『寺井駅長』『距離』『炉辺』を「三田文学」に発表。（熊谷知子）

鳥江銕也《とりえてつや》 関西松竹に入り、大正後半から昭和戦前期に、新派、喜劇などで数多い脚色も含めて活躍。松竹の白井信太郎が創刊した「新興演劇」の編集を、森田信義、野淵昶、山上貞一らと務め、「道頓堀」の編集も務めた。「新興演劇」には一九三〇年に『刺客往来』『死船』四景、『失業者の家』『大蛇ナンセンス』などを、「新興舞台」に、三一―三二年に『反逆する光秀』三幕六場、『溥儀・満州国元首』二幕、『安田作兵衛』などを発表。他に『剣豪異聞刀を捨てる平内』『籠の鳥』『暴徒の群』など。秋田實との合作『慰問袋』『小鳥の合唱』『大いなる役割』。『小鳥の合唱』は、『お座敷芝居脚本集6』（大阪市文化課）に収録。大平野虹、門脇陽一郎らとともに、「成美団」「同志座」などの関西新派から昭和期の関西の新興芸術時代の演劇を知るうえで貴重な位置を占める。（神山彰）

鳥海二郎《とりうみじろう》 一九六四〈昭和三十九〉・四〜。劇作家。埼玉県生まれ。専修大学人文学科卒業。劇団文化座へ入座後、制作部として勤務するかたわら、一九九九年『祭りはまだか』が佐々木雄二の演出で劇団文化座アトリエにて、二〇〇五年『笑う招き猫』（原作：山本幸久）が原田一樹の演出で劇団文化座により品川・六行会ホールにて上演。一五年よりフリーの劇作家として活動。（中村義裕）

鳥山フキ《とりやまふき》 一九七七〈昭和五十二〉・三〜。劇作家・演出家。東京都生まれ。青山学院大学国際政治経済学部国際経済学科卒業。ワワフラミンゴ主宰。青山学院大学劇研にてノゾエ征爾と同期。二〇〇四年、ワワフラミンゴを立ち上げる。オフビートで「脱力系」な不思議&可愛らしい作風を特長とする。一三年、芸劇eyes番外編・第二弾God save the Queen参加作品『どこ立ってる』で脚光を浴びる。代表作に『ホーン』『野ばら』。（望月旬々）

内木文英《ないきふみえ》　一九二四〈大正十三〉・八〜。高校教諭。東京生まれ。早稲田大文学部国文学専攻卒業。坪田譲治、古谷綱武に師事し、児童文学・劇作を始める。FM放送を利用した通信制高校の教育や高校演劇の全国組織拡大にあたって多大な貢献を果たした。第三代全国高等学校演劇協議会会長。後に名誉会長。他に日本児童演劇協会会長として韓国との交流にも力を注ぐ。主な戯曲に『男の家』『小さな音』『オリオンは高くうたう』。主な著書に『私の高校演劇』（晩成書房）、戯曲集『死神とかげぼうしの世界』（カモミール社）など。

（柳本博）

内藤裕敬《ないとうひろのり》　一九五九〈昭和三十四〉・十二〜。劇作家・演出家。栃木県生まれ。高校時代、状況劇場『蛇姫様』を見て芝居の道に入る。大阪芸術大学で秋浜悟史（劇作家・演出家）に師事。一九八〇年、在学中に南河内万歳一座を『蛇姫様』（唐十郎作）で旗揚げ。以降、全作品を作・演出する。旗揚げの劇団員は大阪芸大のプロレス同好会のメンバーでもあり、肉体訓練を重視し、プロレス技も取り入れた舞台は躍動的。肉体のエネルギーと、叙情的な台詞が相乗効果を成す。初期は「都会《まち》」シリーズで、第三回オレンジ演劇祭大賞受賞作『都会《まち》からの風』（一九八四）、『真夜中仮面』（八五）など、無機質な都市の表の顔と、猥雑さを抱え込んだ裏側という二面性を活写した。また、大学の卒業制作として初演された『でんでけ伝』（八二。その後『赤い夕陽のでんでけ伝』と改題）は、日活映画をパロディにした抱腹絶倒の異色作。再演を重ね、八五年、扇町ミュージアムスクエアの開館イベントでも上演した。『唇に聴いてみる』（八四。第二回テアトロ・イン・キャビン戯曲賞受賞）から六畳一間シリーズ開始。『嵐を呼ぶ男』（八五）、『二十世紀の退屈男』（八七）などを発表。その後即興で作られた『青木さん家の奥さん』（九〇）が大ヒット。開高健原作の『日本三文オペラ』を脚色・演出し、関西の俳優達を集めてテントで上演した『日本三文オペラ――疾風馬鹿力篇』は、八六年、国鉄大阪駅コンテナヤード跡地で初演。再演は九一年、作品の舞台となった大阪市都島区京橋に特設テントを建てた。劇団☆新感線の古田新太や、升毅などの人気俳優が揃い、当時の関西小劇場演劇界の活況を象徴する「事件」となった。二〇〇三年に扇町ミュージアムスクエアが閉館すると、大阪の小劇場が減少する傾向に歯止めをかけるべく、ウルトラマーケット（大阪城ホール西倉庫）の演劇活用などに邁進。著書『内藤裕敬　劇風録其之壱』（ビレッジプレス）、『青木さん家の奥さん』（冬芽社）。八八年、大阪市の「咲くやこの花賞」、九七年、『夏休み』で第三回OMS戯曲賞大賞、二〇〇〇年、第四回OMSプロデュース『ここからは遠い国』（岩崎正裕作）で第七回読売演劇大賞・優秀演出家賞。また文化庁芸術祭優秀賞を、〇七年、兵庫県立ピッコロ劇団『モスラを待って』（鄭義信作）の演出と、一〇年、南河内万歳一座『ラブレター』（作・演出・出演）で受賞。

❖**『唇に聴いてみる』**《くちびるにきいてみる》　一幕。内藤の原風景である、実生活同様の六畳一間を舞台にした「六畳一間」シリーズ第一弾。以前の住人の匂いや気配が残る西日射すアパートの一室。そんな部屋に一人住まいする青年の追想や妄想が交錯するシリーズ。同作では、放火事件の第一発見者である青年が主人公。犯人の顔を見たのかどうか、刑事から追求されるが、態度がはっきりしない。ほかに、団地内のスーパーに客を取られた近所の商店主達が対策を練るエピソードや、主人公の子供時代の淡い初恋の思い出などを展開。子供の頃は奔放な想像力ゆえ、見えないものでも見えたのに、大人になると、見てないものを見たと言ってしまう邪推へと変貌してしまう。そんな閉塞状況への痛切な思いが込められた。

❖**『青木さん家の奥さん』**《あおきさんちのおくさん》 一幕。プロ野球選手を夢見ながら挫折し、酒屋でのバイトを始めた青年タケシと、ベテラン店員達が織りなす男優六人の芝居。酒屋の倉庫を舞台に、「青木さん家の奥さん」という絶世の美女に誰が酒を配達するかで張り合う男達。奥さんに対する男達の妄想が妄想を呼び、とんでもない女性像が出来上がる。結局最後まで青木さん家の奥さんは出てこない。劇におけるリアリティとは何か。内藤の演劇観が反映された、実験性あふれる作品。俳優の即興をもとに作られた。装置はビールケースのみ。照明は変わらず、音響も生ギターのみ。再演を重ねる大ヒット作で、出演は劇団員のほか、生瀬《なませ》勝久《かつひさ》、六角精児《ろっかくせいじ》、劇作家のマキノノゾミ、渡辺えり、萩本欽一など、個性的な顔ぶれが客演した。（九鬼葉子）

内藤幸政《ないとうゆきまさ》 一九一五〈大正四〉・五〜不詳。劇作家。東京生まれ。國學院大學卒業。橿原神宮の神官となる。召集、復員後、産経新聞校閲部勤務時代に、新聞週間の公募ラジオドラマに『校正おそるべし』が入選。一九五四年芸術祭脚本募集に、『日本献上記』が入選。同年歌舞伎座で上演。五六年には、『サムソンとデリラ』の翻案である『大仏炎上』を発表、大阪歌舞伎座で上演された。（神山彰）

仲武司《なかたけし》 一九二五〈大正十四〉〜二〇〇七〈平成十九〉・六。演出家・劇作家。本名中村武夫。京都市生まれ。戦後、劇団京芸に、一九六一年から関西芸術座に所属。「全日本リアリズム演劇会議」議長を勤める。劇団京芸上演の『西陣のうた』（一九五六）は第三回新劇戯曲賞候補。他に『青龍山』『絹屋佐平治』『オムニバス近代女性気質』（町田陽子と合作）など。晩年は演出を多く手がけた。（神山彰）

中井泰孝《なかいやすたか》 劇作家・演出家。一九二〇年代〜四〇年代にかけて大阪・角座の新派を中心に京阪や東京の各劇場で活躍した。新派のために『夜の窓』『鬼あざみ』『西島事件』ほかを提供し、脚色や演出も頻繁に手がける。一九二八年神戸・京都・大阪の松竹座で岡田嘉子一座によりカフェーの女給の生態を描いた『道頓堀行進曲』が映画の幕間に上演され話題となる。歌舞伎に『春日局』、志賀廼家淡海劇に『或る日の父さん』などがある。（桂真）

永井愛《ながいあい》 一九五一〈昭和二十六〉・十〜。劇作家・演出家。東京都生まれ。父の永井潔は戦後、日本美術会の設立に参加した画家、教育者。女優を志し、桐朋学園短期大学部演劇専攻科の前衛劇ゼミで学ぶ。卒業後、秋浜悟史、岡村春彦らの「春秋団」に入り、やはり女優志望で後に脚本家となる大石静と出会う。同年齢の同志だった。一九八一年八月、大石と卯年生まれにちなむ女二人だけの劇団「二兎社《にとしゃ》」を旗揚げ。翌年、池袋パモス青芸館で上演された『アフリカの叔父さん』（花房徹演出）で劇作家デビュー。当初の二兎社は大石と交互に作品を書き下ろす劇団だった。初めての作・演出となった『私もカメラ――黒髪先生事件報告』（一九八三）は、ささいな落書き事件から小市民の悪意が積み重なり、善意の教師に酷薄な運命がふりかかる物語である。内面の良心と現実生活との相克は、永井戯曲の一貫した主題となる。一方で大石との二人芝居は早変わりや趣向の奇抜さを持ち味とした。代表例は旗揚げ四年後の『カズオ』で、着替えに要する一分に合わせてセリフをつなぐため時計を見ながら書いたという逸話がある。『マサコ』(八六)、『ヒロスケ』(八八)、『あなたと別れたい』(九〇)、『許せない女』(九一)が同種の早変わり二人芝居である。それらは当時影響の強かったアングラ演劇と一線を画し、ウェルメイド志向、テレビ世代ならではのバラエティ感覚を打ち出した。小劇場ブームといわれた八〇年代、青い鳥、自転車キンクリートとともに女性劇団として脚光を浴びる。『改訂版カズオ』(八五)以降、二兎社の新作でもっぱら作・演出を手がけるようになり、九一年の『許せない女』を最後に大石が放送作家に専念すると単独主宰となった。多彩な出演者を得て作品世界が広がり、観客も増加した。同時に女優業からは次第に遠ざかる。転機となったのが九四年から一年ごとに発表された『時の物置』『パパのデモクラシー』『僕の東京日記』の戦後生活史劇三部作である。六一年、四六年、七一年と安保運動や敗戦の一年後に時を設定し、人間の内面に訪れる転換点を見すえた。〈取り返しのつかないものを取り返す〉(木下順二)戦後演劇が、庶民の視線から受けつがれたとみることができる。戯曲には大衆への批判的意識と共感が混在し、通俗的な笑いとそれに反するような残酷な批評が舞台にもたらされる。日本社会の生きがたさ、女であることの困難さの問題を照らしだすのである。生活史劇以後の作品をあえて分類すれば、現代の家族喪失の喜劇がまず挙げられる。『兄帰る』(九九)、『こんにちは、母さん』(二〇〇一)に加え、高度成長を支えた世代の父とバブル崩壊を経験した息子との苦い出会いを描く『こんばんは、父さん』(一二)がその系列にあたる。次いで指折られるのがアクチュアルな社会戯評に取り組む喜劇である。『ら抜きの殺意』(九七年、鶴屋南北戯曲賞)で現代日本の言葉遣い、『萩家の三姉妹』(〇〇、読売文学賞)でフェミニズム、『日暮町風土記』(〇一、朝日舞台芸術賞秋元松代賞)で地方の町並み保存、『歌わせたい男たち』(〇五)で教育現場の日の丸君が代問題、『かたりの椅子』(一〇)で日本的官僚主義、『シングルマザーズ』(一一)で母子家庭の経済的苦境がとりあげられた。さらに近代史劇ともいうべき作品群があり『見よ、飛行機の高く飛べるを』(九七)のあと、文豪の人生や作品をもとに評伝劇が試みられている。夏目漱石の未完の遺作に独自の解釈を加えた『新・明暗』(〇二)、樋口一葉の作家としての自立をとらえた『書く女』(〇六)に続き『鷗外の怪談』(一四)が書かれた。井上ひさし、別役実のあと第三代の日本劇作家協会会長を務めた。

[**参考**]扇田昭彦編『劇談――現代演劇の潮流』(小学館)、内田洋一『現代演劇の地図』(晩成書房)、「悲劇喜劇」特集「第二回ハヤカワ『悲劇喜劇』賞」(早川書房、二〇一五・5)

❖**『カズオ』** 二十七場。早変わり二人芝居。一九八四年五月、池袋パモス青芸館で二兎社が作者の演出で初演、大石静と作者の出演だった。初期二兎社の人気演目で、爆笑を呼ぶ大石のコメディエンヌぶりが輝いた。ともに銀行支店長の夫がいる塚ノ原家と八重垣家の家族の物語。はげ頭のタップダンサーがショーライトを浴びる冒頭が意表をつき、時がさかのぼって両家、公園、街角とめまぐるしく場を変える。塚ノ原宗盛が駅で出会った若者スズキカズオは家庭教師となって家の妻と関係を結び、三百万円を手にして消えた。妻はサラ金から借金したと言い出せず隠れ家へ逃走。一方、八重垣家では夫が部下の女と不倫していた。男の出世願望、主婦のさびしさ、世間体、怪しい新興宗教、嫁姑の確執、しわ寄せを受ける小学生、そうした家族のほころびが重なり、ごまかしが積もり積もって、見え透いた誘拐事件、両家の息子による支店強盗事件が起きる。銀行にいられなくなった宗盛は隠し芸で練習していたタップで身をたてる。舞台にカズオが一切登場しない人をくった演出で、幻にふりまわされる小市民を皮肉る。大石とタップを習っていた作者が練馬の自宅近所で見かけた銀行員から思いついた。

❖『**時の物置**《ときのものおき》』十四場。一九九四年十二月、ベニサン・ピットで作者の演出により二兎社が初演。草村礼子、山本龍二、大西多摩恵、田岡美也子らが出演。技巧中心の戯曲が人間を刻みこむ作劇へ深まる転機となった作。一九六一年十二月の新庄家を舞台にした祖父母、父、子三世代のホームドラマであり、私小説的戯曲でもある。六〇年安保の政治の季節が終わり、所得倍増の世相が現われるころ。息子の秀星は学内改革を掲げ大学自治会長選に当選するものの不正疑惑をかけられ孤立する。中学教師の父光洋は戦中にプロレタリア文学にかかわり、転向した過去がある。私小説作家を目指しながら道が開けないが、自分との愛を暴く合評会の女、萩は皮肉にも成功をつかむ。二階には師範学校のエリートのなれの果て、寝たきりの祖父辰吉がいるが、登場しない。その教え子から妻になった祖母延ぶは現実とかけはなれた士族風を吹かせ、使命感から字の書けない若い女ツル子を預かっていた。夢見がちな新庄家は衰運にあるが、光洋の妹が嫁ぐ鉄工所は羽振りが良く、電化製品を差し入れてくる。テレビを拒んでいた延ぶがいつしか番組テーマを口ずさむのがおかしい。家庭の電化が進むころの暮らしが生き生きとしたセリフで活写され、笑いの中から父子それぞれの転向問題が浮かびあがる。頼まれた原稿を間違えて出版社に送る口数少ないツル子、鈴を鳴らすだけの辰吉がかもしだすおかしさに批評がきいている。九六年十二月刊(而立書房)の戯曲あとがきによれば、当時小学生だった作者が自宅に集まる近所の人たちを思いだし、挿話にした。新庄延ぶは『見よ、飛行機の高く飛べるを』で若き女学生、光島延ぶとして再び現われる。

❖『**パパのデモクラシー**』九場。一九九五年十月、ベニサン・ピットで作者の演出により二兎社が初演。二瓶鮫一、大西多摩恵、山本龍二らが出演した。文化庁芸術祭大賞を受賞した。戦後一年余り、一九四六年十二月から翌年一月までの神社が舞台。仕事のない元特高警察官が居候しているところへ焼け出された女たちや東宝争議の組合員が転がりこむ。戦中に国家主義のお先棒をかついだ神主の木内家は民主主義の新思想にさらされ、大混乱。怪しい組関係者まで紛れこんで、それぞれに価値観の転換を受けとめる騒動が喜劇となる。家賃値上げの受け入れを問う多数決に、物不足につけこむ賄賂や組合追い出しの裏工作がからんで、世相がパロディとなる。作者が敗戦体験として大きな意味を見いだしたのはマッカーサーの勧告を受けた涙のゼネスト中止放送であり、与えられた民主主義のはかなさであった。神主忠宣が捨て子から養子とした頭の足りない千代吉は変わり身の早い周囲に調子を合わせられないが、意を決してパパと言葉を発する。永井戯曲屈指のセリフで、山本龍二のあと東京ボードヴィルショーの佐藤B作が当たり役とした。九七年二月、而立書房から刊行された。

❖**『見よ、飛行機の高く飛べるを』**《みよひこうきのたかくとべるを》 九場。一九九七年十月、本多劇場で黒岩亮演出により青年座が初演。麻生侑里、松熊明子（現・つる松）らが出演した。明治も末の一九一一年十一月、女子師範学校の談話室を舞台にストライキ騒動を描く。良妻賢母教育は新聞小説を読むことを禁じ、自然主義文学を危険とみなしたが、平塚らいてうの「青鞜」にあこがれる女学生たちは回覧雑誌の発行を思い立つ。飛行機の離陸を見て新時代に胸躍らせる貧農出身の杉坂初江が編集長に。初江と組む光島延ぶは士族出で成績一番、国宝と嘱望される優等生だった。が、まかない婦の息子である飾り職人順吉が女の園に侵入、木暮婦美にキスする事件が起きる。後日、順吉に簪《かんざし》をこっそり髪に挿されるのを目撃された婦美は男子との密会禁止の校則から退学となる。撤回を求める初江や延ぶはストライキを決行するが、理解者だった女教師に説得工作を受け、最後はふたりになる。国語教師、新庄洋一郎にプロポーズされストライキを抜ける延ぶ、飛行機を思い描いて決意を崩さない初江の対照が劇の眼目となる。女学生の雰囲気を伝える名古屋弁が秀逸。父方の祖母志津が延ぶ、『時の物置』の辰吉が新庄洋一郎にあたる。初江は市川房枝がモデル。九八年十月、而立書房から刊行された。

❖**『ら抜きの殺意』**《らぬきのさつい》 六場。一九九七年十二月、紀伊國屋サザンシアターで作者の演出によりテアトル・エコーが初演。安原義人、落合弘治、熊倉一雄、牧野和子、雨蘭咲木子らが出演した。ら抜き言葉、奇妙な敬語、不自然な女言葉、山形弁などが飛び交う抱腹絶倒の笑劇。言葉の混乱をセリフに写した手腕が冴え、テアトル・エコーの練達の喜劇役者が傑作舞台とした。第一回鶴屋南北戯曲賞受賞作。健康商品を扱う通信販売会社の倉庫兼事務所に夜の電話番として入った教育出版社勤務（実は国語教師）の海老名俊彦は誤った言葉遣いが我慢できない。同僚の伴篤男らに〈ら〉を入れろと促し、職員は戦々恐々。敬語がうまくつかえない女事務員はこわくて電話に出られず、ことわざを知らない若い男が責めたてられる。海老名がアルバイト禁止の公務員と知った伴は海老名に〈ら抜き〉で話すよう強制する。海老名が苦しげに〈捨てれる〉と発するのがおかしい。海老名も伴の秘密を握って〈ら入り〉を強要。言葉をめぐるいさかいが頂点に達するが、クリスマスイブの夜、伴が山形弁の本性を顕し、海老名も真実を告白して、互いの違いを受けいれる大切さを知る。金田一春彦『日本語』を参考に、女言葉への疑問から書き起こされた。作者は初演パンフレットに〈喋り言葉こそ、何よりダイレクトにその人を表すのではないでしょうか〉と書いた。九八年二月、而立書房から刊行された。

❖**『兄帰る』**《あにかえる》 七場。一九九九年六月、シアタートラムで作者の演出により二兎社が初演。立川三貴、浅野和之、大西多摩恵、田岡美也子らが出演。第四十四回岸田國士戯曲賞受賞作。会社の金をつかいこんで雲隠れした兄幸介がふらりと弟夫婦（保、真弓）のおしゃれな家に帰還する。その中村家に姉夫婦、叔父、叔母もきて幸介の身柄について話し合うが、責任のなすりあいや感情の対立が生じ、らちがあかない。家族や親戚の欺瞞が露わになり、真弓と幸介の間に不思議な心の交流が芽生える。岸田賞の選評で井上ひさしは〈性格づけの面白さ、そして台詞術の冴えが、平凡な設定を、やがて輝くようなものに変えてしまう〉とたたえた。二〇〇〇年四月に而立書房から刊行された戯曲あとがきには、本音と建て前双方に義理立てする〈いい人〉は根源に向き合わず巨悪をはぐくむ、その心中に分け入りたいと書かれている。

❖『萩家の三姉妹』《はぎけのさんしまい》 四幕（場）。二〇〇〇年十一月、シアタートラムで作者の演出により初演。余貴美子、南谷朝子、岡本易代、片岡弘貴らが出演した。第五十二回読売文学賞受賞作品。チェーホフの『三人姉妹』を日本の地方都市に移しかえ、フェミニズムの用語を駆使して女の生きにくさをすくう喜劇。地方都市の旧家、〈たーちゃま〉と呼ばれる萩家の長女鷹子は大学でフェミニズムを教え、家族に鬼と恐れられている。男女の性差別、旧弊な習慣を舌鋒鋭く叩きのめすが、満たされない現実と理論との狭間で揺れている。同じ大学でジェンダー論を教える妻ある同僚とかつて「不倫」関係にあり、ふたりで情事をふりかえる共同研究の場面に痛烈なおかしさがある。専門用語でセックスの行き違いをたどり、フェミニズムやジェンダー論にふりまわされる人間を笑い飛ばす。専業主婦の次女仲子の恋のゆらめき、フリーターの三女若子の生きる実感のなさ、さらに家具職人の珍妙なやりとりなどの人間模様をからめ、原作にある〈生きていかなければ〉の心の叫びを重ねていく。フェミニズムが不要の未来を祈る鷹子のセリフが胸に迫る。二〇〇〇年十一月、白水社から刊行された。

❖『こんにちは、母さん』《こんにちはかあさん》 六場。二〇〇一年三月、新国立劇場で作者の演出により初演。加藤治子、平田満、杉浦直樹らが出演した。舞台は第九回読売演劇大賞（最優秀作品賞）、作者は第一回朝日舞台芸術賞秋元松代賞（『日暮町風土記』と同時）を受賞した。東京の下町で一人暮らしをする七十代の神崎福江を一人息子の昭夫が訪ねてくる。夫に先だたれた福江にはカルチャースクールの講師荻生直文という恋人がおり、ボランティア活動で大忙し、華やいだファッションで生き生きと暮らしていた。昭夫は自動車会社でリストラ担当の副部長として日々苦しみ、離婚も迫られ、行き場を失っていた。落書きをめぐる父と息子の確執など思い出話が交わされ不思議な共生が始まるが、直文はあっけなく倒れてしまう。母は花火の夜、昭夫にからんで酒を飲む。東京大空襲を生き抜いた母の意地、戦地で残酷な体験をしたらしい死んだ父の孤独、自らもリストラ対象にされた息子の悲哀が重なり、深い喪失感の中から確かな親子の愛情が見えてくる。好配役で人間のたたずまいをとらえた舞台は賛辞を集めた。二〇〇一年三月、白水社から刊行された。

❖『鷗外の怪談』《おうがいのかいだん》 五場。二〇一四年九月、埼玉県富士見市民文化会館キラリ☆ふじみで二兎社が作者の演出により初演。金田明夫らが出演した。芸術選奨文部科学大臣賞受賞作品。第二回ハヤカワ「悲劇喜劇」賞受賞。夏目漱石、樋口一葉に続き森鷗外に取り組んだ文豪もので、史実を発掘し、人間鷗外と大逆事件の意外なかかわりに光をあてた。事件のあった一九一〇年から翌年にかけての居宅「観潮楼」が舞台となる。陸軍軍医総監に上りつめた森林太郎は暗黒裁判に心を痛め、弁護士に智恵を授ける一方、黒幕の元老山縣有朋との秘密会合にも出席していた。会合は日記にも残せない極秘事項だったが、作者はここに着目。小説『沈黙の塔』などで暗に山縣批判をしていたことから、直言を試みながらできなかったという物語を創作した。何もせず栄華を求めるか、良心に従い国家にたてつくか。この背反した問いに嫁姑の確執や『舞姫』の一件、津和野で見たキリシタン弾圧のおそろしさをからめたところが戯曲の妙味となる。立身のため恋人エリスを捨てた過去をもつ鷗外は自責の念を晴らそうと山縣説得を決意する。が、エリス追放時同様、母の峰が立ちはだかる。助命嘆願に出かけるとき、小説指南を受けていた妻しげが支えようとするのに対し、峰はキリシタン弾圧で見た国家の恐さを忘れたか、と喉に刃をつきつけ制止する。鷗外の自嘲〈おかしいだろ、エリス……〉の苦い響きに永井戯曲の味があった。鷗外を尊敬していた永井荷風が事件の結末に絶望し、近代主義者から戯作者に転向する姿が劇中で対照をなす。「悲劇喜劇」(二〇一四・11)所収。(内田洋一)

永井荷風《ながいかふう》　一八七九〈明治十二〉・十二～一九五九〈昭和三十四〉・四。作家。東京小石川生まれ。本名壮吉。東京外国語学校中退、歌舞伎座の福地桜痴門下の狂言作者として修業。アメリカ、フランスで銀行員として勤務、帰国後作家として著名となる。戯曲は、『ふらんす物語』所収で発禁となった『異郷の恋』(一九〇九)のほか、「三田文学」発表の『平維盛』『秋の別れ』は、いずれも二世市川左團次一座が明治座、帝国劇場で上演の一幕物。他に『わくら葉』(三幕)、『煙』(一幕)が明治期の戯曲。大正年間には、『三柏葉《みつがしわ》樹頭《こずえの》夜嵐《よあらし》』(三幕六場)が帝劇女優劇で、『夜網誰　白魚《よるのあみだれとしらうお》』(二幕五場)が明治座で二世左團次一座により上演。帝劇では、舞踊劇『旅姿　思　掛稲《たびすがたおもいのかけいね》』も上演されている。他に『早春』『三巴天明騒動記』などが、この時期の作品。昭和期は浅草オペラ館(「浅草オペラ」とは別)に音楽劇『葛飾情話』を書き、戦後には、『停電の夜の出来事』『春情鳩の街』(浅草大都劇場・四九)、『踊子』(ロック座・同)、『裸体』『渡り鳥いつかへる』(いずれも同座・五〇・仲沢清太郎脚色)を書き、後者には自ら出演して話題となった。なお、木村富子脚色(本郷座・二八)小川丈夫脚色(浅草オペラ館・四〇)の『すみだ川』を初めとして、小説は何度も脚色上演されており、特に、新派と戦後の東宝演劇での上演が多い。

❖**『秋の別れ』**《あきのわかれ》　一幕。「三田文学」一一年一月号に発表、二二年十二月帝劇で二世左團次一座が初演。老詩人に昔話を聞いた若い旅人が、都行きをやめようとするが、詩人が、都で人生を知るがいいと勧める。そこへ来た、都で恋に敗れた女性が物語る恋のはかなさを聞き、若き旅人はひとり去る。白楽天の『琵琶行』に材を得た無常感と詩情溢れる詩劇風佳品。『荷風全集』(岩波書店)第十二巻所収。

❖**『葛飾情話』**《かつしかじょうわ》　一幕。音楽劇。一九三八年五月。浅草オペラ館初演。荒川放水路から葛飾界隈を背景に、バスの運転手と車掌、茶屋の娘がテノール、アルト、ソプラノで歌う、色恋と人情の物語。菅原明朗の作曲が巧みで、永井智子、波岡惣一郎の歌唱も好評で連日満員の入りだった。若年期の「江戸」と「西洋」の結合を通俗的な形をもって表現された、荷風にとって重要な作品。『荷風全集』(岩波書店)第十二巻所収。音楽は『浅草オペラ——華ひらく大正浪漫』(山野楽器)所収。(神山彰)

永井龍男《ながいたつお》　一九〇四〈明治三十七〉・五～一九九〇〈平成二〉・十。作家・随筆家・編集者。東京生まれ。小説の代表作には『朝霧』『コチャバンバ行き』『秋』など多数。一九二二年、帝国劇場の脚本募集に応募した『出産』が当選。その後、文藝春秋社の編集者となる。他の戯曲に、二四年に三田系の文学同人誌「青銅時代」に発表した『月』『いとなみ』、二八年に「創作時代」に発表した『からくりの小屋』がある。(高橋宏幸)

中内蝶二《なかうちちょうじ》　一八七五〈明治八〉・五～一九三七〈昭和十二〉・二。劇作家・小説家。高知県生まれ。本名義一《よしかず》。一九〇〇年東京帝国大学国文科卒業後、博文館に入社。「太陽」に小説『懺悔文』、「文芸倶楽部」に評論「健全なる小説」を発表する。「万朝報」「国民新聞」の劇評担当記者を経て、明治末から大正期にかけて、新派に『箱根の月』『山上山』『恋を知る頃』、新国劇に『髯の十左』、帝劇に『栄華物語』などの脚本を執筆。翻案劇『大尉の娘』は一七年に新派俳優井上正夫が監督・主演し映画化された後、新派の舞台に初演された代表作で、二三年に初代水谷八重子が娘露子を演じて以来当たり役としたため「八重子十種」の一つに数えられる。明治末頃より長唄の作詞を手がけ、大正から昭和にかけて「講談倶楽部」や「面白倶楽部」に数多くの小説を執筆。「読売新聞」嘱託、長唄協会理事を歴任。編著書に『日本音全曲集』(日本音曲全集刊行会)がある。

❖**『大尉の娘』**《たいいのむすめ》　一幕二場。一九二二年六月、明治座で新派により初演。主な配役は、退役陸軍大尉森田慎蔵に井上正夫、娘露子に花柳章太郎。ドイツ映画『憲兵モエビウス』の翻案で度々映画化もされた。舞台は大正中期の信州木曽のある村。教員をしながら独り暮らしをする慎蔵のもとへ露子が帰省する。露子は村長の息子六松と恋仲で子までなしたが結婚を認められず、子どもを里子に出し東京へ奉公に出ていた。今夜村長の家で六松の婚礼が行なわれる。娘が不憫で慎蔵は内緒にしていたが、隣家の乙吉が口をすべらせ露子は自分が六松に捨てられたことに気づく。数時間後、村に半鐘が鳴り響く。嫉妬に駆られた露子が村長宅に火をつけたのだ。放火は大罪。慎蔵は娘を責めずに、罪人として恥を残すより潔く自死を選ぶよう諭し、里子に出した子が亡くなったことを打ち明ける。発狂する露子の胸を短刀で刺すと慎蔵も後を追った。『日本戯曲全集』現代篇、第七輯(春陽堂)所収。　(桂真)

中江良夫《なかえよしお》　一九一〇〈明治四十三〉・五〜一九八六〈昭和六十〉・一。劇作家。昭和期に活躍。北海道室蘭市生まれ。本名吉雄。尋常小学卒後、数種の仕事を経て、上京。警官として勤務中、拘留中の村山知義の勧めで、一九四〇年、新宿のムーラン・ルージュ新宿座の脚本募集に当選。同座文芸部に入る。戦後、同座復興に尽力。社会風俗劇『生活の河』や『にしん場』などを発表し、評価される。戦後現代劇路線を進む新国劇にも、五五年にソ連国境の戦地を描いた小説『消えた中隊』を劇化上演し、続いて『無法一代』(岩下俊作原作)や『花と龍』(火野葦平原作)等々、主演の辰巳柳太郎の体質に合う作品群の脚色が好評だった。復演される傑作『どぶろくの辰』のほか『火山灰』『戦国悪党伝』『殴りこみ分隊』なども提供している。森繁劇団にも『ガラスの椅子』などを書く。戦中から、ラジオドラマも手掛け、他作者と交代で執筆した『チャッカリ夫人とウッカリ夫人』は人気作。喜劇俳優佐山俊二は弟。『にしん場』は『現代日本戯曲大系第一巻』(三一書房)所収。

❖**『どぶろくの辰』**《どぶろくのたつ》　三幕九場。一九四八年十月有楽座で、新国劇により初演。盆休みの近い時期の北海道。道路工事の飯場で、どぶろくの辰と綽名される辰五郎たち労働者たちが、女性を巡って酒を賭ける日々。そこには戦争で運命を狂わされた男女の影が射している。辰五郎を巡る二人の女性の鞘当て、様々な人生を歩む男たちの酒に紛らす苦悩。そこで起る争いと炭鉱への道路工事の現場の事件。やがて、女の一人の夫が外地から復員して家庭に戻り、辰五郎はもう一人の女と暮らすことになる。様々な人物を、戦後の様々な挿話のなかで巧みに飽きさせず展開していく。道路工事の労働者や復員者の姿を通して、戦後という時代の実相と明暗を描く傑作であり、当時の新国劇の方向に適した現代劇として好評で数度再演された。『昭和大衆劇集』(演劇出版社)所収。　(神山彰)

長岡輝子《ながおかてるこ》 一九〇八〈明治四十一〉・一～二〇一〇〈平成二十二〉・十。女優・演出家。岩手県生まれ。築地小劇場の研究生の時にパリに留学、フランス演劇を学ぶ。一九三〇年、夫で演出家の金杉惇郎と「テアトル・コメディ」を結成。その後、文学座に籍を移し、三九年に東京・芝の飛行館で文学座により自らの演出で『マントンにて』(「劇作」一九三八・7-8合併号)を上演。七一年に文学座を退団し、出身地の方言を生かした朗読を続ける。戯曲作品としては『長いお正月』(「テアトロ」一九七三・4)などのほか、ソーントン・ワイルダーの『わが町』を翻案した『わが町-溝の口』(一九七六)もあり、九三年には松川暢生の構成のもと劇団東演により『わがまち世田谷』として上演された。(中村義裕)

中上健次《なかがみけんじ》 一九四六〈昭和二十一〉・八～一九九二〈平成四〉・八。小説家。和歌山県新宮市生まれ。新宮高校卒業後、受験を名目に上京し、さまざまな肉体労働を経て、小説『十九歳の地図』で事実上デビュー。一九七六年に『岬』で戦後生まれ最初の芥川賞作家になるなど日本を代表する小説家。演劇との関わりは、七九年にはみだし劇場(現・椿組)に『ちちのみの父はいまさず』(「新劇」一九七九・7初出(南北朝時代の大盗賊「かなかぬち」に父を殺され母を略奪された姉弟の復讐劇ゆえ再演からは『かなかぬち』が正題とされるが、渡来人系の韓鍛冶《からかぬち》に基づく「鉄《かな》+鍛冶《かぬち》」という合成語))を書き下ろしたところから始まる。その後、『千年の愉楽』が改作上演されるなど演劇界との関わりもあり、死の直前まで近畿大学演劇芸能専攻で客員教授を務めた。(西堂行人)

仲木貞一《なかぎていいち》 一八八六〈明治十九〉・九～一九五四〈昭和二十九〉・四。劇作家。石川県金沢生まれ。早稲田大学英文科卒業。読売新聞記者を経て、島村抱月の「芸術座」舞台主任となり、ワイルド『露西亜娘』の翻訳なども行ない、藤井真澄、水谷竹紫らと「イプセン会」を作り『柿実る村』を上演。後に新国劇座付作者となり、中村吉蔵所長の「新国劇附属演劇研究所」講師も務める。『空中の悲劇』(一九一三)、『飛行曲』(一九一七)のような、現代性に着目した演目のほか、新劇協会上演の『マダムX』は、伊澤蘭奢《いざわらんじゃ》主演で好評を博し、昭和期に関西新派でも梅野井秀男主演で上演。他に『暁』『祭の夜』『社会の礎』『山賊と首』など多作。新国劇では、『家門の犠牲』などテンポよい剣劇がスピード感を求める時代の要請にあい、水中の殺陣をいれた『深川音頭』は作の価値を超えて、大衆の情動を刺激し、新国劇の人気を高め定着させた作品として注目される。東京中央放送局、松竹キネマにも関係するなど、新国劇という大正、昭和初期の「民衆演劇」時代の多面性を体現した劇団の作者として重要な存在。(神山彰)

中里介山《なかざとかいざん》 一八八五〈明治十八〉・四～一九四四〈昭和十九〉・四。作家。東京都(当時は神奈川県)西多摩郡羽村生まれ。本名弥之助。代用教員などをしつつ、生地が自由民権運動に縁あることから、さまざまな思想に接し、小説に手を染める。特に、一九一三年から四一年まで書き継がれた未完の大作『大菩薩峠』が著名。大衆文学の金字塔とされるが、難解な作品。主人公の机龍之助の造型が、演劇人、映画人の関心を引き、複数回、映画化、舞台化されている。

❖**『大菩薩峠』**《だいぼさつとうげ》 行友李風が脚色し、一九二一年十二月、東京明治座で新国劇が、澤田正二郎が机龍之助に扮して初演。その後、歌舞伎で二世市川左團次、十三世守田勘彌も演じた。一九二〇-三〇年代の虚無思想の流行と新興宗教が流行した時代に、仏教思想を底流にして、人間の多面性を描くという作者の意向を受けて、国柱会の田中智学が脚色した上演もある。戦後は、宇野信夫脚色版もよく上演され、新国劇のほか、歌舞伎で十一世市川團十郎が演じた。その独自の造型は「商業演劇」でも人気を博し、近年では田村正和、GACKTなども演じている。龍之助は宇津木文之丞を倒し、許嫁お浜を奪う。文之丞の弟・兵馬は兄の敵龍之助を追う。やがて、龍之助は精神に異常をきたし、お浜を殺し、自らも視力を失う。脚色により構成も替わるが、主役龍之助の虚無的で妖気漂う音無しの構えの剣法を遣う見せ場は共通。大詰、正気を失い、剣で御簾を切って現われる龍之助の姿を描くのも共通しているが、視覚的効果抜群の場面である。中里介山『大菩薩峠形訳脚本』(大菩薩峠刊行会)がある。 (神山彰)

中沢清太郎《なかざわせいたろう》 一九〇二〈明治三十五〉・四～一九七〇〈昭和四十五〉・二。劇作家・演出家。岡山県生まれ。本名中島毅造、俳優名・仲島淇三。東洋大学在学時より新劇俳優として先駆座に参加、以後トランク劇場、左翼劇場などプロレタリア演劇の舞台に立つ。一九三〇年にカジノ・フォーリーの文芸部に加入し軽演劇作家に転じる。オペラ館ヤパン・モカル、金語楼劇団、吉本興業などの文芸部長、戦後は舞台・テレビの脚本の他にストリップのロック座支配人なども務めた。永井荷風と親交があり、荷風作品の脚色・演出も手掛けた。主な作品に『混戦「アジアの嵐」』『赤本どるらる半三』『浮標のない港・都会』、戯曲集に『裏町感化院』(西東書林)がある。 (中野正昭)

中島かずき《なかしまかずき》 一九五九〈昭和三十四〉・八～。本名一基。福岡県生まれ。立教大学卒業。初期のペンネームはかずき悠大。当初は双葉社に編集者として勤務しながら『炎のハイパーステップ』(一九八五)より劇団☆新感線の座付作家として劇作家活動を開始。『星の忍者』(八六)、『阿修羅城の瞳』(八七)、『スサノオ――神の剣の物語』(八九)、『髑髏城の七人』(九〇)、『野獣郎見参――BEAST IS RED』(九六)、『蛮幽鬼』(二〇〇九)など、神話や史実などを素材とした物語性豊かな時代活劇『いのうえ歌舞伎』シリーズで人気を博す。『アテルイ』(〇二)で第四十七回岸田國士戯曲賞、二〇〇二年朝日舞台芸術賞・秋元松代賞受賞。劇団の舞台を映像化し、映画館で上映する「ゲキ×シネ」が〇四年に『阿修羅城の瞳2003』でスタート、人気が定着。ほかに、コミック原作やアニメ『天元突破グレンラガン』(〇七)の脚本・シリーズ構成、アニメ版『のだめカンタービレ フィナーレ』(一〇)のシリーズ構成、『仮面ライダーフォーゼ』(一一)のメイン脚本など、幅広く活動。

❖**『阿修羅城の瞳』**《あしゅらじょうのひとみ》 二幕。文化文政期、鬼を征伐する宿命にある病葉出門《わくらばいずも》と、鬼の女頭領との愛憎劇。鬼が跳梁する江戸。鬼を討伐する特務機関・鬼御門《おにみかど》の腕利き剣士・病葉出門は、五年前に足を洗い、四世鶴屋南北の芝居小屋にいた。そこへ盗賊のつばきが追っ手を逃れて現われる。彼女は、五年前から先の記憶を失っていた。何故か彼女を執拗に追う尼僧姿の鬼・美惨と、鬼御門副隊長の安倍邪空。邪空には、人の世を鬼の巣食う闇の世に変え、牛耳ろうとする野望があった。美惨は、鬼の王・阿修羅の行方を捜していた。阿修羅によって、人の世が鬼の魔界になることを信じて。つばきに心惹かれ、美惨と邪空から助ける出門。だが名作を書くため鬼に魂を売った南北に裏切られる。出門は五年前、鬼の巣食う寺を火にかけ、皆殺しにした夜、鬼の少女と出会っていた。恐怖する瞳が出門を「鬼だ」と語ったことに気付き、鬼御門を辞めた。だがその少女こそ、かつてのつばき。阿修羅は童の姿を借りて生まれ、恐怖を感じた時人間の女となり、そして恋をした時、阿修羅に転生する。つばきは出門を愛し、転生する。鬼は滅びなければ救われぬと悟ったつばき=阿修羅は自らの命を絶つため、出門と死力の限りの剣を交わす。それは、決して結ばれぬ運命にある二人の、唯一の情を交わす術でもあった。阿修羅が滅び、美惨と邪空も死に、平穏が戻った江戸。出門は、季節外れの満開の桜の下で赤ん坊の声を聞く。それは阿修羅の幻か。

❖**『アテルイ』**《あてるい》 二幕。蝦夷の長・阿弖流為《アテルイ》と征夷大将軍・坂上田村麻呂の宿命の対決を描く。北の民・蝦夷族の長の息子・阿弖流為は、故郷を追われ、帝都にいた。神の使いの獣に襲われた女・立烏帽子を救い、獣を殺したためだ。帝都で立烏帽子と再会、単一民族国家成立のため、帝に滅ぼされようとする蝦夷を救うべく帰郷する。征夷大将軍の坂上田村麻呂も蝦夷に向かう。恋人の鈴鹿が、帝を守る人柱にされたとも知らずに。族長となった阿弖流為は、帝人軍に抵抗する。一方、立烏帽子を名乗る女は、実は荒覇吐の神だった。人が作った神(帝)を奉る大和が、八百万の神を絶とうとする戦いに勝つため、阿弖流為を呼び戻したのだ。和睦を提案する田村麻呂。抗戦を主張する荒覇吐。阿弖流為は荒覇吐を殺し、和睦のため都に向かう。だが田村麻呂の意に反し、帝の意向は蝦夷を全滅させることだった。処刑される寸前に逃げた阿弖流為は、帝都を荒らす。田村麻呂は阿弖流為に剣を向け、阿弖流為は、「蝦夷に手を出すと、俺が祟り神になる」と言葉を残して死に絶える。そして、阿弖流為の霊力により鈴鹿が蘇る。彼女こそ、阿弖流為が獣から救った本当の立烏帽子だった。（九鬼葉子）

中島淳彦《なかじまあつひこ》 一九六一〈昭和三十七〉・八〜。劇作家。宮崎県生まれ。二十歳から演劇活動をはじめ、自らが主宰した劇団ホンキートンクシアターでは作・演出・出演を務める。旗揚げ公演は『タイトルが決まらない』。一九九四年の解散までに、九〇年に横浜・相鉄本多劇場で『天才の証明』『馬鹿の証明』、九二年に下北沢ザ・スズナリで『おせち門松お年玉』などを上演、一貫して人情味のある喜劇を書き続けている。出身である九州の方言にこだわり、その地に暮らす人々を描く作品も多い。また、家族が亡くなった後の一家に遺された問題をテーマにした作品にも特徴がある。解散後はフリーの劇作家として活動、劇団道学先生や劇団ハートランドの座付作家として脚本を提供。劇団道学先生で『ザラザラ様式の部屋』(一九九七)、『佐竹くんがガリガリに痩せた理由』(九八)、『エキスポ――父ちゃん、人類の進歩と調和げな』(二〇〇二)など、劇団ハートランドでは『いのち短し恋せよ乙女団』(九六)、『キリキリマイガール』(九九)、『ひなあられ』(〇二)、『ペラペラゲーム――夢の原医療刑務所・まごころ相談室』(〇三)などが上演されている。大劇場演劇にも脚本を提供し、中日劇場では二〇〇六年七月のコロッケ公演『大当たり! 夫婦茶碗』、一三年五月『美川憲一のおだまり!劇場』、新橋演舞場では〇七年二月『わらしべ夫婦双六旅』などがある。ル テアトル銀座の〇七年六月『宝塚BOYS』は好評を博して再演されるなど、劇場の大きさや劇団を問わず、幅広く脚本を手掛ける。一二年には、青年座に書き下ろした『タカラレ六郎の仇討ち』(演出:黒岩亮)、東京ヴォードヴィルショーに書き下ろした『トノに降る雨』(演出:ラサール石井)の二本でバッカーズ・ファンデーション戯曲賞受賞。

❖『**エキスポ**』 二〇一一年、新宿シアタートップスで堤泰之の演出により初演。出演：青山勝、大西多摩恵、かんのひとみ、湯浅実《ゆあさまこと》、藤原啓児ほか。一九七〇年、万国博覧会の年に、宮崎県のある家で、主人・了一の妻・ひさ子の通夜が行なわれている。長男・康夫、康夫の妻・君江、長女・千代子、次女・珠子の他に、了一の甥の賢作、千代子の別れた夫などの関係者が集まっている。働き者だったひさ子は、ぐうたらしていて働かない男たちを尻目に、昼は食堂、夜は近所で連れ込み旅館の経営をしていた。しかし、連れ込み旅館に日記が遺されていることが分かり、身に覚えのある男たちは気が気ではない。また、康夫が浮気をした相手の亭主・山下に、ひさ子が毎月慰謝料を払っていたことも、弔問に訪れた山下の口から明かされる。しかも、ひさ子は開催中の「万国博覧会」に五人で申し込んでいたことがわかるが、そのメンバーが誰なのかがわからずに、困惑する家族たち。女房であり母であるひさ子の死に直面し、オロオロとしながら焼酎ばかり呑んでいるだらしない男たちと、しっかりしていて働き者の女たちを対照的に描きながら、九州の方言を駆使して「家族」のありようを炙り出した作品。

❖『**バリカンとダイヤ**』 二〇一二年九月、下北沢ザ・スズナリにて自らの演出で初演。出演：大西多摩恵、小林美江、福島まり子、馬場奈津美、田岡美也子ほか。税務署で定年まで真面目に勤め上げた夫の葬儀を終えて約一週間後、未亡人となった妻の智恵子のもとには、宮崎から上京している姉でやはり未亡人の多恵子、娘の智子、恵子、潤子などが来ている。三人の娘は一見何の問題もないようだが、智子は離婚し、一人娘の親権を相手に渡してしまった。未婚の次女・恵子はバリバリ飲食関係の仕事をしているが仕事一筋で恋愛には縁がない。三女の潤子は、年上の売れない役者と同棲している。そこへ、フジ子・マックイーンという近所に住む友人が図々しく入り込んで来る。夫が死んで初めて、他の人から自分が知らない夫の姿を知らされ、いささか複雑な気分の智恵子。問題を抱えながらも順調だと思っていた三人の娘にも、それぞれに大きな問題を抱えていることが見え始める。そんな状況の中で、亡き夫の想い出の中で「何か」を見つけた智恵子は……。出演者全員が「女優」という芝居で、『エキスポ』とは違った手法で、家族を喪った人たちの心境を描いた作品。（中村義裕）

中島末治《なかじますえじ》 一九〇五〈明治三十八〉・四〜不詳。劇作家・英文学者。大阪市天満生まれ。立正大学在学中の一九三一年、坪内士行の紹介で岡本綺堂に入門。雑誌「舞台」を編集。三五年、大阪・角座で新派が戯曲『女店員』初演。英語教師を勤めるかたわら劇作を続け、『仏蘭西人形』等を発表。母校の英文学教授となって以降は研究に専念。ジェイムズ・バリーほか、英国喜劇に関する研究論文がある。（大橋裕美）

中島丈博《なかじまたけひろ》 一九三五〈昭和十〉・十一〜。脚本家・小説家・映画監督。京都府生まれ、高知県育ち。高知県立中村高等学校卒業。シナリオ研究所第一期生。橋本忍に師事。日活ロマンポルノの映画脚本で活躍。一九七五年、自伝的作品『祭りの準備』（黒木和雄監督）でキネマ旬報脚本賞受賞。『草燃える』（永井路子原作）などNHKドラマを数多く手掛け、八九年に『恋愛模様』『海照らし』『幸福な市民』で第八回向田邦子賞受賞。東海テレビ『真珠夫人』（菊池寛原作）、『牡丹と薔薇』などの愛憎劇でも人気を博す。舞台劇に『祭りばやしは聴こえない』『ピカレスク・イヤーゴ』など。戯曲『味噌汁と友情』（『読んで演じたくなるゲキの本 中学生版』所収、幻冬舎）がある。（小原龍彦）

中島らも《なかじまらも》 一九五二〈昭和二十七〉・四〜二〇〇四〈平成十六〉・七。小説家・劇作家・ミュージシャン。兵庫県尼崎市生まれ。本名裕之《ゆうし》。大阪芸術大学放送学科卒業。歯科医の次男として生まれ、生後九か月の記憶があったという。小学生の頃はIQが一八五もあった神童で超進学校灘中に入学。灘高の頃から酒を飲み始め落ちこぼれるが、十代の頃からむさぼり読んだブルトン、ロートレアモン、バタイユ、ボードレール、セリーヌ、マンディアルグ、日本の作家では稲垣足穂、泉鏡花や山田風太郎などが後に作家となる中島らもの血肉となっている。シュールレアリスムと幻想文学から出発し、読者(観客)を最後まで飽きさせない異能・異才の娯楽作家が中島らもであった。広告会社勤務のコピーライター時代に手がけた雑誌広告「啓蒙かまぼこ新聞」で注目され、一九八四年から十一年間続けた朝日新聞の人生相談『明るい悩み相談室』の連載で一躍、全国的な人気を博す。八六年にほぼ自動筆記で一気に書いたという最初の単行本『頭の中がカユいんだ』(大阪書籍、後に集英社文庫)を出版。本格的な作家活動を開始。アルコール性肝炎による入院体験を基にした小説『今夜、すべてのバーで』(一九九一、翌年に第十三回吉川英治文学新人賞、第十回日本冒険小説協会・特別大賞受賞)、アフリカ・ケニアと日本を舞台に、娘を取り戻そうとする大学教授と呪術師の対決を軸にした壮大なエンタテイメント『ガダラの豚』(九三、翌年に第四十七回日本推理作家協会賞[長編部門]受賞)で人気・実力を兼ね備えた小説家となる。八六年、わかぎゑふらと笑殺軍団リリパット・アーミー(九五年に劇団リリパット・アーミーに改名。中島は二〇〇一年に退団。現在はわかぎ代表のリリパット・アーミーII)を自作の『X線の午後』で旗揚げ。名前の通り、徹底したギャグ芝居で人気劇団となる。香港映画のような中華活劇『天外綺譚 セイント・イーブル』(九〇)や小説を舞台化した『人体模型の夜』(九二)などヒット作を次々と上演するが、劇作家としての中島の代表作は劇団売名行為(九一年にMOTHERとして再出発。二〇〇二年に解散)に書き下ろした『こどもの一生』(九〇年初演)だろう。タイトルの名手だった中島らしいネーミングで二〇〇三年には小説として単行本化されている(集英社文庫)。中島のテーマのひとつである〝笑いと恐怖〟が描かれた本作は演出家G2や桝野幸宏の脚色版など数多く上演されている。小説、戯曲のほか創作落語やロックバンドのボーカル、ギターなど多彩な活動で知られた中島だが、〇四年七月二十六日、泥酔による転落事故のため脳挫傷、外傷性脳内血腫のため五十二歳の若さで死去する。その軌跡は語り下ろし自伝『異人伝』(講談社文庫)や文藝別冊『総特集 中島らも』(河出書房新社)に詳しい。

❖**『こどもの一生』**《こどものいっしょう》 一幕。瀬戸内海のとある小島にあるMMMクリニック。神経症治療に訪れたワンマン社長の三友とその秘書・柿沼、ロックシンガーのミミ、作法家元の花柳嵐雪、コンピューター技師・藤堂はクリニックの治療による〝こども返り〟を受けることになる。「こども」になっても傍若無人な三友に対し、藤堂ら四人はある報復を思いつく。それは三友の知らない架空の人物「山田のおじさん」をでっち上げ、三友を仲間はずれにすることだった。だが、存在しないはずの「山田のおじさん」が現われて、惨劇が始まる――。

中島は九八年のプロデュース公演パンフレットに自作について書いている。「八年前、自分の書く作品は主にギャグが中心で、それはひとつのブランドのようになっていた。観客は笑おうと身構えている。その笑いにしても、周到に用意したネタと、役者の失敗などに対しての物との違いが感じられない状況だった。ならばそれを逆転してしまえ、というのが『こどもの一生』を書こうと思った最初の動機である。『笑い』と『恐怖』一見、相反するように見えるが、僕は二つの作りは似ていると考えている。感性を刺激する、人間にとって重要な要素。その二つを一つの作品に閉じ込める。同じことはしたくない、常に新しくて面白いものを作りたいという僕の、その時の試みがここに集約されている」（パルコ・リコモーション提携公演パンフレットより引用）。オリジナル戯曲は第二次大戦下の中国・満州を舞台にしたサーカス団と関東軍の〝謎の生きもの・ベイビーさん〟をめぐる歌あり、踊りありの娯楽作『ベイビーさん』（九二年初演）と共に『中島らも戯曲選I　こどもの一生　ベイビーさん』（論創社）に収録されている。（小堀純）

中島陸郎《なかじまりくろう》　一九三〇〈昭和五〉・八～一九九九〈平成十一〉・六。演劇プロデューサー・劇作家・詩人。大阪府大阪市生まれ。一九五二年から六二年まで内田朝雄が主宰した大阪円型劇場・月光会に制作・劇作・演出・機関誌編集など中心メンバーとして関わる。月光会は公演の度ごとに特設円型舞台をつくり、木下順二の『夕鶴』を作者と武智鉄二による脚色台本を使用し、「つう」を二人にした生演奏と合唱による詩劇にするなど斬新な演出の舞台で知られた。野外劇や東京公演も行ない、五九年の「詩劇祭」では富岡多恵子、寺山修司、堂本正樹らの書き下ろし詩劇を上演。中島も制作・演出で参加、作者と大阪で合評会も行なっている。月光会解散後、中島は広告代理店に勤務、コピーライターとして活躍する。その後、大阪・梅田に七八年開場したオレンジルーム（現・HEPホール）のプロデューサーに就任。八二年から八六年まで、関西の学生演劇を集めたフェスティバル「オレンジ演劇祭」を企画。この演劇祭から世に出た演劇人に辰巳琢郎、いのうえひでのり、内藤裕敬、マキノノゾミ、岩崎正裕らがいる。九二年からは大阪市中央区周防町通りの小劇場・ウイングフィールドのプロデューサーとして深津篤史、大竹野正典、棚瀬美幸らと仕事をしている。関西の作家だけでなく、北村想、はせひろいち、平田オリザらの才能をいち早く見抜いたのも中島であった。才能の発掘と同時に演劇環境づくりに心血を注ぎ、大阪市立芸術創造館、精華小劇場の創設に尽力した。演劇プロデューサーとして広く知られた中島であったが、すぐれた劇作家であり、詩人であった。その原点は〝プレ・アンダーグラウンド〟とでも言うべき前衛集団・月光会の十年であり、絶えず「時代の前衛」であろうとしたことが、若い世代との出会いにつながった。二〇〇九年に精華小劇場で「中島陸郎没後十年に捧ぐ――円型舞台への挑戦」が行なわれ、中島の作品に太陽族、dracomが挑み、内藤裕敬・深津篤史・棚瀬美幸・樋口美友喜（現・ミユ）が短編を書いた『中島陸郎を演劇する』（演出・キタモトマサヤ）も上演された。著書に半生を綴った『阿片とサフラン――演劇プロデューサーという仕事』（長征社）、追悼集として、詩・小説・戯曲の作品集『跫の中から足音』、喜尚晃子との共著『聖歌が聞こえる』（共に手鞠文庫）がある。

❖**『自動小銃の銃口から覗いた風景』**《じどうしょうじゅうのじゅうこうからのぞいたふうけい》　一幕。モノローグドラマと銘打たれた中島の一九六〇年の作品。朝鮮戦争特需でもうけた父、母はすでに亡く、父は工場内に愛人を囲った。少年は地下の工場で自動小銃をつくる。その銃だけが孤独な少年の唯一の友である。少年は銃で父の愛人を殺そうとするのだが――。第十四回大阪府芸術祭脚本の部入賞。九九年には深津篤史演出で上演された。『跫の中から足音』に収録。（小堀純）

中田耕治《なかだこうじ》 一九二八〈昭和三〉・十一〜。文芸評論家・劇作家・翻訳家。東京都出身。明治大学英文科卒業。はじめ俳優座養成所で戯曲論、アメリカ演劇研究などの講師をし、次に「青年座」などで演出を手掛ける。その後「グループ・シアター」を主宰。のち『闘う理由、希望の理由』などの小説をはじめ、戯曲、文芸評論、翻訳など多彩な執筆活動を展開。戯曲に『聖家族』、映画の原作に『異聞猿飛佐助』〈一九六五、松竹〉などがある。テネシー・ウィリアムズ、アーサー・ミラー、ピランデルロなど外国戯曲の翻訳も多い。演出家としては『闘牛』〈六六、劇団新劇場〉が代表作。（木村陽子）

永田衡吉《ながたこうきち》 一八九三〈明治二十六〉・十一〜一九九〇〈平成二〉・二。劇作家・民俗芸能研究家。和歌山県新宮市生まれ。一九一七年、早稲田大学英文科卒業。さらに、東京帝国大学哲学科で美学美術史を学ぶ。一八年、大杉栄らと雑誌「民衆の芸術」を創刊、この頃から劇作を志し、警視庁の新劇脚本検査官を十か月務めたのち、社会教育調査委員会の巷間演芸調査員となり、民俗芸能に触れる。二七年、小寺融吉と「民俗芸術の会」を創設し、雑誌「民俗芸術」を刊行。戦後は民俗芸能研究が主となり、神奈川県文化財専門委員を長く務めたほか、『日本の人形芝居』『神奈川県民俗芸能誌』『同・民謡篇』等の優れた研究書を残した。劇作家としては、二一年の『寂光の道』〈同年八月、大阪末広座で上演〉を処女作とし、続いて『厩戸皇子』『平維盛』を「中央公論」に発表。二五年には中村吉蔵主宰の「演劇研究」の発刊に加わる。二八年、『秋風落莫』が市村座で、『信州義民録』が歌舞伎座〈六世尾上菊五郎主演〉で上演され、以後、七十余編の創作のうち、約三十篇が歌舞伎、新派、新国劇で上演された。題材は、古代史や民衆生活史への探究から得られたものが多い。三〇年に六世菊五郎が開設した日本俳優学校の講師も務めた。

❖**『秋風落莫』**《しゅうふうらくばく》 「太陽」〈一九二八・1〉に掲載され、同年四月、市村座の新国劇で『源義朝』と改題し上演。四幕五場。舞台装置・繁岡鑒一《けんいち》。配役は澤田正二郎の源義朝、島田正吾の朝長ほか。保元の乱で父為義と敵味方となり勝利を収めた義朝は、一族の和こそ大切と、為義の助命に努めるが、骨肉の情など信じない長男義平は反発。その後、為義が命惜しさにすがって来たと知った義朝は、激怒して義平に父を討たせるが、心優しい次男の朝長はそれを非難する。家族の絆に疑念を生じた義朝は、平治の乱で平清盛に敗北。坂東行きを進める義平や朝長の心をも信じられず、朝長は悲嘆して自刃する。重臣鎌田政清の舅長田忠致を頼った義朝は、長田親子の謀りごとに落ち、失意のうちに落命する。（石橋健一郎）

長田秀雄《ながたひでお》 一八八五〈明治十八〉・五〜一九四九〈昭和二十四〉・五。劇作家・詩人。東京都生まれ。獨協中学卒業後、明治大学独文科に学ぶ。詩人として創作活動を始め、「明星」「屋上庭園」などに作品を発表。一九〇九年「スバル」を創刊、処女戯曲の『歓楽の鬼』を一一年自由劇場により有楽座にて初演。この作品でイプセンへの傾倒を如実に示し、「初めて日本の文壇に現われた自然主義の戯曲」と好評を博す。以後、一五年に『飢渇』を上演。一八年、島村抱月に招かれて芸術座の脚本部員となり、翌年の芸術座解散後、小山内薫、吉井勇らと国民文芸会を結成。同年『轢死』を新劇協会により上演。二〇年に長編史劇『大仏開眼』を発表、以後は現代劇から史劇へと方向を転換し、同年

『高松城の水攻』、二三年『石山開城記』、二五年『雪の夜』、二七年『銃殺された林少尉』を発表。三四年、新協劇団に劇作家として参加。四〇年に新協劇団により築地小劇場で改稿版の『大仏開眼』が上演され、四十五日間の続演を記録。この『大仏開眼』の上演がきっかけとなり、劇団員が治安維持法で検挙され、新協劇団は解散を命じられた。劇団代表の立場でいながら検挙は免れたものの、ジャーナリズムによる攻撃にさらされ、この事件を機に第一線より退いた。

❖**『歓楽の鬼』**《かんらくのおに》　一幕。東京・山の手の屋敷町にある法学博士・遠藤亨の書斎。かつて、ここに寄宿して勉強をしていた青年検事・津田三吉が来訪し、遠藤の妻・敏子と談笑している。敏子は昨年、我が子・精一を五歳で脳の病で亡くし、元気をなくしているが、三吉には好意を寄せている。そこへ、主の亨が帰宅し、久闊を喜び三吉は帰る。最近、頭痛に悩まされている亨は、敏子には内緒で友人の医師・亙理を呼んで診察を仰ぐが、原因はヨーロッパに留学中に、向こうで移された性病が脳へ回ったものだと知らされ、ショックを受ける。すぐに入院を勧めて、亙理が去ると、入れ違いに陰で立ち聞きをしていた敏子が入って来る。自分が産んだ子が脳を患ったのは、亨の裏切り行為が原因だったと激しく責め立て放蕩をなじる。側で看病をしてほしい、という亨の懇願にもかかわらず、家を出る決心をした敏子だったが、亨との間に亡くしたとは言え一児を設けた以上、生きている間は醜く愚かな我が子を嫌っていたにもかかわらず、今になって母としての想いが強まり、家に留まることを決意する。

❖**『大仏開眼』**《だいぶつかいげん》　五幕十二場。奈良時代、聖武天皇の詔勅により、奈良・東大寺で行なわれた盧舎那仏鋳造という国家的な大事業を背景に、大仏造営に関する朝廷内の権力争いや宗教思想上の対立を描いた長編作品。参議の藤原仲麻呂と左少弁橘奈良麻呂が激しい権力争いを繰り広げる中で、仲麻呂の賛同を得た大僧正の行基は、造営長官《ぞうえいのかみ》に大仏師の国《くに》中連 公麻呂《なかのむらじきみまろ》を推薦する。新しい日本独自の仏像の造営を想い描いていた若き公麻呂だったが、従来との考えの違いで僧侶たちからの非難を浴び、仲麻呂の推薦を受けたことで仲麻呂の政敵・奈良麻呂からも工事の妨害を受ける。そのために、造営途中の大仏に大きな穴が開き、工事が振り出しに戻ってしまう。自暴自棄になり、酒に溺れながらも、華厳経の教義に心を打たれた公麻呂は、新しい決意を取り戻す。依然として工事が難航する中、公麻呂の心の支えであった行基が世を去る。しかし、そうした中でも公麻呂は寝食を忘れて大仏造営に打ち込み、その姿に、前の造営長官で失脚して自害した真玉の娘・葛城郎女《かつらぎのいらつめ》は公麻呂に恋心を抱くようになる。それを知った真玉の一番弟子で葛城郎女に恋をしている佐伯弁麻呂が、最後の妨害工作を図る。それを知った公麻呂は、自らを犠牲にして、溶けた銅を身体に浴びながらも事故を食い止めるが、命を落とす。二年半の歳月が過ぎ、ようやく盧舎那仏が完成し、開眼供養が行なわれる。供養会が終わった頃、公麻呂を喪った哀しみで正気をなくした葛城郎女が大仏の掌の上から泣き叫びながら飛び出し、狂おしく踊り続ける。（中村義裕）

長田幹彦《ながたみきひこ》　一八八七〈明治二十〉・三〜一九六四〈昭和三十九〉・五。小説家。麴町区生まれ。兄は詩人・劇作家の長田秀雄。早稲田大学に入学後、兄の影響を受け新詩社や「スバル」に参加するが、その後東北や北海道を流浪する。戯曲は明治から大正にかけ発表され『濃霧』

(「スバル」一九一一・5)、『舞姫Dahja』(「とりで」一九一二・9)などがある。東京に戻った後『澪』(「スバル」一九一一・11〜一九一二・3)、『零落』(「中央公論」一九一二・4)などで小説家としての地位を得て一躍人気作家となる。大正中期に新聞に連載した『白鳥の歌』(「大阪毎日新聞」「東京日日新聞」一九一九・8〜一九二〇・3)、『恋ごろも』(「報知新聞」一九二〇・2〜9)などを真山青果、瀬戸英一らが脚色し、新派で上演され大きな成功をもたらした。後にラジオドラマにも着手、また日本ビクターの顧問として多くの作詩を手がけるなど多彩な才能の持ち主であった。

❖『**舞姫**《まいひめ》**Dahja**《だあや》』「とりで」(一九一二・9)に掲載、後に『船客』(春陽堂)に収録。一幕三場。マハダ国王子ダルムダアと舞姫ダアヤは愛しあっていた。しかしマハダ王によるダアヤは国を滅ぼす存在だという讒言により、ダアヤはネバの山の麓で老女ミシュカヤによる厳しい監視のもと閉じ込められる。三年の後ダアヤを取り戻すべくダルムダアがネバの山の麓へ向かいミシュカヤを手にかけるが共に倒れる。その後ダアヤと顔見知りでありすべてを見ていた西の国から来た人買いが自分の宝としてダアヤを連れ去り、暗闇の中助けを求めるダアヤの声が響く中終幕となる。一場と三場に出る五人の夜番が話を進める役割。一九一二年十月に築地精養軒ホールで開催されたとりで社試演会において上演された。後に青山杉作夫人となった内田鞠子がダアヤを演じている。

(岡本光代)

中谷徳太郎《なかたにとくたろう》　一八八六〈明治十九〉・七〜一九二〇〈大正九〉・一。劇作家・小説家。東京・深川木場生まれ。早稲田大学の聴講生となり坪内逍遥に私淑し、長谷川時雨や楠山正雄、島村民蔵ら逍遥門下と雑誌「シバキ」を編集刊行した。劇作家としては、一九一〇年七月「早稲田文学」に掲載した『太陽跪拝者』を皮切りに、一四年三月に狂言座で上演された『夜明前』など数多く発表。没後の二〇年二月に戯曲、小説等を収めた『孔雀夫人』(富士印刷出版部)が遺稿集として出版されている。

(岡本光代)

中谷まゆみ《なかたにまゆみ》　一九六八〈昭和四十三〉・二〜。脚本家・劇作家。香川県生まれ。日本大学藝術学部卒業。在学中より「第三舞台」の鴻上尚史の助手として演劇活動に携わる。一九九三年、ドラマ『青春もの』(フジテレビ)で脚本家デビュー。舞台劇は二〇〇〇年二月に俳優座劇場で初演の『ビューティフル・サンデイ』が好評を博し、〇二年『ペーパーマリッジ』で第四十六回岸田國士戯曲賞最終候補。演出家の板垣恭一とのコンビで、『今度は愛妻家』(〇二年十一月・俳優座劇場)、『お父さんの恋』(〇五年三月・パルコ劇場)、『サムシング・スイート』(〇七年六月・パルコ劇場)などの作品を連続して上演する。日常生活における微妙で不安定な人間関係をコミカルに描くスタイルで、家族をモチーフにした作品を多く発表。『ビューティフル・サンデイ』はドラマ化、『今度は愛妻家』は映画化されるなど、媒体を変えて人気を保っている。

❖『**ビューティフル・サンデイ**』一幕。画家志望の青年・浩樹と同棲しているファミリーレストランの店長・秋彦。ある朝、目覚めると、ベッドには浩樹ではなく、見知らぬ女が寝ていた。彼女は、前にこのマンションの部屋に住んでいた、ちひろという女性で、酔った挙句に捨てずに持っていた鍵でアパートへ入ったとのこと。女性恐怖症の秋彦は、ちひろを帰らせようとするが、浩樹は「三年目の同棲記念日」を一緒に祝おうと誘う。そんな中、大分から見合いの話を持って上京する母親に、浩樹との関係をどう説明しようか悩む秋彦。ゲイのカップルと四十歳を間近に控えた三人の日常生活の中から、それぞれが抱えている心の問題が炙り出されていく。それぞれの感情が沸点に達した時、意外な真実が見え始める……。女性の視点で日常生活の断面を切り取り、コメディタッチの軽快なテンポを持ちながら繊細な感情の揺らぎを描いた作品。（中村義裕）

長塚圭史《ながつかけいし》　一九七五〈昭和五十〉・五〜。東京生まれ。早稲田大学第二文学部入学の一九九四年、劇団笑うバラを結成。九六年、長塚と中山祐一郎、伊達暁の三人でプロデュースユニット阿佐ヶ谷スパイダースを立ち上げ、作・演出・出演を担当。二〇〇四年『はたらくおとこ』の作・演出、マーティン・マクドナー作『ピローマン』演出で第四回朝日舞台芸術賞、第五十五回芸術選奨文部科学大臣新人賞を受賞。〇五年『ラストショウ』の作・演出にて読売演劇大賞優秀作品賞を受賞。〇八年に文化庁海外研修制度を利用しロンドンに一年滞在。帰国後、一一年に自身で創造した架空の作家「葛河梨池《くずかわりいち》」を代表とするソロプロジェクト「葛河思潮社」を立ち上げ、三好十郎の作品などを演出。阿佐ヶ谷スパイダースと並行して活動を行なっている。

「阿佐スパ」立ち上げから〇八年頃まで、長塚は閉鎖的なコミュニティにおける人間関係を描くことが多かった。人物たちは必死に現状を打開しようとするが状況は悪くなり、暴力が前景化される。乾いた笑いを交えつつ繰り出される過激な描写は「阿佐スパ」の代名詞ともなった。

一方直接的にではないが社会や歴史への視点も示されている。嗅いだだけで死ぬという廃棄物を、捨てるのではなく食べることで処理しようとする『はたらくおとこ』のクライマックスは、日本社会における責任のあり方を批判したものともとれる。〇五年『悪魔の唄』では戦死した日本兵をゾンビとして現代に登場させ、『ラストショウ』では高速増殖炉の稼働という問題を背景においた。しかし〇八年の『SISTERS』から長塚の作風は変化し、イギリスより帰国後初の作品となった一〇年の『アンチクロックワイズ・ワンダーランド』では明確に劇作術を変化させた。この作品は作家の内面世界を描くが時間の進行が直線的ではなく、人物たちも多くを語らないため全体的に幻想的な雰囲気が漂う。一一年の『荒野に立つ』、山田風太郎の小説を原作とした一三年の『あかいくらやみ―天狗党幻譚―』においても、新たな試みが続けられている。

❖**『はたらくおとこ』**　長塚の作・演出、〇四年四月本多劇場にて初演。男性八人、女性一人。場はつぶれた工場。茅ヶ崎はひき殺された妻子の思い出につながる苦いリンゴを作ろうとしたが失敗し、事務所で夏目、豊蜜、前田兄などの工場員たちと金策を練っている。そこに禁止の農薬を使ったせいで満寿夫に追われている豊蜜の兄、蜜雄と妹の涼がやってくる。茅ヶ崎は満寿夫がリンゴの木を抜いたことを知り彼を刺そうとするが、止めようとした豊蜜が満寿夫を刺し農薬も飲んでしまう。そこに前田弟が運転する、サリンを思わせる匂いを嗅いだだけで死ぬ廃棄物を載せたトラックが突っ込む。満寿夫はトラックに入れられ死に、トラックの扉を閉めようとした前田兄も死ぬ。茅ヶ崎と蜜雄は廃棄物を吐きながら食べて始末しようとする。夏目は茅ヶ崎の妻子をひき殺したのは自分だと告白し廃棄物を食べる。茅ヶ崎が廃棄物の中からリンゴを取り出し二人はかじりつく。しかし暗転すると時間はトラックが突っ込んだ所に戻っている。血まみれの茅ヶ崎が目を覚まし夏目に「許す!」と言い幕。（二〇〇六、ゴーチブラザーズブックス）

❖『ラストショウ』長塚の作・演出、二〇〇五年七月パルコ劇場にて初演。男性五人、女性一人。ディレクターの琢哉はカメラマンの中島と、動物を保護する「博愛の人」渡部のドキュメントを撮影中。渡部は女優で琢哉の妻、美弥子のファンであり彼らの部屋で撮影を行なうことになる。そこに行方不明だった琢哉の父、勝哉が突然現われ、妊娠中の美弥子と琢哉に暴力をふるう。勝哉は美弥子のAVを撮ろうと言うが、同意しない中島を刺す。「博愛の人」渡部は動物や自分の母親を食べていたことを激白し、中島はその告白を撮影する。一方テレビでは政府が高速増殖炉を稼働させたニュースが流れる。勝哉は琢哉を憎んでおり、渡部に美弥子を食べるよう言う。そのとき突然美弥子の腹から中年男「ワタシ」が登場し、勝哉を責める。しかし勝哉に腹を蹴られたせいで「ワタシ」は水子の運命でありトイレから退場。勝哉は自殺する。渡部に「食べてみる?」と言われた琢哉は勝哉にマヨネーズをかける。外から爆発音が聞こえ幕。(二〇〇六、PARCO出版)　(鈴木美穂)

中津留章仁《なかつるあきひと》　一九七三〈昭和四十八〉・三〜。劇作家・演出家。劇団トラッシュマスターズ主宰。大分県出身。明治大学理工学部卒業。トムアクターズスタジオのメンバーと二〇〇〇年にトラッシュマスターズ(駄作のマスター)を旗揚げし、全公演の作・演出を手がける。ブラックコメディから出発したが、社会問題を織り込み、近未来まで突き進む長大な物語を書くようになる。〇三年に上演した第七回公演『トラッシュマストラント』が深夜番組「演技者。」でテレビドラマ化後、〈ストレートプレイの枠組みの中で、より独創的で革新性あふれる舞台表現を求めて作風を一新〉させた。〇五年、ジェームズ・ディーンが演じた名作『理由なき反抗』を東京グローブ座で舞台化(主演:二宮和也、演出:堤幸彦)するにあたって脚本執筆。〇六年には連続テレビドラマ『下北サンデーズ』(原作:石田衣良)の脚本も手がける。一〇年の第十四回公演『Convention hazard 奇行遊戯』で第五十五回岸田國士戯曲賞の最終候補。一一年には、「中津留章仁Lovers」という別ユニットで東日本大震災から一か月後に『黄色い叫び』を発表。〈寂れた田舎町に暮らす、若者たちの青春群像。〉というキャッチコピーがそもそものであったが、地方の青年団のメンバーたちが真正面から「自然災害」と向き合って議論を交わすといった内容に急きょ変更され、衝撃作として話題を呼んだ。そして同年にはまた、震災後の報道ジャーナリズムや政治経済について三幕ものの近未来SFで問う第十五回公演『背水の孤島』を発表し、第五十六回岸田國士戯曲賞の最終候補作品にノミネート。東日本大震災と原発事故をいち早く題材とした二作品の成果により、第四十六回紀伊國屋演劇賞個人賞、第十四回千田是也賞、第十九回読売演劇大賞選考委員特別賞・優秀演出家賞を受賞した。一四年より、日本劇作家協会理事を務める。一五年には、アメリカ同時多発テロ後のイラク戦争下における不条理を描いたピュリツァー賞ノミネート作品(ラジヴ・ジョセフ『バグダッド動物園のベンガルタイガー』)の翻訳劇(主演:杉本哲太・風間俊介)の演出を新国立劇場で手がける。川島なお美(『とんでもない女』)や竹下景子(『欺瞞と戯言』)の主演舞台など劇団外への作・演出でも人気を博すが、トラッシュマスターズでの他の作品に『狂おしき怠惰』『来訪者』『極東の地、西の果て』『虚像の礎』『儚《はかな》みのしつらえ』『砂の骨』『そぞろの民』『猥《みだ》り現《うつつ》』などがある。

[参考]中津留章仁『黄色い叫び』(『テアトロ』二〇一一・8)、中津留章仁『背水の孤島』(『テアトロ』二〇一一・12)、中津留章仁「演劇と戦争 いま思うこと」(『悲劇喜劇』二〇一五・7) (内田洋一)

中西伊之助《なかにしいのすけ》 一八八七〈明治二十〉・二～一九五八〈昭和三十三〉・九。小説家・労働運動家。京都府宇治市生まれ。社会運動のかたわら、プロレタリア文学の作家として精力的に筆を執った。雑誌「種蒔く人」や「文芸戦線」に参加。劇作では、一九二七年に発表した『武左衛門一揆』が話題となり、国内では上演禁止になるも、ロシア語に翻訳され上演が検討された。戯曲にはほかに、『武昌落城』『農民の父』などがある。 (熊谷知子)

中西羊髯《なかにしようぜん》 劇作家。関西の喜劇団「瓢々会」や「楽天会」に、明治末から大正初期に、伊東桜洲とともに、多くの作品を書く。『人の恋』『土俵の噂』『観光団の大選び百五十万弗』『大正梅暦』『嫌われ聟』『浮世の連鎖』など、京都の夷谷座で活躍したが、賀古残夢が映画入り後、大正座の座付作者となる。 (神山彰)

なかにし礼《なかにしれい》 一九三八〈昭和十三〉・九～。作詞家・小説家。旧満州牡丹江生まれ。本名中西礼三。一九五八年に立教大学文学部英文科に入学。中退と再入学、転科を経て六五年立教大学文学部仏文科を卒業する(立教大学文学部仏文科の第一期生)。大学在学時よりシャンソンの訳詞を始め、六六年『涙と雨にぬれて』でデビュー。以後、昭和歌謡の作詞を手がけるようになる。ヒット曲は三百以上にのぼり、『知りたくないの』『時には娼婦のように』『北酒場』『ホテル』など昭和歌謡界に一時代を築く。作詞家としての活動の一方で小説の執筆も行ない、九八年には自伝小説『兄弟』が直木賞候補となり、二〇〇〇年『長崎ぶらぶら節』で第百二十二回直木賞を受賞。〇三年、妻の育った一家をモデルとした小説『てるてる坊主の照子さん』がNHK朝の連続テレビ小説でドラマ化される。また、作詞家デビュー当初より舞台にも数多く関わっており、八〇年にミュージカル『ファニー・ガール』の訳詞を担当してからは、舞台の脚本執筆も行なうようになる。平成に入ると創作オペラも執筆。八九年からTEPCO・一万人コンサートの芸術監督として、オラトリオ『ヤマトタケル』や世界劇『眠り王』『黄金の刻』を手がける。二〇〇五年、かねてより思い入れのあった文学座の執筆依頼に応え、自作小説『赤い月』の劇化を手がける。ストレートプレイの執筆は、市村正親の一人芝居『モーツァルトの手紙』が最初で、文学座の『赤い月』が二作目。同じく文学座の『長崎ぶらぶら節』が三作目。

❖**『赤い月』**《あかいつき》 二幕十場。二〇〇五年八月二十三日～九月二日、東京・紀伊國屋ホールにて文学座により初演。主演平淑恵、演出鵜山仁。文学座の女優平淑恵の執筆要請に応え、自身の同名小説を劇化した作品。実母をモデルに終戦前後の混乱の中を逞しく生き抜いた情熱的でバイタリティーあふれるヒロイン波子の半生を描く。引き揚げ船内や空襲、戦闘場面など視覚的な見せ場も多い作品だが、テレビドラマや映画以上に波子が恋する氷室との関係がより丁寧に描かれている。『戯曲赤い月』(河出書房新社)。 (松本修二)

中野成樹《なかのしげき》 一九七三〈昭和四十八〉・八～。演出家。中野成樹+フランケンズ主宰。東京都葛飾区生まれ。日本大学大学院芸術学研究科舞台芸術専攻修士。二〇〇三年の結成以来、シェイクスピア、モリエール、チェーホフ、ワイルダー……主に海外古典戯曲をとりあげ、誤意訳（誤訳＋意訳）なる独自の手法で、イメージの凝り固まりつつある過去の名作を「まったくの海外古典劇でありつつ、まったく日本の現代劇でもある」作品に仕立て直す――オールビーの『動物園物語』をもとにリアルな動物園で公演する二人芝居『Zoo Zoo Scene（ずぅずぅしい）』、ブレヒトの『バーデン教育劇』を劇作家の石神夏希の誤意訳にゆだね上演台本を創り上げた『スピードの中身』、チェーホフの『かもめ』をラップ調に誤意訳して大谷能生の音楽とともに舞台にのせた『長短調（または眺め身近め）』など。一三年には、ベケットの『ゴドーを待ちながら』をもとに韓国のアーティストたちと共作した『Waiting for Something』や、鶴屋南北『東海道四谷怪談』の元ネタとされる本にもとづきつつドラマトゥルクの長島確と新作民話に挑んだ『四谷雑談集』＋『四家の怪談』を発表。日本の劇作家としては別役実の不条理劇（『天才バカボンのパパなのだ』『ハイキング』）の演出も手がけているが、中野自身の書き下ろした戯曲の代表作に『ロボットの未来・改（またはつながらない星と星）』がある。（望月旬々）

中野秀人《なかのひでと》 一八九八〈明治三十一〉・五～一九六六〈昭和四十一〉・五。詩人・評論家。福岡市生まれ。兄は中野正剛。早稲田大学中退。一九二〇年「第四階級の文学」が懸賞論文に当選。築地小劇場の花柳はるみと「戸をたたく座」を設立し、佐々木孝丸、恩地孝四郎、高村光太郎、村山知義が参加したが、一回公演のみで挫折。二六年に渡欧、仏人女性と結婚、三一年に帰国。滞欧中の中野には、金子光晴『ねむれ巴里』（中公文庫）が触れている。四〇年「文化組織」を共に創刊した花田清輝と、戦後も「新日本文学」で活躍。戯曲に『アマランタ』（一九三五）、『真田幸村』（三六）などがあり、『ヒットラー』（四〇）が『「戦争と平和」戯曲全集』（日本図書センター）第三巻に収録。詩集、画集のほか『中野秀人作品集』（福岡市文学館叢書・海鳥社）がある。（神山彰）

中野實《なかのみのる》 一九〇一〈明治三十四〉・十一～一九七三〈昭和四十八〉・一。小説家・劇作家・演出家。大阪生まれ。少年時代に上京して岡本綺堂の内弟子になり、苦学しながら法政大学文学部（中退）へ進み、劇作と小説を学んだ。病気と生活難から何度か帰郷し、また綺堂から二度破門を受けながらも、一九三〇年に『二等寝台車』（改題『三つの旅』）が新派で上演され劇作家デビュー。以後、大衆小説雑誌にユーモア小説を書き、一方で史劇『木曾義仲』（一九三二）を発表した。第二次大戦後は新派、歌舞伎、新国劇、商業演劇、映画と多彩な分野に新作を書き、川口松太郎、北條秀司、菊田一夫と「四人の会」を作り、日本の演劇界を代表する劇作家になった。『明日の幸福』（五四）は、新派にホームドラマという新生面を拓く作品として高い評価（毎日演劇賞、芸術祭賞受賞）を受けた。そのほか『男』（四六）、『女看守殺人事件』（四七）、『彼女に答える』（五一）、『うら街』（五二）、『おゑんさん』（五四）、『褌医者』（五五）、『或る女の生涯』（五六）、『湯女物語』（同）、『この声は湖に響く』（同）、『水平線』（五八）、『千曲川通信』（五九）、『東京の祭日』（同）、『河内山宗春』（六〇）、『人鮫』（六一）、『伊達政宗』（六五）などが代表作。時代劇は資料を調べ抜いた末に独自の視点を貫いた構成に、現代劇では戦後の風俗や流行を巧みに取り入れ、ユーモアで包んだ作風に特色があった。七三年一月三日新橋演舞場監事室で自作『明日の幸福』を見ていた際、心臓発作を起こして急逝した。

❖**『明日の幸福』**《あすのこうふく》 三幕六場。一九五四年十一月、明治座で作者の演出で新派が初演。財界の長老松崎寿一郎の家では、寿一郎・淑子、寿敏・恵子、新婚の寿雄・冨美子の三代の夫婦が同居している。寿敏は家庭裁判所所長で目下は内山信吾一家の嫁姑問題の調停に頭を悩ませている。寿一郎は昔気質の独裁者で周囲を困らせている。ある日政界ロビーの谷川が、寿一郎が派閥の親分二木の口利きで大臣になるという情報を伝えて来たので心落ち着かない。寿一郎は家宝の埴輪の馬を二木に贈ると言い出し、妻の淑子が蔵からそろそろと埴輪の箱を持ち出してきた。ところが大臣話は壊れて、今度は嫁の恵子が蔵に埴輪を戻そうとしたところ躓いて倒れた。もしやと思って蓋を開けると埴輪の馬の脚が一本とれている。恵子は血相を変えるが、誰も見ていないのを幸い、そのまま蔵へ仕舞った。一か月後、知人の紹介で考古学者が埴輪を見たいと言ってきたので、再び埴輪の箱が持ち出された。しかし学者が交通事故にあったため、再び箱は蔵へ戻されることになった。孫嫁の冨美子が蔵へ戻そうとしたところ箱を取り落とし、埴輪の馬の脚が折れたのに気付く。恵子も冨美子も秘かに道具屋と相談して脚を修理しようと試みるが上手くいかない。やがてすべてが明らかになる日が来た。埴輪の馬の脚が折れているのを知った寿一郎は激怒するが、冨美子は自分が折ったと名乗り出て、寿雄も自分も同罪だと冨美子を庇った。その勇気に感心した恵子は、自分の過失を打ち明けた。すると淑子が一年前に自分が壊したのだと白状した。誰もが寿一郎が怖くて言い出せなかったのである。秘密が明らかになって、女たちはやっと解放され、晴れ晴れとした気分になった。淑子は松崎家を出る決心をし、恵子は埴輪をテラスに叩きつけた。寿雄と冨美子は「僕たちには明日の幸福がある」と宣言する。その折、寿一郎が大臣に選ばれた報が入る。家宝の埴輪に三代の妻が翻弄される話を通じて、家や因習に縛られて生きてきた戦前の女性の姿を描き、その象徴の埴輪を破却することで女性たちが束縛から解放された新時代の到来を描いている。寿敏の家庭裁判所での嫁姑問題の調停を平行して描くことで、戦後の時代相を浮き彫りにする構成も巧み。初演では寿一郎を小堀誠、淑子を花柳章太郎、寿敏を伊志井寛、恵子を初代水谷八重子、寿雄を花柳武始、冨美子を若水美子が演じた。

❖**『褌医者』**《ふんどしいしゃ》 四幕。一九五五年七月歌舞伎座で二世市川猿之助らが作者の演出で初演。幕末、東海道島田の宿に住む小山慶斎は名医の誉れが高い蘭方医だが、物欲や名誉欲がないため貧乏暮らしを続けていた。女房のいくは貞淑な女だが大の博打好き。慶斎と共に賭場へ来て、褌姿で酒を飲んでいる夫に代わって張っている。そこへ深手を負った博徒半五郎が運ばれて来たが、慶斎はその場で手術し一命を助けた。回復した半五郎は恋人のお咲と一緒になるため、堅気になり慶斎のもとで医学を学ぶ決心をした。学友で恋のライバルでもあった御典医池田明海に再会した慶斎は、医学所の師になるよう勧められるが「俺は民百姓を救うのだ」と断る。しかし医学の急速な進歩に驚き、科学者としての寂しさと羞恥を覚えた。慶斎は半五郎に金を与えて長崎上海へ留学させた。それから七年。世は明治になった。留学から戻った半五郎は、慶斎が欲しがっている最新の顕微鏡を買う金を作るため、女房お咲を売ろうとしたが、いくは押しとどめお咲をかたに一世一代の丁半勝負をして見事に勝った。慶斎は手に入った顕微鏡を手に子供のように喜ぶ。やがて疫痢が流行り、慶斎は半五郎と共に献身的な治療に当たるが、無知な農民の誤解を呼び診療所は壊されてしまった。訪れた明海に対し、いくは半五郎を東京の大病院に預けることにし、夫婦は相変わらず褌姿で村の医療に尽くす。配役は二世猿之助の慶斎、三世中村時蔵のいく、十四世守田勘彌の半五郎、十三世片岡仁左衛門の明海だった。

❖**『千曲川通信《ちくまがわつうしん》』**　三幕。一九五九年一一月明治座で、作者の演出で劇団新派が初演。東京に本社のある大新聞社の長野の田舎の通信部が舞台。飲んだくれでルーズな夫に代わって、取材に当たっているのは妻である。取材と言っても大した事件があるわけでなく、季節の到来や街種と呼ばれるささやかな記事の報道である。日常の暮らしをこなしながら地方で働く通信部記者一家の哀歓を綴った作品で、初代水谷八重子が妻を演じた。娘の恋人が酔っ払い運転で中学生を引き逃げしたのではないかと思い、報道の責任と娘への愛情の板挟みに苦しみながら真相を問いただす場面や、東京から来た新米記者を案じて母親(花柳章太郎)がやってくる親バカぶりなどが面白く、時代の風俗を取り入れながら現代社会を描いた作者の持ち味が発揮された作品。

❖**『伊達政宗《だてまさむね》』**　三幕六場。一九六五年二月菊田一夫演出で、東京宝塚劇場で初演。七世松本幸四郎二十七回忌追善公演に書き下した作品で、十一世市川團十郎が政宗、八世松本幸四郎が片倉小十郎、二世尾上松緑が豊臣秀吉を演じる三兄弟共演の舞台であった。天正八年、秀吉は小田原の北條攻めを決意し、諸国の大名に参陣を命じた。奥州の黒川城(会津若松)を本拠にする伊達家にも、何度となく参陣を求める書状が到来した。政宗をはじめ重臣らは、毎日評定を開き対応を論議したが、大崎(仙台)攻めを優先すべきとの意見が強かった。その中で政宗が最も信頼している片倉小十郎は、直ちに小田原参陣を主張した。政宗の母の保春院は、弟小次郎を偏愛していて、一家の中には政宗を失脚させ小次郎を当主にしたいという謀反の動きもあった。政宗は毒殺の陰謀は逃れたものの、一家の分裂を避けるため、最愛の弟小次郎を自ら手に掛け、小田原へ向かった。秀吉は参陣の遅れを咎め、政宗を箱根の底倉に押しこめた。小十郎の計らいで、やっと秀吉と対面した政宗は一切弁解せず、すみやかに処刑して欲しいと述べた。そこへ保春院から秀吉に書状が届いた。そこには自分の浅はかさから政宗の参陣が遅れたこと、政宗の助命嘆願の思いが記されていた。それを見せられた政宗は「母の陰謀など知らぬ」と母を庇った。その心映え、また政宗の潔さに感心した秀吉は政宗の生命を助ける。戦国武将政宗の人間像を肉親の愛憎を絡めて描いた異色の時代劇であった。　(水落潔)

中原指月《なかはらしげつ》　不詳〜一九一八〈大正七〉・三。小説家・劇作家。「名古屋新聞」の記者をするかたわら、一九〇七年小説『宗行卿』が「大阪朝日新聞」の懸賞当選脚本に選出されて、選者の初代中村鴈治郎主演により同年十二月、京都・南座で初演される。一二年松竹女優養成所主任就任。草創期の新国劇を松竹社長白井松次郎に紹介し、新国劇に『暁の鐘』『花笠獅子』『やぐら太鼓』(瀬戸英一との合作)、新派に『三人姉妹《きょうだい》』などの脚本を執筆した。　(桂真)

永見徳太郎《ながみとくたろう》　一八九〇〈明治二十三〉・八～一九五〇〈昭和二十五〉・十。劇作家。長崎県生まれ。号は夏汀。南蛮美術の収集家としても有名。家業の倉庫業を営みながら小説や俳句を書く。長崎を訪れた芥川龍之介ら著名人と交遊し、長崎の紹介に努めたが、事業に失敗。後に東京で文筆活動を行なう。晩年は熱海で失踪。戯曲に『愛染草』『月下の沙漠』（ともに一九二四）。戯曲集『阿蘭陀の花』（二五）。
（平野恵美子）

中村育二《なかむらいくじ》　一九五三〈昭和二十八〉・十二～。俳優・劇作家。和歌山県生まれ。日本大学藝術学部卒業。在学中にロックミュージカル劇団GAYAに参加、各人がアイデアを出し合ってシーンを作り上げていく作業の中で、劇作を手がけ始める。一九八七年、GAYA解散後、そのメンバーだった岸博之、井之上隆志、山崎直樹、近藤京三、原田修一と共に劇団「カクスコ」を結成。劇団公演二十三作の構成（脚本）・演出をすべて手がけた。著書に、戯曲『年中無休！』（論創社）がある。劇団名はメンバー全員が工事現場でアルバイトしていたことにちなんで「角型スコップ」から取った。その思いは舞台にも反映、一貫して安アパートや仕事の現場を舞台に、落ちこぼれぎみの男たちのせせこましくも微笑ましい日常を描いた。幼い頃から親しんだ落語の素養を活かした絶妙の間や笑い、毎回メンバー六人で歌うスタンダードナンバーのアカペラも評判で高い人気を集めたが、二〇〇二年劇団を解散。以後は、映像を中心に俳優として活躍している。一九九八年、カクスコとして紀伊國屋演劇賞団体賞受賞。

❖**『年中無休！』**《ねんじゅうむきゅう》　一九九二年にカクスコ第十一回公演として、東京・新宿のシアタートップスで初演。演出・中村育二。男六人で運営するリサイクルショップ「朝日堂」は、今日ものんびりとした空気が漂う。社長と店員が懐かしいフォークソングを歌っていたり、窓の外に浮かぶ飛行船を眺めながらみんなであらぬ妄想に耽ったり。仲が良いのか悪いのか。酒を飲んでもめたり、ささいな話題で論争することはあるが、それが尾を引くこともない。歌ってしまえば気持ちはリセット。金はないが、心の自由は失わない。せせこましくも脳天気な男たちの日常の機微が、観客の共感を生む。カクスコ芝居のエッセンスが詰まった作品。
（今村修）

中村吉蔵《なかむらきちぞう》　一八七七〈明治十〉・五～一九四一〈昭和十六〉・一。劇作家・小説家。島根県生まれ。早稲田大学哲学英文科卒業。一九〇一年、早稲田大学在学中に「大阪毎日新聞」に応募した小説『無花果』が当選して自らの劇化、高田実・秋月桂太郎らによって大阪・朝日座で上演されて一躍注目を浴びた。〇六年に渡欧、各国の演劇事情を研究する中でイプセンに強い影響を受け、〇九年に帰国。翌一〇年に自ら「新社会劇団」を旗揚げ、第一回公演として『牧師の家』を東京座で上演。一三年に島村抱月が主宰する芸術座に抱月に招かれて参加、一四年『剃刀』を、一五年『飯』を、一六年『真人間』を改題した『お葉』を、いずれも芸術座により帝国劇場で上演。『爆発』などの写実的な手法で社会の矛盾を描いた作品を次々に発表し、新進の劇作家としての地位を確立した。また、二〇年には『井伊大老の死』を歌舞伎座で上演、二一年『大塩平八郎』などの歴史劇にも幅を広げ、関東大震災を機に二四年『原始時代』『牛と闘ふ男』などの一幕物を発表。昭和に入り、大劇場での商業演劇の重要性を説き、三〇年『星亭』を市村座で、『大隈重信』『予言者日蓮』『頭山満翁』など、実在の人物をモデルにした作品を相次いで発表。ギリシア悲劇やイプセンの『人形の家』などの翻訳も発表し、生涯の戯曲作品は百七編にのぼるとされている。

❖**『無花果』**《いちじく》 五幕。神学士・鳩宮庸之助は、アメリカ留学中に知り合ったエミヤを妻として連れ帰る。それを受け入れた父・修造とは反対に、母のお節は受け入れようとはせずに、厳しくエミヤに当たるが、エミヤは微笑みを絶やさずに、自分が不心得だと詫びている。庸之助とエミヤは、キリスト教の信仰に基づき、自宅で孤児の収容所を始め、そこへ刑務所に収容されていた母子の娘、お巻を連れ帰るが、この少女はかつて庸之助と関係があったお澤が産み落とした庸之助の子であった。やがて、エミヤも妊娠するが、ある夜、庸之助への想いを捨てられずにいるお澤が脱獄し、庸之助の元を訪れる。脱獄の罪を説きながらも、庸之助は自らの情でお澤を匿うが、やがて警察の知るところとなり、二人は収監される。孤児として育てていたお巻が庸之助の実の子だと分かった両親は、複雑な気持ちながらも実の孫に対する愛情は隠せずにいる。その頃、エミヤも庸之助の子を産み落とす。罪人となった庸之助は、戸山ヶ原で監守学校建築の作業をしている。そこへ、エミヤが子供を連れて訪れる。聖職者でありながら犯してしまった自らの罪を悔い、鉄道自殺をしようとした庸之助を、エミヤ母子が救う。その場面を見ていた看守長の温情で、二人は無関係で、庸之助が救われたのは見知らぬ婦人であり、模範囚でもあることから、今後の仮釈放などを示唆される。今ではすっかり心を入れ替えて優しくなったお節と父・修造も現われ、共にクリスチャンになったことを告げ、再会を喜ぶ。すべての事情を知った庸之助は、信仰の力で昇天してゆく。

❖**『剃刀』**《かみそり》 一幕。東京附近の片田舎の小さな村に一軒だけのあまり綺麗とは言えない散髪店。店主の為吉は、一人の頭を散髪しても八銭にしかならない代わり映えのしない日々の生活に嫌気がさしている。一方、同級生の岡田秀作が代議士になったというニュースで、小さな村は湧き返り、村役場の書記・野口も忙しがっている。為吉は岡田とは小学校の同級生で、成績も一位と二位を争うほどだったが、今の境遇の違いを知らされ、元は水商売をしていた内縁の妻・お鹿に当たり散らし、「剃刀の使いようではお客の命も取れる」といささかノイローゼ気味になっている。そこへ為吉や岡田の恩師で、小学校の校長・佐藤が今晩の野口の歓迎会のために散髪に訪れる。昨年、勤続二十五年を終えた校長は、同じ教え子である岡田の自慢をするが、同級生であった為吉には不愉快が募るばかりで、結局は元の身分が違い、小学校を卒業後、勉学に進めなかった事を思い知らされる。為吉の嫉妬の対象である岡田本人が、散髪に訪れる。ほぼ同時に来ていた野口の散髪で為吉の手がふさがっていたため、お鹿が慣れないながらも岡田の髭を当たる。それを面白からぬ面持ちで眺めていた為吉は、心ここにあらぬ体で野口の散髪を終え、岡田の散髪にかかる。ウトウトしていた岡田が、夢の中で宮殿の広間にいるお鹿の夢を見た、と話すと、辛抱ができなくなった為吉は、岡田の喉を掻き切ってしまう。

❖**『飯』**《めし》 一幕。東京・巣鴨附近の場末の長屋の一軒。家の中では、女房のお市が、娘のお松と共に内職の袋貼りをしている。そこへ、近所の馬肉屋の主人・藤吉が訪れ、亭主で土方をしている幸作が、女房を呑み代にして呑んで行ったので、そのカタを取りに来た、としつこく口説き始める。内職の手を止められ、好色さを丸出しにする藤吉に腹を立てるお市だが、その日の食事もままならないばかりか、病気で死にかけた赤ん坊をどうすることもできずにいる。日が暮れて、幸作が現場から帰って来たが、人員削減の問題で親方と喧嘩をし、傷めつけたので今日の日当はないと言う。土鍋の底に僅かに残ったお粥を、家族三人で争うようにして食べたものの、余計にその日暮らしの惨めさが募る。そこへ、隣に住む老人・源吉が訪れ、自分の聟も給料を減らされ、食い扶持が減ると孫たちからも白い眼で見られているとこぼす。幸作は、仕事を探しに行く、と家を出るが、素振りがおかしいので、お市は源吉に留守を頼み、お松と共に後を追い掛ける。戻ったお市は、幸作が生活の苦しさに逃げた事を源吉に語る。老い先が短い源吉はお市に心中を持ち掛けるが、若いお市は取り合わず、源吉はほどなく家に帰る。間もなく、「首つりだ」と騒ぐ声が聴こえ、源吉が首を吊ったことを知るお市。人生の先よりも、今晩の食事の方がよほど大事だと、お市はお松と赤ん坊を伴い、僅かな身の周りの品を持って、近所の馬肉屋へ行くことを決心する。（中村義裕）

中村賢司《なかむらけんし》 一九六九〈昭和四十四〉・一～。劇作家・演出家。兵庫県生まれ。一九九二年、鋼鉄猿廻し一座を結成。『てのひらのさかな』（二〇〇二）で第十回OMS戯曲賞佳作。一九〇三年、劇団を解散し、同年、空《そら》の驛《えき》舎結成。『空の驛舎』（〇三）で第三回かながわ戯曲賞最優秀賞。『いちばん露骨な花』（〇五）で第二十二回名古屋文化振興賞戯曲の部佳作受賞。〇一～〇七年、伊丹想流私塾師範。（九鬼葉子）

中村真一郎《なかむらしんいちろう》 一九一八〈大正七〉・三～一九九七〈平成九〉・十二。小説家・評論家・詩人・劇作家。東京都生まれ。東京帝国大学仏文科卒業。在学中から劇詩、詩作などを始める。一九四七年に発表した『死の影の下に』以降の長編五部作により、小説家としての地位を確立。八七年、『浜松中納言物語』を題材にした戯曲『あまつ空なる…』を発表、古典の世界に自由な発想を融合させた。他に、ジャン・コクトーの『双頭の鷲』、ポール・クローデルの『繻子の靴』の翻訳を手掛けるなど、劇作や翻訳にも幅広い足跡を残した。（中村義裕）

中村是好《なかむらぜこう》 一九〇〇〈明治三十三〉・十二～一九八九〈平成元〉・十二。俳優。佐賀県杵村郡（現・武雄市）生まれ。本名中村愚堂。京都市紫野の般若林卒業。一九二一年に俳優として芸能界入りし、関西新派、剣戟の新声劇、根岸歌劇団、曾我廼家十吾一座、曾我廼家五九郎一座、電気館レヴューなどを経て二九年榎本健一らとカジノ・フォーリーの旗揚げに参加。以後、新カジノ・フォーリー、プペ・ダンサント、ピエル・ブリヤント、東宝・榎本健一一座、P・C・L（のち東宝映画）などエノケンと行動を共にした。戦後は黒澤明監督作など喜劇以外の映画でも活躍したほか盆栽愛好家として書籍を著わした。初期は舞台脚本も手掛け、特にカジノ時代の口立て芝居には再演を重ねた笑劇が多い。主な脚本に『のんきな大将』シリーズ、『家庭総べて異常なし』『カレッジ・ライフ』などがある。（中野正昭）

中村孝子《なかむら たかこ》　劇作家。昭和戦前期より、戯曲を発表。関西新派で『姉』(一九三五)、『心ごころ』『つなぎ舟』(三七)などが上演された。他に『冬ざれ』(「舞台」一九三五・3)、『やなぎの雨』(三八・11)など。戦後は、「女流劇作家五人の会」を可児松栄、細井久栄、辻山春子、岩名雪子と結成。『現代女流戯曲選集一九五八版』に作品所収。（神山彰）

中村暢明《なかむら のぶあき》　一九六七〈昭和四十二〉・十一〜。劇作家・演出家。シアターカンパニーJACROW代表。福岡県生まれ、千葉県育ち。横浜国立大学工学部卒業。二〇〇一年、演劇ユニットJACROWを旗揚げ、作・演出を手がける。代表作に『紅き野良犬』『明けない夜』『北と東の狭間』『パブリック・リレーションズ』『ざくろのような』(第十九回鶴屋南北戯曲賞ノミネート作品)。（望月旬々）

中村正常《なかむら まさつね》　一九〇一〈明治三十四〉・十一〜一九八一〈昭和五十六〉・十一。劇作家。東京・小石川生まれ。第七高等学校造士館に学ぶ。岸田國士に師事。「改造」の懸賞に戯曲『マカロニ』が当選し、新進作家として認められる。「エロ・グロ・ナンセンス」を標榜して、新興芸術派運動を牽引。一九三一年、新宿ムーラン・ルージュの旗揚げ公演に、『ウルトラ女学生』を提供する。まもなく、レビューの現場からは身を引くが、「新喜劇」の同人として軽演劇とは関わりをもちつづける。三五年五月には、金杉惇郎のテアトル・コメディで、『凉廊』が上演されている。女優の中村メイコは長女。（原健太郎）

中村まり子《なかむら まりこ》　一九五三〈昭和三十八〉・六〜。劇作家・演出家・女優・翻訳家。パニック・シアター主宰。東京都生まれ。本名中村真里子。文化学院大学部仏文科中退。一九六九年より劇団浪曼劇場(三島由紀夫主宰)、劇団雲を経てフリー。七二〜八八年、父親である中村伸郎とともにイヨネスコ『授業』(渋谷ジァン・ジァン金曜夜10時劇場)のロングラン公演を果たす。八〇年より個人演劇ユニット「パニック・シアター」にて翻訳劇の上演を行なう一方、劇作も手がける。『まくべっと』の翻訳で二〇一三年度小田島雄志・翻訳戯曲賞を受賞。作・演出の代表作に、『ホット・フラッシュ・バック』『ホテル・サウダーデ』『八月の家族へ』『ウェイティング・ルーム』『トッケイと華』など。（望月旬々）

中村光夫《なかむら みつお》　一九一一〈明治四十四〉・二〜一九八八〈昭和六十三〉・七。評論家・劇作家・小説家。東京下谷生まれ。本名木庭《こば》一郎。東京大学仏文科卒業。同人誌での文筆活動を経て、東大在学中の一九三三年から「文學界」で評論発表。三六年、『二葉亭論』(芝書店)で第一回池谷新三郎賞受賞。三八年、日仏間での交換学生制度に合格し留学。第二次大戦開戦でやむなく帰国したが、四二年、その紀行集『戦争まで』(実業之日本)を刊行。戦時下においても、三九年に吉田健一らと創刊した「批評」をはじめ、各誌に評論を発表。四九年より、明治大学文学部教授。五〇年、岸田國士が中心となった「雲の会」に参加し、機関誌「演劇」に劇評を寄せた。以降、紙上の文芸時評、各誌連載はもとより、東大ほかの大学講師、ユネスコ招待研究員、芥川賞選考委員などを務める。こうした活動のかたわら、〈大人のための現代劇を書きたい〉との希望で劇作の筆を取り、五七年、戯曲第一作『人と狼』(「中央公論」一九五七・12)を発表。翌年の文学座初演に際し、岩田豊雄と福田恆存（演出）の助言で改訂、刊行された（第四回新劇戯曲賞予選候補作）。五八年、福田、大岡昇平、三島由紀夫らが集った「鉢の木会」から、〈書きたいものを、書きたいときに、書きたいだけ〉書くとうたった季刊誌「聲」を創刊。六一年、同誌に前年発表した『パリ繁昌記』で第七回岸田演劇賞を受賞。六五年、福田の依頼で劇団雲に書きおろした『汽笛一声』（「展望」）により、第十六回読売文学賞戯曲賞を受賞。七一年に『家庭の幸福』を、七六年にはかねての望みだったという、栗本鋤雲《くりもとじょうん》の事蹟に取材した『雲をたがやす男』を、いずれも「すばる」に発表。戯曲全五作とも上演の運びとなった。東西の劇作への言及も多いが、とりわけ三島との対談集である『対談・人間と文学』（講談社）には、演劇、戯曲をめぐる対話があり重要。七〇年、芸術院会員。七四年、第六代ペンクラブ会長。八二年、文化功労者。

［参考］『中村光夫全戯曲』（筑摩書房）、郡司勝義編「中村光夫年譜」（『現代文学全集七八』、筑摩書房）、吉田健一「中村光夫のフランス留学」（『東西文学論』、講談社）

❖**『パリ繁昌記』**《ぱりはんじょうき》 三幕。一九六二年、文学座初演。東都大学助教授の岸本は、パリに留学したものの研究が滞り、資金難も重なって周囲との衝突が絶えない。恋人のシャンソン歌手、谷口あつ子とは自由恋愛を謳歌しつつ、関係は破綻していた。岸本の下宿するカフェの主人西本は、画家の夢が破れパリに永住、ユトリロの模写で小遣いを稼ぐ。このほか、東都大の院生であつ子を愛する並木、西本の娘で岸本を慕うポーリーヌらが集うカフェに、岸本の同僚橋口が到着。東都大教授となり周到に出世を目論む橋口は、岸本にも帰国を促す。岸本は真の思想を追究すると空論めいた自説を語る。数か月後、橋口のお膳立てで、あつ子のシャンソンと西本の絵画がマスコミに取り上げられる。だがそのさなか、西本の贋作が国際的な詐欺事件に加担していたと判明、西本は捕まる。すべては橋口の密告によるもので、橋口は、西本や岸本が現実を見ず、野心を隠して孤高を気取っていると非難。ポーリーヌと結婚し、西本のカフェを継ぐことになった岸本は、橋口の痛烈な言葉を反芻する。岸本に小池朝雄、西本に宮口精二、谷口に丹阿弥谷津子、橋口に芥川比呂志。演出長岡輝子、舞台監督木村光一。

❖**『汽笛一声』**《きてきいっせい》 四幕。一九六四年、劇団雲初演。民部省の技師杉田総一郎は、イギリス留学から戻り鉄道建設に従事する。兵部省の役人で妾宅に暮らす父敏行との関係は悪く、弟順二郎は函館戦争の脱走兵で追われる身だった。総一郎は、他家に嫁ぎ未亡人となった従妹きぬとの結婚を望むが、病身の母らが賛同しない。やがてきぬは、杉田家の女中りつの夫で、横浜での商売が成功した利兵衛に走る。鉄道事業が進む中、イギリスの提案を簡単に受け入れた上司大隈重信に反発し、総一郎は失職。父敏行も妾に逃げられ、順二郎だけが警官に上りつめて勢力をふるう。今なお西洋文明に理想を抱き、次は新聞に活路を見出そうとする総一郎の元へ、きぬが逃げてくる。お互いの愛を確かめたものの、かつてきぬは父の妾だったと、りつが暴露。総一郎は絶望するが、それでも二人の愛でこの試練を乗り越えようと言う。きぬはこれ以上の幸せはないと語り、そのまま鉄道に飛び込んで命を絶つ。演出関堂一《せきどうはじめ》。（大橋裕美）

中屋敷法仁《なかやしきのりひと》 一九八四〈昭和五十九〉・四～。劇作家・演出家。青森県生まれ。県立三本木高等学校時代より畑澤聖悟に師事。二〇〇三年『贋作マクベス』で第四十九回全国高等学校演劇大会最優秀創作脚本賞を受賞。青山学院大学在学中の〇四年には柿喰う客を旗揚げ（二〇〇六年に劇団化）。平田オリザに学び、桜美林大学文学部総合文化学科演劇コースを卒業。現代口語演劇にアンチを唱え、虚構性の高い「妄想エンターテイメント」を標榜する。一三年『無差別』（一二）により第五十七回岸田國士戯曲賞最終候補。代表作に『フランダースの負け犬』『悪趣味』『露出狂』『愉快犯』『世迷言』『天邪鬼』のほか、（女優だけで上演する）シェイクスピア作品の脚色シリーズ。（望月旬々）

中山十戒《なかやまじゅっかい》［＝**芦屋雁之助**《あしやがんのすけ》］一九三一〈昭和六〉・五～二〇〇四〈平成十二〉・四。俳優・歌手。芦屋雁之助の筆名。京都市出身。一九六四年十月に弟の芦屋小雁と結成した劇団喜劇座の活動期の六〇年代に集中して書く。南座の結成記念公演『まげもの喜劇　雁四郎一番手柄』や『お祭り雁六捕物帖』、現代劇の『ドンゴな子』『俺は名人』『ねずみッ子』『どっこい想話』など。六七年四月東横ホールでの『爆笑根っこドンド節』は当時最大の青年労働者組織「若い根っこの会」を題材にした珍しい作品。（神山彰）

中山善三郎《なかやまぜんざぶろう》　一九〇四〈明治三十七〉・六～一九七四〈昭和四十九〉・一。ジャーナリスト・劇作家。秋田県生まれ。日本大学卒業。毎日新聞社の東京本社・社会部長などを経て「サンデー毎日」編集長となる。カジノ・フォーリー文芸部の北村秀雄、島村龍三らと知り合い、一九三〇年頃より「塩谷国四郎」の筆名で戯曲を書いたほか、雑誌「新喜劇」「現代劇」同人としてジャーナリストの視点から戦前・戦後の軽演劇運動に積極的に参加した。塩谷名義の主な戯曲に『恋は颱風の如くに』『ああ、結婚は近づけり』『新しき地図』、中山名義の戯曲に『のっこみ鮒』、演劇以外の著作に『釣人の四季』（明玄書房）、『写真記者物語』（東方社）などがある。（中野正昭）

中山侑《なかやまゆう》　一九〇九〈明治四十二〉～一九五九〈昭和三十四〉。劇作家。昭和初期、台湾の新劇運動で活躍。一九三三年「台北演劇集団」組織。台北放送局演芸部長となり、移動劇団「演劇挺身隊」を組織。戯曲に『ラジオの家』『軍国爺さん』『峠の一軒家』『ふるさと』『美しき建設』『流れる雲』など。

［**参考**］中島利郎編『台湾戯曲・脚本集五』（緑蔭書房）（神山彰）

永山智行《ながやまともゆき》　一九六七〈昭和四十二〉・七～。宮崎県生まれ。劇作家・演出家。東京学芸大学卒業。劇団こふく劇場代表。一九九〇年に劇団を結成、宮崎県を拠点にして活動。九六年『北へ帰る』で、こまばアゴラ劇場の大世紀末演劇展に参加。二〇〇一年に『so bad year』でAAF戯曲賞受賞。〇六～一六年、宮崎県立芸術劇場の演劇ディレクターを務める。演出家の三浦基や神里雄大らにも戯曲を提供。代表作に『昏睡』『ただいま』。（望月旬々）

長与善郎《ながよよしろう》　一八八八〈明治二十一〉・八～一九六一〈昭和三十六〉・十。小説家・劇作家。東京生まれ。東京帝国大学中退。学習院在学中に内村鑑三の感化を受け、武者小路実篤の作品に親しむ。「白樺」創刊翌年に同人になり、自身の恋愛体験に取材した長編『盲目の川』（一九一四）や戯曲『二週間』（同）を発表。一九一六年から翌年にかけて連載した『項羽と劉邦』

や『明るい部屋』(一八)等の戯曲をはじめ、演劇評論・感想で「白樺」を代表する劇作家として認められ、一九年には、白樺演劇社の試演と『白樺脚本集』の刊行で中心的な役割を果たした。一七年二月の劇団踏路社の旗揚げ公演では『画家とその弟子』が青山杉作の演出で、二四年には『夜の戯曲』が新しき村演劇部によって上演されている。このほか、『因陀羅の子』(二二)、『三戯曲』(二三)等の戯曲集を刊行、創作では史実を踏まえながら、芸術家の内面の苦悩を描いた『青銅の基督』が高い評価を受け、後に映画化(五五、松竹)もされている。「白樺」廃刊後は、武者小路らと「不二」を創刊、長編『竹澤先生と云ふ人』(二五)を連載、独自の理想主義的人生観を表明したが、戦中は評伝『大帝康煕』(三八)などに東洋芸術・思想への造詣を披瀝、戦後は自伝『わが心の遍歴』(五九)に人間観の深まりを示した。

❖**『項羽と劉邦』**《こううとりゅうほう》 五幕十六場は、『漢楚軍談』で知られる項羽と劉邦の戦いに、ヘッベル『ユーディット』の影響のもとに光をあてた大作。力を信奉する項羽と、理性を重んじる理想主義者劉邦との対立に虞姫、呂姫、殷桃娘らの女性を配したこの運命悲劇は、一九二一年に邦枝完二の演出で研究座により有楽座で初演され、汐見蓊《しげる》(洋)の項羽、上山珊瑚の虞美人が好評だった。のち宝塚では、一部をミュージカル版に改変・上演(『虞美人』星組、脚本・演出、白井鐵造、一九五一)、新劇歌舞伎合同公演(六一)でも取り上げられた。 (岩佐壮四郎)

菜川作太郎《ながわさくたろう》 一九一八〈大正七〉・十〜二〇〇五〈平成十七〉・一。劇作家・放送作家。東京・小石川生まれ。本名細淵豊平、小説家名・榊原直人。早稲田工手学校中退。一九四三年ムーラン・ルージュ新宿座の脚本募集を機に文芸部入り、戦中戦後の文芸部を代表する一人となる。特に森繁久彌のインテリ風の個性を生かした作品で好評を得た。ムーラン解散後はNHK嘱託など主にラジオ・テレビで活躍した。主な作品に『胎動』『軍雛』『新グッドバイ』、ラジオ・テレビに『ホガラカさん』『チャッカリ夫人とウッカリ夫人』『ポンポン大将』、小説に直木賞候補となった『幻の城』などがある。 (中野正昭)

奈河彰輔《ながわしょうすけ》 一九三一〈昭和六〉〜二〇一四〈平成二十六〉・十。演出家・制作者・劇作家。本名中川芳三。中川彰の名も用いる。大阪市生まれ。大阪大学卒業。松竹大阪支社で演劇製作室に長年勤務し、常務取締役・演劇部顧問となる。一九六〇年代より多くの歌舞伎脚本の復活・補綴・演出に携わる。歌舞伎以外でも、二世大江美智子一座で『三日月お蝶』『夏姿女団七』『怪談江戸絵草紙』などを大阪中座で上演。他に、『女天保水滸伝』などがある。著書に『幕外ばなし』(私家版)がある。 (神山彰)

夏井孝裕《なついたかひろ》 一九七二〈昭和四十七〉・一〜。劇作家・演出家。長崎県生まれ。上智大学文学部哲学科中退。一九九九年『knob』で第四回劇作家協会新人戯曲賞受賞。二〇〇四年にはウィリアム・バロウズ『裸のランチ』の劇化も行なう。代表作に『黎明』『キリエ』『青』など。 (望月旬々)

夏目千代《なつめちよ》 一九一五〈大正四〉〜。小説家・劇作家。本名鈴木照子。東京生まれ。普連土学園卒業。京都大映撮影所に勤務。長谷川伸門下の劇作家の勉強会・新鷹会《しんおう》に参加。『御寮人さん』(一九五八・4)、『四十代の曲り角』(五九・4)が大阪・中座で上演される。一九六〇年に小説『絃《いと》』が直木賞候補。六五年に『雁《かり》』が「オール讀物」一幕物戯曲賞佳作となり、歌舞伎座で上演。七五年サンデー毎日新人賞佳作など、入賞作品多数。戯曲は『おさんの森』（「劇と新小説」一九七七・5）、『峠の鼓八』（「劇と評論」一九七六・11）、『指』（「劇と新小説」一九七七・2）、『業平をめぐる女たち』（同・11）、『明治の雪』（同七八・5）など。（神山彰）

生瀬勝久《なませかつひさ》　一九六〇〈昭和三十五〉・十〜。俳優。兵庫県生まれ。同志社大学文学部社会学科産業関係学専攻卒業。槍魔《やりま》栗三助《くりさんすけ》の芸名で関西の学生演劇で活動を始め、劇そとばこまちの座長を経て、一九九〇年代以後は全国区的に活躍。二〇〇〇年、明石家さんまの主演舞台として『七人ぐらいの兵士』を執筆する。テレビや映画でも人気を博するなか、池田成志と古田新太とで結成した演劇ユニット「ねずみの三銃士」の第一回公演『鈍獣』（二〇〇四、宮藤官九郎作）が第四十九回岸田國士戯曲賞を受賞。代表作に『マンガの夜』（一九九九）、『JOKER』（二〇〇四）、『ワルシャワの鼻』（〇六）。（望月旬々）

並木萍水《なみきひょうすい》　明治三十年代から大正期に、関西新派、特に静間小次郎の一座で主に活躍する。成美団の作家として『寒菊』『財産箱』『吉原雀』『嫁ヶ淵』『寒潮』など。徳冨蘆花の『不如帰《ほととぎす》』の劇化は、地方により場面設定に差異があるが、萍水版は特に関西で人気を呼び、長く復演を重ねた。柳川春葉『生さぬ仲』をはじめ渡邊霞亭『靭猿』、広津柳浪『仇と仇』などの小説脚色も、関西新派で評判。他に女優劇の『恋のかけわな』など。（神山彰）

波島貞《なみしまただし》　一八九九〈明治三十二〉〜一九六〇〈昭和三十五〉・一〇。劇作家。後年は自ら「なみしま　てい」とも読ませた。本名波島章二郎。一九二〇年頃より浅草オペラの作・演出家として活躍。二一年「根岸歌劇団」初演の『新古猿蟹合戦』（波島貞構成、柳田貞一作曲）の再演の際に端役の猿を演じた榎本健一が注目を浴びる。三一年七月「プペ・ダンサント」の文芸部に脚本家・演出家で加入、一二月榎本健一と二村定一の「ピエル・ブリヤント」旗揚げに参加。以後、エノケン一座、東宝・榎本健一一座など戦前・戦後を通してエノケン文芸部で活躍する。ピエル・ブリヤントでは宮尾しげをの漫画『団子串助漫遊記』を劇化したり、『珍傑団栗頓兵衛』、『譽の土俵入』などエノケンの喜劇人としての本領を発揮させた作品を多数手掛ける。人気者となったエノケンが浅草松竹座、有楽座などの大劇場へと進出し、劇場と劇団の規模を拡大させるのに巧みに応じ、レヴュー、コメディ、髷物と様々な作風で安定した作・演出力を見せた。舞台の他にユーモア小説、コント、作詞、雑文も多い。作詞を担当した『エノケンの月光価千金』（原曲は『Get Out And Get Under The Moon』チャールス・トビアス作詞、ラリー・シェイ作曲）は榎本健一のジャズ・ソングのセンスを引き出した名曲の一つとされる。エノケン主演の主な作品に『朗らかな新兵』『インチキ太閤記』『鼠小僧笑状記』など、舞台の映画化に『エノケンのどんぐり頓兵衛』『エノケンの弥次喜多』『エノケンの誉れの土俵入』がある。また活字で読める作品に『団栗頓兵衛』（「映画と演芸」三六年一月号付録「映画小説集」収載）、『江戸時代のヨタモノ』四景（「映画と演芸」三七年七月号）、『びっくり長兵衛』十五場（「東宝」三八年八月号）、国立劇場所蔵の上演台本、早稲田大学演劇博物館所蔵の放送台本など数編がある。

❖『珍傑団栗頓兵衛《ちんけつどんぐりとんべえ》』十二幕。一九三三年九月、ピエル・ブリヤントが金龍館で初演。榎本健一が得意とした「マゲモノ・ナンセンス」の代表作で、時代物は落語や歌舞伎の脚色が多かったエノケン作品の中では珍しいオリジナル作品。江戸時代を舞台に、団栗頓兵衛(榎本健一)、目下団九郎(中村是好)、唐竹甚十郎(柳田貞一)三人のペテン師集団が藩主暗殺計画など様々な事件に巻き込まれて大慌てする。筋立ては単純だが、頓兵衛たちが披露する「インチキ居合抜き」「蟇の油売り」などエノケンの個性を活かした笑いの見せ場が多数配されており、再演を重ねた。一九三六年に『エノケンのどんぐり頓兵衛』(波島貞原作、江口又吉脚色、山本嘉次郎監督)の題でPCLで映画化された。（中野正昭）

楢原拓《ならはらたく》　一九七三〈昭和四十八〉・九〜。劇作家・演出家。別名chari-T。埼玉県生まれ。早稲田大学第一文学部卒業。早大劇研で双数姉妹や東京オレンジの公演に俳優として参加したのち、一九九七年よりチャリT企画を主宰。重いテーマを軽やかに笑い飛ばす「ふざけた社会派」群像劇の作・演出を手がける。代表作に『アベベのベ』『ニッポンヲトリモロス』『イスラム国がやってくる!?アラ！アラ！アッラー！』『1995』など。（望月旬々）

成井豊《なるいゆたか》　一九六一〈昭和三十六〉・十〜。劇作家・演出家。埼玉県生まれ。早稲田大学第一文学部卒業。在学中に学生演劇サークルてあとろ50'に在籍、一九八五年に加藤昌史、真柴あずきらと演劇集団キャラメルボックスを結成し、全公演の作・演出を手がけている。ファンタジー要素を持ったエンタテインメント性の高い作品が特徴。八七年に新宿シアタートップスで『子の刻キッド』、八八年に新宿シアターモリエールで『スケッチブック・ボイジャー』『グッドナイト将軍』『不思議なクリスマスのつくりかた』を上演。八九年に入団した上川隆也(二〇〇九年に退団)を看板に据え、九〇年にシアターVアカサカで初演した『ディアーフレンズ・ジェントルハーツ』で人気を集めると、それ以降は作品を上演する劇場の規模も大きくなっていった。九三年には新宿シアターアプルで『グッドナイト将軍』を再演して、『キャンドルは燃えているか』を初演。九五年の『レインディア・エクスプレス』はサンシャイン劇場にて初演ということで、劇団の注目度が高まった。また、通常の作品の上演時間は二時間前後であることが多いが、「ハーフタイムシアターシリーズ」と銘打って上演時間六〇分ほどの作品の上演を行ない、九一年に新宿シアターモリエールで『ハックルベリーにさよならを』、九六年に本多劇場で『TWO』を初演するなど、観客の立場での実験的公演も試みている。この形態は高校演劇の大会における上演時間の制限規定に合致していることからファンの裾野を広げ、十代の少年少女という登場人物が親しみやすいこともあり、『ナツヤスミ語辞典』『銀河旋律／広くてすてきな宇宙じゃないか』(ともに白水社)など、高校演劇の定番として一時代を画す。『サンタクロースが歌ってくれた』『カレッジ・オブ・ザ・ウィンド』『また逢おうと竜馬は言った』『さよならノーチラス号』『ケンジ先生』ほか代表作は復演の機会も多い。また、オリジナル作品以外にも、北村薫、梶尾真治、柳美里《ゆうみり》、恩田陸、宮部みゆき、いしいしんじ、東野圭吾ら人気作家の小説の舞台化も行なう。

〔**参考**〕成井豊『ナツヤスミ語辞典〔21世紀版〕』（白水社）、成井豊『ケンジ先生』（論創社）

❖**『きみがいた時間《ぼくのいくじかん》　ぼくのいく時間』**《きみがいたじかん》 二〇〇八年二月、サンシャイン劇場にて梶尾真治原作の同名小説を成井豊・隈部雅則の共同脚本・共同演出により初演。コンピュータの開発会社に勤務する秋沢里志は、「クロノス・ジョウンター」というタイムマシンの研究を担当することになった。恋人の紘未と結婚後、妊娠の検査へ行く途中で紘未が事故に遭い、死亡する。その日の自分の行動を悔いた秋沢は、まだ完成とは言えない「クロノス・ジョウンター」に自らが乗り込み、事故が起きないように、三十九年前に戻る。しかし、秋沢の行動は、他の事柄にも影響を与えることになり、変えてはいけない「歴史」を変えてしまいそうになる。やがて時が経過し……。不器用だが純情な男の愛情を、周りの暖かい眼差しと共に描いた作品である。成井豊『きみがいた時間　ぼくのいく時間』（論創社）所収。

❖**『ハックルベリーにさよならを』** 一九九一年三月、新宿シアターモリエールにて成井豊の演出により初演。「ハーフタイムシアターシリーズ」の一作。主人公の小学校六年生のケンジの父は童話作家、母はイラストレーターだが、離婚した。ケンジは中学受験のために家庭教師のコーキチくんを雇われ、勉強させられるが、コーキチくんが教えたのは「カヌー」の魅力だった。父は仕事を手伝っている編集者のカオルさんと次の結婚を考えている。そんな中、ケンジは無謀にも井の頭公園の池から「兄」と一緒に神田川をカヌーで下り始める。慌てた父やコーキチくんの助けで無事に神田川を下り終えた二人だが、実際にはケンジには兄弟はおらず、「兄」は自分の十年後の姿だった。兄の行動や発言を通して、過去の自分の追体験と決別を図ろうとする、作者自身の幼少期の経験を盛り込んだ作品。

（中村義裕）

成澤昌茂《なるさわまさしげ》 一九二五〈大正十四〉・一〜。脚本家・劇作家。長野県上田市生まれ。日本大学在学中に松竹入り、溝口健二につく。映画脚本家として著名。一九四五年に戯曲『復員船』。六〇年代から舞台に進出、『妖婦伝』『雪燃える』『恋を斬る男』『討入前夜』など。八〇年代には『元禄おんな舞』『お蔦という名の女』『藍染川』『男の紋章』など、多くの大劇場に作品を提供。

（神山彰）

成瀬無極《なるせむきょく》 一八八四〈明治十七〉・一〜一九五八〈昭和三十三〉・一。独文学者。本名清。東京生まれ。東京大学卒業。京大教授。多くのドイツ・北欧文学研究・戯曲の翻訳で著名。関西初期新劇運動に関わる。一九一三年、京都大学劇協会を組織、エラン・ヴィタール小劇場に係わり『藻の花』（「帝国文学」一九一二・5）を一九年に上演。普通劇場の顧問となり、二〇年に夢幻劇『鴉』を上演。四〇年には「関西演劇文化協会」理事。他の戯曲に『跫音』（「帝国文学」一九〇九・1）、『笑を失いし人々』（「趣味」一九一〇・7）、『棺の傍』（「三田文学」同・9）、『クライストの最後』（「帝国文学」一九一四・4）、『喜劇詐欺』（「芸文」一九一六・3）、『高原の秋——メロドラマ』（「大調和」一九二八・1）、『池』（「芸術境」一九二一・9）、『七十才の男』（「新劇」一九五八・2）がある。『紅の森』が『部落問題文芸・作品選集』42（世界文庫）に収録。

（神山彰）

名和青朗《なわせいろう》 一九一五〈大正四〉〜一九七九〈昭和五十四〉・一。放送作家。本名津久井柾章、別名・名和左膳。はじめ雑誌編集者として「別冊モダン日本」などを担当。一九五二年に元文藝春秋社の牧野英二、吉行淳之介らと三世社を起こし、同社発行の雑誌「読切倶楽部」に名和左膳名義で発表した漫才台本が認められ、放送作家へ転身する。五五年から六〇年までNHKで放送したラジオ番組〈のちテレビ放送へ〉『お笑い三人組』の脚本で成功し、公開バラエティ・コメディの草分け的存在となる。主な作品に『異人休泊所』、テレビ脚本に『お笑い三人組』『蝶々のしゃぼん玉人生』『セールスマン水滸伝』がある他、漫才・落語の新作台本も多い。（中野正昭）

南江二郎《なんえじろう》 一九〇二〈明治三十五〉・四〜一九八二〈昭和五十七〉・五。詩人・人形劇研究家。京都府亀岡市生まれ。本名治郎。詩作のいっぽう、国内外の人形劇の研究に取り組み、「マリオネット」や「人形芝居」といった雑誌を発行。イェーツの翻訳もした。一九三四年NHKに入局。二〇年代には劇作もし、処女作『悪戯の城』は『魔殿』と改題され、大森痴雪の演出で上演された。戯曲集に『悪戯の城』〈越山堂仮事務所〉がある。（熊谷知子）

に

仁王門大五郎《におうもんだいごろう》 一九五一〈昭和二十六〉・四〜。劇作家・演出家・俳優。島根県生まれ。立命館大学在学中に演劇活動を始め、一九七五年、清瀬順子、稲山新太、趙方豪《ちょうばんほう》らと満開座を旗揚げ。京大西部講堂や出町柳・賀茂川三角州などで公演を行なう。大阪へ拠点を移してからは目黒純一、蟷螂襲らが参加。地を這いながらもしぶとく生きる庶民の姿を涙と笑いで表現。状況劇場に松竹新喜劇をかけ合わせたような独自な作風で人気を博す。代表作に趙が主演した『縄文人にあいうえう』（一九九二）がある。（小堀純）

二九亭十八《にくていとはち》＝〔**市川團十郎**《いちかわだんじゅうろう》（十一世）〕一九〇九〈明治四十二〉・一〜一九六五〈昭和四十〉・十一。歌舞伎俳優。本名堀越治雄。七世松本幸四郎の長男、市川家の養子となり、一九六二年團十郎襲名。代々の團十郎が文筆をよくし、特に三升屋兵庫の筆名で劇作を行なった初代團十郎の顰にならい、六四年に喜劇『鳶油揚物語《とんびにあぶらげものがたり》』を書き、歌舞伎座で上演。（神山彰）

西尾佳織《にしおかおり》 一九八五〈昭和六十〉・八〜。劇作家・演出家。東京都生まれ。劇団鳥公園主宰。幼少期をマレーシアで過ごし、桜蔭学園で中学・高校と演劇部。東京大学教養学部表象文化論科にて寺山修司を、東京藝術大学大学院芸術環境創造科修士課程にて太田省吾を研究。二〇〇七年の鳥公園設立以降、全作品の劇作・演出を担当。〇七〜一〇年には劇団乞局《コツボネ》に俳優としても在籍。一四年、伊藤比呂美の詩集『テリトリー論』をモチーフにしながら近未来のプロブレマティックな日本人を取り扱う『カンロ』〈二〇一三〉で第五十八回岸田國士戯曲賞最終候補。また、「小鳥公園シリーズ」と銘打ち、太宰治の『女生徒』や多和田葉子の『ペルソナ』などをはじめとして、文学作品の舞台化も手がける。翻案劇の新しい取り組みとしては、LGBTの同性婚について考えを促すダスティン・ランス・ブラックの『8―エイト―』をもとに『透明な隣人―8〈エイト〉によせて―』という作品にして書き下ろした。

代表作に『おねしょ沼の終わらない温かさについて』『蒸発』『緑子の部屋』などがある。

（望月旬々）

西川清之《にしかわきよゆき》　一九一一〈明治四十四〉～一九九四〈平成六〉。放送作家。東京・神田生まれ。新聞連合の特信部嘱託記者を経て一九三六年から日活京都撮影所の脚本部員として映画の脚本・脚色、戦後はＮＨＫ専属脚本部員として主にテレビドラマの脚本を執筆し、特にミステリーで好評を得たほか、劇作家組合書記長などを務めた。長谷川伸門下。主な戯曲に『蝸牛の少将』『朱雀野天狗囃』、ラジオドラマに『風の中の歌』、テレビドラマに『半七捕物帳』（岡本綺堂原作）、『氷雨』（松本清張原作）、『功名が辻』（司馬遼太郎原作）、また推理小説と落語に造詣が深く著作に『絵本・落語長屋』（青蛙房）、『遊びをせんとや生れけむ――ミステリと落語の交差点』（早川書房）がある。

（中野正昭）

西沢揚太郎《にしざわようたろう》　一九〇六〈明治三十九〉・九～一九八八〈昭和六十三〉・八。劇作家・演劇評論家。宮城県出身。一九三〇年早稲田大学文学部卒業。三二年「演劇新論」を創刊し、後に「劇文学」「演劇評論」などで新劇要論を発表。戦後は第二次「悲劇喜劇」に戯曲、演劇評論を発表し、そのかたわら同誌の編集に力を注ぐ。戯曲に『風立ちぬ』『嫌だ晩景』『竹錆季《たけさびき》』『丹下氏のフロックコート』『瘋癲丸御航海』『勘定』、ラジオドラマに『陳述』がある。

（木村陽子）

西島明《にしじまあきら》　一九六五〈昭和四十〉～。劇作家・演出家。静岡県出身。早稲田大学在学中に企画したプロデュースユニットを母体に、一九九三年『御大切』で劇団ベターポーヅを旗揚げし、二〇〇七年に『4人の美容師見習い』で解散するまで全公演の作・演出を手がける。二〇〇九年『シリタガールの旅』で本能中枢劇団を旗揚げして演劇活動を再開し、『家庭の安らぎの喜びと恐怖』『リボンの心得』『電車という名の欲望』など発表。代表作に『特性のない男の編物』『オトメチック・ルネッサンス』『初々しくエロやかに』など。

（望月旬々）

西島大《にしじまだい》　一九二七〈昭和二〉・十一～二〇一〇〈平成二二〉・三。劇作家。大阪府出身。國學院大學専門部を卒業後、文筆の道に進む。一九五四年五月、劇団青年座の創立に伴い、同年十二月、文芸部に参加。以後、座付作家として青年座に多くの作品を提供する一方、ＮＨＫや民間放送の本放送開始とともにテレビ、映画にも多数の台本を執筆。テレビでは五五年の『日真名氏飛び出す』（東京放送）、六〇年の『多甚古村』。映画では五七年に日活で公開された石原裕次郎主演の『嵐を呼ぶ男』（日活）や人気シリーズ『事件記者』など、日活作品へのシナリオ提供が多い。舞台劇の戯曲としては、五五年に青年座に『メドウサの首』を提供（同年十二月に渋谷公会堂にて初演）したのを皮切りに、六一年に「六〇年安保」をテーマにした『昭和の子供』（「新劇」一九六一・8、第七回「新劇」岸田戯曲賞候補）が大きな反響を呼んだ。また、『神々の死』（一九七三年に紀伊國屋ホールにて初演、第十八回「新劇」岸田戯曲賞最終候補）、『謀殺　二上山鎮魂――序曲と終曲のある三幕』（「テアトロ」一九七八・11、第二十三回岸田国士戯曲賞最終候補）など、歴史的なモチーフを主眼にし、その中に天皇制や近親相姦の問題を盛り込んだ刺激的な作品を発表する一方で、九八年には岩下俊作原作の『無法松の一生』を劇化してサンシャイン劇場で上演するなど、取り上げるテーマや題材は多岐にわたった。また、劇作家として活動しつつ、青年座研究所の所長をはじめ、劇団の運営にも大きな足跡を残し、病を得ながらも後進の育成につとめた。

❖『昭和の子供』《しょうわのこども》 十九場。六一年六月、俳優座劇場にて成瀬昌彦の演出にて初演。前年の六〇年安保を題材に、安保反対のデモに明け暮れる若者たちと、その感覚に共鳴しつつも自ら行動を起こすことのできない作曲家の葛藤を描いた作品。当時の新劇人がほとんど左翼思想のもとで「安保反対」のデモ行進に参加するなどの行動を起こした中で、かつて右翼思想の持ち主だった西島大本人の自己撞着が作品に反映されている。 （中村義裕）

西田シャトナー《にしだしゃとなー》 一九六五〈昭和四十〉・八～。劇作家・演出家・俳優・折り紙作家。本名非公開。大阪府生まれ。神戸大学在学中の一九九〇年に劇団惑星ピスタチオを旗揚げ（座長は俳優・腹筋善之介）、二〇〇〇年の解散まで、ほぼ全公演を作・演出。一二年に初演の『熱闘!! 飛龍小学校』で関西の劇作家の登竜門だった第七回テアトロ・イン・キャビン戯曲賞佳作。一三年には松山ケンイチ初舞台『遠い夏のゴッホ』を作・演出。 （金田明子）

西田天香《にしだてんこう》 一八七二〈明治五〉・三～一九六八〈昭和四十二〉・二。滋賀県生まれ。宗教家。開智学校高等科卒業。一九一三年、トルストイの作品に影響を受け、京都に信仰団体「一燈園」を設立。三〇年、『不壊の愛』が、倉橋仙太郎の演出で一燈園同人により園内の愛善無怨堂にて上演。翌年から「すわらじ劇園」の活動を開始、指導者として「演劇による托鉢」を実践。

［**参考**］『すわらじ劇園五十年の足跡』（すわらじ劇園） （中村義裕）

西之園至郎《にしのそのしろう》 一九二九〈昭和四〉・五～。高校教諭。鹿児島県伊佐市出身。早稲田大教育学部国語国文学科卒業。神奈川県立高校の教諭として勤務するかたわら、『公園の幽霊』『列島沈没後日談』など軽妙な中にもドラマ性豊かな諸作を創作。一九七五年より十年間、神奈川県高校演劇連盟の事務局長として高校演劇の育成・発展に寄与した。主な著書に『西之園至郎戯曲集』（門土社）がある。 （柳本博）

西森英行《にしもりひでゆき》 一九七七〈昭和五十二〉・十～。劇作家・演出家。千葉県出身。早稲田大学第一文学部哲学科東洋哲学専修卒業。早稲田大学法学部在学中の一九九七年、InnocentSphereの旗揚げ公演以後、すべての作・演出を手がける。二〇〇三年、『渾沌鶏マロカレタルトリ』で第十六回パルテノン多摩演劇フェスティバル最優秀作品賞受賞。〇八年、歌舞伎俳優の四世尾上松緑を主演に迎え『ハリジャン』を上演。代表作に『獅子吼　シンハナーダ』『ディス・ワンダーランド』『刻印』『セイレン』『悪党』など。 （望月旬々）

二宮行雄《にのみやゆきお》 一八八一〈明治十四〉・五～一九六二〈昭和三十七〉・四。旧神奈川県中郡土沢村生まれ。舞台制作者・翻訳家。東京帝国大学英文科卒業後、帝国劇場入社。以後長年にわたり同劇場の文芸部門の重役として上演脚本選定に携わった。帝劇解散後は松竹でも働いた。また英米を中心に同時代海外の近代劇や喜歌劇、メロドラマ、レヴューなどを翻訳紹介した。主な翻訳に『マスコット』『颱風』がある。 （星野高）

ぬ

額田六福《ぬかだろっぷく》 一八九〇〈明治二十三〉・十～一九四八〈昭和二十三〉・十二。劇作家。岡山県勝間田町生まれ。本名は「むつとみ」。一九一七年上京し、岡本綺堂門下となり、早稲田大学に学ぶ。同年「新演芸」応募脚本に応募した『出陣』が入選、一八年に上演。同年帝劇で上演の『月光の下に』は、医師の家庭の一夜を鮮やかに瑞々しく描いた佳品。それと前後して、澤田正二郎と親しみ、新国劇で『暴風雨のあと』『小梶丸』が上演。二二年に発表した『冬木心中』と『真如』が代表作となる。また、二四年には『天一坊と大岡越前守』が歌舞伎で、二六年にはロスタンの『シラノ・ド・ベルジュラック』の翻案『白野弁十郎』が新国劇で上演され、劇作家としての地位を確立した。そのほか、ハワード・ホークス『今日の英雄』、サバティーニ『道化役者』など、翻案劇の系譜を見る上でも重要な作家。昭和期にも綺堂主宰の雑誌「舞台」に多くの戯曲を発表、綺堂没後は同誌を継承し、戦後も復刊した。大衆小説、少年小説も手掛けている。十七歳で片腕を失い、脊髄カリエスを患うという苦労多い若年期の経験を踏まえた、青年の鬱屈した思いと莫然とした不安の表現に優れ、ある時代の不定愁訴的な心情を託して、抒情的に訴える台詞には、大正期の知識人から大衆まで広範囲の観客の胸に沁み込ませた力量が感じ取れる。渡辺(額田)やえ子編『額田六福戯曲集』(青蛙房)がある。

❖**『冬木心中』**《ふゆきしんじゅう》 一幕三場。「演芸画報」二二年四月所載。二三年四月市村座で六世尾上菊五郎と新派の河合武雄により初演。江戸深川の材木商・平太郎は、許嫁のお菊と暮らしているが、かつて道楽を重ねた頃の情婦お仙が訪ねてきて、なれなれしい態度を取る。お仙の現在の情夫藤兵衛はそれを見て逆上し、平太郎を呼び出し殺そうとするが、逆に平太郎が殺してしまい、しつこく付きまとい駆け落ちを迫るお仙も殺してしまう。結局、平太郎はお菊と共に、死に場所を求めて去っていく。幕末に時代を借りて、青年期の不安と自暴自棄な心情を、深川の生活感と叙景を交えて巧みに描いた傑作。新歌舞伎として、戦後も数回上演されている。『日本戯曲全集』現代篇五に所収。

❖**『真如』**《しんにょ》 一幕。「新演芸」二二年四月掲載。同年十月帝国劇場で六世尾上梅幸と七世松本幸四郎により初演。浪人磯貝数馬は自宅で介抱した病身の浪人・源治郎が、数馬の亡父を敵と狙うことを知る。源治郎は数馬を討つことを拒むが、下部曽平太に強いられ、仇を討つ。源治郎の母も含め武士道の建前に生きる旧世代と、それに疑問を持つ新世代の葛藤と心情が切々とした台詞で語られ、昭和期までは何度も復演された。『日本戯曲全集』現代篇五に所収。

❖**『白野弁十郎』**《しらのべんじゅうろう》 四幕六場。一九二六年一月邦楽座で新国劇が初演。エドモン・ロスタン『シラノ・ド・ベルジュラック』を幕末の京都の会津藩士の片恋に置きかえた翻案物。同僚・来栖《くるす》生馬《いくま》との友情、千種《ちくさ》姫《ひめ》への純愛など、大正文学のキーワードを巧みに組み込み、主演の沢田正二郎の個性を生かし、観客の情動を刺戟する巧みな作劇。大詰・僧院の場、落魄し老いた白野弁十郎《しらのべんじゅうろう》の最後の恋文が有名。新国劇の財産演目。

(神山彰)

ね

根本宗子《ねもとしゅうこ》 一九八九〈平成元〉・十～。劇作家・演出家・俳優。東京都生まれ。月刊「根本宗子」主宰。東洋英和女学院高等部卒業。幼少時より母親に歌舞伎を見につれていかれたが、中高生の時に日本の「小劇場」に嵌まるようになり、卒業後はENBUゼミナール演劇科に入学して赤堀雅秋のクラスで学ぶ。二〇〇九年、創刊号『親の顔が見てみたい』で旗揚げ(劇団名は新潮社から刊行されていた月刊グラビア誌への憧憬＋「劇団、本谷有希子」の踏襲)。「別冊」とされる番外公演やコラボレーションのための「ねもしゅー企画」も手がけ、一六年、シンガーソングライターの大森靖子を出演者に迎えて、コンビニエンスストアでバイトする女子の鬱屈と妄想の日々をメタシアターとして描いた『夏果て幸せの果て』(二〇一五)が第六十回岸田國士戯曲賞最終候補にノミネート。代表作に『中野の処女がイクッ』『私の嫌いな女の名前、全部貴方に教えてあげる。』『もっと超越したところへ。』『超、今、出来る、精一杯。』。 (望月旬々)

の

野上彰《のがみあきら》 一九〇八〈明治四十一〉・十一～一九六七〈昭和四十二〉・十一。編集者・詩人。詩を本業としながら岸田國士門下として主に「劇作」に戯曲を発表。作詞やオペラの翻訳もし、放送劇や童話を多く書いた。戯曲はほとんどが一幕物で『僕たちはこれを待つことは出来ない』(一九四九)、『鴉』(五一)、『蛾』(五三)など。メエルヘンと断った『火山の見える別荘』(「劇作」一九四九・4)が代表作。戯曲集に『蛾』(一九五八年、緑地社)がある。 (林廣親)

野木萌葱《のぎもえぎ》 一九七七〈昭和五十二〉・五～。劇作家・演出家。神奈川県生まれ。本名野木もえぎ。日本大学藝術学部演劇学科劇作コース卒業。高校演劇にて劇作・演出を担当。大学在学中の一九九八年、パラドックス定数を結成。二〇〇七年『東京裁判』の公演を機に劇団化。一〇年『五人の執事』(二〇〇九)で第五十四回岸田國士戯曲賞最終候補。一六年『外交官』(一五)が第十九回鶴屋南北戯曲賞ノミネート。代表作に『三億円事件』をはじめ、グリコ森永事件の犯人に迫る『怪人21面相』、大逆事件を扱った『インテレクチュアル・マスターベーション』、二・二六事件を描いた『昭和レストレイション』などがあり、史実にもとづいた会話劇を得意とする。 (望月旬々)

野口卓《のぐちたく》 一九四四〈昭和十九〉・一～。劇作家・小説家。本名たかし。徳島市生まれ。一九六三年に立命館大学文学部に入学するも六六年に中退。翌年上京して種々の職業を転々とした後七三年に編集者となり、九一年に戯曲の執筆をはじめる。九三年の『風の民』で第三回菊池寛ドラマ賞を受賞。他に『さらばカワウソ』(一九九八)など。近年は時代小説集を刊行するほか、落語の解説書なども執筆・刊行している。 (大笹吉雄)

野口達二《のぐちたつじ》 一九二八〈昭和三〉・三～一九九九〈平成十一〉・二。劇作家。秋田県土崎生まれ。早稲田大学卒業後、アルス社で「演劇グラフ」、演劇出版社で「演劇界」の編集に従事。一九六〇年の文藝春秋と明治座の合同企画だった「オール讀物」一幕物戯曲懸賞の第一回に『富樫』が佳作入選。六二年に演劇出版社を退職し、劇作家となる。六三年『富樫』初演後、大劇場に多くの劇作を続け、『義朝八騎落ち』『静御前』『若き須磨子の恋』『草の根の志士たち』『若き日の清盛』『肥後の石工』などをはじめ、五十五本の作品を残す。演出家としても歌舞伎十八番の『景清』『外郎売』や新人作家の新作歌舞伎の演出もつとめた。著書に『歌舞伎再見』(岩波書店)、『舞台という空間――野口達治戯曲集』(新潮社)など。長谷川伸賞、大谷竹次郎賞、紫綬褒章受章。

❖**『富樫《とがし》』** 一幕二場。初出は『青年演劇一幕劇集』3(未來社・一九六二)。六三年四月東横ホールで、村山知義演出で初演。一一八六年の春、加賀の国の富樫家。源氏兄弟の不和から、義経一行が山伏姿で落ち延びたので、山伏と見れば全て斬り捨てよとの頼朝の命が出る。無実の山伏を兄は見逃せというが、弟は職務として斬り捨てる。別の日、兄が義経一行らしき山伏を見逃したと聞き、弟が激怒する。兄は、自分が責を取って死ねば、富樫家の名誉は保てるというが、弟は名誉が保てても、富樫家は実際には取り潰しになる、世は勝ち残る者が正しいのだといい、義経を追おうとする。しかし、既に密告により富樫家は取り囲まれていた。死装束で自死しようとする兄に、お前は死ぬ覚悟はあるまいとなじられた弟は、恥辱として、自ら腹を切り、卑怯者呼ばわりされて生きていけぬといい、兄の考えの愚かさを訴える。兄は、討手に囲まれるなか、来世の再会を約して号泣する。兄弟の愛憎と葛藤を、『勧進帳』の裏の世界を借りて描く。台詞の律動感やさりげない繰り返し、視覚的効果など、大劇場向きの劇作法を備えた佳作で、何度も復演された。『野口達治戯曲撰』(演劇出版社)所収。（神山彰）

能島武文《のじまたけふみ》 一八九八〈明治三十一〉・五〜一九七八〈昭和五十三〉・三。劇作家・演劇評論家・翻訳家。大阪府大阪市生まれ。早稲田大学英文科在学中より市村座脚本部に入る。「劇と評論」や「演劇新潮」の編集に携わり、主に大正後期に自らも戯曲を発表した。代表作に、『秋の心』『波紋』『東京小景』『裸になる一幕』などがあり、著書には『作劇と理論の実際』(新潮社)がある。五〇年代後半より、児童文学や推理小説の翻訳に転じた。（熊谷知子）

ノゾエ征爾《のぞえせいじ》 一九七五〈昭和五十〉・七〜。劇作家・演出家・俳優。岡山県生まれ。劇団はえぎわ主宰。本名野添征爾。八歳までサンフランシスコにて育ち、日米で七つの小学校を転々とする。サレジオ学院中学校・高等学校、青山学院大学経営学部経営学科卒業。青山学院大学演劇研究会(同期に鳥山フキ)を経て、ENBUゼミナールの松尾スズキのクラス(同期に本谷有希子《もとやゆきこ》)で学ぶ。九九年『痙攣スルのであって』で旗揚げ公演、はえぎわを立ち上げ。二〇〇〇年、ケラリーノ・サンドロヴィッチ作・演出の『スモーク』に出演。はえぎわの初期作品は裸のシーンなど過激さが評判だったが、海外の名作戯曲を手がけるようになった二〇〇六年以降は作風に変化が訪れる。一〇年、ピエロとして働く青年と認知症の老女の共同生活を描く『ガラパコスパコス』で「チョーク演劇」(舞台上の「黒板＝壁や床」にチョークで描くことで小道具を表現)を発明し、その趣向を発展させた『〇〇トアル風景』(二〇一一)により第五十六回岸田國士戯曲賞受賞。『ライフスタイル体操第一』(一二)ではピナ・バウシュを引用するなど、公演ごとに知的で奇想天外な新機軸を切り拓く、毒とユーモアにあふれた作品に定評がある。一六年、同じ芸能事務所に所属していた蜷川幸雄の死去を受け、六十歳以上限定の高齢者劇団「一万人のゴールド・シアター」の演出を引き継ぐ。俳優としては、映画主演(『TOKYOてやんでぃ』)も果たす。代表作としては『Mジャクソンの接吻』、『春々』(第五十五回岸田國士戯曲賞最終候補)、『ハエのように舞い牛は笑う』など。

[**参考**]『〇〇トアル風景』(白水社)所収「トアルあとがき――〇〇を受賞スルマデニアッタ風景」

❖**『〇〇トアル風景』**《まるまるとあるふうけい》 十三場・登場人物十三人。なにもない空間に、男が入ってきて佇んでいると、やがて女がやって来る。男は壁に、サッカーボールほどの大きさの円を描くと、それをパントマイムで手に持ち、女とエアーキャッチボールを始める。それがぶつけ合いの様相を呈すると、男は、女との間の床に線を一本引く。するとドッヂボールが始まり、男女の数が増え、さまざまな球技が次々に展開してゆく。男が壁に「music」と書くと、ピアノの伴奏が流れる。男たちと女たちは、唄いながらも、壁や床に、日常生活・社会・環境・信仰などにまつわることを書いてゆくので、空間は絵や文字で埋め尽くされる。そうして、とある男と女の風景が始まる――。男は携帯ゲームが、女は韓流ドラマが好き。同棲生活を長く続けるうちに、男と女の心は擦れちがう。そして、壁に描かれた思い出や家具などが女によって消されてゆく。かたや全身をジョギングファッションで身を包んだ女が出没し、世を儚んで泣いている。男は、契約社員で働く部品工場をクビになり、帰宅すると、部屋は空っぽで、地面にあいた穴に落ちる(そこにはスーツ姿の「穴の底の男」がいて、女が落ちてくるのを待っている)。男の両親が離婚をする。母は友人と美容院を始め、父は実家の床屋を継ぐよう男を促す。祖父が自動車のアクセルとブレーキを踏み間違え、壁に激突して即死する。祖母は痴呆症だが、言葉をケチらず「もっと話しておけば良かった」と後悔している。ある日、今度は父が倒れ、その介護が始まる。男は母から、生まれた場所で仲間になりたがるというのは間違いで、人間のたった一つの共通点として「本当の出身地はマンコ」だと力説される。そして『ユー・アー・マイ・サンシャイン』の唄とともに、壁や床の清掃が始まる――。男たちと女たちが言葉を交わしあった最後、穴からは強い光が漏れてくるようにもなり、壁や床からは文字や絵はすべて消え去って、〇が二つと太陽だけが残っている。

男と女の愛と喪失をめぐるユニバーサルな物語として「チョークと、チョークで描く壁があればできる演劇」を確立した第五十六回岸田國士戯曲賞受賞作品。　(望月旬々)

野田市太郎《のだいちたろう》 一九三〇〈昭和五〉・十二～。劇作家・演出家。東京都生まれ。東京理科大学博士課程中退。一九六〇年代は都立高校の定時制演劇部に『幽霊学校』『高等学校数学I』などの作品を提供。六九年『ほおむどらまちいく　ほおむどらま』を自らの演出で劇団熊により新宿・厚生年金会館小ホールで上演。以降、「劇団熊」に作品を多数書き下ろす。七〇年『てーぷれこーだ』を神田一ツ橋講堂にて、七六年『幸福家族』、七八年『雨の日は切紙細工で』、八〇年『たとえば、唇に薔薇の棘』を西麻布ユニーク・バレエ・シアターにて自らの演出で劇団熊により上演。

(中村義裕)

野田秀樹《のだひでき》 一九五五〈昭和三十〉・十二〜。劇作家・演出家。長崎県西海市崎戸町出身。佐世保沖の蠣浦島《かきのうらしま》で生まれる。長崎県の佐々《さざ》出身の父、康平は三菱崎戸炭鉱の管理部門社員だった。四歳で上京したため島の記憶は薄いが、三十歳のころ生家の社宅跡を再訪し、大海原の眺望を原風景と再認識している。代表作の一つ『赤鬼』の海、原子爆弾の惨禍を見すえる『パンドラの鐘』や『MIWA』(二〇一三)の長崎幻想に故郷のイメージがみられる。一九六〇年、父の転勤に伴って東京・代々木に転居、長崎弁を好奇の目で見られ、疎外感を覚える。少年時代は四歳違いの兄、博明と日比谷の児童図書館に通い、児童文学やギリシア神話を読みふけった。それらの経験は作品世界に色濃く反映する。七一年、東京教育大附属駒場高校(現・筑波大附属駒場高校)に入学。友人に誘われ演劇部に入部し、二年生で処女戯曲『アイと死を見つめて』を書く。パンを買うお金を払うタイミングが一瞬遅れて裁かれる男を描くナンセンス・コメディだった。三年生時の文化祭では武田泰淳の問題作を原作とした『ひかりごけ』を書き、才気が話題になる。カニヴァリスムと絶対的孤独という主題は変わらぬ作意の源泉となり、『二万七千光年の旅』(一九七七)、『赤鬼』(九六)、『パイパー』(〇九)に明瞭に現われる。七五年、東京大学文科一類に入学、演劇研究会に入会、座付き作家となる。翌年には会を「おもしろくてためになる夢の遊眠社」と改称、『走れメルス』を上演した。大学構内の駒場小劇場を拠点とする上演活動が人気を呼び、七九年の『少年狩り』を寺山修司が「ナンセンスと、ドタバタによって事物の表層を踏み破る」と劇評した。木下順二の民話劇、別役実の不条理劇、唐十郎の奇想などから影響を受けながらも、連想の奔放さは独創的だった。傾倒した作家に坂口安吾、中井英夫がいる。作、演出に加え出演も兼ねるため学業の時間がなく八一年、二十五歳で東大法学部を中退。夢の遊眠社と名乗るようになった劇団は速射砲のような言葉遊び、運動選手のように走り回る演技で若者に熱狂的に迎えられ、八〇年代半ばには演劇界随一の人気劇団に成長した。少年(作者自身が演じた)が迷宮を冒険する構造も特徴的だった。言葉遊びはミーハーの手法とみられ、風俗的にも注目されたが、井上ひさしが江戸時代の戯作者に通じる日本語の技法を見いだしていたことは注目される。八九年夏、筋肉トレーニング中に血流障害で右目を失明したが、俳優を続行。この経験は後に『Right Eye』(九八)で戯曲化された(九九年、第二回鶴屋南北戯曲賞受賞)。商業演劇の公演をへて九二年に劇団を解散し、同年から文化庁の在外研修制度で一年、ロンドンに演劇留学する。バブル経済の時代に「消費されて終わる」ことへの危惧があった。英国滞在は「少年もの」から戦争や暴力を直視する硬質な戯曲への転換を促した。演出家サイモン・マクバーニーと出会ったことでフィジカル・シアターの方向性も明確になり、セリフを簡潔にしぼりこむ作劇が探究された。帰国後の九三年、企画制作会社NODA・MAP(野田地図)を設立、翌年『キル』で旗揚げ。以降、大竹しのぶ、宮沢りえ、深津絵里、松たか子、橋爪功、古田新太らの出演で話題作を発表し続ける。坂口安吾の日本文化私観や網野善彦の歴史学から敗者や非定住者の視点を得て作品世界は膨らんだ。天皇制をめぐって聖と俗の問題を『TABOO』(九六)や『パンドラの鐘』(九九)に投影している。正史に異議を申し立てる戯曲としては、ベトナム戦争のソンミ村虐殺を告発する『ロープ』（〇六年、第五十八回読売文学賞受賞）や、米軍の「イラクの自由」作戦を描き込む『オイル』（〇三）がある。『カノン』（〇〇）の連合赤軍事件、『ザ・キャラクター』（一〇）のオウム真理教事件、『エッグ』（一二）の七三一部隊細菌実験などは現代史の発掘に取り組んだ例である。他方、即興的な演出を前面に出すNODA・MAP番外公演から『赤鬼』や『THE BEE』といった国際色豊かな作品がもたらされた。中でも『THE BEE』は英国で衝撃的に受けとめられ、国内でも演劇各賞を総なめにした。〇九年、東京芸術劇場の芸術監督に就任、日英文化交流の功により名誉大英勲章OBEが授与された。盟友だった十八世中村勘三郎（一二年没）に請われ、歌舞伎脚本も執筆。『野田版　研辰の討たれ』を歌舞伎座で初演した。勘三郎にあてた新作歌舞伎は『野田版　鼠小僧』（〇三）、『野田版　愛陀姫』（〇八）と続いた。

【**主要文献**】扇田昭彦『現代演劇の航海』（リブロポート）、長谷部浩監修、野田秀樹『定本・野田秀樹と夢の遊眠社』（河出書房新社）、井上ひさし「野田秀樹の三大技法」（新潮文庫『野獣降臨』解説）、野田秀樹、鴻英良『野田秀樹　赤鬼の挑戦』（青土社）、高萩宏『僕と演劇と夢の遊眠社』（日本経済新聞出版社）、内田洋一責任編集・日本の演劇人『野田秀樹』（白水社）

❖**『走れメルス』**《はしれメルス》　十二場。一九七六年十月、おもしろくてためになる夢の遊眠社が「燃える下着はお好き？」の副題でVAN 99 HALLにて高萩宏演出により初演。二年後の十二月、副題を「少女の唇からはダイナマイト！」と変え、野田秀樹演出（以降、野田作・演出で一貫）により上智小劇場と駒場小劇場で上演され、ほぼ完成する。二〇〇四年十二月にはNODA・MAPが深津絵里、中村勘太郎（その後・勘九郎）の出演で上演した。鳴門海峡をはさむ「こちら岸」と「向う岸」でドラマは展開。ヒロイン芙蓉に恋する久留米のスルメは「こちら岸」で下着泥棒になり「向う岸」ではメルス・ノメルクという人気歌手となる。メルスは石けん箱の戦艦を率いて鳴門海峡を渡る。互いの半身を求めるメルスとスルメが出会い、火が放たれる。もう一人の自己（半身）を求める奇想の旅という作品世界の原型を築いた、青春への決別の作。一九八一年、白水社から単行本として刊行され、三年後に角川文庫に収録された。

❖**『野獣降臨』**《のけものきたりて》　一九八二年十月、夢の遊眠社が駒場小劇場で初演。野田秀樹演出。段田安則、上杉祥三、竹下明子らが出演した。第二十七回岸田國士戯曲賞受賞作。八七年八月、英エディンバラ国際芸術祭に招かれ、初めての海外公演が実現した。アポロになろうとした被差別者の末期の夢を描いた初期の典型作。貧しいボクサーが月面着陸したアポロ11号よろしく「ヒューストン、ヒューストン」と孤独な交信をはかる場面に始まる。アポロ獣一と名乗るその青年は、失われたあばら骨を探し求め、月の兎と出会う。人と獣が交わる伝説の病が電線から伝染し、人道所長らが追跡するが、紫式部や十五少年漂流記のブリアン少年が入り乱れ、月の伝説と歴史とが破天荒に交錯していく。岸田國士戯曲賞の選評で別役実は奇抜な言語感覚を評価し、「状況に対する不信感の表明が、逆説的にこの手法を生み出したのだと考えるのであり、その種のもどかしさと焦燥感を、私はここから切実に感じとることができる」と記した。八二年、新潮社から単行本として刊行され、三年後に角川文庫に収録された。

❖**『贋作《にせさく》・桜の森の満開の下《さくらのもりのまんかいのした》』** 十五場。一九八九年二月、夢の遊眠社が日本青年館で初演。野田秀樹演出。毬谷友子が夜長姫役で客演した。二〇〇一年、新国立劇場が堤真一、深津絵里の出演で主催公演した。作者が生まれ変わりと自称するほど傾倒していた坂口安吾の世界を独自の解釈で劇化した。原作は『夜長姫と耳男』『桜の森の満開の下』『飛騨の秘密』などの小説・エッセイで、壬申の乱、大仏開眼といった逸話をからめた古代国家誕生の異説である。差別と被差別、聖と俗の問題を戯曲の基底におく作者が歴史と正面から向き合うきっかけとなった作。ヒダの王のもとに耳男ら偽りの匠が集まり、ミホトケを彫る。おそろしい化け物を彫った耳男は名人となり、大仏建立を依頼されるが、凡庸な像しかできない。夜長姫と逃亡した耳男は満開の桜の下で姫の首をしめる。新国立劇場公演のパンフレットに、クニをつくる中で古代人のアニミズムが崩壊させられる劇世界だとの自己解説がある。一九九二年、新潮社から単行本で刊行された。

❖**『キル』** 二幕二十五場。ロンドン留学後の初作品で一九九四年一月、NODA・MAP旗揚げ公演としてシアターコクーンで初演された。野田秀樹演出。堤真一、羽野晶紀らが出演。その後、堤真一・深津絵里、妻夫木聡・広末涼子らの出演で再演が重ねられた。九七年、菊田一夫演劇賞。留学前からの構想で作風が変化する過渡的位置にあるが、豊かな詩情をたたえる代表作の一つといえる。草原の英雄テムジン(ジンギスカン)の野望がファッションに仮託され、題名のキル(殺す)は着る、斬ると連想を広げる。洋服屋の息子テムジンは自分のデザインした服を世界中で着させる夢を抱き、絹の国から来たモデルのシルクと結ばれる。略奪されたシルクが生んだ敵の子バンリは贋ブランド討伐のため旅立つ。父と子の確執をへて、テムジンは征服がもたらす恐怖の連鎖を慨嘆し、草原の青空を「ただ見上げれば良かったんだ」とミシンの夢を終える。九八年、単行本『解散後全劇作』(新潮社)に収録された。

❖**『赤鬼《あかおに》』** 十六場。一九九六年九月、近鉄アート館でNODA・MAP番外公演として初演された。野田秀樹演出。富田靖子、段田安則らが出演。その後、佐藤信のすすめで初めての国際共同制作に取り組み、九七年十二月、シアタートラムでタイ人俳優と上演した(ニミット・ピピットクンと共同演出)。翌年五月、バンコクのセンアルン・アーツセンターでも上演され、反響を呼んだ。続いて英国に進出、二〇〇三年一月、ロンドンのヤングヴィック・シアターで『RED DEMON』(ロジャー・パルバース英訳台本)の名で英語上演された。〇四年八月、シアターコクーンで日本語、タイ語、英語の三バージョンが連続上演され、読売演劇大賞最優秀賞、同演出家賞を受賞した。〇五年十月にはソウルで韓国語版『パルガントッケビ』も韓国文芸振興院芸術劇場小劇場で上演されている。社会秩序を指向する近代的知性と無垢なアニミズムの相克、原罪としての人肉食、犠牲と救済といった高校時代以来書き継いできた主題が凝縮された寓意劇である。離島の漁村に漂着した異邦人は人を食う鬼と恐れられるが、花を食べていただけだった。鬼を人と認めるのは「あの女」だけで島民はともに処刑するため洞窟に監禁する。「あの女」の頭の足りない兄とんびと機転の利く水銀《ミズカネ》ともども舟で脱出を試みるが、異邦人は息絶え、生存のため一行は人肉を口にする。異あとで事実を知った女は海に身を投げる。異人を鬼として排斥し、その肉を食ってしまう人間の因業は演出や演じ手によって大きく表情を変える。一九九八年、単行本『解散後全劇作』(新潮社)に収録された。

❖『**パンドラの鐘**』《ぱんどらのかね》　一九九九年十二月、NODA・MAPが世田谷パブリックシアターで初演。野田秀樹演出。堤真一、天海祐希、松尾スズキらが出演。ほぼ同時期に蜷川幸雄演出、大竹しのぶ、生瀬勝久、勝村政信らの出演でシアターコクーンでも上演された。第五十回芸術選奨文部大臣賞、第七回読売演劇大賞最優秀作品賞を受賞した。大英博物館の中国展示室で大きな鐘が爆弾に見えたことから着想、サイモン・マクバーニーの勧めで初めて原爆について劇化した。戯曲の大半はロンドンで執筆された。道成寺の鐘入り伝説、鎮魂の長崎の鐘、さらに長崎を舞台にした蝶々夫人の逸話を重ね「パンドラの匣」のギリシア神話がかけ合わせられる。原爆という禁断の扉を開く原罪を古代国家の天皇制の中で描く作劇は、それまでの作者の創作を総合する試みでもあった。長崎の発掘現場でミズヲという被爆孤児が見る末期の夢という構造をとり、パンドラの鐘に記された「太陽のようなものを爆発させる法」をめぐって古代と未来の戦争が起きる。秘法を永遠に封印するため鐘入りする古代の王女ヒメ女の犠牲は、戦争終結を遅らせた昭和天皇を批評する効果を生む。ミズヲは被爆者の言葉「水をください」の「水を」であり、遺体埋葬人という被差別者の眼差しは『野獣降臨』のアポロ獣一に通じる。二〇〇〇年、単行本『20世紀最後の戯曲集』(新潮社)に収録された。

❖『**野田版　研辰の討たれ**』《のだばん とぎたつのうたれ》　二〇〇八年八月、歌舞伎座で初演。野田秀樹演出。中村勘三郎(当時・勘九郎)、坂東三津五郎、中村福助、中村扇雀らが出演した。初めての歌舞伎台本で、第一回朝日舞台芸術賞グランプリ作品。原作は木村錦花作で、一九二五年初演。妻と通じた武士を殺害し、研屋の辰蔵が諸国を逃げ回った事件が歌舞伎の題材となり、その中で錦花版は刀研ぎから武士になったのが嬉しくてしかたないごますり男とした。作者のワークショップに参加した勘三郎が台本を持ち込んだ。忠義を重んじる歌舞伎では錦花台本にある仇討ちは人殺しに過ぎないとの近代的セリフはカットされるのが通例だが、作者はこの部分を膨らませ、忠臣蔵に熱狂する大衆の不気味さを加味した。勘三郎演じる辰次は卑屈に命乞いをしながらも武士として悲劇的な最期へと押し流される。一面の紅葉の中で辰次の死体に一葉が降る。復讐のむなしさを浮かび上がらせる鮮烈な幕切れが話題となった。〇八年、単行本の『野田版歌舞伎』(新潮社)に収録された。

❖『**THE BEE**』《ざびー》　二〇〇六年六月、NODA・MAPとソーホー・シアターとの共同制作でロンドンで英語により初演された。キャサリン・ハンターらが出演。〇七年六月、日本バージョン(秋山菜津子ら出演)、ロンドン・バージョンがシアタートラムで連続上演された。いずれも野田秀樹演出。〇七年の成果が評価され、第十五回読売演劇大賞・大賞、最優秀作品賞、同最優秀演出家賞、同男優賞、第七回朝日舞台芸術賞グランプリ、第四十九回毎日芸術賞、第四十二回紀伊國屋演劇賞(団体賞)を受賞した。一二年にロンドン・バージョン、宮沢りえ出演の日本バージョンが水天宮ピットで再演。ニューヨーク、香港、ルーマニア・シビウでもロンドン・バージョンが上演され、賞賛された。原作は筒井康隆の短編『毟《むし》りあい』(『メタモルフォセス群島』所収)で、英語上演のためコリン・ティーバンとの共同脚本という形をとる。ビジネスマン井戸の平穏な日常が、脱獄囚小古呂に妻子を人質にとられたことで破られる。逆上した井戸は小古呂を人質にとり、蜂の羽音に神経をかき乱されながらサディスティックに責め立てる。鉛筆を指とする見立ての演出が高度な寓意劇を成立させた。〇七年、単行本『21世紀を憂える戯曲集』〈新潮社〉に収録された。

❖**『ザ・キャラクター』**二〇一〇年六月、東京芸術劇場中ホールで初演。野田秀樹演出。宮沢りえ、古田新太、橋爪功らが出演。第十八回読売演劇大賞・大賞、最優秀作品賞受賞。オウム真理教が一九九五年に起こした地下鉄サリン事件を題材とした衝撃作で、ギリシア神話の世界にこと寄せて、粛清の恐怖を描き出した。町の書道教室で家元〈教祖〉は心を表す念書を「ギリ写経」と称してギリシア神話を弟子たちに写させる。紙が神になる言葉遊びがおそろしい比喩となり、字の霊力に洗脳された集団は血塗られたギリシア神話そのままに粛清や凶行へと突き進む。バッコスの信女もどきの教団が街を行進する場面〈黒田育世振付〉が凄惨。記録や証言が生かされ、狂信集団の恐怖が現われ出た。行方不明の弟、俤《おもかえ》を探しに潜入するマドロミの末期の目がとらえた光景が現実の似姿となる鋭利な作劇である。一一年、単行本『21世紀を信じてみる戯曲集』に収録された。

［註］掲出戯曲のうち歌舞伎をのぞく全作に野田秀樹が出演した。（内田洋一）

野中友博《のなかともひろ》 一九六二〈昭和三十七〉・十～。劇作家・演出家。東京都世田谷区生まれ。桐朋短大演劇専攻科卒業後、P－BOXを結成、一九八五年の『繭物語』から九六年までに七作の作・演出をする。九八年に演劇実験室紅王国を新たに結成。旗揚げ公演『化蝶譚』が「テアトロ」新人戯曲賞を受賞。以後二〇〇九年の『我が名はレギオン』までに『雄蜂の玉座』ほか精力的に作・演出活動を展開。彼は泉鏡花や寺山修司を尊敬し、幻想性豊かな作風、硬質な文体に特徴がある。（石澤秀二）

野淵昶《のぶちあきら》 一八九六〈明治二十九〉・七～一九六八〈昭和四十三〉・一二。奈良市生まれ。京都大学在学中に新劇団「エラン・ヴィタール小劇場」を創設。入江たか子を見出す。教職に就いた後、プロレタリア演劇に対抗して雑誌「新興演劇」を刊行〈一九三〇〉。関西新劇の中心的人物として重要な位置にあった。一九三五年、京都の新興キネマに入り、映画界でも著名となり、監督作品多数。戯曲では好評で再演された『吉田御殿』のほか、映画『嘆きの天使』の脚色、高田浩吉一座に『お寺のぼんぼん』など。宝塚新芸座には『お寺のぼんぼん』『お産の名医』などの喜劇も書いた。『徳川千姫』『長崎の一夜』『赤屋根の家』『新納鶴千代』など、昭和四十年代までは商業演劇で上演され、再演もされている。（神山彰）

野間宏《のまひろし》 一九一五〈大正四〉・二～一九九一〈平成三〉・一。作家。神戸市生まれ。一九三八年に京都大学仏文科を卒業して四六年に『暗い絵』を「黄蜂」に発表、いわゆる第一次戦後派の第一歩を記す。代表作に『真空地帯』〈一九五二〉、『青年の環』〈六六〉など。戯曲に五九年発表の『黄金の夜明ける』〈未來社〉があり、同年に青年座が千田是也の演出で俳優座劇場で上演した。他にミュージカル『冷凍時代』〈「文學界」一九五七・12〉。（大笹吉雄）

は

灰野庄平《はいのしょうへい》 一八八七〈明治二十〉・四〜一九三一〈昭和六〉・四。劇作家・演劇研究家。新潟刈羽生まれ。東京帝国大学哲学科卒業。小山内薫を知り、アイルランド戯曲を研究、後に、『近代劇全集』に翻訳が収録されている。当時、劇場と縁深かったミツワ石鹼〈丸見屋商店〉に入社。明治末から「スバル」などに発表した戯曲に、『芭蕉と遊女』『義隆の最後』『ザヴィエーの晴着』『少年の道徳』『墓の前』などがあり、それらを収録した戯曲集に『秦の始皇』〈新潮社現代脚本叢書〉がある。没後、『大日本演劇史』〈第一書房〉が刊行される。（神山彰）

貘与平太《ばくよへいた》 一八九四〈明治二十七〉・三〜一九六一〈昭和三十六〉・四。映画監督・脚本家・俳優・劇作家。福岡県生まれ。本名・映画監督名の古海《ふるみ》卓二《たくじ》として著名。中央大学時代に添田《そえだ》唖《あ》蟬坊《ぜんぼう》に入門し、古海清湖を名乗る。一九一七年、宝塚少女歌劇に『コサックの出陣』を書く。同年石井漠主宰の「アサヒ歌劇団」に属し、浅草オペラの台本を書く。一八年、河合澄子、西本政春らと「日本バンドマン一座」を結成。この頃、大杉栄、堺利彦、辻潤らと交わる。歌劇台本『虚無より暗黒へ』『トスキアナ』〈アナキストの逆読み〉を上演。作詞した『トスキナの歌』も人気を呼ぶ。二〇年藤原義江、伊庭孝、岸田辰彌らの「新星歌舞劇団」に加入、以後も多くの歌劇団に属した。俳優としては高倉健二郎を名乗る。妻紅澤葉子が映画出演後、「大正活動映画」に縁ができ、二一年同社で映画監督となり、多くの映画史に残る作品を作る。（神山彰）

はぐるま座創作集団《はぐるまざそうさくしゅうだん》 山口県演劇研究所を母体として、一九五二〈昭和二十七〉年に創設された劇団はぐるま座における集団創作。七〇年代に福田正義長周新聞主幹の指導の下で進行。当時の代表作に『川下の街から』〈一九七二〉や『明日への誓い』〈七四〉。劇団は運営方針をめぐる争いの果て、二〇〇七年に再建。代表作『高杉晋作と奇兵隊』の改作として、『動けば雷電の如く――高杉晋作と明治維新革命』〈二〇〇八〉を発表。（堀切克洋）

迫間健《はざまたけし》 一九一九〈大正八〉〜二〇〇九〈平成二十一〉・三。劇作家・演出家。大阪生まれ。本名岸本敏一《きしもととしかず》。関西大学卒業。一九七〇年代から、東西の商業演劇の人気歌手・俳優の舞台に多くの作を提供。橋幸夫に『五十六《いそろく》母恋道中』『若さま浪人道中記・花の風来坊』『祭に来た男』『南海の若獅子』、八代亜紀に『母恋道中旅日記』、五木ひろしに『出世太閤記』、小林旭に『新門辰五郎』、里見浩太朗に『愛し、南の潮鳴り』、舟木一夫に丸根賛太郎『狐の呉れた赤ん坊』を劇化した『ちゃんの肩車』、他に『通天閣に灯がともる』など。『暴れん坊将軍』をテレビで手がけた。（神山彰）

土師清二《はじせいじ》 一八九三〈明治二十六〉・九〜一九七七〈昭和五十二〉・二。小説家・劇作家。本名赤松静太。岡山県生まれ。小学校高等科を一年で退学、独学を続け、一九一九年大阪朝日新聞社に入社、「旬刊朝日」〈後の「週刊朝日」〉創刊に参画、編集のかたわら小説を連載、劇評も書く。出世作『砂絵呪縛』〈一九二七、同年映画化・劇化〉をはじめとして大衆小説がその著作の大半を占めるが、『彰義隊遺聞』〈二五、同名の小説〈二三〉の劇化〉、『赤烏帽子』〈五六〉等戯曲も多く、新派・新国劇・歌舞伎で上演された。長谷川伸との交友でも知られ、戯曲研究会の二十六日会をともに結成した仲でもある。

❖『**主従無上**』《しゅじゅうむじょう》 一幕。「舞台」第九巻第三号(一九三八年三月)。一九三八年四月、青年歌舞伎により新宿第一劇場で、新国劇により新橋演舞場で、同時に初演。前者では我當時代の片岡仁左衛門(十三世)が主役の雀部善馬をつとめ、当たり役の一つとなった。岡山・笹ヶ瀬池。鳥見役助五郎が鴨を下げてやってきた百姓彌平を呼び止め、お止め場で鳥を撃ったと判断されたら打ち首獄門だと脅して鴨を奪う。雀部善馬が若党の萬助を連れて現われ、鉄砲を撃つ。空砲のつもりが、萬助が誤って弾を込めていたので鴨が落ちてくる。助五郎が現われて咎め、鉄砲を証拠の品として奪おうとするので善馬は斬り殺す。萬助は助五郎が自分の父親であることを明かし死骸に取りつく(第一場)。善馬は屋敷で萬助の本心を正す。自分の落ち度で実弾を撃たせた上、父親は無礼な振る舞いをしたのだから恨んでいないと言う萬助。善馬はそれを認めず、自分は切腹になるから、介錯を頼む、父の仇と思って首を落とせと命じ、その稽古をさせる(第二場)。同屋敷夜。撃った鴨を持ち帰り食べた剛胆さに免じて善馬はおとがめなし、と妹尾太左衛門が知らせる。善馬は萬助に仇を討ちたいだろうから、返り討ちを覚悟でかかってこいと挑む。善馬は片耳を斬られるが萬助から刀を取り上げ、〈わしも主持、そちはわしの家来、怨みを捨ててくれ。萬助、許せ〉と言う。萬助号泣する(第三場)。

(日比野啓)

はしぐちしん 一九六七〈昭和四十二〉・十一〜。劇作家・俳優。鳥取県米子市生まれ。本名橋口晋。立命館大学文学部卒業。大学入学時に学内劇団「月光斜」に入り、一九九〇年に時空劇場(松田正隆・主宰)の旗揚げに参加。九一年にバイク事故で脊椎を損傷し、車イスで俳優活動を続ける一方、ユニットで自作を上演。二〇〇四年にコンブリ団を結成した。臨終間際の老女が回想する家族の光景を通して、広島への原爆投下を捉えた戯曲『ムイカ』で、一〇年に第十七回OMS戯曲賞大賞受賞。

(太田耕人)

橋田壽賀子《はしだすがこ》 一九二五〈大正十四〉・五〜。シナリオライター・テレビ脚本家・劇作家。旧・京城市(現・ソウル)生まれ。日本女子大学卒業後、早稲田大学芸術科へ進んだが中退。一九四九年松竹入社、脚本部に入った。五二年岩間鶴夫監督『郷愁』が脚本第一作。五九年に退社してフリーになり、六四年、TBSに『愛と死をみつめて』『ただいま十一人』を書き、六六年に同局のプロデューサー岩崎嘉一と結婚した。六八年NHK朝のテレビ小説『あしたこそ』、七六年同銀河テレビ小説『となりの芝生』、八一年同大河ドラマ『女太閤記』を執筆しテレビドラマ作家の地位を確立した。そのほか『女たちの忠臣蔵』(一九七九)、『いのち』(八六)などを書き、八三〜八四年に書いた朝のテレビ小説『おしん』は高い人気を集め、後年に東南アジア各国でも放映された。九〇年にスタートしたTBS連続ドラマ『渡る世間は鬼ばかり』は、二〇一一年まで断続的に放映されるロングドラマになった。女の目から見た歴史ドラマ、複眼で人間を描き出す社会派ドラマに特色を出した。代表的な舞台作品には『喜劇・離婚』(八〇)、『女たちの忠臣蔵』(同、田井洋子脚本)、『おしん』(八四年)、『春日局』(八九)、『御いのち』

(九四)、『渡る世間は鬼ばかり』(九二から四回)などがある。すべての舞台を盟友の石井ふく子が演出した。九二年に死別した夫の遺産などを基金に橋田文化財団を作り、優れたテレビ作家を顕彰する橋田賞を創設した。NHK放送文化賞、菊池寛賞、松尾芸能大賞、東京都文化賞、毎日芸術賞特別賞、紫綬褒章、勲三等瑞宝章など受賞多数。著書は『橋田壽賀子と素敵な24人』(八九、家の光協会)、『渡る世間に鬼千匹』(九七、PHP研究所)ほかがある。

❖**『おしん』** 三幕二十六場。一九八四年三月明治座で初演。石井ふく子演出。NHKの朝のテレビ小説の前半を自ら劇化した作品で、前売りの段階で入場券が完売する人気を呼んだ。明治四十年東北の寒村に生まれたおしんは、七歳で材木問屋に奉公に出された。向学心に燃えるおしんは、子守をしながら小学校教室の窓辺に立ち文字を覚えた。おしんは苦労に耐え抜く覚悟はしていたものの、盗人という無実の罪を着せられたことには耐え兼ね、家出し雪道で倒れてしまう。彼女を助けたのは山の炭焼き小屋に住む青年俊作で、読み書きや算数を教えてくれたが、実は脱走兵で憲兵に射殺されてしまう。その後、おしんは酒田の米問屋に奉公し、主家の大奥様に可愛がられ、最初は苛めていた一人娘の加代とも喧嘩を機に仲良くなった。十六歳で上京した加代を追っておしんも上京し、浅草の髪結いに奉公、下働きから始めて髪結いの技術を徐々に習得していった。その人柄に惚れ込んだのが京橋の羅紗商田倉で、親の反対を説得して二人は結婚する。七歳のおしんが涙で見送る母を背にしながら、筏に乗って奉公先に向かう序幕や、随所にテレビで視聴者を泣かせた場面を挿入して物語を進めていく技法が巧みで、ドラマのエキスを集約した舞台になった。

❖**『渡る世間は鬼ばかり』**《わたるせけんはおにばかり》 二幕十場。一九九二年五月芸術座で初演。石井君子脚本、石井ふく子演出。サラリーマンの家に生まれた五月(泉ピン子)は、四谷で中華料理店を営む幸楽の長男の勇(角野卓造)と結婚、義父の幸吉(佐藤英夫)と口煩い姑のきみ(赤木春恵)に仕えながら十年の日々が経ち愛と真という二人の子育てをしていた。幸吉の還暦の祝いで親族が集まった夜、幸吉が倒れた。娘の久子(沢田雅美)と邦子(東てる美)は遺産分配を求める。それに応えていては幸楽が維持できない。さらに久子の夫の健治が借金を抱えていたことも分かる。一家は危機を迎えた。さてどうするか――。二〇年に亘るテレビのシリーズは、幸楽の一家と五月の実家の岡倉家を巡る様々な事件を、時の流れに沿いながら描いていった。舞台版もテレビに従い、九四年、九七年、九九年にそれぞれ続編がテレビと同じキャストで上演された。 (水落潔)

橋本治《はしもとおさむ》 一九四八(昭和二十三)・三〜。詩人・小説家。東京都出身。東京大学文学部国文科卒業。在学中に東京大学駒場祭のポスターのコピー(「とめてくれるな おっかさん 背中のいちょうが 泣いている 男東大どこへ行く」)で注目を集め、一九七七年『桃尻娘』での第二十九回小説現代新人賞佳作受賞を機に文筆家に専念。歌舞伎をはじめ古典に造詣が深く、九一年『窯変源氏物語』、二〇〇七年『双調 平家物語』など、独自の文体での現代語訳に取り組んでいる。未上演ではあるが一九七六年に戯曲『義経伝説』を執筆。九四年一月『月食』が東京・アートスフィア(現・天王洲 銀河劇場)で宮本亜門演出により上演。また、七六年に執筆した『ボクの四谷怪談』が、二〇一二年九月にシアターコクーンで蜷川幸雄演出により初演。(中村義裕)

蓮見正幸《はすみまさゆき》 一九七一〈昭和四十六〉・八〜。劇作家・演出家。埼玉県出身。早稲田大学第一文学部卒業後、北区つかこうへい劇団に入団。つかこうへいの演出助手などを経て、劇作、演出を開始。退団後はテレビディレクターとして劇場中継などの番組に携わる。代表作に『ステロイド』(二〇〇八、第五十三回岸田國士戯曲賞候補作)、『灼けた夏』(一一、第二十二回テアトロ新人戯曲賞最終審査候補作)、『妹よ……』(一二、第二十三回テアトロ新人戯曲賞佳作)など。 (堀切克洋)

はせひろいち 一九六〇〈昭和三十五〉・六〜。劇作家・演出家。本名長谷弘一。岐阜県岐阜市に生まれ、現在も在住。一人っ子で読書好き、音楽好きの少年として育ち、浪人時代には仲間とミニコミ誌を作り、小説を書いた。一九七九年に岐阜大学に入学後、大学の枠を超えた劇団邪楽を結成。はせ自身は演劇への興味は皆無だったが、小説を書いていたことから脚本執筆が求められ、戯曲創作の制約の多さに逆に魅力を感じるようになり、次第にのめり込む。八四年に大学を卒業し、岐阜新聞社に入社。同年邪楽と岐阜大学演劇研究会OBの有志で、劇団NO－SIDE(後に劇団ジャブジャブサーキットと改名)を結成。脚本を担当。八九年に岐阜新聞社を退社。劇団代表になり、演出も担当するようになる。当初は、夢の遊眠社などの影響を受け、歌や踊りの入る華やかな作風だったが、次第に日常的なせりふと意識の流れや想像力を追う戯曲を模索するようになる。それも、抑制した会話と精緻な演出による日常性の演劇でありながら、先端の科学的知識と超常現象を重ねてミステリアスに展開する独自の世界を創った。超能力者の日常から、脳の働きそのものを問う『中野エスパーをめぐる冒険』(一九九五)や、死者の霊や座敷わらしも登場する『非常怪談』(九七)、脳科学の限界を描く『ダブルフェイク』(九九)、摂食障害などの依存症問題に迫る『しずかなごはん』(二〇〇四)、相対性理論の時空のゆがみを演劇に持ち込んだ『アインシュタイン・ショック』(〇五)等々、人間の意識の深層に迫る世界を創り、異彩を放った。そして、そのような知的ゲーム性の強い世界を展開しながら、最終的には普通の人々の愛や信頼、心の交流といった情緒的なテーマを浮き彫りにするのも特徴だ。その手法は次第に精度を強め、複雑で難解な作品を作るようになり、『ダブルフェイク』、『サイコの晩餐』(〇四)、『歪みたがる隊列』(〇六)が岸田國士戯曲賞に最終ノミネートされたが、受賞に至らなかった。『歪みたがる隊列』は「発想や仕掛けがぞくぞくするほど魅力的」(鴻上尚史)などの評価を得た。

❖**『歪みたがる隊列』**《ゆがみたがるたいれつ》 二〇〇六年に劇団ジャブジャブサーキットが初演。はせ演出。精神クリニックでの、多重人格障害の女性・茜をめぐる物語。医師の治療で統合しつつある茜に、新しい人格が現れる。それは茜と全く対照的人格で、その登場には茜の姉が関わっているらしい。茜と医師達の関係と彼女の内部での人格達の葛藤をとおし、そのナゾを追う中で、茜たち姉妹が受けてきた幼児虐待と、ある事件が浮かび上がる。多重人格の社会的意味や医学的問題など幅広い視野を含みながら、ミステリアスに展開する。 (安住恭子)

長谷基弘《はせもとひろ》 一九六七〈昭和四十二〉・四〜。劇作家・演出家。東京都出身。一九八七年、立教大学在学中に劇団「桃唄309」を旗揚げ。代表作に『私のエンジン』(一九九五、第二回日本劇作家協会優秀新人戯曲賞)、『この藍、侵すべからず』(九六、第三回同新人戯曲賞、第四十一回岸田國士戯曲賞候補作）。二〇〇〇〜〇一年に文化庁芸術家派遣在外研修員として渡米し、英語による戯曲『Dowser's Daughter』を発表。本作は帰国後に『ダウザーの娘』（二〇〇二）として上演され、第四十七回岸田國士戯曲賞候補作となった。

（堀切克洋）

長谷川幸延《はせがわこうえん》　一九〇四〈明治三十七〉・二〜一九七七〈昭和五十二〉・六。小説家・劇作家。大阪市生まれ。曾根崎尋常小学校卒後、様々な職に就く。十五歳の秋、初代中村鴈治郎付き狂言作者食満南北《けまなんぼく》の弟子となる。一九二三年三月角座の新派で処女作『路は遥けし』が上演される。以後成美団に作品を提供する。三三年八月曾我廼家五郎に提供した『山ざと』が『葉桜』と改題・脚色され名古屋御園座で上演。三七年小説家をめざし上京。長谷川伸に師事する。小説『冠婚葬祭』（新小説社）で新潮社文芸賞を受賞。第二次大戦後『殺陣師段平』を新国劇に書く。以来大阪の人情を題材にした作品を宝塚新芸座、大阪新歌舞伎座、梅田コマ劇場他に提供する。四八年松竹新喜劇結成に作者として名を連ねる。小説『桂春団治』（角川書店）を館直志（二世渋谷天外）が脚色し五一年大阪中座で初演。同劇団の十八番となる。代表作に『御堂はんの屋根』『大阪のここに夢あり』『飛田大門通り』『酒の詩・男の歌』等がある。小説・随筆他を新聞、雑誌に多数発表。六〇年芸術祭奨励賞、六八年大阪芸術賞受賞。

❖**『殺陣師段平』**《たてしだんぺい》　三幕六場。一九四九年三月東京有楽座・新国劇にて初演。行友李風原案、高田保演出。頭取市川段平に島田正吾、段平女房お春に外崎恵美子、澤田正二郎に辰巳柳太郎、梳き子おきくに花柳みどり、階下の女房お杉に久松喜世子の配役。大正の中頃、新国劇の頭取市川段平の心中は新演目の『国定忠治』の殺陣をする事で一杯である。座頭の澤田正二郎は段平の付けた殺陣を見るなり、歌舞伎式の殺陣は古い、もっとリアルが欲しいと意見するのだった。リアルな殺陣、段平は必死に考えるが、その答えはなかなか出ない。ある時、喧嘩をしている段平を澤田が助ける。その澤田の動きを見て段平はリアルな殺陣の糸口を見つける。結果新国劇の国定は殺陣が評判となり、東京明治座興行は大成功する。だが、その成功の裏には、女房お春の内助の功があった。後年劇中劇『月形半平太』三条河原の場が作者自身によって加筆される。

❖**『喜劇王曾我廼家五郎の生涯』**《きげきおうそがのやごろうのしょうがい》　三幕十二場。一九五九年九月梅田コマ劇場にて初演。長谷川幸延演出。曾我廼家五郎に花菱アチャコ、十郎に花柳喜章、女房お安に森光子、母親お咲に西岡慶子、秀子に中村芳子。歌舞伎の下回りの中村珊之助は時代《ときよ》とともに曾我廼家五郎・十郎と名乗り大阪浪花座で『無筆の号外』と云う喜劇を出す。結果、日露戦争を背景に時流に乗った二人の人気は上る一方になる。それは五郎女房お安の助力によるものだった。しかし五郎は贔屓先の娘喜久子と、続いて芸妓の雪枝と結ばれ、喜久子は五郎の子供を産む。一方舞台でも五郎と十郎の対立が表面化し、ついにお互いの喜劇観の違いから袂を分かつことになる。欧州へ行く五郎にお安は雪子を同行させる。港の片隅に五郎を見送る十郎と女の子を連れた喜久子が居た。時は昭和も戦後、三番目の妻秀子に看護され五郎は臥している。喉頭癌で声を失っていた。見舞の女優村瀬菊子が喜久子に似ているので、もしや我が子ではないかと思い、五郎は彼女を娘役にし、再起をかけて中座に『葉桜』を出す決心をする。

❖**『酒の詩・男の歌』**《さけのうた おとこのうた》　四場。一九七六年四月大阪中座、松竹新喜劇にて初演。長谷川幸延演出。大善の若旦那に藤山寛美、翁屋娘お君に四条栄美、翁屋の杜氏富造に小島秀哉の配役。京伏見の作り酒屋大善の若旦那善吉は同じ作り酒屋翁屋の一人娘お君を嫁にと思っていた。しかしお君は翁屋杜氏の富造が好きだった。お君は富造に駆落ちをすすめるが、酒造りに賭けた執念が富造を思い止める。濁り酒をいかに透き通った酒に変えるかが富造の夢だったのだ。一方善吉にも透き通る酒を造る夢があった。二人はお君をめぐって、一つの酒造りの目的を持って相対することになったのだ。それが男の夢であり、男の歌だと。幕切れにお君と富造の仲を祝福し一人揚幕に去る寛美の演技は涙を誘う。本作が幸延最後の作品となる。八六年「藤山寛美二十快笑」に選定される。（鍛治明彦）

長谷川孝治《はせがわ こうじ》　一九五六〈昭和三十一〉・十～。劇作家・演出家。青森県浪岡町（現・青森市）生まれ。一九七八年、立正大学文学部哲学科在学中に俳優の福士賢治、舞台監督の野村眞仁とともに青森県弘前市で劇団弘前劇場を旗揚げする。八二年に大学を卒業した後は、青森県で公立高校の教師をしながら演劇活動を続ける。長谷川は、地域で演劇をやる者は自身の生活史や生活感覚を保持しながら役柄を引き寄せる必要があるとして、彼以外の劇団員も生業を持ちながら芝居に携わっている。作品の多くが長谷川の職場などの身近な場所を題材としているのもそのためで、ささやかな話題に価値を見出し、力強い舞台を上演している。経済的な理由からそうならざるをえない状況を長谷川は肯定的に受け入れ、自身の演劇論の核にまで昇華しているのである。九五年に『職員室の午後』で第一回日本劇作家協会最優秀新人戯曲賞を受賞する。二〇〇五年に青森県立美術館舞台芸術総監督に就任。弘前劇場への書き下ろしの他に、県民参加型演劇やダンス作品への脚本も執筆。青森県立保健大学、弘前大学、東京藝術大学等で講師を務める。代表作に『家には高い木があった』『茜色の空』『休憩室』『冬の入口』『インディアンサマー』など。著書に『長谷川孝治戯曲集　弘前劇場の二つの場所』（太田出版）、『地域と演劇　弘前劇場の三十年』（寿郎社）、『さまよえる演劇人』（無明舎出版）など。

❖**『職員室の午後』**《しょくいんしつのごご》　スタジオ・デネガで初演。演出・長谷川孝治。一幕。男七名、女四名。青森県のとある高校の職員室が舞台。教師、教育実習生、事務員、東京からやってきた教師、保険外交員が登場。舞台上ではとりたてて大きな事件は起こらず、他愛のない会話が続く。時折かかってくる電話が外界との接点をむなしく感じさせ、職員室の閉塞感を強調する。強烈な毒舌をはく英語教師と事務員や、無意識に女性差別的な発言をしたり、躊躇なく非倫理的な話題をする中年教師など登場人物は各人一様に個性的で、職員室、教師といった既成概念のはっきりした設定が逆説的に利用されることで、人間心理の深淵が浮かび上がってくる。唯一の事件は、舞台上不在の人物である問題学生・家内里子の自殺。すぐ誤報とわかるが、事件によってもたらされた緊張感が職員たちをより本音へと導き、わずかながらも互いに対する理解を深めて幕となる。『優秀新人戯曲集　一九九六』（日本劇作家協会編、ブロンズ新社）所収。（梅山いつき）

長谷川時雨《はせがわ しぐれ》　一八七九〈明治十二〉・十～一九四一〈昭和十六〉・八。劇作家・作家。

東京府日本橋区通油町出身。本名ヤス。私塾秋山源泉学校に学び、父親の影響で幼少時から「歌舞伎新報」や読本、草双紙、新聞小説などを読む。少女時代に竹柏園へ入門、佐佐木信綱に師事。一八九七年十二月、近所の鉄成金水橋家に嫁ぐが、放蕩三昧の夫へ愛想をつかし、文章修業に励む。一九〇一年、処女小説『うづみ火』が「女学世界」の懸賞に当選、十一月増刊号の巻頭を飾ったことを機に離婚を決意。〇五年、処女戯曲『海潮音』が「読売新聞」の懸賞で坪内逍遙に認められ特選を得る。同作は十月に同紙に連載、〇八年八月、伊井蓉峰・喜多村緑郎一座によって新富座で上演された。以後、逍遙に師事し次々に戯曲を発表、我が国初の女性劇作家としてその地位を確立した。一二年一月には中谷徳太郎と雑誌「シバヰ」を発行。同四月には六世尾上菊五郎、二世市川猿之助、藤間勘十郎らと舞踊研究会を結成。自作の新舞踊劇『玉はゞき』『空華』『江島生島』等を上演した。一四年二月には再び菊五郎と手を組み狂言座を結成、創作劇の上演を目指すも第二回公演で中絶。一六年に出会って交際を始めた十二歳年下の作家・三上於菟吉と同棲、一時創作から遠のき、女性の評伝執筆に専念する。二三年七月、岡田八千代と雑誌「女人芸術」を創刊したが二号で廃刊。二八年復刊するも社会情勢と思想弾圧の影響で数度の発禁処分を受け、三二年廃刊。三三年には女性作家、思想家のサークル「輝ク会」を結成。機関紙「輝ク」を創刊し、戦時下における銃後の守りに尽力した。時雨の史劇、新舞踊劇は『さくら吹雪』(演芸画報社)、『現代戯曲全集』第十八巻(国民図書株式会社)、『日本戯曲全集』第三十六巻(春陽堂)、『時雨脚本集(1)』(女人芸術社)にほぼ収録された。四一～四二年に不完全ながら『長谷川時雨全集』(日本文林社)が編まれ、戯曲は第五巻に収録されている。

❖**『花王丸』**《かおうまる》 三幕。日本海事協会の帝国義勇隊「桜丸」基金募集の寄付興行の当選脚本として、五百円の賞金を得た。初めは『覇王丸』と題されたが、一九〇八年二月歌舞伎座にて七世市川八百蔵、七世澤村宗十郎、五世中村芝翫らによって上演されるに当たり『花王丸』と改題。女性初の歌舞伎脚本家として脚光を浴びた。肥前平戸付近の小島で不遇をかこつ今の御方は懐胎中で臨月を迎えているが、出産の気配がない。舎人の小二郎時光は、崖下の海に沈む霊宝を入手すれば今の御方の出産は安からんはずと、自分に想いを寄せる醜女の海女・磯菜と結婚し、彼女の力で霊宝を入手しようと決する。磯菜は兄の出世、また恋しい小二郎の望みを叶えるため海に潜り、霊宝を手に入れる。今の御方は安らかに若君を出産し、その子は花王丸と名付けられる。花王丸を乗せ、人々は希望の船出をするが、紅の局は小二郎と別れ、ひとり小島の小御所へ帰ってゆく。「演芸画報」(一九〇八・2)掲載。『長谷川時雨全集』第五巻(日本文林社)に収録。

❖**『さくら吹雪』**《さくらふぶき》 五場。旧題は『操』。一九一一年二月歌舞伎座にて六世尾上菊五郎一座初演。非常な大入り続きで、菊五郎と時雨には記念の「桜模様七宝金メダル」が贈られた。菊五郎青年期の当り役として度々再演。津田弥八の妻・勝子はまだ夫婦の契りのないうちに、夫を闇討ちされた。敵を討つべく旅をするうち、彼女は弥八の愛妾・小百合と出会い、心を通わせる。小百合の名を借りて斎藤道三の館へ入り込んだ勝子は道三の息・龍興の助けもあって首尾よく敵を討つが、織田信長と斎藤家の不和を避けるために岡崎の徳川家康の下へ預けられる。しかし貞女として称えられる身でありながら、龍興への恋慕抑えがたく、勝子は訪ねてきた小百合に見守られ自刃する。「演芸画報」(一九一〇・8・9)掲載。『長谷川時雨全集』第五巻(前掲)に収録。

❖**『丁子みだれ』**《ちょうじみだれ》 三場。一九一三年十月市村座にて六世尾上菊五郎一座初演。千秋楽の幕切れには好劇家の一群より客席から舞台へ花束の雨が降った。刀鍛冶来正国は名刀を世に残したいと願い、妻・初霜や幼い二人の子どもたちをもかえりみず、一心不乱に刀をうつ。初霜は夫の成功祈願のため深夜の百度詣を重ねている。満願の日、初霜は砥を終えた夫の刀を携えた沙門に出会う。刀の出来栄えに初霜は歓喜するが、沙門は「この刀は降魔の利剣である、主に見せるな」と忠告する。その晩、初霜が最後の百度詣に出た隙に正国は隠された刀の存在に気付く。はじめは自作と気付かず苛立つが、やがてその名刀が自作とわかって歓びに浸るうち、正国は過失によって初霜を斬ってしまう。「演芸画報」(一九一一・10)掲載。『長谷川時雨全集』第五巻(前掲)に収録。

(村島彩加)

長谷川四郎《はせがわしろう》 一九〇九〈明治四十二〉・六〜八七〈昭和六十二〉・四。作家。函館生まれ。長兄の海太郎は、谷譲次・林不忘・牧逸馬の筆名で知られる人気作家。十七歳で上京。立教大学をへて法政大学独文科入学。同人誌「花粉」などに詩やリルケの翻訳を発表。一九三七年、南満州鉄道会社に入社。大連図書館などを転々。その間、同人誌などに詩や小説を発表。アルセーニエフの『デルスー・ウザーラ』を翻訳出版。四二年、新京(現・長春)の満州協和会調査部に移り、布特哈《ブトハ》県本部事務長として扎蘭屯《ジャラントン》に住む。四四年三月、召集を受けて、ソ満国境の監視塔に配属された。翌年八月、侵攻してきたソ連軍の捕虜となり炭鉱町カダラの収容所に送られる。以来、四年間、チタ周辺で石炭掘り、線路工夫、森林伐採などの重労働に従事。五〇年二月、帰国。翌年、「近代文学」に『シベリア物語』連作を発表。これが五二年に一冊にまとまり、つづけて刊行された『鶴』とともに、突如、出現した新作家として高い評価を受けた。五四年、新日本文学会に入会。五五年、法政大学第二教養部専任講師(のち教授)。五七年、花田清輝、安部公房、佐々木基一らと記録芸術の会を発足させる。花田の挑発もあって演劇に関心を持ちはじめる。六六年、安部公房のさそいで桐朋学園短大演劇科教授となる。同年、トルストイ『アンナ・カレーニナ』を脚色、日生劇場で上演。以後、マヤコフスキー『奇想天外神聖喜歌劇』とカフカ『審判』の脚色(六七)、ブレヒト『セチュアンの善人』(六八)、同『ギャング=アウトロ・ウィ』、自作の『兵隊芝居』(六九)、『石の火』(七一)と、たてつづけに演劇台本を書く。多くは翻訳や脚色だが、どれも大胆な解釈がほどこされた創作に近いものになっている。七一年、ベケット『終盤戦』を翻訳・演出、ついで金芝河《キムジハ》『銅の李舜臣』を上演する。七四年、花田清輝の提案で魯迅『故事新編』を合作、花田や千田是也と結成した木六会プロデュースで上演。七五年、晶文社から『長谷川四郎全集』全十六巻の刊行開始。同年十一月、金芝河作品上演集団を組織して『金冠のイエス』上演。七八年、軽い麻痺に見舞われ、以後、夫人の口述筆記に頼って執筆活動をつづける。八一年からは病院暮らし。次第に記憶を失い、最後は都立松沢病院で没す。七十七歳だった。

❖**『アンナ・カレーニナ』** 二部三十六景。一九六六年九月、日生劇場で初演。千田是也演出。

同年三月、長谷川は安部公房の誘いで桐朋学園短大演劇科の教授になった。同じ教授だった千田演出で『アンナ・カレーニナ』を脚色しないか、というのも安部のすすめだったらしい。ただし脚色といっても、長谷川の場合、原作のイメージを保ったまま小説を演劇に移すようなことはしない。女主人公の恋愛をメロドラマ的に物語るかわりに、それを農奴解放後のロシアにおける資本主義の興隆（劇中では「鉄道」によって象徴される）の歴史のただなかに投げ入れ、歌入りの快活なコント芝居に仕立ててしまう。アンナが競馬場でウロンスキーの落馬を目撃するといった名場面もすべて切り捨てられた。ために「アンナ、へんな、カレーニナ」と評する者もいたが、これを皮切りに『奇想天外神聖喜歌劇』『兵隊芝居』『石の火』とつづく千田との共同作業がはじまった。

❖**『石の火』**《いしのはな》　プロローグつき三景。一九七一年五月、俳優座によって初演。作者は若いころ、石の中に魚がいるという柳田國男のつたえる中国渡来の「長崎の魚石」伝説に惹かれ、それをもとに、例によって「へんな」コント仕立ての三幕を書き上げた。黒マントの紅毛人がサムライの家の石垣に宝の石を発見するのが第一景で、二景目は明治、中国人の商人がアジア主義者の家の漬け物石が「魚石」であることに気づく。第三景は関東大震災後とも日本敗戦直後とも思える廃墟と化した東京下町。ゴーリキーの『どん底』めいた廃墟に暮らす避難民たち。石をさがす朝鮮人。かれらの上に原爆が投下される。人類滅亡のヴィジョン。それでも「石臼の穴の間に残って」いる連中が「ふたたび人類を繁殖させるだろう」と朝鮮人が観客に語りかける。石をさがし求め、みつけだす外国人と、その発見を無視してしまう日本人の対比。三景ともに暗闇の中で「石が光る」光景で幕となる。（津野海太郎）

長谷川伸《はせがわしん》　一八八四〈明治十七〉・三～一九六三〈昭和三十八〉・六。劇作家・作家。本名長谷川伸二郎。他に、山野芋作、長谷川芋生などの筆名を用いる。神奈川県横浜市生まれ。土木業の父の暴力等で、伸が三歳の際に、名を挙げた後に再会する実母が家を出るなどの家庭の事情により、尋常小学を二年で中退し、港湾労働に従事する。その他、品川の遊郭での使い走り、大工、石屋の見習いとしても働く。その間に当時は、総ルビだった新聞で漢字を覚える内に、新聞社に投稿したのをきっかけに、一九〇三年に新聞社の雑用係に採用される。その後、千葉県国府台で騎砲隊に入営。除隊後、横浜毎朝新報に入り、演劇雑誌に劇評等を投稿するうち、一一年に伊原青々園の縁で都新聞の演芸欄担当記者となる。一四年頃から、都新聞、講談倶楽部などに、山野芋作の筆名で小説を発表。二二年より、長谷川伸の筆名を菊池寛の助言で用いる。二五年、大衆文芸振興を目指し「二十一日会」を結成し、創刊した雑誌「大衆文芸」に発表した『世に出ぬ豪傑』が二六年十二月に上演された。二七年からは、都新聞を退社し、執筆に専念。『柄酌酒』『股旅草鞋』以降の作品により、「股旅物」の名称が広く普及した。その間、二七年に江戸川乱歩、国枝史郎らと「耽綺社」を、三三年に「二十六日会」を、大衆文芸、演劇推進を目的に結成。戯曲としては、『掏摸《すり》の家』の澤田正二郎による上演が好評で声価を定める。

三四年には、再婚していた実母と再会を果たし、自作『瞼の母』との関連や、異父弟に法学者でキリスト教関係の著作で知られる三谷隆正、外交官の隆信がいることも判明し、大きな話題となる。一方、『荒木又右衛門』など史実を検証した小説や『日本捕虜志』『敵討』などの史伝に類する著作でも実力を発揮したほか、自伝や随筆でも多くの愛読者を獲得し続けた。また、大衆文芸の勉強会として「新鷹会《しんおう》」を主宰し、村上元三、山岡荘八、山手樹一郎、平岩弓枝、池波正太郎など多くの門下を育てた。没後、六六年には長谷川伸賞が制定された。

主な作品は、反復上演される『関の弥太ッペ』、『雪の渡り鳥』（『鯉名の銀平』の題名で上演もある）、『暗闇の丑松』『一本刀土俵入』『沓掛時次郎』『瞼の母』『檻』などのほか、『長脇差試合』『舶来巾着切』など佳作も数多い。また、長谷川の戯曲は、昭和の大衆娯楽に巨大な位置を占める映画の世界を通してさらに普及し、講談、浪曲という話芸から、歌謡曲の世界にも転用されて、多大な人気を得た。そこには、実人生での劇的な展開と、それと重なる劇作の世界での「歯を喰いしばる人生」を経験してきた、明治から昭和戦前期までの大多数の庶民が共鳴する磁場があった。

長谷川の戯曲世界には、もう一つ、『一本刀土俵入』などに顕著である刀剣放棄の考えがあり、それをやくざ者が主人公の股旅もので展開したところに妙味があるといえる。

戦中は作品の多くが禁止され、珍しく勤皇劇『月の素浪人』を書いたりした。戦後も占領下では禁止演目に数えられた経緯や挿話は、長谷川自身が語っているが、実際には、地方を中心に上演され続けたことは、如何に長谷川の作品群が、明治から昭和初期生まれの庶民の心性に根差し、欲求に応えたものだったかを物語っている。

ただし、極めて日本的な人情の世界を描いたように見える長谷川伸の世界は、川口松太郎と同様に、外国映画の影響があり、その題材や設定を借用したものもあることは、作者自身が語っている。またその戯曲については、舞台書き、ト書きの文体が小説風であるのも特色の一つである。一般の読者が親しみにくく、読みにくい戯曲を、小説を読むように描くことで、読者のすそ野を広げ、獲得するための手法だったともいえる。

【**参考**】『**長谷川伸全集**』（朝日新聞社）、『長谷川伸戯曲集』上下巻（新小説社）、佐藤忠男『長谷川伸論』（中央公論社）、平岡正明『長谷川伸はこう読め！』（彩流社）

❖**『沓掛時次郎《くつかけときじろう》』** 三幕十場。一九二八年六月雑誌「騒人」に発表、同年十二月帝国劇場で新国劇の澤田正二郎らにより初演。中ノ川一家の親分が逮捕されたあと、残った子分は六ッ田の三蔵だけだった。対立する一家の親分は、三人の子分を遣い三蔵を殺そうとする。そこに同行した沓掛時次郎は、一宿一飯の恩義から三蔵を斬るが、子分達の卑劣さに憤り、三蔵の女房きぬと息子の太郎吉を連れて逃げた。やがて、時次郎は堅気となり、きぬの三味線に故郷沓掛の追分節を唄うしがない流しの暮らしを始めるが、きぬは三蔵の二人目の子を宿している。時次郎は、止むをえず、喧嘩出入りの助っ人となり金を稼ぐ。しかし、その時、きぬは、病のため死んでおり、時次郎は太郎吉を連れて、その祖父の居る静岡へと去っていく。

堅気になるものの博徒の世界からどうしても抜けきれない運命を軸に、長谷川伸の根底にある禁欲的な男女関係や子供をカセにして、観客の情動性に強く訴える運びとなっている。特に、時次郎ときぬとが、流しで追分を唄う男女となる設定は、極めて劇的な効果と情趣があり、歌舞伎でも十五世市村羽左衛門が演じ、戦後も長谷川一夫から、現代でも人気歌手が演じるにふさわしい巧みな芝居作りを実感させる。『長谷川伸全集』第十五巻所収。

❖**『舶来巾着切』**《はくらいきんちゃくきり》　二幕六場。一九二八年七月伊井蓉峰一座により、新橋演舞場で初演。その後、戦前の東宝劇団や戦後の関西歌舞伎で復演後、六一年新国劇上演に際して書き替えた。長谷川が労苦に充ちた少年時を過ごした横浜を舞台にした作品中、最も、詩情と生動感に溢れ、台詞の余韻も深い。作者自身愛着も深く、場面や背景だけでなく登場人物も〈若き日の夢の跡〉と言っている佳品。

大正初年の横浜。マドロス上がりの外国人経営のチャブ屋で、巾着切《スリ》の組合が会合を開く。最近、異人のスリが縄張りを荒らすので、その対応を若いが名人といわれる美男の九の一に任せる事になる。九の一は組合の要請は断るが、異人のスリからスリ取って日本のスリの腕を見せるのが、懲らしめだといい、異人スリ退治を引き受ける。その異人スリのバブはチャブ屋の女給きよに捨てられ、故国へ帰る金もなくスリを働いていた。ところが、その溜めた金をすが金という悪党のスリに盗まれ、自殺しようとする。事情を知った九の一は、すが金と対決してバブの金を取り戻し、駆け付けたきよに、バブと一緒に領事館に駆け込み訴えして帰国の手続きをしろと助言する。バブの故郷への思い、〈俺は自分の血も他人の血も流すのは大嫌いだ〉という股旅物の刀剣放棄に繋がる九の一の心情、チャブ屋にたむろする多彩な男女のすさんだ気配、横浜の夜気漂うムード。いずれも長谷川伸の「横浜もの」の真骨頂といえる屈指の傑作だが、残念ながら上演は少ない。『長谷川伸全集』第十四巻所収。

❖**『瞼の母』**《まぶたのはは》　二幕四場。一九三一年三月明治座で、十三世守田勘彌の忠太郎、三世尾上多賀之丞のおはまで初演。番場の忠太郎は幼い日に別れた母を尋ねて旅に出る。ようやく尋ねあてた料亭水熊の女将おはまは、娘（忠太郎の異父妹）の将来と世間体を思い、やくざ者の忠太郎を冷たく追い返す。その直後に悔恨の情に囚われた母は娘とともに後を追うが、忠太郎は断念して去っていく。幕切れに、忠太郎に絡むやくざ者に〈親はいるか、子はあるか〉と尋ねたうえで、一太刀で斬って立ち去る姿には、母の面影を知らずに育った作者の心情投影と、股旅ものらしい独身者の孤独と哀感など、長谷川作品の代表作にふさわしい特質が見事に描かれる。歌舞伎では六世尾上菊五郎も得意としたが、水熊座敷で、母に拒まれたことを知った忠太郎のセリフは、昭和三十年代までは「芝居名せりふ集」などに収録され、声色でも親しまれたのは、その頃まで人気の高かった新国劇の演目にもなったからである。親の顔を知らずに育つことの少なくなかった昭和戦前から戦後期までの多くの大衆の心性に訴えるところ極めて大きく、新国劇から女剣劇や商業演劇はもちろん浪曲、映画、歌謡曲でも親しまれた。主要な役だけでなく、序幕の半次郎の母、夜鷹の役など脇役の描き方にも、作者の年季の入った眼力が感じられる。また、終幕でのやくざ者を斬り捨てる前に、親も子もいないことを確かめる台詞など、作者の親への思いと、独身者の悲哀を痛切に感じさせ、様々なモチーフの隠された傑作である。映画では、戦前の稲垣浩監督・片岡千恵蔵（『番場の忠太郎』と改題）版と、中川信夫監督・初代中村錦之助（萬屋錦之介）主演版が知られる。『長谷川伸全集』第十五巻所収。

❖**『一本刀土俵入』**《いっぽんがたなどひょういり》　二幕五場。一九三一年七月東京劇場で、六世尾上菊五郎一座により初演。配役は菊五郎の駒形茂兵衛、五世中村福助のお蔦、十三世守田勘彌の船印彫《だしぼり》辰三郎など。上州駒形村出身の茂兵衛は、相撲取りを志し再度入門しようと親方のもとへ戻る途中、空腹と疲労の極みとなり取手の宿へ辿りつく。宿場の我孫子屋の酌婦お蔦は、土地のやくざ者を頭突きでやっつけた茂兵衛の話を聞くうち、母のない境遇や弱い立場に共感して金銭に加え、櫛や簪《かんざし》を与える。十年後、娘と共に暮らしているお蔦の元へ、夫の辰三郎が帰ってくる。しかし、夫はいかさま賭博で博徒に追われる身だった。そこへ、十年ぶりに関取にはなれなかったが、博徒として名を成した茂兵衛が訪ねてくる。茂兵衛は、恩返しに、襲いに来た博徒一味を素手で片付けて、お蔦夫婦親子を逃してやり、ひとり、これこそがせめて姐さんに見てもらう土俵入りだといって、後を見送る。

　親や身寄りがなく孤独で、弱いけれどもどこか憎めない、愛される男。身分は低く荒れた気性であっても、根は暖かく優しい女。長谷川の戯曲の典型的な人間像が、わかりやすく余韻のある台詞、利根川界隈の抒情的な背景や繊細な叙景、小道具の用法の工夫、大詰の立回りといった、観客を次々と引きつけて飽きさせない展開によって見事に描かれる。また、宿場女郎、船大工、子守娘、やくざの若い者という脇役の人生を、数行の印象深い台詞で描く筆致も見事。長谷川伸の戯曲中、もっとも上演回数が多く、歌舞伎、新国劇だけでなく、商業演劇から女剣劇、大衆演劇でも重要で人気度高い演目となっている。

　終幕でお蔦親子を逃す場面では、茂兵衛の相撲取りの前歴を生かした立回りで、刀を使わず、一人も殺さず気絶させるだけという、股旅ものでやくざ者を主人公としながらも、長谷川伸の刀剣放棄の考えが強く感じられる点も興味深い。『長谷川伸全集』第十六巻所収。

❖『**刺青奇偶**《いれずみちょうはん》』二幕三場。一九三二年六月、東京歌舞伎座で、六世尾上菊五郎一座により初演。配役は菊五郎の半太郎、五世中村福助のお仲。傷害の罪で故郷江戸を離れ、下総行徳に住むばくち打ちの半太郎は、自殺しようとした酌婦のお仲を助け、夫婦になる。半太郎は沖仲仕だが、ばくち癖が止まず、病身となったお仲は半太郎の腕に刺青をして誓いをする。しかし、お仲に薬代の必要から賭場荒らしをして露見し、危うい立場になるが、場を仕切る親分が事情を聴き、丁半の勝負をしてくれる。その勝負に勝ち、難を逃れた半太郎は、その金を手にお仲のもとへ走る。

　根はいいものの意志の弱い人間が、世の正道から外れて生きる作者得意の設定のなかで、人物が類型的とはいえ、生きいきと描かれている。序幕で、黙って故郷江戸の方角の海を見つめている半太郎。望みを失った、捨て鉢なお仲の台詞。夫婦となっての、切ない愛情表現。いずれも、観客の情動性を刺激してやまない、股旅物の要素を備えた人気演目。

　この作品の特徴は、いかにも日本的なウエットな情感や景物に溢れているが、長谷川自身が語っているように、ジョセフ・フォン・スタンバーグ監督のアメリカ映画『紐育の波止場』(一九二八)にヒントを得ていることである。広く、異文化受容や翻案物の系譜を考える上でも、興味深い作品といえる。『長谷川伸全集』第十六巻所収。

❖『**暗闇の丑松**《くらやみのうしまつ》』三幕九場。一九三四年六月東京劇場で、六世尾上菊五郎一座により初演。配役は菊五郎の丑松、四世市川男女蔵(三世左団次)のお米、三世尾上多賀之丞のお熊とお今。六世坂東彦三郎の四郎兵衛など。江戸の料理人の丑松には、相愛の女房お米がいたが、強欲な母親お熊は、お米を金持ちの男の愛人にしようと企む。丑松はお熊と浪人をふとしたことから殺害してしまい、江戸から逃れる。数年後、江戸へ戻る途中悪天候のための宿を借りようと板橋の遊女屋に立寄ると、その座敷に出たのがお米だった。お米は、丑松の兄貴分である四郎兵衛に騙され、操を奪われただけでなくここに身を売られたと自分の苦悩を釈明するが、丑松はお米のいい訳も聴かず、変心したと思い罵り、お米は自害してしまう。事実を知った丑松は、四郎兵衛と女房のお今を殺害して、復讐を果たす。二世松林伯圓の講談『天保六花撰』を錦城斎典山が改作した口演を素材にしたという。初演の菊五郎は、原作では舞台の迫りを使い、お米と二人で逃れていく序幕の幕切れを、二階の屋根から遠くを指さすだけの印象的な形に変更し、それが踏襲されている。また、三幕目幕切れも、原作にある「金子道場の場」がカットされて上演され、丑松がひとり逃げていく歌舞伎風の芝居で終るのが普通である。板橋宿や湯釜前の場の風俗描写も貴重だが、初演の舞台装置は照明家として著名な遠山静雄が担当している。『長谷川伸全集』第十六巻所収。（神山彰）

長谷川如是閑《はせがわにょぜかん》　一八七五〈明治八〉・十一～一九六九〈昭和四十四〉・十一。ジャーナリスト・思想家・作家。東京都江東区生まれ。本名萬次郎。東京法学院（現・中央大）卒業。日本新聞社を経て一九〇八年大阪朝日新聞社に入社。社会部長となるが一八年に白虹事件で退社。翌一九年大山郁夫らと雑誌「我等」を創刊。自由主義の立場からファシズム批判を展開し、大正デモクラシーを牽引した。戦後は貴族院議員、芸術院会員となり、四八年文化勲章受章。生涯で三千本もの著作を残したが、戯曲には『喰ひ違ひ』『ヴェランダ』『大臣候補』『エチル・ガソリン』『明暗』『フランス髯』『馬鹿殿評定』『両極の一致――ある平和主義者と軍国主義者のファース』『根管充塡』『三つの退屈』『強盗』『奇異なる葬儀』『甲冑御披露』『国賊を中心として』『太閤の犢鼻褌』があり、社会への風刺や批判をユーモアを交えて描いた喜劇が多い。自伝に『ある心の自叙伝』（朝日新聞社）。

❖**『喰ひ《くい》違ひ《ちがい》』**　一幕。一九二二年三月「我等」に発表。二四年四月、第二次芸術座が牛込会館で初演。演技監督・舞台意匠は水谷竹紫。画家伊丹に金平軍之助、子爵令嬢早見多美子に初代水谷八重子、植木職人源吉に根本淳、草取娘おうめに田村秋子ら。場所は早見子爵家邸内果樹園。早見子爵の保護を受けるインテリの画家伊丹が、「真純な愛の成立」という自らの勝手な理想のために、子爵令嬢多美子と邸内に出入りする植木職人源吉の身分違いの結婚をひとり合点で企み源吉を説得するも、源吉を想う純朴な草取娘おうめに胸を打たれ、今度は結婚を取り消そうと奔走するドタバタ喜劇。しまいには早見家から伊丹と源吉が追い出されることになり、混乱の間に幕。インテリゲンチャ、ブルジョア、プロレタリア、新しい女といった近代日本的なキャラクターを、自由主義の思想家である作者ならではの冷静な視点で描き出した風刺劇でもある。（熊谷知子）

長谷川裕久《はせがわひろひさ》　一九六五〈昭和四十〉・三～。演出家・劇作家・俳優。茨城県出身。茨城大学教育学部在学中に演劇を開始、一九八九年より水戸芸術館演劇部門学芸員。九六年より、水戸芸術館専属ACM劇場専属演出家となる。代表作に『美貌の流星』（一九九七）、『花冠の大陸』（九八、第四十三回岸田國士戯曲賞最終候補）、『堕天の媚薬』（九九、第四十四回同賞最終候補）。主な演出作品にオペラ『さんせう太夫』（九六）など。（堀切克洋）

長谷川康夫《はせがわやすお》　一九五三〈昭和二十八〉・六〜。劇作家・演出家・映画脚本家。北海道札幌市生まれ。早稲田大学政経学部中退。大学入学後の一九七三年、学内劇団「暫」に加入、つかこうへいと出会い、俳優としてその舞台に立つ。つかが「暫」を離れてからも、「つかこうへい事務所」の舞台に出演する。七五年、つかと「暫」が訣別、自分たちで芝居作りを始めるものの、西武劇場〈現・パルコ劇場〉『サロメ』〈一九七八〉でつかに呼ばれ出演。それを機に「劇団つかこうへい事務所」の所属となって、八二年の劇団解散までほぼすべての公演に出演した。八六年、Cカンパニープロデュースによって劇作を開始。『いちどだけ純情物語』〈八六〉以後の同プロデュース作品のすべてで作・演出を担った。なかでも、風間杜夫、平田満、石丸謙二郎、根岸季衣ら旧つか組の役者を結集した『少年日記をカバンにつめて』〈八八〉や『とりあえずロマンス』〈八九〉、『夜明けの花火』〈九〇〉は成功を収めた。九一年の『口ずさめば恋歌』を最後に、Cカンパニーを離れ、以後、映画脚本が主となる。舞台は商業演劇への執筆が多くなり、勢い原作ものの脚色が増える。代表的なものに明治座公演、宮尾登美子原作『天璋院篤姫』〈二〇一〇〉がある。著書に第三十五回新田次郎文学賞、日本エッセイストクラブ賞などを受賞した『つかこうへい正伝　一九六八―一九八二』〈新潮社〉。

❖**『夜明けの花火』**《よあけのはなび》　一幕。同じ風間、平田、石丸の主演で上演された『少年日記をカバンにつめて』『とりあえずロマンス』に続く青春三部作の完結編。三流大学の弁論部で共に青春を過ごした早川、町田、赤羽の三人。元部長の早川は親のコネを使って議員秘書となり、市会議員に立候補するもあえなく落選、学生時代のアルバイトがそのまま本業になった二人と弁論術を生かして〈説得屋〉をやろうなどと言い出す。だが、町田は懸命に勉強して司法試験に合格、赤羽もまたショッピングセンター店長への誘いを受ける。「あのころ」の楽しさから抜け出せず茫然とする早川の背後で、薄明の空にドーンと花火があがるのがラスト。師事したつかと同様の「口立て」による芝居。役者の個性が十二分に光った。

（七字英輔）

長谷部孝《はせべたかし》　一八九六〈明治二十九〉・十〜不詳。劇作家。三重県鈴鹿生まれ。早稲田大学英文科在学中に、「地平線」や「基調」といった同人誌を発行。中村吉蔵主宰の雑誌「演劇研究」の編集に携わったほか、イプセンの『恋の喜劇』の翻訳や、近代劇場や第二次芸術座で演出もした。戯曲には、『応酬』〈「早稲田文学」一九二三・6〉や、『靴磨きと女車掌』〈「朝日新聞」一九二四・6・28〜7・4〉などがある。

（熊谷知子）

長谷山峻彦《はせやまとしひこ》　児童音楽指導者・作曲家・児童演劇指導者。名は「しゅんげん」とも読む。昭和戦前・戦中期に、多くの学校演劇の脚本、作曲を行ない、影響を与えた。児童歌唱劇『のらくろ』などを作り、『高等小学学校劇集成』〈大正書院・一九三五〉、『尋六学校劇集成』『尋五学校劇集成』〈同・三九〉、『軍国美談劇集』〈同・三八〉、『少国民愛国劇集　小学校学芸会用』〈同・三九〉、『学校体育劇』〈三友社・三六〉などがある。『あすは兄さんの入営』『君が代少年』『こども観兵式』『子供八百屋』『小国民先人訓』『昭和の鬼ヶ島』『東亜子供数え唄』『南進の先達』『マレーの少年戦士』『ヨコ子の日記』『我らの少年団班旗』が、『大東亜少国民劇集』〈日本学生写真連盟会・四三〉に収録。

（神山彰）

畑耕一《はた こういち》 一八九六〈明治二十九〉・五〜一九五七〈昭和三十二〉・十。小説家・劇作家。広島県生まれ。東京帝国大学英文科卒業。短歌に長じ、一九一三年小説『怪談』を発表。耽美風の作品を書く。二四年松竹キネマ入り。松竹蒲田で牛原虚彦《うしはらきよひこ》監督に『陸の王者』『感激時代』などを提供し、後に研究所長。一時、明治大学教授となる。戯曲に『桃の仙人』など。戯曲集に『笑い切れぬ話』（大阪屋号書店）がある。演劇関連書で『戯場壁談義』（奎運社）、『変態演劇雑考』（文芸資料研究会）がある。多蛾谷素一の名で作詞もあり、『浅草行進曲』は著名。（神山彰）

秦建日子《はた たけひこ》 一九六八〈昭和四十三〉・一〜。劇作家・演出家・小説家。劇団「秦組」主宰。東京都出身。建日子は本名（男性）。早稲田大学法学部卒業。父親は作家の秦恒平。信販会社勤務を経て、つかこうへいに師事。一九九三年『プラットホーム・ストーリーズ』で作・演出デビュー。篠原涼子主演の『アンフェア』や映画『チェケラッチョ!!』の原作小説などで知られ、シナリオ作品も数多い。代表作に『らん』『タクラマカン』『くるくると死と嫉妬』。（望月旬々）

秦豊吉《はた とよきち》 一八九二〈明治二十五〉・一〜一九五六〈昭和三十一〉・七。舞台制作者・独文学者。東京日本橋生まれ。東京府立一中から一高に進学。同級に芥川龍之介、菊池寛、渋沢秀雄がいた。在学中から雑誌「劇と詩」にチェーホフ『三人姉妹』やゴーリキー『太陽の子』などの翻訳を寄稿。東京帝国大学入学後も引き続き戯曲の翻訳や劇評を雑誌・新聞に発表した。一九一四年十月にはハウプトマン『馭者ヘンシェル』の翻訳が舞台協会によって上演され、単行本としても刊行された。一七年、帝大を卒業すると三菱合資会社に入社。以後会社勤めのかたわら文筆活動を続け、ゲーテ『若きウェルテルの悲しみ』の翻訳は若者に広く読まれた。二〇年から六年余りベルリンに駐在。多くの劇場や寄席に出入りし、ハウプトマンやシュニッツラーらと交流を持った。またこの頃から「丸木砂土」名でエロティックな随筆を発表するようになった。二三年に開場した築地小劇場には海外客員として参加した。日本帰国後も精力的に執筆活動を展開し、ゲーテ『ファウスト』を刊行したほか、第一書房『近代劇全集』でトラー『群衆＝人間』など同時代のドイツ戯曲を紹介。二九年に翻訳したレマルク『西部戦線異常なし』は大ベストセラーとなった。三三年、小林一三率いる宝塚歌劇が本格的な東京進出を決めると三菱を退社。渋沢の仲介で日比谷に新しく建設された東京宝塚劇場の支配人に就任した。三五年、ニューヨークのラジオシティ・ミュージック・ホールをモデルにショウ形式の興行を企て、日劇ダンシングチームを結成。三八年には宝塚歌劇団の欧州公演を引率し、独、伊の各都市を巡演。また四〇年に東京宝塚劇場社長に就任すると「東宝国民劇」を創始した。第二次世界大戦後、公職追放令により東宝を離れるも、新宿帝都座五階劇場のプロデューサーとなり、日本のヌード・ショウの先駆けとなる「名画アルバム」や劇団空気座の『肉体の門』を上演し評判を呼んだ。五〇年、東宝に復職し帝国劇場社長に就任。翌年の第一回『モルガンお雪』を皮切りに四年間に全八本の「帝劇ミュージカルス」を製作した。落語や奇術などの寄席芸を愛好し、「東宝名人会」の運営に携わったほか、『明治奇術史』を刊行。また後楽園スタジアムの重役を務め、晩年には創立期の日本テレビ取締役としても働いた。父方の叔父に七世松本幸四郎がいる。

❖『お軽と勘平』《おかるとかんぺい》 三部二十四場。一九五五年十一月東京宝塚劇場上演。越路吹雪と榎本健一主演のミュージカル。四年前に上演された同題作の改訂版。内容も大幅に変わり、作者も前回の「帝劇文芸部」から秦単独になった。お軽(越路)と勘平(榎本)の凸凹カップルを軸に、師直(有島一郎)、顔世(久慈あさみ)、定九郎(トニー谷)など忠臣蔵の登場人物による恋の鞘当てが歌と踊りと笑いで描かれた。劇中劇に『カルメン』が演じられたほか、『シラノ』『源氏店』の一場面や、フレンチ・カンカン、女子プロレス、人形振りからヌード・ショーまで登場するなど、変化に富んだ舞台面が展開された。音楽は服部良一。[第一部]師直の家臣勘平は恋人お軽の就職口を得ようと、お軽を師直邸の大茶会にもぐり込ませる。お軽が得意のシャンソンを披露すると、師直はすっかりその虜になり、塩冶判官から奪った妻顔世を捨て、我が物にしようと企む。勘平は師直に協力し窓下の愛の告白を手助けするが、松の廊下で嬲られ刃傷におよぶ。[第二部]牢に入れられ切腹を命じられた勘平は、なんとかお軽を連れて逃げ出すも、追手に捕まり、お軽は定九郎の手でヨシワラに売られてしまう。[第三部]再び師直に囲われたお軽の元に定九郎と勘平が強請りに上がり、二人は再会。大舞踏会の晩、顔世とお軽の計略により、停電のさなか同じ衣裳を着けた二人を師直が取り違え、結局元の鞘に収まることになり、大団円を迎える。秦が生涯最後に手がけた舞台となった。(星野高)

畠山古瓶《はたけやまこへい》 一八七四〈明治七〉〜一九〇七〈明治四十〉。劇作家。福島生まれ。本名五平。東京専門学校で坪内逍遙の脚本朗読会に参加。シェイクスピア『ジュリアス・シーザー』を逍遙訳から脚色し『該撒奇談《しーざーきだん》』として、一九〇一年日本初演、三木竹二の賞賛を得る。〇三年には真砂座時代の新派・伊井蓉峰門下の俳優兼作者となり『人情』『母の心』など小説の脚色物を書く。〇四年、大阪で成美団の作者となり、高田実一座の作者として、喜多村緑郎に『芳蘭香』『むくひ』(デュマの脚色物)を提供。新派の小説脚色物に才能を発揮し、大阪朝日座では他に『二人孤児』『海水浴』『鴛鴦淵』などがあり特に村上浪六原作の『原田甲斐』は好評を博す。外国の翻案物には、他にリットンの『サンフランシスコ』。島華水訳の『マクベス』など。逍遙門下として近松門左衛門の改作にも力量を示し、真砂座時代の伊井蓉峰の近松研究劇『心中天網島』『堀川波の鼓』『丹波与作』『心中万年草』『国姓爺合戦』『博多小女郎浪枕』などの改作脚色上演に筆を揮い、また論陣を張った。明治期新派の上演の側面を考える際に重要な存在。(神山彰)

畑澤聖悟《はたさわせいご》 一九六四〈昭和三十九〉・八〜。劇作家・演出家・俳優・高校教員。秋田県生まれ。秋田大学在学中に演劇を始め、秋田県内の中学教員だった一九九一年に青森県弘前市の劇団弘前劇場に俳優として入団。二〇〇〇年から劇作も手掛ける。〇五年に劇団を離れ、青森市で「渡辺源四郎商店」を旗揚げ。九五年に青森県の高校に移ってからは演劇部指導の活躍がめざましく、青森中央高校に書き下ろした、沖縄への修学旅行の一夜に世界情勢を重ねた『修学旅行』(二〇〇五)、理由なく異形に変わった女子生徒と同級生を描く『河童』(〇八)、東日本大震災を踏まえた『もしイタ——もし高校野球部の女子マネージャーが青森の「イタコ」を呼んだら』(一二)はいずれも全国大会最優秀賞となった。『翔べ!原子力ロボむつ』(一二)で第五十七回岸田國士戯曲賞最終候補。

主な戯曲に、自殺したい男と絶望を抱えた女性マッサージ師がふれあう『背中から四十分』(〇四)、死刑制度を見つめた『どんとゆけ』(〇八)と続編『あしたはどっちだ』(一一)、原爆を作った米国人科学者らを描く『イノセント・ピープル』(一〇年)など。

❖**『親の顔が見たい』**《おやのかおがみたい》 劇団昴への書き下ろしで、二〇〇八年二月初演(黒岩亮演出)。舞台はカトリック系女子中学の会議室。校内で二年生の道子が首つり自殺をし、遺書に名前が書かれていた同級生五人の保護者が集められる。道子は「いじめ」に遭っていた。父母らは口々に、うちの娘は加害者ではないと主張。結束して学校と対決しようと申し合わせる。だが、道子のアルバイト先の新聞販売店店長の証言で、五人が道子に売春を強要して大金をむしり取っていたことが判明。道子が複数の遺書を残していたことも明らかになる。娘たちの犯した罪の重さと、それが公になる恐怖におののきながら、親たちは必死で責任逃れを図る。一幕のグロテスクな会話劇は、「いじめ」がはびこる学校、コミュニケーションの欠けた家庭、正義感の不在など、現代社会の荒涼とした断面を映す。(山口宏子)

八田尚之《はったなおゆき》 一九〇五〈明治三十八〉・十二〜一九六四〈昭和三十九〉・八。劇作家・脚本家。北海道小樽市生まれ。一九二四年に法政大学、二五年に明治大学予科に籍をおくが出席することなく、シナリオを書く。勝見庸太郎に認められ、翌年に京都の勝見庸太郎プロダクションに脚本部員として入社。勝見の名前(「勝見黙笑」名義)で脚本『べらぼう長者』が映画化される。同年、『馬子日記』でデビューを飾る。以後、マキノ・プロダクション、日活太秦《うずまさ》撮影所、東京発声映画製作所、南旺映画、東宝映画などで精力的にシナリオを書く。三七年に石坂洋次郎の小説を脚色した『若い人』や、翌年の林芙美子原作『泣虫小僧』、阿部知二原作『冬の宿』、伊藤永之介原作『鶯』など、ベストセラー小説のシナリオを担当する。これらは豊田四郎監督によって「文芸映画」と呼ばれる一連の作品となり、八田のシナリオ作家としての地位を不動のものとした。四二年に苦楽座という喜劇を扱う劇団を、丸山定夫や薄田研二《すすきだけんじ》、徳川夢声らと創設する。苦楽座は、四四年に日本移動演劇連盟の移動演劇隊に改組され、桜隊となる。そのため苦楽座は解散となる。戦後は、兄の誘いに応じて札幌で「談論」という雑誌の編集長となるが、四七年の新東宝の創立に参加するため一年で辞任。東京にもどり、新東宝や大映でシナリオを書く。五〇年に銀座プロダクションを創立し、主宰者となるも、五四年に妻の宝生あやこと手織座という劇団をつくる。同年、第一回公演『愛しきは』を、広島で被爆して亡くなった丸山定夫追悼公演として、第一生命ホールにて初演。この公演には苦楽座の同人も参加する。劇団を経営するために、シナリオやラジオドラマも精力的に書き続けるが、五七年の『花嫁は待っている』以後は、映画シナリオを書いていない。ただし、テレビドラマの脚本を書くようになる。劇団の公演は、毎年一〜二本の新作を書き下ろし、五八年には西日本へ巡演もする。六四年六月に北海道公演として『ふるさとの詩』とゴーリキーの『どん底』を上演。八月に戯曲『罪』脱稿直後に狭心症のため急逝。『罪』は遺作として、同年、朝日生命ホールにて追悼公演として上演される。

❖**『愛の凄鬼』**《あいのせいき》 五幕八場。ある貧しい画家の一家と、彼らを支え、支えられている有名な画家の友人の夫妻の物語。有名な画家である友人は、破天荒で妻を顧みず、浮気を繰り返している。そんな友人を暖かく見守っている、その妻と貧しくても人のいい家族。友人はパトロンとして、彼らのアトリエを建てるなどしている。貧しい画家は、画を出品しても二〇回以上落選し続けているが、今年こそは当選すると思っている。だが、彼を支え続ける妻が、見よう見まねで書いた絵が当選してしまう。夫は自暴自棄になり、離婚を決意する。だが、普段は破天荒な友人の説得や変わらぬ妻の愛で、貧しい画家は再び再起をはかろうと画を描き始める。この作品は、五七年に初演され、同年に再演、翌年に西日本公演などもされ、手織座の当たり作となった。

❖**『ふるさとの詩《うた》』**《ふるさとのうた》 五幕八場。六二年初演。六四年に再演。八田の生まれ故郷である小樽を舞台にした作品。郷土を旅行していた流行歌の作詞家が、かつて憧れていた女性が女将となっている郷土料理屋で出会う。彼女は、かつては鰊場を仕切っていた親方の娘であったが、その後は没落し芸者となって、土地の権力者の内縁の妻となった。しかし、家柄の違いから慰謝料をもらい別れ、まだ未練のあった彼女は近くで料理屋の女将となっていた。正妻から、彼女をその場所から移動させるよう言われた父であったが、上手くいかないまま死ぬ。正妻は精神を病んで、かつての夫は正妻を気遣うようになる。また、作詞家も最近死んだ妻への愛に気づき、愛の尊さと切なさを謳って終わる。（高橋宏幸）

八田元夫《はったもとお》 一九〇三〈明治三十六〉・十一～一九七六〈昭和五十一〉・九。演出家・劇作家。東京市本郷区（現・東京都文京区）生まれ。一九一六年、東京帝国大学（現・東京大学）卒業。在学中から「新聞日本」のアルバイトの学芸部記者として演劇評などを担当していたが、酒に酔って職場に暴れ込み馘首される。二六年、研劇協会で高田保の『公園の午後』（牛込会館）を初めて演出したほか、「劇と評論」（九月号）に処女戯曲『新聞鳴動』を書き、小山内薫に推奨された。翌年、急いで書き上げた『十三場』（同誌二月号）をはじめ、同誌には二八年まで『交響曲終焉調』『首都・植民地・自由市』『菜っ葉服のドン・ファン』など表現主義派的作品を次々に発表した。思想的にはアナーキズム、芸術的には表現主義に傾倒していたが、三〇年代にはこの影響から脱却した。その後、新築地劇団、新協劇団での演出活動を経て、四八年に舞台芸術学院を創立、講師として学生の指導に当たった。五九年一月、下村正夫と劇団東演を創立、八田と下村が交互に演出する体制を確立した。

❖**『まだ今日のほうが！』**《まだきょうのほうが》 三幕。この戯曲は総合誌「世界」の一九六三年二、三月号に連載。同年二月、八田自身の演出で劇団東演が東京・新宿厚生年金小ホールで初演。前年に書いた第一稿は二幕の構成だったが、決定稿で三幕構成に改訂した。演出に専念していた八田の三十年ぶりの作品。戦前の治安維持法の下では、共産党員でなくとも同党にシンパシーを持つ者は、拷問されたうえ〝転向〟を迫られた。この物語には三人の転向者が登場する。恵子と兄の紀一、そして恵子がハウスキーパーをしていた内海だが、彼らは特高の厳しい監視下に置かれる。しかし、恵子は転向させられた自分の弱さ、屈辱に堪え、家出して生き抜こうと決意する。思想と政治と芸術を一体化する思想劇だ。『まだ今日のほうが！』（未來社）所収。（北川登園）

服部秀《はっとりしゅう》　劇作家。大正から昭和戦前期の関西で活躍。大正期の関西新派に『白樺の精』『路傍の人生』など。後に中田正造・辻野良一の新声劇に『頼母とその妹』『若き女よ焦慮《いらだち》よ』『会津の小鉄』『日光の円蔵』、新興劇に『社会劇　恋の受難者』『元禄烈女伝』『秋草物語』『鉄舟と次郎長』など、山口俊雄の奨励座、新潮座に『火華《ひばな》』『生霊死霊』『不如帰五人男』『正雪と忠弥』などを書く。琵琶劇『日露戦役乃木将軍美談兵隊の親』、五月信子一座に『探偵劇アルセーヌ・ルパン』。大正末から昭和初期の社会劇との流れの中で、関西新派や剣劇が人気を誇る過程を考える際には興味深い作者。（神山彰）

服部塔歌《はっとりとうか》　不詳〜一九一二〈大正元〉・十。劇作家。東京都出身。早稲田大学英文科在学中の一九一二年十月、国枝史郎や小沢愛圀《おざわよしくに》とともに発起した雑誌「黒耀」の創刊号に、史劇『築山殿』の第一幕を発表するも、同月急逝。若き劇作家の死は新聞でも報じられ、死因は当初喘息とされたが、後に医師による注射の打ち間違いが原因であったことが明らかになった。（熊谷知子）

花田清輝《はなだきよてる》　一九〇九〈明治四十二〉・三〜一九七四〈昭和四十九〉・九。評論家・作家・劇作家。福岡県生まれ。京都帝国大学英文科在学中に、小説『七』が「サンデー毎日」の小説募集に入選。卒業後は、東方会の機関誌「我観」（後の「東大陸」）に政治・経済・文化論などを執筆する。また、中野秀人、岡本潤らと組織した文化再出発の会の「文化組織」などで評論を発表する。一九四一年に『自明の理』（後に『錯乱の論理』と改題）を出版。戦後には、「文化組織」で難解なレトリックを駆使して発表していた論を、『復興期の精神』（我観社）としてまとめて出版する。東方会系の出版社である我観社は後に、戦後芸術運動の拠点の一つである真善美社となり、ここでは出版顧問として、雑誌「真善美」、もしくは埴谷雄高や安部公房の本の編集に携わる。また、綜合文化協会の機関誌として、野間宏、中野秀人らとともに「綜合文化」の出版に携わる。真善美社では、『錯乱の論理』や『復興期の精神』が再刊される。他にも、岡本太郎らとともに、前衛芸術運動の研究会として、夜の会を結成。その後「新日本文学会」編集長（一九五二〜五四）となるが、内紛により解任される。五七年には、安部公房らと記録芸術の会を結成するなど、積極的に芸術運動を展開するための組織を作る。五九年には三々会という演劇運動のための会を、野間宏、椎名麟三などと結成する。六一年には、大西巨人らとともに共産党を批判した意見書を発表したため除名される。また、吉本隆明や埴谷雄高との論争でも名を馳せ、吉本隆明に代表される自立主義を批判する。六四年にはいいだもも、井上光晴らとともに劇作家集団として鴉の会をつくる。七四年に脳出血によって死去。長篇戯曲には『泥棒論語』（第五回新劇戯曲賞候補、第六回岸田演劇賞候補）、『爆裂弾記』『ものみな歌で終わる』、合作戯曲に『首が飛んでも』、ラジオドラマとして『私は貝になった』、テレビドラマとして、『就職試験』『佐倉明君伝』などがある。また二十歳のころの習作として『窓』という戯曲もある。他の評論集に『アヴァンギャルド芸術』『近代の超克』（未來社）など。小説の代表作には『鳥獣戯話』『俳優修業』などがある。

❖**『爆裂弾記』**《ばくれつだんき》　四幕。「群像」（一九六二・12）に掲載。一九六三年一月俳優座劇場にて、劇団演劇座が上演。演出は高山図南雄。六八年一月に再演。自由民権運動の激化として起こった大阪事件に関与した人物たちと時代背景をモチーフにして書かれている。彼らの架空の議論によって作品は成り立っている。一幕は、甲申政変以後の征韓論の盛り上がりに対して、非戦を掲げる新聞社に壮士たちが乱入する。二幕は、その壮士たちが、かつての先生である政治講談師のもとを訪れて、今後の計画について話し合う。三幕は、政治家たちの宴会で爆裂弾を爆発させる計画が、事前に漏れたために不発に終わる。四幕は寺に隠れてテロを行なおうとするが、警察がきたため逃げる。そして爆裂弾が爆発して終わる。

❖**『ものみな歌で終わる』**《ものみなうたでおわる》 二幕十二景。日生劇場開場記念公演として書き下ろされる。一九六三年十一月、千田是也の演出で上演。七四年二月の再演では、同じく千田是也の演出で木六会の公演として上演される。傍題に「かぶきの誕生に関する一考察」という言葉がついているように、佐渡カ島の金山を舞台として、出雲のおくにが京都の四条河原へ出るまでの歌舞伎の創世記をモチーフにした物語。金の発掘をしている大久保長安が、伴作におくにを懐柔させるために、口説けと指令する。伴作がおくにを待っているところに、かつて知り合いであった山三郎と出会う。山三郎とおくには地面を掘り、長安の屋敷に忍び込み金をとる。二人は惹かれあうが、役者として舞台の上の恋にとどめることにする。そこに、逆におくにに惚れてしまった伴作が現われて、山三郎を崖から突き落としてしまう。佐渡カ島を離れて、最後に四条河原で歌い踊るシーンで幕となる。

（高橋宏幸）

花登筐《はなとこばこ》 一九二八〈昭和三〉・三〜一九八三〈昭和五十八〉・一〇。小説家・劇作家・シナリオライター。滋賀県生まれ。元・東宝芸能（株）取締役。一九四八年、大津市で初めての自立劇団人間座の結成に参加、後に自ら文芸座を創立。同志社大学商学部卒業後、一時サラリーマンとなるが、五七年に『やりくりアパート』の脚本・演出でテレビにデビュー。関西において漫才師ではなくコメディアンによる最初の番組として高い評価を受けた。以後、テレビの『番頭はんと丁稚どん』『細うで繁盛記』『どてらい男《やつ》』『あかんたれ』『アパッチ野球軍』『氷山のごとく』『土性っ骨』などのドラマで驚異的な視聴率を取るヒット番組を続々と執筆、一時代を築いた。五九年には自らが中心となって劇団笑いの王国を旗揚げし、『番頭はんと丁稚どん』を舞台化、爆発的な人気を得る。六九年には同世代の劇作家である榎本滋民、小幡欣治らとともに「中の会」を結成、中間演劇の執筆・育成に力を入れる。自作の小説やドラマで高視聴率を上げ、その作品を舞台化する方法で多くの観客を集めた。特に、大阪や中京圏を舞台に、底辺から多くの苦難を乗り超えて上り詰めるという「ど根性物」の作品が多い。他の傾向を持つ作品では、『じゅんさいはん』『鮎のうた』など、多くのヒット作品を生んだ。生涯に遺した作品の数は、ドラマ六〇〇〇本、戯曲五〇〇〇本とも言われるほどの多作家であった。六八年、芸術祭文部大臣賞、大阪府芸術賞を受賞。『花登筐長編撰集十巻』（講談社）がある。没後、八千点を超える資料が出身地の滋賀県・大津市の図書館に寄贈された。

❖**『どてらい男』**《どてらいやつ》 二幕二十三場。一九七四年四月二十九日から五月二十九日まで、大阪・梅田コマ劇場にて自らの作・演出により初演。主な出演者は、西郷輝彦、田村亮など。昭和十年、十五歳の山下猛造が福井県から大阪・立売堀へ出てくる。同じ村の出身者が手広く経営している前戸商店で、金儲けの勉強のために丁稚奉公をする。初代が亡くなり、後を継いだ長男も亡くなり、次男の文夫が店を継いだ。文夫は新しいやり方を取り入れた経営を目指し、「番頭」を「外交部長」と改め、輸入品も手広く扱い始めた。小学校しか出ていない猛造は外交部長の竹田に徹底的に苛められる。それでも歯を食い縛って仕事に励む猛造に、初代の一人娘・彌生が英語を教える。ふとしたことで、「立売堀の将軍」と呼ばれている大石から商売の仕方を教わり、苛められていた竹田の売り上げを抜く。しかし、自分が心の底で慕っていた彌生が若くして病で亡くなり、十九歳で独立をするまでの猛造の姿を描く。

❖**『船場』**《せんば》 一九七三年六月、大阪・新歌舞伎座で自らの作・演出により初演。主な出演者は二世中村鴈治郎、中村扇雀(現・四世坂田藤十郎)、扇千景。昼の部三幕二十二場、夜の部三幕二十場で約八時間の一本の芝居が完結する、という大作。昼の部の序幕が明治二十三年から始まり、夜の部で昭和二十二年まで、六十年近くの期間を描いている。本作の原型となったのは、七二年一月に同じ新歌舞伎座で長谷川一夫により上演された作者の『船場百年』で、大阪・船場の商人が自分たちの店を立ち上げ、守り、広げ、後進を育成する姿を、長い時間を通してその間に起こる様々な事件とともに描いたもの。

第一部——松山から一旗揚げようと船場へ出て来た清兵衛は、金をなくし、胸を患って故郷に帰る。病床の父から船場商人への恨みを聴かされて育った息子の清吉は、母の静止を振り切って船場へ行く。そこで偶然、かつて父が働いていた土佐堀の機屋・伊予久の丁稚となり、船場の呉服問屋・糸由の主人、由之助に根性を見込まれる。十年後、父を亡くした清吉は、京友禅の立派な職人になっていた。その陰には、清吉を我が子同様に可愛がり、仕込んでくれた利蔵の姿があった。しかし、清吉の新しいアイディアで生まれた柄は「まがいもの」だと蔑まれ、由之助の勧めもあり、船場に敵を討つためには相手の城に乗り込むのが良い、と船場の糸由の婿となった。由之助が隠居し、糸由の主人となった清吉の商いは順調だったが、妻・お妙とは巧く行かない。以前、子までなしたお絹に偶然再会した清吉は、お絹にのめり込んでゆくが、お妙の知るところとなり、親族会議が開かれた。船場の格式と暖簾を守るために、清吉と離婚すると言い出すお妙。しかし、隠居の由之助は、清吉を離縁する代わりにお絹との子・清太郎を商人に仕込むと言ってくれた。義理のために、お絹と二人、清吉は船場を去る。

第二部——糸由で苛められ、辛い日々を送る清太郎を、番頭の巳之助と女中のお梅が何くれとなくかばってくれる。東京にいると知った父・清吉とお絹は関東大震災で亡くなっていた。実は隠居の由之助の子であった番頭の巳之助は、お妙にそれを告白し、自分が身を退く代わりに清吉を養子にしてほしいと頼み、お妙も承知する。十数年が経ち、立派な船場の商人となった清太郎。しかし、お妙の息子・由太郎の縁談が、清太郎の存在で破談になってしまう。自棄になった清太郎だが、由太郎の妹の不行跡をかばっていたことがわかり、縁談はととのう。そこへ、由太郎に召集令状が来た。戦争で焼け野原になった船場。清太郎は、糸由の再建を誓う。戦後の混乱の中、二年後に復員して来た由太郎がヤミ商人と起こした揉め事を片付け、糸由の暖簾を守った清太郎は、由太郎ではなく清太郎を愛していた嫁のかな子とともに船場を去るのだった。

❖**『売らいでか!』**《うらいでか!》 三幕十六場。一九六八年七月一日から八月二十七日まで東京・芸術座で自らの脚本・演出で上演。原作は岸宏子の『ある開花』。主な出演者は浜木綿子《はまゆうこ》、左とん平。昭和三十一年、伊賀上野。女性の内職の組紐作りが盛んである。主人公のなつ枝の亭主、杉雄は、町一番の名家・神代家の酒蔵の運搬係。結婚して六年、姑のぎんはなつ枝に辛く当たり、自分が岡惚れしている相手の元校長に、いい歳をして貢いでいる。神代家の当主・里子は若い身空で二人の夫と死別してしまい、三人目を探している。事情を知った支配人の息子は、自分で操れる男を婿に据え、神代家を乗っ取ろうと企んでいる。その候補に選ばれたのは、幼い頃から里子に想いを寄せていた杉雄だった。杉雄は、夜毎に里子のもとへ通い、それを夜勤だと信じたなつ枝も、熱心に組紐の内職に精を出す。しかし、真相がばれ、腹を立てたなつ枝は、里子の元に乗り込み、杉雄と意地の悪い姑を五十万で売り払い、それを元手に女だけの組紐の会社を設立する。神代家では観光ホテルの経営に乗り出し、杉雄は支配人の座に収まるものの、放り出される。女社長となったなつ枝は、商売に励み、会社を大きくする。放り出された杉雄との仲も元に戻り、円満な夫婦に戻る。商魂たくましく生きる女性の姿を、一連の根性ものではなく、コミカルな視点で描き、女性を主役に据えて描いた作品で、初演以来、主人公のなつ枝を演じている浜木綿子が高く評価され、再演を重ねている作品である。花登作品の中では、女性中心の明るい喜劇という異色のポジションを占めている。（中村義裕）

花房柳外《はなぶさりゅうがい》 一八七二〈明治五〉・十二～一九〇六〈明治三十九〉・四。劇作家・劇評家。岡山県生まれ。本名卓三。一八九五年歌舞伎座の作者部屋に入る。三世河竹新七に弟子入りし、竹柴作造と名乗る。九八年頃、柳外の名で新派の作者となり、主に京阪で活躍する。一九〇一年川上音二郎一座に『洋行中の悲劇』を書いた後、再び上京。岩崎舜花と浅草の新派「愛嬌会」の座付作者となり自作の『勿驚《おどろくなかれ》』や『金色夜叉』の脚色などを手がける。一九〇二年「洋式演劇社」を設立。女優の登用や、道具、照明の刷新、義太夫や踊りを廃し、台詞を口語に近づけた「正劇」式演出による近松物の復活上演などを実践し、話題を集める。〇三年「国民娯楽社」を結成し、翻案劇『ひと昔』『平等主義』の上演を目指すが実現せず、新たな楽劇の創造に邁進する最中、肺結核を患い広島で療養生活に入る。以後も劇作を続け、生涯にわたり演劇革新の理想を追求した。

［**参考**］藤木宏幸「花房柳外と洋式演劇」（『共立女子大学文芸学部紀要』十九号）

❖**『社会の敵』**《しゃかいのてき》 一九〇二年四月、神田・錦輝館で「洋式演劇社」旗あげ公演の一番目に初演される（二番目は『夕霧阿波鳴門』吉田屋）。三幕。イプセン作『民衆の敵』に描かれた鉱泉の有毒物混入の筋に想を得て、足尾鉱毒事件を当て込んだ翻案劇。日本におけるイプセン上演の嚆矢とされる。悪徳長者山内利兵衛が邯鄲楼で豪遊中、鎮守の森では村人たちが口々に利兵衛の無情を罵っている。利兵衛の妻お種は村人たちの会話を聞き、苦悩のあまり自殺する。正義の村人県《あがた》愛吉は皆を代表して利兵衛に談判するが、護衛の壮士に座敷から叩き出される。愛吉の兄で邦長の守連は、利兵衛への抗議を思いとどまるように説得するが、愛吉は聞き入れず、妻おきくと共に社会のために戦うと誓う。花見客で賑わう向島の土手で愛吉は利兵衛のピストルを奪い、利兵衛を射殺した。利兵衛のモデルは足尾銅山所有者の古河市兵衛。古河の妻タメ子が自殺した実際の事件を盛り込んでいる。（桂真）

馬場あき子《ばばあきこ》 一九二八年〈昭和三〉・一～。歌人。東京都生まれ。昭和女子大卒業。一九四七年、歌誌「まひる野」に入会、窪田章一郎に師事。七八年「かりん」創刊、主宰。朝日新聞歌壇選者。現代短歌運動の中心的存在で、古典に造詣が深く『鬼の研究』など評論も数多い。『馬場あき子全集』で毎日芸術賞。梅若玄祥(六郎)らと組んで新作能にも取り組んだ。『晶子みだれ髪』『額田王』『小野浮舟』などの作がある。　　(内田洋一)

羽原大介《はばらだいすけ》 一九六四〈昭和三十九〉・十一～。劇作家・演出家。劇団昭和芸能舎主宰。東京都出身。日本大学藝術学部文芸学科卒業(よしもとばななと同期)。芸能プロダクションのマネージャーを経て、つかこうへいに師事。一九九二年より演劇制作会社RUPのプロデュース公演で作・演出を始める。二〇〇一年、自らの劇団を旗揚げ。映画をはじめ、NHK連続テレビ小説『マッサン』のシナリオでも知られる。代表作に『ドカチン』『何日君再来《イツノヒカキミカエル》』、日本アカデミー賞優秀脚本賞を受賞した『フラガール』(山田和也演出)および『パッチギ!』(茅野イサム演出)の舞台化作品など。　　(望月旬々)

浜田善彌《はまだぜんや》 一九二五年〈大正十五〉～。劇作家。東京大学哲学科卒業。赤坂元町に自前の劇場を構え前衛劇を手掛ける。一九六七年に発表した『原子爆弾』『ある母親の死』(いずれも思潮社刊)の二作が、第十三回岸田戯曲賞の予選候補。代表作に『癲』(「悲劇喜劇」一九五三・2)、『南無阿弥陀仏』『解放区』『AとB－水爆戦争前夜－』など。著作に『浜田善弥作品集』全三巻(永田書房)、『カジノ必勝法――カジノと芝居に生命を賭けた男の物語』(ストーク)。　　(小原龍彦)

濱田秀三郎《はまだひでさぶろう》 一九〇七〈明治四十〉～一九六八〈昭和四十三〉。劇作家。日出三郎の表記もある。「舞台」に発表した『手榴弾』を剣劇の梅沢昇一座が一九三九年に上演、他に同一座で『富次露の命』など。戦時中は、台湾で移動演劇「劇団中央舞台」を組織して活動。『征く朝』(『青年演劇脚本集』所収)、『江南の春』など。編著に『台湾演劇の現状』(一九四三・丹青書房)がある。戦後は、女剣劇で『戦野の旅鴉』『御家人囃子』のほか、長谷川伸・村上元三作品の多くを浅草・常盤座で、また、東映歌舞伎でも演出を行なっている。　　(神山彰)

【**参考**】「大衆文芸」二九巻一号

浜村米蔵《はまむらよねぞう》 一八九〇〈明治二十三〉・三～一九七八〈昭和五十三〉・十二。演劇評論家。東京下谷生まれ。早稲田大学中退後、一時歌舞伎座の作者部屋に入り榎本虎彦の弟子になる。以後、大勢新聞、帝劇文芸部、日本俳優学校などに職を得、かたわら劇評や戯曲を執筆。第二次大戦後は伝統芸術の会に参加し、舞台芸術学院長も勤めた。上演戯曲に『ある小公園の夕』、主著に『簡易なる日本国劇史』『六代目菊五郎伝』がある。　　(星野高)

早川三代治《はやかわみよじ》 一八九五〈明治二十八〉・八～一九六二〈昭和三十七〉・六。小説家・経済学者。北海道小樽市出身。北海道帝国大学卒業。予科時代に有島武郎の影響を受けた。島崎藤村に師事。ドイツに留学して経済学を修め、母校などにて教鞭をとるかたわら、「三田文学」「劇と評論」に戯曲を発表。戯曲集に『聖女の肉体』(明窓社、一九三二)、『トレグラチェ』(丸善株式会社札幌営業所、三六)など。随筆『ラインのほとり』(明窓社、三三)には、ドイツ留学中の観劇体験も綴られている。　　(村島彩加)

早坂暁《はやさかあきら》 一九二九〈昭和四〉・八〜。作家・脚本家。愛媛県生まれ。日本大学藝術学部演劇科卒業。一九六一年から脚本家としての仕事を始め、テレビドラマ『七人の刑事』『夢千代日記』などのヒット作を生む。舞台劇は六五年『冷蔵庫の仲間たち』がせんぼんよしこの演出で創造造形アート・スタディオにより日仏会館ホールにて上演。以後、七七年『モルガンお雪』が津村健二の演出により帝国劇場、八三年『門—わが愛—』(原作：夏目漱石)が島田安行の演出で劇団俳優座により六本木・俳優座劇場、八五年『夢千代日記』が石井ふく子の演出により新橋演舞場、八六年『修羅の旅して』が熊井宏之の演出で劇団企画クォーターにより池袋・サンシャイン劇場にて上演。また、同年には『好色一代男』を自らの演出で新橋演舞場にて上演。八七年『玉の都』が津上忠の演出でわらび座により三多摩都市巡演、八九年『天下御免』を自らの演出で新橋演舞場、九四年『女相撲』が西川信廣の演出でみなと座により東京芸術劇場中ホール、九五年『私を忘れないで』が内山鶉の演出で劇団民藝により日本橋・三越劇場にて上演。九六年『女相撲ハワイ大巡業』を桂枝雀落語芝居により銀座・中央会館、九八年『この世が天国—カラオケ萬歳—』を、いずれも自らの演出で松竹新喜劇により新橋演舞場にて上演。二〇〇一年『渥美清の青春』を宮永雄平との共同脚本・共同演出で(社)日本劇団協議会により新宿・紀伊國屋サザンシアター、〇五年『金子みすゞ最期の写真館』を自らの演出で芝居屋無門館により南青山マンダラ、〇六年『よだかの星—わが子よ、賢治—』が杉本孝司の演出で東京芸術座により紀伊國屋サザンシアターにて上演。

［**参考**］『冷蔵庫の仲間たち』(劇団造形上演台本)

❖**『冷蔵庫の仲間たち』**《れいぞうこのなかまたち》 三幕六場。舞台は東京・山の手の盛り場に近い住宅街にある岡家の居間。時代は特定していないが、登場人物の台詞から、一九六四年の東京オリンピックからそう時間は経っていない頃。この家の未亡人・房江は息子・光一郎の見合いのため、娘の和子と共に外出をしている。家で留守番をする亡き房江の夫の妹・市子は、外の地下鉄工事の音がやかましく、いささかヒステリー気味である。二階には、六〇年の安保闘争で恋人を喪って以来、精神を病んでいる末っ子のユミ子が寝ている様子。やがて、見合いに出かけていた家族が戻り、二階に寝ていたユミ子が死んでいるのを発見し、大騒ぎになる。ユミ子の遺体の処置をめぐり口論をしているうちに、ユミ子に大量の睡眠薬を飲ませたのは母・房江だと判明し、そこから家族の絆が滅び始め、房江や、オールドミスの市子が隠していた家族の「真実」が明らかになる。そこへ、地下鉄工事によりガス管に傷が付き、ガスが漏れているから庭を掘らせてほしい、と警察がやって来る。ユミ子の不審な死を知られたくない房江たちは、突拍子もない行動に出る……。

(中村義裕)

早坂久子《はやさかひさこ》 一九二六〈大正十五〉・二〜。劇作家。東京生まれ。日本女子大学卒業。同大付属中高で教員として勤務の後、早川書房で「悲劇喜劇」編集に携わる。同誌戯曲研究会に入り、同誌に『長春城付近』(一九五二・9)、『修羅』(五五・2)、『芝浦』(五六・3)などを発表。『落城記』(六七・11)、『開花糸繰り唄』(六九・11)、『北に滅ぶ』(七一・10)は劇団仲間により上演されている。『相聞』(「悲劇喜劇」一九六〇・3)が第六回新劇戯曲賞受賞。単行本収録作品に『孤噲』(未來社)、『弄玉伝』(『女流作家一幕劇集』2・同)、『わかれ』(『青年一幕劇集』3・同)がある。大原富枝

『婉という女』の脚色も手掛け、劇団仲間が上演。古代から幕末・維新、明治期に至るまでの歴史に題材をとった作品が多い。

［参考］「悲劇喜劇」（一九八二・1）

❖**『相聞《そうもん》』** 紀元四五四年。第一皇子軽太子《かるのたいし》は妹軽大郎女《かるのおおいらつめ》に激しい恋情を覚え、身体を奪ってしまう。周囲は憤り、宮廷は流刑と盟神探湯《くがたち》を命じるが従わない太子のもとへ、大郎女が現われてその命令を制す。母の皇后はそれに怒るが、実は皇后も太子を男性として愛すという複雑な近親三角関係が生じる。流刑の地で太子と大郎女の愛の生活が始まるが、妹の顔が徐々に母に似てくることに悩み続け、ついに湯滝に飛び込み、無理心中を遂げる。皇位争いと権謀術策の中での兄妹の近親相姦、母と息子の近親愛という関係のなかで、一種の恋愛至上主義を描く。また、盟神探湯《くがたち》を無法な掟と否定する合理主義の太子が、結局それにより無理心中するという逆説的結末も衝撃的な作品。（神山彰）

林黒土《はやしこくど》 一九一八〈大正七〉・二～二〇一四〈平成二十六〉・三。高校教諭。福岡県嘉穂郡出身。東京農業教育専門学校卒業。福岡の高校演劇部を熱心に指導しながら全国組織への構築にも尽力。後に九州大谷短大でも演劇指導にあたる。代表作『筑豊の少女』『黒い太陽』『土壇場』などで、九州の土着に根ざしながら反戦平和をうたいあげたり、民謡を掘り下げ神話的世界を構築。主な著書に『林黒土一幕劇集』（未來社）、『林黒土多幕劇集』（葦書房）など。（柳本博）

林慎一郎《はやししんいちろう》 一九七七〈昭和五十二〉・一～。劇作家・演出家。北海道函館市生まれ。一九九八年、京都大学在学中に演劇活動を開始。当初のペンネームはミサダシンイチ。二〇〇七年、個人プロデュースの極東退屈道場を発足。同年より伊丹想流私塾の師範を担当。『サブウェイ』（二〇一〇）で第十八回ＯＭＳ戯曲賞大賞受賞。地下鉄を舞台に、都市に暮らす故郷喪失者の孤独と、日本人の身体感覚を焙り出した作風が話題を呼んだ。（九鬼葉子）

林二九太《はやしにくた》 一八九六〈明治二十九〉・四～一九八二〈昭和五十七〉・九。小説家・劇作家。東京銀座生まれ。慶應義塾大学文科出身。独、仏に遊学した後、帝国劇場の幕内で一九二八年まで働き、以降は文筆活動に専念した。ユーモア小説で知られる。戯曲は多く雑誌「舞台」に発表されたほか、ラジオドラマも手がけた。上演された戯曲に『大東京は曇り後晴れ』『機関銃長屋』などがある。（星野高）

林英樹《はやしひでき》 一九五四〈昭和二十九〉・八～。劇作家・演出家・俳優。北海道生まれ。早稲田大学文学部卒業。一九七六年『午睡の魔笛』を自らの演出で亜細亜劇場により天井桟敷館にて上演。八一年『風の匂い』『風の匂い・2』を、八二年『風の匂い・序章（改訂版）シュラムバ物語』『風の匂い・3フーレップ物語』、八三年『風の匂い・4――地上のジャンヌ・ダルク』をいずれも自らの演出で亜細亜劇場によりワセダ演戯稽古場アトリエにて上演。八六年『メタイアランドVoL.1』を自らの演出でシアタープランＴＥＲＲＡにより早稲田大学内ＳＰＡＣＥ5にて上演、八七年までに『メタイアランドVoL.9』までを上演。（中村義裕）

林房雄《はやしふさお》 一九〇三〈明治三十六〉・五～一九七五〈昭和五十〉・十。作家。大分県大分市生まれ。本名後藤寿夫。東京帝国大学法学部中退。大正末には青野季吉、佐々木孝丸らと

プロレタリア演劇の前衛座の同人となる。転向後、日本浪漫派の一員となる。小説の代表作は『青年』(一九三七)。最初の戯曲は、戦後で『島の西郷隆盛』(五四)。『息子の青春』『女中の青春』は、北條誠の脚色により新派のホームドラマとしての新生面を開きシリーズ化され好評だった。（神山彰）

林巻子《はやしまきこ》 一九六四〈昭和三十九〉・六～。劇作家・演出家。東京都生まれ。女子美術大学在学中に横町慶子らと「ロマンチカ」を結成。主宰として全作品の演出・美術・デザインを担当。モンド感覚溢れるガーリー・ショウ的な作風で人気を博す。代表作に『カリギュラ』『奇跡御殿(ジャン・ジュネ作品より)』『エルゼベエト・バートリ』『悪徳の栄え・美徳の不幸』『かわうそ』。小西康陽《こにしやすはる》や野宮真貴、菊地成孔《きくちなるよし》、宮沢章夫らとの共作も手がける。（望月旬々）

林和《はやしやわら》 一八八七〈明治二十〉・八～一九五七〈昭和二十九〉・五。千葉県小見川町生まれ。演出家・劇作家。別号、玄川。初め小説家を志し江見水蔭に入門。のち早稲田大学に学び、坪内逍遥の起こした文芸協会演劇研究所一期生となる。一九一一年、文芸協会『ハムレット』に俳優として参加、また「早稲田文学」に処女戯曲『湖上の歌』を発表した。大正に入り六世尾上菊五郎の黒猫座に関わった後、十三世守田勘彌と文芸座を旗揚げ。同座は勘彌主演・林和演出のコンビで、武者小路実篤『わしも知らない』、菊池寛『恩讐の彼方に』、山本有三『津村教授』など新人の戯曲を積極的に上演し好評を博した。関東大震災後帝劇の嘱託となり、自作『両国巷談』『月謡荻江一節』などを演出。三〇年、帝劇の松竹移管を機に舞台制作の現場を離れ、以後文筆に専念した。初期の戯曲にはイプセンの影響が大きく、後期には歌舞伎風のものが多い。ほかに雑誌「大正演芸」「演劇改造」の編集も務めた。

❖**『三右衛門の売出し』**《さんえもんのうりだし》 一幕二場。一九二六年帝劇にて七世松本幸四郎、六世市川寿美蔵、初瀬浪子の顔合わせで上演。寛文年間、赤坂あやめ湯の馴染み客、町奴の白輿《しらこし》三右衛門は、実は河合権太夫という、兄を安井兄弟に討たれた侍だったが、生来の臆病から返り討ちを怖れ、名を変え、身分を偽って暮らしている。或る晩、敵の手が迫ったことを感じた三右衛門は湯女お初に駆け落ちを持ちかける。気乗りのしないお初は、情夫の侠客深見重左衛門に三右衛門を脅して追い払うよう頼む。夜更け、重左衛門が三右衛門の寝所に踏み込んだところへ安井兄弟が現われ、重左衛門を助太刀と取り違えて襲いかかるも、あえなく討たれてしまう。三右衛門はこれを自分の手柄にし、主君に帰参することを思いつく。やむなく承知した重左衛門は、腹いせに三右衛門を庭の池に放り込むのだった。侠客深見重左衛門《ふかみじゅうざえもん》の巷説を皮肉に脚色した喜劇的作品。（星野高）

早船聡《はやふねさとし》 一九七一〈昭和四十六〉・五～。劇作家。東京都生まれ。立教大学文学部日本文学科卒業。劇団サスペンデッズ主宰。二〇〇二年、円演劇研究所修了。〇五年、サスペンデッズを旗揚げ。俳優として参加した『マテリアル・ママ』『傘とサンダル』『アイスクリームマン』の作・演出である岩松了を師と仰ぐ。一三年、ビートルズの「エリナー・リグビー」の歌詞を踏まえつつ日本における「孤独」を描き、『エレノア』(二〇一二)で第五十七回岸田國士戯曲賞最終候補。代表作に『上石神井サスペンデッド』『鳥瞰図』『片手の鳴る音』など。（望月旬々）

原巌《はらいわお》　一九〇二〈明治三十五〉～不詳。劇作家。本名岩雄。一九三〇年代「舞台」に『進軍』『追善放鳥記』を発表。後に昭和戦前期の浅草の剣劇スター初代梅澤昇（龍峰）の座付作者・文芸部長として、『ある浪人の話』『股旅仁義』『浪人長屋』『人情念仏囃子』『星月夜六郷河原』など多数を書く。他に『闇』。なかでも、再演を重ねた『やくざ巡礼』は長谷川伸が作中の人情の機微を賞賛する佳作。運命に翻弄される渡世人の心情を切々と描き、昭和戦前期の庶民の共感を得た。（神山彰）

原源一《はらげんいち》　一九二〇〈大正九〉・二～一九九九〈平成十一〉・十。劇作家・シナリオ作家。静岡県生まれ。早稲田大学専門部中退。戦後、日立製作所清水工場に勤務しながら自立演劇運動に参加、戯曲を書き始める。一九五〇年のレッドパージ以後は、「新劇場」「テアトロ」などの雑誌の編集を経て、劇団民藝の文芸部に入る。後に映画のシナリオでも活躍。民藝初演の代表作『漁港』（「新劇」一九五九・2、第五回新劇戯曲賞佳作）のほかに、『馬のいる家族』『地下室の噴水』など。（みなもとごろう）

原譲二《はらじょうじ》［＝北島三郎《きたじまさぶろう》］　一九三六〈昭和十一〉・十一～。歌手・俳優。本名大野穣。北海道上磯郡生まれ。一九六〇年代末からの大劇場での自身の公演の脚本を、八〇年代から二〇一四年の座長としての最終公演まで筆名で作る。『め組の辰五郎』『国定忠治』『清水次郎長』など。また、山本譲二公演の『みちのくひとり旅』『望郷しぐれ』なども手掛ける。主役が開幕直ぐに登場し、テンポ早く進む飽きさせない作劇が特徴。（神山彰）

原千代海《はらちよみ》　一九〇七〈明治四十〉・二～二〇〇五〈平成十七〉・四。劇作家・翻訳家・演劇評論家・フランス文学者。大阪生まれ。玉川大学文学部を卒業後、アテネ・フランセ高等科中退。岸田國士に師事し、「劇作」の同人になり、戦後は、文学座の主事などをつとめる。六十歳からノルウェー語を独学で習得し、『イプセン戯曲全集　全五巻』を独力で完成する。戯曲『牛女房』『イプセンの生涯と作品』『イプセンの読み方』など。（みなもとごろう）

原博《はらひろし》　劇作家。一九五〇年代から、『壁』『危険な遊戯』『静かな日日』『静かなる朝』『シンメルブッシュのたぎる夜に』『旋律の終りに』『夜のセールスマン』『ルーム・ジャック』など、学校演劇向けの一幕劇を数多く創作。その作品は、『学生演劇戯曲集』（早川書房）や『短編劇作品集』（青雲書房）に収められ、全国の高等学校で広く上演されている。（熊谷知子）

原田一樹《はらだかずき》　一九五六〈昭和三十一〉・十～。劇作家・演出家。劇団キンダースペース代表。東京都生まれ。早稲田大学文学部中退。劇団青年座の鈴木完一郎のもと、劇作・演出を開始。一九八五年に劇団キンダースペースを創立し、『ファイナル・チャンピオン』を自らの演出で赤坂プレイボックスにて上演。以後、自作の演出を続け、八九年『ブラボー！火星人』を新宿シアターモリエール、九七年『残酷な17才』を下北沢ザ・スズナリ、二〇一二年『新・新ハムレット』をシアターX《カイ》にて上演。〇三年、蘭このみスペイン舞踊公演『桜幻想』の演出で平成十五年度文化庁・芸術祭舞踊部門大賞受賞。（中村義裕）

原田宗典《はらだむねのり》 一九五九〈昭和三十四〉・三〜。小説家・劇作家。東京都生まれ。早稲田大学文学部第一文学部演劇科を卒業。一九八五年、『おまえと暮らせない』がすばる文学賞に入選。八六年、大谷亮介が主宰する劇団東京壱組の旗揚げ公演に座付作者として参加し、最初の戯曲『愛は頭にくる』を提供、六月に築地本願寺ブディストホールで初演。以後、東京壱組に『分からない国』(九一年一月、本多劇場にて初演)、『箱の中身』(九一年五月、下北沢ザ・スズナリにて初演)、『火男の火』(九三年四月、下北沢ザ・スズナリにて初演)、『チャフラフスカの犬』(九四年一月、紀伊國屋ホールにて初演)、『違うチャフラフスカの犬』(九五年二月、本多劇場にて初演)を連続して提供・上演し、主宰の大谷亮介とのコンビで人気を集める。九六年に東京壱組が解散した後は、二〇〇一年に大谷亮介が旗揚げした壱組印に『小林秀雄先生来る』(二〇〇三年六月、新宿シアタートップスにて初演)、『私は後悔する』(〇四年九月、同)、『やや黄色い熱を帯びた旅人』(〇七年七月、同)などの戯曲作品を座付き作者として提供している。九〇年の『スバラ式世界』以降、『東京トホホ本舗』『むむむの日々』『いろはに困惑倶楽部』などの軽快でユニークなエッセイで人気を博し、『優しくって少しばか』『スメル男』『しょうがない人』『平成トム・ソーヤー』『劇場の神様』などの笑いと優しさのにじむ小説が読み継がれている。一五年には私小説『メメント・モリ』を刊行した。妹に作家の原田マハ。

[参考]『処女』(幻冬舎文庫)、『箱の中身／分からない国』(集英社)、『チャフラフスカの犬』(集英社)、『小林秀雄先生来る』(新潮社)

❖**『分からない国』**《わからないくに》 二幕。一代で財を成したものの、強欲ぶりに家族が振り回されている日下部氏の座敷を舞台にした作品。日下部氏には真面目な長男と不真面目な次男の二人の息子がおり、妻と長男夫婦、その娘、ただ働きをさせるために連れて来たベトナム人のメイドと暮らしている。しかし、「アルツハイマー型痴呆症」が急速に進み、一瞬にして過去に経験した戦争と記憶が混濁してしまう。南方の戦場と現在を行き来し、自立できないで依存し合う家族が崩壊する過程をコミカルなテンポで描きながら、この国が抱えて来た戦争やエコノミック・アニマルと言われる問題を炙り出す作品。(中村義裕)

原田ゆう《はらだゆう》 一九七八〈昭和五十三〉・十二〜。劇作家・ダンサー。福岡県出身。本名原田悠。玉川大学芸術学科・日本大学芸術学部大学院で演劇を専攻。卒業後、ニブロールやイデビアン・クルーなどコンテンポラリーダンスに参加。二〇一二年『見上げる魚と目が合うか?』が第十八回劇作家協会新人戯曲賞受賞。『君は即ち春を吸ひこんだのだ』で「日本の劇」戯曲賞2014最優秀賞受賞。代表作に『キッチュ』『浮いていく背中に』など。(望月旬々)

番匠谷英一《ばんしょうやえいいち》 一八九五〈明治二十八〉・八〜一九六六〈昭和四十一〉・六。ドイツ文学者・劇作家。現在の大阪府泉佐野市に生まれる。京都大学独文学科卒業後、三高、大谷大学で教鞭を執りながら戯曲を書き、処女作『楊貴妃』が倉田百三に認められ、芸楽道場叢書の一冊として春陽堂より刊行された。また倉田主宰の雑誌「生活者」にも戯曲を寄稿したほか、大阪朝日新聞懸賞脚本に『黎明』が当選し上演された。一九二七年立教大学教授就任を機に上京。雑誌「劇場街」や「劇場」、第三次「劇と評論」同人となり、戯曲や劇評、ドイツ劇壇通信などを精力的に執筆した。また坂東蓑助(八世三津五郎)の新劇場に参加し、三三年第四回公演『源氏物語』の脚色を担当。警視庁からの命令により上演が中止されるも、後にその時の脚本を含む単行本『源氏物語』『宇治十帖』が出版された。シュニッツラー、ハイネ、ゲーテなどの翻訳も多数ある。

❖『黎明《れいめい》』四幕。一九二四年大阪朝日新聞一万五千号記念懸賞当選脚本。翌年三月浪花座で十三世守田勘彌、喜多村緑郎、初代水谷八重子の顔合わせで上演され、単行本も刊行された。京都の禅寺の僧坊に暮らす阿部家の居間では結婚を控えた娘礼子に母が裲襠《うちかけ》の仕立て直しの相談をしている。そこへ一年前に父親に反抗して家を飛び出し海外へ渡った息子秀夫が帰ってくる。秀夫は商売に失敗し、ジャワで共同経営する雑貨店の仕入れのために一時帰国したのだったが、不在の間に生まれた女中ときとの不義の子を母と妹が引き取り面倒を見ていることを知って驚く。秀夫は滞在を延ばして我が子と暮らすうち次第に愛情を覚え、またトルストイの『復活』に触発されて贖罪の意識に目覚めると、改めてときと子供を連れてジャワに渡り再起を図ることを決意する。秀夫たちの旅立ちの朝、まだ暗いうちに見送りを済ませた母は、放心したように「早く夜が明ければよいのに」と呟くのだった。（星野高）

ひ

東憲司《ひがしけんじ》　一九六四〈昭和三十九〉・十二〜。劇作家・演出家。福岡県生まれ。県立福岡高等学校を卒業後、シナリオライターを目指して上京し、寺山修司の映画に出会う。木冬社《もくとうしゃ》を経て、新宿梁山泊に入団。一九九九年『餓鬼道の都市』で劇団桟敷童子を旗揚げ。自らの生まれ育った筑豊の炭鉱町や山間の集落をモチーフに、骨太な群像劇を手がけている。二〇〇五年『しゃんしゃん影法師』、〇六年『風来坊雷神屋敷』、〇七年『海猫街』にて三年連続で岸田國士戯曲賞の最終候補作品となる（『海猫街』は第六十一回文化庁芸術祭優秀賞〔関東の部〕受賞）。一〇年『海獣』（二〇〇九）で第十回倉林誠一郎記念賞団体賞を受賞。一一年『蟹』（一〇）でバッカーズ・ファンデーション演劇激励賞を受賞。とりわけ、炭鉱三部作と称されている『泥花』（〇六）、『オバケの太陽』（一一）、『泳ぐ機関車』（一二）が名高く、『泳ぐ機関車』は、第四十七回紀伊國屋演劇賞個人賞、第二十回読売演劇大賞優秀演出家賞、第十六回鶴屋南北戯曲賞をトリプル受賞。劇団外の活躍としては、『海の眼鏡』（一二、文学座アトリエの会）、井上ひさしの小説を原作にした『戯作者銘々伝』（一五、こまつ座）、『透明な血』（一六、演劇集団円）などのほかに、連続テレビドラマ『めんたいぴりり』（一三）の脚本によって第三十回ATP賞、第五十一回ギャラクシー賞奨励賞、平成二十六年日本民間放送連盟賞・テレビドラマ番組部門優秀賞・第四十一回博多町人文化勲章を受章。代表作に『可愛い千里眼』『博多湾岸台風小僧』『風撃ち』『体夢——TIME』『エトランゼ』など。（望月旬々）

東由多加《ひがしゆたか》　一九四五〈昭和二十〉・五〜二〇〇〇〈平成十二〉・四。劇作家・演出家。台湾・台北市生まれの長崎市育ち。早稲田大学教育学部を二年で中退。一九六六年、早大在学中に高校生の時に感動した寺山修司の戯曲『血は立ったまま眠っている』を演出して寺山の知遇を得る。翌年一月、寺山修司、横尾忠則、九條映子（今日子）らと演劇実験室天井桟敷を創立したが、二作を演出して退団。六九年一月、シンガーソングライターの下田逸郎ら八人でロック・ミュージカル劇団、東京キッドブラザース(当初は東京キッド商会)を創立。東京・新宿の喫茶店パニックで、ノンストーリーの『交響曲第八番は未完成だった』『東京キッド』『続・東京キッド』を矢継ぎ早に上演した。七〇年一月、渋谷の小劇場ヘアーでアメリカに憧れる若者たちを描いたノンストーリーの全二十五曲の『黄金バット』を上演し、米ロック・ミュージカル『ヘアー』のプロデューサーに認められたが、契約に至らず個人的に工面した片道切符で渡米する。アルバイト暮らしの末、ニューヨークのオフ・オフ・ブロードウェイのラ・ママ実験劇場のエレン・スチュワートに救われ、六月から七月にかけて公演を行なう。さらに八月から十二月までオフ・ブロードウェイのシェリダン・スクエア・プレイハウスに進出して成功。テレビのエド・サリバン・ショーに出演して凱旋した。七一年の『八犬伝』のヨーロッパ、北アフリカツアーでは総勢八十人のキッド旅行団を結成し、同行した映画監督の古沢憲吾が『ユートピア』というドキュメント映画を撮った。七二年の『西遊記』でも旅行団を募り、ヨーロッパツアーを敢行。七四年には『ザ・シティ』を持って米英を巡ったが失敗。劇団員の大半は去り、東もロックに別れを告げた。七五年の『十月は黄昏の国』(小椋桂作曲のフォーク・ミュージカルの第一弾)で完全復活。海外公演の先駆けとして八三年にも『SHIRO』の全米ツアーを行なった。七七年十月には東京・新宿区西大久保のビルの地下に一年間限定のシアター365を開場。『かれが殺した驢馬』で幕を開け、『失われた藍の色』まで四作品を連続上演(日曜は休演)する快挙を成し遂げた。疑似家族的なコミューンを舞台として、「愛と連帯」を強烈に訴えた。七八年十二月一日の『十月の夢』の武道館公演では八千人の観客を集め、全国縦断公演では若い女性ファン層を増やし、一九七〇、八〇年代を疾走したものの九〇年代には失速した。八七年七月から港区海岸三丁目のKID THEATERを活動拠点にしたが、九七年『はつ恋』を最後に閉鎖し、これが最後の作品となった。このほか作品は『一つの同じドア』『ペルーの野球』『蛍の町』など八十作を数える。

❖**『冬のシンガポール』**《ふゆのしんがぽーる》 二幕。一九七八年二月シアター365で初演のロック・ミュージカル。作曲は小椋桂ら三人。舞台はバーテンとウェートレスだけのバー「シンガポール」。そこへ別れようとしている若い男女、アル中の男、ストリッパーらが入って来る。彼らは突然の大雪のため店に閉じ込められる。別れようとしていた男は女が妊娠していることを知り、バーテンとウェートレスは愛しあっていたことを知る。雪が晴れ、彼らは声高らかに純愛を歌いあげる。『ぼくらは愛のために戦ったということを①』(而立書房)所収。

❖**『哀しみのキッチン』**《かなしみのきっちん》 二幕。一九七九年十月、東京・虎ノ門久保講堂で初演されたフォーク・ミュージカル。小椋桂ら作曲。大勢のコックやウェートレスが立ち働くレストラン「モダン・タイムス」。無銭飲食の映画青年浩兵は、穴埋めに店で働く。彼は同僚のナオコに「人生を楽しく過ごすには、いつも映画を撮られているって思うことなんだ」と持論を展開。店の新しい仲間たちに愛の表現を説くが、自らは愛するナオコに愛の言葉を語れず去ってゆく。『ぼくらは愛のため戦ったということを②』(而立書房)所収。

(北川登園)

東陽一《ひがしよういち》 一九三四〈昭和九〉・十一〜。映画監督。和歌山県生まれ、早稲田大学第一文学部英文科卒業。岩波映画製作所で助監督を経験後、フリーとなり活動。一九七七年『イカロスの空』(「テアトロ」一九七七・4)が藪内六郎の演出でスキダ記念・東映スタジオにより三百人劇場にて上演。寺山修司脚本による映画『サード』(一九七八)を監督して、キネマ旬報ベストワン、ブルーリボン賞、芸術選奨文部大臣新人賞を受賞。監督・脚本を手がけた代表作に『もう頬づえはつかない』(七九、原作・見延典子)、『橋のない川』(九二、原作・住井すゑ)、『絵の中のぼくの村』(九六、原作・田島征三、芸術選奨文部大臣賞・第四十六回ベルリン国際映画祭銀熊賞)、『わたしのグランパ』(二〇〇三、原作・筒井康隆、モントリオール世界映画祭最優秀アジア映画賞)、『酔いがさめたら、うちに帰ろう。』(一〇、原作・鴨志田穣)など。　(中村義裕)

樋口紅陽《ひぐちこうよう》　一八八九〈明治二十二〉～一九五〇〈昭和二十五〉。作家。大正期から昭和戦前期に童話、実録物、戦記物など小説多数を発表。童話のほか、『軍神加藤建夫少将伝』『ノモンハン実戦記』など広く読まれた。戦時中の青年男女の演劇に力を注ぎ、『村の平和』『愛に抱かれて』『仇に報いる』『二人の廃兵』などの戯曲がある。戯曲集に『処女会と女学校劇　実演脚本集』(社会教育研究会)、『青年実演用我等の劇』(同)。演劇関係著書に『青年の対話と劇　学校劇とページェント』(弘文社)、『女学生の対話と劇　学校劇とページェント』(同)など。　(神山彰)

樋口十一《ひぐちじゅういち》　一九〇二〈明治三十五〉～一九七八〈昭和五十三〉。劇団新国劇主事・劇作家。本名住一。昭和十年代に、『検事調書』(「舞台」)、『啄木終焉』(「国民演劇」)などを発表。長谷川一夫の新演伎座にも在籍。新国劇で『敵前上陸』は数度再演、『白壁の家』(高田保と合作)などがある。著書に『風雲児沢田正二郎』(育英舎)。　(神山彰)

樋口正文《ひぐちまさぶみ》　一九〇二〈明治三十五〉・一～一九七九〈昭和五十四〉・九。劇作家・小説家。岩手県水沢市生まれ。早稲田大学文学部哲学科在籍中の一九二五年より、尾崎一雄らと共に同人誌「主潮」を発行。「主潮」誌上で『影を逐ふ心』(一九二五・4)や『犠牲』(一九二五・6)といった戯曲や、戯曲評、劇評などを執筆している。その後、帝国図書館勤務などを経て故郷に戻り、岩手県内の公民館や図書館の館長を歴任した。　(岡本光代)

樋口ミユ《ひぐちみゆ》　一九七五〈昭和五十〉・四～。劇作家・演出家。本名美友喜。京都府京都市生まれ。当初のペンネームは本名の樋口美友喜。大阪信愛女学院演劇部で演劇活動開始。同級生の池田祐佳理らと一九九四年、劇団Ugly duckling結成。『深流波―シンリュウハ―』(一九九九)で第七回OMS戯曲賞、『ひとよ一夜に18片』(二〇〇〇)で第八回同賞を連続受賞する。一一年、劇団を解散。一一年から一年間、座・高円寺アカデミー演出コースで佐藤信に師事。一二年四月、Plant Mを発足。六月、『飛ばせハイウェイ、飛ばせ人生』で第三十八回放送文化基金賞ラジオドラマ部門受賞。劇団のアトリエであった、カフェ＋ギャラリーcan tutkuのアートディレクターとして、『世界一小さな演劇祭R』(一二)と題したリーディング演劇祭などを企画。ラジオドラマも多く執筆。市原悦子に当てて書きした『GIRLS』(一三)など。

❖**『深流波―シンリュウハ―』**《しんりゅうは》　かつて〝奇跡の記憶少年〟と呼ばれて喝采を浴びたものの、今はうだつの上がらない大人になってしまった男が、再び注目を集めるために〝奇跡〟を起こすイベントを企画する話が主軸。そこに、何かを見た瞬間すべての記憶を喪失し、子供に逆行してしまう女性などが絡む。彼女は過去に二回逆行しているが、何を見たらそうなるかが不明なため、いつも目隠しをしている。ほかに、いとおしいと思ったら、相手が生き物でも潰れるまで抱きしめてしまう癖があるため、いつもカメラを持ち歩き、写真を握りつぶしている〝カイブツ〟と呼ばれる少年、頭蓋骨の裏側に過去に経験したことが鮮明に再生され、またその時の感情や意志、思考なども再生される女性などが絡む。人の目を見て話せない男性、現実を見ると拒否するしかない女性など、現代、あるいは未来の若者を象徴するような〝新人類〟が鮮明に描かれた。（九鬼葉子）

久板栄二郎《ひさいたえいじろう》　一八九八〈明治三十一〉・七〜一九七六〈昭和五十一〉・六。劇作家・脚本家。宮城県生まれ。東京帝国大学国文科卒業。在学中に舟橋聖一らとともに朱門会同人となり、「朱門」に戯曲を発表する。しかし、一九二六年に森戸辰夫の講演を聴き、当時流行していた福本イズムの影響下にあった、東京帝国大学を中心とした学生運動組織である新人会に惹かれて左傾化する。マルクス主義芸術研究会に参加して、プロレタリア戯曲として『犠牲者』を「文芸戦線」に発表。この作品はトランク劇場によって上演される。また、ほぼ同時期に前衛座を結成、同人となる。二七年、前衛座が分裂したときには、佐野碩らとともにプロレタリア劇場に参加。日本プロレタリア芸術連盟の機関紙である「プロレタリア芸術」を創刊し、発行人となる。二八年には、プロレタリア芸術研究所が開設され、講師となる。また、全日本無産者芸術連盟（ナップ）の結成とともに、プロレタリア劇場と前衛劇場が合同してできた、左翼劇場に参加。ナップの機関紙である「戦旗」に『父』、『去年と今年』などを発表。また鶴見の造船工場で六か月間ほど労働者の生活を体験し、オルグ活動のため大阪に赴く。二九年には、ナップの各支部にあった演劇組織を統一して、日本プロレタリア演劇同盟（プロット）が結成され、そこに所属する。また、一年間活動した大阪から帰京する。その後、しばらくの間、戯曲が検閲による削除多数のため上演中止（『北樺太油田』『烟る安治川』など）となったり、いかに作品を作るべきかという根本的な模索時代となる。三四年に、プロット（日本プロレタリア演劇同盟）解散にあたり、「同盟解散に関する決議」を起草。そして、村山知義が提唱した新劇団の大同団結によってできた、新協劇団の創立に文芸部員として参加する。三五年は、各新劇団を包括する組織として日本新劇倶楽部設立のために奔走し、事務局長となる。幹事長であった岸田國士のアドバイスもあり、三五年の『断層』（「文藝」一九三五・11）からは、久板の代表作とされる戯曲を次々と発表していく。三七年には、『北東の風』（「文藝」一九三七・3）と『千万人と雖も我行かん』（「中央公論」一九三七・12）を発表。『神聖家族』（「新潮」一九三九・5）など、これらは新協劇団によって上演される。四〇年八月、新協劇団および新築地劇団の指導者、関係者が一斉検挙されるが、久板はおくれて出頭する。新協劇団は解散命令を受け、解散。保釈出所後の四二年からは、松竹大船撮影所に籍をおいてシナリオを書く。四五年にシナリオ『間諜海の薔薇』は、衣笠貞之助の監督により映画化。空襲により自宅が焼失したため、宮城県に疎開。河北新報社嘱託として、「東北文学」の編集をする。

戦後は、主に映画のシナリオ作家として書くことが活動の中心となる。ただし、戦後もGHQの検閲などでシナリオや戯曲の掲載が不可になることがしばしばあった。シナリオ作家としては、木下恵介監督の『大曽根家の朝』(四六)、黒澤明監督の『我が青春に悔なし』(同)、衣笠貞之助監督の『女優』(四七)などで注目される。他にもいくつものシナリオを書き、木下恵介監督の『破戒』、黒澤明監督の『白痴』『天国と地獄』などを書く。戦後の代表的な戯曲としては、『若きこころの群像』『親和力』『赤いカーディガン』『巌頭の女』『若者のイメージ』『原理日本』など。六一年、岸田國士戯曲賞選考委員として、福田善之の候補作『遠くまで行くんだ』の受賞に反対する。七〇年には、長篇小説『伊達騒動』を「河北新報」に連載し、翌年出版する。この年に紫綬褒章を受章。七二年には長篇小説『森と黄金と川』を「河北新報」に連載。七六年六月九日、腎不全による脳浮腫のため死去。

[**参考**]『久板栄二郎戯曲集』(テアトロ)など

❖**『断層』**《だんそう》 五幕。初出は「文藝」(一九三五・11)掲載。改訂版が「テアトロ」(一九三六・6)に掲載。初演は一九三五年十一月。新協劇団により、演出は村山知義。ある東北地方の実業家の一族を描く作品。工場経営者である父は、経営危機のため工場を手放そうとするも、争議が起こり思うように売ることができない。かつては傍若無人であった父は、今では善良なキリスト教徒に変わったということになっているが、裏では密かに妾とホテル経営をしようとするなど、表面的に取り繕っている。娘の婿は工場争議にマルクス主義者として関わり、娘はマルクス主義者の夫とすれ違いのため別れて家に戻ろうとし、兄は家から金をせびりサナトリウムを建てて儲けようとするなど、それぞれ自分のことしか考えていない。父は妻に金の融通を願い出るが断られる。そして脳溢血で倒れて死んでしまう。しかし、貞淑であったはずの妻は、こっそりとお金を貯めて温泉場の旅館を自分のものにし、娘をマルクス主義者の夫と完全に離縁させて支配人と結婚させようとする。登場人物それぞれが、エゴイズムに支配されている世界を描き、マルクス主義者もまた弱い人間として書かれていることから、それまでのアジプロ的な久板の戯曲とは一線を画している。

❖**『北東の風』**《ほくとうのかぜ》 五幕八場。この作品は、岸田國士から「たとえブルジョワの一人をとつて来てもその人間を君たちの眼で丸彫りにすることによつて立派な社会劇がうまれるのではないのか」と言われたことが影響していると、久板は『北東の風・千万人と雖も我行かん』(民友社)の解説で述懐している。初出は「文藝」(一九三七・3)。同年三月に新協劇団が、杉本良吉の演出で上演した。鐘紡の中興の祖と言われ、後に実業同志会の会長となって、自由主義的政綱を掲げた武藤山治を主人公のモデルにした物語。武藤山治は豊原恵太に、鐘淵紡績は東亜紡という名前になって、その一族の盛衰が書かれる。物語は明治期、日露戦争の頃から始まる。家族主義、温情主義を掲げて職工へ応対する豊原は、工員たちの話にも真摯に耳を傾ける。工員たちも彼に対して、心を許していく。しかし、豊原は日本を変えなくてはならないと、社長の職を辞し、皆がとめるのをふりきって政治家として活動を開始する。しかし、後を任せた会社では不景気も重なり、労働者の大規模なストライキが頻繁に始まる。すでに政治家となっている豊原だが、争議団の代表と会い、話し合うが解決は見いだせないままに終わる。そこには理想を掲げるがゆえに、ときに偽善とも映る豊原の行動がある。しかし、それは本人にとっては、矛盾なき誠実な行動となっている。ブルジョワジーとしての彼を単に悪として描くのではなく、理想の行き着く先の現実を描こうとしている。

❖**『千万人と雖も我行かん』**《せんまんにんといえどもわれゆかん》 四幕五場。『北東の風』の続篇として書かれた。初出は「中央公論」〈一九三七・12〉。一九三八年に新協劇団によって上演され、演出は村山知義。物語は、大阪に会館を作り、その落成式の前から始まる。幹部たちは、地方へ遊説をしているときの工員たちの豊原に対する親しみは、給料を値上げしてくれるという噂のためだったことが露呈するのを心配している。しかし、豊原の知るところとなり、豊原は労働者に対して失望する。そして豊原は、東洋新報社という出版社の社長となり、ジャーナリズムの現場で政財界の腐敗をなくすために癒着を告発する活動を開始する。ファッショの流れと政党政治の流れが混在する、緊迫した社会状況が透けて見える。また、長年にわたって相容れなかった、金融業界にたむろする弟である守人との対決的な対話のシーンが盛り込まれており、それぞれの主義の違いを明らかにする。　（高橋宏幸）

久生十蘭《ひさおじゅうらん》 一九〇二年〈明治三十五〉・四～一九五七〈昭和三十二〉・十。作家。本名阿部正雄。北海道函館生まれ。一九二六年戯曲『九郎兵衛の最後』を発表。岸田國士に師事し、築地座、文学座に在籍。二九年から三三年までフランスに留学し、シャルル・デュランに師事。戯曲は『骨牌《カルタ》遊びドミノ』『喪服』など。戦前の探偵・伝奇小説としての評価が高いが、時代の空気を濃密に描く戯曲も重要。

［参考］川崎賢子『蘭の季節』〈深夜叢書社〉

（神山彰）

久松一声《ひさまついっせい》 一八七四年〈明治七〉・七～一九四三〈昭和十八〉・七。劇作家・振付家。東京下谷に生まれる。養家は吉原一手を顧客とした浅草の呉服商。養母が水木流家元の妹娘・水木歌女寿《みずきかめじゅ》で仲の町芸者の稽古をしており、一声も幼少時に水木流舞踊を習得。東洋英和中学校時代は寮内で級友に踊りを教えたことが露見して大問題となる。その後外交官を目指して明治法律学校に進むが、高等文官試験に落ち挫折。文士を目指し、新聞社等数多の職を転々とするうち宝塚少女歌劇に招かれ、劇作家兼振付家として活躍した。草創期の宝塚に二〇〇篇を超す作品を提供。異色作としては、大谷竹次郎の「流行中のタップダンスを取り入れた舞踊を」という依頼を受けて創作した舞踊『高坏《たかつき》』〈一九三三年九月東京劇場〉がある。同作は六世尾上菊五郎が初演、十七世中村勘三郎が五二年に復活上演し、十八世勘三郎が度々手がけたことから人気演目となった。尚、現行作品は復活上演の際に二世藤間勘祖〈当時は六世勘十郎〉が振付し直したもので、初演よりもよりタップダンスの要素が濃くなっている。

❖**『三人猟師』**《さんにんりょうし》 舞踊劇一幕。一九一五年十月二十日～十一月三十日、宝塚少女歌劇秋期公演でパラダイス劇場にて初演。併演は『メリーゴーラウンド』〈安藤弘作〉、『日本武尊』〈小林一三作〉。同公演を七世松本幸四郎が観劇し、唱歌と和洋折衷の振付の調和を賞賛している。日々獲物がなく悩む三人の猟師は、油揚げを仕込んだ罠で狐を捕えようとたくらむ。

子狐兄弟がその罠にかかるが、泣き声を聞きつけた母狐が現われ、尼に化けて猟師たちを翻弄し、子どもたちを助け出す。母狐に化かされた三人の猟師が歌い踊る内に幕となる。草創期の宝塚においては久松の作品が最も人気があり、この『三人猟師』は傑作と言われた。欧米留学から帰った白井鐵造の帰朝土産第一回作品『パリゼット』（三〇年八月）の主題歌のひとつ『ＯＨ ＴＡＫＡＲＡＺＵＫＡ』の歌詞には同演目の題名が詠み込まれており、往時の人気を彷彿とさせる。国民図書株式会社編『現代戯曲全集　第十八巻』（国民図書）に収録。（村島彩加）

土方鉄《ひじかたてつ》　一九二七〈昭和二〉・一～二〇〇五〈平成十七〉・一二。作家・評論家・脚本家。京都府京都市生まれ。小説『地下茎』で新日本文学賞。部落解放運動に参加、「解放新聞」編集長も務めた。劇作品に『闇にただよう顔』『青き布団にくるまりて』。脚本を担当した映画作品に『狭山の黒い雨』『造花の判決』『無実――石川さんは脅迫状を書いていない』記録映画『おれは殺していない』『狭山・勝利への道』などがある。（島貫葉子）

羊屋白玉《ひつじやしろたま》　一九六七〈昭和四十二〉・十二～。劇作家・演出家・俳優。本名野村祥子。北海道生まれ。明治大学中退。指輪ホテル芸術監督。大学在学中より東京でクラブ歌手として活動を始め、一九九四年に指輪ホテルを設立。出演者は、国籍年齢問わず、女性のみという「ガーリーなパフォーマンス」を開始。バービー人形風のメイク、かわいい衣裳、ヌード、舌足らずな台詞まわし、ライブ演奏が話題を呼び、九八年『フタナリアゲハ』にて脚光を浴びる。二〇〇一年、9・11同時多発テロのさなか、ニューヨークと東京とをインターネットのブロードバンド回線で繋ぎ『Long Distance Love』を上演。また、〇七～一二年、アメリカ人劇作家トリスタ・ボールドウィンとの国際共同製作『雌鹿ＤＯＥ』を上演。一三年には、矢内原美邦とともに「亜女会」（アジア女性舞台芸術会議）を発足。一三年より、大地の芸術祭越後妻有トリエンナーレなど、国内外の芸術祭で、海や列車などサイトスペシフィックな作品を発表。ＡＡＦ戯曲賞において、篠田千明、鳴海康平、三浦基とともに、第十五回から審査員をつとめる。代表作に『キャンディーズ』『洪水』『断食芸人』『ルーシーの包丁』など。（望月旬々）

一柳俊邦《ひとつやなぎしゅんぽう》　一九二四〈大正十三〉・七～二〇〇六〈平成十九〉・八。高校教諭。和歌山県有田市出身。大正大学文学部卒業。戦後まもなく浅草の劇団空気座に加わり、戯曲を書き始める。高校演劇の作家としても、一九七一年、就職問題を扱った『紙いちまい』（川口女子高）で高校演劇全国大会最優秀賞を受賞。七三年、和歌山を舞台に由緒正しいミカン山を守る『天皇はんのみかん』（同校）も全国大会に出場して優秀賞。主な戯曲集に『天皇はんのみかん』（青雲書房）など。（柳本博）

人見嘉久彦《ひとみかくひこ》　一九二七〈昭和二〉・二～二〇一二〈平成二十四〉・五。劇作家。大阪府大阪市生まれ。京都府立二中夜間中学を卒業後、大阪日日《にちにち》新聞や都新聞（京都）等を経て、一九五四年読売新聞大阪本社文化部に入社、おもに映画評を担当した。田中千禾《ちかお》夫に師事し、五五年『琵琶湖疏水下流』（くるみ座）でデビューする。六三年『髪』（文学座アトリエ）を経て、六四年最初の長編『友絵の鼓』（文学座）で第十回「新劇」岸田戯曲賞を受ける。六五年『奢りの岬』（青年座）、六七年『津和野』（文学座）、七〇年『与那国の蝶を』（兆）、七六年には『隅田川』（くるみ座）

を発表する。その間六九年にカトリックの洗礼を受ける。また七七年『女舞』(円地文子原作)、七八年『貴船川』(水上勉原作)を脚色、ラジオドラマや舞台演出も数多く手がける。八二年読売新聞を定年退社し、大阪芸術大学舞台芸術学科に九七年まで勤務する。八三年より二〇〇八年にかけて雑誌「悲劇喜劇」に時評「関西劇信」を連載した。

❖『友絵の鼓』《ともえのつづみ》 五幕十場。初出は「新劇」一九六四年八月号。第十回「新劇」岸田戯曲賞受賞。六五年四月文学座が、戌井市郎《いぬいいちろう》演出により新宿・厚生年金会館小ホールで初演。舞台は現代の京都。旧態依然たる能楽界に抗する若手グループの一人野本哲治(高橋悦史)は、家元に連なる妻と別れ、居酒屋の女性友絵(稲野和子)の献身的な「心の鼓」に安らぎを求める。しかしあくまで自我探求を求め煩悶する哲治は、彼女の流産と背信を知って、あらためて出直しを決意する。友絵は能登の幼馴染の許に嫁ぐ。作者自ら「自我追究劇」(公演パンフレット)と評するように、哲治の屈折した自我意識が、次第に自虐的行為へエスカレートしてゆき、最後に自愛に至る過程を、能楽界に代表される日本の汎神論的風土との対立の中に描こうとした。主人公の造型や台詞に生硬さは見られるものの、多彩な人物像や京都弁の自在さは注目に値する。

❖『津和野』《つわの》 三幕六場。初出は「新劇」一九六七年八月号。六八年九月に文学座が、戌井市郎演出により朝日生命ホールで初演。明治中期島根の霧深い山里津和野を舞台に、酒造店を切り盛りする人妻えう(杉村春子)が画家溝井(高橋悦史)をめぐって、娘加代(小川真由美)と繰り広げる愛憎の関係を軸に、明治初期の切支丹弾圧や内村鑑三の不敬事件をからませた歴史劇。作品の根底には、個人の内面における「憎しみと宥し」の問題と、日本におけるキリスト教受容の問題がある。ただその構想の大きさゆえに、事件人物を詰め込み過ぎ、作品の緊密度の点で問題が残る。とはいえ日本の現代演劇では数少ない、歴史的宗教劇の意欲作である。

❖『隅田川』《すみだがわ》 四幕七場。初出は「悲劇喜劇」一九七六年十一月号。七六年十一月に劇団くるみ座が、北村英三演出により京都府立文化芸術会館で初演。現代の京都、女能楽師伊藤冴(毛利菊枝)は、はるか年下の片岡晶(片山清順)と関係をもつが、後に彼が三十年前中国で生き別れた息子であることがわかる。晶はその事実に苦しむが、冴はすすんで謡曲『隅田川』、子を探し求める母の物語を二人で演じようとする。演能の後、彼の子を宿した藤間小夜(片岡静香)に晶との結婚を勧めて、冴は姿を消す。近親相姦をテーマとするが、それを『隅田川』の伝承世界と重ね合わせ、また写実的舞台ながら地謡の黒子を配するなど独自の劇空間を探っている。従来の観念性は減じているが、作品の焦点はあくまで冴と晶、冴と小夜との「論議」に置かれ、『オイディプス王』のように主人公の驚きと悲しみの衝撃がじかに観客に伝わることはない。これも作者の「唯心的志向」(田中千禾夫)のゆえであろう。

以上三作とも『友絵の鼓　人見嘉久彦戯曲集』(平凡社教育産業センター)に収められている。

(出口逸平)

火野葦平《ひのあしへい》 一九〇七〈明治四十〉・一〜一九六〇〈昭和三十五〉・一。小説家。本名玉井勝則。福岡県遠賀郡若松町(現・北九州市若松区)に沖仲仕「玉井組」を営む玉井金五郎の三男二女の長男として生まれる。旧制小倉中学校から早稲田第一高等学院、早稲田大学英文学部入学。一九二五年、十八歳で童話集『首を売る店』を自費出版。二八年福岡歩兵第二十四連隊に幹部候補生として入除隊、そのまま大学を中退し、郷里で「玉井組」を継ぐ。若松港沖仲仕労働組合を結成してゼネストを敢行するなどしばらく労働運動に没頭する。三四年詩誌「とらんしつと」同人、文学活動を再開。三八年『糞尿譚』で第六回芥川賞受賞。中支派遣軍報道部に派遣され、徐州会戦を描いた従軍記『麦と兵隊』を発表。『土と兵隊』『花と兵隊』と合わせて三〇〇万部のベストセラーとなり一躍国民的作家となる。三八年新国劇が高田保脚色で『土と兵隊』『麦と兵隊』を続けて舞台化。四〇年には古川緑波一座が火野葦平原作、菊田一夫脚色で『ロッパと兵隊』を大成功させ、それまでの爆笑喜劇とは異なる抒情性の濃い舞台で緑波と菊田は新境地をひらいた。戦後は四八年から五〇年まで公職追放を受けるも自伝的長編小説『花と龍』、戦場の現実を描いた『青春と泥濘』、囚人生活の心理を描いた『牢獄』などで再び流行作家となる。また戦後は雑誌「九州演劇」を中心に戯曲も発表し、『紅皿』、『妖術者』など河童を登場させた寓話的な一幕物、市井人の心理や風俗を探った『陽気な地獄』、沖縄基地問題を扱った『ちぎられた縄』など多幕物がある。六〇年自宅書斎で睡眠薬自殺。同年、自らの戦争責任に言及した小説『革命前夜』および生前の業績により日本芸術院賞受賞。

❖**『ちぎられた縄』**《ちぎられたなわ》 三幕四場。初出は「テアトロ」一九五六年十二月号。初演は五六年十月、文化座により一ツ橋講堂にて。佐佐木隆演出、村山知義装置。沖縄健児隊の生き残りの青年とその恋人を中心にアメリカ占領下の沖縄島民の苦悩とレジスタンスを描いた作品。戦後の沖縄基地問題を初めて正面から取り上げた舞台として話題を集めた。当時の左翼運動の反米イデオロギーの立場とは離れ、戦争への反省を込めたヒューマニズム的視点で書かれた。
（中野正昭）

響リュウ《ひびきりゅう》 一九四二〈昭和十七〉・十二〜。劇作家。本名田中隆司《たかし》。青森県弘前市生まれ。高校卒業後声楽と作曲を学び、作曲家、ピアノ奏者を経て劇作家になる。一九七二年に『海の涯』を幻劇団が、八八年に『岬――波の間に間に義経様が』を萬國四季協会が上演した。後者と『Z航海団』を収めた『響リュウ戯曲集1』を九五年にテアトロ社から刊行。最新刊に『響リュウ戯曲集3』（カモミール社）がある。
（大笹吉雄）

日向すゞ子《ひゅうがすずこ》 ［＝**ミヤコ蝶々**《みやこちょうちょう》］ 一九二〇〈大正九〉・七〜二〇〇〇〈平成十二〉・十。喜劇女優ミヤコ蝶々。本名鈴子。東京生まれ。一九二七年「都家蝶々一座」を組む。北九州で初舞台。その後各地を転々とする。四二年吉本興業に入社。四五年三遊亭柳枝と共に漫才と芝居の「柳枝劇団」を結成。南都雄二もこの頃同劇団に入る。五二年秋田實主催の宝塚新芸座に夫雄二と参加。ラジオ『漫才学校』『夫婦善哉』で人気が出ると、漫才から芝居に方向転換する。六六年一時松竹新喜劇にも入る。自らの半生を綴った『女ひとり』（鶴書房）も出版される。そして大阪新歌舞伎座や梅田コマ劇場の喜劇に次々と出演する。その間テレビ番組『夫婦善哉』『スチャラカ社員』も始まる。七三年六月梅田コマ劇場『女ひとり』が上演される。以後九八年まで座頭となり蝶々劇団公演を続ける。七四年大阪中座公演から日向鈴子名で脚本・演出も兼ねる。八五年頃より始まったカーテンコールで時事問題を取り上げ、独特の切り口で面白おかしく講演をする。それを楽しみに聴く観客には一種の教祖的存在となる。代表作に『おんなと三味線』『遺産《かね》のぬくもり』『浪花のスーパーかぁちゃん』『夫婦漫才』『おもろい一族』『母桜』がある。受章に紫綬褒章、勲四等宝冠章、紺綬褒章他多数。

❖**『おんなと三味線《おんなとしゃみせん》』** 三幕十二場。田辺聖子『出ばやし一代』より、茂木草介原作、日向鈴子脚色・演出。七七年六月大阪中座で初演。上方下座囃子の人間国宝林家トミの生涯をミヤコ蝶々が演じ、夫の林家染丸を西村晃、他に本郷功次郎、品川隆二、旭輝子等が脇を固める。噺家には女出入りが付き物、また所帯の苦労はさせないと言う、とみの持論から年中貧乏で苦労の連続。おまけに染丸の浮気が嵩じて外に子を三人もつくってしまうが、それもみな家に引取るなど浪花女の心意気や悲しみ、愛らしさを蝶々が見事に演じる。落語や踊り、三味線が芝居の効果を高めている。

[**参考**]日向鈴子『ミヤコ蝶々 女ひとり』(講談社)

(鍛治明彦)

平井房人《ひらいふさひと》 一九〇三〈明治三十六〉～一九六〇〈昭和三十五〉。漫画家・劇作家・演出家。福岡県久留米生まれ。上京の後、関東大震災で関西に移住。宝塚少女歌劇美術部入り。新聞にも、『思ひつき夫人』など多くの漫画を描き著名。戦後は、一九五〇年代から宝塚新芸座のショウの多数の企画を中心に、『失恋交響楽』『紅ばら小僧』など多くの脚本を書く。五五年には松竹新喜劇に『梅の茶屋にて』を提供。著書に『宝塚』(啓方閣)、『青い袴30人』(宝琴社出版部)など。

(神山彰)

平石耕一《ひらいしこういち》 一九五五〈昭和三十〉・八～。劇作家・演出家。福岡県博多生まれ。日本大学農獣医学部卒業。一九八〇年から九九年まで劇団東京芸術座文芸演出部に所属、劇作を津上忠に師事する。九二年には劇団銅鑼に『センポ・スギハァラ』、女優五人のユニット「五色の花」に『湯気晴れて』を執筆、玉野井直樹(演出)と作ったその舞台に手ごたえを感じ、以後、演劇に専念することを決意する。九三年には文化庁派遣在外研修員として一年間イギリス、スカーバラに滞在、当地の劇場で芸術監督を務める劇作・演出家のアラン・エイクボーンに指導を受ける。その間、ロンドンで自作『ブラボー! ファーブル先生』(英語版)が上演された。帰国後、ユーゴ内戦におけるセルビア人とクロアチア人の民族対立を描く『ホームワーク』を「五色の花」に執筆(一九九七)、日本演劇協会賞を受賞。二〇〇一年に自作を自ら演出する平石耕一事務所を設立、文化庁二国間交流の日韓共同製作『熱り《ほとぼし》』など、多くの作品を舞台に上げている。社会派と目されているが、オペラ台本を手掛けるなど、その活動は多彩だ。他に、文化庁創作奨励賞特別賞、斎田喬戯曲賞、泉鏡花戯曲賞を受賞。著書に『平石耕一現代史劇選集1』『平石耕一現代史劇選集2』(ともにアルヒーフ)がある。

❖**『センポ・スギハァラ』** 一幕。ナチス・ドイツの侵攻でポーランドからリトアニア領内に逃れてきたユダヤ人難民六千人以上に、本省の意向を無視して日本への渡航ビザを与え、後に「日本のシンドラー」と称えられるリトアニア領事・杉原千畝《ちうね》の事績を扱う。反ユダヤ政策をとるソ連のリトアニア併合で領事館が閉鎖されるなか、ソ連兵が押し掛けるまでビザ発行を続ける千畝の人間的な側面と並行して、避難民の二世帯のユダヤ人家族のビザ入手から国外脱出までの日々が描かれる。大詰は一九六八年。成人したユダヤ人家庭の長男が日本の千畝宅で夫人に会い、家族の来し方を述べ、感謝する。この舞台は、劇団銅鑼によってリトアニア、ポーランド、アメリカ、韓国、ルーマニア、中国でも上演された。
（七字英輔）

平岩弓枝《ひらいわゆみえ》 一九三二〈昭和七〉・三〜。小説家・劇作家・テレビ脚本家・演出家。東京・代々木八幡宮司の一人娘として生まれ、日本女子大学在学中から戸川幸夫に師事して小説を書き、長谷川伸主宰の新鷹会に入った。五九年に同会の同人誌「大衆文芸」に発表した『鏨師』で直木賞を受賞して人気作家になり、小説のほか劇作家、テレビ脚本家として活躍してきた。小説には『御宿かわせみ』『はやぶさ新八御用帳』などの連作、『女の顔』『女の旅』などの女シリーズ、テレビ脚本家としては『女と味噌汁』『旅路』『肝っ玉かあさん』『ありがとう』などの代表作がある。劇作家としては『女と味噌汁』（一九六九）、『百年目の幽霊』（七九）、『絵島の恋』（八一）、『お市と三姉妹』（八二）、『春雷』（八三）、『御宿かわせみ』（八四）、『三味線お千代』（八六）、『花影の花』（九二）などが代表作だが、他の作家の作品も多数脚色、演出している。NHK放送文化賞、菊田一夫演劇大賞、日本文芸大賞、吉川英治文学賞、紫綬褒章、菊池寛賞、毎日芸術賞などを受賞。

❖**『女と味噌汁』**《おんなとみそしる》 二幕六場。一九六九年九月、石井ふく子演出で明治座にて初演。一九六五年から作者の脚本でTBSテレビの東芝日曜劇場で年に二、三回のペースで放送された人気シリーズの舞台化で、テレビと同じキャストが出演した。母の借金を返すため新宿弁天下の芸者になったてまり（池内淳子）は、将来小料理屋を出すのが夢である。そのため座敷が終わった後、妹芸者の小桃（長山藍子）と弁天池の脇にライトバンを止め、味噌汁とおにぎりを売っている。そんな二人を巡る人間模様を常連客や女将（山岡久乃）をからめて描いた作品。この舞台では失恋してやけくそになったてまりが、安来節を踊る場面が見ものだった。続編も二本作られた。

❖**『春雷』**《しゅんらい》 三幕十二場。一九八三年六月新橋演舞場で大野木直之との共同演出で初演。六八年六月に歌舞伎座で十七世中村勘三郎主演で上演した『かみなり』六場を多幕劇に仕立て直した作品で、八三年一月にフジテレビで放映された脚本の劇化。江戸初期、船本来助は南洋貿易船で働き語学を身につけたのが幸いして、長崎奉行所の南蛮係に取り立てられたが、侍の出でないことに劣等感を持ち、妻や二人の息子、一人の娘からは頑固一徹の雷おやじと敬遠されていた。長男には小雪という恋人がいるが、来助は由緒ある武家から嫁を貰うと言って許さない。その小雪が南蛮人に暴行された。来助は二人の仲を裂き、怒った長男は家出し次男を娘もそれに続いた。それから一年、妻のくめも子供たちのもとへ行ってしまった。そんな矢先、来助の家の前に混血の赤ん坊が捨てられていた。来助は仕方なく、きよと名付けて育てるが、いつしか愛おしく思うようになり、きよも来助になついた。そんな折、幕府は混血児をマカオに追放する法令を出した。来助は家族たちの止めるのも聞かず、きよと共にマカオへ向かう。家族愛、人間愛とは何かを描いた作品で、中村勘三郎と新珠《あらたま》三千代が夫婦を演じた。

❖『花影の花《かえいのはな》』　二幕八場。一九九二年十二月、日生劇場で東宝特別公演として小野田正演出で初演。吉川英治文学賞を受賞した小説を作者自身が劇化した。『忠臣蔵』で知られる大石内蔵助の妻りくの人生を描いた物語で、りくが豊岡の実家から播州赤穂の大石家に嫁ぐ場面から始まる。りくは包容力のある内蔵助の愛情に包まれて四人の子を産み、平凡だが幸せな日々を送る。しかし主君の刃傷で浅野家は断絶、一家は山科で閑居するが、夫の身に数々の危険がふりかかる。仇討を決心した内蔵助は、罪が家族に及ばぬよう懐妊中のりくを離別した。討入りの後、母子家庭になったりくには、英雄の遺族という新しい重荷がのしかかる。しかし子供たちには期待に応える器量はなかった。内蔵助の遺族の姿を中心に、妻であり母であるりくの苦悩と諦めを描いた作。八千草薫が主演。（水落潔）

平木白星《ひらきはくせい》　一八七六〈明治九〉・三〜一九一五〈大正四〉・十二。詩人・劇作家。逓信省に入り最後には郵便局長にまで至る勤めのかたわら、「明星」や「白百合」に詩を寄せ、また演劇に関心をもって一九〇五年劇詩『耶蘇の恋』、〇六年代表作『釈迦』（一九一二年六月帝劇女優劇で上演）を刊行して注目された。戯曲に『羊かひ』（〇七）、『西郷隆盛』（同）などがあり、「新思潮」に載った一幕物の『黄金の鍵』（〇八）はイプセン模倣の跡が著しい作となっている。（林廣親）

平沢計七《ひらさわけいしち》　一八八九〈明治二十二〉・七〜一九二三〈大正十二〉・九。労働運動家・劇作家・小説家。別名に紫魂など。新潟県小千谷市生まれ。一九〇三年大宮小学校高等科卒業。鉄道工場の職工時代から「文章世界」に投稿、一一年には小山内薫らの紹介によって「歌舞伎」に戯曲『夜行軍』が掲載された。一四年労働団体友愛会に入会、以後労働運動に奔走しながら『工場法』（一九一六）などの戯曲のほか小説や評論を機関誌に発表し続けた。二〇年純労働者組合を結成、また運動の一環として労働劇を試演、翌年には労働劇団を組織して自作『失業』『血の賞与』などを上演した。二三年九月、関東大震災直後に発生した亀戸事件の犠牲となった。著書に『創作 労働問題』（一九、のち『創作 一人と千三百人』と改題再刊）、遺稿集『一つの先駆』（二四）。
［参考］大和田茂・藤田富士男編『平澤計七作品集』、松本克平『日本社会主義演劇史――明治大正篇』

❖『失業《しつぎょう》』　一幕二場。初出は「新組織」（一九二一・5）。東京五の橋館にて一九二〇年十二月試演、翌年二月労働劇団により上演。平沢も俳優鑑札を受けて出演した。一時解雇された職工たちが手当を求めて社長宅に押しかける。粗暴な職工を諭し、法律に基づいて理路整然と要求しようとする柴崎や、資本家の良心に訴えようとする依田に、平沢の労資協調主義が現われている。結局手当は良心の呵責を感じた社長夫人によって支払われることになるが、こうした解決のあり方は、昭和初期のプロレタリア演劇と一線を画している。筋立ては素朴で台詞も生硬だが、労働劇団による上演は労働者の観客のみならず、駆けつけた演劇人にも深い感銘を与えた。なかでも土方《ひじかた》与志《よし》は〈舞台と客席との間には潑剌とした交流が行なわれ、悲しみ、喜び、怒りが波打っていた。私の永く演劇に求めていたもの、劇場に見たいと思っていたものに行き当った喜びを深く味った〉と回想している。（正木喜勝）

平田《ひらた》オリザ《おりざ》　一九六二〈昭和三十七〉・十一〜。劇作家・演出家。東京都生まれ。国際基督教大学教養学部卒業。オリザはラテン語の「稲」を意味する。母方の叔父は映画監督の大林宣彦。大学在学中に夢の遊眠社を見て刺激を受け、処女戯曲『海神ポセイドン』を執筆する。自作を上演するために同級生を中心に劇団を結成。村の青年団などと自称していたが、名称は次第に青年団に統一された。当時は野田秀樹に影響を受けた不条理ファンタジーを書いていた。韓国の延世大学への一年間の留学を経て、一九八六年六月に大学卒業。父が自宅を建て替えて開業したこまばアゴラ劇場を引き継ぎ、八七年の春から支配人として経営にあたる。この時期に岩松了の作品、山崎哲の演出論などに影響を受け、学生時代から続く日本語表現への興味から演劇論を練りあげて、後に現代口語演劇と呼ぶ作風を生みだす。八八年三月に上演された『光の都』（二〇〇二年『その河をこえて、五月』に改作）から現代口語演劇のスタイルが試みられ、同年七月の『漢江の虎』、続く同年十二月の『花郎』（一九九二年『さよならだけが人生か』に改作）では、暗転なしの一幕物、劇伴を使わない、俳優が観客に背を向けて話す、同時多発会話、日常的な会話のような台詞回しなど特徴的な様式が現われる。また、劇場支配人として地方で活動する劇団を見て回り、地域劇団が参加する演劇祭「大世紀末演劇展」を始める。以後約二十年間にわたって地域劇団と韓国など海外の劇団の紹介に尽力する。八九年七月に『ソウル市民』を上演。この頃から「俳優は将棋の駒である」などの挑発的な演劇論を精力的に発表する。九〇年一月に大学の研究室を舞台にした『科学する精神』（後に『カガクするココロ』に改題）を上演。佐々木倫子の大ヒット漫画『動物のお医者さん』に触発されて書かれた本作は、『北限の猿』（一九九二）、『バルカン動物園』（九七）に連作として続いてゆく。同年五月の『光の都』再演では、舞台上の二つの集団における同時多発会話を本格的に試みる。パソコンで二段組みの台本を作成し、稽古を見ながらタイミングの調整を行なった。平田にとって戯曲は〈世界そのものを写す設計図〉であり、台詞の発話についてのいくつかの指示が冒頭の凡例とともに記号で記されている。同年七月に青森県の道路劇団がバヌアツで行なった公演に参加。同年九月に『南へ』を上演。フェリーニの『そして船は行く』、与那国島に伝わるユートピア伝説をモチーフにした本作から滅びゆく日本というテーマが現われ、以後多くの作品に頻出する。九一年六月に『ソウル市民』をこまばアゴラ劇場と東北の三都市で再演。この再演時に開場時間に俳優が舞台にいて時折台詞を話す演出を発見する。十二月にサナトリウムを舞台にした『S高原から』を上演。この頃から雑誌の劇評で高く評価されはじめる。九三年五月に『ソウル市民』をソウル、プサンにおいて日韓両国語で上演し、初の海外公演を行なう。九四年五月に上演した『東京ノート』が翌年の第三十九回岸田國士戯曲賞を受賞。同年七月に青山円形劇場主催「高校生のための演劇ワークショップ」を開催し、十一月にオーディションで選出された女子高生二十一人による『転校生』を上演する。これ以降、さまざまな人を対象に海外を含めた各地でワークショップを多数行なう。九五年三月に初の演劇論集『平田オリザの仕事1――現代口語演劇のために』（晩聲社）を出版。岩松了、宮沢章夫などと並んで「静かな演劇」の代表的作家と見なされる。九五年からセゾン文化財団の助成によりアーティスト・イン・

レジデンスをはじめる。夏には『南へ』再演の制作のために与那国島に滞在。九六年一月に弘前劇場との合同公演『この生は受け入れがたし』を青森県浪岡町で制作。同年四月に『冒険王』を上演。九七年六月に京都に滞在して制作した『月の岬』(作・松田正隆)を上演。翌年にこの作品は第五回読売演劇大賞最優秀作品賞を受賞。同時にこの作品の演出により優秀演出家賞を受賞。九八年頃から国際的な活動が本格化し、とりわけ二〇〇〇年一月にフランスで上演されたフランス語版『東京ノート』が高く評価される。代表作がフランス語、韓国語などに翻訳されて各国の演出家により上演されるようになる。これまでのワークショップにおける指導の実績をかわれて、同年四月に桜美林大学文学部助教授に就任(〇五年より総合文化学群演劇専修教授。〇六年退任)。以降、フランスを含むさまざまな大学で教鞭を執る。青年団は後身の育成の場になり、演出部からはこれまで三浦基、松井周、多田淳之介、岩井秀人、柴幸男などの劇作家、演出家を輩出している。〇一年四月に上演された『上野動物園再々々襲撃』が翌年に第九回読売演劇大賞優秀作品賞を受賞。富士見市民文化会館キラリ☆ふじみ芸術監督に就任(〇七年退任)。〇二年六月に上演された日韓合同公演『その河をこえて、五月』が翌年に第二回朝日舞台芸術賞グランプリを受賞。本作は韓国の批評家協会からも表彰された。〇二年度以降、中学生の国語教科書にワークショップに基づく演劇学習教材が使用される。〇二年十月に芸術の公共性を説いた『芸術立国論』が第七回AICT演劇評論賞を受賞。文化芸術振興基本法に基づく公的な助成金制度の整備にあわせて、〇三年度より支援会員制度、公的助成金の獲得を主とした劇場、劇団運営に移行する。〇三年十一月に桜美林大学総合文化学科演劇コースの学生と『もう風も吹かない』を上演。〇六年四月に大阪大学コミュニケーションデザイン・センター教授に就任。同年六月にモンブラン国際文化賞受賞。〇七年一月にティヨンヴィル＝ロレーヌ国立演劇センターの依頼で書きおろした『別れの唄』(演出ロラン・グットマン)が好評を博す。〇八年十一月にロボット研究者の石黒浩と協働した大阪大学ロボット演劇プロジェクトにおいて『働く私』を上演。これ以降、アンドロイド演劇『さようなら』などを制作し、世界中の都市で上演。〇九年十一月に鳩山由紀夫内閣官房参与に就任(一一年八月退任)。所信表明演説などの草稿作成に携わるほか、一二年四月に施行された「劇場法」の制定にも関わる。一一年六月にフランス文化省よりレジオンドヌール勲章シュヴァリエを叙勲。一四年四月に東京藝術大学アートイノベーションセンター特任教授に就任。一五年四月に城崎国際アートセンター芸術監督に就任。一六年六月には新作『ニッポン・サポート・センター』を発表。

主な著書に劇作と演出について論じた『演劇入門』『演技と演出』、コミュニケーション論『わかりあえないことから――コミュニケーション能力とは何か』(すべて講談社現代新書)、平田と青年団の歩みを記した『地図を創る旅――青年団と私の履歴書』(白水社)、文化政策について論じた『新しい広場をつくる――市民芸術概論綱要』(岩波書店)、高校演劇を扱った小説『幕が上がる』(講談社)などがある。数多くの戯曲が日韓仏などで出版されている。

[**参考**]平田オリザ『平田オリザの仕事1――現代口語演劇のために』『平田オリザ戯曲集1 東京ノート/S高原から』(『平田オリザ戯曲集2 転校生』(以上、晩聲社)、『地図を創る旅――青年団と私の履歴書』(白水uブックス)

❖『ソウル市民』《そうるしみん》 四場。一九八九年七月にこまばアゴラ劇場で初演。北杜夫『楡家の人びと』とその粉本であるトーマス・マン『ブッデンブローク家の人々』をモチーフに、ジェイムズ・ジョイス『ダブリン市民』の手法を意識して書かれた。韓国併合の前年、一九〇九年の漢城(現・ソウル)に暮らす日本人一家篠崎家のある日の午後を描く。篠崎家は宗一郎を中心に文具店を経営しており、書生や女中を家に置いている裕福な家庭である。大きな食卓机が中央にあり、一家の団らんの場になっている居間が舞台。近所で印刷屋を営む堀田夫妻、本土から来た手品師などさまざまな来客があり、とりとめのない会話が交わされる。篠崎家はリベラルな家風で朝鮮人に対しても平等に接していると自負しているが、文学少女の長女・愛子が〈朝鮮語は文学に向いてない〉と言うなど本人も気づいていない差別意識が会話の端々から透けて見える。宗一郎の弟の慎二はこれから満州で友人の商売を手伝うと言うが、実際は仲間とペテルブルクに渡る準備をしている。次女・幸子の文通相手が東京から朝鮮にやってくることになっているがなかなか現われない。長男・謙一は密かに朝鮮人女中の淑子と交際しており、二人の駆け落ちが判明し騒動になる。植民地に暮らす一家を徹底的にリアルに描き、日本人の無意識の罪を炙りだした。『ソウル市民1919』(二〇〇〇)、『ソウル市民　昭和望郷編』(〇六)、『ソウル市民1939　恋愛二重奏』(一一)は、その後の篠崎家の人々を描いた続編である。サンパウロへ移民した日本人を描く『サンパウロ市民』(一二)もある。

❖『東京ノート』《とうきょうのーと》 四場。一九九四年五月にこまばアゴラ劇場で初演。ヨーロッパで大規模な戦争が起きている近未来。戦火を避けるために多くの美術品が日本各地の美術館に避難させられている。フェルメールの絵画を急遽受け入れることになり、展覧会が開かれている東京のとある美術館のロビーが舞台。来館者、学芸員がロビーに置かれたソファに座って交わす会話から個人的な悩み、世界情勢などが浮かびあがる。題名は小津安二郎の映画『東京物語』からとられており、物語以前の挿話の集積という意味で「東京ノート」と名付けられた。地方都市で両親の世話をしながら暮らす長女・由美が上京して、東京で暮らす三人の兄弟と再会する挿話を中心に、長らく別れて暮らしていた父が遺した絵画を美術館に寄贈したい女性、平和維持軍として戦地に赴くことを決めた若者、偶然再会した家庭教師の男と女子大生などが登場する。日本は特需による好景気に沸いているが、虚構の繁栄に過ぎず、多くの難民が暮らす社会になっている。徴兵制が敷かれるという噂があり人々に暗い影を落としている。かつて反戦運動をしていた学芸員の串本がケストナーの『動物会議』に登場する駝鳥に例えて言う〈自分の見たいものしか見ようとしない〉人間は、九〇年代に湾岸戦争、ボスニア・ヘルツェゴビナ紛争を遠くの戦争としてテレビで眺めた日本人と重なる。カメラ・オブスクーラを使って客観的に世界を描こうとした画家としてフェルメールが語られ、それは世界そのものを描写しようとする平田自身の演劇論に通じている。

❖『転校生』《てんこうせい》 四場。一九九四年十一月に青山円形劇場で初演。「女子高生」をテーマにした青山演劇フェスティバルのために、演劇批評の対象になる高校演劇を意識して書かれた。二〇〇七年に飴屋法水の演出により上演されて話題を呼んだ本作は、高校生のみならずさまざまな演出家により上演され高校演劇の枠を越えた広がりを見せた。ある女子校の教室が舞台。作中で言及されるカフカの『変身』のように朝起きたらこの学校の生徒になっていたという転校生が朝礼に現われる。国語の課題図書の選択、家族の問題、将来の進路などについて学生らしいとりとめのない会話が教室中で同時多発的に交わされる。会話の端々に誕生と死のテーマが散りばめられており、人は理由なく生まれて死ぬという実存的不安が突然転校生になっていたという不条理な設定と重ねられている。転校生が放課後の教室で、明日も本当にこの学校に来られるかと自問する姿からは、人間は寄る辺ない存在であることが強く印象づけられる。転校生が別の学校に転校するかもしれないクラスメートと向き合い手を取り合う最後の場面では、不安を抱えた二人の交流が美しく描かれる。

❖『上野動物園再々々襲撃』《うえのどうぶつえんさいさいさいしゅうげき》 四場。二〇〇一年四月に富山・利賀山房で初演。一九九七年に逝去した金杉忠男の『上野動物園再襲撃』をはじめとした過去の作品と病床で記した遺稿を元に書かれた。葬儀の帰りに喫茶店に集まった同窓生たちを描く。昔の仲間が一堂に会して思い出話に花を咲かせていると、音信不通だったクラスのマドンナ北本菊子が不意に現われる。「月の沙漠」などの懐かしい歌を歌って旧交を温める。かつて駱駝に乗りたいという北本の願いを叶えるため、吉田、藤崎、死んだ増本が夜の上野動物園に侵入した思い出が語られる。吉田には前妻との間に娘がいること、藤崎が癌で余命いくばくもないことなど各々の事情が明かされる。北本は自分の身辺を隠したいらしく、さまざまな嘘をついている。再び上野動物園を襲撃しようということになり、老年に差し掛かった男たちが運動会の騎馬のように駱駝を作って北本を乗せる。「月の沙漠」を合唱するラストシーンは、かつての少年たちに流れた時間の長さを感じさせる。

❖『その河をこえて、五月』《そのかわをこえてごがつ》 六場。日韓国民交流年事業として金明和《キムミョンファ》との共作で書かれ、二〇〇二年六月に新国立劇場ザ・ピットで李炳君《イビョンフン》との共同演出により初演。同月、芸術の殿堂でソウル公演。日本語と韓国語が入り交じる本作は、多言語演劇の嚆矢となった作品であり、翻訳家を介した綿密な打ち合わせを重ねることで生みだされた。お花見をするために漢江の河原に集まった語学学校の日本人生徒と、韓国語教師の金文浩とその家族の交流を描く。語学学校の生徒たちは、仕事で韓国に来た会社員、韓国好きの大学生、オリンピックの出場を目指す在日韓国人などさまざまである。文浩の母である鄭クッダンは日本統治時代に日本語教育を受けており日本語を話す。弟夫婦は韓国での生活に疲れてカナダへの移民を考えている。彼らの会話から日本と韓国の歴史や習慣の違い、現在の日本人、韓国人が抱える問題が顕在化する。京城で生まれて終戦まで暮らしていた佐々木久子とクッダンが歌う唱歌『浜辺の歌』は、複雑な政治性を孕みながらも叙情的であり観客の胸を打った。

❖『別れの唄』《わかれのうた》 三場。ティヨンヴィル＝ロレーヌ国立演劇センターの依頼で書かれ、二〇〇七年一月にロラン・グットマンの演出により同センターで初演。国内では同年四月にシアタートラムで上演された。日本人の武雄と国際結婚をして日本で暮らすフランス人女性マリーの通夜が終わった後の居間が舞台。フランスから駆けつけたマリーの家族は、日本の葬儀や習慣が不思議で武雄と妹の由希子にさまざまな質問を繰り返す。そのたびに日本人の習慣の特殊さが浮き彫りになり、フランス語で何とか説明を試みる様が笑いを誘う。マリーのフランス時代の夫フランソワが突然現われ、遺体にキスをしようとしたのを葬儀屋が止めたことから一悶着が起こる。幼い娘を遺して妻に先立たれたのに、悲しみを態度に出さない武雄に対して、妻の死を悲しんでいないのではないかとフランス人たちは訝しんでいる。武雄は有島武郎が母親を亡くした幼い子どもに宛てた手紙『小さき者へ』を持ってきて朗読する。我が子を慰めることなく厳しく激励する意味が今夜少しだけわかった気がすると言う。文化や習慣は異なるがマリーの死に対する各々の思いが交錯する。

❖**『働く私《はたらくわたし》』** 三場。二〇〇八年十一月に大阪大学二十一世紀懐徳堂多目的スタジオで初演。日常活動型ロボット「ワカマル」(のちに「ロボビーR3」)を利用したロボット演劇。ロボットのプログラミングを担当した株式会社イーガーの黒木一成の立案に、ロボット研究者の石黒浩が協力し、平田オリザが脚本と演出を手がけた。戯曲では登場人物の位置、移動がプログラミングのために座標で示される。二体のロボットと暮らす若い夫婦・真山家の居間が舞台。タケオはロボットでありながら、働く意欲を失いアイデンティティを喪失している。もう一体のロボットのモモコが家事をこなしており、この日も夕飯を作っている。劇中で言及される織田作之助『夫婦善《めおとぜん》哉《ざい》』のように夫の祐治は働かずに家にいるが、家事はロボットが行なうのですることがない。妻の郁恵は夫とタケオを心配しているがどうにもならない。夕飯の途中で郁恵は外に出て行ってしまい、祐治がその後を追うと残されたロボットが会話をはじめる。二体の会話からはロボットにはないはずの内面が仄めかされる。スタニスラフスキー流の俳優の内面を重視する演出方法を否定してきた平田は、これまでアフォーダンス研究者と組み、演技がリアルに見えるとはどういうことかを理論的に追求してきた。内面を持たないロボットで演劇が成立することを示した本作は、平田の演劇論を体現していると言える。

(久米宗隆)

平田兼三《ひらたけんぞう》 一八九四〈明治二十七〉・三〜一九七六〈昭和五十一〉・十。脚色家・劇作家・演出家。本名兼三郎。東京本郷生まれ。一九一二年京華商業学校卒業。歌舞伎の作者部屋に入り竹柴兼三を名乗る。二五年懸賞に応募した脚色台本『研辰の討たれ』が一等で当選、同年十二月に歌舞伎座で上演された。三〇年二世市川猿之助の春秋座甦生時に文芸部員として参加。三三年前進座に『超人猿飛佐助』を提供、のち文芸部に所属し、功労座員となるまで同劇団で脚色、劇作など五〇作以上担当した。戦前は平田謙三郎名義も用いた。代表作に『本町糸屋の娘』(四世鶴屋南北・二世桜田治助合作『心謎解色糸』の改訂)、『唐茄子屋』(落語に基づく世話物)、『左の腕』(松本清張の短編小説の脚色)、映画シナリオに『どっこい生きてる』(岩佐氏寿・山形雄策との共作)など。著書に『歌舞伎演出論』(室戸書房)。

❖**『研辰の討たれ《とぎたつのうたれ》』** 一幕三場。初出は「歌舞伎」(一九二五・一二)。同誌が募集した脚色懸賞に対し、木村錦花の同名の掌編を脚本化、池田大伍と岡鬼太郎の審査を経て一等で当選した。一九二五年十二月、二世市川猿之助の研屋辰次で歌舞伎座にて初演。河竹繁俊が舞台監督を務めた。本作は敵討の大詰だけを描いたもので、翌年には発端から三幕四場を書き足した改作が浅草松竹座にて上演された。辰次に兄を殺された平井九市郎・才次郎の兄弟は、二年を経て辰次を見つけ出す。ところが辰次は勝負から逃げ、なりふり構わず命乞いする。平井兄弟は一度は思い止まるも、最終的に敵討を果たして国へ帰っていく。選考の岡が〈多くの看客は、一種の喜劇として、或る箇所箇所には、どッと笑うであろう〉と言うとおり、辰次の滑稽な言動が見せ場になるが、その一方で敵討の虚しさや敵討を煽る群集の存在が示され、近代的な敵討観も表わされている。本作の続編として『稽古中の研辰』（一九二六）、『恋の研辰』（二七）がある。
（正木喜勝）

平田俊子《ひらたとしこ》　一九五五〈昭和三十〉・六〜。詩人・劇作家・小説家。島根県生まれ。立命館大学文学部日本文学科卒業。一九八二年『鼻茸』で第一回現代詩新人賞を受賞。八四年に詩集『ラッキョウの恩返し』（思潮社「叢書・女性詩の現在」）を発表。その後、九八年には『ターミナル』（思潮社）で第三十九回晩翠賞を受賞。戯曲作品に『おもたい夜の最後の一滴』（一九八九、御木平介演出、横浜・相鉄本多劇場）、『ガム兄さん』（九六、福井泰司演出、プロト・シアター）、『空室』（如月小春演出、下北沢ザ・スズナリ）、『開運ラジオ』（九九、高見亮子演出、新宿・タイニイアリス）、『れもん』（二〇〇四、佐藤信演出、下北沢ザ・スズナリ）など。二〇〇〇年の『甘い傷』（福井泰司演出、こまばアゴラ劇場）で、第四十五回岸田國士戯曲賞最終候補となり、文化庁・舞台芸術創作奨励賞を受賞。〇四年『詩《し》七日《なのか》』で第十二回萩原朔太郎賞受賞。〇五年『二人乗り』で第二十七回野間文芸新人賞受賞。

❖**『甘《あま》い傷《きず》』**　十二場。父を亡くしたある一家の物語。二人の息子はもう五十歳前後。舞台は母親の家で、長男が同居しており、次男は結婚をして近所のアパートに住んでいる。同居している長男は、数か月前から会社を休み、一日中寝たきりで布団の中にいるが、さしてどこが悪いとも思えない。ある日、次男が一人の「男」を拾って来る。正体を危ぶむ母親だったが、男は居候のように数日を過ごし、近所の工場に仕事を見つける。次男は、かつて同級生で、近所でスナックをやっている「きみこ」と何やら怪しい関係で、子供がいないこともあり、夫婦関係に亀裂が入る。そんな中、母親が急死し、葬儀が終わった晩、兄弟は何十年ぶりかで新しい自転車を買いに出掛ける……。何気ない日常生活の至るところに見え隠れする「歪み」や「ひずみ」を、あえてドライに、何事でもないかのように捉え、決して裕福とは言えない日々の生活を生きる人々を描いた作品。「登場人物は全員男によって演じられること」という作者の指定に、日常の中の非日常が包含されている。『開運ラジオ』（毎日新聞社）所収。
（中村義裕）

平田都《ひらたみやこ》　一九一七〈大正六〉〜不詳。劇作家。昭和三十年代に活躍。戦後、通訳として松竹大谷竹次郎社長の秘書となり、日本経済新聞学芸部を経て松竹芸文室で新作歌舞伎の戯曲を書く。『壬申の乱』（一九五七、歌舞伎座）、『十七条の憲法』『今物語』『雁金文七』『常磐の曲』などなどの王朝物から世話物まで幅広い作品がある。北方領土問題再認識を訴える大谷社長の企画『土に生きる』（五九）のような異色作もある。新作文楽に『葵の祭』、女剣劇の大江美智子に『小猿七之助と御守殿《ごしゅでん》お瀧』も提供。幸田露伴『風流魔』『傾城反魂香《けいせいはんごんこう》』の脚色もある。
（神山彰）

平塚直隆《ひらつかなおたか》 一九七三〈昭和四十八〉・十二〜。劇作家・演出家・俳優。愛知県生まれ。名城大学商学部卒業。北村想のプロジェクト・ナビに入団するのと並行して、はせひろいちに師事。二〇〇五年の劇団オイスターズ結成後は全公演の作・演出を手がけ、不条理な会話劇で定評がある。一〇年『トラックメロウ』が第十六回劇作家協会新人戯曲賞最優秀賞受賞。一二年『豆』で第十二回ＡＡＦ戯曲賞優秀賞受賞。代表作に『はだか道』『ここでいいです』『日本語私辞典』『どこをみている』『この声』など。（望月旬々）

平戸敬二《ひらとけいじ》 一九二四〈大正十三〉・二〜一九九三〈平成五〉・一一。喜劇作家。京都市生まれ。本名慶次郎。曽我潤一郎のペンネームもある。旧制立命館中学卒業。志賀廼家淡海劇に入座し平戸潤の名で役者を志す。一九四六年六月二世渋谷天外の「すいと・ほーむ」に参加。そこで藤山寛美と知り合う。四九年四月松竹新喜劇に入るが病気のため二年間休団。五一年に復帰、文芸部に転進する。五三年『大関と下足番』が大阪中座で上演される。以後、曾我廼家十吾・天外の指導の下に次々と作品が上演される。また他劇場へも脚本を提供する。六五年天外が病に倒れ、寛美が実質上の座頭になり、自らも文芸部長に就任。九〇年寛美亡き後三世天外を薫陶し、新生松竹新喜劇の屋台骨を支える。代表作に『あみだ池の鳩』『淡路の女』『南地大和屋へらへら踊り』『太鼓のちょん平』『浪花の恋の物語』『紺屋と高尾』『大当り高津の富くじ』等。九〇年上方お笑い大賞秋田實賞受賞。

❖**『紺屋と高尾』**《こんやとたかお》 四場。一九六八年九月京都南座にて初演。一龍斎貞丈の口演を喜劇仕立にする。紺屋職人久造に藤山寛美、高尾太夫に酒井光子、紺屋親方吉兵衛に花和幸助。大坂から紺屋職仲間と江戸見物に来た久造が吉原の花魁道中で高尾太夫に出合う。久造は高尾を見るなり心を奪われ、大坂に戻っても恋病の床から抜けられない。親方の吉兵衛は久蔵がどういう訳で寝込んだかサッパリ判らない。吉兵衛の問いかけに久造は洗いざらい話すのだった。吉兵衛は〈花魁は売物買物、一生懸命に働いて金を貯めたなら。合えるものでもない〉と久造に告げる。それを聞いた久造は無我夢中で働く。その甲斐あって再び吉原へ、お大尽という触れ込みだが、やる事なす事が失敗の連続だ。とうとう久造は高尾に自分は紺屋職人だと白状すると高尾はその心に感じ入り、年が開けたら久造の嫁になると約束する。やがて高尾の来る日は当に過ぎ、皆は諦めろと久造を諫めるのだが、高尾は必ず来ると久造は信じている。そこへ早駕籠で高尾がやって来る。なんと大坂迄の日数を勘定に入れなかったので到着が遅れたのだった。

❖**『大当り高津の富くじ』**《おおあたりこうづのとみくじ》 三場。一九七三年一月大阪中座にて初演。曽我潤一郎のペンネームで脚本・演出。亀屋の若旦那伊之助に藤山寛美、伊之助の母親およねに滝見すが子、髪結い長吉に千葉蝶三郎、へ組の頭辰五郎に伴心平、難波の千兵衛に花和幸助、辰五郎の女房おときに勝浦千浪。紙問屋亀屋の伊之助は子供の頃から何不自由なく育ったので金の有難味は皆目わからない。年頃になり色気づくと昨日は新町、今日は曾根崎と夜ごとの色町への放蕩三昧。その挙句亀屋の身代も左前になる。ついに父親から勘当を受け、転がりこんだのが亀屋出入りのへ組頭辰五郎の家だった。それでも伊之助の放蕩は止まない。しかしついに金の有難味が分かる時がきた。伊之助は借金を返す算段はないかと苦しむが、懐から富札が出てくるばかり。この富札が伊之助を放蕩から改心させる。上方古典落語の『高津の富』からヒントを得たのが本作である。

❖**『南地大和屋へらへら踊り』**《なんちやまとやへらへらおどり》 四場。一九七四年九月大阪中座にて初演。大和屋主人坂口祐三郎に伴心平、女将おきみに勝浦千浪、下足番留どんに藤山寛美、その母親おきぬに石河薫、中山えんに酒井光子、その娘美佐子に曾我廼家鶴蝶。頃は大正十二年、関東大震災がもたらす不景気風は当然色町にも吹き寄せ、客足が遠のくのは火をみるよりも明らかだと感じたお茶屋大和屋の主人阪口祐三郎は明治の半ばに流行った〈へらへら踊り〉を大和屋の名物にしようと考える。その踊りで不景気風をふっ飛ばしお客に楽しんで貰おうと思う。その〈へらへら踊り〉をやっていた中山えんという人物が名古屋にいるという情報を得て、下足番の留どんに探させる。名古屋へ旅立った留どんの母親おきぬは何故か中山えんという名前を耳にしただけであ然としてしまうのだった。藤山寛美の発案で松竹芸能社長勝忠雄が大和屋に上演の橋渡しをすると共に本作の監修もする。（鍛治明彦）

平山晋吉《ひらやましんきち》 一八六六〈慶応二〉〜一九四五〈昭和二十〉。狂言作者・劇作家。河竹黙阿弥門下。実家は黙阿弥の芝居に登場する「坊主しゃも」で著名な両国の鳥料理店。竹柴晋吉として、東京座、歌舞伎座の作者となる。平山は本姓。帝劇にも多くの作品を提供。『神風』『三軒長屋』『怨恨の面』など。『外郎売《ういろううり》』の復活台本も手掛ける。一九〇一年には、歌舞伎舞踊『連獅子』の間狂言《あいきょうげん》の定番となった「宗論《しゅうろん》」を書く。（神山彰）

広末保《ひろすえたもつ》 一九一九〈大正八〉・十二〜一九九三〈平成五〉・十。国文学者・演劇評論家。高知市生まれ。東京大学文学部国文科卒業。法政大学文学部教授の国文学者として活躍のかたわら演劇評論家として、また、劇作家としても活躍した。一九五一年に「近松の浄るり―民衆文芸の遺産―」を発表、近代の文学観念を前近代のそれによって相対化するとともに、文学の発想のルーツを探求しはじめた。「前近代」という言葉にある特殊なニュアンスを与えたのは広末が最初だったと言える。民衆の発想に分け入り、その価値転換を介して近代の中で近代を超える可能性を追求するのが広末の基本的な立場で、そのためには前近代に対する自分の視点を近代的価値観から解放する必要がある。それには対象とまじわりながら観念を変革し、変革した観念でもう一度対象に切り込む往復作業をしなければならない。この作業を通じて埋もれがちな民衆の発想を民衆の言葉に即して言語化し、価値を付与する。こうして「遊行《ゆぎょう》」や「悪」や「鳴滸《おこ》」といった言葉に光を当て、江戸時代に「悪場所」と呼ばれた廓と芝居小屋のエネルギーに注目した。つまりは近世の文学や芸能研究の読み直しを進めたわけで、漂泊の芸能民による説教節や、松尾芭蕉や井原西鶴や近松門左衛門などをこういう語彙・観念でとらえ直した。『近松序説』（未來社）や『悪場所の発想・伝承の創造的回復』（三省堂）といった著作がその成果であり、故郷の画家、泥絵具による肉筆歌舞伎絵を本領とする絵金《えきん》を世に知らしめた編著『絵金―幕末土佐の芝居絵―』も、このラインの産物。戯曲『悪七兵衛景清』（一九六一、第七回「新劇」岸田戯曲賞候補作）も『新版四谷怪談』（六三）もこの流れにある。

❖**『新版四谷怪談』**《うらおもてよつやかいだん》 二幕。鶴屋南北の原作を大幅にカットしたり書き換えたりして

いるが、最大の改変は伊右衛門やお袖も幽霊になることで、コミカルな味付けが強い。四十人近い人物が登場する。（大笹吉雄）

広田淳一《ひろたじゅんいち》　一九七八〈昭和五十三〉・十〜。劇作家・演出家。東京都出身。劇団アマヤドリ主宰。東京大学中退。二〇〇一年の在学中に劇団「ひょっとこ乱舞」を旗揚げ（一二年に「アマヤドリ」と改称）。全公演で作・演出を手がける。代表作に『馬鹿はおまえだ』『愛にキて』『旅がはてしない』『ロクな死にかた』『うれしい悲鳴』。（望月旬々）

広田雅之《ひろたまさゆき》　一九三〇〈昭和五〉・三〜不詳。劇作家。東京生まれ。麻布中学、成城高校を経て、早稲田大学仏文科卒業。小山祐士に師事。『カクテル・パーティー』（一九五七・5）が第三回新劇戯曲賞候補、『友情舞踏会』（「新劇」一九五九・5）で第五回新劇戯曲賞佳作、『砂と城』（「新劇」一九六六・10）により第十二回「新劇」岸田戯曲賞受賞。（小原龍彦）

広津和郎《ひろつかずお》　一八九一〈明治二十四〉・十二〜一九六八〈昭和四十三〉・九。作家・評論家。翻訳家。東京生まれ。早稲田大学英文科卒業。モーパッサンの『女の一生』の翻訳で注目され、評論家として筆をふるう。その後『神経症時代』などで小説家として脚光をあびる。主な戯曲に『八月の夜』『男の心、女の心』『生きて行く』など。戯曲集に『生きて行く』（改造社）などがある。戯曲は一九二六年から三一年までの間に書かれた。父は広津柳浪。（高橋宏幸）

弘津千代《ひろつちよ》　一九〇一〈明治三十四〉〜一九八三〈昭和五十八〉。劇作家。大正期から昭和戦前期に活躍。山口県柳井市生まれ。日本女子大学卒業。中村吉蔵に師事。一九二五年帝劇女優劇で上演の『吉田御殿』（『天樹院』を改題）が、女性の乱行と大胆な恋愛観で評判となり、関西新派等でも再演され、戦後は歌舞伎座で『楊貴妃桜』と改題して上演された（『日本戯曲全集』三六巻に収録）。三四年帝国ホテル演芸場初演の『妖鱗草紙』（『蛇性の婬』と解題・三幕六場）は戦後も歌舞伎で上演。『当世花嫁風景』が三三年日本俳優学校試演会で、『万治高尾』（『早苗鳥《ほととぎす》伊達聞書』と黙阿弥作品と同題名に変更）も五七年京都南座で上演。他に『清盛と常盤』『加賀の千代』『華子城物語』（大学の学友と合作）など、三〇篇ほどの戯曲がある。雑誌「令女界」に小説も多数書く。戦後は国際演劇協会事務局勤務。

［参考］戸板康二『演芸画報・人物誌』（青蛙房）（神山彰）

広津柳浪《ひろつりゅうろう》　一八六一〈文久元〉・七〜一九二八〈昭和三〉・十。作家。肥前国長崎材木町（現・長崎県長崎市）生まれ。本名直人。東京大学医学部予備門中退。硯友社同人となる。『今戸心中』などの小説で著名。『目黒巷談』（一九〇五・今古堂）のみが完成された戯曲。小説に戯曲的構成多く、『畜生腹』は一八九八年五月川上座で、『あにき』は同年六月浅草座で続けて劇化上演された。川上音二郎の新演劇で下層社会を描いた作品を考える上で、重要な作品群。『目黒巷談』は『明治文学全集』第十九巻所収。（神山彰）

広野広《ひろのひろし》［＋**小田健也**《おだけんや》］一九三〇〈昭和五〉〜。劇作家・演出家。福岡県出身。旧制福岡高等学校時代から演劇部に所属し、九州大学在学中の一九五八年に劇団民藝の俳優オーディションに合格する。一九六三年に東京演劇アンサンブル〈劇団三期会〉に移籍し、国内外で幅広く活躍する。主な戯曲作品に第十二回「新劇」岸田戯曲賞候補となった『豚の飼い方』〈一九六五、小田健也と共作〉。主な演出作品に、六三年のモスクワ公演を皮切りにヨーロッパ、アジア、アメリカに招聘されたオペラ『夕鶴』。

（エグリントンみか）

広渡常敏《ひろわたりつねとし》　一九二六〈大正一五〉・八〜二〇〇六〈平成一八〉・九。演出家・劇作家。福岡県福津市生まれ。大店の材木商の子に育ち、九州帝国大学法文学部美学科中退後、上京。一九四六年、詩を嗜みながら早稲田大学、東京大学などの学生演劇に関与。四八年俳優座演出部に所属、大道具製作にあたりながら千田是也に師事、演出術を学ぶ。五三年から五五年まで、東映大泉撮影所にあって製作者本田延三郎のもと、シナリオライター、助監督をつとめる。同期の助監督に深作欣二がいる。五四年、俳優座養成所三期生が中心となって結成した劇団三期会の創立公演、アーサー・ミラー『みんな我が子』を演出。翌年三期会入団。東亜紡織泊工場にあって、紡績工場に働く女子工員の生活を記録するつづり方運動を指導していた沢井余志郎を識り、集団創作による『明日を紡ぐ娘たち』を上演、高い評価を得る。六〇年、安保体制打破新劇人会議の一員として、長老の村山知義、八田元夫らの提唱する、「新劇人らしい整然たるデモ」に激しく抵抗、「闘うデモ」を主張した。日米安保条約自然成立の日、動員をかける力を失った新劇人会議批判も交えた『長い夜の記録』を集団創作〈実質は広渡常敏作〉、六二年全国巡演している。六七年、劇団名を東京演劇アンサンブルと改称し代表に就任。七七年練馬の撮影所倉庫跡に「ブレヒトの芝居小屋」を建設、活動拠点としブレヒト、チェーホフ、シェイクスピア、久保栄作品などを上演する一方、九〇、九一年に坂口安吾『桜の森の満開の下』をニューヨーク、ソウル、二〇〇〇年にロンドン公演、九四年チェーホフ『かもめ』モスクワ芸術座・ダカンローグ公演など、海外公演にも成果をあげた。美食家で大食漢。公演日に観客に供する珈琲を淹れる役目を楽しんでいた。著書『稽古場の手帖』〈三一書房〉、『夜の空を翔ける広渡常敏戯曲集』〈三一書房〉、『青春無頼』〈影書房〉他。

（矢野誠一）

ふ

深沢七郎《ふかざわしちろう》　一九一四〈大正三〉・一〜一九八七〈昭和六十二〉・八。小説家。山梨県笛吹市石和生まれ。旧制日川中学卒業。一九五六年の中央公論新人賞受賞『楢山節考』で著名となる。小説では、六〇年発表の『風流夢譚』が出版社社長宅襲撃事件を起こし話題になる。六五年から埼玉県菖蒲町に「ラブミー牧場」を開く。戯曲に『木曾節お六』と小説の劇化『楢山節考』がある。『木曾節お六』〈「文學界」一九五八・7〉は、七〇年九月上野公園野外ステージで「移動演劇を行うものの集り――赤い花」により初演。舞台裏で聴かせる『木曾節』が「セリフと交互に繰り返されてミュージカル風な劇」となるという指定。

❖**『楢山節考』**《ならやまぶしこう》　有吉佐和子脚色・演出版〈「婦人公論」一九五八・10〉が一九五七年六月歌舞伎座で三世市川左團次の母おりん、二世尾上松緑の辰平で初演され、同座で鈴木光枝と初代尾上辰之助でも上演。手織座での音楽劇版、民芸での北林谷栄脚本『粉本楢山節考』な

ど、多くの脚色がある。今村昌平監督による同名映画も著名。戯曲二作は、『深沢七郎集』〈筑摩書房〉第一巻所収。　（神山彰）

深瀬サキ《ふかせさき》　一九三〇〈昭和五〉・十〜。劇作家・脚本家。静岡県生まれ。沼津学園高卒業。本名大岡かね子。夫は詩人の大岡信、息子は作家の大岡玲、娘は画家・詩人の大岡亜紀。一九七二年『妃殿下』を、七六年『則天武后』〈「文藝」一九七六・9、第二十一回岸田戯曲賞最終候補〉を、七八年『火の雫』〈「文藝」一九七八・5〉を、九二年『思い出の則天武后』を発表。八八年『平将門寛朝大僧正　坂東修羅縁起譚』が十二世市川團十郎の自主公演により国立劇場大劇場にて上演。九三年『則天武后』が静岡県・MOA美術館内の能舞台、九七年『紫上』が新潟県・新津市美術館、二〇〇四年『利休』が静岡県コンベンションアーツセンターグランシップにて上演。

［参考］『思い出の則天武后――深瀬サキ戯曲集』〈講談社〉　（中村義裕）

深津篤史《ふかつしげふみ》　一九六七〈昭和四十二〉・八〜二〇一四〈平成二十六〉・七。劇作家・演出家。兵庫県芦屋市生まれ。同志社大学大学院文学研究科修士課程卒業。一九八六年、同志社大学に入学後、学生劇団第三劇場入団。その後、B−コレクション〈吉良浩一主宰、後にシステムKに改名〉に参加。俳優として活動する一方、戯曲も書き始める。九二年、劇団桃園会を旗揚げ。九三年の『夏の時間』が第一回OMS戯曲賞最終候補に残り、選考委員の北村想に評価される。幼少の頃、父が失踪。この父の不在による喪失感が作品を書くきっかけとなる。『海が私を嫌っている』〈一九九五〉、『よぶには、とおい』〈二〇〇三〉、『追奏曲、砲撃』〈〇七〉は突然いなくなった父に対する屈折した思いを描く作品群。『よぶには、とおい』では、別れた父を舞台上で死者にし、『追奏曲、砲撃』では、別れた父と再会するのだ。作家として転機になったのは九五年の阪神大震災の経験だろう。大阪にいて無事だった深津だが、芦屋市の実家は全壊。深津は母と妹と避難所暮らしを体験する。「家族は被災したが、自分は無事だった」――この距離感が冷静に、そして激しく深津に震災劇を書かせることになる。震災から四か月後の九五年五月には京都で『カラカラ』を発表。避難所となった小学校の講堂で四人の男女が〝カラカラ〟という音を聞く。それは何かが音をたてて崩れ落ちる音のようであり、被災者の内面から発する音のようでもある。上演時間二十分の小品は評判となり、その後改訂をつづけ、被災地である伊丹や神戸でも上演された。震災劇では『blue film』〈〇二年初演〉も再演を重ねた作品。阪神大震災を経験した女性が同窓会に向かう途中、あの日あのときの様々な記憶が蘇ってくる――。大学時代に哲学者・ウィトゲンシュタインの影響を受けた深津は「コミュニケーションは元から不在という意識で書いている。意志の疎通は無理という設定の中で、人と人はどう関わっていくのかを書く」〈季刊「劇の宇宙」23号、大阪都市協会、〇六年〉と語る。第四十二回岸田國士戯曲賞を受賞した代表作『うちやまつり』〈九七年初演〉は随所にセックスの匂いを漂わせ、屈折を抱えた、影のある人々が性的な関係を拠り所に他者とつながろうとする。暗くて深い人間の宿痾のような闇をねっとりと描くのだ。演出家としても注目され、岸田國士『動員挿話』、久保田万太郎『釣堀にて』、菊池寛『父帰る』の演出で第十三回読売演劇大賞優秀演出家賞を受賞。

二〇〇九年夏に肺小細胞がんを発症。その後はがんと闘いながら、亡くなる約一か月前の『覚めてる間は夢を見ない』まで二十本の作品(演出のみの舞台も含む)を上演。まさに身を削りながら命がけの表現創作を行なった。

❖**『カラカラ』**一幕。初演は他の劇作家との競作企画のため、二十分と短かったが、同じ年の八月に伊丹・アイホールで行なった再演では登場人物に被災者以外の訪問者を設定し、約一時間に改訂して上演。被災者の不安に来訪者の距離のとれない善意が加わり、何とも言えない居心地の悪さを表現した。その後、『カラカラ　トートの書#2桜の園　吉永の場合』、『──遠山の場合』の二作を九七年にたてつづけに発表。この二作は同じ登場人物たちが同じ時間軸に沿って隣接した二つの場所を行き来する表裏一体の構成になっている。二作とも震災後から二年後の五月、廃校が決まった小学校に同窓生たちが集まってくる。震災時、その小学校の校庭には仮設住宅が建てられ、現在は撤去工事中だ。『吉永篇』は、小学校に勤める女性事務員が主人公。彼女は震災で家族を亡くしている。『遠山篇』は、震災時にはいなかった男が主人公。彼は演劇をやっていて、その小学校でチェーホフの『桜の園』を上演しようとしている。震災の被災者、そうではない者、それぞれの震災に対する距離の違いが会話のズレを生み、記憶の風化をあらわにする。仮設住宅を取り壊す音、震災時、あちこちで聞こえたであろう残酷な音が『桜の園』の桜を打つ音に重なってくる──。〇二年には神戸アートビレッジセンターで二作が連続上演された。

❖**『うちやまつり』**二幕(一幕は一月三日午後二時、二幕は一月三日午後十一時、第三幕は一月四日午前六時夜明け前)。舞台は関西の地方都市。高層団地の中の小さな空き地。「こやまさんちのにわ」と呼ばれているその場所にはかつて神社があったらしい。今はペットの墓場やゴミ捨て場になっている。正月の一月三日の午後から翌四日の早朝まで、この空き地に出入りする男女のとりとめのない会話が綴られる。女性三人の連続殺人事件の容疑者にされた男、義父と性的関係にある少女、不倫関係にあった男を殺した女……。彼らがかわす会話の底に不気味な、人間の狂気の影がみえてくる──。ロープや糸を使った美術(池田ともゆき)が印象的。深津と池田は桃園会の公演以外にも『動員挿話』、別役実『象』など名コンビを組んでいる。戯曲は白水社より九八年に刊行された。本作を含む深津の戯曲集は没後の二〇一六年、有志により『深津篤史コレクションⅠ・Ⅱ・Ⅲ』三巻として刊行(松本工房)。(小堀純)

福島三郎《ふくしまさぶろう》　一九六九〈昭和四十四〉・一〜。劇作家・演出家。岡山県出身。県立岡山操山高等学校卒業。東京サンシャインボーイズを経て、演劇ユニット「泪目銀座」を旗揚げし、作・演出を手がける。二〇一二年より劇団丸福ボンバーズ主宰。代表作に『バカの王様－the King of BAKA－』『空』『うたかふぇ』など。妻は女優の宮地雅子。(望月旬々)

福田卓郎《ふくだたくろう》　一九六一〈昭和三十六〉・五〜。脚本家・演出家。愛媛県生まれ。日本大学藝術学部在学中より演劇活動を開始、劇作・演出を手がける。東宝演劇演出部入社。一九八七年、劇団疾風《シップウ》DO《ド》党《トウ》を結成(二〇〇二年、DOTOO《ドトォ》!に改名)。八八年、『うちのお母さん』にてACC最優秀スポットCM賞(ラジオ部門)民放祭優秀賞を受賞。戯曲に『仰げば尊し』『キネマの神様』ほか。(平野恵美子)

福田恆存《ふくだつねあり》　一九一二〈大正元〉・八～一九九四〈平成六〉・十一。文芸評論家・劇作家・演出家。東京生まれ。東京帝国大学文学部卒業。少年時より、芝居好きの母に連れられ、演劇、寄席芸に親しむ。一九三二年旧制浦和高校在学中に、築地座の脚本募集に応募した『或る街の人』が佳作入選。演劇に強く惹かれ、アドルフ・アッピアの演劇論を訳した「生動的芸術の諸要素について」を発表。三六年、大学卒業時に、『別荘地帯』を「演劇評論」に発表。高校、大学等で教鞭を執りつつ、文芸評論家としてデビュー。人間を「演戯者」として考察した『人間・この劇的なるもの』や『西欧作家論』等で、戦後の時代思潮に従った人間観や社会観への疑義を早くから提示していた。『わが母とはたれぞ』(一九四六)、『最後の切り札』(四八)などの戯曲を発表した後、五二年文学座に入座。戯曲では『堅塁奪取』『キティ颱風』『龍を撫でた男』『現代の英雄』などが話題となり、劇作家としての地位を確立する。五三年、欧米に留学。帰国後は、文芸批評の枠を超えて、社会、文化現象への批評も活発となる一方、ライフワークとなるシェイクスピアの翻訳に着手し、演出も手掛ける。特に、『ハムレット』の翻訳と演出は、従来のイメージを一転する、スピード感ある展開と緊迫感ある翻訳で評価高く、その成果により芸術選奨文部大臣賞、岸田演劇賞を受賞した。その後も文学座で『一族再会』『明暗』など批評精神に充ちた作品を手掛け、歌舞伎の八世松本幸四郎(初代白鸚)一座と文学座の合同公演で『明智光秀』、東宝劇団の公演に『有馬皇子《ありまのみこ》』なども提供した。六三年に芥川比呂志ら数十名と、現代演劇協会、劇団雲・欅を設立した。「雲」は岸田國士の「雲の会」を踏襲し、小説家に戯曲提供の機会を与え、「欅」はウェルメイドプレイも含めた上演で客層の拡大を計り、いずれも演劇を社会生活のなかに融合させようという試みだった。七〇年代には、『総統いまだ死せず』『解ってたまるか!』などを劇団四季に提供し、話題となった。七五年、芥川比呂志らが脱退して演劇集団「円」を結成すると、残った福田は「雲」と「欅」を合併し、劇団名を「昴」とする。晩年まで、多くの翻訳も含め、現代演劇協会の理事長としても、演劇への意欲を継続した。演劇論も多く手掛け、『劇場への招待』(五七)、『私の演劇白書』(五八)など数多くの刺激的な論考を残している。

福田の戯曲の特徴は、一つは二重に生きざるを得ない人間の喜劇性を描くことにあり、二つには「良識」への疑念と懐疑が根底にあることである。戦後の現代を、ある意味で「狂気」の時代と見る福田の戯曲には、何らかの形で良識的な知識人が狂気の存在に追い詰められ、逆転していく設定が多い。それを、諷刺的で、逆説的な手法で描く。そこには、見る者を不安にさせ、現代の都市に生きる人間に強い孤独感を与える。それは、知識人がしたりげにいう連帯や共同体という、実態のない言葉への強烈な批判ともなっている。

　また、福田の戯曲は、外国の作品に想を得たものが多いが、『一族再会』などでは、台詞のやりとりには歌舞伎の渡り台詞を取り入れ、近松半二を思わせる上手《かみて》と下手《しもて》で交互に芝居が運ぶ対位的な構図で進めていく劇作法をとることもあるのは見逃せない。文芸・文明批評家としての福田は二十一世紀の今日も多く論じられるが、劇作家としても、その巧緻でテンポよい台詞や偽善や自由や進歩への批評精神に充ちた人物描写など、戦後日本を代表する存在として多面的に論じられるべきだろう。以下の戯曲は、すべて『福田恆存全集』第八巻（文藝春秋）に収録されている。なお、『福田恆存戯曲全集』全五巻（文藝春秋）も刊行されている。

❖**『キティ颱風《きてぃたいふう》』** 四幕。一九五〇年一月雑誌「人間」に発表、三月文学座が三越劇場で初演。長岡輝子演出。戦後、北京から引き揚げてきた資産家の大村家が舞台。妻咲子は湘南の別荘で日々サロンを開催している。多くの親族や怪しげな旧知の人々が集うが何が起こるでもない。キティ颱風の日に、主人の大村浩平は自殺、咲子は崖から転落死し、サロンは解消する。法事の前日、皆々は集まり、死因や恋愛について語るが、会話は結び付かず発展もしない。主人公が不在、筋もなしという設定で、言葉と機知とユーモアで構成した趣向。大ぜいが意見を交わし、自由に見えても、実は空虚で無目的な戦後の日本の一面を、巧みな造型力により個々の人間像を通して実感的に描いた作品。

❖**『龍を撫でた男《りゅうをなでたおとこ》』** 二幕五場。一九五二年一月雑誌「演劇」に発表。十一月、三越劇場で文学座が初演。長岡輝子演出。精神科医の佐田は妻和子とその母、弟と暮らす。知人の劇作家藤井と女優蘭子の兄妹が訪れ、和子は藤井と恋仲となり、佐田はかつて関係のあった蘭子に求愛される。佐田は特権的な視点で、周囲を精神的な病者扱いしているが、やがて関係性のなかで自分が精神の均衡を失い、異常をきたしてしまう。福田が親炙するT・S・エリオットの『カクテル・パーティ』に想を得て、巧みに構成された戯曲。開幕直後から、不気味な雰囲気が漂い、そこに現われる兄妹と佐田夫婦の男女二組の関係も興味をそそるスリリングな展開となっており、周囲の人物も平凡な様相を呈していながら、異常な熱情にとらわれたり、均衡を失った存在としていきいきと描かれている。自分だけは覚醒しているつもりの知識人佐田が、精神的に破綻していくプロセスは、戦後社会の一面を如実に描いており、また、福田の人間観が滲み出ている。それを、飽きさせない台詞の妙味で構成した佳品。

❖**『明智光秀《あけちみつひで》』** 四幕七場。一九五七年「文藝」三月号に発表、八月に八世松本幸四郎一座と文学座合同公演で東横ホールで初演。織田信長の不興をかった明智光秀は、羽柴秀吉とともに猟に出た山科の山中で、偶然出会った妖婆に〈二人は天下を取る〉と予言される。その後、信長は数々の難題を突き付け、森蘭丸に光秀の面を打たせる恥辱を与えた上、領地の丹波を没収すると告げる。光秀はついに謀反を決意するものの、周囲には決心を見せない。再び現われた妖婆の〈光秀の体に刃は通らぬ〉という言葉を聴き、光秀は本能寺に向い信長を討つ。光秀は周囲の武将を味方につけようと試みるが、事態は好転せず、秀吉に山崎の合戦で破れ、敗走中に小栗栖村で百姓長兵衛に竹槍で殺害される。

　この戯曲は『マクベス』を下敷きにしているが、福田は次の二点を眼目としている。一つは、「せりふ劇としての歌舞伎」を書くことである。それは、せりふは文学的で静止的であり、行動的、演劇的でないという通念は誤りであり、せりふこそが演劇では行動そのものであり、尖端的なのだという福田の持論の実現でもあった。二つは歴史劇を書くことの意味であり、シェイクスピアでも悲劇の題材は自分の時代を選ばなかった、同時代を劇の素材とすることで悲劇は衰微したという、福田の主張の実験でもあった。歌舞伎と新劇の合同公演は当時は画期的で評判となり、その後も八世幸四郎（後の初代白鸚）は数度上演している。

❖**『総統いまだ死せず』**《そうとういまだしせず》　四幕。一九七〇年六月「別冊文藝春秋」に発表、七月日生劇場で、劇団四季が初演。浅利慶太演出。東京のドイツ料理店のコック長でヒトラーに似ているボルマンは、藤井夢子という女性と結婚している。そこへ水巻彦一というヒトラー崇拝の秘密結社の連中が、「総統ごっこ」をするためのヒトラーの替え玉を求めに訪れる。夢子は拒絶するが、ボルマンはそれを受諾する。そこへシュミットというヒトラーの替え玉を自称する男が現われ、ボルマンと「総統ごっこ」を巡って論争を始めるのだった。

この作品には、福田の芸術論、演劇論と戦後社会への痛烈なアイロニーが表現されている。

「本物」と「替え玉」を巡る論争は、「芸術は現実よりも現実らしく見えねばならない」「現実が芸術よりも芸術らしく見えねばならない」という台詞のやりとりに及ぶ。これは言葉遊びではなく、一連の台詞にあるヒトラーのイメージと時代の理想との関係のなかで語られると、不気味な迫力を帯びてくる。そして、「総統ごっこ」を通じて、ニセモノの「理想」の恐ろしさが何を産みだすかという戦後社会への風刺も、福田の痛烈な批評精神の演劇的成果として見ることができるだろう。このテーマは、福田の批評の随所にみられるものだが、戯曲では『解ってたまるか！』にも通底している。

（神山彰）

福田雄一《ふくだゆういち》　一九六八〈昭和四十三〉・七〜。劇作家・放送作家・脚本家・演出家・映画監督。栃木県生まれ。成城大学経済学部卒業。一九九〇年、大学の演劇部を母体として劇団ブラボーカンパニー結成。また、二〇〇七年よりマギーとの共同脚本・演出のユニット『U-1グランプリ』も立ち上げる。バラエティー番組やテレビドラマ『勇者ヨシヒコと魔王の城』で人気を集め、映画監督としても話題作を数多く手がける。ミュージカル『モンティ・パイソンのスパマロット』の脚色・演出など翻訳劇の上演台本でも活躍。代表作に『天晴スープレックス』『大洗にも星はふるなり』『フォトジェニック』『スマートモテリーマン講座』。

（望月旬々）

福田陽一郎《ふくだよういちろう》　一九三二〈昭和七〉・六〜二〇一〇〈平成二十二〉・四。劇作家・演出家。東京都世田谷区生まれ。都立新宿高校を卒業後、一浪をして東京大学文学部に入学。大学ではフランス文学を専攻。同級で一番仲の良かった友人に詩人の吉原幸子がおり、彼女の誘いで初めて歌舞伎を観た。また、同じく演劇にも誘われ「劇研」に入り、素人ながら舞台制作を手伝う。一九五四年、同人誌「沙漠」に参加。この頃仲間と出入りしていた新宿のバー「25時」で当時文学座の演出家だった松浦竹夫と知り合う。これが縁で矢代静一や北見治一、新人会の面々とも面識を得る。大学卒業後、松浦からは文学座に来るよう何度も勧められたが、五七年、日本テレビに入社。編成部編成課に配属されたが志願して制作部に移り、劇場中継やテレビドラマの脚本、演出を担当する。この間、同局に在籍しながら伊那洸、恩田誘のペンネームで他局のドラマ、ラジオのシナリオも執筆。舞台にも関わり始め、八木柊一郎との共作、松浦の演出で『飛び出せ！未亡人』（一九六四・新宿コマ劇場）の台本を手がける。七二年、日本テレビを退社。フリーとなり、パルコ専務の増田通二に出会い、彼に頼まれ生まれた舞台が、福田の代表作であり舞台初演出作品の『ショー・ガール』（七四・西武劇場）だった。本作は回を重ねる内に好評を博し、八八年までの十五年間毎年上演されるパルコ劇場の代表作となった。また、ブロードウェイのヒット作品を日本で成功させた功績も大きく、『おかしな二人』などニール・サイモン作品の演出は高い評価を受けた。彼の演出した『おかしな二人』は当時大学生だった三谷幸喜に演劇の道を目指す決心を与えている。二〇〇〇～〇六年には『シューズ・オン！』の構成・演出を担当。〇八年六月に上演された『サンシャイン・ボーイズ』が最後の演出作品となった。福田は日本に良質なエンターテイメントを定着させることに尽力するとともに『ショー・ガール』をはじめ、レイ・クーニー、ニール・サイモンなどソフィスティケイテッド・コメディを通じて、パルコ劇場の持つ「都会の大人のためのお洒落な劇場」というイメージを一般に浸透させた。著書に『男と女のしゃれたつきあいショーガール』（大和書房）、『渥美清の肘突き』（岩波書店）など。妻は女優の稲野和子。

❖**『ショー・ガール』** 一九七四年七月二十三日～二十七日、西武劇場にて初演。主演は木の実ナナ、細川俊之。音楽監督・編曲、宮川泰。舞台美術、朝倉摂。照明、沢田祐二。衣装、三宅一生。振付、山田卓。都会のどこにでもいる男と女の「人生の旅」をテーマに、男と女、二人だけのコメディを基本にしたミュージカル・ショー。オンステージでのバンド演奏があり、幕間の代わりにショータイムが入る。ショータイムは木の実と細川によるもの。舞台のテーマと上演形式は『ショー・ガール』全シリーズで踏襲された。 （松本修二）

福田善之《ふくだよしゆき》 一九三一〈昭和六〉・十～。劇作家・演出家。本名は鴻巣泰三。東京生まれ。麻布高校を経て一九五〇年に東京大学仏文科に入学し、五四年に卒業。高校時代は後の俳優の小沢昭一や加藤武らのいた演劇部で活躍した。東大在学中の五三年の五月祭に早大のふじたあさや（藤田朝也）と共作の『富士山麓』を上演・演出、これは当時の日本共産党の指導のもと、米軍の演習地にされる開拓農地を舞台に、基地反対闘争で提携する学生と農民の姿を描いたもので、学生演劇が生んだ秀作との誉れが高かった。大学卒業後東京タイムス社に入社するもののすぐに退社、劇作家の木下順二と演出家の岡倉士朗に師事して、オペラや商業演劇の舞台監督を務めたり、放送台本を書いたりしつつ、プロの劇作家になった。五七年十二月に木下の『風浪』の強い影響下、河合栄治郎らが関係した戦前の東大経済学部事件をモデルにした『長い墓標の列』を早大演劇研究会が上演、つづいて改稿版をぶどうの会が五八年十一月に上演、現在はこちらが決定稿になっている。五九年に米倉斉加年《よねくらまさかね》や岡村春彦らの民藝俳優教室三期生が青年芸術劇場（略称は青芸）を結成、福田は観世栄夫《かんぜひでお》とともに請われて特別劇団員になった。学生時代から政治運動に参加していた福田はいわゆる六〇年安保闘争に積極的に関わり、青芸の仲間と一緒に安保阻止新劇人会議のデモに稽古の合間をぬって日参したのみか、宣伝カーの上でデモの指導をした。その中から生まれたのが『一九六〇年六月十五日の記録』（広渡常敏と共作、千田是也《せんだこれや》の演出で新劇人会議が一九六〇年六月に上演）、『民主主義を守れ』（八木柊一郎と共作、小林進演出で新劇人有志が同年同月に上演）、『安保阻止のたたかいの記録』『沖縄』

『三池炭鉱』(いずれも大橋喜一、木下順二、藤島宇内、宮本研、八木、山田民雄と共作、第一次訪中新劇団が北京で上演)、『記録No.1』(福田構成、観世演出)といったシュプレヒコールのスタイルを採った作品だった。同時に、この時の経験が既成の左翼政党からのいろいろな意味での離脱を促した。青芸の旗揚げ公演として六一年に上演されたアルジェリア解放闘争に材を求めた『遠くまで行くんだ』は、既成左翼政党の運動方針への違和感と、木下の劇作術からの解放という福田にとって二重の「解放」を意味していて、以後、福田の劇作術は自由奔放なものになる。その顕著な表われが六二年に俳優座系の青年座や俳優小劇場、新人会など五劇団の合同公演として千田是也の演出で上演された『真田風雲録』で、大坂の冬と夏の陣をモチーフにし、それに安保闘争の経過をダブらせた娯楽劇は、従来の歴史劇の書き方と認識を一変するとともに、「何でもあり」の自由な劇作術が後続世代に絶大な影響を及ぼした。注目すべきはこの戯曲の誕生にいたる過程とその後で、まず六〇年に三〇分のラジオドラマとして放送され、六一年に四五分のテレビドラマ化された後、戯曲になった。そして六三年には東映が加藤泰監督で映画化した。つまり、当時の全メディアを動かしたわけで、こういう例はおそらくこれ以前にはない。その意味でも画期的だったと言っていい。

六三年に新人会が明治期に新演劇を創始した川上音二郎らをモデルにした『オッペケペ』を上演、これは演劇についての演劇、つまりメタ・シアターの構造をしていて、演劇とは何かを探ろうとした戯曲でもあった。六〇年代の末から七〇年代にかけての、アングラと呼ばれた演劇的な動向の先駆けとも言える方向性を内包していて、このころの福田はまごうことなく演劇的な尖端にいた。六四年に青芸が手掛けた『袴垂れはどこだ』も、前衛党の不在と変革の時の永遠なる未到来を静かに告げる時代の痛みを反映していた。これはまた、ベケットの『ゴドーを待ちながら』の日本版のひとつのバリエーションだったとも言える。ただし、これが第十回「新劇」岸田戯曲賞に決まったにもかかわらず、福田が審査員への不審を理由に受賞を辞退したのをはじめ、終演後に米倉が脱退して民藝に移籍したり、劇団員同士の意見の相違が日に日に募ったりした揚げ句、青芸は六六年の四月に解散した。

福田の思考ないしは志向が大きく変わるのもこのころである。大局的には新劇を捨て、商業演劇や大衆演劇へと福田は向かう。なぜそうなったか。大きな理由は新劇の観客層が知的エリートに限定されていることへの不満で、『オッペケペ』の書生芝居の川上音二郎に該当する城山のせりふを引用すれば〈おん百姓、おん商人、おん書生の心と結ばれて、そこにあたたかくもなくやさしくもないが、しかし一筋のかたい鋼の線のような眼にみえない絆をつくること〉を求めたと言える。要するにもっと広範囲な、新しい観客との出会いを欲したわけで、その第一弾が六六年六月の歌舞伎座での中村錦之助(のちの萬屋錦之介)特別公演でのプログラムのひとつ、錦之助の弟中村賀津雄《かつお》(のち嘉律雄)を主人公にした『好色一代男』(井原西鶴原作)の脚本と演出だった。そしてこの種の仕事が次のごとくつづく。『御存知一心太助』(六七、中村錦之助の歌舞伎座公演のために)、『御存知森の石松』(六八、和泉二郎・佐々木守と共作、中村錦之助の歌舞伎座公演のために)、『女沢正・あほんだれ一代』(七〇、清川虹子の東横劇場公演のために)、『白狐の恋』(七一、沢竜二原案、谷口守男作、福田補綴・演出、江利チエミの梅田・新宿コマ劇場公演のために）、『三遊亭円朝』（同、中村賀津雄、渡辺美佐子の明治座公演のために）、『業平金庫破り』（七二、森繁久彌劇団の明治座公演のために）、『新丹下左膳』（七三、林不忘原作、新国劇の御園座公演のために）、『焼跡の女侠』（同、清川虹子の西武劇場〈現・パルコ劇場〉での公演のために）、『女ねずみ小僧』（七五、小川真由美の明治座公演のために）、『泣き笑いチャンバラ一代』（七七、山城新伍の新宿コマ劇場公演のために）、『今竹取物語－ヒカル翔んで行く－』（七八、石川さゆりの新宿コマ劇場公演のために）、『三銃士』（七八、デュマ原作、松竹現代劇の日生劇場公演のために）、『赤いろうそくと人魚』（七九、小川未明原作、石川さゆりの新宿コマ劇場公演のために）、『人情噺・浮草ぐらし』（八一、谷口守男と共作、都はるみの新宿コマ劇場公演のために）……。演出をも担当したこれらの舞台はおおむね好評だった。『三遊亭円朝』は『真田風雲録』以来、お互いに信頼していた渡辺美佐子の商業演劇初進出のために筆を執ったもので評判がよかったし、O・ヘンリーの短編集に拠った『業平金庫破り』は、その新鮮さが好評だった。しかし、所詮この世界でも福田は満足できなかった。というよりも、この世界にはこの世界の観客がいて、結局は福田はここの住民にはなり切れなかった。この間にも大逆事件の管野スガをモデルにした『魔女伝説』（六八）のごとき戯曲があるが、福田は再び新劇界に戻るのである。そのきっかけが八四年に青年座が福田の演出で上演した『白樺の林に友が消えた』だった。以後の主な戯曲をあげると、スペイン戦争に国際旅団の一員として従軍した唯一の日本人、ジャック白井をモデルにした『れすとらん自由亭』（九〇、熊井宏之演出、演劇企画クォーター）、『希望――幕末無頼篇』（同、観世栄夫演出、青年座）、『幻燈辻馬車』（九一、山田風太郎原作、広渡常敏演出、東京演劇アンサンブル）、一人ミュージカル『壁の中の妖精』（九三、木山事務所、『幻燈辻馬車』の脚本と本作で紀伊國屋演劇賞個人賞を受賞）、自伝的な色彩の濃厚な『私の下町《ダウンタウン》――母の写真』（九四、木山事務所、読売文学賞を受賞）、『ロマンス――漱石の恋』（九五、島田安行演出、俳優座）、『夢、ハムレットの』（九六、日本劇団協議会）、『続・私の下町――姉の恋愛』（九七、木山事務所）、『ワーグナー家の女』（九九、木山事務所）、『ぼくの失敗――私の下町3』（二〇〇〇、木山事務所）、『慶応某年ちぎれ雲』（〇二、木山事務所）、『新ワーグナー家の女』（〇四、木山事務所）、『二人の老女の伝説』（〇五、ヴェルマ・ウォーリス原作、文化座）、『妖精たちの砦――焼跡のピーターパン』（同、木山事務所）となる。演出者の表記がないのは福田の演出である。この間『傀儡師縁起――お花夢地獄』（七八）、『文明綺談――開化の殺人』（八二）、『ゆめ地獄――お花の逆襲』（八四）、『夢童子ゆめ草紙』（八五）、『夢女ゆめ暦』（八七）といった俳優と人形が競演する結城座のための書きおろしがある。「夢」という手法による社会的な弱者へエールを送ったシリーズである。なお、最近作に木山事務所の後身とも言うべきPカンパニーによる自ら演出の『虎よ、虎よ』（一六・8）がある。

［**参考**］福田善之『劇《ドラマ》の向こうの空』（読売新聞社）、福田善之『真田風雲録』（ハヤカワ演劇文庫、早川書房）、森秀男『現代演劇まるかじり』（晶文社）

❖『**長い墓標の列**《ながいぼひょうのれつ》』四幕。時は一九三八年から四五年まで。所は東京。経済学部教授である山名庄策の勧めるある大学では、日中戦争の開始以来文部省当局の締め付けが厳しくなり、教授の進退は教授会が決めるという大学自治の原則に対して、任免権は当局が持つという新しい提案が文部省から出る。社会主義者でもある山名は反対運動の先頭に立ち、弟子で助教授の城崎や助手の花里や、ゼミの学生である林や飯村たちも山名を支持している。文部省提案の諸否をめぐって、秋のある午後に教授会が開かれる。山名の元学生で新聞記者の千葉も、山名の研究室に取材に来ている。学内でもファッショを支持する学者が勢いを増し、反対の姿勢を明確にしているのは山名一人という状況の中、延々とつづいた教授会で中間派が山名支持に回ったことで、文部省の提案を僅差で拒否することが決まる。大学の自治が守られたと喜ぶ中、ひとつの出版社から山名の著書が発禁になったとの連絡が入る。それから三か月後の一九三九年一月、山名の自宅。著書が発禁になったといっても学説が間違っているわけでもなく、大学での思想の研究も自由だと公言している山名に対して、総長の職権で文部大臣に休職処分を具申するという動きが強まり、総長の代理で学部長の村上が山名を訪ねて来る。山名が辞表を出さなければ、総長が職権を行使すると村上は告げ、山名はそれを承知する。ただし、山名だけではなく、複数の右派の教授も処分すると言う。村上の帰った後に学生の小林が面会を求めて来て、維新同盟の一員として、この場で転向声明を出せと短刀をちらつかせて迫る。折から姿を見せた城崎や林らに小林は連れ去られる。花里は山名の娘、弘子と二人きりになったのを機に、結婚を申し込む。弘子はそれを受け入れる。一か月後の同じ場所。山名の休職発令が出て、新聞記者たちが集まっている。そこへ同僚で敵対派の矢野が来て、辞表を出した後の大学の動きを伝える。その話によれば、辞表を撤回して大学に戻る動きがあり、その中に城崎や花里も加わっているという。驚く山名の前に城崎と花里が現われる。どうするのかと問う山名に、城崎は再建のために大学に止まると言う。思わず二人の激論になり、ついには山名が絶交を宣する。終始苦しげに押し黙っていた花里も城崎とともに席を立つ。山名の妻の久子は弘子に後を追えと促す。その直後、千葉からの電話で山名は出版法違反で起訴されたのを知る。激しい空襲下の山名家。山名は体調のみか精神にも異常をきたすようになっていて、千葉は久子にしきりに入院を勧めている。が、山名は寝る間も惜しんで哲学や経済の勉強に励み、思想の体系化に焦っている。兵士になった飯村が来て林の戦死を伝え、やがて花里に頼まれたことがあると、絶えて久しかった城崎も来る。城崎は戦死した花里から日記を託されたと弘子に渡す。が、弘子はあの日花里の後を追ったものの別人のように感じて立ちすくんだこと、かつて愛していたものの、やっと今、愛していないと言えるようになったとそれを返す。山名に死期が迫る。男十人、女二人、その他大勢。

❖**『真田風雲録《さなだふううんろく》』** 三部十七場。時は一六〇〇年九月の関ヶ原の戦いから大坂夏の陣まで。作者が戯曲集の「あとがき」に〈講談と歴史にたいする依存度はかなりたかい〉と書いたように、秀吉没後の関ヶ原の戦いを経て、大坂冬の陣から夏の陣にかけての豊臣家の滅亡を、その家臣の一人真田幸村と真田十勇士の霧隠才蔵、猿飛佐助、三好清海入道、三好伊三入道、根津甚八、海野六郎、望月六郎、筧十蔵、穴山小助、由利鎌之助らの活躍と家康側の動向、豊臣側の家康への対策などをからませつつ歌入り(林光作曲)の「娯楽劇」

に仕立てたもの。ただし、霧隠才蔵は〈むささびのお霧〉という十勇士たちのアイドル的な女忍者に変えられている。注目すべきは歌の歌詞とせりふの文体で、たとえば十勇士はこう歌って戦いに出掛ける。〈わッわッわッずんぱぱッ／織田信長の謡いけり／人間わずか五十年／夢まぼろしのごとくなり／かどうだか知っちゃいないけど／やりてえことをやりてえな　わッ／てンデ　カッコよく死にてえなぱッ／んぱ　んぱ　んぱ　ずんぱぱッ〉。そして淀君が評定に加わろうと〈あたくしはね、こうも皆さんが故太閤を思う心の一筋に〉と口を切ると、秀頼が〈黙って、母さん〉と制するのである。そしてもうひとつの大きな趣向は六〇年安保闘争の日本共産党や日本社会党、全学連反主流派などの政治的な動きが登場人物に投影されていることで、豊臣側の大野道犬は共産党の、織田有楽斎は社会党の、十勇士は全学連反主流派に見立てられている。したがって男たちのせりふはかなりの程度政治的な色彩を帯びていた。その意味で諷刺の強い、したたかな「娯楽劇」だったのである。男十七人、女三人、その他大勢。

❖**『袴垂れはどこだ』**《はかまだれはどこだ》　八場。時は平安から室町までの時代のいつでも。ある寒村の百姓たちは、行き倒れて死んだ旅の僧からいつか袴垂れの党が来て、圧制に苦しむ村人たちを救ってくれるという話を聞いた。村人たちは袴垂れの到来を待つが、いつまで待っても姿を見せない。そこでじいさまを先頭に、七人の百姓たちが贋の袴垂れの党を名乗って旅に出た。その際に無用の殺生はしないこと、女子供にやさしくすること、奪ったものは全部その村の人々に分けること、といった掟を作った。そしてこれを袴垂れの党だと名乗って実行した。旅の途中で小菊という少女を助け、その小菊が娘に成長したころ、一行の前に三十半ばの逞しい男が現われた。男は本物の袴垂れをよく知っていると言い、百姓たちが実行している掟をあざ笑う。目的のためには手段を選ばないことが戦いの真実だと言って、一行を二手に分けて一方で善行を、もう一方では悪逆を働き、善行を実行する時だけ袴垂れの党を名乗れと勧める。話を聞いてじいさまを先頭にみんなで男を刺し殺す。一行は奮い立って旅をつづける。が、〈手を見ろ、ぬしらの真っ赤に汚れた手を。それが袴垂れだ……〉という男の死に際の声がどこからともなく、いつまでも聞こえる。男十三人、女一人。その他大勢。木下順二の民話劇を習い、方言が使用されている。

❖**『壁の中の妖精』**《かべのなかのようせい》　二幕。時は一九三〇年代と現代。所はスペインの片田舎のフリアーナの家。スペイン内乱で人民戦線政府の兵士として戦ったフリアーナの夫マノーロは、フランコ軍が勝利すると粛清されるのを避けるために、昼間は家の壁の中を刳り貫いて身を潜め、三十年という歳月を過ごす。その間のできごとを女優がフリアーナと娘のマリアに早替わりで扮して演じ分ける一人ミュージカルで、作曲は上田亨。スペイン内乱でよく歌われた『ワルシャワ労働歌』が効果的に使われている。

（大笹吉雄）

福地桜痴《ふくちおうち》　一八四一・五〈天保十二〉〜一九〇六〈明治三十九〉・一。劇作家・小説家・新聞記者。本名源一郎。長崎に儒医の子として生まれる。江戸に出て幕府の通辞を務め、一八六〇年〈万延元〉旗本となる。六一年〈文久元〉および六五年〈慶応元〉に幕府使節に随行して渡欧。新聞や演劇に関心を抱く。六八年〈明治元〉に

「江湖新聞」を発刊するが、発禁処分を受ける。同年、士籍返上により平民となり、文筆・翻訳活動に従事。七〇年大蔵省御雇となり伊藤博文に随い渡米。翌年、大蔵省一等書記官となり岩倉使節団の一員として渡欧。七四年東京日日新聞社に入社。主筆、のち社長として活躍。六八年六月の新富座新築開場式では九世市川團十郎・五世尾上菊五郎の祝辞を代筆。翌年同座で桜痴原作による『花洛中山城名所《はなのみやこやましろめいしょ》』(河竹黙阿弥作)を上演。また米国前大統領グラント歓迎のために演じられた黙阿弥の『後三年奥州軍記《ごさんねんおうしゅうぐんき》』の原案も桜痴による。八六年、演劇改良会の発起人となり、「東京日日」紙上でも演劇改良を主張する論説を発表。これらの活動のかたわら東京府会議長等を務めるなど政治活動も行なった。八八年東京日日新聞社退社。千葉勝五郎と提携して八九年十一月に歌舞伎座を開場、座主となる。開場興行で黙阿弥作『黄門記童幼講釈《こうもんきおさなこうしゃく》』を添削した『俗説美談黄門記《ぞくせつびだんこうもんき》』を上演。翌年七月に座主の地位からは退くが、作者として『春日局』『太閤記《たいこうき》朝鮮軍記《ちょうせんぐんき》』『関原誉凱歌《せきがはらほまれのかちどき》』『東鑑拝賀巻《あずまかがみはいがのまき》』『侠客春雨傘』等を同座に提供した。多くの作品は九世團十郎主演のいわゆる活歴劇であるが、サルドゥ作『トスカ』の翻案である『舞扇恨之刃《まいおうぎうらみのやいば》』、日清戦争の際物『海陸連勝《かいりくれんしょう》日章旗《あさひのみはた》』等も執筆している。一九〇三年に團十郎が没すると、〇四年に衆議院議員に当選し政界に復帰したが、〇六年に没。この他の作品に『大森彦七』、長唄『春興鏡獅子《しゅんきょうかがみじし》』等。外国語に通じ、海外での観劇経験もあった桜痴は、三遊亭圓朝や黙阿弥の翻案物にも題材を提供している。その一方で、多くの浄瑠璃本を収集するなど旧来の日本演劇の研究も怠らなかった。

[**参考**]柳田泉『福地桜痴』(吉川弘文館)

❖**『春日局』**《かすがのつぼね》　五幕十三場。一八九一年五月金港堂刊の単行本が初出。同年六月歌舞伎座で初演。徳川家光の乳母春日局の事蹟を中心に慶長十六年(一六一一)から元和元年(一六一五)までを描く。関ヶ原の戦いの後、浪人の身の夫稲葉佐渡守正成と共に山科に閑居するお福の方の元に板倉勝重らが訪れ、将軍家の若君竹千代の乳母となることを請う。春日局と呼ばれるようになったお福は、竹千代を守り育てている。大坂の豊臣方と内通する悪人たちにより春日局は命を狙われるが、曲者を退け、伊勢参宮を名目に駿府の徳川家康の元へ向かう。江戸城へ上った家康は、御台所に教訓を与え、竹千代を可愛がり菓子を手渡す一方で国千代には次男は家来同前と厳しく言い渡す。秀忠の息女和姫君の入内が決まり、春日局は御母代として都へ付き添うこととなる。そこへ正成からの離縁状が到来する。妻の縁で立身することを嫌った正成であったが、家康のはからいで大名となり、春日局と再会を果たす。桜痴は一八八八年頃より本作を構想しており、黙阿弥の校閲を得た初稿を執筆していた。歌舞伎座での初演のためにこれを修正し、出版した。その過程で團十郎が春日局と家康の二役を演じる必要上、初案にあった三幕目の両者の対面が省かれた。『明治文学全集八十五　明治史劇集』(筑摩書房)所収。

❖**『侠客春雨傘』**《きょうかくはるさめがさ》　六幕十三場。一八九七年四月歌舞伎座で初演。浅草蔵前の札差大口屋治兵衛は、御家人逸見一角に無理難題を言われ、額を割られる。その場は堪えた治兵衛であったが、身代を弟清三郎に譲って隠居、侠客大口屋暁雨となる。暁雨は新吉原松葉屋の花魁丁山の元に通っている。暁雨は吉原松葉屋の花魁丁山の元へ通う。鉄心斎と改めた一角の子分釣鐘庄兵衛が暁雨に交友を迫るが、暁雨は拒否する。鉄心斎は丁山の新造薄雲ことお鶴の父今西玄之進を遺恨から殺害、お鶴に近付くために口説くが失敗する。暁雨の命を狙った庄兵衛だが、被差別階級出身である自分の出自を気にしない暁雨の心の広さに感服し、鉄心斎への義理から切腹する。暁雨らは薄雲に加勢し、鉄心斎を討つ。暁雨は享保期の実在の人物で、十八大通の一人として知られた。原作は一八九四年刊の小説。劇化に際しては竹柴賢二、榎本破笠らの手が加わっている。題名の読みは初演時は「おとこだてはるさめがさ」。『日本戯曲全集第三十四巻　現代篇第二輯』(春陽堂)所収。

(日置貴之)

福原充則《ふくはらみつのり》　一九七五〈昭和五十〉・七〜。劇作家・演出家・映画監督。神奈川県生まれ。東京工芸大学芸術学部映像学科卒業。二〇〇二年にピチチ5〈クインテット〉を旗揚げし、〇六年にニッポンの河川を、一一年にはベッド＆メイキングスを立ち上げ、三つのユニット順に、『サボテンとバントライン』『大きなものを破壊命令』『墓場、女子高生』などの代表作がある。宮崎あおい主演の『その夜明け、嘘。』(二〇〇九)が第五十四回の、高田聖子主演の『つんざき行路、されるがまま』(一四)が第五十九回の岸田國士戯曲賞最終候補作品としてノミネート。一五年には『愛を語れば変態ですか』で映画初監督。親族代表や故林広志プロデュース公演などへのコント作品の提供でも定評がある。笑いを核とした執筆範囲は小劇場から商業演劇まで幅広く、映画・テレビ・ラジオの脚本でも活躍。

(望月旬々)

藤秀璻《ふじしゅうすい》　一八八五〈明治十八〉〜一九八三〈昭和五十八〉。仏教研究者。浄土真宗、親鸞の研究にいそしみ、広島高文理大学でも教鞭をとる。鎌倉期以後の宗教者の生涯と人間性を描く著書多数。大正・昭和期の宗教劇隆盛期に、戯曲を通してその意味を広めることに熱意を注ぎ、代表作『阿闍世王』(五幕十場)は一九三二年九月京都日出会館で、太陽座で上演、好評を得る。宗教演劇が多い同時期の演劇状況を考えるに興味深い存在。他の戯曲に『顔回』『提婆菩薩』『吉水の法難』『或日の良寛』『僧と盗賊』など。戯曲集に『阿闍世王』(百華苑・一九四九)があり、『阿闍世王・大蓮如』(法蔵館・一九九七)として復刊されている。

(神山彰)

藤井薫《ふじいかおる》　一九三〇〈昭和五〉〜一九九五〈平成七〉・五。劇作家。本名庄一。京都府生まれ。滋賀大学卒業。サンケイ新聞に入社。在籍中に松竹大阪の劇作家育成クラブで脚本を書く。一九六〇年二世渋谷天外に認められ松竹新喜劇文芸部に所属。その後フリーで活躍。六六年大阪劇場『天下の脱線野郎』、六九年大阪新歌舞伎座『ちぎれ雲』を上演。著書に『楽屋の独裁者』(恒文社)、『さらば松竹新喜劇』(情報センター出版)がある。

(鍛治明彦)

藤井真澄《ふじいますみ》　一八八九〈明治二十二〉・二〜一九六二〈昭和三十七〉・一。劇作家。岡山県生まれ。早稲田大学卒業。日蓮主義者として出発したが、一九一九年創刊した「黒煙」に『窟』などの社会劇を発表、労働文学を標榜して社会主義同盟に参加。成果を戯曲集『妖怪時代』(一九二三)他に収める。関東大震災後は思想的混迷のなかで日本民族主義に傾斜、『元寇』(三八)等を書く。評論に『戯曲の創作と構想』(二五)がある。

(岩佐壮四郎)

藤井暸一《ふじいりょういち》　一九〇一〈明治三十四〉・十一〜一九七〇〈昭和四十五〉・三。劇作家。本名藤井恪三。兵庫県洲本（淡路島）生まれ。叔父に国文学者・俳人の藤井乙男がいる。木村錦花主宰の雑誌「中央演劇」の誌友となり、一九三九年より神戸劇作懇話会を開催、自作を発表し続けた。戯曲集に『建設農土』（中央演劇社）、『勤労者劇脚本集』（帝京書房）がある。郷里の歴史にも精通し、『地方史の新研究 淡路中川原村史』（淡路中川原村史編纂委員会）の編著も務めた。
（正木喜勝）

藤川健夫《ふじかわたけお》　一九一九〈大正八〉年〜二〇〇九〈平成二十一〉・四。劇作家。本名は武藤駿雄《たけお》。福岡生まれ、東京大学英文科卒業。法政大学で教鞭をとり、『英単語連想記憶術』の著者として知られる一方、藤川健夫のペンネームを使って劇作家、翻訳家として活躍する。長崎の被爆詩人福田須磨子を描いた『傷だらけの手』、核戦争を糾弾する『まだ遅くはない――核戦争起これば』を収めた戯曲集『反戦劇・反核劇』など著書多数。
（エグリントンみか）

ふじきみつ彦《ふじきみつひこ》　一九七四〈昭和四十九〉・十二〜。劇作家・演出家。神奈川県生まれ。本名藤木光彦。早稲田大学社会科学部卒業。広告代理店勤務を経て、二〇〇五年に作家活動を開始。別役実のもとでコントを学び、シティボーイズの舞台にも参加。一二年『ロッカーの濡れてる床、イスがない』で「昨日の祝賀会」を旗揚げ。同年、青年団若手自主企画として現代口語寸劇『若い兄嫁（仮）』を発表。山内ケンジとの共作も多く、テレビや映画でも活躍。代表作に『友達の友達』『右手にテニスボール』『家がわらってる』。
（望月旬々）

藤澤浅二郎《ふじさわあさじろう》　一八六六・六〈慶応二〉・六〜一九一七〈大正六〉・三。新派俳優・劇作家。京都府生まれ。大阪で「東雲《しののめ》新聞」記者時代に川上音二郎と知り合う。一八九一年川上が結成した書生芝居の一座に俳優兼作者として参加。副将として川上を支え、当初は女形も務めた。『板垣君遭難実記』（川上・青柳捨三郎補綴）や『誤判録《しくじりさいばん》』などの脚本を書き、『金色夜叉』『心の闇』をはじめ文芸作品の脚色をいち早く手がける。川上の二度目の西欧巡演に同行して、帰朝後新派全盛の折『ハムレット』の葉村年丸や新派悲劇の二枚目を演じて人気を集めた。俳優育成の面でも功績をあげ、中国人留学生による劇団春柳社（一九〇六年結成）の顧問となり、一九〇八年には牛込に東京俳優養成所（後に東京俳優学校と改称）を開設（一一年閉鎖）。同校は諸口十九《もろぐちつづや》、田中栄三ら新劇人、映画人を輩出した。初期映画で新派の木下吉之助や村田正雄と度々共演を果たし、大正期には劇界を退いた。

❖**『板垣君遭難実記』**《いたがきくんそうなんじっき》　一八九一年二月、大阪・堺の卯の日座で川上音二郎一座の旗あげ公演にて初演。自由党総理板垣退助が演説中、岐阜県士族相原尚に短刀で襲われた岐阜事件の劇化で、書生芝居以前に落語家をしていた当時の川上の口演をもとに藤澤が脚本を完成した。横浜、小田原などを巡演中は、その都度異なる外題で上演していたが、一八九一年六月、浅草・中村座所演をもって定本化した。その際、板垣に青柳捨三郎、相原に川上、相模の妹みつに藤澤浅二郎が扮した。五幕。愁嘆場に義太夫を配して歌舞伎の劇作術を踏襲する一方で、三幕目「岐阜中教院玄関」の乱闘場面では壮士あがりの新俳優たちによる大立廻りが旧派にはない迫力で喝采を浴びた。九世市川團十郎や五世尾上菊五郎も足を運ぶほどの大当たりを取り、東京進出の足がかりとなった。大詰「相原公判」では実際の裁判の手順を再現。近代的な法制度の有用性を視覚化し観る者を教化する、明治期特有の啓蒙的な作意が見て取れる。（桂真）

藤澤清造《ふじさわせいぞう》 一八八九〈明治二十二〉・十～一九三二〈昭和七〉・一。小説家・劇作家。石川県七尾市生まれ。小学校卒業後、右足骨髄炎を患う悲運にみまわれるが、役者を志して一九〇九年に上京。幾つかの職を転々としたのちに、友人安野助多郎の紹介で演芸画報社の訪問記者となる。とりわけ、「演芸画報」一八年九月号から始まった劇評家たちによる歌舞伎の個別演目研究である「稽古歌舞伎会」を熱心に推進。退社後の二二年、安野の自殺に構想を得た長編小説『根津権現裏』（日本図書出版）で新進作家として注目された。以後、二五年まで各紙に戯曲、小説、評論、随筆等を精力的に発表。戯曲には、「新演芸」に発表した『恥』、「演劇新潮」に発表した『嘘』『父と子と』『春』等がある。いずれも私小説的内容の現代劇で、動きの少ない会話中心の書き方のためもあり、当時上演の機会はなかった。「演劇新潮」では編集同人になり、合評会、談話会にも度々参加。尊大とも見える辛辣かつ潔癖な発言が目を引くが、二五年から極端に創作発表の場が少なくなり、貧困と、梅毒性の精神障害による放浪癖の末、芝公園の境内で凍死体で発見された。近年、新潮文庫に『根津権現裏』などが収められ、再び陽の目をみている。

❖**『嘘』**《うそ》 三幕。「演劇新潮」（一九二四・7）掲載。貧しく独身の小説家谷治三郎は、洋画家木村正太郎と友達だが、常に「強者」ぶりを振りまわして他人の誇りを踏みにじる正太郎を疎ましくも思う。かつて遊郭に遊んだ折に、治三郎の相方が正太郎になびいたことを言い立てられ、思わず、正太郎の妻たか子が度々会いに来たことをほのめかすが、それ以上は自制して言わない。しかし、面子を潰されたと感じた正太郎が、暴力をふるって治三郎との仲を問い質すので、たか子は関係を持ったと嘘を言う。たか子から一部始終を聞いた治三郎は、たか子の嘘や正太郎の態度を非難し、このまま置いてくれというたか子の願いも、経済的事情を理由に拒絶する。（石橋健一郎）

藤島一虎《ふじしまいっこ》 一八九五〈明治二十八〉・九～不詳。作家・劇作家。本名伊藤熊男。熊本県玉名市生まれ。農業学校卒業後、九州日報記者を経て、一九一九年、五月信子一座の俳優・文芸部員となる。二〇年、都新聞の懸賞小説に入選。『幕末剣客物語』など剣豪、剣客ものを六〇年代まで書く。井上正夫一座、新国劇、剣劇の梅沢昇一座に多数の脚本を書く。昭和十年代の新国劇では『薩摩隼人』が上演、『宮本武蔵』などの演出も行なう。同時期には、関西で人気の剣劇の辻野良一一座に『剣豪三国誌』『元禄弥太郎笠』、山口俊雄の新潮座に『敵討地蔵和讃』を提供（いずれも、京都花月劇場）。「劇と新小説」に戯曲を掲載のほか、四一年「国民演劇」創刊号に『王政復古』を発表。三二年には長谷川伸主催の「二十四日会」に、戦後も「新鷹会」に参加している。（神山彰）

ふじたあさや 一九三四〈昭和九〉・三～。劇作家・演出家。東京生まれ。本名は藤田朝也。父の藤田親昌は、戦争中に神奈川県警がでっちあげた治安維持法違反の「横浜事件」に連座した元「中央公論」編集長で、特別高等警察（特高）の激しい拷問を経験した。父は起訴されなかったものの、あさやは戦後、元被告遺族らの再審請求を支持、同事件を扱った映画の台本や触発された舞台『ニコライ堂裏』（一九六二、第九回「新劇」岸田戯曲賞候補作品）などを執筆している。麻布高校の演劇部時代、先輩に小沢昭一、加藤武ら個性ある俳優、二年上に劇作家・福田善之らがいた。早稲田大学文学部演劇科に在学中に、東大に進んだ福田と共作した『富士山麓』を東大五月祭で初演。農村の現地調査をもとに富士山麓の射爆場基地反対闘争を描いた作品は、高い評価を受け、劇作家としての好スタートとなった。その後、大学を中退し、NHKなどラジオ、テレビドラマの放送作家として活躍。かたわら、六五年から劇団三十人会に所属、劇作家、演出家として仕事をするようになった。同和教育と勤務評定闘争に揺れ動く教師群像を描く『日本の教育1960』（六五）、水俣病にスポットを当てた『日本の公害1970』（七一）など、斬新な劇スタイルで社会的問題を告発した。その一方、「現代の狂言」シリーズのように、狂言様式で現代を批判する喜劇を試みた。一九七三年、劇団解散後はフリーで、前進座、文化座、青年劇場などに戯曲を提供。児童青少年演劇、音楽劇などの劇作、演出も積極的に手掛けている。地域演劇の育成にもつとめ、長野県飯田市の「飯田演劇宿」は『夢・大江儀吉の』（二〇〇四）の話題作を生んだ。このほか代表作に斎田喬戯曲賞受賞の前進座『さんしょう太夫』、芸術祭賞受賞の京楽座『しのだづま考』、青年劇場『臨界幻想』、脚色で『サンダカン八番娼館』と『ベッカンコおに』など。日本演出者協会元理事長のほか、劇団協、芸団協、日本劇作家協会などの役員を歴任。一五年現在、アシテジ（国際児童青少年演劇協会）インターナショナル副会長。

❖『**面**』《おもて》　一幕。一九六六年、現代のテーマで狂言を創る「現代の狂言」シリーズとして三十人会が俳優座劇場と矢来能楽堂で上演。作者のふじたと和泉流宗家の和泉保之の共同演出。今の広島で、女と男が出会う。女には仮面。男が女の正体を問い詰める。被爆したヒロシマの人の心の傷跡を描き、シリーズの秀作。古典と現代を演じ重ねた伊藤牧子と植田譲の演技が光る。『日本の教育1960』（テアトロ・七〇年所収）。

❖『**しのだづま考**』《しのだづまこう》　一幕。副題に「中西和久ひとり芝居」とある通り、出演は俳優の中西ただひとり。初演は一九八九年十月、大阪・近鉄小劇場。脚本・演出がふじた。二年後の九一年十月、東京・武蔵野芸能劇場で上演され、同年度の文化庁芸術祭賞を受賞した。受賞理由は「様々な伝統芸能の素材ともなった信田《しのだ》妻《づま》伝説を、現代的・社会的な視点から再構成したふじたの脚本・演出およびそれに応えた中西の多彩な演技は、二人の協同作業として秀逸な舞台成果を生み出した」とし、二人の同時受賞である。ふじたは「底辺の民衆が夢みた物語の力」と説経節を捉え、説経節に題材を取った秀作を発表してきた。前進座に七四年『さんしょう太夫』、七九年『しのだ妻』の脚本を書き、「ぜひ、ひとり芝居に」という中西の要請に応じて誕生した。ふじたは、さらに九六年『山椒大夫考』、九九年『をぐり考』を発表、中西との「説教節三部作」を完結させた。初版本は九〇年、大阪の編集工房ノア。芸術祭賞を記念して九二年、大阪・解放出版社から改訂版が刊行されている。

❖『**臨界幻想**』／『**臨界幻想2011**』《りんかいげんそう》　一幕二十五場。『臨界幻想』は八一年、青年劇場が東京・読売ホールで初演。ふじた作を千田是也が演出した。原子力発電所に希望を持って入社した若者が二十六歳で急死した。農業に従事する母親は死が納得できず、病院の医師や会社の上司らを尋ね回り、真実を明らかにしていく。ふじたは当時「原発銀座」と言われた福島県浜通りなど、入念な取材を重ねた。本作のラスト近く、ふじたは原発での「原子力災害」の発生を登場させた。「そう書きながら、原発事故が三十年後、日本で現実になるとは思わなかった。『3・11』後、『予言が的中したね』との電話を頂いてもちっとも喜べない。千田先生が亡くなったこともあって、演出も僕がやることになったので、かつて『臨界幻想』を作った劇団員の思いも入ったドキュメンタリーの舞台にしようと思った」。『臨界幻想2011』は一二年、青年劇場が紀伊國屋サザンシアターで上演。舞台を二重構造として、かつて演じた俳優たちが見守る中で、本筋の物語が展開していく。もとの原稿を大きく書き直してはいないが、緊迫感のある舞台となった。『――2011』の戯曲掲載誌は「悲劇喜劇」(二〇一二・8)。(高橋豊)

藤田紫影《ふじたしえい》　劇作家。大正期に人気の連鎖劇に、関西で多くの作品を提供。京都座で『涙の女』『焔』、京都明治座に『にごらぬ水』『魔の女』など多数。また、琵琶劇『時事大悲劇明石の仇浪』も書き、評判となった。(神山彰)

藤田潤一《ふじたじゅんいち》　一九一〇〈明治四十三〉〜不詳。映画監督・劇作家・放送作家。兵庫県三田市生まれ。新興キネマ、日活で映画監督となり、榎本健一が東宝入り後の一九四二年同一座の文芸部員として『河童の国』『A・B・C娘』『霧の夜の女』などを提供。戦後は『ああ夢か幻か』『ブギウギ百貨店』『エノケンのターザン』など。(神山彰)

藤田草之助《ふじたそうのすけ》　一九〇〇〈明治三十三〉〜不詳。劇作家。大阪生まれ。高等小学校卒後、職を転々とした後、松竹蒲田撮影所で小山内薫を知る。「万朝報」懸賞募集で『無智なるもの』が当選し、帝劇で一九二一年七月に上演。二三年には「大阪朝日新聞」の近松記念募集脚本に『淡路町心中』が当選。同年『煩悩地獄』が春秋座公演として有楽座で上演。帝劇の関西歌舞伎公演で『狸寺の深夜』、林又一郎の研究会五色座での『夏祭夜話』など、大正期には盛んに上演が続いた。百本程の戯曲があるという。戯曲集『無智なる者』(星月堂)には、『日曜日の朝』『落人』『露台にて』『第三者』『濁流』『星を数える人』『夢魔』『秋色新口村』などを収録。『お金が出来て困る話』『鬼』『女房だめし』『蔵の鼠』『風』『秋月楽器店』『鬘』『飯屋の算盤』などが『室内楽』(行路社)に収録されている。他に、『口火』がある。(神山彰)

藤田貴大《ふじたたかひろ》　一九八五〈昭和六十〉・四〜。劇作家・演出家。北海道伊達市出身。マームとジプシー主宰。桜美林大学文学部総合文化学科卒業。小学校四年生のときに劇団四季を観劇し、十歳〜十八歳まで北海道の市民劇団パラムで子役として活躍。高校三年生のときに演出を手がけた高校演劇の作品が全国大会のベスト4となり、審査員だった平田オリザが教えていた桜美林大学への推薦入学を決意する。大学一年〜二年生時に荒縄ジャガーを結成し、『夜、さよなら』『暇人のマラカス』など六作品を発表して解散。二〇〇七年『スープも枯れた』にてマームとジプシーを旗揚げ。

〇八年『ほろほろ』を契機にいくつもの異なったシーンを複雑に交差させながら同時進行で描く劇作となり、一〇年『しゃぼんのころ』で象徴的なシーンの反復を複数の別の角度から見せるカットバック的な手法をとりいれる。詩的なセリフとともにくりかえされる記憶の「リフレイン」が、俳優や観客の感情の嵩《かさ》を増してゆく劇作術を確立。一二年に『かえりの合図、まってた食卓、そこ、きっと、しおふる世界。』で第五十六回岸田國士戯曲賞を受賞。東京芸術劇場の公演でさらなる脚光を浴び、沖縄戦に動員された少女たちに着想を得た今日マチ子の漫画が原作の『cocoon』(一三年初演、一五年再演)は大きな反響を呼ぶ。大谷能生、飴屋法水、原田郁子、穂村弘、名久井直子、川上未映子、又吉直樹、皆川明……幅広いジャンルの作家とコラボレーションも果たす。一六年には、寺山修司の『書を捨てよ町へ出よう』を再創造した台本を「文學界」に発表し、蜷川幸雄と予定されていた共作(『蜷の綿―Nina's Cotton―』)でも話題を集める。代表作に『コドモもももも、森んなか』『ハロースクール、バイバイ』『Kと真夜中のほとりで』『カタチノチガウ』など。

❖『かえりの合図、まってた食卓、そこ、きっと、しおふる世界。』《かえりのあいず、まってたしょくたく、そこ、きっと、しおふるせかい》

連作短篇集のような三部作として発表され、上演順にそれぞれ、『帰りの合図、』『待ってた食卓、』『塩ふる世界。』といった個別のタイトルをもつ(白水社より単行本として刊行)。初演はすべて、東日本大震災の直後にあたる二〇一一年の夏(六月/七月/八月の上演順に、会場は、水天宮ピット大スタジオ/だて歴史の杜カルチャーセンター/STスポット横浜)。

『帰りの合図、』は、四場・登場人物四人。六月末の雨のふる日に、駅前の横断歩道で、かえで(三兄妹の真ん中、長男)と、あんこ(登山風の女子)が、信号待ちをしている。ふたりはそれぞれ、電車の駅から自宅まで、徒歩で二〇分の道のりを帰ってゆくところ。りり(三兄妹の一番上、長女)は、ちょうどバスに乗って帰宅しようとしているところ。すいれん(三兄妹の一番下、次女)は、アルバイト先からの帰り道、横断歩道で信号待ちをしながら「通りゃんせ」をハミング。あんこが妄想と失意をかかえるなか、三兄妹は、すいれんが故郷を出ていった「あの日」の情景を――家族でラーメンを食べる記憶とともに――繰り返し、思い出してゆく。

『待ってた食卓、』は、四場・登場人物六人。夏が始まろうとしてる七月のある日、三兄妹の父親の一周忌ゆえ、かえでがひとりで住む北海道の実家に、四歳の男の子の母親となったりり、東京の大学に通うすいれん、としろう(いとこ)、ふみ(三兄妹にとって昔なじみのおばさん)が集まる。父親が亡くなった一年前の「あの頃」の食卓が、記憶のなか何度もフラッシュバックする。五人は墓参りを終えたあと海に向かい、あんこ(自分探しの旅をしてる十八歳女子)と出会う。彼女は、八歳のときにその場所で溺れていたところを助けられ、しかし助けてくれた人はそのまま海に流されてしまったと親から聞かされたと語った――そこは十年前、しげちゃん(としろうの兄)が亡くなった場所だった。十年前のその日はまた、すいれんが初潮を迎えた日だったが、今まさに彼女は、お腹に生命を宿らせ――おそらくそれゆえ――ふみから十万円借りようとしていた。そして、あんこが三兄妹の家に一宿一飯の世話になるなかで、りりがバスで旅立った「あの日」の情景も、懐かしくよみがえってくるのだった。

『塩ふる世界。』は、四場・登場人物七人。夏の真ん中、暑いけど、どこか寒々しい頃、八月。すいれんは、高校三年生で、ひなぎく(同級生)

と湖のボートを漕ぎ、離れ小島に向かっていた——ひなぎくが、その島にある母親の墓に塩をふるのを手伝うため。ひなぎくの母親が街外れの崖の上から海猫が鳴く海に飛び降りて自殺したのは、一週間前の木曜日のこと。その日は、ひなぎくをはじめ同じ学校の女子高生六人でプールに遊びにいった日で、はなこ（すいれんの後輩で高校二年生）が、かえで（すいれんの兄）に愛の告白をした日でもあった。ひなぎくが町を引っ越してゆく前に、ゆり（三年生）、たんぽぽ（二年生）をふくむ女子高生たちは、防波堤の上に気怠そうに横一列に並んで座り、海をバックに、ふき（二年生）のカメラで記念撮影をする。

　反復と遅延がリズムとなって音楽のような響きを劇の全体に齎《もたら》し、〈好きだった、、、なぁー、、、、〉といったぐあいに、台詞における読点が必ず二つ以上並ぶ独特な文体は宮沢章夫に〈ディレイ・エフェクトとしての新しい劇作術〉と評された。

（望月旬々）

藤田傳《ふじたでん》　一九三二〈昭和七〉・九～二〇一四〈平成二十六〉・三。本名育男。台湾・台北市生まれ。大分県中津高校（新制）を卒業後上京、日本大学藝術学部入学。在学中に新協劇団入団。退団後、劇団葦で舞台監督を務め、堀田善衛作『鬼無鬼島』（一九五八）、開高健作『日本三文オペラ』（六一）を劇団公演に脚色。劇団俳優小劇場（俳小）公演、今村昌平・長谷部慶次作『パラジ——神々と豚々』（六二）舞台監督を機に俳小入団、以後、劇団解散（七一）まで在籍。その間、立原正秋作『剣ヶ崎』（六六）、大城立裕作『琉球処分』（七〇）を脚色、創作劇『黒念仏殺人事件』（七一）を書いた。その後、今村が校長を務める横浜放送映画専門学院（現・日本映画大学）俳優科で教鞭を執り、一九八〇年、その一、二期卒業生とともに劇団1980《イチキュウハチマル》を結成、座付作者として晩年まで数多くの作品を生み出した。代表作に『男冬村村會議事録』（八五）を始めとする「ツイテナイ日本人」三部作や『謎解き　河内十人斬り』（九〇）を含む「日本土民考」三部作、劇団俳優座に執筆した『とりあえずの死』（九二）などの「日本棄民伝」シリーズ、死刑判決を受けた袴田巌事件の捜査の虚偽を暴く『裏読み　味噌樽で縮んだズボン』（九三）がある。『行路死亡人考』（八八）再演で、九四年の紀伊國屋演劇賞個人賞を受賞。永六輔原作のベストセラーを脚色した『大往生』（九七）の映画化では自ら監督した。劇団櫂、劇団俳小（前記「俳小」の後継劇団）、きなせ企画等にも数多くの戯曲を提供。著書に、戯曲と現地探索紀行収録の『黒念佛殺人事件』（七一）、戯曲集『ツイテナイ日本人』（八七）、きなせ企画に書いた三作を収めた戯曲集『終の檻』（二〇一二）。

❖**『黒念仏殺人事件』**《くろねんぶつさつじんじけん》　三幕。一九六一年に岩手県の僻村で発生し未解決のままだった尊属殺人事件「婢川村雑貨商女主人殺し」を取材し、殺人を自白する男はいるのに肝心の死体が消えてしまった迷宮入り事件として劇化した。背後には日本の警察捜査が及ばない村落共同体の「かくれ念仏」講があると考察する。近代化されえない日本の土俗社会を描く以後の作品群の嚆矢となった。今村昌平原案、竹重邦夫共同執筆。劇団1980による再演（九七）では二幕、同劇団のルーマニア公演（二〇〇〇）では一幕に作者によって縮められた。

❖**『謎解き**《なぞとき》**　河内**《かわち》**十人斬り**《じゅうにんぎり》**』**　一幕。祭りで河内音頭の人気曲「河内十人斬り」を上演する音頭丸一座の面々が、音頭の歌詞から実際の事件を推理していく音曲歌入り芝居。乳飲み子を含む十人を惨殺したやくざ者二人が「音頭」の中で英雄視されている理由を、殺害された村の有力者が、富国強兵に突き進む日清戦争前夜の明治新政府の内通者だったからではないか、と解き、時ならぬ河内音頭ブームの先駆けとなった。何度も再演を繰り返した劇団1980の人気演目である。一九九五年には民主革命後まだ日が浅いルーマニア公演ツアーを敢行し、絶賛を博した。

❖『**行路死亡人考**《こうろしぼうにんこう》』一幕。バブル経済期の一九八八年、奥箱根の山中で〈老生は日本国の為には応分の働きはしてきた筈です〉と記されたノートとともに、ガソリン自殺をしたと思しい老人の焼死体が発見された。その記事をもとに、作者は、五歳で生き別れた息子がノートに書かれた片々から老人の過去を辿りなおす劇を創作。地方出身の底辺労働者を使い捨ててきた日本社会への老人の憤りを描いた。以後も『少々乱暴』(〇三)、『ひとりの群像』(一〇)などで同種のテーマを扱っている。本作自体も、「格差社会」の到来とともにますます価値を高めている。二〇〇八年には「ヨーロッパ最貧国」といわれるモルドヴァ共和国のペトル・ヴトカレウ演出で再演、同国でも上演された。　(七字英輔)

藤田敏雄《ふじたとしお》　一九二八〈昭和三〉〜。劇作家・作詞家・演出家。滋賀県出身。宝塚歌劇団文芸部を振り出しに放送作家を経てミュージカルの脚本、作詞、演出を手掛ける。日本の創作ミュージカルの草分け的存在。代表作に作曲家のいずみたくとコンビで『死神』(一九七一)、『洪水の前』(八〇)、『俺たちは天使じゃない』(七四)、『リリー・マルレーン』(八三)。米公演した『歌麿』(八八)など。テレビ朝日の音楽番組「題名のない音楽会」の企画・構成をした。　(山本健一)

藤野古白《ふじのこはく》　一八七一〈明治四〉・八〜一八九五〈明治二十八〉・四。俳人・劇作家。正岡子規の従弟で俳句の才を嘱望されたが、東京専門学校入学後、新脚本制作に熱中した。一八九五年義太夫なしの史劇『人柱月島由来』(五幕十二場)を「早稲田文学」に発表(一八九五・1〜3)したが、『桐一葉』連載の影で黙殺され、失意から拳銃自殺した。他に一幕物『戦争』を残したが評価の機運は昭和戦後になってからである。(林廣親)

藤本義一《ふじもとぎいち》　一九三三〈昭和八〉・一〜二〇一二〈平成二十四〉・十。作家。大阪府堺市生まれ。十二歳で終戦を迎え、空襲で家業の質店を失った両親に代わり闇市で働いた。大阪府立大学在学中から脚本募集に次々に入選。上智大学の井上ひさしと並んで「西の藤本、東の井上」と称された。五七年、ブラジル移民を描いた脚本『つばくろの歌』で芸術祭文部大臣賞受賞。同年に結成された関西芸術座が藤本作品『虫』『つばくろの歌』を上演。同劇団は五九年にも藤本作の『トタンの穴は星のよう』『鎖のひとつの環』を上演した。初期戯曲は社会の矛盾の中を懸命に生きる庶民を活写する内容が目立つ。卒業後は宝塚映画、大映などで脚本を手掛け、川島雄三監督に師事。六二年に放送作家として独立、六五年から深夜番組『11PM』の司会で人気を集めた(〜九〇)。七四年、小説『鬼の詩』で直木賞受賞。井原西鶴、織田作之助など上方の町人文化の流れをくむ文芸を掘り起こし、在野の精神で社会や文化についての発言を続けた。

❖『**虫**《むし》』二幕四場。一九五七〈昭和三二〉年十月、大阪・朝日会館で関西芸術座が初演。演出は道井直次、主演は山村弘三。舞台は戦後の大阪、芸人たちが寄り添って暮らす夢芸荘。売れない落語家の円丸《まるまる》は喉頭がんだが、本人は軽い病気だと思っている。ある時、寄席の支配人が放送局に紹介する芸人を探しに来るというので、芸を見せる二組をくじで選ぶことになる。円丸の重病を知る浪曲師の弓蔵は、自分が当たりを引きながら円丸が当たったと偽ってチャンスを譲る。円丸は激しい気迫で口演するが、支配人は音曲漫才の方を選ぶ。現代感覚がないと退けられた円丸は正気を失う。時流に乗れず、それでも胸中に芸の虫を飼って生きる芸人の悲哀を滑稽味ある大阪弁で表現した。父親の浄瑠璃本を読みふけって育ったという作者の二十三歳の時の作。せりふに『夏祭《なつまつり》 浪花鑑《なにわかがみ》』『女殺《おんなころし》 油《あぶらの》 地獄《じごく》』など浄瑠璃の詞章を散りばめ、成熟した筆致で人情の機微を描いている。（畑律江）

藤本有紀《ふじもとゆき》　一九六七〈昭和四十二〉・十二〜。劇作家・脚本家。兵庫県出身。『正月どうすんの？』『借りたら返す』など劇団「カクスコ」の舞台作品（一九九七〜二〇〇二）をはじめ、『ちりとてちん』『平清盛』などテレビドラマの脚本を手がける。二〇一六年には、NHK木曜時代劇『ちかえもん』（主演：松尾スズキ・青木崇高）で第三十四回向田邦子賞受賞、新歌舞伎座に舞台『だいこん役者』（主演：藤山直美・大杉漣）を書き下ろす。（岡室美奈子）

藤森成吉《ふじもりせいきち》　一八九二〈明治二十五〉・八〜一九七七〈昭和五十二〉・五。小説家・劇作家。長野県生まれ。東京帝国大学卒業。幼時に実母が自殺、継母に育てられる。一九一五年一月、「新潮」に発表した小説『雲雀』で文壇に登場。六高講師就任と辞任、結婚、労働体験や病気、父との対立など大学卒業後の経験は、第一創作集『新しい地』（一九一九）所収の短篇はじめ、以後の作品にも活かされている。二十年代初頭から社会主義への共感をあらわにし、二四年には妻と共に『狼へ！』（「改造」一九二九・9、11、12、二七・2）にまとめられる労働生活を体験、プロレタリア文学の側に拠る立場を鮮明にした。この頃から戯曲にも意欲を燃やし、二六年に、心中を決行する前の有島武郎を描いた『犠牲』（同二六・4、5）や『磔茂左衛門』を、翌年には『何が彼女をさうさせたか』などを発表。二八年には、労農党から第一回普通選挙に出馬（落選）、同年結成の全日本無産者芸術連盟（ナップ）の委員長に就任して、ソビエトにも密入国するなど、実践活動に従事した。しかし、三二年、共産党シンパとして検挙されたのを契機に政治活動から遠ざかり、『渡辺崋山』（三五）など小説、戯曲、童話の執筆に専念。このうち戯曲は、三六年、前進座のために書いた『シーボルト夜話』（村山知義演出、主演は中村翫右衛門）を皮切りに、終戦までの時期、『若き啄木』（三九）、『大原幽学』（四〇）、『頼山陽』（四一）、『岡倉天心覚書』（四四）と、一年に一、二作のペースで発表している。多くが幕末維新期に取材し、史実の綿密な考証のうえに捉えた歴史上の人物に自己の心情や史観を託した評伝劇だが、なかでも新築地劇団上演の『江戸城明渡し』（三幕四場、三八）等は好評で、『幡随院長兵衛』も映画化（南旺映画、前進座ユニット出演、四〇）されるなど興行的にも成功を収めた。戦後は、共産党に入党、『悲しき愛』（五五）等の長編小説のほか、戯曲には、松井須磨子に取材した『独白の女』（七三）がある。

❖**『磔茂左衛門』**《はりつけもざえもん》　五幕六場。「新潮」（一九二六・5）。寛永年間、藩主の悪政に対して立ち上がり、将軍綱吉に直訴を企てて妻子とともに磔刑になった上州沼田の杉木茂左衛門の事蹟に取材した史劇。〈麦粒だつて米粒だつて、一つ土ん中で腐りやァこそ、千倍万倍、どつさり穂がみのるぢやあねえか〉という「新約聖書　マタイ伝」を踏まえた台詞が主題を示す。発表と同時に、東京左翼劇場が第一回公演作品として選び、村山知義演出・装置、小野宮吉演技監督、佐々木孝丸主演で上演を準備したが、検閲のため公演中止になり、幻の舞台となった。初演は一九二六年、井上正夫・栗島すみ子主演による浅草松竹座の舞台だが、やはり検閲のため、磔柱を舞台へ立てることができないなど、変更を加えての上演だった。

❖**『何が彼女をさうさせたか』**《なにがかのじょをそうさせたか》 六幕九場。初出（「改造」一九二七・1〜4）は五幕八場だが、『何が彼女をさうさせたか？』（改造社）として刊行する際に増補。初演は、一九二七年四月、築地小劇場第六十一回公演として土方与志演出、吉田謙吉装置、山本《やまもと》安英《やすえ》、御橋公《みはしこう》らが出演して上演。母は男と蒸発、父と死別した貧農の娘中村すみ子が、浅草の芝居の子役、詐欺師の手先、養育院への収容など下層社会を転々とし、慈善施設に救いを求めるものの破滅していく姿をリアルに描く。初演ではタイトルを『彼女』と改めたが、翌二八年十月、初代水谷八重子主演の本郷座での新派公演では原題のまま上演され、一九二九年五月の新築地劇団による帝劇での再演でも原題通りで初演とほぼ同じ演出・キャスティングで上演された。また三〇年には帝国キネマで映画化（監督・鈴木重吉、主演・高津慶子）され、タイトルはそのまま流行語にもなった。昭和初年の世相を背景にした貧しい少女の、一種の地獄巡り譚だが、モデルも実在し、実話に基づくドラマとされる。（岩佐壮四郎）

藤原卓《ふじわらすぐる》 すわらじ劇園同人。一九五五年、一燈園を母体とする劇団〈すわらじ劇園〉に入園。七一年に中高生に向けた作品、『コタンの口笛』（石森延男原作）と『人情裏長屋』（山本周五郎原作）を脚色、六月から翌月にかけて全国で巡演。八一年一月には『本日ただいま誕生』（小沢道雄原作）を劇園五十周年記念公演のために劇化。
［参考］『すわらじ劇園五十年の足跡』（すわらじ劇園）（熊谷知子）

ふたくちつよし 一九五〇〈昭和二十五〉・六〜。劇作家・演出家。本名は二口剛《ふたくちつよし》。東京都世田谷区生まれ。桐朋学園大学短期大学部演劇専攻科卒業。一九九七年劇団風力写真機創立。『山茶花さいた』（初演・一九九一）で不条理劇から市井の人々を温かく描くウェルメイドな写実劇に転じた。戦争の傷跡を持つ父親と家庭を守る母親、長期入院生活など自らの体験が投影された作品が多く説得力がある。代表作は『三年G組――ある夏の日に』（二〇〇一）、『あした天気になぁれ』（〇三）。俳優座に『風薫る日に』（〇六）、青年座に『切り子たちの秋』（一一、第十五回鶴屋南北戯曲賞最終候補）、民藝に『霞晴れたら』（〇九）、トム・プロジェクトに『ダモイ――収容所から来た遺書』（〇五）などを提供。アマチュア劇団による上演も多い。（宮本啓子）

船岩祐太《ふないわゆうた》 一九八五〈昭和六十〉・九〜。劇作家・演出家。演劇集団砂地主宰。山口県出身。桐朋学園芸術短期大学卒業。木村光一、鐘下辰男に師事。二〇〇七年、演劇集団砂地を結成。古典劇の名作の翻案・演出のほか、代表作に『貯水池』『Ｄｉｓｋ』『唄わない冬』など。（望月旬々）

舟橋聖一《ふなはしせいいち》 一九〇四〈明治三十七〉・十二〜一九七六〈昭和五十一〉・一。小説家・劇作家・演出家。東京本所生まれ。東京帝国大学文学部卒業。在学中に「朱門」同人になり、河原崎長十郎、村山知義らと劇団「心座」を設立、演劇革新を志した。一九二六年に「新潮」に戯曲『白い腕』を発表した。明治大学で教鞭を取る一方で創作活動を続け、三八年に『ダイヴィング』『木石』を書き注目を集め、四一年の『悉皆屋《しっかいや》康吉《こうきち》』で純文学作家として評価を高めた。戦後は『雪夫人絵図』『芸者小夏』など官能美に溢れた風俗小説を書き、人気作家の地位を確立した。以後も女性の艶やかさを精緻に描いた作品で特色を発揮した。劇作家としては青年時代は前衛的作品を書いたが、大戦後は占領軍の禁止命令で歌舞伎の上演演目が限られていた事情と、性解放を謳歌した時代の後押しもあって、人間の色欲と官能美を赤裸々に描いた『滝口入道の恋』(一九四六)、『田之助紅』(四七)などを次々に書き、これらの作品は傾向歌舞伎と呼ばれた。一方で五一年に新築開場した歌舞伎座で、戦前は上演を禁止されていた『源氏物語』を現代語を使って脚色し歌舞伎史に新しい世界を拓いた。『源氏』は五七年に二部、五九年に三部を脚色上演し、宇治十帖を除くほぼ完全上演が実現した。一連の作品は「舟橋源氏」と呼ばれ、優雅な絵巻物風の展開に特色がある。そのほか『少将滋幹の母』(五六、谷崎潤一郎原作)、『絵島生島』(五四)、『新忠臣蔵・瑤泉院』(五九)、『関白殿下秀吉』(七〇)などが代表作。芸術院会員、文化功労者。著作は小説を主に多数。相撲や競馬を愛した。

❖**『源氏物語』**《げんじものがたり》　六幕。一九五一年三月、歌舞伎座で菊五郎劇団が久保田万太郎演出で初演。第一部は「桐壺」から「賢木」までで、再演の時「須磨明石」を付けた。光源氏の誕生から青年期までを描いている。亡母の桐壺更衣を慕う光君は、母と面差しの似た藤壺女御を秘かに慕うようになった。父の御門は光の将来を思い、臣下の源氏にしたうえ左大臣の姫葵を光の妻にしたが、光は冷たく取り澄ました葵が気に染まず、次々と女遍歴を続けた。その一人の六条御息所は光を恋する余り生霊になり、光が契った夕顔を取り殺してしまう。病になった光は北山の寺に通うが、麓の庵室で藤壺に生き写しの少女紫の上を知った。それが藤壺への思慕の念に火をつけ、光は里帰りしていた藤壺に思いのたけを告げ強引に契り、藤壺は光の胤《たね》を宿してしまう。二人は道ならぬ恋に苦しむが、御門は藤壺女御の生んだ子を東宮に立てた。葵も懐妊したが、御息所の生霊に悩まされ、男の子を産んだ後亡くなった。御門は間もなく亡くなり、罪の意識に苛まれた藤壺は出家、光は右大臣家の娘朧月夜との恋が顕れ、須磨に蟄居する羽目になった。戦後の物資が不自由な時代に、舞台では絢爛たる王朝絵巻が展開、花道の衣擦れの音に観客が興奮したと伝えられる。光君を演じた九世市川海老蔵(十一世團十郎)は、一躍歌舞伎界のトップスターに躍り出た。二世尾上松緑、七世尾上梅幸らが共演。二部は「澪標」から「篝火」に至る八幕、三部は「若葉」から「幻」までの六幕で、三部共菊五郎劇団が初演した。

❖**『関白殿下秀吉』**《かんぱくでんかひでよし》　六幕。一九七〇年十月、今日出海演出により国立劇場で初演。小田原攻めから千利休に死を命じるまでの後年の秀吉の人間像を、利休と秀吉を取り巻く女性たちの姿を絡めて描いた戯曲。小田原攻めで秀吉は天下掌握を目前にしていた。陣中見舞いに来たお茶々は、秀吉が利休の娘お吟に気を奪われているのを知って激しく嫉妬する。秀吉はお茶々が生んだ実子の行く末について利休に相談する。そんな秀吉の夢に恋い焦がれたお市の方が現われる。一方、利休と側近石田三成の仲は険悪になっていく。老境に入って様々な事柄の処理に苦悩する秀吉の孤独と焦りを描き、秀吉を十七世中村勘三郎、茶々とお市の方を四世中村雀右衛門、利休を二世中村鴈治郎、三成を三世市川猿之助が演じた。

(水落潔)

ブルー&スカイ《ぶるーあんどすかい》　一九七三〈昭和四十八〉・七〜。劇作家・演出家・放送作家・俳優。東京都生まれ。本名後藤英行。ケラリーノ・サンドロヴィッチの作風を継承するナンセンス・コメディーの名手。一九九四年、東洋大学在学中に演劇研究会のメンバーを中心として劇団猫ニャーを旗揚げ。二〇〇一年に、演劇弁当猫ニャーを始動。一二年に、ブルースカイからブルー&スカイへ改名。代表作に『ファーブル』『不可能美』『猫型物語』『音楽家のベートーベン』『窓に映るエレジー』など。（望月旬々）

古河新水《ふるかわしんすい》（十二世守田勘彌）　一八四六〈弘化三〉〜一八九七〈明治三十〉・八。興行師・歌舞伎狂言役者。本名守田寿作。俳名是好。守田座の帳元中村翫左衛門の次男として生まれる。一八六三年春、十一世守田勘彌の養子となり守田勘次郎と改名。同年に勘彌が没し、翌年勘次郎が十二世勘彌をついで守田座の座元となった。一八七二年には劇場を猿若町から新富町に移し、近代的な機構・設備を採り入れた大劇場を建築。七五年十一月に新富座と改称した。九世市川團十郎との提携による活歴物を積極的に上演し、学者や文人による考証・指導を仰いで戯曲と演出の高尚化を図った。一方では皇族・政府高官・外国人などを頻繁に招待して観劇させることにより、歌舞伎の社会的地位の向上を目指した。その頂点となるのが八七年四月に井上馨邸で催された天覧劇であり、歌舞伎の近代化の過程において興行師としての勘彌が果たした功績は大きい。しかし新富座の経営は次第に行き詰まり、困窮の中で不遇の晩年を過ごしたのち、一八九七年八月二十一日没。狂言作者としては一八八六年十月二十八日に黙阿弥門下となって古河新水と名乗り、同年十二月には処女作『文殊智恵義民功《もんじゅのちえぎみんのいさおし》』が團十郎の主演により上演された。ほかに『三府五港写幻燈《さんぷごこううつすげんとう》』、『新舞台安政奇聞《しんぶたいあんせいきぶん》』（初演時に『安政奇聞佃夜嵐』と改題）などの作品がある。

❖**『安政奇聞佃夜嵐《あんせいきぶんつくだのよあらし》』**　六幕。一八九二年新富座で五世尾上菊五郎、初代市川左團次らにより上演の予定だったが中止。一九一四年九月市村座初演。配役は青木貞次郎に六世尾上菊五郎、神谷玄蔵に初代中村吉右衛門ほか。一八八五年に処刑された脱獄犯の実話を劇化。田村成義が構想、黙阿弥が補筆した。佃島の寄場人足の貞次郎と玄蔵は共謀して島を抜け出し、貞次郎は所化になって親の仇を探す。玄蔵こそ親の仇と知った貞次郎は玄蔵と再会して争うが二人とも捕縛される。二人が佃島から泳いで脱出する場面が話題となり、菊五郎と吉右衛門の名コンビによる演技の応酬が好評を得た。（矢内賢二）

古川貴義《ふるかわたかよし》　一九八〇〈昭和五十五〉・九〜。劇作家・演出家。劇団「箱庭円舞曲」主宰。福島県出身。日本大学藝術学部演劇学科劇作コース卒業。在学中の二〇〇〇年に旗揚げして以後、全公演の作・演出を手がける。代表作に『否定されたくてする質問』『珍しい凡人』『俺の酒が呑めない』。（望月旬々）

古川健《ふるかわたけし》　一九七八〈昭和五十三〉・八〜。劇作家・俳優。東京都生まれ。駒澤大学文学部卒業。二〇〇〇年に結成された劇団チョコレートケーキに第二回公演（二〇〇二）から参加し、〇九年『a day』から脚本を手がける。一四年、大正天皇の一代記を描いた『治天ノ君』（一三）が第二十一回読売演劇大賞選考委員特別賞を受賞。一六年、朝鮮で人民裁判にかけられた日本人検事の物語を描く『追憶のアリラン』が

第十九回鶴屋南北戯曲賞最終候補、世界大戦のせいで南北に分断された日本を描く『ライン(国境)の向こう』で第六十回岸田國士戯曲賞最終候補。代表作に『起て、飢えたる者よ』『熱狂』『あの記憶の記録』『親愛なる我が総統』『その頬、熱線に焼かれ』など。（望月旬々）

古川登志夫《ふるかわとしお》　一九四六〈昭和二十一〉・七〜。声優・劇作家。栃木県出身。本名古川利夫。日本大学藝術学部演劇学科卒業。アニメや映画の人気作品の吹き替えで著名だが、一九八〇年より劇団青杜《せいとう》を主宰して劇作・演出も数多く手がける。代表作に『聖獣伝説・天馬』『東京海亀伝説』『怪盗三日月丸』『テレスコープ』『サイロの砦』など。（望月旬々）

古川日出男《ふるかわひでお》　一九六六〈昭和四十一〉・七〜。小説家。福島県生まれ。早稲田大学第一文学部中退。高校演劇部で清水邦夫の『ぼくらが非情の大河をくだる時』に出会い、衝撃を受ける。さらに村上春樹と吉増剛造を原点としつつ、一九九八年『13』で小説家デビュー。東日本大震災後の二〇一一年から、自ら脚本を手がける『朗読劇「銀河鉄道の夜」』を、柴田元幸・管啓次郎・小島ケイタニーラブと国内各地で巡演。一五年、蜷川幸雄が演出を手がける『冬眠する熊に添い寝してごらん』のために戯曲を執筆し、第五十九回岸田國士戯曲賞最終候補作にノミネート。小説の代表作に『アラビアの夜の種族』(第五十五回日本推理作家協会賞・第二十三回日本SF大賞受賞)、『ベルカ、吠えないのか?』、『LOVE』(第十九回三島賞受賞)、『聖家族』、『南無ロックンロール二十一部経』、『女たち三百人の裏切りの書』(第三十七回野間文芸新人賞・第六十七回読売文学賞小説部門受賞)。（望月旬々）

古川緑波《ふるかわろっぱ》　一九〇三〈明治三十六〉・八〜一九六一〈昭和三十六〉・一。俳優。東京市生まれ。早稲田大学英文科中退。貴族院議員を務めた加藤照麿男爵の六男として生まれ、のちに満洲鉄道の役員・古川武太郎の養子となる。十六歳の頃から「キネマ旬報」に投稿を始め、大学在学中には雑誌「映画時代」の編集にも携わる。一九二六年、徳川夢声らを中心とした「ナヤマシ会」に参加、芸能活動を始める。三三年、徳川夢声らと「笑の王国」を旗揚げ、喜劇俳優として本格的に活動を行なう一方、自らが脚本も手掛けるようになる。丸顔にロイド眼鏡の風貌がインテリ芸人の雰囲気を漂わせ、従来の「声色」を「声帯模写」と名付けるなど、幅広い活躍を見せた。『見世物王国』『王国博覧会』などがヒットし、三五年、東宝の専属になり、藤原義江らとの共演で『歌う弥次喜多』を自らの演出で有楽座で上演。三六年、古川緑波一座を結成、『歌ふ弥次喜多・東海道小唄道中』の作・主演を手掛け、このヒットにより二作とも映画化される。同年『凸凹ローマンス』を自らの演出で日劇にて上演、文芸部に作家として菊田一夫を迎え、菊田一夫の演出で『ギャング河内山宗俊』、四〇年には火野葦平原作・菊田一夫脚色・演出の『ロッパと兵隊』、四一年には長谷健作・菊田一夫脚色・演出の『あさくさの子供』をいずれも有楽座にて上演、その人気を盤石のものとした。榎本健一とともに「エノケン・ロッパ」の愛称で戦前・戦中には絶大な人気を誇った。戦後も、四六年『平和島』をサトウハチローとの合作で、四九年『新婚天国』を有楽座にて上演。『ロッパの大久保彦左ェ門』などを自らの作で上演し気を吐いたが、だんだんに活躍の場が狭まり、持病の糖尿病と貧困に苦しんだ不遇な晩年を送った。

〔**参考**〕『続・ロッパの大久保彦左ヱ門』（昭和35年新宿コマ劇場上演台本）

❖**『続・ロッパの大久保彦左ヱ門』**《ぞくろっぱのおおくぼひこざえもん》 六景。魚屋・一心太助と大久保彦左衛門の物語。相変らずがみがみとやかましい彦左衛門は、お得意の軍談を聴かせて悦に入っているが、回りはたまったものではない。こんな苦労をするのならば、いっそのこと我慢大会を始めようと、話の方向はあらぬ方向へ進む。しかし、いつもと変わらぬ元気を装っていた彦左衛門は病に襲われており、太助らに看取られ、息を引き取る。話の流れとは裏腹に、ドタバタ喜劇らしく「パーティ」「ゴンドラ」「アトラクション」などと言った、当時の流行語が随所に飛び出し、古川緑波のインテリジェンスを感じさせる作品となっている。（中村義裕）

フルタジュン《ふるたじゅん》 一九八一〈昭和五十六〉・六〜。劇作家・演出家・俳優。劇団フルタ丸主宰。岐阜県出身。本名古田淳。明治大学文学部文学科演劇専攻学科卒業。二〇〇二年に旗揚げし、全公演の作・演出。代表作に『うつくしい革命』『匿名家族』『パラレル』『共演NG』『フルカラーの夏』『ビッグマウス症候群』など。（望月旬々）

古橋悌二《ふるはしていじ》 一九六〇〈昭和三十五〉・七〜一九九五〈平成六〉・十。京都生まれ。HIV感染による敗血症で死去。京都市立芸術大学美術学部（構想設計）卒業。一九八四年、同大学の美術、建築、デザイン、音楽、ダンスなどマルチなメディアに関わるメンバーらとダムタイプ（dumbtype）結成。八六年、大阪国際演劇祭で『睡眠の計画・5』を発表した後、テクノロジーを駆使したパフォーマンスの可能性を探り、八八年の『Pleasure Life』で第一回ニューヨーク国際演劇祭に招かれ、初めての世界ツアーに旅立つ。以後彼らの作品は多くの海外公演を行ない、日本以上に世界で著名な前衛グループとなる。テクノロジー社会の中で生きていく空虚な感覚を舞台化した『pH』（一九九〇）では、フラットな空間にバーが行き来し、そこをダンサーたちが潜り抜けるというシンプルな構造の中に文明論的な視座をこめ、その後のダムタイプのスタイルを方向づけた。彼らの名前を決定的にしたのは『S／N』で、九二年に彼らのワークインプログレスとして開始された。古橋はニューヨークで友人からHIVウィルスを罹患したことが九二年に発覚し、彼はダムタイプのメンバーに手紙に書いてこのことを知らせ、協力を求めた。これが発端となり、AIDSを通して見えてくる偏見と差別にアーティストとしてどう関わるかを主題とした作品づくりに向かった。『S／Nの為のセミナーショー』でトークを交えたワークショップ的な舞台から出発し、これが後にダンスや映像などを組み合わせた『S／N』へと昇華された。古橋はこの舞台で、「芸術とは何か」を問い、アートワールドを超え、芸術と実生活を結びつける可能性を探った。この舞台は海外でも数多く上演され、古橋も自ら舞台に立って軽妙な演技を見せた。死後も、ビデオ映像を通じて古橋は舞台に〝出演〟し、九六年のブラジル公演まで続けられた。古橋の死は「ニューヨークタイムス」など世界的に報じられ、三十五歳で亡くなったアーティストの早すぎる死が惜しまれた。死の予感がしたのか、死の前年にビデオ・インスタレーション『ラヴァーズ』を発表し、その一方でAIDS会議にも積極的に関わるなど、活動はアートの世界に留まらない社会性、政治性を帯びていった。彼は芸術家であるとともに活動家《アクティヴィスト》でもあったのだ。死後も、彼を追悼する『OR』や『Memorandam』が高谷史郎《たかたにしろう》らを中心に上演され、古橋の言葉や座談などを収めた『メモランダム』も刊行された。（西堂行人）

へ

別役実《べつやくみのる》　一九三七〈昭和十二〉・四～。満州国特別市において、満州国総務庁情報所事務官であった父・憲夫の長男として生まれる。父は一九四五年、終戦の直前に死去。翌年、集団引き揚げにより日本に。父の郷里の高知県高知市小津町の曾祖母(寺田寅彦の姉)らのもとに身を寄せる。四七年、母の郷里の静岡県清水市大手町に移り、母方の祖母、叔父たちと同居。四八年には長野に転居。母は行商から身を起こし餃子屋を開いて経済的にやや安定する。五一年に柳町中学校、五四年に長野北高校(現・長野高校)に入学。絵画やドストエフスキー、聖書について学ぶ。五七年、母と東京に転居。大学受験に失敗し、一浪の後、五八年に早稲田大学第一政治経済学部政治学科に入学。祖母・平尾かずえの家に下宿しながらジャーナリストを志すが、先輩の勧誘により早大の劇団自由舞台に入部し、制作や舞台監督を担当する。六〇年安保闘争に参加し、デモと演劇に明け暮れ、六〇年に授業料未払いにより除籍。この頃ベケットの不条理劇『ゴドーを待ちながら』を読み、大きな影響を受ける。翌年、新島基地反対闘争に参加。同年十一月に東京土建一般労働組合港支部に書記として勤務し、勤務が終われば喫茶店で戯曲を書いた。処女作は『貸間あり』という脚色もので、二作目の『ホクロソーセージ』が初のオリジナル作品だが、奇抜すぎて上演されなかった。六一年秋、『AとBと一人の女』を早大大隈講堂にて初演。これが実質的な処女作と目されている。

六二年、早大「自由舞台」で同期だった鈴木忠志、小野碩らと新劇団自由舞台を旗揚げし、『象』を俳優座劇場にて初演。翌年、『象』が雑誌「新劇」に掲載される。六六年、新劇団自由舞台が早稲田小劇場と改称し、早稲田大学南門通りの喫茶店モンシェリ二階に小劇場をオープンし、第一弾として『マッチ売りの少女』を上演。同年にはアートシアター新宿文化にて鈴木演出により『門』を、草月ホールにて演劇企画集団66の古林逸朗の演出により『堕天使』を上演。翌六七年、同じく演劇企画集団66により観世《かんぜ》栄夫《ひでお》演出で『赤い鳥の居る風景』が俳優座劇場にて上演され、『マッチ売りの少女』と『赤い鳥の居る風景』の二作品によって、第十三回岸田戯曲賞受賞。六八年には東京土建一般労働組合港支部を退職し、また、鈴木忠志との舞台創造上の手法の相違、劇作家としての経済的安定の必要性などから、早稲田小劇場からも離れる。この頃、有馬弘純、喜多哲正らと季刊誌「評論」を発刊。七〇年、演劇企画集団66により『スパイものがたり』が上演され、別役作詞・小室等作曲の劇中歌『雨が空から降れば』が注目される。同年、早野寿郎らの劇団俳優小劇場(現在の劇団俳小)にて、『不思議の国のアリス』『アイ・アム・アリス』を上演、主演した女優の楠侑子と結婚。七一年、『街と飛行船』『不思議の国のアリス』その他の作品により、第五回紀伊國屋演劇賞個人賞受賞。七二年、『そよそよ族の叛乱』『獏、もしくは断食芸人』『街と飛行船』の創作活動により、第二十二回芸術選奨文部大臣新人賞受賞(同時受賞は井上ひさし)。同年、山崎正和、末木利文らと「手の会」結成。以降、手の会のために、『移動』(一九七三)、『椅子と伝説』(七四)、『マザー・マザー・マザー』(七九)、『場所と思い出』(八〇)、『会議』(八二)、『街角の事件』(八四)、『白瀬中尉の南極探検』(八六)などを書く。八五年には俳優座劇場プロデュース公演として

『窓を開ければ港が見える』を書き下ろし、末木の演出により上演。末木は木山事務所でも、俳優・三木のり平主演の『はるなつあきふゆ』(九三)、『山猫理髪店』(三木の遺作、九八)のほか、『青空・もんしろちょう』(二〇〇〇)、『はごろも』(〇二)など別役の新作を多数演出している。〇七年には別役が大きな影響を受けた『ゴドーを待ちながら』の後日譚である『やってきたゴドー』が末木の演出により上演され、第十一回鶴屋南北戯曲賞を受賞した。

六八年に『カンガルー』を、七四年には『数字で書かれた物語――「死なう團」顛末記』を文学座アトリエで藤原新平演出により上演。以降、主として藤原の演出により、文学座アトリエで数々の名舞台を生み出す。なかでも小市民を描いた『あーぶくたった、にいたった』(七六)、『にしむくさむらい』(七七)は代表作と言われ、後者は七八年にテアトロ演劇賞受賞。同年には『海ゆかば水漬く屍』と『天才バカボンのパパなのだ』を文学座アトリエで上演する。七九年に渋谷のジァン・ジァン開場一〇周年記念「別役実シリーズ」として、六本の戯曲が連続上演された。八〇年代以降も文学座に『赤色エレジー』(八〇)、『病気』(八一)、『太郎の屋根に雪降りつむ』(八二)、『ハイキング』(八四)、『よくかきくうきゃく』(八五)、『サラダ殺人事件』(八六)、『ジョバンニの父への手紙―「銀河鉄道の夜」より―』(創立五〇周年、紀伊國屋ホール、八七)、『ももからうまれたももたろう』(八八)、『青ひげと最後の花嫁』(八九)、『山猫からの手紙―イーハトーボ伝説―』(東京国際演劇祭参加、紀伊國屋ホール、九〇)、『猫ふんぢゃった』(九一)、『窓から外を見ている』(九三)、『鼻』(九四、別役作品連続上演二〇周年)、『雛』(九五)、『雨が空から降れば』(九六、文化庁芸術祭参加、文学座・紀伊國屋書店提携、紀伊國屋ホール)を書き下ろした。文学座創立六〇周年に上演された『金襴緞子の帯しめながら』(九七)はちょうど百本目の戯曲となった。その後も『最後の晩餐』(〇〇、紀伊國屋ホール)、『犬が西むきゃ尾は東―「にしむくさむらい」後日譚―』(〇七、文学座創立七〇周年記念「別役実のいる宇宙」として『数字で書かれた物語』とともに上演)、『にもかかわらずドン・キホーテ』(一二)、『あの子はだあれ、だれでしょね』(一五)と、多数の戯曲を書き、その多くが文学座アトリエの小さな空間で上演された。これらの作品には、小林勝也、角野卓造、田村勝彦、吉野佳子、倉野章子ら常連の俳優たちが多数出演し、文学座のお家芸とも言える食事などの細やかな日常的所作が、小市民の生活の奥底に潜む不条理を抉り出す別役作品にリアリティを与えた。藤原演出による外部公演の新作では、本多劇場柿落とし公演として上演された『そして誰もいなくなった――ゴドーを待つ十人の小さなインディアン』(八二)、チェーホフ没後百年に上演された『千年の三人姉妹』(〇四)などがある。

また、演劇集団円には、『壊れた風景』(七六)、『一軒の家・一本の樹・一人の息子』(七八)、『雰囲気のある死体』(八〇)、『虫たちの日』(八三)、『うしろの正面だあれ』(八三)、『おたまじゃくしはかえるのこ』(八五)、『もーいいかい・まーだだよ』(八八)、『眠れぬ森の美女』(九〇)、『わが師・わが街』(九二、中村伸郎追悼)、『森から来たカーニバル』(九四)、『春のうららの隅田川』(九七)、『猫町』(九九)、『当世風　雨月物語』(〇一)、『トラップ・ストリート』(〇四)などを書き下ろした。また、「円・こどもステージ」のために、『《不思議の国のアリス》の帽子屋さんのお茶の会』(八四)、『赤ずきんちゃんの森の狼たちのクリスマス』(八六)、『卵の中の白雪姫』(八八)、『歌うシンデレラ』(九〇)、『風に吹かれてドン・キホーテ』(九三)、『ねこ・こんさるたんと』(九五)、『帰ってきたピノッキオ』(九八)、『りんりんりんごの木の下で』(〇二)、『青い鳥ことりなぜなぜ青い―チルチルとミチルの冒険―』(〇六)、『魔女と卵とお月様』(一二)などを書いた。円の俳優・中村伸郎《なかむらのぶお》は別役の不条理なユーモアに満ちた世界を独特な存在感で飄々と演じ、九一年に死去するまで、円による別役作品には欠かせない存在であった。なお、劇団を越えて円の中村と文学座の三津田健という二人の名優のために書いた『諸国を遍歴する二人の騎士の物語』(八七)により第三十九回読売文学賞戯曲賞を、また、同作と『ジョバンニの父への手紙』の二作品により、第三十八回芸術選奨文部大臣賞を受賞した。

八〇年には劇団青年座の「五人の作家による連続公演」に『木に花咲く』を提供。ほかに、渋谷の山手教会の地下にあった前衛的小劇場ジァン・ジァンを中心に別役の新作を上演していた、演出家の村井志摩子、女優の楠侑子らの「かたつむりの会」に、『舞え舞えかたつむり』(七八)、『向こう横丁のお稲荷さん』(八八、俳優座劇場)、『いかけしごむ』(八九)、『招待されなかった客』(九〇)、『魔女の猫さがし』(九三)、『消えなさい・ローラ』(九四)、『クラムボンは笑った』(九六)、『もうひとりの飼主』(九七)、『月と卵』(九八)、『十六夜日記』(九九)などを書き下ろした。ジァン・ジァンのプロデュース公演としては、中村伸郎、三谷昇、中村の娘の井出みな子による『メリーさんの羊』(八四)があり、中村の死後、二〇〇〇年にはジァン・ジァン閉館記念公演の一つとして三谷らにより上演された。前述の演劇企画集団66の『すなあそび』(九九)もジァン・ジァン閉館記念公演の一環として上演された。演劇企画集団66には、『とうめいなすいさいが』(九二)も提供した。

二〇〇三年から〇九年まで代表を務めた兵庫県立ピッコロ劇団では、本公演として『風の中の街』(九五、第三十二回紀伊國屋演劇賞団体賞受賞)、『ホクロのある左足』(九八)、『おままごと』(〇〇)、『たてばしゃくやく、すわればぼたん』(〇三)、『神戸　わが街』(〇四、ソーントン・ワイルダー『わが町』の潤色)、『花のもとにて春死なむ　本朝・櫻の園・顚末記』(一〇)、『不条理・四谷怪談』(一三)を、ファミリー劇場として『さらっていってよピーター・パン』(九七)、『飛んで孫悟空』(〇五)、『三匹の子ぶたのトンチンカン』(〇七)を、オフシアターとして『絶望居士のためのコント』(〇〇、いとうせいこう他との共作オムニバスコント)を発表している。

〇九年には劇団民藝の大滝秀治のために『らくだ』を書き下ろし、大滝は本作の演技により第六十四回文化庁芸術祭大賞を受賞した。同年には東京乾電池の柄本明のために『風のセールスマン』を書き下ろしている。また、名取事務所には、『同居人』(一一)、『背骨パキパキ「回転木馬」―モルナール・フェレンツ作「リリオム」より』(一四)を書いた。

一五年から一六年にかけて「別役実フェスティバル」が開催され、文学座アトリエの会、演劇集団円、Pカンパニー、名取事務所、兵庫県立ピッコロ劇団、劇団俳小ら馴染み深い劇団を中心に、二十四の演目が上演された。その一環として書き下ろされた文学座アトリエの『あの子はだあれ、だれでしょね』(一五)がちょうど百四十本目、新国立劇場の『月・こうこう、風・そうそう――かぐや姫伝説より』(一六)が百四十一本目の戯曲となった。

戯曲以外にも執筆活動は多岐にわたり、『言葉への戦術』(烏書房)、『電信柱のある宇宙』(白水社)、『台詞の風景』(白水社)、『ベケットと「いじめ」――ドラマツルギーの現在』(岩波書店)、『別役実の演劇教室――舞台を遊ぶ』(白水社)、『うらよみ演劇用語辞典』(小学館)、『別役実のコント教室――不条理な笑いへのレッスン』(白水社)、『別役実のコント検定!――不条理な笑いのライセンスをあなたに』(白水社)など演劇やコントに関するものをはじめとして、『別役実の犯罪症候群』(三省堂)、『別役実の犯罪のことば解読辞典』(三省堂)、『母性の叛乱――平成犯罪事件簿』(中央公論新社)など犯罪に関するもの、『虫づくし』(烏書房、七六年)、『けものづくし――真説・動物学体系』(平凡社)、『道具づくし』(大和書房)などの「づくし」シリーズほか、多くの評論、エッセー、指南書が出版されている。また、『淋しいおさかな』(三一書房)、『黒い郵便船――別役実童話集』(三一書房)などの童話集や絵本も数多い。

九八年に『雨が空から降れば』をはじめ百本を超える戯曲に対して第三十九回毎日芸術賞特別賞、〇八年に朝日賞、一二年に「長年にわたる劇作活動」によって第十九回読売演劇大賞芸術栄誉賞など、多数の受賞歴を持つ。一三年、日本芸術員会員となる。

[参考]『別役実の世界』(新評社)ほか

❖**『象』**《ぞう》 二幕。一九六二年四月、新劇団自由舞台により俳優座劇場にて初演。演出は鈴木忠志。六五年に改作され、七月に観世栄夫演出により俳優座劇場にて上演。〈暗い。〉という卜書で始まり、黒いコーモリ傘をさした男が一人、ボンヤリと登場し、この世に自分がいることは忘れてそっとしておいてほしいと語る。男は入院中の叔父(病人)を見舞うために病院を訪れる。次第に二人とも被爆者であることがわかってくるが、その態度は対照的である。男が静かに死にたいと考えるのに対して、病人は情熱的に生きたいと言う。病人はかつて、街頭で裸になってポーズをとり、背中のケロイドを見せて生活していた。しかし人々は次第にケロイドを直視しなくなり、代わりに生暖かいやさしさを向けるようになる。病人は、背中のケロイドを触った少女がいた〈あの街〉にもう一度行きケロイドを見せて拍手喝采を浴びようと考える。そして歩く練習に励むが、病人に付き添っていた妻は去ってゆく。男も吐血して入院し、〈あの街〉で血みどろのケロイドを見せてなぶり殺しにされることを夢見る病人に対し、幻想を捨ててじっとしているように諭す。それでも行こうとする病人に男はとびかかり、病人の剃刀で殺してしまう。〈明るすぎる。まるで昼間だ。〉という男のモノローグで幕。偽善的な医者や謎めいた看護婦、病人と妻の間で交わされるおにぎりをめぐる無意味な会話や、通行人が別の通行人を理由なく殺してしまう場面が挿入されるなど、不条理な世界が詩的な台詞によって構築される。以上の梗概は、『別役実戯曲集　マッチ売りの少女/象』(三一書房)所収の改作版による。

❖**『マッチ売りの少女』**《まっちうりのしょうじょ》 一幕。一九六六年十一月、早稲田小劇場にて鈴木忠志演出により初演。第十三回岸田戯曲賞受賞作。アンデルセンの『マッチ売りの少女』を思わせる物語を語る、低い女の声によるナレーションから始まる。初老の夫婦のもとに、市役所からやって来たという女が突然訪ねてくる。〈善良にして模範的な、しかも無害な市民〉である夫婦は、素性も来訪の理由もわからない女を夜のお茶に招き入れる。女は七歳の頃、幼い弟を養うためにマッチを売り、一本擦ってはスカートの裾を持ち上げ、その灯が消えるまでの間、スカートの下を見せて生計を立てていたという。過去は忘れてしまえばよいと語る夫婦に対し、女はやがて、自分は夫婦の娘であると言い出す。夫婦の娘は踏切事故で死んでいたが、女は娘だと言い張り、弟をも家の中に招き入れる。息子を持ったことのない夫婦は拒絶しようとするが、弟に父の暴力のせいで曲がったという腕や体の痣を見せられ、直視できないままに受け入れてしまう。いつの間にか女の二人の幼子たちも家の中にはいってきたらしい。女が眠っている間にビスケットを食べた弟に、女は執拗に謝らせようとする。やがて女自身が許しを請い始め、弟は〈お父様はマッチをお買いになった〉と繰り返す。夜が明け、最後にまた女の声によるナレーションが、マッチ売りの少女の死を告げて終わる。『マッチ売りの少女／象』（三一書房）所収。

❖**『赤い鳥の居る風景』**《あかいとりのいるふうけい》 六場。一九六七年九月、演劇企画集団66が観世栄夫演出により、俳優座劇場にて初演。『マッチ売りの少女』と本作により、岸田戯曲賞受賞。冒頭に〈これは厳粛に行なわれるべき一つの儀式である〉と記されている。雨の中で盲目の女とその弟の両親の葬儀が行なわれ、町長ら町の人々や叔父・叔母が参列している。そこに旅行者が現われ、姉弟に対し、亡くなった父親に少額の金を貸していたことを告げる。そこへ「委員会」を名乗る男が登場し、両親の死の原因を突き止めるべく、旅行者を連れ去る。旅行者は、金を貸していたというのは嘘だと言うが、姉弟は旅行者が訪ねて来た夜のぎくしゃくした会話を想起する。旅行者は高利貸しで両親に多額の金を貸し付けていたことがわかり、委員会が肩代わりする。姉弟は委員会に借金を返済するために働き始める。しかし弟はじきに会社にいかなくなる。事情を察知した姉は弟が会社に戻れるよう偽の診断書を用意するが、怯える弟は人を刺してしまい、刑務所にはいる。町では善意の人々が減刑の陳情書に署名を集めるが、姉は弟にその善意に甘えず、札付きの不良である若い女と一緒に逃げるよう説得する。姉は善意の人々に言う。〈あの子の中に、盗む勇気と壊す勇気と火をつける勇気ができた時、あの子にとって、盗まないで、壊さないで、火をつけないで、しかも逃げないで生活することが、大切になるはずです〉。しかし弟は刑務所から逃げ切れず、背中から撃たれて死ぬ。姉による、借金を返し切ることよりも返し続けることが大切なのだというモノローグで幕。

❖**『スパイものがたり』**「幕間小景とエピローグのある四場のミュージカル」。一九七〇年四月、アートシアター新宿文化にて演劇企画集団66により初演。演出は古林逸朗。音楽は小室等。楽団六文銭による生演奏。幕が上がったままの舞台にエレキバンドのメンバーや道具方に続いて〈オジョウサン〉〈オクサン〉といった登場人物たちが現われ、簡単な扮装をする。外見的な特徴のない〈哀しい道化師〉といった風情のスパイが〈オマワリサン〉に連れられて登場し、長いヒモで電信柱に繋がれる。スパイは〈オクサン〉が語る世間一般のスパイのイメージに合わせて黒メガネや付け髭を装着することで〈うわさのスパイ〉として認知される。〈オジョウサン〉はスパイ宛の手紙を書くが、スパイはスパイであるがゆえに受け取れない。帰属先を持たないスパイは〈オジョウサン〉と結婚するために〈バタヤのオッサン〉からお金で地球を全部買い取るが、食べてしまう。「バタヤ」はスパイに地球を売ったかどで逮捕され、死刑になる。〈オジョウサン〉がスパイとの間の赤ちゃんを連れてやってくるが、顔はへのへのもへじである。〈へのへのもへじの赤ちゃん〉に宛てた手紙はスパイに返送され、スパイは天から降りてきた釣り針につかまろうとするが、釣り針は天高く上り見えなくなる。全員が登場し、静かな踊りとコーラスで幕。「映画・反歌としてのモノローグ」には〈へのへのもへじの謎〉という副題が付されており、戦後間もなくの疎開先の貧しい分教場の一室で、先生が生徒の太郎と花子と次郎に対し、円、四角、三角、そしてへのへのもへじについての最後の授業を行なう。『別役実第二戯曲集　不思議の国のアリス』(三一書房)所収。

❖**『にしむくさむらい』**一幕。一九七七年九月、文学座アトリエにて藤原新平演出により初演。下手に電信柱、その下にベンチという文学座アトリエの別役作品には定番の舞台装置。女1がリヤカーにガラクタを積んで現われ、寝床を作り、通りがかった男1に手伝わせて大きな石を枕の上にロープで吊るす。女1の夫(男2)が考案した乞食をつかまえる(実質的には殺す)仕掛けである。夫はひそかに会社に行かなくなり、発明家になりたいと言い出したが〈何かが出来上がったとたんに、恥ずかしくなって、壊したり、隠したりしちゃう〉という。夫婦は家を追い出され、行くあてもない。実は男1も同様にほぼ一か月もの間、会社を無断欠勤している。やがて赤ん坊をおぶって夫を探しにやってきた男1の妻である女2は、そのことに気づいていたと語る。男1は男2を真似て発明家になりたいそぶりを見せるが、男2は発明はお金にならないと言い放つ。家賃の払えない女2は、女1・男2の夫婦と一緒にいたいと言い出す。そして乞食殺しを実行に移すことを提案し、たじろぐ男たちを尻目に乞食を連れてくる。女2は、赤ん坊が三日前に餓死していたことを告白し、ナタでロープを切って乞食の頭上に石を落とす。長い長い悲鳴と風の音。女2の台詞で幕。〈私、ここにいます。あなたがたも、そこにいてください。いいんです、何もしなくても……。もうすぐ誰かが通りかかるでしょう。そうしたらきっと私たちが何故ここにいるか、わかってくれます……〉。『別役実戯曲集　にしむくさむらい』(三一書房)所収。

❖**『諸国を遍歴する《しょこくをへんれきする》二人の騎士の物語《ふたりのきしのものがたり》』**一場。一九八七年十月、渋谷パルコ・スペースパート3にて、三津田健と中村伸郎のダブル主演、岸田良二演出により初演。ドン・キホーテの物語をモチーフとしている。移動式簡易宿泊所に、治療すべき病人を求めて移動する医師と看護婦、お祈りすべき死人を求めて移動する牧師、客を求めて移動しながら宿泊所を営む宿の亭主とその娘がやってくる。娘は、もうすぐ騎士とその従者が客として訪れそうなこと、さらにとても具合が悪そうなことを告げ、全員の期待が高まる。しかし、つぶれた洗面器のかぶとをかぶり、従者1に引かせたリアカーに乗ってやって来た騎士1は、大騒ぎしながら通り過ぎてしまう。次に、疲弊した様子の騎士2とそれに続いてさらに具合の悪そうな従者2がやってくる。宿の亭主と娘が騎士2を泊めるための準備を始めたところへ、通り過ぎた従者1が戻ってきて騎士1は騎士2と決闘をすることになっていると告げ、騎士1も戻って来る。騎士1から、従者1に水差しの水を飲ませる前にコップの水を半分飲むように言われた看護婦は、その場で水を飲み苦しみながら死んでしまう。二人の騎士がその場に残り仲良く食事をするところで第一場が終わる。第二場は引き続き二人の騎士の食事で始まり、宿にあった食料をすべて二人で食べつくしてしまったことが明らかになる。事情を知った残りの登場人物は騒然となるが、そのうちに亭主が騎士2に毒を塗った爪楊枝で殺される。その後二人の騎士は決闘をするためにその場を離れ、その声だけが聞こえて来る。しばらくすると二人ともそれぞれに傷つきながら戻って来る。医師が治療しようとするが、騎士1にバターに仕込んだカミソリを飲み込まされて死ぬ。続いて牧師が騎士2にひもで首を絞められて殺され、従者2が娘にカミソリで殺される。従者1は巨人ブリアオーレに見立てた風車に自ら激突して死んでしまう。残った娘は色仕掛けで騎士を誘うそぶりを見せ、騎士2はそれに乗って殺されようとするが、娘は自殺していた。二人の騎士はお互いに殺すこともなく自ら死ぬこともなく、ただ待っている状況を噛み締める。『別役実戯曲集　諸国を遍歴する二人の騎士の物語』(三一書房)所収。

❖**『やってきたゴドー』**二場。〇七年三月、木山事務所により末木利文演出で、俳優座劇場にて初演。別役が多大な影響を受けたベケットの『ゴドーを待ちながら』をモチーフにした作品。電信柱とベンチとバス停の標識という別役戯曲にはお馴染みの舞台に、『ゴドー』の登場人物であるエストラゴンとウラジーミル、そしてポゾーと首をロープでつながれたラッキーが登場して、『ゴドー』を彷彿とさせるほとんど意味のない会話を誇張気味に交わす。しかし原作とは異なり、舞台には女たちが登場する。ベンチに座って編み物をする女1は、三十年ぶりに息子に会いに行くためにバスを待っているのだが、その息子とはエストラゴンらしい。女2と3は、その場にいきなり受付をしつらえるが、二場になって初めてお葬式の受付であることが明らかになる。そこにかのゴドーが現われて受付で名乗るが、当の本人にも自分がゴドーだという確信がなく、軽くあしらわれる。そこへ乳母車を押した女4が、妹の赤ん坊の名前をつけてもらうために父親を捜しにやってくる。どうやらウラジーミルが赤ん坊の父親らしい。ウラジーミルとエストラゴンの二人は、長年待ちわびたゴドーとついに出会うのだが、女1や女4のことで気もそぞろの二人は、その事実を認識できず、ゴドーの自己紹介を何度も受け流してしまう。だが、ウラジーミルとエストラゴンは彼女たちとすれ違うばかりで、それぞれの関係は不明確なままである。やがてゴドーを正しく認識できない二人は、ポゾーの〈ぶちのめせ〉という掛け声により、遣いの少年にコーモリ傘でぶちのめされる。ポゾーは、〈出会ったら殺せと言われてたんだが、こいつらは出会わなかったんだよ〉と言って去る。ゴドーは、最後にもう一度自己紹介をすると、待たせていたらしい者らを残し、郵便局の角を曲って煙草屋の方へ、ゆっくり歩いて行く。

(岡室美奈子)

ペヤンヌマキ　一九七六(昭和五十一)・七〜。劇作家・演出家。長崎県生まれ。本名溝口真希子。早稲田大学第一文学部卒業。ブス会＊主宰。在学中の一九九六年、劇団ポツドールの旗揚げに参加。二〇〇二年、映画『はつこい』を三浦大輔と共同監督。〇四年に、ペヤングマキ名義でＡＶ監督として活動開始。〇六年、ポツドールの番外公演として、ＡＶ女優たちの撮影現場のリアルな人間模様を描いた『女のみち』を作・演出。一〇年『女の罪』でブス会＊を旗揚げ。一二年、ペヤンヌマキに改名。五人の男と一人の女による『男たらし』(二〇一四)が第五十九回の、母親の還暦祝いに温泉旅行にやってきた三姉妹による『お母さんが一緒』(一五)が第六十回の岸田國士戯曲賞最終候補作品にノミネート。代表作に『女の果て』『淑女』『女のみち２０１２』。

(望月旬々)

北條秀司《ほうじょうひでじ》　一九〇二〈明治三十五〉・十一～一九九六〈平成八〉・五。劇作家・演出家・随筆家。本名飯野秀二。大阪市生まれ。関西大学卒業後、箱根登山鉄道社員をしながら岡本綺堂に師事して劇作を学び、一九三七年『表彰式前夜』が新国劇で上演され劇作家としてデビューした。北條秀司の筆名は綺堂が命名した。四〇年の『閣下』で新潮文芸賞を受賞、新派、新国劇、前進座などに抒情性に溢れる作品を書いた。第二次大戦後の四七年に、無学だが将棋の天才だった坂田三吉の前半生を描いた『王将』を新国劇に書いて人気劇作家の地位を確立した。五〇年に二部、三部を書き『王将　三部作』(宝文館)を完成、この作品は以後映画、舞台、テレビ、ラジオなど多くのメディアで繰り返して上演、上映され作者の代表作になった。一方当時の社会的事件にメスを入れた『文楽』(四八)、『松川事件』(五九)や、大津事件を素材にした『司法権』(五四)、近衛文麿を描いた『白鳥の死』(五八)など硬質の作品を新国劇に書いた。五二年に『狐と笛吹き』を六世中村歌右衛門、三世市川寿海に書いたのを機に歌舞伎にも新作を書き、以後東宝歌舞伎、大衆劇、舞踊、宝塚歌劇、文楽と多彩な分野に新作を書いた。内容も王朝物から現代劇まで多彩で、作風も一言では言い尽くせない幅の広さを持っているが、どの作品も主演俳優の持ち味を生かしながら、物語性に富み分かりやすく、大劇場演劇の骨法を熟知した作品になっている。作品はすべてオリジナルで脚色物はなく自身で演出した。各分野の代表作を上げると、新派では花柳章太郎に『女将《おかみ》』(五二)、『太夫《こったい》さん』(五五)、『佃の渡し』(五七)、『京舞』(六〇)、初代水谷八重子に『歳月』(四六)、『智恵子抄』(五六)、『明治の雪』(六六)、水谷良重(二世八重子)に『女優』(六九)、新国劇には他に『霧の音』(五一)、『井伊大老』(五三)、『山鳩』(五五)、歌舞伎には吉右衛門劇団に『浮舟』(五三)、『波の鼓』(五四)、『末摘花』(五五)、『井伊大老』(五六)、六世中村歌右衛門に『建礼門院』(六九)、『北條政子』(七二)、『春日局』(七四)、十七世中村勘三郎に『好色一代男』(五七)、『秋草物語』(同)、二世尾上松緑に『浮寝鳥』(六〇)、七世尾上梅幸に『淀君情史』(八二)、松本白鸚に『大老』(七〇)、二世中村鴈治郎に『奥の細道』(七三)、八世坂東三津五郎に『千利休』(七〇)、長谷川一夫主宰の東宝歌舞伎に『祇園囃子』(五九)、『紙屋治兵衛』(六一)、『雪小袖』(六八)、森繁久彌、中村勘三郎、山田五十鈴の東宝公演に『狐狸狐狸ばなし』(六一)などを書いた。これらの作品はそれぞれの俳優の当たり役になると共に次世代の俳優に受け継がれ、また『浮舟』のように歌舞伎に書いた作品が女優劇の演目になったり、逆に『狐狸狐狸ばなし』のように大衆劇に書いた作品が歌舞伎の演目になるなど、多くの作品が演劇界全体の共有財産になっている。また一見娯楽作に見える作品にも、時代と人間を見据える鋭い作者の考察力がある。源氏物語に材をとった『北條源氏』と呼ばれる一連の作品を例に取ると、単なる脚色ではなく、現代作家の目で人物を考察して、現代語を使った現代のドラマとして再構築している。また民俗芸能や祭りが好きで、全国の主な祭りを見て回り、その情景を劇作に取り入れて抒情性と風土性を出している。自作の上演に関しては妥協を許さぬ厳しい姿勢を貫き、周囲からは「北條天皇」、「強情秀司」と恐れられた。日本演劇協会の創立以来要職にあり、六三年から九三年まで会長を務め、演劇人の地位や権利の向上に力を注いだ。生涯に書いた劇作品は二百二十三作、最後の上演作品は『信濃の一茶』(九三)。毎日演劇賞、NHK放送文化賞、菊池寛賞など受賞は多数。八八年に文化功労者、死後正四位勲二等瑞宝章を追贈された。『北條秀司作品集』、『北條秀司戯曲選集』(共に青蛙房)など著書は多数。

❖**『王将』三部作**《おうしょうさんぶさく》「第一部」三幕四場。一九四七年六月有楽座で新国劇が初演。通天閣の見える大阪天王寺の長屋に住む坂田三吉は、妻子がありながら働きもせず、毎日将棋ばかり指している。女房の小春は二人の子供と心中しようとまでした。この日も三吉は関根七段に納得いかぬ負け方をしたので、女房を離縁して将棋修業をすると言いだし、長屋の連中に面罵され、紙の将棋盤を破られてしまう。八年後、三吉は新聞社の東西対局戦の関西代表に選ばれるほど強くなり、関東代表の関根を破った。有頂天になった三吉に向い、娘の玉江はマナーの汚さを指摘、関根の風格を褒めた。怒った三吉は玉江を殴るが、深夜になって一人で熟考し、小春にもう一度修業し直す決心を語る。さらに八年後、関根は名人位につき、三吉を応援する関西派は納まらない。しかし三吉は単身上京して関根に祝辞を述べ、関根を感動させた。折しも電話で小春の危篤が告げられた。電話器に向かって三吉は大声でお題目を唱える。無学だが将棋の天才の坂田三吉の奇人振りを、家族や周囲の人たち、好敵手の関根との交わりの中で描いた作で、辰巳柳太郎が奇人だが純朴な三吉の人柄を活写し、島田正吾が関根、外崎恵美子が小春を演じて絶賛され、新国劇の財産演目になった。

「第二部」三幕四場。一九五〇年一月、大阪歌舞伎座で新国劇が初演。関西の後援者は無理矢理に三吉を関西名人にし、関東の将棋連盟は棋士たちに三吉との対局を禁止した。そして十五年、世間は三吉を忘れ、多くの弟子が去っていった。その一人の松島は三吉を再び世に出すため東京の連盟に加入するが、三吉は裏切り者と罵倒する。三吉の懇望が届き、三吉と東京の高段者との対局が京都で実現した。しかし三吉は敗北を続け、後援者たちも去っていった。陣中見舞いに来た松島も、近代将棋と坂田将棋との落差を知り嘆息する。末娘の君子は父の身を案じて将棋を止めるよう求め、三吉も一端はその気になるが、将棋への執念は捨て切れない。松島を島田が演じた。

「第三部」四幕。一九五〇年一一月京都南座で新国劇が初演。十五年の沈黙を破って東京の棋士と対局した三吉は、惨敗を喫して坂田将棋の限界を知った。頼みとする松島は事故で死に、ただ一人側にいた弟子の森川は召集された。三吉は裏町に蟄居し、夜店の詰将棋に興じていた。五年後、森川は帰還して将棋界に復帰、急速に力を付けて、遂に木村名人を下した。森川の対局場に付いて来た三吉は、久し振りに木村と再会し昔話に興じた。森川と娘君子の婚約した喜びと安堵。昔住んでいた天王寺の長屋の焼け跡に座り通る汽車を見ながら、三吉は眠るように息を引き取る。島田が森川、秋月正夫が木村を演じた。四八年には伊藤大輔監督、阪東妻三郎主演で大映で映画化され、五五年には同じ伊藤監督、辰巳主演の『王将一代』が新東宝で作られた。

❖**『文楽』**《ぶんらく》 四幕五場。一九四八年六月大阪歌舞伎座で新国劇が初演。大正半ば、御霊《ごりょう》文楽座の三味線弾き豊澤重助は、鬼師匠と言われ多くの弟子を育てたが、中でも喜太郎は出色で娘おふみの婿にして跡を継がせた。しかし文楽は苦難の時代が続き、内部対立もあって、有能な座員が去っていくが、喜太郎は貧しさに耐えながら後継者を育ててきた。戦後文楽座が復興し天皇が文楽をご覧になることになった。喜太郎は天にも昇る嬉しさを感じるが、手の疾患が悪化して、すでに三味線を弾けぬ身体になっていた。行幸の日、喜太郎は病軀を押して、おふみに助けられて文楽座へ行くが、古老たちの入場は許されず、陪観席は役人と議員で占められていた。喜太郎は楽屋で座員を激励した後、道具の陰から舞台を見て感涙にむせぶ。文楽一筋に生きた男を描いた芸道物で、『王将』と一脈通じる作品である。島田正吾が喜太郎、笈川武夫が重助、二葉早苗がおふみを演じて好評を得た。辰巳柳太郎は元座員で後に芸能通信社社長になり、役人の横暴を糾弾する友人の幸吉を演じた。ところが糾弾の台詞を削除しろと府市会議員が抗議し、それを拒否した作者との間で対立が起こった。作者が一部を手直しして収束した。

❖**『浮舟』**《うきふね》 七景。一九五三年七月、明治座で吉右衛門劇団が初演。東国育ちの浮舟は母と共に都へ来て、殿上人の薫大将と恋仲になった。薫は清浄な心の持ち主で、結婚の式を挙げるまでは肉体の交わりは持たないと誓う。その浮舟を帝の皇子匂宮が見初めた。匂宮は恋は肉体の交わりから生まれるという考えを持っている。浮舟は薫の計らいで宇治の山荘で暮らすが、薫の来訪を待つだけの暮らしに耐えられない。そこへ母を籠絡した匂宮が訪れ、強引に浮舟を我が物にしてしまった。翌朝訪れた薫は事情を知って茫然とする。薫を愛しながら匂宮に身を任せてしまった浮舟は、自分の肉体の中に母譲りの多情な血が流れていることに気付き、宇治川に身を投げる。六世中村歌右衛門が浮舟、八世松本幸四郎(後の白鸚)が薫、十七世中村勘三郎が匂宮を演じた。『源氏物語』の宇治十帖を素材にしながら現代作家の目でそれぞれの人物を捉え、現代歌舞伎に再構築した作品で、浮舟には作者が好んで描いた、自分では制御出来ぬ激しい感情に支配され悲劇的人生を送る女の業が感じられる。この作品が好評を得て作者は『空蝉』『末摘花』『明石の姫』『続明石の姫』『落葉の宮』『朧夜源氏』『光源氏と藤壺』『若葉源氏』『源氏物語』と次々に執筆、これらは『北條源氏』と呼ばれている。『浮舟』は歌舞伎だけでなく、女優主役の大衆劇でも上演されている。

❖**『太夫さん』**《こったいさん》 三幕。一九五五年十一月明治座で新派が初演。京都島原で格式を保つ宝永楼にも戦後の労働争議の余波が襲った。抱えの娼妓たちが待遇改善を求め、昔気質の女将のおえいは絶望する。さらに見知らぬ男が詐欺まがいで置いていった女は、妊娠している上に知能が劣っていた。人の良いおえいは、文句を言いながらも女を手元に置き、出産した後は喜美太夫と名乗らせ一生懸命に芸を仕込む。おえいの唯一の楽しみは、幼馴染みの輪違屋の主人善助とささやかなピクニックに出ること。やがて途絶えていた島原の花魁道中が復活する。喜美太夫が見事に務めたのを見たおえいは号泣する。そこへ彼女を売って去った男が立派になって彼女を迎えに来た。戦後間もなくの島原遊郭の変遷を綴った風俗劇だが、各人物が生き生きと描かれていて、俳優が揃って好演、作者の京都物の代表作になった。舞台一杯に格式ある宝永楼を作った伊藤熹朔の装置も称賛された。花柳章太郎のおえい、大矢市次郎の善助、京塚昌子の憙美太夫。

❖**『佃の渡し』**《つくだのわたし》　五場。一九五七年十二月新橋演舞場で新派が初演。佃島の漁師の娘のおきよは穏やかな性格で望まれて赤坂の料亭の嫁になったが、妹のお咲は根は純粋な性格なのに無頼な行動を繰り返し何度も警察の厄介になってきた。最近もいい仲だった佃煮屋の若旦那栄之助の罪を被って刑務所に入り出所したばかり。ふらっと故郷の佃へ戻ってきたお咲は偶然栄之助と出会う。お咲はもう一度一緒に暮らしたいという栄之助の言葉を振り切るが、女房が妊娠したと聞くとかっとなる。それでも自分を抑えたお咲は、姉と共に彼女の理解者であるおでん屋の仙吉の屋台で昔噺に興じていたが、栄之助の女房が大きな腹を抱えて風呂から帰る姿を目にすると衝動的に殺してしまう。佃の渡し場で若い者たちに酒を振る舞い佃ばやしを踊ったお咲は「あばよ」と言って川へ身を投げる。大正末期、古い東京気質が残っている佃の風土を取り入れながら、対照的な性格の姉妹の人生を描いた作で、花柳章太郎が二役を演じ分け絶賛された。

❖**『狐狸狐狸ばなし』**《こりこりばなし》　十一場。一九六一年二月東京宝塚劇場の東宝演劇公演で初演。江戸末期、大阪曽根崎裏で手拭染屋をしている元小芝居の女形だった伊之助は、酒飲みで怠け者の女房おきわに惚れぬいている。おきわは夫のしつこさに辟易し、近くの堂に住む破戒坊主の重善と通じていた。伊之助が頭の弱い職人の又市に、「この染薬は毒薬や」と注意したのを小耳に挟んだおきわは、その薬を河豚鍋に入れて伊之助に食べさせ殺してしまう。長柄の焼き場で火葬した後、重善に寄り添って帰るおきわの跡を伊之助の亡霊が追ってきた。翌朝、伊之助が生前の姿で手拭を染めているのを見て、おきわは驚愕し、重善と又市の手を借りて再びぶち殺すが、伊之助はまた生き返った。重善は彼に恋している金持ちの娘のところに逃げ出し、おきわはショックで狂ってしまうが、伊之助はそんなおきわになおも執着して一緒に暮らしている。実はすべては伊之助と元狂言作者の又市が仕組んだ芝居だった。しかしおきわの発狂も嘘だった。男女の情痴の世界を、互いに騙し騙される物語に仕組んだ喜劇で、初演では森繁久彌の伊之助、十七世中村勘三郎の重善、山田五十鈴のおきわ、三木のり平の又市と芸達者が揃い客席を沸かせた。後に歌舞伎用の江戸版も作られた。

❖**『明治の雪』**《めいじのゆき》　六幕七場。一九六六年十一月新橋演舞場で新派が初演。「樋口一葉の生涯」の副題が付いている。明治二十五年春から二十九年秋に二十四歳の若さで亡くなるまでの一葉の人生を描いた作品。中島歌塾時代に始まり、半井桃水との恋の変転、『たけくらべ』『にごりえ』などの名作に因む逸話などを織り込みながら、一家の家長として貧乏に苦しみながら家族を養い苦難の歩みを続けた一葉の人柄を描きだした。通俗作家として盛りの過ぎた桃水と、文学者としての評価は高まったものの生活苦の続く一葉が出会い、変わらぬ師弟愛を確かめる「谷中」(四幕目)は特に評判が高かった。初代水谷八重子が一葉、森雅之が桃水を演じ、新派総出演の舞台だった。

❖**『建礼門院』**《けんれいもんいん》　七幕十場、一九六九年四月歌舞伎座で初演。平清盛の娘徳子は父の野望をみたして高倉帝の妃となり、後の安徳帝を生むが、帝の父の後白河法皇は平家滅亡を企てていた。平家物語で知られる数々の逸話を盛り込みながら、女の幸せを願う徳子の思いが、父と義父との権謀のために次々に崩れていく悲劇を綴っていく。やがて清盛は死に、平家一門は壇の浦の戦いで滅んだ。不幸にも救出された徳子は、剃髪して建礼門院の法名を得て大原に引きこもる。時が流れて法皇が門院のもとを訪れる。法皇にも昔日の面影はなく、門院に向かって過去の所業を詫びる。門院も恩讐を超えて法皇を許し、万感を込めて見送る。歌舞伎座では久し振りの新作一本立て公演で、六世中村歌右衛門の門院、二世中村鴈治郎の法皇、八世坂東三津五郎の清盛以下、中堅若手が抜擢されて大きな役を演じた。その後、大詰「大原御幸」の場面だけが上演された。

❖**『大老《たいろう》』** 二部二十場。七〇年十一月国立劇場で初演。作者は五二年に新国劇のために『井伊大老』四幕五場を書き(初演は一九五三年)、その後も歌舞伎に版短縮書いているが、『大老』は彦根時代に始まり、桜田門の変で倒れるまでの井伊直弼の生涯を描いた大作であった。大老となった直弼と共に、彼と激しく対立した水戸斉昭と藩士たちの人生や言動の描写に力を入れている。以前の『井伊大老』が直弼の人間像とその悲劇を描いた作品なのに比べて、『大老』は開国を迫る外国勢力の前に右往左往した時代の姿そのものを描いた点に特色がある。作者は六〇年代から七〇年初めにかけて起こった全学連の大学紛争を念頭に置いたと書いているが、水戸藩の内紛を描いた場面にそんな色合が強く出ている。尊王派には尊王派の、開国派には開国派の論理があり、対決は避けられなかったと言うのが作者の視点であった。作者が初めて国立劇場に書いた作品で、役数は延べ五百三十人、出演者は百三十人で、歌舞伎だけでは足りず新国劇、新派、前進座、東宝から俳優を動員した。上演時間は正味五時間になった。八世松本幸四郎(白鸚)が直弼、三世實川延若が斉昭、前進座の河原崎国太郎がお静の方を演じ、当時若手の九世松本幸四郎、二世中村吉右衛門、十五世片岡仁左衛門らが大役に抜擢された。

(水落潔)

北條誠《ほうじょうまこと》 一九一八〈大正七〉・一～一九七六〈昭和五十一〉・十一。小説家・劇作家。早稲田大学卒業。戦後、青春小説に新分野を開き、庶民の心性に影響を与える映画脚本も数多く手がけた。小説の劇化脚色に手腕を発揮し、『息子の青春』『京の蛍火――お登勢と龍馬』などは、好評で復演された。『戦いすんで日が暮れて』『戦国流転記』なども小説の劇化。『夢なき日』(「真実」一九五〇・1)、新国劇上演の『まごころ』、市川少女歌舞伎の『若衆くずし』などがある。NHKのドラマ『虹の設計』『花の生涯』など連続ドラマの脚本でも知られる。『息子の青春』は『戯曲代表選集』(白水社)に収録。

(神山彰)

芳地隆介《ほうちりゅうすけ》 一九三四〈昭和九〉・八～。劇作家。香川県三豊市生まれ。日本大学法学部卒業。東京中央郵便局の勤務のかたわら全逓東京演劇部で活動。『人間蒸発』(一九六二)では死後幽霊になって働く老郵便局員を戯画的に描いた。また『人間乾期』(六四)、小野宮吉戯曲平和賞受賞の二作品『幽霊はどっちだ』(七三)と『幽霊哀話』(七四)では精神と分離して身体だけが働き続ける労働者を登場させることで労働現場の実態を解き明かした。他に『華、散る』(九七)、『ソウルの落日』(二〇一二)など多数の執筆がある。
(宮本啓子)

坊丸一平《ぼうまるいっぺい》 一九二七〈昭和二〉・一〜二〇一四〈平成二十六〉・二。高校教諭。本名伊藤勇。東京都荒川区生まれ。日本大学文理学部国文科卒業。日本大学第一高校から千葉日本大学第一高校に開校とともに移る。代表作『男たちのサバイバル——男子校演劇部症候群』が好評を博し、長く男子校演劇を牽引する。他に『屋上のふたり』『犬神博士の心理劇療法』など軽妙洒脱な中にも若者の病理をえぐる鋭敏な作品が多い。主な著書に『坊丸一平脚本集』(門土社)など。
(柳本博)

蓬莱竜太《ほうらいりゅうた》 一九七六〈昭和五十一〉・一〜。劇作家・演出家。兵庫県生まれ。石川県立羽咋《はくい》工業高等学校デザイン科を卒業後、上京して舞台芸術学院に入学。一九九九年に同期生の俳優・西條義将と劇団モダンスイマーズを結成し、『モダンスイマー』で旗揚げ。座付き作家としてほぼすべての公演の作・演出を手掛ける。故郷の石川県を舞台に閉鎖的な島に暮らす若者の群像を描いた『デンキ島』(二〇〇二)が話題になり、劇作家として注目を集める。二〇〇九年に『まほろば』で第五十三回岸田國士戯曲賞を受賞。一二年に吉祥寺シアターで再演された『楽園』(初演は〇七)で第六十七回文化庁芸術祭優秀賞受賞。ウェルメイドな作風に定評があり、小劇場から大劇場まで数多くの戯曲を提供している。『世界の中心で、愛をさけぶ』(原作：片山恭一、演出：西川信廣、〇五)、『東京タワー　オカンとボクと、時々、オトン』(原作：リリー・フランキー、演出：G2、〇七)、『ブエノスアイレス午前零時』(原作：藤沢周、演出：行定勲、一四)など、ベストセラー小説の舞台化脚色も手がけている。また、『まほろば』(〇八、一二)を共に創りあげた演出家の栗山民也と、こまつ座&ホリプロ公演『木の上の軍隊』(原案：井上ひさし、一三)やパルコ・プロデュース公演『母と惑星について、および自転する女たちの記録』(一六)でタッグを組んでいる。自らの作・演出によるモダンスイマーズの代表作に『回転する夜』(〇七)、『夜光ホテル』(〇八)、『トワイライツ』(〇九)、『凡骨タウン』(一〇)、『死ンデ、イル。』(一三)、『悲しみよ、消えないでくれ』(一五)、『嗚呼いま、だから愛。』(一六)などがある。

[参考]『まほろば』(白水社)

❖『**まほろば**』 四場。女六人。二〇〇八年七月に新国立劇場で初演。所は、とある田舎町にある古い日本家屋の居間。藤木家の四世代の女たちと出産を巡る一騒動を描く。普段は祖母タマエ、父ヨシオ、母ヒロコ、次女キョウコが暮らす家に長女ミドリが婚約者と別れて東京から帰っている。ちょうど祭の日で村の男たちは御輿を担ぐために出払っており、キョウコは恋人の娘マオを預かっている。ミドリが婿をとって藤木家の跡取りを産むことを期待していたヒロコは悲嘆に暮れている。そこに東京で暮らすキョウコの娘ユリアも突然戻ってくる。ヒロコはミドリの結婚を諦めきれず、婚約者と復縁するように迫るが、ミドリは生理がなくどうやら閉経したらしいので、キョウコに跡取りを産んでもらってくれと告げる。ヒロコはキョウコが未婚でユリアを産んだことや、家格の違う家の男と付き合っていることを許しておらず納得しない。やがてユリアの不倫と妊娠が発覚すると、キョウコは堕ろすように言う。しかしミドリが出産を勧め言い合いになる。その後、実はミドリも妊娠していたことがわかる。ミドリは産まないことを宣言していたが、ヒロコに女として産みたい本能があるはずだと言われ迷う。これまで遠くで聞こえていた祭囃子がだんだん近づいてきて、御輿の掛け声が大音量で家を包み通りすぎてゆく。するとミドリとユリアが腹を押さえてうずくまる。マオに初潮が来たことがわかり、皆が戸惑っている中でミドリが祝福の言葉を言う。

❖**『トワイライツ』**十二場。男四人、女二人。二〇〇九年二月に吉祥寺シアターで初演。主人公・富田薫のあり得たかもしれない三通りの並行世界が〈小学生時代〉、〈青年時代〉、〈現在〉などに分けて描かれる。〈富田A〉は以下のようなあらすじである。富田ら小学生グループが夕暮れのなか空き地で遊んでいると、中学生の歌子が通りかかって遊びに加わる。そこに乱暴者で有名な歌子の兄友久がやって来て富田ら小学生を虐める〈小学生時代〉。隣に住む富田は気が触れた寝たきりの父と暮らす歌子を気遣い、何年間も食事を運びつづける。やがて父親が死ぬと富田は歌子を守ると宣言する〈小学生〜青年時代〉。富田と歌子は結婚する。二人は歌子の親の借金を返しており、貧乏に疲れている〈新婚時代〉。先の見えない生活に富田と歌子の仲は険悪になっている。歌子に妊娠したことを告げられて富田は戸惑う。場面がかわって、夜の空き地で富田が友久に土下座している。富田が友久に紹介された危ない仕事を辞めたいと伝えると、友久は鉄パイプで富田に殴りかかる〈現在〉。〈富田A〉で富田は気が弱く周囲から馬鹿にされる存在であるが、〈富田B〉では不遜な人物であり、友久を従え事業に成功している。何不自由のない暮らしだが周囲の人間が離れてゆき孤独である。〈富田C〉では富田は思いやりのある優しい人物である。嫌われることを恐れていつも相手に譲るので、歌子を幼馴染みにとられてしまい酒に溺れている。〈序幕〉で歌子が予言するように、富田と歌子はどのような道を選ぼうと上手くいかない。最後に友久の視点から〈小学生時代〉が描かれて幕。

（久米宗隆）

星四郎《ほししろう》 一九〇八〈明治四一〉〜一九七四〈昭和四九〉・八。喜劇作家。本名三良。東京生まれ。一九三四年頃角座の関西新派の文芸部に入る。三五年時代喜劇『足跡十五年間』を書く。好評により、この劇団で時代・現代喜劇の作・演出をする。その後松竹宣伝部に在籍し、四三年五郎劇に『逃げた鶯』『故国の母』を、四五年八月新興演芸のワカナ一郎劇団に『朗らかな保健婦』を書く。ワカナの喜劇に触れ、まだまだ喜劇に対する思いが足らないことを感じる。四八年十二月大阪中座の松竹新喜劇結成に参加。二世渋谷天外の片腕として文芸部長に就任する。六五年九月天外の入院で劇団の運営を一手に任されたが思うようにゆかず、六六年十月責任を感じ劇団を退く。代表作に『青春模様』『希望の春』『ふるさとに橋あり』、脚色物に『城崎みやげ』『お祭り提灯』『鴨八ネギ次郎』等がある。後年、松竹芸能タレント養成所理事長の職を得るかたわら新聞への執筆が多くなる。

❖**『お祭り提灯』**《おまつりちょうちん》二場。一九四九年十月大阪中座にて初演。これには元本がある。二一年九月楽天会新富座公演の『薬缶の行方』二場である。これを二九年一月松竹家庭劇角座公演で『渦』二場と脚色改題し上演。場面も薬缶屋から靴屋にして、寄付金を靴の中に隠し、その在処を探し回る筋だが、松竹新喜劇では星がこれをさらに時代劇に脚色する。提灯屋の徳兵衛（曾我廼家明蝶）が町内の世話役の落した寄付金を赤提灯の中に隠す。それを金貸幸兵衛（曾我廼家五郎八）に見られる。徳兵衛が食事の間に、その金を嫁のおすみ（浪花千栄子）が見つけ別の提灯に隠す。提灯が入れ替わり金のありかも取り違い、お金を巡って徳兵衛とおすみ、世話役、幸兵衛も加わり町内を走り回る。曾我廼家喜劇のカリカチュアされた演技も見所だが、追っ掛けに使用された四丁目のお囃子がのりも良く爆笑に次ぐ爆笑を誘い、幕切れに丁稚三太郎（曾我廼家十吾）のドンデンも観客に心地よいカタルシスを与える。（鍛治明彦）

星新一《ほししんいち》 一九二六〈大正十五〉・九～一九九七〈平成九〉・十二。小説家・SF作家。星薬科大学の創立者で星製薬の創業者・星一の長男として東京都に生まれる。東京大学農学部を経て同大学院の前期課程を修了。父の急逝により、星製薬を継いだが、経営が悪化した中で一年半で会社を譲り、しばらくは星薬科大学の非常勤講師として生活を送る。一九五七年、「空飛ぶ円盤研究会」の仲間とともに日本で最初のSG同人誌「宇宙塵」を創刊、第二号に『セキストラ』を発表し、事実上の文筆生活に入る。以降、日本のショート・ショートの草分けとして八三年までに千一編の作品を発表、以降、新作はほとんど発表せず、過去の作品の手直しや後進の育成などに力を注いだ。ショート・ショート以外の著作は多くはなく、『人民は弱し官吏は強し』で父・星一の生涯を描いたノンフィクションや『祖父・小金井良精の記』、など、自分の一族の記録的な側面を描いた作品などがある。戯曲は生涯にただ一篇、七二年に新潮社の依頼により『にぎやかな部屋』を執筆しているが、これは上演を目的とせずに読むための戯曲、「レーゼドラマ」として書かれた作品である。

❖**『にぎやかな部屋』**《にぎやかなへや》 ト書き、科白という通常の戯曲の形式ではなく、従来の星新一のショート・ショートのスタイルを踏襲しながら、マンションの一室で起きる人間と霊魂の欲望をコミカルタッチで描いた作品。レーゼドラマであるために、「何幕何場」という形式ではなく、マンションの一室で時系列的にストーリーが進み、星作品の特徴である具体的な数字や舞台の細かな物品の特定を避ける抽象的な文体で描かれている。また、他の作品と同様に平明な文章で書かれており、レーゼドラマを知らない読者には、星新一の長編作品と受け取られるケースもある。一九七六年に大阪で二回上演された。（中村義裕）

細井久栄《ほそいひさえ》 劇作家。昭和戦前期に岡本綺堂監修の「舞台」に『時雨の夜』（一九三六）、『無限の鐘』（三九）などを発表。戦後は岡田八千代のもとで、女流劇作家が集う雑誌「アカンサス」で戯曲を発表し、「女流劇作家五人の会」を可児松栄、中村孝子、辻山春子、岩名雪子と結成。一九五〇－六〇年代に活躍。『流れ』（『現代女流戯曲集』ひまわり社・五七）、『妾』（同・五八）があり、新派で五九年には『時雨の街』（『現代女流脚本集』弥生書房）が上演、再演された。新派ではさらに、『ちぎれ雲』が六〇年、『秋の追憶』が六一年に上演された。他に『女の面』など。（神山彰）

細井和喜蔵《ほそいわきぞう》 一八九七〈明治三十〉・五～一九二五〈大正十四〉・八。工員・作家。京都府与謝郡生まれ。小学中退後、機屋や紡績工場等々で働く。一九二〇年上京、亀戸の労働運動に尽力する一方、小説を書く。二三年発表の『女工哀史』が著名。工場内で、女子工員と労働劇を作り、戯曲としては『無限の鐘』(四幕六場)、『親』(一幕二場)、『発明恐怖の頃』(一幕二場)がある。

［参考］松本克平『日本社会主義演劇史――明治大正篇』(筑摩書房)　(神山彰)

細川徹《ほそかわとおる》　一九七一〈昭和四十六〉・十〜。脚本家・演出家・映画監督。埼玉県生まれ。成城大学文芸学部芸術学科卒業。宮沢章夫がスチャダラパーを主演に迎えて構成・演出した『スチャダラ2010』(一九九六)への参加をはじめ、シティボーイズへのコント提供や、大堀こういちと温水《ぬくみず》洋一のユニット「O.N.アベックホームラン」の作・演出などを経て、二〇〇二年にイラストレーター五月女《そおとめ》ケイ子らと「男子はだまってなさいよ!」を結成。大人計画に所属し、宮藤官九郎と同じく多才なタレントで、テレビや映画でも活躍。アニメ『しろくまカフェ』や『乾杯戦士アフターV』のシリーズ構成をはじめ、映画『ぱいかじ南海作戦』(原作:椎名誠)でも監督もつとめるほか、サンリオピューロランドミュージカルショー『レディジュエルペットの魔法のミュージカル〝誕生!リトルレディジュエル〟』の脚本・作詞・演出も手がける。実生活においても伴侶である五月女ケイ子との共著も数多く刊行。代表作に『マンドラゴラの降る沼』『10月突然大豆のごとく』『聖バカコント』『男子!レッツラゴン』など。(望月旬々)

細野多知子《ほそのたちこ》　一九〇〇〈明治三十三〉・九〜一九八五〈昭和六十〉・十一。劇作家。帝劇専務・山本久三郎の長女として生まれ、虎の門女學校(現・東京女学館)卒業後、新潟県の名門・細野侑に嫁す。子がなかったため、家族にすすめられて余暇に戯曲を執筆するようになる。戯曲は「三田文學」「演芸画報」「新演芸」などに掲載される。二〇本以上の作品をしたためるが、結婚十七年目に長子を授かると劇作から遠ざかった。『川口屋旅館』が築地小劇場で、『伜よ』が公園劇場にて、民衆劇団である梅澤昇一座によって上演されたほか、いくつかの作品がラジオで放送された。(松田智穂子)

穂高稔《ほだかみのる》　一九二七〈昭和二〉年・七〜。俳優・劇作家・演出家。本名は兼田儀明。広島県出身。第二次世界大戦中に二年間、大久野島にある毒ガス工場で働いたのち、一九五〇年に上京し、劇団青俳に参加する。八〇年から俳協に属し、舞台、映画、テレビと幅広く役者として活躍する一方で、劇作と演出も行なう。代表作に、実体験をもとに飯場に生きる土方たちの喜怒を描いた『飯場』(一九六四)、大久野島の毒ガス工場に取材した『ラザロの島』(七二)。(エグリントンみか)

堀田清美《ほったきよみ》　一九二二〈大正十一〉・三〜二〇〇九〈平成二十一〉・十一。劇作家。広島県音戸町(倉橋島)生まれ。広島商業学校卒業。一九四六年、勤務先の日立製作所亀有工場の組合文化祭で島崎藤村の『破戒』を脚色、主演し、演劇を始める。同年、日本共産党宣伝芸術学校で村山知義、土方与志、八田元夫らの指導を受けて『運転工の息子』を執筆、また東京自立劇団協議会の結成にも参加した。以降、第一次自立演劇運動の中心的存在として活躍、組合運動を扱った『旗を守るもの』(一九四七)、若い労働者夫婦の家庭生活を描いた『子ねずみ』

(四九)などを発表した。五〇年、日立の大量人員整理で失職。国民文化研究所などを経て、五四年劇団民藝に入団、菅原卓らの演出助手を務めた。被爆した青年の葛藤を描いた『島』(五七)で第四回新劇戯曲賞(現・岸田國士戯曲賞)を受賞、同作は民藝によって各地で上演された。

❖**『島』**《しま》 三幕四場。初出は「テアトロ」(一九五五・1)。文部省芸術祭委嘱脚本として「新劇」(一九五七・11)に改稿発表。『現代日本戯曲大系』三巻(一九七一)収録時さらに加筆された。初演は一九五七年九月、産経会館(大阪)、劇団民藝。岡倉士朗演出による。原水爆禁止運動が高まるなかで発表され反響を呼んだ。広島の呉に近い小島が舞台。栗原家の次男勉は戦死し、長男学は原爆症の不安に苦しんでいる。明るく元気だった隣人のおきんが同じ原爆症で死んでいくのを目の当たりにし、学は一度決めた玲子との結婚を諦める。原爆の酷さや敗戦後の生活苦を取りあげつつ、かつて学に生きる力を与えた島の長閑な風景や美しい夕陽が効果的に描かれ、生への痛切な希求が静かに表されている。初演当時「原爆反対の声をいたずらに力みかえった形としてでなく、明るさとユーモアさえまじえて素直に描きあげたことが、いっそう感銘を深いものにしている」(朝日新聞)と評された。

(正木喜勝)

堀田善衛《ほったよしえ》 一九一八〈大正七〉・七〜一九九八〈平成十〉・九。小説家。富山県生まれ。慶應義塾大学文学部仏文科を卒業。在学中から詩作を始める。一九五一年発表の『広場の孤独』で第二十六回芥川賞を受賞。五九年二月に「文學界」に処女戯曲『運命』(三幕九場)を発表し、四月に劇団民藝の公演として宇野重吉の演出、芦田伸介、細川ちか子、北林谷栄らの出演により初演。七七年『ゴヤ』で大佛次郎賞・ロータス賞受賞。九八年、日本芸術院賞(第二部〈文藝〉/評論・翻訳)を受賞。

(中村義裕)

穂積純太郎《ほづみじゅんたろう》 一九一〇〈明治四十三〉・七〜一九八四〈昭和五十九〉・七。劇作家。新潟県佐渡生まれ。本名宮本三佐男。早稲田大学法科に学ぶ。在学中より、浅草に通い、映画や演劇に親しむ。先輩の友田純一郎に誘われて見物した、無名時代のカジノ・フォーリー(浅草水族館)の舞台に、がぜん魅せられる。映画宣伝のアルバイトをしていた、浅草の遊楽館が、客寄せのためにレビューを演じることになり、カジノ・ファンの穂積に脚本の執筆が命じられる。このとき一晩で書いた『誰が一番馬鹿か』が、処女脚本。大学中退後、シナリオライターを目ざし、山上伊太郎に入門。京都のマキノ・プロダクションに助監督として入社するが、まもなく倒産。一九三三年九月、知人の紹介で、新宿ムーラン・ルージュに入座。斎藤豊吉、伊馬鵜平(のち春部)、阿木翁助らとともに、初期のムーランを支える。エスプリのきいたスケッチ風の喜劇を得意とした。古川緑波一座脚本部に転じたのち、フリーに。四三年四月、水の江瀧子の劇団たんぽぽのために書いたミュージカル『おしゃべり村』が、大ヒットする。戦中の非常時下、同劇団は、この作品をもって全国を巡演。終戦をまたぎ、五百回以上も再演した。戦後は、ラジオドラマ『赤胴鈴之助』(武内つなよしの漫画を脚色)で、全国の少年たちを熱狂させる。また、新劇の世界とも親しく交わり、劇団民藝に『無頼官軍』(一九六九)などを提供した。映画、演劇の批評や、ユーモア小説の分野でも活躍する。著書に、『タンポポ女学校』

（西東書林）、『俳優への道』（未来プロモーション）などがある。

❖『タンポポ女学校』《たんぽぽじょがっこう》 五景。一九三六年五月、ムーラン・ルージュ新宿座初演。穂積作・演出。リベラルな校風の女学校を舞台に、純情な青年教師（藤尾純）と怖いもの知らずの女生徒たち（望月恵美子［のち優子］、伏見愛子、古川綾子）の、淡い恋と葛藤を描く。主人公の青年教師に過保護気味に接する両親（三國周三、水町庸子）と、子ども（明日待子）のいる身ながら独身を装う同僚の女性教師（原秀子）が、コメディ・リリーフの役割を担う。〈この脚本は明朗でスマートだ。そこがたまらなく近代人の欲求されるところだ！〉（戯曲集『タンポポ女学校』・宣伝文）。この本が出版されたとき、穂積はすでにムーラン・ルージュを去り、古川緑波一座に転じていたが、雑誌「新喜劇」（一九三六・11）は、伊馬鵜平、斎藤豊吉、友田純一郎らのメッセージを収めた「紙上出版記念会」を掲載し、その前途に期待を寄せている。

（原健太郎）

堀井康明《ほりいやすあき》 一九三七〈昭和十二〉・九〜二〇一四〈平成二十六〉・四。東京生まれ。劇作家・演出家。慶應義塾大学卒業後、東宝演劇部に所属し、真木小太郎に師事。小道具、演出助手等を担当した後、長谷川一夫の東宝歌舞伎において脚本を手がけるようになる。一九八四年、それまで東宝製作による蜷川演劇の舞台で小道具や演出助手を担当していたが、初めて脚本家として蜷川幸雄と組み、樋口一葉の小説を久保田万太郎が脚色した戯曲を再構成した『にごり江』を執筆。これを機に八六年には、泉鏡花の『貧民倶楽部』『照葉狂言』そして『黒百合』を基に『貧民倶楽部』を執筆。八八年にはテネシー・ウィリアムズの『欲望という名の電車』を大正末から昭和初期の東京に置き換えた『欲望という名の市電』、新神戸オリエンタル劇場の柿落し公演となった『仮名手本忠臣蔵』の脚本を担当し、東宝製作の蜷川演劇の一翼を担った。その後も谷崎潤一郎、泉鏡花の作品を基にした脚本をはじめ、テレビドラマや時代小説の話題作の脚色を多数手がけ、商業演劇の劇作家、演出家として活躍する。九九年に上演された『月の光』の脚本・演出、『天翔ける虹』の脚本の成果において、第二十五回菊田一夫演劇賞を受賞。

❖『にごり江』《にごりえ》 二幕。一九八四年一月三日〜二十八日、日生劇場にて蜷川幸雄の演出により初演。樋口一葉の『にごりえ』『十三夜』『わかれ道』『たけくらべ』を脚色した久保田万太郎の台本に新しい部分を加え、巧みに再構成した作品。明治二十年代の東京の下町を舞台に、同じ時代の哀しみを背負って生きた女たちのドラマがオムニバス形式で展開される。『にごりえ』のおりき、『たけくらべ』の美登利、『わかれ道』のお京、『十三夜』のおせき、四人の主人公の女たちが、各々何かを断念し、決断していく様が作品全編を通じて描かれる。演出、蜷川幸雄。舞台美術、朝倉摂。音楽、宇崎竜童。作詞、阿木燿子。音響、本間明。照明、吉井澄雄。衣装、辻村ジュサブロー。上演台本は公益財団法人松竹大谷図書館に所蔵。

（松本修一）

堀江安夫《ほりえやすお》 一九四九〈昭和二十四〉・四〜。劇作家・演出家。宮城県生まれ。明治大学文学部中退。劇団文化座に在籍し、一九九一年『なじょすっぺ？』と九二年『マヨイガの妖怪たち』が文化座アトリエにて、九四年『夢の碑―私説田中一村伝―』が三百人劇場にて、九七年には斎藤真一の『越後瞽女日記』を脚色した『瞽女《こぜ》さ、きてくんない』が本多劇場にて、いずれも佐々木雄二演出で劇団文化座により上演。財産演目を多く産みだした。二〇〇〇年に文化座を退団後、フリーに。一〇年『樫の木坂　四姉妹』が袋正の演出で劇団俳優座によりシアターX《カイ》にて上演。また、一四年には、「鈴木梅太郎生誕140周年　日本農芸化学会創立90周年　劇団俳優座創立70周年記念第3弾」として『先生のオリザニン』が眞鍋卓嗣の演出で劇団俳優座により三越劇場にて上演された。（中村義裕）

堀切和雅《ほりきりかずまさ》　一九六〇〈昭和三十五〉～。作家・演出家。一九七九年、早稲田大学政治経済学部在学中に「スーパースランプ」の創設メンバーとしてベース兼ボーカルとして活躍。八四年、岩波書店に入社し、会社員として勤務の一方で、劇団「月夜果実店」を結成。二〇〇二年までに、作曲家の石川泰らとともに『落ちる星☆割れる月』など二十二回の公演を行なう。九三年には処女作『三〇代が読んだ「わだつみ」』（築地書館）を出版し、話題を呼ぶ。二〇〇五年、出版社「ユビキタ・スタジオ」創立。一五年、国際オペラ団として再開店。代表作に『マンボウ20号』『ケルビム／空の手紙』『プレゼント／プレゼンス』など。

［参考］小林道雄『劇団月夜果実店——喪失の世代・考』（講談社）　（山本律）

堀越真《ほりこしまこと》　一九五一〈昭和二十六〉・二～。劇作家。茨城県生まれ。早稲田大学文学部中退。大劇場用のオリジナル脚本や、脚色作品多数。一九八一年に『耳飾り』（「新劇」一九八〇・7）が第二十五回岸田國士戯曲賞最終候補。八五年『夢泥棒——胡蝶のお乱　稲妻の長吉』が水谷幹夫の演出で東京宝塚劇場、九六年『恋風・昭和ブギウギ物語』が栗山民也の演出で大阪・劇場飛天にて上演。脚色作品として、九六年に横溝正史原作の『金田一耕助の女王蜂』（山田孝行演出、名古屋・名鉄ホール）、二〇〇五年に伊集院静原作の『ツキコの月　そして、タンゴ』（栗山民也演出、帝国劇場）など。　（中村義裕）

本庄桂輔《ほんじょうけいすけ》　一九〇一〈明治三十四〉・五～一九九四〈平成六〉・八。劇作家・小説家。立教大学在学中から劇作を試み、一九二七年一幕劇『没落』が「劇と評論」（十月）に掲載された。フランス留学をはさんで編集にも携った同誌および「舞台」に『指輪』『雄々しき妻』『夫婦地獄』『結婚二週目』などの戯曲を発表した。活動は三二～三五年の間が中心である。戦後「学燈」の編集長となったが、六〇年に多幕劇『家庭裁判』（「新劇」一九六〇・9）を発表している。またフランス演劇史の研究書として、『サラ・ベルナールの一生』（角川書店）、『フランス近代劇史』（新潮社）などがある。　（林廣親）

本田英郎《ほんだひでお》　一九一四〈大正三〉・十～二〇〇五〈平成十七〉・六。シナリオライター。東京都出身。早稲田大学卒業後、テレビドラマの制作に関わる一方、戯曲を執筆。戦争責任、公害など社会的な問題をテーマにしたものと、空海など歴史上の人物を扱った作品が多い。一九五六年『帰らぬ人』が劇団民藝、六八年『暁の人』が劇団新国劇、六九年『神通川』が劇団青俳、七〇年に『若い座標——教科書裁判をめぐって』が劇団新人会により上演された。同年、渡辺清原作の『海の城——海軍少年兵の手記』を脚色、劇団文化座により上演。

［参考］本田英郎『帰らぬ人』（カモミール社）　（中村義裕）

ま

前川麻子《まえかわあさこ》　一九六七〈昭和四十二〉・八〜。小説家・劇作家・演出家・女優。東京都生まれ。父親は放送作家の前川宏司。幼少期より子役としてＮＨＫ東京放送児童劇団で舞台・テレビ・ラジオに出演し、東京都立大学附属高等学校中退。舞台芸術学院ミュージカル部在籍中に、映画『家族ゲーム』（監督：森田芳光、主演：松田優作）でスクリーンデビュー。一九八五年より劇団「品行方正児童会」を立ち上げ、作・演出・主演。恋する女子中学生三人組の「自殺願望」を描いた『センチメンタル・アマレット・ポジティブ』、詩人高村光太郎をめぐる恋愛模様のアラベスク『何日君再来《いつのひかきみまたくる》』、ケラリーノ・サンドロヴィッチを演出に起用した『もう一歩』など、日本の小劇場界隈に「恐るべき子供《アンファンテリブル》」の存在感を示す。五年ほどで劇団を解散すると、その後はプロデュースユニットの「アンファンテリブル」にて活動。『主婦マリーがしたこと』や、伊佐山ひろ子を主演に迎えた『コルセット』、脚本・出演した映画『愛のゆくえ（仮）』（監督：木村文洋）などの、スキャンダラスな女性の「実録物」に定評あり。「マニャーナ・セラ・マニャーナ」というユニットを組んだ龍昇と塩野谷正幸に『モグラ町　三部作』『台所純情』『平成・駅前旅館』を戯曲提供。また、第六回小説新潮長篇新人賞を『鞄屋の娘』で受賞してからは小説も数多く手がけ、『劇情コモンセンス』（文藝春秋）では「小劇場演劇」を活写した。

❖**『センチメンタル・アマレット・ポジティブ』**《せんちめんたる・あまれっと・ぽじてぃぶ》　はっぴいえんどの『風をあつめて』の流れるなか客電が落ち、谷川俊太郎の『黒い王様』が読みあげられて始まる。女子中学生三人組（恋人のいないイチ子、数学教師と不倫してるニ子、フリーターの彼氏のできたサン子）が恋バナで盛り上がっていると、シローがやってきてイチ子に告《こく》る。でも、イチ子はニ子のことが好きで、レズに憧《あこが》れている。『星の王子さま』通のシローからディズニーランドに誘われるも、「あー死にたい」が口グセになってる三人が選んだのは翔ぶことだった……矢野顕子の『また会おね』をＢＧＭに、エレクトリカル・パレードの電飾だけが輝いては、消える。一九八九年に銀座小劇場にて初演。女三、男一の一幕物として高校演劇の定番演目。（望月旬々）

前川知大《まえかわともひろ》　一九七四〈昭和四九〉・六〜。劇作家・演出家。新潟県生まれ。東洋大学文学部哲学科卒業。劇団イキウメ主宰。二〇〇三年、劇団イキウメを旗揚げ。ＳＦやホラーやオカルトなど、日常に潜む異界を超常的な世界観で描きだす物語で人気を博す。〇九年には『表と裏と、その向こう』（二〇〇八）が第五十三回岸田國士戯曲賞最終候補となり、一〇年『見えざるモノの生き残り』（〇九）が第五十四回、一一年『プランクトンの踊り場』（一〇、第十四回鶴屋南北戯曲賞受賞）が第五十五回、一二年『太陽』（一一、第六十三回読売文学賞戯曲・シナリオ賞＆第十九回読売演劇大賞グランプリ受賞）が第五十六回と連続でノミネート。一三年からは劇団内に別ユニットの「カタルシツ」を設立。一四年には、四世市川猿之助のスーパー歌舞伎『空ヲ刻ム者』を手がけ、蜷川幸雄演出により『太陽２０６８』が再演されるなど、劇団外の商業演劇でも活躍を果たす。一六年『太陽』の入江悠監督による映画化を機に、ノベライズした小説も刊行する。代表作に『関数ドミノ』『散歩する侵略者』『奇ッ怪』『図書館的人生』『片鱗』『暗いところからやってくる』『聖地Ｘ』『語る室』など。

❖**『太陽《たいよう》』** 二十五場・登場人物九人。世界的バイオテロにより拡散したウイルスで人口は激減し、政治経済は混乱、社会基盤が破壊された。数年後、感染者のなかで奇跡的に回復された人々が注目される。彼らは、人間をはるかに上回る身体に変異していた。頭脳明晰で若く健康な肉体を長く維持できる反面、紫外線に弱く太陽光の下では活動できないという欠点はあるが、自らを「ノクス」（ホモ・ノクセンシス＝夜に生きる人類）と名乗るようになる。ノクスになる方法も解明され、徐々に増殖する彼らは弾圧されたが、変異の適性は三十歳前後で失われるために、若者の夜への移行は歯止めがきかなくなり、ついには人口も逆転してしまう。ウイルスに感染せずに生き残った者たちは「キュリオ」（骨董品＝旧人類）と呼ばれ、いまだ故郷を離れず小さな集落で生活している者たちは、都市に住む富裕なノクスに管理されている。

十年前にノクスの駐在員をキュリオの男が「太陽で焼き殺す」事件が起きて、その村のキュリオは経済封鎖を受けていた。このたび事件は時効となって交流が再開され、関所の見張り番としてノクスの青年の森繁富士太が新しく配属されてきた。ノクスになれる権利の「抽選」も復活するらしい。奥寺鉄彦は、事件を起こした男の姉である奥寺純子の息子だが、キュリオでありながらノクスに憧れ、森繁と友達になろうとする。ノクスの役人の曽我征治と妻の曽我玲子は不妊に悩んでいるが、キュリオからノクスになった経歴を持つ医師の金田洋次に、村まで往診へ行ったとき玲子の娘に会ったと聞く。それは生田草一の娘で、「抽選」に当たったと父親から聞かされても喜べないでいる生田結のことだった。草一は、子供には健康でいい生活できるほうを選ばせたいだけだと言う。そんななか事件の張本人である奥寺克哉が村に戻ってきて、ふざけて小競り合いをしていた森繁と鉄彦を見とがめ、森繁を手錠で拘束したあげくに、関所の鉄柱に繋いだまま立ち去ってしまう。まもなく日の出が訪れる。森繁は太陽の光を浴びないですむよう繋がれた手以外は寝袋に身を隠して鎖を断ち切ってもらおうとするのだが、うまくいかない。結局は、斧で、鉄彦が森繁の手首を切り落とすしかなかった——そのほうが、太陽を浴びるよりもまだ治りが早いから、と懇願する森繁の言葉を信じて。曽我征治と玲子は、結をノクスにしたうえで養子にする。そのような結末になったことを金田は草一に詫び、朝日を浴びながら最期を迎えることを誓うが、草一は純子と結婚して村を出て行くであろう。そして、「抽選」の権利を譲り受けた鉄彦は、その当選の封筒を破り捨てて、森繁とともに笑みを浮かべるのだった。（望月旬々）

前田香雪《まえだこうせつ》 一八四一〈天保十二〉・一〜一九一六〈大正五〉・十二。作家・美術研究家。江戸生まれ。本名夏繁。「平仮名絵入新聞」社長など勤める。「新小説」などに小説を寄稿。戯曲『新形《しんがた》蒔画《まきえの》護謨《ごむ》櫛《くし》』（一八八九）は東京の春木座で関西俳優により上演。新聞小説の劇化の散切物で、「護謨櫛」は舶来の流行品。女車夫を出すなど新奇さを狙った。他に『四十七字花穀雨』（「歌舞伎新報」一八九〇）がある。美術家として、古筆鑑定で著名で、帝室博物館などでも要職を勤めた。（神山彰）

前田司郎《まえだしろう》 一九七七〈昭和五十二〉・四〜。劇作家・演出家・俳優・小説家。東京都品川区五反田生まれ。和光大学人文学部卒業。中学生の時にジァン・ジァンで見た小劇場演劇に衝撃を受けて、舞台芸術学院に通い演劇を始める。

大学在学中の一九九七年に『くりいり』で五反田団を旗揚げ。主宰としてすべての作品の作・演出を手掛け、俳優として出演することもある。平田オリザと交流を深めて二〇〇三年には青年団と合併し、こまばアゴラ劇場を中心に活動する。〇四年に『家が遠い』で京都芸術センター舞台芸術賞を受賞。〇五年の合併解消後は、廃業した実家の工場を改装したアトリエ・ヘリコプターを拠点に自作の上演、イベントの企画、国内外の演劇祭への参加、ワークショップなどを行なっている。三年連続の最終候補ノミネートを経て、〇八年に『生きてるものはいないのか』で第五十二回岸田國士戯曲賞を受賞。舞台美術、衣装、宣伝などに費用を掛けず、低コストの公演を数多く行なう劇団運営のスタイルは、力の抜けた作風と相まって脱力系と呼ばれる。万年床の散らかった部屋、路上など日常的な空間にいつの間にか夢や妄想が入りこみ、意識と無意識、生と死のあわいを漂う物語は、空想的でありながらもリアルな情動や記憶とどこまでも地続きである。失恋のショックで放尿が止まらない主人公(『ながく吐息』)、岸田賞を恵まれない国に寄付する旅に出る(『さようなら僕の小さな名声』)など、夢の中の出来事のようなおかしみと飛躍に満ちた作風だが、そこには一貫して身近な死のモチーフが潜んでいる。〇五年に『愛でもない青春でもない旅立たない』(講談社)で小説家デビュー。文壇から注目を集め、数々の文学賞にノミネートされた。〇九年に『夏の水の半魚人』(扶桑社、後に新潮文庫)で第二十二回三島由紀夫賞を受賞。同年に脚本を担当したテレビドラマ『お買い物』(NHK総合)が、第四十六回ギャラクシー賞テレビ部門優秀賞と第三十五回放送文化基金賞テレビドラマ番組賞を受賞。『徒歩7分』(NHK BSプレミアム)で第三十三回向田邦子賞を受賞。出版された戯曲に『生きてるものはいないのか』(白水社)、『前田司郎I』(ハヤカワ演劇文庫)がある。その他の戯曲に『いやむしろわすれて草』(〇四)、『キャベツの類』(〇五)、『すてるたび』(〇八)、『迷子になるわ』(一〇)など。

❖**『生きてるものはいないのか《いきてるものはいないのか》』** 男十人、女八人。二〇〇七年十月に京都芸術センターで初演。所は大学病院のある郊外の街。大学生、病院の職員と患者、その家族たちなどが突然さまざまな症状を呈して苦しみながら死んでゆく群像劇。原因究明に動く者、パニックになって逃げ出す者、死を看取る者、死にそうで死なない者など、突然に迫り来る死という不条理な状況に置かれた人びとを描く。死体は舞台上に終幕まで残され、俳優は死んだ演技を続けなくてはならない。前田演出では大げさな死ぬ演技が観客の笑いを誘った。病院を抜け出した末期患者の少女は、死神のように生を諦めた人を絞め殺して海に向かって歩く。一人になりたくない男は少女の後をついて行く。舞台はキャンパス、病院、喫茶店などにゆるやかに分かれているが、劇の進行に従って境界は曖昧になり、累々たる死体の山が築かれる。終末論的風景はどこか叙情的でもある。

❖**『偉大なる生活の冒険《いだいなるせいかつのぼうけん》』** 二〇〇八年三月にこまばアゴラ劇場で初演。男二人、女三人。自身の小説『グレート生活アドベンチャー』(新潮社、後に新潮文庫)の戯曲化。所は、村上が居候している元恋人・加奈子の散らかったアパート。加奈子は職場の上司と不倫している。村上はひたすらファミコンを続けて無為な時間を送る。加奈子が部屋からいなくなり、村上の死んだ妹が現われるといつの間にか場面が切り替わって、舞台は数年前の村上のアパートになる。隣人の田辺がやってくると再び加奈子の部屋に戻る。舞台は村上の記憶や夢の中のようでもあり、生者と死者の境界が曖昧な空間でとりとめのない会話が交わされる。そこからは、ゲームの中の大冒険も予め決まった順序を踏むことに過ぎず、そうであるならば、村上の一見何もない単調な生活もまた偉大な冒険と呼べるという生活の哲学が垣間見える。数日ぶりに加奈子が帰ってくると、村上は蟹缶を渡してプロポーズする。加奈子が泣いて幕。（久米宗隆）

前田河広一郎《まえだこうひろいちろう》　一八八八〈明治二十一〉・十一～一九五七〈昭和三十二〉・十二。小説家。宮城県仙台市生まれ。宮城県立一中時代に文学に親しむ。上京し、徳冨蘆花の紹介で就職、後に渡米。一九二〇年帰国後、「文芸戦線」同人、プロレタリア文学の重要な側面を描く諸作を発表。昭和初期に連続して戯曲を書く。「改造」に『群集』（一九二六・12）、『ムッソリーニ』（二八・1）、『ラスプーチンの死』（二八・6）一幕、『王は笑ふ』（二八・9）、『ヘンリー・フォード』（三〇・7）、『ヒットラー』（三三・1）を発表。他に、『沢市は見た』（「週刊朝日」一九二八・7）、群集劇『蔣介石』（「文芸戦線」一九二九・6－12）、『クレオパトラ』（「中央公論」同・10）、『乞食』（「文芸戦線」一九三〇・6）など、当時流行の一幕物から、百人以上登場の群集劇まで多彩な作品群がある。『拵えられた男』（「文芸戦線」一九二八・2）は『日本戯曲全集』現代篇17（春陽堂）収録のほか、『新選前田河広一郎集続編』（改造社）に多くの戯曲が収録されている。

❖**『陸のつきる処』**《りくのつきるところ》　一幕。「テアトロ」一九二六年五月号に発表、同月トランク劇場が自治会館で初演。アメリカの港町の小料理屋。経営者のおきみは万造の妻だったが、ハワイからジョージ竹田と逃亡してきた。おきみを忘れられず訪ねてきた万造と竹田が争うが、見知らぬ船員がおきみを自由に解放してやるといって連れて行く。愛欲関係の中で男に翻弄されている女を、解放し自立した人間として社会に送り出すというヒューマニズムが、特殊で独特な設定のなかで描かれる点で、他のプロレタリア戯曲と異質な点に特徴がある。（神山彰）

マギー《まぎー》　一九七二〈昭和四十七〉・五～。俳優・脚本家・演出家。兵庫県宝塚市生まれ。本名児島雄一。明治大学商学部卒業。在学中の一九九三年に演劇サークル騒動舎の男たち六人で「ジョビジョバ」を結成。コント集団のリーダーとして作・演出を担当。一九九五年の『ジョビジョバ大ピンチ』は映画『スペーストラベラーズ』（本広克行監督、二〇〇〇）の原作となった。代表作に『モノレールに乗って』『黄金の6人』『シンプル・ソウル』など。（望月旬々）

マキノノゾミ《まきののぞみ》　一九五九〈昭和三十四〉・九～。劇作家・脚本家・演出家。静岡県浜松市生まれ。同志社大学のサークル劇団「第三劇場」を経て一九八四年、京都で劇団Ｍ．Ｏ．Ｐ．を旗揚げ。大学時代からつかこうへいに傾倒、つか作品の上演を続けていたが、八九年、つかへのオマージュともいえる初戯曲『ＨＡＰＰＹ ＭＡＮ』を発表、劇作家としての道を歩み始める。幕末を舞台にした『ＨＡＰＰＹ ＭＡＮ』は、以後シリーズ化するが、一九九一年の『ピスケン』を境に作風を一新、オリジナリティーを強めていく。稀代のピストル強盗を題材にした事件を描いたこの作品は、大正末期という時代設定、大杉栄や伊藤野枝ら歴史上の人物など、その後のマキノ作品を特徴付ける時代やキャラクター、手法が使われている。テンポの良い活劇タッチのドラマ展開、ちょっとレトロでおしゃれなウェルメイドな作風は、既成演劇界からの評価も高く、一九九四年に青年座に書き下ろした『MOTHER——君わらひたまうことなかれ』以来、『赤シャツ』(青年座)、『おはつ』(松竹)、『殿様と私』(文学座)など、新劇、商業演劇にも多くの戯曲を提供。劇団M.O.P.は二〇一〇年の『さらば八月のうた』を最後に解散したが、その後もテレビを含め幅広く活躍している。出版された戯曲も多く、「悲劇喜劇」(二〇〇八・11、早川書房)では特集も組まれている。『東京原子核クラブ』で読売文学賞(一九九七)、『高き彼物』で第四回鶴屋南北戯曲賞(〇〇)など受賞多数。

❖**『恋愛喜劇《れんあいきげき》 青猫物語《あおねこものがたり》』** 二幕四場。一九九四年、『青猫物語』として劇団M.O.P.が大阪で初演。九六年、現タイトルに改題改訂してM.O.P.が再演。共にマキノノゾミ演出。二〇〇八年には、山田和也演出による東宝製作版がシアタークリエで上演された。東京・築地の裏通りにあるカフェ「青猫」に集う演劇人や踊り子、女給、女生徒らが巻き起こす騒動を描く、小粋でレトロな群像劇。戦争へと傾斜していく昭和八、九年の時代状況を背景に、舞台にかける情熱と意地を笑いにまぶして描くマキノ流演劇讃歌。

❖**『MOTHER《まざー》——君わらひたまうことなかれ《きみわらひたまうことなかれ》』** 青年座が小劇場系作家との連携に踏み出した、一九九四年の創立四十周年記念企画「EXIT×4」に書き下ろした作品(他に、坂手洋二、砂本量、鐘下辰男が新作を提供)。宮田慶子演出により、青年座劇場で初演。大逆事件を背景に、与謝野晶子・鉄幹夫妻の下に出入りする、石川啄木、北原白秋、佐藤春夫、大杉栄らの日常を描く。題材やスタイルから、宮本研『美しきものの伝説』と比較されることもあるが、『美しきもの』のような思想性は前面に出ず、等身大の生活者としての視点で登場人物を時代に対峙させているのが特徴。九四年度の芸術選奨文部大臣新人賞。九五年、九七年に青年座が再演、二〇〇八年には、『赤シャツ』『フユヒコ』とともに、「マキノノゾミ三部作」として青年座とM.O.P.合同により連続上演された。

❖**『東京原子核クラブ《とうきょうげんしかくくらぶ》』** 一九九七年、東京国際フォーラムのこけら落とし公演の一つとして、マキノ自身の演出で初演。この年の読売文学賞戯曲・シナリオ賞を受賞した。東京・本郷の下宿館を舞台に、原子物理の研究に情熱を傾ける主人公・友田をめぐる戦前・戦中の青春群像を描く。後の原爆開発に連なるシリアスな題材だが、浮世離れした研究者気質や、ひと癖もふた癖もある下宿人仲間を配して、エンターテインメントとしても成立させた作者の技が光る。九九年には、同じくマキノ演出でパルコ劇場が上演。二〇〇六年からは、宮田慶子演出による俳優座劇場プロデュースが毎年のように上演を繰り返し、全国を積極的に巡演するなど、マキノの代表作の一つとなっている。

❖**『高き彼物《たかきかのもの》』** 二〇〇〇年、俳優座劇場プロデュースとして初演。演出は鈴木裕美。バイク事故で親友を失った少年は元教師に励まされるうち、彼に理想の教師像を見るようになるが……。この教育ドラマを縦糸、家族の面倒を見ているうちに婚期を逃した元教師の娘ら女性の人間模様を横糸に、教育や家族のあり方を問う。第四回鶴屋南北戯曲賞受賞。〇二、〇三、〇四年に俳優座劇場プロデュースで再演されたほか、〇九年には加藤健一事務所(高瀬久男演出)、一二年には可児市文化創造センター制作(マキノノゾミ演出)で上演されるなど、高い人気を得ている。

(今村修)

正岡容《まさおかいるる》　一九〇四〈明治三十七〉・十二〜一九五八〈昭和三十三〉・十二。作家・江戸文学研究家・演藝評論家。東京都神田生まれ。日本大学藝術科中退。十九歳で歌集『新堀端』、翌年長篇小説『影絵は踊る』を発表、芥川龍之介の絶賛を受ける。一九二三年の関東大震災後の数年間、大阪、台湾、朝鮮などで放浪生活を送りながら文学修業。その後も酒と女に耽溺、自殺未遂、三度の結婚を重ねるなか、浪曲『天保水滸伝』『灰神楽三太郎』、レコード作詞、随筆、小説などを執筆。三世三遊亭圓馬に師事。文士落語、漫談で自ら寄席の高座にもあがった。永井荷風、吉井勇、小島政二郎に傾倒。門弟に桂米朝、小沢昭一、大西信行、加藤武らがいる。劇化上演作品に『圓太郎馬車』（斎藤豊吉脚色、古川ロッパ主演、有楽座）、『粂八ざくら』（巌谷三一脚色、水谷八重子主演、東京劇場）、『膝栗毛の出来るまで』（斉藤豊吉脚色、榎本健一主演、宝塚大劇場）などがある。映画化作品は『次郎長意外伝・灰神楽三太郎』（青柳信雄監督、小野田勇・キノトール脚色、三木のり平主演）、『次郎長意外伝・灰神楽木曾火祭』（青柳信雄監督、小野田勇脚色、三木のり平主演）。著書に『荷風前後』（好江書房）、『日本浪曲史』（南北社）ほか多数。　（矢野誠一）

正塚晴彦《まさつかはるひこ》　一九五二年〈昭和二十七〉・二〜。宝塚歌劇団作家・演出家。大阪市出身。日本大学藝術学部演劇学科を卒業後、一九七六年に宝塚歌劇団に演出助手として入団。本来は俳優志望であり、宝塚歌劇団へ入団するも舞台監督を想定し作家志望ではなかったという。八一年の『暁のロンバルディア』（宝塚バウホール、星組）が初の作演出作品。八五年に『テンダー・グリーン』（宝塚大劇場、花組）で大劇場での初の作演出。甘いロマンス劇の多い宝塚歌劇において硬派な作風を特徴とし、良くも悪くも宝塚らしくないと評されることも多い。『銀の狼』（一九九一年九月、宝塚大劇場、月組）は記憶喪失の殺し屋を描く緊張感のあるサスペンス作品。一方、『メランコリック・ジゴロ』（九三年二月、宝塚大劇場、花組）、『マジシャンの憂鬱』（二〇〇七年八月、宝塚大劇場、月組）など、コメディにも良作が多い。『BOXMAN』（〇四年三月、大阪・シアター・ドラマシティ、宙組）は主演者の個性を活かし、和央ようかと花總まりが第二十九回菊田一夫演劇賞を受賞。戯曲は宝塚歌劇団の各劇場脚本集、もしくは公演プログラムに所収。

❖**『テンダー・グリーン』**　一幕。近未来の地球。環境汚染が進み、人々はドームに暮らしている。一方、ドームの人々の把握しない地域には森林が残っており、超能力を持つ「森の人類」が住んでいた。ある日、戦闘要員として育てられてきたソーンは自分が遺伝子操作によって生まれたことを知り、ドームからの脱出を図る。不時着により森の人類と出会い命を救われたソーンはカイト、メイら森の人類と打ち解けていく。しかしソーンにはドームから捜索隊が迫っていた。メイはソーンの身代わりに命を落とし、森の人類は超能力により捜索隊を退却させる。ソーンは森の人類と森へと去っていく。SF仕立て、遺伝子操作、環境汚染というテーマを描く異色作であり、宝塚歌劇にはそぐわないと上演当時激しい賛否両論を引き起こした。主題歌『心の翼』は宝塚歌劇の様々なイベントで歌い継がれる曲となっている。　（藤原麻優子）

正宗白鳥《まさむねはくちょう》　一八七九〈明治十二〉・三〜一九六二〈昭和三十七〉・十。小説家・劇作家・文芸評論家。岡山県備前市生まれ。一八九六年に上京し、東京専門学校（後の早稲田大学）専修科入学。一九〇一年同文学科卒業。内村鑑三に傾倒し聖書と神曲を学ぶが、後にキリスト教から離れる。〇三年読売新聞社に入社、美術・文学・演劇評を手がける。〇四年処女作『寂寞』を「新小説」十一月号に発表、〇七年の『塵埃』(「趣味」一九〇七・2)で注目される。〇八年『何処へ』(「早稲田文学」一九〇八・1〜4)で自然主義作家の地位を確立。『五月幟』(一九〇八)、『泥人形』(一一)等、人生への冷徹な眼差しを感じさせる数多くの短編を発表し、島崎藤村、田山花袋、徳田秋声と並んで、自然主義の四大家と称された。以後、小説・評論・戯曲・随想と幅広い分野に健筆を振るう。四〇年より帝国芸術院会員、四三年には日本ペンクラブ会長となる。五〇年に文化勲章、その後も菊池寛賞や読売文学賞を受賞している。また臨終の病床での信仰告白が、文壇の話題となった。代表作に小説『入江のほとり』(一五)、『今年の秋』(五九)、評論『文壇人物評論』(三二)、『作家論』(四一、四二)、回想録『自然主義盛衰記』(四七)、『文壇五十年』(五四)がある。『正宗白鳥全集』が新潮社(全十三巻)と福武書店(全三十巻)から出ている。

　演劇人としての白鳥には、劇評家と劇作家の二つの顔がある。幼時から芝居に関心を持ち、上京後は五世尾上菊五郎と九世市川團十郎の舞台に熱中した白鳥は、読売新聞記者時代に数多くの劇評を執筆する。老練の劇通とは一線を画し、辛辣直截な批評でしばしば物議を醸した。一〇年新聞社を退いたあとも、晩年まで歌舞伎はもちろん新劇の舞台も好んで見ている。なかでも二七年「中央公論」四月号から十二月号に連載された『演芸時評』は、昭和初年の新旧演劇界を俯瞰する、質量ともに一級の演劇評論といえる。ほかに歌舞伎を愛憎こめて「痴呆の芸術」と呼んだ『明治劇壇総評』(三二)もある。

　二三年の関東大震災後、小説創作にマンネリズムを感じていた白鳥は、評論と戯曲に新たな活路を見い出した。戯曲だと〈外形的の皮相な事実、自然らしいと云ふことを破つて仕舞ふことができるから、却つて思ふやうに書けて宜いやうです〉(『正宗白鳥氏と思想と人生観に就て語る』)と、旧来の自然主義リアリズムにとらわれることなく、生の不安や死の恐怖といった自身の「空想」を思うままに展開できる戯曲形式に、彼はあらためて興味をおぼえ、矢継ぎ早に作品を発表していく。〈自分では小説よりも骨が折れないで、多少の興味も添つて来るので、戯曲の方へ手が出て困つた〉(『他人の目と自分の目と』)とあるように、彼の残した戯曲四十篇のうち、二四年から二八年の五年間に現代劇・歴史劇あわせて三十もの作品が制作されている。その多くは二四年から二七年にかけて畑中蓼坡《りょうは》主宰の新劇協会により、戦後では劇団「風」によって六三年から八二年にかけて上演された。

❖**『人生の幸福』**《じんせいのこうふく》　三幕。初出は「改造」(一九二四・4)。一九二四年十月(十一月とも)帝国ホテル演芸場で、新劇協会により初演。初夏の大磯、長兄豊次郎と異母妹かよ子が過ごす別荘へ、次兄喜多雄がやってくる。神経を病む豊次郎の妄想や近くの別荘で起きた殺人事件を聞くうちに、次第に喜多雄は陰鬱な思いにとらわれ、快活だったかよ子も二人の兄の異常さにおびえはじめる。ついに豊次郎がかよ子の首を絞めようとするが、彼女は猛烈に抵抗して、逆に兄を殺してしまう。錯乱した喜多雄は自分が犯人だと名乗り出るが、かよ子は事の真相を知人に告白し、〈あの時豊次郎兄さんにおとなしく絞殺されてゐたら、却つて幸福だつたかも知れませんわ〉とつぶやく。徐々に緊迫の度を増す心理描写、不可解で大胆な殺人が注目を浴び、一部で〈日本に於ける初めての現代劇らしい現代劇〉(徳田秋声)、〈恐るべし天才白鳥〉(川端康成)と激賞された。

❖**『梅雨の頃』**《つゆのころ》　一幕三場。初出は「演劇新潮」(一九二四・7)。二五年五月新宿園内白鳥座で、新劇協会により初演。山間の小都会近郊の一室に、〈四十前後の五分刈頭の男〉Aと二十代の〈肥つた醜い、やや低能らしい女〉Bがいる。Aは魔法使い、Bはその助手らしい。そこに〈脚絆を穿き雨合羽を着た昔の旅人姿をした〉ある男が入ってきて、金と観音像を返せとBにつかみかかる。ところが男の方が卒倒して、目覚めるや逃げ出す。魔法使いの噂におびえる男たちになぐられ、元の部屋にもどった男はAとBから金を奪い返す。あまりに無抵抗な二人にまた恐怖を覚え、男はあたふたと部屋を出る。あえて現実味をそぎとり、生きることの不安感そのものを表現した作品ゆえに、発表当時〈荒唐無稽〉〈出鱈目な妄想〉(「新潮合評会」)と酷評されたが、自身は〈小説ではどうしても出せない気持が出てゐる〉(『自作の上演について』)と本作を評している。

❖**『安土の春《あづちのはる》』** 三幕。初出は「中央公論」(一九二六・2)。二六年三月新橋演舞場で、小山内薫演出、二世市川左團次一座により初演。天正九(一五八一)年三月の安土城下、信長の留守を幸い、侍女たちは湖畔や寺に足を伸ばす。ところが平穏退屈を嫌う信長が急ぎ戻り、恋仲の家臣と侍女を〈大根でも切るやうに〉斬り殺す。寺参りの侍女たちや、その命乞いに参上した老僧の首まで刎ね、家臣一同に〈仏も神も踏みにじつた信長の力〉を見せつけながら、彼は〈人間は脆いものだ〉と何度もつぶやく。『信長公記』の一挿話を基にしつつ、そこに無骨な老臣柴田勝家、巧みに信長に取り入る正体不明の武士をからませ、白鳥好みの〈春風駘蕩裡の不安〉(久米正雄)を浮かび上がらせた。なお演出の小山内薫は『作者と演出家の問題』で、観劇後の白鳥とのやりとりを記しており参考になる。

❖**『光秀と紹巴《みつひでとじょうは》』** 三幕六場。初出は「中央公論」(一九二六・6)。二七年二月帝国ホテル演芸場で、関口次郎演出、石井鶴三装置、新劇協会により初演。天正十(一五八二)年愛宕山、〈時は今天が下知る五月哉〉の発句から、連歌師里村紹巴は明智光秀の謀反を察知した。それまで逡巡懊悩していた光秀は、その紹巴の態度に促されるように出陣を決意する。居城の亀山城まで連行された紹巴は、恐怖に駆られ逃げ出す。翌六月本能寺の変に成功したものの、たちまち四面楚歌の状況に陥った光秀の陣屋に、紹巴が再び現われる。邪魔者と家来に縛られるが、光秀は縄を解こうとしない。なんとか野武士をだまして逃げ落ちた紹巴は、小栗栖で落武者光秀の死を目撃する。野武士に三文の値打もないと蔑まれながら、〈悲しいやうな悦《うれ》しいやうな顔〉で彼はまた生き延びる。二人の姿に、〈実行家の生の不安と芸術家の生の不安〉(『文壇的自叙伝』)が鮮やかに浮かび上がる歴史劇の秀作。

(出口逸平)

益田太郎冠者《ますだたろうかじゃ》 一八七五〈明治八〉・九〜一九五三〈昭和二十八〉・五。劇作家・実業家。本名益田太郎。三井財閥の大立者・益田孝(鈍翁)の子。十五歳から二十三歳までイギリス、ベルギーに留学。八年余りに及ぶ滞欧中しばしば劇場に足を運び、サラ・ベルナールの舞台や流行のメロドラマなどに接した。帰国後、台湾製糖の取締役に就任。以後長きに亘り実業家として活躍した。演劇界との関わりは一九〇四年、新派の伊井蓉峰一座に『乞食の子か華族の子か』の原案を提供したことに始まる。同作は太郎冠者がロンドンで見た『Two Little Vagabonds』の翻案だった。これ以降『ハイカラ』『正気の狂人』『玉手箱』等の喜劇を、伊井をはじめ、高田実一座、川上音二郎一座など当時の新派の主だった一座に次々に提供し好評を博した。特に『女天下』は、職人・紳士・隠居の三家庭でいずれも夫が妻に尻に敷かれる様を描き、全盛期の新派興行の二番目物として盛んに上演された。またこの時期に初演された『啞旅行』は後に帝国劇場でも再演され、太郎冠者の代表作となった。一一年、自らも重役に名を連ねる帝国劇場が開場すると、以後は専ら同劇場専属の女優たちのために作品を書き、年に四、五回行なわれる女優劇興行で上演された。それらを大別すると、『ふた面』『三太郎』『出来ない相談』といった出演者が女優だけの喜劇、『瓜一つ』『啞旅行』『ドッチャダンネ』『嘘の世の中』『?《ハテナ》』などの歌や踊りが多用される喜歌劇《ミュージカル・コメディー》風の作品、『女優風情』『呪』『ガラカテ』『乱曲』など海外戯曲の翻案や外国を舞台にしたメロドラマ、『高速度喜劇』『短篇喜劇四種』『五ヶ国喜劇』といった滑稽な寸劇が連続する形式のレヴュー風の作品などに分けられる。その作風は総じて笑いに溢れ、明るく陽気なもので、主役の森律子をはじめ、若い帝劇女優たちを上手く活かすものだった。また外国の通俗的な劇形式や俗謡、ダンスなどを作品に多く採り入れ、観客にハイカラさを感じさせて、大正時代の帝劇の名物として広く知られていた。二九年、帝劇が経営を松竹に譲ると劇作の筆を折り、演劇界から退いた。劇中歌の多くを自ら作詞作曲したほか、『ドッチャダンネ』で歌われた『コロッケの唄』は流行歌になった。また端唄・小唄を愛好し、新作落語『かんしゃく』『堪忍袋』なども手がけ、漫画もよく描いた。その活動は二十世紀初頭の大衆文化を世界史的な観点から再考する際、注目される。

❖**『啞旅行』**《おしりょこう》 一九〇八年、本郷座初演。二世市川左團次と川上音二郎が興行制度の改革を企てて起こした「革新興行」の一演目として川上一座により上演された。題名は英語が喋れない主人公・双田宇助(ソーダ・ウィスキーの洒落)がロンドンを訪れ、次々に珍騒動を起こすことに由来する。双田はロンドン一の繁華街ピカデリー・サーカスで乞食女から捨子を預かってしまったり、サヴォイ・ホテルで入浴しようとして裸で廊下に閉め出されたり、エンパイア劇場で酒に酔って貴賓席から落下しそうになったりする。同時代のロンドンの最新風俗が見せ場になっていた。後に帝劇再演時には序幕に神戸港を出航する客船の場面が加えられ、また実際にロンドンのエンパイア劇場に出演していた帝劇のバレエ教師ローシーのダンスも挿入されるなどの改訂が施された。

❖**『高速度喜劇』**《こうそくどきげき》 別名『ハイスピード・コメディース』。一九一五年、帝劇女優劇で上演。五種類の短い喜劇が連続する形式の作品。内容は、通勤時の駅の改札で男女が挟まって身動きが取れなくなる「出勤時刻《ラッシュ・アワー》」や、お淑《しと》やかな外見の女学生が強盗を背負い投げで退治する「恐るべきは女なり」、酔漢がカフェに入って、当時出回り始めたばかりのラジオと喧嘩する「己れラジオめッ!」など。同じタイトルで内容を変え、第二回、第三回が間を置かず上演された。毎回、冒頭に登場する森律子の早口の口上が話題を呼んだ。これ以降、太郎冠者は同形式の作品を立て続けに発表。一九二〇年代の英米のレヴューを参考にしたものと思われる。(星野高)

益田甫《ますだはじめ》 ユーモア小説作家。横浜生まれ。一九一六年獨協中学卒業。二二年『坩堝《るつぼ》は沸《たぎ》る』が報知新聞懸賞小説一等を獲得。翌年『鼠』が帝劇懸賞戯曲に入選。同じ頃演劇視察のため渡独。帰国後日活脚本部加入。二八年の渡米後、米国式レビュウの実現を目指し日劇附属音楽舞踊学校主事を務めた。喜劇春秋座に作品を提供。松竹家庭劇でも『明朗怪談劇貸家の正体』など多くの戯曲が上演された。(星野高)

益山貴司《ますやまたかし》　一九八二〈昭和五十七〉・四〜。劇作家・演出家・俳優。劇団子供鉅人主宰。大阪府生まれ。在日三世。大阪市立工芸高校演劇部で発表した『正直カメラと日記爆弾』が、二〇〇〇年度近畿高総文祭創作脚本賞を受賞。卒業後本格的に演劇活動を始め、二〇〇五年に子供鉅人を結成。一二年、チャンバラ音楽劇の『幕末スープレックス』が人気を呼ぶ。代表作に『モータプール』『逐電100W・ロード100Mile（ヴァージン）』『重力の光』など。（望月旬々）

又吉直樹《またよしなおき》　一九八〇〈昭和五十五〉・六〜。芸人・劇作家・俳人・小説家。大阪府寝屋川市出身。北陽高校（現・関西大学北陽高等学校）卒業。吉本総合芸能学院（NSC）東京校五期生。お笑いコンビ「線香花火」解散後の二〇〇三年、綾部祐二と「ピース」を結成。神保町花月でピース主演の『凜』で台本執筆。初戯曲『呪い』（二〇〇七）を書き下ろしたお笑いコンビ「チュートリアル」徳井義実のすすめで、ジェットラグプロデュース公演『誰ソ彼』（〇八）の戯曲を執筆。その後、『月見草』（〇九）、『咆号』（一〇）などを手がける。太宰治フリークとして知られるが、一五年に『火花』で第百五十三回芥川賞受賞。（望月旬々）

町井陽子《まちいようこ》　一九二七〈昭和二〉・四〜。高校教諭。栃木県出身。東京女子高等師範学校文科・東京文理科大学東洋史学科卒業。桐朋女子中高の国語科教諭を務めながら、長く高校演劇界を代表する女流作家として活躍。古典の素養に裏打ちされた格調高い作品が特徴。代表作『柳《りゅう》』（桐朋女子以外に日大鶴ヶ丘高校でも上演）、『女王陛下とクーデター』。戯曲集に『柳』（青雲書房）など。（柳本博）

松井周《まついしゅう》　一九七二〈昭和四十七〉・十〜。劇作家・演出家・俳優。劇団サンプル主宰。東京都出身。明治学院大学社会学部卒業。一九九六年に平田オリザ率いる青年団に入団、俳優として活動。二〇〇四年、青年団若手自主企画『通過』より劇作家としても活動を開始。一一年、『自慢の息子』で第五十五回岸田國士戯曲賞を受賞。初期の作品では平田の提唱する現代口語演劇をベースに家族などの共同体や人と人との関係に生じる歪みを描いたが、〇九年の『あの人の世界』以降、舞台には非現実的な要素が多く持ち込まれるようになっていく。「変態」や「プレイ」といった言葉を掲げ、人間の「自我」を容易に変転し得るものとして捉える松井の描く世界では、人間と動物、生物と非生物などの境界でさえも変容し、揺らいでいく。他の代表作に『地下室』（二〇〇六）、『シフト』（〇七）、『永い遠足』（一三）など。自ら戯曲を執筆・演出するかたわら、俳優として「劇団、本谷《もとや》有希子《ゆきこ》」やハイバイなどにも出演。さいたまゴールドシアター『聖地』（一〇）、文学座『未来を忘れる』（一三）など外部への戯曲提供や小説などの執筆にも携わる。

❖**『自慢の息子《じまんのむすこ》』**　二〇一〇年九月、アトリエヘリコプターにて松井周演出で初演。中年男・正は自らの住む部屋を国土に見立て、「王国」を建国していた。年老いた母はガイドを名乗る男に連れられ、息子・正の国へと向かう。同行する兄妹は近親相姦的な関係にあるようだ。正は兄妹の妹を妃に迎えようとするがうまくいかず、それを見た母は隣室に住む子持ちの女を妃にと勧める。母自身はガイドの男と再婚し、兄妹の兄は隣室の女の息子となる。取り残された妹は憎しみを抱いたままに正との結婚を決意する。それぞれのエピソードに論理的なつながりはないように思われるが、「家族」という強固な枠組みからの逃亡と新たな関係の構築という視点を導入すると一貫性が見えてくるだろう。（山﨑健太）

松居松翁《まついしょうおう》　一八七〇〈明治三〉・二〜一九三三〈昭和八〉・七。劇作家・演出家。宮城県塩釜生まれ。本名真玄《まさはる》。松居松葉の筆名で活躍、一九二四年松翁と改名。別号・駿河町人。奉公の後、上京して独学し、国民英学会卒業。坪内逍遥の知遇を得て「早稲田文学」編集に従事。一八九四年、読売新聞に初の戯曲『昇旭《のぼるあさひ》朝鮮太平記』を発表。数紙の新聞記者となり、九九年初代市川左團次の依頼で自作の小説『悪源太』を明治座で劇化上演。幕内の狂言作者以外の作品の初上演として話題となる。続けて『後藤又兵衛』『敵国降伏』も当時最新の油彩の装置と照明効果で評判となる。二世左團次に提供したユーゴーの『エルナニ』も翻案劇として重要。一九〇六年から二年間、欧米で演劇視察。ビアボム・トリーの演劇学校や劇場の現場で当時の英国の舞台技術の実態を学ぶ。現地に二世左團次を招き、帰国後〇八年に明治座で『袈裟と盛遠』を上演し、「舞台監督」(演出家)と舞台技術の重要性を力説、上演成果も得るが、同時に目指した興行改革が興行側の猛反発で失敗。〇九年逍遥の勧めで「文芸協会」の指導・演出や三越百貨店の文化雑誌「趣味」に関わり、以後『ボンドマン』『結婚反対倶楽部』『最愛の妻』『女優募集』『秀吉と淀君』などの戯曲を帝劇、本郷座などで上演。一三年に新派の河合武雄と結成した「公衆劇団」では自作『茶を作る家』『暮れの二十一日』などの佳品のほか、ホフマンスタールの『エレクトラ』を上演。一八年より松竹顧問、一九年再度欧米演劇視察し、帰国後は松竹で劇作と演出に従事。特に照明を重視した演出で定評があった。『坂崎出羽守』『文覚』『養蚕の家』『神主の娘』『政子と頼朝』など百本もの多彩な戯曲があり、翻案劇、歴史劇の口語化、女優劇、舞台技術と戯曲の関連、演出家の自立等々近代演劇を考察するには重要な作家だが、活躍した舞台が「商業演劇」であるため軽視されている。『松翁戯曲集』全二巻(春陽堂)のほか、著書『団洲百話』『劇壇今昔』『続劇壇今昔』は、貴重な芸談、劇界回想資料である。

[**参考**]神山彰「松居松葉の時代」(日本演出家協会編『海を越えた演出家たち』れんが書房新社)

❖**『茶を作る家』**《ちゃをつくるいえ》　二幕。「演芸画報」(一九一三・10)掲載。一九一三年十月、河合武雄らの公衆劇団により帝国劇場で初演。レノックス・ロビンソン『収穫』の翻案。旧家の伝統ある茶師春日井家は、破綻に瀕している。家名を重視する父親。学校教師の新世代である次男と田園生活に憧れて地元に来たもののその実際の仕事や生活には幻滅する妻。父に隠れて一時は芸妓となり、帰郷したものの旧家の犠牲になる娘。立身をめざして子弟を上京させたがる地元の教師。一家、家族を犠牲にして東京で高等教育を受けさせる出世志向、田園生活への憧れと幻滅など、当時の精神風俗を描く社会劇だが、詩情溢れる背景のなかで、各人物が個性的に描かれた松葉の代表作。『日本戯曲全集』現代篇(春陽堂)第二巻所収。同巻および『現代戯曲全集』(国民図書)第三巻に、上記の戯曲の多くが所収。(神山彰)

松居大悟《まついだいご》　一九八五〈昭和六十〉・十一〜。劇作家・演出家・映画監督・俳優。劇団ゴジゲン主宰。福岡県生まれ。慶應義塾大学経済学部に在学中の二〇〇六年より、演劇サークル「創像工房 in front of.」において結成した劇団ゴジゲンで全公演を作・演出。テレビドラマの脚本をはじめ映画監督としての活躍も目覚ましい。代表作に『神社の奥のモンチャン』『極めてやわらかい道』『劇をしている』など。　(望月旬々)

松居桃楼《まついとうる》　一九一〇〈明治四十三〉・三〜一九九四〈平成六〉・九。随筆家。東京生まれ。

松居松翁の三男。本名桃多楼。早稲田大学中退。一九三二年「舞台」に『黄金塔崩壊』を書く。松竹演劇演芸審議会委員をて、四二年に演劇統制の任務で、台湾に渡る。「台湾演劇協会」設立運営に関わり、文芸部長。『高砂島の俳優達』『水仙郷』『若きもの我等』などを発表。四六年帰国後は、東京隅田公園でバタ屋の「蟻の街」結成に関わり、住民となる。小説『蟻の街のマリア』は、菊田一夫脚色により東宝現代劇で上演された。編著に『市川左團次』(高橋登美私家版)。

[参考]中島利郎編『台湾戯曲・脚本集』第五巻(緑蔭書房)　(神山彰)

松尾スズキ《まつおすずき》　一九六二(昭和三十七)・十二～。本名は松尾勝幸。劇作家・演出家・脚本家・俳優・映画監督・エッセイスト。劇団「大人計画」主宰。福岡県北九州市出身。九州産業大学芸術学部デザイン学科卒業後、上京して印刷会社に就職するが十か月で退職し、漫画家を志す。失業保険やイラストの仕事で生計を立てながら、一九八八年に劇団「大人計画」を旗揚げし、一回のみの試演会『絶妙な関係』と第一回公演『手塚治虫の生涯――大河演劇「親切伝」序説』を上演。当時、シティボーイズや竹中直人、いとうせいこうらとともにギャグユニット「ラジカル・ガジベリビンバ・システム」を結成していた宮沢章夫に出会い、八八年の「ガジベリビンバ2号・ナベナベフェヌア」の公演『少女冒険活劇　電波とラヂヲ』、九〇年に「遊園地再生事業団」の『遊園地再生』に出演(どちらも宮沢による作・演出)。この頃から大人計画を中心に、『嫌な子供』(一九八九)、『ゲームの達人』(九〇)、『溶解ロケンロール』(九一)、『愛の罰』(九四)、『ファンキー！　宇宙は見える所までしかない』『マシーン日記』(ともに九六)、『悪霊――下女の恋』『生きてるし死んでるし』(ともに九七)、『ヘブンズサイン』(九八)、『母を逃がす』(九九)、初のミュージカル『キレイ　神様と待ち合わせした女』(二〇〇〇)、『エロスの果て』(〇一)、十八世中村勘三郎と組んだ時代劇『ニンゲン御破産』(〇三)、『イケニエの人』(〇四)、『まとまったお金の唄』(〇六)、『女教師は二度抱かれた』(〇八)、『サッちゃんの明日』(〇九)、『ウェルカム・ニッポン』(一一)、天久聖一との初タッグにして初の一人芝居『生きちゃってどうすんだ』(一二)、『ゴーゴーボーイズゴーゴーヘブン』(一六)など、多数の公演の作・演出を手掛ける。九七年に『ファンキー！　宇宙は見える所までしかない』で第四十一回岸田國士戯曲賞と第三十八回ゴールデンアロー賞演劇賞受賞。また、九六年には「日本総合悲劇協会」のユニット名で俳優の秋山菜津子、片桐はいりらと『ドライブイン　カリフォルニア』を上演。「日本総合悲劇協会」では、これまでに『ふくすけ』(九八)、『業音』(〇二)、『不倫探偵－最後の過ち－』(一五)などを上演している。二〇一四年には『ラストフラワーズ』を「大人計画」と「劇団☆新感線」がタッグを組んだ「大人の新感線」のために書き下ろす。演劇以外の場でも活躍し、〇四年には、初の長編映画監督作品『恋の門』がヴェネツィア国際映画祭に正式出品された。〇六年に小説『クワイエットルームにようこそ』が第百三十四回芥川賞候補となり、翌年、自身の脚本・監督により映画化された。〇八年には、『東京タワー　オカンとボクと、時々、オトン』で第三十一回日本アカデミー賞最優秀脚本賞受賞。一〇年には小説『老人賭博』が松尾にとっては二度目の芥川賞候補となる。長篇小説として、主人公フクスケの波瀾万丈の一代記『宗教が往く』(〇四)、一一～一三年に朝日新聞の夕刊で連載された『私はテレビに出たかった』(一四)。

作・画を手がけた絵本『気づかいルーシー』（一三）は一五年にノゾエ征爾の演出で舞台化された。舞台のほかテレビや映画の俳優としても活躍し、テレビでは、岡本太郎の人生を描いた〇一年のNHK土曜ドラマ『TAROの塔』、一六年のNHK木曜時代劇『ちかえもん』で主役を務めたほか、大人計画の劇作家・俳優である宮藤官九郎が脚本を担当したTBSの連続ドラマ『マンハッタンラブストーリー』やNHK朝の連続テレビ小説『あまちゃん』にもレギュラー出演するなど、出演作は多数にのぼる。映画では、〇五年の『イン・ザ・プール』（監督：三木聡、原作：奥田英朗）で主演を務めている。自らが監督・脚本を手がけた映画の『恋の門』（原作：羽生生純《はにゅうにゅうじゅん》、〇四）と『ジヌよさらば～かむろば村へ～』（原作：いがらしみきお、一五）は共に漫画が原作で、漫画家の河井克夫とは「チーム紅卍」として活動し、『お婆ちゃん！それ偶然だろうけどリーゼントになってるよ!!』『ニャ夢ウェイ』などのコミックエッセイも刊行している。

❖**『ファンキー！《ふぁんきー》　宇宙は《うちゅうは》見える所までしかない《みえるところまでしかない》』**　二幕。一九九六年七月、下北沢・本多劇場にて初演。岸田國士戯曲賞受賞作。ビデオ制作会社のシマジらが、青鬼先生ことアオナキのドキュメンタリー撮影のため、とある町にやってくる。かつて子役として「魔法少女エムコ」に出演し、その後ドラッグ常習者となったシマジは、一時は謎のFAXのおかげで次々とバラエティー番組のヒットを飛ばしたが、今は芸能界の片隅で細々と生き延びている。その町には、脳性小児マヒで車椅子に乗るエリカと父親のミヤゴシや、エリカの実父という噂のある金融業者のオシキリ、その妹でエリカやタケオら身体障がい者の世話をするボランティアのマツエ、マツエの婚約者で童貞のコンノらがいた。そこに漫才コンビのコウフク・ツバメや東京からやってきたマツエの大学のサークル仲間のコイトらが入り混じり、突然角がはえたアオナキの異変やミヤゴシによる動物虐待とエリカへの近親相姦、コンノの童貞喪失をめぐって下世話な会話が繰り広げられる。シマジは、かつて魔法少女エムコを演じ、成長が止まったままで霊媒となったアイコと再会し、自分に謎の予言FAXを送ってくれたのがアイコだったと知る。アイコはその再会により魔法が解け、成長を始めるが、反動で老婆になってしまう。シマジは子供時代の約束どおりアイコを殺して解剖し、魂があるかどうかを確かめる。障がい者や問題を抱える者たちをブラックなギャグで笑いつつ、差別構造自体への批評性を感じさせる本作の手法は、『ふくすけ』などその後の作品に受け継がれていく。『ファンキー！　宇宙は見える所までしかない』（白水社）に所収。

❖**『マシーン日記《ましーんにっき》』**　プロローグと五場。一九九六年九月、ザ・スズナリにて初演。二〇〇三年に大根仁演出、森田剛主演『演技者。』（フジテレビ）第十二弾としてドラマ化された。〇一年に本多劇場ほかで再演、一三年の再々演時にはフランスのパリ日本文化会館でも上演。主な舞台はアキトシとミチオの兄弟が経営する町工場ツジヨシ兄弟電業の第二作業所であるプレハブ小屋。ミチオは女工のサチコを強姦した罪で（実は強姦ではなかったが）プレハブ小屋に監禁され、電気製品の修理をしながら母屋を盗聴している。指が六本あり睾丸が一つしかないアキトシは、ミチオに代わって責任を取ると主張してサチコと結婚し、暴力をふるっている。そこへ、中学時代いじめられっ子だったサチコの恩師で元体育教師のケイコが雇われてやって来る。機械を異常に愛するケイコは、ミチオと肉体関係を結び、ミチオのマシーンになると宣言して妊娠する。ミチオをめぐってサチコとケイコが火花を散らすなか、ミチオと逃げようとしたサチコはアキトシを金槌でめった打ちにするが、アキトシは死なずにプレハブ小屋にガソリンを撒いて火をつけようとする。ミチオを助けようと、繋がれた鎖を切ろうとしたサチコは誤ってミチオの足を切断してしまう。混乱のなかで、ライオンの被り物をしたアキトシ、カカシになったミチオ、鉄板の鎧を着たケイコに囲まれ、サチコが憧れの『オズの魔法使い』の主役ドロシーになる瞬間が奇跡のように訪れる。が、それも束の間、『オーバー・ザ・レインボー』が流れるなか、ケイコはサチコの首をへし折り、ミチオを社会人にすべく、ミチオの過去を知っている者たちの家に火を放つため飛び出していく。男二人、女二人。『マシーン日記／悪霊』（白水社）に所収。

❖**『キレイ《きれい》　神様と《かみさまと》待ち合わせした女《まちあわせしたおんな》』** 二幕のミュージカル。二〇〇〇年六月、Bunkamuraシアターコクーンにて初演。〇五年再演、一四～一五年に再々演。舞台は、キグリ、クマズ、サルタという三つの民族が紛争を繰り広げる架空の日本。キグリ軍幕僚長長官の娘ケガレは、サルタのマジシャン、カウボーイ、マタドールの三人に誘拐され、マジシャンの催眠術により以前の記憶を消された状態で、地下室に一〇年間監禁された。その間、カウボーイによって性的虐待を受け続けるが、カウボーイはマジシャンに殺され、そのマジシャンもマタドールによって撃たれ、十七歳のケガレは地下室を脱出する。そして戦争のために製造されたダイズ兵の死体を回収することを生業とするカネコキネコに拾われ、小銭を稼ぐようになる。やがてキネコの知恵遅れの息子ハリコナと婚約するも、ハリコナは徴兵される。負傷したハリコナを救出に行った激戦地の鹿児島で、ケガレはダイズ兵製造会社の社長令嬢カスミを庇って銃弾に倒れ、眠り続ける。五年後、目覚めたケガレは〈ミソギ〉と名前を変え、戦傷によって劇的に知能が高まったハリコナと結婚するが、ハリコナはゲイになっていた。ミソギは、戦争未亡人の娼館経営を思いつき、ハリコナに富をもたらす。が、製造者の気まぐれで本来持たないはずの生殖器をもってしまったダイズ兵のダイズ丸と関係を持ち、息子アイダを産む。ミソギのせいで倒産したハリコナと離婚し、マジシャンの大魔術団のダンサーに身を落としたミソギは、カスミが暗殺者に狙われたキネコを守って死んだことを知らされる。そしてやり直すため地下室に戻り、置き去りにしてきた過去の自分の分身ミソギと向き合い、〈キレイ〉となって生まれ直す。時間軸に沿って内容を整理するとおおよそ以上のような筋であるが、複数の時間が交錯し、少女のケガレと大人のミソギ、少年のハリコナAと成人したハリコナBらが交互に登場し、時には共存する複雑な構成となっている。約二十人の俳優が複数の役を演じるほか、コロス、ダンサーなど多数出演。『キレイ　神様と待ち合わせした女』（二〇〇〇）のほか、同タイトルで「２００５」（〇五）、「完全版」（一四）と付された版がいずれも白水社から刊行されている。「完全版」の「あとがき」には、『キレイ』を上演する際には同版を使用してほしいという作者の要望が記されている。以上の梗概は「完全版」に拠る。

❖**『ウェルカム・ニッポン』** 二〇一二年三月、下北沢・本多劇場にて初演。舞台は二〇一一年五月の東京・轍区《わだち》という架空の下町。轍区にアメリカ人のエイドリアン・コーエンがやってくる。

エイドリアンは、十年前、9・11同時多発テロに巻き込まれそうになったところを、当時留学生だった牛頭《ごず》に助けられた。ところが、東日本大震災の起こった3・11以降、今は高校教師となっている牛頭と連絡がとれなくなったため、探しにやってきたという。場末のスナック〈メリケン波止場〉の店長・黒田五郎とママ・アカネ、五郎の弟でガンのため余命三か月の黒田文治、牛頭の同僚で体育教師の早乙女太一郎、ベンガロン共和国から来たビンチャックら轍区の住民たちは、暴力や借金や愛欲にまみれたろくでもない人物たちで、エイドリアンの質問をはぐらかし冷たくあしらう。エイドリアンはビンチャックに騙され、なけなしの生活費をはたいて牛頭がいるというベンガロンに向かう。内戦の勃発したベンガロンの奥地で、エイドリアンは原住民の酋長に、自分が実は〈ヤリマン〉で、歌手の夢破れて子供を捨て借金を踏み倒し、牛頭の善意に頼って日本にやってきたことを告白する。騒乱のなかでビンチャックは死に、ビンチャックが轍区から盗んできたビデオテープの映像から、牛頭が震災とは関係なく、エイドリアンの歓迎のために掘った落とし穴に落ちるというばかばかしい死に方で死んだこと、早乙女らが直後におきた震災に紛れて牛頭の死を隠したことがわかる。一人で日本に戻ったエイドリアンは、轍区に住む記憶喪失の老人バルに助けを乞うが、バルはヒットラーと日本人科学者とバールが合体した存在であり、ユダヤ人移民の娘エイドリアンに殺虫剤を噴霧する。牛頭が顧問を務めていた演劇部の部員で早乙女の子供を妊娠した白石は、日本に戦争で勝ちながら、わざわざ放射能だらけの日本にみっともなくすがりついているアメリカ人のエイドリアンに共感し、産むことを決意する。『ウェルカム・ニッポン』(白水社)に所収。 (岡室美奈子)

松岡力雄《まつおかりきお》 一九一五〈大正四〉・三〜不詳。劇作家。文学座を経て、一九五六年に『凍土帯』(『新劇』一九五六・3)で第二回新劇戯曲賞(現・岸田國士戯曲賞)ノミネート。他に『落葉松』など。二〇〇五年に新作『珍客』を発表し、戌井市郎の演出で文学座有志により上演。 (小原龍彦)

松木ひろし《まつきひろし》 一九二八〈昭和三〉〜。劇作家。東京生まれ。旧制東京高校から鎌倉アカデミアに学ぶ。一九五〇年明治座、五四年ニッポン放送入社。劇団「現代劇場」を三田佳子らと結成。六〇年代から、新派に『黒い火』『おアツい壁』など、新国劇に『天才帰る』『風船玉計画』などを書く。テアトル・エコーに『娑婆に脱帽』『オレンジ色の罪状』『レースの鎧』を提供。その後、新宿コマ劇場に『お洒落戦争』『旦那様は後始末』など、三越劇場で『幸福のウイークリー』など、多くのジャンルに優れた娯楽作品を書く。『娑婆に脱帽』が『現代日本戯曲大系』第四巻(三一書房)所収。 (神山彰)

松島誠二郎《まつしませいじろう》 劇作家。明治末から昭和初期に関西で人気の「喜楽会田宮貞楽一座」に、貞楽(北村九貞楽)とともに、多くの作品を書く。『養子の心配』『幸福』『少年の犯罪』『旧劇かされ扇』『黄昏の街』『仇討戯談』。志賀廼家淡海一座に『陣笠従軍記』『嘘の成算』、関西新派に『頑張れ非常時』『人生は四十から』など。松竹家庭劇の『下積みの石』は、後に茂林寺文福脚色版が松竹新喜劇で藤山寛美が復演する人気演目となった。 (神山彰)

松田章一《まつだしょういち》 一九三六〈昭和十一〉・九〜。劇作家。石川県出身。金沢大学法学部卒業後、高校教諭を経て、金沢学院短期大学教授。一九八八年、金沢市を本拠地とする鏡花劇場を設立。代表作に『島清、世に敗れたり』(一九八三)、『白梅は匂へど…』(九一)、『和菓子屋包匠』(九五)など。一九九七年、『戯曲集　和菓子屋包匠他』により、第二十五回泉鏡花金沢市民文学賞受賞。一九九年、石川県文化功労賞受賞。　（堀切克洋）

松田正隆《まつだまさたか》　一九六二〈昭和三十七〉・九〜。劇作家、演出家。長崎県平戸生まれ。立命館大学在学中に、唐十郎、別役実などの戯曲に触れて演劇を志す。一九九〇年劇団時空劇場を旗揚げし、京都を拠点に活動(一九九七年解散)。長崎弁で書かれた初期三部作『紙屋悦子の青春』(一九九二)、『坂の上の家』(九三、OMS戯曲賞大賞)、『海と日傘』(九四、OMS戯曲賞大賞)は、小津安二郎の映画に強く惹かれながら創作された。京都を拠点とする同世代の劇作家、鈴江俊郎、土田英生らと同人誌「LEAF」を刊行するなど、関西の新世代の旗手として注目を集め、九六年には『海と日傘』で第四十回岸田國士戯曲賞を受賞した(鈴江とダブル受賞)。九七年、アートスペース無門館(現・アトリエ劇研)プロデュースによる『月の岬』(平田オリザ演出)で第五回読売演劇大賞作品賞受賞、翌年には『夏の砂の上』で第五十回読売文学賞を受賞した。

一見ナチュラルな語り口の裏で、激しい情動に引き裂かれていく登場人物を緻密に描き出すオーソドックスな作風が幅広い支持を受ける一方、ポーランドの演出家カントールのような前衛的な作風にも惹かれ、『Jericho』(九七)などを書く。二〇〇〇年、太田省吾の誘いで京都造形芸術大学映像・舞台芸術学科教授に着任。この頃から、狭義の「劇作家」の枠にとどまらない実験的志向はさらに強まっていく。〇三年にマレビトの会を結成し、演出家としての活動も再開。『島式振動器官』(二〇〇四)、『王女A』(〇五)、『アウトダフェ』(〇六)などでは、リアリスティックな作風を大きく逸脱した作品世界を開拓。断片的な対話、独白だけでなく、カクレキリシタンのオラショや他者のテキストの引用などをコラージュした劇作法の追求とともに、作品の主題的重心は、自伝的様相の強い「離島」のトポスから、徐々に「都市」(ヒロシマ、ナガサキ)へと移行していく。カルヴィーノの小説『見えない都市』の構造を借用した『クリプトグラフ』(〇七)を経て、〇八年から、後に「ヒロシマ－ナガサキ」三部作と作者自身が呼ぶようになる『声紋都市――父への手紙』(〇八)、『PARK CITY』(〇八)、『HIROSHIMA－HAPCHEON：二つの都市をめぐる展覧会』(〇九)を立て続けに発表する。一二年より立教大学現代心理学部映像身体学科教授に着任し、拠点を東京に移す。戯曲単行本に『海と日傘』(白水社)、『月の岬』(ENBU研究所)、『雲母坂・夏の砂の上』(深夜叢書)。

❖**『海と日傘』**《うみとひがさ》　六場。八人の登場人物は、全員長崎弁をしゃべる。舞台はある地方都市。大家の母屋に面した中庭のある家に、小説家の佐伯洋次と直子の夫婦が暮らしている。どうやら直子は病を患っているらしい。ある日、散歩中の公園に日傘を忘れた直子の身体を気遣って、洋次が日傘を取りにいっている間に大家と世間話をしていた直子の容態が急変する。往診に来た医者から妻の余命が三か月であることを告げられた洋次は、気取られないように平静を装うが、直子は寝たきりになる。淡々とした日常生活のなかで、「妻の死」に直面した洋次と周囲の人々の様子が、一見静謐な文体を通して劇的に描かれていく。時空劇場による作者本人の他に、三浦基演出の舞台などがある。

❖『Jericho』《えりこ》 一幕。登場人物は男一人、女一人。ある日、砂漠の道の昼下がり、廃屋の中で全身怪我をした男が呻き声をあげているところに、ワルシャワからエリコを目指して旅をしているのだという女が通りかかる。女は男を看病しながら、なぜ自分がエリコを目指しているのかを語り始める。男は彼女の話を聞いているのかどうか、はっきりしない。彼女はつい最近夫を亡くして、妹の住むエリコへ向かっているというのだ。やがて、いつしか彼女は男を夫に重ねて〈あなた〉と呼ぶようになる……。キリスト教的な主題に基づいた濃密で緊張感のある二人芝居が展開される。リアリスティックな作風を踏みこえるきっかけとなった本作は、羊団による初演（水沼健演出）の他、三浦基による大胆な演出作品などで高い完成度を示した。

❖『PARK CITY』《ぱーくしてぃ》 マレビトの会で上演されたポストドラマ演劇。爆心地のモニュメントとして建設された平和記念公園や原爆ドーム、原爆資料館をめぐる観光ツアー客や、広島の住人たちの声、広島についてメモを取る人などの抽象的な登場人物たちが、広島という都市の過去と現在を断片的に、同時多発的に「報告」していくという構成を取る。小説家ロベルト・ムージルや原民喜などからの引用も一部にコラージュされている。広島出身の写真家笹岡啓子の写真集と同じタイトルを持つ本作は、初演では、笹岡自身が舞台上に登場し、彼女自身の撮った写真をスライド上映するところからはじまっていた。

❖『月の岬』《つきのみさき》 五場。長崎の離島に住む平岡佐和子と信夫の姉弟の家（五場とも）。信夫の挙式当日の朝、佐和子と信夫があまりにのんびりしていることに、周囲は気をもんでいる。他方、かねてから佐和子に思いを寄せていた瀬川悟が、妻子を捨てて島に帰っているとの噂が広まっていた。島の岬の灯台は、満ち潮になると孤立して渡れなくなり、人が溺れることで知られている。佐和子に執拗にせまる瀬川に対して、それを拒む姉弟の振舞いに、ふと近親相姦的な感情が滲み出る。そして潮が満ちたある月夜、不意に失踪した佐和子を探しにいこうとする信夫に、妻の直子が謎めいた雰囲気で語りかける。一見穏やかな離島の日常のなかに、たえず張りつめた緊張と神話的な幻想が交錯する、緻密に構成された台詞劇。（森山直人）

松原敏春《まつばらとしはる》 一九四七〈昭和二十二〉・二〜二〇〇一〈平成十三〉・二。脚本家・作詞家・演出家。慶應義塾大学法学部卒業。大学在学中よりテレビ番組の制作に携わり、『抱きしめたい！』『世界で一番君が好き！』などの人気作品の脚本を手掛ける。劇作家としては東京ヴォードヴィルショーの文芸部に所属。一九七七年に『俺たちの聖夜』が花王おさむ演出で水道橋・労音会館、七九年に『夏だったぜ地平線』を自らの演出で渋谷エピキュラス、八〇年に『活劇・さらば愛』が花王おさむ演出でこまばエミナース、八一年に『いつか見た男達』を自らの演出で紀伊國屋ホールにて、いずれも東京ヴォードヴィルショーにより上演。八八年、東京ヴォードヴィルショー「劇団創立十五周年記念公演」に『黄昏れて、途方に暮れて』を書き下ろし、自らの演出で東京ヴォードヴィルショーにより下北沢・本多劇場にて上演。また、八〇年には『れびゅ純情雪景色』が、八二年に『恋愛二重奏』（「新劇」一九八二・12）がいずれも熊倉一雄演出でテアトル・エコーにより上演。八六年には矢崎滋奮闘公演『まだ見ぬ幸せ』を自らの演出で新宿・シアタートップスにて上演するなど、他の劇団への作品提供も行なう。

九一年には、前年に東京ヴォードヴィルショーに提供した『月満ちて、朝遠く』（「新劇」一九九〇・5）が第三十五回岸田國士戯曲賞候補。また、九九年には森光子・東山紀之の共演『花も嵐も――サトと圭の結婚サギ師物語』が栗山民也演出で名古屋・中日劇場にて上演。

[参考]『煙、たなびく』（「新劇」一九九一・9）

❖**『黄昏《たそがれ》れて、途方《とほう》に暮《く》れて』** 一幕。場所も時代も特定されていないが、初演当時の一九八八年からそう遠くはない時代。主人公の「男」が駅にいる。「男」は母を探している。そこへ五人の男が縄でつながれた汽車が走って来て、男は乗り込む。翌朝、列車の男たちの家に泊めてもらった男は、そこで繰り広げられるタクシーの運転手の一家の話、ある会社で社長秘書を愛人にして揉めている会議の席、高校生への京都への修学旅行、同級生の男を愛してしまった村役場の戸籍係の男が相手の結婚を妨害しようとする話などに巻き込まれ、自分もそのエピソードの中のある役を振り当てられて演じてしまう。いずれのエピソードも、男女年齢を問わず、すべて列車の運転手と乗客の五人の男によって演じられる。そこへ一人の男がやって来て、ここは「劇のこころ再生の家」であり、それぞれが心に抱えている懊悩を演じる場所だと言う。「男」は自分の家庭内の妻と母の不和を打ち明け、皆で演じてみるが、妻と母の喧嘩を止めようとして母を刺したのは「男」だったことがわかる。「男」は、また母を探す旅に出る。

❖**『煙《けむり》、たなびく』** 一幕。地方の山村、大字山中村の火葬場が舞台。四十を過ぎた火葬場の係員が、白い柩を運び込んで来る。この村では、嫁に行ったものでも、火葬だけはここでするのが習わしで、死んだ女・和子の夫である正之が他の親族よりも先に来る。火葬が始まり、和子の両親・姉・弟が来るが、どこかよそよそしげである。そこへ、ウエディングドレスを着た生前の和子があらわれ、この結婚に反対している場面が始まる。反対されている理由は、正之が離婚し、二人の子持ちだったからだ。次に、和子が正之との間にできた子供の出産の場面になり、和子は登場の度に若返ってはいるが、身体の一部が焼けたり、顔色が悪くなったりして、外見とは裏腹に「死」を思わせる。結局、子供は死産で、それは正之が別れた子供に未練を持っていたからだと、周囲の人々になじられる。これらの場面に登場する人物は、適宜、和子の家族が演じている。そこへ、村から中年の男が火葬場へきて、来る途中で雷に打たれ気を失っていたと言う。村中の人や親戚が心配するが、息を吹き返して気付くと、和子の家族だけが見当たらず、やがて、家族四人は落雷で死んでいたことが判る。正之は過去の自分の過ちや想いをすべて告白し、火葬が終わった和子の骨を、火葬場の男と二人で拾う。

（中村義裕）

松村武《まつむらたけし》 一九七〇〈昭和四十五〉・十〜。劇作家・演出家・俳優。カムカムミニキーナ主宰。奈良県生まれ。早稲田大学卒業。一九九〇年、早稲田大学演劇倶楽部を母体に八嶋智人らと『迷宮博士――ドクター・ラビリンス』で劇団カムカムミニキーナを旗揚げ。代表作に『G《ギガ》海峡――禍福はあざなえる縄のごとし』『スワン・ダイブ』『ヘ（ダイナリィ）』など。また、二〇〇三年には明治座の公演『三人吉三江戸青春』の脚本と演出を手がけている。（望月旬々）

松本修《まつもとおさむ》 一九五五〈昭和三十〉・五〜。演出家。札幌市出身。弘前大学独文科中退。一九七九年に文学座附属演劇研究所に入所。その後俳優として在籍するが八八年に退座。

翌年に演劇集団MODEを設立し、主にチェーホフ、カフカ、近松門左衛門などの作品を俳優とのワークショップを通して再読・構成し、上演を行なっている。特にこの方法で劇化したカフカの『アメリカ（失踪者）』『城』『審判』『変身』の連作は高く評価され、読売演劇大賞など多くの賞を受賞した。カフカ連作のワークショップでは、俳優たちがテクストから自由に発想し、即興で演技を作るという作業が行なわれた。松本は原作を再現するのではなく、新たなシーンを加えたりシーンの順番を変えたりしながら作品を構成し、独自のカフカの世界を提示した。俳優たちの身体を通してテクストを再読するという松本の試みは、慣習的な翻案とは異なる作品解釈、演出の可能性を示している。

❖**『アメリカ』**二〇〇一年三月、松本の構成・演出、シアター・トラムにて初演。カフカ原作の『アメリカ（失踪者）』を再構成した。年上の女中と子どもを作ってしまい、両親に追放されたドイツ人青年カール・ロスマンは、船でアメリカに到着する。船を降りたロスマンはまず議員である伯父の家に行くもののすぐに追い出され、ホテルのエレベーター・ボーイや、ごろつきのドラマルシュと歌手ブルネルダの召使になるなど居場所と職業を次々と変えながら放浪の旅を続ける。最終的に誰でも雇ってくれるというオクラホマの野外劇場に辿り着いたロスマンは、公演のためまた違う街へと出かけてゆく。松本演出の上演においてロスマンは五人の男優・女優によって演じられたが、これは移動しつづけ、安定したアイデンティティを持たないロスマンというキャラクターを、演劇的な方法で表象したものと言える。またこの複数の俳優が演じるロスマンは、カフカの原作自体のあり方も反映している。『アメリカ』は完成した形では存在せず、カフカの友人の作家がカフカの死後、原稿を編集し「アメリカ」というタイトルをつけて出版した作品であり、原作自体が断絶や飛躍を含んでいるのである。さらにこの上演では総勢二百人におよぶ登場人物を、二十人の俳優（再演時）が一人平均十役を兼ねて演じた。シーンの間には井手《いで》茂太《しげひろ》の振付によるダンスが挿入され、時に断絶を含むシーンを有機的に接続させるなどの重要な役割を果たした。（鈴木美穂）

松本和子《まつもとかずこ》　一九三四〈昭和九〉〜。東京都生まれ。劇作家・小説家。都立高校で国語科教師を務めるかたわら戯曲や小説執筆を始める。演劇部を指導した経験から、主に『ある白雪姫の話』（「高校演劇」一九六七）や『眠れるチエ』（「高校演劇二」一九七二）、『りえの生きがい』（「高校演劇一九七二冬」）といった学校演劇の戯曲を執筆した。学校演劇の為の脚本を収録した戯曲集『青春の神話——光りと影の少女たち』（青雲書房）を出版している。（岡本光代）

松本きょうじ《まつもときょうじ》　一九五四〈昭和二十九〉・九〜。俳優・劇作家・演出家。神奈川県生まれ。日本大学藝術学部中退。一九八四年、劇団ランプティ・パンプティを結成し、主宰。八六年『モンキーパズルの樹の下で』、八七年『今朝のデイリー・プラネット』、八九年『シャッフル』をいずれも自らの演出で下北沢ザ・スズナリにて上演。九〇年には『現場主義!』を下北沢の本多劇場にて自らの演出で上演。九〇年の劇団解散後は、主な活動の場を俳優に移す。（中村義裕）

松本起代子《まつもときよこ》　劇作家。一九二七年頃より「舞台」に戯曲を発表していたが、三三年『春の淡雪』が初代水谷八重子ら新派で上演されたことにより新派での女流劇作家としての地位を得る。その後、岡田八千代の主宰する

「アカンサス」でも戯曲を発表するなど積極的に活動、五九年にはテレビドラマ『雪に散る花』の脚本を執筆し、以後『さまよう人』『山椿』などの脚色を担当。六五年には戯曲集『落花抄』(牧羊社)が出版された。(岡本光代)

松本苦味《まつもとくみ》　一八九〇〈明治二十三〉・七〜不詳。劇作家・翻訳家。本名圭亮。東京・京橋区生まれ。国民英学舎、東京外語露語専修科に学ぶ。明治末期から、『苦しき生活の日』(「歌舞伎」一九一〇・2)、『深い穴』(「新潮」一九一一・1)、『悪の華』(「都会芸術」一九一四・5)などの戯曲を次々に発表する。後に翻訳に転じ、主にロシア人作家の戯曲を翻訳する一方、児童文学にも力を入れた。関東大震災後行方不明。(岡本光代)

松本清張《まつもとせいちょう》　一九〇九〈明治四十二〉・十二〜一九九二〈平成四〉・八。作家。福岡県企救郡板櫃村(現・北九州市小倉北区)出身。高等小学校を卒業後、一九四三年に朝日新聞西部本社広告部に入社。五〇年「週刊朝日」の懸賞小説で『西郷札』が入選。五三年『或る「小倉日記」伝』が芥川賞を受賞。推理、時代、歴史小説など千篇近い作品を発表した。うち戯曲は五本。主に江戸を舞台に、庶民の視点から権力の悪を暴き、風刺と哀感を特徴にした。前進座に書いた『無宿人別帳―いびき―』『細川の茶碗』『紅刷り江戸噂・たいこもち侍』の三本だ。

『紅刷り江戸噂――』は一幕三場。七六年十二月に新橋演舞場で前進座が初演。高瀬精一郎演出。役職を求めて上役に賄賂を贈りゴマをする皮肉の利いた江戸版サラリーマン物語。三世中村翫右衛門の俳優生活七十年を記念し、芸尽くしを見せた。共演は五世河原崎国太郎。

東宝製作の『鬼三味線』(三幕九場)は六三年読売ホールで初演。菊田一夫演出。殺人や色と慾がからむ時代世話物劇。八世松本幸四郎、山田五十鈴、森光子、伊藤雄之助ら。『日本改造法案〈北一輝の死〉』(二幕七場とエピローグ)は、七二年に名古屋市の名鉄ホールで劇団民藝が初演。二・二六事件の主導者として処刑された北一輝の半生を描く。滝沢修、水谷貞雄、鈴木智ら。

脚色された作品で代表的なものは六本。『左の腕―無宿人別帳―』一幕四場、六二年に新橋演舞場で前進座が初演。脚色は平田兼三、演出は平田と津上忠。出演は翫右衛門、国太郎ら。『文五捕物絵図――俺は知らない』六場、六八年に新橋演舞場で前進座が初演。脚色・演出は津上。『天保図録・おうどかもん茂平次』二幕十場、八五年、前進座劇場で前進座が初演。脚色は津上。演出は高瀬。四世中村梅之助ら。『菊枕』三幕十場、七四年、芸術座で東宝が初演。小幡欣治脚本・演出。山田五十鈴ら。『黒革の手帖』三幕三十五場、二〇〇六年に明治座で初演。脚色は金子成人、演出は西川信廣。米倉涼子ら。『或る「小倉日記」伝』は二幕八場。〇九年、前進座劇場で前進座が初演。脚色は鈴木幹二、演出は鈴木龍男。柳生啓介、北澤知奈美ら。北九州市立松本清張記念館は清張朗読劇として〇三年の『西郷札』から毎年一作制作し、一四年の『球形の荒野』までに十一作品を上演。脚色はいずれも鈴木幹二。

❖**『無宿人別帳《むしゅくにんべっちょう》―いびき《いびき》―』**　四場。一九六一年十二月に読売ホールで前進座が初演。自作の小説『いびき地獄』を戯曲化した清張の戯曲第一作。平田武、津上の共同演出。徳川期の行刑史にある、いびきの高い囚人が牢内で殺される記述を基にした。兵隊体験を反映させ「いびきを人間の自由におきかえてもいい」とした。江戸の無宿人仙太は、ひどいいびきをかくため、牢に入るのを恐れた。迷惑と殺されるからだ。遠島の日を迎え、熟睡できる島の生活に満足した。しかし流人仲間に島抜けを持ちかけられ、承諾する。計画は失敗し逃亡中に、仲間が仙太のいびきで隠れ場所が露見してしまうのを怖れて殺す計画を立てた。仙太は仲間を殺し、ようやくいびきをかいて解放感の中に安眠を貪った。翫右衛門、梅之助、六世瀬川菊之丞、村田吉次郎ら。

❖**『細川の茶碗』**《ほそかわのちゃわん》 五場。一九六四年十二月に新橋演舞場で前進座が初演。宮川雅青、高瀬演出。江戸期の『近世珍談集』を種本に、落語風の笑いと風刺をねらった。田沼意次のわいろ時代の両国。茶道の家と知られる細川家の門番吉兵衛が、古道具屋でガラクタの古茶碗を買う。ところが天下の名器と茶道頭に折紙をつけられ、細川侯の手に移り、候は大喜び。大名連中も羨ましがり、吉兵衛も出世をする。噂を聞いた意次がこの茶碗を欲しがり借りたが、返さない。意次は賄賂政治の果てに失脚する。茶碗の出所が世間に知れては困ると、屋敷に押し込まれていた吉兵衛夫婦は無事に釈放される。あの茶碗は田沼家の没落で行方不明になっていた。後に古道具屋で、そっくりな茶碗が猫の食器として売られた。翫右衛門、国太郎、六世嵐芳三郎ら。

（山本健一）

松本大洋《まつもとたいよう》 一九六七〈昭和四十二〉・十〜。漫画家。東京都生まれ。和光大学文学部芸術学科中退。劇団黒テントによって、『鉄コン筋クリート』（一九九五、大岡淳構成、佐藤信《さとうまこと》演出）、『花』（九八、斎藤晴彦、山元清多《やまもときよかず》演出）の舞台化がなされている他、初の戯曲である『メザスヒカリノサキニアルモノ若しくはパラダイス』（二〇〇〇、佐藤信演出、第四十五回岸田國士戯曲賞最終候補）が同劇団によって上演された。日本漫画家協会賞特別賞（〇一）、文化庁メディア芸術祭マンガ部門優秀賞（〇七）、手塚治虫文化賞マンガ大賞（一一）等受賞。

（梅山いつき）

松本雄吉《まつもとゆうきち》 一九四六〈昭和二十一〉・十〜二〇一六〈平成二十八〉・六。劇作家・演出家・美術家。熊本県天草市生まれ。一九五四年に大阪市此花区に移住。六六年、大阪教育大学美術学科に入学。六〇年代に関西を拠点に活動した吉原治良、白髪一雄、村上三郎らの前衛美術集団・具体美術協会の影響を受ける。六九年、舞台空間創造グループをベケットの『ゴドーを待ちながら』で旗揚げ。七〇年、日本維新派結成。七四年から全ての作・演出を手がける。日本維新派時代から公演ごとに野外に特設劇場を建設。〝風景を巻きぞえにする〟と言われた野外劇場は「巨大ビニールドームシアター」「六階建ての路地風景劇場」「丸太三千本・迷路の劇場」など劇場自体が松本のひとつの作品であり、そのスケールの大きさ、圧倒的な空間デザインは誰も真似できない独自の劇世界である。八七年、維新派に改名。九一年に東京・汐留で上演した『少年街』は二千平方メートルの敷地に高さ十五メートルの巨大ビル群を建設。それを直径十二メートルの大回転舞台で動かした破天荒な世界は観客の度肝を抜いた。またこの作品から関西弁のイントネーションを活かした、ケチャ音楽のようなリズミカルな台詞、変拍子の音楽や不定型のダンスステップを駆使した「チャンチャン☆オペラ」という独自の表現スタイルを確立。台本は名詞の羅列のくり返しや俳優の位置取り、動きを微細に書いた楽譜のようであり、設計図のようでもある。瀬戸内海の離島・犬島の銅精錬所跡地で上演した『カンカラ』（二〇〇二）で第二回朝日舞台芸術賞、大阪・南港で遠近法を取り入れ上演した『キートン』(〇四)で第十二回読売演劇大賞最優秀演出家賞、琵琶湖上に水上舞台を作った『呼吸機械』(〇八)で第八回朝日舞台芸術賞・アーティスト賞を受賞。オーストラリア・アデレード芸術祭での『水街』(〇〇)、ベルファスト・フェスティバルでの『流星』(〇一)、メキシコ・ブラジルで公演した『ナツノトビラ』(〇五)など海外公演も多い。劇作家・演出家・美術家だけでなく建築家の顔も持つ松本は演劇の枠ではおさまらない総合芸術家である。その足跡は『維新派大全』(松本工房)に詳しい。二〇一一年、紫綬褒章受章。

❖**『呼吸機械《こきゅうきかい》』——〈彼と旅する20世紀三部作2〉** ブラジルに移民した日本人の足跡をたどる『nostalgia』(二〇〇七)につづくシリーズ第二弾。琵琶湖上に特設水上舞台をつくり、俳優たちは水に浸かりながら演技をした。『身体の風景』から『漂流』まで全十シーンで構成。第二次大戦下の東欧を舞台に、戦災孤児の少年少女のあてどない彷徨を描いた。『nostalgia』につづき身長四メートルの巨大人形も登場。つづく犬島での公演『台湾の、灰色の牛が背のびをしたとき』で同シリーズは完結した。(小堀純)

松山善三《まつやまぜんぞう》 一九二五〈大正十四〉・四〜二〇一六〈平成二十八〉・八。映画監督・脚本家・エッセイスト。兵庫県出身。岩手医科大学中退。一九四八年、松竹大船撮影所の助監督部に合格し、中村公三郎のもとにつく。五四年、川口松太郎の原作を映画化した『荒城の月』で脚本家としてデビュー、翌年オリジナルシナリオの『美わしき歳月』が小林正樹により映画化された。ヒューマニズムを前面に打ち出した作品で評価を受け、六一年の監督デビュー作品『名もなく貧しく美しく』で毎日映画コンクール、ブルーリボン賞の脚本賞を受賞。七三年公開の『恍惚の人』、七七年公開の『人間の証明』の脚本も手掛けている。六四年九月に、『文鳥』が新橋演舞場の劇団新派公演にて川頭義郎の演出で上演。

❖**『文鳥《ぶんちょう》』** 一幕六場。現代の家庭を舞台にした一幕劇。都内で、亭主顔負けの辣腕ぶりで小間物店を何軒も経営している主人公の鶴子。夫の道三との間には、光男と照子の一男一女がおり、店を任せて取り立てて用事も商才もない道三は何かと言えば釣りにばかり出かけている。釣りに行ったはずの道三が、血を吐いて都内の病院に入院し、危篤だとの報せに驚く家族。病院へ駆けつけた鶴子は、道三にはあやという女がいて、そこで吐血し、あやの輸血のおかげで命を取り留めたことを知る。普段は何もできず温厚な姿しか見せない道三の裏切りに烈火の如く怒る鶴子。しかし、あやとともに徹夜で道三の看病をする間に、二人の女と道三が心のうちに抱えていたものがだんだん明らかになって来る。退院まで一週間、というところまで回復した道三の部屋に、別れる決意を固めた鶴子がやって来て、絶縁を告げ、子供たちも離れてゆく。あやと一緒になろうとした道三だが、それも拒否されて、自分が可愛がっていた文鳥の鳥籠とともに、一人で取り残される。夫婦のありようの一つから、家庭が崩壊してゆく姿を描いた作品。(中村義裕)

真船豊《まふねゆたか》 一九〇二〈明治三十五〉・二〜一九七七〈昭和五十二〉・八。劇作家・小説家。福島県安積郡出身。造酒業で地主だった家の次男として生まれる。十三歳で、北海道の海産物業の家に養子に出されるが、小僧同様の扱い受け、家に戻る。その後、上京し、早稲田実業に入学、芝居や寄席に通う。早稲田大学英文科に進み、シング、イプセン、ストリンドベリなどに親しみ、「人間修行」としての文学を考え、学業を放棄して中退し、北海道北見の牧場で働く。一九二六年に、農村生活を描く『水泥棒』『馬市が来て』を雑誌「戯曲」に発表、さらに二七年に、シングの影響の強い『寒鴨』『村はずれ』を「早稲田文学」に書き、認められる。しかし、社会主義の影響を受け、社会問題を考えるうちに、四国に移住し、農民運動に参加する。これらの経験が、後の名作『鼬《いたち》』などに結実していく。二九年に再上京。詩劇の大作『民族の旗』を書き、プロット（プロレタリア演劇同盟）に持参し、文学に専念し始めるが、やがて左翼思想への不信から、同作を否定し、別個の「自己発見」の道を考察する。三一年八月前進座が『島の嵐』という佐渡の暴動を扱った戯曲を宮戸座で上演。三三年頃より、大森十五の筆名で、「演芸画報」に執筆。三四年に、雑誌「劇文学」に『鼬』を発表、同年九月創作座で、久保田万太郎演出で上演され絶賛される。三五年には、河合武雄が『鉈《なた》』、花柳章太郎が『山鳩』を上演、新派との縁が深くなり、著名作家となる。その後、妻の死の後に、『遁走譜』『黴《かび》』などの力作を発表、新派、新劇で上演され、『太陽の子』『裸の町』は映画化までされて、地位を確立する。戯曲集『裸の町』『遁走譜』も双雅房から刊行。三五年からはラジオドラマにも関心を強める、三九年の満州旅行で強く刺激を受け、『松花江の月』『孤雁』などを発表。戦争突入頃からは、古美術にも深い関心を示す。四一年の新派公演の『山参道』は、この時期の佳作。四二年に満州を再訪。『鶉』『北斗星』『秋天晴々』などは、新派や文学座で上演され、独自の「人情劇」的な味わいを感じさせた。その後も、数度満州に渡り、長篇小説『雁の影』を書き、終戦時は、北京に滞在していた。戦後は、満州の日本人を描いた『中橋公館』を四六年に発表、『猿蟹合戦』『たつのおとしご』など喜劇や「ファルス」に傾斜した。『中橋公館』『黄色い部屋』『赤いランプ』は俳優座、『稲妻』は文学座の上演が好評で、戦後の新劇隆盛に貢献した。一方、戦後は多くの小説や放送劇の作家としても名を挙げ、五八年には自伝『孤独の徒歩』（新制社）を刊行。戯曲も、新劇から新派、新国劇まで、広範な観客層に受け入れられる人気を博していた。六〇年代にも、『花を踏む勿《なか》れ』『豹変人物』などの作品を発表し続け、自作を上演する「真船豊書斎劇場」を主宰するなどしていたが、時代の価値観や演劇イメージの転換期である、その時代には、五〇年代までの高い評価からは遠い場所に位置する劇作家となっていった。評論集『戯曲について』（高山書院）に主な演劇観はまとめられているが、「人間修行」「人間観察」「人間尊厳」「人間諷刺」等々の用語に明らかなように、さまざまな視点から「人間」を描き、「人間」を考えることを継続した。その「人間」という概念が揺らぎ、変質した時代にあっても、その信念を疑わず、ひたすら探究し、求め続けたところに、真船豊の世界の多大な魅力も美点もあり、同時に後続の世代からは、共感されにくいところもあるのだろう。
なお、早大在学中から、児童・青少年向け演劇にも関心が強く、『水泥棒』『寒鴨』は青少年脚本集にも収録されているほか、戦後の寓話劇『ねむりねこ』『笑ふお面』もその系譜の作品である。

［**参考**］永平和雄『近代戯曲の世界』（東京大学出版会）

❖『**鼬**』《いたち》 三幕。一九三四年七月「劇文学」に発表。同年九月創作座により東京芝の飛行館で、久保田万太郎演出により初演。東北の農村の旧家は、南洋に渡っている万三郎の母おかじが守っているが、借金のかたに、さまざまな人々が来て、家財を持っていってしまう。

万三郎は叔母おとりから借金して、家を取り戻す手はずを整え南洋から三年ぶりに戻ってくる。しかし、おとりは、獣医の山影と手を組み自分のものにしてしまう。万三郎はそうと知らず、また南洋に立つ。全てをしったお梶は、憤慨して死んでしまう。文字通りの人間の物質欲を描き、その前であらゆる義理も関係も意味もないという虚飾を剝ぎとった人間の姿を見せる。そういう設定だけでは、ありきたりだが、故郷の言葉をもとに創作した方言を用いたセリフの緊迫感やコミカルな人間像によって、肉感を持った庶民の生々しさが実感され、久保田の演出の手腕により成功を収めた。龍岡晋の万三郎、伊藤智子のおかじ、清川玉枝のおとりなどが初演の配役。なお、新派が四一年に上演した『山参道』は、万三郎が故郷へ帰還する後日譚である。『現代日本文学大系』(筑摩書房)第五八巻所収。

❖**『裸の町』**《はだかのまち》 三幕六場。一九三六年四月「改造」に発表。三九年四月芸術小劇場により、築地小劇場で初演。北村喜八演出。東京でレコード商会を開いた富久善光は、借金に苦しみ、金貸しの増山金作の手で苦境を切り抜けるが、結局増山に騙され、権利金をまきあげられてしまう。成り行きに呆れた富久の妻喜代は、別れて故郷に帰ろうとするが、夫が改心して、レコードの夜店を開き地道に働くという言を信じて思いとどまる。真船はこの戯曲は、当時の自分の心境の投影という意味のことを述べている。社会性のないインテリで、高級なレコードを愛蔵しているが、結局は現実の金銭的苦境にあっては、それを売却し、庶民向けの安直なレコードの夜店販売で人生を生き抜こうとする。農村生活のなかでの人間の醜い現実である物欲を描いてきた作者が、ここでは、都会で、生活力のないインテリが同様の借金に苦しむ設定にしている。役名の命名も、富久善光、増山金作と、明治前期までのような寓意名であり、クラシック・レコードがインテリの理想主義、浪曲や小唄の安レコードが庶民の欲望という単純な対照的な象徴を用いている。真船の戯曲は、同工異曲という感はあり、善人悪人も類型的なところはあるのだが、そのセリフの巧みさによって、人物像が明確に描かれる。ここでも、増山の妻を登場させ、増山の実生活の苦しさを語らせることで、重層性を出している。『現代日本文学大系』(筑摩書房)第五八巻所収。

❖**『鬼怒子』**《きぬこ》 四幕。一九三六年七月「中央公論」発表。同年八月、新宿第一劇場で花柳章太郎の研究劇団「新劇座」により初演。久保田万太郎演出。財産家の娘鬼怒子は、須永幸介に嫁ぎ、道子という娘がいる。鬼怒子は娘の首を絞めて精神病の疑いを掛けられ、実家の鹿島良平のもとへ赴く。鬼怒子は、父が自分に与えた大金を良平が横領していると事実に反する妄想に囚われている。良平は家族関係の面倒を嫌い、須永にその金を出そうと言うが、須永はさすがに断る。さらに、鬼怒子は入院中の精神病院を抜け出して鹿島家で、良平の妻を脅したりする、須永は、道子と共に別居する決意をする。作者は、須永、鬼怒子、良平いずれも自分の意識にあるもので、現実に追い詰められて理性を失い、「原始的感情の暴虐に打ちひしがれる」と書いている。鬼怒子の行動を、須永は自分の責任であり、離縁などできないと、ヒューマニスティックなセリフを言う。それは高貴な超俗的な精神ではあるが、逆に現実感覚からいえば、立派すぎて、かえって滑稽な感じさえするという感想は、当時からあった。ここでも、作者は、鬼怒子、幸介、良平、道子という、それぞれ寓意的な命名をしている。初演は鬼怒子は花柳、須永が柳永二郎、鹿島が大矢市次郎など。『真船豊選集』(小山書店)第一巻所収。

❖『遁走譜』《とんそうふ》 五幕。一九三七年八月「中央公論」発表。三九年七月文学座の勉強会(内部公演)を経て、四〇年五月、新協劇団により築地小劇場により初演。千田《せんだ》是也《これや》演出。科学者樺山源伍は台湾や満州での長期の外地生活を経て、妻が亡くなったため東京に戻る。長男定春は不景気の上、左翼の活動歴があり無職。長女達美は満州在住。次女早智子は会社員、次男信義は大学を出てボクシング部のコーチ、三男政秋は左翼運動に入れ込んでいる。源伍の妻の妹が同居して家事をしている。子煩悩だが、口うるさい源伍は、相当の借金を返済した後、子供が落ち着いたこともあり、家を整理し、独居し、友人の助言にも、悠然と構えた生活を送る。この戯曲は、二世市川左團次には、「自由劇場」を再興したい希望があり、その上演用に執筆したとされ、主人公には左團次の風格が感じられるところもある。源伍はわがままで口うるさく、世間的にも奔放に生きているのだが、子には自由な生き方を選ばせ、しかも、密かに金銭的な援助も惜しまずに与える。傍若無人だが、スケールの大きいユーモラスな人間として描いている。ただ、源伍はよく描かれているが、周囲の人物が影が薄いという批判はあった。しかし、真船の戯曲の魅力は、何といっても、セリフの流れの見事さにあり、実際に客席で耳にするとその躍動感が活字以上に見事に感じられるところにある。初演の小沢栄(栄太郎)の源伍が好評だった。『現代日本文学大系』(筑摩書房)第五八巻所収。

❖『中橋公館』《なかはしこうかん》 五幕。一九四六年五月「人間」に発表。四六年九月俳優座により大阪毎日会館で初演。千田是也演出。中国各地で半世紀もアヘン中毒の医療に尽くした中橋徹人は家庭も顧みず、妻のあやが子への愛情を注いできた。一男三女や孫たちは、それぞれの暮らしを営んでいるが、敗戦により苦難を舐めつくす。徹人はまだ大陸での夢が捨てきれないが、うまく行く訳もなく、家族はバラバラとなり、内地に引き揚げることとなる。敗戦時に、真船は北京に滞在して、在留邦人の激しい不安と動揺を目にしていた。その体験を元に、寄宿先の一家をモデルに、真船が得意とするエキセントリックな人間像を、諷刺的に巧みに描いた傑作として話題になった。家庭など顧みず、唯我独尊の人生を送った徹人が敗戦後もその変化を自覚できず奔走し、遂に現実社会の前に屈する姿が、ある種の日本人の生き方の典型と重なり、実感的で見事なセリフと多彩な周囲の人間像によって現前化されている。ここでも、小沢栄の徹人が成果を挙げた。戦後の日本人の生き方への嫌悪は、『黄色い部屋』のような作品にも、強く窺うことができる。『現代日本戯曲大系』(三一書房)第一巻所収。

❖『稲妻』《いなづま》 五場。一九五一年十二月「演劇」に発表。同年十一月文学座が三越劇場で初演。真船豊演出。野々宮信行は忍従な妻嘉子がいながら、女性遍歴を重ねている。一方、長唄の細川歌五郎も、女遊びが過ぎて師匠から破門され、その妻加代は料理屋に女中奉公をしている。信行と歌五郎は飲み歩き、嘉子と加代は慰め合うという生活。しかし、信行は父の死で没落し、家を売却して暮らしを立てるが行状は改まらず、歌五郎と共に湖に遊び、死んでしまう。嘉子と加代は、二人の骨を受け取りに行き、思い出を語る。初演は信行が中村伸郎《なかむらのぶお》、嘉子が杉村春子、歌五郎が宮口精二、加代が田村秋子。真船は、新劇で、ある俳優の為に、書下しをしたのは初めてと書き、四人の役者に〈舞台で十分楽しんで遊んで欲しかった〉という。本作は〈哀しいファルス〉であり、〈アイロニーによって成り立っている〉と真船は規定している。これまでの真船作品の主人公たちのような、圧倒的な大きな存在でも、エキセントリックな人間でもない、平凡で嫉妬深く、愛すべき人間を「ファルス」として描いたところに、戦後の真船の人間像の転換をみることができる。（神山彰）

真山青果《まやませいか》　一八七八〈明治十一〉・九～一九四八〈昭和二十三〉・三。劇作家・作家。宮城県仙台市生まれ。本名は彬。父は旧伊達藩の士族で、明治期には小学校長。旧制第二高等学校〈東北大学〉医学部中退。薬局などで働く後、東京へ出て、小説家小栗風葉の弟子となる。一九〇七年に発表した、農村の生活を描いた小説『南小泉村』で着目され、当時の自然主義の作家として正宗白鳥などとともに認められた。その頃、イプセンの影響を色濃くうけた戯曲『第一人者』『生れざりしならば』などを発表し、劇作家としても注目される。〇七年、原稿の二重売り事件のために、文壇から排斥されたのち、大正期になり、一三年に喜多村緑郎に誘われて、新派の座付き作者として復活する。『雲のわかれ路』〈後には『柏屋夏吉』と改題上演〉『仮名屋小梅』のような復演された人気創作作品のほか、泉鏡花『日本橋』をはじめとして尾崎紅葉、国木田独歩などの小説の著名作の脚色、劇化を、多くは亭々生を名乗って手掛けた。青果の新派作品は、風俗劇として新時代の気風や精神生活の流行を描く新派の特質を際立たせる一方で、古い秩序や価値観から抜けきれず、時代の流れから取りこぼされる人間の命運を、「余所事《よそごと》浄瑠璃」のような幕末以来の歌舞伎の手法を取り入れて、存分に描くところに特徴がある。その対立的劇作法は、解りやすいと同時に、情動性を刺激するのに優れた効果を産み、大正期の新派の人気を継続するのに、大いに力となった。見過ごされがちだが、青果にとっても新派にとっても、この時期の意味は重要である。

また、大正末から昭和期に入ると、ここで取り上げる作品以外にも、『平将門』『大塩平八郎』『玄朴と長英』などの歴史劇、『新門辰五郎』『唐人お吉』『天保遊侠録』のような世話物、『江藤新平』『坂本龍馬』『凱旋乃木将軍』などのような近現代の人物を描いた史伝劇、『嗚呼九月十三日』『撃滅以後』『最後の日の乃木将軍』のような国策・時局劇まで、幅広い作風を誇っている。一般にいわれるような「新歌舞伎」の枠組から逸脱するものが、作品からも人脈からもあまりに多い。作品の多くは、歌舞伎俳優、特に二世市川左團次によって初演され、左團次のカリスマ性を持った圧倒的魅力や、その一座の明晰なセリフ術による人物造型の見事さに負うところも大きかった。

しかし、それは同時期の人気俳優で、『富岡先生』〈国木田独歩原作〉、『原田甲斐』『平将門』『桃中軒雲右衛門』などを続々と上演した、新国劇の澤田正二郎や新派の井上正夫にも共通する資質であり、その時代の心性を、戯曲の言葉を通して体現できる俳優に巡り合ったことが、青果の好運であり、才能でもあったといえよう。なお、出版人としての講談社の野間清治、演劇人としての松竹の大谷竹次郎も、青果のよき理解者であり、協力者だったのも大きい。

また、井原西鶴の研究や時代考証家としても一家を成し、『西鶴語彙』『随筆滝澤馬琴』『仙台方言考』などの著書も評価されている。四二年、帝国芸術院会員に推される。四八年、疎開先の静岡県沼津市で逝去。

近代戯曲として、テーマや思想性を離れてもその劇作法、台詞には、多くの劇作家、演劇人から高い評価が寄せられている。正宗白鳥は、〈青果の登場人物はすべて作者自身〉というように、自身の感情が投影されているところも多いが、それを作中人物の熱情を込めたセリフに巧みに移しこんで、それによって観客の情動性を強く刺激する効果を持っている。その作品は、重厚長大であるため、上演に際してのテキストレジーと演出も重要である。戦後は、大劇場での上演では、多くを巌谷槇一(三一)が担当することが続いたが、その没後、長女の劇作家・真山美保が担当しており、現在大劇場で上演されるほとんどの青果作品は、美保の脚色・演出版である。『真山青果全集』全二十五巻(講談社)がある。

[**参考**]『真山青果研究』(『真山青果全集別巻一』・講談社)、『真山青果戯曲上演・舞台写真集』(『真山青果全集別巻二』・講談社)、野村喬『評伝真山青果』(リブロポート)

❖**『雲のわかれ路』**《くものわかれじ》 四幕六場。一九一七年十月、新派により明治座で初演。のちに「サンデー毎日」二七年十二月より連載。所沢飛行隊の将校で一人出征せず残った桧山に、親友の坂尾は、優秀な飛行機制作のため桧山を残したという岸和田隊長の言を伝える。送別会で芸者夏吉と意気投合した桧山は、飛行機研究に没頭する。一方、桧山と別れ、音楽学校も中退して歌手となっている元恋人の信夫子は、桧山の研究費を貢ぎ、同棲している夏吉も桧山の成功を願って金策を行なう。坂尾は夏吉と別れろと勧め、桧山も岸和田や信夫子の恩義を感じ、夏吉と別れ飛行機制作に没頭する。成果が稔った桧山式飛行機の初飛行の日。これを妬む宗岡という男がこれに仕掛けをしたため、皆の見守るなか、桧山は颯爽たる姿を見せた後に、墜落してしまう。大正期の青果の新派座付時代の代表作。戦前は何度も再演され、特に第三幕「柏屋夏吉の家」の場は単独でも、『柏屋夏吉』の題名で上演されるほど人気を博した。あまりに硬派的な英雄像を描いた作家のように一面的に捕えられる青果の忘れられた側面を考察する意味でも、大正期の新派の劇作術や演技や観客の嗜好を検討する意味でも、興味深い作品。『真山青果全集』第十一巻所収。

❖**『仮名屋小梅』**《かなやこうめ》 三幕五場。初演一九一九年十一月新富座(それ以前の同名演目は他の作者の別作品)。初演前年から「都新聞」連載の伊原青々園の小説を、青果が戯曲化した作品。

一八八七年六月に東京浜町の待合の花井お梅が箱屋を殺害した事件は、直ぐに新内節に作曲され流行したが、河竹黙阿弥が翌年『月梅薫《つきもうめかおる》朧夜《おぼろよ》』の題名で劇化し、五世尾上菊五郎により初演された。同作は、悪婆物(毒婦物)の系譜の人物像に「殺し」「別れ」「勧善懲悪」という約束の場面構成で運ぶ歌舞伎の劇作法である。

人気役者澤村銀之助を巡り、新橋の芸者仮名屋小梅と格下の芸者蝶次が張り合い、一中節の師匠宇治一重が中に立つ。銀之助は売り出すまでは小梅に世話になったが蝶次と別れないと聞いた小梅が逆上するのを一重が諫める。やがて、銀之助と別れ、待合を経営する小梅に銀之助の男衆兼吉が寄り付き、横暴を極めた事件を起こす。小梅が耐えかねて兼吉を殺してしまい、一重にそれを告げて、自首の決意を固める。

特に、河合武雄の小梅と喜多村緑郎の宇治一重という対照的な新派の名優が対抗する、「芝居茶屋うた島」の場は、単独の場としても『小梅と一重』などの外題で上演される人気作となった。新富座の劇場内情景や風俗描写にも青果の才腕が光る世話物の傑作。後年の同題材の川口松太郎『明治一代女』との人物造型、劇作法の差異も興味深い。『真山青果全集』第十一巻所収。

❖**『元禄忠臣蔵《げんろくちゅうしんぐら》』** 十部作。一九三四年二月東京・歌舞伎座での『大石最後の一日』初演以来、四一年十一月十一月東京劇場での『泉岳寺』まで断続的に書き継がれた。『江戸城の刃傷』は浅野内匠守の江戸城での刃傷後の切腹に至る場で、片岡源五右衛門の最後の別れ。『第二の使者』は動揺する浪士に、小野寺十内が禁裏より同情の意があったと伝える。『最後の大評定』は城明渡しを決意した大石に、同志入りを断られ自害した旧友井関徳兵衛に、大石が本心を明かす。『伏見撞木町』は放蕩に見せかけつつ苦悩する大石と息子松之丞の動揺を描く。『御浜御殿綱豊卿』はお家再興に影響ある綱豊(後の六代将軍)が浪士富森助右衛門と復讐を巡って対決し、それを諭す。『南部坂雪の別れ』は大石が最後の別れに浅野未亡人瑶泉院を訪れる。『吉良屋敷裏門』は討入り後の、浪士たちの心境を描く。『泉岳寺』は浅野の墓前への報告と脱落した高田郡兵衛の悔恨。『仙石屋敷』は大石が大目付仙石伯耆守の取り調べに対し申し開く。『大石最後の一日』は、細川屋敷に預けられた浪士の最後の一日と磯貝次郎左衛門とおみのとの愛の結末を描く。

初演は、『泉岳寺』のみ初代市川猿翁だが、あとはすべて二世市川左團次が大石を演じている。左團次没後、前進座が四一年から断続的に全作を上演した。前進座出演の溝口健二監督の映画化作品も有名。作中、特に『御浜御殿綱豊卿』と『大石最後の一日』は単独でも上演される人気演目となっている。史実考証家としての青果と、熱情溢れる劇作家としての青果との両面が一致し、緊密な構成による傑作とされる。ただし、戯曲の初出は、当時の大衆誌である「キング」がほとんどであり、著名画家の挿絵入りで掲載されており、『南部坂雪の別れ』のような史実と相違する挿話も取り入れている。やたらに大げさな心情告白や格調だけでなく、大衆の欲求や役者の見せどころにもキチンと目を配っているところにこそ、青果の劇作の真骨頂をみるべきである。『真山青果全集』第一巻所収。

❖**『江戸城総攻《えどじょうそうぜめ》』** 三部作。初演は、第一部『江戸城総攻』(一幕二場)は一九二六年十一月歌舞伎座、第二部『慶喜命乞』(一幕)は三三年十一月、第三部『将軍江戸を去る』(二幕四場)は三四年九月いずれも東京劇場で二世市川左團次一座による。明治維新期の江戸を舞台に、官軍と幕府軍の攻防を、山岡鉄太郎を主軸に描く。『江戸城総攻』(一幕二場)山岡は江戸・赤坂の勝海舟屋敷を訪れ、将軍徳川慶喜の助命を官軍の西郷隆盛に願い出る使者の役を勝に願い出る。『慶喜命乞』(一幕)は官軍の静岡の駐屯地(大総督府)で山岡は西郷に面談する。山岡は君臣の情を熱烈に説き、当初渋っていた西郷も最終的に山岡の言を受け入れる。『将軍江戸を去る』(三幕四場)芝の薩摩藩邸にいる西郷を勝が訪れる。西郷は、魚売りの喧嘩を例に非戦の思いを打ち明ける。続いて、江戸城明渡しの前日、彰義隊が立てこもっている上野寛永寺。その大悲院に籠る慶喜に、山岡は高橋伊勢守の助けを得て面談する。山岡は、慶喜に勤皇恭順の意を懇々と説く。大詰は千住大橋。江戸の地を去る慶喜は、駆け付けた山岡や町人たちに切々たる思いで別れを告げる。第二部、第三部は単独で上演されることが一般的であるほど、歌舞伎の演目として定着している。本作初演時は、関東大震災の復興期であり、消失し、遠ざかる江戸明治の歴史や文化を追想し、記録に残そうという明治研究熱が盛んで「明治文化研究会」が発足、『明治文化全集』や同種の書物が刊行された時期である。また、二八年（昭和三年）は維新より六十年を経た戊辰の年にあたることから、日本の近代国家観の再検討、再評価への志向の強い時期だったという文脈を考慮に入れたうえで、本作は考えるべきである。本作通例の解説のように「新歌舞伎の傑作」という枠組では、緊密な構成、台詞と賞揚されるものの、いささか歴史の解説書的なところもある台詞の意味は理解できない。『真山青果全集』第七巻所収。

❖**『桃中軒《とうちゅうけん》雲右衛門《くもえもん》』** 五幕六場。一九二七年五月より雑誌「苦楽」に連載。同年四月、市村座で新国劇により初演。青果はこの作品の雲右衛門を描くにあたり「その操行の完全円満なる方面を見ることをせず、その過失、その病点、その弱点を通して彼の直実を観測」したと述べている。正に、不義と背徳、驕慢で家族や周囲を苦しめ、その一方で、その己に苦悶し、一代の芸を成していく人間。浪曲師という存在を通して、自己告白の声を聴かせるという、正に自然主義の作家だった青果の真髄とも言える作品である。九州で芸を磨いた浪曲師雲右衛門は、東京・本郷座の晴れの舞台に出演する予定だったが、その途中、静岡で雲隠れしてしまい、かつての師匠である曲師の松月を連れて遊興にふける。雲右衛門は以前師匠の妻と不義を犯して逃げ落ちたので、東京へ戻るのを内心恐れていたのだ。しかも不遇時代に静岡で、松月と生活したこともあり、芸妓に囲まれた雲右衛門は追憶に耽るところへ、親友の倉田が現われ雲右衛門の卑怯をなじる。東京へ出た雲右衛門の名声はいよいよあがり、新橋芸者千鳥と豪奢な生活を営む。女房のお妻はその心労から患い、支配人の磯野や弟子、松月らは心配し、新聞にはその背徳ぶりを非難される。息子の泉太郎まで、級友と父のことで喧嘩し退学となる始末。倉田は、乱行はともかく、泉太郎の件では、雲右衛門に意見し、大喧嘩となる。やがて、お妻が歿するとともに雲右衛門の人気も陰りが見え、病を得、落魄した雲右衛門は、倉田や泉太郎や弟子に囲まれて、世を去る。

主人公の勝手な理屈や生き方のため犠牲になる家族、それを諫める人物、妻と愛人の相克等々、正に芸道物の典型的な作品であるが、この作品には、青果の劇作術の特徴もよくあらわれている。雲右衛門と倉田、お妻と千鳥という対立的な性格を持つ人物を配置して、進めていく手法。自己陶酔と自己破壊、傲慢と繊細等々の背反的な要素を、感傷的なせりふにより、積み上げていく後年まで一貫した劇作法がここに見られる。『真山青果全集』第十三巻所収。

❖**『新門《しんもん》辰五郎《たつごろう》』** 三幕五場。一九四三年八月東京劇場で前進座が初演。幕末維新期の江戸で市中の警護に侠気をもって当たった著名な町火消しを題材に、歴史の転換期を町人の側の視点から描く、青果らしい作品。一八六二年、新門辰五郎は二百人を率い徳川将軍慶喜の上洛の警護に随行したが、京都の守護職会津侯の部下と対立する。辰五郎は水戸浪士を匿い、息子の丑之助は長州浪士の手紙を預かったため嫌疑を受け、連れ去られるなど、政争に巻き込まれる。ある日、京市内に大火事があり、辰五郎らは身命を賭して祇園を守り、江戸火消しの力量を示し、名を挙げる。会津の一家は丑之助を人質に水戸浪人引き渡しを迫るが、辰五郎は拒絶する。そこへ思慮ある会津の部屋頭小鉄が現われ、丑之助を返し、火消しや中間が一国の政争に巻き込まれ、それに関わろうとする愚を互いに諫め、和解を求める。

『江戸城総攻』の同時代を、庶民の心性や江戸町人の意気地、徳川家への忠誠心と弱者への思いやりという俠気を小気味よく、テンポよく描く。やたらに壮大な歴史的英雄ばかりでなく、こういう生き方に共鳴する心性こそが、青果が長年に渡り、上演され続けた理由の一つとして再考すべき戯曲である。『真山青果全集』第六巻所収。（神山彰）

真山美保《まやまみほ》　一九二二〈大正十一〉・七～二〇〇六〈平成十八〉・三。劇作家・演出家。東京生まれ。本名美保子。日本女子大国文科卒業。真山青果の長女。一九四七年新協劇団入り。五〇年に新制作座を作り、五二年に文部大臣奨励賞を受けた『泥かぶら』は全国巡業で八千回の上演を誇る。『市川馬五郎一座顚末記』（五幕七場）、『野盗風の中を走る』などが代表作。他に『草青みたり』『ああバラの花は何処に咲く』など。新劇の感覚を残しつつ、大衆演劇の手法を多用し、全国巡業を継続することで、戦後の地方の演劇青年に影響を与えた。新劇の大衆化の功績で、菊池寛賞を受ける。外国公演も行なったが、晩年は、新制作座や松竹、国立劇場の青果戯曲の演出に集中した。著書に『日本中が私の劇場』（平凡社）。

❖**『野盗風の中を走る』**《やとうかぜのなかをはしる》　プロローグと三幕十一場。一九五八年一月新制作座により、北海道北炭幌内炭鉱で初演。六一年十二月には歌舞伎座で歌舞伎公演として上演された。独眼の太郎一味の野盗は、財宝を奪った帰途、山寺に一泊する。住職が一味を元の領主の嫡流と誤解したため、村人たちが訪れ、野盗との交流が起こる。現領主の悪政に苦しむ村人に一味は同情して助力するが、やがて正体がばれ、現領主が逮捕の令を出すが、村人は一味の恩義に報いて領主を攻撃し、太郎も奮闘して、村人と和議を結ばせた末に殺される。極悪非道の野盗たちが、正義と良心に目覚め、恋を知り、一方、領主は庶民を苦しめるという図式のなかで、愛欲やユーモアという大衆好みの要素を巧みに取り入れた、作者の大劇場向けの成功作といえる。（神山彰）

丸尾丸一郎《まるおまるいちろう》　一九七七〈昭和五十二〉・五～。劇作家・演出家・俳優。大阪府生まれ。本名丸尾啓之。関西学院大学経済学部卒業。大学の演劇サークルSomethingで活動開始。二〇〇〇年、つかこうへい作品の上演を目的に、菜月チョビと劇団鹿殺しを旗揚げ（劇団名は詩人・村野四郎の「鹿」に由来）。〇五年からは東京に拠点を移し、音楽劇的路上パフォーマンスで話題を集める。一一年『スーパースター』（二〇一〇）で第五十五回岸田國士戯曲賞最終候補ノミネート。代表作に『僕を愛ちて。』『電車は血で走る』『ベルゼブブ兄弟』『ジルゼの事情』『竹林の人々』『ランドスライドワールド』など。（望月旬々）

マルセ太郎《まるせたろう》　一九三三〈昭和八〉・十二～二〇〇一年〈平成十三〉・一。パントマイム芸人。大阪市出身。大阪府立高津高等学校卒業。在日朝鮮人二世として生まれるが、後に日本国籍を取得。マルセル・マルソーの舞台を観てパントマイムを志し、キャバレーやストリップ劇場に出演するものの、今ひとつ人気が出なかった。形態模写に芸風を変え、猿の物まねをするやそのあまりに真に迫った表現が大衆に受け、頻繁にテレビ出演するようになる。『泥の河』など、一本の映画をまるごと語りで再現する『スクリーンのない映画館』は晩年の代表作。一九九三年ころから喜劇の脚本を書き各地で上演した。『花咲く家の物語』『黄昏に踊る』『春雷』『イカイノ物語』。（岡野宏文）

み

三浦大輔《みうらだいすけ》 一九七五〈昭和五十〉・十二〜。劇作家・演出家・映画監督。徳島県生まれ、北海道育ち。早稲田大学卒業。在学中の九六年に早稲田大学演劇倶楽部十期生を中心に劇団ポツドールを結成し、『ブサイク――劣等感を抱きしめて!』で旗揚げ。主宰としてほぼすべての作品の作・演出を手掛ける。初期作品は松尾スズキ、野島伸司などの影響を受けて、タブーとされている人間の暗部を過剰に演劇的な表現で描く作風であった。『騎士《ないと》クラブ』(二〇〇〇)以降は、セミドキュメントと称したシリーズを上演して大きな話題を呼ぶ。これらの作品で三浦は俳優から演技ではない感情と反応を引き出すために、容赦ない精神的、肉体的負荷を与える構成と演出を行なった。『身体検査』(〇一)では、俳優が舞台でプライベートをさらけ出し、俳優同士の人格批判や殴り合うさまを観客に見せ、賛否両論を巻き起こした。『メイク♥ラブ』(〇一)では交際中のカップルを含む四組の男女にセックスまでの過程と駆け引きを台本無しで演じさせた。『男の夢』(〇二)以降はまるで実際の出来事を覗き見しているかのようなリアリティのある会話劇で若者の群像を細やかに描出する。二〇〇五年『愛の渦』で第五十回岸田國士戯曲賞受賞。同年、劇団本公演とは別に、同世代の演出家たちとの合同企画『ニセS高原から―S高原から連続上演―』(作:平田オリザ)に参加。二〇〇六年、岸田國士戯曲賞の受賞後第一作として注目を浴びるなかで発表された、雑然としたアパートの一室で欲求のおもむくまま動物的に暮らす若者の生態を無言劇として描く『夢の城』は、ヨーロッパを中心に国内外で再演されている。また、自主映画『はつこい』(〇二)でPFFアワード審査員特別賞を受賞、『ボーイズ・オン・ザ・ラン』(原作:花沢健吾、一〇)で商業映画デビューし、一四年には『愛の渦』を自ら映画化した。出版された戯曲に『愛の渦』(白水社)、『人間♥失格 三浦大輔・戯曲集』(創英社)がある。その他の戯曲に『ANIMAL』(〇四)、『恋の渦』(〇六)、『人間♥失格』(〇七)、『顔よ』(〇八)、『裏切りの街』(一〇)、『おしまいのとき』(一一)、『失望のむこうがわ』『母に欲す』(一四)などがある。

[**参考**]三浦大輔『人間♥失格』(「せりふの時代」二〇〇七・秋)

❖**『激情《げきじょう》』** 二幕十一場。各幕の始めにプロローグがつく。男九人、女三人。二〇〇四年六月に駅前劇場で初演。田舎町の民家を舞台にもつれ合った人間関係の愛憎を描く。両親の借金を背負った菅原は何もかも嫌になり自堕落な生活を送っている。そんな菅原を見かねた友人の遠藤と久保は、代わりに借金を返済していたが追いつかず、かつて菅原らがいじめていた杉山に頼る。実業家として成功した杉山が借金の半分を肩代わりすることになり、菅原は心を入れ替えて真面目に働きはじめる。季節は夏から冬になり、菅原は荒んだ生活に戻っている。ある夜、遠藤はバイク事故を起こし、杉山から輸血を受けて助かる。数日後、菅原らの同級生だった江口の妊娠が発覚し、売春の相手だった菅原、久保、杉山は中絶費用を要求される。激しい口論の挙げ句に、久保が江口の腹を殴り流産させる。そこに借金取りの田嶋が現われ、借金の代償に菅原を犯す。外では退院した遠藤が差別の対象であった杉山から輸血されたことに逆上して杉山を踏みつけにする。地獄絵図のなかで幕。

❖『愛の渦』《あいのうず》 七場。男七人、女五人。二〇〇五年四月にシアタートップスで初演。裏風俗店の乱交パーティに集まった十人の男女の一晩を描く。恋心から他人のセックスの邪魔をしようとする男、フリーセックスに憧れるも、実際には嫉妬心を抑えることができないカップルなどセックスを巡って繰りひろげられる出来事に焦点が当てられている。性的魅力や場の空気を読む能力の優劣による集団内のヒエラルキーが執拗に描写される。最初はよそよそしい態度であった男女が、セックスが始まり打ち解けた雰囲気になると、さまざまな陰口や駆け引きが起こる。客と店員の揉め事をきっかけにして皆の本音が明るみに出ることになり険悪な雰囲気になる。朝方には一晩を共にした客たちの間で奇妙な連帯感が深まるが、終了時間になり店員に帰される。店員がカーテンを開けて掃除を始めると、眩しい光がすべてを現実に引き戻す。（久米宗隆）

三浦直之《みうらなおゆき》 一九八七〈昭和六十二〉・十～。劇作家・演出家。宮城県生まれ。日本大学藝術学部演劇学科中退。ロロ主宰。二〇〇九年『家族のこと、その他のたくさんのこと』で旗揚げ。映画や漫画やアニメやJポップはもちろん、古川日出男や舞城王太郎《まいじょうおうたろう》の小説や、海外文学をも参照しつつ、ボーイ・ミーツ・ガールな青春物語を描く「サブカル演劇」の作風で人気を集める。一六年、触れたものを虜にするという不思議なハンドパワーをもつ男の一代記『ハンサムな大悟』（二〇一五）で第六十回岸田國士戯曲賞最終候補ノミネート。小沢健二の楽曲に因んだネーミングも印象的な、高校演劇のルール（上演時間六〇分）に則った青春連作群像劇『いつだって可笑しいほど誰もが誰か愛し愛されて第三高等学校』シリーズも手がける。代表作に『父母姉僕弟君』『朝日を抱きしめてトゥナイト』『あなたがいなかった頃の物語と、いなくなってからの物語』。（望月旬々）

三上於菟吉《みかみおときち》 一八九一〈明治二十四〉・二～一九四四〈昭和十九〉・二。小説家。埼玉県生まれ。早稲田大学中退。一九一六年「講談雑誌」に連載した『悪魔の恋』が話題となり、二三年「時事新報」に連載した『白鬼』で大衆作家としての地位を確立。三四年八月から一年にわたり「大阪朝日新聞夕刊」に連載された『雪之丞変化』は、三五年三月関西新派劇によって初演されたあと、同年六月に松竹・下加茂で第一篇が映画化された。衣笠貞之助監督・伊藤大輔脚本、林長二郎時代の長谷川一夫が女形の雪之丞とそれを助ける義賊闇太郎を一人二役で演じ、東海林太郎が歌う主題歌『むらさき小唄』とともに大ヒットした。以降九〇年代まで、『雪之丞変化』を原作とする映画・歌舞伎・剣劇・テレビドラマ・オペラ・小劇場演劇・宝塚歌劇が数多く作られた。

❖『雪之丞変化』《ゆきのじょうへんげ》 三幕十二場。一九三五年三月・角座。脚色／演出・瀬川春郎。（初演時は連載中だったこともあり、結末・役名に異同がある。以下は原作による。ただし括弧内の俳優名は初演時のもの）。上方より江戸へ初下り、中村座で人気沸騰中の若女形・中村雪之丞（梅野井秀男）には胸中密かに抱く大願があった。一昔前のこと。長崎の海産問屋・松浦屋清左衛門（吉田正雄）は、ときの長崎奉行・土部三斎（中田正造）、問屋仲間の広海屋甚兵衛（畑穣）、長崎屋三郎兵衛（進藤英太郎）らによって密貿易の罪を着せられて財産を横領された。土部に横恋慕された妻お須磨（岡島吉路）は自害、清左衛門も狂死した。清左衛門の遺児・雪太郎は、育ての親・中村菊之丞のもとで歌舞伎役者として修行を積みながら、脇田一勝斎（田中聖一郎：原作では一松斎）に剣を学び、雪之丞と名乗って、江戸で栄華を誇る土部一味への復讐を遂げようとしていたのだ。一方、一勝斎から秘伝奥義を伝授された雪之丞を嫉み、同門の門倉平馬（三井瀧太郎）は雪之丞の命をつけ狙う。土部の娘で将軍の側妾となった浪路（六条奈美子）は、雪之丞への許されぬ恋に身を焦がす。同じく雪之丞に惚れてうるさくつきまとう女賊軽業師のお玉（宮村松江：原作・映画ではお初）は、叶わぬ恋の恨みから敵方に廻るが、義賊・闇太郎（都築文男）が雪之丞に力を貸す。敵味方入り乱れるなか、雪之丞は自ら手を下すことなく土部一味を自滅に追いやり、大願を成就させる。（日比野啓）

三木聡《みきさとし》　一九六一〈昭和三十六〉・八〜。放送作家・映画監督。神奈川県生まれ。慶應義塾大学文学部卒業。竹中直人のラジオ番組にて宮沢章夫や大竹まことらと出会い、ラジカル・ガジベリビンバ・システムの演出助手を経て、一九八九〜二〇〇〇年までシティボーイズの舞台の作・演出に関わる。バラエティー番組やテレビドラマの『時効警察』で人気を集め、『亀は意外と速く泳ぐ』『図鑑に載ってない虫』『インスタント沼』などの映画を脚本・監督。代表作に『ゴム脳市場』『ウルトラシオシオハイミナール』『いい感じに電気が消える家』など。（望月旬々）

右田寅彦《みぎたのぶひこ》　一八六六・三〈慶応二・二〉〜一九二〇〈大正九〉・一。劇作家。「とらひこ」とも。大分生まれ。兄は画家の右田年英。一八七五年上京し三田英学校に学んだ後、戯作者の高畠藍泉《たかばたけらんせん》（三世柳亭種彦）に師事、柳塢亭《りゅううてい》寅彦、矮亭主人等を名乗る。「めざまし新聞」「都新聞」を経て「東京朝日新聞」に入社し、小説を執筆するが、文士劇出演を咎められ退社。一九一一年帝国劇場開場とともに立作者格となり多くの脚本を執筆する。主な作品に『俵藤太』『鎌倉武士』『堀部妙海尼』『生嶋新五郎』『紀国文左大尽舞』等。二〇年、肺炎のため東京で没。
［**参考**］戸板康二『演芸画報・人物誌』（青蛙房）

❖**『紀国文左大尽舞』**《きのくにぶんさだいじんまい》　三幕六場。一九一四年三月帝国劇場で初演。大富豪紀伊國屋文左衛門の息子、二代目の文左衛門は吉原の花魁几帳と夫婦となったが、身代を持ち崩して深川へ引っ越そうとしている。かつて几帳を巡って紀文と張り合った緞子大尽こと旗本の貝賀三郎兵衛が訪れ、几帳を口説くが、几帳は聞く耳を持たない。白子屋には几帳の妹分の新造だったお種が奉公している。零落した紀文が訪れ、庄三郎に金の無心をする。庄三郎は几帳を離縁し、性根を入れ替えれば金を渡すと言うが、紀文は立ち帰る。お種は几帳の病気治療のため再び身を売る。お種の書き置きを目にした紀文は、日本堤でお種親子に追い付き、金を返そうとするが、親子は受け取らない。そこへ几帳の死が伝えられる。かたわらでこれを聞いていた緞子大尽は争いを水に流し、お種の身代金を出してやる。紀文は几帳の追善のため物乞いたちに金を施す。『日本戯曲全集第三十四巻　現代篇第二輯』（春陽堂）所収。（日置貴之）

三国一朗《みくにいちろう》　一九二一〈大正十〉・一〜二〇〇〇〈平成十二〉・九。放送タレント・随筆家。名古屋市生まれ。東京帝国大学文学部卒業。雑誌編集を経て、アサヒビール勤務。一九四七年ころから、久板栄二郎の「戯曲シナリオ研究会」で学ぶ。ラジオ・テレビで司会者、俳優としても活躍。『私の昭和史』は特に著名。戯曲は四九年に『厨房』を「劇作」に、五一年に『秩序ある庭』を「悲劇喜劇」に発表。『厨房』は五〇年四月大阪朝日会館で劇団青猫が田中千禾夫《ちかお》演出で上演。著書に『徳川夢声の世界』（青蛙房）など多数。

（神山彰）

三島章道《みしましょうどう》　一八九七〈明治三十〉・一〜一九六五〈昭和四十〉・四。作家・演劇評論家。東京生まれ。本名通陽《みちはる》。三島通庸の孫。学習院卒後、義弟の土方与志と「友達座」結成。一九一九年に芸術雑誌「TOMODACHI」創刊。小説を書く。岩村和雄、近衛秀麿と親しく、三一年、タイ皇帝来日に際しての松竹楽劇部・歌舞伎座特別公演には『奪われし我が愛しの妻よ』を書く。演劇論集に『劇芸術小論集』（文泉堂・一九二二）、『演劇論と劇評集』（同・一九二三）。関東大震災後は芸術から離れ、ボーイスカウト運動普及に邁進、貴族院、参議院議員を歴任。

（神山彰）

三島霜川《みしまそうせん》　一八七六〈明治九〉・七〜一九三四〈昭和九〉・三。小説家・劇評家。本名才二。富山県生まれ。尾崎紅葉門下で硯友社同人。小説『埋れ井戸』『解剖室』などを著わすが、雑誌「演芸画報」の編集者に転じ、歌之助・犀児・牛魔王等の筆名で同誌に劇評や俳優論を執筆。戯曲に『鰤』『船出の前』（いずれも「演芸画報」に掲載）等があり、映画のシナリオも手掛けた。

［**参考**］戸板康二『演芸画報・人物誌』（青蛙房）

（日置貴之）

三島由紀夫《みしまゆきお》　一九二五〈大正十五〉・一〜一九七〇〈昭和四十五〉・十一。本名は平岡公威《ひらおかきみたけ》。東京生まれ。小説家としても大活躍したが、劇作家としてのそれに的を絞る。一九三一年学習院初等科入学、四四年九月に高等科を卒業するまで学習院で学ぶ。国文学の師清水文雄の推薦で四一年に『花ざかりの森』を「文芸文化」に発表、はじめて「三島由紀夫」の筆名を使用。四四年十月東京帝国大学法学部入学。四五年二月に召集されたものの軍医の誤診で即日帰郷。四七年十一月に東大法学部を卒業、大蔵省（現・財務省）に就職したが翌年九月に退職して作家生活に入り、初戯曲『火宅』を発表。四九年『仮面の告白』を刊行して新進作家の地位を確立した。五〇年に俳優座が三島演出で『灯台』を、同年文学座アトリエで『邯鄲《かんたん》』を上演、この二作で劇作家として注目される。五一年十二月に朝日新聞特別通信員の資格で世界一周旅行に出発、「古典主義の完成」を目的にギリシア訪問が主目的だった。五二年に米国滞在後ブラジルを経て三月パリ着、旅行小切手の盗難にあい再発行までの一か月パリ滞在、その間に『夜の向日葵《ひまわり》』を脱稿、ギリシア行きで様式美の重視に傾き、ギリシア的健康への憧れからやがてボディー・ビルを始める。『綾の鼓』を俳優座が、『卒塔婆小町』を文学座アトリエが上演。五三年、『夜の向日葵』を文学座が上演、脚色した『地獄変』（芥川龍之介原作）を吉右衛門劇団が歌舞伎座で上演。同劇団に在籍していた敬愛する六世中村歌右衛門が手掛けることを想定して「三島歌舞伎」と呼ばれる一連の歌舞伎の新作を執筆した。五四年、俳優座が『若人よ蘇れ』を、吉右衛門劇団が歌舞伎座で『鰯売恋曳網《いわしうりこいのひきあみ》』を上演。五五年、『熊野《ゆや》』を歌右衛門主宰の莟会《つぼみ》が、『船の挨拶』を文学座アトリエが、『白蟻の巣』（第二回岸田演劇賞受賞）を青年座が、ラシーヌ作『フェードル』の翻案『芙蓉露大内実記《ふようのつゆおおうちじっき》』を吉右衛門劇団が歌舞伎座で上演。五六年三月文学座に入座。文学座創立二十周年記念公演として『鹿鳴館《ろくめいかん》』上演。

『近代能楽集』（新潮社）を刊行。五七年、第八回読売文学賞受賞の『金閣寺』を新派が新橋演舞場で村山知義脚色・演出で上演。『朝の躑躅《つつじ》』を新派・莟会合同公演で上演。ドナルド・キーン訳『近代能楽集』がアメリカで出版され、のち英、仏、独などでも刊行。五八年、文学座が『薔薇と海賊』を上演。中村吉右衛門劇団・市川猿之助劇団合同で『むすめごのみ帯取池』を歌舞伎座で上演。五九年、芸術座で東宝現代劇として『女は占領されない』を上演。写真集『六世中村歌右衛門』（講談社）を編纂。六〇年、文学座が『熱帯樹』を上演。文学座公演『サロメ』（オスカー・ワイルド作、日夏耿之介訳）を演出。鈴木力衛らとともに文学座の企画参与に就任。六一年、文学座が『十日の菊』を上演、同戯曲は第十三回読売文学賞を受賞。江戸川乱歩原作『黒蜥蜴』を戯曲化。六三年一月に芥川比呂志、岸田今日子ら二十九名が文学座を退座、福田《ふくだ》恆存《つねあり》を中心とする現代演劇協会・劇団雲を結成・旗揚げ。三島は文学座の理事となるも、稽古中の自作『喜びの琴』が上演中止になったのを受けて十一月に文学座を退座、三島につづいて十四名の座員も退座。モデルになった細江英公写真集『薔薇刑』（集英社）が話題に。六四年一月に結成された劇団NLTの顧問に。日生劇場で浅利慶太演出『喜びの琴』上演。六五年、劇団NLTが『サド侯爵夫人』を上演。舞台は芸術祭賞を受賞。六七年に国立劇場の理事に就任。劇団NLTが『朱雀家の滅亡』を上演。ドナルド・キーン訳『サド侯爵夫人』をアメリカで刊行、のち英、仏でも刊行。六八年五月、劇団NLTを退団して文学座以来の盟友とも言うべき演出家、松浦竹夫らと劇団浪漫劇場を結成。十一月、春に陸上自衛隊富士学校滝ヶ原分屯地に一緒に体験入隊した学生たちを集めて私設の防衛組織「楯の会」を結成。六九年、浪漫劇場の旗揚げとして『わが友ヒットラー』を上演。帝国劇場が『癩王のテラス』を上演。芸術座で東宝現代劇特別公演『春の雪』を菊田一夫脚色・演出で上演。国立劇場で曲亭馬琴原作、三島作・演出『椿説弓張月』を上演。十一月三日、国立劇場の屋上で「楯の会」結成一周年記念のパレードを挙行。七〇年十一月十二日から一週間、東京・池袋の東武百貨店で「三島由紀夫展」が開催されて盛況。十一月二十五日、「楯の会」の学生四人と東京・市ヶ谷の陸上自衛隊東部方面総監部（現・防衛省）に至り日本革新のための決起を促すも果たさず、総監室で割腹自殺、学生の一人も三島介錯後に自殺。四十五歳。辞世の歌二首のうちの一首——「散るをいとふ世にも人にもさきがけて散るこそ花と吹く小夜嵐」。

［参考］『三島由紀夫全集』（新潮社）、『三島由紀夫読本』（『新潮』臨時増刊）、平岡梓『伜・三島由紀夫』（文藝春秋）、佐伯彰一『評伝　三島由紀夫』（新潮社）、堂本正樹『劇人三島由紀夫』（劇書房）、堂本正樹『回想　回転扉の三島由紀夫』（文春新書）

❖**『邯鄲《かんたん》』**一幕。能楽と同じ題名の『綾の鼓』『卒塔婆小町』『葵上《あおいのうえ》』『班女《はんじょ》』『道成寺《どうじょうじ》』『熊野《ゆや》』『弱法師《よろぼし》』八連作の第一弾。能楽の現代化による詩劇の試みとの「作者注」がある。十八歳になった次郎は、かつて世話をしてくれた菊という女中の家を十年ぶりに訪ねる。この家には代々伝わる邯鄲という里から持ち来った枕があり、その枕で寝て夢から覚めると、現世のはかなさを悟るのだという。菊の夫もそうして家出し、以来、庭の菊も咲かなくなった。次郎は枕の効用がないことを試そうと眠りにつく。と、次郎は出世して元首になっている。が、端から信じず眠りつづける。このままでは枕の教訓が効かないことを心配した老国手に化けていた邯鄲の里の精霊は、お前は夢でも人生に肘鉄を食らわして生きようとしないとなじり、帰すわけにはいかないので毒を飲めと迫る。次郎は死にたくないと言い、老国手は生きながら死んでいるのに、死にたくないとは矛盾だとさらに迫る。次郎が毒薬を払い落とすと、老国手はたちまち姿を消す。朝になって菊が次郎を起こしに来る。次郎はさすらいの旅に出ず、ここで菊と一緒に暮らすと言う。庭には花という花が一斉に咲く。男七人、女五人。

❖『鰯売恋曳網』《いわしうりこいのひきあみ》 一幕。京の五条橋の橋詰で鰯売の家督を息子の猿源氏に譲った海老名のあみだぶつが、息子に出会う。猿源氏は元気がない。どうしたのだと聞かれた猿源氏は、この橋で出会った女への恋煩いだと答える。人に聞けば名前は蛍火《ほたるび》。そりゃ名高い遊女だと海老名は言う。が、遊女は遊女でも大名《だいみょう》 高家《こうけ》しか客にしない。海老名は息子のために一思案して、一度も上洛せず、近く京に来るという宇都宮の殿様に扮して、洞院《とういん》へ蛍火に会いに出掛ける相談をまとめる。洞院では遊女たちが蛍火に習って貝合わせをして遊んでいる。そこへ海老名が来て亭主に宇都宮の殿様が蛍火に会いに来ると告げ、やがて猿源氏の一行が大名に扮して乗り込んで来る。初回の客は遊女の所望を容れるのが習いだと言われた猿源氏は、魚尽くしの軍記を語る。そして酒に酔って寝入り、つい鰯売りの売り言葉を寝言で言う。それを聞いた蛍火は猿源氏を起こし、あなたは鰯売りだろうと問う。猿源氏は宇都宮だと言い張る。蛍火は泣き伏して、身の上話をする。実は紀の国の丹鶴城の姫だったが、十年ほど前に高殿から聞いた鰯売りの売り声に魅せられ、城を飛び出して後を追ったものの姿を見失い、廓に売られて遊女になった、もう望みがないから死ぬと言う。驚いた猿源氏は正体を明かし、蛍火は喜ぶが、身請けの金がない。そこへ庭男に身をやつしていた侍が殿から姫の探索を頼まれ、見つけて帰城させるための金を持っていると言う。蛍火は主の命だとその金を差し出させ、猿源氏から売り声を習いつつ廓を後にする。男役五、女役六、その他大勢。

❖『鹿鳴館』《ろくめいかん》 四幕。時は一八八六年十一月三日。所は影山伯爵邸内の亭と鹿鳴館大舞踏場。元新橋の名妓だった影山伯爵夫人朝子は、天長節の夜に鹿鳴館で開かれる舞踏会で、反政府派の指導者清原を彼の息子久雄の手で暗殺させようとする影山の陰謀を知り、かつての愛人と久雄の危急を救うために夫の計画を無にしようとする。しかし、朝子付きの女中頭草乃を裏切らせて妻の本心を知った影山は策士飛田にその裏をかかせ、舞踏場は朝子が取り消したはずの壮士の乱入で大混乱に陥る。これを知った久雄は逆上して父をピストルで撃つ。反射的に清原は撃ち返して久雄を殺す。約束が違うと迫る朝子に清原は、久雄がわざと弾をそらせて自分を殺すように仕組んだのだと真相を語る。何ごともなかったかのごとく舞踏会はつづき、朝子は影山と踊る。男八人、女六人、その地大勢。元芸者という設定のヒロインは新劇では初。恋、陰謀、裏切り、殺人といったメロドラマの要素が巧みに散りばめられている。三島の文学座との決別後も新派や商業演劇では盛んに上演されている。

❖『黒蜥蜴』《くろとかげ》 三幕。時は一九五〇年代。日本一の宝石商岩瀬のところへ、娘の早苗を誘拐するという脅迫状が届き、岩瀬は私立探偵の明智小五郎を雇って娘の護衛に当たる。大阪で見合いの話があり、岩瀬は早苗と明智を同道してホテルに泊まる。そこには得意客の緑川夫人がいる。夫人は岩瀬の目を盗んで雨宮という青年を早苗に会わせる。早苗は雨宮に一目惚れし、夫人に言われるまま雨宮とホテルを後にする。しばらくして明智が電報が届いたと岩瀬の部屋に来る。緑川夫人も同室する。電報には十二時に注意とあるものの、何も起こらない。が、それ以前に早苗は誘拐されていた。岩瀬は明智をなじる。と、明智の部下が早苗を保護したとの電話があり、明智は夫人こそ犯人の黒蜥蜴だと名指す。黒蜥蜴はピストルを突き付けて逃げ去る。岩瀬は東京の自邸で早苗を監視している。が、家政婦としてもぐり込んでいた黒蜥蜴の手下の働きで、早苗は誘拐される。のみならず、岩瀬の〈エジプトの星〉というダイヤも奪われる。二つの〈宝石〉を手にした黒蜥蜴は芝浦から船で島に向かう。その途中幽霊が出るとの噂が流れ、一党は探索する。明智が長椅子の中に潜んでいると察した黒蜥蜴はそれをロープで縛り、愛の告白をした後に、海中へ投げさせる。島に上陸した黒蜥蜴は、早苗に誘拐の目的を明かす。ここには私設美術館があり、多くの宝石とともに世界中の美男美女の剝製を飾っている。早苗もその一つとして展示されるのだ。話終えて早苗を檻に入れようとした時、雨宮が黒蜥蜴を檻に閉じ込めて早苗と一緒に逃げる。その時、明智の水葬礼に手を貸さなかった火夫の松吉が現われ、黒蜥蜴を助けて早苗と雨宮を檻に入れる。黒蜥蜴は男女の恋の喜びの像を作ろうと寝室へ去る。檻では早苗が雨宮に自分は替え玉だと告げる。が、雨宮は驚かない。大阪でのことがあったにもかかわらず早苗が初対面だと言ったことに、不審を感じていたのだ。雨宮は二人は偽物の恋人で、偽物が本物の愛の形を描く。剝製にされて黒蜥蜴に愛撫されること、これが恋の成就だと言う。寝室から出た黒蜥蜴は、戸口に落ちていた新聞を読んで目を見張る。明智の働きで早苗が無事帰還とある。そこへ手下たちが松吉を詮議してくれと連れて来る。松吉のあの人形が心配だとの言葉に黒蜥蜴が展示室の照明を点けると、人形のあるべき場所にピストルを構えた刑事たちが立っている。松吉は仮装を取る。明智だった。黒蜥蜴は毒を仰ぎ、愛の告白を聞かれたことを恥じた上で、心の世界では明智が泥棒でわたしが探偵、明智の心をつかまえてみれば石ころだったと言う。明智は黒蜥蜴の心こそ本物の宝石だと答える。男十人、女六人、その他大勢。

❖**『サド侯爵夫人《さどこうしゃくふじん》』**三幕と**『わが友ヒットラー《わがともひっとらー》』**二幕。一対の戯曲なので一括して記す。ともにフランスの古典主義をモデルにし、前者はフランス女性ばかり六人、後者はドイツの男性のみ四人の登場人物、翻訳劇調の論理的で華麗なレトリックを駆使して和の要素を完全に払拭、まるで西洋の劇作家が執筆したかであるのが最大のミソ。『サド侯爵夫人』の時は一七七二年の秋から一七九〇年の春まで。所はパリのモントルイユ夫人邸のサロン。ブルボン王朝の末期、サド侯爵夫人ルネは性的なスキャンダルで獄につながれているサドを庇い、愛しつづけている。世間体をはばかる母のモントルイユ夫人は悪徳の固まりのごときサン・フォン侯爵夫人や美徳の結晶のようなシミアーヌ男爵夫人などの手を借りて、ルネとサドを離別させようと努力する。が、ルネのサドへの思いは変わらない。やがてフランス革命が勃発し、ブルボン王朝が歴史から消えるという大転換の時代がはじまる。老境にさしかかったルネのもとに、ある日、出獄したサドが訪ねて来る。その様子を女中から知らされたルネは、決然とサドに会うのを拒絶する。

『わが友ヒットラー』の時は一九三四年六月、所はベルリンの首相官邸。政権に就いたばかりのヒットラーが、革命の同志で右派のレーム、左派のシュトラッサーとそれぞれ会談を持つ。レームはヒットラーを頭から信じているのに対してシュトラッサーは身に迫る危険を感じていて、ヒットラーの罠を避けるにはレームと手を組むほかないと考えている。が、そのことをレームに提案しても頑として受け付けない。やがてレームは粛清され、シュトラッサーも同じ目に合う。それまでヒットラーを支援するかどうか迷っていた武器商人のクルップは、支持を決める。そのクルップに向かってヒットラーはこう言う。〈政治は中道を行かなければなりません〉。

❖**『椿説弓張月』**《ちんせつゆみはりづき》 三幕。保元の乱で崇《す》徳《とく》上皇に一味して破れた源為朝は伊豆へ流罪となり、十年が過ぎた。上皇の御忌日、白縫姫との間に生まれた舜《す》天丸《てんまる》と生き別れた今、為朝は島の妻簓《ささらえ》 江との間にもうけた為頼が源氏再興の意志を継ぐべきだと二人に語る。その時、漁師たちが密書を持った怪しい男を連行して来る。それには為朝討伐の旨と、そのための官軍の船の先駆けが、簓江の父の三太夫だと記されている。為朝は弓を射って三太夫の乗船を沈める。父への孝と夫への貞節のはざまに苦しんだ簓江は海へ身を投げ、為頼も軍兵に包囲されて切腹する。為朝は再挙をはかろうと、紀平治とともに島を離れる。讃岐の国、白峯の崇徳上皇の御陵。為朝はその前で切腹を図る。と、崇徳上皇の霊が出現、やがて平家討伐の日が来るので、肥後国へ行けと命じる。肥後国の山奥、山塞に住む白縫姫の前に、夫の為朝を裏切った武藤太が捕縛されて来る。姫は琴を奏しながら、腰元たちに武藤太の体に竹串を木槌で打ちこませて殺す。そこへ為朝と紀平治が連行されて来る。姫は無礼を詫びて再会を喜び、再挙の兵を集めていたと告げる。為朝は平家討伐を宣言する。兵を挙げた為朝は海を船で進むうち嵐に会い、白縫姫は海に投身して海神をなだめる。為朝たちは琉球国へ流れ着く。ここでは御家騒動が持ち上がっていて為朝もそれに巻き込まれるが、紆余曲折の果てに落着する。それから七年。崇徳院の命日の前日、弓張月の出ている宵祭りの今宵、為朝は平家計伐を果たした今、白峯の御陵の前で切腹したく、願いを叶えてほしいと祈る。すると白波から白馬が踊り出る。白馬が白峯から差し向けられた神馬だと察した為朝は、その背に跨がって天空を飛び去る。男役十五、女役六、その他大勢。伝統的な歌舞伎の時代ものの様式や趣向を見事に踏襲している。この手の作者は三島以後出ていない。

（大笹吉雄）

水上勉《みずかみつとむ》 一九一九〈大正八〉・三～二〇〇四〈平成十六〉・九。小説家・劇作家。戦後の昭和を代表する流行作家の一人だったが、単なる大衆小説ではなく、文壇の狭い枠組みをこえた幅広く骨太な「水上文学」を結実させた。劇作家の面を中心に記述する。福井県大飯郡本郷村（現・おおい町）生まれ。宮大工で、普請のない日は家で棺桶を作っていた父と母の次男。祖母は全盲で、水上が三歳のときに死去。九歳で京都の臨済宗相国寺瑞春院にあずけられ、修行に励み、後に得度を受けた。一九三二年、出家したことを後悔し、脱走するものの、引き戻され、同じ相国寺の玉龍庵に入る。郷里の若狭と京都の徒弟時代の体験が水上の文学の原点となった。三六年に還俗し、立命館大学に入学するが中退。様々な職を経て、満州に渡ったものの、吐血して郷里で病気療養。

上京して職を転々、四一年、同棲していた女性との間に長男凌(窪島誠一郎)が誕生した。凌が二歳のとき、靴修理工の窪島夫婦に養子として出した。のち、戦災と戦後混乱のため互いに消息がつかめなくなる(七七年、三十四年ぶりに実子と再会、大きな話題となった)。四三年に妻敏子と結婚、翌年に空襲激化のため、郷里に戻り、青郷国民学校の助教として赴任。召集で入隊するものの、間もなく除隊。敗戦後に上京し、「新文芸」発刊、宇野浩二に執筆を依頼したことから、以後、文学の師とする。四八年、宇野の推薦により処女作『フライパンの歌』を刊行、ベストセラーとなるものの、私小説的作風は戦後の社会風潮に入れられず、苦しい生活が続き、妻は長女蕗子を置いて家出(五一年に離婚)。水上は再び喀血し、洋服の行商を始めた。五六年に叡子と結婚、郷里の実家に預けていた蕗子を東京に呼び寄せた。五九年の『霧と影』、翌年の『海の牙』『耳』などで、松本清張と共に社会派推理小説という新しいジャンルを開拓、注目を浴びた。六一年に『雁の寺』で第四十五回直木賞を受賞してから、鉱脈が一気に噴き出すように、以後、『飢餓海峡』『五番町夕霧楼』『越前竹人形』など、貧しい生活ながら純な心を持つ女性たちを主人公に秀作を発表していく。超売れっ子作家となり、月の執筆枚数が約六百枚まで達した。そのころ、次女直子誕生、重い障害を背負っており、水上は身心障害者問題に積極的に発言・行動していくようになる。ベストセラーとなった小説は、映画化、テレビ化され、舞台化もされた。けれど、原作者である水上には満足できないものも多く、自ら戯曲を手掛けるようになった。六六年、三時間の長編戯曲『山襞』を文学座に書き下ろし、木村光一演出で上演。『海鳴』を経て、七二年、『飢餓海峡』を同じ木村演出で初演した。『水上勉戯曲集』(中央公論社)のあとがきで水上は次のように述べている。〈私は芝居好きな男だと思っている。二十歳のころ、若狭の郷里の集落で『村芝居』を起こし、近在を旅したこともある。助教をしていたころ、青郷劇団をつくり、『一機還らず』を書き下ろした。これが私の処女戯曲となる〉〈(『越前竹人形』が菊田一夫で、『五番町夕霧楼』が依田義賢で、『雁の寺』が村山知義で、それぞれ脚色されたが)正直いって、作者はこの三作に不満だった。というのは、小説どおりではどこか味気ない。芝居にするなら、大胆に料理してほしいところがあった。『五番町夕霧楼』では鳳閣内部の事情、『雁の寺』では慈海の私生活のこまごましたことなど、つまり仏教生活者の内側の事情を芝居にしてほしかった。(中略)それで、文学座から『五番町夕霧楼』の脚本注文がきたとき、喜んで引き受けた。松竹芸能から『雁の寺』と言われたときも同じだ。いずれも、以前に脚色して下さった先輩に、すまない気もしたけれど、私流に戯曲化してみたい衝動を消すわけにゆかなかった〉。ちなみに、『水上勉戯曲集』に収録された作品は次の七点。『雁の寺』(一九七一年初演)、『飢餓海峡』(七二)、『越前竹人形』(七三)、『越後つついし親不知』(七四)、『はなれ瞽女おりん』(七四)、『五番町夕霧楼』(七五)、『冬の柩――古河力作の生涯』(七七)。七一年『宇野浩二伝』で菊池寛賞、七五年『一休』で谷崎潤一郎賞、七七年『寺泊』で川端康成賞、八四年『良寛』で毎日芸術賞などを賞受。八六年には芸術院恩賜賞を受けて芸術院会員となった。その一方、直木賞、次いで芥川賞の選考委員としても活躍した。八五年、福井県の郷里に「若州一滴文庫」を開設。蔵書のほかに、竹人形や竹面などを展示、竹人形芝居のできる竹人形劇場も併設、若州人形座などによる活発な公演も行なった。八九年、中国北京で「天安門事件」に遭い、やむなく帰国。心筋梗塞で倒れ、入院する。芥川賞選考委員を辞任。その後も水上勉・骨壷展、「竹と土の世界展」など旺盛に活躍するが、〇四年に永眠。

[参考]『水上勉全集』全二十六巻(中央公論社)、『新編水上勉全集』全十六巻(同)、大笹吉雄『新日本現代演劇史』(同)、『文学座史』(文学座)、木村光一『劇場で対話は可能か』(いかだ社)、有馬稲子『私の履歴書』(日本経済新聞社)、窪島誠一郎『雁と雁の子[父・水上勉との日々]』(平凡社)

❖**『雁の寺』**《がんのてら》 序景・終景と十場。原作は推理小説家として人気だった水上が〈人間を描きたい〉と挑んだ意欲作で、直木賞に輝いた。新派による初演の舞台化に不満だった彼は自ら脚本を担当、一九七一年、木村光一演出により松竹現代劇として上演された。京都の塔頭の和尚、慈海は愛人里子を密かに囲いながら、寺の小僧・慈念に厳しくあたる。里子は慈念に同情し、次第に歩み寄るようになった。ある日、和尚が忽然と消える。水上の京都の禅寺での修行体験が盛り込まれた作品で、主人公の孤独が痛いほどに伝わる。水上は、慈念を演じた中村嘉葎雄の演技を〈作者の想像からぬけて、異常な主人公を創造していた。台詞もまた、私の持っていたリズムより高いものになっていた〉と高く評価した。

❖**『飢餓海峡』**《きがかいきょう》 終幕まで十三景。水上の代表作の一つで、数多く映画化、テレビ化、舞台化された。戦後間もないころ、台風により青函連絡船が転覆して、多数の死傷者が出た。身元不明の遺体が二体。同日、北海道の質店に三人組の強盗が押し入り、大金を奪った上、一家を惨殺、火を放った。函館署の刑事・弓坂は、強盗団の仲間割れから二人が殺されたと推測、生き延びた一人を追う。同じ頃、青森県大湊(現・むつ市)の娼婦・八重は、犬飼と名乗る見知らぬ客から思いがけない大金を渡される。借金を清算して東京に出た彼女は、犬飼の恩を忘れることがなく、十年後、新聞で見かけた篤志家が彼だったと直感。会いに出かけた翌日、水死体となって発見された。内田吐夢監督による映画は、一九六五年に封切り。文学座による舞台化は七二年、水上脚本・木村演出によるものだった。八重が太地喜和子。水上は〈太地さんの八重は、その性格づくりの妙によって、台詞が、彼女独特のリズムに転化して芝居が盛り上がった。(中略)私の戯曲が、そういう役者を生んだのかと思えば、このめぐりあわせは、小説を書いていてはないことなので、嬉しいのだった〉と激賞している。

❖**『はなれ瞽女おりん』**《はなれごぜおりん》 序幕のあとに十七景。数奇な運命を辿った戯曲だ。まだ未完の小説を、手織座の宝生あやこが〈ぜひ戯曲にしてくれ〉と頼み込み、湯河原の宿で苦吟して一九七四年に完成、早野寿郎演出で初演された。小説の単行本が、上演より一年後と異例の展開となったはそのためだ。本作品が高名となったのは、八〇年の五月舎公演を皮切りに、木村光一演出により地人会で上演を重ねた有馬稲子の熱演にある。大正の中ごろ、二歳で視力を失ったおりんは、瞽女となり、三味線の修業を続けた。娘となった彼女は、ある村祭りで若者に手篭めにされ身ごもってしまう。瞽女社会の掟を破ったというので座から追放され、ひとりで子を産み、門付けの旅を続けた。彼女を助けてくれたのが、下駄屋の平太郎。実はこの平太郎、シベリア出兵を拒否した脱走兵で、捕まれば軍法会議で死刑が待ち構える。底辺に生きる二人の純粋な愛と出会いがテーマだった。有馬は足掛け二十四年、公演回数六百八十四回で、「おりん」と別れる。

❖『ブンナよ、木からおりてこい』《ぶんなよきからおりてこい》 青年座の代表的な演目で、俳優の多くが出演を経験している。初演は一九七八年で、水上の長編童話『蛙よ、木からおりてこい』を原作に、小松幹生脚色、篠崎光正演出でスタート。一九八五年からの第二次公演は「水上勉作、宮田慶子演出」のクレジットとなる。以後、水上歿後の現在の第五次公演まで、演出家は変わったものの、千回を超えるロングラン公演を果たした。トノサマ蛙の子ブンナは、お寺の境内にそびえる椎の木に登った。トップは鳶の餌ぐらで、「死」を前に壮絶な戦いを繰り広げる……。今も極めて示唆に富む作品だ。

❖『地の乳房』《ちのちぶさ》 水上は小説と戯曲で内容が違うことが珍しくないが、これは徹底的に異なっている。故郷の若狭を舞台にしているけれど、小説の方は昭和初年代で筆を置いている。けれど、一九八六年、青年座で上演された作品は、故郷に林立する原子力発電所の問題に水上は直接、言及している。二〇一四年に十四年ぶりに再演されたが、「3・11」の原発事故を経た今、水上の問題意識の鋭さに打たれる。（高橋豊）

水木京太《みずききょうた》 一八九四〈明治二十七〉・六〜一九四八〈昭和二十三〉・七。劇作家。秋田県横手市生まれ。本名七尾嘉太郎。一九一九年慶應義塾大学文科を卒業後、資生堂嘱託、母校の講師を勤めるかたわら「三田文学」の編集にたずさわる。小山内薫に師事し、イプセンに傾倒しており、二二年には『明日』（「三田文学」一九二二・1）、『浅瀬』（「劇と評論」一九二二・10）など写実的な傾向が強い作品を書いていく。また一方で表現主義映画『カリガリ博士』や明治座の『カレーの市民』などの影響も受けながら、現代的な感覚で武士の世界の「追い腹」を笑いのめした『殉死』（「三田文学」一九二六・5）を発表する。同年七月に井上正夫一座による浅草松竹座をはじめとして、初代水谷八重子一派の芸術座（二八・3、公園劇場）、ムーラン・ルージュ新宿座（三〇・11）などで上演された。さらに一九三〇年には関東大震災後に急速に都市化が進んだ東京の風景を取り込んだ『フォオド躍進』（「文藝春秋」一九三〇・3）『混凝土建築』（同・11、一九四〇年に河出書房『現代戯曲』に収録の際に『コンクリィト』と改題）を発表し、新時代の女性の姿を自動車やコンクリート建築になぞらえて創造する手法によって新たな作風をみせる。また「演劇新潮」連載の「袖珍鸚鵡石」では演劇界や劇文学に対する批評ものこした。戦後は「劇場」の主幹として劇評を書いていたが、一九四八年に病没。

❖『フォオド躍進』《ふぉおどやくしん》 一幕。一九三〇年四月、岡田嘉子一座により神田三崎町神田劇場において初演。叔父が営む円タク屋を手伝っていたお転婆娘のまさ子は、仕事が面白くなっていくあまり、自分は「フォオドみたい」に実用的な女性であることをアピールし、叔父との結婚を迫り新しい生き方を手にいれようとする。流行に敏感で消費行動中心のモガとは異なる、健康的で古い因習にとらわれない女性像を生み出すことに成功している戯曲。（阿部由香子）

水木久美雄《みずきくみお》 一九〇〇〈明治三十三〉・一〜不詳。劇作家・演出家。愛知県蒲郡生まれ。早稲田大学卒業後、第二次芸術座文芸部に所属。後に松竹幕内部勤務。三四年東宝に入り、東宝劇団や東宝国民劇を担当。初期の作品に『エデンの園』『支那風物曲』『慶安太平記』『藩札恐慌時代』『松虫と鈴虫』、戦中の作品に『明治用水』『機帆船』、人形劇に『マッチ売りの少女』など。戯曲集に『エデンの園』（真砂社出版部）。（熊谷知子）

水木洋子《みずきようこ》 一九一〇〈明治四十三〉・八～二〇〇三〈平成十五〉・四。脚本家。東京市京橋区本材木町（現・東京都中央区京橋）生まれ。本名高木富子。今井正監督、成瀬巳喜男監督らと組み、『また逢う日まで』『ひめゆりの塔』『キクとイサム』『浮雲』など、女性脚本家の草分けとして戦後の日本映画史に偉大な足跡を残したことで知られる。鉄鋼問屋を営む裕福な家の長女に生まれた。一九二八年日本女子大学校国文学部に進学するも、卒業間際に文化学院文学部演劇科に転校。文化学院に籍を置きながらプロレタリア演劇研究所にも通い、戯曲・小説を書き始める。また俳優として舞台出演の経験も持ち、日本初演の『シカゴ』（一九三三・築地小劇場・東京演劇協会）でロキシー・ハート役を演じている。三五年、菊池寛が商業演劇の戯曲を書く作家を育成するために立ち上げた脚本研究会に『クレオパトラ美容室』で応募。会員に選出され、応募作は同年、八住利雄の演出により創作座で上演された。続いて脚本研究会での新作『白き一頁』は、新派の目に留まり明治座の正月興行の一本として上演された。三八年、映画の助監督だった谷口千吉と結婚したが、一年経たずして協議離婚。この頃はドイツ映画を翻案した『早春』など戯曲を手がけていたが、四一年に日本放送協会放送劇部門嘱託となりラジオドラマに軸足を移していく。四二年には陸軍省嘱託として林芙美子らとシンガポールやビルマに派遣。戦後、学生時代からロシア語を習っていた八住に映画脚本の執筆を勧められ、彼との共作で亀井文夫監督『女の一生』を執筆。本作が映画脚本第一作となった。第二作はガラス越しのキスシーンが評判となった『また逢う日まで』。以後、前述の通り映画を中心に活躍し、戦後を代表する脚本家となった。戦後の戯曲作品には『にごりえ』『おさい権三』『もず』『近松女敵討《ちかまつめがたきうち》』等があり、いずれも文学座にて上演されている。

❖**『白き一頁』**《しろきいちぺーじ》 二幕。一九三七年一月、明治座で新派により初演。鉄を扱う本店の番頭から独立した深雪の父は、事業に失敗し病に倒れ三年になる。深雪は独立してもなお本店の主人夫妻の意向を立てる父を憎み、それに付き従う母を憐れに思っている。やがて父が息を引き取り、家族が哀しみに暮れているところへ本店の内儀が現われ、葬式について指示を出し、相続人である深雪には本式である白の着物を着せるよう母に迫る。しかし母は、略式の黒服、しかも洋服を着せる旨、内儀に伝え、初めて反抗を示す。これまで自分の意志を明確に示すことのなかった母の行動を目にした深雪は、心から喜び、縫いかけの黒服にミシンを掛け始める。演出は菊池寛。『脚本研究会戯曲集1』（モダン日本社）所収。（松本修二）

水谷圭一《みずたにけいいち》 一九七七〈昭和五十二〉～。劇作家・演出家・俳優。愛知県出身。大阪芸術大学出身者らと、二〇〇一年に劇団「野鳩」結成。思春期の中学生の「欲望」を藤子不二雄マンガ的な世界観で描く作風で人気を博す。代表作に『なんとなくクレアラシル』『お花畑でつかまえて…』『僕のハートを傷つけないで!』『自然消滅物語』。（望月旬々）

水谷竹紫《みずたにちくし》 一八八二〈明治十五年〉・十～一九三五〈昭和十〉・九。劇作家・演出家。長崎県生まれ。本名武。早稲田大学卒業。「早稲田文学」「やまと新聞」などに劇評を執筆、「東京日日新聞」では編集局長を務めた。一九一三年、芸術座創設に参加。解散後の二四年には妻の妹に当たる初代水谷八重子を中心に第二次芸術座を設立、育成に努める。三二年には雑誌「演劇」を刊行。戯曲に『戦国の女』他がある。

（岩佐壮四郎）

水谷幹夫《みずたにみきお》　一九四一〈昭和十六〉・一〜。演出家。日本大学藝術学部中退。一九六三年、映画監督志望であったが、映画の採用がなく、東宝に入社。演劇部に所属し、菊田一夫の一番下の助手として芸術座、東京宝塚劇場、帝国劇場などに付く。六五年頃より、東宝の専属となった美空ひばりの公演に付き、途中からショーの演出を任される。美空ひばり公演には十年近く携わり演出を担当。その後、東宝製作の舞台脚本を数本手がけるが、演出家としてキャリアを重ね、山田五十鈴の舞台をはじめ数多くの東宝演劇の演出を手がける。なかでも最も代表的な仕事は、師である菊田一夫が六六年に舞台化した『細雪《ささめゆき》』の大劇場向け改訂上演があげられる（一九八三・東京宝塚劇場）。この公演で菊田一夫演劇賞特別賞を受賞。これ以後、『細雪』の演出はすべて水谷の手によってなされており、繰り返し上演される東宝の代表作となっている。前述の通り、水谷の本職は演出であるが、脚本を担当した作品には『みおつくし浪速の花道』（七五・御園座・森繁久彌主演）、『風と雲と虹と』（七六・帝国劇場・六世市川染五郎主演）、『巨人ファンはお人よし』（七八・三木のり平主演・日本劇場）がある。

❖**『みおつくし浪速の花道《みおつくしなにわのはなみち》〈曾我廼家五郎・十郎物語《そがのやごろうじゅうろうものがたり》〉』**　三幕十場。一九七五年八月、御園座で森繁劇団にて初演。大正から昭和にかけ活躍した日本の喜劇の先駆者である曾我廼家五郎・十郎、二人の男の友情を笑いと涙で描いた人情物語。曾我廼家五郎を森繁久彌、十郎を有島一郎が演じた。八三年には森繁の舞台生活五十周年記念公演として東京宝塚劇場で再演され、植木等が十郎の役を務めた。森繁と植木は、この作品で舞台初顔合わせを果たしている。本作はもともと、七四年二月の梅田コマ劇場で『みおつくし浪花の風雪〈曾我廼家五郎物語〉』として上演された脚本を相良準三と水谷幹夫が新たに手を入れ、仕立て直した作品である。曾我廼家五郎・十郎の一代記とあって、五郎・十郎劇が劇中に入ることが期待されたが、初演では叶わず、八三年の再演時に『天下の侠客』という劇中劇がついた。原作、長谷川幸延。主演・演出、森繁久彌。脚本、相良準三・水谷幹夫。相良準三は『みおつくし浪花の風雪』の脚本を担当した。（松本修二）

水谷龍二《みずたにりゅうじ》　一九五二〈昭和二十七〉・三〜。脚本家・劇作家・演出家。水谷竜二名での活動時期もある。北海道苫小牧市出身。苫小牧工業高等専門学校機械工学科卒業。上京し自動車会社に就職するも半年で退社。バイト生活を経て、一九七五年『コント55号のなんでそうなるの？』で放送作家としてデビューする。『うわさのチャンネル』等、バラエティ番組でコントを多数執筆。八二年からは、テレビドラマの脚本や舞台の作・演出を手がけるようになる。この頃、日本大学藝術学部在学中の三谷幸喜とテレビの仕事で知り合い、テレビドラマのシナリオの書き方を教えている。舞台の戯曲を書くきっかけは、旧知の佐藤B作に頼まれたことによる。フランス映画『旅路の果て』を下敷きにという注文のもと『喜劇清瀬俳優養老院』を書いた（一九八三年九月・本多劇場、劇団東京ヴォードヴィルショーにて初演）。九四年、ラサール石井や小宮孝泰らと演劇集団「星屑の会」を結成し、同年『星屑の町　山田修とハローナイツ物語』を上演。約一年半後の再演が評判を取り、劇作家としての評価が高まった。二〇〇〇年には、十八世中村勘三郎(当時・勘九郎)の熱烈なラブコールにより、新作歌舞伎『愚図六』を執筆(二〇〇〇年八月・歌舞伎座)。同年、文学座に『缶詰』を書き下ろす。以後、小劇場に留まらず商業演劇、新劇と分野を問わず執筆を重ねている。〇四年には、平成十五年度第十三回日本演劇協会賞を受賞。主な作品として、『星屑の町』シリーズ、『風間杜夫ひとり芝居』(五部作)、『居残り佐平次－次郎長恋の鞘当て－』『火焔太鼓－お殿様一生一度の恋患い－』『踏台』等がある。水谷作品は「男の哀愁」を描いた喜劇が多いのが特徴。

❖『**星屑の町**《ほしくずのまち》——**山田修と**《やまだおさむと》**ハローナイツ物語**《はろーないつものがたり》』　四場。一九九四年九月六日～十一日・ザ・スズナリ、九月十二日・十三日、下北沢タウン・ホールにて初演。阪神タイガース優勝に便乗した応援歌発売のため結成されたムード歌謡コーラスグループ「ハローナイツ」。結成から十年が経ったいまは売れない地方巡業専門のグループになっていた。巡業で訪れた東北(リーダー山田修の郷里)の小学校の体育館で歌謡ショーの準備をしている最中、ささいなことからメンバー内でいざこざが起き、ついにグループ解散の危機に直面。そのままショーの本番を迎える。歌に始まり歌に終わる男たちの悲哀を描いた物語。演出、水谷龍二。この舞台のタイトルは、三橋美智也が六二年にヒットさせた『星屑の町』から拝借しており、劇中には内山田洋とクール・ファイブの楽曲が使用されている。『星屑の町　山田修とハローナイツ物語』(モーニングデスク)。　(松本修二)

水沼健《みずぬまたけし》　一九六七〈昭和四十二〉・十～。劇作家・演出家・俳優。愛媛県生まれ。一九八九年、立命館大学在学中にB級プラクティス(現・MONO)結成に俳優として参加。以降MONOのほぼ全作品に出演。九八年、時空劇場(松田正隆・主宰。一九九〇～九七)に所属していた内田淳子、金替康博とユニット・羊団を結成。演出家としての活動を開始。『Jerichoエリコ』(一九九八)、『水いらずの星』(二〇〇〇)など四作品を上演。その中で唯一水沼が書いた作品であり、また劇作家としての処女作である『むずかしい門』(〇二)で第四回AAF戯曲賞佳作を受賞。二〇〇四年、自身が作・演出を務めるユニット・壁の花団を結成。その第一回公演『壁の花団』(〇四)は第十二回OMS戯曲賞大賞を受賞。第七回公演『ニューヘアスタイルイズグッド』(一二)は第五十七回岸田國士戯曲賞最終候補に。近畿大学文芸学部准教授。一六年には京都府文化賞奨励賞を受賞。

❖『**壁の花団**《かべのはなだん》』　一幕。初演・二〇〇四年五月二十七日～三十日。アトリエ劇研。壁の花団公演。作・演出：水沼健。出演：西野千雅子、広田ゆうみ、山口茜、筒井加寿子。四名(女四)。舞台は一九八五(昭和六十)年、東京の端にある古い一軒家。そこには同じ会社に勤める四人の女が共同生活をしていた。物語はその女たちの一人の死体が床に転がっている場面で幕を開ける。残った三人の内の一人は〈壁の花団〉という秘密結社の一員であり、鍵を無くした簞笥の抽斗の中のノートにはその結社の活動記録が書かれていた……。料理、レコード、テレビ、ニュースなど彼女たちを取り巻く日常生活とノートに記された海水浴や野球観戦などの記憶。そこにあるなにげなさと他愛なさが、死という存在がそばにあることを徐々に感じさせる。一人の人間の死に至るまでの過程が、常に聞こえる雨音と共に、時制を前後に入れ替えながら描かれていく。　(安藤善隆)

水守亀之助《みずもりかめのすけ》　一八八六〈明治十九〉・六～一九五八〈昭和三十三〉・十二。小説家。兵庫県相生市生まれ。上京後、田山花袋を訪ねる。出版社の編集に携わり徳田秋声、正宗白鳥、真山青果などを知り、自然主義の思潮に親しみ、自身も小説や戯曲を手掛ける。自然主義らしい、人間の愚かさ、弱さを描く作品群に時代の反映が感じられる。戯曲は『闇の花』(「スバル」一九一三・10)に始まり、『春』喜劇(「週刊朝日」一九二八・3)まで大正・昭和初期に一幕物中心に二十三本の作品を、文芸誌、女性誌、週刊誌など多面的な媒体に発表。『沈黙』、『明け方』二幕(「新潮」)、『妹の結婚』『入り陽』『恋と力』『心中未遂』『救ひ』二幕、『生者死者』『田園小景』『夢と現』『老人の喧嘩』喜劇など。 (神山彰)

水守三郎《みずもりさぶろう》 一九〇五〈明治三十八〉・一～一九七三〈昭和四十八〉・七。劇作家。本名水盛源一郎。広島県呉市生まれ(本籍は東京)。早稲田大学英文科卒業。カジノ・フォーリー(浅草水族館)で脚本家デビュー。のち、新宿ムーラン・ルージュをへて、笑の王国(浅草常盤座)文芸部に所属。ムーランの作家たちを中心に興った「新喜劇運動」では、理論的側面で牽引役となる。戦後は、秦豊吉の帝劇ミュージカルスに関わり、第一回公演『モルガンお雪』(一九五一・3)から、最終第八回公演『喜劇蝶々さん』(五四・1)まで、作家、演出家として活躍。一九五一年には、秦豊吉や小崎政房《おざきまさふさ》らと、復興なったムーラン・ルージュに乗り込み、『チャタレイ裁判』などを発表する。『新興力士レビュー団』、『世界珍探検』(カミの原作を脚色)など、カジノ・フォーリー時代の喜劇には極北的ナンセンス作品がある。 (原健太郎)

三田純市《みたじゅんいち》 一九二三〈大正十二〉・十二～一九九四〈平成六〉・九。小説家・劇作家・演芸評論家。旧筆名・三田純一。本名野村全作。大阪生まれ。子供の頃から芝居や演芸に親しむ。一九四六年慶應義塾大学経済学部卒業。朝日新聞販売部に勤務する。五二年に退社して放送・演芸作家に転身。六二年松竹新喜劇の曾我廼家十吾や二世渋谷天外に師事し、大阪中座で『黒いスパイ』が上演される。以後同劇団に外部作者として『芝居茶屋』『浮世噺おかる勘平』『曾我廼家十吾』など多くの作品を提供する。六七年から十五年間東京で執筆活動をする。上方芸能についての深い知識を基に一貫して大阪をテーマにした作品を書きつづける。歴史、風土、風俗を描いた『道頓堀』(白川書院)で芸術選奨新人賞を受賞。『昭和上方笑芸史』(学芸書院)で芸術選奨文部大臣賞受賞。他に『上方芸能』(三一書房)、小説『遥かなり道頓堀』(九藝出版)、『笑福亭松鶴』(駸々堂出版)、上方喜劇の流れを綴った『上方喜劇』(白水社)がある。

❖**『芝居茶屋』**《しばいぢゃや》 三場。一九七五年九月大阪中座で初演。作者自身の演出、大塚克三美術、加納光記音楽。藤山寛美主演で石川薫、曾我廼家鶴蝶、酒井光子、小島秀哉、伴心平等が脇を固める。大阪道頓堀の芝居茶屋紙糸の女将園江が、お茶子のテルやその息子平吉達の助けにより廃業話や戦災被害から芝居茶屋を守って行く。大阪の商家の旦那衆とその家族は芝居茶屋を通して観劇するのが昔からの習わしだった。客は芝居茶屋にまず上がり、お茶子の案内で劇場の桟敷に座る。そしてお茶子が運んできた弁当を食べ、盃を傾けながらのんびりと観劇する。幕間には一旦、芝居茶屋に戻り次の芝居が始まるまで休憩をとる。そんな世界を道頓堀角座前の芝居茶屋稲照の長男に生まれた作者が、自身の体験を本作にあますところなく表現している。 (鍛治明彦)

三谷幸喜《みたにこうき》　一九六一〈昭和三十六〉・七～。脚本家・劇作家・映画監督・演出家。東京都世田谷区生まれ。日本大学藝術学部演劇学科卒業。映画好きの母の影響で、幼い頃からハリウッド映画やアメリカのドラマに親しむ。大学在学中の一九八三年に劇団「東京サンシャインボーイズ」を結成。劇団名はニール・サイモンの作品から。「一橋壮太朗」の名で舞台にも立った。演劇と並行して、放送作家も始め、深夜ドラマ『やっぱり猫が好き』(一九八八～九一)で頭角を現わす。同じ頃舞台でも、『12人の優しい日本人』(九〇)などで注目され、『ショウ　マスト　ゴー　オン』(九一)、生放送中のラジオスタジオで騒動が起きる『ラヂオの時間』(九三)など、抜き差しならない状況下で人々が右往左往する「シチュエーション・コメディー」を次々に上演。小劇場界きっての人気を獲得した。劇団は九四年に解散。『12人の――』再演で関係を深めたパルコのプロデュースで九三年以降、毎年のように新作を発表。絶大な人気と高い評価を獲得してゆく。娘が父親より年上の恋人を家族に紹介するドタバタ喜劇『君となら』(九五)などに加え、九世松本幸四郎のために書いた『バイ・マイセルフ』(九七)と『マトリョーシカ』(九四)、女優で漫才師のミヤコ蝶々の生涯をモチーフにした一人芝居『なにわバタフライ』(二〇〇四)、歌舞伎『決闘！高田馬場』(〇六)、文楽『其礼成心中《それなりしんじゅう》』(一二)など多彩な作品に取り組む。『笑の大学』(九六)、岸田國士戯曲賞受賞の『オケピ！』(二〇〇〇)、『コンフィダント・絆』(〇七)、『国民の映画』(一一)など、代表作の多くはパルコ製作の公演から生まれた。このほか、劇団東京ヴォードヴィルショーの依頼で、『その場しのぎの男たち』(九二)、『竜馬の妻とその夫と愛人』(〇〇、〇二に映画化)などを書き、二〇〇七年には東宝の劇場シアタークリエの柿落とし『恐れを知らぬ川上音二郎一座』を作・演出。歴史上の人物を主人公にした戯曲も多いが、いわゆる評伝劇ではなく、歴史に名を残した人物の人間としてのおもしろさを見つめながら、彼らと関わった無名の人の人生にも目を向けているのが特色だ。この系譜の作品に、写真家・上野彦馬の家族から幕末を見つめた『彦馬がゆく』(九〇)、ロンドン留学中の夏目漱石が主人公の『ベッジ・パードン』(一一)などがある。野田秀樹が幽閉されたナポレオン役で主演した『おのれナポレオン』(一三)は、現代演劇を代表する野田・三谷の顔合わせも話題になった。テレビでは、田村正和主演の推理ドラマ『古畑任三郎』シリーズ(一九九四～二〇〇六)が大ヒット。『王様のレストラン』(九五)なども人気を集めた。ＮＨＫで大河ドラマ『新選組！』(二〇〇四)と『真田丸』(一六)、人形劇『新・三銃士』(〇九～一〇)なども執筆した。観客の前で演じる『ＨＲ』(〇二～〇三)や、九〇～一〇〇分をワンカットで撮る『short cut』(一一)、『大空港２０１３』(一三)といった実験的なドラマも書き、演出した。映画では、劇団時代の舞台がもとの『ラヂオの時間』(九七)で初監督。『みんなのいえ』(〇一)、『ＴＨＥ有頂天ホテル』(〇六)、『ザ・マジックアワー』(〇八)、『ステキな金縛り』(一一)、『清須会議』(一三)の脚本・監督を手掛けた。朝日新聞の連載エッセイ「三谷幸喜のありふれた生活」は二〇〇〇年から十五年以上続く。自分が関わらないところで上演されたくないと戯曲をほとんど公表せず、出版は『オケピ！』(白水社)と『其礼成心中』(パルコ出版)のみ。

❖**『12人の優しい日本人』**《じゅうににんのやさしいにほんじん》　一九九〇年七月、東京・シアターサンモールで、東京サンシャインボーイズが初演。三谷の作・演出だが、脚本の名義は「三谷幸喜と東京サンシャインボーイズ」。アメリカ映画『12人の怒れる男たち』

を踏まえ、日本にも陪審員制度があったら、という設定で書かれた裁判劇。若い女が離婚した前夫をトラックの前に突き飛ばして死なせた事件を、十二人の男女が話し合う。役名は1号から12号までの番号で、個人名は呼ばれない。評議の最初に採決をすると全員が「無罪」に手を挙げ、あっという間に結論が出そうになる。しかし、2号の男性が皆に「なぜ無罪だと思うのか」と問うと、美しい被告人への同情や、酒癖が悪かったという被害者を責める声ばかりで理由がない。2号は「有罪」に意見を変え、話し合いを呼びかける。渋々始まった議論は、あちこちで脱線し、時に感情的な対立を起こしながら、不器用に進む。「怒れる男たち」のような英雄的な人物はいないが、十二人は生活者の知恵を集めて、皆が納得する評決にたどり着く。密室で繰り広げられる会話で十二人を書き分け、何かに真剣に取り組むことで平凡な人たちが輝く瞬間を見せた作劇の巧さが光り、三谷と劇団が注目される契機になった戯曲。繰り返し再演されている。九一年には中原俊監督で、ほぼ戯曲通りに映画化され、「三谷幸喜と東京サンシャインボーイズ」はキネマ旬報の日本映画脚本賞を受けた。

❖**『ショウ　マスト　ゴー　オン──幕をおろすな』**《しょうますとごーおん　まくをおろすな》　東京サンシャインボーイズ公演として三谷演出で一九九一年六月、東京・下北沢の本多劇場で初演。芝居の上演中に次々に起きるアクシデントを乗り切って、無事に幕を下ろすまでのスタッフたちの奮闘をノンストップでつづる。一難去ってまた一難を繰り返し、混乱が加速してゆく展開と、ごく普通の人たちが困難に立ち向かう姿を描くのは、三谷喜劇の典型の一つ。その代表的な作品だ。舞台となるのは「劇場の舞台袖」。老座長が率いる劇団が、シェイクスピア悲劇を下敷きにした芝居を公演中で、ワンマンな座長がマクベスとマクベス夫人とマクダフの三役を一人で演じている。この日は、外国人演出家ダニエルが買い物の途中で迷子になったところから始まり、重要な小道具が壊れ、劇中で座長がかじるリンゴと間違えて赤い容器の「だるま弁当」が舞台に出てしまい、スピーカーから音が出なくなるなどトラブル続き。しまいには老座長が体調を崩し始める。次から次へと起こる危機的状況を、舞台監督の進藤を中心に、スタッフらが力を合わせて乗り越える。舞台監督は普通、黒い服を着ているものだが、進藤はいつも白いセーター姿の変り者。口が悪く、やる気がないように振る舞っているが、いざという時には頼もしく、実は人情家でもある。このタイプの「プロ」を三谷は好んで書く。

❖**『その場しのぎの男たち』**《そのばしのぎのおとこたち》　劇団東京ヴォードヴィルショーに書き下ろされ、一九九二年十月、東京・紀伊國屋ホール。初演の演出は滝大作。明治半ばに起きた、来日中のロシア皇太子に警備の巡査が切りつけた「大津事件」。その対応に右往左往する政府要人たちを描く一幕の喜劇。同劇団の財産演目として繰り返し再演されている。一八九一年五月、京都のホテルで、総理大臣になったばかりの松方正義は頭を抱えていた。見舞いに行った外務大臣の青木周蔵はロシア公使シュービッチに門前払いを食わされ、皇太子の容体は不明。このままでは戦争を招きかねない。内務大臣・西郷従道、逓信大臣・後藤象二郎は役に立たず、頼りにしていた農商務大臣・陸奥宗光の策は裏目に出て、箱根から駆けつけた元老の伊藤博文を「打つ手打つ手が面白いようにはずれていくね」とあきれさせる。西郷の子供じみた振る舞い、後藤の姑息な立ち回りに加え、伊藤に対する松方、陸奥の反発や恨みもからみ、事態は悪化するばかり。危機を回避しようと知恵を絞ったつもりが、逆に次の危機を招き、舞台に登場しないシュービッチに振り回される大臣たちの、大まじめで間の抜けた悪戦苦闘が爆笑をよぶ。

❖**『笑の大学』**《わらいのだいがく》 三谷脚本の同名ラジオドラマをもとにした二人芝居。パルコプロデュースで一九九六年十月に青山円形劇場で初演された。演出は山田和也。太平洋戦争前夜の一九四〇(昭和十五)年、警視庁の一室を舞台に、検閲官と喜劇作家とが繰り広げる台本をめぐる七日間の攻防を、日を追って描く。権力と対峙する演劇人の心意気と、笑いという表現の強さを示した、三谷の代表作の一つ。検閲官の向坂睦男は、「国民が一丸となって難局を乗り切らねばならない時期に、喜劇の上演など禁止すべきだ」という考えの持ち主。浅草の劇団「笑の大学」の座付き作者・椿一の台本に次々と注文をつけ、上演中止に追い込もうとする。向坂の無理難題に椿はいちいち応え、その結果、台本の笑いはどんどん増えてゆく。向坂は意外な喜劇センスを発揮し、二人の間に奇妙な友情が生まれる。だが、椿が「検閲に従いながら台本を面白くするのが喜劇作家の戦い方」と口にしたことから、向坂は、台本から笑いをすべてなくせと命じる。椿は徹夜で書き直し、最初から最後まで笑わせ続ける台本を書き上げ、向坂に渡す。椿は前日、召集令状を受け取っていたのだ。笑う喜びに目覚めた向坂は「必ず帰ってこい」と告げる。椿のモデルは、昭和初期の浅草で活躍し、中国で戦死した喜劇作家、菊谷栄。温かな笑いに満ちたこの作品が憂いを帯びるのは、椿と、その後の日本の運命が暗示されるからであろう。向坂を西村雅彦、椿を近藤芳正が演じた。二〇〇四年に映画化(星護監督)。ロシア、韓国などで翻訳上演され、英国では『ザ・ラスト・ラフ』の題名で翻案上演された。読売演劇大賞最優秀作品賞受賞。

❖**『マトリョーシカ』** 九世松本幸四郎が主宰する「シアターナインス」のために書き下ろした一幕劇。三谷演出で一九九九年四月、東京・パルコ劇場で初演。登場人物は三人。幸四郎がベテラン俳優を演じ、長男の七世市川染五郎が同じ劇団の後輩の青年、長女の松本紀保《きお》が花屋の店員の役で出演した。題名は、人形の中から次々と大きさの違う同型の人形が現われるロシアの工芸品のこと。劇の冒頭に「歴史は繰り返す。一度目は悲劇として。二度目は喜劇として」というマルクスの言葉が示され、同じ構造を持つ話が入れ子になっている内容を暗示する。舞台は雑居ビルの最上階にある小さな劇場。ベテランスターの当たり役を後進に譲るため、劇団内でオーディションが行なわれることになった。しかしベテランは役を渡したくない。彼は候補者である青年を、「演技力、応用力、役者としての適性をみるため」と、夜遅く劇場に呼び出し、「事件」が起きる。ベテランと青年の、攻撃と防御の立場がくるくると入れ替わり、「観客役」として呼ばれた花屋の店員も加わり、物語はさらに複雑になってゆく。劇中の現実と劇中劇が錯綜し、真実は最後まで見えない。三谷のミステリー好きの一面がよく出た、伏線を緻密に張り巡らしたきわめて技巧的な戯曲だが、同時に、三谷による、一つの「俳優論」でもある。当たり役に深く執着し、自己愛が強く、実生活でも、つい何かを演じてしまう、厄介だが、愛すべき人たち。その象徴であるベテラン俳優を幸四郎が演じ、劇の面白さが増幅された。第三回鶴屋南北戯曲賞を受賞。

❖**『オケピ!』** 三谷演出で二〇〇〇年六月に東京・青山劇場で初演された二幕のミュージカル。音楽は服部隆之。劇場のオーケストラピット(オケピ)で演奏する十三人の群像を描く。

メインナンバーが「人生で起こることは　すべてここでも起こる　それがオケピ！」と歌う通り、悲喜こもごもの騒動が愉快に繰り広げられる。舞台では、上方に、華やかなミュージカルのステージの床があり、演じる俳優の足元だけが見える。役名は担当楽器。コンダクターとバイオリンは別居中の夫婦で、コンダクターは妻に未練を残しつつ、清楚な美人のハープに引かれている。だが、ハープの素顔は見かけとは違い、周囲の男たちを混乱させる。夫婦の危機と恋に悩むコンダクターは、スター俳優のわがままを伝える「上」からの指示に振り回され、ミスばかりのピアノ、自分勝手なトランペット、マイペースなオーボエら、一癖も二癖もあるメンバーに手を焼きながら、公演を乗りきるために奮闘する。生活に追われた音楽家たちが、時折見せるプロの誇りと、チームが一丸となる瞬間が、三谷作品らしい高揚感を生む。コンダクター役は初演が真田広之、〇三年の再演が白井晃。この作品で三谷は〇一年の第四十五回岸田國士戯曲賞を受けた。すでにエンターテインメントの書き手として地位を確立していたことから、授賞への異論もあったが、選考委員の別役実はこの作品を、複雑な模様の「アラベスク」にたとえ、「織り手の手さばきだけでも、受賞に値する」とし、野田秀樹は「場所選び」をはじめとする「うまさ」を評価した。

❖『コンフィダント《こんふぃだんと》・絆《きずな》』　プロローグとエピローグのついた五場構成。二〇〇七年四月に三谷演出で東京・パルコ劇場で初演された。画家のゴッホ、スーラ、ゴーギャン、シュフネッケルが若き日に「共同のアトリエで制作していた」という設定で、四人が共に過ごした時間を、モデルを務めていたルイーズの回想でつづる。史実の隙間を想像で埋めて、同時代を生きた人たちを出会わせ、ドラマを作るのは三谷がよく使う手法だ。ルイーズだけが三谷が創作した人物。舞台は一八八八年のパリ。セーヌ川に近い粗末な部屋を、四人の画家が借り、アトリエにする。世話役は美術教師のシュフネッケル。絵がさっぱり売れないゴッホは、不安定な精神状態で周りを振り回し、ゴーギャンは世慣れた色男だが、画家としてはまだ芽が出ない。スーラだけは点描画で世に認められ始めている。四人は酒場で働くルイーズをモデルに雇い、ともに絵を描く。彼女をめぐる色恋沙汰も起こるが、劇の主流は芸術家同士の葛藤だ。一見、最も冴えないゴッホが、実は天才であると見抜いているゴーギャンとスーラは、羨望と嫉妬、あきらめを抱く。好人物だが凡庸なシュフネッケルは、三人のねじれた思いと、自分一人だけ才能がないことを理解していない。終盤、シュフネッケルは残酷な形でそれに気づかされ、アトリエは無残な結末を迎える。しかし老いたルイーズは、画家たちが集う、生き生きした場を作った立役者として彼を思い出し、あまり上手くないその絵を大事に飾っていた。天才の陰に生きる凡人に心を寄せる、三谷らしい幕切れだ。配役はゴッホ生瀬勝久、スーラ中井貴一、ゴーギャン寺脇康文、シュフネッケル相島一之、ルイーズ堀内敬子。第十五回読売演劇大賞最優秀作品賞。この作品を含む〇七年の活動で三谷は第五十八回芸術選奨文部科学大臣賞、第七回朝日舞台芸術賞秋元松代賞を受けた。

❖『国民の映画《こくみんのえいが》』　二幕。二〇一一年三月、東京・パルコ劇場で初演。演出は三谷。一九四一年のベルリンを舞台に、権力と芸術との関係に切り込んで高い評価を受けた。ある夜、ナチスの宣伝大臣ゲッベルスは国内の名だたる映画人を集め、自邸でパーティーを催す。一幕では、招かれた映画人七人と、招かれざる客の親衛隊長ヒムラーと空軍総司令官ゲーリングが次々と現われ、それぞれの立場と人物紹介だけで観客を楽しませる。二幕でゲッベルスは、「アメリカの『風と共に去りぬ』に負けない『国民の映画』を作る」と発表。権力者とうまく付き合い、いい条件で仕事をしたい監督や俳優は大喜びする。しかし、ナチスのユダヤ人絶滅計画を知ると、その多くは立ち去ってゆく。登場する十二人のうち、エミール・ヤニングスやレニ・リーフェンシュタールら十人が実在人物で、ゲッベルス家の執事フリッツと、ゲッベルスの愛人の若手女優が三谷の創作。三十代の代表作『笑の大学』に通じる、権力者と芸術家の対立が、より深まった戯曲といえる。人物造形にも膨らみが増した。例えばゲッベルスは、劇中で「あのお方」と呼ばれるヒトラーに従う一方で、無邪気な映画ファン。映画通のフリッツをユダヤ人であることを隠して身近に置いている。対極にいるケストナーは、ナチスを批判して著書を焼かれた良心的な作家だが、ユダヤの血を引いていることをゲッベルスに突かれ、映画の脚本を引き受ける。自嘲を込めた「映画のホンを書いている限り、僕は安全だ」というせりふが苦く響く。ひとの心の強さと弱さ、信念と妥協をともに認めつつ、譲ってはいけない一線をどこに引くのか。三谷はドイツの映画人たちを通して、芸術家の、そして人間の矜持を語る。出演はゲッベルス小日向文世、ヤニングス風間杜夫、ケストナー今井朋彦、フリッツ小林隆ら。第十九回読売演劇大賞最優秀作品賞。この作品を含む一一年の活動に対して、三谷は第四十六回紀伊國屋演劇賞個人賞を受けた。（山口宏子）

緑川士朗《みどりかわしろう》　劇作家。緑川士郎とも。戦中、大阪松竹少女歌劇団をへて、浅草オペラ館、浅草花月劇場（川田義雄一座）文芸部に所属。戦後は、浅草フランス座等を経営した東洋興業の専属作家となり、約三十年間、ストリップショーの幕間コントを書き、演出をする。当時の主な作品に、『看護婦の部屋』脚色・演出（原作は無名時代の井上ひさし＝当時は井上廈）など。一九五九年、東洋興業が軽演劇復活の狼煙を上げ、東洋劇場がストリップから喜劇の小屋に転じた際、『ズベ公天使』を発表し、話題となる。テレビ草創期に、多数のコメディ作品を書いた。（原健太郎）

水上滝太郎《みなかみたきたろう》　一八八七〈明治二十〉・十二～一九四〇〈昭和十五〉・三。小説家・劇作家・評論家。本名阿部章蔵。東京生まれ。慶應義塾大学理財科卒業。本業の実業家のかたわら、「スバル」「三田文学」を中心に、『山の手の子』（一九一一）などの小説・戯曲や演劇論を発表。演劇論は『貝殻追放』に収録されているが、『律子と瑞枝』（二八）、『武士と町人と娘』（三六）などの戯曲は、創作座や明治座で上演された。（岩佐壮四郎）

皆川博子《みながわひろこ》　一九二九〈昭和四〉・十二～。小説家。韓国・京城（現・ソウル）生まれ。東京女子大学外国語学科中退。児童小説『海と十字架』でデビュー後、推理小説、幻想文学、耽美小説などに活動の幅を広げる。一九八五年『壁――旅芝居殺人事件』で第三十八回日本推理作家協会賞、九〇年『薔薇忌』で第三回柴田錬三郎賞、九八年『死の泉』で第三十二回吉川英治文学賞を受賞。九八年には『幽《かく》れ窓』が杉本正治の演出で文学座により信濃町・文学座アトリエにて上演。

［**参考**］『皆川博子作品精華』（白泉社）（中村義裕）

宮内好太朗《みやうちこうたろう》 一八九四〈明治二十七〉〜一九七五〈昭和五十〉。劇作家。早稲田大学法学部卒業。浅草・公園劇場で初代中村又五郎後援会誌「かたばみ」を編集。松竹入りし、本郷座でヘッベルの翻案『名匠の最期』。田中介二一座に『恋慕くずれ』、加藤精一一座に『大学教授の死』、剣劇・酒井惇之助一座に『荒木又右衛門』、伏見直江・信子一座に『女忠臣蔵』と多彩に活躍。多年、宮戸座文芸部に属した。八世市川中車と市松延見子の『新世帯夫婦読本』は小芝居で戦後まで復演。一九三八年台湾に渡り、皇民化運動として曾我廼家弁天一座に『日本刀』。著書に『寒紅譚』、編著に喜熨斗古登子《きのしことこ》述『吉原夜話』(青蛙房)。（神山彰）

宮城聰《みやぎさとし》 一九五九〈昭和三十四〉・二〜。演出家。東京都生まれ。東京大学在学中から、小林恭二の小説に基づいて構成したソロパフォーマンス「ミヤギサトシショー」を開始。一九九〇年、ク・ナウカ・シアターカンパニーを旗揚げ。人形浄瑠璃をヒントに、主要な登場人物を「動く俳優」と「語る俳優」の二人一役で演じる演出法を開拓し、すべての構成台本も担当。二〇〇七年、鈴木忠志の後任として静岡県舞台芸術センター（SPAC）芸術総監督に就任。主要な構成・演出作品に『王女メディア』『マハーバーラタ』『ペールギュント』など。（森山直人）

三宅雪嶺《みやけせつれい》 一八六〇〈万延元〉・五〜一九四五〈昭和二〇〉・十一。哲学者・評論家・ジャーナリスト。明治政府の欧化主義に反対して論壇に登場し昭和戦前まで雑誌「日本人」「日本及日本人」「我観」などを拠点にして発言し、国粋主義の代表的論客また社会問題に同情的なジャーナリストとして知られた。一九二五年「我観」に戯曲『逸見十郎太』(一月)、『前原一誠』(四月)、『西郷と大久保』(七月)、『大将軍の離婚』(十月)を発表している。（林廣親）

三宅大輔《みやけだいすけ》 一八九三〈明治二十六〉・四〜一九七八〈昭和五十三〉・一。職業野球選手・監督・劇作家。東京生まれ。慶應義塾大学卒業。読売巨人軍初代監督。父・三宅豹三が歌舞伎座重役、弟三宅三郎が演劇評論家、妹三宅悠紀子が劇作家であり、さらに野球好きで慶應贔屓の六世尾上菊五郎の知己を得たこともあり、早くから戯曲も書く。昭和戦前期に発表した『崖』(「舞台」一九三五年)のほか、坂東好太郎の下加茂劇団で『近藤と土方』が大阪で上演。戦後も、従来の坂崎出羽守ものと逆の発想の『千姫と坂崎』(一九四六)が二世市川猿之助一座により東劇で上演された。戯曲集『雪女郎』(明窓社)がある。（神山彰）

三宅悠紀子《みやけゆきこ》 一九〇六〈明治三十九〉・一〜一九三六〈昭和十一〉・二。劇作家。東京都港区高輪生まれ。本名由紀子。他の筆名に由岐子。兄にプロ野球監督を務めた三宅大輔と演劇評論家の三宅三郎。森村幼稚園、小学校を経て雙葉女学校に進学、中退。一九三〇年から水木京太に師事しながら戯曲を書き始め、十一月に『朝飯前』を「三田文学」に発表。しかしその年の冬より転地療養を必要とする健康状態となり、以後病床による執筆が続く。『夫の横顔』(「三田文学」一九三一・8)、『周囲』(「三田文学」一九三一・6、7)を発表後、三一年十二月に『晩秋』(「劇作」一九三一・11)が築地座によって上演され、新人女性劇作家として注目される。翌年の七月、大阪文楽座における築地座の公演でも『晩秋』は再演され、「婦人界」付録『女性作家二十二人集』(婦女界社)には『白百合が峰』が掲載。長谷川時雨、岡田禎子、円地文子らとの交流も始まる。三四年に書き上げた『春愁記』

は、三月の築地座による上演で現代劇としての完成度が高く評価され、成瀬巳喜男監督の映画『君と行く路』(一九三六年ＰＣＬ)の原作ともなる。しかし三六年に湘南片瀬にて逝去。キリスト教に入信しており、洗礼名はマリア・テレジア。没後に他四作品とともに収録された戯曲集『春愁記』(双雅房)が刊行された。

❖**『春愁記』**《しゅんしゅうき》　三幕。一九三四年三月、築地座によって飛行館にて初演。演出・久保田万太郎。湘南の山荘で暮らす天沼朝次には、相思相愛で結婚を考えている尾上霞という女性がいたが、互いの家の事情で諦めざるをえなかったため、絶望のあまりに死を選んだ。弟の夕次は兄に替わって自分の意志で愛した女性と共に生きていこうとするが、母親の存在や家の問題に同じように抗うことができずにおわる。芸者上がりの母親を清川玉枝。朝次を中村伸郎が好演し〈ロマンティックな感傷を持った舞台〉(「朝日新聞」一九三四・3・27)と評された。(阿部由香子)

宮崎三昧《みやざきさんまい》　一八五九〈安政六〉・八〜一九一九〈大正八〉・三。明治期の作家・随筆家。江戸生まれ。本名璋蔵。『泉三郎』は、明治期の演劇改良運動の「日本演芸協会」の演習会で唯一上演された作品だが「下座入りごっちゃの立回り」が入るような旧劇調もので、その後の坪内逍遙などの「新歌舞伎」の意味を考える際に重要。他の戯曲に『鳰《にお》の浮巣《うきす》』『星月夜』『殺生関白』『傾城浅間嶽』など。(神山彰)

宮崎友三《みやざきともぞう》　一九一〇〈明治四十三〉・十一〜二〇〇〇〈平成十二〉・十二。劇作家・演出家。和歌山県出身。本名は友三郎。ほかに北上真帆のペンネームがある。若いころから演劇に関心を持ち、歌舞伎や新劇などを幅広く見続けた。一九三四年に同志社大学文学部を卒業し、福助足袋株式会社に就職。三七年二月から神奈川県横須賀高等工学校の講師を務め、四一年十二月から日本鋲螺に勤務。戦後名古屋に移り、四六年十月から椙山第一高等女学校(四九年から椙山女学園高校)の英語教諭となる。六四年から七八年まで同校校長。戦後の名古屋は高校演劇が盛んで、四八年から「中等学校演劇コンクール」が始まっており(第二回から高校演劇コンクール)、宮崎も同校に演劇部を結成し、顧問となる。五〇年の第三回大会に『女王の敵』(ダンセイニ作、宮崎演出)で初参加。以後毎年参加を重ねる一方、愛知・岐阜・三重の「中部日本高校演劇連盟」の設立(一九五三)に尽力し、初代会長を務めた。また、女性だけの出演者による戯曲が少なかったことから、戯曲を書き始め、第七回大会の『生活の河』が中日賞、第八回大会の『姥捨仲秋』が中部日本高校演劇連盟賞、第十回大会の『松風』と第十三回の『女の城』が、共に文部大臣奨励賞と創作脚本(名古屋演劇ペンクラブ)賞をダブル受賞するなど、次々と優れた作品を生み出していった。高校演劇の脚本ながら、戦後の女性の生き方を広く問う内容で、中でも『姥捨仲秋』は社会人の劇団など全国の団体で繰り返し上演された。『姥捨仲秋』が「悲劇喜劇」(一九五六・2)と『学生演劇戯曲集4巻』に掲載されたのをはじめ、『松風』『氷雨』『雑草園』も「悲劇喜劇」や『学生演劇戯曲集』に掲載されている。戯曲集に『姥捨仲秋』(中部日本教育文化会)がある。これらの活動に対し、七〇年に中日新聞社の「中日教育賞」が贈られた。

❖**『姥捨仲秋』**《うばすてちゅうしゅう》　一幕一場。五五年、宮崎の演出で、椙山女学園高校演劇部が初演。姥捨て山に生きる六人の老女の、仲秋の名月の一夜の物語。それぞれの苦難の人生と、それでもなお生に執着する老女達の姿を、中世的な世界を背景に象徴的に描いた。(安住恭子)

宮沢章夫《みやざわあきお》 一九五六〈昭和三十一〉・十二〜。劇作家・演出家・小説家・エッセイスト・批評家。遊園地再生事業団主宰。静岡県掛川市出身。多摩美術大学美術学部建築学科中退。ラジオやテレビの構成作家を経て、一九八五年の『ここから彼方へ』から、シティボーイズ、竹中直人、中村ゆうじ、いとうせいこうらとギャグユニット「ラジカル・ガジベリビンバ・システム」を結成し、八九年まで活動する。九〇年に松尾スズキ、温水洋一、吹越満らと『遊園地再生』を上演。その際に必要に迫られ「遊園地再生事業団」を名乗る。以来、ユニット名として定着。九二年に『ヒネミ』で第三十七回岸田國士戯曲賞を受賞。九四年にかけて『ヒネミの商人』『砂の国の遠い声』『箱庭とピクニック計画』を上演し、九四年十一月の朝日新聞夕刊にて岩松了、平田オリザとともに「静かな演劇」の旗手とされ、脚光を浴びる。以降、『知覚の庭』(九五)、『砂の楽園』(九六)、『蜜の流れる地——千の夜のヒネミ』(九六)、『14歳の国』(九八)、『おはようと、その他の伝言』(九九)、『トーキョー・ボディ』(二〇〇三)、『トーキョー/不在/ハムレット』(〇五)、『モーターサイクル・ドン・キホーテ』(〇六)、『現代能楽集Ⅲ 鵺/NUE』(〇六)、『ニュータウン入口』(〇七)、『ジャパニーズ・スリーピング/世界でいちばん眠い場所』(一〇)、『トータル・リビング 1986-2011』(一一)、『夏の終わりの妹』(一三)などの演劇作品を発表する。二〇一三年は、シティボーイズミックス公演『西瓜割の棒、あなたたちの春に、桜の下ではじめる準備を』の作・演出、オーストリアのノーベル文学賞作家イェリネクの戯曲『光のない。(プロローグ?)』の演出も手がけ、東日本大震災以後に「上演」するということの意義をあらためて世に問い直す。また、十一世市川海老蔵主宰の自主公演会ABKAIに参加し、日本のおとぎ話をベースにした新作歌舞伎に挑戦して、一三年に『疾風如白狗《はやてのごときしろいぬ》怒涛之花咲翁物語《どとうのはなさきおきなのものがたり》。―はなさかじいさん―』、一五年に『竜宮物語』『桃太郎鬼ヶ島外伝』を書き下ろす。戯曲以外でも旺盛な執筆活動を展開し、二〇〇〇年の『サーチエンジン・システムクラッシュ』は第百二十二回芥川賞と第十三回三島由紀夫賞の候補になり、一〇年には、『時間のかかる読書——横光利一「機械」を巡る素晴らしきぐずぐず』により第二十一回伊藤整文学賞を受賞。多数のエッセイや、『チェーホフの戦争』『演劇は道具だ』などの演劇論のほか、『東京大学「80年代地下文化論」講義』や『東京大学「ノイズ文化論」講義』などサブカルチャー論を発表している。京都造形芸術大学助教授、早稲田大学教授を歴任し、二〇一三、一五、一六年には、早稲田大学での講義をもとにNHK・Eテレで放映された『ニッポン戦後サブカルチャー史Ⅰ・Ⅱ・Ⅲ』の講師を務めた。インターネット上のブログ「富士日記」も広範な年齢層に支持され、一五年四月からはNHKラジオ第一「すっぴん!」に月曜パーソナリティーとして出演するなど、多方面で活躍する。

[参考]「ユリイカ」(二〇〇六・11臨時増刊号「総特集宮沢章夫」、青土社)

❖**『ヒネミ』** 五場。一九九二年、シードホールにて初演。主人公の佐竹健二は過去(日根水で家族と過ごした少年時代)、現在(「地図を作るなにやら公的な機関」である職場)、そして現在と過去、現実と幻想が出会う境界としてのS・シティという三つの時空間を往還しつつ、失われた町・日根水の地図を描く。靴屋の親子やミシマユキオの自殺など死にまつわる記憶や、家高丸と佐田彦の伝説、歌手・桜内水奈子が歌う『青い石の伝説』の歌詞、町と同じヒネミという名を持つ謎の少女らに導かれながら、記憶の地図は完成する。それは兄ゲンイチロウの溺死をめぐる真実を佐竹が思い出し、受け容れる瞬間だった。ハーモニカを吹く説森さん、棒を振る男、サーカス、天井から落ちてくる石といった少年時代の記憶の断片とも幻想ともつかぬイメージをナンセンスな笑いとともに散りばめる手法は悪夢的とも言える。作品の要である「地図」は、その後の宮沢作品の重要なモチーフとなった。第三十七回岸田國士戯曲賞受賞作。選考委員の別役実からは〈それぞれの部分をディテールで押さえ、ディテールで構造をなぞっていって、過去・現在・未来を観念で設定する。ムダなディテールをこれだけ書き込めるというのは、これはちょっと一筋縄ではいかない〉（選考座談会より）と評された。九三年に『ヒネミ／魚の祭』（同賞を同時受賞した柳美里『魚の祭』と選考座談会が同時収録された岸田戯曲賞ライブラリー）として初出刊行、その後、九五年の阪神淡路大震災の直後に行なわれた再演を踏まえて九六年に「新版」として改訂版『ヒネミ』が刊行された（いずれも白水社）。

❖**『14歳の国』**《じゅうよんさいのくに》 二場。一九九八年十月、青山演劇フェスティバル「悪の演劇1998」にて初演。九七年に十四歳の少年によって引き起こされた神戸連続児童殺傷事件、いわゆる酒鬼薔薇事件を踏まえた作品。舞台は中学校の教室に見える抽象的な空間。ある日の午後、体育の授業で生徒たちが不在の間に、サイトウ、サタケ、アキツ、モリシマ、サカイの五人の教師が生徒に無断で持ち物検査を行なう。ごく日常的な会話をしながら、生徒の持ち物の一つ一つに過剰に反応する教師たち。彼らの日常会話は枝葉末節へと流れてナンセンスの色合いを帯びていく。第二場では、一週間後の同じ教室で持ち物検査が行なわれ、からっぽの鞄さえも教師たちの妄想をかきたてる。やがて〈刑法第四十一条、十四歳に未たざる者の行為は、これを罰せず〉という条文のコピーや、〈ぼくは今十四歳です。そろそろ聖名をいただくための聖なる儀式『アングリ』を行なう決意をしなくてはなりません〉という酒鬼薔薇聖斗の日記を写したノートなどが生徒たちの机から意味ありげに発見される。そうしたなか、サカイが見つけたナイフで、アキツはサタケを意味もなく刺してしまう。サカイは言う——〈これを見たかったんですよね?〉。〇三年にフジテレビ『演技者。』シリーズの一つとして大根仁演出、山名宏和脚本によりテレビドラマ化された。『14歳の国』（白水社）には、戯曲に加えて、「上演の手引き」として「高校演劇必勝作戦」が収録されている。

❖**『トーキョー／不在／ハムレット』**《とーきょーふざいはむれっと》 十場。二〇〇四年五月、神楽坂die pratzeでのリーディング公演と映像部分のDVD化（『be found dead』）、小説『秋人の不在』（「文學界」二〇〇四・9、単行本化の折に『不在』と改題）、横浜STスポットでの実験公演、麻布die pratzeでの準備公演を経て、〇五年一月、シアタートラムと京都造形芸術大学春秋座で初演。舞台は、北関東に実在する町、北川辺町。閉鎖的な共同体で、牟礼秋人の父で町を牛耳る建設会社・北利根組の社長である牟礼冬一郎が工事現場で不可解な死を遂げ、弟の夏郎治が冬一郎の妻と結婚して会社を引き継ぐ。ハムレットやクローディアスに似た登場人物名が示すように、『ハムレット』が下敷きとなっている。牟礼秋人という名は明仁天皇をも連想させるが、劇の中心であるべき秋人も姿を消す。不在の秋人の周辺では、秋人の恋人で兄とも近親相姦の関係にあった松田杜李子が自殺し、島村幸森は兄嫁巻子と関係をもつ。友人の倉津と須田は夏郎治の陰謀に巻き込まれて自動車事故を起こし、倉津が死ぬ。その過程でこの町が歴史的に隠れキリシタンの里であったこと、松田家がその末裔であったことが明かされる。秋人の不在の理由も、杜李子の自殺の理由も定かではなく、歪んだ共同体の深い闇に覆われる。秋人の友人中地が事の次第を綴り続ける手紙は、当時の総理大臣「小泉純一郎」宛だが、八月十五日という日付への拘りは天皇宛を思わせる。しかしその手紙はどこにも送られることはなく、宛先そのものの不在を浮かび上がらせる。

❖**『ジャパニーズ・スリーピング／世界でいちばん眠い場所』**《じゃぱにーずすりーぴんぐ／せかいでいちばんねむいばしょ》 十八場。一〇年十月、座・高円寺にて初演。開演前の舞台上では、ビデオカメラを操作するカメラマンと眠らない男a、b、cが、営業マンに次々と質問を投げ掛け、インタビューを行なっている。音楽と客席の電気が消えると、〈セカイでいちばん眠い場所〉を知っているという女が現われ、〈これはひどく混乱した構成をあらかじめ意図したテキスト〉であり、番号のふられたチャプターを順番を入れ替えて上演するという〈あらかじめの説明〉を行なう。女によれば、これは演劇なのだから〈筋を追ってもしょうがない〉のだ。その説明のとおり、幾つかのパートが前後の脈絡なく上演される。眠らない男bは榛名山での集団自殺にまつわる自作の小説を朗読する。小説の背景には七二年の連合赤軍榛名山アジトでの〝総括〟と呼ばれたリンチ殺人があるらしい。カメラマンと眠らない男a、b、cによって〈いつも眠っている男〉、〈いままさに眠っている女〉、〈異常なほどよく眠る女〉、〈思わぬ場所で不意に眠ってしまう女〉へのインタビューが行なわれる。登場人物たちはまた、古今東西の「眠り」をめぐる小説や詩、評論などを朗読する。インタビューや朗読の様子は舞台上でビデオカメラによって撮影され、そのライブ映像は事前に撮影・編集された映像とともに舞台後方のスクリーンに映し出される。終盤、眠らない男a、b、cの元に営業マンがやってきてクスリを与える。三人はそのクスリを飲み、眠らない男a、cはどこかへ去る。眠らない男bは〈セカイでいちばん眠い場所〉を知っているという女に話を聞こうとするが、やがて動かなくなり、眠っているのか死んだのかわからないまま、膝を床につけてうなだれる。（岡室美奈子）

宮沢賢治《みやざわけんじ》 一八九六〈明治二十九〉・八〜一九三三〈昭和八〉・九。詩人・童話作家・劇作家・農業指導者。岩手県稗貫郡《ひえぬきぐん》（現・岩手県花巻市）で質・古着商を営む商家の長男として誕生。一五年盛岡高等農林学校（現・岩手大学農学部）に入学。卒業後は研究生になり二〇年に修了。二一年十二月に稗貫農学校（後の花巻農学校）の教諭になる。二六年に岩手国民高等学校で「農民芸術」を講義し、それまとめた「農民芸術概論綱要」で、農民の生活から生まれる新たな芸術――「宇宙感情の　地　人　個性と通ずる具体的な表現」の創造を提唱した。同年、農学校を依願退職し、羅須地人協会を設立。昼は農業、夜は農業技術や芸術論などを農民に教授した。二八年に過労で闘病生活に入り、小康を得て石灰肥料の販売に奔走するも再び病臥し、三三年に永眠。現存する劇作品は、農学校在職時に生徒らと上演した『飢餓陣営』『植物医師』『ポランの広場』『種山ヶ原の夜』の四編で、他に戯曲の草稿やメモがある。また、さねとうあきら脚色による『注文の多い料理店』、川尻泰司の『セロ弾きのゴーシュ』など、多くの童話が脚色・上演されている。ことばにリズムがあり、オノマトペも豊富であること、題材に採っている自然を音や光や動きで表現していることなどの賢治作品の特徴が劇的であると言われ脚色される所以であろう。

❖**『飢餓陣営』**《きがじんえい》　一幕。一九二二年九月、稗貫農学校にて初演。初題は『コミックオペレット　生産体操』。全滅を免れたバナナン軍団の兵士たちは、飢えと疲れに耐えながら幕営で大将の帰りを待っている。そこに菓子でできた勲章と肩章をつけたバナナン大将が満腹した様子で戻って来る。兵士たちは飢えを満たすためにその勲章と肩章を食べてしまうが、食後、自責の念にかられて死んで詫びようとする。兵士の誠心を知った大将は、新式の果樹整枝・剪定の技術を体操にした「生産体操」を教える。収穫した果実を持った大将は、軍団が味わった戦争と飢餓の苦しみと生産の喜びを歌い、兵士たちも唱和して幕となる。戦争を批判し生産を称揚した音楽喜劇。

❖**『植物医師』**《しょくぶついし》　一幕。二三年五月、アメリカを舞台にした『異稿　植物医師』は花巻農学校開校式にて初演。改稿された『植物医師』(表紙には『郷土喜劇　植物医師』と記載)は、二四年八月にほかの三作品とともに一般公開された。盛岡の元県庁役人の爾薩待正《にさったいただし》は部長との喧嘩がもとで辞職し、植物医院を開業する。爾薩待は相談に来た農民たちの枯れはじめた稲にいい加減な処方をして枯らしてしまう。文句を言いに戻ってきた農民たちは爾薩待の萎れた姿にあきれ、逆に励まして帰って行く。方言によって稲作の病気という身近な問題が語られ、そこにインチキな植物医師が登場するこの諷刺喜劇は大成功を収めたという。

❖**『種山ヶ原の夜』**《たねやまがはらのよる》　一幕。一九二四年八月、農学校講堂にて初演。夜、草を刈るために草小屋に来た青年伊藤奎一《いとうけいいち》は草刈りたちと話をしている。すると馬の声が聞こえ、皆は迷い馬を探しに行く。残った奎一は眠りにつき、不思議な夢をみる。夢で樹霊たちは奎一に木を伐らないように言う。奎一も木を伐らないと山が〈立派でい、な〉と思うが、それでは炭焼きができないことに気付く。樹齢たちは〈そだらそれでもいすさ〉と踊りだす。草刈りたちが戻り、奎一は目を覚まして仕事に取りかかる。本作では種山ヶ原に住む人々の生活と樹霊たちの住む夢幻の世界がこの地域の方言で語られる。人と自然の共生という、この作品のテーマは賢治の芸術論を反映したものである。

❖**『ポランの広場』**《ぽらんのひろば》　一幕。一九二四年八月初演。童話『ポランの広場』の「三　ポラン広場」を脚色した作品で、表紙には『ファンタジー　ポラン広場』と記載がある。イーハトヴ地方のシロツメクサが一面に咲く野原で宴がはじまる。山猫を釣ってアメリカに売ることを生業にしている山猫博士は、酒ではなく葡萄水を飲んでいる博物局十六等官のキュステと小学生のファゼロを愚弄した歌を歌う。ファゼロが歌でそれに反論すると、怒った山猫博士は決闘を申し込む。決闘は臆病な山猫が退散してあっけなく終わる。葡萄園農夫が暮らしや身分を忘れて愉快に歌い明かそうと演説し、演奏がはじまると、みんなが踊りはじめる。ファンタジーと銘打たれた本作の描く広場のイメージは、当時大杉栄によって翻訳されたロマン・ロランの『民衆劇論』、さらに遡ってルソーの『ダランベール氏への手紙』の「民衆の祭り」を想起させる。

[参考]『宮沢賢治　イーハトーヴ学事典』(弘文堂)　(宮本啓子)

宮本亜門《みやもとあもん》　一九五八〈昭和三十三〉・一・一～。演出家。東京都生まれ。一九八七年にミュージカル『アイ・ガット・マーマン』を作・演出。

エセル・マーマンの生涯を既存曲で綴った作品で、築地ブディスト・ホールにて初演。再演を繰り返し、二〇〇一年にはニューヨーク州でも現地キャストで上演。演出家としては、二〇〇〇年に新国立劇場初演ブロードウェイ・ミュージカル『太平洋序曲』で、〇四年ブロードウェイ・デビュー。（萩尾瞳）

宮本勝行《みやもとかつゆき》 一九六一〈昭和三十六〉・三〜。劇作家・演出家。茨城県出身。人形劇団ピッコロなどを経て、劇団「TEAM僕らの調査局」を旗上げ。一九九四年、にんじんボーンとしてユニット活動を行なう。代表作に『小津のまほうつかい』『東京コンバット』。（望月旬々）

宮本研《みやもとけん》 一九二六〈大正十五〉・十二〜一九八八〈昭和六三〉・二。劇作家。本名は照《てらし》。熊本県宇土郡松合生まれ。一九三八年の夏、父親の勤務地である中国の北京に渡り、北京日本小学校六年に編入。三九年、開校した北京日本中学校第一期生として入学した。四四年に同校を卒業して帰国、大分経済専門学校（現在の大分大学経済学部）に入学。十二月から翌年の敗戦まで、大牟田の軍需工場だった三井三池染料工業所に学徒動員された。この時の経験が『反応工程』のモチーフになる。四七年に同校を卒業。四月に九州大学法文学部経済科に入学。この年、学内の演劇サークルによる金子洋文作『洗濯屋と詩人』を観劇して新劇のモダンな魅力に惹かれるとともに、戯曲を書きはじめる。四九年四月に大分市立城東中学校に勤務。五〇年に九大を卒業して大分県立第二高校（現在の大分商業高校）の教諭となり、演劇部を創設した。ラジオドラマを書いてNHK大分放送局より放送。五一年三月に退職して、新劇への憧れと革命運動に対する情熱に駆られて五月に上京、犯罪前歴者を収容する厚生施設の在日本韓国人厚生会に勤務。友人が属していた新演劇研究所の後援会の世話人になる。五二年七月に三か月ごとに辞令を受ける臨時職員として法務省保護局特別調査課に勤務、巣鴨監獄に収容されている戦犯関係の仕事を担当。五四年に法務省に正式に任官して司法研修を受けた。地域サークル「新橋うたう会」の友人の要請で同演劇部の助言者になり、秋の文化祭で堀田清美作『子ねずみ』を演出。五五年に「新橋うたう会」から独立した演劇サークルが「麦の会」として発足、所属していた法務省の演劇サークル「どんぐり」と秋の文化祭を共催。五六年に「麦の会」が実質的な初戯曲『僕らが歌をうたう時』を上演、演出も担当した。五七年に「麦の会」が『五月』を上演。五八年に「麦の会」が『反応工程』を上演。この年から翌年にかけて職場演劇や職場作家の問題を取り上げた論文を盛んに発表して、この時期の職場演劇をリードする存在になった。六〇年に職場演劇合同公演として前衛党と民衆の関係を問い直し、戦前も戦後も変わらない日本人の心情を抉る『日本人民共和国』が上演された。六二年の三月に法務省を退職、劇作家としての本格的な活動をはじめた。劇団青年芸術劇場（略称青芸）がアミダで組合の執行委員に選ばれた四人の若者の型破りの組合闘争を描いた『メカニズム作戦』を上演、ぶどうの会が足尾鉱毒事件に取り組む田中正造の姿を描いた『明治の柩』を上演。『日本人民共和国』と『メカニズム作戦』で第八回「新劇」岸田戯曲賞を、『明治の柩』で芸術祭奨励賞を受賞した。六五年四月、解散したぶどうの会の有志が結成した演劇集団変身の旗揚げ公演の出し物のひとつとしての『とべ！ ここがサド島だ』が上演され、同月俳優座が広島や長崎に原爆が投下された時、原爆搭載機に先発して偵察機から原爆投下の合図を出し、のちにその罪悪感から強盗を繰り返して精神病院に収容されたアメリカの元軍人をモデルにした『ザ・パイロット』を上演。六八年に労働者出身の、新左翼と呼ばれた新しい革命運動を推進するグループに属するイギリスの劇作家アーノルド・ウェスカーを日本に招き、その三部作を上演するとともにシンポジウムや講演会を催す企画「ウェスカー68」の発起人代表として、十二月の解散にいたるほぼ十か月をこれに専心した。この年から五年間、岸田國士戯曲賞の選考委員に就任。六八年に文学座が大正時代の新劇関係者や社会主義者、婦人解放運動家や演歌師の群像を描いた『美しきものの伝説』を上演。以後、その演出者木村光一とのコンビがつづく。変身が『贋作・花のノートルダム』を上演。六九年に文学座が『阿Q外伝』を上演。七二年に文学座が『聖グレゴリーの殉教』を上演。『明治の柩』『美しきものの伝説』『阿Q外伝』『聖グレゴリーの殉教』を「革命伝説四部作」と総称する。七三年に松竹の日生劇場公演のために五木寛之作『朱鷺《とき》の墓』を脚色。五月舎が『桜ふぶき日本の心中』を上演。七五年に日本演劇家代表団の一員として三十一年ぶりに中国へ。七六年に文学座が中国革命に挺身する宮崎滔天《みやざきとうてん》をモデルにした『夢・桃中軒牛右衛門の』を上演。初日数日前に劇中の革命家の描写、宣伝ポスターやパンフレットに毛沢東の顔写真を使ったことに対して中国大使館からの抗議に加えて上演中止の申し入れがあり、拒否すると作品の一部の削除を要求、作者として大使館との交渉に当たった。結局作品はそのまま上演、ただし、パンフレットの表紙は破棄された。中国は毛沢東を先頭にしての文化大革命の末期にあった。七七年に青年座が『からゆきさん』を上演。八〇年に三越劇場のために川端康成作『雪国』を脚色。青年座が徳冨蘆花の小説『不如帰《ほととぎす》』にヒントを得た『ほととぎす・ほととぎす』を上演。八二年、文学座を退座した木村光一が立ち上げた演劇プロデュース体である地人会がゾラ原作を脚色した『嘆きのテレーズ』を上演、芸術祭賞を受賞。文学座が夏目漱石の小説『吾輩は猫である』に拠る『新編・吾輩は猫である』を上演。八三年に地人会が大正時代の女性解放家たちを描いた『ブルーストッキングの女たち』を上演。八四年に青年座が清水次郎長ら博徒の群像を描いた『次郎長が行く』を上演。八六年に鉄鉢の会が種田山頭火をモデルにした『うしろ姿のしぐれてゆくか』を上演。大分商業創立七十周年記念実行委員会が『高崎山殺人事件』を上演。八七年に肺ガンが判明。八八年二月に六十一歳で死去した。

[参考]『宮本研戯曲集』全六巻（白水社）、雑誌「悲劇喜劇」（一九七〇・10、「劇作家の椅子」）、『麦・宮本研の』（麦の会）

❖**『僕らが歌をうたう時《ぼくらがうたをうたうとき》』** 一幕。時は一九五〇年代の半ば。所は舞台のある公会堂またはホールの一部。夜。地域劇団のメンバーが舞台稽古をしている。が、職場がいろいろで全員揃わず、稽古も滞りがちだ。遅刻した町工場に勤める清水が稽古に参加するものの、元気がない。どうしたのかと聞かれた清水はサークルをやめたいと切り出す。金も時間もない上に内部でごたごたが絶えず、つづける価値がないと言う。これをきっかけに口汚いののしり合いがはじまった果てに、清水がクビになったと告げる。それを承けて別の町工場で働く正子が自分のところに臨時の職があるのでよかったら……と声を掛ける。

一件落着に見えた時、正子がこれで収まってはののしり合いが無意味になると口を切る。働く者にとってサークルとは何か。演出担当の本屋の杉が、ぼくたちは労働してきた体で演劇をつくる、これをマイナスとせずプラスのバネにしていくこと、そこに未来があると言う。仕事で芝居には出られないと言っていたメンバーの一人から、稽古に行くとの連絡が入る。だれからともなく歌声が起こる。男六人、女三人。

❖**『五月』**《ごがつ》三幕とエピローグ。時は一九五〇年代。所は佐久間家の茶の間と居間。農業省に勤める佐久間量平は、妻の死後に雪枝と弘を連れ子に君子と再婚し、二人の間には泉と達二が生まれた。弘は大学時代に学生運動に熱中して退学させられ、今は労働組合の書記として全国を飛び回っている。三十近い未婚の雪枝は家にいる。会社勤めの泉は演劇サークルで活躍し、達二は兄と同じ大学に入学したものの、夜の第二学部だ。が、親には隠している。四月のある日、君子は長く係長どまりの夫が本省の課長に内定したとの話を聞く。雪枝の見合いも順調に運び、結婚にゴールしそうだ。二つの話を同時に進めてくれたのが量平の上司横山の夫人だ。が、雪枝の相手が子連れの再婚者であるのが量平の母であるぬいには不満で、君子が達二を家の跡取りにと決めているのも気に食わない。だからぬいと君子はことあるごとにいがみ合っている。帰宅した量平に課長昇進のことを君子は聞くが、量平は考えさせてくれと答えたと言葉を濁す。達二がふと思い出して、オリエンタル窒素の人が来て、菓子折りを置いて帰ったと言う。それを聞いた量平は、金が入っているはずだとつぶやく。それから一週間後。ストライキの本部交渉のために帰京した弘が、去年の国内需給肥料の政府買い上げをめぐって、オリエンタル窒素の金が農業省に流れた噂があると量平に言う。知らないと答える量平に、昇進の話は口止めのためだと畳み掛けるが、量平は関係ないと突っぱねる。それからまた一週間後。辞令が出る日で、家族揃っての祝いの夕食を用意したのに、量平はなかなか帰宅しない。ぬいは体調を崩している。結納の日でもあったが、先方から延ばしてくれとの申し出があった。君子が席を立った後、達二が知人に就職を頼んだらしいと泉が言う。電話を受けた君子が戻り、達二へいずれ正式な採用通知が届くと言われたと首をかしげる。弘が達二のことを打ち明けるが、君子は就職などさせないと言い張る。そこへ珍しく酒気を帯びた量平が帰宅する。量平は達二が頼んだ相手と呑んでいてことの推移を知っていたのみか、就職に賛成だと言う。その話はまたにして辞令は出たのかと聞く君子に、課長は課長だが熊本の地方事務所に配置換えだと辞令を見せる。左遷だとむくれる君子を横目に、量平は先方から言われる前に縁談を断ったと雪枝に告げる。一週間後。ぬいが没し、量平と君子と雪枝の三人で熊本に引っ越す日。雪枝は一緒に行く理由がないと九州行きを断る。受け取るはずのぬいの保険金を学費に当ててほしいとの雪枝の申し入れに、達二は自分のことは自分でやりたいと断る。メーデーの泉たちのグループが近づいて来て、次第に歌声が大きくなる。男四人、女五人。

❖**『日本人民共和国』**《にほんじんみんきょうわこく》四幕。時は一九四六年夏から翌年の春にかけて。所は全郵便労働組合のある支部。戦時中は特攻隊員だった矢田部が郵便局で働いている。が、社会の流れに適応できず、会社の鼻つまみ的な存在だ。その矢田部にも好意を寄せる女性がいる。戦時中は獄中で非転向を貫き、今はこの労働組合の支部委員長である海老沢の娘で、組合書記の文《あや》である。党員の海老沢への尊敬と文への思いから、矢田部は前衛党への入党届を書く。前衛党は来年のはじめにゼネストを計画している。冬。中央執行委員会が全官公労働者を主力とするゼネストを決定する。この間に矢田部は党員として鍛えられ、青年隊の中心的な存在になっている。ゼネストの準備が全国的に進み、海老沢と同様に獄中非転向の前衛党の政治局員である赤松が顔を見せるようになっていて、アメリカの方針が変わってきたとの海老沢の観測を否定し、依然として革命的だと楽観論を展開する。一九四七年一月。ラジオが連合国軍最高司令官マッカーサーのゼネスト中止命令を伝えている。これを承けて中央闘争委員会がスト中止を決める。支部はどう対応するか、矢田部を議長にして拡大闘争委員会が開かれる。激論の果ての投票は党員を中心に中止に賛成が十票、反対が十票と同数になる。そこで規約通り議長採決ということになり、矢田部はスト決行を宣言する。喚声の中、電話を受けた文が共闘会議がマッカーサーの中止命令を受諾したと告げる。その翌日。党の細胞会議が矢田部の処分を検討している。その会議に出ず、党と大衆との関係に疑問を感じた辻は、このことを矢田部に話して党を去る。矢田部は文に自分のしたことをどう思うかと聞く。文は父が正しいと答え、矢田部に党から出ろと勧める。そして矢田部の処分が決まる。突如湧き起こる労働歌とともに飛び込んで来た青年隊の一人が、お前の分会がストの決着はまだついていないと職場中に火をつけて、職場大会がはじまりそうだと矢田部に言う。勝手にしろと答えた矢田部は「日本人民共和国万歳!」と書かれたスローガンを破り、高まる歌声の方を凝視する。男十一人、女三人、その他大勢。

❖**『明治の柩《めいじのひつぎ》』** 序曲と終曲をもつ二幕九場。時は一九〇〇年から〇七年まで。所は転々。足尾銅山の鉱毒被害を受ける農民たちが、鉱業停止の請願に上京する。が、憲兵や警察に粉砕される。畑中正造(田中正造がモデル)が国会で足尾銅山の鉱毒事件を訴えるが孤立化し、議員を辞して農民とともに闘うことを決意する。その畑中の前に豪徳さん(幸徳秋水がモデル)と岩下先生(木下尚江がモデル)が現われ、豪徳は社会主義者として、岩下はキリスト教社会主義者として、どう事件に対処するかを議論する。三人それぞれから影響を受ける農民たち。畑中は豪徳さんに天皇への直訴状の執筆を頼む。畑中村(谷中村がモデル)が鉱毒の貯水池に指定され、廃村に追い込まれていく。その過程でちりじりばらばらになる農民たち。ついに畑中は農民の中でも孤立する。男十一人、女五人、その他大勢。

❖**『美しきものの伝説《うつくしきもののでんせつ》』** プロローグとレクイエムのある二幕十場。時は一九一二年から二三年まで。所は東京・四谷の売文社その他。大逆事件直後から関東大震災直後までの、大正と呼ばれる時代を生きた前述の四つのグループの人々の群像を、史実をモチーフにした『明治の柩』が悲劇として完結したことの反省から、喜劇として描こうとした意欲作。登場しない松井須磨子と「野枝」と表記される伊藤野枝を例外に、歴史上の人物が匿名で登場する。たとえば「先生」は島村抱月。実名で登場人物を列記すれば、島村抱月、小山内薫、澤田正二郎、久保栄らの新劇関係者、堺利彦、荒畑寒村、大杉栄らの社会主義者、平塚らいてう、神近市子らの婦人解放運動家、辻潤らの演歌師たち。主軸になるのは四つのグループに関わる野枝の逞しい生活力で、それを介して民衆と芸術、民衆と革命の関係が問い直される。男九人、女四人、その他大勢。

❖『夢・桃中軒牛右衛門の』《ゆめ・とうちゅうけんうしえもんの》　二十一場。時は一九〇二年から一七年まで。所は転々。中国革命に強い関心を持ち、孫文を援助している宮崎滔天《みやざきとうてん》が桃中軒雲右衛門の弟子になって牛右衛門と名乗り、浪曲の改良を図って師匠を日本一の芸人にすると宣言する。妻の槌も夫に従う。愛嬌のある牛右衛門は人気が出て、弟子もできる。〇五年、東京・内藤新宿の牛右衛門の借家は中国の革命派の拠点になっていて、孫文《そんぶん》や秋瑾《しゅうきん》なども出入りしている。秋瑾は爆弾作りにいそしむ武闘派だ。宋教仁《そうきょうじん》は孫文とはじめて会い、革命後のことを考えていると語って孫文に感銘を与える。神楽坂の席亭の楽屋に牛右衛門は黄興《こうこう》らの来訪を受け、武器弾薬と資金の調達を依頼される。牛右衛門は方法が違うと言う彼らを説いて、孫文との大同団結を進める。〇七年、天下を取った雲右衛門が烏森の料亭で祝宴を張る。一番巧く歌って踊った者に金をやるという雲右衛門の言葉を受け、黄興の歌に合わせて牛右衛門が踊る。ほどなく孫文らは国外追放になる。秋瑾の処刑も伝えられる。一一年に辛亥革命が起き、雲右衛門は招かれて訪中する。が、革命派は微力で、軍閥が勢力を伸ばしている。一三年、臨時大総統を辞した孫文が来日する。牛右衛門と孫文が再会した日、雲右衛門の妻の浜が没し、宋教仁が暗殺されたとの報が入る。一六年の秋、名古屋。零落して病床にある雲右衛門を牛右衛門、槌、その姉の波が見舞う。帰り際、雲右衛門は波に牛右衛門は遠くへ行こうとしているのだろうと聞く。黄興が上海で亡くなったので、夫婦で中国へ渡るのだと波は答える。翌春の湖南省の黄公館。黄興の葬儀を翌日に控え、牛右衛門は師範学校の学生の訪問を受け、日本人としてなぜ、どのように中国の革命と関わったのかを学校で講演してほしいと依頼される。その理由を自問するうち、中国に熱中のあまり、日本のことは手付かずだったと自分を責める。が、牛右衛門には一段と遠いと感じる日本に帰るほか道はない。男十二人、女四人、その他大勢。（大笹吉雄）

宮森麻太郎《みやもりあさたろう》　一八六九〈明治二〉・一〜一九五二〈昭和二十七〉・十。翻訳家・英文学者。広島県生まれ。慶應義塾を卒業後、日本文学の英訳、英米詩の翻訳を紹介。欧米留学を経て大学講師を務めるかたわら、アルフレッド・スウトロ『腕環』など戯曲の翻訳・翻案に携わる。一九一九年、自作『生ける形見』が帝国劇場で初演。二五年、歌舞伎座で上演された現代語訳の『オセロ』を巡り、訳者小山内薫と対立、紙上で論争した。著書に、欧米の近代劇を講じた『近代劇大観』（玄文社）など。（大橋裕美）

明神慈《みょうじんやす》　一九六九〈昭和四十四〉・八〜。劇作家・演出家。ポかリン記憶舎舎長。高知県生まれ。日本大学藝術学部演劇学科卒業。一九九六年結成、翌年『畳屋の女たち』で公演活動開始。代表作に『ピン・ポン』『Pictures』『息・秘そめて』『和服美女空間シリーズ』。（望月旬々）

三好一光《みよしいっこう》　一九〇八〈明治四十一〉・二〜一九九〇〈平成二〉・二。小説家・劇作家。東京・牛込神楽坂生まれ。本名三好次郎。一九三二年大阪新歌舞伎座開場時の脚本募集で『道頓堀由来記』が当選。三四年には岡本綺堂に弟子入りして本格的に劇作を始める。三六年二月「舞台」に掲載した『片時雨』が同年五月新派で上演された後、『恋すてふ』三部作や『母水仙』など新派で主に作品が上演された。また推理小説や、『江戸語辞典』などの執筆で知られる。（岡本光代）

三好十郎《みよしじゅうろう》　一九〇二〈明治三十五〉・四～一九五八〈昭和三十三〉・十二。劇作家。佐賀市生まれ。父森和三《わさぶ》、母納富ふじの次男だったが、和三の長兄丈吉の次男として出生届出、入籍された。四歳の時に三好サカの養子になったが、実際は母方の祖母副島トシによって育てられた。和三夫婦は五人の息子を持ったものの全員を兄や姉の籍に入れ、戸籍上は子供は一人もいないことになっていた。一九一〇年に祖父丈七が後見人になり、三好家の戸主になった。一三年トシが死去、翌年に佐賀高等小学校に入学するとともに父方の伯母夫婦に引き取られ、材木運搬や土木工事の手伝いをして学費を得た。一五年に佐賀中学校に入り、翌年、父方の伯母の婚家である前山元吉方に寄宿した。元吉は貧しい農民だったが善良な人物で、三好が日本人の原型を農民に見る素因になった。三年生の時に佐賀中学の寄宿舎に入り、校友会誌に詩や短歌を発表、絵にも才能を発揮した。二〇年に中学を卒業、上京して早稲田大学高等予科に入学し、二年後に修了して早稲田大学英文科に進学、二三年に卒業して五歳年上の坪井操と結婚した。二四年八月号の「早稲田文学」に長編叙事詩『唯物神』を発表して認められ、二六年に詩誌「アクシオン」を創刊、発行者となって詩を次々と発表した。やがてマルクス主義に近づいて二八年に小説家の高見順らと左翼芸術同盟を結成、機関誌「左翼芸術」の創刊号に詩や初戯曲『首を切るのは誰だ』を発表、これは翌年に新築地劇団が上演した。同劇団は三〇年に『疵だらけのお秋』を上演、同年に左翼劇場も『炭塵』を上演して、プロレタリア劇作家として世に立った。三三年に病臥三年の妻操が肺結核で没し、この前後のことは戯曲『浮標《ぶい》』のモチーフになった。三四年四月に『斬られの仙太』をナウカ社から刊行、五月に左翼劇場改め中央劇場が上演したが、後年、転向文学の先駆とみなされるようになるこの戯曲を、プロレタリア演劇運動の中心人物だった村山知義が、前衛と大衆の離反を促すと批判した。三五年に寺島きく江と再婚するとともにＰＣＬ（東宝映画の前身）の文芸部に籍を置き（在籍四年）、数本のシナリオを書いた。三六年『彦六大いに笑ふ』を新派の一派である井上正夫演劇道場が上演、三七年に『地熱』を、三九年に『彦六なぐらる』を同道場が上演した。四〇年に生涯の代表作のひとつとなる『浮標』を新築地劇団が上演し、戯曲集『浮標』（桜井書店）を刊行した。同年の夏、新築地劇団は新協劇団とともに左翼演劇の流れを汲んで国情に合わないとの理由で、強制解散させられた。四三年から四四年にかけては井上正夫演劇道場の脱退者が四二年に結成した文化座が『をさの音』『俺は愛する』『獅子』『おりき』と、三好の戯曲を主宰者である佐佐木隆の演出で次々と上演した。この関係は戦後もつづいた。四五年八月十五日のいわゆる玉音放送を聴き、三好は赤子のように泣いた。頭の中では戦争反対と思いつつも、なぜ戦争協力のボタンを押すような戯曲を書いたのか、戦後の三好はこの反省からスタートした。四六年に戯曲研究会を創設して後進の指導にあたり、ここから石崎一正《かずまさ》や秋元松代らの劇作家が巣立った。同年『崖』をＮＨＫ初の長時間ラジオドラマとして放送、以後、この分野でも精力的な活躍をした。四七年に戦争反対と思いつつもそれを行動に移せなかった歴史を教える大学教授の一家を舞台に、コミュニストのジャーナリストや特攻隊員くずれの息子たちといったさまざまな立場に立つ家族を中心とする『廃墟』を発表して戦後の現実を真正面から描き、四八年には戦時中は徴兵を拒否して投獄され、戦後はそのことで英雄扱いを受けるものの、急進的な労働運動には同調できないことから反動呼ばわりされるクリスチャンを中心とする『その人を知らず』を発表、同年に文化座が上演した。四九年には文壇の堕落を憤って「ヘド的に」と題するエッセイを「群像」(二月〜七月号)に連載、五〇年に評論集『恐怖の季節』を作品社から刊行した。五一年にこれも生涯の代表作のひとつになる『炎の人・ゴッホ小伝』を雑誌発表、河出書房から単行本として出版するとともに劇団民藝が上演、戯曲ともどもゴッホに扮した滝沢修の演技が世評に高く、新劇公演としては珍しく十万人の観客を集めた。翌年に読売文学賞を受賞。『廃墟』を一歩会が上演したのもこの年で、後に懇望されて顧問になって戯曲座と改称、指導した。五二年に原子爆弾を作り、使用したのは、人間が神の領域を冒したに等しいとの主張を込めた『冒した者』を劇団民藝が上演した。同年『三好十郎作品集』全四巻を河出書房から刊行、五四年に評論集『日本及び日本人』を光文社から出版した。五五年に戯曲座を解散して演劇ゼミナール戯曲座を主宰したが、年末に喀血して安静・療養の生活に入った。五七年に演劇ゼミナール戯曲座を解散、五八年十二月に戯曲体で八十一枚、小説体で百三十枚の『神という殺人者』執筆半ばに自宅で没した。鬼籍に入る一か月前に口述筆記で完成させた最後の戯曲『橋の下』がある。

[参考]『三好十郎の仕事』(全三巻と別巻、学藝書林)、八田元夫『三好十郎覚え書』(未來社)、三好十郎『新劇はどこへ行ったか』(東京白川書院)、三好まり『泣かぬ父三好十郎』(東京白川書院)、西村博子『実存への旅立ち―三好十郎のドラマツルギー―』(而立書房)、田中單之『三好十郎論』(青柿堂)、大笹吉雄『女優二代――鈴木光枝と佐々木愛』(集英社)

❖**『疵だらけのお秋』**《きずだらけのあき》　四幕。戯曲に指定はないものの時は発表時の一九二八年当時と考えていい。所はある港町の酒場。酒場とは言うもののいわゆる銘酒屋で、密かに私娼を抱えている。登場するのは女将に搾取されながら、船員や沖仲仕に体を売って暮らしているお秋や沢子や初子といった女性たちだ。お秋は弟の恵一ともども親に捨てられ、今のような暮らしをしている。その上に恵一は工場で働いていた時に目を患い、今はほとんど全盲に近い。そこでお秋がマッサージ師にすべく、師匠について習わせている。町では船員のストライキが起き、これを潰そうとする沖仲仕の動きがある。お秋はそういう中で病気の沢子の面倒をみたり、苦労して一緒にさせた初子が以前の男につきまとわれて逃げて来たのを世話したり、精一杯気丈にふるまっている。そしてお秋の恋人の仲仕の阪井は、対立が激しくなった船員と沖仲仕の間をとりもつべく、組合本部へ乗り込んで行く。男五人、女四人、他に酒場の客や沖仲仕たち。

❖**『斬られの仙太』**《きられのせんた》　十場。時は幕末から一八八四(明治十七)年八月末まで。遠くに筑波山を望む下妻街道追分の土手で、真壁の農民仙太郎が、圧政に苦しむ村人を救おうとしたことを強訴として捕らえられた兄のために、所払いを許してほしいとの署名を通行人に求めている。そこへ水戸浪士の加多、長州藩士、博徒の甚伍らが通りかかり、仙太郎の話を聞いて農民に同情したり、圧政に憤ったりする。甚伍が仙太郎に金を与えて去った後、彼らが水戸の天狗党だったのを知って仙太郎は驚く。それから四年、この間に仙太郎は剣術を身につけ、一方で博打で遊ぶようにもなっていて、儲けた金を持って村に帰り、農民に戻ろうとする。が、博徒の長五郎に説得されてそれを諦め、仙太郎は渡世人になる決心をする。賭場荒らしをした仙太郎が十三峠近くの台場まで逃げて来る。と、そこに加多たちがいて、天狗党の第一声をあげようとしている。仙太郎はそれに加わる。トップの指導者から遊撃隊員や仙太郎まで、天狗党はいわば烏合の衆だが、水戸藩への働きかけの中で、元来の天狗党員と渡世人の世界の違いが浮き彫りになる。仙太郎は加多に使命を託されて江戸に向かう。一八六四(元治元)年、江戸・薩摩屋敷の別寮で、甚伍が天狗党の井上と水戸藩の中枢にいる吉村を引き合わせる。が、井上は意見に耳を貸さず、仙太郎に吉村を殺させる。果ては命じられるまま甚伍をも殺そうとするが、甚伍は世のため人のためにするよりも、一党一派を立てるために邪魔者をむやみに殺すのは、デク人形だと仙太郎に言い残して去る。この言葉が仙太郎の胸を打つ。天狗党は一揆を起こして水戸藩と戦うが、負けて敗走がはじまる。人を断ったり斬られたりという生活に仙太郎は飽き飽きしている。しかし、また仲間を斬る。揚げ句に農民出の隊員たちが密かに処刑されているのを知ったばかりか、その手が自分にも迫っているのを察する。殺されるか逃げるか、加多の説得で後者を選んだ仙太郎は、越前・木の芽峠から一人落ち行く。世は明治と改まり、自由党が政府と一戦を交えようとしている。社会の激流をよそ目に、仙太郎は憧れていたお妙を妻に、成長した息子とともに、真壁の水田で黙々と働いている。男約三十人、女五人、その他大勢。

❖**『彦六大いに笑ふ』**《ひころくおおいにわらう》 三幕。時は初演時と同じ一九三六年ころ。所は東京・新宿の一画にあるビリヤードと酒場。十軒余りの店舗が入っていた建物を家主がひとつの大きなレストランにするため顔役の白木に頼んで次々と立ち退かせ、今は正宗彦六が経営するビリヤードと、その階下の井伏鉄造がオーナーの酒場しか残っていない。夜。ビリヤードでは劇団のダンサーをしている彦六の娘のミルが、同じ劇団の歌手の修のアコーディオンに合わせて、仲間とダンスの稽古をしている。ミルと修は愛し合い、いずれ結婚したいと思っている。かつて三多摩自由党の闘士だった妻に先立たれた彦六は、病気で寝ている。とは言え、安く立ち退かされた仲間のために少しでも多くの立退料を取り、生活費の足しに送金してやろうと立ち退きの話に耳を貸さない。男から男へと転々としてきた彦六の愛人のお辻は、白木と通じてレストランの女給の監督に就く内諾を得ているのみか、彦六に立ち退きを承知させれば白木から相当の金をもらう約束がある。女給のアサを愛人にしている鉄造も、白木とレストランの酒関係を任すとの内諾がある。アサはアサでお辻と鉄造の仲を気にしている。一緒に立ち退こうと口約束している彦六と鉄造との間には、大きな思惑の違いがある。かつて新宿で顔を売り、今は更生して郊外に住む彦六の長男の彦一が家の様子を伺うために酒場で呑んでいるうちに、こういう顛末を耳にする。そこへ階上で騒ぎが起きる。駆けつけた彦一の前で次々と真相が明らかになる。彦六は彦一の結婚と孫の誕生を知って彦一と暮らすことを決め、お辻に手切れ金をやって大いに笑う。男六人、女四人。

❖**『浮標』**《ぶい》 五場。時は初演の一九四〇年ころ。所は千葉市郊外の画家久我五郎の借家と浜。転向した洋画家の久我五郎が、長く肺結核を病む妻の美緒を懸命に看病している。死ぬはずはないと思いつつも、近ごろの弱りようではもしや……という気がしないでもない。

しかし、自分の芸術への絶対的な信頼は揺るがず、貧困と闘いながら、画家気取りの金貸しの時流に乗る画壇と妥協せよとの勧めにも、首を縦に振らない。それのみか、今はどうしても絵が描けない。美緒の死を見越して財産処理を迫る義理の母への対応のかたわら、人を疑うことを知らないお手伝いの小母さんや人のいい家主との心の交流に癒される中、応召する親友が五郎を激励して戦地へ赴く。それから間もなく美緒の病状が急変し、せがまれて五郎が読み聞かす万葉の歌に包まれて、最愛の人が息を引き取る。男七人、六人、他に少年。

❖**『獅子』**《しし》 一幕。時は初演時の一九四三年ころ。所は中央線勝沼付近の貧しい農家。家のすぐ前の低地を線路が通っている。かつては一色家も相当の農家だったが、吉春の代になって没落している。家の再興を図るために吉春の妻の紋は村一番裕福な小宮山家の跡取りと娘の雪との縁談をまとめ、今日が嫁見というめでたい日だ。気の弱い吉春はその話には反対だが、正面切っては言い出せない。満州から一時帰国している馬場圭太郎が、別れの挨拶に来る。満州の開拓農民であるこの男こそ雪の恋人で、満州に出征している長男の吉男は、吉春に二人を結婚させてくれと言い残していた。準備がすっかり整った時、婦人会の会長で、コクサクおかかと呼ばれて公の仕事に熱を上げている紋が、傷痍軍人を満載した列車が駅に停車する間に茶菓の接待をしなければならないとの呼び出しを受けて、家を出て行く。雪は開戦以来禁酒している吉春に酒を勧め、嫁ぐ時に見せてくれると約束した吉春得意の獅子舞を見たいと言う。嫁見のために小宮山家の当主の妹らが訪ねて来た直後、紋が慌ただしく戻って来る。いよいよ嫁見という時になって、どこにも雪の姿が見当たらない。慌てる紋に学校から帰った次男の春二が雪に会って、鏡台の引き出しを見てくれと頼まれたと告げる。中にあった手紙には圭太郎と一緒に満州へ行くと書かれていた。二人の乗った汽車が近づいて来る。吉春は雪のために一世一代の獅子を舞う。男五人、女六人。

❖**『その人を知らず』**《そのひとをしらず》 十一場。時は戦時中から戦後にかけて。憲兵隊の一室。人見牧師がキリスト教は殺人を禁じているのかと憲兵の尋問を受けている。憲兵は人見が洗礼し、片倉友吉に与えた聖書を見せる。そこへ拷問されたとおぼしき友吉が連行されて来る。友吉は人見に助けを求める。友吉が勤務する工場の人事課長室。友吉の父義一は課長から友吉は国賊だからクビにしなければならないこと、弟の明もやめてもらわなければならないと言い渡される。失職した明は友吉を恨む。人見の会堂。友吉を見捨て、果てに信仰をなくしかけている人見のために、その妹の治子が祈る。人見は〈われ、その人を知らず。この時、にわとり三度鳴きぬ〉というペテロがイエスを見捨てた時の言葉をつぶやく。片倉一家の住む横穴壕。友吉の妹の俊子は目を悪くしつつも、友吉を恨めない。母のリクは精神に異常をきたしつつある。徴兵を拒んだ友吉は間違っていないのかも知れないと思いはじめた義一は、首を吊って死ぬ。監獄では友吉が同房の人たちの信頼と尊敬を得ている。戦後、友吉が勤めていた工場でストが起き、社会主義者の細田が労働者を前にあの戦争は侵略戦争だったこと、社会を変革しなければ資本家の搾取がつづくことなどを訴えている。そこへ出獄した友吉が職を求めて来る。壇上へ上げられた友吉は会社との話し合いを提案して、失笑を買う。片倉一家の横穴壕。義一に死なれ、明を戦争で失ったリクは精神が錯乱している。義一の死の前後の様子を知った友吉は、はじめて戦時中の自分の行為に疑いを持つ。そこへ治子が訪ねて来る。このことを治子に話すと、信念を貫いてほしいと言われる。戦後人見が教会を再開、説教しているのに接して治子は信仰を失ったと言い、ダンサーになると打ち明ける。人見の会堂。人見は日系アメリカ人の木山や信者たちとクリスマスの準備をしている。友吉が荒れた治子の様子を話に来る。戦時中の友吉のことを知った木山は、強い関心を寄せる。すでに米ソの冷戦がはじまっている……。男十一人、女五人。その他大勢。

❖**『炎の人・ゴッホ小伝』**《ほのおのひと・ごっほしょうでん》 五幕とエピローグ。画家ヴィンセント・ヴァン・ゴッホの評伝劇。プチ・ワムスの鉱山でスト中の鉱夫を助けるために、牧師ゴッホは努力をする。が、極端な犠牲的献身が教会の反感を買って解雇される。絵で身を立てようと決心したゴッホは、弟テオドールの援助を得てパリに出て、絵の勉強をする。画家の中でもことにゴーガンと気が合い、尊敬もしている。そこでアルルで二人暮らしをはじめるが、種々のプレッシャーで精神に錯乱をきたし、ある日ゴッホは自分の耳を切り取る。ゴッホは精神病院に収容されながらも、一心に絵筆を奮っている。その劇中のゴッホへ、三好が直接呼びかける美しいが形式として破格のエピローグが付く。男十八人、女十人。

（大笹吉雄）

美輪明宏《みわあきひろ》 一九三五〈昭和十〉・五〜。歌手・俳優・演出家。長崎県長崎市生まれ。十歳で原爆に被爆、後遺症に悩まされる。高校を中退し、東京のシャンソン喫茶・銀巴里で歌手デビュー。紫ずくめの女装で注目され、六四年には自作の『ヨイトマケの唄』が大ヒットした。俳優としては六七年、寺山修司の主宰する天井桟敷の旗揚げ公演『青森県のせむし男』、次いで『毛皮のマリー』に出演。三島由紀夫の熱望で翌六八年、江戸川乱歩原作・三島脚本の『黒蜥蜴』を主演した。七一年に本名の丸山明宏から今の姓に改名。『毛皮のマリー』『黒蜥蜴』とも九〇年代から再上演され、人気を集めた。主演のほか、演出、美術、衣裳など担当、濃密な美輪ワールドに誘う。二〇〇〇年の美輪版『愛の讃歌――エディット・ピアフ物語』は、美輪自身が台本を執筆、ピアフの生涯を描き、歌い上げた。

（高橋豊）

む

武者小路実篤《むしゃのこうじさねあつ》 一八八五〈明治十八〉・五〜一九七六〈昭和五十一〉・四。小説家・詩人・劇作家。東京・麹町生まれ。公家華族の子爵・武者小路実世の第八子として生まれ、学習院の初等科、中等科、高等科で学ぶ。兄に後のドイツ大使公共がいる。高等科に在学中、トルストイに傾倒、学習院の二歳上に志賀直哉、木下利玄《きのしたとしはる》らの友人がいて、次第に文学への志向を強め、彼ら学友と「十四日会」を組織、文筆で立つことを決意し、東京帝国大学文科社会科を一年で中退する。一九〇八年、それまでの小説、エッセイ等を集めて『荒野』を自費出版、続いて半自伝的小説『お目出たき人』(一九一〇)を自費で出版、これが実質的な処女作になった。この作と前後して、先の志賀、木下らに柳宗悦《やなぎむねよし》、郡虎彦《こおりとらひこ》、有島武郎《ありしまたけお》、里見弴《さとみとん》らを同人に加え「白樺」を創刊(同)、関東大震災(一三)を機にその活動が閉じられるまで、全百六十冊のすべてで健筆をふるった。その間、小説『初恋』(一四、原題・第二の母)を始め、一幕物の戯曲『或る日の夢』『二つの心』(一二)、『或る日の一休』(一三)、『二十八歳の耶蘇』(一四)を同誌に発表。同時に商業誌「中央公論」に掲載された戯曲『わしも知らない』(一四)で文壇に地位を確立する。同作は一五年六月、十三世守田勘彌の文芸座により帝劇で上演され、以後の作品上演の嚆矢となった。また同年三月には戯曲『その妹』を「白樺」に発表、評判をとり、『愛慾』(二六)とともに現代を舞台とする戯曲の双璧と見なされている。すでにトルストイの禁欲的人道主義を捨て、徹底した個人(自我)主義者になって久しかったが、一八年、自給自足の桃源郷「新しき村」を宮崎県日向に創設し、移り住み、二六年まで暮らした。そこで書かれた小説『友情』(一九)は現在も読み継がれている大正期青春文学の名作である。二六年一月に「改造」に発表された戯曲『愛慾』は、七月に築地小劇場によって、友田恭助、山本安英《やまもとやすえ》(三三、築地座で再演の際は田村秋子)主演で初演された。他に自伝『或る男』(二一)、戯曲では『人間万歳』(二二)、『秀吉と曽呂利』(二三)、『楠正成』(同)、『ある画室の主(愛慾後日譚)』(二六)などがこの時期に書かれている。三六年に洋行すると、多くの旅行記、美術紀行を各紙誌に執筆。また『井原西鶴』『大石良雄』『釈迦』『トルストイ』などの伝記小説を書く。三七年六月、帝國芸術院会員に推薦され、三九年発表の長編『愛と死』が菊池寛賞を受賞(四〇)。同年、埼玉県毛呂山町の丘陵地帯に土地を買い、東の「新しき村」の建設にかかるが、次第に戦争協力を余儀なくされ、四二年、日本文学報国会劇文学部長に就任、『大東亜戦争私感』(四二)を刊行する。戦時中も創作欲は衰えず、空襲下で長編『若き日の思い出』(四五年三～八月)が書かれ、敗戦直後には『愚者の夢』(同十月)が書かれた。翌三月、勅選議員になるも、GHQにより公職追放、議員及び芸術院会員を辞任。しかし、追放解除の五一年、文化勲章を授与され、翌五二年には芸術院会員に再選された。それに先立つ五〇年、『武者小路実篤著作集』全七巻(調和社)が刊行され、第五巻に『真理先生』(四九～五〇)を収載、続く五三年から始まる『馬鹿一』連作(『馬鹿一の死』五九年まで)の二つが戦後の著作を代表する。二六年ごろから絵筆をとるようになった書画は、戦後になっていよいよ融通無碍になり、多くの個展で好評を博した。生涯でエッセイ・評論・詩編を含め六千三百余篇を残したが、そのうち戯曲は習作・脚色を含め八十作以上に上る。

［**参考**］『愛慾・その妹』(新潮文庫)、『武者小路実篤全集』全二十五巻(新潮社)、『武者小路実篤選集』全八巻(筑摩書房)、『新潮日本文学7　武者小路実篤集』(新潮社)、『日本近代文学大系32巻　倉田百三・武者小路実篤集』(角川書店)、『武者小路実篤全集』全十八巻(小学館)

❖**『その妹』**《そのいもうと》　四幕。〈この一篇を亡き姉に捧ぐ〉の献辞が付く。主人公は二十八歳の野村広次。徴兵されるまでは将来を嘱望された画家だったが、戦争で盲目となり、今は、妹・静子の介護を受けながら作家として世に立つべく口述筆記で自伝的小説を書く日々。だが、それも雑誌編集者・西島の好意で掲載こそされるが、評価は伴わず、芽は出ない。そこへ二人を間借りさせている叔母が静子の縁談を持ちかけてくる。相手は叔父の上司の息子で、金はあるが、女癖を含め何かと評判の悪い男。そんなところに妹を嫁がせるのは兄の矜持が許さない。兄妹に同情する西島の世話で二人はしもた屋に転居するものの、やがてそれが西島家に波紋を巻き起こす。大量の書籍が書棚から消えていくのを見て、彼の妻が猜疑心を起こす。西島の行為の原因に静子の美しさがあることを指摘するのだ。やがて、それを静子自身も知る日がやってくる。広次の悔しさと焦燥、静子の従順と思いがけない芯の強さ、西島の優しさと純情、それぞれが精いっぱいに振る舞いながら、次第に追い詰められていくところに、作者の不条理な現実への問いかけがある。背景になっているのは第一次世界大戦だが、この作は三九年、警視庁検閲課によって社会秩序の安寧を乱すかどで、一部削除された歴史がある。二〇一一年、シス・カンパニーによって兄・市川亀治郎（四世猿之助）、妹・蒼井優で上演。

❖**『人間万歳』**《にんげんばんざい》十場。「狂言」との角書が付くが、いわゆる新作狂言ではない。歴史劇や現代劇に対し、軽い調子で書かれた「夢幻劇」の謂いであろう。それとは別に〈倉田百三兄に捧ぐ〉の献辞も。宇宙を司る神様がいる天上世界が舞台。今まさに神の脳味噌の垢のかけらが入った一掬いの水が地球に垂らされたところだ。それによって地球には人類が生まれ、有史上の様々な出来事が経過するのを、観察する天使がいちいち神様に報告するのだが、神様の関心はそこにはなく、美しい女の天使と一夜を明かすことだ。その行為をからかう滑稽天使や秩序を守るよう諭す道徳天使の声にも一向に耳を貸さない。神に扮した悪魔の使嗾によって、天使たちが反乱を起こすが、そこで〈神の力〉を見せて天使たちを屈服させる。しかし、今度は隣の宇宙から使いがやってきて、そこの神が会いたいというから大変だ。宇宙同士が交信したことなどこれまでついぞなく、神様に初めて不安が兆して、自分の宇宙が侵略される夢を見る。だが、やってきた隣の宇宙の神様は、まるで自分の似姿を見るようで、すっかり打ち解けてしまう。そこで、冒頭の天使が、互いに争闘が止まず、飢え苦しみ、残酷に殺し合っている人間のような生物が棲む星があったかどうかを隣の神様に問う。答えは〈イエス〉。すでに滅亡してしまったが、その一万年ほど前に不意に目覚め、〈不調和な性質を公明正大な生長慾と、仕事と、美の創造とに変形〉させたという。今や、彼らの宇宙では、不平や不都合が起こったとき、〈人間を手本にしろ〉と戒めあうと。二人の神様、天使たちが〈人間万歳〉を唱和して幕。

❖**『愛慾』**《あいよく》（四幕）一幕。画家の野中英次（二十八歳）は、才能はあるが、画が売れるまでにはいかず、兄・信一（三十六歳）に生活費を見てもらっている。妻・千代子（二十五歳）は奔放な性格で、どうやら信一との間に親密な関係が出来、それが英次の知るところとなって、何も持たずに家を飛び出した。行方知れずの千代子を心配して信一が英次を訪ねてくるが、妻に手は下していないと言って兄を安堵させる。入れ替わりに小野寺が現われ、同情する友に容姿端麗で、俳優としても才能がありながら醜聞の多い兄を、せむしの姿に生まれついた自分と比較して、一方で憎んでいることも告白する。そこへひょっこり千代子が帰宅する。お互いの傷を探り合いながら、それでも穏やかな日常が戻ってきたように見えたが……。二幕は小野寺宅。夫婦で散歩に出かけようという矢先に信一の突然の訪問を受ける。出がけに千代子から手紙を受け取ってその〈英次に殺されそうだ〉という深刻な内容に相談に来たという。英次を転地させることで、事態の打開を図ろうと一決するが、信一の退場と同時に英次夫婦が登場。兄の来訪を感づいた英次はますます兄と千代子の仲を疑い、折角の小野寺の助言にも耳を貸さない。三幕は再び英次宅。日がな一日、英次の監視を受けている千代子は殺すの殺されるのの言い合いが続く生活がほとほと嫌になっているが、出ていこうにも行く宛てがない。しかし、病気療養の英次の留守中に巡業途中に単身戻った信一の訪いを得た千代子は、彼に今の境遇から救ってくれと頼み、了解した信一は明朝再訪して連れ出すことを肯んじる。信一が帰った後、そこに病院を抜け出した英次が現われ、すべてを聞いてしまったことを話し、それでも出て行こうとする千代子を絞殺する。四幕も同じ部屋。翌朝早く千代子を迎えに来た信一は英次がいるのに驚く。千代子は早朝に出かけた、と強弁する英次に信一はいったん引き下がる。続いて、英次が見る夢の場。千代子の亡霊が彼を死へと誘う。そこへ小野寺を伴って信一が登場、英次が高熱にうなされているのを幸い、彼の大きな中国製の鞄を開けてみると千代子の死骸が出てくる。信一の後悔。英次を罪に落とさないため、死体の処理を信一が引き受け、目覚めた英次を小野寺が励ますところで幕。兄、弟、弟の妻の三角関係は夏目漱石の『それから』をヒントにした。好評を受け、続編『ある画室の主』が同年に書かれる。英次の十年後を描いた作品。（七字英輔）

武藤直治《むとうなおはる》 一八九六〈明治二十九〉・一〜一九五五〈昭和三十〉・二。評論家・劇作家。神奈川県横浜市生まれ。早稲田大学英文科卒業。学友らと同人誌「十三人」を創刊。その後第二次「種蒔く人」および「文芸戦線」に同人として参加、一九二五年には日本プロレタリア文芸連盟の発起人に名を連ね、評論や戯曲を中心に活躍した。大逆事件を想起させる戯曲『蘇らぬ朝』（一九二四）のほか、著書『文芸概論』（弘文社）などがある。（正木喜勝）

村井弦斎《むらいげんさい》 一八六三〈文久三〉・十二〜一九二七〈昭和二〉・七。作家。愛知県豊橋生まれ。作家として著名。小説を自ら脚本化した『食道楽』は一九〇五年二月東京・歌舞伎座で上演され、六世尾上梅幸がシュークリームを舞台で作り、客席に配るなどの趣向で評判をとる（大阪角座でも一九〇九年に上演）。『酒道楽』（〇五）も舞台化された。（神山彰）

村井志摩子《むらいしまこ》 一九二八〈昭和三〉・七〜。演出家・劇作家。本名葛井志摩子。広島市生まれ。一九四五年広島第一県女卒、同年東京女子大学国文科入学。大学入学のため広島を発ったので、八月の原爆投下による被爆を免れた。この体験が後年の戯曲『広島の女』に結実する。大学在学中の四八年に舞台芸術学院（略称舞芸）が創立され、第一期生として籍を置いた。翌年大学と舞芸を卒業。舞芸出身者を中心に五六年に旗揚げした劇団舞芸座に女優として参加。五九年にプラハの国立劇場のオブザーバー・アシスタントという演出部門の資格を取得してチェコに自費留学、劇場で演出を、カレル大学哲学部演劇学科で演劇美学を学んで六四年に帰国、同年九月に星新一のSFを原作とする『チュ』を制作・構成・演出した。以後、フリーの演出家として活躍する。六八年にチェコの劇作家ヨゼフ・トポルの『線路の上にいる猫』と『スラヴィークの夕食』を相次いで翻訳して演出・上演、この成果で第三回紀伊國屋演劇賞の個人賞を受賞した。七一年に再度プラハに留学し、この時に耳にした十二歳の少女が女医の母親を殺害し、トランク詰めにしたという事件を百枚余の小説に仕上げ、帰国後にこれを脚色して『プラハ6821』（一九七四）、『レトナ通りにて』（七五）、『にわとりの風見の上で』（七六）と題する戯曲にした。この三作を「プラハ三部作」と総称する。多くの学友が被爆死したにもかかわらず生き残ったとの思いが募り、『広島の女・八月六日』三部作（影書房）を書いて八四年に初演、芸術祭賞を受賞した。これは英語をはじめ各国語に翻訳されて海外でも上演され、八六年には英訳劇公演でマウィ平和賞を受賞。八九年からシリーズ化した。

❖『広島の女・八月六日』《ひろしまのおんなはちがつむいか》「その1　広島の女・八月六日」「その2　閃光はおまえの耳のただ中で」「その3　ビラはふる」とタイトルされた原爆投下前後の広島の街と人々の夢をドキュメンタリー・タッチで描いた女優のための一人芝居。（大笹吉雄）

村上元三《むらかみげんぞう》　一九一〇〈明治四十三〉・三〜二〇〇六〈平成十八〉・四。作家・劇作家・演出家。東京生まれ。青山学院中等部卒業。一九二六年、青山学院中等部学友会雑誌部「高潮」七号に『戯曲　蜻蛉』を掲載。歌舞伎、新国劇を好んで見、澤田正二郎のファンとなる。三四年『利根の川霧』が稲垣浩監督で映画化。それを梅沢昇一座が浅草で劇化上演。三六年頃より、梅沢一座に代作として書き、梅沢に長谷川伸を紹介され、三八年長谷川伸の劇作研究会「二十六日会」に入会する一方、「舞台」に『戦鼓』を発表。四一年長谷川らと台湾へ。『サヨンの鐘』上演。『算盤』を書き、この頃よりラジオドラマも書く。四二年海軍報道班に赴任、インドネシアなど南方へ赴き、従軍記を発表。戦中から不二洋子一座に『春秋もしほ草』、新国劇に『抜刀隊の歌』など、戦後は『佐々木小次郎』などを提供。新派に『胡蝶亭お勇』。自作の小説『次郎長三国志』『あんまと泥棒』などの劇化作品も多い。歌舞伎では、五五年に『親子灯籠』が上演。他に『ひとり狼』（一九五六）が裏街道から這い上がれない渡世人の陰影を描き好評で、復演されている。演出家としては、五二年新橋演舞場での『暗闇の丑松』以降、長谷川伸ものを多く演出。常盤座花形歌舞伎で『佐々木小次郎』も提供。

［**参考**］『昭和国民文学全集』十一巻（筑摩書房）、磯貝勝太郎「村上元三の人と作品」（『大衆文学研究』一三七号・二〇〇七）、村上元三『四百字の春秋』（『自伝抄6』読売新聞社）

❖『**親子灯籠**』《おやことうろう》　二幕。一九五五年四月歌舞伎座で十七世中村勘三郎主演で初演。幇間を主人公に、他人の喜びの為に自分の感情を殺す、道化師の悲しみともいうべきものを江戸を舞台に展開した佳作。幇間の半六は、家業を食いつぶし、この商売で妻子を養う。松平志摩守が座敷で、安来節などで遊んでいる座敷へ奥方が乗り込み、大騒ぎとなる。それを聞きつけた片岡直次郎は、河内山宗春とたくんで、松平を脅し大金をせしめるが、その罪で河内山は獄で殺され、直次郎も獄中に入る。松平家のお咎めは、幇間に及び、営業停止処分となる。特に、半六は、深川に居られなくなり、夫婦けんかとなる。子の仙吉を抱いて途方に暮れるところへ、志摩守が隠居となって訪れ、十両の金を渡して江戸を去れという。半六は仙吉と旅へ出ようとするが、子は母を慕って動かない。やがて、母を思う子の気持ちにほだされた半六は子を背負って、妻のおりょうを迎えに行くことになる。

天保年間の江戸深川を背景に、河内山、直次郎という著名な人物も登場させ、しがない暮らしの生活感や詩情溢れる舞台とともに、親子の愛情、弱い立場の人間の哀感を描く、師・長谷川伸譲りの、村上の劇作術の冴えを見せる名品。好評で、数度、復演されている。『昭和大衆劇集』（演劇出版社）所収。（神山彰）

村上兵衛《むらかみひょうえ》　一九二三〈大正十二〉・十二〜二〇〇三〈平成十五〉・一。作家。島根県生まれ。本名村上宏城。陸軍幼年学校、陸軍士官学校卒業。その後、近衛歩兵第六連隊旗手を経て、陸軍中尉で敗戦を迎える。戦後、東京大学文学部卒業。第十五次「新思潮」同人として作家活動を始める。『戦中派はこう考える』以降、戦中派の代表格として論壇でも活躍。近衛歩兵六連隊旗手等の自らの戦争体験に根ざした戦争関係の作品が多く、代表的なものに『星落秋風』等。戯曲に『冬に蒔かれた種子』(「悲劇喜劇」一九五八・8、第五回新劇戯曲賞候補)がある。　(柿谷浩一)

村田喜代子《むらたきよこ》　一九四五〈昭和二十年〉〜。福岡県生まれ。小説家。八幡(現・北九州市)市立花尾中学卒業。旧姓、貴田。結婚後同人誌に小説を発表、一九八七年、『鍋の中』で芥川賞を受賞。同作は黒澤明によって『八月の狂詩曲《ラプソディー》』のタイトルで映画化(一九九一)された。また九四年発表の『蕨野行』は、九九年に北林谷栄の脚色主演で民藝が上演、二〇〇三年には恩地日出夫監督により映画化もされた。　(岩佐壮四郎)

村田修子《むらたしゅうこ》　一九〇八〈明治四十一〉・十二〜一九七六〈昭和五十一〉・九。劇作家。佐賀県出身。本名雪枝。実践女子専門学校卒業。弘前高等女学校の教諭をへて、「婦人公論」の記者。一九五五年『埋火』で第一回新劇戯曲賞(現・岸田國士戯曲賞)の奨励賞を(安芸礼太郎『加州の人々』『象牙の塔の下で』、古島一雄『日本の幽霊』、長野精一『激流』、八木柊一郎『三人の盗賊』と同時に)受賞。他の作品に『生れた家』『天使の部屋』など。　(小原龍彦)

村山亜土《むらやまあど》　一九二五〈大正十四〉・四〜二〇〇二〈平成十四〉・五。児童劇作家。成城高校卒業。東京都生まれ。父は劇作家の村山知義。母籌子も童話作家。『ごみため物語』(一九四八)が新協少年劇団によって毎日ホールで上演される。『コックの王様』(四九)は八田元夫演出で全国を巡演。一九六〇年『新さるかに合戦』で日本児童演劇協会賞受賞。視聴覚障害者が触って美術体験できるギャラリーTOMの館長。(平野恵美子)

村山知義《むらやまともよし》　一九〇一〈明治三十四〉・十二〜一九七七〈昭和五十二〉・三。劇作家・演出家・舞台美術家・童画家・挿絵家・小説家。東京神田末広町生まれ。挿絵や童画のサインはTom、一時外山俊平名で童画。父海軍軍医知二郎と母元子(三春堂医院の娘)の長男。弟は忠夫。五歳の時(一九〇六年)、父知二郎の結核療養のため静岡県沼津へ転居、父は医院を開業。沼津尋常小学校入学、この頃初めて芝居・映画を観る。九歳、キリスト教伝道師野辺地天馬(後に羽仁吉一・もと子の婦人之友社「子供之友」編集者)から水彩画を学ぶ。野辺地の影響で母元子は聖ヨハネ教会へ通い、知義も日曜学校に。六月父死去。東京大森へ転居、この頃早くも日本水彩画展に入選。卒業後日暮里へ転居、神田淡路町の私立東京開成中学校へ入学、同級生に戸坂潤・内田省三らがいた。母元子が内村鑑三の聖書研究会に通いだし知義も同道。十三歳(一九一四年)図画教師から油絵具一式を贈られ、油画を学び始め、絵画展覧会へ通う。翌年雑司ヶ谷鬼子母神裏に引越し、母元子は婦人之友社の編集部員に。一九一八年、第一高等学校入学、同級生に久保栄・和達知男・戸坂潤・内田省三・森五郎(のち羽仁姓)らがいた。久保栄に〈同室の同い年の村山知義は、カントとショーペンハウァーの研究に、まったく気違いじみた読破力を示していた〉(「ノアの方舟」)と記されたように哲学書を読み漁る。村山は一高時代を〈よくいえば民主主義的、悪く言えば放任主義で(略)怠けようと思えば、いくらでも怠けることが出来た。(略)私はこれまで通りの勉強癖で勉強したから、たちまち首席になってしまった〉(『演劇的自叙伝』1)と書く。初めての装置は、寮の記念祭の飾り物(一九一九年三月『吾らの地獄』、二〇年三月『青い鳥』)。『青い鳥』は、同年二月の民衆座公演(畑中蓼坡《はたなかりょうは》演出『青い鳥』)に感動したもの。〈一高生を幸福の青い鳥を模索する子供にたとえ、チルチルとミチルが部屋の窓から空を見あげているところ〉で、久保は

〈豆電球で照明を施したきれいなメーテルリンク劇の模型舞台〉(「ノアの方舟」)と評した。童画も「子供之友」(婦人之友社)にTomのサインで描き始める。童画は最後まで続き、〈荒々しく粗暴な画は好きになれなかった。合理的で緻密な画が好き〉(『演劇的自叙伝』2)と述べたように特徴は暖かさと合理性を持ち、生涯変わらない。好きだった洋画家藤島武二や岡田三郎助の画塾へ通い、映画『カリガリ博士』を観る。二一年九月東京帝国大学哲学科へ入学するが十二月に退学、伯父たちから借金をして翌年一月にベルリンへ留学(二三年一月迄)。先に留学していた和達知男や永野芳光らと共に、未来派の展覧会に出品し、個展も開く。当時ベルリンは「新しいダンスの創造」で沸き立っていた。ディアギレフ(バレエ・リュス)やボルラン(スエーデン・バレエ)が来演、彼らの舞台に感動、特に美少女イムペコーフェンのダンスに惹かれ、これは後の「ブーベンコップ」の髪形で踊るダンスに繋がる。帰国後、「構成派と感触主義」に関する緒論を展開。落合の自宅にアトリエ「三角の家」を設け、「意識的構成主義的小品展覧会」等を開催するなど、「旧いもの」を壊す存在として一躍注目を浴び、ニューウェーブの先頭を走りだす。五十殿《おむか》利治《としはる》は「新ダダが旧ダダを駆逐」と評す。柳瀬正夢《まさむ》や尾形亀之助と知り合い〈マヴォ〉を結成、柳瀬を通して社会革命思想を知る。関東大震災の翌年童話作家岡内壽子の挿絵を担当、交際が始まり結婚。築地小劇場が開場し、〈当時の芸術青年にとっては大事件(略)ワクワクする饗宴の連続〉(『演劇的自叙伝』2)だったと書く。土方与志に自己アッピールの手紙を出して『朝から夜中まで』(カイザー作)の装置を依頼される。緞帳を締めず、開演前に〈軍艦みたいな三階建〉の装置(長谷川次郎作製)を見せていた舞台は大評判を呼び、演劇の世界へ躍り出る。二五年一月初めての新聞挿絵池谷《いけのや》信三郎作『望郷』(「時事新報」)が始まるが、これまでの写実的な挿絵と異なったため非難囂々、一か月半で交代。五月、築地小劇場で吉田謙吉・神原泰・柳瀬正夢らと「劇場の三科」を一日だけ立ち上げ、村山は幕間にダンスと作・演出の『子を産む淫売婦』を出す。各人の出し物はこれまでにない想像を絶するもので新しさを求める若者たちで劇場は溢れかえった。これが後に〈現在流行のアングラ劇場的構想——不条理劇から、ハプニングにいたる——が、殆んどすべて含まれていた〉と村山が主張した上演である(井上理恵「村山知義の演劇史」「テアトロ」二〇一二年)。九月、河原崎長十郎と心座《こころざ》を立ち上げここでも新舞踊を披露し、『ユアナ』(カイザー作、訳・演出)を〈国境と時代を超越した演出〉で上演、小山内薫に〈世界の何処にも見られない〉和洋折衷の独特の演出と褒められる。日本プロレタリア文藝連盟が結成され、柳瀬と共に美術部員に。この頃村山と妻壽子は同じ髪型(ブーベンコップ:おかっぱ)で話題に。心座第二回公演に戯曲第一作『孤児《みなしご》の処置』を出し、装置を使用しない裸舞台で上演。『構成派研究』(中央美術社)を上梓、村田実監督『日輪』で構成派風セットを作る。『兄を罰せよ』『スカートをはいたネロ』など心座で作・演出、次々と斬新な試みをし、小説も書く。「無産者の夕」で柳瀬と舞台装置を製作、マルクス主義思想に傾斜。初めての戯曲集『スカートをはいたネロ』(原始社、一九二六)を上梓。「福本イズム」を廻り離合集散する左翼的芸術集団の中で常に千田是也・佐々木孝丸・蔵原惟人らと行動し、「日本のダ・ヴィンチ」と称されて創作・演出・装置を担当。三・一五(二八年の共産党員大検挙)後、全日本無産者藝術連盟に参加、東京左翼劇場旗揚公演で、三作を演出(村山作『進水式』『やっぱり奴隷だ』、藤森成吉作『磔茂左衛門』)、芸術運動の中枢に。夏に伊井蓉峰一座の『平民宰相原敬』

演出・装置、以後商業演劇の演出もする。翌年日本プロレタリア演劇同盟(プロット)結成、六月村山作・佐野碩演出『暴力団記』(『全線』と改題)初演、絶賛される。五月治安維持法違反で初めて検挙される(六か月間)。前進座の旗揚げに歌舞伎の台本執筆方法を取った『歌舞伎王国』を監修。三一年、日本共産党の地下指導部からの指令と言われるプロパガンダ戯曲『勝利の記録』をメーデー向けに書く(演出佐野碩ら)。秋にプロレタリア文化連盟の中央執行委員長に、他方妻壽子の文章に挿絵を描いた『三匹の小熊さん』がアニメ映画(岩崎 昶《あきら》監督)に。自作『志村夏江』(杉本良吉演出)舞台稽古中に再度検挙、翌年の暮れ保釈。三四年二月左翼劇場の中央劇場改名披露『斬られの仙太』(三好十郎作・佐々木孝丸演出)上演を批判、佐々木と袂を分かつ。演劇雑誌『テアトロ』創刊(五月)、表紙・劇評担当。六月プロット解散、革命的演劇運動の終焉。直ぐに「新劇大同団結」を提唱し新協劇団を結成、十一月旗揚げに『夜明け前』第一部(久保栄演出)を脚色。翌年、小説『白夜』で村山と妻壽子と蔵原惟人の関係を描出し「転向」を表明。革命的ロマンティシズムを取り込んだ発展的リアリズムを提唱。社会主義リアリズム論争で久保栄・松本克平らと対立。新協で『断層』(久板栄二郎作)、『どん底』『初恋』『春香傳』『デッドエンド』など、井上正夫の新派で『海鳴り』を演出、中間演劇が誕生。前進座でトーキー連鎖劇『新撰組』の作・演出、『初恋』(オニール作)の脚本・監督(東宝京都)など。四〇年八月新劇人一斉検挙(劇団解散・新劇事件)で四二年六月まで巣鴨拘置所に。保釈後は、菊田一夫・北條秀司・山本有三らの名前で演出、敗戦前に朝鮮半島へ。帰国後第二次新協劇団を再建するが、共産党五〇年問題で分裂。大作『死んだ海』三部作を発表・演出上演。その後東京芸術座を結成(五九)。亡くなるまで新劇・新派・新国劇・新喜劇など多方面で演出、その数は四〇〇余回を越える。多くの大衆的小説を書き、特に『忍びの者』(全五巻)は度々映画・演劇になり、忍者ブームを生む。

[参考]『村山知義戯曲集』上・下(新日本出版)、『演劇的自叙伝』全四巻(東邦出版社、東京芸術座)、祖父江昭二「村山知義　死んだ海」『20世紀の戯曲』II巻(社会評論社)、井上理恵「村山知義の演劇史」(「テアトロ」二〇一二～一四)、図録『村山知義の宇宙』(読売新聞社)

❖**『兄を罰せよ』**あにをばっせよ　二幕四場。初演一九二六年九月心座、演出・装置。初出一九二六年十月号「改造」。母―黒木照、兄―市川団次郎、弟―河原崎長十郎。〈当時の母と私と弟の関係をテーマ〉にした私戯曲というように、借金をして留学した村山と兄に期待する貧しい母と分裂病の弟が描出され、家族の心の襞を観るような辛い戯曲。当時は『罪と罰』や『クロイツェル・ソナタ』のような内面を持つ表現派風戯曲と位置づけられたが、ここには村山の、家族を犠牲にした苦渋と思想的転換が示されている。元祖つぶやき戯曲と言えるような長いト書きと長い独白がつづく。翌年の『仕事行進曲』にも自己投影された〈服部〉が登場、この時期の戯曲には過去と現在の自己が描出されている。『村山知義戯曲集』上巻所収。

❖**『暴力団記』**ぼうりょくだんき　四幕九場。左翼劇場の初演時検閲で『全線』と改題、佐野碩演出、一九二九年六～七月築地小劇場。「二六惨変」と言われた中国京漢鉄道の労働者の闘いを題材にした戯曲で、権力対労働者の関係を日本の現状としてみることができ観客動員も多い上演で芸術的にも成果をあげた。久保栄の『全線』のドラマ構成や演出・演技の評価(「劇場街」八月号)、蔵原惟人の〈現代プロレタリア戯曲の最高〉(「都新聞」十二月)という評価が同時代評で有名。労働者の総工会結成大会を軍閥が武力をもって解散させ、労働者たちは全線で抗議のストライキを決行する。これまでのプロレタリア戯曲は闘う労働者の一方的描出が多かったが、この戯曲では権力者と労働者の両方が描かれていた点が新しい。今読むと欠点の多い戯曲で、批評と芸術作品は時代に規制されて生きるということを、この作品と同時代評は示す。

❖**『志村夏江《しむらなつえ》』** 五章十四節のちプロローグを加筆。初演左翼劇場、杉本良吉演出。一九三二年四月五日〜二十四日於築地小劇場。四月四日、村山は自宅で、夏江役の平野郁子は稽古中に検束(細川ちか子が代役)、演出の杉本は地下に潜る、という逸話がある。戯曲は、女性労働者のタイトルロール、小説風の場割り、詩を取り入れた構成舞台、暗転と照明の多用で舞台を分割等々、プロレタリア・リアリズムを超えた斬新な試みがト書きに指定されている。これがこの時期の芝居にありがちなプロパガンダ色を目立たなくさせたが、筋の進展は自然主義風で貧しい少女夏江(十三歳から十七歳)の思想的成長過程が時系列にそって教養小説の如く表現。七〇年の再演時にプロローグを加筆、稽古中の逮捕状況を挿入した。『村山知義戯曲集』(上)所収の戯曲は戦後版。この戯曲と一連の逮捕(蔵原惟人・小林多喜二など)、小説『白夜』に関する参考文献に〈村山壽子の手紙〉(『ありし日の妻の手紙』)、〈蔵原惟人と壽子の手紙〉(「蔵原惟人芸術書簡」)、井上理恵「村山知義の演劇史」(10〜12)「テアトロ」(二〇一三)など。

❖**『新撰組《しんせんぐみ》』** トーキー連鎖劇。初演一九三七年十一月前進座、於新橋演舞場。木村荘十二《そとじ》監督『新撰組』(PCL・前進座制作映画、村山脚本)の舞台版。キノ・ドラマ『銀座明暗・嗤ふ手紙』(衣笠貞之助・千田是也共同演出、新築地劇団、於新宿第一劇場)の上演と共にこの時期〈発声映画と演劇〉を結び付けた上演が大流行。キノ・ドラマかトーキー連鎖劇かで論争を生む。斬新さを求めた村山の前衛的姿勢がうかがえる作で子母澤寛『新選組始末記』『新選組異聞』(二八、二九)に題材を得たと考えられる。幕末京都に誕生した幕府方の警察組織であった新選組の権力構築の在りようと分裂、裏切りと粛清、最後に徳川家存続のため犠牲になった近藤・土方隊と言う視点で作劇・上演。映像部分は映画『新撰組』を部分的に使用。表現主義的に近藤勇の心理を見せるところが斬新。この後新選組は多くの映画・舞台に。戯曲は「テアトロ」(一九三七・11所収)。

[参考] 座談会「トーキー連鎖劇とキノ・ドラマの問題」(「テアトロ」一九三七・12)

❖**『死んだ海《しんだうみ》』** 三部作。一部『死んだ海』二幕五場、一九五二年六月初演、二部『真夜中の港』四幕七場、同年十二月初演、三部『崖町に寄せる波』四幕、五三年十一月初演、新協劇団(演出・装置)。初出「世界」五二〜五三年。六〇年安保時の訪中新劇団公演でも演出・上演。連合軍の占領解除後、村山は〈やっと私は日本の労働者階級のたたかいを、しかも共産党員を登場させて描くことができるところにまで達した〉と記したように、村山の戯曲に初めて政治的に闘い、かつ愛情問題で悩む人間共産党員(三人)が登場、これを祖父江は〈戦後の村山の作家的な志向の特徴〉と見る。似たような視点で講談調小説『忍びの者』で組織と愛情に悩む忍者五右衛門を登場させている。戯曲の舞台は五一年、銚子から南にある架空の漁港だが、モデルは「外川」という小漁村。五〇年代初頭の漁業が直面する現実問題(中小の漁船所有者の切り捨てと大企業の参入を許す政府、占領軍の実弾射撃による漁業被害、封建的な納屋制度に制約される漁夫たち)をアグリ船(イワシをとる舟)の当主家族とその船長や船方の家族、唯一の知識人漁業組合書記や教師などを通して描出。〈打開が困難な現代日本漁業の現実に抗し〉〈「それと立ち向かい、生きる権利を追求しようとする漁民たちとその先頭に立って戦おうとする『共産党員』たちを描き、そのことを作家的な課題として自負している〉村山知義と祖父江昭二に評された村山の「民主的な革命政党」における戦後の立ち位置が理解される側面も持つ作品。幕開きに長い朗読が入り久保栄の『火山灰地』の構成と似るが、内容は情緒的で、登場人物造形にも散見される「人間賛歌」的側面も考えると、『兄を罰せよ』以来、村山作品に見え隠れしていた一つの特徴が見出される。二部は五二年。一部では恋人同士であった新蔵とカネ子が結婚、新しいタイプの夫婦と共産党員の誕生が描かれ、同時に大会社の登場で中規模の船主の経営すら困難になる現実が描出される。三部は五三年。一部で未亡人であったお吉が癌で入院、息子はヒロポン中毒というこの家族の問題が中心。これはこの時代に明らかになった病を挿入させ、同時に漁業被害の補償金問題の署名運動（共産党員の運動）の成功をバックにする。内容はかなり叙情的。祖父江は〈お吉の人間的な動揺を、他の共産党員たちがいたわりはげましながら、ともに手をとり合い戦って〉いくところに〈村山らしさがある〉と評する。「人間村山知義」の思想と根底に流れるものを把捉する重要な戯曲と言えよう。『村山知義戯曲集』（下）所収。

［**参考**］祖父江昭二「村山知義　死んだ海」（『20世紀の戯曲』II）、勝山俊介『「死んだ海」・村山知義の仕事』（あゆみ出版一九九九年）、菅井幸雄『演劇創造の系譜』（青木書店一九八三年）　（井上理恵）

室生犀星《むろうさいせい》　一八八九〈明治二十二〉・八～一九六二〈昭和三十七〉・三。詩人・作家。石川県金沢市生まれ。詩人として活動をはじめ『愛の詩集』『抒情小曲集』（一九一八）で詩壇の地位を築く。後に小説も書き始め、『幼年時代』『性に眼覚める頃』『或る少女の死まで』（一九）を発表。小説の代表作『あにいもうと』（「文藝春秋」一九三四・7）は、翌年に金子洋文脚色・演出で、第二次芸術座の初代水谷八重子らによって上演される。この作品は、新派劇をはじめ、さまざまな劇団の手によって現在まで上演を重ねる。また、『山吹』『舌を嚙み切った女』『かげろふの日記遺文』などの王朝ものの小説も、円地文子などが脚色し、上演された。映画化された作品もあり、『あにいもうと』『杏っ子』は成瀬巳喜男監督で、『あにいもうと』は合計で三度映画化され、今井正監督も手がける。戯曲は、『人物と陰影』（二四）を皮切りに、『山ざと』『茶の間』『父母所生』『なだれ』『田舎の一日』『からたちの実』『海の伝説』『山の伝説』『えみ子』（以上、二五）、『感情』『冬日』『歴史』『二人の女』『大槻伝蔵』『兵隊蟻』『友情』（以上、二六）という合計で十七篇が書かれる。この時期に犀星の戯曲のすべてが書かれ、それ以後は書かれていない。

❖**『大槻伝蔵』**《おおつきでんぞう》「新潮」（一九二六・7）。加賀騒動の中心人物である大槻伝蔵を主人公にした一幕劇。駈落ちした若侍が、一晩の宿を求めに伝蔵の屋敷を訪れる。伝蔵は、一旦は泊めることを了承し、娘も連れてくるように言ったものの、使用人の反対によって迷いが生じる。そうしているうちに駈落ちした娘の方が男を探しに来る。娘を待たしている間に、嫉妬に駆られた使用人は出かけて、若侍を殺害する。使用人は娘も殺そうと、伝蔵もそのことに賛意を見せる素振りをするが、使用人が娘を殺害しに行こうとするとき、伝蔵は背中から使用人を刺す。この作品は、一九二七年三月に市川米左衛門一派の道化座によって上演された。

（高橋宏幸）

も

茂木草介《もぎそうすけ》 一九一〇〈明治四十三〉・一～一九八〇〈昭和五十五〉・七。劇作家・放送作家。大阪府生まれ。同志社大学中退。会社員として勤務するかたわら小説を執筆、一九三五年のサンデー毎日大衆文芸賞の受賞をきっかけに作家活動に入る。自らが生まれ育った大阪を舞台にした作品や、庶民の生活に鋭く斬り込む作風が特徴である。五五年二月、大阪・中座の新春座公演として『初発電車まで』一幕が山口幸生の主演により上演。五九年八月、大阪・中座にて實川延二郎（のち三世實川延若）の富島松五郎、大谷友右衛門（のち四世中村雀右衛門）の吉岡夫人により『無法松の一生』（三幕八場）を鳴海良介との共同脚色で上演。テレビドラマの初期から活躍を始め、六五年のNHK大河ドラマ『太閤記』、七〇年の『樅の木は残った』、大阪の商人の生活を描いた『横堀川』（一九六六、NHK）などで放送作家の地位を確立。舞台劇に『しぶちん夫婦』（六三年八月、大阪新歌舞伎座初演）、『当世覗きからくり』（六五年八月、御園座初演）などがある。NHK放送文化賞、芸術祭文部大臣賞、毎日芸術賞、紫綬褒章などを受賞。

❖**『幽霊の町』**《ゆうれいのまち》 一幕四場。札幌に拠点を置いて活動を続けている「劇団新劇場」第二回公演のために一九六二年に書かれ、六四年五月、紀伊國屋ホールで初演。ある地方の、元は漁港として栄えたが、今は見る影もなく寂れた町が舞台。住人は働く気力もなく、生活保護や失業保険に頼って昼間から酒を呑んで暮らしている。そこへ東京から取材のためにやって来た物書きの島村という男が現われ、町の秋山家に滞在する。郵便局へ局留めで送金があると言うものの、実は詐欺師で、各地を渡り歩き、町の人々を騙しながら生活している男だ。町の人々は「東京から来たインテリ」に一時は尊敬の念を見せるが、日々の生活や考え方を改めることはない。島村と同時に現われた黒い影のような男を町の人々は泥棒と決めつけ、最後は湖の中に追い込んで殺してしまう。島村は去り、以前と変わらぬ澱んだ空気の生活が始まる。「労働意欲がなくても生きて行ける時代」が正しいのかどうか、そのあり方を観客に問いかけている作品。

（中村義裕）

元生茂樹《もといきしげき》 一九五二〈昭和二十七〉・十一～。脚本家・劇作家。京都生まれ。滋賀大学卒業。松竹新喜劇文芸部に在籍。一九九〇年代から、東西の大劇場に作品を書く。『浪漫喜劇日本橋物語』『コシノものがたり』『新演歌の花道』『晴れたらいいね』『なにわのシンデレラ』など。『眠狂四郎』（GACKT版）脚色も。

（神山彰）

本居長世《もとおりながよ》 一八八五〈明治十八〉・四～一九四五〈昭和二十〉・十。作曲家。東京市下谷区出身。東京音楽学校（現・東京芸術大学）卒業。近世国学の第一人者・本居宣長の子孫。東京音楽学校ではドイツ人教師ケーベルに愛され、一九〇九年最優等の成績で卒業。在学中より作曲を始め、ピアノ曲だけでなく、独唱、合唱曲も手掛けた。卒業後は同校の教授補助、また助教授に任ぜられた。後進を指導するかたわら文部省邦楽調査主任を兼任。大正期には鈴木三重吉の雑誌「赤い鳥」（赤い鳥社）を嚆矢として児童文学が隆盛を見せ、児童向け雑誌に次々と童謡が発表されるようになる。長世も教え子の中山晋平に勧められ、二〇年に童謡『葱坊主』を作曲。その後は次々と童謡を発表、同年九月発表『十五夜お月さん』で童謡作曲家としての地位を確立した。また、童謡に先駆けて歌と共にせりふや舞踊を伴うお伽歌劇の作曲も行なっており、『歌遊び　うかれ達磨』（一九一三）は宝塚少女歌劇の第一回公演でも上演された。

❖**『歌遊び　うかれ達磨』**《うたあそび　うかれだるま》　一幕。本居長世作曲、吉丸一昌作歌、七世松本幸四郎振付。一九一二年春、白木屋余興場にて初演。宝塚少女歌劇第一回公演（パラダイス劇場、一九一四年四月）では『浮れ達磨』の題目で久松一声の振付で上演された。日本間の大広間で、少女たちが達磨を転がして、起き上がった時にその目が向いた方にいた子が必ず歌を唄わねばならない、という遊びに興じている。そのうち、起き上がった達磨が床の間の大達磨の前を向いて止まる。少女たちが大達磨に向かい〈さッても達磨さんは気の毒な、踊る手もない　足もない〉とはやして歌うと、大達磨が突然立ち上がって歌い始めるので、一同はびっくり仰天する。やがて大達磨の呼びかけで小達磨たちも登場し、一同が喜んで歌い踊るうちに幕となる。『歌遊び　うかれ達磨』（敬文館）に収録。（村島彩加）

本谷有希子《もとやゆきこ》　一九七九年〈昭和五十四〉・七～。劇作家・演出家・小説家。石川県松任市（現・白山市）生まれ。石川県立金沢錦丘高等学校を卒業後、一九九八年にENBUゼミナール演劇科へ進み、松尾スズキのクラスで学ぶ（同期にノゾエ征爾）。当初は俳優を志望しており、『alt.4』などに出演。また、庵野秀明監督のアニメ『彼氏彼女の事情』に声優として参加。松尾スズキからENBUゼミナール卒業公演の上演台本が評価されたこともあり、劇作家・演出家に転向する。二〇〇〇年九月に『腑抜けども、悲しみの愛を見せろ』を上演して、「劇団、本谷有希子」を旗揚げ。専属の俳優を持たないプロデュース・ユニットの主宰としてすべての作品の作・演出を手掛ける。旗揚げ作品から一貫して過度に自意識過剰で人格障害を思わせる主人公といびつな人間関係を描いている。いじめ、引きこもり、共依存など、現代的な社会問題を扱うことが多いが、登場人物の奇矯な言動や詭弁を弄するさまがおかしみを醸しだす。二〇〇四年に、『石川県伍参市』が第四十八回岸田國士戯曲賞最終候補となる（以後『乱暴と待機』『遭難、』『偏路』により、五十、五十一、五十二回と連続ノミネート）。〇七年に『遭難、』で第十回鶴屋南北戯曲賞を最年少で受賞。〇九年には『幸せ最高ありがとうマジで！』により第五十三回岸田國士戯曲賞を受賞した。小説家としても活躍し、〇三年『江利子と絶対　本谷有希子文学大全集』（講談社）を上梓。一一年に『ぬるい毒』（新潮社）で第三十三回野間文芸新人賞受賞。一三年には、『嵐のピクニック』（講談社）で第七回大江健三郎賞を受賞、詩人・作詞家の御徒町凧《おかちまちかいと》と結婚。一四年に『自分を好きになる方法』（講談社）で第二十七回三島由紀夫賞、一六年に『異類婚姻譚』（講談社）で第百五十四回芥川賞を受賞した。

［**参考**］本谷有希子『乱暴と待機』（『せりふの時代』二〇〇六・冬）、『ファイナルファンタジックスーパーノーフラット』（同二〇〇七・秋）、『偏路』（新潮社）、『来来来来来』（白水社）

❖**『遭難、』**《そうなん》　七場。男一人、女四人。二〇〇六年十月に青山円形劇場で初演。自殺未遂を図り、意識不明の生徒・京介の母である仁科が連日職員室にやって来て、担任の江國を責めたてる。人格者として評判の教師・里見は冷静に対処して江國を励ます。が、実際には里見こそが京介からの相談を無視した張本人である。真相を知った同僚の石原は江國と学年主任の不破に事実を明かすが、証拠の手紙がすり替えられており、里見への妬みだと誤解される。里見は寛大な人格者を演じて、石原を貶めようとするが、手紙のコピーがあることがわかると態度が一変し、やがて事実を打ち明ける。里見も中学二年生の時に飛び降り自殺を図った経験があり、教師に狂言自殺と思われたことがトラウマになっているという。同情した江國は里見を庇い、石原は自殺を仄めかされ口止めされる。不破が口外することを恐れた里見は、弱みを握ろうと画策する。やがて仁科も真相を知り、修羅場になる。里見は土下座して謝罪させられるが、すべてトラウマのせいだと開き直る。電話が鳴り京介の意識が回復したことが告げられると、石原はトラウマを理由に責任逃れをする里見に、教師の立場から過去を追体験させることでトラウマを解消させようとする。里見は電話で京介と話すが、チャイムが遮って聞こえない。トラウマという理由を奪われた里見は、職員室に一人残ってひとしきり泣いた後、あくびをして夕日を見つめる。『遭難、』(講談社)に所収。

❖**『幸せ最高ありがとうマジで!』**《しあわせさいこうありがとうまじで》 十二場。男二人、女四人。二〇〇八年十月に、永作博美の主演によりパルコ劇場で初演。新聞販売所を営む曽根家の事務所に、主人である慎太郎の愛人を騙る明里が訪ねてくる。妻の美十理は相手にせず明里を追い返す。隣のプレハブに住みこみで働くえいみに呼び止められて、明里はえいみが以前慎太郎に強姦され愛人になっていることを知り、えいみをけしかけて一家を追い詰めようとする。明里と灯油タンクを担いだえいみが、曽根一家の前で慰謝料を要求すると、離婚話が持ち上がり息子の功一、娘の紗登子を巻きこんだ大騒動になる。明里は一家が不幸になることに興奮して喜ぶ。家庭を壊されて納得できない美十理が、明里は精神病でないかと仄めかすと、これまでと様子が一変する。明里は一連の支離滅裂な行動を病気の症状とされたことに憤り、理由なき焼身自殺を図ることで、あらゆることに理由などなく、世界が不条理であることを示そうとするも失敗する。夕刊が到着すると、明里を閉め出して皆が元通りに働きだす。『幸せ最高ありがとうマジで!』(講談社)に所収。

(久米宗隆)

本山節彌《もとやませつや》 一九三〇〈昭和五〉・三〜。高校教諭。朝鮮京城(現・韓国ソウル市)生まれ。北海道大学工学部卒業。北海道を中心に高校演劇に励む。童話を素材に選ぶほか、北海道という土地に根差した社会派の作品が多い。『オホーツクのわらすっこ』(一九六六・札幌啓北商業高校定時制)、『大きな木』(七七・札幌開成高校)、『水仙月の四日』(八二・同校)の三作品が全国大会最優秀賞受賞。二〇〇〇年、北海道文化賞受賞。主な戯曲集に『オホーツクの女』(北海道教育社)など。

(柳本博)

桃山邑《ももやまゆう》 一九五八〈昭和三十三〉・一〜。劇作家・演出家。栃木県生まれ。日本映画学校で学んだ後、翠羅《すいら》臼《うす》率いる曲馬舘に入団。同劇団解散後、一九八一年に千代次、鈴木藤一郎等と共に驪《り》團《だん》を結成し、曲馬舘の「旅・芝居・生活」理念を引き継ぐ形で全国を巡業しながら過激な政治性を孕んだ作品を発表した。驪團時代は集団性を重んじる創作スタイルだったため、桃山は中心メンバーではあったものの作・演出を一手に引き受けることはなかった。八六年に解散後、旅公演で培った人脈をもとに翌年、水族館劇場を結成する。

以降、座長・作・演出・俳優の四役をつとめるようになる。東京都内を転々とした後、二〇〇〇年以降約十年間、千駄木にある駒込大観音(光源寺)の境内で毎年本公演を打つようになり、地方公演を経て、一三年より三軒茶屋の太子堂八幡神社に上演場所を移す。三階建てのビルの高さに相当する仮設劇場を建て、回転舞台や屋台崩し、一回の公演で約二十トンもの水を滝のように落とす「水落し」などの迫力ある演出で人気を博す。作品の多くは金子光晴の『髑髏杯』や夢野久作の『ドグラ・マグラ』、川端康成の『浅草紅団』などの小説を下敷きに用いつつ、さらに様々な物語を織り交ぜた重層的な構造をとるのが特徴。作品ごとにモチーフは異なるが、一貫して桃山は芸能と日本人の起源を問おうと試みている。台本は当て書きであり、上演場所や仕掛けを意識しながら書き進められる。初日を迎えた後も飛び入り参加の出演者のために場面を増やすなど書き換えられていく。主な作品に『月と篝火と獣たち』(二〇〇五、福岡・小倉)、『NOMAD　恋する虜』(一〇、東京・駒込大観音)、『NADJA　夜と骰子とドグラマグラ』(一一、福岡)、『あらかじめ喪われた世界へ』(一三、東京・八幡太子堂神社)がある。また、年一回の本公演の他に年末年始に路上芝居ユニット・さすらい姉妹も展開している。これは団員の女優・千代次を中心に組まれたユニットで、山谷、寿町、新宿、渋谷、上野における路上生活者のための炊き出しの際に一時間弱の短編である。実在した伝説のストリッパー一条さゆりの物語『谷間の百合』(演出・桃山、〇五年初演)は一条所縁の地である大阪・釜ヶ崎でも上演され、何度も再演された代表作である。編著に『水族館劇場のほうへ』(羽鳥書店)がある。

❖**『NADJA　夜と骰子とドグラマグラ』**《なじゃよるとだいすとどぐらまぐら》　二〇一一年、福岡・博多埠頭の駐車場に蜃気楼劇場「海の砦」を建て上演。本作は一一年から一二年にかけて発表された「ロストノスタルジア」三部作(作・演出桃山)を再構成したものである。中世から現代に至るまでの日本において、社会の周縁に追いやられた人々の姿を芸能の観点から描いた大作。劇の主な舞台は筑豊・炭鉱街の路地、浜川崎・京浜重工業地帯、瘋狂院という三か所で、時代設定は異なる。それぞれのセットが三基の回転舞台に設えられ、夢野久作の『ドグラ・マグラ』を思わせる、妄想に取り憑かれた患者や、中世の芸能の守護神とされた宿神、原発ジプシーなど総勢三十名近い登場人物が同時多発的に物語を展開する。劇が進むにつれて個々の物語は次元を超えてゆるやかに繋がっていく。ラストシーンでは屋台崩しの後、海から一艘の船が引き上げられるという大仕掛けが用意された。『水族館劇場のほうへ』所収。

(梅山いつき)

森鷗外《もりおうがい》　一八六二〈文久二年〉・一～一九二二〈大正十一〉・七。作家・医師。津和野に生まれ、一八七二年父に従って上京。八一年東京帝国大学医学部を卒業し陸軍軍医となった。八八年ドイツ留学から帰国し、文筆活動に入って九〇年に発表した『舞姫』により一躍文壇的地位を確立するに至った。カルデロンの戯曲を訳した『音調高洋箏一曲《しらべはたかしぎたるらのひとふし》』はそれより早く、以後最晩年の『ペリカン』に至るまで五十編にわたる西欧戯曲を翻訳発表した。かたわら「マアテルリンクの脚本」(一九〇二)をはじめとする作家の紹介も多い。「演劇改良論者の偏見に驚く」(八九)で唱えた戯曲中心主義に背かぬ成果である。創作戯曲の発表は小倉左遷の雌伏期を経た後、弟三木竹二の「歌舞伎」に助力した『玉篋両浦嶼』(〇二)が最初である。一九〇七年陸軍軍医総監となり木下杢太郎のいわゆる〈豊熟の時代〉を迎えると、〇九年の「スバル」に三本の戯曲を載せ、自由劇場第一回試演にはイプセンの『ジョン・ガブリエル・ボルクマン』を提供するなど活動は活発化し、以後数年にわたって新劇の発展や、劇作に志す後進を導くべく尽力した。また〇二年以降海外劇作家の紹介や戯曲梗概の発表も多い。以下まず創作戯曲をひととおり見渡しておく。『玉篋両浦嶼《たまくしげふたりうらしま》』、〇二年十二月刊行。〇三年一月伊井蓉峰一座の伊井・児島文衛・福島清らにより市村座において初演。ついで『日蓮聖人辻説法』(「歌舞伎」一九〇四・3)が〇四年四月市川八百蔵、尾上梅幸、市村羽左衛門らにより歌舞伎座で初演。以降『プルムウラ』(「スバル」一九〇九・1)。『仮面』(後出)。『静』(後出)。『生田川』(「中央公論」一九一〇・4)、同年五月、自由劇場第二回公演として市川左團次・市川左升らにより有楽座で初演。『なのりそ』(「三田文学」一九一一・8〜9)。『女がた』(「三越」一九一三・10)。『曾我兄弟』(「新小説」一九一四・3)。なおその他に『建築師』『団子坂』『現代思想』『影と形』『ファスチェス』『さへづり』といった〈対話〉もある。

❖**『仮面《かめん》』** 一幕。一九〇九年四月「スバル」に発表。同年六月、伊井蓉峰・村田正雄・木村操・延太郎他により初演。鷗外初の現代劇である。六月六日の日記に〈新富座に往きて伊井一座の仮面を演ずるを見る。大向の見物騒擾す〉とあるのは有名だが、冬の出来事を夏に上演する無理もあった(参考・春波生「『仮面』立見の記」「演芸画報」一九〇九・7)。学生山口栞は杉村博士の診療室を訪れ、喀痰検査の結果を慢性気管支炎と告げられて安堵する。偶然そこに瀕死の植木屋が運び込まれた騒ぎのために博士の私室で待機するうち結核の事実を記した手帳を眼にする。その栞が杉村の説得で絶望から立ち直る経緯にかかわるドラマである。鷗外のニーチェへの関心が興味とされてきた作だが、病名告知の問題も含めて現代にも通じるテーマが見出せる。結核患者と社会の関係をめぐり、運命の鍵を自ら掌握しつつ生きたいという意思を公衆道徳を超えて尊重すべきだとするメッセージが、顕微鏡に象徴される科学への信頼や寒さの話題によるトポロジカルな空間のイメージ、植木屋の若妻の見事な自己抑制などさまざまな要素を緻密に組み合せる方法を通じてドラマ化されている。

❖**『静《しずか》』** 一幕二場。一九〇九年十一月「スバル」に発表。二一年守田勘彌・藤間房子・初瀬浪子らの文芸座により帝国劇場で初演。現代語による史劇の最初の試みである。『吾妻鏡』に取材し、頼朝の命を受けた安達新三郎清恒が静の生んだ赤子を由比ガ浜で殺害する第一場と、やがて鎌倉を去ろうとする日の静と足立の対話を焦点とする第二場から成る一幕劇である。メーテルリンク流の象徴劇に類別される作品で、前後の場それぞれに舞台上の人の眼に映らない〈怪しき漁師〉〈怪しき乙女〉という超越的人物が登場する点に特徴がある。義経に別れ、さらに我が子を殺されながら出家もせずおめおめ生きていると自嘲する静に安達は〈喜怒哀楽の火の中を、大股に歩いて行く人もあって好い筈です。(略)あなたなんぞが尼になつたり、自害をしたりしないのは、実に頼もしいと云ふものです。〉と語りかける。静が〈(寂しき微笑)まあ大変です事ね。それではあなたは、わたしの心の中の事を、わたしより好くご存知じなのね。〉と応じた後、「よしの山峯の白雪踏み分けて入りにし人の跡そ恋しき」の歌がながれ、それに怪しき少女の〈まだ足跡が消えませんのね。消えないうちは踏んで入るらつしゃい。（間）足跡はいつか消えますのね。〉という〈透き徹る如く朗らかなる声〉が重なるエピローグは新鮮でユニークな史劇の誕生を告げている。

（林廣親）

森治美《もりはるみ》 一九四七〈昭和二十二〉・十二～。劇作家。奈良県生まれ。市邨学園短大卒業。文学座演出部研究生を経てフリー。戯曲『じ・て・ん・しゃ』で八〇年度文化庁舞台芸術創作奨励特別賞を受賞、青年座初演。以後舞台・ラジオ・テレビの脚本執筆活動を展開し、日本脚本家連盟理事も務める。名鉄ホールの東宝現代劇に『やりくりへそくり一豊の妻』『われ鍋にとじ蓋』を執筆。著書に『じ・て・ん・しゃ／暦のなかの電話』（レクラム舎刊）ほか。

（石澤秀二）

森ほのほ《もりほのほ》 一八八五〈明治十八〉・十～一九四五〈昭和二十〉・四。劇作家。「歌舞伎」や「新演芸」の劇評から劇界に関わり、一九一八年桔梗書房を開いて雑誌「舞台」を創刊、またこの年『風流東人形』が「新演芸」募集脚本に入選した。関東大震災後は京都に移り「演芸画報」の劇評を担当した。『月見座頭』『混血児無頼』『鶯の井』『蚊舞』『皇国の春』などの戯曲がある。

（林廣親）

森禮子《もりれいこ》 一九二八〈昭和三〉・七～。小説家・劇作家。福岡県生まれ。福岡県立福岡高等女学校卒業。クリスチャンへの信仰が篤く、遠藤周作、遠山一行とともに「日本キリスト教芸術センター」を設立した。自らの信仰に対する想いが作品の随所に現われており、一九八〇年には姉が住むアメリカを訪ねた折のことをまとめた『モッキングバードのいる町』で第八十二回芥川賞を受賞。六〇年代半ばから戯曲への関心を示し、劇団世代のために戯曲を書き始めたほか、ラジオやテレビの脚本も手掛けている。主な戯曲作品に『罠のなか』（一九六五年四月、劇団世代により千代田公会堂ホールにて初演）、『海辺の伝説』（同）、『通りゃんせ』（六六年四月、劇団世代により砂防会館ホールにて初演）、『われらの葡萄園』（六九年十二月、同）などの作品がある。他にテレビ、ラジオの作品もあるが、体調を崩して以降は小説やキリスト教を題材にした紀行文などの作品に専念。

❖**『海辺の伝説』**《うみべのでんせつ》 一幕。海辺の近くにある「異人館」と呼ばれる豪壮ながらも古びた家の中が舞台。時代は一九六五年あたり。未亡人の主人公とその家族を中心にした一日の出来事を描いている。長男が大実業家の娘を客に招き、ゆくゆくは縁組をするというので、朝からその準備に追われている。しかし、零落した家には現金はほとんどなく、水道も電気も止められるような有様である。鷹揚せまらざる未亡人は、そんなことには一向に頓着せずに、トランプ占いに凝って現実逃避をしている。家の中に、この家の亡くなった主人が遺した手文庫があり、その中には相当の財産が遺されていると家族は考えているが、その鍵は長女が管理をしていて絶対に中を開けない。長男は結局来るはずの令嬢に待ちぼうけを食わされ、手文庫を開けてはみたものの、中から出て来たのは明治時代の小切手や貯金通帳など、今となっては価値のないものだった。夢と想い出の中に生きる未亡人と、それぞれの思惑を持った家族たち

の姿を描いたこの作品は、チェーホフの『櫻の園』を想起させる作品である。（中村義裕）

森井睦《もりいむつみ》　一九三九〈昭和十四〉・二〜。劇作家・演出家。大阪生まれ。関西大学法学部卒業後、六三年に劇団ぶどうの会に入団。俳優として活躍する。同劇団解散後六四年の演劇集団変身の創立に参加、七一年に劇団三十人会に移籍、八一年にピープルシアターを結成してリーダー的な存在になり、俳優のほか劇作や演出を担当して現在に至る。戯曲集『鳥は飛んでいるか』（カモミール社）のほか『聖なる路地』（二〇〇七）など。（大笹吉雄）

森泉博行《もりいずみひろゆき》　一九四五〈昭和二十〉・六〜。劇作家・演出家。東京都生まれ。上智大学外国語学部卒業。一九七五年『世は無情―浮世名残りの夏の夜ばなし―』を自らの演出で劇団雲により三百人劇場にて上演。七六年『三匹の猿の話』、七七年『三島の桜が散って木更津の道化師が殺された』を自らの演出で演劇集団円により新橋・円稽古場にて上演。八五年『きらめきの時は流れ　あやめの闇に惑う風たちは散った』（『悲劇喜劇』一九八四・7）が第二十九回岸田國士戯曲賞最終候補。九〇年『アップルパイは殺しのサイン』を新宿・シアターモリエール、九三年『もう一度、わかれうた』を新宿・シアターサンモールにて自らの演出で翔舞により上演。（中村義裕）

森崎博之《もりさきひろゆき》　一九七一〈昭和四十六〉・十一〜。劇作家・演出家・タレント。演劇ユニット「チームナックス」主宰。北海学園大学法学部法律学科卒業。一九九六年、北海学園大学演劇研究会で出会った安田顕、戸次重幸、大泉洋、音尾琢真と五人で劇団結成。リーダーとして旗揚げ公演以来ほとんどの作・演出を手がけ、HTBのテレビ番組『水曜どうでしょう』にて人気を集める。代表作に『CHAIR　立ち続けることは苦しいから』『DOOR　在り続けるためのプロセス』『LETTER　変わり続けるベクトルの障壁』『LOOSER　失い続けてしまうアルバム』『COMPOSER　響き続ける旋律の調べ』『HONOR　守り続けた痛みと共に』などの「Rシリーズ」が続く。（望月旬々）

森尻純夫《もりじりすみお》　一九四一〈昭和十六〉〜。劇作家・演出家。東京都生まれ。早稲田大学第二文学部仏文科中退。インドや韓国の民俗芸能を紹介するかたわら、一九七六〜二〇〇九年まで館長をつとめた早稲田銅鑼魔館《どらまかん》にて自らの作・演出で公演。七六年『歌謡大全・新編梁塵秘抄』、七七年『欅の森の隠れ馬』、七八年『秋、少年と少女と学士たち』、七九年『愛の革命記念日』、八〇年『聞き風土記、この国のどこかで』、八二年『蟻婆と四十人の討論者』をいずれも主宰する劇団流星舎により上演。八四年の『敷布を捲って虹色世界』は、加納幸和との共同脚本により、自らの演出で上演。（中村義裕）

森田信義《もりたのぶよし》　一八九七〈明治三十〉・十二〜一九五一〈昭和二十六〉・七。映画プロデューサー・脚本家・劇作家。兵庫県神戸市生まれ。慶應義塾大学文学部在学中より岡本綺堂に入門。大学中退後、大阪松竹文芸部の嘱託となり劇作を担当。一九二五年、新国劇が演伎座で戯曲『織田信長』を初演。宝塚国民座、新興キネマ、J・Oなどを経て、三六年に東宝入社。のちに映画製作最高責任者となる。戦後は東宝芸術協会理事長、撮影所長などを歴任。戯曲に『雨の夜』『夜の四場』（『ふたば集』、聚英閣）など。

［参考］岡本経一「日記登場人物名簿」（『岡本綺堂日記』、青蛙房）　（大橋裕美）

森永武治《もりながたけじ》　一九〇七〈明治四十〉～一九八五〈昭和六十〉・四。劇作家。戦後は遠藤慎吾、尾崎宏次ら主宰の「現代劇」同人。一九五〇～六〇年代前期に多作。『転勤報告』『喜劇・嫉妬』。松竹新喜劇に『失恋の女神』、宝塚新芸座に『豚児誕生す』『東京暮色』『天女喪失』など。六〇年五月新派で上演された『転勤報告』は、四国に転勤する銀行員の人柄を信じ切っている妻が、同行しないというので夫は不満を感じ、別の女性の誘惑に負けそうになるが、結局は思いとどまるという設定。伊志井寛・市川翠扇の好演で好評だった。芸術選奨選考委員も務める。映画、ラジオ、テレビ脚本でも活躍。（神山彰）

森本薫《もりもとかおる》　一九一二〈明治四十五〉・六～一九四六〈昭和二十一〉・十。劇作家。大阪市生まれ。一九二五年に大阪府立北野中学校に入学、在学中から京都の新劇団エラン・ヴィタールの舞台を観劇、新劇に親しんだ。三〇年に中学を卒業、第三高等学校分科甲類に入学し、同級生の田宮虎彦らとクラス担任の山本修二の指導を受けた。ヨーロッパの近代戯曲、ことにノエル・カワードやサマセット・モームらのそれに惹かれた。二十歳の三二年、三高の文芸雑誌に初戯曲『ダムにて』を発表。翌年三高を卒業し、京都大学文学部英文科に入学したものの、胸部疾患のために一年間の療養生活を強いられた。その間、東京大学に進学した田宮らと同人雑誌「部屋」を創刊。三四年に戯曲『湯の宿にて』、『一家風』などを「部屋」に発表。これらを読んだ小山祐士と田中千禾夫が、所属する同人雑誌「劇作」への執筆を依頼し、十一月同誌に『みごとな女』を発表した。「劇作」は岸田國士を師と仰ぐ若い劇作家志望者が三二年に創刊していたが、『みごとな女』を岩田豊雄が激賞したことから、新進劇作家として認められ、同時に「劇作」の同人になった。三五年の二月に築地座が前年に発表した『わが家』を岩田豊雄演出で上演、代表作の一つになる『華々しき一族』もこの年に発表された。エラン・ヴィタールが試演会に『わが家』を上演した十一月ころから、同劇団に客員として参加した。三六年は『かくて新年は』『衣裳』などを発表したが、『華々しき一族』を含むこれらの戯曲の多くの初演は、戦後になる。前期と後期に分けられる森本戯曲のこれがひとつの大きな特色で、ある意味で前期のそれらは時代より数歩前を歩いていて、読む人に生活実感を覚えさせにくかったと言える。築地座の俳優友田恭助に頼まれて初のラジオドラマ『薔薇』を書き、九月にＮＨＫの前身のひとつ、ＪＯＡＫから放送されたのもこの年だった。三七年京大を卒業。三八年にエラン・ヴィタールの女優吉川和歌子と結婚して上京、前年創立された岩田豊雄の関係する文学座第一回試演で、辻久一の演出で『みごとな女』が上演された。シナリオ『花ちりぬ』を東宝で映画化。三九年、ソーントン・ワイルダー作『わが町』を翻訳して「劇作」に発表。四〇年十二月に岩田に勧められて文学座に入座、入座に際して「新劇の岡本綺堂になる」と岩田に語った。文学座の座付き作者になったこれ以後を後期とみなすが、前述のように作風が一変、いい意味の通俗性と物語性が強くなった。四一年に庄司聰一原作『陳夫人』を田中澄江と共同脚色、久保田万太郎の演出で文学座が上演した。戯曲集『わが家』を六月に墨水社から刊行。七月に長岡輝子の演出で文学座が『わが町』を本邦初演した。このころラジオドラマを多く書き、放送される。四二年に岩下俊作原作『富島松五郎伝』を脚色、里見弴《とん》の演出で文学座が上演した。シナリオ『誓いの港』を松竹が映画化。四三年に丹羽文雄原作『勤王届出』を脚色して岩田演出で文学座が上演。シナリオ『激流』を松竹が映画化した。四四年に北里柴三郎の評伝劇『怒濤』を久保田演出で文学座が上演。シナリオ『歓呼の町』を松竹が映画化した。四五年四月、米軍の空襲のさなか、東京・渋谷の映画館で杉村春子のために書いた『女の一生』を久保田演出で文学座が上演した。五月に京都に疎開、六月に結核が再発した。四六年十月に三十四歳で死去。病床で『女の一生』のプロローグとエピローグを改定、十一月に文学座が京都で森本薫追悼公演として上演した時から改定版が定本になり、杉村春子はそのヒロインを九四七回演じた。

［**参考**］『森本薫戯曲全集』全一巻（牧羊社）、大笹吉雄『女優　杉村春子』（集英社）、「シアターアーツ『女の一生』特集号」（晩成書房・一九九六）、戌井市郎監修『新国立劇場上演資料集・森本薫の世界』（新国立劇場運営財団）

❖**『わが家』**《わがや》　一幕。時は一九三〇年代。所は行道の家の客間。行道の娘の邦子はかつて好きな男と駆け落ちし、実家とは疎遠になっている。が、夫が事業に失敗したため、実家の向かいに引っ越して来た。同時に実家に出入りするようになる。妻をなくした行道は息子と雇い人の由紀を結婚させ、二人の間には喜美子という娘がいる。が、嫁も孫も気に入らない。実家から遠ざかっていた間に家の雰囲気はすっかり変わり、陰気になったと邦子は感じている。だから邦子はだれかれ構わず説教し、そのためにみんながいらついている。由紀は最近しばしば娘宛に男名前の手紙が届くのを心配している。邦子は行道から失敗した事業の穴埋めの金をせしめるための、タイミングを図っている。同じ屋根の下に暮らしながら心のつながりを感じられない家族の様子を、即物的に描き出す。男一人、女三人。

❖**『みごとな女』**《みごとなおんな》　一幕。時は一九三〇年代。所はピアノのあるあさ子の部屋。真紀とあさ子母子の家。真紀は薬局を営んでいる。理系に能力を発揮するあさ子は家業を考えて薬学を修め、薬剤師の資格を持っている。あさ子は花嫁修業にはあまり興味がなく、暇を見ては衣裳人形の衣裳を作るのに精を出している。親戚付き合いの須藤の息子収があさ子と一緒にピアノを習っていて、始終この家に出入りしている。一歳年下の収は大学の文学部で学んでいて、あさ子とはよく気が合う。真紀はあさ子の結婚相手を探していて、あさ子が友達の家に招待された時に、その兄で医者の上野弘と顔を合わせるように仕組んでいた。いつものように収が遊びに来ている時に、弘が訪ねて来る。母子が席を立った後、二人はあさ子のことを語り合う。一目惚れの弘はみんなが持っていないものを持っているあさ子と結婚するつもりだと言い、収もまたあさ子のことが好きなのを察して、牽制する。収は弘の率直な人柄に接してあさ子を諦める。席に戻ったあさ子は、自分に好意を持っていることを十分承知の二人の男の前で、請われるままにあまり巧くもないピアノを弾く。男二人、女三人。

❖**『華々しき一族』**《はなばなしきいちぞく》　三幕。時は一九三五年ころ。所は風致保存地区に指定されている川に臨んだコテージ風の鉄風・諏訪夫妻の住まいの一部。映画監督の鉄風は先妻との間の昌允《まさたね》と未納《みな》を、舞踊家の諏訪は未仔《みよ》を連れ子に再婚し、鉄風の弟子で一人立ちしようとしている須貝を同居させている。親同士の再婚の前から昌允は未仔が好きで、結婚したいと思っていた。テニス仲間である須貝に未納は好意を寄せているが、須貝の前でふと須貝は未仔が好きで、未仔も須貝が好きなのだと口にする。未納が須貝を好きだと知っている昌允は、結婚相手にどちらかを選ぶなら、未納にしてくれと須貝に頼む。鉄風と連れ立って帰宅した諏訪は、未納から須貝の気持ちを確かめてほしいと頼まれていて、区切りをつけるために今日須貝に聞くつもりだと鉄風に言う。鉄風は諏訪に任せる。諏訪は須貝に話を切り出すが、須貝は結婚する気はないと言い逃れする。しつこく理由を聞く諏訪に、そのつもりがないのは諏訪のせい、あなたがいるからだと須貝が言う。諏訪は耳を疑う。取り乱す諏訪を尻目に、須貝は撮影所へ向かう。鉄風が話の様子を諏訪に聞くが、諏訪は言葉をにごす。鉄風がこの際だから好きな人がいるならと未仔を促し、未仔は昌允が好きだと答える。須貝のことを諏訪に頼んだ未納は、未仔とでは勝ち目がないからこのレースから下りると言う。そこへ川で泳いでいた昌允が帰り、出会った須貝から未仔と結婚したいと聞かされたと語る。話の筋道がわからなくなり、諏訪は須貝に家から出て行ってもらおうと切り出す。が、唐突な提案にだれもが首を縦に振らないのを見て、諏訪は須貝に愛を告白されたと告げる。みんなは呆然とする。それぞれの部屋に引き上げ昌允一人が残っていると、大きなトランクを持った須貝が現われる。家を出るのだと知らされた昌允は、少し話をしようと引き留める。仕事をどうするのかと聞かれた須貝は処置を先生に任せると言い、諏訪をはじめみなさんには手紙を書き残したと言う。家に残ったらとの昌允の勧めを断り、須貝は去る。まるで台風一過、静まりかえった部屋に諏訪や未仔や未納が姿を見せる。須貝がいなくなったことを知った諏訪はそれでよかったと思いつつも心のどこかに穴が空いたように感じ、二人の娘も空白感に襲われる。暮れなずむ中、三人は思わず涙ぐむ。男三人、女三人。戌井市郎演出による文学座の初演は一九五〇年。

❖**『かくて新年は』**《かくてしんねんは》三幕。時は一九三〇年代。所は東京の革島庫純《くらすみ》の家の一室。庫純の経営する革島N型国産自動販売器製造所を株式会社に改組することになり、大阪営業部の責任者の鳴川が、株を精力的に募集していると報告に来る。鳴川の話では、東京よりも大阪の方が株の集まりがいい。庫純の妻の紫麻は夫の依頼で鳴川を接待する役を引き受けていたが、いつしか二人は愛し合うようになり、鳴川は紫麻と結婚するつもりでいる。紫麻の妹の十糸子は庫純の親戚の長宗皎《あきら》と見合い結婚している。皎は才能を買われてスカウトされたが、最近は働きぶりに問題がある。事業は順調で製作所も手狭になり、年が改まれば新しいスタートだと庫純は張り切っている。が、会社の重役陣からは、鳴川には注意しろとの進言を受けている。そこで東京側が頑張って大阪側の株を減らす話をまとめたところ、鳴川が乗り込んで来て約束が違うとの抗議めいた不満を口にする。会社の景気がいいのを見て、職工たちが待遇改善の要求を会社に突き付ける動きもある。会社のことに無関心でいた紫麻は、俄然興味をかき立てられる。折から皎と十糸子がやって来て、皎がクビになったと騒ぎ立てる。重役会の決定だと庫純は開き直る。が、意のままになる重役会を組織した上での株の割り当てや鮫の処置などに接すると、鳴川は庫純に道具として使われているような気がしはじめる。それでも会社にいるのは紫麻のことがあるからだと、鳴川は鮫になじられる。そのやりとりを耳にしながら、庫純は紫麻は自分の妻だとうそぶく。紫麻はぞっとする。庫純が忘年会で留守の夜、鮫と十糸子が来て新しい仕事を得て大阪へ行くと紫麻に告げる。そこへ重役たちも来て、争議の起きている会社の株など持てないと、契約破棄がつづいていると紫麻に言う。帰宅した庫純が今度のことは鳴川一派が仕掛けたのだと重役たちと話をしている。沈みかけた船に乗っているのだから、一緒に沈むほかないと庫純は言う。裸一貫に戻るのも一興だとも口にする。庫純の言葉に、あなたを見ているのが面白くなったと紫麻が答える。駅へ向かうと奥から姿を見せた鮫たちに紫麻は鳴川のところへ行くのだろうと声をかけ、買っていた大阪行きの切符を渡す。男五人、女四人。

❖**『富島松五郎伝』**《とみしままつごろうでん》 五幕六場。時は一九〇四年から一九年まで。所は現在の北九州市の小倉。日露の間で戦端が開かれるかもしれないという情勢で、町ではその噂が飛び交っている。所払いになっていた車引きの通称「無法松」の松五郎が久しぶりに町に帰って来る途中、乗せた客と喧嘩して打ち倒され、大怪我を負って定宿の宇和島屋に姿を見せる。店前に車をほおっておいてはいけないと注意しに来た警官が、松五郎の喧嘩の相手は尾形重蔵という剣術の先生だと教える。そこへ幼い敏雄を連れた吉岡良子が、子供が靴ずれで歩けないので車を頼むと入って来る。同情した松五郎はその体では無理だとの声を無視して、車を曳く。その年の五月の吉岡家の座敷。すでに戦争が始まっている。吉岡から出征に際して携帯する刀の鑑定を頼まれて来訪した尾形が、良子と話をしている。帰宅した吉岡に尾形は立派な刀だと告げる。吉岡は良子に近く出征するだろうと言い、良子は前祝いだと酒を用意する。敏雄はどうしたと聞く吉岡に、良子は松五郎が縁日に連れ出したと答える。あの日以来、松五郎は吉岡家に出入りし、吉岡も松五郎とウマがよく合う。松五郎と聞いて尾形も思い当たる。そこへ敏雄の手を引いた松五郎が現われる。吉岡が尾形と松五郎を引き合わせ、不思議な縁に驚きながら三人は酒を酌み交わす。尾形が席を立った後、戦場ではどうなるかわからないから敏雄のみならず、良子のことも頼むと吉岡が松五郎に言う。松五郎も帰った後、寒気がすると吉岡は良子に訴える。〇七年七月のある夜の祇園社の境内。肺炎であっけなく吉岡が没した後、すずがしきりに姉良子の再婚を勧めている。祇園祭の宵宮とあって太鼓の音が町中に響き渡っているが、だれもが昔の音を懐かしがっている。良子の再婚の話を耳にした松五郎は、父が若死にした後に再婚した母が嫁ぎ先に遠慮して自分を邪険にし、それが原因で家出したことがあるだけでなく、女を信用できなくなったと告白する。良子は再婚話を拒む決心をする。太鼓の音がもうひとつだとの声を聞き、松五郎が飛び入りで太鼓を打つ。良子への思いをこめて松五郎は流れ打ち、勇み駒、暴れ打ちと打ち分け、昔通りの音に人々は驚く。一九年二月の節分の日の吉岡の座敷。良子は裁縫で身を立て、敏雄は大学生になっている。酒を断った松五郎がいつものごとく豆撒きに来て、たったひとつ良子に悪いことをしたと言う。再婚を断るように仕向けたのだ。

そうしたのは良子にここにいてほしかったからだと告白し、思わず良子の手を取る。それから二か月後。酒を浴びるように呑みはじめた松五郎は体も弱り、吉岡家に行かなくなっている。昔の仲間と談笑するうち松五郎は倒れ、良子や尾形らが呼び集められる。尾形は松五郎に託されたと貯金通帳を良子に渡す。良子と敏雄名義の二通の通帳には、だれもが驚く多額の預金があった。奥の間で松五郎が息を引き取る。男七人、女四人。その他大勢。

❖**『女の一生』**《おんなのいっしょう》 五幕七場。時は一九〇五年から四五年まで。所は堤家の座敷。戦後の焼け跡でけいが栄二と再会するプロローグとエピローグに挟まれた回想の形式で物語が進む。〇五年の正月。日露戦争の旅順陥落で町中が沸き立っている日の夜、養家の虐待に耐え兼ねた戦争孤児の布引けいが、中国貿易で財を築いた堤家にまぎれ込む。堤家は当主の未亡人しずの誕生日の祝いで賑わっている。やがてけいは見つけられ、しずの長男の伸太郎や次男の栄二、しずの弟の章介らから事情を聞かれ、身の上を話す。誕生日が同じだとわかって同情したしずの配慮で、けいは堤家で働くことになる。〇九年春。けいは栄二に好意を寄せ、栄二もけいが好きだ。が、けいの働きぶりを見てきたしずは、商人に向かない伸太郎を内から支えさせようと、けいに伸太郎との結婚を承知させる。これを機に栄二は行方をくらませる。二九年の夏。しずの没後、けいは事業の先頭に立ち、いっぱしの中国通にもなっている。が、〈中国問題は金だ〉と断言してはばからないようなけいにうとましさを覚えた伸太郎は、知栄という娘までありながらけいと別居する。昭和の初期、中国から栄二が帰国する。が、自分のことは話したがらない。ある日刑事が来訪し、共産党員だと知らされたけいは栄二が在宅だと答える。連行されて行く栄二を見て、なぜ突き出すようなことをしたのかと知栄はけいを責め、家を出て行く。けいが自分を殺して堤家のために生きてきたことを承知している章介は、思わずけいの肩に手をかける。四二年正月。栄二の中国人の妻の死を知ったけいは、遺児を引き取ることにする。久しぶりに伸太郎が来て、二人に無断で結婚した知栄の夫が入隊するので、知栄とその子の面倒をけいに見てほしいと頼む。快諾したけいは伸太郎にも帰ってくれと言う。考えておくと言った直後に伸太郎は倒れ、けいに手を取られながら死ぬ。男七人、女六人。そもそもは情報局の斡旋・日本文学報国会からの依頼で「大東亜共栄圏」建設のための「国策劇」として書かれた。が、内容的には当時交戦中の、政府の対中国政策を批判する観点を持っていて、そのために戦後にも再演を繰り返す普遍性を持ち得た。厳しい検閲下にありながら、よくもここまで書いたと思わせるせりふを、主として伸太郎の口を借りて言わせている。 （大笹吉雄）

諸井條次《もろいじょうじ》 一九一一〈明治四十四〉・七〜一九九四〈平成六〉・十。劇作家。東京本郷出身。戦後、山口県萩市で「山口演劇研究所」〈劇団はぐるま座〉を設立。日本共産党県委員会文化部長〈後に離党〉。細菌製造の科学者を描き村山知義が演出した『冬の旅』など、一九五〇－六〇年代に「リアリズム演劇」として東京芸術座などで上演。『諸井條次一幕劇集』〈劇生活社〉『鞍工兵 諸井條次戯曲選集』〈晩成書房〉などがある。 （神山彰）

八木柊一郎《やぎしゅういちろう》　一九二八〈昭和三〉・十二〜二〇〇四〈平成十六〉・六。劇作家・演出家。神奈川県横浜市生まれ。本名八木伸一《しんいち》。保土ヶ谷区で書店を営む父と母の長男で、弟が三人。一九四一年、私立・浅野中学（旧制）に入学、師と仰いだ国文学者との出会いから文学を志す。同級に後の俳優・稲垣昭三がいる。最終年にコロムビア・レコード（当時「日蓄」と改称）川崎工場に勤労動員され、ベートーヴェンやドボルザークなど本物の音楽に触れる機会を得た。四五年春、旧制山形高校（理科）に入学。八月十五日、終戦の報に八木は「国が降伏しても自分が生きているという現実をうけいれることができず、その裂け目を埋めるために死んでしまうことを真剣に考えた」。この年の暮れ、東京・有楽座で新劇の合同公演『櫻の園』を観て感銘。四六年、全国大学高専機関誌の同人誌「世代」に短編小説『放心の手帖』を発表、中村稔、吉行淳之介ら同人との親交が始まる。四七年に旧制山形高校を中退、横浜に帰る。旧制中学の同級生・稲垣（麦の会から文学座）を介して、加藤道夫、芥川比呂志の演劇人に出会った。五〇年、横浜港・センターピア（新港埠頭）の在日米国陸軍第二港湾司令部のカーゴ・チェッキングセクションに就職、沖仲仕とともにハッチや岸壁で働く。五一年、処女戯曲『真木とノオト』を「文学51」に発表。五二年に肺結核の診断で第二港湾司令部を解雇された。戯曲『債権者会議』を「世代」に発表、加藤道夫が岸田國士に「新劇」にと推薦してくれたが、「文学的に過ぎ、舞台化にはなじまない」と却下された。その加藤が五三年に自裁、執筆中の『三人の盗賊』の第一読者を失う。八木は自叙伝的散文『センターピアの月』で〈加藤道夫は三十五歳だった。自殺ということにはおどろいたが、死んだということにはおどろかなかった。おれは二十五歳で、まだ…、そう思った。まだ、というのは、もういいのに、という、意味だった〉。五五年、戯曲がいよいよ舞台化された。まず、大阪の劇団、青猫座によって『この小児』、次いで文学座がアトリエで『三人の盗賊』を松浦竹夫演出で初演。後者は劇中劇という仕掛けを巧みに活かし、華やかな台詞を駆使、素顔と仮面が幾重にも反転する実にしゃれた芝居で、戦後の新しい劇作家の誕生と印象付けた。五六年、青年座が八木自身の演出で『この小児』を上演。八木はこう振り返る。〈『三人の盗賊』と『この小児』ふたつの舞台で私は初めて自分が書いた言葉によって俳優が現実を創造し、現実の観客たち人間たちがわらったり拍手したりする場に身を置いた。四五年八月十五日からつづいた現実喪失がほんとうに消えたのはこの時だったと、いまは感じる〉。八木には舞台劇のほか、ラジオやテレビの放送劇執筆の注文が相次いだ。中でも六三年からオンエアされたＮＴＶ系『男嫌い』は、高視聴率の人気番組となり、「かもね」が流行語となった。音楽に強いためミュージカル作品も手掛けており、六〇年の『泥の中のルビィ』は、大阪労音によるミュージカルで、宮城まり子が主演し、好評だった。翌年に『三人の盗賊』をミュージカル化した『泥棒と私』を梅田コマ劇場で上演、商業資本と労演の共同企画が画期的と話題を呼んだ。六〇年の安保闘争のなかで、八木は宮本研や福田善之らとシュプレヒコール劇を書いた。五〇年代に知り合った矢代静一のほか、宮本という友人を得て、戦後現代演劇の旗手たちの連帯が深まった。六二年、横浜港での労働体験を基にした『波止場乞食と六人の息子たち』(「新劇」一九六二・5)を青年座が、働く人々の矛盾を描いた『コンベヤーは止まらない』(「テアトロ」一九六二・8)を七曜会が、初演した。この二作品で第八回「新劇」岸田戯曲賞(現・岸田國士戯曲賞)を受けた。同時受賞者が『日本人民共和国』『メカニズム作戦』の宮本研である。劇団別の作品リストをみると、青年座への執筆が多い。青年座五十周年史には〈八木氏は終始フリーで、一時入団を懇請した時期もあったが、「文芸部員として名前をつらねることはたやすいが、一つの劇団に入り込む以上、全生活を劇団活動に向けなければ意味がない。私にはその勇気がない」との立場を守りぬかれた〉との記述がある。六四年、横浜市から藤沢市へ転居、さらに逗子市へと約四十年の〝湘南〟生活が始まる。一九七〇年代以降、家族劇の形で昭和史を見据えた作品を次々と発表した。七〇年に青年座で『空巣』。家庭と呼ばれるものの空洞性と、そのあがきを描いた黒い喜劇である。七七年に同劇団で『コンソメスープ昭和風――レビューの試み』。副題の通り、カジノ・フォーリーのレビューの華やかな歌と踊りの形式を取りながら、ある家族の祖父母、父、孫の三世代によって物語が進行する。それがそのまま昭和史のレビュー(再検討)になっていて、大いに話題を呼んだ舞台となった。二年後の『女たちの招魂祭』は、一転して六十九歳の老女が主人公で、踊り子、芸者、従軍慰安婦として戦争を体験した彼女と、息子夫婦、孫の若夫婦との出会いが複雑に時間を交錯して描かれた。八七年の『国境のある家』は、逗子市の池子地区に米軍が将校用の住宅を建てる決定をして、市長を含めた反対運動を背景に、三世代の家族のそれぞれがあぶり出されていく。八木は脚色の名手でもあった。原作に必ず彼自身の独創性を加味して、芝居としての膨らみを持たせた。三越劇場で文学座の戌井市郎と組み、漱石の『虞美人草』を皮切りに、鷗外の『雁』を脚色した『無縁坂の女』など佳品が並ぶ。このほか、小島信夫原作の『抱擁家族』(一九七二)、山本有三原作の『波』(八二)、連城三紀彦の『紅き唇』を脚色した文化座の『あかきくちびるあせぬまに』(八九)、ドストエフスキー原作の『カラマーゾフの兄弟』(九四)など硬軟両用の戯曲を書いた。八木は新しい演劇の動きにも敏感で、六八年に岸田戯曲賞の選考委員となるや、別役実(六八)、唐十郎(七〇)ら新鮮な才能を世に送り出した。その一方、新劇界の大御所の訃報に接し、八木は次の言葉を残している。〈『カラマーゾフの兄弟』で千田是也氏をみとり、杉村春子さんが死の床に置いていた台本が私の『柘榴の家』だったこと、このことは、日本の新劇と運命を共にせよという、私への啓示だったように思える〉。

【参考】『八木柊一郎戯曲集』全二巻(白水社)、八木啓太「八木柊一郎生活年譜」(八木柊一郎を送る会)、大笹吉雄『新日本現代演劇史』(中央公論新社)、『劇団青年座五十周年史』(青年座)

❖**『三人の盗賊』**《さんにんのとうぞく》 四幕、松浦竹夫演出。破産しかけた金持ちの山荘を舞台に、芝居ごっこをしていた三人姉妹と忍び込んだ三人の泥棒とが奇妙な関係を織り上げていく。劇中劇という仕掛けを活かし、華やかな台詞で素顔と仮面を反転させる。ゲームが終わった後、男たちは狡猾な泥棒に戻り、金目の物をさらって去ってしまう。山荘から外の世界へ脱出したいと願う三人姉妹の夢は消える。しゃれた大人のメルヘンだが、八木は焼け跡世代のニヒリズムも込めた。荒木道子、加藤治子、岸田今日子の姉妹が魅力的だった。

❖**『波止場乞食と六人の息子たち』**《はとばこじきとろくにんのむすこたち》 三幕。沖仲師だった主人公は、妻が海で死んだ後、六人の息子を育て上げ、今は波止場で乞食暮らしをしている。母親の命日に息子たちが乞食をやめるように揃ってやってきたものの、主人公は高価なカナリヤを育てながら年に二回空に放つ老人を引き合いに出し、〈自分のカナリヤを持って放せ〉と説く。この父の嘘を末っ子は見抜いていて、父が隠していた金を奪ってしまう。庶民の夢と現実とのずれを的確に描いたファンタジー風な喜劇である。

❖**『コンソメスープ昭和風』**《こんそめすーぷしょうわふう》 鈴木完一郎演出。副題に「レビューの試み」とある通り、若い男がレビュー隊のリーダーとなり、さまざまな音楽を演奏する。合間に、この男の父や祖父・祖母が登場し、太平洋戦争を巡る昭和史の再点検（レビュー）が時間を錯綜しながら展開していく。終戦の御前会議や玉音放送が描かれ、〈父〉は横浜の波止場で自殺を図るが失敗、少女と愛を交わす。レビュー隊のリーダーは〈父〉の代役となって、祖父母になぜ生き延びたのかと詰問する。にぎやかな舞台だが、敗戦前後の八木の想いが存分に詰まった舞台だ。

❖**『国境のある家』**《こっきょうのあるいえ》 初演は石澤秀二演出。背景に八木が住む逗子市で一九八六年から八七年に掛けて起きた旧「池子弾薬庫」跡地問題がある。政府が米軍住宅を建設する計画を明らかにしたことから、激しい反対運動が起きた。戯曲では、市民運動で選挙活動に取り組む妻と、無関心でオーディオにうるさい夫との葛藤が中心となる。夫婦は六〇年安保を共に闘った世代なのだが、今はアメリカに対する態度で確執がある。さらに、長女がアメリカ人と結婚すると言い出したけれど、彼は長男の同性愛のパートナーだった。同居する父母を含めて、三世代それぞれの日米関係が明らかになってくる。妻が言うように〈私たちは、線上に、国境線の真上にいるのかもしれないわ〉。八木の長年の想いが入った家族劇となった。第四十二回芸術祭賞と第二十二回紀伊國演劇賞個人賞を受賞。
（高橋豊）

八木隆一郎《やぎりゅういちろう》 一九〇六〈明治三十九〉・四〜一九六五〈昭和四十〉・五。劇作家。秋田県生まれ。函館商業学校卒業。青森県五所川原市での代用教員を経て、一九二三年に上京。水守亀之助の書生となり習作期間を過ごす。二九年に左翼劇場に文芸部員として参加するも、翌年運動のための地下活動に入り検挙される。その後は新築地劇団にて活動する。三六年、「婦人公論」に『わが母は聖母なりき』を発表。同年、アイヌを題材とした戯曲『熊の唄』を執筆して、井上正夫一座の手によって上演。これを契機に井上演劇道場の活動に加わり、北條秀司、初代水谷八重子などとの交遊が始まる。その後は新派や新国劇、中間演劇などの仕事が多くなる。三六年には、石井漠などとともに舞踊雑誌「舞踊日本」を創刊（石井漠とは以前に彼の舞踊団の巡業に同行した経験をもつ）。また、翌年、衣笠貞之助とキノドラマ『嗤ふ手紙』を共同執筆して、新築地劇団が上演する。その関係で衣笠の映画運動に参加。映画のシナリオも数多く手がけるようになる。日活映画のシナリオがとくに高い評価を得る。新国劇で上演した『沼津兵学校』は、映画化もされて自身でシナリオも書いた。三九年には、長塚節《ながつかたかし》作『土』のシナリオで文部大臣賞受賞。書生時代からの知り合いであった和田勝一作『海援隊』のシナリオで文部大臣賞受賞。当時の戯曲の代表作には、『焰の人』『海の星』

『赤道』(井上正夫一座)、『沼津兵学校』(新国劇)などがある。
　戦時期には『野の声』『希望峰』などを書き、移動演劇では『夢の鞄』などが上演される。また雑誌統合によって作られた演劇雑誌「国民演劇」の編集に当初編集長として参加するも、実質的な活動はしなかった。戦後の活動としては、代表的な戯曲に『湖の娘』『故郷の声』『幻の宿』などがある。また、ラジオドラマとして放送劇を積極的に書き、『流木』『落日』などで評価を得たが、放送の直前まで原稿を書くことで知られた。戦後の代表的な映画シナリオでは、新国劇の島田正吾と辰巳柳太郎が出演したマキノ雅弘監督『武蔵と小次郎』を共同執筆、成瀬巳喜男監督『石中先生行状記』、衣笠貞之助監督『大仏開眼』などがある。五〇年には、井上正夫の死によって、一時期、創作意欲を失うも、五三年頃から東をどりの台本を手がけ、『善四郎菊』『まぼろし鼓』『狐飛脚』など舞踊劇も多く書く。また、この頃、北九州、山陰、山陽、瀬戸内海の島々、四国など、さまざまな場所を放浪して、行き先々で作品を書く。五四年、この経験を背景にしたラジオ『たびびと』でＮＨＫ放送文化賞を受賞。その後は舞台の戯曲も創作より脚色が増える。およそ百本もの作品を残して、脳溢血により五十九歳で亡くなった。北條秀司とは一時期よきライバル関係であり、絶筆であり中途で途絶した初代水谷八重子への作品『風の鶏』は、北條の補筆をへて新橋演舞場で上演された。
　人情味溢れる人柄であり、原稿を書くといって書かず、さまざまに迷惑もかけたエピソードが残るが、どこか憎めない素朴な人柄で、酒と旅を愛した作家として知られた。青森県五所川原市には、八木の詩碑が建立されている。著書に『八木隆一郎ラジオ・ドラマ選集』(宝文館)、『八木隆一郎戯曲選集』(牧羊社)、戯曲集に『赤道』、『幻の宿』など。

❖**『熊の唄』**《くまのうた》　二幕三場。八木にとってはじめての大劇場(明治座)で上演する中間演劇用の戯曲として書かれる。函館を出航して北海の民族と交易をする船。そこに一人のアイヌの男が船に乗せてくれと申し出る。体を壊した娼婦も同船し、彼女に男は自身の置かれた並々ならぬ差別的な境遇を語る。だが病んだ娼婦は、心根は優しくとも思わずつらくあたる。傷ついた男は酒を飲み、酔いつぶれているすきに数年かけて貯めた砂金を価値のないルーブルに交換することに同意してしまう。函館に着いたとき、アイヌの男はそれに気づき涙を流し、女も責任を感じる。女は徐々に宿屋に泊まるものたちに心をひらき、アイヌの男が言うように風呂に入る前に医者にかかることにした。だが、その時に貯めたお金を間違えて暖炉で燃やしてしまったことがわかる。呆然とする女。男は自分を一瞬でも信じてくれた女のために、持っていた黒貂の毛皮を売ったお金を使うことにする。最後は、二人が北海道の山中の村で自然に囲まれながら、幸せに微笑むところで終わる。

❖**『赤道』**《せきどう》　四幕。「国民演劇」(一九四一)に初出。後に初めての戯曲集である『赤道』(天佑書房)に収録。日本の委任統治領である南方の島サイパン。就航している民間飛行機会社の飛行機乗りをめぐる物語。冒頭は飛行機乗りたちの会話からはじまる。今までいた気心の知れたサイパン支局長が更迭されて、代わって新しく赴任してきた元飛行機乗りの支局長がどのような人か、ということについて。彼は部下に対して厳しい勤務態度を求める。それまで搭乗してきた飛行機乗りに対しても一律に身体検査を行ない、不適格など厳しい処分を下す。また定刻通りの出発をするべく、台風が近づいているとしても飛行することを促す。かつて彼に指導された飛行機乗りと相まみえると、その姿勢の背景がうかぶ。教習中に飛行機が墜落して、彼は義足となり飛行機に乗ることができなくなった。だから、厳しく指導していることがわかる。その支局長の彼が東京の会議に呼ばれる。そこで、新しい南方空路の開拓を命じられる。各国がさまざまな路線を開拓するなか、国際競争に負けてはいられない国家の威信があった。しかし、赤道を飛び越えて新しい飛行ラインを作るこの計画は、台風発生圏が近いこともあり困難を伴う。挑戦する試験飛行の第一回目の飛行機乗りは、もうベテランであり、引退の花道を飾りたいと志願する。しかし、彼は赤道付近で消息をたった。家族の心配と懸命な捜索にもかかわらず、発見されることはなかった。沈痛な雰囲気が漂うなかで、それでも支局長は第二回目の決行を決意する。

❖**『湖の娘』**《みずうみのむすめ》 一幕。初出は、「日本演劇」第四巻第三号所収(一九四六)。後に表題作として『湖の娘』に収録(未來社)。冬になれば閉じ込められる湖のほとりの寒村。そこに一軒しかない温泉宿に泊まる男たちがいる。一つのグループは、戦後の復興期に紛れて儲けているものたち。彼らは博打を打つために来ている。一人で来ている男は偽名で泊まっている。彼は、そこに泊まり続けて冬を越すと主人に言う。宿には主人の友人の娘が住んでいる。早くに母を亡くし、父は彼女を残し山に籠もった。時折、娘に会いに下山して、彼女にさまざまな民話を話して亡くなった。娘は一冬をそこで過ごす男に喜び、さまざまな民話を話そうと決める。だが、突然その男を訪ねてくる男女がいる。女はかつて彼の妻であり、男は義弟であった。偽名で泊まる彼は、ニューギニア戦線で死んだとされた男だった。捕虜として捕まり、戦後になって帰国すると、妻はすでに再婚して家督は弟が相続していた。しかし、元妻は彼に会いたいと現在の夫の出張中に義弟と供に訪ねてきた。〈すいません〉と謝る彼女に対して、その必要はないと叱る男。いま幸せになっていることを喜び、男も明日、元妻とは違う道を使って町に戻る決心をする。最後のシーンでは男のことを気に入った娘が、男を一緒に町まで見送ると言う。男もどこまでも見送って、ずっとついてきてほしいと言う。戦争の爪痕が片田舎の家族共同体に何をもたらしたのか。戦後の日本の共同体の変化とそこで揺れ動く人情を、詩情豊かに対比的な構図をもって描く。

(高橋宏幸)

柳沼昭徳《やぎぬまあきのり》 一九七六〈昭和五十一〉・七〜。劇作家・演出家。京都府生まれ。烏丸ストロークロック主宰。近畿大学文芸学部芸術学科演劇・芸能専攻中退。高校演劇で『区切られた四角い直球』を上演、大学では鈴江俊郎の指導を受けて一九九九年に劇団を旗揚げし、京都を中心に活動開始。二〇一三年、短編集『仇野の露』(二〇一〇)を発展させて、架空の地方都市・大栄町で資本主義経済に翻弄される人々を描いた『国道、業火、背高泡立草』を発表(一四年の『神ノ谷オ二隧道』というスピンオフ短編も経て、一六年に再創作)。一六年、区役所の税務課にて働く男が原発や原爆をめぐる「デモ」に参加してゆく『新・内山』(一五)で第六十回岸田國士戯曲賞最終候補。代表作に『福音書』『秘密の朝、焼べる二人』『八月、鳩は還るか』。

(望月旬々)

矢島弘一《やじまこういち》　一九七五〈昭和五十〉・八〜。劇作家・演出家・俳優。劇団東京マハロ主宰。東京都出身。明治大学付属中野高等学校卒業。二〇〇六年に東京マハロを旗揚げ。代表作に『エリカな人々』『女子穴』『たぶん世界を救えない』『そして友は二度死んだ』など。（望月旬々）

矢代静一《やしろせいいち》　一九二七〈昭和二〉・四〜一九九八〈平成十〉・一。劇作家・小説家・演出家。東京都中央区生まれ。銀座の商家ヨシノヤ靴店の長男として誕生。一九四四年に俳優座の研究生になり、戦時下、俳優座移動演劇団、芙蓉隊に参加。四七年に早稲田大学仏文科に入学しジロドゥやアヌイに親しむ。芥川比呂志の勧誘で四九年に文学座文芸部に移籍し、岸田國士、岩田豊雄に師事。卒業後、『働蜂』（初出「近代文学」一九五〇・3－4合併号）で本格的に活動を開始する。『城館《しろ》』（「新劇」一九五四・4）、続編の『雅歌《うた》』（「三田文学」一九五四・10）で、敗戦によって価値観の崩壊を経験しニヒリズムに陥った青年の彷徨を観念的な筆致で描き、戦後世代を代表する劇作家となる。続く『黄色と桃色の夕方』（「新劇」一九五九・10）、『地図のない旅』（「新劇」一九六一・1）、『黒の悲劇』（「新劇」一九六二・9）ではそれまでの高踏的なスタイルを捨てて社会の現実に正面から向かい合い、戦後日本の社会と人間を追求した。その他、民話、講談、歌舞伎から材を取った喜劇『絵姿女房』（「新劇」一九五五・4）、『象と簪《かんざし》』（「新劇」一九五六・6）、『国性爺』（「新劇」一九五八・5）、紀元前一世紀頃の「ケルト帝国」を舞台にした悲劇『壁画』（「群像」一九五五・3、新劇戯曲賞〔現・岸田國士戯曲賞〕佳作）など、現代を舞台にしない作品も多数ある。さらに宝塚歌劇団のミュージカル、放送劇、新作文楽の創作、アニメーション映画の構成など活動は多方面に展開した。三島由紀夫『喜びの琴』の上演中止で六三年に文学座を退団し、ＮＬＴの結成に参加するが六七年に退団。『宮城野』（「悲劇喜劇」一九六六・12）を経て、『夜明けに消えた』（「新劇」一九六八・9）でキリスト教に真正面に向かい合い、翌年に受洗した。「浮世絵師三部作」の『写楽考』（「文藝」一九七一・11）、『北斎漫画』（「文藝」一九七三・3）、『淫乱斎英泉』（「文藝」一九七五・3）では、芸術家の創作への情熱、自意識との戦い、魔性の女や聖性の女への憧憬を描出し、第二十八回芸術選奨文部大臣賞を受賞。九〇年に紫綬褒章、九七年に勲四等旭日小授章を受章。作品選集は『矢代静一戯曲集・第一巻、第二巻』（白水社）、『矢代静一名作集』（白水社）、『夜明けに消えた　矢代静一戯曲集』（早川書房）など。なお夫人は元女優の山本和子。長女・矢代朝子、次女・毬谷友子も女優である。毬谷は矢代の『弥々』（「すばる」一九九二・10）で第二十七回紀伊國屋演劇賞個人賞を受賞している。

❖**『城館』**《ろし》　一幕。一九五四年一月、文学座アトリエで矢代の演出によって初演。新劇女優水島美子が終演後、舞台装置の城館でギリシア悲劇を稽古している。そこに初老の実業家佐山昌三が訪れる。彼の若い妻恵子は愛人のフランソワ荒井が美子とも付き合っていることを知り、拳銃を持って家出したのである。そこに恵子とフランソワも現われる。佐山夫婦の会話から、事業に失敗した佐山が恵子の資産家の父親の通夜に、強引に恵子と関係を結び結婚に至ったという経緯が明かされる。恵子は夫に、不貞を犯した自分か不倫相手のフランソワのいずれかを殺すか、佐山が自殺するかを選ぶように迫る。劇中、拳銃は四人の間を一巡して恵子に戻り、彼女のピストル自殺で幕となる。矢代は、佐山は俗性、恵子は無垢、フランソワは虚無、美子は理性をあらわしていると説明しているが、柱が数本外された城館での恵子の自殺は、精神的支柱を失った戦後社会における無垢な魂の自滅を象徴している。本作は観念劇という新語を流行させた。

❖**『絵姿女房《えすがたにょうぼう》──ぼくのアルト・ハイデルベルク《ぼくのあるとはいでるべるく》』** プロローグと二場。一九五六年一月、文学座が戊井市郎演出で大阪毎日会館において初演。百姓で〈美しく大きな若者〉よもは、田舎道で〈美しく小さな娘〉すいと会い、結婚して幸せに暮らしている。だがよもはそれだけでは満たされない。ある日、〈醜く小さな若者〉の殿様がすいの絵姿を見て一目惚れする。商売人として儲けるために長者の娘との婚姻を望むよもは、すいを城に連れて行かなければ自分は殿様に殺されてしまうと脅してすいに城行きを決心させる。よもは三年後にすいを迎えに行くと、すいは城で殿様にしかめ面を通すと約束する。三年後、すいは殿様を好きになっている。商売に失敗し荒んだ様子のよもが城に来る。妻の殿様への恋心を知ったよもは、すいが彼に持たせたすいの絵姿を殿様に売り、その金で今度こそ一旗揚げようと勇んで出て行く。すいは若き日の自分の絵姿を破って青春に別れを告げ、城をひとり去る。再び孤独になった殿様は、弱く寂しい今の自分こそ本物の殿様だと独白して幕になる。副題が示すように、本作は、ドイツの一公国の王子の大学生活と恋人との別れを描いたマイヤー＝フェルスター作『アルト・ハイデルベルク』を民話の世界に置きかえて、青春と大人になることへの諦観をあらわした抒情喜劇である。

❖**『夜明けに消えた《よあけにきえた》』** 七場。一九六八年九月、青年座が紀伊國屋ホールにて栗山昌良演出で初演。ある日、遊び人のデザイナー・ノッポが姿を消す。数年後、ノッポが書いた戯曲が見つかり、失踪の真相を綴った劇中劇が始まる。舞台は古代エルサレム。エルサレム一番の美女であり、信仰に篤いぐずは神のお告げに従ってノッポと結婚する。ノッポは愛しながらも、妻の信仰心と自分への愛情を試すためにぐずを苦しめる。どんな困難も神が与えた試練として耐えるぐずは、迫害者に火あぶりにされた時はじめて肉体の苦痛に声をあげてしまう。それを見たノッポは神に妻の救済を願うが、突如言い知れぬ不安に襲われて逃げ去る。その後、自分の弱さ愚かさを悟って神が心から離れなくなったノッポのもとに、乞食姿で伝道を続ける醜く老いたぐずが現われる。迫害者は二人に入水を命じ、ノッポは自らの罪の証しであるぐずを背負う。だがぐずは夫を思い遣って降り、二人は上機嫌で朝焼けの射す海に消える。この二人のほかに信仰に迷い迫害者になったドレイの熊、拝金主義の姉けちと世直しを志す弟弱虫の姉弟、純粋な心の娼婦ひばりなどが登場する。神の探求というテーマに真正面から向かい合い、時空を越えた劇作術によって矢代戯曲の転換点となった。

❖**『写楽考《しゃらくこう》』** 二幕。一九七一年九月、青年座が俳優座劇場にて石澤秀二演出で初演。寛政七年二月、お加代殺しの罪で翌日処刑になる伊之(東洲斎写楽)が自らの半生を語りはじめる。十二年前、バクロウの倅の伊之と侍の子勇助(後の北川歌麿)は、絵の修業のため八丁堀の長屋に住んでいた。そこに世直しを標榜する浪人幾太郎(後の十返舎一九)が転がり込む。伊之は裕福な町家の女主人のお加代の夜伽で金を得ているが、そのお加世は、ある日、性の絶頂で死のうとして自ら喉を突く。死に切れないお加世の求めに応じて伊之はとどめを刺す。その現場を見られた伊之は殺人犯と見咎められ、お加世の子と女中のお米を連れて信州に逃げる。十年後、伊之は死を覚悟して江戸に戻り写楽を名乗って次々と役者絵を描き一躍人気者となる。だが遂に伊之は捕えられて刑場に消える。作者が〈人は、写楽像を通して自分自身を語りたくなる〉と述べているように、芸術と人生そして絶対者を見極めようともがく写楽の姿は作者自身のものである。最終場面で一九は老いたお米を見て〈それでもなんでも生きていることはいいことだ〉と言い、本作の司会役として登場する案内人が〈美しい青春があるとするなら、美しい老年もある〉と語って幕となる。「魔性の女」であるお加世の劇的な「自死」と「聖性の女」であるお米の穏やかな「生」、お米の老年の肯定にニヒリズムに陥っては死の誘惑と戦ってきた作者の成熟を認めることができる。第二四回読売文学賞・第六回紀伊國屋演劇賞受賞作品。西田敏行のはじめての主演作である。（宮本啓子）

安岡章太郎《やすおかしょうたろう》　一九二〇〈大正五〉・五～二〇一三〈平成二十五〉・一。小説家。高知県生まれ。慶應義塾大学在学中に召集される。一九四八年に同大学文学部英文科を卒業、五一年に発表した『ガラスの靴』が第二十五回芥川賞候補となる。五三年『悪い仲間』『陰気な愉しみ』で第二十九回芥川賞を受賞。阿川弘之、庄野潤三らとともに、文壇における新しい私小説の勢力として「第三の新人」と呼ばれる。六九年七月『プリストヴィルの午後』が芥川比呂志の演出、橋爪功と山崎努の出演により劇団雲の「実験劇場」として新宿・紀伊國屋ホールにて初演。芸術院会員、文化功労者。（中村義裕）

安田雅弘《やすだまさひろ》　一九六二〈昭和三十七〉・三～。東京都生まれ。早稲田大学卒業。演出家。一九八一年に早大演劇研究会（劇研）に入会、鴻上尚史主宰「第三舞台」で演劇活動を開始する。八四年、自ら劇団山の手事情社を結成、八九年に劇研退会後は同劇団を牽引する。初期には劇作にも手を染めたが、『コーラっぽいの』（一九九四）以後は「ハイパーコラージュ」なる構成台本の舞台にシフトし、やがて「四畳半」という独自の様式的な型をもつ「山の手メソッド」を生み出した。代表作に『印象タイタス・アンドロニカス』（九九）、『平成・近松・反魂香《はんごんこう》』（九九）、『道成寺』（二〇〇四）など。著書に『ハッピーなからだ』がある。（七字英輔）

安永貞利《やすながさだとし》　劇作家。戦後の東宝演劇で活躍。一九五〇年代より東宝ミュージカルス文芸部で、岡田教和、貴島研二と合作で『盗棒大将』『雲の上団五郎一座』などを書く。七〇年代は東宝系劇場で多作。『夢は巴里か倫敦か——川上音二郎・貞奴物語』（帝劇）、『大江戸三文オペラ』（東宝劇場）、『恋の勝負師』（森繁劇団）など、良質の娯楽作を提供した。新宿コマ劇場でも『花の狸御殿』『大江戸遊侠伝』『天保六花撰』などのほか、『夏休みだよ!!サザエさん』『爆笑第2弾サザエさん』『決定版サザエさん』とシリーズ化された江利チエミ公演の脚本を多く手がける。梅田コマ劇場では『初笑い白浪五人男』『明治一代男』『春香伝』『大将』などもある。（神山彰）

八住利雄《やすみとしお》　一九〇三〈明治三十六〉・四～一九九一〈平成三〉・五。脚本家・劇作家。大阪府出身。早稲田大学在学中から、築地小劇場の機関誌にメイエルホリドやエヴレイノフ研究の論考を発表。一九三二年には築地座文芸部員となり、三六年にPCL（東宝映画）入り。脚本家となり、映画では戦後に至るまで多くの佳作を残す。一方で、島村龍三編集の「新喜劇」

「劇と評論」同人となる。戦後は坂東簑助（八世三津五郎）の「新劇場」に『女ばかりの春』、帝劇に『ケンタッキー・ホーム』、長谷川一夫の新演伎座に『恋の勘太郎』（三村伸太郎と共作）、『地底の歌』。東宝歌舞伎に『木曽の夕映』『伊那の勘太郎』のほか、『娘ありき』などがある。著書に『シナリオ・演出・演技——映像芸術の原点』（ダヴィッド社）など。 （神山彰）

矢田喜美雄《やだきみお》　一九一三〈大正二〉・九～一九九〇〈平成二〉・十二。新聞記者・ルポライター。山梨県生まれ。早稲田大学文学部卒業。一九七五年『謀殺——下山事件』、七六年『FS6工作——菅生事件』（「テアトロ」一九七六・3）、七七年『幻のトラック』が、いずれも若杉光夫の演出で、劇団民藝により砂防会館ホールにて上演。
［**参考**］『謀殺　下山事件』（祥伝社） （中村義裕）

矢田弥八《やだやはち》　一九一三〈大正二〉～一九八四〈昭和五十九〉・二。劇作家。本名の矢代正太での執筆もある。戦中に『野の人』を発表。代表作は、落語に題材をとった『露地の狐』『春の勝札』などの題名で、再演もされた『幇間一八』シリーズ。戦後、一九五〇、六〇年代には商業演劇に多くの作品を発表。新派に『春の筏』『海の案山子』『平議員』『白い花火』『琉球のカンザシ』。新国劇の『戦後派重役』（矢代正太名義）も時代の様相を活写した佳作。脚色にも優れた手腕を発揮し、山本周五郎作品の『ゆうれい長屋』『泥棒と殿様』、吉川英治作品の『松のや露八』もある。

❖『**露地の狐・幇間一八**』《ろじのきつねほうかんいっぱち》　一幕四場。一九五八年十月新宿松竹座の歌舞伎公演で初演。幇間一八は、しがない暮らしをしているが、豪商近江屋の娘に隠し子ができたのを知り、女房おたねとともに育て始めるというだけの筋に、人情と情趣を絡めて展開する手法。序幕に落語の『鰻の幇間』がそのまま演じられる。続編の『春の勝札』でも落語の『富久』を取り入れた趣向に特徴がある。 （神山彰）

矢内文章《やないぶんしょう》　一九七一〈昭和四十六〉・四～。劇作家・演出家・俳優。アトリエ・センターフォワード代表。東京都出身。劇団俳優座研究生三年修了。東京学芸大学教育学部卒業。ロバート・アラン・アッカーマンに師事。二〇〇八年『その川に流るるは…』で旗揚げ公演。代表作に『刃、刃、刃！』『「F」ト呼バレル町』『あられもない貴婦人』など。 （望月旬々）

矢内原美邦《やないはらみくに》　一九七〇〈昭和四十五〉・十二～。振付家・ダンサー・劇作家・演出家。愛媛県今治市出身。大阪体育大学舞踊学科卒業。高校生からダンスをはじめ、全国高校ダンスコンクールでNHK賞を受賞するなど受賞歴多数。一九九七年にダンス・カンパニーNibroll《ニブロール》を結成。欧米やアジアでも評価される。二〇〇五年、演劇作品を制作するためのソロプロジェクトとしてミクニヤナイハラプロジェクトを立ち上げ。吉祥寺シアターのこけら落とし公演として『3年2組』を上演。発話するのも聴き取るのも困難なほどの高速で発せられる台詞や身体への過度な負荷など、身体性を強調するかのような演出に特徴がある。アントン・チェーホフの『三人姉妹』に想を得た『五人姉妹』（二〇〇九）や、ジャック・ケルアック『オン・ザ・ロード』を下敷きにした『幸福オンザ道路』（一二）など、矢内原の戯曲にはしばしば矢内原自身がかつて触れた作品の記憶が反映されている。一二年、『前向き！タイモン』で第五十六回岸田國士戯曲賞を受賞。

❖『**前向き！タイモン**』《まえむきたいもん》　二〇一一年九月、こまばアゴラ劇場にて矢内原美邦の演出で初演。一〇年に京都府立文化芸術会館主催の「シェイクスピア・コンペ」で『アテネのタイモン』をベースに構成し優秀賞を受賞した同タイトルの一人芝居をもとにした作品。俳優によって演じられる登場人物は資産家タイモンとそのメイド、タイモンと専属契約をするリンゴ農家の農民の三人（他に映像などで登場するいくつかの役がある）。タイモンはたまたま知り合った農民を助けるためにリンゴを買い付けることにする。だがタイモンがリンゴを買い占めたことでリンゴ市場は高騰、生態系にも影響が生じ、さらには異常気象も招いてしまう。三人を結びつけるリンゴをめぐる一連の出来事が物語の主軸を為すが、本作の主眼は立場が異なりつつもそれぞれに「不幸」の中にある三人がそれでも示す「前向き」な姿勢を描くことにあるだろう。（山﨑健太）

柳川春葉《やながわしゅんよう》　一八七七〈明治十〉・三〜一九一八〈大正七〉・一。小説家・劇作家。東京下谷生まれ。本名専之《つらゆき》。別号千紫《せんし》。一八九〇年代初頭、英学塾育英校に通うかたわら小説の創作を開始。九四年尾崎紅葉の門下生となる。九七年小説『白菫』（紅葉輔筆）が好評を博す。翌年春陽堂に入社。「新小説」の編集をしながら、短篇小説を多数執筆する。小栗風葉、徳田秋声、泉鏡花とともに紅葉門下の四天王と称される。紅葉の死の翌年一九〇四年に結婚。〇六年隆盛期の新派により小説『母の心』と『やどり木』が劇化される。以後劇作に傾倒。モーパッサン、イプセンなどの翻案も行なう。自作脚本に『女の望』『雪子夫人』ほか。『不如帰《ほととぎす》』『婦系図《おんなけいず》』などの脚色も手がける。一一年松竹脚本部嘱託に迎えられる。伊井蓉峰、喜多村緑郎、河合武雄の三俳優が牽引した大正期新派の所謂「三頭目時代」には、小説『生さぬ仲』『かたおもひ』『うき世』『二人静』などが舞台化されて評判となり、家庭小説の第一人者として名を馳せる。当時劇壇で頻繁に囁かれた新派凋落の声を掻き消す勢いを示し、原作者として作者として、多大な功績を残す。特に『生さぬ仲』の人気は凄まじく、続編のほか、題名や役名を冠した衣料や食品、髪型などの商品や流行歌を生み、一九四〇年代までは度々映画化もされた。春葉の作風は、概して夫婦や家族間の愛情や男女の恋愛を主題に扱い、波乱含みの展開の下、運命に抗する女主人公を据えて、悪徳に対する美徳の勝利を導くメロドラマ的手法によっている。物語の通俗性や感傷主義、旧弊なモチーフを論拠に、春葉の文芸的価値を不当に低く見積もることは容易である。演劇以外の諸文芸との関連性や、メディアや流行など、広範に及んだ影響力、また、かつての新派の人気を前提に踏まえることを抜きにして、春葉が近代の観客に支持された理由やその実績を理解することは不可能である。急性肺炎のため四十二歳で死去。杉浦非水装幀の『春葉全集』（金尾文淵堂）がある。

❖**『やどり木』**《やどりぎ》　一九〇六年四月、同名小説（「東京新聞」一九〇五・7〜10に連載。翌年春陽堂より刊行）を春葉が脚色し、大阪・朝日座で新派が初演。七幕。次いで〇六年六月、本郷座にて新派の高田実一座が春葉の脚色で上演。六幕。新華族の家庭を舞台に、階級を越えた夫妻愛や友情、骨肉の争いを描き、名誉や財産よりも尊い真の家庭の幸福とは何かを説く。男爵浅尾信輝の子息正氏は、容貌麗しく心優しい商家の娘泰子と結婚する。泰子は浅尾家専属の巡査の娘田鶴子からは実姉のように慕われ、姑近子との関係も良好だ。信輝の異母妹昭子だけが泰子に辛くあたる。昭子は華族の婚約者と死別して独りで、邸内の離れで贅沢三昧に暮らし、豪傑ぶりを発揮する。平民出身の嫁は浅尾家の名を汚すという理不尽な理由から、昭子は正氏夫婦の離縁を画策し、家族を巻き込み騒動を繰り広げる。若い二人は昭子の卑劣な仕打ちに屈することなく一層絆を強める。恩讐に取り付かれた昭子は病に倒れ、臨終の際ようやく己の過ちを認める。見守る家族の誰もが昭子の孤独な生を憂い、涙を湛える。

❖**『雪子夫人』**《ゆきこふじん》　一九〇九年一月、本郷座で新派により初演。同年同月、今古堂より刊行。六幕。子爵室戸邸ではドイツから帰国した理学博士糟谷の歓迎会の最中。糟谷の恩師ウィリアム教授の娘薫子は糟谷に恋心を抱くが、糟谷には美貌の妻雪子と娘千代子があった。薫子の思いを知る銀行家鳥山は、雪子の妹松子との縁を取りもってくれたら、代わりに糟谷夫妻を離別させようと薫子を唆す。鳥山の広めた根も葉もない雪子と室戸の醜聞を新聞が報じ、怒った糟谷は雪子に離縁を言い渡す。雪子は室戸と再婚する。娘と引き裂かれた失意の底で身の潔白も晴らせぬまま、糟谷の親友の谷少佐からは、妻でもなく母でもなく自分のために生きよと叱責される。糟谷は松子に求婚し、薫子は精神錯乱に陥る。姉を千代子の乳母にして欲しいという松子の願いを、激昂した糟谷は退ける。雪子は毒を仰いで自殺を計り、親の命は子であると谷に言い残す。室戸は雪子の潔白を証明し、鳥山は雪子を室戸に嫁がせたのはウィリアムの仕業と告白して懺悔する。駆け寄る千代子を腕に抱き、雪子は天に召される。

❖**『生さぬ仲』**《なさぬなか》　元芸者の球江は夫の俊作と息子滋を捨て、富豪の外国人男性と再婚するため海を渡ったが、未亡人となり帰国する。俊作の後妻真砂子は、利己主義の権化たる球江とは対照的に純真な女性で、滋に深い愛情を注ぐ良き継母である。球江は意地でも我が子を取り戻そうと、策略をめぐらし、俊作を破産に追い込んで投獄させ、強引に滋を連れ帰る。滋は球江邸から逃亡、真砂子の賢明の捜索と度重なるすれ違いの末、再会を果たす。球江は血縁よりも強固な義理の母子の絆を知り、ようやく己の愚行を悔悟すると、全財産を滋に譲り、姿を消す。小説『生さぬ仲』(「大阪毎日新聞」一九一二・8〜一三・4)を一九一二年十二月、京都座で新派の福井茂兵衛一座が劇化・初演し、翌年二月には、浪花座で歌舞伎と新派の合同一座が上演した。ともに七幕で、後者は並木萍水《ひょうすい》の脚本に〈春葉自ら筆を執り補修削正〉(「大阪毎日新聞」一九一三・1・26)したもの。以後各座で上演が相次ぐ。一九一七年二月、亭々生(真山青果)脚色による東京・歌舞伎座公演の配役は〈原作者の理想の実現に他ならない〉(同公演筋書き)とされる。喜多村緑郎が真砂子に、河合武雄が球江に扮した。六幕。好評を博した球江の虎退治の場は、後に一幕劇『乳に飼わるる獣』として上演された。

❖**『うき世』**《うきよ》　一九一六年三月、東京・明治座で新派により初演。同名の小説(「大阪毎日新聞」一九一五・7〜一六・4)を亭々生が脚色した。女優の踊りや『野崎村』の余所事《よそごと》浄瑠璃などの趣向がある。六幕。子爵家真木原直隆の子息増穂は、真木原家の零落を機に子爵宇佐美家令嬢で婚約者の澄江から離縁され、直隆と衝突して家出する。妹早苗も直隆から富豪との縁談を強要され家出し、宇佐美家の使用人になる。同家観桜会の日、隣家に身を潜める増穂は妹と再会し、澄江の夫幸雄がご執心の女優糸子と恋仲になる。糸子は兄妹の面倒をみることを決意、増穂と同棲して彼の飛行機製造の夢を後押しする。ところが、幸雄の差し金で女優業が落ち目となり、生活は逼迫。糸子に女優を辞めさせ所帯をもつなど言語道断と悩む増穂のもとへ宇佐美夫人道子が訪ねる。道子は真木原家の窮状を告げ、兄妹の不義理を叱責する。亡き直隆の妻との約束で隠していたが、実は自分は早苗の実母だと告白する。道子の覚悟を知り、糸子は自ら家を出る。月日が経ち、増穂の飛行機が飛んだ時、ついに二人は結ばれるのだった。

❖**『二人静《ふたりしずか》』** 一九一七年一月、新富座で新派により初演。同名小説(「報知新聞」一九一六・8〜一九一七・3)を亭々生が脚色。令嬢と芸者、二人の貞淑な女性を描く。七幕。伯爵渋江家子息輝雄は亡き祖父の威光に圧迫を感じ、新境地北海道で親友埴輪と養狐事業を起そうと計画する。事業に反対する後見人の師岡伯爵は、輝雄が芸者浪次と息子政一まで生した仲と知り激怒し、県知事の娘三重子との縁談を押し付ける。輝雄は反抗する。輝雄を思う三重子は浪次を訪ね、輝雄をよろしく頼むと告げて去って行く。いじらしさに胸を打たれた浪次は潔く身を引く。真相を知らぬ輝雄は浪次の薄情を恨んで三重子と結婚し、政一を引き取る。ところが、養狐場の狐が伝染病に冒されて事業は失敗。実は師岡が医師に命じてチフス菌を与えていた。直次は意気消沈する輝雄に檄を飛ばす。輝雄は自棄になって祖父の銅像の除幕式へ乗り込み、師岡を責め立てる。師岡は輝雄の熱意を認め、その身の自由と、政一を渋江家の後継ぎとすることを約束する。夫婦に幸福が訪れる。一人酒に酔う浪次だけが寂しかった。(桂真)

柳原白蓮《やなぎわらびゃくれん》 一八八五〈明治十八〉・十〜一九六七〈昭和四十二〉・二。歌人。東京都生まれ。東洋英和女学校卒業。柳原前光《さきみつ》伯爵の娘として生まれ、大正天皇の従兄妹に当たる。複雑な少女時代を経て短歌に没頭し、佐佐木信綱に師事、「白蓮」を名乗る。一九一九年『指鬘外道《しまんげどう》』を雑誌「解放」に発表。翌二〇年、邦枝完二の演出で東京・市村座にて上演される。(中村義裕)

山内ケンジ《やまうちけんじ》 一九五八〈昭和三十三〉・十一〜。劇作家・演出家・CMディレクター。東京都生まれ。本名は山内健司。城山羊《しろやぎ》の会主宰。一九八三年、電通映画社(現・電通テック)入社。九二年よりフリーとなり、NOVA、クオーク、TBCのナオミ、ソフトバンクの白戸家など一万本以上のCMを手がけたが、岩松了や平田オリザの舞台作品のリアリティを基本とした面白さに惹かれるようになり、二〇〇四年『葡萄と密会』で演劇の作・演出を開始。〇六年、プロデューサー城島和加乃と演劇ユニット城山羊の会を発足。そもそもは女優の深浦加奈子を主演に迎える会として始めた演劇だが、〇八年の深浦の急逝以後も石橋けいを看板女優として作品を手がける。会社を舞台にしたエロティックでブラックな不条理劇『効率の優先』(二〇一三)が第五十八回岸田國士戯曲賞最終候補となり、一五年に『トロワグロ』(一四)により第五十九回岸田國士戯曲賞を受賞。筆名のカナ表記は同姓同名の青年団の俳優との区別のためだが、一六年にWけんじ企画『ザ・レジスタンス、抵抗』で初コラボ(作・演出:山内ケンジ、主演:山内健司)。代表作に『微笑の壁』『メガネ夫妻のイスタンブール旅行記』『スキラギノエリの小さな事件』『身の引きしまる思い』『仲直りするために果物を』。

❖**『トロワグロ』** 一幕一場・登場人物七人。添島宗之専務の邸宅でホームパーティーが開かれ、そのテラスが舞台。トヨタ自動車に勤める田ノ浦修が、色白の美しい女性である斉藤はる子を見るや、ため息をついている。はる子は広告代理店のデザイナーである斉藤太郎の妻なのだが、専務の妻の添島和美は、田ノ浦の切なげな姿に、はる子のことが好きなのではないかとからかう。田ノ浦は否定しつつも、はる子の二の腕の美しさをほめる。そこに、前年に胃の大半を切除したため痩せてしまい青白い顔色なので今日はファンデーションを塗ってみたという、また別人の斉藤（雅人）が現われる。雅人がはる子の色の白さを讃えると太郎は、「色の白いは七難隠す」と応じる。専務は、男が女から片腕を借りる川端康成の小説『片腕』を引き合いに出す。田ノ浦が太郎につっかかるような感じで険悪な雰囲気になると和美は、田ノ浦ははる子に一目惚れしたのだろうと言い出す。田ノ浦がなぜか泣き出すので和美は、男性たちはみなはる子の「美しさの奴隷」だと言いなおす。はる子は、和美のほうが美しく、自分の腕より和美の豊満な胸の谷間のほうが魅力的だと反論し、女同士の雲行きもまた怪しくなる。そこに、添島の息子で慶大生の照男が帰宅。はる子は照男が通っていた歯科の衛生士で、合コンしたこともあるらしく、二人は旧知の仲だった。場の空気はまたしても微妙になるが、専務は、はる子の腕を触りながら、今晩貸してほしいと言う。みんなが踊りに興じるなか雅人が倒れてしまう。はる子は、専務に腕を触られているときに何も言わなかったと太郎を責める。酔ったはる子は、和美と太郎の前で、今晩だけなら片腕だけでなくほかの部分も貸してもいいと提案。すると照男は、家に遊びに来た女友達を父宗之が口説いたあげく書斎で「やっちゃった」と告発。はる子は、太郎と田ノ浦に見せつけるように照男にキスをして、タクシーを拾うと言って帰る。照男は、はる子とは何もないと太郎に弁解する。太郎は、照男の腕の筋肉をほめ、しきりに触る。「続き」は照男の部屋でと、太郎はシャワーを浴びに向かう（その途中、和美は太郎を誘惑する）。テラスに、顔色がさらに悪くなった雅人が戻ってくる。やがて携帯電話を忘れたと、はる子も戻ってくる。携帯電話と同時に発見されたのは――座ったまま死んでいる雅人、そして階段の踊り場で濡れた裸体のままキスを交わしている太郎と照男。

なごやか&官能的なムードが表裏一体で、いびつに歪んだ人間模様を描いた第五十九回岸田國士戯曲賞受賞作品。トロワグロとは、作中さらりと言及されるフランス料理の名店として知られるが、「三つのグロテスク」が味わえるという意味合いも込められている。プチブル階級における「同時多発的頽廃」が平然とくりひろげられてゆく会話劇であり、人間の卑小さと卑猥さへのブラックな笑いにあふれ、松尾スズキが「黒い三谷幸喜」と評した、現代口語シチュエーションコメディ。

（望月旬々）

山岡徳貴子《やまおかときこ》 一九七三〈昭和四十八〉～。劇作家・演出家・俳優。大阪府大阪市生まれ。一九九六年に劇団八時半（鈴江俊郎・主宰）入団。九七年に処女作『紡ぐ』でKYOTO演劇フェスティバル脚本賞、九八年に『逃げてゆくもの』で第一回北の戯曲賞優秀賞受賞。二〇〇〇年、演劇ユニット・魚灯《ぎょとう》を結成。〇一年『祭りの兆し』で第八回OMS戯曲賞佳作受賞。その他『静物たちの遊泳』（二〇〇八）、『着座するコブ』（〇九）で岸田國士戯曲賞最終候補。犯罪や宗教団体など社会的事象をテーマとする視点、またシチエーションを日常の中に見出す視点などから、死や他者の不在といった「無くなってしまったもの」と対峙する人間の姿を独特の空気感とトーンで描く。

❖**『祭りの兆し』**《まつりのきざし》 一幕。二〇〇〇年三月四日、五日。京都・アトリエ劇研。魚灯公演。作・演出山岡徳貴子。七名（男二、女五）。舞台はかつて新興宗教団体が集団自殺を計った古い一軒家。今そこでは集団自殺が行なわれた際、生き残った者の子供たちが共同生活を送っていた。子供たちは様々な施設等で育ったが、一般社会に馴染むことができずに成長し、またこの場所に集まっていた。そこに公安を名乗る若い刑事が姿を見せる。若者になった彼らは、ここは思想や信仰を同じくするもののための場所だと平静を装いながら刑事の質問に答えるのだが、彼らもまた集団自殺を考えていた。自分たちは普通ではなく、何かが欠落しているという現実を突きつけられた事に対する悲しみ、社会=他者に対する怯え、境遇を同じくする仲間に対する愛情、そして自身の心が抱える哀しみ……。様々な口実を見つけながら拠り所なく、疑似家族のように生きるしかなかった若者たち。生に向かうのではなく死に向かう人間の心の闇が、不気味なユーモアを交えた会話と共に描かれる。（安藤善隆）

山上貞一《やまかみていいち》 一八九九〈明治三十二〉・一～一九七一〈昭和四十六〉・五。劇作家・演劇評論家。大阪府生まれ。早稲田大学国文科中退。一九二二年、黎明座が大阪南地演舞場で初演した岡本綺堂作『近松門左衛門』を演出、それを縁に綺堂門下となる。松竹大阪支社芸能部に所属、松竹家庭劇の主事を務める。一九五三年より宝塚歌劇団勤務。門下に堀正旗、坪井正直がある。戯曲集に『出発前』（婦女世界社）、著書に『芝居見たまゝ二十五番集』（創元社）など。（大橋裕美）

山川三太《やまかわさんた》 一九五三〈昭和二十八〉・十二～。劇作家・演出家。秋田県生まれ。秋田高校を中退して上京し、青山杉作演劇研究所に入所。その同期生らと七五年に劇団究竟頂《くきょうちょう》を結成する。旗揚げ公演『鏤骨の指輪』や『武装花嫁』で注目を集め、一躍アングラ次世代の有望株と目される。その後、銀色テントによる全国公演を開始し、六十か月縦断興行を展開した。先行世代の唐十郎や麿赤兒《まろあかじ》らに強い影響を受け、アングラの意志を継承するも、一九八六年に活動休止。主演女優だった鳳九《おおとりくう》の急死により、正式解散した。（西堂行人）

山岸荷葉《やまぎしかよう》 一八七六〈明治九〉・一～一九四五〈昭和二十〉・三。硯友社の作家・劇作家・書家。東京市日本橋区通油町出身。東京専門学校（現・早稲田大学）専修英語科卒業。本名惣次郎、号は加賀舎《かがのや》、蛾群堂《がぐんどう》。日本橋通油町の老舗眼鏡屋・加賀吉の次男。書に優れ、加賀の屋流を興した。幼少時より芝居好きの両親に連れられて劇場に通い、東京専門学校在学時から演劇雑誌「歌舞伎新報」の編集に関わる。その後、「読売新聞」「新小説」などに在籍し、作家・編集者として活動するかたわら、演劇写真撮影、劇作、翻案など様々な形で劇界と関わった。劇作は『はにかみ聟』（「新著月刊」一八九八・5）、舞踊劇『楓の曲』（大正博覧会、一九一四・3～7）、同『本町育恋紺暖簾』（市村座、一七・4、同『解脱天狗』（歌舞伎座、三五・8）など。特に『楓の曲』以降、舞踊劇を積極的に創作した。翻案作品に、川上音二郎一座によって上演された『沙翁悲劇 ハムレット』（本郷座、一九〇三・11）、同じく『モンナ・ワンナ』（明治座、〇六・2）、市川左團次一座のために改作した『はむれっと』（明治座、〇六・2）、女役者松本錦糸・沢村紀久八一座上演『ヴェニスの商人・法廷の場』（三崎座、一九〇九年一月）がある。なお、『沙翁悲劇 ハムレット』は土肥春曙との共同執筆と明記されているが、実際はほぼ荷葉の筆である。

[**参考**]浅川玉兎『続長唄名曲要説』（邦楽社）

❖**『風流陣』**《ふりゅうじん》 舞踊劇。一九一六年十月、東京・歌舞伎座に於ける柳橋芸妓の舞踊会・柳会にて初演。春三月の山で、江州志賀の山桜、月ヶ瀬の梅、伏見の桃が集い、花の天敵・嵐をこらしめようと策を練る。梅の提案で、金銀の鳴子を付けた手綱で嵐を縛り付けることに成功し、花々は祝いの酒に酔いしれるが、怒った嵐が魔性の力を発揮して手綱を引きちぎり、花吹雪となって逃げる花々を追い回す。長唄の温習会や各流派の舞踊会などで上演が多い。また、九三年一月の宝塚大劇場柿落し公演『宝寿頌』では、植田紳爾脚色、寺田瀧雄音楽、藤間勘十郎（三世勘祖）振付で上演され、紫苑ゆう以下、当時の星組スターが勢ぞろいする華やかな場面として好評を得た。（村島彩加）

山口茜《やまぐちあかね》　一九七七〈昭和五十二〉・三〜。京都府京都市生まれ。龍谷大学文学部卒業。一九九九年、自作を演出・上演するため、京都で漁船プロデュースを設立（二〇〇三、トリコ・Aプロデュースと改称）。「バナナ工場」を舞台に抑圧された現代人を奔放な想像力で描いた『他人（初期化する場合）』（〇二）で、第十回OMS戯曲賞大賞受賞。テネシー・ウィリアムズの伝記に『ガラスの動物園』を織りあわせた『ROUVA』で、二〇一二年文化庁芸術祭新人賞受賞。（太田耕人）

山口太郎《やまぐちたろう》　劇作家。愛知県生まれ。一九二〇年代に洋行し、「朝日新聞」や「読売新聞」に欧米の紹介記事を執筆。水谷幻花の紹介で木村錦花の知遇を得た。戯曲集には、ポール・グリーンの戯曲に発想を得た『磐梯山　三部作』（中央演劇社）や、表題作を含め七編を収めた『赫く朝　一幕物戯曲集』（同）がある。舞台となる時代背景や土地風俗を丹念に調査研究することによって、その土地に生きる人間の姿を描き出した。（熊谷知子）

山崎彬《やまざきあきら》　一九八二〈昭和五十七〉・十二〜。奈良県奈良市生まれ。立命館大学産業社会学部卒業。学生劇団・西一風に俳優として参加後、劇作を始め、二〇〇五年、京都を拠点に劇団・悪い芝居（「悪いけど、芝居させてください」の略）を旗揚げ。二〇一〇年『嘘ツキ、号泣』で第十七回OMS戯曲賞佳作受賞、一二年『駄々の塊です』で第五十六回岸田國士戯曲賞最終候補。寓意的な人物を登場させ、エゴイスティックな欲望の肯定と、既成の価値観への不信を大音量の音楽を織りこんで表現する。（太田耕人）

山崎紫紅《やまざきしこう》　一八七五〈明治八〉・三〜一九三九〈昭和十四〉・十二。劇作家・劇評家・横浜市会議員。神奈川県横浜市生まれ。本名小《こ》三《ぞう》。小学校卒業後、進学せず家業に専念。文学への志を捨てられず、仕事のかたわら英語や漢文を学び、各誌に自作の詩や謡曲を寄稿。一九〇五年、戯曲第一作の『上杉謙信』を「明星」に発表、翌年五月に伊井蓉峰一座が真砂座で初演した。詩作で磨いた趣のある台詞が好評で、この成功に力を得て、『史劇桶狭間』『甕破《かめわり》柴田』などの劇作に励んだ。〇八年、『歌舞伎物語』が絶賛を博して以降、『破戒曽我』『底倉の湯』などを二世市川左團次一座が手がけ、いずれも評判を呼んだ。一一年、帝国劇場開場に伴う懸賞脚本に『頼朝』が入選、第一回公演の演目となる。一方で同年、横浜市会議員に初当選し、それを足掛かりとしてのちに政界、財界へと転身。神奈川県会議長をはじめ、電気会社社長、銀行専務等を歴任した。戯曲のほとんどが歌舞伎でも新派でも上演され、とりわけ、一四年『花勝見奥譚《はなかつみおくものがたり》』、一八年『松永弾正』、二〇年『勢平家物語』など、左團次のために書いた脚本は数多い。二一年には左團次のブレーン組織である七草会にも参加。史実を尊重しつつ、現代語を多用した戯曲に批判もあったが、その清新さは「紫紅式」とも呼ばれ、〈当時の文学青年は恍惚とならずにゐられなかつた〉（佐藤義亮）という。恋を全面に押しだした作風が特徴で、岡本綺堂と共に新歌舞伎の一時代を築いた。戯曲集に『七つ桔梗』（如山堂)、『史劇十二曲』(博文館)、『史劇十種』(啓成社)があある。

[**参考**]山崎紫紅「小伝」「跋」(『現代戯曲全集』第三巻、国民図書)、安部豊「山崎紫紅氏を惜しむ」(「演芸画報」一九四〇・2)、佐藤義亮「山崎紫紅氏追憶」(「演芸画報」一九四〇・3)、『明治史劇集』(筑摩書房

❖**『歌舞伎物語』**《かぶきものがたり》　四幕八場。一九〇八年三月、明治座初演。越前中納言結城秀康は、徳川家康の息子だが出世の見込みもなく、伏見城で憂愁に閉ざされている。かつて、豊臣秀吉の養子となった秀康は今も恩義を忘れず、大事の際は豊臣に味方する覚悟でいる。そのため家康は秀康毒殺の命を下し、伏見城に密使を送る。一方、秀康は出雲阿国と名古屋山三郎を後援し、彼らの芸を愛でて無聊を慰めていた。阿国はそんな秀康を恋慕うが、それを隠して芸道に打ちこむ。秀康が花盛りの清水寺へ赴いた日、家老土屋左馬助の厳命で、その子右京が秀康の茶に毒を仕込む。当初から不穏な動きを察していた山三郎は、秀康の元へ駆けつけたがすでに遅かった。主君に毒を盛った右京は自害、左馬助も死去する。父家康の心を知り、自らの命運を悟った秀康は、阿国の舞を所望。花の散る中でそれを眺めながら静かに死ぬ。阿国は悲しみをこらえて舞いつづける。初演は二世市川左團次の秀康、二世市川女寅の阿国。坪内逍遙から、〈長いものを書いて見てはどうか〉との助言を受けて書いた最初の多幕物。岡田三郎助らによる壮麗な舞台装置が大変な話題となった。〈あれを見ざるものは、劇を語る資格なしとまで喧伝された〉(阿部豊)という新歌舞伎の代表作。紫紅は本作で史劇作家としての地位を確立。

❖**『頼朝』**《よりとも》　三幕。一九一一年三月、帝劇初演。北条政子は妹の浦代から「自分の両袖に日月が入り、橘の実を手にする夢を見た」と聞く。吉夢と悟った政子は、自分がその夢を買うと言って代わりに鏡を渡す。そこへ、源頼朝の恋文を携え、加藤次景廉が来る。頼朝は、妹に勝る政子ではなく、母のある浦代を娶るつもりだった。それを知った政子の弟義時は、浦代宛の文が政子に渡るよう仕向ける。政子は文を読んで恋に落ち、頼朝と会って語らうが、実は妹が目当てとわかり逆上。自分の本心を明かしたからには、頼朝を殺して自害する、と斬りかかる。頼朝はしかし、政子の健気さと心根に惚れ、その場で将来を誓いあう。一方政子には、父時政が婿と決めた八牧判官兼隆がいた。その祝言の日、政子は頼朝の元へ走る。政子を探して頼朝の館を訪ねた時政は、仔細を聞いて翻意、頼朝に兼隆を討つよう促す。いま頼朝が挙兵すれば、自分は元より源氏の御家人も皆、味方すると諭され、頼朝は覚悟を決める。政子はかつての「吉夢」こそ、頼朝が天下を取る証、と勇気づけた。かくして頼朝は、雷鳴の轟く中、兼隆を討って勝ち関をあげる。六世尾上梅幸の政子、八世市川高麗蔵(七世松本幸四郎)の頼朝、森律子の浦代。帝劇開場公演でもあり、女優陣を起用した史劇として有名。その舞台面は「パノラマのよう」と言われた。

(大橋裕美)

山崎哲《やまざきてつ》　一九四六〈昭和二十一〉・六～。劇作家・演出家・評論家。宮崎県宮崎市生まれ。本名は渡辺康徳で、「山崎哲」のペンネームは中学生時代から日記に使っていた。教員家庭に育ったことから宮崎県立大宮高校では〈不良になりたい一心で〉演劇部へ入り、進学した広島大学文学部でも演劇研究会に所属。状況劇場の広島公演を手伝ったことが縁となり、大学を中退して一九七〇年に上京して入団。同年に岡山大学の学生劇団と共に劇団「つんぼさじき」を結成し七九年の解散まで、唐十郎に刺激を受けたロマンあふれるスペクタクル

活劇を上演した。劇団の活動が休止状態だった七八年、演劇団に『犬の町』を書き下ろし、地方出身の警察官が女子大生を殺した事件を題材に社会や家族の病巣を浮かび上がらせた。翌七九年に落ちぶれた歌手が世話になっていた風俗嬢を殺した事件を元にした『勝手にしやがれ』を発表し、「犯罪フィールド・ノート」シリーズと呼ばれる連作が注目されて、転機が訪れる。八〇年の「転位・21」旗揚げ公演『うお傳説』と翌八一年の『漂流家族』で第二十六回岸田國士戯曲賞を受賞。連合赤軍事件を題材にした『砂の女』(一九八二)、横領事件を起こした女性銀行員の心の闇に迫った『異族の歌』(八二)、金属バット殺人事件の加害少年の深層に切り込んだ『子供の領分』(八三)などを次々と発表し、テレビ出演や寄稿で一躍寵児となる。八七年には練馬一家五人殺害事件を扱った『ジロさんの憂鬱』(八六)、中学校でのいじめを素材とした『エリアンの手記』(八六)、マルチ商法で糾弾された会長刺殺事件の『まことむすびの事件』(八六)の三作で第二十一回紀伊國屋演劇賞個人賞を受賞した。〈犯罪は自己解体の危機にさらされた人間が必死に自己回復を試みる〈行為〉と語り、芝居で事件を再現するのではなく〈家族の崩壊や愛の不在のかたちのなかに人間の根源的な姿を浮かび上がらせる〉作劇方法が高く評価された。以降もアイドルの投身自殺を扱った『1/2の少女』(八九)、幼女連続殺人犯を追った『骨の鳴るお空』(九一)、女子高生コンクリート詰め殺人を題材にした『ぼくは十七才』(九二)などの問題作を次々と発表する。九四年の水戸芸術館運営委員就任後に劇団活動を休止、翌九五年のオウム真理教による「地下鉄サリン事件」でのテレビ出演や新聞コラムで加害者を擁護しているのではないかと誤解された発言に非難が集中し孤立無援状態になる。同事件を題材にした同芸術館の『サティアン』(九五)公演は物々しい雰囲気の中で上演された。九七年の同委員退任後は、トム・プロジェクトの依頼で、『風船おじさん』(九七)、『夏』(九九)などを発表。二〇〇二年に若手演劇人を育てる演劇学校を開校すると同時に、劇団名を「新転位・21」に改称。「犯罪フィールド・ノート」シリーズに連なる『マーちゃんの神曲』(〇二)や『齧る女』(〇四)、『僕と僕』(〇七)のほか、夏目漱石の小説を題材にした『こころ』『漱石の道草』を発表している。

❖**『漂流家族』**《ひょうりゅうかぞく》 一九八一年に転位・21が初演。〈教会〉から一人逃れた女と追いかけてきた男が向き合う奇妙な空間。一人息子を失い流浪の身となって窃盗を繰り返す老夫婦。妻の不貞への疑念から暴力が止まらなくなった夫。娘を強引に連れ戻そうとする父親。都会で行き場をなくして漂っている群像が、男に〈雨を恵んでください。そうすれば私たちは流れることが出来るのです〉の言葉を投げかけ、救いを求める。

❖**『エリアンの手記』**《えりあんのしゅき》 一九八六年に転位・21が木内みどり、栗山みち、加地竜也らの出演で初演。『銀河鉄道の夜』でカンパネルラが川で溺れる場面を朗読する老女。その孫となる東京の中学生が盛岡駅のトイレで自殺した。カバンを持ち運んだり使い走りをしたりのいじめがエスカレートし、殴る蹴るの暴行を受け、果ては級友に担任教師が加わった〈葬式ごっこ〉で死人扱いを受けてしまう。おもちゃの鉄道があるリビングルームには中学生とかかわりのあった教師やいじめっ子の母親らが現われるが、自殺を未然に防げなかった言い訳をする始末。両親もへらへらと笑って加害者にへつらうばかりだった。

(杉山弘)

山崎正和《やまざきまさかず》　一九三四〈昭和九〉・三〜。劇作家・評論家・演出家。京都府京都市生まれ。京都大学文学部美学科卒、同大学院美学美術史学専攻博士課程修了。一九三九年、父が満州医科大学予科教授に就任し、母と共に満州へ渡り奉天市(現・瀋陽)に居住。この頃シェイクスピアなどを読む。四八年に父死去、母弟妹と帰国し京都に戻る。五一年、「日本のダビデ―一二・九事件をうたう―」(「新京都文学」第二号)を皮切りに、機関誌等で詩を発表。京都大学在籍中の五四年、安藤美紀夫らと「爐の会」を結成し、翌五五年に同人誌「爐」を創刊。それまで〈意識的に文学を避けるやうにして〉いたが、大学卒業の頃より戯曲を〈再発見〉、大学院進学ののち劇作の筆を執った。五六年、戯曲第一作の喜劇『凍蝶《いてちょう》』を「悲劇喜劇」に発表、翌五七年、くるみ座友の会第二回例会が初演。同作は六〇年、道化座実験劇場も神戸で上演した。六一年、関西芸術座とくるみ座が『呉王夫差《ふさ》』を大阪、京都において相次いで初演。くるみ座の大阪公演は、山本修二ら劇評家による十三夜会に推奨され、のち大阪府民劇場奨励賞を受賞。また自ら潤色、演出指導した『オイディプス王』が京阪で上演、その後も俳優小劇場などで取りあげられる。六二年、京都新劇合同公演(くるみ座、人間座、京芸)に提供した『カルタの城』が初演。六三年、京都労演第二回自主企画例会の依頼に応え『世阿彌』を執筆。同作で第九回「新劇」岸田戯曲賞を受賞し、同年俳優座が初演した。他方、NHK第一ラジオ、同教育テレビで自作が放送される。六四年、アメリカのエール大学演劇学科にフルブライト教授研究員として留学。同年ニューヨークで英語版『世阿彌』が上演された。六五年帰国。「批評」第一号刊行にともない、三島由紀夫らと同人となった。六七年、エール大客員教授として、日本文化概論などを担当。この時期にくるみ座で、『ヴェニスの商人』(一九六七)、『タルチュフ』(七一)などを演出。六八年、岸田戯曲賞選考委員となる。六九年、関西大学文学部助教授に就任。七〇年、劇団雲が『野望と夏草』を初演。七二年、評論集『劇的なる日本人』により、第二十二回文部省芸術選奨を受賞。同年、劇団雲が『おう エロイーズ』を東京、名古屋、大阪で上演。この年に別役実らと演劇集団「手の会」を結成し、翌七三年に第一回公演として『舟は帆船よ』を上演。また同年、『鷗外 闘う家長』で第二十四回読売文学賞受賞。「手の会」第三回公演となった『実朝出帆』などにより、第二十八回文化庁芸術祭優秀賞受賞。同作は七六年、ワシントン大学の教授らが英語版を上演し、これに立ち会った。この時期、講演活動のほか『不機嫌の時代』等評論集を刊行、『木像磔刑《もくぞうはりつけ》』(七八、手の会)、『地底の鳥』(同、劇団四季)等が続々初演を迎える。七九年、財団法人サントリー文化財団が創設、理事に任命され、〈アカデミズムとジャーナリズムに橋をかける〉狙いで学芸賞の選考などに従事。八四年、『オイディプス昇天』で第三十六回読売文学賞受賞。八八年、演劇の現場に関わるため「山崎スタジオ」を設立。八九年、ミュージカル『ローマを見た!』初演。九〇年、九世松本幸四郎の依頼で『世阿彌』をミュージカルに書き替え演出した。九一年、兵庫現代芸術劇場の初代芸術監督に就任、翌九二年『獅子を飼う――利休と秀吉』が旗揚げ公演となる。九五年、阪神・淡路大震災に遭うも、六月には演劇復興を目指し『GHETTO/ゲットー』を上演。本作で第三回読売演劇大賞および優秀作品賞、紀伊國屋演劇賞を受賞。九九年、紫綬褒章を受章。同年の新作戯曲『二十世紀』は、翌二〇〇〇年、ひょうご舞台芸術とキャスター・ウェストエンド・シアター（九七年より芸術監督）との合同公演にて初演。〇五年、兵庫県立芸術文化センター開館にともない芸術監督に就任。柿落し公演は新作『芝居――朱鷺雄の城』。〇六年、文化功労者。芸術院会員。

［参考］『山崎正和著作集1（戯曲1）』、『山崎正和著作集2（戯曲2）』（中央公論社）、「近代劇と日本」「年譜」（『山崎正和著作集12』、中央公論社）、「年譜」「著作目録」（『室町記』、講談社文芸文庫）、「『社交の場』根付かせた35年」（「朝日新聞」二〇一四・3・25）

❖**『凍蝶』**《いてちょう》 喜劇一幕。漢城家の居間で、由禾子、由梨子の姉妹と、由梨子の夫恭一、三人の旧友須賀の四人がポーカーに興じている。そこへ由梨子の娘冴子が雪崩にあったと知らせが入る。かつて、同時に生まれた由禾子と由梨子の子供の内、冴子だけが医師の須賀に助けられるという過去があった。由禾子を愛しつづける恭一は、冴子が自分と由禾子の娘と確信している。一方、若い頃から姉への劣等感を抱いてきた由梨子は、自分と須賀との恋愛関係を暴露。しかし由禾子はとうにそれを知っており、須賀とも関係していたことがわかる。さらに須賀は、由禾子への感情のもつれから、当時子供をすり替えたと告白。ところが、助からなかったのは須賀の娘だったと由禾子に聞かされる。彼らの全てを知りながら、彼らに頼って生きてきた由禾子は、これが潮時と家を出ようとする。再び電話があり、冴子は助かったが、難しい手術を要すると伝えられる。由禾子は受話器を通して、とにかく助かって帰ってきてほしい、冬越の蝶のような自分たちはきっと支え合って生きていける、と呟く。一九五七年、くるみ座初演。演出泉野三郎。

❖**『実朝出帆』**《さねともしゅっぱん》 二幕とエピローグ。周囲の誰にもその実像が摑めなかった「源実朝」の生涯を、北条義時、北条政子らが振り返る。――兄頼家が殺され三代将軍となった実朝は、実質、政子と義時の操り人形だが、その従順さを義時は訝しんでいた。しかし政子に従って腹心の部下を処罰して以来、実朝は見違えるほど政務にはげむ。祈禱で長雨を止ませ、孤児院開設、異例の位官昇進と求心力を増す実朝は、渡宋を視野に、かねての夢だった舟造りにのめりこむ。一方で、自分を敵視する甥の公暁を後継に推し、将軍でいるためには、周囲によらず自らを楽しい人に鍛えることだと忠告する。来る出帆の日、実朝の強い意向で巨大に造られた舟は進水せず、途中で大破。義時は思わず加勢してもう一度やり直そうと励ますが、実朝は十分楽しんだので気が済んだと答える。一同が茫然とする中、実朝は今後右大臣を目指すため忙しくなると語り、次は自身の新たな歌集を編纂しようと去っていく。――義時は、実朝にとって鎌倉幕府もあの舟同然なのだと悟り、公暁の計画を阻止しなかったと告白。しかし最後に実朝出帆の場を用意する。それが幻の舞台と知りながら、実朝は凛然と純白の帆をあげる。一九七三年、手の会初演。源実朝を細川俊之、北条義時を小池朝雄。演出末木利文。通常の「ト書き」の表記を改め、読む便宜も考えて小説の地の文のように書いた作。

❖**『木像磔刑』**《もくぞうはりつけ》 三幕。関白豊臣秀吉は昨今、千利休に対し感情を昂ぶらせることが多く、見かねた弟秀長は利休を下がらせる。利休はお尋ね者だった於絹を隠れ家に囲い、キリシタンの新三郎を匿うなどしていたが、その危険な行為は秀吉への面当てだと於絹に看破される。秀吉は、自分を映す鏡だった利休が今は関白を値踏みしていると苛立つ。やがて利休は大徳寺の普請に乗り出し、山門に自分の似姿を置くと噂される。その行状を聞いた秀吉は、利休も名声を残して関白に対抗したいのだと一笑し、鶴松という世継ぎのいる自分にもはや鏡は必要ないと言う。一方、利休は秀長に、かつて誰の眼も気にせず疾走していた秀吉という〈獅子〉を、茶の湯で飼い馴らしてみたかったと語る。ふたりの再会の日、間を取りもった秀長が危篤となる。心弱くなった秀吉は、ものを作らず何も残せない目利きなど無意味だと言い放つ。利休は、見られることにとらわれた秀吉を非難、茶の湯の歓びは消えても、相手を知るひと時があれば無常の世も生きられると反駁する。秀長は死去、鶴松も重篤の病と知らされ、秀吉は利休を呼び戻そうとするが、すでに茶頭を辞した後だった。馴らした獅子はもはや獅子ではないという利休は、秀吉の命による死を受け入れ、似姿の木像は磔にされる。一九七八年、手の会初演。演出末木利文。

❖**『世阿彌』**《ぜあみ》 四幕とエピローグ。鹿苑院《ろくおんいん》の寵愛を受ける世阿彌は、その側室、葛野の前に恋焦がれている。それを知った葛野の前は〈綾の鼓〉を与え、これが鳴れば世阿彌のものになると満座で試す。世阿彌が命がけで打った鼓は鳴らないが、それが鹿苑院の趣向とわかるや、皆口を揃えて〈鳴った〉と言う。世阿彌の芸は所詮自らの光でできる影だ、と鹿苑院は笑い、世阿彌は打ちのめされる。鹿苑院亡き後、権勢をふるう四代将軍足利義持は世阿彌を葬りさろうと画策。長らく世阿彌を慕っていた葛野の前は、一緒に逃げてほしいと懇願する。義持の弟義嗣も挙兵を企てて世阿彌の力を頼むが、世阿彌は「影」であり続けると両者を退ける。かつての仲間を離れ、盗んだ仏像の首を落して面を作るなど、芸に打ち込む世阿彌に妻子もなす術がなかった。観世一門召し取りの命が下るさなか、真心を伝えるために訪れた葛野の前の願いを、世阿彌はまたも拒絶。息子元能と元雅は、影ではない生き方を求めて世阿彌の元を去る。折しも将軍家が後援する音阿弥に、観世大夫の名跡を譲れとの達しがある。能を捨てる覚悟で世阿彌は承諾するが、一転、『風姿花伝』を渡さなかった。能のため権力に背き、配流を命じられた世阿彌の前を、元雅、義嗣、葛野の前の亡霊が通り過ぎる。『風姿花伝』は後世、猿楽師の躓きの石となると告げ、世阿彌は倒れる。一九六三年俳優座初演。世阿彌を千田是也、足利義満を観世《かんぜ》栄夫《ひでお》で、両者による演出。 （大橋裕美）

山路洋平《やまじようへい》 一九三四年〈昭和九〉・十二〜。劇作家・脚本家。大阪府豊中生まれ。早稲田大学国文科卒業。東宝関西支社入社、北野劇場文芸部員。一九五八年よりラジオ、テレビの脚本を書く。六〇年代に東宝のコマ喜劇「駒五郎一座」シリーズがヒット。以後、東西の大劇場に多くの作を書く。『むちゃくちゃでござります物語』『初姿一心太助』『年忘れ弥次喜多道中』『花の西遊記』『こんなもんやで人生は』、また脚色で『夫婦善哉《めおとぜんざい》』など。ほかにオペラ『おさん茂兵衛』『アンの青春』など。 （神山彰）

山下巌《やましたいわお》 不詳〜一九三三〈昭和八〉・四。劇作家。山口県出身。内閣印刷局に勤務のかたわら、一九二二年、岡本綺堂に入門。雑誌「舞台」を編集、同誌に歴史劇や喜劇を発表。三二年、戯曲『大阪国事犯』が、二世市川左團次のための松竹懸賞脚本で選外佳作となる。翌三三年、腸チフスで急逝。「舞台」掲載の『聚楽物語』が遺作。ほかに『夜あけ』『なが雨』（いずれも『ふたば集』所収）など。 （大橋裕美）

山下三郎《やましたさぶろう》 一九〇七〈明治四十〉・八〜一九八四〈昭和五十九〉・十。劇作家。埼玉県大宮市（現・さいたま市）生まれ。本名山下伍七郎。京華商業卒業。新カジノ・フォーリー（浅草観音劇場）を振り出しに、プペ・ダンサント（浅草玉木座）で脚本家デビュー。プペ解散後、朗らかなレヴュー団（浅草金龍館）をへて、笑の王国（浅草常盤座）に入り、古川緑波脱退後の同座で文芸部長をつとめる。この間、サトウハチローの同門であった、菊田一夫と行動をともにする。のち、国民喜劇座（浅草江川劇場）の文芸部長に就任。戦後は、一九四六年、劇団新潮を主宰。主な作品に、『エンコの六』（サトウハチローの原作を脚色。プペ・ダンサント時代）、『全世界お化け小咄集』（笑の王国時代）など。（原健太郎）

山下秀一《やましたしゅういち》 劇作家。大正期から昭和初期に、関西歌舞伎に新作を提供。『生命』、シングの脚色『聖者の泉』、『お妻八郎兵衛』『畔倉重四郎』『わたり鳥』『夏の陣』『潮見桜』など。新声劇に『お時とお朝』などを書く。『山下秀一脚本集』全二巻（上方文化協会）。松竹映画の監督・脚本作品もある。
［**参考**］「演芸画報」（一九三〇・5）（神山彰）

山下澄人《やましたすみと》 一九六六〈昭和四十一〉・一～。劇作家・演出家・俳優・小説家。兵庫県出身。神戸市立神戸商業高等学校（現・神戸市立六甲アイランド高等学校）卒業。倉本聰の富良野塾第二期生。イッセー尾形の演出家・森田雄三のワークショップへの参加を経て、一九九六年に劇団FICTIONを結成し、全公演の作・演出を手がける。小説家としても注目され、二〇一二年『緑のさる』（平凡社）で第三十四回野間文芸新人賞受賞。一五年には第百五十回芥川賞候補になった『コルバトントリ』（文藝春秋）を飴屋法水が舞台化。代表作に『歌え、牛に踏まれし者ら』『ヌードゥルス』『「はえ」と云ふ名の店』『石のうら』『しんせかい』など。（望月旬々）

山田桂華《やまだけいか》 一八八一〈明治十四〉～一九〇九〈明治四十二〉・六。劇作家。東京生まれ。一九〇七年「都新聞」の懸賞脚本に応募した『豊公醍醐花見宴』が三等に当選、同紙に連載された。翌、〇八年三月、同作を榎本虎彦が加筆し、『醍醐の花見』として歌舞伎座で初演。その翌年に早世。他に『千手の前』『熊野』など。著書に『日本画の将来』（山田芸艸堂）がある。（大橋裕美）

山田清三郎《やまだせいざぶろう》 一八九六〈明治二十九〉・六～一九八七〈昭和六十二〉・九。作家・評論家。京都市生まれ。「文芸戦線」同人、「戦旗」編集を担当し、プロレタリア作家として認められる。『プロレタリア文学史』など多くの著作がある。戯曲には、「文芸戦線」掲載の『老坑夫の最後』『或る校正係』、「解放」掲載の『一裏面』『探照燈』がある。（神山彰）

山田太一《やまだたいち》 一九三四〈昭和九〉・六～。脚本家・劇作家・小説家。東京都台東区生まれ。本名石坂太一。両親は浅草で大衆食堂を経営していたが、一九四四年に疎開で神奈川県湯河原町に転居した。県立小田原高等学校を経て、五四年に早稲田大学教育学部国語国文学科に入学（寺山修司と同窓）。卒業後は松竹大船撮影所で木下恵介等の助監督となったが、六五年に退社し脚本家として独立した。七三年放送の『それぞれの秋』で第二十四回芸術選奨文部大臣新人賞（放送部門）を受賞し、その後『男たちの旅路』『岸辺のアルバム』『ながらえば』『早春スケッチブック』『ふぞろいの林檎たち』『時は立ちどまらない』など、テレビドラマの名作を次々に執筆している。舞台作品は、八三年に演出家木村光一に勧められて書いた地人会第四回公演『ラヴ』が第一作目で、それまでの新劇では取り上げられることの少なかった小市民の日常が題材にされた。『早春スケッチブック』(八四)、『教員室』(八五)と続き、『ジャンプ』(八六)で非現実的な要素が加わり、『河の向こうで人が呼ぶ』(九一)で主人公の亡くなった母親を登場させ、日常のリアルな表現を越えようとする試みがなされた。細やかな日常生活の描写と異界の登場が山田戯曲の特徴となった。『日本の面影』(九三)、『夜中に起きているのは』(九五)、『私のなかの見えない炎』(二〇〇〇)、『浅草・花岡写真館』(〇二)、『夜からの声』(〇四)、『流星に捧げる』(〇六)など、地人会が解散するまでに十四作品を提供し、うち十三作品を木村光一が演出。ほかに俳優座が『黄金色の夕暮』(九八)、『離れて遠く二万キロ』(〇〇)、『しまいこんでいた歌』(〇三)、『沈黙亭のあかり』(一〇)、『心細い日のサングラス』(一三)を、文学座が『人が恋しい西の窓』(〇二)、民藝が『二人の長い影』(〇三)、『林の中のナポリ』(〇七)、青年座が『夢に見た日々』(〇一)を上演している。出版された戯曲に、『砂の上のダンス』(新潮社)、『ラヴ』(中央公論社)、『日本の面影　舞台戯曲』(集英社)、『二人の長い影/林の中のナポリ』(新日本出版社)がある。

❖**『ラヴ――こころ、甘さに飢えて』**《らぶこころあまさにうえて》　二幕。地人会・木村光一の演出で一九八三年三月、三越劇場にて初演。証券会社支店長の藤崎繁雄は仕事に忙殺され、寝に帰宅するだけの毎日である。息子も一人暮らしをはじめている。専業主婦の妻敦子は、昼間密かに酒を飲んで淋しさを紛らわしているが、夫にはそんな妻を思いやる余裕はない。日曜日、得意先の宝石商が訪れ、先日の酒席で繁雄が提案した夫婦交換を実行しようと持ちかける。泥酔して記憶がない繁雄は慌てるが、宝石商夫妻はこの提案に積極的である。それをきっかけにしてそれぞれのカップルの亀裂があらわになってゆく。敦子の拒絶でスワッピングは未遂に終わるが、その直後、宝石商夫婦は自殺ともとれる交通事故で亡くなる。葬儀から戻った敦子はためらいながら夫に、「愛してるわ」と言い、夫も「愛してるよ」と応える。夫婦は関係を修復する第一歩を踏み出したのである。男三人、女三人。

❖**『日本の面影』**《にほんのおもかげ》　二幕。地人会・木村光一の演出で一九九三年四月、紀伊國屋ホールにて初演。同名のテレビドラマをもとにラフカディオ・ハーン(小泉八雲)の半生を描いた戯曲。実在の人物を主人公にしたのはこの作がはじめてである。戯曲はハーンが中学校教師として赴任した松江ではじまる。ハーンは松江で古き良き日本と温和で親切な日本人に魅せられる。女中のセツと結婚したハーンは、セツの実母、養父母などの大家族を抱え、生活のために熊本に移り住む。そこで古い日本を棄てて富国強兵へと邁進する姿を見て幻滅。ハーンは近代化する日本への失望や日本に住む困難を抱えながらも失われゆく日本を多くの著作に書き残した。舞台では、彼の愛した日本が、セツとともに聞いた松江の朝の日常の物音や、セツや家族たちの語る昔話、登場人物たちの演じる怪談などで表現され、観るものに近代化によって日本が失ったものがいかに魅力的であったかが示される。本作は再演され、二〇〇一年にはダブリンとロンドンで上演され好評を博した。男七人、女三人。

(宮本啓子)

山田民雄《やまだたみお》　一九二八〈昭和三〉・三～二〇一三〈平成二十五〉・三。劇作家。東京生まれ。東京農業専門学校(現・東京農工大)を卒業。農山漁村協会に勤務するかたわら『縁談』などを書いた。初期のころから戦後の農民を主人公にした作品を発表し、農村の青年の演劇運動を推進した。青年と共に演劇を作り上げていく過程に〝大切なもの〟があるとの信念からだ。一九六七年『かりそめの出発』『北赤道海流』で小野宮吉戯曲平和賞を受賞。これを契機として生産工場の労働者の抱える問題に手を広げた。『にっぽんKK幻想曲』(一九七三、俳優座)、『虫たちのゴールデンウィーク』(七五、同)、大橋喜一らと合作の『日本繁栄学入門』(七六、同)の生産工場労働者物のほか、『わがふるさとのバラード・プロローグとエピローグのある二幕』(七七、東演)、『熊よ…プロローグとエピローグのある二幕』(七九、同)などがある。

❖『**北赤道海流**《きたせきどうかいりゅう》』　一幕。劇団東演が一九六七年九月に砂防会館で初演。東京から数千キロ離れた太平洋上の島。集団就職でトラックの運転手の職を得た青井護郎は、交通事故の弁償金を稼ぐため、島の米軍の特殊作業に赴く。特殊とは毒ガスの運搬なのか？　護郎はこの島の洞窟で戦死した父の亡霊と出会う。「おれはなんのために死んだんだ」という亡父のセリフに全てを凝縮する。

❖『**虫たちのゴールデンウィーク**《むしたちのごーるでんうぃーく》』　十四場。俳優座が一九七五年五月、俳優座劇場で初演。第二十回「新劇」岸田戯曲賞候補作品。石油コンビナートを舞台として、合理化一辺倒の企業の隠蔽体質を暴き、労働組合の問題、靖国法案なども語られる。長秋子の警告にもかかわらず、タンクのベントガスが漏れて爆発事故が起こる。鍬形は、自殺した金藤に責任転嫁してことは終わるかに見えたが……。秋子と一夜を共にした計良は、その部屋から警察に告発する。二作とも『山田民雄戯曲集』(テアトロ)所収。　(北川登園)

山田時子《やまだときこ》　一九二三〈大正十二〉・十二～。劇作家。東京生まれ。洗心高女卒業後、第一生命に勤務。同社内の演劇部に戯曲を書く。『良縁』(『テアトロ』一九四七・7)が、戦後の「職場演劇」「自立演劇」の時代の代表作と認められる。同作で農村の家族制度的世界から脱出して東京での生活を始めた主人公を、職場の生活の視点から描いた『女子寮記』(『世界評論』一九四九・1)は、劇団民藝が岡倉士朗演出により一九四八年八月三越劇場で取り上げ、職場演劇作家の初めての上演と話題になった。戦後のある時期の一面を象徴する劇作家。

[**参考**]「テアトロ」(一九八二・1)

❖『**女子寮記**《じょしりょうき》』　三幕三場。一九四七年十一月からクリスマスまでの保険会社女子寮が舞台。戦災で疎開した病身の家族、食糧難や、自分や子供の病、家族の別離等の切実な問題を抱えての生活を、組合活動とも関連させて描く。同僚の盗み、優しい恋人などの挿話も巧く、終幕にクリスマスの明るさで終わる。戦後の東京の生活が実感的に描かれ、懸命に生き抜こうとする若い女子の多彩で切実な心情とそれぞれの個性を見事に描いた佳作。『現代日本戯曲大系2』(三一書房)に収録。　(神山彰)

山田寿夫《やまだとしお》　一九〇六〈明治三十九〉・二～一九七六〈昭和五十一〉・五。劇作家。岡田嘉子一座をへて、一九二九年、カジノ・フォーリー(浅草水族館)の文芸部に参加し、小さな劇場機構を逆手にとったナンセンス喜劇を発表。のち、新宿ムーラン・ルージュに転じる。主な作品に、『嫁取合戦』『久米仙おちる』『スピード安兵衛』(以上カジノ時代)、『春と盗っ人達』『貸間あります』『百万両のお地蔵さん』(以上ムーラン時代)など。『仁丹』『天丼』とともに「三大コント」といわれ、たくさんのコメディアンによって演じられた『レストラン殺人事件』(『ある殺人事件』とも)も、作者の手になるものである。 (原健太郎)

山田美妙《やまだびみょう》 一八六八〈明治元〉・七～一九一〇〈明治四十三〉・十。小説家・詩人・評論家。東京神田生まれ。本名武太郎。病弱だった幼少期より文学を愛好。一八八五年、大学予備門在学中に、幼なじみでもあった尾崎紅葉、石橋思案らと硯友社を創立、「我楽多文庫」を発刊。八八年、初の口語訳『正本はむれつと』(第一幕の一部のみ)を「以良都女」に発表。同年「都の花」(金港堂)主筆となって紅葉と絶縁した。八九年、小説『蝴蝶』(「国民之友」)で絶頂期を迎え、「東洋のシェークスピア」と称されるも、紅葉、幸田露伴、坪内逍遙、森鷗外の台頭、創作の停滞により低迷。戯曲に活路を見出し、九三年『美妙新脚本　村上義光錦《むらかみよしてるにしき》旗風《のはたかぜ》』を刊行、九四年劇詩『蒙古来』『六郎太夫命達引』等を発表。九五年『脚本夢幻日記』(「歌舞伎新報」連載)が最後の劇作となる。九四年に私生活上の不義を報じられて以降冷遇され、執筆は続けたが、有力者らの不評を蒙り文壇から失脚。『大辞典』(青木嵩山堂)が畢生の大作となる。言文一致運動の旗手として有名だが、演芸矯風会の嘱託員、日本演芸協会の文芸員を務め、新脚本にも意識が高かった。演劇改良運動との関連も注目される。

[参考]内田魯庵「山田美妙」(『きのふけふ』、博文館)、塩田良平「美妙小伝」(『美妙選集(下)』、立命館出版部)、『明治史劇集』(筑摩書房)

❖**『村上義光錦旗風』**《むらかみよしてるにしきのはたかぜ》 上下一幕。一八九三年博文館刊、未上演。後醍醐天皇の子、護良親王は倒幕を目指し挙兵するが、足利軍に攻撃され落城、熊野へ落ち延びることとなった。親王につき従ってきた村上義光は、敵を欺くため、自ら親王の鎧をつけて身代わりになると申し出る。義光の忠節に涙した親王は、鎧だけでなく錦の御旗を取らせる。義光は旗を掲げて戦うも、命運尽きて倒れる。駆けつけた息子義隆に、親王の無事を聞いた義光は喜び、必ず錦の御旗を守れと命じて、我が子に介錯を頼む。本作には「場面心得」のほか、道具衣装の詳細な指定がある。美妙は劇作に際し、狂言作者の指南を受けたと言われる。 (大橋裕美)

山田裕幸《やまだひろゆき》 一九七一〈昭和四十六〉・九～。劇作家・演出家。劇団ユニークポイント代表。静岡県出身。学習院大学理学部数学科卒業。二〇〇四年『トリガー』で第十六回テアトロ新人戯曲賞受賞。オリジナル戯曲を手がけるほか、『THE TUNNEL』(二〇一二)など日韓共同製作の実績がある。代表作に『カンガルーと稲妻』『あこがれ』『雨の一瞬前』『フェルマーの最終定理』『新しい等高線』。 (望月旬々)

山田百次《やまだももじ》 一九七八〈昭和五十三〉・八～。劇作家・演出家・俳優。劇団「野の上」主宰。青森県生まれ。本名竜大《たつひろ》。弘前劇場を経て、二〇一〇年『ふすまとぐち』で旗揚げ。また、青年団リンク ホエイでも作・演出を手がけ、全篇津軽弁の口語演劇『珈琲法要』にて耳目を集める。代表作に『不識の塔』『臭う女』『東京アレルギー』『雲の脂』など。 (望月旬々)

山内久《やまのうち ひさし》　一九二五〈大正十五〉・四～二〇一五〈平成二十七〉・九。脚本家。東京都出身。兄は俳優の山内明、弟は作曲家の山内正など芸術一家の環境に生まれる。東京外国語大学卒業。松竹大船撮影所在職時代に『幕末太陽傳』の脚本を担当（田中啓一名義）。その後一九六〇年よりフリーに。フジテレビで『若者たち』というテレビドラマを書き、父母のいない四兄弟が高度成長に向かう世の中に矛盾を感じながら、貧しさの中で激しい討論を繰り広げる、それまでになかった新しいホームドラマのスタイルを作り上げる。同作はその後『若者たち』『若者はゆく』『若者の旗』の三部作で映画化された。映画『未婚』が歌舞伎座プロデュースで上演される。

（岡野宏文）

山元清多《やまもと きよかず》　一九三九〈昭和十四〉・六～二〇一〇〈平成二十二〉・九。劇作家・演出家・脚本家。東京都亀戸生まれ。東京大学教育学部理学科卒業。妻は俳優の稲葉良子。東大在学中に東大劇研に入り、芝居を始める。その後、一九六七年に六月劇場に入る。メンバーの津野海太郎、佐伯隆幸らとともに翌年、演劇センター68（後の劇団黒テント）に加わった。以来、劇団黒テントの演出部に所属し、集団を支えた。六九年に『バーディー・バーディー』（演出：佐伯隆幸）、七二年に『楽劇天保水滸伝チャンバラ』（演出：佐藤信）、七三年に『さよならマックス』（演出：津野海太郎）、八三年に『与太浜パラダイス』（演出：佐藤信）等を発表。八三年、『比置野ジャンバラヤ』で第二十七回岸田國士戯曲賞を受賞。劇団黒テントの他に、オペラシアターこんにゃく座や江戸糸あやつり人形芝居結城座などの演出や脚本も手掛けた。二〇〇六年には高齢者による演劇集団パラダイス一座の旗揚げ公演『オールド・バンチ　男たちの挽歌』（演出：流山児祥）を手掛けた。また、テレビドラマの脚本も数多く執筆した。連続ドラマ『ムー』（一九七七）、『ムー一族』（七八）、『時間ですよ』（八八～九〇）などの久世光彦演出によるTBSドラマや、『スクープを追う女』（演出：今野勉、TBS、八三年）、『はいすくーる落書』（演出：吉田秋生、TBS、八九～九〇）などがある。『佐賀のがばいばあちゃん』（原作：島田洋七、二〇〇六）などの映画脚本も手掛けている。著作に『さよならマックス　山元清多戯曲集』（而立書房）、『比置野《ぴのっきお》ジャンバラヤ』（白水社）等がある。

❖**『さよならマックス』**　一九七三年、黒色テント68／71、演出・津野海太郎。男十二名、女六名。一九七〇年代のある年の六月、国道沿いにあるドライブ・イン風間での三夜。ドライブ・インの店員ヨシコとトラック運転手の始が痴話喧嘩をしていると、熊郎、樽、舵手、坊主という四人のトラック運転手がやってくる。彼らはこの簡易休憩所の常連で、雨のため先の道が土砂崩れでふさがってしまったため、それから三日間足止めを食うことになる。彼らは不発弾を運んでおり、不発弾はマックスと名付けられる。爆破力を失った不発弾は、まるで雨の中、先へ進めず、くだらない喧嘩に消耗する彼らをあらわしているようである。二日目の夜、キャバレー・マドモアゼルの女店員たちがやってきて、ドライブ・インはさらなる喧騒に包まれるのだった。劇中、若いヒッチハイカーのシーンが挿入される。この三人組は三日目の夜にこのドライブ・スルーにやってくると、始のトラックを譲り受け、次なる場所を目指す。一方の始はヨシコと共にドライブ・スルーで働くことを決意する。『さよならマックス　山元清多戯曲集』所収。

❖**『比置野ジャンバラヤ』**《ぴのっきおじゃんばらや》 一九八二年、黒色テント68／71、演出・加藤直。二部構成。ガンチャ、まあ公、ちい公、みい公、マリヲ、ハンク・滝、ジュリエット・梅木、どん兵衛、猫島、若い溶接工四名、ドリフティング・カウボーイズ（楽団）。舞台は比置野湾工場地帯。比置野造船閉鎖直後。閉鎖された場内のクレーンに初老のクレーン運転手ガンチャが座り込んでいる。彼はひとりでハンガーストライキを続行しているのだ。その三年半前、比置野造船会社に勤めるガンチャのもとにクレーン部門の主任の話が持ちかけられる。彼は「儲けることは正義である」というモットーから、組合を抜け、主任になることを決意する。一方、労働者の間では新しい組合ができたせいで分裂・対立が生じていた。ガンチャの二番目の妻ちい公との間にもうけた次男マリヲは、会社が仕向けた分裂に翻弄される組合運動にあって、なんとか踏みとどまろうとしている。それから一年半後、会社はもう船の生産をやめ、首になった溶接工たちは冷凍倉庫で働いている。それを知らないガンチャは冷凍倉庫で新しい船を造ることを夢想しながらマリヲがやってくるのを待っている。そんな彼に希望退職の話がくるが、彼は受け入れず、クレーンの運転席に籠城し始める。それからさらに時は過ぎ、会社は倒産、造船所の跡地は解体されかけるが、ガンチャの座り込みによって比置野は結果的に六年に渡って占拠されることになった。『比置野ジャンバラヤ』所収。 （梅山いつき）

山本健介《やまもとけんすけ》＝［**作者本介**《さくしゃほんすけ》］ 一九八三〈昭和五十八〉・五〜。劇作家・演出家。埼玉県生まれ。早稲田大学第二文学部卒業。The end of company ジエン社主宰。高校演劇を経て、大学在学時に「作者本介」名義で表現ユニット「自作自演団ハッキネン」を立ち上げる。二〇〇七年、『無抵抗百貨店屋上遊園地』で劇団旗揚げ。宮沢章夫に師事し、演出助手を務める。同時多発会話の「現代口語プログレ演劇」を作風とする。一六年、女子高生がバンド練習する音楽スタジオを舞台に歪みゆく時空を描いた『30光年先のガールズエンド』（二〇一五）で第六十回岸田國士戯曲賞最終候補。代表作に『私たちの考えた移動のできなさ』『キメラガールアンセム／120日間将棋』『ステロタイプテスト／パス』。 （望月旬々）

山本周五郎《やまもとしゅうごろう》 一九〇三〈明治三十六〉・六〜一九六七〈昭和四十二〉・二。作家。山梨県生まれ。本名清水三十六《さとし》。小学校卒業後、奉公した質店主の名を筆名とし、小説を書き著名となる。戯曲も初期に『破られた画像』『大納言狐』『画師弘高』がある。また六〇年代から、『樅の木は残った』『赤ひげ診療譚』『五瓣の椿』『ながい坂』『泥棒と若殿』『おたふく物語』『さぶ』などは、多くの商業演劇でさまざまに脚色され、繰り返し上演される人気演目となっている。 （神山彰）

山本卓卓《やまもとすぐる》 一九八七〈昭和六十二〉・六〜。劇作家・演出家。山梨県生まれ。本名山本卓。桜美林大学文学部総合文化学科演劇専修卒業。範宙遊泳主宰。二〇〇七年『地底東京の女』で旗揚げ。プロジェクターから投影された文字と舞台上に実在するリアルな俳優とが絶妙なコミュニケーションを交わす「プロジェクションマッピング演劇」を開発。一三年に、連続幼女強姦殺害事件が発生している東京という格差社会に潜んだ「見えない敵」を描く『幼女X』（バンコク・シアター・フェスティバル二〇一四最優秀作品賞・最優秀脚本賞受賞）を発表。

一五年、終末感の果てで「死産」を語る『うまれてないからまだしねない』（二〇一四）が第五十九回岸田國士戯曲賞最終候補作にノミネート。代表作に『東京アメリカ』『ガニメデからの刺客』『インザマッド（ただし太陽の下）』『さよなら日本　瞑想のまま眠りたい』『となり街の知らない踊り子』『われらの血がしょうたい』。

（望月旬々）

山本有三《やまもとゆうぞう》　一八八七〈明治二十〉・七〜一九七四〈昭和四十九〉・一。劇作家・小説家。本名勇造。別名・染瓦《せんが》。栃木県下都賀郡生まれ。旧宇都宮藩士で呉服商の長男。芝居好きの母に同行して、劇場に親しむ。東京・浅草の呉服商に奉公に出された後、苦学して、一九〇九年に第一高等学校入学。この年、自由劇場の旗揚げ公演、イプセン作『ジョン・ガブリエル・ボルクマン』に多大な感銘を受ける。一一年、雑誌「歌舞伎」に、坑夫の生活を題材に『穴』を発表。藤澤浅二郎主宰の東京俳優学校の試演劇場で上演。一五年東京帝国大学独文科卒業。菊池寛、芥川龍之介と第三次「新思潮」同人となり、『女親』『蔓珠沙華』などを書く。井上正夫と親交し、新派の座付作者的立場となる。二〇年に『津村教授』が帝劇の文芸座で、二〇年『生命の冠』が明治座の井上一座で上演され劇界に認められる。二一年には『坂崎出羽守』が市村座の六世尾上菊五郎一座で、『嬰児殺し』が有楽座で七世松本幸四郎らで上演され、劇作家の位置を確定した。関東大震災後の『海彦山彦』は簡素で静謐な舞台で話題となる。二四年創刊の「演劇新潮」では編集を担当し、築地小劇場で翻訳劇のみの上演を宣言した小山内薫に対し、創作劇の意味を強調した。二五年の『同志の人々』は、船中の緊迫感ある舞台構成で、菊五郎と初代中村吉右衛門の共演で話題となる。三〇年の『盲目の弟』（シュニッツラーの翻案）を菊五郎、三三年の『女人哀詞』を初代水谷八重子と花柳章太郎と著名な人気俳優が初演を続けた。この頃までが、劇作家としての山本の絶頂期といえよう。その前後に、『西郷と大久保』や『本尊』『父親』などの戯曲はあるが、三二年設置の明治大学文学部文芸科長となる頃から小説の執筆に傾いた。著名な小説『波』『女の一生』『真実一路』『路傍の石』は、いずれも映画化され、広範な読者層を獲得した。四一年、芸術院会員。戦時下の戯曲には、四三年の『米百俵』がある。戦後は、国語の新表記運動を推進し、国語研究所を創設。参議院議員ともなる。六五年文化勲章受章。

山本の文学・演劇の特徴は、庶民から知識人まで広範な受容層を想定し、多彩な観客、読者を獲得したことにある。山本は、もとよりイプセン、ストリンドベリ、ハウプトマンからシュニッツラーといった近代劇の作家たちの影響を強く受けている。しかし、純粋、本質志向の狭い「新劇」に馴染まず、歌舞伎や新派の劇場や俳優によって上演されたことで、多彩な客層に忘れ難い強烈な印象を残す舞台を提供したところに、その特質がある。少年期に母と見た芝居の思い出から、閉鎖的な「純文学」を超えた場所で息づく菊池寛や秦豊吉のような人々と親しんだ東大時代の青年期の交友によるものも大きいだろう。また、小僧奉公をし、商家に育った人間として、インテリだけ対象とする演劇などは受け付けない気質もあっただろう。極めて懐の深い、再演されるべき作品が多い。

❖**『生命の冠』**《いのちのかんむり》　三幕。一九二〇年一月「人間」に発表、同年二月新派が明治座で上演。樺太で、缶詰製造業をしている有村兄弟は、取引先や網元から妨害を受け、材料に逼迫する。

英国からの納期が迫り、安価な不良品で代替しようとする弟を兄は諫める。網元の風間は妹の絢子と結婚できれば材料を工面すると持ち掛ける。兄はそれを断り、高価な材料を購入して英国の注文を守るが、一家はその負担で破産してしまう。山本の戯曲に一貫する、イプセンの影響でもある、真実や正義を貫く行為が果して人間を幸福にするのかという問いかけは、ここにも通底している。ここでは、有村兄弟や妹も妻も破産したものの、諦観と平安が底に流れて希望を見出すのだが、樺太を背景にした設定が巧みな効果を挙げ、現実感を与えて、安易な結末に感じさせない構成となっている。初演は兄が井上正夫、弟が藤村秀夫、妹が木下吉之助、風間が深沢清造。社会劇上演時代の新派の佳作でもある。

❖『**嬰児殺し**』《えいじごろし》 一幕。一九二〇年、二一年に雑誌「第一義」に発表。二一年三月有楽座で初演。女性の労働者が貧苦に耐えず、赤子を殺す。彼女を捕えた巡査の同情と職務との間の心情の揺れが、単に個人の罪か社会の責かという問題を超えて、生々しく迫る。初演は小山巡査が七世松本幸四郎、あさが初代澤村宗之助、隣の女房が藤間房子という帝劇所属の俳優による。素人演劇を含め、度々再演された。

❖『**坂崎出羽守**』《さかざきでわのかみ》 四幕。一九二一年九月「新小説」に発表。同月市村座で初演。大坂城落城の際に、徳川家康が千姫を救出した者に姫を添わせるというのを信じて、坂崎出羽守は大火傷をしつつも救い出す。しかし、千姫は本多平八郎に心が動き、家康の勧めに応じない。その約束を反故にされた出羽守は、焦燥の末に自滅の道を辿る。理想と現実、運命とが衝突し、常に前者が敗れるのは、山本の戯曲に共通しているが、重要なのがそういうテーマ以上に、戯曲としての場面構成や人物配置の巧みさやその背景にある抒情的要素である。初演は六世尾上菊五郎の出羽守、六世大谷友右衛門の家康、七世坂東三津五郎の本多、初代澤村宗之助の千姫。菊五郎の新作でも屈指の当り役であり、本多と千姫の関係を見た坂崎が、戯曲にある台詞を言わず、無言の感情で引込んだ演技は、山本も認めた名演。

❖『**同志の人々**』《どうしのひとびと》 二幕。一九二三年五月「改造」に発表。二五年三月邦楽座で初演。幕末の寺田屋騒動で生き残った薩摩藩の是枝万介たち八人は、船で郷里へ護送される。その船には、同志の田中河内介・磋磨介親子も監禁されていた。是枝らは田中親子を殺せば、寛大な処置を受けられると聞かされ、田中と親しい是枝が、田中親子に死を求める役を引き受けざるを得なくなる。自刃を拒む磋磨介を是枝は殺す。河内介は是枝ら同志に後を託し、自刃する。極限状態での人間を、船室、船底という密室で描く劇作法が秀逸な効果を生んだ。初演の六世菊五郎の是枝、初代吉右衛門の河内介、六世友右衛門の磋磨介の緊迫したセリフの応酬は、揺れる船中の不安を表現する波や風の音響効果もあり、傑作というにふさわしい作品となっている。戦後も、数度再演されたが、その緊張感は記憶に新しい。

❖『**女人哀詞**』《にょにんあいし》 四幕。一九三〇年一月から「婦女界」に掲載。三三年一月前半を明治座で初代水谷八重子のお吉、花柳章太郎の鶴丸、五月に後半を新宿新歌舞伎座で花柳のお吉、梅島昇の鶴松で初演。幕末の世、芸妓お吉は恋人鶴松の出世のために別れ、米人総領事ハリスの愛人となる。数年後鶴松とお吉は夫婦になるが、離別。落魄したお吉は他の男を寄せ付けることなく、反骨の生涯を生きる。多くの作家が小説化、劇化した「唐人お吉」の題材を、山本は、見事な台詞と場面構成、人物配置で展開する。特に後半各場に見られるお吉の壮絶な意気地を胸に迫る啖呵と、十円札や米粒という小道具の使用で見せる劇作術の妙は、小説では決して表現し得ない演劇固有の領域を実感させる。戯曲はいずれも『山本有三全集』(新潮社)所収。

(神山彰)

山本緑波《やまもとろっぱ》 劇作家。明治末から大正初期に人気があった、関西の喜劇団「瓢々会」に『惑ひ聟』『思ひおもひ』『終列車』『ストライキ』などを書く。大正座の女優劇にも、賀古残夢とともに『女波男波』など多作。なお、連鎖劇では瓢々会に『真』『迷信家』『絵具皿』などの連鎖喜劇、関西新派の山田九州男一座に『恨の白無垢』など多数あるのも注目される。

(神山彰)

山谷典子《やまやのりこ》 一九七六〈昭和五十一〉・五〜。劇作家・俳優。東京生まれ。私立桜蔭学園卒業。一九九五年に文学座研究所入所、二〇〇〇年、座員となり現在に至る。自身が主宰する演劇集団Ring-Bong(リンボン)を、一一年に旗揚げ。一貫して「戦争と平和」をテーマに劇作をつづけている。戯曲作品に、終戦直前から現在に至る人々の生活を点描し戦争の意味を問う『あとにさきだつ　うたかたの』や、戦中の京城(現・ソウル)に住んだ日本人一家の肖像を綴りながら戦争の非人間性を訴える『しろたへの春　契りきな』などがある。

(岡野宏文)

闇黒光《やみくろみつ》 一九四九〈昭和二十四〉・八〜。劇作家・演出家。本名河野明《かわのあきら》。大分県生まれ。一九七五年、大阪で未知座小劇場旗揚げ(同年、大阪演劇情報センター設立)。七七年から大阪府八尾市を拠点に、自前のテント劇場で全国各地を巡演する。独自の身体論に裏打ちされた骨太な創作劇で関西演劇界の中核を担う。九六年、未知座小劇場解体。以後はプロデュース公演を行なう。代表作に『河内カルメン』。著書に『力場の論理』(オフィスゼット出版)。

(小堀純)

ゆ

ゆいきょうじ 一九四四〈昭和十九〉・十一〜。劇作家・演出家。静岡県生まれ。一九七一年「亜人の会」を旗揚げ、三十年間にわたり主宰して作品を提供・演出を手掛ける。七七年『盗賊万才!!異説多襄丸伝』『隠人達の系譜』が、いずれも新倉博道の演出で亜人の会により上演。八一年『隠人——おに』が五十嵐康治の演出で劇団青年座により青年座劇場にて上演。八七年『補陀落山へ詣ろうぞ』が土岐八夫の演出で青年座・亜人の会により青年座劇場にて上演、九一年『無明』を三鷹・武蔵野芸能劇場、二〇〇〇年『桜下小話』を大塚・萬スタジオにて、いずれも自らの演出で亜人の会により上演。(中村義裕)

柳美里《ゆうみり》 一九六八〈昭和四十三〉・六〜。小説家・劇作家・演出家。在日韓国人二世として神奈川県に生まれる。横浜共立学園高校を一年で中退、東京キッドブラザーズでの女優活動を経て、一九八八年に劇団「青春五月党」を旗揚げする。九三年に『魚の祭』(一九九二年十月、東京・青山円形劇場にて劇団MODEにより初演)で第三十七回岸田國士戯曲賞を最年少で受賞。九六年『フルハウス』で第二十四回泉鏡花文学賞と第十八回野間文芸新人賞を受賞。九七年には『家族シネマ』で第百十六回芥川賞を受賞するなど、両親の離婚による家族崩壊、いじめ、学校中退など、在日韓国人二世という出自からの過酷な体験や生い立ちを反映した「私戯曲」「私小説」の分野で高い評価を得ている。戯曲作品は他に『グリーンベンチ』(九五年、韓国で初演)、『向日葵の柩』『静物画』など。『グリーンベンチ』は韓国で高く評価され、二〇〇五年のソウル演劇祭で演出賞・新人演技賞・舞台美術賞を受賞している。これらの作品の多くには常に「家族」の問題が大きなテーマとして据えられており、かつての多くの「私戯曲」との大きな違いは「憎悪」の観念が作品を貫いていることにある。また、作品のト書きが、「溶けたバターで嗽をしているような潤いのこもった甘ったるい声で」(『グリーンベンチ』)、「冬樹は自分の脳が硝子に、呑んだ酒がハンマーに変わってしまったように思う」(『魚の祭』)など、非常に感覚的な書かれ方をしているのも作品の特徴の一つである。

❖**『魚の祭《うおのまつり》』** 一幕。離散した家族が、弟の事故死をきっかけに十二年ぶりに家に集まった。母とともに残った弟、父と家を出た兄、家を出た長女と次女。この家族全員を引き合わせたのは、事故死した弟だったが、家族の死という現実、死者を前にしてなお、十二年の桎梏や憎悪はいろいろな形で顔を見せる。言葉を発しなくなった弟は、小学生の頃の日記や、恋人に当てた「遺書」めいた手紙の中に、同様の憎悪を秘めている。一枚の紙の裏表のような近親憎悪の縺れは、「死」という人生最大の事件を迎えてもなお、拭い去ることができない。過去の想い出には常に哀しみや辛さが伴ったままそれぞれの人物の中に淀んだ澱のように漂い、ふとした瞬間に心から顔を出して相手を傷つけてゆく。本作は、舞台劇ではありながら、映画のシナリオのような書き方をされており、冒頭の回想シーンから幕切れの回想シーンに至るまで、すべての場面が「シーン〇」という表記をされているばかりでなく、ト書きの指示も非常に映像的な特徴を持っている。

❖**『グリーンベンチ』** 一幕。テニスコートで久しぶりに娘・陽子と再会した泰子。泰子は息子の明と暮らしている。姉弟に真夏のテニスコートでテニスをさせ、それを見ている泰子。端からみると、それは仲の良い一家の夏の午後の風景に見えるが、泰子の発する言葉は尋常ではない。ストーリーが進むに従い、子供たちの父親が家を出た原因や、泰子の生活ぶりがだんだんに明らかになる。五十歳になる泰子は、二十五歳の美青年・正彦と付き合っており、テニスコートに呼び寄せる。一見、非の打ちどころのないような優しさと美貌を持った正彦だが、彼は泰子の愛人ではなく、狂気の淵をさまよい、今にも深く沈み込みそうな泰子のケアをしている青年だった。真夏の陽射しの照り付ける中で、今は三人になってしまった「家族」の本当の姿が徐々に炙り出しのように浮き彫りにされて来る。母の娘に対する嫉妬や嫌がらせ、近親憎悪。それを黙って見守ることしかできない弟。泰子の夫が他の女性と結婚したがっていることを知り、もはや崩壊した家庭を取り戻すことができない、と知った泰子は、テニスのラケットで正彦を殴り付け、殺してしまう。

(中村義裕)

行友李風《ゆきともりふう》 一八八七〈明治十二〉・三～一九五九〈昭和三十四〉・十二。劇作家・作家。広島県尾道市生まれ。本名は直次郎。家業の藍商を継ぐが、放蕩の末、放棄。商業学校卒後、一九〇六年「大阪新報」の記者となり、演芸欄担当。一六年に関西松竹の文芸部に移り、翌年澤田正二郎の新国劇結成に伴い、座付作者となる。二三年に退座するまでに、行友自身とともに新国劇の代表作となる多くの作品を執筆した。退団後は、小説家となり、二五年大阪朝日新聞連載の『修羅八荒』で、大衆時代小説の人気作家となる(一九二六年に自ら劇化して、中田正造の新声劇で上演)。昭和初期には少年読物も多く書く。戯曲、小説共に、幕末維新期を題材にしたものを得意とした。戯曲での場面転換の巧みさ、スピーディな運びは、澤田正二郎の新国劇の特徴であり、大正期のモダニズムの要請でもあったスピードとスリルとに富み、その特徴を生かして、人気を高めるのに大いにあずかった。また、『国定忠治』や『月形半平太』のような、昭和期までは国民的な記憶として共有され、多くの大衆の人口に膾炙した、数多くの名セリフを作ったことでも特筆されるべき作家である。それ以前の口承文芸や歴史的伝承から、行友の作りあげた台詞や造型した世界や人物像は、剣劇、浪曲、映画、歌謡曲から初期テレビ番組やコマーシャルにいたるまで、夥しい大衆文化の源泉となり、舞台だけでなく、それらを通しても、無数の大衆の心性に沁み込み、強烈な影響を与えた。以下の作品解説でも見るように、新国劇だけでなく、大正昭和期のモダニズムの一面を考察し、大衆文化と知識人の心性の接点を実感する上でも、行友は重要な劇作家である。他の戯曲に『金山颪《おろし》』『春告鳥』『函館夜話』『七本桜』『舞衣草紙』『間新六』『新撰組』『安中草三』『千葉周作』『延命院日当』など。

❖**『国定忠治』**《くにさだちゅうじ》 四幕八場。一九一九年十一月名古屋・末広座初演。幕末の上州の博徒で数々の罪で処刑されたが、任侠をもって庶民に支持されたという伝説のある国定忠治を劇化した作品。題材としては三世河竹新七の先行作『上州《じょうしゅう》 織侠客大縞《おりたてしのおおじま》』がある。先行作と異なる行友の戯曲の最大の魅力と特徴と独創性は、「赤城山」「山形屋」「小松原決闘」「忠治捕縛」と四場の見どころ聴きどころを設定し、野望と裏切りと敗北と棄郷と敗走という要素によって構成したところにある。外地での成功や政治的野望を目指すものの多かった大正末から昭和初期には、萩原朔太郎が『国定忠治の墓』を発表するなど、同志に裏切られ、故郷を捨て、逃亡に逃亡を重ねる敗残者という忠治の人物像には、インテリと大衆の心性に接合点が多く見られる。視覚的にも、二分数十秒の「小松原決闘」の圧倒的な見事さは、大正期のモダニズムのスピード感覚を実現した名場面。また、「赤城山」での有名な台詞にある〈故郷を捨て、国を捨て〉という棄郷意識の反復には、立身を目指し、生活の糧を求めて国内や外地の故郷を捨てざるを得ない人々の心性を強く刺激するところが多かった。さらに、〈生涯手前という強い味方があったのだ〉という台詞で、刀剣を赤子に見立てて抱くような形で抱える仕草や、「親分子分」という疑似家族を構成するしかない、家族を捨てた孤独な博徒の姿に、広範囲の観客は故郷や外地に残してきた親や子を投影し、重ねる心情もあった。

それだけでなく、『国定忠治』などは、伊藤大輔(『忠次旅日記』)、山中貞雄(『国定忠治』)の映画化により、大衆文化と前衛手法の映像との結合を産んだ。常に敗走する敗残者としての国定忠治の心性への共有感は、昭和期までは強く、真山青果の同名作のほか、菊池寛『入れ札』などがあり、剣劇、大衆演劇にいたるまで、同題材の戯曲は数多い。戦後は村山知義が民主的な忠治像を書いている。

❖**『月形半平太《つきがたはんぺいた》』** 四幕。初演は一九一九年五月京都・南座の新国劇公演。澤田正二郎の半平太、久松喜世子の芸妓染八など。長州藩の志士・月形半平太が命に懸けても大義を通すという勤皇的な硬派の本筋に、芸妓との恋という軟派の脇筋を加え、さらに目の醒めるような立回りをあしらった構成で、観客を飽きさせない。新国劇でも屈指の人気演目として、繰り返し上演された。特に、真葛ヶ原の場で芸妓梅松に雨傘をさしかけられた半平太が〈春雨じゃ、濡れていこう〉という台詞は、ある世代以上の人口に膾炙した。この後に、幕末の勤王の志士が主役という設定の芝居が一時流行したほどだが、いずれもこの作品のいくつかの要素を組みかえ、趣向を変えたものであり、映画化も含めて、本作の影響が大衆文化に与えた影響は大きい。四条河原の場の胸のすくような立回りの見事さは、現在でも屈指の名場面であり、総体に叙景と抒情に優れた行友の資質を実感させる。本作は占領下では、尊皇攘夷の台詞が許されず、『開国情史月形半平太』と改題され、開国の条理を説く設定となり、月形最後の言葉、「死して護国の鬼となる」は「死して開国の礎となる」と変更されている（金子市郎「『月形半平太』について」（七三年二月新橋演舞場筋書）。『国定忠治』とともに、昭和期の戦前戦後の観客の上演実態や、精神の受容史を探る上でも、行友の作品の意味は極めて大きい。

❖**『新撰組《しんせんぐみ》』** 一九二三年八月・浅草の公園劇場で新国劇により初演。舞台は幕末の京都。新撰組の隊員・青木が、鎮圧する対象である勤王派の商家の娘を助け、恋仲となる。三条小橋の池田屋での有名な襲撃場面から、維新に至り大政奉還となる流れのなかで、主人公の近藤勇を始め桂小五郎、永井玄蕃頭、後藤象二郎という対立する双方の人間が、互いの敵方の誠忠や人間性を認め合う姿を描く。以上の設定に、観客の期待に応える立回りを配し、祇園の舞妓の踊りを加えるという、新国劇に相応しく、巧みに運んで行く劇作法となっている。近藤勇を武道一筋でありながら世に通じ、情感を湛えた人間として描き、台詞には澤田特有の、観客の情動性に訴える感傷的な調子を生かしているのも興味深い。

［**参考**］『行友李風戯曲集』（演劇出版社）　（神山彰）

よ

横内謙介《よこうちけんすけ》　一九六一〈昭和三十六〉・九〜。劇作家・演出家。東京都杉並区生まれ。七八年、厚木高校在学時に『山椒魚だぞ！』で演劇コンクール全国二位。一九八二年、早稲田大学第一文学部在学時に岡森諦、六角精児らを中心に劇団善人会議（一九九三年に劇団扉座と改称）を旗揚げ、作・演出を担当する。九二年『愚者には見えないラ・マンチャの王様の裸』で第三十六回岸田國士戯曲賞を受賞。八八年の『きらら浮世伝』より商業演劇でも活動を始め、『フォーティンブラス』などジャニーズ系の公演にも作品を提供。九三年からはスーパー歌舞伎でも台本を担当し、九九年、『新・三国志』で第二十八回大谷竹次郎賞を受賞。二〇一一年より厚木市文化会館芸術監督をつとめる。先行するアングラ世代の「悪人ぶり」に対抗して自らの劇団を「善人会議」と名づけた横内の作風は、劇団初期のキャッチフレーズ「観やすい！楽しい！わかりやすい！」が示すように、物語への強い志向を特徴とする。

しかし横内は現代において虚構を成立させることの難しさにも自覚的であり、それは初期の出世作『夜曲――放火魔ツトムの優しい夜』（八六年、ザ・スズナリにて初演。角川書店より出版）にすでに見て取れる。岸田賞受賞作でもこの問題がメタシアターの枠組を利用して追求され、また、〇五年の『アトムへの伝言』では芸人ロボットが実際に地雷を踏む「自爆芸」という形で、虚構が現実にどう力を及ぼすかというテーマが示される。多方面で活躍する横内だが、自身の劇団に書き下ろした作品からは、虚構と現実がいかに関係するのかという演劇論的な問題を、つねに観客を楽しませるという要請のなかで追求し続ける彼の姿勢をうかがうことができる。

❖**『愚者には見えないラ・マンチャの王様の裸』**《ぐしゃにはみえないらまんちゃのおうさまのはだか》 一九九一年三月、横内演出、ザ・スズナリにて初演。登場人物は十人。中心人物は〈王様は裸だ！〉と暴露され国を追われた王だが、この王はドン・キホーテに心酔しており、道化を連れた「リア王」でもある。複数の物語が引用されたメタシアトリカルな枠組の中で、虚構と現実の関係性、演劇の可能性と不可能性が追求される。冒頭、王様は現代的な病室で服を着込んで寝ているが、看護人が出て行くと道化と共に旅に出る。ドン・キホーテ好きな王様は旅の途中でサンチョ・パンサ（従者）に出会い、宿屋で祝杯をあげる。しかし宿屋で出会った旅芸人は、この国の王が〈裸だ！〉と暴露されて以来、人々が目に見えるものだけを信じるようになり芸が成立しなくなったと嘆く。芸を捨て、体を売って稼ごうとしている旅芸人の娘に〈ホモだ〉と暴露され、激高した宿屋の主人は娘に裸踊りを強要するが、王様は自分こそが〈裸の王様〉であると告白し、裸踊りをしようとする。王様が服を脱いでいくと現代的な姿の女、中川恭子が登場し、王様に〈先生〉と呼びかけ、王様と道化以外の人物は扮装を解き生徒になる。ここでは中学校教師が生徒をナイフで刺した実際の事件が引用される。王様はドン・キホーテ気取りの熱血教師であったが生徒に相手にされず孤独だった。そんな中ある女生徒と手紙を交わすようになり、教師は彼女をドルシネアに見立てて恋文を書き続けたが、ある朝その手紙が張り出され、彼女は教師を見て笑った。そして教師は彼女を刺したという顚末が語られる。恭子は許しを請い、新しい〈見えない〉服を差し出すが、王様がその服を着ると〈裸だ！〉といって笑い出す。照明が消えると王様は冒頭の寝室にいるが、ベッドに寝ているのは道化である。道化は〈見えない服〉というものは本当にあったのではないかといい、二人のその服を探しにいこうというせりふで幕が閉じる。『愚者には見えないラ・マンチャの王様の裸』（カモミール社）所収。

❖**『アトムへの伝言』**《あとむへのでんごん》 二〇〇五年、横内演出、厚木市文化会館にて初演。登場人物は二十人。人口知能の権威、柳と研究者たちは世界初のお笑いロボット、カッパを作り出そうとしている。〈カッパ〉はかつて一世を風靡したコメディアン、海老乃屋ラッパをイメージして命名された。カッパと研究者たちは、今は落ち目の芸人であるラッパに弟子入りを志願する。ラッパはカッパが真摯に皆を笑わせたいと思っていることに心打たれ弟子入りを承諾。相方にぶっ飛ばされても〈チィーとも痛くなーい〉とボケるギャグが持ちネタのラッパのお笑いは乱暴な表現を多用するが、カッパは設定により暴力的な振舞いができない。それはかつて自分たちのロボットが殺人に使用されたことを悔いた柳が、人々を元気づけるお笑いロボットを作ろうとしたからである。しかし暴力的な表現が飛び交うお笑いの世界で実際に人が死ぬことはないというラッパ、皆を笑わせたいと訴えるカッパに心打たれた研究者たちは設定を変え、カッパは芸を身につけていく。しかし嫉妬した古弟子たちがラッパを突き飛ばすのを見たカッパは怒り、設定ではあり得ない力を出して彼らにけがをさせてしまう。この事件により破壊されることになったカッパに、ラッパは地雷を踏んで自爆するという〈自爆芸〉を提案する。ラッパはかつて地雷撲滅のチャリティショーをやったが観客の反応は鈍かった、しかし本物の地雷で人間そっくりのロボットが吹き飛ばされたら誰でも何かを感じるはずだと言う。カッパとラッパはテレビが生放送する中で地雷をテーマにしたコントを披露し、ついに地雷を踏んだカッパは〈…チィーとも痛くなーい！〉と地雷から足を離し、暗転。幕となる。「テアトロ」(二〇〇五・12)所収。　(鈴木美穂)

横倉辰次《よこくらたつじ》　一九〇四〈明治三十七〉～一九八三〈昭和五十八〉。劇作家。東京生まれ、築地小劇場で大道具、音響等のスタッフとして修業。河合澄子一座を経て、ムーラン・ルージュ新宿座文芸部に属す。『やくざ仁義』『巷説やくざ音頭』等々の時代劇から、『恋と手品師』『雨』のような現代劇まで、幅広く数多くの作品を書く。一九四〇年退座後は、松竹系の浅草の劇場に属す。戦後も五〇－六〇年代には、宝塚新芸座にも、『柿実る頃』などムーラン・ルージュの再演物のほか『おさらば仁義』『女と雲助』『泥棒寺縁起』『初春仇討騒動』など、主に時代劇を提供。戯曲集に『沼街』、著書に『銅鑼は鳴る――築地小劇場の思い出』(未來社)、『わが心のムーラン・ルージュ』(三一書房)がある。　(神山彰)

横光利一《よこみつりいち》　一八九八〈明治三十一〉・三～一九四七〈昭和二十二〉・十二。小説家・劇作家。福島県北会津郡生まれ。三重県立第三中学卒業後、一九一六年に早稲田大学高等予科に入学。ほとんど通うことなく「文章世界」「万朝報」へ習作の投稿をはじめる。二三年、菊池寛が創刊した「文藝春秋」の編集同人の一人となる。この年に発表した中編小説『日輪』と短編小説『蠅』が新感覚的な表現手法とともに注目され、川端康成、片岡鉄平、中河与一らとともに新感覚派文学運動をおこす。戯曲の執筆もこのころから始まり、『食はされたもの』(「演劇新潮」一九二四・2)、『男と女と男』(「我観」一九二四・4)のような山村に生きる男女の人間性を描いたもの、『閉らぬカーテン』(「演劇新潮」一九二六・9)、『幸福を計る機械』(二八年『愛の挨拶』金星堂)のような都会で暮らす夫婦の閉塞感を対話中心にユーモラスに描いた一幕物の創作が続き、多幕物ではローマ時代のネロを主人公にした『笑った皇后』(三幕)を二八年に発表している。畑中蓼坡《りょうは》の新劇協会とのかかわりも強く、作品の上演だけではなく演出も担当した。しかし戯曲創作は三二年の『日曜日』が最後となり、その後は純粋小説の提唱、長編小説『旅愁』の執筆へと続く。戦時中の創作については戦後になって強い批判を受け、四七年に病死。

❖**『男と女と男』**《おとこと おんなと おとこ》　一幕。一九二六年三月、帝国ホテル演芸場にて新劇協会が上演。演出は畑中蓼坡。春の山中で樵夫として働く〈ハイカラな色白の〉音と無骨で実直な兼。音は東京へ行って役者になることを夢見ている。二人の元へやってきた田舎宿の女中、お里は、音に向かって身篭ったから一緒になってほしいという相手にされない。しかし同じことを兼にも告げると反対に大喜びされる。その様子を察した音はお里が村中の男を騙すような女であることを責め立て始めたため三人とも深く傷ついてしまう。のどかな山村の男女が都会への憧れや将来に対する不安を抱える姿を少し離れたところから冷徹にとらえ、三人の心理が変化する起伏と共に描いた一幕物。（阿部由香子）

横山仁一《よこやまきみかず》　一九六七〈昭和四十二〉・七～。演出家。劇団東京オレンジ主宰。埼玉県出身。早稲田大学政治経済学部経済学科卒業。一九九二年に早大劇研で堺雅人らと東京オレンジを旗揚げして、構成・演出を手がける。戯曲にとらわれない「フリースタイル」な即興《インプロ》劇を志向する。『楽しい終末』『オレンジ色のにくいやつ』など。（望月旬々）

横山拓也《よこやまたくや》　一九七七〈昭和五十二〉・一～。大阪府池田市生まれ、千葉県育ち。大阪芸術大学文芸学科卒業。一九九六年、在学中に山田かつろうらと売込隊ビームを結成。二〇〇〇年に伊丹想流私塾で北村想に師事。屠殺場を舞台に、命を奪うことへの嫌悪、屠殺に係わる人への差別を喜劇的な筆致で描いた三人芝居『エダニク』（二〇〇九）を書き、第十五回劇作家協会新人戯曲賞受賞。二〇一二年、売込隊ビームを離れ、大阪拠点のユニットiakuを設立。（太田耕人）

横山由和《よこやまよしかず》　一九五三〈昭和二十八〉・十一～。劇作家・演出家。東京都立川生まれ。桐朋短大芸術科演劇専攻後、一九七七年同校生らと劇団音楽座を結成し、ミュージカル作品の台本・作詞・演出を手がける。初期の『ヒーロー』『ヴェローナ物語』などを経て、八八年の『シャボン玉とんだ宇宙《そら》までとんだ』以降、音楽座ミュージカル・ワームホールプロジェクトの一員として、八九年『とってもゴースト』、九一年『マドモアゼル・モーツァルト』、九三年『アイ・ラブ・坊ちゃん』と大型作品を成功させた。九六年独立して「ステップスエンターテインメント」を設立、『ラヴ・サーティ』（一九九七）を皮切りに、サクセス・ストーリー』（九七）、『モダン・ガールズ―空に星降り夢、此処に輝く―』（二〇〇一）、『BOY BE』（〇二）などを発表。募集養成した俳優を外部にも送り出している。外部からの依頼も多く、倉敷チボリ公園やサンリオピューロランドのミュージカル作品を作・演出。現在、昭和音楽大学ミュージカル科准教授をつとめるかたわら川崎アートセンター自主制作の『ロスト・フォレスト』（一一）、『かぐや伝説――月からの贈り物』（一四）を作・演出。

❖**『ロック・ザ・フィガロ』**　二幕。二〇一三年四月アルテリオ小劇場初演。作演出・横山由和、作編曲・富貴晴美、音楽監督・原田裕子、出演・岡幸二郎、柳瀬大輔、旺なつき、鈴木ほのから全二十名、演奏・高野真（ピアノ）カルテット。あらすじは昭和三十四年浅草六区のかつてはオペラやレビュー、軽演劇や寄席、映画の劇場が立ち並んだ地区の再開発工事の責任者となった男が若かりし頃を思い出す物語。その夜妻とオペラ『フィガロの結婚』を見て、記憶がタイムスリップ、関東大震災の頃田舎廻りの劇団に参加して座長や座頭と行動を共にした舞台の記憶がよみがえる。浅草芸能の盛衰と時代の人間模様を巧みに描き出した秀作となった。（瀬川昌久）

与謝野晶子《よさのあきこ》　一八七八〈明治十一〉・十二～一九四二〈昭和十七〉・五。歌人。大阪府堺市生まれ。本名志よう。明治末期には、『夏の夢』『第三者』『損害』『駆落者』『私生児』など戯曲も書いた。なかでも、一九〇八年六月、「新声」に発表した『第三者』は、同年三月の森田草平と平塚らいてうの心中未遂事件に影響を受けて書いたもので、大学教授の妻である女流小説家と青年文学士の心中を描いている。　（熊谷知子）

吉井勇《よしいいさむ》　一八八六〈明治十九〉・十～一九六〇〈昭和三十五〉・十一。歌人・劇作家・小説家。東京市芝区高輪町に伯爵家吉井幸蔵の次男として生まれる。祖父・友実は鹿児島藩藩士から枢密院顧問官をつとめた。芝区御田小学校から府立第一中学校へ入学するも、三年時に落第し、攻玉社中学の四年へ転入。一九〇五年に早稲田大学文学部高等予科に入学し、政治経済科に転科したが中途退学。創作においては早くから作歌に親しみ、新詩社に入社した後「明星」に初めて短歌を発表した。木下杢太郎、長田秀雄、北原白秋らとの交友を深めていくこととなる。〇九年、「スバル」の発刊にもたずさわり、処女戯曲『午後三時』を発表。同年『浅草観音堂』が東京俳優養成所の第二回試演として牛込高等演芸館において上演される。そこで舞台監督をつとめた小山内薫と出会い、同時期に始まった自由劇場の公演に強くひかれていく。翌年、『帰れる船』（二月「スバル」）、『偶像』（五月「趣味」）に続けて発表した『夢介と僧と』（一二月「三田文学」）が自由劇場第三回試演において上演。さらに第四回試演の『河内屋与兵衛』も含めて、メーテルリンクに影響を受けた「気分劇」の系統の舞台作品を続けて発表する。大正期に入ると一四年の『狂芸人』（一月「三田文学」）に始まり、『俳諧亭句楽の死』（四月「中央公論」）、二〇年の『小しんと焉馬』（一月「人間」）、二四年『句楽と小しん』（二月「週刊朝日」）へと続く実在の噺家・三世蝶花楼馬楽をモデルとした「句楽もの」と呼ばれる作品群を執筆する。これらの戯曲は尾上菊五郎の狂言座、守田勘彌の文芸座に始まり、新派、新劇においても上演された。昭和期に入ると歌、随筆の創作が増え、高知、京都へと移り住む。戦後は都踊りや歌舞の詞章やラジオドラマの制作も手がけた。六〇年に病死。戯曲集に『午後三時』（東雲堂書店）、『生霊』（日本評論社出版部）、『杯』（玄文社）などがあり、『吉井勇全集第五巻』（番町書房）に戯曲が収録されている。

❖**『河内屋与兵衛』**《かわちやよへえ》　一幕。一九一一年六月、有楽座における自由劇場第四回試演会にて上演。舞台美術を洋画家の平岡権八郎が担当。近松門左衛門『女殺油地獄』が明治期に再評価された折に近代的な与兵衛像を見出した戯曲。大阪本天満町で油屋を営む河内屋では両親が放蕩息子の与兵衛が家に帰らないことを嘆いている。そこへ長崎の商人を連れて帰宅した与兵衛は、彼に異国の楽器や絵画を見せてもらっているうちに長崎への憧れを募らせていく。特に〈ドン・ファン〉の肖像画を凝視し続けているうちに自分に似ているような気さえしてくる。するといつの間にか眠りこんでしまい、夢の中の世界はスペイン、セビリアの〈ドン・ファン・テノリオ〉の家。彼もまたセビリアでの放蕩三昧の日々に別れを告げて長崎へ行きたいと願っていた。目を覚ました与兵衛は妹に夢の話を聞かせ、やはり自分も長崎へ行こうと思うと告げる。二世市川左團次が与兵衛とドン・ファンの二役。

❖『俳諧亭句楽の死』《はいかいていくらくのし》　一幕。一九一四年十一月、市村座における狂言座第二回公演にて上演。小しんを七世坂東三津五郎、焉馬を六世尾上菊五郎が演じた。大川の河岸近くにある盲目の落語家、小しんの家。そこへ古くからの仲間である焉馬と柳橋が句楽を見舞った帰りにやってくる。盲目となり脚も不自由になった小しんは、精神病を患って入院している句楽のことが気がかりでならない。同じく旧知の仲である大学生の新太郎も加わり、句楽がこれまでに口にした警句の真実味に感嘆し、彼が作った端唄を口ずさんでは皆で懐かしむ。そこへとうに死んだはずの〈蝮の吉兵衛〉らしき男が玄関口へやってきて句楽からの手紙を渡して去っていく。これから旅に出る、という謎めいた手紙を小しんたち仲間にしたためて句楽は死出の旅路についたのであった。この戯曲では肝心の句楽が姿をあらわさない。しかし、狂人の句楽の言葉に心を奪われた人々の様子を描くことで、近代化が進む社会が失ったものを情緒の芝居で見せることに成功している。（阿部由香子）

吉川良《よしかわまこと》　一九三七〈昭和十二〉～。作家・エッセイスト。東京生まれ。駒澤大学仏教学部中退。『暗闇坂』（一九六四）で第十回の、『殺される星』（「新劇」一九六五・3）で第十一回の「新劇」岸田戯曲賞にノミネート。一九七八年『自分の戦場』で第二回すばる文学賞受賞。『八月の光を受けよ』『その涙ながらの日』（ともに七九）、『神田村』（八〇）で芥川賞候補。八一年一月十日に放送されたラジオドラマ『ラスト・ラウンド』原作。劇団芸術劇場の公演作品の脚本を手掛ける。プロ野球、競馬に関する著作多数。九九年『血と知と地――馬・吉田善哉・社台』でJRA賞馬事文化賞、第十回ミズノスポーツライター賞優秀賞受賞。（山本律）

吉崎宏人《よしざきひろと》　一九六一〈昭和三十六〉・五～。劇作家・演出家・編集者。福岡県生まれ。早稲田大学社会科学部卒業。一九九四年、俵万智の戯曲『ずばぬけてさびしいあのひまわりのように』の演出を手掛け、同年『夢巻品川心中』を作・演出。同じく北区つかこうへい劇団出身の矢萩健太郎（本名矢作誠、東京大学文学部卒業）の『名古屋の愛人』とともに、九六年『にせサザ江さん』で第四十回岸田國士戯曲賞の候補に。（小原龍彦）

芳崎洋子《よしざきようこ》　一九六二〈昭和三十七〉・十～。劇作家・演出家。兵庫県生まれ。伊丹想流私塾第一期卒業。『浅川町5丁目1番5号』（一九九八）で第十四回名古屋文化振興賞戯曲部門入選。一九九九年から絣～あざない～入団。『コンコン　とんとん　ポロンぽろん』（二〇〇一）で第九回OMS戯曲賞佳作。『沙羅、すべり』（〇二）で第七回日本劇作家協会新人戯曲賞佳作。二〇〇二年に『ゆらゆらと水』（〇二）で第八回日本劇作家協会新人戯曲賞受賞。『凪に刻む』（〇九）で二〇〇九年度文化庁芸術祭大賞（ラジオ部門）。（九鬼葉子）

吉田甲子太郎《よしだきねたろう》　一八九四〈明治二十七〉・三～一九五七〈昭和三十二〉・一。児童文学者・翻訳家。教師のかたわら「日本少国民文庫」の編集で山本有三に協力するなどした児童文学者。翻訳戯曲にアンドレーエフ『殴られる「あいつ」』（一九二三、玄文社）、ダンセニィ『名誉と詩人』（「演劇新潮」一九二四年四／五月合併号）がある。なお前者は水谷竹紫の再興芸術座第二回公演（二四年四月、神楽坂牛込会館、青山杉作芸術監督）の演目となった。（林廣親）

吉田絃二郎《よしだげんじろう》 一八八六〈明治十九〉・十一～一九五六〈昭和三十一〉・四。小説家・劇作家・随筆家。佐賀県神埼郡生まれ。本名源次郎。幼少期に長崎に移住し、この地で父の仕事の関係から演劇に親しむ。長崎のミッションスクール東山学院、佐賀工業学校に学んだ後、一九〇五年上京し、早稲田大学英文科に入学。翌年から志願兵として対馬要塞砲兵大隊に入隊、この間の生活が、後に出世作となった小説『島の秋』を生んだ。復学後、一時坪内逍遙の文芸協会に参加し、一一年卒業。三田ユニテリアン協会を経て「六合雑誌」の編集に従事し、同誌に創作、随筆などを発表した。文壇デビュー作は、一四年島村抱月の推薦で「早稲田文学」に発表した小説『磯ごよみ』。以後、「早稲田文学」「ホトトギス」等に作品を発表し、一七年、前記の『島の秋』で文壇における地位を確立した。人道主義的な思索を抒情的、感傷的に描き出す作風が青少年層に歓迎され、大正年間の活躍は目覚ましく、多くの新聞・雑誌に小説・戯曲・感想集・童話が発表された。一五年から三四年まで早稲田大学で英文学を講じる。三一年から『吉田絃二郎全集』全十八巻（新潮社、そのうちの第十巻は戯曲集）を刊行。戯曲は、恩師である坪内逍遙の作風を受け継いだ史劇が多く、初期の代表作『西郷吉之助』は、二五年二月の本郷座で二世市川左團次一座により上演された。昭和期に入ると戯曲の執筆が多くなり、『足軽三右衛門の死』『大谷刑部』『大阪城』や現代劇の『狂人となるまで』などが代表作。作品の多くは大劇場で初演され、『二条城の清正』は現在も上演されている。全集刊行後の戯曲集に『二条城の清正』（新潮社）、『江戸最後の日』（第一書房）がある。

❖**『大谷刑部』**《おおたにぎょうぶ》 三幕五場。「改造」（一九二五・12）に掲載。二九年十月歌舞伎座で上演。舞台監督＝松居松翁、舞台装置＝久保田米斎。配役は二世市川左團次の大谷刑部、七世市川中車の島左近、十五世市村羽左衛門の石田三成ほか。敦賀の城主大谷刑部は、武勇優れた名君だが、豊臣秀吉の朝鮮出兵に従った頃から武門の道に無常を感じ、さらに癩病を得て出家を志す。しかし、会津の上杉征伐のため、徳川家康から諸大名に召喚状が出され、末子頼継の初陣の姿に刺激された刑部は、出陣を決める。佐和山城に蟄居する石田三成は出兵の途次の刑部を招き、豊臣家への報恩のため家康と戦う決意を明かし、刑部の病を知りつつ一つ茶碗で名残の茶を飲む。さらに、垂井の陣屋まで、家来の島左近に正宗の名剣を届けさせた三成の心に動かされた刑部は、加勢を決意する。関ヶ原の戦いは、小早川秀秋の寝返りで、三成方の劣勢が決定的となった。刑部は、自分の思いを託して武士を捨てさせ、出家させた甥の祐玄に、戦死した頼継の首を託すと、時雨のなかを小早川の陣に向かう。

❖**『二条城の清正』**《にじょうじょうのきよまさ》 一九三三年十月、東京劇場で初演。舞台装置＝安田靫彦。配役は初代中村吉右衛門の加藤清正、二世市川左團次の徳川家康、中村もしほ（十七世勘三郎）の豊臣秀頼ほか。関ヶ原の合戦で勝利を得た徳川家康は、秀忠に征夷大将軍を譲ったのを期に、再三、豊臣秀頼の上洛を促す。老臣加藤清正は、上洛を拒否すれば家康の思う壺と人々を説得し、自身、病をおして秀頼に付き従い、二条城に赴く。清正は、秀吉から賜わった短刀を懐中にして油断なく秀頼を守護するが、老獪な家康は丁重に秀頼をもてなし、無事、対面は終わる。淀川を下る御座船のなかで、秀頼は清正の忠勤に謝し、清正は例の短刀を取り出して必死の胸の内を吐露する。やがて朝焼けのなかに大阪城が姿を現わし、主従は手を取り合って感涙にむせぶ。三菱合資会社総務理事の木村久寿弥太から清正の懐刀である長船勝光の銘刀が吉右衛門に贈られたのを記念し、すでに多くの演目で清正役を得意としていた吉右衛門に書き下ろされたもの。本作の好評により、『蔚山城の清正』『熊本城の清正』が書かれて三部作となった。

(石橋健一郎)

吉田小夏《よしだこなつ》 一九七六〈昭和四十〉・七〜。劇作家・演出家・俳優。劇団「青☆組」主宰。青年団演出部所属。横浜市出身。桐朋学園大学芸術学部演劇科卒業。一九九五年、平田オリザ作・演出『転校生』で初舞台。大学にて蜷川幸雄、如月小春、越光照文らに師事し、俳優として活動。二〇〇一年「青☆組」を結成し、劇作・演出としても活動。代表作に『うちのだりあの咲いた日に』『初雪の味』『時計屋の恋』『雨と猫といくつかの嘘』『パール食堂のマリア』『海の五線譜』など。

(望月旬々)

吉田武三《よしだたけぞう》 劇作家。創生期の松竹キネマ脚本部に在籍し、大久保忠素や五所平之助の下、『灼熱の恋』や『奔流』など無声映画の原作、あるいは脚本をつとめる。一九三七年頃からは大都劇場の脚本を執筆した。その一方で、戯曲や「芝居とキネマ」などでの映画評を執筆している。戯曲は主に「舞台」で発表されたが、本人が映画界での具体的な経験を記した『映画王国』(「舞台」一九三三・9)などの作品があげられる。

(岡本光代)

吉永仁郎《よしながじろう》 一九二九〈昭和四〉・十〜。東京都生まれ。劇作家。早稲田大学第一文学部英文科卒業。公立中学で英語の教師をしながら創作活動を行なう。一九七四年『侵入者』が大沢郁夫の演出で劇団展望により阿佐ヶ谷小劇場、『勤皇やくざ瓦版』が八田元夫の演出で劇団東演により六本木・俳優座劇場にて上演。八二年『すててこてこてこ』が砂防会館ホール、八三年『夢二・大正さすらい人』が茨城県民文化センターにて、いずれも渡辺浩子の演出で劇団民藝により上演。八五年『芝居―月もおぼろに―』が日本橋・三越劇場、八八年『煮えきらない幽霊たち――蘭学事始浮説』が新宿・紀伊國屋ホールにて、いずれも加藤武の演出で文学座により上演。八九年『季節はずれの長屋の花見』が阿部廣次の演出で俳優座により俳優座劇場、九〇年『夏の盛りの蟬のように』が渡辺浩子の演出で蟬の会により池袋・サンシャイン劇場、九一年には『さりとはつらいね』が三木のり平の演出で俳優座により俳優座劇場、『彫刻のある風景　新宿角筈』が加藤武の演出で文学座により新宿・紀伊國屋ホールにて上演。九四年に『日暮れて、二楽章のセレナーデ』が加藤武の演出で文学座により新宿・紀伊國屋ホール、『滝沢家の内乱』が渡辺浩子の演出で蟬の会により紀伊國屋ホール、『しりたまはずやわがこひは―藤村と女たち―』が渡辺浩子の演出で蟬の会により新宿・紀伊國屋ホールにて上演。九八年『遅咲きの花のワルツ』(原作：佐藤愛子)が阿部広次の演出で俳優座により俳優座劇場、二〇〇一年『静かな落日―広津家三代―』(第五回鶴屋南北戯曲賞最終候補作品)が新宿・紀伊國屋サザンシアター、〇二年の『宅悦――雜司ヶ谷四家怪談』と〇三年の『信濃坂』がいずれも高橋清祐演出で劇団民藝により三越劇場にて上演。〇四年『風の中の蝶たち』(原作：山田風太郎)が戌井市郎の演出で文学座により紀伊國屋サザンシアター、〇五年『深川暮色』(原作：藤沢周平)が高橋清祐演出で劇団民藝により三越劇場にて上演。新劇の「三大老舗劇団」と呼ばれる文学座、俳優座、劇団民藝にコンスタントに作品を提供している。

[参考]『吉永仁郎戯曲集1〜4』(宝文館出版)

❖『**すててこてこてこ**』二幕六場。明治維新後、西欧の思想や文化が激しく流れ込み、人々の心が近代へ向かってゆく中で、落語の中興の祖・三遊亭圓朝が時代とどう向き合っていたかを、作者が弟子の芸人たちの姿と共に活写した作品。圓朝の弟子・円遊は、『野ざらし』を今までの物とは違った味の噺に仕立て直そうと苦心惨澹しているが、圓朝は良い顔をしない。旧態依然とした幽霊噺を繰り返す名人・圓朝に心酔しながらも、世の中の移り変わりに目を向けてほしい、と懇願する円遊だが、圓朝は己の道を進むだけだ、と首を縦に振らない。しかし、時代の要請の中で、弟子の万橘は「ヘラヘラ踊り」、円太郎は「ラッパ」で高座の人気を博している。鹿鳴館の夜会の余興に招かれた圓朝は、『牡丹燈籠』を熱演するが、長年の贔屓である外務大臣・井上馨に世の中に合わせた噺を演じるように、と勧められる。そんな中、弟子の円遊の真打披露が行なわれていた。「時節に合わなくなった」と引退を表明した圓朝は、人情噺『塩原多助』を一世一代で口演する。時代に合わせようと必死の円遊は、出の直前まで圓朝と話し合うが、結論が出ないまま、高座へ出る。普通に話を始めたが、客席は一向に湧かず、圓朝が楽屋で見ているのを知りながら、かねてから暖めていた「すててこ踊り」を始めるのであった。

❖『**夏の盛りの蝉のように**《なつのさかりのせみのように》』二幕。画狂・葛飾北斎が五十七歳の時に始まり、北斎が亡くなって九年後までの四十三年間を描いた作品。北斎とその娘・おえいを中心に、北斎の元に集う渡辺崋山、歌川国芳、蹄亭北馬が、それぞれの立場や観点から、北斎を師事し、怖れ、闘い、諦めという生き方を、北斎とのやり取りを通して浮かび上がらせてゆく。蹄亭北馬を狂言回しとして、物語の進行や、登場人物の中で一人だけ絵師として名前を遺せなかった想いを滲ませながら、著者は北斎と崋山、国芳との会話を通して、北斎の「画狂」としての生き方を炙り出す。そして、北斎を鏡としてそこに移る武士でありながら絵師としても高い評価を得た崋山、売れずにさんざん悩み苦しんだ挙句に、「武者絵」に活路を見出す国芳、北斎の娘として結局は北斎の絵に取り込まれてしまう娘・おえいの人生をも描いた作品。(中村義裕)

吉村敏《よしむらとし》 劇作家・作家。昭和戦中期に台湾で活躍。台北放送局文芸部に中山侑らと勤務。台湾で青年劇から皇民化劇に至る時代に「芸能奉公団」「台湾演劇協会」などに関わる。小説も多い。戯曲に『護郷兵』『一つの矢弾』(短編戯曲六編)、『光栄に帰る』など。

[参考]中島利郎編『台湾戯曲・脚本集五』(緑蔭書房)(神山彰)

依田学海《よだがっかい》 一八三四〈天保四〉・一一〜一九〇九〈明治四十二〉・十二。劇作家・漢学者。本名朝宗、のち百川。号に贅庵、柳蔭。佐倉藩士の次男として江戸に生まれる。藩校に学び、初め書家を、後に儒者を目指し、牧野天嶺門に入る。郡代官、江戸留守居役等を経て、一八六九年(明治二)佐倉藩権大参事。その後「郵便報知新聞」記者を経て、修史局等に勤務。七八年頃より演劇改良運動に関わる。八三年、求古会の一員となり九世市川團十郎に助言を与える。八六年、演劇改良会会員となり、同会の会合で川尻宝岑《ほうきん》と合作の

『吉野拾遺名歌誉』を朗読。宝岑と合作の『文覚上人勧進帳《もんがくしょうにんかんじんちょう》』は竹柴其水の改作により『那智滝祈誓文覚《なちのたきちかいのもんがく》』として無断上演され争いとなった。八九年、日本演芸協会文芸委員。歌舞伎座開場後は新派との結び付きが強くなり、川上音二郎一座による『拾遺後日連枝楠《しゅういごじつのれんしくすのき》』、角藤定憲一座の『政党美談淑女の操』等複数の作が上演された。九一年に済美館の顧問となる。一九〇九年に没。一八五六年から一九〇一年までの日記『学海日録』の記事にはしばしば演劇関係者が登場し、資料として有益。

［**参考**］学海日録研究会編『学海日録』（岩波書店

❖**『吉野拾遺名歌誉』**《よしのしゅういめいかのほまれ》　三幕十一場。楠正行が守護する吉野の行在所。足利方と内通する鷲野時景らが女官弁の内侍を奪い去ろうとするが、正行が阻止する。帝は正行に弁の内侍を娶らせようとするが、討死を覚悟した正行はこれを辞退する。正行は如意輪堂の戸に歌を刻み、老僕安達藤六に母への形見を託して出陣する。築地大春楼での朗読会で披露されたが、上演には至らなかった。『明治文学全集八十五　明治史劇集』（筑摩書房）所収。
（日置貴之）

依田義賢《よだよしたか》　一九〇九〈明治四十二〉・四〜一九九一〈平成三〉・十一。脚本家。京都府京都市出身。京都麩屋町に暮らす友禅職人の息子で隣家は永田雅一の実家だった。京都市立第二商卒業後、一九二七年、住友銀行西陣支店に勤務。二九年、当時流行していた社会主義の思潮に感化され、左翼的なビラを配っていたことで憲兵に逮捕される経験を持つ。拷問を受けた末に放免されるもこの件で銀行を退社。三〇年、知人を頼って日活京都撮影所の脚本部に入り、銀行員時代に出演した自主製作映画コンクールで審査員を務めた村田実監督の下につくこととなる。三一年、同監督の『海のない港』『白い姉』のシナリオを執筆。脚本部ながらスクリプターなども経験した。三六年、第一映画社に入社し、溝口健二監督と出会い初のコンビ作となる『浪華悲歌』、続いて『祇園の姉妹』の脚本を担当。日本映画にリアリズムを確立したと評される同二作により脚本家としての地位を築いた。その後も溝口と共に新興キネマに移り、芸道三部作といわれる『残菊物語』『浪花女』『芸道一代男』、『元禄忠臣蔵』などを製作。戦後も『西鶴一代女』『雨月物語』『山椒大夫』『近松物語』など、溝口作品の多くの脚本を担当し、同監督の長年にわたる伴侶として多大な貢献を果たした。その依田が初めて手がけた舞台脚本は、前進座に書いた『花ざかり』（一九五五・俳優座劇場）であった。その他にも新派・莟会の合同公演で六世中村歌右衛門が出演した『春琴抄』（五六・明治座）や『天平の甍』（六三・読売ホール・前進座）などがある。彼の脚本は主に前進座や新派で上演された。著書に『溝口健二の人と芸術』（映画芸術社）。大阪芸術大学名誉教授。

❖**『天平の甍』**《てんぴょうのいらか》　四幕十六場。一九六三年四月、読売ホールにて前進座により初演。井上靖の同名小説を脚色した作品。高僧を招くという命を受け、第九回の遣唐使で唐に渡った留学僧たち。普照、栄叡、玄朗を軸に鑑真を日本に招くまでの物語を描いた大作。演出、宮川雅青・小沼一郎。装置、伊藤熹朔。出演、河原崎長十郎、中村翫右衛門、瀬川菊之丞、嵐芳三郎等。
（松本修二）

淀橋太郎《よどばしたろう》　一九〇七〈明治四十〉・五〜一九九一〈平成三〉・三。劇作家。東京生まれ。本名臼井一男。神田で帽子店を営んでいた、独身時代の一九三二年、蒲田の映画館でおこなわれたアトラクションに出演。このとき知り合った、無名時代の森川信に誘われ、俳優となる(芸名浦島太郎)。新劇俳優のふれ込みで、横浜電気館をはじめ、いくつかの劇場に出演するが、評判芳しからず、劇作家への転身を図る。三四年、大阪・千日前の弥生座に旗揚げされたピエル・ボーイズに参加。森川信、岸田一夫、村田凡二郎、清水金一(シミキン)らが中心のレビュー劇団で、文芸部には竹田新太郎や有吉光也がいた。淀橋太郎のペンネームで、マゲモノ喜劇『仇討奇談』を執筆、作家としてのスタートを切る。三七年、清水金一が浅草オペラ館のヤパン・モカルに、座長として迎えられると、文芸部に参加。三八年八月召集。北支に従軍、翌年帰還。竹田新太郎のつてで、大阪の新興演芸部に入社。あきれたぼういずショーの脚本を書く。まもなく、東京に帰り、浅草帝国館のアトラクションや、浅草金龍館の朗《ほがら》ショー(座長高屋朗)にかかわる。四二年、浅草花月劇場に、清水金一が新生喜劇座を旗揚げすると、有吉光也とともに参加。人気者になった清水が増長するや、主要メンバーとともに退団。大阪に舞い戻り、森川信、竹田新太郎らと、新青年座を旗揚げ。四三年、一座が松竹傘下になったことにともない、浅草国際劇場に出演。空襲下も公演をつづける。戦後、五〇年に、新青年座(このころは森川信一座といった)が解散してからも、国際劇場などの商業演劇で、多数の喜劇や歌謡ショーを手がける。森川信の信頼厚く、六〇年代に、榎本健一(エノケン)にかわって、森川が新宿コマ劇場の座長格になると、大劇場の機構を巧みに利用したアチャラカ喜劇を提供した。『名探偵アジャパー氏』(新東宝・一九五三年・佐伯幸三監督・伴淳三郎主演)ほか、映画の脚本やテレビ・コメディの脚本も書いた。

[参考]淀橋太郎『ザコ寝の人生』(立風書房)

❖『お婆ちゃん売出す《おばあちゃんうりだす》』 五景。一九六二年三月初演。淀橋作・演出。新宿コマ劇場。「喜劇人まつり」上演作品。森川信扮する五人の子持ちの未亡人てるが、助産婦の仕事に追われながら、子どもたちのために奮闘する喜劇。子どもたちは、これまで散々苦労をかけた母親に、せめて満五十歳の誕生日一日だけでも孝行しようと、ひそかに準備。当日、思いがけないもてなしで母を感激させるが、そこへ、鉄道会社に勤める長男が、祝賀会の余興に出演を取りつけていた小屋掛け劇団が、出演不能との知らせが入る。てるの発案で、やむなく、家族全員で余興に出演することに……。劇中劇として挿入された、節劇『鼠小僧よ何処へ行く』(女浪曲師を楠トシエが演じた)が評判を呼んだ。「モッちゃん(森川信の愛称)のおばあさん物」は定評があり、淀橋はその座付き作者であったが、本作は、その集大成的といえる。森川、楠のほか、茶川一郎、如月寛多、本田三千雄らが出演。

(原健太郎)

米田亘《よねだわたる》 一九四七〈昭和二十二〉・七〜。演出家・劇作家。大阪府生まれ。早稲田大学文学部卒業。松竹新喜劇文芸部を経て、新生松竹新喜劇文芸部に所属。別名の門前光三《もんぜんこうぞう》でも活躍。曾我廼家喜劇を継承する「山椒の会」でも活動。一九八〇年代に作品多く、『IC女房にロボット亭主』『さくら湯の忘れ物』『昭和のラブレター』『鯉さんと亀さん』『お金か心か春風か』などが京都・南座で上演。現在では、脚色、演出が多い。

(神山彰)

ら

ラサール石井《らさーるいしい》　一九五五〈昭和三十〉・十～。俳優・脚本家・演出家。大阪市住吉区生まれ。姉の影響で宝塚歌劇を見始め、藤山寛美の喜劇やクレージーキャッツのステージに影響を受けて笑いの多い舞台に興味を抱く。東大進学校で名を馳せた鹿児島のラ・サール高校を経て、早稲田大学第一文学部仏文学科ではミュージカル研究会に所属。作・演出の芝居を発表すると同時に、憧れの井上ひさしの新作がかかっていた劇団テアトル・エコーの養成所の門をたたいた。しかし、井上がエコーから離れて作家活動を始めた時期と重なり行き違いとなってしまった。この養成所で知り合った渡辺正行、小宮孝泰と一九八〇年に「コント赤信号」を結成し、花王名人劇場でテレビデビューを果たす。『オレたちひょうきん族』『平成教育委員会』などのバラエティ番組で人気者となる一方、俳優として舞台に立ちはじめ、一九九五年に小宮らと結成した「星屑の会」などの小劇場演劇のほか、菊田一夫作『がめつい奴』、チェーホフ作『プラトーノフ』などの現代劇にも積極的に出演した。九九年には声優で活躍したテレビアニメ『こちら葛飾区亀有公園前派出所』の舞台化にあたり、脚本も担当。歌ありダンスあり笑いありの娯楽作品に水際だった手腕をみせる。以降は出演と同時に脚本、演出を兼ねる舞台が増え、新橋演舞場『喜劇　地獄めぐり』の演出、ミュージカル『スター誕生』（二〇〇四）の脚本・演出、タレントの志村けんが松竹新喜劇・藤山寛美の名演を再現する『志村魂』の脚本・演出、『ナイロンのライオン』の作・演出、ミュージカル『ゲゲゲの鬼太郎』（一四）の脚本・作詞・演出、ミュージカル『ヘッズアップ！』（一五、第二十三回読売演劇大賞優秀演出家賞）の演出など、遊び心と笑いにあふれた舞台で才能を発揮している。

❖**『ナイロンのライオン』**　二〇一二年に「まいかプロデュース」として、東京・中野のテアトルBONBONで、山口麻衣加、江端英久、木村靖司、丸山優子らの出演で初演。終戦後に女性の下着革命を起こしたデザイナー・鴨居羊子をモデルに、身体を補正する下着ではなく、心を自由に開くための下着の開発に情熱を注いだ女性の波乱の生涯を綴る。（杉山弘）

り

隆巴《りゅうともえ》　一九三一〈昭和六〉・五～一九九六〈平成八〉・六。女優・脚本家・演出家。本名は宮崎恭子《みやざきやすこ》。ペンネームは父・隆蔵、母・巴の名から。長崎県長崎市出身。女子学院卒業。俳優座養成所を経て、俳優小劇場結成に加わる。脚色作品は、テレビドラマ『鈞忍』（一九六六）や映画シナリオ『いのちぼうにふろう』（七一）など山本周五郎作品が多い。一九七五年に夫の俳優仲代達矢と設立した俳優養成の私塾「無名塾」公演『ソルネス』（八〇）の演出で第三十五回芸術祭優秀賞を受賞した。戯曲は『渋谷怪談』（「悲劇喜劇」一九八〇・1）、『ルパン』（八七、パルコ劇場）など三本。（山本健二）

流山児祥《りゅうざんじしょう》　一九四七〈昭和二十二〉・十一～。劇作家・演出家・プロデューサー・俳優・ブルースシンガー。日本演出者協会副理事長。熊本県荒尾市生まれ。本名藤岡祥二。青山学院大学経済学部中退。大学在学中の一九六八年に演劇集団へテロを結成。翌年、早稲田小劇場に入団するが、同年末の研究生公演を演出後退団。七〇年に演劇団を旗揚げ（九〇年解散）。演劇団時代の作品として、『夢の肉弾三勇士』四連作（一九七一〜七二）、『地獄の季節』三部作（七三〜七四）、『嘆きの天使』（七五）などがある。八三年に演劇企画集団・流山児★事務所を設立。後に小劇場界では主流となるプロデュース公演の先駆けとして、稽古場兼劇場Space早稲田を拠点に精力的な公演活動を展開する。代表作に『流山児マクベス』（八八、演出百本記念作品）をはじめとするシェイクスピア・シリーズ、『狂人教育』（九九、二〇〇〇年カナダ・ビクトリア国際演劇祭グランプリ受賞）、『ハイ・ライフ』（〇三、演出二百本記念作、〇九年紀伊國屋演劇賞団体賞受賞）など。寺山修司、佐藤信作品の演出も手掛ける。九七年に一般の中高年に呼びかけ、劇団楽塾を結成。その後、「シルバー演劇革命」を標語に掲げ高齢者劇団パラダイス一座も立ち上げ話題となる。素人劇団ながら国内外から高い評価を受ける。著作に『流山児が征く・演劇篇』（而立書房）、『流山児祥戯曲集Ⅰ　夢の肉弾三勇士』（綾重書房）、『流山児祥戯曲集Ⅱ　浅草カルメン』（阿礼社）等がある。

❖『浅草カルメン』《あさくさかるめん》　一九七四年、浅草木馬館。三部七章。浅草木馬館の近く、「ひょうたん池」の跡地。突如、「国際歌《インターナショナル》」が鳴り響き、陸軍少尉の正装姿の左近四郎が現われると、昭和夢路を筆頭とする「昭和天使レビュー団」の導きで、昭和めぐりの旅が始まる。登場するのは日蓮宗僧侶で右翼テロリスト集団・血盟団の指導者を務めた井上日召や、海軍軍人で日本三大クーデター未遂事件である五・一五事件に参加した三上卓、明治、大正、昭和という三時代を生きた女優・栗島すみ子。そして二・二六事件や傷痍軍人など、さまざまな昭和のイメージの残骸が散りばめられる。登場人物たちは皆、〈燃える劇場〉とそこで踊る浅草カルメンを幻の中に追い求め、最後、舞台の書き割りが崩れ、劇場炎上とともに幕となる。歌謡曲、オペラの楽曲等の劇中歌がふんだんに挿入された音楽劇。『流山児祥戯曲集Ⅱ　浅草カルメン』所収。　（梅山いっき）

ろ

ロジャー・パルバース　一九四四〈昭和十九〉・五〜。劇作家・演出家・作家。東京工業大学名誉教授。アメリカ・ニューヨーク生まれ。カリフォルニア大学ロサンジェルス校卒業後、ハーバード大学大学院修了。ベトナム戦争の徴兵を忌避するため、一九六七年から七二年まで日本に滞在し、多くの演劇人と交流を持つ。七〇年『ガリガリ夫人の完全犯罪』を発表（未上演）。オーストラリア国立大学に赴任し、井上ひさしを客員教授として招聘。井上作品の英訳を手掛ける。二〇〇二年『ジョーの百科事典』、〇六年『河原町物語』『記者たち』（ともに「せりふの時代」二〇〇六・秋）を、いずれも自らの演出でシアターX《カイ》にて上演。『ジャパニーズ・エンジェル』（「海燕」一九九六・3）は第四十一回岸田國士戯曲賞最終選考対象作品となった。〇八年に第十八回宮沢賢治賞、一五年に第九回井上靖賞を受賞。戯曲『ドリームタイム』（ラボ教育センター）が刊行されている。　（中村義裕）

わ

ワームホールプロジェクト ヒューマンデザイン社が創作する「音楽座ミュージカル」の脚本・演出を担当する企画グループの名前で、中心はエグゼクティブプロデューサー＆クリエイティブディレクター相川レイ子(一九三四～二〇一六)がつとめた。プロデュースの重点たる脚本と音楽のみならず、振付・美術・衣装・照明・ヘアメイクに至るまで、すべてのスタッフが同時進行的にプランを練り上げる。この独自の集団創作システムによって音楽座は幾多のオリジナル・ヒット作を生み出し、再演作品にも改訂を重ねている。最初の大型作品は一九八八年の『シャボン玉とんだ宇宙《そら》までとんだ』で、九八年の『とってもゴースト』が第四十五回文化庁芸術祭賞を受賞、『マドモアゼル・モーツァルト』(一九九一)、『アイ・ラブ・坊ちゃん』(九二)、『泣かないで』(九四)、『星の王子さま』(九五)と大ヒットが続く。九六年に劇団としての「音楽座」を解散した後は劇団「Rカンパニー」を設立してワームホールプロジェクトおよび「音楽座ミュージカル」の作品群を継承するようになったが、浅田次郎原作の『メトロに乗って』(二〇〇〇)で話題を呼び、『七つの人形の恋物語』(〇八)、再び浅田原作『ラブレター』(一三)と感動作を出している。この間、多数の演劇各部門の賞を得ている。

❖**『泣かないで』**《なかないで》 二幕。一九九四年、遠藤周作の『わたしが・棄てた・女』を原作にワームホールプロジェクトの作・演出により初演。ハンセン病患者の病院で献身的に働く少女の物語が多大の感動をよび、再演を重ねて、二〇一四年五から七月にかけて最新版として全国公演した。音楽・井上ヨシマサ／高田浩、振付・杏奈／畠山龍子、美術・朝倉摂、最新版での主要俳優は高野菜々、美羽あさひ、秋本みな子、上田亮、富永友紀他。戦後間もなく東京のクリーニング工場に働きに来た森田ミツは、大学生吉岡に思いを寄せるが捨てられてしまう。ミツは、ハンセン病と誤診された縁で病院の修道女の指導下に患者たちに尽くすなか、クリスマス祝宴の買物に出て交通事故で命を落とす。初演の今津朋子以来、歴代ミツ役の熱演が高く評価されている。(瀬川昌久)

わかぎゑふ 一九五九〈昭和三十四〉・二～。作家・演出家。本名鈴木芙紀子。大阪府生まれ。二〇〇三年、リリパットアーミーII二代目座長就任。大阪弁のオリジナル人情劇を上演するユニット・ラックシステムの代表。『お祝い』(二〇〇一、第四十五回岸田國士戯曲賞最終候補作品)で大阪舞台芸術奨励賞。劇団外では、歌舞伎舞踊『たのきゅう』(〇六)の作・演出・衣装デザイン、新作狂言『わちゃわちゃ』(〇七)の作・出演・衣裳デザイン、NHK『リトル・チャロ』シリーズの原作なども手がける。(九鬼葉子)

若城希伊子《わかしろきいこ》 一九二七〈昭和二年〉～一九九九〈平成十年〉・十二。劇作家・作家。東京生まれ。日本女子大・慶應義塾大学卒業。一九五〇年代に多く発表。『紅葉時雨』(『現代女流戯曲選集』一九五六年版・ひまわり社)、『お七』(五七年版・同)、『黒い鳥』(五八年版・弥生書房)など。小説『小さな島の明治維新』では新田次郎賞受賞。演劇関連書に『空よりの声 私の川口松太郎』(文藝春秋)。(神山彰)

若月紫蘭《わかつきしらん》 一八七九〈明治十二〉・二～一九六二〈昭和三十七〉・七。劇作家・演劇学者。

山口県生まれ。本名保治。東京帝国大学卒業。万朝報記者のかたわら、メーテルリンク『青い鳥』を翻訳、『滅びいく家』『石田三成の死』など、理想主義的作風の戯曲も発表。一九二二年には日本新劇研究所を設立、翌年から日本の古典演劇の研究に専念、『古浄瑠璃の新研究』『近世初期国劇の研究』等を本名で刊行した。（岩佐壮四郎）

脇屋光伸《わきやみつのぶ》 一九〇二〈明治三十五〉～不詳。本名現治。劇作家。東京の松竹文芸課長。「笑の王国」の「新派大レヴュー」で吉屋信子『女の友情』『愛情の価値』を脚色。『二人と二人の花柳界』『煙突』『大島行』などを「舞台」に発表。戦時中の青春座に『浅草車夫』。戦後は女剣劇に『伊達姿お祭佐七』など。編著に『大谷竹次郎演劇六十年』（講談社）。（神山彰）

和田五雄《わだいつお》 劇作家・演出家。カジノ・フォーリーのファンクラブ「カジノを見る会」を経て、一九三一年エノケン一座「ピエル・ブリヤント」文芸部に作・演出家として加入。以後「東宝榎本健一一座」まで榎本健一を主役に『嫁取聟取』、マゲモノ・ナンセンス『森の石松』、カブキ・ナンセンス『法界坊』、マタタビ・レヴュー『國定忠治』などヒット作を多数手掛け、その幾つかは榎本主演で映画化された。ジャズ・ソングや流行歌の作詞も多く、映画『エノケンの法界坊』の挿入歌「ナムアミダブツ」（原曲は「Louise」レオ・ロビン作詞、リチャード・A・ホワイティング作曲）はエノケンのナンセンス・ソングの代表となった。（中野正昭）

和田勝一《わだかついち》 一九〇〇〈明治三十三〉・三～一九九三〈平成五〉・四。劇作家。奈良市邑地《おおじ》町生まれ。一九一五年奈良県添上《そえかみ》郡立第二農林学校卒業。在学中より文学に興味を持つ。はじめ農業に従事し、水守亀之助主幹「随筆」の編集員、真山青果の助手などを経て、三一年新築地劇団に参加、のち文芸部長を務めた。最初の戯曲『土地・斗争』は新築地の関西公演で初演（一九三一）、続いて発表された『大里村』（三二）とともに、農村を描いたプロレタリア戯曲として注目を浴びた。歴史劇も得意とし、『海援隊』（三五）は新築地、新国劇、歌舞伎で上演され、映画にもなった。四〇年八月治安維持法で検挙、翌年末まで拘禁。戦中より韻文劇に理想を見出し、「楽詞」と称する語りを取り入れた『牛飼ひの歌』（一九四四）や『河』（一九四六）を発表するなど独自の劇詩運動を展開したが、評価は芳しくなかった。戯曲集に、農村に取材した四編を収めた『喜劇集 おやぢ』（労働文化社）がある。

❖**『陸を往く船』**《りくをゆくふね》 三幕七場。初出は「テアトロ」（一九三七・4）。三七年四月、築地小劇場にて新築地劇団が初演。八田元夫演出による。明治十年代後半の兜町を舞台にした歴史劇で、当時流行した維新物の一つに数えられる。三菱と共同運輸の争いから日本郵船の誕生までを背景に置きながら、株屋どうしの騙し合い、株屋と自由党員の癒着、男に翻弄された弁士八重子の不幸などが各々に絡み合って物語は展開する。兜町に渦巻く欺瞞を描くことで、作者は資本主義の問題点を暴こうとした。タイトルは、三菱が共同株を買い占め、その争いを陸にも持ち込んだことに由来する。〈近来稀にみる雄大な群集劇〉〈複雑きわまる膨大な素材を物の見事にアレンジして余裕綽々たる所は多年たたきこんだ腕の冴えをうかがわせ、特にこの戯曲が豊富な大劇場的性格を持つ点は、優に商業劇場作家として第一流の作家たるに十分で

あることを示している〉（大山功）と評価された。（正木喜勝）

和田憲明《わだけんめい》 一九六〇〈昭和三十五〉・四〜。劇作家・演出家。大阪市生まれの在日三世。早稲田大学卒業後、一九八四年に劇団「ウォーキング・スタッフ」を平良政幸とともに結成し、同年に『サウンド・オブ』で旗揚げ公演。九九年に劇団を解散し、プロデュース公演をする。戯曲は二〇一〇年の『新LOVE GUN』まで四十三本。現代社会の歪みを切り取るように都会の落ちこぼれた若者にリアルな視線を注ぐ、犯罪を核にしたハードな人間劇を本領とする。『アリゲーター・ダンス』（一九九〇）では、日本人になり切れなかった在日朝鮮人の絶望を描いた。舞台脚本に『東亜悲恋』（第四十六回岸田國士戯曲賞最終候補作品）、『オーデュボンの祈り』（原作・伊坂幸太郎）など五本あり、劇団EXILEに脚本『DANCE EARTH－願い－』を書くなどエンタテインメント性もある。戯曲の文学性よりいかに俳優の生な魅力を引き出すかが持論。戯曲集に『クローズ・ユア・アイズ――ライカでグッドバイ』『アリゲーター・ダンス』（ともに而立書房）。

❖『SOLID』《ソリッド》 初演は一九九九年にシアタートップス。演出・和田憲明。修理工の木戸正一と、妹の裕美子が暮らすアパートの一室で、運命に翻弄されるように五人が出会い、研ぎ澄まされた会話で、兄妹のただならぬ愛と殺人、ストーカーがからんだ濃密な人間劇が展開する。正一は暴走族時代に若い女をはね殺し服役した過去を、妹には隠す。部屋に忍び込む沢田卓郎は裕美子の同僚だが、実は正一に妹をはね殺された被害者の兄だ。復讐のために友人のふりをして裕美子のストーカーになる。彼女は沢田を愛する。修理工仲間の宮川学もやって来て、過去をばらすと正一をゆする。階下の山野香澄は、好奇心と欲求不満から兄妹へのストーカー的存在だ。復讐劇は沸点に達し、正一は沢田を殺し、裕美子は正一と山野も殺す。出演は香川照之、唯野未歩子、渡辺航、佐久間哲、星野園美。第七回読売演劇大賞優秀作品賞を受賞した。（山本健一）

和田周《わだしゅう》 一九三八（昭和十三）・八〜。鹿児島県出身。劇作家・演出家・俳優。父親が推理作家の大坪砂男、息子は脚本家の虚淵玄《うろぶちげん》。俳優座養成所を経て、妻で声優の瀬畑奈津子と一九八〇年に演劇組織夜の樹を創立。別役実や清水邦夫に生原稿で指導を仰いだという第一回公演『キャベツ畑の中の遠い私の声』（一九八二）から、文芸坐ル・ピリエをホームグラウンドとして、『赤いツェッペリン号』（八四）、『上演台本』（八六、第三十一回岸田國士戯曲賞最終候補）、『長靴三銃士』（八九）、『アクロイド隠し』（九一）、『吸血鬼の咀嚼について』（九五）、『つめくさの花の数列の果て』（九六）などを上演。以後も毎年一作ずつ着実に新作を発表し続け、夜の樹の定期公演数は三十を超える。著書に『蝿取り紙――和田周戯曲集』（カモミール社）。（望月旬々）

和田順《わだじゅん》 劇作家。戦後直ぐに、主に関西で活躍。藤原釜足一座に『歌ふ丹下左膳』『カマさんのちゃっきり金太』など、沢村国太郎・貞子らの新伎座に『吹けば飛ぶ男』など。「ハロー座」にも書く。他に、『俺らは漫才師』『親左膳子左膳』『風流長脇差』『陽気な探偵さん』『姿なき盗賊』など多数の作品がある。（神山彰）

渡辺えり《わたなべえり》 一九五五〈昭和三十〉・一〜。劇作家・演出家・女優。旧芸名・渡辺えり子。本名土屋えり子。山形県山形市生まれ。県立山形西高卒業。上京後、舞台芸術学院（舞芸）で学び、青俳、兼八事務所を経て、一九七八年、もたいまさこら舞芸の同期生、および青俳の仲間と劇団2〇〇《にじゅうまる》を旗揚げ、劇作・演出・俳優の三役を務める（一九八〇年、劇団3〇〇《さんじゅうまる》と改称）。作風は唐十郎の影響を強く受け、現実の場面と幻想的なシーンが複雑にからむ変幻自在なもので、初期には、少年（ないし青年）が夢を追ううち、どこかに置き忘れてきた過去の自分を発見するといった「自分探し」をテーマにした戯曲が多い。八三年に『ゲゲゲのげ――逢魔が時に揺れるブランコ』（八二）で、第二十七回岸田國士戯曲賞を受賞。同時受賞（ほかに山元清多《やまもときよかず》も）した夢の遊眠社の野田秀樹とともに八〇年代の「小劇場ブーム」を牽引した。八七年に『瞼の女《め》――まだ見ぬ海からの手紙』で紀伊國屋演劇賞個人賞受賞。同劇団の解散（九九）後にはユニット「宇宙堂」を結成（二〇〇一、後に劇団宇宙堂）したが、二〇〇七年には再び、オフィス3〇〇に改称、旧作の再演を含めた自作の受け皿として活発な公演を行なっている。女優としての活動も幅広く、貴重なバイプレーヤーとしてテレビ・映画の出演も数多い。他に歌手としての活動も。その多彩な交友関係から他劇団への劇作の提供も多く、なかでも十八世中村勘三郎（当時・勘九郎）による『今昔《いまはむかし》桃太郎』（二〇〇四）歌舞伎座公演を作・演出、以後の野田秀樹、ケラリーノ・サンドロヴィッチ、宮藤官九郎ら小劇場系の劇作家の歌舞伎執筆への先鞭をつけた。二〇〇〇年より日本劇作家協会副会長。またアジア女性演出家会議、非戦を選ぶ演劇人の会でも役員を務めるなど、その活動は多岐にわたっている。〇七年に「えり子」から「えり」に改名、夫は俳優の土屋良太。著書にハヤカワ演劇文庫『渡辺えり子I、II』など。

❖**『ゲゲゲのげ《げげげのげ》――逢魔が時に揺れるブランコ《おうまがときにゆれるぶらんこ》』** 一幕。水木しげるのマンガ『ゲゲゲの鬼太郎』をヒントに、意識が混濁した老婆の夢の中に、遠い過去の小学校の教室が現われる。いじめられっ子だったマキオを救うのが鬼太郎で、級友たちは河童、給食のおばさんが砂かけ婆や子泣き爺、いったんもめんに、担任の教師はねずみ男に変わる。一方で、荒地にビワの木を育てようとするかつて疎開少年だった中年男と彼を慕う少年のドラマがからみ、舞台はめまぐるしく都心と東北地方を往還する。劇中の歌をはじめ、詩情とユーモアが絶妙に配分された代表作。東北大震災後に二十六年ぶりに再演された舞台（一一）では、失われた土地を再生しようとする中年男の場面が痛切だった。

❖**『瞼の女《まぶたのめ》――まだ見ぬ《まだみぬ》海からの手紙《うみからのてがみ》』** 一幕。夏のワンピースを着た少女が見る夢。兄の村越知彦が幻想のように浮かび上がり、知彦は、若き日の父・圭一に出会う。病気がちの青年は「恋」に恋する男で、執拗に圭一に付きまとううち、過去と現在の時空が歪み、圭一の高校時代にまで遡る。圭一が仲良くしていた女生徒の死、そして母親との恋。そのいちいちに「海」がからむ。東北の森や村落を舞台にすることが多い作者が珍しく海へのあこがれを綴った作品。最後に青年が生まれてこなかったことが明かされるが、青年がイルカの背に乗って現われるラストシーンが鮮烈。抒情的で、ロマンティックな資質が十二分に発揮された作品である。

❖『光る時間《ひかるとき》』一幕。後年、作者はシンプルな構成の中で、父親世代の戦争体験を情感豊かに描くことが多くなるが、なかでもこれは珠玉の一篇。一九九七年十一月の演劇集団円公演に執筆した。父（次郎）の七十歳の誕生日を祝うため子供たち（姉の陽子と弟の立人）が計画した家族旅行先、信州某所の温泉宿で不思議なことが起こる。誰も知らないはずの宿に次郎の旧友と称する老人たちが現われ、もう一人の親友・太郎が来るのを待つという。戦時中、学徒動員で軍機工場に勤務していた彼らは連日のように空襲を受ける日々。死と隣り合わせの彼らに高村光太郎の美しい戦争詩を伝授していたのが太郎だった。その太郎は実は爆死してもういない。家族の前で初めて戦争体験を語る父に、時代に翻弄された父への慈しみを覚える子供たち。戦争を知らない世代による戦時下の過酷な生を生きた世代へのオマージュ。同様の主題に基づく戯曲に文学座に書いた『月夜の道化師』（〇二）がある。

（七字英輔）

渡邊霞亭《わたなべかてい》　一八六四〈元治元〉・十一～一九二六〈大正十五〉・四。劇作家・小説家。名古屋生まれ。本名渡邊勝。十六歳で小説を書き、岐阜日日新聞記者を経て、一八八七年に東京朝日新聞社に入社、九〇年に大阪朝日新聞社に移った。文芸記者、社会部長として記事や劇評を書く一方で小説家、劇作家としても活躍した。霞亭、緑園など多くの筆名を使って千を超す作品を書いている。劇作家としては新派の成美団に『渦巻』『あだ浪』などを書いたが、とくに初代中村鴈治郎のために多くの脚本を書いた。代表作に近松門左衛門の原作を改作した『碁盤太平記』（一九〇三）、紀海音の同名の浄瑠璃を改作した『椀久末松山』（〇六）、勝能進の「伊呂波実記」を改作した『土屋主税』（〇七）のほかに、『栗山大膳』『不破数右衛門』『夕霧伊左衛門』などがある。小説家としては時代物、家庭小説と多彩な分野で独創性を発揮したが、歌舞伎の作品は鴈治郎の芸風を活かし、旧作を書換えた作品が多い。

❖『土屋主税《つちやちから》』二幕。初演・一九〇七年十月大阪角座。勝能進作「伊呂波実記」を改作した作品で、その元は幕末の三世瀬川如皐作「新台いろは書始」である。大高源吾が笹売りをしていたという講釈を仕組んでいる。赤穂浪人大高源吾は、十二月十四日に俳諧の師匠の宝井其角を訪ね、西国の大名に仕官するため別れを告げに来たと語る。同席していた落合其月は源吾を不忠者と罵り足蹴にした。其角は源吾に「年の瀬や川の流れと人の身は」と詠みかけ、源吾は「明日待たるるその宝船」と付ける。同夜吉良邸の隣の旗本土屋主税を訪れた其角と其月はその話をして怒るが、主税は寝た振りをして聞き流す。折しも赤穂浪士が吉良邸に討入り、本懐を遂げた源吾が報告に来る。従来は松浦老侯が主人公だったが、二枚目の主税に改め、最初から源吾の句の意味を悟った設定にして、鴈治郎のスター性を際立たせる工夫をしている。

（水落潔）

渡辺尚爾《わたなべしょうじ》　不詳～一九九〇〈平成二〉・十二。浄土真宗本願寺派住職。愛知県岡崎市生まれ。三重県四日市に住む。『友情のスクラム』『手をつなぐ仏青』『闇より光へ』『殉教の生首』『嫁と姑』『飛降り常習者』『春遠からじ』など仏教青年の実演のために劇作。戯曲集に『友情のスクラム』（百華苑）、著作には『日曜学校幼稚部教案』（本願寺日曜学校連盟）、『生活法話』（百華苑）がある。

（熊谷知子）

渡辺正行《わたなべまさゆき》 一九五六〈昭和三十一〉・一〜。タレント・俳優・劇作家。千葉県出身。明治大学経営学部卒業。大学では落語研究会に所属。同会に受け継がれた名跡である「紫紺亭志い朝」〈六代目〉を五代目だった立川志の輔から襲名〈四代目は三宅裕司〉。在学中の一九七七年、劇団テアトル・エコー養成所に入所し、ラサール石井、小宮孝泰とコントグループ「コント赤信号」を結成。七八年、杉兵助に弟子入りし、喜劇人としてデビュー。暴走族コントなどの役柄から「リーダー」が愛称となる。伊東四朗一座や三宅裕司の熱海五郎一座に、俳優としても出演。八〇年代末から九〇年代初頭のバブル期には、石井光三とレオナルド熊らによって旗揚げされた「劇団七曜日」の主宰もつとめ、芝居の作・演出を手がけた。代表作に『光の中に』〈一九八七、下北沢駅前劇場〉、『ときのかがやき』〈八八、下北沢ザ・スズナリ〉、『おばけ物語』〈九一、新宿シアター・サンモール〉など。また、渋谷のライブハウス「ラ・ママ」にて、若手芸人の登竜門として新人コント大会を開始し、ウッチャンナンチャンや爆笑問題をはじめとして、さまぁ〜ず、ネプチューン、くりぃむしちゅー、バナナマン、おぎやはぎ、バカリズム、オードリー、エレキコミック……等々の輩出を齎した。著書に、『ひかりの中に　渡辺正行作品集1』〈メタモル出版〉、『渡辺正行の笑いの構造——心の奥から笑いを斬る』〈広済堂出版〉など。 （望月旬々）

渡平民《わたりへいみん》 一八九八〈明治三十一〉〜一九三五〈昭和十〉。劇作家。本名保次郎。東京生まれ。早稲田大学中退。一九二〇年、ゴードン・クレイグの演劇論を『新劇原理』として翻訳、汐見洋主宰の研究座のためにシングの『谷の蔭』を翻訳・上演〈有楽座〉し、欧米演劇の紹介者として出発。劇作家としては『無産者の群』〈一九二二〉、『監獄部屋』〈二五〉などで、社会主義の立場から、下層の人々の悲惨を描いた。 （岩佐壯四郎）

和辻哲郎《わつじてつろう》 一八八九〈明治二十二〉・三〜一九六〇〈昭和三十五〉・十二。哲学者・倫理学者・思想史家。兵庫県生まれ。東京帝国大学卒業。和辻倫理学とよばれる倫理学体系を確立、また『古寺巡礼』『風土』等は文化論・文化史の基本的論考。学生時代から『常盤』『停車場付近』『首級』等の戯曲を、「新思潮」「すばる」などに発表、その経験は『面とペルソナ』などの文化論にも活かされた。

【参考】『和辻哲郎全集』〈岩波書店〉 （岩佐壯四郎）

巻末コラム

文楽の新作

伝統芸能のレパートリーのなかで、特に「新作」とよばれるのはどのような作品であろうか。一般には
❶その芸能が、時代に即応する歩みを止め、伝承の段階（つまり伝統芸能化した段階）に入って以後、新たに書き下ろされた作品であり、
❷その芸能に固有の技法や様式を前提としつつ、題材やテーマにおいて、何らかの新味を狙って作られたもの
と言えるだろう。

人形浄瑠璃の場合、十九世紀初頭には、すでに伝承の時代に入っていた。本格的な長編時代物がコンスタントに生み出される状況は、『絵本太功記《えほんたいこうき》』（一七九九）で終止符が打たれ、以後は『八陣守護城《はちじんしゅごのほんじょう》』（一八〇七）や『生写《しょううつし》 朝顔話《あさがおばなし》』（一八三二）など、わずかな例外を除くと、めぼしい作品は生まれなくなった。ただ、幕末期にも、『播磨潟浦《はりまがたうら》の朝霧《あさぎり》（小割伝内）』『宿無《やどなし》団七時雨傘《だんしちしぐれのからかさ》』など、上方歌舞伎を翻案したものや、『東海道四谷怪談《とうかいどうよつやかいだん》』『花雲佐倉曙《はなのくもさくらのあけぼの》（佐倉惣五郎）』など江戸歌舞伎のヒット作を焼き直したものはあり、なかには素浄瑠璃として伝存している曲もあるし、『伊勢音頭恋寝剣《いせおんどこいのねたば》』などは、今日の文楽のレパートリーとして伝承されている。しかし、内容的にも様式的にも、これらを「新作文楽」と呼ぶのは躊躇されるであろう。明治初年に古典作品『仮名手本忠臣蔵《かなでほんちゅうしんぐら》』に挿入する形で初演された『本蔵下屋敷《ほんぞうしもやしき》』（一八七二）も同様である。

それらに比べると、『三拾《さんじゅう》 三所花野山《さんしょはなのやま》』（一八八七）の一部分として初演された『良弁杉《ろうべんすぎ》 由来《のゆらい》』と『壺坂観音霊験記《つぼさかかんのんれいげんき》』は、今日では古典作品とイメージされることが多いが、親子、夫婦の情愛という近代的人道主義をストレートに謳い上げた内容からは、新作文楽の先駆作として位置付けることもできよう。

明治維新は、あらゆる伝統文化の世界に大きな変革をもたらした。従って、冒頭に掲げた定義とは別に、明治という時代を画期として、以後の作品を「新作」とする、という考え方もあり得る。ただし、明治期の歌舞伎が「散切物」や「活歴物」の創作、演劇改良運動の大きな波などをへて「新歌舞伎」の時代を迎えるという、大きな変身を見せたのに比べると、人形浄瑠璃界では、せいぜい、旧作の一部（あるいは役名）を実録風に作り直したり、『本蔵下屋敷』のように旧作のなかに新作を一段増補するといった形が主で、さほど大きな変化は見られなかった。

明治期の人形浄瑠璃興行は、植村文楽軒の経営する「文楽座」と、これに対抗する彦六座－稲荷座－明楽座－堀江座の系統に二分されるが、この両者を比べると、『三拾三所花野山』を初演した彦六座の系統の方が、時代に即応しようとする意欲は強かった。歌舞伎の『勧進帳《かんじんちょう》』を翻案した『鳴響《なりひびく》 安宅新関《あたかのしんせき》』（一八九五・稲荷座）や、同じく『戻橋《もどりばし》』の翻案である『一条もどり橋』（一九〇〇・明楽座）は今日の文楽のレパートリーに残り、**高安月郊**作の新歌舞伎の翻案である『櫻時雨《さくらしぐれ》』（一九〇六・堀江座）も、素浄瑠璃で伝承されている。文楽座にも、『日本歌竹取《やまとうたたけとり》物語《ものがたり》』（一八八四）や『相馬大裏東錦画《そうまだいりあずまにしきえ》』（一八八五）、歌舞伎からの翻案という『朝鮮征伐昔物《ちょうせんせいばつむかしもの》語《がたり》』（一八八六）など、建て狂言となる長編の新作がないではないが、いずれも後世に残るものではなかった。

彦六座系の新作にしても、現在まで残ったものは、いずれも翻案物であり、主要演目の

添え物として上演される短編または景事物(舞踊作品)にすぎなかった。この傾向は、以後の新作文楽にも引き継がれていく。

一九〇九年、文楽座の経営は近代的な興行会社である松竹合名社の手に移り、彦六座の系統は大正末に消滅した。人形浄瑠璃界は「文楽」として一本化されたわけだが、その興行は、次第に慢性的不況に陥っていく。松竹は、引き続き新歌舞伎の翻案である『修禅寺物語《しゅぜんじものがたり》』(**岡本綺堂**原作・一九三五)、『名和長年《なわながとし》』(幸田露伴原作・一九四二)、『土屋主税《つちやちから》』(**渡邊霞亭**原作・一九四二)や、歌舞伎舞踊の翻案である『京鹿子娘《きょうがのこむすめ》道《どう》成寺《じょうじ》』『新曲《しんきょく》 連獅子《れんじし》』『釣女《つりおんな》』『三人片輪《さんにんかたわ》』『紅葉《もみじ》狩《がり》』『小鍛冶《こかじ》』などを、いわば興行の彩りとして創演した。昭和前期には、『三勇士名誉肉弾《さんゆうしほまれのにくだん》』(一九三二)、『忠霊《ちゅうれい》』(一九四二)、『水《み》漬《ず》く屍《かばね》』(同)など、時局を反映した戦意昂揚ものも多く上演されている。なお、これらの新作の多くで、西亭こと三味線の野澤松之輔が作詞・作曲の腕を揮い、その活躍は戦後の近松物復活上演までつながる。

戦後も、なお、松竹の手による文楽興行が続いたが、これに反発する一派が「三和《みつわ》会」として独立し、会社側の「因会《ちなみ》」と、文楽界が二派に分かれることになった。そして、一九六三年には松竹が文楽の経営を断念し、国と大阪府市の補助金によって設立された文楽協会が、二派統一の形で文楽の経営を引き継ぐこととなる。さらに、一九六六年に国立劇場が開場すると、東京における文楽本公演は同劇場の主催事業となり(大阪本公演は、引き続き協会の主催で朝日座でおこなわれた)、一九八四年には国立文楽劇場が開場し、大阪の本公演も国によって担われる形となった。新作文楽の動向も、当然ながら松竹時代と協会―国立劇場時代とで大きく質が変わる。

戦前の新作のうち、現在まで残ったのは景事物である。この路線は戦後も続いたが、概して昭和二十年代の新作は少なかった。それが、三十年代になるとにわかに様相が変わる。

第一の動きは、近松門左衛門作品の復活上演。一九五五年には、上半期に『曽根崎心中《そねざきしんじゅう》』『長町女《ながまちおんなの》 腹切《はらきり》』『鑓《やり》の権三《ごんざ》重《かさね》 帷子《かたびら》』と三本もの近松物が立て続けに上演された。これらは、何百年も上演の途絶えていたもので、技芸面の伝承が全くないこと、近松の原作を一言一句生かしたものではなく、現代の文楽の技法に即したアレンジを施している点などから、一種の新作とも見なし得るものである。この路線は、『今宮《いまみやの》 心中《しんじゅう》』(一九五六)、『ひぢりめん卯月《うづきの》 紅葉《もみじ》』(一九五九)、『女殺《おんなごろし》 油《あぶらの》 地獄《じごく》』(一九六二)と続き、協会―国立劇場時代にも、これらの演目は当時の形で上演され続けている。

第二の動きは、当時「赤毛もの」と呼ばれた西洋演劇やオペラからの脚色ものである。この路線では、『お蝶夫人』『ハムレット』(一九五六)、『椿姫』(一九五七)などを挙げることができる。今日の目から見れば珍品に違いないが、凝った作曲の工夫もあり、人形の首は専用のものを新たに作るなど、松竹としても力を入れた取り組みであった。

一九五六年は、新作への取り組みが最も活況を呈した年で、「赤毛もの」と並んで「文芸もの」路線もスタートした。すなわち、『雪狐々《ゆきはこんこん》姿《すがたの》 湖《みずうみ》』(高見順作の舞踊劇『湖の火』をもとに有吉佐和子が脚色)や大阪を舞台にした現代物である『夫婦善哉《めおとぜんざい》』(織田作之助原作・**大西利夫**脚色)といった作品であり、後者の系統には、翌五七年の『春琴抄《しゅんきんしょう》』(谷崎潤一郎原作・鷲谷樗風脚色)『おはん』(宇野千代原作・大西利夫脚色)、五八年の『暖簾《のれん》』(山崎豊子原作・鷲谷樗風脚色)などが続く。

また、『雪狐々』は狐が人間に恋する話だが、こうした民話風の題材が、人形劇である文楽の特質を生かすという認識も、この時期に生まれたと言えよう。同じ五六年には、三和会も『瓜子《うりこ》姫《ひめ》とあまんじゃく』(**木下順二**作・武智鉄二演出)を上演した。これは、前年、甲南大学伝統演劇研究会(大阪三越劇場)で一日だけ試演されたものを、本公演で取り上げたもので、以後も上演頻度の高い作品である。翌五七年には**北條秀司**の新作歌舞伎の翻案『狐《きつね》と笛吹《ふえふ》き』(鷲谷樗風脚色)が上演されたが、こうした生き物路線では、さらに六一年の『霜夜狸《しもよだぬき》』(宇野信夫作・元はラジオドラマ)、六二年の三和会の『水《みずに》映縁《うつすえにし》 友綱《のともづな》』(**鷲見房子**作)などが挙げられる。この時期以後の新作文楽は、赤毛もの、文芸ものを除くと、広い意味で民話劇風の作りが主流になったと言えよう。

　いずれにしても、こうした動向には、文楽が同時代の娯楽として生き残る道を必死に模索した最後の時代の姿が映し出されている。

　なお、この時期、NHK(大阪中央放送局)が、新作文楽の発表会を毎年続けたことを特記したい。このなかから生まれた成果に、『ほむら』(有吉佐和子作・一九五九)、『浅間の殿様』(北條秀司作・同年)、『左文字と此君』(室生犀星作・一九六〇)、『ささやきの竹』(**田中千禾夫**作・一九六二)などが挙げられる。

　さて、協会時代になって以後の新作文楽は、数そのものが極端に減少する。もはや、文楽は完全に文化財となり、無理をして新作を作るより古典作品をきちんと維持していくことこそ肝要、という考え方になったのである。

　なかで、『心中《しんじゅう》宵庚申《よいごうしん》』「八百屋～道行」の復活(吉永孝雄演出・一九六五)が、昭和三十年代とは異なる原作に忠実な近松物として成果を挙げ、木下順二の民話劇を文楽にした『赤い陣羽織』(一九七一・労音公演)、御伽草子から題材を得た『鼠のそうし』(一九七二・山口廣一作・演出)なども後に再演されている。

　協会主演公演での新作というと、この程度だが、書き落とせないのは、一九七二年、NHK近畿の制作で、当時売り出しの劇作家**井上ひさし**が、モリエールの『守銭奴』を翻案した『金壺親父《かなつぼおやじ》恋 達引《こいのたてひき》』を書き下ろしたことである。これは、芸術祭参加作品(ラジオ音楽部門)として放送され、翌年、人形入りでTV放送された。現代語によるせりふなど、実験的な作品であったが、本公演では未上演である。

　さらに、東京の国立劇場における文楽公演は、純然たる古典路線で、時代物を本来の通し狂言の形にするため廃絶した場面を復活することはよく行なわれたが、新作という発想は基本的になかった。唯一の例外が**三島由紀夫**作『椿説弓張月《ちんせつゆみはりづき》』(一九七一)である。国立劇場のために書き下ろした新作歌舞伎を、作者自身が途中まで書き直したところで没したため、同劇場の文楽公演の制作担当だった**山田庄一**が残りを完成させ、演出をも担当したもので、戦後には稀有な長編の新作であった。

　一方、国立文楽劇場では、当初東京と同じ古典路線を進んだものの、大阪の観客の嗜好を考え、ほどなく新作を交える方針に切り替えた。そこで、前記の昭和三十年代の文芸物、赤毛もの、民話劇などが、はからずも再び陽の目を見ることとなり、国立文楽劇場初演の新作としても、『石の花』(芦川照葉作・一九九〇)、『まんだが池物語』(雨野士郎作・一九九五)などが作られた。後者は、第一回「文楽なにわ賞」の入選作であったが、こうした新作募集の動きは、長続きしていない。ただ、再び近年になって、シェイクスピアの『テンペスト』を翻案した『天変斯止嵐《てんぺすとあらし》 后晴《のちはれ》』(山田庄一作・二〇〇九)、近松物の復活である『日本振袖始《にほんふりそではじめ》』(二〇一〇)などが取り上げられ、東京の国立劇場でも三島由紀夫の新作歌舞伎をもとにした『鰯売恋曳《いわしうりこいのひき》網《あみ》』（織田紘二脚色演出・二〇一〇）、シェイクスピアの『ヘンリー四世』『ウィンザーの陽気な女房たち』に描かれたフォルスタッフの物語を翻案した『不破留寿之太夫《ふぁるすのたいふ》』などの上演がみられる。『不破留寿之太夫』は、三味線の鶴澤清治が長年温めていた企画で、鶴澤清治＝監修・作曲、河合祥一郎＝脚本、石井みつる＝装置・美術、尾上菊之丞＝所作指導、藤舎呂英＝作調。主人公不破留寿太夫の首は新しく作られ、華麗で立体的な装置や刻々と変化する照明効果をはじめ、音楽や演出にも、これまでの文楽にはないさまざまな試みがなされた。国立劇場も、三部制公演のうちの第三部をこれ一本とするなど、大がかりな取り組みで話題性の高い新作上演となった。

「文楽に新作は無用」というのは、ひとつの考え方だが、実演家の気持ちとしては、自分自身の作品をひとつでも残したいという願望があるだろう。ただ、特に戦後の新作文楽は、人形劇としての特色を生かす方向に傾きすぎ、義太夫節という音楽の特色を生かすことを、あまり考えなかったと言える。一方、太夫・三味線は、舞踊曲や演奏曲を作ることで創作意欲を満たして来た（そのなかには、新作義太夫節として優れた作品もある）のだ。

その点、大きな話題となり、再演を重ねている**三谷幸喜**作『其礼成心中《それなりしんじゅう》』（二〇一二・東京パルコ劇場）は、現代語を交えた大胆な文体ながら、語り物の特質を考えており、あわせて文楽人形の新たな側面を開拓しようという作品であった。三谷と人形遣い桐竹一輔の親交から生まれた作だが、流行作家が文楽の脚本を手掛けるという意味では、かつてNHK近畿が『金壺親父恋達引』を生んだ前例を思い起こさせる。文楽の新作は、関係者ののっぴきならぬ創作意欲があって、初めて生まれるものなのだろう。

［付記］

本稿をなすに当たり、

❶倉田喜弘「昭和の新作文楽」（第回国立劇場文楽公演プログラム、一九九九・12）

❷富岡泰「『文楽の新作』覚え書き」（第十七回楽劇学会大会公開講演会「楽劇と新作」シンポジウム報告／「楽劇学」第十七号、二〇一〇・3）

を主として参照したが、あわせて

❸「昭和の新作文楽」（❶の執筆にあたって倉田氏が作成した手控えのリスト）

❹「明治以降の主たる新作狂言」（❷のシンポジウムの際に会場で配布された富岡氏作成の資料）

も活用させていただいた。❸❹は活字になっていない資料なので、特に明記しておく次第である。

（石橋健一郎）

新作能・狂言

能や狂言は室町時代から創作され、上演されてきたが、江戸時代になると能の家元が幕府に対して演能曲目の「書上《かきあげ》」を提出し、家元の管理のもとに一定のレパートリーを繰り返し上演する体制が確立された。幕藩体制が崩壊した後もその上演方式が引き継がれたせいもあり、家元の認めるレパートリーとは異なる、明治期から現代にかけて新たに創作された作品が、一般的に「新作」と呼ばれるようになった。ちなみに一度レパートリーから外れた曲を発掘し復活させたものは「復曲」と呼ぶ。なお、横道萬里雄・西野春雄・羽田昶著『能の作者と作品』（岩波講座能・狂言Ⅲ）は、成立時期をもとにして能を「古作能」「中作能」「近作能」「近代能」「現代能」と分類しているが、それに加えて、「能技法前提の現代演劇」という項目を立てている。特に二〇〇〇年代以降、能楽との結びつきの強い現代演劇が増加傾向にあるので、ここでは能楽に関連する近・現代演劇の作品についても触れることにする。

　明治期の「新作能」の作者としては、国文学者で、鉄道唱歌の作詞でも有名な歌人の大和田健樹がおり、成田山の縁起に因む『碇引《いかりびき》』や、日露戦争を背景に、義経などが登場する『鷲』を作った。また、同じ時期のものとして高浜虚子の実兄で近代の能楽再興のために尽力した池内信嘉の『資時《すけとき》』がある。ほかにも日清・日露戦争のころに作られた曲に高木半《なかば》の『征《せい》露《ろ》の談《かたり》』などがあるが、高木は独自の能楽改良を目指して「新作能」を多く書いた。

　明治の末期には欧米の近代戯曲が移入され、自由劇場や文芸協会などによる近代劇の上演がスタートする。そのため続く大正期になると、「新作能」に同時代性を求めるよりも、能独自の「夢幻」的な方向性を追求しようとする作品が出てくる。高浜虚子の『鉄門』がそれで、虚子は自由劇場が一九一二年に上演したメーテルリンクの『タンタジールの死』から発想して、『鉄門』（一九一六年初演）を作った。虚子はその後も『実朝』や『奥の細道』などの優れた作品を発表している。『鉄門』と同時期に発表された「新作」として、能楽評論の分野で活躍した山崎楽堂の『おろの鏡』（一九一六）があり、この作品は二〇〇三年に横浜能楽堂において『山鳥《やまどり》』のタイトルで初演された。

　また、一九一五年には、大正天皇即位の式典を記念して作られた『大典《たいてん》』（藤代禎輔作・シテ方観世流二十四世宗家観世左近元滋節付）が初演されて、現在、観世流のレパートリーのなかの一曲となっている。そのほか大正期から昭和期にかけて、文学者や政治家にも強い影響を与えた田中智学（国柱会創始者）は、『後《のち》の羽衣』（一九一五）（『師子王全集』所収）などの能を書いている。能・狂言はもともと、魔を祓い、福を招くために神仏に捧げられたものでもあったので、近代以降においても、その性質をふまえて新作されたものが多い。したがって特定の宗教の「祈り」に限らず、個人から国家までの、さまざまなレベルの、あるいはさまざまな土地に根ざした「祈り」がこめられている。

　昭和戦中期になると『皇軍艦《みいくさぶね》』（一九四三年初演）など軍国主義にもとづく「新作能」も作られたが、戦前から戦後にかけて「新作能」を多数手がけた文学者に、土岐善麿《ぜんまろ》がおり、その作品は、聖徳太子奉賛の『夢殿《ゆめどの》』（一九四三年初演）、万葉歌がモチーフの『鶴』（一九五九年初演）、キリスト教世界の『使徒パウロ』（一九六〇年初演）など「新作」の主題に広がりがある。土岐は能の喜多流との結びつきが強く、喜多実の依頼により書かれた『鶴』をはじめとする数曲は、現在喜多流のレパートリーに含められている。このほか女性能楽師の草分け的存在である観世流の津村紀三子も、戦中期に「新作能」を書き始め、戦後になって『法難《ほうなん》』（一九六六年初演）や、小町伝説に基づく『文《ふみ》がら』を自ら上演（一九六八年）した。津村の場合には、女性が舞うにふさわしいオリジナルな作品を作る必要もあり、「新作」の筆をとったという経緯がある。

　狂言の「新作」としては幕末から明治期にかけて生きた冷泉家の歌人、冷泉為理《れいぜいためただ》の『子《ね》の日』などがあるが、狂言は、子供も楽しめる良質な演劇として教育的な見地からも注目されてきた。明治期以来のこの観点はその後も生きており、玉川大学で教鞭をとった石塚雄康の『新作狂言集』(『新釈カチカチ山ほか』、『三年峠ほか』)などの実績もあるので、以下、教育と結びついたものを含めて「新作狂言」を紹介する。

明治期においては、一八九二年に霞城《かじょう》山人(中川霞城)が『太郎冠者　少年狂言二十五番』を出版している。ここには『井筒ヂオゲネス』など西欧の著名な人物のエピソードを含む狂言が収められている。また「お伽噺」の言葉を定着させた児童文学・演劇の開拓者巖谷小波にも狂言の作品がある。巖谷の助言により川上音二郎・貞奴夫妻による「お伽芝居」が一九〇三年に上演されたことはよく知られているが、巌谷は『風無し凧』ほか子供向けの「新作狂言」を書いている。また、坪内逍遥門下の杉谷代水も、子供を対象としてアンデルセンの『裸の王様』を翻案した『衣大名《ころもだいみょう》』や、『壺坂霊験記《つぼさかれいげんき》』を狂言風にした『つぼさか』を書いた。巖谷らと同じように、教育者の岸辺福雄も遊戯と教育の関連に興味を持ち、能や狂言に着目したが、大正期には久門南海(嘉祐)が戸川耕山とともに、子供による実演を企図した九編の狂言を収める『お伽狂言』(一九二四)を出版している。このほか能楽師として大正末期から昭和期にかけて「新作」を手がけた作者に狂言方和泉流の九世三宅藤九郎がおり、実演家らしい味わいのある狂言(『藤九郎新作狂言集』所収)をつくり自ら演じた。

狂言は、登場人物どうしの「対話」を中心とする形式をとっているため、作家が近代劇を書くための参考としたと思われるケースもある。大正期から昭和期にかけて書かれた武者小路実篤の作品には、『人間万歳』のように「狂言」の名を冠したものがあり、ほかに木下杢太郎も、演劇が政府の統制下にあった第二次世界大戦末期の一九四五年四月に「現代語狂言」と題して『わらい茸』を書いた。

第二次世界大戦後の「新作能」としては、横道萬里雄による『鷹の泉』(一九四九年初演)が挙げられる。『鷹の泉』は、もともとW・B・イェイツが能に触発されて作ったとされる『鷹の井戸』をもとにしたもので、横道はその後、これを改訂した『鷹姫』(一九六七年初演)も書いており、『鷹姫』では、『鷹の泉』に比べて実験性に富んだ表現方法が用いられた。横道に続き一九五〇年代に「新作能」の作品集を発表した劇作家に堂本正樹がおり、堂本の『僕の新作能』(私家版)には戦渦の悲しみを描く『炎』や、ギボンの『ローマ帝国衰亡史』をもとにした『懸衣《こいごろも》』などが収められているが、従来の能楽の通念にとらわれない清新な世界が示されている。

戦後における「新作狂言」の作品には飯沢匡の『濯ぎ川』がある。飯沢がフランスのファルスをもとに書いた同作品は文学座で初演された。その後、一九五三年に武智鉄二の演出で狂言として上演され、その後も、狂言方大蔵流の茂山千五郎家により繰り返し上演されている。戦前の能楽界は、他ジャンルの芸能とは距離をとる傾向があったが、戦後は異なる種類の実演家と能楽師が協同して、あたらしい舞台作品を手掛ける道も開かれるようになった。その先駆として武智鉄二は現代劇や小説を能楽の様式で上演する試みを行なっている。一九五四年には木下順二の『夕鶴』が能様式で、岩田豊雄の『東は東』が狂言の様式で上演されたほか、翌年には木下順二の『彦市ばなし』も武智の演出で狂言として上演された。続いて一九五七年には、やはり武智の演出で高村光太郎の『智恵子抄』(シテ方観世流観世寿夫節付け)が武者小路実篤の『仏陀と孫悟空』とともに上演されている。

能の作品をもとにした戯曲では一九五〇年

に初演された『邯鄲』など三島由紀夫による一連の作品（『近代能楽集』）が知られているが、三島の例をはじめ、劇作家の木下順二や、田中千禾夫《ちかお》らが能や狂言に強い関心を寄せたように、能楽に興味を持つ現代演劇の作り手は少なくない。武智らによる「狂言化」のいっぽうで、現代演劇からのアプローチとして、ふじたあさやと三十人会による「現代の狂言シリーズ」も狂言と現代劇を結ぶものとして注目された。『陳情』『穴』『女房』『面』などがあり、狂言方和泉流の和泉元秀の協力を得て一九六五年から六六年にかけて上演されている。一九六〇年代後半からは、新劇関係の演劇人と能楽師との交流もすすみ、一九七〇年には観世寿夫《ひさお》らにより「冥の会」が結成された。

　こうして新劇や、いわゆる「アングラ演劇」と能楽との交流が行なわれたことは、能楽と現代演劇の双方に、その存在意義を問い直す機会を提供したといえよう。現代劇と能楽の両方のジャンルで活躍した観世栄夫《ひでお》には「白州・夏フェスティバル」で上演した新作能『竹』（一九九一）がある。

　右の例以外にも、多くの能楽師が「新作」の創作に果敢に挑んできた姿勢は世代を超えて受け継がれている。関西では、狂言方大蔵流の茂山千五郎家が「新作」上演の進取の気性を継承し、京都で活躍する木村正雄も多くの「新作狂言」を作っている。関東では狂言方和泉流の二世野村萬斎が、戦後世代による模索の時代を経て、芥川龍之介の『藪の中』から「新作」を作った（一九九七年初演）。

　「新作」の幅は、時代とともに広がり、海外の古典作品も題材とされるようになっている。上田（宗片）邦義や高橋康也らによるシェイクスピア作品をもとにした能や狂言、フランスのクローデル（木村太郎、渡辺守章）やモリエール作品（善竹忠重ら「志芸の会」）からの「新作」もある。あるいはまた、キリスト教信仰を背景とする能では、加賀乙彦がキリシタン大名をテーマに『高山右近』（一九九七）を書き、キリスト教の死生観にもとづく形式で「死」と「魂」のありかたを描いた。

　能楽堂や各種の団体から作家に委嘱してあたらしい作品が生み出されるケースも増えている。一九八三年に開場した国立能楽堂では馬場あき子、瀬戸内寂聴らに委嘱して「新作」を世に出してきたが、二〇一三年の開場三十周年には、梅原猛による『スーパー能　世阿弥』が上演された。梅原は二〇〇〇年に、環境破壊を扱う新作狂言『ムツゴロウ』など社会的な問題に焦点をあてた現代語による狂言を書いているが、免疫学者の多田富雄もまた現代人のあり方に関わる「新作」を作った。脳死を描く『無明の井』（一九九一年初演）や、アインシュタインの能『一石仙人《いっせきせんにん》』（二〇〇三年初演）などは同時代の倫理を問うものとなっている。現代の小説家による「新作能」では石牟礼道子の『不知火』（二〇〇二年初演）も水俣病に関わる作品で、きわめて今日的な能と言える。ほかに狂言方和泉流の五世野村万之丞のように女性による上演を考慮して「新作」を創った例もある（『女狂言二〇〇三』）。

　およそ一九八〇年代までの能楽界は、研究者と協力して、むしろ「復曲」などの試みに多く取り組んでいたが、一九九〇年代以降にはあたらしい作品の創作が活発となり、二〇〇〇年代以降は、その数がますます増加している。

　戦後の小説家では、平岩弓枝、杉本苑子、小松左京などに狂言の作品があるが、近年はいとうせいこう、京極夏彦らも手掛けている。劇作家の北村想、松田正隆、土田英生、わかぎゑふらも能や狂言の作品を書いており、二〇〇六年には美内すずえの漫画『ガラスの仮面』から『紅天女《くれないてんによ》』(植田紳爾脚本)が誕生した。こうした現象の背景には、「伝統」の枠に縛られずに、より親しみやすいかたちで能楽を上演していこうとする能楽師側の意識の変化もうかがえる。ただし能楽の一日公演の原則を守る限り、公演期間中に観客との共同作業により作品を熟成させていくプロセスを持ちにくいという課題があろう。

以上がおおまかな流れだが「新作能」や「新作狂言」、および能楽関連の作品は、さまざまな展開を見せ、使用言語も日本語以外に広がっている。上田(宗片)邦義のシェイクスピアの能が英語で演じられているほか、一九七〇年代から展開されているリチャード・エマートらによるアメリカや日本での「英語能」の実践もすでに四十年以上の歴史をもつ。近年では、東京・世田谷パブリックシアターの企画「現代能楽集」をはじめ「現代能」や「現代狂言」などを冠する新しい戯曲作品も少なからず発表されている。

なお、「新作能」「新作狂言」については、横道萬里雄・西野春雄・羽田昶著の岩波講座能・狂言Ⅲ『能の作者と作品』のほか、西野春雄著「新作能の百年」❶❷(「能楽研究」第二十九号・三十号、法政大学能楽研究所)がある。❶が年表、❷が概説となっており、「新作能年表——一九〇四年~二〇〇四年」には近現代の「新作能」三百曲以上が整理されている。二〇一二年刊行の『能楽大事典』(小林責・西哲生・羽田昶著、筑摩書房)も「新作能」「新作狂言」の項が詳しく、巻末には「新作能」および「新作狂言」の一覧がある。そのほか田中允編『未刊謡曲集』(古典文庫)の続篇一~二一には「新作能」の本文が収載されており貴重である。

(伊藤真紀)

宝塚レビューの表現者たち

宝塚歌劇で上演される作品は、すべてレビューと称してよいかも知れない。

宝塚歌劇団の英文表示は、「TAKARAZUKA REVUE COMPANY」である。そこで上演される演目はレビューと呼ばれる。故にその作品の台本=戯曲の書き手は、レビュー作家である。三段論法式にいえば、そうなる。実際は、レビューというくくりの中に芝居が主体の舞台や翻訳ミュージカルや、歌とダンスだけで構成される舞台とに分かれているが、そもそも宝塚歌劇が誕生した一九一四年以来、創設者の小林一三《いちぞう》が唱えた歌劇は、日本独自のオペラであって、それまでに先行していた伝統芸能である歌舞伎、文楽、舞踊を邦楽でなく洋楽伴奏で上演したのである。即ち、歌は三味線からピアノへ、日舞もいわゆる下座音楽からオーケストラ伴奏へ、和洋折衷ながら歌舞伎とも本物のオペラとも異なる日本の歌劇が生まれたのだ。草創期の宝塚の新聞宣伝を見ると、宝塚歌劇の歌劇の文字にわざわざ「オペラ」とルビを振っている。余談だが、当時の英文表示は、「TAKARAZUKA OPERA COMPANY」といった。一九六〇年代あたりから、いつのまにか、「OPERA」から「REVUE」に変わっている。

要するにレビュー集団である宝塚歌劇に所属する作家たちは全員、座付き作者で外部招聘の作者による作品も時に上演されるが、ほぼ彼らの作、演出作品が毎年ラインアップされるのが習わしである。その座付き作者たちはみな、「レビュー作り」を念頭に置いて作品を作る。

宝塚の歴史が証明するように時代時代を呼吸しながら、レビューという作品作りの中で必然的に芝居要素が強い物と本来のショー要素主体の物とに分類されていった。ミュージカル全盛の現在でも、宝塚歌劇で上演されるミュージカルでは、オリジナルであれ海外の翻訳作品であれ、プロローグやエピローグ、そして独特なパレードと呼ばれるフィナーレを作品とは離れた構成で見せることが多い。その部分がまさにレビューの名残である。そして、そこを拡大、強調してショー構成にして見せるのがレビューだ。作品の分化が進むにつれて、作者も芝居派とショー派と分類されるようになった。もっとも座付き作者であることは、どちらにも精通していなければならないが、本人の希望や傾向、評判などから次第にどちらかの色に染まっていくようである。ただ、デビューする作品は、宝塚バウホールという小劇場に於ける芝居主体の舞台であることが多く、座付き作者のほとんどは今でいうミュージカル・プレイを第一作としてスタートする。

ここでまた、疑問点が一つ浮かぶ。分類上、レビュー派でなくてなぜ、ショー派なのだということ。結論からいうと、たいした意味はない。宝塚歌劇団も含めて演劇メディアでの通例として、歌劇で歌やダンス主体の舞台を作る作者をショー作家と呼んでいる。では、ショーとレビューとはどう違うのか？　これもまた、日本の場合、絶対的で明確な結論は出ていない。区別ははっきりしている。レビューはフランス語語源、ショーは英語語源からきている。広辞苑からその項を引いてみると、レビューは、〈踊りと歌とを中心にコントを組み合せ、多彩な演出と豪華な装置とを伴うショー〉とある。本来、パリで年末にキャバレーなどで行なわれていたその年を回顧する諷刺コント風芝居が発祥だった。一方、ショーは、〈❶人に見せるための催し。見世物。興行。❷軽演劇。寸劇〉とある。十分な説明と思うが、実際の舞台での傾向では、レビューは一つのテーマを決めて各景バラエティーに富む展開を見せる舞台で、ショーは物語性があって、例えば田舎から出て来た青年が都会でさまざまな人や事件と出会って容姿もセンスも人間としても成長してゆく過程を歌とダンスで描く。即ち、各場で主人公が違うか全場一人の主人公で通すかだが、実際はルールがあるわけでもなく、作者たちが角書として付けるサブタイトルも、レビューとショーに明確なこだわりを持つ作者は少なく、各自双方への解釈もまちまちなのが実状だ。それ故に、先述したように宝塚歌劇で語られるレビューはショーで、芝居もレビューと呼んで間違いではなく、宝塚歌劇の座付き作者はレビュー作家であると結論づけたいと思う。その中でことにミュージカルと呼ばれる芝居よりショー要素の強い作品群を多く発表している作者たち（文中太字）を中心に宝塚のレビュー作家の系譜を辿ってみよう。

❖

一九一四年、宝塚歌劇（当時は、宝塚少女歌劇）第一回公演の演目は、北村季晴作『ドンブラコ』、本居長世《もとおりながよ》作『浮かれ達磨』、それに劇団制作『胡蝶』の三本立てだった。以降、日本式オペラを目指した小林一三は、先行していた和洋の音楽界、演劇界から人材をスカウトして公演を軌道に乗せた。北村や本居は、東京音楽学校（現芸大）出身者であり、本居は江戸時代の国学者・本居宣長の子孫で、童謡「赤い靴」や「青い眼の人形」の作曲者としても知られている。邦楽界からは久松一聲や**小野晴通**、上方舞の楳茂《うめも》都《と》流から楳茂都陸平らを招き、また日舞の名手であり新劇俳優でもあった坪内士行も入団させた。一三自身も作品を発表していた。その後、坪内に次いで**岸田辰彌**が入団。そして、兼ねてより女性だけでなく男優も入れて新しい日本の国民劇構想を企画していた一三の発案で新設された「男子撰科」募集で**堀正旗**《ほりまさはた》と**白井鐵造**が入って来る。「男子撰科」は一三の意思に反して少女歌劇ファンの圧倒的反対に遭って、すぐ解散したため二人は作家へ転向した。

草創期の演目は、お伽歌劇と呼ばれるものや歌舞伎、能、狂言の脚色ものが多かったが、岸田、堀、白井たちの入団で作品傾向に変化が生じ、同じ日本ものでも単に伴奏を邦楽から洋楽に変えただけではない、内容も洋風な作りが登場した。ことに三人は相次いで海外留学に出ることになる。折しも、一九二四年、少女歌劇初公演から十年目に収容人員四〇〇〇人、東洋一といわれた宝塚大劇場が完成した。三五年に火災に遭ったり幾度か改造されるが、その後、一九九三年に現在の新・宝塚大劇場が開場するまで歌劇公演のホームグランドとして役割を果たしてきた。

まさに大劇場の開場を待ち兼ねたように二七〈昭和二〉年、岸田による日本最初のレビュー『モン・パリ』が生まれ、続いて岸田の弟子であった白井が三〇年に『パリゼット』、三三年に『花詩集』を発表し、レビュー黄金時代を到来させた。以降、いわゆるショー要素の強いレビューばかりでなく、芝居としての展開が主体だがショー構成がふんだんな作品が陸続と生まれてくる。それらは、「グランド・レビュー」とか「グランド・ロマン」とか銘打たれて、白井の薫陶を受けた**高木史朗**、**内海重典**、**鴨川清作**へと繋がるのである。即ち、日本の、宝塚歌劇のレビューは岸田によって紹介され、白井によって完成され、高木、内海によってより絢爛化物語化し、鴨川の強烈な個性化をもたらし、次の世代へ引き継がれて現在に至っている。なお、白井と同時代にレビュー発展に貢献した作家たちには、『雨月物語』（一九二六）、『夜鶴双紙《やかくぞうし》』（一九四八）など、日本ものに精通した小野や『フーピーガール』（一九三二）や『マンハッタン・リズム』（一九三七）でアメリカ調のスピーディーなショーで新鮮な振付も自ら行なった**宇津秀男**《うつひでお》（一九〇二〈明治三十五〉～一九八八年〈昭和六十三〉）、『モオン・ブルウメン』（一九三五）、『カルメン』（四九年）の堀、SKD（松竹歌劇団）演出部から転出、『ゴンドリア』（一九三六）、『マグノリア』（一九三七）を残した**東郷静男**《とうごうしずお》（～一九八八年〈昭和六十三〉・九）らがいた。

一九四五年から高度経済成長期を経て、宝塚歌劇六〇周年を迎えた七四年へ至る昭和中期に入団し、昭和後半から平成前期へ掛けて活躍した、いわゆる戦前派に薫陶を受けた宝塚歌劇第二世代の作家たちには、まず五一年入団の**渡辺武雄**《わたなべたけお》（一九一四〈大正三〉・九～二〇〇八〈平成二十〉・三）がいる。白井作品で日本各地の郷土芸能シーンを振り付けたことが日本民俗舞踊シリーズに発展、五八年『鯨』を皮切りに各地の芸能を紹介する作品を発表、六一年『火の島』で芸術祭賞を受賞した。五三年入団の**横澤英雄**《よこざわひでお》（一九三〇〈昭和五〉・八～二〇〇九〈平成二十一〉・十）は、師匠の白井譲りの多人数をダイナミックに躍動させる舞台作りが得意で『ホノルル・ホリデー』（一九五六）でデビュー後、『ヒート・ウエーブ』（一九八五）、『三つのワルツ』（八六年）など、レビューも芝居も手堅くこなした。五四年入団には菅沼潤がおり、五六年入団の**小原弘稔**《おはらひろとし》（一九三四〈昭和九〉・一～九四〈平成六〉・三）もショーにドラマに多彩な作品を連発した。八四年『ザ・レビューII』、八七年に翻訳上演したブロードウェイ・ミュージカル『ME AND MY GIRL』は現在もたびたび再演される人気作品となっている。また、宝塚バウホールで八八年から九一年に亘って社会派ドラマ『リラの壁の囚人たち』、『ツーロンの薔薇』、『グランサッソの百合』を連作した。続いて五七年に**植田紳爾**、五八年に**柴田侑宏**《ゆきひろ》が入団。五八年組には、芝居派の**阿古健**《あこけん》（一九三四〈昭和九〉・四～二〇一三〈平成二十五〉・二）もいる。五九年入団の**大関弘正**《おおぜきひろまさ》（一九三四〈昭和九〉・五～）は、『恋とかもめと六文銭』（一九七九、宝塚バウホール）から「恋と～」というタイトルを付けた三部作で同じ役名の登場人物の顚末を追ったり、和洋緻密な芝居作りを特色とした。ことに江戸期の時代物が得意で、『若き日の唄は忘れじ』（一九九四）は、藤沢周平『蟬しぐれ』の名脚色だった。大関と同期入団の**酒井澄夫**《さかいすみお》（一九三四〈昭和九〉・一～）は、鴨川に心酔、色彩感に独特のサイケデリック調を多用するショーは師匠譲りだが、『秋扇抄』（一九七四）や『春の踊り〈恋の花歌舞伎〉』（一九八九）など日本物で存在を示すかたわら、『ガイズ＆ドールズ』（一九八四）、『ハウ・トゥー・サクシード』（一九九六）など海外ミュージカルを脚色するなど、多彩多能。宝塚では原則的にブロードウェイ・ミュージカルの脚色、演出はショー作家の担当である。やや間があって、六三年に**岡田敬二**《おかだけいじ》（一九四一〈昭和十六〉・二～）が入団。白井、高木、鴨川……たちに直接教えを受けた最後の世代で、ドラマ、ショー、海外ミュージカルと多彩に作るが、八四年『ジュテーム』に端を発するロマンチック・レビュー・シリーズは『ラ・ノスタルジー』（一九八六）、『シトラスの風』（九八）、『ロマンス!!』（二〇一六）まで十九作を数え、色遣いの優しさ、気品、メッセージ性、スペクタクル要素とレビューの王道を極めている。「宝塚のオリジナル・レビューを作りたい」（『岡田敬二　ロマンチック・レビュー』阪急コミュニケーションズ）が口癖である。六六年入団の**草野**《くさの》**旦**《あきら》（一九四三年〈昭和十八〉・一～）も鴨川系ショー作家で、『ハレルヤ』（一九七一）でデビュー後、『ジュジュ』（一九七四）や『パパラギ』（一九九三）など濃厚な作品の他、無法松を主人公にした『永遠《とわ》物語』（一九八二）を舞台化するなど冒険精神が豊富。七六年発表の『Non, Non, Non』は、外国語原語表記タイトルの魁だった。六八年入団に**太田哲則**。

さて、この後、七〇年代から現在へ至る作家たちは、宝塚歌劇六〇周年（一九七四年）に上演されその後、宝塚歌劇のシンボル的作品になる『ベルサイユのばら』以後に作品を発表する人たちである。『ファンシー・ゲーム』（一九八〇）で宝塚大劇場デビューした**三木章雄**《みきあきお》（一九四七〈昭和二十二〉・十二～）と同年『恋の冒険者たち』でデビューした**村上信夫**《むらかみのぶお》（一九四七〈昭和二十二〉・六～）は七一年組で、かろうじて『ベルサイユのばら』時代は演出助手を経験している。その後七六年の**正塚晴彦**、七七年に**小池修一郎**、同期入団に宝塚バウホール『スウィート・リトル・ロックンロール』（八五年）で現代の若者感覚が横溢した鮮烈なコメディーでデビューした**中村暁**《なかむらさとる》（一九五四〈昭和二十九〉・九～）がいる。続く七九年入団に芝居派の**谷正純**、ショー派の**石田昌也**。それから暫く演出家募集が途絶え、九年後の八八年に、**木村信司**《きむらしんじ》（一九六二年〈昭和三十七〉・四～）と**中村一徳**《なかむらかずのり》（一九六四年〈昭和三十九〉・十～）が入団。前者は、『扉のこちら』（一九九三）でいきなり宝塚大劇場デビュー、O・ヘンリーの小説からの脚色で翌年、宝塚歌劇ロンドン公演の上演作品にも選ばれた。オペラ作品から多く題材を採る特色がある。後者は、『プレスティージュ』（一九九六）で宝塚大劇場デビュー。宝塚伝統のレビュー路線を継承するオーソドックスなショー作品が多い。宝塚海外ミュージカルのレパートリーになった『ファントム』（二〇〇四）の脚色者でもある。九二年入団の**藤井《ふじい》大介《だいすけ》**（一九六九〈昭和四十四〉・五〜）は、レビュー『GLORIOUS!!』（二〇〇〇）で宝塚大劇場デビュー。母親の胎内から宝塚歌劇を見ていたというほどの観劇歴を誇る作者で、平成入団組の中ではショー派の代表格として活躍中。伝統のレビューを現代感覚でアレンジする。ショー『EXCITER!!』は、〇九、一〇年と珍しい短期再演作となった。

九四年入団以降の作者たちの共通の特徴は、従来の先輩作家たちが題材にした古典や洋画、和洋文学作に加えて、漫画やアニメーションに影響された作風で、その表現法も小劇場演劇仕様をも取り入れたりする。九四年入団には、ドラマ、ショー共にペダントリーな構成で演劇ファンを楽しませた**荻田《おぎた》浩一《こういち》**（一九七一〈昭和四十六〉・三〜）がいたが、〇八年、古代イスラエル王を題材に採ったショー『ソロモンの指輪』を最後に退団。同期に宝塚歌劇初の女性座付き作者となった**植田《うえだ》景子《けいこ》**（一九六六〈昭和四十一〉・二〜）。入団前に新劇系演出家の下で修業していた経験上、舞台構成が巧みで、女性ならではの男役像の美的描き方に特色を為す。『ICARUS』（九八年）で宝塚バウホールデビュー。『ルートヴィヒII世』（〇〇年）他、人物評伝的物語が多い。また、単独レビュー作は書いていない。同期の**齋藤吉正《さいとうよしまさ》**（一九七一〈昭和四十六〉・三〜）は、〇〇年宝塚大劇場デビュー作『BLUE・MOON・BLUE』で幻想性漂う異色なショーを作ったが、ドラマも多数連作、両分野で精力的に作品を発表し続けている。他にショー『Misty Station』、漫画原作のドラマ『JIN－仁－』（ともに二〇一二）など。

以下、九六年入団、〇八年『夢の浮橋』で宝塚大劇場デビューの**大野《おおの》拓史《たくし》**（一九七〇〈昭和四十五〉・〜）、九七年入団、〇七年『シークレット・ハンター』で宝塚大劇場デビューの**児玉明子《こだまあきこ》**（一九七四〈昭和四十九〉・九〜）。児玉は二〇一三年退団。九八年入団、一一年『愛のプレリュード』で宝塚大劇場デビューの**鈴木《すずき》圭《けい》**（一九七四〈昭和四十九〉・二〜）、九九年入団、一一年『めぐり会いは再び』で宝塚大劇場デビューの**小柳奈穂子《こやなぎなおこ》**（一九七六〈昭和五十一〉・九〜）、〇〇年入団、一〇年『Carnevale睡夢』で宝塚大劇場デビューの**稲葉《いなば》太地《だいち》**（一九七七〈昭和五十二〉・四〜）、〇三年入団、一〇年『BUND／NEON上海』で宝塚バウホールデビューの**生田《いくた》大和《ひろかず》**（一九八一〈昭和五十六〉・三〜）、同年入団、一二年『華やかなりし日々』で宝塚大劇場デビューの**原田《はらだ》諒《りょう》**（一九八一〈昭和五十六〉・十一〜）がいる。原田は、一六年宝塚舞踊詩『雪華抄』で日本物ショーに初挑戦した。その後、〇六年入団に一五年『星逢一夜』で**上田久美子《うえだくみこ》**（一九七九〈昭和五十四〉・四〜）が、一六年ショー『THE ENTERTAINER!』で**野口幸作《のぐちこうさく》**（一九八三〈昭和五十八〉・八〜）が、一七年浅田次郎の同名小説の脚本、演出『王妃の館』で**田渕大輔《たぶちだいすけ》**（一九七五〈昭和五十〉・八〜）がそれぞれ、宝塚大劇場デビューした。続いて、〇八年入団に**樫畑《かしはた》 亜依子《あいこ》**、一一年入団で一六年に『アイラブアインシュタイン』で宝塚バウホールデビューの**谷貴矢《たにたかや》**がいて、まだデビュー前の演出助手が数名いる。

（石井啓夫）

東宝傘下の徒花《あだばな》「日劇レビュー」の盛衰

東京銀座繁華街の一角丸の内に一九三三年十二月新築された日本劇場は、東宝が三五年十二月から所有経営し、八一年三月ビルの老朽化のため解体されるまで、日劇《にちげき》の愛称で親しまれた巨大な演芸専門劇場であった。円形五階建ての「陸の龍宮」の異名をとる斬新なデザインの外観と、広大な舞台と二千七百余の座席数を有する内部ホールは、戦前戦後を通じて他に比類ないユニークな劇場だった。その象徴的存在が、三六年正月から始まり最後の解体時まで続いた「日劇ショウ」の中核をなす「日劇ダンシングチーム」（NDT）の輝かしい活動歴であった。

戦前篇

◉男性を加えた本格的ショウ・チームの創設

戦前日本のレビュー界は、昭和初期から宝塚・松竹が女性のみのレビュー団を創設して、女性による男役がスター的人気を博していたが、東宝傘下日劇の支配人となった秦豊吉は、欧米芸能界を視察して、ニューヨークのラジオシティ・ミュージックホールやパリのムーラン・ルージュが展示しているような男女合同の本格的なステージ・ショウを日劇で映画と併演したい、と考えた。そして三五年九月からダンサーを募集して猛訓練を重ね、三六年正月に第一回公演『ジャズとダンス』を発表し、以降ダンサーを増強し、男性の歌手や舞踊手を加えて、他のレビュー団より質の高い斬新なテーマをもったショウの制作を目指した。昭和十年代の芸能界は、アメリカのジャズや音楽映画が活発に輸入されて、宝塚や松竹の少女歌劇団はじめ、エノケン劇団や吉本歌劇団など多数のレビュー団がジャズとダンスのショウを競って、多くの映画館や劇場でアトラクションとして上演されていた。そんな中で、秦の目指す日劇ショウは、ダンサーたちに高いレベルのダンス訓練を付与して、ジャズダンスやタップダンス、バレエに至るまでの本格的な舞踊演目を日劇の広い舞台で上演した。男性の益田隆と東勇作に梅園龍子を加えたバレエトリオ、ボーカルのジョージ広瀬や澄川久、タップダンスの荻野幸久などの諸芸の名人が昭和三八年には主演すると共に女子ダンサーを指導した。正月の『踊る日劇』や九月の『日劇秋の踊り』が毎年の恒例行事となり、ダンシング・チームの整然と揃った迫力あるライン・ダンスは他のどこにも見られぬ日劇名物となって、それだけで客がよべるようになった。当時の新聞雑誌を見ると、銀座の「トリコロール」で美味しいコーヒーを飲んで、日劇のラインダンスを観賞することが自称モダンボーイズのモダニズムの象徴とまで噂されている。

◉高橋忠雄のラテン・タンゴのショウ

日劇ならではの優れたショウが幾つか制作されたが、三八年七月の『南十字星』、十一月の『踊るランチェラ』、三九年三月『歌う日劇』、同七月の『タンゴとはなんですか』の計四作を作演出した**高橋忠雄**の秀作を先づ上げたい。高橋忠雄は、ラテン系音楽とダンスの権威で、自ら作編曲と振付もこなし、欧米事情を遊学した実績を生かして中南米の音楽舞踊の歴史と現況をミュージカル・ショウに仕上げた。日劇のキャストに加え、人気歌手淡谷のり子と大山秀雄タンゴ楽団を出演させ、数多のラテン・タンゴの歌曲を歌い踊らせたので、日劇ショウの舞台からそれらの唄がヒットして、レコードが売れるという現象まで起きた。

◉日本郷土民族舞踊の諸作品

秦豊吉は三七・八年頃から、時局体制が芸能に対する重圧を深める傾向を看取して、欧米的作品に代って日本やアジアの民族的郷土舞踊をショウ化することを考え、ダンシング・チームの幹部たちを台湾・朝鮮・琉球・八重山・日向・薩摩・飛驒・東北などの各地に派遣し、その地の伝統的音楽・舞踊・衣装を研究させて、ショウ作品に仕上げるよう努めた。第一作が三九年の『琉球ショウ』、続いて『朝鮮ショウ』『八重山群島』『燃ゆる大地台湾』『日向』『雪国』『奄美大島の花嫁』『富士山』『薩摩組曲』『飛騨の唄』『三河花祭』、さらに海外の『ヤップ島』『タイの音楽と舞踊』などを上演し目ざましい成果を上げた。しかし戦争の激化に伴い劇場公演は次第に困難になり、四四年二月の『バリ島』上演を最後に政府命令により日本劇場は閉鎖されて軍需工場になった。

戦前の日劇ショウでもう一つ特記しておきたいのは、昭和四一年二月の一週間に亘る『歌う李香蘭』ショウで、当時東宝映画『支那の夜』などで人気絶頂の李香蘭（「満州娘」と思っていた人が多い）の出演というので、ファンが押しよせて劇場を幾重にも取り巻き、警官が出動して整理するさわぎとなった。日劇ダンシング・チームは前年から東宝舞踊隊と改称していたが、**白井鐵造**の構成演出で李香蘭の唄に合わせて『支那の夜』などを踊った。

戦後篇

戦中劇場の閉鎖後残った団員は軍や勤労者慰問のため小班に分れて地方公演を続けたが、劇場が幸い戦火を免がれたので、四五年八月終戦後早くも十一月二十二日に再開して、『ハイライト』二〇景を上演。笠置シヅ子や灰田勝彦ら人気歌手をゲストにダンシングチームが総出演した。自分のことを述べて恐縮だが、私は終戦時海軍主計少尉で海軍病院船氷川丸（元日本郵船太洋客船）に乗船し、南方のニューギニアなどから日本軍将兵を帰還させる作業に従事していたが、横浜に帰港中の四五年十二月、日劇を訪問して出演中の楽団南十字星のメンバーに交渉して横浜の船まで来て貰い、船上音楽会を開催して多忙な乗組員を慰労した思い出がある。戦前の学生時代から日劇ショウを愛好していた私は、廃墟の中に巍然《ぎぜん》としてそびえ立つ日劇のモダンな威容と場内の華やかな雰囲気にたまらない嬉しさを覚えた。

アメリカの占領下に大きく復活したジャズやダンスは当時の若者を強く魅了したので、映画と併演する日劇ショウは大人気を呼んだ。人気スター歌手の笠置シヅ子や越路吹雪、江利チエミらが毎回ゲストで出演し、NDTも独自の演目を上演して娯楽に飢えたファンを吸収した。戦前からの恒例『秋の踊り』や『夏の踊り』が復活し、民族舞踊のヒット作『琉球と八重山』や『雪国』が再演され、五一年には拡充したダンシング・チーム百余名が四段のラインダンスを踊った。

（瀬川昌久）

松竹歌劇とその周辺

一九六一（昭和三十六）年、修学旅行生の「行ってみたい東京」というアンケートの上位に、「浅草国際劇場」があるのを見ると胸を衝かれる思いがする。私が足を運んだ国際劇場は、その八年後くらいで、小月冴子はまだ出ていたが、川路龍子は見ていない。小学生だった五〇年代には、毎月読売新聞に国際劇場の「東京踊り」の広告が出て、その男装姿が強烈な印象が残っているのと、あとは銀幕のなかでそのカリスマ性に接しただけである。私は六〇年代末からしかレヴューは見ていないが、私の育った環境では、東京のレヴューといえば、国際劇場のSKDか日劇のNDT（日《にち》劇《げき》ダンシングチームの略称）だった。

松竹系レヴューは、一九二二（大正十一）年四月に大阪で「松竹楽劇部生徒養成所」を開設したのが始まり。「大阪松竹楽劇部」が同年末に、中之島公会堂と京都・南座で短期公演を行なった。正式な公演は、翌二三年で、洋画専門館・大阪・松竹座の専属となるが、多くの評価を得たのは、二六年四月松竹座三周年記念公演の『春のおどり』からである。

その後、東京へ進出したのが、二八(昭和三)年、浅草松竹座での『虹の踊り』。正にモダニズムの時代だった。ここでいうモダニズムとは機械文明を肯定的、積極的に利用する表現形式のことである。その意味で、レヴューは、正にモダニズムの娯楽だった。その年、東京にも楽劇部が創設され、生徒も募集し、その年十二月に、浅草松竹座で大阪楽劇部に参加出演した。東京松竹楽劇部の本格的な活動が評価されたのは、二九年十一月『松竹フォーリーズ』、十二月新宿松竹座での『松竹座ダンス』からで、**高田せい子**、**青山圭男**の振付と指導の成果である。

三〇年には当時松竹経営だった帝劇に出演した『東京踊り』からは、評価も定着し、人気も高まる。振付・指導に当ったパリ帰りの**大森正男**の功績もある。三一年には、洋画封切館だった浅草松竹座をレヴュー専門劇場とするほどだった。

東京での松竹少女歌劇は、浅草を舞台にしたので、下町文化の色彩で語られるが、一九年に小林一三《いちぞう》が宝塚少女歌劇の東京進出に際して、当初浅草を考えたが、交渉が失敗して、日比谷に決着したのは大原由紀夫『小林一三の昭和演劇史』(演劇出版社)に詳しい。関東大震災前には、やはり、小林でも東京の「国民演劇」の拠点を浅草に考えたわけで、「東京宝塚劇場」が当初の目算通り、浅草に開場すれば随分違ったニュアンスで語られただろう。

松竹楽劇部は三二年に「松竹少女歌劇部」(SSK)、三三年「松竹少女歌劇団」(SSKD)、大阪楽劇部は三四年に「大阪松竹少女歌劇団」(OSSK)となり、戦後の四六年に「少女」を取った「松竹歌劇団」(SKD)「大阪松竹歌劇団」(OSK)と改称されている。

初期の作者としては、当然挙るのが、OSKの劇団歌「桜咲く国」の作詞者・**岸本水府**、そして、「桜主題歌」「開国文化」「奉祝行列」等の**食満**《けま》**南北**だろう。三〇年の「東京踊り」も、岸本・食満の作詞。この二人については、田辺聖子『道頓堀の雨に別れて以来なり』に詳しい。

同年九月の**川口松太郎**『松竹オンパレード』は、水の江瀧子が断髪姿のショートカットで登場したので著名な作品。

三一年十一月の**江川幸一**『万華鏡』は、銃を構えた水の江がカウボーイ役で「俺はミズノーエ・ターキーだあ」と言ったのが評判となり、それ以来「ターキー」の愛称が定着したので有名な作品。この際の演出は、後に触れるが青山杉作である。江川は傑作『カイエ・ダムール』でも名高く、その功績は大きい。三二年の松竹座公演では、江川は**菊田一夫**と共作している。

この頃、『野球レビュー』『撮影所評判記』『彼・彼女・百貨店』など昭和モダン気分濃厚な、**中野實**の作も多い。懸賞脚本当選の作家では、『女性王国万歳』の**大泉博一郎**、『戦争レビュー世界に告ぐ』など時代の空気を感じさせる**伏見晁**が多作。秦豊吉の片腕といわれた**佐谷功**、**山本紫朗**という、東宝・日劇人脈の名もある。荷風が浅草での自作の上演に熱心だった頃の『断腸亭日乗』に登場する**安東英男**は、三三年より文芸部長で機関誌の編集長も勤めた。ほかに**奈良稔**、**田賀甫**、原案だと**南部圭之助**など。

三五年以降は、後にＮＨＫで要職に就いた**佐久間茂高**、「オペラハット」がヒットした**由比三郎**に**サトウハチロー**の名も見える。

だが、戦前の松竹歌劇で、**青山杉作**を逸することはできない。「ローズ・マリ」など**三木竜三**は青山の筆名。三〇年末『Ｘマスプレゼント』から四八年『シンデレラ物語』まで、十七年間に数十の本を書き、七十本を演出した。残念ながら新劇関係者編の『青山杉作』年表では抹消されている。松竹歌劇の「演劇指導」担当で「士官候補生」演出もした東山千栄子だけが、俳優座の『女の平和』『フィガロの結婚』の青山演出に、レビューならではの舞台機構を立派に活用と評価している。

戦後は、**山口国敏**が戦中に続いて、多くの作品を担当している。東京大空襲で灰燼に帰した浅草に、国際劇場が復興したのが四七年十一月。その前数年は、浅草松竹座、常盤座での公演時代である。その時期に活躍した作者は、山口の他は、私には日劇（ＮＤＴ）の振付で記憶にある**県《あがた》洋二**、エノケン一座在籍の**大町龍夫**、さらに**名古屋宏**、**脇屋光伸**の名もあるのは、ＳＫＤ単独でなく、他の一座との合同公演が多かったからである。**原浩一**の作詞、構成も多い。

大スターの水の江瀧子脱退後も、五〇年代は、ＳＫＤの第二期黄金時代で、国際劇場はランドマーク的存在だった。この間、ポール・アンカやニール・セダカの来日公演も行なわれ、国際劇場の舞台を踏むのは、ある種のステータスだった。ウエスタン・カーニバルも、元来東宝の企画ではなく、日劇以前に、国際劇場でという話があったという。それを断った担当者に、先見の明なかったと言うほかはない。

五七年の「国際まつり」には、当時梨園随一の美貌を誇った中村芝雀（四世時蔵）がＳＫＤと共演。**三島由紀夫**が『ボン・ディア・セニョーラ』を書き、**村山知義**が演出したのもこの時期である。六五年には、**矢代静一**が「春の踊り」作・構成を担当している。

七〇年代には**山田洋次**が「ＳＫＤミュージカル」を作・演出、八〇年代では、**寺崎裕則**が『レヴューの誕生』のほか、国際劇場閉館後の公演は**山田元彦**が多く、**篠崎光正**、**近藤皓一**、**竹邑類**らが担当。歌舞伎座公演は**安倍寧**が監修している。

ＳＫＤの後身で、一九九二年にＯＧ中心に結成されたスタス（ＳＴＡＳ）の構成は、結成メンバー四人（千羽ちどり、高城美輝、明石薫、銀《しろがね》ひ乃で）が行なっていたが、近年は**菅原道則**担当が多い。

ＯＳＫについては、『ＯＳＫ日本歌劇団90年誌　桜咲く国で』（同歌劇団・二〇一二年）、雑誌「大阪人」（二〇〇三・6～二〇〇六・3）連載の松本茂章「ＯＳＫストーリー　80年の夢」が詳しい。また、雑誌「上方芸能」に肥田皓三が上演記録を連載している。

六〇年代から八〇年代には、ＯＳＫでは、宝塚所属の**横澤英雄**『ジャンプ・ジャンプ・ジャンプ』が高い評価を得、『五つの恋のファンタジア』『義経桜絵巻』『平安レジェンド』が再演されている。**中村一徳**・**桃井文**の作品も多く、**津山啓二**『虹色のハネムーン』も成功作。宝塚新芸座の文芸部長だった**香村菊雄**『グランド・ロマンス楊貴妃』も八〇年代の演目である。また、**北林佐和子**に『魔剣士』『闇の貴公子』『桜彦翔る！』など人気作多い。近作に「the JUJU」がある。二十一世紀には**山田隆行**、**海野洋司**、**原彰**、**高井憲**、**名倉加代子**、**吉峰暁子**らの名が挙がる。また、劇団「往来」の**小鉢誠治**・**矢田和也**が『女帝を愛した男――ポチョムキンとエカテリーナ』『バンティッド！霧隠才蔵外伝』を提供している。近年、元宝塚の**荻田浩一**も作・演出で活躍。

ところで、脚本とは別に、ＯＳＫで重要なのが、構成派風の舞台装置で評判をとった**山田伸吉**。独特の松竹字体というレタリング中心にデザイン史で著名だが、松本茂章「モダンボーイ山田伸吉」（「大阪人」五八号）によると、衣裳でも才能を発揮。舞台美術では新派でも才腕を振るい、戦後は日劇の美術も担当した。活躍時期は短いが、**宇佐美一**の業績は、『ＯＳＫ日本歌劇団90年誌　桜咲く国で』所収の岡本澄の文に詳しい。

演劇史は戯曲と劇作家、俳優を中心に描かれるから、歌舞伎と、新派、新劇等々とレヴューとは無関係のジャンルのように思われるが、舞台美術を見ると横断的に見える。

早稲田大学の建築科で舞台美術家を志していた植草甚一は、村山知義の舞台装置を見に、築地小劇場へ赴いた翌日、やはり村山が装置担当の浅草国際劇場へ行く。後年の「演劇史的意義」からすると、村山知義は前衛的舞台を手掛けたと評価されるが、当時の演劇青年・植草にとっては、築地の前衛とＳＫＤのレヴューは等価で、同量の重みを持っていた。ちなみに、村山はターキー（水の江瀧子）の大ファンだった。**吉田謙吉**も築地小劇場とＳＫＤ、新国劇等の装置を担当している。私の記憶でも、国際劇場の魅力はどんどん変る吊り物の装置、屋台崩し、本水と切り離せない。その頃は多くは、**三林亮太郎**、**三輪祐輔**が担当。

脚本、装置とは別にＳＫＤで忘れ難い人名は数知れない。制作の**蒲生重右衛門**（並木行雄で脚本も）、**朽木綱博**。振付では、邦舞の**花柳輔蔵**。洋舞では、脚本も書き、多彩な才能と華麗な経歴の青山圭男については本文で立項してある。音楽の**紙恭輔**は、帝国劇場の洋楽部、近衛秀麿の「新交響楽団」から、松竹歌劇団の楽長、ＰＣＬで戦前のミュージカル映画の音楽を担当し、戦後は米軍に接収された東京宝塚劇場（アーニー・パイル）の音楽監督に就任するという、近代の軽音楽史を体現するような人生を送った。水の江瀧子主演で江戸川蘭子の唄でヒットした『タンゴ・ローザ』などは、戦後のある時期まで歌い継がれた。

機関誌「松竹歌劇」（後に「少女歌劇」）のほか、一九三〇年代には『松竹少女歌劇脚本集』も刊行されている。また、「ターキー」を筆頭に「オリエ」（オリエ津阪）「マツチイ」（江戸川蘭子）など当時のファン雑誌や後援会誌をみると、「演劇史」や「演劇論」から零れてしまう、ファンの肉声が聴こえてくる。

なお、**益田定信**（次郎冠者）、**南部圭之助**、笠置シヅ子らが中心となり、**大町龍夫**らが脚本担当、**中川三郎**、荒木陽、**宮川はるみ**などが活躍、三八年に第一回公演を行なった「松竹楽劇団」は瀬川昌久『ジャズで踊って』に詳しい。

さらに、松竹系演劇として忘却されているのに、戦後の一九五〇年代浅草の常盤座で上演されていた「松竹浅草ミュージカルス」がある。**波島貞**、**淀橋太郎**、**水守三郎**、**栗原綾夫**らが書いたが、数年で消滅。常盤座プログラムを見ると、その後の「松竹フォリーズ」に山口国敏、**中田竜雄**、**キノトール**、淀橋太郎、水守三郎、村山知義が名を残すが、その実態は伝えられていない。劇場でも、演劇評論家の向井爽也が僅かに触れた「新宿松竹文化演芸場」など、軽演劇がほとんどでレヴューは少ないが、どこでも触れられないのも淋しい。

（神山彰）

人形劇

国内外で最も広く知られる日本の人形劇といえば、人形浄瑠璃文楽である。だが文楽以外にも数多くの人形劇が日本には存在し、劇形式や作品内容の多様さは目を見張るものがある。

まず、文楽に劣らぬ伝統を有するものを二つ取り上げたい。江戸糸あやつり人形結城座は一六三五年（寛永一二年）に発足され、国内外で活動を行なう日本を代表する人形劇一座である。結城座の特徴は人形を上方から糸で操るが、人形遣いは原則として舞台上に姿を見せているという独特のスタイルにある。近年の代表作には、芥川龍之介の小説をもとに武智鉄二演出で一九五七年に発表し、芸術祭の賞を獲得した『きりしとほろ上人伝』や、八六年のベオグラード国際演劇祭で特別賞・自治体賞を受賞した『マクベス』などがある。また八王子車人形西川古柳座も江戸時代から続く伝統的な操法を採用しており、看過できぬ一座といえる。ろくろ車という車輪付の箱に腰を掛け、一人の人形遣いが一体の人形を操る他に類を見ない独自のスタイルは海外でも評価が高い。近年の代表作には四代目西川古柳が脚色し、九三年度の芸術祭賞（演芸部門）を受賞した『佐倉義民伝　宗吾と甚兵衛』や、岸田理生《りお》が小柳座のために書き下ろした九三年の『迷宮譚』がある。

こうした伝統的な人形劇が存在する一方で、西洋からの影響により生まれた新興人形劇も独自の発展を遂げている。とりわけ一八九四年（明治二七年）に英国からやってきた初めてのマリオネット人形一座ダーク座は、二〇世紀以降の日本新興人形劇に多大なる影響を与えた。文楽や結城座とは異なる、操り手が観客からは見えず糸で人形を操るマリオネット形式は、当時の日本において極めて画期的なものであった。そのようなダーク座の手法を取り入れつつ、新興人形劇が日本で本格的に花開いたのが大正時代で、多くの芸術家達が先鋭的な表現を行なう手段としてこの形式を採用した。

なかでも二三年（大正一二年）の遠山静雄宅におけるモーリス・メーテルランク『アグラヴェーヌとセリセット』試演が立ち上げ公演となった人形座は、大正から昭和初期にかけて活躍した幾つかの劇団のなかで代表格といえる。人形座は、舞台装置家として活動を始めたばかりの伊藤熹朔《きさく》やその弟の千田是也《せんだこれや》らを中心に二〇年代の東京を拠点とし、オリジナル、翻訳作品双方の上演を活発に行なっていた。オリジナル作品としては二七年、大阪・松竹座にて初演し好評を博した小山内薫『人形』がよく知られる。そのあらすじは以下のとおりである。登場人物は玩具店の主人とその倅、甥、娘の四人。主人は甥の財産をすべて奪い下男のようにこき使っており、甥と娘はどうにかしてここを抜け出したいと考えている。一方、主人は美しい人形を魔法によって人間に変え、倅の結婚相手にしようとしている。ある日、主人と倅が出かけた隙に甥は娘に人形の衣装を着せて、自身も魔神に扮する。主人は帰宅後、人形を人間に変える呪文を唱えると、魔神（実は甥）と共に人間になった人形（実は娘）が現われる。呪文が通じたと信じこんだ主人を丸め込み財産を取り返したあと、甥と娘は屋敷を去り、幕となる。また、二六年のカール・アウグスト・ウィットフォーゲル『誰が一番馬鹿だ？』の上演は、当時のプロレタリア演劇運動の波に乗り社会派作品として広く知られることとなった。千田いわくこの上演は〈迷信や邪教のおきてにしばられた未開人よりも、金にしばられ、労働者を搾取する資本家の方がもっと馬鹿だということを証明しようとするプリミチーフな風刺劇〉であった。人形座はこの後も二七年に、口の代わりに拡声器をつけ耳の代わりに受話器がついている人物と自動人形が共演するという、ダダや未来派を連想させる『メッザレム』など、先鋭的な作品を発表し精力的に活動を行なった。

人形座以外の人形劇団も幾つか紹介しておきたい。画家の永瀬義郎と山本鼎、詩人の北原白秋らが中心メンバーとなり、二四年の民話『舌切り雀』の後日譚『とんからこ』などで知られるテアトル・マリオネット、人形劇団プークの前身で川尻東次や土方正巳らの学生を中心メンバーとし、二二年のフランス民話『三つの願ひ』や二六年のアンデルセン童話『おじいさんのすることに間違ひはない』などで知られるダナ人形座、土方定一や濱田辰雄らを中心メンバーとし、土方が書き下ろした二九年の『どうして馬は風邪をひくか』などで知られるテアトル・ククラ、東京女子高等師範学校（現お茶の水女子大学）附属幼稚園園長の倉橋惣三が二三年に立ち上げ、『浦島太郎』や『一寸法師』といった日本の民話を中心に上演し、教育現場での人形劇活動をいち早く始めた御茶ノ水人形座など、多様な特徴をもつ人形劇団がほぼ同時期に活動を行なっていた。この人形座をはじめとする多くの劇団が活動していた大正から昭和初期は、日本の新興人形劇文化の最盛期のひとつとして評価することができよう。

だがこれをピークにして、人形劇は大戦やそれに伴う法律の施行などを受け活動の場を縮小せざるを得ない状況へ追い込まれていく。そうした最中、ダナ人形座の跡を継いで結成された人形劇団プークは、三七年（昭和一二年）に『どん太の樽屋』を初演する。これは戦争直後から頻繁に再演され、日本中で最も上演された作品のひとつとなった。物語は、樽屋のどん太が修繕している樽にいつの間にか飼い犬や子分が入り込み、その樽がひとりでに動くと勘違いしたどん太たちが大騒ぎする、というシンプルなものであった。本作について作者で、プークの代表でもあった川尻泰司は〈子供を含める民衆の日常生活の中にくいいろうという努力〉の必要を訴えて本作を執筆したと述べており、厳しい社会情勢を背景に人形浄瑠璃とも大正期新興人形劇とも異なるアプローチで作品を制作していたといえる。プークは大戦下に治安維持法改正により劇団解散と活動停止を余儀なくされるも、四六年に再建を発表、四八年には宮沢賢治原作の『オッペルと象』で活動を本格的に再開する。モリエールの『アンフィトリオン』を下敷きにした六一年の『逃げ出したジュピター』や、六五年に俳優西村晃と共演した『黒の劇場・チンドンやでござい』など話題作を数多く発表した。

戦後になると、このプークの活躍に触発される者も少なくなく数多の人形劇団が設立されることとなる。さらに五三年にＮＨＫがテレビ放送を開始し人形劇が主要番組のひとつとなったことで、人形劇団の活動の重要な資金源となり、再び隆盛を見せることとなった。主要な劇団とその代表作をほんの一部であるが紹介しておこう。神奈川県川崎市を拠点に活動し、アストリッド・リンドグレーン原作の童話『ながくつしたのピッピ』などで知られるひとみ座、民話研究家で絵本作家でもある瀬川拓男が中心となり、六一年の『竜の子太郎』、六二年の『うぐいす姫』などで知られる太郎座、大阪府寝屋川で吉田清治を中心に発足し、宮沢賢治原作の脚色で四九年の『アコーディオン弾きのゴーシュ』や五八年に川尻泰司が演出した『黄色いこうの鳥』で知られる人形劇団クラルテ、四九年、京都府で谷ひろしらが中心となって発足し、五六年の『サーカスの象花子ちゃんの物語』、七四年の『猫は生きている』などで知られる人形劇団京芸。以上のような数多くの劇団が、舞台やテレビに活動の幅を広げていったのが戦後人形劇の特徴といえる。その流れをくみ、著名な劇作家たちが人形劇を創作し人形劇団とともに上演を行なうという試みも盛んであった。寺山修司作の『狂人教育』や別役実作の『青い馬』、福田善之作・演出で結城座が上演した『傀儡族縁起・お花ゆめ地獄』などはその代表的な事例であり、人間俳優では不可能な人形独自の表現が活発に模索、追究された。

以上、本項では伝統的なものと西洋からの影響を受け発展したものを取り上げることで、二十世紀以降の近現代日本人形劇の概史を辿った。（菊地浩平）

高校演劇

ここでの高校演劇とは、一部に広がっている演劇や表現、ダンスの特別授業や、総合芸術系の高校における演劇科の実践のことではない。あくまでクラブ活動としての高校演劇という一ジャンルを紹介したい。

日本の高校生のクラブ活動といえば高校野球が有名だが、さて、高校演劇はどうか。戦後すぐから組織的な活動を開始し、いま全国高等学校演劇大会は六十年を超える歴史を有し、全国高校総合文化祭(以下、総文祭)の一環として毎夏、上演されている。総文祭は高校総体(インターハイ)の文化部版であり、高校総体同様に全国持ち回りで開催され、二〇一四(平成二十六)年は茨城で六〇回記念大会を迎えた。野球の地区予選出場が四千校あまりなら、高校演劇は約二千五百校が参加する。男子のみの甲子園と比較して女子校も加わる数であり、決して多いとはいえないかもしれない。それでも、文化部の中では断トツの数字である。他のスポーツと同様に地区予選から各都道府県大会へと進んでいく。そして演劇の場合には北海道、東北、北関東、南関東などのブロック分けがなされ、全国大会出場の栄誉を得るのは十二校という数に絞られる。全国大会の出場校数の少なさを考えると、高校演劇も甲子園並の狭き確率でしかない。

高校演劇大会の最大の特徴は、発足当初から六〇分上演という時間制限を設けたことだろう。これは短期間のうちに評価を下さなければならない大会をスムーズに進行・運営する都合により取り決められたもののようである。通常、九〇分から二時間前後というのが常識的な演劇や映画の時間であり、高校演劇の特異な点ともいえよう。一般の映画館や劇場で六〇分なら「短編」と銘打たなければなるまい。ところが、このような時間制限を設けたことから、高校演劇は独自の発展を余儀なくされる。通常の既成戯曲では、一幕ものの上演台本でも手を入れなくては上演が叶わないことになる。高校演劇での上演を意識したハーフタイムシアターを発表している**成井豊**はともかく、現代において、六〇分以内の作品を多数発表する作家など聞いたことがない。そこで各校では自らが創作して独自の作品世界構築に挑むことになる。上演作品を一から、いやゼロから自ら創作していこうという気運である。全国大会の創作戯曲を毎年掲載している「季刊高校演劇」大会特集号において、上演十二作品のうち、近年は八割から九割は創作戯曲が占める。全国大会という選ばれた場まで及ばずとも、たとえば二〇一二(平成二十四)年、東京都の地区予選に参加した約百八十校のうち、高校生自らによる創作戯曲はほぼ半数、顧問教員独自の創作や生徒・顧問の合作を含めると六〇パーセント近くにのぼる。都内だけで一年に百本近い創作戯曲が生まれているということになる。これは大変な数であろう。テーマは学園を舞台とした作品が多いのはもちろんながら、決してそればかりではない。ライトなコメディからいわゆる堅い戦争物や社会風刺劇まで多岐にわたっている。この点は現代演劇シーンとなんら変わるところがない。しかもそれが高校生が六〇分を自ら作り出す創作なのだ。吹奏楽部がオリジナル曲をすべて作曲するという話はあまり聞いたことはない。この数は大変な数であるといえる。なお、創作ではなく既成の上演台本においては、成井豊、**鴻上尚史**、**野田秀樹**らの作品が上演されることが目立つ。加えて、インターネット上で「高校生向け」に六〇分という制限を意識した戯曲も多数出現しているのが昨今の特徴といえよう。こうした特徴は隣国にまで波及し、韓国でも高校演劇の全国大会にあたる「全国青少年演劇祭」では六〇分の時間制限のもと大会が開催されている。

　もともと高校演劇の組織は、戦後まもなくの昭和二十年代に東京や愛知、北海道などで生まれ、一九五四(昭和二十九)年に落合矯一を初代会長とする「全国高校演劇協議会」へと結集していった。第二代は優れた劇作家として『しんしゃく源氏物語』を代表作とする**榊原政常**が発展させていく。そして第三代会長である**内木文英**の時代に他のいくつかの文化部と統合しての「総文祭」開催へと進んでいった。特に、全国大会の上位入賞校(最優秀一校、優秀賞三校)は一九九〇(平成二)年から東京・国立劇場で「全国高校総合文化祭優秀校東京公演」としてその夏の終わりに再上演を行ない、九〇年代後半からＮＨＫにてその模様が放送されるようになっている(放送については一部例外があり、全国大会そのものを放送する例もある)。甲子園の規模にはとうてい及ばぬものの、全国放送という恩恵を受けているのだ。そこまでの淘汰が高校演劇の隆盛に大きく寄与しているといえよう。これまでよく誤解され、揶揄される対象となってきた「朗々としたセリフの節回し」やら「大げさな身ぶり手ぶりの演技」などという古い高校演劇観はもはやない。それらは一掃され、排除されて現代のドラマとして進歩・発展を遂げているのだ。第一、小説や映画だけでなく、ネットや電子ゲームで幾多のドラマとインタラクティブに向かい合っている現代の若者にとって、クラブ活動という貴重な放課後の時間を、古くさく、「教条的」なもののために費やすほど暇ではない。現代の情報化社会においては部活動に我が身を捧げなくても、いくらでも有効な文化活動は手軽に体験し、入手できるのである。

　そういった創作を支えている生徒たちは、当然のことながら長くとも三年という時間を経て巣立っていく。常連となるのは継続的に活動をしている顧問教諭である。前述の落合矯一、榊原政常、内木文英の他にも、全国に名物顧問作家が多数存在した。高校教諭である**阿坂卯一郎**によると、当初は早川書房の

「悲劇喜劇」が高校演劇の発表の場になっていたという。早川書房からは『学生演劇戯曲集』も十数巻出され、全国の書き手である高校教員同士の連絡もうまくつながるようになってきていた。ところが、同誌の中で一時的に、高校演劇の発表の場が閉ざされる。そこで高校演劇の戯曲を発表する同人誌発刊の気運が高まった。夏の全国大会が開催された北九州で趣意書を募り、四十数名の賛同のもとに一九六四年秋、同人誌「季刊高校演劇」が創刊されることになる。同誌は半世紀以上にわたり演劇部の指導をしながら戯曲を執筆している高校教師の作品を中心に、高校演劇の戯曲を紹介している。同人である顧問教員は率先して自分の地域の高校演劇活動を盛り上げ、自らも精力的に戯曲を執筆していった。それは全国組織を謳っているぶん、地域色も強くなる。学校数も多い首都圏を中心とした高校演劇作家だけでなく、北海道の**本山節彌**や森一生、原爆の悲惨な体験を語り継いでいた広島の**伊藤隆弘**、九州の**石山浩一郎**や大久保寛らの存在がある。近年でも青森の県立高校美術科教諭として指導しながら劇団の主宰者でもある**畑澤聖悟**ら教員の創作劇が全国大会の最優秀賞を受賞している。また、複数回入賞した中には**越智優**ら高校演劇出身OBもいる。加えて、高校演劇出身者中心の劇団での活動を宣言してのち岸田國士戯曲賞を受賞した**横内謙介**(神奈川県立厚木高校出身)や二〇一二年に同賞を受賞したばかりの**藤田貴大**《たかひろ》(北海道伊達緑丘高校出身)らの活躍は高校現場に大変な勇気を与えている。藤田は前述の総文祭に演出兼役者として出場、優秀賞を受賞して国立劇場に出演している(上演は顧問教諭の脚色作品)。

　高校演劇は全国大会とそれに続く国立劇場を頂点とするピラミッドのもと、毎年、多数の創作戯曲を生み出している。創作から上演に至るまでの過程において、もちろんさまざまなドラマが生まれるのはすべての演劇活動と同様のこと。しかし高校演劇のもうひとつの大きな特徴はその一回性にある。「負ければ後がない」夏の甲子園の予選同様、大会での一発勝負に賭けているのである。審査員に「選ばれなければ二度と上演できない」のだ。多感なハイティーンの時代に、心身ともに刻々と成長を遂げている中、大会での一発勝負。

　高校演劇でもよく上演される**井上ひさし**は、「ユートピアとは時間のことだ」と述べている。楽園は誰もが願うような「場所」ではなく、その限られた、閉ざされた時間の中にこそあるというのだ。優れた作品に出会う劇場や映画館、はたまた時間と寝食を忘れる読書体験の中にこそ、井上の考える真のユートピアがあった。それはむろん永遠ではない。だが、かけがえのない体験をする時間こそが楽園へと昇華するのだ。高校時代にかけがえのない演劇体験をした少年少女たちは、それ以降も演劇やドラマ・映画というものを必ずや好きになってくれるはずである。高校演劇で向き合っているのは、常に未来である。頂点に観客席千六百名超の国立劇場。その端緒はクラブ活動。机と椅子を後ろにずらしての放課後の教室。舞台ができた。窓から夕陽が射し込み、今日も新たなドラマが生まれていく。いつの世も同じ、多感な高校生の胸に。

(柳本博)

【特別付録】——

戯曲賞受賞作品（作家）一覧

［凡例］

❖『受賞作品』　受賞作家　◉「発表媒体」年・月　◎初演年・月（劇場［上演団体］）

✣『候補作品』（候補作家）

岸田國士戯曲賞

［主催］──株式会社 白水社

第1回──［1955年］＊

［選考委員］ 飯沢匡（欠席／電話参加）｜岡倉士朗｜木下順二（欠席）｜小山祐士｜杉山誠｜久板栄二郎｜山田肇

受賞作なし

佳作

❖『壁画』 矢代静一 ◉「群像」一九五五・3 ◎一九五五・6（東京 俳優座劇場［新人会］）

奨励賞

❖『加州の人々』 安芸礼太郎 ◉「新劇」一九五四・11 ◎一九五五・3（東京 俳優座劇場［俳優座演劇研究所］）
❖『象牙の塔の下で』 ◉「新劇」投稿原稿

❖『日本の幽霊』 古島一雄 ◉「新劇」一九五五・12 ◎一九五六・3（東京 国鉄ホール［化粧座］）

❖『激流』 長野精一 ◉「新劇」投稿原稿

❖『埋火』 村田修子 ◉「悲劇喜劇」一九五六・4

❖『三人の盗賊』 八木柊一郎 ◉「新劇」一九五五・6 ◎一九五五・11（東京 文学座アトリエ［文学座］）

候補

✣『喪服』（糸屋正雄） ✣『黄色な現実』（神田昌彦） ✣『涸れた泉』（林幸彦） ✣『スト・五十日』（平沢是曠） ✣『無題名』（水野あい子） ✣『戦』（山本啓作） 【以上、予選通過13作品】
✣『青い林檎』（阿木翁助） ✣『制服』『どれい狩り』（安部公房） ✣『二号』（飯沢匡） ✣『雨宮ちよの処分』（押川昌一） ✣『自由の彼方で』『第三の証言』（椎名麟三）
✣『女の声』（新藤兼人） ✣『サークルものがたり』（鈴木政男） ✣『教育』『幸運の葉書』（田中千禾夫） ✣『孤噌』（早坂久子） ✣『崖のうへ』（福田恆存）
✣『島』（堀田清美） ✣『市川馬五郎一座顚末記』（真山美保） ✣『絵姿女房』『雅歌』（矢代静一） ✣『若人よ蘇れ』（三島由紀夫）

＊一九五五年に新劇戯曲賞として創設

第2回──［1956年］

［選考委員］ 飯沢匡（欠席／電話参加）｜岡倉士朗｜木下順二｜小山祐士｜杉山誠｜久板栄二郎｜山田肇

受賞

❖『楠三吉の青春』 大橋喜一 ◉「新劇」一九五六・9 ◎一九五六・6（東京 日本青年館［青俳］）

❖『畸型児』 小幡欣治 ◉「悲劇喜劇」一九五六・1 ◎一九五六・10（大阪 毎日会館［大阪新劇合同］）

候補

✣『凍土帯』（松岡力雄） ✣『欲望の城館』（西村惇） ✣『大門』（岩場一夫） ✣『灰色の金盃』（中井安治） ✣『白鳳の人々』（加藤蕙） ✣『田舎教師』（藤田正） ✣『墓石の街』（金子鉄麿）

第3回――［1957年］

［選考委員］飯沢匡｜岡倉士朗｜木下順二｜小山祐士｜杉山誠｜関口次郎｜久板栄二郎｜山田肇

受賞作なし

佳作 ❖『明日を紡ぐ娘たち』 生活を記録する会・劇団三期会 ◉「新劇」一九五七・4 ◎一九五七・4（東京 俳優座劇場［三期会］）

［執筆責任 広渡常敏］

候補 ✣『ケルナー先生の胸像』（押川昌一） ✣『快き闖入者』（下川隆輝） ✣『御料車物語』（鈴木元一［作］ 堀田清美［改修］） ✣『西陣のうた』（仲武司）

✣『カクテル・パーティ』（広田雅之） ✣『凍蝶』（山崎正和）

第4回――［1958年］

［選考委員］岡倉士朗（欠席）｜木下順二（欠席）｜小山祐士｜杉山誠（欠席）｜関口次郎｜久板栄二郎｜山田肇

受賞 ❖『島』 堀田清美 ◉「新劇」一九五七・10 ◎一九五七・9（大阪 産経ホール［民藝］）

候補 ✣『長い墓標の列』（福田善之）【以上、予選通過2作品】

✣『法隆寺』（青江舜二郎） ✣『幽霊はここにいる』（安部公房） ✣『るつぼの中のガラス』（北代淳） ✣『人と狼』（中村光夫） ✣『虫』（藤本義一）

✣『娑婆に脱帽』（松木ひろし） ✣『堂々たる娼婦』（八木柊一郎）

第5回――［1959年］

［選考委員］茨木憲｜木下順二（欠席／書面推薦）｜小山祐士｜菅原卓｜関口次郎｜田中千禾夫｜久板栄二郎（欠席／書面推薦）

受賞作なし

佳作 ❖『長い墓標の列』 福田善之 ◉「新劇」一九五八・12 ◎一九五八・11（東京 東横ホール［ぶどうの会］）

❖『漁港』 原源一 ◉「新劇」一九五九・2 ◎一九五九・5（東京 新宿第一劇場［民藝］）

❖『友情舞踏会』 広田雅之 ◉「新劇」一九五九・5

候補 ✣『泥棒論語』（花田清輝） ✣『反応工程』（宮本研） ✣『冬に蒔かれた種子』（村上兵衛）【以上、予選通過6作品】

✣『親和力』（遠藤周作） ✣『禿山の夜』（大橋喜一） ✣『動物の時間』（黒川敏郎） ✣『失われし青春』（寺島アキ子） ✣『黄金の夜明ける』（野間宏） ✣『運命』（堀田善衛）

第6回――［1960年］　［選考委員］茨木憲｜木下順二｜小山祐士｜菅原卓｜関口次郎｜田中千禾夫｜久板栄二郎

受賞
❖『檻』　小林勝　◉「新日本文学」一九六〇・6　◎一九六〇・7（栃木会館［民藝］）
❖『相聞』　早坂久子　◉「悲劇喜劇」一九六〇・3

候補
✣『狼生きろ豚は死ね』（石原慎太郎）　✣『渦』（小堀鉄男）　✣『血は立ったまま眠っている』（寺山修司）

第7回――［1961年］＊　［選考委員］茨木憲｜木下順二｜小山祐士｜菅原卓｜関口次郎｜田中千禾夫｜久板栄二郎

受賞作なし

候補
✣『牛』（東川宗彦）　✣『紺の制服』（東京芸術座：湯山浩二＋渡辺護＋岡崎柾男＋相澤嘉久治）　✣『昭和の子供』（西島大）　✣『悪七兵衛景清』（広末保）
✣『遠くまで行くんだ』（福田善之）　✣『呉王夫差』（山崎正和）【以上、予選通過6作品】
✣『死んだ女の部屋』（幾野宏）　✣『暗い夜のしるし』（伊藤共治）　✣『脱出』（大野哲哉）　✣『長い夜の記憶』（劇団三期会）　✣『愚者の死』（黒川欣映）
✣『ゴーストタウンの日曜日』（古島一雄）　✣『神話発掘』（武山博）　✣『お芝居はおしまい』（谷川俊太郎）　✣『視線クラブ』（夏堀正元）

＊一九六一年の第7回～一九七八年の第22回まで「新劇」岸田戯曲賞

第8回――［1962年］　［選考委員］茨木憲｜木下順二｜小山祐士｜菅原卓｜関口次郎｜田中千禾夫｜久板栄二郎

受賞
❖『日本人民共和国』　◉「テアトロ」一九六一・11　◎一九六一・12（東京　一ツ橋講堂［職場演劇合同］）
❖『メカニズム作戦』　宮本研　◉「新日本文学」一九六二・7　◎一九六二・7（東京　俳優座劇場［青年芸術劇場］）
❖『波止場乞食と六人の息子たち』　◉「新劇」一九六二・5　◎一九六二・2（東京　俳優座劇場［青年座］）
❖『コンベヤーは止まらない』　八木柊一郎　◉「テアトロ」一九六二・8　◎一九六二・4（東京　砂防会館ホール［七曜会］）

候補
✣『草むす屍』（石崎一正）　✣『はたらき蜂』（東川宗彦）　✣『真田風雲録』（福田善之）【以上、予選通過7作品】
✣『スクラップ』（井上光晴）　✣『比古と遠呂智』（大沢駿一）　✣『孔雀』（川俣晃自）　✣『地底から』（東京芸術座：神谷量平＋黒沢参吉）
✣『六〇年、日本の若者たち』（渡辺護＋笹川和吉＋藪内六郎＋相澤嘉久治）

第9回——〔1963年〕 〔選考委員〕茨木憲｜木下順二(欠席／電話参加)｜小山祐士(欠席／電話参加)｜菅原卓｜関口次郎｜田中千禾夫｜久板栄二郎

受賞 ❖『世阿彌』 山崎正和 ◉「新劇」投稿原稿 ◎一九六三・9(東京 俳優座劇場［俳優座］)

候補 ✣『人間裁判』(乾一雄) ✣『パラジ――神々と豚々』(今村昌平＋長谷部慶次) ✣『野中一族』(神谷量平) ✣『逆光線ゲーム』(清水邦夫) ✣『老人と十姉妹』(徳丸勝博)
✣『髪』(人見嘉久彦) ✣『ニコライ堂裏』(ふじたあさや) ✣『天も地も白い』(細江豊) ✣『カルタの城』(山崎正和)【以上、予選通過10作品】
✣『青磁の船』『赤穂の人々』(青木範夫) ✣『名前を刻まぬ墓場』(石原慎太郎) ✣『夢現玄武門先馳』(岩淵達治) ✣『湿地帯』(小林ひろし) ✣『富樫』(野口達二) ✣『台風』(原源一)

第10回——〔1964年〕 〔選考委員〕茨木憲｜木下順二(欠席)｜小山祐士｜菅原卓｜関口次郎｜田中千禾夫｜久板栄二郎

受賞 ❖『友絵の鼓』 人見嘉久彦 ◉「新劇」一九六四・8 ◎一九六五・4(東京 新宿厚生年金会館ホール［文学座］)
❖『女の勤行』 菅竜一 ◉「テアトロ」一九六四・4 ◎一九六四・12(大阪 大手前会館場［大阪新劇団合同］)

受賞辞退 ❖『袴垂れはどこだ』 福田善之 ◉「新劇」一九六四・7 ◎一九六四・5(東京 俳優座劇場［青年芸術劇場］)

戯曲推奨 ❖『栄日子と大国主』 大沢駿一 ◉「新劇」一九六四・6

候補 ✣『オッペケペ』(福田善之)【以上、最終候補5作品】
✣『鶍《いすか》の嘴《くちばし》』(檀真夫) ✣『北方の記録』(相沢嘉久治) ✣『海の季節』(田中茂) ✣『若ものたちは幻をみる』(高見沢文江) ✣『幾春別』(押川昌一) ✣『暗闇坂』(吉川良)

第11回——〔1965年〕 〔選考委員〕茨木憲｜小山祐士｜菅原卓｜関口次郎｜田中千禾夫｜久板栄二郎｜矢代静一

受賞作なし

候補 ✣『ル・コスタリカ』(川俣晃自) ✣『ピエロの墓』(徳丸勝博) ✣『零余子』(長谷川伸二) ✣『象』(別役実) ✣『殺される星』(吉川良)【以上、最終候補5作品】
✣『出獄記』(阿坂卯一郎) ✣『八月の狩』(井上光晴) ✣『俺たちの夜』(黒沢参吉) ✣『郡上の立百姓』(こばやしひろし) ✣『生けるひびき』(近石綏子) ✣『菊と刀』(堂本正樹)

第12回——〔1966年〕 〔選考委員〕茨木憲｜小山祐士｜菅原卓｜関口次郎｜矢代静一

受賞 ❖『関東平野』 川俣晃自 ◉「新劇」一九六六・9 ◎一九六六・3(東京 一ツ橋講堂［文化座］)
❖『砂と城』 広田雅之 ◉「新劇」一九六六・10

候補 ✣『冬眠まんざい』(秋浜悟史) ✣『門』(別役実) ✣『豚の飼い方』(広野広＋小田健也) 【以上、最終候補5作品】

第13回――［1968年］＊

［選考委員］福田善之｜宮本研｜八木柊一郎｜矢代静一｜山崎正和(滞米中欠席)

受賞 ❖『マッチ売りの少女』 別役実 ◉「新劇」一九六七・4 ◎一九六六・11(東京 早稲田小劇場アトリエ［早稲田小劇場］)

❖『赤い鳥の居る風景』 別役実 ◉「新劇」一九六八・3 ◎一九六七・9(東京 俳優座劇場［演劇企画集団66］)

候補 ✣『しらけおばけ』(秋浜悟史) ✣『アダムとイブ』(寺山修司) ✣『まぐたらの女』(定村忠士) ✣『あたしのビートルズ』(佐藤信) 【以上、最終候補6作品】

✣『ゴキブリの作りかた』(内田栄一) ✣『魂へキックオフ』(長田弘) ✣『当世記者気質』(小沢信男) ✣『アリババ』『月笛お仙』(唐十郎)

✣『千日島のハムレット』(今野勉＋佐々木守) ✣『イスメネ・地下鉄』(佐藤信) ✣『柩のなかの彼』(椎名輝雄) ✣『あの日たち』(清水邦夫)

✣『美しかりしわれらがヘレン』(高橋睦郎) ✣『原子爆弾』『ある母親の死』(浜田善彌)

＊第13回の対象となった作品は一九六六年七月から一九六七年十二月までに発表された作品

第14回――［1969年］

［選考委員］福田善之｜宮本研｜八木柊一郎｜矢代静一｜山崎正和

受賞 ❖『幼児たちの後の祭り』に至るまでの諸作品の成果 秋浜悟史 ◉「新劇」一九六八・11 ◎一九六八・9(東京 紀伊國屋ホール［三十人会］)

候補 ✣『由比正雪』(唐十郎) ✣『赤目』(斎藤憐) ✣『奇妙な三角形』(滝嘉秋) ✣『日本への白い道』(堂本正樹) ✣『傀儡師』(徳丸勝博)

✣『ヒロシマについての涙について』(ふじたあさや) 【以上、最終候補7作品】

第15回――［1970年］

［選考委員］福田善之｜宮本研｜八木柊一郎｜矢代静一｜山崎正和

受賞 ❖『少女仮面』 唐十郎 ◉「新劇」一九六九・11 ◎一九六九・10(東京 早稲田小劇場アトリエ［早稲田小劇場］)

候補 ✣『あだしの』(大岡信) ✣『ヴァカンス』(菅孝行) ✣『おんなごろしあぶらの地獄』(佐藤信) ✣『狂人なおもて往生をとぐ』(清水邦夫)

✣『告発――水俣病事件』(高橋治) ✣『バーディー・バーディー』『海賊』(山元清多) 【以上、最終候補8作品】

✣『日本人のへそ』(井上ひさし) ✣『続ジョン・シルバー』(唐十郎) ✣『真情あふるる軽薄さ』(清水邦夫)

第16回——［1971年］

［選考委員］福田善之｜宮本研｜八木柊一郎｜矢代静一｜山崎正和

受賞　❖『鼠小僧次郎吉』　佐藤信　◉「同時代演劇」一九七〇・2、6　◎一九六九・10（東京　自由劇場［演劇センター68／70］）

候補　✣『表裏源内蛙合戦』（井上ひさし）　✣『浮世人情落花新演劇』（岩間芳樹）　✣『箱舟時代』（長田弘）　✣『どちらでも』（小島信夫）
✣『あなた自身のためのレッスン』（清水邦夫）　✣『束の間は薔薇色の煙』（徳丸勝博）【以上、最終候補7作品】

第17回——［1972年］

［選考委員］宮本研｜八木柊一郎｜矢代静一｜山崎正和

受賞　❖『道元の冒険』　井上ひさし　◉「新劇」一九七一・6　◎一九七一・9（東京　テアトル・エコー［テアトル・エコー］）

候補　✣『吠え王オホーツク』（内田栄一）　✣『鬼の首』（榎本滋民）　✣『はんらん狂騒曲』（菅孝行）　✣『鴉よ、おれたちは弾丸をこめる』（清水邦夫）【以上、最終候補5作品】

第18回——［1974年］＊

［選考委員］石澤秀二｜田中千禾夫｜別役実｜森秀男｜八木柊一郎｜矢代静一｜山崎正和

受賞　❖『ぼくらが非情の大河をくだる時』　清水邦夫　◉「テアトロ」一九七二・11　◎一九七二・10（東京　アートシアター新宿文化［櫻社］）
❖『熱海殺人事件』　つかこうへい　◉「新劇」一九七三・12　◎一九七三・11（東京　文学座アトリエ［文学座］）

候補　✣『泣かないのか？　泣かないのか一九七三年のために？』（清水邦夫）　✣『初級革命講座・飛龍伝』（つかこうへい）
✣『結婚記念日』（富岡多恵子）　✣『神々の死』（西島大）【以上、最終候補6作品】
✣『死海のりんご』（大庭みな子）　✣『にっぽんＫＫ幻想曲』（山田民雄）　✣『さよならマックス』（山元清多）

＊第18回の対象となった作品は一九七二年一月から一九七三年十二月までの二年間に発表された作品

第19回——［1975年］

［選考委員］石澤秀二｜田中千禾夫｜別役実｜森秀男｜八木柊一郎｜矢代静一｜山崎正和（欠席）

受賞作なし

佳作　❖『木蓮沼』　石澤富子　◉「三田文学」一九七四・11

候補　✣『化病男』（江連卓）　✣『喪服を着た九官鳥』（三枝和子）【以上、最終候補3作品】
✣『プラハ六八八二一』（マリエ・シマーチコヴァ［作］　井村愛［訳］）

第20回——〔1976年〕［選考委員］石澤秀二｜田中千禾夫｜別役実｜森秀男｜八木柊一郎｜矢代静一｜山崎正和

受賞 ❖『琵琶伝』　石澤富子　◉「新劇」一九七六・3

候補 ✣『七つの岡のクリスマス』（高桑徳三郎）【以上、最終候補2作品】

✣『花粉になった女』（稲垣真美）✣『虫たちのゴールデンウィーク』（山田民雄）

第21回——〔1977年〕［選考委員］石澤秀二｜田中千禾夫｜別役実｜森秀男｜八木柊一郎｜矢代静一｜山崎正和

受賞作なし

候補 ✣『硝子のサーカス』（太田省吾）✣『光の翳』（上総英郎）✣『日々好日』（木谷茂生）✣『雨のワンマンカー』（小松幹生）✣『則天武后』（深瀬サキ）【以上、最終候補5作品】

第22回——〔1978年〕［選考委員］石澤秀二｜田中千禾夫｜別役実｜森秀男｜八木柊一郎｜矢代静一｜山崎正和

受賞 ❖『小町風伝』　太田省吾　◉「新劇」一九七七・10　◎一九七七・1（東京　矢来能楽堂［転形劇場］）

❖『人類館』　ちねんせいしん　◉「テアトロ」一九七七・2　◎一九七六・7（沖縄　中頭教育会館［演劇集団「創造」］）

候補 ✣『闇のなかの虹』（上総英郎）【以上、最終候補3作品】

✣『八人の腕時計』（小松幹生）✣『イカロスの空』（東陽一）

第23回——〔1979年〕＊［選考委員］石澤秀二｜井上ひさし｜田中千禾夫｜別役実｜森秀男｜八木柊一郎｜矢代静一｜山崎正和

受賞 ❖『肥前松浦兄妹心中』　岡部耕大　◉「テアトロ」一九七八・6　◎一九七八・7（東京　青年座劇場［青年座］）

候補 ✣『カリガリ博士の異常な愛情』（加藤直）✣『檸檬』（竹内純一郎）✣『謀殺』（西島大）【以上、最終候補4作品】

＊一九七九年の第23回より岸田國士戯曲賞が正式名称

第24回——〔1980年〕［選考委員］石澤秀二｜井上ひさし｜田中千禾夫｜別役実｜森秀男｜八木柊一郎｜矢代静一｜山崎正和

受賞 ❖『上海バンスキング』　斎藤憐　◉「新劇」一九八〇・3　◎一九七九・1（東京　六本木自由劇場［オンシアター自由劇場］）

候補 ✣『島口説』（謝名元慶福）✣『悲惨な戦争』（竹内純一郎）✣『与太浜パラダイス』（山元清多）【以上、最終候補4作品】

第25回——〔1981年〕

〔選考委員〕石澤秀二｜井上ひさし｜田中千禾夫｜別役実｜森秀男｜八木柊一郎｜矢代静一｜山崎正和

受賞 ❖『あの大鴉、さえも』　竹内銃一郎
◉「新劇」一九八〇・12　◎一九八〇・11（東京 下北沢スーパーマーケット〔秘法零番館〕）

候補 ✣『寿歌』（北村想）✣『どこへゆこうか南風』（小松幹生）
✣『耳飾り』（堀越真）【以上、最終候補4作品】

第26回——〔1982年〕

〔選考委員〕井上ひさし｜唐十郎｜佐藤信｜清水邦夫｜田中千禾夫｜別役実｜八木柊一郎｜矢代静一｜山崎正和

受賞 ❖『漂流家族』　◉「新劇」一九八一・4　◎一九八一・2（東京 旧真空鑑劇場〔転位・21〕）
❖『うお傳説』　山崎哲
◉「新劇」一九八二・3　◎一九八〇・7（東京 旧真空鑑劇場〔転位・21〕）

候補 ✣『走れメルス』『ゼンダ城の虜』（野田秀樹）✣『スラブ・ディフェンス』（小松幹生）
✣『ロミオとフリージアのある食卓』（如月小春）【以上、最終候補6作品】

第27回——〔1983年〕

〔選考委員〕井上ひさし｜唐十郎｜佐藤信｜清水邦夫｜田中千禾夫｜別役実｜八木柊一郎｜矢代静一｜山崎正和

受賞 ❖『野獣降臨《のけものきたりて》』　野田秀樹
◉新潮社刊　◎一九八二・10（東京 駒場小劇場〔劇団夢の遊眠社〕）
❖『比置野《ピノッキオ》ジャンバラヤ』　山元清多
◉「新日本文学」一九八二・11　◎一九八二・4（東京 羽根木公園〔68／71黒色テント〕）
❖『ゲゲゲのげ——逢魔が時に揺れるブランコ』　渡辺えり子
◉「新劇」一九八二・10　◎一九八二・9（東京 池袋シアターグリーン〔3〇〇〕）

候補 ✣『虎★ハリマオ』（北村想）✣『朝きみは汽車にのる』（小松幹生）【以上、最終候補5作品】

第28回——〔1984年〕

〔選考委員〕井上ひさし｜唐十郎｜佐藤信｜清水邦夫｜田中千禾夫｜別役実｜八木柊一郎｜矢代静一｜山崎正和

受賞 ❖『十一人の少年』　北村想
◉白水社刊　◎一九八三・7（名古屋 大曽根鈴蘭南座〔彗星'86〕）

候補 ✣『シルバー・ロード』（尾辻克彦）✣『アメリカ』（加藤直）
✣『タランチュラ』（小松幹生）【以上、最終候補4作品】

第29回──［1985年］［選考委員］井上ひさし｜唐十郎｜佐藤信｜清水邦夫｜田中千禾夫｜別役実｜八木柊一郎｜矢代静一｜山崎正和

受賞 ❖『糸地獄』岸田理生 ◉出帆新社刊 ◎一九八四・5（東京 六本木アトリエ・フォンテーヌ［岸田事務所＋楽天団］）

候補 ✣『ニッポン・ウォーズ』（川村毅） ✣『リア王の青い城』（如月小春） ✣『ビィ・サイレンツ』（小松幹生）
✣『きらめきの時は流れ あやめの闇に惑う風たちは散った』（森泉博行）【以上、最終候補5作品】

第30回──［1986年］［選考委員］井上ひさし｜唐十郎｜佐藤信｜清水邦夫｜田中千禾夫｜別役実｜八木柊一郎｜矢代静一｜山崎正和

受賞 ❖『新宿八犬伝 第一巻──犬の誕生』川村毅 ◉未來社刊 ◎一九八五・6（東京 アシベホール［第三エロチカ］）

候補 ✣『最後から2番目のナンシー・トマト』（生田萬） ✣『シンデレラ』（市堂令） ✣『美女と野獣』（加藤直）
✣『新宿八犬伝 第二巻──ベルリンの秋』（川村毅）【以上、最終候補5作品】

第31回──［1987年］［選考委員］井上ひさし｜唐十郎｜佐藤信｜清水邦夫｜田中千禾夫｜別役実｜八木柊一郎｜矢代静一｜山崎正和

受賞作なし

候補 ✣『かくも長き快楽』（生田萬） ✣『いつかみた夏の思い出』（市堂令） ✣『ハッシャ・バイ』（鴻上尚史） ✣『上演台本』（和田周）【以上、最終候補4作品】
✣『小さな王國』（生田萬） ✣『青い実をたべた』（市堂令） ✣『かちかち山のプルートーン』（岡安伸治） ✣『愛しのメディア』（鄭義信）

第32回──［1988年］［選考委員］井上ひさし｜唐十郎｜佐藤信｜清水邦夫｜田中千禾夫｜別役実｜八木柊一郎｜矢代静一｜山崎正和

受賞 ❖『ゴジラ』大橋泰彦 ◉「新劇」一九八七・10 ◎一九八七・5（東京 下北沢ザ・スズナリ［離風霊船］）

候補 ✣『眠りの王たち』（生田萬） ✣『ゆでたまご』（市堂令） ✣『虹のバクテリア』（宇野イサム） ✣『洞道のヒカリ虫』（岡安伸治） ✣『砂漠のように、やさしく』（如月小春）
✣『朝日のような夕日をつれて'87』（鴻上尚史） ✣『時間よ朝に還れ』（小松幹生） ✣『アメリカの夜』（高橋いさを） ✣『唇に聴いてみる』（内藤裕敬）
✣『まほうつかいのでし』『鸚鵡とカナリア』（横内謙介）【以上、最終候補12作品】

第33回――［1989年］

［選考委員］井上ひさし｜唐十郎｜佐藤信｜清水邦夫｜田中千禾夫｜別役実｜八木柊一郎｜矢代静一

受賞 ❖『蒲団と達磨』
岩松了
◉「新劇」一九八八・12 ◎一九八八・11（東京 下北沢本多劇場［東京乾電池］）

候補 ✣『好奇心のつよい女』（生田萬） ✣『ドリームエクスプレスAT』（岡安伸治） ✣『NIPPON CHA！CHA！CHA！』（如月小春）
✣『天使は瞳を閉じて』（鴻上尚史） ✣『新羅生門』（横内謙介）【以上、最終候補6作品】
✣『王サルヨの誓約』（遠藤啄郎） ✣『ドン・ジョヴァンニ――超人のつくり方』（加藤直） ✣『神前会議』（小松幹生） ✣『トーキョー裁判』（坂手洋二） ✣『紙の上のピクニック』（和田周）

第34回――［1990年］

［選考委員］井上ひさし｜唐十郎｜佐藤信｜田中千禾夫｜別役実｜八木柊一郎｜矢代静一

受賞作なし

候補 ✣『イエスタデイ』（佐久間崇） ✣『区切られた四角い直球』（鈴江俊郎） ✣『千年の孤独』（鄭義信）【以上、最終候補3作品】
✣『椅子の下に眠れるひとは』（生田萬） ✣『ピルグリム』（鴻上尚史） ✣『ショウは終った』（鈴木聡）
✣『ジプシー・千の輪の切り株の上の物語』『ヨークシャーたちの空飛ぶ会議』（横内謙介） ✣『改訂版大漫才』（吉田秀穂）

第35回――［1991年］

［選考委員］井上ひさし｜唐十郎｜佐藤信｜田中千禾夫｜別役実｜八木柊一郎｜矢代静一

受賞 ❖『ブレスレス――ゴミ袋を呼吸する夜の物語』
坂手洋二
◉「テアトロ」一九九〇・5 ◎一九九〇・4（横浜：相鉄本多劇場［燐光群］）

候補 ✣『夜の子供2／やさしいおじさん』（生田萬） ✣『ビー・ヒア・ナウ』（鴻上尚史） ✣『人魚伝説』（鄭義信） ✣『百物語』（内藤裕敬）【以上、最終候補5作品】
✣『笑うトーキョー・ベイ』（岡安伸治） ✣『広くてすてきな宇宙じゃないか』（成井豊） ✣『月満ちて、朝遠く』（松原敏春） ✣『フォーティンブラス』（横内謙介） ✣『蠅取り紙』（和田周）

第36回――［1992年］

［選考委員］井上ひさし｜太田省吾｜岡部耕大｜佐藤信｜田中千禾夫｜つかこうへい｜野田秀樹｜別役実

受賞 ❖『愚者には見えないラ・マンチャの王様の裸』
横内謙介
◉「テアトロ」一九九一・4 ◎一九九一・3（東京 下北沢ザ・スズナリ［善人会議］）

候補 ✣『映像都市《チネチッタ》』（鄭義信） ✣『12人の優しい日本人』（東京サンシャインボーイズ）【以上、最終候補3作品】
✣『二十世紀の退屈男』（内藤裕敬） ✣『人体模型の夜』（中島らも） ✣『ナツヤスミ語辞典』（成井豊）

第37回――［1993年］ ［選考委員］井上ひさし｜太田省吾｜岡部耕大｜佐藤信｜田中千禾夫（欠席）｜つかこうへい（欠席）｜野田秀樹（欠席）｜別役実

受賞 ❖『ヒネミ』 宮沢章夫 ◎一九九二・11（東京 シードホール［遊園地再生事業団］）

❖『魚の祭』 柳美里 ◉「テアトロ」一九九二・11 ◎一九九二・10（東京 青山円形劇場［MODE＋青春五月党］）

候補＊ ✣『はたらく、風』（鈴江俊郎） ✣『北限の猿』（平田オリザ） 【以上、最終候補4作品】

✣『ソープオペラ』（飯島早苗） ✣『POPCORN NAVY――鹿屋の四人』（鐘下辰男） ✣『夜の学校』（如月小春） ✣『モンタージュ』（高泉淳子＋伊沢磨紀）

✣『それからの夏――それからの愛しのメディア』（鄭義信） ✣『秘密探偵』（内藤裕敬） ✣『カレッジ・オブ・ザ・ウィンド』（成井豊）

＊『その場しのぎの男たち』（三谷幸喜）は候補辞退

第38回――［1994年］ ［選考委員］井上ひさし｜太田省吾｜岡部耕大｜佐藤信｜田中千禾夫（欠席）｜つかこうへい（欠席）｜野田秀樹｜別役実

受賞 ❖『ザ・寺山』 鄭義信 ◎一九九三・5（東京 下北沢本多劇場［流山児★事務所］）

候補 ✣『ピロートーク』（飯島早苗） ✣『トランス』（鴻上尚史） ✣『メイドイン香港』（じんのひろあき） 【以上、最終候補4作品】

✣『幻想列車』（楠本幸男） ✣『桜井』（鈴江俊郎） ✣『賞金稼ぎ』（内藤裕敬） ✣『グッドナイト将軍』（成井豊）

第39回――［1995年］ ［選考委員］井上ひさし｜太田省吾｜岡部耕大｜佐藤信｜田中千禾夫（欠席）｜つかこうへい（欠席）｜野田秀樹｜別役実

受賞 ❖『スナフキンの手紙』 鴻上尚史 ◎一九九四・7（大阪 近鉄劇場［第三舞台］）

❖『東京ノート』 平田オリザ ◎一九九四・5（東京 こまばアゴラ劇場［青年団］）

候補 ✣『安吾とタンゴ』（生田萬） ✣『俺なら職安にいるぜ』（じんのひろあき） ✣『阿呆浪士』（鈴木聡） ✣『武流転生――スサノオ』（中島かずき） 【以上、最終候補6作品】

第40回――［1996年］ ［選考委員］井上ひさし｜太田省吾｜岡部耕大｜佐藤信｜つかこうへい（欠席）｜野田秀樹（欠席）｜別役実

受賞 ❖『髪をかきあげる』 鈴江俊郎 ◎一九九五・8（奈良 史跡文化センター［八時半］）

❖『海と日傘』 松田正隆 ◎一九九四・1（大阪 扇町ミュージアムスクエア［時空劇場］）

候補 ✣『法王庁の避妊法』（飯島早苗） ✣『横顔』（内藤裕敬） 【以上、最終候補4作品】

✣『独りの国のアリス』（高泉淳子） ✣『パパのデモクラシー』（永井愛） ✣『赤穂浪士』（長谷川裕久） ✣『名古屋の愛人』（矢萩健太郎） ✣『にせサザ江さん』（吉崎宏人）

第41回――[1997年] [選考委員] 井上ひさし｜太田省吾｜岡部耕大｜佐藤信｜竹内銃一郎｜野田秀樹｜別役実

受賞 ❖『ファンキー！――宇宙は見える所までしかない』 松尾スズキ ◎一九九六・7（東京 下北沢本多劇場［大人計画］）

候補 ✣『ここからは遠い国』（岩崎正裕） ✣『ベクター』（鐘下辰男） ✣『水面鏡』（杉浦久幸） ✣『僕の東京日記』（永井愛）
✣『月の輝く夜に－MOONSTRUCK－』（中島かずき） ✣『茜色の空』（長谷川孝治）【以上、最終候補7作品】
✣『デス・オブ・ア・ポリティカル・ボーイ』（一尾直樹） ✣『さらば北辺のカモメ』（鐘下辰男） ✣『ホール』（金野むつ江） ✣『"Let it" Bleed』（川部一郎）
✣『ダブリンの鐘突きカビ人間』（後藤ひろひと） ✣『梁山泊版四谷怪談「十六夜の月」』（小檜山洋一） ✣『おまえを殺しちゃうかもしれない』（小松純也）
✣『ゲームの名前』（高橋いさを） ✣『バディズ』（TALOH） ✣『夏休み』『熱血仮面』（内藤裕敬） ✣『鍵のある部屋』『この藍、侵すべからず』（長谷基弘）
✣『白桃布団』（半澤寧子） ✣『月下』（平石耕一） ✣『ガム兄さん』（平田俊子） ✣『マシーン日記』（松尾スズキ） ✣『ジャパニーズ・エンジェル』（ロジャー・パルバース）

第42回――[1998年] [選考委員] 井上ひさし｜太田省吾｜岡部耕大｜佐藤信｜竹内銃一郎｜野田秀樹｜別役実

受賞 ❖『うちやまつり』 深津篤史 ◎一九九七・12（伊丹 アイホール［桃園会］）

最終候補 ✣『男的女式』（大森寿美男） ✣『寒花』（鐘下辰男） ✣『こわれた玩具』（高泉淳子） ✣『見よ、飛行機の高く飛べるを』（永井愛） ✣『美貌の流星』（長谷川裕久）
✣『東京原子核クラブ』（マキノノゾミ）【以上、最終候補7作品】

第43回――[1999年] [選考委員] 井上ひさし｜太田省吾｜岡部耕大｜佐藤信｜竹内銃一郎｜野田秀樹｜別役実

受賞 ❖『フローズン・ビーチ』 ケラリーノ・サンドロヴィッチ ●「せりふの時代」一九九八・11 ◎一九九八・8（東京 紀伊國屋ホール［NYLON100℃］）

最終候補 ✣『それを夢と知らない』（岩崎正裕） ✣『貪りと瞋りと愚かさと』（鐘下辰男） ✣『きゅうりの花』（土田英生） ✣『手の中の林檎』（内藤裕敬）
✣『花冠の大陸』（長谷川裕久）【以上、最終候補6作品】

第44回――[2000年] [選考委員] 井上ひさし｜太田省吾｜岡部耕大｜佐藤信｜竹内銃一郎｜野田秀樹｜別役実

受賞 ❖『兄帰る』 永井愛 ◎一九九九・6（東京 シアタートラム［二兎社］）

最終候補 ✣『くだんの件』(天野天街) ✣『その鉄塔に男たちはいるという』(土田英生) ✣『IRON』(泊篤志) ✣『ダブルフェイク』(はせひろいち) ✣『堕天の媚薬』(長谷川裕久)【以上、最終候補6作品】

第45回——[2001年] [選考委員] 井上ひさし|太田省吾|岡部耕大|佐藤信|竹内銃一郎|野田秀樹|別役実

受賞 ❖『オケピ!』 三谷幸喜 ◎二〇〇〇・6(東京 青山劇場[パルコ])

最終候補 ✣『錦鯉』(土田英生) ✣『舟唄。霧の中を行くための』(蟷螂襲) ✣『なつざんしょ』(内藤裕敬) ✣『甘い傷』(平田俊子) ✣『高き彼物』(マキノノゾミ) ✣『メザスヒカリノサキニアルモノ若しくはパラダイス』(松本大洋) ✣『お祝い』(わかぎえふ)【以上、最終候補8作品】

第46回——[2002年] [選考委員] 井上ひさし|岩松了|太田省吾(欠席)|岡部耕大|佐藤信|竹内銃一郎|野田秀樹(欠席/書面参加)

受賞作なし

最終候補 ✣『火計り——四百年の肖像』(品川能正) ✣『ペーパーマリッジ』(中谷まゆみ) ✣『アザミ』(長谷川孝治) ✣『赤シャツ』(マキノノゾミ) ✣『東亜悲恋』(和田憲明)【以上、最終候補5作品】

第47回——[2003年] [選考委員] 井上ひさし|岩松了|太田省吾|岡部耕大|竹内銃一郎|野田秀樹

受賞 ❖『アテルイ』 中島かずき ◎二〇〇二・8(東京 新橋演舞場[松竹])

最終候補 ✣『ルート64』(鐘下辰男) ✣『南半球の渦』(土田英生) ✣『前髪に虹がかかった』(蟷螂襲) ✣『マイ・ロックンロール・スター』(長塚圭史) ✣『ダウザーの娘』(長谷基弘)【以上、最終候補6作品】

第48回——[2004年] [選考委員] 井上ひさし|岩松了|太田省吾|岡部耕大|竹内銃一郎|野田秀樹

受賞 ❖『ワンマン・ショー』 倉持裕 ◎二〇〇三・8(東京 シアタートップス[ペンギンプルペイルパイルズ])

最終候補 ✣『夜、ナク、鳥』(大竹野正典) ✣『ちゃんとした道』(小川未玲) ✣『BRIDGE』(小里清) ✣『アンコントロール』(鐘下辰男) ✣『さらバイ』(内藤裕敬) ✣『石川県伍参市』(本谷有希子)【以上、最終候補7作品】

第49回―――［2005年］

［選考委員］井上ひさし｜岩松了｜太田省吾｜岡部耕大｜竹内銃一郎｜野田秀樹

受賞

❖『三月の5日間』岡田利規 ◎二〇〇四・2（東京 品川スフィアメックスほか［チェルフィッチュ］）

❖『鈍獣』宮藤官九郎 ◎二〇〇四・7（東京 パルコ劇場［パルコ］）

最終候補

✣『もやしの唄』（小川未玲）✣『はたらくおとこ』（長塚圭史）✣『サイコの晩餐』（はせひろいち）✣『しゃんしゃん影法師』（東憲司）✣『れもん』（平田俊子）

✣『いやむしろわすれて草』（前田司郎）【以上、最終候補8作品】

第50回―――［2006年］

［選考委員］井上ひさし｜岩松了｜鴻上尚史｜坂手洋二｜永井愛｜野田秀樹｜宮沢章夫

受賞

❖『ぬけがら』佃典彦 ◉「せりふの時代」二〇〇五・8 ◎二〇〇五・5（東京 文学座アトリエ［文学座］）

❖『愛の渦』三浦大輔 ◎二〇〇五・4（東京 シアタートップス［ポツドール］）

最終候補

✣『音楽劇ＪＡＰＡＮＥＳＥ ＩＤＩＯＴ』（岩崎正裕）✣『アルバートを探せ』（小里清）✣『ＬＡＳＴ ＳＨＯＷ ラストショウ』（長塚圭史）

✣『風来坊雷神屋敷』（東憲司）✣『キャベツの類』（前田司郎）✣『乱暴と待機』（本谷有希子）【以上、最終候補8作品】

第51回―――［2007年］

［選考委員］井上ひさし（欠席／書面参加）｜岩松了｜鴻上尚史｜坂手洋二｜永井愛｜野田秀樹｜宮沢章夫

受賞作なし

最終候補

✣『獏のゆりかご』（青木豪）✣『津田沼』（赤堀雅秋）✣『ゆれる車の音』（中島淳彦）✣『歪みたがる隊列』（はせひろいち）✣『海猫街』（東憲司）

✣『ユタカの月』（蓬莱竜太）✣『さようなら僕の小さな名声』（前田司郎）✣『遭難、』（本谷有希子）【以上、最終候補8作品】

第52回―――［2008年］

［選考委員］井上ひさし｜岩松了｜鴻上尚史｜坂手洋二｜永井愛｜野田秀樹｜宮沢章夫

受賞

❖『生きてるものはいないのか』前田司郎 ◎二〇〇七・10（京都芸術センター［五反田団］）

最終候補

✣『Ｇｅｔ Ｂａｃｋ！』（青木豪）✣『その夜の侍』（赤堀雅秋）✣『甘い丘』（桑原裕子）✣『笑顔の砦』（タニノクロウ）✣『偏路』（本谷有希子）

✣『青ノ鳥』（矢内原美邦）✣『静物たちの遊泳』（山岡徳貴子）【以上、最終候補8作品】

第53回［2009年］

［選考委員］井上ひさし｜岩松了｜鴻上尚史｜坂手洋二｜永井愛｜野田秀樹｜宮沢章夫

受賞

❖『まほろば』 蓬莱竜太 ◎二〇〇八・7（東京 新国立劇場小劇場［新国立劇場］）

❖『幸せ最高ありがとうマジで！』 本谷有希子 ◎二〇〇八・10（東京 パルコ劇場［パルコ］）

最終候補

❖『黙読』（加藤一浩） ❖『星影のJr.』（タニノクロウ） ❖『SISTERS』（長塚圭史） ❖『ステロイド』（蓮見正幸） ❖『表と裏と、その向こう』（前川知大） ❖『家族の肖像』（松井周） ❖『着座するコブ』（山岡徳貴子）【以上、最終候補9作品】

第54回［2010年］

［選考委員］井上ひさし（欠席）｜岩松了｜鴻上尚史｜坂手洋二｜永井愛｜野田秀樹｜宮沢章夫

受賞

❖『わが星』 柴幸男 ◎二〇〇九・10（東京 三鷹市芸術文化センター［ままごと］）

最終候補

❖『セクシードライバー』（江本純子） ❖『ヘアカットさん』（神里雄大） ❖『五人の執事』（野木萌葱） ❖『その夜明け、嘘。』（福原充則） ❖『見えざるモノの生き残り』（前川知大） ❖『あの人の世界』（松井周）【以上、最終候補7作品】

第55回［2011年］

［選考委員］岩松了｜鴻上尚史｜坂手洋二｜永井愛｜野田秀樹｜宮沢章夫

受賞

❖『自慢の息子』 松井周 ◎二〇一〇・9（東京 アトリエヘリコプター［サンプル］）

候補

❖『砂町の王』（赤堀雅秋） ❖『小さな恋のエロジー』（江本純子） ❖『空洞メディアクリエイター』（竹内佑） ❖『絶滅のトリ』（田村孝裕） ❖『convention hazard 奇行遊戯』（中津留章仁） ❖『春々』（ノゾエ征爾） ❖『プランクトンの踊り場』（前川知大） ❖『スーパースター』（丸尾丸一郎）【以上、最終候補9作品】

第56回［2012年］

［選考委員］岩松了｜岡田利規｜ケラリーノ・サンドロヴィッチ｜野田秀樹｜松尾スズキ｜松田正隆｜宮沢章夫

受賞

❖『〇〇トアル風景』 ノゾエ征爾 ◎二〇一一・7（東京 下北沢ザ・スズナリ［はえぎわ］）

❖『かえりの合図、まってた食卓、そこ、きっと、しおふる世界。』 藤田貴大 ◎二〇一一・6、7、8（東京 水天宮ピット、北海道 だて歴史の杜、STスポット横浜［マームとジプシー］）

❖『前向き！タイモン』 矢内原美邦 ◎二〇一一・9（東京 こまばアゴラ劇場［ミクニヤナイハラプロジェクト］）

最終候補

❖『往転－オウテン－』（桑原裕子） ❖『連結の子』（田村孝裕） ❖『背水の孤島』（中津留章仁） ❖『太陽』（前川知大） ❖『駄々の塊です』（山崎彬）【以上、最終候補8作品】

第57回——〔2013年〕〔選考委員〕岩松了｜岡田利規｜ケラリーノ・サンドロヴィッチ｜野田秀樹｜松尾スズキ｜松田正隆｜宮沢章夫

受賞 ❖『一丁目ぞめき』 赤堀雅秋 ◎二〇一二・3（東京 下北沢ザ・スズナリ〔THE SHAMPOO HAT〕）

❖『ある女』 岩井秀人 ◎二〇一二・1（東京 こまばアゴラ劇場〔ハイバイ〕）

最終候補 ✣『りんご』（北川陽子） ✣『漏れて100年』（サリngROCK） ✣『無差別』（中屋敷法仁） ✣『翔べ！原子力ロボむつ』（畑澤聖悟） ✣『エレノア』（早船聡）
✣『ニューヘアスタイルイズグッド』（水沼健）【以上、最終候補8作品】

第58回——〔2014年〕〔選考委員〕岩松了｜岡田利規｜ケラリーノ・サンドロヴィッチ｜野田秀樹｜松尾スズキ（欠席）｜松田正隆｜宮沢章夫

受賞 ❖『ブルーシート』 飴屋法水 ◎二〇一三・1（福島 いわき総合高等学校〔福島県立いわき総合高等学校総合学科第10期生〕）

最終候補 ✣『地を渡る舟』（長田育恵） ✣『国語の時間』（小里清） ✣『（飲めない人のための）ブラックコーヒー』（神里雄大） ✣『彼らの敵』（瀬戸山美咲）
✣『或いは魂の止まり木』（土橋淳志） ✣『カンロ』（西尾佳織） ✣『効率の優先』（山内ケンジ）【以上、最終候補8作品】

第59回——〔2015年〕〔選考委員〕岩松了｜岡田利規（欠席／書面参加）｜ケラリーノ・サンドロヴィッチ｜野田秀樹｜松尾スズキ（欠席／書面参加）｜松田正隆｜宮沢章夫

受賞 ❖『トロワグロ』 山内ケンジ ◎二〇一四・11（東京 下北沢ザ・スズナリ〔城山羊の会〕）

最終候補 ✣『痕跡《あとあと》』（桑原裕子） ✣『囁谷シルバー男声合唱団』（角ひろみ） ✣『世界は嘘で出来ている』（田村孝裕） ✣『つんざき行路、されるがまま』（福原充則）
✣『冬眠する熊に添い寝してごらん』（古川日出男） ✣『男たらし』（ペヤンヌマキ） ✣『うまれてないからまだしねない』（山本卓卓）【以上、最終候補8作品】

第60回——〔2016年〕〔選考委員〕岩松了｜岡田利規｜ケラリーノ・サンドロヴィッチ｜野田秀樹｜平田オリザ｜宮沢章夫

受賞 ❖『地獄谷温泉 無明ノ宿』 タニノクロウ ◎二〇一五・8（東京 森下スタジオ〔庭劇団ペニノ〕）

最終候補 ✣『＋51アビアシオン，サンボルハ』（神里雄大） ✣『夏果て幸せの果て』（根本宗子） ✣『ライン（国境）の向こう』（古川健） ✣『お母さんが一緒』（ペヤンヌマキ）
✣『ハンサムな大悟』（三浦直之） ✣『新・内山』（柳沼昭徳） ✣『30光年先のガールズエンド』（山本健介）【以上、最終候補8作品】

鶴屋南北戯曲賞

［主催］――一般財団法人 光文文化財団

第1回――［1997年］

受賞 ❖『ら抜きの殺意』永井愛

最終候補 ❖『紙屋町さくらホテル』（井上ひさし） ❖『海の沸点』（坂手洋二） ❖『見よ、飛行機の高く飛べるを』（永井愛） ❖『金襴緞子の帯しめながら』『雨が空から降れば』（別役実） ❖『月の岬』（松田正隆） ❖『東京原子核クラブ』『フユヒコ』（マキノノゾミ）【以上、最終候補6作品】

第2回――［1998年］

受賞 ❖『Right Eye』野田秀樹

最終候補 ❖『水の戯れ』（岩松了） ❖『女傑』（岡部耕大） ❖『フローズン・ビーチ』（ケラリーノ・サンドロヴィッチ） ❖『今宵限りは… 1928超巴里井主義宣言の夜』（竹内銃一郎） ❖『山猫理髪店』（別役実） ❖『ヘブンズサイン』（松尾スズキ）【以上、最終候補7作品】

第3回――［1999年］

受賞 ❖『マトリョーシカ』三谷幸喜

最終候補 ❖『天皇と接吻』（坂手洋二） ❖『遠い日々の人』（平田オリザ） ❖『温水夫妻――Mr. & Mrs. Nukumizu』（三谷幸喜） ❖『花のかたち』（松田正隆） ❖『母を逃がす』（松尾スズキ） ❖『パンドラの鐘』（野田秀樹） ❖『冬のひまわり』（鄭義信）【以上、最終候補8作品】

第4回――［2000年］

受賞 ❖『高き彼物』マキノノゾミ

最終候補 ❖『最後の晩餐』（別役実） ❖『キレイ』（松尾スズキ） ❖『ナイス・エイジ』（ケラリーノ・サンドロヴィッチ） ❖『恋ひ歌 白蓮と龍介』（斎藤憐）【以上、最終候補5作品】

第5回——〔2001年〕

受賞 ❖『室温－夜の音楽－』ケラリーノ・サンドロヴィッチ

最終候補 ❖『ピカドン・キジムナー』(坂手洋二) ❖『エロスの果て』(松尾スズキ) ❖『静かな落日　広津家三代』(吉永仁郎) ❖『悔しい女』(土田英生)【以上、最終候補5作品】

第6回——〔2002年〕

受賞 ❖『太鼓たたいて笛ふいて』井上ひさし

最終候補 ❖『屋根裏』(坂手洋二) ❖『その河をこえて、五月』(平田オリザ＋金明和) ❖『アテルイ』(中島かずき)【以上、最終候補4作品】

第7回——〔2003年〕

受賞 ❖『泥人魚』唐十郎

最終候補 ❖『謎の下宿人－サンセット・アパート－』(鈴木聡) ❖『アンコントロール－But now uncontrol－』(鐘下辰男) ❖『南島俘虜記』(平田オリザ) ❖『心と意志』(坂手洋二) ❖『バラード』(川村毅)【以上、最終候補6作品】

第8回——〔2004年〕

受賞 ❖『だるまさんがころんだ』坂手洋二

最終候補 ❖『裸でスキップ』(鈴木聡) ❖『ヒトノカケラ』(篠原久美子)【以上、最終候補3作品】

第9回——〔2005年〕

受賞 ❖『春、忍び難きを』斎藤憐

最終候補 ❖『東風』(青木豪) ❖『ぬけがら』(佃典彦) ❖『梅津さんの穴を埋める』(土屋理敬) ❖『LAST SHOW　ラストショウ』(長塚圭史)【以上、最終候補5作品】

第10回——〔2006年〕

受賞 ❖『遭難、』本谷有希子

最終候補 ❖『エスペラントー教師たちの修学旅行の夜ー』(青木豪) ❖『ソウル市民昭和望郷編』(平田オリザ) ❖『喜劇の殿さん』(小幡欣治)【以上、最終候補4作品】

第11回——〔2007年〕

受賞 ❖『やってきたゴドー』別役実

最終候補 ❖『軍鶏307……戦ウ鶏達ノ物語……』(東憲司) ❖『シェイクスピア・ソナタ』(岩松了)【以上、最終候補3作品】

第12回——〔2008年〕

受賞 ❖『焼肉ドラゴン』鄭義信

最終候補 ❖『親の顔が見たい』(畑澤聖悟) ❖『颶風のあと』(福田善之) ❖『SISTERS』(長塚圭史) ❖『まほろば』(蓬莱竜太)【以上、最終候補5作品】

第13回——〔2009年〕

受賞 ❖『神戸北ホテル』小幡欣治

最終候補 ❖『関数ドミノ』『奇ッ怪——小泉八雲から聞いた話』(前川知大) ❖『大人の時間』(鐘下辰男) ❖『マレーヒルの幻影』(岩松了)【以上、最終候補5作品】

第14回——〔2010年〕

受賞 ❖『プランクトンの踊り場』前川知大

最終候補 ❖『世界の秘密と田中』(鈴木聡) ❖『convention hazard 奇行遊戯』(中津留章仁) ❖『葬送の教室』(詩森ろば)【以上、最終候補4作品】

第15回——〔2011年〕

最終候補 ❖『をんな善哉』鈴木聡

最終候補　✣『黄色い叫び』(中津留章仁)　✣『オバケの太陽…ソノ太陽ハ沈マナイ…ソノ太陽ハ夢ヲ見ル…』(東憲司)　✣『切り子たちの秋』(ふたくちつよし)
✣『往転－オウテン－』(桑原裕子)　✣『ハズバンズ&ワイブズ』(鈴木聡)　【以上、最終候補6作品】

第16回——〔2012年〕

受賞　❖『4　four』川村毅
❖『泳ぐ機関車』東憲司

最終候補　✣『青のはて－銀河鉄道前奏曲－』(長田育恵)　✣『満ちる』(竹内銃一郎)　✣『少しはみ出て殴られた』(土田英生)　✣『シレンとラギ』(中島かずき)　【以上、最終候補6作品】

第17回——〔2013年〕

受賞　❖『グッドバイ』北村想

最終候補　✣『ZIPANG PUNK　五右衛門ロックIII』(中島かずき)　✣『趣味の部屋』(古沢良太)　✣『不道徳教室』(岩松了)
✣『cocoon』(藤田貴大)　✣『地を渡る舟－1945／アチック・ミューゼアムと記述者たち－』(長田育恵)　【以上、最終候補6作品】

第18回——〔2014年〕

受賞　❖『痕跡《あとあと》』桑原裕子

最終候補　✣『翼ある人びと－ブラームスとクララ・シューマン－』(上田久美子)　✣『万獣こわい』(宮藤官九郎)　✣『初萩ノ花』(内藤裕子)
✣『世界は嘘で出来ている』(田村孝裕)　✣『スーパープレミアムソフトWバニラリッチ』(岡田利規)　【以上、最終候補6作品】

第19回——〔2015年〕

受賞　❖『蜜柑とユウウツ－茨木のり子異聞－』長田育恵

最終候補　✣『追憶のアリラン』(古川健)　✣『外交官』(野木萌葱)　✣『ざくろのような』(中村暢明)　✣『水仙の花　narcissus』(山内ケンジ)　【以上、最終候補5作品】

劇作家協会新人戯曲賞

［主催］――一般社団法人 日本劇作家協会

日本劇作家協会新人戯曲コンクール――［1994年］

受賞 ❖『あめゆじゅとてちてけんじゃ』右来左往

第1回東筑紫学園戯曲賞 ❖『モンローによろしく』マキノノゾミ

北九州市長賞 ❖『ぢらい』森田有

候補 ✣『真夜中のキッチン』（喜一朗） ✣『地平線の音階』（可能涼介）
✣『ラビリンス'94 消えた13号室』（藤澤陽一）【以上、最終候補6作品】

第1回 劇作家協会新人戯曲賞――［1995年］

受賞 ❖『職員室の午後』長谷川孝治

候補 ✣『天神町一番地――広島・あの頃・消えた町』（楠本幸男） ✣『空の月、胸の石――それでもきみといつまでも』（永山智行）
✣『大走者網』（赤井俊哉） ✣『新編 遠くを見る癖』（高見亮子） ✣『彼岸から 水波の隔て 神の旅』（くまがいマキ）
✣『INAMURA走れ！』（丸尾聡）【以上、最終候補7作品】

第2回 劇作家協会新人戯曲賞――［1996年］

受賞 ❖『あなたがわかったと言うまで』杉浦久幸

候補 ✣『北へ帰る』（永山智行） ✣『月光に死す』（萬雄一郎） ✣『私のエンジン』（長谷基弘） ✣『その時ぼくはコインを高く投げた』（田中守幸）
✣『KAN－KAN』（佃典彦）【以上、最終候補6作品】

第3回 劇作家協会新人戯曲賞——〔1997年〕

受賞 ❖『生態系カズクン』泊篤志

候補 ✣『こころゆくまで。』(門肇) ✣『カイゴの鳥』(なかじょうのぶ) ✣『男的女式』(大森寿美男) ✣『AGE OF "CHAIN-SAW"——ナイチンゲールの終わり』(吉村八月) ✣『この藍、侵すべからず』(長谷基弘) 【以上、最終候補6作品】

第4回 劇作家協会新人戯曲賞——〔1998年〕

受賞 ❖『knob』夏井孝裕

佳作・北海道知事賞 ❖『あくびと風の威力』角ひろみ

候補 ✣『ペナルティ・マリア』(EMI) ✣『TOGETHER AGAIN——ゴッホからの最後の手紙』(宇都宮裕三) ✣『マクベスの妻と呼ばれた女』(篠原久美子) 【以上、最終候補5作品】

第5回 劇作家協会新人戯曲賞——〔1999年〕

受賞 ❖『ハメルンのうわさ』高野竜

候補 ✣『ファミリータイム・セミナー』(中田満之) ✣『無敵』(岡田望) ✣『自然薯とニワトリ』(林万太) ✣『進め!ウルトラ整備隊』(石沢克宜) ✣『不測の神々』(はせひろいち) 【以上、最終候補6作品】

第6回 劇作家協会新人戯曲賞——〔2000年〕

受賞 ❖『Hip Hop Typhoon——少女には死にたがるクセがある』小里清

佳作 ❖『ほどける双子』大岩真理

候補 ✣『丘の上のハムレットのバカ』(佐分克敏) ✣『精肉工場のミスター・ケチャップ』(佃典彦) ✣『桜桃ごっこ』(芳崎洋子) ✣『letters』(田辺剛) 【以上、最終候補5作品】

第7回 劇作家協会新人戯曲賞――【2001年】

受賞 ❖『帰りたいうちに』棚瀬美幸

佳作 ❖『沙羅、すべり』芳崎洋子

候補 ✣『この世の果て』(高井鴫) ✣『蛇口』(自由下僕) ✣『風の通る場所』(文月奈緒子)【以上、最終候補5作品】

第8回 劇作家協会新人戯曲賞――【2002年】

受賞 ❖『ゆらゆらと水』芳崎洋子

候補 ✣『うちのだりあの咲いた日に』(吉田小夏) ✣『ピン・ポン』(明神慈) ✣『あたたかい棺桶』(田辺剛) ✣『魚眼パノラマ』(石原美か子)【以上、最終候補5作品】

第9回 劇作家協会新人戯曲賞――【2003年】

受賞 ❖『カナリア』黒岩力也

候補 ✣『僕の言葉に訳せない』(岩崎裕司) ✣『ごちそうさん』(遠藤晶) ✣『通過』(松井周) ✣『紅き深爪』(詩森ろば) ✣『エコー、傷』(山本貴士)【以上、最終候補6作品】

第10回 劇作家協会新人戯曲賞――【2004年】

受賞 ❖『東おんなに京おんな』ひょうた

候補 ✣『自動娘』(竹田和弘) ✣『蔵』(澤藤桂) ✣『或女の石々』(新井哲) ✣『時計屋の恋』(吉田小夏) ✣『人生はバラ色だ―なっちゃん空を飛ぶ―』(山本真紀)【以上、最終候補6作品】

第11回 劇作家協会新人戯曲賞――【2005年】

受賞 ❖『その赤い点は血だ』田辺剛

佳作 ❖『アナザー』やまうちくみこ

候補 ✣『汚い月』(下西啓正) ✣『ワールドプレミア』(松井周) ✣『笑うタンパク質』(井上こころ)【以上、最終候補5作品】

第12回 劇作家協会新人戯曲賞――［2006年］

受賞 ❖『ダム』嶽本あゆ美

候補 ✣『突端の妖女』（岩崎裕司） ✣『宮さんのくんち』（山之内宏一） ✣『風穴』（松田清志） ✣『返事』（新井哲）
✣『マトリョーシカの鞦韆《ふらここ》』（島林愛）【以上、最終候補6作品】

第13回 劇作家協会新人戯曲賞――［2007年］

受賞 ❖『ハルメリ』黒川陽子

候補 ✣『犬目線／握り締めて』（スエヒロケイスケ） ✣『テンマ船の行方』（柳原和音）
✣『おやすみ、枇杷の木』（吉田小夏） ✣『春の鯨』（森馨由）【以上、最終候補5作品】

第14回 劇作家協会新人戯曲賞――［2008年］

受賞 ❖『しびれものがたり』ナカヤマカズコ

候補 ✣『SOLITUDE』（乾緑郎） ✣『葉子』（金塚悦子） ✣『長男』（三谷智子） ✣『俯瞰する庭園』（宇野正玖）【以上、最終候補5作品】

第15回 劇作家協会新人戯曲賞――［2009年］

受賞 ❖『エダニク』横山拓也

候補 ✣『石灯る夜』（中澤日菜子） ✣『雨と猫といくつかの嘘』（吉田小夏） ✣『誰』（田川啓介） ✣『マチクイの詩』（福田修志）【以上、最終候補5作品】

第16回 劇作家協会新人戯曲賞――［2010年］

受賞 ❖『トラックメロウ』平塚直隆
❖『ここまでがユートピア』鹿目由紀

候補 ✣『どどめジャム』（肥田知浩） ✣『猿』（秋之桜子） ✣『朔日に紅く咲く』（咲恵水） ✣『春の遭難者』（滝本祥生）【以上、最終候補6作品】

第17回 劇作家協会新人戯曲賞——〔2011年〕

受賞 ❖『花と魚』柳井祥緒

候補 ✣『ロクな死にかた』(広田淳一) ✣『ねぼすけさん』(佐々木充郭) ✣『元禄夜討心中』(三谷るみ) ✣『娘帰る』(咲恵水) ✣『スメル』(登米裕一)【以上、最終候補6作品】

第18回 劇作家協会新人戯曲賞——〔2012年〕

受賞 ❖『見上げる魚と目が合うか?』原田ゆう

候補 ✣『うれしい悲鳴』(広田淳一) ✣『人の香り』(石原燃) ✣『Global Baby Factory? ―グローバル・ベイビー・ファクトリー―』(鈴木アツト) ✣『メガネとマスク』(長谷川彩) ✣『偽りのない町』(宮園瑠衣子)【以上、最終候補6作品】

第19回 劇作家協会新人戯曲賞——〔2013年〕

受賞 ❖『クラッシュ・ワルツ』刈馬カオス

候補 ✣『獏、降る』(服部紘二) ✣『ト音』(春陽漁介) ✣『東京アレルギー』(山田百次) ✣『血の家』(森馨由)【以上、最終候補5作品】

第20回 劇作家協会新人戯曲賞——〔2014年〕

受賞 ❖『狭い家の鴨と蛇』角ひろみ

候補 ✣『蛇には、蛇を』(くるみざわしん) ✣『龍とオイル』(八鍬健之介) ✣『ブーツ・オン・ジ・アンダーグラウンド』(清水弥生) ✣『さよならアイドル』(岡田尚子)【以上、最終候補5作品】

第21回 劇作家協会新人戯曲賞——〔2015年〕

受賞 ❖『畳と巡礼』象千誠

候補 ✣『南吉野村の春』(岡田鉄兵) ✣『アキラ君は老け顔』(國吉咲貴) ✣『少年は銃を抱く』(ハセガワアユム) ✣『ずぶ濡れのハト』(南出謙吾) ✣『夜明けに、月の手触りを』(藤原佳奈)【以上、最終候補6作品】

テアトロ新人戯曲賞

［主催］――株式会社 カモミール社

第1回――［1990年］

受賞作なし

候補 ✣『INCUBATOR』（二瓶龍彦） ✣『紺青鬼』（小野恵子） ✣『コロンブスの卵』（二階堂智子） ✣『イメージ』（蓮田亨） ✣『カゴの中のエディプ』（青磁三津子）

第2回――［1991年］

受賞 ❖『形而上恋愛考』横井慎治

候補 ✣『もやし』（日本ひろし） ✣『新陳代謝』（蓮田亨） ✣『八雲立つ』（橋本泉）

第3回――［1992年］

受賞作なし

候補 ✣『操縦不能』（楠本幸男） ✣『雨の日のベートーベン』（岡山弘人） ✣『砂漠に行く人』（荒山昌子） ✣『元禄仇討考』（飯島一次） ✣『アンネ伝説』（猪俣哲夫）

第4回――［1993年］

受賞作なし

佳作 ❖『寺山修二の冒険』佐藤晴樹

候補 ✣『マルクスの子供たち』（やぎのぶよし） ✣『断腸亭日常らんがい』（松井英雄） ✣『ほんとうの空を捜して』（山口誓志） ✣『犬狼都市』（下地はるお） ✣『熱帯夜』（宮沢亮）

第5回——〔1994年〕

受賞作なし

候補 ✣『盲匠屏風』（野田治彦）✣『朝の雨』（舘野一美）✣『幻想列車』（楠本幸男）✣『電話少年漂流記』（右来左往）

第6回——〔1995年〕

受賞作なし

候補 ✣『架空のオペラ』（馬場広典）✣『羽が生えたエイリアン』（若月照義）✣『泡沫に眠りながら』（芳澤多美子）✣『夏家族』（大太郎）

第7回——〔1996年〕

受賞 ❖『ストレイチルドレン』春日太郎
❖『安吾往来』広島友好

候補 ✣『愛しすぎる男たち』（古城十忍）✣『ノーガード』（杉浦久幸）✣『ゴドーを忘却しながら』（新健二郎）

第8回——〔1997年〕

受賞 ❖『ルナパーク・ミラージュ——失楽園通りの人々』翠羅臼

候補 ✣『夜桜の宴』（松林経明）✣『蜜の味』（大岩真理）✣『千年の丘』（北野茨）

第9回——〔1998年〕

受賞 ❖『化蝶譚－けてふたん－』野中友博

候補 ✣『窓を開けたら』（岡安美佳）✣『不妊パーティー』（海老沢みゆき）✣『バクスター氏の実験』（はせひろいち）

第10回——[1999年]

受賞 ❖『ブドリよ、私は未だ眠ることができない』やのひでのり

候補 ✣『時、流れるままに』(大久保秀志) ✣『プルトップのうろこ』(増田静) ✣『浮気なタマゴ』(海老沢みゆき)

第11回——[2000年]

受賞 ❖『リンゴトナイフ』久米一晃

候補 ✣『終着駅の向こうには…』(丸尾聡) ✣『海馬の王子』(大岩真理) ✣『あめ時計』(しゅう史奈)

第12回——[2001年]

受賞作なし

候補 ✣『ほし』(潮闇ユキ) ✣『めらんこりあ——憂鬱な華』(しゅう史奈) ✣『金木犀の河をゆく』(大岩真理) ✣『カンガルーと稲妻』(山田裕幸)
✣『ヤフーの媚薬』(詩森ろば)

第13回——[2002年]

受賞 ❖『御伽童子』森本ジュンジ

佳作 ❖『夜のキリン』しゅう史奈

候補 ✣『Café Lowside』(古川大輔) ✣『高野の七福神』(はせひろいち)

第14回——[2003年]

受賞作なし

候補 ✣『戦闘、開始』(高木尋士) ✣『猫とメランコリー』(平安堂青子) ✣『畳屋の女たち』(明神慈) ✣『箱庭の地図』(詩森ろば)

第15回——〔2004年〕

受賞作なし

佳作 ❖『サミュエル』松本邦雄

候補 ❖『雨フル町ノ童話』（藤井ごう） ❖『タワーの見える部屋』（大久保秀志）

第16回——〔2005年〕

受賞 ❖『トリガー』山田裕幸

候補 ✣『佐々木小次郎の片想い（稽古）』（松本邦雄） ✣『せめて微笑を』（後藤隆基） ✣『ゲームセット』（ひょうた）

第17回——〔2006年〕

受賞 ❖『アメリカ』松本邦雄

❖『シーチキンパラダイス◎』左藤慶

候補 ✣『黒髪色の香り2005』（松山口真央） ✣『瞑りの森』（くるみざわしん） ✣『七輪と八人』（新井笙太）

第18回——〔2007年〕

受賞作なし

佳作 ❖『KYOTO大正ラプソディー』笠井心

❖『モンスターとしての私』刈馬カオス

❖『うどん屋』くるみざわしん

❖『川竹の流れ流れて、あゝゴールデン浴場』澤藤桂

❖『プラズマ』中條岳青

第19回――［2008年］

受賞作なし

佳作
❖『猫と同じに――寝たきり老人遺棄致死事件』新井笙太
❖『あげとーふ』中條岳青

候補
❖『古層の愛』（くるみざわしん）❖『Pin-Stripe』（松田水歩）

第20回――［2009年］

受賞
❖『砂丘の片隅で』坂本正彦

佳作
❖『みどり荘の「三人姉妹」』岩月収

候補
❖『殴られて』（新井笙太）❖『川の中の子』（小野田佳恵）❖『グッドバイ』（中條岳青）

第21回――［2010年］

受賞
❖『金魚たちとコワレタ夜の蝶番』登り山美穂子

候補
❖『ゼロ年代の亡霊』（池神泰三）❖『人の香り』（石原燃）❖『スーザンナ・マルガレータ・ブラント』（高木尋士）

第22回――［2011年］

受賞作なし

候補
❖『乱歩の恋文』（長田育恵）❖『夜叉の娘』（長緒始）❖『灼けた夏』（蓮見正幸）❖『リタイア――ある中小企業の社長の場合』（吉崎浩）

第23回――［2012年］

受賞作なし

佳作
❖『妹よ……』蓮見正幸
❖『臨床心理相談室』松宮信男

候補

❖『ありか』(相馬杜宇) ❖『青い空と青い海と、それから』(田口萌)

第24回――［2013年］

受賞作なし

佳作

❖『想い出のアルバム』蓮見正幸

❖『My Home=home ground(マイホームグラウンド)』田口萌

❖『なつかしき廃棄物』きんたろ

❖『淡雪涅槃』村上正人

❖『父を葬る』石原燃

第25回――［2014年］

受賞

❖『あの記憶の記録』古川健

候補

❖『訪問販売人――「死を売る男」』(新井笠太) ❖『STARRY GATE』(田口萌) ❖『その朝10時25分』(蓮見正幸) ❖『革命前夜の処刑人』(火野砦)

第26回――［2015年］

受賞作なし

候補

❖『大安吉日。』(田口萌) ❖『エリカ、お前はいったい誰なんだ!』(平賀健作) ❖『貘を飼う』(実村文)

OMS戯曲賞

［主催］――大阪ガス株式会社

第1回――［1994年］

受賞　❖『坂の上の家』松田正隆

佳作　❖『レ・ボリューション』岩崎正裕

候補　✣『静かな場所』（大沢秋生）✣『書留へ　ピアノより』（鈴江俊郎）✣『記憶通りの公演で』（台場達也）✣『背伸びをした夜』（竹田操美）✣『夏の時間』（深津篤史）✣『モンローによろしく』（マキノノゾミ）✣『UFOの工作』（右来左往）

第2回――［1995年］

受賞　❖『ともだちが来た』鈴江俊郎

特別賞　❖『海と日傘』松田正隆

候補　✣『インビーの咆哮』（青木秀樹）✣『ルマンド――上野亮一の異常な日常』（石山計画）✣『シンクロニシティ――永遠と一瞬の座標』（岩崎正裕）✣『不断の決闘』（狩場直史）✣『beside paradise lost』（深津篤史）✣『青猫物語』（マキノノゾミ）✣『行方不明同好会』（桝野幸宏）✣『夢見る森のガリバー』（右来左往）

第3回――［1996年］

受賞　❖『夏休み』内藤裕敬

佳作　❖『嵐のとなりの寝椅子』蟷螂襲

候補　✣『ヒョーイくん』（青木秀樹）✣『Last Date』（岩崎正裕）✣『いとしいとしいといふ心』（大前田一）✣『矢吹ヶ丘8丁目2番地9号』（鬼豚馬）✣『青天井・轟音』（狩場直史）✣『桜ジェット』（北浜ちゃぼ）✣『五軒町商店街寄合会』（深津篤史）✣『ちゃっかり八兵衛』（マキノノゾミ）✣『お正月』（わかぎえふ）

第4回——〔1997年〕

受賞 ❖『ここからは遠い国』岩崎正裕

佳作 ❖『鈴虫のこえ、宵のホタル』花田明子

候補 ❖『ホーム・レス・マザー』(伊藤昌弥) ❖『ジ・エンド——黄昏までは』(大塚雅史) ❖『パラレル3』(高橋美和子) ❖『足場の上のゴースト』(蟷螂襲) ❖『セツナ』(中山うり) ❖『KO-KI(虚旗)』(夏目雅也) ❖『夏の蝉　空の青』(二反田幸平) ❖『さぽろぺ』(樋口美友喜)

第5回——〔1998年〕

受賞 ❖『滝の茶屋のおじちゃん』蟷螂襲

佳作 ❖『パノラマビールの夜』久野那美

候補 ❖『透明ノ庭』(岩崎正裕) ❖『タクシードライバー』(三枝希望) ❖『皇帝円舞曲』(辻田たくと) ❖『苺』(夏目雅也) ❖『こども魂』(樋口美友喜) ❖『うちやまつり』(深津篤史) ❖『超A級迷子』(魔人ハンターミツルギ) ❖『カゴメの図鑑』(右来左往)

第6回——〔1999年〕

受賞 ❖『その鉄塔に男たちはいるという』土田英生

特別賞 ❖『YS(ワイ・エス)』中田あかね

候補 ❖『人間という猫』(岩橋貞典) ❖『−29《ひきにく》　我々は生まれつき29くらい負けている』(酒井宏人) ❖『天から降るもの』(辻田たくと) ❖『眠りの切り札』(樋口美友喜) ❖『のたり、のたり、』(深津篤史) ❖『満開の案山子がなる』(山岡徳貴子)

第7回——〔2000年〕

受賞 ❖『深流波−シンリュウハ−』樋口美友喜

佳作 ❖『ベジタブルキングダム』酒井宏人

候補 ✣『十三夜』(伊藤昌弥) ✣『風と共にドリフ』(ごまのはえ) ✣『泡立つウルエ』(高橋あやのすけ) ✣『ファンデーション』(津野充)
✣『オレンジ・ブルース』(花田明子) ✣『眠り姫』(宮沢十馬) ✣『タイフーンパニック』(柳沼昭徳) ✣『さよなら方舟』(山岡徳貴子)

第8回──〔2001年〕

受賞 ❖『ひとよ一夜に18片』樋口美友喜

佳作 ❖『祭りの兆し』山岡徳貴子

候補 ✣『そばの花』(ごまのはえ) ✣『ホシノナイソラノナイホシ』(サカイヒロト) ✣『そこに埋まるものはたしか』(田辺剛) ✣『N・O』(中田あかね)
✣『さえずる蝙蝠』(中村賢司) ✣『チャリン狂──ご町内の崇仏派の皆様』(松木麻里子) ✣『他人(睡眠薬の場合)』(山口茜)

第9回──〔2002年〕

受賞 ❖『mju::::zikal』サカイヒロト

佳作 ❖『コンコンとんとんポロンぽろん』芳﨑洋子

候補 ✣『王子様やお姫様』(三枝希望) ✣『パラダイスマーケット』(大正まろん) ✣『仔犬、大怪我』(竹内佑) ✣『帰りたいうちに』(棚瀬美幸)
✣『変身リベンジャーとスーパーフライトマン』(中村賢司) ✣『お察しします。』(桝野幸宏)

第10回──〔2003年〕

受賞 ❖『他人(初期化する場合)』山口茜

佳作 ❖『てのひらのさかな』中村賢司

候補 ✣『冬のユリゲラー2002』(上田誠) ✣『サヨナフ－ピストル連続射殺魔ノリオの青春－』(大竹野正典) ✣『おっぱいブルース』(ごまのはえ)
✣『茨海小学校跡地』(三枝希望) ✣『裏山。──アイツと犬のお散歩エレジーだ!』(角ひろみ) ✣『刹那が永久－SETSUNA我TOWA－』(竹内佑)
✣『タマゴの森』(武田操美) ✣『銀竜草──小心者とクーデター』(登米裕一) ✣『むずかしい門──夏目漱石「門」より』(水沼健) ✣『出動せず!』(横山拓也)

第11回――〔2004年〕

受賞 ❖『愛のテール』ごまのはえ

佳作 ❖『夜、ナク、鳥』大竹野正典

候補 ❖『囲むフォーメーション』（上田誠）❖『残酷の一夜』（キタモトマサヤ）❖『木造モルタル式青空』（角ひろみ）❖『ギャル―閉じません―』（松木麻里子）❖『恋のカタヒ』（宮沢十馬）❖『福音書』（柳沼昭徳）❖『木辻嘘801』（山口茜）

第12回――〔2005年〕

受賞 ❖『壁ノ花団』水沼健

特別賞 ❖『ヒラカタ・ノート』ごまのはえ

佳作 ❖『愛と悪魔』司辻有香

候補 ❖『エディアカラの楽園』（キタモトマサヤ）❖『丈夫な教室――彼女はいかにしてハサミ男からランドセルを奪い返すことができるか』（小原延之）❖『手の紙』（武田一度）❖『すばらしいさよなら』（中村賢司）❖『夜ニ浮カベテ』（ミサダシンイチ）❖『福音書―六川篇―』（柳沼昭徳）

第13回――〔2006年〕

受賞 ❖『音速漂流歌劇団』竹内佑

佳作 ❖『昼下がりのミツバチ』大正まろん

候補 ❖『平凡なウェーイ』（上田誠）❖『腹相撲』（浦本和典）❖『ニセキョセンブーム』（黒川猛）❖『てつ子の部屋』（高橋あやのすけ）❖『いちばん露骨な花』（中村賢司）❖『鶴に恩返し―例えば火の鳥の飲む麦茶―』（魔人ハンターミツルギ）❖『象を使う』（水沼健）❖『配給された男』（山口茜）

第14回――〔2007年〕

受賞作なし

佳作 ❖『旅行者』田辺剛

候補 ✤『Ｗｉｎｄｏｗｓ５０００』(上田誠) ✤『世界』(司辻有香) ✤『マリコの悪縁教室』(ごまのはえ) ✤『野を焼く』(高橋恵) ✤『夕景殺伐メロウ』(竹内佑)
✤『決定的な失策に補償などありはしない』(土橋淳志)

第15回——〔2008年〕

受賞 ❖『愛情マニア』サリngROCK

佳作 ❖『ななし』棚瀬美幸

候補 ✤『ｎｉｎｅ』(小原延之) ✤『フローレンスの庭』(高橋恵) ✤『太陽風』(中村賢司) ✤『みそ味の夜空と』(南出謙吾) ✤『静物たちの遊泳』(山岡徳貴子)
✤『コクジンのブラウス』(横山拓也)

第16回——〔2009年〕

受賞 ❖『山の声——ある登山者の追想』大竹野正典

佳作 ❖『裏山の犬にでも喰われろ！』土橋淳志

候補 ✤『よーし、ぼくはがんばるぞ』(三枝希望) ✤『しまうまの毛』(サリngROCK) ✤『冬のトマト』(高橋恵) ✤『書庫』(田辺剛) ✤『ＫＯＳＭＯＳ』(中村賢司)
✤『ハダカの激情』(はしぐちしん)

第17回——〔2010年〕

受賞 ❖『ムイカ』はしぐちしん

佳作 ❖『嘘ツキ、号泣』山崎彬

候補 ✤『ｏａｓｉｓ』(小原延之) ✤『それでもワタシは空をみる』(棚瀬美幸) ✤『人魚』(田辺剛) ✤『無神論者は幽霊を見ない』(土橋淳志)
✤『祈らなくていいのか』(中村賢司) ✤『エダニク』(横山拓也)

第18回——〔2011年〕

受賞 ❖『サブウェイ』林慎一郎

佳作 ❖『幸福論』稲田真理

候補 ❖『晦』(大正まろん) ❖『蒼天、神を殺すにはいい日だ』(土橋淳志) ❖『ブルーギル』(中村賢司) ❖『ちゃんとした夕暮れ』(南出謙吾) ❖『八月、鳩は還るか』(柳沼明徳) ❖『キョム！』(山崎彬)

第19回——〔2012年〕

受賞 ❖『留鳥の根』稲田真理

佳作 ❖『限定解除、今は何も語れない』土橋淳志

候補 ❖『運転中』(伊地知克介) ❖『ココでココからの話。』(岡部尚子) ❖『カガクノカケラ』(高橋恵) ❖『物語と愛情』(ナカタアカネ) ❖『駄々の塊です』(山崎彬)

第20回——〔2013年〕

受賞 ❖『追伸』中村賢司

特別賞 ❖『タイムズ』林慎一郎

佳作 ❖『はだしのこどもはにわとりだ』肥田知浩

候補 ❖『月とスイートスポット』(上田誠) ❖『これまでの時間は』(岡部尚子) ❖『ゆうまぐれ、龍のひげ』(高橋恵) ❖『白(地図—旗)』(田中遊) ❖『建築家M』(田辺剛) ❖『この海はどんなに深いのだろう』(土橋淳志) ❖『追伸』(中村賢司) ❖『目頭を押さえた』(横山拓也)

第21回——〔2014年〕

受賞 ❖『或いは魂の止まり木』土橋淳志

佳作 ❖『夜の素』田中遊

候補 ❖『往生安楽国』(キタモトマサヤ) ❖『赤い実』(高橋恵) ❖『水の音』(ナガイヒデミ) ❖『ライオンのいる場所』(中村賢司) ❖『林檎幻燈』(西史夏)

第22回——[2015年]

受賞 ❖『誰故草《たれゆえそう》』高橋恵

佳作 ❖『ひなの砦』くるみざわしん

候補 ✣『沈黙』(石原燃) ✣『カヌー・ラジオ』(伊地知克介) ✣『舞台編『ヒーローに見えない男／缶コーヒーを持つ男』・客席編『椅子に座る女／椅子を並べる男』』(久野那美) ✣『scattered(deeply)』(田辺剛) ✣『あの町から遠く離れて』(土橋淳志) ✣『フンベルバルディンクの衛星生中継』(筒井加寿子) ✣『ライトハウス』(中村賢司) ✣『幽霊』(橋本匡) ✣『スーパーふぃクション』(山崎彬)

AAF戯曲賞

［主催］――公益財団法人 愛知県文化振興事業団

第1回――［2001年］

優秀賞 ❖『大熊猫中毒』半澤寧子

佳作 ❖『お父さんの旗日』伊沢勉
❖『あめ時計』しゅう史奈

候補 ❖『小日向』（乾水人） ❖『カフェにて――ガリレオの亡霊とブレヒトの亡霊の対話から』（海上宏美） ❖『目の皮膚』（島田九輔）

第2回――［2002年］

優秀賞 ❖『そばや－so bad year－』永山智行

佳作 ❖『海の男達の話』平塚直隆
❖『鳥と手のひら』麓桃子

候補 ❖『迷いアゲハ』（しゅう史奈） ❖『鼻眼鏡 BIGANKYO-PORTABLE』（スエヒロケイスケ）

第3回――［2003年］

優秀賞 ❖『アナトミア』小里清

佳作 ❖『XCOW XICOカフェイン／036ウォーター』スエヒロケイスケ

候補 ❖『夢の中、君は苦く嘆いた』（尾久田露文） ❖『夜の海、果ての空』（時枝正俊） ❖『山田君の存在意義』（松田清志）

第4回――〔2004年〕

優秀賞 ❖『warterwitch ウォーターウィッチ――漂流姉妹都市』スエヒロケイスケ

佳作 ❖『むずかしい門』水沼健

候補 ✣『てのひら――活版印刷工場のひとびと』(岩脇忠弘) ✣『さざ波と箱舟』(時枝正俊) ✣『かもめ座物語』(堀潮) ✣『冬のスペル』(三好由紀)

第5回――〔2005年〕

優秀賞 ❖『地蔵さんが転んだ』松田清志

佳作 ❖『冷蔵庫いっぱいの満月』水都サリホ

候補 ✣『忘れる人』(切塗よしを) ✣『Fin むしろそのウラ』(にへいたかひろ) ✣『わたしの王国』(村上マリコ)

第6回――〔2006年〕

優秀賞該当なし

佳作 ❖『塔の上から』吉村健二

候補 ✣『エディアカラの楽園』(キタモトマサヤ) ✣『孤独のベクトル』(切塗よしを) ✣『Rose』(夏井孝祐) ✣『サイレントナイト』(村上マリコ)

第7回――〔2007年〕

優秀賞該当なし

佳作 ❖『シアン』棚瀬美幸

候補 ✣『鉄橋の上のエチュード』(小原延之) ✣『穏和な労働者と便利な棺――アルバイト・マハト・フライ?』(坂本正彦) ✣『はだしで走れ』(平塚直隆) ✣『イメージの世界』(山田裕幸)

第8回——〔2008年〕

優秀賞 ❖『船酔いバッハ』菅野直子

佳作 ❖『パレード旋風が巻き起こる時』鹿目由紀

候補 ✣『マイ・フェイバリット・バ——ジン』(刈馬カオス) ✣『スコップくんとシャベルちゃん』(中澤日菜子) ✣『ヨシボーとその、犬の行方』(平塚直隆) ✣『殺人事件のような私の気持ちをあなたに』(水上宏樹)

第9回——〔2009年〕

優秀賞 ❖『金色カノジョに桃の虫』サリngROCK

候補 ✣『蒲団生活者』(鹿目由紀) ✣『人魚の森』(しゅう史奈) ✣『青鬼』(鈴木アツト) ✣『こころ』(吉田小夏)

第10回——〔2010年〕

優秀賞該当なし

佳作 ❖『どこか行く舟』室屋和美

候補 ✣『占いホテル』(鹿目由紀) ✣『匂衣 – The blind and the dog –』(鈴木アツト) ✣『炬燵電車』(肥田知浩) ✣『ねじの弛み』(平塚直隆) ✣『ちゃんとした夕暮れ』(南出謙吾)

第11回——〔2011年〕

優秀賞 ❖『虫』市原佐都子

候補 ✣『halshinam』(カゲヤマ気象台) ✣『AQUAPOLIS』(田中孝弥) ✣『その指で』(ピンク地底人3号) ✣『忘却曲線』(吉田小夏)

第12回——〔2012年〕

優秀賞 ❖『豆』平塚直隆

候補 ✣『まばたき』(奥村拓) ✣『下生しさらせ右に左に弥勒で上に』(佐々木透) ✣『月とラテックス手袋』(水都サリホ) ✣『終わってないし』(南出謙吾)

第13回――〔2013年〕

優秀賞該当なし

佳作 ❖『パブリックイメージリミテッド』萩原雄太

候補 ✣『白い液体』(内田佳音) ✣『煙の塔』(田辺剛) ✣『ライオンのいる場所』(中村賢司) ✣『眼帯のQ』(三名刺繡)

第14回――〔2014年〕

優秀賞 ❖『茨姫』水都サリホ

候補 ✣『踊り場の女』(池田美樹) ✣『アマゾン川委員会』(伊地知克介) ✣『宝島』(角ひろみ) ✣『祝辞の方法』(吉中詩織)

第15回――〔2015年〕

大賞 ❖『みちゆき』松原俊太郎

特別賞 ❖『ダム湖になる村』深谷照葉

候補 ✣『居坐りのひ』(杉本奈月) ✣『ガベコレ－garbage collection－』(林慎一郎) ✣『ヘイセイ・アパートメント』(山田由梨)

せんだい短編戯曲賞

[主催]──公益財団法人　仙台市市民文化事業団

第1回──[2013年]

受賞
❖『人の気も知らないで』横山拓也
❖『止まらない子供たちが轢かれてゆく』綾門優季

候補
❖『アマゾン』(石神夏希) ❖『三月十一日の夜のはなし』(オノマリコ) ❖『耄碌車リン軸ヂャヤ』(カゲヤマ気象台)
❖『目病み猫と水のない水槽』(川津羊太郎) ❖『パーマ屋さん』(工藤千夏) ❖『この青空は、ほんとの空ってことでいいですか?』(佐藤茂紀)
❖『三月の葡萄』(西史夏) ❖『親愛なる我が総統』(古川健) ❖『Zero Plus (0+)』(三井快)

第2回──[2014年]

受賞
❖『街に浮遊する信号器』川津羊太郎
❖『ナイト・ウィズ・キャバレット』西史夏

候補
❖『あしたにつづく』(粟飯原ほのか) ❖『写真館と鳥たち』(伊地知克介) ❖『女2 (29)会社員』(坂本鈴) ❖『『最後の晩餐』らぷそでぃ』(島田聖樹)
❖『遠ぐでクラクション』(菅井菅) ❖『同じ床の上』(冨田啓介) ❖『指先から少し血が流れ始めた』(中村賢司)
❖『いつも心だけが追いつかない』(ハセガワアユム) ❖『no regret no life』(三谷智子) ❖『butterflies in my stomach』(吉田小夏)

第3回──[2015年]

受賞
❖『不眠普及』綾門優季

候補
❖『ノクターン』(石田聖也) ❖『2』(大迫旭洋) ❖『誰も死なない』(刈馬カオス) ❖『路上芝居』(國吉咲貴)
❖『振って、振られて』(くるみさわしん) ❖『ともこのかげ』(小佐部明広) ❖『アラル』(山下由) ❖『蔓延《ハビコ》ル緑《ミドリ》』(山本彩)

北海道戯曲賞

［主催］――公益財団法人　北海道文化財団

第1回――［2014年度］

受賞
❖『悪い天気』藤原達郎

優秀賞
❖『乗組員』島田佳代

候補
❖『あなたとのもの語り』（粟飯原ほのか）❖『薄暮（haku-bo）』（イトウワカナ）
❖『ムカイ先生の歩いた道』（加藤英雄）❖『私の父』（戸塚直人）

第2回――［2015年度］

受賞作なし

優秀賞
❖『ぼくの、おばさん』池田美樹
❖『終わってないし』南出謙吾

候補
❖『中央区今泉』（幸田真洋）❖『戦うゾウの死ぬとき』（すがの公）❖『ブスとたんこぶ』（鈴木穣）
❖『浮いていく背中に』（原田ゆう）❖『流れんな』（横山拓也）

九州戯曲賞

［主催］——九州地域演劇協議会・NPO法人FPAP

第1回——［2009年］

受賞 ❖『白波の食卓』森馨由

候補 ❖『トリコロール－労働の自由と平等と友愛と－』（松本眞奈美） ❖『吉林食堂－おはぎの美味しい中華料理店－』（篠崎省吾・中村芳子） ❖『ひとんちで騒ぐな』（川口大樹） ❖『春、夜中の暗号』（宮園瑠衣子）

第2回——［2010年］

受賞作なし

佳作 ❖『義務ナジウム』河野ミチユキ

候補 ❖『闇に朱、あるいは蛍』（島田佳代） ❖『先生とチュウ』（高場光春） ❖『踊り場にて、』（高橋克昌） ❖『ボスがイエスマン』（川口大樹）

第3回——［2011年］

受賞 ❖『四畳半の翅音』島田佳代

候補 ❖『素敵じゃないか』（たじま裕一） ❖『妄膜剝離』（川津羊太郎） ❖『ワレラワラルー』（福田修志） ❖『すごくいいバカンス』（川口大樹）

第4回——［2012年］

受賞 ❖『家出』谷岡紗智

❖『憑依』川津羊太郎

候補 ❖『おわせてくれよ！』（松野尾亮） ❖『Ｃａｒｇｏ』（福田修志） ❖『グンナイ』（川口大樹）

第5回——〔2013年〕

受賞 ❖『タンバリン』後藤香

候補 ❖『もうひとつある世界の森に巣喰う深海魚たちの凱歌』(福永郁央) ❖『紺碧。』(佐倉吹雪) ❖『firefly』(高橋克昌) ❖『群れる青、トコロ。』(守田慎之介)

第6回——〔2014年〕

受賞 ❖『となりの田中さん』幸田真洋
❖『喜劇ドラキュラ』木下智之

候補 ❖『ボクと彼女の、花。』(守田慎之介) ❖『放解↑(カイホウ)』(田中俊亮) ❖『東京ジャングル』(大迫旭洋)

第7回——〔2015年〕

受賞 ❖『チッタチッタの抜け殻を満たして、と僕ら』河野ミチユキ

候補 ❖『草、のびて、家。』(守田慎之介) ❖『あまえんぼう山頭火』(村山優一郎) ❖『あなた、咲いた』(日下渚) ❖『晴レタラ、見エル。』(山下晶)

「日本の劇」戯曲賞

［主催］――文化庁・公益社団法人 日本劇団協議会

第1回――［2010年］

受賞

❖『オトカ』今井一隆

候補

❖『巴里漂流記』（霜康司） ❖『そして、風は流れ続ける』（辻本久美子）

❖『お礼参り』（木戸恵子） ❖『日常の地獄』（山内登）

❖『死刑を停めた男』（海原卓） ❖『人知れぬ愛』（伊藤まゆみ）

❖『バラを囲む三人の女』（神品正子） ❖『十六夜哀歌 極楽トンボ森の石松』（石田貴志）

第2回――［2011年］

受賞

❖『にわか雨、ときたま雨宿り』鈴木穣

候補

❖『FEVER PITCH（フィーバーピッチ）』（小椋由夏） ❖『高橋経済研究所』（神品正子）

❖『隅田川の線香花火』（篠本賢一） ❖『向日葵村』（長谷川幸次郎）

第3回――［2012年］

受賞

❖『水の音』ナガイヒデミ

候補

❖『ネヴォの周辺』（堂本甫） ❖『ツインズ』（吉村健二）

❖『頑張れ、高島屋』（篠崎隆雄） ❖『伏見モンマルトル』（辻本久美子）

❖『さよなら、お母さん』（岡本守） ❖『レスボスの盃』（尾崎秀信）

❖『穴』（坂本正彦） ❖『シベリア！』（添谷泰一）

第4回――〔2013年〕

受賞

❖『家族の休日』佐々木透
❖『マッシュ・ホール』芝原里佳

候補

✣『風姿(わさび田と風太鼓)』(原武彦) ✣『その手を離す日が来ても』(辻本久美子)
✣『厳冬』(松宮信男) ✣『果てんとや燃ゆるねがいはありながら－311 石こ賢さとほんたうのさいはひ－』(沼尻渡)
✣『腹の中の羊』(谷岡紗智) ✣『とろっか、とろっか』(伊地知克介)
✣『またねって言って』(山内晶)

第5回――〔2014年〕

受賞

❖『君は即ち春を吸ひこんだのだ』原田ゆう

候補

✣『癒しの庭－小川治兵衛伝－』(林信男) ✣『女先生ほおずき日誌『うらの顔』』(原武彦) ✣『いずこねぎ』(胡桃沢伸)
✣『飛べないくまんばち』(広島友好) ✣『出雲阿国――創作『天下一の歌舞伎者』』(岡林ももこ)
✣『サヤ達とドキュメンタリー』(粟島瑞丸)

第6回――〔2015年〕

受賞

❖『檸檬の島』西史夏

候補

✣『せせらぎの輝き』(くるみざわしん) ✣『帽子』(吉村健二)
✣『無言歌』(辻本久美子) ✣『がらくたロック!』(西上寛樹)
✣『エッケ・ホモ』(大田裕康) ✣『つながる』(岡田尚子)
✣『みすゞかるちくまのかわのさざれしも』(大森匂子) ✣『マイナス13℃の崩壊』(前田日菜子)
✣『檄』(中越信輔)

小野宮吉戯曲平和賞

［主催］――小野家・音楽センター

第1回――［1937年］
受賞 ❖『北東の風』久板栄二郎 ◉「文藝」一九三七・4

第2回――［1938年］
受賞 ❖『火山灰地』久保栄 ◉「新潮」一九三七・12、三八・7

第3回――［1967年］
受賞 ❖『かりそめの出発』／『北赤道海流』山田民雄 ◉『農村演劇脚本集6』一九六六／「テアトロ」一九六七・10

第4回――［1968年］
受賞 ❖『ゼロの記録』大橋喜一 ◉「テアトロ」一九六八・5

第5回――［1969年］
受賞 ❖『告発――水俣病事件』高橋治 ◉「テアトロ」一九六九・9

第6回――［1970年］
受賞 ❖『もう一人のヒト』飯沢匡 ◉「文藝」一九七〇・4

第7回――［1971年］

受賞作なし

第8回――［1972年］

受賞 ❖『朝鮮海峡』本田英郎　◎一九七二・1（都市センターホール［東京芸術座］）

第9回――［1973年］

受賞 ❖『風成の海碧く』勝山俊介　◉「民主文学」一九六三・10

❖『河』土屋清　◎一九七三・12（広島市公会堂［月曜会］）

第10回――［1974年］

受賞作なし

＊小野宮吉《おのみやきち》（一九〇〇～一九三六）の遺志を記念して設置。太平洋戦争による中断を経て再開するも、小野の未亡人で音楽センターの主宰者であった声楽家の関鑑子《せきあきこ》（一八九九～一九七三）の逝去とともに了。

斎田喬戯曲賞

［主催］——公益社団法人　日本児童青少年演劇協会

第1回——［1961年］

該当作なし

第2回——［1962年］

受賞　❖『ボタっ子行進曲』多田徹　◎一九六一・8（東京厚生年金ホール［劇団風の子］）

第3回——［1963年］

該当作なし

第4回——［1964年］

該当作なし

第5回——［1969年］

受賞　❖『みんなのカーリ』飯沢匡　◎一九六八・4（日生劇場［劇団四季・日生劇場］）

第6回——［1970年］

該当作なし

第7回——〔1971年〕

受賞　❖『十一ぴきのネコ』井上ひさし　◎一九七〇・4（テアトル・エコー〔劇団テアトル・エコー〕）

第8回——〔1972年〕

受賞　❖『ゴリラの学校』／『何にでもなれる時間』筒井敬介　◎一九七一・8（東京都児童会館〔東京都児童会館〕）／◉「演劇と教育」一九七一

第9回——〔1973年〕

受賞　❖『大阪城の虎』かたおかしろう　◎一九七二・10（全国巡演〔関西芸術座〕）

第10回——〔1974年〕

該当作なし

第11回——〔1975年〕

受賞　❖『さんしょう太夫』ふじたあさや　◎一九七四・10（全国巡演〔前進座〕）

第12回——〔1976年〕

該当作なし

佳作　❖『かげの砦』小寺隆韶　◎一九七五・2（東京大手町農協ホール〔青年劇場〕）

❖『つちぐも』荒木昭夫　◎一九七五・6（全国巡演〔関西芸術座〕）

第13回——〔1977年〕

該当作なし

第14回――［1978年］

該当作なし

第15回――［1979年］

該当作なし

第16回――［1980年］

受賞

❖『あひるの靴』水上勉　◎一九八〇［演劇企画三蛙房］

第17回――［1981年］

該当作なし

第18回――［1982年］

受賞

❖『龍になって』菅井建　◎『龍になって』を始めとして長年にわたり学校現場において児童・生徒の生活に根ざした劇作活動

第19回――［1983年］

該当作なし

第20回――［1984年］

該当作なし

第21回――〔1985年〕
受賞
❖『不思議の国のアリスの『帽子屋さんのお茶会』』別役実　◎一九八四・12（ステージ円〔演劇集団円〕）

第22回――〔1986年〕
受賞
❖『いつだって今だもん』谷川俊太郎　◎一九八五・12（ステージ円〔演劇集団円〕）

第23回――〔1987年〕
受賞
❖『突然の陽ざし』神田成子　◎一九八六・7（下北沢本多劇場〔劇団風の子〕）

第24回――〔1988年〕
該当作なし

第25回――〔1989年〕
該当作なし

第26回――〔1990年〕
受賞
❖『パナンペ・ペナンペ物語』中村欽一　◎一九八九・9（あかぎ未来スタジオ〔劇団群馬中芸〕）

第27回――〔1991年〕
該当作なし

第28回――［1992年］

受賞　❖『すみれさんが行く』斉藤紀美子　◎一九九一・5（吉祥寺・前進座劇場［青年劇場］）

第29回――［1993年］

該当作なし

第30回――［1994年］

受賞　❖『逃亡者－夢を追いかけて－』溝口貴子　◉「演劇と教育」一九九四・7

第31回――［1995年］

受賞　❖『あした天気になあれ！』高瀬久男　◎一九九四・7（全国巡演［劇団うりんこ］）

第32回――［1996年］

受賞　❖『ブラボー！ファーブル先生』平石耕一　◎一九九六・4（吉祥寺・前進座劇場［東京芸術座］）

第33回――［1997年］

該当作なし

第34回――［1998年］

受賞　❖『あらしのよるに』木村裕一　◎一九九七・12（シアターX［演劇集団円］）

第35回──〔1999年〕

受賞
❖『にわか師三代』熊井宏之・中村芳子　◎一九九八・9（福岡市男女共同参画推進センターアミカスホール〔劇団道化〕）

第36回──〔2000年〕

受賞
❖『壁の中の妖精』福田善之　◎一九九九・7-9（九州巡演-俳優座劇場〔木山事務所〕）

第37回──〔2001年〕

該当作なし

第38回──〔2002年〕

受賞
❖『チェンジ・ザ・ワールド』石原哲也　◎二〇〇一・12（宮城県多賀城市民会館〔福島県立小名浜高校演劇部〕）

第39回──〔2003年〕

該当作なし

優秀賞
❖『シェイクスピアを盗め！』〔演出〕山崎清介－〔脚本〕田中浩司－〔原作〕ゲアリー・ブラックウッド　◎二〇〇三・3（俳優座劇場〔劇団うりんこ〕）
❖『ナガサキ'んグラフィティ』いずみ凜　◎二〇〇二・6（福岡朝鮮人初級中級学校〔劇団道化〕）

第40回──〔2004年〕

該当作なし

第41回──〔2005年〕

該当作なし

第42回——［2006年］

受賞

❖『多摩川に虹をかけた男——田中兵庫物語』小川信夫　◎二〇〇六・1（すくらむ21ホール［川崎市・青少年舞台芸術活動実行委員会］）

第43回——［2007年］

受賞

❖『のんのんばあとオレ』さねとうあきら［原作］水木しげる　◎二〇〇四・5（全国巡演［劇団コーロ］）

第44回——［2008年］

該当作なし

第45回——［2009年］

該当作なし

第46回——［2010年］

該当作なし

第47回——［2011年］

該当作なし

第48回——［2012年］

受賞

❖『空の村号』篠原久美子　◎二〇一二・7（沖縄市立コザ小学校［震災後の演劇を考える合同公演］）

第49回——［2013年］

該当作なし

第50回——［2014年］

該当作なし

第51回——［2015年］

該当作なし

＊斎田喬《さいだたかし》（一八九五〜一九七六）の多年にわたる児童演劇界での足跡を記念し、児童劇・学校劇の向上発展に資するため、年間の創作戯曲のうちから優秀作を選んで顕彰。対象は各年度（4月から翌3月）に発表（印刷または上演等）された児童劇（人形劇・影絵劇も含む）・学校劇の創作戯曲。

日本戯曲大事典

二〇一六年 九 月三〇日 第一刷発行
二〇一七年 二 月二〇日 第三刷発行

責任編集 ©大笹吉雄・岡室美奈子・神山彰・扇田昭彦
編集主幹 和久田頼男
編集設計 荻野哲矢
造本装幀 小沼宏之
発行者 及川直志
印刷所 株式会社 図書印刷
製本所 株式会社 図書印刷
発行所 株式会社 白水社

東京都千代田区神田小川町三の二四
電話 営業部〇三（三二九一）七八一一
編集部〇三（三二九一）七八二一
振替〇〇一九〇‐五‐三三二二八
郵便番号 一〇一‐〇〇五二
http://www.hakusuisha.co.jp
乱丁・落丁本は送料小社負担にてお取り替えいたします

ISBN978-4-560-09410-5 Printed in Japan

●編者略歴

大笹吉雄
●おおざさよしお

一九四一年〈昭和十六〉・五〜。演劇評論家。大阪府生まれ。早稲田大学文学部演劇科卒業。郡司正勝に師事。演劇出版社を経て、一九八五年『日本現代演劇史　明治・大正篇』でサントリー学芸賞受賞。九一年『花顔の人・花柳章太郎伝』で大佛次郎賞、二〇〇八年『女優二代　鈴木光枝と佐々木愛』で読売文学賞、一〇年『新日本現代演劇史』で河竹賞、一四年『最後の岸田國士論』で芸術選奨文部科学大臣賞を受賞。

岡室美奈子
●おかむろみなこ

一九五八〈昭和三十三〉・七〜。早稲田大学文学学術院教授。三重県生まれ。立命館大学文学部卒業。早稲田大学大学院にて安堂信也に師事し、アイルランド国立大学ダブリン校にて博士号取得。サミュエル・ベケット、現代演劇、テレビドラマを専攻。二〇一三年、早稲田大学坪内博士記念演劇博物館の八世館長に就任。編著書に『ベケット大全』『知の劇場、演劇の知』『六〇年代演劇再考』他。

神山彰
●かみやまあきら

一九五〇年〈昭和二十五〉・十一〜。演劇研究者。東京都生まれ。明治大学文学部演劇学科卒業。同大学院から国立劇場芸能部制作室に十八年間勤務ののち、明治大学文学部教授。二〇〇七年『近代演劇の来歴　歌舞伎の「一身二生」』で河竹賞を受賞。著書に『近代演劇の水脈　歌舞伎と新劇の間』、共編著に『河竹黙阿弥集』『忘れられた演劇』『映画のなかの古典芸能』『商業演劇の光芒』『交差する歌舞伎と新劇』他。

扇田昭彦
●せんだあきひこ

一九四〇〈昭和十五〉・六〜二〇一五〈平成二十七〉・五。演劇評論家。東京生まれ。東京大学文学部西洋史学科卒業。朝日新聞学芸部の演劇記者として活躍し、国際演劇評論家協会（AICT）日本センター会長や静岡文化芸術大学文化政策学部特任教授も務める。一九八九年『現代演劇の航海』で芸術選奨新人賞受賞。著書に『開かれた劇場』『ビバ！ミュージカル』『日本の演劇人　井上ひさし』他。

編集協力
梅本聰・梅山いつき・大橋裕美・桂真・久米宗隆・鈴木美穂・藤原麻優子・宮本啓子・村島彩加・和気元

索引協力

荒木次元・池田彩乃・越智万里子・柏木健太郎・鈴木凜・原優矢

本書では、不詳とさせていただいた項目も収録しております。
訂正・補完すべき点ご存じでしたら、ご教示いただけますと、ありがたいです。

日本戯曲大事典　索引

［**凡例**］

- 配列は、現代仮名づかいの五十音順。
- 目次としても利用できるよう、人名と作品名とでそれぞれ別に立項した。
- 所在ページを示す数字のうち**太字**で記されるのは、**劇作家名として立項がなされている人名**、**戯曲解説として立項がなされている作品**、を示す。

◉人名索引

❶劇作家はもちろん、本文で言及されている人名やグループ名を最大限に採った。
（丸括弧）で表記の揺れ・旧名・構成員などを補完し、劇団や一座の名前は含めないこととした。

「＋」は、コンビやトリオなどのグループワークを意味する。

❷原則として姓名で記したが、通称・筆名・別名・号などからも検索できるように「➡」項目を立てた。
［矢印］は同一人物を表わすが、「➡」と「⬅」とで歌舞伎などにおける前名からの襲名の順を補完した。

❸記号や欧文表記の項目も、五十音のなかに配列した。

❹戯曲作品の登場人物については原則としてモデルもしくはタイトルロールとなる名前を採った。

◉作品索引

❶戯曲はもちろん、本文中で『　』で括られた一万超の作品名を最大限に採った。

❷歌曲・書籍・ラジオ・テレビ・映像作品などのタイトルも採るようにしているが、新聞・雑誌に発表された論考は原則として含めないこととした。

❸記号・欧文から始まる項目も、その読みをもって五十音のなかに配列した。

❹作品名の後ろに［作家名］を併記し、脚色・潤色・翻案など原作者や原案者がいる場合は♻印で付記した。

人名索引

あ

あい植男[➡篠塚祥司] **012**
相川レイ子 702
靄渓学人(山人)[➡**小林一三**] 275
相澤嘉久治[➡山形三吉] **012**, 737, 738
相島一之 619
相馬杜宇 765
粟飯原ほのか 777, 778
アインシュタイン，アルバート 159, 716
饗庭篁村[➡竹の屋] **012**
蒼井優 638
青井陽治 012
青江舜二郎 012, 736
青木豪 013, 748, 752, 753
青木繁 058
青木範夫 738
青木秀樹 014, 766
青木崇高 546
青島幸男 364
青野季吉 169, 501
青葉市子 033
青柳捨三郎 539
青柳信雄 014, 576
青柳ひで子 019, 020
青山杉作[➡三木竜三] 067, 219, 245, 347, 387, 448, 461, 694, 724, 725
青山勝 443
青山圭男 014, 724
赤井俊哉 755
赤石武生 280
赤川次郎 014
赤木春恵 479
赤倉鉄之助 233
赤澤ムック 015
明石薫 725
明石家さんま 462
赤瀬川原平[➡**尾辻克彦**] 154
県洋二 725
赤堀雅秋 015, 469, 748, 749, 750
赤松由美 178
阿川弘之 665
安芸礼太郎 641, 735
阿木翁助 016, 167, 376, 568, 735
阿木燿子 569
アキコ・カンダ 424
秋田雨雀 017, 036, 104, 133, 298, 427
秋田A助 018
秋田B助 018
秋田實 017, 156, 160, 431, 513
秋月桂太 018
秋月桂太郎 269, 428, 455
秋月正夫 361, 560
秋之桜子 018, 758
秋浜悟史 019, 020, 083, 093, 148, 291, 320, 432, 433, 739
明仁天皇 624
秋元不死男 021
秋元松代 020, 025, 632
秋本みな子 702
秋山菜津子 475, 582
あきれたぼういず 699
阿久悠 025
芥川比呂志 025, 028, 059, 105, 112, 164, 165, 166, 249, 459, 529, 605, 658, 663, 665
芥正彦 025
芥川也寸志 388
芥川龍之介 025, 068, 111, 131, 204, 206, 208, 248, 271, 430, 455, 491, 576, 604, 684, 716, 727
阿古健 720
朝井リョウ 234
阿坂卯一郎 025, 730, 738

浅香新八郎 428
浅香光代 296
浅川玉兎 671
朝倉摂 325, 532, 569, 702
浅田次郎 333, 702, 721
浅野和之 436
浅野武男 026
浅野長 236
旭輝子 514
あさひ7おゆき[➡朝比奈尚行] 026
朝比奈尚行 026
朝吹真理子 033
浅利慶太 012, 025, **026**, 053, 056, 293, 374, 420, 531, 605
浅利鶴雄 026
芦川照葉 712
芦田伸介 568
アシャール，マルセル 167
芦屋雁之助[➡**中山十戒**] 460
芦屋小雁 460
阿修舞 300
明日待子 569
梓欣造(欣三) 069, 256
アズナブール，シャルル 175
東健吉[➡**久保栄**・松永博・青哉・棣棠] 239
東てる美 479
東花枝 239
東勇作 722
麻生侑里 436
麻生豊 352, 353
足立欽一 027
足立直郎 027
足立万里 027
安達靖人 027
アダモフ，アルチュール 334
アッカーマン，ロバート・アラン 666
アッピア，アドルフ 529
渥美清 071, 500, 532
渥美清太郎 027, 415
アヌイ，ジャン 026, 246, 663
アネ，クロード 316
安部公房 027, 028, 029, 031, 033, 095, 114, 234, 262, 320, 484, 485, 495, 735, 736
阿部サダヲ 237
阿部進 307
阿部勉 336
阿部照義 032
阿部知二 032, 164, 493
阿部廣次 156, 384, 696
阿部正雄[➡**久生十蘭**] 096
安部真知[➡山田真知子] 028, 031, 095, 321
阿部峯子 080
阿部基吉[➡王樹] 080
安倍寧 725
阿部豊 364
安部豊 673
天衣織女 063
天城美枝 055
尼子成夫 032
天野雉彦 255
雨野士郎 712
天野二郎 424
天野天街 032, 747
天野利平 381
天久聖一 032, 582
天海祐希 475
天宮良 253
天本英世 062
網野善彦 472
飴屋法水 033, 519, 543, 678, 750
綾瀬川山左衛門 253
綾田俊樹 034
綾門優季 777
綾部祐二 580
新井笙太 763, 764, 765
新井哲 757, 758
荒井信夫 060
荒川哲生 125, 411
荒木昭夫 786, 790
荒木真人 188
荒木道子 165, 659

荒木陽 726
嵐巌笑(初代) 258
嵐吉三郎
五世 162
六世 258
嵐圭史 227, 406
嵐芳三郎(六世) 591, 698
嵐璃寛(四世) 162
嵐山光三郎 178
新珠三千代 427, 515
荒戸源次郎 034
荒波力 047
アラバール，フェルナンド 420
荒畑寒村 035, 279, 630
荒俣宏 033
荒本孝一 293
荒山昌子 760
有崎勉[➡**柳家金語楼**・三遊亭金登喜・三遊亭小金馬・三遊亭金三・禽語楼小さん・山下敬太郎] **035**
有島愛 036
有島生馬[➡有島壬生馬] 036, 269
有島一郎 146, 492, 613
有島武郎[➡由比ヶ浜兵六] **036**, 037, 245, 284, 499, 521, 546, 636
有島武 036
有島壬生馬[➡有島生馬] 036
有島安子 036
有島行光[➡森雅之] 036
アリストテレス 423
有高扶桑 037
有富三南 038
有馬稲子 610
有馬是馬 146
有馬弘純 552
有松暁衣 038
有吉佐和子 038, 039, 130, 131, 157, 158, 404, 526, 712
有吉光也 040, 699
アルセーニエフ，ウラジミール 484
アルトー，アントナン 025, 033, 262
アレン，ウディ 259
粟島瑞丸 782
淡島千景 050
粟津潔 040
淡谷のり子 722
安重根 390
アンカ，ポール 725
安西徹雄 040, 364
アンデション，シェル・オーケ 031
アンデルセン，ハンス・クリスチャン 555, 715, 728
安堂信也 365
安藤忠雄 177
安藤鶴夫 041, 292, 404, 405
安藤朋子 121
安東英男 724
安藤弘 275, 510
安藤美紀夫 307, 675
アンドレーエフ 694
杏奈 702
安奈淳 316
安野助多郎 540
庵野秀明 647
安保廣信 042

い

ECD(イー・シー・ディー) 033
李炳焄(イ・ビョンフン) 520
イ・ユンジュ 279
李潤澤(イ・ユンテク) 121, 279
井伊直弼 563
伊井蓉峰 042, 060, 079, 349, 368, 492, 578, 650, 667
飯沢匡 042, 043, 044, 312, 715, 735, 736, 783, 785
飯島一次 760
飯島耕一 045
飯島早苗 045, 343, 745, 746
飯島正 046
飯田旗軒 046

いいだもも 495
飯塚くに 414, 415
飯塚友一郎 037, 052, 415
イェイツ，W・B(ウィリアム・バトラー) 268, 715
家城巳代治 046
イェリネク，エルフリーデ 623
伊賀山昌三[➡伊賀山精三] **046**
伊賀山精三[➡**伊賀山昌三**] 046
五十嵐淳 085
いがらしみきお 583
五十嵐康治 136, 291, 686
井川比佐志 031
井草仙真 130
生田葵[➡葵山] **047**
生田春月 286
生田長江 047
生田大和 721
生田萬 047, 743, 744, 745
幾野宏 737
池内淳子 515
池内信嘉 366, 714
池神泰三 764
池田一臣 048
池田貴美子 045, 343
池田大伍 048, 117, 521
池田龍雄 114
池田鉄洋 398
池田ともゆき 528
池田成志 237, 372, 462
池田政之[➡ガヴリエル，M(マルティーヌ)・橋間嘉作] **050**
池田美樹 776, 778
池田弥三郎 048, 424
池田祐佳理 507
池田理代子 094
池谷信三郎 051, 240, 642
池波正太郎 051, 486
池辺晋一郎 081
伊坂幸太郎 350, 704
伊佐山ひろ子 571
伊澤多喜男 042
伊沢勉 773
伊沢磨紀 063, 358, 745
伊澤蘭奢 155, 440
伊志井寛 061, 106, 226, 240, 393, 453, 653
石井君子 479
石井均[➡**高田文吾**] 362
石井源一郎 052
いしいしんじ 252, 463
石井鶴三 577
石井漠 300, 477, 660
石井ふく子 150, 156, 358, 479, 500, 515
石井光三 707
石井みつる 713
石井康行 329
石垣弥三郎[➡山崎俊夫] 286
石上玄一郎 332
石神夏希 452, 777
石河薫(石川薫) 356, 524, 615
石川球太 307
石川鴻斎 145
石川耕士 052
石川さゆり 170, 534
石川淳 052, 114
石川泰 570
石川啄木 575
イシグロ，カズオ 252
石黒浩 518, 521
石坂浩二 053
石坂ミナ 222
石坂洋次郎 493
石崎収 395
石崎一正 053, 632, 737
石崎勝久 054
石沢克宜 756
石澤秀二 054, 386, 660, 664, 740, 741, 742
石澤富子 054, 740, 741
石田衣良 450
石田えり 253
石田聖也 777
石田貴志 781

石田昌也 **055**, 720
伊地知克介 771, 772, 776, 777, 782
石塚克彦 **055**
石塚豊芥子 190
石塚雄康 714
石堂淑朗 **056**, 254
石橋けい 669
石橋思案 681
石橋蓮司 180, 321
石浜日出夫 331
石原慎太郎 026, **056**, 279, 737, 738
石原哲也 790
石原燃 759, 764, 765, 772
石原美か子 757
石原美知子 375
石原裕次郎 466
石丸謙二郎 401, 490
石丸梧平 **057**
石丸有里子 398
石牟礼道子 716
石森史郎 **057**
石森延男 547
石山計画 766
石山浩一郎 **057**, 731
伊集院静 570
石割松太郎 367
泉鏡花 **058**, 059, 060, 061, 062, 083, 111, 145, 181, 224, 245, 246, 305, 342, 348, 361, 444, 476, 569, 596, 667
伊豆巳三郎[➡**鈴木泉三郎**] 340
和泉式部 023
和泉二郎 309, 533
いずみたく 104, 199, 293, 545
和泉務[➡**木皿泉**] 208
泉ピン子 479
和泉保之 019, 541
和泉元秀 716
いずみ凜 790
泉野三郎 676
出雲隆 **062**
井関義久 **062**
磯泙水 **062**
磯貝勝太郎 640
磯崎新 341
井田紘声 062
井田秀明 **062**
板垣恭一 448
板垣退助 063, 351, 539
板垣守正 **063**
一尾直樹 746
市川岩五郎(初代) 394
市川右太衛門(市川右一) 192, 308
市川右團次
初代[➡初代市川斎入] 162
二世[⬅初代市川右之助] 258
市川海老蔵
九世[➡十一世市川團十郎] 150, 151, 152, 548
十世[➡十二世市川團十郎] 152
十一世[⬅七世市川新之助] 147, 623
市川猿翁
初代[⬅二世市川猿之助・初代市川団子] 132, 231, 233, 598
二世[⬅三世市川猿之助・三世市川団子] 102, 331
市川猿之助
二世[➡初代市川猿翁] 100, 132, 149, 150, 204, 205, 206, 231, 232, 233, 236, 274, 361, 375, 377, 430, 453, 454, 483, 521
三世[➡二世市川猿翁] 102, 548
四世[⬅二世市川亀治郎] 571
市川男女蔵(四世)[➡三世市川左團次] 488
市川亀治郎(二世)[➡四世市川猿之助] 638
市川鬼丸(五世)[➡三世尾上多賀之丞] 340
市川熊男 193
市川久女八(久米八・九女八・粂八)[➡守住月華] 107, 110, 396
市川高之助[➡**木村錦花**] 231
市川紅梅[➡三世市川翠扇] 299
市川小太夫[➡**小納戸蓉**] **105**, **274**
市川小團次(四世)[⬅初代市川米十郎・三世市川米蔵] 191

市川高麗蔵(八世)[➡七世松本幸四郎] 108, 673
市川崑 102, 131, 234, 391
市川左伊助(初代) 231
市川斎入(初代)[⬅初代市川右團次] 258
市川左升(二世) 650
市川左團次
初代 139, 190, 191, 231, 372, 373, 549, 650
二世 026, 048, 049, 050, 131, 132, 139, 140, 141, 148, 149, 150, 190, 231, 233, 235, 318, 366, 377, 438, 440, 579, 581, 595, 596, 598, 672, 673, 677, 693, 695
三世[⬅四世市川男女蔵・四世市川男寅] 152, 488, 526
市川三郎 102
市川寿海(三世)[⬅六世市川寿美蔵] 233, 559
市川松蔦(二世) 132, 149
市川森一 063
市川しんぺー 398
市川翠扇(三世)[⬅市川紅梅] 158, 299, 653
市川寿美蔵(六世)[➡三世市川寿海] 204, 233, 502
市川染五郎
六世[➡九世松本幸四郎] 063, 365, 613
七世 618
市川団子(三世)[➡三世市川猿之助・二世市川猿翁] 331
市川段四郎(二世)[⬅ 初代市川猿之助] 233, 274
市川團十郎
初代[➡三升屋兵庫] 465
八世 267
九世[⬅河原崎三升・七世河原崎権之助・初代河原崎権十郎・三世河原崎長十郎] 138, 191, 192, 193, 194, 220, 276, 367, 373, 412, 413, 414, 537, 540, 549, 577, 697
十一世[➡**二九亭十八**] 150, 151, 152, 267, 318, 441, 454, **465**, 548
十二世[⬅十世市川海老蔵・六世市川新之助] 152, 527
市川団次郎(二世)[➡七世市川寿美蔵] 643
市川団之助(六世) 392
市川中車
七世[⬅七世市川八百蔵] 139, 233, 695
八世[⬅八世市川八百蔵] 621
市川瓢蔵[➡**竹柴秀葉・永谷秀葉**・永谷邦修] 373
市川房枝 436
市川女寅(二世)[➡六世市川門之助] 673
市川門之助(六世)[⬅二世市川女寅] 079
市川八百蔵
七世[➡七世市川中車] 483, 650
八世[➡八世市川中車] 361
市川米左衛門(初代) 645
一条さゆり 649
市堂令 063, 064, 743
一の宮あつ子 158
市原悦子 388, 507
市原佐都子 065, 775
市松延見子 621
市村羽左衛門
十三世[➡五世尾上菊五郎] 191
十五世[⬅六世市村家橘] 191, 192, 193, 318, 486, 650, 695
市村亀蔵(三世) 232
市村正親 451
一柳慧 254, 365
一龍斎貞丈 523
逸翁[➡**小林一三**] 275
一堺漁人[➡**曾我廼家五郎**] 351, 353, 378
五木ひろし 477
五木寛之 071, 628
イッセー尾形(+**森田雄三**) **065**, 066, 678
逸見政孝 280
井手茂太 589
井出蕉雨[➡笑迂・森の舎主人] **066**
井出みな子 554
糸井重里 189
糸井幸之介 066
伊藤郁男 068
伊藤永之介 067, 169, 493
伊東桜洲 067, 451

伊藤熹朔 014, 061, 226, 242, 243, 316, 334, 369, 388, 562, 698, 727
伊藤共治 737
伊藤桂一 094
井東憲 067
伊藤貞助 067
伊藤忞 067
伊藤壽一 047
伊東四朗 071
いとうせいこう［➡後藤明生（二世）］ **068**, 259, 411, 554, 582, 623, 716
伊藤大輔 068, 187, 376, 560, 602, 688
伊藤多恵 176
伊藤隆弘 069, 731
伊藤千鶴子 137
伊藤痴遊 348
伊藤智子 594
伊藤野枝 054, 574, 630
伊藤梅香 060
伊藤博文 390, 537
伊藤比呂美 465
伊藤牧子 020, 541
伊藤昌弥 767, 768
伊藤松雄 069
伊藤まゆみ 781
伊藤道郎 061, 268
伊藤基彦 369
伊藤雄之助 590
伊東由美子 069, 127
イトウワカナ 778
伊那洸［➡**福田陽一郎**・恩田誘］ 531
稲岡正順 054
稲垣昭三 658
稲垣太瑚［➡**稲垣真美**］ 069
稲垣達郎 415
稲垣足穂 444
稲垣浩 085, 249, 487, 640
稲垣真美［➡稲垣太瑚］ **069**
稲川実代子 335
稲田真理 069
稲富寛 236
稲野和子 512, 532
稲葉太地 721
稲葉良子 682
稲山新太 465
稲荷卓央 178
戌井昭人 069
戌井市郎 038, 039, 051, 069, 110, 111, 124, 292, 349, 364, 384, 512, 512, 585, 654, 655, 659, 664, 696
乾一雄 070
犬養健 070
犬養毅 070
犬養道子 070
犬塚稔 070
犬山イヌコ 259
伊野万太 070
井上馨 549
井上和男 070
井上こころ 757
井之上隆志 455
井上伝 058
井上ひさし（井上廈） **071**, 073, 075, 144, 147, 232, 252, 255, 259, 288, 345, 370, 407, 411, 434, 436, 472, 473, 505, 545, 552, 564, 620, 700, 701, 731, 739, 740, 741, 742, 743, 744, 745, 746, 747, 748, 749, 751, 752, 786
いのうえひでのり 019, **076**, 084, 445
井上正夫 059, 174, 184, 200, 249, 368, 369, 375, 417, 439, 547, 596, 643, 661, 684, 685
井上正雄 330
井上麻矢 073
井上光晴 076, 495, 737, 738
井上都 072
井上靖 051, 128, 698
井上理恵 201, 227, 242, 317, 643
井上好子 072
井上ヨシマサ 702
猪俣公章 025
猪俣哲夫 760

伊庭想太郎 077
伊庭孝 **077**, 078, 329, 477
伊庭眞 077
井原西鶴 060, 145, 524, 533, 545, 596, 637
伊原青々園 **078**, 131, 186, 272, 307, 485, 597
茨木憲 736, 737, 738
伊深宣 249
伊吹武彦 387
指宿大城 **080**
井伏鱒二 080, 282, 301, 361, 375
イプセン，ヘンリック 021, 036, 148, 176, 235, 242, 243, 268, 294, 300, 307, 319, 367, 369, 393, 414, 423, 427, 440, 446, 455, 456, 490, 498, 502, 503, 516, 592, 596, 611, 650, 667, 684, 685
伊馬鵜平［➡**伊馬春部**・久丸叟助］016, 080, 146
伊馬春部［➡伊馬鵜平・久丸叟助］**080**, 081, 223, 326, 568, 569
今井和子 137
今井一隆 781
今井次郎 026
今井正 176, 612
今井達夫 **081**
今井朋彦 620
今井直次 316
今津朋子 702
今村昌平 **081**, 123, 527, 544, 738
今村忠純 073
イムペコーフェン，ニイッディー 642
井村愛 740
芋太郎［➡尾崎紅葉］145
祖谷寿美 310
イヨネスコ(イオネスコ)，ウジェーヌ 054, 232, 334, 398, 458
入江たか子 204, 476
入江悠 571
岩井粂三郎(三世)［➡八世岩井半四郎］191
岩井半四郎(八世)［⬅三世岩井粂三郎］191
岩井秀人 **082**, 518, 750
岩佐氏寿 521
岩崎昶 643
岩崎舜花［➡竹紫信三］**082**, 083, 091, 146, 181, 269, 344, 368, 427, 498
岩崎正裕 **083**, 432, 445, 746, 748, 766, 767
岩崎裕司 757, 758
岩崎嘉一 478
岩下俊作 **085**, 466, 654
岩田巴絵 085
岩田豊雄［➡獅子文六］044, **085**, 086, 182, 210, 211, 245, 282, 347, 387, 459, 653, 663, 715
岩田直二 **086**, 279
岩田宏 **087**
岩谷時子 293, 366
岩月収 764
岩名雪子 **087**, 458, 566
岩野泡鳴 **087**
岩場一夫 735
岩橋貞典 767
岩淵達治 056, **088**, 738
岩間鶴夫 478
岩間芳樹 **088**, 740
岩松了 082, **089**, 251, 252, 259, 502, 517, 623, 669, 744, 747, 748, 749, 750, 751, 753, 754
岩村和雄 604
岩村久雄 169, 315
巖谷一六 091
巖谷國士 178
巖谷小波［➡大江小波・漣山人・楽天居・隔恋坊］047, 062, 083, **091**, 092, 109, 255, 715
巖谷三一［➡**巖谷槇一**］092, 576, 597
巖谷槇一 **092**, 314, 597
岩脇忠弘 774

う

ヴァイル(ワイル)，クルト 075, 304
ヴァレリイ，ポール 165
ヴァン・ドルーテン，ジョン・ウィリアム 182

ウィジャヤ，プトゥ 302
ウィットフォーゲル，カール・アウグスト 727
ウィトゲンシュタイン，ルートヴィヒ 527
ウィリアムズ，テネシー 091, 183, 446, 569, 672
ヴィルドラック，シャルル 164, 167, 378
植木等 613
植草甚一 726
ウェスカー，アーノルド 232, 360, 628
上杉祥三 093, 473
上杉清文 034, **093**
上田万年 111, 307
上田邦義［➡宗片邦義］716, 717
上田久美子 093, 721, 754
植田景子 721
植田譲 020, **093**, 541
植田紳爾 093, 672, 717, 720
上田亨 536
上田富美子［➡**円地文子**］111
上田敏 222, 307
上田誠 094, 768, 769, 770, 771
上田亮 702
上野彦馬 616
上原謙 201
上原まり 316
上前淳一郎 321
上山広光 169
ヴェルヌ，ジュール 181, 307
ウォーリス，ヴェルマ 534
ウォルフ，フリードリヒ 240
宇崎竜童 569
宇佐見一 726
牛原虚彦 270, 491
うしろけんじ 095
臼井正幸 280
臼杵吉春 095
歌川椎子 343, 045
歌之助［➡**三島霜川**］604
内田朝雄 445
内田栄一 095, 320, 739, 740
内田佳音 776
内田春菊 095
内田淳子 614
内田省三 641
内田吐夢 105, 610, 660
内田鞠子（青山万里子・江波マリ子）448
内田洋一 434, 473
内田龍馬 281
内田魯庵 681
内村鑑三 036, 148, 460, 512, 576, 641
内村直也 096, 182, 335
内山鶉 242, 500
内山惣十郎 097
内山富三郎 093
内山森彦 020
内山好子［➡井上好子］071
内山田洋 614
　内山田洋とクール・ファイブ 614
有頂天 259
ウッチャンナンチャン（内村光良＋南原清隆）707
宇津秀雄 719
宇都宮裕三 756
内海重典 097, 719
ヴトカレウ，ペトル 545
海上宏美 773
宇野亜喜良 254
宇野イサム 098, 743
宇野浩二 609
宇野重吉 126, 130, 226, 242, 253, 278, 324, 333, 568
宇野四郎 098
宇野誠一郎 071
宇野千代 098, 146, 219, 711
宇野信夫 098, 099, 102, 441, 712
宇野正玖 758
東川宗彦 102, 737
梅澤昇（初代）［➡初代梅澤龍峰］503, 640
梅澤龍峰（初代）［⬅初代梅澤昇］503, 640
梅島昇 685
梅園龍子 722

梅田崇 336
梅田晴夫 **102**, 164
梅野井秀男 274, 602
梅林良雄 313
梅原猛 **102**, 716
梅原龍三郎 246
梅本重信 **103**, 335
楳本捨三 **103**
楳茂都扇性 103
楳茂都陸平 **103**, 104, 330, 413, 718
梅若玄祥(二世)[➡五十六世梅若六郎] 499
梅若六郎(五十六世)[➡二世梅若玄祥] 499
鵜山仁 072, 451
浦島太郎[➡**淀橋太郎**] 699
浦本和典 769
雨蘭咲木子 436
瓜生正美 **104**
瓜生良介 095, 285
虚淵玄 704
海野洋司 725
海野洋彦[➡**江連卓**・海野朗・水沢又三郎・龍達彦] 105
海野朗[➡**江連卓**・海野洋彦・水沢又三郎・龍達彦] 105

え

エイクボーン, アラン 514
エイゼンシュテイン, セルゲイ 148
永六輔[➡六丁目] **104**, 225, 544
エヴレイノフ, ニコライ 665
AKB48(エーケービー・フォーティーエイト) 015
江川宇礼雄 167
江川幸一 724
恵川重 **104**
絵金 524
江口又吉 463
エスリン 256
江田和雄 056, 254
江連卓[➡海野洋彦・海野朗・水沢又三郎・龍達彦] **105**, 740
江藤淳 056
江戸川蘭子 726
江戸川乱歩 **105**, 274, 424, 485, 605, 636
江戸家猫八(初代) 106
榎本健一(エノケン) 035, 128, 161, 200, 207, 208, 224, 286, 352, 354, 457, 462, 463, 492, 542, 550, 576, 699, 703
榎本滋民 **105**, 496, 740
榎本茂 108
榎本虎彦[➡榎本破笠] 046, **107**, 108, 499, 678
榎本破笠[➡**榎本虎彦**] 107, 538
江端英久 700
江幡連 280
海老沢みゆき 761, 762
恵比須住郎[➡**香川登志緒**・香川登枝緒] 160
江馬修 **108**
江馬三枝子 109
EMI(エミ) 095, 756
江見水蔭 062, 091, **109**, 502
柄本明 034, 089, 163, 554
江本純子 **110**, 749
江守徹 107, **110**, 124, 288
江利チエミ 014, 534, 665, 723
エリオット, T・S(トマス・スターンズ) 530
エレキコミック(やついいちろう＋今立進) 707
燕子楼[➡**小島政二郎**] 271
エンタツ・アチャコ(横山エンタツ＋花菱アチャコ) 017
閻太郎[➡**初代瀬戸英一**・瀬戸日出夫・碧虚郎] 348
円地文子[➡上田富美子] **111**, 512, 621, 645
円地与四松 111
エンデ, ミヒャエル 222
遠藤晶 757
遠藤周作 **112**, 113, 301, 651, 702, 736
遠藤慎吾 653
遠藤啄郎 **113**, 744
遠藤吉博 063

お

笈川武夫 561
老川比呂志 114
王樹［➡阿部基吉］080
旺なつき 692
扇千景 497
逢坂勉 114
鶯亭金升 148
近江瓢鯰［➡志賀廼家淡海］**114**
大井憲太郎 222
大池容子 115
大石静 115, 433, 434, 435
大石誠之介 256
大石汎 115
大泉博一郎 724
大泉洋 652
大岩真理 756, 761, 762
大浦みずき 293
大江健三郎 073, **116**
大江小波［➡**巖谷小波**・漣山人・楽天居・隔恋坊］
091
大江美智子
初代 296
二世 296, 298, 345, 522
大江良太郎 242
大岡亜紀 527
大岡淳 591
大岡昇平 116, 459
大岡信 116, 527, 739
大岡玲 527
大垣肇 116
大川周明 229
大木直太郎 117
大木靖 424
大久保鷹 177
大久保忠素 696
大久保秀志 762, 763
大久保寛 731
大隈俊雄 117
大倉孝二 068
大倉鶴彦 266
大倉桃郎 117
大河内伝次郎 286
大迫旭洋 777, 780
大笹吉雄 184, 211, 246, 610, 633, 654, 659
大沢秋生 766
大沢郁夫 696
大沢駿一 117, 737, 738
大沢直行 118
大沢幹夫 118
大島多慶夫 118
大島渚 198
大島信久 118
大島万世 119
大城立裕 119, 544
大須賀豊 070
大杉栄 035, 054, 067, 173, 446, 477, 574,
575, 626, 630
大杉漣 121, 122, 546
オースター，ポール 252
大関柊郎 120, 150
大関弘正 720
太田久佐太郎 133
太田省吾 120, 121, 122, 465, 586, 741,
744, 745, 746, 747, 748
太田哲則 122, 720
大田裕康 782
太田竜 123
大鷹明良 280
大高源吾 706
大高洋夫 264
大滝秀治 159, 294, 554
大竹しのぶ 472, 475
大竹まこと 603
大竹野正典 123, 445, 747, 768, 769, 770
大谷光尊 236
大谷竹次郎 510, 522, 596
大谷友右衛門
六世［⬅五世中村東蔵］232, 685
七世［➡四世中村雀右衛門］331, 646
大谷能生 452, 543

大谷亮介 504
大津十詩子 161
大塚克三 615
大塚雅史 767
大塚道子 023, 113, 384
大塚楠緒子 124
大槻玄沢 124
大槻如電 124
大槻磐渓 124
大槻文彦 124
大月みやこ 391
大坪砂男 704
大坪草二郎［➡潮声］ **124**
大鶴日出栄 176
大友良英 033
鳳九 671
鳳啓助［➡志織慶太］ 313
鴻英良 473
オードリー（若林正恭・春日俊彰） 707
大中恩 293
大西巨人 282, 495
大西多摩恵 435, 436, 443
大西利夫 124, 711
大西信行 124, 576
大根仁 015, 583, 624
大野一雄 231
大野拓史 721
大野哲哉 737
大野木直之 515
大庭秀雄 397
大庭みな子 125, 740
大場美代子 126
オーバーン，デヴィッド 390
大橋喜一 126, 533, 680, 736, 783
大橋宏 126
大橋也寸 312, 375
大橋泰彦 069, **127**, 743
大橋芳枝 020
大林宣彦 312, 517
大原富枝 500
大平野虹 128, 431
大堀こういち 567
大前田一 766
大町桂月 091, 725, 726
大町龍夫 128, 725, 726
大宮敏充［➡言問文星（**言問三平**）・恒川登志夫］ 273, 274
大村嘉代子 128
大村順一 129, 233
大村弘毅 415
大村和吉郎 128
大森十五［➡**真船豊**］ 593
大森寿美男 129, 746, 756
大森靖子 469
大森痴雪 129, 205, 266, 465
大森正男 724
大森眠歩（一生・梵） **130**
大森義夫 278
大森匂子 782
大矢市次郎 185, 187, 299, 562, 595
大藪郁子 039, **130**
大山郁夫 489
大山功 199, 219, 704
大山秀雄 722
大山広光 131
オールビー，エドワード 259, 338, 452
大和田健樹 714
大和田茂 516
岡畏三郎 132
岡栄一郎 131
岡鬼太郎 131, 132, 138, 139, 231, 245, 253, 254, 348, 521
丘草太郎 132
岡幸二郎 692
岡鹿之助 132
丘寵児 035
岡保生 415
岡内壽子［➡村山壽子］ 642
岡倉士朗 022, 067, 096, 226, 313, 371, 532, 568, 680, 735, 736
岡倉天心 234
岡崎京子 095

岡崎俊夫 373
岡崎柾男 737
岡島吉路 602
岡田英次 321
岡田恵吉［➡ジューン河戸］**133**
岡田敬二 720
岡田三郎 133
岡田三郎助 642, 673
岡田禎子 133, 621
岡田鉄兵 759
岡田利規 134, 169, 173, 252, 748, 749, 750, 754
岡田尚子 759, 782
岡田望 756
岡田教和 135, 665
岡田八千代［➡芹影］**135**, 483, 589
岡田恵和（恵和） 136
尾形亀之助 642
緒方規矩子 304
緒形拳 042
緒形直人 278
御徒町凧 647
岡野馬也［➡**河竹繁俊**・河竹新水］190
岡野竹時 136
岡林ももこ 782
岡部耕大 136, 741, 744, 745, 746, 747, 748, 751
岡部尚子 771
岡村柿紅 137, 340
岡村昌二郎 138
岡村春彦 020, 433, 532
岡本育子 138, 150
岡本一平 138
岡本薫 138
岡本かの子 138, 350
岡本綺堂 026, 052, 087, 128, 131, 132, 133, **138**, 139, 140, 141, 142, 191, 199, 209, 218, 253, 254, 277, 327, 335, 358, 383, 394, 408, 429, 443, 452, 466, 468, 559, 566, 631, 652, 653, 671, 672, 677, 711
岡本喜八 136
岡本経一 128, 139, 653
岡本さとる 142
岡本修一 139
岡本潤 320, 495
岡本澄 726
岡本太郎 028, 138, 495, 583
岡本哲男 018
岡本螢 142
岡本守 781
岡本易代 437
岡本麗 401
岡森諦 689
岡安伸治 143, 743, 744
岡安美佳 761
岡山弘人 760
小川煙村 144
小川真吉 199
小川丈夫 438
緒川たまき 259
小川信夫 791
小川真由美 512, 534
小川未明 144, 534, 747, 748
小川未玲 144
沖津浪子 330, 358
荻田浩一 726
荻野幸久 722
おぎやはぎ 707
奥田英朗 252, 583
尾久田露文 773
奥中康人 220
小国正皓 144
奥野信太郎 164
奥原晴湖 066
奥村拓 775
奥山雄太 144
小椋桂 506
小椋由夏 781
小栗風葉 144, 145, 146, 300, 596, 667
尾崎一雄 507
尾崎一保 144

尾崎倉三 **144**, 352
尾崎紅葉[➡芋太郎] 058, 083, 144, **145**, 181, 265, 342, 373, 596, 604, 667, 681
尾崎谷斎 145
尾崎士郎 **146**, 361, 364
尾崎秀信 781
尾崎宏次 415, 653
尾崎秀実 228
小崎政房［➡尾上紋弥・結城重三郎(結城重郎・結城三重吉)・松山宗三郎］**146**, 615
尾崎翠 069, **147**, 364
長田育恵 **147**, 750, 754, 764
長田秋濤 **147**
長田弘 **148**, 739, 740
小山内薫 012, 026, 059, 068, 108, 111, 135, **148**, 149, 167, 183, 210, 219, 223, 235, 240, 241, 244, 249, 250, 269, 377, 384, 391, 417, 426, 446, 477, 494, 516, 542, 577, 611, 630, 631, 642, 684, 693, 727
小山内美江子 **150**
長部日出雄 **150**
大佛次郎 068, **150**, 155, 364
小沢栄太郎(小沢栄) 201, 242, 299, 595
小沢健二 602
小沢昭一 040, 069, 072, 081, 104, 258, 386, 532, 541, 576
小沢信男 **152**
小沢不二夫 146, **152**, 326
小沢道雄 547
小澤薫世 056
小沢愛圀 495
押川清 153
押川春浪 153
押川昌一 **153**, 735, 736, 738
押川方義 153
雄島浜太郎 **154**
小関直人 **154**
小田和生 102
小田健也(＋広野広) **525**, 526, 739
織田作之助 **154**, 309, 310, 424, 521, 545, 711
織田重夫 274
織田泉三郎 **154**
織田信長 057, 149
小田豊 122, 335
越智優 **154**, 731
落合矯一 730
落合弘治 436
落合三郎[➡**佐々木孝丸**・香川晋] 298, 299
乙一 019
小津安二郎 070, 305, 364, 519, 586
小月冴子 723
尾辻克彦[➡赤瀬川源平] **154**, 743
オッフェンバック，ジャック 334
音尾琢真 652
鬼豚馬 766
オニール，ユージン 256, 341, 643
小沼一郎 405, 406, 698
小野喜美子 078
小野金次郎 **155**
小野恵子 760
小野碩 341, 552
小野友次郎 155
小野春道 718
小野松枝 133
小野宮吉[➡高杉光吉・御厨力] **155**, 429, 547, 784
尾上栄三郎［➡六世尾上梅幸］190
尾上菊五郎
五世[⬅四世市村家橘] 186, 190, 191, 192, 193, 194, 195, 367, 373, 389, 412, 413, 414, 537, 540, 549, 577, 597
六世［⬅二世尾上丑之助］036, 066, 099, 100, 137, 138, 142, 148, 149, 174, 193, 194, 204, 236, 306, 334, 340, 347, 446, 468, 483, 487, 488, 489, 502, 510, 549, 621, 684, 685, 693, 694
尾上菊次郎(三世)[⬅八世尾上芙雀] 085
尾上菊太郎[➡二世花柳壽輔] 255
尾上菊之丞(三世) 713

尾上松緑
二世 124, 125, 151, 152, 193, 454, 526, 548, 559
四世 467
尾上新兵衛［➡**久留島武彦**］255
尾上多賀之丞（三世）［⬅五世市川鬼丸］340, 487, 488
尾上辰之助（初代）526
尾上多見之助（初代）258
尾上梅幸
六世［⬅尾上栄三郎］108, 141, 142, 190, 266, 267, 468, 639, 650, 673
七世 151, 152, 548, 559
尾上芙雀（八世）［➡三世尾上菊次郎］085
尾上松助（四世）149, 239
尾上紋十郎 146
尾上紋弥［➡**小崎政房**・結城三重吉・結城重郎・結城重三郎・松山宗三郎］146
小野田勇 156, 576
小野田正 516
小野田佳恵 764
オノマリコ 256, 777
小幡欣治 032, **157**, 158, 159, 201, 496, 590, 735, 753
小原延之 769, 770, 774
小原弘稔 719
五十殿利治 642
面白斎利久［➡高崎鋭郎］080
小山田錦司 056
小山田圭吾 033
小山田宗徳 081
小里清 159, 747, 748, 750, 756, 773
オリエ津阪 726
折口信夫 080, 165, 424
織田紘二 713
オルゼシュコ，エリイザ 234
園城寺李一 335
恩田誘［➡**福田陽一郎**・伊那洸］531
恩田陸 159, 463
恩地孝四郎 452
恩地日出夫 641

か

甲斐京子 375
海音寺潮五郎 131
海賀変哲 160
開高健 404, 432, 544
カイザー（カイザア），ゲオルク 224, 232, 240, 642
海原卓 781
海保進一 160
ガヴリエル，M（マルティーヌ）［➡**池田正之**・橋間嘉作］050
帰山教正 347
花王おさむ 587
加賀乙彦 716
加賀舎［➡**山岸荷葉**・鶖群堂］671
香川桂子 153, 394
香川晋［➡**佐々木孝丸**・落合三郎］298
香川照之［➡九世市川中車］704
香川登志緒［➡香川登枝緒・恵比須住郎］**160**
香川登枝緒［➡**香川登志緒**・恵比須住郎］160
香川蓬洲 206
楽団六文銭 556
GACKT（ガクト）170, 441
神楽坂浮子 035
隔恋坊［➡**巌谷小波**・漣山人・大江小波・楽天居］091
鶖群堂［➡**山岸荷葉**・加賀舎］671
影万理江 421
カゲヤマ気象台 775, 777
賀古残夢 070, **161**, 451, 686
笠井心 763
葛西佐紀 063
笠置シヅ子 723, 726
司辻有香 161, 769, 770
風間俊介 450
風間杜夫 401, 490, 614, 620
風見鶏介 161
加地竜也 674
梶井基次郎 370
梶尾真治 463, 464
樫畑亜依子 721

かしまし娘（正司歌江＋照江＋花江） 364
鹿島清兵衛 220, 414
霞城山人［➡中川霞城］ 715
柏戸比呂子 162
春日俊二（春日俊次・春日章良） 225
春日太郎 761
春日野八千代 093, 179, 331
かずき悠大［➡**中島かずき**］ 441
上総英郎 162, 741
片岡我當（三世）［➡十一世片岡仁左衛門］ 258, 367, 368
片岡静香 512
かたおかしろう 786
片岡千恵蔵（片岡 十八郎・片岡千栄蔵・植木進） 487
片岡鉄兵 162, 361, 691
片岡仁左衛門
十一世［⬅三世片岡我當］ 108, 258, 344, 368
十三世［⬅四世片岡我當］ 107, 111, 454, 478
十五世［⬅片岡孝夫］ 563
片岡弘貴 437
片桐はいり 047, 582
片山恭一 564
片山清順 512
勝諺蔵
初代［➡柴（斯波）晋輔・二世河竹新七・**河竹黙阿弥**］ 191
二世［➡勝能進・河竹能進］ 162
三世［⬅竹柴諺蔵・勝彦助・浜彦助］ **162**, 191
勝忠雄 524
勝能進［➡二世勝諺蔵・河竹能進］ 162, 706
勝彦助［➡**三世勝諺蔵**・竹柴諺蔵・浜彦助］ 162
勝承夫［➡宵島俊吉］ 319
勝浦仙太郎 059
勝浦千浪 161, 523, 524
葛飾北斎 697
勝田豊 153
勝見黙笑 493
勝見庸太郎 493
勝村政信 475
勝本清一郎 163
勝山俊介 163, 645, 784
桂枝雀（二世） 500
桂春団治（初代） 380, 381
桂米朝（三世） 576
桂三木助（三世） 041, 042
葛城文子 254
門肇 756
かとうかずこ 401
加藤一浩 163, 749
加藤金治 143
加藤蕙 735
加藤健一 401
嘉東鴻吉 163
加藤幸子 021
加藤周一 073, **163**
加藤新吉 360
加藤精一 389
加藤泰 533
加東大介 309
加藤武 081, 104, 258, 532, 541, 576, 696
加藤直 063, **163**, 302, 683, 741, 743, 744
加藤忠可 363
加藤照麿 550
加藤登紀子 301
加藤時次郎 353
加藤治子［➡滝浪治子］ 165, 437, 659
加藤英雄 778
加藤文太郎 123
加藤昌史 463
加藤衛 164
加藤道夫 164, 165, 166, 658
門岡瞳 336
角川春樹 095
角野卓造 479, 553
門野晴子 336
門脇陽一郎 166, 200, 431
金貝省三 167
仮名垣魯文 329
金杉惇郎 016, **167**, 440, 458
金杉忠男 167, 520
金塚悦子 758

金森馨 025, 254, 293, 420
金山寿甲 168
可児松栄 087, **169**, 458, 566
蟹江敬三 113, 321
金替康博 614
金子市郎 689
金子喜一 036
金子鉄麿［**➡神山圭介**］ **174**, 735
金子成人 169, 236, 590
金子信雄 384, 424
金子みすゞ 131, 174, 285, 500
金子光晴 281, 452, 649
金子洋文 067, **169**, 334, 352, 353, 431, 627, 645
金子良次 170
鐘下辰男 170, 171, 547, 575,745, 746, 747, 752, 753
金城一紀 237
金田明夫 338, 437
金野むつ江 746
兼八善兼 053
金平軍之助 489
狩野鐘太郎 171
加納光記 615
加納幸和 171, 652
可能涼介 172, 755
鹿目由紀 172, 758, 775
佳梯かこ 358
カフカ，フランツ 484, 520, 589
鏑木清方 329
鎌田敏夫 173
鎌田順也 173
カミ，ピエール＝アンリ 615
紙恭輔 726
上泉秀信 173
神尾玉尾 060
神尾光臣 036
上川隆也 463
神里雄大 173, 460, 749, 750
神近市子 173, 630
上司小剣 173
神永光規 119
神谷尚吾 407
神谷量平 174, 737, 738
神山彰 184
神山圭介［**➡金子鉄麿**］ **174**
上山珊瑚 461
上山草人 078
上山雅輔 174
神代錦 331
香村菊雄 174, 725
亀井文夫 612
亀屋原徳 174
鴨居羊子 700
蒲生重右衛門［➡並木行雄］ 726
鴨川清作 175, 719
鴨下信一 176
鴨志田穣 507
かもねぎショット 176
萱野二十一［**➡郡虎彦**］ 268
香山武彦 160
嘉祐［➡久門南海］ 715
加代キミ子 384
唐十郎 033, 047, 066, 123, **176**, 177, 178, 179, 180, 181, 221, 279, 299, 397, 401, 432, 472, 585, 659, 671, 673, 705, 739, 742, 743, 744, 752
狩場直史 766
刈馬カオス 181, 759, 763, 775, 777
カルヴィーノ，イタロ 586
ガルシア＝マルケス，ガブリエル 263
カルデロン（ペドロ・カルデロン・デ・ラ・バルカ） 649
カワード，ノエル 653
河合栄治郎 532
河井克夫 583
河合祥一郎 181, 713
河井酔茗 358
河合澄子 477
河井清両 133
河合武雄 059, 060, 061, 186, 349, 368, 427, 468, 581, 593, 597, 667, 668

河合徳三郎 146
河内喜一朗 249
川上音二郎 083, 109, 110, **181**, 182, 345, 367, 368, 525, 533, 539, 579, 715
川上貞奴 083, 109, 110, 181, 182, 396, 715
川上のぼる 160
川上眉山 **182**, 269
川上未映子 543
川口一郎 **182**, 183, 211, 386
川口大樹 779
川口尚輝 **183**
川口松太郎 148, **183**, 184, 185, 186, 187, 188, 224, 246, 257, 267, 383, 452, 486, 592, 598, 702, 724
河崎一朗 331
川崎賢子 510
川崎長太郎 **188**
川崎照代 **188**
川崎徹 **189**
川崎洋 254
河路博 042
川路龍子 723
川島順平 **189**
川島忠之助 189
川島透 033
川島なお美 450
川島雄三 081, 310, 545
川島芳子 103
川尻清潭［➡大愚堂・との字・忘路庵］092, **189**
川尻泰司 625, 728, 729
川尻東次 728
川尻宝岑 147, **189**, 697, 698
川頭義郎 592
川竹五十郎［➡**館直志**・二世**渋谷天外**・詩賀里人］378, 380
河竹繁俊［➡岡野馬也・河竹新水］**189**, 191, 232, 246, 257, 415, 521
河竹新七
二世［➡**河竹黙阿弥**］190, 191, 193, 372
三世［⬅初代竹柴金作・是水］082, **190**, 372, 373, 498, 688
河竹新水［➡岡野馬也・**河竹繁俊**］190
河竹能進［⬅勝能進・二世勝諺蔵］162
河竹黙阿弥［古河黙阿弥⬅二世河竹新七・柴(斯波)晋輔・初代勝諺蔵］049, 099, 139, 141, 186, 190, **191**, 192, 193, 194, 237, 276, 329, 340, 372, 373, 524, 537, 549, 597
川津羊太郎 777, 779
川中美幸 114
河野ミチユキ 779, 780
川端康成 131, 205, 577, 628, 649, 670, 691
川原和久 363
河原雅彦 372
河東碧梧桐 366
川部一郎 746
川俣晃自 **195**, 737, 738
川村花菱 035, 117, 146, **195**, 196, 272, 301, 369
河村菊枝 393
川村毅 **196**, 743, 752, 754
河原崎国太郎(五世) 563, 590, 591
河原崎しづ江(山岸しづ江・山岸静江) 405
河原崎長十郎(四世) 014, 051, 192, 284, 361, 405, 406, 547, 642, 643, 698
川和孝 **198**, 256, 362, 411
姜魏堂 **198**
菅孝行 **198**, 739, 740
神吉三郎 199
神吉拓郎 **198**, 225
神崎武雄 **199**
観世左近元滋(二十四世) 714
観世静夫(八世観世銕之丞) 297
観世寿夫 341, 346, 715, 716
観世栄夫 158, 176, 302, 425, 532, 533, 534, 552, 555, 556, 677, 716
神田成子 348, 788
神田伯龍 271
神田昌彦 735
カンディンスキー，ワシリー 130
カント，イマヌエル 641
カントール，タデウシュ 586

菅野直子 775
菅野菜保之（菅野忠彦） 297
かんのひとみ 443
神原泰 642
蒲原拓三［➡利倉幸一］ 429

き

キーン，ドナルド 605
喜一朗 755
木内里美 176
木内みどり 674
木々高太郎［➡佐和浜次郎］ **199**
菊岡久利 **199**
菊岡進一郎 183, **199**
菊島隆三 **199**
菊田一夫 093, 116, 135, 156, 157, 167, **200**, 201, 202, 203, 207, 209, 287, 326, 371, 427, 452, 454, 513, 550, 569, 582, 590, 605, 609, 613, 643, 677, 700, 724
菊池寛［➡草田杜太郎］ 129, 130, 150, 167, 196, 201, **204**, 205, 206, 210, 243, 274, 315, 320, 342, 374, 430, 443, 469, 485, 491, 502, 527, 612, 684, 688, 691
菊地成孔 502
菊池幽芳 083, **206**
菊谷栄［➡佐藤文雄］ 128, **207**, 618
木皿泉（和泉務＋妻鹿年季子） **208**
如月寛多 699
如月小春 084, **208**, 209, 522, 696, 742, 743, 744, 745
葵山［➡**生田葵**］ 047
喜志哲雄 365
岸輝子 387
岸宏子 498
岸博之 455
貴司山治 **209**
岸井明 377
岸井良衛［➡岸井良緒］ 105, **209**
岸井良緒［➡**岸井良衛**］ 209
岸田衿子 **209**
岸田一夫 699
岸田今日子 122, 209, 295, 375, 391, 402, 605, 659
岸田吟香 214
岸田國士 046, 047, 073, 080, 085, 086, 090, 096, 164, 171, 173, 182, 205, 209, **210**, 211, 245, 282, 296, 332, 335, 347, 385, 387, 458, 469, 503, 508, 509, 510, 527, 529, 653, 658, 663
岸田辰彌 **214**, 329, 330, 413, 477, 719
岸田理生 208, **215**, 216, 727, 743
岸田劉生 214
岸田良二 557
岸辺福雄 715
貴島研二 135, **216**, 665
木島恭 **217**
鬼島志郎［➡**小林志郎**］ 277
木島始 **217**
岸本水府 724
喜尚晃子 445
喜多哲正 552
喜多実 714
北杜夫 519
きだつよし **217**
北尾亀男 **217**, 340
北上真帆［➡**宮崎友三**］ 622
北川悦吏子 **217**
北川大輔 **217**
北川鉄夫 128
北川陽子 **217**, 750
北里柴三郎 654
北澤知奈美 590
北島三郎［➡**原譲二**］ 027, 503
北島角子 328
北代淳 736
北園克衛 418
木谷茂生 **218**, 741
北庭筑波 042
北野茨 761
北野武 366
北野ひろし **218**

北浜ちゃぼ 766
北林佐和子 725
北林谷栄 158, **218**, 291, 333, 526, 568, 641
北林透馬 **218**, 219
北林余志子 **218**
北原武夫 **219**
北原白秋 204, 575, 693, 728
北原雅子 292
北見治一 531
北村英三 512
北村薫 463
北村和夫 081
北村喜八 111, **219**, 594
北村九貞楽 585
きたむらけんじ **219**
北村小松 **219**
北村季晴 059, **220**, 718
北村想 084, **221**, 222, 445, 523, 527, 692, 716, 742, 754
北村透谷 053, **222**, 317
北村寿夫 **223**
北村秀雄 460
喜多村緑郎 058, 059, 061, 098, 135, 186, 207, 244, 246, 300, 347, 349, 428, 492, 505, 596, 597, 667, 668
キタモトマサヤ **223**, 445, 769, 771, 774
きたろう 068
木戸恵子 781
鬼頭哲人 165
衣笠貞之助［➡小井上春之輔］ 070, **224**, 297, 508, 602, 644, 660, 661
杵屋六左衛門(十三世) 220
紀海音 706
キノトール 156, **225**, 424, 576
木野花 063, 189, 208, **225**
喜熨斗古登子 621
木下吉之助 368, 539, 685
木下恵介 032, 201, 509, 678
木下順二 176, **225**, 226, 227, 241, 434, 445, 532, 533, 536, 712, 715, 716, 735, 736, 737, 738
木下智之 780
木下尚江 036, **230**, 630
木下杢太郎 **230**, 244, 650, 693, 715
木下利玄 059, 636
木の実ナナ 104, 532
木場勝己 370
ギボン，エドワード 425
木俣堯喬 016
喜味こいし 018
金玉均(キム・オッキュン) 222
金久美子(キム・クミジャ) 122
金芝河(キム・ジハ) 177, 484
金守珍(キム・スジン) 177, 178, 276, 279, 399
金紅珠(キム・ホンジュ) 231
金満里(キム・マンリ) **231**
金明和(キム・ミョンファ) 520, 752
木村功 029
木村延太郎 650
木村快 **231**
木村学司 **231**
木村毅 **231**
木村錦花［➡市川高之助］ 108, 109, 207, **231**, 232, 233, 373, 475, 521, 539, 672
木村光一 071, 072, 124, **232**, 288, 289, 459, 547, 609, 610, 628, 679
木村駒子 352
木村修吉郎 **233**
木村信司 720
木村鈴吉 310
木村荘十二 644
木村拓哉 217
木村太郎 716
木村富子 **233**, 438
木村文洋 571
木村雅夫 **233**
木村正雄 716
木村雅彦 056
木村操 650
木村靖司 700
きむらゆういち(木村裕一) 789

喜安浩平 234
キャロル，ルイス 365
牛魔王［➡**三島霜川**・歌之助］604
京唄子 313
今日マチ子 543
狂綺堂［➡**岡本綺堂**］138
京極夏彦 716
京塚昌子 562
京都伸夫 234
清川玉枝 594, 622
清川虹子 533, 534
曲亭［➡曲淵直之助］131
曲亭馬琴 605
清瀬順子 465
清見陸郎 234
清宮貴夫 421
吉良浩一 527
切塗よしを 774
桐野夏生 045
桐山襲 234
キリン亭鳳凰［➡松平竜太郎］355
キルケゴール，セーレン 310
キルション，ウラジミル 155
記録芸術の会 234
芹影［➡**岡田八千代**］135
金華 280
金原亭馬の助 106
ギンズバーグ，アレン 338
禽語楼小さん［➡**有崎勉**・**柳家金語楼**・三遊亭金登喜・三遊亭小金馬・三遊亭金三・山下敬太郎］035
錦城斎典山 489
金田一京助 080
金田一春彦 436
きんたろ 765
銀粉蝶 047

く

クーニー，レイ 532
郭宝崑（クオ・パオクン）302
久我美子 234
草秀［➡**小杉天外**］272
日下武史 026, 421
日下渚 780
草田杜太郎［➡**菊池寛**］204
草野旦 720
草野柴二 235
草間輝雄 235
草村礼子 435
久慈あさみ 492
串田和美 026, **235**, 237, 288, 289, 301, 302, 395
串田福太郎 214
串田孫一 235
九條今日子（映子）419, 505
九条武子 236
葛井欣士郎 323
葛河梨池 449
楠田清［➡**相良準**］297
楠田敏郎 236
楠トシエ 699
楠侑子 552, 554
楠本幸男 236, 745, 755, 760, 761
楠山正雄 050, **236**, 448
久世光彦 169, **236**, 682
久世龍之介 136
朽木綱博 726
□□□（クチロロ）068, 315
グットマン，デイヴィッド 242
グットマン，ロラン 518, 520
宮藤官九郎 237, 462, 567, 583, 705, 748, 754
工藤隆 238
久藤達郎 238
工藤千夏 238, 777
邦枝完二 238, 250, 461, 669
国枝史郎 239, 485, 495
国木田独歩 596
国定忠治 688
国島友太郎 332
國吉咲貴 759, 777

国峰真 089, 295
久野綾希子 025
久野那美 767, 772
久保栄[➡東健吉・松永博・青哉・棣棠] 052, 067, **239**, 241, 242, 243, 244, 526, 630, 641, 643, 645, 783
久保守 239
久保井研 178
窪島誠一郎[➡水上凌] 336, 609, 610
久保田和弘 **244**
窪田章一郎 499
久保田猛 054, **244**, 281
久保田米斎 140, 695
久保田万太郎 041, 059, 060, 061, 086, 098, 099, 133, 182, 183, 211, **244**, 246, 397, 424, 527, 548, 569, 593, 594, 622, 653
熊井啓 023
熊井宏之 500, 534, 790
熊谷宣夫 240
熊谷久虎 405
くまがいマキ 755
熊倉一雄 071, 073, 144, 436, 587
隈部雅則 464
久米一晃 762
久米民十郎 268
久米正雄 204, 245, **248**, 249
雲井浪子 275, 413
久門南海[➡嘉祐] 715
倉澤周平 **249**
倉田淳 **249**
倉田百三 070, **250**, 284, 286, 504, 637, 638
倉田文人 335
倉田喜弘 713
鞍富真一 307
倉野章子 553
倉橋健 028, 029, 126, 182, 320, 342
倉橋仙太郎 **251**, 286, 467
倉橋惣三 728
蔵原惟人 642, 643, 644
倉持裕 **251**
倉本聰 169, **252**, 253, 678
グラント，ユリシーズ 537
くりぃむしちゅー(上田晋也＋有田哲平) 707
グリーン，ポール 165, 672
栗島狭衣 128, 131, **253**, 254
栗島すみ子 253, 547
クリスティー，アガサ 173
栗田勇 **254**
栗田教行[➡**天童荒太**] 423
栗原綾夫 726
栗原佳子 123
栗本鋤雲 459
栗山民也 072, 073, 075, 564, 570, 587
栗山昌良 112, 664
栗山みち 674
グループ魂 237
久留島武彦[➡尾上新兵衛] 091, **255**
くるみざわしん(胡桃沢伸) **255**, 759, 763, 764, 772, 777, 782
クレイグ，エディス 269
クレイグ，ゴードン 707
クレイジーキャッツ[➡ハナ肇とクレージーキャッツ] 700
クレー，バーサ・M 146, 207
クレー，パウル 182
グレゴリー，オーガスタ(グレゴリー夫人) 204
紅恍司 249
黒井千次 **255**
黒岩力也 757
黒岩亮 336, 436, 442, 493
黒岩涙香 162
クローデル，ポール 165, 457, 716
黒川鋭一 **255**
黒川猛 769
黒川敏郎 736
黒川信重 256
黒川麻衣 **256**
黒川陽子 **256**, 758
黒川欣映 **256**, 737
黒木和雄 320, 443

黒木一成 521
黒木照 643
黒澤明 176, 199, 200, **257**, 457, 509, 641
黒沢参吉 174, **257**, 737, 738
黒田育世 476
黒田哲也［➡**島村龍三**］320
黒田利邦 316
黒羽英二 **257**
クロポトキン，ピョートル 036
桑原裕子 **257**, 748, 750, 754
郡司正勝 068, 171, **257**, 258, 459
クンツェ，ミヒャエル 262

け

ケイン，サラ 033
ゲーテ 222, 240, 491, 505
ケーベル，ラファエル 646
ゲーリング，ヘルマン 620
劇神仙［➡**幸堂得知**・東帰坊］267
ケストナー，エーリヒ 519, 620
ゲスナー，ペーター 095
気田睦 178
結束信二 **258**
ゲッベルス，ヨーゼフ 619
食満南北 **258**, 389, 481, 724
KERA(ケラ)［➡**ケラリーノ・サンドロヴィッチ**］259
ケラリーノ・サンドロヴィッチ 015, 026, 068, 234, **259**, 411, 470, 549, 571, 705, 749, 750, 751, 752
ケルアック，ジャック 666
源氏鶏太 174
ケンセン，オン 215
玄川［➡**林和**］502
玄宗皇帝 284

こ

小池朝雄 116, 459, 676
小池一夫 372
小池修一郎 **261**, 720
小池竹見 **262**
小池博史 **262**, 263
小池倫代 **263**
小生夢坊 352
小泉今日子 373
小泉純一郎 625
小泉鐵 284
小泉八雲 294, 679
小出龍夫 **263**
小出英男 **263**
小井上春之輔［➡**衣笠貞之助**］224
黄興(コウ・コウ) 631
甲賀三郎 **263**
黄谷柳(コウ・コクリュウ) 306
鴻上尚史 **264**, 265, 448, 480, 665, 730, 743, 744, 745, 748, 749
幸喜良秀 119, 397
甲字楼主人［➡**岡本綺堂**］138
神品正子 781
皇太子明宮嘉仁［➡大正天皇］036
幸田真洋 778, 780
幸田露伴 **265**, 404, 406, 522, 681, 711
合田佐和子 178
郷田悳 **266**
高津春繁 165
幸堂得知［➡劇神仙・東帰坊］**267**, 354
幸徳秋水 035, 036, 256, **268**, 630
河野国夫 299
河野典生 **268**
河野義博 **268**
ゴーギャン，ポール 619
郡寛四郎 268
郡虎彦［➡萱野二十一］036, **268**, 269, 636
ゴーリキー，マクシム 211, 259, 277, 485, 491, 493
古賀清子 146
古賀政男 058, 301
コクトー，ジャン 457
枯暮修 076
古今亭志ん朝 106

小佐部明広 777
古沢良太 269, 754
越路吹雪 492, 723
コシノジュンコ 254, 421
越部信義 288, 289
古島一雄 641, 735, 737
小島慶四郎 379
小島ケイタニーラブ 550
小島孤舟 083, **269**, 427
小島勗 270
小島信夫 270, 659, 740
小島秀哉 161, 379, 482, 615
児島文衛 145, 650
小島政二郎 271, 576
越光照文 137, 234, 696
五所平之助 696
古城十忍 271, 761
小杉勇 376, 377
小杉天外[➡草秀] 079, **272**
古関裕而 200
小竹信節 422
児玉明子 721
児玉利和 062
兒玉庸策 263
ゴッホ(ヴィンセント・ヴァン・ゴッホ) 619, 636
小寺融吉 272, 446
小寺隆韶 273, 786
小寺れつ[➡清水和歌] 272
後藤香 780
五島昇 056
後藤ひろひと 273, 746
後藤明生(二世)[➡**いとうせいこう**] 068
後藤杜三 246
後藤隆基 367, 763
悟道軒円玉 183
言問三平[➡言問文星・**大宮敏充**・恒川登志夫] **273**
言問文星[➡**言問三平**・**大宮敏充**・恒川登志夫] 273, 274
コナン・ドイル, アーサー 105, 274
小納戸蓉[➡**市川小太夫**] 105, **274**
小西康陽 502
近衛秀麿 604
木庭一郎[➡中村光夫] 274
木庭久美子 274
小橋梅夜 352
小鉢誠治 725
小林愛雄 275
小林旭 477
小林亜星 306
小林一三 018, 097, 133, 200, 214, **275**, 276, 329, 330, 331, 359, 412, 491, 510, 717, 718, 719, 724
小林一茶 366
古林逸朗 552, 556
小林薫 177
小林和樹 309
小林勝也 553
小林恭二 276, 621
小林賢太郎 277
小林幸子 170, 333, 391
小林志郎[➡鬼島志郎] **277**
小林進 532
小林責 717
小林宗吉 277
小林隆 620
小林多喜二 073, 087, 116, 155, **277**, 361, 644
小林千登勢 382
小林英武 297
こばやしひろし(小林ひろし) **277**, 738
故林広志 538
小林正樹 592
小林勝 278, 737
小林美江 443
小林道雄 570
小日向文世 620
小檜山浩二 279
コビヤマ洋一(小檜山洋一) **279**, 746
コペ(コッペー), フランソワ 108, 147
コポー, ジャック 085, 210
小堀甚二 279

小堀鉄男 **279**, 737
小堀誠 453
小堀雄 390
小松杏里 **280**
小松左京 044, 716
小松純也 746
小松太郎 431
小松幹生 **280**, 611, 741, 742, 743, 744
小松原健吉 **281**
ごまのはえ **281**, 768, 769, 770
五味川純平 157
小宮孝泰 613, 700, 707
小宮豊隆 244, 246
小室等 395, 552, 556
小柳奈穂子 721
小山浩次［➡**小山祐士**］282
小山祐士［➡小山浩次］080, 182, 211, **282**, 328, 525, 653, 735, 736, 737, 738
コルテス，ベルナール=マリ 302
コルネイユ，ピエール 046
コロッケ 333, 442
今東光［➡春聴］249, **284**
今日出海 **284**, 548
渾大防一枝 263
コント赤信号（渡辺正行＋ラサール石井＋小宮孝泰）700, 707
近藤京三 455
近藤経一 **284**
近藤皓一 725
近藤芳正 618
今野勉 **285**, 682, 739
ゴンブロヴィッチ，ヴィトルド 122

さ

崔洋一 400
西郷輝彦 496
西光万吉 **286**
犀児［➡**三島霜川**・歌之助・牛魔王］604
西城秀樹 025
西條八十 204, 289
西條義将 564
斎田喬 **286**, 792
斎藤一郎 331
斉藤紀美子 789
斎藤真一 570
斎藤豊吉 146, **286**, 568, 569, 576
斎藤晴彦 591
斎藤雅文 **287**
齋藤吉正 721
斎藤憐 163, 235, **288**, 289, 301, 302, 375, 739, 741, 751, 752
サイモン，ニール 532, 616
柴門ふみ 297
佐江衆一 **290**
佐伯幸三 699
佐伯彰一 605
佐伯隆幸 302, 682
三枝和子 **291**, 740
三枝成彰 318
三枝希望 **291**, 767, 768, 770
小織桂一郎 269, 355, 356
堺枯川［➡**堺利彦**］291
酒井俊 274, **291**
堺駿二 040, 146, 160
酒井澄夫 359, 720
堺利彦［➡堺枯川］146, **291**, 353, 477, 630
サカイヒロト（酒井宏人）**291**, 767
堺雅人 692
酒井光子 379, 380, 381, 382, 523, 524, 615
酒井田柿右衛門 108
榊原直人［➡**菜川作太郎**］**461**
榊原政常 **291**, 730
坂口安吾 **293**, 472, 474, 526
坂田小春 560
坂田三吉 559, 560
阪田秋峰 254
坂田藤十郎
初代 130, 205
四世［⬅三世中村鴈治郎・二世中村扇雀］107, 382, 497

阪田寛夫 275, **293**
坂手洋二 **293**, 294, 375, 575, 744, 748, 749, 751, 752
阪中正夫 102, 182, 211, **296**, 335
坂本晃一 **296**
坂本さち子 **296**
阪本順治 098
坂本堤 294
坂本長利 019
坂本正彦 764, 774, 781
阪本勝 **297**
坂元裕二 **297**
坂本龍馬 057
坂本鈴 256, 777
相良準［➡楠田清］**297**
相良準三 613
佐木隆三 **297**
鷺沢萠 **297**
zAk（ザク） 033
作者本介［➡**山本健介**］**683**
佐久間茂高 725
佐久間崇 188, **297**, 744
佐久間哲 704
作間雄二 **298**
佐倉吹雪 780
桜むつ子 040
桜井大造 **298**
桜沢エリカ 095
桜田治助（三世） 372, 521
左近允洋 053
佐々俊之 **298**
篠井英介 338
笹岡啓子 587
笹川和吉 737
笹川恵三 147
佐々木愛 336
佐々木一夫 256
佐々木基一 152, 484
佐々木憲 **298**
佐々木信也 225
佐々木千里 286
佐佐木隆 292, 513, 632
佐々木孝丸［➡落合三郎・香川晋］240, **298**, 299, 452, 501, 547, 642, 643
佐々木透 775, 781
佐々木渚 **299**
佐佐木信綱 233, 236, 483, 669
佐々木倫子 517
佐佐木武観 **299**
佐々木英樹 197
佐々木守 285, **299**, 307, 533, 739
佐々木充郭 758
佐々木雄二 431, 570
佐佐木幸綱 396
漣山人［➡**巌谷小波**・大江小波・楽天居・隔恋坊］091
笹原茂朱 176, **299**
笹山敬輔 150
佐治敬三 412
サタケミキオ［➡**宅間孝行**］369
佐谷功 724
定村忠士 **300**, 739
五月信子 495
佐々紅華 **300**
佐藤愛子 116, 300, 696
佐藤和代 121
佐藤義亮 672, 673
左藤慶 763
佐藤紅緑（洽六） 116, 196, **300**, 301, 307
佐藤茂紀 777
佐藤水香 056
佐藤青衣（誠也） 298
佐藤惣之助 054, **301**, 374
佐藤忠男 486
佐藤千夜子 204
佐藤歳三 307
サトウハチロー 116, 200, 550, 677, 725
佐藤春夫 256, **301**, 328, 575
佐藤晴樹 760
佐藤B作 394, 435, 613
佐藤英夫 479
佐藤文雄［➡**菊谷栄**］207

佐藤信 047, 163, 176, 235, 288, 290, **301**, 302, 303, 304, 400, 401, 409, 474, 507, 522, 591, 682, 701, 739, 740, 742, 743, 744, 745, 746, 747
佐藤良和 **305**
佐藤露英[➡**田村俊子**] 396
里見浩太朗 477
里見弴[➡山内英郎] 036, 150, 151, **305**, 636, 654
里村孝雄 143
里吉しげみ **306**
真田広之 619
さねとうあきら **306**, 625, 791
実藤恵秀 306
佐野浅夫 278
佐野史郎 177, 370, 371
佐野碩 173, 508, 643
佐野天声 **307**
佐野文夫 204, 207
佐野美津男 **307**
佐野洋子 **307**
佐橋五湖[➡**佐橋富三郎**] 308
佐橋富三郎[➡佐橋五湖] **308**
サバティーニ，ラファエル 468
佐分克敏 756
さまぁ〜ず(三村マサカズ+大竹一樹) 707
サマヴィル，ジョン 350
佐山俊二 439
サリngROCK **308**, 750, 770, 775
サルドゥ，ヴィクトリアン 147, 181, 368, 537
サルトル，ジャン=ポール 176
沢モリノ 078, 300
沢竜二 533
沢井余志郎 526
澤島忠[➡澤島忠継] 138, **308**
澤島忠継[➡**澤島忠**] 308
沢田研二 308
澤田正二郎 038, 150, 199, 205, 206, 239, 249, 251, **309**, 319, 361, 374, 389, 440, 446, 468, 481, 485, 486, 596, 630, 640, 688, 689
沢田雅美 479
沢田祐二 025, 532
澤田隆治 160
佐和浜次郎[➡**木々高太郎**] **199**
澤藤桂 757, 763
沢村紀久八 300, 671
沢村国太郎 129, 255, 345, 704
沢村貞子 129, 162, 255, 704
澤村源之助(四世) 049
澤村宗之助(初代) 129, 149, 392, 685
澤村宗十郎(七世) 129, 344, 483
澤村田之助(三世) 191, 337
山々亭有人[➡**条野採菊**] 329
三條三輪 **309**
三笑亭可楽(七世) 041
山東京伝 068, 340, 361
三遊亭円生(六世) 041
三遊亭円朝(圓朝) 041, 081, 105, 124, 125, 162, 190, 271, 308, 537, 697
三遊亭圓馬(三世) 576
三遊亭金三[➡**有崎勉**・**柳家金語楼**・三遊亭金登喜・三遊亭小金馬・禽語楼小さん・山下敬太郎] 035
三遊亭金登喜[➡**有崎勉**・**柳家金語楼**・三遊亭小金馬・三遊亭金三・禽語楼小さん・山下敬太郎] 035
三遊亭金馬(二世) 035
三遊亭小金馬[➡**有崎勉**・**柳家金語楼**・三遊亭金登喜・三遊亭金三・禽語楼小さん・山下敬太郎] 035
三遊亭柳枝 513

し

シィザー（シーザー），J・A（ジュリアス・アーネスト） 422
G2(ジーツー) 444, 564
椎名輝雄 **309**, 739
椎名誠 567
椎名竜治 **309**
椎名麟三 198, **310**, 495, 735

シェイ，ラリー 462
シェイクスピア，ウィリアム 032, 041, 110, 162, 165, 181, 197, 225, 226, 261, 317, 319, 342, 365, 366, 367, 370, 412, 413, 414, 415, 418, 452, 460, 492, 526, 529, 530, 617, 666, 675, 701, 712, 713, 716, 717
ジェームス三木 **312**, 313
ジェミエ，フィルマン 139, 140
ジェラルデイ，ポール 378
シェルカウイ，シディ・ラルビ 390
塩田千春 134
塩田誉之弘 **313**
塩田良平 681
塩野谷正幸 571
塩原悠紀子 019
塩見三省 295
汐見洋(翁) 461. 707
塩谷国四郎[➡**中山善三郎**] 460
潮闇ユキ 762
志織慶太[➡**鳳啓助**] **313**
紫苑ゆう 672
志賀直哉 036, 059, 085, 111, **313**, 636
志賀廼家淡海[➡**近江瓢鯰**] 114
詩賀里人[➡**館直志**・二世**渋谷天外**・川竹五十郎] 378
繁岡鑒一 446
重松清 013, 336, 410
茂山千五郎 044, 715, 716
紫紺亭志い朝 707
獅子文六[➡**岩田豊雄**] 085, 086, 282
四条栄美 161, 482
静間小次郎 462
實川延若
　二世[⬅初代實川延二郎] 049, 266, 267, 367
　三世[⬅二世實川延二郎] 169, 331, 563, 647
實川延二郎
　初代[➡二世實川延若] 270
　二世[➡三世實川延若] 331, 646
實川翫雀(四世)[➡二世中村鴈治郎] 267
ジッド，クリシェン 302
シティボーイズ(大竹まこと＋きたろう＋斉木しげる) 033, 068, 539, 567, 582, 603, 623
品川徹 121, 122
品川能正 **313**, 747
品川隆二 514
篠木佐夫 331
篠崎省吾 779
篠崎隆雄 **314**, 781
篠崎光正 **314**, 611, 725
篠田達明 045
篠田千明 217, 511
篠田正浩 192, 419, 430
篠塚祥司[➡**あい植男**] **012**
篠原淺茅 275
篠原久美子 **314**, 752, 756, 792
篠原涼子 491
四宮純二 **314**
篠本賢一 781
柴(斯波)晋輔[➡初代勝諺蔵・二世河竹新七・**河竹黙阿弥**] 191
柴幸男 **314**, 518, 749
司馬遼太郎 068, **315**, 466
芝木好子 131
柴田元幸 550
柴田侑宏 **316**, 720
芝原里佳 781
澁澤龍彦 032, 178, 363
渋沢秀雄 491
渋谷天外
　初代 067, 378
　二世[➡**館直志**・詩賀里人・川竹五十郎] 355, 356, **378**, 379, 380, 381, 382, 481, 523, 538, 565, 615
　三世 523
渋谷森久 025
島栄吉 **316**
島華水 367, 492
島公靖[➡山村七之助] **316**
島健 378
島源三 **317**

島耕二 376
島次郎 370
島ひろし 160
シマーチコヴァ，マリエ 740
島尾敏雄 045
島木赤彦 124
島倉千代子 391
島崎藤村 058, 222, **317**, 319, 499, 567, 577
島田歌穂 378
島田佳代 778, 779
島田九輔 773
島田正吾 042, 051, 153, 361, 446, 481, 560, 561, 661
島田聖樹 777
島田清次郎 317
島田雅彦 318
島田安行 500, 534
島林愛 758
島村民蔵 298, **318**, 448
島村抱月 036, 037, 079, 144, 231, 236, 272, 298, 307, **318**, 344, 414, 415, 440, 446, 455, 630, 695
島村龍三［➡黒田哲也］016, 080, **319**, 326, 460, 665
清水金一（シミキン）040, 699
清水邦夫 113, **320**, 321, 322, 323, 324, 325, 401, 550, 704, 738, 739, 740, 742, 743, 744
清水信臣 325, 326
清水次郎長 628
清水宏 249
清水文雄 604
清水将夫 333
清水弥生 759
清水和歌［➡小寺れつ］272
志村けん 356, 700
志村治之助 326
霜康司 781
霜川遠志 326
下川隆輝 736
子母澤寛 192, **327**, 644
下田逸郎 505
下地はるお 760
下西啓正 327, 757
下村千秋 327
下村正夫 342, 494
下山省三 327
詩森ろば 327, 753, 757, 762
シモンズ,アーサー 164
ジャーメイン，マーク・セント 390
ジャック白井 534
謝名元慶福 327, 741
ジャリ，アルフレッド 095, 371
十一谷義三郎 328
ジュヴェ，ルイ 085
秋瑾 631
自由下僕 757
ジューダス・プリースト 076
しゅう史奈 762, 773, 775
ジューン河戸［➡**岡田恵吉**］133
シュテルンハイム，カール 240
シュトラウス，オスカー 329
シュニッツラー，アルトゥル 491, 505, 684
ジュネ，ジャン 422
シュフネッケル，クロード・エミール 619
春錦亭柳桜 192
春聴［➡**今東光**］284
春陽漁介 759
ジョイス，ジェイムズ 519
咲恵水 758
笑迂［➡**井出蕉雨**・森の舎主人］066
正司歌江 160, 364
庄司聰一 653
正司照江 160, 364
正司花江 160, 364
東海林太郎 602
城島和加乃 669
聖徳太子 714
庄野英二 328, 329
条野採菊［➡山々亭有人］**329**

庄野潤三 665
松林伯圓(二世) 192, 489
昭和天皇[➡天皇裕仁] 234
ショー，G・B(ジョージ・バーナード) 204, 319
ジョージ広瀬 722
ショーペンハウァー，アルトゥル 641
ジョーンズ，ヘンリー・アーサー 108
ジョセフ，ラジヴ 450
ジョンソン，ベン 165
シラー(フリードリヒ・フォン・シラー) 240
白井晃 358, 619
白井健三郎 164
白井浩司 165
白井権八 245
白井信太郎 070, 431
白井鐵造 097, 122, 214, **329**, 330, 331, 358, 461, 511, 719, 723
白井松次郎 129, 259, 266, 454
白石加代子 113, 176, 341, 342
白髪一雄 591
白木みのる 160
白洲次郎 284
白浜研一郎 **332**
しりあがり寿 032
私立恵比寿中学 410
銀ひ乃で 725
白田トシ 133
ジロドゥ，ジャン 026, 165, 166, 663
城山三郎 063
新健二郎 761
ジンギスカン 093
信欣三 278
シング，J・M(ジョン・ミリントン) 204, 395, 417, 592, 678, 707
神宮茂十郎 **332**
神西清 **332**
進藤英太郎 602
新藤兼人 259, **333**, 735
じんのひろあき **333**, 745
新橋耐子 062, 297
新美正雄 **333**

す

翠羅臼 298, **334**, 648, 761
水前寺清子 095
スウィフト，ジョナサン 421
ズーダーマン(ズーデルマン)，ヘルマン 144, 319
スウトロ，アルフレッド 631
スーラ，ジョルジュ 619
末木利文 **334**, 552, 558, 676, 677
スエヒロケイスケ **334**, 758, 773, 774
末広鉄腸 162
末松謙澄 162
菅感次郎 **334**
管啓次郎 550
菅竜一 **334**, 738
菅井菅 777
菅井建 787
菅井幸雄 176, 645
菅江真澄 021
菅沼潤 **334**, 719
すがの公 778
菅間勇 **335**
菅原寛 046, **335**
菅原卓 046, 096, 169, 182, 333, **335**, 568, 736, 737, 738
菅原道則 725
菅原明朗 431
杉贋阿弥 131, 253
杉狂児 234
杉兵助 707
杉浦重剛 091, 109
杉浦直樹 437
杉浦久幸 **336**, 746, 755, 761
杉浦非水 667
杉田久女 023
杉谷代水 **336**, 715
杉原千畝 514

杉村すえ子 413
杉村春子 040, 096, 110, 124, 125, 133, 183, 282, 288, 316, 333, 384, 386, 512, 595, 654, 659
杉本苑子 336, 383, 716
杉本孝司 500
杉本哲太 450
杉本奈月 776
杉本正治 620
杉本良吉 509, 643, 644
杉山義法 337
杉山とく子(徳子) 384
杉山誠 735, 736
スクリーブ，ウジェーヌ 108, 147
スコヴロンスキ，ジスワフ 226
鈴江俊郎 337, 338, 586, 662, 670, 744, 745, 766
涼風真世 261
鈴木アット 759, 775
鈴木いずみ[➡**鈴木泉三郎**] 340
鈴木梅太郎 570
鈴木翁二 048
鈴木勝秀 338
鈴木完一郎 054, **338**, 360, 503, 660
鈴木幹二 590
鈴木邦男 116
鈴木圭 721
鈴木弘一 280
鈴木聡 339, 744, 745, 752, 753, 754
鈴木智 590
鈴木重吉 547
鈴木志郎康 217
鈴木信太郎 378
鈴木清順 034
鈴木泉三郎 340
鈴木善太郎 341
薄田研二 241, 299, 493
鈴木忠志 179, 303, **341**, 365, 401, 552, 555, 621
鈴木龍男 590
鈴木藤一郎 648
鈴木ほのか 692
鈴木政男 342, 735
鈴木三重吉 646
鈴木光枝 188, 418, 526
鈴木元一 342, 736
鈴木穣 778, 781
鈴木裕美 045, 115, **343**, 575
鈴木理江子 121
鈴木力衛 605
スタインベック，ジョン 171
スタニスラフスキー，コンスタンチン・セルゲーヴィチ 148, 176, 521
スタンダール 116, 316
スタンバーグ，ジョセフ・フォン 488
スチャダラパー 567
スチュワート，エレン 506
スティーブンソン，ロバート・ルイス 177
角藤定憲 181, 268, **343**, 351
須藤鐘一 344
須藤南翠 344
ストーン，バディ 175
ストリンドベリ，ヨハン・アウグスト 109, 133, 592, 684
砂本量 344, 575
すまけい 095, **345**
角ひろみ 345, 750, 756, 759, 768, 769, 776
鷲見房子 712
住井すゑ 174, 507
澄川久 722
駿河町人[➡**松居松翁**・松居松葉] 581

せ

世阿弥(世阿彌) 293, 677
贅庵[➡**依田学海**・依田百川・柳蔭] 697
生活を記録する会・劇団三期会 345, 736
青磁三津子 760
青哉[➡**久保栄**・東健吉・松永博・棣棠] 239
セインズベリー，ヘスター・マーガレット 268, 269
セー，エドモンド 378

瀬川菊之丞(六世) 406, 591, 698
瀬川春郎 345, 602
瀬川如皐
　三世 162, 706
　四世 345
　五世 345
瀬川拓男 345, 729
瀬川哲也 122
瀬川昌久 726
関鑑子 155, 784
関きよし 226
関志保子 016
関直彦 107
関弘子 346
関口玄三 153
関口次郎 347, 577
関口存男 347
関堂一 459
関根正二 249
関根弘 152, **347**, 348
関根黙庵 078
関矢幸雄 348
迫静子 348
迫日出雄 348
是好[➡**古河新水**・守田勘次郎・十二世守田勘彌] 549
是水[➡初代竹柴金作・**三世河竹新七**] 190
セダカ, ニール 725
瀬戸英一
　初代 184, 245, **348**, 427, 448
　二世 257, 348
瀬戸半眠 348
瀬戸日出夫[➡**初代瀬戸英一**・閻太郎・碧虚郎] 348
瀬戸内寂聴(瀬戸内晴美) **349**, 716
瀬戸口郁 350
瀬戸山美咲 350, 750
瀬畑奈津子 704
セリーヌ, ルイ=フェルディナン 444
芹川藍 063
千川輝美 274
千家元麿 284, **350**
線香花火(又吉直樹+原偉大) 580
千紫[➡**柳川春葉**] 667
扇田昭彦 048, 073, 178, 401, 434, 473
千田是也 028, 029, 030, 048, 052, 155, 224, 234, 241, 242, 266, 299, 376, 385, 387, 388, 423, 476, 484, 485, 496, 526, 532, 533, 542, 595, 642, 644, 659, 677, 727, 728
扇田拓也 351
千田徹夫 351
善竹忠重 716
千羽ちどり 725
せんぼんよしこ 500

そ

宋教仁 631
宋英徳 351
象千誠 759
添田唖蟬坊 477
添谷泰一 781
五月女ケイ子 567
曽我潤一郎[➡**平戸敬二**・平戸潤] 523
曾我廼家一奴 352
曾我廼家大磯 355
曾我廼家五一郎 352
曾我廼家五九郎 351, 352, 353
曾我廼家五楽 355
曾我廼家五郎[➡中村珊之助・一堺漁人] 114, 291, 351, **353**, 354, 355, 356, 357, 378, 379, 481, 613
曾我廼家五郎八 379, 566
曾我廼家三郎 354
曾我廼家〆太 352
曾我廼家十五[➡**曾我廼家十吾**・大門亭文蝶・曾我廼家文福・茂林寺文福・八方園福松] 355, 356
曾我廼家十吾[大門亭文蝶・曾我廼家文福・茂林寺文福・八方園福松・曾我廼家十五] 233, 313, **355**, 356, 362, 379, 380, 523, 566, 615

曾我廼家十郎[➡中村時代・和老亭倉三・和老亭当郎] 351, 353, 355, 356, 378, 481, 613
曾我廼家四郎 354, 355
曾我廼家太郎 354
曾我廼家鶴蝶 161, 379, 382, 524, 615
曾我廼家蝶六 354, 355
曾我廼家童三 354
曾我廼家富士鳥 356
曾我廼家文福[➡**曾我廼家十吾**・大門亭文蝶・茂林寺文福・八方園福松・曾我廼家十五] 355
曾我廼家致雄 354
曾我廼家明蝶 379, 566
曾我廼家林蝶 355
曽我部和行 012
曽我部マコト 357
ソクーロフ，アレクサンドル 065
園井恵子 327
園池公功 357
園池公致 357
薗田憲一とデキシーキングス 104
園田芳龍 331
祖父江昭二 643, 644, 645
ソフォクレス(ソポクレス) 173
ゾラ，エミール 046, 145, 272, 628
ゾルゲ，リヒャルト 228
ソン・ギウン 377
孫文 631

た

田井洋子 **358**, 366, 478
大愚堂[➡**川尻清潭**・との字・忘路庵] 189
大正天皇[➡皇太子明宮嘉仁] 669
大正まろん **358**, 768, 769, 771
大太郎 761
太地喜和子 610
台場達也 766
大門亭文蝶[➡**曾我廼家十吾**]・曾我廼家十吾[曾我廼家文福・茂林寺文福・八方園福松・曾我廼家十五] 355
平良政幸 704
平淑恵 451
田岡美也子 435, 436, 443
田賀甫 724
高井鷗 757
高井憲 725
高井浩子 **358**
高井正明 365
高泉淳子 **358**, 745, 746
高尾光子 373
高折周一 329
高木史朗 097, 175, **358**, 359, 719
高木達 344, **359**
高木徳子 078
高木登 **359**
高木半 714
高木尋士 762, 764
高倉健 088
高倉健二郎[➡**獏与平太**・古海清湖・古海卓二] 477
タカクラテル[➡高倉テル] 342, **359**
高倉テル[➡**タカクラテル**] 359
高桑徳三郎 **360**, 741
高崎鋭郎 080
高城美輝 725
高須文七 **360**
高杉光吉[➡**小野宮吉**・御厨力] 155
高杉良子 201
高瀬アキ 396
高瀬精一郎 405, 406, 591
高瀬久男 **360**, 575, 789
高田一郎 062, 093, 238
高田宏治 **360**
高田早苗 413
高田聖子 076, 538
高田せい子 724
高田保 162, 210, 347, **361**, 481, 494, 507, 513
高田浩 702
高田文吾[➡**石井均**] **362**
高田実 083, 109, 207, 307, 368, 427, 455, 428
高谷史郎 551

高津一郎 362
高津慶子 547
高津住男 362
高槻新之助 352
高堂要 362
高取英 362
高梨直郎[➡**足立直郎**] 027
高梨康之 363
高根宏浩 331
高野辰之 272
高野長英 117
高野菜々 702
高野真 692
高野竜 756
高羽彩 363
高場光春 779
高萩宏 473
高橋あやのすけ[➡**高橋恵**] 365, 768, 769
高橋いさを 297, **363**, 743, 746
高橋一郎 063
高橋悦史 316, 512, 512
高橋治 364, 739, 783
高橋克昌 779, 780
高橋玄洋 364
高橋清祐 124, 159, 696
高橋丈雄 364
高橋忠雄 722
高橋登美 582
高橋博 364
高橋正徳 360
高橋美和子 767
高橋睦郎 365, 739
高橋恵[➡高橋あやのすけ] **365**, 770, 771, 772
高橋康也 181, **365**, 716
高畑淳子 339
高畑勲 143
高畠素之 146
高畠藍泉[➡三世柳亭種彦] 603
高浜虚子 023, **366**, 714
高原駿雄 297
高平哲郎 366
隆松秋彦 299
高松次郎 154
高松冨久子 138
高見順 040, 632, 711
高見亮子 176, 522, 755
高見沢文江 366, 738
高峰秀子 032, 203
高村光雲 307
高村光太郎 367, 452, 571, 706, 715
高谷伸 367
高屋朗 699
多蛾谷素一 491
高安月郊 367, 710
高山晃 037
高山樗牛 318
高山図南雄 023, 495
田川啓介 758
田川淳吉 286
滝大作 617
滝嘉秋 739
滝蓮子 111
滝沢修 012, 151, 176, 241, 242, 590, 633
滝田栄 025
滝田樗陰 130
滝田貞治 415
滝浪治子[➡加藤治子] 165
瀧花久子 376, 377
滝見すが子 380, 523
滝本祥生 758
田口掬汀 368
田口タキ 087
田口竹男 369
田口トモロヲ 259
田口萌 765
田久保英夫 369
宅間孝行[➡サタケミキオ] **369**
竹内治 370
竹内健 371
竹内銃一郎[➡竹内純一郎] 159, **370**, 407, 741, 742, 746, 747, 748, 751, 754
竹内純一郎[➡**竹内銃一郎**] 741

武内つなよし 568
竹内敏晴 019, 309, **371**
竹内伸光 371, **371**
竹内平吉 275
竹内佑 **372**, 749, 768, 769, 770
竹内好 373
竹河豊子 133
竹腰幸 087
竹澤彌七(十世) 041
竹重邦夫 544
竹下明子 473
竹下英一 132
竹下景子 450
竹柴其水[➡竹柴進三] **372**, 698
竹柴金作(初代)[➡**三世河竹新七**・是水] 190
竹柴賢二 538
竹柴兼三[➡**平田兼三**・平田兼三郎(謙三郎)]
232, 521
竹柴諺蔵[➡**三世勝諺蔵**・勝彦助・浜彦助] 162
竹柴作造[➡**花房柳外**] 498
竹柴秀葉[➡**永谷秀葉**・永谷邦修・市川瓢蔵]
109, **373**
竹柴晋吉[➡**平山晋吉**] 272, 524
竹紫信三[➡**岩崎舜花**] 082
竹柴進三[➡**竹柴其水**] 372
武田操美 766, 768
武田一度 **373**, 769
竹田和弘 757
竹田新[➡山野海] **373**
竹田新太郎 **373**, 699
武田泰淳 026, **373**, 374, 472
竹田敏彦 **374**
武田花 374
武田正憲 205
武田百合子 374
武智鉄二(鐵二) 086, 114, 140, 351, 393,
445, 712, 715, 716, 727
武知杜代子(武智豊子) 352
竹中直人 089, 252, 582, 603, 623
竹永茂生 420
竹の屋[➡**饗庭篁村**] 012
武林無想庵 148
竹村栄一 138
竹邑類 **374**, 725
竹本綾之助 106
竹本越路大夫(四世) 186
竹本大隅太夫(三世) 041
竹本小百合大夫 186
竹本綱大夫(八世) 041
竹本東玉(二世) 137
竹本春太夫(五世) 041
竹本都太夫(八世) 041
嶽本あゆ美 **375**, 757
武山博 737
田郷虎雄 **375**
太宰治 072, 080, 113, 165, 201, 259, 301,
309, **375**, 465, 580
太宰施門 107, 210
田坂具隆 **376**
田崎潤 040
田島淳 018, 175, **377**
田島征三 507
田島博 183
たじま裕一 779
田代倫 **377**
多田慶子 176
多田淳之介 033, **377**, 518
多田徹 348, 785
多田富雄 716
忠の仁 **378**
唯野未歩子 704
立川三貴 436
立川雄三 **378**
立花貞二郎 236
立花家橘之助 105, 106
橘家圓 106
立原正秋 544
龍岡晋 594
辰野隆 210, **378**
辰巳琢郎 445
辰巳柳太郎 042, 153, 310, 361, 439, 481,
560, 561, 661

館直志［➡二世渋谷天外・詩賀里人・川竹五十郎］
356, **378**, 481
伊達暁 449
立川志の輔 707
舘野一美 761
立松和平 382
タナ，テンバ 348
田中一光 020
田中栄三 301, 539
タナカカツキ 032
田中喜三 337, **383**
田中啓一 682
田中浩司 790
田中小太郎 383
田中茂 383, 738
田中俊亮 780
田中正造 627, 630
田中澄江 383, 386, 653
田中聖一郎 603
田中総一郎 169, 183, **384**
田中大助 385
田中貴子 281
田中孝弥 775
田中單之 633
田中千禾夫 062, 171, 182, 211, 383, 384, **385**,
386, 388, 511, 512, 604, 653, 712, 716, 735,
736, 737, 738, 740, 741, 742, 743, 744, 745
田中智学 389, 441, 714
田中允 426, 717
田中守幸 755
田中康義 312
田中遊 771
田中良 272, 340
田中林輔 389
棚瀬美幸 389, 445, 756, 768, 770, 774
田辺茂範 390
田辺聖子 514
田辺剛 390, 756, 757, 768, 769, 770, 771,
772, 776
田辺若男 037
谷賢一 390
谷譲次［➡林不忘・牧逸馬・長谷川海太郎］ **390**, 484
谷貴矢 721
谷ひろし 729
谷正純 390, 720
谷岡紗智 779, 782
谷川俊太郎 391, 419, 571, 737, 788
谷川徹三 391
谷口千吉 612
谷口守男 391, 533, 534
谷崎潤一郎 055, 100, 111, 246, 361, 379,
391, 392, 393, 427, 548, 569, 711
谷崎精二 391
タニノクロウ 070, **393**, 748, 749, 750
谷畑美雪 053
谷屋充 394
谷山浩子 238
ダヌンツィオ，ガブリエーレ 148
種田山頭火 628
田上豊 394
田原総一郎 320
田渕大輔 721
喰始 394
玉井敬友 395
田槙道子 395
玉野井直樹 514
玉松一郎 156
田宮虎彦 653
田村秋子 182, 211, 245, 387, **395**, 396,
489, 595, 637
田村勝彦 553
田村松魚 396
田村泰次郎 146, 153
田村孝裕 395, 749, 750, 754
田村高廣 039
田村俊子［➡佐藤露英］ **396**
田村寿二郎 137
田村成義 137
田村西男 254, 348, **396**
田村正和 441, 616
田村亮 496
田谷力三 273

田山花袋 108, 319, 577, 615
タランティーノ，クエンティン 252
TALOH(タロー) 746
多和田葉子 396, 465
俵万智 396, 694
檀一雄 080
壇臣幸 170
檀真夫 738
丹阿弥谷津子 424, 459
ダンセイニ(ダンセニイ) 167, 249, 622, 694
段田安則 473, 474
ダンテ 149
丹波哲郎 035, 192

ち

千秋実 200, 238, 298
崔承喜(チェ・スンヒ) 279, 284
チェーホフ(チエホフ)，アントン 020, 046, 048, 089, 090, 091, 165, 195, 219, 235, 242, 243, 246, 259, 263, 280, 281, 283, 294, 319, 332, 341, 342, 369, 370, 371, 379, 409, 411, 437, 452, 491, 526, 528, 553, 589, 623, 652, 666, 700
近石真介 396
近石綏子 396, 738
近松秋江 396
近松半二 529
近松門左衛門 024, 048, 060, 068, 099, 130, 195, 236, 258, 276, 335, 346, 384, 390, 395, 492, 498, 524, 589, 671, 693, 706, 711
知切光歳 397
知念正真(ちねんせいしん) **397**, 741
知念正文 398
茅野イサム 499
千葉勝五郎 537
千葉省三 223
千葉蝶三郎 523
千葉哲也 170
千葉雅子 398
千葉泰樹 202
知花昌一 294
千谷道雄 313
茶川一郎 699
チャピン，ハロルド 149
チャペック，カレル 341
chari-T(チャリティー)［**➡楢原拓**］463
中條岳青 763, 764
中尊寺ゆつこ 095
チュートリアル(徳井義実＋福田充徳) 580
チョ・スンヒ 279
趙方豪 465
蝶花楼馬楽(三世) 693
潮声［**➡大坪草二郎**］124
蝶々・雄二［➡ミヤコ蝶々・南都雄二］018
千代次 648
鄭義信 279, **398**, 399, 400, 432, 743, 744, 745, 751, 753
チンギス・ハーン 103

つ

つかこうへい 055, 076, 170, 173, 255, 297, 321, 363, 396, 398, **401**, 402, 403, 404, 480, 490, 491, 499, 574, 600, 740, 744, 745
司葉子 039, 203
津上忠 041, 156, **404**, 500, 514, 590
津嘉山正種 136
津川雅彦 364
月城小夜子 161
佃典彦 406, 748, 752, 755, 756
つげ義春 113
辻邦生 408
辻潤 054, 477, 630
辻孝彦 178
辻久一［➡野上徹夫］**408**, 653
辻仁成 408
辻田たくと 767
辻野良一 495, 540
辻村ジュサブロー 569
辻村澄江 385

辻本久美子 781, 782
辻山春子 087, **408**, 458, 566
津田京子 158
土田新三郎 **408**
土田英生 **408**, 586, 716, 746, 747, 752, 754, 767
土田ユミ 137
土橋淳志 **410**, 750, 770, 771, 772
土屋清 **410**, 784
土屋真衣 178
土屋理敬 **410**, 752
土屋亮一 **410**
土屋良太 705
筒井加寿子 772
筒井敬介 786
筒井ともみ 308, **410**
筒井広志 **410**
筒井康隆 198, **410**, 411, 475, 507
都築文男 603
堤真一 474, 475
堤剛 412
堤春恵 **412**
堤泰之 **412**, 443
堤幸彦 450
恒川登志夫[➡言問文星(**言問三平**)・**大宮敏充**] 274
津野海太郎 148, 164, 235, 302, 682
津野充 768
坪井正直 671
坪井操 632
坪内士行 275, 276, **412**, 413, 430, 443, 718
坪内逍遙[➡春の屋(春廼屋・春の屋主人・春の屋おぼろ〈朧〉)] 048, 073, 079, 139, 144, 145, 147, 162, 181, 193, 258, 272, 307, 318, 319, 331, 332, 336, 344, 367, 389, 412, **413**, 414, 415, 416, 417, 423, 448, 483, 492, 502, 581, 622, 673, 681, 695, 715
坪田譲治 328, **417**, 432
妻夫木聡 474
津村紀三子 714
津村京村 **417**
津村健二 500
津山啓二 725
露口茂 364
ツルゲーネフ，イワン 254
鶴澤清治 713
鶴澤清六(三世) 041
靍田俊也 188
鶴屋団十郎 353
鶴屋南北
四世[⬅初代勝俵蔵] 054, 141, 172, 191, 235, 276, 340, 342, 441, 452, 521, 524
五世 191
六世[⬅食満南北] 258

て

ディアギレフ，セルゲイ 642
ディーツ，スティーヴン 112
ディートリッヒ，ルドルフ 220
ティーバン，コリン 476
ディーン，ジェームズ 450
ディケンズ，チャールズ 123
ディック，フィリップ・K 047
亭々生[➡**真山青果**] 596, 668, 669
棣棠[➡**久保栄**・東健吉・松永博・青哉] 207
デヴィ夫人(ラトナ・サリ・デヴィ・スカルノ) 351
出口典雄 **418**
手塚治虫 048, 307
テニスコーツ 033
デュシャン，マルセル 370
デュマ，アレクサンドル
ペール(父) 360, 492, 534
フィス(息子) 147
デュラス，マルグリット 334
デュラン，シャルル 510
寺崎秀臣 263
寺崎浩 427
寺崎裕則 349, 725
寺島アキ子 **418**, 736
寺田瀧雄 094, 316, 672
寺田寅彦 552

人名索引

寺本建雄 055
寺山修司 025, 026, 110, 118, 177, 192, 215, 216, 254, 262, 268, 279, 363, 400, **418**, 419, 420, 421, 422, 423, 445, 465, 472, 476, 505, 507, 543, 636, 678, 701, 729, 737, 739
寺山はつ 419, 421
寺脇康文 619
デリダ，ジャック 025
暉峻康隆 257
照屋林賢 308
電気グルーヴ 033
天光眞弓 063
天童荒太［➡栗田教行］ **423**
天皇裕仁［➡昭和天皇］ 304
てんぷくトリオ（三波伸介＋戸塚睦夫＋伊東四朗） 071

と

土井逸雄 **423**
戸井十月 **423**
土肥春曙 048, 414, **423**, 671
土井行夫 **423**
戸板当世子 425
戸板康二 189, 225, 233, 246, 267, **424**, 425, 525, 603, 604
トウェイン，マーク 037
東帰坊［➡幸堂得知・劇神仙］ 267
東儀鉄笛 284, 389, 414, 423
ドゥクフレ，フィリップ 307-308
峠三吉 410
東郷静男 276, 719
藤舎呂英 713
東洲斎写楽 664
桃中軒花月 419
桃中軒雲右衛門 631
東野英治郎 266, 384, 387, 388, 389
東野芳明 045
堂本甫 781
堂本正樹 171, **425**, 445, 605, 715, 738, 739
東陽片岡 070
蟷螂襲 **426**, 465, 747, 766, 767
遠山一行 651
遠山静雄 340, 489, 727
戸川耕山 715
戸川秋骨 317
戸川幸夫 515
土岐八夫 686
土岐雄三 408
土岐善麿 714
時枝正俊 773, 774
鴇田英太郎 **426**
時任顕示 070
常盤貴子 217
徳井義実 580
徳尾浩司 **427**
徳川家康 193, 416
徳川夢声 035, 377, 493, 550, 604
徳田球一 226
徳田秋声 027, 131, **427**, 577, 615, 667
徳田戯二 **427**
徳田純宏 **428**
Dr.エクアドル **428**
徳富蘇峰 428
徳冨蘆花 135, **428**, 462, 574, 628
ドクトル・チエコ 225
徳永直 155, **429**
徳永街子 136
徳升弘子 153
徳丸勝博 **429**, 738, 739, 740
戸坂潤 641
外崎恵美子 153, 287, 481, 560
利倉幸一 079, **429**
豊島屋主人［➡鈴木泉三郎］ 340
ドストエフスキー，フョードル 021, 310, 362, 552, 659
戸塚直人 778
戸次重幸 652
トニー谷 492
との字［➡川尻清潭・大愚堂・忘路庵］ 189
土橋成男 224, **429**

外波山文明 382
登張竹風 059, 060
トビァス，チャールス 462
トポル，ヨゼフ 639
ドボルザーク，アントニン 658
泊篤志 430, 747, 755
富岡泰 713
富岡多恵子（多恵子） **430**, 445, 740
冨田啓介 777
富田靖子 403, 474
富永シヅ子 086
富永友紀 702
友田恭助 096, 111, 182, 211, 245, 395, 637, 653
友田純一郎 568, 569
友松円諦 397
外山俊平［➡**村山知義**］ 641
豊岡佐一郎 183, **430**
豊川悦司 217
豊沢団平 041, 146
豊沢千賀 186
豊島与志雄 210, **430**
豊田四郎 067, 493
豊田正子 109
豊田豊 431
豊臣秀次 066
豊臣秀吉 417
豊臣秀頼 416
登米裕一 431, 758, 768
トリー，ビアボム 581
鳥居与三 431
鳥海二郎 431
鳥江銕也 431
鳥山フキ 431, 470
鳥山昌克 178
トラー，エルンスト 491
ドルーテン［➡ヴァン・ドルーテン，ジョン・ウィリアム］ 182
トルストイ，レフ 467, 484, 636, 637
トレチャコフ，セルゲイ 117
鈍翁［➡益田孝］ 578
トンコノジイ，ガートルード 167

な

内木文英 432, 730
内藤濯 210
内藤裕敬 019, 084, 372, 407, **432**, 445, 743, 744, 745, 746, 747, 766
内藤裕子 754
内藤幸政 433
内藤礼 122
直木三十五 148, 183, 249
仲武司 433, 736
中井桜渓 352
中井貴一 619
中井英夫 418, 472
中井安治 735
中井泰孝 433
永井愛 115, **433**, 434, 438, 746, 747, 748, 749, 751
永井荷風 047, 238, 244, 246, 271, 301, 392, **438**, 441, 576
永井潔 433
永井龍男 287, 364, **438**
永井智子 438
ナガイヒデミ 771, 781
永井路子 443
中内蝶二 438
中江兆民 268, 343
中江良夫 085, 114, **439**
長緒始 764
長岡輝子 016, 043, 044, 165, 167, **440**, 459, 530, 653
長沖一 160
中上健次 375, **440**
中川彰［➡**奈河彰輔**］ 461
中川霞城［➡霞城山人］ 715
中川紀元 096
中川三郎 726
中川信夫 487
中川昌 307

中河与一 691
仲木貞一 204, **440**
中越信輔 782
永作博美 648
中里介山 389, **440**, 441
中沢啓治 217
仲沢清太郎［➡仲島淇三］ 438, **441**
中澤日菜子 758, 775
中島かずき［➡かずき悠大］ 076, **441**, 745, 746, 747, 752, 754
中島葵 025
中島淳彦 **442**, 748
中島喜一郎 153
仲島淇三［➡**仲沢清太郎**］ 441
中島末治 **443**
中島丈博 **443**
中島哲也 273
中島利郎 370, 460, 582, 697
中島みゆき 375
中島楽翁 067, 378
中島らも 426, **444**, 445, 744
中島陸郎 076, **445**
長島確 452
長島槇子 070
長島丸子 361
長島隆二 059
なかじょうのぶ 756
永瀬義郎 361, 728
ナカタアカネ 771
中田あかね 767, 768
中田正造 495, 602, 688
中田満之 756
中田耕治 **446**
中田竜雄 726
中田喜直 096
永田衡吉 **446**
長田秀雄 **446**, 447, 693
永田雅一 698
長田幹彦 **447**
仲代達矢 028, 384, 700
中谷徳太郎 **448**, 483
中谷まゆみ **448**, 747
永谷秀葉［➡**竹柴秀葉**・永谷邦修・市川瓢蔵］ 373
永谷邦修［➡**竹柴秀葉**・永谷秀葉・市川瓢蔵］ 373
長塚京三 280
長塚圭史 **449**, 747, 748, 749, 752, 753
長塚節 067, 116, 660
中津留章仁 **450**, 451, 749, 750, 753, 754
長門裕之 050
中西伊之助 **451**
中西和久 541
中西夏之 154
中西羊髯 067, **451**
なかにし礼 **451**
中野敦之 178
中野幾夫 402
中野成樹 **451**
中野重治 240
中野正剛 452
中野秀人 **452**, 495
中野實 039, **452**, 724
中野好夫 225
長野精一 641, 735
永野芳光 642
中原指月 **454**
中原俊 617
中原中也 372
永見徳太郎 **455**
中村敦夫 198
中村育二 **455**
中村歌右衛門
　五世［⬅五世中村芝翫］ 107, 108, 190, 233, 266, 267, 318
　六世［⬅六世中村芝翫］ 101, 111, 152, 190, 313, 331, 559, 561, 563, 604, 605, 698
中村梅之助（四世） 591
中村魁車 130, 267
中村一徳 359, 720
中村歌門（二世） 405
中村歌六（三世）［➡初代中村時蔵］ 344, 356
中村嘉葎雄（賀津雄） 533, 534, 610

中村翫右衛門(三世) 155, 405, 406, 591, 698
中村勘九郎(五世)[➡十八世中村勘三郎] 473, 475, 614, 705
中村翫左衛門 546, 549
中村勘三郎
十七世[⬅四世中村もしほ] 041, 042, 100, 101, 111, 169, 193, 510, 515, 515, 548, 559, 561, 562, 640, 695
十八世[⬅五世中村勘九郎] 080, 237, 473, 473, 475, 510, 582, 614, 705
中村丸升 344
中村翫雀(四世)[➡二世中村鴈治郎] 267
中村鴈治郎
初代 129, 130, 204, 205, 258, 266, 267, 367, 454, 481, 706
二世[⬅四世中村翫雀] 111, 152, 267, 382, 497, 548, 559, 563
中村勘太郎(二世)[➡六世中村勘九郎] 473
中村吉右衛門
初代 036, 099, 100, 132, 137, 190, 305, 366, 549, 684, 685, 695, 696
二世 563
中村吉蔵 066, 119, 131, 150, 268, 272, 307, 396, 427, 440, 446, **455**, 490, 525
中村公三郎 592
中村欽一 788
中村錦之助(初代)[➡萬屋錦之介] 068, 138, 308, 376, 429, 487, 533
中村賢司 **457**, 768, 769, 770, 771, 772, 776, 777
中村佐伝治 220
中村暁 720
中村珊瑚郎 353
中村珊之助[➡**曾我廼家五郎**・一堺漁人] 353, 357, 481
中村芝翫
四世[⬅初代中村福助] 373
五世[➡五世中村歌右衛門] 107, 108, 206, 272, 428, 483
六世[➡六世中村歌右衛門] 152, 267
七世[⬅七世中村福助] 111, 152
中村芝雀
四世[➡三世中村雀右衛門] 258, 368
六世[➡四世中村時蔵] 725
中村雀右衛門
三世[⬅四世中村芝雀] 368
四世[⬅七世大谷友右衛門] 331, 548, 646
中村俊一 022, 054, 156, 253
中村真一郎 164, 165, 301, 457
中村星湖 244
中村是好 **457**, 463
中村扇雀
二世[➡四世坂田藤十郎] 107, 382, 475, 497
三世 475
中村宗十郎 343
中村哮夫 062, 203, 246
中村孝子 087, **458**, 566
中村玉城 424
中村哲郎 102, 108
中村時蔵
初代[➡三世中村歌六] 356
三世 232, 454
四世[⬅六世中村芝雀] 725
中村時代[➡**曾我廼家十郎**・和老亭倉三・和老亭当郎] 353, 356, 481
中村富十郎(五世) 041, 107
中村暢明 **458**, 754
中村伸郎 209, 272, 458, 553, 554, 557, 595, 622
中村登 108
中村梅玉
二世[⬅高砂屋三世中村福助] 258
三世[⬅高砂屋四世中村福助] 130, 205, 266
中村八大 104, 371
中村福助
《成駒屋》
四世[➡五世中村芝翫・五世中村歌右衛門] 190
五世 487, 488
六世[➡六世中村芝翫・六世中村歌右衛門] 152, 267
九世 475

《高砂屋》
　四世［➡三世中村梅玉］ 205, 258
中村まこと 398
中村正常 051, 284, 296, **458**
中村又五郎（初代） 621
中村まり子 **458**
中村光夫 ［➡木庭一郎］ 147, 274, **458**, 736
中村稔 658
中村メイコ 458
中村もしほ（四世）［➡十七世中村勘三郎］ 695
中村ゆうじ 623
中村芳子 481, 779, 790
中屋敷法仁 **459**, 750
中山うり 767
ナカヤマカズコ 758
中山十戒［➡**芦屋雁之助**］ **460**
中山晋平 204, 319, 646
中山善三郎 **460**
中山みき 394
中山侑 **460**, 697
中山祐一郎 449
長山藍子 515
永山智行 **460**, 755, 773
永山則夫 123, 170, 171
長与善郎 284, 331, **460**
半井桃水 562
菜川作太郎［➡榊原直人］ **461**
奈河彰輔［➡中川彰］ **461**
名久井直子 543
名倉加代子
名古屋宏
名児耶ゆり 314
夏井孝裕 **461**, 756, 774
夏川静江 155
菜月チョビ 600
夏堀正元 737
夏目漱石 025, 058, 248, 393, 418, 434,
　437, 500, 616, 628, 639, 674
夏目千代 **461**
夏目雅也 767
七尾旅人 033
浪花千栄子 379, 566
鍋井克之 381
生井健夫 054
生瀬勝久［➡槍魔栗三助］ 237, 433, **462**, 475,
　619
波岡惣一郎 438
並木萍水 428, **462**, 668
並木行雄［➡蒲生重右衛門］ 726
波島貞 **462**, 463, 726
奈良稔 724
奈良岡朋子 159
楢原拓［➡chari-T］ **463**
成田次穂 238
成井豊 159, **463**, 464, 730, 744, 745
成澤昌茂 **464**
成瀬正一 204
成瀬昌彦 030, 056, 311, 467
成瀬巳喜男 185, 203, 612, 622, 645,
　661
成瀬無極 **464**
鳴海康平 511
鳴海四郎 165
鳴海良介 646
名和左膳［➡**名和青朗**］ 465
名和青朗［➡名和左膳］ **464**
南江二郎 **465**
南條範夫 383, 405
南都雄二 018, 513
南部圭之助 724, 726
南部友美 280

に

新倉博道 686
ニーチェ，フリードリヒ 310, 650
仁王門大五郎 **465**
二階堂智子 760
二九亭十八［➡**十一世市川團十郎**］ **465**
西哲生 717
西史夏 771, 777, 782
西尾佳織 **465**, 750

西岡慶子 481
西上寛樹 782
西川清之 466
西川鯉三郎 226
西川古柳(四世) 727
西川信廣 500, 564, 590
西川りてふ 316
西木一夫 321
西沢揚太郎 466
西島明 466
西島大 466, 467, 737, 740, 741
西田シャトナー 308, **467**
西田昭市 425
西田天香 250, 251, 286, 314, **467**
西田敏行 063, 665
西田二丸 421
西野千雅子 614
西野春雄 713, 717
西之園至郎 467
西村晃 514, 728
西村惇 735
西村博子 340, 633
西村雅彦 618
西本政春 477
西森英行 467
西脇順三郎 165
二反田幸平 767
新田次郎 123
新渡戸稲造 036
蜷川幸雄 013, 021, 024, 026, 029, 073, 089, 177, 180, 216, 259, 320, 321, 322, 323, 325, 365, 401, 471, 475, 479, 543, 550, 569, 571, 696
二宮和也 450
二宮行雄 107, **467**
二瓶鮫一 020, 435
にへいたかひろ 774
二瓶龍彦 760
日本ひろし 760
丹羽文雄 654

ぬ

額田六福 026, 087, 128, 249, 334, 383, 408, **468**
温水洋一 567, 623
沼正三 363
沼尻渡 782

ね

根岸吉之助 361
根岸東一郎 138
根岸季衣 401, 490
根津甚八 177
ネプチューン(名倉潤＋原田泰造＋堀内健) 707
根本淳 489
根本宗子 469, 750

の

野上彰 469
野上徹夫[**➡辻久一**] **408**
野川由美子 114
野木萌葱 469, 749, 754
野口幸作 721
野口聡 281
野口卓 469
野口達二 469, 738
野口善春 035
野坂昭如 104, 225, 254
野沢喜左衛門 226
野澤松之輔 711
熨斗進上 372
野島昭生 362
野島一郎 330, 331
野島伸司 601
能島武文 217, **470**
野尻敏彦 253
ノゾエ征爾 314, 431, **470**, 583, 647, 749
野田市太郎 471
野田治彦 761

野田秀樹 093, 232, 264, **472**, 473, 474, 475, 476, 517, 616, 619, 705, 730, 742, 744, 745, 746, 747, 748, 749, 750, 751
野中隆光 015
野中友博 **476**, 761
野淵昶 308, 430, 431, **476**
野部靖夫 188, 396
野辺地天馬 641
登り山美穂子 764
野間清治 596
野間宏 242, 342, **476**, 495, 736
野宮安寿[➡半澤寧子] 746
野宮真貴 502
野村胡堂 169
野村眞仁 482
野村喬 280, 597
野村芳亭 070, 117, 249
野村萬(初代)[⬅四世野村万之丞] 062
野村萬斎(二世) 068, 181, 366, 716
野村万作(二世) 365
野村万之丞(五世) 716
野村芳太郎 312
野村玲子 026

は

バーネット，フランシス・ホジソン 155
ハーマン，ヘンリー 108
ハーン，ラフカディオ 294, 679
バーンスタイン，レナード 359
灰田勝彦 723
ハイネ，ハインリヒ 505
灰野庄平 130, **477**
パイル，アーニー 726
バイロン，ジョージ・ゴードン 147, 222
バウシュ，ピナ 470
ハウプトマン，ゲアハルト(ゲルハルト) 060, 240, 491, 684
芳賀矢一 336
バカリズム 707
波木井皓三 059
萩尾望都 249
萩原朔太郎 200, 203, 204, 301, 332, 688
萩原朔美 421
萩原流行 401
萩原雄太 776
萩本欽一 433
萩元晴彦 285
獏与平太 [➡古海清湖・古海卓二・高倉健二郎] **477**
爆笑問題(太田光＋田中裕二) 707
白楽天(白居易) 438
はぐるま座創作集団 **477**
ハケット夫妻(アルバート・ハケット&フランセス・G・ハケット) 397
迫間健 **477**
間無声 083, 269
橋幸夫 095, 114, 477
土師清二 **477**
はしぐちしん **478**, 770
橋田壽賀子 **478**
橋爪功 338, 472, 476, 665
橋間嘉作[➡**池田正之**・ガヴリエル, M(マルティーヌ)] 050
橋本泉 760
橋本治 **479**
橋本忍 070, 443
橋本じゅん 076
橋本匡 772
橋本与志夫 225
バスカーリア，レオ 378
蓮田亨 760
蓮見正幸 **480**, 749, 764, 765
長谷健 550
はせひろいち 445, **480**, 523, 747, 748, 756, 761, 762
長谷基弘 **480**, 746, 747, 755, 756
長谷川彩 759
ハセガワアユム 759, 777
長谷川芋生[➡**長谷川伸**・山野芋作] 485
長谷川海太郎[➡**谷譲次**・林不忘・牧逸馬] 390, 484

長谷川一夫［➡林長二郎］ 070, 092, 094, 200, 224, 486, 497, 507, 559, 569, 602, 666
長谷川幸延 258, 379, 380, **481**, 482, 613
長谷川孝治 **482**, 746, 747, 755
長谷川幸次郎 781
長谷川時雨 111, 135, 236, 448, **482**, 483, 484, 621
長谷川四郎 152, 390, **484**, 485
長谷川次郎 642
長谷川伸［➡長谷川芋生・山野芋作］ 014, 051, 052, 199, 222, 231, 342, 394, 461, 466, 478, 481, **485**, 486, 487, 488, 489, 499, 503, 515, 540, 640
長谷川伸二 738
長谷川如是閑 **489**
長谷川裕久 **489**, 746, 747
長谷川町子 153
長谷川康夫 401, **490**
長谷部慶次 081, 544, 738
長谷部孝 **490**
長谷部浩 221, 473
長谷山峻彦 **490**
パゾリーニ, ピエル・パオロ 197
羽田昶 713, 717
バタイユ, アンリ 319
バタイユ, ジョルジュ 444
畑耕一 **491**
秦恒平 491
畑穣 602
秦建日子 **491**
秦豊吉［➡丸木砂土］ 200, 330, **491**, 492, 615, 684, 722, 724
秦豊助 355
畠山古瓶 **492**
畠山龍子 702
畑澤聖悟 460, **492**, 731, 750, 753
畑中蓼坡 088, 131, 205, 577, 641, 691
波多野秋子 036
蜂谷涼 350
初井言榮 136
初瀬浪子 129, 392, 502, 650
八田尚之 **493**, 494
八田満穂 364
八田元夫 230, 376, 378, **494**, 526, 567, 633, 641, 696, 703
服部紘二 759
服部秀 **495**
服部隆之 618
服部塔歌 **495**
服部良一 331, 492
はっぴいえんど 571
八方園福松［➡**曾我廼家十吾**・大門亭文蝶・曾我廼家文福・茂林寺文福・曾我廼家十五］ 355
鳩山一郎 355
鳩山由紀夫 518
ハナ肇 320
ハナ肇とクレージーキャッツ 320
華岡青洲 039, 286
花沢健吾 601
花田明子 767, 768
花田清輝 152, 234, 347, 452, 484, **495**, 736
花登筐 203, 308, **496**, 498
バナナマン（設楽統＋日村勇紀） 707
花菱アチャコ 017, 481
花房徹 433
花總まり 576
花房柳外［➡竹柴作造］ 083, 145, 206, **498**
英太郎（初代） 349
花森安治 424
花柳喜章 481
花柳章太郎 059, 060, 061, 105, 154, 169, 183, 184, 185, 186, 187, 188, 236, 242, 244, 245, 246, 348, 349, 382, 393, 439, 453, 454, 559, 562, 593, 594, 595, 684, 685
花柳輔蔵 726
花柳武始 453
花柳はるみ 452
花柳みどり 481
花和幸助 523
羽仁進 320
羽仁もと子 641
羽仁吉一 641

埴谷雄高 028, 363, 495
羽生生純 583
羽田衣壬子 280
羽野晶紀 474
馬場あき子 499, 716
馬場奈津美 443
馬場広典 761
羽原大介 499
浜彦助［➡**三世勝諺蔵**・竹柴諺蔵・勝彦助］ 162
浜木綿子 498
ハマースタイン（二世），オスカー 097
浜田善彌 499, 739
濱田辰雄 728
濱田秀三郎（日出三郎） 370, **499**
浜田右二郎 111
浜田八洲夫 274
浜村米蔵 108, **499**
葉村年丸 539
早川三代治 499
早坂暁 500
早坂久子 500, 735, 737
林黒土 501
林慎一郎［➡ミサダシンイチ］ **501**, 771, 776
林長二郎［➡長谷川一夫］ 224, 602
林次樹 281
林悌三 092
林二九太 501
林信男 782
林光 163, 304, 348, 535
林英樹 501
林房雄 501
林不忘［➡**谷譲次**・牧逸馬・長谷川海太郎］ 390, 484, 534
林芙美子 072, 200, 202, 203, 493, 612
林巻子 502
林又一郎 542
林真理子 263
林万太 756
林和［➡玄川］ **502**
林幸彦 735
林家トミ 514
早野寿郎 105, 130, 156, 552, 610
早船聡 502, 750
原彰 725
原巌 503
原一男 077
原金太郎 335
原源一 503, 736, 738
原浩一 725
原サチ子（原幸子） 280
原武彦 782
原譲二［➡**北島三郎**］ 027, **503**
原民喜 386, 587
原千代海 503
原信子 078
原秀子 016, 569
原博 503
原律子 095
原田郁子 543
原田一樹 396, 431, **503**
原田修一 455
原田潤 104
原田マハ 504
原田宗典 504
原田ゆう 504, 759, 778, 782
原田裕子 692
原田善人 165
原田諒 721
バリー，ジェイムズ 443
春稀貴裕 336
バルトーク（バルトーク・ベーラ・ヴィクトル・ヤーノシュ） 422
榛名由梨 316
春の屋（春廼屋・春の屋主人・春の屋おぼろ〈朧〉）［➡**坪内逍遙**］ 413
パルバース，ロジャー［➡**ロジャー・パルバース**］ 071, 474, 701
バロウズ，ウィリアム 461
ハンキン，セント・ジョン 205
半澤寧子［➡野宮安寿］ 746, 773
伴淳三郎 088, 352, 699
伴心平 523, 524, 615

番匠谷英一 014, **504**
ハンター，キャサリン 475
半田綾子 422
坂東好太郎（初代） 621
坂東秀調（三世） 132, 232
阪東寿三郎（三世） 167, 266, 267, 384, 393
坂東玉三郎（五世） 040, 119, 267, 375
阪東妻三郎 085, 560
坂東彦三郎（六世） 488
坂東三津五郎
七世［⬅二世坂東八十助］ 092, 137, 685, 694
八世［⬅六世坂東蓑助］ 014, 042, 267, 429, 504, 559, 563, 666
十世［⬅五世坂東八十助］ 383, 475
坂東簑助（六世）［➡八世坂東三津五郎］ 014, 429, 504, 666
ハンレディ，ジョセフ 112

ひ

ピアフ，エディット 636
ピース（綾部祐二十又吉直樹） 580
ピーター（池畑慎之介） 258
ビートルズ 502
ピープルシアター 652
日色ともゑ 159
ピエル・ボーイズ 699
日置貴之 308
東憲司 **505**, 748, 753, 754
東由多加 419, 421, **505**
東陽一 **506**, 741
東野圭吾 463
東山千栄子 133, 266, 725
東山紀之 587
ピカソ，パブロ 173, 182
樋口一葉 113, 246, 265, 287, 437, 562, 569
樋口紅陽 **507**
樋口十一 **507**
樋口正文 **507**
樋口ミュ［➡樋口美友喜］ 445, **507**
樋口美友喜［➡**樋口ミュ**］ 445, 507, 767, 768
久板栄二郎 155, **508**, 510, 603, 643, 735, 736, 737, 738, 783
久生十蘭［➡阿部正雄］ 096, **510**
久富惟晴 020
久松一声（一聲） 275, 330, 413, **510**, 718
久松喜世子 481, 689
久松静児 067, 387
久松信美 045
久丸叟助［➡**伊馬春部**・伊馬鵜平］ 080
土方巽 114, 178, 217
土方定一 728
土方鉄 **511**
土方正巳 728
土方与志 104, 148, 149, 162, 169, 209, 240, 250, 299, 342, 404, 516, 547, 567, 604, 642
肥田皓三 725
肥田知浩 758, 771, 775
左とん平 498
左卜全 146, 147
羊屋白玉 **511**
ビッソン，アレクサンドル 046
ピトエフ，ジョルジュ 085, 210
一橋壮太朗 616
一柳俊邦 **511**
人見嘉久彦 **511**, 738
人見きよし 160
ヒトラー（ヒットラー），アドルフ 531, 608
日夏耿之介 605
火野葦平 104, 361, 439, **512**, 550
日野啓三 365
火野砦 765
響リュウ **513**
ピピットクン，ニミット 474
日比野ざざ 249
ヒムラー，ハインリヒ 620
日向すゞ子［➡**日向鈴子・ミヤコ蝶々**］ **513**
日向鈴子［➡**日向すゞ子・ミヤコ蝶々**］ 124, 513, 514
ビューヒナー，ゲオルク 302
ひょうた 757, 763
平幹二朗 021, 266, 312, 365
平井澄子 111, 389

平井房人 018, 514
平石耕一 **514**, 746, 789
平岩弓枝 486, **515**, 716
平岡梓 605
平岡権八郎 693
平岡正明 486
平賀健作 765
平木白星 **516**
平沢計七［➡平沢紫魂］**516**
平沢紫魂［➡**平沢計七**］516
平沢是曠 735
平識晶子 398
平田オリザ 033, 089, 134, 168, 234, 257, 314, 445, 460, **517**, 518, 519, 521, 542, 573, 580, 586, 601, 623, 669, 696, 745, 750, 751, 752, 753
平田兼三郎(謙三郎)［➡**平田兼三**・竹柴兼三］232, 521
平田兼三［➡竹柴兼三・平田兼三郎(謙三郎)］342, 405, **521**, 590
平田武 590
平田俊子 **522**, 746, 747, 748
平田広明 281
平田満 401, 437, 490
平田都 **522**
ひらたよーこ 410
平塚直隆 **523**, 758, 773, 774, 775
平塚らいてう 436, 630, 693
平戸敬二［➡曽我潤一郎・平戸潤］**523**
平戸潤［➡**平戸敬二**・曽我潤一郎］523
平野郁子 644
平野共余子 294
平野甲賀 302, 304
平山晋吉［➡竹柴晋吉］**524**
ピランデルロ，ルイジ 446
広岡由里子 259
広奥康 362
広島友好 761, 782
広末保 **524**, 737
広末涼子 474
広瀬香美 115
広田淳一 **525**, 758, 759
広田雅之 **525**, 736, 738
広田ゆうみ 614
広津和郎 **525**
弘津千代 **525**
広津柳浪 300, 462, **525**
広野広（＋**小田健也**）**525**, 739
広渡常敏 244, 345, **526**, 532, 534
ピンク地底人3号 775
ピント，インバル 308

ふ

フィッシュマンズ 033
フィッツジェラルド，フランシス・スコット・キー 261
富貴晴美 692
プーシキン，アレクサンドル 316
フェリーニ，フェデリコ 517
フェルメール，ヨハネス 519
フェレンツ，モルナール 341, 554
フォーブス，キャスリン 182
深井順子 066
深浦加奈子 669
深作欣二 404, 526
深沢七郎 **526**
深沢清造 685
深瀬サキ **527**, 741
深津絵里 472, 473, 474
深津篤史 084, 358, 445, **527**, 528, 746, 766, 767
深見重左衛門 502
深谷照葉 776
吹越満 623
福井泰司 522
福井茂兵衛 351
福澤諭吉 085, 131
福士賢治 482
福島清 650
福島三郎 **528**
福島まり子 443

福田薫 057
福田さゆり 137
福田修志 758, 779
福田須磨子 539
福田卓郎 528
福田恆存 026, 116, 259, 332, 411, 459, **529**, 530, 531, 605, 735
福田逸 383
福田正義 477
福田雄一 531
福田陽一郎［➡伊那洸・恩田誘］**531**
福田善之 048, 176, 198, 234, 280, 301, 337, 375, 509, **532**, 533, 534, 541, 658, 729, 736, 737, 738, 739, 740, 753, 790
福田蘭童 223
福地桜痴［➡福地源一郎］107, 131, 181, 194, 258, 438, **536**, 537
福地源一郎［➡**福地桜痴**］131
福永郁央 780
福永武彦 166, 263
福原充則 538, 749, 750
袋正 570
藤秀璻 538
不二洋子 296, 298, 348
藤井乙男 539
藤井薫 538
藤井謙一 124
藤井ごう 294, 763
藤井大輔 721
藤井真澄 440, **538**
藤井由紀 178
藤井瞭一 539
藤尾純 016, 569
藤川健夫 539
藤川縫之助 232
藤木宏幸 498
ふじきみつ彦 539
藤子不二雄 612
藤澤浅二郎 059, 082, 145, 146, 181, 307, 368, **539**, 684
藤沢周 564
藤沢周平 696, 720
藤澤清造（清造）426, **540**
藤澤桓夫 328
藤澤陽一 755
藤島一虎 540
藤島宇内 533
藤島武二 642
藤代禎輔 714
ふじたあさや 093, 397, 532, **540**, 541, 542, 716, 738, 739, 786
藤田朝也［➡**ふじたあさや**］532, 540
藤田紫影 542
藤田潤一 542
藤田草之助 542
藤田貴大 033, **542**, 731, 749, 754
藤田正 735
藤田親昌 540
藤田傳 057, **544**
藤田敏雄 545
藤田敏八 095, 312
藤田富士男 516
藤田まこと 160, 371
藤田満雄 155, 429
藤野古白 545
藤間勘十郎
　五世［⬅初代藤間勘祖］483
　六世［➡二世藤間勘祖］041, 111, 331, 510
　七世［➡三世藤間勘祖］672
藤間勘祖
　二世［⬅六世藤間勘十郎］041, 510
　三世［⬅七世藤間勘十郎］672
藤間房子 392, 650, 685
伏見愛子 569
伏見晃 724
伏見信子 059
藤村秀夫 685
藤本和子 235
藤本義一 545, 736
藤本有紀 546
藤森成吉 240, **546**, 642

藤山寛美 160, 161, 354, 356, 379, 380, 381, 382, 482, 523, 524, 585, 615, 700
藤山直美 299, 354, 546
藤原佳奈 759
藤原釜足 129, 233
藤原啓児 443
藤原作弥 026
藤原新平 188, 297, 401, 403, 553, 557
藤原卓 547
藤原達郎 778
藤原義江 477, 550
ふたくちつよし 547, 754
二葉早苗 361, 561
二葉亭四迷 139, 153
二村定一 462
文月奈緒子 757
文月遊 170
腹筋善之介 467
船岩祐太 547
舟木一夫 390, 477
舟橋聖一 051, 245, 284, 337, 508, **547**
麓桃子 773
フラスコ, マレク 148
ブラック, ダスティン・ランス 465
ブラックウッド, ゲアリー 790
フランキー堺 352, 372
フランス, アナトール 412
プリーストリー, J・B(ジョン・ボイントン) 096
フリール, ブライアン 390
ブリュー, ウジェーヌ 108
ブルー&スカイ(ブルースカイ) **549**
古川綾子 016, 569
古河新水[➡守田勘次郎・十二世守田勘彌・是好] 549
古川大輔 762
古川貴義 549
古川健 549, 750, 754, 765, 777
古川卓巳 056
古川武太郎 550
古川登志夫 550
古川日出男 550, 602, 750
古河黙阿弥[河竹黙阿弥⬅二世河竹新七・柴(斯波)晋輔・初代勝諺蔵] 191
古川緑波(ロッパ) 035, 174, 200, 513, **550**, 551, 568, 569, 576, 677
古沢憲吾 506
古田新太 076, 237, 372, 432, 462, 472, 476
フルタジュン 551
ブルック, ピーター 365
ブルトン, アンドレ 444
古橋悌二 551
古海清湖[➡**獏与平太**・古海卓二・高倉健二郎] 477
古海卓二[➡**獏与平太**・古海清湖・高倉健二郎] 477
古谷綱武 432
古山高麗雄 211
プレヴォー, アベ 049
ブレヒト, ベルトルト 028, 030, 075, 088, 126, 164, 235, 304, 328, 452, 484, 526
ブレモン, レオン 385
ブレル, ジャック 359
ブロンテ, エミリー 123
不破万作 177

へ

ヘアー, デイヴィッド 294
平安堂青子 762
ベートーヴェン(ルートヴィヒ・ヴァン・ベートーヴェン) 658
碧虚郎[➡**初代瀬戸英一**・瀬戸日出夫・閻太郎] 348
ベケット, サミュエル 068, 181, 189, 264, 342, 365, 452, 484, 533, 552, 558, 591
ヘッベル, フリードリヒ 461, 621
別役実 259, 288, 301, 334, 341, 403, 411, 434, 452, 472, 473, 528, 539, **552**, 553, 554, 555, 557, 558, 585, 619, 624, 659, 675, 704, 729, 738, 739, 740, 741, 742, 743, 744, 745, 746, 747, 751, 753, 788

紅澤葉子 477
ヘボン，ジェームス・カーティス 220
ペヤンヌマキ（ペヤングマキ） **558**, 750
ベルナール，サラ 578
ベンガル 034
ヘンリー（ヘンリ），O 196, 534, 720

ほ

ホイットマン，ウォルト（ウォルター） 036
宝生あやこ 493, 610
北條秀司 070, 299, 364, 452, **559**, 560, 643, 660, 661, 712
北條誠 223, 502, **563**
芳地隆介 **563**
坊丸一平 **564**
蓬莱竜太 **564**, 748, 749, 753
ボウルズ，ポール 113
ポウルトン，マイク 181
忘路庵［➡**川尻清潭**・大愚堂・との字］ 189
ホークス，ハワード 468
ボードレール，シャルル 444
ボーマルシェ 378
ボールドウィン，トリスタ 511
星四郎 **565**
星新一 156, **566**, 639
星亨 077
星一 566
星護 618
星野園美 704
細井久栄 087, 458, **566**
細井和喜蔵 016, **566**
細江英公 605
細江豊 738
細川たかし 429
細川ちか子 012, 242, 568, 644
細川徹 **567**
細川俊之 532, 676
細野多知子 **567**
細野侑 567
穂高稔 567, **567**, 569
堀田清美 343, **567**, 627, 735, 736
堀田善衛（**善衛**） 165, 235, 375, 544, **568**, 736
穂積純太郎 146, **568**
程島武夫 042, 120, 291, 299
ホフマン（エルンスト・テオドール・アマデウス・ホフマン） 334
ホフマンスタール（フーゴ・フォン・ホフマンスタール） 581
穂村弘 543
ポラック，アブシャロム 308
堀潮 774
堀辰雄 332
堀正旗 330, 671, 719
堀井康明 **569**
堀内敬子 619
堀内敬三 078
堀江安夫 **569**
堀切和雅 **570**
堀口大學 296
堀口始 150
堀越真 337, **570**, 742
ボルラン，ジャン 642
ホワイティング，リチャード・アームストロング 703
本郷功次郎 514
本庄桂輔 **570**
本田延三郎 071, 526
本多秋五 242, 244
本田英郎 **570**, 784
本田三千雄 699
本地盈輝 175
本地陽彦 175
本間明 569

ま

MARK（マーク） 033
マーマン，エセル 627
舞城王太郎 252, 372, 602

マイヤー=フェルスター，ヴィルヘルム　056, 664
前川麻子　571
前川宏司　571
前川知大　571, 749, 750, 753
前田香雪　572
前田司郎　572, 748
前田武彦　225
前田日菜子　782
前田夕暮　236
前田河広一郎　574
曲淵直之助［➡曲亭］131
牧逸馬［➡**谷譲次**・林不忘・長谷川海太郎］390, 484
真木小太郎　569
マギー　574
牧野英二　465
牧野和子　436
牧野富太郎　051
マキノノゾミ　188, 433, 445, **574**, 575, 746, 747, 751, 755, 766
マキノ雅弘　661
マクドナー，マーティン　449
マクバーニー，サイモン　472, 475
正岡容　576
正岡子規　366, 545
正塚晴彦　576, 720
正名僕蔵　427
正宗白鳥　059, 088, 205, **576**, 577, 596, 597, 615
真柴あずき　344, 463
魔人ハンターミツルギ　767, 769
升毅　432
増子倭文江　137
増田英一　036
益田定信（次郎冠者）726
増田静　762
増田しも江　087
益田孝［➡鈍翁・益田太郎冠者］578
益田隆　722
益田太郎冠者　330, **578**, 579
増田通二　532
益田甫　579
桝野幸宏　444, 766, 768
増見利清　023, 054, 063, 124, 156, 270
桝本清　249
益山貴司　580
又吉直樹　543, **580**
町井陽子　580
町田マリー　110
町田陽子　433
松たか子　472
松井周　518, **580**, 749, 757
松居松翁［⬅松居松葉・駿河町人］233, **581**, 582, 695
松居松葉［➡**松居松翁**・駿河町人］131, 233, 275, 340, 581
松井須磨子　021, 036, 037, 196, 236, 319, 352, 414, 415, 546, 630
松居大悟　581
松居桃楼　581
松井英雄　760
松井誠　333
松浦竹夫　056, 156, 364, 531, 605, 658, 659
松尾国三　408
松尾スズキ　033, 237, 470, 475, 546, **582**, 601, 623, 647, 670, 746, 749, 750, 751, 752
松尾芭蕉　524
松岡明義　194
松岡和子　127
松岡譲　204, 249
松岡力雄　585, 735
松方幸子　086
マッカーサー，ダグラス　243, 630
松川暢生　396, 440
松木ひろし　135, **585**, 736
松熊つる松（明子）436
松木麻里子　768, 769
松坂慶子　088
松下砂稚子　297
松島誠二郎　585

松田章一 318, **585**
松田聖子 015
松田清志 758, 773, 774
松田正隆 408, 478, 518, **586**, 614, 716, 745, 749, 750, 751, 766
松田水歩 764
松田優作 571
松平健 032
松平竜太郎 355
松谷みよ子 113
松永博［➡**久保栄**・東健吉・青哉・棣棠］239
松野尾亮 779
松林経明 761
松原俊太郎 776
松原敏春 **587**, 744
松宮五郎 225
松宮信男 764, 782
松村翔子 327
松村武 **588**
松村禎三 420
松村友視 059
松本修 **588**
松本和子 **589**
松本克平 266, 268, 286, 291, 516, 567, 643
松本邦雄 763
松本紀保 618
松本きょうじ **589**
松本起代子 **589**
松本錦糸 671
松本苦味 **590**
松本幸四郎 563, 590
七世［⬅八世市川高麗蔵］050, 108, 142, 249, 266, 392, 454, 465, 468, 491, 502, 510, 647, 673, 684, 685
八世［➡初代松本白鸚］152, 454, 529, 530, 531, 561, 563, 590
九世［⬅六世市川染五郎］063, 365, 563, 616, 618, 675
松本茂章 725, 726
松本清張 405, 466, 521, **590**, 609
松本大洋 **591**, 747
松本常彦 199
松本典子 321
松本白鸚（初代）［⬅八世松本幸四郎］529, 531, 559, 561
松本眞奈美 779
松本雄吉 **591**, 592
松本祐子 013, 407
松本要次郎 135
松山ケンイチ 467
松山善三 **592**
松山宗三郎 146
松山口真央 763
眞鍋卓嗣 570
真船豊［➡大森十五］245, **592**, 593, 595, 596
幻一馬 420
真屋順子 362
真矢みき 217
マヤコフスキー，ウラジーミル 484
真山青果［➡亭々生］092, 116, 185, 186, 266, 267, 328, 427, 428, 448, **596**, 597, 598, 599, 600, 615, 668, 688, 703
真山知子 321
真山美保 597, **600**, 735
毬谷友子 474, 663
丸尾聡 755, 762
丸尾丸一郎 **600**, 749
丸川賀世子 352
丸木砂土［➡**秦豊吉**］491
マルクス，カール 242, 618
マルセ太郎 600
マルソー，マルセル **600**
マルタン・デュ・ガール（ガアル），ロジェ 296
丸根賛太郎 477
丸山明宏［➡**美輪明宏**］419, 421, 636
丸山厚人 178
丸山定夫 072, 162, 299, 493
丸山誠治 199
丸山優子 700
麿赤兒（赤児）177, 671
マン，トーマス 249, 519

マンディアルグ（アンドレ・ピエール・ド・マンディアルグ） 444

み

美内すずえ 013, 717
三浦康嗣 315
三浦朱門 293
三浦大輔 558, **601**, 748
三浦つとむ 221
三浦直之 **602**, 750
三浦基 460, 511, 518, 586
三浦洋一 401
美加理 280
三上於菟吉 483, **602**
三上晴子 033
美川憲一 442
三木章雄 720
三木清 211
右来左往 755, 761, 766, 767
みきさちこ 020
三木聡 583, **603**
三木たかし 025, 026
三木竹二 079, 135, 148, 193, 307, 492, 650
三木鶏郎 104, 199, 225
三木のり平 156, 158, 203, 553, 562, 576, 613, 696
御木平介 522
三木稔 020
三木竜三［➡青山杉作］ 725
三木露風 038
右田年英 603
右田寅彦 266, **603**
御木本幸吉 287
三国一朗 **603**
三國周三 147, 569
御厨力［➡**小野宮吉**・高杉光吉］ 155
ミサダシンイチ［➡**林慎一郎**］ 501, 769
三島章道 **604**
三島霜川［➡歌之助・牛魔王・犀児］ **604**
三島通庸 604
三島由紀夫 025, 044, 062, 068, 101, 105, 165, 197, 239, 375, 387, 411, 425, 458, 459, **604**, 605, 606, 608, 636, 663, 675, 713, 716, 725, 735
水上叡子 609
水上勉 232, 280, 512, **608**, 609, 610, 611, 787
水上敏子 609
水上直子 609
水上宏樹 775
水上蕗子 609
水上凌［➡窪島誠一郎］ 609
水木歌女寿 510
水木京太 **611**, 621
水木久美雄 **611**
水木しげる 705, 791
水木洋子 032, **612**
水口元枝 133
水沢又三郎［➡**江連卓**・海野洋彦・海野朗・龍達彦］ 105
水田晴康 424
水谷圭一 **612**
水谷幻花 672
水谷貞雄 590
水谷竹紫 131, 440, 489, **612**, 694
水谷幹夫 570, **613**
水谷八重子
初代 021, 060, 061, 105, 151, 174, 185, 186, 188, 226, 249, 282, 286, 335, 369, 417, 439, 453, 454, 489, 505, 547, 559, 562, 576, 589, 611, 612, 613, 645, 660, 661, 684, 685
二世 186, 559
水谷良重［➡二世水谷八重子］ 559
水谷龍二（竜二） **613**, 614
水沼健 587, **614**, 750, 768, 769, 774
水野あい子 735
水野ゆふ 281
水野葉舟 217, 340
水野好美 307
水町庸子 147, 569

水の江瀧子 040, 146, 153, 568, 724, 725, 726
水守亀之助 **614**, 660, 703
水守三郎 016, **615**, 726
ミス・ワカナ 156, 160
溝口健二 138, 184, 186, 204, 333, 408, 464, 598, 698
溝口貴子 789
美空ひばり 025, 114, 138, 308, 613
三田和代 025
三田純一[➡三田純市] **615**
三田純市[➡三田純一] **615**
三田佳子 585
三谷幸喜 208, 314, 410, 532, 613, **616**, 617, 618, 619, 670, 744, 745, 747, 751
三谷隆信 485
三谷隆正 485
三谷智子 758, 777
三谷昇 554
三谷るみ 758
道井直次 545
三井快 777
三井瀧太郎 603
満島ひかり 308
三津田健 554, 557
ミッチェル，マーガレット 094
三林亮太郎 726
水都サリホ 774, 775, 776
三名刺繡 776
南出謙吾 759, 770, 771, 775, 778
光村進一 155
緑魔子 321
緑川士朗(士郎) 071, **620**
南方熊楠 158
水上滝太郎(瀧太郎) 059, 245, 431, **620**
皆川明 543
皆川博子 249, **620**
三波伸介 071
三波春夫 027, 160, 169, 394
南谷朝子 437
南村侑宏 225
源義経 093
峰岸綾子 118
みのすけ 259
見延典子 507
御橋公 547
三橋美智也 371, 614
三原四郎 054, 095, 123
御船京子 165
三益愛子 202, 203
三升屋兵庫[➡初代市川團十郎] 465
実村文 765
三村伸太郎 666
宮内好太朗 **621**
宮内満也 125
宮尾しげを 462
宮尾登美子 131, 490
宮川明 281
宮川一郎 115
宮川はるみ 726
宮川雅青 591, 698
宮川泰 532
宮城聰 033, **621**
宮城まり子 658
宮岸泰治 227
宮口精二 459, 595
三宅一生 532
三宅三郎 621
三宅雪嶺 **621**
三宅大輔 **621**
三宅藤九郎(九世) 715
三宅豹三 621
三宅裕司 707
三宅由岐子[➡**三宅悠紀子**] 621
三宅悠紀子[➡三宅由岐子] **621**
ミヤコ蝶々(➡**日向すゞ子・日向鈴子**) 018, 124, **513**, 514, 616
都はるみ 114, 342, 534
宮﨑あおい 538
宮﨑三昧 **622**
宮崎滔天 628, 631
宮﨑友三[➡北上真帆] **622**

宮崎駿 143
宮沢章夫 070, 089, 252, 358, 502, 517, 544, 567, 582, 603, **623**, 624, 647, 683, 745, 748, 749, 750
宮沢賢治 013, 072, 113, 126, 147, 163, 221, 222, 389, 422, **625**, 626, 728, 729
宮沢十馬 768, 769
宮沢りえ 472, 475, 476
宮沢亮 760
宮地嘉六 068
宮地雅子 528
宮下伸 422
宮島春彦 025
宮園瑠衣子 759, 779
宮田圭子 274
宮田慶子 063, 339, 575, 611
宮田輝明 225
宮永雄平 500
宮原透 307
宮部みゆき 463
美山昭次郎 161
美山ゆり 160
宮村松江 603
宮本亜門 115, 261, 423, 479, **626**
宮本勝行 627
宮本研 232, 533, 575, **627**, 628, 658, 659, 736, 737, 739, 740
宮本顕治 364
宮本常一 147
宮本百合子 418
宮森麻太郎 631
ミュラー，ハイナー 197, 215
明神慈 631, 757, 762
三好一光 631
三好栄子 319
三好十郎 021, 053, 153, 171, 244, 298, 361, 449, **632**, 633, 636, 643
三好まり 633
三好由紀 774
ミラー，アーサー 256, 341, 446, 526
美輪明宏［➡丸山明宏］ 419, **636**
美羽あさひ 702
三輪えり花 281
三輪祐輔 726

む

ムージル，ロベルト 587
向井爽也 726
向田邦子 032, 169, 350
六平直政 177
武者小路実篤 036, 233, 250, 251, 284, 350, 359, 429, 460, 502, **636**, 637, 715
武者小路実世 636
武者小路槇一 092
武藤山治 509
武藤直治 639
宗片邦義［➡上田邦義］ 716, 717
棟方志功 055
村井弦斎 639
村井志摩子 554, **639**
村尾国士 178
村岡伊平治 022
村岡希美 398
村上元三 337, 486, 499, **640**
村上三郎 591
村上浪六 258, 492
村上信夫 720
村上春樹 168, 550
村上兵衛 640, 736
村上正人 765
村上マリコ 774
村木良彦 285
村杉蝉之介 237
村瀬菊子 481
村瀬幸子 086, 111, 201, 219
村田栄子 166
村田嘉久子 129, 249, 284
村田吉次郎 591
村田喜代子 641
村田元史 112
村田修子 641, 735

村田英雄 027
村田凡二郎 699
村田正雄
初代 059, 186, 539, 650
二世 257
村田実 347, 376, 642, 698
村野四郎 600
村松克己 163, 164, 235
村山亜土 641
村山壽子（➡岡内壽子）642, 643, 644
村山知義［➡外山俊平］014, 051, 109, 116, 175, 205, 211, 240, 241, 242, 284, 326, 342, 429, 439, 452, 470, 508, 509, 510, 513, 526, 546, 547, 567, 605, 609, 632, **641**, 643, 644, 645, 657, 689, 725, 726
村山優一郎 780
室生犀星 111, 204, **645**, 712
室屋和美 775

め

メイエルホリド，フセヴォロド 117, 148, 665
命尾壽六 036
メーテルリンク（メーテルランク），モーリス 079, 181, 300, 650, 693, 703, 714, 727
妻鹿年季子［➡**木皿泉**］208
目黒純一 465

も

毛沢東 628
毛利菊枝 133, 512
毛利幸尚 040
モーパッサン（アンリ・ルネ・アルベール・ギ・ド・モーパッサン）145, 300, 525, 667
モーム，サマセット 653
モスクワカヌ 256
望月優子（恵美子）387, 569
茂木草介 514, 646
もたいまさこ 705
元生茂樹 646
本居長世 646, 647, 718
本居宣長 718
本広克行 234, 358, 574
本谷有希子 647, 470, 747, 748, 749, 753
本山節彌 648, 731
桃井文 725
桃井かおり 089
ももいろクローバーZ 234
桃山邑 648, 649
森有礼 150
森一生 731
森鷗外 058, 099, 135, 148, 271, 307, 377, 404, 405, 414, 437, 438, **649**, 650, 681
森赫子 257
森馨由 758, 759, 779
森五郎 641
森静子 428
森次郎 398
森進一 333, 429
森治美 651
森秀男 534, 740, 741, 742
森ほのほ 651
森昌子 391
森雅之［➡有島行光］036, 106, 234, 562
森光子 156, 158, 203, 481, 587, 590
森律子 272, 579, 673
森禮子 651
森井睦 652
森泉博行 652, 743
モリエール 145, 169, 235, 344, 378, 379, 452, 728
森川信 040, 161, 373, 699
森川達也 291
森崎博之 652
森崎偏陸 421
森繁久彌 156, 175, 287, 308, 309, 337, 461, 559, 562, 613
森下雨村 263
森尻純夫 652

モリス，ジョン 165
守住月華［➡市川久女八（久米八・九女八・粂八）］110
守田勘次郎［➡**古河新水**・十二世守田勘彌・是好］549
守田勘彌
十一世 549
十二世［➡**古河新水**・守田勘次郎］372, 412, 549
十三世 036, 048, 050, 132, 149, 204, 205, 206, 239, 249, 250, 272, 284, 340, 377, 393, 440, 487, 502, 505, 637, 650, 693
十四世 267, 454
森田ガンツ 398
森田思軒 181, 307
守田慎之介 780
森田草平 693
森田剛 583
森田信義 431, **652**
森田有 755
森田雄三（＋イッセー尾形） **065**, 678
森田芳光 571
森塚敏 136, 137
森戸辰夫 508
森永武治 **653**
森の舎主人［➡**井出蕉雨**・笑迂］066 066
森本薫 052, 085, 245, 383, 385, **653**, 654
森本厚吉 036
森本ジュンジ 762
森山開次 134
森山啓 240
森山周一郎 225, 292
森山未來 308
茂林寺文福［➡**曾我廼家十吾**・大門亭文蝶・曾我廼家文福・八方園福松・曾我廼家十五］313, 354, 355, 378, 379, 408, 585
諸井條次 230, **657**
諸口十九 539
門前光三［➡**米田亘**］699
門馬隆 299

や

ヤーノシュ 391
八木啓太 659
八木柊一郎 531, 532, 533, 641, **658**, 659, 660, 735, 736, 737, 739, 740, 741, 742, 743, 744
やぎのぶよし 760
八木隆一郎 224, **660**, 661
柳沼昭徳 **662**, 750, 768, 769, 771
柳生啓介 590
薬師丸ひろ子 208
矢口達 361
八鍬健之介 759
矢崎滋 587
八嶋智人 588
矢島弘一 **663**
八代亜紀 360, 429, 477
矢代朝子 663
矢代正太［➡**矢田弥八**］666
矢代静一 112, 531, 658, **663**, 725, 735, 738, 739, 740, 741, 742, 743, 744
安岡章太郎 301, **665**
安田顕 652
安田隆 362
安田雅弘 **665**
安田靭彦 695
保田龍門 296
安永貞利 135, **665**
安原義人 436
八住利雄 014, 199, 223, 612, **665**
八十島揖子 275
矢田和世 725
矢田喜美雄 **666**
矢田弥八［➡矢代正太］**666**
八民平八 130
八千草薫 516
柳井祥緒 758
矢内文章 **666**
矢内原美邦 511, **666**, 748, 749
柳川春葉［➡千紫］061, 145, 428, 462, **667**

柳永二郎 059, 083, 086, 151, 393, 595
柳宗悦 036, 268, 636
柳澤吉保 101
柳田泉 537
柳田國男 060, 272, 485
柳田貞一 462, 463
柳橋りん 045, 343
柳原和音 758
柳原前光 669
柳原白蓮 669
柳家金語楼[➡**有崎勉**・三遊亭金登喜・三遊亭小金馬・三遊亭金三・禽語楼小さん] **035**
柳瀬大輔 692
柳瀬正夢 642
ヤニングス，エミール 620
矢野顕子 571
矢野誠一 425
やのひでのり 762
矢野龍渓 181
矢萩健太郎 694, 746
藪内六郎 507, 737
山内晶 782
やまうちくみこ 757
山内ケンジ 539, **669**, 750, 754
山内健司 669
山内静 036
山内正 682
山内登 781
山岡荘八 068, 429, 486
山岡徳貴子 **670**, 748, 749, 767, 768, 770
山岡久乃 515
山形三吉[➡**相澤嘉久治**] 012
山縣太一 327
山形雄策 521
山上伊太郎 568
山上貞一 431, **671**
山川三太 **671**
山川惣治 176
山川豊 333
山岸荷葉[➡加賀舎・鶩群堂] **671**
山口茜 614, **672**, 768, 769
山口国敏 725, 726
山口幸生 646
山口三郎 424
山口誓志 760
山口素堂 193
山口崇 258
山口太郎 672
山口剛 361
山口俊雄 495, 540
山口智子 217
山口廣一 712
山口縫春 331
山口麻衣加 700
山口百恵 064
山口淑子 026, 249, 723
山崎彬 308, **672**, 750, 770, 771, 772
山崎楽堂 714
山崎紫紅 672
山崎努 065, 321, 665
山崎哲 293, 517, **673**, 742
山崎俊夫[➡石垣弥三郎] 286
山崎豊子 424, 711
山崎直樹 455
山崎正和 334, 371, 412, 552, **675**, 736, 737, 738, 739, 740, 741, 742, 743
山路洋平 677
山下晶 780
山下巌 677
山下修 183
山下敬太郎[➡**有崎勉**・**柳家金語楼**・三遊亭金登喜・三遊亭小金馬・三遊亭金三・禽語楼小さん] 035
山下貞夫 281
山下三郎 677
山下秀一 678
山下澄人 678
山下武 035
山下千景 047
山下由 777
山下洋輔 040, 411
山城新伍 534
山勢松韻 220

山田五十鈴 039, 105, 106, 107, 158, 203, 559, 562, 590, 613
山田詠美 172
山田和也 499, 575, 618
山田かつろう 692
山田桂華 066, **678**
山田庄一 712
山田次郎 018
山田伸吉 726
山田清三郎 067, **678**
山田太一 063, 232, **678**
山田隆弥 286, 379
山田孝行 263, 570
山田隆之 315
山田隆行 725
山田卓 025, 026, 293, 532
山田民雄 533, **680**, 740, 741, 783
山田時子 **680**
山田寿夫 **680**
山田長政 093
山田肇 176, 735, 736
山田美妙 **681**
山田裕幸 **681**, 762, 763, 774
山田風太郎 444, 449, 534, 696
山田真知子[➡安部真知] 028
山田元彦 725
山田百次 **681**, 759
山田由梨 776
山田洋次 725
山手樹一郎 486
大和屋宝楽 355
山名宏和 624
山中貞雄 192, 688
山野芋作[➡長谷川芋生・**長谷川伸**] 485
山野海[➡**竹田新**] 373
山内明 682
山之内宏一 758
山内久 **682**
山内英郎[➡**里見弴**] 036
山藤米子 065
山村耕花 233
山村弘三 545
山村聡 185
山村七之助[➡**島公靖**] 316
山本彩 777
山本嘉次郎 463
山本和子 663
山本鼎 728
山本久三郎 567
山元清多 163, 302, 591, **682**, 705, 739, 740, 741, 742
山本啓作 735
山本謙一郎 292
山本健吉 072
山本健介[➡**作者本介**] **683**, 750
山本周五郎 125, 157, 313, 316, 364, 376, 547, 666, **683**, 700
山本修二 108, 653, 675
山本譲二 503
山本紫朗 724
山本卓卓 **683**, 750
山本染瓦[➡**山本有三**] 684
山本貴士 757
山本隆則 349, 364
山本直良 036
山本真紀 757
山本正夫 329
山本政喜 240
山本政志 098
山元護久 071
山本安英 111, 149, 226, 299, 547, 637
山本有三[➡山本染瓦] 117, 210, 211, 217, 301, 328, 341, 376, 502, 643, 659, **684**, 685, 686, 694
山本幸久 431
山本龍二 137, 435
山本緑波 **686**
山谷典子 **686**
山谷初男 421
闇黒光 **686**
槍魔栗三助[➡**生瀬勝久**] 462
ヤン, エドワード 065

ゆ

湯浅実 019, 020, 136, 443
由比ヶ浜兵六［➡**有島武郎**］036
ゆいきょうじ 686
由比三郎 725
柳美里 408, 463, 624, **686**, 745
結城重三郎（結城重郎・結城三重吉）［➡**小崎政房**・松山宗三郎］146
結城三重吉 146
ユーゴー（ユゴー），ヴィクトル 144, 430, 581
行定勲 564
行友李風 440, 481, **688**, 689
夢野久作 372, 649
湯山浩二 737
ユン，ダニー 302

よ

余貴美子 437
宵島俊吉［➡勝承夫］319
羊軒［➡**高田保**］361
横井慎治 760
横内謙介 **689**, 690, 731, 743, 744
横尾忠則 178, 419, 505
横倉辰次 691
横澤英雄 719, 725
横町慶子 502
横溝正史 053, 570
横道萬里雄 713, 715, 717
横光利一 205, 623, **691**
横山エンタツ 017
横山仁一 692
横山拓也 **692**, 758, 768, 770, 771, 777, 778
横山光輝 307
横山由和 692
与謝野晶子 059, 124, 301, 575, **693**
与謝野鉄幹 575
吉幾三 333
吉井勇 446, 576, **693**
吉井幸蔵 693
吉井澄雄 569
吉江喬松 131
吉岡重三郎 329
吉兼保 291
吉川英治 068, 336, 361, 666
芳川和子 019
吉川徹 344
吉川良 **694**, 738
吉川和歌子 653
吉崎浩 764
吉崎宏人 **694**, 746
芳崎洋子 **694**, 756, 757, 768
芳澤多美子 761
吉田秋生 682
吉田甲子太郎 694
吉田清治 729
吉田健一 458, 459
吉田謙吉 219, 547, 642, 726
吉田紘二郎 695
吉田賢龍 060
吉田小夏 **696**, 757, 758, 775, 777
吉田茂 284
吉田松陰 171
吉田大八 234
吉田隆子 242
吉田武三 696
吉田登美久 123
吉田一 227
吉田日出子 235, 288, 301, 302
吉田秀穂 208, 744
吉田正雄 602
吉田昌志 059
吉武みどり 306
吉利治美 045, 343
吉中詩織 776
吉永仁郎 **696**, 752
吉永孝雄 712
吉野源三郎 117
吉野悠我 281
吉野佳子 553
吉原幸子 531

吉原治良 591
吉増剛造 550
吉丸一昌 647
吉見俊哉 209
吉峰暁子 725
吉村昭 170
吉村公三郎 333
吉村健二 774, 781, 782
吉村敏 697
吉村八月 756
吉村正人 364
吉村操 138
吉本せい 424
吉本隆明 168, 198, 221, 495
よしもとばなな 499
吉屋信子 131, 703
吉行淳之介 465, 658
依田学海［➡依田百川・贅庵・柳蔭］189, **697**
依田義賢 186, 609, **698**
依田百川［➡**依田学海**・贅庵・柳蔭］697
四谷シモン 177
淀君 417
淀橋太郎［➡浦島太郎］016, 040, 373, **698**, 699, 726
米倉斉加年 158, 176, 532
米倉涼子 590
米田亘［➡門前光三］156, **699**
米原ユリ 072
米村晰 026
萬屋錦之介［➡初代中村錦之助］068, 138, 308, 487, 533
萬雄一郎 755

ら

ラードロフ，セルゲイ 139
楽天居［➡**巖谷小波**・漣山人・大江小波・隔恋坊］091
ラグルズ，ウェズリー 185
ラサール石井 442, 613, **700**, 707
ラシーヌ，ジャン 107, 324, 604
ラジカル・ガジベリビンバ・システム 582, 603, 623
ラティガン，テレンス 343
ラバーン(ルドルフ・フォン・ラバーン) 103
ラビッシュ，ウージェーヌ 102
蘭このみ 503
ランボー，アルチュール 290

り

リーヴァイ，シルヴェスター 262
リーフェンシュタール，レニ 620
李香蘭［➡山口淑子］026, 249, 723
リシュパン，ジャン 147
リットン卿(エドワード・ブルワー=リットン) 194, 492
隆慶一郎 156
龍達彦［➡**江連卓**・海野洋彦・海野朗・水沢又三郎］105
隆巴 700
龍昇 571
柳蔭［➡**依田学海**・依田百川・贅庵］697
柳塢亭寅彦［➡**右田寅彦**］603
流山児祥 198, 363, 682, **700**, 701
柳亭種彦(三世)［➡高畠藍泉］603
リリー・フランキー 564
リルケ(ライナー・マリア・リルケ) 165, 484
李礼仙(麗仙) 177
リンドグレーン，アストリッド 728

る

ルヴォー，デヴィッド 390
ルービン，ブルース・ジョエル 344
ルソー，ジャン=ジャック 626
ルナール，ジュール 378
ルボン，ミシェル 210

れ

冷泉為理 714
レオナルド熊 707
レッツ，トレイシー 259
レマルク，エーリヒ・マリア 361, 491
連城三紀彦 659

ろ

ローシー，ジョヴァンニ・ヴィットーリオ 214, 329, 579
ロートレアモン(イジドール・リュシアン・デュカス) 254, 444
六条奈美子 603
六丁目[➡**永六輔**] 104
ロジャー・パルバース 071, 474, **701**, 746
ロジャース，リチャード 097
魯迅 072, 326, 484
ロスタン，エドモン 342, 378, 468
ロチ，ピエール 046
六角精児 433, 689
ロビン，レオ 703
ロビンソン，レノックス 581
ロミ山田 135
ロメリル，ジョン 302
ロラン，ロマン 155, 367, 430, 626
ロルカ，フェデリコ・ガルシア 025

わ

ワームホールプロジェクト 702
矮亭主人[➡**右田寅彦**] 603
ワイルダー，ソーントン 315, 440, 452, 653
ワイルド，オスカー 204, 440, 605
ワイルドホーン，フランク 261
和央ようか 576
わかぎゑふ(えふ) 426, 444, **702**, 716, 747, 766
若城希伊子 702
若杉光夫 666
若月紫蘭 702
若月照義 761
若水美子 453
若宮萬次郎 181
若山富三郎 371
脇屋光伸 703, 725
鷲谷樗風 711, 712
和田五雄 703
和田勝一 660, **703**
和田憲明 704, 747
和田周 704, 743, 744
和田順 704
和田俊輔 372
和田史朗 370
和田喜夫 215, 216
和達知男 240, 641, 642
渡辺篤 201
渡辺えり(えり子) 208, 433, **705**, 742
渡辺一民 211
渡邊霞亭(緑園) 129, 258, 269, 462, **706**, 711
渡辺清 570
渡辺淳一 131
渡辺尚爾 706
渡邊貴文 372
渡辺武雄 719
渡辺保 342
渡辺浩子 024, 072, 696
渡辺正行 700, **707**
渡辺護 737
渡辺美佐 018
渡辺美佐子 023, 072, 534
渡辺守章 716
渡辺(額田)やえ子 468
渡辺航 704
渡平民 183, **707**
和辻哲郎 707
和老亭倉三[➡**曾我廼家十郎**・中村時代・和老亭当郎] 356, 378
和老亭当郎[➡**曾我廼家十郎**・中村時代・和老亭倉三] 356, 378

あ

『嗚呼いま、だから愛。』［蓬莱竜太］ 564
『あゝ書けない！』［北尾亀男］ 217
『あゝ玉杯に花うけて』［佐藤紅緑］ 300
『嗚呼九月十三日』［真山青果］ 596
『あゝ結婚行進曲』［逢坂勉］ 114
『ああ、結婚は近づけり』［中山善三郎］ 460
『あゝ故郷』［小出英男］ 263
『ああ、同期の桜』［榎本滋民］ 105
『嗚呼鼠小僧次郎吉』［佐藤信］ 302
『ああバラの花は何処に咲く』［真山美保］ 600
『あーぶくたった、にいたった』［別役実］ 553
『ああ夢か幻か』［藤田潤一］ 542
『哀々記』［飯田旗軒♻ピエール・コルネイユ］ 046
『アイ・アム・アリス』［別役実］ 552
『IRON』［泊篤志］ 430, 747
『アイ・ガット・マーマン』［宮本亜門］ 626
『IC女房にロボット亭主』［米田亘］ 699
『愛炎二度の旅』［嘉東鴻吉］ 163
『匕首』［長田秋濤♻ジャン・リシュパン］ 147
『愛妻物語』［新藤兼人］ 333
『愛さずにはいられない』［ジェームス三木］ 312
『愛さずにはいられない』［千葉雅子］ 398
『愛さないから』［徳田戯二］ 428
『愛しすぎる男たち』［古城十忍］ 761
『愛していると言ってくれ』［北川悦吏子］ 217
『愛死に』［糸井幸之介］ 066
『愛児の死』［豊島与志雄］ 430
『愛執』［郷田悳］ 266
『埃臭の街角』［綾田俊樹］ 034
『哀愁列車』［北村想］ 221
『愛情の価値』［胁屋光伸♻吉屋信子］ 703
『愛情マニア』［サリngROCK］ **308**, 770
『アイスクリームマン——中産階級の劇的休息』［岩松了］ 089, **090**, 251, 502
『愛すればこそ』［高田保♻谷崎潤一郎］ 361, **393**
『愛染かつら』［川口松太郎］ 184
『藍染川』［島崎藤村、成澤昌茂］ 317, 464
『愛染草』［永見徳太郎］ 455
『愛染め高尾』［榎本滋民］ 105, **107**
『あいちゃんは幻』［瀬戸山美咲］ 350
『会津の小鉄』［椎名竜治］ 309
『会津の小鉄』［服部秀］ 495
『愛でもない青春でもない旅立たない』［前田司郎］ 573
『愛奴』［栗田勇］ **254**
『愛と悪魔』［司辻有香］ 161, 769
『愛闘』［足立欽一］ 027
『愛と死』［武者小路実篤］ 637
『愛と死の輪舞』［小池修一郎］ 262
『愛と修羅』［ジェームス三木］ 312
『アイと死を見つめて』［野田秀樹］ 472
『愛と死をみつめて』［橋田壽賀子］ 478
『愛と青春の宝塚』［大石静］ 115
『愛とその他』［加藤一浩］ 163
『愛と戦ふ人』［小島孤舟］ 270
『愛なき人々』［谷崎潤一郎］ 392
『愛にキて』［広田淳一］ 525
『愛に抱かれて』［樋口紅陽］ 507
『愛の挨拶』［横光利一］ 691
『I-note——演技と劇作の実践ノート』［高橋いさを］ 363
『愛の渦』［三浦大輔］ 601, **602**, 748
『愛の革命記念日』［森尻純夫］ 652
『愛の小島』［酒井俊］ 291
『愛の小荷物』［館直志］ 379
『愛の讃歌——エディット・ピアフ物語』［美輪明宏］ 636
『愛の詩集』［谷口守男］ 391
『愛の詩集』［室生犀星］ 645
『愛の侵略——マザーテレサとシスターたち』［竹内敏晴］ 371

『愛の凄鬼』［八田尚之］**493**
『愛のテール』［ごまのはえ］281, 769
『愛の罰』［松尾スズキ］582
『愛の花形株』［小林宗吉］277
『愛のプレリュード』［カーペンターズ］721
『愛の眼鏡は色ガラス』［安部公房］028
『愛のゆくえ（仮）』［前川麻子］571
『愛は頭にくる』［原田宗典］504
『愛果てしなく』［新美正雄］333
『愛は滅びず』［小松原健吉］281
『愛火』［泉鏡花］058
『逢いびき』［菅原卓］335
『あいびきの女』［池波正太郎］051
『あ・い・ま・い』［北野ひろし］218
『愛慾』［武者小路実篤］637, **638**
『愛慾・その妹』［武者小路実篤］637
『愛欲変相図』［近藤経一］284
『愛欲法難』［西光万吉］286
『アイラブアインシュタイン』［谷貴矢］721
『アイ・ラブ・坊ちゃん』［横山由和＋ワームホールプロジェクト］692, 702
『I love you (In the bed)』［司辻有香］161
『愛を語れば変態ですか』［福原充則］538
『アインシュタイン・ショック』［はせひろいち］480
『アヴァンギャルド芸術』［花田清輝］495
『逢うが別れの始めとは』［逢坂勉］114
『OUT』［飯島早苗♻桐野夏生］045
『アウトダフェ』［松田正隆］586
『青』［小池博史］262
『青』［夏井孝裕］461
『青い石の伝説』［桜内水奈子］624
『青い馬』［別役実］729
『青い海の墓標』［高津一郎］362
『青い山脈』［今井正］176
『青い空』［菊岡久利］199
『青い空と青い海と、それから』［田口萌］765
『葵徳川三代』［ジェームス三木］312
『青い鳥』［モーリス・メーテルリンク］641, 703
『青い鳥ことりなぜなぜ青い－チルチルとミチルの冒険－』［別役実］554
『青い鳥を探す法』［今井達夫］081
『青い猫』［木野花］225
『葵の上』［紫式部］129
『葵上』［三島由紀夫］605
『葵の祭』［平田都］522
『青い袴30人』［平井房人］514
『青い実をたべた』［市堂令］**064**, 743
『青いユニホーム』［島公靖］316, 317
『青い林檎』［阿木翁助］735
『青江舜二郎一幕物集』012
『青鬼』［鈴木アツト］775
『青木さん家の奥さん』［内藤裕敬］432, **433**
『青き布団にくるまりて』［土方鉄］511
『仰げば尊し』［福田卓郎］528
『蒼ざめた大統領』［金子洋文］169
『青空・もんしろちょう』［別役実］553
『青空に近い場所』［鴻上尚史］264
『青天井・轟音』［狩場直史］766
『青砥稿花紅彩画』［河竹黙阿弥］191
『青猫物語』［マキノノゾミ］575, 766
『青ノ鳥』［矢内原美邦］748
『青のはて――銀河鉄道前奏曲』［長田育恵］147, 754
『青ひげ公の城』［寺山修司］420, **422**
『青ひげと最後の花嫁』［別役実］553
『青森のキリスト』［郡司正勝］258
『青森県のせむし男』［寺山修司］419, 421, 636
『青山杉作』［青山杉作刊行委員会編］725
『赤いカーディガン』［久板栄二郎］509
『赤い鍵』［タカクラテル］360
『あかいくらやみ－天狗党幻譚－』［長塚圭史］449
『朱いけしの花』［河崎一朗］331
『赤い殺意』［今村昌平］081
『赤い陣羽織』［木下順二］225, 226, 712
『赤いツェッペリン号』［和田周］704
『赤い月』［なかにし礼］**451**
『赤い椿と三度笠』［三波春夫♻安達靖人］027
『赤い鳥逃げた…』［大橋泰彦］**127**
『赤い鳥逃げた？』［ジェームス三木］312
『赤い鳥の居る風景』［別役実］552, **556**, 739
『赤いベレー帽をあなたに』［つかこうへい］401
『赤い繭』［安部公房］028

『赤い実』［高橋恵］ 771
『赤い迷路』［佐々木守］ 299
『赤いやっとこ』［島公靖］ 316
『赤い屋根青い屋根』［香村菊雄］ 174
『赤い夕陽のでんでけ伝』［内藤裕敬］ 432
『赤い百合』［石川淳♻アナトール・フランス］ 052
『赤いランプ』［真船豊］ 593
『赤いろうそくと人魚』［小川未明］ 534
『赤烏帽子』［土師清二］ 477
『赤鬼』［野田秀樹］ 472, 473, **474**
『赤樫降りて』［阿部照義］ 032
『紅き唇』［連城三紀彦］ 659
『あかきくちびるあせぬまに』［八木柊一郎♻連城三紀彦］ 659
『紅き野良犬』［中村暢明］ 458
『紅き深爪』［詩森ろば］ 327, 757
『赤黒天使』［篠崎光政］ 314
『あかさたな』［小幡欣治］ **157**
『明石原人』［小幡欣治］ 157
『明石の姫』［北條秀司］ 561
『赤シャツ』［マキノノゾミ］ 575, 747
『赤ずきんちゃんの森の狼たちのクリスマス』［別役実］ 553
『暁』［仲木貞一］ 440
『暁の門出』［小出英男］ 263
『暁の鐘』［中原指月］ 454
『暁の人』［本田英郎］ 570
『暁のロンバルディア』［正塚晴彦］ 576
『赤胴鈴之助』［穂積純太郎♻武内つなよし］ 568
『赤と黒』［大岡昇平♻スタンダール］ 116
『赤と黒』［柴田侑宏♻スタンダール］ 316
『赤西蠣太』［円地文子♻志賀直哉］ 111
『茜色の空』［長谷川孝治］ 482, 746
『あかねさす紫の花』［柴田侑宏］ **316**
『あかね染』［大森痴雪］ **129**
『赤のソリスト』［古城十忍］ 271
『赤ひげ』［倉本聰♻山本周五郎］ 253
『赤ひげ診療譚』［澤島忠♻山本周五郎］ 309
『赤ひげ診療譚』［山本周五郎］ 683
『赤本どるらる半三』［仲沢清太郎］ 441
『赤目』［斎藤憐］ 288, 739
『赤門堂繁昌記』［加藤衛］ 164
『赤屋根の家』［野淵昶］ 476
『明るい悩み相談室』［中島らも］ 444
『明るい部屋』［長与善郎］ 461
『あかんたれ』［花登筐］ 496
『秋』［加藤衛］ 164
『秋』［永井龍男］ 438
『秋、少年と少女と学士たち』［森尻純夫］ 652
『秋…冬への前奏曲』［谷正純］ 390
『秋風』［志賀直哉］ 313
『秋草物語』［服部秀］ 495
『秋草物語』［北條秀司］ 559
『"アキコ・カンダが踊る四人の女"クララ』［戸板康二］ 424
『晶子曼陀羅』［佐藤春夫］ 301
『晶子 みだれ髪』［馬場あき子］ 499
『空巣』［八木柊一朗］ 659
『秋田雨雀日記』 017
『秋田實漫才選集』 018
『秋月楽器店』［藤田草之助］ 542
『秋成の家』［大森痴雪］ 129
『秋について』［金杉惇郎］ 167
『秋の踊り』［日劇］ 723
『秋の終り』［関口次郎］ 347
『秋の記録』［内村直也］ 096
『秋の煙』［阿木翁助］ 016
『秋の心』［能島武文］ 470
『秋のスケッチ』［川口松太郎］ 183
『秋の追憶』［細井久栄］ 566
『秋の別れ』［永井荷風］ **438**
『秋晴れ』［里見弴］ 305
『秋晴れ珍道中』［高田文吾］ 362
『秋人の不在』［宮沢章夫］ 624
『秋深く』［木村修吉郎］ 233
『秋元松代全集』 022
『阿Q外伝』［宮本研］ 628
『阿Q正伝』［魯迅］ 326
『アキラ君は老け顔』［國吉咲貴］ 759
『あきらめ』［田村俊子］ 396
『あきれた連中』［秋田實］ 017
『AQUAPOLIS』［田中孝弥］ 775

『アクアリウム』［谷賢一］ 390
『悪源太』［松井松翁］ 581
『悪七兵衛景清』［広末保］ 524, 737
『握手したら指を数えろ』［倉持裕］ 252
『悪趣味』［中屋敷法仁］ 460
『悪女と眼と壁』［田中澄江］ **384**
『悪女の勲章』［小野田勇］ 156, **157**
『悪太郎』［岡村柿紅］ 137
『悪党』［西森英行］ 467
『悪童』［古沢良太］ 269
『悪徳の栄え・美徳の不幸』［林巻子］ 502
『悪の華』［松本苦味］ 590
『悪場所の発想・伝承の創造的回復』［広末保］ 524
『アクバルの姫君』［坂手洋二］ 294
『あくびと風の威力』［角ひろみ］ 345, 756
『悪魔の唄』［長塚圭史］ 449
『悪魔の恋』［三上於菟吉］ 602
『悪魔を汚せ』［高木登］ 359
『悪名』［香村菊雄♻今東光］ 174
『悪夢』［北村透谷］ 222
『アグラヴェーヌとセリセット』［モーリス・メーテルランク］ 727
『悪霊』［ドストエフスキー］ 310
『悪霊――下女の恋』［松尾スズキ］ 582
『アクロイド隠し』［和田周］ 704
『明け方』［水守亀之助］ 615
『明智光秀』［近藤経一］ 284
『明智光秀』［谷屋充］ 394
『明智光秀』［福田恆存］ 529, **530**
『あげとーふ』［中條岳青］ 764
『明けない夜』［中村暢明］ 458
『明け行く大陸』［利倉幸一］ 429
『赤穂義士快挙録』［木村錦花］ 231
『赤穂の人々』［青木範夫］ 738
『赤穂浪士』［野田秀樹］ 093
『赤穂浪士』［大佛次郎］ 150
『赤穂浪士』［長谷川裕久］ 745
『アコーディオン弾きのゴーシュ』［吉田清治♻宮沢賢治］ 729
『あこがれ』［山田裕幸］ 681
『朝』［織田作之助］ 154
『朝がある』［柴幸男］ 314
『阿坂卯一郎一幕劇集』 025
『朝顔』［久保田万太郎］ 244
『朝から夜中まで』［ゲオルク・カイザー］ 642
『浅川町5丁目1番5号』［芳﨑洋子］ 694
『朝きみは汽車にのる』［小松幹生］ 742
『朝霧』［永井龍男］ 438
『朝霧天龍磧』［迫日出雄］ 348
『浅草』［利倉幸一］ 429
『浅草・花岡写真館』［山田太一］ 679
『浅草オペラの生活』［内山惣十郎］ 097
『浅草オペラ――華ひらく大正浪漫』［永井荷風］ 438
『浅草カルメン』［流山児祥］ **701**
『浅草観音堂』［吉井勇］ 693
『浅草喜劇事始』［丸川賀世子］ 352
『浅草紅団』［島村龍三♻川端康成］ 320
『浅草紅団』［川端康成］ 320, 649
『浅草行進曲』［畑耕一］ 491
『浅草車夫』［脇屋光伸］ 703
『あさくさの子供』［菊田一夫♻古川緑波］ 550
『浅草パラダイス』［金子成人］ 169
『浅草パラダイス』［久世光彦♻金子成人］ 236
『浅草繁昌記』［貴島研二］ 216
『浅草瓢箪池』［菊田一夫］ 200, 202
『浅草富士』［木村富子］ 233
『浅草祭』［有松暁衣］ 038
『浅草物語』［小幡欣治］ 157, **159**
『浅草物語――小幡欣治戯曲集』 159
『浅瀬』［水木京太］ 611
『浅茅が宿』［石澤富子］ 055
『朝の雨』［舘野一美］ 761
『朝のガスパール』［筒井康隆］ 411
『朝の躑躅』［三島由紀夫］ 605
『朝映冨士』［島栄吉］ 316
『旭将軍』［江見水蔭］ 109
『朝日のような夕日をつれて』［鴻上尚史］ **264**
『朝日のような夕日をつれて'87』［鴻上尚史］ 743

『朝日のようにさわやかに(「愛欲の罠」)』[荒戸源次郎] 034
『朝日屋絹物店』[岩田豊雄] **086**
『朝日を抱きしめてトゥナイト』[三浦直之] 602
『麻布怪談』[小林恭二] 276
『朝まで』[岩田直二] 086
『浅間の殿様』[北條秀司] 712
『アザミ』[長谷川孝治] 747
『朝未来』[謝名元慶福] 328
『朝飯前』[三宅悠紀子] 621
『アザリアのピノッキオ－七つの断章による狂詩曲－』[翠羅臼] 334
『足跡十五年間』[星四郎] 565
『亜細亜の東日出ずるところ』[石崎一正] 053
『アジアン・エイリアン』[古城十忍] 271
『アジアン・スイーツ』[鄭義信] 399
『アジアン・ビート　アイ・ラブ・ニッポン』[天童荒太] 423
『跫音』[成瀬無極] 464
『跫の中から足音』[中島陸郎] 445
『足が痛いから』[伊賀山昌三] 046
『足利尊氏の悩み』[島村民蔵] 318
『葦刈』[久保田万太郎♻谷崎潤一郎] 246
『足軽三右衛門の死』[吉田絃二郎] 695
『悪しき夢』[佐藤惣之助] 301
『紫陽花』[可児松栄] 169
『あしたこそ』[橋田壽賀子] 478
『明日そこに花を挿そうよ』[清水邦夫] 320
『明日天気になあれ』[今井達夫] 081
『あした天気になあれ！』[高瀬久男] **360**, 789
『あした天気になぁれ』[ふたくちつよし] 547
『あしたにつづく』[栗飯原ほのか] 777
『あしたのニュース』[鈴木聡] **339**
『あしたはどっちだ』[畑澤聖悟] 493
『芦の花』[秋元松代] 021
『葦ノ籠』[赤澤ムック] 015
『足場の上のゴースト』[蟷螂襲] 767
『阿闍世王』[藤秀璻] 538
『阿闍世王・大蓮如』[藤秀璻] 538
『阿修羅のごとく』[筒井ともみ♻向田邦子] 410
『阿修羅城の瞳』[中島かずき] **441**
『阿修羅城の瞳2003』[中島かずき] 441
『あじろ舟』[高安月郊] 367
『明日』[水木京太] 611
『明日、ジェルソミーナと』[鄭義信] 398
『明日と云う日』[下山省三] 327
『明日の教師たち』[石崎一正] 054
『明日の幸福』[中野實] **452, 453**
『明日の子供』[岡本螢] 143
『明日はいずこへ』[田中大助] 385
『明日は天気』[宇野千代] 098
『あすは兄さんの入営』[長谷山峻彦] 490
『明日への誓い』[はぐるま座創作集団] 477
『東おんなに京おんな』[ひょうた] 757
『吾妻鏡』 650
『東鑑拝賀巻』[福地桜痴] 537
『吾嬬下五十三駅』[河竹新七] 190
『明日を紡ぐ娘たち』[生活を記録する会・劇団三期会＋広渡常敏] 345, 526, 736
『畔倉重四郎』[山下秀一] 678
『遊びをせんとや生れけむ――ミステリと落語の交差点』[西川清之] 466
『仇討奇談』[淀橋太郎] 699
『仇討戯談』[松島誠二郎] 585
『仇討心中噺』[里見弴] 305
『仇討輪廻』[豊田豊] 431
『あだしの』[大岡信] 116, 739
『あたしの殿様』[逢坂勉] 114
『あたしのビートルズ』[佐藤信] 302, **303**, 739
『あたしのビートルズ或は葬式』[佐藤信] 303
『あたしのビートルズ　佐藤信作品集』 302, 303, 304
『あたたかい棺桶』[田辺剛] 757
『アタックNo.1』[宅間孝行] 369
『仇と仇』[並木萍水♻広津柳浪] 462
『仇名草』[大平野虹] 128
『あだ浪』[渡邊霞亭] 706
『仇に報いる』[樋口紅陽] 507
『仇野の露』[柳沼昭徳] 662
『頭』[堂本正樹] 425
『頭の中がカユいんだ』[中島らも] 444

『熱海殺人事件』［つかこうへい］ 076, 363, 401, 402, **403**, 740
『熱海ペーヂエント』［坪内逍遙］ 415
『仇娘好八丈』［春錦亭柳桜］ 192
『アダムとイブ』［寺山修司］ 739
『アダムの星』［ジェームス三木］ 312
『あたらしい憲法のはなし』［柴幸男］ 314
『新しい地』［藤森成吉］ 546
『新しい等高線』［山田裕幸］ 681
『新しい広場をつくる――市民芸術概論綱要』［平田オリザ］ 518
『新しき女たち』［土井逸雄］ 423
『新しき出発』［竹内治］ 370
『新しき地図』［中山善三郎］ 460
『あぢさゐ』［久保田万太郎♻永井荷風］ 246
『アチャラカ再誕生』［いとうせいこう＋井上ひさし＋ケラリーノ・サンドロヴィッチ＋筒井道隆＋別役実］ 259
『アチャラカ』［高平哲郎］ 366
『圧縮文学集成』［可能涼介］ 172
『安土の春』［正宗白鳥］ **578**
『アットン婆さん』［曾我廼家十吾＋茂林寺文福(館直志)］ **356**, 379
『熱原の三烈士』［出雲隆］ 062
『天晴れお福』［徳田純宏］ 428
『天晴れ倉井敦』［坪内士行］ 413
『天晴スープレックス』［福田雄一］ 531
『アップルパイの午後』［尾崎翠］ 147
『アップルパイは殺しのサイン』［森泉博行］ 652
『渥美清の青春』［早坂暁＋宮永雄平］ 500
『渥美清の肘突き』［福田陽一郎］ 532
『敦盛』 151
『a day』［古川健］ 549
『アディオス号の歌』［秋元松代］ 021
『アテネのタイモン』［ウィリアム・シェイクスピア］ 270, 667
『アテルイ』［中島かずき］ 441, **442**, 747, 752
『痕跡(あとあと)』［桑原裕子］ 257, 750, 754
『あとにさきだつ　うたかたの』［山谷典子］ 686
『後の悪源太』［磯坪水］ 062
『後の羽衣』［高安月郊］ 367
『後の羽衣』［田中智学］ 714
『アトムへの伝言』［横内謙介］ **690**
『アドリエンヌ・ルクヴルール』［ウジェーヌ・スクリーブ］ 108
『穴』［山本有三］ 684
『穴』［ふじたあさや］ 716
『穴』［坂本正彦］ 781
『ANOTHER』［如月小春］ 208
『アナザー』［やまうちくみこ］ 757
『あなたがいなかった頃の物語と、いなくなってからの物語』［三浦直之］ 602
『あなたがわかったと言うまで』［杉浦久幸］ 336, 755
『あなた、咲いた』［日下渚］ 780
『あなた自身のためのレッスン』［清水邦夫］ 740
『あなたとのもの語り』［粟飯原ほの］ 778
『あなたと見た映画の夜』［高橋いさを］ 364
『あなたと別れたい』［永井愛］ 434
『穴と空』［黒井千次］ 255
『アナトミア』［小里清］ 159, 773
『阿南と呪術師の娘』［岡本かの子］ 138
『あにいもうと』［室生犀星］ 645
『兄帰る』［永井愛］ 434, **436**, 747
『あにき』［広津柳浪］ 525
『ANIMAL』［三浦大輔］ 601
『兄を罰せよ』［村山知義］ 642, **643**, 645
『姉』［関口次郎］ 347
『姉』［中村孝子］ 458
『姉御道中』［佐々木憲］ 298
『姉と妹』［井田秀明］ 063
『あの、愛の一群たち』［清水邦夫］ 321
『あの海の果て』［高橋玄洋］ 364
『あの大鴉、さえも』［竹内銃一郎］ **370** , 742
『あの記憶の記録』［古川健］ 550, 765
『あの子はだあれ、だれでしょね』［別役実］ 553, 554
『あの手この手』［京都伸夫］ 234
『あの時の眼』［足立万里］ 027

『アノニム』［谷川俊太郎］ 391
『あの橋の畔で』［岡田教和］ 135
『あの橋の畔で』［菊田一夫］ 200
『あの日たち』［清水邦夫］ 320, 739
『あの人の世界』［松井周］ 580, 749
『あの町から遠く離れて』［土橋淳志］ 772
『アパッチ投手』［佐野美津男］ 307
『アパッチ野球軍』［花登筺］ 496
『暴れて嫌になる夜の連続』［江本純子］ 110
『あはれ人妻』［有松暁衣］ 038
『暴れん坊将軍』［阿部照義］ 032
『暴れん坊将軍』［迫間健］ 477
『家鴨』［木村修吉郎］ 233
『あひるの靴』［水上勉］ 787
『家鴨の出世』［犬養健］ 070
『阿武隈心中』［久米正雄］ 249
『アブサロム』［郡虎彦］ 268
『アフタースクール』［青木豪］ 013
『油地獄』［楠山正雄］ **236**
『あぶらでり』［久保田万太郎］ 244
『アフリカの叔父さん』［永井愛］ 433
『アフリカの太陽』［宋英徳］ 351
『アフリカの爆弾』［筒井康隆］ 411
『アプローズ』［浅利慶太］ 026
『阿部一族』［津上忠♻森鷗外］ 404, **405**
『阿倍一族の復讐』［太田竜＋栗原佳子］ 123
『阿部定の犬』［佐藤信］ 302, **304**
『阿部定の犬――喜劇昭和の世界1』［佐藤信］ 302, 304
『アベベのベ』［楢原拓］ 463
『阿片戦争』［江馬修］ **109**
『阿片とサフラン――演劇プロデューサーという仕事』［中島陸郎］ 445
『阿呆疑士迷々伝』［菊田一夫］ 200
『阿呆船』［寺山修司］ 420
『阿呆鳥』［田中小太郎］ 383
『阿呆のチャルメラ』［尾崎倉三］ 145
『阿呆浪士』［鈴木聡］ 745
『甘い丘』［桑原裕子］ 257, 748
『甘い傷』［平田俊子］ **522**, 747
『甘い条件』［押川昌一］ 153
『あまえんぼう山頭火』［村山優一郎］ 780
『天翔ける虹』［堀井康明］ 569
『甘粕大尉――季節はずれの卒論』［久保田猛］ 244
『天草四郎』［木下杢太郎］ 230
『雨乞』［高村光太郎］ 367
『雨空』［久保田万太郎］ 244, 245, **246**
『アマゾン』［石神夏希］ 777
『アマゾン川委員会』［伊地知克介］ 776
『あまちゃん』［宮藤官九郎］ 237, 583
『アマチュア演劇読本』［谷屋充］ 394
『あまつ空なる…』［中村真一郎］ 457
『天の岩戸』［高田保］ 361
『天邪鬼』［井出蕉雨］ 066
『天邪鬼』［加藤道夫］ 166
『天邪鬼』［中屋敷法仁］ 460
『天野天街萬華鏡』［天野天街］ 032
『天野屋利兵衛』［郷田悳］ 267
『天野屋利兵衛』［四宮純二］ 314
『奄美大島の花嫁』［秦豊吉］ 723
『アマランタ』［中野秀人］ 452
『阿麻和利』［謝名元慶福］ 328
『あみだ池の鳩』［平戸敬二］ 523
『アミノオの功績』［杉村すゑ子］ 413
『網模様燈籠菊桐』［河竹黙阿弥］ 191
『雨』［井上ひさし］ 071, **074**
『雨』［田中総一郎］ 385
『雨』［横倉辰次］ 691
『雨が来る』［赤堀雅秋］ 015
『雨が空から降れば』［別役実］ 552, 553, 555, 751
『飴チョコの天使』［小川未明］ 144
『あめ時計』［しゅう史奈］ 762, 773
『雨と猫といくつかの嘘』［吉田小夏］ 696, 758
『雨の一瞬前』［山田裕幸］ 681
『雨の首ふり坂』［池波正太郎］ 051
『雨の鞘橋』［郷田悳］ 266
『雨の日のベートーベン』［岡山弘人］ 760
『雨の日は切紙細工で』［野田市太郎］ 471
『雨の夜』［森田信義］ 652

『雨のワンマンカー』［小松幹生］ **280**, 741
『雨降りしきる』［小松幹生］ 280
『雨フル町ノ童話』［藤井ごう］ 763
『雨宮ちよの処分』［押川昌一］ **153**, 735
『あめゆじゅとてちてけんじゃ』［右来左往］ 755
『アメリカ』［赤堀雅秋］ 015
『アメリカ』［遠藤啄郎］ 113
『アメリカ』［加藤直］ 163, 164, 742
『アメリカ』［松本修］ 589
『アメリカ』［松本邦雄］ 763
『アメリカ（失踪者）』［フランツ・カフカ］ 589
『アメリカの叔父さん』［亀屋原徳］ 175
『亜米利加の使』［岡本綺堂］ 142
『アメリカの夜』［高橋いさを］ 743
『アメリカン・スクール』［小島信夫］ 270
『亜也子――母の桜は散らない桜』［岡部耕大］ 136, **137**
『綾衣絵巻』［豊田豊］ 431
『怪しき村の旅人』［武田泰淳］ 374
『操三番』［坪内士行］ 276
『綾の鼓』［有吉佐和子］ 038
『綾の鼓』［世阿弥］ 120
『綾の鼓』［三島由紀夫］ 604, 605
『綾の鼓（改作）』［堂本正樹］ 425
『鮎のうた』［花登筐］ 496
『あゆみ』［柴幸男］ 314
『あらいはくせき――冑と烏帽子・社会科』［田中千禾夫］ 386, **389**
『あらかじめ失われた恋人たちよ』［清水邦夫＋田原総一朗］ 320
『あらかじめ喪われた世界へ』［桃山邑］ 649
『ア・ラ・カルト　役者と音楽家のいるレストラン』［高泉淳子］ 358
『荒絹』［志賀直哉］ 313
『荒木又右衛門』［長谷川伸］ 486
『荒木又右衛門』［宮内好太朗］ 621
『あらし』［大関柊郎］ 120
『嵐が丘』［内海重典］ 097
『嵐が丘』［太田哲則♻エミリー・ブロンテ］ 123
『嵐ヶ丘』［唐十郎］ 179
『嵐のとなりの寝椅子』［蟷螂襲］ 426, 766
『嵐のピクニック』［本谷有希子］ 647
『あらしのよるに』［木村裕一］ 789
『嵐を呼ぶ男』［内藤裕敬］ 432
『嵐を呼ぶ男』［西島大］ 466
『アラビアの夜の種族』［古川日出男］ 550
『アラビアンナイト』［高瀬久男］ 360
『アラル』［山下由］ 777
『あられもない貴婦人』［矢内文章］ 666
『アラン島』［J・M・シング］ 395
『ありか』［相馬杜宇］ 765
『ありがとう』［平岩弓枝］ 515
『アリゲーター・ダンス』［和田憲明］ 704
『ありし日の妻の手紙』［村山知義］ 644
『有島武郎研究叢書』 037
『有島武郎事典』 037
『有島武郎全集』 037
『有島武郎の作品（下）』 037
『有田川』［有吉佐和子］ 038
『ありてなければ』［大西信行］ 124
『蟻の街のマリア』［松居桃楼］ 582
『アリババ』［唐十郎］ 739
『蟻婆と四十人の討論者』［森尻純夫］ 652
『有馬皇子』［福田恆存］ 529
『阿里蘭の唄』［坂本晃一］ 296
『或る秋の紫式部』［岡本かの子］ 138
『或いは魂の止まり木』［土橋淳志］ 750, 771
『ある女将の詩・くちなしの花』［志織慶太］ 313
『或る「小倉日記」伝』［松本清張］ 590
『或る男』［武者小路実篤］ 637
『ある男の半日』［谷崎潤一郎］ 392
『或る女』［有島武郎］ 036
『或る女』［久保田万太郎♻有島武郎］ 245
『ある女』［岩井秀人］ **082**, 750
『或女の石々』［新井哲］ 757
『或る女の生涯』［中野實］ 452
『ある開花』［岸宏子］ 498
『ある凱旋兵から聞いた話』［土田新三郎］ 408
『ある画室の主（愛慾後日譚）』［武者小路実篤］ 637, 639
『或る兄弟』［内山惣十郎］ 097
『或る警察署長の死』［倉田百三］ 250

作品索引

『或る校正係』［山田清三郎］678
『ある心の自叙伝』［長谷川如是閑］489
『ある殺人事件』［山田寿夫］681
『ある残酷な物語』［加藤道夫］164
『ある志士　中野正剛の最後』［木村毅］231
『ある時代』［鈴木泉三郎］340
『ある小公園の夕』［浜村米蔵］499
『或る少女の死まで』［室生犀星］645
『ある白雪姫の話』［松本和子］589
『或る貯蓄心』［小堀甚二］279
『あるテロリスト伝説』［小出龍夫］263
『アルト・ハイデルベルク』［ヴィルヘルム・マイヤー＝フェルスター］664
『ある夏の日に』［押川昌一］153
『アルバートを探せ』［小里清］159, 748
『ある母親の死』［浜田善彌］499, 739
『ある日どこかで』［斎藤雅文］286
『或る日の一休』［武者小路実篤］637
『或る日の父さん』［中井泰孝］433
『或る日の夢』［武者小路実篤］636
『或日の良寛』［藤秀璻］538
『ある日の蓮月尼』［岡本かの子］138
『ある日、ぼくらは夢の中で出会う』［高橋いさを］363
『アルファ・ケンタウリの客』［筒井広志］410
『ある方面委員の話』［恵川重］105
『或る街の人』［福田恆存］529
『或る夜の出来事』［足立万里］027
『或る夜の出来事』［鳥居与三］431
『ある浪人の話』［原巌］503
『荒れ狂ふ剣戟王』［今井達夫］081
『荒地』［高津一郎］362
『アレン中佐のサイン』［庄野英二］328
『泡』［きたむらけんじ］219
『泡——流れつくガレキに語りかけたこと』［岩松了］089
『安房義民伝』［伊藤忞］067
『淡路町心中』［藤田草之助］542
『淡路の女』［平戸敬二］523
『粟田口鑑定折紙』［河竹新七］190
『泡立つウルエ』［高橋あやのすけ］768
『淡雪涅槃』［村上正人］765
『あを嵐』［有松暁衣］038
『行脚譚』［海賀変哲］160
『安吾往来』［広島友好］761
『暗黒街の顔役』［小沢不二夫］153
『暗黒地帯』［高木登］359
『安吾とタンゴ』［生田萬］745
『アンコントロール－But now uncontrol－』［鐘下辰男］747, 752
『暗殺風聞』［久保田猛］244
『安重根——十四の場面』［谷譲次］390
『暗礁』［井田秀明］063
『安城家の舞踏會』［新藤兼人］333
『杏つ子』［室生犀星］645
『安政異聞』［押川昌一］153
『安政奇聞佃夜嵐』［古河新水］**549**
『安政三組盃』［河竹新七］190
『安全区／Nanjing』［嶽本あゆ美］375
『安全塔物語』［鈴木元一］343
『アンソロジー・プロレタリア文学』317
『アンダー』［杉浦久幸］336
『アンダーグラウンド』［タニノクロウ］393
『アンダー・ザ・ローズ』［鴻上尚史］264
『アンチクロックワイズ・ワンダーランド』［長塚圭史］449
『アンティゴネーごっこ』［秋浜悟史］019
『アンティゴネ／寝盗られ宗介』［神里雄大］173
『安藤鶴夫作品集　六巻』041
『アンドレアスの帽子』［鄭義信］400
『アンドロマケ』399
『アンドロマック』［ラシーヌ］324
『安中草三』［行友李風］688
『アンナ・カレニナ』［トルストイ］484
『アンナ・カレーニナ』［長谷川四郎♻トルストイ］**484, 485**
『杏仁豆腐のココロ』［鄭義信］399
『アンネ伝説』［猪俣哲夫］760
『アンネの日記』［ハケット夫妻（菅原卓訳）♻アンネ・フランク］335, 397
『アンの青春』［山路洋平♻ルーシー・モード・モ

ンゴメリ］677
『按舞』［大西信行］124
『アンフィトリオン』［モリエール］728
『アンフェア』［秦建日子］491
『安保阻止のたたかいの記録』［福田善之］532
『あんぽんたん物語』［塩田誉之弘］313
『アンマー達のカチャーシー』［謝名元慶福］328
『アンマー達のロックンロール』［塩田誉之弘］328
『あんまと泥棒』［村上元三］640
『按摩の駆落』［足立万里］027
『按摩の二階』［尾崎倉三］145
『安楽兵舎VSOPジェームス三木戯曲集』312

い

『いい加減にします』［喰始］394
『いい感じに電気が消える家』［三木聡］603
『飯沢匡喜劇全集』043
『飯沢匡新狂言集』043
『飯沢匡ラジオ・ドラマ選集』043
『井伊大老』［北條秀司］559, 563
『井伊大老の死』［中村吉蔵］455
『許婚』［有富三南］038
『イーハトーボの劇列車』［井上ひさし］072
『いい湯だな』［永六輔］104
『伊井蓉峰脚本集』042
『イヴとアダム』［キノトール］225
『家』［島崎藤村］317
『家』［竹内治］370
『家、世の果ての……』［如月小春］208
『家穴』［佐藤惣之助］301
『イエオタテル』［朝比奈尚行］026
『家が遠い』［前田司郎］573
『家がわらってる』［ふじきみつ彦］539
『イエスタデイ』［佐久間崇］297, 744
『家出』［谷岡紗智］779
『家出の前後』［千家元麿］351
『家には高い木があった』［長谷川孝治］482
『家光の初恋』［須藤南翠］344
『家康と按針』［河合祥一郎＋マイク・ポウルトン］181
『いえろうあんちごね』［菅孝行］198
『意外』［莽花］083
『威海衛陥落』［岩崎莽花］**083, 181**
『イカイノ物語』［マルセ太郎］600
『いかけしごむ』［別役実］554
『如何なる星の下で』［有吉光也♻高見順］040
『烏賊ホテル』［岡本螢］143
『碇引』［大和田健樹］714
『ICARUS』［植田景子］721
『イカロスの空』［東陽一］507, 741
『勢平家物語』［山崎紫紅］672
『生きた新聞』［久保栄］240
『生きたのはどっちだ』［亀屋原徳］174
『生血の壺 表現派戯曲集』［伊藤忞］068
『生きちゃってどうすんだ』［天久聖一］033, 582
『生きて行く』［広津和郎］525
『生きて、いま』［岡村昌二郎］138
『生きてゐる小平次』［鈴木泉三郎］**340**
『生きている虜囚』［姜魏堂］198
『生きてるし死んでるし』［松尾スズキ］582
『生きてるものはいないのか』［前田司郎］**573, 748**
『粋な捌き』［田口掬汀］368
『息・秘そめて』［明神慈］631
『異教徒の兄弟』［邦枝完二］239
『異郷の恋』［永井荷風］438
『生霊』［吉井勇］693
『生霊死霊』［服部秀］495
『生きる』［大木直太郎］117
『生きる』［黒澤明＋橋本忍＋小国英雄］176
『生きる』［里見弴］305
『生きる力』［伊藤忞］067
『イグアナの娘』［岡田惠和♻萩尾望都］136
『戦』［山本啓作］735
『生嶋新五郎』［右田寅彦］603
『幾春別』［押川昌一］153, 738
『生田川』［森鷗外］650
『生田川物語』［大岡信］116

『生玉心中』［井出蕉雨♻近松門左衛門］066
『生玉心中』［宇野信夫♻近松門左衛門］099
『池』［成瀬無極］464
『池田大伍戯曲選集』048
『生贄』［菅原卓］335
『イケニエの人』［松尾スズキ］582
『池袋モンパルナス』［小関直人］154
『生ける形見』［宮森麻太郎］631
『生ける屍』［川村花菱］196
『生ける聖母』［亀屋原徳］174
『生ける人形』［片岡鉄兵］162
『生ける人形』［高田保♻片岡鉄兵］361
『生けるひびき』［近石綏子］738
『生ける光秀』［今東光］284
『異稿 植物医師』［宮沢賢治］626
『異国の丘』［浅利慶太］026
『十六夜』［恵川重］104
『十六夜哀歌 極楽トンボ森の石松』［石田貴志］781
『十六夜日記』［別役実］554
『遺産のぬくもり』［大西信行＋日向すゞ子］124, 514
『意志』［佐野天声］307
『意地』［岡栄一郎］131
『石狩の空に』［小沢不二夫］153
『石川県伍参市』［本谷有希子］647, 747
『石川五右衛門』［木村錦花］231
『石川淳選集　第十巻』052
『石崎一正戯曲集　トスキナア』054
『石田三成』［貴司山治］209
『石田三成の死』［若月紫蘭］703
『石塚さんアップアップ』［土屋理敬］410
『石灯る夜』［中澤日菜子］758
『石中先生行状記』［八木隆一郎］661
『石の海』［小寺隆韶］273
『石のうら』［山下澄人］678
『石の語る日』［安部公房］028
『石の壺』［出雲隆］062
『石の庭』［有吉佐和子］038
『石の花』［芦川照葉］712
『石の火』［長谷川四郎］484, **485**
『石原慎太郎の思想と行為6』056
『石山開城記』［長田秀雄］447
『衣装』［高堂要］362
『衣裳』［森本薫］653
『衣裳哲学』［北村喜八］219
『遺書ナシ』［利倉幸一］429
『意地悪ばあさん』［イッセー尾形］065
『異人休泊所』［名和青朗］465
『維新前夜』［逢坂勉］114
『異人たちとの夏』［市川森一♻山田太一］063
『異人伝』［中島らも］444
『維新とんやれ節』［志村治之助］326
『維新派大全』［松本工房］592
『鵙の嘴』［檀真夫］738
『いずこねぎ』［胡桃沢伸］782
『椅子と伝説』［別役実］552
『椅子に座る女／椅子を並べる男』［久野那美］772
『椅子の下に眠れるひとは』［生田萬］744
『泉鏡花素描』［吉田昌志］059
『泉三郎』［宮崎三昧］622
『和泉屋染物店』［木下杢太郎］**230, 244**
『イスメネ・地下鉄』［佐藤信］302, 739
『出雲の阿国』［有吉佐和子］038
『出雲の阿国』［伊原青々園］**079**
『出雲の阿国』［大藪郁子］131
『出雲の阿国』［謝名元慶福］328
『出雲の阿国』［瀬戸内寂聴］349
『出雲の阿国』［津上忠♻有吉佐和子］404
『出雲の阿国近松物語』［谷口守男］391
『イスラ！イスラ！イスラ！』［神里雄大］173
『イスラム国がやってくる⁉アラ！アラ！アッラー！』［楢原拓］463
『居坐りのひ』［杉本奈月］776
『伊勢音頭』［高梨康之］363
『伊勢音頭恋寝剣』［近松徳叟］710
『伊勢物語』316
『IZO』［青木豪］013
『磯異人館』［指宿大城］080
『忙しき喜劇』［宇野千代］098

『磯川兵助功名噺』［土橋成男］429
『異族の歌』［山崎哲］674
『磯ごよみ』［吉田絃二郎］695
『五十六母恋道中』［迫間健］477
『偉大なる生活の冒険』［前田司郎］**573**
『板垣君遭難実記』［藤沢浅二郎］**539**
『板垣退助全集』063
『悪戯の城』［南江二郎］465
『鼬』［真船豊］245, **593**
『いたづら子』［小林愛雄］275
『悼む人』［天童荒太］423
『イタリヤーナ』［岸田辰彌］214
『一家風』［森本薫］653
『市川馬五郎一座顚末記』［真山美保］600, 735
『市川左團次』［松居桃楼編］582
『1995』［喜安浩平］234
『1995』［楢原拓］463
『1980』［ケラリーノ・サンドロヴィッチ］259
『一絃の琴』［大藪郁子♻宮尾登美子］131
『苺』［夏目雅也］767
『無花果』［中村吉蔵］455, **456**
『一場』［勝本清一郎］163
『一条もどり橋』［♻『戻橋』］710
『一族再会』［福田恆存］529
『いちどだけ純情物語』［長谷川康夫］490
『一日　夢の柵』［黒井千次］255
『一の糸』［有吉佐和子］038
『一番美しく』［徳田戯二］427
『市場・工場』［狩野鐘太郎］171
『一番星、だれが見つけた』［楠本幸男］236
『いちばん露骨な花』［中村賢司］457, 769
『一枚看板』［小島政二郎］271
『一枚のハガキ』［新藤兼人］333
『市松小僧の女』［池波正太郎］051
『一夢庵風流記』［隆慶一郎］156
『銀杏の家』［加藤道夫］164
『一裏面』［山田清三郎］678
『一粒万倍』［伊東桃洲］067
『一路平安』［田久保英夫］369
『いつかギトギトする日』［Dr.エクアドル］428
『いつかこの恋を思い出してきっと泣いてしまう』［坂元裕二］297
『いつか見た男達』［松原敏春］587
『いつか見た夏の思い出』［市堂令］064, 743
『一機還らず』［水上勉］609
『一休』［水上勉］609
『一軒の家・一本の樹・一人の息子』［別役実］553
『一茶と百万石』［伊藤悳］068
『一宿一飯』［今野勉］**285**
『一寸さきは闇』［小島信夫］270
『一寸法師』728
『イッセー尾形独演会』065, 066
『イッセー尾形の都市生活カタログ』065, 066
『イッセー尾形の都市生活カタログ、パート3』065
『イッセー尾形のとまらない生活』065
『イッセー尾形のとまらない生活、パート14』066
『一石仙人』［多田富雄］716
『いつだって今だもん――きのうとあしたのラブストーリー』［谷川俊太郎］**391**, 788
『いつだって今だもん　谷川俊太郎ドラマ集』391
『いつだって可笑しいほど誰もが誰か愛し愛されて第三高等学校』［三浦直之］602
『一丁目ぞめき』［赤堀雅秋］**015**, 750
『井筒ヂオゲネス』［霞城山人］715
『井筒業平河内通』［宇野信夫］099
『五つの恋のファンタジア』［横澤英雄］725
『一刀流成田掛額』［竹柴其水］372
『一時の賭』［池田大伍］048
『何日君再来』［羽原大介］499
『何日君再来』［前川麻子］571
『一本刀土俵入』［長谷川伸］486, 487
『一本刀土俵入――御存知葛飾篇』［金杉忠男］167
『いつも心だけが追いつかない』［ハセガワアユム］777
『いつも心に太陽を』［つかこうへい］402
『偽りのない町』［宮園瑠衣子］759

『凍蝶』［山崎正和］675, **676**, 736
『いで湯の白狐』［五世瀬川如皐］345
『糸糸心言』［榊原政常］292
『移動』［別役実］552
『伊藤貞助一幕劇集』067
『いとけなき心をくらふ懐疑かな』［小崎政房］146
『糸桜』［斎藤雅文］286
『いとしいいとしいといふ心』［大前田一］766
『愛しきは』［八田尚之］493
『愛し、南の潮鳴り』［迫間健］477
『糸地獄』［岸田理生］215, **216**, 743
『愛しのタカラヅカへ』［香村菊雄］174
『愛しのマリイ』［太田竜＋栗原佳子］123
『愛しのメディア』［鄭義信］398, 743
『いとなみ』［永井龍男］438
『いないかもしれない』［大池容子］115
『田舎教師』［藤田正］735
『田舎の一日』［室生犀星］645
『田舎道』［阪中正夫］296
『稲妻』［真船豊］593, **595**
『いななく高原』［庄野英二］328
『伊那の勘太郎』［八住利雄］666
『INAMURA走れ！』［丸尾聡］755
『犬が西むきゃ尾は東－「にしむくさむらい」後日譚－』［別役実］553
『犬神博士の心理劇療法』［坊丸一平］564
『犬ストーン』［田辺茂範］390
『犬の誕生』［川村毅］197
『犬の町』［山崎哲］674
『犬は鎖に繋ぐべからず』［岸田國士］210
『犬は鎖につなぐべからず　岸田國士一幕劇コレクション』［ケラリーノ・サンドロヴィッチ］259
『犬町の夜』［川村毅］197, 198
『犬婿入り』［多和田葉子］396
『犬目線／握り締めて』［スエヒロケイスケ］334, 758
『いのうえ歌舞伎』シリーズ［中島かずき］441
『井上準之助』［近松秋江］396
『井上ひさし全芝居一〜七』073
『井上ひさしの宇宙』［今村忠純］073
『井上ひさしの劇世界』［扇田昭彦］073
『居残り佐平次－次郎長恋の鞘当て－』［水谷龍二］614
『イノセント・ピープル』［畑澤聖悟］493
『いのち』［橋田壽賀子］478
『いのちある日に』［高橋玄洋］364
『いのちある日を』［高橋玄洋］364
『命かんぱ』［知念正真］397
『生命の冠』［山本有三］**684**
『いのちのちQ』［市原佐都子］065
『いのちぼうにふろう』［隆巴］700
『いのち短し恋せよ乙女団』［中島淳彦］442
『命燃えて』［佐佐木武観］299
『祈らなくていいのか』［中村賢司］770
『祈りと怪物――ウィルヴィルの三姉妹』［ケラリーノ・サンドロヴィッチ］259
『祈りの懸け橋・評伝田中禾禾夫』［石澤秀二］054, 386
『茨木』［河竹黙阿弥］**195**
『茨木屋幸斎』［池田大伍］**048**
『井原西鶴』［武者小路実篤］637
『茨姫』［水都サリホ］776
『いびき地獄』［松本清張］590
『歪びつな構造図型』［木村修吉郎］233
『イフィジェニー』［ラシーヌ］107
『イプセン戯曲全集 全五巻』［原千代海訳］503
『イプセン作社会劇』［高安月郊］367
『イプセン全集』［河野義博訳］131
『イプセンの生涯と作品』［原千代海］503
『イプセンの読み方』［原千代海］503
『異聞猿飛佐助』［中田耕治］446
『異聞浪人記』［金子良次］170
『異母兄弟』［足立直郎］027
『今』［大森眠歩］130
『今こそ俺達たちを恐れるがいい』［伊藤貞助］067
『今竹取物語－ヒカル翔んで行く－』［福田善之］534
『今戸心中』［広津柳浪］525
『伊馬春部ラジオ・ドラマ選集』080

『今昔桃太郎』［渡辺えり子］705
『今宮心中』［♻近松門左衛門］711
『今物語』［平田都］522
『今様薩摩歌』［岡鬼太郎］**132**
『忌まれたる人』［佐藤惣之助］301
『イメージ』［蓮田亨］760
『イメージの世界』［山田裕幸］774
『イメージの展覧会』［安部公房］028
『妹の結婚』［水守亀之助］615
『妹よ……』［蓮見正幸］480, 764
『妹背山飾姿絵』［大槻如電］124
『諸盗人』［神谷量平］174
『薯の煮えるまで』［風見鶏介］161
『慰問袋』［鳥江銕也］431
『弥栄村建設』［小林宗吉］277
『癒しの庭－小川治兵衛伝－』［林信男］782
『嫌だ晩景』［西沢揚太郎］466
『嫌な子供』［松尾スズキ］582
『いやむしろわすれて草』［前田司郎］573, 748
『イヨマンテの夜』［菊田一夫］200
『苛々する大人の絵本』［タニノクロウ］393
『イリーニャの兄弟』［加藤一浩］163
『入江のほとり』［正宗白鳥］577
『入り陽』［水守亀之助］615
『異類婚姻譚』［本谷有希子］647
『刺青』［谷崎潤一郎］392
『刺青奇偶』［長谷川伸］**488**
『入れ札』［菊池寛］204, 688
『11PM』［藤本義一司会］545
『色気噺お伊勢帰り』［香川登志緒］160, **161**
『色のみだれ』［有松暁衣］038
『いろは新助』［大森痴雪］129
『いろはに困惑倶楽部』［原田宗典］504
『いろは四谷怪談』［加納幸和］**172**
『いろゆらぎ』［武田一度］373
『巌頭の女』［久板英二郎］509
『鰯売恋曳網』［三島由紀夫］604, **606**
『鰯売恋曳網』［織田紘二♻三島由紀夫］713
『岩田豊雄演劇評論集』086
『岩田豊雄創作翻訳戯曲集』086
『(岩戸)だんまり』［小林一三］276
『岩間芳樹ドラマ特選集』088
『岩間芳樹ラジオドラマ選集』088
『岩見重太郎 またの名を赤い花』［あい植男］012
『窟』［藤井真澄］538
『陰影礼讃』［谷崎潤一郎］392
『陰気な愉しみ』［安岡章太郎］665
『INCUBATOR』［二瓶龍彦］760
『インザシェルター』［黒羽英二］257
『イン・ザ・プール』［奥田英朗］583
『インザマッド(ただし太陽の下)』［山本卓卓］684
『陰獣』［江戸川乱歩］105, 274
『印獣』［宮藤官九郎］237
『印象タイタス・アンドロニカス』［安田雅弘］665
『インスタント沼』［三木聡］603
『因陀羅の子』［長与善郎］461
『インチキ太閤記』［波島貞］462
『インディアンサマー』［長谷川孝治］482
『インテリの悲哀』［恵川重］104
『インテレクチュアル・マスターベーション』［野木萌葱］469
『印度』［田郷虎雄］375
『インドのちから』［徳尾浩司］427
『イントレランスの祭』［鴻上尚史］264
『イントロダクション・トゥ・ザ・クラシック・オブ・ジャパン』［楳茂都陸平］103
『インナーチャイルド－私の中の内なる子ども－』［宋英徳］351
『因縁屋夢六　玉の井徒花心中』［里吉しげみ］**306**
『インピーの咆哮』［青木秀樹］014, 766
『陰府がえりのお七』［高堂要］362
『陰府からの使者化』［高堂要］362
『インフレの波』［インフレの波］104
『淫乱斎英泉』［矢代静一］663

う

『ヴァージニア・ウルフなんかこわくない？』［エドワード・オールビー］259

『ヴァカンス』[菅孝行] 739
『ヴァカンス／ブルースを歌え』[菅孝行] 198
『ヴァレンチノ――愛の彷徨』[小池修一郎] 261
『ヴアラエテイ フランス破れたり』[菊岡久利] 199
『ヴアラエテイ ユモレスク啄木帖』[菊岡久利] 199
『雨安居荘雑筆』[井庭孝] 078
『維納の殺人容疑者』[佐藤春夫] 301
『初々しくエロやかに』[西島明] 466
『浮いていく背中に』[原田ゆう] 504, 778
『ヴィラ・グランデ青山－返り討ちの日曜日－』[倉持裕] 252
『WILCO』[瀬戸山美咲] 350
『外郎売』[野口達二♻二世市川團十郎] 470
『外郎売』[平山晋吉♻二世市川團十郎] 524
『ウィンザーの陽気な女房たち』[ウィリアム・シェイクスピア] 181, 365, 713
『Windows5000』[上田誠] 770
『ウーマンリブ発射！』[宮藤官九郎] 237
『Waiting for Something』[中野成樹] 452
『ウェイティング・ルーム』[中村まり子] 458
『ウエー(新どれい狩り)』[安部公房] **029**, 030
『ウェルカム・ニッポン』[松尾スズキ] 582, **584**, 585
『WELCOME HOME！』[鷺沢萠] 297
『WELCOME上海』[串田和美、越部信義] 289
『ウエアハウス』[鈴木勝秀] **338**
『ウエアハウス circle』[鈴木勝秀] 338
『上杉謙信』[山崎紫紅] 672
『ウエストサイド物語』[L・バーンスタイン] 359
『植田紳爾脚本選』 094
『ヴェニスに死す』[倉田淳♻トーマス・マン] 249
『ヴエニスの商人』[ウィリアム・シェイクスピア(坪内逍遙訳)] 414
『ヴェニスの商人』[ウィリアム・シェイクスピア] 026, 675
『ヴェニスの商人・法廷の場』[山岸荷葉♻ウィリアム・シェイクスピア] 671
『上野動物園再々々襲撃』[平田オリザ] 012, **518**, **520**
『上野動物園再襲撃』[金杉忠男] 520
『植村直己物語』[岩間芳樹] 088
『ヴェランダ』[長谷川如是閑] 489
『ヴェリズモ・オペラをどうぞ！』[市川森一] 063
『飢える故郷』[井上光晴] 076
『ヴェルネ君』[ジュール・ルナール] 378
『ヴェローナ物語』[横山由和] 692
『上を向いて歩こう』[永六輔] 104
『上を向いて歩こう』[高平哲郎] 366
『ヴォイツェック』[ゲオルク・ビューヒナー] 302
『右往左往――夢の懸け橋』[田中千禾夫] 386
『warter wich ウォーターウィッチ――漂流姉妹都市』[スエヒロケイスケ] 334, 774
『うお傳説』[山崎哲] 674, 742
『魚の祭』[柳美里] 624, 686, **687**, 745
『うかうか三十、ちょろちょろ四十』[井上ひさし] 071
『浮かれ胡弓』[岩崎蕣花♻巖谷小波、巖谷小波] 083, 091
『浮かれ式部』[榎本滋民] 105
『浮れ達磨』[本居長世] 647
『浮かれ達磨』[本居長世] 718
『浮かれ柳－新橋喜代三と中山晋平－』[大西信行] 124
『浮草おんな旅』[谷口守男] 391
『浮雲』[水木洋子] 612
『浮巣の半次郎』[大塚稔] 070
『浮寝鳥』[北條秀司] 559
『浮舟』[北條秀司] 559, **561**
『うき世』[亭々生♻柳川春葉] 667, **668**
『浮世人情落花新演劇』[岩間芳樹] 088, 740
『浮世の常』[宇野千代] 099
『浮世の連鎖』[中西羊髯] 451
『浮世噺おかる勘平』[三田純市] 615
『浮世風呂』[木村富子] 233
『鶯』[八田尚之♻伊藤永之介] 493
『鶯の井』[森ほのほ] 651
『鶯の宿』[木村学司] 231

『うぐいす姫』［瀬川拓男］**346, 729**
『うぐいす笛』［阿木翁助］016
『鶯娘』［谷崎潤一郎］392
『雨月物語』［川口松太郎＋依田義賢］184, 698
『雨月物語』［小野晴通］719
『動かない蟻』［天久聖一］033
『動けば雷電の如く――高杉晋作と明治維新革命』［はぐるま座創作集団］477
『雨後』［久保田万太郎］061
『兎追い鹿の山』［黒川欣映］256
『兎たちのバラード』［大石静］115
『牛』［東川宗彦］102, 737
『潮』［佐藤紅緑］300
『牛飼ひの歌』［和田勝一］703
『宇治十帖』［番匠谷英一］505
『牛と闘ふ男』［中村吉蔵］455
『牛泥棒』［鎌田順也］173
『失われし青春』［寺島アキ子］736
『失われた藍の色』［東由多加］506
『牛女房』［原千代海］503
『牛山ホテル』［岸田國士］**213, 224**
『うしろ髪』［泉鏡花］059
『うしろ姿のしぐれてゆくか』［宮本研］628
『うしろの正面だあれ』［別役実］553
『うしろの正面だーれもいない』［知念正文］398
『牛を喰う』［北林余志子］219
『渦』［川竹五十郎］380
『渦』［♻『薬缶の行方』］565
『渦』［小堀鉄男］737
『うず潮墓情』［高田宏治］360
『渦巻』［渡邊霞亭］269, 706
『埋火』［村田修子］641, 735
『鶉』［真船豊］593
『嘘』［藤澤清造］**426, 540**
『嘘ツキ、号泣』［山崎彬］672, 770
『うそつきテコちゃん』［立川雄三］378
『嘘の成算』［松島誠二郎］585
『嘘の世界』［田口掬汀］368
『嘘の世の中』［益田太郎冠者］579
『嘘は申しません』［尼子成夫］032
『嘘實心冷熱』［藤沢浅二郎♻尾崎紅葉］145
『雅歌』［矢代静一］663, 735
『歌遊び うかれ達磨』［本居長世］**647**
『歌行燈』［泉鏡花］058, 246
『歌う紙芝居』［上山雅輔］174
『歌うシンデレラ』［別役実］553
『歌ふ丹下左膳』［和田順］704
『歌う日劇』［高橋忠雄］722
『歌う弥次喜多』［古川緑波］550
『歌ふ弥次喜多・東海道小唄道中』［古川緑波］550
『歌う李香蘭』［白井鐵造］723
『歌え、牛に踏まれし者ら』［山下澄人］678
『歌え汝が泰平の歌を－北村透谷伝－』［石坂浩二］053
『泡沫に眠りながら』［芳澤多美子］761
『うたかたの恋』［柴田侑宏♻クロード・アネ］316
『うたかふぇ』［福島三郎］528
『宇田川心中』［小林恭二］**276**
『宴』［関矢幸雄］348
『唄子・啓助のおもろい夫婦』［京唄子・鳳啓助司会］313
『歌しぐれ』［郷田悳］266
『歌のえほん』［阪田寛夫］293
『歌の翼にのって行こう』［高木史朗］359
『歌姫』［宅間孝行］369
『歌麿』［藤田敏雄］545
『歌麿をめぐる女達』［邦枝完二］238
『歌恋慕』［雄島浜太郎］154
『歌わせたい男たち』［永井愛］434
『唄わない冬』［船岩祐太］547
『歌はぬ人』［倉田百三］250
『討入前夜』［成澤昌茂］464
『撃ちてし止まむ』［木村学司］231
『うちのお母さん』［福田卓郎］528
『うちのだりあの咲いた日に』［吉田小夏］696, 757
『うちのホンカン』［倉本聰］253
『ウチハソバヤジャナイ』［ケラリーノ・サンド

ロヴィッチ］259
『内村直也戯曲集』096
『内村直也随想集』096
『うちやまつり』［深津篤史］527, **528**, 746, 767
『宇宙で眠るための方法について』［鴻上尚史］264
『宇宙の巨人』［佐野美津男］307
『宇宙の旅、セミが鳴いて』［鈴江俊郎］337
『宇宙防衛軍ヒデマロ』［いのうえひでのり］076
『宇宙ロケットえんぴつ』［徳尾浩司］427
『団扇太鼓』［生田葵］047
『卯月の潤色』［近松門左衛門］024
『美しい悪魔』［堺利彦］291
『美しい産衣』［金貝省三］167
『美しい女』［椎名麟三］310
『うつくしい革命』［フルタジュン］551
『美しかりしわれらがヘレン』［高橋睦郎］**365**, 739
『美しき家族』［北村喜八］**219**
『「美しき家族」に就いて』［大山功］219
『美しき建設』［中山侑］460
『美しき生涯－石田三成　永遠の愛と義－』［大石静］115
『美しき復讐』［岡田三郎］133
『美しき幻の思想』［木村修吉郎］233
『美しきものの伝説』［宮本研］232, 575, 628, **630**
『美しき野獣』［小沢不二夫］153
『空蝉』［北條秀司］561
『宇都宮黙林』［知切光歳］397
『靭猿』［渡辺霞亭］462
『うづみ火』［長谷川時雨］483
『打哉太鼓淀川浪』［河竹能進＋三世勝諺蔵］162
『腕環』［宮森麻太郎♻アルフレッド・スウトロ］631
『うどん屋』［くるみざわしん］255, 763
『うなぎ』［今村昌平］081
『鰻の幇間』666
『うなぎ問答』［岡本薫］138
『うぬぼれ刑事』［宮藤官九郎］237
『宇野浩二伝』［水上勉］609
『宇野信夫戯曲選集』099, 100, 101
『姥捨仲秋』［宮崎友三］**622**
『奪われし我が愛しの妻よ』［三島章道］604
『馬』［阪中正夫］**296**
『馬・阿部定』［加藤直］163
『馬市が来て』［真船豊］593
『馬とマウスの阿房トラベル』［戌井昭人］070
『馬泥棒』［秋月桂太］018
『馬盗人』［巖谷小波］**092**
『馬のいる家族』［原源一］503
『厩戸皇子』［永田衡吉］446
『生まるゝ映像』［阪中正夫］296
『生まれ出づる悩み』［有島武郎］036
『生れざりしならば』［真山青果］596
『生れた家』［村田修子］641
『産まれた理由』［古城十忍］271
『うまれてないからまだしねない』［山本卓卓］684, 750
『海が私を嫌っている』［深津篤史］527
『海暗』［大藪郁子♻有吉佐和子］130
『海暗し』［板垣守正］063
『海照らし』［中島丈博］443
『海と十字架』［皆川博子］620
『海と日傘』［松田正隆］**586**, 745, 766
『海鳴り』［亀屋原徳］174, 643
『海鳴』［水上勉］609
『海に鳴る鐘』［神西清］332
『海に響く軍靴』［高平哲郎♻北野武］366
『海猫街』［東憲司］505, 748
『海の一座』［謝名元慶福］328
『海の歌』［雄島浜太郎］154
『海の男達の話』［平塚直隆］773
『海の案山子』［矢田弥八］666
『海の彼方へ』［高梨康之］363
『海の季節』［田中茂］738
『海の牙』［水上勉］609
『海の五線譜』［吉田小夏］696
『海の言葉』［黒川欣映］256
『海のサーカス』［鄭義信］399
『海の城——海軍少年兵の手記』［本田英郎♻

渡辺清］570
『海の蝶』［可児松栄］169
『海の伝説』［室生犀星］645
『海のない港』［依田義賢］698
『海の庭』［小山祐士］282
『海の涯』［響リュウ］513
『海の沸点』［坂手洋二］294, 751
『海の星』［八木隆一郎］660
『海の眼鏡』［東憲司］505
『海の呼声』［北村喜八］219
『海彦山彦』［山本有三］684
『うみべ』［大石汎］116
『海辺の伝説』［森禮子］**651**
『海辺のバカ』［加藤一浩］163
『海ゆかば水漬く屍』［別役実］553
『海より深き――かさぶた式部考』［秋元松代］023
『海を越えた演出家たち』［日本演出家協会］581
『生むと生まれるそれからのこと』［岩井秀人］082
『梅ケ枝』［五世瀬川如皐］345
『梅薫菅原後日譚』［五世瀬川如皐］345
『ウメコがふたり』［さねとうあきら✪安藤美紀夫］307
『梅田雲浜とその妻』［佐佐木武観］299
『梅津さんの穴を埋める』［土屋理敬］410, 752
『梅の茶屋にて』［平井房人］514
『白梅は匂へど…』［松田章一］586
『梅宵月』［川口松太郎］183
『埋れ井戸』［三島霜川］604
『埋れた春』［秋田雨雀］017
『恭しき娼婦』［サルトル］176
『恭々しき貪慾者』［老川比呂志］114
『売らいでか！』［花登筐］**497**
『裏切りの街』［三浦大輔］601
『浦島太郎』728
『占いホテル』［鹿目由紀］775
『裏日本　大きな波に乗るがいい！』［千葉雅子］398
『うらの顔』［原武彦］782
『うら版・三国妖婦伝』［石崎勝久］054
『うら街』［中野實］452
『裏町感化院』［仲沢清太郎］441
『うら町人生』［酒井俊］291
『裏町の百貨店』［阿木翁助］016
『恨の白無垢』［山本緑波］686
『怨み節ハムレット』［尾崎一保］144
『裏山。――アイツと犬のお散歩エレジーだ！』［角ひろみ］768
『裏山の犬にでも喰われろ！』［土橋淳志］410, 770
『裏読み　味噌樽で縮んだズボン』［藤田傳］544
『うらよみ演劇用語辞典』［別役実］555
『売られる田地』［伊藤貞助］067
『瓜子姫とあまんじゃく』［木下順二］712
『瓜生君子』［利倉幸一］429
『ウリ・オモニ』［金満里］231
『瓜一つ』［益田太郎冠者］579
『蔚山城の清正』［吉田紘二郎］696
『ウルトラシオシオハイミナール』［三木聡］603
『ウルトラ女学生』［中村正常］458
『ウルトラセブン』［市川森一］063
『ウルトラマン』［金城哲夫他］053
『売るものがある性』［江本純子］110
『美わしき歳月』［松山善三］592
『うるわしの思い出 モン・パリ』［岸田辰彌］214
『麗しのキメラ・嘆きのキメラ』［倉澤周平］249
『うれしい悲鳴』［広田淳一］525, 759
『浮気なタマゴ』［海老沢みゆき］762
『うわさ島』［大藪郁子］130
『噂の刑事トミーとマツ』［江連卓］105
『うわさのチャンネル』［水谷龍二］613
『上役のいない月曜日』［赤川次郎］014
『運河の青春』［小沢不二夫］153
『雲水良寛』［大坪草二郎］124
『運転工の息子』［堀田清美］567
『運転中』［伊地知克介］771

『運命』[堀田善衛] 568, 736
『運命の子よ』[大平野虹] 128
『運を主義にまかす男』[岸田國士] 210

え

『永遠なる序章』[椎名麟三] 310
『永遠に答えず』[斎藤豊吉] 287
『永遠の仔』[天童荒太] 423
『永遠の天』[菊岡久利] 199
『映画王国』[吉田武三] 696
『映画は陽炎の如く』[犬塚稔] 070
『栄華物語』[中内蝶二] 439
『栄冠は君に輝く』[土屋亮一] 410
『盈虧』[鈴木泉三郎] 340
『英五郎二人』[子母澤寛] 327
『嬰児殺し』[山本有三] 684, **685**
『英単語連想記憶術』[藤川健夫] 539
『HR』[三谷幸喜] 616
『8－エイト－』[ダスティン・ランス・ブラック] 465
『英雄たち』[秋浜悟史] 019, 020, 093
『永六輔の土曜ワイド』[永六輔] 104
『A.R　芥川龍之介素描』[如月小春] 208
『AGE OF "CHAIN-SAW"――――ナイチンゲールの終わり』[吉村八月] 756
『AとBと一人の女』[別役実] 552
『A・B・C娘』[藤田潤一] 542
『A列車』[串田和美] 235
『AとBの俳優修業「ま」』[綾田俊樹] 034
『笑顔の砦』[タニノクロウ] 393, 748
『笑顔の行方』[土屋亮一] 410
『EXCITER!!』[藤井大介] 721
『エキスポ――父ちゃん、人類の進歩と調和げな』[中島淳彦] 442
『エキスポ』[中島淳彦] **443**
『疫病流行記』[寺山修司] 420
『駅鈴』[榎本虎彦✪] 108
『絵金－幕末土佐の芝居絵－』[広末保] 524
『エクスタシーの系譜』[高橋康也] 365
『エゲリア』[瀬戸口郁] 350
『エコー、傷』[山本貴士] 757
『エコー物語』[坂本さち子] 296
『エゴ・サーチ』[鴻上尚史] 264
『江島生島』[長谷川時雨] 483
『絵島生島』[舟橋聖一] 548
『絵島の恋』[平岩弓枝] 515
『慧春尼行状』[池田大伍] 048
『SM実験工房』[玉井敬友] 395
『S／N』[古橋悌二] 551
『S／Nの為のセミナーショー』[古橋悌二] 551
『エスカイヤ・ガールス』[鴨川清作] 175
『絵姿女房――ぼくのアルト・ハイデルベルク』[矢代静一✪ヴィルヘルム・マイヤー＝フェルスター] 663, **664**, 735
『S高原から』[平田オリザ] 517
『エスペラント－教師たちの修学旅行の夜－』[青木豪] **013**, 753
『ETERNAL CHIKAMATSU　近松門左衛門「心中天網島」より』[谷賢一] 390
『エダニク』[横山拓也] 692, 758, 770
『枝豆のこいびと』[岡本螢] 143
『越後瞽女日記』[斎藤真一] 570
『越後つついし親不知』[水上勉] 609
『越前おんな節』[高田宏治] 360
『越前竹人形』[水上勉] 609
『越前無情』[高田宏治] 360
『エチル・ガソリン』[長谷川如是閑] 489
『越境する力』[鈴木忠志] 341
『エッグ』[野田秀樹] 473
『XCOW XICOカフェイン／036ウォーター』[スエヒロケイスケ] 773
『X線の午後』[中島らも] 444
『エッケ・ホモ』[大田裕康] 782
『エディアカラの楽園』[キタモトマサヤ] 223, 769, 774
『エデンの園』[水木久美雄] 611
『江藤新平』[真山青果] 596
『江戸川乱歩劇場 押繪と旅する男』[川島透✪江戸川乱歩] 033
『江戸語辞典』[三好一光] 631
『江戸最後の日』[吉田絃二郎] 695

『江戸時代のヨタモノ』［波島貞］ 462
『江戸自慢　男一疋』［波島貞］ 344
『江戸城明渡』［高安月郊］ 367, **368**
『江戸城明渡し』［藤森成吉］ 546
『江戸城総攻』［真山青果］ **598**, 600
『江戸城の刃傷』［真山青果］ 598
『江戸職人奇譚』［佐江衆一］ 291
『江戸育御祭佐七』［河竹新七］ **190**
『江戸に就いての話』［岸井良衛♻岡本綺堂］ 209
『江戸の女』［渥美清太郎］ 027
『江戸の陽炎』［犬塚稔］ 070
『江戸の蝙蝠』［木村学司］ 231
『江戸の夕立ち』［井上ひさし］ 071
『江戸の夕映』［大佛次郎］ 150, **151**
『江戸の夢』［宇野信夫］ 099
『江戸より大阪へ』［竹内伸光］ 371
『エトランゼ』［東憲司］ 505
『絵にかいた嫁さま』［瀬川拓男］ 346
『N・O』［中田あかね］ 768
『絵具皿』［山本緑波］ 686
『エノケンの月光価千金』［波島貞］ 462
『エノケンのターザン』［金貝省三＋藤田潤一］ 167, 542
『エノケンのどんぐり頓兵衛』［波島貞］ 462, 463
『エノケンの法界坊』［和田五雄＋小川正紀＋小國英雄］ 703
『エノケンの誉れの土俵入』［波島貞］ 462
『エノケンの弥次喜多』［波島貞］ 462
『エノケン竜宮へ行く』［白井鐵造］ 330
『絵の中のぼくの村』［東陽一♻田島征三］ 507
『榎本武揚』［安部公房］ 028
『絵番附・新派劇談』［柳永二郎］ 059, 083
『栄日子と大国主』［大沢駿一］ 117, 738
『挿話（エピソオド）』［加藤道夫］ 165
『FS6工作――菅生事件』［矢田喜美雄］ 666
『F人たちの音楽』［小池竹見］ 262
『「F」ト呼バレル町』［矢内文章］ 666
『エボリューション　セオリー』［杉浦久幸］ 336
『絵本太功記』［近松柳＋近松湖水軒＋近松千葉軒］ 710
『絵本・落語長屋』［西川清之］ 466
『江馬修作品集』 109
『えみ子』［室生犀星］ 645
『Mジャクソンの接吻』［ノゾエ征爾］ 471
『エモーショナルレイバー』［瀬戸山美咲］ 350
『エリアンの手記』［山崎哲］ **674**
『エリカ、お前はいったい誰なんだ！』［平賀健作］ 765
『エリカな人々』［矢島弘一］ 663
『Jericho』［松田正隆］ 586, **587**, 614
『江利子と絶対　本谷有希子文学大全集』本谷有希子］ 647
『えり子と共に』［内村直也］ 096
『エリザベート』［小池修一郎♻ミヒャエル・クンツェ］ 261, **262**
『エリナー・リグビー』［ビートルズ］ 502
『エルゼベエト・バートリ』［林巻子］ 502
『L7－無色透明のクライシス－』［杉浦久幸］ 336
『エルナニ』［松井松翁♻ユーゴー］ 581
『エレクトラ』［ホフマンスタール］ 581
『エレジー－父の夢は舞う－』［清水邦夫］ 321, **324**
『エレノア』［早船聡］ 502, 750
『エレベーター』［黒羽英二］ 257
『エレメント』［太田省吾］ 120
『エロスの果て』［松尾スズキ］ 582, 752
『縁』［小島孤舟］ 269
『怨』［長田秋濤♻ウジェーヌ・スクリーブ］ 147
『円朝』［小島政二郎］ **271**
『鴛鴦淵』［畠山古瓶］ 492
『艶歌テネシーワルツ』［逢坂勉］ 114
『演歌に生きる人々』［津上忠］ 404
『演技者。』 583, 624
『演技術の日本近代』［笹山敬輔］ 150
『演技と演出』［平田オリザ］ 518
『演技と演出のレッスン』［鴻上尚史］ 264
『演芸画報・人物誌』［戸板康二］ 189, 267, 525, 603, 604
『演芸時評』［正宗白鳥］ 577

『演芸世界』[岡栄一郎＋曲渕直之助] 131
『演劇』[岸田國士] 211
『演劇』[谷賢一] 390
『演劇学』[早稲田大学演劇学会] 258
『えんげき集　エンマ大王』[タカクラテル] 359
『演劇戦線』[大平野虹] 128
『演劇創造の系譜』[菅井幸雄] 645
『演劇的自叙伝』[村山知義] 641, 642, 643
『演劇とは何か』[鈴木忠志] 341
『演劇入門邪馬台国の謎』[つかこうへい] 402
『演劇入門』[平田オリザ] 518
『演劇の一場面』[小島信夫] 270
『演劇の青春』[阿木翁助] 016
『演劇の世界史』[青江舜二郎] 012
『演劇の本質』[加藤衛] 164
『演劇は道具だ』[宮沢章夫] 623
『演劇百科大事典』[池田一臣、小寺融吉] 048, 272
『演劇論集眼球しゃぶり』[佐藤信] 303
『演劇論叢』[小山内薫] 148
『演劇論と劇評集』[三島章道] 604
『演劇・けいこの基本』[神宮茂十郎] 332
『円光』[生田長江] 047
『円光以後』[生田長江] 047
『エンコの六』[山下三郎♻サトウハチロー] 678
『怨恨の面』[平山晋吉] 524
『演出者の手記』[小山内薫] 148
『エンジョイ』[岡田利規] 134, 135
『エンジョイ・アワー・フリータイム』[岡田利規] 135
『炎上秘録――松浦法印鎮信と小麦の方』[津上忠] 404
『圓太郎馬車』[正岡容] 576
『縁談』[山田民雄] 680
『円地文子全集 第十四巻』[円地文子] 111
『エンツェンスベルガー「政治と犯罪」よりの幻想』[今野勉] 285
『婉という女』[早坂久子♻大原富枝] 501
『遠藤周作文学全集』 112
『煙突』[脇屋光伸] 703
『縁の糸』[伊原青々園] 079
『役の行者』[坪内逍遙] **414, 415, 416**
『閻魔の目玉』[岩野泡鳴] **088**
『延命院日当』[行友李風] 688

お

『oasis』[小原延之] 770
『おアツい壁』[松木ひろし] 585
『お家騒動の序幕』[久米正雄] 248
『お市子負旅』[織田泉三郎] 154
『お市と三姉妹』[平岩弓枝] 515
『お市の方』[榎本滋民] 105
『オイディプス王』[高橋睦郎♻ソポクレス] 365
『オイディプス王』[ソポクレス] 512
『オイディプス王』[山崎正和♻ソポクレス] 675
『オイディプス昇天』[山崎正和] 675
『お家の吉兆』[伊東桃洲] 067
『御いのち』[はしぐちしん] 478
『おいは誰な？』[岩間芳樹] **088**
『おいらん物語』[岩田宏] 087
『オイル』[野田秀樹] 473
『お祝い』[わかぎゑふ] 702, 747
『追分供養』[五世瀬川如皐] 345
『おう エロイーズ』[山崎正和] 675
『鷗外 戦う家長』[山崎正和] 675
『鷗外の怪談』[永井愛] 434, **437**
『桜下小話』[ゆいきょうじ] 686
『王冠』[長田秋濤♻コッペー] 147
『扇巴』[川上眉山] 182
『王国の構造』[高橋睦郎] 365
『王国博覧会』[古川緑波] 550
『黄金街』[大隈俊雄] 117
『黄金狂幻想』[高谷伸] 367
『黄金孔雀城』[北村寿夫] 223
『黄金大王』[井出蕉雨] 066
『黄金塔崩壊』[松居桃楼] 582
『黄金の丘』[厳谷槇一] 092
『黄金の鍵』[平木白星] 516
『黄金の国』[伊東由美子、遠藤周作] 069, **112**
『黄金の刻』[なかにし礼] 451

『黄金の日日』［市川森一］ 063
『黄金の夜明ける』［野間宏］ 476, 736
『黄金の6人』［マギー］ 574
『黄金バット』［東由多加］ 176, 506
『王様の耳はロバの耳』［寺山修司］ 026, 419
『王様のレストラン』［三谷幸喜］ 616
『王サルヨの婚礼』［遠藤啄郎］ 113
『王サルヨの誓約』［遠藤啄郎］ 744
『王子様やお姫様』［三枝希望］ 768
『皇子塚幻想』［岡村昌二郎］ 138
『王子とこじき』［石坂浩二］ 053
『応酬』［長谷部孝］ 490
『欧州から愛をこめて』［今野勉］ 285
『王女A』［松田正隆］ 586
『王将　三部作』［北條秀司］ 559, **560**, 561
『往生安楽国』［キタモトマサヤ］ 771
『王将一代』［伊藤大輔＋菊島隆三♻北條秀司］ 560
『王女メディァ』［高橋睦郎♻エウリピデス］ 365
『王女メデイア』［宮城聰♻エウリピデス］ 621
『王政復古』［藤島一虎］ 540
『応接間の女』［大関柊郎］ 120
『王争曲』［郡虎彦］ 268
『桜痴居士と市川団十郎』［榎本虎彦］ 108
『往転－オウテン－』［桑原裕子］ 257, 750, 754
『桜桃ごっこ』［芳嵜洋子］ 756
『王党民党』［小川煙村］ 144
『おうどかもん茂兵次』［津上忠♻松本清張］ 405
『黄土にとけゆく赤い赤い陽は』［小林ひろし］ 278
『王は笑ふ』［前田河広一郎］ 574
『王妃の館』［田渕大輔♻浅田次郎］ 721
『鸚鵡とカナリア』［横内謙介］ 743
『おゑんさん』［中野實］ 452
『OR』［古橋悌二］ 551
『大当り高津の富くじ』［平戸敬二］ **523**
『大当たり！　夫婦茶碗』［中島淳彦］ 442
『大海人皇子』［大坪草二郎］ 124
『大洗にも星はふるなり』［福田雄一］ 531
『大石最後の一日』［真山青果］ 598
『大石汎脚本集』 115
『大石良雄』［武者小路実篤］ 637
『大いなる助走』［筒井康隆］ 411
『大いなる相続』［砂本量］ 344
『大いなる役割』［鳥江銕也］ 431
『大いに笑ふ淀君』［坪内逍遙］ **417**
『OSK日本歌劇団90年誌　桜咲く国で』 725, 726
『大江戸三文オペラ』［安永貞利］ 665
『大江戸物語』［伊藤大輔］ 068
『大江戸遊侠伝』［安永貞利］ 665
『大江戸りびんぐでっど』［宮藤官九郎］ 237
『OMS戯曲賞Vol.4』 084
『OMS戯曲賞Vol.5』 426
『OMS戯曲賞Vol.6』 409
『大江山鬼神草子』［榎本滋民］ **106**
『大岡越前』［金子良次］ 170
『大岡政談』［河竹黙阿弥］ 193
『大垣肇一幕劇集』 116
『狼』［ロマン・ロラン］ 155
『狼生きろ豚は死ね』［石原慎太郎］ **056**, **057**, 737
『狼少女』［江連卓］ 105
『狼へ！』［藤森成吉］ 546
『大川端』［小山内薫］ 148
『大木直太郎戯曲選集』 117
『大きな木』［本山節彌］ 648
『大きな栗の木』［谷川俊太郎］ 391
『大きなトランクの中の箱』［タニノクロウ］ 394
『大きなものを破壊命令』［福原充則］ 538
『オオクニヌシ』［梅原猛］ 102
『大隈重信』［中村吉蔵］ 455
『大熊猫中毒』［半澤寧子］ 773
『大坂男伊達流行』［岡本さとる］ 142
『大阪から来た女』［斎藤雅文］ 286
『大阪ぎらい物語』［館直志］ **379**, 381
『大阪国事犯』［山下巌］ 677
『大阪城の虎』［かたおかしろう］ 786
『大阪城』［吉田絃二郎］ 695
『大阪のお姐ちゃん』［香川登志緒］ **160**
『大阪の鴈治郎』［食満南北］ 258
『大阪の劇作——三人の戯曲集』 102
『大阪のここに夢あり』［長谷川幸延］ 481
『大阪の空の何処かで』［香村菊雄］ 174

『大阪の笑芸人』[香川登志緒] 160
『大里村』[和田勝一] 703
『大塩平八郎』[中村吉蔵、真山青果] 455, 596
『大鹽平八郎』[高安月郊] 367
『雄々しき妻』[本庄桂輔] 570
『大島行』[脇屋光伸] 703
『大島万世戯曲集』[大島万世] 119
『多すぎた札束』[飯沢匡] 043
『大須純情音楽隊』[小池倫代] 263
『大関と下足番』[平戸敬二] 523
『オオソグラフィ』[小島政二郎] 271
『大曾根家の朝』[久板栄二郎] 509
『OH TAKARAZUKA』[✪CONSTANTINOPLE] 330, 511
『大竹野正典劇集成Ⅰ〜Ⅲ』 123
『太田省吾劇テクスト集(全)』 121
『太田省吾の世界』 121
『太田道灌』[相澤嘉久治] 012
『太田道灌』[杉谷代水] 336
『大谷刑部』[吉田絃二郎] **695**
『大谷竹次郎演劇六十年』[脇屋光伸] 703
『大槻伝蔵』[室生犀星] **645**
『大つごもり』[久保田万太郎✪樋口一葉] 246
『大津事変余聞』[高谷伸] 367
『大手町将門目覚』[太田竜] 123
『オーデュボンの祈り』[和田憲明✪伊坂幸太郎] 704
『大寺学校』[久保田万太郎] **245, 247**
『大西利夫遺稿集』[大西利夫] 124
『大西利夫脚本集』[大西利夫] 124
『オーバー・ザ・レインボー』[ジュディ・ガーランド] 584
『大原幽学』[タカクラテル] 359
『大原幽学』[藤森成吉] 546
『大平野虹脚本集』 128
『大平野虹略伝』[北川鉄夫] 128
『大晦日』[竹柴秀葉] 373
『大村嘉代子戯曲集』 128
『大村益次郎』[小野金次郎] 155
『大森彦七』[福地桜痴] 537
『大森眠歩集』 130
『大門』[岩場一夫] 735
『大山デブ子の犯罪』[寺山修司] 419
『オールド・バンチ　男たちの挽歌』[山元清多] 682
『おかあさん』[大藪郁子] 130
『おかあさん』[立川雄三] 378
『お母さんが一緒』[ペヤンヌマキ] 558, 750
『お母さんの選択』[伊東由美子] 069
『お母さん娘』[香村菊雄] 174
『お買い物』[前田司郎] 573
『岡鬼太郎脚本集(全二巻)』 132
『岡鬼太郎脚本集』 132
『岡鬼太郎伝』 132
『岡倉天心覚書』[藤森成吉] 546
『小笠原騒動』[大西利夫✪勝能進＋勝諺蔵] 124
『冒した者』[三好十郎] 633
『おかしな二人』[福田陽一郎✪ニール・サイモン] 532
『岡蒸気誕生』[田中小太郎] 383
『岡田技手』[大平野虹] 128
『岡田敬二　ロマンチック・レビュー』[岡田敬二] 720
『岡田禎子作品集』 133
『お勝手の姫』[小川未玲] 144
『お金か心か春風か』[米田亘] 699
『お金が出来て困る話』[藤田草之助] 542
『丘の一本杉』[館直志] **379**
『丘の上のハムレットのバカ』[佐分克敏] 756
『女将』[北條秀司] 559
『阿亀降臨』[郡司正勝] 258
『岡本綺堂戯曲選集』 139, 140, 141, 142
『岡本綺堂日記』 139, 653
『岡安伸治戯曲集』 143
『お軽と勘平』[秦豊吉] **492**
『沖津浪闇不知火』[宇野信夫] 099
『沖縄』[内村直也] 096
『沖縄』[木下順二] 226
『沖縄』[福田善之] 532
『沖縄県伊江島を思う』[相澤嘉久治] 012
『沖縄の風そして愛』[小国正皓] 144
『沖縄ミルクプラントの最后』[坂手洋二]

294
『沖縄娘変化』［坂本晃一］ 296
『荻野吟子抄』［佐佐木武観］ 299
『お吟さま』［今東光］ 284
『おぎんと琴弾き』［倉田百三］ 250
『お銀の一生』［木村学司］ 231
『おくさまは18歳』［佐々木守］ 299
『奥さん万歳』［黒川鋭一］ 255
『屋上庭園』［岸田國士］ 210
『屋上の愛人』［尾崎倉三］ 145
『屋上の狂人』［菊池寛］ 204, **205**
『屋上のふたり』［坊丸一平］ 564
『お国と五平』［谷崎潤一郎］ **393**
『御国の為め』［恵川重］ 104
『億の奥』［大西信行］ 124
『奥の細道』［北條秀司］ 559
『奥の細道』［高浜虚子］ 714
『「奥の細道」「嵯峨日記」など　能・芝居』［高浜虚子］ 366
『小栗判官・照手姫』［遠藤啄郎］ **113**
『オグリ』［梅原猛］ 102
『オケピ！』［三谷幸喜］ 616, **618**, 747
『おこま』［小島政二郎］ 271
『奢りの岬』［人見嘉久彦］ 511
『おこんじょうるり』［さねとうあきら］ 306
『おさい権三』［水木洋子］ 612
『お魚のLIVE』［大森寿美男］ 129
『尾崎翠集成』 147
『お座敷芝居脚本集6』［鳥江銕也］ 431
『お定おまん考』［玉井敬友］ 395
『おさだの仇討』［岡本綺堂］ 142
『お祭しします。』［桝野幸宏］ 768
『小山内薫』［国枝史郎］ 241
『小山内薫演劇論全集』 149
『小山内薫全集』 149
『大仏次郎戯曲集』 150
『大仏次郎作品集』 150
『おさらば仁義』［横倉辰次］ 691
『お産の名医』［野淵昶］ 476
『おさんの森』［夏目千代］ 462
『おさん茂兵衛』［大森痴雪］ 129
『おさん茂兵衛』［山路洋平］ 677
『おじいさんのすることに間違ひはない』［山路洋平］ 728
『早教訓開化節用』［三世勝諺蔵］ 162
『教草二葉鏡』［大槻如電］ 124
『押川昌一戯曲集』 153
『お七』［若城希伊子］ 702
『啞女房』［坪内士行］ 412
『啞の剣法』［島栄吉］ 316
『啞の女房を娶れる男』［アナトール・フランス］ 412
『お芝居はおしまい』［谷川俊太郎］ 391, 737
『御姉妹』［天野天街］ 032
『おしまいのとき』［三浦大輔］ 601
『おしゃべり村』［穂積純太郎］ 568
『お洒落戦争』［松木ひろし］ 585
『お正月』［わかぎゑふ］ 766
『お嬢吉三』［菊谷栄］ 207
『啞旅行』［益田太郎冠者］ **579**
『白粉の跡』［小野宮吉♻光村進一］ 155
『白粉花』［門脇陽一郎］ 167
『おしん』［橋田壽賀子］ 478, **479**
『オスウーマン』［天久聖一］ 033
『オズの魔法使い』［ライマン・フランク・ボーム］ 584
『雄蜂の玉座』［野中友博］ 476
『おせち門松お年玉』［中島淳彦］ 442
『オセロ』［江見水蔭♻ウィリアム・シェイクスピア］ **109**, 110
『オセロ』［宮森麻太郎♻ウィリアム・シェイクスピア］ 631
『オセロウ』［ウィリアム・シェイクスピア(木下順二訳)］ 226
『オセロー』［池田一臣♻ウィリアム・シェイクスピア］ 048
『オセロゲーム』［井上ひさし］ 072
『おせん』［小野田勇♻山本周五郎］ 157
『お仙泣かすな仕立屋銀次』［池田一臣］ 048
『襲え！』［斎藤憐］ 288
『遅咲きの花のワルツ』［吉永仁郎♻佐藤愛子］ 696

『遅ざくら』[久保田万太郎] 246
『お染久松』[京都伸夫] 234
『恐れを知らぬ川上音二郎一座』[三谷幸喜] 616
『御大切』[西島明] 466
『お題目武士道』[織田泉三郎] 154
『お互ひ様』[足立万里] 027
『おたずね者フォッツェンプロッツ』[北林谷栄] 218
『織田信長』[伊藤大輔♻山岡荘八] 068
『織田信長』[小山内薫] 148
『織田信長』[森田信義] 652
『おたふく物語』[山本周五郎] 683
『おたまじゃくしはかえるのこ』[別役実] 553
『落人』[藤田草之助] 542
『落窪物語』 101
『おちくぼ物語』[宇野信夫] **101**
『墜ちた鷹』[河野典生] 268
『おちば籠』[佐藤春夫] 301
『落葉日記』[岸田國士] 210
『落葉の宮』[北條秀司] 561
『落穂の籠』[菊田一夫] 167
『お茶と説教――無関心の道徳的価値をめぐって』[岩松了] 089
『お蝶夫人』[大西利夫翻訳] 124
『お蝶夫人』[北村喜八♻デイヴィッド・ベラスコ] 124, 219
『お蝶夫人』[デイヴィッド・ベラスコ] 711
『落ちる星☆割れる月』[堀切和雅] 570
『お使いは自転車に乗って』[上山雅輔] 174
『お蔦という名の女』[成澤昌茂] 464
『お蔦ものがたり』[谷口守男] 391
『良人の自白』[木下尚江] 229
『夫の始末』[田中澄江] 384
『夫の横顔』[三宅悠紀子] 621
『オットーと呼ばれる日本人』[木下順二] 226, **228**
『小津のまほうつかい』[宮本勝行] 627
『おっぱいブルース』[ごまのはえ] 768
『オッペケペ』[福田善之] 533, 738
『オッペルと象』[宮沢賢治] 728
『お妻八郎兵衛』[山下秀一] 678
『おつむてんてん――ミイラは断頭台』[高堂要] 362
『オテナの塔』[北村寿夫] 223
『お寺のぼんぼん』[野淵昶] 476
『お父さんの恋』[中谷まゆみ] 448
『お父さんの旗日』[伊沢勉] 773
『弟』[ジェームス三木] 312
『弟よ――姉、乙女から坂本龍馬への伝言』[清水邦夫] 321
『オトカ』[今井一隆] 781
『オトギ歌劇　ドンブラコ』[北村季晴] 220
『お伽狂言』[久門南海＋戸川耕山] 715
『御伽童子』[森本ジュンジ] 762
『お時とお朝』[山下秀一] 678
『おどくみ』[青木豪] 013
『男』[中野實] 452
『男ありて』[菊島隆三] 199, **200**
『男・女・五月』[川崎長太郎] 188
『男嫌い』[八木柊一郎] 658
『おとこたち』[岩井秀人] 082
『男たちのサバイバル――男子校演劇部症候群』[坊丸一平] 564
『男たちの旅路』[山田太一] 678
『男達ばやり』[池田一臣] 048, **050**
『男たらし』[ペヤンヌマキ] 558, 750
『男的女式』[大森寿美男] 129, 746, 756
『男同志・女同志』[秋田實] 018
『男と女と男』[横光利一] **691**
『男と女のしゃれたつきあいショーガール』[福田陽一郎] 532
『男の家』[内木文英] 432
『男の一生』[田中喜三] 383
『男の心、女の心』[広津和郎] 525
『男の値打』[鳥居与三] 431
『男の花道』[巌谷槇一] 092
『男の紋章』[成澤昌茂] 464
『男の夢』[三浦大輔] 601
『音二郎・イン・ニューヨーク』[堤春恵] 412
『訪るゝ女 五幕の悲劇』[江馬修] 109
『おとなの時間』[金杉惇郎] 167

『大人の時間』［鐘下辰男］171, 753
『おとぼけ瓦版』［岡田教和］135
『オトボケ綺談』［高須文七］360
『オトメチック・ルネッサンス』［西島明］466
『御供の大冒険』［佐野美津男］307
『おトラさん』［有崎勉］035
『踊子』［永井荷風］438
『踊り場にて、』［高橋克昌］779
『踊り場の女』［池田美樹］776
『踊るコマ！』［竹内伸光］371
『踊る日劇』722
『踊るランチェラ』［高橋忠雄］722
『おどろき桃の木漂流記』［綾田俊樹］034
『勿驚』［花房柳外］498
『HONOR　守り続けた痛みと共に』［森崎博之］652
『同じ思ひ』［賀古残夢］161
『同じ床の上』［冨田啓介］777
『同じ夢』［赤堀雅秋］015
『女化』［黒羽英二］257
『鬼』［藤田草之助］542
『隠人——おに』［ゆいきょうじ］686
『鬼あざみ』［中井泰孝］433
『鬼瓦』［子母澤寛］327
『鬼車』［巖谷小波］091
『鬼三味線』［松本清張］590
『隠人達の系譜』［ゆいきょうじ］686
『鬼の黄金伝説』［立松和平］383
『鬼の首』［榎本滋民］740
『鬼の研究』［馬場あき子］499
『鬼の詩』［藤本義一］545
『鬼火』［岡部耕大］136
『鬼平犯科帳』［池波正太郎］051
『お姉さんっ子』［香村菊雄］174
『おねがい放課後』［岩井秀人］082
『おねしょ沼の終わらない温かさについて』［西尾佳織］466
『尾上伊太八』［岡本綺堂］**140**
『小野浮舟』［馬場あき子］499
『斧の福松』［岩野泡鳴］087
『己が罪』［岩崎舜花＋花房柳外♻菊池幽芳］083
『己が罪』［菊池幽芳］**206**
『おのれナポレオン』［三谷幸喜］616
『お婆ちゃん売出す』［淀橋太郎］**699**
『お婆ちゃん!それ偶然だろうけどリーゼントになってるよ!!』［松尾スズキ＋河井克夫］583
『おバカさん』［遠藤周作］112
『お化けの恋の物語』［篠崎隆雄］314
『お化けの世界』［坪田譲治］417
『オバケの太陽…ソノ太陽ハ沈マナイ…ソノ太陽ハ夢ヲ見ル…』［東憲司］505, 754
『おばけのトッカビ』［瀬川拓男］346
『おばけリンゴ』［谷川俊太郎♻ヤーノシュ］391
『小幡欣治戯曲集』157, 158
『小幡欣治戯曲集一』158
『おはつ』［マキノノゾミ］575
『お花畑でつかまえて…』［水谷圭一］612
『おはなはん』［小野田勇］156
『御浜御殿』［食満南北］258
『御浜御殿綱豊卿』［真山青果］598
『おはよう』［金子成人、倉本聰、向田邦子］169
『おはようと、その他の伝言』［宮沢章夫］623
『おはん』［宇野千代］098,
『おはん』［大西利夫♻宇野千代］711
『帯』［島村民蔵］318
『お人好しの仙女』［飯島正♻モルナール］046
『於百明暗道』［小野金次郎］155
『オフィーリアのいるキッチン』［杉浦久幸］336
『おふくろ－ブレヒトへ愛を込めて－』［うしろけんじ］095
『おふくろ』［田中千禾夫］182, 385, **386**, 387
『おふくろ』［菊岡久利］199
『オブセッション・サイト』［川村毅］197
『男冬村村會議事録』［藤田傳］544
『オフロード』［久保田猛］244
『オホーツクの女』［本山節彌］648
『オホーツクのわらすっこ』［本山節彌］648
『朧月仇夢譚』［坂本晃一］296
『朧夜源氏』［北條秀司］561
『朧夜の夢』［郷田悳］266

『おまえと暮らせない』［原田宗典］504
『おまえにも罪がある』［安部公房］028
『おまへの敵はおまへだ』［石川淳］**052**
『おまえを殺しちゃうかもしれない』［小松純也］746
『お祭り雁六捕物帖』［中山十戒］460
『お祭り提灯』［館直志］**379**
『お祭り提灯』［星四郎♻館直志］**565**
『おままごと』［別役実］554
『雄向葵』［下西啓正］327
『女郎花』426
『お宮貫一』［香村菊雄］174
『オムニバス近代女性気質』［仲武司＋町田陽子］433
『お目出たき人』［武者小路実篤］636
『お目出度うさん』［高須文七］360
『思ひおもひ』［山本緑波］686
『思ひつき夫人』［平井房人］514
『思い出』［加藤道夫♻アーサー・シモンズ］164
『想い出のアルバム』［蓮見正幸］765
『思出の記』［徳冨蘆花］428
『思い出の則天武后』［深瀬サキ］527
『思い出の則天武后——深瀬サキ戯曲集』527
『おもひでぽろぽろ』［岡本螢］143
『思い出を売る男』［加藤道夫］**166**
『思残緑振袖』［坂本さち子］296
『おもかげ』［小沢信男］**153**
『重き流れの中で』［椎名麟三］310
『おもたい夜の最後の一滴』［平田俊子］522
『おもちゃ箱』［北村寿夫］223
『面』［ふじたあさや］**541**, 716
『表裏』［石井源一郎］052
『表裏源内蛙合戦』［井上ひさし］071, 740
『おもて切り』［秋浜悟史］019, **020**
『表と裏と、その向こう』［前川知大］571, 749
『おもろい一族』［日向すゞ子］514
『おもろい女』［小野田勇］**156**
『親』［井出蕉雨］066
『親』［細井和喜蔵］567
『親恋女道中』［佐々木憲］298
『親子仁義』［迫日出雄］348
『父子鷹』［子母澤寛］327
『親子灯籠』［村上元三］**640**
『親左膳子左膳』［和田順］704
『おやさま——中山みき伝』［谷屋充］**394**
『おやさま』［谷屋充］394
『親父と嫁さん』［石塚克彦］055
『おやじの女』［館直志］379
『おやすみ、枇杷の木』［吉田小夏］758
『親の顔が見たい』［畑澤聖悟］**493**, 753
『親の顔が見てみたい』［根本宗子］469
『親の慈悲』［伊東桃洲］067
『親の罪』［伊東桃洲］067
『親バカ子バカ』［館直志］379, **381**
『親分の正体』［徳田純宏］428
『親分廃業』［内山惣十郎］097
『お薬』［中村吉蔵］455
『泳ぐ機関車』［東憲司］505, 754
『おらたちの川』［小寺隆韶］273
『和蘭皿』［生田葵］047
『阿蘭陀の花』［永見徳太郎］455
『檻』［小林勝］278, 737
『檻』［長谷川伸］486
『オリオンは高くうたう』［内木文英］432
『降りかけた幕』［伊馬春部］080
『おりき』［三好十郎］632
『折鶴おせん』［小出龍夫］263
『おり鶴七変化』［尾崎倉三］145
『檻の中』［池波正太郎］051
『おりん口伝』［作間雄二♻松田解子］298
『alt.4』［宮沢章夫プロデュース］647
『オルフェゴッコ』［小池竹見］262
『お礼参り』［木戸惠子］781
『俺かお前か』［大村順一］129
『俺たちの聖夜』［松原敏春］587
『おれたちの苗木』［高見沢文江］366
『おれたちのマーチ』［岩間芳樹］088
『俺たちの夜』［黒沢参吉］738
『俺たちは天使じゃない』［藤田敏雄］545
『オレたちひょうきん族』［横澤彪］700

『俺だって子供だ！』［宮藤官九郎］237
『俺なら職安にいるぜ』［じんのひろあき］333, 745
『俺の酒が呑めない』［古川貴義］549
『俺の息子は村一番』［竹田新太郎］373
『俺は愛する』［三好十郎］632
『俺はお殿様』［小野田勇］156
『おれは殺していない』［土方鉄］511
『俺は名人』［中山十戒］460
『俺は用心棒』［結束信二］258
『俺らは漫才師』［和田順］704
『オレンジ色の罪状』［松木ひろし］585
『オレンジ色のにくいやつ』［横山仁一］692
『オレンジ・ブルース』［花田明子］768
『おろの鏡』［山崎楽堂］714
『お別れの挨拶』［岡田利規］135
『おわせてくれよ！』［松野尾亮］779
『終わってないし』［南出謙吾］775, 778
『お笑い三人組』［名和青朗］465
『お笑い新撰組』［志村治之助］326
『お笑いスター誕生!!』［井原高忠］065
『終りし道の標べに』［安部公房］028
『終わりよければ、すべてよし』［大島信久］118
『恩』［豊田豊］431
『恩愛さんざ峠』［嘉東鴻吉］163
『音楽家のベートーベン』［ブルー&スカイ］549
『音楽劇 いつかヴァスコ・ダ・ガマのように』［久世光彦］236
『音楽劇JAPANESE IDIOT』［岩崎正裕］748
『音楽美学』［伊庭孝］078
『オン・ザ・ロード』［ジャック・ケルアック］666
『温室の前』［岸田國士］171, 210
『温室村』［梅本重信］103
『恩讐以上』［菅感次郎］334
『恩讐の彼方に』［菊池寛］204, 206, 502
『温泉宿』［菅感次郎］334
『音速漂流歌劇団』［竹内佑］372, 769
『女』［岡田三郎］133
『女、男』［関口次郎］347
『女親』［山本有三］684
『女・オン・パレード(恋愛インチキ会社)』［北村喜八］219
『女形の歯』［杉本苑子］337
『女形の歯』［田中喜三♻杉本苑子］383
『女がた』［森鷗外］650
『女歌舞伎』［榎本虎彦］107, 108
『女河内山』［高梨康之］363
『女看守殺人事件』［中野實］452
『女狂言二〇〇三』［五世野村万之丞］716
『女教師は二度抱かれた』［松尾スズキ］582
『婦系図』［泉鏡花］058, 059, 061, 184
『婦系図』［久保田万太郎♻泉鏡花］245, 246
『婦系図』［柳川春葉♻泉鏡花］667
『女心愛染塔』［高梨康之］363
『女心は斯くありたし』［門脇陽一郎］167
『女殺し油の地獄』［大西信行］124
『女殺油地獄』［近松門左衛門］236, 546, 693, 711
『おんなごろしあぶらの地獄』［佐藤信］302, 739
『女坂』［円地文子］111
『女座長と大根役者』［土井行夫］423
『女猿』［田中千禾夫］386
『女沢正・あほんだれ一代』［福田善之］533
『女詩人』［円地文子］111
『女主人』［井出蕉雨］066
『女相撲』［早坂暁］500
『女相撲ハワイ大巡業』［早坂暁］500
『女先生ほおずき日誌』［原武彦］782
『女太閤記』［橋田壽賀子］478
『女だけの「乙姫」奮闘記』［稲垣真美］069
『女たち－九女八一座の人々－』［大西信行］124
『女たち三百人の裏切りの書』［古川日出男］550
『女たちの招魂祭』［八木柊一郎］659
『女たちの忠臣蔵』［田井洋子］358
『女たちの忠臣蔵』［橋田壽賀子］478
『女忠臣蔵』［宮内好太朗］621
『女天下』［益田太郎冠者］578
『女天保水滸伝』［奈河彰輔］461
『女と雲助』［横倉辰次］691

『おんなと三味線』［日向すゞ子］**514**
『女と味噌汁』［平岩弓枝］**515**
『女になりたい』［小野田勇］156
『女2（29）会社員』［坂本鈴］777
『女ねずみ小僧』［福田善之］534
『女ねずみ小僧シリーズ』［谷口守男］391
『女の一生――杉村春子の生涯』［新藤兼人］333
『女の一生』［森本薫］245, 654, 657, 684
『女の一生』［モーパッサン（広津和郎訳）］525
『女の一生』［水木洋子＋八住利雄］612
『女の一生』［山本有三］684
『女の居場所』［小国正皓］144
『女の顔』［平岩弓枝］515
『女の声』［新藤兼人］**333**, 735
『女の勤行』［菅竜一］334, 738
『女の城』［宮崎友三］622
『女の戦記　横浜大空襲下の女子開眼』［神谷量平］174
『女の旅』［平岩弓枝］515
『女の罪』［ペヤンヌマキ］558
『女の望』［柳川春葉］667
『女の果て』［ペヤンヌマキ］558
『女のふるさと』［下山省三］327
『女の平和』［アリストパネス］725
『女のみち』［ペヤングマキ］558
『女のみち2012』［ペヤンヌマキ］558
『女の面』［細井久栄］566
『女の友情』［脇屋光伸♻吉屋信子］703
『女の一面』［岩名雪子］087
『女ばかりの春』［八住利雄］666
『女は占領されない』［三島由紀夫］605
『女は度胸でございます』［谷口守男］391
『女一人』［川村花菱］195
『女ひとり』［日向すゞ子］513
『女舞』［人見嘉久彦♻円地文子］512
『女面』［円地文子］111, 112
『女よ、気をつけろ！』［北尾亀男］217
『女より弱き者』［尾崎紅葉♻バーサ・M・クレー作］146
『女をやめた！』［黒川欣映］256
『おんにょろ盛衰記』［木下順二］**226, 228**
『御柱』［有島武郎］036
『御宿かわせみ』［平岩弓枝］515
『穏和な労働者と便利な棺――アルバイト・マハト・フライ？』［坂本正彦］774
『恩を返す話』［菊池寛］204

か

『蛾』［野上彰］469
『Cargo』［福田修志］779
『カーディガン』［田村孝裕］395
『カーテンコール』［黒井千次］255
『GIRLS』［樋口ミユ］507
『ガールズ・タイム－女の子よ、大志を抱け－』［大石静］**115**
『怪異談牡丹燈籠』［河竹新七］190
『開運ラジオ』［平田俊子］522
『海援隊』［八木隆一郎］660
『海援隊』［和田勝一］703
『カイエ・ダムール』［江川幸一］724
『海王』［楠本幸男］236
『開花糸繰り唄』［早坂久子］500
『開化草紙・電信お玉』［大西信行］124
『開花夢見草』［田中総一郎］385
『貝殻島にて』［亀屋原徳］**174, 175**
『貝殻追放』［水上滝太郎］620
『海岸線』［神宮茂十郎］332
『海岸通り一丁目』［末木利文］334
『会議』［別役実］552
『甲斐京子の夢劇場』［竹邑類］375
『海峡の秋』［タカクラテル］359
『海峡の午前』［秋田雨雀］017
『海峡の光』［辻仁成］408
『怪奇恋愛作戦』［ケラリーノ・サンドロヴィッチ］259
『海軍』［岩田豊雄］086
『怪傑誕生』［幸田露伴］266
『海港』［川崎照代］188
『邂逅』［久米正雄］249
『開港女気質』［北林余志子］219

『外交官』［野木萌葱］ 469, 754
『外向一六八』［榊原政常］ 292
『開国情史月形半平太』［行友李風］ 689
『骸骨の舞跳』［秋田雨雀］ 017
『カイゴの鳥』［なかじょうのぶ］ 756
『解散後全劇作』［野田秀樹］ 474, 475
『海獣』［東憲司］ 505
『怪獣ブースカ』［市川森一］ 063
『回春秘曲』［岡田三郎］ 133
『怪人21面相』［野木萌葱］ 469
『怪人二十面相・伝』［北村想］ 221
『灰燼』［岡田八千代♻徳冨蘆花］ 135
『灰塵』［徳冨蘆花］ 428
『海神別荘』［芥川比呂志］ 059, **060**
『海神ポセイドン』［平田オリザ］ 517
『海水浴』［畠山古瓶］ 492, 493
『ガイズ&ドールズ』［酒井澄夫♻デイモン・ラニアン＋フランク・レッサー＋ジョー・スワーリング＋エイブ・バローズ］ 720
『壊船』［川崎照代］ 188
『凱旋乃木将軍』［真山青果］ 596
『回想 回転扉の三島由紀夫』［堂本正樹］ 605
『海賊』［山元清多］ 739
『快速船』［安部公房］ 028
『海賊房次郎』［伊原青々園］ 079
『解体する演劇』［菅孝行］ 198
『怪談』［畑耕一］ 491
『怪談宇和島騒動』［渥美清太郎］ 027
『怪談江戸絵草紙』［奈河彰輔］ 461
『怪談蚊喰鳥』［宇野信夫］ 099, **100**
『怪男子』［角藤定憲］ 344
『怪誕身毒丸』［加納幸和］ 172
『怪談牡丹燈篭』［大西信行♻三遊亭圓朝］ 124, 125
『怪談牡丹灯籠』［佐橋富三郎♻三遊亭圓朝］ 308
『怪談牡丹燈籠　二幕』［大西信行♻三遊亭圓朝］ **125**
『海潮音 』［長谷川時雨］ 483
『会長夫人萬歳』［筒井康隆］ 410
『街談文々集要』［石塚豊芥子］ 193
『改訂版カズオ』［永井愛］ 434
『改訂版大漫才』［吉田秀穂］ 744
『回転軸』［勝山俊介］ 163
『回転する夜』［蓬莱竜太］ 564
『回転扉の三島由紀夫』［堂本正樹］ 425
『街踏劇ぼちぼちいこか』［岩崎正裕］ 084
『怪盗三日月丸』［古川登志夫］ 550
『街道をゆく』［司馬遼太郎］ 315
『ガイドブック』［安部公房］ 028
『海馬の王子』［大岩真理］ 762
『海浜戯曲』［徳田戯二］ 428
『海浜の女王』［伊庭孝］ **078**
『海浜夜曲』［徳田戯二］ 427
『解放』［堂本正樹］ 425
『放解←(カイホウ)』［田中俊亮］ 780
『解剖学者』［岩野泡鳴］ 087
『開放弦』［倉持裕］ 252
『解剖室』［三島霜川］ 604
『海堡技師』［岩野泡鳴］ 087
『海北友松』［大佛次郎］ 150
『開幕ベルは華やかに』［有吉佐和子］ 038
『傀儡師』［徳丸勝博］ 739
『傀儡師縁起——お花夢地獄』［福田善之］ 534, 729
『快楽』［武田泰淳］ 374
『海陸連勝日章旗』［福地桜痴］ 537
『改良若旦那』［小杉天外］ 272
『街路の人々』［豊島与志雄］ 430
『カインの末裔』［有島武郎］ 036
『カウパー忍法きりたんぽ』［Dr. エクアドル ］ 428
『カウラの班長会議』［坂手洋二］ 294
『花影の花』［平岩弓枝］ 515, **516**
『帰って来た男』［川口松太郎］ 224
『かえってきたきつね』［岸田衿子］ 209
『帰ってきたピノッキオ』［別役実 ］ 554
『楓の曲』［山岸荷葉］ 671
『かへらじと』［岸田國士］ 211, **213**
『帰らぬ人』［本田英郎］ 570
『返り討』［岡栄一郎］ 131

『帰りたいうちに』［棚瀬美幸］389, 756, 768
『帰りの合図、』［藤田貴大］544
『かえりの合図、まってた食卓、そこ、きっと、しおふる世界。』［藤田貴大］**543**, 749
『返り花』［阿部照義］032
『蛙ヶ沼』［堂本正樹］425
『蛙昇天』［木下順二］226
『蛙よ、木からおりてこい』［小松幹生♻水上勉］611
『帰れる船』［吉井勇］693
『火焔太鼓－お殿様一生一度の恋患い－』［水谷龍二］614
『顔』［宇野イサム］098
『花王丸』［長谷川時雨］**483**
『カオスの娘』［島田雅彦］318
『顔よ』［三浦大輔］601
『カガクするココロ』［平田オリザ］517
『科学する精神』［平田オリザ］517
『カガクノカケラ』［高橋恵］771
『華果西遊記』［石川耕士］052
『案山子』［高田保］361
『呵呵大将－我が友、三島由紀夫－』［竹邑類］375
『画家とその弟子』［長与善郎］461
『加賀鳶百万石』［木村学司］231
『加賀の千代』［弘津千代］525
『画家への志望』［飯沢匡］042
『鏡冠者』［いとうせいこう］068
『鏡と甘藍』［高橋康也］365
『鏡の中の薔薇』［杉浦久幸］336
『鏡よ鏡』［石沢富子］055
『赫く朝　一幕物戯曲集』［山口太郎］672
『篝火』［菅感次郎］334
『書かれざる一章』［井上光晴］076
『花冠の大陸』［長谷川裕久］489, 746
『花顔の人』［大笹吉雄］184
『鍵』［谷崎潤一郎］392
『我鬼』［菊池寛］204
『カキツバタ群落』［田中澄江］384
『餓鬼道の都市』［東憲司］505
『書留へ　ピアノより』［鈴江俊郎］766
『垣根を越えて』［下山省三］327
『鍵のある部屋』［長谷基弘］746
『鍵の下』［田中千禾夫］386
『柿実る頃』［横倉辰次］691
『柿実る村』［仲木貞一］440
『蝸牛の少将』［西川清之］466
『架空のオペラ』［馬場広典］761
『学園日誌　和彦』［田中大助］385
『書く女』［永井愛］434
『楽劇Azuchi　麗しき魔王の帝国』［市川森一］063
『楽劇・大晴天』［朝比奈尚行］026
『楽劇天保水滸伝　チャンバラ』［山元清多］684
『隠された十字架　法隆寺論』［梅原猛］102
『確信』［佐野天声］307
『学生演劇戯曲集』503, 622, 731
『学生演劇戯曲集4巻』622
『学生喜劇スポーツマン』［川口尚輝］183
『学生時代』［久米正雄］249
『学生大福帳』［大町龍夫］128
『かくて新年は』［森本薫］653, **655**
『カクテル・パーティ』［T・S・エリオット］530
『カクテル・パーティー』［大城立裕］119, **120**
『カクテル・パーティー』［広田雅之］525, 736
『革命女性』［大江健三郎］116
『革命前夜』［島田清次郎］318, 513
『革命前夜の処刑人』［火野砦］765
『革命の林檎』［宋英徳］351
『かくも長き快楽』［生田萬］047, 743
『楽屋』［清水邦夫］321
『楽屋――流れ去るものはやがてなつかしき』［清水邦夫］320
『かぐや伝説――月からの贈り物』［横山由和］692
『楽屋の独裁者』［藤井薫］539
『かぐや姫』［高瀬久男♻］360
『神楽坂下』［岩野泡鳴］088
『幽れ窓』［皆川博子］620
『崖』［三宅大輔］621, 632
『影絵は踊る』［正岡容］576

『駆落者』[与謝野晶子] 693
『景清』[藤本斗文] 470
『歌劇十曲』[小林一三] 275
『かけこみ・加入儀礼として』[遠藤啄郎] 113
『かげぜん』[戸板康二] 424
『影と形』[森鷗外] 650
『崖の上』[田中総一郎] 385
『崖のうへ』[福田恆存] 735
『かげの砦』[小寺隆韶] 273, 786
『翳』[川崎照代] **188**
『影法師』[伊原青々園] 079
『崖町に寄せる波』[村山知義] 646
『影武者騒動』[筒井康隆] 411
『賭けられた女』[石井源一郎] 052
『駆ける少年』[鷺沢萠] 297
『陽炎』[雄島浜太郎] 154, 383
『陽炎(1991)』[天童荒太] 423
『かげろふの日記遺文』[室生犀星] 647
『かげろふは春のけむりです』[伊馬春部] 080
『影を逐ふ心』[樋口正文] 507
『河口』[青江舜二郎] 012
『籠太郎』[尾崎一保] 144
『籠釣瓶花街酔醒』[三世河竹新七] **190**
『籠の鳥』[鳥江銕也] 431
『カゴの中のエディプ』[青磁三津子] 760
『囲むフォーメーション』[上田誠] 769
『カゴメの図鑑』[右来左往] 767
『風穴』[松田清志] 758
『傘月』[下西啓正] 327
『傘とサンダル』[早船聡] 089, 502
『風成の海碧く』[勝山俊介] 784
『累』[小島政二郎] 271
『累物語』[田中総一郎] 384
『かさぶた式部考』[秋元松代] 021, **023**
『カサブランカ』[小池修一郎] 261
『カサブランカ』[木庭久美子] 274
『風間杜夫ひとり芝居』[水谷龍二] 614
『風見鶏介戯曲集』 161
『火山』[大江健三郎] 116
『火山島』[木谷茂生] **218**
『火山の見える別荘』[野上彰] 469
『火山灰』[中江良夫] 439
『火山灰地』[久保栄] 052, **241**, 242, 645, 783
『火事』[須藤鐘一] 344
『カシオペア』[長田育恵] 147
『カシオペアの丘で』[土屋理敬♻重松清] 410
『鰍沢』[榎本滋民♻三遊亭圓朝] 105
『鰍の鬼太郎』[島栄吉] 316
『かしげ傘』[武田一度] 373
『賢い女の愚かな選択』[高平哲郎] 366
『賢き人』[佐野天声] 307
『華子城物語』[弘津千代+山原たづ] 525
『樫の木坂　四姉妹』[堀江安夫] 570
『カジノ・フォーリー脚本集』 320
『画師弘高』[山本周五郎] 683
『貸間あり』[鈴木忠志] 341, 553
『貸間あります』[山田寿夫] 681
『貸間探し』[姜魏堂] 198
『加州の人々』[安芸礼太郎] 641, 735
『ガジュマルの樹の陰にて』[風見鶏介] 161
『齧る女』[山崎哲] 674
『柏屋夏吉』[真山青果] 596, 597
『がしんたれ』[菊田一夫] **202**
『カズオ』[永井愛] **434**
『春日狸山病院』[小沢不二夫] 153
『春日局』[大村嘉代子] 128
『春日局』[河竹黙阿弥] 193
『春日局』[中井泰孝] 433
『春日局』[橋田壽賀子] 478
『春日局』[福地桜痴] **537**
『春日局』[北條秀司] 559
『春日山』[伊原青々園] **079**
『KAZUKI――ここが私の地球』[品川能正] 314
『カストリ・エレジー』[鐘下辰男♻ジョン・スタインベック] **171**
『霞の衣』[松居松葉] 275
『かすみの城』[郷田悳] 267
『霞晴れたら』[ふたくちつよし] 547

『風』［藤田草之助］543
『風撃ち』［東憲司］505
『風薫る日に』［ふたくちつよし］547
『化石童話』［三條三輪］309
『風立ちぬ』［西沢揚太郎］466
『風と牙』［岡部耕大］136
『風と雲と虹と』［水谷幹夫］615
『風と雲の砦』［津上忠］404
『風と月と』［久米正雄］249
『風と共に去りぬ』［植田紳爾✿マーガレット・ミッチェル］093, **094**, 201, 622
『風と共にドリフ』［ごまのはえ］768
『風無し凧』［巌谷小波］715
『風に刻む』［芳崎洋子］694
『風に狂う馬』［安保廣信］042
『風に吹かれてドン・キホーテ』［別役実］553-554
『風の一座』［謝名元慶福］328
『風の駅』［太田省吾］120
『風の音』［押川昌一］153
『風の檻』［勝山俊介］163
『風のかたみ』［小出龍夫］263
『風の季節』［川﨑照代］188
『風のクロニクル』［桐山襲］234
『風の如くに』［金子良次］170
『風の三度笠』［逢坂勉］114
『風のセールスマン』［別役実］554
『風の民』［野口卓］469
『風の通る場所』［文月奈緒子］757
『風の鶏』［八木隆一郎］661
『風の砦』［小松幹生］280
『風のない夜』［梅田晴夫］102
『風の中の歌』［西川清之］466
『風の中の子供』［坪田譲治］417
『風の中の蝶たち』［吉永仁郎✿山田風太郎］696
『風の中の街』［別役実］554
『風の匂い』［林英樹］501
『風の匂い・2』［林英樹］501
『風の匂い・3フーレップ物語』［林英樹］501
『風の匂い・4——地上のジャンヌ・ダルク』［林英樹］501
『風の匂い・序章(改訂版)シュラムバ物語』［林英樹］501
『風の又三郎』［宮沢賢治］179
『風の街』［小野宮吉］155
『風のユンタ』［謝名元慶福］328
『風の旅団　転戦するパラム』［桜井大造］298
『風枕——帝都篇』［コビヤマ洋一］279
『風をあつめて』［はっぴいえんど］571
『画像』［豊島与志雄］430
『仮装会の後』［谷崎潤一郎］392
『仮装敵国』［倉持裕］252
『家族合わせ』［賀古残夢］161
『家族狩り』［天童荒太］423
『家族ゲーム』［森田芳光✿本間洋平］571
『家族シネマ』［柳美里］689
『家族展覧会』［黒井千次］255
『家族熱』［阿部照義］032
『家族の休日』［佐々木透］781
『家族のこと、その他のたくさんのこと』［三浦直之］602
『家族の肖像』［松井周］749
『ガソリン・ガールと学生』［伊馬春部］080
『ガソリンホットコーラ』［スエヒロケイスケ］334
『片腕』［川端康成］670
『かたおもひ』［柳川春葉］667
『敵討』［長谷川伸］486
『敵討愛欲行』［小納戸蓉✿菊池寛］274
『敵討以上』［菊池寛］204, 206
『敵討地蔵和讃』［藤島一虎］540
『敵討高砂松』［二世金沢竜玉］232
『火宅』［三島由紀夫］604
『片時雨』［三好一光］631
『カタチノチガウ』［藤田貴大］543
『片手の鳴る音』［早船聡］502
『かたみの傑作』［シドニー・ハワード✿ルネ・フォーショア］335
『ガダラの豚』［中島らも］444
『かたりの椅子』［永井愛］434
『ガダルカナル戦詩集』［井上光晴］076, 077

『語る室』[前川知大] 571
『カチカチ山』[楳茂都陸平] 413
『かちかち山のプルートーン』[岡安伸治] 143, 743
『カチューシャの唄』[中山晋平] 319
『閣下』[北條秀司] 559
『学海日録』[依田学海] 698
『楽器』[飯島正] 046
『学級崩壊』[大池容子] 115
『学校』[井関義久] 062
『学校サークル青年演劇脚本集』 366
『学校体育劇』[長谷山峻彦] 490
『学校：井関義久戯曲集』 062
『月山が見ている』[相澤嘉久治] 012
『合唱曲第58番』[田上豊] 394
『甲冑御披露』[長谷川如是閑] 489
『勝手にしやがれ』[山崎哲] 674
『勝海舟』[子母澤寛] 327
『勝海舟』[津上忠] 405
『活劇・さらば愛』[松原敏春] 587
『葛飾哀話(改題：葛飾マンボ)』[風見鶏介] 161
『葛飾情話』[永井荷風] **438**
『葛飾の女』[大藪郁子♻芝木好子] 131
『活動狂時代』[北村小松] **220**
『河童』[畑澤聖悟] 492
『河童の国』[藤田潤一] 542
『カッパのららばい』[川和孝] 198
『河童まつり』[高木史朗] 359
『かっぷる製造中』[木村雅夫] 233
『かっぽれ梅坊主』[小野田勇] 156
『勝山俊介作品集』[勝山俊介] 163
『鬘』[藤田草之助] 542
『葛城事件』[赤堀雅秋] 015
『鬘下地』[小栗風葉] 300
『桂春団治(前編)』[館直志♻長谷川幸延] 379, **380**, 481
『桂春団治(後編)』[館直志♻長谷川幸延] 379, **380**
『桂三木助』[安藤鶴夫] 041, **042**
『家庭裁判』[本庄桂輔] 570
『家庭総べて異常なし』[中村是好] 457
『家庭の幸福』[中村光夫] 459
『家庭の安らぎの喜びと恐怖』[西島明] 466
『家電のように解り合えない』[岡田利規] 134
『加藤道夫全集1』[加藤道夫] 166
『かどで』[森本薫] 245
『門松』[有富三南] 038
『かなかぬち』[中上健次] 440
『神奈川県民俗芸能誌』[永田衡吉] 446
『神奈川県民俗芸能誌・民謡篇』[永田衡吉] 446
『悲しき愛』[藤森成吉] 546
『悲しき玩具――石川啄木の生涯』[菊田一夫] 201, 204
『悲しき口笛』[家城巳代治] 046
『哀しみのキッチン』[東由多加] **506**
『悲しみは女だけに』[新藤兼人] 333
『悲しみよ、消えないでくれ』[蓬莱竜太] 564
『悲しや恋の三代記』[香村菊雄] 174
『仮名手本忠臣蔵』[二世竹田出雲＋三好松洛＋並木千柳] 172, 570, 710
『仮名手本ハムレット』[堤春恵] **412**
『仮名屋小梅』[真山青果♻伊原青々園] 079, 186, **597**
『カナリア』[斎藤憐] 288, **289**, 290, 757
『カナリア－西條八十物語－』[斎藤憐] 290
『かなりや、かなりや』[岡本螢] 143
『鉄輪』[郡虎彦] 268, **269**
『蟹』[東憲司] 505
『蟹工船』[小林多喜二] 116, 361
『蟹の町』[小山祐士] 282
『ガニメデからの刺客』[山本卓卓] 684
『カヌー・ラジオ』[伊地知克介] 772
『金子洋文作品集』 169
『金子みすゞ最期の写真館』[早坂暁] 500
『金壺親父恋達引』[井上ひさし♻モリエール] 712, 713
『鐘の鳴る丘』[菊田一夫] 200
『金山嵐』「行友李風] 690
『かの子かんのん』[小幡欣治] 157

『かの子繚乱』［瀬戸内寂聴］ 349
『彼女』［藤森成吉］ 547
『彼女と彼』［清水邦夫］ 320
『彼女に答える』［中野實］ 452
『彼女の言うことには。』［北川悦吏子］ 217
『彼女の夫』［谷崎潤一郎］ 392
『彼女の言葉』［木村修吉郎］ 233
『彼女の独身者たちによって裸にされた花嫁、さえも』［竹内銃一郎］ 370
『カノン』［野田秀樹］ 473
『蒲田行進曲』［つかこうへい］ 055, 401, 402, **404**
『鞄の悲劇』［小松原健吉］ 281
『鞄屋の娘』［前川麻子］ 571
『黴』［真船豊］ 593
『花瓶を下げた部屋』［木村修吉郎］ 233
『荷風前後』［正岡容］ 576
『荷風全集』 438
『カフエーの花嫁　発声映画のやうな二十五景』［石井源一郎］ 052
『カフェーの夜』［佐々紅華］ 300
『カフェにて――ガリレオの亡霊とブレヒトの亡霊の対話から』［海上宏美］ 773
『Cafe Lowside』［古川大輔］ 762
『カフカズ・ディック』［ケラリーノ・サンドロヴィッチ］ 259
『歌舞伎演出論』［平田兼三］ 521
『歌舞伎王国』［前進座＋村山知義］ 155, 643
『歌舞伎オンステージ』 192
『歌舞伎脚本傑作集』 415
『歌舞伎劇場女形風俗細見』［足立直郎］ 027
『歌舞伎再見』［野口達二］ 470
『歌舞伎座さよなら公演』 195
『歌舞伎談義』［岡本綺堂］ 191
『歌舞伎町幻想』［三條三輪］ 309
『歌舞伎と文楽』［岡鬼太郎］ 132
『歌舞伎入門』［郡司正勝］ 257
『歌舞伎年表』［伊原青々園］ 079
『歌舞伎の近代』［中村哲郎］ 102, 108
『カブキの日』［小林恭二］ 276
『歌舞伎舞踊劇　愛護若心猿』［堂本正樹］ 425
『歌舞伎への招待』［戸板康二］ 424
『歌舞伎への情熱』［足立直郎］ 027
『かぶき夢幻』［郡司正勝］ 258
『歌舞伎名作集』 195
『歌舞伎名作撰』 192, 195
『歌舞伎名作全集』 193
『歌舞伎眼鏡』［岡鬼太郎］ 132
『歌舞伎物語』［山崎紫紅］ 672, **673**
『かぶき――様式と伝承』［郡司正勝］ 257
『兜の星影』［竹柴秀葉♻江見水蔭］ 109
『寡婦マルタ』［清見陸郎♻エリイザ・オルゼシュコ］ 234
『鏑木秀子』［土肥春曙♻ヘンリック・イプセン］ 423
『花粉になった女』［稲垣真美］ 069, 741
『壁』［原博］ 503
『壁――S・カルマ氏の犯罪』［安部公房］ 028
『壁――旅芝居殺人事件』［皆川博子］ 620
『ガベコレ－garbage collection－』［林慎一郎］ 776
『壁の中の妖精』［福田善之］ **534**, 536, 790
『壁の花団』［水沼健］ **614**, 769
『かぼちゃ騒動記』［田坂具隆］ 376
『蚊舞』［森ほのほ］ 651
『釜ヶ崎のマリア』［香村菊雄］ 174
『鎌倉武鑑』［飯田旗軒］ 046
『鎌倉武家事典』［出雲隆］ 062
『鎌倉武士』［右田寅彦］ 603
『カマさんのちゃっきり金太』［和田順］ 704
『鎌塚氏、放り投げる』［倉持裕］ 252
『鎌腹』［楳茂都陸平］ 330
『かまばら』［榊原政常］ 292
『髪』［人見嘉久彦］ 511, 738
『紙いちまい』［一柳俊邦］ 511
『盟三五大切』［石澤秀二♻鶴屋南北］ 054
『盟三五大切』［郡司正勝♻鶴屋南北］ 257
『神風』［平山晋吉］ 296, 525
『上方色町通（通叢書）』［食満南北］ 258
『上方喜劇』［三田純市］ 615
『上方芸能』［三田純市］ 615

『神々の国の首都』［坂手洋二］294
『神々の死』［西島大］466, 740
『神々の深き欲望』［今村昌平］081
『神々の流竄』［梅原猛］102
『かみくず夫婦』［香村菊雄］174
『神様とそのほかの変種』［ケラリーノ・サンドロヴィッチ］259
『神様の女房』［ジェームス三木］312
『カミさんと私』［辻久一］408
『紙芝居』［亀屋原徳］174
『上石神井サスペンデッド』［早船聡］502
『剃刀』［中村吉蔵］455, **456**
『神ッ子台風』［佐佐木武観］299
『神という殺人者』［三好十郎］633
『神と人とのあいだ』［木下順二］226, **229**
『神なき国の夜』［川村毅］197
『かみなり』［平岩弓枝］515
『雷新田』［貴司山治］209
『紙の上のピクニック』［和田周］744
『神の馬』［大澤駿一］117
『神ノ谷才二隧道』［柳沼昭徳］662
『神明恵和合取組』［竹柴其水］372, **373**
『紙風船』［岸田國士］090, 210, **212**
『紙屋悦子の青春』［松田正隆］586
『紙屋治兵衛』［北條秀司］559
『紙屋町さくらホテル』［井上ひさし］072, 751
『神露淵村夜叉伝』［石山浩一郎］058
『神を畏れぬ人々』［姜魏堂］198
『髪をかきあげる』［鈴江俊郎］**337**, 745
『髪を結ふ一茶』［高浜虚子］**366**
『カムアウト』［坂手洋二］294
『カムイが来た！』［立川雄三］378
『ガム兄さん』［平田俊子］522, 746
『がめつい奴』［菊田一夫］**201**, 700
『亀は意外と速く泳ぐ』［三木聡］603
『甕破柴田』［山崎紫紅］672
『カメレオーンの今』［工藤隆］238
『仮面』［可児松栄］169, **650**
『「仮面」立見の記』［春波生］650
『仮面の聲　横浜ボートシアター仮面劇集』［遠藤琢郎］113
『仮面の告白』［三島由紀夫］604
『仮面ライダーウィザード』［きだつよし♻石ノ森章太郎］217
『仮面ライダー響鬼』［きだつよし♻石ノ森章太郎］217
『仮面ライダーフォーゼ』［中島かずき♻石ノ森章太郎］441
『貨物船A号』［大山広光］131
『かもめ』［アントン・チェーホフ］089, 128, 332, 411, 452, 526
『かもめ』［大庭みな子］125
『かもめが帰る国』［楠本幸男］236
『かもめ座物語』［堀潮］774
『鴨八ネギ次郎』［星四郎］565
『家門の犠牲』［仲木貞一］440
『花妖』［榊原政常］**292**
『歌謡大全・新編梁塵秘抄』［森尻純夫］652
『ガラカテ』［益田太郎冠者］579
『カラカラ』［深津篤史］527, **528**
『カラカラ　トートの書＃2桜の園　吉永の場合』［深津篤史］528
『カラカラ　トートの書＃2桜の園　遠山の場合』［深津篤史］528
『唐木の看板』［曾我廼家十郎］**357**
『がらくたロック！』［西上寛樹］782
『からくりの小屋』［永井龍男］438
『唐崎心中』［初代都太夫一中］130
『がらしあ・細川夫人』［田中澄江］384
『カラシニコフ不倫海峡』［坂元裕二］297
『唐十郎　KAWADE道の手帖』178
『唐十郎ギャラクシー』［堀切直人］178
『唐十郎全作品集』178
『唐十郎熱風集成』178
『唐十郎の劇世界』［扇田昭彦］178
『唐十郎論』［樋口良澄］178
『鴉』［関口次郎］347, 464, 469
『ガラスの椅子』［中江良夫］439
『ガラスの仮面』［青木豪♻美内すずえ］013, 717
『ガラスの靴』［安岡章太郎］665
『硝子の声』［三枝希望］291

『硝子のサーカス』[太田省吾] 741
『ガラスの動物園』[テネシー・ウィリアムズ] 091, 672
『鴉よ、おれたちは弾丸をこめる』[清水邦夫] 321, **323**, 740
『からたちの実』[室生犀星] 647
『ガラチア／帝都物語』[飴屋法水♻荒俣宏] 033
『からっかぜ無頼』[宇野信夫] 099
『ガラパコスパコス』[ノゾエ征爾] 314, 470
『唐版 風の又三郎』[唐十郎] 177, **179**
『唐船物語』[青山圭男] 014
『カラフルメリィでオハヨ－いつもの軽い致命傷の朝－』[ケラリーノ・サンドロヴィッチ] 259, **260**
『カラマーゾフの兄弟』[ドストエフスキー] 661
『ガラマサどん』[上山雅輔] 174, 189
『からまる法則』[小関直人] 154
『カラムとセフィーの物語』[高瀬久男] 360
『からゆきさん』[宮本研] 628
『雁金文七』[平田都] 522
『カリガリ博士』[ローベルト・ヴィーネ＋ハンス・ヤノヴィッツ＋カール・マイヤー] 611, 642
『カリガリ博士の異常な愛情　あるいはベルリン一九三六』[加藤直] 164, 741
『ガリガリ夫人の完全犯罪』[ロジャー・パルバース] 701
『カリギュラ』[林巻子] 503
『仮釈放』[鐘下辰男♻吉村昭] 170
『カリスタの海に抱かれて』[大石静] 115
『かりそめの出発』[山田民雄] 680, 783
『借りた室』[北村小松] 219
『借りたら返す』[藤本有紀] 546
『カリブの太陽』[太田哲則] 122
『花柳巷談二筋道』[初代瀬戸英一] 349
『花柳情話　恋人形』[大島多慶夫] 118
『カリーライス誕生』[小幡欣治] 157
『カルタの城』[山崎正和] 675, 738
『Carnevale睡夢』[稲葉大地] 721
『カルメギ』[多田淳之介] 378
『カルメン』[川村花菱♻プロスペル・メリメ] 196
『カルメン』[岸田辰彌♻プロスペル・メリメ] 214
『カルメン』[佐藤信♻プロスペル・メリメ] 302
『カルメン』[プロスペル・メリメ] 492
『カルメン』[堀正旗♻プロスペル・メリメ] 719
『カルメン夜想曲』[鄭義信] 399
『華麗なるギャツビー』[小池修一郎♻スコット・フィッツジェラルド] 261
『華麗なる千拍子』[高木史朗] **359**
『華麗なる千拍子'99』[高木史朗] 359
『華麗なる千拍子2002』[高木史朗] 359
『カレー市民』[久保栄] 240
『カレーの市民』[水木京太] 611
『カレーライス物語・野菜とスパイスのセッション』[鈴木完一郎] 339
『かれが殺した驢馬』[東由多加] 506
『彼・彼女・百貨店』[中野実] 724
『彼氏彼女の事情』[庵野秀明♻津田雅美] 647
『涸れた泉』[林幸彦] 735
『カレッジ・オブ・ザ・ウィンド』[成井豊] 463, 745
『カレッヂ・ライフ』[中村是好] 457
『彼等の秋』[鴇田英太郎] 427
『彼等の希望に瞠れ』[岡田利規] 134
『彼らの敵』[瀬戸山美咲] 350, 750
『彼等は死せず』[田代倫] 377
『花郎』[平田オリザ] 517
『河』[和田勝一] 703, 784
『川﨑照代戯曲集』[川﨑照代] 188
『可愛い「男」』[大藪郁子♻有吉佐和子] 131
『可愛い女』[安部公房] 028
『かわいい女』[大西信行] 124
『可愛い千里眼』[東憲司] 505
『渇いた人々は、とりあえず死を叫び』[青木豪] 013
『渇いた部屋』[北原武夫] 219
『乾いた湖』[寺山修司] 419
『乾いて候』[田中林輔] 389
『かわうそ』[林巻子] 502
『川上音二郎欧米漫遊記』 182
『川口一郎戯曲集』 183
『川口屋旅館』[細野多知子] 567

『川下の街から』[はぐるま座創作集団] 477
『河庄』[近松門左衛門] 267
『川竹の流れ流れて、あゝゴールデン浴場』[澤藤桂] 763
『河竹黙阿弥』[河竹繁俊] 191
『河竹黙阿弥集』 192
『河内かるめん』[香村菊雄] 174
『河内カルメン』[闇黒光] 686
『河内山宗俊』[河竹黙阿弥] 192, 372
『河内山宗俊・すっ飛び駕』[子母澤寛] 192
『河内山宗春』[中野實] 452
『河内しぶうちわ』[香村菊雄] 174
『河内屋与兵衛』[吉井勇] **693**
『河内野郎』[香村菊雄] 174
『川のそばの家』[宇野信夫] 099
『川の中の子』[小野田佳恵] 764
『河の向こうで人が呼ぶ』[山田太一] 679
『川べりの道』[鷺沢萠] 297
『川村花菱脚本集』[川村花菱] 196
『河原町物語』[ロジャー・パルバース] 701
『姦』[玉井敬友] 395
『雁』[夏目千代] 462, 659
『簡易なる日本国劇史』[浜村米蔵] 499
『寛永の旗本』[木村錦花] 231
『寒驛』[菊岡久利] 199
『顔回』[藤秀璻] 538
『寒鴨』[真船豊] 593
『カンカラ』[松本雄吉] 591
『カンガルー』[別役実] 553
『カンガルーと稲妻』[山田裕幸] 681, 762
『KAN－KAN』[佃典彦] 047, 407, 755
『KAN－KAN男』[佃典彦] 407
『漢奸』[堀田善衛] 165
『寒菊』[並木萍水] 462
『寒菊寒牡丹』[川口松太郎] 184
『観客席』[寺山修司] 420
『感激時代』[畑耕一] 491
『観劇中の出来事』[尾崎倉三] 145
『寒月』[恵川重] 104
『観光団の夫選び百五十万弗』[中西羊髯] 451
『漢江の虎』[平田オリザ] 517
『監獄の庭』[井東憲] 067
『監獄部屋』[渡平民]
『歓呼の町』[森本薫] 654
『看護婦の部屋』[緑川士郎✿井上ひさし] 071, 622
『冠婚葬祭』[長谷川幸延] 481
『贋作・荒野のダッチワイフ』[翠羅臼] 334
『贋作・桜の森の満開の下』[野田秀樹] **474**
『贋作動物園物語』[すまけい] 345
『贋作・花のノートルダム』[宮本研] 628
『贋作マクベス』[中屋敷法仁] 460
『かんざし小判』[澤島忠] 309
『寒山拾得』[タカクラテル] 360
『寒潮』[並木萍水] 462
『幹事長、出番です！』[きたむらけんじ] 219
『かんしゃく』[益田太郎冠者] 579
『感情』[室生犀星] 645
『勘定』[西沢揚太郎] 466
『感情は今日のもんで明日のもんじゃない』[木村修吉郎] 233
『勧進帳』[一堺漁人] 354, 372
『勧進帳』[三世並木五瓶] 372, 470, 710
『関数ドミノ』[前川知大] 571, 753
『漢楚軍談』[長与善郎] 461
『眼帯のQ』[三名刺繡] 776
『干拓』[青江舜二郎] 012
『神田小唄』[佐々紅華] 300
『神田ばやし』[宇野信夫] 099
『神田村』[吉川良] 694
『邯鄲』 389
『邯鄲』[三島由紀夫] 604, **605**, 716
『間諜海の薔薇』[久板栄二郎] 508
『間諜七変化』[徳田純宏] 428
『缶詰』[水谷龍二] 614
『関東疾風おんな節』[高田宏治] 360
『関東平野』[川俣晃自] **195**, 738
『雁と雁の子[父・水上勉との日々]』[窪島誠一郎] 610
『カンナの咲き乱れるはて』[小林ひろし] 278

『堪忍袋』[益田太郎冠者] 579
『神主の娘』[松居松翁] 581
『雁の影』[真船豊] 593
『棺の傍』[成瀬無極] 464
『雁の寺』[水上勉] 609, **610**
『観音岩(前編・後編)』[川上眉山] 182
『観音岩』[小島孤舟♻川上眉山] 269
『乾杯戦士アフターV』[細川徹] 567
『関白殿下秀吉』[舟橋聖一] **548**
『関白秀次』[井出蕉雨] **066**
『寒花』[鐘下辰男] 170, 746
『頑張れ、高島屋』[篠崎隆雄] 781
『頑張れ非常時』[松島誠二郎] 585
『甲板船客』[江馬修] 109
『かんばん娘』[志村治之助] 326
『勘平の死』[岡本綺堂] 142
『寒紅譚』[宮内好太朗] 621
『寛容』[神崎武雄] 199
『歓楽の鬼』[長田秀雄] 446, **447**
『巌流島の決闘』[佐々木憲] 298
『カンロ』[西尾佳織] 465, 750

き

『喜逸K判事の法廷』[木島始] 217
『キートン』[松本雄吉] 592
『奇異なる葬儀』[長谷川如是閑] 489
『黄色い鞄』[大町龍夫♻井上靖] 128
『黄色いこうの鳥』[人形劇団クラルテ+川尻泰司] 729
『黄色い叫び』[中津留章仁] 450, 451, 754
『黄色い微笑』[岸田國士] 210
『黄色い部屋』[真船豊] 593, 595
『黄色と桃色の夕方』[矢代静一] 663
『黄色な現実』[神田昌彦] 735
『消えた遺産』[木村雅夫] 233
『消えた中隊』[中江良夫] 439
『消えたバークシャ』[伊藤貞助] 067
『消えた版木——富永仲基異聞』[加藤周一] 163
『消えた人』[大橋喜一] **126**
『消えなさい・ローラ』[別役実] 554
『記憶、或いは辺境』[詩森ろば] 327
『記憶通りの公演で』[台場達也] 766
『記憶の部屋について』[岡田利規] 134
『キオミ』[内田春菊] 095
『祇園の姉妹』[依田義賢] 700
『祇園囃子』[北條秀司] 559
『機械が見れる夢が欲しい』[泊篤志] 430
『飢餓海峡』[水上勉] 609, **610**
『G海峡——禍福はあざなえる縄のごとし』[松村武] 588
『飢餓陣営』[宮沢賢治] 625, **626**
『飢渇』[長田秀雄] 446
『帰還』[坂手洋二] 294
『機関庫』[大沢幹夫] 118
『機関銃長屋』[林二九太] 501
『帰還の虹』[高羽彩] 363
『聞き風土記、この国のどこかで』[森尻純夫] 652
『危急』[伊藤松雄] 069
『帰郷』[菅原卓] 335, 364
『戯曲赤い月』[なかにし礼] 451
『戯曲 悼む人』[天童荒太] 423
『戯曲宇田川心中』[小林恭二] 276
『戯曲故事新編』[小沢信男+花田清輝+長谷川四郎+佐々木基一♻魯迅] 152
『戯曲作法』[関口次郎] 347
『戯曲 資本論』[阪本勝] 297
『戯曲集 第一〜十輯』[岩名雪子] 087
『戯曲集 澤村辰之助』[西光万吉] 286
『戯曲集 和菓子屋包匠他』[松田章一] 586
『戯曲習作』[岡田八千代] 135
『戯曲代表選集』 116, 310, 563
『戯曲と新劇に就て』[織田作之助] 154
『戯曲 蜻蛉』[村上元三] 640
『戯曲について』[真船豊] 593
『戯曲の創作と構想』[藤井真澄] 538
『戯曲の本質』[島村民蔵] 318
『戯曲冒険小説』[清水邦夫] 321
『戯曲・魯迅伝五部作』[霜川遠志] 326
『菊水』[長田秋濤] **147**

『菊田一夫戯曲選集』［菊田一夫］ 201, 202, 203
『菊田一夫の世界』［井上理恵］ 201
『キクとイサム』［水木洋子］ 612
『菊と刀』［堂本正樹♻ルース・ベネディクト］ 425, 738
『菊と刀　堂本正樹戯曲集』 425
『菊枕』［松本清張］ 590
『菊屋橋』［宇野信夫］ 099
『畸型児』［小幡欣治］ 157, 735
『喜劇王曾我廼家五郎の生涯』［長谷川幸延］ **481**
『喜劇王の明暗』［尾崎倉三］ 145
『喜劇 求婚』［海賀変哲］ 160
『喜劇清瀬俳優養老院』［水谷龍二］ 613
『喜劇・化粧花』［小野田勇］ 156
『喜劇詐欺』［成瀬無極］ 464
『喜劇 地獄めぐり――生きてるだけで丸もうけ』［金子成人＋ラサール石井］ 703
『喜劇・嫉妬』［森永武治］ 653
『喜劇集 おやぢ』［和田勝一］ 706
『喜劇 新四谷怪談』［遠藤周作］ 112
『喜劇全集 中之巻』［近江瓢鯰］ 114
『喜劇仙台平』［川上眉山］ 182
『喜劇蝶々さん』［水守三郎］ 615
『喜劇ドラキュラ』［木下智之］ 780
『喜劇の殿さん』［小幡欣治］ 157, 753
『喜劇 ファッションショー』［木庭久美子］ 274
『喜劇夫婦善哉』［土井行夫］ 424
『喜劇無人島』［江見水蔭］ 109
『喜劇 野人の結婚』［佐藤惣之助］ 301
『喜劇・離婚』［橋田壽賀子］ 478
『喜劇・隣人戦争』［小幡欣治］ 157
『鬼言冗語』［岡鬼太郎］ 132
『危険な話』［坂手洋二］ 293
『危険な遊戯』［原博］ 503
『キサラギ』［古沢良太］ 269
『如月小春は広場だった――六〇人が語る如月小春』 208
『木更津キャッツアイ』［宮藤官九郎］ 237
『岸田國士全集』 211
『岸田國士と私』［古山高麗雄］ 211
『岸田國士の世界』 211
『岸田國士論』［渡辺一民］ 211
『岸辺のアルバム』［山田太一］ 678
『記者たち』［ロジャー・パルバース］ 704
『戯場壁談義』［畑耕一］ 492
『起誓文』［泉鏡花］ 061
『疵だらけのお秋』［三好十郎］ 632, 633
『傷だらけの手』［藤川健夫］ 539
『犠牲』［藤森成吉］ 250, 314, 507, 546
『犠牲者』［久板英二郎］ 508
『奇蹟』［菊池寛］ 204
『奇跡御殿（ジャン・ジュネ作品より）』［林巻子］ 502
『奇跡の人』［岡田恵和］ 136
『季節はずれの長屋の花見』［吉永仁郎］ 696
『奇想天外神聖喜歌劇』［長谷川四郎♻ウラジーミル・マヤコフスキー］ 484, 485
『木曽の夕映』［八住利雄］ 666
『木曾節』 527
『木曾節お六』［深沢七郎］ 526
『木曽節流れ旅』［土橋成男］ 429
『木曾義仲』［中野實］ 452
『北樺太油田』［久板英二郎］ 508
『喜多川歌麿』［大森眠歩］ 130
『帰宅前後』［川口尚輝］ 183
『北酒場』［なかにし礼］ 451
『北赤道海流』［山田民雄］ **680**, 783
『北と東の狭間』［中村暢明］ 458
『汚い月』［下西啓正］ 327, 757
『木谷茂生劇集Ⅷ』 218
『北に滅ぶ』［早坂久子］ 500
『北の国から』［倉本聰］ 253
『北へ帰る』［永山智行］ **335**, 460, 755
『北満の日章旗』［田中智学］ 389
『北村喜八　年譜と著作目録』 219
『北村想の劇襲』 221
『北山御所』［高谷伸］ 367
『義太夫　芸阿呆』［安藤鶴夫］ 041
『義太夫秘訣』［岡鬼太郎］ 132

『義血俠血』［泉鏡花］058
『奇ッ怪――小泉八雲から聞いた話』［前川知大］571, 753
『気づかいルーシー』［松尾スズキ］583
『キッチュ』［原田ゆう］504
『ぎっちょんちょん』［阿部照義］032
『木辻嘘801』［山口茜］769
『狐』［金子洋文］169
『狐と笛吹き』［北條秀司］559, 712
『狐に穴あり』［阪田寛夫］293
『狐の呉れた赤ん坊』［迫間健✿丸根讃太郎］477
『狐の裁判』［岩崎蕣花］083, 091
『狐飛脚』［八木隆一郎］661
『吉林食堂－おはぎの美味しい中華料理店－』［篠崎省吾・中村芳子］779
『生抵当』［田中智学］389
『キティ颱風』［福田恆存］529, **530**
『汽笛一声』［中村光夫］**459**
『綺堂年代記』［岡本経一］139
『鬼道惑衆』［佐々木守］299
『気になる二人』［佐々木渚］299
『木に花咲く』［別役実］554
『鬼怒子』［真船豊］**594**
『絹と軍艦』［阿坂卯一郎］025
『絹屋佐平治』［仲武司］433
『キネマと怪人』［佐藤信］302, 304
『キネマと怪人――喜劇昭和の世界2』［佐藤信］303
『キネマの神様』［福田卓郎］528
『キネン』［朝比奈尚行］026
『木の上の軍隊』［蓬莱竜太✿井上ひさし］564
『昨日、悲別で』［倉本聰］253
『甲子待ち』［有富三南］038
『紀ノ川』［有吉佐和子］038
『紀国文左大尽舞』［右田寅彦］**603**
『城崎みやげ』［星四郎］565
『木下順二集』227
『木下順二・戦後の出発』［関きよし・吉田一］227
『木下順二の世界』［井上理恵］227
『木下順二評論集』227
『木下順二論』［宮岸泰治］227
『紀の川』［大藪郁子✿有吉佐和子］131
『紀の国の田舎医者』［西光万吉］286
『きのふけふ　明治文化史の半面観』［内田魯庵］681
『木の芽立ち』［十一谷義三郎］328
『機帆船』［水木久美雄］611
『吉備之夜桜』［角藤定憲］344
『鬼無鬼島』［堀田善衛］544
『キフシャム国の冒険』［鴻上尚史］264
『貴船川』［人見嘉久彦］512
『希望の春』［星四郎］565
『希望――幕末無頼篇』［福田善之］534
『希望峰』［八木隆一郎］661
『欺瞞と戯言』［中津留章仁］450
『きみがいた時間　ぼくのいく時間』［成井豊］**464**
『君がくれたラブストーリー』［土屋亮一］410
『「君が代」肯定論』［長部日出雄］150
『君が代少年』［長谷山峻彦］490
『君恋し』［佐々紅華］300
『君たちはどう生きるか』［大木直太郎✿吉田源三郎］117
『君と行く路』［三宅悠紀子］622
『君となら』［三谷幸喜］616
『君の手がささやいている』［岡田恵和］136
『君の名は』［菊田一夫］200
『君は即ち春を吸ひこんだのだ』［原田ゆう］504, 782
『君臣船浪宇和島』［勝能進＋三世勝諺蔵］162
『君は僕』［白井鐵造］330
『君ほほえめば』［木皿泉］208
『奇妙な三角形』［滝嘉秋］739
『奇妙旅行』［古城十忍］271
『義務ナジウム』［河野ミチユキ］779
『キメラガールアンセム／120日間将棋』［山本健介］683
『きもだめし』［佐々俊之］298
『肝っ玉かあさん』［平岩弓枝］515

『肝っ玉捕物帖』［大西信行］ 124
『客』［辰野隆♻シャルル・ヴィルドラック］ 378
『逆光線ゲーム』［清水邦夫］ 320, 738
『脚本石橋山』［江見水蔭］ 109
『脚本研究会戯曲集1』 612
『脚本夢幻日記』［山田美妙］ 681
『脚本＝龍の子太郎・うぐいす姫ほか』［瀬川拓男］ 346
『客夢』［大石汎］ 116
『キャッツ』［浅利慶太♻T・S・エリオット＋アンドリュー・ロイド・ウェバー＋トレヴァー・ナン］ 026
『キャベツの類』［前田司郎］ 573, 748
『キャベツ畑の中の遠い私の声』［和田周］ 707
『伽羅枕』［尾崎紅葉］ 145
『ギャル－閉じません－』［松木麻里子］ 769
『ギャング河内山宗俊』［古川緑波］ 550
『ギャング銀座無宿』［小出英男］ 263
『ギャング＝アウトロ・ウイ』［長谷川四郎♻ベルトルト・ブレヒト］ 484
『キャンディーズ』［羊屋白玉］ 511
『キャンドルは燃えているか』［成井豊］ 463
『旧喜劇 臆病風』［足立万里］ 027
『休憩室』［長谷川孝治］ 482
『球形の荒野』［松本清張］ 590
『旧劇かさね扇』［松島誠二郎］ 585
『吸血鬼』［赤川次郎］ 014
『吸血鬼』［長田秋濤］ 147
『吸血鬼の咀嚼について』［和田周］ 707
『旧山河』［雄島浜太郎］ 154
『九十年』［戸板康二・池田弥三郎］ 424
『九十三年』［小川煙村♻ヴィクトル・ユゴー］ 144
『九十三齢春秋』［北林谷栄］ 218
『救世主の旗の下に』［楠田敏郎］ 236
『旧世界一周会員』［佐野天声］ 307
『級長』［小崎政房］ 146
『牛乳屋の兄弟』［久米正雄］ 248, **249**
『旧友』［辰野隆♻エドモンド・セー］ 378
『きゅうりの花』［土田英生］ 409, 746
『今日、悲別で』［倉本聰］ 253
『教育――新しき俳優座劇場のために』［田中千禾夫］ 386, **387**, 735
『教育の原型を求めて』［菅竜一］ 334
『教育を！』［黒沢参吉］ 257
『教員室』［山田太一］ 679
『共演NG』［フルタジュン］ 551
『侠艶録』［佐藤紅緑］ **300**
『京おどり』［楳茂都陸平］ 103
『侠客春雨傘』［福地桜痴］ **537**
『経島娘生贄』［榎本虎彦♻ラシーヌ］ 107
『鏡花全集』 059
『京鹿子娘道成寺』 711
『狂芸人』［吉井勇］ 693
『京化粧』［近松秋江］ 397
『今日子』［つかこうへい］ 402
『「教室」』［飴屋法水］ 033
『狭斜日記』［高谷伸］ 367
『郷愁』［橋田壽賀子］ 478
『狂人教育』［寺山修司］ 704, 729
『狂人となるまで』［吉田絃二郎］ 695
『狂人なおもて往生をとぐ－昔　僕等は愛した－』［清水邦夫］ **321**, 739
『狂人を守る三人』［北村喜八］ 219
『競漕』［久米正雄］ 249
『兄弟』［なかにし礼］ 038, 280, 451
『郷土演劇運動の理論と実際』［江馬修］ 109
『郷土喜劇　植物医師』［宮沢賢治］ 626
『京都三条通り』［田口竹男］ **369**
『KYOTO大正ラプソディー』［笠井心］ 763
『郷土に帰る』［井田秀明］ 063
『京都の虹』［田中澄江］ 384
『今日の英雄』［ハワード・ホークス］ 468
『京の蛍火――お登勢と龍馬』［北條誠］ 563
『京のわかれ――池田屋騒動異聞』［土橋成男］ 429
『狂風記』［石川淳］ 052
『恐怖が始まる』［古城十忍］ **271**
『恐怖時代』［谷崎潤一郎］ **392**
『恐怖の季節』［三好十郎］ 633
『恐怖・ハト男』［加藤一浩］ 163
『京舞』［北條秀司］ 559

『京丸牡丹』[杉谷代水] 336
『驕帝踊る』[川口尚輝＋豊岡佐一郎] 183
『興安桜』[田中小太郎] 383
『狂夢』[小出英男] 263
『魚眼パノラマ』[石原美か子] 757
『清く正しく美しく――この教え護り続けて』 276
『極端の和合』[伊東桃洲] 067
『極東の地、西の果て』[中津留章仁] 450
『漁港』[原源一] 503, 736
『虚構のクレーン』[井上光晴] 076
『馭者ヘンシェル』[ゲアハルト・ハウプトマン] 491
『巨匠――ジスワフ・スコヴロンスキ作「巨匠」に拠る』[木下順二] 226-227
『巨人伝説』[安部公房] 028
『巨人ファンはお人よし』[水谷幹夫] 613
『巨泉×前武ゲバゲバ90分』[キノトール] 225
『虚像の礎』[中津留章仁] 450
『魚族』[小山祐士] 282
『魚紋』[田井洋子] 358
『旭光銀翼女鳥人』[織田泉三郎] 154
『去年と今年』[久板英二郎] 508
『キョム！』[山崎彬] 771
『虚無より暗黒へ』[獏与平太] 477
『距離』[鳥居与三] 431
『清糸縁起』[幸田露伴] 266
『清須会議』[三谷幸喜] 616
『清姫　若しくは道成寺』[郡虎彦] 268
『清正の婿』[堂本正樹] 425
『清盛と常盤』[弘津千代] 525
『清盛と仏御前』[島村抱月] **319**
『きらめきの時は流れ　あやめの闇に惑う風たちは散った』[森泉博行] 652, 743
『きらめく星座――昭和オデオン堂物語』[井上ひさし] 072, **074**
『きらめけ！青空』[大島信久] 119
『吉良屋敷裏門』[真山青果] 598
『きらら浮世伝』[横内謙介] 689
『雲母坂・夏の砂の上』[松田正隆] 586
『斬られ仙太』[高田保✪三好十郎] 361
『斬られの仙太』[三好十郎] 632, **633**
『嫌われ羿』[中西羊髯] 451
『義理争い』[伊東桃洲] 067
『桐一葉』[坪内逍遙] 414, **415**, 545
『キリエ』[夏井孝裕] 461
『キリキリマイガール』[中島淳彦] 442
『切り子たちの秋』[ふたくちつよし] 547, 754
『切支丹お蝶』[五世瀬川如皐] 345
『切支丹ころび』[佐野天声] 307, 359
『吉利支丹信長』[小山内薫] 148, **149**
『きりしとほろ上人伝』[芥川龍之介] 727
『桐島、部活やめるってよ』[喜安浩平✪朝井リョウ] 234
『霧と影』[水上勉] 609
『桐の雨』[小島政二郎] 271
『霧の音』[北條秀司] 559
『桐の木の思い出－海外引揚同胞救済事業の為に－』[利倉幸一] 429
『桐の木横町』[伊馬春部] 080, **081**
『霧の夜の女』[藤田潤一] 542
『霧夜』[豊島与志雄] 430
『キル』[野田秀樹] 472, **474**
『キルぐみ』[竹内佑] 372
『キルぐみ2』[竹内佑] 372
『伐る勿れ樹を』[田中千禾夫] 386
『莫切自根金成木』[利倉幸一] 429
『キレイ　神様と待ち合わせした女』[松尾スズキ] 582, **584**, 751
『キレレレのイエロー』[青木秀樹] 014
『記録No.1』[福田善之] 533
『疑惑』[菊岡進一郎・近松秋江] 199, 396
『極付 森の石松』[岡本さとる] 142
『極めてやわらかい道』[松居大悟] 581
『木を揺らす』[太田省吾] 120
『金色カノジョに桃の虫』[サリngROCK] 308, 775
『金色の砂漠』[上田久美子] 093
『銀色の真昼』[筒井康隆] 411
『金色欲』[尾崎紅葉] 145
『銀扇集』[木村富子] 233
『銀貨』[久米正雄] 249

『銀河英雄伝説@TAKARAZUKA』[小池修一郎] 261
『金閣寺』[三島由紀夫] 605
『金閣寺』[村山知義♻三島由紀夫] 605
『銀河抄——サーカスの想い出』[郡司正勝] 258
『銀河旋律／広くてすてきな宇宙じゃないか』[成井豊] 463
『銀河鉄道の恋人たち』[大橋喜一] 126
『銀河鉄道の夜』[宮沢賢治] 126, 674
『金環蝕』[久米正雄] 249
『金冠のイエス』[長谷川四郎♻金芝河] 484
『金魚たちとコワレタ夜の蝶番』[登り山美穂子] 764
『キング青春歌謡パレード』[竹内伸光] 371
『金語楼の二等兵』[川村花菱♻有崎勉] **035**
『金語楼の兵隊』[有崎勉] 035
『金婚式』[田久保英夫] 369
『銀座社会学』[小出英男] 263
『銀座並木通り』[池波正太郎] 051
『銀座人情』[川口松太郎] 184
『銀座ブギウギカンカン娘』[篠崎光正] 314
『銀座復興』[久保田万太郎♻水上瀧太郎] 245
『銀座明暗・嗤ふ手紙』[八木隆一郎＋衣笠貞之助] 644
『金鯱噂高浪』[岡鬼太郎＋岡本綺堂] 132, 139
『近世劇壇史』[木村綿花] 108
『近世劇壇史－歌舞伎座篇－』[木村錦花] 232
『近世初期国劇の研究』[若月紫蘭] 706
『近世珍談集』 591
『近世日本演劇史』[伊原青々園] 079
『金銭』[伊藤貞助] 067
『近代演劇史論』[河野義博＋中村吉蔵] 268
『近代演劇の水脈』[神山彰] 184
『近代演劇の扉をあける』[井上理恵] 241
『近代戯曲の世界』[永平和雄] 593
『近代劇十二講』[楠山正雄] 236
『近代劇全集』 021, 477, 491
『近代劇選集』[楠山正雄] 236
『近代劇大観』[宮森麻太郎] 631
『金田一耕助の女王蜂』[堀越真♻横溝正史] 570
『近代能楽集』[三島由紀夫] 197, 605, 716
『近代の超克』[花田清輝] 495
『近代舞踊史論』[小寺融吉] 272
『近代文学に現はれたる両性問題の研究』[島村民蔵] 318
『近代文学ノート』[勝本清一郎] 163
『近代文化研究叢書第三十八巻』[河竹繁俊] 415
『近代文芸の研究』[島村抱月] 319
『近代恋愛戯画』[関口次郎] 347
『銀ちゃんが、ゆく』[つかこうへい] 404
『銀ちゃんの恋』[石田昌也♻つかこうへい] 055
『勤王遺聞』[河竹繁俊] 190
『勤王届出』[森本薫♻丹羽文雄] 654
『勤王美談上野の曙』[幸徳秋水] 268
『勤皇やくざ瓦版』[吉永仁郎] 696
『銀の狼』[正塚晴彦] 576
『銀のかんさし』[館直志] **379, 381, 382**
『銀の滴降る降るまわりに』[杉浦久幸] **336**
『銀のハーモニカ』[鈴木翁二] 048
『近未来能 天鼓』[青木豪] 013
『金木犀の河をゆく』[大岩真理] 762
『金曜日の妻たちへ』[鎌田敏夫] 173
『金襴緞子の帯しめながら』[別役実] 553, 751
『銀竜草——小心者とクーデター』[登米裕一] 768
『勤労者劇脚本集』 539

く

『クイズ君、最後の2日間』[高羽彩] 363
『喰ひ違ひ』[長谷川如是閑] **489**
『空華』[長谷川時雨] 483
『空隙』[北原武夫] 219
『空室』[平田俊子] 522
『偶像』[吉井勇] 693
『空中の悲劇』[仲木貞一] 440
『空中ブランコ』[倉持裕♻奥田英朗] 252
『空転』[鈴木元一] 343
『空洞メディアクリエイター』[竹内佑] 372,

749
『クーラー』［岡田利規］135
『クオレ』［杉谷代水／エドモンド・デ・アミーチス］336
『公暁』［高安月郎］367
『区切られた四角い直球』［鈴江俊郎］337, 662, 744
『草、のびて、家。』［守田慎之介］780
『草青みたり』［真山美保］600
『草市』［木村富子］233
『草の根の志士たち』［野口達二］470
『草の葉』［ウォルト・ホイットマン］036
『草むす屍』［石崎一正］053, 737
『草燃える』［中島丈博］443
『鎖』［可児松栄］169
『鎖のひとつの環』［藤本義一］545
『櫛』［鈴木元一］342
『串田戯場――歌舞伎を演出する』［串田和美］235
『孔雀』［貴島研二］216
『孔雀』［川俣晃自］737
『孔雀城』［タカクラテル］359
『孔雀夫人』［中谷徳太郎］448
『愚者には見えないラ・マンチャの王様の裸』［横内謙介］689, **690**, 744
『愚者の死』［黒川欣映］**256**, 737
『愚者の夢』［武者小路実篤］637
『くしゃみ太郎』［伊藤松雄］069
『郡上一揆』［小林ひろし］278
『九条武夫人』［北村小松］220
『郡上の立百姓』［小林ひろし］**278**, 738
『鯨』［渡辺武雄］719
『クスコ』［斎藤憐］288, **289**
『クスコ－愛の叛乱－』［斎藤憐］289
『楠三吉の青春』［大橋喜一］**126**
『楠正成』［楠山正雄］637
『楠山正雄歌舞伎評論』236
『崩れた石垣、のぼる鮭たち』［土田英生］409
『愚図六』［水谷龍二］614
『件・KUDAN』［三枝希望］291
『くだんの件』［天野天街］**032**, 747
『くだんの件－天野天街作品集－』032
『口ずさめば恋歌』［長谷川康夫］490
『くちづけ』［宅間孝行］369
『口火』［藤田草之助］542
『唇に聴いてみる』［内藤裕敬］**432**, 743
『くつ』［赤堀雅秋］015
『沓掛時次郎』［長谷川伸］222, **486**
『屈原』［佐藤春夫］301
『グッドナイト将軍』［成井豊］463, 745
『グッドバイ』［北村想／太宰治］221, 754
『グッドバイ』［ケラリーノ・サンドロヴィッチ／太宰治］259
『グッドバイ』［中條岳青］764
『グッド・バイ』［太宰治］259
『鞋補童教学』［佐橋富三郎］308
『グッバイ原っぱ』［金杉忠男］168
『靴磨きと女車掌』［長谷部孝］490
『愚禿親鸞』［須藤南翠］344
『久藤達郎戯曲集』238
『国定忠治』［子母澤寛］327
『国定忠治』［原譲二］503
『国定忠治』［行友李風］481, **688**, 689
『國定忠治』［和田五雄］706
『国盗人』［河合祥一郎］181
『国の東』［伊馬春部］080
『国芳の出世』［豊田豊］431
『首が飛んでも』［花田清輝］495
『虞美人』［白井鐵造／長与善郎］330, **331**, 461
『虞美人草』［夏目漱石］659
『首を売る店』［火野葦平］513
『首を切るのは誰だ』［三好十郎］632
『久保栄』［小笠原克］241
『久保栄演技論講義』241
『久保栄「火山灰地」を読む』［吉田一］241
『久保栄全集』241
『久保栄選集』241
『久保栄全集2』241
『久保栄全集3』242
『久保栄全集4』243
『久保栄全集6』242
『久保栄選集Ⅳ』242

『久保栄選集Ⅱ』241
『久保栄の世界』［井上理恵］241, 242
『久保田万太郎』［戸板康二］246
『久保田万太郎全集』246
『久保田万太郎――その戯曲、俳句、小説』［中村哮夫］246
『久保田万太郎と私』［川口松太郎］246
『熊』［伊藤永之介］067, 165, 195
『熊楠の家』［小幡欣治］157, **158**
『熊裁判』［伊藤永之介］067
『熊沢パンキース〇三』［宮藤官九郎］237
『熊の唄』［八木隆一郎］660, **661**
『熊本城の清正』［吉田絃二郎］696
『熊よ…プロローグとエピローグのある二幕』［山田民雄］680
『組曲虐殺』［井上ひさし］007, 073
『グミ・チョコレート・パイン』［ケラリーノ・サンドロヴィッチ♻大槻ケンヂ］259
『久米仙おちる』［山田寿夫］681
『粂八ざくら』［巌谷三一♻正岡容］576
『雲上野三衣策前』［河竹黙阿弥］192
『蜘蛛たち』［井上光晴］077
『蜘蛛巣城』［菊島隆三］199
『雲流るる果てに』［家城巳代治］046
『雲流れて五十年－生ける標あり－』［高橋玄洋］364
『雲にのった阿国』［知念正文］398
『天衣紛上野初花』［河竹黙阿弥］**192**
『雲の脂』［山田百次］681
『雲の上団五郎一座』［青柳信雄＋岡田教和＋菊田一夫＋安永貞利］014, 135, 371
『蜘蛛の巣』［可児松栄］169
『雲の涯』［田中千禾夫］385, **387**
『雲の響』［佐藤紅緑］300
『雲のわかれ路』［真山青果］596, **597**
『雲をたがやす男』［中村光夫］459
『悔しい女』［土田英生］752
『蔵』［澤藤桂］757
『暗い絵』［野間宏］476
『クライストの最後』［成瀬無極］464
『暗い谷間』［佐々俊之］298
『暗いところからやってくる』［前川知大］571
『暗いところで待ち合わせ』［秋之桜子♻乙一］019
『句楽と小しん』［吉井勇］693
『鞍工兵 諸井條次戯曲選集』657
『クラス會』［岡田禎子］**133**
『倉田百三選集　第11巻』250
『クラッシュ・ワルツ』［刈馬カオス］181, 759
『蔵の鼠』［藤田草之助］542
『グラバーの息子－倉場富三郎の生涯－』［定村忠士］300
『鞍馬天狗』［大佛次郎］150, 364
『クラムボンは笑った』［別役実］554
『暗闇坂』［吉川良］694, 738
『暗闇四重奏――陰にこもった活劇』［佐久間崇］297
『暗闇の丑松』［長谷川伸］486, **488**, 640
『クララ・ジェスフィールド公園で』［嶽本あゆ美］375
『くらわんか』［谷正純］390
『グランサッツの百合』［小原弘稔］720
『グランド・ロマンス楊貴妃』［香村菊雄］725
『くりいり』［前田司郎］573
『Xマスプレゼント』［青山杉作］725
『クリスマス物語』［キノトール］225
『栗盗人』［東川宗彦］102
『クリプトグラフ』［松田正隆］586
『栗山大膳』［渡邊霞亭］706
『グリーンベンチ』［柳美里］**687**
『狂い咲くのもよろしかろ』［古城十忍］271
『狂おしき怠惰』［中津留章仁］450
『苦しき生活の日』［松本苦味］590
『くるくると死と嫉妬』［秦建日子］491
『狂った一頁』［衣笠貞之助］070, 224
『車椅子の歌』［岡村昌二郎］138
『グレイクリスマス』［斎藤憐］288
『グレート生活アドベンチャー』［前田司郎］573

『クレオパトラ』[大藪育子✪宮尾登美子] 131
『クレオパトラ』[前田河広一郎] 574
『クレオパトラ美容室』[水木洋子] 612
『暮れがた』[久保田万太郎] 244
『紅天女』[植田紳爾✪美内すずえ] 717
『暮れの二十一日』[松井松翁] 581
『クレモナのヴァイオリン作り』[榎本虎彦✪フランソワ・コペ] 108
『愚連隊の仙太』[北林透馬] 218
『紅蓮童女』[笹原茂朱] 300
『黒アゲハの乳房』[太田省吾] 121
『黒いインクの輝き』[喜安浩平] 234
『黒い王様』[谷川俊太郎] 571
『黒い外套の男』[国枝史郎] **239**
『黒い影』[阿部知二] 032
『黒いスパイ』[三田純市] 615
『黒い太陽』[林黒土] 153, 501
『クロイツェル・ソナタ』[トルストイ] 643
『黒い塔』[竹内健] 371
『黒い鳥』[若城希伊子] 705
『黒い花びら』[永六輔] 104
『黒い火』[松木ひろし] 585
『黒い瞳』[柴田侑宏✪プーシキン『大尉の娘』] 316
『黒い郵便船——別役実童話集』 555
『九郎出陣』[霜川遠志] 326
『苦労人』[千葉雅子] 398
『クローズ・ユア・アイズ——ライカでグッドバイ』[和田憲明] 707
『Global Baby Factory? －グローバル・ベイビー・ファクトリー－』[鈴木アツト] 759
『グローブ・ジャングル——「虚構の劇団」旗揚げ3部作』[鴻上尚史] 264
『黒髪』[近松秋江] 276, 397
『黒髪色の香り2005』[松山口真央] 763
『黒革の手帖』[松本清張] 169, 590
『黒木御所』[田中智学] 389
『黒き帆影の船』[丘草太郎] 132
『黒潮』[徳冨蘆花] 428
『黒田騒動』[木村学司] 231
『黒田騒動』[津上忠] **404, 405**
『黒塚』 136
『黒塚』[木村富子] 233
『黒手組』[江戸川乱歩] 105, 274
『黒蜥蜴』[三島由紀夫✪江戸川乱歩] 105, 605, **606**, 636
『黒と白と赤と青の遊戯』[高堂要] 362
『くろねこちゃんとベージュねこちゃん』[谷賢一] 390
『黒念仏殺人事件』[藤田傳] **544**
『黒念佛殺人事件』[藤田傳] 544
『黒の劇場・チンドンやでござい』[川尻泰治] 728
『黒の悲劇』[矢代静一] 663
『黒羽英二戯曲集』 257
『九郎兵衛の最後』[久生十蘭] 510
『黒部の太陽』[岩間芳樹＋渡邊祐介＋石松愛弘＋横光晃✪木本正次] 088
『GLORIOUS!!』[藤井大介] 721
『黒百合』[泉鏡花] 058, 569
『クロンスタットの春』[今東光] 284
『クワイエットルームにようこそ』[松尾スズキ] 582
『苦を紡ぐ女』[稲垣真美] 069
『軍国爺さん』[中山侑] 460
『軍国美談劇集』 490
『郡司正勝刪定集』 257
『群集』[前田河広一郎] 574
『群衆＝人間』[エルンスト・トラー] 491
『勲章』[寺崎浩✪徳田秋声] 427
『軍事擁護文芸作品集第二輯』 199
『軍神加藤建夫少将伝』[樋口紅陽] 507
『群棲』[黒井千次] 255
『群盗』[フリードリヒ・フォン・シラー] 240
『グンナイ』[川口大樹] 779
『軍雛』[菜川作太郎] 461
『薫風江戸っ子物語』[岡本育子] 138

け

『毛穴からニュートリノ』[Dr. エクアドル]

428
『芸阿呆』［安藤鶴夫］ **041**
『慶安太平記』［水木久美雄］ 191, 611
『慶安太平記後日譚』［佐々木孝丸］ **299**
『形影問はず』［宇野千代］ 098
『慶応某年ちぎれ雲』［福田善之］ 534
『稽古飲食』［高橋睦郎］ 365
『稽古扇』［泉鏡花］ 058, **059**
『渓谷』［岡田利規］ 134
『経国美談』［矢野龍渓］ 181
『経国美談　斎武義士自由の旗挙』［川上音二郎］ 181
『稽古中の研辰』［平田兼三］ 522
『けいこノート』 332
『稽古場の手帖』［広渡常敏］ 526
『警察官』［竹田敏彦］ 374
『警察日記』［金子洋文♻伊藤永之介］ 067, 169
『形而上恋愛考』［横井慎治］ 760
『芸者』［田村西男］ 396
『芸者小竹』［岩野泡鳴］ 087
『芸者小夏』［舟橋聖一］ 548
『藝者と武士』［川上音二郎］ **182**
『芸術学汎論』［島村民蔵］ 318
『芸術としての神楽の研究』［小寺融吉］ 272
『芸術立国論』［平田オリザ］ 518
『軽塵』［秋元松代］ 021
『傾城浅間嶽』［宮崎三昧］ 622
『傾城酒呑童子』［近松門左衛門］ 048
『傾城三度笠』［岡村柿紅］ 137
『傾城反魂香』［近松門左衛門］ 041
『傾城反魂香』［平田都♻近松門左衛門］ 041, 522
『慶長太平記――石田三成』［田中喜三］ 383
『慶長忠臣蔵』［田中喜三］ 383
『芸道一代男』［郷田悳♻川口松太郎］ **267**, 698
『芸人その世界』［永六輔］ 104
『京浜の虹』［神谷量平］ 174
『痙攣スルのであって』［ノゾエ征爾］ 471
『Kと真夜中のほとりで』［藤田貴大］ 543
『K－20　怪人二十面相・伝』［北村想］ 221
『Kの死』［谷川俊太郎］ 391
『ゲームセット』［ひょうた］ 763
『ゲームの達人』［松尾スズキ］ 582
『ゲームの名前』［高橋いさを］ 746
『下界』［小崎政房］ 146
『外科室』［泉鏡花］ 058
『毛皮のマリー』［寺山修司］ 110, 419, **421**, 636
『檄』［中越信輔］ 782
『劇芸術小論集』［三島章道］ 604
『劇作は愉し』［斎藤憐］ 288
『劇作百花第一巻』 144
『劇作十五人集』 367
『激情』［三浦大輔］ **601**
『劇情コモンセンス』［前川麻子］ 571
『劇場で対話は可能か』［木村光一］ 610
『劇場の神様』［原田宗典］ 504
『劇場への招待』［福田恆存］ 529
『劇談――現代演劇の潮流』［扇田昭彦編］ 434
『劇壇今昔』［松居松翁］ 581
『劇団月夜果実店――喪失の世代・考』［小林道雄］ 570
『"劇的"とは』［木下順二］ 227
『劇的なる日本人』［山崎正和］ 675
『劇的なるものをめぐって』［鈴木忠志］ **342**
『劇的なるものをめぐってII』［鈴木忠志］ 341
『劇的文体論序説』［田中千禾夫］ 385
『劇人三島由紀夫』［堂本正樹］ 425, 605
『劇の希望』［太田省吾］ 121, 122
『劇の向こうの空』［福田善之］ 534
『撃滅以後』［真山青果］ 596
『激流』［長野精一］ 641, 735
『激流』［森本薫］ 654
『劇をしている』［松居大悟］ 581
『ゲゲゲの鬼太郎』［ラサール石井］ 703
『ゲゲゲのげ――逢魔が時に揺れるブランコ』［渡辺えり（えり子）］ **705**, 742
『華厳瀧』［伊井蓉峰］ 042
『戯作者銘々伝』［東憲司♻井上ひさし］ 505
『袈裟と盛遠』［松居松翁］ 581
『袈裟の位置「菊岡久利」 199
『今朝のデイリー・プラネット』［松本きょう

じ］589
『化粧』［井上ひさし］072
『化粧――二幕』［井上ひさし］232
『下生しさらせ右に左に弥勒で上に』［佐々木透］775
『下女と主人』［大関柊郎］120
『解脱天狗』［山岸荷葉］671
『化蝶譚－けてふたん－』［野中友博］476, 761
『月下』［平石耕一］746
『月下の沙漠』［永見徳太郎］455
『月郊脚本集』367
『月光に死す』［萬雄一郎］755
『月光の騎士』［コビヤマ洋一］279
『月光の下に』［額田六福］468
『月光のつゝしみ』［岩松了］082, 089
『結婚記念日』［富岡多恵子］430, 740
『結婚契約破棄宣言』［北野ひろし］218
『結婚地獄』［津村京村］417
『結婚という冒険』［ジェームス三木］312
『結婚という冒険ジェームス三木戯曲集』312
『結婚二週目』［本庄桂輔］570
『結婚の前夜』［梅田晴夫］102
『結婚の敵』［千家元麿］351
『結婚の申込』［伊賀山昌三♻アントン・チェーホフ］047
『結婚反対倶楽部』［松居松翁］581
『結婚披露宴』［青井陽治］012
『結婚療法』［小山内薫＋二世市川左團次♻モリエール］235
『月照』［高安月郊］367
『月食』［橋本治］479
『月蝕歌劇団』［高取英］363
『決定的な失策に補償などありはしない』［土橋淳志］770
『決定版 サザエさん』［安永貞利］665
『決定版・雲の上団五郎一座』［竹内伸光］**371, 372**
『決定版・台本　劇的なるものをめぐって・Ⅱ』［鈴木忠志］342
『GHETTO／ゲットー』［ジョシュア・ソボル］675
『決闘！ 高田馬場』［三谷幸喜］616
『決闘千曲川』［徳田純宏］428
『Get Out And Get Under The Moon』［チャールス・トビァス＋ラリー・シェイ］462
『Get Back!』［青木豪］013, 748
『月賦』［安保廣信］**042**
『毛抜』［岡鬼太郎］131
『ゲバゲバ90分』［喰始］394
『化病男』［江連卓］105, 740
『ケプラー・あこがれの星海航路』［篠原久美子］314
『煙』［永井荷風］438
『煙、たなびく』［松原敏春］**588**
『煙が目にしみる』［堤泰之］412
『煙の塔』［田辺剛］776
『烟る安治川』［久板英二郎］508
『獣たちの声』［大江健三郎］116
『けものたちは故郷をめざす』［安部公房］028
『けものづくし――真説・動物学体系』［別役実］556
『けやきのちかひ』［タカクラテル］359
『欅の森の隠れ馬』［森尻純夫］652
『ケラーの幻想』［三條三輪］309
『ケルナー先生の胸像』［押川昌一］153, 736
『ケルビム／空の手紙』［堀切和雅］570
『ゲルマニウムの夜』［荒戸源次郎］034
『ケルンの鐘』［小島勗］270
『けれどスクリーンいっぱいの星』［高橋いさを］363
『絃』［夏目千代］462
『ゲン in ヒロシマ』［木島恭］217
『剣雲千代田城』［渥美清太郎］027
『幻影の城』［石原慎太郎］056
『幻覚巨像』［海保進一］160
『剣客商売』［小林宗吉］277
『喧嘩紅梅』［木村学司］231
『剣ヶ崎』［立原正秋♻藤田傳］544
『喧嘩鳶』［邦枝完二］238

『有島武郎研究叢書』037
『元曲五種』[池田大伍訳] 048
『剣戟姫君伝法旅』[木村学司] 231
『元寇』[藤井真澄] 538
『剣豪異聞　刀を捨てる平内』[鳥江銕也] 431
『剣豪三国誌』[藤島一虎] 540
『現在地』[岡田利規] 134
『検察官』[楠山正雄] 236
『原始時代』[中村吉蔵] 455
『ケンジ先生』[成井豊] 463, 464
『権次と龍蔵』[徳田純宏] 428
『検事調書』[樋口十一] 507
『検事の妹』[竹田敏彦] 374
『けんじのじけん』[北村想] 221
『けんじの大じけん』[北村想] 221
『原子爆弾』[浜田善彌] 739
『源氏物語』[紫式部] 024, 101, 111, 112, 245, 292, 330, 349, 505, **548**, 561
『源氏物語　葵の巻』[円地文子] **111**
『源氏物語　須磨の巻、明石の巻、京の巻』[瀬戸内寂聴] 349, **350**
『源氏物語－夢と知りせば－』[阿部照義] 032
『賢女気質』[田口竹男] 369
『原始林』[佐佐木武観] 299
『県人会寮榎荘物語』[佐久間崇] 297
『権助と桜姫』[うしろけんじ] 095
『建設農土』[藤井瞭一] 539
『幻想』[菊岡久利] 199
『玄宗と楊貴妃』[近藤経一] **284**
『幻想遊戯』[岸田理生] 216
『幻想列車』[楠本幸男] 236, 745, 761
『現代演劇辞典』[鈴木善太郎] 341
『現代演劇の航海』[扇田昭彦] 473
『現代演劇の地図』[内田洋一] 434
『現代演劇まるかじり』[森秀男] 534
『現代片桐概論』[小林賢太郎] 277
『現代戯曲』347, 611
『現代戯曲大観』079
『現代戯曲全集』104, 196, 348, 349, 367, 413, 483, 511, 581, 673
『現代劇選集』405
『現代劇　宮本武蔵』[佐野美津男] 307
『現代思想』[森鷗外] 650
『現代将来の小説的発想を一新すべき僕の描写論』[岩野泡鳴] 087
『現代女流戯曲集』566
『現代女流戯曲選集』169, 458, 702
『現代女流脚本集』135, 169, 566
『現代生活考』[鴇田英太郎] 427
『現代にとって児童文化とは何か』[佐野美津男] 307
『現代日本戯曲大系』198, 309, 439, 569, 587, 597, 682
『現代日本文学大系』594, 595
『現代能楽集イプセン』[坂手洋二] 294
『現代能楽集チェーホフ』[坂手洋二] 294
『現代能楽集Ⅲ　鵺／NUE』[宮沢章夫] 623
『現代の英雄』[福田恆存] 529
『現代は狂気の如く』[北村喜八] 219
『現代文学全集七八』459
『ケンタッキー・ホーム』[八住利雄] 666
『健太と黒帯先生』[寺島アキ子] 418
『建築家M』[田辺剛] 771
『建築師』[森鷗外] 650
『幻蝶』[古沢良太] 269
『限定解除、今は何も語れない』[土橋淳志] 410, 771
『厳冬』[松宮信男] 782
『幻燈辻馬車』[福田善之♻山田風太郎] 534
『現場主義！』[松本きょうじ] 589
『剣はペンより三銃士』[大沢直行] 118
『見物教育』[青江舜二郎] 012
『絹布の法被』[江守徹] 110
『憲兵モエビウス』[シュテラン・ライ] 439
『憲法はまだか』[ジェームス三木] 312
『玄朴と長英』[真山青果] 596
『源氏店』[三世瀬川如皐] 492
『硯友社文学集』109
『絢爛たる影絵――小津安二郎』[高橋治] 364

『絢爛とか爛漫とか――モダンボーイ版・モダンガール版』[飯島早苗] 045
『原理日本』[久板英二郎] 509
『権力と笑のはざ間で』[飯沢匡] 043
『堅塁奪取』[福田恆存] 529
『建礼門院』[北條秀司] 559, **562**
『犬狼都市』[下地はるお] 760
『元禄仇討考』[飯島一次] 760
『元禄おんな舞』[成瀬昌茂] 464
『元禄純愛物語曽根崎心中』[玉井敬友♻近松門左衛門] 395
『元禄太平記』[津上忠♻南條範夫] 405
『元禄忠臣蔵』[真山青果] **598**, 698
『元禄捕物帳』[五世瀬川如皐] 345
『元禄港歌』[秋元松代] 021, **024**
『元禄弥太郎笠』[藤島一虎] 540
『元禄夜討心中』[飯島一次] 758
『元禄烈女伝』[服部秀] 495
『剣を越えて』[小沢不二夫] 153

こ

『恋歌』[高橋玄洋] 364
『恋歌が聞こえる』[小池倫代] 263
『恋唄くづし 火学お七』[岸田理生] 215
『戀衣』[堂本正樹] **425**
『恋衣』[堂本正樹] 715
『恋ごろも』[長田幹彦] 448
『鯉さんと亀さん』[米田亘] 699
『恋すてふ』[三好一光] 631
『恋と革命　学習院大学の校舎裏』[坂元裕二] 297
『恋とかもめと六文銭』[大関弘正] 720
『恋と力』[水守亀之助] 615
『恋と手品師』[横倉辰次] 691
『小いな半兵衛廓色上』[八民平八] 130
『恋に狂ひて』[遠藤啄郎] 113
『恋に破れたるサムライ』[小林一三] **276**
『仔犬、大怪我』[竹内佑] 372, 768
『恋の渦』[三浦大輔] 601
『恋の大詰』[伊藤忞] 067
『恋のかけわな』[並木萍水] 462
『恋のカタヒ』[宮沢十馬] 769
『恋の片道切符』[赤堀雅秋] 015
『恋の勘太郎』[八住利雄] 666
『恋の喜劇』[ヘンリック・イプセン] 490
『恋の研辰』[木村錦花] 231, 522
『恋の三位』[食満南北] 258
『恋の勝負師』[安永貞利] 665
『恋の隅田川』[岡本育子] 138
『恋の辰巳橋』[澤島忠] 309
『恋のチェッカー・フラッグ』[石田昌也] 055
『恋の手ほどき致します』[大村順一] 129
『恋の百面相』[木村錦花] **232**
『恋の冒険者たち』[村上信夫] 720
『恋の湖』[大森痴雪] 129, **130**
『恋の門』[松尾スズキ] 582, 583
『恋の病』[尾崎紅葉] 145
『恋は颱風の如くに』[中山善三郎] 460
『恋花火娘剣法』[臼杵吉春] 095
『恋はやさし野辺の花よ』[小林愛雄] 275
『恋ひ歌 白蓮と龍介』[斎藤憐] 751
『恋人』[梅田晴夫] 102
『恋火華野狐三次』[小野田勇] 156
『恋風・昭和ブギウギ物語』[堀越真] 570
『恋文』[里吉しげみ] 306
『恋文 星野哲郎物語』[岡本さとる] 142
『恋文飯店』[小野田勇] 156
『恋ぶみ屋一葉』[斎藤雅文] **287**
『恋みれん』[塩田誉之弘] 313
『鯉名の銀平』[長谷川伸] 486
『恋や恋浮かれ死神』[小野田勇] 156
『恋や恋物語』[小野田勇] 156
『恋暦藤のおもかげ』[斎藤雅文] 286
『恋を斬る男』[成澤昌茂] 464
『恋を知る頃』[谷崎潤一郎] **392**, 439
『ゴウイング・マイ・ウェイ』[河野典生] 268
『項羽と劉邦』[長与善郎] 331, **461**
『幸運の黄金の矢』[大垣肇] 116
『幸運の葉書』[田中千禾夫] 735
『光栄に帰る』[吉村敏] 697

『公園裏』［宇野千代］ 098
『公園の午後』［高田保］ 494
『公園の幽霊』［西之園至郎］ 467
『業音』［松尾スズキ］ 582
『郊外生活者の朝』［豊岡佐一郎］ 430
『高学歴娼婦と一行のボードレール』［千葉雅子］ 398
『好奇心のつよい女』［生田萬］ 744
『幸吉八方ころがし』［斎藤豊吉］ **287**
『皇紀二五九九年大放送』［貴島研二］ 216
『交響曲終焉調』［八田元夫］ 494
『交響曲第八番は未完成だった』［東由多加］ 506
『興行師の世界』［木村錦花］ 232
『香華』［有吉佐和子］ 038, **039**, 130
『荒原地』［佐佐木武観］ 299
『高原にて』［菅原卓］ 335
『高原の秋』［成瀬無極］ 097
『高原の秋――メロドラマ』［内海重典］ 464
『高原野菜』［阿坂卯一郎］ 025
『高校演劇戯曲選X』［榊原政常］ 292
『高校三年生』［内海重典］ 097, **098**
『皇国の春』［森ほのほ］ 651
『恍惚の人』［有吉佐和子］ 038, 157, 592
『鉱山の学校』［伊藤永之介］ 067
『絞死刑』［佐々木守］ 299
『孔子の秋』［青江舜二郎］ 012
『剛柔』［佐野天声］ 307
『荒城の月』［松山善三］ 592
『工場法』［平沢計七］ 516
『工場物語』［如月小春］ 208
『皇女和の宮』［川口松太郎］ **187**
『好色一代男』［福田善之♻井原西鶴］ 500, 533, 559
『好色五人女』［知念正文］ 060, 398
『紅唇街』［坂本晃一］ 296
『洪水』［羊屋白玉］ 511
『洪水伝説』［岸田理生］ 215
『洪水の前』［藤田敏雄］ 545
『幸助餅』［曾我廼家五郎］ 354
『校正おそるべし』［内藤幸政］ 433
『構成派研究』［村山知義］ 642
『巷説やくざ音頭』［横倉辰次］ 691
『高速度喜劇』［益田太郎冠者］ **579**
『皇太子の花嫁』［金貝省三］ 167
『剛胆之書生』［角藤定憲］ 344
『降誕祭と女』［梅本重信］ 103
『巷談本牧亭』［津上忠♻安藤鶴夫］ 041, 404, **405**
『巷談松ヶ浦ゴドー戒』［つかこうへい］ 401
『巷談宵宮雨』［宇野信夫］ 099, **100**
『耕地』［伊藤貞助］ 067
『皇帝円舞曲』［辻田たくと］ 767
『皇帝と魔女』［白井鐵造］ 330
『強盗』［長谷川如是閑］ 489
『高等学校数学Ⅰ』［野田市太郎］ 471
『高等小学学校劇集成』 490
『強盗猫』［立川雄三］ 378
『江南の春』［濱田秀三郎］ 219, 499
『交番夜話』［岡本薫］ 138
『幸福』［大藪郁子］ 131
『幸福』［松島誠二郎］ 585
『幸福オンザ道路』［矢内原美邦］ 666
『幸福家族』［野田市太郎］ 471
『幸福峠』［京都伸夫］ 234
『幸福な市民』［中島丈博］ 443
『幸福な職場』［きたむらけんじ］ 219
『幸福のウイークリー』［松木ひろし］ 585
『幸福論』［稲田真理］ 069, 771
『幸福を売る人－Le Marchand De Bonheur－』［ジャン＝ピエール・カルヴェ］ 359
『幸福を売る店』［石丸梧平］ 057
『幸福を摑む男』［竹田新太郎］ 373
『幸福を計る機械』［横光利一］ 691
『幸兵衛の鶯』［菊岡久利］ 199
『神戸北ホテル』［小幡欣治］ 157, 753
『神戸ハナという女の一生』［小山祐士］ 282
『神戸 わが街』［別役実］ 554
『功名』［豊岡佐一郎］ 430
『功名が辻』［西川清之♻司馬遼太郎］ 466
『光明皇后』［有吉佐和子］ **038**
『皇民化劇　黎明の家』［竹内治］ 370

『小梅と一重』[真山青果] 597
『蝙蝠の如く、劇場幻想』[今井達夫] 081
『蝙蝠の安さん』[木村錦花] 231
『黄門記童幼講釈』[福地桜痴] 537
『荒野』[武者小路実篤] 636
『荒野に立つ』[長塚圭史] 449
『荒野の獅子・狩野芳崖』[豊田豊] 431
『高野の七福神』[はせひろいち] 762
『曠野の花』[大坪草二郎] 124
『高野聖』[泉鏡花] 058, 083
『高野物狂』[木村富子] 233
『紅葉時雨』[若城希伊子] 705
『黄落』[北林谷栄] 218
『黄落－こうらく－』[北林谷栄♻佐江衆一] 291
『効率の優先』[山内ケンジ] 669, 750
『溝呂木一家十六人』[伊馬春部] 080
『行路死亡人考』[藤田傳] 544, **545**
『越えて行くもの』[関口次郎] 347
『呉王夫差』[山崎正和] 675, 737
『GO』[宮藤官九郎♻金城一紀] 237
『ゴーゴーボーイズ ゴーゴーヘブン』[松尾スズキ] 582
『コーカサスの消えた城』[加藤衛] 164
『コーカサスの白墨の輪』[串田和美] 235
『ゴースト――ニューヨークの幻』[砂本量♻ルービン] 344
『ゴーストタウンの日曜日』[古島一雄] 737
『ゴー・ストップ』[貴司山治] 209
『子おとろ』[神谷量平] 174
『コードレス・ナイト』[赤川次郎] 014
『珈琲法要』[山田百次] 681
『Go! プリンセスプリキュア』[秋之桜子♻東堂いづみ] 019
『コーラっぽいの』[安田雅弘] 665
『氷』[大沢駿一] 117
『郡虎彦全集』 269
『孤客(人間嫌い)』[モリエール] 378
『五ヶ国喜劇』[益田太郎冠者] 579
『小鍛冶』[北村寿夫] 233, 711
『小梶丸』[額田六福] 468
『空閑少佐の自刃』[徳田純宏] 428
『五月』[宮本研] 627, **629**
『五月のイデオロギー』[島村龍三] 320
『五月の花』[梅田晴夫] 102
『五月幟』[正宗白鳥] 577
『黄金色の夕暮』[山田太一] 679
『こがね丸』[巌谷小波] 091
『木枯』[岡本薫] 138
『木枯らし紋次郎』[大藪郁子] 131
『孤雁』[真船豊] 593
『KO－KI(虚旗)』[夏目雅也] 767
『ゴキブリの作り方』[内田栄一] 095, 739
『呼吸機械』[松本雄吉] 592
『呼吸機械――〈彼と旅する20世紀三部作2〉』[松本雄吉] **592**
『故郷』[河野義博] 268, 319
『故郷の声』[八木隆一郎] 661
『護郷兵』[吉村敏] 697
『刻印』[西森英行] 467
『cocoon』[藤田貴大♻今日マチ子] 543, 754
『黒雲谷』[池波正太郎] 051
『国語――私の家庭劇』[田中千禾夫] 386
『國語元年』[井上ひさし] **074**
『国語事件殺人辞典』[井上ひさし] 072
『国語の時間』[小里清] 159, 750
『國際都市交響樂』[菊岡久利] 199
『コクジンのブラウス』[横山拓也] 770
『国性爺』[矢代静一] 663
『国性爺合戦』[近松門左衛門] 014, 148
『国姓爺合戦』[畠山古瓶♻近松門左衛門] 492
『国姓爺合戦』[久保栄] 240
『国姓爺新説』[久保栄] 240
『国賊を中心として』[長谷川如是閑] 489
『獄中より』[尾崎士郎] 146
『国道、業火、背高泡立草』[柳沼昭徳] 662
『国道の幽霊』[榊原政常] 292
『告白的女性論』[北原武夫] 219
『告白の後』[生田長江] 047
『告発』[高橋治] 364
『告発――水俣病事件』[高橋治] 364, 739, 783
『黒白染分草紙』[田中総一郎] 385

『国民演劇論』［大山功］ 199
『国民傘』［岩松了］ 089
『国民の映画』［三谷幸喜］ 616, **619**
『国民の生活』［瀬戸山美咲］ 350
『極楽』［菊池寛］ 204
『極楽経』［石丸梧平］ 057
『極楽金魚』［遠藤啄郎］ 113
『極楽トンボの終わらない明日』［高橋いさを］ 363
『黒龍江』［鈴木政男］ 342
『御家人囃子』［濱田秀三郎］ 499
『五軒町商店街寄合会』［深津篤史］ 766
『孤高の人』［新田次郎］ 123
『玆江戸子』［条野採菊］ 329
『此処か彼方処か、はたまた何処か？』［上杉清文］ 093
『ここから彼方へ』［宮沢章夫］ 623
『ここからは遠い国』［岩崎正裕］ **084**, 432, 746, 767
『故国の母』［星四郎］ 565
『護国婦女太平記』［三世勝諺蔵］ 162
『ここでいいです』［平塚直隆］ 523
『ココでココからの話。』［岡部尚子］ 771
『ここに青春あり』［京都伸夫］ 234
『午後のおしゃべり』［キノトール］ 225
『午後の女』［神西清］ 332
『午後の光』［太田省吾］ 120
『午後の遺言状』［新藤兼人］ 333
『ここまでがユートピア』［鹿目由紀］ 172, 758
『こころ』［出口典雄♻夏目漱石］ 418
『こころ』［山崎哲♻夏目漱石］ 674
『こころ』［吉田小夏］ 775
『ココロ』［木村修吉郎］ 233
『心ごころ』［久保田万太郎］ 244, 245, 458
『心猿のごとく騒ぎ』［小松幹生］ 280
『心と意志』［坂手洋二］ 752
『心の王国』［菊池寛］ 204
『こころの王国――童謡詩人金子みすゞの世界』［今野勉］ 285
『心の声』［青柳信雄］ 014
『心の翼』［正塚晴彦］ 576
『こころのなか』［瀬戸山美咲］ 350
『心謎解色糸』［四世鶴屋南北］ 191, 221
『こころの橋』［小国正晧］ 144
『心の綻び』［足立万里］ 027
『心の闇』［尾崎紅葉］ 145, 539
『神経闇開化怪談』［川尻宝岑］ 189
『心細い日のサングラス』［山田太一］ 679
『こころゆくまで。』［門肇］ 756
『快き闖入者』［下川隆輝］ 736
『午後三時』［吉井勇］ 693
『小桜縅』［井出蕉雨］ 066
『コサックTOKИOへ行く』［小池竹見］ 262
『コサツクの出陣』［獏与平太］ 477
『コザ版ゴドー』［知念正真］ 397
『コザ版どん底』［知念正真］ 397
『小猿七之助』［岡鬼太郎］ 132, 348
『小猿七之助と御守殿お瀧』［平田都］ 522
『小さん(四世)聞書』［安藤鶴夫］ 041
『後三年奥州軍記』［河竹黙阿弥］ 194, 537
『越しかた九十年』［坪内士行］ 275, 413
『古事記』 102
『乞食』［前田河広一郎］ 574
『乞食芝居』［東京演劇集団＋土井逸雄］ 423
『乞食と夢』［関口次郎］ 347
『乞食の歌』［梅田晴夫］ 102, 404
『乞食の子か華族の子か』［益田太郎冠者♻『Two Little Vagabonds』翻案］ 578
『腰越状』［小杉天外］ 272
『越路吹雪物語』［高平哲郎］ 366
『越路吹雪　ラストダンス』［高平哲郎］ 366
『古寺巡礼』［和辻哲郎］ 707
『故事新編』［魯迅］ 484
『孤児の処置』［村山知義］ 642
『コシノものがたり』［元生茂樹］ 646
『腰巻お仙 義理人情いろはにほへと篇』［唐十郎］ 177, **178**
『腰巻お仙 百個の子宮』［唐十郎］ 177
『五十三次天日坊』［河竹黙阿弥］ 237
『孤愁の岸』［杉本苑子］ 337
『五重塔』［津上忠♻幸田露伴］ 266, 404, **406**

『五庄屋鬼工録』［倉橋仙太郎］ 251
『湖上の歌』［林和］ 502
『古浄瑠璃の新研究』［若槻紫蘭］ 703
『ゴジラ』［大橋泰彦］ **127**, 743
『拵えられた男』［前田河広一郎］ 574
『湖心荘』［田口竹男］ 369
『小しんと焉馬』［吉井勇］ 693
『午睡の魔笛』［林英樹］ 501
『こずえ』［庄野英二］ 328
『コスモ・コロンブス』［田槇道子］ 395
『KOSMOS』［中村賢司］ 770
『コスモス』［ヴィトルド・ゴンブロヴィッチ］ 122
『瞽女さ、きてくんない』［堀江安夫♻斎藤真一］ 570
『御前会議』［平田オリザ］ 314
『午前二時の板木』［金子洋文］ 169
『午前八時』［田中総一郎］ 385
『午前四時』［田中総一郎］ 385
『古層の愛』［くるみざわしん］ 764
『仔象は死んだ』（イメージの展覧会Ⅲ）［安部公房］ 028, **031**
『小袖曽我薊色縫』［河竹黙阿弥］ 191
『御存知東男』［岡鬼太郎］ 132
『御存知一心太助』［福田善之］ 533
『御存知森の石松』［福田善之］ 533
『炬燵電車』［肥田知浩］ 775
『コタンの口笛』［藤原卓♻石森延男］ 547
『東風』［青木豪］ 013, 238, 752
『ごちそうさん』［遠藤晶］ 757
『東風の歌』［久藤達郎］ 238
『コチャバンバ行き』［永井龍男］ 438
『胡蝶』［杉谷代水］ 336
『胡蝶』［宝塚］ 718
『蝴蝶』［山田美妙］ 681
『胡蝶亭お勇』［村上元三］ 640
『こちら葛飾区亀有公園前派出所』［ラサール石井♻秋本治］ 703
『国境の暁』［織田泉三郎］ 154
『国境のある家』［八木柊一郎］ 659, **660**
『国境のない地図』［植田紳爾］ 093
『国境の夜』［秋田雨雀］ 017
『コックの王様』［村山亜土］ 641
『滑稽勧進帳』［曾我廼家五郎］ **354**
『滑稽劇　嫉妬女房』［須藤南翠♻モリエール］ 344
『太夫さん』［北條秀司］ 559, **561**
『God Bless Baseball』［岡田利規］ 134, 169
『骨牌遊びドミノ』［久生十蘭］ 510
『古典落語の世界』［榎本滋民］ 105
『古典落語の力』［榎本滋民］ 105
『事ありげな夏の夕暮れ』［竹内銃一郎］ 370
『小道具辞典抄』［木村錦花］ 232
『小道具藤浪與兵衛』［藤浪與兵衛］ 232
『後藤又兵衛』［松居松翁］ 581
『ゴドーは待たれながら』［いとうせいこう］ **068**
『ゴドーを忘却しながら』［新健二郎］ 761
『ゴドーを待ちながら』［サミュエル・ベケット］ 019, 068, 189, 264, 342, 452, 533, 552, 553, 558, 591
『ゴドーを待ちながらプラス』［川崎徹］ 189
『小督』［杉谷代水］ 336
『孤独の歌声』［天童荒太］ 423
『孤独の徒歩』［真船豊］ 593
『孤独のベクトル』［切塗よしを］ 774
『今年竹』［里見弴］ 305
『今年の秋』［正宗白鳥］ 577
『今年の歌』［菊田一夫］ 200
『古都の恋唄』［田中林輔］ 389
『言葉への戦術』［別役実］ 554
『寿三代目』［香川登志緒］ 160
『壽の町』［田口竹男］ 369
『こども観兵式』［長谷山峻彦］ 490
『こども魂』［樋口美友喜］ 767
『子供と会議』［かもねぎショット］ 176
『こどもの一生』［中島らも］ **444**, 445
『子供の四季』［坪田譲治］ 417
『子供の仕事』［富岡多恵子］ **430**
『子供のための鞍馬天狗』［霜川遠志］ 326
『子供の領分』［山崎哲］ 674
『コドモもももも、森んなか』［藤田貴大］

543
『子供八百屋』［長谷山峻彦］ 490
『小鳥の合唱』［鳥江銕也］ 431
『小鳥のさえずり』［大島信久］ 119
『古都繚乱』［柏戸比呂子］ 162
『断れ雲』［井出蕉雨］ 066
『五人姉妹』［矢内原美邦♻アントン・チェーホフ］ 666
『五人の執事』［野木萌葱］ 469, 749
『五人のセールスマン』［安保廣信］ 042
『五人の斥候兵』［田坂具隆］ 376
『五人のモヨノ』［飯沢匡］ 043
『仔猫を抱いたポリスマン』［鈴木完一郎］ 338
『子ねずみ』［堀田清美］ 567, 627
『この藍、侵すべからず』［長谷基弘］ 480, 746, 756
『この青空は、ほんとの空ってことでいいですか？』［佐藤茂紀］ 777
『この一戦』［伊藤忞］ 068
『この海はどんなに深いのだろう』［土橋淳志］ 771
『この恋は雲の涯まで』［植田紳爾］ 093
『この声』［平塚直隆］ 523
『この声は湖に響く』［中野實］ 452
『この子たちの夏　1945・ヒロシマ　ナガサキ』［木村光一］ 232
『この小児』［八木柊一郎］ 658
『この生は受け入れがたし』［平田オリザ］ 518
『この流れバスター』［土屋亮一］ 410
『このように私は聞いた――死のう団』［石崎一正］ 054
『この世が天国－カラオケ萬歳－』［早坂暁］ 500
『この世の果て』［高井鷗］ 757
『この世の楽園』［高木登］ 359
『琥珀色の雨にぬれて』［柴田侑宏］ 316
『小話』［マーク・トゥエイン］ 037
『小林一三全集』 275, 276
『小林一三の昭和演劇史』［大原由紀夫］ 724
『小林一茶』［井上ひさし］ 071
『小林賢太郎戯曲集』 277
『小林賢太郎戯曲集－椿鯨雀－』 277
『小林秀雄先生来る』［原田宗典］ 504
『碁盤太平記』［渡邊霞亭♻近松門左衛門］ 706
『五番町夕霧楼』［水上勉］ 609
『湖畔の家』［小島孤舟］ 269
『誤判録』［藤沢浅次郎］ 539
『小日向』［乾水人］ 773
『コブシ』［小杉天外］ 272
『梧平戯曲集』 057
『五辧の椿』［山本周五郎］ 683
『小堀遠州』［田中喜三］ 383
『こぼれた幸福』［土井行夫］ 423
『零れる果実』［鈴江俊郎］ 337
『子煩悩』［井原青々園］ 079
『独楽』［木村富子］ 233
『小町』［戸板康二］ 425
『小町風伝』［太田省吾］ 120, **121**, 741
『困った綾とり』［佐江衆一］ 290
『孤松は語らず――大津事件始末記』［杉山義法］ 337
『ごみため物語』［村山亜土］ 641
『コミックオペレット 生産体操』［宮沢賢治］ 626
『ゴム脳市場』［三木聡］ 603
『米と麦』［東川宗彦］ 102
『米百俵』［山本有三］ 684
『子守唄』［足立万里］ 027
『子もり良寛』［タカクラテル］ 359
『ゴヤ』［堀田善衛］ 568
『ゴヤのファースト・ネームは』［飯島耕一］ 045
『小山祐士戯曲集』 282
『小山祐士戯曲全集　第一巻』 283
『小山祐士戯曲全集　第四巻』 283, 284
『小屋ヲ建テル』［土橋淳志］ 410
『小ゆき』［菊池幽芳］ 206
『今宵限りは…　1928超巴里丼主義宣言の夜』［竹内銃一郎］ 370, 751
『御用牙』［竹内佑♻小池一夫］ 372
『御用船』［大平野虹］ 128
『コリゴリ博士の華麗なる冒険』［大沢直行］ **118**

『狐狸狐狸ばなし』［北條秀司］559, **562**
『五稜郭血書』［久保栄］240, **241**
『御料車物語』［鈴木元一］343, 736
『御寮人さん』［夏目千代］461
『ゴリラの学校』［筒井敬介］786
『孤塁』［榎本滋民］105
『コルセット』［前川麻子］571
『コルバトントリ』［山下澄人］678
『これまでの時間は』［岡部尚子］771
『殺される星』［吉川良］694, 738
『殺し切れぬ小平次』［鈴木泉三郎］341
『コロッケの唄』［益田太郎冠者］579
『衣大名』［杉谷代水］336, 715
『コロンブスの卵』［二階堂智子］760
『子別れ』［亀屋原徳］174
『こわれた甕』［久保栄］241
『こわれた玩具』［高泉淳子］358, 746
『壊れた風景』［別役実］553
『こわれゆく男――中産階級の然るべき頽廃』［岩松了］089
『子を産む淫売婦』［村山知義］642
『孤噲』［早坂久子］500, 735
『根管充塡』［長谷川如是閑］489
『婚期』［秋元松代］021
『コンクリイト』［水木京太］611
『混凝土建築』［水木京太］611
『コンコン とんとん ポロンぽろん』［芳﨑洋子］696, 768
『コンシェルジュリ・マリーアントワネットの回想』［戸板康二］424
『金色夜叉』［尾崎紅葉］083, **145**, 184, 196, 342, 498, 539
『今昔物語』166
『紺青鬼』［小野恵子］760
『昏睡』［中原中也・永山智行］372, 460
『混戦「アジアの嵐」』［仲沢清太郎］441
『混線市場』［貴島研二］216
『コンセント・メモリー』［市堂令］**064**
『コンソメスープ昭和風――レビューの試み』［八木柊一郎］659, **660**
『昆虫記』［ファーブル（土井逸雄訳）］423
『コント55号のなんでそうなるの？』［水谷龍二］613
『近藤勇』［大隈俊雄］117
『近藤経一脚本集』284
『近藤重蔵と高田屋嘉兵衛』［田代倫］377
『近藤と土方』［三宅大輔］621
『今度は愛妻家』［中谷まゆみ］448
『ゴンドリア』［東郷静男］276, 719
『こんなもんやで人生は』［山路洋平］677
『こんにちは赤ちゃん』［永六輔］104
『こんにちは、母さん』［永井愛］434, **437**
『こんにゃく問答』［有崎勉＋徳川夢声］035
『紺の制服』［東京芸術座＋湯山浩二＋渡辺護＋岡崎柾男＋相澤嘉久治］737
『権八小紫比翼傘』［巌谷槇一］092
『こんばんは、父さん』［永井愛］434
『コンフィダント・絆』［三谷幸喜］616, **619**
『紺碧。』［佐倉吹雪］780
『コンベヤーは止まらない』［八木柊一郎］659, 737
『convention hazard　奇行遊戯』［中津留章仁］450, 749, 753
『COMPOSER　響き続ける旋律の調べ』［森崎博之］652
『今夜、すべてのバーで』［中島らも］444
『紺屋と高尾』［平戸敬二］**523**
『崑崙山の人々』［飯沢匡］**043**

さ

『THE ENTERTAINER!』［野口幸作］721
『ザ・キャラクター』［野田秀樹］473, **476**
『ザ・シティ』［東由多加］506
『ザ・ショー』［篠崎光正］314
『ザ・隅田川』［加納幸和］171
『ザ・寺山』［鄭義信］399, **400**, 745
『THE DOG』［清水信臣］325
『THE TUNNEL』［山田裕幸］681
『ザ・パイロット』［宮本研］628
『ザ・バースデイ・ゲーム』［青井陽治］012
『THE BEE』［野田秀樹♻筒井康隆］473, **475**

『THE MERCHANT（商人）』［高瀬久男♻アーノルド・ウェスカー］360
『ザ・マジックアワー』［三谷幸喜］616
『ザ・ラスト・ラフ』［三谷幸喜］618
『ザ・龍――たひこの夢』［石坂浩二］053
『ザ・レジスタンス、抵抗』［山内ケンジ］669
『ザ・レビューII』［小原弘稔］719
『サーカスの象花子ちゃんの物語』［人形劇団京芸］729
『サークルものがたり』［鈴木政男］342, 735
『サーチエンジン・システムクラッシュ』［宮沢章夫］623
『サード』［寺山修司］507
『最愛の妻』［松居松翁］581
『西海原子力発電所』［井上光晴］077
『西海に花散れど－平資盛日記抄－』［菅沼潤］334
『西鶴語彙』［真山青果］596
『西鶴の感情』［富岡多恵子］430
『西鶴一代女』［依田義賢］700
『西行家伝』［辻邦生］408
『サイクロン』［倉持裕］251
『歳月』［北條秀司］210, 559
『債権者会議』［八木柊一郎］658
『西光万吉著作集』286
『西郷吉之助』［吉田絃二郎］695
『西郷札』［松本清張］590
『西郷隆盛』［平木白星］516
『西郷隆盛の死』［大隈俊雄］117
『西郷と大久保』［山本有三］621, 684
『西郷とお玉』［池田大伍］048, 049
『西郷と豚姫』［池田大伍］048, 049
『最後から二番目の恋』［岡田惠和］136
『最後から2番目のナンシー・トマト』［生田萬］743
『西国立志編』［サミュエル・スマイルズ］308
『最後の岸田國士論』［大笹吉雄］211
『最後の喫煙者』［筒井康隆］411
『最後の汽笛』［井上和男］070
『最後の切り札』［福田恆存］529
『最後の小町』［井出秀明］062
『「最後の小説」』［大江健三郎］116
『最後の精神分析－フロイトVSルイス－』［マーク・セント・ジャーメイン（谷賢一訳）］390
『最後の大評定』［真山青果］598
『最後の忠臣蔵』［金子成人♻］169
『サイコの晩餐』［はせひろいち］480, 748
『最後の晩餐』［別役実］553, 751
『最後の一人までが全体である』［坂手洋二］295
『最後の日の乃木将軍』［真山青果］596
『サイコパス』［つかこうへい］404
『再婚』［田中総一郎］385
『財産箱』［並木萍水］462
『最弱の支配者、とか。』［竹内佑］372
『最初の一幕』［鳥居与三］431
『最新の私は最強の私』［市原佐都子］065
『再生』［多田淳之介］378
『斎田喬児童劇選集』286
『斎藤大使』［関口次郎］347
『斎藤憐戯曲集』288
『裁判きちがい』［ラシーヌ］195
『西遊記』［菊田一夫］200, 506
『西遊文学抄』［川俣晃自］195
『柴窯の壺』［白浜研一郎］332
『祭礼の夜』［岡田恵吉］133
『サイレントナイト』［村上マリコ］774
『サイロの砦』［古川登志夫］550
『ザヴィエーの晴着』［灰野庄平］477
『THE有頂天ホテル』［三谷幸喜］616
『サウロ』［遠藤周作］112
『サウンド・オフ』［和田憲明］707
『さえずる蝙蝠』［中村賢司］768
『坂崎出羽守』［松居松翁］581
『坂崎出羽守』［山本有三］684, 685
『杯』［吉井勇］693
『坂田藤十郎の恋』［菊池寛］205
『嵯峨日記』［高浜虚子］366
『坂の上の家』［松田正隆］586, 766
『坂の上の雲』［司馬遼太郎］315
『佐賀のがばいばあちゃん』［山元清多♻島田洋七］682

『嵯峨野の露』［高安月郊］ 367
『坂本龍馬』［田中林輔］ 373, 389, 596
『坂本龍馬の妻』［貴司山治］ 209
『酒屋』［田口竹男］ 369
『佐川君からの手紙』［唐十郎］ 177
『砂丘』［タカクラテル］ 359
『砂丘の片隅で』［坂本正彦］ 764
『坐漁荘の人びと』［小幡欣治］ 157
『作劇と理論の実際』［能島武文］ 470
『朔日に紅く咲く』［咲恵水］ 758
『作者』［小川未明］ 144
『作者と演出家の問題』［小山内薫］ 578
『作品No.0「快楽」』［老川比呂志］ 114
『作者部屋から』［食満南北］ 258
『作文講話及び文範』［杉谷代水］ 336
『作北の火』［乾一雄］ 070
『作間雄二戯曲集』 298
『さくら』［岡本螢］ 143
『佐久良東雄』［郷田悳］ 266
『桜井』［鈴江俊郎］ 745
『THE CRISIS』［瀬戸口郁］ 350
『佐倉義民事件』［伊藤慈］ 068
『佐倉義民伝』［タカクラテル］ 360
『佐倉義民伝 宗吾と甚兵衛』［四世西川古柳］ 727
『桜幻想』［原田一樹］ 503
『桜兒』［倉田百三］ **250**
『桜ジェット』［北浜ちゃぼ］ 766
『櫻時雨』［高安月郊］ 367, **368**, 710
『佐倉新絵巻』［池田大伍］ 048
『桜大名』［久松一声］ 275
『桜田の壮挙』［有松暁衣］ 038
『何桜彼桜銭世中』［三世勝諺蔵♻ウィリアム・シェイクスピア］ 162
『櫻の園』［じんのひろあき］ 333, 652, 658
『桜の園』［アントン・チェーホフ］ 155, 243, 280, 332, 528
『櫻の園　最後の楽園』［木野花］ 225
『桜の森の満開の下』［坂口安吾］ 215, 293, 474, 526
『サクラパパオー』［鈴木聡］ **339**
『桜彦翔る！』［北村佐和子］ 725
『桜姫』［串田和美］ 235
『桜姫東文章』［郡司正勝］ 257
『桜姫恋袖絵』［知念正文］ 398
『さくら吹雪』［長谷川時雨］ **483**
『桜ふぶき日本の心中』［宮本研♻五木寛之］ 626
『佐倉明君伝』［花田清輝］ 495
『さくら湯の忘れ物』［米田亘］ 699
『錯乱の論理』［花田清輝］ 495
『柘榴の家』［八木柊一郎］ 659
『ざくろのような』［中村暢明］ 458, 754
『酒道楽』［村井弦斎］ 639
『酒と女と槍』［佐佐木武観］ 299
『酒の詩・男の歌』［長谷川幸延］ 481, **482**
『鎖港攘夷後日譚』［岩崎蕣花］ 082
『鎖国』［大垣肇］ 116
『ザコ寝の人生』［淀橋太郎］ 699
『サザエさん』［長谷川町子］ 014, 153
『佐々木小次郎』［村上元三］ 640
『佐々木小次郎の片想い（稽古）』［松本邦雄］ 763
『佐々木高綱』［岡本綺堂］ 140, 141
『鷺子の義憤』［岩名雪子］ 087
『笹四郎とその妻』［宇野信夫］ 099
『さざなみ』［賀古残夢］ 161
『小波喜劇七草』［巌谷小波］ 091
『さざ波と箱舟』［時枝正俊］ 774
『細雪』［菊田一夫♻谷崎潤一郎］ 201
『細雪』［谷崎潤一郎］ 392
『細雪』［水谷幹夫♻谷崎潤一郎］ 613
『囁谷シルバー男声合唱団』［角ひろみ］ 345, 750
『ささやきの竹』［田中千禾夫］ 712
『山茶花さいた』［ふたくちつよし］ 547
『指物師名人長次』［河竹新七］ 190
『the JUJU』［北林佐和子］ 725
『さすらひ』［雄島浜太郎］ 154
『さすらい』［田中千禾夫］ 386
『さすらい狂騒曲』［石山浩一郎］ 058
『さすらいの狼』［土橋成男］ 429

『蠍を飼う女』［椎名麟三］ **311**
『蠍を飼う女　椎名麟三自選戯曲集』 310
『佐竹くんがガリガリに痩せた理由』［中島淳彦］ 442
『座談会 島村抱月研究』［木村毅］ 231
『座談会 坪内逍遙』［岡保生編・稲垣達郎］ 415
『サチとヒカリ』［越智優］ 154
『殺意という名の家畜』［河野典生］ 268
『撮影所評判記』［中野実］ 724
『作家の歩み』［江馬修］ 109
『作家論』［正宗白鳥］ 577
『皐月晴上野朝風』［竹柴其水］ 372
『裂軀』［下西啓正］ 327
『殺人事件のような私の気持ちをあなたに』［水上宏樹］ 775
『殺人の技術』［キノトール］ 225
『雑草園』［宮崎友三］ 622
『サッちゃん』［阪田寛夫］ 293
『サッちゃんの明日』［松尾スズキ］ 582
『ザッツジャパニーズミュージカル』［高平哲郎］ 366
『殺風景』［赤堀雅秋］ 015
『サッフォー』［小山内薫］ 148
『薩摩組曲』［秦豊吉］ 723
『薩摩隼人』［藤島一虎］ 540
『さて、そのあくる日……』［久保田万太郎］ 246
『サティアン』［山崎哲］ 674
『佐渡』［田中智学］ 389
『佐藤紅緑全集』 300
『座頭市物語』［犬塚稔］ 070
『サド侯爵夫人』［三島由紀夫］ 171, 605, **607**
『佐渡島他吉の生涯』［椎名竜治］ **309**
『里見弴全集』 305
『サトヤの宝』［佐藤惣之助］ 301
『サナギネ』［小池竹見］ 262
『真田風雲録』［福田善之］ 533, 534, **535**, 737
『真田丸』［三谷幸喜］ 616
『真田幸村』［高安月郊］ 367
『真田幸村』［中野秀人］ 452
『実朝』［岡野竹時］ 136
『実朝』［高浜虚子］ 366, 714
『実朝出帆』［山崎正和］ 675, **676**
『砂漠に行く人』［荒山昌子］ 760
『砂漠のように、やさしく』［如月小春］ 743
『淋しいおさかな』［別役実］ 555
『淋しいのはお前だけじゃない』［市川森一］ 063
『さぶ』［ジェームス三木♻山本周五郎］ 312
『さぶ』［山本周五郎］ 683
『サブウェイ』［林慎一郎］ 501, 771
『SUBJECTION』［大橋泰彦］ 127
『左平功名録』［田中総一郎］ 385
『さへづり』［森鷗外］ 650
『サボテンとバントライン』［福原充則♻大槻ケンヂ］ 538
『さぽろぺ』［樋口美友喜］ 767
『サマータイムマシン・ブルース』［上田誠］ 094
『さまよう人』［松本起代子♻］ 590
『さまよえる演劇人』［長谷川孝治］ 482
『さみだれ』［郷田悳］ 266
『五月雨』［高谷伸］ 367
『サミュエル』［松本邦雄］ 763
『サムシング・スイート』［中谷まゆみ］ 448
『サムソンとデリラ』［内藤幸政♻旧約聖書］ 433
『サムライ』［高峰譲吉］ 314
『覚めてる間は夢を見ない』［深津篤史］ 528
『醒めながら見る夢』［辻仁成］ 408
『鞘当』［四世鶴屋南北］ 182
『サヤ達とドキュメンタリー』［粟島瑞丸］ 782
『狭山・勝利への道』［土方鉄］ 511
『狭山の黒い雨』［土方鉄］ 511
『さようなら』［平田オリザ］ 518
『さようなら、どらま館』［奥山雄太］ 144
『さようなら僕の小さな名声』［前田司郎］ 573, 748
『サヨナフ－ピストル連続射殺魔ノリオの青春－』［大竹野正典］ 123, 768
『さよならアイドル』［岡田尚子］ 759

『さよならアンクル・トム』［阪田寛夫］293
『さよなら、お母さん』［岡本守］781
『さよなら小宮くん』［越智優］154
『さよならだけが人生か』［平田オリザ］517
『さよならTYO！』［阪田寛夫］**293**
『さよなら日本　瞑想のまま眠りたい』［山本卓卓］684
『さよならノーチラス号』［成井豊］463
『さよならパーティ』［木庭久美子］**274**
『さよなら方舟』［山岡徳貴子］768
『さよならマックス』［山元清多］**682**, 740
『さよならマックス　山元清多戯曲集』682
『さよなら皆様』［内海重典］097
『サヨンの鐘』［村上元三］640
『沙羅、すべり』［芳﨑洋子］694, 757
『ザラザラ様式の部屋』［中島淳彦］442
『サラセンの王宮』［河野義博］268
『サラダ記念日』［俵万智］396
『サラダ殺人事件』［別役実］553
『更地』［太田省吾］120, **122**
『さらっていってよピーター・パン』［別役実］554
『さらバイ』［内藤裕敬］747
『さらば愛しき女よ』［鎌田敏夫］173
『さらばカワウソ』［野口卓］469
『さらば松竹新喜劇』［藤井薫］538
『さらば八月のうた』［マキノノゾミ］575
『さらば北辺のカモメ』［鐘下辰男］746
『サラ・ベルナールの一生』［本庄桂輔］570
『さりとはつらいね』［吉永仁郎］696
『猿』［秋之桜子］019, 758
『猿』［里吉しげみ］**306**
『猿』［ユージン・オニール］341
『猿蟹合戦』［真船豊］593
『猿から貰つた柿の種』［北村小松］220
『サルタンバンク』［白井鐵造］30
『猿飛佐助』［菊田一夫］200
『サロメ』［オスカー・ワイルド］062, 352, 605
『サロメ』［つかこうへい＋阿木燿子♻オスカー・ワイルド］490
『サロメはジャズる』［内山惣十郎］097
『沢市は見た』［前田河広一郎］574
『沢氏の二人娘』［岸田國士］**213**
『沢島忠全仕事――ボン、ゆっくり落ちやいね』309
『澤田正二郎舞台の面影』［竹田敏彦］374
『澤田正二郎物語』［田中林輔］389
『澤村辰之助』［西光万吉］286
『三右衛門の売出し』［林和］**502**
『三億円事件』［野木萌葱］469
『残花－1945さくら隊　園井恵子－』［詩森ろば］327
『三界交友録』［小松原健吉］281
『三階建の理髪店』［宇野信夫］099
『三角波』［川口尚輝］183
『三角の月』［ガートルド・トンコノジイ］167
『三角の雪』［木村錦花］232
『三角畑』［岩野泡鳴］087
『三月卅二日』［池谷信三郎］051
『三月十一日の夜のはなし』［オノマリコ］777
『三月の5日間』［岡田利規］**134**, 135, 173, 748
『三月の葡萄』［西史夏］777
『斬奸風雲城』［渥美清太郎］027
『三戯曲』［長与善郎］461
『残菊物語』［溝口健二］092, 186, 698
『惨虐立法』［草間輝雄］235
『残響』［内村直也］096
『三恐悦』［長田秋濤♻ジョージ・ゴードン・バイロン］147
『懺悔文』［中内蝶二］438
『三原色』［堂本正樹♻三島由紀夫］425
『三軒長屋』［平山晋吉］524
『残酷な17才』［原田一樹］503
『残酷の一夜』［キタモトマサヤ］223, 769
『サンSUNサン』［高井浩子］358
『サンシャイン・ボーイズ』［ニール・サイモン］532
『39　刑法第三十九条』［大森寿美男］129
『三十三間堂』［利倉幸一］429
『三拾三所花野山』710

『三銃士』［福田善之♻アレクサンドル・デュマ（ペール）］534
『三〇代が読んだ「わだつみ」』［堀切和雅］570
『30光年先のガールズエンド』［山本健介］683, 750
『三十分』［有富三南］038
『山椒魚だぞ！』［横内謙介］689
『三条木屋町』［木村雅夫］233
『三升格子』［伊原青々園］079, 092
『山上山』［中内蝶二］439
『さんしょう太夫』［ふじたあさや］541, 786
『山椒大夫』［依田義賢♻溝口健二］698
『山椒大夫考』［ふじたあさや］541
『三條三輪戯曲集 1～4』309
『さんせう太夫』［長谷川裕久］489
『山賊と首』［仲木貞一］440
『三代目藤浪與兵衛』［木村錦花］232
『サンダカン八番娼館』［ふじたあさや♻山崎朋子］541
『サンタクロースが歌ってくれた』［成井豊］463
『サンタの臍くり』［黒川鋭一］255
『サンタマリアの不倫な関係』［里吉しげみ］306
『三太郎』［益田太郎冠者］579
『三ちゃんと梨枝』［田中千禾夫］385, 386
『サンチョ・パンサ』［多和田葉子］396
『残滴集』［利倉幸一］429
『山東京伝の読本の研究』［郡司正勝］257
『三度笠だよ人生は』［ジェームス三木＋野村芳太郎♻星野哲郎］312
『3人いる！』［多田淳之介］033, 378
『三人片輪』［竹柴其水］372, 711
『三人吉三』➡『三人吉三廓初買』191, 258, 365
『三人吉三江戸青春』［松村武］588
『三人吉三廓初買』［河竹黙阿弥］191
『三人吉三の夢を見た』［池田一臣］048
『三人兄弟』［岩崎蕣花］083
『三人姉妹』［アントン・チェーホフ］084, 089, 091, 246, 259, 263, 332, 370, 410, 437, 491, 666
『三人姉妹』［小池博史♻アントン・チェーホフ］263
『三人姉妹』［筒井ともみ♻アントン・チェーホフ］410
『三人姉妹』［中原指月］454
『「三人姉妹」を追放されしトゥーゼンバフの物語』［岩松了］089, **091**
『三人相続男』［川上眉山］182
『三人の樵夫の話』［久保栄］240
『三人の盗賊』［八木柊一郎］641, 658, **659**, 735
『三人の花嫁』［出口典雄］**418**
『三人猟師』［久松一声］275, **510**
『三ねん坂の裏の坂』［綾田俊樹］034
『三年G組――ある夏の日に』［藤原卓］547
『三年峠ほか』［石塚雄康］715
『3年2組』［矢内原美邦］666
『三年寝太郎』［木下順二］225
『三年B組金八先生』［小山内美江子］150
『三の酉』［久保田万太郎］246
『サンパウロ市民』［平田オリザ］519
『三婆』［有吉佐和子］038, 131, 157, **158**
『讃美歌のきこえる寮』［高見沢文江］366-367
『三匹の蟹』［大庭みな子］125
『三匹の小熊さん』［岩崎昶♻村山壽子＋村山知義］643
『三匹の子ぶたのトンチンカン』［別役実］554
『三匹の猿の話』［森泉博行］652
『サンフランシスコ』［畠山古瓶］492
『三府五港写幻燈』［古河新水］549
『散歩する侵略者』［前川麻子］571
『秋刀魚の歌』［佐藤春夫］301
『三文オペラ』［ベルトルト・ブレヒト］075, 304
『三文ピアニスト』［レオ・フェレ］359
『三勇士名誉肉弾』［食満南北♻松居松翁］711
『三遊亭円朝』［福田善之］534

し

『死』［有島武郎］036
『シアチウ物語』［実藤恵秀♻黄谷柳］306
『幸せ最高ありがとうマジで！』［本谷有希子］647, **648**, 749
『しあわせさんまた明日』［上山雅輔］174
『シアン』［棚瀬美幸］774
『該撒奇談』［島山古瓶♻ウィリアム・シェイクスピア］492
『CVR　チャーリー・ビクター・ロミオ』［坂手洋二♻ロバート・バーガー＋パトリック・ダニエルズ＋アービン・グレゴリー］294
『椎名麟三全集』310
『地唄』［有吉佐和子］038
『シェイクスピア』全八巻［木下順二訳］226
『シェイクスピアの世界』［木下順二］226
『シェイクスピアを盗め！』［山崎清介＋田中浩司♻ゲアリー・ブラックウッド］790
『シェイクスピア・ソナタ』［岩松了］753
『自衛隊に入ろう』［黒川欣映］256
『シェークスピア脚本評註緒言』［坪内逍遙］414
『ジェスチャー』［有崎勉］035
『ジェノサイド』［川村毅］197
『ジ エンド オブ エイジア』［泊篤志］430
『ジ・エンド――黄昏までは』［大塚雅史］767
『シークレット・ハンター』［児玉明子］721
『ジーザス・クライスト・トリックスター』［筒井康隆］411
『G線上の恋』［大町龍夫］128
『シーチキンパラダイス◎』［左藤慶］763
『シーボルト』［北村喜八］219
『シーボルト夜話』［藤森成吉］546
『ジオノ・飛ばなかった男』［寺山修司］419
『塩原多助』［勝諺蔵♻三遊亭圓朝］162, 697
『塩原多助一代記』［河竹新七］190
『塩ふる世界。』［藤田貴大］543
『潮見桜』［山下秀一］678
『塩祝申そう』［川崎照代］**188**
『死海のりんご』［大庭みな子］125, 740
『刺客往来』［鳥江銕也］431
『シカゴ』［水木洋子］612
『四月尽』［久保田万太郎］245
『シガマの嫁コ』［久藤達郎］238
『しかも彼等は行く』［下村千秋］327
『時間』［黒井千次］255
『時間ですよ（たびたび／平成元年）』［山元清多］682
『時間という汽車』［田中千禾夫］386
『時間のかかる読書――横光利一「機械」を巡る素晴らしきぐずぐず』［宮沢章夫］623
『志願兵』［島公靖］316
『時間よ朝に還れ』［小松幹生］743
『四季』［九条武子］236
『四季の劇場』［金杉惇郎］167
『四季・若狭の詩』［岡村昌二郎］138
『敷布を捲って虹色世界』［森尻純夫＋加納幸和］652
『式部物語』［熊井啓］023
『思郷』［黒沢参吉］257
『ジキルとハイド』［ロバート・ルイス・スティーヴンソン］296
『紫禁城の落日』［植田紳爾］093
『時雨脚本集(1)』483
『しぐれ茶屋おりく』［川口松太郎］184
『時雨の街』［細井久栄］566
『時雨の夜』［細井久栄］566
『死刑を停めた男』［海原卓］781
『史劇桶狭間』［山崎紫紅］672
『史劇十種』［山崎紫紅］673
『史劇十二曲』［山崎紫紅］673
『史劇名和長年』［江見水蔭］109
『重の井子別れ』［佐藤紅緑］300
『重盛』［高安月郊］367
『事件記者』［西島大］466
『試行錯誤』［佐々俊之］298
『私考新劇史伝又の名を習性流産あるいは埋葬の唄』［あい植男］012
『思考の大回転』［喜安浩平］234
『時効警察』［三木聡］603
『地獄谷温泉　無明ノ宿』［タニノクロウ］

394, 750
『地獄の顔』［坂本晃一♻ロバート・ルイス・スティーヴンソン］ 296
『地獄の季節』［流山児祥］ 701
『地獄の審判』［佐々木孝丸］ 299
『地獄のバター』［岩田宏］ 087
『地獄変』［芥川龍之介］ 025, 206, 604
『地獄変』［三島由紀夫♻芥川龍之介］ 604
『地獄門』［衣笠貞之助］ 224
『子午線の祀り』［木下順二］ 226, 227, **229**
『自己中心明治文壇史』［江見水蔭］ 109
『仕事行進曲』［村山友義］ 643
『自作の上演について』［正宗白鳥］ 578
『獅子』［三好十郎］ 632, **635**
『獅子王』［田中智学］ 389
『師子王全集』［田中智学］ 714
『獅子吼　シンハナーダ』［西森英行］ 467
『時事大悲劇　明石の仇浪』［藤田紫影］ 542
『死者の書』［加藤道夫］ 165
『死者の時』［井上光晴］ 077
『獅子を飼う——利休と秀吉』［山崎正和］ 675
『紫宸殿』［岡本綺堂］ 138
『地震カミナリ火事オヤジ』［石塚克彦］ 055
『詩人と娼婦と赤ん坊』［三枝和子］ 291
『詩人トロツキー』［栗田勇］ 254
『詩人の生涯』［安部公房］ 028
『静』［森鷗外］ **650**
『静御前』［榎本滋民］ 105, 470
『しずかなごはん』［はせひろいち］ 480
『静かな場所』［大沢秋生］ 766
『静かな日日』［原博］ 503
『静かな落日－広津家三代－』［吉永仁郎］ 696, 752
『静かなる朝』［原博］ 503
『静かなる決闘』［菊田一夫］ 200
『SISTERS』［長塚圭史］ 449, 749, 753
『私生活』［神吉拓郎］ 199
『私生児』［与謝野晶子］ 693
『私説上方芸能史』［香川登志緒］ 160
『視線クラブ』［夏堀正元］ 737
『自撰戯曲集』［佐藤良和］ 305
『自選世話物集』［宇野信夫］ 099
『自然主義盛衰記』［正宗白鳥］ 577
『自然消滅物語』［水谷圭一］ 612
『自然と人生』［徳冨蘆花］ 428
『地蔵教由来』［久米正雄］ **249**
『地蔵さんが転んだ』［松田清志］ 774
『士族の娘』［有富三南］ 038
『時代の影』［雄島浜太郎］ 154
『舌切り雀』 728
『したたかに生きた女たち』［寺島アキ子］ 418
『下積みの石』［松島誠二郎］ 585
『シダの群れ』［岩松了］ 089
『下町』［宇野信夫］ 099
『下町といふところ』［木村学司］ 231
『下谷万年町物語』［唐十郎］ 177, **180**
『舌を噛み切った女』［円地文子♻室生犀星］ 111, 645
『七』［花田清輝］ 495
『七人ぐらいの兵士』［生瀬勝久］ 462
『七人の刑事』［今野勉］ 285, 500
『七人の部長』［越智優］ 154
『七人は僕の恋人』［宮藤官九郎］ 237
『七人みさき』［秋元松代］ 021, **024**
『七年の後』［近藤経一］ 284
『質屋イソップ』［井上和男］ 070
『質屋の女』［綾田俊樹］ 034
『七里ヶ浜パヴロバ館——日本に亡命したバレリーナ』［白浜研一郎］ 332
『七輪と八人』［新井笙太］ 763
『悉皆屋康吉』［舟橋聖一］ 548
『実験－ヒポクラテスに叛いた男－』［宋英徳］ 351
『実験室』［青江舜二郎］ 012
『実説伊勢音頭』［田村西男］ 396
『実説浮名の横櫛』［巌谷槇一］ 092
『湿地帯』［小林ひろし］ 738
『十手返還記』［阿木翁助］ 016
『嫉妬』［里見弴］ 306
『しっぽをつかまれた欲望』［神里雄大］ 173
『室温－夜の音楽－』［ケラリーノ・サンドロヴィッチ］ 259, **260**, 752

『失業』［平沢計七］**516**
『失業者の家』［鳥江銕也］431
『実存への旅立ち－三好十郎のドラマツルギー－』［西村博子］633
『室内楽』［藤田草之助］542
『失望のむこうがわ』［三浦大輔］601
『失楽園』［筒井ともみ］410
『失恋交響楽』［平井房人］514
『失恋の女神』［森永武治］653
『じ・て・ん・しゃ』［森治美］651
『じ・て・ん・しゃ／暦のなかの電話』［森治美］651
『自転車』［佐藤惣之助］301
『自伝抄・井蛙の弁』［田中千禾夫］386
『自伝抄・四百字の春秋』［村上元三］640
『自動小銃の銃口から覗いた風景』［中島陸郎］**445**
『自動娘』［竹田和弘］757
『死と其前後』［有島武郎］**036, 037**
『使徒パウロ』［土岐善麿］714
『しとやかな獣』［ケラリーノ・サンドロヴィッチ♻新藤兼人］259
『しとやかな獣』［新藤兼人］333
『シトラスの風』［岡田敬二］720
『死なす』［高橋丈雄］364
『詩七日』［平田俊子］522
『しなの川』［ジェームス三木］312
『信濃坂』［吉永仁朗］696
『信濃の一茶』［北條秀司］560
『「信濃の国」物語』［中村佐伝治］220
『支那の夜』［小国英雄］723
『支那風物曲』［水木久美雄］611
『シナリオ・演出・演技――映像芸術の原点』［八住利雄］666
『次男』［関口次郎］347
『死神』［今村昌平］081
『死神』［藤田敏雄］545
『死神とかげぼうしの世界』［内木文英］432
『死神をみた男』［キノトール］225
『死船』［鳥江銕也］431
『死人に口なし』［大江健三郎］116
『死ぬのは私ではない』［古城十忍］271
『ジヌよさらば－かむろば村へ－』［松尾スズキ♻いがらしみきお］583
『自然薯とニワトリ』［林万太］756
『死の泉』［倉田淳♻皆川博子］249
『死の泉』［皆川博子］620
『死の影の下に』［中村真一郎］457
『死の接吻』［津村京村］417
『しのだ妻』［ふじたあさや］541
『しのだづま考』［ふじたあさや］**541**
『篠原一座』［邦枝完二］238
『死の薔薇』［太田省吾］120
『忍逢春雪解』［河竹黙阿弥］061, 192
『しのび足のカリン』［田辺茂範］390
『忍びの者』［村山知義］643, 644
『死の前に』［楠山正雄］236
『芝居－月もおぼろに－』［吉永仁朗］696
『芝居――朱鷺雄の城』［山崎正和］676
『芝居茶屋』［三田純市］**615**
『芝居入門』［小山内薫］148
『芝居は誂向き』［モルナール］167
『芝居見たまゝ二十五番集』［山上貞一］671
『芝浦』［早坂久子］500
『芝桜』［有吉佐和子］038, 157
『司馬遷』［武田泰淳］374
『柴田侑宏脚本選』316
『芝浜』［小島政二郎］271
『司馬遼太郎全舞台』［司馬遼太郎］315
『ZIPANG』［天童荒太］423
『ZIPANG PUNK　五右衛門ロックⅢ』［中島かずき］754
『しびれものがたり』［ナカヤマカズコ］758
『渋柿の行方』［扇田拓也］351
『至福千年』［石川淳］052
『渋沢栄一』［井東憲］067
『ジプシー・千の輪の切り株の上の物語』［横内謙介］744
『しぶちん』［小国正皓］144
『しぶちん夫婦』［茂木草介］646
『シフト』［松井周］580
『渋谷怪談』［ラサール石井］700

『シブヤから遠く離れて』[岩松了] 089
『自分の事』[岩松了] 351
『自分の戦場』[吉川良] 694
『脂粉の部屋』[佐佐木武観] 299
『自分は見た』[千家元麿] 350
『自分を好きになる方法』[本谷有希子] 647
『地べたっこさま』[さねとうあきら] 306
『死へまでの階段』[丘草太郎] 132
『シベリア！』[添谷泰一] 781
『シベリア物語』[長谷川四郎] 484
『司法権』[北條秀司] 559
『資本論』[阪本勝] 297
『島』[川口一郎] 182, **183**,
『島』[堀田清美] **568**, 735, 736
『しまいこんでいた歌』[山田太一] 679
『しまうまの毛』[サリngROCK] 770
『島清、世に敗れたり』[島田清次郎] 318, 586
『島口説』[謝名元慶福] **328**, 741
『島式振動器官』[松田正隆] 586
『島田左近』[黒川鋭一] 255
『島衛月白浪』[河竹黙阿弥] 191, **193**
『島の秋』[吉田紘二郎] 695
『島の嵐』[真船豊] 593
『島の恋唄』[岡本育子] 138, 309
『島の西郷隆盛』[林房雄] 502
『島の人々』[亀屋原徳] 174
『島の娘』[尾崎倉三] 145
『閉らぬカーテン』[横光利一] 691
『指鬘外道』[柳原白蓮] 669
『自慢の息子』[松井周] **580**, 749
『しみじみ日本・乃木大将』[井上ひさし] 071, 072
『清水邦夫 一』 321
『清水邦夫 二』 321
『清水邦夫全仕事』 321
『清水邦夫全仕事 1958～1980上』 322, 323, 325
『清水邦夫全仕事 1958～1980下』 324
『清水邦夫全仕事 1992～2000』 321
『清水次郎長』[小島政二郎] 271, 503
『清水次郎長伝・伝』[永六輔] 104
『しみぬき人生』[高田保] 361
『志村魂』[ラサール石井] 700
『志村夏江』[村山知義] 643, **644**
『じ　め　ん』[飴屋法水] 033
『自明の理』[花田清輝] 495
『地面と床』[岡田利規] 134
『下北サンデーズ』[河原雅彦＋中津留章仁＋西永貴文＋三浦有為子♻石田衣良] 450
『下村吉弥の死』[菊池寛] 204
『霜夜狸』[宇野信夫] 712
『蛇性の婬』[谷崎潤一郎] 392, 525
『沙翁傑作集』[ウィリアム・シェイクスピア(坪内逍遙訳)] 414, 415
『沙翁全集』[ウィリアム・シェイクスピア(坪内逍遙訳)] 415
『沙翁悲劇ハムレット』[山岸荷葉♻ウィリアム・シェイクスピア] 671
『釈迦』[平木白星] 516, 637
『社会劇 恋の受難者』[服部秀] 495
『社会の礎』[仲木貞一] 440
『社会の敵』[ヘンリック・イプセン] 367, **498**
『社会派すけべい』[江本純子] 110
『釈迦牟尼仏』[石丸梧平] 057
『じゃがたらお春』[石崎勝久] 054
『酌』[大森眠歩] 130
『蛇口』[自由下僕] 757
『釈迢空ノート』[富岡多恵子] 430
『灼熱の恋』[吉田武三] 696
『若年』[佐々俊之] 298
『折伏の日蓮』[澤田正二郎] 309
『芍薬の歌』[泉鏡花] 058
『邪劇集』[邦枝完二] 239
『JAZZYな妖精たち』[谷正純] 390
『邪宗門』[知切光歳] 397, 420
『写真館と鳥たち』[伊地知克介] 777
『写真記者物語』[中山善三郎] 460
『ジャズ音頭』[木村雅夫] 233
『ジャズと拳銃』[鈴木聡] 339
『ジャズとダンス』[秦豊吉] 722
『寂光の道』[永田衡吉] 446
『シャッフル』[松本きょうじ] 589

『シャッポは風に飛んで轉つていつた』[菊岡久利] 199
『社頭諫言』[田中智学] 389
『シャニダールの花』[じんのひろあき] 333
『シャネル』[斎藤雅文] 286
『娑婆に脱帽』[松木ひろし] 585, 736
『JAPANESE IDIOT』[岩崎正裕] **085**
『JOKER』[生瀬勝久] 462
『ジャパニーズ・エンジェル』[ロジャー・パルバース] 701, 746
『ジャパニーズ・スリーピング／世界でいちばん眠い場所』[宮沢章夫] 623, 625
『ジャブジャブコント』[楳茂都陸平] 104
『喋る』[黒澤明] 257
『シャボン玉とんだ宇宙までとんだ』[筒井広志＋横山由和＋ワームホールプロジェクト] 410, 692, 702
『シャボン玉ビリーホリデー』[鈴木聡] 339
『しゃぼん玉ホリデー』[永六輔] 104
『しゃぼんのころ』[藤田貴大] 543
『三味線お千代』[平岩弓枝] 515
『三味線やくざ』[川口松太郎] 184
『jam』[青木豪] 013
『軍鶏307…戦ウ鶏達ノ物語…』[東憲司] 753
『斜陽』[太宰治] 375
『写楽考』[矢代静一] 663, 664
『写楽はどこへ行った』[大岡信] 116
『ジャン・クリストフ』[豊島与志雄] 430
『ジャン・ジロゥドゥの世界』[加藤道夫] 165
『遮羅船』[大森痴雪♻ウィリアム・シェイクスピアェイクスピア] 129
『シャングリラ』[菊田一夫] 201
『シャンゴ』[軽川清作] 175
『しゃんしゃん影法師』[東憲司] 505, 748
『シャンソン・ド・パリ』[高木史朗] 359
『上海帰りの女』[香村菊雄] 174
『上海バンスキング』[斎藤憐] 235, 288, 741
『シャンハイムーン』[井上ひさし] 072
『ジャンプ』[山田太一] 679
『ジャンプ・ジャンプ・ジャンプ』[横澤英雄] 725
『10――あなただけ今晩は』[高平哲郎] 366
『周囲』[三宅悠紀子] 621
『拾遺後日連枝楠』[依田学海] 698
『拾遺太閤記』[田島淳] 377
『十一月の夜』[加藤道夫] 165
『11人いる！』[倉田淳♻萩尾望都] 249
『十一人の少年』[北村想] 221, 222, 742
『十一ぴきのネコ』[井上ひさし♻馬場のぼる] 786
『驟雨』[岸田國士] **212**
『収穫』[レノックス・ロビンソン] 581
『修学院物語』[島村民蔵] 318
『修学旅行』[畑澤聖悟] 492
『自由学校』[小山祐士♻獅子文六(岩田豊雄)] 086, 282
『10月突然大豆のごとく』[細川徹] 567
『十月の夢』[東由多加] 506
『十月は黄昏の国』[東由多加] 506
『宗教が往く』[松尾スズキ] 582
『十九歳の地図』[中上健次] 440
『十五歳の出発』[小山内美江子♻堀口始] 150
『十五年の足跡』[曾我廼家五郎] 353
『十五夜お月さん』[本居長世] 647
『十五夜物語』[谷崎潤一郎] 392
『銃殺された林少尉』[長田秀雄] 447
『集散』[北尾亀男] 217
『13』[古川日出男] 550
『十三場』[八田元夫] 494
『十三夜』[大西利夫] 124
『十三夜』[久保田万太郎♻樋口一葉] 246
『十三夜』[堀井康明♻樋口一葉] 569
『十三夜』[伊藤昌弥] 768
『自由少年――花の幻』[田中千禾夫] 386
『秋色桜』[岡村柿紅] 137
『秋色新口村』[藤田草之助] 542
『就職試験』[花田清輝] 495
『愁色未亡人』[小崎政房] 146
『十字路』[衣笠貞之助] 224
『シューズ・オン！』[福田陽一郎] 532
『秋水嶺』[内村直也] **096**
『秋扇抄』[酒井澄夫] 720

『十三ないつ』［岡本螢］ 143
『集団の声・集団の身体』 317
『終着駅の向こうには…』［丸尾聡］ 762
『秋天晴々』［真船豊］ 593
『自由党異変』［板垣守正］ 063
『十七条の憲法』［平田都］ 522
『十二月』［小山祐士］ 282
『十二月の街』［小山祐士］ 282
『十二月八日』［今日出海］ 284
『12人の怒れる男たち』（『十二人の怒れる男』）［レジナルド・ローズ］ 411, 616
『12人の浮かれる男』［筒井康隆］ **411**
『12人の優しい日本人』［三谷幸喜］ **616, 744**
『十年の御愛顧』［阿木翁助］ 016
『自由の悲しみ』［小山祐士］ 282
『自由の彼方で』［椎名麟三］ 310, 735
『自由太刀余波鋭鋒』［坪内逍遙♻ウィリアム・シェイクスピア］ 413
『終盤戦』［長谷川四郎♻サミュエル・ベケット］ 484
『自由への証言』［椎名麟三］ 310
『秋風落莫』［永田衡吉］ **446**
『シューマン』［伊庭考］ 078
『自由民権の使徒　西園寺公望』［木村毅］ 231
『14歳の国』［宮沢章夫］ 623, 624
『重力の光』［益山貴司］ 580
『シュールレアリスム宣言』［加藤直］ 163, **164**
『終列車』［山本緑波］ 686
『十六形』［曾我廼家五郎］ 353
『自由を我らに』［じんのひろあき］ 333
『宿魂劇・一九八〇』［石澤富子］ 055
『授業』［ウジェーヌ・イヨネスコ］ 062, 458
『祝辞』［土井行夫］ 423
『熟柿』［足立万里］ 027
『祝辞の方法』［吉中詩織］ 776
『淑女』［ペヤンヌマキ］ 558
『淑女ならびに紳士諸君』［キノトール］ 230
『縮図』［菊田一夫］ 201, 427
『祝典喜劇 ポセイドン仮面祭』［辻邦生］ 408
『受験生の手記』［久米正雄］ 249
『ジュジュ』［草野且］ 720
『主従無上』［土師清二］ **478**
『手術』［荒畑寒村］ 035
『手術室』［有高扶桑］ 037
『繻子の靴』［ポール・クローデル］ 457
『修禅寺物語』［岡本綺堂］ **139**, 141, 711
『守銭奴』［モリエール］ 145, 169, 423, 712
『種族葬』［笹原茂朱］ 300
『出家とその弟子』［倉田百三］ **250**, 287
『出獄』［川口松太郎］ 183
『出獄記』［阿坂卯一郎］ 738
『出航』［木村快］ 231
『出産』［永井龍男］ 438
『しゅっしゅぽっぽ』［高堂要］ 362
『出陣』［額田六福］ 468
『出世地蔵』［島栄吉］ 316
『出世太閤記』［五木ひろし］ 477
『出世の太鼓』［曾我廼家五九郎］ **352**
『出世の鼻』［曾我廼家五郎］ **354**
『出世鼻息』［曾我廼家五郎］ 354
『出動せず！』［横山拓也］ 768
『出発前』［山上貞一］ 671
『ジュテーム』［岡田敬二］ 720
『首都・植民地・自由市』［八田元夫］ 494
『受難者』［絵馬修］ 108, 128
『Jr.バタフライ』［島田雅彦］ 318
『主婦マリーがしたこと』［前川麻子♻フランシス・スピネル］ 571
『趣味の部屋』［古沢良太］ 269, 754
『朱門のうれひ』［島崎藤村］ 317
『修羅』［老川比呂志♻石川淳］ 114
『修羅』［田中千禾夫］ 386
『修羅』［早坂久子］ 500
『聚楽物語』［食満南北］ **258**, 677
『修羅の旅して』［早坂暁］ 500
『修羅八荒』［行友李風］ 688
『ジュリアス・シーザー』［ウィリアム・シェイクスピア］ 413, 415, 492
『ジュリエット・ゲーム』［鴻上尚史］ 264
『首里城物語』［大城立裕］ 119
『手榴弾』［濱田秀三郎］ 499

『朱を奪うもの』［円地文子］ 111
『純愛』［清見陸郎］ 234
『春怨破れ笠』［佐々木憲］ 298
『俊寛』［倉田百三］ 250, **251**
『春興鏡獅子』［福地桜痴］ 537
『殉教の生首』［渡辺尚爾］ 706
『春琴』［テアトル・ド・コンプリシテ＋サイモン・マクバーニー✿谷崎潤一郎］ 392
『春琴抄』［谷崎潤一郎］ 055, 392, 698, 711
『殉空のはてに』［久保田和弘］ 244
『春香伝』［津上忠✿］ 404
『春香伝』［安永貞利✿］ 665
『春香傳』［張赫宙］ 643
『じゅんさいはん』［花登筐］ 496
『殉死』［水木京太］ 611
『春愁記』［三宅悠紀子］ 621, **622**
『春秋忠臣蔵』［澤島忠］ 309
『春秋もしほ草』［村上元三］ 640
『殉情』［石田昌也✿谷崎潤一郎］ 055
『殉情詩集』［佐藤春夫］ 301
『春情鳩の街』［永井荷風］ 438
『純情の都』［島村龍三］ 320
『春色和泉式部』［足立直郎］ 027
『春色けんか鳶』［犬塚稔］ 070
『瞬と翔一』［池田政之］ 050
『順番』［菊池寛］ 167, 204
『順風姉妹船』［織田泉三郎］ 154
『春風駘蕩』［香村菊雄✿源氏鶏太］ 174
『春葉全集』 667
『春雷』［郷田悳］ 266, **515**, 600
『巡礼記／四国から津軽へ』［笹原茂朱］ 300
『生写朝顔話』［山田案山子（近松徳叟）］ 357, 710
『松翁戯曲集』 581
『ショウ マスト ゴー オン――幕をおろすな』［三谷幸喜］ 410, 616, **617**
『情怨おけさ小唄』［坂本晃一］ 296
『情艶染之助』［小出龍夫］ 263
『上演台本』［和田周］ 704, 743
『浄火』［西光万吉］ 286
『蔣介石』［前田河広一郎］ 574
『小華族』［徳田秋声］ 427
『正月どうすんの？』［藤本有紀］ 546
『しょうがない人』［原田宗典］ 504
『松菊抄』［巌谷槇一］ 092
『彰義隊遺聞』［土師清二］ 477
『正気の狂人』［益田太郎冠者］ 578
『蒸気のにほひ』［木下杢太郎］ 230
『賞金稼ぎ』［内藤裕敬］ 745
『将軍江戸を去る』［真山青果］ 598
『将軍と俥夫』［田中喜三］ 383
『笑劇全集井上ひさし・完全版』 073
『証拠』［関口次郎］ 347
『小公子』［フランシス・ホジソン・バーネット］ 155
『少国民愛国劇集 小学校学芸会用』 490
『小国民演劇脚本集 雲雀と少年勤労隊』 018
『小国民先人訓』［長谷山峻彦］ 490
『城塞』［安部公房］ 028
『正直カメラと日記爆弾』［益山貴司］ 580
『消失』［ケラリーノ・サンドロヴィッチ］ 259
『勝者被勝者』［関口次郎］ 347
『小銃』［小島信夫］ 270
『上州織侠客大縞』［行友李風］ 688
『上州土産百両首』［川村花菱］ 196
『少女阿部定』［玉井敬友］ 395
『少将滋幹の母』［谷崎潤一郎］ 392
『少将滋幹の母』［舟橋聖一✿谷崎潤一郎］ 548
『少々乱暴』［藤田傳］ 545
『少女仮面』［唐十郎］ 177, **179**, 739
『少女灯 トドメ懐古趣味』［赤澤ムック］ 015
『少女と魚』［安部公房］ 028
『少女と老女のポルカ』［古城十忍］ 271
『少女冒険活劇 電波とラヂヲ』［松尾スズキ］ 582
『小説神髄』［坪内逍遙］ 414
『小説田中絹代』［新藤兼人✿浅田次郎］ 333
『正雪と忠弥』［服部秀］ 495
『小説永井荷風』［小島政二郎］ 271
『正雪の二代目』［岡本綺堂］ **142**
『商船テナシティ』［ヴィルデラック］ 164, 167

『正体』[里見弴] 305
『招待されなかった客』[別役実] 554
『正太の馬』[坪田譲治] 417
『松竹オンパレード』[川口松太郎] 724
『松竹座ダンス』[東京松竹楽劇部＋高田せい子＋青山圭男] 724
『松竹少女歌劇脚本集』 726
『松竹フォーリーズ』[東京松竹楽劇部＋高田せい子＋青山圭男] 724
『情人』[北原武夫] 219
『少年』[大岡昇平] 116
『少年王者』[山川惣治] 176
『少年街』[松本雄吉] 591
『少年狩り』[野田秀樹] 472
『少年期』[田中澄江] 384
『少年巨人』[竹内銃一郎] 370
『少年日記をカバンにつめて』[長谷川康夫] 490
『少年の道徳』[長谷川康夫] 477
『少年の犯罪』[松島誠二郎] 585
『少年は銃を抱く』[ハセガワアユム] 759
『少年B』[柴幸男] 314
『少年ロケット部隊』[佐野美津男♻横山光輝] 307
『ショウは終わった』[鈴木聡] 339, 744
『蒸発』[西尾佳織] 466
『常磐炭田』[伊藤貞助] 067
『上品下品』[木々高太郎] 199
『笑福亭松鶴』[三田純市] 615
『丈夫な教室――彼女はいかにしてハサミ男からランドセルを奪い返すことができるか』[小原延之] 769
『小暴君』[里見弴] 305
『小魔家の月』[小山祐士] 282
『消滅の美学への頌歌』[竹内健] 371
『縄文人にあいうえう』[仁王門大五郎] 465
『逍遙、抱月、須磨子の悲劇――新劇秘録』[河竹繁俊] 415
『逍遙書誌』 415
『逍遙選集』 193, 415
『上陸第一歩』[北村小夏] 220
『勝利者』[キノトール] 225
『勝利の記録』[村山知義] 643
『精霊流し』[岡部耕大] 136, **137**
『昭和上方笑芸史』[三田純市] 615
『昭和国民文学全集』 640
『昭和燦残節』[植田譲] 093
『昭和疾風おんな節』[高田宏治] 360
『昭和新撰組』[田坂具隆] **376**
『昭和大衆劇集』 051, 116, 153, 187, 200, 327, 439, 640
『昭和の鬼ヶ島』[長谷山峻彦] 490
『昭和の恋』[岸田理生] 215
『昭和の子供』[西島大] 466, **467**, 737
『昭和の名人名優』[宇野信夫] 099
『昭和のラブレター』[米田亘] 699
『昭和不良伝』[斎藤憐] 288
『昭和文学全集』 056
『昭和名せりふ伝』[斎藤憐] 288
『昭和零年無頼派　嵐の龍・東京流民』[江連卓] 105
『昭和レストレイション』[野木萌葱] 469
『女王』[遠藤周作] 112
『女王クレオパトラ』[岩名雪子] 087
『女王の敵』[ダンセイニ] 622
『女王陛下とクーデター』[町井陽子] 580
『飾窓人』[徳田純宏] 428
『ジョーカーゲーム』[渡邊貴文] 372
『ショー・ガール』[福田陽一郎] **532**
『short cut』[三谷幸喜] 616
『ジョーの百科事典』[ロジャー・バルバース] 701
『初夏』[豊島与志雄] 430
『女学生の対話と劇　学校劇とページェント』[樋口紅陽] 507
『初夏の夜の悩み』[近松秋江] 396
『書記官』[川上眉山] 182
『女給』[土田新三郎] 408
『初級革命講座飛龍伝』[つかこうへい] **401**, **402**, 740
『職員室の午後』[長谷川孝治] **482**, 755
『食卓で会いましょう』[岩松了] 090

『食卓の木の下で』［高泉淳子］ 358
『織工』［ゲアハルト・ハウプトマン（久保栄訳）］ 240
『織匠』［久保栄♻ゲアハルト・ハウプトマン］ 240
『食道楽』［村井弦斎］ 639
『食はされたもの』［横光利一］ 691
『植物医師』［宮沢賢治］ 625, **626**
『植物祭』［富岡多恵子］ 430
『食欲のないおはなし』［佐々俊之］ 298
『女軍出征』［伊庭孝］ **078**
『処刑－ing』［三枝和子］ 291
『処刑が行なわれている』［三枝和子］ 291
『女傑』［岡部耕大］ 751
『書庫』［田辺剛］ 770
『女工哀史』［細井和喜蔵］ 016, 567
『諸国を遍歴する二人の騎士の物語』［別役実］ 554, **557**
『女子穴』［矢島弘一］ 663
『女囚』［小林多喜二♻マクシム・ゴーリキー］ 277
『初春仇討騒動』［横倉辰次］ 691
『処女』［原田宗典］ 504
『抒情小曲集』［室生犀星］ 645
『処女懐胎』［石川淳］ 052
『処女会と女学校劇 実演脚本集』 507
『処女の死』［倉田百三］ 250
『女子寮記』［山田時子］ **680**
『女性王国万歳』［大泉博一郎］ 724
『女性作家二十二人集』 621
『女生徒』［太宰治］ 465
『書生の犯罪』［岩崎舜花］ 083
『女性の叫び』［徳田純宏］ 428
『女装、男装、冬支度』［糸井幸之介］ 066
『女中あい史』［阿木翁助］ **016**, 167
『女中たち』［ジャン・ジュネ］ 422
『女中の青春』［林房雄］ 502
『女中奉公』［金子洋文］ 169
『女帝を愛した男――ポチョムキンとエカテリーナ』［小鉢誠治・矢田和也］ 725
『女店員』［中島末治］ 443
『女難花火』［花柳章太郎］ 059
『序の舞』［田中喜三］ 383
『初発電車まで』［茂木草介］ 646
『ジョバンニの父への手紙－「銀河鉄道の夜」より－』［別役実］ 553, 554
『ジョビジョバ大ピンチ』［マギー］ 574
『署名人』［清水邦夫］ 320
『女優』［奥山優太］ 144, 309, 385, 509, 559
『女優――その恋』［田中林輔］ 389
『女優　杉村春子』［大笹吉雄］ 654
『所有権』［有富三南］ 038
『女優宣伝業』［関口次郎］ **347**
『女優奈々子の審判』［小林宗吉♻］ 277
『女優No.1』［高津住男］ 362
『女優二代――鈴木光枝と佐々木愛』［大笹吉雄］ 633
『女優風情』［益田太郎冠者］ 579
『女優募集』［松居松翁］ 581
『女流戯曲集』［岡田八千代］ 135
『女流劇作家五人の会戯曲集』 169
『女流作家一幕劇集』 366, 500
『女郎蜘蛛』［坪内士行］ **413**
『書を捨てよ町へ出よう』［寺山修司］ 419, 543
『ジョン・ガブリエル・ボルクマン』［ヘンリック・イプセン］ 148, 650, 684
『ジョン・シルバー』［唐十郎］ 177
『白糸と主水』［大村嘉代子］ 128
『児雷也』［郷田悳］ 267
『白樺脚本集』［近藤経一・有島武郎・武者小路実篤］ 284, 461
『白樺の精』［服部秀］ 495
『白樺の林に友が消えた』［福田善之］ 534
『白壁の家』［樋口十一］ 507
『白菊丸一　愛の十字路劇』［荒戸源次郎］ 034
『しらけおばけ』［秋浜悟史］ 019, **020** 739
『しらけおばけ 秋浜悟史作品集』 020
『白子屋お熊』［河竹黙阿弥］ 193
『白鷺』［泉鏡花］ 058, 184
『白瀬中尉の南極探検』［別役実］ 552

『知らない土地』[千家元麿] 351
『白浪狂想曲』[厳谷槇一] 092
『白浪五人男』[河竹黙阿弥] 372
『白浪五人女』[高梨康之] 363
『白波の食卓』[森馨由] 779
『不知火』[石牟礼道子] 716
『不知火お雪旅暦』[土橋成男] 429
『不知火おんな節』[高田宏治] 360
『シラノ・ド・ベルジュラック』[エドモン・ロスタン] 342, 378, 468, 492
『白野堂兵衛聚楽』[坪内士行♻エドモン・ロスタン] 413
『白野弁十郎』[額田六福♻エドモン・ロスタン] **468**
『白拍子剣の夢』[佐々木憲] 298
『音調高洋箏一曲』[森鷗外♻カルデロン] 649
『しらみとり少女』[石山浩一郎] 058
『白百合が峰』[三宅悠紀子] 621
『シリタガールの旅』[西島明] 466
『知りたくないの』[なかにし礼] 451
『しりたまはずやわがこひは－藤村と女たち－』[吉永仁郎] 696
『詞林三歌仙』[大塚楠緒子] 124
『首級』[和辻哲郎] 707
『ジルゼの事情』[丸尾丸一郎] 600
『シルバー・ロード』[尾辻克彦] 155, 743
『紫蓮譚』[大村嘉代子] 128
『シレンとラギ』[中島かずき] 754
『SHIRO』[東由多加] 506
『城』[島村民蔵] 318, 589
『城館』[矢代静一] **663**
『白(地図－旗)』[田中遊] 771
『白蟻の巣』[三島由紀夫] 604
『白い姉』[村田実] 698
『白い稲妻』[小沢不二夫] 153
『白い腕』[舟橋聖一] 548
『白い液体』[内田佳音] 776
『白い扇』[有吉佐和子] 038
『白い地図』[岸田衿子] 209
『白い墓』[高堂要] 362
『白い花』[岡田禎子] 133
『白い花火』[矢田弥八] 666
『白いパラソル』[松田聖子] 015
『白い歴史』[内村直也] 096
『次郎案山子』[榊原政常] 292
『白鬼』[三上於菟吉] 602
『白き一頁』[水木洋子] **612**
『白き狼』[植田譲] 093
『次郎吉懺悔』[鈴木泉三郎] 340
『次郎吉流れ星』[子母澤寛] 327
『白狐の恋』[福田善之♻沢竜二＋谷口守男] 533
『白狐の湯』[谷崎潤一郎] 392
『しろくまカフェ』[細川徹♻ヒガアロハ] 567
『ジロさんの憂鬱』[山崎哲] 674
『白菫』[柳川春葉] 667
『しろたへの春　契りきな』[山谷典子] 686
『白千鳥』[工藤隆] 238
『次郎長意外伝・灰神楽木曾火祭』[青柳信雄] 576
『次郎長意外伝・灰神楽三太郎』[青柳信雄] 576
『次郎長が行く』[宮本研] 628
『次郎長三国志』[村上元三] 640
『次郎長とドモ安』[宇野信夫] 099
『白の家族』[天童荒太] 423
『白薔薇の女』[園池公功] 357
『城への招待』[ジャン・アヌイ] 246
『JIN－仁－』[齋藤吉正♻村上もとか] 721
『塵埃』[正宗白鳥] 577
『親愛なる我が総統』[古川健] 550, 777
『新・油地獄大坂純情伝』[岡本さとる] 142
『新・内山』[柳沼昭徳] 662, 750
『新演歌の花道』[元生茂樹] 646
『新かぐや姫』[内海重典] 097
『新楽劇論』[坪内逍遙] 336, 414
『心学早染草』[山東京伝] 361
『陣笠従軍記』[松島誠二郎] 585
『新形蒔画護謨櫛』[前田香雪] 572
『新・桂春団治』[土井行夫] 424
『進化とみなしていいでしょう』[青木秀樹] 014
『進化論ホテル』[じんのひろあき] 333
『新喜劇の夕』[阿木翁助♻] 016

『新曲浦島』［坪内逍遙］414
『新曲さんしょう太夫』［タカクラテル］360
『新曲連獅子』711
『新空港にて』［黒川欣映］256
『真空地帯』［鈴木政男♻野間宏］342, 476
『新グッドバイ』［菜川作太郎］461
『真紅の薔薇(カルメン78)』［太田竜］123
『新・三国志』［横内謙介］689
『新・三銃士』［三谷幸喜］616
『シングルマザーズ』［永井愛］434
『シンクロニシティ――永遠と一瞬の座標』［岩崎正裕］766
『進軍』［原巌］503
『神経症時代』［広津和郎］525
『新劇原理』［渡平民♻ゴードン・クレイグ］707
『新劇の書』［久保栄］241
『新劇はどこへ行ったか』［三好十郎］633
『新興戯曲叢書』［小松原健吉］281
『人工庭園』［阿部知二］032
『新興力士レビュー団』［水守三郎］615
『尋五学校劇集成』490
『深呼吸する惑星』［鴻上尚史］264
『新国立劇場上演資料集・森本薫の世界』654
『新古猿蟹合戦』［波島貞］462
『新吾十番勝負』［川口松太郎］184, 187
『新婚お化け騒動』［秋田實］018
『新婚天国』［古川緑波］550
『新作狂言集』［石塚雄康］715
『新作能　水』［堂本正樹］425
『新皿屋舗月雨暈』［河竹黙阿弥］141
『新さるかに合戦』［村山亜土］641
『紳士淑女狐踏曲』［北村小松］220
『真実一路』［田坂具隆♻山本有三］376, 684
『新釈カチカチ山ほか』［石塚雄康］715
『しんしゃく源氏物語』［榊原政常］292, 730
『しんしゃく源氏物語(末摘花の巻)』［榊原政常］**292**
『深沙大王』［泉鏡花］058
『神社の奥のモンチャン』［松居大悟］581
『信州義民録』［永田衡吉］446
『神州纐纈城』［国枝史郎］239
『新修シェークスピア全集』［坪内逍遙♻ウィリアム・シェイクスピア］415
『心中重井筒』［近松門左衛門］099
『心中・恋の大和路』［菅沼潤］334, 335
『心中天網島』［近松門左衛門］040, 430, 492
『心中の始末』［鈴木泉三郎］340
『心中船』［尾崎紅葉］145
『心中万年草』［近松門左衛門］099, 492
『心中未遂』［水守亀之助］615
『心中宵庚申』［吉永孝雄♻近松門左衛門］712
『新宿駅が二つあった頃』［阿坂卯一郎］025
『新宿八犬伝』［川村毅］**197**
『新宿八犬伝　第一巻――犬の誕生』［川村毅］743
『新宿八犬伝　第二巻――ベルリンの秋』［川村毅］743
『新宿八犬伝　第五巻――犬町の夜』［川村毅］197
『真珠夫人』［川村花菱］196
『真珠夫人』［菊池寛］204
『真珠夫人』［中島丈博♻菊池寛］443
『新春夫婦双六』［香村菊雄♻源氏鶏太］174
『真情あふるる軽薄さ』［清水邦夫］321, **322**, 739
『新樹』［久藤達郎］238, 305
『志ん生一代』［岡本育子］138
『新生涯』［田口掬汀］368
『新諸国物語』［北村寿夫］**223**
『新・新ハムレット』［原田一樹］503
『壬申の乱』［平田都］522
『進水式』［村山知義］642
『甚助無用鰯烹鍋』［岡本螢］142
『新生』［島崎藤村］317
『信西』［谷崎潤一郎］392
『神聖家族』［久板栄二郎］508
『神聖家庭劇・おふくろ殺し／むすこ殺し』［椎名輝雄］309
『人生悔いばかり』［川口松太郎］184
『人生劇場』［尾崎士郎］146, **361**
『人生創造思想体系』［石丸梧平］057

『人生峠』［安達靖人］027
『人生とんぼ返り』［塩田誉之弘］313
『人生の阿呆』［木々高太郎］199
『人生の幸福』［正宗白鳥］**577**
『人生の並木道』［竹田敏彦］374
『人生は四十から』［松島誠二郎］585
『人生はバラ色だ－なっちゃん空を飛ぶ－』［山本真紀］757
『しんせかい』［山下澄人］678
『新世帯夫婦読本』［宮内好太朗］621
『新世帯夫婦秘帳』［土田新三郎］408
『新雪』［巌谷槇一］092
『新説国姓爺合戦』［久保栄］240
『新説南部坂』［伊藤大輔］068
『新撰一幕劇集』018, 103
『神前会議』［小松幹生］280, 744
『新選組』［つかこうへい］404
『新撰組』［村山知義］643, **644**
『新撰組』［行友李風］688, **689**
『新選組！』［三谷幸喜］616
『新選組異聞』［子母澤寛］644
『新選組始末記』［子母澤寛］327, 644
『新撰組余聞　花かんざし』［伊藤大輔］068
『新選前田河広一郎集続編』574
『新蔵兄弟』［子母澤寛］327
『身体検査』［三浦大輔］601
『身体の風景』［松本雄吉］592
『人体模型の夜』［中島らも］444, 744
『死んだ海』［村山知義］643, **644**
『「死んだ海」・村山知義の仕事』［勝山俊介］645
『死んだ女の部屋』［幾野宏］737
『仁丹』［山田寿夫］681
『新丹下左膳』［福田善之］534
『新忠臣蔵・瑤泉院』［舟橋聖一］548
『信長記　殺意と憧憬』［石原慎太郎］056, **057**
『信長公記』［太田牛一］578
『新潮日本文学7　武者小路実篤集』637
『沈丁花』［久米正雄］249
『新陳代謝』［蓮田亨］760
『神通川』［本田英郎］570
『死ンデ、イル。』［蓬莱竜太］564
『シンデレラ』［市堂令］743
『シンデレラ』［岸田辰彌］214
『シンデレラ物語』［青山杉作］725
『新東京感傷散歩』［小沢信男］152
『身毒丸』［岸田理生］216, 420, **422**
『新日本現代演劇史』［大笹吉雄］610, 659
『新日本橋』［高田保］361
『侵入者』［吉永仁郎］696
『真如』［額田六福］**468**
『新納鶴千代』［野淵昶］476
『新野崎村』［伊原青々園］079
『秦の始皇』［灰野庄平］477
『新橋情話』［小島孤舟］269
『新派の芸』［波木井皓三］059
『新ハムレット』［太宰治］165
『審判』［木下順二］226, 228
『審判』［武田泰淳］374
『審判』［長谷川四郎♻フランツ・カフカ］484
『審判』［フランツ・カフカ］484, 589
『審判――ホロ苦きはキャラメルの味』［佃典彦］407
『新版太閤記』［青柳信雄］014
『新版二重瞼の母』［上杉清文］093
『新版四谷怪談』［広末保］**524**
『新美辞学』［島村抱月］318
『神秘的半獣主義』［岩野泡鳴］087
『新舞台安政奇聞』［古河新水］549
『人物と陰影』［室生犀星］645
『人物のゐる風景』［北村小松］220
『新・プロレタリア文学精選集』297
『シンプル・ソウル』［マギー］574
『新聞鳴動』［八田元夫］494
『新編泉鏡花集』059
『新編水上勉全集』［水上勉］610
『新編　遠くを見る癖』［高見亮子］755
『新編・吾輩は猫である』［宮本研］628
『新堀端』［正岡容］576
『新民衆劇脚本集』286
『人民は弱し官吏は強し』［星新一］566
『新・明暗』［永井愛］434

『人命救助』[須藤鐘一] 344
『シンメルブッシュのたぎる夜に』[原博] 503
『新門辰五郎』[迫間健] 477, 596, **599**
『新門辰巳小金井』[河竹新七] 190
『深夜の酒宴』[椎名麟三] 310
『新 雪まろげ－北海道編－』[小野田勇] 156
『新四谷怪談』[瀬戸英一] 348
『新羅生門』[横内謙介] 744
『新LOVE GUN』[和田憲明] 704
『心理――いざ物語らばや祭りを』[田中千禾夫] 386
『人力飛行機ソロモン』[寺山修司] 047, 420
『真理先生』[武者小路実篤] 637
『深流波－シンリュウハ－』[樋口ミユ] **507**, 767
『人類館』[知念正真] **397**, 741
『尋六学校劇集成』 490
『新ワーグナー家の女』[福田善之] 534
『神話発掘』[武山博] 737
『親和力』[遠藤周作] 112, 509, 736

す

『スイート・ホームズ探偵』[筒井康隆] 411
『水炎伝説』[大岡信] 116
『すいか』[木皿泉] 208
『西瓜割の棒、あなたたちの春に、桜の下ではじめる準備を』[宮沢章夫] 070, 623
『水晶の夜、タカラヅカ』[岩淵達治] 088
『水仙郷』[松居桃楼] 582
『水仙月の四日』[本山節彌] 647
『水仙の花narcissus』[山内ケンジ] 754
『随想集・無駄と真実』[田中千禾夫] 386
『水族館劇場のほうへ』[桃山邑] 648
『水中花』[岩間芳樹] 088
『水中都市』[安部公房] 028
『水調集』[大村嘉代子] 128
『随筆・演劇風聞記』[菅原寛] 335
『随筆滝澤馬琴』[真山青果] 596
『随筆・松井須磨子』[川村花菱] 196
『水平線』[中野實] 452
『睡眠の計画・5』[古橋悌二] 551
『水面鏡』[杉浦久幸] 336, 746
『水曜どうでしょう』[森崎博之] 652
『スウィート・リトル・ロックンロール』[中村暁] 720
『スーザンナ・マルガレータ・ブラント』[高木尋士] 764
『数字で書かれた物語――「死なう団」顚末記』[別役実] 553
『Zoo Zoo Scene (ずうずうしい)』[中野成樹] 452
『すうねるところ』[木皿泉] 208
『スーパー喜劇かぐや姫』[佐々木渚] 299
『スーパースター』[丸尾丸一郎] 600, 749
『スーパー能 世阿弥』[梅原猛] 716
『スーパーふぃクション』[山崎彬] 772
『スーパープレミアムソフトWバニラリッチ』[岡田利規] 134, 754
『スープも枯れた』[藤田貴大] 542
『スウベニイル一九四六年』[京都伸夫] 234
『末摘花』[北條秀司] 559, 561
『末摘花の恋』[榊原政常] 292
『スエンガリ』[伊庭孝] 078
『スカートをはいたネロ』[村山知義] 642
『スカーレット・ピンパーネル』[小池修一郎] 261
『スカイライト』[高瀬久男] 360
『姿三四郎』[伊野万太] 070
『姿なき盗賊』[和田順] 704
『scattered(deeply)』[田辺剛] 772
『菅原卓の仕事』[菅原卓] 335
『菅原伝授手習鑑』[竹田出雲＋並木千柳＋三好松洛＋竹田小出雲] 185
『図鑑に載ってない虫』[三木聡] 603
『過ぎし戦』[大石汎] 116
『透きとおる骨』[詩森ロバ] 327
『杉谷代水選集』 336
『スキラギノエリの小さな事件』[山内ケンジ] 669
『SKIN』[飴屋法水] 033

『スクープを追う女』［山元清多］682
『スクナビコナ』［井田秀明］063
『救ひ』［水守亀之助］615
『スクラップ』［井上光晴］077, 737
『スクリーンのない映画館』［マルセ太郎］600
『菅笠日記』［小島孤舟］269
『スケッチブック・ボイジャー』［成井豊］463
『資時』［池内信嘉］714
『スケベの話』［喜安浩平］234
『すごくいいバカンス』［川口大樹］779
『少し静かに』［喜安浩平］234
『少しはみ出て殴られた』［土田英生］754
『少し不思議。』［天久聖一］033
『スコップくんとシャベルちゃん』［中澤日菜子］775
『朱雀家の滅亡』［三島由紀夫］605
『朱雀野天狗囃』［西川清之］466
『スサノオ――武流転生』［中島かずき］745
『スサノオ――神の剣の物語』［中島かずき］441
『鈴ヶ森』［初世桜田治助］245
『濯ぎ川』［飯沢匡］**044**, 715
『鈴木石橋先生』［倉橋仙太郎］251
『鈴木泉三郎戯曲全集』340
『鈴虫のこえ、宵のホタル』［花田明子］767
『進め！ウルトラ整備隊』［石沢克宜］756
『スタア』［筒井康隆］**411**
『スター誕生』［ラサール石井］700
『スター・ボーズ――ジェダイ屋の女房』［いのうえひでのり］076
『スターマン――2チャンネルのすべて』［岩松了］089
『STARRY GATE』［田口萌］765
『スタッフ・ハプンズ』［坂手洋二］294
『スタンド・バイ・ミー』［坂元裕二］297
『スタンド・バイ・ユー――家庭内再婚』［岡田恵和］136
『スチャダラ2010』［細川徹他♻宮沢章夫］567
『スチャラカ社員』［香川登志緒］160, 513
『頭痛肩こり樋口一葉』［井上ひさし］072
『すっぽん心中』［戌井昭人］070
『素敵じゃないか』［たじま裕一］779
『ステキな金縛り』［三谷幸喜］616
『捨子物語』［岸田理生］215
『すててこてこてこ』［吉永仁朗］**696, 697**
『すてるたび』［前田司郎］573
『ステロイド』［蓮見正幸］480, 749
『ステロタイプテスト／パス』［山本健介］683
『スト・五十日』［平沢是曠］735
『ストーカーズ・ア・ゴーゴー』［高木登］359
『ストライキ』［山本緑波］686
『ストリッパー物語』［つかこうへい］401, 402
『ストリップ』［青木豪］013
『ストレイチルドレン』［春日太郎］761
『すなあそび』［別役実］554
『砂絵呪縛』［土師清二］477
『砂と城』［広田雅之］525, 739
『砂の上』［久保田万太郎］245
『砂の上の植物群』［ケラリーノ・サンドロヴィッチ］259
『砂の上のダンス』［山田太一］679
『砂の駅』［太田省吾］120
『砂の女』［山崎哲］674
『砂の国の遠い声』［宮沢章夫］623
『砂の骨』［中津留章仁］450
『砂の楽園』［宮沢章夫］623
『スナフキンの手紙』［鴻上尚史］**264, 265,** 745
『砂町の王』［赤堀雅秋］015, 749
『スニーカーをはいたペールギュント』［竹邑類］374
『スパイがしぬとき』［岩間芳樹］088
『スパイものがたり』［別役実］**552, 556**
『ずばぬけてさびしいあのひまわりのように』［俵万智］396
『すばらしいさよなら』［中村賢司］769
『素晴らしき家族旅行』［小池倫代♻林真理子］263
『スバラ式世界』［原田宗典］504

『ずばり東京』［津上忠♻開高健］ 404
『スパルタの花』［田代倫］ 377
『スピードの中身』［中野成樹＋石神夏希♻ベルトルト・ブレヒト］ 452
『スピード安兵衛』［山田寿夫］ 681
『ずぶ濡れのハト』［南出謙吾］ 759
『スペーストラベラーズ』［岡田惠和♻マギー］ 574
『ズベ公天使』［緑川士朗］ 620
『すべての犬は天国へ行く』［ケラリーノ・サンドロヴィッチ］ 259
『スポーツ時代』［園池公功］ 357
『スマートモテリーマン講座』［福田雄一♻steam＋武田篤典＋Shu-Thang Grafix］ 531
『棲家』［太田省吾］ 120
『すみだ川』［木村富子］ 233, 438
『墨田川』［井田秀明］ 062
『隅田川』［人見嘉久彦］ 511, **512**
『隅田川の線香花火』［篠本賢一］ 781
『墨塗女』［竹柴其水］ 372
『すみれさんが行く』［斉藤紀美子］ 789
『すみれの花、サカセテ』［秋之桜子］ 019
『すみれの花咲く頃』［白井鐵造］ 330
『スメル』［登米裕一］ 431, 758
『スメル男』［原田宗典］ 504
『スモーク』［ケラリーノ・サンドロヴィッチ］ 470
『スラヴィークの夕食』［村井志摩子♻ヨゼフ・トポル］ 639
『スラブ・ディフェンス』［小松幹生］ 280, **281**, 742
『掏摸の家』［長谷川伸］ 485
『スローなブギにしてくれ』［内田栄一♻片岡義男］ 095
『すわらじ劇園五十年の足跡』［倉橋仙太郎］ 251, 314, 467, 547
『スワン・ダイブ』［松村武］ 588

せ

『世阿彌』［山崎正和］ 334, 675, **677**, 738
『西欧作家論』［福田恆存］ 529
『政界秘話』［長島隆二］ 059
『聖歌が聞こえる』［中島陸郎♻喜尚晃子］ 445
『聖家族』［中田耕治］ 446
『聖家族』［古川日出男］ 550
『生活と文化』［岸田國士］ 046
『生活の河』［中江良夫］ 439, 622
『生活法話』［渡邊尚爾］ 706
『世紀末のカーニバル』［斎藤憐］ 288
『世紀末ラブ』［川村毅］ 197
『聖グレゴリーの殉教』［宮本研］ 628
『青光記』［竹内健］ 371
『星座』［有島武郎］ 036
『青酸カリ』［フリードリヒ・ウォルフ］ 240
『聖産業週間』［黒井千次］ 255
『青磁の船』［青木範夫］ 738
『生者死者』［水守亀之助］ 615
『生者と死者』［板垣守正］ 063
『聖者の泉』［山下秀一♻J・M・シング］ 678
『聖者の井戸』［坪内逍遙♻J・M・シング］ 417
『聖獣伝説・天馬』［古川登志夫］ 550
『青春』［内村直也］ 096, 144, 239, 385
『青春手帳』［飯沢匡］ 043
『青春デンデケデケデケ』［小松幹生♻芦原すなお］ 280
『青春と泥濘』［火野葦平］ 513
『青春のお通り』［京都伸夫］ 234
『青春の神話——光りと影の少女たち』［松本和子］ 589
『青春無頼』［広渡常敏］ 526
『青春もの』［中谷まゆみ］ 448
『青春模様』［星四郎］ 565
『聖女伝説・一九七四年のジャンヌ・ダルク』［戸板康二］ 424
『聖女の肉体』［早川三代治］ 499
『成人した子供たち』［辰野隆♻ポール・ジェラヴァルディ］ 378
『青々園・伊原敏郎』［利倉幸一］ 079
『生々流転』［岡本かの子］ 138
『盛装』［川崎照代］ 188
『勢揃い新撰組』［志村治之助］ 326

『生存のために』[小島孤舟] 270
『生態系カズクン』[泊篤志] 430, 755
『西太后』[青江舜二郎] 012, 052
『聖地』[松井周] 580
『聖地X』[前川知大] 571
『誠忠義士録』[竹柴秀葉] 373
『青銅の女』[川口尚輝] 183
『青銅の基督』[長与善郎] 461
『政党美談淑女の操』[依田学海] 698
『聖都市壊滅幻想』[三條三輪] 309
『聖なる路地』[森井睦] 652
『西南夢物語』[河竹能進十三世勝諺蔵] 162
『精肉工場のミスター・ケチャップ』[佃典彦] 756
『性に眼覚める頃』[室生犀星] 645
『青年』[林房雄] 502
『青年一幕劇集』 500
『青年演劇一幕劇集』 470
『青年演劇脚本集』 499
『青年画家』[高村光太郎] 367
『青年がみな死ぬ時』[キノトール] 225
『青年時代の友』[辰野隆♻エドモンド・セー] 378
『青年実演用我等の劇』[樋口紅葉] 507
『青年同盟』[大山広光] 131
『青年と強盗』[関口次郎] 347
『青年と死』[芥川龍之介] 025
『青年冨田久助』[西光万吉] 286
『青年の死にゆく道』[江連卓] 105
『青年の対話と劇　学校劇とページェント』[樋口紅葉] 507
『青年の環』[野間宏] 476
『聖バカコント』[細川徹] 567
『制服』[安部公房] 027, 028, **029**, 735
『西部戦線異状なし』[高田保♻エーリヒ・マリア・レマルク] 361
『西部戦線異常なし』[秦豊吉♻エーリヒ・マリア・レマルク] 491
『静物画』[柳美里] 687
『静物たちの遊泳』[山岡徳貴子] 670, 748, 770
『西方古伝』[有島武郎] 036
『正本はむれつと』[ウィリアム・シェイクスピア(山田美妙訳)] 681
『聖ミカエラ学園漂流記』[高取英] **363**
『生命』[山下秀一] 678
『声紋都市——父への手紙』[松田正隆] 586
『青龍山』[仲武司] 433
『セイレン』[西森英行] 467
『征露の談』[高木半] 714
『世界』[司辻有香] 770
『世界一小さな演劇祭R』[樋口ミユ] 507
『世界大百科事典』[加藤周一] 163
『世界珍探検』[水守三郎] 615
『世界で一番君が好き!』[松原敏春] 587
『世界の中心で、愛をさけぶ』[蓬莱竜太♻片山恭一] 564
『世界の果てからこんにちは』[鈴木忠志] 342
『世界の秘密と田中』[鈴木聡] 753
『世界は嘘で出来ている』「田村孝裕] 395, 750, 754
『世界は日の出を待っている』[上杉清文] 093
『伜・三島由紀夫』[平岡梓] 605
『悴よ』[細野多知子] 567
『関ヶ原』[高安月郊] 367
『関ヶ原前夜』[大佛次郎] 150
『関原誉凱歌』[福地桜痴] 537
『隻手に生きる』[神埼武雄♻小川真吉] 199
『惜春』[円地文子] 111
『赤色エレジー』[別役実♻林静一・あがた森魚] 553
『石水寺物語』[磯泙水] 062
『セキストラ』[星新一] 566
『関寺小町』[楳茂都陸平] 104
『赤道』[八木隆一郎] **661**
『関根弘詩集』 348
『関の弥太ツペ』[長谷川伸] 486
『寂寞』[正宗白鳥] 577
『寂寥の国』[菊岡進一郎] 199
『セクシードライバー』[江本純子] 110, 749

『せせらぎの輝き』[久留島武彦] 255, 782
『セチュアンの善人』[長谷川四郎♻ベルトルト・ブレヒト] 484
『雪華抄』[原田諒] 721
『説教強盗——金杉忠男戯曲集』 168
『説教強盗——玉の井余譚』[金杉忠男] **168**
『殺生関白』[宮崎三昧] 622
『殺生石』[菊島隆三] 200
『接触』[飯沢匡] 044
『絶対零度』[鐘下辰男] 171
『雪月花』[竹内伸光] 371
『雪中梅』[三世勝諺蔵♻末広鉄腸] 162
『雪中梅』[末広鉄腸] 162
『節電 ボーダー トルネード』[青木秀喜] 014
『Z航海団』[響リュウ] 513
『セツナ』[中山うり] 767
『刹那が永久－SETSUNA 我 TOWA－』[竹内佑] 768
『絶望居士のためのコント』[いとうせいこう] 554
『絶妙な関係』[松尾スズキ] 582
『絶滅のトリ』[田村孝裕] 395, 749
『瀬戸内海の子供ら』[小山祐士] **282, 283**
『瀬戸英一脚本選集』 349
『瀬戸英一情話選集』 349
『背中から四十分』[畑澤聖悟] 493
『銭形平次捕物控・平次女難の巻』[金子洋文♻野村胡堂] 169
『セニョリータ』[白井鐵造] 330
『背伸びをした夜』[竹田操美] 766
『セビリアの理髪師』[金杉惇郎] 167
『ゼブラ』[田村孝裕] 395
『背骨パキパキ「回転木馬」——モルナール・フェレンツ作「リリオム」より』[別役実] 554
『狭い家の鴨と蛇』[角ひろみ] 345, 759
『蝉しぐれ』[金子成人♻藤沢周平] 169
『蝉しぐれ』[藤沢周平] 720
『せめて微笑を』[後藤隆基] 763
『台詞の風景』[別役実] 554
『セレクション・竹内敏晴の「からだと思想」』[竹内敏晴] 371
『ゼロ工場より』[黒井千次] 255
『ゼロ年代の亡霊』[池神泰三] 764
『ゼロの記録』[大橋貴一] 126, 783
『ゼロの柩』[詩森ろば] 327
『ゼロの広場から－60年安保の路地裏－』[宋英徳] 351
『セロ弾きのゴーシュ』[宮沢賢治] 164
『セロ弾きのゴーシュ』[川尻泰司♻宮沢賢治] 625
『Zero Plus (0+)』[三井快] 777
『世話狂言傑作集』 108
『世話狂言の研究』[岡本綺堂] 141
『前衛映画理論と前衛芸術』[飯島正] 046
『前衛の文学』[勝本清一郎163
『泉岳寺』[真山青果] 598
『戦艦三笠』[小山内薫] 148
『全戯曲集 間の山殺し』[富岡多恵子] 430
『船客』[長田幹彦] 448
『一九九九年の夏休み』[岸田理生] 215
『一九六〇年六月十五日の記録』[福田善之、広渡常敏] 532
『選挙特番』[きたむらけんじ] 219
『選挙と先生』[西光万吉] 286
『宣言一つ』[有島武郎] 036
『戦鼓』[村上元三] 640
『戦後演劇』[菅孝之] 198
『戦国悪党伝』[中江良夫] 439
『戦国の女』[水谷竹紫] 613
『戦国の人々』[大佛次郎] **150, 152**
『仙石屋敷』[真山青果] 598
『戦国流転記』[北條誠] 563
『戦後派重役』[弥田弥八] 666
『遷座』[川口尚輝] 183
『善財童子ものがたり』[菅竜一] 334
『千手の前』[山田桂華] 678
『善四郎菊』[八木隆一郎] 661
『戦塵』[田中総一朗] 385
『全身小説家』[原一男] 077
『先生とチュウ』[高場光春] 779
『先生のオリザニン』[堀江安夫] 570
『全世界お化け小咄集』[山下三郎] 678

『全線』［久保栄］ 240, 643
『戦線は進みつつあり』［島公靖］ 316
『戦争』［立川雄三］ 378
『戦争』［藤野古白］ 545
『戦争で死ねなかったお父さんのために』［つかこうへい］ 401, **402**
『戦争とジヤガイモ』［菊岡久利］ 199
『「戦争と平和」戯曲全集』 174, 452
『戦争まで』［中村光夫］ 458
『戦争レビュー世界に告ぐ』［伏見晃］ 724
『センター街――未だ見ぬ渋谷への旅』［岩松了］ 089
『センターピアの月』［八木柊一郎］ 658
『仙台方言考』［真山青果］ 596
『仙太凶状旅』［高梨康之］ 363
『選択』［木場久美子］ 274
『洗濯屋と詩人』［金子洋文］ **169**, 627
『ゼンダ城の虜』［野田秀樹］ 742
『栴檀』［土井行夫］ 423
『戦地から来た歌』［亀屋原徳］ 174
『センチメンタル・アマレット・ポジティブ』［前川麻子］ **571**
『戦中派はこう考える』［村上兵衛］ 640
『宣伝』［高田保］ 361
『戦闘、開始』［高木尋士］ 762
『船頭小唄』［井上和男］ 070
『千日島のハムレット』［佐々木守］ 285, 299, 739
『千日前裏通』［小崎政房］ **146**
『善人の条件』［ジェームス三木］ 312, **313**
『千年の居留守』［蟷螂襲］ 426
『千年の丘』［北野茨］ 761
『千年の孤独』［鄭義信］ 399, 744
『千年の三人姉妹』［別役実］ 553
『千年の夏』［太田省吾］ 120
『千年の愉楽』［中上健次］ 440
『千利休』［北條秀司］ 559
『船場』［花登筐］ **497**
『千羽鶴』［菊田一夫］ 201
『船場の子守唄』［館直志(渋谷天外)］ 379
『船場のぼんち』［石丸梧平］ 057
『船場の夢』［郷田悳］ 266
『船場百年』［花登筐］ 497
『千姫』［澤島忠］ 309
『千姫行状記』［坂本晃一］ 296
『千姫春秋記』［円地文子］ 111
『千姫と坂崎』［三宅大輔］ 621
『扇風機』［鈴木政男］ 342
『宣撫行』［小崎倉三］ 145
『センポ・スギハァラ』［平石耕一］ **514**
『千万人と雖も我行かん』［久坂栄二郎］ 508, 509, **510**
『千万人の歌声』［知切光歳］ 397
『前夜』［戸板康二］ 424
『戦野の旅鴉』［濱田秀三郎］ 499
『旋律の終りに』［原博］ 503
『線路の上にいる猫』［村井志摩子♻ヨゼフ・トポル］ 639
『セールスマン水滸伝』［名和青朗］ 465
『セールスマンの死』［アーサー・ミラー(菅原卓訳)］ 335

そ

『SOU－創－』［長田育恵］ 147
『象』［別役実］ 301, 392, 403, 528, 552, **555**, 738
『騒音』［伊賀山昌三］ 046, **047**
『造花の判決』［土方鉄］ 511
『ゾウガメのソニックライフ』［岡田利規］ 134
『早慶決勝の日』［竹田敏彦］ 374
『象牙の塔の下で』［村田修子］ 641, 735
『想稿・銀河鉄道の夜』［北村想］ 221, **222**
『総合日本戯曲事典』［河竹繁俊］ 004
『創作 一人と千三百人』［平沢計七］ 516
『創作 労働問題』［平沢計七］ 516
『壮士芝居』［北村喜八］ 219
『操縦不能』［楠本幸男］ 236, 760
『早春』［永井荷風］ 438, 612
『早春スケッチブック』［山田太一］ 678, 679
『早春の蕾』［塩田誉之弘］ 313

『漱石の道草』［山崎哲］ 674
『葬送の教室』［詩森ろば］ 327, 753
『想像ラジオ』［いとうせいこう］ 068
『送虫譜』［阿坂卯一郎］ 025
『双調　平家物語』［橋本治］ 479
『蒼天、神を殺すにはいい日だ』［土橋淳志］ 771
『争闘』［徳田純宏］ 428
『総統いまだ死せず』［福田恆存］ 529, **531**
『双頭の鷲』［中村真一郎♻ジャン・コクトー］ 457
『象と簪』［矢代静一］ 663
『僧と盗賊』［藤秀璻］ 538
『遭難、』［本谷有希子］ **647**, 648, 748, 753
『象のいない動物園』［斎藤憐］ 288
『相貌』［黒川陽子］ 256
『巣父犢に飲う』［佐藤春夫］ 301
『増補金色夜叉』［小栗風葉］ 144
『増補信長記』［岡本綺堂］ 139
『相馬大裏東錦画』 710
『相聞』［早坂久子］ 500, **501**, 737
『そうやって云々頷いていろ』［田上豊］ 394
『ソウル市民』［平田オリザ］ 517, **519**
『ソウル市民1919』［平田オリザ］ 519
『ソウル市民1939 恋愛二重奏』［平田オリザ］ 519
『ソウル市民 昭和望郷編』［平田オリザ］ 519, 753
『ソウルの落日』［芳地隆介］ 564
『ソウル版熱海殺人事件』［つかこうへい］ 404
『ソウル・フル・テロモグラ』［今野勉♻佐々木守］ 285
『象を使う』［水沼健］ 769
『so bad year』［永山智行］ 460
『ソープオペラ』［飯島早苗］ 045, **343**, 745
『曾我兄弟』［森鷗外］ 650
『曽我の対面』［幸堂得知］ 267
『曾我廼家喜劇集』［曾我廼家五郎］ 354
『曾我廼家五郎全集　第十巻』 355
『曾我廼家十吾』［三田純市］ 615
『曽我綉俠御所染』［河竹默阿弥］ 191
『続明石の姫』［北條秀司］ 561
『続歌劇十曲』［小林一三］ 275
『続・雲の上団五郎一座』［竹内伸光］ 372
『続劇壇今昔』［松居松翁］ 581
『続皇女和の宮 夕秀の巻』［川口松太郎］ 187
『続ジョン・シルバー』［唐十郎］ 739
『俗説美談黄門記』［福地桜痴］ 537
『続々歌舞伎年代記〈乾〉』［田村成義編］ 193, 194
『続々人生劇場吉良常残俠篇』［小出英男］ 263
『則天武后』［深瀬サキ］ 527, 741
『続・東京キッド』［東由多加］ 506
『続長唄名曲要説』［浅川玉兎］ 671
『俗物図鑑』［筒井康隆］ 411
『続・ロッパの大久保彦左ヱ門』［古川緑波］ **551**
『続・私の下町――姉の恋愛』［福田善之］ 534
『祖国』［岡田禎子］ 133, 147, 368
『祖国喪失』［加藤衛♻堀田善衛］ 165
『底倉の湯』［山崎紫紅］ 672
『底なし沼』［小島孤舟］ 269
『そこに埋まるものはたしか』［田辺剛］ 768
『そして、あなたに逢えた』［近石綏子］ 396
『そして、飯島君しかいなくなった』［土屋理敬］ 410
『そして、風は流れ続ける』［辻本久美子］ 781
『そして誰もいなくなった――ゴドーを待つ十人の小さなインディアン』［別役実］ 553
『そして友は二度死んだ』［矢島弘一］ 663
『そして母はキレイになった』［田村孝宏］ 395
『そして船は行く』［平田オリザ］ 517
『楚囚之詩』［北村透谷］ 222
『蘇州夜曲』［斎藤憐］ 290
『蘇生』［徳田秋声］ 427
『そぞろの民』［中津留章仁］ 450
『即興喜劇 天使たちが街をゆく』［辻邦生］ 408
『袖頭巾』［磯秤水］ 062

『卒都婆小町』［世阿弥♻観阿弥］ 121
『卒塔婆小町』［三島由紀夫］ 044, 604, 605
『曽根崎心中』［近松門左衛門］ 099, 170, 711
『その赤い点は血だ』［田辺剛］ 390, 757
『その朝10時25分』［蓮見正幸］ 765
『その姉』［伊藤悠］ 068
『その妹』［武者小路実篤］ **637**
『其粉色陶器交易』［佐橋富三郎］ 308
『その男カルマ』［松尾スズキ］ 582
『其俤今様八犬伝』［幸田露伴］ 266
『その川に流るるは…』［矢内文章］ 666
『その河をこえて、五月』［平田オリザ＋金明和］ 517, 518, **520**, 752
『その先は知らず』［江守徹］ 110
『その鉄塔に男たちはいるという』［土田英生］ **409**, 747, 767
『その手を離す日が来ても』［辻本久美子］ 782
『その時ぼくはコインを高く投げた』［田中守幸］ 755
『その涙ながらの日』［吉川良］ 694
『その場しのぎの男たち』［三谷幸喜］ 616, **617**, 745
『その日』［江馬修］ 109
『その人を知らず』［三好十郎］ 633, **635**
『その頬、熱線に焼かれ』［古川健］ 550
『その指で』［ピンク地底人3号］ 775
『その夜明け、嘘。』［福原充則］ 538, 749
『その夜の侍』［赤堀雅秋］ 015, 748
『そばの花』［ごまのはえ］ 768
『そばや－so bad year－』［永山智行］ 773
『祖父・小金井良精の記』［星新一］ 566
『ソ満国境の歌』［佐々木憲］ 298
『そよそよ族の叛乱』［別役実］ 552
『空』［福島三郎］ 528
『空に真っ赤な雲のいろ』［椎名竜治］ 309
『空の驛舎』［中村賢司］ 457
『空のかあさま』［大藪郁子］ 131
『空の城』［コビヤマ洋一］ 279
『空の月、胸の石————それでもきみといつまでも』［永山智行］ 755
『空の定義』［青江舜二郎］ 013
『ソラノテザワリ』［大正まろん］ 358
『空のハモニカ－わたしがみすゞだった頃のこと－』［長田育恵］ 148
『空の村号』［篠原久美子］ 314, 792
『空は青いぞ』［門脇陽一郎］ 167
『空耳タワー』［青木秀樹］ 014
『ゾラ物語』［丘草太郎］ 133
『空よ、海よ、わが母よ——若き海軍飛行仕官の物語』［新美正雄］ 333
『空よりの声　私の川口松太郎』［若城希伊子］ 702
『ソラリス』［多田淳之介］ 378
『空ヲ刻ム者』［前川知大］ 571
『SOLITUDE』［乾緑郎］ 758
『SOLID』［和田憲明］ **704**
『ソルネス』［隆巴］ 700
『それいゆ』［天野天街］ 032
『それから』［筒井ともみ♻夏目漱石］ 410, 639
『それから』［夏目漱石］ 639
『それからの遠い国』［岩崎正裕］ 084
『それからの夏——それからの愛しのメディア』［鄭義信］ 399, 745
『それからの夏二〇〇七』［鄭義信］ 399
『それぞれの秋』［山田太一］ 678
『それでも、生きてゆく』［坂元裕二］ 297
『それでもワタシは空をみる』［棚瀬美幸］ 770
『其礼成心中』［三谷幸喜］ 616, 713
『それを夢と知らない』［岩崎正裕］ 746
『算盤』［村上元三］ 640
『ソロモン王』［佐藤春夫］ 301
『ソロモンの指輪』［荻田浩一］ 721
『損害』［与謝野晶子］ 693
『存在の深き眠り』［ジェームス三木］ 312
『村長裁判』［大垣肇］ 116
『村道』［上泉秀信］ 173

た

『ダークマスター』［タニノタロウ］ 070, 393
『ターミナル』［平田俊子］ 522

『大安吉日。』[田口萌] 765
『第一人者』[青山青果] 596
『第一の暁』[秋田雨雀] **017**
『第一の世界』[小山内薫] **149**
『大尉の娘』[プーシキン] 316
『大尉の娘』[中内蝶二♻プーシキン] **439**
『ダイヴィング』[舟橋聖一] 548
『太王四神記』[小池修一郎] 261
『大往生』[永六輔] 104, 544
『タイガー＆ドラゴン』[宮藤官九郎] 237
『大学教授の死』[宮内好太郎] 621
『対岸の永遠』[長田育江] 148
『大吉御用』[椎名竜治] 309
『大逆走』[赤堀雅秋] 015
『大経師昔暦』[近松門左衛門] 060
『大空港2013』[三谷幸喜] 616
『退屈主義者』[井東憲] 067
『退屈についての華麗なる三幕・猿人山田太郎の冒険』[定村忠士] 300
『太鼓』[木谷茂生] **218**
『太閤記』[茂木草介] 646
『太閤記朝鮮軍記』[福地桜痴] 537
『太閤の犢鼻褌』[長谷川如是閑] 489
『大号令』[杉谷代水] 336
『大極殿』[杉谷代水] 336
『太鼓たたいて笛ふいて』[井上ひさし] 072, 752
『太鼓のちょん平』[平戸敬二] 523
『醍醐の花見』[山田桂華] 678
『だいこん役者』[藤本有紀] 546
『大佐の罪』[磯萍水] 062
『第三者』[藤田草之助] 542
『第三者』[与謝野晶子] 693
『泰山木の木の下で』[小山祐士] **282, 283**
『第三の証言』[椎名麟三] **310, 735**
『大二王』[佐野天声] 307
『大辞典』[山田美妙] 681
『大蛇ナンセンス』[鳥江銕也] 431
『大衆文学研究』[磯山勝太郎] 640
『大将』[安永貞利] 665
『大正梅暦』[中西羊髯] 451
『大正過去帳：物故人名事典』[竹柴秀葉] 373
『大将軍の離婚』[三宅雪嶺] 621
『大将の家』[伊原青々園] 079
『代書屋お幸奮闘記録』[新見正雄] 333
『大臣候補』[長谷川如是閑] 489
『大走者網』[赤井俊哉] 755
『橙色の中古車』[糸井幸之助] 066
『対談　日本新劇史』[戸板康二編] 233
『対談・人間と文学』[中村光夫＋三島由紀夫] 459
『大地は微笑む』[岩谷槇一] 092
『大忠臣蔵』[瀬古日出雄] 348
『大帝康熙』[長与善郎] 461
『大典』[藤代禎輔] 714
『胎動』[菜川作太郎] 461
『大東亜少国民劇集』 490
『大東亜戦争私感』[武者小路実篤] 637
『大東京は曇り後晴れ』[林二九太] 501
『大都会　闘いの日々』[斎藤憐] 288
『台所純情』[前川麻子] 571
『台所の灯――人とその一般性の徴候に寄せて』[岩松了] 089
『タイトルが決まらない』[中島淳彦] 442
『大納言狐』[山本周五郎] 683
『第七官界彷徨』[尾崎翠] 147
『大那破烈翁』[長田秋濤] 147
『＞(ダイナリィ)』[松村武] 588
『大楠公夫人』[郷田悳] 267
『第二十三蝙蝠』[青崎信雄] 014
『第二十三蝙蝠－童話風のアレゴリイ－』[青崎信雄] **014**
『第二の使者』[真山青果] 598
『大日本演劇史』[灰野庄平] 477
『耐忍之書生貞操佳人』[角藤定憲] 343, 344
『大農』[佐野天声] **307**
『タイの音楽と舞踊』[秦豊吉] 723
『提婆菩薩』[藤秀璻] 538
『大悲劇　最後の伝令』[菊谷栄] **207**
『大姫島の理髪師』[田中大助] 386
『台風』[原源一] 738

『颱風』[二宮行雄] 467
『颶風のあと』[福田善之] 753
『タイフーン』[坪内士行] 412
『タイフーンパニック』[柳沼昭徳] 768
『颱風の日』[梅田晴夫] 102
『大仏炎上』[大佛次郎] 150, 433
『大仏開眼』[長田秀雄] 446, **447**, 661
『太平洋』[菊島隆三] 200, 358
『太平洋序曲』[宮本亜門] 627
『太平洋食堂』[嶽本あゆ美] 375
『太平洋戦争なんて知らないよ』[芥正彦] 025
『太平洋ベルトライン』[岡安伸治] **143**
『タイポグラフィの異常な愛情』[黒川麻衣] 256
『大菩薩峠』[中里介山] 389, 394, **440**
『大菩薩峠形訳脚本』[中里介山] 441
『体夢――TIME』[東憲司] 505
『タイムズ』[林慎一郎] 771
『題名のない芝居』[黒羽英二] 257
『大文字の火』[塩田誉之弘] 313
『ダイヤの光』[足立万里] 027
『太陽』[アレクサンドル・ソクーロフ] 065
『太陽』[前川知大] 571, **572**, 750
『太陽跪拝者』[中谷徳太郎] 448
『太陽2068』[前川知大] 571
『太陽の影』[ふじたあさや] 397
『太陽の季節』[石原慎太郎] 056
『太陽の子』[マクシム・ゴーリキー] 491
『太陽の子』[真船豊] 593
『太陽のない街』[徳永直] 155, 320, **429**
『太陽の匂い』[大正まろん] 358
『太陽の墓場』[石堂淑朗] 056
『太陽風』[中村賢司] 770
『平清盛』[島村抱月] 319
『平清盛』[藤本有紀] 546
『平維盛』[永井荷風] 438
『平維盛』[永田衡吉] 446
『第百八番控室の人々』[北原武夫] 219
『平将門』[真山青果] 596
『平将門寛朝大僧正　坂東修羅縁起譚』[深瀬サキ] 527
『大老』[北條秀司] 559, **563**
『台湾演劇の現状』[竹内治] 370, 499
『台湾戯曲・脚本集』 370, 460, 582, 697
『台湾の、灰色の牛が背のびをしたとき』[松本雄吉] 592
『田植』[岡田禎子] 133
『ダウザーの娘』[長谷基弘] 481, 747
『Dowser's Daughter』[長谷基弘] 481
『ダウンタウン・フォーリーズ』[高平哲郎] 366
『高泉淳子 仕事録』 358
『高丘親王航海記』[天野天街♻澁澤龍彦] 032
『高き彼物』[マキノノゾミ] **575**, 747, 751
『高崎山殺人事件』[宮本研] 628
『高砂島の俳優達』[松居桃楼] 582
『タカシと父さん』[小林賢太郎] 277
『高杉晋作と奇兵隊』[はぐるま座創作集団] 477
『高台に夢見つつある独身者』[大関柊郎] 120
『高田屋嘉兵衛』[大島万世] 119
『高坏』[久松一声] 510
『高津の富』[平戸敬二] 524
『髢師』[平岩弓枝] 515
『鷹の泉』[道萬里雄♻W・B・イェイツ] 715
『鷹の井戸』[W・B・イェイツ] 715
『高橋お伝』[鈴木泉三郎] 340
『高橋経済研究所』[神品正子] 781
『鷹姫』[横道萬里雄] 715
『高松城』[岡本綺堂] 138
『高松城の水攻』[長田秀雄] 447
『高みからボラをのぞいてる』[戌井昭人] 070
『高村光太郎全集』 367
『高安乃里』[高安月郊] 367
『耕す人』[秋月桂太] **018**
『高山右近』[加賀乙彦] 716
『高山彦九郎』[井出蕉雨] 066, 345
『宝島』[ロバート・ルイス・スティーブンソン] 177

『宝島』［角ひろみ］ 776
『宝塚』［平井房人］ 514
『宝塚かぐや姫』［内海重典］ 097
『宝塚歌劇90年史　すみれ花歳月を重ねて』［宝塚歌劇団］ 359
『宝塚歌劇脚本集』 133
『宝塚と私』［白井鐵造］ 330, 331
『宝塚花物語』［高木史朗］ 359
『宝塚BOYS』［中島淳彦］ 442
『宝のつるはし』［関谷幸雄♻多田徹］ 348
『タカラレ六郎の仇討ち』［中島淳彦］ 442
『滝井山三郎がこと』［石井源一郎］ 052
『滝口時頼』［池田大伍］ 048
『滝口入道の恋』［舟橋聖一］ 548
『滝沢家の内乱』［吉永仁朗］ 696
『抱きしめたい！』［松原敏晴］ 587
『瀧の白糸』［泉鏡花］ 058, 083, 361
『滝の茶屋のおじちゃん』［蟷螂襲］ **426**, 767
『焚火』［木村修吉郎］ 233
『妥協点P』［柴幸男］ 314
『宅悦——雑司ヶ谷四家怪談』［吉永仁朗］ 696
『タクシードライバー』［三枝希望］ 767
『田口竹男戯曲集』 369
『啄木終焉』［樋口十一］ 508
『タクラマカン』［秦健日子］ 491
『濁流』［藤田草之助］ 542
『竹』［観世栄夫］ 716
『竹内健戯曲集』［竹内健］ 371
『たけくらべ』［樋口一葉］ 562, 569
『竹鋳季』［西沢陽太郎］ 466
『竹澤先生と云ふ人』［長与善郎］ 461
『武田泰淳全集』 374
『竹取翁の物語』 275
『竹取物語』 166
『竹取物語』［小林一三］ **275**
『竹取物語——金杉忠男第二戯曲集』 168
『竹取物語——本田小学校篇』［金杉忠男］ 167
『竹の家劇評集』［饗庭篁村］ 012
『竹林の人々』［丸尾丸一郎］ 600
『太宰治全集』 375
『太宰治の生涯』［菊田一夫］ 201, 309
『田崎早雲』［大島万世］ 119
『田島淳戯曲集』 377
『多情多恨』［尾崎紅葉］ 145
『多甚古村』［高田保♻井伏鱒二］ 361, 466
『誰ソ彼』［又吉直樹］ 580
『たそがれ集』［大村嘉代子］ 128
『黄昏れて、途方に暮れて』［松原敏春］ **587, 588**
『黄昏に踊る』［マルセ太郎］ 600
『黄昏のボードビル　斎藤憐戯曲集三』 289
『黄昏の街』［松島誠二郎］ 585
『堕胎医』［菊田一夫］ 200
『ただいま』［永山智行］ 460
『ただいま混戦中』［木村雅夫］ 233
『只今混線中』［黒川鋭一］ 255
『ただいま十一人』［橋田壽賀子］ 478
『戦ひ』［千家元麿］ 351
『戦いすんで日が暮れて』［北條誠］ 563
『戦うゾウの死ぬとき』［すがの公］ 778
『闘う理由、希望の理由』［中田耕治］ 446
『糺の森』［成瀬無極］ 464
『忠直卿行状記』［菊池寛］ 204, 205
『駄々の塊です』［山崎彬］ 672, 750, 771
『忠度』［岡野竹時］ 136
『唯ひとりの人』［伊賀山昌三］ 046
『畳と巡礼』［象千誠］ 759
『たたみと暖簾』［高井浩子］ 358
『畳屋の女たち』［明神慈］ 631, 762
『漂う電球』［ウディ・アレン］ 259
『起ち上がった男たち』［鈴木政男］ 342
『たちあがれ！』［関根弘＋林光］ 348
『太刀盗人』［岡村柿紅］ 137
『立退き』［徳田秋声］ **427**
『橘体操女塾裏』［田中千禾夫］ 387
『妲己』［白井鐵造］ **331**
『脱出』［大野哲哉］ 737
『たった一人の男』［五世瀬川如皐］ 345
『たった一人の男の為に巨大な精神病院と

化していた。その男の名はロードランナー』［喰始］**395**
『たった一人の戦争』［坂手洋二］294
『ダッチプロセス』［鎌田順也］173
『たつのおとしご』［真船豊］593
『龍の子太郎』［遠藤啄郎］113
『竜の子太郎』［瀬川拓男］346, 729
『辰巳巷談』［泉鏡花］058
『辰巳の売ツ子』［島栄吉］316
『辰巳八景』［雄島浜太郎］154
『tatsuya　最愛なる者の側へ』［鐘下辰男］170, **171**
『殺陣』［倉橋仙太郎］251
『起て、飢えたる者よ』［古川健］550
『蓼食う虫』［谷崎潤一郎］392
『殺陣師段平』［長谷川幸延］**481**
『伊達姿お祭佐七』［脇屋光伸］703
『伊達騒動』［久坂栄二郎］509
『伊達の絹川』［一堺漁人］351
『たてばしゃくやく、すわればぼたん』［別役実］554
『伊達風雲録』［木村学司］231
『伊達政宗』［中野實］452, **454**
『堕天使』［別役実］552
『堕天の媚薬』［長谷川裕久］489, 747
『たとえば、唇に薔薇の棘』［野田市太郎］471
『たとえば野に咲く花のように』［鄭義信］399, 400
『田中茂脚本集』383
『田中澄江戯曲全集全二巻』384
『田中千禾夫戯曲全集』386
『谷行』388
『谷崎潤一郎全集』392
『谷底』［鈴木泉三郎］340
『谷の蔭』［渡平民♻J・M・シング］707
『谷は眠っていた－富良野塾の記録－』［倉本聰］253
『谷間の姫百合』［三世勝諺蔵♻バーサ・クレイ（末松謙澄訳）］162
『谷間の百合』［桃山巴］649
『他人（初期化する場合）』［山口茜］672, 768
『他人の幸福』［亀屋原徳］174
『他人の空』［飯島耕一］045
『他人の手』［秋元松代］021
『他人の目と自分の目と』［正宗白鳥］577
『他人（睡眠薬の場合）』［山口茜］768
『たぬき（前篇）』［榎本滋民］105, **106**
『たぬき（後篇）』［榎本滋民］105, **106**
『たぬき』［依田義賢♻大佛次郎］356
『狸寺の深夜』［藤田草之助］542
『耽餌』［下西啓正］327
『種山ヶ原の夜』［宮沢賢治］625, **626**
『たのきゅう』［わかぎゑふ］702
『楽しい終末』［横山仁一］692
『愉しき哉人生』［マルセル・アシャール］167
『田之助紅』［舟橋聖一］548
『たのむ』［里見弴］305, **306**
『頼母とその妹』［服部秀］495
『タバコ・ロード』［川口松太郎］220
『足袋』［川口松太郎］183
『旅がはてしない』［広田淳一］525
『旅がらす母恋椿』［土橋成男］429
『旅路』［平岩弓枝］515
『旅路の果て』［水谷龍二］613
『旅姿思掛稲』［永井荷風］438
『旅立ち』［木場久美子］274
『たびびと』［八木隆一郎］661
『TABOO』［野田秀樹］472
『ダブリン市民』［ジェイムズ・ジョイス］519
『ダブリンの鐘突きカビ人間』［後藤ひろひと］273, 746
『ダブルフェイク』［はせひろいち］480, 747
『たぶん世界を救えない』［矢島弘一］663
『たべもの芳名録』［神吉拓郎］199
『たべられた山姥』［瀬川拓男］346
『多摩川に虹をかけた男――田中兵庫物語』［小川信夫］791
『玉菊』［木村富子］**233**
『玉菊ものがたり』［大西信行］124
『玉篋両浦嶼』［森鷗外］650
『卵の中の白雪姫』［別役実］553
『タマゴの森』［武田操美］768

『玉子物語』[市原佐都子] 065
『魂へキックオフ』[長田弘] 148, 739
『玉手箱』[益田太郎冠者] 578
『玉の都』[早坂暁] 500
『玉はゞき』[長谷川時雨] 483
『魂迷月中刃 悲劇 一名・桂吾良』[岩野泡鳴] 087, 088
『タマルの死』[郡虎彦] 268
『田宮のイメエジ』[川口一郎] 182
『ダム』[嶽本あゆ美] 375, 758
『ダム湖になる村』[深谷照葉] 776
『ダムにて』[森本薫] 653
『田村さんはどうもアヤしい』[土屋理敬] 410
『溜息に似た言葉——セリフで読み解く名作』[岩松了] 090
『為朝の最後』[伊庭孝] 078
『ダモイ——収容所から来た遺書』[ふたくちつよし] 547
『堕落論』[坂口安吾] 293
『たらちね海』[久藤達郎] 238
『タラフマラ』[小池博史] 262
『タランチュラ』[小松幹生] 743
『ダランベール氏への手紙』[ジャン=ジャック・ルソー] 626
『タルチュフ』[モリエール] 675
『だるまさんがころんだ』[坂手洋二] **295, 752**
『誰』[田川啓介] 758
『誰が一番馬鹿か』[穂積純太郎] 568
『誰が一番馬鹿だ？』[カール・アウグスト・ウィットフォーゲル] 727
『誰が袖屏風——近松拾遺』[川俣晃自] 195
『誰も死なない』[刈馬カオス] 777
『誰も知らない貴方の部屋』[タニノクロウ] 393
『誰故草』[高橋恵] 772
『TAROの塔』[大森寿美男] 583
『太郎冠者 少年狂言二十五番』[霞城山人] 715
『太郎の屋根に雪降りつむ』[別役実] 553
『タワーの見える部屋』[大久保秀志] 763
『たわむれ』[島村民蔵] 318
『俵藤太』[右田寅彦] 603
『俵星玄蕃』[土橋成男] 429
『探照燈』[山田誠三郎] 678
『短歌初学』[大坪草二郎] 124
『團菊以後』[伊原青々園] 079, 307
『團菊祭五月大歌舞伎プログラム』 349
『断橋』[岩野泡鳴] 036, 087
『断首の庭』[佐々木武観] 299
『丹下左膳』[谷譲次] 390, 394
『丹下氏のフロックコート』[西沢揚太郎] 466
『短剣と墓掘りと亡霊と』[出口典雄] 418
『炭坑節で逝った少年兵』[久保田和弘] 244
『団子串助漫遊記』[宮野しげを] 462
『団子坂』[森鷗外] 650
『タンゴとはなんですか』[高橋忠雄] 722
『タンゴ・冬の終わりに』[清水邦夫] **325**
『タンゴ・ローザ』[江戸川蘭子] 726
『断食』[青木豪] 013
『断食芸人』[羊屋白玉] 511
『男爵の家』[雄島浜太郎] 154
『團十郎切腹事件』[戸板康二] 424
『団洲百話』[松井松翁] 581
『誕生』[谷崎潤一郎] 391, 393
『弾正の謀反』[菊谷栄] 207
『誕生日』[巌谷小波] **092**
『男色演劇史』[堂本正樹] 425
『男女7人夏物語』[鎌田敏夫] 173
『男子！レッツラゴン』[細川徹] 567
『炭塵』[三好十郎] 632
『DANCE EARTH－願い－』[和田憲明] 704
『断層』[久板栄二郎] 508, **509**, 643
『断層地帯』[小林勝] 278
『タンタジールの死』[モーリス・メーテルリンク] 714
『タンタロスの踊り』[椎名麟三] 310
『団地夫人は大騒ぎ』[木村雅夫] 233
『断腸記』[沢田正二郎] 309
『断腸亭日常らんがい』[松井英雄] 760
『断腸亭日乗』[永井荷風] 724
『探偵異聞』[徳冨蘆花] 428

『探偵劇アルセーヌ・ルパン』［服部秀］495
『探偵小説四十年』［江戸川乱歩］105, 274
『耽溺』［岩野泡鳴］087
『単独行』［大竹野正典］123
『ダントンの死』［ゲオルグ・ビューヒナー］302
『旦那様は後始末』［松木ひろし］585
『ダンナハイケナイワタシハテキズ』［岩崎舜花］082
『胆嚢』［木々高太郎］199
『丹波与作』［畠山古瓶］492
『タンバリン』［後藤香］780
『短篇喜劇四種』［益田太郎冠者］579
『短編劇作品集』［原博］503
『タンホイザー』［坪内士行］413
『タンポポ女学校』［穂積純太郎］**568, 569**
『団欒』［田中総一郎］385
『短慮の刃』［尾崎紅葉］373

ち

『地域と演劇　弘前劇場の三十年』［長谷川孝治］482
『地域の物語』［瀬戸山美咲］350
『小さい逃亡者』［衣笠貞之助］224
『小さき者へ』［有島武郎］036, 521
『小さき夢』［岸田辰彌］413
『ちいさこべ』［山本周五郎］316, 376
『小さな駅の物語』［島源三］317
『小さな王國』［生田萬］743
『小さな音』［内木文英］432
『小さな恋のエロジー』［江本純子］110, 749
『小さな島の明治維新』［若代希伊子］702
『ちいさな花がひらいた』［柴田侑宏］316
『小さなリンボのレストラン』［タニノクロウ］393
『ぢいさんばあさん』［森鷗外］099
『チータの弁天小僧』［臼杵吉春］095
『CHAIR　立ち続けることは苦しいから』［森崎博之］652
『チェーホフの御座舞』［ごまのはえ］281
『チェーホフの戦争』［宮沢章夫］623
『チェーホフを待ちながら』［土田英生］409
『チェケラッチョ!!』［秦建日子］491
『智恵子抄』［北條秀司］559
『智恵子抄』［高村光太郎］715
『チェホフ祭』［寺山修司］418
『チエミの白狐の恋』［谷口守男］391
『チェンジ・ザ・ワールド』［石原哲也］790
『誓いの港』［森本薫］654
『違うチャフラフスカの犬』［原田宗典］504
『ちかえもん』［藤本有紀］546, 583
『知覚の庭』［宮沢章夫］623
『地下茎』［土方鉄］511
『地下室』［松井周］580
『地下室の子守唄』［近石綏子］396
『地下室の噴水』［原源一］503
『近松女敵討』［水木洋子］612
『近松序説』［広末保］524
『近松心中物語』［秋元松代］**021, 024**
『近松物語』［依田義賢］698
『近松門左衛門』［岡本綺堂］671
『地球空洞説（街頭劇）』［寺山修司］215
『地球の冷却』［飯島正］046
『地球光りなさい』［倉本聰］253
『ちぎられた縄』［火野葦平］**513**
『ちぎれ雲』［藤井薫］538, 566
『畜生腹』［広津柳浪］525
『筑前守義興』［小杉天外］272
『逐電100W・ロード100Mile（ヴァージン）』［益山貴司］580
『筑豊の少女』［林黒土］501
『千曲川通信』［中野實］**452, 454**
『稚児の剣法』［犬塚稔］070
『血沫浮名ざんげ』［迫日出雄］348
『地誌・文政江戸町細見』［犬塚稔］070
『地上』［島田清次郎］317
『地上に現はれるもの』［小島勗］270
『地上の楽園』［宋英徳］351
『地図のない旅』［矢代静一］663
『地図を創る旅——青年団と私の履歴書』［平田オリザ］518
『血溜り華よ』［堂本正樹］425

『父』［久板栄二郎］508
『父――逍遙の背中』［飯塚くに］415
『父親』［里見弴］305
『父親』［山本有三］684
『父親の肖像』［木庭久美子］274
『父帰る』［菊池寛］204, **205**, 243, 527
『父が消えた』［尾辻克彦］154
『乳姉妹』［菊池幽芳］206, **207**
『父と暮せば』［井上ひさし］072, **075**
『父と子』［辰野隆］378
『父と子と』［藤澤清造］540
『父との夏』［高橋いさお］364
『父と母』［大木直太郎］117
『乳に飼わるる獣』［柳川春葉］668
『父の死』［久米正雄］249
『ちちのみの父はいまさず』［中上健次］440
『父の眼』［徳田純宏］428
『父の詫び状』［向田邦子］312
『父母姉僕弟君』［三浦直之］602
『父・柳家金語樓』［山下武］035
『父よ！』［田村孝祐］395
『父を探すオーガスタス』［小山内薫♻ハロルド・チャピン］149
『父を葬る』［石原燃］765
『チッタチッタの抜け殻を満たして、と僕ら』［河野ミチユキ］780
『ちっちゃなエイヨルフ』［タニノクロウ♻ヘンリック・イプセン］393
『秩序ある庭』［三国一朗］604
『チッペラリーの歌』［伊庭孝］078
『地底から』［神谷量平＋黒沢参吉］174, 737
『地底人救済』［田辺繁範］390
『地底東京の女』［山本卓卓］683
『地底の歌』［八住利雄］666
『地底の鳥』［山崎正和］675
『治天ノ君』［古川健］549
『血と知と地――馬・吉田善哉・社台』［吉川良］694
『血と花』［小堀甚二］279
『血と骨』［鄭義信♻梁石日］400
『千鳥――幕ある如く無き如く』［田中千禾夫］**388**
『千鳥』［田中千禾夫］386, 388
『血塗られし胎内列車に乗りあわせる三人半』［石堂淑朗］056
『映像都市（チネチッタ）』［鄭義信］399, 744
『地熱』［三好十郎］632
『血の家』［森馨由］759
『地の駅』［太田省吾］120
『知の巨人　評伝生田長江』［荒波力］047
『血の婚礼』［フェデリコ・ガルシア・ロルカ］287
『血の賞与』［平沢計七］516
『地の乳房』［水上勉］**611**
『地の群れ』［井上光晴］076, 077
『千葉周作』［行友李風］688
『血は立ったまま眠っている』［寺山修司］279, 419, **420**, 507, 737
『聞得大君誕生』［大城立裕］119
『乳房』［市川森一］063
『地方史の新研究 淡路中川原村史』［藤井暸一］539
『地平線の音階』［可能涼介］755
『茶頭・利休居士千宗易』［川﨑照代］188
『着座するコブ』［山岡徳貴子］670, 749
『チャタレイ裁判』［水守三郎］615
『ちゃっかり八兵衛』［マキノノゾミ］766
『チャッカリ夫人とウッカリ夫人』［中江良夫］102, 439, 461
『茶のけぶり』［島崎藤村］317
『茶の間』［室生犀星］645
『チャフラフスカの犬』［原田宗典］504
『茶目子の一日』［佐々紅華］300
『チャリン狂――ご町内の崇仏派の皆様』［松木麻里子］768
『茶を作る家』［松居松翁］**581**
『ちゃんとした道』［小川未玲］144, 747
『ちゃんとした夕暮れ』［南出謙吾］771, 775
『ちゃんの肩車』［迫間健］477
『チュ』［村井志摩子♻星新一］639
『中央区今泉』［幸田真洋］778
『中学生日記』［斎藤憐他］288

『中華電影史話―― 一兵卒の日中映画回想記 一九三九〜一九四五』［辻久一］408
『中国戯曲集』［黒川欣映］256
『忠告した彼』［徳田純宏］428
『中国の不思議な役人』［寺山修司］420
『忠臣蔵』［二世竹田出雲＋三好松洛＋並木千柳♻近松門左衛門］018, 200, 372, 412, 516
『忠臣蔵』［島田雅彦］318
『忠次旅日記』［伊藤大輔］688
『厨房』［三国一朗］604
『注文の多い料理店』［宮沢賢治］625
『中也が愛した女』［古城十忍］271
『昼夜帯』［岡鬼太郎］132
『忠霊』［吉田絃次郎］711
『宙をつかむ－海軍じいさんとロケット戦闘機－』［宋英徳］351
『ちゅらさん』［岡田惠和］136
『美ら島』［謝名元慶福］328
『超、今、出来る、精一杯。』［根本宗子］469
『超A級迷子』［魔人ハンターミツルギ］767
『懲役人の告発』［椎名麟三］310
『鳥瞰図』［早船聡］502
『長江よ私たちの日々を忘れないでくれ』［小林ひろし］278
『彫刻のある風景　新宿角筈』［吉永仁郎］696
『丁子みだれ』［長谷川時雨］**484**
『鳥獣合戦』［飯沢匡］043
『鳥獣戯話』［花田清輝］495
『長州幕末青春譜－百年一瞬－』［宋秀徳］351
『長十郎天下御免』［土橋成男］429
『長春城付近』［早坂久子］500
『超人猿飛佐助』［平田兼三］521
『朝鮮海峡』［本田英郎］784
『朝鮮ショウ』［秦豊吉］723
『朝鮮征伐昔物語』710
『長短調（または眺め身近め）』［中野成樹］452
『蝶々さん』［忠の仁］378
『蝶々のお手紙』［北村寿夫］223
『蝶々のしゃぼん玉人生』［名和青朗］465
『蝶々の母物語』［京都伸夫］234
『蝶々夫人』［青山圭男］014
『蝶々雄二の裏町人生』［京都伸夫］234
『蝶々乱舞』［石崎一正］054
『長男』［三谷智子］758
『町人』［菅原卓♻阪中正夫］335
『丁半暦』［子母澤寛］327
『調味料の番人 3つの女』［大森寿美男］129
『蝶よ、哀れ！』［木村修吉郎］233
『調理場』［木村光一♻アーノルド・ウェスカー］232
『直撃！ ドラゴンロック－轟天－』［いのうえひでのり］**076**
『チョコレート中尉』［岡田恵吉］133
『チョコレート・ソルジャー』［白井鐵造♻オスカー・シュトラウス］329
『貯水池』［船岩祐太］547
『ちょっといい話』［戸板康二］424
『「ちょっといい話」で綴る戸板康二伝』［戸板当世子］425
『ちょっぴりスパイシー』［Dr. エクアドル］428
『チョビ助物語』［北村寿夫］223
『千代田血刃録』［谷屋充］394
『千代田刃傷』［須藤南翠］344
『鄭義信戯曲集　たとえば野に咲く花のように／焼肉ドラゴン／パーマ屋スミレ』400
『ぢらい』［森田有］755
『ちりとてちん』［藤本有紀］546
『散る花よ、風の囁きを聞け』［谷正純］390
『チロルの秋』［岸田國士］210, **212**
『地を渡る舟－1945／アチック・ミューゼアムと記述者たち－』［長田育恵］147, 750, 754
『珍傑団栗頓兵衛』［波島貞］462, **463**
『鎮魂歌』［北原武夫］219
『陳述』［西沢揚太郎］466
『沈鐘』［泉鏡花♻ゲアハルト・ハウプトマン］059, 060, 236
『沈鐘』［郡司正勝］258
『陳情』［ふじたあさやと三十人会］716

『椿説弓張月』［三島由紀夫♻曲亭馬琴］605, 608, 712
『珍饌会』［幸田露伴］266
『闖入者』［安部公房］031
『ちんば念仏』［小杉天外］272
『珍版映画五〇年史』［岡田教和］135
『ちんぴらの唄』［尼子成夫］032
『陳夫人』［田中澄江］383, 653
『沈黙』［遠藤周作］112, 113
『沈黙』［水守亀之助］615
『沈黙』［石原燃］772
『沈黙――SILENCE』［スティーブン・ディーツ♻遠藤周作］112
『沈黙亭のあかり』［山田太一］679
『沈黙の自治会』［北野ひろし］218
『沈黙の塔』［森鷗外］437

つ

『追憶のアリラン』［古川健］549, 754
『ツィゴイネルワイゼン』［荒戸源次郎♻鈴木清順］034
『追伸』［中村賢司］771
『追跡』［内村直也］096
『追善放鳥記』［原巌］503
『追善七回忌川口松太郎戯曲選』184, 185, 186, 187, 188
『追奏曲、砲撃』［深津篤史］527
『追想・田中茂』383
『ツイテナイ日本人』［藤田傳］544
『終の檻』［藤田傳］544
『終の栖、仮の宿』［岸田理生］215
『終の楽園』［長田育恵］147
『追放』［江馬修］109
『ツインズ』［吉村健二］781
『通過』［松井周］580, 757
『通俗西遊記』［河竹新七］190
『通天閣に灯がともる』［迫間健］477
『ツーロンの薔薇』［小原弘稔］720
『つかこうへい傑作選』402
『つかこうへい正伝　一九六八－一九八二』［長谷川康夫］490
『つかこうへいによるつかこうへいの世界』402
『束の間は薔薇色の煙』［徳丸勝博］740
『津軽じょんがら節』［長部日出雄］150
『津軽人情おんな節』［高田宏治］360
『津軽謀反人始末』［作間雄二］298
『津軽世去れ節』［長部日出雄］150
『月』［永井龍男］438
『月明らかに星稀に』［田中千禾夫］386
『月が沈むまで』［神西清］332
『月形半平太』［行友李風］481, 688, 689
『月くさ』［河竹黙阿弥］193
『月雲の皇子――衣通姫伝説より』［上田久美子］093
『月・こうこう、風・そうそう――かぐや姫伝説より』［別役実］554
『ツキコの月　そして、タンゴ』［堀越真］570
『築地明石町』［川口松太郎］184
『築地座 演劇美の本質を求めて』［内村直也］096
『築地ホテル館炎上』［堤春恵］412
『月魄』［菊池幽芳］206
『月梅薫朧夜』［河竹黙阿弥］186, 597
『月と篝火と獣たち』［桃山邑］649
『月とスイートスポット』［上田誠］771
『月と卵』［別役実］554
『月とラテックス手袋』［水都サリホ］775
『月に嘯く』［川俣晃自］195
『月謡荻江一節』［林和］502
『月の輝く夜に－MOON STRUCK－』［中島かずき］746
『月の囁き』［谷崎潤一郎］392
『月の砂漠』［楠本幸男］236
『月の三度笠』［犬塚稔］070
『月の出』［加藤道夫♻Aアーサー・シモンズ］164, 360
『月の素浪人』［長谷川伸］486
『月の光』［堀井康明］569
『月ノ光』［竹内銃一郎］370, 371

『月の岬』［松田正隆］518, 586, **587**, 751
『月の夜』［阪中正夫］296
『月はどっちに出ている』［鄭義信］400
『月姫』［小林愛雄］275
『月笛お仙』［唐十郎］739
『月見草』［又吉直樹］580
『月見座頭』［神西清］332
『月満ちて、朝遠く』［松原敏春］588, 744
『憑き物』［岩野泡鳴］087
『築山殿』［服部塔歌］495
『築山殿始末』［大佛次郎］150, 152
『月夜鴉』［川口松太郎］184
『月夜の道化師』［渡辺えり］706
『月より遠い場所』［寺山修司］422
『月よりの使者』［久米正雄］249
『突棒船』［菊岡久利］199
『佃の渡し』［北條秀司］559, **562**
『筑波秘録』［佐々木孝丸］240
『継ぐ者』［島源三］317
『つげかいどう・よしはるむら・あざ…』［遠藤琢朗♻つげ義春］113
『黄楊の櫛』［岡田八千代］**135**
『晦』［大正まろん］771
『津田沼』［赤堀雅秋］015, 748
『蔦模様血染御書』［河竹新七］190
『ツタンカーメン』［池田政之］050
『土』［伊藤貞助♻長塚節］067
『土』［大垣肇♻長塚節］116
『土』［立川雄三♻長塚節］378
『土』［八木隆一郎♻長塚節］660
『つちぐも』［荒木昭夫］786
『土蜘』［河竹黙阿弥］195
『土田英生戯曲集　算段兄弟　一初恋』409
『土と兵隊』［高田保♻火野葦平］361, 513
『土に生きる』［平田都］522
『土の器』［阪田寛夫］293
『土の花嫁』［田中大助］385
『土屋主税』［渡邊霞亭］**706**
『筒井康隆劇場　12人の浮かれる男』［筒井康隆］411
『鼓の思い出』［門脇陽一郎］166
『つづみの女』［田中澄江］**384**
『鼓の里』［榎本虎彦♻フランソワ・コペ］108
『九十九折』［大森痴雪］129
『つながる』［岡田尚子］782
『つなぎ舟』［中村孝子］458
『常長』［木下杢太郎］230
『常に最高の状態』［江本純子］110
『椿姫』167, 375, 711
『椿姫』［長田秋濤♻アレクサンドル・デュマ(フィス)］147
『椿姫』［岸田國士＋小山祐士♻アレクサンドル・デュマ(フィス)］282
『つばくろの歌』［藤本義一］545
『翼ある人々——ブラームスとクララ・シューマン』［上田久美子］093, 754
『翼をください』［ジェームス三木］312, **313**
『翼を燃やす天使たちの舞踏』［加藤直］163, 235, 302
『燕』［青江舜二郎］012
『燕』［佐藤春夫］301
『燕のいる駅』［土田英生］409
『坪内逍遙』［河竹繁俊・柳田泉］415
『坪内逍遙』［大村弘毅］415
『坪内逍遙』［尾崎宏次］415
『坪内逍遙事典』415
『坪内逍遙書簡集』415
『つぼさか』［杉谷代水］715
『壺坂観音霊験記』［二世豊澤團平＋加古千賀］710
『壺坂霊験記』［二世豊澤團平＋加古千賀］041, 186, 715
『坪田譲治全集』417
『蕾の花』［菊池幽芳］206
『褄重噂菊月』［福森久助］193
『妻と社長と九ちゃん』［鈴木聡］339
『妻に与える譜』［木村学司］231
『妻の死』［石丸梧平］057
『罪』［八田尚之］493
『積木あそび』［関口次郎］347
『積木の灯』［田村秋子］395

『罪とか罰とか』［ケラリーノ・サンドロヴィッチ］259
『罪と罰』［加藤直］163
『罪と罰』［ドストエフスキー］362, 645
『罪の子』［尾崎倉三］145
『紡ぐ』［山岡徳貴子］670
『津村教授』［山本有三］502, 684
『瞑りの森』［くるみざわしん］763
『つめくさの花の数列の果て』［和田周］704
『通夜する二人』［鈴木泉三郎］340
『通夜物語』［泉鏡花］058, 184
『梅雨小袖昔八丈』［河竹黙阿弥］**192**
『露じも』［岩野泡鳴］087
『露団々』［幸田露伴］265
『梅雨の頃』［正宗白鳥］**577**
『露深く』［久保田万太郎］244
『釣女』［河竹黙阿弥］711
『釣忍』［高橋博♻山本周五郎］364
『釣忍』［隆巴♻山本周五郎］700
『つり的』［饗庭篁村］012
『釣人の四季』［中山善三郎］460
『釣堀にて』［久保田万太郎］245, **247**, 527
『鶴』［長谷川四朗］484, 714
『鶴――岩名雪子戯曲集』087
『鶴亀』［里見弴］305
『鶴に恩返し－例えば火の鳥の飲む麦茶－』［魔人ハンターミツルギ］769
『鶴女房』［木下順二］225
『鶴の恩返し』［坪田譲治］417
『ツルの巣ごもり』［タカクラテル］360
『鶴八鶴次郎』［川口松太郎］184, **185**, 186
『津和野』［人見嘉久彦］511, **512**
『つんざき行路、されるがまま』［福原充則］538, 750

て

『て』［岩井秀人］082
『手』［池波正太郎］051
『手』［曾我廼家十郎］357
『ディアーフレンズ・ジェントルハーツ』［成井豊］463
『D』［工藤千夏］238
『ディス・ワンダーランド』［西森英行］467
『Disk』［船岩祐太］547
『ティル』［多和田葉子］396
『帝王者』［島田清次郎］317
『提琴弾きと喇叭吹き』［北村小松］220
『停車場付近』［和辻哲郎］707
『亭主の階級』［高須文七］360
『貞操問答』［菊池寛］204
『貞操を』［井東憲］067
『停電』［荒畑寒村］035
『停電』［岩野泡鳴］088
『停電の夜の出来事』［永井荷風］438
『泥濘』［四宮純二］314
『定年ゴジラ』［杉浦久幸♻重松清］336
『定本 赤い鳥逃げた…』［大橋泰彦］127
『底本 熱海殺人事件』［つかこうへい］404
『定本・野田秀樹と夢の遊眠社』473
『てーぷれこーだ』［野田市太郎］471
『尾灯－テールランプ－』［押川昌一］153
『デカメロン』［尾崎紅葉］145
『敵国降伏』［松居松翁］581
『テキサス無宿』［谷譲次］390
『敵人の子』［岡田三郎］133
『敵前上陸』［樋口十一］507
『出来ない相談』［益田太郎冠者］579
『手鎖心中』［井上ひさし］071
『てけれっつのぱ』［瀬戸口郁♻蜂谷涼］350
『凸凹ローマンス』［古川緑波］550
『手品師』［久米正雄］249
『弟子への手紙』［大村嘉代子］128
『弟子丸家の人々』［霜川遠志］326
『デジャ・ヴュ』［鴻上尚史］264
『デス・オブ・ア・ポリティカル・ボーイ』［一尾直樹］746
『デスノート』［小池修一郎♻大場つぐみ＋小畑健］261
『デスマッチ連歌』［小松幹生］280
『でっかい錨』［田中茂］383
『でっかい青春』［鎌田敏夫］173

『手塚治虫の生涯――大河演劇「親切伝」序説』［松尾スズキ］ 582
『鉄橋の上のエチュード』［小原延之］ 774
『鉄屑の空』［長田育恵］ 147
『てつ子の部屋』［高橋恵］ 365, 769
『鉄コン筋クリート』［大岡淳＋佐藤信♻松本大洋］ 591
『鉄舟と次郎長』［服部秀］ 495
『デッドエンド』［村山知義］ 643
『鉄道員』［岩間芳樹］ 088
『鉄の纏足』［高井浩子］ 358
『鉄砲記』［高橋丈雄］ 364
『鉄砲祭前夜』［伊馬春部］ 080
『鉄門』［高浜虚子］ 366, 714
『鉄割×東陽片岡』［戌井昭人］ 070
『出ていったお父さん』［竹田新太郎］ 373
『テトラポット』［柴幸男］ 314
『手投弾』［秋田雨雀］ 017
『てなもんや交遊録』［香川登志緒］ 160
『てなもんやコネクション』［宇野イサム］ 098
『てなもんや三度笠』［香川登志緒］ **160**
『てなもんや人生』［京都伸夫］ 234
『手の紙』［武田一度］ 769
『手の中の林檎』［内藤裕敬］ 746
『てのひら――活版印刷工場のひとびと』［岩脇忠弘］ 774
『てのひらのさかな』［中村賢司］ 457, 768
『てのひら雪ひとつぶの消えるまで』［小寺隆韶］ 273
『出刃打お玉』［池波正太郎］ 051
『出ばやし一代』［田辺聖子］ 514
『デビルマン――不動を待ちながら』［じんのひろあき］ 333
『寺井駅長』［鳥居与三］ 431
『寺田屋お登勢』［榎本滋民］ 105
『寺泊』［水上勉］ 609
『寺山修司の戯曲1』 421
『寺山修司著作集3』 422, 423
『寺山修二の冒険』［佐藤晴樹］ 760
『テラヤマ・ランド――寺山修司の迷宮大世界』［大沢直行］ 118
『テリトリー論』［伊藤比呂美］ 465
『照葉狂言』［泉鏡花］ 569
『デルスー・ウザーラ』［ウラジミール・アルセーニエフ(長谷川四郎訳)］ 484
『てるてる坊主の照子さん』［なかにし礼］ 451
『テレスコープ』［古川登志夫］ 550
『テレビが一番つまらなくなる日』［きたむらけんじ］ 219
『テレビ時代』［黒川欣映♻マーティン・エスリン］ 256
『テレビ・デイズ』［岩松了］ 089, **090**
『TVロード』［加藤一浩］ 163
『手をつなぐ仏青』［渡辺尚爾］ 706
『天一坊』［五世瀬川如皐］ 345
『天一坊と大岡越前守』［額田六福］ 468
『田園小景』［水守亀之助］ 615
『田園の憂鬱』［佐藤春夫］ 301
『天涯。』［島田雅彦］ 318
『天外綺譚　セイント・イーブル』［中島らも］ 444
『天涯の花』［大藪郁子♻宮尾登美子］ 131
『天下御免』［早坂暁］ 500
『天勝物語』［金子良次］ 170
『天下の侠客』［相良準三＋水谷幹夫♻長谷川幸延］ 613
『天下の脱線野郎』［藤井薫］ 538
『天から降るもの』［辻田たくと］ 767
『デンキ島』［蓬莱竜太］ 564
『天気晴朗』［井東憲］ 067
『電気の敵』［伊野万太］ 070
『転勤報告』［森永武治］ 653
『天空の夢』［小国正皓］ 144
『天狗に攫われた男』［五世瀬川如皐］ 345
『天元突破グレンラガン♻GAINAX』［中島かずき］ 441
『転校生』［平田オリザ］ 033, 257, 517, **519**, 696
『天国さして』［石井源一郎］ 052
『天国と地獄』［ジャック・オッフェンバック］ 214
『天国と地獄』［黒澤明＋菊島隆三＋久板栄二郎＋

小国英雄］509
『天国泥棒（現代狂言）』［加藤道夫］166
『天国への遠征』［川和孝✿椎名麟三］198, 310
『天才』［佐野天声］307
『天才帰る』［松木ひろし］585
『天才・たけしの元気が出るテレビ!!』［伊藤輝夫＋喰始＋宮沢章夫他✿萩原敏雄＋加藤光夫＋北野武＋牛丸謙壱］394『天才の証明』［中島敦彦］442
『天才バカボンのパパなのだ』［中野成樹✿別役実］452
『天才バカボンのパパなのだ』［別役実］554
『天使』［安部公房］028
『天使』［田中澄江］384
『天竺物語』［足立欽一］027
『点字日記』［浅野武男］026
『天使の微笑・悪魔の涙』［小池修一郎］261
『天使の部屋』［村田修子］641
『天使は瞳を閉じて』［鴻上尚史］264, 744
『電車という名の欲望』［西島明］466
『電車は血で走る』［丸尾丸一郎］600
『天樹院』［弘津千代］525
『天守物語』［泉鏡花］058, **061**
『天璋院篤姫』［長谷川康夫✿宮尾登美子］490
『天正女合戦』［大藪郁子✿海音寺潮五郎］131
『デン助浅草泣き笑い人生』［大宮敏充］274
『デン助劇場』［言問三平］273
『デン助の此の道一筋』［言問三平］**274**
『天神町一番地――広島・あの頃・消えた町』［楠本幸男］755
『電信柱のある宇宙』［別役実］554
『テンダー・グリーン』［正塚晴彦］**576**
『天誅組』［西光万吉］**286**
『デンティスト――愛の隠れんぼ』［江守徹］110
『でんでけ伝』［内藤裕敬］432
『転轍手』［小堀甚二］279
『でんでんむしの競馬』［さねとうあきら✿安藤美紀夫］306
『デンドロカカリヤ』［安部公房］028
『天井』［山田寿夫］681
『天日坊』［宮藤官九郎✿河竹黙阿弥］**237**
『天女喪失』［森永武治］653
『天網嶋』［食満南北✿近松門左衛門］258
『天の鶯』［北村寿夫］223
『天王山上の火』［田代倫］377
『天皇志願』［黒川欣映］256
『天皇と接吻』［坂手洋二］294, 751
『天皇の世紀』［大佛次郎］150, 285
『天皇の誕生　映画的「古事記」』［長部日出雄］150
『天皇はんのみかん』［一柳俊邦］511
『天の嘆き』［大江健三郎］116
『天平の甍』［依田義賢✿井上靖］**698**
『テンペスト』［ウィリアム・シェイクスピア］712
『天変斯止嵐后晴』［山田庄一］712
『天保一夕話』［徳田純宏］428
『天保改革』［西光万吉］286
『天保水滸伝』［子母澤寛］327, 576
『天保図録・おうどかもん茂平次』［松本清張］590
『天保遊侠録』［真山青果］596
『天保六花撰』［二世松林伯圓］192, 489
『天保六花撰』［安永貞利✿二世松林伯圓］665
『テンマ船の行方』［柳原和音］758
『天無情』［高安月郊］367
『天明みちのくのアリア』［石崎一正］054
『天も地も白い』［細江豊］738
『てんやわんや』［岩田豊雄］086
『電話男』［小林恭二］276
『電話少年漂流記』［右来左往］761
『電話六千六百番』［竹田新太郎］373

と

『DOOR　在り続けるためのプロセス』［森崎博之］652
『戸板康二の歳月』［矢野誠一］425
『塔』［飯沢匡］043
『塔』［小堀甚二］279
『TWO』［成井豊］463

『東亜子供数え唄』［長谷山峻彦］ 491
『東亜悲恋』［和田憲明］ 704, 747
『動員挿話』［岸田國士］ **212**, 527, 528
『東海道中膝栗毛』［十返舎一九］ 231
『東海道中膝栗毛』［木村錦花♻十返舎一九］ 231
『東海道四谷怪談』［うしろけんじ］ 095
『東海道四谷怪談』［四世鶴屋南北］ 172, 373, 452, 710
『東海道四谷怪談・北番』［串田和美］ 235
『燈火酔語』［佐藤惣之助］ 301
『闘牛』［中田耕治］ 446
『東京哀詩』［菊田一夫］ 200
『東京アメリカ』［山本卓卓］ 684
『東京アレルギー』［山田百次］ 681, 759
『東京一夜物語』［近石綏子］ 396
『東京海亀伝説』［古川登志夫］ 550
『東京踊り』［岸本水府・食満南北］ 724
『東京親不知』［秋月桂太］ 018
『東京キッド』［東由多加］ 506
『東京狂詩曲一八八九』［池田一臣］ 048
『東京原子核クラブ』［マキノノゾミ］ **575**, 746, 751
『東京行進曲』［菊池寛］ 204
『東京コンバット』［宮本勝行］ 627
『東京裁判』［野木萌葱］ 469
『東京三文おぺれった』［栗津潔］ 040
『東京ジャングル』［大迫旭洋］ 780
『東京小景』［能島武文］ 470
『東京大学「ノイズ文化論」講義』［宮沢章夫］ 623
『東京大学「80年代地下文化論」講義』［宮沢章夫］ 623
『東京タワー　オカンとボクと、時々、オトン』［蓬莱竜太♻リリー・フランキー］ 564
『東京タワー　オカンとボクと、時々、オトン』［松尾スズキ♻リリー・フランキー］ 582
『東京都第七ゴミ処理施設場 ロンリー・ハーツ・クラブ・バンド』［谷賢一］ 390
『東京トホホ本舗』［原田宗典］ 504
『東京トラウマ』［川村毅］ 197
『東京の祭日』［中野實］ 452
『東京の眠る時』［鈴木善太郎］ 341
『東京の道をゆくと』［かもねぎショット］ **176**
『東京のゆくへ』［久保田万太郎♻瀬戸英一］ 245
『東京ノート』［平田オリザ］ 012, 517, 518, **519**, 745
『東京日和』［岩松了］ 090
『東京暮色』［森永武治］ 653
『東京マルトゥギ』［桜井大造］ 298
『東京未来派宣言』［謝名元慶福］ 328
『東京物語』［小津安二郎＋野田 高梧］ 520
『東京ラブストーリー』［坂元裕二♻柴門ふみ］ 297
『同居人』［別役実］ 554
『道具づくし』［別役実］ 555
『藤九郎新作狂言集』 715
『峠』［阿木翁助］ 016
『峠越えのチャンピオン』［千葉雅子］ 398
『TOGETHER AGAIN――ゴッホからの最後の手紙』［宇都宮裕三］ 756
『道化時代――トリックスター大通り』［竹邑類］ 374
『峠の一軒家』［中山侑］ 460
『道化の青春』［高津一郎］ 362
『峠の鼓八』［夏目千代］ 462
『道化の文学――ルネサンスの栄光』［高橋康也］ 365
『道化役者』［額田六福♻ラファエル・サバティーニ］ 468
『道元の月』［立松和平］ 383
『道元の冒険』［井上ひさし］ 071, 740
『東西文学論』［吉田健一］ 459
『銅山王』［佐野天声］ 307
『とうさんのチンチン電車』［伊藤隆弘］ 069
『どうして馬は風邪をひくか』［土方定一］ 728
『動詞の陰翳』［太田省吾］ 121
『蕩児の帰還』［セント・ジョン・ハンキン］ 205
『冬至の日』［勝本清一郎］ 163
『同志の人々』［山本有三］ 684, **685**
『藤十郎の恋』［大森痴雪♻菊池寛］ 129, **130**, 204, **205**, 342, 348

『道成寺』［郡虎彦］ 060, 268, **269**
『道成寺』 182, 220
『道成寺』［三島由紀夫］ 605
『道成寺』［安田雅弘］ 665
『唐人お吉』［十一谷義三郎］ 328
『唐人お吉』［田中総一郎］ 385
『唐人お吉』［真山青果］ 596
『当世記者気質』［小沢信男］ 152, 739
『当世極楽気質』［長田育恵］ 148
『当世書生気質』［三世勝諺蔵♻坪内逍遙］ 162
『当世書生気質』［坪内逍遙］ 414
『当世覗きからくり』［茂木草介］ 646
『当世花嫁風景』［弘津千代］ 525
『当世風 雨月物語』［別役実］ 553
『銅像のある町』［霜川遠志］ 326
『盗賊万才――異説多襄丸伝』［ゆいきょうじ］ 686
『燈台』［堂本正樹］ 425
『灯台』［三島由紀夫］ 604
『燈台鬼』［田中喜三♻南条範夫］ 383
『東大に灯をつけろ！』［関根弘］ 348
『道中記』［足立万里］ 027
『桃中軒雲右衛門』［真山青果］ 596, **599**
『東天紅』［井関義久］ 062
『洞道のヒカリ虫』［岡安伸治］ 143, 743
『凍土帯』［松岡力雄］ 585, 735
『堂々たる娼婦』［八木柊一郎］ 736
『道頓堀』［菊田一夫］ 201
『道頓堀』［三田純市］ 615
『道頓堀行進曲』［中井泰孝］ 433
『道頓堀の雨に別れて以来なり』［田辺聖子］ 724
『道頓堀由来記』［三好一光］ 631
『唐茄子屋』［平田兼三］ 521
『塔の上から』［吉村健二］ 774
『銅の李舜臣』［長谷川四郎♻金芝河］ 484
『動物園物語』［エドワード・オールビー］ 338, 452
『動物会議』［平田オリザ］ 519
『動物倉庫』［大江健三郎］ 116
『動物たちのバベル』［多和田葉子］ 396
『動物のお医者さん』［佐々木倫子］ 517
『動物の時間』［黒川敏郎］ 736
『逃亡者－夢を追いかけて－』［溝口貴子］ 789
『盗棒大将』［岡田教和・安永貞利・貴島研二］ 135, 665
『逃亡の河』［田槇道子］ 395
『冬眠する熊に添い寝してごらん』［古川日出男］ 550, 750
『冬眠まんざい』［秋浜悟史］ **019**, 739
『透明通信』［鈴木翁二］ 048
『とうめいなすいさいが』［別役実］ 554
『透明な血』［東憲司］ 505
『透明な隣人－8（エイト）によせて－』［西尾佳織］ 465
『透明ノ庭』［岩崎正裕］ 767
『堂本正樹の演劇空間』 425
『堂本正樹一幕劇集』 425
『頭山満翁』［中村吉蔵］ 455
『東洋の母』［竹田敏彦］ 374
『トウランドット姫』［白井鐵造］ 330
『燈籠ながし』［雄島浜太郎］ 154
『童話』［榊原政常］ 292
『童話久留島名話集』 255
『遠い凱歌』［内村直也］ **096**
『遠い挿話』［ポール・ボウルズ］ 113
『遠い夏のゴッホ』［西田シャトナー］ 467
『遠い場所』［押川正一］ 153
『遠いはるかなオホーツク』［内田栄一］ 095
『遠い一つの道』［菊島隆三］ 200
『遠い日々の人』［平田オリザ］ 751
『十日の菊』［三島由紀夫］ 605
『Tokyo Ghetto』［清水信臣］ 325
『TOKYOてやんでぃ』［村木藤志郎＋土田真巳＋神田裕司］ 471
『TOKYO235』［石坂浩二］ 053
『トーキョー裁判』［坂手洋二］ 293, 744
『トーキョー・スラム・エンジェルス』［谷賢一］ 390
『トーキョー／不在／ハムレット』［宮沢章夫］ 623, **624**

『トーキョー・ボディ』［宮沢章夫］623
『遠ぐでクラクション』［菅井菅］777
『遠くまで行くんだ』［福田善之］509, 533, 737
『遠くを見る癖』［かもねぎショット］176
『トータル・リビング1986－2011』［宮沢章夫］623
『トーマの心臓』［倉田淳♻萩尾望都］249
『遠山桜天保日記』［竹柴其水］372
『遠山の金さん七変化』［新美正雄］333
『通り過ぎた雨』［堂本正樹］425
『通り魔』［伊賀山昌三］047
『通りゃんせ』［森禮子］651
『DOLL』［如月小春］208
『ト音』［春陽漁介］759
『都会の船』［菊田一夫］200
『都会の憂鬱』［佐藤春夫］301
『富樫』［野口達二］**470**, 738
『ドカチン』［羽原大介］499
『土管』［佃典彦］**407**
『時、流れるままに』［大久保秀志］762
『鴇色の武勲詩』［金子鉄磨］174
『研辰祟る』［菅原寛］335
『研辰の討たれ』［菊谷栄♻木村錦花］207
『研辰の討たれ』［木村錦花］231, **232**
『研辰の討たれ』［平田兼三♻木村錦花］232, **521**
『ドキドキクラブ』［大沢直行］118
『時には娼婦のように』［なかにし礼］451
『時の女』［コビヤマ洋一］279
『時の崖』［安部公房］031
『朱鷺の墓』［宮本研♻五木寛之］628
『時の光の中で』［浅利慶太］056
『時の物置』［永井愛］434, **435**, 436
『時は立ちどまらない』［山田太一］678
『時宗』［高浜虚子］366
『ドキュメント転形劇場　水の希望』［太田省吾］121
『常盤』［和辻哲郎］707
『常磐の曲』［平田都］522
『徳川家康』［阿木翁助］016
『徳川家康』［小山内美江子］150
『徳川家康』［土橋成男♻山岡荘八］429
『徳川千姫』［野淵昶］476
『徳川の夫人たち』［吉屋信子］131
『徳川夢声の世界』［三国一朗］604
『独眼竜政宗』［ジェームス三木］312
『毒喰わば夢　まぼろしの』［倉澤周平］249
『独裁』［岩田宏］087
『読書対決』［小林賢太郎］277
『独身倶楽部』［関口次郎］347
『特性のない男の編物』［西島明］466
『毒草』［菊池幽芳］206
『独白の女』［藤森成吉］546
『毒婦懺悔』［徳田純宏］428
『匿名家族』［フルタジュン］551
『毒薬を飲む女』［岩野泡鳴］087
『ドグラ・マグラ』［夢野久作］372, 649
『独立愚連隊』［岡本喜八］136
『髑髏城の七人』［中島かずき］441
『髑髏妻』［宇野信夫］099
『髑髏の舞』［斎藤豊吉］287
『髑髏杯』［金子光晴］649
『時計』［堂本正樹］425
『時計屋の恋』［吉田小夏］696, 757
『どこか行く舟』［室屋和美］775
『どこ立ってる』［鳥山フキ］431
『何処へ』［正宗白鳥］577
『どこへゆこうか南風』［小松幹生］742
『どこをみている』［平塚直隆］523
『鶏冠詩人伝』［庄野英二］329
『年上の女』［阿部照義］032
『年くひ女房』［小栗風葉］144
『閉じ込められて』［黒羽英二］257
『都市覗き絵』［北村喜八］219
『都市民族の芝居小屋』［如月小春］208
『道修町』［菊田一夫］200
『図書館的人生』［前川知大］571
『土性っ骨』［花登筐］496
『年忘れ弥次喜多道中』［山路洋平］677
『長脇差試合』［長谷川伸］486
『トスカ』［ヴィクトリアン・サルドゥ］368,

537
『トスキアナ』[獏与平太] 477
『トスキナア　一九二〇年代大正挽歌』[石崎一正] **054**
『トスキナの歌』[獏与平太] 477
『土足』[多田淳之介] 377
『トタンの穴は星のよう』[藤本義一] 545
『土壇場』[林黒土] 501
『栃の根』[川村花菱] 195
『土地』[秋田雨雀] 017
『土地・斗争』[和田勝一] 703
『どちらでも』[小島信夫] **270**, 740
『どっきり地獄』[黒川陽子] 256
『トッケイと華』[中村まり子] 458
『特権的肉体論』[唐十郎] 178
『どっこい生きてる』[平田兼三＋岩佐氏寿＋山形雄策] 521
『どっこい想話』[中山十戒] 460
『突然の陽ざし』[神田成子] 788
『突端の妖女』[岩崎裕司] 758
『ドッチャダンネ』[益田太郎冠者] 579
『とってもゴースト』[ワームホールプロジェクト] 692, 702
『トップ　ジャズ　イン　ジャパン』[竹内伸光] 371
『どてらい男』[花登筐] **496**
『獨々逸イデオロギー』[上杉清文] 093
『怒濤』[森本薫] 052, 245, 654
『ドドミノ』[柴幸男] 314
『どどめジャム』[肥田知浩] 758
『轟天』[いのうえひでのり] 076
『隣りの男』[岩松了] 089
『となりの芝生』[橋田壽賀子] 478
『となりの田中さん』[幸田真洋] 780
『となり街の知らない踊り子』[山本卓卓] 684
『トニーとマリア』[遠藤周作] 112
『利根の川霧』[村上元三] 640
『殿様と私』[マキノノゾミ] 575
『トノに降る雨』[中島淳彦] 442
『殿のちょんまげを切る女』[中島淳彦] 442
『土橋成男脚本選集』 429
『飛ばせハイウェイ、飛ばせ人生』[樋口ミユ] 507
『飛降り常習者』[渡辺尚爾] 706
『とびこんだ花嫁』[風見鶏介] 161
『飛田大門通り』[長谷川幸延] 481
『飛び出せ！未亡人』[福田陽一郎＋八木修一郎] 531
『土俵の噂』[中西羊髯] 451
『扉のこちら』[扉のこちら] 720
『扉の前にて』[鈴木泉三郎] 340
『丼池』[菊田一夫] **203**
『飛ぶ痛み』[登米裕一] 431
『飛ぶ唄』[金子洋文] 169
『飛ぶ男』[安部公房] 028
『翔ぶが如く』[小山内美江子♻司馬遼太郎] 150, 315
『飛ぶ橇』[杉浦久幸] 336
『どぶろくの辰』[中江良夫] **439**
『翔べ！原子力ロボむつ』[畑澤聖悟] 492, 750
『とべ！ ここがサド島だ』[宮本研] 627
『飛べないくまんばち』[広島友好] 782
『徒歩7分』[前田司郎] 573
『止まらない子供たちが轢かれてゆく』[綾門優季] 777
『富岡先生』[真山青果♻国木田独歩] 596
『富久』[初代三遊亭圓朝] 666
『富次露の命』[濱田秀三郎] 499
『富島松五郎伝』[岩下俊作] 085
『富島松五郎伝』[森本薫♻岩下俊作] **654**, **656**
『トミとマリ』[加藤衛] 164
『富永遊撃手』[竹田敏彦] 374
『トムは真夜中の庭で』[高瀬久男♻アン・フィリッパ・ピアス] 360
『友絵の鼓』[人見嘉久彦] 511, **512**, 738
『友絵の鼓　人見嘉久彦戯曲集』 512
『ともこのかげ』[小佐部明広] 777
『ともしび』[四宮純二] 314
『ともだち』[木庭久美子] 274
『友達』[安部公房] 028, **030**
『友達(改訂版)』[安部公房] 030

『ともだちが来た』［鈴木俊郎］ 337, **338**, 766
『友達の友達』［ふじきみつ彦］ 539
『ドモ又の死』［有島武郎］ **037**
『知盛逍遙』［嵐圭史］ 227
『友を訪ねて』［近江瓢鯰］ **114**
『土曜と月曜の間』［今野勉］ 285
『豊公醍醐花見宴』［山田桂華］ 678
『豊島与志雄著作集第五巻』 430
『とら』［田中千禾夫］ 386
『虎★ハリマオ』［北村想］ 742
『DORA――100万回生きたねこ』［筒井ともみ㊗佐野洋子］ 307, 410
『ドライアイスの海』［キノトール］ 225
『ドライブイン カリフォルニア』［松尾スズキ］ 582
『トラストDE』［斎藤憐］ 288
『ドラ・ソーン』［バーサ・M・クレー］ 207
『トラックメロウ』［平塚直隆］ 522, 758
『トラッシュマストラント』［中津留章仁］ 450
『トラップ・ストリート』［別役実］ 553
『銅鑼は鳴る――築地小劇場の思い出』［横倉辰次］ 691
『ドラマトゥルギー研究』［内村直也］ 096
『ドラマとの対話』［木下順二］ 227
『どらまないと』［石澤富子］ 054
『ドラマの精神史』［大笹吉雄］ 246
『ドラマの世界』［木下順二］ 226, 227
『ドラム一発！ 今宵かぎり』［篠崎光正］ 314
『虎よ、虎よ』［福田善之］ 534
『囚われ人』［豊島与志雄］ 430
『Drunker』［綾田俊樹］ 034
『トランス』［鴻上尚史］ 264, 745
『とりあえずの死』［藤田傳］ 544
『とりあえずロマンス』［長谷川康夫］ 490
『ドリームエクスプレスAT』［岡安伸治］ 744
『ドリーム工場――東北のプレタポルテ』［石塚克彦］ **055**
『ドリームタイム』［ロジャー・パルバース］ 701
『Dream Regime――夢の体制プロジェクト』［清水信臣］ 326
『鳥追於松海上話』［三世勝諺蔵］ 162
『トリガー』［山田裕幸］ 681, 763
『取かへ心中』［伊原青々園］ 079
『鳥籠を毀す』［阪中正夫］ 296
『取越し苦労』［岸井良衛（岸井良緒）］ 209
『トリコロール－労働の自由と平等と友愛と－』［松本眞奈美］ 779
『鳥たちは空をとぶ』［椎名麟三］ 310
『トリツカレ男』［いしいしんじ］ 252
『鳥と手のひら』［麓桃子］ 773
『取り残された道化師』［井東憲］ 067
『鳥は飛んでいるか』［森井睦］ 652
『鳥辺山心中』［岡本綺堂］ **140**
『鳥よ　鳥よ　青い鳥よ』［岸田理生］ 215, **216**
『鳥よ　鳥よ　青い鳥よ　岸田理生戯曲集Ⅲ』［岸田理生］ 216
『ドリルの上の兄妹』［倉持裕］ 252
『トルストイ』［武者小路実篤］ 637
『どれい狩り』［安部公房］ 028, 029, 030, 735
『トレグラチェ』［早川三代治］ 499
『ドレスを着た兵隊』［香村菊雄］ 174
『トロイア戦争』［岩名雪子］ 087
『トロイアの女』［鈴木忠志♻エウリピデス］ 341
『トロイアの女たち』［大岡信♻エウリピデス］ 116
『泥かぶら』［真山美保］ 600
『とろっか、とろっか』［伊地知克介］ 782
『泥人魚』［唐十郎］ 178, **180**, 752
『泥人形』［正宗白鳥］ 577
『泥の河』［マルセ太郎］ 600
『泥の中のルビィ』［八木柊一郎］ 658
『泥花』［東憲司］ 505
『泥棒寺縁起』［横倉辰次］ 691
『泥棒と殿様』［矢田弥八♻山本周五郎］ 666
『泥棒と若殿』［大西信行♻山本周五郎］ 124, 683
『泥棒と私』［八木柊一郎］ 658
『泥棒論語』［花田清輝］ 495, 736
『トロワグロ』［山内ケンジ］ **669**, 750

『どろんどろん』［小幡欣治］157
『トワイライツ』［天野天街］032
『トワイライツ』［蓬莱竜太］**564, 565**
『永遠物語』［草野旦］720
『とんからこ』［テアトル・マリオネット］728
『呑気放亭』［岡本一平］138
『鈍牛』［池波正太郎］051
『団栗頓兵衛』［波島貞］462
『ドンゴな子』［中山十戒］460
『豚児誕生す』［森永武治］653
『鈍獣』［宮藤官九郎］**237**, 462, 748
『遁走』［宇野千代］098
『遁走譜』［真船豊］**593, 595**
『どん底』［マクシム・ゴーリキー］211, 259, 277, 332, 485, 493, 643
『どん太の樽屋』［人形劇団プーク］728
『鈍琢亭の最期』［田中千禾夫］386
『とんちゃん』［倉本聰］253
『飛んで孫悟空』［別役実］554
『とんでもない女』［中津留章仁］450
『とんでもない話』［尼子成夫］032
『トンテントン』［岡部耕大］136
『どんどこどん』［谷川俊太郎］391
『左義長まつり』［知切光歳］397
『とんとむかし』［関矢幸雄］348
『どんとゆけ』［畑澤聖悟］493
『鳶油揚物語』［二九亭十八］465
『ドンブラコ』［北村季晴］**220**, 718
『どんぶりの底』［戌井昭人］070
『どんま』［高堂要］**362**
『ドン・キホーテ』［ミゲル・デ・セルバンテス］365
『ドン・ジョヴァンニ——超人のつくり方』［加藤直］744

な

『内角の和Ⅰ・Ⅱ』［鈴木忠志］341
『ナイス・エイジ』［ケラリーノ・サンドロヴィッチ］259, **260**, 751
『ナイト・ウィズ・キャバレット』［西史夏］777
『内藤裕敬　劇風録其之壱』［内藤裕敬］432
『騎士クラブ』［三浦大輔］601
『ナイロンのライオン』［ラサール石井］**700**
『nine』［小原延之］770
『ナオミの夢』［宮藤官九郎］237
『なが雨』［山下厳］677
『永い遠足』［松井周］580
『長いお正月』［長岡輝子］440
『長い航海』［庄野英二］328
『ながい坂』［山本周五郎］683
『長い墓標の列』［福田善之］532, **534**, 736
『長い夜の記録』［広渡常敏］526, 737
『中勘助の恋』［富岡多恵子］430
『長靴三銃士』［和田周］704
『ながくつしたのピッピ』［アストリッド・リンドグレーン］728
『長靴をはいた猫』［内田春菊］095
『ながく吐息』［前田司郎］573
『ナガサキ'んグラフィティ』［いずみ凜］790
『長崎の一夜』［野淵昶］476
『長崎の鐘』［佐々木孝丸］299
『長崎ぶらぶら節』［金子良次♻なかにし礼］170
『長崎ぶらぶら節』［なかにし礼］451
『長澤兼子』［生田長江］047
『中島らも戯曲選Ⅰ　こどもの一生　ベイビーさん』445
『中島陸郎を演劇する』［内藤裕敬・深津篤史・棚瀬美幸・樋口美友喜］445
『中仙道アンタッチャブル・からくり峠』［相良準］297
『泣かないで』［ワームホールプロジェクト］**702**
『泣かないのか？　泣かないのか一九七三年のために？』［清水邦夫］321, 740
『仲直りするために果物を』［山内ケンジ］669
『泣かぬ父三好十郎』［三好まり］633
『中野エスパーをめぐる冒険』［はせひろいち］480
『中野の処女がイクッ』［根本宗子］469

『中野秀人作品集』［中野秀人］452
『中橋公館』［真船豊］593, **595**
『長町女腹切』［近松門左衛門］711
『中村一郎』［寺山修司］419
『中村光夫全戯曲』［中村光夫］459
『中山畜産病院』［有吉光也］040
『なかよし読本――劇団青い鳥の世界』［市堂令］065
『ながらえば』［山田太一］678
『流れ』［細井久栄］566
『流れ姉妹 たつことかつこ』［千葉雅子］398
『流れ星』［宅間孝行］369
『流れ者の美学』［内田栄一］095
『流れる雲』［中山侑］460
『流れる星』［菅原卓］335
『流れんな』［横山拓也］778
『泣きたい奴も笑いたい奴もこの手に止ってあした来い』［あい植男］012
『泣虫小僧』［八田尚之♻林芙美子］493
『泣き虫なまいき石川啄木』［井上ひさし］072
『泣き笑いチャンバラ一代』［福田善之］534
『泣き笑い五十年』［柳家金語楼］035
『泣くな、はらちゃん』［岡田恵和］136
『泣くなつばくろ』［門脇陽一郎］167
『鯉群――「塩祝申そう」第二部』［川﨑照代］188
『殴られて』［新井笙太］764
『殴られる「あいつ」』［吉田甲子太郎♻アンドレーエフ］694
『殴りこみ分隊』［中江良夫］439
『嘆きのテレーズ』［宮本研♻エミール・ゾラ］628
『嘆きの天使』［野淵昶］476
『嘆きの天使』［流山児祥］701
『投げ節弥之』［子母澤寛］327
『投げられやすい石』［岩井秀人］082
『名古屋の愛人』［矢萩健太郎］694, 745
『名残の星月夜』［坪内逍遙］414, 415
『生さぬ仲』［柳川春葉］462, 667, **668**
『生さぬ仲』［並木萍水♻柳川春葉］462, 668
『生さぬ仲』［亭々生♻柳川春葉］668
『NADJA　夜と骰子とドグラマグラ』［桃山邑］**649**
『なじょすっぺ？』［堀江安夫］569
『NASZA KLASA』［高瀬久男］360
『謎解き　河内十人斬り』［藤田傳］**544**
『謎の下宿人－サンセット・アパート－』［鈴木聡］752
『鉈』［真船豊］593
『鉈切り丸』［青木豪］013
『なだれ』［室生犀星］645
『那智滝祈誓文覚』［竹柴其水♻川尻宝岑＋依田学海］372, 698
『夏』［山崎哲］674
『夏・南方のローマンス』［木下順二］226
『なつかしき廃棄物』［きんたろ］765
『夏家族』［大太郎］761
『夏雲の記憶は消えず』［海保進一］160
『名づけるな、わたしたちに』［長田弘♻M・フラスコ］148
『夏小袖』［尾崎紅葉］**145**
『なつざんしょ』［内藤裕敬］747
『夏姿女団七』［奈河彰輔］461
『夏だったぜ地平線』［松原敏春］587
『夏と祭り』［鴨川清作］175
『夏の踊り』［日劇ショウ］723
『夏の終り』［瀬戸内寂聴］349
『夏の終わりの妹』［宮沢章夫］623
『夏の休暇』［大江健三郎］116
『夏の幻想』［竹内伸光］371
『夏の盛りの蝉のように』［吉永仁郎］696, 697
『夏の時間』［深津篤史］527, 766
『夏の陣』［山下秀一］678
『夏の砂の上』［松田正隆］586
『夏の蝉　空の青』［二反田幸平］767
『ナツノトビラ』［松本雄吉］592
『夏の場所』［太田省吾］120
『夏の水の半魚人』［前田司郎］573
『夏の夜話』［池田一臣］048
『夏の夢』［与謝野晶子］693
『夏の夜の夢』［ウィリアム・シェイクスピア］261
『夏果て幸せの果て』［根本宗子］469, 750

『菜っ葉服のドン・ファン』［八田元夫］494
『夏／光／家』［太田省吾］121
『夏芙蓉』［越智優］154
『夏ホテル』［岩松了］089
『夏祭浪花鑑』［並木千柳＋三好松洛＋竹田小出雲］546
『夏祭夜話』［藤田草之助］542
『夏休み』［内藤裕敬］432, 746, 766
『ナツヤスミ語辞典』［成井豊］463, 744
『ナツヤスミ語辞典(21世紀版)』［成井豊］464
『夏休みだよ――サザエさん』［安永貞利］665
『七色珊瑚』［小杉天外］272
『ななし』［棚瀬美幸］389, 770
『名なし鳥飛んだ』［土井行夫］424
『七十才の男』［成瀬無極］464
『七つ桔梗』［山崎紫紅］672
『七つの岡のクリスマス』［高桑徳三郎］741
『七つの誓い』［北村寿夫］223
『七つの人形の恋物語』［ワームホールプロジェクト］702
『七本桜』［行友李風］688
『斜めになった日』［小林賢太郎］**277**
『何が彼女をさうさせたか』［藤森成吉］546, **547**
『何にでもなれる時間』［筒井敬介］786
『なにぬれて… “夏の夜の夢”より』［大橋宏］126
『何も言えなくて…啞』［Dr. エクアドル］428
『なにもかもなくしてみる』［太田省吾］121
『なにもない空間』［ピーター・ブルック］365
『浪花女』［川口松太郎］**186**
『浪花女』［依田義賢＋溝口健二♻川口松太郎］698
『浪花騒擾記』［岡本さとる］142
『難波津に咲くやこの花――近松拾遺』［川俣晃自］195
『浪花の恋の物語』［平戸敬二］523
『なにわのシンデレラ』［元生茂樹］646
『浪花のスーパーかぁちゃん』［日向すゞ子］514
『なにわの花道』［塩田誉之弘］313
『浪華の春雨』［岡本綺堂］140
『なにわバタフライ』［三谷幸喜］616
『浪華悲歌』［依田義賢］698
『何をなすべきか』［谷屋充］394
『菜の花飛行機』［竹邑類］374
『なのりそ』［森鷗外］650
『名は五徳』［川崎照代］188
『鍋の中』［村田喜代子］641
『名前を刻まぬ墓場』［石原慎太郎］056, 738
『なまみこ物語』［円地文子］111, 112
『波』［大木直太郎♻山本有三］117
『波』［八木柊一郎♻山本有三］659
『波』［山本有三］117, 659, 684
『涙と雨にぬれて』［なかにし礼］451
『涙の女』［藤田紫影］542
『涙の四つ辻』［川村花菱］196
『なみだ橋　えがお橋』［谷正純］390
『涙を抱いた渡り鳥』［臼杵吉春］095
『波の鼓』［北條秀司］559
『波のよるべ』［岩崎舜花］083
『南無ロックンロール二十一部経』［古川日出男］550
『名もなく貧しく美しく』［松山善三］592
『悩める神々はされど出発したまわず』［石堂淑朗］056
『なよたけ』［加藤道夫］165, **166**
『なよたけ抄』［加藤道夫］166
『名寄岩』［池波正太郎］051
『楢山節考』［今村昌平♻深沢七郎］081
『楢山節考』［深沢七郎］526
『楢山節考』［有吉佐和子♻深沢七郎］526
『鳴響安宅新関』［二世豊澤團平］710
『業平』［川口松太郎］184
『業平金庫破り』［福田善之］534
『業平をめぐる女たち』［夏目千代］462
『成政』［大場美代子］126
『非Aの世界』［倉澤周平］249
『鳴神』［岡鬼太郎］131
『名和長年』［幸田露伴］**266**, 711
『南海の若獅子』［迫間健］477

『南京・Nanjing』［嶽本あゆ美］375
『南京六月祭』［犬養健］070
『南国の花』［足立万里］027
『汝』［岩崎舜花♻尾崎紅葉］083
『南進の先達』［長谷山峻彦］490
『南地大和屋へらへら踊り』［平戸敬二］523, **524**
『南島俘虜記』［平田オリザ］752
『南都炎上』［堂本正樹］425
『なんとなくクレアラシル』［水谷圭一］612
『何の誰兵衛は何の誰兵衛だ』［あい植男］012
『難波の葦』［宇野信夫］099
『南蛮寺門前』［木下杢太郎］**230**
『南蛮寺門前・和泉屋染物店』［木下杢太郎］230
『南部義民伝』［立松和平］382
『南部坂雪の別れ』［真山青果］598
『南方演芸記』［小出英男］263
『南北恋物語』［秋元松代］021

に

『2』［大迫旭洋］777
『新島の飛驒んじい』［小林ひろし］278
『煮えきらない幽霊たち——蘭学事始浮説』［吉永仁郎］696
『匂衣－The blind and the dog－』［鈴木アツト］775
『臭う女』［山田百次］681
『鳰の浮巣』［宮崎三昧］622
『二蓋笠柳生実記』［三世勝諺蔵］**162**
『似顔絵のひと』［江守徹］110
『にぎやかな部屋』［星新一］**566**
『憎いあんちくしょう』［久世光彦］236
『肉体改造クラブ』［古城十忍］271
『肉体の悪魔』［土井逸雄］423
『肉体の門』［小崎政房＋小沢不二夫♻田村泰次郎］146, 153, 491
『肉弾八勇士』［竹田敏彦］374
『逃げた鶯』［星四郎］565
『逃げ出したジュピター』［人形劇団プーク］728
『逃げてゆくもの』［山岡徳貴子］670
『二号』［飯沢匡］043, **044**, 735
『ニコライ堂裏』［ふじたあさや］541, 738
『にごらぬ水』［藤田紫影］542
『にごりえ』［樋口一葉］562, 569
『にごりえ』［水木洋子］612
『にごり江』［堀井康明♻樋口一葉＋久保田万太郎］**569**
『虹色のハネムーン』［津山啓二］725
『錦鯉』［土田英生］747
『西島事件』［中井泰孝］433
『西陣のうた』［仲武司］433, 736
『西日本戯曲選集 ドラマの森』102, 236
『虹の踊り』［松竹］724
『虹のオルゴール工場』［高木史朗］359
『虹のかなたに』［イッセー尾形］065
『西の国の人気者』［田槙道子］395
『虹の設計』［北條誠］563
『西之園至郎戯曲集』467
『虹の立つ海』［木村快］231
『虹のバクテリア』［宇野イサム］098, 743
『西へゆく女』［岩松了］259
『にしむくさむらい』［別役実］553, **557**
『西山物語』［小山内薫］**149**
『21世紀のあの人達』［篠崎光正］314
『21世紀を憂える戯曲集』［野田秀樹］476
『21世紀を信じてみる戯曲集』［野田秀樹］476
『二十億光年の孤独』［谷川俊太郎］391
『二週間』［長与善郎］460
『29歳のクリスマス』［鎌田敏夫］173
『二重唱』［神吉拓郎］199
『二十二夜待ち』［木下順二］225, 226
『二十年後』［川村花菱♻O・ヘンリ］196
『20年後の　やっぱりあなたが一番いいわ』［内田春菊］095
『二十八歳の耶蘇』［武者小路実篤］637
『24時58分「塔の下」行は竹早町の駄菓子屋の前で待っている』［唐十郎］176

『二十六号とんねる道』［巌谷槙一］092
『二十六番館』［川口一郎］182, **183**
『二十世紀』［山崎正和］675
『20世紀最後の戯曲集』［野田秀樹］475
『20世紀の戯曲』［日本近代演劇史研究会編］317, 645
『二十世紀の退屈男』［内藤裕敬］432, 744
『20c 悲劇天皇〈祐仁〉』［芥正彦］025
『二十世紀 病める人の館』［石澤富子］055
『二条城の清正』［吉田絃二郎］**695**
『にしん場』［中江良夫］439
『ニセS高原から－S高原から連続上演－』［平田オリザ］601
『ニセキョセンブーム』［黒川猛］769
『にせサザ江さん』［吉崎宏人］746
『贋の偶像』［中村光夫］147
『にせ紫』［小杉天外］272
『偽せ病』［伊東桃洲］067
『贋・四谷怪談』［立松和平］383
『日劇秋の踊り』［秦豊吉］722
『日常の地獄』［山内登］781
『日没の幻影』［小川未明］144
『日曜学校幼稚部教案』［渡辺尚爾］706
『日曜娯楽版』［飯沢匡、伊馬春部、永六輔、神吉拓郎、キノトール、野坂昭如、前田武彦］043, 080, 104, 199, 225
『日曜日』［横光利一］691
『日曜日の朝』［藤田草之助］542
『2丁目3番地』［倉本聰］253
『日輪』［横光利一］642, 691
『日蓮（一部）』［津上忠］404, **406**
『日蓮（二部）』［津上忠］404, **406**
『日蓮聖人辻説法』［森鷗外］650
『日露戦役乃木将軍美談兵隊の親』［服部秀］495
『日光室の人々』［佐藤春夫］301
『日光の円蔵』［服部秀］495
『日鋼室蘭』［黒沢参吉］257
『日支隣同士』［曾我廼家五郎］355
『日清戦争』［岩崎舜花］083, 182
『日清戦争中の森鷗外』［大石汎］116
『日清談判』［金子洋文］169, **170**
『ニッポン・ウォーズ』［川村毅］**197**, 743
『にっぽんKK幻想曲』［山田民雄］680, 740
『にっぽん昆虫記』［今村昌平］081
『ニッポン・サポート・センター』［平田オリザ］518
『日本人のへそ』［井上ひさし］071, **073**, 345, 739
『日本人万歳！』［有吉佐和子］038
『日本人民共和国』［宮本研］627, **629**, 659, 737
『ニッポン戦後サブカルチャー史Ⅰ・Ⅱ・Ⅲ』［宮沢章夫］623
『NIPPON CHA!CHA!CHA!』［如月小春］744
『ニッポンヲトリモロス』［楢原拓］463
『二等寝台車』［中野實］452
『二頭馬車』［津村京村］417
『二等兵』［川村剣菱］035
『二都物語』［太田哲則♻チャールズ・ディケンズ］123
『二都物語』［唐十郎］177, **179**
『蜷の綿－Nina's Cotton－』［藤田貴大］543
『二人道成寺』［北村季晴］220
『二人比丘尼色懺悔』［尾崎紅葉］145
『二宮尊徳』［佐野天声］307
『1／2の少女』［山崎哲］674
『日本映画』［衣笠貞之助］224
『日本演劇史』［伊原青々園］079
『日本演劇百年のあゆみ』［川島順平］189
『日本音全曲集』［中内蝶二］439
『日本及び日本人』［三好十郎］633
『日本音楽劇概論』［伊庭孝］078
『日本改造法案〈北一輝の死〉』［松本清張］590
『日本海流』［菅竜一］334
『日本画の将来』［山田桂華］678
『日本戯曲全集』207, 220, 340, 347, 349, 357, 439, 468, 483, 525, 538, 574, 581, 603
『日本近世舞踊史』［小寺融吉］272
『日本近代文学大系32巻　倉田百三・武者

小路実篤集』637
『日本芸能の源流』[青江舜二郎] 012
『日本劇作家協会編　現代日本の劇作IX』409
『日本献上記』[内藤幸政] 433
『日本語』[金田一春彦] 436
『日本語学校』[小林賢太郎] 277
『日本語私辞典』[平塚直隆] 523
『ニホンザル・スキトオリメ』[木島始] 217
『日本三文オペラ』[開高健] 432, 544
『日本三文オペラ』[藤田傳♻開高健] 544
『日本三文オペラ——疾風馬鹿力篇』[内藤裕敬♻開高健] 432
『日本社会主義演劇史——明治大正篇』[松本克平] 268, 286, 291, 516, 567
『日本中が私の劇場』[真山美保] 600
『日本植物志』[牧野富太郎] 051
『日本新劇史』[秋庭太郎] 266
『日本刀』[宮内好太朗] 621
『日本の演劇人 井上ひさし』[扇田昭彦編] 073
『日本の演劇人 野田秀樹』[内田洋一編] 473
『日本の大人』[柴幸男] 314
『日本の面影』[山田太一] 232, **679**
『日本の面影　舞台戯曲』[山田太一] 679
『日本の河童』[伊藤貞助] **067**
『日本の気象』[久保栄] 241, **243**
『日本の教育1960』[ふじたあさや] 093, 541
『日本の公害1970』[ふじたあさや] 541
『日本の孤島』[小山祐士] 282
『日本の聖まんだら』[知切光歳] 397
『日本の人形芝居』[永田衡吉] 446
『日本の幽霊』[小山祐士] 282, **283**, 641, 735
『日本の与太者』[菊谷栄] 207
『日本の夜と霧』[菅孝行♻大島渚＋石堂淑朗] 198
『日本橋』[泉鏡花] 059, 596
『日本繁栄学入門』[山田民雄・大橋喜一] 680
『日本版肝っ玉お母』[謝名元慶福♻ベルトルト・ブレヒト] 328
『日本舞台装置史』[高谷伸] 367
『日本振袖始』[近松門左衛門] 712
『日本プロレタリア文学集37 プロレタリア戯曲集(三)』118
『日本文学の世界的位置』[勝本清一郎] 163
『日本への白い道』[堂本正樹] 425, 739
『日本捕虜志』[長谷川伸] 486
『日本丸』[佐野天声] 307
『日本名僧浪曲列伝』[木村学司] 231
『日本妄想狂時代』[喰始] 394
『日本浪曲史』[正岡容] 576
『二万七千光年の旅』[野田秀樹] 472
『2mの魚』[倉持裕] 251
『にもかかわらずドン・キホーテ』[別役実] 553
『荷物』[椎名麟三] **312**
『ニャ夢ウェイ』[松尾スズキ] 583
『ニュータウン入口』[宮沢章夫] 623
『ニューヘアスタイルイズグッド』[水沼健] 614, 750
『紐育』[黒川欣映] 256
『ニューヨーク・ニューヨーク』[喰始] 394
『紐育の波止場』[ジョセフ・フォン・スタンバーグ] 488
『女房』[ふじたあさやと三十人会] 716
『女房だめし』[藤田草之助] 542
『女人哀詞』[山本有三] 684, **685**
『女人供養』[足立欽一] 027
『女人焚殺』[タカクラテル] 359
『如菩薩団』[川和孝♻筒井康隆] 198
『女菩薩峠』[高梨康之] 363
『睨み合』[小島政二郎] 271
『楡家の人びと』[北杜夫] 519
『にわ加雨』[工藤隆] 238
『にわか雨、ときたま雨宿り』[鈴木穣] 781
『にわか師三代』[熊井宏之・中村芳子] 790
『鶏』[竹内治] 370
『にわとりの風見の上で』[村井志摩子] 639
『庭を持たない女たち』[筒井ともみ] 410
『人気投票』[青江舜二郎] 012
『人魚』[宇野千代] 098
『人魚』[神西清] 332
『人魚』[田辺剛] 770

『人形』［小山内薫］727
『人形劇場』［白浜研一郎］332
『人形の家』［ヘンリック・イプセン］319, 367, 414, 456
『人形の死』［有松暁衣］038
『人形の魂』［恵川重］104
『人形の夢ひとの夢』［小松幹生］280, **281**
『人魚伝説』［鄭義信］399, 400, 744
『人魚の森』［しゅう史奈］775
『ニングル』［倉本聰］**253**
『人間改造』［須藤鍾一］344
『人間乾期』［芳地隆介］563
『人間群落』［風見鶏介］161
『人間合格』［井上ひさし］072
『人間・この劇的なるもの』［福田恆存］529
『ニンゲン御破産』［松尾スズキ］582
『人間裁判』［乾一雄］070, 738
『人間失格』［太宰治］375
『人間♥失格』［三浦大輔］601
『人間♥失格 三浦大輔・戯曲集』601
『人間蒸発』［芳地隆介］563
『人間親鸞』［石丸梧平］057
『人間製本』［鈴木政男］342
『人間そっくり』［老川比呂志♻安部公房］114
『人間という猫』［岩橋貞典］767
『人間ども集まれ！』［池田一臣♻手塚治虫］048
『人間の条件』［小幡欣治♻五味川純平］157
『人間の証明』［松山善三］592
『人間万歳』［武者小路実篤］359, 637, **638**, 715
『人間万事金世中』［青柳信雄♻河竹黙阿弥］014, **194**
『人間万事塞翁が丙午』［高橋玄洋♻青島幸男］364
『人間万事漱石の自転車』［堤春恵］412
『人間風車』［後藤ひろひと］273
『人情』［伊井蓉峰］042
『人情』［畠山古瓶］492
『人情裏長屋』［藤原卓♻山本周五郎］547
『人情念仏囃子』［原巌］503
『人情馬鹿物語』［川口松太郎］187
『人情噺・浮草ぐらし』［福田善之］534
『人情噺小判一両』［宇野信夫］099
『人情噺浪花恋しぐれ』［逢坂勉］114
『にんしん』［斎藤豊吉］287
『にんじん』［ジュール・ルナール］395
『忍法』［多田淳之介］378

ぬ

『ヌードゥルス』［山下澄人］678
『ヌードマウス』［谷賢一］390
『額田王』［馬場あき子］499
『額田六福戯曲集』468
『温水夫妻――Mr. & Mrs. Nukumizu』［三谷幸喜］751
『ぬけがら』［井関義久］062
『ぬけがら』［佃典彦］**407**, 748, 752
『盗まれた男』［豊島与志雄］430
『盗まれた欲情』［今村昌平］081
『命ロ説』［謝名元慶福］328
『奴婢訓』［寺山修司］420, **421**
『沼津兵学校』［八木隆一郎］660, 661
『沼街』［横倉辰次］691
『ぬるい毒』［本谷有希子］647

ね

『ネヴォの周辺』［堂本甫］781
『ネーム・リング』［岡安伸治］143
『根岸庵律女』［小幡欣治］157
『根岸の一夜』［池田大伍］048, **050**
『葱坊主』［本居長世］646
『猫がいない』［刈馬カオス］181
『ネコが好き』［里吉しげみ］306
『猫型物語』［ブルー&スカイ］549
『ねこ・こんさるたんと』［別役実］554
『猫と同じに――寝たきり老人遺棄致死事件』［新井笙太］764
『猫と針』［恩田陸］159
『猫とメランコリー』［平安堂青子］762

『猫は生きている』［人形劇団京芸］729
『猫八』［岩野泡鳴］087
『猫ふんぢゃった』［別役実］553
『猫町』［別役実］553
『ねじの弛み』［平塚直隆］775
『鼠』［工藤隆］238
『鼠』［益田甫］581
『鼠小僧笑状記』［波島貞］462
『鼠小僧次郎吉』［佐藤信］302, 303, 740
『鼠小僧心願』［川村花菱］196
『鼠小僧初姿』［有高扶桑］037
『鼠小僧よ何処へ行く』［淀橋太郎］699
『鼠小紋東君新形』［河竹黙阿弥］191
『ねずみッ子』［中山十戒］460
『鼠のそうし』［山口廣一］712
『熱狂』［古川健］551
『熱狂したる子供等』［佐藤惣之助］301
『NECK』［竹内佑♻舞城王太郎］372
『熱血』［田口掬汀］368
『熱血仮面』［内藤裕敬］746
『根津権現裏』［藤澤清造］541
『熱帯樹』［三島由紀夫］607
『熱帯祝祭劇　マウイ』［戸井十月］423
『熱帯夜』［宮沢亮］760
『熱闘!!　飛龍小学校』［西田シャトナー］467
『子の刻キッド』［成井豊］463
『子の日』［冷泉為理］714
『NEVER SAY GOODBYE』［小池修一郎］261, 262
『ねぷた祭り——明治・大正・昭和』［笹原茂朱］300
『ねぼすけさん』［佐々木充郭］758
『眠らぬための子守唄』［佐久間崇］297
『眠り王』［なかにし礼］451
『眠狂四郎』［元生茂樹］648
『眠狂四郎無頼控』［金子良次］170
『ねむりねこ』［真船豊］595
『眠りの王たち』［生田萬］743
『眠りの切り札』［樋口美友喜］767
『眠り姫』［宮沢十馬］768
『眠れぬ森の美女』［別役実］554
『ねむれ巴里』［中野秀人］452
『眠れるチエ』［松本和子］591
『眠れる森の死体』［古城十忍］271
『年中無休！』［中村育二］**455**
『粘膜ひくひくゲルディスコ』［Dr. エクアドル］428
『年末低気圧』［黒川麻衣］256

の

『能印法師』［岡本綺堂］142
『能楽大事典』［小林責・西哲生・羽田昶］717
『能・歌舞伎　僕達の芸術』［堂本正樹］425
『能祇』［田島淳］**377**
『能祇と泥棒』［田島淳］377
『農協月へ行く』［川和孝♻筒井康隆］198
『能の作者と作品』［横道萬里雄＋西野春雄＋羽田昶］713, 717
『脳味噌』［岩田宏］087
『農民の父』［中西伊之助］451
『濃霧』［長田幹彦］447
『ノーガード』［杉浦久幸］761
『ノーチャプ』［土井行夫］423
『ノーライフキング』［いとうせいこう］068, 333
『no regret no life』［三谷智子］777
『野鴨』［ヘンリック・イプセン］021, 027, 393
『野狐三次』［新美正雄］333
『野狐三次　喧嘩纏』［田中喜三］383
『ノクターン』［石田聖也］777
『老花夜想』［太田省吾］121
『野口達治戯曲撰』［野口達二］470
『野獣降臨』［野田秀樹］093, **473**, 475, 742
『残りの幸福』［小山内美江子］150
『残る雪』［雄島浜太郎］154
『野崎村』［近松半二］668
『ノサップの銃』［田中小太郎］383
『野ざらし』［三世林家正蔵］697
『nostalgia』［松本雄吉］592
『野田版 愛陀姫』［野田秀樹］473

『野田版歌舞伎』［野田秀樹］475
『野田版　研辰の討たれ』［野田秀樹］232, 473, **475**
『野田版　鼠小僧』［野田秀樹］473
『野田秀樹　赤鬼の挑戦』［野田秀樹＋鴻英良］473
『のだめカンタービレ　フィナーレ』［中島かずき］441
『のたり、のたり、』［深津篤史］767
『ノック』［寺山修司］420
『のっこみ鮒』［中山善三郎］460
『乗ったか』［楳茂都扇性］103
『野中一族』［神谷量平］174, 738
『野の劇場』［桜井大造］298
『野の声』［八木隆一］661
『野の人』［矢田弥八］666
『ノバ・ボサ・ノバ－盗まれたカルナバル－』［鴨川清作］**175**
『野ばら』［鳥山フキ］431
『伸びて行く戦線』［土井逸雄］423
『knob』［夏井孝裕］461, 756
『信長とおとら狐と合歓の花』［大場美代子］126
『信康』［田中喜三］383
『野辺山恋し』［石崎一正］054
『のぼり窯』［久保栄］241
『昇旭朝鮮太平記』［松居松翁］581
『NOMAD　恋する虜』［桃山邑］649
『蚤取男』［木村富子］233
『(飲めない人のための)ブラックコーヒー』［神里雄大］173, 750
『ノモンハン実戦記』［樋口紅陽］508
『野良犬』［菊島隆三♻黒澤明］199
『のらくろ』［長谷山峻彦］491
『乗合自動車の上の九つの情景』［太田省吾］120, **121**
『乗組員』［島田佳代］778
『のれん』［宇野信夫］099
『暖簾』［菊田一夫］200
『暖簾』［鶯谷樗風♻山崎豊子］711
『呪』［益田太郎冠者♻アラビア古典劇］579
『呪い』［徳井義実］580
『野分立つ』［川﨑照代］188
『野分』［恵川重］105
『野を焼く』［高橋恵］770
『呑気な作品』［黒川鍛一］255
『のんきな大将』［中村是好］457
『ノンキナトウサン』［麻生豊］169, 352
『ノンキなトウサン』［金子洋文♻麻生豊］**352**
『ノンキなトウサン――花見の巻』［金子洋文♻麻生豊］**353**
『ノンセンス大全』［高橋康也］365
『Non, Non, Non』［草野旦］720
『のんのんばあとオレ』［さねとうあきら♻水木しげる］791

は

『歯』［井関義久］062
『刃、刃、刃！』［矢内文章］666
『PARK CITY』［松田正隆］586, **587**
『バースデイパラダイス』［高津住男］362
『バースデイパラダイス'88』［高津住男］362
『バーディー・バーディー』［山元清多］682, 739
『バーテン』［イッセー尾形］**066**
『バーテンによる12の素描』［イッセー尾形］065
『バーデン教育劇』［ベルトルト・ブレヒト］452
『Heart of Gold 百年の孤独』［小池博史♻ガブリエル・ガルシア＝マルケス］263
『ハードナッツ！』［徳尾浩司］427
『パーマネント・ウェイ』［坂手洋二］294
『パーマ屋さん』［工藤千夏］777
『パーマ屋スミレ』［鄭義信］400
『ばあや』［加藤道夫］165
『パール食堂のマリア』［吉田小夏］696
『灰色の教室』［石原慎太郎］056
『灰色の金盃』［中井安治］735
『ハイエナ』［遠藤啄郎］113

『煤煙の下から』[黒沢参吉] 257
『はい、奥田製作所。』[小関直人] 154
『俳諧師』[岡本綺堂] 142
『俳諧亭句楽の死』[吉井勇] 693, **694**
『灰神楽三太郎』[正岡容] 576
『ぱいかじ南海作戦』[細川徹♻椎名誠] 567
『ハイカラ』[益田太郎冠者] 578
『梅花録』[雄島浜太郎] 154
『配給された男』[山口茜] 769
『廃墟』[鐘下辰男♻三好十郎] 171, 632, 633
『背教者ユリアヌス』[辻邦生] 408
『ハイキング』[中野成樹♻別役実] 452, 553
『灰皿の煙』[木村錦花] 232
『媒酌人は帰らない』[武田泰淳] 374
『売春捜査官』[つかこうへい] 402, 404
『背水の孤島』[中津留章仁] 450, 451, 750
『はいすくーる落書』[山元清多] 682
『ハイスピード・コメディース(高速度喜劇)』[益田太郎冠者] 579
『ハイティーン詩集』[寺山修司] 419
『背徳者』[石川淳] 052
『廃馬』[ヘンリック・イプセン] 300
『パイパー』[野田秀樹] 472
『バイバイ』[清水信臣] 326
『バイ・マイセルフ』[三谷幸喜] 616
『俳優・亀岡拓次』[戌井昭人] 070
『俳優気質(三升格子)』[伊原青々園] 079
『俳優修業』[スタニスラフスキー] 176
『俳優修業』[花田清輝] 495
『俳優生活』[栗島狭衣] 254
『俳優の仕事』[スタニスラフスキー] 176
『俳優の領分』[如月小春♻中村伸郎] 209
『俳優評判記』 194
『俳優への道』[穂積純太郎] 569
『ハイライト』[日劇ショウ] 723
『ハイ・ライフ』[流山児祥♻リー・マクドゥーガル] 701
『パヴァーヌ』[曽我部マコト] 357
『ハウ・トゥー・サクシード』[酒井澄夫] 720
『蠅』[横光利一] 691
『「はえ」と云ふ名の店』[山下澄人] 678
『蠅取り紙』[和田周] 744
『蠅取り紙——和田周戯曲集』 704
『ハエのように舞い 牛は笑う』[ノゾエ征爾] 471
『覇王丸(花王丸)』[長谷川時雨] 483
『馬鹿』[鳥居与三] 431
『破戒』[島崎藤村] 317, 319, 509, 567
『破戒曽我』[山崎紫紅] 672
『馬鹿一』[武者小路実篤] 351, 637
『馬鹿一の死』[武者小路実篤] 637
『化かしの祝言』[庄野英二] 328
『博多小女郎浪枕』[畠山古瓶♻小山内薫] 148, 492
『博多ののぼせ者——音二郎と貞奴』[金子成人] 169
『博多湾岸台風小僧』[東憲司] 505
『馬鹿殿評定』[長谷川如是閑] 489
『バカドリル』[天久聖一] 033
『儚みのしつらえ』[中津留章仁] 450
『バカの王様 – the King of BAKA –』[福島三郎] 528
『馬鹿の証明』[中島淳彦] 442
『墓の前』[灰野庄平] 477
『墓場、女子高生』[福原充則] 538
『馬鹿はおまえだ』[広田淳一] 525
『袴垂れはどこだ』[福田善之] 280, 533, **536**, 738
『萩家の三姉妹』[永井愛♻アントン・チェーホフ] 434, **437**
『萩すゝき』[久保田万太郎] 245
『はきちがへ』[小栗風葉] 144
『萩の花』[神宮茂十郎] 332
『白鳳の人々』[加藤蕙] 735
『莫逆の犬』[田村孝裕] 395
『伯爵夫人』[田口掬汀] 368
『白蛇伝絵巻』[白井鐵造] **331**
『白蛇の里』[海保進一] 160
『爆笑オンエアバトル』 277
『爆笑第2弾サザエさん』[安永貞利] 665
『爆笑根っこドンド節』[中山十戒] 460
『バクスター氏の実験』[はせひろいち] 761

『バグダッド動物園のベンガルタイガー』［ラジヴ・ジョセフ］ 450
『爆弾横丁の人々』［川村毅］ 197
『白痴』［久板栄次郎］ 509
『白蝶記』［大藪郁子］ 131
『白鳥事件』［高橋治］ 364
『白鳥の歌』［長田幹彦］ 448
『白鳥の死』［北條秀司］ 559
『白鳥の湖』［ピョートル・チャイコフスキー］ 403
『白桃布団』［半澤寧子］ 746
『白頭鷲と少年－ホープおじさんの旅行記より－』［関矢幸雄✿テンパ・タナ］ 348
『博徒ざむらい』［久保栄］ 241
『獏のゆりかご』［青木豪］ 013, 748
『爆発』［中村吉蔵］ 455
『白馬の騎士』［北村寿夫］ 223
『白眉音楽事典』［伊庭孝］ 078
『爆風』［田中小太郎］ 383
『獏、降る』［服部紘二］ 759
『薄暮(haku-bo)』［イトウワカナ］ 778
『幕末婦系図』［土田新三郎］ 408
『幕末剣客物語』［藤島一虎］ 540
『幕末スープレックス』［益山貴司］ 580
『幕末太陽傳』［今村昌平＋川島雄三＋田中啓一］ 081, 682
『幕末余情　斬奸の血汐』［有松暁衣］ 038
『獏、もしくは断食芸人』［別役実］ 552
『舶来巾着切』［長谷川伸］ **486, 487**
『歯車』［内村直也］ 096, 165
『爆裂弾記』［花田清輝］ **495**
『貘を飼う』［実村文］ 765
『禿の女歌手』［ウジェーヌ・イヨネスコ］ 054
『禿山の夜』［大橋喜一］ 736
『箱いらず娘』［金貝省三］ 167
『函館夜話』［行友李風］ 688
『パコと魔法の絵本』［後藤ひろひと］ 273
『箱庭とピクニック計画』［宮沢章夫］ 623
『箱庭の地図』［詩森ろば］ 762
『箱根の月』［中内蝶二］ 439
『箱根風雲録』［楠田清(相良準)］ 297
『箱の中身』［原田宗典］ 504
『箱の中身／分からない国』［原田宗典］ 504
『箱舟時代(挑戦者たち)』［長田弘］ 148, 740
『はごろも』［別役実］ 553
『羽衣』［河竹新七］ 190
『葉桜』［岸田國士］ 210, 353
『葉桜』［長谷川幸延］ 481
『間新六』［行友李風］ 688
『鋏』［田中澄江］ **384**
『ばさら』［田中千禾夫］ 386
『橋』［近石綏子］ 396
『恥』［蟷螂襲］ 426
『恥』［藤澤清造］ 540
『橋供養梵字文覚』［河竹新七］ 190
『橋田壽賀子と素敵な24人』［橋田壽賀子］ 479
『橋の下』［三好十郎］ 633
『橋のない川』［東陽一✿住井すゑ］ 174, 508
『初めてなのに知っていた』［坂手洋二］ 294
『芭蕉七部集』［佐久間柳居編］ 265
『芭蕉終焉記』［足立直郎］ 027
『芭蕉と遊女』［灰野庄平］ 477
『場所と思い出』［別役実］ 552
『走れメルス』［野田秀樹］ 472, **473**, 742
『走れメロス』［遠藤琢朗✿太宰治］ 113, 375
『橋を渡ったら泣け』［土田英生］ 409
『恥ずかしいわ』［足立万里］ 027
『ハズバンズ&ワイブズ』［鈴木聡］ 339, 754
『パズラー』［高橋いさを］ 363
『パズル』［井上ひさし］ 072
『長谷川一家』［タカクラテル］ 359
『長谷川孝治戯曲集　弘前劇場の二つの場所』 482
『長谷川時雨全集』 482, 484
『長谷川四郎全集』 484
『長谷川伸戯曲集』 486
『長谷川伸全集』 486, 487, 488, 489
『長谷川伸はこう読め！』［平岡正明］ 486
『長谷川伸論』［佐藤忠男］ 486
『破船』［久米正雄］ 249
『裸でスキップ』［鈴木聡］ 752

『裸になったサラリーマン』［石塚克彦］ 055
『裸になる一幕』［能島武文］ 470
『はだかの王様』［浅利慶太✪寺山修司］ 026, 419
『裸の王様』［ハンス・クリスチャン・アンデルセン］ 715
『ハダカの激情』［はしぐちしん］ 770
『裸の大将一代記』［小沢信男］ 152
『裸の町』［真船豊］ 593, **594**
『裸のランチ』［夏井孝裕✪ウィリアム・バロウズ］ 461
『はだか道』［平塚直隆］ 523
『はだしで走れ』［平塚直隆］ 774
『はだしのゲン』［木島恭✪中沢啓治］ 217
『はだしのこどもはにわとりだ』［肥田知浩］ 771
『裸足のフーガ』［太田省吾］ 120, 121
『butterflies in my stomach』［吉田小夏］ 777
『旗本退屈男』［結束信二］ 258
『はたらき蜂』［東川宗彦］ 102, 737
『働蜂』［矢代静一］ 663
『はたらくおとこ』［長塚圭史］ **449**, 748
『はたらく、風』［鈴江俊郎］ 745
『働く私』［平田オリザ］ 518, **521**
『旗を守るもの』［堀田清美］ 567
『813』［田中総一郎✪アルセーヌ・ルパン］ 385
『八月の朝』［俵万智］ 396
『八月の犬は二度吠える』［鴻上尚史］ 264
『8月の家族たち』［ケラリーノ・サンドロヴィッチ✪トレイシー・レッツ］ 259
『八月の家族へ』［中村まり子］ 458
『八月の狩』［井上光晴］ **077**, 738
『八月の狂詩曲』［村田喜代子］ 641
『八月のシャハラザード』［高橋いさを］ 363
『八月、鳩は還るか』［柳沼昭徳］ 662, 771
『八陣守護城』［中村魚岸（魚眼）＋佐川藤太］ 710
『八代将軍吉宗』［ジェームス三木］ 312
『八代目市川團十郎』［郷田悳］ **267**
『八代目團十郎』［高安月郊］ 367
『八代目團十郎の死』［霜川遠志］ 326
『8段——白菊匂う』［田中千禾夫］ 386, **388**
『八人の腕時計』［小松幹生］ 741
『蜂の巣長屋』［伊藤貞助］ 067
『八幡地獄』［高谷伸］ 367
『八幡祭小望月賑』［河竹黙阿弥］ 049
『二十日鼠と人間』［ジョン・スタインベック］ 171
『初雷』［川﨑照代］ 188
『PUCK』［小池修一郎✪ウィリアム・シェイクスピア］ 261
『バックギャモン・プレイヤード』［北川大輔］ 217
『ハックルベリーにさよならを』［成井豊］ 463, **464**
『八犬伝』［東由多加］ 506
『はつこい』［三浦大輔＋溝口真希子］ 558, 601
『はつ恋』［東由多加］ 506
『初恋』［武者小路実篤］ 636, 643
『一初恋』［土田英生］ **409**
『ハッシャ・バイ』［鴻上尚史］ 264, 743
『八州遊侠伝』［榎本滋民］ 105
『初すがた』［小杉天外］ 272
『初姿一心太助』［山路洋平］ 677
『発声と身体のレッスン』［鴻上尚史］ 264
『パッチギ！』［井筒和幸＋羽原大介］ 499
『発展』［岩野泡鳴］ 087
『抜刀隊の歌』［村上元三］ 640
『バット男』［倉持裕✪舞城王太郎］ 252
『ハットン婆さん』［茂林寺文福＋館直志］ 356
『初萩ノ花』［内藤裕子］ 754
『葉っぱのフレディ』［忠の仁✪レオ・バスカーリア］ 378
『ハッピーエンド』［大島信久］ 119
『ハッピーなからだ』［安田雅弘］ 665
『HAPPY MAN』［マキノノゾミ］ 574
『ハッピー・ライド』［青井陽治］ 012
『発明恐怖の頃』［細井和喜蔵］ 567
『初雪の味』［吉田小夏］ 696
『初笑い白浪五人男』［安永貞利］ 665
『バディズ』［TALOH］ 746
『競伊勢物語』［石川耕士］ 052
『艶姿女舞衣』［竹本三郎兵衛＋豊竹応律］ 129

『？』［益田太郎冠者］579
『果てんとや燃ゆるねがいはありながー311石こ賢さとほんたうのさいはひー』［沼尻渡］782
『波止場乞食と六人の息子たち』［八木柊一郎］659, 660, 737
『波止場物語』［北村喜八］219
『波止場やくざ』［北林透馬］218
『鳩笛』［秋月桂太］018
『鳩を飼う姉妹』［岩松了］089
『鼻』［芥川龍之介］025,
『鼻』［別役実］553
『花』［松本大洋］591
『華』［川﨑照代］188
『花いちもんめ』［塩田誉之弘］313
『鼻兎』［小林賢太郎］277
『花埋み』［大藪郁子♻渡辺淳一］131
『花売り』［謝名元慶福］328
『華岡青洲の妻』［有吉佐和子］038, 039
『花笠獅子』［中原指月］454
『花飾りも帯もない氷山よ』［遠藤啄郎♻清水邦夫］113
『花勝見奥譚』［山崎紫紅］672
『花簪』［秋月桂太］018
『花競かぶき絵巻』［岡本さとる］142
『花くれないに』［阿木翁助］016
『花子』137
『花子の旅行』［阪田寛夫］293
『花ざかり』［依田義賢］698
『花ざかりの森』［三島由紀夫］604
『花咲く家の物語』［マルセ太郎］600
『花咲く樹』［小島政二郎］271
『花咲く下田』［青山圭男］014
『花咲く港』［菊田一夫］200, 201
『花ざくろ』［館直志(渋谷天外)］379, 382
『噺家の兵隊』［有崎勉(柳家金語楼)］035
『花詩集』［白井鐵造］330, 331, 719
『花すこし』［戸板康二］424
『鼻茸』［平田俊子］522
『花ちりぬ』［森本薫］653
『華、散る』［芳地隆介］564
『花と喧嘩』［ジェームス三木］312
『花登筐長編撰集十巻』496
『花と魚』［柳井祥緒］758
『花と兵隊』［火野葦平］513
『花と龍』［火野葦平］513
『花と龍』［中江良夫♻火野葦平］439
『鼻に挟み撃ち』［いとうせいこう］068
『花のお江戸の伊達男』［臼杵吉春］095
『はなのお六』［茂林寺文福♻一堺漁人］354
『花の女一代』［谷口守男］391
『花のかたち』［松田正隆］751
『花雲佐倉曙(佐倉惣五郎)』［三世竹本長門太夫］710
『花の元禄後始末』［池田政之］050
『花のこころ』［田井洋子］358
『花の御所始末』［宇野信夫］099
『花の西遊記』［山路洋平］677
『鼻の詩人』［青山圭男］014
『花の生涯』［杉山義法♻舟橋聖一］337
『花の生涯』［北條誠］563
『花の素浪人』［佐々木憲］298
『花の狸御殿』［安永貞利］665
『花の寺――金杉忠男第三戯曲集』168
『花の業平』［柴田侑宏］316
『花の碑』［大城立裕］119
『花の百名山』［田中澄江］384
『花の夫人の謀』［池田政之］051
『花の幻』［大城立裕］119
『華のまるやま七人みさき』［岡安伸治］143
『花洛中山城名所』［河竹黙阿弥♻福地桜痴］537
『花のもとにて春死なむ　本朝・櫻の園・顛末記』［別役実］554
『花の館』［司馬遼太郎］315
『花の遊侠伝』［土橋成男］429
『花の吉原百人斬り』［榎本滋民］105
『花の吉原雪の旅』［小山内美江子♻岡本育子］150
『華の乱』［筒井ともみ］410
『花のれん』［土井行夫♻山崎豊子］424
『鼻の六兵衛』［茂林寺文福♻一堺漁人］354
『花はくれない』［佐藤愛子］300

『華々しき一族』［森本薫］653, **654**
『花ひらく亜細亜』［北林透馬］218
『花ひらく！婦人警官』［京都伸夫］234
『英一蝶』［須藤南翠］344
『花吹雪』［足立万里］027
『花吹雪芸妓やくざ』［嘉東鴻吉］163
『桜田雪誠忠美談』［河竹能進＋三世勝諺蔵］162
『花吹雪振袖吉三』［臼杵吉春］095
『花見の茶ばしら』［池田一臣］048
『鼻眼鏡　BIGANKYO-PORTABLE』［スエヒロケイスケ］773
『花も嵐も――サトと圭の結婚サギ師物語』［松原敏春］588
『花も枯葉も踏み越えて』［高橋玄洋♻永井龍男］364
『花物語』［太田省吾］121
『花も雪も』［可児松栄］169
『華やかなりし日々』［生田大和］721
『花夜叉』［小島孤舟］269
『花嫁かるた』［土田新三郎］408
『花嫁行状記』［織田泉三郎］154
『花嫁の父親』［秋田實］018
『花嫁は待っている』［八田尚之］493
『花より男子』［サタケミキオ＋藤本有紀＋高橋ナツコ♻神尾葉子］369
『離れ猪』［大垣肇］116
『はなれ瞽女おりん』［水上勉］232, 609, **610**
『離れて遠く二万キロ』［山田太一］679
『離れのある家』［黒井千次］**255**
『離れもの合せ鏡』［井出蕉雨］066
『花若』［木下順二］226
『花を踏む勿れ』［真船豊］593
『パナンペ・ペナンペ物語』［中村欽一］788
『はにかみ聟』［山岸荷葉］671
『バ　　ング　　ント』［飴屋法水］033
『埴輪』［大沢駿一］117
『弾機』［佐藤惣之助］301
『羽が生えたエイリアン』［若月照義］761
『パノラマビールの夜』［久野那美］767
『馬場あき子全集』499
『馬場あき子の謡曲集・三枝和子の狂言集』291
『母親』［宇野千代］098
『母親』［関口次郎］**347**
『母恋道中旅日記』［迫間健］477
『母子梅』［安西徹雄］041
『母子草』［下山省三］327
『母桜』［日向すゞ子(ミヤコ蝶々)］514
『母三人』［川村花菱］**196**
『母水仙』［三好一光］631
『母と惑星について、および自転する女たちの記録』［蓬莱竜太］564
『母に捧ぐ』［榊原政常］292
『母に欲す』［三浦大輔］601
『母の記録』［生活を記録する会］345
『母の心』［畠山古瓶♻柳川春葉］492
『母の心』［柳川春葉］667
『母の上京』［秋月桂太］018
『母の肖像』［梅田晴夫］102
『パパのデモクラシー』［永井愛］434, 435, 746
『母の放送』［金杉惇郎］**167**
『パパは家族の用心棒』［石塚克彦］055
『パパラギ』［草野旦］720
『母を尋ねて三千里』［杉谷代水♻エドモンド・デ・アミーチス］336
『母を逃がす』［松尾スズキ］582, 751
『蔓延ル緑』［山本彩］777
『ハブの子タラー』［謝名元慶福］328
『パブリックイメージリミテッド』［萩原雄太］776
『パブリック・リレーションズ』［中村暢明］458
『ハマナス少女戦争』［内田栄一］095
『浜松中納言物語』［菅原孝標女］457
『はむれっと』［山岸荷葉♻ウィリアム・シェイクスピア］671
『ハムレット』［ウィリアム・シェイクスピア］084, 088, 110, 124, 129, 194, 225, 317, 336, 412, 414, 418, 423, 502, 529, 539, 624, 711

『ハムレットクローン』[川村毅] 197
『ハムレットマシーン』[ハイナー・ミュラー] 197
『ハメツノニワ』[扇田拓也] 351
『ハメルンのうわさ』[高野竜] 756
『鱧の皮』[上司小剣] 173
『波紋』[能島武文] 470
『早鐘』[小野宮吉] **155**
『ハヤカワ演劇文庫・岸田國士』 211
『林黒土一幕劇集』 501
『林黒土多幕劇集』 501
『林の中のナポリ』[山田太一] 679
『春疾風』[川崎照代] 188
『疾風如白狗怒涛之花咲翁物語。-はなさかじいさん-』[宮沢章夫] 623
『はやぶさ新八御用帳』[平岩弓枝] 515
『隼の源次』[大佛次郎] 150
『速水女塾』[岸田國士] 211
『薔薇』[森本薫] 653
『バラード』[川村毅] 752
『薔薇いくたびか』[坂元裕二] 297
『薔薇一族』[小山祐士] 282
『バラ色の人生』[鷺沢萠] 297
『茨海小学校跡地』[三枝希望] 768
『薔薇忌』[皆川博子] 620
『薔薇刑』[細江英公] 605
『パラジ――神々と豚々』[今村昌平＋長谷部慶次] **081**, 544, 738
『腹相撲』[浦本和典] 769
『パラダイスホテル　あいつと俺の日々』[綾田俊樹] 034
『パラダイスマーケット』[大正まろん] 768
『原田甲斐』[畠山古瓶♻村上浪六] 492, 596
『原敬』[中村吉蔵・大関柊郎] 150
『薔薇と海賊』[三島由紀夫] 605
『薔薇と真珠』[佐藤春夫] 301
『パラドックス・ジャーニー』[鹿目由紀] 172
『腹の中の羊』[谷岡紗智] 782
『薔薇の館』[遠藤周作] 112, **113**
『薔薇は咲けども』[北林透馬] 218
『パラレル』[フルタジュン] 551
『パラレル3』[高橋美和子] 767
『バラを囲む三人の女』[神品正子] 781
『バリカーデ』[飴屋法水] 033
『バリカンとダイヤ』[中島淳彦] **443**
『ハリジャン』[西森英行] 467
『パリゼット』[白井鐵造] **330**, 511, 719
『磔茂左衛門』[藤森成吉] **546**, 642
『バリ島』[秦豊吉] 723
『パリ同時テロ事件を考える』所収「そのとき僕の周りで起こっていたこと」[岡田利規] 134
『巴里の一夜』[大平野虹] 128
『パリの空よりも高く』[植田紳爾♻菊田一夫] 201
『パリの与太者』[菊谷栄] 207
『パリ繁昌記』[中村光夫] **459**
『巴里漂流記』[霜康司] 781
『播磨潟浦の朝霧(小割伝内)』 710
『パリ燃ゆ』[大佛次郎] 150
『春』[島崎藤村] 317
『春』[堂本正樹] 425
『春』[藤澤清造] 426, 540
『春』[水守亀之助] 615
『はる・あき』[田中澄江] 383
『春、忍び難きを』[斎藤憐] 288, **290**, 752
『遙か遠く同じ空の下で君に贈る声援』[土屋亮一] 410
『遥かなり道頓堀』[三田純市] 615
『遙かなる島』[木村快] 231
『遙かなる団地』[大岡昇平] 116
『遥かなる眺望』[小島局] 270
『遥かなるリボンヌ』[郡司正勝] 258
『春から秋へ』[楳茂都陸平] 103, **104**
『バルカン動物園』[平田オリザ] 517
『パルガントッケビ』[野田秀樹] 474
『春歓楽の花は咲く』[衣笠貞之助♻行友李風] 224
『春子ブックセンター』[宮藤官九郎] 237
『ハルシオン・デイズ』[鴻上尚史] 264
『halshinam』[カゲヤマ気象台] 775

『春姿千両纏』[土橋成男] 429
『パルチザン』[小堀甚二] 279
『パルチザン伝説』[桐山襲] 234
『バルチック艦隊』[伊藤貞助] 067
『春告鳥』[足立万里] 027
『春告鳥』[行友李風] 686
『春遠からじ』[渡辺尚爾] 706
『春と盗っ人達』[山田寿夫] 681
『春と風呂敷』[高田文吾(石井均)] 362
『春と娘』[田坂具隆] 376
『ハルナガニ』[木皿泉] 208
『はるなつあきゆふ』[別役実] 334, 553
『春の憧れ』[雄島浜太郎] 154
『春の泡雪』[宇野信夫] 099
『春の淡雪』[松本起代子] 589
『春の筏』[矢田弥八] 666
『春の海』[小出龍夫] 263
『春の海辺』[谷崎潤一郎] 392
『春のうららの隅田川』[別役実] 553
『春のおどり』[松竹] 724
『春の踊り〈恋の花歌舞伎〉』[酒井澄夫] 720
『春の勝札』[矢田弥八] 666
『春の雷』[大島多慶夫] 118
『春の枯葉』[太宰治] 375, **376**
『春の喜劇』[木村修吉郎] 233
『春の鯨』[森馨由] 758
『春の軍隊』[飯沢匡♻小松左京] 044
『春の霜』[宇野信夫] 099
『春の遭難者』[滝本祥生] 758
『春の退場者』[田中澄江] 383
『春の突風』[秋月桂太] 018
『春の炎』[小野田勇] 156
『春の館』[伊野万太] 070
『春の雪』[菊田一夫♻三島由紀夫] 201, 605
『春の雪』[三島由紀夫] 605
『春嘶鬼退治』[榎本滋民] 106
『春々』[ノゾエ征爾] 471, 749
『パルプ・フィクション』[クエンティン・タランティーノ] 252
『ハルメリ』[黒川陽子] 256, 758
『春や春物語・活弁一代』[小野田勇] 156
『春夢ビリヤード』[井東憲] 067
『春、夜中の暗号』[宮園瑠衣子] 779
『春若丸』[巖谷小波] 091
『パレード』[小池博史] 262
『パレード旋風が巻き起こる時』[鹿目由紀] 172, 775
『パレード旅団』[鴻上尚史] 264
『晴小袖』[川口松太郎] 184
『晴れたらいいね』[元生茂樹] 646
『晴レタラ、見エル。』[山下晶] 780
『晴れたり君よ』[巌谷槇一] 092
『はれつ』[川和孝] 198
『晴れのちくもり時々涙…』[阿部照義] 032
『晴舞台男一匹』[小沢不二夫] 153
『ハレルヤ』[草野旦] 720
『ハロースクール、バイバイ』[藤田貴大] 543
『ハワイの休日』[京都伸夫] 234
『ハワイの晩鐘』[菊田一夫] 200
『半議員』[矢田弥八] 666
『反逆児』[伊藤大輔♻大佛次郎] 068
『反逆者光秀』[伊藤宓] 068
『反逆する光秀』[鳥江銕也] 431
『バンク・バン・レッスン』[高橋いさを] 363, **364**
『判決』[寺島アキ子] 418
『犯罪少年病院』[江連卓] 105
『藩札恐慌時代』[水木久美雄] 611
『ハンサムな大悟』[三浦直之] 602, 750
『半七捕物帳』[岡本綺堂] 139, 142
『半七捕物帳』[西川清之♻岡本綺堂] 466
『晩酌』[佐佐木武観] 299
『晩秋』[三宅悠紀子] 621
『播州皿屋敷』 141
『晩春騒夜』[円地文子] **111**
『斑女』[世阿弥] 387
『班女』[三島由紀夫] 605
『幡随院長兵衛』[藤森成吉] 546
『幡随院長兵衛と水野次郎左衛門』[宇野信夫] 099
『反戦劇・反核劇』[藤川健夫] 539

『磐梯山　三部作』［山口太郎♻ポール・グリーン］ 672
『伴大納言絵詞』［豊田豊］ 431
『番町皿屋敷』［岡本綺堂］ **141**
『バンティッド！霧隠才蔵外伝』［小鉢誠治＋矢田和也］ 726
『半島の舞姫』［今日出海］ 284
『番頭はんと丁稚どん』［花登筐］ 496
『BUND／NEON上海』［生田大和］ 721
『パンドラの鐘』［野田秀樹］ 472, **475**, 751
『般若心経』［川俣晃自］ 195
『晩年』［太宰治］ 375
『反応工程』［宮本研］ 627, 736
『飯場』［穂高稔］ 567
『半変化東恋道中』［岡本螢］ 142
『番場の忠太郎』［長谷川伸］ 487
『反復かつ連続』［柴幸男］ 314
『はんもうど』［田中茂］ 383
『蛮幽鬼』［中島かずき］ 441
『はんらん狂騒曲』［菅孝行］ **198**, 740
『氾濫する堤を切る』［伊藤貞助］ 067
『反論の熱帯雨林』［可能涼介］ 172

ひ

『火』［青江舜二郎］ 012
『火』［木谷茂生］ 218
『ヒアシンス・ハルヴェイ誤訳早見表』［菊池寛］ 204
『ピアニシモ』［辻仁成］ 408
『ピアノ炎上』［粟津潔］ 040
『火あぶり』［鈴木泉三郎］ 340
『ビィ・サイレンツ』［小松幹生］ 743
『ピーターパン』［ジェームス・マシュー・バリー］ 164
『PW　Prisoners of War』［鐘下辰男］ 170
『ビーチボーイズ』［岡田惠和］ 136
『ヒート・ウエーブ』［横澤英雄］ 719
『ビート・オン・タカラヅカ』［鴨川清作］ 175
『ビー・ヒア・ナウ』［鴻上尚史］ 264, 744
『be found dead』［宮沢章夫］ 624
『ヒーロー』［横山由和］ 692
『ピエロの墓』［徳丸勝博］ 429, 738
『火男の火』［原田宗典］ 504
『火學お七』［岸田理生］ 215
『東は東』［岩田豊雄］ **086**, 715
『光っている女たち』［小山祐士］ 282
『ピカデリイの与太者』［菊谷栄］ 207
『ピカドン・キジムナー』［坂手洋二］ 294, 752
『光』［高橋康也♻日野啓三］ 365
『ひかりごけ』［武田泰淳］ **374**
『ひかりごけ』［野田秀樹♻武田泰淳］ 472
『光の翳』［上総英郎］ 162, 741
『光の帝国』［恩田陸］ 159
『光のない。（プロローグ？）』［宮沢章夫♻エルフリーデ・イェリネク］ 623
『光の都』［平田オリザ］ 517
『光へ踠く触手』［大山広光］ 131
『光源氏と藤壺』［北條秀司］ 561
『光る時間』［渡辺えり］ **706**
『ピカレスク・イヤーゴ』［中島丈博］ 443
『彼岸から　水波の隔て　神の旅』［くまがいマキ］ 755
『彼岸花』［里見弴］ 305
『美姫』［太田省吾］ 120
『率いて』［鎌田順也］ 173
『悲喜劇おんな系図』［鈴木完一郎］ 338
『－29(ひきにく)　我々は生まれつき29くらい負けている』［酒井宏人］ 767
『樋口一葉』［大藪郁子］ 131
『Pictures』［明神慈］ 631
『日暮町風土記』［永井愛］ 434, 437
『日暮れて、二楽章のセレナーデ』［吉永仁郎］ 696
『ひげ男』［幸田露伴］ 266
『悲劇片瀬の子』［江見水蔭］ 109
『髭のある坊や達』［上山雅輔］ 174
『髯の十左』［中内蝶二］ 439
『秘剣』［高橋治］ 364
『秘剣みだれ笛』［有高扶桑］ 037

『彦市ばなし』［木下順二］ 225, 227, 715
『飛行曲』［仲木貞一］ 440
『ビゴーを知っていますか』［岩間芳樹］ 088
『比古と遠呂智』［大沢駿一］ 117, 737
『肥後の石工』［野口達二］ 470
『彦馬がゆく』［三谷幸喜］ 616
『彦六大いに笑ふ』［三好十郎］ 632, 634
『彦六なぐらる』［三好十郎］ 632
『久板栄二郎戯曲集』 509
『beside paradise lost』［深津篤史］ 766
『膝栗毛の出来るまで』［正岡容］ 576
『氷雨』［西川清之♻松本清張］ 466
『氷雨』［宮崎友三］ 622
『氷雨の夜』［小出英男］ 263
『眉山全集』 182
『悲惨な戦争』［竹内純一郎］ 741
『柄酌酒』［長谷川伸］ 485
『非常怪談』［はせひろいち］ 480
『飛翔と懸垂』［太田省吾］ 121
『微笑の壁』［山内ケンジ］ 669
『美女カンテメ』［鈴木政男］ 342
『美女と野獣』［加藤直］ 743
『ピスケン』［マキノノゾミ］ 574
『非戦闘員』［小山内薫］ 148
『肥前風土記』［田中千禾夫］ 386
『肥前松浦兄妹心中』［岡部耕大］ 136, 741
『肥前松浦女人塚』［岡部耕大］ 136
『常陸坊海尊』［秋元松代］ 021, 022
『常陸山谷右衛門』［大関柊郎］ 120
『飛騨の唄』［秦豊吉］ 723
『飛騨の秘密』［坂口安吾］ 474
『左の腕－無宿人別帳－』［松本清張］ 590
『左の腕』［平田兼三♻松本清張］ 521
『左文字と此君』［室生犀星］ 712
『緋縮緬卯月の紅葉』［近松門左衛門］ 024
『ひぢりめん卯月紅葉』［近松門左衛門］ 711
『悲痛の哲理』［岩野泡鳴］ 087
『ヒッキー・カンクーントルネード』［岩井秀人］ 082
『ヒッキー・ソトニデテミターノ』［岩井秀人］ 082
『柩のなかの彼』［椎名輝雄］ 309, 739
『ビッグX』［佐野美津男］ 307
『ビッグマウス症候群』［フルタジュン］ 551
『びつくり長兵衛』［波島貞］ 462
『吃驚箱』［飯田旗軒♻アレクサンドル・ビッソン］ 046
『引っ越し魔の調書』［青江舜二郎］ 012
『必殺・女ねずみ小僧』［塩田誉之弘］ 313
『羊かひ』［平木白星］ 516
『羊と兵隊』［岩松了］ 089
『羊を飼う者』［岸田衿子］ 209
『ヒットラー』［中野秀人］ 453
『ヒットラー』［前田河広一郎］ 575
『Hip Hop Typhoon——少女には死にたがるクセがある』［小里清］ 159, 756
『否定されたくてする質問』［古川貴義］ 549
『秀吉と曽呂利』［武者小路実篤］ 637
『秀吉と淀君』［松居松翁］ 581
『妃殿下』［深瀬サキ］ 527
『人耶鬼耶』［三世勝諺蔵♻エミール・ガボリオ（黒岩涙香訳）］ 162
『人が恋しい西の窓』［山田太一］ 679
『ヒトガタ』［青木豪］ 013
『人斬り林蔵』［子母澤寛］ 327
『一口剣』［幸田露伴］ 266
『人来鳥』［瀬戸英一］ 348
『人鮫』［中野實］ 452
『人知れぬ愛』［伊藤まゆみ］ 781
『人魂黄表紙』［高田保］ **361**
『一つの同じドア』［東由多加］ 506
『ひとつの気持』［鳥居与三］ 431
『ひとつの経路』［加藤道夫］ 165
『ひとつの劇界放浪記』［貴司山治］ 209
『一つの時代』［犬養健］ 070
『一つの先駆』［平沢計七］ 516
『一つの矢弾』［吉村敏］ 697
『人妻椿』［小島政二郎］ 271
『海星。河童』［唐十郎］ 178
『人と狼』［中村光夫］ 458, 736
『人の香り』［石原燃］ 759, 764
『ヒトノカケラ』［篠原久美子］ 314, 752

『人の気も知らないで』［横山拓也］777
『人の恋』［中西羊髯］451
『人の罪』［田口掬汀］368
『人柱月島由来』［藤野古白］545
『一葉舟』［青江舜二郎］012
『人々』［飯島耕一］045
『ヒトヒトヒト』［登米裕一］431
『一房の葡萄』［有島武郎］036
『一幕物』［関口次郎］347
『一幕物戯曲集』367
『一幕物脚本集』366
『一幕物新選集』328
『人待つ女』［宇野信夫］099
『ひと昔』［花房柳外］498
『一目見て憎め－千田是也演出のために－』［石川淳］**053**
『一目見て憎め』［石川淳］052
『ひと夜』［宇野信夫］098, **099**
『ひとよ一夜に18片』［樋口ミユ］507, 768
『ひとり狼』［村上元三］640
『ひとりっ子』［家城巳代治］046
『独りの国のアリス』［高泉淳子］358, 746
『ひとりの群像』［藤田傳］545
『一人の女優の歩んだ道』［田村秋子］395
『ひとり息子――桜の園・その後のシャルロッタ』［戸板康二］425
『ひとり娘』［栗島狭衣］**254**
『ひとんちで騒ぐな』［川口大樹］779
『雛』［別役実］553
『ひなあられ』［中島淳彦］442
『日向』［秦豊吉］723
『ひなの砦』［くるみざわしん］255, 772
『ビニールの城』［唐十郎］177, **180**
『ヒネミ』［宮沢章夫］**623**, 624, 745
『ヒネミの商人』［宮沢章夫］623
『火の雫』［深瀬サキ］527
『火の島』［渡辺武雄］719
『ピノチオ』［カルロ・コッローディ（佐藤春夫訳）］301
『ピノッキオ』［小松幹生♻カルロ・コッローディ］280
『比置野ジャンバラヤ』［山元清多］682, **683**, 742
『日の出荘床下海流』［佐久間崇］297
『日の出前』［ゲアハルト・ハウプトマン（久保栄訳）］240
『日野富子』［岩名雪子］087
『火の柱』［木下尚江］229, 378
『火の番』［須藤鐘一］344
『ヒノマル酒場』［川和孝♻筒井康隆］198
『日の丸心中』［さねとうあきら］307
『日の丸の子』［竹田敏彦］374
『日の本一の大悪党』［竹田新♻四世鶴屋南北］373
『火の遺言』［大岡信］116
『火のようにさみしい姉がいて』［清水邦夫］320, 321
『火のように、水のように』［清水邦夫］321
『火計り――四百年の肖像』［品川能正］313, 747
『火華』［服部秀］495
『火花』［又吉直樹］580
『日はまた断崖の上に昇る』［風見鶏介］161
『美は乱調にあり』［瀬戸内寂聴］349
『雲雀』［藤森成吉］546
『ひばりの大事な布』［奥山雄太］144
『ひばりの陽気な天使』［大町龍夫］128
『響』［小島孤舟］269, **270**
『響リュウ戯曲集1』513
『響リュウ戯曲集3』513
『日々好日』［木谷茂生］218, 741
『日々の敵』［秋元松代］021
『美貌の流星』［長谷川裕久］489, 746
『暇人のマラカス』［藤田貴大］542
『日真名氏飛び出す』［斎藤豊吉］287
『日真名氏飛び出す』［西島大］466
『ひまわり』［竹内銃一郎］**370**
『向日葵の柩』［柳美里］687
『ひまわり娘』［香村菊雄♻源氏鶏太］174
『向日葵村』［長谷川幸次郎］781
『卑弥呼見果てぬ夢』［植田譲］093
『秘密探偵』［内藤裕敬］745

『秘密の朝、焼べる二人』［柳沼昭徳］662
『美妙新脚本　村上義光錦旗風』［山田美妙］681
『美妙選集(下)』681
『姫岩』［田村秋子］395
『ひめゆりの塔』［水木洋子］612
『ひもじい月日』［円地文子］111
『ヒモのはなし』［つかこうへい］401
『118ポンドの神』［田久保英夫］369
『百人芝居◎真夜中の弥次さん喜多さん』［天野天街］032
『百年の孤独』［ガブリエル・ガルシア＝マルケス］263
『百年の秘密』［ケラリーノ・サンドロヴィッチ］259
『百年目の幽霊』［平岩弓枝］515
『100万回生きたねこ』［佐野洋子］307
『百万石の墨附』［石井源一郎］052
『百万両のお地蔵さん』［山田寿夫］681
『百物語』［鴨下信一］176
『百物語』［内藤裕敬］744
『白夜』［村山知義］643, 644
『白夜月蝕の少女航海紀』［高取英］363
『白夜伝説』［谷正純］390
『白蘭の歌』［久米正雄］249
『白蓮紅蓮』［菊池幽芳］206
『百貨店挿話』［徳田純宏］428
『白虎隊』［岡本綺堂］139
『冷飯とおさんとちゃん』［山本周五郎］376
『ビューティフル・サンデイ』［中谷まゆみ］**448**
『ビューティフル・ピープル』［岡田敬二］316
『ビューティフルライフ』［北川悦吏子］217
『ひゅーどろろ』［谷川俊太郎］391
『憑依』［川津羊太郎］779
『病気』［別役実］553
『瓢軽者』［伊東桃洲］067
『表具師幸吉』［内田栄一］095
『氷山のごとく』［花登筐］496
『表彰』［土居行夫］423
『表彰式前夜』［北條秀司］559
『評伝菊田一夫』［小幡欣治］157, 201
『評伝真山青果』［野村喬］597
『評伝三島由紀夫』［佐伯彰一］605
『平等主義』［花房柳外］498
『屏風の女』［伊馬春部］**081**
『豹変人物』［真船豊］593
『漂流』［松本雄吉］592
『漂流家族』［山崎哲］**674, 742**
『漂流奇談西洋劇』［河竹黙阿弥］194
『漂流裁判』［鹿目由紀］172
『ヒョーイくん』［青木秀樹］766
『ひょっこりひょうたん島』［井上ひさし＋山元護久］071
『平石耕一現代史劇選集1』514
『平石耕一現代史劇選集2』514
『平賀源内』［利倉幸一］429
『ヒラカタ・ノート』［ごまのはえ］**281, 769**
『ピラカタ・ノート』［ごまのはえ］281
『平澤計七作品集』516
『平田オリザ戯曲集1　東京ノート／S高原から』518
『平田オリザ戯曲集2　転校生』518
『平田オリザの仕事1　現代口語演劇のために』517, 518
『平野次郎』［川上音二郎♻福地桜痴］181
『飛龍伝'90 殺戮の秋』［つかこうへい］402, 403
『翻へるリボン』［小山祐士］282
『ピルグリム』［鴻上尚史］264, 744
『昼下がりのミツバチ』［大正まろん］358, 769
『昼下がりの夢』［木村雅夫］233
『昼過ぎのアトリエ』［菊谷栄］207
『ビルデイング』［菊岡久利］199
『ビルリ王』［西光万吉］286
『ピロートーク』［飯島早苗］045, 745
『ピローマン』［マーティン・マクドナー］449
『広くてすてきな宇宙じゃないか』［成井豊］744
『広島第二県女二年西組』［岩田直二］086
『広島に原爆を落とす日』［つかこうへい］401

『ヒロシマについての涙について』［ふじたあさや］739
『広島の女』［村井志摩子］639
『広島の女・八月六日』［村井志摩子］639, **640**
『ヒロシマの孫たち』［瀬戸山美咲］350
『HIROSHIMA - HAPCHEON：二つの都市をめぐる展覧会』［松田正隆］586
『ヒロスケ』［永井愛］434
『広場の孤独』［草間輝雄♻堀田善衞］235, 568
『琵琶歌』［大倉桃郎］117
『琵琶行』［白楽天］438
『琵琶湖疏水下流』［人見嘉久彦］511
『琵琶伝』［石澤富子］055, 741
『琵琶法師』［島崎藤村］**317**
『陽をあびる女たち』［寺島アキ子］418
『Pin-Stripe』［松田水歩］764
『ピン・ポン』［明神慈］631, 757
『貧民倶楽部』［堀井康明♻泉鏡花］569

ふ

『ファーブル』［ブルー&スカイ］549
『ファーブルハウスの乙女』［辻山春子］408
『ファイナル・ギャングスター・ミュージカル・ショウ　もっと泣いてよフラッパー』［串田和美］235
『ファイナル・チャンピオン』［原田一樹］503
『ファイナルファンタジックスーパーノーフラット』［本谷有希子］647
『firefly』［高橋克昌］780
『ファウスト』［ゲーテ］088, 222, 240, 241, 242, 491
『ファザーファッカー』［内田春菊］095
『ファスチェス』［森鷗外］650
『ファニー・ガール』［イソベル・レナート］451
『ファミリアー』［瀬戸山美咲］350
『ファミリータイム・セミナー』［中田満之］756
『不破留寿之太夫』［河合祥一郎］181, 713
『Fin　むしろそのウラ』［にへいたかひろ］774
『ファンキー！　宇宙は見える所までしかない』［松尾スズキ］582, **583**, 746
『ファンシー・ゲーム』［三木章雄］720
『ファンタジー ポラン広場』［宮沢賢治］626
『ファンデーション』［津野充］768
『ファントム』［アーサー・コピット＋中村一徳♻ガストン・ルルー］720
『ファントム・ペイン』［鴻上尚史］264
『ファンファーレ』［柴幸男］314
『浮標』［三好十郎］632, **634**
『VR』［土屋亮一］410
『FEVER PITCH』［小椋由夏］781
『フィガロの結婚』［関口存男♻ボーマルシェ］347
『フィガロの結婚』［ボーマルシェ（辰野隆訳）］378
『フィガロの結婚』［ボーマルシェ］692
『フィガロの結婚』［青山杉作♻ボーマルシェ］725
『浮標のない港・都会』［仲沢清太郎］441
『フィレンツェに燃える』［柴田侑宏］316
『風雲児沢田正二郎』［樋口十一］507
『風雲島原戦記』［青江舜二郎］012
『風変わりな景色』［阿坂卯一郎］025
『風化』［小林ひろし］278
『風姿（わさび田と風太鼓）』［原武彦］782
『風姿花伝』［世阿弥］677
『風車宮――ナポレオンその情熱と栄光』［戸板康二］424
『風塵』［田中千禾夫］385
『風雪新劇志』［佐々木孝丸］299
『風船おじさん』［山崎哲］674
『風船玉計画』［松木ひろし］585
『風俗時評』［菊岡久利］199
『風俗時評』［岸田國士］211
『風太郎月夜詩』［池田一臣♻アントン・チェーホフ］048
『ブーツ・オン・ジ・アンダーグラウンド』

［清水弥生］759
『瘋癲丸御航海』［西沢揚太郎］466
『瘋癲老人日記』［谷崎潤一郎］392
『風土』［和辻哲郎］707
『フーピーガール』［宇津秀男］719
『夫婦』［池波正太郎］051
『夫婦』［岩井秀人］082
『夫婦』［豊島与志雄］430
『ブーフーウー』［飯沢匡］043
『風来坊雷神屋敷』［東憲司］505, 748
『風流東人形』［森ほのほ］651
『風流陣』［山岸荷葉］**671**
『風流線』［泉鏡花］058
『風流長脇差』［和田順］704
『風流深川唄』［川口松太郎］**184**, 188
『風流佛』［幸田露伴］265
『風流魔』［平田都♻幸田露伴］266, 522
『風流夢譚』［深沢七郎］526
『風流夢大名－花の慶次郎－』［小野田勇♻隆慶一郎］156
『風林火山』［池波正太郎♻井上靖］051
『風林火山』［大森寿美男］129
『POOL SIDE』［金杉忠男］**168**
『プールサイド』［村上春樹］168
『風浪』［木下順二］225, **227**, 532
『笛』［有吉佐和子］038
『笛』［竹内治］370
『フェードル』［ジャン・ラシーヌ］604
『笛と獣』［高津一郎］362
『不壊の愛』［西田天香］251, 467
『ブエノスアイレス午前零時』［蓬莱竜太♻藤沢周］564
『笛姫』［田中喜三］383
『笛吹童子』［北村寿夫］223
『フェルマーの最終定理』［山田裕幸］681
『フエンテ・オベフーナ』［高瀬久男］360
『4　four』［川村毅］197, 754
『フォーティンブラス』［横内謙介］689, 744
『フォオド躍進』［水木京太］**611**
『フォトジェニック』［福田雄一］531
『深い穴』［松本苦味］589
『深い河』［田久保英夫］369
『深い疵』［黒沢参吉］257
『深川音頭』［仲木貞一］440
『深川木場物語』［風見鶏介］161
『深川の鈴』［川口松太郎］184
『深川暮色』［吉永仁郎♻藤沢周平］696
『深く眠ろう、死の手前ぐらいまで』［小川未玲］144
『富岳百景』［太宰治］375
『深沢七郎集』527
『不可触高原』［可能涼介］172
『深津篤史コレクションⅠ・Ⅱ・Ⅲ』528
『不可能美』［ブルー&スカイ］549
『俯瞰する庭園』［宇野正玖］758
『溥儀・満州国元首』［鳥江鋕也］431
『ブギウギ百貨店』［藤田潤一］542
『不機嫌の時代』［山崎正和］675
『武器としての笑い』［飯沢匡］043
『武器と自由』［大沢幹夫］118
『武器のない世界へ』［記録芸術の会］234
『不帰の初恋、海老名SA』［坂元裕二］297
『福音書』［柳沼昭徳］662
『福音書－六川篇－』［柳沼昭徳］769
『復員船』［成澤昌茂］464
『複合汚染』［有吉佐和子］038
『復讐するは我にあり』［佐木隆三］297
『復讐談高田馬場』［河竹新七］190
『ふくすけ』［松尾スズキ］582, 583, 647
『福田恆存戯曲全集』530
『福田恆存全集』530
『福地桜痴』［柳田泉］537
『福袋駅下車徒歩6分』［かもねぎショット］176
『梟の城』［司馬遼太郎］315
『袋の女』［榊原政常］292
『吹けば飛ぶ男』［和田順］704
『普賢』［石川淳］052
『深与三玉兎横櫛』［岡鬼太郎］**132**
『不言不語』［尾崎紅葉］145
『ふ号作戦』［曽我部マコト］357
『無骨娘』［幸堂得知］267

『不在』［宮沢章夫］ 624
『ブサイク――劣等感を抱きしめて！』［三浦大輔］ 601
『不在地主』［小野宮吉♻小林多喜二］ 155
『武左衛門一揆』［中西伊之助］ 451
『父子』［豊島与志雄］ 430
『富士』［武田泰淳］ 374
『不兒罕山』［幸田露伴］ 266
『不・思・議・想・時・記』［北村想］ 221
『不思議なクリスマスのつくりかた』［成井豊］ 463
『不思議の国のアリス』［ルイス・キャロル］ 365
『不思議の国のアリス』［別役実］ 552
『《不思議の国のアリス》の帽子屋さんのお茶の会』［別役実］ 553
『不識の塔』［山田百次］ 681
『富士山』［秦豊吉］ 723
『富士山麓』［福田善之＋ふじたあさや（藤田朝也）］ 532, 541
『不死鳥ふたたび美空ひばり物語』［逢坂勉］ 114
『藤壺の巻・葵・六条御息所の巻・朧月夜の巻』［瀬戸内寂聴］ 349
『武士と町人と娘』［水上滝太郎］ 620
『藤野先生』［霜川遠志］ 326
『不死の誓』［佐野天声］ 307
『伏見撞木町』［真山青果］ 598
『伏見モンマルトル』［辻本久美子］ 781
『武州公秘話』［円地文子♻谷崎潤一郎］ 111
『武州仙川桐朋寺縁起』［田中千禾夫］ 386
『不純異星交遊』［上杉清文］ 093
『武昌落城』［中西伊之助］ 451
『不条理・四谷怪談』［別役実］ 554
『藤原陛下の燕尾服』［飯沢匡］ 042
『不審尋問』［黒川欣映］ 256
『不信のとき』［有吉佐和子］ 038
『ブスサーカス』［高羽彩］ 363
『ブスとたんこぶ』［鈴木穣］ 778
『ふすまとぐち』［山田百次］ 681
『布施太子の入山』［倉澤周平］ 250
『伏姫八犬伝説』［臼杵吉春］ 095
『不戦病状禄抄』［津上忠］ 405
『不戦菩薩衆』［西光万吉］ 286
『武装花嫁』［山川三太］ 671
『不測の神々』［はせひろいち］ 756
『ふぞろいの林檎たち』［山田太一］ 678
『蓋』［梅本重信］ 103
『舞台裏』［高見沢文江］ 367
『舞台芸術』［太田省吾］ 121
『舞台という空間――野口達治戯曲集』 470
『舞台によせて――演劇鑑賞運動の三十年』［乾一雄］ 070
『舞台の水』［太田省吾］ 121
『フタゴの女』［竹田新］ 373
『双児の喜び』［大関柊郎］ 120
『豚小屋』［川村毅♻ピエル・パオロ・パゾリーニ］ 197
『二筋道』［岡鬼太郎］ 132, 348, 349
『二筋道余談・桂子の場合』［瀬戸英一］ 349
『二つの愛』［犬養健］ 070
『二つの心』［武者小路実篤］ 636-637
『二つの都市をめぐる展覧会』［松田正隆］ 586
『二つの道』［真山青果♻徳田秋声］ 427
『二つ返事』［栗島狭衣］ 254
『豚と真珠湾』［斎藤憐］ 288
『フタナリアゲハ』［羊屋白玉］ 511
『ぶたの歌』［鈴木政男♻タカクラテル］ 342
『豚の飼い方』［広野広＋小田健也］ 526, 739
『ふたば集』［菊岡進一郎］ 199, 652, 677
『二葉亭四迷』［押川昌一］ 153
『二葉亭論』［中村光夫］ 458
『ふた面』［益田太郎冠者］ 579
『補陀落山へ詣ろうぞ』［ゆいきょうじ］ 686
『二人狂』［岩崎舜花］ 083, 344
『二人孤児』［畠山古瓶］ 492
『二人小町』［芥川龍之介］ 025
『二人静』［栗島狭衣］ 254
『二人静』［高見沢文江］ 366
『二人静』［亭々生♻柳川春葉］ 667, 669
『二人だけの舞踏会』［小山祐士］ 282

『二人で乾杯』［川﨑照代］188
『二人と二人の花柳界』［脇屋光伸］703
『二人の家』［川口一郎］183
『二人のオリーフェル』［木村錦花♻ゲオルク・カイザー］232
『二人のオリイフェル』［久保栄♻ゲオルク・カイザー］240
『二人の女』［室生犀星］645
『二人の児』［雄島浜太郎］154
『ふたりの他人』［近石綏子］396
『二人の長い影』［山田太一］679
『二人の長い影／林の中のナポリ』［山田太一］679
『二人の廃兵』［樋口紅陽］507
『二人の不幸者』［斎藤豊吉］287
『二人の未亡人』［鈴木泉三郎］340
『二人の幼児』［雄島浜太郎］154
『二人乗り』［平田俊子］522
『二人の老女の伝説』［福田善之♻ヴェルマ・ウォーリス］534
『ふたりみなしご』［小杉天外］272
『不断の決闘』［狩場直史］766
『復活』［島村抱月♻トルストイ］021, 036, **319**, 352, 505
『復興期の精神』［花田清輝］495
『仏陀と孫悟空』［武者小路実篤］715
『振って、振られて』［くるみさわしん］777
『ブッデンブローク家の人々』［トーマス・マン］519
『物々交換会』［下山省三］327
『プティ・スイツ』［岡田恵吉］133
『普天間』［坂手洋二］294
『舞踏会事件』［貴司山治］209
『舞踏会の手帖――花の寺Ⅲ』［金杉忠男］168
『不道徳教室』［岩松了］754
『葡萄と密会』［山内ケンジ］669
『ふところ手帖』［子母澤寛］327
『肥った女』［戸板康二］424
『ブドリよ、私は未だ眠ることができない』［やのひでのり］762
『蒲団』［田山花袋］319
『蒲団生活者』［鹿目由紀］775
『蒲団と達磨』［岩松了］089, **090**, 744
『舟唄。霧の中を行くための』［蟷螂襲］426, 747
『船出の前』［三島霜川］604
『船弁慶』［有島武郎］036, **194**
『船酔いバッハ』［菅野直子］775
『不妊パーティー』［海老沢みゆき］761
『腑抜けども、悲しみの愛を見せろ』［本谷有希子］647
『船の挨拶』［三島由紀夫］604
『船は踊る』［井東憲］067
『舟は帆船よ』［山崎正和］675
『船打込橋間白浪』［河竹默阿弥］191
『船を見る』［小池竹見］263
『腐敗すべからざる狂人』［郡虎彦］268
『吹雪峠』［宇野信夫］099
『父母所生』［室生犀星］645
『文がら』［津村紀三子］714
『踏台』［水谷龍二］614
『文の林にわけ入りし（伊藤隆弘戯曲集）』069
『文山立』［田中千禾夫］388
『不眠普及』［綾門優季］777
『麓』［戯曲』］［坂口安吾］293
『冬』［久保田万太郎］244, 245
『冬木心中』［額田六福］**468**
『冬桜』［岡野竹時］136
『冬ざれ』［中村孝子］458
『冬支度』［阿部照義］032
『冬浪』［可児松栄］169
『冬に蒔かれた種子』［村上兵衛］641, 736
『冬の入口』［長谷川孝治］482
『冬のサボテン』［鄭義信］399
『冬の時代』［木下順二］226
『冬のシンガポール』［東由多加］**506**
『冬のスペル』［三好由紀］774
『冬の旅』［諸井條次］657
『冬のトマト』［高橋恵］770
『冬の花火』［太宰治］**375**
『冬の柩――古河力作の生涯』［水上勉］609

『冬のひまわり』[佐々木渚] 299
『冬のひまわり』[鄭義信] 399, 751
『冬の星』[押川昌一] 153
『冬の宿』[阿部知二] 032
『冬の宿』[八田尚之♻阿部知二] 493
『冬のユリゲラー』[上田誠] 094
『冬のユリゲラー2002』[上田誠] 768
『冬のライオン』[高瀬久男] 360
『冬日』[室生犀星] 645
『フユヒコ』[マキノノゾミ] 575, 751
『芙蓉露大内実記』[三島由紀夫♻ジャン・ラシーヌ] 604
『舞踊の美学的研究』[小寺融吉] 272
『舞踊への招待』[楳茂都陸平] 104
『フラーダンス　ラッキースタート』[木村雅夫] 233
『無頼漢』[寺山修司♻河竹黙阿弥＋二世松林伯圓] 192
『無頼官軍』[穂積純太郎] 568
『無頼キッチン』[スエヒロケイスケ] 334
『フライパンの歌』[水上勉] 609
『無頼茫々』[詩森ろば] 327
『ブラインド・タッチ』[坂手洋二] **295**
『ブラインドの視界』[安保廣信] 042
『フラガール』[羽原大介] 499
『部落の娘』[岩野泡鳴] 087
『部落問題文芸・作品選集』 464
『フラジャイル　こわれもの注意』[辻仁成] 408
『+51 アビアシオン, サンボルハ』[神里雄大] 173, 750
『プラスチックの白夜に踊れば』[鴻上尚史] 264
『プラズマ』[中條岳青] 763
『不埒なまぐろ』[司辻有香] 161
『ブラックジャック』[里吉しげみ] 306
『ブラック・ドッグ』[小松幹生] 280
『プラットホーム・ストーリーズ』[秦建日子] 491
『プラトーノフ』[アントン・チェーホフ] 048, 700
『プラハ68821』[村井志摩子(マリエ・シマーチコヴァ作＋井村愛訳)] 639, 740
『ブラボー！火星人』[原田一樹] 503
『ブラボー！ ファーブル先生』[平石耕一] 514, 789
『フランキー講談』[キノトール] 225
『ブランキ殺し上海の春』[佐藤信] 302, 304
『ブランキ殺し上海の春――喜劇昭和の世界3』[佐藤信] 303, 305
『ブランキ殺し上海の春(上海版)』[佐藤信] **304**
『プランクトンの踊り場』[前川知大] 571, 749, 753
『ぶらんこ』[岸田國士] 210
『フランス近代劇史』[本庄桂輔] 570
『仏蘭西人形』[中島淳彦] 443
『フランス髯』[長谷川如是閑] 489
『仏蘭西名劇三種』[飯田旗軒] 046
『ふらんす物語』[永井荷風] 438
『フランダースの負け犬』[中屋敷法仁] 460
『鰤』[三島霜川] 604
『フリークス』[川村毅] 197
『フリータイム』[岡田利規] 134, 135
『ふりかえる』[押川昌一] 153
『ブリストヴィルの午後』[安岡章太郎] 665
『ふり袖剣法』[坂本晃一] 296
『振袖御殿』[田中喜三] 383
『振袖やくざ』[五世瀬川如皐] 345
『ふりだした雪』[久保田万太郎] 245
『BRIDGE』[小里清] 159, 747
『鰤の海』[佐佐木武観] 299
『プリマ転生』[田辺茂範] 390
『ふりむくな鶴吉・冬の女』[塩田誉之弘] 313
『ふりむくなペドロ』[さねとうあきら] 306
『ふりむけば愛』[ジェームス三木] 312
『不良少女とよばれて』[江連卓] 105
『不良少年の父』[川口松太郎] 184, 204
『ブリランテ』[忠の仁] 378
『不倫探偵－最期の過ち－』[天久聖一＋松尾スズキ] 033, 582
『ふるあめりかに袖はぬらさじ』[有吉佐和子]

038, 039
『古い玩具』［岸田國士］ 210, **211**
『古いクーラー』［神里雄大］ 173
『古い街の一角』［神近市子］ 173
『ブルーギル』［中村賢司］ 771
『ブルーシート』［飴屋法水］ **033**, 750
『ブルーストッキングの女たち』［宮本研］ 628
『ブルースを歌え』［菅孝行＋福田善之］ 198
『PLUTO』［谷賢一＋シディ・ラルビ・シェルカウイ］ 390
『フルートを吹く少年』［桜井大造］ 298
『プルーフ／証明』［谷賢一］ 390
『blue film』［深津篤史］ 527
『ブループリントの岬－新しい千年を君へ－』［宋英徳］ 351
『ブループロパガンダ』［黒川麻衣］ 256
『BLUE・MOON・BLUE』［齋藤吉正］ 721
『古柏延根元助六』［池田大伍］ 048
『フルカラーの夏』［フルタジュン］ 551
『古き土』［酒井俊］ 291
『ふるさと』［円地文子］ 111, 460
『「ふるさと」紀行』［上泉秀信］ 173
『ふるさとに橋あり星四郎』 565
『ふるさとの詩』［八田尚之］ 493, **494**
『古巣』［北村小松］ 219
『プルトップのうろこ』［増田静］ 762
『プルトニウムの秋』［井上光晴］ **077**
『フルハウス』［柳美里］ 687
『古畑任三郎』［三谷幸喜］ 616
『プルムウラ』［森鷗外］ 650
『ブレイク・ザ・ボーダー』［石田昌也］ 055
『PLAYZONE SONG&DANC'N.』［徳尾浩司］ 427
『プレイボーイ』［田槙道子］ 395
『Pleasure Life』［古橋悌二］ 551
『プレシャスロード』［千葉雅子］ 398
『プレスティージュ』［中村一徳］ 720
『ブレスレス――ゴミ袋を呼吸する夜の物語』［坂手洋二］ 294, 744
『プレゼント／プレゼンス』［堀切和雅］ 570
『浮浪児の栄光』［佐野美津男］ 307
『BROKEN（暴君）西遊記』［上杉祥三］ 093
『BROKEN（暴君）ハムレット』［上杉祥三］ 093
『BROKEN（暴君）四谷怪談』［上杉祥三］ 093
『フローズン・ビーチ』［ケラリーノ・サンドロヴィッチ］ 259, **260**, 746, 751
『ブロードウェイ物語』［忠の仁］ 378
『フローレンスの庭』［高橋恵］ 365, 770
『ブロッケンの妖怪』［倉持豊］ 252
『プロパガンダ・デイドリーム』［鴻上尚史］ 264
『プロペラ』［倉持豊］ 251
『プロポーズ』［アントン・チェーホフ］ 047
『プロ床』［島公靖］ 316, 317
『プロレタリア戯曲叢書第四輯』 241
『プロレタリア文学史』［山田清三郎］ 678
『プロローグ』［久保田万太郎］ 244
『プロローグは汽車の中』［小松幹生］ 280
『不破数右衛門』［渡邊霞亭］ 706
『雰囲気のある死体』［別役実］ 553
『文化議員』［田口竹男］ 369
『文学概論抄』［川俣晃自］ 195
『文学座史』［水上勉］ 610
『文学入門』［大垣肇］ 116
『文学批評　叙説』所収「神崎武雄主要作品案内」［松本常彦］ 199
『文学部唯野教授』［筒井康隆］ 411
『ブンガワンソロ』［金貝省三］ 167
『文芸概論』［武藤直治］ 639
『文藝別冊 総特集中島らも』 444
『文五捕物絵図――俺は知らない』［松本清張］ 590
『憤恨種子』［幸田露伴］ 266
『文士の肖像』［石原慎太郎］ 056
『文壇五十年』［正宗白鳥］ 577
『文壇人物評論』［正宗白鳥］ 577
『文壇的自叙伝』［正宗白鳥］ 578
『文壇無駄話』［近松秋江］ 396
『文鳥』［松山善三］ **592**
『禪医者』［中野實］ 452, **453**

『ブンとフン』［井上ひさし］ 071
『ブンナよ、木からおりてこい』［小松幹生✿水上勉］ 280
『ブンナよ、木からおりてこい』［水上勉］ **611**
『糞尿譚』［火野葦平］ 513
『フンベルバルディンクの衛星生中継』［筒井加寿子］ 772
『粉本楢山節考』［北林谷栄✿深沢七郎］ 218, 526
『文明綺談――開化の殺人』［福田善之］ 534
『文楽』［北條秀司］ 559, **561**
『文楽台本　埋もれた春』［堂本正樹］ 425

へ

『ヘアー』［ジェームズ・ラド＋ジェローム・ラグニ］ 506
『ヘアカットさん』［神里雄大］ 173, 749
『平安座ハッタラー』［謝名元慶福］ 328
『平安レジェンド』［横澤英雄］ 725
『平家蟹』［岡本綺堂］ 142
『平家女護島』［近松門左衛門］ 251
『平家物語』 055, 227, 229, 319, 563
『「平家物語」による群読――知盛』［木下順二］ 226
『平行』［ゲオルク・カイザー］ 224, 240
『兵士の亀鑑』［佐野天声］ 307
『ヘイセイ・アパートメント』［山田由梨］ 776
『平成・駅前旅館』［前川麻子］ 571
『平成教育委員会』 700
『平成・近松・反魂香』［安田雅弘］ 665
『平成トム・ソーヤー』［原田宗典］ 504
『兵隊蟻』［室生犀星］ 645
『兵隊芝居』［長谷川四郎］ 484, 485
『ベイビーさん』［中島らも］ 445
『平凡人の手紙』［有島武郎］ 036
『平凡なウェーイ』［上田誠］ 769
『平民宰相原敬』［伊井蓉峰一座］ 642
『平和島』［古川緑波、サトウハチローとの合作］ 550
『平和の日まで』［大倉桃郎］ 117
『pH』［古橋悌二］ 551
『ペーパーマリッジ』［中谷まゆみ］ 448, 747
『ペールギュント』［宮城聰］ 621
『壁画』［矢代静一］ 663, 735
『北京の幽霊』［飯沢匡］ **043**
『ベクター』［鐘下辰男］ 746
『ベケット戯曲全集』 365
『ベケット大全』 365
『ベケットと「いじめ」――ドラマツルギーの現在』［別役実］ 554-555
『ベジタブルキングダム』［サカイヒロト］ 291, 767
『へその穴』［曾我廼家五郎］ 354
『へちまの花』［曾我廼家五郎］ **354**
『ベッカンコおに』［ふじたあさや✿さねとうあきら］ 541
『べっかんこ鬼』［さねとうあきら］ 306
『ベッジ・パードン』［三谷幸喜］ 616
『ヘッズアップ！』［ラサール石井］ 700
『別荘地帯』［福田恆存］ 529
『ヘッダ・ガブラー』［ヘンリック・イプセン］ 395, 423
『ペット』［星新一］ 156
『別役実戯曲集　諸国を遍歴する二人の騎士の物語』 558
『別役実戯曲集　にしむくさむらい』 557
『別役実戯曲集　マッチ売りの少女／象』 556
『別役実第二戯曲集　不思議の国のアリス』 557
『別役実の演劇教室――舞台を遊ぶ』 555
『別役実のコント教室――不条理な笑いへのレッスン』 555
『別役実のコント検定！――不条理な笑いのライセンスをあなたに』 555
『別役実の世界』 555
『別役実の犯罪症候群』 555
『別役実の犯罪のことば解読辞典』 555
『ペナルティ・マリア』［EMI］ 756

『紅孔雀』［北村寿夫］223
『紅皿』［火野葦平］513
『ベニスの商人』［ウィリアム・シェイクスピア］162
『紅刷り江戸噂・たいこもち侍』［松本清張］590
『紅ばら小僧』［平井房人］514
『蛇いちご』［小杉天外］272
『蛇には、蛇を』［くるみざわしん］255, 759
『蛇の葬宴』［里吉しげみ］306
『蛇姫様』［衣笠貞之助］224, 298, 432
『ヘブンズサイン』［松尾スズキ］582, 751
『部屋』［谷川俊太郎］391
『部屋の中』［梅本重信］103
『ペラペラゲーム——夢の原医療刑務所・まごころ相談室』［中島淳彦］442
『べらぼう長者』［八田尚之、「勝見默笑」名義］493
『ペリカン』［森鷗外］649
『ペルーの野球』［東由多加］506
『ベルカ、吠えないのか？』［古川日出男］550
『ヘルゲランドの海賊』［大山広光］131
『ベルサイユのばら』［植田紳爾♻池田理代子］093, 094, 720
『ペルシャの幻術師』［司馬遼太郎］315
『ベルス（鈴の音）』［エルクマン＝シャトリアン］108
『ベルゼブブ兄弟』［丸尾丸一郎］600
『ペルソナ』［多和田葉子］465
『ベルナール・パリッシー』［ウジェーヌ・ブリュー］108
『ヘルメットをかぶった君に会いたい』［鴻上尚史］264
『ベンガルの虎』［唐十郎］177
『弁慶と義経』［大藪郁子］131
『変化女房』［円地文子］111
『返事』［新井哲］758
『変身』［カフカ］520, 588
『変身リベンジャーとスーパーフライトマン』［中村賢司］768
『変態演劇雑考』［畑耕一］491
『変貌する時代のなかの歌舞伎』［日置貴之］308
『逸見十郎太』［三宅雪嶺］621
『ヘンリー・フォード』［前田河広一郎］574
『ヘンリー四世』［河合祥一郎］181, 713
『片鱗』［前川知大］571
『返礼』［富岡多恵子］430
『偏路』［本谷有希］647, 748

ほ

『ホイットマン詩集』［有島武郎］036
『法王庁の抜穴』［石川淳］052
『法王庁の避妊法』［飯島早苗♻篠田達明］045, 046, 746
『報恩美談』［瀬戸英一♻伊藤痴遊］348
『法界坊』［和田五雄］703
『蜂起』［藤森成吉］240
『忘却曲線』［吉田小夏］775
『忘却の河』［田中千禾夫］387
『望郷』［池谷信三郎］642
『望郷しぐれ』［原譲二（北島三郎）］503
『奉教人の死』［円地文子♻芥川龍之介］111
『望郷の歌』［大垣肇］116
『望郷の歌姫』［谷口守男］391
『冒険・藤堂作右衛門の』［田中千禾夫］386
『冒険王』［平田オリザ］518
『咆号』［又吉直樹］580
『謀殺——下山事件』［矢田喜美雄］666
『謀殺 二上山鎮魂——序曲と終曲のある三幕』［西島大］466, 741
『帽子』［吉村健二］782
『棒しばり』［岡村柿紅］137
『宝寿頌』［植田紳爾♻山岸荷葉『風流陣』］672
『北條源氏』［北條秀司］559, 561
『法成寺物語』［谷崎潤一郎］392
『北條秀司戯曲選集』560
『北條秀司作品集』560
『北条政子』［岩名雪子］087
『北條政子』［北條秀司］559

『放心家』［高村光太郎］ 367
『放心の手帖』［八木柊一郎］ 658
『宝石十万円事件』［小納戸蓉（市川小太夫）］ 274
『鳳仙花』［谷口守男］ 391
『暴徒の子』［菊池寛］ 204
『暴徒の群』［鳥江鋳也］ 431
『法難』［津村紀三子］ 714
『棒になった男』［安部公房］ 028, **031**
『暴風』［土井逸雄］ 423
『暴風雨のあと』［額田六福］ 468
『茫々の時－秋篠－』［久保田猛］ 244
『坊丸一平脚本集』 564
『亡命』［北川大輔］ 217
『訪問販売人――「死を売る男」』［新井笙太］ 765
『抱擁家族』［小島信夫］ 270
『抱擁家族』［八木柊一郎♻小島信夫］ 659
『蓬萊曲』［北村透谷］ **222**, 317
『芳蘭香』［畠山古瓶］ 492
『法隆寺』［青江舜二郎］ **012**, 736
『暴力』［佐藤惣之助］ 301
『暴力団記』［村山知義］ **643**
『宝暦相聞歌』［大西信行］ 124
『放浪』［岩野泡鳴］ 087
『放浪記』［菊田一夫♻林芙美子］ **202**, **203**
『放浪記』［島村龍三♻林芙美子］ 320
『妄』［細井久栄］ 566
『吠え王オホーツク』［内田栄一］ **095**, 740
『吼えろ支那』［セルゲイ・トレチャコフ（大隈俊雄訳）］ 117
『ボーイズ・オン・ザ・ラン』［三浦大輔♻花沢健吾］ 601
『BOY BE』［横山由和］ 692
『ポーギイ』［デュボース＆ドロシー・ヘイワード］ 014
『鬼灯－摂津守の叛乱－』［司馬遼太郎］ **315**
『ホオゼ』［カール・シュテルンハイム（久保栄訳）］ 240
『ボートレース』［井出蕉雨］ 066
『ボーナス献金』［下山省三］ 327
『ホープさん』［香村菊雄♻源氏鶏太］ 174
『ぽーぶる・きくた』［田中大助］ 385
『ほおむどらまちいく　ほおむどらま』［野田市太郎］ 471
『ホームワーク』［平石耕一］ 514
『ホーム・レス・マザー』［伊藤昌弥］ 767
『ホール』［金野むつ江］ 746
『ホーン』［鳥山フキ］ 431
『灯影』［有高扶桑］ 037
『ホガラカさん』［菜川作太郎］ 461
『朗らかな新兵』［波島貞］ 462
『朗らかな保健婦』［星四郎］ 565
『寿歌』［北村想］ **221**, 742
『寿歌Ⅳ』［北村想］ 222
『募金女学校・かげろふは春のけむりです』［伊馬春部］ 080
『北緯五十度以北』［高田保♻小林多喜二］ 361
『北限の猿』［平田オリザ］ 517, 745
『ボクサァ』［高橋いさを］ 363
『北斎漫画』［矢代静一］ 663
『牧師の家』［中村吉蔵］ 455
『牧場の兄弟』［久米正雄］ 249
『ボクシング悲歌』［イッセー尾形］ 065
『木石』［舟橋聖一］ 548
『僕たちはこれを待つことは出来ない』［野上彰］ 469
『僕たちはベトナム戦争のことを話しているんだ』［椎名輝雄］ 309
『僕亭先生の鞄持』［田中千禾夫］ 385
『北東の風』［久板栄二郎］ 508, **509**, 510, 783
『北東の風・千万人と雖も我行かん』［久板栄二郎］ 509
『僕と演劇と夢の遊眠社』［高萩宏］ 473
『ボクと彼女の、花。』［守田慎之介］ 780
『北斗星』［真船豊］ 593
『僕と僕』［山崎哲］ 674
『ぼくにやさしい四人の女』［内田春菊］ 095
『僕の演劇遍路』［巌谷槙一］ 092
『ぼくの、おばさん』［池田美樹］ 778

『僕の言葉に訳せない』［岩崎裕司］757
『僕の時間の深呼吸』［高泉淳子］358
『ぼくの失敗――私の下町3』［福田善之］534
『僕の新作能　堂本正樹能楽台本集』425, 715
『僕の東京日記』［永井愛］434, 746
『僕のハートを傷つけないで！』［水谷圭一］612
『ボクの四谷怪談』［橋本治］479
『ぼくは十七才』［山崎哲］674
『僕らが歌をうたう時』［宮本研］627, **628**
『ぼくらが非情の大河をくだる時』［清水邦夫］321, **323**, 550, 740
『僕らのロングマーチ』［関矢幸雄＋多田徹＋神田成子］348
『ぼくらは愛のために戦ったということを1』［東由多加］506
『ぼくらは愛のため戦ったということを2』［東由多加］506
『ホクロソーセージ』［別役実］552
『ホクロのある左足』［別役実］554
『僕を愛ちて。』［丸尾丸一郎］600
『ぼけの花』［足立万里］027
『ほし』［潮闇ユキ］762
『星』［江見水蔭］109
『星逢一夜』［上田久美子］093, 721
『星落秋風』［村上兵衛］641
『星影のJr.』［タニノクロウ］393, **394**, 749
『星影の人』［柴田侑宏］316
『星屑の町』［水谷龍二］614
『星屑の町』［三橋美智也］614
『星屑の町――山田修とハローナイツ物語』［水谷龍二］613, **614**
『母子叙情』［岡本かの子］138
『星月夜』［宮崎三昧］622
『星月夜六郷河原』［原巌］503
『星亨』［中村吉蔵］150, 455
『星の王子さま』［アントワーヌ・ド・サン=テグジュペリ］571
『星の王子さま』［ワームホールプロジェクト♻アントワーヌ・ド・サン=テグジュペリ］702
『星の塵屑ペラゴロリ』［秋之桜子］019
『星ノ天狗』［天野天街］032
『ホシノナイソラノナイホシ』［サカイヒロト］768
『星の忍者』［中島かずき］441
『星の牧場』［庄野英二］328, 329
『星への切符』［斎藤憐］288
『星守る犬』［工藤千夏］238
『暮春挿話』［佐藤春夫］**301**
『星を数える人』［藤田草之助］542
『ボスがイエスマン』［川口大樹］779
『ポストヒューマン・シアター』［清水信臣］326
『母性双曲線』［大島多慶夫］118
『母性動員』［竹田敏彦］374
『母性の叛乱――平成犯罪事件簿』［別役実］555
『墓石の街』［金子鉄麿］174, 735
『細うで繁盛記』［花登筺］496
『細川の茶碗』［松本清張］590, **591**
『ボタっ子行進曲』［多田徹］785
『ボタニカル・ライフ――植物生活』［いとうせいこう］068
『螢』［土橋成男♻織田作之助］429
『蛍草』［久米正雄］249
『ほたるの歌』［田中澄江］384
『蛍の光』［稲垣千頴♻スコットランド民謡］133
『螢の光』［角ひろみ］345
『蛍の町』［東由多加］507
『螢ばやし』［田中喜三］**383**
『牡丹燈籠』［三遊亭圓朝］125, 162, 697
『牡丹燈籠』［三世勝諺蔵♻三遊亭圓朝］162
『牡丹燈幻想』［三條三輪］309
『牡丹と薔薇』［中島丈博］443
『牡丹軒』［池波正太郎］051
『牡丹のゆくへ』［武田一度］373
『ぼちぼちいこか』［岩崎正裕］084
『ボッカチオ』［フランツ・フォン・スッペ］275
『北極行――ノビレ少将』［北村喜八］219

『BOXMAN』［正塚晴彦］576
『ホット・チョコレート』［曽我部マコト］357
『ホットパーティクル』［瀬戸山美咲］350
『ホット・フラッシュ・バック』［中村まり子］458
『ホットペッパー』［岡田利規］135
『ホットペッパー・クーラー・そしてお別れの挨拶』［岡田利規］**135**
『POTSUNEN』［小林賢太郎］277
『POPCORN NAVY——鹿屋の四人』［鐘下辰男］745
『ポップ・ニュース』［鴨川清作］175
『北方の記録』［相沢嘉久治］738
『没落』［本庄桂輔］570
『ボディ・ウォーズ』［川村毅］197
『ホテル』［なかにし礼］451
『ホテル・サウダーデ』［中村まり子］458
『HOTEL　水の王宮』［遠藤啄郎］113
『ほどける双子』［大岩真理］756
『不如帰』［川口松太郎♻徳冨蘆花］184
『不如帰』［川村花菱♻徳冨蘆花］196
『不如帰』［徳冨蘆花］**428, 628**
『不如帰』［並木萍水♻徳冨蘆花］462
『不如帰』［柳川春葉♻徳冨蘆花］667
『沓手鳥孤城落月』［坪内逍遙］**414, 416**
『不如帰五人男』［服部秀］495
『早苗鳥伊達聞書』［弘津千代］525
『ほととぎす・ほととぎす』［宮本研♻徳冨蘆花］628
『熱り』［平石耕一］514
『骨の鳴るお空』［山崎哲］674
『炎』［堂本正樹］425, 715
『焔』［藤田紫影］542
『炎のカーブ』［石原慎太郎］056
『焔の舌』［岩野泡鳴］087
『炎の中で——蓮如上人ものがたり』［竹内伸光］371
『炎のハイパーステップ』［中島かずき］441
『焰の人』［八木隆一郎］660
『炎の人・ゴッホ小伝』［三好十郎］**633, 636**
『ホノルル・ホリデー』［横澤英雄］719
『ホフマン物語』［ジャック・オッフェンバック＋ジュール・バルビエ＋ミシェル・カレ♻E・T・A・ホフマン］167, 334
『ほほえみ』［巖谷小波］**092**
『ほほ笑みよ今日は』［白浜研一郎］332
『譽の土俵入』［波島貞］462
『ほむら』［有吉佐和子］038, 712
『法螺侍』［高橋康也］365
『ポランの広場』［宮沢賢治］**625, 626**
『ほらんばか』［秋浜悟史］**019**
『堀川波之鼓』［近松門左衛門］384
『堀川波の鼓』［畠山古瓶♻近松門左衛門］492
『堀船の友人』［鎌田順也］173
『堀部妙海尼』［右田寅彦］603
『堀部弥兵衛』［宇野信夫］099
『ポルカやむ』［鈴木泉三郎］340
『ボレロ』［ウェズリー・ラグルズ＋ケリー・ウィルソン］185
『幌鹿峠』［海保進一］160
『襤褸と宝石』［加藤道夫］166
『滅びいく家』［若槻紫蘭］703
『ほろほろ』［藤田貴大］543
『ホワイト・クリスマス』［竹内伸光］372
『WHAT A WONDERFUL LIFE!』［宅間孝行］369
『盆踊都風流』［高安月郊］367
『本郷村善九郎』［江馬修］109
『凡骨タウン』［蓬莱竜太］564
『本日休診』［小山祐士♻井伏鱒二］282
『本日ただいま誕生』［藤原卓♻小沢道雄］547
『本日は晴天なり』［伊馬春部］080
『本所狸』［浅野武男］026
『本蔵下屋敷』710
『本尊』［山本有三］684
『ぽんち絵』［高橋丈雄］364
『ぼんち子守唄』［館直志（渋谷天外）］381
『本町糸屋の娘』［大村嘉代子］128
『本町糸屋の娘』［平田兼三♻四世鶴屋南北＋どっこい生きてる二世桜田治助］521
『本町育恋紺暖簾』［山岸荷葉］671

『ボン・ディア・セニョーラ』[三島由紀夫] 725
『ほんとうの空を捜して』[山口誓志] 760
『ボンドマン』[松居松翁] 581
『煩脳地獄』[藤田草之助] 542
『本能寺前後』[大佛次郎] 152
『ポンポン大将』[菜川作太郎] 461
『本町二丁目の味噌屋の娘』[志村治之助] 326
『本間雅春』[今日出海] 284
『本牧夜話』[谷崎潤一郎] 392
『奔流』[吉田武三] 696

ま

『マーキュロ』[飴屋法水] 033
『マーちゃんの神曲』[山崎哲] 674
『舞扇』[門脇陽一郎] 166
『舞扇恨之刃』[福地桜痴♻ヴィクトリアン・サルドゥ] 537
『舞衣草紙』[行友李風] 688
『迷子になるわ』[前田司郎] 573
『舞妓Haaaan!!!』[宮藤官九郎] 237
『舞い込んだ神様』[植田紳爾] 093
『埋葬伝説』[竹内健] 371
『マイナス13°Cの崩壊』[前田日菜子] 782
『My name is I LOVE YOU』[北川陽子] 217
『舞姫』[森鷗外] 437, 649
『舞姫Dahja』[長田幹彦] **448**
『マインド』[大橋泰彦] 127
『マイ・フェア・レディ』[菊田一夫♻ジョージ・バーナード・ショー] 201
『マイ・フェイバリット・バ――――ジン』[刈馬カオス] 775
『My Home=home ground(マイホームグラウンド)』[田口萌] 765
『マイ・ロックンロール・スター』[長塚圭史] 747
『前髪に虹がかかった』[蟷螂襲] 426, 747
『前田司郎Ⅰ』[前田司郎] 573
『前原一誠』[三宅雪嶺] 621
『前原党の最後』[霜川遠志] 326
『舞え舞えかたつむり』[別役実] 554
『前向き!タイモン』[矢内原美邦♻ウィリアム・シェイクスピア] **666, 749**
『魔界の道真』[大佛次郎] 150
『魔風恋風』[小杉天外] **272**
『曲がれ!スプーン』[上田誠] 094
『蒔かれたる種』[近藤経一] 284
『マカロニ』[中村正常] 458
『真北風が吹けば』[大城立裕] 119
『真木とノオト』[八木柊一郎] 658
『牧の方』[坪内逍遙] **414, 416**
『牧野富太郎』[池波正太郎] **051**
『幕があがる』[串田和美] 235
『幕が上がる』[喜安浩平♻平田オリザ] 234
『幕が上がる』[平田オリザ] 518
『幕外ばなし』[奈河彰輔] 461
『まぐだらの女』[定村忠士] 300, 739
『マグダラのマリア』[戸板康二] 425
『幕のうちそと』 251
『マグノリア』[東郷静男] 719
『マクベス』[ウィリアム・シェイクスピア] 041, 065, 171, 239, 302, 492, 530, 727
『マクベスという名の男』[川村毅♻ウィリアム・シェイクスピア] 197
『マクベスの妻と呼ばれた女』[篠原久美子♻ウィリアム・シェイクスピア] 314, 756
『まくべっと』[中村まり子] 458
『負けてたまるか――武観かけあしの記』[佐佐木武観] 299
『まげもの喜劇 雁四郎一番手柄』[中山十戒(芦屋雁之助)] 460
『まげものミュージカル忠臣蔵』[志村治之助] 326
『魔剣士』[北林佐和子] 725
『まごころ』[土田新三郎] 408
『まごころ』[北條誠] 563
『真』[山本緑波] 686
『まことむすびの事件』[山崎哲] 674
『馬子日記』[八田尚之] 493
『孫の出奔した女地主』[鳥居与三] 431

『Mother』［坂元裕二］297
『MOTHER——君わらひたまうことなかれ』［マキノノゾミ］**575**
『マザー・マザー・マザー』［別役実］552
『マサコ』［永井愛］434
『正子とその職業』［岡田禎子］133
『政子と頼朝』［松居松翁］581
『真砂屋お峰』［有吉佐和子］038
『正宗白鳥氏と思想と人生観に就て語る』576
『正宗白鳥全集』577
『マシーン日記』［松尾スズキ］582, **583**, 746
『マシーン日記／悪霊』［松尾スズキ］584
『マジシャンの憂鬱』［正塚晴彦］576
『マジすか学園－京都・血風修学旅行－』［赤澤ムック］015
『魔術師セブン・ソングス第2歌』［田槙道子］395
『魔性菩薩』［可児松栄］169
『魔女伝説』［福田善之］534
『魔女と卵とお月様』［別役実］554
『魔女の猫さがし』［別役実］554
『まずいスープ』［戌井昭人］070
『マスコット』［エドモン・オードラン（二宮行雄訳）］467
『先ずはめでたし』［加藤衛］164
『魔像』［小堀雄♻谷譲次］390
『また逢う日まで』［水木洋子］612
『また逢おうと竜馬は言った』［成井豊］463
『また会おね』［矢野顕子］571
『又意外』［岩崎蕣花］**083**
『マタイ伝』［北原武夫］219
『まだ遅くはない——核戦争起これば』［藤川健夫］539
『まだ今日のほうが！』［八田元夫］**494**
『又四郎の川』［立川雄三］378
『股旅仁義』［原巌］503
『股旅草鞋』［長谷川伸］485
『またねって言って』［山内晶］782
『真珠道』［大城立裕］119
『又々意外』［岩崎蕣花］083
『まだ見ぬ幸せ』［松原敏春］587
『マダムX』［仲木貞一］440
『マダム貞奴』［田中喜三♻杉本苑子］383
『マダムと女房』［北村小松］220
『マダムの公休日』［足立直郎］027
『間違いの喜劇』［ウィリアム・シェイクスピア］366
『まちがいの狂言』［高橋康也］**366**
『街角の事件』［別役実］552
『都会からの風』［内藤裕敬］432
『マチクイの詩』［福田修志］758
『町・ターミナル』［堤春恵］412
『街と飛行船』［別役実］552
『街などない』［神里雄大］173
『街に浮遊する信号器』［川津羊太郎］777
『街に芽ぐむ』［十一谷義三郎］328
『町の音』［久保田万太郎］245
『街の交響楽』［小出英男］263
『街は春風』［上山雅輔］174
『松ヶ浦ゴドー戒』［つかこうへい］401
『松影屋しずく』［榎本滋民］**105**
『松風』［田中澄江］384, 622
『松川事件』［北條秀司］559
『まづ健康』［曾我廼家十吾］**356**
『松阪町雪の朝』［利倉幸一］429
『マッサン』［羽原大介］499
『マッシュ・ホール』［芝原里佳］781
『松助芸談・舞台八十年』［邦枝完二］238
『松平右近事件帳』［土橋成男］429
『松平長七郎－黄金ぎやまん燈籠－』［杉山義法♻村上元］337
『マッチ売りの少女』［水木久美雄♻ハンス・クリスチャン・アンデルセン］611
『マッチ売りの少女』［別役実］341, 552, **555**, 556,739
『マッチ売りの少女／象』［別役実］556
『待ってた食卓、』［藤田貴大］543
『松永弾正』［岡栄一郎］131
『松永弾正』［山崎紫紅］672
『松栄千代田神徳』［河竹黙阿弥］**193**, 194
『松のや露八』［矢田弥八♻吉川英治］666

『松の齢』[井出蕉雨編] 066
『松花江の月』[真船豊] 593
『松虫(改作)』[堂本正樹] 425
『松虫と鈴虫』[水木久美雄] 611
『松山一家』[郡虎彦] 268
『待宵』[恵川重] 104
『祭に来た男』[迫間健] 477
『祭りの兆し』[山岡徳貴子] **670**, 768
『祭の下の祭　切り裂きジャック論』[江連卓] 105
『祭りの準備』[中島丈博] 443
『祭りの出来事』[久保田万太郎] 244
『祭の夜』[仲木貞一] 440
『祭りはまだか』[鳥海二郎] 431
『祭りばやしは聴こえない』[中島丈博] 443
『マディソン郡の橋』[鎌田敏夫] 173
『マテリアル・ママ』[早船聡] 502
『窓』[豊島与志雄] 430
『窓』[花田清輝] 495
『惑ひ聟』[山本緑波] 686
『窓から外を見ている』[別役実] 553
『窓から窓へ』[尾崎倉三] 145
『窓に映るエレジー』[ブルー&スカイ] 549
『魔殿』[南江二郎] 465
『まとまったお金の唄』[松尾スズキ] 582
『マドモアゼル・モーツァルト』[横山由和＋ワームホールプロジェクト] 692, 702
『マトリョーシカ』[三谷幸喜] 616, **618**, 751
『マトリョーシカの鞦韆』[島林愛] 758
『窓を開けたら』[岡安美佳] 761
『窓を開ければ港が見える』[別役実] 553
『まな板の恋』[尼子成夫] 032
『まなつ幻生』[石山浩一郎] 058
『真夏の倦怠』[有高扶桑] 037
『まなつのよのゆめ』[うしろけんじ] 095
『マニラ瑞穂記』[秋元松代] 021
『真人間』[中村吉蔵] 455
『マネー』[エドワード・ブルワー=リットン] 194
『真・似・禁』[佃典彦] **407**
『魔の女』[藤田紫影] 542
『魔の夢』[岩野泡鳴] 087
『マノン・レスコー』[アベ・プレヴォー] 049
『マハーバーラタ』[宮城聰✪古代インド叙事詩] 621
『まばたき』[奥村拓] 775
『瞼の女——まだ見ぬ海からの手紙』[渡辺えり] **705**
『瞼の母』[長谷川伸] 342,485, 486, **487**
『真船豊選集』 595
『まほうつかいのでし』[横内謙介] 743
『魔法の人形』[白井鐵造] 329
『魔法をかけられた王子たち』[関矢幸雄] 348
『まぼろし鼓』[八木隆一郎] 661
『幻に心もそぞろ狂おしのわれら将門』[清水邦夫] 321
『まぼろし日記』[飯田旗軒] 046
『幻のX調査隊』[知念正真] 397
『幻の城』[菜川作太郎] 461
『幻の水族館』[串田和美] 235
『幻のトラック』[矢田喜美雄] 666
『幻の舞踏』[菅原寛] 335
『幻の部屋』[北村寿夫] 223
『幻の宿』[八木隆一郎] 661
『まほろば』[蓬莱竜太] **564**, 749, 753
『まほろばにて、』[田村孝裕] 395
『ママ先生とその夫』[岸田國士] 210
『ママの貯金』[ヴァン・ドルーテン(川口一郎＋倉橋健訳)✪キャスリン・フォーブス] 182
『真間の手古奈』[小寺融吉] **272**
『間宮一家』[宇野四郎] 098
『蝮のすゑ』[武田泰淳] 374
『豆』[平塚直隆] 523, 775
『マヤ占い』[大沢直行] 118
『真山青果戯曲上演・舞台写真集』 597
『真山青果研究』 597
『真山青果全集』 597, 598, 599, 600
『真山青果全集別巻一』 597
『真山青果全集別巻二』 597
『黛さん、現る！』[鎌田順也] 173

『繭物語』［野中友博］ 476
『迷いアゲハ』［しゅう史奈］ 773
『マヨイガの妖怪たち』［堀江安夫］ 569
『真夜中仮面』［内藤裕敬］ 432
『真夜中のキッチン』［喜一朗］ 755
『真夜中の太陽』［工藤千夏✪谷山浩子］ 238
『真夜中の太陽』［佐木隆三］ 297
『真夜中の港』［村山知義］ 644
『真夜中の弥次さん喜多さん』［宮藤官九郎✪しりあがり寿］ 237
『マリアの首――幻に長崎を想う曲』［田中千禾夫］ 171, 386, **387**
『マリー・アントワネット』［斎藤雅文］ 287
『マリー・アントワネット』［戸板康二］ 424
『マリコの悪縁教室』［ごまのはえ］ 770
『マリファナの害について』［岡田利規］ 134, 135
『マリリン・モンロー』［戸板康二］ 225, 424
『マルクスの子供たち』［やぎのぶよし］ 760
『マルスの歌』［石川淳］ 052
『丸橋忠弥』［金子洋文］ 169
『○×式ゴドーを待ちながら』［川崎徹］ 189
『○○トアル風景』［ノゾエ征爾］ 470, **471**, 749
『丸山蘭水楼の遊女たち』［井上光晴］ 077
『マレーの少年戦士』［長谷山峻彦］ 490
『マレーの虎』［菊田一夫］ 200
『マレーヒルの幻影』［岩松了］ 753
『渾沌鶏　マロカレタルトリ』［西森英行］ 467
『満開の案山子がなる』［山岡徳貴子］ 767
『漫画家』［金子洋文］ 169
『マンガの夜』［生瀬勝久］ 462
『万華鏡』［江川幸一］ 724
『万華鏡三景』［赤澤ムック］ 015
『満月』［大垣肇］ 116, 117
『萬歳師の家』［徳田純宏］ 428
『漫才学校』［日向すゞ子(ミヤコ蝶々)］ 018, 513
『漫才学校－お笑い忠臣蔵－』［山田次郎✪秋田實］ **018**
『漫才学校－お笑い野球試合の巻－』［秋田實］ 018
『マンザナ、わが町』［井上ひさし］ 072
『卍』［谷崎潤一郎］ 392
『卍一家の跡目』［土橋成男］ 224, 429
『万治高尾』［弘津千代］ 525
『満酒』［坪内士行］ 412
『万獣こわい』［宮藤官九郎］ 237, 754
『満州国』［田郷虎雄］ 375
『満州燈影荘』［倉橋仙太郎］ 251
『満州より北支へ』［岸田辰彌］ **215**
『満州楽土の夢』［曾我廼家五郎］ **355**
『蔓珠沙華』［山本有三］ 684
『曼珠沙華――近松拾遺』［川俣晃自］ 195
『満寿姫』［幸田露伴］ 265
『マンション男爵』［徳尾浩司］ 427
『まんだが池物語』［雨野士郎］ 712
『マンドラゴラの降る沼』［細川徹］ 567
『マントンにて』［長岡輝子］ 440
『万の宮病院始末記』［三條三輪］ 309
『マンハッタンラブストーリー』［宮藤官九郎］ 583
『マンハッタン・リズム』［宇津秀男］ 719
『マンフレッド』［ジョージ・ゴードン・バイロン］ 222
『マンボウ20号』［堀切和雅］ 570
『万葉集』 316

み

『見あげてごらん夜の星を』［永六輔］ 104
『見上げる魚と目が合うか？』［原田ゆう］ 504, 759
『ME AND MY GIRL』［小原弘稔✪L・アーサー・ローズ＋ダグラス・ファーバー］ 719
『皇軍艦』 714
『三池炭鉱』［福田善之］ 533
『三池の闘い』［黒沢参吉］ 257
『木乃伊の口紅』［田村俊子］ 396
『三浦右衛門の最後』［菊池寛］ 204
『三浦製絲場主(四幕＊未定稿)』［久米正雄］ 248
『三浦製絲場主』［久米正雄］ **249**

『みえがくれの瀧』［堂本正樹］425
『見えざるモノの生き残り』［前川知大］571, 749
『見えない都市』［イタロ・カルヴィーノ］586
『ミエルヒ』［青木豪］013
『澪』［長田幹彦］448
『澪つくし』［ジェームス三木］312
『澪標佐々木盛綱』［江見水蔭］109
『みおつくし浪速の花道〈曾我廼家五郎・十郎物語〉』［水谷幹夫＋相良準三♻長谷川幸延］**613**
『みおつくし浪花の風雪〈曾我廼家五郎物語〉』［相良準三］613
『未開の議場』［北川大輔］217
『三日月お蝶』［奈河彰輔］461
『三日月の影』［福田善之］301
『美川憲一のおだまり！劇場』［中島淳彦］442
『三河後風土記』193
『三河花祭』［秦豊吉］723
『身代り奥様』［木村雅夫］233
『身替音頭』［久松一声］413
『身替座禅』［岡村柿紅］**137**
『蜜柑とユウウツ－茨木のり子異聞－』［長田育恵］147, 754
『未刊謡曲集』［田中允］717
『未刊謡曲集　続四』［田中允］426
『右手にテニスボール』［ふじきみつ彦］539
『みごとな女』［森本薫］653, **654**
『未婚』［山内久］682
『操』［賀古残夢］161, 483
『岬』［中上健次］440
『岬――波の間に間に義経様が』［響リュウ］513
『ミシェル・ストロゴフ』［ジュール・ヴェルヌ］181, 182
『短い手紙』［庄野英二］328
『みじか夜』［小島孤舟］269
『短夜』［久保田万太郎］244
『三島の桜が散って木更津の道化師が殺された』［森泉博行］652
『三島由紀夫全集』605
『三島由紀夫読本』605
『三島由紀夫の演劇　幕切れの思想』［堂本正樹］425
『ミシンとこうもり傘の別離』［唐十郎］177
『水』［堂本正樹］425
『水いらずの星』［水沼健］614
『湖の火』［高見順］711
『湖の娘』［八木隆一郎］661, **662**
『水沢の一夜』［大垣肇］116, **117**
『みすゞかるちくまのかわのさざれしも』［大森匂子］782
『ミスター・ハッタリ』［黒川鋭一］255
『水漬く屍』711
『Misty Station』［齋藤吉正］721
『水泥棒』［真船豊］593
『水映縁友綱』［鷲見房子］712
『水に溺れる魚の夢』［市川森一］063
『水の駅』［太田省吾］120, **121**
『水の駅－2』［太田省吾］120
『水の駅－3』［太田省吾］120
『水の音』［ナガイヒデミ］771, 781
『水のおもて』［久保田万太郎］244, **246**
『水の休日』［太田省吾］120, 122
『水の戯れ』［岩松了］089, 751
『水のほとり』［青江舜二郎］012
『水街』［松本雄吉］592
『水物語』［内田春菊］095
『見世物王国』［古川緑波］550
『見世物オペラ身毒丸』［寺山修司＋岸田理生］216
『みそ味の夜空と』［南出謙吾］770
『晦日の角力』［伊藤恣］068
『晦日明治座納め・る祭－将の器－』［赤澤ムック］015
『溝口健二の人と芸術』［依田義賢］698
『味噌汁と友情』［中島丈博］443
『三鷹の化け物』［奥山雄太］144
『充たされた生活』［清水邦夫］320
『猥り現』［中津留章仁］450
『御手洗ゼミの理系な日常』［徳尾浩司］427

『乱鶯』［倉持裕］ 252
『みだれ髪－与謝野晶子と鉄幹－』［大西信行］ 124
『みだれ金春』［大村嘉代子］ **128**
『乱れ金春』［大村嘉代子］ 129
『未知なるもの』［梅田晴夫］ 102
『みちのくの僧兵』［大木直太郎］ 117
『みちのくひとり旅』［原譲二］ 503
『路は遥けし』［長谷川幸延］ 481
『みちゆき』［松原俊太郎］ 776
『満ちる』［竹内銃一郎］ 370, 754
『光江帰る』［黒沢参吉］ 257
『三日間の冒険』［竹田新太郎］ 373
『三柏葉樹頭夜嵐』［永井荷風］ 438
『三日の客』［河村花菱］ **196**
『光子』［雄島浜太郎］ 154
『光子の秘密』［菊池幽芳］ 206
『光子の窓』［永六輔］ 104, 135, 225
『三つの退屈』［長谷川如是閑］ 489
『三つの宝』［芥川龍之介］ 025
『三つの旅』［中野實］ 452
『三つの願ひ』［フランス民話］ 728
『三つの舞台を持った小曲』［木村修吉郎］ 233
『三つのワルツ』［横澤英雄］ 719
『MIDSUMMER CAROL ガマ王子VSザリガニ魔人』［後藤ひろひと］ 273
『三巴天明騒動記』［永井荷風］ 438
『蜜の味』［大岩真理］ 761
『蜜の流れる地——千の夜のヒネミ』［宮沢章夫］ 623
『光秀と紹巴』［正宗白鳥］ **578**
『光秀の恋』［今東光］ 284
『密漁』［佐佐木武観］ 299
『御堂筋東側』［大村順一］ 129
『御堂はんの屋根』［長谷川幸延］ 481
『緑色のストッキング』［安部公房］ 028
『緑子の部屋』［西尾佳織］ 466
『緑の朝』［小山内薫］ 148
『緑のさる』［山下澄人］ 678
『ミドルマン』［ヘンリー・アーサー・ジョーンズ］ 108
『水上勉戯曲集』 609
『水上勉全集』 610
『皆川博子作品精華』 620
『身投げ救助業』［菊池寛］ 204
『水底の歌　柿本人麻呂論』［梅原猛］ 102
『港：戯曲集』［楳本捨三］ 103
『港に浮いた青いトランク』［高木史朗］ 359
『港の風』［川﨑照代］ 188
『港町純情シネマ』［市川森一］ 063
『南風の吹く窓』［池波正太郎］ 051
『南くんの恋人』［岡田惠和］ 136
『南小泉村』［真山青果］ 596
『南十字星』［浅利慶太］ 026, 722
『南十字星の女』［小野田勇］ 156
『南太平洋』［リチャード・ロジャース＋オスカー・ハマースタイン二世］ 098
『南の哀愁』［内海重典］ 097, **098**
『南の風』［辰野隆］ 378
『南の風　仏蘭西翻案戯曲集』［辰野隆］ 378
『南の島』［庄野英二］ 328, **329**
『南の島に雪が降る』［椎名竜治］ 309
『南半球の渦』［土田英生］ 747
『南へ』［平田オリザ］ 517, 518
『南吉野村の春』［岡田鉄兵］ 759
『源義朝』［永田衡吉］ 446
『源義仲』［江見水蔭］ 109
『源頼朝』［江見水蔭］ 109
『嶺にわかるる横雲の』［久保田和弘］ 244
『巳之吉とお妻』［雄島浜太郎］ 154
『身の引きしまる思い』［山内ケンジ］ 669
『見果てぬ夢』［堤泰之］ 412
『未必の故意』［安部公房］ 028
『耳』［水上勉］ 609
『耳飾り』［堀越真］ 570, 742
『耳の王子』［遠藤啄郎］ 113
『耳のトンネル』［糸井幸之介］ 066
『宮城野』［矢代静一］ 663
『宮古路豊後掾』［清見陸郎］ 234
『宮古路豊後掾——清見陸郎戯曲集』 234
『都新聞娘心』［伊原青々園］ 079

『ミヤコ蝶々 女ひとり』［日向鈴子］ 514
『宮沢賢治　イーハトーヴ学事典』 626
『宮さんのくんち』［山之内宏一］ 758
『宮戸川』［小島政二郎］ 271
『宮本研戯曲集』 628
『宮本武蔵』［宮本研］ 068, 361, 540
『mju::::zikal』［サカイヒロト］ 291, 768
『ミュージカル異国の丘』［浅利慶太］ 026
『ミュージカル李香蘭』［浅利慶太］ **026**
『ミュージカル南十字星』［浅利慶太］ 026
『妙義の暴れん坊』［土橋成男］ 429
『三好十郎覚え書』 633
『三好十郎作品集』 633
『三好十郎の仕事』 633
『三好十郎論』［田中單之］ 633
『見よ、飛行機の高く飛べるを』［永井愛］ 434, 435, **436**, 746, 751
『み・ら・あ』［高橋いさを］ 363
『未来劇場』［土井行夫］ 423
『未来を忘れる』［松井周］ 580
『ミラノを見て死ね』［キノトール］ 225
『MIWA』［野田秀樹］ 472
『民衆劇論』［ロマン・ロラン］ 626
『民衆の敵』［イプセン］ 498
『民主主義を守れ』［福田善之］ 532
『民族の旗』［真船豊］ 593
『みんなのいえ』［三谷幸喜］ 616
『みんなのうた』［阪田寛夫］ 293
『みんなのカーリ』［飯沢匡］ 043, 785
『みんな病気』［高見沢文江］ 366
『みんな我が子』［広渡常敏］ 526
『民謡歌劇　河童とあまっこ』［柴田侑宏］ 316
『民謡六大学』［菊谷栄］ 207
『民話=変身と抵抗の世界』［瀬川拓男］ 346

む

『ムイカ』［はしぐちしん］ 478, 770
『ムー』［山元清多］ 682
『ムー一族』［山元清多他✪久世光彦］ 682
『無縁坂の女』［八木柊一郎］ 659
『ムカイ先生の歩いた道』［加藤英雄］ 778
『零余子』［長谷川伸二］ 738
『昔ケンタウルス』［田辺茂範］ 390
『むかし下町に住みて』［宇野信夫］ 099
『無官義経』［足立直郎］ 027
『麦・宮本研の』［麦の会］ 628
『麦と戦争』［有吉光也］ 040
『麦と兵隊』［火野葦平］ 513
『むくひ』［畠山古瓶］ 492
『報われません、勝つまでは』［田上豊］ 394
『無限の鐘』［細井久栄］ 566, 567
『向う三軒両隣り』［伊馬春部］ 080, 223
『向こう横丁のお稲荷さん』［別役実］ 554
『聟になる人』［足立万里］ 027
『無言歌』［辻本久美子］ 782
『むささび』［伊賀山昌三］ 046
『ムサシ』［井上ひさし］ 072, 073
『武蔵と小次郎』［八木隆一郎］ 661
『武蔵野』［梅本重信］ 103
『武蔵野夫人』［大岡昇平］ 116
『無差別』［中屋敷法仁］ 460, 750
『貪りと瞋りと愚かさと』［鐘下辰男］ 746
『無産者の群』［渡平民］ 707
『虫』［生田葵］ 047, 065
『虫』［藤本義一］ **545**, 736
『虫』［市原佐都子］ 775
『むしう・とがき』［田中千禾夫］ 386
『虫たちのゴールデンウィーク』［山田民雄］ **680**, 741
『虫たちの日』［別役実］ 553
『無実――石川さんは脅迫状を書いていない』［土方鉄］ 511
『虫づくし』［別役実］ 555
『蝕める果実』［久米正雄］ 248, 249
『虫虫Q』［市原佐都子］ 065
『武者小路実篤選集』 637
『武者小路実篤全集』 637
『武者小路実篤著作集』 637
『無宿人別帳－いびき－』［松本苦味］ **590**
『毟りあい』［筒井康隆］ 475

『無心』［きたむらけんじ］219
『無人警察』［筒井康隆］411
『無神論者は幽霊を見ない』［土橋淳志］770
『むずかしい門――夏目漱石「門」より』［水沼健］614, 768, 774
『息子』［小山内薫］**149**, 169
『息子の青春』［林房雄］502, 563
『娘ありき』［八住利雄］666
『娘帰る』［咲恵水］758
『娘心』［伊原青々園］079
『娘小僧吉之助』［迫日出雄］348
『処女翫浮名横櫛』［河竹黙阿弥］191
『むすめごのみ帯取池』［三島由紀夫］605
『娘に語る祖国』［つかこうへい］402
『ムソリーニ』［小山内薫］148
『無題名』［水野あい子］735
『無智なる者』［藤田草之助］542
『むちゃくちゃでございます物語』［山路洋平］677
『ムツゴロウ』［梅原猛］716
『ムッソリーニ』［坪内士行］413, 574
『無抵抗百貨店屋上遊園地』［山本健介（作者本介）］683
『無敵』［岡田望］756
『霧笛』［大佛次郎］150, 364
『椋木』［杉谷代水］336
『胸さわぎの放課後』［金杉忠男］168
『無に生きる』［四宮純二］314
『宗行卿』［中原指月］454
『無筆の号外』［曾我廼家五郎］353, 354, 481
『無法一代』［中江良夫♻岩下俊作］085, 439
『無法松の一生』［稲垣浩＋伊丹万作♻岩下俊作］**085**
『無法松の一生』［西島大♻岩下俊作］466
『無法松の一生』［茂木草介＋鳴海良介♻岩下俊作］646
『謀叛論』［徳冨蘆花］428
『夢魔』［岡田禎子］133, 542
『むむむの日々』［原田宗典］504
『無明』［ゆいきょうじ］686
『無明と愛染』［谷崎潤一郎］392
『無明の井』［多田富雄］716
『無名作家の日記』［菊池寛］204
『無名氏』［佐野天声♻ジュール・ヴェルヌ（森田思軒訳）］307
『無名詩集』［安部公房］028
『村井長庵』［出雲隆］062
『村岡伊平治伝』［秋元松代］021, 022
『村上義光錦旗風』［山田美妙］**681**
『むらさき小唄』［三上於菟吉］602
『紫上』［深瀬サキ］527
『村雨橋遺文』［神谷量平］174
『村芝居』［村芝居］609
『村の鍛冶屋』［岡田三郎］133
『村の戦後派』［神谷量平］174
『村の平和』［樋口紅陽］507
『村の保守党』［伊藤貞助］067
『村はずれ』［真船豊］593
『村山知義戯曲集』643, 644, 645
『村山知義の宇宙』643
『群れる青、トコロ。』［守田慎之介］780
『室津の唄』［大森痴雪］129
『室町記』［山崎正和］676

め

『明暗』［長谷川如是閑］489, 529
『明暗双眼鏡』［園池公功］357
『明暗だんだら染』［坂本晃一］296
『明暗振分旅』［坂本晃一］296
『明暗嫁問答』［山本周五郎］313
『明暗録』［邦枝完二］238, **239**
『メイエルホリド座上演台本集』［大隈俊雄］117
『迷宮譚』［岸田理生］727
『迷宮博士――ドクター・ラビリンス』［松村武］588
『メイク♥ラブ』［三浦大輔］601
『名月大阪城』［木村学司］231
『名月八幡祭』［池田大伍］048, **049**
『名月深川囃子』［迫日出雄］348
『名月弁天やくざ』［迫日出雄］348

『名工柿右衛門』［榎本虎彦］ 107, **108**
『名作歌舞伎全集』 192, 194
『明治一代男』［安永貞利］ 665
『明治一代女』［川口松太郎］ **186**, 598
『明治演劇史』［伊原青々園］ 079
『明治演劇史伝・上方篇』［高谷伸］ 367
『明治奇術史』［秦豊吉］ 491
『明治近代劇集』 144
『明治劇談　ランプの下にて』［岡本綺堂］ 139
『明治劇壇総評』［正宗白鳥］ 577
『明治座物語』［江見水蔭］ 109, 232, 373
『明治史劇集』 367, 673, 681
『明治第一歩』［谷屋充］ 394
『明治天皇』［大西利夫］ 124
『明治の柩』［宮本研］ 627, 628, **630**
『明治の雪』［夏目千代］ 462, 559, **562**
『明治はいから物語』［内山惣十郎］ 097
『明治花の写真館』［斎藤雅文］ 286
『明治文化全集』 599
『明治文学全集』 144, 189, 525, 537, 698
『明治用水』［水木久美雄］ 611
『名匠の最期』［宮内好太朗］ 621
『迷信家』［山本緑波］ 686
『名人豊沢団平』［大西利夫］ 124
『明治零年』［高橋丈雄］ 364
『メイ・スイートホーム－花のもとにて－』［小池倫代］ 263
『冥想／詩劇海堡技師』［岩野泡鳴］ **088**
『名探偵アジャパー氏』［淀橋太郎］ 699
『名探偵・丸越万太シリーズ』［大沢直行］ 118
『メイドイン香港』［じんのひろあき］ 333, 745
『冥途の飛脚』［近松門左衛門］ 024, 258, 335
『名馬』［雄島浜太郎］ 154
『名誉と詩人』［吉田甲子太郎］ 694
『螟蛉子』［田郷虎雄］ 375
『明路暗路』［小出英男］ 263
『明朗怪談劇貸家の正体』［益田甫］ 579
『夫婦訓』［亀屋原徳］ 174
『夫婦地獄』［本庄桂輔］ 570
『夫婦春秋』［安達靖人］ 027
『夫婦善哉』［逢坂勉♻織田作之助］ 114
『夫婦善哉』［大西利夫♻織田作之助］ 124, 711
『夫婦善哉』［織田作之助］ 154, 513, 521
『夫婦善哉』［山路洋平♻織田作之助］ 677
『夫婦哲学』［土田新三郎］ 408
『女夫波（女夫浪）』［田口掬汀］ **368**
『夫婦漫才』［大西信行］ 124, 514
『目頭を押さえた』［横山拓也］ 771
『メガ・デス・ポリス』［大沢直行］ 118
『メカニズム作戦』［宮本研］ 627, 659, 737
『メガネとマスク』［長谷川彩］ 759
『メガネ夫妻のイスタンブール旅行記』［山内ケンジ］ 669
『女狐S（火の山）』［田中千禾夫］ 386
『め組の辰五郎』［原譲二（北島三郎）］ 503
『めくめ鳥』［神谷量平］ 174
『瞽使者』［川上音二郎］ **181**
『盲長屋梅加賀鳶』［大西信行］ 125
『めぐり会いは再び』［小柳菜穂子］ 721
『廻り灯籠』［宇野千代］ 098
『めぐるめく』［桑原裕子］ 257
『目黒巷談』［広津柳浪］ 525
『メザスヒカリノサキニアルモノ若しくはパラダイス』［松本大洋］ 591, 747
『めし』［田中澄江］ 384
『飯』［中村吉蔵］ 455, **456**
『飯屋の算盤』［藤田草之助］ 542
『牝熊』［佐佐木武観］ **299**
『雌鹿 DOE』［羊屋白玉］ 512
『女豚S（幸運の葉書）』［田中千禾夫］ 386
『珍しい凡人』［古川貴義］ 549
『メタイアランド VoL.1』［林英樹］ 501
『メタイアランドVoL.9』［林英樹］ 501
『メタモルフォセス群島』［筒井康隆］ 475
『めっかち生薑と女』［浅野武男］ 026
『メツザレム 或は永遠のブルジョア』［イワン・ゴル（久保栄訳）］ 728
『滅亡』［堂本正樹］ 425
『Medicin－薬－』［岡本螢］ 143

『女鯉屏風』［堂本正樹］425
『メドウサの首』［西島大］466
『メトロ』［大池容子］115
『メトロに乗って』［浅田次郎］702
『女波男波』［山本緑波］686
『メナム河の日本人』［遠藤周作］112
『メナムに赤い花が散る』［植田紳爾］093
『眼のある風景』［杉浦久幸♻窪島誠一郎］336
『目の皮膚』［島田九輔］773
『眼の皮膚』［井上光晴］076
『芽生え』［大橋喜一］126
『目まいのする散歩』［武田泰淳］374
『メメント・モリ』［原田宗典］504
『Memorandam』［高谷史郎］551
『メモランダム』［古橋悌二］551
『目病み猫と水のない水槽』［川津羊太郎］777
『めらんこりあ――憂鬱な華』［しゅう史奈］762
『メランコリック・ジゴロ』［正塚晴彦］576
『メリーゴーラウンド』［安藤弘］275, 510
『メリーさんの羊』［別役実］554
『目を見て嘘をつけ』［桑原裕子］257
『めんたいぴりり』［東憲司］505
『面とペルソナ』［和辻哲郎］707
『牝鶏』［金子洋］169

も

『もう一度、わかれうた』［森泉博行］652
『もう一歩』［前川麻子］571
『もう風も吹かない』［平田オリザ］518
『蒙古来』［山田美妙］681
『盲匠屏風』［野田治彦］761
『盲人書簡』［寺山修司］420
『盲人書簡――上海偏』［寺山修司］420
『盲人書簡――人形編』［寺山修司］420
『もうひとつある世界の森に巣喰う深海魚たちの凱歌』［福永郁央］780
『もうひとつのパラダイス』［高津住男］362
『もう一人の女』［秋月桂太］018
『もうひとりの飼主』［別役実］554
『もう一人のヒト』［飯沢匡］043, **044**, 783
『もう頬づえはつかない』［東陽一］507
『妄膜剝離』［川津羊太郎］779
『盲目』［井田秀明］062
『盲目の弟』［山本有三］684
『盲目の川』［長与善郎］460
『盲目物語』［宇野信夫］099, **100**, 392
『耄碌車リン軸チャヤ』［カゲヤマ気象台］777
『燃えよ剣－土方歳三と沖田総司－』［結束信二］258
『燃える恋』［谷口守男］391
『もーいいかい・まーだだよ』［別役実］553
『モーターサイクル・ドン・キホーテ』［宮沢章夫］623
『モータプール』［益山貴司］580
『モーツァルト！』［小池修一郎］261
『モーツァルトの手紙』［なかにし礼］451
『モーリタニアの月はふざける』［扇田拓也］351
『モオン・ブルウメン』［堀正旗］719
『黙阿弥脚本集』191
『黙阿弥全集』191, 194
『黙阿弥草紙――闇の華』［田中喜三］383
『木像磔刑』［山崎正和］675, **676**
『木造モルタル式青空』［角ひろみ］769
『モグッチョチビッチョこんにちは』［井上ひさし］071
『黙読』［加藤一浩］163, 749
『モグラ町』三部作［前川麻子］571
『木蘭従軍』［白井鐵造］330
『黙林三部作』［知切光歳］397
『木蓮沼』［石澤富子］055, 740
『もくれんのうた 木村快戯曲集』231
『もしイタ――もし高校野球部の女子マネージャーが青森の「イタコ」を呼んだら』［畑澤聖悟］492
『もず』［阿部照義］032, 612
『モスラを待って』［鄭義信］432

『モダン・ガールズ－空に星降り夢、此処に輝く－』［横山由和］ 692
『モダンスイマー』［蓬莱竜太］ 564
『モダンばあさん』［京都伸夫］ 234
『モダンランプ』［織田作之助］ 154
『モダン・ワイフ』［足立万里］ 027
『モッキングバードのいる町』［森禮子］ 651
『もっと超越したところへ。』［根本宗子］ 469
『もっと泣いてよフラッパー』［串田和美］ **235**
『求むる平和』［大平野虹］ 128
『戻橋』［河竹默阿弥］ 195, 710
『モナリザの微笑』［戸板康二］ 425
『物言う術』［田中千禾夫］ 385
『物言ふ術』［レオン・ブレモン］ 385
『もの云わぬ女たち』［秋元松代］ 021
『物語　威風堂々』［市堂令］ 064
『物語と愛情』［ナカタアカネ］ 771
『物語の明くる日』［富岡多恵子］ 430
『ものがたり降る夜』［鴻上尚史］ 264
『モノクロオム』［赤川次郎］ 014
『藻の花』［成瀬無極］ 464
『ものみな歌で終わる』［花田清輝］ 495, 496
『モノレールに乗って』［マギー］ 574
『モノロオグ　ナイロンの折鶴』［堂本正樹］ 425
『モハ30073』［鈴木元一］ 343
『もはや、もはやさん』［鎌田順也］ 173
『模範孝女の殺人』［高梨康之］ 363
『喪服』［糸屋正雄］ 735
『喪服』［遠藤啄郎］ 113, 510
『喪服を着た九官鳥』［三枝和子］ 291, 740
『紅葉狩』［河竹默阿弥］ 194, 413, 711
『樅の木は残った』［茂木草介］ 646, 683
『モモ』［ミヒャエル・エンデ］ 222
『ももからうまれたももたろう』［別役実］ 553
『桃尻娘』［橋本治］ 479
『桃次郎の冒険』［阪田寛夫］ 293
『桃太郎鬼ヶ島外伝』［宮沢章夫］ 623
『モモと時間どろぼう』［小松幹生］ 280
『桃の仙人』［畑耕一］ 491
『もやし』［日本ひろし］ 760
『もやしの唄』［小川未玲］ 144, 748
『燃ゆる大空』［北村小松］ 220
『燃ゆる大地台湾』［秦豊吉］ 723
『MORAL』［如月小春］ 208, **209**
『森』［堂本正樹］ 425
『モリー・スウィーニー』［ブライアン・フリール］ 390
『森有礼』［小山内薫］ 148, **150**
『モリエール全集』［川島順平訳］ 189
『モリエエル全集』［草野柴二訳］ 235
『森から来たカーニバル』［別役実］ 553
『森さん、笑っていいんですよ』［土屋理敬］ 410
『守田勘弥』［木村錦花］ 232
『森と黄金と川』［久板栄二郎］ 509
『森と湖のまつり』［武田泰淳］ 374
『森の石松』［和田五雄］ 703
『森の石松道中記』［木村錦花］ 231
『森の兎と狐』［白浜研一郎］ 332
『森の小鏡』［条野採菊］ 329
『森の娘たち』［風見鶏介］ 161
『森本薫戯曲全集』 654
『モルガンお雪』［菊田一夫］ 200, 491, 500, 615
『モルモット』［寺島アキ子］ 418
『漏れて100年』［サリngROCK］ 308, 750
『諸井條次一幕劇集』 657
『門』［別役実］ 341, 552, 739
『門』［夏目漱石］ 393
『門－わが愛－』［早坂暁♻夏目漱石］ 500
『文覚』［松居松翁］ 581
『文覚上人勧進帳』［川尻宝岑＋依田学海］ 189, 698
『モンキーパズルの樹の下で』［松本きょうじ］ 589
『紋三郎の秀』［子母澤寛］ **327**
『文殊智恵義民功』［古河新水］ 549
『モンスターとしての私』［刈馬カオス］ 181, 763
『モンタージュ－はじまりの記憶－』［高泉淳子＋伊沢磨紀］ 358, 745

『モンティ・パイソンのスパマロット』[福田雄一♻エリック・アイドル] 531
『モンテカルロ・イリュージョン』[つかこうへい] 404
『モンテ・クリスト伯』[高瀬久男♻アレクサンドル・デュマ(ペール)] 360
『モンナ・ヴァンナ』[曾我廼家五九郎♻モーリス・メーテルリンク] 352
『モンナ・ワンナ』[モーリス・メーテルリンク] 079
『モンナ・ワンナ』[山岸荷葉♻モーリス・メーテルリンク] 671
『モン・パリ』[岸田辰彌] **214**, 215, 330, 719
『モン・パリ　吾が巴里よ』[岸田辰彌] 214
『モンパルナス』[白井鐵造] 330
『門番の秋』[加藤一浩] 163
『モンローによろしく』[マキノノゾミ] 755, 766

や

『やーさんひーさんしからーさん・沖縄疎開学童の証言』[謝名元慶福] 328
『焼津の日本武尊』[伊賀山昌三] 047
『刃を向けられた時宗』[伊藤恣] 068
『八重襷』[尾崎紅葉] 145
『八重山群島』[秦豊吉] 723
『八百屋のお告げ』[鈴木聡] 339
『夜会』[中島みゆき] 375
『夜鶴双紙』[宇津秀男] 719
『夜学生の四季——秋』[風見鶏介] 161
『夜学生の四季——夏』[風見鶏介] 161
『夜学生の四季——春』[風見鶏介] 161
『夜学生の四季——冬』[風見鶏介] 161
『ヤカモチ』[謝名元慶福] 328
『薬缶の行方』[星四郎] 565
『八木柊一郎戯曲集』 659
『焼肉ドラゴン』[鄭義信] **400**, 753
『柳生二蓋笠』[田中喜三] 383
『野球レビュー』[中野実] 724
『夜曲——放火魔ツトムの優しい夜』[横内謙介] 690
『矢切の助六風流譚』[石森史郎] 057
『八木隆一郎戯曲選集』 661
『八木隆一郎ラジオ・ドラマ選集』 661
『やくざ巡礼』[原厳] 503
『やくざ仁義』[横倉辰次] 691
『ヤクザとアリス』[奥山雄太] 144
『やくざ日本刀』[徳田純宏] 428
『役者論語』[大森痴雪] 130, 205
『約束』[石森史郎] 057, 310
『厄年』[大西利夫] 124
『八雲立つ』[橋本泉] 760
『やぐら太鼓』[中原指月] 454
『櫓太鼓成田仇討』[河竹新七] 190
『矢車草－ピンクシティ－』[伊野万太] 070
『焼跡のイエス』[石川淳] 052
『焼跡の女俠』[福田善之] 534
『灼けた夏』[蓮見正幸] 480, 764
『夜行軍』[平沢計七] 516
『夜行巡査』[泉鏡花] 058
『夜光ホテル』[蓬莱竜太] 564
『やさしいゴドーの待ち方——その傾向と対策』[つかこうへい] 401
『優しいサヨクのための嬉遊曲』[島田雅彦] 318
『優しくって少しばか』[原田宗典] 504
『弥次喜多再興』[岡本一平] 138
『弥次喜多道中日記』[志村治之助] 326
『弥次喜多捕物道中』[志村治之助] 326
『弥次喜多竜宮へ行く』[志村治之助] 326
『ヤシと女』[飯沢匡] 043
『椰子の葉の散る庭』[川口松太郎] 184
『夜叉ケ池』[泉鏡花] 058, 059, **060**
『夜叉の娘』[長緒始] 764
『夜叉丸』[島村民蔵] **318**
『野獣郎見参——BEAST IS RED』[中島かずき] 441
『↑(やじるし)』[太田省吾] 120
『↗(ヤジルシ)——誘われて』[太田省吾] **122**
『矢代静一戯曲集 第一巻・第二巻』 663
『矢代静一名作集』 663
『靖国の家』[佐々木憲] 298

『靖国祭』[田中智学] 389
『安田作兵衛』[鳥江銕也] 431
『八十島なるなる』[司馬遼太郎] 315
『耶蘇の恋』[平木白星] 516
『やっかいな楽園』[小川未玲] 144
『奴の小万』[佐々木憲] 298, 345
『やってきたゴドー』[別役実] 553, **558**, 753
『八つ墓村』[大藪郁子✿横溝正史] 131
『やっぱりあなたが一番いいわ』[内田春菊] 095
『やっぱり奴隷だ』[村山知義] 642
『やっぱり猫が好き』[木皿泉] 208, 616
『ヤップ島』[秦豊吉] 723
『野盗風の中を走る』[真山美保] **600**
『宿無団七時雨傘』[初世並木正三] 710
『やどり木』[大島多慶夫] 118, **667**
『寄生木』[徳冨蘆花] 428
『柳』[町井陽] 580
『柳影澤蛍火』[宇野信夫] 099, **101**, 102
『やなぎの雨』[中村孝子] 458
『柳はし』[雄島浜太郎] 154
『柳橋夜話』[大村嘉代子] 128
『柳屋』[木下杢太郎] 230
『家主の上京』[椎名麟三] 310
『ヤヌスの鏡』[江連卓] 105
『屋根裏』[坂手洋二] **295**, 752
『屋根の上のヴァイオリン弾き』[ジョゼフ・スタイン✿ショーレム・アレイヘム] 374
『八幡屋の娘』[鈴木泉三郎] 340
『野蛮なる森の伝説』[尾崎一保] 144
『ヤフーの媚薬』[詩森ろば] 762
『矢吹ヶ丘8丁目2番地9号』[鬼豚馬] 766
『藪の中』[芥川龍之介] 025, 716
『藪原検校』[井上ひさし] 071, **073**
『破られた画像』[山本周五郎] 683
『敗れし騎士』[鈴木泉三郎] 340
『破れ三味線』[大西利夫] 124
『野望と夏草』[山崎正和] 675
『山芋秘譚』[鈴木泉三郎] 340
『山崎正和著作集1(戯曲1)』 676
『山崎正和著作集2(戯曲2)』 676
『山崎正和著作集12』 676
『山ざと』[長谷川幸延] 481, 645
『山参道』[真船豊] 593, 594
『山下秀一脚本集』 678
『山城・国いっき』[タカクラテル] 360
『山田君の存在意義』[松田清志] 773
『山田民雄戯曲集』 680
『山田長政』[坪内士行] 413
『山椿』[松本起代子] 590
『山寺の子』[伊藤貞助] 067
『日本歌竹取物語』[高安月郊] 710
『ヤマトタケル』[梅原猛] **102**, 451
『日本武尊』[小林一三] **275**, 510
『山鳥』[山崎楽堂] 714
『山脈』[木下順二] 226
『山猫からの手紙－イーハトーボ伝説－』[別役実] 553
『山猫理髪店』[別役実] 553, 751
『山の神々』[ダンセイニ] 249
『山の喜劇』[北村喜八] 219
『山の声――ある登山者の追想』[大竹野正典] **123**, 350 770
『山の親鸞』[石丸梧平] 057
『山の民』[江馬修] 109
『山の月夜』[秋月桂太] 018
『山の手の子』[水上滝太郎] 620
『山の伝説』[室生犀星] 645
『山鳩』[足立万里] 027, 559, 593
『山襞』[水上勉] 609
『山吹』[泉鏡花] 059, **062**, 645
『山ほととぎすほしいまま』[秋元松代] **023**
『山本有三全集』 686
『山姥』[寺山修司] 419
『闇』[原巌] 503
『闇市狂詩曲－国敗れて空きっ腹－』[宋英徳] 351
『闇市愚連隊』[岡部耕大] 136
『闇梅百物語』[河竹新七] 190
『闇とダイヤモンド』[甲賀三郎] 263
『闇と光』[高安月郊] 367
『闇に朱、あるいは蛍』[島田佳代] 779

『闇に咲く花――愛嬌稲荷神社物語』［井上ひさし］074
『闇にただよう顔』［土方鉄］511
『闇の貴公子』［北林佐和子］725
『闇の使者　象徴劇十三曲集』［田代倫］377
『闇のなかの虹　プロローグのある三幕』［上総英郎］162, 741
『闇の中の光』［飯島正］046
『闇の中の眼』［有高扶桑］037
『闇の花』［水守亀之助］615
『闇光る』［キタモトマサヤ］223, **224**
『闇より光へ』［渡辺尚爾］706
『弥々』［矢代静一］663
『やや黄色い熱を帯びた旅人』［原田宗典］504
『やや無情…LES PETITS MISERABLES』［小池竹見］262
『やよいの空は－杖物語－』［石澤富子］055
『槍踊』［小林一三］276
『やりくりアパート』［花登筺］496
『やりくりへそくり一豊の妻』［森治美］651
『やりくりやり兵衛』［津上忠］404
『鑓の権三』［富岡多恵子♻近松門左衛門］430
『鑓の権三重帷子』［近松門左衛門］711
『槍持定助』［岡栄一郎］131
『やわらかいヒビ』［北川大輔］217
『ヤング・マーブル・ジャイアンツ』［ケラリーノ・サンドロヴィッチ］259
『ヤン坊ニン坊トン坊』［飯沢匡］043
『ヤンヤン　夏の思い出』［イッセー尾形］065

ゆ

『ユアナ』［ゲオルク・カイザー］642
『遺言状』［足立万里］027
『由比正雪』［唐十郎］177, 307, 739
『唯物神』［三好十郎］632
『夕』［宅間孝行］369
『ユー・アー・マイ・サンシャイン』［ジミー・デイビス＋チャールズ・ミッチェル］471
『遊園地再生』［宮沢章夫］582, 623
『夕顔棚』［川尻清潭］189
『優雅な食卓』［竹内佑］372
『有閑僭類』［金杉惇郎］167
『遊戯』［十一谷義三郎］328
『夕霧阿波鳴門』［花房柳外］498
『夕霧伊左衛門』［渡邊霞亭］706
『夕景殺伐メロウ』［竹内佑］770
『夕餉前』［伊馬春部］080
『憂国』［堂本正樹］425
『優子の夢はいつ開く』［内田春菊］095
『U新聞年代記』［上司小剣］173
『勇者ヨシヒコと魔王の城』［福田雄一］531
『優秀新人戯曲集一九九六』482
『友情』［鎌田順也］173
『友情』［武者小路実篤］637
『友情』［室生犀星］645
『友情のスクラム』［渡辺尚爾］706
『友情舞踏会』［広田雅之］525, 736
『遊女夕霧』［川口松太郎］**187**
『友禅流し恋ながし』［逢坂勉］114
『夕立里恋峠』［佐々木憲］298
『夕だち』［大島多慶夫］118
『夕立』［田島淳］377
『夕月』［ジェームス三木］312
『夕鶴』［木下順二］226, **227**, 445, 526, 715
『ユーデット』［フリードリヒ・ヘッベル］461
『ユートピア』［東由多加］506
『ユービック・いとしの半生命』［生田萬］047
『郵便簡易保険』［イッセー尾形＋森田雄三］**066**
『郵便配達夫の恋』［砂本量］344
『郵便屋さんちょっと』［つかこうへい］401, 403
『UFOの工作』［右来左往］766
『有福詩人』［幸田露伴］265, **266**
『幽芳全集』206
『ゆうまぐれ、龍のひげ』［高橋恵］771
『夕靄の中』［山本周五郎］125
『幽霊』［十一谷義三郎］328
『幽霊哀話』［芳地隆介］563
『幽霊学校』［野田市太郎］471

『幽霊神・シャルロット号』［石崎勝久］054
『幽霊船ネプチューン』［石崎勝久］054
『幽霊'』［橋本匡］772
『ゆうれい長屋』［山本周五郎］666
『幽霊の移転』［岸井良衛］209
『幽霊の接吻』［大村順一］129
『幽霊の町』［茂木草介］**646**
『幽霊はここにいる』［安部公房］028, **030**, 736
『幽霊はどっちだ』［芳地隆介］563
『幽霊列車』［赤川次郎］014
『誘惑』［江馬修］108, 427
『U－1グランプリ』［福田雄一＋マギー］531
『由縁の女』［泉鏡花］058
『ユカイ号』［青木秀樹］014
『愉快犯』［中屋敷法仁］460
『床の新聞』［深津篤史］358
『歪みたがる隊列』［はせひろいち］**480**, 748
『雪』［久保田万太郎］244
『雪国』［川端康成］131, 201, 628, 723
『雪小袖』［北條秀司］559
『雪子夫人』［柳川春葉］667, **668**
『雪ごもり』［田村秋子］395
『雪鷺』［堂本正樹］425
『雪しまき』［海賀変哲］160
『雪女郎』［三宅大輔］621
『雪たゝき』［幸田露伴］266
『ゆきと鬼んべ』［さねとうあきら］306
『雪と背嚢（八甲田山の歌）』［井上光晴］077
『行友李風戯曲集』689
『雪に散る花』［松本起代子］590
『雪の音』［可児松栄］169
『雪之丞変化』［衣笠貞之助］224, 345, **602**
『雪の日の円朝』［安藤鶴夫］**041**
『雪の降るまちを』［中田喜直］096
『雪のベルリンタカラヅカ 宝塚についての宝塚では上演できない歴史喜劇』［岩淵達治］088
『雪の夜』［長田秀雄］447
『雪の渡り鳥』［長谷川伸］486
『雪狐々』［高見順］711
『雪狐々姿湖』［有吉佐和子］038, 711
『雪晴れ』［池波正太郎］051
『雪夫人絵図』［舟橋聖一］548
『雪暮夜入谷畦道』［河竹黙阿弥］**192**
『雪まろげ』［安藤鶴夫］041
『雪まろげ』［小野田勇］156
『雪まろげⅢ－山陰編－』［小野田勇］156
『雪燃える』［成澤昌茂］464
『雪やこんこん』［井上ひさし］072
『雪やこんこん――湯の花劇場物語』［井上ひさし］074
『雪をわたって……第二稿・月の明るさ』［北村想］221
『雪ん子』［青井陽治］012
『征く朝』［濱田秀三郎］499
『行方不明同好会』［桝野幸宏］766
『輸血』［坂口安吾］293
『湯気晴れて』［平石耕一］514
『油脂越し』［市原佐都子］065
『湯島の境内』［泉鏡花］**061**, 342
『湯島詣』［泉鏡花］058, 111
『ゆすり』［青木豪］013
『ユタカの月』［蓬莱竜太］748
『ユダヤの寡婦』［ゲオルク・カイザー］240
『油単』［川崎照代］188
『ゆでたまご』［市堂令］743
『湯女物語』［中野實］452
『湯の宿にて』［森本薫］653
『指』［瀬戸山美咲］350
『指』［夏目千代］462
『指先から少し血が流れ始めた』［中村賢司］777
『ユビュ王』［アルフレッド・ジャリ］095, 371
『指輪』［本庄桂輔］570
『夢現玄武門先馳』［岩淵達治］738
『夢・大江磯吉の』［ふじたあさや］541
『夢・桃中軒牛右衛門の』［宮本研］628, **631**
『夢、ハムレットの』［福田善之］534
『夢追い謎？　探偵物語』［小池倫代］263
『夢ごころ』［阿部照義］032

『夢去りて、オルフェ』[清水邦夫] 321
『夢介と僧と』[吉井勇] 693
『ゆめ地獄――お花の逆襲』[福田善之] 534
『夢二修羅』[尾崎一保] 144
『夢二・大正さすらい人』[吉永仁郎] 696
『夢二の妻』[木庭久美子] 274
『夢女ゆめ暦』[福田善之] 534
『夢千代日記』[谷口守男] 391, 500
『夢であいましょう』[永六輔] 104, 225
『夢童子ゆめ草紙』[福田善之] 534
『夢と現』[水守亀之助] 615
『夢殿』[土岐善麿] 714
『夢泥棒――胡蝶のお乱　稲妻の長吉』[堀越真] 570
『夢なき日』[北條誠] 563
『夢にてや有らん』[柏戸比呂子] 162
『夢に見た日々』[山田太一] 679
『夢のあるうち今のうち』[かもねぎショット] 176
『夢の碑－私説田中一村伝－』[堀江安夫] 569
『夢の井戸』[郷田悳] 266
『夢の浮橋』[大野拓史] 721
『夢の落ちた場所』[関根弘] 348
『夢の女』[永井荷風] 246
『夢の痂』[井上ひさし] 075
『夢の鞄』[八木隆一郎] 661
『夢の壁』[黒川欣映] 256
『夢の裂け目』[井上ひさし] 072, 075
『夢の城』[三浦大輔] 601
『夢の逃亡』[安部公房] 028
『夢の中、君は苦く嘆いた』[尾久田露文] 773
『夢の泪』[井上ひさし] 075
『夢の肉弾三勇士』[流山児祥] 701
『夢の兵舎』[竹内治] 370
『夢のまた夢撃ちてし止まん』[佐久間崇] 297
『夢の祭り』[長部日出雄] 150
『夢は消えず』[高見沢文江] 367
『夢は巴里か倫敦か――川上音二郎・貞奴物語』[安永貞利] 665
『夢みるお蝶』[貴島研二] 216
『夢見る森のガリバー』[右来左往] 766
『夢物語　華の道頓堀』[佐々木渚] 299
『夢邪想』[秋之桜子] 019
『夢を信じた青年』[竹田新太郎] 373
『熊野』[杉谷代水] 336
『熊野』[三島由紀夫] 604, 605
『熊野』[山田桂華] 678
『ゆらめき』[倉持裕] 252
『ゆらゆらと水』[芳﨑洋子] 694, 757
『ユラリウム』[島田雅彦] 318
『百合子』[菊池幽芳] 206
『由利徹が行く』[高平哲郎] 366
『由利旗江』[岸田國士] 211
『許せない女』[永井愛] 115, 434
『ゆれる車の音』[中島淳彦] 748

よ

『夜あけ』[山下巌] 677
『夜明け』[川崎長太郎] 188
『夜明けに消えた』[矢代静一] 663, 664
『夜明けに消えた　矢代静一戯曲集』 663
『夜明けに、月の手触りを』[藤原佳奈] 759
『夜明けの花火』[長谷川康夫] 490
『夜明け前』[村山知義♻島崎藤村] 240, 643
『夜明け前』[島崎藤村] 317
『夜明前』[中谷徳太郎] 448
『能いあがり』[岡本螢] 143
『酔いがさめたら、うちに帰ろう。』[東陽一♻鴨志田穣] 507
『ヨイトマケの唄』[美輪明宏] 636
『宵の空』[久保田万太郎] 244
『よいやさのよいやさ』[高堂要] 362
『酔奴』[木村富子] 233
『妖』[円地文子] 112
『癰』[木村修吉郎] 233
『妖怪時代』[藤井真澄] 538
『溶解ロケンロール』[松尾スズキ] 582
『洋学年代記』[貴司山治] 209
『陽気な地獄』[火野葦平] 513

『陽気な地獄破り』［木下順二］ 226
『陽気な探偵さん』［和田順］ 704
『楊貴妃』［小山内美江子］ **150**, 364, 504
『楊貴妃桜』［弘津千代］ 525
『葉子』［金塚悦子］ 758
『洋行中の悲劇』［花房柳外］ 498
『養蚕の家』［松居松翁］ 581
『幼児たちの後の祭り』［秋浜悟史］ 019, 020, 739
『養子の心配』［松島誠二郎］ 585
『養子の嫁』［志織慶太♻山本周五郎］ 313
『妖術者』［火野葦平］ 513
『幼女X』［山本卓卓］ 683
『妖星』［泉鏡花］ 058
『妖精たちの砦――焼跡のピーターパン』［福田善之］ 534
『幼年時代』［室井犀星］ 645
『妖婦伝』［成澤昌茂］ 464
『窯変源氏物語』［橋本治］ 479
『妖魔島』［小川未明］ 144
『妖鱗草紙』［弘津千代］ 525
『妖麗お伝地獄』［石崎勝久］ 054
『妖霊星』［岩崎蕣花］ 083
『ヨークシャーたちの空飛ぶ会議』［横内謙介］ 744
『よーし、ぼくはがんばるぞ』［三枝希望］ 770
『夜風の佐太郎』［菊島隆三］ 200
『世替りや世替りや』［大城立裕］ **119**
『夜汽車の人』［菊田一夫］ 201, **203**
『余興劇脚本集』［小林愛雄］ 275
『夜霧の女』［竹内伸光］ 371
『夜霧の城の恋の物語』［菊田一夫］ 201
『よくかきくうきゃく』［別役実］ 553
『浴槽船』［糸井幸之介］ 066
『欲望という名の市電』［堀井康明］ 569
『欲望という名の電車』［テネシー・ウィリムズ］ 183, 338, 569
『欲望の城館』［西村惇］ 735
『予言が的中したね』［ふじたあさや］ 542
『予言者日蓮』［中村吉蔵］ 455
『横顔』［内藤裕敬］ 746
『ヨコ子の日記』［長谷山峻彦］ 490
『邪沈』［下西啓正］ 327
『余吾の天人』［高安月郊］ 367
『横浜どんたく』［小幡欣治］ 157
『横堀川』［茂木草介］ 646
『汚れちまった悲しみに……Nへの手紙』［鐘下辰男］ 170
『夜桜お七・人生激情』［小国正皓］ 144
『夜桜の宴』［松林経明］ 761
『吉井勇全集第五巻』 693
『義隆の最後』［灰野庄平］ 477
『吉田紘二郎全集』 695
『吉田御殿』［大村順一］ 129, 476, 525
『吉田松陰』［狩野鐘太郎］ 171
『吉田寅次郎』［高安月郊］ 367
『義経桜絵巻』［横澤英雄］ 725
『義経伝説』［橋本治］ 479
『義時の最期』［坪内逍遙］ 414, 415
『義朝記』［郡虎彦］ 268
『義朝八騎落ち』［野口達二］ 470
『吉永仁郎戯曲集1～4』 697
『吉野拾遺名歌誉』［川尻宝岑＋依田学海］ 189, **698**
『吉野の盗賊』［久保栄］ 240, 241
『慶喜命乞』［真山青果］ 598
『ヨシボーとその、犬の行方』［平塚直隆］ 775
『吉水の法難』［藤秀璻］ 538
『よしや男丹前姿』［岡村柿紅］ 137
『四畳半オアシスロケット』［戌井昭人］ 069
『四畳半神話大系』［上田誠］ 094
『四畳半の翅音』［島田佳代］ 779
『吉原史話』［小納戸蓉(市川小太夫)］ 274
『吉原心中新比翼塚』［伊原青々園］ 079
『吉原雀』［並木萍水］ 462
『吉原夜話』［宮内好太朗］ 621
『余震－揺れ止まぬ水の魂なればこそ－』［小里清］ 159
『寄席紳士録』［安藤鶴夫］ 041
『粧った挨拶』［石井源一郎］ 052

『よだかの星－わが子よ、賢治－』［早川三代治］ 500
『依田苗代』［条野採菊］ 329
『与太浜パラダイス』［山元清多］ 682, 741
『四ッ木橋自転車隊——川端原っぱ物語』［金杉忠男］ 167
『酔っぱらいマルメラードフ』［高堂要］ 362
『四谷怪談忠臣蔵』［石川耕士］ 052
『四谷雑談集』［中野茂樹］ 452
『四家の怪談』［中野成樹］ 452
『予定日（会話）』［志賀直哉］ 313
『淀君情史』［北條秀司］ 559
『淀どの日記』［榎本滋民］ 105
『淀の淡雪』［塩田誉之弘］ 313
『世直し喜十郎』［出雲隆］ 062
『世直し善左』［尾崎倉三］ 145
『夜中に起きているのは』［山田太一］ 679
『夜長姫と耳男』［野田秀樹］ 474
『与那国の蝶を』［人見嘉久彦］ 511
『世に倦む日日』［司馬遼太郎］ 315
『世に出ぬ豪傑』［長谷川伸］ 485
『4人の美容師見習い』［西島明］ 466
『与話情浮名横櫛』［三世瀬川如皐］ 132
『世は無情－浮世名残りの夏の夜ばなし－』［森泉博行］ 652
『予備兵』［泉鏡花］ 058, 144
『夜更かしの女たち』［倉持裕］ 252
『よぶには、とおい』［深津篤史］ 527
『世迷言』［中屋敷法仁］ 460
『蘇らぬ朝』［武藤直治］ 639
『黄泉帰り』［工藤隆］ 238
『黄泉の王　私見・高松塚』［梅原猛］ 102
『嫁ヶ淵』［並木萍水］ 462
『嫁と姑』［渡辺尚爾］ 706
『嫁取合戦』［山田寿夫］ 681
『嫁取聟取』［和田五雄］ 703
『頼朝』［幸田露伴］ 265
『頼朝』［山崎紫紅］ 672, 673
『夜が摑む』［大竹野正典］ 123
『夜からの声』［山田太一］ 679
『夜、さよなら』［藤田貴大］ 542
『夜と夜の夜』［佐藤信］ 303
『夜、ナク、鳥』［大竹野正典］ 123, 747, 769
『夜ニ浮カベテ』［ミサダシンイチ］ 769
『夜網誰白魚』［永井荷風］ 438
『夜の一族』［コビヤマ洋一］ 279
『夜の海、果ての空』［時枝正俊］ 773
『夜の学校』［如月小春］ 745
『夜の河原町筋』［木村雅夫］ 233
『夜の戯曲』［長与善郎］ 461
『夜の季節』［菅原卓］ 335
『夜のキャンバス』［江守徹］ **110**
『夜のキリン』［しゅう史奈］ 762
『夜の子供』［生田萬］ **047**
『夜の子供2／やさしいおじさん』［生田萬］ 047, 744
『夜の祭典』［椎名麟三］ 310
『夜の三部作』［加藤道夫］ 166
『夜のセールスマン』［原博］ 503
『夜の空を翔ける　広渡常敏戯曲集』 526
『夜の蝶』［田中澄江］ 384
『夜の鳥』［瀬戸英一］ **349**
『夜の謎』［神近市子］ 173
『夜のピクニック』［恩田陸］ 159
『夜の向日葵』［三島由紀夫］ 604
『夜のプリズム』［河野典生］ 268
『夜の窓』［中井泰孝］ 433
『夜の素』［田中遊］ 771
『夜の四場』［森田信義］ 652
『夜の来訪者』［内村直也］ 096
『夜の笑い』［飯沢匡］ 043, **044**
『夜ヒカル鶴の仮面』［多和田葉子］ 396
『夜よおれを叫びと逆毛で充す青春の夜よ』［清水邦夫］ 321
『乫』［奥山雄太］ 144
『喜びの琴』［三島由紀夫］ 605, 663
『喜びも悲しみも五十年』［香村菊雄］ 174
『弱法師』［岩田豊雄♻観世十郎元雅三］ 085
『弱法師』［三島由紀夫］ 411, 605
『弱虫の夫』［菊池寛、草田杜太郎］ 204

『49日後…』［竹内佑］372
『四十代の曲り角』［夏目千代］461
『四十七字花穀雨』［前田香雪］572
『四色の色鉛筆があれば』［柴幸男］314
『読んで演じたくなるゲキの本 中学生版』［中島丈博］443
『4・48 サイコシス』［飴屋法水✪サラ・ケイン］033
『4秒の革命』［長谷部浩］221

ら

『ラ・鳥賊ホテル』［岡本螢］143
『ラ・ヴィータ』［高泉淳子］358
『雷雨』［足立直郎］027, 173
『癩王のテラス』［三島由紀夫］605
『ライオンのいる場所』［中村賢司］771, 776
『ライオンのおはなし』［篠崎光正］314
『頼山陽』［大山広光］131, 546
『来生債』266
『雷神長者』［黒沢参吉］257
『ライチ・光クラブ』［飴屋法水］033
『Right Eye』［野田秀樹］472, 751
『ライトハウス』［中村賢司］772
『来訪者』［中津留章仁］450
『来来来来来』［本谷有希子］647
『ラインのほとり』［早川三代治］499
『ライン（国境）の向こう』［古川健］550, 750
『ラヴ――こころ、甘さに飢えて』［山田太一］**679**
『ラヴァーズ』［古橋悌二］551
『ラヴ・サーティ』［横山由和］692
『裸形の劇場』［太田省吾］121
『落胤』［海賀変哲］160
『ラクーン狂騒曲』［ラクーン狂騒曲］314
『楽園』［蓬莱竜太］564
『楽園終着駅』［近石綏子］396
『落語界紳士録』［安藤鶴夫］041
『落語鑑賞』［安藤鶴夫］041
『落語鑑賞（八世文楽）』［安藤鶴夫］041
『落語の落』［海賀変哲］160
『落日』［小栗風葉］144, **342**, 661
『落日の涯－長谷川利行の半生－』［高橋玄洋］364
『落日の悲歌』［伊藤桂一］094
『落城記』［早坂久子］500
『らくだ』［別役実］554
『らくだの馬さん』［大町龍夫］128
『洛北の秋』［九条武子］236
『洛陽飢ゆ』［阪本勝］297
『ラザロの島』［穂高稔］567
『ラシーヌ戯曲全集1』［川俣晃自］195
『ラジオの家』［中山侑］460
『ラシャメンの父』［鈴木泉三郎］340
『羅生門』［芥川龍之介］025, 195
『LAST SHOW　ラストショウ』［長塚圭史］449, **450**, 748, 752
『Last Date』［岩崎正裕］766
『ラストフラワーズ』［松尾スズキ］582
『ラスト・フランケンシュタイン』［川村毅］197
『ラスト・ラウンド』［吉川良］694
『ラスプーチンの死』［前田河広一郎］574
『裸体』［永井荷風］438
『ラヂオの時間』［三谷幸喜］616
『埒もなく汚れなく』［瀬戸山美咲］350
『落花抄』［松本起代子］590
『ラッキョウの恩返し』［平田俊子］522
『ラッパー・イン・ザ・ダーク』［金山寿甲］169
『ラディカル・パーティー』［川村毅］197
『ら・とてちーた “ドン・キホーテ”より』［大橋宏］126
『ら抜きの殺意』［永井愛］434, **436**, 751
『ラ・ノスタルジー』［岡田敬二］720
『ラビリンス’94　消えた13号室』［藤澤陽一］755
『LOVE』［古川日出男］550
『ラブ・パレード』［白井鐵造］330
『ラブレター』［内藤裕敬］432, 702
『ラブ・レター』［浅田次郎］333

『ラモナ』［白井鐵造］330
『ララバイ』［木島恭］217
『ララミー・プロジェクト』［坂手洋二］294
『らん』［秦建日子］491
『乱菊情話』［有松暁衣］038
『乱菊物語』［広津柳浪］300
『乱曲』［益田太郎冠者］579
『嵐光物語』［有松暁衣］038
『ランデイジャン』［シャルル・ヴィルドラック］378
『蘭燈情話』［小島孤舟］269
『ランドスライドワールド』［丸尾丸一郎］600
『蘭の季節』［久生十蘭］510
『乱舞』［大藪郁子♻有吉佐和子］131
『乱暴と待機』［本谷有希子］647, 748
『ランボーの沈黙』［竹内健］371
『乱歩の恋文』［長田育恵］148, 764

り

『リア』［岸田理生］215
『リア王』［安西徹雄］041, 367, 370
『リア王の青い城』［如月小春］743
『りえの生きがい』［松本和子］589
『リオのリズム』［高木史朗］359
『リオ・リタ』［菊谷栄］**207, 208**
『力場の論理』［闇黒光］686
『利休』［深瀬サキ］527
『六道御前』［北林谷栄］218
『陸の王者』［畑耕一］491
『陸のつきる処』［前田河広一郎］**574**
『六郎太夫命達引』［山田美妙］681
『陸を往く船』［和田勝一］**703**
『李香蘭 私の半生』［山口淑子＋藤原作弥］026
『離婚の驚き』［アレクサンドル・ビッソン］046
『リサイクルショップ「KOBITO」』［岩井秀人］082
『リズム三兄妹』［神里雄大］173
『リセット』［市川森一］**063**
『リタイア――ある中小企業の社長の場合』［吉崎浩］764
『リタの教育』［高瀬久男］360
『リチャード三世』［河合祥一郎］181
『律子と瑞枝』［水上滝太郎］620
『立春大吉』［邦江完二］239
『立正安国論』［日蓮］406
『リトル・チャロ』［わかぎゑふ］702
『リバーサイド』［楠本幸男］236
『リベルテール』［菊岡久利］199
『リボンの心得』［西島明］466
『理由』［嶽本あゆ美］375
『龍が如く（舞台版）』［田村孝裕♻名越稔洋＋横山昌義］395
『琉球ショウ』［秦豊吉］723
『琉球処分』［大城立裕］544
『琉球と八重山』723
『琉球のカンザシ』［矢田弥八］666
『竜宮物語』［宮沢章夫］623
『流行歌無用問答』［貴島研二］216
『流行者』［高平哲郎］366
『龍崎氏の条件』［菅原卓］335
『流山児が征く・演劇篇』［流山児祥］704
『流山児祥戯曲集Ⅰ　夢の肉弾三勇士』704
『流山児祥戯曲集Ⅱ　浅草カルメン』704
『流山児マクベス』［流山児祥♻ウィリアム・シェイクスピア］704
『龍女成仏』［田中智学］389
『流星』［菅原卓］592
『流星陰画館』［如月小春］208
『流星に捧げる』［山田太一］679
『流星ワゴン』［青木豪♻重松清］013
『留鳥の根』［稲田真理］069, 771
『龍とオイル』［八鍬健之介］759
『理由なき反抗』［中津留章仁♻ニコラス・レイ＋スチュワート・スターン＋アーヴィング・シュルマン］450
『龍になって』［菅井建］787
『リュウの歌』［コビヤマ洋一］**279**
『流木』［八木隆一郎］661
『流離』［楠田敏郎］236
『龍を撫でた男』［福田恆存］**259, 529, 530**
『良縁』［山田時子］680

『良寛』［水上勉］ 609
『良寛の生涯とその歌』［大坪草二郎］ 124
『両極の一致――ある平和主義者と軍国主義者のファース』［長谷川如是閑］ 489
『両国巷談』［林和］ 502
『両国の秋』［岡本綺堂］ **141**
『梁山泊版「どん底」桜貝篇』［コビヤマ洋一］ 279
『梁山泊版四谷怪談「十六夜の月」』［コビヤマ洋一］ 279, 746
『竜馬がゆく』［司馬遼太郎］ 068, 315
『竜馬がゆく』［伊藤大輔♻司馬遼太郎］ 068
『竜馬の妻とその夫と愛人』［三谷幸喜］ 616
『料理人』［岸田理生］ 215
『涼廊』［中村正常］ 458
『旅行者』［田辺剛］ 390, 769
『旅愁』［横光利一］ 691
『旅順』［小川煙村］ 144
『リラの壁の囚人たち』［小原弘稔］ 720
『リリー・マルレーン』［藤田敏雄］ 545
『リリオム』［飯島正］ 046, 341
『リリュリ』［ロマン・ロラン］ 367
『凛』［又吉直樹］ 580
『臨界幻想』［ふじたあさや］ **541, 542**
『臨界幻想2011』［ふじたあさや］ **541, 542**
『LYNX』［鈴木勝秀］ 338
『りんご』［北川陽子］ 217, 750
『林檎園日記』［久保栄］ **242**
『リンゴ追分』［小沢不二夫］ 153
『林檎幻燈』［西史夏］ 771
『リンゴトナイフ』［久米一晃］ 762
『林檎とパパイヤ』［内田春菊］ 095
『リンゴの秋』［秋浜悟史］ 019
『林檎畑』［伊賀山昌三］ 047
『臨床心理相談室』［松宮信男］ 764
『隣人ジミーの不在』［神里雄大］ 173
『リンダ リンダ』［鴻上尚史］ 264
『りんりんりんごの木の下で』［別役実］ 554

る

『ル・キュヴィユ（洗濯桶）』 044
『ル・コスタリカ』［川俣晃自］ 738
『ル・シッド』［コルネイユ］ 046
『LOOSER　失い続けてしまうアルバム』［森崎博之］ 652
『ルーシーの包丁』［羊屋白玉］ 511
『ルートヴィヒII世』［植田景子］ 721
『ルート64』［鐘下辰男］ 747
『ルーム・ジャック』［原博］ 503
『ルクレシア－麗はしき人妻の死－』［近藤経一］ 284
『鏤骨の指輪』［山川三太］ 671
『るつぼの中のガラス』［北代淳］ 736
『坩堝は沸る』［益田甫］ 579
『流転－画家上野山清貢－』［石崎一正］ 054
『ルナ 輪廻転生の物語』［島田雅彦］ 318
『ルナパーク・ミラージュ三部作』［翠羅臼］ 334
『ルナパーク・ミラージュ――失楽園通りの人々』［翠羅臼］ 761
『ルパン』［隆巴］ 700
『ルマンド――上野亮一の異常な日常』［石山計画］ 766
『ルリュ爺さんの遺言』［ロジェ・マルタン・デュ・ガアル（堀口大學訳）］ 296
『ルル子』［池谷信三郎］ 051
『ルルの死』［有高扶桑］ 037
『るろうに剣心』［小池修一郎］ 261
『ルンペン社会学』［島村龍三］ **320**
『ルンペン社会学入門篇』［島村龍三］ 320

れ

『霊感少女ヒドミ』［岩井秀人］ 082
『霊柩車と共に』［高見沢文江］ 366
『霊験』［坪内逍遙］ **417, 423**
『0時から5時まで』［土田英生］ 408
『00：00：00』［□□□（クチロロ）］ 315
『冷蔵庫いっぱいの満月』［水都サリホ］ 774

作品索引

『冷蔵庫の仲間たち』［早坂暁］ **500**
『冷凍時代』［野間宏］ 476
『冷熱』［尾崎紅葉］ 145
『礼服』［秋元松代］ 021, **022**
『黎明』［秋田雨雀］ 017, 461, 504, **505**
『零落』［長田幹彦］ 448
『レインディア・エクスプレス』［成井豊］ 463
『レヴューの誕生』［寺崎裕則］ 725
『レースの鎧』［松木ひろし］ 585
『歴史』［室生犀星］ 645
『轢死』［長田秀雄］ 446
『歴史劇集』［津上忠］ 405
『歴史の声』［竹内治］ 370
『歴史は……』［菅原卓］ 335
『歴程』［神谷量平］ 174
『レコードに依る日本音楽史』［伊庭孝］ 078
『レストラン殺人事件』［山田寿夫］ 681
『れすとらん自由亭』［福田善之］ 534
『レスボスの盃』［尾崎秀信］ 781
『LETTER　変わり続けるベクトルの障壁』［森崎博之］ 652
『letters』［田辺剛］ 756
『'Let it' Bleed』［川部一郎］ 746
『列島沈没後日談』［西之園至郎］ 467
『RED DEMON』［野田秀樹］ 474
『レッドと黒の膨張する半球体』［神里雄大］ 173
『レディジュエルペットの魔法のミュージカル“誕生！リトルレディジュエル”』［細川徹］ 567
『レトナ通りにて』［村井志摩子］ 639
『レドモン』［北川大輔］ 217
『れびゅ純情雪景色』［松原敏春］ 587
『レミング――壁抜け男』［寺山修司］ 420
『れもん』［平田俊子］ 522, 748
『檸檬』［竹内銃一郎］ 370, 741
『檸檬の島』［西史夏］ 782
『レモンの花の咲く丘』［国枝史郎］ 239
『恋愛戯曲』［鴻上尚史］ 264
『恋愛喜劇――青猫物語』［マキノノゾミ］ **575**
『恋愛御法度――無駄と正直の劇的発作をめぐって』［岩松了］ 089
『恋愛正方形』［青柳信雄］ 014
『恋愛即興曲』［園池公功］ 357
『恋愛都市東京』［島村龍三］ 320
『恋愛特急』［京都伸夫］ 234
『恋愛二重奏』［松原敏春］ 587
『恋愛の技術』［キノトール］ 225
『恋愛模様』［中島丈博］ 443
『煉瓦のかげ』［斎藤豊吉］ **287**
『連結の子』［田村孝裕］ 395, 750
『恋獄』［相良準］ 297
『連鎖劇高橋お伝』［五世瀬川如皐］ 345
『連獅子』［平山晋吉］ 524
『聯隊旗の町』［小沢不二夫］ 153
『レンタルファミリー』［砂本量］ 344
『恋慕くずれ』［宮内好太朗］ 621
『恋慕地獄』［内山惣十郎］ 097
『レ・ボリューション』［岩崎正裕］ 084, 766
『レ・ミゼラブル』［ヴィクトル・ユゴー］ 430

ろ

『炉あかり』［黒沢参吉］ 257
『老』［川村花菱］ 195
『老媼茶話』 061
『老妓抄』［岡本かの子］ 138
『浪曲一代』［塩田誉之弘］ 313
『労苦の終わり』［岡田利規］ 135
『老坑夫の最後』［山田清三郎］ 678
『牢獄』［火野葦平］ 513
『老人と十姉妹』［徳丸勝博］ 738
『老人賭博』［松尾スズキ］ 582
『老人の喧嘩』［水守亀之助］ 615
『老人ホーム・ゲーム』［黒川欣映］ 256
『狼藉者』［伊藤悉］ 068
『老船夫』［金子洋文］ 169
『老船長の幻覚』［有島武郎］ 036, **037**
『弄玉伝』［早坂久子］ 501
『労働会議』［岩野泡鳴］ 087

『労働者M』［ケラリーノ・サンドロヴィッチ］ 259
『朗読劇「銀河鉄道の夜」』［古川日出男］ 550
『浪人長屋』［原巌］ 503
『浪人の群れ』［金子洋文］ 169
『ROUVA』［山口茜］ 672
『老夫婦』［志賀直哉］ 313
『良弁杉由来』［二世豊澤團平＋加古千賀］ 710
『浪漫喜劇日本橋物語』［元生茂樹］ 646
『露営の夢』［北村季晴］ 220
『Rose』［夏井孝裕］ 774
『ローズ・パリ』［白井鐵造］ 330
『ロートレアモン全集』［栗田勇訳］ 254
『ロープ』［野田秀樹］ 473
『ローマ帝国衰亡史』［ギボン］ 425, 715
『ローマを見た！』［山崎正和］ 675
『六月尾上松緑・杉村春子顔合わせ特別公演プログラム』 125
『六月は羽搏く』［大西信行］ 296
『六鬼道地獄』［小沢信男］ 152
『六〇年、日本の若者たち』［渡辺護＋笹川和吉＋藪内六郎＋相澤嘉久治］ 737
『6畳間ソーキュート社会』［北川陽子］ 217
『六世中村歌右衛門』［三島由紀夫］ 605
『六代目菊五郎伝』［浜村米蔵］ 499
『ろくでなし』［ポール・グリーン］ 165
『ロクな死にかた』［広田淳一］ 525, 758
『六番目の小夜子』［恩田陸］ 159
『鹿鳴館』［三島由紀夫］ 604, **606**
『鹿鳴館異聞』［堤春恵］ 412
『6羽のかもめ』［倉本聰、斎藤憐］ 253, 288
『廬山夜雨』［榊原政常］ 292
『露西亜娘』［仲木貞一］ 440
『露地に咲く花－一八六〇年・江戸の夏－』［大西信行］ 124, **125**
『路地のあけくれ』［秋月桂太］ 018
『露地の狐』［矢田弥八］ 666
『露地の狐・幇間一八』［矢田弥八］ **666**
『露出狂』［中屋敷法仁］ 460
『路上芝居』［國吉咲貴］ 777
『路上の霊魂』［小山内薫］ 148
『魯迅選集』［霜川遠志］ 326
『ロスト・フォレスト』［横山由和］ 692
『露台にて』［藤田草之助］ 542
『ロッカーの濡れてる床、イスがない』［ふじきみつ彦］ 539
『ロック・ザ・フィガロ』［横山由和］ **692**
『ロックン・マザー・ララバイ　そして愛のエレクトラ』［竹邑類］ 374
『ロッテ歌のアルバム』［貴島研二］ 216
『ロッテルダムの灯』［庄野英二］ 328
『ロッパと兵隊』［菊田一夫♻火野葦平］ 513, 550
『ロッパの大久保彦左ヱ門』［古川緑波］ 550, 551
『ろば』［大藪郁子］ 130
『炉辺』［鳥居与三］ 431
『路傍の石』［山本有三］ 376, 684
『路傍の人生』［服部秀］ 495
『路傍の花』［徳田秋声］ 427
『ロボット』［鈴木善太郎］ 341
『ロボットの未来・改（またはつながらない星と星）』［中野成樹］ 452
『ロマンス!!』［岡田敬二］ 720
『ロマンス――漱石の恋』［福田善之］ 534
『ロマンス・ビルジング』［志村治之助］ 326
『ロマンティック・コメディ 風狂伝'02』［久世光彦］ 236
『ロミオ的な人とジュリエット』［黒川陽子］ 256
『ロミオとジュリエット』［ウィリアム・シェイクスピア］ 209, 317
『ロミオとフリージアのある食卓』［如月小春］ 208, **209**, 742
『Long Distance Love』［羊屋白玉］ 511
『ロングバケーション』［北川悦吏子］ 217
『Long Long Time Ago』［伊東由美子］ 069

わ

『ワーグナー家の女』［福田善之］ 534
『ワーニャ伯父さん』［岩松了］ 089, 332
『ワールド・トレード・センター』［坂手洋二］ 294

『ワールドプレミア』［松井周］757
『YS（ワイ・エス）』［中田あかね］767
『Y時のはなし』［北川陽子］217
『ワイワイてんのう正統記』［郡司正勝］**258**
『わが愛は山の彼方に』［伊藤貞助］067
『我が愛は山の彼方に』［植田紳爾］**093, 094**
『若い兄嫁（仮）』［ふじきみつ彦］539
『若い王様たち』［谷口守男］391
『若い獣』［石原慎太郎］056
『若い座標――教科書裁判をめぐって』［本田英郎］570
『我が命、雪に舞え』［新美正雄］333
『若い人』［八田尚之♻石坂洋次郎］493
『若い芽』［秋月桂太］018
『わが女のイニシアル』［佐和浜次郎（木々高太郎）］199
『若きアビマニュの死』［遠藤啄郎］113
『若きウェルテルの悲しみ』［ゲーテ］491
『若き女よ焦慮よ』［服部秀］495
『わが喜劇』［館直志（渋谷天外）］378, 379
『若きこころの群像』［久坂栄二郎］509
『若き獅子たちの伝説』［石原慎太郎］056
『若き住職』［岩名雪子］087
『若き須磨子の恋』［野口達二］470
『若き啄木』［藤森成吉］546
『若きハイデルベルヒ　皇太子の恋』［マイヤー＝フェルスター］056
『若き日の唄は忘れじ』［大関弘正♻藤沢周平］720
『若き日の思い出』［武者小路実篤］637
『若き日の清盛』［野口達二］470
『若き日の時平』［久松一声］330
『若き日の信長』［大佛次郎］150, **151**
『若君日本晴れ』［坂本晃一］296
『若きもの我等』［松居桃楼］582
『若草物語』［高瀬久男］360
『わが久保田万太郎』［後藤杜三］246
『わが心の遍歴』［長与善郎］461
『わが心のムーラン・ルージュ』［横倉辰次］691
『我が五十年』［巖谷小波］109
『わが古典鑑賞』［小島政二郎］271
『わが小林一三　清く正しく美しく』［阪田寛夫］275
『若さま浪人道中記・花の風来坊』［迫間健］477
『わが屍は野に捨てよ』［佐江衆一］290
『若獅子大名』［尾崎倉三］145
『和菓子屋包匠』［松田章一］586
『若衆くずし』［北條誠］563
『わが師・わが街』［別役実］553
『わが新宿！叛乱する町』［関根弘］348
『わが人生の時の人々』［石原慎太郎］056
『我が青春に悔なし』［久板栄二郎］509
『わが青春の北壁』［阿久悠］025
『わが青春のメッカ大阪朝日会館　その舞台での思い出』［香村菊雄］174
『我が一九二二年』［佐藤春夫］301
『わが戦後演劇放浪記』［白浜研一郎］332
『わが魂は輝く水なり－源平北越流誌－』［清水邦夫］**324**
『わが魂は輝く水なり』［清水邦夫］321
『解つてたまるか！』［福田恆存］529, 531
『若殿御安泰』［竹田新太郎］373
『わが友ヒットラー』［三島由紀夫］605, **607**, 608
『若菜集』［島崎藤村］317
『我が名はレギオン』［野中友博］476
『吾輩は猫である』［夏目漱石］628
『若葉源氏』［北條秀司］561
『わが母とはたれぞ』［福田恆存］529
『わが母は聖母なりき』［八木隆一郎］660
『わがババわがママ奮斗記』［杉浦久幸♻門野晴子］336
『わがふるさとのバラード・プロローグとエピローグのある二幕』［山田民雄］680
『わが遍歴－黒沢参吉自伝－』257
『わが星』［柴幸男］314, **315**, 749
『わが町』［今村昌平♻織田作之助］081
『わが町』［織田作之助］154, 309, 310
『わが町』［ソーントン・ワイルダー］315, 440, 554, 653, 654

『わがまち世田谷』［長岡輝子］440
『わが町－溝の口』［長岡輝子］440
『若者』［小川未明］144
『若者たち』［山内久］682
『若者たちの居場所——創作戯曲にみる現代青年像』［菅竜一］334
『若ものたちは幻をみる』［高見沢文江］366, 738
『若者のイメージ』［久坂栄二郎］509
『若者の旗』［山内久］682
『若者はゆく』［山内久］682
『わが家』［森本薫］**653, 654**
『わが闇』［ケラリーノ・サンドロヴィッチ］259
『わがよたれぞつねならむ』［木庭久美子］274
『わが落語鑑賞』［安藤鶴夫］041
『分からない国』［原田宗典］**504**
『わかりあえないことから——コミュニケーション能力とは何か』［平田オリザ］518
『わかれ』［鳥居与三］431, 500
『別れが辻』［岡安伸治］143
『別れたる妻に送る手紙』［近松秋江］396
『わかれ道』［堀井康明］569
『別れの唄』［平田オリザ］**518, 520**
『別れる理由』［小島信夫］270
『わくら葉』［永井荷風］438
『ワクワク学説』［竹内健］371
『若人よ蘇れ』［三島由紀夫］604, 735
『わざおぎのふるさと』［関弘子］**346**
『術競べ』［幸田露伴］266
『鷲』［大和田健樹］714
『わしも知らない』［武者小路実篤］502, 637
『倭人伝』［岡部耕大］136
『忘れ得ぬ人忘れ得ぬこと』［川口松太郎］184
『忘れ扇』［柏戸比呂子］162
『忘れて来たシルクハット』［ダンセニイ］167
『忘れた秋』［岸田衿子］209
『忘れた領分』［寺山修司］419
『忘れな草』［伊藤松雄］069
『忘れられぬ五月一日』［大沢幹夫］118
『忘れる人』［切塗よしを］774
『わたぐも』［風見鶏介］161
『わたしが・棄てた・女』［遠藤周作］702
『私だけが知っている　朝顔の寮』［高橋博］364
『わたしたちに許された特別な時間の終わり』［岡田利規］134
『私たちの考えた移動のできなさ』［山本健介（作者本介）］683
『わたしたちは無傷な別人である』［岡田利規］134
『私の愛した悪童たち』［小野田勇］156
『私の上に降る雪は』［石崎一正］054
『私の演劇白書』［福田恆存］529
『私のエンジン』［長谷基弘］480, 755
『わたしの王国』［村上マリコ］774
『私の花伝書』［末木利文］334
『私の可愛いシャワー室』［堂本正樹］425
『私の嫌いな女の名前、全部貴方に教えてあげる。』［根本宗子］469
『わたしのキリスト（改題・イシキリ）』［阪田寛夫］293
『わたしのグランパ』［東陽一♻筒井康隆］507
『私の高校演劇』［内木文英］432
『私の作家評伝』［小島信夫］270
『私の下町——母の写真』［福田善之］534
『私の昭和史』［三国一朗］604
『わたしのすがた』［飴屋法水］033
『私の父』［戸塚直人］778
『わたしの東京地図』［寺島アキ子］418
『私のなかの見えない炎』［山田太一］679
『わたしのなかのみんな』［立川雄三］378
『わたしの星』［柴幸男］314
『私の胸には涙が一ぱいつまっている』［風見鶏介］161
『私の履歴書』［有馬稲子］610
『私は貝になった』［花田清輝］495
『私は貝になりたい』［乾一雄♻橋本忍］070
『私は後悔する』［原田宗典］504

『私はテレビに出たかった』［松尾スズキ］ 582
『私は時計であります』［館直志（渋谷天外）］ 378
『私は漫才作者』［秋田實］ 018
『私は約束を守った』［内村直也］ 096
『私もカメラ――黒髪先生事件報告』［永井愛］ 433
『わたしを離さないで』［倉持裕✿カズオ・イシグロ］ 252
『私を忘れないで』［早坂暁］ 500
『渡辺えり子Ⅰ・Ⅱ』［渡辺えり］ 705
『渡辺崋山』［池波正太郎］ 051, 190, 546
『綿帽子』［大塚楠緒子］ 124
『廻罠』［下西啓正］ 327
『わたり鳥』［山下秀一］ 678
『渡り鳥いつかへる』［永井荷風］ 438
『渡る世間に鬼千匹』［橋田壽賀子］ 479
『渡る世間は鬼ばかり』［橋田壽賀子］ 478, 479
『わちゃわちゃ』［わかぎゑふ］ 702
『和辻哲郎全集』 707
『わては浪花の伊達男』［小野田勇］ 156
『わてらの年輪』［館直志（渋谷天外）］ 379, **382**
『罠のなか』［森禮子］ 651
『和服美女空間シリーズ』［明神慈］ 631
『笑い』［中島らも］ 445
『笑い切れぬ話』［畑耕一］ 491
『わらい茸』［木下杢太郎］ 715
『笑いの創造』［秋田實］ 018
『笑の大学』［三谷幸喜］ 616, 618, 620
『笑を失いし人々』［成瀬無極］ 464
『嗤ふ――桐生悠々』［久保田猛］ 244
『笑う赤猪子』［有吉佐和子］ 038
『笑ふお面』［真船豊］ 593
『笑う巨塔』［宅間孝行］ 369
『笑う俊寛』［宇野信夫］ 099
『笑うタンパク質』［井上こころ］ 757
『嗤ふ手紙』［八木隆一郎＋衣笠貞之助］ **224**, 660
『笑うトーキョー・ベイ』［岡安伸治］ 744
『笑う招き猫』［鳥海二郎✿山本幸久］ 431
『笑う村』［金子洋文］ 169
『わらしべ夫婦双六旅』［中島淳彦］ 442
『笑った皇后』［横光利一］ 691
『笑ってもいい、と思う』［土屋亮一］ 410
『わら人形』［高見沢文江］ 367
『蕨野行』［北林谷栄✿村田喜代子］ 218, 641
『悪い天気』［藤原達郎］ 778
『悪い仲間』［安岡章太郎］ 665
『ワルシャワの鼻』［生瀬勝久］ 462
『ワルシャワ労働歌』［福田善之］ 536
『ワルプルギス』［飴屋法水］ 033
『割れても末に』［石井源一郎］ 052
『われ鍋にとじ蓋』［石井源一郎］ 651
『われは北斗の星にして』［椎名竜治］ 309
『われら失ふとも』［関口次郎］ 347
『吾らの地獄』［村山知義］ 641
『我らの少年団班旗』［長谷山峻彦］ 490
『われらの血がしょうたい』［山本卓卓］ 684
『われらの同居人』［椎名麟三］ 310
『われらの葡萄園』［森禮子］ 651
『われらの街はささやきに充ち』［風見鶏介］ 161
『ワレラワラルー』［福田修志］ 779
『笑うとくなはれ』［館直志（渋谷天外）］ 379
『椀久』［田村西男］ 396
『椀久末松山』［岡村柿紅］ 137, 706
『椀久物語』［幸田露伴］ 266
『ワンマン・ショー』［倉持裕］ **252, 747**

を

『をぐり』［遠藤琢郎］ 113
『をぐり考』［ふじたあさや］ 541
『をさの音』［三好十郎］ 632
『をんな善哉』［鈴木聡］ **339, 753**